国学经典文库

宋词鉴赏

品鉴诗词艺术　体会宋词情感

图文珍藏版

马博◎主编

线装书局

图书在版编目（CIP）数据

宋词鉴赏 / 马博主编．-- 北京 ：线装书局，2014.1
ISBN 978-7-5120-1102-1

Ⅰ．①宋… Ⅱ．①马… Ⅲ．①宋词－鉴赏 Ⅳ．①I207.23

中国版本图书馆 CIP 数据核字 (2013) 第 245279 号

宋词鉴赏

主　　编：马　博
责任编辑：高晓彬
封面设计：博雅圣轩藏書館 Boyashengxuan Cangshuguan
出版发行：线装書局
地　　址：北京市西城区鼓楼西大街 41 号（100009）
电话：010-64045283
网址：www.xzhbc.com
印　　刷：北京彩虹伟业印刷有限公司
字　　数：1360 千字
开　　本：710×1040 毫米　1/16
印　　张：112
彩　　插：8
版　　次：2014 年 1 月第 1 版第 1 次印刷
印　　数：1–3000 套

定　　价：598.00 元（全四册）

北宋词人——苏轼

明末陈洪绶绘《东坡图》

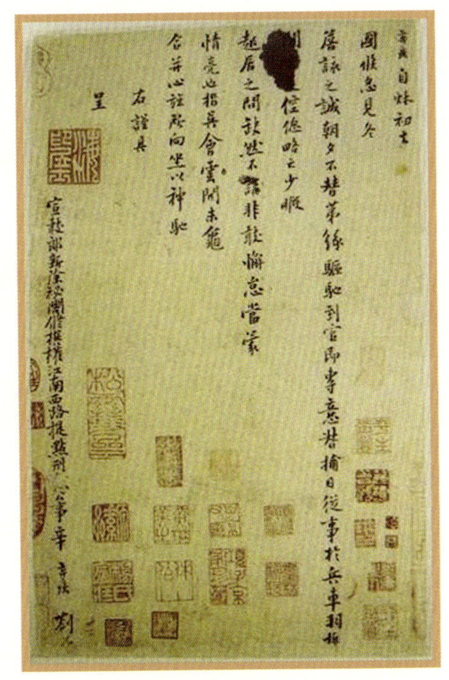

辛弃疾手迹《去国帖》

爱国词人——辛弃疾

千古伯乐——欧阳修

欧阳修塑像

柳永故居

白衣卿相——柳永

词家之冠——周邦彦

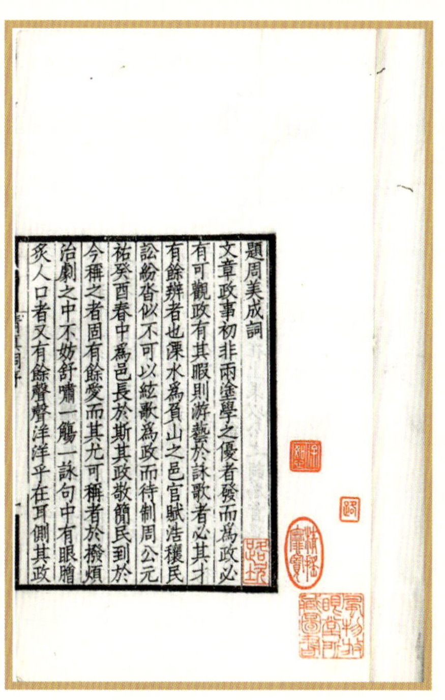

題周美成詞

文章政事初非兩塗學之優者發而爲政必有可觀政有其暇則游藝於詠歌者必其才有餘辨者也溧水爲負山之邑官賦浩穰民訟紛沓似不可以絃歌爲政而待制周公元祐癸酉春中爲邑長於斯其政敬簡民到於今稱之者固有餘愛而其尤可稱者於撥煩治劇之中不妨舒嘯一觴一詠句中有眼膾炙人口者又有餘聲聲洋洋乎在耳側其政

《周美成词》书影

范仲淹陵园

一代名相——范仲淹

词国皇后——李清照

李清照故居

槛菊愁烟蘭泣露羅
幕輕寒燕子雙飛去明
月不谙離別苦斜光到
晓穿朱户昨夜西风雕
碧樹獨上高樓望盡天
涯路欲寄彩箋兼尺素
山長水闊知何處

晏殊词《蝶恋花》

宰相词人——晏殊

纯情词人——晏几道

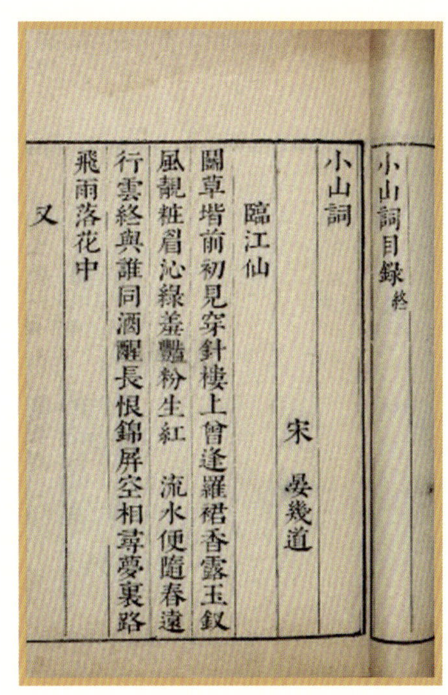

小山詞目錄終

小山詞

宋　晏幾道

臨江仙

鬬草堦前初見穿針樓上曾逢羅裙香露玉釵風靚粧眉沁綠羞豔粉生紅　流水便隨春遠行雲終與誰同酒醒長恨錦屛空相尋夢裏路飛雨落花中

又

《小山词》书影

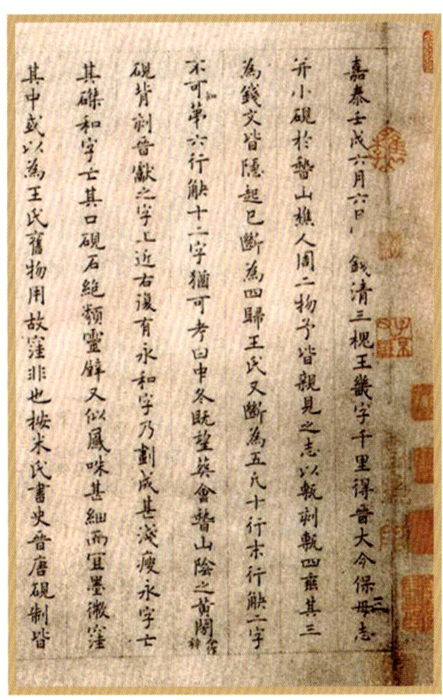

嘉泰壬戌六月六日，錢清三槐王襲字千里得晉大令保母志并小硯於魯山樵人周二物予皆親見之志以甎刻甎四裔其三爲錢文皆隱起已斷爲四歸王氏又斷爲五凡十行末行缺一字不可知第六行缺十二字猶可考曰中冬既望葬會稽山陰之黄閍硯背刻晉獻之字上近右複有永和字乃劃成甚淺瘦永字亡其磔和字亡其口硯石絕類靈壁又似鳳咮甚細而宜墨微窪其中或以爲王氏舊物用故窪非也按米氏書史晉唐硯制皆

姜夔书法

艺术全才——姜夔

婉约词人——秦观

初山微刻《鹊桥仙》

黄庭坚故居

大宋才子——黄庭坚

前言

词是一种诗歌艺术形式，是中国古代诗体的一种，亦称曲子词、诗馀、长短句、乐府。始于中国南北朝时期的南朝梁代，形成于唐代，在宋代达到其顶峰。一开始伴曲而唱，所以写词又称作填词、倚声。后来逐渐独立出来，成为一门专门的诗歌艺术。它兼有文学与音乐两方面的特点。每首词都有一个调名，叫作"词牌名"，依调填词叫"依声"。词大致可分小令(58字以内)、中调(59~90字)和长调(91字以上，最长的词达240字)。有的主张62字以内为小令，以外称"慢词"，都未成定论。一首词，有的只一段，称为单调；有的分两段，称双调；有的分三段或四段，称三叠或四叠。段的词学术语为"片"或"阕"。"片"即"遍"，指乐曲奏过一遍；"阕"原是乐终的意思。一首词的两段分别称上、下片或上、下阕，词虽分片，仍属一首，故上、下片的关系，须有分有合，有断有续，有承有起，句式也有同有异，而于过片(或换头)处尤见作者的匠心和功力。

宋词是流行于宋代的一种歌曲形式。它在文体上的特点是长短句相间，现在所见到的宋词有各种各样的"词牌"，如〔水调歌头〕、〔满江红〕、〔念奴娇〕等，每一支词，都有不同的格式。全曲的句数、各句的字数、每字的平仄，都各有定格。这种定格，是由曲调的结构所决定的。后人按照这些词牌填词时，必须遵守这种词格，就是为了让这些新填的文词能按传统的曲调歌唱。宋词是继唐诗之后的又一种文学体裁，基本分为：婉约派、豪放派两大类。婉约派的词，其风格是典雅涪婉、曲尽情态，比如柳永的"今宵酒醒何处？杨柳岸，晓风残月"；晏殊的"无可奈何花落去，似曾相识燕归来"；晏几道的"舞低杨柳楼心月，歌尽桃花扇底风"等名句，不愧是情景交融的抒情杰作，艺术上有可取之处。而豪放词作是从苏轼开始的，他把词从娱宾遗兴的天地里解助出来，发展成独立的抒情艺术。山川胜迹、农舍风光、优游放怀、报国壮志，在他手里都成为词的题材，使词从花间月下走向了广阔的社会生活。其中北宋的词与南宋的词又各有特点。北宋的词继承了晚唐五代的遗风，以婉约为主，代表词人为晏殊、周邦彦诸人。南宋词史大略经历四个阶段，一是词坛的转型期，这个时期的代表词人都是经历了"靖康之变"的一群，是南渡词人迅速适应环境、协调自我发展的过程，代表人物是李纲、赵鼎、岳飞、张元幹、胡铨等。

第二个时期是高峰期，以辛弃疾为代表，他与陈亮、刘过等词人联手，扩大了豪放词的影响。第三是词史的深化期，以姜夔、吴文英为代表，通过这一过程，增强了婉约词的思想意蕴与艺术表现力，可以说，自此以后，词再无力有更大的发展了。第四是结获期，以刘克庄、吴潜、陈人杰为代表。南宋灭亡以后，其遗民反复咏叹南宋灭亡后的哀痛与抗争，以文天祥为其代表……

宋词对后世戏曲有很大影响。南北曲的形成，就是继承和发展了宋词的艺术传统。南北曲中有很大一部分曲调，来源于宋代的词体歌曲。而南北曲开始采用的曲牌联套体的戏曲音乐结构形式，最初也是在词体歌曲的基础上逐步发展起来的。

我们编撰的这套《宋词鉴赏》荟萃了宋词名家的代表作，堪称宋词中的经典版本，其中“作者简介”与“注释”言简意赅，“译文”生动活泼，准确精当，“鉴赏”深入浅出，优美流畅，插图精美大方，赏心悦目，全新的视觉享受，使读者在最短的时间内尽可领略到宋词的博大精深、昌荣繁盛。

目 录

陈师道

张　耒

周邦彦

徐昌图 生卒年不详，莆田(今属福建)人，徐寅曾孙，本为五代时人，后降宋，为国子博士，迁至殿中丞。昌图好作词，风格隽美，为五代词坛有数名手，启北宋一代词风，其词清幽隽美，遗词只存三首。

临江仙

徐昌图

饮散离亭西去，浮生长恨飘蓬。回头烟柳渐重重。淡云孤雁远，寒日暮天红。

今夜画船何处？潮平淮月朦胧。酒醒人静奈愁浓！残灯孤枕梦，轻浪五更风。

【鉴赏】

这首词所写的离愁别绪通过新颖的艺术表现构成一系列情景交融、心物交感的意象，而抒情主人公的行踪、神态乃至心理活动，也随之浮现于读者眼前。

全词以“饮散离亭西去”发端，真可谓“截断众流”！“离亭”，是供人饯别的亭子。作者不写离亭饯别，也不写彼此惜别，却从“饮散”“西去”写起，把这一切都抛在词外，省却多少笔墨！然而“截断众流”之后写出的那句词，却包含着饯别的场所和过程，因而被“截断”的“众流”仍然不可阻挡地涌入抒情主人公的心灵，也涌入读者的想象，行者与送行者走向“离亭”，到达“离亭”，开始饮宴，劝君更饮，依依不忍分手。这一切，都是离亭“饮散”之前连续发生的事，只要提到“离亭”，提到“饮散”，就不能不想。从“饮散”着笔的这个起句，的确起得好！正因为起得好，植根于这个起句的以下各句，才那样富于艺术魅力。“浮生长恨飘蓬”，是直接由“饮散离亭西去”激发的深沉慨叹。“生”即人生，乃抒情主人公自指。“生”而曰

"浮",已见得漂流无定;又"恨"其像断"蓬"那样随风"飘"荡,身不由己:则离亭饮散之后,虽说"西去",实则前途茫茫!而于"恨"前又加一"长"字,自然使读者想到:对于这位抒情主人公来说,"饮散离亭"并非破题儿第一次,而是经常重演的;而每重演一次,就增加一分身世飘零之恨。这首词,大约写于徐昌图入宋之前,它所反映的个人身世,饱和着五代乱离的时代投影。接着写"西去"。"回头烟柳渐重重"一句,将身去而意留的情景作了生动的、多层次的体现。上船西行,却频频回头东望:始而"回头",见送行者已隔一"重""烟柳",继续"回头",则"烟柳"由一"重"而两"重"、三"重"、四"重"、五"重",乃至无数"重",送行者的身影,也就逐渐模糊,终于望而不见了。从行者方面说,情景如此;从送行者方面说,又何尝不然。"烟柳"乃常见之词,一旦用作"回头"的宾语,又用"渐重重"修饰,便场景迭现,意象纷呈,人物栩栩欲活,其惜别之情与飘蓬之恨,亦随之跃然纸上,动人心魄。送行者既为重重烟柳所遮,"回头"已属徒然,这才沿着"西去"的方向朝前看。朝前看,可以看见的东西当然并不少,但由于特定心态的支配,摄入眼底的,只是"淡云孤雁远,寒日暮天红。""淡云""寒日""暮天",这都是情中景,倍感凄凉。而那"远"去的"孤雁",则分明是抒情主人公的象征。雁儿啊,天已寒,日已暮,你孤孤零零地飞啊飞,飞向何处呢?

下半片以一问开头:"今夜画船何处?"问谁呢?当然不是问船夫,而只是问自己。以下各句所写,乃是想象中可能出现的情景,作为对问语的回答。船在淮水上行进,现在还未起风,"潮"该是"平"的;天空中"淡云"飘动,月光是"朦胧"的;离亭话别之际,为了麻醉自己,只管喝酒,但酒意终归要消失,一旦"酒醒",正当夜深"人静",又有什么办法解愁;一个人躺在船里,"孤枕""残灯",思前想后,哪能入睡?熬到五更天,也许会有点儿睡意,恍惚间梦见亲人;然而五更天往往有风,有风就起浪,即便是"轻浪"吧,也会把人从梦中惊醒;醒来之后,风声、浪声,更增愁烦,将何以为怀?这是多么细致入微的心理描写!

这首词从"饮散"写起,截去饯行的场景,让读者去想象;一问之后展现的画面转换和心理变化,又完全出于想象。其艺术构思,极富独创性。

柳永的《雨霖铃》久已脍炙人口,但读了这首词,就不难看出它是前有所承的。上半片"兰舟催发"以前各句,补写了徐昌图截去的部分;下半片"今宵酒醒何处"以下驰骋想象,与徐词"今夜画船何处"以下的写法同一杼机。当然,柳词在继承中有创造。比较起来,两首词各有独到之处,都是难得的佳作。

欧阳炯 （896~971）字号不详。益州华阳（今四川成都）人。前蜀后主王衍时为中书舍人。又事后蜀，官至门下侍郎，兼户部尚书，同平章事，太祖乾德三年（965）从孟昶降宋，授左散骑常侍。能诗，善长笛，工于词。其词多写艳情，风格秾丽。曾为《花间集》作序。其词现存40余首，见于《花间集》《尊前集》《唐五代词》。王国维辑《欧阳平章词》一卷。

江 城 子

欧阳炯

晚日金陵岸草平，落霞明，水无情。六代繁华，暗逐逝波声。空有姑苏台上月，如西子镜，照江城。

【鉴赏】

欧阳炯为三朝元老，前蜀王衍时为中书舍人，事后蜀孟昶官翰林学士，进门下侍郎同平章事（宰相），从昶降宋，任闲曹左散骑常侍。事孟蜀时尝拟白居易讽谏诗五十篇以献，似清醒思有所进取，然又应命做过不少淫靡宫词亡国之音。

此词似顺江东下至金陵时作，心情黯冷。检讨平生欲哭无泪，空落落白茫茫一片大地。

这是南京城附近江岸之景，傍晚，岸草落霞，江水无情，暗逐逝波而去的六朝繁华，很明显指的是残唐五代十国走马灯一样小朝廷的更迭。自十世纪初始，不过六十年间，晓梦已残，尚来不及作六朝铜驼黍离之叹。日之落矣，明月继之，写时光流逝始则江水伴六朝废兴，旋以日月代谢表示。苏州在金陵东，“姑苏台上月”即苏州方向升起之明月，代替西没之晚日。感受与构思俱甚新颖。此如西子镜的明月，恐亦空照江城。“明月”是否指新朝赵宋，不得而知。概括历史时空，巧妙而强有力，节奏推快切合五代十国背景。

欧阳炯有一首《南乡子》，词境可与本词参证："岸远沙平，日斜归路晚霞明。孔雀自怜金翠尾，临水，认得行人惊不起。""晚霞明"即本词"落霞明"，"晚霞""落霞"似自况老境，"明"是某种自我期待或劝勉，大概是活下去的某种洞明事理的处世哲学。《南乡子》后半的"孔雀"形象很值得玩味，很像在自述处境和心理。孔雀自爱金翠尾的灿烂辉煌，物犹如此，欧阳炯又何尝不自惜地位、文学上的成绩、一生的理想等等，正在临水顾影自怜，倏然间一切都要归于梦幻。人来受惊，本应飞逃，惊而不起，写足封建权势者的虚弱，不想自己抹黑却没法不如此写，其情在骨故也。此所以六代繁华暗逐逝波吞声而没。

《江城子》有动态的深邃感，虽衰飒森冷而不失气派，患难中的孔雀"金翠尾"仍然灿烂，凄冷深远如海洋星辉。

李煜 (937～978)，字重光，号钟隐，初名从嘉，徐州(今属江苏)人。南唐主李璟第六子，世称李后主。961年即位，时南唐已沦为宋朝附庸，国势日危。李煜仍纵情声色，诛杀忠良。宋开宝八年(975)，南唐为宋所灭，李煜肉袒出降，被封为违命侯，后改封陇西郡公。三年后，被宋太宗"赐酒"毒死。李煜善诗文、音乐、书画，尤长于词。其词作以南唐降宋为分界，前后呈现出不同的内容与风格。前期作品多描写宫廷奢侈生活，风格柔靡，与花间词一脉相承。后期词作大多抒发亡国之痛和怀旧伤今之情，善用白描手法，语言朴实明净，形象鲜明生动，艺术技巧极高。其词突破了花间词派的藩篱，开拓了词的领域，创造了新的表现手法，对后世词人晏殊、欧阳修、苏轼、李清照等都有较大影响。现存词30余首，与李璟词合刻为《南唐二主词》。

虞美人

李煜

春花秋月何时了？往事知多少。小楼昨夜又东风，故国不堪回首月明中。

雕栏玉砌应犹在，只是朱颜改。问君能有几多愁？恰似一江春水向东流。

【鉴赏】

这首《虞美人》词，是李煜亡国之后被俘虏到开封，封为违命侯时候写的。据说，这首词写好之后，于他生日七月七日那天晚上，在开封的寓居里宴饮奏乐，叫歌妓进行演唱，声闻于外。后来宋太宗知道了这件事，觉得他有故国之思，就命令秦王赵廷美赐他牵机药，把他毒死。所以，这首词，可以说是李煜的绝命词。

这首词明白如话，没有什么难懂的词句，是人们所熟悉的。因为人们太熟悉了，倒反而难于理解到它的好处。实际上，这首词在起结、上下片的接搭处，以及立意和修辞方面都有很大的特色，值得我们细心剖析。

词的首句，可以说是一无依傍，劈空而来。“春花秋月何时了？”春花秋月，代表着良辰美景，赏心乐事。人生以春秋记年，就含有这是美好季节的意义。再加上春而有花，秋而有月，景物的美好，更使人觉得生活得有意义。“何时了”，实在是无时可了，永无了时。本来嘛，春花秋月，年年皆有，年年如此，人所习见，平常得很，但经过诗人这一点出，就透露出宇宙间美好事物的无穷无尽，具有永恒的意义了。李煜在这首词的起句，就道出了深刻的哲理。这是说的自然现象，“往事知多少”就一下转到社会现实中来了。“往事”，自然是指他在江南南唐当皇帝时候的一切活动。而现在“一旦归为臣虏”（《破阵子》），由万民天子而成了敌国的俘虏，过着所谓“日夕只以眼泪洗面”（《与故宫人书》）的生活。所以，“往事知多少”，实际上是说，以往的一切都没有了，都消逝了，都化为虚幻了。这一无常现象，和上句的永恒哲理，构成鲜明的对照，极为深刻动人。刘希夷在《代悲白头翁》中感叹：“年年岁岁花相似，岁岁年年人不同。”而李煜遭遇艰危，则又大大超过刘希夷的感叹。对李煜来说，岂止一般的不同，简直是天壤之别。这两句把自然的美好和现实的险恶暗寓其中，形成对比，内涵非常丰厚。下一句“小楼昨夜又东风”，用的是吞咽式的缩笔。作者身处小楼，忽然，感到东风又飘。“又”字，这是承接第一句“春花秋月何时了”而来的，点明李煜归宋后又过一年。时光在不断消逝，这本是一般人都可以有的感慨，但作者这一特殊身份的人物，所产生的感慨就很不一般。那么，引起了他一种什么样的感慨呢？——“故国不堪回首月明中”。这又是用放纵之笔，来大声呼号了。在清冷的明月下，他百感交集，迸发出这一长句，实际上是一声长叹，这是承第二句“往事知多少”来的。以上是上片。

作者从对比中把写景抒情融为一体，而在结句上则又勾搭出下片。“雕栏玉砌应犹在，只是朱颜改”，这是紧接着“故国不堪回首月明中”而来的。故国的“雕栏玉砌”，当是南唐小朝廷的宫殿亭台，而“朱颜”该是指宫廷中的宫女。李煜在南唐当皇帝的时候，荒废国事，尽情享受。他在《浣溪沙》（“红日已高三丈透”）、《玉楼春》(“晚妆初了明肌雪”)等词里,记录了自己沉溺声色的情景。而现在呢?“往事已成空,还如一梦中。”(《子夜歌》)他遥想故国的“雕栏玉砌”应当还在,然而物是人非,“朱颜”已“改”,因而和“春花秋月何时了”一样引起了他无限感慨。“只是朱颜改”,是上片中“往事知多少”一句感情的伸延。这样,下片开头两句“雕栏玉砌应犹在,只是朱颜改”,不仅和上片末两句“小楼昨夜又东风,故国不堪回首月明中”有所接搭,而且这两句对照的写法又和上片开首两句“春花秋月何时了,往事知多少”的写法相一致,遥相对应,因而增加了艺术感染力。所不同者,上片前两句是以自然景物发兴,下片前两句是以宫廷建筑设想,这又是同中有异。从这上下片的六句中,我们可以看出作者的匠心,他是在对比中进行承接,在自然中显示章法,以永恒和无常这一哲理作三度对比,极为曲折有致。最后两句“问君能有几多愁?恰似一江春水向东流”则是把感情尽量倾吐出来,宛如长江之水经过三峡的曲折回旋,出西陵峡后进入平地而一泻千里了。这首词,结句以比拟、夸张的手法,把愁和春江之水相提并论,令人叹服,和李白的“白发三千丈,缘愁似个长”,有异曲同工之妙。而词的长短句式,顿挫生姿,汪洋恣肆,促节曼声,配合得更为复杂巧妙,跟句式整齐的五言诗相比,就更为动人了。“问君能有几多愁”,当为二五句式读出:“恰似一江春水向东流”,则为二、四、三句式读出,音韵和感情配合得极为协调,而节奏鲜明,余音袅绕,使人有无穷的回味。

子夜歌

李　煜

人生愁恨何能免,销魂独我情何限。故国梦重归,觉来双泪垂。

高楼谁与上?长记秋晴望。往事已成空,还如一梦中。

【鉴赏】

这是李后主自述囚居生活,抒发亡国哀思的词作。

这首词围绕一个“梦”展开。上片写梦归故国,下片言往事在梦中幻灭,通篇构成了一个人生似梦的立意。起句“人生愁恨何能免,销魂独我情何限。”人生在世谁都难免有愁、有恨,难道说只有我一个人如此丧魂落魄、愁恨无限吗?“销魂”,亦作“消魂”,指人精神恍惚,好像魂不附体。一开头就写出了词人极度愁苦悲哀的情态,以及极力摆脱痛苦的心理,为下文做了铺叙。失魂落魄、愁恨无限的缘由何在?

“故国梦重归，觉来双泪垂。”词人在梦里又回到了自己的国家，又见到了“船上管弦江面绿，满城飞絮混轻尘”(《望江南》)的江南春景。一觉醒来才想起“无限江山”早已归于他人。怎能不“销魂”，怎能不“愁恨”？怎不叫人“双泪垂”？一个“重”字点出了词人时时思念江南，常常梦归故国。

下片从梦境转而写现实生活。“高楼谁与上?”即“谁与上高楼?”这是一个倒装的反问句。李后主的一言一行都在监视中，有谁能敢与他一起登楼呢？此反问语浸透着作者的孤独与悲伤。无人与上高楼，却又“长记秋晴望”。词人总是想起自己还是南唐国主时的生活：在那些秋高气爽的日子里，众嫔妃簇拥着，在宫中高楼之上眺望江南秀丽景色，真是“宫娥鱼贯列”！而今却独苦一人，无人与上高楼。“长记”又点出了词人思念故国、回味过去帝王生活的重复性。

末两句：“往事已成空，还如一梦中。”是说，过去的一切都已逝去了，往日的生活就像梦一样已不复存在。李煜降宋后，对往日豪华、奢侈的生活仍难以忘怀，而对故国的依恋，只能寄托于梦。以梦归故国来排遣内心的“愁恨”，然而，梦醒之后，往事已成空，更是愁上加愁，更加“销魂”。

这首词语言平实，却发自肺腑，字字意切，句句情真。“重归”“长记”“还如”，道出了词人感伤之深，愁恨之极，将李后主感怀故国的一腔悲愤表达得淋漓尽致。

相见欢

李　煜

无言独上西楼，月如钩，寂寞梧桐深院锁清秋。
剪不断，理还乱，是离愁，别是一般滋味在心头。

【鉴赏】

这是李煜自述囚居生活，抒写离愁的词作。

上片写深秋月夜，词人独处的情景。“无言独上西楼”，词人独自一人登上西楼。起句平铺直叙，看似平淡，却“摄尽(李后主的)凄婉神情”(俞平伯语)。“无言”并非真的无所思，无可言。从一个“独”字便可看出，是无人共言。这就点出了词人身为阶下囚，受人监视的孤苦处境。登“西楼”，词人可以东望故国南唐，说明了词人独自一人登西楼的目的。

接着写登楼所见：“月如钩，寂寞梧桐深院锁清秋”，交代了登西楼的时间，以及词人囚居深院的生活环境。举头仰望，新月如钩；低头俯视，栽满梧桐的庭院笼罩在夜幕之中，那样凄凉，那样寂静，在这仰俯之间，凝聚着词人多少哀愁！身为亡国之君的李煜，不正像那幽闭在清秋深院的梧桐，孤苦、寂寞，甚至没有自由！

李煜早期词作中也有不少描写月夜的。如："小楼新月，回首自纤纤。"(《谢新恩》)又"归时休放烛花红，待踏马蹄清夜月。"(《玉楼春》)与"月如钩，寂寞梧桐深院锁清秋"句相比，同是写月夜，都出自一人之手，所表现的词人的心情，却大相径庭。南唐降宋后，李煜由南唐国主降为阶下囚，词风也有所改变。"月如钩，寂寞梧桐深院锁清秋。"所描写的清秋月夜的环境，一变以前的清新活泼而为凄凉、冷落。这冷落的环境，进一步烘托出词人的孤苦与哀愁。

下片劈空而来，似波涛汹涌，将全篇推向了高潮。"剪不断，理还乱，是离愁，"离愁本是虚体，看不见、摸不着，词人却将它形象化，表达得贴切、自然，成为千古传诵的佳句。这"离愁"即使有千头万缕亦未必剪不断，不可理。"剪不断，理还乱"是极言离愁之纷乱、繁杂。何况，对"三千里地山河""车如流水马如龙"的繁华故国的离愁，又怎忍心剪断呢？这几句，深刻、细腻地刻画出词人的矛盾心理和无法排遣的苦衷。结尾："别是一般滋味在心头"，言这离愁别恨的滋味没人体验过，只有词人自己领略到了。李煜以南唐天子，沦为宋朝幽囚，身世的浮沉，自然不是常人所能体验到的。是什么滋味呢？是悔？是恨？词人没有交代，真是无言以状。词人的痛苦、悲伤达到了极点，欲罢不能，欲哭无泪，这种无言之悲哀，更胜于痛哭流涕之悲泣。感人至深，读者为之泪下。

李煜这首词自然真率，无一丝雕琢痕迹，艺术造诣极高，感人极深，黄升《唐宋诸贤绝妙词选》称："此词最凄婉，所谓亡国之音哀以思。"是也。

清　平　乐

李　煜

别来春半，触目愁肠断。砌下落梅如雪乱，拂了一身还满。
雁来远信无凭，路遥归梦难成。离恨恰如春草，更行更远还生。

【鉴赏】

这首词是李煜被俘之后所写词作中较为著名的一首。

上片着重写"愁"。"别来春半，触目愁肠断。"开篇直切主旨：原是一国之主，而今辱为人俘，且随时都有性命之忧，李煜如何不所见皆愁呢？紧接两句，具体说愁如落梅，表面是平静客观的描写，实际乃愁极无言的哀诉——情语以景语出之，尤为令人痛矣！枝头白梅，冰清玉洁，身价何尊；而砌下落梅，沾尘纳秽，一文不名——这岂不正是李煜此情此刻的真写照吗？“砌下落梅”，何其形象！“拂了一身还满”，既表明词人哀伤失神之久，又比拟愁绪拂之不去。李煜此时之愁，已不再是“几树惊秋，昼雨新愁”的淡淡之愁，而是他痛彻肌骨、揪心扯肺的哀愁了！

过片愈愁。雁来无书，更不会有谁还能想到他这丧国之君；家国何在，以至于做梦也难回到他的思念之地。用语极婉，似乎只淡淡一句，但悲痛已近绝望。梦也难回故国，还会有什么更大的希望吗？

那么词人还有什么呢？恨！煞拍两句，堪称不朽：“离恨恰如春草，更行更远还生。”只有恨如春草，无边无际，随处可见，真乃“触目愁肠断”！而两“更”一“还”三个副词，更把愁、恨引向绵绵无尽之境，令人凄绝。更为堪叹的是，即便春草，也只能是词人的想象而已矣！

愁似落梅，极而生恨；恨如春草，更远更生。这首写愁写恨的小词，含蓄凄婉。本来丧权辱国的李煜，在这里竟博得千古同洒一掬同情之泪，真不能不佩服其作品的艺术感染力了。

望江南

李　煜

多少恨，昨夜梦魂中。
还似旧时游上苑，车如流水马如龙，花月正春风。

【鉴赏】

全词写梦，却从梦醒后的“恨”着笔。这恨，是帝王沦为囚徒之恨。对昔日安富尊荣生活的眷恋，对今天以泪洗面现实的不平，对自己荒政失国的追悔，使作者处于极度的自怨自艾之中，发而为词；怨恨之情便冲口而出：“多少恨，昨夜梦魂中！”这是一个提示句，给读者造成悬念，恨的内容全在下文：“还似旧时游上苑，车如流水马如龙,花月正春风。”这一销魂荡魄游乐生活的白描,与梦醒后屈辱凄苦生活对比,怎能不使词人产生强烈的恨呢!

梦是词人愿望的再现,是对他亡国之痛的一种精神上的补偿。“闲梦远,南国正芳春”,“梦里不知身是客,一晌贪欢”,“往事已成空,还如一梦中”,都是他亡国入宋以后词中出现的梦。这首词,“昨夜梦魂中”出现的景象是多么迷人:还像旧时一样,他这位南唐的风流君主正在侍从的簇拥下游览上苑。香车宝盖,龙马金鞭,络绎不绝;而“花月正春风”这一能唤起人们对一切美好事物联想的意象的出现,把词人的欢乐,推到了顶峰。词到此戛然而止,留下余地,让读者去回味、思索抒情主人公极乐时魂惊梦破、依旧院寂衾寒时的愁苦心情。

由于李煜在词中真率地表达了一个经历沧桑巨变、沦为囚徒者的悲哀和悔恨,因而引起了较为广泛的共鸣。亡国之痛,囚徒之苦,这是人人都可以理解的;在吟诵这些渗透了真挚、伤痛的词篇时,人们往往只待他当作一个受压抑的普通词人来同情,这恐怕是这类词得以流传千古的原因之一。

对于李煜其人其词,明代诗人陈继儒曾发出过这样的感叹:“天何不使后主现文士身,而必委以天子,位不配才,殊为恨恨。”李煜自然而真率的词风,确实似典型文士有其感人之处,而不同于一般帝王的矫饰之作。

《望江南》原名《谢秋娘》,在唐代是单调,宋时才渐渐有人用双调,上下阕一韵到底。李煜还有一首《望江南》:“多少泪,断脸复横颐!心事莫将和泪说,凤笙休向泪时吹,肠断更无疑。”有人将它与上首《望江南》并为双调。这两首《望江南》,前后不同韵,一押“东”韵,一押“支”韵,显然当时作者是按单调写的,《尊前集》《全唐诗》《历代诗余》都把它们分列为两首。这里从众说按单调入选。

望江南二首

李　煜

闲梦远,南国正芳春。船上管弦江面绿,满城飞絮混轻尘。忙杀看花人!

闲梦远,南国正清秋。千里江山寒色远,芦花深处泊孤舟。笛在月明楼。

【鉴赏】

两词均以“闲梦远”领起。这个“闲”字不是“悠闲”之闲,而是“闲愁最苦”(辛弃疾《摸鱼儿》)、“两处闲愁”(李清照《一剪梅》)一类的“闲”,指的是一种难以排遣的低回苦闷的情绪。细观词意,两词似作于李煜被俘到汴京之后。《望江南》即《忆江南》之别名,多用来歌咏江南风物,如白居易的《忆江南》:“江南好,风景旧曾谙:日出江花红胜火,春来江水绿如蓝。能不忆江南?”李煜这两首《望江南》,应是国破家亡之后,在北国缅怀江南盛时情景所作。遥望江南,“想得玉楼瑶殿影,空照秦淮!”怎能不柔肠寸断!这个词牌,和词的内容是完全吻合的。可以推测,这是作者的有意安排。

第一首“梦”见的是“南国正芳春”,即“千里莺啼绿映红”的芳春景象:“船上管弦江面绿,满城飞絮混轻尘。忙杀看花人!”,江上一碧万顷,百舸争流,悠扬弦管,声入江天;城中絮舞东风,鲜花着锦,紫陌红尘,花絮相混。春江春城,处处都是一派狂欢景象。

第二首“梦”的是“南国正清秋”,即“寥廓江天万里霜”的清秋景象:“千里江山寒色远,芦花深处泊孤舟。笛在月明楼。”与第一首繁花锦簇的画面不同,这一首所描绘的是一幅清幽高洁的写意图:千里江山,寥廓清远;芦花瑟瑟,夜泊孤舟;加以远处传来悠悠笛声,这种清绝的境界,怎能不令人神往心驰!

两首词生动地展现了南国特有优美风光,一写春光明媚欢快,一写秋容清幽高雅,但言外却流露了词人深沉浓重的忧愁感伤:“春花秋月何时了!”这就是以乐景写哀的艺术手法。

詹安泰辑《李璟李煜词》将这两首词并为一首,分为上、下阕。因两阕韵脚不同,故从管效先《南唐二主全集》分为两首。

乌夜啼

李 煜

林花谢了春红,太匆匆。无奈朝来寒雨晚来风。
胭脂泪,留人醉,几时重。自是人生长恨水长东。

【鉴赏】

《乌夜啼》原系唐教坊曲名,后用作词调名,又称《圣无忧》《锦堂春》《乌啼月》。一作《相见欢》。

对于李煜亡国后所作词,周振甫先生有一个恰当的分析概括:他引刘勰《文心雕龙·隐秀篇》“隐秀”二字来赞誉。周先生认为李煜作为亡国之君,不敢直抒胸臆，其词往往出之以“隐”，即意在言外、“情在言外”；又出之以“秀”，即融景入情、“状溢目前”。这首《乌夜啼》正当得“隐秀”之誉。词人通过伤春抒发身世之感。

上片三句写景，一句一折，一波三折。首句从惜花写起，只道“林花谢了春红”，突如其来，直写落红遍地、落红无数，而未交代造成落红的原因。第二句“太匆匆”，仅三字，极为传神，写尽了目睹群芳凋零者极度的惊叹、惋惜之情。第三句转而写怨愤之情，言林花之所以速谢的缘故，朝来雨打晚来风吹，怎能不林花凋谢！词人纯属写景，然而用“太匆匆”“无奈”五个字，即把客观之景物转为主观之感受，客观的景物染上了主观的色彩，融景入情，景为情使，化体物为抒情。凄风苦雨，花不堪摧残，人何以堪？林花命运如此，人何尝不是如此！说花即说人，一语双关。朝雨晚风，是自然现象，人如之奈何。叹息而着一“太”字，愤激着以“无奈”，无力护花，无计回天，无可奈何！一片怜爱珍惜之情跃然纸上。无怪乎周汝昌先生断言“皆非普通字眼，质具千钧，情同一恸矣！”寥寥十九字，一波三折，全任天然，把词人千回百转之情怀描绘无遗。清人谭献谓之“濡染大笔”（谭评《词辨》）。

下片转入人事。以花落之易喻人别离之易，花不能重上故枝，人亦难重逢也。过片九字三个叠句，“胭脂泪”，与首句相应。春红着雨正似“胭脂泪”，乃艺术上的联想，比杜甫《曲江对雨》“林花着雨胭脂湿”更见凄艳缠绵。词人以“泪”代“湿”，更生色无限，无迹可求。“留人醉”，写那美人令人神迷心醉，可人今何在？又“几时重”呢？“几时重”三字轻顿，但明知难以重逢，分明是撕裂心肺的绝望的呼喊。结句“自是人生长恨水长东”以水的必然长东（流），喻人之必然长恨，富于哲理，语最深刻。“自是”二字尤能揭示出人生苦闷的意蕴。这九个字以重笔收束，表现了一个极为深广的主题思想，它把自然现象与个人感情结合在一起，极富艺术感染力，是词人作为一个失国者概括出来的人生哲理。沉哀入骨，耐人涵咏，不失千古名句。

李煜以花喻人喻情，状花如在目前，抒情朴质明快，正是“状溢目前”的所谓“秀”。而词外之情，蕴蓄言外，个中深意，耐人品味，正是“情在言外”的所谓“隐”。王国维称“词至李后主而眼界始大，感慨遂深，……‘自是人生长恨水长东’……《金荃》《浣花》，能有此气象也？”（《人间词话》）。

阮郎归

李煜

东风吹水日衔山，春来长是闲。落花狼藉酒阑珊，笙歌醉梦间。珮声悄，晚妆残，凭谁整翠环。留连光景惜朱颜，黄昏独倚阑。

【鉴赏】

这首词是李煜写给十二弟郑王的，词的上片写醉梦触景，词的下片写的是黄昏独坐思念亲人与孤独寂寞之情。词的开头“东风吹水日衔山，春来长是闲”。傍晚的时候，春风吹拂着水面，落日斜挂在山头。春天来了，黄昏时的景色美好，按理说心绪也应随着这美丽景色一样，可是，降宋身为“臣虏”的作者，却因为这春天的来到，更加惆怅，百无聊赖。思念故国与亲人，盼望自由的心情更加迫切，尽管眼前是美好的景象，却无心观赏。忧愁凄苦，以酒浇愁，不觉得喝完了许多的酒，看到的是满地落英，隐隐地梦中听到了笙箫与歌声，仿佛又回到了为一国之君，“红锦地衣”“佳人舞点”“别殿遥闻箫鼓奏”的环境里。

沉浸在梦境欢乐之后，却是“珮声悄，晚妆残，凭谁整翠环”。国破家亡，再听不到昔日的佳人嫔妃腰间佩玉的玲珑作响，现在她们还能再装扮自己吗？谁又为她们梳理头发呢？通过这几层疑问，表达了作者的感怀。这里言物即言情，悲人即悲己的艺术手法得到了充分的体现。接下来写“留连光景惜朱颜，黄昏独倚阑”。光阴似水不留情。想当初，携美人流连于雕阑玉砌之间，她们佩玉声声，艳美装扮，而今那些楚楚动人的丽人也因时代的变迁，时光的推移而朱颜改变，青春永逝了，更可悲的是不知各自身在何方，又如何苦度余生，想到这些，内心阵阵作痛，无限的惆怅和难挨的时光，直到黄昏时，还独坐在栏杆旁，伫望远方，盼望自己的归期。

词的上片借景生情，道出了一个亡国之君流落他乡、丧失自由后的悲苦心绪，只能在醉梦中回忆昔日的欢乐。下片则是描写了思念亲人、渴望自由的强烈愿望。

捣练子

李 煜

深院静，小庭空，断续寒砧断续风。
无奈夜长人不寐，数声和月到帘栊。

【鉴赏】

这首词是写寒夜闻砧声的，这类题材在唐诗词中是常见的，甚至唐琴曲中也有这类的作品，捣帛在唐代是一项十分重要的家庭生活内容。将生丝织成的绢，用木杵在石上捣软成为熟绢以便裁制衣服。有的为戍边的征人捣帛，有的为客居他乡的游子捣帛，因之常与离愁别恨相联系，这首词就是反映这种情感的。

起二句“深院静，小庭空”，写人所处的环境。院在深处寂静无声，庭又小巧空而无物，前句写静，后句写空的原因。环境描写不仅写出了庭院的寂静，而且也把人物寂寞而无侣的心境衬托出来，并为砧声的传来铺叙了环境。接前写风送砧声“断续寒砧断续风”，阵阵寒风送来阵阵砧声。“寒”字既表明天气初寒是裁制衣服之时，又以此状砧声，有砧声使人心寒之意。听到砧声怎能使人不联想到征人在外而愁思缠绵心情哀伤呢！两用“断续”既将砧声之远，需借风力才能送至这深宅小院之中准确地表述出来，又将人物随砧声的断续而心潮起伏，愁思难平的情态描绘出来。最后两句“无奈夜长人不寐，数声和月到帘栊。”以景写情，景物凄凉，离情难堪。“无奈”言不堪其苦，以下逐层交代出所以不堪其苦：“夜长”愁也长；“人不寐”愁难排遣；“数声”砧声不止，愁思难平；“月到帘栊”月色朦胧人更凄苦。情和景高度和谐统一。

通篇无点题之笔，但处处写离情，情包含在景中，从景中透露出感情，极为含蓄，意境清新，是李词中内容上较健康的词作。

浪淘沙

李 煜

帘外雨潺潺，春意阑珊，罗衾不耐五更寒。梦里不知身是客，一晌贪欢。

独自莫凭栏，无限江山，别时容易见时难。流水落花春去也，天上人间。

【鉴赏】

这首词，一般编集的人也都认为是李煜的绝笔之作，这大致是不错的。李煜不堪被俘之后囚徒生活的一腔悲怨之情，在这首小令里得到了尽情地抒发。

全词分上下两片，文字也较浅显，没有太难懂的词语，而意义却很深厚。在写作手法上也有特色。首句起笔"帘外雨潺潺"是实写，虽并不使人感到突然而来，但不能让你不想：这帘外的雨声是谁感觉到的呢？紧接着是交代了感觉到这一现象的人，谁呢？是"罗衾不耐五更寒，梦里不知身是客，一晌贪欢"的人。罗衾，就是丝绸做的被子。一晌，是一刹那的短时间。这个人在睡梦中，由于感到寒冷，冻醒了，梦破了。于是听见"帘外雨潺潺"，从雨声想到春天将过，"春意阑珊"。阑珊，是衰落的意思。先点出景，再交代观景的人，并把这个人铺叙一番，这是倒叙法，也是这首词的特色之一。其次，这首词全篇只有一句"帘外雨潺潺"是写景，其余各句都是抒情，而在抒情中，景也自寓其中，无处不是情，也无处不是景，情景交融，自然妙合。

这首词，上下片的句数是一致的。上片我们已经谈到它是以倒叙法写的。这一具有特殊身份的作为亡国之君的人，感到夜深身寒被冻醒了，连甜梦也做不成了。他那么留恋那梦里的一刹那的欢乐啊！李煜这个荒乐的帝王，在江南小朝廷里，歌筵舞宴，软语偷情，多少荒唐事，在他认为是欢乐的。然而这一切都成为过去了，只有在虚幻的梦里能求得再现，而梦又被冻醒了。对他来说，真是"往事只堪哀，对景难排"（《浪淘沙》）。何以自遣呢？上片就是以这样的感情回肠荡气地写出来的。下片，则是宕开一层的写法。"独自莫凭栏"，是自我劝诫。为什么要这样呢？因为"无限江山"已经全部属于他人了，怕见这失去的大好河山。而自己——昔日的帝王，现在已经当了俘虏，成为囚徒，怎能不痛心呢？这两句是自为呼应，表现出无限伤心。而"无限江山"这一句，更是有实有虚，虚实结合。江山是实物，无限是虚指。这里面含有多少情意,耐人咀嚼,我们也可以体会着这“无限江山”是辽阔遥远,他再也看不到故国了,因而劝诫自己,“独自莫凭栏”。总之,是别离了,离开故国了。“别时容易见时难”,这本是古人诗句中常用的诗意,所谓“别日何易会日难”(曹丕:《燕歌行》),“才得相逢容易别”(戴叔伦《织女诗》),“相见时难别亦难”(李商隐《无题》)等等都是。而在这里,李煜的这一词句,和他的“最是仓皇辞庙日”(《破阵子》)的情景联系起来看,再结合他现在的处境,今昔对比,实际上是最后一别,永无见期,这种离别的悲痛,既不能抑制?又不能解脱。眼见是“流水落花春去也”,水流逝了,花儿谢落了,春天过去了,这些都了了,再跟上一句,“天上人间”,似乎是不了了之,实际上是暗含着人也了了。一切都了了,真是肝肠断绝,遗恨无涯。这“天上人间”,历来解说很不一致,有的说指的是从前像在天上,而今落降人间,这是可以备一说的。有的又说“天上人间”,是并行而不作抑扬的。也有人认为是天差地远,天地之隔的。我们结合上下文来看,天上人间,实际上是天人之隔,和“别时容易见时难”相呼应,跟“流水落花春去也”直贯下来,所说的还是别离情事,是永久相隔的意思。词就是这样戛然而止,给人留下无穷的回味的余地!李煜的这首词,和前面我们所赏析的《虞美人》,同样是感动人的,但在写法上,却大不一样。我们已在上面做了分析,简要地说来,《虞美人》词起句突然,劈空而下,中间今昔两两对比,换头的地方,上下片内容紧密相连。结句“问君能有几多愁?恰似一江春水向东流”感情倾泻无余。《浪淘沙》则以写景起,又似梦初醒,中则舒展情怀。换头处是设想自解,再抒幽情,到结句则吞咽而止。两首词在写作手法上是大有差异的。李煜词的写作技巧确实是高明的。他作为亡国之君,所怀念的欢乐,当然没有什么可取。倘若撇开这些,我们把它移作美好事物的象征,而来珍惜它,可惜它的消逝,这是一件有意义的事。读李煜的词,应该清醒地看到它的阶级性,同时也要认识它的艺术性,以便有所借鉴。

浪 淘 沙

李 煜

往事只堪哀,对景难排。秋风庭院藓侵阶。一桁珠帘闲不卷,终日谁来。

金锁已沉埋,壮气蒿莱。晚凉天净月华开。想得玉楼瑶殿影,空照秦淮。

【鉴赏】

李煜的这首词,抒发了他悲苦的心情,回溯往事,思念故国,眼前是一幅凄凉的画面。由眼前的景生情,寓情于景,情景交融,把景物描写与内心世界悲凉凄惨的心态高度统一,互为铺垫,使人沉浸于凄婉之中。

词的一开头"往事只堪哀,对景难排。"一语道破作者的心中的沉郁悲凉。想到往事,不堪回首,难以排解内心的无限懊恼。面对的是"秋风庭院藓侵阶",这是一句纯熟的白描,却淋漓尽致地勾画出眼前的一幅极其凄惨的景象,秋风寒冷扑过,落叶乱积的庭院,本是人行走的台阶已经长出了一层层的绿苔。这里仅仅是对景的描绘,只字未提情与感,可已经予以人一种字字言情的感受,寥寥七字恰如其分。接下来"一桁珠帘闲不卷,终日谁来?"用门庭的冷落、凄清来写出孤独之甚,藓阶帘静,尤其是"终日谁来?"道出作者心中的凄惨。这明白如话的语句含蕴无穷,虽直白却富有美感。

"秋风庭院藓侵阶,一桁珠帘闲不卷,终日谁来。"写了眼前之景;"金锁已沉埋,壮气蒿莱",用三国时吴国用铁锁链横断长江,阻挡西晋水上军队进攻,结果仍都失败的典故来哀叹南唐的灭亡;"晚凉天静月华开。想得玉楼瑶殿影,空照秦淮"。这是作者的想象:夜冷天静,明亮的月光映照在晴朗的天空中,默默地投在秦淮河上。暗指昔日华丽、嵯峨的宫殿,今天也静静地映在横穿都城的秦淮河上。这三层情绪的铺叙,将人们的视野由近及远,由眼前的寂寞扩展到亡国的悲哀,凄凉之感、亡国之痛、故国之思,层层思绪,借用由近及远的景物抒发心绪,寓情于景,朴实自然,平铺直白,毫无刀斧凿痕,足见作者文笔功力。

李煜的词多是直接抒情,白描铺叙,既通俗又耐人寻味却不显冗长。由景入情、情景对比、互相衬托。而所有写景之处,目的均是为了言情。这种象征、比兴手法的运用对北宋词词风的形成是一种直接的影响。

虞 美 人

李 煜

风回小院庭芜绿,柳眼春相续。凭阑半日独无言,依旧竹声新月似当年。
笙歌未散尊罍在,池面冰初解。烛明香暗画楼深,满鬓清霜残雪思难任。

【鉴赏】

此李煜绝命词的第二首。陆游《避暑漫钞》、王铚《默记》卷上传云:因他被俘后至汴京,在赐第于生日七夕命歌妓作乐,唱《虞美人》词,有"小楼昨夜又东风,故国不堪回首月明中"等,声闻于外,宋太宗大怒,命赐牵机药,遂被毒死。时当太平兴国三年(978)。

《草堂诗馀续集》《古今词统》诸本调下有题作《春怨》。春而怨者,同第一首"春花秋月何时了"一脉贯通,亡国之恨、怨怼之情亦浸透字里行间。正所谓"沉痛而味厚,殊耐咀含。学文者细玩之,可以识多途,体深意,而不徒为叫嚣浮华之词所动……"(周汝昌)

同《虞美人》第一首相比较,"春花秋月何时了"引吭高歌,流畅奔放,抒发愤郁,痛快淋漓;此首则"华疏彩会,哀音断绝",寄恨幽深,凄韵欲流。二者均属在汴京忆旧之作,"高奇无比","终当以神品目之"(徐珂《历代词选集评》引谭献语)。

上片首句,"风"者,正"小楼昨夜又东风"的东风也。风回气暖,庭芜转绿,春又归来。"芜"者,草类自生,丛丛杂杂,不可分辨。庭草回芳,柳眼继明,春光旖旎,良宵美景,然而词人却"凭阑半日独无言",何故?被俘来汴京,此时此际,此人此心,自然是寂寥惆怅,不可言喻。眼前"庭芜绿",时节"春相续",但怎比"南国正芳春,船上管弦江面绿。"(《望江梅》)深院自锁芳春,西楼独上,"独自莫凭栏,无限江山,别时容易见时难。"(《浪淘沙》其三)凭阑而观,依然竹声龙吟,新月钩色,与当年毫无相异之处;而不同者帝王、囚徒,天上人间。以景抒情,情由景生,正情见乎词之谓也。"独无言",包蕴着无人共语和不堪言语的痛切心情。其实,非无言也,亦非无人与语也。"似当年",当年又如何?足见得当年怎样欢娱、值得依恋。而今"依旧竹声新月","花月正春风"还似旧时,人却沦为臣虏,"往事已成空"(《子夜歌》),有恨难言、莫言,不敢言、不必言,倒不如"无言"!

下片"笙歌未散尊罍在"二句,承上言其当年饮宴之乐。有笙歌侍宴,有尊罍佳酿。池冰乍融,春波漾碧,大可笙箫欢宴,重按霓裳,唯其如此,才不堪回首。时过境迁,地移人变;小楼洞深,烛明香馥,心境迥异,凄然不乐。不知是有意还是无意,揽镜自照,竟是满头白发。既已清霜点鬓、满头残雪,自然而然"思难任"。"任"一作"禁",意即久久沉思,思之难任,倍难自胜。煞尾一句,"勒转今情,振起全篇。自摹白发穷愁之态,尤令人悲痛。"(唐圭璋)

全词起点春景,次入人事。景物依稀,而人事皆非,寄恨遥深,不堪回首,多么概括,多么精练!下片承上,境界博大,全从"竹声新月似当年"引出。由"半日""新月",到"烛明香暗",人物的整个活动无不贯穿其中。不论情事景物怎样错综复杂,寥寥数语,涵盖无余。结构何其完整,何其严密!结句总说愁思,余味无穷。历代对此词颇多评论,俞陛云曰:"五代词句多高浑,而次句'柳眼春相续'及《采桑子》之'九曲寒波不溯流',琢句工练,略似南宋慢体。此词上下段结句,情文悱恻,凄韵欲流,如方干诗之佳句乘风欲去也。"(《南唐二主词辑述评》)

王禹偁 (954~1001)字元之,巨野(今属山东)人。太宗太平兴国八年(983)进士。端拱元年(988)召试,擢右拾遗。二年,拜左司谏,知制诰。在朝敢于直言讽谏,因此屡受贬谪。真宗即位,召还,复知制诰。后贬知黄州,又迁蕲州病死。北宋诗文革新运动的先驱。其诗文多反映社会现实,风格清新平易,词仅存一首,反映了作者积极用世的政治抱负,格调清新旷远。著有《小畜集》。

点绛唇

王禹偁

雨恨云愁,江南依旧称佳丽。水村渔市,一缕孤烟细。
天际征鸿,遥认行如缀。平生事,此时凝睇,谁会凭栏意!

【鉴赏】

王禹偁是继柳开之后起来反对宋初华靡文风的文学家,有《小畜集》传世,留下来的词仅此一首。这首词以清丽的笔触,描绘了江南的雨景,含蓄地表达了用世的抱负和不被人理解的孤独愁闷。

借景抒情、缘情写景是诗词惯用的手法。景是外部的客观存在,并不具备人的情感。但在词人眼里,客观景物往往染上强烈的感情色彩。此即王国维《人间词话》中所谓"以我观物",使"物皆著我之色彩"。本词劈头一句"雨恨云愁"即是主观感觉的强烈外射。云、雨哪有什么喜怒哀乐,但词人觉得,那江南的雨,绵绵不尽,分明是恨意难消;那灰色的云块,层层堆积,分明是郁积着愁闷。即使是在这弥漫着恨和愁的云雨之中,江南的景色,依旧是美丽的。南齐诗人谢朓《入朝曲》写道:"江南佳丽地,金陵帝王州。"王禹偁用"依旧"二字,表明自己是仅承旧说,透露出一种无可奈何的情绪。

请看,江南的雨景是何等的清丽动人:在蒙蒙的雨幕中,村落渔市点缀在湖边水畔;一缕淡淡的炊烟,从村落上空袅袅升起;水天相连的远处,一行大雁,首尾相连，款款而飞。这多么像一幅水墨淋漓的山水画！但是，如此佳丽的景色，却不能使词人欢快愉悦，他恨什么、愁什么呢？在古人心目中，由飞鸿引起的感想有许多。"鸿飞冥冥，弋人何篡焉"（扬雄《法言》），这是指隐逸远祸，是一种。齐桓公见二鸿飞过，叹曰："彼鸿有时而南，有时而北，四方无远，所欲至而至焉，唯有羽翼之故"（《管子》），这是求得贤臣，成大事，又是一种。真是"举手指飞鸿，此情难具论"（李白《送裴十八图南归嵩山》）。在这里，词人遥见冲天远去的大雁，触发的是"平生事"的联想。不是乡愁，不是恋情，更不是离愁别恨，而是想到了男儿一生的事业。曹植有诗云："闲居非吾志，甘心赴国忧。"这就是好男儿的功名事业。王禹偁中进士后，只当了长洲（今苏州）知县。这小小的芝麻官，怎能实现他胸中的大志呢？他恨无知音，愁无双翼，不能像"征鸿"一样展翅高飞。

凭栏远望，天际飞鸿，这样的境界后来辛弃疾也写过。《水龙吟·登建康赏心亭》道："落日楼头，断鸿声里，江南游子。把吴钩看了，栏杆拍遍，无人会、登临意。"同样的景、同样的情，看来辛弃疾是受了王禹偁的影响。但是，二人的风格色彩又显然不同。辛词慷慨激烈，直抒胸臆，看刀拍栏，活画出一个铁马金戈的英雄形象。王词却将"平生事"凝聚在对"天际征鸿"的睇视之中，显得含蓄深沉，言而不尽。

《词林纪事》引《词苑》对该词的评语云："清丽可爱，岂止以诗擅名。"在恋情闺思充斥的宋初词坛，这首清淡雅丽的《点绛唇》，实在是别具一格的佳作。

寇　準　(961~1023)字平仲，华州下邦（今陕西渭南）人，一说并州榆次（今属山西）人。太宗太平兴国五年(980)进士。曾任官枢密副使、参知政事。真宗景德元年官至同中书门下平章事（即宰相）。契丹入侵，力排众议，劝真宗亲征，御于澶渊，结盟而还，使国事得安，即"澶渊之盟"。不久被王钦若排挤罢相。晚年再起为相，封莱国公。后又为丁谓构陷，再黜，贬至雷州等地。卒，谥忠愍。能诗，学王维，语言晓畅，颇有韵味。其词仅存四首，皆伤时惜别之作，风格淡雅委婉。著有《巴东集》，时人范雍裒辑《寇忠愍公诗集》。

踏莎行　春暮

寇　準

春色将阑，莺声渐老，红英落尽青梅小。画堂人静雨蒙蒙，屏山半掩余香袅。

密约沉沉，离情杳杳，菱花尘满慵将照。倚楼无语欲销魂，长空暗淡连芳草。

【鉴赏】

这首词开头三句都是写“春暮”之景，词人运用了从一般到具体的写作手法，即首句是对“春暮”一个总的概括性的叙述，接着以莺声渐老，红英落尽，梅树已结成小小的果子，来“状”繁华胜景的春光眼看就要过去了。从这幅“春暮图”来看，景色并不凄婉，“将”“渐”两字，用得颇有分寸；而且红英虽尽，青梅却挂满枝头，别是一番清景。从总的感触，到所闻（莺声），再到所见（青梅），动静互见，而尤显其静。

接着由室外景转向室内来。房屋是华美的，此刻静无人声，但觉细雨蒙蒙；屏风掩住了室内景象，只见那尚未燃尽的沉香，余烟袅袅。如果说上面是以“莺声渐老”衬托室外环境的静，是以动衬静，这里却是以“余香袅袅”来衬托室内环境的静，更悄无声息了。况周颐称：“词有淡远取神，只描取景物，而神致自在言外，此为高手”（《蕙风词话续编》）。沈祥龙也有相类的话：“写景贵淡远有神，勿堕而奇险”（《论词随笔》）。两人所说的“神”，指的是写景本身并非目的，它只是手段，其中隐喻着的是人的“神”，也就是姜夔说的“景中有意”（《白石道人诗说》）。它可以为下阕作铺垫，继而痛快淋漓地倾吐出人的情来。这就是词的通常写法：上阕写景，下阕抒情。就这首词说，上阕句句写景，仔细吟味，景物中隐寓着人的感情：不过既非满怀凄怆，也非赏心悦目；平静中似又糅杂着更多的不平静。

“密约沉沉”——“密约”，指过去互诉衷情，暗约佳期，可是这一切到如今，都如石沉大海，连一点音息也没有了！“离情杳杳”——指别后的相思之情，无边无际，又深又远。这八个字不仅造成一种意味浓醇的气氛，而且把女主人公那种深以往昔恋情为念的内心情愫，深沉地表达出来了。“菱花尘满慵将照”，是对上面义重情深的进一步描绘。“女为悦己者容”，“岂无膏沐，谁适为容”？既然你不回来，我又为谁去梳妆打扮？镜匣很久不打开，那上面都积满尘土了。这三句连贯直下，把她为情所苦，但却决不负情的心愫，通过句句加深，层层加重的复叠手法，表现得沉挚凝练。接着仍是写女主人公情之深：“倚楼无语欲销魂，长空暗淡连芳草”。心情极度难过，似乎魂都为之“销”，于是去倚楼望远，可是这时候眼睛所能望见的，只是长空暗淡，芳草连绵。而翘望着的那个人，却始终不见归来！这个“潜台词”，我们是“言外见之”的。

这首词题为“春暮”，通篇都是写女主人公在红英落尽、芳歇春去的节候中的伤感，似暗寓着一种青春易逝、美人迟暮的情绪。今人或认为寇準“是个决澶渊之盟的大政治家，观其一生，似无缘为思妇抒情”。因此可能是作者“罢知青州”时的依托之作。“依托少妇比自己，所望密约者比朝廷”，即“终是恋君”。不妨聊备一说。

词从晚唐五代以来，受温庭筠“香而软”词风的影响，写闺情、相思之词，往往旖旎缠绵;但也有写得较疏淡清丽的,如韦庄、李煜的一部分词以及入宋以后林逋的《长相思》等。寇準此作在词风上显然受韦、李的影响,以清新流畅见长,特别是上阕写景,能抓住春暮景物的特点加以形象描绘,情景交融,充满画意。下阕着重抒情,虽不免也是"儿女情长",但从话语的明白畅晓说,也仍是近韦而不近温的。这首词较前之温庭筠、后之秦观等北宋多数词人那种"香而软"的词风,是颇不相同的。

江南春

寇準

波渺渺,柳依依。孤村芳草远,斜日杏花飞。
江南春尽离肠断,蘋满汀洲人未归。

【鉴赏】

南朝梁柳恽《江南曲》曰:"汀洲采白蘋,日暖江南春。洞庭有归客,潇湘逢故人。故人何不返,春华复应晚。不道新知乐,只言行路远。"寇莱公对此诗似乎特有所爱,在他的诗词中一再化用其意。如所作《夜度娘》诗曰:"烟波渺渺一千里,白蘋香散东风起。日暮汀洲一望时,柔情不断如春水。"题下自注云:"追思柳恽汀洲之咏,尚有余妍,因书一绝。"上面这首词,也明显地由柳恽汀洲诗化出,写女子怀人之情。

词的前面四句写景:一泓春水,烟波渺渺,岸边杨柳,柔条飘飘。那绵绵不尽的萋萋芳草蔓伸到遥远的天涯。在夕阳映照下,孤零零的村落阒寂无人,只见纷纷凋谢的杏花飘飞满地……好一派江南暮春景色!

我国古典诗词的用语,由于长期历史的积淀,往往形成一种特定内涵,上面四句景语就含有丰富的意蕴和情思。如首句"波渺渺",从怀人女子的眼中望出去,自会使人联想到温庭筠《望江南》的意境:"过尽千帆皆不是,斜晖脉脉水悠悠。""波渺渺","水悠悠",实含着佳人望穿秋水的深情,也就是《夜度娘》诗中所描写的"烟波渺渺一千里""柔情不断如春水"也。

"柳依依",自然使人想起《诗经·采薇》名句:"昔我往矣,杨柳依依。"古人有折柳赠别的习惯,所谓"长安道上无穷树,只有杨柳管别离"也。眼前这青青柳色,自会使人想起当年长亭惜别之时,怎不使人触目伤怀呢!

"孤村芳草远"之句,更富有浓厚的感情色彩,"孤村"者,非一定是村"孤",恰是说明抒情主人公心境之孤寂。诗词中的“芳草”更与离思结有不解之缘,《楚辞·招隐士》云:“王孙游兮不归,春草生兮萋萋。”芳草蔓延之“远”,则更使人想起李后主《清平乐》词“离恨恰如春草,更行更远还生”了。

“斜阳杏花飞”,是典型的江南暮春残景。江村日暮,有如美人娇面的杏花,在无力东风中纷纷飘落,漫天漫地,这景色极艳极美,艳美之中又带有几分凄凉的意味,它自然包含着一种“无可奈何花落去”的伤感。

当然,上面这许多寄托在景物里的丰富情意,词人是通过写景启发读者想象的结果,如此,读者含咀英华,思而得之,饶有情趣。如果不是以景寄情,而是由作者直说出来,就没有多少味儿了。但是,全用写景来表现情思,毕竟有点像打哑谜,使人难以捉摸,因此,古典诗词一般作法都同时采用写景与抒情两种手法,相互为用。寇輩这首词也不例外。下面作者便由隐而显,以直接抒情方式来点破题旨:

“江南春尽离肠断,蘋满汀洲人未归。”前面作者花了很大力气,连续四句都是写景,实际上就是为了说出“江南春尽离肠断”这一层意思。因为有了前面写景的层层渲染铺垫,这句直抒胸臆之语,才显得情意深挚。接着又写“蘋满汀洲”云云,这结末两句之于柳恽“汀洲采白蘋,日暮江南春”诗句,其直接化用的痕迹是极明显的。古代女子有采蘋花赠情人的风俗,如今正是“蘋满汀洲”之时,多情的女主人公有意采掇蘋花,赠予心上之人,可叹“王孙游兮不归”!言外之意,自己美好的青春年华就如那“斜日杏花飞”,在孤寂落寞中虚掷了!

这首词通篇用语大都是用诗词中传统的意象,词的意境也是化用前人的,似乎没有多少新意可言。然而它又是那么清丽婉转,柔情似水,饶有韵味。这样的小词出自一代名臣之手,曾为许多人所不能理解。南宋胡仔在《苕溪渔隐丛话》中就这样说:“观此(指《江南春》)语意,疑若优柔无断者;至其端委庙堂,决澶渊之策,其气锐然,奋仁者之勇,全与此诗意不相类,盖人之难知也如此!”其实,观寇準一生,也非始终一帆风顺,他宦海浮沉,曾几经沧桑。此词作意固不可详考,然堂堂大臣,一再用柳恽诗意,学女子声口,写伤春情愫,恐怕未尝没有弦外之音,或许其中也寄托着自己流年风雨,美人迟暮之慨吧?

苏易简 (958~996)字太简,梓州铜山(今四川中江)人。太平兴国五年(980)进士第一。历官知制诰、翰林学士、给事中。淳化中,官至参知政事,后出知陈州。卒,赠礼部尚书。有文集二十卷,今不传。《全宋词》存其词一首。

越江吟

苏易简

非云非烟瑶池宴。片片。碧桃零乱黄金殿。虾须半卷天香散。
春云和，孤竹清婉。入霄汉。红颜醉态烂漫。金舆转。霓旌影乱。箫声远。

【鉴赏】

本词见《苕溪渔隐丛话》前集卷十六引《冷斋夜话》。另《续湘山野录》所引此首作"神仙神仙瑶池宴。片片。碧桃零落春风晚。翠云开处，隐隐金舆挽。玉麟背冷清风远。"

作者于太平兴国八年任知制诰，后又由知制诰入为翰林学士，在翰林八年。《本传》说："先是，曲宴将相，翰林学士皆预坐，梁迥启太祖罢之。又皇帝御丹凤楼，翰林承旨侍从升楼西南隅，礼亦废。至是，易简请之，皆复旧制。"本词大概就是作者在旧制恢复以后奉旨赴宴时所写。

上片描叙皇帝大宴群臣。"瑶池宴""黄金殿"，指出宴会的地点和赴宴的人物。瑶池，是传说中昆仑山上的池名，为仙人西王母所居之处。据说周穆王曾西游到昆仑山，西王母在瑶池摆宴款待他。《穆天子传》卷三云："乙丑，天子觞西王母于瑶池之上。"瑶池宴，本为神仙宴请帝王，这里是借用此典故来说明皇帝在宫中太液池畔设宴大会群臣。黄金殿，概括地反映出禁中宫室之华丽。宋都汴京本是五代旧都，太祖建都于此，经过修建，成为十一世纪宏伟的东方名城，宫殿十分壮观。这在柳永笔下多所描绘："连云复道凌飞观。耸皇居丽，嘉丽瑞烟葱蒨。翠华宵幸，是处层城阆苑。"(《倾杯乐》)"帝居壮丽，皇家熙盛，室运当千，端门清昼，觚棱照日，双阙中天，太平时，朝野多欢。"(《透碧霄》)"非云非烟"，一作"非烟非雾"，形容御香炉中瑞烟袅袅，缭绕在"瑶池"之畔，亦即所谓"凤髓香和烟雾。"(夏竦《喜迁莺》)稍后于作者的丁谓有《凤栖梧》一首，亦是咏宫中宴集之事，可以参看："朱阙玉城通阆苑。月桂星榆，春色无深浅。箫瑟篌笙仙客宴。蟠桃花满蓬莱殿。九色明霞裁羽扇。云雾为车，鸾鹤骖雕辇。路指瑶池归去晚。壶中日月如天远。"词中的"仙客宴"，也即本词首句的"瑶池宴"。而"仙客"，当是指奉旨赴"瑶池"之宴的将相学士们。

“瑶池”之畔，碧桃谢去，花瓣片片随风飘舞，散落在闪闪发光的宫殿之旁。从繁花满枝到残朵零落，意味着已是暮春时节，气候转暖，所以殿中珠帘半卷，阵阵香味，缓缓向外散放。“虾须”，即帘子，“劳将素手卷虾须，琼室流光更缀珠。”（陆畅《帘》）天香，指稀有的异香，宋之问《灵隐寺》诗云：“桂子月中落，天香云外飘。”这里是指自宫殿中散发出来的香气，“朝衣正在天香里。”（皮日休《送令狐补阙归朝》）作者不是从正面着手叙述这次盛宴的具体情况，而是以描绘宫中景物衬托出皇帝赐宴的隆重气氛。

下片继续叙写宴会情景。宫廷乐队的琴、瑟、箫、笙、箜篌，奏起清雅婉转的音乐，乐声悠扬动听，令人有“此曲只应天上有，人间那得几回闻”的感觉。云和，是古代琴瑟等乐器的代称。孤竹，以孤生的竹制成，是古代管乐器的代称。万树《词律》云：“又‘青云和，孤竹清婉’句，考《周礼·大司乐》云：‘孤竹之管，云和之琴瑟，冬日至奏之。’则‘青’字恐‘奏’字之误。又按《词谱》，‘青云’作‘春云’。”从内容来看，“云和”“孤竹”都是乐队演奏时的乐器，万氏的说法是不错的。

结尾三句，写红日西坠，宴会已接近尾声，赴宴的“仙客”饮完御酒，双颊酡然。“烂漫”，亦是形容醉后微醺的脸庞。“金舆转”，指皇帝的车驾返回内殿，仪仗队随行在后，那五彩羽毛制成的旌旗，犹如虹霓般鲜艳夺目；在夕阳的余晖下，旌旗的影子显得有些零乱，表示车驾离得更远了，只有那悠远的箫管声，还在空中回荡，久久不绝。

陈尧佐　（963~1044）字希元，号知余子，世称颍川先生，阆州阆中（今属四川）人。端拱二年（989）进士，历官翰林学士、枢密副使、参知政事、同平章事，以太子太师致仕。工诗善书，存词一首。

踏莎行

陈尧佐

二社良辰，千秋庭院。翩翩又见新来燕。凤凰巢稳许为邻，潇湘烟暝来何晚。

乱入红楼，低飞绿岸。画梁时拂歌尘散。为谁归去为谁来，主人恩重珠帘卷。

【鉴赏】

陈尧佐，字希元，历官同中书门下平章事。他仅存这首小词，据释文莹《湘山野录》卷中记载，时宰相申国公吕夷简欲致仕，仁宗问何人可代，夷简遂荐尧佐。尧佐拜相后，“极怀荐引之德，无以形其意，因撰燕词一阕，携觞相馆，使人歌之”。可见作此词的目的在于感谢吕夷简“荐引之德”。

从表面看，这是一首咏物词。清蒋敦复《芬陀利室词话》云：“词原于诗，即小小咏物，亦贵得风人比兴之旨。”在《诗·国风》中，以“燕燕于飞”喻人之送别，以“雄雉于飞”喻人之行役，这种比兴手法，无疑给后世以启迪。此词以燕子自喻，有比兴，有寄托，按当时审美标准，自然也是得“风人之旨”。这种通过燕子寄寓感恩思想的写法，直接影响了南宋的曾觌，他在《阮郎归》咏燕词中说“为怜流去落红香，衔将归画梁”，《蓼园词选》即以为有“忠爱之心”。此类作品格调虽不高，然在宋代词坛上也不失为特色之一。

词的起首三句点节序，写环境，以燕子的翩然来归，喻朝廷的济济多士。二社，指春社与秋社，是祭祀社神(土地神)的节日。春社在立春后第五个戊日，秋社在立秋后第五个戊日。联系下文来看，这里主要指春社，但为什么说是“二社”呢？因为要与下句的“千秋”对举。就作为候鸟的燕子来说，相传春社来，秋社去，故亦可称“二社”。“千秋庭院”，一作“千家庭院”。“千秋”义较胜，即秋千。燕子于寒食前后归来，而秋千正是寒食之戏，欧阳修《蝶恋花》词：“欲近禁烟微雨罢，绿杨深处秋千挂”，是其证。此亦暗点时令，与“二社”照应。这两句对仗工稳，感情充沛，把词人对明媚春光、美好时代的一腔热爱，很自然地反映出来。接着一句通过燕子飞翔的姿态，表达自己悠然自得的心情。“翩翩”，轻快也。《诗·小雅·四牡》：“翩翩者雏，载飞载下。”燕子一会儿飞向空中，一会儿贴近地面，自由之态可掬。句中着一“又”字，说明燕子的翩然来归，非止一双，“新来”切己之初就任，语虽浅而义深，进一步歌颂了宋王朝的“大得人心”。

三、四两句暗喻吕夷简的退位让贤，并自谦依附得太晚。据《宋史》本传，陈尧佐任枢密副使时曾为吕夷简的亲信、祥符县令陈诂开脱罪责。此事当使吕夷简产生好感。后夷简荐以自代，与此不无关系。这一段意思，自然不能明说，即使明说，亦没有词味。因此他通过婉曲的方式加以暗示，令人觉得含蓄蕴藉，且不落言筌。“凤凰巢稳许为邻”，以凤凰形容邻座之巢，意在突出其华美与高贵。不说“占得”，而说“许为邻”，亦谦恭之意。“潇湘”谓燕子从来之处，当系虚指。“来何晚”三字，充满感情色彩。从语气上看，似为自责，其中大有“相从恨晚”之意。这就是以曲笔写深情，笔愈曲而情愈深，使人读之，玩味不尽。

过片二句虽宕开，然仍暗承上片“翩翩”及“潇湘”句意脉。“红楼”为富贵之家，“绿岸”为优美之境。“乱入”形容燕子的纷飞，当此良辰美景，燕子倍感心情舒畅，所以一会儿争先恐后地飞进红楼，一会儿又到绿杨岸畔、碧水池旁盘旋低飞，衔泥觅食。仅此二句，已把当时的欢乐以象征手法概括出来。词的第三句"画梁时拂歌尘散"，据刘向《别录》云，汉代有虞公者，善歌，发声能震散梁上灰尘。华堂歌管，是富贵人家常事，燕子栖于画梁，则梁尘亦可称作"歌尘"。此亦为居处之华贵做一点缀。

结尾二句先以问句提挈，然后归美于主人，于是词人所要表达的"感恩"之情，跃然纸上。"为谁归去为谁来"，纯为口语，一句提问，引起读者充分注意，然后轻轻逗出"主人恩重珠帘卷"，悠然沁入人心，完成了作品的主题。欧阳修《采桑子》词谓垂下帘栊，燕子不得其门而入，故在细雨中盘旋。此处则与上片"许为邻"呼应，说主人特地卷起珠帘，让燕子自由入内。主人怜惜之情，宽仁之度，见于言外。晁端礼《清平乐》云："莫把珠帘垂下，妨它双燕归来。"黄了翁《蓼园词选》评曰："借燕归巢以寄其招隐之心。"如果说这是从主人角度着笔，那么此词则是代燕子立言，表示对主人的感激。据说吕夷简听唱到结句，颇为领情，说是"自恨卷帘人已老"，陈尧佐应曰："莫愁调鼎事无功。"(《湘山野录》卷中)不用说这里的主人是吕夷简，而燕子则是词人的化身了。

孟子云：论文必须"知人论世"，分析此词也当如此。若不知此词的背景，单单从咏燕着眼，必将买椟还珠、仅得皮毛了。

钱惟演 (977~1034)，字希圣，临安(今浙江省杭州)人。吴越忠懿王钱俶之子。随其父归宋后为右屯卫将军。咸平三年(公元1000年)召试，改文职，为太仆少卿。因博学能文辞，编修《册府元龟》，累迁翰林学士枢密使。罢为镇国军节度使观察留后，改保大军节度使，知河阳。入朝，加同中书门下平章事，后被弹劾落职，为崇信军节度使，谪居汉东，不久去世。他博学多才，尤善吟诗作词，为西昆诗派领袖之一，与杨亿、刘筠齐名，其作品文采飞扬，风格清丽，著有《典懿集》及《金坡遗事》等。其词仅存两首，格调凄婉。

玉 楼 春

钱惟演

城上风光莺语乱，城下烟波春拍岸。绿杨芳草几时
休？泪眼愁肠先已断。

情怀渐觉成衰晚，鸾镜[①]朱颜惊暗换。昔年多病厌芳尊[②]，今日芳尊惟恐浅。

【注释】

①鸾镜：饰有彩鸾图案的镜子。据刘敬叔《异苑》载："罽宾王有鸾，三年不鸣。夫人曰：'闻鸾见影则鸣。'乃悬镜照之，冲霄一奋而绝。故后世称为鸾镜。"此用"鸾镜"一词有离愁别恨之意。

②芳尊：杯中美酒之意。尊同樽，酒杯，此代杯中酒。

【鉴赏】

这首词表面上描写一个女子在诉说相思之情，但实际是作者在自伤身世。上下两片分两层说，上片借描写自然界的景致抒情，下片从叙说个人的变化抒情。层层推进，充分表露了作者晚景的寂寞、凄凉、悲伤。

张　昇　(992~1077)，字杲卿，韩城(今属陕西)人。大中祥符八年(1015)进士。累官参知政事、枢密使，以彰信军节度使、同中书门下平章事判许州，改镇河阳。以太子太师致仕。赠司徒兼侍中，谥康节。其词仅存2首，笔法冷峻，格调悲凉。

离亭燕

张 昇

一带江山如画，风物向秋潇洒。水浸碧天何处断，霁色冷光相射。蓼屿荻花洲，掩映竹篱茅舍。

云际客帆高挂，烟外酒旗低亚。多少六朝兴废事，尽入渔樵闲话。怅望倚层楼，寒日无言西下。

【鉴赏】

《离亭燕》，一名《离亭宴》。调名取自张先词"随处是离亭别宴"。《离亭燕》属双调七十二字。

这是一首写景兼怀古的词，在北宋怀古词中是写得较早的一首。词的上片描绘金陵一带的山水，在雨过天晴的秋色里显得分外明净而爽朗。词的下片通过怀古，寄托了作者对六朝兴亡盛衰的感慨。

诗人登楼，俯瞰长江，遥望群山，江山如画，诗情激发，于是开篇即挥洒词翰，概括出了："一带江山如画。"

"一带"，这里是指建康。即长江下游今南京市一带。发调这一笔，内涵丰富，气韵饱满。诗人先以"一带"二字，豁然拉开画面，再以"江山如画"四字，总括出南京附近长江一带的山川胜境，注入了诗人无限赞美之情。诗人接下去，续写一笔作补充："风物向秋潇洒。"

这里"风物"指景物。"潇洒"，形容秋色明净爽朗。这句是对上句"江山如画"的补充，也是总括之笔。但这里所讲"风物"，既包括江山，又不限于江山，而是指一切风光景物，内涵场景更大更多。"秋"字则点明节序，并以此带出"潇洒"二字。非常生动形象地描绘出秋天景物所特有的爽朗明净。上句"如画"，侧重写色彩美，此句"潇洒"侧重于写风姿美。与杜甫"秋色正潇洒"诗每的意境颇类似，但并不十分凄凉。而是景物萧疏爽朗，显得清高不俗。总之，上下两句相辅相成，就把秋天的江山风物描摹得更富于诗意美。

写完总的景观，就要有具体景物，所以接着下面四句相应地写出分景镜头。

"水浸碧天何处断，霁色冷光相射"，这两句是从远处着眼，写远水和碧天连成一片，浑然一色，看不出断接处；雨后晴朗的天色和秋水闪现的寒光，交相辉映。句中的"浸"字，写的是虚景，但又是实感。正因为江天浸连，故有毫无阙断之感。诗人不平板直说“无断处”，而用探索语气说“何处断”，使语言有变化，诗味也深些。这虽是细微之处，但也可看出诗人锱铢必较、毫发必辨的精神。句中的“碧天”与“霁色”相呼应。“碧天”，指天色之青碧，“霁色”，是雨后晴朗的天色。先写天色之青碧，以与水色浑一。后写雨后晴朗的天色，以与秋水之冷光交辉。“冷光”二字，是指秋水闪现的寒光，既点出雨洗清秋之后江水的清冷光色，也透露出埋藏在诗人心灵深处的一丝寒意。“相射”二字，是交相辉映，富有动态美，是诗人笔端着力之处。写出一种霁色映水、水波生光、上下辉映，展现出一片晶莹高洁的秋色世界。

接下去，诗人再从近处落笔，在江色凝秋的画面中，点缀出江岛小景：“蓼屿荻花洲，掩映竹篱茅舍”。这两句描写，蓼荻丛生的小岛上，几间竹篱茅舍隐约可见。蓼、荻都是生长在水边的植物，每当秋天，蓼花红白相间，荻花白而微紫、白色洁白、红色艳红、秋色满眼，煞是可爱。“掩映”是半遮半露，或隐或现。诗人再插一景，画出岛上人家。即在那蓼花荻花丛中，掩映着几处围着竹篱的茅屋，意境清雅，颇有田园风味。

词的下片，在写景中加入了人事的活动。一、二句续写风景：“云际客帆高挂，烟外酒旗低亚。”

这是两处远景。一写云际客船，即水天尽头的客船就像高挂在云边，一写烟外酒店，低亚即低压，形容卖酒的旗子低垂地飘扬。“云”“烟”二字，点出苍茫渺远的景色。前句寓有羁旅客愁，后句暗含寂寞之感。从写法上看，是为下面的怀古，缓缓渲染出一种沉郁的气氛，故接着笔情转移，进入议论：“多少六朝兴废事，尽入渔樵闲话。”

“六朝”，指先后在金陵建都的吴、东晋、宋、齐、梁、陈六个朝代。这两句大意是：六朝兴亡更迭，多少件令人感叹的故事，都成了渔翁樵夫们闲谈的话题。抚今追昔，想到荣华之不能久持，美好事物不能常驻，不禁产生一种人事沧桑的悲哀之感。自唐以来，游览六朝故都金陵的人，总是为它的山川胜景所倾倒，因它的历尽沧桑而感慨，写下了不少写景兼怀古的诗篇，而江山依旧，物是人非，则是这类作品共有的感情特征。如唐末诗人王贞白“金陵”诗：“六代江山在，繁华古帝都。乱来城不守，战后地多芜。寒日随潮落，帆归与岛孤。兴亡多少事，回首一长吁。”但若与张昇的《离亭燕》媲美，则前者显然为之逊色，尽管二者都是怀古，甚至有些词语也相似，但两者气质迥然不同，却有高下之分。这就是王诗显得粗犷浅露，而张词则深沉含蓄，极富艺术感染力。再就两者结尾来说，张词写的是：“怅望倚层楼，寒日无言西下。”

张词这两句虽然也写到“寒日”，但意思比王诗更深；它没有写到“长吁”，然而却包含着嗟叹，显然又胜王诗一筹。这两句的大意是：烦闷地靠在楼窗口，眼看着夕阳无声无息地渐渐逝去。“怅望”，是带着烦闷的心情望着四周。“怅”是不如意、不痛快，写“望”时的心情；究竟望见了什么呢？但只见“寒日无言西下”，这里的“寒日”，当然是指秋天傍晚的太阳。那么，诗人是嫌寒日不语吗？当然不是，诗人不过意在说明，人事代谢如行云流水，宇宙万物之运行，不以人的意志为转移。至此，上面所描写的风韵全不见了。这是因为感情上的变化，诗人所见的客观景物也染上了主观色彩。“寒”字便是这种主观感情色彩所产生的效果。这就是所谓“移情入景”，以景见情的艺术手法。总之，这两句写得格调沉郁，言止而意不尽。前人评价这两句词“极苍凉萧远之致”是很有见地的。

潘阆 （？~1009），字逍遥，大名（今属河北）人。至道元年（995）赐进士及第，试国子四门助教。未几，以狂妄追还诏命。真宗释其罪，为滁州参军。与寇准、林逋等交游唱和。尝往来于苏杭，有《逍遥词》。其《酒泉子》十首，专咏钱塘自然景物，颇具浪漫色彩，笔调清新，多有佳句。

酒泉子（其一）

潘　阆

长忆观潮，满郭[①]人争江上望。来[②]疑沧海尽成空，万面鼓声中。

弄涛儿[③]向涛头立，手把红旗旗不湿。别来几向梦中看，梦觉尚心寒。

【注释】

①郭：外城。这里指外城以内的范围。

②来：语气助词，几乎，就要。

③弄涛儿：又称弄潮儿。周密《武林旧事》说：八月十五钱塘大潮，吴地少年善于游水者数百人，都披散着头发，身上刺满花纹，手持大旗，争先恐后，迎着潮头，在万丈波涛中出没腾飞，做出各种姿势，旗帜却一点也没有沾湿。

【鉴赏】

钱塘潮，又叫宁海潮，是浙江杭州湾钱塘江口的怒潮，每年尤以阴历八月十八日为最壮观。钱塘潮景象的壮丽，早就闻名天下，是历来文人歌咏的题材。李白《横江词》中已有“浙江八月何如此？涛似连山喷雪来”之句。这首小令，是咏潮的

名篇。上片写江潮涌来时涛声如雷、沧海成空的壮观；下片颂扬弄潮儿的矫健身姿和高超表演，都写得惊心动魄，扣人心弦。结尾二句，作者自叙这种惊心动魄的场面，曾几次在睡梦中重现，而每次醒来，都心有余悸。这样写，既强调了潮的惊险壮观，作者感受之深，烘托了"弄潮儿"的精彩表演，飒爽英姿，又增强了作品的艺术感染力。整首词意境壮阔，给人以气魄雄伟、胸襟开阔之感，一扫五代柔靡的词风，从而使潘阆以咏潮名世。清张思岩曾评论："以轻绡写其形容，谓之潘阆咏潮图"(《词林记事》引《皇朝类苑》)。

酒泉子(其二)

潘　阆

长忆钱塘，不是人寰是天上。万家掩映翠微间，处处水潺潺。
异花四季当窗放，出入分明在屏障。别来隋柳几经秋，何日得重游。

【鉴赏】

潘阆《酒泉子》共十首。其一、二忆钱塘，其三、四忆西湖，其五至十分别忆孤山、西山、高峰、吴山、龙山、观潮。每首起句均冠以"长忆"二字，后半阕第三句俱冠以"别来"二字。是词人离开钱塘后所作，从山水寺塔等多角度忆写杭州胜景。"长忆"起首，思念之情往往直贯全篇；"别来"收煞，正是词人寄托情思的最佳境地。尤其是歌颂西湖的诸篇，最享盛名。十首《酒泉子》，在词体上不拘《花间》双调四十字体，反依《敦煌曲子词》双调四十九字体，足见其学习民间而脱离《花间词》羁绊之勇气。且以十首一组集中写景，在宋初雕缋满眼"花间"习气弥漫之中，吹来一股新鲜的晨风。并以其完整的构思、独特的手法，"词中有画"，而使文士名流争相节于壁、涂于景，盛传一时。

前半阕起句突如其来，"忆"而"长忆"，见出词人的无比向往和爱恋之情。"不是人寰是天上”,正“天上天堂,地下苏杭”(宋·范成大《吴郡志》)、“上说天堂,下说苏杭”(明·郎瑛《七修类稿》)和里谚“上有天堂,下有苏杭”之谓也。接着“万家掩映翠微间”二句,抓住钱塘景物的特色,先写目之所见,是远望,百姓人家屋宇如云,“一色楼台三十里”,湖山映衬,云雾烟霞,波光岚影,绰约多姿,怎能不产生虚无缥缈幽深处、山色青翠掩映美之感呢?次写耳之所闻,是近俯,洞壑深出,绿水碧波,溪流潺潺,大有“却顾所来径,苍苍横翠微”(李白),身在青翠掩映中的意趣。

后半阕紧承上,仍是“忆”中之胜景。钱塘在杭州之南,此处无非还是指杭州、指西湖一带。这里千峰凝碧,洞幽泉鸣,湖光山色,丰姿绰约。春则垂柳含翠,红桃吐艳,十里香风,异花霭霭;夏则荷花映日,莲叶接天,“曲院风荷”,新绿一片;秋则三秋桂子,香溢云外,“金雪世界”,多姿多彩;冬则寒梅斗雪,暗香浮动,疏影横斜,铺琼砌玉。词人只用“异花四季”十四个字,把昔日记忆中最深切的所见(“异花四季当窗放”)、所感(“出入分明在屏障”)概括出来,“句法高古,语带烟霞”,意境雅洁,情调优美。使人不禁想到清代俞曲园“重重叠叠山,曲曲环环路。丁丁冬冬泉,高高下下树”的名句。今之忆,昔之景,如画胜境,浑然一体,丝丝入扣,情真意切,比之于那些剪红刻翠的词,更给人以清新明快之感。正是“长忆”之所及,才引发出“别来隋柳几经秋,何日得重游”。隋堤,隋炀帝所开通济渠,沿渠筑堤,堤上植柳,后谓之隋堤。词人多么盼望故地重游呢,潘阆狂逸脱俗,曾坐事系狱,拟故地重游,或归来隐居,读之者不妨自去体味。

酒泉子(其三)

潘　阆

长忆西湖,尽日凭阑楼上望:三三两两钓鱼舟,岛屿正清秋。
笛声依约芦花里,白鸟成行忽惊起。别来闲整钓鱼竿,思入水云寒。

【鉴赏】

这首词抒写对西湖的回忆。是《酒泉子》十首中描写西湖景色最为成功的一首。“西湖风景甲天下”,无怪乎词人要以“长忆”开头表示忆念西湖了。

“忆”是全词之关键。西湖美,固然令人难忘;而欲超脱现实,转入回顾,恐怕才是词人的本意。“尽日”“望”应“忆”。“尽日”“楼上望”写出了“长忆”者之情态,词人由不懈的思念，引出当年无尽的留恋，用感情带动写景。“三三两两”则是“长忆”中之情物。来往垂钓的渔舟，湖中岛屿一派清秋景色，正是他深深相忆、凭阑远望的昔日所见所闻。“凭阑楼上”是词中常见的熟语，很难道出新意，而此处叠用数字描写风物，点出渔舟所在；“岛屿正清秋”交代背景，二者悠然自在，相映成画，疏朗错落，充满天趣。

下阕仍然写楼上望的所见所闻。“依约”，隐约也，葦芦花里之笛声，渺茫幽远，听不甚明；“忽惊起”，状形，倏然而惊，翩然而逝。其声，似有若无；其形，色彩明丽，朴实之中透出空灵之韵致。最后两句前冠以“别来”，把思路从忆念拉到眼前，“别来已是二十年”（《酒泉子》其三），看来他告别西湖已经很久了，然而昔日凭阑所见之景，所闻之声依旧历历在目，飘然隐逸之情仍旧存留心底。“闲整钓鱼竿”既照应上阕“钓鱼舟”，乃系“长忆”所引发而出的作为，极写词人急欲立即回到西湖垂钓的心情，还想让忆念的思绪，再一次浸入湖中的水云深处。上阕只说凭阑看到渔舟，此处则要闲整钓竿再次垂钓了。“闲”字妙绝，曰“闲”而实见更其急切！如此执着正是对渔父生涯的炽热追求，也正是其“狂逸不羁”性格的极好注脚。“水云寒”照应“正清秋”，水波云烟，恰是垂钓者出没之地，意蕴更深一层。

总之，首尾写当时情，中间写昔日情，处处照应，环环紧扣，浑然一体。俨然一幅以淡墨点染的西湖秋景图。那西湖秋色之恬淡清丽，垂钓者之悠闲自得，意境之幽深开阔，令人神往。词人笔下的渔舟、岛屿、笛声、芦花、白鸟，有声有色，声色俱佳，有动有静，动静咸宜，自然生动，一无艳饰，纯属白描。清·沈谦云：“白描不可近俗，修饰不得太文，生香真色，在离即之间，不特难知，亦难言。”本词不着意之描绘，凝练雅洁，别饶韵致，诚为白描之佳制。唯其如是，才牵动词人超脱世俗的“出尘”之意。

同时也正因如此，历代文士名流才争相彩绘：“石曼卿见此词，使画工彩绘之作小景图。”（宋·杨湜《古今词话》）“钱希白爱之，自写于玉堂后壁。”（宋释文莹《湘山野录》）“于时盛传，东坡爱之，书于玉堂屏风。”（明·陈耀文辑《花草粹编》引杨湜《古今词话》）“此词一时盛传，东坡公爱之，书于玉堂屏风。”（明·杨慎《词品》）何以文士名公如此激赏，除了词本身的高超艺术技巧外，之所以被关注的焦点，还在西湖景色的超绝：“山名天竺堆青黛，湖号钱塘泻绿油。”（白居易《答客问杭州》）其山美水也美；“水光潋滟晴方好，山色空蒙雨亦奇。”（苏轼《饮湖上初晴后雨》）其晴美雨也美。还如“松排山面千重翠，月点波心一颗珠”等等，情景相融、意象相合，淡抹浓妆总相宜。“词景如画，景中含隐逸之情”，“词境似仙，境里藏超然之意。”历代竞相书于壁、涂于景的真正原因，庶几在此。

酒泉子(其四)

潘 阆

长忆孤山,山在湖心如黛簇。僧房四面向湖开,轻棹去还来。

芰荷香喷连云阁,阁上清声檐下铎。别来尘土污人衣,空役梦魂飞。

【鉴赏】

这首词是对杭州西湖中孤山胜景的回忆。孤山峙立西湖之中,酷似水面上的绿色花冠。词人“长忆”孤山,善于写景,无论是画面的构思,抑或取景的角度,还是景中的动静结合,遣词用语,无不别具心裁。

上阕起首两句,先确定了画幅的中心主体孤山的位置:矗立湖心,形如黛簇。词人以黛喻山的颜色,以簇状山的形态。黛者,古代女子画眉所用的黛墨,青而带黑;簇者,攒集丛聚。“青黛集聚”,给读之者以幽深苍翠、人迹罕至和山峰攒簇、雄奇壮观之感。接着写山上的僧房,“四面向湖开”,显得越发清静,敞亮开阔。“轻棹去还来”,顿使整幅画面由静变动,如梭的轻舟,往来湖上,沟通了山与湖的联结,僧人借以同外界交往,改变了那种与世隔绝的状况。既是修行的“仙境”,且又人踪可到,昔日常常是作者游息之所。

下阕转而写连云阁。孤山顶上有座连云阁,四面临湖。过片两句先写湖面布满芰荷,清香扑鼻;次叙阁檐悬挂铃铎,风铃清音。荷香,四处飘溢;铃音,八方远扬,给读者一种四面八方流散之感。上阕小舟轻棹,游弋湖面,下阕荷香铃音,飘散洋溢,使人既感到轻灵迅疾,又觉得幽雅清淡。与其说是为了写动,毋宁说是为了写静。然而,不论是静,或者是动,静中有动,动中寓静,始终都有一种令人沉醉其中的流动感。结尾两句冠以“别来”二字。这是理解全词的关键。词人的“长忆”,留恋向往,正是着眼于孤山的幽静、佛地的圣洁,不满于污浊纷扰的世俗。末句五字,深刻地表现出词人对孤山这方净土的深切怀念、执着追求。然而,“一色楼台三十里,不知何处觅孤山?”

综观全词,词人捕捉久已忘却的记忆中孤山胜境、景物特点,构思了一幅颇为别致幽雅的画面:“以孤山为圆心,以西湖为圆周,将有关景物都纳入一个辐射圆中,构成一幅由圆心向四周流动、扩散的图画。”从而展现这一带环境氛围的清静、幽雅、超凡、脱俗。无论由点及面，或是由面及点，都给人一种缓缓地流动之感。也许此即所谓本词景含仙境、语带烟霞，在艺术上的独到之处、成功之妙。

林逋 (967~1028)字君复，汉族，北宋初年著名隐逸诗人。幼时刻苦好学，通晓经史百家，长大后，曾漫游江淮间，后隐居杭州西湖，结庐孤山。宋仁宗赐谥“和靖先生”。今存词三首。

长相思

林逋

吴山青，越山青。两岸青山相送迎，谁知离别情？
君泪盈，妾泪盈。罗带同心结未成，江头潮已平。

【鉴赏】

林逋是北宋初年著名的隐士。他独居杭州西湖边的孤山，二十年不入城市，种梅养鹤，终身未娶，人称“梅妻鹤子”。其咏梅诗中“疏影横斜水清浅，暗香浮动月黄昏”一联，写出他孤高自许的情怀，最为世所称道。因此，在人们心目中，这位清心寡欲、几乎不食人间烟火的“和靖先生”，该是与爱情无缘了吧？不然。一阕《长相思》，便道出了他关怀人间情爱的款款心曲，展示了他内心世界的另一面。

词以一女子的口气，抒写她因婚姻不幸，与情人诀别的悲怀。开头用民歌传统的起兴手法，“吴山青，越山青”，叠下两个“青”字，色彩鲜明地描画出一片江南特有的青山胜景。吴、越均为春秋时古国名，地在今江浙一带。钱塘江北岸多属吴国，以南则属越国。这里自古山明水秀，风光宜人，却也阅尽了人间的悲欢。“两岸青山相送迎”，吴山、越山，年年岁岁但对江上行舟迎亲送往，于人间之聚散离合已是司空见惯。“谁知离别情？”歇拍处用拟人手法，向亘古如斯的青山发出嗔怨，借自然无情反衬人生有恨，使感情色彩由轻盈转向深沉，巧妙地托出了送别的主旨。

“君泪盈，妾泪盈”，过片承前，由写景转入抒情。这无人能够理喻的离别的痛苦,却落到了你我身上。临别之际,泪眼相对,哽咽无语。为什么这人间常有的离别,却使他们如此感伤?“罗带同心结未成”,含蓄道出了他们悲苦难言的底蕴。古代男女定情时,往往用丝绸带打成一个心形的结,叫作“同心结”。“结未成”,喻示他们爱情生活横遭不幸。不知是什么强暴的力量,使他们心心相印而难成眷属,只能各自带着心头的累累创伤,来此洒泪而别。“江头潮已平”,船儿就要起航了。“结未成,潮已平”,益转益悲,一江恨水,延绵无尽。

这首词艺术上的显著特点是反复咏叹,情深韵美,具有浓郁的民歌风味。词采用了《诗经》以来民歌中常用的复沓形式,在节奏上产生一种回环往复、一唱三叹的艺术效果。词还句句押韵,连声切响,前后相应,显出女主人公柔情似水,略无间阻,一往情深。而这,乃得力于作者对词调的选择。唐代白居易以来,文人便多用《长相思》调写男女情爱,以声助情,得其双美。林逋沿袭传统,充分发挥了此调独特的艺术效应,又用清新流美的语言,唱出了吴越青山绿水间的地方风情,使这首小令成为唐宋爱情词苑中一朵溢香滴露的小花。

点绛唇

林逋

金谷年年,乱生春色谁为主?余花落处,满地和烟雨。
又是离歌,一阕长亭暮。王孙去。萋萋无数,南北东西路。

【鉴赏】

北宋“梅妻鹤子”的隐逸诗人林逋,留下的词仅有三首。这首《点绛唇》和另一首《长相思》,写的是离愁别绪,都是脍炙人口之作。据宋人吴曾《能改斋漫录》卷十七记载,当年人称林逋的这首《点绛唇》词“为咏草之美者”,引起梅尧臣、欧阳修的好胜心,他们各自填了一首相同题材的《苏幕遮》和《少年游》。这三阕咏草词被后人称为“咏春草绝调”(王国维《人间词话》)。由此也可见出林逋这首词在当时的影响。

古人常借有形有色之物以抒难以名状之情,而离情又往往和惜春相连。这首《点绛唇》就是以草为题,以荒园暮春为背景抒写绵绵离情的。金谷,即金谷园,指西晋富豪石崇在洛阳建造的一座奢华的别墅。石崇在《金谷诗序》里说,征西将军祭酒王诩回长安时,他曾在金谷涧为其饯行。所以后来南朝江淹的《别赋》中就有

"送客金谷"之说,成了典故。"金谷年年,乱生春色谁为主?"人既去,园无主,草木无情,依旧年复一年逢春而生。曾经是锦绣繁华的丽园,如今已是杂树横空、蔓草遍地了。写春色用"乱生"二字,可见荒芜之状,其意味,与杜牧《金谷园》诗中的"流水无情草自春"相近。"谁为主"之问,除点明园的荒凉无主外,还蕴含着作者对人世沧桑、繁华富贵如过眼烟云之慨叹。"余花"两句,写无主荒园在细雨中春色凋零景象。绚烂的花朵已纷纷坠落,连枝头稀疏的余花,也随蒙蒙细雨而去。"满地和烟雨",境界阔大而情调哀伤,虽从雨中落花着笔,却包含着草盛人稀之意。眼看"匆匆春又归去",词人流露出无可奈何的惆怅情怀。

过片直写离情。长亭,亦称十里长亭。古代为亲人送行,常在长亭设宴饯别,吟咏留赠。此时别意绵绵,难舍难分,直到太阳西下,还"恨不得倩疏林挂住斜晖"。"又是离歌,一阕长亭暮",词人正是抓住了黯然销魂的时刻,摄下了这幅长亭送别的画面。最后"王孙"三句,活用《楚辞·招隐士》中"王孙游兮不归,春草生兮萋萋"诗意,是全词之主旨。"王孙"本是古代对贵族公子的尊称,后来在诗词中,往往代指出门远游之人。凝望着亲人渐行渐远,慢慢消失了,唯见茂盛的春草通往四方之路,茫茫无涯。正如李煜《清平乐》词所说:"离恨恰如春草,更行更远还生。"

以萋萋春草比喻离愁和远思,在我国古代似有传统。除《楚辞·招隐士》外,像"青青河边草,绵绵思远道"(《饮马长城窟行》)、"萋萋春草生,王孙游有情"(谢灵运《悲哉行》)、"春草明年绿,王孙归不归"(王维《山中送别》)、"远芳侵古道,晴翠接荒城。又送王孙去,萋萋满别情"(白居易《赋得古原草送别》)等,都是以无处不生的春草,比喻不可抑制、无时不增的离情。

林逋这首"草",相比之下另有自己的特色。它更显得含蓄,委婉,深沉。上片写荒园、暮春、残花、细雨,无一字写草,却令人自然联想到草:园既无主,草必与花争春;花随雨去,草岂不更盛?在联想之中,不能不生起惆怅伤春之情,自然为下片送别渲染浓郁的气氛。下片以"萋萋"明写草,但这草却出现在黄昏暮霭之下、凄切离歌声中,草虽萋萋,却蒙上一层晦暗之色;草接天涯,蔓连阡陌,更象征着离愁绵绵不尽。这样,全词就收到咏物抒情浑然一体的效果,在咏物词中,确实堪称佳作。

杨亿 (974~1020),字大年,建州浦城(今属福建)人。淳化三年(992)赐进士第,历任著作佐郎、知制诰、翰林学士。曾与刘筠、钱惟演等诗歌唱和,编成《西昆酬唱集》,号西昆体。又善骈文。著作多佚,今存《武夷新集》,存词一首。

少年游

杨亿

江南节物，水昏云淡，飞雪满前村。千寻翠岭，一枝芳艳，迢递寄归人。
寿阳妆罢，冰姿玉态，的的写天真。等闲风雨又纷纷，更忍向、笛中闻。

【鉴赏】

杨亿是“西昆体”诗的代表作家，往往以堆砌辞藻，玩弄典故为能，这首词也运用了一些书卷和典故，却能“体认着题，融化不涩”（张炎《词源·用事》），“以意贯串，浑化无痕”（周济《宋四家词序论》），因而词章秀丽，意趣典雅，给人以很好的艺术享受。

词的上片写梅占春光，梅迎雪放，从梅的这些特点生发出无限的情思。“江南节物”三句，是写江南春早，使人最先感到春的气息的是迎着冰雪而开的早梅。在这里，词人不着痕迹地化用了齐己的“前村风雪里，昨夜一枝开”（《早梅》）的诗意。既没有点破梅，又没有刻画梅，却从“水昏云淡”中，前村飞雪中，烘托出梅的“冰姿玉态”来。在雪里寻梅，从梅花那里得到春的信息，前人在诗词中已经有了充分的表现，但词人以广阔的江南为背景，借神于水，借色于云，把梅的傲雪精神表现得淋漓尽致，而又从前人的诗句中脱化出来，乍看了无痕迹，细玩又有浓厚的书卷气息，非胸罗万卷者，是不容易达到这种“离形得似”的艺术境界的。后面三句，抒发由此而引起的悠悠情思。“千寻翠岭，一枝芳艳”两个对句，整炼工巧，流动脱化，给人以芳润妩媚的艺术感受。“翠岭”，指位于粤、赣交界处的梅岭，据传张九龄为相，令人开凿新路，沿途植梅，故有是称。“迢递寄归人”，暗用陆凯赠范晔的诗：“折梅逢驿使，寄与陇头人。江南无所有，聊赠一枝春。”亦如着盐水中，视之无形，食之有味。这种用事的艺术手腕，把心物交感之际那种最新鲜、最强烈的感受曲尽其妙地表现出来。

下片写梅的美，是上片“一枝芳艳”的进一步描绘。并从风雨摧残中引起词人的惆怅和伤感，使人感到别有寄托蕴于其内。“寿阳妆罢”，用寿阳公主梅落额上的故事。据唐韩鄂《岁华纪丽·人日梅花妆》云：南朝宋武帝女寿阳公主曾经睡在含章殿的檐下，梅花落到她的额上，成五出之花，怎么拂拭也留着花的印痕，宫中争相模仿，于是有所谓梅花妆。词人接着用“冰姿玉态”、自然天真做进一步的刻画，实处间以虚意，死处参以活语，就更加光彩百倍，把梅都写活了。“的的”，是明明白白的意思；“天真”，是自然本色的意思。《庄子·鱼夫》中有一个最为恰切的解释说：“真者，所以受于天也，自然不可易也。”词人把它运用到这里，就是说梅花的姿态是那样的自然那样的淡雅，是自然赋予它的特性。可是，像梅花这样的“冰姿玉态”，高风亮节，也要遭到风雨的摧残，这就从物态的刻画上开拓出来，别有寄托了。“等闲风雨”两句，正因为寄托了词人的升沉之感，在芳菲缠绵之中，具沉郁顿挫之致，非一般拟声摹形的咏物词可比。词人在这里用一个“又”字表示自己同样在人生旅途上历经风波；又用了“等闲”两字来表达其遭到摧残的“平白无故”。“更忍向、笛中闻”，是以情语作结，辞尽意远，真味无穷。化用了李白“黄鹤楼中吹玉笛，江城五月落梅花”（《与史郎中听黄鹤楼上吹笛》）的诗意。李白借笛中有《梅花落》的曲词，运用“双关”的修辞手段，写出当时冷落的心境，在苍凉的景色中透露内心的悲凉。而词人则是在风雨纷纷的现实中，感到名花零落的悲哀，在悠扬的笛声中，不忍听到《梅花落》的曲调，从而抒发其别有怀抱的感慨，深婉含蓄，工于运意，借物以言情，即景而发感，造成了若即若离、似而不似的艺术境界。在这里还要进一步指出的是词人在这首词中，句句在写梅，却没有出现一个“梅”字，而又无隐晦之嫌、哑谜之病，自然是咏物词中的佳作。

李遵勗　(988~1038)字公武，潞州上党人，北宋著名词人。英姿焕发，有文武之才，举进士后，纳娶宋真宗女万寿长公义，为驸马都尉，累官至镇国军节度使。笃信佛法，是济公的高祖。

滴　滴　金

李遵勗

帝城五夜宴游歇，残灯外，看残月。都人犹在醉乡中，听更漏初彻。

行乐已成闲话说，如春梦、觉时节。大家同约探春行，问甚花先发？

【鉴赏】

宋人胡曾《能改斋漫录》卷十七于引上面这首词后曰："李驸马正月十九日所撰《滴滴金》词也。京师上元，国初放灯止三夕。时钱氏纳土，进钱买两夜。其后十七、十八两夜灯，因钱氏而添，故词云'五夜'"。李驸马即真宗大中祥符元年尚太宗（赵光义）女荆国大长公主（真宗即位，封万寿公主，改隋国。见《宋史》卷二百四十八）、授左龙武将军、驸马都尉的李遵勖。所云钱氏，指于太平兴国三年（978）归附宋朝的吴越王钱俶。次年，宋太宗率大军灭北汉，结束了五代十国的分裂割据局面。

旧以正月十五日为上元节，其夜为上元夜，也叫"元宵"。在唐宋这是一个上自皇帝贵胄，下至平民百姓的普天同庆的节日。从孟元老的《东京梦华录》（卷六）、吴自牧的《梦粱录》（卷一）等书中，都可概见其盛况。而于词中亦颇不鲜见。这些作品对节物和场景的富丽堂皇，大都写得十分热闹，令人目迷五色，恍如身临其境。张炎云："昔人咏节序，不惟不多，附之歌喉者，类是率俗，不过为应时纳祜之声耳"（《词源》卷下）。"应时纳祜"，所作自难不免千篇一律。李遵勖这首词不同，他正面不著一字，而从"帝城五夜宴游歇"落笔。盛游既散，本应一片冷落，词人却别有说法："残灯外，看残月。"正月十九日的月残而犹明，淡月朦胧，别有情致。这里巧用一个"外"字。外者，除去也。《淮南子·精神训》："身到亲矣，而弃之渊；外此，其余无足利矣。"对"五夜宴游"的眷恋之情，隐然可见；城市中人亦仍沉浸在节日的氛围中："都人犹在醉乡中，听更漏初彻。""彻"，完了，结束。元稹《琵琶歌》："逡巡弹得《六乡》彻，霜刀破竹无残节。"这种写法近似人们一向称道的白居易《宴散》的"笙歌归院落，灯火下楼台"，虽宴散但在人们的潜意识中，仍抹不去那豪华富贵气象。总之此词上阕未写"千门万户笙箫里，十二楼台月上栏"（无名氏《鹧鸪天·上元词》）；"龙凤烛，交光星汉，对咫尺鳌山开羽扇"（柳永《倾杯乐》）等热闹景象，而言外却传出直至"五夜宴游歇"，那无限风光，是犹使人眷恋难忘的。

过片换头二句"意脉不断"（张炎）仍承上阕。"行乐"，指上元节的宴游之乐，如今（作此词之日的十九日）已成为"闲话"，但妙在一"说"字，看来仍有余情。"春梦"，比喻如春夜梦境一般短促易逝。"春梦秋云，聚散真容易"（晏几道《蝶恋花》）。"眼前名利同春梦，醉里风情敌少年"（刘禹锡《春日书怀》）。繁华易逝，如春梦般一下过去了。这里微微透出感叹惋惜的情绪。一结，翻进一层，宕出新意："大家同约探春行，问甚花先发？"前有"同约"，后有一问，表示出词人对春事的关注。"惜春常怕花开早"，于此尤见出其心情的急切。结二句恰似无名氏《鹧鸪天》于写尽元宵佳节的盛况后，结曰："都人只到收灯夜，已向尊前约上池。"据《东京梦华录》卷六《收灯都人出城探春》条："收灯毕，都人争先出城探春，……大抵都城左近,皆是园圃,百里之内,并无闲地。次第春容满野,暖律暄晴,万花争出,粉墙细柳,斜笼绮陌,香轮暖辗,芳草如茵,骏骑骄嘶,杏花如绣,莺啼芳树,燕舞晴空,红妆按乐于宝树层楼,白面行歌近画桥流水,举目则秋千巧笑,触处则蹴鞠疏狂,寻芳选胜,花絮肘坠,金尊折翠簪红,蜂蝶暗随归骑,于是相继清明节矣。"

这首小词写宋初承平岁月都人游乐,欢度元宵,如醉如痴,均侧面用笔,无浓墨重彩,渲染雕饰,明快疏荡,语淡情浓。最后引出"探春"将行,这样一位悠悠岁月、追欢逐乐的驸马爷的生活情状,便跃然纸上了。

陈　亚生卒年不详,字亚之,维扬(今江苏扬州)人。咸平五年(1002)进士,官至太常少卿。喜作药名诗词,现存词4首,皆题药名。

生　查　子[①] 药名闺情

陈　亚

相思意已深[②],白纸[③]书难足。字字苦参商[④],故要檀郎读[⑤]。

分明记得约当归[⑥],远至[⑦]樱桃熟。何事菊花时,犹未回乡[⑧]曲?

【注释】

①生查子:词牌名。唐教坊曲,双调,四十字。上下片各为一首仄韵五言句。又名《楚云深》《梅和柳》《陌上郎》《遇仙楂》《愁风月》等。

②相思:相思豆,药名。意已:即薏苡,药名。

③白纸:即白芷,药名。

④苦参:药名。参商:又指参、商二星。参星在西,商星在东。此出彼没,喻双方隔绝。

⑤檀郎:即槟榔,药名。檀郎,也是美男子代称,这里指闺中人的丈夫。郎读:即狼毒,药名。

⑥当归:药名。

⑦远至:即远志,药名。

⑧回乡:即茴香,药名。

【鉴赏】

陈亚少孤，由舅父养大。他的舅父是位医工，他从小耳濡目染，对各种药名烂熟于胸。这首词写的是闺情，因以药名入词，故题为“药名闺情”。词的上片是写闺中人因日夜思念客居在外的丈夫，便把自己深深的相思写入信中，希望丈夫读了能知道自己的离愁之苦，但却怎么也写不尽。下片以埋怨的口吻，进一步抒发对丈夫的思念。结尾以反问出之，更见思念之切。当初分手时闺中人曾再三叮嘱，最晚不要超过樱桃熟时的夏季，左等右盼，至今仍不见心上人回转。于是闺中人禁不住问道：“现在秋天的菊花都开放，你为什么还不回来？”这一问有爱也有怨，无限情意尽在这一问之中。

药名词是词苑中的一朵异花。它要求每句中至少要有一个药名。药名可借用同音字。这首词中的“相思”“苦参”“当归”“樱桃”“菊花”是药名的本字。“意已”“白纸”“郎读”“远至”“回乡”等，则是同音借用而成药名的。这首词的妙处就在于用药名而不着痕迹，实属药名词中的佳作。值得注意的是，常见《生查子》均为五字句，这首词在“记得约当归”一句前添上“分明”二字，变为七字句，属于别体。作者这样处理为了强调闺中人与丈夫当初分手时的印象至今仍记得十分清楚。宋人吴处厚称道此词：“虽一时俳谐之词，然所寄兴，亦有深意。”近人俞陛云也极称赏这首词，认为它“写闺情有乐府遗意”。

夏竦 (985~1051)字子乔，江州德安(今属江西)人。以父死国，授丹阳主簿。景德四年(1007)，举贤良方正科。仁宗朝，历官知制诰，翰林学士兼侍读、枢密使、参知政事、同中书门下平章事。封英国公，改封郑。著有《文庄集》《古文四声韵》，词存二首。

鹧鸪天[①]

夏竦

镇日无心扫黛眉，临行愁见理征衣。尊前只恐伤郎意，
阁泪汪汪不敢垂。
停宝马，捧瑶卮，相斟相劝忍分离？不如饮待奴先醉，图
得不知郎去时。

【注释】

①此词作者,《词林万选》作夏竦,《花草粹编》作无名氏,《古今别肠词选》作王曾。诸本以《词林万选》最早,当是。又,刘克庄《后村诗话续集》引“近人长短句”有此词二句,同时之吴潜《履斋诗余》有《鹧鸪天·和古乐府韵送游景仁将漕夔门》全用此词原韵,履斋称之为古乐府,可认为宋初夏竦作。

【鉴赏】

送别是词中最常见的题材之一。这首词以代言的方式抒写一个女子的离情,写得比较深细,比较新鲜。

上片写这个女子在爱人将行、行日及别宴上种种情态。“镇日无心扫黛眉”。镇日,整天,不定指一天。自爱人打算出行时她就没精打采,“终日厌厌倦梳裹”(柳永)了。“临行愁见理征衣”,她一见他在打点行装就愁了。这“愁见”似不同于“愁看”,应是情绪的突然触发,虽然行人即将出发,但何时理征衣,她并不是都有思想准备的。这样看来,这个“愁”比前句“无心”就深入一层而且带有一定程度的爆发性了。下面写别宴。“红楼别夜堪惆怅”(韦庄),这个女子心里实在难受,以至“泪汪汪”。但她并未让自己的泪泉涌流出来,而是克制住了。离别对相爱的双方来说都是痛苦的,自己的痛苦可以忍受,但不能叫对方伤心:“尊前只恐伤郎意,阁泪汪汪不敢垂”,这有多大的克制力,这有多少对郎的温情。这情形仿佛杜牧《赠别》:“多情却似总无情,惟觉尊前笑不成。”小杜写分别时想轻松一下,却轻松不起来,此写直想哭而“不敢”哭,益见其凄婉厚重。

上片写离情的郁积和变形,写到别宴。过片继续别宴,加以生发。“停宝马,捧瑶卮,相斟相劝忍分离?”先是用两个短句子点示了一下外在情态,略做顿挫,气氛缓和些了,金玉的字面也显示了情意的美好;下面的反问又转入内心,“相斟相劝”表面的平静下隐伏着多少痛苦的煎熬。情感的潜流愈转愈急,终见波澜:“不如饮待奴先醉,图得不知郎去时。”这是绝妙奇语,虽奇却又自然,因它顺应着上面的情绪逻辑。正因为分别这般痛苦,不如自己先醉倒,不知分手情形或许好受些。这是一。再者,自己强忍着眼泪想宽解对方,但感情的禁制力总有个限度,说不定到分手时还会垂泪伤郎,那只有求助于沉醉,庶几可免两伤。这里仍有对所爱者的如许温情。一般说来,词的下片比较难写,因为它一方面要接着上片发展,一方面又要转入新的一层意思,另起波澜,还要吻合上片做个回应、结束。本词下片就是如此抒写的,使人有神完意足之感。

一首小令把别情写得如此深厚、曲折,实不多见。一般这类词总要写出“执手相看泪眼”“别语愁难听”等情态,被沈际飞誉为“第一个相别情态,一笔描来,不可思议”的毛滂《惜分飞》,看来也少些心灵深处的节奏。这首词没有采用惯常的借景抒情的方式，全拟女子的口气，这大约也是便于传达心曲的一个缘故吧！正如陈廷焯所评论的："语不必深，而情到至处，亦绝调也。"（《白雨斋词话》）

范仲淹　（989～1052）字希文，吴县（今江苏省苏州市）人。北宋著名政治家和文学家。宋真宗祥符八年（1015）进士，官至枢密副使、参知政事。政治上力主改革，直言敢谏，是庆历新政的倡导者。他颇具文才，工于诗文，所作文章富于政治内容。诗多反映民间疾苦，表达对劳动人民的同情。其词刚健清新，气势挥洒，为苏辛之先导。词仅存5首。而皆精粹，其描写边塞秋思、羁旅情怀的词作，突破了宋初词作专写儿女柔情的界限，风格明健豪放，为不朽的名作，对豪放词的发展有积极的作用。有《范文正公诗余》传世。

御　街　行

范仲淹

纷纷坠叶飘香砌①，夜寂静，寒声碎②。真珠帘卷玉楼空，天淡银河垂地。年年今夜，月华如练③，长是人千里。

愁肠已断无由醉，酒未到，先成泪。残灯明灭枕头攲④，谙⑤尽孤眠滋味。都来⑥此事，眉间心上，无计相回避。

【注释】

①香砌：石砌，石阶，因有落花而香。

②寒声：指树叶在秋风中发出的声音。碎：微弱而时断时续。

③月华：月光。练：白绢。

④明灭：忽明忽暗。攲：倾斜。

⑤谙：熟悉。

⑥都来：王闿运《湘绮楼词选》："都来，即算来也。因此字宜平（平声），故用都字。"

【鉴赏】

《御街行》是一首"大笔振迅"之作，从楼居独处、孤眠无寐的见闻感受反映出秋日怀旧的无限苦愁。

上片描写楼外秋景，依次摹状落叶之声、夜天之色，烘染秋夜的静寂和明朗。妙的是景中有情，蕴含无限伤感。夜静月明，本来容易触发离思；楼空人远，自然更加增添别恨。加之年年如此，情何以堪。"长是人千里"，出语何其平淡，又何其沉痛！

下片直抒怀旧苦愁。先以奇特的想象作情极之语，突兀而来，极写离愁之浓。继而写户内的惨淡景象：残明将尽，忽明忽暗；寝不安枕，是以斜靠。"孤眠滋味"的苦况足以扣人心弦。最后收结，更从离情难解抒写愁苦的深固，不是恨在眉间，就是愁在心上，时刻无法回避，始终不得解脱。以淡语写至情，真切生动，隽永自然，成为脍炙人口的名句。

苏幕遮

范仲淹

碧云天，黄叶地，秋色连波，波上寒烟翠。山映斜阳天接水，芳草无情，更在斜阳外。

黯乡魂[①]，追旅思[②]，夜夜除非，好梦留人睡。明月楼高休独倚，酒入愁肠，化作相思泪。

【注释】

①黯乡魂：心神因怀念家乡而悲伤。江淹《别赋》："黯然销魂者，唯别而已矣。"黯然，内心凄怆的样子。

②追旅思：羁旅的愁思纠缠不休。追，纠缠。

【鉴赏】

这首词的主要特点在于能以沉郁雄健之笔力抒写低回婉转的愁思，声情并茂，意境宏深，与一般婉约派的词风确乎有所不同。

上片描写秋景，物象典型，境界宏大，空灵气象，画笔难描，因而不同凡响。更妙在内蕴个性，中藏巧用。眼前的秋景触发心中的忧思；于是“物皆动我之情怀”；同时，心中的忧思眼前的秋景，于是，“物皆著我之色彩”。如此内外交感，始能物我相谐。秋景之凄清衰飒，与忧思的寥落悲怆完全合拍。

下片直抒离愁，望家乡，渺不可见；怀故旧，黯然神伤；羁旅愁思，追逐而来，离乡愈久，乡思愈深。“酒入愁肠，化作相思泪”，意新语工，设想奇特，比“愁更愁”更为形象生动。

渔家傲

范仲淹

塞下[①]秋来风景异，衡阳[②]雁去无留意。四面边声连角[③]起。千嶂[④]里，长烟落日[⑤]孤城闭。
浊酒一杯家万里，燕然[⑥]未勒归无计。羌管[⑦]悠悠霜满地。人不寐，将军[⑧]白发征夫泪！

【注释】

①塞下：边境要塞之地，此指西北边疆。

②衡阳：古代传说雁秋天南飞至衡阳即止，衡山的回雁峰即因此而得名。

③角：号角。

④嶂：直立如屏的山峰。

⑤长烟落日：化用唐代诗人王维的名句“大漠孤烟直，长河落日圆”。

⑥燕(yān)然：山名，在今蒙古境内。东汉窦宪曾北伐大破匈奴，在燕然山刻石纪功而归。勒：刻。

⑦羌管：羌笛。

⑧将军：作者自指。

【鉴赏】

宋仁宗康定、庆历年间，范仲淹节镇西北边塞。据说他守边时特做了《渔家傲》词数首，述边镇劳苦，现只存此一首。

上阕侧重写景，既富有边塞独特的风光色彩，又具有强烈的主观情感。起句以“塞下”点明区域，以“秋来”点明季节，以“风景异”概括地写出边疆秋季和内地大相径庭的风光，尤一个“异”字，道出作者这位苏州人对西北边塞季节变换的敏感及

惊异。次句写所在地的雁到了秋季即向南急飞，毫无留恋之意。“无留意”三字以遒劲的笔力透出这个地区到了秋天寒风萧瑟的荒凉景象。“四面边声连角起”续写边塞傍晚时分的战地景象。带有边地特色的一切声响随着军中的号角声而起，形成了浓厚的悲怆氛围，为下阕的抒情蓄势。接下来以“千嶂”“孤城”“长烟”“落日”这些所见与前面所闻的“边声”“号角声”结合起来，展现出一幅充满肃杀之气的战地风光画面。而“孤城闭”又依稀透露出宋朝守军的力量薄弱，因而不得不一到傍晚就关闭城门的严峻形势。这就为下阕的抒情埋下伏笔。

下阕侧重抒情，抒写了抵御外患、建功立业的决心及对家乡亲人的深切思念。起句以“一杯”与“万里”形成了悬殊的对比，诉尽了杯酒难销的浓重乡愁。次句化用典故，表明战争没有取得胜利，还乡之计无从谈起，可是要取得胜利，以宋朝不利的军事形势谈何容易。“羌管悠悠霜满地”承上阕写夜景。深夜里传来悲凉抑扬的羌笛声，大地铺满冷霜。如此凄清寒夜，满腔爱国激情和浓重乡思的词人思潮翻滚，怎堪入眠，自然引出“人不寐”。结句由己及人，总收全词，道出了将军与征人共同的情愁：既希望取得伟大胜利，却因战局长期无进展，又难免有思念家乡、牵挂亲人的复杂而矛盾的情绪。愁更难堪，情更凄切。

这首词通过作者亲身经历，摹边塞风光，抒爱国情思，首开边塞词之作。全词情调苍凉悲壮，感情沉挚抑郁，一扫花间派柔靡无骨、嘲风弄月的词风，成为后来苏轼、辛弃疾豪放派词的先声。

剔银灯　与欧阳公席上分题①

范仲淹

昨夜因看蜀志②，笑曹操孙权刘备。用尽机关，徒劳心力，只得三分天地。屈指细寻思，争如共、刘伶③一醉？

人世都无百岁。少痴騃、老成尪悴④。只有中间，些子少年⑤，忍把浮名牵系？一品与千金⑥，问白发、如何回避?

【注释】

①欧阳公:指欧阳修。分题:古代文人聚会,常常先分探题目,然后赋诗填词。故又称探题。

②蜀志:指《三国志·蜀志》。

③刘伶:晋代文人,“竹林七贤”之一,以放诞纵酒而闻名。

④痴騃:即痴呆,指儿时天真无知。尪(wāng)悴:背脊弯曲,身体瘦弱。

⑤些子少年:指青壮年时光不多。

⑥一品:代指高官。千金:指代富贵。

【鉴赏】

中华民族有着深厚绵远的历史,中国人也素以文化传统的悠久而自豪;特别注重传统,喜欢回顾历史,这已成为中国文化的一大特征。从一开始,中国的史官文化就非常发达,历代统治阶级都十分注重史书的修撰,唐太宗甚至提出了“以史为鉴”的著名观点,因此,中国古人有关“史”的价值观念也就特别强烈。这种价值观念也必然会渗透到古代文学的创作领域中来。因此,中国古代的历史文学创作也非常发达,以历史人物事件为内容题材,或登临怀古,或歌咏史实,或借古讽今,或托古言志,已构成中国古代诗歌的一大主题。词继诗后而兴,由于受词的音乐特性和娱乐功能的选择和决定,词在内容题材的表现方面受到一定的限制,但是随着词的文人化进程的逐步推进,词在内容题材的表现上也不断得到拓展,咏史怀古也就不可避免地要走入文人词的创作领域。在这里,我们发现了一片与灯红酒绿、歌楼舞榭的现实生活完全不同的生活空间,这是一片历史的时空;进入这片时空领域,我们将欣赏到历史人物的风采,寻觅出历史变迁的规律,参悟出兴亡盛衰的哲理,体味到历史投射的痕迹。范仲淹的这首《剔银灯》词,堪称是宋代较早的咏史词作。此词虽为饮筵之上分题所写,即兴而作,但所写内容却不涉离别相思、歌酒娱乐等内容,而是吟咏三国历史,抒写人生感喟。曹操、孙权、刘备乃三国时代鼎足而立的三个英雄人物,一向受到世人的景仰和追慕,可范仲淹却讥笑他们“用尽机关,徒劳心力,只得三分天地”,认为与其如此争夺天下追逐功利,不如像晋代的竹林七贤中的刘伶那样摒弃世务纵酒放逸。词人之所以对三国英雄人物及其历史功绩发出讥刺否定的论辞,一来可能是从反对分裂主张统一的历史高度出发的,二来则反映了词人对社会现实的不满以及对仕途功名的厌倦。所以词的下阕在吟咏历史人物之后接着感叹现实人生,抒发了人生短暂、名利与生命难以两全的深沉悲患。此词大概是范仲淹于政治革新失败之后所作,词人以垂暮之年阅读历史,回首平生,故此词写得音情顿挫,感慨深沉,蕴含丰富,发人深思。

柳永 (987～约1053)字耆卿,初名三变,因排行第七,又称柳七。福建崇安(今福建省崇安县)人。青年时期常出入歌台舞榭,与"狂朋怪侣"过着"暮宴朝欢"的日子,受上流社会非难,屡试不第。仁宗景祐元年(1034)才中进士,但仕途坎坷,此后曾任睦州推官、官海晓峰盐场盐官,终屯田员外郎,世称柳屯田。柳永一生落拓潦倒,独以词著称于世。柳词内容多写羁旅行役和离情别绪。音律谐婉,含蓄蕴藉,雅俗共赏。相传"凡有井水饮处,皆能歌柳词"(《避暑录话》)。在慢词发展史上做出了贡献。有《乐章集》,收词二百多首。

曲玉管

柳　永

陇首①云飞,江边日晚,烟波满目凭阑久。一望关河
萧索②,千里清秋,忍③凝眸?
杳杳神京④,盈盈仙子⑤,别来锦字终难偶⑥。断雁⑦
无凭,冉冉飞下汀洲⑧,思悠悠。
暗想当初,有多少、幽欢佳会,岂知聚散难期,翻成雨
恨云愁?阻追游。每登山临水,惹起平生心事,一场
消黯⑨,永日⑩无言,却下层楼。

【注释】

①陇首:高丘,山头口。

②一望:极目远眺。关河:关隘与山河。

③忍:怎能忍受。

④杳杳:遥远渺茫。神京:宋都汴京。

⑤仙子:古代诗文常用仙女代称美女,尤以指称歌伎和女道士为多,此处即指汴京中作者所熟悉的歌伎。

⑥锦字:又称织绵回文。用窦滔、苏蕙夫妻的故事。前秦时,秦州刺史窦滔获罪被远徙流沙,其妻苏蕙作了840字的《回文璇玑图》诗,织于锦上赠给窦滔,抒发相思之情,词甚凄婉,见《晋书》。后代诗文中,常用来指代妻寄夫的书信。难偶:难以相遇。

⑦断雁:鸿雁传书,这里指雁未担负起传书的任务。

⑧汀洲:水边平地叫汀,水中的小块陆地叫洲。

⑨消黯:黯然销魂之意。

⑩永日:终日。

【鉴赏】

本词是柳永抒写离愁别恨的名作之一。

全词共分三叠,前两叠写登高所见、所思,融情入景;第三叠忆昔慨今,寓情于事。

起首三句用云、日、烟波构成一幅凄冷而开阔的图景。在渲染气氛的同时巧妙地道出了时间、地点。"亭皋木叶下,陇首秋云飞"是梁柳恽的名句。"凭阑久"三字生动地刻画出词人孤独的心境,由此启下三句。"一望"由近及远,由实而虚,写千里关河,可见而不尽见,极写词人内心感受,明知远眺也是枉然,却还要凭阑久望,不忍离去,可见作者悲愁深重的程度。"忍凝眸"三字使满目的景色变得萧索凄凉,更增浓浓的愁苦滋味。

第二叠意脉上紧承上文。"杳杳"极言其远,道出了愁苦的根源在于心上人远在汴京,难以相见。"盈盈"二字用以衬托仙子,倍增美感,同时,神京、仙子相互呼应,词境空灵。正因相思太深,作者猜想心上人也和自己一样受着痛苦的煎熬,即使织就"锦字"却因路遥没法寄予我。这三句,既为"凭阑久"作注,又暗点本词题旨。"断雁"三句,又由虚入实,再现眼前景色。鸿雁本可传书,但它们并未捎来只言片语,只慢慢地消失在苍茫的江天之中,空留下绵绵不绝的思念,"悠悠"深深地道出词人既得不着信又见不了面的惆怅心情。此景之中,相思更深入一层。

第三叠是"思悠悠"的铺叙。用"暗想"追忆往事,昔日一次次幽欢佳会转瞬间变成了今日的痛苦别离。"岂知"二字凝着词人几多无奈,几多失意,"阻追游"包含了多少难以言说的遗憾呵!然后笔锋一转,又从沉思中醒来回到当前,指出这种"忍凝眸""思悠悠"的情状,并不是这一次,而是"每登山临水"都要"惹起平生心事",满怀心酸。这满怀愁绪又向谁倾诉呢?只能在"黯然消魂"的心情下,长久无话可说,走下楼来。"却下层楼",遥接首叠"凭阑久",全词血脉相通,浑然一体。

刘熙载《艺概》说柳词"细密而妥溜,明白而家常,善于叙事,有过前人"。这首词的显著特色是融情入景,情景交融,但在情景结合次序上又有所不同。第三叠侧重铺叙,似乎没什么技巧,却包含炽热的情感,这正是柳永的特色,其他词人所难以企及之处。

采 莲 令

柳 永

月华收，云淡霜天曙。西征客、此时情苦。翠娥执手送临歧[①]，轧轧开朱户。千娇面，盈盈伫立，无言有泪，断肠争忍回顾？

一叶兰舟，便恁急桨凌波去。贪行色、岂知离绪、万般方寸，但饮恨、脉脉同谁语？更回首、重城不见，寒江天外，隐隐两三烟树。

【注释】

①“翠娥”句：翠娥，美人的黛眉，代指美人。临歧，本指道路分岔的地方，此处指远行。

【鉴赏】

这首词写离别情。上片写离别时月落云收，霜天欲曙，即将西行的客子，此刻的心情最为痛苦。随着开门的声音，一层层打开红色的门户，美人紧拉他的手，一直送到岔道口。“千娇面”三句，生动细腻地描绘了离人内心的痛苦。她千娇百媚，难以自持，亭亭伫立在那里，默默无语，唯有满脸的泪珠，那神情、令人肝肠寸断，又怎忍心回头一望？下片写离人别后无限惆怅和无尽的留恋。他感到自己所乘的扁舟“急桨凌波”而去，他人只贪看两岸景色，哪里知道离人此时的离情别绪，心如刀割、纷乱至极。而又无人可与之诉说愁苦，只能暗自含恨。其哀其痛，实是不堪忍受。末以景收，回头望去，层层的城门早已不见，只有那充满寒意的江天之外，隐隐约约，可以看到三两棵树木。全词以景起兴，以景作结，景中寓情，景黯情凄，语言浅淡而意深情挚。

少年游

柳　永

长安古道马迟迟，高柳乱蝉嘶。夕阳岛[①]外，秋风原上，目断四天垂[②]。

归云一去无踪迹，何处是前期[③]？狎兴[④]生疏，酒徒[⑤]萧索，不似去年时。

【注释】

①岛：此处指高耸的山峰，仿佛大海中的岛屿一样。

②四天垂：指天地相接之处，看来就像四面下垂的天幕一样。

③前期：以前约定的地方。

④狎兴：冶游取乐的兴致。

⑤酒徒：经常往来的酒友。

【鉴赏】

这首词描写作者落魄潦倒时茕茕独处的凄凉情形。上片写词人在长安古道上马行迟迟，秋蝉在高高的柳树上鸣叫，声音纷乱哀凄，夕阳在飞鸟外的远方渐渐沉落，旷野荒原上秋风习习，极目四望，没有人烟，只有旷阔的天空如幕帐般向下四垂。下片写所爱离去，一去后便再无踪迹。如今冶游狎妓的兴致已经衰减，昔日酒友也寥寥无几，一切都如虚如幻，不像少年时那样狂放不羁，无所顾忌。全词表露出世态炎凉、人情冷暖的悲绪。

戚　氏

柳　永

晚秋天，一霎微雨洒庭轩。槛菊萧疏，井梧零乱惹残烟。凄然，望江关，飞云黯淡夕阳间。当时宋玉悲感[①]，向此临水与登山。远道迢递，行人凄楚，倦听陇水潺湲[②]。正蝉吟败叶，蛩响衰草，相应喧喧。
孤馆，度日如年，风露渐变，悄悄至更阑。长天净，绛河[③]清浅，皓月婵娟。思绵绵，夜永对景，那堪屈指，暗想从前。未名未禄，绮陌红楼[④]，往往经岁迁延。
帝里风光好，当年少日，暮宴朝欢。况有狂朋怪侣，遇当歌对酒竞留连。别来迅景如梭，旧游似梦，烟水程何限！念利名，憔悴长萦绊，追往事，空惨愁颜。漏箭[⑤]移，稍觉轻寒，渐呜咽，画角数声残。对闲窗畔，停灯向晓，抱影无眠。

【注释】

①"当时宋玉"句：宋玉是战国时期楚国的著名辞赋作家，他在《九辩》中，有"悲哉秋之为气也"之句，秋天由于草木衰杀，万象萧瑟，此时登山临水，就会觉得格外的悲凉凄惨。

②"倦听陇水"句：北朝乐府《陇头歌辞》："陇头流水，鸣声呜咽。遥望秦川，心肝断绝。"是说征人远戍在外，思念家乡，陇水流动的声音也像是在呜咽哭泣。此处借此典故，说明远行之人的厌倦和漂泊无居的生涯。

③绛河：即银河。

④绮陌红楼：花街柳巷和歌楼妓馆。

⑤漏箭：时间。

【鉴赏】

这是一首羁旅行役词。

从词的形式讲，柳永在北宋全面繁荣时，创制慢词长调，为宋词的发展展示了灿烂的前景。这首词，便是柳永自创的新调之一，长达 212 字，是宋词中仅次于南宋吴文英《莺啼序》(240 字)的最长的慢词。

全词共分三片。头一片写景，写作者白天的所见所闻；第二片写情，写作者"更阑"的所见所感；第三片写意，写作者对往事的追忆，抒发了自己的感慨。

"晚秋天"以下六句，写的是近景。"望江关"七句，写作者登高远望，展现在面前的旷野。第二片，重点写情。第三片，写意。"帝里"以下九句，进一步回忆在帝京(即京城汴京)的美好情景。"念利名，憔悴长萦绊"，把作者仕途失意、旅况离愁以及受名利思想侵扰的内心情怀，揭示在读者面前；"对闲窗畔，停灯向晓，抱影无眠"，意味深沉，一步深似一步，令人不禁泣诉难禁。

这首《戚氏》词，成功地运用了奔放铺叙的点染手法。点，就是总提，是核心；染，就是分说，是外壳。“念名利”三字就是点，点名这是要害，是主要意念，围绕着这个中心，写秋色，写“微雨”“萧菊”“井梧”“残烟”，写“江天”“飞云”“夕阳”，写“行人”“陇水”“蝉吟”“蛩响”。写“长天净”“绛河浅”“皓月婵娟”……思绪绵绵，一步步进行渲染。光有点，无法感动人；光有染，也很难使景物有感情色彩。点、染结合，才具有强大的艺术生命力！加之作者对羁旅行没有切身体会，写来景真、情真、意真，所以长铺直叙，无拘无束，舒卷自如，旖旎入情，娓娓动人！

定风波

柳永

自春来，惨绿愁红，芳心是事可可[①]。日上花梢，莺穿柳带，犹压香衾卧。暖酥消，腻云亸，终日厌厌倦梳裹。无那[②]，恨薄情一去，音书无个。

早知恁么，悔当初，不把雕鞍锁。向鸡窗[③]，只与蛮笺象管[④]，拘束教吟课。镇相随[⑤]，莫抛躲，针线闲拈伴伊坐。和我，免使年少光阴虚过。

【注释】

①是事可可：什么事都不放在心上。

②无那：无聊，无奈。

③鸡窗：《艺文类聚》引《幽明灵》载，相传晋兖州刺史宋处宗买了一只长鸣鸡，十分喜爱，所以养在笼子里，挂于窗前。后来鸡做人语，与处宗谈论学问。后来以此代称书斋。

④蛮笺象管：古时用彩纸和象牙做的笔管，此处泛指纸和笔。

⑤镇：镇日，终日。

【鉴赏】

柳永这首词写下层妇女的生活，对她们表示同情，流露出真情实意，歌唱她们的合理要求与美好愿望。腻云亸，浓密如云的头发蓬乱了。蛮笺象管，指纸笔等文具。

这首词，先写这位妇女在大好春光中空虚、寂寞、百无聊赖的景况，后写她此刻的梦幻心情。句句写实,使人如听这位不幸妇女在倾吐衷肠。语言浅显明白,只"鸡窗"一词用典。据《幽明录》载:晋代兖州刺史宋处宗,曾买得一长鸣鸡,很是喜爱,就用笼把鸡放在窗前,鸡就与人讲话,还说了一些很有见解的话,宋处宗从此也变成了善言的人。后就用鸡窗来代指书窗、书房。

关于这首词,流传下来一段有趣的故事。柳永遭"留意儒雅"的宋仁宗摈斥,要他"且去浅斟低唱,何要浮名"后,他又去拜访了当朝宰相晏殊。晏殊说:"贤俊作曲子吗?"柳永回答:"只如相公(指晏殊)亦作曲子。"晏曰:"殊虽作曲子,不曾道彩(针)线慵(闲)拈伴伊坐。"(见张舜民《画墁录》)为此,柳永再次遭到摈斥,从此真的称起"奉圣旨填词柳三变"了。

夜半乐

柳　永

冻云黯淡天气,扁舟一叶,乘兴离江渚[①]。渡万壑千岩,越溪[②]深处。怒涛渐息,樵风乍起,更闻商旅相呼。片帆高举,泛画鹢,翩翩过南浦。

望中酒旆闪闪,一簇烟村,数行霜树。残日下,渔人鸣榔[③]归去。败荷零落,衰杨掩映。岸边两两三三,浣纱游女,避行客,含羞笑相语。到此因念,绣阁轻抛,浪萍难驻。叹后约丁宁竟何据?惨离怀,空恨岁晚归期阻。凝泪眼,杳杳神京[④]路,断鸿声远长天暮。

【注释】

①江渚:江岸。

②越溪:指春秋时期越国的美女西施曾经浣纱的若耶溪,在今浙江绍兴市南。在此泛指溪水。

③鸣榔:渔人在捕鱼时,敲击木梆以惊鱼,鱼受惊就会比较集中,因而易捕。

④神京:即京城(汴京)。

【鉴赏】

本词是一首一百四十四字的长调。作者以一个孤独游人的口吻,写出了耳闻目见的与内心所感的巨大落差,充分展现其“善于铺叙”的特色。

首叠概写乘舟南下时的经历,生动地描绘了越溪的水光山色。首句点明时令,二、三句写出发情况,意在说明心情轻快。下分三层写江行景况,溯江上行,会稽山水的奇秀峻美,用典故括之,词约意丰,蕴含深厚。“怒涛”三句,写小船驶出沟壑,江面渐宽,波涛渐渐平息,并且风向也顺应人意,过往船只相互呼唤,一派繁忙欢快景象。“片帆”三句勾勒了一幅千帆竞发,轻舟飞渡的优美画面。“翩翩”呼应“乘兴”,尽现作者游历心情之愉悦。而“南浦”一典暗逗下文怨别。

第二叠摘取途中一个场面,描绘出秋日傍晚江南渔村的美丽景色:两岸酒旗飘飘,只见一座座飘浮着烟雾的村庄,一行行染着白霜的树。在夕阳斜照中,打鱼人敲着木榔回家了。水中荷叶残破零落,岸边衰败的杨柳倒映水中。人与物,岸上与江中,往复交织,错落有致,构成一幅江天秋暮图。结末三句纯用白描生动描绘出浣纱女一面含羞避客一面喁喁细语的神情举止,给景物增添了生气。

第三叠由景入情,以“到此因念”领起,写离乡去国(指京师),归期难定,萍踪难驻的惆怅心情。本是“乘兴”揽胜,但浣纱女的无意出现,却勾起词人的离愁。“绣阁”句,抒发抛妻离家的悔恨;“浪萍”句,诉天涯飘零的孤苦。“叹后约”以下,直抒胸臆,写岁暮难归的哀怨。“凝泪眼”回望来路,长天苍茫,孤鸿哀鸣。结句缘情造景,以景足情,与全词首句景色相互呼应。

全词从离去时天气景色写起,到回望来路时天色景象止,环环相扣,一气呵成。情景、节奏和谐统一。此外,用典自然贴切,使全词蕴含丰厚,意境深远。

斗 百 花

柳 永

煦色韶光明媚,轻霭低笼芳树。池塘浅蘸烟芜,帘幕闲垂风絮。春困厌厌、抛闲斗草工夫。冷落踏青心绪,终日扃朱户。
远恨绵绵,淑景迟迟难度。年少傅粉,依前醉眠何处!深院无人,黄昏乍拆秋千,空锁满庭烟雨。

【鉴赏】

全词写人在户内、心系户外。前阕侧重眼前景象,后阕侧重写眼前景象所触发的心情。若说情景交融,此词应是一个很好的范例。

"煦色韶光明媚，轻霭低笼芳树"，是写人在户内，遥望户外的景色。煦色韶光写远空，低笼芳树写近处。目光越来越近，不免移到户外池塘之上。由于"煦色(日光)"带来了"韶光明媚"，又由煦色而形成"轻霭"。轻霭笼罩着低处的"芳树"，此时此地的风景十分迷人。但却无心欧赏，目光仍在不断移动，似乎在寻找什么，而一下子注意到了池塘。作者写池塘景色很巧妙："池塘浅蘸烟芜"。烟芜而说浅蘸，表明只是在池塘之上有薄薄一层烟芜，实际仍是"轻霭"，是春天晴时水上特有的景色。目光继续移动，于是又见到了柳絮正在迎风飞起。这些柳絮或者触帘而落，或触帘之后又随风飘去。这些景象使词人恍然大悟，自己还在"帘幕闲垂"。

为什么要"帘幕闲垂"？说明自己既是无心出门，却又无心闭户。帘幕为何而垂？一个"闲"字道出了心情的无奈。这种心情因何而来？下句的"春困厌厌"道出了其中秘密，原来此时此地，既无心出户，却又不甘心于不出户者，原只是为了"抛闲斗草工夫"。因为斗草应有对象，而此时却是抛闲，说明没有斗草的对象，表明"闲垂"和"抛闲"这两个"闲"字之所由来，隐约点出有所相思，所以要"春困厌厌"。至此，作者用"冷落踏青心绪"，再作一逼。闲垂帘幕和抛闲斗草工夫从静的方面描述其心情之无可奈何，至于连踏青的情绪也被"冷落"，则说明已是无奈之极，当然只好"终日扃朱户"了。

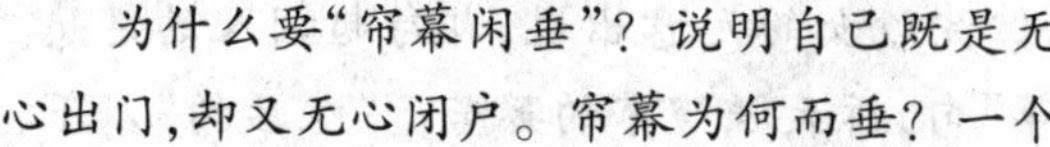

上片说来说去，隐隐约约，点明了一个相思主题，真是曲之又曲，婉约之至。

既然上片已经点明相思主题，下片的"远恨绵绵"便有了着落。远恨为何？仍是相思，而且是无穷无尽(绵绵)的相思，所以便感到"淑景迟迟难度"。淑景，即好景。"迟迟难度"，即是通常所说难得打发或难得过去之意，这句既是启下，也是承上。何以好景难过？凭空逼出下文："年少傅粉，依前醉眠何处！"傅粉，即敷粉，古代男子也爱涂粉，据说晋时的何晏就是其中之一，故有"何郎傅粉"之说。词中主人公此时忽然想起年少之时傅粉冶游，放荡不羁以及"醉眠何处(何处等于说处处，即随处)"的情景。这一当时情景，何时才能再逢，从而把相思的痛苦再次推向高潮。

在一度沉思之后，仍然不得不回到眼前的现实：这个现实首先是"深院无人"，其次是"黄昏乍拆秋千"，最后是"空锁满庭烟雨"。紧扣上阕的"终日扃朱户"，深化了因相思而"春困厌厌"的主题。

昼 夜 乐 忆别

柳 永

洞房记得初相遇，便只合长相聚。何期小会幽欢，变作别离情绪。况值阑珊春色暮，对满目乱花狂絮。直恐好风光，尽随伊归去。

一场寂寞凭谁诉，算前言总轻负。早知恁地难拚，悔不当初留住。其奈风流端正外，更别有系人心处。一日不思量，也攒眉千度。

【鉴赏】

这是一首回忆别离和抒发别后感情的好词。值得注意的是上下片均写感情，但却各有侧重，并不雷同。

上片经以"怨"起："洞房记得初相遇，便只合长相聚"。前一句分明已将别离这个主题逼到口边，因为既是"记得"，则表明这个"初相遇"已成过去了。但作者且不点穿，而是续以曲笔："便只合长相聚"，从而加重了此次别离之分量，以示其非同寻常，起笔异常别致。由于前两句的关系，点题虽如箭在弦上，不得不发，但作者仍只是轻轻着笔："何期小会幽欢，变成别离情绪！"说明所谓"会"，原只是一次"小会"，所谓"欢"，也不过是"幽欢"。没想到如此这般的小会幽欢也并不长久，而竟变作了"别离情绪"，更加说明了这次离别的令人伤感和惆怅，让读者自己去得出："便只合（应该）长相聚"的结论。

"况值阑珊春色暮，对满目乱花狂絮"，说明怀念之时，正值春色阑珊、乱花狂絮的暮春，是对小会幽欢再作一逼，然后说到凄苦深处："直恐好风光，尽随伊归去"。从来景随人意，人在风景便佳，人去则触景情伤，虽有好风光也感觉不到欢乐，因而便若风光随人而去。作者这两句虽表面是惜好风光，而实际是惜别离、伤别离，是比直写更为沉郁感人的曲笔。

有了上片对别离时的回忆和倾诉，下片种种方好着笔。"一场寂寞凭谁诉，算前言总轻负。"先说别后之一场寂寞无处诉说，再逼出"算前言总轻负"来，仍是曲笔。前言即是后约，这个后约，未曾实现，因而无由再见，所以说是"轻负"。"算前言总轻负"是因，因前言之轻负而引出"一场寂寞凭谁诉"的果，作者有意把因果句加以颠倒，把"一场寂寞凭谁诉"这句放在前面，乃是为了加重"算前言总轻负"的分量。接下来的"早知恁地难拚，悔不当初留住"仍是因果句。拚同拼，这里当忍耐、忍受、难受讲。意思是早知道别后如此难受，真后悔当初没把对方留住。这里，句法有所变化，改用了直接因果句，因其着意点在于“恁地难拚”，其“悔不当初留住”的念头，乃是由于“恁地难拚”而来。

何以别后想念至于“恁地难拚”，作者画龙点睛地道出原因：“其奈风流端正外，更别有系人心处。”这里，作者告诉读者，风流端正是令人如此思念的原因之一，“更别有系人心处”则是其二，并且从男女之情来说，更为重要。但这个“更别有系人心处”究竟指的是什么，似乎谁也知道，但又似乎谁也说不明白，是一种既朦胧而又清晰的意境。作者以之承接上文，同时又让它逼出下文，使读者至此都会自己得出一个“一日不思量，也攒眉千度”的结论。

迎　新　春

柳　永

嶰管变青律，帝里阳和新布。晴景回轻煦。庆嘉节，当三五。列华灯千门万户，遍九陌罗绮，香风微度。十里然绛树，鳌山耸，喧天箫鼓。

渐天如水，素月当午。香径里，绝缨掷果无数。更阑烛影花阴下，少年人往往奇遇。太平时朝野多欢，民康阜随分良聚。堪对此景，争忍独醒归去。

【鉴赏】

这首词，写都城开封元宵盛况。一起以节令之变换，点出帝京新春和暖。接着写天气晴朗更使气候宜人。“庆嘉节，当三五”实写具体的佳节之欢。十五元宵，实际上是灯节，“列华灯”三句，铺写家家张灯结彩，而赏灯人之多，却是暗写，以“罗绮”“香风”代替男女人群。“九陌”“十里”极言其广。“十里”三句，再写灯的张挂在高高低低处，而配合着音乐演奏。箫代表管乐器，鼓代表板乐器，都是适合在热闹场合中吹打的。上片是极写元宵的气候、灯景、乐器，而人却只是在这环境中以衣锦飘香、若隐若现地浮动着，可谓虚中有实，似少实多，以某些特征而代表全人，而人又是“遍九陌”之多的。下片以“天”接“天”，从“喧天箫鼓”过渡到“渐天如水”，一“渐”字，拉开了时间的线索。时候不早了，“天如水”。天清而静。“素月当午”，月照正中。人自赏灯来，又转入各自寻觅所欢。“绝缨掷果无数”，用的是典故，但已非一人之艳遇，而是“无数”之多。“更阑”两句，写景极美，写事动人。“烛影花阴”，明明暗暗，朦朦胧胧，“少年人往往奇遇”，有多少风流韵事，然而乐而不淫，就此煞住。“太平”二句，推广开来，写当时承平气象。这里，我们可以从祝穆《方舆胜览》记载范镇的话，说明这首词的史料价值。辞云：

“范蜀公尝曰：‘仁宗四十二年太平，镇在翰苑十余载。不能出一语咏歌，乃于耆卿词见之。’”又黄裳在《书乐章集后》称：“予观柳氏乐章，喜其能道嘉祐中太平气象，如观杜甫诗，典雅文华，无所不有。是时予方为儿，犹想见其风俗欢声和气，洋溢道路之间，动植咸若。令人歌柳词，闻其声，听其词，如丁斯时，使人慨然有感。呜呼！太平气象，柳能一写于乐章，所谓词人盛世之黼藻，岂可废耶！”（《演山集》卷三十五）

从这些评述中，可以看出柳永以慢词描写都市风光、承平景象，是有特殊成就的。词的最后是对景“争忍独醒归去”，是乐而忘返了。这首词，以铺叙见长，气象渲染，浓淡适宜。写景则时疏时密，用典则结合时宜。人物都是在良辰美景中出现而又是活跃着的，呈现出太平景象。以此句做结更是含有欢乐常保的意义。

迷仙引

柳永

才过笄年，初绾云鬟，便学歌舞。席上尊前，王孙随分相许。算等闲、酬一笑，便千金慵觑。常只恐，容易蕣华偷换，光阴虚度。

已受君恩顾，好与花为主。万里丹霞，何妨携手同归去！永弃却，烟花伴侣，免教人见妾，朝云暮雨。

【鉴赏】

这是一首模拟青楼歌伎口吻写给她心上人，希望对方能将自己救出青楼，相偕到老，以免再过“朝云暮雨”生活的词。缠绵委婉，凄楚动人，言情而复具有很强烈的思想性。至于词中的主人公是否与柳永相识，是柳永的新交或是旧雨，这都无关紧要。

“才过笄年，初绾云鬟，便学歌舞”，作者用这三句话简单交代了词中女子的过去，非常简洁。笄即簪，古代女子幼而蓬头，十五而笄，故曰笄年。绾，同管，绾云鬟即把头发束而成鬟，以示成人。说明她刚过十五岁，便已学歌舞，出来应酬客人。这时，她还是年轻美貌、酬应在酒席之上，得到过许多客人的赞许。这里尊，同樽，即酒具。王孙,泛指豪华的客人,解时不可执着。她在应酬客人得到"随分相许"之后,慢慢走红起来。"算等闲,酬一笑,使千金慵戏。"这两句描述她在歌场走红之后的一些心情变化,很有分寸。"算等闲,酬一笑",是说她有时不经意地对客人报以一笑,自己虽是无意,但那些挥金如土的王孙哥儿,却往往便以千金相赏,以示豪华,并希望博得她的欢心。值得注意的是这些千金之赏,她却是不屑一顾,而以"慵戏"的态度对待。戏,看的意思。慵戏,即懒得一顾。作者以此二字来形容其"红"得连千金已不屑一顾的心理状态,在一定程度上又表现了她在此时已经对这种青楼卖笑生涯有所厌倦。用以逼出下句:"常只恐,容易蕣华偷换,光阴虚度。"蕣华,即木槿花,花期很短,朝开夕谢。这位歌伎虽然正在走红,但对未来的日子却充满着疑虑,恐怕自己会像木槿花一样,转瞬谢去而虚度年华,到头来找不到好的归宿。这里,作者虽是写某一个歌伎。同样也对与词中主人公具有相同境遇的女子寄予了可贵的同情。

下片拟歌伎口吻向相好者所吐的肺腑之言:"已受君恩顾,好与花为主。"意思是说。我既然已经受到你的垂爱,便殷切地希望你能替我做主,改变我的这种境遇。要改变她当前的境遇,当然必须改变她当前的命运,就是要跳出青楼卖笑的悲惨圈子。办法只有一条:"万里丹霞,何妨携手同归去!"这里,万里丹霞,是虚写,是自由生活的代词。意思是,青楼以外的天地是很广大的,你何妨与我携手同归,永远相好。至此,作者更以愤怒的感情,对当时的社会提出了强烈的控诉:"永弃却,烟花伴侣"是控诉之一,"免教人见妾,朝云暮雨"是控诉之二。前者说,这种"烟花伴侣"的生活应该永远弃却,不使存在,这里,不仅代表个人愿望,而且代表了自己的伴侣在说话;后者说免得别人再看见自己还是这种"朝云暮雨"的歌伎,发出了一个生活在社会底层的被凌辱的灵魂的心声。

我们读过柳永的许多词,大多写旖旎风光,情绪婉约。这首词却不然,已非婉约所能范围。虽然所写仍是青楼女子,但作者所表现的却不是欣赏而是控诉的笔意,很值得我们佩服。柳永自己曾说:"忍把浮名,都换却浅斟低唱"。但是,我们以为,能写这样的好作品,纵然换却"浮名",也就并非不值得了。

御街行

柳永

前时小饮春庭院,悔放笙歌散。归来中夜酒醺醺,惹起旧愁无限。虽看坠楼换马,怎耐不是鸳鸯伴。

朦胧暗想如花面，欲梦还惊断。和衣拥被不成眠，一枕万回千转。唯有画梁，新来双燕，彻曙闻长叹。

【鉴赏】

这是一首酒筵既散、彻夜无眠之后的抒情之作，通篇以怀想席间某一美人的思绪和想象为主。这个美人，从词中还无从推测其是青楼歌伎或是别人的家伎。不过，从"坠楼换马"一词来看，后者成分居多。

"前时小饮春庭院，悔放笙歌散"，是写对筵席早散的依恋追惜之情。既然是"悔放笙歌散"，所以在"归来中夜酒醺醺"之后，不免要"惹起旧愁无限"。这个旧愁是什么？作者在此采用比拟手法并运用曲笔加以描述。"虽看坠楼换马，怎耐不是鸳鸯伴"，借用了绿珠坠楼和曹彰以爱妾换马的两个故事，以表明自己爱憎之情。这两个故事是这样的：晋时荆州刺史石崇，对于爱妾绿珠十分宠爱，并筑金谷园以为其藏娇之所。王伦作乱时，向石崇索要绿珠，石崇不与。王伦率兵包围金谷园，欲劫绿珠，绿珠不从，坠楼而死。换马故事出自三国时魏曹彰，他因爱别人的好马，而竟以自己的爱妾相交换（见唐李冗《独异记》）。唐张祜亦有《爱妾换马》诗，乃据同朝鲍生之事所作。这里究为何指，且不细论，但大体可以判断作者认为这位女子眼前的主人正和石崇、曹彰一样，虽然对于自己所喜欢的女子表示了爱情，但将来这个女子的命运恐怕也只会落个绿珠和曹彰爱妾一样的下场，所以发出了"怎耐不是鸳鸯伴"的浩叹。这里，作者一方面表达了对于这个女子的同情和爱慕，同时也对石崇，曹彰之类的人加以抨击，认为其行事不足取。

作者对于所思之人既然十分爱慕，而又无可奈何，便只有"归来暗想如花面"了。既是归来，当然还充满着词首所说的"悔放笙歌散"的感情。归来要思念，但却不能让人知道，故只有"暗想如花面"。暗想是朦胧境界，"如花面"却是一个鲜明的画面。这一句给读者造成的印象，乃是朦胧而又鲜明，朦胧而又深刻。欲梦，不能解作想梦，而是将梦，即将要入梦。而且是将要梦到自己想念之人。惊断，这里没说是被何事或何种声音所惊断，总之是梦已惊断。随着梦被惊断而来的应是更为强烈的相思，是"和衣拥被不成眠，一枕万回千转"。紧紧照应前句"朦胧暗想如花面"。

为了衬托孤眠独想，作者在词的结尾用画梁之上新来双燕做对比。新来者是双燕，而不是孤雁，这与自己的"和衣拥被不成眠"恰成对比。"彻曙闻长叹"，可以释成梁间双燕的呢喃蜜语，引起了独眠人的更多感喟；也可以解作独眠人自己因"彻曙"不眠而不时发出的长叹，这个长叹除了自己之外，无人听见，只有梁间双燕知道。值得注意的是，作者这里用"彻曙"，表明由夜达旦都在长叹，比用"彻夜"更能烘托凄楚的气氛。

秋 夜 月

柳 永

当初聚散，便唤作，无由再逢伊面。近日来，不期而会重欢宴。向尊前，闲暇里，敛着眉儿长叹。惹起旧愁无限。盈盈泪眼，漫向我耳边，作万般幽怨。奈你自家心下，有事难见。待信真个，恁别无萦伴。不免收心，共伊长远。

【鉴赏】

这是一首描述较为复杂心情的词，有些词句很不易理解，可能是叙述一对情人之间离合旧情的。“当初聚散，便唤作，无由再逢伊面”，是说曾经在某一时期，“聚”而又“散”。既然散了，就已考虑到“无由再逢伊面”，这里的“便唤作”，应是双方的共识，而并非一方面的意想。下面“近日来，不期而会重欢宴”，是说明这一回“不期而会”的喜悦是由于双方都有同感，所以才成为“重欢宴”。但是，由于某种原因，前番双方都已感到无由再见，这个“无由再见”之“由”，似乎至今并未消失，故而今番虽“向尊（樽）前”饮酒，但“闲暇里”（按：此处的闲暇，应指饮酒酬酢的间歇时间）彼此仍然是“敛着眉儿长叹”，而且正由于彼此的“敛着眉儿长叹”，便又不得不触发当初情景，所以终于要“惹起旧愁无限”！

下片更为真切感人。

“盈盈泪眼，漫向我耳边，作万般幽怨”，说明这一对离而又合的情侣，在这个不期而会的场合，经过彼此“敛着眉儿长叹”之后，一方噙着“盈盈泪眼”，漫向对方的耳边，倾吐其别后的“万般幽怨”。这时，对方既为之感动，又不能不抱怨：“奈你自家心下，有事难见。”这个“有事难见”之事，可能也还是当初聚而又散的缘故，这里，加以抱怨，自在情理之中。

结句“待信真个，恁别无萦伴”是被倾诉的一方心中的盘算，意思是我姑且相信你的这番话，把其他的顾虑或爱情的纠葛（萦伴）抛开，再来一次“不免收心”，而言归于好地“共伊长远”。

柳永之词，善于白描，并且主要是运用通俗语言，不掉书袋，不搞獭祭，故不仅能在当时享有盛名，做到“凡有井水处，皆能歌柳词”，而且，即使到了现在，人们读来仍然亲切晓畅，毫无古今之隔。此词遣词之通俗易晓，及其能以简练之词汇，描述复杂之感情变化，仍然不失为我们学习之榜样。

凤栖梧

柳　永

伫倚危楼风细细。望极春愁，黯黯生天际。草色烟光残照里，无言谁会凭栏意。

拟把疏狂图一醉，对酒当歌，强乐还无味。衣带渐宽终不悔，为伊消得人憔悴。

【鉴赏】

这是柳永一首长期为人传诵的作品，是通常所说情景交融的典型。全词描述因思念对方而“伫倚危楼”这一时刻的心理状态和情绪的变化。既有景、又有情，而且是情之极，伤之极。其中不少词句非常凝练，享誉千古。

词从“伫倚危楼风细细”入手，即通常所说的以景起兴。伫，即站立，伫而复倚，料想其“伫”已非一时。所倚者乃是危楼，可见非送别时之长亭，而是原来聚首之处。伫倚危楼而适逢有风，且是细细之风，故伫立之人不须转移或逃避。这里，作者连用“伫倚”“危楼”和“风细细”三个词汇，把此时此地的气氛烘托得十分沉郁，从而便引发了一幕幕、一系列的伤感情愫和思绪。

“望极春愁，黯黯生天际”，说明在“伫倚”中思想还在驰骋，所驰骋者不是别的，而是因意中人不见而勾起的一段黯黯春愁。江淹《别赋》说：“黯然销魂者，惟别而已矣。”作者以黯黯形容春愁，说明这个春愁正是由伤别而引起，意思更深一层。春愁之所以存于思想之中，却是与下句：“草色烟光残照里”相配合，并与这些眼前景物有着极为密切关系的。因为所有此时此地的"草色""烟光""残照",便都由平日的"好风光"陡然变成引发伤心,勾起惆怅的客观事物而融入自己感情之中。至此,本想将心情向他人倾诉一番,却又因是独自一人,而没有对象可以倾诉,所以这"凭栏意"始终是"无人领会",真是伤感之极!

下片说,既然十分愁苦,而又倾诉无人,只好"拟把疏狂图一醉",即打算以疏狂放荡的态度,不顾一切地寻求一醉以消愁闷。从语气上看,这是一顿。但又想到即使"对酒当歌",也恐终是"举杯消愁愁更愁",勉强作乐毕竟解不得相思之苦,所以又说:"强乐还无味"。此是二顿。经此二顿后,词中主人公领悟到了一个道理,一个深情而无可奈何的道理:"衣带渐宽终不悔,为伊消得人憔悴!"意思说,这场相思虽苦,却还是值得的。相思为了爱情,这个爱情并未中断,这场相思也还要执着地坚持下去。纵然因此而消瘦,也值得,并不后悔。

古人说"诗无达诂",于词尤然。词可以表面写儿女之情,实际用来寄寓人生、寄寓为学,寄寓事业。柳永此词便可作如是观。所以王国维在其《人间词话》中,将"衣带渐宽终不悔,为伊消得人憔悴"列为"古今之成大事业者,必经过三种之境界"中的"第二境界",很有道理。我们读词,不可以望文生义,就词解词,而忽略言外之意。

卜算子慢

柳　永

江枫渐老,汀蕙半凋,满目败红衰翠。楚客登临,正是暮秋天气。引疏砧、断续残阳里。对晚景、伤怀念远,新愁旧恨相继。

脉脉人千里。念两处风情,万重烟水。雨歇天高,望断翠峰十二。尽无言,谁会凭高意?纵写得离肠万种,奈归谁寄?

【鉴赏】

这首词与《曲玉管》主题相同,也是伤高怀远之作。上片景为主,而景中有情;下片情为主,而情中有景,也与《曲玉管》前两叠相近。

起首两句,是登临所见。"败红"就是"渐老"的"江枫","衰翠"就是"半凋"的"汀蕙",而曰"满目",则是举枫树、蕙草以概其余,说明其已到了深秋了,所以接以

"楚客"两句,即上《雨霖铃》篇中所引宋玉《九辩》各句的缩写,用以点出登临,并暗示悲秋之意。以上是登高所见。

"引疏砧"句,续写所闻。秋色凋零,已足发生悲感,何况在这"满目败红衰翠"之中,耳中又引进这种断断续续、稀稀朗朗的砧杵之声,在残阳中回荡呢?古代妇女,每逢秋季,就用砧杵捣练,制寒衣以寄在外的征人。杜甫《捣衣》:"亦知戍不返,秋至拭清砧。已近苦寒月,况经长别心。宁辞捣衣倦,一寄塞垣深。用尽闺中力,君听空外音"。又《秋兴》:"寒衣处处催刀尺,白帝城高急暮砧。"所以在他乡做客的人,每闻砧声,就生旅愁。这里也是暗寓长期漂泊,"伤怀念远"之意。"暮秋"是一年将尽,"残阳"则是一日将尽,都是"晚景"。对景难排,所以下面即正面揭出"伤怀念远"的主旨。"新愁"句是对主旨的补充,以见这种"伤"和"念"并非偶然触发,而是本来心头有"恨",才见景生"愁"。"旧恨"难忘,"新愁"又起,所以叫作"相继"。

过片接上直写愁恨之由。"脉脉",用《古诗十九首》:"盈盈一水间,脉脉不得语。"其字当作眽眽,相视之貌。(脉。异体作眽,形近而误)。相视,则是她望着我,我也望着她,也就是她怀念我,我也怀念她,所以才有二、三两句。"两处风情",从"脉脉"来;"万重烟水",从"千里"来。细针密线,丝丝入扣。

"雨歇"一句,不但是写登临时天气的实况,而且补出红翠衰败乃是风雨所致。"望断"句既是写实,又是寓意。就写实方面说,是讲雨过天开,视界辽阔,极目所见,唯有山岭重叠,连绵不断,坐实了"人千里"。就寓意方面说,则是讲那位"旦为朝云,暮为行雨"的巫山神女,由天气转晴,云收雨散,也看不见了。"望断翠峰十二",也是徒然。巫山有十二峰,诗人用高唐神女的典故,常常涉及。如李商隐《楚宫》:"十二峰前落照微,高唐宫暗坐迷归。朝云暮雨长相接,犹自君王恨见稀。"又《深宫》"岂知为雨为云处,只有高唐十二峰。"一其余不可悉数。这又不但暗抒了相思之情,而且暗示了所思之人,乃是神女、仙子一流人物。

"尽无言"两句,深进一层。"凭高"之意,无人可会,唯有默默无言而已。"凭高",总上情景而言,"无言""谁会",就"脉脉人千里"极言之。凭高念远,已是堪伤,何况又无人可诉此情,无人能会此意呢?结两句,再深进两层。第一层,此意既然此时此地无可诉、无人会,那么这"离肠万种",就只有写寄之一法。第二层。可是,纵然写了,又怎么能寄去,托谁寄去呢?一种无可奈何之情,千回百转而出,有很强的感染力。

《宋四家词选》曾指出此词下片在艺术表现上的特征是"一气转注,连翩而下"。这是一个细致而准确的判断。所要补充的是,其文笔虽如同济所说,但内容却反复曲折,并不平顺。它们是矛盾的统一。

浪淘沙慢

柳　永

梦觉、透窗风一线，寒灯吹息。那堪酒醒，又闻空阶，夜雨频滴。嗟因循、久作天涯客。负佳人、几许盟言，更忍把、从前欢会，陡顿翻成忧戚。

愁极。再三追思，洞房深处，几度饮散歌阑。香暖鸳鸯被，岂暂时疏散，费伊心力。殢雨尤云，有万般千种，相怜相惜。

恰到如今，天长漏永，无端自家疏隔。知何时、却拥秦云态，愿低帏昵枕，轻轻细说与，江乡夜夜，数寒更思忆。

【鉴赏】

这是柳永创制长词慢调的一个范例。唐五代所传之《浪淘沙》词，或为二十八字体（皇甫松词），或为五十四字体（李煜词），皆为令词小调。柳永这首词，则衍之为一百三十五字之鸿篇巨制，比原调增大数倍。这首词共三片。第一片写主人公夜半酒醒时的忧戚情思；第二片追思以往相怜相惜之情事，由第一片所写之情思导入；第三片写如今眼下的相思情景，既悔恨当初又设想将来。三片构成双拽头格式。体制扩大，容量增加，主人公的全部心理状态及情思活动过程，都得到了充分的体现。

词作从“梦觉”时所见、所闻写起，谓窗风吹息寒灯，谓夜雨频滴空阶，可知并非天亮觉醒，而是夜半酒醒。于是，此景此情，滋味就不一般。其间，于“灯”之上着一“寒”字，于“阶”之上着一“空”字，均非等闲之笔，“寒”与“空”，使得当时所见、所闻之客观物景，因此染上了主人公主观情感色彩，体现了主人公凄凉孤寂之心理状态。而“那堪”“又”，以及“频”，层层加码，又使得主人公当时的心境，倍觉凄凉孤寂。接着，主人公直接发出感叹，谓：因循，久作天涯客。这是造成凄凉孤寂心境的根源。因为久作天涯客，所以辜负了佳人，把种种山盟海誓以及云雨欢会，一下子都变成了忧愁与凄戚。至此，主人公心中之情思，似乎已吐尽。其实不然，这仅是其情思活动三部曲中的第一部。词作第二片，由第一片之“忧戚”导入，谓“愁极”。十分自然地转入对于往事的“追思”。主人公所追思的是他与佳人的一段情事。这位佳人，未曾道出身份，但由“饮散歌阕”，可知是一位侍宴歌伎。不过两人之互相爱恋，乃有一定感情基础：一是两人遭遇相近，佳人才子，相怜相惜；二是两人恋爱时间并不太短，曾经“几度”，乃“再三”思忆。这是第二片，讲过去，由此补叙，才见得主人公夜半酒醒时为什么如此忧戚。第三片由过去回到现在，回到如今眼下“天长漏永”，通夜不眠的现实当中来。“无端自家疏隔”，悔恨当时不该出游，似乎以为这疏隔乃自家造成，然而内心却甚觉委屈。当时主人公心里很清楚：一次又一次出游，完全出于无赖，是客观环境所迫。因此，主人公又设想：不知何时，两人相聚，重谐云雨之欢。那时，他就要在低低的帷幕下，在亲昵的玉枕上，轻轻地向她详细述说，他一个人在此地，夜夜数着寒更，默默地思念着她的种种情景。至此。主人公的情思活动已进入高潮阶段，但作者的笔立刻止注，就此结束全词。从谋篇布局上看，第一、二片，花开两枝，分别述说现在与过去的情事，至第三片，既由过去回到现在，又从现在想到将来。设想将来如何回忆现在，使情感活动向前推进一层。三片所写，正与双拽头格式相应称。全词三片，从不同角度、不同方位，展现主人公的心理状态和情思活动，多层次、多姿态，具有一定的立体感。

所谓“从现在设想将来谈到现在”，吴世昌先生称之为“西窗剪烛型”的表现手法。(《词学导论》未刊稿，第一章）柳永在词中言情，多采用这一手法。这是柳永所独创，世称柳七家数，或“屯田家法”，是柳永用以创制长词慢调的一种独特表现方法；柳永当时及其后世作家，无不从中吸取养分，并获得一定的成就。柳永的这一艺术创作经验值得认真总结。

诉衷情近

柳　永

雨晴气爽，伫立江楼望处。澄明远水生光，重叠暮山耸翠。遥认断桥幽径，隐隐渔村，向晚孤烟起。
残阳里，脉脉朱阑静倚。黯然情绪，未饮先如醉。愁无际。暮云过了，秋光老尽，故人千里。尽日空凝睇。

【鉴赏】

柳永一生潦倒，流落至死。寄情声色，描写社会底层小市民的屈辱生活，是他经常的题材，其实这也是他被扭曲的心灵的折光。而他心灵深处的悲哀，却是他生命的本色、创作的基调。这首《诉衷情近》就是他这种悲愁情绪的结晶。但柳永的愁并非来自忧国忧民，而只是仕途失意、生路坎坷的个人得失的感喟，没有什么积极意义。当然，对弥漫于古代诗词丛林中的这种惨雾愁云，我们不是学习其内容，而只是鉴赏其艺术特色，可以深化我们自己感情沉淀能力和创作抒发能力，因为哀愁始终是人生一种重要感情原色。

此词并未超越常规，仍然是上片写景作铺垫，下片写情述主旨。这似乎成了作词的定则。问题在于能否在大规范中生发新颖独特的小变格。此词一开篇就变通了成法。"惨绿愁红"——主观感情投入客观事物，构成意象化语词，这是普遍手法。而此词写愁却从反面着笔。看前四句不是一派明朗和乐景象吗？作者并未投入愁的感情，它能给予读者的情绪感应，也是兴奋、欢快。即"遥认断桥幽径"至尾句，才稍稍点染了一些幽愁孤凄的景物，读去隐约受到一点愁的暗示。有人是带着无限哀愁去看景物并写入诗词的。有人本来心境平和，看到景物才触发了愁思。这两种情况应该承认都有。后一种情况其实更多。而柳永此词正属于后一种情况。这是他这种写法的心理根据。而就艺术技巧来说，从反到正，反正相衬相激，会产生意外、突兀、立体之类的阅读效应。反差越大，此类感应越强，这是这种写法的艺术根据。

下片径直写他的愁意。"残阳里，脉脉朱阑静倚"写他的愁态："黯然情绪，未饮先如醉"写他的愁感；"愁无际。暮云过了，秋光老尽，故人千里"写他的愁度：暮云过了，就是永夜，此是愁度之一比；秋光老尽，就是寒冬，是愁度之又一比；故人远在千里外，愁思当扯成千里长，此又是愁度之一比。从光感、温度、空间距离三个角度，喻写无际哀愁的程度，这与李白用"白发三千丈"来喻愁之度是同样的。愁本来是无法度量的，只有用喻物来比况、暗示，读者从喻物去体味愁度，从隐约模糊中获得愁的实感，也就体味到一些诗意。末句"尽日空凝睇"这个"空"字，正是诗眼所在，总结了全词，不但说这一切景物在愁眼看去是一场空，而且说即使愁绪万千，又有何用，无法改变现实。所以"愁"即是一场空。这就把全篇所抒写的愁，做了全盘否定，其实是又进一步深化了这愁——自觉愁得无用还是要愁，这愁就愁得更为深刻了。

少 年 游

柳 永

参差烟树霸陵桥，风物尽前朝。衰杨古柳，几经攀折，憔悴楚宫腰。

夕阳闲淡秋光老，离思满蘅皋。一曲《阳关》，断肠声尽，独自凭兰桡。

【鉴赏】

长安是柳永的前朝汉、唐的国都，是那时全国的政治、经济、文化中心，自然八方云集，各种人物来往奔走、聚散于此。霸陵桥在长安东 20 里，是去中原交通必经之地，因而常成为人们送别之处。杨柳历来作为柔情的象征物，古人在离别时常常折柳相赠，表示自己依依难尽的情意。因为被诗人们反复写在诗中，逐渐形成历史的积淀，于是，霸陵桥就成了十里长亭送别的典型象征景物，而折柳赠别也就成了离别的典型习俗，被沿用下来。

柳永这首词当写于离别长安之际。正是运用了这离别的典型场景、典型习俗，来抒写他的离愁的。因为末句"独自凭兰桡"，我们知道柳永是乘舟离长安，从舟中展望霸陵桥景色的，因而首句就见出他写的是远景：参差烟树。一个"烟"字把霸陵桥四周，树影浓淡高低、柳色氤氲迷蒙、略带缠绵、悱恻、凄迷的景色，全部概括出来。真可谓炼成一字，尽得风流。"风物尽前朝"看似平常叙述语句，交代事理者，却暗含着作者的怀古幽思：风景不殊、人事全非，难怪桥边烟树愈觉凄迷。下段承此句而来，看那些饱经沧桑的古柳衰杨，经过人们多次攀折送别，已经憔悴瘦损得像古代楚宫里宫女的腰肢了。这里用了一个典故。《韩非子·二柄》中云："楚灵王好细腰"，宫女们为了减肥求宠而减食，因而酿成"宫中多饿死"的惨剧。用楚宫女的腰肢来比喻古柳的憔悴，不仅形象上、习惯上相吻合（我国诗人习惯将柔细的柳丝比喻女人的细腰），而且暗喻被损害者的命运如此相仿佛，抒发了作者的无限怅惘之情。

下片："夕阳闲淡秋光老，离思满蘅皋"，柳永此次离别长安正是秋天的一个黄昏时候。夕阳秋光本是自然景物，用一"闲"一"老"字加以人格化，立即染上了浓郁的感情色彩，似乎感受了作者的情绪，夕阳也变得懒恹恹的了。秋光更变得苍黄衰竭了。蘅即杜蘅，俗名马蹄香，是一种芳草。皋指水边高地。连长遍水边高地的杜蘅,似乎也都被离别的愁绪所笼罩、缠绕了。这都是移情手法,也就是托物以言情,情以物现,物因情变。冯煦在《宋六十一家词选例言》中评柳永词,说他善于“状难状之景,达难达之情”,从这两句也完全可以看出他深湛的诗词功柢。《阳关》古曲是抒离别情的音乐,离人听去,能为之断肠。柳永独自坐在船舱,凭靠着兰木做的划桨,目睹斜阳芳草,耳听断肠《阳关》,这离愁别绪丛集心头怎能忍受得了?这首词,就在这种意犹未尽、欲说还休的深沉的忧郁中结束,使读者心中仍为袅袅余愁所缭绕。

轮台子

柳　永

一枕清宵好梦,可惜被、邻鸡唤觉。匆匆策马登途,满目淡烟衰草,前驱风触鸣珂,过霜林、渐觉惊栖鸟。冒征尘远况,自古凄凉长安道。行行又压孤村,楚天阔、望中未晓。

念劳生,惜芳华壮岁,离多欢少。叹断梗难停,暮云渐杳。但黯黯魂消,寸肠凭谁表?恁驱驱、何时是了?又争似、却返遥京,重买千金笑!

【鉴赏】

宋词发展到柳永,从词调到作法,都进入一个崭新的阶段。柳永取用民间的市井新声,但不是简单的“拿来”,而是进行提高,铸成旖旎抒情的新曲,并以赋体入词,写得通俗浅近。这些都是他的根本艺术特征。另外,他还大量创制慢词,常常取同一词调之小令,大大增加其字数,使之成为中调或长调,还自创新调,长达212字的《戚氏》三叠,就是他所首创。因他的创制,使词家在小令之外,找到了一种能容纳更多内容的新词体,因而大为风行。从此,宋词进入了慢词为主体的新阶段。作为一代词宗,柳永是当之无愧的。

这篇《轮台子》长达114字,也属慢词。写的是旅客早行的经过和心路历程。

上片写得非常通俗晓畅,基本是抒叙手法。真是从头道来:一宵好梦,被邻舍的鸡叫声唤醒了,于是匆匆鞭马上路。这时,晓色迷茫,满眼是淡烟衰草。再往前走,风吹身上的玉佩发出了响声,惊醒了树林里的宿鸟。这种冒风尘远行的凄凉况味,从古以来已被长安道上的行人说尽。再往前走,又迫近了一个孤村,这才抬头望长天，原来天还没有大亮。这一段完全体现了柳永赋体入词、通俗浅近的风格，层层铺叙，语意刻露，奔放尽兴。这种风格与长调相适应，一改小令多用比兴手法的旧套。后来，铺叙便成为慢词的基本表现手法。

下片立即转入了感慨的抒发。顾念自己劳碌的生平，可惜的是在芳年壮岁的时候，却是离恨常多，欢情忒少。人们常用断梗飘萍来比喻人生漂泊难定的羁旅生涯。柳永也慨叹自己处处逢断梗，难于栖泊。暮云暗示归宿。现在，暮云渐渐杳远，自己归宿何处，也更加渺茫了，怎不令人黯然销魂呢？但自己这寸断的肝肠，却又向谁去诉说？像这样奔波下去，什么时候才能到头？

结句，作者笔锋一转，从羁旅劳苦、心情沉郁的长篇抒叙，突然提出"却返遥京，重买千金笑！"非常突兀。"又争似"是当时的口语，近乎现在的口语"倒不如"。作者认为倒不如还是回到遥远的京都去，重新过那千金买笑的浪荡子生涯。这句话表面上似乎表现了柳永对以往狭邪生活的留恋，其实是表露了他怀才不遇、沉沦潦倒的深痛，奔波劳碌，依然无枝可栖，倒不如继续去醉生梦死，用这种生活方式，对社会的不公，进行消极的抗击。所以，结句不但不是违逆前意，其实是分外深化了全词的主题。在艺术效应上，由于正负的反差大，突兀感增强，读者的感情更易受到撼击。

引驾行

柳 永

红尘紫陌，斜阳暮草长安道，是离人。断魂处，迢迢匹马西征。新晴。韶光明媚，轻烟淡薄和气暖，望花村。路隐映，摇鞭时过长亭。愁生。伤凤城仙子，别来千里重行行。又记得、临歧泪眼，湿莲脸盈盈。
消凝。花朝月夕，最苦冷落银屏。想媚容、耿耿无眠，屈指已算回程。相萦。空万般思忆。争如归去睹倾城。向绣帏、深处并枕，说如此牵情。

【鉴赏】

这首词历来断句多误。近代学者，有的以为开头二十五字为他词残文（朱祖谋《乐章集》校记引夏敬观语），有的避而不录，勿论其调。（林大椿《词式》）吴世昌先生曾纠其谬，谓万树《词律》断句，其误者八。并指出：词作首二十五字与次二十五字是句式相同之排句，好像是一副对联。（《词学导论》未刊稿第一章）这里，谨依吴先生所说重新进行断句。

这首词也是柳永创制长词慢调的一个范例。作者以铺叙手法言情，于平叙之中，注重层次变化，从不同角度、不同方位，充分揭露抒情主人公的内心世界。上片说主人公在旅途中想念“凤城仙子”。事情本来很简单，作者却极尽铺叙之能事，先以一组排句对旅途中的客观物景，大肆进行铺写涂抹。这组排句。一边说场所，一边说气候。均以一个三字句托上两个四字对句，着意加以渲染。“红尘紫陌，斜阳暮草”，描绘当时的长安道；“韶光明媚，轻烟淡薄”，描绘当时的天气。然后，人物登场，“迢迢匹马西征”“摇鞭时过长亭”，谓主人公正在旅行，一句话分成两句说，尽量将场景拉开。其间，“离人”“匹马”，“断魂”“迢迢”，颇带感情色彩，让人觉得，主人公的这次旅行，并不那么愉快，而与韶光明媚、轻烟淡薄的大好时光相对照，则更加烘托出这次不愉快的旅行，是多么使人难堪，叫人生愁。于是，经过这番铺陈，很自然地转入对于“凤城仙子”的思忆。“别来千里重行行”。在漫长的旅行途中，有万千情事可思忆，但令人难忘的，还是即将踏上征途的那一时刻。执手相看，泪湿莲脸，水盈盈的双眼，永远印在脑际。这是上片，开头一组排句与以下的思忆，其布局，犹如长调中的双拽头，写的是现在的景况，铺叙中穿插回忆，已将主人公旅途中的愁思表现得淋漓尽致。

上片所写，是眼前的实景实情，下片则转换角度，述说对方的相思情景，并且进一步设想将来相见的情景。主人公设想，离别之后，每逢花朝月夕，她必定分外感到冷落，她夜夜无眠，说不定已经算好了我回归的日程。对方的相思情景，这是想象中的事，但写得十分逼真。“想媚容、耿耿无眠，屈指已算回程”。这时候，仿佛她就在自己的眼前。接着，主人公发现，这千万般的思忆，不管是我想念她，还是她想念我，全都是空的，还是及早返回，与她相见，这才是最实在的。于是，主人公就设想着两人相见时的情景：“向绣帏、深处并枕，说如此牵情。”那时候，我将向她细细述说，离别之后，我是如何如何的思念着她。这是下片，换头用“消凝”一短句过渡，由使人生愁的现实世界转入令人销魂的幻想世界。在这幻想世界中，作者进行了全方位的描写，既有她的相思情景，又有他和她述说相思情景的情景。对照上片在旅途中叙说相思，更加显得丰富多彩。上下两片合在一起看，作者所描绘的这幅羁旅行役图，有时间推移的层次，又有场景变换的层次，因而也就增强了立体感。

全词说相思，由匹马西征，想到耿耿无眠，想到并枕细说，这种表现手法，就是“从现在设想将来谈到现在的手法”，吴世昌先生称之为“西窗剪烛型”的表现手法。（《词学导论》未刊稿第一章）柳永《乐章集》中，不少篇章与《引驾行》及《浪淘沙》“蹊径仿佛”，都是采用这一手法铺叙言情，似有点千篇一律，但是，也正因为有了柳永的反复实践，这一手法，才逐渐形成一定的程式，为当时及后世词作者创制长词慢调，打开无数法门。这是柳永对于词的发展所做的特殊贡献。

安公子

柳　永

远岸收残雨。雨残稍觉江天暮。拾翠汀洲人寂静，立双双鸥鹭。望几点，渔灯隐映蒹葭浦。停画桡、两两舟人语。道去程今夜，遥指前村烟树。

游宦成羁旅，短樯吟倚闲凝伫。万水千山迷远近，想乡关何处？自别后、风亭月榭孤欢聚。刚断肠、惹得离情苦。听杜宇声声，劝人不如归去。

【鉴赏】

这首词是游宦他乡，春暮怀归之作。词人对萧疏淡远的自然景物，似有偏爱，所以最工于描写秋景，而它笔下的春景，有的时候，也不以绚烂秾丽见长，如此篇即是。这，当然和他长年过着落魄江湖的生活、怀着名场失意的心情是有关的。

上片头两句写江天过雨之景，雨快下完了，才觉得江天渐晚，则雨下得时间很久可知。风雨孤舟，因雨不能行驶，旅人蛰居舟中，抑郁无聊更可知。这就把时间、地点、人物的动作和心情都或明或暗地展示出来了。

"拾翠"二句，不过是写即目所见。汀洲之上，有水禽栖息，而以拾翠之人已经归去，虚拟作陪，更以"双双"形容"鸥鹭"，便觉景中有情。"拾翠"字用杜甫《秋兴》："佳人拾翠春相间。"拾翠佳人，即在水边采摘香草的少女。张先《木兰花》也说："芳洲拾翠暮忘归，秀野踏青来不定。"意中有人，有人的语笑；今惟余景，景又呈现人去后特有的寂静。鸥鹭成双，自己则决然独处孤舟之中。这一对衬，就更进一步向读者展开了作者的内心活动。

"望几点"句，写由傍晚而转入夜间。渔灯已明。但由于是远望，又隔有蒹葭，所以说是"隐映"。这是远处所见。"停画桡"句，则是己身所在，近处所闻。"道去程"二句，乃是舟人的语言和动作。"前村烟树"，本属实景，而冠以"遥指"二字，则是虚写。这两句把船家对行程的安排，他们的神情、口吻以及依约隐现的前村，都勾画了出来，用笔极其简练，而又生动、真切。

过片由今夜的去程而念及长年行役之苦。"短樯"七字，正面写出舟中百无聊赖的生活。"万水"两句，从"凝伫"来，因眺望已久，所见则"万水千山"，所思则"乡关何处"。"迷远近"虽指目"迷"，也是心"迷"。崔灏《黄鹤楼》云："日暮乡关何处是，烟波江上使人愁。”正与此意相同。

“自别后”以下，直接“乡关何处”，而加以发挥。“风亭”七字，追忆过去，慨叹现在。昔日则良辰美景，胜地欢游，今日则短檣独处，离怀渺渺，而用一“孤”字将今昔分开，意谓亭榭风月依然，但人不能欢聚，就把它们辜负了。“刚断肠”以下，紧接上文。离情正苦，归期无定，而杜宇声声，劝人归去，愈觉不堪。杜宇无知之物，而能劝归，则无情而似有情；人不能归，而杜宇不谅，依旧催劝，徒乱人意，则有情终似无情。用意层层深入，一句紧接一句，情意深婉而笔力健拔，柳永所长，其后只有周邦彦用笔近似。

鹤冲天

柳　永

黄金榜上，偶失龙头望。明代暂遗贤，如何向。未遂风云便，争不恣狂荡。何须论得丧。才子词人，自是白衣卿相。

烟花巷陌，依约丹青屏障。幸有意中人，堪寻访。且恁偎红依翠，风流事、平生畅。青春都一饷。忍把浮名，换了浅斟低唱。

【鉴赏】

这首词的本事，据胡仔《苕溪渔隐丛话》引《艺苑雌黄》云：“柳三变喜作小词，薄于操行，当时有荐其才者，上曰：‘得非填词柳三变乎？’曰：‘然。’上曰：‘且去填词。’由是不得志，日与儇子纵游娼馆酒楼间，无复检率。自称云：‘奉圣旨填词柳三变’”。从这里，我们可以看出柳永虽然是自称“奉圣旨填词”，实际上是牢骚话。

这首词，明白如话，而却往复回环，心理描绘颇为丰富。一起即宣告自己榜上无名。这对多才的青年柳永是个沉重的打击。“明代”句暗含讽刺，不敢直斥。因为既称“明代”，应当是才人应被录用，然而失望。怎办呢？“未遂风云便，争不恣狂荡，”这就一任自己放荡吧，何必管它得失呢？内心痛苦，矛盾已极。“才子”两句，又作自我安慰，这也是不得已的解脱语。

下片从“恣狂荡”引申而来，在风尘女子中寻求知音，铺叙开来。“烟花”二句，点出慰藉地点。“幸有意中人，堪寻访”，这是并不势利的，不以其落第而奚落他，同时和他依偎风流，享受青春。“青春都一饷”，真是青春不再，莫负当前。然而我们的词人，一结“忍把浮名，换了浅斟低唱。”字面上是开拓了，达观了，实际上，一“忍”字，多少辛酸。“浅斟低唱”，又有多少不可告人的哀楚。这证明柳永的后来依然不忘功名，终于“及第已老”，我们这一分析是合乎情理的。同时，我们知道柳永和声伎打交道，也写出她们是愿意“永弃却烟花伴侣，免教人见妾，朝云暮雨。”（《迷仙引》）柳永是道出她们的真情实意，和她们是知音，因而自己在功名不得意时，则访求她们以求慰藉，这是很自然的事，也是这首词的思想感情的基础。

倾　杯

柳　永

鹜落霜洲，雁横烟渚，分明画出秋色。暮雨乍歇，小楫夜泊，宿苇村山驿。何人月下临风处，起一声羌笛。离愁万绪，闻岸草、切切蛩吟似织。

为忆芳容别后，水遥山远，何计凭鳞翼。想绣阁深沉，争知憔悴损，天涯行客。楚峡云归，高阳人散，寂寞狂踪迹。望京国，空目断、远峰凝碧。

【鉴赏】

柳永一生蹭蹬功名，浪迹异乡，写下不少羁旅行役之作。他曾作为“西征客”，伫立长安灞桥，不胜兴亡之感，“参差烟树灞陵桥。风物尽前朝，衰杨古柳，几经攀折，憔悴楚宫腰。”也到过成都浣花溪畔，漫步于热闹的蚕市，“地胜异，锦里风流，蚕市繁华，簇簇歌台舞榭。当春昼，摸石江边，浣花溪畔景如画”。此外，巫山、九嶷山等地，也都留下他的踪迹，“望断处，杳杳巫峰十二，千古暮云深。”“九嶷山畔雨过，斑竹作；血痕添声。”真可以说是一位行吟词人了。关于他这方面的词篇，对自然景色的描绘很为出色，尤其擅长写秋景。他常以宋玉自比，在词中倾吐衷曲，清寂的山光水影，凝聚着他个人落拓江湖的身世之感。构成一幅幅秋日行吟图。

宋初词人专写山水者不多，潘阆常说诗词可以入画，其《忆余杭》小令写杭州山水清幽，极为有名。柳永的羁旅行役之作，与其他绮罗香泽者不同，多是以大自然为背景的慢词，弥漫着文士悲秋、沦落不遇的感伤情调，这和潘阆小词的隐逸风致大异其趣。在表现手法上，则是因调而异，变化多端，有的用直笔，有的多曲折，有的两者兼备，在本词，乃是一首迂回曲折的游子悲秋吟。

起首两句描绘洲渚宿鸟，对偶工整。《论词随笔》云："有对起之调，贵从容整练。""落""横"形容鹭鸟飞下和雁字排列的状态；这是秋江暮色。"分明画出"和"正潇潇暮雨洒江天，一番洗清秋"之"洗"字，均为形容黄昏江上雨后清冷景象，着重绘出"秋色"。此处纯为写景，但江上行客的愁思。已隐然言外。"暮雨"三句，以小舟晚泊江边作为背景引出行客；小舟是行客所乘，夜泊指停舟的时、地，苇村山驿点出投宿之处乃荒村驿店。满面风霜、踽踽而行的行客形象，透过秋江暮色呈现在读者眼前。

"何人"两句，展开山村夜景，月明风紧，传来羌管悠悠，吹出无限幽怨，李益诗也云："不知何处吹芦管，一夜征人尽望乡。"真乃闻曲生悲。词人在《戚氏》中说："孤馆度日如年，风露渐变，悄悄至更阑。长天净，绛河清浅，皓月婵娟。思绵绵，夜永对景，那堪屈指暗想从前。"直接铺叙客地月夜忆旧，而这里却是以设问提起，借笛声以抒旅怀。"离愁万绪"四字说到正题，揭出行客内心活动，接着以"蛩吟似织"烘托离愁，姜白石词云："哀音似诉，正思妇无眠，起寻机抒"。亦是借蟋蟀声以托出怨情；唧唧虫声、悠悠笛音，触发起行客无限愁绪，由此引出下文。

换头"为忆"三句，触景而生情，抒写别后思念，亦即《迷神引》中所说："芳草连空阔，残照满，佳人无消息，断云远。"惟此处口气比较婉转，"忆"字写思念之情以下再诉关山阻隔，鱼雁难通，从而反映出内心的焦虑，"想绣阁"三句，就对方设想，伊人深居闺房，怎能体会出行客漂流天涯，"为伊销得人憔悴"的苦处。这是从杜甫诗"遥怜小儿女，未能忆长安"化出，语意委婉。"楚峡"三句，转笔归到目前境遇，前句暗指歌舞消歇，后两句即"酒徒萧索，不似去年时"之意，说明往昔"暮宴朝欢"都已烟消人散，如今孤村独坐，唯有对月自伤。写得柳暗花明，不冗不复，自是慢词作法。

末尾两句，以景结情，与《玉蝴蝶》歇拍"黯相望，断鸿声里，立尽斜阳"笔法近似。遥望京华，杳不可见，但见云峰清苦，像是聚结着万千愁恨，"目断"与"立尽"都是加强语气，在这幅秋景中注入行客自身的感情色彩，借以透露相思之意，怅惘之情。

河　传

柳　永

淮岸，向晚，圆荷向背，芙蓉深浅。仙娥画舸，露渍红芳交乱，难分花与面。

采多渐觉轻船满，呼归伴，急桨烟村远。隐隐棹歌，渐被蒹葭遮断，曲终人不见。

【鉴赏】

自汉乐府《江南》咏江南水乡儿女采莲时欢乐情趣的民歌以后，到唐宋诗词中这类题材的作品，无论内容、形式、表现技巧，都步上一个新的阶梯。柳永这首《河传》便是其中之一。淮河千里，流经河南、安徽、江苏等数省间。词具体而微，它选择淮河一处临岸的水域，这时夕阳西下，天色将近晚了。"圆荷向背，芙蓉深浅。""圆"，圆满，完整。《吕氏春秋·审时》："其粟圆而薄糠"。"圆荷"，指荷之整体。"向背"，正面和背面。皇甫冉《雨雪》诗："山川迷向背，氛雾失旌旗。"这四个字实说荷叶层层，荷香郁郁，花叶繁茂。荷花含苞未开叫"菡萏"，已开叫"芙蓉"。正因其盛开，故花色有深有浅。以上写地——淮岸；写时——向晚；写荷，遍布水中，花正盛开，叶正繁茂。它与李璟诗"满目荷花千万顷，红碧相杂敷清流"（《游后湖赏莲花》）相仿佛，却更似丘击词"圆荷万柄，芙蓉困倚轻柔。暮霞映，日初收。更满意，绿密红稠"（《夜合花》）。夏敬观《手评乐章集》称："耆卿多平铺直叙"，"造句不事雕琢"（转引自龙榆生《唐宋名家词选》），这于本词开篇四句十二个字的环境描写中可以见之。接着出现了人物："仙娥画舸，露渍红芳交乱，难分花与面。""仙娥"，于词中始见敦煌曲子词《天仙子》："五陵原上有仙娥，携歌扇，香烂漫，留住九华云一片"。此"仙娥"，指歌伎。陈寅恪《元白诗笺证稿》第四章附《读莺莺传》："流传至于唐代，仙(女性)之一名，遂多用作妖艳妇人，或风流放诞之女道士之代称，亦竟有以之目倡伎者。"不过在本词，"仙娥"即美女，指采莲女。她划着饰以图案彩纹的小船，水珠沾湿了红花，也沾湿了芳颜，以致"难分花与面"。远在六朝人便云："莲花泛水，艳如越女之腮"。梁元帝萧绎《采莲曲》"莲花乱脸色，荷叶杂衣香"。王昌龄《采莲曲二首》其二："芙蓉向脸两边开，乱入池中看不见"。这里用："交乱""难分"，正是"人面与花相斗艳"（晏殊采莲女词《渔家傲》）。"照影摘花花似面，芳心只共丝争乱"（欧阳修采莲曲词《蝶恋花》）之意。不过写来却是朴实无华的。

过片"采多渐觉轻船满"，即船虽满而仍轻便，表现所载之物分量不大，也暗传出采莲女的愉快心情。于是她"呼归伴，急桨烟村远。"招呼同伴，划动双桨，急匆匆拨船走上归途。"烟村"应"向晚"。"渡头余落日，墟里上孤烟"（王维）。"临岸"人家开始准备晚炊了。接着描绘船行景象："隐隐棹歌，渐被蒹葭遮断。""棹歌"，船工行船时所唱之歌。张志和《渔父歌》五首其五："青草湖中月正圆，巴陵渔父棹歌连"。这两句因果倒置：棹歌之所以隐隐，是由于船穿过连绵的芦苇，而后来终于渐被遮断了。"隐隐",隐约,不分明。鲍照《还都道中》:"隐隐日没岫,瑟瑟风发谷。""蒹葭",即芦苇。或谓"蒹",荻;"葭",芦苇。《诗·秦风·蒹葭》:"蒹葭苍苍,白露为霜"。最后"曲终人不见",戛然而止。但唱曲者与她那隐隐的歌声,却回环通首,有尽而不尽之意。其韵味不在钱起"曲终人不见,江上数峰青"(《省试湘灵鼓瑟》)之下。李群玉"轻舟短棹唱歌去,水远山长愁煞人"(《黄陵庙》)。唱者无心,听者有意,一阵歌声,她便轻舟远去了。李珣"绿鬟红脸谁家女,遥相顾,缓唱棹歌急浦去"(《南乡子》)。"红脸","相顾",情意可见。但从不染尘埃,不着色相说,仍以柳词为高。

《河传》,调名始于隋(见王灼《碧鸡漫志》卷四),词体则为温庭筠所首创("湖上。闲望")。汤显祖云:"凡属《河传》题,高华秀美"(玉茗堂《花间集》卷三)。柳永用此调写水乡儿女生活,亦仅此一阕,词意清新,境界优美,与其另一阕写"争逞舞裀歌扇"的"奇容妙伎",迥异其趣。这种格调高雅,生活气息浓厚,形象生动明媚,超乎尘垢之外的作品,在《乐章集》中并不多见,是其羁旅行役之类词中一首派生产物。

归 朝 欢

柳 永

别岸扁舟三两只。葭苇萧萧风淅淅,沙汀宿雁破烟飞,溪桥残月和霜白,渐渐分曙色。路遥山远多行役。往来人,只轮双桨,尽是利名客。

一望乡关烟水隔,转觉归心生羽翼。愁云恨雨两牵萦,新春残腊相催逼,岁华都瞬息。浪萍风梗诚何益。归去来,玉楼深处,有个人相忆。

【鉴赏】

陈振孙称柳永词"尤工于羁旅行役"(《直斋书录解题》卷二十一)。这首词便是此类题材中的一首。起句为全篇总冒。后面的情事均由此而生。三两只小船离岸而去,引发出旅程景物的描写。这时诗人触目所见触耳所闻是:草木摇落,芦苇萧萧作响,秋风多厉,连停宿水边沙地和小洲上的雁,也穿破水面烟雾飞起了。杜甫"无边落木萧萧下。不尽长江滚滚来"(《登高》);又"秋风淅淅吹巫山,上岸下岸修水关"(《秋风二首》其一)。"萧萧""淅淅",俱见风势的劲峭。离岸越来越远了，时间也悄悄地流逝："溪桥残月和霜白，渐渐分曙色。"桥下溪水长流，残月高挂天空，地上一片洁白的银霜。溪桥、残月、霜白，一如"冷落清秋节"的况味，而这时天也快亮了。一连四句写景，无一景物不染上凄伤色调。古人说："说景即是说情"（李渔），"情景相触而莫分也"（费经虞）。这里虽字面无一情字，而情寓景中矣"路遥山远多行役"一转，这句道出"别岸"的原因。"行役"，因服役或公务跋涉在外。《诗·魏风·陟岵》："予子行役，夙夜无已"。后因泛指行旅。路上的"往来人"，虽有的乘车马，有的坐船（"只轮双桨"），但都是争名趋利而"路遥山远"离开家乡的。他感叹："利名牵役。又争忍、把光景抛掷"（《轮台子》）；"浮名利，拟拚休"（《如鱼水》）；"如何向、名牵利役，归期未定"（《红窗听》）；"旧赏轻抛，到此成游宦"（《迷神引》）；"游宦成羁旅"（《安公子》）；"嗟因循、久作天涯客"（《浪淘沙》）等等。这里虽说："往来人"，无疑包括作者柳永在内。

由上片的离别而生感，至下阕则述别后的相思怀念之情。从此乡关路遥，烟水漫漫，"转觉归心生羽翼"。"羽翼"，翅膀。《管子·霸形》："寡人之有仲父也，犹飞鸿之有羽翼也。"归心如焚，希望自己长上双翅飞也飞到伊人身边。欲解相思，李商隐云："蓬山此去无多路，青鸟殷勤为探看"（《无题》）。这里比遣青鸟"探看"更进一层。因为那"愁云恨雨"的深情使得"两牵萦！"宋玉《高唐赋》述楚怀王于高唐梦见巫山神女，"愿荐枕席，王因幸之。去而辞曰：'妾在巫山之阳，高丘之阻。旦为朝云，暮为行雨。朝朝暮暮，阳台之下。"后因称男女幽欢为云雨。柳词常于此二字前后冠以表示深切感情的字，如"香闺别来无信息，云愁雨恨难忘"（《临江仙引》）；"暗惹起、云愁雨恨情何限"（《安公子》）；"岂知聚散难期，翻成雨恨云愁"（《曲玉管》）等等。这里用一"两"字，设想对方也会如此，弥见情深。接以时序侵寻，感慨如断梗飘萍般的羁旅行役生活："新春残腊相催逼，岁华都瞬息，浪萍风梗诚何益。""腊"，古时阴历十二月祭名，始于周代。《左传·僖公五年》："虞不腊矣。"杜预集解："腊，岁终祭众神之名"。汉腊行于阴历十二月，故后世以十二月为腊月。腊残新春，知已岁尾，故直言羁旅行役生活"诚何益！"其在《凤归云》中云："驱驱行役，苒苒光阴，蝇头利禄，蜗角功名，毕竟成何事。""诚何益"，"成何事"，怨愤之情，都溢于言表。最后明白说出缘何归心似箭，慨叹"浪萍风梗"的羁旅生活，原来，"归去来，玉楼深处，有个人相忆"。"来"，语末助词，无义，如《庄子·人间世》"尝以语来"。《孟子·离娄》："盍归乎来"。

这首词上片应是"忆别时"，下片是今夕思怀。一别之后，烟水渺茫。当此"新春残腊"之时，遂生归去之思，因而忆及别时景况。其所作《倾杯》下阕云："芳容别后，水遥山远，何计凭鳞翼。想绣阁深沉，争知憔悴损、天涯行客"，与本词下阕相类。周济论柳词一曰："森秀幽淡"（《介存斋论词杂著》）；再曰："秀淡幽艳"（《雨霖铃》眉批）。陈廷焯亦有"子瞻之明隽，耆卿之幽香"（《白雨斋词话》卷六引乔笙巢语）的说法。这大抵指那种浓淡适中，秀而美，美而媚，媚而不绝，绝无"腻柳"

(陈廷焯有所谓"豪苏腻柳"之说)气味的作品。本词属于此类。写景,用语妥帖,描绘出木落霜天,风萧萧兮的浓重深秋气氛;写情,不粘不滞,旖旎风流,却未"情胜乎辞"(蔡伯世云:"耆卿情胜乎辞"),不失为《乐章集》中的佳作。

婆罗门令

柳　永

昨宵里、恁和衣睡,今宵里、又恁和衣睡。小饮归来,初更过,醺醺醉。中夜后,何事还惊起?霜天冷,风细细,触疏窗、闪闪灯摇曳。

空床展转重追想,云雨梦、任攲枕难继。寸心万绪,咫尺千里。好景良天,彼此,空有相怜意。未有相怜计。

【鉴赏】

《婆罗门令》是柳永首创的词牌,它与《婆罗门引》却是不相干的两个词牌,或许它们间有某些音乐曲调上的渊源吧!首创的,或称自度的,在写词时不受前人腔调的限制,应是写好词的方便条件之一,因为本无框框可言。离别相思之苦,是自古至今人间常情中之不可或缺者,几乎人人都有过经历,所谓悲欢离合,本是矛盾而相生相悖的普通事物。但一旦亟欲合而非离不可的时候,其中滋味确是万分不好受而又无可奈何的。这首词写的就是初别时分的熬煎般的苦涩。

柳永在词作中勇于直抒真情,是他的一大特色。为此每遭贬斥。南宋人吴曾(虎臣)说:"柳三变好为淫冶讴歌之曲,传播四方。"(见《能改斋漫录》卷十六《柳三变词》)南宋人陈直斋(振孙)则说:"柳词格调不高,而音律谐缓,词意妥帖,承平气象,形容曲尽,尤工于羁旅行役。"两位宋人之语已足见评柳之一斑。吴、陈之所以有上述评价,在这首词中已颇可得见其消息一二。中国数千年封建禁锢,于男女之大欲是终始不许挂齿的,连稍着边际也是在所不容的,柳永其实只是稍稍冲破了一点点,然而非议已接踵而来,不亦可叹!南宋词人张炎则说:"柳词亦自批风抹月中来,风月二字,在我发挥,柳则为风月所使耳。"清代大词人陈廷焯则说:"耆卿(柳永)词善于铺叙,羁旅行役,尤属擅长。然意境不高,思路微左,失温韦忠厚之意。词人变古,耆卿首作俑也。"不论离他远近,反正都因柳永的敢写情欲而被视为失忠厚,为风月所使,意境不高。尚有称之可近俚俗(黄昇语)、多杂以鄙语(孙敦立语)等等的。不一而是。这首词词意清楚,句句真情,毋庸词费于诠释串讲,含义自明。恐怕亦正因此，历来宋词及历朝词之选本，都很少选它。其实无非就是直写了和衣睡、云雨梦，正面嗟叹好景良天之空抛度，分隔两地的两颗心彼此一样，空有相怜意，未有相怜计等等吗？还不只是徒叹奈何，无计冲隔之苦吗？只是在此苦闷中，凭借倚声，似有一吐心曲，稍慰恋情之意而已。这恐怕还只能属借酒浇愁愁更愁之流亚吧！

清末冯煦在他的《蒿庵论词》中，有《论柳永词》一则，说：耆卿词，曲处能直，密处能疏。奡处能平，状难状之景，达难达之情，而出之以自然，自是北宋巨手。然好为俳体，词多媟黩，有不仅如《提要》所云，以俗为病者。《避暑录话》谓："凡有井水饮处，即能歌柳词。"三变之为世诟病，亦未尝不由于此，盖与其千夫竞声，毋宁白雪之寡和也。

这是一则较晚近之词论者，全面评论柳词的通论，用它来具体地专论这一首柳词，倒也十分恰切。冯煦虽晚近，但还是跳不出数千年封建的禁锢，这也十分自然，直至今天不是也还跳不出来吗？而他能在肯定柳词价值之论中，指出柳永能"状难状之景，达难达之情，而出之以自然"，实为词论中之中肯綮者。

破阵乐

柳永

露花倒影，烟芜蘸碧，灵沼波暖。金柳摇风树树，系彩舫龙舟遥岸。千步虹桥，参差雁齿，直趋水殿。绕金堤、曼衍鱼龙戏，簇娇春罗绮，喧天丝管。霁色荣光，望中似睹，蓬莱清浅。

时见，凤辇宸游，鸾觞禊饮，临翠水、开镐宴。两两轻舠飞画檝，竞夺锦标霞烂。罄欢娱，歌鱼藻，徘徊婉转，别有盈盈游女，各委明珠，争收翠羽，相将归远。渐觉云海沉沉，洞天日晚。

【鉴赏】

苏东坡有两句诗云："山抹微云秦学士，露华倒影柳屯田。"不仅是秦、柳对举与并提，还是判别秦、柳不同处之典型例句。这第二句就说的是柳永的这首《破阵乐》，正有用本词开首之句"露花倒影"以点概面地来评价柳词的用意在。遂致"露花倒影"往往成为柳永品第高下之依据，世代为人们论说着。诸多词话都把东坡诗句引入，以为柳与秦均有“可议之处”，“微以气格为病也。”（陈廷焯《词坛丛话》、沈雄《古今词话》等，皆引述如是。）

细品本词，首句简单四个字，刻画出来的景象却是多层次，复杂，而且给人以情趣的。花之美，复缀之以露，自然更显娇艳可人；又植之于明镜般的水边，花上之露倒映于水中成影，水若真能平静之至，露滴之影亦总会像水银珠袅袅滑滚之姿，令人能赏其别趣吧！这一极静中之微微动静，被词人敏锐的观察力抓到，以简单四字出之，确有出神入化之妙吧！首句四字固然写力高强，含义至嘉，而紧接的两句也毫不逊色。烟之谓芜，已有笼面轻纱之致，又与露花在水面呈倒影相伴，自然在水中也有反映，但再说势必重复而导致乏味，词人在此着一“蘸”字，更感活泼而富灵气；所蘸者又是一池碧水，静景偏用动意来想象，一组静静的景物便件件皆有生气了。然而仅仅写露水、花朵、轻烟、池水、倒影至此，还嫌不足，倒影如果只给人以清冷，总会感到尚欠缺了什么，于是转而专述池沼，乃是富有灵气之沼；水面虽静，亦总会有微波，至此在入韵的第一字处，用上这“暖”字，犹如一盘险棋着了一枚灵子，顿时令全盘皆活了起来。应该说起首这一组三个四字句，真是字字珠玑。由此铺衍开去，用些倒装等等的词句常用笔法，把读者一步步导入场景的诸多方面。首先写到一树树金黄色柳枝之于微风中摇曳，远处岸边的龙船又系着彩绦，形如彩虹之长桥，桥栏自然排列如长虹，虽参差错落，而骈列如雁行之有条不紊，与水边之宫殿若即若离，又都在碧水中倒影相伴。写至此，还都写的是静物，而这些静物却早已让人感到都好像动了起来。接着写到动物，水中之鱼龙等等，明明是在水中游，是在动，却反倒为静物增幽，恰似“鸟鸣山更幽”一般。堤畔之士女在赏景，丝竹弦管和鸣着，而且是乐声喧天，也一样，却不令人烦躁。反予人以幽娴。这样的一番静中寓动动中含静的神妙景色，映衬在晴朗宜人的光照里，一眼望去，不真是无异于登临蓬莱仙境吗？既入仙境，本应虚无缥缈，而在在件件都如此之亲切，尽收眼底。故总合性地着“清浅”二字，令人难分是仙境还是凡世了。

下半阕则多写实事，浓艳之气渐增，气氛也渐渐活跃起来。与上半阕之追求静与幽，正形成一鲜明对比。这动态无非是人们在这上林苑一般的园囿中飞觞宴饮，游船荡漾，歌欢舞笑，在歌喉婉转与舞影徘徊之中，才正面点到游人中之女子。所写女子之妆，亦仅是镜头一扫，在上述仙境般的衬景中，好像山水画中的点景人物，既是点睛，又是点缀。直至终篇，也没有任何特写镜头出现，只是渐觉云海沉沉，洞天日晚，要知仙境在人们想象中是几乎超脱时空概念的，而这块洞天福地，竟在赏景作乐中，不觉日影之西斜了。

通篇件件都在实写，而通篇又给人以空灵之感，好像摄像机安在轻盈的尾插双舠的舞燕身上，刚从树行间飞过，又向水镜上掠去，没有景中人物的特写镜头，更无人物之表情对话。这样的纯粹乐以忘忧的生活，正是长期生活在繁华都市的柳永所最擅长描绘的，也只有在北宋王朝经过近百年的休养生息才出现了被柳永赶上的这一歌舞升平时代，才造就了柳永这样擅长用慢调来细腻铺叙美景的高手。本词无疑是柳永长调中极典型的一首，苏东坡所抓住的“露花倒影”，确堪称是典型中之典型。

二 郎 神

柳 永

炎光初谢，过暮雨芳尘轻洒。乍露冷，风清庭户爽，天如水、玉钩遥挂。应是星娥嗟久阻，叙旧约、飚轮欲驾。极目处、微云暗度，耿耿银河高泻。

闲雅。须知此景，古今无价。运巧思，穿针楼上女，抬粉面、云鬟相亚。钿合金钗私语处，算谁在、回廊影下？愿天上人间，占得欢娱。年年今夜。

【鉴赏】

这是一首咏七夕的词。柳永向以不得志亦无意于功名著称，有被皇帝斥责“且去填词！”的故事流传于世，足见他专笃于吟咏缠绵之情。这阕《二郎神》自不例外，咏节序之七夕，自然寓意是在咏情爱，对牛女间珍贵之相会寄予无限的欣羡，结论自然是希望不是三百六十五夜中仅此一夜，而是“年年今夜”。

既从表面看是咏节序，当然是从交代节序写起，蒸炎的六月刚过，七月还刚是上旬，虽然还有“火烧七月半”等在后面，但最难熬的炎夏顶峰毕竟已过，故用“炎光初谢”这一句起兴，马上给人以一种郁闷稍舒，凉爽在即之感，这对七夕的美好，当然是最好的烘托。还不止此，更加上暮雨刚过，压下了尘埃无数。柳永在此，却真有妙笔生花之意，不说雨压尘土，而说芳尘轻洒。尘前着一芳字，意境已然全变；尘而不扬，随雨点之下降，翻成为洒，趣味已自浓，而洒前再着一轻字，更是妙不可言，一股清幽爽适之气，便油然而生了。这也为下文之赏月观星作了自然铺垫，如果是云遮月，甚至彻夜雨霖霖。那就无从咏起了。在此还不是一仰首便见小白船高挂，还要交代一下天气爽适之下的小环境；是个庭院雅洁，户牖通达的所在。这境地还不仅处在炎光谢了暮雨过了之后，与芳尘轻洒之下，而且又刚刚经了喜人的露和风。炎蒸之苦夏，自无露之可言，即使有风，也是添人心烦的热风，而此时此地却洒下了甘露，飘来了冷风，这是造成清庭户爽所不可或缺的条件。也只有在这样清庭户爽的境地，举头望明月，才能见到这七月上弦之前如钩之月，高挂在如水苍穹之中，给人以无限的联想：“天阶夜色凉如水，卧看牵牛织女星。”这是唐代诗人杜牧咏秋夕的千古名句，但只是淡淡的卧看繁星，读到这“天如水，玉钩遥挂”，自然会追思到“银烛秋光冷画屏”的情趣，故尽管可生无限遐思，也无暇去遐思了。欲擒故纵，仅此一点点列为止，马上一把拉回，此时词人正面指出：“应是星娥嗟久阻，叙旧约、飚轮欲驾。”一下子从“轻罗小扇扑流萤”的纳凉闲赏月的场景中拉出来，回到令人萦念牛女渴求相会的情意中来。这里从字面上看，就已不再是淡淡的、娴静的了，用了个“嗟”字，为何要嗟叹？乃两情相阻，而且不是短暂之分隔，是久阻，所以还不仅要嗟，还想付诸行动，欲求一艘快捷如飚风之轻轮，火箭般神速地会及对方，以践旧约，遂得欢叙。无奈银河永在，极目九天，只见银河似微云之暗度，若隐若现，却高高地在那里不断淌泻着，即使求得飚轮，又怎能奈何得它呢?!

下半阕则充满了感慨与期望。似谈切身之体会，又像是由己及彼的设身处地的推测。因凡有人在之处，都有人之情感在，本是相通的。而词人想象之细腻，轻轻点来，却都点着会心之处，相约、忆恋、运思，穿针、梳妆、敷粉……比比皆是，人同此举。结尾处词人则胸臆至为博大，愿天下之有情人，直至天上之有情仙，都能永得七夕良宵。尽管明知不可能，而如此良好之祝愿又是人人都愿得到的啊！

宋人张炎在他的《词源》卷下《节序》一则中说：“昔人咏节序，附之歌喉者，类是率俗，不过为应时纳祜之声耳。所谓清明‘拆桐花烂熳’、端午‘梅霖初歇’、七夕‘炎光初谢’，若律以词家调度，则皆未然。”可谓十分中肯之淡。节序在词家调度之下，都是即景成情的条件，本非所咏之对象。柳永以“炎光谢”为起兴的这首七夕词，正是借节序咏恋情的精彩之作，本不能以“应时纳祜之声”视之的。

锦 堂 春

柳 永

堕髻慵梳，愁蛾懒画，心绪是事阑珊。觉新来憔悴，金缕衣宽。认得这疏狂意下，向人诮譬如闲。把芳容整顿，恁地轻孤，争忍心安。

依前过了旧约，甚当初赚我，偷翦云鬟。几时得归来，香阁深关。待伊要、尤云殢雨，缠绣衾、不与同欢。尽更深、款款问伊，今后敢更无端。

【鉴赏】

这是一首模拟妇人口气来抒发细腻感情的词。她怨恨郎君屡屡失约，不按期归来,遂致情思与怨恨错综交缠,准备他一旦归来时,如何质问他、惩罚他。而此等质问与惩罚,又实由恩爱情笃才导引生发的。句句如怨如诉,虽为替妇人代诉衷肠,似有隔靴搔痒之嫌,写来却都是真情实感,丝丝入扣。诗词中用这类口吻来写的不少,这一首自有其独到之处。更直决深旨地来阐述,这首词字面上写的是妇人对郎君的一面,实质上是想他人比自己,怨恨一己之羁旅生涯,时误归期。

堕髻是堕马髻之省文。是古代妇女一种发髻的名称,或因其髻侧在一方,形同堕马而得名,始见于《后汉书·梁冀传》"愁眉、啼妆、堕马髻、折腰步,龋齿笑,以为媚惑。"是一连串从字面看来是贬义,实际上是形容仕女美貌的亲昵字眼,犹如西施之颦一般。后世词作中,这类词语尤其常用。这堕髻之梳理,想来是十分费时费事的,但女为悦己者容,似乎成了旧日妇道之守则,越是复杂难梳理就越要梳理,只要郎君欣赏,那是不惜功夫深的。而今懒得去梳,这显然是由于悦己者爽约引起的。接下来写到画蛾眉,用了个愁字来形容眉,镜中所见,乃紧锁之双眉,愁眉不展。画了或许更难看,当然也就懒得去画了。两句既对仗,又相辅相成,归结一句很自然就落到一己的心绪上来。阑珊一词,在词中亦十分常用,本义为衰落,将尽,而在词中又往往不能如此直解,每有一种不易用词语直接讲解得清之感,有时只是一种仅能意会不便言传的感受。这第三句中的"阑珊"正是如此,亦只有在这种阑珊的恍惚感受中,却又直感的确认自己是瘦了,形容憔悴且不去多说,衣带渐宽则总是事实。下面的心态与言谈则不是用曲折、复杂等词语所能说得清的了。自己的自艾自怨,称自己是疏狂,是可以的,但这种心思又怎能对别人去诉说呢?"诮譬如闲"这一句四字,既有自责与自嘲,还不无怨天尤人,徒叹奈何,等等等等,可以说简直是说不明道不白的,然而读了这四字,却似乎真是道着了实处,真是着实地闲适了许多,尽在不言中了。其神妙正在此等处若明若暗若即若离之处。上半阕结尾三句就从这"诮譬如闲"一句转折而下,貌似已得到某种程度的排解,颇有为之稍振之感。而恁地轻孤,争忍心安两句又略含双关,既似怨恨郎君,又像是为自己打气。

下半阕才交代遭遇爽约已不是头一遭了,当初分别时立下的海誓山盟,眼下又将再度轻毁,什么偷翦云鬟以系恋思等等,全都是骗人的空话,但又到哪里去才能抓将他来当面责难呢?所以只能想想,一旦归来时如何来治他。你要和我亲,我就偏不理你,……并且要直耗到更深,还要诘责他,看你下次还敢不敢这样无端爽约!

这样的坦诚直书衷情,正是柳永之所擅长,千年后的今人读之犹感不隔。清人邓廷桢在他的《双砚斋词话》中说:"柳耆卿以词名景祐皇祐间。《乐章集》中,冶游之作居其半,率皆轻浮猥媟,取誉筝琶。如当时人所讥,有教坊丁大使意。"接下来则表扬柳词中"杨柳岸晓风残月""渔市孤烟袅寒碧"等等;如何"不减唐人语",如何"通体清旷,涤尽铅华",将柳词分成了两类。其实冶游一类中,正不乏佳作,尤其更为不隔。这是今日读柳词者宜应更加注意的。

玉蝴蝶

柳　永

望处雨收云断，凭栏悄悄，目送秋光。晚景萧疏，堪动宋玉悲凉。水风轻，蘋花渐老；月露冷，梧叶飘黄。遣情伤，故人何在？

烟水茫茫。难忘，文期酒会[①]，几孤[②]风月，屡变星霜[③]。海阔山遥，未知何处是潇湘？念双燕，难凭音信；指暮天，空识归航。黯相望，断鸿声里，立尽斜阳。

【注释】

①文期酒会：文人相约聚会，饮酒作诗。

②孤：辜负。

③星霜：一年之中的霜降，故有一星霜就是一年之说。

【鉴赏】

这是一首抒写秋天雨后思念故人的慢词。上片由眼前的秋景引发到对故人的思念；下片由对故人的回忆抒写到眼前的伫望。首尾回环，融为一体。

词人在上片先摄取了一系列富有秋景特色的镜头：雨后秋光，萧疏晚景，风轻草老，露冷梧黄，极力渲染出一个气象悲凉衰飒的境界。又以"望""凭""动"几个动词统领秋景，点出他这位以宋玉自比的词人是这一切秋景的目睹者和感应者。

下片用"难忘"二字紧承上片的末句，将对故人的想望自然紧凑地过渡到对故人的忆念。"孤"是本字，后来通用作"辜"；"风月"，特指男女情事；"星霜"，指岁星（木星）的移动和气候的转凉。这儿举秋以概括四季。

柳永是以善写四时的不同景色见长的，而以秋景写得最多也最好，关键在于他能把凄清秋景的特征与个人的内心悲思、真挚深情水乳交融地结合起来，形象鲜明，感人至深，此调可为明证。他特别注意词章结构的谨严绵密，连贯统一，做到铺叙曲折委婉，脉络井然有序，"或发端，或结尾，或换头，以一二语勾勒提掇，有千钧之力"（周济《宋四家词选》）。这虽是柳永慢词的一般特点，而在这首中尤有突出的表现。此外，本词善于融化前人的诗句来表达自己此时此地的心境，音节之流亮悦耳、对仗之自然天成、语言之形象洗练"明白而家常"，都充分说明他不愧是一位

"才子词人"。

迷 神 引

柳 永

一叶扁舟轻帆卷，暂泊楚江南岸。孤城暮角，引胡笳[①]怨。水茫茫，平沙雁，旋惊散。烟敛寒林簇，画屏展，天际遥山小，黛眉[②]浅。

旧赏轻抛，到此成游宦。觉客程劳，年光晚。异乡风物，忍萧索，当愁眼。帝城赊，秦楼[③]阻，旅魂乱。芳草连空阔，残照满，佳人无消息，断云远。

【注释】

①胡笳：古代少数民族常用的一种管乐器，其声音哀怨凄凉。

②黛眉：妇女的眉毛，这里指山色。

③秦楼：歌楼舞馆，此处指美女佳人的居住地。

【鉴赏】

这首词，是作者就旅途所经过、看见的景物加以描绘，然后又即景抒情，情景交融。

"一叶扁舟"两句，一起点明舟泊江南。"孤城"两句，因声而引起视觉。"水茫茫"三句，以"雁"之惊散，也自然联系到人的漂泊，这是一个动景，掀起了词的波澜。"烟敛"四句，写林写山，以两个五、三句式出之，顿挫生姿，音响似鼓点。而展开的寒林、遥山，宛如图画，漠漠秾秾而又遥遥浅浅，是工笔与泼墨相结合的山水画法。

下片直接抒情，追想从前，伤心今日。"旧赏"两句，无限懊丧。"觉客程劳，年光晚"，感慨良多。我们知道柳永少负才名，但功名蹭蹬，及第已老，游宦更迟。这两句是他的亲身经历。"异乡"三句，表现出无可奈何的感叹。而"帝城"三句，各为三言，和上面两个三言句配合，意思却又一转，追想"帝城""秦楼"，遥远而阻隔，自己"旅魂"乱而无主。三个三言句，一顿一顿，点点震动心魄，余响无穷。"芳草"四句，又来描绘芳草无边，展开空阔画图。其音响又是五、三句式，两句连续，人在画外，情在图里，声声似为哀叹，结束全篇。

从这首词的内容看,是柳永老年游宦之作,颇有漂泊之感。

竹马子

柳 永

登孤垒荒凉,危亭旷望,静临烟渚[①]。对雌霓[②]挂雨,雄风拂槛,微收残暑。渐觉一叶惊秋,残蝉噪晚,素商[③]时序。览景想前欢,指神京,非雾非烟深处。

向此成追感,新愁易积,故人难聚。凭高尽日凝伫,赢得消魂无语。极目霁霭霏微[④],暝鸦零乱,萧索江城暮。南楼画角,又送残阳去。

【注释】

①烟渚:烟雾缭绕的沙洲。

②雌霓:也称副虹,双虹中色彩较暗处。与下文的"雄风"相对。苏东坡曾有诗句"垂天雌霓云端下,快意雄风海上来"。

③素商:这里是秋天的代称,按古代的五行之说,秋季色尚白(即"素"),乐音配商,故称。

④雯霭霏微:雨过初晴时的景色,此处形容烟霭蒸腾弥漫。

【鉴赏】

柳永一生精力用于写词,尤工于羁旅行役,这首晚年写的长调词也正以此见胜。词分两片:上片以写景为主,描写登垒旷望所见的景色;下片以抒情为主,抒发凭高思念故人的愁绪。

上片中"雌霓",即雌虹,今称副虹;"雄风",强有力的风,见宋玉《风赋》:"此所谓大王之雄风也。""一叶惊秋",化用《淮南子·说山》"见一叶落而知岁之将暮"的语意。"素商",即谓秋,秋之时,其色尚白,见《礼记·月令》,梁元帝《纂要》也说:"秋日素商,亦曰高商。"词人在这一大节写景文字中,先以"雌霓""雄风"两个对偶句带出雨过虹现、清风拂面之后暑热稍退的景象,再用"一叶""残蝉"两个对偶句带出岁之将暮、天已向晚的秋色。整个上片,由"登"而"望",由"对"而"觉",最后由"览"而"想",层层铺叙,情景交融,脉络分明。

下片"向此成追感"紧承上片结句,由"想"而"感",展开抒情。词人在这儿勾画出云雾弥天、昏鸦乱飞、萧索寂寥的江城暮景，而以“极目”领起，使眼中所见与心中所感融为一体；接着又描绘出画角悲鸣、催送夕阳、凄厉已极的南楼号声，使耳中所听与心中所悲彼此相应。因此，这几句看似由抒情转入写景，其实景中寓情，把一腔无可解脱的愁思写得入木三分。

此词境界寥廓，极苍凉之致。上片由旷望而凝想，下片由追感而极目，层层铺叙，情景交融。其间大量运用双声词（如“一叶”“残蝉”“零乱”“南楼”“霁霭霏微”等）、叠韵词（如“荒凉”“旷望”“静临”“雌霓”“易积”等），多处句间用韵（如“凉”与“望”“雨”与“暑”“伫”与“语”等）。追求句中平仄四声的交错运用，从而造成音律谐婉、铿锵动人的妙境。

雨霖铃

柳 永

寒蝉[①]凄切。对长亭晚，骤雨初歇。都门帐饮[②]无绪，留恋处，兰舟催发。执手相看泪眼，竟无语凝噎[③]。念去去，千里烟波，暮霭沉沉楚天[④]阔。

多情自古伤离别，更哪堪，冷落清秋节。今宵酒醒何处？杨柳岸，晓风残月。此去经年[⑤]，应是良辰好景虚设。便纵有千种风情[⑥]，更与何人说？

【注释】

①寒蝉：秋蝉。

②都门帐饮：在京城郊外张设账幕宴饮用来与朋友饯别。

③兰舟：古时对船的美称。凝噎：哽咽得说不出话。

④楚天：泛指长江中下游一带地区。

⑤经年：一年又一年。

⑥风情：风流情意。

【鉴赏】

这是一篇著名的描写与情人话别的作品。都门,京城,这里指汴京(今河南开封)。帐饮,在郊外搭起帐篷,设宴送行。兰舟,木兰舟,船的美称。凝噎,喉中气塞,说不出话来。楚天,指南方的天空。经年,年复一年。全篇委婉缠绵,可用"离""愁"二字来概括。上片写离别的情景,点明了离别的地点和时间。"执手相看泪眼,竟无语凝噎",是情感集中的表现,生动地刻画出一对恋人难舍难分的别离之情。下片写别后愁情,通过对旅途和别后的种种设想表现出来。"杨柳岸,晓风残月"句,以凄清寂静的气氛,点出主人公的孤零之感,是广为传诵的名句。

望　海　潮

柳　永

东南形胜,三吴①都会,钱塘②自古繁华。烟柳画桥,风帘翠幕,参差十万人家。云树绕堤沙③。怒涛卷霜雪,天堑④无涯,市列珠玑⑤,户盈罗绮,竞豪奢。

重湖叠巘清嘉⑥。有三秋桂子,十里荷花。羌管弄晴,菱歌泛夜,嬉嬉钓叟莲娃。千骑拥高牙⑦。乘醉听萧鼓,吟赏烟霞⑧。异日图将好景,归去凤池⑨夸。

【注释】

①三吴:旧指吴兴、吴郡、会稽。

②钱塘:今杭州。

③堤沙:指钱塘江堤。

④天堑:天然的深沟,此指钱塘江。

⑤珠玑:各种珍奇异宝。

⑥重湖:指西湖兼有里湖和外湖。叠巘:重叠的山峰。清嘉:清秀而美丽。莲娃:采莲女子。

⑦高牙:高高扬起的军旗。指出行的仪仗。

⑧烟霞:代指清秀美丽的湖光山色。

⑨凤池:即凤凰池,原是皇帝禁苑中的池沼,这里代指朝廷。

【鉴赏】

这首词描写东南形胜之地、三吴古都杭州城的繁华富丽。词人以其如椽大笔，饱蘸浓墨重彩，描绘杭州城的繁盛，钱塘潮的壮观，西湖山色的秀美，铺张扬厉，形容曲尽，全景观地再现出北宋初年杭州的承平气象和市井风情。相传此词流传到北方，金主完颜亮听后，欣然有慕于“三秋桂子，十里荷花”，遂起投鞭渡江、攻占杭州之心。可见此词艺术魅力是何等强烈。柳永的词以俚俗著称，但这首词则以高雅清丽、雄浑阔大见长。写怒涛如雪，境界雄浑；写桂子荷花，词句清丽；画桥翠幕，以静景取胜；羌笛菱歌，又以动态见长。全词结构完美，声韵和谐，尤以铺叙形容为特长，故当时即广为传诵，至今犹脍炙人口。俗语谓“上有天堂，下有苏杭”，杭州不仅“自古繁华”，而且至今仍为旅游胜地。读柳永此词不仅能增加我们对古代杭州形胜风情的了解，而且能进一步激起我们对祖国美好山河的热爱之情。

满江红

柳　永

暮雨初收，长川[①]静，征帆[②]夜落。临岛屿，蓼烟疏淡，苇风萧索。几许渔人飞短艇[③]，尽载灯火归村落。遣行客，当此念回程，伤漂泊。

桐江好，烟漠漠，波似染，山如削。绕严陵滩[④]畔，鹭飞鱼跃。游宦[⑤]区区成底事？平生况有云泉约[⑥]。归去来[⑦]，一曲仲宣吟[⑧]，从军乐。

【注释】

①长川：长长的江河。这里指桐江。

②征帆：远航的帆船。

③几许：多少。短艇：短小的船。

④严陵滩：在桐庐县南桐江七里泷，是东汉名士严光曾在此隐居。

⑤游宦：在外做官。区区：小小的。

⑥云泉约：归隐于云山泉水之间的意愿。

⑦来：语助词。

⑧“一曲”句：指仲宣（即王粲）写的《从军行》，诗中描写了军士行役的辛苦和

对故乡的怀念。

【鉴赏】

这首词描写桐江和严陵滩的景象，抒发了作者厌倦官场生活、渴望归隐的思想感情。上片写傍晚江上的所见所感。傍晚时秋雨刚停，江水澄静。夜幕降临，泊船江边。对面的岛屿上，水蓼所开淡红色和白色小花远望一片淡淡如烟，阵阵苇风，送来凉意。渔人们驾着小船，船上点着盏盏灯火，划过茫茫的江面向村落归去。渔人欢乐的家庭生活，引发了作者对自己漂泊生活的伤感和对家乡的思念。下片回叙白天所见桐江的美景。桐江好，淡淡的雾，蓝蓝的水，陡陡的山，鹭飞鱼跃，自由自在。相比这严陵滩畔的美景，追求仕途功名的生活又算得上什么呢？何况自己早有归隐山水的夙愿。归去吧，行役苦啊！全词写景，上片萧瑟清冷，下片优美轻快，两两对比，表达了作者厌倦仕途奔波并对归隐山水的向往之情。

八声甘州

柳　永

对潇潇暮雨洒江天，一番洗清秋。渐霜风凄紧①，关河②冷落，残照当楼。是处③红衰翠减，苒苒物华休④。唯有长江水，无语东流。
不忍登高临远，望故乡渺邈⑤，归思难收。叹年来踪迹，何事苦淹留⑥？
想佳人，妆楼颙望，误几回，天际识归舟。争⑦知我，倚阑干处，正恁凝愁⑧！

【注释】

①凄紧：寒气逼人。

②关河：山河。

③是处：到处。

④苒苒：渐渐的。物华休：美好而华丽的景物凋零散落。

⑤渺貌：虚幻而缥缈的样子。

⑥淹留：久留。

⑦争：怎么。

⑧恁:如此,这样。凝愁:愁思难解。

【鉴赏】

这首词是暮秋所作,它上片写景,下片抒情,界线比较分明。

上片头两句,用一"对"字领起,勾画出词人正面对一幅暮秋季节、傍晚时间的秋江雨景。"唯有长江水,无语东流",江水本不能语,而词人却认为它无语即是无情,这也是无理而有情之一例。

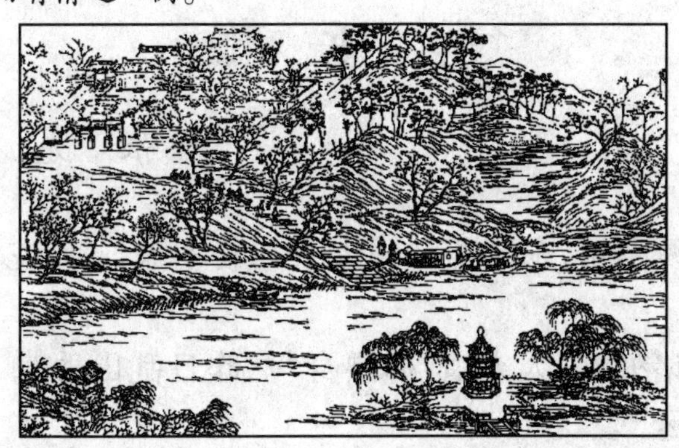

下片由景入情。词人本是在"登高临远",而换头却以"不忍"二字领起,在文章方面,是转折翻腾;在感情方面,是委婉深曲。四、五两句,由想象转到自念。检点自己近年来还是落拓江湖、东飘西荡,究竟又是为了什么。这当中,是包含了许多生活经历中的酸甜苦辣在内的。问"何事苦淹留",而不作回答,不过是因为他不愿说出来罢了。

我们还应注意一下此词下片用的重字。说自己,是有难收的"归思",说"佳人",是盼天边的"归舟"。说佳人,是在妆楼"凝望",说自己,是倚阑干"凝愁"。这里的"归"与"凝",是故意重复,作强烈对照的,与一般因取其流畅自然而不避重字的不同。

结句倚阑凝愁,远应上片起句,知"对潇潇暮雨"以下,一切景物,都是倚阑时所见;近应下片起句,知"不忍登高临远"以下,一切归思,都是凝愁中所想。通篇结构严密,而又动荡开合,呼应灵活,首尾照应,如前人谈兵所云常山之蛇。

张先 (990~1078)字子野,乌程(今浙江省湖州)人。仁宗天圣八年(1030)进士。曾作吴

江知县、永兴军(今陕西长安)通判、渝州知州。后官至都官郎中。晚年退居吴兴、杭州一带,与苏轼有往来。张先经历了从晏殊、欧阳修到柳永、苏轼的时代。其词作早年以小令和晏、欧并称;晚年以慢词为主,与柳永齐名。但相较而言,其在慢词上的成就不如小令。他的作品多吟花咏月,抒离情别绪,偏于纤巧冶艳,亦有含蓄隽永者。有《安陆词》(亦题《张子野词》)一卷。晚年游憩乡里而卒。

醉垂鞭

张　先

双蝶绣罗裙,东池宴,初相见。朱粉不深匀,闲花淡淡春①。
细看诸处好,人人道,柳腰身②。昨日乱山昏③,来时衣上云④。

【注释】

①闲花:素雅的花朵,闲与艳相对而言。春:喻美女,唐人称美女为春色。如元稹称越州妓刘采春为"鉴湖春色"。

②柳腰身:指女子婀娜、窈窕的身材。柳与美女之腰,连类相比,词中多有。唐人温庭筠《杨柳枝》有"宜春苑外最长条,闲袅东风伴舞腰"的句子,《南歌子》亦有"转盼如波眼,娉婷似柳腰"之句。

③乱山昏:昏暗的乱山。

④衣上云:指衣上的图案如云。

【鉴赏】

此词当为酒筵中赠陪酒歌伎之作,题材虽属无聊,但词人却画出了一幅与众不同的动人的素描,使其虽无情韵之美,却有写人之妙。

上阕首句以描写歌伎罗裙起笔,表明作者此作将以描画人物的衣装为主,为作品定下基调。"东池宴,初相见"补述相见之地(东池),相见之因(宴),并暗示了她的陪酒歌伎身份。"朱粉"两句写她"淡妆"的特殊魅力。这里体现了"求异"的审美心理和审美情趣。酒色歌舞的行乐场合,陪伴女郎往往浓妆艳抹,偶遇淡妆者,反觉难得,这便是"闲花淡淡春"的妙处。这里,词人以一个确切的、具体的比喻,写出该女子的神采、风度。

下阕前三句承接上阕"初相见"的观感,以"细看"引出她更动人处。这里,作者采用倒装句。"人人道,柳腰身",但在作者看来,岂止此,而是"诸处好"。结句"衣上云"为全词最有光彩的神来之笔。作者写歌伎身上绫罗衣衫上图案之美,以"乱山昏"作比,"云"则既写衣更写人。因为衣上图案,作者将此女写得如梦如仙,亦真亦幻。同时,呼应开头"双蝶绣罗裙"的句子。

一丛花

张 先

伤高怀远几时穷[①]?无物似情浓。离愁正引千丝乱[②],更东陌[③],飞絮蒙蒙。嘶骑[④]渐遥,征尘不断,何处认郎踪?

双鸳池沼水溶溶,南北小桡[⑤]通。梯横画阁黄昏后,又还是斜月帘栊[⑥]。沉恨细思,不如桃杏,犹解[⑦]嫁东风。

【注释】

①伤高:登高的感慨。怀远:对远方征人的思念。穷:穷尽,了结。

②千丝乱:丝指柳条。

③东陌:东边的道路,此指分别处。

④嘶骑:嘶叫的坐骑。

⑤桡:船桨,此借代船。

⑥栊:窗。

⑦解:懂得。

【鉴赏】

自《诗经》以来,诗词作品中多有表达征夫离人之恨者。此作亦是"闺怨"这个古老话题的表达。

上阕写情中之景,下阕写景中之情。从离愁别恨的产生原因写起,以愁恨之多所产生的"不如桃杏嫁东风"的奇特想法作结,层层推进,条理清晰。这正是张先词作在结构上的共同之处。

上阕首句以"几时穷"反问句点出全词抒写别恨的主题基调。此句突兀有力,表现力极强，当受后主"春花秋月何时了"句的影响。接着以"无物似情浓"进一步表达作者对爱情力量的感慨。直如元好问《摸鱼儿》"问世间情是何物，直教人生死相许"的情状。"离愁"三句写眼前景致。妙处在于本是柳丝飞絮引起"离愁"，但作者反客为主，却言"离愁正引千丝乱"，即使情绪形象具体，更强调了这种情感的巨大力量。"更东陌"二句在写景方面是自然的联系和开拓，由"柳丝"而"飞絮"，但在写情方面则更进一层，点出心乱如麻的心绪。旧时习俗，折柳赠别，故柳与离别便有了渊源。柳永《雨霖铃》亦有"杨柳岸"句。但这里却跳过别时折柳的情景，而径写别后见柳生相思，有了新意。"嘶骑"三句，直写愁恨之源："嘶骑渐遥，征尘不断"。而"何处认郎踪"句更写出了当初离别的无奈和凄惨。这三句写别后登高目中所见与心中所想的情景。首句以情起("几时穷")，末句以情结("何处认")，感人至深。

下阕由回忆转到眼前景物，由景及情，强化情感。池水溶溶，小船南来北往，鸳鸯悠然嬉戏，惹人感伤，为末句"人不如物"的悲叹埋下伏笔。"梯横"句承接首句而来，白日"伤高怀远"，夜来"斜月帘栊"，孤寂冷清之状令人不寒而栗，更何况"又还是"，不只今夜如此，而是长此以往了，夜夜难熬！日日受煎熬，夜夜守斜月，"沉恨细思"——怨极生自怨自艾之慨："不如桃杏，犹解嫁东风"。风拂桃杏，绰约多姿；人不如花，孤寂自守。结尾三句是此词的"眼睛"，与唐人李益诗"嫁得瞿塘贾，朝朝误妾期。早知潮有信，嫁与弄潮儿"有暗合之处，实属"怨妇"情感的最好表达。

天仙子

张　先

时为嘉禾小倅①，以病眠，不赴府会。

《水调》②数声持酒听，午醉醒来愁未醒。送春春去几时回？临晚镜③，伤流景④，往事后期⑤空记省。

沙上并禽⑥池上暝，云破月来花弄影⑦。重重帘幕密遮灯，风不定，人初静，明日落红⑧应满径。

【注释】

①倅：副职。张先曾于仁宗庆历元年做嘉禾(今浙江嘉兴)判官，时年五十二岁。

②《水调》：曲调名，据《隋唐嘉话》载："炀帝凿汴河，自制'水调'歌。"

③临晚镜：晚上对镜自照。

④流景:流年,谓似水年华。系化用杜牧诗句“自伤临晚镜,谁与惜流年”。

⑤后期:日后的约会。省:清楚、明白。

⑥并禽:双栖、成对的鸟儿,此指鸳鸯。

⑦花弄影:花在月光下摆弄它的身影。这是对花的拟人化的描写。据《古今诗话》载:“有客谓子野曰:‘人皆谓公张三中,即心中事、眼中泪、意中人也。’公曰:‘何不目之为张三影?’客不晓,公曰:‘云破月来花弄影,娇柔懒起,帘压卷花影;柳径无人,堕飞絮无影。此余平生所得意也。’”

⑧落红:落花。

【鉴赏】

时光易逝,青春难再。人生失意,偏逢月照花影,落红满径。借酒浇愁,愁何能消;酒醉易醒,愁何能醒?这首词深刻表达了作者无奈、感伤、失意的情感意绪。

这是张先最有名的一首词。本词表达的是伤春、伤时之慨。但这首词与见习的抒发痴男怨女春愁的作品不同,表述的是面对自己老而无为、韶华不再的哀叹。词作题目下有一小序“时为嘉禾小倅,以病眠,不赴府会”,足见作者的处境与心态。年轻时张先于官场并非不得志,颇有出息。但老年的他却晚景凄凉,故感时伤怀,做下此词。

上阕因事生情。“持酒听歌”本是颇为风雅的乐事,然而《水调》那优美的音乐并没有给作者带来欢愉,反倒增添了忧愁——“午醉醒来愁未醒”,不但点出了作者的心情,更写出了这种心情的沉重程度。但这愁并非“为赋新词强说愁”,其原因,在后面四句中以悲怆的情绪表述出来:“送春春去几时回?临晚镜,伤流景,往事后期空记省。”这里,“春去几时回”的设问已经包含作者深沉的痛苦:春光不再。这“春”既是自然之“春”,也是词人生命之春。“临晚镜,伤流景”与杜牧诗句“自伤临晚镜,谁与惜流年”的诗意有相似之处。这是词人对自己垂暮之年无所作为又觉时不与我的沉痛感慨:回首往事,老大无成;设想未来,毫无希望。这里,“空记省”与“愁未醒”相呼应,表现出愁的原因与程度。

下阕触景伤情,融情于景。时间上,上阕由朝至暮,下阕由暮至夜。偏在自己苦闷哀愁时,傍晚却见自然中充满情意的美景:“沙上并禽池上暝”,暮色朦胧中,鸳鸯双栖,更反衬出作者的孤寂、凄清。“云破月来花弄影”句为作者自己和历代诗评词话家推崇和激赏。王国维在《人间词话》中赞曰:"'红杏枝头春意闹',着一'闹'字而境界全出;'云破月来花弄影',着一'弄'字而境界全出矣。"此句妙在眼界开阔,动静结合,情态毕现。天上"云破月来",地上"花弄影",一个"破"字,一个"弄"字,既写出了动态,更写出了情态,有拟人化手法的功效,生动感人,云、月、花均有了生命感,被恰当地人格化了。结尾四句,由户外转入室内。夜深人静,作者回到室内:"重重帘幕密遮灯"。"风不定"既补叙了"遮灯"的原因,更为末句的悲叹设下了伏笔:"明日落红应满径"!既伤春,又哀己,意味幽幽,令人感喟唏嘘不已。

千　秋　岁

张　先

数声鶗鴂①,又报芳菲歇②。惜春更把残红折。雨轻风色暴,梅子青时节。永丰柳③,无人尽日花飞雪④。
莫把幺弦⑤拨,怨极弦能说。天不老,情难绝。心似双丝网,中有千千结⑥。夜过也,东窗未白凝残月。

【注释】

①鶗鴂:亦作鹈鴂,鸟名。《离骚》有"恐鹈鴂之先鸣兮,使夫百草为之不芳"的句子。《文选》张衡《思玄赋》云:"恃已知而华予兮,鶗鸣而不芳。"李善注:"《临海异物志》曰:'鹈鴂,一名杜鹃,至三月鸣,昼夜不止,夏末乃止。'",古人认为鶗鴂鸣叫,百花凋零。

②芳菲歇:花草消歇、凋零。

③永丰柳:指杨柳。白居易诗《杨柳枝》云:"永丰西角荒园里,尽日无人属阿谁。"永丰,坊名,在洛阳境内。

④花飞雪:柳絮如飞雪飘落。

⑤幺弦:孤弦,琵琶第四弦,故名。

⑥千千结:无数丝结,难解难分。

【鉴赏】

这是一首伤春怀人之作。"春愁秋怨"是词人们善于表现的对象,此词当属其中佼佼者。作品从对暮春景色的传神描画和感人叹惋写起,深情表达对爱情的哀怨和坚贞。"天不老,情难绝,心似双丝网,中有千千结"为千古绝唱,是表达感情的极品佳句。

上阕写暮春景色，情景交融。首句从听觉写起，直抒对春光易逝、好景不长的感慨。句意虽化用屈原诗句，但却有独到新意。“又”字充分而准确地写出岁岁春恨的深沉和幽长。百花凋零，群芳摇落，悲凉之意油然而生。接下来，词人由“伤春”而“惜春”，欲折残红数枝以挽留春光。但这是徒劳的，雨轻风狂，梅雨季节愁煞人。大自然的春色一如爱情的好时光，太易遭遇摧残。永丰坊边孤独的老柳，整日将如雪飞絮飘向天地之间。“无人”写出了柳树的孤独。此句“柳絮飞雪”的意境与首句杜鹃哀鸣相互映衬，强化了上阕的悲凉凄怆。

下阕直抒胸臆，正面表达词人的感情。上阕酝酿的情绪在此爆发出来：“莫把幺弦拨，怨极弦能说”，满腔幽怨，溢于言表。第二句和第三句从痛苦的状写一笔宕开，转而表白执着坚贞的爱情态度和缠绵甜蜜的爱情体验。“天不老，情难绝”的爱情宣言惊世骇俗；“心似双丝网，中有千千结”既是“情难绝”的原因，也是“情难绝”的具体体现。如此忠贞的感情自然令抒情主人公彻夜不眠。结句既小结前文，亦多味悠远。

清人陈廷焯谓张先词“有含蓄处，亦有发越外”（《白雨斋词话》）。此作正如此，恰到好处，令人叫绝。

木兰花 乙卯吴兴寒食[①]

张　先

龙头舴艋[②]吴儿竞，笋柱[③]秋千游女并。芳洲拾翠[④]暮忘归，秀野踏青来不定。

行云去后遥山暝，已放[⑤]笙歌池院静。中庭月色正清明，无数杨花过无影。

【注释】

①乙卯：宋神宗熙宁八年(1075)，张先时年86岁。吴兴：今浙江湖州，是作者的故乡。寒食：寒食节，清明前第三天为寒食节。

②龙头舴艋(zhà měng)：形如蚱蜢的龙头小船。

③笋柱：秋千柱。

④拾翠：拾取翠色羽毛作装饰。魏曹植《洛神赋》有“或采明珠，或拾翠羽”的句子。后一般用以指妇女春游。

⑤放：已演奏完。

【鉴赏】

俗话说,月是故乡明,人是故乡亲。张先晚年在故乡吴兴养老,对故乡的人情风俗多有赞美。这首词是写寒食节的。寒食节在清明节前三天,从寒食至清明,家家断火,带干粮,到郊外踏青野游,并举办龙舟赛、演戏及“拾翠”等传统游戏或活动。当时正是北宋盛世,号称“苏湖熟,天下足”的湖州,更是一派升平景象:小伙子们在进行龙舟比赛,姑娘们在荡秋千。游玩的女孩在水边拾取翠色羽毛,插在发髻上相互炫耀;男男女女,老老少少在秀色原野上来来往往。这是上阕,写寒食节前后的白天。下阕写寒食节的夜晚。白云飘去,遥远的群山似乎已在黄昏中睡去。歌舞社戏已经奏完演完,池边院落一片寂静。此时已由黄昏到小半夜。接着写子夜时分。词的最后两句,写月色照在中庭。“正清明”是双关,既指时令已近清明,也指月色清明。月光下,无数的柳絮从枝头飘过,无声无影。这一意境极为优美宁静,作者张先也因为写了包括“无数杨花过无影”在内的三句含“影”的词句,而被称为“张三影”。

剪牡丹 舟中闻双琵琶

张　先

野绿连空,天青垂水,素色溶漾都净。柳径无人,堕絮飞无影。汀洲日落人归,修巾薄袂[①],撷[②]香拾翠相竞。如解凌波,泊烟渚春暝。

彩绦朱索新整。宿绣屏、画船风定。金凤[③]响双槽,弹出今古幽思谁省。玉盘大小乱珠迸[④]。酒上妆面,花艳眉相并。重听。尽汉妃[⑤]一曲,江空月静。

【注释】

①修巾薄袂(mèi):长的毛巾,薄的衣袖,指妇女春日装束。

②撷(xié):拾取。

③金凤:曲名。双槽:槽,琵琶等乐器上弦的格子,这里指双琵琶。

④玉盘大小乱珠迸:白居易《琵琶行》有“大珠小珠落玉盘”的诗句,用以描述琵琶声。

⑤汉妃:指汉代王昭君。传说她出塞时弹着琵琶。

【鉴赏】

这首词写听琵琶时的想象与感觉。从开头到“画船风定”，写双琵琶的演奏所引发的艺术效果，下一部分写琵琶女。琵琶曲的音乐语言，正在描述着一幅“春江游乐图”：野地里一片葱绿，一直连着天际；蓝天是青青的，在远处与水面相接。满天满地，融融荡漾，缓慢地明净下来。轻柔的和弦，像是温柔的垂柳，吹出轻盈的飞絮，太阳温和地照耀着，柳絮飞过，无声无影。渐渐地，有了似乎是人走动的声音。那窸窸窣窣的，是游女们长巾薄袖的声响，那欢声笑语，是她们争抢香花翠羽的声音。接着便好像是有仙女在水波上凌空而行，然后便渐弱渐停，好像是船儿停在了幽静的港湾。下阕接着描摹琵琶声响。好像是在晚上，整理弄乱了的腰带，换上睡衣，然后便在绣屏后睡下了，船舱里静下来，江面上风也停了。“金凤响双槽”到结束，是写弹琵琶的情形和弹琵琶的人。一曲弹完，喝了些酒，脸红了，与花同样媚艳。在客人要求下，又弹了一曲。此时“江空月静”，幽咽如同汉妃出塞。这首词是直接用一幅图画般的场景来写声响，以静写动，以无声写有声，与一般的写乐器演奏的诗词有所不同。

青门引

张　先

乍暖还轻冷[①]，风雨晚来方定[②]。庭轩[③]寂寞近清明，
残花中酒[④]，又是去年病。
楼头画角[⑤]风吹醒，入夜重门静。那堪更被明月，隔
墙送过秋千影。

【注释】

①乍：刚刚，才。还：又，忽然。

②方定：才停。

③庭轩：庭院和走廊。

④残花中酒：因感伤花谢春残而醉酒。中酒，喝醉酒。

⑤画角：古代军中乐器，以竹木制成，亦有用铜和皮革制成者，状如角，外画彩绘，声音高亢凄厉。

【鉴赏】

黄蓼园《蓼园词选》云："落寞情怀，写来幽隽无匹，不得志于时者，往往借闺情以写其幽思。"这首词抒写的是暮春时节所产生的孤独寂寞的情怀。

上阕起句突兀，感觉细致贴切，切入角度恰当巧妙。"乍暖还轻冷"，既交代季节特征，又暗示作者的情绪与感慨。"风雨晚来方定"，既指某日特定的天气情况，又将前句表述的情形具体化。暮春时节，最让人伤感：凋花落红，"乍暖还寒时候，最难将息"。接下去，作者并未写惆怅心境的原因，而是进一步将季节和自己落魄的表现具体化和强化。近清明，是具体季节；因"寂寞"而"残花中酒"，而且"又是去年病"。忧愁何其深远：在凄风冷雨的清明时节，何止现在才孤单寂寞、愁绪难遣，而是多年如此。

在上阕渲染铺垫的基础上，下阕渐渐道出"怀人"这一伤春缘由。但作者的巧妙和高超之处在于并未点明所怀之人的任何具体情况，只以"隔墙送过秋千影"含蓄表述，给读者无限遐想和回味的空间。本想于醉中解脱，却被画角惊醒，凄风吹醒。结句"那堪"一词道出心中最痛之处：物是人非。秋千仍在，秋千影仍在，人儿却不知身在何处，影在何方。黄蓼园激赏曰："角声而曰风吹醒，'醒'字极尖刻。末句那堪送影，真是描神之笔。"思而不见其面，睹物伤怀，难以言表。

纵观全词，作者结合触觉（暖、冷）、听觉（画角）与视觉（残花、明月、秋千影）表达感情，含蓄蕴藉。

菩萨蛮

张 先

忆郎还上层楼曲，楼前芳草年年绿。绿似去时袍，回头风袖飘。

郎袍应已旧，颜色非长久。惜恐镜中春，不如花草新。

【鉴赏】

子野词有唐五代词凝重古雅风致。情爱往往有推远一层的诗意净化，极少肉欲气息。

这首词所写虽不出"春女善怀"的传统框模，但因思路活泼开展，善于联想折射，至词末"惜恐镜中春，不如花草新"，已离怀春很远，显得相当理性。"镜中春"

已非一对情侣的青春和爱情生活的回忆所可包括，而颇有大晏(晏殊)“昨夜西风凋碧树，独上高楼，望尽天涯路”的意味，要探索“镜中春”一样的人生的究竟了。

小令《菩萨蛮》为平仄韵转换格，前后片各不同的两仄韵两平韵，起伏变化甚多，情调由紧促转沉思，与这首词要表现的内容正合。此词千回百转，不似李后主词那样一泻喷涌，也不像温庭筠词“小山重叠金明灭”那样时间上紧紧衔接，但回转中扣连又顶针续麻十分紧密。外松内紧，缓中有急。由芳草绿而绿似郎袍，而特写回头风袖飘，而郎袍应已旧，而联想一切之非长久，与草木同芳犹不可得，悲慨良深。可玩味处甚多。形式规定的顿挫加大了内容。

柳永词中有“秋士易感”的新内容，在词史上是开拓。宋玉《九辩》首云，“悲哉秋之为气也，萧瑟兮草木摇落而变衰”，显示了“秋士”人生志意的失落，“坎廪兮贫士失职而志不平。”张先这首《菩萨蛮》明写春思暗表秋感，隐括“秋士”的伤怀，意蕴沉厚。

张词《八宝装》：“这浅情薄倖，千山万水，也须来里。”李清照说张先，“虽时时有妙语，而破碎何足名家？”意甚轻蔑。子野写爱情而有山重水复的超越，以“破碎”目之，毋乃过乎？

谢池春慢　玉仙观道中逢谢媚卿

张　先

缭墙重院，时闻有、啼莺到。绣被掩余寒，画幕明新晓。
朱槛连空阔，飞絮知多少。径莎平，池水渺。日长风静，
花影闲相照。
尘香拂马，逢谢女，城南道。秀艳过施粉，多媚生轻笑。
斗色鲜衣薄。碾玉双蝉小。欢难偶，春过了。琵琶流
怨，都入相思调。

【鉴赏】

张先是位音乐家，能自作曲调，宋词中以宫调编目存唱本原貌者只《张子野词》和柳永《乐章集》两种。啸傲高歌、婉转轻讴，当然记录的是逸兴遄飞、生命高扬的时刻。这首《谢池春慢》即自度曲，在当时是传唱几遍的名作。其本事《古今词话》有所记载：“张子野往玉仙观，中路逢谢媚卿，初未相识，但两相闻名。子野才韵既高，谢亦秀色出世，一见慕悦，目色相授。张领其意，缓辔久之而去。因作《谢池春慢》以叙一时之遇。”

这是典型的才子佳人遇合相思的故事,词做不好易流入平庸。此词以坦诚恳挚、直白自然绝少藻饰取胜,单纯得有如一幅白描。单纯美及于事件和人物心灵,事件是一见慕悦,目色相授未及通款曲,这才会产生东方式的压抑中的绵绵相思。

上片写玉仙观中景物,幽美恬静中显得有些寥落,张似已游观中后归途才与谢迎面邂逅,心情正空阔寥落中。城南道上,车尘(在张先嗅来是"香尘")陡起,谢女所乘车辆驶来,下片词高潮也随之到来。"秀艳"以下四句,所写是车窗中所见谢媚卿的特写镜头。"秀艳过施粉"写相貌,秀艳天然;"多媚生轻笑"写表情,多媚热情;"斗色鲜衣薄"写衣服,春裳鲜薄;"碾玉双蝉小",一说指甲(刘过词:"销薄春冰,碾轻寒玉,渐长渐弯"),一说发(古代称女性头发为"蝉鬓"),但实是写一种首饰,张先词《定西番》:"一曲艳歌留别,翠蝉摇宝钗。""翠蝉"即"碾玉双蝉小",是翡翠制成蝉状的首饰,可能坠于钗上,行时翠蝉摇动,故于车窗中引起子野注意。四句皆写实笔调,毫无夸饰而十分生动。张谢二人一见钟情,本事说张"缓辔久之",大概掉转马头跟车行了一段路,但路途邂逅,似终未曾交一语。所以说"欢难偶,春过了",只好聊谱新曲寄托相思。

这首《谢池春慢》为慢词长调,但未铺叙层次。仍用小令含蕴白描笔法,故夏敬观评此词道,"长调中纯用小令作法,别具一种风味。"陈廷焯《白雨斋词话》说张先词"气格却近古",指的也即晚唐、五代人词中天机自然的浑朴特点为张词所保留。

惜双双 溪桥寄意

张　先

城上层楼天边路,残照里,平芜绿树。伤远更惜春暮,有人还在高高处。

断梦归云经日去,无计使、哀弦寄语。相望恨不相遇,倚桥临水谁家住?

【鉴赏】

历来文人们表现恋情相思的艺术方法千姿百态。陶潜的《闲情赋》,"愿在丝而为履,附素足以周旋,悲行止之有节,空委弃于床前。"情思在拟物比喻中驰骋,表现中国式的欲、情、理矛盾苦恼的三维交织,被鲁迅誉为大胆。汉代《古诗十九首》中的"迢迢牵牛星"一首,虽也在比拟中表现相思,但因所比为银汉牵牛织女,全诗便显出高远烟云弥漫的神妙气氛,中段织女的劳动很现实,后又忽将河汉写成清浅盈盈一水,拉近了距离,诗思变化不可端倪。张先《惜双双》艺术手段和章法极似

"迢迢牵牛星",不知是否有意模仿?高古气息颇相类似,录下以资对照:

迢迢牵牛星,皎皎河汉女。纤纤擢素手,札札弄机杼。终日不成章,泣涕零如雨。河汉清且浅,相去复几许?盈盈一水间,脉脉不得语。

古人论画法有所谓高远、平远、深远,远才能含蓄。《迢迢牵牛星》与这首《惜双双》含蓄之法即是高远,虽高远而仍蕴《闲情赋》几近的激情。《惜双双》首句"城上层楼天边路"即如"迢迢牵牛星"句般极写高远。"残照里,平芜绿树"则拉近写平远,使相思变为现实。"伤远更惜春暮,有人还在高高处",再次渲染高远,脱弃凡近。下片亦以"断梦归云经日去",更增加游仙幻想宇宙航行般迷离浪漫气氛,断梦归云,经太阳而去,其高远、光明、热烈若何?可与迢迢皎皎之河汉牛女相比,含蓄中夸饰描写恋情相思。断梦可以经日,而无法沟通"哀弦寄语"的苦苦相思,可见恋情的阻力已大到不可逾越。其实,所爱就近在咫尺,在"倚桥临水"人家相望之处。高远与凡近交错,如《迢迢牵牛星》诗末的"盈盈一水间,脉脉不得语"。看来这对恋人碰到的是门第或封建礼教之类的硬钉子,爱情前途只可能是幻灭。这样,所谓"高远"也就染上悲剧色彩。情欲与理之间是个死扣。

《惜双双》想象丰富,词笔富于活泼的弹性跳跃力,寄深深的哀婉于高远含蓄之中。韵押去声六御七遇,与《迢迢牵牛星》相类,闭口呼的音韵增添了无法交通的压抑气氛。

相思令

张先

蘋满溪,柳绕堤。相送行人溪水西。回时陇月低。
烟霏霏,风凄凄。重倚朱门听马嘶。寒鸥相对飞。

【鉴赏】

《相思令》即《长相思》,本为唐代教坊曲名,向以白居易"汴水流"一首为正宗。早期之词,多直以词牌名为词题,张先填此,始名"相思令",其词旨似更紧切相思之旨。这首词是写送别,以及送别归来之相思情怀的。曾被误认为是黄庭坚的作品,见杨金本《草堂诗余》前集卷下。今多不取此误认。

蘋,即萍,水面之浮萍也。常言萍水相逢,每给人以别时容易相见难的联想。柳,多植水边,所谓岸柳、堤柳者是,又无不给人以送别凄彻之感。本词以蘋与柳两物起兴,自然立即就把读者导入了送别的场景之中。紧接着更确凿地指出,是在送行,送别就在这“蘋满溪”的溪水之西,溪边堤岸之柳枝,自是折取相赠之物,已无须提及了,而“柳”后之一“绕”字,似不可平淡视之。它却有令人心乱意烦的寓意在,离别之苦,就如柳丝之多情而又缠绕于身不得脱,能不怅失!古时送别,自不易被现代人体味,现代化的交通工具已使离别之苦大大减轻,交通之高频率高速度是有准确的分秒限制的,不得耽误;而古时慢节奏,发船又不限钟点,兰舟之催发至还不会到争分夺秒的地步,自可容人缠绵;发船后又自可驻足目送船影之远去,日晷之西移当然会十分迅捷,送别回家,已到陇月低的时辰,是十分自然的事情。这一句中的“回”字,有的本子作“归”,两字皆胜,而在句中本不是关键的表情之字,只是指明送别的终结,而“陇月低”才是不可或缺的,不可更易的。

下半阕则完全是写别后的心情了。所写之件件景与物,无一不是别后凄苦心情的烘托。烟,或指夕烟、炊烟。“风”字一本作“雨”,烟与雨搭配,则更饶情意。烟雨,犹言如烟之细雨,给人的感觉每多迷蒙、怅惘、感慨、惨恻。不论是风凄凄还是雨凄凄,不都是催人潸然泪下的吗?当回到家门时,马或许是如释重负时一声长嘶,而对送别情侣归来的人来说,听了又是什么感受呢?车辚辚,马萧萧,行行重行行,行人正在越行越远啊!此时复见鸥鸟之相对而飞,势必联想到一己之孤独,怨恨又向何人诉说呢!末句一作“寒夜相对啼”,亦胜,虽没有正面指出啼的是什么鸟,这在此似亦无关紧要,要紧的是啼于寒夜之中,离人闻之,自是别有一番滋味在心头的。不论是“寒鸥相对飞”,还是“寒夜相对啼”,人家鸟尚且还总能相对飞相对啼,而唯独此时的自身,又能与谁去相对呢!这无人相对的情状要到何时才能结束呢?现在还只是刚开头,难熬之至啊!

黄蓼园先生在他的《蓼园词选》中,虽没有选张先的这首词,选了首《青门引》,而他对张词的论说颇精,似亦可移用于本词,他说:“按落寞情怀,写来幽隽无匹。不得志于时者,往往借闺情以写其幽思。”这首词写柳堤溪边送行,表面看来,应是写妇人送郎君之远行,而实质上不也是在“借闺情以写其幽思”吗?此等“落寞情怀”,也真堪称是写得“幽隽无匹”啊!

更漏子

张先

锦筵红,罗幕翠。侍宴美人姝丽。十五六,解怜才。劝人深酒杯。

黛眉长,檀口小。耳畔向人轻道:“柳阴曲,是儿家;门前红杏花。”

【鉴赏】

这是一首正面描写歌舞盛宴的词，而且是描写筵上侑酒的妙龄女子的，写得十分真切，活泼可爱。整首词没有大起大落，大开大合，只是平铺直叙，而且全是白描，绝无着意之雕饰，更无词藻之堆砌。所以无须诠释，更无须阐发。但就在这并无深意奥旨的词句中，却让一位活灵活现的女子呈现在读词者的眼前，似乎都可听到这位十五六岁的姑娘在天真无邪而又朴实无华地描述自己的家门。

清代蒙古人法式善说过这样的话："天下事，唯平淡可以感人，真切可以行远。"这实在是十分符合唯物辩证法的真理。一味追求字句华丽而言之无物的作品，终究是称不上好作品的。这首词真称得上是平淡而又真切，难怪它在时隔千年的今天，还是令人感动，感到它的真切，做到了王国维所说的不隔。头三句从简单交代场景就直接让主人公出场，连她的身份也交代清楚了，并且绝不用什么鹅蛋形的脸、瓜子型的脸，肤色如何如何，发髻如何如何，穿着又怎样怎样琐细烦心的描写，而是直截了当，就是美人姝丽。第二个三句，则进一步介绍她的年龄，虽只十五六，却已十分懂事，知道爱怜人才。而在此她的职司却是侑酒陪客，自然是要劝酒，但由于她的爱怜人才，所以这劝人深深喝酒自然就不是一般的应付差事，而是含情脉脉的了。

下半阕头二句才稍稍又描写了这位女子的状貌，看来似乎有些错乱与颠三倒四，细品其味，则觉得并不然。正因解怜才而前来劝酒，才得稍为观察得细致一些，这不是层次很分明，而颇有道理吗！此时才来写她的行动，是凑到被劝酒的人之身边来说话，这当然更不会哇里哇啦、大声嚷嚷，只能是轻轻地、极斯文地说话。末三句便是她所说的内容，自我介绍她的家住在何处。而所说的只是在柳荫之曲，门前有红杏花，说得如此形象，却充满着稚气，据她之所述，又有谁能确知这个所在呢？而她可是一本正经地说的，真是天真无邪，谁又能说她讲得不对呢！如此一步步写来，宴会的场景逐渐冲淡，而这位小姑娘的音容笑貌却立时跃然纸上了。

清人叶申芗在他的《本事词》卷上《张先词》一则中说："张子野风流潇洒，尤擅歌词，灯筵舞席赠妓之作绝多。"这首词应属这类词中的佼佼者。多种词话中都转相引述着"子野词才不足而情有余"的评价，从这首词看，称他情有余，确是当之无愧的。张先有"张三中""张三影"等绰号故事传世，柳永则有"柳三变"之称，张柳二人在后世词论家笔下，每被评述，柳之名似更大，而抑柳扬张者与抑张扬柳者，往往参半。甚至还有因张柳齐名而为张叫冤的。清代大词家陈廷焯在他的《白雨斋词话》卷一中，认为："张子野词，古今一大转移也。前此为晏、欧，为温、韦，体段虽具，声色未开。后此则为秦、柳，为苏、辛，为美成、白石，发扬蹈厉，气局一新，而古意渐失。"由此可见，张先确是一位承先启后的处于转折点上人物，像这首词这样铺衍一个场景又突出一个人物的作品，而又还只是在一个短调中，在张先之前确是不多见的。陈廷焯在《词坛丛话》中又说张先是“别于秦、柳、晏、欧诸家，独开妙境，词坛中不可无此一家。”似乎对张先有特殊的偏爱。细品张词，它确实是有其独到之处。黄蓼园在评述张先《生查子》“含羞整翠环”时说：“写得意时情怀，无限旖旎。写别后情怀，无限凄苦。”虽不是直接说的本词，而移用至本词，亦无不可。本词虽只写了得意时情怀，并无别后之凄苦，然而它还不只是写得无限旖旎，还十分生动活泼，称之为用粗线条勾画出活人物的大手笔，当亦不为过吧！

蝶恋花

张先

移得绿杨栽后院，学舞宫腰，二月青犹短。不比灞陵多送远，残丝乱絮东西岸。

几叶小眉寒不展，莫唱阳关，真个肠先断。分付与春休细看，条条尽是离人怨。

【鉴赏】

此词之主旨，全以首句而引发，简言之，可谓由移栽杨柳于后院，从而因院柳想灞陵折柳，由柳叶如小眉因尚寒而不舒展，想到客舍青青柳色新之阳关，想到离别，想到离别之惨恻，令人肠断，愁绪万端。这本是一个极端矛盾的心理，既因杨柳必然会引起上述种种，何不远离杨柳，而还要移栽于后院呢？实在颇有自寻烦恼之嫌。此话暂且搁下，留在下面再细说。于此要先稍微一说的是，词中只见一“杨”字，而所咏所叹尽是柳，却是何故？乃因古人多称柳为杨柳，杨与柳时相混杂，还往往以杨径指杨柳的缘故。此处自然还有平仄的关系，如果易杨为柳，则二四六成了仄仄仄，是律句所不容许的。

“移得绿杨栽后院”，是一句十分朴实平易的句子，也应承认是十分写实的句子，无甚纤巧曲折可言，而由此引起的联想，却十分多层次多曲折。杨柳自古即是好诗料，是能引发多种情趣的奇妙之物，杨柳争发，是春意盎然的典型景物。“昔我往矣，杨柳依依；今我来思，雨雪霏霏。”这是诗经时代咏杨柳的名句，杨柳依依是值得忆念的佳景，而它又善变，往往一下就可变成痛苦的回忆。再拿张先本人的一个名句来说，人人皆知他这“张三影”之一影，即是“柳径无人，坠飞絮无影”，那是多么富有情趣的意境啊！难怪他自己也为他的三影大有得意之感。由此又涉及上文未说完的自寻烦恼之嫌，杨柳之如此多变化多情趣，故代代名流莫不爱恋之，而又莫不为之伤情，亦早已成为公案，几乎人皆难逃，张先之所以要将绿杨移栽后院，亦可谓本自摆脱不掉悲欢离合，而一任杨柳之是悲是欣，均难释爱柳之情吧！杨柳之柔条，人称之为柳腰，言其婀娜多姿，可喻美人之细腰也；杨柳之细叶，又多用来喻美人之眉；柳芽之初舒，喻为柳眼；柳枝因细而长，又每称之为柳丝；再如柳下、柳边、柳暗、柳影、柳烟、柳嫩、柳态、柳绿……等等，无不充满诗情画意，故人之爱柳，几乎成为人之共性。由此可谓张先之移栽绿杨于后院，究竟出于哪种感情，本是一言难尽的。而在这首词里是由欣而及悲地展开的。"楚王好细腰，宫中多饿死"，这学舞宫腰，还是在正面颂赞柳枝之喜人。可惜时令尚在二月，柳芽虽已报青，而其青犹短，学舞难成。紧接着由这青犹短，一跳跳到了灞陵折柳之多送远，情绪一下由欣而戚，想象到的柳丝柳絮，也成了残丝乱絮，而且飘零于河桥两岸。这首词的基调，至此已臻明确。

而下半阕尚有发展，眉之不展，自然由愁而引起，所谓愁眉不展者是。因为是新移栽的杨柳，而且时令尚早，叶只有几片，柳眉还尚小，看来还是在如实写景，但其中暗藏着一段愁绪，自是不难寻绎的。正由此愁思之萦缠，乃不得不要敲起警钟：莫唱阳关，如一唱，可真的要断肠了。这里还有一个"先"字，这也是因为杨柳给人的联想太多了，一唱起来，甚至还没开口唱，愁人之肠恐怕是会先唱而断的啊！所以敲警钟之余还要下命令：分付与春休细看，看了是会更受不了的，因为条条尽是离人之愁怨啊！

宋人李之仪（端叔）评价张先的词说：才不足而情有余。语气不免太苛刻些，倒也颇切中要害。这首词情思之发展，步步合情合理，虽无特佳警句，亦足感人。以才不足而情有余来论之，确无不可。难怪李之仪以后之词话，每多引李的这句话来评价张先，可见历代之词评家多有同意李之仪评议者，亦可谓英雄所见略同吧！

诉衷情

张　先

花前月下暂相逢。苦恨阻从容。何况酒醒梦断，花谢月朦胧。
花不尽，月无穷。两心同。此时愿作，杨柳千丝，绊惹春风。

【鉴赏】

这首词写的是遭受挫折的爱情。值得称道的是，词中虽然抒发了爱情受阻的痛苦，但并不哀伤和绝望，而且充溢着对爱情的美好前景的期望，表现出一种忠贞不渝、执着追求的向上精神。

词的上一片抒写了对往日欢愉幸福的回忆和爱情横遭挫折的痛苦。

“花前月下暂相逢”。花前月下，向来被说成是情人幽会最美好的情境。月色溶溶，花影婆娑，一对热恋着的情人，两相偎依，在静静地欢度一刻千金的良宵。然而，我们注意到句中的一个“暂”字，它显示出这对恋人爱情的前景并不顺畅，良辰美景中的欢会里蒙着一层令人不安的气氛。

“苦恨阻从容”。原来，好姻缘受到了无情的阻挠。“苦恨”，说明爱情受阻后内心痛苦之深，同时也流露对阻挠他们爱情的力量的不平和怨恨。

“何况酒醒梦断，花谢月朦胧”。这一句更深一层地表现了词人内心的痛楚。难以忘怀的往事，件件触动人的愁怀，心中游结着那么多的愤懑和思念，只好借酒来消解，也许在醉梦中会忘却眼前的烦忧，重温往日的欢乐？可是，一旦酒醒，愁苦又压上心头，好梦不能再续，往事成空，面对的仍是与爱人生别离的严酷现实。因而，更添愁肠，倍觉凄凉，越发不能排遣那“苦恨”的心绪。这种“举杯消愁愁更愁”的描述，在古人的诗词中太多了。柳永的《雨霖铃》中就有“今宵酒醒何处，杨柳岸晓风残月”。已成为古今传颂的佳句。又如李璟的《应天长》中“昨夜更阑酒醒，春愁过却病”。周邦彦《关河令》中的“酒已都醒，如何消夜永？”都明显的是表现一种无可奈何的心境。

“酒醒梦断”已够凄凉的了，却又见“花谢月朦胧”。花，曾经是那样多姿娇艳；月，曾经是那样皎洁明亮，花月是他们爱情的见证，可如今，花已经凋谢，月也已暗淡，都成了姻缘被阻断的象征。写到此，词人内心的痛苦已到了顶点。

下一片写对爱情的美好誓愿。

“花不尽，月无穷”。词人的情感从沉痛中醒来，不断升华，萌生一种执着的信念。花谢了，将来还有烂漫时；暗淡的月色，还会再度放出光辉。爱情也如这花月一样，生生不灭，天长地久。而且坚信“两心同”，心爱的人与自己同样对爱情生死不渝。两心相悦，两心相知，这已达到了爱情的最高境界，还有什么力量能分开这两颗心呢！

“此时愿作，杨柳千丝，绊惹春风。”到此，词人又以浪漫的幻想形式，对两情寄托着美好的愿望。春天定会回来的，愿在明媚的春光里，双双化作如丝的杨柳，随着荡漾的春风，恣意飘舞，那将是多么快活、多么惬意的情境呵！

全词以明丽的色调、乐观的精神结尾。这就比那些一般表现离情别恨的伤感之作高出一筹，就这点来说，这首词在思想上是难能可贵的。

这首词的最大艺术特色是，作者巧妙地运用象征和比喻的手法，写出感情经历的变化，全词借用花、月贯穿始终。“花前月下”，象征昔日卿卿我我的幸福；“花谢月朦胧”，象征爱情受挫的痛苦；“花不尽，月无穷”，象征对未来的美好期望。花、月以不同的形象反复出现，感情则随着花月的变化而起伏跌宕，其蕴意是颇为深长的。

张先是一位享高龄(990~1078)又极为风流的词人，苏轼曾赠诗给他说：“诗人老去莺莺在，公子归来燕燕忙。”平生写过不少感情浅薄的艳词，但在这首词里，词人的感情却显得真挚而热烈，含蓄而深沉，读来感人至深。

渔家傲 和程公辟赠

张　先

巴子城头青草暮，巴山重叠相逢处。燕子占巢花脱树。
杯且举，瞿塘水阔舟难渡。
天外吴门青雪路。君家正在吴门住。赠我柳枝情几许。
春满缕，为君将入江南去。

【鉴赏】

这是一首与友人赠别的词。

程师孟，字公辟，吴(今苏州市)人，是张先的朋友。张先是乌程(今浙江吴兴)人，宋仁宗至和二年(1055年)以屯田员外郎知渝州(今重庆市)。张先在渝州做官期间，程公辟恰逢提点夔州路(今四川奉节县)刑狱。两人同是江南人，在异乡相逢，分外高兴。相逢复又相离，其情难免依依。临别时互相以词赠答，抒发惜别之情。

词的上一片叙写别情。

"巴子城头青草暮，巴山重叠相逢处。"这一句写出了离别时的时间、地点、景物。巴子，即今巴县，在重庆附近，周时为巴子国的都城。巴山，这里泛称四川境内的山。青草，在古诗词中常用来喻怀友和道别之情。如"王孙游兮不归，春草生兮萋萋"（楚辞《汉淮南小山招隐士》）；又如"又送王孙去，萋萋满别情"（白居易《赋得古原草送别》）。这句词里也是借青草来比喻这种别情。下面一个"暮"字，点出了分别是在黄昏时分。巴子城头暮色苍茫，草色青青，远望绵延重叠的巴山，一种与友人在异乡相逢的快慰和转将分手的惆怅交织在一起，一种难言的愁绪填满胸臆。柳永词《引驾行》中有"斜阳暮草长安道，是离人断魂处"，也正是张先此时的心境。

"燕子占巢花脱树。"春天，燕子双双归来，"差池欲往，试入旧巢相并"（史达祖《双双燕》），然而转眼树上的花儿便纷纷飞落，已是暮春天气了。春去夏来，时光如流，人事的变迁何尝不是这样，刚刚在巴地匆匆相逢，却又要远别了。这里作者发出了对春光不能永驻、人生聚散无定的慨叹。

"杯且举，瞿塘水阔舟难渡。"这一句是说，在这花谢春老即将离别之际，让我们举杯畅饮吧，不久我就要东航那水阔难渡的瞿塘峡了。瞿塘峡之险居长江之首。江两岸悬崖对峙，水流湍急，山势险峻。《太平寰宇记》中说，此处"悬崖千丈，奔流电激，舟人为之恐惧。"唐代诗人刘禹锡任夔州刺史时所作《竹枝》中也写道："瞿塘嘈嘈十二滩，此中道路古来难。"都是说瞿塘这段江路的难行。张先在这里用"舟难渡"三字，来说明自己将要踏上的是自古以来被诗人们惊叹称绝的一段险途，其中深含与友人互道珍重的情愫。

词的下一片以浓重的笔调抒发乡谊和友情。

"天外吴门清霅路，君家正在吴门住。"词人的思绪由眼前的巴子城头移向了辽远的清霅、吴门。清霅，即雷溪，是作者家乡浙江吴兴县境内的一条河。吴门是苏州的别称，即程公闢的家乡。两人祖籍同是江南，碰巧同时宦居这巴山蜀水之间，他乡喜逢乡亲好友，这也是人生一大乐事；同在异乡为异客，那莺飞草长的江南，自然又是此人日夜魂牵梦绕的地方。如今，作者要一个人归去了，留下友人独自在此遥望"天外"的吴门，实在令人神伤。"天外"，即遥远的意思。作者在此反复点出"吴门"二字，将游子的故园之思和友人的惜别之情表现得更为强烈、真切。

"赠我柳枝情几许。春满缕，为君将入江南去。"这首词是和友人的，作者在词尾加注说："来词云'折柳赠君君且住'。"所以，"赠我柳枝"句是回答来词的。折柳赠别是古人的一种习俗，送客远行时，折一条柳枝送上，表示送别和惜别。柳和留谐音，折柳赠别也还含有挽留的意思。"折柳赠君君且住"，就足表示这种依依难舍之情。词人深为友人的“折柳”深情所感动。“春满楼”,是说那柳枝饱含友人的乡情和友情。他告诉好友,待我顺江东航的时候,将把你那寄情的柳枝带到江南去,以慰你思乡怀友的情怀。

这首词语言明白如话,用词委婉,蕴含也深,多有低回不尽之意。宋代晁补之评论张先的词时,有“子野韵高”的赞语(见《能改斋漫录》)。吟赏这首《渔家傲》,我们可以体味到张词的这一特点。

画堂春　外湖莲子长参差

张　先

外湖莲子长参差,霁山青处鸥飞。水天溶漾画桡迟,人影鉴中移。

桃叶浅声双唱,杏红深色轻衣。小荷障面避斜晖,分得翠阴归。

【鉴赏】

张先的小词句句娇媚,最适合绮年女郎浅唱低吟。一阕《画堂春》,写尽夏日载妓泛舟湖中的万千风情。

他先说“外湖”长满了青青莲蓬,一眼望去参差错落,技巧地交代了时间、地点,又使人顿生出荫凉之感。张先是浙江湖州人,晚年往来于杭州和湖州之间,过着优游的生活。这一带湖泊相连,由近及远,水色山光如梦如幻。词中“霁山青处鸥飞”,极精巧的六个字,把视野遥遥展开:雨后青山之间,几点白鸥翩翔。其色彩的反差,形象的突出,构成一幅清新悦目的山水画。下句更进一步:水天相融,合而为一,游湖的画船在个中缓缓行驶,人的影子倒映水上,如照在镜子里那样清澈,人影就在这明镜般的湖中随着游船慢慢移动。张先善写“影”,有个别号叫张三影。这一句“人影鉴中移”,确实是生花妙笔:把作为主体的人切入大自然的画面,动静相依,带活了以写景为侧重点的上片,又为下片的转合作了铺成。

词的下片主要写游湖中的另一景:画船上伴游的歌妓。这里非常充分地显示出张先含蓄优雅的风格,他不是直接写歌妓的容颜之美,而是通过其歌声、衣着、动作来表现,即所谓“曲笔”。“桃叶浅声双唱,杏红深色轻衣”桃叶,是晋代王献之的小妾,献之曾为她写过《桃叶歌》:“桃叶复桃叶,渡江不用楫。但渡无所苦,我自迎接汝。”此歌在江南一带曾广为流传。这一句是说:穿着薄薄衣衫的歌妓,婉转地唱起《桃叶歌》,她的女伴在一边轻声地伴唱,悠扬的歌声回旋在天光水色之间。张先深受花间派影响，极善用色，“桃叶浅声双唱”与“杏红深色轻衣。”把个身着夏衣的妙龄女郎，巧妙地融入自然风光，化为湖中一景。“小荷障面避斜晖，分得翠阴归。”结得妙不可言。“斜晖”点出天色将晚，游人该归去了。因为是暑天，斜晖犹热，歌妓采下荷吓遮住脸，一翠一红，生出丝丝荫凉，令望着她们的词人，也仿佛在这归去的途中，分得了一份翠荫凉意。整首词前后呼应，美轮美奂。

这首词虽然只是一首艳美之作，但是写得含蓄，艺术性比较强，动静相宜，色彩鲜明：静止的青翠的山、飞翔着的白色的鸥，静止的清澈的湖、移动的艳丽的画船；还有翠绿的荷叶、杏红的夏衣、金色的斜晖，和恬静娇美的女郎、回旋飘荡的歌声，以及没有出现在画面中，但可以意会到的沉醉的词人。这一切，有神有形地将人物与景色融为一境，构成一种独特的旖艳的美。

浣　溪　沙

张　先

楼倚春江百尺高，烟中还未见归桡，几时期信似江潮？
花片片飞风弄蝶，柳阴阴下水平桥，日长才过又今宵。

【鉴赏】

这首词写的是一个古老的主题——思妇闺怨。词中模拟女子的口吻，娓娓道出思妇满腔情思。这种手法，在我国古典诗词中并不少见，但张先用来却另有一番别致。其不似白居易在《琵琶行》中表现得那么凄冷：“商人重利轻别离，前月浮梁买茶去。去来江口守空船，绕船明月江水寒。”也不像李益乐府诗《江南曲》那样直率：“嫁得瞿塘贾，朝朝误妾期。早知潮有信，嫁与弄潮儿。”而是通过侧面和迂回的烘衬，婉转含蓄地反映出思妇的孤寂。个中充分显示了士大夫阶层特有的那种文雅、精致的审美情趣。

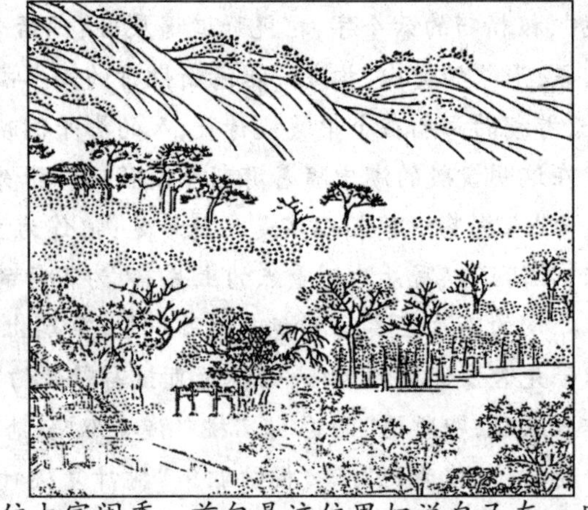

词中思妇言谈举止典雅，显然是位大家闺秀。首句是这位思妇说自己在一座临江的高楼上凭栏远眺，时间是春天。然而“烟中还未见归桡”，水天茫茫，白帆片片，她望啊望，由远而近的船只中，始终没有见到她所盼望的那只归舟。“桡”是划船的桨，此处代指船。接下来“几时期信似江潮？”久久的失望，使思妇在期待中忍不住生出怨言，但却说得非常委婉：你什么时候能像江潮那样守信呢？此一句，便显示出这位思妇的身份和教养，其优雅生动的形象呼之欲出。

下片转承二句，足见张先雕字琢词的功力：“花片片飞风弄蝶”对“柳阴阴下水平桥”，既工又新。作者在这个对偶中狠下了一番心思，“飞”“下”两字用得十分传神，春的热闹又反衬出闺中那难耐的寂寞。何况繁花飘飘、柳树成荫，显见已是暮春时节，联想到华年如水、青春空度，怎能不掀起思妇内心深处感情的波涛？瞧，浓荫的柳树弯下来，长条拂动雨后与桥面相平的水波；一片片花瓣在风中飘动，蝴蝶相戏。多美啊！可是盛极而衰，这是暮春，春就要归去。思妇至此，已是悲不胜悲，一声压抑着的长叹脱口而出：“日长才过又今宵。”难挨的白天刚刚过去，又迎来熟悉的、漫长清冷的夜。好一个度日如年！竟又表现得这般有节制，真不愧是大家闺秀。《浣溪沙》全词就此戛然而止，留下袅袅余味。

张先是宋仁宗朝进士，做过都官郎中。这个时代的词人除柳永外，多写小令。尤其是士大夫阶层，更以写含蓄、文雅的短词为时尚，文风“风流而蕴藉”。张先深得个中三昧，笔墨精致婉约。这首词无一废字，句句有景，句句含情，从思妇所处的环境及行动中反映出其深刻隐微的情绪，可说是极尽深婉精巧之妙了。

惜琼花

张　先

汀蘋白，苕水碧。每逢花驻乐，随处欢席。别时携手看春色。萤火而今，飞破秋夕。

汴河流，如带窄。任身轻似叶，何计归得？断云孤鹜青山极。楼上徘徊，无尽相忆。

【鉴赏】

这首词属怀远思归之作，作者在词中以双重追忆的手法——秋夕忆春、异地思乡，抒写了无尽的怅惘。

张先善借景抒情。在这首《惜琼花》中，其对景对情的处理，尤其表现出高超的艺术才能。词中“苕水”指苕溪，苕溪在张先的家乡浙江湖州，风光秀美。词以“汀蘋白，苕水碧”起笔，点明时令、地点，同时勾出一幅明丽的画面：水边蘋花盛开，一片洁白;苕溪春波涟涟,一片青碧。一“白”一“碧”,色彩清爽明快,绘出勃勃的春意。“每逢花驻乐,随处欢席”,由景及人,把纵情游春的欢娱溢于纸上。一群文人骚客,徜徉花前,陶醉筵席,可说是每遇花丛便驻足观赏,随时随地摆开欢宴,好个升平富贵之态!接下来笔锋暗转“别时携手看春色”。古人诗词多伤离,张先此处离“别”却无甚伤感,给人的直觉是带着醺醺然酒意。这种写法,可算是“花柳上,斗尖新”了(晏殊《山亭柳·赠歌者》中句)。而由欢会至别离,词情又为之一转,从而起到承上启下的作用。由于是暗转,故“萤火而今,飞破秋夕”迭出,便更显得转瞬间情景突变,造成一种强烈的艺术感染力。特别是“飞破”二字,把秋夜里的点点萤火,描绘得格外凄清。词中秋之萧瑟与春之旖旎的场景反差,折射出词中主人公今昔生活的巨变。

下片词中主人公独处异乡,凭高俯视,看到汴河水滔滔远去,像一条带子那样窄小蜿蜒,不由触景生情:“任身轻似叶,何计归得?”就算身轻如叶片,可以随风随水漂流,又有什么办法能回归家乡?本来天下水都是相通的,随水而去,应该能回到家乡,但作者在此却说仍难归去,若隐若现地暗示了词中主人公极不自由的处境。人生中有许多无可奈何之事,对人力有限、无法左右自己命运的感叹,实属人之常情。张先在此融情入景,渲染出浓浓的忧郁,但却凄而不厉,笔意曲折,保持了含蓄婉约的风格。然接下来作者又突然转换笔锋,由俯视写到仰观,“断云孤鹜青山极”:极目远望,但见断云飘浮,孤鹜高飞,一抹青山阻隔视线。多么寥廓的天地,多么凄苦的情怀。一个“断”和一个“孤”,着意刻写出云的漂泊无依、鹜的离群失所,映衬出主人公的孤寂处境。天之尽头的青山,又给人归路迢迢、归期渺茫之感。前人论词,言北宋第一时期词人多“技巧”而缺乏“气势”,然张先此处既具有情致深婉的意蕴,又具有这一时期词人少见的境界寥廓高远,从而在某种程度上超越了花间派、婉约派词作。词的结尾“楼上徘徊,无尽相忆”,更表现出一种极为深沉的悲哀凄婉:词中主人公徘徊高楼上,展望眼前,秋色萧索;回首往事,往事如梦;多少乡思,绵绵不尽。悲与欢、离与合,在此构成永恒的哀怨。

满　江　红　飘尽寒梅

张　先

飘尽寒梅,笑粉蝶游蜂未觉。渐迤逦、水明山秀,暖生帘幕。过雨小桃红未透,舞烟新柳青犹弱。记画桥深处水边亭,曾偷约。

多少恨,今犹昨;愁和闷,都忘却。拼从前烂醉,被花迷著。

晴鸽试铃风力软，雏莺弄舌春寒薄。但只愁、锦绣闹妆时，东风恶。

【鉴赏】

张先的作品，有很大一部分是描写男女之情。这首《满江红》便是描述与一位美人相恋。词中有今有昔，笔调舒徐。

起笔"飘尽寒梅"字字生香，对春临的感觉表现得极为细腻奇新。寒梅在和风中一点点飘尽，早春也就在这同时悄悄地来临，可笑追春的蝴蝶蜜蜂还没察觉呢！接着是一个"渐"字，顺着时序领出大地回春的万般景象：春渐行渐近，曲曲绵绵中水绿山绿，满目秀色，人家的门帘窗帘上也生出淡淡的暖意。随之是春雨中桃花初放，那色泽还未红透；轻烟缭绕着刚刚吐出新绿的柳树，那青翠还是浅浅的，柳条也很纤细。此两句虽是写景，却暗拟人，"红未透""青犹弱"隐隐点出一位如"小桃""新柳"般的雏龄美人。从词的全篇和当时的历史环境来看，这位美人应是一位青楼女子。"记画桥深处水边亭，曾偷约。"则写记起在与此相似的一个醉人的春天，同这么一位清丽年少的美人，私会于画桥深处的水边亭阁中。"记""曾"两字在此巧妙点出"偷约"是已经过去了的事情，从而使满纸春意春情突然蒙上一层惆怅。张先在此，十分自然地运用了乐景写哀的手法。

词的下阕，由描绘转为叙述，由过去转入现在。"多少恨，今犹昨；愁和闷，都忘却"。惟妙惟肖地写出了失恋人复杂的心态：那种爱恨交织的感情，今天比从前还要强烈；想起逝去的欢爱，此时的愁闷凄苦都暂时忘掉了。"拼从前烂醉，被花迷著。""花"在我国古典诗词中，多用于形容美人的容颜。这里是说从前那段日子，被美人的花容月貌迷醉，以至灵肉都到了"烂醉"的境地。下一句又回复到如今，美人美艳依旧，她的动人的歌声在柔软的春风中回荡，如晴天鸽子放飞时鸽铃试响，又如雏莺在薄薄的春寒中婉转啼鸣，这是何其美妙！难怪其人明知"青楼梦好，难赋深情"，却仍然沉湎不能自拔。此处"雏莺"亦是喻人，既点出美人依旧年少，但又与前面的"小桃""新柳"不同。前者清丽纯情，后者虽然还是身处早春，却是"雏莺弄舌"，满身风尘色了。结尾"但只愁、锦绣闹妆时，东风恶。"写出对美人余情难尽，重拾欢爱，却愁欢爱到浓密时"东风恶"，真是"良辰美景奈何天"！此词从头到尾，无一字怨美人薄情，也没有说两人是因何发生情变的。本来男女情事就难言曲直，何况美人是生活在青楼中，更有太多的无奈。全篇这样结束，给人留下许多想象的空间，可谓恰到好处。

张先是北宋词坛早期的词人，这一时期的词人善写小令，而张先承前启后，在由小令到长调的过渡方面起了一定作用。这首词全篇铺排有序，前后两种情调，两副笔墨，相得益彰。词中"过雨小桃红未透""舞烟新柳青犹弱"和"晴鸽试铃风力软""雏莺弄舌春寒薄"皆为词性相对的对仗，对得巧、新，匠心独具，使全篇生色不少。前人评张先善写“心中事、眼中泪、意中人”可谓确切。

晏殊　(991~1055)字同叔,抚州临川(今江西省抚州市)人。七岁能属文,真宗景德初年(大约十四岁)以神童召试,与进士千余人并试廷中。“殊神气不慑,援笔立成”,得到皇帝赞赏,赐同进士出身。仕真宗、仁宗两朝,历任右谏议大夫兼侍读学士,同中书门下平章事兼枢密使,礼部、刑部尚书,宰相。好贤,当世知名之士如范仲淹、孔道辅,皆出其门。后降工部尚书,知颍州、陈州、许州,稍复至户部尚书,以观文殿大学士知永兴军,卒谥元献,世称晏元献。晏殊一生著作丰富,有诗文集二百四十卷,编选梁陈以后诗文一百卷,均不传。晏殊词主要表现富贵人家景致气象及闲愁闲绪,承南唐传统,为北宋初期一大家,尤承冯延巳深婉含蓄的风格。王灼在《碧鸡漫志》卷二中赞曰:“晏元献公长短句,风流蕴藉,一时莫及,而温润秀洁,亦无其比。”有《珠玉词》一百三十余首及清人所辑《晏元献遗文》。

浣溪沙

晏　殊

一向年光有限身①,等闲②离别易销魂,酒筵歌席莫辞③频。
满目山河空念远,落花风雨更伤春,不如怜④取眼前人。

【注释】

①“一向”句:即一晌。指时间短暂。年光,时光和年华。指人生短暂。
②等闲:寻常,随便。
③辞:拒绝,推托。
④怜:珍惜,怜爱。

【鉴赏】

这是一首伤别之作。上片写对流光离别的怅惘心绪。首句是说年光易尽、人寿无多。正因为如此,人们才格外重视欢会,而以离别为悲。第三句“酒筵歌席莫辞频”是承接前两句,既然“销魂”那么轻而易举,而寻常的离别又随时会有,愁恼自然萦绕人怀,羁绊着人的情思。与其如此,莫如频歌繁舞,纵情酣醉,以浇胸中块垒。

词的下片,重在“怜取眼前人”。首句“满目山河空念远”,从句意上承上片“离别”。“满目山河”是写眼前景物,“空念远”是写心情。“满”“空”二字,相对相衬,以实衬虚,景中寓情。次句“落花风雨更伤春”承上片“年光”而言。这是一种由富贵生活而生的淡淡的闲愁。一个“更”字,说明伤春不止一次,而一次比一次程度更深。结句“不如怜取眼前人”是化用元稹《会真记》崔莺莺诗:“还将旧来意,怜取眼前人。”联系到晏殊的婚姻史,他先娶工部侍郎李虚之女,次娶屯田员外郎孟虚舟之女,皆早卒。至中年又娶太师尚书令王超之女,而据宋人《道山清话》等书记载,这位王氏又性非和顺,晏殊对这位夫人,自然有难言苦衷。“不如怜取眼前人”或许是在这样一种背景下排解忧愁的方式吧!

清　平　乐

晏　殊

金风①细细,叶叶梧桐坠。绿酒②初尝人易醉,一枕小窗浓睡。
紫薇朱槿③花残,斜阳却照阑干④。双燕欲归时节,银屏⑤昨夜微寒。

【注释】

①金风:指秋天的风。在五行之中,秋属金,因而称为金风。

②绿酒:指新酿的美酒。

③紫薇朱槿:紫薇,凌霄花的别名。朱槿,也称扶桑,落叶灌木,全年开花,秋天落叶。

④阑干:物体横斜的样子。

⑤银屏:华贵的屏风,此处指居室。

【鉴赏】

这首小词抒发初秋时节淡淡的哀愁,语意极含蕴、极有分寸,作者只从景物的变易和主人公细微的感觉着笔，而不正面写情，读来却使人品味到句句寓情、字字含愁。上片写酒醉浓睡。下片写秋景，隐示闲愁之因。这首词除了“绿酒”“银屏”是富贵语外，大都写得比较清新，它的华贵气象完全融合在娴雅的风调之中。通篇出之以平淡之笔，和婉之音，声调自然，意境清幽，虽承花间余绪，却能自成一格。

木兰花

晏殊

燕鸿过后莺归去，细算浮生①千万绪。长于春梦几多时，散似秋云无觅处。

闻琴解佩②神仙侣，挽断罗衣留不住。劝君莫作独醒③人，烂醉花间应有数④。

【注释】

①浮生：指人生。有人生无常之意。

②闻琴解佩：闻琴，借指司马相如和卓文君以琴相知之事。解佩，据《列仙传·江妃二女》所记载，一位叫郑交甫的人，曾得到神女所赐的玉佩。

③独醒：独自清醒。

④数：指气数，命运。

【鉴赏】

词的上片，以“燕鸿过后莺归去”起兴，写岁月蹉跎，时光易逝。燕、鸿、莺都是候鸟，应节而至，时过则归。词人从这些候鸟去留着笔，意在引出下句对人生的看法。“长于”二句，以工整流畅的对句表达了人生苦短的主题。“春梦”云云，是化用白居易《花非花》诗中的成句：“花非花，雾非雾，夜半来，天明去。来如春梦不多时，去似朝云无觅处！”晏殊移用其中两句，改三个字，喻义却显而易见，是说浮生像春梦那样短暂，稍纵即逝，像秋云那样飘忽不定，无处寻觅。

词的下片，全是用典。“闻琴”暗指卓文君事。司马相如贫贱时，饮于富豪卓王孙家，适卓王孙之女文君新寡，相如以琴挑之，文君夜奔相如。"解佩"之典出自刘向《列仙传》："江妃二女者，不知何所人也，出游于江汉之湄，逢郑文甫。见而悦之，不知其神人也。谓其仆曰：'我欲下请其佩'……遂解佩与文甫。文甫悦，受佩而去数十步，空怀无佩，女亦不见。"这是一段人神相爱的故事。

这些词，都是对朝夕与共而又逝去的先前两位夫人的思念、追怀之情。

木 兰 花

晏 殊

池塘水绿风微暖，记得玉真①初见面。重头歌韵响铮琮②，入破③舞腰红乱旋。

玉钩阑下香阶畔，醉后不知斜日晚。当时共我赏花人，点检④如今无一半。

【注释】

①玉真：仙人。这里喻指女子。

②重头：专用语，指词中上下片声调全同。琤琮：象声词，指弦声或水声。

③入破：破，唐宋时期套曲的第三部分或曲调中由简入繁的部分。此处指曲调激越而急促。

④点检：仔细的查对。

【鉴赏】

这是一首伤春怀人之作。

上阕由景及事，回顾昔日与心中美人相见相识相聚的美好幸福情景。首句动情地描绘美丽温馨的春天景色："池塘水绿风微暖"。在如此良辰美景中，自然回忆起美好的往事来："记得玉真初见面"。"重头"两句用细腻的笔触，对初次相见的"玉真"美妙的歌喉和绚烂的舞姿加以描绘。作者用美玉相碰发出的和谐悦耳的声音状写她的清脆歌声，用"红乱旋"来形容其舞姿的灵活轻盈和迷人，让人头晕目眩、眼花缭乱。

下阕由对往事的回忆转入对故人的思念和不见故人的怅惘。钩栏香阶，美景依旧，醉后醒来已是斜阳西下。结尾二句，由对意中情人的怀想，延展到对旧人老友的留恋。"无一半"使全词境界一下子得以拓展。由此联想，"醉后不知斜日晚"

句既是对具体往事的叙述，也是对人生垂暮的感慨。

蝶恋花

晏殊

六曲阑干偎碧树，杨柳风轻，展尽黄金缕[1]。谁把钿筝[2]移玉柱，穿帘海燕[3]双飞去。

满眼游丝兼落絮，红杏开时，一霎清明雨。浓睡觉来莺乱语，惊残好梦无寻处。

【注释】

①黄金缕：喻指柳枝。

②钿筝：镶嵌着金银贝壳的古筝。

③海燕：古人认为燕子是渡海而来的，因此称为海燕。

【鉴赏】

本词写春日的闲愁。上片写迎春之情。开头三句写初春之景，有富贵之象。后两句是写主人公的活动，在意念上有倒装，他看到海燕双飞，而自己孤独伤心，面对芳春美景而触动春愁，故弹筝以抒情。下片抒送春之意。词义含蓄蕴藉，只表现主人公的一种情绪。此词语言明丽，用意婉曲。

清平乐

晏殊

红笺[1]小字，说尽平生意。鸿雁在云鱼在水[2]，惆怅此情难寄。

斜阳独倚西楼，遥山恰对帘钩。人面不知何处[3]，绿波依旧东流。

【注释】

①红笺:淡红色的纸,古人常用来题诗、写信。

②“鸿雁”句:古人有“雁足传书”和“鱼传尺素”的说法。

③“人面”句:唐代的书生崔护,在都城的南庄偶遇一位少女,彼此相恋。后来少女不知去向,于是题诗:“去年今日此门中,人面桃花相映红。人面不知何处去,桃花依旧笑东风。”人面,指思念之人。

【鉴赏】

这首词,写伤离念远的情怀。词的上片叙事抒情。“红笺小字,说尽平生意”是修书寄远,尺素托情。词人没有向我们昭示写信的人是谁,信又是寄给谁的。但从“红笺”二字,可以推断,这是一对情笃意厚的情侣,他们曾有过欢悦的相会,如今正处在恼人的离别之中,因此才有修笺寄意、叙说平生之举。

三四句笔锋一转,逼出正意:“鸿雁在云鱼在水,惆怅此情难寄!”按古代传说,雁足鱼腹,可以传递书信。“鸿雁在云”是说雁杳,“鱼在水”是说鱼沉,雁杳鱼沉,故红笺无由寄达。那么,满书主人公惆怅之情的“红笺小字”,也就自然“难寄”了。

下片是写景抒情。“斜阳独倚西楼,遥山恰对帘钩”,写倚楼远望,苍山阻隔,不见伊人的踪影。这里表面上是在写景,实际上是表现相思相望之情。

结尾二句是用典。“人面不知何处”出自唐代诗人崔护《题都城南庄》一诗。暗示自己也曾有过这样的艳情。歇拍“绿波依旧东流”一句,寄寓了主人公离索孤寂之情,是以景结情的妙笔。

踏莎行

晏　殊

祖席[1]离歌,长亭别宴。香尘[2]已隔犹回面。居人匹马映林[3]嘶,行人去棹[4]依波转。

画阁魂销,高楼目断。斜阳只送平波远。无穷无尽是离愁,天涯地角寻思[5]遍。

【注释】

①祖席:古人出行时常祭祀路神,因而把饯别的宴会称为祖席。

②香尘:落地的花,尘土也带有芳香。回面:回过头来。
③映林:隔着树林。
④棹:船桨,代指船。
⑤寻思:深切的思念。

【鉴赏】

这首词抒写送别之后的依依不舍和登高望远的无限思念,融情于景,含蕴深婉。上片写饯别的分手,隔尘回首,马嘶不行,船转不进,烘托出双方的难舍难分。下片写居者念行者,登楼远望,一片平波,引出无尽离愁。"香尘已隔犹回面"句,传神地描摹了送别归去,作者步步回顾、步步留恋的情状。"斜阳只送平波远"句,分别怨斜阳不解留人,反随着行舟渐行渐远,也从水面渐渐消隐,却说得极婉转,极富情致。煞拍浓愁蜜意倾口而出,说尽离思分量。

踏莎行

晏　殊

小径红稀[①],芳郊绿遍。高台树色阴阴见[②]。春风不解[③]禁杨花,濛濛乱扑行人面[④]。
翠叶藏莺,朱帘隔燕。炉香静逐游丝转[⑤]。一场愁梦酒醒时,斜阳却[⑥]照深深院。

【注释】

①红稀:花儿长得稀疏。
②阴阴见:暗暗的显露出来。
③解:了解,懂得。
④濛濛:微雨随风飘洒的样子,此处形容飞舞的杨花。
⑤逐:追随着。游丝:在空中飘荡的蛛丝之类。
⑥却:还,仍。

【鉴赏】

小词写春光流逝所触发的淡淡轻愁。上片展示花谢春残、绿叶荫森的郊原风光，为主人布设外景。过片承上启下，笔触转向室内。炉香袅袅，宛如游丝回环，气氛阒寂幽静。煞拍倒点时序，见出主人独对炉香、闲愁萦绕，正当梦醒酒消之后，此时残阳斜照、院落幽深，则主人孤寂无聊、惆怅莫名之意绪，愈加不言而明。全篇不着实字，以景见情，烘染出寥落的心态。全词语言清丽，不雕凿，却神情俱得，精微有致。如"翠叶藏莺，朱帘隔燕"二句，寓动于静；"炉香静逐游丝转"一句，动中更觉寂静，在这一派寂静中，透现出幽淡的愁思和哀情来；"斜阳"一句，传神地描写了主人公深怀不露的愁情。

踏莎行

晏殊

细草愁烟，幽花怯露，凭栏总是销魂处[①]。日高深院
静无人，时时海燕双飞去。
带缓罗衣，香残蕙炷[②]，天长不禁[③]迢迢路。垂杨只解
惹春风，何曾系得行人住！

【注释】

①销魂处：伤感之事。

②蕙炷：用蕙草为原料制成的熏香。

③不禁：禁不住。

【鉴赏】

这一首写的当是初春之景。"细草愁烟，幽花怯露，凭栏总是销魂处"，写凭栏远眺所望，"草"之曰细，"花"之曰幽，显见在初春季节。这三句写出了愁人眼中的愁景。下片转入对远方游子的怀念。"带缓罗衣，香残蕙炷，天长不禁迢迢路"，用"缓"字，含"为伊消得人憔悴"因而"衣带渐宽"之意，点出了佳人对游子长期在外不归而引起的愁思。"蕙炷"是蕙草做的香炷，蕙炷逐渐燃尽，香气即将退去，喻佳人伫候之久。"带缓"和"香残"同下句的"天长"相呼应，"天长"又同"迢迢路"相呼应。"天长不禁迢迢路"，蕴含着对游子长期不归有谅解又有怨恨的复杂感情，抒

情极为细腻。结末两句,是历来人们乐于传诵的名句。

蝶恋花

晏殊

槛菊[①]愁烟兰泣露。罗幕[②]轻寒,燕子双飞去。明月不谙[③]离恨苦,斜光到晓穿朱户。
昨夜西风凋碧树[④]。独上高楼,望尽天涯路。欲寄彩笺[⑤]兼尺素,山长水阔知何处!

【注释】

①槛菊:围栏里的菊花。

②罗幕:丝罗的帘幕。

③谙:熟悉。

④凋碧树:使绿树的叶子凋零。

⑤彩笺:可供题诗、写信用的精美的彩纸。此处指诗词。

【鉴赏】

这是一首写相思之情、离恨之苦的闺怨词。词的上片作者紧扣思妇的情绪发展及变化,由夜到晓,寄情于景,写出闺房内外的空荡凄寒、静物动物的薄情浅意,从而反衬出主人翁的相思之苦。词的下片作者又将思妇的情绪在力度上加强,由闺房内外写到山河之间,直抒胸臆,使每一个空间都回荡着思妇无尽相思的颤音,表达了主人翁对情人纯洁专一的眷恋和相思。王国维在《人间词话》中将"昨夜西风凋碧树,独上西楼,望尽天涯路"喻为治学的三种境界之首,也是取其坚贞不渝、矢志不移的象征意义。

浣溪沙

晏殊

一曲新词酒一杯,去年天气旧亭台。夕阳西下几时回？

无可奈何花落去，似曾相识燕归来。小园香径①独徘徊。

【注释】

①香径：落花飘香的小路。

【鉴赏】

本词为晏殊的名篇之一，抒写悼惜春残花落、好景不长的愁怀，又暗寓相思离别之情。语意十分蕴藉含蓄，通篇无一字正面表现思情别绪，读者却能从"去年天气旧亭台""燕归来""独徘徊"等句，领会到作者对景物依旧、人事全非的暗示和深深地叹恨。词中"无可奈何花落去"一联工巧而流丽，风韵天然，向称名句。

破阵子

晏殊

燕子来时新社①，梨花落后清明。池上碧苔②三四点，
叶底黄鹂一两声，日长飞絮轻。
巧笑东邻女伴，采桑径里逢迎③。疑怪④昨宵春梦好，
元是今朝斗草⑤赢，笑从双脸生。

【注释】

①新社：春社。古代立春后第五个戊日为祭祀土地神的日子叫春社。

②碧苔：飘浮在水中的绿苔。

③逢迎：相遇。

④疑怪：怪不得。

⑤斗草：古代的妇女经常玩的游戏。

【鉴赏】

这是一首清明即景词。上下阕平均用力，共同构成一幅清新明丽的郊外嬉春图。

上阕着力写自然景物。首两句写二十四节气的清明，正是一年中春光最堪留

恋的时节。春分过后到清明，标志春已中分。梨花落尽，新燕将来，此时恰值春社节日也将到来。社礼过后，大酒大肉，人们尽情欢乐，连闺中少女也可出门“踏青”。所谓“问知社日停针线”，她们一个个呼姊唤妹，外出游观。这是首两句精神所旨，并为下阕埋下人物出场的伏笔。后三句写当此时节，气息芳润，池畔苔生鲜翠，林丛鹂转清音。春光荏苒，所谓“日长飞絮”，正应了古语“落尽海棠飞尽絮，困人天气日初长”。写景状物，闲情婉致。

下阕着力写人物活动。值此良辰美景，两个相邻的少女出现了。在往日的采桑路上，她们正好迎面相遇，西邻女微笑着问东邻女：“你今天怎么这么高兴？怕是昨天夜里做了什么好梦吧？”东邻女回答说：“不要胡猜，人家刚才和她们玩斗草赢了彩头呢！”“疑怪昨宵春梦好”句，揣摩少女心里细致入微，富有浓厚的生活气息，在宋词中确为罕见。尾句“笑从双脸生”精当准确，实在再难找到一句更能描绘少女笑吟吟的神态的句式来替换。

全词之美，美在风景和人情。古代词曲，写妇女者多，写少女者少；写少女而似此明快活泼、天真纯洁者更少。作者运笔清丽秀润，所描天时物态、人事心情，在乎神力，而无收取猎艳之迹。

诉衷情

晏　殊

芙蓉金菊斗[①]馨香，天气欲重阳。远村秋色如画，红树间[②]疏黄。
流水淡，碧天长，路茫茫。凭高目断，鸿雁来时，无限思量。

【注释】

①斗：比胜。

②间：相间，夹杂着。

【鉴赏】

这是一首以写景为主的出色的小令。在将近重阳的时节，眼前是芙蓉和黄菊在争香斗艳；远处的乡村，秋色如画，鲜红的霜叶间杂着疏疏的黄叶，树色胜于丛花。上片用多种色彩点染花树独特的秋色，下片用单纯的色彩渲染北方的秋色。

秋水清浅无波，碧空万里无云，原野上的道路茫茫邈远，整个景象高阔空旷。于是，凭高极目，看到鸿雁飞过，引起了无限的思量。作者当时从京城被贬在陈州(今河南淮阳)已六年，见秋雁南飞，自然会心有触动，有所寄望。

玉楼春

晏　殊

绿杨芳草长亭[1]路，年少抛人容易去[2]。楼头残梦五更钟，花底离愁三月雨。
无情不似多情苦，一寸还成千万缕。天涯地角有穷时，只有相思无尽处。

【注释】

①长亭:建在路边的亭舍，也指古人送别之处。

②去:离开。

【鉴赏】

这是一首深深慨叹人生离愁苦、多情苦的词作，有着迷人的艺术魅力，并闪烁着哲理的光芒。上片首句从“绿杨”“芳草”“长亭”“路”着墨，画出了十里长亭送别的场面。次句“年少抛人容易去”是说年轻的时候往往单纯烂漫，对前途多幻想，没有尝受过离别之后的愁苦滋味，容易和自己的恋人、朋友告别。“楼头残梦五更钟，花底离愁三月雨”，这两句不仅对仗工整，语调谐婉，而且含义深蕴，绮丽天成。换头句“无情不似多情苦”，隐隐总括了上片含义，又开启下片的慨叹。这一句看似平淡的话，实际却满含情谊，婉转动人。“一寸还成千万缕”之句，仍然是对前句“多情苦”的剖析，一寸相思之情因多情又化为千丝万缕，铺向远方。结尾两句虽是从白居易《长恨歌》的结尾“天长地久有时尽，此恨绵绵无绝期”处借来，但却不见斧迹，十分贴切。

浣溪沙

晏殊

小阁重帘有燕过，晚花红片落庭莎。曲栏杆影入凉波。

一霎好风生翠幕，几回疏雨滴圆荷。酒醒人散得愁多？

【鉴赏】

这是一首景中见情的小令，抒发的是春天已残、白日向晚、酒醒人散后的惆怅之情。

上片写园林景色之美。动静有致，摇曳生姿。园林中自然有楼阁、有帘幕，这是静止的美景，是人造的美，然而自然界中飞来了燕子，轻轻地掠过重幕，增加了动态的美；晚上的小风吹得残花红瓣飘飘落下，这是大自然的美景，“落”字是个动态，“落庭莎”，落在庭院里人工修整得很美的莎草上，这也是人工美与自然美的有机结合。“落”字意味着零落，是个带有愁意的动作，为下面情感上的过渡做了准备。园林中水池四周弯弯曲曲的栏杆经过人工雕琢，当然是美的，它的影子映入自然的水波中，出现了朦胧飘忽摇曳的美。作者在这里有意无意地使用了一个“凉”字，又埋伏了悲愁的线索。这里充分显示了作者构思与写作技巧独具特色，几乎句句都有静的与动的、人工的与自然的美的协调，秀丽而轻巧。

下片主要是因景即情，抒发感慨。景未必都是眼前实见，有的则是一种联想。“一霎好风生翠幕”，突然一阵轻柔的风吹动了绿色帷幕，这景象给人一种飘摇不定的感觉。“生”字用得极好，也想得新奇，本来风是风、幕是幕并无直接关系，“生”字则将二者密切联系起来；好似不是翠幕被风吹动，而是风从翠幕上生起一样。“几回疏雨滴圆荷”与上句相对仗，“几回”二字说明，下面的景象并非是即时之景，而是他往时见过的多次现象的归纳，稀疏的雨珠滴在圆圆的翠绿的荷叶上，像碧玉盘里滚动着晶莹的珍珠，美则美矣，但是这景色也给人一种变幻莫测的感触，和“风生翠幕”一样，象征着人生的风云变化与感情的起伏不定。这两句寓于景中的感受，已充分把作者的满腹愁情铺垫出来，最后一句已经是非抒不可的时候了，这是一个总发泄：“酒醒人散得愁多”，这里的“得”是“得无”的简化，作“是不是”讲。这句话的意思是酒醒人散之后，愁思是不是更加多了？答案是肯定的。在清风把酒意吹走，夜色催得人散，痛饮狂欢之余的时候，热烈的气氛顿时化为一片清冷，孤独内心里潜伏的愁思也会更加膨胀起来，“愁多”的感觉便自然而然地产生了。该词情景交炼，如真似幻，音律和谐，风格秀淡。只是思想稍嫌空泛，抒发的是封建士大夫文士常有的那种莫名惆怅的情怀。

山亭柳 赠歌者

晏殊

家住西秦，赌薄艺随身。花柳上，斗尖新。偶学念奴声调，有时高遏行云。蜀锦缠头无数，不负辛勤。

数年来往咸京道，残杯冷炙谩销魂。衷肠事，托何人。若有知音见采，不辞遍唱阳春。一曲当筵落泪，重掩罗巾。

【鉴赏】

这首词以叙事笔法，记述了一个歌女在声色生涯上由盛到衰的感慨和悲哀，流露了作者的同情。是晏词中较有深刻现实意义的词作之一。

上片介绍了女艺人在艺术上的不断追求与全盛得意时期的欢乐情景。写作方法独特，步步推进、层层剥笋，引人入胜。开篇突然冒出了一句"家住西秦"，是谁家住西秦？给人一种悬念。西秦，指春秋战国时秦国属地，在今陕西一带。因曹植《侍太子坐》诗有"歌者出西秦"句，后人多以"西秦"赞誉善歌之人。这里可能是确指，不是用典。次句"赌薄艺随身"，"赌"字的意思，是凡以财物比优劣、定胜负的都叫"赌"。全句意是靠小小的随身技艺维持生活。这句话虽然提出了"薄艺"，但词中主人的身份仍然不明，不禁又想知道这"艺"是什么？直到"花柳上，斗尖新"之句出现，歌女身份才开始明朗。她专门在红花绿柳、男欢女爱的歌词上变换花样，显示自己有与众不同独出心裁的才能，来和同行竞争高下。"花柳"二字在这里也可指达官贵人寻欢作乐的宴游场合。"偶学念奴声调，有时高遏行云"，"念奴"，是唐天宝年间名娼，极善歌；"高遏行云"，形容歌声激越高亢，可使天上云朵凝止不行(见《列子·汤问》"薛谭学讴于秦青"的故事)，这里连用两个典故，说明她在歌唱艺术上有所追求而且确也达到了相当高超的水平。上句有"偶学"之说，下句就用了"有时"承接，作者用字非常严谨。"蜀锦缠头无数，不负辛勤"，"蜀锦"，古代以蜀(今四川境内)地所产的丝织品最有名。"缠头"，古代歌伎舞女表演时用锦缠头，演毕，看表演的人就以罗锦为赠；后来指凡赏赐歌舞者的财物费用都叫"缠头"。白居易《长恨歌》中有"五陵少年争缠头，一曲红绡不知数"的句子。这位女艺人以精湛的技艺赢得了声誉，每次演唱毕都能得到数不清的赠物、钱财，总算没有白费在艺技上的艰辛耕耘。从"不负辛勤"中可以看出作者对这位艺人的由衷赞美。

下片写女艺人年长色衰、沦落天涯的失意和感慨。“数年来往咸京道，残杯冷炙谩销魂”，咸京，即陕西咸阳，因秦时为都城，故称咸京；“残杯冷炙”指剩酒冷饭，杜甫《奉赠韦左丞丈二十二韵》有“残杯与冷炙，到处潜悲辛”之说。这两句意思是，近几年，风尘仆仆地来往在咸京道上献技糊口，生活落魄处处受冷遇，令人黯然神伤。作者运用形象而简练的只言片语，就概括了她由盛到衰的变迁。“衷肠事，托何人”，心事满腹，该向谁去诉说?！以声色事人，忙碌了半生，到头来连一个可以诉说心胸的人都没有，这是多么痛悼的愁苦交加的感叹！“若有知音见采，不辞遍唱阳春”，“见采”，赏识她的意思；“阳春”，代指古代高雅的歌曲《阳春》《白雪》，不容易被一般人学会，这里可解释为女艺人最擅长的有一定难度的歌曲。如果能遇到一个真正了解赏识她的人，她一定为这位知音把自己最擅长的高雅歌曲全部唱出来。“遍唱”二字最传神生动，一方面反映出女艺人渴望遇知音的情态；另一方面说明随着她年长色衰，已经不大有人再愿听她的歌了，而她也只愿把高超技艺献给了解自己的知音。

结句“一曲当筵落泪，重掩罗巾”，非常耐人寻味。从字面意思看，是说这位女艺人在酒席筵上一曲悲歌演唱已罢，不胜悲痛地再次拿起罗帕，掩住自己那沾满泪水、令人望之伤神的脸面。这里寄寓了作者对她的深切同情。仔细玩味这结句，发现它在全词的结构上有着特殊作用：既结束了全篇，又起申明全篇的作用。该词的小题目是“赠歌者”，那么结句之前的全部文字都是作者对这位歌女身世经历的转述，作者是如何了解她的身世的呢？也就是从她的“一曲当筵落泪”的情况下得到的。作者根据歌女在歌中如泣如诉的自叙身世，把它整理出来赠给歌者。而结尾“一曲”二句，则是清醒的旁观者亦即作者，对当场听这位歌女唱歌情景的直接写照。

这首词从结构到内容都与白居易《琵琶行》酷似，不同的只是一诗一词、一长一短、一细腻一概括等等而已。试看“家住西秦，赌薄艺随身”显然是化自白诗“自云本是京城女，家在虾蟆陵下住”之句；而结尾“一曲当筵落泪，重掩罗巾”又与白诗“凄凄不是向前声，满座重闻皆掩泣”的意境相同。可见，这是晏殊有意仿照《琵琶行》的题材结构而撰写的一首词作，较之作者的其他作品，自当别具风采。

采桑子

晏　殊

时光只解催人老，不信多情。长恨离亭。泪滴春衫酒易醒。

梧桐昨夜西风急，淡月胧明。好梦频惊。何处高楼雁一声。

【鉴赏】

这是一首感伤离别的词，作者以凄哀悲凉的笔调，写出了人生的一种深沉的感受。

开篇“时光只解催人老”看似平常，“时光催人老”是日常生活中人们普遍感受到的而又熟视无睹的现象，然而，句中“只解”二字与下句“不信多情”关联起来，以主人公对“时光的”埋怨写出其内心的无限感慨，也调动起读者的感情。时光易逝，它不会为人们的“多情”而停留片刻，也不会为长亭离恨人暂缓脚步，仍是那样匆匆，催人憔悴催人老。用拟人化的笔法写时光的无情也就更强化了主人公的离恨别情。在孤独寂寞中，离人总是靠回忆来打发日子的，“长恨离亭。泪滴春衫酒易醒。”离亭分别的情景，时时出现在主人公的眼前：离别宴上，泪水沾湿衣衫，借酒浇愁，但离酒难压离愁，只留下绵绵长恨愁更愁。“离亭”，是古代设在大路边的亭舍，供行人休息之用。因常作送别之地，故称离亭，一般又叫长亭。“春衫”一词点明了离别的季节。

词的上片就从时光易逝这一极平常的现象入手，形象地写出了主人公的别时之长，离恨之深。

词的下片紧接“泪滴春衫酒易醒”的“醒”字，愁酒易醒，每每回忆起离别的情景，总使人难以安眠。只听得窗外西风飒飒，落叶肃肃。抬眼望去，只见淡淡的月色朦胧而惨淡。“梧桐昨夜西风急，淡月胧明。”一派清秋凄凉的景色，更撩起人的离愁别恨。“好梦频惊”与“何处高楼雁一声”是因果上的倒装。把自己融化在秋夜中的多情人，也许此时正沉浸在与离人重逢的梦幻中，突然，高空一声哀厉的长鸣，蓦地惊醒了“好梦”，原来是一只失群孤雁的哀鸣。先写惊梦，后写雁鸣正符合事理逻辑，足见词作者用笔之准确、精当。而好梦被惊又岂止一次，老天为何这样残酷，连暂时的梦中重逢都不允许，把我们的多情人频频惊醒?！“何处”一词又透出了主人公心底的关切之情，希望之光。词在高亢的雁鸣声中戛然而止，既加深了情感的沉重，又开辟了新的意境。深秋已临，离人不归，相思难耐，这份孤独，这份惆怅，真叫人不能自已。然而，天空的一声雁鸣又给主人公带来了一丝希望，“鸿雁传书”，是不是远方的离人托它带来了书信?

词的下片以景衬情，通过清秋气氛的渲染，更进一层地写出了主人公深长的离情别绪。

这首词情调婉约凄哀，词语丽雅，短短四十四字，形象具体地再现了“黯然销魂者,唯别而已矣”(江淹《别赋》)的情绪心态。

少 年 游

晏 殊

重阳过后,西风渐紧,庭树叶纷纷。朱阑向晓,芙蓉妖艳,特地斗芳新。

霜前月下,斜红淡蕊,明媚欲回春。莫将琼萼等闲分,留赠意中人。

【鉴赏】

晏殊的词中,花木之意象随处可见,他平实而委婉的词风令人感到意蕴深长,这首《少年游》,细致全面的描述出月下芙蓉的美丽多姿,摇动的花朵如在目前。

全词一开篇先从季节写起,重阳节过了以后,西风越来越急切了,满院的树木落叶纷纷。紧接着作者又告诉人们,他是倚着朱阑,在拂晓前观赏妖艳的芙蓉。词人在这里细腻地刻画出一副浓淡相宜、令人心驰神往的芙蓉图;芙蓉本是清淡之花,却因着这清晓的晨光,淡淡的霜气和月色,而显出一分妖艳来。你看她天斜的红花、淡黄的花蕊是多么的明丽娇媚,在这庭叶飘零、秋意萧索的清晨,她的美艳像是特地要竞艳吐芳,似乎真的要使春天重归了。这是一副多么生动的画面,淡淡的寒意中蕴蓄着无限的温暖与生机。

总是望月怀远,见花思人。词人惊喜于这一份明艳和温暖,芙蓉的娇媚唤起他心中温柔的情感;就让这美玉一样的花儿留在枝头,不要随便采摘,把她留着赠送意中人吧!词人因爱花而想人,又因爱人而惜花,这一份曲折的深情已跃然纸上!

晏殊的词大多都写愁思远怅,比如他的名句“无可奈何花落去,似曾相识燕归来”反映的就是一种红泥小径独自徘徊的心境。而像这首词中,却流露着一股清新明朗温暖的气息,在那百花渐凋的秋天里,词人独独看中并歌咏了凌霜耐冷的芙蓉花儿,以清淡之景衬明艳之花,表现出作者独特的艺术品位。结语“莫将琼萼等闲分,留赠意中人”更是全词的点睛之笔,爱花惜人之情,令人会心一笑。

诉衷情

晏　殊

青梅煮酒斗时新。天气欲残春。东城南陌花下,逢着意中人。
回绣袂,展香茵。叙情亲。此情拚作,千尺游丝,惹住朝云。

【鉴赏】

婚姻制度与婚外恋,是一种共生矿。无论何种社会形状,凡有婚姻制度的地方,总有不少狂放不羁的活跃分子在制度之外游离。一部《全宋词》,描写婚姻恋爱春愁秋思的作品是主旋律,而在艳科藩篱中,如苏轼《江城子·十年生死两茫茫》之类表现法定夫妻关系的作品,可以说寥若晨星。风流蕴藉的婚外恋在极善传情的词苑中几乎是无法无天地疯长。当然,这种婚外恋并非清一色的性爱,其中也不乏纯真的友谊和珍贵的感情。

晏殊以神童少年得志,平步青云,位极人臣,累官至同中书门下平章事、枢密使,虽说他一生都在小心翼翼地看皇上的脸色,但国事太平,生活奢华,加上封建社会对男性的种种优厚和放纵,交结婚外佳人的事情仍然时有发生。一部《珠玉词》,130多首作品中,至少有一半是属于"艳科"的。《诉衷情》在其中是一首比较外露的短制。

上片的抒情主体是词人自己。他毫不隐讳地披露了自己春游时的艳遇。"青梅"是未成熟的梅子,核果球形,因其色青,故称。"煮酒"就是烧酒、热酒、温酒,即把酒放在火上或水中加热。暮春天气,出城郊游,品尝野餐,青梅煮酒,是当时最时髦最让人羡慕的赏心乐事。"时新"就是时髦,时兴的新花招;"斗"是攀比、竞相仿效。就在词人游兴盎然的时候,"东城南陌花下,逢着意中人。"地点、人物、情节,历历在目,明白简洁毫不掩饰地语言,把词人难以抑制的惊喜和舒心和盘托出。王灼曾对晏殊的词有一个著名的概括:"晏元献公长短句,风流蕴藉,一时莫及,而温润秀洁,亦无其比。"(《碧鸡漫志》)晏殊也曾当面批评柳永"彩线慵拈伴伊坐"不避俚俗,过于浅露,使其惭退。晏殊之子晏几道也为此夸耀"先君平日小词虽多,未尝作妇人语也。"然而,这一首《诉衷情》既不蕴藉,也不秀洁,倒是非常浅露直率。不过作者创造的意境还是非常优美的。东城南陌花下,三个地点名词同三个方位名词配对，范围逐渐缩小，渐次具体，景色明媚，情调浪漫，看似浅近，语却浑成。

下片的抒情主体显然转到了意中人方面，绣袂、香茵都是女性特有的衣饰用具。回、展显然是绣袂、香茵所有者自己的动作，所以说下片起句，在情节上是上片的继续，在抒情主体上却暗暗换过。“袂”是衣袖，绣袖是绣刺着装饰图案的衣袖。“茵”是垫子之类铺地而坐的物品。意中人见到意中人，同样异常欣慰惊喜。意外相逢，便是前缘未尽，于是盛情邀请对方畅叙友情，这位女子的主动、大胆、热烈、深情、美丽、温柔从字里行间已描摹无遗。这一点，作者在结句中也供认不讳。“此情拼作，千尺游丝，惹住朝云。”“拼”是连缀接合的意思，“游丝”本是蜘蛛丝之类的细丝，庾信《春赋》中有“一丛香草足碍人，数尺游丝即横路”的句子。作者在这里化抽象为具象，把恋情这种抽象的内心感情比喻为千尺游丝，而游丝又是极富粘性和韧性的，这就写出了女子情义的长、深、高，无怪乎朝云要被惹住，坠入情网而难以自拔了。

时代发展了，婚姻制度也发生了巨大的变化，婚外恋中的绝大多数是违背法律和道德原则的。因此，今天的读者阅读类似作品，要把它放在具体的历史环境中去理解，更要用批判的态度取精去粗，达到一种准确的把握。

诉衷情

晏殊

东风杨柳欲青青。烟淡雨初晴。恼他香阁浓睡，撩乱有啼莺。

眉叶细，舞腰轻。宿妆成。一春芳意，三月和风，牵系人情。

【鉴赏】

读这首《诉衷情》，理智之神首先提醒我，应该从“人的美”的角度来审视这位充满富贵气的婉约词人的作品。

在漫长的历史长河中，人不但按照美的规律改造自然，创造第二自然，同时，也按照美的规律塑造着自身。人作为自然万物的灵长，作为社会关系的总和，不仅是审美主体，同时也是审美对象，是世间一切事物中最高形式的美。人文主义艺术家莎士比亚曾经力赞：“人类是一件多么了不得的杰作！多么高贵的理想！多么伟大的力量！多么优美的仪表！多么文雅的举动！在行动上他多么像一个天使！在智慧上多么像一个天神!”

女性美是“人的美”之中的重要审美范畴。古今中外以女性美为审美对象的文学、绘画、雕塑、摄影等,都取得过辉煌的成就。晏殊少年得志,仕途比较坦荡,雍容豪华的生活伴随着他的整个人生。因此,对于女性美的发现和欣赏有他独特的贵族色彩。

首先,作者为美人安妥了一个在情调上高度和谐的自然美的环境。时值初春,温暖轻柔的春风唤醒了杨柳的绽青意识,鹅黄新翠,春妆初试,烟云空蒙的清晨,夜雨早住,莺雀呼晴,弹奏着一曲春晨圆舞曲,色彩明丽,形象婆娑,音色优美婉转,空气清爽怡人,同孟浩然“春眠不觉晓,处处闻啼鸟”的春晨意境异曲同工。“恼他香阁浓睡”,意新语工,女性的富贵、慵懒呼之欲出。这二句实质上是个倒装句,语义上应该是撩乱啼莺,恼她香阁浓睡。“撩乱”是纷乱的意思,说明莺雀的鸣叫既响且繁,急管繁弦,悦耳动听;香阁是美女夜宿的地方,指四面有隔扇栏杆回廊的建筑物,也特指女子的卧室,前面饰一“香”字,更显其雍容俏皮之态;浓睡,则写出了女子的闲适清雅和华贵身份;“恼”不是使女子烦恼,而是牵动、撩拨、挑逗的意思。这样就在形态美、色彩美、建筑美、音乐美的环境中推出了美的主体——女性美。

词的下片,作者则着重刻画女性美的不同侧面。“眉叶细,舞腰轻。宿妆成。”眉叶细是对其容貌的刻画,作者用窥一斑而知全豹的方法,用大特写推出美女的面部特征,让人逼近了看,她的眉毛形如柳叶,既细且长。然后用同样的方法写她的身材和姿态,拉到近景,“舞腰”是善于舞蹈的腰肢,一个“轻”字则写出了美女的颀长、轻盈、敏捷和灵活。“宿妆”就是“夙妆”,即平素的妆式,一个“成”字表现了美女理妆的快速、利落,转向对女性装饰美的描写。如果说容貌、身材主要是自然美的话,而装饰美则主要是社会美了。这位女性凭着得天独厚的自然条件,非常自信,不需要刻意地频繁更衣改妆,就足以在姝丽如云的群芳中鹤立鸡群。结句则表现女性美的另一个侧面,即内在精神的美,她温情如春风,柔意如流水,而且始终如一,初衷不改,无怪乎作者要说她“一春芳意,三月和风,牵系人情”了。

古希腊哲学家德谟克利特说:“身体的美,若不与聪明才智相结合,是某种动物性的东西。”晏殊对此有相当深刻的领悟,他在大胆细致地刻画女性人体美的同时,没有忘却对其精神美的发掘;在着力描写其人体美的过程中,没有忽视人体美包括容貌美、身材美、装饰美、姿态美、动作美等诸多方面;而在描写“人的美”的过程中,没有忘却给美的人安排一个美的环境,把风景美、建筑美、音乐美同“人的美”结合了起来。这三个方面,使晏殊这首小词在艺术上具备了较高的品位。

浣溪沙

晏　殊

玉碗冰寒滴露华，粉融香雪透轻纱。晚来妆面胜荷花。
鬓亸欲迎眉际月，酒红初上脸边霞。一场春梦日西斜。

【鉴赏】

应当说，这首浣溪沙属于“花间”风格，但它艳而不假，自有其独特的韵味。

放在玉碗中的寒冰莹洁光润，碗边凝结的水珠恰似露珠闪着光泽。全词一开篇便写明了所描绘的季节，古时的富贵之家往往在冬天于地窖中贮藏寒冰以备夏天消暑之用。由寒冰凝结的水珠反衬出了气候的炎热，也引出了下句中主人公的形象，你看她粉汗相融，薄薄的纱衣下是那雪白的肌体，晚来精心装扮的面容比荷花还要明丽。呈现在我们面前的，是一副多么悠闲的夏日黄昏女儿图啊，炎热的气候也因着晏殊这几下精心的勾勒而显得多么清凉宁静啊！

额前下垂的鬓发像要靠近眉际月，酒后的粉面桃腮就像天边的彩霞一样鲜艳。古时女子以黄粉涂额成月形，因位置在两眉之间，故称之为眉际月。这几句也给我们描绘出了一副生动明快的图画，夏日黄昏，这个女子盛装倚于楼台，美艳不可方物，她穿着薄薄的纱衣，独自悄迎新月。紧接着全首词的最后一句才使读者明白，前面所写皆为夏日午睡起来迎接夜晚的情景。炎夏里，人慵慵懒懒，好梦一场，醒来时已是快夕阳西下了。

这首词描写生动，刻画细腻，层次分明地写出了一个贵族女子在一场春梦过后日晚梳头装扮时的情景，词人的艺术功力确是技高一筹，艳丽而不流于俗气，实为一首妙词。

喜迁莺

晏　殊

花不尽，柳无穷，应与我情同。觥船一棹百分空，何处不相逢。

朱弦悄，知音少，天若有情应老。劝君看取名利场，今古梦茫茫。

【鉴赏】

在这首赠别词中，晏殊一方面细腻地表达出自己对友人离去的依依别情，另一方面又寄寓了一种人生感触。

鲜花落英，四时不同，杨柳随风，似也有依依之情。眼前的景色令人想起诗经之“杨柳依依”句。友人即将远去，词人折柳送别，万千的惆怅、深沉的痛苦通过这“应与我情同”一一现于笔端。而实际上，草木之态又怎会有人之情怀？词人婉转地述说出了不忍离别的忧伤。

“觥船一棹百分空，何处不相逢？”离别已是眼前，离人泪流也还是要远走了。词人又强作欢笑宽慰自己，宽慰友人，美酒当前，醉里无愁，我们还会相逢。这种看似洒脱的豪语却曲折委婉地描绘出离别给人的无法消释的痛苦之情。所以，杯盏交错、醉意朦胧之时，离别之苦仍在心头，更使词人想到知音难觅，友人挥手从兹去后，还有谁能闻琴而知意，不如此刻就让琴弦沉寂。李贺的“天若有情天亦老”在此被词人改写，将词人与挚友的离别苦情推至了最高点，表现了他难以抑制却又无可奈何的惆怅。

以上几句晏殊都是以情字留友，以情字慰友，也慰藉自己，而“劝君看取名利场，今古梦茫茫”，这一全篇的结句，则是以理告之。我们可以揣测，也许词人的挚友之别离是为了去求取功名吧？晏殊一生富贵显达，但因着一种文人的心绪，使他能比较超然地看清名利场中的明争暗斗。感到仕途奔波的无意义，感到人生浮沉如梦。所以他劝告友人，希望挚友能参透世情，超脱这今古茫茫大梦，而去享有一种真实的生活。这正如他在一首词中所表达的：“满目山河空念远，落花风雨更深春，不如怜取眼前人。”

这首词情理交融，晏殊不仅表达了离别之苦，而且以自己的人生感触劝解友人，体现出作者对即将离别的友人的深挚情意，委婉平淡之中流露出深沉的情怀，感人至深。

撼庭秋

晏殊

别来音信千里，恨此情难寄。碧纱秋月，梧桐夜雨，几回无寐！

楼高目断，天遥云黯，只堪憔悴。念兰堂红烛，心长焰短，向人垂泪。

【鉴赏】

闺怨，是历代文学中都常见的一个主题，唐有王昌龄的诗闻名于世，晏殊的这首《撼庭秋》也当属佳作之一。

全词从怀人写起。情人远隔千里，音信渺渺，归期难算，她只能在闺中怅恨不能同行，甚至连相思苦情也难托鸿雁。碧窗之下独对秋月，露湿雾中，枕上只听梧桐滴雨，漫漫长夜里，寂寥难言，辗转无法安眠！场景的转换，写出主人公"才下眉头、却上心头"难以消除的怀人之苦。"秋月"一语令人想起李白之"相思相见知何日，此时此夜难为情"名句，而梧桐夜雨更写出女子窗外落雨、灯前落泪的凄苦之情。是啊，情人正远，雁信无凭，人又怎能不无寐！

独上高楼，视力所及处，只看见天仍遥远，云光黯淡，满心的盼望都化作失望，千帆过尽仍不见情人归来，衣带渐宽，徒添憔悴之色！女子从月上东山时的掐指算归期，到秋雨敲窗时的辗转无寐，再到登高之后的落寞而归，在晏殊的笔下层层刻画出了她无以复加的痛苦心绪，写得波澜起伏，令人低回不已。

兰堂，旧指女子居所。这句写主人公面对当窗红烛的心境。古人多以蜡烛描写相思，李义山有"蜡炬成灰泪始干"之叹，杜牧曾写下"蜡烛有心还惜别，替人垂泪到天明"之名句。而在本词中，晏殊则以烛比照女主人公；就像红烛有着细长的烛心却只有短短的火焰一样，主人公情长意深，却只能用这近乎绝望的渺茫的希望来安慰自己悠悠的相思，读之怎不令人扼腕叹息！

这首词写得细致入微，层次分明，从内心写到外景，从秋月写到红烛。缠绵悱恻之中描绘出女子怀人时爱恨交加、不可自拔的形象，堪称妙词，让人不能不佩服晏殊的文采。

木兰花

晏殊

玉楼朱阁横金锁，寒食清明春欲破。窗间斜月两眉愁，帘外落花双泪堕。

朝云聚散真无那，百岁相看能几个？别来将为不牵情，万转千回思想过。

【鉴赏】

这一首小令，婉转低徊，字里行间全是离愁别恨。晏殊一生显达，而骨子深处依然是个多情的文人，现实中的富贵欢乐依然掩不住他心灵上淡而执着的善感多愁。他没有苏辛的豪放旷达，再强烈的情感流诸笔端之时，都是过滤压抑之后的平淡。也正是这种看似平静、实则深沉的情怀使他的词作有了一种令人回味的意蕴。

寒食、清明之时，正是春光最足的季节，满目的绚烂却使他想到了春将残破的悲凉，抬眼看到玉楼朱阁已因人去楼空而紧锁，华美的庭院在这春深欲破的绚烂里更显寂寞，怎不使人触景伤情，倍添愁绪呢？夜晚来临，天边的弯月斜斜挂着，就像灯下的人紧锁的双眉，难道月儿也在为自己的孤寂惆怅吗？帘外落英满地，词人忆起当日曾与旧欢携手观赏的春花，更是泪流满襟。上片词中，晏殊通过对季节春光的描述，以及深锁的玉楼朱阁和天边斜月、地上落花的刻画，为我们展现了极浓重的凄苦画面，心因境生，景因情痛，本是盎然的春天却由于满怀的离愁思念变得如此让人痛苦，平淡的勾勒却带给我们深重的情感体验，晏词的魅力在此可见一斑。

下片中词人又不堪苦情重压，转而自慰，最终千回百转，仍然不能逃避这一份思念的折磨。朝云，乃为宋玉《高唐赋》中神女之典，在此以喻美人。词人告诉自己，聚散无常，虽与那女子深心相爱，离别却也是不能自主、无可奈何的事情，人生无定，看透了也就不应再过分伤心，试想从古及今，又有几个人能与爱人执手一生偕老白头呢？可是许多事虽能想通，真的能看开又是另一个问题了。词人用以自遣伤怀的安慰之语并不能真正地替他解郁消愁，离别之后本不应再牵挂动情，而眉间心头却并不能减去一丝忧伤，万转千回，俯仰之间仍是思虑无尽期。这种理知不应情却不能的无奈，比之上片中对离恨的直抒胸臆，更加强烈地表现出了词人的痛苦，含蓄曲折愈发使人感喟。

所以，通观全篇，我们可以体会到，豪放固然是一种美，而婉约也不失为另一种风格的美，特别是在表达一种细致深情的时候，它就更见优势。而晏词带给读者的美感又何止于此呢！

石延年 (994~1041)字曼卿，一字安仁。先世幽州人，家宋城(今河南商丘)。累举进士不第。仁宗明道元年(1032)以大理评事召试，授馆阁校勘，官至太子中允。著有《石曼卿诗集》，今传宋末人辑本；词集《扪虱庵长短句》，已佚，存词二首。

燕归梁 春愁

石延年

芳草年年惹恨幽。想前事悠悠。伤春伤别几时休。算从古、为风流。
春山总把，深匀翠黛，千叠在眉头。不知供得几多愁。更斜日、凭危楼。

【鉴赏】

这首词托为女子口吻叙写春愁，下笔即包蕴深意。“芳草年年惹恨幽。想前事悠悠。”看见春草萌生，引起对前事的追忆。“年年”“悠悠”两叠词用得好，有形象，有感情。“年年”，层次颇多：过去一对恋人厮守在一起，别后年年盼归，又年年不见归，今后定又将年年盼望下去，失望下去。……“悠悠”，形容“前事”是遥远，形容“想”是深长，都表现出女主人公执着纯真的情感。春天的芳草年年萌发，而对往事怀想之情年年不断，与日俱增，不知何时是了。“伤春伤别几时休”，把女主人公的感情潮水倾泻出来了。“算从古、为风流。”是说这种离别愁绪的产生，都是为了男女的风流韵事。“春愁”之意，到此有了着落。

换头三句：“春山总把，深匀翠黛，千叠在眉头。”特写女子双眉。“春山”是眉之色，这里又作为春山把自己的青翠的颜色深匀叠压在女子眉头，造语别饶韵致。“不知供得几多愁”一句，承上文，既关合山，又关合眉。王安石《午枕》诗：“隔水山供婉转愁”。辛稼轩《水龙吟》词：“遥岑远目，献愁供恨，玉簪螺髻。”这是说山触发了自己的无限愁思，而又堆集在眉头上。“更斜日、凭危楼”，写夕阳西下、江楼倚望的情景，有“多少愁”自在不言之中。联系全篇来读，这里用下片写这一日的特定愁绪，写出年年的长久愁绪。一日之愁已是“不知供得几多愁”，那“芳草年年惹恨”更是“只恐双溪舴艋舟，载不动许多愁”了。何况这种“伤春伤别”又是无时无休呢！

石曼卿这首词结尾，颇采用了乐府《西洲曲》“鸿飞满西洲，望郎上青楼。楼高望不见，尽日阑干头”的意境。自此诗以后，效者日多，各有出新，如温庭筠《望江南》“梳洗罢，独倚望江楼”全首，最为脍炙人口；柳永《八声甘州》“想佳人妆楼颙望，误几回天际识归舟。争知我，倚阑干处，正恁凝愁”，从男子方面说出，思致亦佳。以后贺铸有一首《唤春愁》（即《太平时》）：“天与多情不自由，占风流。云闲草远絮悠悠，唤春愁。试作小妆窥晚镜，淡蛾羞。夕阳独倚水边楼，认归舟。”与石曼卿此词，无论意境用语，若合符节。读者可以自行比对。贺铸也是大家，如果说贺词袭用石词，我想不可以这样说。

李冠 字世英，历城（今山东济南）人。以文学著称，与王樵、贾同齐名。举进士不第，得同三礼出身。调乾宁主簿。有《东皋集》，不传。存词五首。

蝶恋花 春暮

李冠

遥夜亭皋闲信步，才过清明，渐觉伤春暮。数点雨声风约住，朦胧淡月云来去。
桃杏依稀香暗度。谁在秋千，笑里轻轻语？一寸相思千万绪，人间没个安排处。

【鉴赏】

一起"遥夜亭皋闲信步"句如一把钥匙，启开了全词的关脉。下面使我们窥见这位"信步"之人的所感所触。清代李渔说"作词之料，不过'情''景'二字。非对眼前写景，即据心上说情。说得情出，写得景明，即是好词"（《窥词管见》）。这首词的艺术特色，就在于抒情历历在目，景色清幽，与那还带点儿幽默感的内心积愫，两者交炼成篇，增加了词的韵味。

"遥夜"，把时间说得很具体，夜色未深，但也绝不是"初夜"了。所行之地是"亭皋"，城郊有宅舍亭台的地方。他在"信步"上用了一个"闲"字，有"施施而行，漫漫而游"，随意举步，漫不经心的样子。

"才过清明，渐觉伤春暮"。按说"清明才过"，也还是"一年好景君须记"的时候，而诗人已经"伤春暮"了，看来并非完全由于春光的逐渐老去；由此也可见首句的"闲信步"含有排遣内心某种积郁的用意。

四、五两句由前三句抑郁"伤春"的感情变得气氛清新多了。"数点雨声"，比前人写过的"有时两点三点雨"和后来辛弃疾夜行黄沙道中的"两三点雨山前"都稍大一点，但情韵极相近，尤为可喜的是这里用"风约住"三字接住："数点雨"而有"声"，这雨似乎还不小，只是乍然一阵微带寒意的春风吹过，倏忽间便停止了。这时，淡月朦胧，天空上浮云流来荡去。这两句写景，清新淡雅，而且流转自然，虽巧而不见刻削之痕。且"意深词浅"，探到了写景的妙处，因为它表达"信步"之人由方才因“春暮”的伤情而到感情的舒畅，写来极其自然。沈谦说“‘红杏枝头春意闹’、‘云破月来花弄影’俱不及‘数点雨声风约住，朦胧淡月云来去’”（《填词杂说》），就是因为这两句因景见情，既表示出了人的心绪盎然而又委婉有致，不露痕迹。

下阕首句仍承上阕后两句。“桃杏依依香暗度”，这时虽说已过了桃杏盛开的花期，但余香依稀可闻。人为淡月、微云、阵阵清风、数点微雨和依稀可闻到的桃杏花香的美景所感染，那“伤春暮”的情怀暂时退却了。词虽受音乐曲调的限制，分为上下阕，却也可看出词的开头三句和接下来的三句（从“数点”句至“桃杏”句），构成的境界韵味，特别是人的感情，都迥不相侔。

“谁在秋千，笑里轻轻语？”这是一个大的转折。如果说方才因春宵美景而“伤春暮”的心情大有好转的话，这下子可来了个轩然大波：走着走着他感触到不远处有女孩子们在打秋千，她们笑语欢声——轻轻的，人家谈着什么悄悄话儿，他听不到；人家为什么笑，他也不知道；可是他受不住“笑里轻轻语”，又是为什么呢？

从紧接的两句我们知道，原来由此及彼，这事儿引起了他的万缕相思：那大概也是在这样一个“朦胧淡月云来去”的春夜里，“飘扬血色裙拖地，断送玉容人上天”（僧惠洪《秋千》）。红裙拖地，玉容上天，上飘下荡，动作神速，既见技艺高超，更见玉人神采飞扬。这一幕动人心弦的“秋千”往事，虽已烟消云散，然而如今触景感怀，相思之情不仅万缕千丝理不出个头绪来，而且在人世间也几乎都安排不下它。词的最后这四句，前两句轻轻一点，但耐人咀嚼，它用暗笔透视出词人一大段过往的欢愉生活；后两句，浓墨重笔，如水银泻地，把相思之情，全兜在了读者的面前！

虽说是暮春夜晚漫步的一首小词，但还是写出了词人抑扬起伏的感情。从前三句的“抑”转为后三句的“扬”，用疏雨、轻风、浮云、淡月、芳菲依稀来烘托，在情景无限中，暗示人的感情的变化。后来闻秋千声的轻声笑语再一转，拓开一幅画面之外的新场景（用的是“暗场”），从而引出翻江倒海的相思来。至此，我们才恍然大悟，他为什么“才过清明”就“渐觉伤春暮”了。“石以皱为贵，词亦然，能皱，必无滑易之病”（孙麟趾《词径》）。能写出人的抑扬起伏的感情来，并不容易；而且表面看，它好像是平铺直叙，但由于景色映衬得当，“乃具深婉流美之致”（吴衡照语），这正是此词的一大特色。

六州歌头　项羽庙

李　冠

秦亡草昧①，刘、项起吞并。鞭寰宇，驱龙虎，扫欃枪②，斩长鲸。血染中原战。视余、耳[3]，皆鹰犬，平祸乱，归炎汉，势奔倾。兵散月明。风急旌旗乱，刁斗[4]三更。共虞姬相对，泣听楚歌声，玉帐魂惊。泪盈盈。

念花无主，凝愁苦，挥雪刃，掩泉扃[5]。时不利，骓不逝，困阴陵[6]，叱追兵。呜咽摧天地，望归路，忍偷生！功盖世，何处见遗灵？江静水寒烟冷，波纹细、古木凋零。遣行人到此，追念益伤情，胜负难凭！

【注释】

①草昧：本是蒙昧不开化之意，这里作荒芜解，形容秦的灭亡。②欃枪（chán chēng）：彗星，这里用来比喻秦朝。③余、耳：指张耳、陈余，都是参加反秦斗争的人物。秦亡后，项羽封张耳为常山王。封陈余三县地。④刁斗：古代军中一种用具，铜质，有柄，容一斗，日间用以烧饭，夜间用来打更。⑤泉扃：九泉，地下。⑥阴陵：秦县名，故治在今安徽定远县西北。

【鉴赏】

这是北宋早期的一首长调怀古词。关于词的作者，说法不一。黄昇以为刘潜所作，《朝野遗记》以为京东张、李二生作。陈师道《后山诗话》说："（李）冠，齐人，为《六州歌头》，道刘、项事，慷慨雄伟。刘潜，大侠也，喜诵之。"陈师道生于宋仁宗皇祐五年（1053），死于徽宗崇宁元年（1102）。上距李冠、刘潜不远，他的说法自较可信。从词风上看，这首词和李冠另一首《六州歌头·骊山》也很相近，当出一人之手。

上阕开头两句"秦亡草昧，刘、项起吞并"，写出了秦朝灭亡后，刘邦和项羽的纷争。起势突兀，领起全词。下边笔锋倒转，追叙项羽起兵反秦时的强大声势："鞭寰宇"，说他欲以力征经营天下，以成霸王之业。"驱龙虎"，说他有龙虎一般的战将供他驱使，"扫欃枪，斩长鲸"，在河北巨鹿救赵之战中，他俘虏了秦朝大将王离，招降了主帅章邯，彻底消灭了秦军主力，注定了它的灭亡。"鞭""驱""扫""斩"四句形象地概括了项羽军发展壮大以及消灭秦军主力的赫赫战功。"血染中原战"一句，陡转到楚、汉斗争方面来。秦朝灭亡之后，刘、项在中原地区激战了五年之久。"视余、耳，皆鹰犬，平祸乱，归炎汉，势奔倾。"形势急转直下，项羽所扶植起来的张耳、陈余等人，在刘邦看来，只不过是鹰犬而已，结果张耳投降，陈余被杀，不附汉的众诸侯，一个一个被消灭，刘邦取得了胜利，项羽转强为弱，陷入困境，率众南走。"兵散月明"到"泪盈盈"七句，描写了垓下之围中项羽与虞姬诀别的情景：在一个月明之夜里，被围的楚军人困马乏，横七竖八的旌旗，在急风里抖动，三更时分，项羽忽听楚歌四起，大惊，起而和虞姬泣别。“兵散”“旌旗乱”“泣听”“魂惊”创造了浓厚的悲剧气氛，突出了项羽的英雄末路的形象。

换头“念花无主”，承上阕虞姬而来。接着写她对项羽的真挚感情。“念花无主，凝愁苦，挥雪刃，掩泉扃。”项王若死，已无所归，愁肠百转，苦恨难言，只有先死，以报项王。前两句表现了她对项羽的忠贞不贰之情，后两句表现出她的节烈行为，又构成了一个鲜明的悲剧形象。“时不利”到“忍偷生”，写项羽突围后的壮烈结局。他带领八百多残兵冲出重围，后又困于阴陵，陷于大泽，几度冲杀，最后只剩他单枪匹马，被汉兵追至乌江。他不忍偷生苟活，南渡乌江，再见江东父老。一个叱咤风云、不可一世的人物，终于在这里自刎身亡。“功盖世，何处见遗灵。”表现了词人对项羽的高度评价。一个功勋盖世的人物，他的遗灵却无处可见，所看到的只是“江静水寒烟冷，波纹细、古木凋零。”“静”“寒”“冷”“细”“凋零”，构成了一片荒寂景象。和项氏当年反秦时的威武雄壮的场面形成了鲜明的对比。最后集中地表现词人的哀伤情绪：“遣行人到此，追念益伤情，胜负难凭！”一时的胜负是难以凭信的，而盖世的功勋，却是永久存于人间，点明了这首怀古词的主题。

楚汉相争，项羽是失败者，他的身后冷落得很。只有司马迁满怀着激情，写出了《史记》中的《项羽本纪》，对他的历史作用做了充分的肯定，称他将兵灭秦的功业“近古以来未尝有也”。李冠这首《六州歌头》，通篇隐括《项羽本纪》史文，把项羽从起兵到失败的错综复杂的历程，熔铸在这首词里，着重描写他的英雄气概，写得“慷慨雄伟”，在当时的词坛上放出异彩。写怀古或咏史诗和词，最难的不是抒发感慨，而是剪裁史实，大篇、长调，尤其如此。太实则呆滞，太虚则空疏，必须在虚实之间，而又能情从事出，方臻高境，这非有大才力者不能办。李冠是由于项羽庙的荒凉景象所触发，产生了感慨才写这首词的，重点是摆在项羽失败以后，但又不能不顾及事迹的全局，写法上也要有所不同。“刘、项起吞并”以下追叙起兵灭秦几句，只用几个形象比喻带过，这是虚写。刘、项五年的激烈战争，刘邦削平诸侯，取得决定性胜利，也只用“视余、耳，皆鹰犬，平祸乱，归炎汉”几句带过，虚中有实。“势奔倾”以下才着力写了项、虞对泣、虞姬殉情、项羽自刎等三个场面，这是实写。最后写项羽庙的荒凉景象，是目前所见，归结到题目上来。在实写中，也不是据史实写，而是把史实加以高度提炼，再加上想象和夸张，构成了色彩鲜明、形象宛然的历史画面。例如垓下之围中“兵散月明”以下几句就是虚拟，这种写法不仅不违背历史真实，反而增强了历史的形象性和艺术感染力，随处洋溢着词人的才情。统观全词，构思巧妙，布局得体，大气包举，形完神足，在艺术上自是上乘之作。

自来论宋朝豪放词者，大多推范仲淹《渔家傲》为起点，其实李冠此词早于范作，已开风气之先。程大昌《演繁露》说：“《六州歌头》本鼓吹曲也。近世好事者倚其声为吊古词，如‘秦亡草昧，刘项起吞并’者是也。音调悲壮，又以古兴亡事实之，闻其歌，使人慷慨，良不与艳词同科。”李冠此词能于婉约绮靡的词风之外，别开生面，表现一种慷慨的气概，具有一定的创新意义。

宋祁 (998~1061)字子京，安州安陆(今属湖北)人。后迁开封雍丘(今河南杞县)。天圣二年(1024)进士。历官国子监直讲、太常博士、尚书工部员外郎、知制诰、史馆修撰、翰林学士承旨等。卒谥景文。诗词多写优游闲适生活，语言工丽，描写生动，有“红杏枝头春意闹”(《玉楼春》)之句，世称红杏尚书。有集，已佚，今有清辑本《宋景文集》；词有《宋景文公长短句》，存六首。

玉楼春 春景

宋祁

东城渐觉风光好。縠皱波纹迎客棹。绿杨烟外晓寒轻，红杏枝头春意闹。

浮生长恨欢娱少，肯爱千金轻一笑。为君持酒劝斜阳，且向花间留晚照。

【鉴赏】

以作者之意，这首词是写“春景”。其实词中不仅写了“春景”，而且还写了“春游”和春游者触景生情，慨叹“人生若梦”。

词的上片，“东城渐觉风光好”，点明春游的地点在“东城”。“渐觉”，逐渐感觉到春天的来临。“风光好”三字是概括“春景”的美妙。

“縠皱波纹迎客棹”，是说湖面上的水碧波荡漾，游船往来如云，浪花飞溅，好似在欢迎往来的行船。“客棹”，即客船、客舟。“棹”，行舟也。陶潜《归去来辞》：“或命巾车，以棹孤舟。”

“绿杨烟外晓寒轻”，这里早春的景象。杨柳放青，枝条在晨风中摇曳，薄雾缭绕，淡烟漠漠，轻轻地寒意拂面而来，使人感到春意朦胧。

“红杏枝头春意闹”，写出春景的美艳动人。“红杏”与“绿杨”对举，正是“万绿丛中一点红”，更加使春景的色彩丰富起来，富有美的魅力。一个“闹”字，突出了春天万物争华的蓬勃景象。

“红杏枝头春意闹，”一语惊天地，成为传诵千古的妙句。宋代以后，历代词人和词论大家对这个“闹”字多有评说。仁者见仁，智者见智，争论不休，见解纷纭。其实，“闹”字虽俗，却充满了真情实感，给人以生命的力量。如果没有这个“闹”字，或者换一个什么字,全词就失去了意境,失去了生命力。

"闹",字俗意不俗!

词的下片,"浮生长恨欢娱少",是感叹人生的虚浮不定,穷通寿夭的无常。"浮生",即人之生世,亦即人生。《庄子·刻意》:"其生若浮,其死若休。"说明"人生若梦"的思想古已有之。其入诗词者不胜枚举,如郑谷《慈恩偶题诗》:"往事悠悠成浩叹,浮生扰扰竟何能。"李白《春夜宴桃李园序》也有云:"浮生若梦,为欢几何。"都是感叹人生太短促,欢乐太少。"恨"字一字重千斤,传达了古今多少人的心声!

"肯爱千金轻一笑",是从"一笑千金""千金买笑"中"借来"的。汉崔骃《七依》:"回头百万,一笑千金。"南朝鲍照《代白纻曲》:"齐讴奉吹卢女弦,千金雇笑买芳年。"柳永《合欢带》:"莫道千金酬一笑,便明珠万斛解须邀。"都是说为博得美人一笑而不吝千金之费。此句直译是不能因爱惜千金而轻易放过美人一笑,反过来即是为博美人一笑不惜千金了。

"为君持酒劝斜阳",这是"人生几何,对酒当歌"的心态写照。"斜阳",即是时光之意,又是人生晚年的暗喻。"劝"字,表现了作者对"夕阳无限好,只是近黄昏"的感叹和眷恋之情。他希望能够留住黄昏的"斜阳"慢些逝去,让他再多享受一些人生的"欢娱"。

"且向花间留晚照",希望"斜阳"的余晖照向花丛,使百花再得到一点阳光的温暖。"花间",这里是美好的万物的代表,亦是人间世的代名词。

全词写景抒情。上片写出"春景"的旖旎美好,充满愉悦的情调,令人心旷神怡。但是,下片"触景"生出的"情",却是另一番滋味,情绪消沉,句句字字流露着"浮生若梦"之感慨。不论从审美角度看,还是从单纯的艺术技巧来说,上下片情景格调都是相矛盾的。对此,人们只能从作者的时代和他们个人的生活际遇中去寻找答案。作者为官多年,经历过宦海沉浮,有过"春风得意马蹄疾"的欢乐,也有"怀才不遇""明珠投暗"的悲愤。这也是几千年来中国封建社会里常见的知识分子的心态,同时也反映了封建知识分子思想的局限性。

锦缠道 春游

宋 祁

燕子呢喃,景色乍长春昼。睹园林万花如绣。海棠经雨胭脂透。柳展宫眉,翠拂行人首。

向郊原踏青,恣歌携手。醉醺醺尚寻芳酒。问牧童,遥指孤村道,杏花深处,那里人家有。

【鉴赏】

如词题所示,这是一首"春游"词。

上片描写一派生机盎然的春天景色。"燕子呢喃,景色乍长春昼",点明春游的节令和时间。"呢喃",燕子的叫声,如刘季孙《题饶州酒务厅齐屏诗》:"呢喃燕子语梁间,底事来惊梦里闲。"由燕子的叫声中感觉到春天来临的"景色"和白天开始渐长。"乍",有突然、开始之意。

"睹园林万花如绣",看见园中的万花竞放,美如锦绣。

"海棠经雨胭脂透",仍是"睹"的景色。海棠花经过一夜春雨的洗润后更加红艳动人。"胭脂",指海棠花瓣的颜色如胭脂般红艳。一个"透"字用得非常好,写出了一种美的意境。首句写听觉,二三句写视觉,由抽象到具体,层层深入。

"柳展宫眉,翠拂行人首",翠绿的柳叶宛如宫中女子的眉毛,随风起舞,在行人的头上轻拂。在这里"展"字,"拂"字都拟人化,赋予了生命似的。

燕子的叫声,如绣的万花,经雨的海棠,翠绿的柳枝,装点春日的景色,使游人如入仙山琼林,留连忘返。

下片是抒发游兴。"向郊原踏青,恣歌携手",写出春游的地点在城廓之外。"踏青",春天的郊游。古人以正月七日士女相与嬉游于郊野谓之踏春。《岁华纪丽谱》又谓二月二日为"踏青节"。如《旧唐书·太宗纪》云:"大历二年二月二日壬午,幸昆明池踏青。"《秦中岁时记》:"三月上巳。赐宴曲江,都人于江头禊饭,践踏青草,曰踏青。侍臣于是日进踏青履。王通叟诗:'结伴踏青归去好,平头鞋子小奴鸾'。"可见"踏青"自古以来就是春天常见的一种郊外野游活动。"恣歌携手",春游的人们手挽手,边歌边舞,狂兴大发,无拘无束,随意尽情。

"醉醺醺尚寻芳酒",一个个喝得神志不清,醉眼朦胧,还要寻找美酒。"醺醺",醉态。如元稹《六年春遣怀》诗:"伴客销愁长日饮,偶然乘兴便醺醺。""芳酒",美酒。又作"芳醇""芳醑""芳斟""芳醴"。晋张率《对酒诗》:"对酒诚可乐,此酒复芳醇"。南朝谢灵运《拟邺中咏·阮瑀》:"倾酤系芳醑,酌言岂始终。"都以"芳酒"喻美酒。

"问牧童,遥指孤村道,杏花深处,那里人家有。"借用杜牧《清明》诗中"借问酒家何处有,牧童遥指杏花村"诗意,对"尚寻芳酒"做出"回答"。虽是套用前人诗句,但写得对情对景,与词境词意相合,不显斧凿之痕。

全词围绕着"春游"这个题目层层深入,写尽春色,写尽游人的雅兴。不论是写景,还是抒情,都写得有声有色,情景交融,淋漓尽致,真实地再现了作者生活时代人们的情趣,流露出作者对这种生活的向往和追求。从审美的角度看,这首词所表现的思想情趣和艺术功力,都属上乘之作,值得借鉴。

贾昌朝　(998~1065)字子明,获鹿(今河北获鹿)人。天禧元年(1017)召试,赐同进士出身。庆历间,拜同中书门下平章事,兼侍中,封许国公。英宗朝,加左仆射,进封魏国公。卒谥文元。有集,不传。

木兰花令

贾昌朝

都城水绿喜游处,仙棹往来人笑语。红随远浪泛桃花,
雪散平堤飞柳絮。
东君欲共春归去。一阵狂风和骤雨。碧油红旆锦障泥,
斜日画桥芳草路。

【鉴赏】

贾昌朝生活在宋真宗、仁宗时代。史书称他是一位博学而善议论的人,著有《群经音辨》。他一生为官,最高官拜同平章事兼枢密使,也就是宰相兼任中央军事决策机关的要职。作词大概并非他的所好,今传下来的词仅此一首。南宋词人黄升说:"文元(贾昌朝的谥号)公平生唯赋此一词,极有风味。"

这首词确实很有风致,用词生动,色彩明丽,有如一幅画——一幅春日河上赏春图。

词的上一片写春光的绚丽多彩和春游的自在欢畅。

"都城水绿喜游处,仙棹往来人笑语。"词的开头一句就以非常细腻的笔触,描绘出了游人泛舟水上的欢乐情景。贾昌朝生活的时代,是北宋王朝上升时期,社会比较稳定,都城汴梁是相当繁华的。那些达官贵人自然有更多的闲情逸兴去享受春游的赏心乐事。汴梁城内外河流纵横,特别横穿城内的汴河,更是人们泛舟游玩的好去处。这句词所描写的或许就是汴河春日的景象吧！桃红柳绿,碧波荡漾,画舫往来如梭,一阵阵欢声笑语回荡在绿色的波光之上。这明媚如画的春色,令人陶醉。棹,是船桨,这里指的是船。"仙棹"是形容游船的舒适豪华。

"红随远浪泛桃花,雪散平堤飞柳絮。"此时,春已深了,落红成阵,片片飞落水上,随着浪花漂向远处,远远看去好像泛着红色的波浪。两岸的杨柳,柔枝摇青,白色的柳絮,如雪花般满天飞舞,撒满堤岸。这多姿多彩的景色,更是让人观之不足。不过,词中的落红与飞絮,似乎又让人隐隐地感到一种春将归去的惋惜心情。

下一片第一句就径直点出了春将归去了！

"东君欲共春归去。一阵狂风和骤雨。""东君"，是指春风。东风将春天送来了，然而，旖旎的春光不可能久驻，使人无限留恋的良辰美景，也必将被这无情的"东君"带走。春将去，景色易，流年似水，任谁也阻挡不住的。惋惜中流露出一种"无可奈何花落去"的感情。不想在这个春将老去的日子，天气也变得快，转眼间，一阵狂风骤雨袭来了，姹紫嫣红的春色，定是又减退了不少。可以想象，此后将是李清照词所写的"绿肥红瘦"的光景了！但是，作者并没有用伤感的词来表示伤春的情调，而是将"狂风骤雨"一笔带过，转而来欣赏雨后复斜阳和游人归去的光景。

"碧油红旆锦障泥，斜日画桥芳草路。"这句是写游人尽兴游玩了一天，乘着华丽的车子，在夕阳的辉映中归去的场面。碧油，是指用青绿色油布作帷幕的车子，也叫油壁车，即车壁用油料涂饰，是妇女所乘的车子。《玉台新咏》中《钱塘苏小歌》"妾乘油壁车，郎骑青骢马。"《全唐诗》罗隐《江南行》"西陵路边月悄悄，油壁轻车苏小小。""锦障"，即锦步障，是遮蔽风尘和视线的锦制行幕。《世说新语·侈汰》中说石崇与王恺斗富，"王君夫（王恺）以粘糒澳釜，石季伦（石崇）用蜡烛作灶；君夫作紫丝布障四十里，石崇作锦步障五十里以敌之。"李商隐诗《朱槿花》二首中有"不卷锦步障，未登油壁车，日西相对罢，休浣向天涯"。贾昌朝这首词中的"碧油红旆锦障泥"，是表现那些官宦贵族们携姬带眷赏春归去的豪华派头。雨后斜阳，放射着灿烂的光华，装饰华丽的车子，载着美艳的妇人，可以想见，车前车后还有男人骑马执辔相随，他们缓缓而行，走过画桥，走上一片碧野的归路。

这首词是词中有画，作者运用的是浓彩重笔，使整个词色彩鲜艳，景物生动，读来令人有身临其境之感。

梅尧臣 (1002~1060)字圣俞，安徽宣城人，也称宛陵先生，北宋著名现实主义诗人。少时考进士未中，后历任州县官属，赐进士出身，最后做到尚书都官员外郎。

苏幕遮 草

梅尧臣

露堤平，烟墅杳。乱碧萋萋，雨后江天晓。独有庾郎年最少。窣地春袍，嫩色宜相照。

接长亭，迷远道。堪怨王孙，不记归期早。落尽梨花春又了。满地残阳，翠色和烟老。

【鉴赏】

宋吴曾《能改斋漫录》卷十七《乐府·咏草词》云："梅圣俞在欧阳公座，有以林逋《草词》'金谷年年，乱生春色谁为主'为美者，圣俞因别为《苏幕遮》一阕云云。欧公击节赏之。"我国古代作家的一些名篇，往往是在立志胜过别人的同题之作的情况下产生的。张衡不满班固的《两都赋》，另作《二京赋》，"精思傅会，十年乃成"，终于使之成为京都赋中的大观。唐宋诗词中这类例子就更是不胜枚举了。梅尧臣是北宋名作家。他在创作上自期甚高，少所许可。林逋的《草词》，词牌为《点绛唇》，全词如下："金谷年年，乱生春色谁为主？余花落处，满地和烟雨。又是离歌，一阕长亭暮。王孙去，萋萋无数，南北东西路。"梅尧臣不肯随人说妍，已显示其不偶流俗的艺术鉴赏力，又能即席赋一同题之作，与之较量短长，这更是在艺术上有独特见解和高超修养的表现。

开头四句写春草的芊绵可爱。"露堤平，烟墅杳"，从具体的风景点上着笔：笔直的大堤上绿草如茵，望去平崭崭一片，白色的露水在晨光中闪烁，像缀在绿茵上的珍珠。远处的一座别墅，在如烟的嫩草的掩映之下，若隐若现。"乱碧萋萋"是总写一笔。环顾四周，到处是萋萋的绿草，仿佛整个世界都被染绿了。"雨后江天晓"，是用特定的最佳环境来点染春草的精神。雨后万物澄鲜，春草当然更为嫩绿葱倩；江天是何等开阔蔚蓝，无边的春草与它配置在一起，千里一色，正好相得益彰。晓风轻拂，空气清新。一派蓬勃的生机，伴随着浓郁的春意，簇拥出一个风度翩翩的少年。"独有庾郎年最少"三句，由物及人，由景入意。"庾郎"本指庾信。庾信是南朝梁代文士，使魏被留，被迫仕于北朝。庾信留魏时已经四十二岁，当然不能算"年最少"，但他得名甚早，"年十五，侍梁东宫讲读"（宇文逌《庾开府集序》）。这里借指一般离乡宦游的才子。梅尧臣的诗名与才华，很早就露尖，又于二十多岁时由门荫入仕。如果把"庾郎"看作是作者自喻，也未尝不可。"窣地春袍"，指踏上仕途，穿起拂地的青色的章服。宋代六、七品服绿，八、九品服青。刚释褐入仕的年轻官员，一般都是穿青袍。由绿草而联想到春袍，与庾信的《哀江南赋》有些关系。《能改斋漫录》卷七《事实·春草随青袍》云："杜子美诗'江草乱青袍'、'春草随青袍'，盖用古诗'青袍似春草，长条随风舒'。北周庾信《哀江南赋》云：'青袍如草，白马如练。'"春袍、青袍，实为一物，用在这里主要是形容宦游少年的英俊风貌。"嫩色宜相照"，指嫩绿的草色与袍色互相辉映，显得十分相宜。

如果说，上阕用遍地的春草衬托出一个宦游少年的春风得意之态的话，那末下阕主要抒写宦游少年春尽思归的情怀。"接长亭，迷远道"，即李白《菩萨蛮》词末二句"何处是归程？长亭连短亭"之意。在茫茫的宦海中，到处潜伏着政治风险，无法预卜凶吉，也看不到自己的归宿。这时，《楚辞·招隐士》中"王孙游兮不归，春草生兮萋萋”的传统思想悄悄地爬上心头。“堪怨王孙，不记归期早。”词人用自怨自艾的语调表达了强烈的归思。“落尽梨花春又了”，化用李贺《河南府试十二月乐词·三月》诗句：“曲水飘香去不归，梨花落尽成秋苑。”以自然界春色的匆匆归去，暗示自己仕途上的春天正在消逝。梅尧臣由门荫入仕以后，曾应试进士，没有及第。他担任的官职也只不过是主簿、知县、幕僚之类，仕途极不得意。词的结尾两句“满地残阳，翠色和烟老”，渲染了残春的迟暮景象。“老”字与上阕“嫩”字遥相呼应。于春草的由“嫩”变“老”之中，暗寓伤春之意，而这也正好是词人嗟老、倦游心情的深刻写照。

梅尧臣在艺术上主张“状难写之景如在目前，含不尽之意见于言外”（欧阳修《六一诗话》引）。这首词用“平”“烟”“萋萋”，状草之形；用“碧”“嫩”“翠”，状草之色；又用映衬手法传写出草之神与情，或实或虚，都鲜明如画，历历在目。词中抒写了作者初仕的得意情态和后来倦于宦游、春末思归的苦闷心绪，但都非常含蓄，只是在精心描绘的意境中微微透出，让读者于言外得之，因此这是一首较好地体现了作者自己的艺术主张的佳作。

叶清臣 （1003～1049）字道卿，湖州乌程（今浙江吴兴）人。天圣二年（1024）进士。六年召试，授光禄寺丞，充集贤校理。历官翰林学士、权三司使。后罢为侍读学士，知河阳。卒赠左谏议大夫。今存词二首。

贺圣朝 留别

叶清臣

满斟绿醑留君住，莫匆匆归去。三分春色二分愁，更一分风雨。

花开花谢，都来几许，且高歌休诉。不知来岁牡丹时，再相逢何处？

【鉴赏】

这是一首留别词。以别易会难作为主旨，上片写留饮，下片写惜别。开上首，满斟绿醑，即绿色的好酒，劝其暂留，且不要匆匆归去。继则，纵酒高歌，劝其尽饮，戒勿絮絮倾诉。这里，用春色、离愁、风雨，构成了一幅留别图：阳春佳日，风雨凄凄，遽唱骊歌，离愁万绪。为下片写情感做了很好的铺垫。

下片，进一步以花开花谢，比喻人的聚、散，说明人的长时间聚首不易，因此，应当留住，此其一；继则，花谢了，来年可以再开，那么牡丹花开时，人又在何处相逢呢？说明“别时容易见时难”，揭示出人别易会难的主旨，所以，应当留住，此其二。这样由景到情，以花喻人，以事喻理，一再陈词，层层深入，精心铺叙，情意十分殷切。

这首词的语言明白如话，对后人颇有影响，词中“三分春色二分愁，更一分风雨”句，则为苏轼《水龙吟》：“一池萍碎，春色三分，二分尘土，一分流水”，及贺铸《青玉案》：“一川烟草，满城风絮，梅子黄时雨”的蓝本了。

欧阳修 （1007～1072）字永叔，号醉翁，晚年自号“六一居士”。庐陵（今江西省吉安市）人。幼年丧父，家贫，发愤苦学。仁宗天圣八年（1030）二十四岁中进士甲科，曾任谏官，刚正直言。累迁擢知制诰翰林学士，历枢密副使、参知政事。神宗朝迁兵部尚书，以太子少师致仕。晚年反对青苗法和王安石不合，辞官归隐。卒赠太子太师，谥文忠。史称他“论事切直，人视之如仇”，他也因此屡遭贬谪。欧阳修是北宋古文运动的倡导者和领袖。在诗歌创作上反对浮艳的诗风。诗、词、文均有较高地位和较大成就。曾撰写《新五代史》，与宋祁合修《新唐书》。他好提携晚辈、奖掖后学，苏轼父子、梅尧臣、苏舜钦及王安石、曾巩等均曾受到他的提携和培养。其词以写恋情游宴、伤春怨别的题材为主，词风深婉清丽，承五代词风，受冯延巳影响，与晏殊相近。词作有《六一词》《欧阳文忠公近体乐府》三卷及《醉翁情趣外编》六卷。

采桑子

欧阳修

画船载酒西湖好，急管繁弦[①]，玉盏催传，稳泛平波任醉眠。

行云却在行舟下[②]，空水澄鲜，俯仰留连，疑是湖中别有天。

【注释】

①急管繁弦:指在船上助酒兴的乐队演奏的管弦乐器,管乐急促,弦乐纷繁。

②“行云”句:写湖水碧澄,倒映蓝天白云,仿佛云天在行舟之下方。

【鉴赏】

欧阳修《采桑子》共十三首,其中联章歌咏颍州西湖景物者十首。颍州治所汝阴,在今安徽阜阳。“西湖好”,是欧阳修十首《采桑子》所要表现的共同主题,所以第一句都以这三个字结尾。但每首所表现的角度不同。本词描写的是“画船载酒”游西湖的情景。

上阕写船中饮酒泛湖之快乐。人们乘坐彩绘的游船,饮着美酒,荡漾于湖光山色之间,是多么惬意啊!再加上各种音乐助兴,这种快乐更达到了高潮。管乐的声音高亢嘹亮,节奏急促;弦乐的声音纷繁齐鸣,紧和着管乐的节奏。这一“急”一“繁”将音乐欢快热烈的气氛和节奏渲染出来了。在这样的乐声中,人的情绪更加高涨,朋友间频频举杯,行令助饮,你斟我劝。“玉盏催传”的“催”字,形象地传达出了主、客之间亲密无间、开怀畅饮的情态。这样的豪饮不免要醉,湖上风平浪静,醉了尽可以放心地躺在船上睡觉,任小船平稳地在水上自由漂行。

下阕写酒后醉眼观湖之快乐。人们俯视湖水中,只见白云朵朵、蓝天悠悠,漂流于行船之下。船在行走,云也在移动,似乎是人和船在天上飘飞。这自然是醉眼带给大脑的错觉。“空水澄鲜”言天空与湖水同是澄清明净。这一句是下阕的关键。“空”与“水”结合上句的“云”与“舟”及下两句的“俯”与“仰”“湖”与“天”,可谓四照玲珑,笔意俱妙;并恰切现景,妥帖自然。“俯仰留连”句又承上启下,起过渡作用。言人从水中看到蓝天白云的倒影,一会儿仰头望望天,一会儿又俯首看看水,更被这空旷奇妙的景象所陶醉。于是怀疑湖中别有一个天宇存在,而自己行舟在两层天空之间。说“疑”者非真,说“是”者诚是,“湖中别有天”的体会系作者别出心裁之笔,却给人以活泼清新之感。

全词贵在真切地传达出了“画船载酒”游西湖这一特殊环境中的特殊感受,堪称一时之秀。

采桑子

欧阳修

群芳过后西湖[①]好，狼藉残红[②]，飞絮濛濛，垂柳阑干尽日风。
笙歌散尽游人去，始觉春空，垂下帘栊，双燕归来细雨中。

【注释】

①西湖：此指颍州（今安徽阜阳县西北）西湖。

②残红：落花。

【鉴赏】

欧阳修早年曾知颍州。因政治原因晚年辞官隐居颍州（1071~1072）。美丽的西湖风光令他陶醉，于是情不自禁地一口气写了十首《采桑子》，歌咏颍州西湖春夏美景，每首均以"西湖好"起句，以示其激赏之情。此为其中第四首。作者一反前人及时人伤春情调，而以赞叹的语言表达西湖残春的美丽动人。

上阕首句挈领全篇，直言群芳凋谢之后，正是西湖美丽迷人的季节。"群芳过后"既点明暮春季节，又不同凡响地表明西湖之美的独特魅力所在；"西湖好"既是格式使然，更表明作者对西湖的真挚深厚热爱之情。起句既为全篇抒情定下基调，又显出词人不同流俗的情怀，达观、开阔、明朗的人格尽现。"狼藉残红"以下三句具体描述暮春西湖之美。虽然落花遍地，飞絮濛濛，但靠着栏杆的垂柳在和煦春风里漫舞，显示出勃力生机。至此，作者赞叹"群芳过后西湖好"的原因鲜明地表达出来了。这三句没有细致刻画，只是淡淡白描，但恰到好处地显示出作者不俗的审美情趣。

下阕由写实景转而虚写人情。"笙歌"二句既暗示西湖之美曾吸引众多游人驻足观赏和笙箫悠扬、歌声嘹亮等内容，又使读者感悟西湖恬静、安宁美的一面。结末二句再次落笔于景，以动写静，写出作者进到室内静静欣赏细雨中双燕归来图景的好心情。

这首词一定程度上表明作者退隐后的超然、恬淡、自由的心情，暗含一种人生感悟和寄托。同时，词风的明朗也为宋词的多元化发展起到了开拓作用。

生 查 子

欧阳修

去年元夜[①]时，花市[②]灯如昼。月上柳梢头，人约黄昏后。

今年元夜时，月与灯依旧。不见去年人，泪满春衫袖。

【注释】

①元夜：农历正月十五日夜，即元宵夜。自唐代开始于元夜张灯，民间有观灯的风俗，故又叫“灯节”。

②花市：卖花、赏花的集市。

【鉴赏】

此词一题朱淑真作。南宋初曾慥所编《乐府雅词》将此词列为欧阳修词。况周颐《蕙风词话》也认为是欧词，考证其“误入朱淑真集”。这首小词叙写了主人公在元夜观灯时引起的回忆和感想。通过今与昔、闹与静、悲与欢的多层次的强烈对比，一层深似一层地表现出主人公为物是人非、旧情难续而感伤的情怀。

上阕写主人公甜蜜的回忆。起两句交代了与情人约会的时司和地点。去年元宵佳节，华灯齐明，夜市如昼。此观灯赏月的元宵不禁之夜，正是青年男女密会传情的大好时机。“月上柳梢头，人约黄昏后”两句进一步交代了约会的具体时刻。圆月与柳丝相映创造的幽境，为约会增添了绵绵情意，言有尽而意无穷。“人约黄昏后”的甜情蜜意也溢于言表，令人浮想联翩。

下阕写主人公凄凉的现实。前两句由“依旧”二字点明今年闹市佳节良宵的一切景物都与去年相同，这就为下文的“人非”作了“物是”的铺垫。景物依旧，而去年的情人已不在身旁，空余只身孤影。抚今思昔，触景伤怀，此情此景，怎不教人感伤怅惘，终于不堪忍受而“泪湿春衫袖”了。

全词构思巧妙。上、下阕文义并列，调式相同，基本重叠，颇类歌曲回旋咏叹之致，有增强表情达义之功。同时，这首《生查子》吸收了民歌明快、浅切、自然的风格，语言明白如话，内容情事几乎一目了然，情调却又清丽深婉，隽永含蓄，耐人寻味。

踏 莎 行

欧阳修

候馆[①]梅残，溪桥柳细，草薰风暖摇征辔[②]。离愁渐远渐无穷，迢迢[③]不断如春水。

寸寸柔肠[④]，盈盈粉泪，楼高莫近危栏[⑤]倚。平芜[⑥]尽处是春山，行人更在春山外。

【注释】

①候馆：旅舍。迎候宾客之所，故称。据《周礼·地官·遗人》载："五十里有市，市有候馆。"郑玄注："候馆，楼可以观望者也。"

②薰：香草，此引申为香气。征：远行。辔：驾驭马的嚼子和缰绳。此句是说：在风暖草香中骑马远行。江淹《别赋》有"闺中风暖，陌上草薰"的句子，此处化用其意。

③迢迢：形容遥远，所谓千里迢迢。此有绵长之意。

④寸寸柔肠：意即伤心至极，如肝肠寸断。

⑤危栏：高处的栏杆。危，指高。

⑥平芜：平坦草地。

【鉴赏】

此词写离情。梅残、柳细、草薰、风暖，暗示着离别。征人之路，渐行渐远；闺中人的愁绪，愈益深重，直教人揪心落泪，肝肠寸断。

上阕从远行人着笔，写他途中见到恼人的春色而引发愁绪。旅舍周围的梅花已然凋谢零落，溪畔桥边的柳丝弱不禁风，起首二句写征人旅途所见初春景象。在这草香风暖的美好季节里，征人却不得不离家远行。一个"摇"字既写旅途颠簸之苦，更写孤独跋涉心神不定的糟糕心情。"离愁"二句直接表达心中离愁，随着离去的路途越来越远而愈益加重加深，宛如春水绵绵不断、无穷无尽。此以春水喻愁，正如李后主词句"问君能有几多愁，恰似一江春水向东流"。两个"渐"字，承接紧凑而又对比鲜明，形象真切，符合情理。

下阕转向闺中人，在心上人离开之后登高望远，遥念离人，泪眼迷茫，哀怨满怀。起首三句生动描绘她登高远眺时脸上的表情，心中的感受。"寸寸柔肠，盈盈粉泪”，工整的对偶，恰当的叠字，一个断肠美人儿的楚楚动人形象栩栩如生。妙在“楼高莫近危栏倚”句，既似怨妇心中怨语，亦如远行人遥遥传来的劝慰。结末二句由近及远，由人及景，意味幽远，意境开阔，是情景俱佳的警句。哀而不伤，俨然一幅隽永的写意画。卓人月在《词统》中赞曰：“‘芳草更在斜阳外’，‘行人更在春山外’两句，不厌百回读。”李攀龙在《草堂诗余隽》中说：“春水写愁，春山骋望，极切极婉。”王世贞在《艺苑卮言》中赞曰：“‘平芜尽处是春山，行人更在春山外。’又：‘郴江幸自绕郴山，为谁流下潇湘去。’此淡语之有情者也。”

玉 楼 春

欧阳修

别后不知君远近，触目凄凉多少闷！渐行渐远渐无书，
水阔鱼沉[①]何处问？
夜深风竹敲秋韵[②]，万叶千声皆是恨。故欹单枕[③]梦中
寻，梦又不成灯又烬[④]。

【注释】

①鱼沉：古有鱼雁传书的传说。鱼沉入水，指鱼不传书，没有音信。

②风竹敲秋韵：风吹竹林，构成秋声悲凉的韵味。

③故欹单枕：有意地斜靠枕头，意谓急于入睡成梦。欹，通倚，倾斜。

④灯又烬：灯熄灭。烬（jìn），结灯花。

【鉴赏】

本词表达了闺中人怀远思人的情感。

上阕直抒胸臆。“别后”一句表明闺中人对远行人的体贴与思念。“触目凄凉”既写自然环境，也写心境。“多少闷”情感表达直接而强烈，显得有些粗疏和随意。第三句叙事，征人越行越远，本该有书信报平安，但都是“渐无书”，所以发出“水阔鱼沉何处问”的疑问和哀叹。

下阕从凄凉秋声比况闺中人心中感受，以引出幽恨。白天满目凄凉，到深夜都是风打竹林发出凄厉秋声，声声皆是离愁别恨。结尾由秋景的渲染转向内心体验的描述，“梦中寻”与上阕“何处问”相呼应，结果是“梦又不成灯又烬”，无限迷惘。

作品由思念到幽怨，由怨恨再到思念，浑然天成，构思十分精致。千愁万恨，由

远及近，由外到内，由淡到浓，让人无处躲藏，亦无法消受。

诉衷情

欧阳修

清晨帘幕卷轻霜，呵手[①]试梅妆。都缘自[②]有离恨，
故[③]画作远山长。
思往事，惜流芳[④]，易成伤[⑤]。拟歌先敛[⑥]，欲笑还
颦[⑦]，最断人肠。

【注释】

①呵手：呵气暖手。梅妆：梅花妆，古代年轻女子的一种面部化妆样式，起于南朝宋武帝刘裕之女寿阳公主。相传她于人日（农历正月初七）卧于含章殿檐下，有梅花正好落在她的额上，拂之不去竟达三日，宫女竞相效仿，名梅花妆，后渐成年轻女子化妆定式。

②缘自：因为，由于。

③故：有意地。远山：古人常借远山表现离情，如欧阳修的词作《踏莎行》中有“平芜尽处是春山，行人更在春山外”；亦常用远山来形容女子的眉毛，葛洪《西京杂记》有“文君姣好，眉色如望远山”的句子。

④流芳：如流水般逝去的青春。

⑤成伤：引起悲伤。

⑥敛：敛容。

⑦颦：皱眉。愁苦忧伤的样子。

【鉴赏】

此词细腻地表现了满腹酸辛的歌女不得不强颜欢笑的可悲处境和她感伤的内心。

上阕叙述女主人公梳妆情形。起句点明初冬季节和清晨时间。“卷”字意味深长，既有动感，又引出女主人公的形象。“呵手”句生动、形象地描画了女主人公柔弱娇美的神态。“试”字准确地表现了一个爱美的女子对自己形象的慎重。三、四句则做了一个特写，专门描写其眉的化妆，并用典故深入表现其内心的忧愁。

下阕重在对歌女神情心态的描写和挖掘。起首三句拟女主人公作内心独白，

忆昔伤今,感伤悲叹。结末两句则将立足点转到善解人意的第三者角度,正面表现歌女强颜欢笑但难掩心中苦楚的情形。"拟歌"二句为白描,结句"最断人肠"为感慨般的抒情。

浪 淘 沙

欧阳修

把酒祝东风,且共从容①。垂杨紫陌②洛城东,总是当时携手处,游遍芳丛。
聚散苦匆匆,此恨无穷。今年花胜去年红,可惜③明年花更好,知与谁同?

【注释】

①从容:留连。

②紫陌:专指帝都洛阳郊野的道路。洛阳曾为东周、东汉的都城,用紫色土铺路,故云"紫陌"。李白《南都行》:"高楼对紫陌,甲第连青山。"

③可惜:可叹。

【鉴赏】

俞陛云《宋词选释》曰:"因惜花而怀友,前欢寂寂,后会悠悠,至情语以一气挥写,可谓深情如水,行气如虹矣。"此为一首赏春怀友之作。

上阕是深情的回忆。想当年,大家一起把酒临风,欢快留连。起首二句应源自司空图《酒泉子》"黄昏把酒祝东风,且从容"句。与苏轼《虞美人》"持杯邀劝天边月,愿月圆无缺"意致相似。"垂杨"句点明共游地点,同时暗含对高贵友情的骄傲。"携手处"写出感情之深厚,"游遍芳丛"充分表明当时游兴之高,心情之好。上阕的感情基调是愉快而深情的回忆。

下阕由回忆而感慨。“聚散苦匆匆，此恨无穷”，既是具体情感体验的写照，也是一种普遍的人生慨叹。“今年花胜去年红”，但景胜人去，只有暗底里惋叹。结句“可惜”递进一步，“知与谁同”包含无尽的感伤迷茫，一个诘语强化感情，引起共鸣。

浣溪沙

欧阳修

堤上游人逐画船，拍堤春水四垂天[①]。绿杨楼外出秋千。

白发戴花君莫笑，六幺催拍盏频传[②]。人生何处似樽前！

【注释】

①垂天：连天。垂，接近。

②六幺：唐宋时代歌曲名，这里泛指歌曲。盏：酒杯。

【鉴赏】

这首词的下阕说，人生易老，须及时行乐，哪怕头发白了，何妨插朵花儿，听听歌舞，喝酒取乐。这种情绪，随便说说倒也未尝不可，如果作为一种生活原则来提倡，则大可不必。安享快乐是人的惰性，不要学习，不必提倡，人人都会。大家都去享乐，再号召提倡，那谁来提供得以享乐的物质文化基础呢？不过，这首词的上阕对湖边景色的描写，却颇有可取之处。“堤上游人逐画船”是写湖边。春天每逢节日，人们把船只装饰一新，绘上彩图，挂上灯笼，插上彩旗，如同今日之彩船、彩车，招摇过市。堤上游人跟随画船，竞相观看；远处，春汛期的湖水上涨，与天幕相接。而在堤外住宅区，红粉佳人正在荡秋千，堤上（观察者所在的近处）、湖上（远景）、堤外（中景）构成了一幅活生生的生活画卷。在这生机勃勃的奏鸣曲里，难怪作者要戴花行乐。从这一点说，词的下阕，不妨看作是对上阕景色描写的一个衬托。

蝶恋花[1]

欧阳修

庭院深深深几许？杨柳堆烟，帘幕无重数[2]。玉勒雕
鞍游冶处[3]，楼高不见章台路[4]。
雨横风狂三月暮，门掩黄昏，无计留春住。泪眼问花
花不语，乱红[5]飞过秋千去。

【注释】

①蝶恋花：关于这首词的作者曾有不同意见。但宋人李清照、黄昇等人一致认为是欧阳修作品，应可相信。

②帘幕无重数：帘幕重重数不清楚。

③玉勒雕鞍游冶处：游冶的地方放满了富豪贵族的车马。玉勒雕鞍，镶玉的马笼头，雕花的马鞍，指华贵的马车。游冶处：歌楼妓院。首句"庭院"当指此等处所。

④楼高不见章台路：在高楼上也看不见丈夫寻欢作乐的游冶之所。章台路，汉代长安有章台街在章台下，为歌伎聚居之所。后常以章台代指妓女集中的游冶之所。

⑤乱红：零乱落花。

【鉴赏】

此词主要表现了"闺怨"的主题。同时，通过对上层妇女苦闷的描写，表达了作者个人抱负得不到施展的感慨。张惠言在《词选》中认为："庭院深深，闺中既以邃远也；楼高不见，哲王又不悟也。章台游冶，小人之径。雨横风狂，政令暴急也。乱红飞去，斥逐者非一人而已。"黄蓼园在《蓼园词选》中说："首阕因杨柳烟多，若帘幕之重重者，庭院之深以此，即下句章台不见，亦以此。总以见柳絮之迷人，加之雨横风狂，即拟闭门，而春已去矣，不见乱红之尽飞乎？语意如此，通首诋斥，看来必有所指。"

上阕通过写景为"闺怨"铺垫、蓄势。起句叠用三个"深"字写尽怨妇所居庭院的幽深寂寥，独到奇妙而又贴切自然，曾受李清照赞赏，称"欧阳公作《蝶恋花》有'庭院深深深几许'之句，予酷爱之"。同时，起句以"深几许"设问，继以形象准确的描绘作答，写出"深闺"的压抑和幽深的具体特征——"杨柳堆烟，帘幕无重数"。

“无重数”与“深几许”隔句互答，相映成趣，表达效果奇佳。“玉勒”二句写“怨妇”的对方（处于上层社会的丈夫）寻欢作乐的情景，与寂寞痛苦的怨妇的处境形成鲜明而强烈的对比，怨妇之“怨”在“楼高不见章台路”句昭然若揭。

下阕重在抒情言志。雨横风狂，青春易逝，如同囚徒般被困在深闺中的女主人公留春无计、以泪洗面，无限的悲哀、无限的苦痛溢于言表。“泪眼”二句是本词最为历代词评家和读者赞赏、推崇的名句。毛先舒在《古今词论引》中赞曰：“词家意欲层深，语欲浑成。作词者大抵意层深者，语便刻画；语浑成者，意便肤浅，两难兼也。或欲举其似，偶拈永叔词云：‘泪眼问花花不语，乱红飞过秋千去。’此可谓层深而浑成。何也？因花而有泪，此一层意也；因泪而问花，此一层意也；花竟不语，此一层意也；不但不语，且又乱落，飞过秋千，此一层意也。人愈伤心，花愈恼人，语愈浅而意愈入，又绝无刻画费力之迹，谓非层深而浑成耶？”孙麟趾在《词径》中亦赞赏有加：“如‘泪眼问花花不语，乱红飞过秋千去。’‘江上柳如烟，雁飞残月天。’‘西风残照，汉家陵阙。’皆以浑厚见长者也。词至浑，功候十分矣。”对这两句中的“秋千”这一意象应留意，它是年少好时光的承载物与见证物，故“乱红飞过秋千去”在幽怨中平添一份迟暮的苍凉，令人扼腕。

凉州令 东堂石榴

欧阳修

翠树芳条飐①，的的②裙腰初染。佳人携手弄芳菲，绿阴红影，共展双纹簟③。插花照影窥鸾鉴④，只恐芳容减。不堪零落春晚，青苔雨後深红点。

一去门闲掩，重来却寻朱槛⑤。离离⑥秋实弄轻霜，娇红脉脉，似见胭脂脸。人非事往眉空敛，谁把佳期赚⑦。芳心只愿长依旧，春风更放明年艳。

【注释】

①飐（zhǎn）：风吹动物体摆动。

②的的：鲜艳明亮。

③簟（diàn）：竹席。

④鸾鉴：铜镜。

⑤朱槛：红色的门槛。

⑥离离：果实累累繁茂。

⑦赚:诳骗。

【鉴赏】

这是一首借情咏物,借物咏情,咏物抒情俱佳的杰作。石榴是具有很高观赏价值和食用价值的植物。石榴人人都见过,但要把它的美丽、它的含意、它的文化意义,全都表现描写出来,却并不是一件容易的事情。“翠树芳条飐”,先写全树,次写枝条。石榴叶是青翠鲜嫩的,观赏石榴,首先看到的便是一团绿影,鲜翠欲滴。石榴枝条细、长、韧,没什么岔、结,仅一光滑或笔直的线条,在微风中轻轻摆动,好似少女的身腰。“的的裙腰初染”,是写枝条上的石榴花。石榴有雄雌之分。雄树花朵大,花瓣上有或深或浅的斑纹。用一种特殊的染色工艺(如今日仍流行的蜡染、扎染等),可以将裙子染上乱而有序的斑纹,酷似石榴花纹,故有“石榴裙”的美称。这里是用“裙腰”反喻石榴花之美丽明艳。由裙腰引入美人,下文即写石榴树下一对“佳人”的情爱。“佳人”可以指男,也可以指女,这里是合称。情郎情妹,手拉手,来到石榴树下,“弄芳菲”。“弄”,是抚弄、玩赏的意思。芳菲,指石榴的翠叶、芳条、鲜花,也是指所爱之人。在绿色的树荫下,红色的花影中,两位一起铺开竹制的双纹凉席。这里的双纹,具有一对佳人美满和合的含意。这些都是暗示,暗示这一对之间所发生的情爱之事。然后,他们摘朵石榴花,互相插在头上。拿起镜子,偷偷看了看镜中的影像。为什么不敢正眼看自己呢?词中说,是因为害怕看到自己又瘦了一些,鲜艳容光又暗了些。词写到这里,由欢快落入愁苦,为下文的情变埋下了伏线。这种石榴树下的爱情大多是不牢靠的。正像这晚春的石榴花,一场风雨之后,就全凋谢了,落在满地青苔上。有道是好花不常开,好事不常来,果不其然。情郎有事一狠心就走了,一去就不见踪影。春去夏来,转眼已是深秋。这位痴姐还在等她的情郎,怕他随时会出现在门口,连门也不关,随意掩上,也许会有一天,他会突然推开门,给她一个惊喜。总算是把他盼回来了,谁知他过门不入,另寻高枝去了。她无限伤心地来到作为爱情见证的石榴树下,看到满枝累累果实,果皮外轻粉似霜,一脉脉一条条的红纹,好像是搽了胭脂。石榴花虽谢,还有果子留下来,人却变得面目全非,情事也早已被忘却。当初的期约,原来全是骗人的。被抛弃的女孩该怎么办呢?要是在今天,既然已经“离离秋实”,有了爱情的结晶了,不到民事庭告他个遗弃罪,也要到他单位领导或父母那儿,一把揪住衣领,大哭大闹一场。但在古代,却没有女人讲理的地方,这苦果只好自己咽下去。既然要求妇女必须“温柔敦厚”,除了痴心希望情人能回心转意外,还有更好的办法吗?这位女子也真太老实天真了,她不但已经忘却了今年的痛苦,还指望像石榴来年再度明媚鲜艳那样,来春仍能和情人度过许许多多石榴树下的美好时光呢!当然,这仅仅是作者的想象,因为作者是男的。许多男人只想享乐,却不愿承担责任。若是女同胞写这首“东堂石榴”,一定会把那负心郎痛咒一场,让他和青苔一起见鬼去吧!

青玉案

欧阳修

一年春事都来几[①]？早过了，三之二。绿暗红嫣浑可事[②]，绿杨庭院，暖风帘幕，有个人憔悴。

买花载酒长安市，又争似家山见桃李[③]？不枉[④]东风吹客泪，相思难表，梦魂无据。唯有归来是[⑤]。

【注释】

①都来几：总共有多少？

②浑可事：皆为可乐、可心之事。

③争似：怎似。家山：家乡。

④不枉：不怪。

⑤是：对，正确。

【鉴赏】

此作为思归之作，应为作者晚年所写。

上阕慨叹春光易逝、青春难留。起句设问起笔。“早过了，三之二”，很直接浅近地发出人生感叹，以陈述抒怀，似淡实浓。“绿暗红嫣”以下三句描述大好春光中美丽动人之景色，但与此形成强烈反差的都是“有个人憔悴”。此句既是过渡，又为下阕抒发情感设下了伏笔。

下阕开始两句以一个对比，表达了抒情主人公强烈的思乡之情，点出了“憔悴”之人的心事。“不枉”三句进一步写这种怀乡之情的浓郁和难以排解的痛苦：“相思难表，梦魂无据”。结句内心独白似的语言明确表达了全词的心态：归去来兮！

本词质朴浅近，情真意切。

采桑子

欧阳修

轻舟短棹西湖好，绿水逶迤，芳草长堤，隐隐笙歌处处随。

无风水面琉璃滑，不觉船移，微动涟漪，惊起沙禽掠岸飞。

【鉴赏】

欧阳修《采桑子》共十三首，其中联章歌咏颍州西湖景物者十首。颍州治所汝阴，在今安徽阜阳。北宋仁宗皇祐元年(1049)，欧公四十三岁时曾移知颍州，"爱其民淳讼简而物产美，土厚水甘而风气和，于时慨然已有终焉之意也"(《思颍诗后序》)。二十二年之后，神宗熙宁四年(1071)，欧公六十五岁，以观文殿学士、太子少师致仕，归颍州私第居住，果如所愿。颍州西湖在北宋时曾是清澈幽美的。据明代《正德颍州志》卷一："西湖在州西北二里外。湖长十里，广三里。相传古时水深莫测，广袤相齐。……湖南有欧阳文忠公书院基。"熙宁五年，"正值柳绵飞似雪"的暮春季节，老同事赵概由南京应天府(今河南商丘)远道相访，高谊雅兴，传为文坛佳话。《蔡宽夫诗话》云："文忠与赵康靖公概同在政府，相得欢甚。康靖先告老，归睢阳(商丘)；文忠相继谢事，归汝阴(颍州)。康靖一日单车特往过之，时年几八十矣。留剧饮逾月，日于汝阴纵游而后返。前辈挂冠后，能从容自适，未有若此者。"(《苕溪渔隐丛话后集》卷二十三引)欧公这一组十首《采桑子》，从内容看非写一时之景；词前《西湖念语》云"并游或结于良朋，乘兴有时而独往"，盖是通其前后诸胜游的感受以入词，又不止与赵概同乐之事了。词成，并在盛大的宴会上令官妓歌唱以佐清欢。此词就是这组歌词的第一阕。

作者用轻松淡荡的笔调，描绘了在春色怀抱中的西湖。轻舟短棹，一开头就给人以悠然自在的愉快感觉。不仅是"春草碧色，春水渌波"，跟绵长的堤影掩映着，看到的是一幅淡远的画面；而且在短棹轻纵的过程里，随船所向，都会听到柔和的笙箫，隐隐地在春风中吹送。这些乐曲处处随着词人的船，仿佛是为着词人而歌唱。这么短短的几笔，就把读者带进了一个可爱的冶春季节的气氛中。下片着重描写湖上行舟、波平如镜的景色。西湖是上下空明，水天一色的，用玻璃来比拟它的滑溜和澄澈，再也贴切不过。"不觉船移"四字，更是语妙天下。正因为春波之滑，所以不待风吹，而船儿已自在地漾去。联系上片的“笙歌处处随”来看，船是不断地在前移，歌声也就不住地在后随，词人是觉到的，偏说是不觉，就有力地显示了水面玻璃之滑。但船移毕竟不可能绝不触动水波，于是，下文就递到“微动涟漪”，词人的观察力和艺术构思，可算是细入毫芒。最后，“惊起沙禽掠岸飞”这一动态，划破了境界的宁静，使全幅画面都跳动起来，更显得词心的活泼。

北宋前半时期的小令，语言比较清新自然。这词清空一气，正如素面佳人，不施粉黛，便能动人。南宋后期那些用浓艳的藻彩去涂抹湖山的作品，倒不免是唐突西施了。

采桑子

欧阳修

清明上巳西湖好，满目繁华。争道谁家？绿柳朱轮走钿车。
游人日暮相将去，醒醉喧哗。路转堤斜。直到城头总是花。

【鉴赏】

这首词着意描绘了清明节春游时，西湖岸边的盛况。

前半片写出了踏春游人纷纷涌向西湖岸边的情景。首句“清明上巳西湖好”，“上巳”指农历三月的第一个巳日，三月上巳这一天，是古人游春踏青的节日。这时的西湖景色分外美丽，是人们游赏的最佳去处。次句“满目繁华”，放眼望去，车水马龙，艳装春服，熙来攘往一片繁华景象。第三句“争道谁家”，即“谁家争道”，那是什么样的人家在拥挤的湖岸边，为竞先穿过而发生口角？如果说这个小穿插为西湖的繁华景象更增添了几分热度，那么第四句“绿柳朱轮走钿车”就进一步为明丽画面，又涂上了一笔浓彩。“朱轮”，是涂着丹红油漆的车轮；“钿车”是镶嵌着金丝花纹的轿车；钿车闪着耀眼的金光在翠绿的垂柳下穿过，鲜红的车轮轻轻地辗着如茵的青草，多么鲜亮的色彩，多么堂皇的气派！这既是一个不可多得的细节描写，又为前面的“满目繁华”做了注解。这里，作者对西湖风光没有作正面描绘，但从游人竞来湖上，更巧妙地映衬出了西湖是那样活泼迷人，充满青春的魅力。

后半片写日暮游人离去的情景。起始两句“游人日暮相将去，醒醉喧哗”，意思是说：天色近晚，畅游了一天的人们相随着陆续离去，有的人与好友野宴，已喝得醺醺大醉。但不管醒的、醉的，都兴致未减，歌声、笑声、高谈阔论声不绝于道。第三句“路转堤斜”这是一个远镜头的拍照。极目远望，前方的路径曲折婉转，前方的湖堤也仿佛由笔直变得歪斜了，纷纷向城里散去的游人渐行渐远，在路上、在堤上拉成了一条人的长龙。末句“直到城头总是花”，这里一方面描写自然实景堤路两旁全是盛开的鲜花，正如冯延巳《蝶恋花》“百草千花寒食路”之句所描写的那样；另一方面是说游人披着一身春天的气息、带着枝枝束束的春花，心满意足地回去了，从堤岸到城头那长长的人流里“总是花”。“总”字在这里作“全”“都”讲，这句话带着明显的夸张色彩，但它却又一次从侧面着墨点画出了西湖的美，正面突出了清明游春的主题。

该篇语言风格质朴无华，选材如“争道”“喧哗”，游人带花回家等也极平常，句句都似平铺直说，但当作者把这些景物自如地驱赶到读者眼前时，构成的场面却是那样声色兼备、热烈壮观。

采桑子

欧阳修

残霞夕照西湖好，花坞蘋汀。十顷波平，野岸无人舟自横。

西南月上浮云散，轩槛凉生。莲芰香清，水面风来酒面醒。

【鉴赏】

这是作者晚年退居颍州时，所作《采桑子》十篇中的一篇。这首写十顷波平，莲芰香清的颍州西湖美景。颍州在今安徽省阜阳西北，颍水流经处，风景佳胜。词作表达了词人寄情山水的志趣。

以首句“西湖好”提挈全词，这里所展示的是夏日夕照和月升西湖的画面。

开头的“残霞夕照”点明时间。在一片落日彩霞辉映之下，词人看见湖中小洲长满了茸茸翠草，在岸边花坞内开满娇艳的鲜花，这是近景；词人放眼远望，看见辽阔的湖面上风平浪静，远处一叶扁舟停泊在荒寂无人的岸边上。这几句词人所创造的意境是既美丽又清静、平和。“花坞”“蘋汀”极力渲染西湖之美。“十顷波平”着意描绘湖面的浩渺无际而又风平浪静，突出了平和、旷远。“野岸无人舟自横”，以冷清、旷远的景物，表达了作者悠闲自得、啸傲湖山的情趣。

下片写“月上”之后的“景”与“情”。这几句写在明月下词人坐在岸旁的凉亭之内乘凉,清风徐来,送来阵阵荷香,水面微风吹醒了人的酒意。“西南月上”点明时间是阴历上半月,月牙悬在西南方向,是“朔月”,《后汉书·马融传》“月朔西陂”。“月上浮云散”勾出了一个月移云飞的画面,在浮云飞散之后就是一个夜空万里,清澈如洗的境界。“上”与“散”这两个动词互相呼应,使天上的月与云由“静”转“动”。“轩槛”指出词人所处之地是在凉亭之内,“凉生”写夜风送爽,这里把主人公引入画面,写出人物的感觉。上片写“夕照”,下片写“月上”,表现了时间推移变化——从晚到夜,诗人一直在流连山水。最后以“水面风来酒面醒”作结,表现了词人陶醉在大自然美景之中的情态。

从《采桑子》的“西湖念语”和其他八首词中可看出:词人仰慕隐居山林的魏晋名士王子猷、陶渊明,对于“虽非于己有”但“其得已多”的“清风明月”是极为欣然的。词人借啸傲湖山,忘掉仕途的坎坷不平,表达了视富贵如浮云的情趣。

这首词即景抒情,词风清疏峻洁,词中所表现的意境是清淡平和的,犹如一幅淡淡的水墨画,从画面中透露了词人的胸怀。作者想象丰富,用语平实却极有表现力,如“行云却在行舟下”一句,表达了好几层意思,一写“云”的浮动,二写“舟”的移行,三写水的清澈,四写游者俯身向水所见是碧空倒影。欧词突破了唐、五代以来的男欢女爱的传统题材与极力渲染红香翠软的表现方法,为后来苏轼一派豪放词开了先路。

鹊踏枝

欧阳修

几日行云何处去?忘却归来,不道春将暮!百草千花寒食路,香车系在谁家树?
泪眼倚楼频独语:双燕飞来,陌上相逢否?撩乱春愁如柳絮,悠悠梦里无寻处!

【鉴赏】

这首词的上半片是主人公“倚楼”的原因,下半片是主人公“倚楼”的形象和所见所感。

“几日行云何处去”:“行云”就是像云彩一样,飘忽不定。这句的意思是主人公的爱人,这些天来像浮行的云彩一样,不知飘游到哪里去了。杜甫《梦李白诗》:

"浮云终日行,游子久不至",用意正同。

"忘却归来,不道春将暮":他只顾"行云"样的去了,忘了归回,就没有想到春天很快就要完了。"忘却""不道"都是埋怨的情感词。春将老,花在残,其赏人不在,倍觉孤凄,所以有埋怨之情。这里是伤景,也正是怀人。

"百草千花寒食路":"寒食"就是寒食节,这天在旧社会有闲人家是相率踏青的。在这百草千花繁盛的佳节,踏青的路上一定人很多吧!而我却因为你不在,不能去游春,两相比较,倍觉凄清,这是伤景,也正是怀人。

"香车系在谁家树":"香车"是爱称。"系在谁家树"是不知何在,也是有怀疑另有所欢的含意,但出语含蓄,委婉之情盎然。

"泪眼倚楼频独语":"泪眼"是愁苦的形象;"倚楼"是远望的形象;"独语"是没奈何的形象;"频"是念念不忘的形象。全句的意思是:主人公因念行人感春暮,伤佳节,盼人归,所以满含眼泪,倚楼远望;但结果,是人不见。于是无可奈何地自问自答。其中问的内容就是下句:

"双燕飞来,陌上相逢否?"不说燕子,而说"双燕",正是看到燕双飞,而主人公才倍觉凄凉。因而问:双燕哪!你们来这儿的大路上,曾遇到我那爱人吗?双燕一飞而过,当然不能回答。所以问是独问,答也只能是独答了。所以"独语"也是孤独寂寞的形象。"频"是独语不断的形象,也是念念不忘、不能自已的形象。

"撩乱春愁如柳絮":总上这些愁:春将暮,花在残,寒食佳节,燕子双飞,无一不触景伤情,引起怀念忘归之人。这些愁,撩得我乱得很,乱得似那高高低低、聚聚散散的柳絮一样,思不断,理还乱,真没办法。

"悠悠梦里无寻处":"悠悠"是忧思邈远不断的形象。全句的意思是:在忧思不断的睡梦里,也没地方去找他呀!因为不知"香车系在谁家树"呀!意思是愁还要继续缭乱我。

这首词所写的时间是暮春,是寒食节;所写的地点是楼上;所写的人是个痴情的少妇;所写的事情是怨爱人久出不归。

"泪眼倚楼频独语"七个字,塑造了四个形象:"泪眼"形容哀愁,"倚楼"形容远望,"独语"形容孤独、无可奈何,"频"形容念念不忘、不能自已。多么精练的语言,又多么可见而耐人寻味的形象!"双燕"二句,出语多么清新,又有问又有答又有感,更是耐人寻味。但所写的,都是有闲者的闲愁,都是柔情似水的伤别离,拿现在的眼光看,这是没有什么可取之处的。

玉楼春

欧阳修

尊前拟把归期说，欲语春容先惨咽。人生自是有情痴，
此恨不关风与月。
离歌且莫翻新阕，一曲能教肠寸结。直须看尽洛城花，
始共春风容易别。

【鉴赏】

北宋初年的一些名臣，如范仲淹及晏殊、欧阳修等人，除德业文章以外，他们也都喜欢填写一些温柔旖旎的小词，而且在小词的锐感深情之中，更往往可以见到他们的某些心性品格甚至学养襟抱的流露。就欧阳修而言，则他在小词中所经常表现出来的意境，可以说乃是一方面既对人世间美好的事物常有着赏爱的深情，而另一方面则对人世间之苦难无常也常有着沉痛的悲慨。这一首《玉楼春》词，可以说就正是表现了其词中此种意境的一首代表作。

这首词开端的“尊前拟把归期说，欲语春容先惨咽”两句，表面看来固仅是对眼前情事的直接叙写，但在其遣词造句的选择与结构之间，欧阳修却已于无意间显示出了他自己的一种独具的意境。首先就其所用之语汇而言，第一句的“尊前”，原该是何等欢乐的场合，第二句的“春容”又该是何等美丽的人物，而在“尊前”所要述说的却是指向离别的“归期”，于是“尊前”的欢乐与“春容”的美丽，乃一变而为伤心的“惨咽”了。在这种转变与对比之中，虽然仅只两句，我们却隐然已经能够体会出欧阳修词中所表现的对美好事物之爱赏与对人世无常之悲慨二种情绪相对比之中所形成的一种张力了。

其次再就此二句叙写之口吻而言，欧阳修在“归期说”之前，所用的乃是“拟把”两个字；而在“春容”“惨咽”之前，所用的则是“欲语”两个字。曰“拟”、曰“欲”，本来都是将然未然之辞；曰“说”、曰“语”，本来都是言语叙说之意。表面虽似乎是重复，然而其间却实在含有两个不同的层次，“拟把”仍只是心中之想，而“欲语”则已是张口欲言之际。二句连言，不仅不是重复，反而更可见出对于指向离别的“归期”，有多少不忍念及和不忍道出的婉转的深情。其间固有无穷曲折吞吐的姿态和层次，而欧阳修笔下写来，却又表现得如此真挚，如此自然，如此富于直接感发之力，所以即此二句，实在便已表现了欧词的一种特美。

至于下面二句“人生自是有情痴，此恨不关风与月”，则似乎是由前二句所写的眼前的情事，转入了一种理念上的反省和思考，而如此也就把对于眼前一件情事的感受，推广到了对于整个人世的认知。所谓“人生自是有情痴”者，古人有云“太上忘情，其下不及情，情之所钟，正在我辈”。所以况周颐在其《蕙风词话》中就曾说过“吾观风雨，吾览江山，常觉风雨江山之外，别有动吾心者在”。这正是人生之自有情痴，原不关于风月。李后主之《虞美人》词曾有“春花秋月何时了，往事知多少？小楼昨夜又东风，故国不堪回首月明中”之句，夫彼天边之明月与楼外之东风，固原属无情，何干人事？只不过就有情之人观之，则明月东风遂皆成为引人伤心断肠之媒介了。所以说“人生自是有情痴，此恨不关风与月”，此二句虽是理念上的思索和反省，但事实上却是透过了理念才更见出深情之难解。而此种情痴则又正与首二句所写的“尊前”“欲语”的使人悲惨呜咽之离情暗相呼应。所以下半阕开端乃曰“离歌且莫翻新阕，一曲能教肠寸结”，再由理念中的情痴重新返回到上半阕的尊前话别的情事。“离歌”自当指尊前所演唱的离别的歌曲，所谓“翻新阕”者，殆如白居易《杨柳枝》所云“古歌旧曲君休听，听取新翻杨柳枝”，与刘禹锡同题和白氏诗所云“请君莫奏前朝曲，听唱新翻杨柳枝”。欧阳修《采桑子》组词前之《西湖念语》，亦云“因翻旧阕之词，写以新声之调”。盖如《阳关》旧曲，已不堪听，离歌新阕，亦“一曲能教肠寸结”也。前句“且莫”二字的劝阻之辞写得如此叮咛恳切，正以反衬后句“肠寸结”的哀痛伤心。

写情至此，本已对离别无常之悲慨隐入极深，而欧阳修却于末二句突然扬起，写出了“直须看尽洛城花，始共春风容易别”的遣玩的豪兴，这正是欧阳修词风格中的一个最大的特色，也是欧阳修性格中的一个最大的特色。我以前在《灵溪词说》中论述冯延巳与晏殊及欧阳修三家词风之异同时，就曾指出过他们三家词虽有继承影响之关系，然而其词风则又在相似之中各有不同之特色，而形成其不同之风格特色的缘故，则主要在于三人性格方面的差异。冯词有热情的执着，晏词有明澈的观照，而欧词则表现为一种豪宕的意兴。欧阳修这一首《玉楼春》词，明明蕴含有很深重的离别的哀伤与春归的惆怅，然而他却偏偏在结尾写出了“直须看尽洛城花，始共春风容易别”的豪宕的句子。在这二句中，不仅其要把“洛城花”完全“看尽”，表现了一种遣玩的意兴，而且他所用的“直须”和“始共”等口吻也极为豪宕有力。然而“洛城花”却毕竟有“尽”，“春风”也毕竟要“别”，因此在豪宕之中又实在隐含了沉重的悲慨。所以王国维在《人间词话》中论及欧词此数句时，乃谓其“于豪放之中有沉着之致，所以尤高”。其实“豪放中有沉着之致”，不仅道中了《玉楼春》这一首词这几句的好处，而且也恰好说明了欧词风格中的一点主要的特色，那就是欧阳修在其赏爱之深情与沉重之悲慨两种情绪相摩荡之中，所产生出来的要想以遣玩之意兴挣脱沉痛之悲慨的一种既豪宕又沉着的力量。在他的几首《采桑子》小词，都体现出此一特色。不过比较而言，则这一首《玉楼春》词，可以说是对此一特色最具代表性的作品而已。

玉楼春

欧阳修

洛阳正值芳菲节，秾艳清香相间发。游丝有意苦相萦，
垂柳无端争赠别。
杏花红处青山缺，山畔行人山下歇。今宵谁肯远相随，
唯有寂寥孤馆月。

【鉴赏】

前人论欧词，有的说它“深婉”，有的说它“层深”，虽然赞赏的角度不同，但都意识到了“深”是欧词艺术上的基本特色。一个深字，看似简单，要达到却颇不容易。因为它既要求作品写得含蓄，又要求作品能抒发作者深藏的强烈感情。没有二者和谐的统一，就谈不上欧词的深。这首《玉楼春》正是具备了这样两个方面，所以才显得深，才有余味。

这是一首写离别的词，开头两句点明离别的时间和地点，如果直说，简直平淡无奇。作者采用另一种表现方法，从离人对环境的感受来写，效果便大不一样。

洛阳在北宋称为西京，是仅次于汴京的大城市，这儿有许多花园，到处花木繁茂，所以“洛阳花”在当时闻名全国。欧阳修抓住这一点，也就抓住了洛阳的一个特点。刘禹锡《春日书怀》写春色曾说：“野草芳菲红锦地”，色彩很鲜明。欧阳修用“芳菲节”代替“春季”一词，用“洛阳正值芳菲节”开头，一下子就把读者带进了离人所在的满城春色的地方。但作者并不满足于此，他又用“秾艳清香相间发”来进一步渲染“芳菲节”，使洛阳的春色变得更为具体可感。“秾艳”一句不仅使人想见花木繁盛、姹紫嫣红开遍的景象，而且还使人仿佛感受到了阵阵春风吹送过来的阵阵花香。接下去两句“游丝有意苦相萦，垂柳无端争赠别”，粗心大意地看过去，好像是写景，但联系下阕，细心体味，便可察觉它们已暗含眷恋送别者的感情。“游丝”是蜘蛛所吐的丝，春天飘荡在空中，随处可见。庾信的《春赋》就曾用“一丛香草足碍人，数尺游丝即横路”来点染春景。至于折柳相赠的习俗，又是大家所熟知的。游丝和垂柳原是无情之物，它们是不会留人送人的，但在惜别者眼中，它们却仿佛变得有情了。作者用拟人化的手法，说游丝在这里那里苦苦地缠绕着人不让离去，又埋怨杨柳怎么没来由地争着把人送走，即景抒情，把笔锋转入抒写别离。

社会生活中的离别环境本来是千差万别的，有凄风苦雨中的离别，也有良辰美景中的离别。写凄风苦雨，固然可以烘托别离之苦；写良辰美景又何尝不能反衬离人的懊恼。这首词就是后者的例证，作者不但在上阕写了出发地的春光和离愁，而且又在下阕继续写旅途的春光和离愁，使人感到春色无边无际，愁思也无边无际，始终苦恼着离人。一篇小令当然不能把离人在长途跋涉中的事写得很多，作者选择了重点突出的写法，只写旅途一瞥，使富有特征的形象描绘产生以少胜多的艺术效果。

"杏花红处青山缺，山畔行人山下歇"是全词传神之笔。上句描写旅途中的春山。人们可以想象作者是写山口处有红杏傍路而开；也可以想象作者是写红艳艳的杏花林遮住了一大片青山，给人以那是山的缺处的感觉。总之，无论哪一种构思，都很新颖，不落陈套。就在这样的背景上，人们看到了那位离人的活动：他绕山而行，群山连绵，路途遥远，他还没有到达目的地，中途停宿在有杏花开放的驿舍里。这儿人烟稀少，和繁华的洛阳形成鲜明的对照。他感到寂寞，他夜不成眠，望月思人，终于迸发出了"今宵谁肯远相随，唯有寂寥孤馆月"的叹息，使作品所要抒发的感情得到强烈的表现，虽然不是火山爆发式的，但也有涌泉突发之势。

临　江　仙

欧阳修

柳外轻雷池上雨，雨声滴碎荷声。小楼西角断虹明。阑干倚处，待得月华生。
燕子飞来窥画栋，玉钩垂下帘旌。凉波不动簟纹平。水精双枕，傍有堕钗横。

【鉴赏】

这是一首以景寓情的"艳情"词。

据明代蒋一葵《尧山堂外纪》所载，欧阳永叔任河南推官时亲一歌妓，一日，宴客于后园，欧与妓来迟，时有西京留守钱文僖戏云：若得欧推官一词，当为偿汝。欧即席云："柳外轻雷池上雨。"此词本事当取于是事。

前半片描写小楼外情景。"柳外轻雷池上雨，雨声滴碎荷声"，以雷声、雨声、荷声点明时令为夏日。楼外天空轻雷阵阵，细雨如珠，滴到池中翠如玉盘的荷叶上。发出的声音就像似要把荷叶敲碎似的。静中有动，动中有静，在烟雨蒙蒙之中，让人感觉到一种生息——生命的跳动。

“小楼西角断虹明”，雨住天晴，天际现出一抹五彩斑斓的彩虹，却被“小楼西角”遮断，似隐似现，给人留下一片美好的遐思。

“阑干倚处，待得月华生”，写出词中的女主人公倚傍在小楼栏杆处，等待一轮皓月升起的神态。“月”，在此既是指天空的月亮，也暗喻期盼到来的“情人”。恰似《西厢记》中的“待月西厢下，知是玉人来”的神情。

后半片写小楼内的情景。“燕子飞来窥画栋”，以燕子眼睛的“窥”视，写出女主人公居室之华美。“窥”，偷偷地看。“画栋”，以彩色图案为饰的栋梁，即所谓雕梁画栋之略也。王勃《滕王阁序》诗：“画栋朝飞南浦云，珠帘暮卷西山雨。”曾巩《岘山亭诗》：“马窟飞云临画栋，风林斜日疏棂。”都是形容建筑物的华美。栋也是燕子筑巢之处，“窥画栋”亦有期盼归巢之意。

“玉钩垂下帘旌”，似说女主人已有了睡意，放下卷帘的玉钩，垂下帘帷。“玉钩”，玉制的帘钩，卷帘时钩住帘子不下垂。《宋书·符瑞志》云：“汉桓帝永兴二年，光禄勋府吏舍，夜壁下有青气，得玉钩块各一，钩长七寸三分，身有雕镂。”古诗词中常以“玉钩”喻月亮，此处是指帘钩，喻饰物之名贵。

“凉波不动簟纹平”，床上铺的席子平整不动。“簟纹”，即席纹。意为女主人公静静的安睡于席上。

“水精双枕，傍有堕钗横”，美人枕着水晶枕，旁边放着坠落下来的金钗。“水精”，即水晶，又名水玉、石英。《晋书·大秦国传》：“琉璃为墙壁，水精为柱础。”水晶被视名贵的装饰材料。唐同昌公主以豪富闻名，家有水晶床(见《杜阳杂编》)。“钗”，妇女头饰，两股笄。秦以前多以象牙、玳瑁制之，秦以后多以金银制之。词中以“画栋”“玉钩”“水精”，极写女主人的富贵华丽，而这一切都是以燕子的“窥”来写的，赋予燕子以人格化。

全词表现了作者高超的艺术技巧，情景交融。首先以写楼外景物交代时间、地点，静中有动，创造出一个“典型”环境。然后又写美人倚栏以待月，动中有静。接着，由外及内，细写小楼内美人的睡意和睡态。作者巧妙地利用燕子来“穿针引线”，通过一个“窥”字写出居室的陈设、睡态。特别是用“纹平”“双枕”“钗横”等词，表达出一种含意幽深的意境，给读者留下浮想联翩。

浪淘沙

欧阳修

五岭麦秋残，荔子初丹。绛纱囊里水晶丸。可惜天教生处远，不近长安。

往事忆开元，妃子偏怜。一从魂散马嵬关，只有红尘无驿使，满眼骊山。

【鉴赏】

这是一首从荔枝而联想到唐明皇的宠妃杨玉环嗜荔枝，不远数千里之外，快马奔驰，从岭南运荔枝至骊山，以诙谐的笔调，对最高统治者进行了深刻的讽嘲。

上片写荔枝。“五岭麦秋残，荔子初丹。”李肇《国史补》：“杨贵妃生于蜀，好食荔枝。南海所生，尤胜蜀者，故每岁飞驰以进。然方暑而熟，经宿则败，后人皆不知之。”这是写荔枝产于岭南，热天开始，荔枝开始红熟了。“绛纱囊里水晶丸”。荔枝的皮是紫色，果肉晶莹透明。这是对号称水果之王的荔枝外貌的刻画。“可惜天教生处远，不近长安。”这两句写得非常幽默、诙谐：很可惜呵，大自然又让荔枝生长在遥远的岭南，为什么不生长在靠近长安的地方呢？“不近长安”一句，引起了下片的正面讽刺。

下片，“往事忆开元，妃子偏怜。”据《乐史》《杨太真外传》：“（天宝）十四载六月一日，上幸华清宫，乃贵妃生日。上命小部音声，于长生殿奏新曲，未有名。会南海进荔枝，因以曲名《荔子香》”。“开元”“天宝”都是唐玄宗的年号，写文学作品不等于写历史，为了音韵上的关系，写成“开元”也是容许的。“偏怜”，最爱。这是说，杨贵妃最爱吃荔枝。这是有史实根据的。《新唐书·杨贵妃传》：“妃嗜荔枝，必欲生致之。乃置骑传送，走数千里，味未变，已至京师。”“一从魂散马嵬关，只有红尘无驿使，满眼骊山。”“魂散马嵬关”，指玄宗奔蜀时，六军不发，贵妃赐死于马嵬。《长恨歌传》：“潼关不守，翠华不幸，出咸阳，道次马嵬亭。六军徘徊，持戟不进。从官郎吏伏上马前，请诛晁错以谢天下，国忠奉氂缨盘水死于道周。左右之意未快。上问之，当时敢言者请以贵妃塞天下怨。上知不免，而不忍其死，反袂掩面，使牵之而去。仓皇展转，竟死于尺组之下。”这是说，自从杨贵妃在马嵬坡赐死之后，红尘依旧飞扬，可没有运送荔枝的驿使了。满眼能见到的只是树木葱茏的骊山而已。结句隽永，耐人寻味。

唐宋以来咏杨妃诗很多，而咏史词却并不多见，欧阳修的《浪淘沙》算是一个先例。但他把唐明皇的误国，算在一个被人玩弄的女人身上，这是历史的偏见。

浣溪沙

欧阳修

湖上朱桥响画轮，溶溶春水浸春云，碧琉璃滑净无尘。
当路游丝萦醉客，隔花啼鸟唤行人，日斜归去奈何春。

【鉴赏】

这是一首春游湖上的即景抒情词。

前半片描写湖上春景。"湖上朱桥响画轮"，美丽的湖面上架设一座红色的桥，桥上游人有步行，有乘车，往来如云。"朱桥"，涂有深红色的桥。"画轮"，车名，指画轮车。《通典·礼嘉·副车·画轮车》记载："晋制，画轮车架牛，以采漆画轮毂，上起四夹杖，左右开四望，绿油纁朱丝青交给，其上形如辇，其下犹犊车，贵者不乘，大驾次羊车后也。"说明乘"画轮车"的人，是寻常百姓家。往来不绝的游人穿行于桥，车轮碾桥，发出吱咯吱咯的响声，宛如一首春曲。

"溶溶春水浸春云"，平静如镜的春水中倒映着蓝天白云。"溶溶"，水波平静的流动。杜牧《汉江诗》："溶溶漾漾白鸥飞，绿净春深好染衣"。"浸"，犹润也。《诗·小雅·白华》："浸彼稻田。"《传》："浸润稻田。"

"碧琉璃滑净无尘"，形容湖水光洁无尘，犹如碧色的琉璃一般光滑。《汉书·西域传》："罽宾有琥珀琉璃"。颜师古《注》："大秦国出青、黄、黑、白、赤、红、缥、钳、紫、绿十种琉璃。"清赵翼《陔余丛考·琉璃》条考，认为琉璃即今之"玻璃"也。

上片用了三个动词："响""浸""滑"，分别写出三种不同的意境，把大自然寂静的风光美同游人往来之声有机的交织在一个画面之中，静中有动，静中有声，人间万物充满了生命的活力。

后半片是抒发情感。"当路游丝萦醉客"，湖滨道路上千万枝杨柳在微风中飘荡，好似在挽留着每一位陶醉于美景之中的游客。"萦"，收卷、绕也。

"隔花啼鸟唤行人"，花丛中传来小鸟的歌唱，好像在召唤着往来的游人。词人以"萦"字、"唤"字，把丝丝杨柳和小鸟人格化，使之有情有义，与游人融为一体，共赏春色，同享春光。

"日斜归去奈何春"，湖上春光虽美，但时近黄昏。西山日落，晚霞飞来，只好归去了。“奈何”二字,流露出作者此时此刻无限惆怅的心情。

历代词都非常注重景物的描绘,讲求“诗中有画”的意境。这首词对景物的描绘堪称“诗中有画”“画中有诗”的典范之作,在全宋词中不失为一篇佳作。

少　年　游

欧阳修

阑干十二独凭春,晴碧远连云。千里万里,二月三月,行色苦愁人。

谢家池上,江淹浦畔,吟魄与离魂。那堪疏雨滴黄昏,更特地、忆王孙。

【鉴赏】

这是一首写思妇怀人的词。上片写凭栏独眺,春草连天,更添愁苦。首句,写独自抚遍栏杆,远望春天的原野。一个孤独的人儿独自傍遍阑干,对春远眺,这个思妇的苦恼已在不言之中了。“晴碧远连云”,写一望是春草连天,更添愁恨。“晴碧”,江淹《别赋》“春草碧色”。“远连云”,杜牧《江上偶见绝句》云:“草色连云人去住”。这是说,萋萋芳草远达天边。此情此景,更能钩动一个女人思念之情。“千里万里,二月三月,行色苦愁人。”前两句是见物起兴,这三句,正面写出离人在千里万里之外,在阳春二、三月,远行人更添思妇之愁。上片五句,看起来很平常,字字紧扣思妇的离愁别恨。

下片,“谢家池上,江淹浦畔,吟魄与离魂。”“谢家池”,谢灵运有“池塘生春草”句,“江淹浦”用江淹《别赋》中有“送君南浦,伤如之何”句。“池上”句,用谢诗,“浦畔”句写离别,所以说是“吟魄离魂”。这已经是令人惘然伤神了。紧接着是启发了下面几句:“那堪疏雨滴黄昏,更特地、忆王孙。”这是说,白天已是够苦恼的了,黄昏时那点点滴滴的疏雨,更无法使人承受了。“更特地、忆王孙”,《楚辞·招隐士》:“王孙游兮不归,春草生兮萋萋”,写因春草而念王孙,恰与本词的上片吻合,用典天衣无缝,达到了精妙的程度。

这首词与林和靖的《点绛唇》,梅圣俞的《苏幕遮》,有咏春草绝调之称。王国维《人间词话》云:“人知和靖《点绛唇》,圣俞《苏幕遮》,永叔《少年游》三阕为咏春草绝调,不知先有正中‘细雨湿流光’五字,皆能摄春草之魂者也。”欧阳修以疏淡的笔调,刻画思妇的深情,称之“绝词”,是可以当之无愧的。

渔家傲

欧阳修

花底忽闻敲两桨,逡巡女伴来寻访。酒盏旋将荷叶当。
莲舟荡,时时盏里生红浪。
花气酒香清厮酿,花腮酒面红相向。醉倚绿阴眠一饷。
惊起望,船头阁在沙滩上。

【鉴赏】

欧阳修(1007~1072)不仅是宋代的诗文大家,也是北宋重要的词人。他摒弃了花间派词人铺金缀玉的一面,与同代著名词人晏殊的创作颇相近,一般都是语近情深。

这首词是他用同一词牌写的六首采莲词之一。他受民歌的影响,风格清新可喜,有浓厚的生活气息。

上片“花底忽闻敲两桨,逡巡女伴来寻访。”首句开门见山,写采莲姑娘划着双桨去采莲,“逡巡”,宋元口语,一会儿。一会儿女伴们找来了“酒盏旋将荷叶当。莲舟荡,时时盏里生红浪。”荷叶当杯,是一件很简便而又很风雅的事。白居易的《酒熟忆皇甫》:“寂寥荷叶杯”。这里描写这些采莲姑娘们,用荷叶作杯,争相吸饮荷叶杯中芳香的美酒,显得这群姑娘们是多么生动活泼。接着又描写她们摇荡着莲舟,莲花的影子,照在酒杯中显出红色的浪纹。这两句显得多么轻松明快。

下片,“花气酒香清厮酿,花腮酒面红相向。”荷花和酒的清香混成一片,花腮,指荷花;酒面,指采莲姑娘的花容。红光与姑娘们红晕的脸互相辉映。写她们的愉快到顶点。然后笔头一转,“醉倚绿阴眠一饷。”一饷,片刻的意思。喝醉了,在绿荫丛中睡上一会儿吧!显出了这些孩子们天真烂漫的形态。结句也很特别:“惊起望,船头阁在沙滩上。”醒来时,船在沙滩上搁浅了。用愉快而诙谐的场面来结束这首词,更加显得生动活泼。

这首词中,用了民间的口语,如把“逡巡”“一饷”“阁在”等口语入词。正如冯煦所说的:“疏隽开子瞻,深婉开少游”(《六十一家词选》例言),可以看出他在宋词发展中的地位。

渔家傲

欧阳修

近日门前溪水涨，郎船几度偷相访。船小难开红斗帐，
无计向，合欢影里空惆怅。
愿妾身为红菡萏，年年生在秋江上。重愿郎为花底浪，
无隔障，随风逐雨长来往。

【鉴赏】

这是一首恋情词。宋代词人中写男女恋情的，一般多是写才子佳人之间的相恋，写一对青年农民之间的恋情，是比较少的。

上片，"近日门前溪水涨，郎船几度偷相访。"门前的溪水涨了，我几次偷偷地驾船相访。"偷相访"，说明他们之间的爱情。在封建社会里，是不敢公开的。"几度偷相访"，可见他们爱情之深。"船小难开红斗帐，元计向，合欢影里空惆怅。""红斗帐"，一种红色的圆顶小账。采莲船小，仅容一人。这是说，我这小小的采莲船，容纳不了我们合欢的小账。"元计向，合欢影里空惆怅。"实在没有办法呵，面对合欢的并蒂莲，只能令人白白地苦恼。上片，写男女偷偷相恋，而又无法好合，生动地写出了他们对景伤情的愁恼。

下片，写这位农民女子的一往情深。"愿妾身为红菡萏，年年生在秋江上。"但愿我化作红色的荷花，今生今世长在秋江之上。她又浮起了美好的幻想："重愿郎为花底浪，无隔障，随风逐雨长来往。但愿你化作荷花下的轻浪，没有任何障碍，在风风雨雨中我们永远相伴。"这是多么美丽、纯真的幻想呵！

欧阳修这位古文家，也是写抒情诗的能手，他以清丽明媚的语言，构成了缠绵、柔婉的意境，表达了他对农民的深厚感情。

阮郎归 踏青

欧阳修

南园春半踏青时，风和闻马嘶。青梅如豆柳如眉，日长
蝴蝶飞。

花露重，草烟低，人家帘幕垂。秋千慵困解罗衣，画堂双燕归。

【鉴赏】

这首词是描写一个少妇因游春有感而忆所思的无可排遣之情。

“南园春半踏青时”，在春半到南园踏青的时候。

“风和闻马嘶”，风和是愉快的感觉，“闻马嘶”是引起遐想的声音，“马嘶”是远行之马的叫声。因而有以下感慨：

“青梅如豆柳如眉”，这是写景，也是表时，更主要的是表示春已半，且将暮，人不在的无可奈何的心情。“青梅如豆”，即花已落，结子如豆。“柳如眉”即柳叶已舒。都是内心的感觉：好景将尽。

“日长蝴蝶飞”，承上句，即偏偏这时白天又长了，无法消遣，而蝴蝶更双双偕飞，引人愈思念远人。

“花露重，草烟低”，花上有露，而且露已经重了；草上有了炊烟，（草已长高）而且烟也低了，这都是时已晚的形象。

“人家帘幕垂”，这也是所见，形容时已晚，自己也该回去了，可是远人在哪里呢？

“秋千慵困解罗衣”，原来主人公在这里，在后园里的秋千架上。“慵困”是没有精神，疲倦的形象，“解罗衣”是回到屋里要睡觉了，可是正在这时又看到：

“画堂双燕归”，自己住的美丽的屋子里，却有燕子双双飞回同宿了，这当然就又引起她思远人而愁苦了。

这首词所写的时间是春半的一个黄昏；地点是由南园至寝室；主人公是思远人的少妇；事情是因到南园游春有感而思远人。抒发了一个思妇怀恋远人的温婉之情。

“闻马嘶”是全词的关键。由闻马嘶联想到骑马的人，联想到自己的良人外出，于是展开了以下的心理活动。这种因外因而引起内感的方式方法，是很可以学习的。本篇的主要优点是用描写景物构成形象以抒发主人公的内心情感，全篇几乎句句如此，而最突出的如“青梅如豆”句形容主人公内心伤时已晚。“日长”句形容无法消遣，无可避免；尤其是“画堂双燕归”句，用在“解罗衣”之后，实在令人赞赏不止，言已尽而意无穷。回环委婉，艺术性实在高。在思想方面，是描写思念自己的丈夫温婉柔和之情，还是很典型的。

蝶恋花

欧阳修

谁道闲情抛弃久？每到春来，惆怅还依旧。日日花前常病酒。不辞镜里朱颜瘦。

河畔青芜堤上柳。为问新愁，何事年年有？独立小桥风满袖。平林新月人归后。

【鉴赏】

开头两句，为一切有情人所喜爱，长期传诵不衰。凡是有过失败的恋情而始终未能忘怀者，每读到这两句，便会感到一股激荡心神的艺术力量，因而低徊咀嚼，不能自已。这是由于作者道出了许多痴心钟情的人想说而不知如何说的情场苦涩。灵犀易通，知音难得。这首词的最大成功之笔正在这里，读者不可轻轻带过，囫囵吞枣。

这是写一个男性青年情场失意后的痛苦体验。凡是刻骨铭心的相思，总不易被时间淡化。所以每到风景依稀似昔年的时节，便会重新引发起不断的追思，回忆起远逝的倩影。以致天天借酒浇愁，甘心自我折磨。所谓"为伊消得人憔悴"，消得即不辞之意。两者可互为注脚。闲情原有两义：其一为防闲自己的感情，即控制自己的感情冲动，使不越礼。陶渊明的《閒情赋》即取此义。閒闲相通。他极力摹写自己苦恋中的种种心态变化，而归之于"坦万虑以存诚"。其二指闲散时出现的感情。人们认为这种感情在忙碌匆剧中不容易产生，只有在闲暇松散的生活里才会出现。

实际指某些未能如意的恋情或单相思。闲情的闲与闲愁的闲同义。此处的闲情与闲情逸致中的闲情不同。或谓闲情的閒即闲气、闲事中的闲,犹现在常说的"多余的感情",亦通。朱颜指年轻时红润的脸色。

上片是说情,情中带景。虽有议论,但议论的是每一多情人都能体验或早有体验的生活之秘,容易沟通读者的心灵,便不觉得空洞浮泛。

下片转而说景,景中寓情。河边又长满了青青的芳草。"记得绿罗裙,处处怜芳草。"堤上的杨柳又摇曳起来。"攀折处,离恨几时平"(王琪《望江南》句)?明媚的春光总易逗引离人的愁绪。"何事年年有?"不用回答,自家明白。这是无可奈何的叹息,而以后诘句出之,更见情苦之状。且与上片第一二两句遥相呼应,真如常山蛇。首尾紧凑,毫不枝蔓。伤心人伫立小桥边,久久不能离去。也许这里原是他俩分手的地方;也许他在这里盼望倩影归来。可是一直伫立到"月出于东山之上",除了清风盈袖,什么也没等到。他只得怅然而返。留在他背后的只是魆魆的丛林和淡淡的月色。新月即清辉不满的弯月,不是流光千里的朗月。夜景的凄清正是情怀落寞的写照。这两句可与晏同叔的名句"落花人独立,微雨燕双飞"参照着吟赏。意境相似,手法相同,而此词更深婉。阳春集收作冯延巳的作品。

陈凤仪 生平不详,成都乐妓。与张方平同时,为其所宠爱。陈凤仪作歌《一络索》赠送他。今存词一首。

一络索 送蜀守蒋龙图

陈凤仪

蜀江春色浓如雾。拥双旌归去。海棠也似别君难,一点点,啼红雨。

此去马啼何处?沙堤新路。禁林赐宴赏花时,还忆着西楼否?

【鉴赏】

这是成都乐妓陈凤仪送别心上人蒋龙图的一首惜别词。蒋龙图情况不明。从词意上看,是朝廷召蜀守蒋龙图入朝,陈凤仪不得同行,故柔情万斛,临路叮咛。

起笔渲染浓重的春色,写蒋龙图的离去。旌,用旄牛和彩羽作竿饰的旗。按古礼,君有所命,召大夫用旌、旃(一种红色曲柄旗),召士用引,召虞人用皮冠。征召又叫旌命。唐制，节度使初授，具帑持兵仗，诣兵部辞见。辞日，赐双旌双节（竹节），旌以专赏，节以专杀。宋制，节度使给门旗二，龙虎旗一，麾枪一，豹尾二，有旌无节。蒋龙图“拥双旌归去”，被召入朝，不仅非常有气派，且属荣升大喜事，理应春风得意。然而赏心乐事的另一方面却并存着离别的难堪，致使惜别者看到一切美景时也别有一种伤感。词人心目中的海棠花也似乎在为不忍离别而飘落，一点一点，像离人啼泣时的血泪。词人在这里将海棠拟人，赋予它离人的心绪，实则有力地渲染了词人的伤别之情。写景、叙事、抒情，自然融合，语感晓畅。

唐天宝三年，京兆尹萧炅请于要路筑甬道以通车骑，覆沙道上，称“沙堤”。凡拜相，府县令民载沙铺路，从宰相邸铺到子城东街，成为故事。下片就借这一故事展开。两问两答，一为唱叹，一为相思。先是自问自答，“此去马蹄何处？”明为问句，实在提顿，突出下文。沙堤新路，是通往朝廷的升迁之路，与上片“拥双旌归去”呼应。有对于即将入朝的蜀守的赞赏。接着用一反诘句式，表对未来的设想：当你在禁林（宫中）应召赴宴赏花之时，可还记得我们曾经共同拥有过的欢情蜜意？可还记得曾在西楼欢会过的痴情人？寄意沙堤路上拥双旌归去的心上人，千万不要辜负我这长相思、长相忆的送行者。深化了惜别情绪，写尽了眷恋的执着与痴迷。

全词语言清丽，用美景衬托离情，既有对行人此去入朝升迁的欣美，又有不忍割舍的深情。情景相生，缠绵蕴藉。

王琪　生平不详，字君玉，华阳（今属四川）人，徙居舒州（今安徽庐江）。举进士，调江都主簿；仁宗天圣三年（1025），召试，授大理评事，馆阁校勘。历集贤校理，知制诰、加枢密直学士。以礼部侍郎致仕。所制乐府名《谪仙长短句》，不传。《全宋词》收其词十一首。

望　江　南

王琪

江南月，清夜满西楼。云落开时冰吐鉴，浪花深处玉沉钩。圆缺几时休。

星汉迥，风露入新秋。丹桂不知摇落恨，素娥应信别离愁。天上共悠悠。

【鉴赏】

《全宋词》汇收王琪词十一首，其中《望江南》十首，都是双调五十四字体。每首都以“江南”二字领起，其第三字“柳”“酒”等，即为所咏之题。此首第一句“江南月”，即是咏月。

起句“江南月，清夜满西楼”，写一个天朗气清的秋夜，明亮的月光洒满了西楼。月升月落，月圆月缺，不知重复了多少次：“云落开时冰吐鉴，浪花深处玉沉钩。”上句写天上月，云堆散开之时，圆月如冰鉴（镜）高悬天宇；下句写江中月，浪花绽放深处，缺月似玉钩沉落江心。前句“鉴”写月圆，后句“钩”写月缺；“冰吐鉴”“玉沉钩”，句式新颖别致。本应是“冰鉴”“玉钩”为词，如元稹《月》诗云：“绛河冰鉴朗，黄道玉轮巍。”陆游《月下作》诗云：“玉钩定谁挂，冰轮了无辙。”作者以动词“吐”“沉”隔开名词词组“冰鉴”“玉钩”，这样冰、玉状月色的皎洁；鉴、钩描明月的形态。不仅句式上易板为活，有顿挫峭折之妙；而且词意上也用常得奇，颇具匠心。上片结句“圆缺几时休”，既承接收拢了前两句，又以月圆月缺何时了的感慨，十分自然地开启了下片，转入一个新的意境。

下片“星汉迥，风露入新秋”，写斗转星移，银河迢迢，不觉又是金风玉露的新秋。“丹桂不知摇落恨，素娥应信别离愁。”素娥，嫦娥之别称。丹桂，神话传说月中有桂树，高五百丈，斫之，树创随合（见段成式《酉阳杂俎·天咫》）。月中丹桂四时不谢，虽然它不会因秋而凋零；但月中嫦娥离群索居，在无休止的孤寂的生活中，肯定体验到了离别的痛苦。“嫦娥应悔偷灵药，碧海青天夜夜心”（李商隐《嫦娥》）。最后结句“天上共悠悠”。悠悠，忧思绵远的样子。一个“共”字，道出了人间离人和天上嫦娥，都为月缺人分离、月圆人未圆而黯然神伤，收到了“一石击两鸟”的艺术效果。

这首词以咏物为主，写景生动，体物精微；在咏物中抒怀，借夜月的圆缺不休，表人事的聚散不定；以嫦娥知离愁，写出了人间的悲欢离合。结句含蓄蕴藉，情韵悠然。

解昉 生平不详，任官苏州司理。《全宋词》存其词二首。

永遇乐 春情

解昉

风暖莺娇，露浓花重，天气和煦。院落烟收，垂杨舞困，无奈堆金缕。谁家巧纵，青楼弦管，惹起梦云情绪。忆当时、纹衾粲枕，未尝暂孤鸳侣。

芳菲易老，故人难聚，到此翻成轻误。阆苑仙遥，蛮笺纵写，何计传深诉。青山绿水，古今长在，唯有旧欢何处。空赢得、斜阳暮草，淡烟细雨。

【鉴赏】

作者官不过州司理，存词也只两三首，自是一个不被注意的人物，就由于此词的令人瞩目，人们至今还没有把他遗忘。

本词写的是一个男性的相思，不像一般写女性相思的词那么深婉，词意较为率直显露。上片说春日忆旧。前六句总写一派大好春光。“风暖莺娇，露浓花重，天气和煦”，写纵目所见景色：春风吹暖，莺啼婉转，百花带露，滴红流翠，一派生机。“院落烟收，垂杨舞困，无奈堆金缕”，写眼下庭院中的又一番春意：院墙下、树丛中的晨雾被和煦的阳光驱散，垂柳随风起舞已觉困乏，无可奈何地暂时停歇，一树树柳条，就像一堆堆金色的丝绦。这里所写的也不过是风和日丽、鸟语花香之意，但经作者这样重彩铺陈，大有使人身临其境之感，仿佛可以从纸上闻到春天的气息。尤其是将垂柳人格化，既显现了它的动态美，又描写了它的静态美，真可谓动静得宜，婀娜多姿，把柳写活了，可见其描绘之功。“谁家巧纵，青楼弦管，惹起梦云情绪”，说的是正赏春色的时候，不知哪家歌楼妓馆发出了弦管之声。传入耳鼓，惹起了自己的相思之情。“梦云”用《高唐赋》楚王梦朝云事。这是从赏春到感旧的一个过渡，也暗示出他往日的情人是一个青楼歌女。“忆当时、纹衾粲枕，未尝暂孤鸳侣”，即转入对往日爱情生活的回忆：我与她曾是那么形影不离，从未单枕独倚，孤衾独眠。对往日的回忆，仅及于此，但也就够了。

下片在回忆的基础上抒发自己的追悔、思念和悲苦之情。“芳菲易老，故人难聚，到此翻成轻误”，意思是说当年为了仕途前程什么的而暂时分了手。哪知道世事无常，青春易逝，两人难以见面，此刻才意识到当时不该轻率地分离，以致铸成终身的遗恨。“阆苑仙遥，蛮笺纵写，何计传深诉”，接着写两人天各一方，音信难通。阆苑，即阆风之苑；阆风是传说中位于昆仑之巅的一座仙山，一般概指仙人所居之境。蛮笺，是唐时四川地区所产的一种彩色纸，相当珍贵。这里是使用典故。词中以洞府仙山喻坊曲，仙女喻美人，其例颇多。如孙光宪《应天长》“翠凝仙艳非凡有，窈窕年华方十九。……醉瑶台，携玉手”，柳永《玉女摇仙佩·佳人》“飞琼伴侣，偶别珠宫，未返神仙行缀”皆是。这里说其地其人已离我十万八千里，我纵使用珍贵的彩色信笺倾诉我的深情，可又有什么办法传递呢？“青山绿水，古今长在，唯有旧欢何处”，是发自心灵深处的感慨：山水长存，而欢乐不再，“空赢得、斜阳暮草，淡烟细雨”，眼前所得到的只是一片黯淡与迷惘、寂寞与痛苦。斜阳暮草，淡烟细雨，是缘情造景，化不可描摹之情为可见可感之景，以此收结，余韵不尽。

此词结构单纯，不见错落；意旨外露，不见隐情；一气贯串，不见断续，似是词坛新手的作品。然而它有一个最大的优点，那就是尽情地表现了胸中燃烧着爱情的烈焰，可以使你听到作者的心跳，摸到作者的体温，这又是一般词坛老手不容易做到的。它的强烈的表情效果，来自如下三方面的努力：一是不开门见山地写感旧，而先安排一个春日融融的背景。这种当春感旧的布局，不仅自然，而且与后面有着某种比衬作用：大自然的春天去了又回，我心中的春天却一去不返；大自然是如此的喧闹，我心中却是如此冷寂。有此种对比，自然会增加感情的强度与力度。二是回忆直插爱情生活的最深层——同衾共枕。只有回忆得如此之切，才能想念得如此之深；只有回忆得如此之甜蜜，才能显出分离之痛苦。三是充分利用景物的表情作用，如以青山绿水的长在，反衬自身的旧欢不再；以斜阳烟雨的黯淡迷蒙，隐喻愁恨的无边无际。这样以有形的景物来体现无形的思绪，作者的感情自然鲜明可感，而且富有余味。难怪俞陛云对此词下了这样的评语：“其胜处在下阕‘青山’以下五句，举目河山，旧欢如梦，斜阳烟雨，触处生悲，山灵有知，阅尽悲欢百态，但身受者难堪耳。”(《宋词选释》)

韩琦　(1008~1075)字稚圭，相州安阳(今属河南)人。仁宗天圣五年(1027)进士。康定元年(1040)出任陕西安抚使，与范仲淹共同防御西夏，时人称“韩范”。嘉祐朝，历任枢密使，同中书门下平章事，集贤殿大学士，累封魏国公。经英宗至神宗，执政三朝。王安石变法，屡次上疏反对，与司马光等同为保守派首脑。卒谥忠献。存词五首，风韵闲适。著有《安阳集》。

点绛唇

韩琦

病起恹恹，画堂花谢添憔悴。乱红飘砌，滴尽胭脂泪。
惆怅前春，谁向花前醉？愁无际。武陵回睇，人远波空翠。

【鉴赏】

宋吴处厚《青箱杂记》卷八载：“韩魏公晚年镇北州，一日病起，作《点绛唇》小词。”词即此首，是作为正人端士的艳丽之词一例录存的。“韩魏公”即韩琦。他从神宗熙宁元年(1068)六十一岁以后，长期任河北路安抚使，判大名府。熙宁五年判大名再任期满，以身体多病上表乞归老故乡。次年才移官相州，而于熙宁八年卒于相州。所谓“晚年镇北州”，指大名之任。“北州”，一本作“北都”，盖北宋以大名府为北京也。如是，则这首词当作于六十一岁以后。“病起恹恹”，即《青箱杂记》所说的“一日病起”，“恹恹”，精神疲惫不振的样子，这句是实写作者当时的情况。由于生病，心绪愁闷，故见画堂前正在凋谢的花枝，也好像更增添了几分憔悴。“画堂”句，不仅点出了暮春的节候特征，而且亦花亦人，花人兼写：“憔悴”，既是写凋谢的花，也是写老病的人；人因“病起恹恹”，而觉得花也憔悴；而花的凋谢也更增加了病人心理上的“恹恹”。“乱红”两句，紧承“画堂”句，进一步描绘物象，渲染气氛。有“画堂花谢”，即有“乱红飘砌”。“砌”应“画堂”，“乱红”应“花谢”，连环相扣，正是作者用笔缜密之处。“滴尽胭脂泪”，则情浓意切，极尽渲染之能事。“胭脂泪”，形象地描绘“乱红”的飘坠，赋予落花以伤感的人情，同时也包含了作者自己的伤感。词的上片，情景交融，辞意凄婉。下片转入怀人念远。“惆怅”两句，写前春人去，无人在花前共醉，只有“惆怅”而已。“惆怅”之至，转而为“愁”，愁且“无际”，足见其怀人之深。最后两句，更以特出之笔，抒发此情。“武陵回睇”，即“回睇武陵”，回睇，转眼而望。“武陵”，由结句的“波空翠”看，应是指《桃花源记》中的武陵溪。作者可能是由眼前的“乱红飘砌”而联想到“落英缤纷”的武陵溪，而那里正是驻春藏人的好地方。但这里并非是实指，而是借以代指所怀念的人留连之地。不过，人在远方，虽凝睇翘首，终是怀而不见，望中徒有翠波而已。“空”字传神，极能表现作者那种怅惘、空虚的心情。

这首词很可能有其特定的寓意。当时，王安石正大刀阔斧推行新法，反对新法的大臣纷纷遭贬。韩琦对新法是不满的，熙宁三年二月，他曾上书请罢青苗法，与王安石发生了尖锐矛盾，王安石曾为此称疾不朝，韩琦也因此被解除了河北安抚使的职权。此后，他心情苦闷，憔悴而多病，同时也非常怀念那些贬出朝廷的志同道合的同僚。凡此，皆与词中所表现的气氛与感情极相符合。只是他的这种思想感情，由于当时形势所迫，动辄得咎，不得不借助于伤春怀人的传统手法表达罢了。

由落花而伤春，由伤春而怀人，暗寄时事身世之慨，全词用笔婉妙，深情幽韵，袅袅若不能自胜。这种情调与政治舞台上刚毅英伟、喜怒不见于色的韩琦绝不相类。对此，吴处厚在其《青箱杂记》中做了这样的解释："文章纯古，不害其为邪；文章艳丽，亦不害其为正。然世或见人文章铺陈仁义道德，便谓之正人君子；若言及花草月露，便谓之邪人。兹亦不尽也。皮日休曰：余尝慕宋璟之为相，疑其铁肠与石心，不解吐婉媚辞，及睹其文，而有《梅花赋》，清便富艳，得南朝徐庾体。然余观近世所谓正人端士者，亦有艳丽之词，如前世宋璟之比。"接着他选录了这些"正人端士"的诗词，其中便有韩琦的《点绛唇》。同样的情况，还有范仲淹、司马光等，皆一时名德重望，他们都写过艳丽的小词。其实，这倒是一种正常现象，如杨升庵《词品》所说："人非太上，未免有情。"唐韩偓《流年》诗有云："雄豪亦有流年恨，况是离魂易黯然。"再者，这与词的发展特点有关。词之初起，便以抒情为上，《花间》之后，便形成了婉约的传统，在韩琦的时候，词还没有突破这个传统。鉴于这些情况，有着个人遭际的韩琦，写出这种情调的词，是完全可以理解的。

杜安世　生平不详，字寿域，京兆（今陕西西安）人。北宋慢词作家，亦能自度新曲。有《寿域词》一卷。

鹤冲天

杜安世

清明天气，永日愁如醉。台榭绿阴浓，薰风细。燕子巢方就，盆池小，新荷蔽。恰是逍遥际。单夹衣裳，半笼软玉肌体。

石榴美艳，一撮红绡比。窗外数修篁，寒相倚。有个关心处，难相见，空凝睇。行坐深闺里，懒更妆梳，自知新来憔悴。

【鉴赏】

在宋词作家中，杜安世是个不大显眼的人物。他的生平缺乏详细记载，甚至连名和字都搞不清楚。陈振孙《直斋书录解题》称他名安世，字寿域；黄昇《花庵词选》却说他字安世，名寿域；把编选《宋六十名家词》的毛晋和编《四库全书总目》的纪昀都弄糊涂了。《直斋书录解题》把他的词集列在张先、欧阳修词之间，可知他是北宋前期的作家。他的《寿域词》现存作品八十多首，数量不算太少。这首《鹤冲天》词，是值得一读的。

词的内容是写闺思。把春末夏初的景物和深闺思妇的情态，写得相当鲜明生动。

上片重点铺叙春末夏初景物，即闺人所居住的环境，也写出了环境中的人物。"清明天气，永日愁如醉"，点出人物在清明天气中的感受。清明是春分之后的一个节令，此时已入暮春，梅、杏、桃等花相次凋谢，最容易引起思妇离人的愁怀。"愁如醉"，兼状愁人的内心感受和外在表现。愁绪袭来，内心模模糊糊，外表则显现为表情呆滞。愁人是容易感到日长的，何况清明之后，白昼又确实是逐渐地长了起来，故曰"永日愁如醉"。这样，一开头，这首词就把它要吟咏的主人公的特定心理状态介绍出来了。

接着，作者笔锋一转，描写闺人所居住的环境。"台榭绿阴浓"至"新荷蔽"数句，活画出一幅春末夏初的园林美景。暖风轻拂；台榭的周围，绿树成荫；归来的燕子，新巢已经筑成；小小的池塘，长满了青青的荷叶：这一切是多么的美，多么的诱人啊！我们的词人不禁喊出了一句："恰是逍遥际"——正是优游自在地赏玩景物的好时光！但是生活在这里的女主人公怎么样呢？"单夹衣裳，半笼软玉肌体。"他向读者展示出：一位肌肤柔软洁白的佳人，披着件薄薄的夹衣，呆呆地站立在那里。何以见得这两句词有刻画女主人公神情呆滞的意义呢？一是从"半笼"两字，见出她披衣时的漫不经心；二是开头"永日愁如醉"句已做了提示，这里不过是一种呼应。这样，女主人公的形象，就得到了进一步的丰富。从描写的角度来观察，作者把写景和写人的关系处理得很好。优美的环境，衬托着美丽的闺人，恍如绿叶丛中簇拥着牡丹，相得益彰；这是一个方面。但是另一方面，环境和人物又构成了反衬：景物自佳而人物自愁，节奏并不协调，于是更显出了人物的愁绪之重。这样，在审美关系上，就给了读者双重的享受。

下片着重写闺人的幽怨情怀和憔悴情态，但却从景物写起："石榴美艳，一撮红绡比。"这是以"红绡"比石榴花之红以状其美。石榴夏季开花，花常呈橙红色，故白居易《题孤山寺山石榴花示诸僧众》诗云："石榴花似结红巾，容艳新妍占断春。"以红色的织物比石榴花，大概就从这里开始。作者看来是受到过白诗的启发的。其后苏东坡也有"石榴半吐红巾蹙"(《贺新郎》)之句，文学上的继承借镜而又有所变化，就是如此。这两句是继续写园林美景。长词须有错综，有摇曳，不可平板单调；下片以写人为主，却以写景开头，就是为此。

"窗外数修篁"两句，是实写，也是虚写。实写就是女主人公的窗外大概真的有几竿修竹；因为在中国的园林中，竹子是必不可少的。虚写就是她并不一定真的去相倚；这里用了杜甫《佳人》诗中的意境："天寒翠袖薄，日暮倚修竹"，说明她也具有自怜幽独的怀抱而已。这两句，既是写景，也是写人，其作用是从写景过渡到写人，而且本身已具有丰富的幽怨内涵。

既然从写景到写人的过渡已经出现，于是，紧接着上面两句，作者揭示了女主人公心灵的秘密：为什么她那样幽怨满怀、行动呆滞呢？是因为"有个关心处，难相见，空凝睇。"——有一个她关心的人，却难以相见，只能白白地盼望。这在行文上是水到渠成的一笔，对女主人公的情怀、表现写了那么多，其原因也该有一个交代了。词作至此，就内容来说，已够完整。但若在此处遽然结束，那么在人物形象的饱满方面，却还有所欠缺。于是就有了最后的三句："行坐深闺里，懒更妆梳，自知新来憔悴。"这是对女主人公情态的进一步刻画，也是对这个人物形象的补足性刻画。我们仿佛见到她在深闺里行坐不安的状态，仿佛见到她形容憔悴的样子。是的，心爱的人儿不在身边，还有什么心思去梳妆打扮呢？"自伯之东，首如飞蓬，岂无膏沐，谁适为容？"(《诗经·伯兮》)"自从别欢来，奁器了不开。头乱不敢理，粉拂生黄衣。"(《子夜歌》)自古以来，这种事就是人同此心，心同此理的。经过了最后这几句的进一步刻画，一位因怀念远人而憔悴幽怨的闺中少妇的形象，就鲜明地站立在读者的眼前。

这首词，前片着重写景，后片着重写人，局势有所变换；但又紧紧围绕着一个中心，就是把人写好，写景是为了反衬人。这样，词的气脉就一气贯串，而使结构臻于完整。在艺术风格方面，它较少粉饰，善于铺叙，与柳永词有相似之处。

菩萨蛮

杜安世

游丝欲堕还重上，春残日永人相望。花共燕争飞，青梅细雨枝。

离愁终未解，忘了依前在。拟待不寻思，刚眠梦见伊。

【鉴赏】

春天即将结束。在燕飞花谢，梅子青青的季节里，独处深闺的少女的内心深处，产生了一种难以填补的空虚和惆怅。她止不住向遥远的高空望去，这时，她才意识到自己在为深深的离愁所苦，直至魂牵梦萦，无法解脱。这虽是古代诗词最为常见的题材，但这首词构思比较别致，善于通过具有特征性的事物含蓄曲折地表现女主人公那种幽微深隐的情感，颇具特色。

起笔就与众不同："游丝欲堕还重上"。词人抓住在空中飘摇不定的"游丝"来大做文章，是颇具匠心的。"游丝"，也就是"晴丝""飞丝""烟丝"，是一种虫类吐出的极细的丝缕，飘浮在空气之中，如果天气晴朗，阳光璀璨，有时还可发现这种"游丝"在空中闪着水晶般透明的耀眼的光泽。作者通过这一细微的事物反映出痴情少女内心的微妙的波动，反映出这位少女对春天的热爱，对青春和对生活的热爱。汤显祖《牡丹亭·惊梦》有句云："袅晴丝飞来闲庭院，摇漾春如线。"它形象地描绘出杜丽娘青春的觉醒。此词"游丝"一句，含蓄曲折，一语双关。它表面上似在写景，实际却在写少女的心境。词人在这里用的是民歌中"谐音隐语"手法。词里"游丝"，正是有意与"相思"的"思"字双关。这一句形象地说明，少女的相思之情跟天上飘飞不定的"游丝"一样，一忽儿，像是要坠落下来；一忽儿，又扶摇直上。刚刚平静下来的内心，也因此卷起了感情的涟漪。谐语双关，不仅增强了词的韵味，同时它还把词中的景、事、情串接在一起，使全词成为无懈可击的有机整体。

当这少女的目光伴随"游丝""重上"之后，她的心也飞向了远方，于是引出了第二句："春残日永人相望"。"春残"，点明季节，春归而人未归。"日永"，白昼延长。在此情况下，"相望"的时间也随之增长了。

"花共燕争飞，青梅细雨枝"二句是对"春残"的补充，同时，它又是"人相望"的必然结果。虽然这位少女"相望"的是"人"，但因"人"在千里之外，可望而不可及，她所能见到的便只能是落红伴着双飞的紫燕纷纷飘坠，是被雨滋润过的梅枝上的青青梅子。这两句还兼有映衬与象征作用。花,落了;春,归了;燕子,回来了;人呢?却杳无归期。离愁别恨又怎能不油然而生?这也许就是"游丝欲堕还重上"的深层原因吧!

过片"离愁"二字,很自然地成为上下片转折过渡的关键,并具有画龙点睛的妙用。"离愁"与"游丝"上下呼应。"离愁"因有"游丝"的映衬而显得鲜明具体,"游丝"以"离愁"为内涵愈加显得充实。因之,即使相望很久,都未能冲淡她的"离愁",故曰"终未解"。不仅如此,词人还补足一句:"忘了依前在。""忘了"二字之下省略了一个宾语,即末句的"伊"。即使你想方设法去忘却他,可他还是跟从前一样,清清楚楚地再现于你的眼前,再现于你的心头。词人这样写,觉得意已尽而情犹未尽,又写了两句:"拟待不寻思,刚眠梦见伊。""不寻思"即"忘了","梦见伊"即"依前在"。这样说,岂不是屋下架屋,床上施床了吗?并非如此。无论诗歌艺术有以重复表示强调的传统手法,就以这一结两句来说,较之前一句也还是有点新东西。第一,它承接前文的"日有所思",进一步写出了"夜有所梦";第二,说待要不想他,刚睡下就梦见他了,"拟待"与"刚",虚词转折力度强,实际上是以"梦见伊"否定了那个"不寻思",比以"依前在"来否定"忘了"还要干净彻底。第三,作者不是正面表达她渴望与所思之人梦中相会,而是以"拟待不寻思"先跌一笔,再以"刚眠梦见伊"点出正意,来一个否定之否定,运笔新奇,因而就更引人入胜。比较古乐府《饮马长城窟行》的"青青河畔草,绵绵思远道。远道不可思,宿昔梦见之",事非两歧,意亦只此一端,但以词体写出来,便见婉曲之美。无疑,这是一首情真意切、缠绵执着的恋歌,似乎还表现出作者对美好事物、美好理想那种朝思暮想的执着追求。这首词清新、流畅、自然,浅语含深意,淡语有醇味,颇有民歌风味。

卜算子

杜安世

尊前一曲歌,歌里千重意。才欲歌时泪已流,恨应更、多于泪。
试问缘何事?不语如痴醉。我亦情多不忍闻,怕和我、成憔悴。

【鉴赏】

这首词写闻歌有感。一位歌女的动情演唱引起词人强烈共鸣,不禁一掬同情之泪。其情事大类白居易《琵琶行》，然而小词对于长歌，在形式上有尺幅与千里之差别。对照读之，最足见此词在写作上的特色。

词分三层。上片都为一层，写歌女的演唱，相当于白诗对琵琶女演奏的叙写。“尊前一曲歌，歌里千重意”，一曲歌而能具千重意，想必亦能说尽胸中无限事；而这“无限事”又必非乐事，当是平生种种不得意之恨事。这是从后二句中“恨”“泪”等字可得而知的。首二句巧妙地运用了对仗加顶真的修辞，比较一般的“流水对”更见跌宕多姿，对于歌唱本身亦有模拟效用。“才欲歌时泪已流”一句乃倒折一笔，意即“未成曲调先有情”也。“恨应更、多于泪”，又翻进一笔，突出歌中苦恨之多。白居易诗对音乐本身的高低、疾徐、滑涩、断连等等，有极为详尽的描摹形容；而此词没有也不可能对歌曲本身作直接描绘，但它通过：一曲歌——千重意——泪已多——恨更多的层层翻进，已能启发读者去想象那歌声的悲苦、婉转与动听了。

“试问缘何事？不语如痴醉”，是第二层。对歌女的悲凄身世作了暗示，相当于琵琶女放拨沉吟，自道辛酸的大段文字。但白诗中的详尽的直白，在此完全作了暗场的处理，或者说设置为悬念了。当听众为动听的演唱感染至深，希望进一步了解歌者身世时，她却“不语如痴(如)醉”。这样写固然是受小令体裁的限制，然而却又取得了“此时无声胜有声”的效果。

末三句为第三层，写词人由此产生同情并勾起自我感伤，相当于白居易对琵琶女的自我表白。但白诗明写了“同是天涯沦落人，相逢何必曾相识”的认同感和缘由，此词却没有。他只说“我亦情多不忍闻”，好像是说歌女不语也罢，只怕我还受不了呢。由此可知，这里绝不是一般的“情多”导致感伤，而是词人已从歌词本身猜测到歌女身世隐痛，又联系到个人某些经历，产生了一种同病相怜、物伤其类的感情。非如此绝不至于“怕和我、成憔悴”的。

可见歌行所长在叙事，妙在形容的委曲详尽，得其情实；小令所善在抒情，妙在悬念的设置，化实为虚，得其空灵。此外，这首词在运笔上颇饶顿挫，上片用递进写法，下片则一波三折：试问——不答——即答亦不忍闻……，读来便觉引人入胜。《卜算子》词调的两结，本为五言句，此词则各加了一个衬字变成六言句(三三结构)。大凡词中加衬字者，语言都较通俗，此词亦然。

苏舜钦 (1008~1048)字子美，祖籍梓州铜山(今四川中江)，后迁开封(今属河南)。苏易简之孙，以父荫补太庙斋郎、荥阳(今属河

南)县令。仁宗景祐元年(1034)进士。庆历三年(1043),被范仲淹荐为集贤校理、监进奏院。屡次上书朝廷,议论时政得失。次年,因"稍侵权贵",为保守派嫉恨,借故诬陷,被捕入狱,革职为民。退居苏州,买水石,筑沧浪亭,自号沧浪翁。后起为湖州长史,未赴任,病卒。诗与梅尧臣齐名,世称"苏梅"。风格豪迈,笔力雄健。亦能词,仅存一首。有《苏学士文集》。

水调歌头　沧浪亭

苏舜钦

潇洒太湖岸,淡伫洞庭山。鱼龙隐处烟雾,深锁渺弥间。方念陶朱、张翰,忽有扁舟急桨,撇浪载鲈还。落日暴风雨,归路绕汀湾。

丈夫志,当景盛,耻疏闲。壮年何事憔悴,华发改朱颜。拟借寒潭垂钓,又恐鸥鸟相猜,不肯傍青纶。刺棹穿芦荻,无语看波澜。

【鉴赏】

苏舜钦政治上倾向于范仲淹为首的改革派,被诬削籍,闲居苏州沧浪亭。此词是词人此时之作。其落魄失意之感难免要时时向他袭击,因而,他既寄情于江湖,以期忘怀仕途之坎坷,但又感到抑郁不平,甚至于愤懑。这首词集中反映了他的这种情绪。

词一开篇:"潇洒太湖岸,淡伫洞庭山"。洞庭山在太湖之中,有东、西洞庭山。首二句突兀而起,极写太湖岸之潇洒,洞庭山之淡伫,从大处着眼,引人注目。"潇洒",脱俗、轻快之意。把无情无感的太湖岸说成"潇洒",给人以意态潇洒之感,更见出太湖岸风貌之情状。"淡伫",淡,闲淡;伫,伫立。词人用"淡伫"状洞庭山,突出了其山的静寂感,也见出洞庭山闲淡之意趣。这二句生动形象地写出了太湖两景点之生机和情韵,平添了三分诗意,体现了词人的审美情趣与性情怀抱。词人笔锋,由太湖岸、山,顺势而下,推出了太湖水面的远景:"鱼龙隐处烟雾,深锁渺瀰间”。写太湖浩渺壮阔、烟波迷蒙之风韵：横无涯际的太湖之上，望到极处，但见水浮云天，烟波浩渺，雾气迷蒙，鱼龙水族就深藏在烟波之下。词人缀以“烟雾”“渺瀰”，把太湖的浩瀚无垠淡笔勾出，把湖面上的迷蒙淡然画出，使太湖在遥望中呈现一片浑涵。从而把太湖的画卷捧在了你的面前。“隐处”与“深锁”，写出了鱼龙潜形的特质，亦展示了太湖的深不可测。词人表现的这一意境虽深邃幽寂，而没有死寂的气氛。它尽管深远，但仍然生机勃勃，横溢着生命的意趣。“方念陶朱、张翰，忽有扁舟急桨，撇浪载鲈还”。陶朱即春秋时范蠡，范蠡帮助勾践打败吴王夫差，功成身退，“乘轻舟浮于五湖，莫知其终极”(《国语》)。张翰，晋人，他在洛阳为官，一日“见秋风起，因思吴中菰菜莼羹、鲈鱼脍，曰：‘人生贵适意尔，何能羁宦数千里以要名爵！’遂命驾便归”(《世说新语》)。此二人或以其功成身退的人生道路，或以其“适意”的理想追求而对中国文化，特别是对封建士大夫的心理产生了深刻的影响，从而构成了与儒家“致君尧舜”相互补的另一种追求。因此，我们常常能够听到诗人们“永忆江湖归白发，欲回天地入扁舟”那无数次似乎洒脱却又深含痛楚的吟唱。词人被诬落职，回家闲居，身在太湖之滨，满目太湖山水，不由触景生情，想到抱负成虚话，报效无门，便自然地想起了范蠡、张翰，从而使这二位对中国思想、文化产生过深刻影响的前贤，附着那动人的、百说不厌的古老传说一起形象地凸立于我们的面前。这一句写出了词人此时之心态。而“忽有”二句，从视觉的角度写实。以“忽有”二字领起，引出一个令人豁然开朗的壮阔境界：烟波浩渺的湖面上，一叶扁舟，急桨紧舵，劈波斩浪，迅疾而来。着一“急”字，极言舟人用力之情状，见出舟行之快，间接地传递出了桨击浪头的密而重的音响效果。着一“撇”字，则形象地表现了扁舟劈开浪峰，漂行水上的情貌。又唯其“载鲈还”，不仅使陶朱、张翰之念显得深远有致，而且隐然流露出词人心神的振奋与欢悦。词上片最后两句由客观转向主观，以太湖景状收束上片。“落日暴风雨，归路绕汀湾”。此二句写天空的落日和暴风雨到写地上的汀湾以及归路的曲折缠绕。从表现方式看，词人使用了几组意象勾勒了具有传统审美情趣的画面：远处，湖水之上，夕日沉沉，欲落未落，在金红色球体的上方乌云翻滚，一场骤起的暴风雨降临，湖水喧腾，一个游客匆匆绕过水湾，赶路回家。“落日”，点出时间是黄昏，是夕阳西下之际，暗示时间由昼向晚，天色亦由明转暗，给画面悄悄染上一层若明若暗的色调。“归路”写自我，也是眼前实境。一“绕”字使画面活动起来，也表明水湾众多，道路曲折缠绕。同时，暗寓了词人仕途之坎坷。

上片重在写景而景中有情，下片抒情写心，嗟喟壮志难酬，而寄抑郁之情于江湖。“丈夫志，当景盛，耻疏闲”。此三句自抒胸臆，展示了词人渴望及时立功报国，干一番事业的宏愿，充分传达出词人内心世界的动荡，感情真率强烈。“壮年何事憔悴，华发改朱颜”。“憔悴”两字突如其来地把词人勃发的雄心壮志一扫而为世道艰难的辛酸，使词人奔涌的豪情跌进忧患的深渊而停滞回旋。“华发”二字不仅是写词人头上的白发，而且是“老冉冉其将至兮，恐修名之不立”的哀伤。“拟借寒潭垂钓，又恐鸥鸟相猜，不肯傍青纶”。承“华发改朱颜”句而出。“垂钓”与“耻疏闲”相呼应，联系下文“青纶”，引申为出仕从政。孟浩然《望洞庭湖赠张丞相》诗：“坐观垂钓者，徒有羡鱼情”。“垂钓”就是干谒求荐之义。“鸥鸟”即鸥盟，谓与鸥鸟同住在水云乡里，是隐者生活。“青纶”，《后汉书·仲长统传》：“身无半通青纶之命”。注：“郑玄注《礼记》曰：‘纶，今有秩、啬夫所佩也’”。啬夫为古代官名。这三句是词人的内心自白，也是词人闲居生活的写照。表现了词人矛盾复杂的心态，对全词来说，起着渲染的作用。

最后结尾，转入实写，却又与前三句相呼应。用点睛之笔，勾画出词人闲云野鹤悠然自在的风神。“刺棹穿芦荻，无语看波澜”。词人用“刺”“穿”“芦荻”“看”“波澜”的字样，勾勒出了苍莽孤寂的大背景：词人驾着一叶扁舟，荡桨于浩渺无垠的水上，穿行在茫茫的芦荻之中，此时，词人独倚船舷，默默观赏着起伏不断的波澜。“无语看波澜”，不仅呼应了上片的“念陶朱、张翰”，而且将太湖的山与水，人生境界的坎坷与亨通统一于一体，将词人壮志与忧郁、入世与退隐的内在矛盾统一于一体，由此多少情、事，尽在这“无语”之中。犹如“曲终收拨当心划，四弦一声如裂帛。东船西舫悄无言，唯见江心秋月白”：无论对词人还是读者来说，这“无语看波澜”的表现和体会，都是“此时无声胜有声”！

全词虽是上片写景，下片写情，但却一气贯通，具有内在联系。无论是太湖山水的描写，还是词人胸臆的展示，都表现了词人在政治上遭打击后，对太湖佳境美景的热爱和隐者生活的追求以及壮志难酬而寄抑郁之情于江湖的情怀。全词写得洒脱、自然，宋黄叔暘《花菴绝妙词选》视此首为苏词中第一，确有见地。

李师中 （1013~1078）字诚之，楚丘（今属山东）人。庆历二年（1042）进士。仁宗朝，提点广西路刑狱。历天章阁待制，河东都转运使，知秦州，后贬和州团练副使安置，稍迁至右司郎中。有《李诚之集》，不传。《全宋词》存其词一首。

菩萨蛮

李师中

子规啼破城楼月。画船晓载笙歌发。两岸荔枝红，万家烟雨中。

佳人相对泣，泪下罗衣湿。从此信音稀，岭南无雁飞。

【鉴赏】

这是一首伤别忆旧之作，当作于词人离开广西以后。上片回忆当年离别时的情景。“子规”又称阳雀，即杜鹃。在历代诗人心目中，它的啼叫都是愁苦的象征，常用它来寄托离情别绪。王维诗“别后同明月，君应听子规”(送杨长史赴果州)；李白诗“蜀国曾闻子规鸟，宣城还见杜鹃花，一叫一回肠一断，三春三月忆三巴。”这首词用“子规啼”开篇，为全词定下愁苦的基调。又点明当初离别时还是暮春时节。“啼破城楼月”则临歧已是黎明。可知主人公听子规啼叫，彻夜未眠，见愁苦之深。“画船晓载笙歌发”意味着离别就要到来，抒写词中本事。也揭示愁苦的原因。“画船”“笙歌”与两岸火红的荔枝，均以华美、热烈的气象反衬离别的愁情。“万家烟雨中”句渲染出凄凉迷惘的气氛，对离情作了正面烘托。

下片写当年分手时女方的伤别之情和现在自己对她的怀念。在上面惨绿愁红的背景上，出现了泣别的佳人，构成万家烟雨之中江边送别的场面。“佳人相对泣，泪下罗衣湿”。一个“泣”字，比起那号啕大哭来更显出一种压抑的悲伤，泪湿罗衣，更见悲伤之重。让人不禁联想起柳郎中词：“留恋处，兰舟催发，执手相看泪眼，竟无语凝噎。”(《雨霖铃》)两词均写泣别，一为小令，一是慢词，实则异曲同工。

最后两句，是说自从那次离别后，鱼沉雁杳，连讯音也难听到，更不用说后会难期了。相传，北雁南飞，至衡阳不再南下，故秦少游词云：“衡阳犹有雁传书，郴阳和雁无。”宋之问《题大庾岭北驿诗》：“阳月雁南飞，传闻至此回。”可见词人离广西后，一直不能忘怀旧好，时刻在念。“黯然销魂者，唯别而已矣。”何况别后音讯全无？生离即死别，怎不令人伤心肠断？

全词从子规啼破、楼台月落、江雨凄迷伸延到岭南无雁；从佳人对泣写到别后的追怀。由远而近，由实而虚，层层递进，脉络分明。选取色彩鲜明，极富表现力的物象，诸如子规、残月、楼台、画船、笙歌、两岸荔枝、万家烟雨等，衬托这伤心的泣别，渲染一种明艳而又凄迷的美感。最后用沉重的叹息表达词人对坚欢难拾、旧恋难忘的痛苦之情。如闻其声，尤有余味。

司马光　(1019～1086)字君实，陕州(今山西夏县)涑水乡人，世称涑水先生。晚年自号迂叟。仁宗宝元二年(1039)进士。庆历八年，官大理寺丞。召试，授馆阁校勘。累除知制诰,改天章阁待制,知谏院。英宗朝,任龙图阁直学士,改右谏议大夫。神宗时,擢翰林学士,判西京留司御史台,拜资政殿学士。因竭力反对王安石变法,熙宁四年(1071)离朝退居洛阳,致力编撰《资治通鉴》。哲宗即位次年,任尚书左仆射、门下侍郎,废除新法。同年卒,封温国公,谥文正。以文著名,亦能诗词。著有《司马文正公集》《稽古录》。

西江月

司马光

宝髻松松挽就,铅华淡淡妆成。青烟翠雾罩轻盈,飞絮游丝无定。
相见争如不见,有情何似无情。笙歌散后酒初醒,深夜月斜人静。

【鉴赏】

这是北宋宰相司马光的一首狎妓言情之作:语言虽朴实无华,却道出了很真很浓的感情。上片是人物特写镜头。首言"宝髻松松挽就,铅华淡淡妆成"。"铅华",美容用的铅粉。语句未加雕琢,全凭信手拈来,却又如此工稳。"松松""淡淡"两词,写出了主人公素淡的装束,可见其气质高雅,别有一番风韵。用"陈字见新、朴字见色"来评价,一点也不过分,作者驾驭语言的能力是相当强的。接着连用四种物象:"青烟""翠雾""飞絮""游丝"作为比喻,勾勒主人公的身影。四个平常的词汇,却将女主人公的外貌、神情和丰富的内心世界展现在读者面前——她头上挽着松松的发髻,脸上铺着淡淡的铅华。她那无疑是苗条的身段,笼着"青烟翠雾"。是在青葱的树荫草地上?抑或是在青翠的帘幕旁?那样的迷蒙飘忽,这正是词人心目中可望而不可即的情人。她像飘飞的柳絮、游动的蛛丝,令人无法捉摸。这些传神的描绘、贴切的比喻,使一位风姿绰约、神态游移的佳人形象跃然纸上。

上片对人物形象的刻画反映了人物的心态。这就很自然地引出下片。"相见争如不见,有情何似无情。"过片用赋的手法,抒发词人爱情失落时的怨苦与忧伤。"争如",即怎如。见了面若即若离,满腔爱慕之情,得不到应有的反馈,还不如不见面的好;分明是情意深长,却又形同陌路。是"琵琶别抱"另有所属?还是"恨相见得迟,怨归去得疾"?这分明是词人柔情万缕却又不得遂意的感叹。最后,以一个悲凉、孤独的场面收束全词:"笙歌散后酒初醒,深夜月斜人静。"待笙歌结束、酒醒神清，再觅佳人时，夜已深沉，月儿西斜，美景如画，而佳人已杳。心是再也无法宁静的，相思也只会更深！不着半个“愁”字，却得到了晏殊“酒醒人散得愁多”的艺术效果，这是怎样浓郁的相思，这是怎样深重的哀愁？这种无法排遣的深情加上精湛的表现手法，使作品具有了很强的艺术感染力。

这是一首写爱情不得遂意的恋词、怨词。全词写的是在一次笙歌宴饮中的邂逅，只截取两情相对时的难堪场面来写，写得蓦然而来，悠然而去，语浅情深，风味醇厚。

读这首词，可以联系辛弃疾的《念奴娇·野棠花落》一词，这两首词所表达的境况和感情相差无几。辛词的下片写道：“闻道绮陌东头，行人曾见，帘底纤纤月”——听说在繁华街道的东头，有人曾看见过她呢！“料得明朝，尊前重见，镜里花难折。也应惊问：近来多少华发？”——料想有一天，席上尊前相见，她已像镜中的花一样可望而不可即了，这时她大概也会惊讶地问我：“近来怎么添了这么多白发？”辛弃疾还只是“料得明朝”相见，就已是愁如“云山千叠”。而司马光写的却已是尊前相见的情景，读起来自然比辛词更多一份惆怅与悲凉。

在中国封建社会里，一些描写妓女爱情的优秀诗歌遭到批评、排斥，有“狎妓之词”的称法。像司马光的这首《西江月》和上面提及的辛弃疾的《念奴娇》都属于“狎妓之词”。为什么在那个时代，像辛弃疾这样志在收复宋室江山的壮士、像司马光这样的名臣大儒却会写这类词呢？有人甚至怀疑是他人硬栽在司马温公身上的赝品。正如《词林纪事·卷四》引姜明叔语：“此词决非温公作。宣和间，耻温公独为君子，作此词诬之耳。”这种推断并无根据。要理解言行俱高的温公为何会有这种风流词作，这除了从“诗庄词媚”的风气解释外，还应与当时的社会背景联系起来分析。封建社会里，婚姻是受到世俗观念、封建礼教的很大束缚的。当时的人们，上自天子，下到庶民，他们的婚姻大都没有什么爱情可言，即使有，也是先有婚姻再有爱情。所以，在封建社会里，真正的爱情往往在婚姻之外。那时，所谓的“良家妇女”都只被当作传宗接代的生育机器而存在，大多数根本不知道什么是爱情，而妓女却在与众多的风流才子的交往中体验过爱情的滋味。所以，许多心志高洁的妓女都喜爱文士，倾慕才情，把风流多情的文人才子作为爱慕对象。而在古代中国，文人狎妓，不仅不为道德舆论所指责，反而为人们所欣赏。“名士风流”成为一种社会风尚。在这样的情况下，一些名臣大儒、文人学士在诗酒流连、浅斟低唱间与一些自己所欣赏、爱慕的风尘女子产生真正的爱情，便是必然结果了。所以，这首《西江月》也可当成历史的见证来读。《侯鲭录》称“文正公言行俱高，然有西江月词云云，风味极浅。”此说可供参考。

阮逸女　生卒年不详，其父阮逸，字天隐，建阳（今属福建）人，天圣五年

(1027)进士,官至兵部员外郎。本人事迹不详,工于文词,其词风流婉约,蔚然深秀。今存词一首。

花心动 春词

阮逸女

仙苑春浓,小桃开,枝枝已堪攀折。乍雨乍晴,轻暖轻寒,渐近赏花时节。柳摇台榭东风软,帘栊静,幽禽调舌。断魂远,闲寻翠径,顿成愁结。

此恨无人共说。还立尽黄昏,寸心空切。强整绣衾,独掩朱扉,枕簟为谁铺设。夜长更漏传声远,纱窗映、银缸明灭。梦回处,梅梢半笼残月。

【鉴赏】

此词写一个思妇在明媚春时的春愁春恨。全词用铺叙的手法,从寻梦到梦回,层层敷衍,节节转换,情景交融,刻画入微,把写景、叙事、抒情打成一片,而又前后呼应,段落分明,成功地反映了一个少妇独处深闺的寂寞心情,是长调中富有韵味的佳作。

词的上片,写少妇在花香鸟语的初春景色中所发生的无限春愁。它分为四个层次来写,组织得非常自然,步步换韵,而又没有连接的痕迹。“仙苑春浓”三句,是第一个层次。镜头一拉开,一幅春花初绽的画面,便展现在人们的眼前。小桃是桃花的一个品种,上元前后即开花,装点着浓郁的春意,一枝枝花光照人,含露欲滴,正是已堪攀折的小桃,震颤了抒情女主人公的情弦,使她产生了缠绵悱恻的情思。“乍雨乍晴”三句,就是由此引发的第二个层次。它既是眼前景,又回映当年事。在这样的“赏花时节”,她们曾经徘徊在花径柳下,互诉衷曲,互相祝愿,而现在却是桃花依旧,故人千里,自然是难以为怀的。偏偏那无力的东风,摇曳着花台月榭的垂柳;柳浪深处,传来了“幽禽”的软语,使她感到更加难以为情。这就是“柳摇台榭”的第三个层次。“断魂远”以下的结语,自然而有神韵,是上文蓄势的结果。“翠径”,是芳草杂花丛生的小径。她在那里寻觅什么吗?是小桃,是幽禽?还是往日的芳踪,当年的旧梦?小桃依旧,幽禽如故，而往日的芳踪，当年的旧梦，已不可复寻，怎么不使她愁肠百结呢？这是第四个层次。这四个层次，构成了美丽的画面，组织了丰富的内容。真是一步一态，一态一变，丽情密藻，尽态极妍，给人以很好的审美享受。

下片写少妇独处深闺，幽梦难寻，灯尽梦回，更觉寂寞难堪。换头的“此恨无人共说”，紧承过拍的“顿成愁结”。什么是“此恨”？自然是春色恼人，幽禽调舌，引起她的千种幽情，百端离恨。人们知道，黄昏是离人最难为怀的。它是“倦鸟归巢”的时候，也是“月上柳梢头”的时候。所以历来的词人往往以黄昏为背景，来描写少妇的哀怨。韦庄的“凝情立，宫殿欲黄昏”（《小重山》），这是写宫女的“立尽黄昏”。张曙的“旧欢新梦觉来时，黄昏微雨画帘垂”（《浣溪沙》），这是写少妇的听雨黄昏。了解了这一点，就知道她“寸心空切”的真正含蕴了。立尽了黄昏，而游子犹在天涯，使得她不得不怀着绝望的心情去“强整绣衾，独掩朱扉”，一想到眼前的形单影只，枕冷簟寒，便又心灰意冷起来，发出到底“为谁铺设”的怨语。一句话，把这个少妇刹那间的矛盾心情充分揭示了出来。那漫漫的“长夜”，那声声的“更鼓”，从远处传到了她的耳中，惊醒了她片时的春梦。她打开惺忪的睡眼，只见碧纱窗下，乍明乍灭的残灯在那里眨眼。这是一个多么凄凉的夜，多么孤寂的夜，使人感到“春色迷人恨更赊”。“梦回处，梅梢半笼残月”，结得情景交融，余味无穷，使人不禁想起柳永的千古名句“今宵酒醒何处，杨柳岸，晓风残月”。它们所创造的富有诗意的意境，如出一辙。它们都是让抒情主人公的丝丝哀愁，缕缕离恨，在这隐约凄迷的景色中流露出来，比起一股的直抒胸臆，更有一种动人心魄的艺术魅力。词的下片，就是这么一环套一环，一层深一层地把这个少妇的缠绵悱恻之情传达了出来。彭孙遹说：“作大词，第一要起得好，中间只铺叙，最紧是末句，须是有一好出场方妙”（《金粟词话》）。贺裳也说：“作长词，最忌演凑”，必须“缘情布景，节节转换”（《皱水轩词筌》）。从这首词中，我们可以悟出它是如何层层铺叙，而又互相呼应；如何缘情布景，而又移步换形；如何以景结情，而又饶有韵致。这也就是这首词的艺术特点。

章　楶　（1027～1102）字质夫。浦城（今属福建）人。治平二年（1065）进士。哲宗朝，历集贤殿修撰，知渭州，进端职殿学士。徽宗时除同知枢密院事。苏轼赞其《水龙吟·柳花》词妙绝，并次韵和之。词存二首。

水龙吟

章 楶

燕忙莺懒芳残，正堤上、柳花飘坠。轻飞乱舞，点画青林，全无才思。闲趁游丝，静临深院，日长门闭。傍珠帘散漫，垂垂欲下，依前被、风扶起。

兰帐玉人睡觉，怪春衣、雪沾琼缀。绣床旋满，香球无数，才圆却碎。时见蜂儿，仰粘轻粉，鱼吞池水。望章台路杳，金鞍游荡，有盈盈泪。

【鉴赏】

此词似作于神宗元丰四年(1081)。据苏轼谪居黄州时寄章楶信中说："承喻慎静以处忧患，非心爱我之深，何以及此，谨置之座右也。柳花词妙绝，使来者何以措词！本不敢继作，又思公正柳花飞时出巡按，坐想四子，闭门愁断，故写其意，次韵一首寄去，亦告不以示人也。……"苏轼元丰三年二月到黄州，七年四月离黄。信中引章楶来信有"慎静以处忧患"之语，是对他初遭贬谪时加以劝慰的应有之义，"不以示人"的叮嘱也符合他刚以文字贾祸后怕再出事的心理。又据李焘《续资治通鉴长编》卷三一二记载，元丰四年夏四月章楶已任荆湖北路提点刑狱，苏轼信中说章楶"正柳花飞时出巡按"，也是指初莅任时口气，其出任湖北提刑或即在此年春末夏初，柳花词的唱和亦当在此时。章词见于宋人诗话及选本，颇有异文。

一开篇，词人就把时间、空间和主题点明。"燕忙莺懒芳残"，燕忙于营巢，莺懒于啼唱，繁花纷纷凋残，表明季节已是暮春；"堤上"，指明地点；"柳花飘坠"，点明主题。沈义父《乐府指迷》说："咏物词最忌说出题字……如《月上海棠·咏月出》两个'月'字，便觉浅露"；这首词一开头就把题字(柳花)说出，却并不使人觉得浅露，足见沈说也不尽然。它开门见山，入手擒题，不失为一种平地架梯以安步登云的方法。但使用这种方法破题之后，必须生发开去，引读者渐入佳境，才称得上是真正的作手。

这首词于破题之后，用"轻飞乱舞，点画青林，全无才思"紧接上句，把柳花飘坠的形状做了一番渲染。韩愈《晚春》诗云："草树知春不久归，百般红紫斗芳菲。杨花榆荚无才思，惟解漫天作雪飞。"意思是说：杨花(即柳花)和榆荚一无才华，二不工心计；不肯争芳斗艳，开不出千红万紫的花。韩愈表面上是在贬杨花，实际上却暗寓自己的形象，称许它洁白、洒脱和不事奔竞。章楶用这个典故，自然也包含这层意思。它为下文铺叙，起了蓄势的作用。

“闲趁游丝，静临深院，日长门闭。”写到此，词人神思飞越，笔势遂腾空而起。柳花竟被虚拟成一群天真无邪、爱嬉闹的孩子，悠闲地趁着春天的游丝，像荡秋千似的悄悄进入了深邃的庭院。春日渐长，而庭院门却整天闭着。这是为什么呢？柳花活似好奇的孩子们一样，当然想探个究竟。这样，就把柳花的形象写活了。

“傍珠帘散漫，垂垂欲下，依前被、风扶起。”柳花紧挨着珠箔做的窗帘散开，缓缓地想下到闺房里去，却一次又一次地被旋风吹起来。南宋黄昇和魏庆之等都特别欣赏这几句。黄昇说它“形容尽矣”（《唐宋诸贤绝妙词选》卷五评）；魏庆之说它“曲尽杨花妙处”，甚至认为苏轼的和词也“恐未能及”（《诗人玉屑》卷二十一）。当然，把这首词评在苏轼和词之上是未免偏爱太过；但说它刻画之工不同寻常，那是确实不假。试想：柳花散漫欲下又因风飏起的形状不就是这样吗？章楶这几句除了刻画出柳花的轻盈体态外，还把它拟人化了，赋予它以“栩栩如生”的神情，真正做到了形神俱似；并且为过片引出“兰帐玉人”作了垫笔。

下片改从“玉人”方面写：“兰帐玉人睡觉，怪春衣、雪沾琼缀。绣床旋满，香球无数，才圆却碎。”唐圭璋等《唐宋词选注》称此词为“闺怨词”，估计就是从这里着眼的。到这里，“玉人”已成为词中的女主人公，柳花反退居到陪衬的地位上了。但通篇自始至终不曾离开柳花的形象着笔，下片无非是再通过闺中少妇的心眼，进一步摹写柳花的形神罢了。柳花终于钻入了闺房，粘在少妇的春衣上。少妇的绣花床很快被落絮堆满，柳花像无数香球似的飞滚着，一会儿圆，一会儿又破碎了。这段描写，真可谓刻画入情；它不仅把柳花写得神情酷肖，同时也把少妇惝恍迷离的内心世界显现出来。柳花在少妇的心目中竟变成了轻薄子弟，千方沾惹，万般追逐，乍合乍离，反复无常。词人咏物能造成这等境界，确非易事！

“时见蜂儿，仰粘轻粉，鱼吞池水。”词人更进一层拓开说去，引出蜂儿和鱼的形象；既着意形容柳花飘空坠水时为蜂儿和鱼所贪爱，又反衬幽闺少妇的孤寂无欢。

“望章台路杳，金鞍游荡，有盈盈泪。”章台为汉代长安街名。《汉书·张敞传》：“时罢朝会，过走马章台街，使御吏驱，自以便面拊马。”颜师古注谓其不欲见人，以扇自障面。后世以“章台走马”指冶游之事。唐崔颢《渭城少年行》：“斗鸡下杜尘初合，走马章台日半斜。章台帝城称贵里，青楼日晚歌钟起”，即其一例。至于柳与章台的关系，较早见于南朝梁诗人费昶《和萧记室春旦有所思》：“杨柳何时归，袅袅复依依，已映章台陌，复扫长门扉。”唐代传奇《柳氏传》又有“章台柳”故事。词人把这两个典故结合起来用作双关：既状写柳花飘坠似泪花；又刻画少妇望不见正在“章台走马”的游冶郎时的痛苦心情。张炎《词源·咏物》说得好：“诗难于咏物，词为尤难。体认稍真，则拘而不畅；模写差远，则晦而不明。要须收纵联密，用事合题，一段意思，全在结句，斯为绝妙。”此词之成功处，亦正在此。

由于有了苏轼的和词，后人对此难免有所轩轾。多数认为苏轼和词高于章楶原词。但对原作也应该作公正的评价。有人说章楶原词仅停留在咏物和未充分展开想象上，这种说法是不对的。章楶原词的不足处主要在上、下片主题的不统一，因而造成形象的不集中。这当然还是跟苏轼和词相比较而言。若独咏此篇，我们于沉浸审美享受之余，就未必能觉察出这个缺点。艺术上层峦迭出、一峰更比一峰高的现象是经常出现的；但不能因为后者而否定前者，若没有章楶的巧丽之作，也不会有苏轼的奇思壮采之篇。

蔡挺　(1014~1079)字子政，一作子正。宋城(今河南商丘)人。景祐元年(1034)进士。历知滁州、庆州、渭州，以屡败夏人，讨平庆州兵变，累迁龙图阁直学士。熙宁五年(1072)，拜枢密副使，以疾罢。词存一首。

喜迁莺

蔡　挺

霜天秋晓，正紫塞故垒，寒云衰草。汗马①嘶风，边鸿②叫月，陇上铁衣寒早③。剑歌骑曲④悲壮，尽道君恩须报。塞垣乐，尽双鞬锦带⑤，山西⑥年少。
谈笑。刁⑦斗静，烽火一把，常送平安耗。圣主忧边，威怀遐远，骄虏尚宽天讨。岁华向晚愁思，谁念玉关人老？太平也，且欢娱，莫惜金尊频倒。

【注释】

①汗马：即汗血马，相传是产自西域大宛的一种骏马，能日行千里，汗流似血色，故名。这里泛指骏马。

②边鸿：边塞的大雁。

③陇上：泛指西北边地。铁衣：古代兵士所穿的带有铁片的战衣。

④剑歌骑曲：击剑之歌，骑马之曲，泛指军中乐歌。

⑤双鞬：马上盛放弓箭的器具。

⑥山西：指华山以西的地方。古代有“山东出相，山西出将”之说。

⑦刁斗：古代军中的用具，白天用来烧饭，夜晚则用来敲击巡更。

【鉴赏】

这首词描写边塞风光和戍边生活，既是一曲“从军乐”，也是一首“思归曲”；既是一首“悲壮”的“剑歌骑曲”，也是一曲“欢娱”的“太平”颂歌。词的作者蔡挺，字子政，宋城（今河南商丘）人，宋仁宗时曾做过范仲淹的部下，与西夏作战多年；宋神宗时出知渭州（渭州治所在平凉，今甘肃平凉，北宋时辖境相当今甘肃平凉、华亭、崇信及宁夏泾源县地），屡出奇兵，击退西夏的入侵。这首词就是熙宁年间（1068~1077）蔡挺任平凉帅守时所作。词的上阕侧重描写秋冬季节“霜天”“寒云”的边塞风光，表现战士们冒着风寒戍守御敌的艰苦生活和乐观精神。下阕主要叙述边关平安无事，歌颂皇威远布天下太平，倾吐“玉关人老”的思归之情。词的后半部分说“圣主忧边，威怀遐远”，明显带有歌功颂德之意；结尾说“太平也，且欢娱，莫惜金尊频倒”，也是粉饰升平之语；但是词人镇守平凉，运筹谋划，屡败西夏，威震边关，却是实有其事的。其实，这首边塞词除了真实地反映北宋前期西北边地将士的戍守生活和精神风貌之外，还于歌颂粉饰之中寓含了一份希望得到朝廷垂悯奖进之意。据南宋王明清《挥麈余话》卷一记载，此词传入京都，“达于禁中，宫女见‘太平也’三字，争相传授。歌声遍掖庭，遂达于宸听，诘其从来，乃知敏肃（蔡挺谥号）所制。裕陵（神宗）即索纸批出云：‘玉关人老，朕甚念之；枢管有阙，留以待汝。’以赐敏肃。”可见宋神宗是很善于领会“微言大意”的，蔡挺也因此被召回朝廷，官拜枢密副使，总算没有老死玉关。

韩缜 （1019~1097）字玉汝，灵寿（今河北灵寿县）人。庆历二年（1042）进士，英宗朝曾任淮南转运使；神宗朝屡知枢密院事；哲宗朝官拜尚书右仆射兼中书侍郎，出知颍昌府，以太子太保致仕。死后哲宗赠司空崇国公，谥庄敏。

凤箫吟

韩缜

锁离愁、连绵无际，来时陌上初熏[①]。绣帏人念远，暗垂珠泪，泣送征轮。长亭长在眼[②]，更重重、远水孤云。但望极楼高，尽日目断王孙[③]。

消魂[④]。池塘[⑤]别后，曾行处、绿妒轻裙[⑥]。恁时携素手，乱花飞絮里，缓步香茵。朱颜空自改，向年年、芳意长新[7]。遍绿野、嬉游醉眠，莫负青春。

【注释】

①陌上初熏：化用江淹《别赋》"闺中风暖，陌上草薰"句，指春草繁茂。熏，香味。

②长行长在眼：行人越来越远，但居人一直看着行人身影。

③王孙：代指征人、行人。化用《楚辞·招隐士》"王孙游兮不归，春草生兮萋萋"句意。

④消魂：化用江淹《别赋》"黯然消魂者，惟别而已矣"句意。

⑤池塘：化用谢灵运"池塘生春草"句意。

⑥绿妒轻裙：绿草也妒忌佳人之美貌。轻裙，指代佳人。

⑦向年年、芳意长新：化用刘希夷诗"年年岁岁花相似，岁岁年年人不同"句意。

【鉴赏】

此词运用比兴手法，以春草写离人，抒写离愁别绪。

上阕通过对别离过程的描述表达深深的离愁。"锁离愁"二句开门见山，以"连绵无际"直言离愁之重，接着以"陌上初熏"点出离别的季节及景象。"绣帏人"三句交代人物——闺中佳人，事件——念远。"暗垂珠露"句以典型的比兴手法抒写离别的凄哀；垂珠露既是写实，也是起兴，同时作比。送征人上征轮，佳人涕泪涟涟。芳草与佳人，珠露与清泪，比拟恰切、熨帖。"长行"三句，写在佳人的视野里，征人渐行渐远。"但望"二句接着写征人消失之后，留下来的人儿天天极目远眺心上人。用《楚辞》"王孙"典故，暗含"春草萋萋"意境。

下阕开头"消魂"句起得突兀，却承上启下。"池塘"以后至"缓步香茵"句，深情回顾与心上人在一起于"乱花飞絮香茵"里度过的幸福好时光。"轻裙""素手""缓步"，宛如仙女下凡；"乱花""飞絮""香茵"，便如世外桃源，人间仙境。人与自然中一切美好事物和谐相融。"朱颜"二句以强烈的对比和反差，既叹"物是人非"，亦叹"韶华难留"。末尾三句，发出珍惜青春、珍惜好时光的劝慰和感叹。

此词意境优美、空灵，天人合一，情物互见，境幽意远，令人回味。

王安石 （1021～1086）字介甫，号半山，临川（今江西抚州市）人。宋仁宗庆历二年（1042）进士。为淮南判官、鄞县知县，关心民生疾苦。嘉祐三年（1058）上万言书，提出变法的主张。宋神宗熙宁二年（1069）任参知政事，次年为宰相，推行新法，改革旧政。由于统治者内部的保守派纷起反对，为此展开激烈斗争。熙宁九年（1076）被迫辞职，后退居江宁（今江苏省南京市）。封荆国公，世称王荆公。卒谥曰文，崇宁间追封舒王。在文学方面，王安石主张内容应为政治服务，因此反对宋初一味追求诗歌形式的“西昆体”。他的许多诗歌作品突出地反映了许多重大的社会问题，表达其政治见解，长于说理，精于修辞，风格遒劲峭拔。在散文方面，他是著名的“唐宋八大家”之一。词作不多，但意境较为开阔，思想感情较为深沉，格调高昂，打破了五代以来绮靡传统，颇有独到之处。有《临川先生歌曲》一卷，补遗一卷。

浪淘沙令

王安石

伊吕两衰翁[①]，历遍穷通。一为钓叟一耕佣。若使当时身不遇，老了英雄。

汤武偶相逢，风虎云龙[②]。兴王只在笑谈中。直至如今千载后，谁与争功！

【注释】

①伊吕：古代两位著名的政治家伊尹和吕尚。伊尹曾佣耕于莘，后受汤王的重视，辅佐汤王建立商朝。吕尚即姜太公，晚年在渭水之滨垂钓遇上文王，得到重用，后辅佐武王建立周朝。衰翁：年老的人。历遍穷通：历尽生活困顿和官运通达的日子。

②风虎云龙：风随虎而现，云随龙而现。比喻只有圣明君主出现，贤能的人才会随之出现。

【鉴赏】

人生有成功者,也有失意者;成功者即是“英雄”,失败者即是“狗熊”,即俗语所说“成者为王败者为寇”。其实,失败的并非都是“狗熊”,有成功的“英雄”,也有失败的“英雄”。能否成为“英雄”,除了自身的素质之外,还需要有合适的外部条件,这就是古人所说的“遇”与“不遇”。伊尹和吕尚,是历史上两个著名的贤臣,两个成功的英雄。可曾几何时,他们却一个是奴隶佣工,一个是隐士钓叟,只是因为偶然的机遇,得到明君的识拔重用,才叱咤风云,大展宏图。王安石这首咏史词除了赞美和景仰伊尹和吕尚的卓越才能和不朽功勋之外,还表明了这样一个重要见解和事实,即英雄能否成就伟业,关键在于“遇”与“不遇”。假如伊尹吕尚二人当时没有遇上慧眼识英雄的商汤王和周文王,他俩也会像无数被埋没的失意英雄那样老死黄泉,默默无闻。这就启示人们,要成就一番伟大的事业,作为君主,必须善于选拔贤能的人才;作为臣民,必须善于选择英明的君主;只有英明贤能的君臣两相际遇,方能如“风虎云龙”,建立不朽功业。所以古人最羡慕的就是这种英雄得遇明主的“风云际会”!王安石通过对伊尹吕尚“穷通”遭遇的咏叹,既表达了自己的艳羡之情,也流露出怀才不遇之感。虽然他曾一度得到宋神宗的信任,被任用为宰相,主持变法革新,可神宗总是半信半疑,在守旧派的攻击浪潮中,他先后两次被罢相,最终未能完成变法革新的伟业,实现富国强兵的宏愿。词人的言外之意无非在说:假如他能得到皇帝坚定的信任和重用,他也能像伊尹和吕尚那样干出一番辉煌的事业!

桂枝香

王安石

登临送目[①],正故国[②]晚秋,天气初肃[③]。千里澄江似练[④],翠峰如簇[⑤]。征帆去棹残阳里,背西风,酒旗斜矗[⑥]。彩舟云淡,星河[⑦]鹭起,画图难足。

念往昔,繁华竞逐。叹门外楼头[⑧],悲恨相续。千古凭高对此,谩嗟荣辱[⑨]。六朝旧事随流水,但寒烟,衰草凝绿。至今商女[⑩],时时犹唱,《后庭》[⑪]遗曲。

【注释】

①送目:举目远送。

②故国:指故都金陵(今南京市)。

③肃:肃爽。

④练:白绢。

⑤簇:同"镞",箭头,此处比喻高耸的远山。

⑥矗:竖立。

⑦星河:银河,此处代指长江。

⑧门外楼头:引用隋灭陈之典。意思是隋军已兵临城下了,陈后主还在与宠妃们寻欢作乐。

⑨谩嗟荣辱:空叹兴亡。

⑩商女:歌女。

⑪《后庭》:《玉树后庭花》的简称,相传是陈后主所作,后人称此为亡国之音。

【鉴赏】

本词黄升《花庵词选》题作"金陵怀古",这是视野开阔、识度高远的怀古名作。上片描绘金陵山河的清丽景色,大笔挥洒,气象宏阔。"登临送目",以直叙领起,"画图难足",以赏赞收煞。其间写金陵胜概,天宇初秋,澄江翠峰,残阳归帆,彩舟夜泊,两句一景,笔力精到,色彩明丽,说尽故都江山之胜。下片对六朝统治者竞逐繁花,亡国覆辙相蹈的可悲历史发出浩叹,并寓谴责之意,又暗含伤时之慨。"念往昔",绾结故国,转入抒感。"门外楼头",紧缩唐诗,以陈之逸豫亡国,概括历代兴亡教训,一以当十。"凭高"回应"登陆","漫嗟",从历史长河角度,发出无限感喟。"旧事"与"芳草"进一步以自然难变反衬人事匆促。末融化小杜诗,宣出吊古情思袅袅无尽。大有举世尚醉我独醒之慨。全篇意蕴高胜,笔力清遒,悠远的历史感喟,寓托于婉转、精健的咏唱之中,非大手笔何能臻此境。据《古今词话》,当时"诸公寄调桂枝香者三十余家,惟王介甫为绝唱",东坡赞叹其为"野狐精"不为无因。

千秋岁引

王安石

别馆寒砧[1],孤城画角,一派秋声入寥廓。东归燕从海上去，南来雁向沙头落。楚台风[2]，庾楼月[3]，宛如昨。

无奈被些名利缚，无奈被他情担阁，可惜风流总闲却。当初漫溜华表语[4]，而今误我秦楼约。梦阑时，酒醒后，思量著。

【注释】

①砧：捣衣石。

②楚台风：《宋玉传》云，“楚王激于兰台，有风飒至，王乃披襟以当之曰：‘快哉此风！’”此处化用其意。

③庾楼月：据《世说》所云，晋庾亮在武昌时，与诸佐吏段浩之徒乘夜月共上南楼，据胡床咏谑。

④华表语：《续搜神记》云，辽东城门外有一华表柱，有鹤集于其言上言：“有鸟有鸟丁令威，去家千年今来归；城郭如故人民非，何不学仙冢累累！”

【鉴赏】

作为一代风云人物的政治家，王安石也并未摆脱旧时知识分子的矛盾心理：在兼济天下与独善其身两者中间徘徊。他一面以雄才大略，执拗果断著称于史册，另一方面，在激烈的政治漩涡中也时时泛起急流勇退，功名误身的感慨。上片写秋景。以悲秋诗词习用的“寒砧”“画角”意象，与别馆、孤城相交融，借声写境，交织成一幅秋声凄切哀婉，萧条寒瑟的秋色图。下片抒情。辞意顿折，以两个“无奈”强烈表达羁身宦途，身不由己的苦衷，揭明词人悲秋原因：“名利缚”，“情担阁”，即名缰利锁缚人心性，世情俗态耽搁人生。“可惜”句讲多少风流俊雅之韵事，都因羁身官场名利俗情而丢脱不顾，流露了深深惋惜与自悔。“当初”二句追思嘉祐三年(1058)，年轻气盛地向神宗上万言书建议变法，遂导致“而今误我秦楼约”，明写空负与爱妻团聚的期约和私诺，暗写自己所眷恋之美人的失落，实为比兴式意象，隐喻空怀“华表留语”之抱负，却落得“秦楼误约”，理想落空之残局。最后，复以“梦阑”“酒醒”皆思量，抒写词人对新政变法理想破灭的深思和悲哀。此词意在表达作者的一种情感，写来空灵回荡，真如空中之色，镜中之像，然情意真挚，恻恻动人。

菩萨蛮

王安石

数家茅屋闲临水，轻衫短帽垂杨里。花是去年红，吹开一夜风。
梢梢新月偃，午醉醒来晚。何物最关情，黄鹂一两声。

【鉴赏】

这首词是王安石晚年隐居江宁半山之作，《能改斋漫录》："王荆公筑草堂于半山，引入功德水作小港，其上叠石作桥，为集句填菩萨蛮。"叙写他的闲适生活与故作放达的感情。

一开头交代了新建草堂的环境，"数家茅屋闲临水"点出草堂依山傍水，环境优美静雅。"茅屋"写居室简朴，"闲"字强调了环境的闲适、恬静。"数家"写自己周围还有几家邻居，既不喧闹，也不茕茕孑立、形影相吊。"轻衫短帽垂杨里"。在依山傍水的草堂前垂杨下，一个隐居的老人悠闲地漫步。"轻衫短帽"指明是便服，这里用衣服代指人，写的是一个没有官职，不着官服的隐居者，也就是作者的自画像。他漫步在堂前看到的是"花是去年红，吹开一夜风"（此两句《全宋词》作"今日是何朝，看予度石桥"）一夜春风吹开了仍如去年一样的红花，作者在这里勾出了一幅优美、恬静的画面：青山绿水、翠柳红花、春风吹拂、炊烟袅袅，词人就在这如画的环境中，该是多么惬意呀！其实他的心情并不平静，"花是去年红"一句透示了这一点，大有"风景依旧，人事皆非"之感。词人是一位政治家，他立志于改革、推行"新法"，但受旧党打击。屡次罢相，终于被迫隐居，他虽然在谪免后想学陶渊明的"悠然见南山"，故作放达，实不可得。正因为大自然并不能使他陶醉得忘掉尘世的烦扰，所以只好借酒消愁，来个酩酊大醉了，"午醉醒来晚"一句透示了这种心境，晚到什么时辰？"梢梢新月偃"点明了酒醒是在眉月挂枝头的时候，从中午喝酒，一直到月上树梢才醒，真是大醉了。

最后以"何物最关情，黄鹂一两声"作结，进一步抒怀，词人在这里写只有婉转动听的黄鹂鸣叫声是最令其动情的，那么其他事物似乎都会使其无动于衷了，从而表达了词人怡然自得的情怀。但是通观全词，这种放达之词不过是解脱抑郁心情的故作之语罢了。元丰八年，旧党司马光为宰相，全部废除了"新法"之后，他忧愤成疾，第二年就病逝了。

这首小词和他晚年诗作相似，以精炼的笔墨勾出了美妙如画的湖光山色。清隽秀丽、悠闲恬静是词人着意创造的意境，以此来表示洒脱放达之情，以求精神上的解脱。

词人在描绘这幅春景时，无典故，不雕琢、语语清新、自然，几笔就勾出一幅鲜明秀丽、清俊娴静的画面，这里有日景、夜景，有青山绿水、花红柳绿的明丽色彩，又有流水潺潺、黄鹂鸣啭的声响，而词人的形象就淡入这画面中。这种浑然天成的词风，正如作者所说："看似寻常最奇崛，成如容易却艰辛"了。

南乡子

王安石

自古帝王州，郁郁葱葱佳气浮。四百年来成一梦，堪愁。
晋代衣冠成古丘。
绕水恣行游，上尽层城更上楼。往事悠悠君莫问，回头。
槛外长江空自流。

【鉴赏】

这是一首金陵怀古之作。

上片怀古。"自古帝王州，郁郁葱葱佳气浮。"帝王州，指金陵，即今南京。南朝诗人谢朓《入朝曲》有句云："江南佳丽地，金陵帝王州。"佳气，祥瑞之气，此指金陵王气。秦始皇时，相传金陵有天子气。唐刘禹锡《西塞山怀古》曾云："王濬楼船下益州，金陵王气黯然收。"郁郁葱葱，原是指树木茂密的样子，这里形容佳气。王安石此篇开首纵笔渲染金陵的王家气魄。"自古"二字不仅让人感到历史的久远，而且让人感到一种不容置疑的气度。这便为下文的转折蓄势。作者实则是在欲擒故纵。自古以来金陵便是帝王之州。郁郁葱葱王气浮腾，上天已属意于此。事实仿

佛也真的是这样。东晋、东吴、宋、齐、梁、陈都曾建都金陵。可四百年来，六朝更

迭，走马相续，来也匆匆，去也匆匆，一切都像是一场梦，令人悲慨。这正是词人所说的“四百年来成一梦，堪愁。”上片结句直用李白《登金陵凤凰台》成句，李诗云：“吴宫花草埋幽径。晋代衣冠成古丘。”晋代衣冠指东晋一代风流显赫人物，古丘指坟墓。“晋代衣冠成古丘”，使“一梦”更具体更形象，也更引人遐思。

下片抒情。“绕水恣行游，上尽层城更上楼。”是说随着水流纵情游赏，登上高高的城楼临风远眺。正是登城临水，游览名胜古迹，引起人对历史的缅怀。帝王州，佳气浮，成一梦，成古丘，一切都已成为过去，历史不堪回首。正如词人所说：“往事悠悠君莫问，回头。”往事深长久远请你不要过问了，还是回过头来看江景吧！结句写景，直用唐王勃《滕王阁》诗成句，王诗云：“阁中帝子今何在？槛外长江空自流。”“槛外长江空自流”言栏杆外长江自在东流，毫不理会人的怀古幽情。以景结情，这是诗词中常见的手法，往往会产生语尽而情未了的艺术效果。

王安石是个政治家，对于历史的沧桑巨变有着异于常人的深沉感触。透过六朝四百年的帷幕，我们不难感受到他对有宋一代历史命运的关切和担忧。这首词的情绪是深沉厚重的，颇有杜甫的沉郁之气。这首词的语言质朴自然，无所雕饰。然而选词用语壮阔博大，“帝王州”，“佳气浮”，“四百年”，“往事悠悠”，“长江”……所有这一切构成了此词雄放的气势。

渔家傲

王安石

灯火已收正月半，山南山北花撩乱。闻说洊亭新水漫，
骑款段，穿云入坞寻游伴。
却拂僧床褰素幔，千岩万壑春风暖。一弄松声悲急管，
吹梦断，西看窗日犹嫌短。

【鉴赏】

这是王安石晚年隐居江宁（南京）时的作品，是一首游春之作。

“灯火”二句是说繁华热闹的元宵灯节已经过去了，可是春天也紧跟着来临了，满山遍野的鲜花芬芳艳丽。这里“撩乱”二字既是写鲜花纷乱，也是写人心纷乱。满山遍野的鲜花争奇斗艳，人心也被撩拨得不得安宁，逗起一番勃勃游兴。接下去“闻说”三句写洊亭之游。洊亭在南京钟山西麓。作者的《洊亭》诗说：“朝寻东郭来，西路历洊亭。众山若怨思，惨淡长眉青。迸水泣幽咽，复如语丁宁。岂予久忘

之，而欲我小停。歇鞍松柏间，坐起俯轩槛。”足见作者对洊亭一带风景的喜爱。“新水漫”，写春雨过后，风景可人。“款段”，是马行迟缓的样子，后借指驽马。魏泰《东轩笔录》卷十二载，王安石在江宁，“筑第于白门外七里，去蒋山亦七里，平日乘一驴，从数僮游诸山寺。欲入城则乘小舫，泛潮沟以行，盖未尝乘马与肩舆也。”这里的“骑款段”，想也是骑驴野游。坞指四面高而中央低的山地。主人公骑着驴缓缓而行，一路穿云入坞游山赏水，悠然快意。

上片写游赏尽兴，下片写憩息山寺，意脉顺接，自然浑成。王安石晚年在江宁的住所名叫“半山园”，距“半山园”不远的钟山定林寺是王安石常常栖息的地方。下片即写小憩定林寺。“却拂僧床褰素幔”，写撩起白色的帷帐，拂扫僧床，主人公睡卧僧床休息了，“千岩万壑春风暖”之句，一方面回应了前面的春景，一方面又制造了一种春意融融的氛围，与此时主人公的心境一致，衬托着主人公的安然入睡。结处三句意绪发生了变化。“急管”，指节奏急促的笛声。这里是说，风吹在松林中所发出的一派松涛声，犹如节奏急促，音调悲切的乐曲。而这松涛声惊醒了主人公的酣梦，面对西窗红日，感慨梦境的短促。这结句让我们感到了主人公内心的不宁静。王安石毕竟不具备王维“晚年惟好静，万事不关心”的心态，他首先是个政治家，他人虽居于山野，但心并没有忘怀国事，所以一派松涛就惊扰了他短暂的平静。

这是用白描手法，用词的形式写就的小小游记，而且反映出作者那么复杂的心绪，实属不易。

渔 家 傲

王安石

平岸小桥千嶂抱，柔蓝一水萦花草。茅屋数间窗窈窕。
尘不到，时时自有春风扫。
午枕觉来闻语鸟，欹眠似听朝鸡早。忽忆故人今总老，
贪梦好，茫然忘了邯郸道。

【鉴赏】

关于这首词,《观林诗话》中有段记载。“半山尝于江上人家壁间见一绝云:‘一江春水碧揉蓝,船趁归潮未上帆。渡口酒家赊不得,问人何处典春衫。’深味其首句,为踌躇久之而去。已而作小词,有‘平岸小桥千嶂抱,揉蓝一水萦花草’之句,盖追用其语。”这段文字可以帮助我们理解王安石的这首小词。

王安石晚年隐居金陵,自号半山。从词的内容及《观林诗话》的记载看,应为晚年之作,写隐逸的生活及心绪。

上片写幽静安然的生活环境。“平岸”两句正是作者追用江上人家壁上诗句而来。“柔蓝一水”即壁上诗首句“一江春水碧揉蓝”之意,古典诗词中写江水而言绿、言碧、言碧蓝者习以为常,如白居易《忆江南》句云:“春来江水绿如蓝。”然而于碧和蓝之间着一“揉”字,却自出机杼,自有一番灵性。如此写来,颜色也有了动态,让人感到的不是简单的蓝绿色,时而让人感到蓝绿融为一体,时而感到蓝绿相杂,蓝中有绿,绿中有蓝,摇荡浮动,难以尽说。“碧揉蓝”不知何人所为,但想必是青山绿水养育出的天籁之声。王安石开首便写出群山环抱,柔蓝绿水,遍地花草的优美的自然环境。在这幽深宁静的环境里有几间茅草屋,尘土不到,因为时时自有春风扫拂。“尘不到”既是对自然的描摹,也是相对于人间凡世的桃花源世界的写照。微微透露着作者对自然山水、对隐逸生活的喜爱。

下片写隐逸生活。“午枕”两句写中午时分。斜倚在枕上,一觉醒来听到鸟儿的啼鸣,好似听到早晨报晓的鸡鸣。这里的午睡和鸟语似鸡鸣都是在渲染山野生活的安然和随意,没有官场世俗的烦扰,想睡即睡,忘了昏晓。“忽忆故人今总老”是说忽然想起许多老朋友都已经老了,不言自己老,而言故人老,正是曲笔述意,委婉含蓄,结句用熟典“黄粱梦”。(见唐沈既济《枕中记》)人们常以“黄粱梦”喻指不可能实现的幻想,或指奢望的破灭。王安石言自己如今只贪恋闲适的睡梦,已经忘却了建功立业的黄粱梦幻。

这首小词,字里行间流走着一脉安然宁静,无论是山水,还是作者的心境,都显示出一种恬淡,这让我们认识了叱咤风云的政治家王安石生活中的另一面。

王安国 (1030~1076)字平甫,临川(今江西抚州市)人。王安石的弟弟。宋神宗熙宁元年(1068)赐进士出身。曾任西京国子教授、崇文院校书、秘阁校理、大理寺丞、集贤校理等职。反对新法,较为保守。王安石罢相,吕惠卿执政,受他人牵连于熙宁八年(1075)被罢官,退居故里。有《王校理集》,不传,仅存词3首,见《花庵词选》。

清平乐

王安国

留春不住，费尽莺儿[1]语。满地残红宫锦[2]污，昨夜南园风雨。
小怜[3]初上琵琶，晓来思绕天涯。不肯画堂朱户，春风自在杨花。

【注释】

①莺儿：又称黄莺，声音十分清脆。
②宫锦：代指飘落的花。
③小怜：即北齐后主高纬宠妃冯淑妃，名小怜，善弹琵琶。词中借此泛指歌女。

【鉴赏】

王安国是王安石的弟弟，神宗熙宁初年，以材行召试及第，官至秘阁校理，他虽是当朝宰相的弟弟，对于乃兄推行新政，却颇不同意。他的政治主张与兄不同，他并不想通过哥哥的势位去猎取高官厚禄，为人是耿直的。王安国不但没有受到朝廷的重用，相反，在过了多年的冷署闲曹生活以后，终于被当朝的吕惠卿借事加害，夺去官籍，放归故里，他在官场上实在是很失意的。这首词在写了“留春不住”以后，转过笔来，描写一个第一次上台正式演奏的歌女的心情，着墨不多，内容却很深刻，真能反映作者本人的品格。歌女在获得满堂彩后，并没有幻想着出入画堂朱户，相反却是“晓来思绕天涯”，一心只羡慕外头的自由天地，一心只想“春风自在梨花”。结合词人的身世遭遇，这首词不正是自己心声的写照吗？

点绛唇

王安国

秋气微凉，梦回明月穿帘幕。井梧萧索，正绕南枝鹊。
宝瑟尘生，金雁空零落，情无托。鬓云慵掠，不似君恩薄。

【鉴赏】

关于这首词,《倦游杂录》中有这样一段记载:"平甫熙宁中判官告院,忽于秋日作宫词《点绛唇》一解,以示魏泰。泰曰:'断章有流离之思,何也?'明年,果得罪,废归金陵。"(《苕溪渔隐丛话》引)据此可知,这是一首抒发怨情的宫词,它作于王安国(平甫乃其字)获罪被"废归金陵"的前一年,即熙宁七年(1074)。作为声名显赫、权重一时的王安石的胞弟,词人并没有借助这位宰相哥哥的权势升官发财,而是"生性亮直,嫉恶太甚"在闲曹冷署中蹉跎了近十年,终因为当朝的吕惠卿等人所不容,借郑侠事诬陷,于熙宁八年(1075)初被削夺官职,放归田里,次年即含愤死去。也就是说,从熙宁七年秋词人作此词到获罪被罢黜,仅有不到半年的时间。这便是此词产生前后的具体背景。那么,词中是如何表达如魏泰所说的"流离之思"的呢?

"秋气微凉,梦回明月穿帘幕。"词人一下笔,便从这位宫人遭受冷遇的境况写起。秋天,这是一个极易令人感伤的季节。宋玉《九辩》中说:"悲哉秋之为气也!萧瑟兮草木摇落而变衰。"庾信《拟咏怀》诗中写道:"摇落秋为气,凄凉多怨情。"词中的女主人公长期幽闭深宫,得不到宠爱,自然比普通人更加敏感,更易觉察节令的变换,秋天才刚刚到来,几丝微凉竟使她从梦中惊醒了。两句词,表明女主人公处境之孤单,心绪之不宁。梦醒时分,枕冷衾寒,形只影单。唯有明月无言相伴,这是一个多么凄寂难挨的初秋之夜啊!这两句先写了宫人的所感所见,次两句接写她的所闻:"井梧萧索,正绕南枝鹊。"帐中静卧,耳畔不时传来庭院里金井边梧桐树被风吹动的瑟瑟声和乌鹊的惊飞声,令人愈觉秋夜的凄清和境遇的孤寂。以梧桐写秋,以飞鹊写夜,都是富于感情色彩而且易于引发读者联想的句子。从白居易《长恨歌》中的"秋雨梧桐叶落时",到李煜《乌夜啼》中的"寂寞梧桐深院,锁清秋",梧桐几乎成了孤独愁闷的象征;曹操的《短歌行》:"月明星稀,乌鹊南飞。绕树三匝,何枝可依?"更为我们塑造了一个满怀踌躇的孤独者的形象。在这里,女主人公是否也像被明月清风惊扰的夜鹊一样,感到无可依托呢?词人写景取象,总是要为表现人物的一定遭遇或者抒发一定的感情服务的,对此,读者是不难理解的。

在上片对深宫生活环境加以特定的描绘的基础上，下片将笔锋转向对宫人内心世界的刻画。"宝瑟尘生，金雁空零落，情无托。"金雁，指筝瑟一类弦乐上用以撑弦的柱，又称码子，由于各弦音阶递升，弦柱有规律地排成斜行，犹如雁行，故称。晏几道《菩萨蛮》："当筵秋水慢，玉柱斜飞雁。弹到断肠时，春山眉黛低。"琴瑟本为托情之物，如今柱倾弦断，情何以托？究其原因，盖由缺少知音，正所谓"欲将心事付瑶琴，知音少，弦断有谁听"（岳飞《小重山》）。"宝瑟尘生"，表明被弃日久；"金雁零落"，暗示恩断情绝，同时也使人联想到鸿雁不来音书难托。两句中已微露怨情。结尾两句，更将一腔怨尤不假掩饰地道出："鬓云慵掠，不似君恩薄。"古时女子梳头，有时将头发向头顶两侧高高挽起，轻如乌云，薄如蝉翼。从语法关系来看，这两句词是说由于无心梳理，鬓发已经蓬乱，不像乌云蝉翼那样轻薄美丽了，而从词人的本意来看，这两句词则是说君王的恩情比女子的蝉鬓还要薄！"君恩薄"这一结，笔力内蓄，怨而不怒，将上文所述女主人公种种不幸产生的根源，作了深刻的揭示和交代。

在古代作品里，有很多是以宫闱幽怨为表现内容的，而它们又大多出自男性作家之手。这类作品，当然不能笼统地当作"代言体"来看待，而是传统的比兴手法在运用上的扩展，是作家们不被重用、人生失意的曲折反映。例如辛弃疾的《摸鱼儿》："长门事，准拟佳期又误。蛾眉曾有人妒。千金纵买相如赋，脉脉此情谁诉。"就是借美人失宠表现英雄失路、不为世用反遭排挤的代表作之一。联系前引《倦游杂录》的记载以及王安国的生平遭际可知，此词又何尝不是借他人酒杯浇自己块垒呢？词人虽身在朝中，却始终得不到朝廷的重用，这种闲曹冷署的生活与被幽闭的宫人的处境又有什么本质区别呢？不难看出，词中表现的不仅是"流离之思"，更有怨愤之情。从表现手法上看，词人有意选取凄凉的秋夜、冷清的明月、萧索的梧桐、惊飞的乌鹊、尘封的宝瑟等富于哀伤、幽怨色彩的物象，加以组合叠加，从而给读者以深刻的感染，难怪魏泰读罢会觉得情绪有些不对头。辞少意多，"深文隐蔚，余味曲包"（《文心雕龙·隐秀》），是这首词在艺术上的成功之处。

晏几道 （约 1030～约 1106）字叔原，号小山，临川（今江西抚州市）人，晏殊之第七子。监颍昌许田镇。性情孤傲耿介，所以虽出仕宦之门，却未有仕途作为。晚年家道中落，穷愁潦倒，几衣食无着。擅作小令，工于言情。多写人生聚散无常之慨与诀别思念之苦，凄婉感伤，缠绵悱恻，有《小山词》，存词三百六十首。据黄庭坚为《小山词》作序介绍，晏几道四痴：一不依傍权贵；二是作文"不肯一作新进士语"；三是"费资千百万，家人寒饥"，不会理财；四是"人百负之而不恨，已信人，终不疑其欺己”。对其词作，词评家多有赞辞。陈廷焯《白雨斋词话》云：“《诗》三百篇大旨归于无邪，北宋晏小山工于言情，出文献、文忠之右，然不免思涉于邪，有失风人之旨，而措词婉妙，则一时独步。”冯煦《六十一家词选例言》云：“淮海、小山，古之伤心人也。其淡语皆有味，浅语皆有致，求之两宋词人，实罕其匹。子晋欲以晏氏父子追配李氏父子，诚为知言。”

蝶恋花

晏几道

醉别西楼醒不记，春梦秋云[①]，聚散真容易。斜月半窗还少睡，画屏闲展吴山翠。

衣上酒痕诗里字，点点行行，总是凄凉意。红烛自怜无好计，夜寒空替人垂泪[②]。

【注释】

①春梦秋云：春梦的短暂易醒，秋云之飘忽不定，这里比喻人们的聚散无常，来去匆匆。白居易《花非花》一诗有：“来如春梦不多时，去似秋云无觅处。”

②“红烛”二句：化用杜牧《赠别》诗“蜡烛有心还惜别，替人垂泪到天明”之意。

【鉴赏】

此词情意凄凉，表达聚散不定，孤寂失意的感慨。

上阕慨叹聚散无常的人生境况。首句写明醉别的痛苦。“醒不记”见出“醉”的程度之深。因痛苦而深醉，故到“醒不记”的超常状态。“春梦秋云”化用前人诗词，以比喻为下句直接的慨叹作铺垫。“聚散真容易”显然是感叹“散”之易，用的是偏义。“斜月”两句回到现实。追今抚昔，心绪烦乱，自然夜不能眠。“画屏闲展”更惹人难受。情景相生，忧愁益深。上阕关于醉与醒、聚与散的慨叹，既是具体的，更是普遍的，人生如梦，难以把握。

下阕进一步写别后夜里的凄苦。“衣上酒痕”不但照应上阕开头之“醉别”，更状写抒情主人公心灰意懒时的落魄和苦痛。酒痕与诗句，除了凄凉意，别无他味。结尾二句，化用杜牧诗句，但表达效果更佳。“自怜无好计”使“垂泪”这一拟人化表述更加有生命感和情意。

鹧 鸪 天

晏几道

醉拍春衫惜旧香，天将离恨恼疏狂①。年年陌上生秋草，日日楼中到夕阳。
云渺渺，水茫茫，征人归路许多长。相思本是无凭②语，莫向花笺③费泪行。

【注释】

①“天将”句：恼，困扰，苦恼，折磨。疏狂，放纵，狂放不羁的人。上天用离别的愁恨与苦闷来折磨那些疏狂之人。

②无凭：没有根据，无可奈何。即难以表达之意。

③花笺：书信。

【鉴赏】

这首词写别后思人。由醉拍春衫勾起惜香之情，这“旧香”恐怕是当年欢爱留下的唯一遗泽，人既难以相见，这香味便成唯一自慰、寄托思念的东西，因而终日独倚高楼看着夕阳西下，水天茫茫，陌生秋草，就是不见伊人踪影，满怀相思无处诉说，于是痛下绝语，决心不再寄情书信，空耗泪行。其实是欲罢不能，他一定是曾经多次“向花笺费泪行”，又曾不止一次说过决绝之语，结果呢，还是情不自禁地故态复萌。可以推知，这种情景还会多次重复出现。

临江仙

晏几道

斗草阶前初见，穿针楼上曾逢。罗裙香露玉钗风。靓妆眉沁绿，羞脸粉生红。
流水便随春远，行云终与谁同。酒醒长恨锦屏空。相寻梦里路，飞雨落花中。

【鉴赏】

这首词在表现手法上可以和《临江仙》（"梦后楼台高锁"）比较。"梦后"下片写"初见"，这首上片写"初见"。按这首"初见"和"曾逢"并提，那么曾逢该是重逢了。"梦后"着重写初见，写她的衣着、奏乐和归去，写出初见的强烈印象。这首词把初见和重逢并提，着重写重逢。斗草，据《荆楚岁时记》："五月五日有斗百草之戏。"穿针是乞巧，在七月七日。五月五日没有香露，这里写"罗裙香露"，当指七月七日的重逢。着重写的不是衣着，是靓妆，是艳妆；"玉钗风"本于温庭筠《菩萨蛮》："双鬓隔香红，玉钗头上风。"风是同香有关，因为头上插着红花，风吹有香气。那么这里的"玉钗风"当也指插玉钗和风送香气了。还有"眉沁绿"，用沁字，指出黛色深入眉间，是极意画眉。又有"粉生红"，是白里透红。这样描写，就比"梦后"那首更用力了。两种写法适应不同的需要，那一首既写她的美，又写她的多情，像"两重心字"，"说相思"，都写她的多情，所以写她的美比较含蓄，用罗衣、彩云来表达。这首着重写她的美，所以用力写她的艳妆。

那一首用"彩云"，这一首用"行云"，都是用神女"朝为行云"的典故。作彩云强调她的美，又要用明月来陪衬，不在"朝"上，跟"朝为行云"不同，所以加变化，改作彩云。在这里，她的美已经用力刻画了，强调她的行踪漂流不定，所以用行云。那一首写酒醒梦回的寂寞凄凉，所以写出楼台高锁、帘幕低垂。这一首写"酒醒长恨锦屏空。相寻梦里路"。虽是"穿针楼上曾逢"，并在锦屏前相见，今则人去屏空，所以引起长恨。正因为她像行云流水，不知去向，所以只好在梦里相寻了。其实那一首的梦同“记得小苹初见”应该有联系，但跟这一首写得完全不同，这是适应主旨的需要。那一首要写出梦后酒醒的寂寞凄凉，这首着重写对她的怀念，所以写锦屏空和梦中寻了。那一首写去年春恨来时的情景，所以用“落花人独立，微雨燕双飞”。这里写梦里的情景，是“飞雨落花中”，但同那一首的“落花”“微雨”相应，这是值得玩味的。

再从这两首词总的写法看，那一首写当前、去年和以前三种情景，这首词写以前和当前两种情景。写三种情景，把以前的美好记忆着重写，用以衬出去年的可恨和当前的不堪，详于以前，略于当前。这首词把以前和当前并写，所以用上片写以前，用下片写当前，详略相等，不用采取倒叙的手法。那一首着重写她的多情，不写她的妆饰容貌，只用彩云来暗指她的美貌。这首词写她的容貌和妆饰的美好。这说明两个人的不同，小苹跟他心心相印。这是因人而不同。这首词的下片，“流水便随春远”，化用李煜《浪淘沙》：“流水落花春去也，天上人间。”“行云终与谁同”，化用冯延巳《蝶恋花》“几日行云何处去”。这两句既是写景，也是抒情，也是写她，是情、景和人的交融，写得含蓄不露，富有情味，是他的词中的名句。

通过比较，再来看这首词，它的写情是婉转而含蓄的。他怀念的女子，既有初见，又有重逢，都留下了极为美好的印象。再加上在锦屏前相叙，那就更接近了，这就产生了深切的感情。但他在正面只写初见、曾逢，至于更接近的在锦屏前相叙，没有正面写，只通过“锦屏空”来透露，这就写得婉转而含蓄。这样写更耐人寻味，会给人留下更深的印象。把美好的印象同接近的关系联系起来，那么在她如行云流水般去后，要在梦里相寻，更表达出怀念的深切。在梦中相寻的路上，也只有飞雨落花而已。这一句写得也很含蓄，“飞雨”就是微雨，微雨落花正写出无可奈何的心情，正说明梦里也难找寻。在落花里是不是含蓄地暗示她的遭遇呢？用这样婉转含蓄的写法，来抒写无可奈何的情怀，就成为晏殊词的特色吧！

蝶恋花

晏几道

千叶早梅夸百媚，笑面凌寒，内样妆先试。月脸冰肌香细腻，风流新称东君意。

一稔年光春有味，江北江南，更有谁相比。横玉声中吹满地，好枝长恨无人寄。

【鉴赏】

这是一首咏梅词，是具有词人鲜明个性的抒情词作。上片写花开，下片写花落，词中寄托着作者怀才不遇、孤傲不群的性格。

写花开，笑面凌寒，既赞梅花之妩媚，又歌颂其凌寒精神。“千叶早梅夸百媚，笑面凌寒，内样妆先试。”千叶，即重叠的花瓣。内样妆，即梅花妆，六朝以后，贵族妇女中流行的一种在前额眉心间画五瓣梅花的一种面部化妆。《太平御览》时序部引《杂五行书》云：“宋武帝女寿阳公主，人日（正月初七）卧于含章殿檐下，梅花落公主额上，成五出花，拂之不去。皇后留之，看得几时；经三日，洗之乃落。宫女奇其异，竟效之，今梅花妆是也。”内样，即宫样。这就是说，梅花开着重叠的花瓣，笑脸迎寒。像是施了内样妆的宫女，那肤色似月如冰，以其美丽的风度，称东君意，即春神称心如意。词人以拟人化的手法，描写了梅花的妩媚、娇美，赞美了她笑脸迎寒，开在百花之先的精神。是写梅花，又是写人，也是写作者自己。

下片写花落，以《梅花落》笛曲双关，构思巧妙。一稔，即一年，古时称谷物一熟为一稔。春味，郑谷《峡中尝茶》诗：“鹿门病客不归去，酒渴更知春味长。”过片“一稔年光春有味”，进一步赞美梅花一年一度的风流，江南江北，没有什么花可与之相比。而歇拍则写花落，“横玉声中吹满地，好枝长恨无人寄。”用南朝陆凯从江南寄梅花一枝的典故，抒写胸臆，据《荆州记》载，南朝宋代陆凯与范晔友善。凯从江南寄一枝梅花给范，并赠诗云：“折梅逢驿使，寄与陇头人。江南无所有，聊赠一枝春。”寄托着词人怀才不遇，孤傲不群的性格。这里，显示了作者独特的抒情个性，即江南江北无人能比，在玉横声吹落满地的梅花，正是作者自我形象的生动写照。

在这首词里体现了作者不合世俗、傲视权贵的政治态度和个性。是一首颇有特色的抒情词。如果说，词在五代、北宋某些文人的手里只是一种消遣的工具，那么，于小晏则是抒情的文学。有的评论家说他的词“秀气胜韵，得之天然。”言之有理。

蝶恋花

晏几道

欲减罗衣寒未去，不卷珠帘，人在深深处。残杏枝头花几许？啼红正恨清明雨。

尽日沉香烟一缕，宿酒醒迟，恼破春情绪。远信还因归燕误，小屏风上西江路。

【鉴赏】

晏几道在他的小山词中，塑造了许多感情深挚、令人难忘的女性形象，王铚曾半开玩笑地说他的词"妙在得于妇人"（《默记》卷下）。这些作品中的女性，或因"蝶去莺飞无处问"（《蝶恋花》）而伤感，或因"朱颜不耐秋"（《鹧鸪天》）而苦恼，或因"长向月圆时候望人归"（《虞美人》）而泪湿罗衣……她们无不富于深情，又大多为情所苦。词人关注她们的境遇，反映她们的生活，表达她们的心声，似乎把自己的命运和她们连在了一起。这首《蝶恋花》词，就是许多以女性为描写对象的篇什中的一首，词中表现了女主人公因远人未归而产生的苦闷和烦恼。

词的上片从描写清明时节的气候特征入手，侧重表现女主人公由于天气乍暖还寒而产生的心理变化，暗示出她懒散无聊的孤寂心情。时值清明，已是春暖花开，本该减去罗衣，体会一下春衫乍试的轻松，或者信步园中，领略一番春光耀眼的快慰。然而，词中的女主人公却由于不抵轻寒，长掩绣户，不卷珠帘，将自己幽闭在深闺之中。起首"欲减罗衣寒未去，不卷珠帘，人在深深处"三句，形象地写出女主人公因气候不适而做出的种种反应，其情形与李清照《念奴娇》词所云"萧条庭院，又斜风细雨，重门须闭。宠柳娇花寒食近，种种恼人天气。"颇复相似。春寒未去使女主人公不减罗衣，不卷珠帘，不出绣户，一句话，天气不好导致了她的情绪不佳。那么，如果再进一步追问：是否由于心情本来不好而更加愁风怨雨呢？"感时花溅泪，恨别鸟惊心。"（杜甫《春望》）心境不同，对客观外物的感受自然也就不同。接下来的"残杏枝头花几许？啼红正恨清明雨"两句，将笔锋由写人转向写景，看似与上文缺乏联系，但却意脉不断。它们既上承"寒未去"，具体交代了节令，又进一步补出人物行动产生的客观原因：由于阴雨而愈感春寒，由于不胜春寒，也由于怕见落花，而深居洞房。"啼红"指代"残杏"，上下两句间衔接得非常紧密。此时残花败蕊的冷清已远非"红杏枝头春意闹"（宋祁《玉楼春》）的热烈可比，两句同时又兼具衬示女主人公心情的作用。"正恨清明雨"的恐怕不单单是枝头残杏吧！

词的下片进一步刻画人物懊恼的心情，并揭示出这一心情产生的原因。"尽日沉香烟一缕，宿酒醒迟，恼破春情绪。"女主人公将自己封闭在深闺里，生活就像炉中升起的一缕香烟那样空茫无力，缺乏生机，似乎一切都让她感到没心情，没兴致，没意趣。"尽日"一句，暗写出人物处境之孤独，心情之烦闷。为了消愁解忧。昨夜又独自喝了许多闷酒，以致今日"红日已高三丈透"（李煜《浣溪沙》）尚迟迟未起，宿酒醒时，奈何情绪更糟！"情绪"前冠以"春"字，颇耐人寻味。它的表层意思是指自然之春，是写人物的惜春之情；深层意思则是指人事之春，是暗示"有女怀春"（《诗经·召南·野有死麕》）。这便非常自然地带出了结尾两句："远信还因归燕误，小屏风上西江路。"原来，女主人公的一切烦恼，都是由于远信未传、远人未归所引起。是“去年双燕”至今不归,竟使“碧云千里锦书迟”(晏殊《虞美人》),还是它只顾急忙归来,“应自栖香正稳,便忘了天涯芳信”(史达祖《双双燕》)? 如今,闺中人只能痴痴地怅望着屏风上画的西江路,遥忆远人而已。

通观全词,不难看出词人所用笔法之婉转含蓄。词人要表现闺中人对远人的思念之情,却并不急于言明,而是曲曲折折,躲躲闪闪,先去写她体弱祛寒,独处深闺,继而又写她酒醒慵起,懊恼终日,中间又穿插以残杏愁风,啼红恨雨,最后才用远信未传轻轻点破。如此层层铺展,愈转愈深,将女主人公怀人的心理刻画得十分生动、细腻。这种做法,也正体现了小晏恋情词的一贯的婉约风格。

蝶恋花

晏几道

卷絮风头寒欲尽,坠粉飘红,日日香成阵。新酒又添残酒困,今春不减前春恨。

蝶去莺飞无处问,隔水高楼,望断双鱼信。恼乱层波横一寸,斜阳只与黄昏近。

【鉴赏】

这是一首表现恋情心理的词,词中的主人公是一位当春而有怀的女性。

词的一开头便从春天写起:“卷絮风头寒欲尽,坠粉飘红,日日香成阵。”这春天,已不是“过雨小桃红未透,舞烟新柳青犹弱”(张先《满江红》)的孟春,也不同于“青梅如豆柳如眉,日长蝴蝶飞”(冯延巳《醉桃源》)的仲春,而是花落絮飞,残红狼藉的季春了。这样的季节,当然极易惹起人们留春不住的伤感,大晏在《浣溪沙》词中就写道:“满目山河空念远,落花风雨更伤春。”东坡先生在《蝶恋花》词中也说:“白首送春拼一醉,东风吹破千行泪。”淮海居士在《千秋岁》词中更浩叹:“春去也,飞红万点愁如海。”那么,词中的女主人公又是如何呢? “新酒又添残酒困,今春不减前春恨。”她似乎比常人有着更深的伤感,更长的幽怨,可谓春恨年年有,今春积更多。这自然是杜康先生难能奈何得了。

究竟是什么原因使女主人公有如此深的伤感,如此多的怨恨呢? 词的下片披露了个中消息。“蝶去莺飞无处问,隔水高楼,望断双鱼信。”“双鱼信”指寄自远方的书信,古乐府《饮马长城窟行》:“客从远方来,馈我双鲤鱼。呼儿烹鲤鱼,中有尺素书。”女主人公登楼望远,盼望着远行人能有书信捎回。然而,鸿雁在云鱼在水,纵然望穿双眼，奈何尺素未传、音讯无个！“蝶去莺飞”既表明春天已经消逝，也暗示那人踪迹杳然。如此春又去，人不归，闺中人的怨恨怎能不越积越深？结尾“恼乱层波横一寸，斜阳只与黄昏近”两句，形象地刻画出女主人公幽怨懊恼的内心世界。“层波”指女子的眼波，用法始见于《楚辞·招魂》：“娭光眇视，目层波些。”以后如唐刘禹锡《观柘枝舞》：“曲尽回身处，层波犹注人。”宋柳永《少年游》：“层波潋滟远山横，一笑一倾城。”又宋李新《浣溪沙》：“素腕拨香临玉砌，层波窥客擘轻纱。”用法俱同。女主人公“高楼目尽欲黄昏”（晏殊《踏莎行》），却始终不见双鱼信，目光中流露出无尽的忧伤与失望。词人善于通过对人物神情意态的描写来表达人物心理，只消片言只语，即使人物形象得以生动地展现。透过“恼乱层波”一句，一个思情绵绵、恨意悠悠的女性形象，不已立于纸背之上了吗？

这首以表现女子恋情为题材的小令，上片并没有语涉情爱，而是远自他处落笔，去写暮春的景物，写积久的春恨，仿佛只为春天的逝去而发。过片亦紧承上片之意，抱怨蝶去莺飞，春无踪迹，直到“望断双鱼信”一句，方才将原委道破。结尾两句，仍怨而不怒，将一腔幽恨迁之于落日黄昏。整首词在章法上显出很强的层次性，各层之间又具有明显的递进性。如此层层深入，既有助于全面地展示人物的内心世界，也有助于增强词的吸引力。试想，如果一首词像一杯白水一样让人一眼就能见到底，那么读者也就不会去喜欢它。讲究委婉，讲究含蓄，讲究曲折，其道理也许就在于此吧！

鹧鸪天

晏几道

一醉醒来春又残，野棠梨雨泪阑干。玉笙声里鸾空怨，罗幕香中燕未还。

终易散，且长闲，莫教离恨损朱颜。谁堪共展鸳鸯锦，同过西楼此夜寒！

【鉴赏】

最难堪的是离别，最难耐的是孤独。这首《鹧鸪天》词写别后孤栖的况味，深情婉转，令读者为之怃然。

“一醉醒来春又残，野棠梨雨泪阑干。”起首两句，截取一个特写镜头，借残春景象托出凄凉心境。仿佛醉醒之间，春天便匆匆逝去了，一阵寒雨打在野棠梨花上，犹如悲泪纵横。“野棠梨”句化自白居易《长恨歌》“玉容寂寞泪阑干，梨花一枝春带雨”诗意，然白诗是借梨花带雨形容杨玉环泪流之貌，是虚笔；这里却是直接描绘眼前景象，是实写。蒋兆兰《词说》中说：“词宜融情入景，或即景抒情，方有韵味。若舍景言情，正恐粗浅直白，了无蕴藉，索然意尽耳。”此处写景的用意，当然是借以表现词人酒醒后的失意，增添词的韵致。其实，“人生自是有情痴，此恨不关风与月。”（欧阳修《玉楼春》）词人所以饮酒至醉，醒来又觉触眼生悲，是另有一番因由的。接下来的三、四两句，交代出个中原委：“玉笙声里鸾空怨，罗幕香中燕未还。”在唐宋词中，鸾凤莺燕云云，每与男女情事相关，其比兴之意广为词家所采用。如敦煌词《天仙子》：“燕语莺啼惊梦觉，羞见鸾台双舞凤。天仙别后信难通，无人共。”又《倾杯乐》：“每道说水际鸳鸯，惟指梁间双燕。彼父母将儿匹配，便认多生宿姻眷。”孙光宪《谒金门》：“却羡彩鸳三十六，孤鸾还一只。”俱借禽鸟比兴男女情事。小晏《临江仙》：“落花人独立，微雨燕双飞。”以及乃父晏殊《蝶恋花》：“罗幕轻寒，燕子双飞去。”亦借双燕飞去反衬别后孤独。这里，词人以鸾自喻，以燕喻人，说自己像失偶的孤鸾在玉笙声里空自哀怨，情人如远飞的燕子至今未还，十分形象地表现出与情人分别后的孤独境况。从语义关系上看，“燕未还”是因，“鸾空怨”是果，前后倒装，错落有致。

过片三句强作自慰之语：“终易散，且长闲，莫教离恨损朱颜。”有聚有散，本是人生常理，在《蝶恋花》中词人就曾叹道：“春梦秋云，聚散真容易。”既然散易聚难，会少离多，又何必空劳怨恨呢？不如抛却烦恼，图个清闲，勿使离愁别恨损害了青春的容颜。“莫教”一句，表面看似想得开，放得下，实是由佳期无望而生出的无奈之情，恐怕积久的离恨早已使词人朱颜暗凋了吧！此种心境，与柳永《蝶恋花》“为伊消得人憔悴”可谓形异实同。放，固然放不下；忘，岂能忘得了。一番自我宽慰之后，词人旋将笔锋折回，重又陷入离别索居的痛苦之中：“谁堪共展鸳鸯锦，同过西楼此夜寒！”寒夜迢迢，春燕不归，西楼之上，谁能与我鸳衾同温。结拍这两句，含忧带泪，亦怨亦悲，真乃伤心人彻骨情语。“鸳鸯锦”，指绣有鸳鸯图案的锦被；“共展”寓和合之意。“西楼”，昔日偶居而今日独卧之所。小晏词中曾屡屡提到西楼，如《蝶恋花》“醉别西楼醒不记”、《鹧鸪天》“西楼酒面垂垂雪，南苑春衫细细风”、

《木兰花》"当时垂泪忆西楼,湿尽罗衣歌未遍"、《满庭芳》"西楼题叶,故园欢事重重"。可见,词人曾在西楼之上度过了许多难忘的美好时光,联系起来,它们正好和今夜孤寒形成鲜明对比。李商隐《夜雨寄北》:"何当共剪西窗烛,却话巴山夜雨时。"表达的是企盼他日能与家人团聚之情,是寄希望于未来;小晏此词却是苦诉今夜愁怀之难遣,是近乎无望的呼唤。相形之下,前者温情脉脉,后者无限凄凉。如此凄凉寒夜,楼上人将如何挨过呢?在低回的呼唤声里,词人搁下了沉重的笔。

鹧鸪天

晏几道

守得莲开结伴游,约开萍叶上兰舟。来时浦口云随棹,
采罢江边月满楼。
花不语,水空流,年年拚得为花愁。明朝万一西风动,争
奈朱颜不耐秋。

【鉴赏】

采莲,对于青年女子来说,既是一种劳动,又是一种游戏;既是辛苦的,又充满乐趣。因此,描写姑娘们采莲的作品,也大多洋溢着天真烂漫的气息。如皇甫松《采莲子》:"菡萏香连十顷陂,小姑贪戏采莲迟。晚来弄水船头湿,更脱红裙裹鸭儿。"写小姑采莲时只顾贪玩,活泼顽皮,憨态可掬;李珣《南乡子》:"乘彩舫,过莲塘,棹歌惊起睡鸳鸯。游女带香偎伴笑,争窈窕,竞折团荷遮晚照。"写姑娘们在莲塘自由嬉闹,欢歌笑语,美不胜收。这首《鹧鸪天》词描写的同样是一群采莲女,但她们的心中却笼罩着一层淡淡的忧愁。

词的上片写姑娘们乘着兰舟去采莲,是叙事。"守得莲开结伴游,约开萍叶上兰舟。"经过长时期的等候,终于盼来了莲花盛开的美好季节,于是姑娘们成群结伴,一起踏上兰舟去采莲;水面上长满了密密层层的浮萍,登舟前她们不得不用手把这些萍叶轻轻拨开。起首这两句,着重写了采莲前人物的心理和行动。用一"守"字领起,可见姑娘们是多么看重这件事情,对此都心期已久。"约",即掠、拨的意思。牛峤《菩萨蛮》:"风帘燕舞莺啼柳,妆台约鬓低纤手。"又顾敻《酒泉子》:"黛薄红深,约掠绿鬟云腻。"用法俱同。上兰舟前先"约开萍叶",意在表现女子心细而且动作轻盈。三、四两句写姑娘们为了采莲早出晚归:"来时浦口云随棹,采罢江边月满楼。"一大清早,姑娘们便把兰舟荡出浦口,径往莲塘深处,溟濛的雾气在

晓日的照射下犹如升腾的云烟，轻笼在船棹的周围，仿佛伴随着她们一道前行，待她们劳作一天采罢归来时，已是江畔人家月色满楼了。

词的下片写姑娘们因担心莲花零落而惹出的一丝轻愁，是抒情。“花不语，水空流，年年拼得为花愁。”采着无语的莲花，望着脉脉的流水，姑娘们却忽有所怀，为花而愁了。这愁又是去年曾有，今年重又。“拼”，甘愿之辞。结拍两句进而交代愁的原因：“明朝万一西风动，争奈朱颜不耐秋”。姑娘们担心，万一明天无情的秋风骤然袭来，娇艳的莲花就要遭受凋零的命运了。这一担心当然不无道理，李清照在其咏梅词中就说：“要来小酌便来休，未必明朝风不起。”（《玉楼春》）采莲之日，正当莲花盛开之时，然而盛极必衰，天之常理，不消几日，便是红销翠减满塘秋了。这是姑娘们“为花愁”的一层原因。除此而外，还有更深一层的原因。美丽的花朵本是少女们美好容颜的象征，好花易谢也同样象征着少女们青春易逝，所以李白《渌水曲》中才有了“荷花娇欲语，愁杀荡舟人”的忧伤。“朱颜不奈秋”的何止是莲花，也包含了如花的少女。姑娘们爱惜莲花，关切莲花的命运，是和对青春的爱惜、对个人命运的关切联系在一起的，“为花愁”也就相当于“为己愁”。愁年华似水惊暗换？愁“不如桃杏，犹解嫁东风”（张先《一丛花令》）？套用老托尔斯泰的话来说，欢乐都是同样的欢乐，忧愁却各有各的忧愁。词人或者说采莲人不愿道破，也只好由读者去揣摩了。

这首词格调清新明净，在《小山词》中也是颇具特色的。上片叙述采莲的经过，用笔简洁概括；下片表现采莲人的心理，抒情深婉含蓄。两片上是宾，下为主，结构清晰而又匀称。

鹧鸪天

晏几道

斗鸭池南夜不归，酒阑纨扇有新诗。云随碧玉歌声转，
雪绕红琼舞袖回。
今感旧，欲沾衣，可怜人似水东西。回头满眼凄凉事，秋
月春风岂得知！

【鉴赏】

晏几道作为一名贵胄公子，青少年时期曾过着征歌逐舞、饮酒赋诗的豪华生活，但是由于他的“磊块权奇，疏于顾忌”（黄庭坚《小山词序》），后来不仅仕途失

意,而且生活也相当困窘。近人夏敬观说:"叔原以贵人暮子,落拓一生,华屋山丘,亲身经历,哀丝豪竹,寓其微痛纤悲,宜其造诣又过于父。"可谓小山知音者。这首《鹧鸪天》词中,既有对早年诗酒歌舞生涯的追忆,也有对后来微痛纤悲情怀的倾诉,很能表现小晏一生的遭际。

词的上片,俱是对往昔"身亲经历"的豪华生活的描述。"斗鸭池南夜不归,酒阑纨扇有新诗"两句,首写诗酒欢宴。"斗鸭",古人游戏之一种,大约是在池畔筑栏,放鸭其中,使之相斗,以为笑乐。冯延巳《谒金门》:"斗鸭阑干独倚,碧玉搔头斜坠。"当年在半鸭池南终宵宴饮,彻夜不归,饮酒至酣,诗兴大发,取过歌女的纨扇,将狂篇醉句任情挥写,才情意气,何其潇洒。两句词,将时、地、人、事、情俱随手带出。"云随碧玉歌声转,雪绕红琼舞袖回"两句,继写宴前歌舞。碧玉的歌声是那样悠扬柔婉,竟连天上的流云也随之飘转;红琼的舞姿是那样轻盈妙曼,翩翩的舞袖仿佛流风回雪。"碧玉""红琼",俱是对歌儿舞女的称呼。云随歌转,形容歌声美妙婉转,与"响遏行云"说法近似,但由于将"云""歌"位置互换,故更觉新鲜活脱,庾信《道士步虚词》"回云随舞袖,流水逐歌弦"之句可与此同读。舞袖回雪,形容舞态婆娑和雪花因风而上下飞舞,语出曹植《洛神赋》:"仿佛兮若轻云之蔽月,飘摇兮若流风之回雪。"后世多有化用,如岑参《田使君美人舞回莲花北铤歌》:"回裾转袖若飞雪,左铤右铤生旋风。"晏殊《更漏子》:"遏云声,回雪袖,占断晓莺春柳。"唐时更有善舞者以回雪为名,李群玉有《赠回雪》诗可证。小晏的这两句词,摹形写态,能曲尽其情,而且文辞精美,对仗极工,很能显示小晏词"秀气胜韵"的特点,与另首《鹧鸪天》中"舞低杨柳楼心月,歌尽桃花扇底风"的名句相比,可谓各得其妙。小晏既谙熟歌舞生活,感受自深,又工于长短句,故多能出此惊人之笔。那一夜,酒浓诗狂,舞畅歌酣,实在玩得太开心,太尽兴,太畅怀了!

词的下片笔锋陡转,写光阴易迁之感,兴境缘无实之叹。换头处用一"今"字将思绪从回忆中拉出:"今感旧,欲沾衣,可怜人似水东西。"昔日的碧玉、红琼,酒侣诗俦,如今早已风流云散,各自东西,不知去向了,抚今追昔,感慨万端,难禁悲泪沾衣。这里所说的"旧",既是紧承上片,也可能包括好友"君龙疾废卧家,廉叔下世,昔之狂篇醉句,遂与两家歌儿酒使俱流转于人间"(《小山词自序》)等诸多伤心事在内。经历了太多的人生变故,饱受了太多的心灵创伤,百感千愁化作一声长叹:"回头满眼凄凉事,秋月春风岂得知!"无论过去诗酒歌舞的美好时光,还是昔日欢宴结束、故人离散的伤心往事,今日想来,都倍觉凄凉,所谓"往事只堪哀,对景难排"(李煜《浪淘沙》)。这一切都深藏于词人的心灵深处,永远也无法抹掉了。

这首词上追昔,下抚今。写昔日,则诗酒歌舞,笔致轻松,洋溢欢乐之情;写今日,则席终人散,语调沉重,满含凄凉之意。上下两片,对比鲜明,对小晏的生活经历不乏概括意义。

鹧鸪天

晏几道

十里楼台倚翠微，百花深处杜鹃啼。殷勤自与行人语，不似流莺取次飞。
惊梦觉，弄晴时，声声只道不如归。天涯岂是无归意，争奈归期未可期。

【鉴赏】

晏几道的青少年时代，主要在北宋都城汴京（河南开封）的府第里过着豪华的诗酒生活，后来曾出任过颍昌府许田镇（今河南许昌西南）监，职位非常低微。这首《鹧鸪天》词，写客居异乡的思归之情，可能是他游宦在外时的作品。

“十里楼台倚翠微，百花深处杜鹃啼。”起调从大处落笔，先将读者带入那个山映楼台、杜鹃啼春的环境中去。“十里楼台”，言亭台馆舍迤逦成片，或许宦游的客子便栖身其间。“翠微”，指青翠的山峰，何逊《仰赠从兄兴宁真南》：“高山郁翠微。”杜鹃，一名杜宇、子规，因其啼声与“不如归去”音近，故多借以写思归之意。十里楼台倚傍着一片青山，百花深处传来了杜鹃的叫声，两句景语已为下面的情语作好张本。接下来“殷勤自与行人语，不似流莺取次飞”两句，再就“啼”字引发，说杜鹃在花间不停地鸣叫，仿佛对他乡行路之人别有感情，不像黄莺那样只顾独自地飞来飞去，对人漠不关心。“取次”，犹云随意、随便，天宝宫人《题洛苑梧叶上》：“自嗟不及波中叶，浩荡乘春取次行。”又黄庭坚《次韵裴仲谋同年》：“烟沙篁竹江南岸，输与鸬鹚取次眠。”用法俱同。以上都是铺垫，是交代思乡之情产生的原因，或者换个角度说，是为表现思归心理找一个合适的话题。

“惊梦觉，弄晴时，声声只道不如归。”过片三句上承“百花”一句而来，写杜鹃催人不住啼。“惊”“弄”俱用作动词，主语承上省略。杜鹃在晴明的春日里啭弄着歌喉，卜昼卜夜地叫道“不如归去，不如归去”，使得他乡客子好梦频惊。听着殷勤地劝归之声，“行人”将会怎样呢？结拍两句写闻鹃后的心理反应：“天涯岂是无归意，争奈归期未可期！”我哪里是不想归去，无奈归期无望，求归不得。是啊，离家在外之人，有谁不盼望尽早归去呢？“买花载酒长安市，又争似家山见桃李？”（李清照《青玉案》）或许，“玉楼深处，有个人相忆。”（柳永《归朝欢》）然而，关山多阻隔，游宦成羁旅，他们又常常身不由己，李商隐在寄赠妻子的诗中不就说过“君问归期未有期”(《夜雨寄北》)吗?晏几道在另首《鹧鸪天》中也写道:“年年底事不归去,怨月愁烟长为谁。……故园三度群花谢,曼倩天涯犹未归。”两句词,对杜鹃的殷勤微含怨意:我本自归心急迫,何劳你更来频频相催,徒乱人意。此种心态,正好用楼钥《行香闻杜鹃》中的诗句来解释:“我自赋归归不得,不须苦语更丁宁。”

借杜鹃的啼声起兴以表达思归心情的作品,在宋词中不乏其例。如柳永《安公子》:“万水千山迷远近,想乡关何处?自别后、风亭月榭孤欢聚。刚断肠、惹得离情苦。听杜宇声声,劝人不如归去。”秦观《沁园春》:“东风杜宇声哀,叹万里,何自便得回。”韩淲《谒金门》:“莫问杜鹃啼蜀,只有江南水竹。北客凄凉无伴独,春山生草木。”相比之下,小晏此词不是简单地借鸟声起兴,而是有意宕开一笔,说道:杜鹃啊,你哪里知道,我不是不想归,而是不得归,你这样不绝于耳地频聒强催,看似多情,终却无情。如此前后笔意转折变化,将急切盼归的心情、求归不得的烦恼,都表达得更深了一层。

鹧鸪天

晏几道

小令尊前见玉箫,银灯一曲太妖娆。歌中醉倒谁能恨?
唱罢归来酒未消。
春悄悄,夜迢迢,碧云天共楚宫遥。梦魂惯得无拘检,又
踏杨花过谢桥。

【鉴赏】

晏几道在其《小山词自序》(即《补亡编自序》)中说:“补亡一编……不独叙其所怀,兼写一时杯酒闻见所同游者意中事。”这首《鹧鸪天》词所记述的,就是词人在一次春夜宴会上与一位歌者相逢,因为女子美妙的歌声和美丽的容貌所醉倒,归来后倍加思念,以致在梦中去寻访这位意中人的一段亲身经历。

词的起首两句,即点明相逢的场合、时间和初见伊人时的心理感受:“小令尊前见玉箫,银灯一曲太妖娆。”酒席筵上,银灯高照,侑酒的歌者一展美妙的歌喉,歌声是那样婉转悠扬;在银灯华光的辉映下,少女醉颜微酡,更显得娇美动人。“玉箫”,指席间以“清讴娱客”的歌者。唐范摅《云溪友议》载,姜辅家有婢女玉箫与韦皋相爱,韦归,一别七年,玉箫遂绝食而死,后再转世,为韦侍妾。词人在这里以玉箫指称与他初次相见的歌者,可能意味着两人在席前目成心许,情意相通。一个“太”

字，表露出词人初见少女时的惊叹盛赞之情。口尝芬芳的醇酒，耳闻美妙的清歌，目睹娇艳的丽人，如此良宵佳会，怎不叫人情动，又怎不叫人心醉？接下来“歌中醉倒谁能恨？唱罢归来酒未消”两句所写，便是身逢此境而产生的必然结果。一边听着清歌全曲，一边举杯开怀畅饮，歌声不断，饮亦随之，如此歌助酒兴，竟致酩酊醉倒。词人因酒而醉，更是因人而醉，因人的歌声而醉，因人的容貌而醉，而醉得又是那样心甘情愿，那样无怨无悔。“谁能恨”一语，生动地表达出词人对歌者的倾慕之情，与柳永《蝶恋花》“衣带渐宽终不悔”句旨趣相同。这一次的尊前初逢。词人对歌者的印象实在太深刻了，太难忘了，唱罢归来，耳畔依然萦绕着她的歌声，眼前依然闪动着她的身影。词的表面是说“酒未消”，实则是指情未了，是在绵长的酒意里回味着那一霎的幸福与满足。这也就自然地引出了下片。

下片写归来后对歌者深致入骨的相思之情。过片三句，既紧承“唱罢归来”之意，又与“银灯一曲”的喧阗形成对照。春夜孤栖，久不成寐，词人热切想望的少女，仿佛已与他相隔地远天遥。“碧云天共楚宫遥”一句，形容佳人渺远，佳期渺茫，与江淹《休上人怨别》“日暮碧云合，佳人殊未来”句意相通。这里所说的“遥”，主要不是指道理上的间距，而是指人事上的间阻，所谓“其室则迩，其人甚远”（《诗经·郑风·东门之墠》）。封建礼教的枷锁，等级制度的桎梏，世俗观念的羁绊，不给青年男女的相知相爱留下半点自由的空间。酒席筵前，众目睽睽之下自然难通情愫；侯门似海，想要重见又谈何容易！词人以“楚宫”指代歌者的居处，一方面暗示她如巫山神女一样美丽动人，一方面也表明她生活在礼法森严的环境之中。既然间阻重重，再见为难，便只好托之梦寐：“梦魂惯得无拘检，又踏杨花过谢桥。”在梦中，词人的魂魄却可以无拘无束，任意飞翔，越过谢桥与意中人再次相会；也只有在梦中，现实中的压抑才得以舒展，现实中的束缚才得以挣脱，现实中的愿望才得以实现。“别梦依依到谢家”（张泌《寄人》），可见词人对女郎的恋慕是何等刻骨铭心了。“谢桥”，即谢娘桥，唐时名妓有谢秋娘；此指情人的居处。

据邵博《邵氏见闻后录》载：“伊川闻诵晏叔原‘梦魂惯得无拘检，又踏杨花过谢桥’长短句，笑曰：‘鬼语也！’意亦赏之。”伊川即与小晏同时且有通家之好的程颐。连这位一本正经地道学家都承认“梦魂”两句非常人所能道，只有鬼才方能造出，足见其精警不凡。这两句词，的确把既轻灵飘忽又真切分明的梦境刻画得贴切入微，直可将人带入那个杨花纷舞、笼罩着神秘的月光夜色的空间中去。那位道学先生听了这样的“鬼语”，怕也是性情摇荡，“神不守舍”了吧！

生 查 子

晏几道

长恨涉江遥，移近溪头住。闲荡木兰舟，误入鸳鸯浦。
无端轻薄云，暗作廉纤雨。翠袖不胜寒，欲向荷花语。

【鉴赏】

乍看起来，这首小令不过是写一位少女泛舟遇雨的前后经过，内容很单纯，笔调也很明净，但细细品读，就会发现它含意深婉，笔法曲折，尺水之内极尽波回浪转之势。实际上，词人是借泛舟遇雨的描写向我们叙述了一个生动委婉的爱情故事，展示了一位少女由天真未凿到误堕情网，终致遭受遗弃的悲剧过程。

“长恨涉江遥，移近溪头住。”首二句落笔即蕴深意。从字面上看，它们是说少女由于抱怨离江边太远，不便到江中举棹泛舟，因此便移居溪头，因为溪水通江，沿溪而下便可进入江中了。而它们的深层意思，却在于点出少女爱情悲剧产生的原因。这从“涉江”一词可以得到证明。《古诗十九首》：“涉江采芙蓉，兰泽多芳草。采之欲遗谁？所思在远道。”当是词人所本。同时，江边、溪头、西洲、南浦一类字眼，在古诗中也多指青年男女约会相恋的地方，早在《诗经》中就有“溱与洧，方涣涣兮。士与女，方秉兰兮”（《郑风·溱洧》）的记述，至于“关关雎鸠，在河之洲。窈窕淑女，君子好逑”（《周南·关雎》）所写的单恋故事，更为人们所熟知。如果不是为了追求爱情，少女是不致移居溪头的。正是因为对自由的爱情生活向往已久，或者为了追随所爱，所以她才住近溪头，接着便贸然地将人生之舟驶入了爱河。“闲荡木兰舟，误入鸳鸯浦”二句，写爱情悲剧的开始。古诗中常借荡舟采莲一类描写表现青年女子对爱情的追求，如《子夜夏歌》：“乘月采芙蓉，夜夜得莲子。”用“莲”“怜”声音相谐，表示女子对意中人的爱慕；徐勉《采菱曲》：“微风吹棹歌，日暮相容与……倘逢遗佩人，预以心相许。”写采菱女渴望与意中人相逢，等等。小晏此词亦沿用其意。鸳鸯，本是男女爱情的象征，词中虚拟“鸳鸯浦”作为地名，意在暗喻少女误坠爱河。涉世未深的少女，不知道爱河上也有风波漩涡，竟然荡舟闯入，结果却中途受阻，遭逢不幸。“闲”字表明少女心地单纯，对可能遇到的风波毫不戒备。“误”字表明她对爱情生活缺乏经验，没有必要的心理准备，糊里糊涂、冒冒失失地便将心许人，同时也暗示出这一行动将要导致悲剧的结局。

过片二句紧承荡舟之意，借途中遇雨的描写表现悲剧发展的过程：“无端轻薄云,暗作廉纤雨。”“云雨”作为男女爱情的象征,自《高唐赋》后屡见于前人诗词,这里将二字拆开,比喻男子的薄情和爱情受阻。那男子竟像浮云一样轻薄无义,毫无理由地玩弄女子的感情,使本来就不很稳固的爱情关系变得更加冷漠疏远、飘忽不定了。“廉纤”,轻微细小。“无端”,没有理由,含谴责意;亦可理解为料想不到,含痛悔意。结拍二句进而写爱情悲剧带给少女的不幸结局:“翠袖不胜寒,欲向荷花语。”少女的感情遭到轻薄子弟的无端玩弄,心灵忍受着无穷的痛苦,想把这一切倾诉给荷花,却又“欲说还休,欲说还休”。“翠袖”,指代少女,暗用杜甫《佳人》诗意,诗中写一绝代佳人遭“夫婿轻薄儿”遗弃,“天寒翠袖薄,日暮倚修竹。”“不胜寒”,形容少女遭受的打击无法承受,而又孤单无助,所以才“欲向荷花语”。但荷花怎么能理解呢?遭受凌辱的痛苦无处申诉,只能暗自忍受了。结局凄冷悲凉,摇人心魄。

从遣词造句上看,这首词并不深奥,相反却显得平白如话,但它却表现了曲折的情事,蕴含着深厚的意义。词人成功地选取了“涉江”“鸳鸯浦”“翠袖”等具有特定比兴意义的“符号”,组成一个“密码表”供读者破译。由于这些“符号”所代表的意义已经约定俗成,所以令读者只感含蓄,不觉晦涩。一首小令,寥寥数语,从爱情悲剧产生的根源直写到它的结局,内容层层引出,结构井井有条,用笔又迂回跌宕,婉曲多姿,小晏真是善于言情的高手。

菩萨蛮

晏几道

来时杨柳东桥路,曲中暗有相期处。明月好因缘,欲圆还未圆。
却寻芳草去,画扇遮微雨。飞絮莫无情,闲花应笑人。

【鉴赏】

春天的一个傍晚,杨柳轻拂,明月初升,词人沿着桥东的小路去赴约会。然而,伊人不见,希望成空,归来途中又遇上了廉纤小雨。这是这首《菩萨蛮》向我们描述的一段情事。但词人所用的笔法却并非如此单纯直露,而是于恬淡闲静之中将内心隐衷曲曲道出,读来给人以忽远忽近、若明若暗、似有还无之感,其意蕴之深婉,情韵之绵长,令人味之无尽。

起调从前来赴约写起,着重点明约会的地点。词首冠以“来时”,下片又说

"去",而不分别说"去时""归",表明是以当时的口吻行文,与事后追述笔法略异。这样写,身在其境,可以给人一种"现场感"。桥东的小路蜿蜒曲折,路旁杨柳成荫,词人满怀喜悦而又急切的心情沿路而来,因为在这路的转角处有一个异常幽静的角落,我和心上人暗中约好今晚在这相会!"相期",说明今晚的会面是双方事先约定好的,两人都在盼望着这幸福时刻的到来。这就把"来时"的心情透露了出来。接下来三、四两句即景抒情,用意深婉。从表面上看,这两句是说今晚的月色非常宜人,既不同于满月时的通明如昼,也不同于残月时的晦暗漆黑,在朦胧月光的掩护和映照下正好约会,借用李煜《菩萨蛮》中的两句词来说,是"花明月暗笼轻雾,今宵好向郎边去";"因缘",可作机缘、条件讲。这是一层意思。"因缘"又指男女间的缘分,两句暗喻双方的感情确立未久,或者正在初恋之中,有着许多初识异性时的神秘感和美妙感,如俞陛云所评:"月未十分圆满,情味最长,取喻因缘,小山独能见到。"(《唐五代两宋词选释》)这是第二层意思。月圆又象征人的团聚,词人在怀念小莲的一首《鹧鸪天》中曾写道:"花易落,月难圆,只应花月似欢缘。"又《虞美人》:"初将明月比佳期,长向月圆时候望人归。"今晚词人前来赴约,渴望与他爱恋的女子相会,是否如愿了呢?"欲圆还未圆"一句暗喻约会成空:本来约好了今晚在这儿相会,月就要圆了;但伊人不来,月终未能圆。这是第三层意思。如此两句词三层意,迂回曲折,含蕴甚深,用笔之精妙令人绝倒。

过片两句写未见伊人独自归去时的情景。刚才还是满怀希望而来,现在却要带着遗憾而去,一个"却"字表明了赴约人失望的心理。但他并没有就此甘心,而是沿着小路继续寻找。"芳草",暗指他所渴念的女子。此种用法在前人诗词中屡见,如江总妻《赋庭草》诗:"雨过草芊芊,连云锁南陌。门前君试看,是妾罗裙色。"将绿草比作女子的罗裙;牛希济《生查子》词:"语已多,情未了,回首犹重道:记得绿罗裙,处处怜芳草。"犹将女子的罗裙与芳草相类比;小晏《诉衷情》词中也有"长因蕙草记罗裙"的句子。词人所说"寻芳草",实际就是去寻那位女子。结果怎样呢?——"画扇遮微雨。"途中竟忽然下起雨来。由"明月"到"微雨"的天气变化,说明这次约会彻底失败。歇拍两句进而写失败后的心情。心上的人有约不来,沿路去找又中途遇雨,扑面而来的柳絮显得那样无情,路旁的花草也一定在讥笑我太痴情了吧!"飞絮""闲花"本与人无关,赴约人却感到它们"无情""笑人",以此表达约会失败后的复杂心理,其中也微含对那人的几丝怨意。两句词下笔委婉,含而未露。

这首词看上去很浅淡,但"淡语皆有味,浅语皆有致"(冯煦《宋六十一家词选例言》),表现出小晏词一贯的含蓄婉曲、蕴藉深厚的风格特色。同样是写黄昏密约、伊人不至,欧阳修的《生查子》道:"去年元夜时,花市灯如昼。月上柳梢头,人约黄昏后。今年元夜时,月与灯依旧。不见去年人,泪满春衫袖。"其遣词造句,何其明了。但小晏却不是这样,他只是用"相期处""月未圆""寻芳草""遇微雨"等富于比喻、象征意义的词语去“暗示”，给人一种难以尽解之感。难以尽解却又可以尽解，揣摩不透却又可以吃透，这恐怕正是小晏词的绝妙之处吧！

菩 萨 蛮

晏几道

哀筝一弄湘江曲，声声写尽湘波绿。纤指十三弦，细将幽恨传。
当筵秋水慢，玉柱斜飞雁。弹到断肠时，春山眉黛低。

【鉴赏】

这首词描写了一位弹筝女子当筵演奏时的情景，在表现人物弹奏技巧的同时，着重刻画了她那颗痛苦的心灵。

在封建时代，许多女子为生活所迫而沦为歌儿舞女。她们不仅地位低贱，而且毫无人身自由，只能用姿色和技艺来供有钱人笑乐，每个人的心中都装着一部辛酸的历史。晏几道早年过着征歌逐舞的豪华生活，结识了不少歌女，其中朋友家的莲、鸿、蘋、云就是他经常接触的。后来仕途失意，生活困窘，曾经结识的歌女也都风流云散，使他感伤不已。《小山词》中，有很多是描写那些歌舞场面和他所熟悉的歌女的，写弹筝的也有多处，而且往往和他所思慕的歌女小莲并提，如《木兰花》：“小莲未解论心素，狂似钿筝弦底柱。”《鹧鸪天》：“手撚香笺忆小莲，欲将遗恨倩谁传。……秦筝算有心情在，试写离声入旧弦。”这首词所写的弹筝人，也许就是那位小莲。词中所说“细将幽恨传”，可能是人物自身命运的哀叹，也可能是对座中人情有所钟的表白。

起首两句从弹筝人演奏的曲调落笔，笔端带有浓厚的感情色彩。古筝作为弦乐的一种，常常用来演奏低沉舒缓的曲调，岑参《秦筝歌送外甥萧正归京》诗中写道：“汝不闻秦筝声最苦，五色缠弦十三柱。怨调慢声如欲语，一曲未终日移午。”这里于“筝”前冠一“哀”字，正说明曲声的幽怨凄婉，同时也给全词定下了忧伤的感情基调。“一弄”，犹奏一曲。“湘江曲”，指演奏的曲调。湘江，这是一条流淌着许多可歌可泣动人故事的江，湘妃追随舜帝溺水而亡，屈原满怀忧愤投湘而死，都给它蒙上了一层悲凉的色彩；以此为题材创作的古曲《湘妃怨》《沉湘》等，都以其哀伤的曲调催人泪下。如今，弹筝人选择了这样的曲调来演奏，无疑心中也充满了哀伤。那低沉的曲声从她的腕底缓缓流出，仿佛使人听到了湘水的呜咽；循着这呜咽的水声，听者又仿佛看到了湘波那伤心的碧色。“声声”一句将听觉挪移到视觉，表现曲声对听者的极大感染，是透过一层的写法，用笔非常精妙。“纤指十三弦，细将幽恨传”两句，借闻筝人的感受表现弹筝人的心理。唐宋时筝弦有十三根，后增至十六根，今发展到二十五根。“细”字形容弹筝人动作徐缓，奏出的曲词缓慢低沉。张祜《弹筝》诗：“十指纤纤玉笋红，雁行轻遏翠弦中，分明似说长城苦，水咽云寒一夜风。”白居易《琵琶行》：“弦弦掩抑声声思，似诉平生不得意。低眉信手续续弹，说尽心中无限事。”可与这两句同读。

过片两句上写人，下写筝，交叉用笔。“秋水”，形容女子清澈的眼波。“慢”，目光投注的样子。酒席筵前，弹筝人神情自若地演奏着乐曲，而她的心潮也正随着曲声悄悄涌动。“当筵”一句，意在透过人物的表现展现她难以平静的内心。“玉柱”即筝柱，用以撑弦。“斜飞雁”，形容筝柱按音阶递升有次序地排列，状如雁行。这一句不写人物而人物的动作已暗含其中，弹奏前的移柱调弦，弹奏时纤指在柱上弦间的来回移动，都可据此联想得之。两句上写人，下写筝，其用意恐怕也在于此。歇拍两句又落到写人上来，同样借助人物神情动作的描写展示人物心灵。“断肠”，痛苦不堪之谓。“春山”喻双眉，语本《西京杂记》“（卓文君）眉色如望远山”，古诗词中用例甚多。女子不住地弹着，湘江曲那悲惋的曲调更勾起她一腔的幽恨，弹到伤心之处，不禁“自弹自感暗低容”（白居易《夜筝》）。从“秋水慢”到“眉黛低”，弹筝人悲不自胜的内心世界已展露无遗了。

整首词主要从曲调和人物神情、动作两个方面来刻画人物心理。写曲调，则“哀”，则“细”，则“幽恨传”；写神情动作，则“秋水慢”，则“眉黛低”。这些描写，不独表现出词人炼句之精，亦可见其体察之细。能从乐曲的旋律里感受到筝女心弦的震颤，能从悒郁的眼神里窥视到筝女心底的幽恨，小晏可谓善知音者。

南乡子

晏几道

新月又如眉，长笛谁教月下吹？楼倚暮云初见雁，南飞。
漫道行人雁后归。
意欲梦佳期，梦里关山路不知。却待短书来破恨，应迟。
还是凉生玉枕时。

【鉴赏】

这首词写闺中怀人。

上片写因月下闻笛、暮天见雁勾起对远人的怀念。“新月又如眉，长笛谁教月下吹？”起首两句景物中已含绵绵情思。“新月如眉”，形容初升的上弦月弯弯犹如蛾眉，王褒《咏月赠人》：“上弦如半璧，初魄似蛾眉。”着一“又”字，暗含光阴飞逝，行人离家不觉又是一月，而闺中人对月伤怀已非一夕之意。月下怀人，前代诗词中已多有描述，如崔道融《月夕有怀》：“圆光照一海，远客在孤舟。相忆无期见，中宵独上楼。”张九龄《望月咏怀》：“海上生明月，天涯共此时。情人怨遥夜，竟夜起相思。”如今又是新月如眉，不消几日，便到了三五月圆之期，闺中人倚楼独望，不禁怅然有怀。恰在此时，偏又传来缕缕笛声，那声音幽咽凄婉，如泣如诉，更撩动起闺中人的一怀愁绪。借笛声写幽怨，诗词中亦不乏其例，如李白《春夜洛城闻笛》：“谁家玉笛暗飞声，散入春风满洛城。此夜曲中闻折柳，何人不起故园情。”李清照《永遇乐》：“染柳烟浓，吹梅笛怨，春意知几许。”可见，词人写见月，写闻笛，都是为表现闺中怀人这一主题服务的。“楼倚暮云初见雁，南飞”两句再作引发，目的同样是为了呼出下一句。黄昏时分，高楼独倚，忽见一行归雁正在南飞，它提醒人秋天已经来到了，远人该归来了。如此，由月下闻笛到暮天见雁，层层铺染，步步逼近，过拍一句已是水到渠成：不消说，远行的人一定是等到飞雁过尽才能归来了。“漫道”，不消说或不要说，似取前意为佳。“雁后归”，暗用薛道衡《人日思归》诗：“人归落雁后，思发在花前。”句中怨人不归、盼人早归之情溢于言表。

下片诉好梦难成、佳音不来之幽怨。“意欲梦佳期，梦里关山路不知。”过片两句上承行人不归之意，写意欲梦中与行人相合，然而关山迢递，梦中却找不到通向他身边的道路。同是写梦寐以求，较之《蝶恋花》中“梦入江南烟水路，行尽江南，不与离人遇”的描写，这两句在语意上似更加重一层“梦里路不知”，暗用前人故事，贴切自如，不留痕迹。《文选》沈约《别范安成诗》：“梦中不识路，何以慰相思？”李善注：“《韩非子》曰：‘六国时，张敏与高惠二人为友，每相思不能得见，敏便于梦中往寻，但行至半道，即迷不知路，遂回，此如者三。’”梦中相会既不可得，因又作他想，于是逼出末三句：“却待短书来破恨，应迟。还是凉生玉枕时。”盼望行人捎封短信回来，消除我这一腔别恨，恐怕也来不及了——大雁已经飞归，远信更待谁传？“书”前着一“短”字，愈见闺中人情意之殷：慰情聊胜于无，哪怕只有短短的三言两语寄回来，也足以解我心忧了。今夜梦也难成，书又不来，一切愿望皆已成空，闺中人依旧还是枕冷衾寒，独守空闺。落句中的“还”字与起句中的“又”字用意相同。“凉生玉枕”，上与“初见雁”暗连，表明节令已是清秋；与“新月如眉”“梦佳期”一意相承，俱言当夜情事。同时，它又暗示闺中人秋夜孤眠，自感凄凉，笔法与李清照《醉花阴》“佳节又重阳，玉枕纱橱，半夜凉初透”近似。小晏词不喜雕琢，然精于炼字铸句，辞少而意多，节短而韵长，于此似可领略一二。

木兰花

晏几道

小莲未解论心素，狂似钿筝弦底柱。脸边霞散酒初醒，眉上月残人欲去。

旧时家近章台住，尽日东风吹柳絮。生憎繁杏绿阴时，正碍粉墙偷眼觑。

【鉴赏】

在晏几道结识的许多歌女中，小莲是他最喜欢、最眷恋的一个，《小山词》中多有词篇记述他与小莲的交往以及他对小莲的怀念，这首《木兰花》仅是其中的一首。

“小莲未解论心素，狂似钿筝弦底柱。”词的起调便直呼小莲的名字，一任真情外露，毫无掩饰之意。“小莲”，即是首句主语，也是全词主语，具有统领全篇的作用。在词人眼里，小莲是那样单纯天真，充满稚气，还不懂得小儿女间的卿卿我我，不晓得如何向人细诉衷肠；她的身上，更多地表现出纯情少女的娇憨任性、热情奔放，她的“狂”劲，就像弹奏钿筝时发出的铮铮鸣响，急弦促柱，饱含激情。小莲作为一名歌女，能歌善舞，弹筝更是她的长技，那热烈而狂乱的筝声，在知音者听来，不正是她的“心素”的大胆表白吗？非“未解”也，不过表达的方式不同罢了。而这“狂”，这种曲中暗将心事传的方式，也许正是令词人心醉的原因吧！两句词，流露出对小莲的一片爱赏之情。“脸边霞散酒初醒，眉上月残人欲去”两句，进一步描写小莲的风韵。在《鹧鸪天》中，词人曾赞美道：“梅蕊新妆桂叶眉，小莲风韵出瑶池。”而今晚，小莲却是酒后初醒，脸边晕霞渐散，眉上翠黛已消，一副狂欢后娇慵妩媚的样子。这酒，大约是在夜宴弹筝时饮的，当时借着酒意，筝也弹得特别起劲，特别尽兴，以致达到癫狂的境界。“月残”，表面是写妆残，同时语意双关，指良宵将尽，天边月残，故下接以天明人去之意。这两句，借酒醒月残暗示欢会已毕，将终宵的巫云楚雨、密意浓情尽皆略去，用笔含蓄委婉，冶艳秾丽之中不失庄重优雅。以上四句，前两句侧重摹情，后两句侧重写态，将小莲天真烂漫而又妩媚风流的形象生动地展现出来，给人以深刻、鲜明的印象。

过片“旧时家近章台住，尽日东风吹柳絮”两句，运用倒叙笔法，补写小莲的身世。“章台”，汉代长安城中街道名。据孟棨《本事诗》载，唐诗人韩翃有宠姬柳氏，家长安章台街。韩曾寄诗曰：“章台柳，章台柳，昔日青青今在否？纵使长条似旧垂,也应攀折他人手。”诗以章台柳喻柳氏,后世又用为妓女的代名词。这里,词人说小莲以前靠近章台而住,是表明她的歌妓身份,而“风吹柳絮”则是暗示她飘零无依的身世。歇拍“生憎繁杏绿阴时,正碍粉墙偷眼觑”两句,追忆与小莲初见时的情形。“生”,甚辞,犹最。《本事诗》中记载,韩翃与邻妓柳氏初识时,“柳每以暇日隙壁窥韩所居。”可能小莲当初“家近章台”,在一个杏树绿叶满枝的日子里,偶然与词人隔墙相见,并主动拿眼偷偷地看他,可恨的是杏树繁密的枝叶正妨碍着她的视线。这两句,重在表现小莲的风情,与上片所写的“狂”是一致的。

这首以写人为主的词,有对小莲性情的刻画,有对小莲风韵的描摹,也有对小莲身世的交代,可看作是一篇叙事生动、形象鲜明的人物小传。全词采用倒叙的手法,先写眼前,后叙当初,层次感极强。

归田乐

晏几道

试把花期数,便早有、感春情绪。看即梅花吐。愿花更不谢,春且长住,只恐花飞又春去。
花开还不语。问此意、年年春还会否?绛唇青鬓,渐少花前语。对花又记得,旧曾游处,门外垂杨未飘絮。

【鉴赏】

这首小词,不过是写“感春情绪”,既无华美的词藻,也无深曲的典实,然而“淡语皆有味,成语皆有致”(冯煦《宋六十一家词选例言》),絮絮道来,不乏低回缠绵、深婉疏隽之妙。

“试把花期数,便早有、感春情绪。”起首两句可视为全词总纲,以下各句俱围绕“感春”这一主旨展开,写惜春伤春之意,抒感今怀旧之情。花未开时,词人便试数花期,一天天地盼望着春天的归来,而心中早已因春之将至涌起了层层波澜。一“早”字,表明词人对春天分外珍重,每一念及,辄情不自禁。“看即梅花吐”一句,补足数花期之意,言梅花花期已经临近,眼看就要开放了。“看即”,犹随即,李贺《野歌》:“寒风又变为春柳,条条看即烟濛濛。”百花盛开梅在先,红梅含苞待吐,春天不是分明归来了吗?这便自然呼出了以下三句:“愿花更不谢,春且长住,只恐花飞又春去。”梅花的嫩蕊尚未吐放,春天的脚步才刚刚走近,词人即已希望花能长开不谢,芳春永驻人间,接着更作变徵之声,担心花的凋零、春的消逝,时未至而心先

忧,真乃痴人痴情痴语。一"愿"字,足见惜春之情;再看一"恐"字,益显伤春之意。语意层递,情感愈深。

过片三句运用倒装句式,承上发问。"花不语",本欧阳修《蝶恋花》"泪眼问花花不语"意。"此意",即上片之所"愿"、所"恐"。"会",理会、理解。我惜花伤春的一片痴情,春天是否都能理解呢?等到花开之日,她依然还是默默无语。言下之意,春天并不理解人的心意,她总是来去匆匆,不肯长住;春花也是纷纷易落,不能长开。词人多么希望今年的春天能与往年不同,能一遂他的心愿,但从那不语的春花身上,他似乎已经感到了失望。"春还会否?"问而不答,不答而答,一片深情,溢于毫端。以上写惜春伤春,为"感春情绪"之一端。以下语意转折,接写另一端。"绛唇"两句是感今。"绛唇青鬓",形容青春年少,盖指昔日花下同游之人,如好友沈廉叔、陈君龙辈及歌女莲、鸿、蘋、云等。"渐少",即《小山词自序》中所谓"往昔过从饮酒之人,或垄木已长,或病不偶"之意。两句大意与乃父《木兰花》"当时共我赏花人,点检如今无一半"相同。"对花"三句是怀旧。面对今日之花,不禁想起当年同游赏春的情景,那时正是杨花未飘的早春时节呢!三句之中,暗寓"人面不知何处去"(崔护《题都城南庄》)之悲。

这首词在结构上采取先总后分的写法,将"感春情绪"层层道来,条理非常清晰。全词以"春"为线,以"花"为珠,将复杂的春天的感受逐一穿缀起来,首尾相贯,一气呵成,毫无堆积之感。

浣溪沙

晏几道

二月和风到碧城。万条千缕绿相迎。舞烟眠雨过清明。

妆镜巧眉偷叶样,歌楼妍曲借枝名。晚秋霜霰莫无情。

【鉴赏】

这是一首咏柳词。

咏柳之作，前人甚多。从柳眼的金黄到柳叶的翠绿，从柳枝的袅娜到柳絮的癫狂，其形其色，其情其态，所述几备矣。贺知章称她“碧玉妆成一树高，万条垂下绿丝绦”（《咏柳》）；白居易写她“叶含浓露如啼眼，枝袅轻风似舞腰”（《杨柳枝》）；姚合说她“黄金丝挂粉墙头，动似颠狂静似愁”（《杨柳枝词》）；杜甫更形容她“恰似十五女儿腰”（《绝句漫兴》）……面对如此众多的前人之作，该如何去写才能不袭旧套，不落窠臼。这确实需要词人动一番脑筋。

“二月和风到碧城”，首句先不写柳，而是从大处落笔，交代柳树返青的时节和环境。二月里，和风吹来，柳眼轻舒，万千柔条上一齐冒出嫩嫩的细叶，仿佛使全城变成了重翠叠碧的绿色世界。“碧城”，形容城中处处碧柳，一派新绿，犹称处处鲜花为春城；“碧”字为下句“绿相迎”张本。贺知章《咏柳》诗称“二日春风似剪刀”，意在突出春风催促新生的作用，这里称“二月和风到碧城”，重在说明春风的和熙温暖和城中环境的温馨宜人，进而在这一大的背景下引出赞咏的对象：“万条千缕绿相迎。”千万条柳枝在春风的吹拂下轻轻摇曳，一树树，一丛丛，如有情人招手相迎。这一句，运用拟人化的手法赋物以情，既形象地勾画出绿柳春风得意的形态，也传达出词人面对处处相迎的绿柳时的欣悦之情。紧接着的“舞烟眠雨过清明”一句，再就柳的风度做进一步的刻画，她在晴和的烟霭里婆娑起舞，在温和的丝雨中轻卧安眠，就这样怡然自乐、恬静悠闲地度过了清明三月天。“舞”“眠”二字一写动，一写静，生动传神，充分展示出柳的意态美。全句创造出一种娴雅温馨、略带几分朦胧的优美意境。从“二月”到“清明”，一片之中时间跨度较大，词人不是一枝一叶地工笔细描，而是突出特点，大胆剪裁，通过“迎”“舞”“眠”等动词的运用，把柳的勃勃生机、翩翩风度、优美意态，都十分形象地展现出来。由此我们不难看出词人在题材的把握、角度的选定和内容的取舍上所具有的匠心。

过片两句更显匠心独运：对镜梳妆的美人描画双眉时竟偷偷模仿柳叶的形状。歌楼上演奏的优美乐曲也借用柳枝作为曲名。这两句，巧妙地运用柳叶眉和《柳枝》曲对所咏之物加以印证，既紧密扣题，又进一步渲染了柳的声名，说明柳一向倍受人们的宠爱。把柳叶比喻成女子的翠眉，在咏柳之作中已成旧调，如姚合《杨柳枝词》“叶叶如眉翠色浓”、李绅《柳》“日暖牵风叶学眉”。这里，词人不说柳叶如眉，而反用其意，说柳叶被美人偷了去学画双眉，这就使词句由陈旧变得新奇，由平淡呆板变得生动灵巧。这种点化之功，可以说是使此词有别于前人作品的原因之一。歇拍的“晚秋霜霰莫无情”一句，忽而宕开一笔，作变徵之声。词人担心，到了晚秋时节，无情的风霜会使春柳的柔条嫩叶变成枯枝败叶，因此他疾呼：晚秋的风霜啊，不要太无情，不要摧残这柔弱的枝条！这一结句，看似来得突然，实出情理之中。小晏这位“伤心人”，即使在咏物词中也会流露出他的伤感来。毛先舒在论及作词之法时曾说：“词贵开宕，不欲沾滞。忽悲忽喜，乍远乍近，所为妙耳。”（冯金伯辑《词苑萃编》）这一结句，正可谓具有忽悲忽喜的开宕之妙，“不但不为题束，并不为本意所苦”(同上)。以此作结,亦足见其不同于前人之处。

词中咏物一体,多含有双重主题,即表面上是咏某物,实际上却另有所指,所谓“体物写志”(刘勰《文心雕龙·诠赋》)。即以本词而言,因为柳常用作妓女的代称,所以词人笔下的柳也可看作是一个人,一个风流妩媚的歌伎舞女。刘永济甚至认为,此词是讽喻仁宗朝显赫一时的吕夷简父子的(见《唐五代两宋词简析》)。是否另有隐喻,隐喻何事,不同读者往往会有不同理解,仁者见仁,智者见智,只要不是穿凿附会,也就不必强求一致了。

浣　溪　沙

晏几道

日日双眉斗画长,行云飞絮共轻狂。不将心嫁冶游郎。
溅酒滴残歌扇字,弄花熏得舞衣香。一春弹泪说凄凉。

【鉴赏】

封建时代,托身于欢场中的歌儿舞女既是寄生者,更是受害者。她们或为豪门贵族所供养,或流落在花街柳巷,表面上过着征歌逐酒、穿金戴银的享乐生活,实则是被迫以自己的色相和技艺乃至肉体来供有钱人玩乐,是生活在社会最底层的被侮辱与被损害的可怜的一群。这首词在描述歌女们空虚生活的同时,深刻揭示出她们凄凉痛苦的内心世界,对她们的不幸遭遇给予了深深的同情。

起句从歌女日常生活的一个侧面落笔,写她们由于职业的需要,也是迫于生计,每天都要花费很大的心思梳妆打扮,以此来取悦于人。在普通人看来,眉画得好坏也许无关紧要,但对歌女们来说却大为不然了。她们必须刻意装扮自己,才能满足贵人们的要求,才能在风月场中立得住脚。一个“斗”字,刻画出她们在特定环境下不得不和同列争妍比美的心情,同时也表现出她们梳妆时用心之苦。秦韬玉《贫女》诗中有“不把双眉斗画长”句,此反用其意。次句进一步写歌女生活的另一个侧面,暗示出她们飘荡无依、任人摆布的可悲境遇。“行云”,用宋玉《高唐赋》巫山神女“旦为朝云,暮为行雨”之意。“飞絮”,语本杜甫《绝句漫兴》:“颠狂柳絮随风舞,轻薄桃花逐水流。”全句的字面意思是说,歌女的生活如同天上的流云和随风的柳絮那样轻浮狂荡,而其真实用意却在于表明人物的身份,并象征歌女飘忽不定、身不由己的生活。在前两句对歌女日常生活做概括交代的基础上,第三句出人意料地陡然一转,写歌女的心志和操守。尽管她们无法摆脱可悲的命运,在万般无奈的情况下委身于人，但是她们仍然冰心独抱，身虽可辱，志不可夺，绝不肯将真心许给那些专门玩弄女性的浪荡的公子哥儿。李商隐《无题》诗曾以“不知身属冶游郎”句写“寿阳宫主”糊里糊涂将身嫁人，而这里的歌女却发誓“不将心嫁冶游郎”，两相比较，愈见歌女独立的人格和坚贞的操守。唐宋词中写女子对爱情的态度，常常是表现她们追求上的大胆和坚决，如韦庄《思帝乡》：“陌上谁家少年，足风流。妾拟将身嫁与，一生休。纵被无情弃，不能羞。”在这里，歌女对爱情的态度却显得异常严肃，而且对不平等的世道表现出一种反抗意识，人物的个性是非常鲜明的。

过片两句再就“轻狂”二字展开，写歌女生活表面上的欢乐：酒席筵上酣歌狂饮，美酒溅湿了歌扇，使扇上的字迹漫漶不清；游赏园林时拈花弄草，使舞衣染上了袅袅花香。“歌扇”，古者舞妓有扇，上记所能歌之曲名，故称。“弄花”句，语本于良史《春山夜月》诗：“掬水月在手，弄花香满衣。”歌女们“钿头云篦击节碎，血色罗裙翻酒污。今年欢笑复明年，秋月春风等闲度”（白居易《琵琶行》），其生活看上去是何等繁华热闹、充满欢乐。然而，就在这热闹和欢乐的背后，却隐藏着深深的痛苦与不幸。词的结拍又是陡然一转：人前背后，她们总是将珠泪闲抛暗洒，独自诉说着满腹辛酸。“一春”，犹言整个春天，泛指时间长久，且与句首“日日”遥应。《虞美人》：“一春离恨懒调弦，犹有两行闲泪宝筝前。”两处用法相同。上言“溅酒”“弄花”，下言“弹泪说凄凉”，表面上是何其“热”，而内心又是何其“冷”，行动与心理之间矛盾突出，对比鲜明。读着这样的词句，读者也不能不为之倍感凄凉吧！

词中多处化用前人诗意，犹如信手拈来，不留痕迹，毫无吞剥之感。上、下两片俱采用转折笔法，表现角度新颖，对歌女性格的塑造更有其独到之处。这些，都有效地增强了词的感染力。

浣溪沙

晏几道

唱得红梅字字香，柳枝桃叶尽深藏。遏云声里送雕觞。

才听便拚衣袖湿，欲歌先倚黛眉长。曲终敲损燕钗梁。

【鉴赏】

歌舞场中，那些强颜欢笑的女子，人人都有一部辛酸的历史。她们或借乐曲传递心曲，或借歌声表达心声，往往把个人身世的不幸，命运的凄惨，都融入当筵的弹奏、演唱之中。这首小词便是通过对歌者演唱时情景的描绘，展现了她寂寞痛苦的内心世界。

起首两句极写歌者声情之美。"红梅",指歌女所唱的曲词。汉横吹曲中已有《梅花落》,至唐、宋时梅花曲仍很流行,如唐白居易《送滕庶子致仕》诗云:"犹听侍女唱《梅花》。"朱词中有《落梅花》《梅花引》等曲牌。"字字香",形容歌声优美动人,具有使人产生感觉挪移的作用。由红梅之曲联想到真正的梅花,又由梅花的色彩、形象嗅到了梅花的香气,仿佛那淡淡的清香正伴随着美妙的歌声从歌者的颊齿间缓缓飘出。"柳枝桃叶",泛指其他歌女所唱的其他曲子。古曲有《杨柳枝》;晋王献之有爱妾名桃叶。在这位歌者所唱的声声俱美、字字皆香的"红梅"之曲面前,那些常人俗曲都显得黯淡无光,因此纷纷退场,甘拜下风。"深藏"前更着一"尽"字,足见这位歌者的演唱独擅胜场,令同辈们深深折服。两句词不仅在字面上形成色彩的鲜明对比,而且在语意上互相衬托,极富形象特征。接下去的第三句,从听者的角度落笔,同时交代出演唱的场合。"遏云",谓歌声激越高亢,使天上流云为之止步。《列子·汤问》:"薛谭学讴于秦青,未穷青之技,自谓尽之,遂辞归。秦青弗止,饯于郊衢,抚节悲歌,声震林木,响遏行云。""雕觞",镂有精美花纹的酒杯。听者边听边饮,表明歌者是在酒筵上演唱。清歌不止,饮亦随之,歌助酒兴,酒增歌情。透过一"送"字,可以想见听者闻歌时内心激动、恣情痛饮的情形。

过片一句紧承上片,写听者闻歌后的反响。"拚",甘愿之意。刚刚听到那女子的歌声,便任凭泪水长流,打湿衣袖。"才听便拚",一方面说明女子的歌声凄婉动人,使"满座重闻皆掩泣"(白居易《琵琶行》);一方面也表明她的身世凄惨,令人不禁为之一洒同情之泪。而词人与歌者想必早已心意相通,那闻歌掩泣的正是词人自身。小晏一向对遭遇不幸的歌女们抱同情态度,此句乃属真情的自然流露。结拍两句仍回到歌者上来,着力刻画歌者的内心世界。女子歌唇未启,早已情不自胜,修长的黛眉中流露出无尽的哀怨。等到一曲终了,感情达到高潮,手中用来击节的燕形钗梁早已被敲断。"欲歌"一句写意传神,与"未成曲调先有情"(同上)同妙。而"曲终"一句更是全词精彩之笔,它将歌者当时投入的、忘情的演唱,以及演声时的激声烈响和曲终时的失落惆怅。都十分生动地再现在读者面前,令读者掩卷低回,慨叹不已。《世说新语·豪爽》载:王处仲咏歌时以铁如意击打唾壶,壶口尽缺;韩偓《闺情》诗云:"敲折玉钗歌转咽";白居易《琵琶行》诗云:"钿头云篦击节碎",俱可视为此句所本。

小晏另有一首《菩萨蛮》,表现筝人的不幸遭遇,可与此调同读。词云:"哀筝一弄湘江曲,声声写尽湘波绿。纤指十三弦,细将幽恨传。当筵秋水漫,玉柱斜飞雁。弹到断肠时,春山眉黛低。"所不同的是,这首《浣溪沙》不单单写筵前的女子,而是写歌者和听者交错用笔,借听者的反响来表现演唱的效果,进而揭示歌者的内心世界;"曲终敲损燕钗梁"较之"春山眉黛低"所表达的感情,也更加强烈,更具摇荡性情的力量。

更漏子

晏几道

柳丝长，桃叶小，深院断无人到。红日淡，绿烟晴，流莺三两声。

雪香浓，檀晕少，枕上卧枝花好。春思重，晓妆迟，寻思残梦时。

【鉴赏】

小晏的词大多语言清丽，“秀气胜韵，得之天然”(王灼《碧鸡漫志》)。周济《介存斋论词杂著》评：“晏氏父子仍步温、韦，小晏精力尤胜。”这首写春日闺思的小词，温婉娴雅，浅淡疏隽，格调与《花间》诸作颇复相近，而其情韵之缠绵、境界之纯美，似又胜之。

词的上片写景，为表现女主人公的春日闺思做环境上的铺垫。“柳丝长”三句写春日景物，在交代时节、环境的同时，着意烘托出深院的阒寂气氛。绿柳垂挂起千万条长丝，碧桃生长出纤细的嫩叶，小院里一片寂静，终日更无一人到来。“断无”，下语肯定，表现出闺中人的孤寂幽独，怨而未露。“红日淡”三句，进而从视觉和听觉两个方面描绘院中景色，创造出一种幽雅闲适的意境，给人以纯美恬静的感受，而词人的真正用意，仍在于为结处写情作必要渲染。晓日初升，烟霭渐消，晴和的空气里到处弥漫着绿意，窗外不时传来流莺的声声鸣啭，愈发衬托出小院的宁静。上片的六句笔触轻倩，于景物的描绘之中已微露人物的情思。

词的下片由写景转入言情，表达闺中人晓梦初醒的情怀。“雪香浓”三句，运用白描笔法刻画人物的美态。“雪”，借喻女子莹白柔嫩的肌肤，用法始见庄子《逍遥游》：“藐姑射之山，有神人居焉，肌肤若冰霜，淖约若处子。”《花间集》中多有其例，如温庭筠《菩萨蛮》：“小山重叠金明灭，鬓云欲度香腮雪”；《女冠子》：“雪胸鸾镜里，琪树凤楼前”；韦庄《菩萨蛮》：“垆边人似月，皓腕凝霜雪。”“檀晕”，浅红色的妆晕。“枕上卧枝花好”，形容拥枕未起的女子像一枝横卧的鲜花那样妖娆俏丽。温庭筠《定西番》：“双鬓翠霞金缕，一枝春艳浓。”又《菩萨蛮》：“鸾镜与花枝，此情谁得知。”三句词造语妍秀，极写闺中人春睡方醒时的意态。“枕上”一句，与上片景语浑然一体，尤能引人联想；一“卧”字，已暗含“懒起画蛾眉，弄妆梳洗迟”（温庭筠《菩萨蛮》）之意。接下“春思重”三句紧承上文，抒发闺中人的春日闲愁，揭示出全词的主题。春日清晓，梦中醒来，迟迟不愿起身梳洗，仍独自追寻着梦中情景。联系上片，深院之中终日悄无人迹，也就不必忙着起身；窗外撩人情思的莺语不时传来，更使闺中人倍增怅触。所思者何？所梦者何？词人虽不明写，却已在不言之中了。以“寻梦”作结，使整首词平添了无穷余味。

小词先是运用长镜头写景，摄取了一幅春日深院优美而幽静的画面，接着镜头慢慢转换推进，由院中到室内，由景色到人物，最终“定格”在女子幽闺独卧“寻思残梦时”的表情上。如此层层铺染，步步深入的笔法，使本自寻常的闲情之作增添了许多动人的情致，无怪俞陛云称：“景丽而情深，《金荃集》中绝妙词也。”（《唐五代两宋词选释》）

何满子

晏几道

绿绮琴中心事，齐纨扇上时光。五陵年少浑薄倖，轻如曲水飘香。夜夜魂消梦峡，年年泪尽啼湘。
归雁行边远字，惊鸾舞处离肠。蕙楼多少铅华在，从来错倚红妆。可羡邻姬十五，金钗早嫁王昌。

【鉴赏】

晏几道一生落拓疏狂，与歌儿舞女多有交往。他不仅经常为他们填制歌词，以供其传唱。而且还十分关注她们的命运，为她们的不幸遭遇而忧伤。在小晏的笔下，很少表现出贵族王公那种征歌选色时的艳赏和满足，而是更多地流露出对眼前人的怜惜与同情。这首词选调的本身即寓有同情之意，它很容易让人联想起开元中那位以曲赎死竟不获免的沧州歌者，而词中所反映的青楼倡女的不幸身世。与那些“故国三千里，深宫二十年。一声何满子，双泪落君前”（张祜《宫词》）的宫人的身世，亦颇多相似之处。

起首两句从交代人物的身世落笔，兼写出她或她们的不幸与幽怨。绿绮琴和齐纨扇，都是歌伎特有的象征。她们终日歌舞弹唱，供人笑乐，伴随她们凄苦生涯的只有瑶琴歌扇。小晏词中，多借琴、扇一类能够表现人物身世的事物描写女性，如《木兰花》："小莲未解论心素，狂似钿筝弦底柱"；《鹧鸪天》："舞低杨柳楼心月，歌尽桃花扇底风"；《浣溪沙》："溅酒滴残歌扇字，弄花熏得舞衣香"。这些不幸的女子，在歌舞场中强颜欢笑，无依无靠，缺少知音，只能将一腔心事借琴声曲曲倾诉，只能任青春时光从扇底悄悄流走。"纤指十三弦，细将幽恨传"（《菩萨蛮》），可为"琴中心事"作注。而"齐纨扇"一语出自古诗《怨歌行》："新裂齐纨素，鲜洁如霜雪，裁为合欢扇，团团似明月。……常恐秋节至，凉飙夺炎热，弃捐箧笥中，恩情中道绝。"其中也就暗寓了红颜难驻、新恩不久之意。接下三、四两句调换角度，从指斥五陵少年的薄律来表现风尘中人的不幸。"五陵"，指长安的长陵、安陵、阳陵、茂陵、平陵一带豪富聚居之地，"五陵年少"，借指那些豪门公子、贵族子弟。"浑"，全、尽的意思。那些浮浪的公子哥们，俱是些寡情少义的负心之徒，犹如水面浮花，忽东忽西，来去无定。句中的"轻"，乃轻薄、轻佻、轻狂之意，他们尽管肯掷千金买一笑，却不懂得情为何物，爱为何物，更不能指望将终身托付于他们。两句词既是怨恨，也是谴责。五、六两句，再将笔锋折回，直接倾诉沦落之苦。"梦峡"，用宋玉《高唐赋》巫山神女事；"啼湘"，用舜帝二妃泪染湘竹事。风尘女子夜夜承欢新人，受尽侮辱，常年挣扎在痛苦的深渊。两句词概括歌伎生涯，尽写出其遭遇之不幸，命运之凄惨。

过片两句写歌伎怀念远人，渴望得到真正的爱情。"惊鸾"，犹失偶之孤鸾，比喻歌伎。《白孔六帖》卷九十四："孤鸾见镜，睹其影谓雌，必悲鸣而舞。"怅望长空，归雁南飞，却不允薄情郎的片纸只字；顾念自身，形单影孤，总是为无端的离别所苦。雁字，那样遥远；离肠，千结百转，意中人啊，何时能回到我的身边！两句写离恨别苦，满含凄凉与忧伤。接下两句犹系自伤：青楼之中有多少红装倩女，总是为丽质芳颜所误。"齐纨扇上时光"不驻流逝，容华岂堪长恃，一旦年长色衰，终不免遭人遗弃。"弟走从军阿姨死，暮去朝来颜色故。门前冷落车马稀，老大嫁作商人妇。"（白居易《琵琶行》）可以说是青楼女子的共同命运。结拍两句荡开一笔，以对比的手法衬托出歌伎内心深深的痛苦。崔颢《古意》："十五嫁王昌，盈盈入画堂。自矜年最少，复倚婿为郎。舞爱前溪绿，歌怜子夜长。闲来斗百草，度日不成妆。"此化用其意。虽然同为女儿身，邻姬早嫁贵人，尽享人间欢乐，而自己一旦沦落风尘，就再也享受不到正常人的欢乐。以可羡衬可悲，益显倡女之不幸。以此收束全词，尤令人慨叹不已。

小晏的词大都用语浅近。朴实无华，以浅语写深情为其所擅。相比之下，这首词却辞采华丽，而且颇多用典，讲究对称。由于词人始终怀着深深的同情来表现歌伎的悲惨命运，因此读来不觉其纤巧，只觉其沉厚，而各种艺术手段的运用，都有助于增强词的表现力和感染力。

少年游

晏几道

离多最是，东西流水，终解两相逢。浅情终似，行云无定，犹到梦魂中。
可怜人意，薄于云水，佳会更难重。细想从来，断肠多处，不与者番同。

【鉴赏】

晏几道作为一个多情的词人。一生中写下了许多表现离愁别恨的作品。这些作品中，有对朋友的深情怀念，也有对意中人的刻骨相思；有与挚友临歧时"云鸿相约处，烟雾九重城"（《临江仙》）的期许，也有与恋人分手后"长到月明时，不眠犹待伊"（《菩萨蛮》）的表白。这首《少年游》同样也是抒写离情别绪的作品。虽然从作品本身，我们已难以断定它是因朋友的离去而写，还是因意中人的远别而作，或者两者兼而有之，但它所表达的深厚情感却足以摇人心魄，它所运用的独特笔法更足以新人耳目。

上片连设两个比喻，抒发怨别之情。首先以双水分流比喻离别"离多最是，东西流水"，语本古乐府《白头吟》："闻君有两意，故来相决绝。今日斗酒会，明旦沟水头。躞蹀御沟上，沟水东西流。"相传司马相如欲聘茂陵人女为妾，卓文君乃做此以自绝，相如乃止。（见《西京杂记》）诗以护城河中的水分别流向东西两个方向，比喻两人从此诀别再无重聚之日。这里略反其意，第三句又出人意料地荡开一笔："终解两相逢。"流水无情，各自东西，然而"千条江河归大海"，最终还会再流到一处，言外之意是说离去的人去而不返，不如流水分而能合，"东西流水"也不足以取喻两情的诀别。接着，再以"行云无定"比喻两情飘忽。"犹到梦魂中"一句，暗用巫山神女"朝为行云"与楚王相会事。离人如行云一样去迹无踪，音信渺茫，然而行云犹可飘然入梦，言外之意又是说人不如云。如此连设两喻，比喻后更接以转折，语意翻复，句法跌宕，有欲言故止、含而未露之妙。以行云流水比喻人的离别，在古诗词中可谓屡用不鲜，然而多数作者却到此而止。小晏此词在比喻后又把笔锋折回来，说水能相逢、云能入梦，这就使语意加深了一层，故觉高出常人。从句法上看，"东西""行云"两句分别兼作上句的宾语和下句的主语，中间均有所省略。这就使整个上片显得语少意多,摇曳多姿。

过片三句合并上片两个比喻之意,将故止之言、未露之意明确道出:“可怜人意,薄于云水,佳会更难重。”行云流水本皆无情之物,然而尚解相逢、入梦,人却去不知返,音信全无,情意岂不更薄?人意之薄甚于云水,佳会岂不难重?一“更”字极言重逢无望。这三句与上片语意相承,一气贯注,采用的是先分后总的写法。近人夏敬观评此词道:“云水意相对,上分述而又总之,作法变幻。”确是有得之见。刘禹锡《竹枝词》:“长恨人心不如水,等闲平地起波澜。”辛弃疾《鹧鸪天》:“江头未是风波恶,别有人间行路难。”俱是运用比喻说明人情之翻覆、人心之险恶,与“人意薄于云水”笔法相近,然而联系上片“终解相逢”“犹到梦中”两句,小晏此词似更具迂曲之妙。结拍三句进而表现佳会难重的断肠之苦:“细想从来,断肠多处,不与者番同!”从上片两个比喻中所隐含的意思看,词人思念的可能是一位他所钟爱的女子,而对方已与他分别了很长一段时间——“离多”言分别日久;再联系词人《小山词自序》中“君龙疾废卧家,廉叔下世。昔之狂篇醉句,遂与两家歌儿酒使俱流转于人间”的记述来看,这一次的分别又不同于一般的离别,可能是与莲、鸿、蘋、云等旧欢永生难聚的诀别。尽管以往也曾经历了许多离别的煎熬、相思的折磨,但与今番的永诀相比,都不能同日而语了。今番恐怕是“无据,和梦也新来不做”(赵佶《宴山亭》)了罢。这三句,抒情主人公直接站出来,将心灵深处的痛苦不假掩饰地袒露在读者面前,使全词的抒情达到了高潮,感情诚挚痛切,词句掷地有声,真乃痴人至语。

采 桑 子

晏几道

西楼月下当时见,泪粉偷匀,歌罢还颦。恨隔炉烟看未真。

别来楼外垂杨缕,几换青春。倦客红尘,长记楼中粉泪人。

【鉴赏】

晏几道在他的《小山词》中,记下了许多他与歌女们交往以及别后相思的情事。这些作品,有的直呼对方的名字,如《木兰花》“小莲未解论心素,狂似钿筝弦底柱”、《临江仙》“记得小苹初见,两重心字罗衣”;更多的则是只记其事,不提名字,或者运用双关、暗示的手法将名字隐含其中。这首怀人忆旧之作,虽然也没有提及名字,但从词句中可以明显看出,对方也是一位与莲、鸿、蘋、云身份相同的歌女;词人当时虽与她相隔较远,未通心愫,但她的一歌一颦却给词人留下了镂骨铭心的难忘印象。另外从“倦客红尘”一句来看,这首词可能已是词人中年以后的作品了。

词的上片记见时情形。首句点明与少女初见时的地点和时间。“西楼”,是小晏终生难忘的地方。因为在那里他曾度过了许多美好的时光,《小山词》中于此多有记述,如《满庭芳》“西楼题叶,故园欢事重重”、《采桑子》“别来长记西楼事,结遍兰襟,遗恨重寻”,等等。“月下”,重在点明相逢的时间是在夜晚,联系全词来看,当是指于西楼之上、月色之下与少女相见,这与单纯地说“月下(洒满月光的地上)相逢”略有差异。由此也可推想西楼是可供宴饮游赏的场所。二、三两句刻画少女的形象,兼表明其身份。那也许是在一次夜宴上,座中坐着许多像词人一样的王孙公子,少女当宴献歌,以娱宾客。然而词人注意到,在唱歌之前,少女正背着人悄悄地抹干脸上的珠泪,重新以粉匀面,一曲歌罢,重又双眉深锁,郁郁不乐。这两句,不写少女的杏脸桃腮绿鬓,也不写少女的红巾翠袖罗衣,而是遗貌取神,通过两个特写镜头展示少女痛苦的内心世界。俞陛云《唐五代两宋词选释》中说:“此词不过回忆从前,而能手写之,便觉当时凄怨之神,宛呈纸上。”过拍转写词人目睹上述情景后的心理变化。当晚的坐处与少女唱歌的地方还有一段距离,朦胧的月色之下,又隔着袅袅的炉烟,可惜未能看得真切,当然也没有机会去接近她,去了解她为什么而忧伤。一“恨”字,表达出词人对少女的同情和爱慕。也许正是由于“看未真”,才使词人萦系于怀,长记不忘。

词的下片叙别后相忆。过片两句先写相别岁月之久。当时西楼一别,楼外的杨柳已不知在春天里更换了几次枝叶,时光已不知匆匆流逝了几年。“几换青春”,犹言过了几个春天,同时又语意双关,暗示人也经历了几度春秋,韶华渐逝。这就非常自然地引出了下面的句子。结拍两句写对少女的怀念。“倦客”,词人自谓;飘零岁久,青春渐老,活得太累,故有此言。“粉泪人”与上片“泪粉”句首尾相应。也许,那少女还算不得是词人的红尘知己;也许,词人与她不过仅有一面之缘,连她的名字都不曾知道。然而,当年西楼月下“泪粉偷匀,歌罢还颦”的那一幕,却深深地撼动着词人的心灵,使他至今难忘。所以“长记”者,当然还不仅因为少女的一颦一泪,其中更饱含着对少女身世的萦念、命运的关切。这两句词,言直语朴,毫不掩饰,一往真情自然流露,把心中的所思所想尽情展现在读者面前。陈廷焯《白雨斋词话》中称小晏的词“情溢词外,未能意蕴其中”,正是道出了小晏能以情胜的特点。

生　查　子

晏几道

金鞭美少年，去跃青骢马。牵系玉楼人[①]，绣被春寒夜。

消息未归来，寒食梨花谢。无处说相思，背面[②]秋千下。

【注释】

①玉楼人：居于闺楼内的美貌少妇，指词中的主人公。

②背面：扭过脸去，以背面人，形容非常羞怯。李商隐诗中有“十五泣春风，背面秋千下”的句子。

【鉴赏】

这是一首写闺阁人怨别的小令。一开始词人便以一些鲜亮的词语，描绘出一个英俊洒脱的青年男子离家远去了。“金鞭”，华美的马鞭。“跃”，跨。“青骢马”，良马。可以说极尽渲染之能事。“牵系玉楼人，绣被春寒夜。”苦煞了住在“玉楼”里的佳人，她只得独自守着“绣被”，一刻刻挨到天明，表明时间已是初春。“消息未归来，寒食梨花谢”，“寒食”，节名，清明节前一两天。表明时间已是暮春。“梨花”暗喻“玉楼人”，结拍“无处说相思，背面千秋下”，这是词中名句，“千秋下”本是青年妇女嬉戏的场所，竟然要“背面”着它，这是说她心里极其难过，在背人饮泣。

木　兰　花

晏几道

东风又作无情计，艳粉娇红[①]吹满地。碧楼帘影不遮愁，还似去年今日意。

谁知错管[2]春残事，到处登临曾费泪。此时金盏直须[3]深，看尽落花能几醉。

【注释】

①艳粉娇红：各色娇艳美丽的花。

②错管：管错了，意为不该理会。

③直须：只管，尽量。

【鉴赏】

这首词抒写伤春惜花之悲情。上片写东风无情，践踏粉红。以“东风无情”总领词人伤春根由。词人运用移情化的拟人手法赋以“东风”意象辣手摧花的无情品格，它将“艳粉娇红”之繁花吹得满地狼藉，繁华美景转瞬消逝，怎不触目伤情？“碧楼”二句点出抒情主人公藏身碧楼，透过珠帘看见东风吹得落花残影纷纷飘坠，遂又生出对珠帘的恼怨，恼怨珠帘遮不住落花残影，又像去年今日惹起了伤春愁绪。一怨东风，二怨珠帘，实为惜花人的痴语，伤心人的至性，借恼怨传达沉痛的悲愁。下片惜花。“谁知”二句词义顿折，从上片恼怨东风忽反笔转作自恼自怨：“错管”二字乃讲词人不忍心落花狼藉，任人践踏，遂登山临水管起了暮春残花之事。上述三层恼怨，顿挫曲折，将词人自己逼进“疑无路”的境地，于是“此时”二句又作顿转，以“金盏直须深”的痛饮求醉，在落花残尽之前陪落花再陶醉几番！表面上自解自慰，说伤春惜花费泪无益，不如痛饮美酒，恣赏落花，语极旷达，实际上却极为沉痛，较之惋惜更深一层。全词语辞深婉清劲，更显沉痛悲怆之愁怀。

木 兰 花

晏几道

秋千院落重帘暮，彩笔闲来题绣户[1]。墙头丹杏雨余花，门外绿杨风后絮。

朝云[2]信断知何处？应作襄王春梦去。紫骝认得旧游踪，嘶过画桥东畔路。

【注释】

①绣户：华丽高雅的住所，指妇女的居室。

②朝云：据宋玉《高唐赋序》记，相传楚襄王游高唐时，巫山神女说："妾在巫山之阳，高丘之阻，旦为朝云，暮为行雨，朝朝暮暮，阳台之下。"后以朝云、行雨代指年轻美貌的女子。词中下句"襄王春梦"亦出此典故。

【鉴赏】

此词为作者重游与莲、蘋、鸿、云等歌伎曾经欢度好时光之地的情思与感慨。触景伤怀，寄情于物，虚实相间，感人至深。黄蓼园《蓼园词选》："首二句别后，想其院子深沉，门阑紧闭。接言墙内之人，如雨余之花；门外行踪，如风后之絮。后段起二句言此后杳无音信，末二句重经其地，马尚有情，况于人乎？"

上阕从追忆旧时欢乐时光写起。"秋千"二句是说在佳人住处，在重重帘幕的掩藏下，在黄昏之后，彩笔题词，欢情无限。但好景不长。三、四句写分别。作者用两个含蓄的譬喻表现这种分离：墙头丹杏为留下来的人，门外绿杨是流落之人。"雨余花""风后絮"均是凄惨之至、狼狈之至，是离别后双方处境与心境的形象写照，韵致哀婉、缠绵。此二句成为以景喻人的名句。

下阕写别后相思，更写故地重游时"物是人非"的感慨与哀叹。"朝云信断知何处？"无限的牵挂，无尽的惦念与关怀。思而不见，久失音讯，是否相忘于天涯另有所爱，"应作"一词表达无奈与沉痛的妄测，实为忧思的变幻与异化。末尾二句由遐思、臆测而回到现实：旧地重游，老马识途，况人乎？马尚有感悲嘶，况人心乎？此二句以间接手法写沉痛心情与慨叹，表达效果绝妙。对此，沈谦在《填词杂说》中赞曰："填词结句，或以动荡见奇，或以迷离称胜，著一实语败矣。康伯可'正是销魂时候也，撩乱花飞'；晏叔原'紫骝认得旧游踪，嘶过画桥东畔路'；秦少游'放花无语对斜晖，此恨谁知'，深得此法。"

清平乐

晏几道

留人不住，醉解兰舟去。一棹碧涛春水路①，过尽晓莺啼处。

渡头杨柳青青，枝枝叶叶离情。此后锦书[②]休寄，画楼[③]云雨无凭。

【注释】

①“一棹”句：一棹，(桨)划一下。形容小舟非常轻快。

②锦书：即书信。

③画楼：雕饰彩绘的楼房。

【鉴赏】

通观全词，当是托为妓女送别情人之作。离别在一个渡口，时间是春天的一个早晨。上片写送别。“留人”二句以一“留”、一“去”点出送者与行者不同的心态：一方挽留而留不住，一方身不由己，去意已决。表面看留者似落花有意，去者若流水无情。实则一个“醉”字透出其中隐曲：去者亦非寡情绝意，正因离别愁深，遂借酒释愁，以免临别之际在情人面前失态落泪。“一棹”二句写送者目送兰舟远去：一只船桨划破碧波，船儿驶出一条春水路，从两岸清晨黄莺啼叫的杨柳中间穿过，消失到远方。“过尽”二字显现出送者整个目送兰舟由近而远，渐远渐无的空间推移过程，流露出送者情系兰舟的深长眷恋和心逐流水的绵绵离思。下片写别情。送者伫立空荡的渡头，唯余青青杨柳，徒然触动离情。“此后”二句抒发怨爱交集的负气之言，其中暗含难言之隐。二句表现的心情是矛盾的。全词先是脉脉含情之语，后转为决绝语，二者相反相成，因多情而生绝望，绝望恰表明不忍割舍之情。

阮郎归

晏几道

旧香残粉似当初，人情恨不如。一春犹有数行书，秋来书更疏。

衾凤冷[①]，枕鸳孤，愁肠待酒舒。梦魂纵有也成虚，那堪和梦无。

【注释】

①衾凤：绣有鸾凤的锦被，下文的枕鸳则是绣有鸳鸯的枕头。比喻双宿双飞。

【鉴赏】

本词浅近直白地抒发了居人的幽怨与离恨。

上阕写征人的薄情。首句写晨起对镜梳妆，感慨顿生："旧香残粉似当初，人情恨不如"。居人虽渐憔悴，但情依旧；情"不如"者是那征人。何以见得？三、四句便是再清楚不过的明证："一春犹有数行书，秋来书更疏。"这里暗含无奈的对照：春之"数行书"与秋之"书更疏"；居人对"数行书"已觉满足，征人连这点滴情意也不愿付出。

下阕写居人独处孤凄。"衾凤"二句反差强烈，共度良宵之物犹在，同眠共枕的情景历历在心，如今形影相吊，长夜孤冷难耐，只好借酒浇愁："愁肠待酒舒"。结句奇绝，用层递手法写出心中苦想：梦中纵能相会但又何补，幻象虚景而已（毕竟能有所寄）；到如今连幻梦竟也不得（何等让人绝望）。

唐圭璋《唐宋词简释》云："上下阕结处文笔，皆用层深之法，极为疏隽。"

六　幺　令

晏几道

绿阴春尽，飞絮绕香阁。晚来翠眉宫样，巧把远山学。一寸狂心未说，已向横波[1]觉。画帘遮匝[2]，新翻曲妙，暗许闲人带偷掐[3]。

前度书多隐语，意浅愁难答。昨夜诗有回文[4]，韵险还慵押。都待笙歌散了，记取来时霎[5]。不消红蜡，闲云归后，月在庭花旧栏角。

【注释】

①横波：眼目传情，暗送秋波之意。

②遮匝：四面遮蔽。

③偷掐：暗暗抄记下来。

④回文：诗体的一种，可以循环往复，读之皆可成文，诗里藏诗。

⑤来时霎：来一会儿。

【鉴赏】

本词生动描写了一位歌伎与情人幽会前的心态和举动。

上阕描写歌女与情人相会前的精心装扮和精彩表演。起首"绿阴春尽"二句描述暮春节令和事件发生的环境。"绕"字十分传神,动感十足。"飞絮绕香阁",暗示女主人公幽会前的不安和迷乱的心绪。三、四句描写她认真的用心良苦的梳妆打扮,尤写其对眉黛的刻意妆饰,正所谓"女为悦己者容"。且眉目乃传情之所,作者写女主人公对眉黛的精心描画,起到了事半功倍,以一当十的作用。"晚来"同时点明了具体的时间。"一寸"二句写相见后演出前的眉目传情,暗送秋波。"狂心"点明双方激动的情绪。"画帘"三句写演出的情形。"画帘遮匝"写演出之环境。后二句写演出,但并未正面直接描写,而是通过侧面心理描写,表现女主人公为爱情不惜冒影响自己演出利益之险的感人内心世界。

下阕写昔日往来和今日幽约。"前度"四句写过去交往之频繁,既有"前度"之书,又有"昨夜"回文诗,可见往来之多。同时,表明了未曾回复的原因和爱情表达的含蓄巧妙,为今日幽会作了充分的铺垫。"都待"承先启后,表达出双方对密约幽会的期待与渴望:一切未表达的和未交流的情意全都放到了表演以后的相聚的甜蜜时光。末尾三句意境优美,以花前月下烘托相爱的浪漫情调。

虞 美 人

晏几道

曲栏杆外天如水,昨夜还曾倚。初将明月比佳期,长向月圆时候,望人归。

罗衣著破前香在,旧意谁教改。一春离恨懒调弦,犹有两行闲泪,宝筝前。

【鉴赏】

这是写思妇念远的伤情词。一阕写秋天的思念。开头将思妇盼归的思情淡淡提起。栏杆外,天如水,"昨夜"还"倚",天天倚栏夜望,"将明月比佳期",月圆几度,伊人不归,引出下句"罗衣著破"。"衣破""香在",不忘前情。离人薄情早已放弃初衷。"谁教"句足见思妇怨恨之深。整个春天被这种愁情困扰,坐在宝筝前,全无心思拨弄琴弦,只有眼眶涌出两行清泪,在脉脉诉说哀情而已。

御　街　行

晏几道

街南绿树春饶絮[1]，雪满游春路。树头花艳杂娇云，
树底人家朱户。北楼闲上，疏帘高卷，直见街南树。
栏杆倚尽犹慵去，几度黄昏雨。晚春盘马踏青苔，曾
傍绿荫深驻。落花犹在，香屏[2]空掩，人面知何处？

【注释】

①饶絮：空中的飞絮。

②香屏：唐朝诗人崔护于清明时春游，在都城的南庄偶遇一位少女，彼此相恋。来年再寻，已是人去房空，柴门紧锁，于是他在左边门上题写了著名的《题都南庄》："去年今日此门中，人面桃花相映红。人面不知何处去，桃花依旧笑春风。"词中意境与此诗相同，因此"香屏"指房门。

【鉴赏】

这是一首写男子失恋的作品。上阕写晚春柳花飘飞时节，主人公登上北楼，见柳絮如雪漫舞，百花娇艳，而树下"朱户人家"隐约在万绿丛中。下阕写思念。他已倚遍北楼栏杆，多少次是在雨中黄昏登上楼来。也曾骑马穿过南街，踏过青苔，停下来在绿荫深处等候。但只见纷纷落花，闺阁画屏轻掩，不知美人上哪儿去了！词中浸透相思情及失恋后的惆怅感伤。词中表达的是一种朦胧而并未被对方知晓的单相思的恋情。

留　春　令

晏几道

画屏天畔，梦回依约，十洲[1]云水。手捻红笺寄人书，写
无限，伤春事。
别浦[2]高楼曾漫倚，对江南千里。楼下分流水声中，有当

日，凭高泪③。

【注释】

①十洲：传说中仙人居住的十个岛屿，据东方朔《海内十洲记》载，十洲分别为祖洲、瀛洲、玄洲、炎洲、长洲、元洲、流洲、生洲、凤麟洲、聚窟洲。

②别浦：又称南浦，指送别的水边。

③凭高泪：化用冯延巳《三台令》中“流水，流水，中有伤心双泪”之意。

【鉴赏】

这也是一首伤别念远之作。画屏中的写景仿佛在遥远的天边。残梦之中，好像见到那十洲的行云流水。手中拿着红笺，是准备寄给他的信，信上写的是无限伤春之感。下阕介绍信中主要内容。此作由远梦触动离怀，在信中与远方征人娓娓诉说，说的内容没有停留在想念之类，而是写她常去“别浦高楼”远眺江南，并告诉对方江涛声中有她登高坠下的相思泪。情感真挚，在平实的语言中饱含浓浓的情意。

满庭芳

晏几道

南苑吹花[①],西楼题叶,故园欢事重重。凭栏秋思,闲记旧相逢。几处歌云梦雨,可怜便,流水西东。别来久,浅情未有,锦字系征鸿[②]。
年光还少味,开残槛菊,落尽溪桐。漫留得,尊前淡月西风,此恨谁堪共说,清愁付,绿酒杯中。佳期在,归时待把,香袖看啼红。

【注释】

①南苑吹花:南苑,与下文中的"西楼"属虚写,指情人欢会嬉戏之地。吹花,赏玩花朵,与下文中的"题叶"相互对应。

②锦字系征鸿:汉武帝在上林苑打猎时,射下了一只大雁,并且雁足系有书信,方知汉使苏武的下落,后将苏武要回。这里借指情人之间以书信传情。

【鉴赏】

这首词念远怀人。词中主人公自与情人分手后,回忆旧时欢情,期待重新相逢,在萧瑟的秋天怨恨交加,悲不自胜。全词婉约有致,情溢言外,余味无穷。

临江仙

晏几道

梦后楼台高锁,酒醒帘幕低垂。去年春恨却来[①]时。
落花人独立,微雨燕双飞。
记得小蘋[②]初见,两重心字[③]罗衣。琵琶弦上说相思。
当时明月在,曾照彩云归。

【注释】

①却来:再来。

②小蘋:歌女名。

③两重心字:指妇女的裙衫上绣的双重“心”字。宋代妇女的衣裙上常有“心”字图案。

【鉴赏】

这首词是作者的代表之作,上片写“春恨”,起首二句写梦后的酒醒,但见楼锁帘垂,暗示去年楼台大开、帘幕高卷的热闹情景,为“春恨”做好伏笔;“去年”句承上启下,写人去楼空、怅恨不已,引出对于往事的追忆。“落花”“微雨”是春,“人独立”而见“燕双飞”,托出“恨”字。

下片写相思,追忆初见歌女小蘋时留下很深的印象:领子曲屈如心字的罗衣着身,琵琶贯弹别曲,明月曾照彩云,这是见物思人,反衬出目前月在人不见的孤寂之感、相思之情。过片二句是全词的枢纽,最为吃紧,虽与首二句对称,字数、平仄俱同,而做法各别:起首用对偶,词语密致;过片却用散行,辞旨疏宕,另出新意。全词用虚笔作结,与篇首回应,虽未直接言情,但字里行间,分明充满着诗人悼昔悲今的无限感喟。言尽意不尽,意尽情不尽,耐人寻味。词的内容虽为感怀歌伎小蘋,但态度严肃真挚;语言浅近,又富于形象性。《白雨斋词话》评此词说:“既雅闲,又沉着,当时更无敌手。”其实,时至今日恐怕亦无人可为敌手。

蝶恋花

晏几道

梦入江南烟水路,行尽江南,不与离人遇。睡里[①]消魂无说处,觉来惆怅消魂误[②]。
欲尽此情书尺素[③],浮雁沉鱼[④],终了无凭据。却倚缓弦[⑤]歌别绪,断肠移破[⑥]秦筝柱。

【注释】

①睡里:梦中。

②觉来:一觉醒来。消魂:悲痛,愁苦。
③书尺素:写信。
④浮雁沉鱼:无从寄信。传说雁、鱼可以传书信。
⑤缓弦:琴声低沉,弦松而音低。
⑥移破:弹遍。

【鉴赏】

这首词写对恋人的无穷相思和无尽的离愁别绪。上片写梦寻。“梦入江南”直接切入梦境,借“烟水”意象点染江南水乡迷茫、浩渺的景物特征,也显示出梦境的迷离恍惚。“行尽江南”几千里,写其在江南四方求索之急切与艰苦。“离人”句方始点明词人苦苦求索之对象与目的,而“不遇”则流露了梦寻离别美人情侣的失落与怅恨。“睡里”“觉来”两句则概括了词人对情侣魂牵梦系,日思夜想的苦恋情怀,“消魂”伤神之状。下片写梦寻不见,托鱼雁传书也无准信,再去倚筝弦以寄托相思,却是抚奏遍筝柱缓弦,奏出来的都是离愁别绪的悲曲。全词不着一“愁”字,但处处言愁。

生　查　子

晏几道

关山①魂梦长,塞雁音书少。两鬓可怜青②,只为相思老。
归傍碧纱窗③,说与人人④道。真个别离难,不似相逢好。

【注释】

①关山:关隘山口。
②可怜:可人,怜爱。青:黑色。
③傍:靠着。
④人人:此处指所爱的人。

【鉴赏】

小晏在这首词里描写的人物有其特色,那个呼之欲出的人物性格竟是如此鲜明，真不愧为摄神之笔。它是作为一个远方游子说话的。开头四句写人既怨魂梦思家之长，又怨家中音书之少；他不歇地拿起镜子，对着满头乌黑的秀发，硬是埋怨说一下子就老了许多，还说这是因思念家人的缘故。他想着要做梦，因为那是能够见到他的家人妻子的绝妙而唯一的办法。在梦里，他就对着妻子大诉其苦。“真个别离难，不似相逢好。”又是这位公子哥在饱受苦楚之后，从内心迸发出来的一句真心话。

鹧鸪天

晏几道

彩袖殷勤捧玉钟①，当年拚却②醉颜红。舞低杨柳楼心月③，歌尽桃花扇底风。

从别后，忆相逢，几回魂梦与君同④？今宵剩把银釭照⑤，犹恐相逢是梦中。

【注释】

①彩袖：歌女。玉钟：精美的玉制酒杯。

②拚却：豁出去，顾不上。

③“舞低”二句：指歌舞的时间之久。

④与君同：与你一同欢聚。

⑤剩：只有，只管。银釭：银制的灯台，此指灯。

【鉴赏】

这首词写作者与一相恋歌女别后相忆及久别重逢而重逢时怀疑是梦的惊喜的感情经历。“彩袖”本身不能“殷勤”，这是突出对舞女服装的感官印象的写法。并对“捧”的动作进行强调。“拚却”，用坚定的语气表示为知己者饮，舍命一醉的真诚。“几回魂梦与君同”进一步强调互为知己的友情。得以相逢而疑在梦中，也是写极度兴奋的心理。全词由昔日之真实到梦幻，又由梦幻变成现实，至真反又疑梦，凸现恋情之深和其中的况味。

阮郎归

晏几道

天边金掌露成霜①,云随雁字长。绿杯红袖②趁重阳,人情似故乡。

兰佩紫③,菊簪黄,殷勤理旧狂。欲将沉醉换悲凉,清歌莫断肠!

【注释】

①金掌:仙人掌露盘。汉武帝曾在长安建章宫建承露盘,高二十丈,由铜人掌托露盘。露成霜:白露为霜之意。

②雁字:大雁群在飞行时组成"一"字或"人"字。绿杯红袖:美酒佳人。

③兰佩紫、菊簪黄:即佩紫兰、簪黄菊。

【鉴赏】

这首词是写汴京重阳宴饮之作。起两句写秋景。《三辅黄图》载汉武帝曾造神明台,台上有铜铸仙人像,仙人舒掌,捧铜盘玉杯,以承接云端的露水。武帝用这露水和玉屑服用,以求仙道。"天边金掌"即指此事,但其物是在长安,而不在汴京。"露成霜",用《诗经·秦风·蒹葭》:"蒹葭苍苍,白露为霜。所谓伊人,在水一方。"所以这一句并非实写,不过是借指汴京已到深秋而已。过片两个三字句,写筵中裙屐之盛,而且以佩戴应时花朵略做点染。"兰佩紫"句,出《离骚》"纫秋兰以为佩"及《九歌·少司命》"秋兰兮青青,绿叶兮紫茎"。"菊簪黄"句,出杜牧《九日齐山登高》"尘世难逢开口笑,菊花须插满头归",都是切的秋景与重阳。"绿杯红袖","佩紫""簪黄",人物之盛,服饰之美,都说明这个节日安排得很好,自己虽然客居无聊,但也引起了已经属于过去的疏狂情绪。但这些"狂"真能够借暂时舒畅的心情而"重理"起来吗?词人自己也是否定的,所以"殷勤理旧狂"的结果只是"悲凉"而已。结句承上句来,是说虽想以"沉醉换悲凉",但恐一座中"红袖"的"清歌",仍然有"断肠"之痛。着一"莫"字,则又有预先自慰自宽之意在内。

长 相 思

晏几道

长相思,长相思。若问相思甚了期[1],除非相见时。
长相思,长相思。欲把相思说似谁[2],浅情人不知。

【注释】

①甚了期:什么时候才能了结。

②说似谁:说与谁,向谁说。

【鉴赏】

这首词用民歌体裁,全用女主人公的口吻,表达相思的深情。上下片都用“长相思”反复出句,似冲口而出,可见感情之强烈。然后都采用设问的形式来表达相思之深。若问相思何时才能了结?没有别的办法,“除非相见时”。这似痴人痴语。想要把相思说给谁听呢?一般的人是无法理解的,所以深信“浅情人不知”,还不如不说。可见她难以排遣的相思之苦。这首词,语言浅近,情极深挚,朴直中深蕴婉曲,非情深者难以表达。

思远人

晏几道

红叶黄花秋意晚，千里念行客①。飞云过尽，归鸿无信，何处寄书得？

泪弹不尽临窗滴。就砚旋研墨②。渐写到别来③，此情深处，红笺为无色。

【注释】

①千里念行客：思念远在千里的人。

②就砚旋研墨：眼泪滴到砚中，用来研墨。

③别来：分别以后。

【鉴赏】

本词写闺怨，巧妙选取“寄书”细节以表情思，写得婉转细腻。

上阕述“寄书”的原委和不知书寄何方的伤感。又是“红叶黄花”，秋意、肃杀的怀人季节，客行千里，心中牵挂。欲盼归鸿传书；仰望长安，“飞云过尽”，却是音信杳无。欲表心中情意思念，却不知，“何处寄书得”？

既如此，便应打消“寄书”念头。但痴心的人儿却痴心不改，非但不改，还使得红笺失色。弹不尽的泪水“就砚旋研墨”，叫人如何承载得起；情到深处，感天泣地，“红笺为五色”！如此执着的深情，这般强烈的厚意，古今罕见。

此词切入点绝妙，表达新鲜而强烈，颇具撼人心魄的艺术力量。

张舜民　生卒年不详，字芸叟，号浮休居士，又号矴斋。邠州（今陕西邠县）人。诗人

陈师道之姊夫。治平二年(1065)进士。元祐初,召试,二年,除监察御史。徽宗朝,为吏部侍郎,以龙图阁待制知同州。坐元祐党,贬商州。有《画墁集》。词存四首,以《卖花声》为最杰出。

卖　花　声　题岳阳楼

张舜民

木叶下君山[1]。空水漫漫。十分斟酒敛芳颜。不是渭城西去客,休唱《阳关》[2]。

醉袖抚危栏。天淡云闲。何人此路得生还?回首夕阳红尽处,应是长安[3]。

【注释】

①木叶:树叶。此句化用屈原《九歌·湘夫人》"洞庭波兮木叶下"的成句。下君山:从君山上落下来。

②"不是渭城"句:唐王维《送元二使安西》(后又称《阳关三叠》)有"渭城朝雨浥轻尘,……西出阳关无故人"的诗句。

③长安:此指京都。

【鉴赏】

这首词是元丰六年(1083)作者被贬往郴州,途经岳阳楼时的登临之作。岳阳楼在湖南岳阳城西门上,是当时名胜。岳阳是古代通往西南的必经之地,"北通巫峡,南极潇湘,迁客骚人,多会于此。"(范仲淹《岳阳楼记》)所以历来题咏极多。张舜民这首词道出了贬谪失意的心情,是一篇颇具代表性的佳作。词的开头就勾勒出洞庭湖萧疏的秋景,与作者被贬失意的心情相吻合。据苏轼《志林》载,作者原在西北军中供职,因诗中有"灵州城下千枝柳,尽被官军斫作薪"等句,讥讽军中不合理现象,被贬为郴州酒税。此时的作者被贬异乡,无所归依,正像君山上的一片落叶。作者正在触景生情之时,歌妓上前侍奉,把酒倒得满满的,然后收敛起笑容,准备唱一曲广泛流传的《阳关三叠》。这时作者上前制止了:"不是渭城西去客,休唱《阳关》。"这两句是说,我不是王维所送的辞离渭城、西去阳关的元二,而是南行的迁客,就不必唱《阳关三叠》来送行了。作者之所以要歌妓"休唱《阳关》",是赌气时的牢骚。下阕写登高远眺时的思绪。"醉袖扶危栏。天淡云闲。"酒后的作者,想到自己被贬谪的遭际,心中翻腾着感情的波澜,手扶高楼的栏杆,放眼望去:天空淡远，云在悠闲地飘动。它们毫不体谅作者的心情和境遇。凭栏远眺的作者，心潮起伏，他在想些什么呢？前辈文人，柳宗元卒于柳州贬所；王禹偁死于黄州……“何人此路得生还？”被贬南行的过客，有谁能从这条路上活着回来呢？“回首夕阳红尽处，应是长安。”尽管被贬外放，仍心心念念于京都，君国之思，仍是文人最注重的，不论他是失意还是得意。

郑獬　(1022~1072)字毅夫，安州安陆(今属湖北)人。仁宗皇祐五年(1053)举进士第一，授陈州通判。入直集贤院。知制诰。神宗时为翰林学士，权知开封府。因反对王安石变法，以侍读学士出知杭州，迁青州。后称病求退，提举鸿庆宫。工于诗，有反映人民疾苦之作。文辞质朴自然，风格爽朗泼辣。亦能词，俏丽隽永。著有《郧溪集》。有词见《花庵词选》。

好事近

郑獬

把酒对红梅，花小未禁风力。何计不教零落，为青春留得？
故人莫问在天涯，尊前苦相忆。好把素香收取，寄江南消息。

【鉴赏】

对花饮酒，可谓赏心乐事。然而，郑獬在这首《好事近》词中抒写的却是因花下独酌而触发的惜春怀人之情。

“把酒对红梅，花小未禁风力。”早春时节，红梅绽放，词人携酒花下，眼见这娇弱的花朵在无情风雨的揉损下香肌暗减，芳颜渐褪，不由得撩动起一丝惜春情怀。句中轻拈一“小”字，既是说梅花的姿容清癯瘦弱，玲珑娇小，也暗示出风势的强劲。面对“未禁风力”的琼苞嫩蕊，词人发自心底地问一声：“何计不教零落，为青春留得？”希望梅花常开不谢，为了春天而留下，也为了把春天留下，这实在是难以实现的痴想。春来春去，花开花落，本是自然界的客观规律，无论人们怎样的珍惜和挽留，都无法阻止春天匆匆逝去的脚步。两句词中，包含了词人多少无奈，多少惋惜，多少惆怅！在古诗词中，惜花伤春的作品实在俯拾即是：杜甫曾慨叹“今春看又过，何日是归年”(《绝句》)；欧阳修曾哭诉“泪眼问花花不语，乱红飞过秋千去”(《蝶恋花》);晏殊因“无可奈何花落去”而“小园香径独徘徊”(《浣溪沙》);秦观因“韶华不为少年留”而“恨悠悠”(《江城子》)……这些篇什,当然不是文人雅士的故作多情,亦非出自诗人墨客的闲情逸兴,而是作家们对美好的人生愿望的寄托。春天,让人联想起人的青春;鲜花,也常用来比作人的红颜,她们都是一切美好事物的象征。面对自然现象的更迭变化,感念人生之短暂、韶华之易逝,人们多么希望春天长在,鲜花长开,人生长健,朋友长聚,生活永远像春天、像鲜花那样美好。这就是为数众多的惜花伤春之作产生的主要原因,也是郑獬此词上片所蕴含的真情。

词的过片由花的零落联想到人的飘零:“故人莫问在天涯,尊前苦相忆。”如果说红梅的零落是词人不愿目睹但又无法改变的现实,那么故人的远离则久已使词人经受着心灵的痛楚。“莫问”即“勿须再问”“不要再提了”之意,显系无可奈何之语,隐含着的意思是故人已经离去了很久,如今关山阻隔,归期难卜,彼此自然是难得一聚了。“苦”字极言相思情重。“尊前”一句,既上承词首“把酒对红梅”之意,又自然引出结尾两句:“好把素香收取,寄江南消息。”对朋友的思念之情该如何表达,眼下“花间一壶酒,独酌无相亲”(李白《月下独酌》)的苦闷又何以消遣呢?词人在这里借用陆凯“寄梅”的典故,聊以自慰地说道:且让我采一束梅花赠给天涯的故人,以此来寄托我的思念吧!因花下独酌而念及天涯故人,因故人远离而摘梅相寄,全词由惜春到怀人,上下勾连,首尾呼应,可谓承转自然,章法谨严。

郑獬的词流传至今的仅有两首《好事近》并几句不知调名的残句。据史料记载,他因不赞成王安石推行的新法而为王所恶,以侍读学士出知杭州(参见《宋史·列传八十》),是个在仕途上很不得志的人。因此,有人认为这首词很可能是郑獬在担任杭州知县时所作,它表明词人虽身处逆境,却仍保持着高洁的品格。这种理解固无不可,但如句句坐实,以为“花小未禁风力”是暗喻自己势单力孤,难抵政治风暴的袭击;“为青春留得”是为了免遭排挤而保全自己……则未免失之牵强。既不停留于文字表面,又不随意附会,这是我们理解古代诗词时应予注意的一个问题。

孙洙 (1031~1079)字巨源,广陵(今江苏扬州)人。年十九第进士,补秀州法曹。迁集贤校理,知太常礼院。英宗治平中,兼史馆检讨,同知谏院。因反对王安石立新法,出知海州。神宗元丰初,兼直学士院,官至翰林学士。著有《孙贤良集》,不传。《全宋词》存其词二首。

菩萨蛮

孙洙

楼头尚有三通鼓，何须抵死催人去！上马苦匆匆，琵琶曲未终。

回头凝望处，那更廉纤雨。漫道玉为堂，玉堂今夜长。

【鉴赏】

关于这首词，有一段本事：元丰中，孙洙官翰林学士。某晚，朝廷传命要他进院起草诏令，他却正在太尉李端愿家欢宴。当时李端愿的一位美貌侍妾正在弹奏琵琶为宾客助兴，孙洙也正在兴头上，很不愿意离宴，但迫于朝廷宣命，不敢留连。他入翰林院草制后，就写了这首词，天一亮就派人送给李端愿，深表遗憾之情。事见宋洪迈《夷坚甲志》卷四，是据孙洙的曾外孙所述。宋鲁纾《南游记旧》亦载其事，而谓孙洙当晚在翰林院发病，六天后去世。所说与《夷坚甲志》有异，所录词亦有出入。

“楼头尚有三通鼓，何须抵死催人去！”开头这两句是对于宣召的牢骚话：刚刚二更时分，城楼上还要敲三通鼓才天亮，何必这么死命地催人走呢！不说已过了二更，而说“尚有三通鼓”，表示离天亮还早，希望多玩一会儿；这留连不舍之意遭到阻抑，自然转化为对“抵死催人去”的憾恨之情。抵死，犹言死命、拼命，形容竭力。对于皇帝宣召，竟是如此不情愿，可见这夜宴是何等令人乐而忘返了。“上马苦匆匆，琵琶曲未终”，一边匆匆上马，一边却还恋顾那美妙的琵琶声，深以未听到曲终为憾。琵琶的诱人魅力来自那位弹奏的女子，言外蕴含着对其人的深情眷恋。然而迷人的女乐，终究抵不住皇命的催逼，他只得无可奈何地上马离去了，但那声声琵琶似乎一直萦绕在耳际。上片四句，一气流注，节奏快速，造成一种皇命催人、刻不容缓的气氛，以反衬不愿从命而又不敢违命的矛盾和怨憾之情。

过片余情未断：“回头凝望处，那更廉纤雨。”人虽已上马，心尚留筵间，一路上还在出神地回头凝望。但马跑得快，老天更不凑趣，又下起蒙蒙细雨，眼前只觉一片模糊，宛如织就一张漫天的愁网，连人带马给罩住了。“廉纤雨”，蒙蒙细雨。“无边丝雨细如愁”，这廉纤细雨，既阻断了视线，又搅乱了心绪；借景语抒情，情景凑泊而有蕴藉之致。“漫道玉为堂，玉堂今夜长！”玉堂，翰林院的别称。在玉堂供职的翰林学士，是人们所羡慕的清贵之官，作者平时也许自以为荣宠，今夜却感到一种前所未有的无聊和索寞。他从一个充满美酒清歌的欢乐世界,硬生生地被抛到宫禁森严的清冷官署,这种心情变化,也许就像一个正在纵情游戏的儿童突然被父亲拉到书房去背书一样,其懊丧和恼恨可想而知。"玉堂今夜长",大有长夜难挨之感。对照开头"城头尚有三通鼓",同是对于时间的感受,竟有如此不同的心理变化。这一起一结也自然形成两种情境的鲜明对比,使这首小词首尾相顾,有回环不尽之意。作者的深沉慨叹,还告诉我们:自由而欢乐的情感价值,是玉堂富贵之类所无法代换的。

王观 (1035~1100)字通叟。高邮(今属江苏)人,嘉祐二年(1067)进士,累官大理寺丞,知江都县,著《扬州赋》《芍药谱》,有《冠柳词》,今赵万里、刘毓盘各有辑本。又,《历代诗馀》作如皋人,元祐二年(1087)进士,以赋应制词被斥,因自号逐客。词存二十八首。

卜 算 子 送鲍浩然之浙东

王 观

水是眼波横,山是眉峰聚。欲问行人去那边?眉眼盈盈处。
才始送春归,又送君归去。若到江南赶上春,千万和春住。

【鉴赏】

王观的作品,风趣而近于俚俗,时有奇想。王灼说他"新丽处与轻狂处皆足惊人"(《碧鸡漫志》)。这首《卜算子》,俏皮话说得新鲜,毫不落俗,颇受选家的注意。它是一首送别词。

友人鲍浩然大抵是浙东(宋代"两浙东路"的简称,今浙江省衢江、富春江、钱塘江以东地区)人,同王观的交情似乎不很深。这次分别,是鲍浩然从客途返家(但也可能他有个爱姬在浙东,这回是去探望她)。这类事情极为寻常,而王观却运用风趣的笔墨,把寻常的生活来个"化腐朽为神奇",设想了一套不落俗的构思:先从游子归家这件事想开去,想到朋友的妻妾一定是日夜盼着丈夫归家,由此设想她们在想念远人时的眉眼,再联系着"眉如远山"(《西京杂记》:"文君姣好,眉色如望远山。时人效画远山眉。")"眼如秋水"(李贺《唐儿歌》:"一双瞳人剪秋水"。)这些习用的常语,又把它们同游子归家所历经的山山水水来个拟人化,于是便得出了“水是眼波横,山是眉峰聚”。它是说,当这位朋友归去的时候,路上的一山一水,对他都显出了特别的感情。那些清澈明亮的江水,仿佛变成了他所想念的人的流动的眼波;而一路上团簇纠结的山峦,也似乎是她们蹙损的眉峰了。山水都变成了有感情之物,正因为鲍浩然在归途中怀着深厚的怀人感情。

从这一构思向前展开,于是就点出行人此行的目的:他要到哪儿去呢?是“眉眼盈盈处”。“眉眼盈盈”四字有两层意思。一层意思是:江南的山水,清丽明秀,有如女子的秀眉和媚眼。又一层意思是:有着盈盈眉眼的那个人。(古诗:“盈盈楼上女”。盈盈,美好貌。)因此“眉眼盈盈处”,既写了江南山水,也同时写了他要见到的人物。语带双关,扣得又是天衣无缝,实在是高明的手法。

上片既着重写了人,下片便转而着重写季节。而这季节又是同归家者的心情配合得恰好的。那还是暮春天气,春才归去,鲍浩然却又要归去了。作者用了两个“送”字和两个“归”字,把季节同人轻轻搭上,一是“送春归”,一是“送君归”;言下之意,鲍浩然此行是愉快的,因为不是“燕归人未归”,而是春归人也归。然后又想到鲍浩然归去的浙东地区,一定是春光明媚,更有明秀的山容水色,越显得阳春不老。因而便写出了“若到江南赶上春,千万和春住”。也许是从唐诗人韦庄的《古别离》“更把玉鞭云外指,断肠春色在江南”得到启发吧,春色既然还在江南,所以是能够赶上的。赶上了春,那就不要辜负这大好春光,一定要同它住在一起了。但这只是表面一层意思,它还有另外一层。这个“春”,不仅是季节方面的,而且又是人事方面的。所谓人事方面的“春”,便是与家人团聚,是家庭生活中的“春”。这样的语带双关,当然也聪明,也俏皮。

通看整首词,轻松活泼,比喻巧妙,耐人体味;几句俏皮话,新而不俗,雅而不谑。比起那些敷衍应酬之作,显然是有死活之别的。

清 平 乐

王 观

黄金殿里,烛影双龙戏。劝得官家真个醉,进酒犹呼万岁。

折旋舞彻《伊州》。君恩与整搔头。一夜御前宣住,六宫多少人愁。

【鉴赏】

这首词题为“应制”，即是应皇帝之命而作的。应制词须写得典雅庄重，即使皇帝与后妃们玩赏之际，一时高兴而命词臣作词，对这种题材也要写得华贵雍容无伤大雅。唐代李白在沉香亭应制作《清平调》，宋初柳永因老人星现作《醉蓬莱》以进，都因偶尔不慎致使前程断送。据宋人吴曾说：“王观学士尝应制撰《清平乐》词云云，高太后以为媟渎神宗，翌日罢职，世遂有‘逐客’之号”（《能改斋漫录》卷十七）。可见词人王观在宋神宗时曾为翰林学士，因作了这首应制词而罢职被逐。王观是学习柳永词风格的。王灼说：“王逐客才豪，其新丽处与轻狂处，皆足惊人。”（《碧鸡漫志》卷二）这首词也可足见其轻狂惊人，它竟以轻佻滑薄的语气对至尊无上的皇帝进行揶揄嘲弄，使人读后隐隐发笑。也许作者的主观愿望还是在歌颂天子的恩泽降及嫔妃呢！

词是写皇帝与某嫔妃宴乐的情形。“金殿”是皇帝住的地方，从宴乐的情形推测，它应属宫中的便殿。作者不去正面描写皇帝与嫔妃的狎昵状态，而是侧面写殿里烛光辉煌，有人在“双龙”烛影下为“戏”。这时皇帝在嫔妃之前无所顾忌，去掉了其钦文睿武宪元继道的假面，宛然一副昏君模样。皇帝贵为天子，俗称官家，据宋释文莹《湘山野录》卷下记载：宋真宗问：“何故谓天子为官家？”李侍读仲容对曰：“臣尝记蒋济《万机论》言三皇官天下，五帝家天下。兼三、五之德，故曰官家。”这位嫔妃，能够讨得“官家”的欢喜，便施展出特有的本领将这圣明的官家真个灌醉了。因她进献尊酒时还娇媚地祝颂“吾皇万岁万万岁”，便不由得官家不一杯杯饮下去了。所谓“真个醉”，意即真的有了醉意，其中自然包含着对这位风流娇美的嫔妃之入迷。在这种精神状态下，皇上甚是开心，难免酒力更觉春心荡，愈加放肆起来，也就容易露出滑稽可笑的丑态了。

作者在词的下片，进一步将宴饮的欢乐之情推向高潮。古代帝王宫中宫人们为了争得皇帝的宠爱，竞新斗奇，百花齐放，采取各种有效的手段以表现女性的魅力。而且她们懂得怎样逐步施展手段取得自己的猎获物，其经验是十分丰富的。所以在“劝得官家真个醉”之后，又采用歌舞手段以夺取最后胜利。《伊州》乃唐代边地伊州（故城在今新疆哈密）传入的西域舞曲，唐吴融《李周弹筝歌》：“只知《伊州》与《梁州》，尽是太平时歌舞。”词中的“折旋舞彻《伊州》”，说明宋时宫中犹传唐人伊州乐舞。这种精美的舞蹈热烈活泼，真使皇帝着迷了。他竟躬亲为舞者整理“搔头”。“搔头”即玉簪，为妇女头上饰物。“与整搔头”表示爱怜和亲近之意。皇上对宫人略示亲近爱怜便算是一种“君恩”了，宫内人是难以得到的。这位嫔妃色艺超群，很有手段，终于侥幸得到一点君恩，初步达到了目的。至此，皇上余兴未尽，或可说兴致已经被逗引得浓厚极了。为她整理搔头，已暗示了隐秘的圣意。“御”乃古时对天子的敬称，御前即皇上之前；“宣”为传达皇上之命。“一夜御前宣住”，意即当晚在皇上面前就传命这位妃嫔留宿侍寝，得以陪伴君王了。这一方面是妃嫔多年的夙愿得以实现，是她步步进取得到的最后胜利；另一方面作者也层层地刻画了皇上沉醉入迷、贪恋女色、淫乐佚豫的形象。词的结尾“六宫多少人愁”，忽然跳出题外，变得严肃起来，作者为数千深锁宫中的女子之不幸命运而哀叹。她们将羡慕这位嫔妃“宣住”而被“幸”，又暗暗为自己虚掷青春而愁叹嗟怨。这不是意味着扼杀人性的后宫制度的不合理吗！

无论作者当时的主观愿望如何，作品的客观形象确是明显地对帝王的淫乐生活作了嘲讽的描述，将至尊无上的封建帝王的丑态暴露出来。无怪乎当日神宗皇帝的生母高太后一眼就看出此词有“媟渎”之意，给作者予以重重的惩罚。此词使人们看清了帝王庸俗本性的一面，其头上圣明威严的光晕似乎也因之大为减色，原来他们也同凡夫俗子一般。应该说，这首《清平乐》真是宋词中不可多得的好作品。

庆清朝慢 踏青

王 观

调雨为酥，催冰做水，东君[①]分付春还。何人便将轻暖，
点破残寒？结伴踏青去好，平头鞋子小双鸾[②]。烟郊外，
望中秀色，如有无间。
晴则个，阴则个，饾饤[③]得天气有许多般。须教镂花拨
柳，争要先看。不道吴绫绣袜，香泥斜沁几行斑。东风
巧，尽收翠绿，吹在眉山。

【注释】

①东君：《楚辞·九歌》里有“东君”，是指日神，这里是借用来称春神。②小双鸾：指古代妇女鞋上绣成的鸾凤。也有绣鸳鸯的，吴文英《八声甘州》词：“时靸双鸳响，廊叶秋声”，即用“双鸳”代称鞋子。③饾饤：本形容堆砌罗列貌，此处形容天气变化多端。

【鉴赏】

这是一首写春景的词，写得很巧丽，在同类题材的作品中是很有特色的。

写春景，大多离不开和风煦日，宠柳娇花，这首词却另辟新径。开头三句“调雨为酥，催冰做水，东君分付春还”，写出了初春时节人们不大注意的自然景物的变

化：雨变成酥，冰化为水。恰恰是这些变化，显示出严寒的渐敛，春天的到来。韩愈《早春呈水部张十八员外》诗有“天街小雨润如酥”之句，“如酥”正是早春之雨的特色，这里深入一步说“调雨为酥”，与“催冰做水”一起，突出春神主持造化的本领，把大自然的运

行，用“东君分付”四字加以形象化。没有春雨，没有春水，何来的春天？有了它的滋润，大地将勃发出无限生机，百花争妍的日子定会来到。浓郁的春意，尽括在三句之中，可以说是对“东君”的赞歌。前两句，人们只赏其对仗的工丽，用字的尖新，如陆辅之《词旨》把它作为名家对句三十八则之一。实际上，这三句是一个整体，前两句乃由后一句生发而出，在意思的顺序上，当是第三句在前，前两句在后，词人把它们倒置过来，先画龙而后点睛，显得潇洒多姿。三句之后，接下去是“何人便将轻暖，点破残寒？”这个疑问句式表明已到残寒尽退、感到轻暖的时候。这是何人主使的呢？当然仍是“东君”。词人之所以用疑问句式，不止是为了铺叙的跌宕生姿，也是为了使人们对春天的到来，应向造福于人的“东君”表示深深的敬意。人们都是向往春天的，而姑娘们对于春天更是怀着特殊的深厚的感情。“结伴踏青去好，平头鞋子小双鸾。”趁着轻暖的天气，姑娘们结伴而行，野外踏青。为什么不写姑娘们的服饰打扮，而只写她们着的是“平头鞋子小双鸾”呢？这正是词人别具匠心的地方，文章是要在她们的鞋子上来做的，不过不在这里，而在下阕，这里只是先把它提出来作为伏笔。“烟郊外，望中秀色，如有无间。”“江流天地外，山色有无中”，这本是王维《汉江临眺》诗中的名句。欧阳修曾把它化用在《朝中措》词里，来写扬州平山堂上所看到的春景：“平山栏槛倚晴空，山色有无中。”这里又被化用来写踏青的姑娘们在野外所看到的迷迷蒙蒙的秀色。在词里化用六朝、唐人的诗句是常常有的，问题在于要化用得自然贴切，如出己手。在这里，不仅写出了阳春烟景，且可从“望中”二字体会到姑娘们愉悦的心情，王通叟（王观字通叟）熔铸前人诗句的本领，似乎不亚于欧阳永叔。

换头“晴则个，阴则个，饾饤得天气有许多般”，承上阕结句“如有无间”而来，运用口语，生动地描绘出天气的变化。以口语入词，在宋代以柳永为最多，欧阳修、黄庭坚、秦观的词里也不少，但像这首词里用得如此活泼有意趣的并不多见，只有后来的李清照可以媲美。贺裳在他所做的《皱水轩词筌》里说：“险丽，贵矣，须泯其镂划之痕乃佳。如蒋捷‘灯摇缥晕茸窗冷’，可谓工矣，觉斧痕犹在。如王通叟春游曰：‘晴则个，阴则个’云云，则痕迹都无，真犹石尉（石崇）香尘，汉皇（汉成帝）掌

上也。两'个'字尤弄姿无限。"贺氏提出了两个"个"字用得妙，是有见地的，但他没有注意到，这三句是连贯而下的，"饾饤"一词在这里用得更具神采，真是点铁成金手，没有这个词，前两个"个"字的"弄姿"也显不出来。天气的阴晴无常，使得踏青的姑娘们的情绪起了变化，她们要赶快一揽春景之胜："须教镂花拨柳，争要先看。"写出了她们看花觅柳的急切心情与行动，"镂""拨"两字用得很工，仿佛可以听到她们清脆的笑声，看到她们轻盈的体态，她们的活动为春景增色，而妍丽的春景也为姑娘们的娇姿艳容增添了光辉。她们只顾忘情地欢笑，"不道吴绫绣袜，香泥斜沁几行斑。"不提防，一脚踏进泥淖里，浊浆溅涴了她们的罗袜，不用说，"小双鸾"更是沾满污泥。无限珍惜的心情使她们笑容顿敛，双眉紧锁："东风巧，尽收翠绿，吹在眉山。"《西京杂记》上说卓文君"眉色如望远山，脸际常若芙蓉"。这是"眉山"典故的由来。踏青姑娘们的蛾眉，本来是淡淡的，但眉头一皱，黛色集聚，好像大地上所有的翠绿全被灵巧的东风吹在上边。不是"东风巧"，而是词笔巧，词人捕捉住踏青的姑娘们一瞬间的感情变化，用幽默、风趣的夸张手法，写出了她们有点尴尬的神情。这不是词人，而是主持春事的"东君"在同姑娘们开玩笑，是它把天气弄得变化多端，才产生这一幕小小的喜剧，这幕喜剧在开头两句写雨水的词里已暗暗地做了安排。

这首词主要是从春天里天气的变化方面来写春景，踏青姑娘的活动，只是铺叙的线索，沿着这个线索，把天气的变化逐步描绘出来。尽管没有多从正面来写踏青的姑娘，但通过她们本身的活动，使她们的声音笑貌以至泥涴罗袜后的神态跃然纸上。天气的变化和踏青的姑娘们的活动，和谐地融合为一个整体，构成了一幅充满诗情画意的春景图。至于造语的工丽，用字的尖新，则是这首词很明显的艺术特色。从铺叙手法、描写技巧方面来看，此词显然是从柳永学来而又加以发展，超出了柳永的水平，在婉约词里是一朵炫目的花朵。黄昇在《唐宋诸贤绝妙词选》卷五里评论这首词，说："风流楚楚，词林中之佳公子也。世谓柳耆卿工为浮艳之词，方之此作，蔑矣。词名《冠柳》（王观词集名《冠柳集》，今已佚，赵万里有辑本）岂偶然哉？"这个评论是褒中有贬。在黄氏看来，这首词比起柳永的浮艳之词来，只是更加浮艳而已。这里牵涉到对柳永词的评价问题。在柳永之后，凡是讲究典雅的词人和评论家，对柳永的词大多不满，认为他的词"俗"，"浮艳"。至于柳永的作品，是不是可以概目为"俗"，"浮艳"，是另外一个问题，而把这首充满生活气息，写法新颖的作品，称为"浮艳"之作，则失之偏颇。

木兰花令

王　观

铜驼陌上新正后，第一风流除是柳。勾牵春事不如梅，
断送离人强似酒。
东君有意偏搁就，惯得腰肢真个瘦。阿谁道你不思量，
因甚眉头长恁皱。

【鉴赏】

王观是一位很有风趣的词人。他的词学习柳永，自以为可以“冠柳”。以其整个词作的成就而论，远不能与柳永相比，但个别的作品却写得工细轻柔，善用俗语而不粗鄙，王灼评“其新丽处与轻狂处皆足惊人”（《碧鸡漫志》卷二）。这首咏柳的词艺术表现十分新丽，颇能代表其艺术风格。

宋人咏物之作很多，写得成功的却较少。王观咏柳是较成功的，他善于抓住所咏之物的特性，使之人格化，构成一个完整而生动的艺术形象。全词共八句，每两句组成一个意群；四个意群之间联系紧密，语言轻快自然，是作者兴会而成的妙作。第一个意群点明所咏之物为柳，突出柳的风流本性，全词遂以拟人的方法从各方面来表现它的风流。洛阳古都铜驼街的柳自汉代以来便很著名。据古文献《洛阳记》云：“洛阳有铜驼街。汉铸铜驼二枚，在宫南四会道相对。俗语曰：‘金马门外集众贤，铜驼陌上集少年。’”（《太平御览》卷一五八引）铜驼街在洛阳城南，与城西之金谷园都是人们游乐的胜地。唐骆宾王诗说“铜驼路上柳千条，金谷园中花几色”（《艳情代郭氏答卢照邻》）。词首先提到铜驼陌上，令人联想到柳的风姿，十分切题。“新正”即新春正月。词人以赞美的语气强调新春到来之时，最显得俊俏风流的应是叶芽青嫩、柔条迎风而舞的柳了。“第一”含有两层意义，即除柳之身姿俊俏袅娜可称第一而外，它还是最先向人们报告春的消息的。欧阳修《渔家傲》咏正月景物便说“看柳意，偏从东面春风至”。词的第二个意群便由新春的柳而联想到梅柳争春。柳虽得春意之先，而人们又以梅为东风第一枝，词人试图给它们以公允的评判。他以为柳在勾引或引惹人们春日赏玩方面不如梅花之娇艳，但在送别的场合，柳的作用远过于离觞了，当然也就更胜于梅了。这样非常巧妙地暗与我国民俗联系起来。汉代都城长安东门外的灞桥柳色如烟，都城人们送别亲友至灞桥而止，折柳枝为赠。此后折柳赠别成为我国民俗，故南朝范云诗有“春风柳线长，送郎上

河桥”之句。唐代诗人李商隐咏柳诗也说“如线如丝正牵恨，王孙归路一何遥”。这些表现古代女子送别情人折柳为赠的情景是十分动人的。似乎人们以为柳条的丝缕可以系住离人的情感，使勿相忘。可见与梅比，柳是更为多情的。第三个意群是赞赏柳的袅娜轻盈的美姿，以为春天之神东君好似对柳特地宠爱和迁就，以致娇纵得它的身材苗条、腰肢柔细了。以柳条之柔细比喻妇女之腰肢是我国很具民族特色的意象。唐代白居易《杨柳枝》的“柳袅轻风似舞腰”和温庭筠《南歌子》的“娉婷似柳腰”，便都是以柳喻美人腰肢的。宋人以纤瘦为美，“惯得腰肢真个瘦”，在人们看来便是女性美的重要特征了。以柳喻女性腰肢在传统诗词中早已滥用，这里作者却能以故为新，脱去用比痕迹，写出柳如美人之天生丽质。最后一个意群也是旧比翻新而表现得更为曲折。唐宋词人已惯用柳叶比喻妇女之秀眉，如“人似玉，柳如眉”（温庭筠《定西番》）或“玉如肌，柳如眉”（欧阳修《长相思》），都属常见。这里作者却以表现柳性之风流多情，它好似女子一样因对离人的思量，愁眉难展，长是皱着。这种设疑自释的句式，曲折地暗用旧比而全不落俗套。全篇的表述方式都很新颖，显示了作者艺术手腕熟练高超。词中的“勾牵”（勾引）、“断送”（送走）、“挪就”（迁就）、“惯得”（娇纵）等都是宋时民间通俗语辞，用得贴切而富于情味，使词语流美生动，很能体现作者的艺术个性。

这首词通过对柳的特性的描述，有意借物喻人，勾画出一个风流、多情、柔美的女性形象。显然作者是有寓意的，而且可能有较为具体的寓意对象。唐宋时文人们常将柳与风尘中女子相联系，将她们说是“冶叶倡条”，以为她们有如柳叶柳条那样浮媚轻狂，可以由人们任意折取。这首词所喻的女子，她所处的环境为四会之道的街陌，她具有风流多情的心性，袅娜俊俏的身姿，她常常送别和相思。从这些情形推测，她当为某一民间歌妓之类的人物。作者处理这种题材时并未贱视为“冶叶倡条”，而是流露出赞美的语气，以轻快活泼的笔调，描绘了风尘女子优美的形象，有似青泥白莲。王观的词在社会上很受市民欢迎，除当行入律、通俗自然、格调新丽之外，还在于其艺术形象蕴含有一定的社会意义，较符合中下层社会民众的审美趣味。

魏夫人　即曾布妻，是北宋女词人，生卒年不详，今存词仅十三首。其词多以细腻委婉之笔描写伤春恨别之情。

菩萨蛮

魏夫人

溪山掩映斜阳里，楼台影动鸳鸯起。隔岸两三家，出墙红杏花。

绿杨堤下路，早晚溪边去。三见柳绵飞，离人犹未归。

【鉴赏】

魏夫人即曾布妻，是北宋女词人，今存词仅十三首。其词多以细腻委婉之笔描写伤春恨别之情。本首写思妇相思。

上片以明丽之笔描绘春景，景中寓相思情。“溪山掩映斜阳里”起句是远景：青山迷蒙，溪水长流，这一切都笼罩在斜阳余晖之中。这正是“夕阳楼下，去帆回首”之时，故脉脉斜晖蕴含了相思盼归之情。温庭筠《梦江南》云：“过尽千帆皆不是，斜晖脉脉水悠悠”，女词人的《武陵春》曰：“梦里长安早晚归，和泪立斜晖”。“楼台影动鸳鸯起”写近景，思妇站在楼台上，俯首下望，见湖水涟漪，楼阁倒影在碧波之上，一对鸳鸯拍水而起。这里以鸳鸯的双栖双飞，衬托思妇的形单影只，虽无“闲引鸳鸯香径里”（冯延巳句）的人物活动，却有力地揭示了人物内心孤寂的深刻感受。“隔岸两三家，出墙红杏花”此写对岸之景。在溪水那畔两三户人家庭院里，有几支娇艳的杏花探出墙来，带来了春天的气息。此处化用“春色满园关不住，一枝红杏出墙来”（叶绍翁《游园不值》）诗句，以红杏写春色满园，表现女子的春情、相思之情。

下片明写思妇相思盼归之情。“绿杨堤下路，早晚溪边去”，思妇从楼台漫步到杨柳依依的小溪旁绿堤上，那拂面的杨柳使她想起昔日的折柳送别，那眷眷惜别、切切思盼之情就化在这杨柳依依的形象之中。“早晚”二字，突出了思妇对良人思盼之热切。“三见柳绵飞，离人犹未归”，在热切盼归之后，结语突然转笔写柳絮三度飞，不见伊人归，这无比惆怅、恨别之情就化在情景交融的柳絮纷飞之中，“柳绵飞”描绘出柳絮缱绻之状，正烘托出人的惆怅悱恻之情。

此首上片写景，下片写人。景中寓情，情景交融。景分远景、中景、近景，景物繁多而鲜明，有小溪潺潺、青山迷蒙、夕阳晚霞、亭台楼阁、鸳鸯戏水、红杏出墙、绿柳依依，色彩有青、绿、白、红、粉，犹如一幅鲜艳明丽的江南春景图。画面上的人，有动作、有情态、有内心活动，时而独倚危楼，寄情于景；时而漫步溪畔，拂柳思人，情意委婉、缠绵、悱恻感人。

本词另一特点是词语精炼而富于形象。如"掩映"一词形象地写出山峦、小溪在斜晖中忽隐忽现的情状,从而有力地表现了日光推移的动态美。"影动"二字用得精,以楼台之影的晃动幻变来写水波流动。写红杏用"出墙"将红杏拟人化了,把春天装扮得更富于生机。

王诜　(1048~1100后)字晋卿,并州太原(今属山西)人,徙开封(今属河南)。英宗女蜀国长公主婿,拜左卫将军、驸马都尉,为利州防御使。元丰二年(1079)坐罪落驸马都尉,责授昭化军节度行军司马,均州安置,移颍州。元祐元年(1086),复登州刺史、驸马都尉。卒谥荣安。能诗善画,亦工词,词风清丽,然欠丰容婉转。今有赵万里辑《王晋卿词》,存十五首。

人　月　圆　元夕

王　诜

小桃枝上春来早,初试薄罗衣。年年此夜,华灯盛照,人月圆时。

禁街箫鼓,寒轻夜永,纤手同携。更阑人静,千门笑语,声在帘帏。

【鉴赏】

这是一首写景词。

对于常常过着离别生活的人们,特别向往团圆聚会。正月十五,是一年的头一个月圆日。这时,如果月圆人也圆,该是多么幸福啊!这首词就描写了这幸福的时刻。"华灯盛照,人月圆时",成为脍炙人口的著名词句。

这首词,上片写月圆,下片写人圆。

"小桃枝上春来早,初试薄罗衣。"是说,桃花开了,显示着春天的到来;而且是一个早春。刚开始试着穿一种薄的丝织品做的春装。这是说时间是在初春,是第一个月圆时,即正月十五日夜,叫元夕,又叫元宵、元夜,是灯节。"年年此夜,华灯盛照,人月圆时。"每年的这个夜晚,各种华丽灿烂的灯,辉煌地照着。

人是如何圆的呢?下片告诉读者,"禁街箫鼓,寒轻夜永,纤手同携。"禁街,即禁城的街道。这里点出了地点,说明词描写的是京城汴梁的元夕。在京城的大街

上，箫鼓吹打着；天气不太冷，节日之夜深长。拉着女伴纤细的手，逛街观灯。这一天，大街之上，灯火辉煌，人山人海，少男少女们手拉手，肩并肩地逛街观灯。这是多么惬意的事情啊！下面，“更阑人静，千门笑语，声在帘帏。”更，是钟点，一夜分五更，五更打完，天就要亮。就是说，夜深人静，天将破晓了，千家万户还发出了欢乐的笑语，笑语声传自帘帏之中，亲人们在温暖的卧室之中正在团圆相聚。

就这样，短短四十八个字，把一个京城元夕的热闹景象，和睦、团圆的生活画面，活灵活现地展现在读者面前，体现了王诜词“清丽幽远”的艺术特色。

蝶　恋　花

王　诜

小雨初晴回晚照。金翠楼台，倒影芙蓉沼。杨柳垂垂风袅袅，嫩荷无数青钿小。
似此园林无限好。流落归来，到了心情少。坐到黄昏人悄悄，更应添得朱颜老。

【鉴赏】

王诜与苏轼等为友，因苏轼事，受牵连而被贬谪。传说，他家曾经有一歌姬名啭春莺，因他被谪，为密县人得去。晋卿南还，行至汝县道中，闻歌，知系故恋，访之果然是啭春莺，遂作诗云：“佳人已属沙吒利，义士曾无古押衙。”有为之足成之人，也说：“回首音尘两沉绝，春莺休转上林花。”后来，啭春莺又复归王诜。这件事，对作者心灵上的刺激，似与作者写此词时的情绪有关。

词的上片，写初夏园林景色，镜头集中于池塘的倒影，以及水面上的新荷、嫩叶。“晚照”“楼台”“倒影”“杨柳”“嫩荷”，境界幽美，层次分明，富有诗情画意。

过片以“似此园林无限好”，加以总提，引出“流落归来，到了心情少，”与上片相互对比。"坐到黄昏人悄悄,更应添得朱颜老。"更增添了流落异地之悲,老大无成之慨,以及无辜被贬的不满之情,隐含于字里行间,曲折地反映了内心的惆怅和苦恼。这是王诜词中感慨比较深沉的作品。尤为可贵的是这首词的墨迹保留至今,原帖保留故宫博物院,十分可贵!

苏轼 (1037~1101)字子瞻,号东坡居士,眉山(今四川眉山市)人。嘉祐二年(1057)进士,哲宗时任翰林学士,官至礼部尚书。因反对王安石变法多次被贬。性格豪放,才思敏捷,是北宋重要的文学家和书画家。其文汪洋恣肆,其诗清新豪健,其词开豪放一派,其书迹丰腴跌宕。著作有《东坡全集》《东坡志林》《东坡词》等凡数百卷。

水龙吟 次韵章质夫杨花词[①]

苏轼

似花还似非花、也无人惜从教坠[②]。抛家傍路,思量却是,无情有思[③]。萦损柔肠,困酣娇眼,欲开还闭。梦随风万里,寻郎去处,又还被,莺呼起[④]。

不恨此花飞尽,恨西园、落红难缀[⑤]。晓来雨过,遗踪何在,一池萍碎[⑥]。春色三分,二分尘土[⑦],一分流水。细看来、不是杨花,点点是离人泪。

【注释】

①次韵:指和人诗词时依照原韵。章质夫:章楶(jié),字质夫,苏轼同僚,有咏杨花词《水龙吟》,传诵一时。苏轼和以此词,亦咏杨花。杨花:指柳絮。

②从教:任凭。坠:飘坠。

③无情有思:杜甫《白丝行》:"落絮游丝亦有情。"韩愈《晚春》:"杨花榆荚无才思。"此反其意而用之。

④"梦随"四句:化用金昌绪《春怨》:"打起黄莺儿,莫教枝上啼。啼时惊妾梦,不得到辽西。"

⑤落红：落花。缀：连接。

⑥一池萍碎：作者自注："杨花落水为浮萍，验之信然。"

⑦尘土：陆龟蒙诗："人寿期满百，花开唯一春。其间风雨至，旦夕旋为尘。"

【鉴赏】

此词为借柳絮拟人抒情的咏物之作。大约作于哲宗元祐二年(1087)，苏轼与章质夫同在汴京为官时。

咏物词，贵在既出物之形态，而又别有所寄，即应在不即不离之间。苏轼这首词，明咏杨花，暗咏思妇，更隐然寄托了身世坎坷沦落的寂寞幽怨。王国维《人间词话》称："咏物之词，自以东坡《水龙吟》最工。"

上阕起句"似花还似非花"，以写意的笔致写出柳絮的特性与命运：柳絮名为"杨花"，暮春时与群芳一起飘落，成为撩人一景，但群芳有人爱惜，柳絮却是任其坠落。这一传神描写既写出杨花的特点，而又隐含思妇的处境，为写人言情留下了许多空间。"非花"一词，更是提醒读者词作并非着力于描花，而更注目于咏怀。"抛家"以下，写杨花飘落，如弃妇无归。以拟人手法将杨花喻为伤春思妇，又以女性情态描摹柳絮的盈盈之态，浪迹天涯的无情杨花有了人之情思，柔肠百结的思妇更显萦损之态。花人合一，相互辉映，凄凉欲绝。"梦随"数句，杨花纷纷坠地时而随风上扬飘舞不定的姿态，恰似思妇梦随郎君心意决绝，却被莺呼起只剩空虚怅惘。思妇之神，杨花之魂，尽皆表达得出神入化。

下阕将无限幽恨一笔荡开，转而以"落红难缀"之恨引出落花飘零以陪衬杨花，由笔传情，更深沉地写出杨花委尘的无限悲恨。"晓来雨过"，杨花也当如落红一样，花落形销，魂亡无迹。思量、情思、追寻都被雨打得无影无踪。相传杨花落水会化为浮萍，"一池萍碎"，既是对杨花飘落之后的传神描写，着一"碎"字又似思妇破碎的心。"春色三分"又将"西园落红"带入，落花飘零，再难寻觅，惜春之情，对此尘土流水而更增伤感。结句"细看来，不是杨花，点点是离人泪"，将飘零杨花与思妇情思绾结一处，那湿淋淋似泪的杨花，恰似思妇的点点清泪。物与人，景与情交融一体，达到浑化无迹之境。

全词意象朦胧，明咏杨花，暗咏思妇，离形取神，从虚处摹写，笔致轻灵飞动，抒情幽怨缠绵。此词一出，超出当时章质夫已经名声颇大的原作。后人认为苏词更似原作，章词倒似和作。

满 庭 芳

苏 轼

余谪居黄州五年，将赴临汝，作满庭芳一篇别黄人。既至南都，蒙恩放归阳羡，复作一篇。

归去来兮[①]，清溪无底，上有千仞嵯峨[②]。画楼东
畔，天远夕阳多。老去君恩未报[③]，空回首、弹铗悲
歌[④]。船头转，长风万里，归马驻平坡。
无何[⑤]。何处有，银潢尽处[⑥]，天女[⑦]停梭。问何事
人间，久戏风波。顾谓[⑧]同来稚子，应烂汝、腰下长
柯[⑨]。青衫破，群仙笑我，千缕挂烟蓑。

【注释】

①归去来兮：晋陶渊明有《归去来兮辞》，咏叹官场艰险，而立志归农的情怀。

②嵯峨：山高而险。

③"老去"句：指自己已经老了，却还是没有报答君恩的机会。言下之意，是说未得到重用。

④弹铗悲歌：《战国策》中有一个故事说，孟尝君有一个门客，经常弹着佩剑唱歌，诉说自己不受重视，待遇不好。

⑤无何：无可奈何。

⑥银潢：银河。

⑦天女：指织女。

⑧顾谓：回头对……说。

⑨"应烂汝"句：《水经注·浙江水》中说，晋朝的王质到山中砍柴，遇到四个童子弹琴唱歌，一曲终了，斧头柄子已经烂了。回到家中才知道，已经过去了数十年。此指隐居生活。柯，斧头柄。

【鉴赏】

1100年，哲宗崩，徽宗即位，皇太后向氏"权同听政"。她上台后。开始给"元

祐奸党"逐步平反。远贬在海南的苏轼,此时已经在艰难困苦中熬过了五六个年头。对他的恩赦是逐步兑现的:先是"量移廉州",然后是恢复"朝奉郎"的级别,还给了个"提举成都玉局观"的空衔。这就意味着解除了对他的圈禁,他可以自由了。次年,苏轼离开岭南北上,来到山清水秀的阳羡(今江苏宜兴)。这是他被贬前曾苦心经营过的卜居之所。他到这儿的目的,一是因有子女在此,方便养病;二来显然是为了等待朝廷的召用。大约就在此时,他写了这首词。词中抒发了他的政治抱负和对于人间沧桑的感受。他说,我已经老了,但皇上的大恩大德我还没有来得及报答。只能空白弹着宝剑,唱唱悲歌。言下之意,是希望能有机会重新为朝廷效力。词的下阕,有些仙家气息,因为他已阅尽人间沧桑,有些"看破红尘"了。他向苍天发问,何处是银河的尽头,何处有美丽的织女?他厌倦了人间的游戏,想有一个成仙得道之所。所以他对小儿子说,我们是不是就在仙境之中,不知不觉已过了几十年光阴?人生如梦,转眼百年。他看着自己的破衣烂衫。颇为自信地说,神仙们应该笑话我,满身都是烟霞缭绕。这首词是苏轼逝世前不久写的,词中似乎有向人世告别的意味。虽然他在开着玩笑,却掩饰不住那心底的沉痛。

水调歌头

苏轼

丙辰①中秋,欢饮达旦,
大醉,作此篇,兼怀子由②。

明月几时有?把酒问青天③。不知天上宫阙④,今夕是何年。我欲乘风归去,又恐琼楼玉宇⑤,高处不胜⑥寒。起舞弄⑦清影,何似在人间!
转朱阁⑧,低绮户⑨,照无眠。不应有恨,何事长向别时圆?人有悲欢离合,月有阴晴圆缺,此事古难全。但愿人长久,千里共婵娟⑩。

【注释】

①丙辰:宋神宗熙宁九年(1076)。

②子由：苏轼之弟苏辙，字子由。

③李白《把酒问月》："青天有月来几时，我今停杯一问之。"

④天上宫阙：指月中宫殿。阙，古代宫殿前左右竖立的楼观。

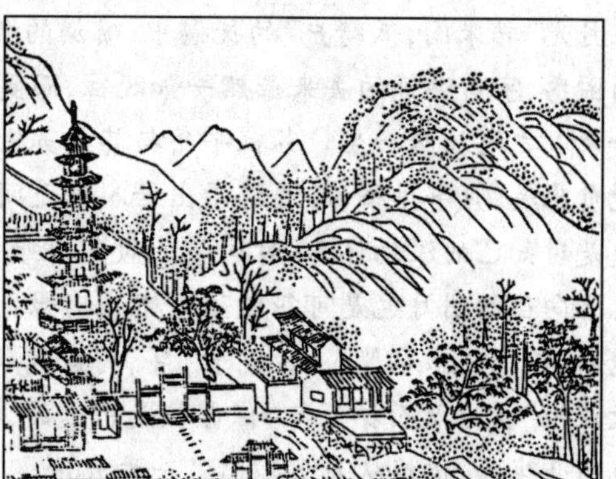

⑤琼楼玉宇：美玉建筑的楼宇，指月中宫殿。《大业拾遗记》："瞿乾祐于江岸玩月。或问此中何有，瞿笑曰：'可随我观之。'俄见月规半天，琼楼玉宇烂然。"

⑥不胜：不堪承受。

⑦弄：玩。

⑧朱阁：朱红的华丽楼阁。

⑨绮户：雕饰华美的门窗。

⑩婵娟：月里嫦娥，指明月。谢庄《月赋》："美人迈兮音尘绝，隔千里兮共明月。"唐许浑《怀江南同志》："唯应洞庭月，万里共婵娟。"

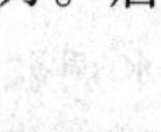

【鉴赏】

这是一首脍炙人口、流传千古的咏月怀人词。在对明月的追问和对兄弟的怀念中，词人完成了一次关于宇宙、时空和情怀的激情宣泄与心灵超越。

上阕写对月饮酒，思融于景。起句陡然发问，奇思妙语，破空而来，正是面对明月思绪万千而不得不发，更是激情喷涌而凝成一问。如果说李白"举杯邀明月""停杯一问之"是淡然相询，此处"把酒问青天"的苏轼则既是与月相知不必客气，也是胸多块垒而无暇礼让。此词作于宋神宗熙宁九年(1076)中秋时词人因与王安石意见相左，出任密州知州。但词人不问尘世荣辱而问明月几时，一笔将俗世排开，而代之以澄明之境。"明月几时有"，既像是在追问明月的起源、宇宙的诞生，又好似是在惊叹造化的神妙，隐隐有美景何时的感慨。此时，其他的一切似乎都已经不复存在，而只剩下与月对话的我和高悬于天的月。

在与月的对话中，词人的心向上飞升，似乎天上宫阙已近在眼前，即可看清青天之上是怎样一个与人间不同的世界。这个世界是怎样的让词人期待和向往啊！越向往明月相伴，便越见对现实隐含的不满。"我欲乘风归去"，是面对明月、追问明月的自然结果，也是词人面对现实时老庄思想的又一体现。常抱超然物外思想的苏轼似乎就要出世登仙，回到他的归宿——明月了；读者也随着他的乘风归去而见皎洁月色了。但词人笔锋一转，"又恐琼楼玉宇，高处不胜寒"，似乎出世之途也充满艰辛。"起舞"两句，词意再转，似乎又该回到人间，但作者并不坐实，而让朦胧月下的清舞、似真似幻的境界、出世入世的迷茫交织融会，形成一个迷离缥缈的世界。

下阕转写对月怀人而情景交融。随着夜色渐深,明月安静地照着无眠的人。在月光“转朱阁,低绮户”的抚慰中,喷涌的激情和连绵的追问渐趋平缓。出世入世的困惑、宇宙洪荒的去来虽然一如既往,而更深夜阑之后,尤其是独对江湖之时,怀念亲人之思油然而生。苏轼早年与其弟苏辙曾有“功成身退、夜雨对床”之约,而今抱负难展,月下徘徊,而进退于出世入世之间,此处想念子由不是一般的思亲念友,更是对知己的深切怀念,对同道的殷殷呼唤。明月在天,而知己天涯,那曾经令人无限向往的明月也是可怨的了:“不应有恨,何事长向别时圆?”怨月越深,怀人之思越浓,孤独之意越厚。一个“长”字,将此情怀推至极端。心情至此,人何以堪?直欲让人“独怆然而涕下”。但苏轼是旷达的,也是笔致自由的,他在似乎无可转圜之地别开生面,仍然从月上翻出另一番天地。“人有悲欢离合,月有阴晴圆缺”,这一旷古不变的事实真正即使词人无言以对,也让词人情绪渐平。在时空的永恒中,词人完成了对自己内心的超越,而归与平静。“但愿人长久,千里共婵娟”,在这超旷的祝福中,人的内心矛盾和怀人之思浑然莫辨,而又起于月归于月。全词构思巧妙,跌宕起伏而又浑然一体。

历史上,历来对此词推崇备至。《苕溪鱼隐丛话》云:“中秋词,自东坡《水调歌头》一出,余词尽废”,将这首词推为中秋词中的第一,并非溢美。

念奴娇 赤壁怀古

苏 轼

大江[①]东去,浪淘尽、千古风流人物[②]。故垒[③]西边,人道是、三国周郎赤壁[④]。乱石崩云,惊涛裂岸,卷起千堆雪。江山如画,一时多少豪杰!
遥想公瑾当年,小乔[⑤]初嫁了,雄姿英发[⑥]。羽扇纶巾[⑦],谈笑间、樯橹[⑧]灰飞烟灭。故国[⑨]神游,多情应笑我、早生华发[⑩]。人间如梦,一尊还酹江月[⑪]。

【注释】

①江:指长江。

②淘:淘汰。风流人物:指出色的英雄人物。

③故垒:古代的营垒。

④人道是:意谓据人们讲。周郎:周瑜,字公瑾,赤壁之战时的吴军主将。

⑤小乔：乔公的幼女，嫁给了周瑜。

⑥英发：指见识卓越，谈吐不凡。

⑦羽扇纶（guān）巾：鸟羽做的扇和丝带做的头巾，三国六朝时期儒将常有的打扮。

⑧樯橹：指曹操率领的将军。樯，桅杆。橹，桨。

⑨故国：旧地。此指赤壁古战场。

⑩华发：花白的头发。

⑪酹（lèi）：以酒浇地表示祭奠。

【鉴赏】

这首千古绝唱之词为苏轼豪放词的代表作，也是北宋词坛上最引人注目的作品之一。宋神宗元丰五年（1082）七月，苏轼因诗文讽喻新法，被新派官僚罗织论罪贬谪到黄州。此词即是他游赏黄冈城外的赤壁矶时借景怀古抒感而作。

上阕侧重写景。开篇从滚滚东流的长江着笔，随即用“浪淘尽”将浩荡大江与千古人物联系起来，布置了一个极为广阔而悠久的空间时间背景。它既使人看到大江的汹涌奔腾，又使人想见风流人物的非凡气概，体味到作者兀立长江岸边对景抒情的壮怀，气魄极大，笔力超凡。面对眼前恢弘奇伟的江山景色，词人不禁联想到曾经发生的千古赤壁鏖战。紧接着“故垒”两句，点出这里是传说中的古代赤壁战场。当年周瑜以弱胜强大败曹兵的赤壁之战的所在地向来各说不一，苏轼在此不过是借景怀古的抒感而已。可见“人道是”下得极有分寸，而“周郎赤壁”也契合词题，并为下阕缅怀公瑾埋下伏笔。接下来“乱石”三句，集中描绘赤壁风景：陡峭的山崖高插云霄，汹涌的骇浪搏击着江岸，翻滚的江流卷起万千堆澎湃的雪浪。词人从不同的角度而又诉诸不同感觉的浓墨健笔的生动描写，一扫平庸萎靡的氛围，把读者顿时带进一个奔马轰雷、动魄惊心的奇险境界，使人豁然开朗，精神抖擞。歇拍二句，总结上文，带起下阕。“江山如画”，这冲口而出的精绝赞美，是作者和读者从前面艺术地摹写大自然的壮丽画卷中自然获得的感悟。如此多娇的锦绣山河，怎不孕育和吸引无数英雄。三国正是“风流人物”辈出的时代，真是“一时多少豪杰”。

下阕由“遥想”领起，用五句集中笔力塑造卓异不凡的青年将领周瑜的形象，表达了自己对前贤的追慕之情。词人在历史事实的基础上，经过艺术的提炼和加工，将周瑜的雄才伟略风流儒雅刻画得栩栩如生。尤其是在写赤壁之战前，忽插入“小乔初嫁了”这一生活细节，以妙龄美人辉映英俊将军，更显出周瑜的丰姿潇洒，韶华似锦，年轻有为。“雄姿英发”“羽扇纶巾”是从肖像仪态上描写周瑜束装儒雅，风度翩翩。这样着力刻画其仪容装束，恰反映出作为指挥官的周瑜临战潇洒从容，成竹在胸，稳操胜券。“谈笑间、樯橹灰飞烟灭”，抓住火攻水战的特点，精当地概括了整个战争场景。词人仅以“灰飞烟灰”四字，就将曹军的惨败情景形容殆尽，这是何等的气势！然而词人“故国神游”后猛跌入现实，联系自己的遭际：仕路蹭蹬，有志报国却壮怀难酬，白发早生，功名未就。因而顿生感慨，发出自笑多情、光阴虚掷的叹惋。“人间如梦，一尊还酹江月”，结语看似消极，实是作者对自己怀才不遇的不平之鸣和自解自慰，可谓慷慨豪迈之情归于潇洒旷达之语，言近而意远，耐人寻味。

全词在对江山的激情赞美和对英雄的倾心颂扬之中，饱含了词人指点江山、品评人物的豪迈之情，同时也透露出作者壮志难酬的感慨。通篇气势磅礴，格调雄浑，词境廓大，荡尽北宋词坛仍然盛行的缠绵悱恻之调和萎靡无骨之风，为用词体表达重大的社会题材，开拓了新的道路，产生了重大影响。

西 江 月 梅花

苏 轼

玉骨那愁瘴雾①，冰肌自有仙风。海仙时遣探芳丛，倒挂绿毛么凤②。

素面常嫌粉涴③，洗妆不褪唇红④。高情已逐晓云空，不与梨花同梦。

【注释】

①瘴雾：传说中使人生病的南方雾气。

②绿毛么凤：么凤，一种像传说中的凤凰而比凤凰形体略小的鸟，羽毛五色，又称桐花凤。

③涴（wò）：污损。

④唇红：指梅花的红色。

【鉴赏】

宋代有许多咏梅词，苏轼的这首词是不落俗套的一首。咏梅实际上就是咏自己，是咏叹自己决不与乌烟瘴气同流合污的高尚人格。这首词作于苏轼贬谪岭南时期。他在词中写道：我玉骨冰肌，怕什么瘴雾？仙人自有仙人的风度。过去南方尚未完全开发，中原人到南方常会染上恶性疟疾等不治之症。苏轼到南方后，每天锻炼身体，并拟了许多药方防病治病，总算逃过了“瘴雾”的毒害。苏轼自称有“玉骨冰肌”，表现了对于恶劣的自然环境决不屈服的精神；同时，这也是其政治人格的写照。表示他决不屈服于政治迫害，要始终保持高洁的理想与情操。词的下阕，具体地描写梅花有着怎样的“玉骨冰肌”的品质。“素面翻嫌粉涴”，写梅花之素白，天然丽质。不须装扮，涂脂抹粉反而污损其美丽；“洗妆不褪唇红”，进一步写梅花素白中透出嫣红，如美人天生红唇，洗也洗不掉。这两句从外在姿质上特别是从色质上写梅花之高洁。其深层含义是说，我苏轼天生自然丽质，高洁素白嫣红，替我妆饰也不增加美丽，任何打击或抹黑也不能使我褪色。词的最后两句，在写梅花外在丽质的基础上，进一步写梅花的内在本质美。“高情已逐晓云空，不与梨花同梦”，是说梅花具有心灵美，其品质高洁，不与梨花等一般的世俗之花同梦，其情其意，可与天上晓云同行。这里的“晓云”与“梨花”，是泛指还是有所影射，就只有苏东坡自己知道了，我们不必深究也无从深究。这首词没有对梅花做过多的描写，也没有使用常用的那几个关于梅花的典故，特别是用了颇具有特色的“瘴雾”和“么凤”这两个南方的事物，从而突出了这首词的思想意义。这是一首把咏物与言志很好地融合起来的优秀词作。

临江仙 夜归临皋[1]

苏　轼

夜饮东坡[2]醒复醉，归来仿佛三更。家童鼻息已雷鸣[3]。敲门都不应，倚杖听江声。
长恨此身非我有[4]，何时忘却营营[5]！夜阑风静縠纹平。小舟从此逝，江海寄余生。

【注释】

①夜归临皋：一作“壬戌九月，雪堂夜饮，醉归临皋作”。临皋，在湖北黄冈南长江边。苏轼贬谪黄州时，友人马正卿助其垦辟的游息之所，筑雪堂五间。

②东坡：在湖北黄冈之东。苏轼谪黄州时，筑室于东坡，故以为号。

③鼻息已雷鸣：唐衡山道士轩辕弥明与进士刘师服等联句毕，倚墙而睡，鼻息如雷鸣。（见韩愈《石鼎联句》序）

④此身非我有：《庄子·知北游》：“舜曰：‘吾身非吾有也，孰有之哉？’曰：‘是天地之委形也。’”

⑤营营：周旋貌，指为功名而劳碌。

【鉴赏】

此词为醉归临皋抒怀之作，作于神宗元丰五年（1082）谪居黄州时。

上阕写饮酒醉归。词人选取了其中三个片段进行描写。起笔直叙其事，交代饮酒时间、地点。“醒复醉”三字，见词人必欲谋醉以忘忧的心态。其时东坡贬谪待罪，心情苦闷，故借酒浇愁一巡又一巡。“归来”已在回家路上，夜已深沉。“仿佛”一词，言其醉酒而归迷离恍惚之态。接下去三句，词人已到了家门前。可夜已是如此深沉，站在门外，居然能听到屋内家童的鼾声。夜之安静，夜之深沉，于此一声音中侧面烘托尽出。“敲门”两句叙词人的行动。此刻，词人已渐酒醒，静夜当中似乎更获得了一种清醒和宁静，而拄着手杖去江边静听江流的声音。这一身影，使人见到词人的不为俗羁、随缘自适、洒脱出尘的襟怀。“江声”暗示其反思往事，心潮起伏，为下阕抒情做好铺垫。

下阕承前抒发感慨。从静夜奔腾不息的江流声中，词人渐渐清醒，回思往事，反观现在，感慨油然而生。“长恨此身非我有，何时忘却营营”这一化用《庄子》语意而不着痕迹之语，是其心灵深处的由衷感叹和深切呼喊。用“长恨”“何时”，语气强烈，情感深沉。“夜阑”句笔意转缓，明写外部世界风静水平之象，暗写词人心境终于归于宁静与超脱。“小舟”两句写其超脱之后的人生选择：随江水而逝，寄生江海，人的生命主体也便不受任何束缚而归于自由。全词至此收束，浑然天成，境界高妙。

鹧 鸪 天

苏 轼

林断山明[①]竹隐墙，乱蝉[②]衰草小池塘。翻空白鸟[③]时时见，照水红蕖[④]细细香。

村舍外，古城[⑤]旁，杖藜徐步转斜阳。殷勤昨夜三更雨，又得浮生一日凉[⑥]。

【注释】

①林断山明：树林断绝处，山显现出来。

②乱蝉：形容蝉的叫声很纷乱。

③白鸟：指鸥鹭一类白色水鸟。

④红蕖：红色的荷花。荷花又名"芙蕖"。

⑤古城：指黄州古城。

⑥浮生：指人在世间的岁月。人的生命很短促，而世事又飘浮不定，所以称"浮生"，是对人生的一种消极看法。

【鉴赏】

这首词大约作于元丰六年(1083)，时作者正贬居黄州东坡。词以轻松的笔调，跳荡的节奏，抒写了东坡一带的田园风光和美丽的自然景色，真切而诚挚地表现了诗人身处逆境而毫不介蒂的豁达心情。

上片以极富于视觉形象的语言线条和文字色彩描绘出一幅田园风光的美妙画图。前两句十四个字包含了六组生动鲜明的意象：第一句三组意象是动态的，"林断山明竹隐墙"，一"断"、一"明"、一"隐"，写出了诗人刹那间的感觉印象。第二句与第一句的动态描写相对应，采取静态描写，又构成一个完整的、别具情趣的、美的画面。第三、四句是从杜甫"穿花蛱蝶深深见，点水蜻蜓款款飞"的句式演化而来，同样工丽、纤巧，但又独具意境。上片统为景物描写，而诗人对此地自然风光的热爱和真诚的喜悦，已尽溶于景与物的描绘之间。

下片描写诗人在如许田园风光中的闲适心情和悠悠陶然的行为活动。"村舍外，古城旁"不啻是对上片自然景物的一个形象的概括，最后两句结尾意蕴甚深，表面来说是写夏末初秋黄州之地仍酷热难当，只因为夜来三更时分下过一场及时好雨，方使今朝一日得到适意的凉爽，实际上隐现了他贬官黄州后内心的不平和愤懑，同时也写出了他在大自然抚慰中的宁帖和平静。

定风波

苏　轼

三月七日沙湖道中遇雨[①]，雨具先去，同行皆狼狈，余独不觉。已而遂晴，故作此词。

莫听穿林打叶声，何妨吟啸且徐行。竹杖芒鞋[②]轻胜马，谁怕？一蓑烟雨[③]任平生。
料峭春风吹酒醒，微冷，山头斜照却相迎。回首向来萧瑟处，归去，也无风雨也无晴。

【注释】

①三月七日：宋神宗元丰五年（1082）的三月七日。时苏轼谪居黄州，即今湖北黄冈。沙湖：在黄冈东三十里。

②芒鞋：芒草编结的草鞋。

③一蓑烟雨：喻指人世的风雨烟波。蓑，蓑衣，蓑草编织的防雨具。此处为虚指。

【鉴赏】

出行遇雨，本属平常，但作者以小见大，平中见奇，通过对眼前风雨等闲视之的描写，抒发了从容面对人世沉浮的胸襟气度。

上阕起句直抒面对风雨的态度。穿透树林、击打树叶沙沙成声的雨，堪可令人惊慌失措，或者狼狈不堪。但词人的态度不但是“莫听穿林打叶声”，将外界风雨置之度外，甚至可以在风雨中安步徐行，吟诗作啸，其从容泰然，他人难及。“莫听”“何妨”相互呼应，随口道出，更见超然态度。后三句承前细写。竹杖芒鞋本粗陋无以抗风雨，可在面对风云变幻安然处之的词人看来，比之高头大马甚至更加轻便。一句反问“谁怕”，不但超然，更见傲然之态。最后一句收束上阕，言词人直欲“一蓑烟雨任平生”,何况偶然途中遇雨?此一超旷论说,使此前的雨中徐行不是一时兴起,而是苏轼基本人生态度的表达。

下阕一转,以料峭春风吹得酒醒转出另一境界。“酒醒”,意味着前述傲然行动、超旷议论略带醉意。此时风之料峭,雨之冷洌,使词人在“微冷”中醉意顿消,前此态度似乎也颇值得怀疑。但作者以“山头斜照却相迎”的描写另推新境,产生柳暗花明之效果,词人也在自然风雨的阴晴变幻中获得更深沉的领悟,而非一时的醉中壮语。“回首”以下,表面写自然风物,实际写更深沉的人生态度。此时,词人心境已进入一个更为高妙的境界:不是傲然从容面对风雨,而是根本无风雨一念。人世浮沉荣辱,俱已不在词人的心灵范围内了。超然至此,已至极致。

全词构思巧妙,平中见奇,从遇雨之吟啸徐行升华为超然世外,不以物喜,不因己悲,从而使人在沉浮荣辱中以人格的超旷消解所遇到的挫折磨难,立意高远,非常人能匹。

卜算子 黄州定惠院寓居作[①]

苏轼

缺月挂疏桐,漏断[②]人初静。谁见幽人[③]独往来,缥缈孤鸿影。
惊起却回头,有恨无人省[④]。拣尽寒枝不肯栖,寂寞沙洲冷。

【注释】

①黄州:今湖北黄冈。定惠院:黄冈东南的寺院。

②漏断:漏中水滴尽了,指已经夜深。漏,古代盛水滴漏计时之器。

③幽人:幽居之人。此处苏轼以幽人、孤鸿自况。

④省(xǐng):知晓。

【鉴赏】

苏轼曾在神宗元丰二年(1079)突遭逮捕,险遭杀头,这便是有名的乌台诗案。黄州是乌台诗案后苏轼的贬所。这首词抒写苏轼贬居黄州后幽独寂寞、忧生惊惧的作品,大约作于神宗元丰三年(1080)至元丰五年(1082)期间。

上阕首先营造了一个幽独孤凄的环境。残缺之月、疏落梧桐、滴漏断尽,一系列寒冷凄清的意象,构成了一幅萧疏、凄冷的寒秋夜景。“景语即情语”,这一冷色调的景色描写,其实是人物内心孤独落寞的反映。寥寥几笔,人物内心的情感已隐约可见。“谁见”两句,用一个问句将孤独落寞的人推到前台。由于古诗词独特的歧义句法,这句词表达了更为丰富的意义:其一是词人自叹,谁见我幽居之人寒夜难眠呢?知我者只有“缥缈孤鸿影”。其二,寒秋深夜当中独自往来的幽人,正是像那夜半被惊起的缥缈孤鸿影啊!在此,幽人与孤鸿,两相映衬,其类虽异,其心则同。实际上,幽人即是孤鸿,孤鸿即是幽人,这一种互喻叠映关系,使下阕所写孤鸿,语语双关,词意高妙。反问句的使用,使得词作情感加强。

下阕承前而专写孤鸿。描写了被惊起后的孤鸿不断回头和拣尽寒枝栖身不肯栖的一系列动作。孤鸿的活动正是词人心境的真实写照。苏轼因乌台诗案几乎濒临死地,曾在狱中做了必死的打算,此时虽然出狱,而惊惧犹存;异乡漂泊,奇志难伸,只令人黯然神伤,百感交集。“有恨无人省”是词人对孤鸿的理解,更是孤鸿的回头牵动了自己内心的诸多隐痛忧思。“拣尽寒枝”是对孤鸿行动的描写,更是对自己光辉峻洁人格的写照,并暗示出当时的凄凉处境。苏轼为人正直有操守,为官坚持自己的政治立场,故新旧两党虽均将之排斥为异己,苏轼却并不愿放弃自己的立场。这正如“拣尽寒枝不肯栖”的孤鸿:即使无枝可依,也仍然有自己的操守。曹操《短歌行》云:“月明星稀,乌鹊南飞。绕树三匝,何枝可依?”苏轼此词化用曹操此意,但却境界不同,苏轼词中的孤鸿,虽然有乌鹊的凄凉境地,但更多的是面对各种逆境的自我选择,从而凸显人物内心落寞中的孤傲,孤寂中的奇志,使诗人从自怜自叹中升华为另一种人格境界。

全词明写孤鸿,暗喻自己,鸿人合一,不即不离,确实当得黄山谷的至评:“语意高妙,似非吃烟火食人语,非胸中有数万卷书,笔下无一点尘俗气,孰能至此?”

青玉案　和贺方回韵,送伯固归吴中[①]

苏　轼

三年[②]枕上吴中路,遣黄犬[③],随君去。若到松江呼小渡[④],莫惊鸥鹭,四桥[⑤]尽是,老子经行处。

《辋川图》[⑥]上看春暮,常记高人右丞句[⑦]。作个归期天已许[⑧],春衫犹是,小蛮[⑨]针线,会湿西湖雨。

【注释】

①该词作于哲宗元祐七年(1092)。贺方回,名铸,号庆湖遗老,宋代词人。其《青玉案》原作为:“凌波不过横塘路,但目送、芳尘去。锦瑟华年谁与度?月桥花

院，琐窗朱户，只有春知处。飞云冉冉蘅皋暮，彩笔新题断肠句。试问闲愁都几许？一川烟草，满城风絮，梅子黄时雨。”伯固，苏坚的字，曾任杭州监税官。吴中，今江苏苏州，苏坚的家乡。

②三年：苏坚随苏轼在杭，已三年未归。

③黄犬：晋陆机爱犬名。《晋书·陆机传》载，机有黄犬，能从洛阳带书信到吴，又从吴带书信返洛。

④松江：吴淞江。小渡：渡船。

⑤四桥：指姑苏垂虹桥、枫桥等四桥。

⑥《辋川图》：唐代诗人王维绘于蓝田清凉寺的壁画。王维有别墅在西安东南蓝田县境的辋川。

⑦高人：高士。高洁的隐士。右丞：王维曾做过尚书右丞。杜甫《解闷》：“不见高人王右丞，蓝田丘壑漫寒藤。”

⑧天定许：指已获朝廷许可。

⑨小蛮：白居易的家伎，以腰肢柔软称名。这里以代指苏轼侍妾朝云。

【鉴赏】

此词用贺方回词原韵。贺方回，名铸，宋代大词人之一。

此词是为送伯固归吴中而作。伯固是苏坚的字，他博学，能诗，与苏轼过从甚密。东坡自黄州移汝州，伯固与之同游庐山。苏轼在杭州太守任内对西湖的若干建设如开湖、筑堤、疏河等，多半出自苏坚的建议和设计。东坡后来贬官至琼州，当他以65岁的高龄遇赦，自海南归来时，伯固在南华相待。

这首词表面看来是一首送别友人归里之作，但实际上写的是自己盼望“归去来”的情思。伯固于元祐五年（1090）随从苏轼在杭州治理西湖，至今已整整三年未归吴中故里。“遣黄犬，随君去”用的是《晋书·陆机传》中的典故：陆机有黄耳犬，能从洛阳带书信到吴，又能从吴带回信到洛。这两句的意思是：希望能有一只陆机的黄耳犬似的狗随同你去，待你返里后能把你的音信常常带给我。后四句是嘱咐伯固回到吴中时，切莫在呼船渡河时惊动那些水上的自由来往的飞鸟，因为在那河湾港汊的桥头都有我当年行走经过的足迹——这里“莫惊鸥鹭”一语用的是“鸥鹭忘机”的典故。《列子·黄帝》云：“古时海上有好鸥者，每日从鸥鸟游，鸥鸟至者以百数。其父曰：‘吾闻鸥鸟皆从汝游，汝取来吾玩之。’次日至海上鸥鸟舞而不下。”古人认为：人无机心，则异类与之相亲。这里苏轼是委婉地讽劝伯固应和自己一样不要存世俗机巧之心。“老子”是宋代年老者自称的习惯用语，苏轼年长于伯固，且已年高，故如此自称。

下片一开首即以“《辋川图》上看春暮”二句，把上片隐含的归隐之情初步明朗化。辋川图是王维绘在蓝田清凉寺的壁画，王维曾作过尚书右丞，过去习惯上称他为王右丞。这里上句说"春暮",下句说"归期",是用王维《归辋川作》:"悠悠远山暮,独向白云归。"小蛮是唐代大诗人白居易的家妓,能歌善舞,这里苏轼借指他的爱妾朝云。《蕙风词话》卷二中云:"'曾湿西湖雨,是清语,非艳语,与上三句相连属,遂成奇艳,绝艳,令人爱不忍释。"

满庭芳

苏轼

蜗角虚名,蝇头微利,算来著甚干忙?事皆前定,谁弱又谁强?且趁闲身未老,尽放我、些子疏狂。百年里,浑教是醉,三万六千场。

思量。能几许?忧愁风雨,一半相妨。又何须。抵死说短论长。幸对清风皓月,苔茵展、云幕高张。江南好,千钟美酒,一曲《满庭芳》。

【鉴赏】

严羽讥弹宋人"以议论为诗",固然有他一定的道理;但切不可绝对化。清沈德潜就说得比较灵活,只云:"人谓诗主性情,不主议论。似也。而亦不尽然。……但议论须带情韵以行,勿近伧父面目耳。"(《说诗晬语·卷下》)苏轼好在诗词里发议论,其多数作品是能做到情、韵兼行的;不同于其流亚只一味叫噪怒骂。这首词便是一例。

这首词应作于谪黄州之后。从"江南好"一语揣测,似不做于黄州(黄州在江北),而极可能写于元丰八年(1085)乞常州居住时。

此时的苏轼,经历"乌台诗案"和谪居黄州多年,对功名利禄已看得很淡薄了。因此起拍三句,词人就干脆利落地把"蜗角虚名,蝇头微利"否定了。"蜗角"这典故,出自《庄子》。其《则阳》篇云:"有国于蜗之左角者,曰触氏;有国于蜗之右角者,曰蛮氏。时相与争地而战,伏尸数万。"成语"蛮、触之争"便由此得来。所谓"虚名",指凡名皆虚;所谓"微利",亦无利不微。因此犯不着为名、利干忙。从释家说:"事皆前定";从道家看来:"无物不然,无物不可",又哪有谁弱、谁强之分呢?苏轼自幼受释、道两家影响,构成了儒、释、道三教合一的世界观。此时他际遇屯蹇,故释、道之说占了上风。"且趁闲身未老,尽放我、些子疏狂。"便是这一世界观的反映。

过变云:“百年里,浑教是醉,三万六千场。”一百年凡三万六千日,一日一醉,便整整醉它个三万六千场。从这里可听到像李白一样的“但愿长醉不愿醒”(《将进酒》)的愤世牢骚。

下阕紧接着这个话茬说开去:“思量。能几许?忧愁风雨,一半相妨。”转头想一想:一生中忧患居半,风雨愁人,又有几多日子能“浑教是醉”呢?这是一种“加倍写法”,其目的在强调欲逃世也未可得。故又转一层,告诫自己“又何须,抵死说短论长。”因为世道既已沦丧,拼命地说短论长又济何事呢?这样摆在词人面前的,就只剩一条如陶渊明式的逃归自然之路了。

“幸对清风皓月,苔茵展,云幕高张。”好在清风、朗月不用一钱买;苔草如茵平展展地,流云似幕高张于苍穹。面对这一切,词人尽可悠哉游哉了。

词人豪气盈胸,结尾遂以“江南好,千钟美酒,一曲《满庭芳》”之怡然自得情绪进一步引读者入彀。且融情于景,情景相兼,情韵两胜,富有理趣。像这样的议论,又何害其为诗(包括词)呢?

满庭芳

苏轼

有王长官者,弃官三十三年,黄人谓之王先生。因送陈慥来过余,因赋此。

三十三年,今谁存者,算只君与长江。凛然苍桧,霜干苦难双。闻道司州古县,云溪上,竹坞松窗。江南岸,不因送子,宁肯过吾邦?
摐摐。疏雨过,风林舞破,烟盖云幢。愿持此邀君。一饮空缸。居士先生老矣,真梦里,相对残缸。歌舞断,行人未起,船鼓已逢逢。

【鉴赏】

词自民间登上“大雅之堂”后,多用来抒儿女之情。这首词却描写非常人物,而且不止一位(连陈慥及词人自己共三位)。词人通过叙写人物,极言友谊之可珍惜。

就这点而言，说苏词“一洗绮罗香泽之态”（胡寅《题酒边词》），亦未始不可。

此词作于元丰六年(1083)五月。当时陈慥往荆南(今湖南)料理田产，同王长官一道来访苏轼。陈慥和苏轼是老朋友，早在苏轼任凤翔府(今属陕西)签判时(1062~1065)就有过交往。陈慥晚年隐居于麻城、黄州之间的岐亭镇，与苏轼过从更密。这回已是他第六次来访了。

王长官，其名不详。他此次因送陈慥过访苏轼，苏格外高兴，这从词里便可看出来。起拍三句。严起侧出，劲键异常。试想：王长官已归隐三十三年，世事沧桑和人事变幻固无须多说。词人只问一句：“今谁存者(还有谁同隐至今呢)？”便不容他人置喙，即作明确回答：“算只君与长江。”词人用长江来跟王长官比并，王长官的形象不就陡然高大了吗？但词人意犹未尽，故再申一喻：“凛然苍桧，霜干苦难双。”说王长官像苍老挺拔的桧树令人肃然起敬，像历经风霜的躯干无可匹对。如此之高的赞誉，竟出自素以忠直闻名的词人苏轼之口，真可谓是无上荣光了。

“闻道司州古县，云溪上，竹坞松窗。”司州古县，即今湖北黄陂；因唐武德初年曾于此设置南司州。云溪，谓白云叆叇的溪水；盖极言其幽雅。竹坞、松窗，谓所居村堡、住屋周围广种松、竹，亦以见王长官之人品高逸。这三句叙写词人所闻王长官的居处环境，从这一典型环境中便可具见王长官的典型性格。所谓写物，实即写人。

过变三句：“江南岸，不因送子，宁肯过吾邦？”子，指陈慥。词人谓王长官因送陈慥过江南岸始顺道来访，一以见陈慥为高士，始邀得王长官如此高人相送；二以见陈慥为词人之高朋，始肯下顾身为谪宦流人的苏轼。词人只平平叙写三人相见之因由，并无一语着意褒奖；但给读者的印象，则主客三人不言而喻皆非常人。这种“一石三鸟”的描写手法，宛似烘云托月，借云之光以托出月之光来。这自然比一般爱扯开嗓门歌功颂德的凡俗之辈要高妙得多。

下片用象声词“摐摐(chuang 窗)”换头。一声振起全篇，并引出林间风雨。王长官与陈慥恰于雨后来访，雨过天晴，似隐喻他们之间友谊的纯洁。“风林舞破，烟盖云幢。”谓王长官与陈慥路途艰辛，他们腾云驾雾似乘仙车，车上的盖和帘几乎都被风吹裂了。为了表示欢迎，作为主人的苏轼高擎酒杯，劝一同开怀畅饮，以洗尘劳。“居士先生”乃“东坡居士”诙谐自谓。居士时方四十八岁，遽称已老，显系因政治上受冤抑而微露感慨。“真梦里，相对残釭”，用杜甫“夜阑更秉烛，相对如梦寐(《羌村三首》)”诗意，说明情投语合，“不知今夕何夕”！故翻疑是梦，以点出现实际遇之寡欢。结拍三句：“歌舞断，行人未起，船鼓已逢逢。”歌舞方休，行人方寝，而开船鼓声已响。词人用别之不易，以衬出相见之难。将李商隐《无题》“相见时难别亦难”之诗意，于此翻成一幅“兰舟催发”景象。江西诗派所倡“夺胎换骨”之法，实从苏轼此等作品中领悟得来。

郑文焯《大鹤山人词话》评此词说：“健句入词，更奇峰郁起，此境匪稼轩所能梦到。不事雕凿，字字苍寒，如空岩霜干，天风吹堕颇黎地上，铿然作碎玉声。”（《词话丛编》第4325页）郑氏慧眼，不失为东坡知音。辛弃疾豪放杰出，雄视百代；然略逊苏轼处，端在辛词稍涉做作，未能“不事雕琢”而已。

水调歌头　快哉亭作

苏　轼

落日绣帘卷，亭下水连空。知君为我新作，窗户湿青红。长记平山堂上，攲枕江南烟雨，渺渺没孤鸿。认得醉翁语，山色有无中。

一千顷，都镜静，倒碧峰。忽然浪起，掀舞一叶白头翁。堪笑兰台公子，未解庄生天籁，刚道有雌雄。一点浩然气，千里快哉风。

【鉴赏】

此词词调下题目一作“黄州快哉亭赠张偓佺”。偓佺是张怀民的字，一字梦得。他谪居齐安（即黄州）后。“即其庐之西南为亭，以览观江流之胜”（苏辙《黄州快哉亭记》）；苏轼取亭名为“快哉”。他兄弟俩用这同一个题材，分别写成此词与《黄州快哉亭记》。虽辞非一体，却各擅胜场，堪称文苑双璧。

首二句意境雄浑开阔。绣帘卷起，落日当窗。亭下江流浩瀚，水天相接；红霞蒸蔚，碧涛汹涌。词人临轩放目，兴会络绎。此时，该有多少可写之景和可抒之情奔赴笔下！但词人仅叙及此亭主人张怀民的友谊：“知君为我新作，窗户湿青红。”他感谢好友张怀民新建了这么个观览江流胜景的所在，似乎窗户上也浸染着青山、绿水、红日、丹霞的光彩。正由于景色、情谊两佳，词人竟超越时、空，回忆起当年在平山堂上之所见、所想：“长记平山堂上，攲枕江南烟雨，渺渺没孤鸿。认得醉翁语，山色有无中。”醉翁欧阳修是苏轼的恩师，曾有《朝中措·送刘仲原甫出守维扬》词，起拍两句是：“平山阑槛倚晴空，山色有无中。”平山堂在今扬州市西北蜀冈之上，原为欧阳修知扬州时所建。苏轼曾“三过平山堂下”（《西江月·平山堂》），对欧阳修始终怀着深挚的追念之情。眼下快哉亭所见景色，宛似当年在平山堂上攲枕时观览所及。只是孤鸿远没，恩师仙逝，仅见对岸山色似有若无而已。苏轼睹物怀人，更加景仰起欧阳修来。以此隐喻褒扬张怀民筑亭的贤举。这对张怀民来说，自然是最高的奖赏了。

上阕只起首两句写景。以下便借虚写实，用平山堂比快哉亭，且突出对欧阳修的无限崇敬。苏轼一生对师友谊重如山，堪作后世读书人的风范。

下阕折回写风光："一千顷，都镜静，倒碧峰。"江面宽阔，水清似镜；碧峰倒影，上下交辉。这是静景。"忽然浪起，掀舞一叶白头翁。"风波陡作，又由静景变成动景了。在一叶扁舟之上，出现了一位白发苍苍的操舟老人，他迎着风浪"掀舞"于大江之上。这是何等倔强的形象！说它隐含着对友人张怀民的赞美，固然可以；说它隐以自喻，似也无妨。若谓不然，词人缘何在千顷江面上仅仅着眼于一叶扁舟上的白发老人呢？

末尾缴足题面。点明快哉亭命名的来由。因此涉及宋玉的《风赋》。宋玉曾为兰台令，故此处称之为"兰台公子"。他在《风赋》中把风强分成"大王之雄风"和"庶人之雌风"（见《文选·卷十三》）。苏轼借题发挥，以抒发他对现实的不满。他笑宋玉不懂得庄周称风为"天籁"。而"刚道（硬说）有雌雄"。这种观点是和庄周"齐物论"观点大相径庭的。苏轼认为：只要"我善养吾浩然之气"（《孟子·公孙丑上》），则哪怕身为庶民，长作迁客，当披襟向风之时也是无穷快适的。"一点浩然气，千里快哉风。"快人快语，充分显示出词人旷达的襟怀。郑文焯《大鹤山人词话》很称许"此等句法"，说："使作者稍稍矜才使气，便入粗豪一派。"他指出此词成功处在"妙能写景中人，用生出无限情思。"也就是说，词人不就景写景，而是因景写人，情与景兼，方生出无穷韵味来。

水调歌头

苏　轼

欧阳文忠公尝问余：琴诗何者最善？答以退之听颖师琴诗最善。公曰：此诗最奇丽，然非听琴，乃听琵琶也。余深然之。建安章质夫家善琵琶者乞为歌词。余久不作，特取退之辞，稍加檃括，使就声律，以遗之云。

昵昵儿女语，灯火夜微明。恩冤尔汝来去，弹指泪和声。忽变轩昂勇士，一鼓填然作气，千里不留行。回首暮云远。飞絮搅青冥。

众禽里，真彩凤，独不鸣。跻攀寸步千险，一落百寻轻。烦子指间风雨，置我肠中冰炭，起坐不能平。推手从归去，无泪与君倾。

【鉴赏】

读词序可知：此词由韩愈（字退之）《听颖师弹琴》诗改写（即"檃括"）而成。韩愈诗为：

昵昵儿女语，恩怨相尔汝。划然变轩昂，勇士赴敌场。浮云柳絮无根蒂，天地阔远随飞扬。喧啾百鸟群，忽见孤凤皇。跻攀分寸不可上，失势一落千丈强。嗟余有两耳，未省听丝篁。自闻颖师弹，起坐在一旁。推手遽止之，湿衣泪滂滂。颖乎尔诚能，无以冰炭置我肠！

要把这样一首名诗改写成词，非改写者有过人才力不可。因为，以形写声。于诗已难，而于词为尤难。况韩诗久已脍炙人口，改作非另擅胜场则无以悦众。至于韩诗究为听琴抑为听琵琶，众说纷纭，迄今难辨谁是谁非。我以为欧阳修、苏轼俱艺术大家，所言当必有据。或韩愈所听之琴即当年琵琶之泛称，属拨弦乐器类。如秦琴、月琴等，也可称作琵琶，当时统称"胡琴"。

这首词写于元祐二年（1087）的春天，为酬赠友人章楶（字质夫）家的琵琶演奏者作。起句"昵昵儿女语"移用韩诗原辞，写出乐声初奏，低低切切得像是小儿、小女之间的喁喁情话。次句乃苏轼所添，以补叙弹奏的时间在灯火微明的夜晚。第三句变"恩怨相尔汝"为"恩冤尔汝来去"，乃"使就声律"（使符合词调有关平仄、句式、韵、字等方面要求）。它写出乐声如怨如慕、如泣如诉、亲昵娇媚和婉转翻覆的样子。第四句"弹指泪和声"，系韩诗所无。经加此一句，就把演奏者自身的感情托出了。韩诗两句虽被衍成四句，其艺术容量也加倍增长，宛现出一幅情、韵兼胜的深宵弹琵琶图。这是第一词段。

第二词段变韩诗中三、四两句为："忽变轩昂勇士，一鼓填然作气，千里不留行。"这样就把激越的琵琶声形容得更有气势和更有力度了。它与上一词段所描绘的低回、亲切声响形成显明的对照。两者之间出现了巨大的声音差和情感差。

第三词段把韩诗"浮云柳絮无根蒂，天地阔远随飞扬"十四个字精炼成"回首暮云远，飞絮搅青冥"十个字。应该说：韩诗、苏词此处的描写都是很出色的。韩用浮云、柳絮的飞扬来比喻乐声的轻快、飘忽，是巧妙的；苏改成暮云、飞絮远飏天际，既保留了韩的巧喻，又添加了几许隽逸。"回首"一词，且关合勇士形象，使词的架构益趋缜密。

换头处："众禽里，真彩凤，独不鸣。"词人继续描绘所听到的音乐形象。他在韩诗所写百鸟朝凤的基础上，强调出凤之"真"、凤之"彩"和凤之"不鸣"。显然，这里面注入了词人对仕途的感受。正如贾谊《吊屈原赋》所慨叹："鸾凤伏窜兮，鸱枭翱翔。"当时的苏轼虽然仕途得意，在汴京（今开封市）任翰林学士、知制诰，但遭遇过冤屈和长期贬谪生活。词人在从事二度创作（即将诗"檃括"成词）时，把审美主体的情志融进作品，更加强了词的艺术感染力。

"跻攀寸步千险，一落百寻轻。"这两句和韩诗原辞"跻攀分寸不可上，失势一落千丈强"相近。它描绘演奏近结束前出现的高音、险涩音和滑坠音。"千丈强"不合词律，故改成"百寻轻"。"轻"字还带有"轻巧"的意思，更表明演奏者技艺的娴熟。

以下抒写词人的感想："烦子指间风雨，置我肠中冰炭，起坐不能平。"词人删除了韩诗中许多客套话（如"嗟余有两耳，未省听丝篁"）和恭维话（如"颖乎尔诚能"），径直写出自身作为接受主体的艺术感受：由于演奏者的技艺高超，似乎能召风唤雨，所以词人作为欣赏者，其衷肠随之乍冷乍热，连起、坐也为之不安了。

煞尾两句："推手从归去，无泪与君倾。""从"字作"任其"解。比较韩诗的"湿衣泪滂滂"又更进一层。韩尚有泪，而苏已无泪可倾。后者所引发的悲哀。不是更加深沉吗？苏轼在二度创作中，既充分保留了韩作的奇丽，成功地把诉诸听觉的音乐形象转化为诉诸视觉的文学形象；而且充分发挥了词体的优势，使其风格更加婉转、含蓄，并融作者自身感慨于若有若无之中。这为我们今天大量的二度创作（如改编文学作品为其他艺术样式），提供了极好的借鉴。

念奴娇 中秋

苏　轼

凭高眺远，见长空万里，云无留迹。桂魄飞来光射处，冷浸一天秋碧。玉宇琼楼，飞鸾来去，人在清凉国。江山如画，望中烟树历历。

我醉拍手狂歌，举杯邀月，对影成三客。起舞徘徊风露下，今夕不知何夕？便欲乘风，翻然归去，何用骑鹏翼。水晶宫里，一声吹断横笛。

【鉴赏】

这首词是元丰五年（1082）中秋，苏轼在黄州赏月时写的。虽然当时作者仍在被贬谪之中，但词中所表现的情绪，还是比较平静开朗的。

词的开头"凭高眺远，见长空万里，云无留迹。"是写万里无云的中秋夜空。本来在中秋月夜，长空万里无云，是人们常见的，没有什么稀奇。但这里作者加上“凭高眺远”四字，就使境界全然不同。作者置身高楼，凭高望远，所以视野开阔，而使长空显得更为辽阔无边，毫无尽处，引人入胜。

“桂魄飞来光射处，冷浸一天秋碧。”由晴空写到明月。古时称月为魄，传说月中有桂树，故称月亮为“桂魄”。意思是说，月儿的光辉从天上飞来，它所照射的地方，整个秋天的碧空都沉浸在清冷之中。这两句描绘了一个月光照耀的清辉夜色，给人以清凉的感觉。这竟引起了作者无限的幻想，以寄托着他的精神世界：“玉宇琼楼，飞鸾来去，人在清凉国。”作者让他的想象翅膀飞翔，幻想出月宫中有琼楼玉宇，仙女们乘飞鸾自由来往，那里是一个清凉的境地。据《异闻录》载，唐玄宗一次游月宫，“见素娥十余人，皓衣，乘白鸾，笑舞于广庭大桂树下。”所以用“飞鸾来去”，想象月宫中仙人乘鸾自由来往。作者这样想象，究竟有什么意义？从他当时所处的黑暗现实、不得自由的环境来看，不能说和现实无关。应该说，正是由于他处在那样一个不得自由的闲官职位上，才有向往月宫清静自由的幻想。

“江山如画，望中烟树历历。”他想象着从月宫往下界眺望：秀丽的江山像图画那样的美，清晰可辨的烟树，历历在望。人间的江山越美，就越反衬出现实社会越丑。就越能见出作者内心世界的苦闷。

然而，作者毕竟是一个处逆境而善于自我解脱的人。所以，下片笔锋一转写道：“我醉拍手狂歌，举杯邀月。对影成三客。”这三句化用李白“举杯邀明月，对影成三人”（《月下独酌》）的诗句。作者通过高超的想象，把天上的明月和身边的影子当作知心朋友，一起欢乐。这样写，即使词染上了浓厚的浪漫色彩，给人有一种奇异之感；又真实地展现出他孤单、凄凉的影子。作者之所以“举杯邀月”，正是意味着他对当时社会的憎恶，意味着他对权贵们的讨厌。

苏轼尽管邀月赏心，用酒浇愁，但悲愁仍在，这就使他不能不起舞了：“起舞徘徊风露下，今夕不知何夕？”希望愉快地度此中秋良夜，不要辜负这良辰美景。“今夕”句化用《诗经》“今夕何夕，见此良人”，表示这是一个良宵。作者之所以月下起舞，并非愉快而歌，得意而舞，恰恰是为了消除这股愁闷与抑郁不平之气。正如“长言之不足，故嗟叹之。嗟叹之不足，故不知手之舞之足之蹈之也。”因此，这里似乎使人听到他强颜欢笑之声，但又使人深深地感到他觉得月亮才是他的知音。唯其如此，所以，他便幻想起遨游月宫来了：“便欲乘风，翻然归去，何用骑鹏翼！水晶宫里，一声吹断横笛。”他渴望乘风归去，在明净的月宫里，把横笛吹得响彻云霄，唤起人们对美好境界的追求与向往。豪情溢于纸背，令人读之神思飘逸。当然这种追求是虚幻的，在现实中不可能实现，但作者这样写，正是人在苦闷时寻求解脱、自我宽慰的无可奈何的举动；它表现出作者对自由生活、美好现实的追求。

总的来说，这是一篇狂放不羁、洒脱飘逸的作品。当时，苏轼谪居黄州，政治处境仍然没有得到改善。为了排遣个人政治上的失意的苦闷，为了摆脱庸俗污浊的现实,于是他越发热烈追求那超凡的清空境界。虽然是带有消极成分,不值得称颂,但它之所以产生,正是由于黑暗现实所促成,它是深深地植根于社会土壤之中的,我们不能忽视了这一点。

贺拉斯的《诗艺》,开头就强调指出:“画家和诗人一向都有大胆创造的权利。”莱辛也曾说过:“诗人还要把他想在我们心中唤起的意象写得就像活的一样,使我们在这些意象迅速涌现之中,相信自己仿佛亲眼看见这些意象所代表的事物。”(见《奥拉孔》)这首词的成功之处,就在于大胆创造,富有浪漫主义的想象,能唤起读者的联想,获得丰富的美感和无穷的诗意!

沁园春

苏轼

孤馆灯青,野店鸡号,旅枕梦残。渐月华收练,晨霜耿耿;云山摛锦,朝露漙漙。世路无穷,劳生有限,似此区区长鲜欢。微吟罢,凭征鞍无语,往事千端。
当时共客长安,似二陆初来俱少年。有笔头千字,胸中万卷;致君尧舜,此事何难。用舍由时,行藏在我,袖手何妨闲处看。身长健,但优游卒岁,且斗尊前。

【鉴赏】

这首词一本有副题(《赴密州早行马上寄子由》),作于神宗熙宁七年(1074)赴密州途中,时苏轼三十九岁。

苏轼于熙宁四年请调外任,在“风景古今奇”的杭州度过了三年,政治上不得志,但他所处环境,以及他的心境,却还是比较惬意的,“挂轻帆,飞急桨”(《祝英台近》),“携手江村,梅雪飘裙”(《行香子》),这期间的歌词大多是描写美好湖山及四时风物之作。离杭赴密,生活环境的变迁,心境的变化,苏轼词风也开始转变,《沁园春》词就是这一转变的标志。

这首词的突出特点是以议论入词,直抒胸臆,表现政治怀抱。歌词所抒写的主人公,已不是“翠蛾羞黛怯人看,掩霜纨,泪偷弹”(《江城子》)迎新送旧的官妓,也不是“寻常行处,题诗千首”(《行香子》)的风流太守,而是一位“笔头千字,胸中万卷,致君尧舜”的政治家。在这首词当中,作者直接言志,直接表明自己的政治态度,公开宣称:“用舍由时,行藏在我,袖手何妨闲处看。”用词写政论,这是词史上的创举,也是苏轼革新词体、转变词风的体现。

词作开头,作者便将温庭筠《商山早行》诗“鸡声茅店月,人迹板桥霜”的意境,化入词中,融为“孤馆灯青,野店鸡号,旅枕梦残”以及“月华收练,晨霜耿耿;云山摛锦,朝露漙漙”数句,绘声绘色地画出了一幅早行图。早行中,眼前月光山色,晨霜、朝露,别具一番景象,但早行人为了早日与弟弟联床夜话。畅叙别情,他对于眼前一切,已无心观赏。此时,作者“凭征鞍无语”,进入沉思,感叹:“世路无穷,劳生有限。”为此,便引出了一大通议论来。作者想:他们兄弟俩,“当时共客长安,似二陆初来俱少年”。他们具有远大抱负,要像伊尹那样,“使是君为尧舜之君”(《孟子》中语)。要像杜甫那样,“致君尧舜上,再使风俗淳”,以实现其“结人心、厚风俗、存纪纲”(《上神宗皇帝书》)的政治理想,而且,他们兄弟俩,“笔头千字,胸中万卷”,对于“致君尧舜”这一伟大功业,充满着信心和希望。眼下,他们兄弟俩在现实社会中都碰了壁。为了相互宽慰,作者将《论语》“用之则行,舍之则藏,惟我与尔是有夫”,《家语》“优哉优哉,聊以卒岁”,以及杜甫“且斗尊前见在身”诗句,化入词中,并加以改造、发挥,以自开解。整首词,除了开头几句形象描述之外,其余大多是议论,大量用典、用事,将诗、文、经、史融化入词;表面上写早行,实际上,借题发挥,成为一篇发牢骚的政论文。

以议论入词,当时一般词家都看不习惯,以为非本色。就是后来苏轼的崇拜者元好问,对此也甚觉不满。

实际上,《沁园春》词中此等无所顾忌之处,正体现了苏词反传统的革新精神,也正切合苏轼当时所处环境及他的心境。苏轼自离汴京,政治上的挫折,人生道路的艰辛,使其胸中积蓄已久的炽烈情感,达到了压抑不住的程度。这首《沁园春》词,据鞍高歌,抒发胸臆,正为后来豪放词家打开无数法门。

而且,这首词发议论,也并非疏放粗豪,统观全词,写景、抒情、议论合为一体,诗、文、经、史融会贯通,其“自在处”,表现了东坡词的特有风格。

上片写景:“孤”“青”“野”“残”,点明早行时静寂、凄清的环境与心境。开头数句,便将温庭筠早行诗的意境融入,十分自然。“世路无穷,劳生有限”,把思绪由自然界带向现实人生。接着,词作由景物描写转入叙事、抒情、发议论。下片由上接“往事千端”引入,追叙往事。“用舍由时,行藏在我”,又把思绪由理想世界带回现实的社会当中来。结处,“身长健,但优游卒岁,且斗尊前”,这是作者当时的实在心境；至此，矛盾暂归统一，作者的心情得到了暂时的宽慰。全词脉络清楚，上片的早行图与下片的议论贯穿一气，构成一个统一的整体。

苏轼是一位具有远大政治抱负的天才诗人，他写文章，如万斛泉源。不择地皆可出，他作词，"横放杰出"，同样"行于所当行，止于所不可不止"。但是，如果把苏词看作是"曲子中缚不住"的"长短不葺之诗"，却也未必尽然，比如这首《沁园春》词，不仅写景、抒情、议论三者合为一体，而且在表现手法上，铺张排比，勾勒提掇，充分地体现了作者善于驾驭词调，善于将诗、文、经、史谱入歌词的本领。

这一词调，上片十一个四言句，下片八个四言句，多处用对仗，句法比较工整，而且，在许多整齐的句子之间，还穿插了几个长短句，如三言句、六言句、七言句和八言句，长短相间，参差错落。这个词调适合于以赋体入词，但又最忌板滞，它不同于短篇令词，也不同于一般长调，是个较难驾驭的词调。两宋词人当中，辛弃疾填了九首，刘克庄填了二十五首，陈人杰填了三十一首，这算是较为罕见的。许多名家，比如柳永、李清照、周邦彦、姜夔、史达祖、张炎等，都不见填制。但是，此调格局开张，掌握得好，却可造成排山倒海之势，收到良好的艺术效果。

苏轼这首《沁园春》词，上片写景，一下子罗列了七个四言句。前三个四言句，"孤馆灯青，野店鸡号，旅枕梦残"，句式相同，三脚并立。后四个四言句，"月华收练，晨霜耿耿；云山摛锦，朝露漙漙"，组成"扇面对"，由"渐"字构成空头格，贯穿到底。七个四言句组织绵密，组成了一幅整体的画面。紧接着，"世路无穷，劳生有限"，仍用四言对句，"征鞍无语，往事千端"，也是四言句。这十一个整齐的四言句，除了靠"渐""凭"两个领格字提携，还由两个长短句"似此区区长鲜欢"及"微吟罢"，在当中辗转运气。于是，十一个四言句，就不至于像是拆开来的七宝楼台，不成片段。下片八个四言句略有变化。前四个四言句，不再用"扇面对"，其中，"笔头千字，胸中万卷"，自成对仗，"致君尧舜，此事何难"二句不对。其余与上片大致相同。这段议论，先由换头"当时共客长安，似二陆初来俱少年"，两个长短句叙事，承接上结所提"往事"，然后铺排议论。领格字"有"，从字面上看，仅管领"笔头""胸中"二句，但"有"字下面的六个四言句，词意还是相贯通的，六个四言句，直接"袖手何妨闲处看"，还是具有一定气势的。最后，由一个三言短句"身长健"，停顿蓄势，"但"字提携、转折，带上两个四言句"优游卒岁，且斗尊前"，为全词作结。

总之，《沁园春》词是苏轼以诗人句法入词的尝试，已稍露东坡本色。但这首词在艺术上仍有某些不足之处，如与《水调歌头》("明月几时有")等词作比较，就觉得《沁园春》以抽象的说理议论代替具体的形象描述，不如以情动人之作，具有那么大的感人力量。比如"身长健，但优游卒岁，且斗尊前"与"但愿人长久，千里共婵娟"，意思相近，但前者总不及后者那样有意境，那样耐人寻味。不过，探讨苏轼词风的转变情况，研究苏轼对于词的世界的新探索，这却是不可忽视的一篇。

沁 园 春

苏 轼

情若连环，恨如流水，甚时是休。也不须惊怪，沈郎易瘦，也不须惊怪，潘鬓先愁。总是难禁，许多魔难，奈好事教人不自由。空追想，念前欢杳杳，后会悠悠。

凝眸。悔上层楼。谩惹起、新愁压旧愁。向彩笺写遍，相思字了，重重封卷，密寄书邮。料到伊行，时时开看，一看一回和泪收。须知道，□这般病染，两处心头。

【鉴赏】

这首词见明万历刊《重编东坡先生外集》卷八十三，同卷尚有《沁园春》（"小阁深沉"）词一首。两首《沁园春》，"小阁深沉"首，明刊《东坡先生全集》卷七十四辑为附录，唐圭璋先生辑《全宋词》，录为无名氏作；"情若连环"首，《全宋词》未录，孔凡礼先生《全宋词补辑》，录为苏轼作。《东坡乐府》中另有一首《沁园春》（"孤馆灯青"）词，内容与格调，与这首词大不一样；《东坡乐府》中绝大部分作品，其家数都与这首词不一样。这首词与柳永作风颇为相近，疑为苏轼早期所作。

从作法上看，这首词的一个突出特点是，以铺叙手法说相思。"情若连环，恨如流水"，起调是一组并列对句，以连环、流水为比，说此"情"、此"恨"之无法休止。接着以一组扇面对句，说相思的具体情状。依律，这组扇面对句，当以一领格字提起，此处连用两个"也"为衬字，用以铺排叙说：一边说瘦，有如沈郎一般，腰围减损，一边说鬓发斑白，有如潘岳一般，因见二毛而发愁。至此，皆为并列式的铺叙。"总是"二句，依律亦当用对句，此处以散句入词，接下句，均为直说，点明上文所说"瘦"与"愁"的原因，是"好事教人不自由"。"好事"，当指男女间欢会等情事。因为时时刻刻惦记着这许多情事，无法自主，所以才有这无穷无尽的"情"与"恨"。末了，词作进一步点明，主人公所"追想"的"好事"就是"前欢"与"后会"，以一组并列对句，说出相思的全部内容，即思想：前欢已是杳无踪迹，不可追也，而后会，又遥遥无期，难以预卜。"杳杳"；"悠悠"与"连环""流水"相呼应，将所谓"情"与"恨"更加具体化。这是上片，说的全是主人公一方面的相思情况。下片变换了角度与方位，既写主人公一方，又写对方，并将双方合在一起写。"凝眸。悔上层楼。谩惹起、新愁压旧愁。"这是过片。一方面承接上片所说相思情景，谓怕上层楼，即害怕追想往事,惹起"旧愁";一方面启下,转说当前的相思情景,新愁与旧愁交织在一起。词作说当前的相思情景,先说主人公一方,说主人公如何写情书,写好情书如何密封,封好以后如何秘密投寄。"写遍""字了",谓其如何倾诉衷情,将天下所有用来诉说"相思"的字眼都用光了。"重重",谓其密封程度,"密",既有秘密之意,又表明数量之多,一封接一封。相距甚密。主人公的行动,那么谨慎神秘,生怕走漏消息。这已显示出相思的程度。同时,词作说相思,还兼顾对方,说对方接到情书,如何时时开看,"一看一回和泪收"。"料"字说明是假设。主人公从自身的相思,设想对方的相思,写了对方的相思,反过来,更加增添了自身的相思。最后说,这种相思要不得,两处挂心,将更加难以开解,道出了双方的共同心病。"这般病染,两处心头。"依律当用对,并以一领格字提起,如上结,领格字"念"提携"前欢杳杳,后会悠悠"一对句,此处不用对,可能夺一领格字,因以"□"补之。全词说相思。至此戛然而止,留下了无穷余味。

这首词以铺叙手法说相思,反反复复地说,虽只是"相思"二字,却并不单调乏味。能有这样的艺术效果。除了真切体验之外,还在于善铺叙。作者善铺叙,就是在有条理、有层次的铺陈之后,突然插入一笔,由一方设想另一方,构成"照花前后镜,花面交相映"的妙境。这种做法是从柳永词中学来的。因此,这首词,婉转言情,另有一副面目,非关西大汉所宜歌也。

西江月

苏　轼

顷在黄州,春夜行蕲水中。过酒家饮酒,醉,乘月至一溪桥上,解鞍曲肱,醉卧少休。及觉已晓,乱山攒拥,流水铿然,疑非人世也。书此语桥柱上。

照野弥弥浅浪,横空隐隐层霄。障泥未解玉骢骄,我醉欲眠芳草。

可惜一溪风月,莫教踏碎琼瑶。解鞍攲枕绿杨桥,杜宇一声春晓。

【鉴赏】

这首《西江月》作于元丰五年(1082),在黄州(今湖北黄冈)贬所。二年前,苏轼被贬为黄州团练副使。他在黄州筑"雪堂"于东坡,又在附近之蕲(qí 骑)水置购了一些土地,似有在此终老之意。本词作于往来于蕲水之间的某日。题后之小序写得富有文采。考唐五代至宋初之词作,大都无题,虽有意蕴朦胧涵浑之美,有时也不无主题略欠明晰之憾。自苏轼以诗为词,其词作不仅有题目,且往往附有小序,另作描绘阐述,深受读者欢迎。故后人多有效之者。如本词之小序,堪称是一篇趣味隽永的小品。序文中之"顷",作近解。"曲肱(gōng 供)",弯曲胳膊。《论语·述而》"子曰:'饭疏食饮水,曲肱而枕之,乐亦在其中矣。不义而富且贵,于我如浮云。'"作者在这里引用以描绘其"醉卧少休"之状,不但生动形象,且亦隐隐透露其"富贵如浮云""乐亦在其中"的用意。序中"乱山攒拥",一本作"乱山葱茏"。"攒拥",聚集重迭貌;"葱茏",青翠茂盛,都是形容"乱山"之形貌和色彩。"疑非人世",一本作"不谓人世"含义相近。短短数十字之间,作家之写作动机及写作过程历历如画,为词作生色,也有利于读者欣赏。

上片之开拍两句:"照野浵浵浅浪,横空隐隐层霄。"以生动的笔调,为读者描绘一幅旷野风清,月色迷人的画面。一个"照"字,点明是月光照耀下。"浵浵",指水波翻动。浵浵浅浪。那是仔细观察,水面有浅浪翻动,反衬出月光的亮度,足以使人分辨出浪之浅深。"横空",同横云,呈线条状的云,横抹夜空。"隐隐",一本作"暧暧",故杨慎《词品·欧苏词用选语》认为这两句乃是"用陶渊明'山涤余霭,宇暧微霄'之语"。但细味词意,其境界并不全同。"隐隐",犹隐隐约约。指高空远处的云,隐隐约约,依稀可见,可知云层稀薄,远看似有若无。第三句之"障泥",即泥障,马鞯,垂于马腹两侧,用以遮挡尘土的布饰。此用晋人王济善解马性典。《晋书·王济传》:"(王济)善解马性,尝乘一马,着连干障泥,前有水,终不肯渡。济曰:'此又是惜障泥!'使人解去,便渡。""玉骢",原指毛色黑白相间的马,这里形容作者的坐骑。苏轼酒醉,意欲"解鞍曲肱少体",旷野原无久留之意,所以就让马匹站在一旁,以便醒后继续赶路。第四句"我醉欲眠芳草",词人醉意甚浓,就打算在草地上息憩。"我醉欲眠"语出萧统《陶渊明传》:陶渊明好酒且好客,却又任性。每有客至必待以酒,若陶渊明先醉,则语客曰:"我醉欲眠,卿可去!"苏轼信手拈来,既贴切而又自然,活脱脱一副醉酒欲眠的样子。上片四句描绘出,在风景如画的环境里,马儿立着,作者躺着,对照之下,十分形象而传神。这里有远有近,有动有静,有朦胧,有清澈,真是意蕴无穷。

下片进一步开拓词境,过片"可惜一溪风月",在作者醉眼朦胧之中,无论天上的云和月,地面的水和旷野,无不包容在溪水与月光的映照之中。"可惜",犹可怜、可爱。一溪,犹满溪。也许,春天来到,溪水盈溢,把溪桥的桥块都浸漫了。溪水的满溢,更扩大了水面映照的容量。那月光下的水面,和水面上的月夜,更加皎洁迷人,以致使得词人产生"莫教踏碎琼瑶"的想头。"琼瑶",都是美玉,这里形容水面的波光月影。"障泥未解玉骢骄",马儿止步不前,是爱惜障泥;词人"莫教踏碎琼瑶",则是贪恋这月下水面之美景。一旦信马溜缰,那马蹄岂不要将水面琼瑶般的美景都踏碎破坏了!这样描写,充分显示了词人爱洁、爱美的心理。于是。词人解下马鞍权充枕头,斜倚在绿杨桥上,沉沉睡去。"解鞍欹枕绿杨桥,杜宇一声春晓",一直到杜宇声声,才醒来,却已是东方已晓时光。"欹(七)",斜靠。"杜宇",即杜鹃。夜晚的月色美景犹历历在目,加上杜宇的鸣唤和晨曦的现出,此情此景,顿觉"疑非尘世",信然,信然!

苏轼因作诗受政治诬陷,贬谪黄州。名为降职,实被看管。他在此时徜徉于大自然中,表现出一种逍遥自得和潇洒出俗的风度。实为对种种政治迫害的鄙视和蔑视。孔子视"富贵于我如浮云",陶渊明"我醉欲眠,卿可去"的精神风貌,在本词中有所展现,并得到丰富和发展。

西　江　月　平山堂

苏　轼

三过平山堂下,半生弹指声中。十年不见老仙翁,壁上龙蛇飞动。

欲吊文章太守,仍歌杨柳春风。休言万事转头空,未转头时皆梦。

【鉴赏】

平山堂,在扬州城西北大明寺侧,是宋仁宗庆历八年(1048)欧阳修出守扬州时修建的。因为地势较高,江南诸山好像都平列堂下,所以取名平山堂。欧阳修是苏轼的恩师,比苏轼年长三十岁。这首词作于神宗元丰二年(1079),欧阳修已经去世七八年了。苏轼非常怀念欧阳修,每次路过平山堂都要想起这位恩师。这是第三次过平山堂。

第一次过平山堂,是他熙宁四年(1071)离京外任杭州通判时。第二次是熙宁七年(1074)由杭州移知密州途经扬州。第二次过扬州时欧公已经逝世了。回想自己受教于欧公门下一十六年,欧公是把自己看作接班人的,曾说过“我总将休,付子斯文”这样的话,苏轼也曾以天下斯文为己任。可是由于与王安石政见不合,频年奔波于东南各地,一事无成。这时已经四十三岁了,回想少年时的知遇之恩,意气风发,难免感激。“弹指”是一个佛教名词:“二十念为一瞬,二十瞬名一弹指”,极言时间短暂,一转眼就过去半辈子,人到中年了。熙宁四年(1071)苏轼出京通判杭州时,曾绕道颍州(安徽阜阳)去探望已经致仕的欧公,师生宴饮于颍州西湖,非常欢快,苏轼曾赋诗纪盛。谁知欧公第二年即去世,这次欢聚成了永诀。熙宁四年(1071)到元丰二年(1079)差不多十年了,所以说“十年不见老仙翁”。只见到平山堂上欧公的题壁还在,所以说“壁上龙蛇飞动”。上片叙述多年不见欧公,但自己三过平山堂,每次都去凭吊,看到壁上遗墨,仍然生气勃勃,想见欧公平生风采。为下片作势。

下片一开头就说“欲吊文章太守”。“欲吊”二字,点明欧公不仅十年未见,而且已经过世,再也见不到了。“文章太守”本是欧公作于嘉祐元年(1056)的《朝中措·送刘仲原甫出守维扬》中的句子:“文章太守,挥毫万字,一饮千钟”,本是指刘原甫的。这里顺手借指欧公本人,非常确切“杨柳春风”也是那首《朝中措》中的句子:“手种堂前垂柳,别来几度春风。”那首词,本是欧公送刘原甫出任扬州太守的。平山堂是欧公手创,所以这样说。现在,离欧公送刘原甫已经二十多年了,但平山堂依旧壮丽,欧公手植杨柳依旧摇曳春风,所以说“仍歌杨柳春风”。据释惠洪《跋东坡平山堂词》的记载:苏轼这次过平山堂,是自徐州移知湖州,途经扬州时,知州鲜于侁于平山堂设宴迎送。苏轼作此词兼怀欧阳修,挥毫之际,“红妆成轮,名士埼立,看其落笔置笔,目送万里,殆欲仙去”云云。可见苏轼题此词时是意气风发的。“万事转头空”语出白居易诗:“百年随手过,万事转头空”。白诗是说人生无常,万事皆空。苏轼都冠以“休言”二字,不要说“万事转头空”,“未转头时”,没有看空一切以前,就像在梦中一样。虽在梦中,倒还过得很认真呢?这里的“梦”,是与“空”字对立的,而无论怎样认真的“梦”,到“转头”时也终归是“梦”,是一场空。但正当“未转头时”,这“梦”就很真实或自以为很真实,并不“空”了。这进一层的说法,把人生看得更透。苏轼虽深受佛家思想影响,但骨子里终归是儒家,是入世而非出世的。元丰二年(1079),正是乌台诗案爆发的前夕,苏轼此时或已有预感了吧!“休言万事转头空,未转头时皆梦”,说得很悲凉,也是说得很执着的。

临江仙 夜到扬州席上作

苏轼

尊酒何人怀李白，草堂遥指江东。珠帘十里卷春风，花开花又谢，离恨几千重。

轻舸渡江连夜到，一时惊笑衰容。语言犹自带吴侬，夜阑相对处，依旧梦魂中。

【鉴赏】

本篇叙写友朋间的相忆、聚首、慰藉、叙旧、恨别等过程，含蓄地表露了词人的不幸际遇。

上阕开拍“尊酒何人怀李白，草堂遥指江东”，侧重叙写友朋对词人的思念，其情似同杜甫怀念李白一般。“尊酒”同樽酒。首句用杜甫《春日忆李白》：“白也诗无敌，飘然思不群。清新庾开府，俊逸鲍参军。渭北春天树，江东日暮云。何时一樽酒，重与细论文”之诗意。因在酒宴“席上”作，从席上之宴饮，联想起杜甫忆念李白的诗句，自然而然地引出词中诸比喻。词人显然是自况李白。李白曾因被谗言所伤而流放夜郎，后遇赦放还，与苏轼的境遇有某些相似。同时词人自比李白，亦可见其文学造诣方面的自负。第二句之“草堂”，是杜甫在安史之乱后流寓成都时所筑，地处浣花溪房，长期以来，后人到草堂来凭吊诗人。词中借指杜甫。“草堂遥指江东”，意谓友人对我的怀念和杜甫怀念李白一样。杜诗中的“渭北春天树，江东日暮云”，前句自喻，后句指李白。词中的“江东”也是词人自况。“遥指”二字，把苏轼与友人之间的距离表现得很形象：不在近处，而是远方。第三句“珠帘十里卷春风”也是用典。杜牧《赠别二首》：“春风十里扬州路，卷上珠帘总不如。”（欧阳修同时人韩琦《维扬好》也有“二十四桥千步柳，春风十里上珠帘”句，也写扬州）地点、景色相同，苏轼信手檃括杜牧名句，自然而贴切，增添无穷情趣，只是词人此时的心绪与杜牧不同，一方面感觉到主人的盛情款待，如春风扑脸。同时联想起自己的身世。“花开花又谢，离恨几千重”可谓情词恳切，完全是真情实感。苏东坡路过扬州不下四五次，先是通判杭州，知密州，守关兴等都途经扬州。尔后谪居黄州五年，又一次来到此地，真是“去年花里逢君别，今日花开又一年”（韦应物《寄李儋元锡》）。花开花谢指岁月易逝，也象征友朋之间，相聚时短，离别时长，此次相逢欢聚一场也不过是旅途相逢，晤语难久，不能不产生“离恨几千重”的感伤。这三句句法各异，第一句用典，第二句是比喻（暗喻），第三句是铺叙，连结成特定的意象，实际上是“相见时难别亦难”(李商隐《无题》)的另一种表述,更使人增添惆怅和悲伤。

下阕转而叙友朋间相聚之欢乐。首句“轻舸”即轻舟、小船,乘轻舟连夜渡江来到聚首处,足见友谊之深,思念之切。这是词人自述,也可理解为友人闻讯赶来。把他理解为友人,适可与开拍之“何人”相照应。此句与上阕首句在情绪上是一个飞跃,充分表示出词人的欢快情绪。次句“一时惊笑衰容”,可视为当时实情的叙写,老友久别重逢,先是一“惊”,尔后爽朗而笑,数年离别,不觉容颜衰矣。乐也,惊也,感叹也,尽在其中。诗人真是善于捕捉并表达深情流露的高手,用“连夜”和“惊笑”,就生动形象地把老友间急于相聚和惊喜相遇的情态,叙写得活灵活现,既是酣畅淋漓,又含蓄隽永,的是不凡。“衰容”并非一般的应酬语,此时苏轼已年近五十,在此之前,他曾被逮入狱半年,又谪居五载,身心受到极大摧残,形貌开始憔悴衰老自是意想中事。而扬州的友人,大都年龄相近,气味相投,遭遇相似之辈,其容颜之衰老又着实使词人吃惊。最后三句之“语言”犹语音,交谈叙旧犹带吴侬方言。苏轼在杭州四年,交游甚广,对吴地甚是眷恋。他后来甚至想移居江南。则扬州友朋大抵是任杭时之旧识,故而有吴侬方言。而且是扬州席上,交际当然是吴侬方言。“夜阑相对处,依旧梦魂中”两句也结得很好,其意境与杜甫《羌村三首》之结句“夜阑更秉烛,相对如梦寐”极其相似,所不同者,杜甫是与家人在乱离中久别重逢;苏轼则是与老友在此猝然相聚。词人长期贬谪,忽得从轻发落,故有梦中之感。“依旧”二字还把词人昔日对友朋的梦魂萦绕之情也带了出来,其情感之真挚深刻比之杜甫诗句实有过之而无不及。

临　江　仙　送钱穆父

苏　轼

一别都门三改火,天涯踏尽红尘。依然一笑作春温。无波真古井,有节是秋筠。
惆怅孤帆连夜发,送行淡月微云。尊前不用翠眉颦。人生如逆旅,我亦是行人。

【鉴赏】

苏轼于元祐六年(1091)正月迁吏部尚书,二月以翰林学士承旨召还,三月离开杭州。此词当于离开杭州之前所作。这时友人钱穆父由越州守改知瀛洲,前来杭州与苏轼晤谈。临别,词人作此词以送。钱穆父,名勰。元祐初与苏轼同在京都。后因“系囚别所,迁就圄空,出知越州。”(王称《东都事略·钱勰传》)不久,苏轼也被排挤，外任杭州。苏轼曾有诗云："欲息波茫须引去，吾侪岂独坐多言。"（《次韵钱越州见寄》）足见苏钱两位禀性相近，政见相同，都因对政事"多言"而被贬。此次苏轼晋京，而钱勰仍在瀛州。

上片是对钱勰以旷达心胸对待仕途坎坷生活态度的赞赏。首句"一别都门三改火"，说被外放在瀛州已经三年了。"改火"，古时钻木取火，不同季节改用不同树木，原指季节变更，后借指年岁更替。宋时地方官一般三年为一任。这里一方面说岁月如梭，时光易逝，同时也说明钱穆父被贬后一直未被朝廷重用。次句"天涯踏尽红尘"之"天涯"，指瀛州，言其离京都之远，友人境遇之恶劣。"红尘"原指尘埃，也指人世间热闹繁华之所。这里指人间沧桑，笼统地包括了友人所经受的艰难困苦和壮志未酬。踏尽，犹言世间所有苦难都经受过了。开拍两句写来平平，明白如话，却有很强的概括力。第三句是写钱勰对待逆境的心态，把一切都付之淡然一笑。显然，词人对此是抱赞赏的态度，并引起共鸣。"无波真古井，有节是秋筠"两句中的"筠"，原指竹皮，借指竹。"古井"平静无波澜，秋竹指天有劲节，是对钱勰品德的赞美，当然其间亦蕴含词人自己的追求。此两句是由白居易"无波古井水，有节秋竹筠"（《赠元稹》）句化出，用得颇为妥帖。

下片首句"惆怅孤帆连夜发"写别离。老友重逢，而且钱勰专程来探望，当然要尽情欢乐一番，酒与诗词是少不了的，开怀畅饮，引吭高歌，将人世间受到的种种艰难与愁苦统统消融到诗酒之中，让激越的心绪得到暂时的平衡。然而，这毕竟是极其短暂的，片刻的宣泄，接着来的是揪心的离别。为了减轻精神上的压抑，"孤舟连夜发"，客人即忙启程，连夜乘船而去。连夜发与词人的另一首《临江仙·夜到扬州席上作》之"轻舸渡江连夜到"句是同一用意。所不同者，此处是连夜开航，尽快结束离别之惆怅。"孤帆"并非只写友人乘坐之舟，友人孤舟远去，岸上的词人不免也有孤独之感，这里又一次流露出两人友谊之笃。写"孤帆"，文学史上不乏先例，孟浩然之"孤帆天际看"，李白之"孤帆一片日边来"和"孤帆远影碧空尽"，都是写舟又写人，苏轼也是如此。下一句"送行淡月微云"，是写景，也是词人的主观感受，似乎大自然也和词人一样为之动容，替人惜别，替人分愁。这两句铸造了一种特定的意境，四周的一切场景都为离情添愁，离人的真情又使周围之景色增伤，情与景会，情景交融，令人不忍卒读。末三句，又表现出词人与钱勰的旷达，他们有泪不轻弹，绝不做儿女以泪相送之态。苏东坡毕竟是高唱"大江东去"的血性汉子，笔锋徙转，不再絮絮于离别，把话题转到人生方面来。你我不必愁眉苦脸，审视人生。人生如逆旅，我虽有幸内召晋京，然而亦不过是逆旅中的同行人而已。词人用自己的达观，给予友人以宽慰。也和上片"依然一笑作春温"之意相呼应。但细细品味，其间不乏词人亦有失意的苦涩之感。

苏轼的词作，不少是豪放的。但词人的遭遇迫使他写作更多富有深沉人生感慨的作品，本篇是其中之一。全篇虽词句平平，然而思想感情却十分深沉。由此，我们可以更深入地了解词人。生活的顺利和坎坷，为词人作品提供了肥沃的土壤。也使他的艺术才能和风格得到了很好的施展体现。

少年游 润州作、代人寄远

苏 轼

去年相送，余杭门外，飞雪似杨花。今年春尽，杨花似雪，犹不见还家。

对酒卷帘邀明月，风露透窗纱。恰似姮娥怜双燕，分明照、画梁斜。

【鉴赏】

神宗熙宁四年(1071年)，作者因反对王安石变法，被调任地方官，先任杭州通判、继知密州、徐州。远离京城，天高皇帝远，这段时间词人没有遇到大的政治风波，相对来说，日子过得比当朝官时轻松愉快一些。只是有官身不轻，常常公差在外。熙宁元年，(1073年)十一月，作者受两浙转运使派遣冒雪出发，去常(常州)、润(润州)、苏(苏州)、秀(嘉兴)等地赈济灾民，风尘仆仆，满眼凄凉灾情，不免更加记挂留在杭州家中的妻子儿女。《少年游》便是作者润州赈灾时所作。从内容看，作者这次公干，直到次年春末夏初，还滞留在外。虽题为《代人寄远》，却并非是作者真正代替什么人作的，只不过是作者假借妻子感受和口吻，来抒发自己的思家念妻情感罢了。

上片通过"杨花似雪"和"雪似杨花"这一往复回环，通过时令的变化，衬托夫妇别离的长久和久别的思念。古人有折柳枝相送的习俗。但去年相别时，正值飞雪时节，没有婀娜的绿柳枝可折，只有类似杨花的雪花飘飞着。大雪弥漫，满目寒象，客居异地的夫妇相别，自然倍加凄楚。而今，时过境迁，经冬历春，又春尽杨柳飘花了，然而去年似杨花飘洒的飞雪中远行的人，却还没有回家。触景生情，从眼前这杨花似雪的景致，忆起了与这景致极相似的去年"雪似杨花"中送别场面，不由得倍感惆怅、孤寂和凄惶。上片六句两词，只写了两个场面。却用"雪似杨花"和"杨花似雪"关联起来，显得尤为贴切与巧妙。记得前几年曾见过两幅漫画，是歌颂草原畜牧业大发展的。一幅讲过去，一个孩子看着天上的白云说："天上的云彩像羊群一样"；另一幅讲现在，还是一个孩子，却面对着羊群说："地上的羊群像天上的白云一样。"这两幅漫画用的艺术手法就是词人在《少年游》中所用的表现手法。

下片。画面转入室内。远行人不归来，词中少妇怎么办？为了解除孤独，闺中少妇效法李白，来了一个“举杯邀明月，对影成三人”。但她刚刚卷起帘栊，半空风露便透窗而入，使原本孤寂的闺中人更感孤单凄惶。词中的“我”举目望去，只见那明月似乎并不理会眼前的孤独人，但对画梁上的双栖燕子却好像是满关心的“我”清清楚楚地看见斜横在月光下画梁上的双栖燕子，紧紧依偎着，正幸福、惬意地呢喃低语着，根本不知道分离是什么。相比之下，孤寂的闺中人显得多么孤独寂寞啊！于是，作者借“代人寄远”，以闺中少妇口吻与感受，抒发自己思家思妇之情便自然地实现了。

南乡子 送述古

苏 轼

回首乱山横，不见居人只见城。谁似临平山上塔，亭亭，
迎客西来送客行。
归路晚风清，一枕初寒梦不成。今夜残灯斜照处，荧荧，
秋雨晴时泪不晴。

【鉴赏】

述古姓陈名襄，是神宗时名臣，年长于苏轼，曾荐司马光、苏轼等三十三人于神宗，深得神宗敬重。王安石主持变法时，他和苏轼一样，也是因政见与王安石不合而离朝外任的。苏轼任杭州通判半年后，述古于熙宁五年(1072)自陈州移知杭州，与苏轼共事。他与苏轼志同道合，在杭州相处得非常融洽。熙宁七年(1074)夏，述古调离杭州，赴应天府(宋之南都，今商丘)新任，曾于有美堂大宴僚佐，苏轼有《虞美人·有美堂赠述古》送行。陈离杭时，苏轼又亲送至杭州东北余杭县境内的临平，才依依惜别。这首词，就是在临平送别述古以后写的。

自江淹《别赋》首次提出“行子”“居人”这两个被送与送行的词语以后，“居人”就专指送行的人而不是泛指城中的居人。这首词，上片先从述古的角度写，说远行者离别杭州，“回首乱山横，不见居人只见城”，看不见送行的人了，只见乱山丛中的一片孤城，倍感凄清。“亭亭”玉立的“临平山上塔”是高出于“乱山”与“城”之上，更比“居人”醒目得多的一个标志，它是无论从西面的杭州看还是从去商丘的东面看，都是远远就望见，长久也不会从视线中消失的。这又好像是“居人”的口吻了：谁比得上临平山上玉立亭亭的高塔，既迎着我们从杭州西来，又一直看着你远行西去呢？

下片则纯粹是居人仿着自己的口吻。送走了朋友以后，孤零零地踏着晚风中

的归路回城无精打采，一枕初寒，恐怕要失眠，连梦都做不成了。但下面的三句，却又是悬想之词，包括“行子”“居人”双方都在内的“今夜”的情景了：残灯斜照，一点荧荧，即使秋雨不下了，我们的眼泪恐怕也不会干的吧！如果仅仅理解为送行人归来后单方面的孤寂，就未免太拘泥了。

望江南

苏轼

春未老，风细柳斜斜。试上超然台上看，半壕春水一城花。烟雨暗千家。
寒食后，酒醒却咨嗟。休对故人思故国，且将新火试新茶。诗酒趁年华。

【鉴赏】

这首词作于宋神宗熙宁九年（公元1076年）4月。其时，苏轼正在密州（今山东省诸城市）任知州。本篇一名《超然台作》。超然台乃苏轼所居园囿之台，苏轼弟苏辙名其台曰：“超然”。本词为作者登台远望所作。

与一般的“望江南”词不同的是，本篇为双调，比一般的单调增加了一叠。上片写登台所见全城在烟雨迷蒙中的景色，以写景为主；下阕写作者在清明节不能回乡扫墓的思乡之情，以抒情为主。

首句“春未老”，即春未暮，一个“老”字采用拟人化手法，把春天写活了。“风细柳斜斜”，以春柳在春风中的摇曳之姿，点明了当时的季节特征。这样美好的春景，不能不引发人赏春的念头。于是作者“试上超然台上望”，登临远眺，看到的是：“半壕春水一城花，烟雨暗千家”。作者的《超然台记》散文中，曾详细地描写了登览所见之景象：“南望马耳常山”，“东则卢山”，“西望穆陵”，“北俯潍水”，并充分表达了作者“超然物外”，“乐哉游乎”的旷达心情。词、文对照，作者的心情自可想见。值得注意的是，“半壕”句乃句中设对，“半壕”对“一池”，“春水”对“春花”。并引出下文“烟雨暗千家”。可谓满城春光渐次展开，诗情画意，尽收眼底。

上片写景，为下片之情奠定了基础，上下片之间的联系是非常自然而紧密的。春柳摇曳，烟雨迷濛，对于一个远在异乡的人，最能引起思乡之情。何况又正是清明时节呢！“寒食后，酒醒却咨嗟。”咨嗟，叹息之意。为什么此时酒醒后偏要叹息，因为寒食之后就是清明节了，这正是扫墓的日期。古人对清明节回乡祭扫先人坟墓一事是十分重视的。所谓"清明时节雨纷纷,路上行人欲断魂",其文化学的含义也在于此。此时苏东坡远在密州,不能回老家蜀中眉县为先祖扫墓,所以也就只能"咨嗟"了。既然不能回家,也不必过分感伤。"休对故人思故国,且将新火试新茶"。明明是思乡心切,又要"休对故人"谈及此事,而只好自我解脱,点新火品新茶,并且"诗酒趁年华",也能达到"物我两忘"的地步。当时苏轼在政治上是失意的,生活上也是困窘的,但他却能挣脱矛盾和苦闷的心境,充溢着生活的勇气。前人论诗论文论人的最高境界有"以入世的方式而出也",东坡登超然台,从满目烟雨和因不能回乡扫墓的"咨嗟"中生出"超然"之感,庶几接近于空灵境界。

从艺术欣赏角度看,《望江南》词多为单调,宋人中也有喜作双调的,但佳作极少。苏轼这首双调《望江南》,上片两个七字句以散文句式写出,并句中设对,下片两个七字句则对得很工整,充分体现了苏词不拘一格的大家风范。

江　城　子　孤山竹阁送述古

苏　轼

翠蛾羞黛怯人看。掩霜纨,泪偷弹。且尽一尊,收泪唱《阳关》。谩道帝城天样远,天易见,见君难。
画堂新构近孤山,曲阑干。为谁安,飞絮落花,春色属明年。欲棹小舟寻旧事,无处问,水连天。

【鉴赏】

本篇是词人早期的送别之作。宋熙宁七年(1074),苏轼在杭州宴别友人陈述古。杭州太守陈襄字述古,治杭时苏轼为杭州通判,两人诗酒往还,政治见解颇为接近。这年夏天,陈任满赴应天府(今河南商丘)任,苏轼也将去密州(今山东诸城)履新,于是同僚设宴饯别。苏轼共作了七首送别陈述古的词作,本篇《江城子》实际上是代某妓送陈襄的。题名中之"竹阁",在西湖孤山寺内。此阁为白居易在杭时建造,又名白公竹阁。宋代官府大都强令民间歌妓之佳者,充作军营官妓,以歌舞侍宴官府。官员来往,均由官妓迎送陪伴。因此,歌妓与官员间有时会有一定情谊。这是封建社会里一种特有的男女情感,它是被扭曲了的,有时却也有动人之处。本篇便是诗人托官妓的语气,向陈表示依依惜别之情。

词之上阕描写饯别的场景,首先写主人公的悲伤情态。开拍之"翠蛾",即蛾眉,借指妇女,此处指主人公某官妓。"黛",黑色颜料,古代女子用以画眉。"羞黛",意为眉目含羞之态。"霜纨",洁白的纨扇。"掩霜纨,泪偷弹"两句,写此女因离别而悲伤流泪，却又有些娇羞，而以扇掩脸，弹去泪珠。她强收眼泪，压抑悲伤，唱起《阳关曲》，殷勤劝酒。《阳关曲》，即唐代大诗人王维的名诗《渭城曲》。此曲自唐时起即入乐歌唱，常用于送别。其末句“西出阳关无故人”须反复歌唱，以表达不尽的离情别绪，故又称“阳关三叠”。苏轼《记阳关第四声》云：“旧传《阳关》三叠，然今者，每句再叠而已，通一首言之，又是四叠”。则宋时人们仍以此曲送别。“谩道帝城天样远”三句，曲折地流露了主人公的依恋之情。意为帝都虽似天远，今后见天易，再见陈襄则不易了，或将是永远的离别，暗示出自己将被遗忘。此情此景，也许歌妓们已习以为常，但离别之情，难舍难分，却是真挚的。

下阕写官妓的思念。“画堂”，当是孤山寺内与竹阁相连的“柏堂”。《乾道临安志》卷二云：“自公竹阁在孤山，与柏堂相连。”词人《孤山二咏并引》对柏堂曾有记述。又作于熙宁六年的咏柏堂诗有“忽惊华构依岩出”之句，则此堂确系“新构”，或与太守陈襄有关。所以，主人公展开想象的风帆，让思绪任情驰骋：如果这位风流太守不离开杭州，那么，或许有机会携同她一起来到柏堂，依凭曲栏，远眺孤山景色等等。接下去“为谁安”三句，是由“画堂”引起的一些往事之回忆。大约是熙宁六年春天，陈襄与一些同僚曾数次同游西湖，饮酒吟诗，填词歌唱。苏诗曾有“游舫已妆吴榜稳，舞衫初试越罗新”和“三月莺花付与公”等句。清纪昀以为“此应为官妓而发”。因此，有理由断定苏轼、陈襄当时游西湖都有官妓伴酒歌舞，词中主人公也参与游乐。故而不禁联想起往昔暮春时节，在落花飞絮中与太守等饮酒歌舞的难忘情景。对照目前的离别，而且可能是永远的离别，发出“春色属明年”的祈祷。明明知道明年不可能重叙，却寄希望于明年，这就更加深了当前的感伤。再从词意细细品味，所谓“为谁安，落花飞絮”云云，其间也寄寓着歌妓自身的感叹。煞拍三句，显得空灵而含蕴。“欲棹小舟寻旧事”，接上句“明年”而发，她想象明年春季，能够驾着小舟到西湖去寻觅旧日游处，去填补思绪的欲求。然而，往事云烟，人去难返，“无处问，水连天”，情事渺茫，天水伊人，唯有不尽的思念和感伤空付湖光水影而已。

本篇的艺术手法，描写细致，语调柔婉，很有分寸地写出了歌妓隐秘的心态，艳而不淫，哀而不伤，与当时情景颇相吻合。歌妓被迫歌舞侑觞，不可能拒绝官家的调情。这反映了宋时官僚公开玩弄女性的严酷事实。不幸的是，被玩弄者有时却动了真情。苏东坡将这种反常的男女恋情表现得真假难辨，扑朔迷离，却又不失分寸。因此说，这首词的真实含义是相当宽广而复杂的。它是词人早期创作受传统婉约词风影响的一个明证。

江城子 江景

苏轼

凤凰山下雨初晴,水风清,晚霞明。一朵芙蕖,开过尚盈盈。何处飞来双白鹭,如有意,慕娉婷。
忽闻江上弄哀筝,苦含情,遣谁听。烟敛云收,依约是湘灵。欲待曲终寻问处,人不见,数峰青。

【鉴赏】

此词题名一作“湖上与张先同赋”,当作于词人通判杭州之际,确年无考。湖上者,西湖也。张先字西野,乌程(今浙江吴兴)人,擅诗词。时居杭州,与苏东坡有诗酒唱和。开拍所云“凤凰山下”,则此凤凰山当是杭州西湖之凤凰山,而非别处的同名凤凰山者。山在湖上江边,时雨初晴,清风徐来,晚霞澄明,置身此境,能不词情勃发?“晴”“清”“明”三字用来形容描绘雨霁天澄、江水微风、夕阳晚霞,也把读者引入到心旷神怡、身心超越的纯静境界。接着两句,“一朵芙蕖,开过尚盈盈。”“芙蕖”,又称扶蕖,即是荷花。“盈盈”,美好貌,古诗十九首有句云:“盈盈楼上女,皎皎当窗牖”。原来词人无意留恋四周一片空灵婉丽的景色,却着意于“一朵”荷花之上。湖上江畔之荷花何止千千万万,所谓“接天荷叶无穷碧”,诗人何以独独钟情于此“一朵”?“开过”两字作了交代,原来一片美荷之中,这“一朵”已经开过,接近凋谢,故曰“尚盈盈”,其风韵犹存。由此,引起了词人的联想,花与人都有年华之盛壮,容光之极致。盛时已过,虽然盈盈尚美,岂不发人怅然之思乎?可见,词人写景,实为抒情。“一朵芙蕖”,引开了词人思绪的闸门。接下来“何处飞来双白鹭”三句,笔锋稍稍一转,或曰一对白鹭也参加到词人特定的意境中来。山、江、夕阳、清风、晚霞、荷花,原与词人相对,忽加入一对白鹭,使自然界,人与植物,动物,都融为一体,更显出词人思考的专一虚静。“如有意,慕娉婷”,赋予白鹭以人情。“娉婷”,美好貌。白鹭和词人一样,有意来欣赏荷花,也独独钟情于此“一朵”。此处一个“双”字,既深一层写花之盈盈可怜,又巧妙点出词人与其友人张先“同赋”之意度。

过片“忽闻江上弄哀筝”,把词人从上阕特定境界中引开去。与上阕主要通过视觉领悟不同,“闻”用听觉。题名“江景”,故云“江上再哀筝”,忽听得江上传来筝声。“弄”,演奏,《史记·司马相如传》“及饮卓氏,弄琴”;表演亦可称弄,如“弄参军”。“哀筝”,或理解为悲哀之筝声,是无不可。但陆游《长歌行》有句云:“哀丝豪竹助剧饮，如钜野受黄河倾”。则哀与豪并非表示情感，而是喻其音色：哀者婉转而悠扬，启人思怀；豪则畅放而嘹亮，舒人意气。于此，衬映出词人于乐理之精通。“苦含情，遣谁听”两句乃词中着意之笔。“苦”，非痛苦之苦，乃“苦吟”“苦谏”“苦心孤诣”之“苦”，极力，歇力也。“遣”有令使之意，与“叫”“让”“请”之义同。筝音“苦含情”，是何等深沉挚著，那是弹奏给谁听，让谁来欣赏呢？筝人不去闹市，却来山边江上，如白居易笔下那浔阳月夜船上弹琵琶者，岂非你心中别有知音恋人耶？于是，词人与筝人之心徙然贴近，而词意又深了一层。“烟敛云收”两句，点出“湘灵”，然而是“依约”，只是比拟、揣测，无法坐实，一坐实便词味索然。煞拍三句，借用唐钱起《省试湘灵鼓瑟》诗之意境：“曲终人不见，江上数峰青”。可谓信手拈来，犹似宿构旧作，毫无斧凿痕。然细味全词，恐还不止于仅仅“用古”。而是词人根本无法去了解筝人之心绪。“人不见，数峰青”，如梦、如幻、如诗、如画，这正是词人惆怅心绪之写照，而此词之境界全出。

本词上片写景，又写白鹭之情与词人之情似有相通。下片写筝人和筝曲。两者似为两截，无直接的必然联系。然而，明眼人通读全篇即可明白，其间由词人自己的切身感受把上下片有机地联系起来了。一双白鹭来赏一朵芙蕖之娉婷，词人和张先两人既赏荷又听筝。它好像电影里的画面一样，通过蒙太奇，不仅把画面组合成有机整体，且可产生更为深广的感人魅力。

江城子 恨别

苏轼

天涯流落思无穷。既相逢，却匆匆。携手佳人，和泪折残红。为问东风余几许，春纵在，与谁同。
隋堤三月水溶溶。背归雁，去吴中。回首彭城，清泗与淮通。寄我相思千点泪，流不到，楚江东。

【鉴赏】

此词题名一作“别徐州”。苏轼于乾道十年（1077）知徐州，元丰三年（1079）移知湖州，则此词当作于去湖州赴任之际。首句劈空而来，“天涯流落思无穷”，揭示了全词之主旨，此句在词中起统领支配作用。接下来“既相逢，却匆匆”两句，后句是前句的反跌。苏轼在徐州任职不满二年，故人良友既有机会相逢，是乐事，却好景不长，难以持久，饱含无穷悲怆恨别之意。无可奈何，只得手携佳人、含泪折残红，问东风等等一连串行动，都是由当时景况自然而生。但细细品味，词人实则巧妙地化用了李商隐《无题》诗的意境。"相见时难别亦难,东风无力百花残。春蚕到死丝方尽,蜡炬成灰泪始干。"千古传颂的名句,曾为多少有情人所吟唱、仿作。苏东坡毕竟是大手笔,信手拈来,融化无痕,为我所用,而别出新意。离别是人生一大恨事,也是骚人墨客写不完的主题。由目前景况而揣想别后情景,更是常用的手法,曹植之"别易会难"(《当日来大难》),王维之"唯有相思似春色,江南江北送春归"(《送沈子福归江东》),韦庄之"更把玉鞭云外指,断肠春色在江南"(《古离别》),冯延巳之"芦花千里霜月白,伤行色,明朝便是关山隔"(《归自谣》),一直到柳永的"今夜酒醒何处,杨柳岸,晓风残月"(《八声甘州》),都是把现实和未来联系起来。苏东坡则比之前辈写得更具体,这是由他的切身经历和审美趣味决定的。他在嘉祐元年(1056)二十一岁与乃父苏洵乃弟苏辙由四川晋京应试,一举成功而名动天下。然而,自熙宁元年他三十三岁时起,逆境始终伴随着他。因与主张变法的王安石政见不一,始而屡沮中朝,继而一再外迁,先后外放开封府判官、河南府判官、颍州通判、杭州通判、密州知州、徐州知州等职。有时一岁数迁,浪迹天涯。此次在徐州未满两年,又南调湖州。如此频繁的调职,正是日后"乌台诗案"冤狱的预兆。于是,我们可以窥察到"天涯流落思无穷"的缘由。流落的生活,仕途的风浪,郁积于词人心头久矣,借着又将他调之机,终于如闸中之水,汹涌而出,一路流淌,成为上阕末尾的设问:"为问东风余几许,春纵在,与谁同?"这岂止是惜春,而是自伤:壮年将逝,仕途艰难,此生正如春末东风,穷尽有期吗?

下阕过片"隋堤三月水溶溶"。"隋堤"隋炀帝开通济渠、沿渠筑堤,此处并非确指。"三月"则与上阕之"春"相应。"溶溶",广大貌,也与开拍之"思无穷"呼应。接下来两句"背归雁,去吴中"是实写。湖州在徐州之南,三月南雁北归,人雁背道而行,人去吴中,雁归塞北,词人即将首途湖州。"回首彭城,清泗与淮通"两句,是对徐州的回忆。"彭城",古县、郡名,即徐州。"泗水""淮河",均与徐州交汇。然而徐州在大江以北,与湖州远隔千里,水路虽通,却无法传来"佳人"相思之情,故曰"寄我相思千点泪,流不到,楚江东。"煞拍不言"寄君相思千点泪",而言"寄我",更显出词人与佳人之间彼此恋念,相思不绝之情,加浓了所以回首彭城之意。那么这个"佳人"何许人也?我们不妨作一刻舟求剑式的提问。在我国古典诗词中,"佳人"常指美好的人而不管其性别,即便明指女性,也往往用以比喻品格尚洁的君子或情深谊契的挚友知交。所以苏东坡笔下的"佳人"当非实指,而是泛指政见相同,气味相投的友朋。于友谊中倾注词人的身世之感,故而全篇把"恨别"的思绪,刻画描写得力透纸背,感人肺腑。

此词的艺术特色是融化前人意境而富有新意,将郁积的别恨愁思,去拥抱当时的景物,所以写来灵动有生气。以东风残红,泗淮交汇的凄恻回荡,体现一种善于捕捉并表现稍纵即逝的艺术意境的大手笔气势。此外,在手法上,词人数处用逆笔,使人读后别有情趣,如上片第四句才写出"携手佳人",下片点出将去"吴中",

别离"徐州"——彭城,煞拍不言我思佳人,而说"佳人""寄我相思千点泪",乃是从对面着笔。然而,所有这些别致的手法无不紧绕别恨愁绪,并无半点硬加生用之感。

江城子

苏轼

陶渊明以正月五日游斜川,临流班坐,顾瞻南阜,爱曾城之独秀,乃作斜川诗,至今使人想见其处。元丰壬戌之春,余躬耕于东坡,筑雪堂居之,南抱四望亭之后丘,西控北山之微泉,慨然而叹,此亦斜川之游也。乃作长短句,以《江城子》歌之。

梦中了了醉中醒。只渊明,是前生。走遍人间,依旧却躬耕。昨夜东坡春雨足,乌鹊喜,报新晴。

雪堂西畔暗泉鸣。北山倾,小溪横。南望亭丘,孤秀耸曾城。都是斜川当日景,吾老矣、寄馀龄。

【鉴赏】

此词作于元丰五年(1082年)春。宋神宗元丰三年,苏轼因"乌台诗案"被贬至黄州。据《东坡八首序》中载:"余至黄二年,日以困匮,故人马正卿哀予乏食,为于郡中请故营地数十亩,使得躬耕其中。"到黄州后,苏轼因生活困难,在朋友马正卿的帮助下求得黄州东门外荒地数十亩,筑雪堂而居,自此开始躬耕生活,也因此自号东坡居士。到黄州后,政治上的失意和打击,使苏轼的人生态度发生了变化,艺术追求也有所改变,更加向往平淡率真的趣味,越到晚年,越是如此。加之经历与生活环境的相似,使得苏轼对陶渊明产生了知己、共鸣之情。他在《与苏辙书》中说:"半生出仕,以犯世患,此所以深愧渊明,欲以晚节师范其万一也。"初春时节,居于雪堂,苏轼感到东坡之景宛如陶渊明当日斜川之游,因而作了此词,以念渊明,抒胸臆,表志向。

开片说:“梦中了了醉中醒。只渊明,是前生。”“了了”是“明白、清楚”之意。“梦中了了醉中醒”意即无论在梦中,还是在酒醉中,心中实际上都是清醒的,这醉和梦,只不过是逃避现实烦恼的手段罢了。短短一句“梦中了了醉中醒”,实则有很多内容。缘何醉?缘何梦?又缘何梦中了了醉中醒,其中辛酸处尽在不言中。这,一则是写陶渊明,二则是写自己,正是由于二人的相通之处,所以作者说:“只渊明,是前生。”“走遍人间,依旧却躬耕。”句中,“却”可做“退”讲,“躬”乃“亲身”之意。陶渊明和苏轼在仕途中尝遍酸甜苦辣,政治抱负得不到施展,又不愿降格而随波逐流,“却躬耕”便是他们在“了了”之后做出的选择。但陶渊明是自愿的,而苏轼却是为环境所迫。“依旧”一词,又包含着一种心酸与失望,天下之大,竟没有施展抱负与才华处,只有仿效陶渊明来事桑麻,不免胸中意难平。但紧接着下句一转,马上写到“昨夜东坡春雨足,乌鹊喜,报新晴。”夜来一场春夜喜雨,东坡上洁净无尘,空气清新,使人心旷神怡,一派和平繁荣的景象。一个“足”字,透出了作者平和满意的心境,苏轼毕竟是个旷达乐观的人。

下片详述居所环境:“雪堂西畔暗泉鸣。北山倾,小溪横。南望亭丘,孤秀耸曾城。”前一句从听觉方面来写,后几句从视觉方面来写。而“倾”“横”的运用颇具动感,给四周景物赋予了生命。而作者在东坡上南眺四望亭山,只见它孤独秀丽如曾城一般耸立着。不由忆起陶渊明“若夫曾城,傍无依接,独秀中皋。遥想灵山,有爱嘉名”之句。眼前的鸣泉、北山、小溪亭丘,恰似陶渊明当年游斜川之景,不由情不自禁吟出“都是斜川当日景。”这句,既是前几句的小结,又在结构上起了关联的作用。而作者既有对陶渊明的追慕之情,又有自比之意。陶渊明作斜川之游时已五十岁了,而苏轼时年四十七岁,是否也将像陶渊明一样了此余生呢?想想政治黑暗、前途渺茫,于是发出了“吾老矣,寄馀龄”的感叹。

这首词看似随意,实则谋篇布局独具匠心。上片先写情后写景,下片紧承词意,先景后情,回环往复,相互照应。作者以对陶渊明之情为线;从醉醒、躬耕、东坡、雪堂、曾城、斜川,到“吾老矣、寄馀龄”,环环相扣,处处不忘主题。用词精练,气度从容,全词完美细密,充分表现了诗人对陶渊明的热爱和自己“躬耕寄馀龄”的思想。

蝶恋花 暮春

苏轼

簌簌无风花自亸。寂寞园林，柳老樱桃过。落日多情还照坐，青山一点横云破。

路尽河回千转柁。系缆渔村，月暗孤灯火。还仗飞魂招楚些，我思君处君思我。

【鉴赏】

本篇为题名，写暮春景色与思念故人。

上阕开拍，“簌簌无风花自亸”，先从花与风着笔。“簌簌”，象声词，南唐李景《摊破浣溪沙》：“簌簌泪珠多少恨，倚阑干”，形象地描绘泪珠；段式成《酉阳杂俎》：“闻垣土动簌簌，崔生意其蛇鼠也”，形容描写蛇鼠；苏轼《喜雪赠李公择》诗：“沉沉夜未眠，簌簌声初落”，形容描绘雪花飘落。这里看似形容“无风”，然既是无风，又何来声响？原来此句簌簌两字由于填词之特殊需要而提前，实际上词人用以描写花亸，意为天虽无风，花却簌簌自亸。“亸”(duǒ 躲)，下垂貌，这里指落花。第二句交代了景色的所在，是在空旷无人的园林里。寂寞，既是写景，也透露出词人的心态。但见柳树已老，樱桃花已开过。柳树春初发芽长叶，其色嫩黄，待到暮春，其色转青，故曰老。樱桃树春初花叶同时生长、暮春时节，叶已长大，花已结果，都和词题紧扣。三句描绘出寂寞园林中的暮春景物。紧接两句，词人抬头望去，那西下的夕阳似乎多情地把余晖照满空寂的园林，而远处的青山好像穿破横云一般，更增添了大自然的幽静与空旷无垠。“落日多情还照坐”之“坐”字，与乐府诗《陌上桑》中：“来归相怒怨，但坐观罗敷”之“坐”字之义相同，作因为、由于解。第四句之“青山一点横云破”，“青山”遥远，词人看来似“一点”。“横云”极言云之多，横作充溢解，与横秋、横流之“横”字同，起修饰作用。“破”字也是词人视觉所造成的，自然界横云与青山两不相干。但从词人的角度看去，却有青山破横云之势态。这“破”字与“云破月来花弄影”之“破”字之含义相同，只是境界扩大而辽远。这两句对仗也十分工整而贴切，气势壮阔，含义深邃。

下片写寻访故人。首句“路尽河回千转柁”，极言道路之曲折，路似走到了尽头；河道也似走回头路，词人所乘之小舟“千转柁”，不断地改换行驶方向。“柁”同“舵”。这与陆游《游山西村》之“山重水复疑无路，柳暗花明又一村”之境界相似，写出了道路陌生而遥远，衬托出词人寻访故人心情的执着和急切。那么，故人找到没有呢？词中没有直接写，但接下几句所描写，显然还没有找到。“系缆渔村，月暗孤灯火。”在无可奈何的情况下，权且把小舟停泊在河畔小小渔村。看来当时已夜深人静，月牙无光，唯有小舟上点起孤独的灯火。此时此地亟想与故人聚首的词人有何感想呢？煞拍两句做了很好的描述，夜深了，还是早点安息，兴许能在梦中与君相会。“还仗飞魂招楚些”之“仗”意为依仗、依凭。“楚些”一词，源于屈原《招魂》：“魂兮归来，东方不可以托些！长人千仞，惟魂是索些。……”《招魂》句尾皆用些字，为楚人习用之语气词，后因以泛指楚地的楚调或《楚辞》。苏轼自己有“凄凉楚些缘我发，邂逅秦淮为子留”之诗句（《次韵杭城裴维雄》），后来辛弃疾有词句云：“山中友，试高吟楚些，重与招魂。”都指楚调民歌，此处苏轼亦泛指楚调，同时也指楚地，故有“我思君处君思我”之句，“处”，表空间、位置。从词意揣测，词人心目中的“君”，似泛指楚地故人。苏轼在杭州数年，徐州、安徽颍州也待过相当时间，对吴楚怀有颇为浓厚的感情。“一时惊笑衰容，语音犹自带吴侬”（《临江仙·夜到扬州席上作》）简直把吴地方言视为十分亲切的语音。此词结尾比较空灵，把君我双方思念之情，托之于魂梦。则下阕所云之路矣、河矣、舟矣、渔村矣，乃至月亮、灯火等等，或皆系词人之想象。再与问题相扣，春天多梦，所谓“醉眠轻白发，春梦渡黄河”（岑参《阌乡送上官秀才归关西别业》），“妾家临渭水，春梦著辽西”（沈佺期《杂诗》）等等都是。

蝶恋花 密州上元

苏　轼

灯火钱塘三五夜。明月如霜，照见人如画。帐底吹笙香吐麝，此般风味应无价。
寂寞山城人老也。击鼓吹箫，乍入农桑社。火冷灯稀霜露下，昏昏雪意云垂野。

【鉴赏】

苏东坡于熙宁七年十月由杭州通判升任密州（今山东诸城）知州，可知本首《蝶恋花》最早作于熙宁八年（1075）。上元，元宵节。从内容判断，当是回忆杭州上元节之盛况，感从中来，乃有此作。上阕是回忆，写过往杭州此节此夕之热闹景象；下阕写如今在诸城之灯火冷落，通篇紧扣灯火写去。开拍“灯火钱塘三五夜”，开门见山，单刀直入，径自点明钱塘之灯火，而且不是平时夜晚为家家户户照明之小小油盏,乃是倾城点燃,万户千家之红莲绛烛,火树银花,汇成一片灯光之海。姜白石词云“沙河塘上春寒浅,看了游人缓缓归。”(《鹧鸪天·正月十一日观灯》)杭州之灯火,当以沙河塘为最盛,则词人所想起的,当是沙河塘之灯火。“三五夜”,三五一十五,十五夜,专指正月元宵节。一句七字,不用典、不形容,就把杭州佳节之热闹氛围烘托出来。在词人的构思中,杭州元宵之良辰美景,千家万户之赏心乐事乃是众所周知,不必多费笔,一点即明,借助读者的鉴赏经历,而更具艺术魅力。第二、三句由灯火而刻画月亮,“明月如霜,照见人如画”。粗浅地看来,词人似乎于这里失照脱题。但细细品味,这里正好体现出词人观察生活的细致深刻。正月十五之夜,月正满圆,民间取其春节后第一个月圆良宵,故而形成万灯齐明,万民共乐的良辰美景。此时此刻不能不写到月,且天正严冬未过,寒意犹浓,故曰“明月如霜。”再者,大凡著名词人无不如此描绘,欧阳修《生查子》上阕云:“去年元夜时,花市灯如昼。月上柳梢头,人约黄昏后。”稍后的周邦彦亦指出“花市光相射”(《解语花》)。灯也,月也,相互映照,气氛自不相同。假如此夜浓云遮月,或细雨濛濛,甚或大雨滂沱,则灯火孤明,其味索然矣。复次,灯火也罢,明月也罢,美在何处?都离不开审美的主体:人、词人!灯火再多。明月再皎洁,离开了人,还有什么意味,还有什么美感可言!所以紧要一笔,苏东坡点出“照见人如画”,周邦彦说。看楚女,纤腰一把。箫鼓喧,人影参差。”观灯、赏月,实为看人,古往今来,天南地北,无不如此!接下去“帐底吹笙香吐麝”两句直写杭州上元节之盛况,人们不满足于无声的灯火,且设账吹笙奏乐,与观灯人的喧闹嘈杂异趣,再加上阵阵香味袭来,更是其味无穷,其乐融融。故曰“此般风味应无价”。此句一作“更无一点尘随马”,从另一角度赞美,乃是截取唐人名句“暗尘随马去,明月逐人来。”(苏味道《正月十五夜》)檃括而成。后来周邦彦则直用,所谓“相逢处,自有暗尘随马。”表现了灯光中车马拥挤,少年尽情追逐嬉戏之状。

过片转到目前,与杭州迥然不同。“寂寞山城”与“灯火钱塘”恰成对照,今非昔比;再加“人老”,则寂寞倍增。词人刚至山城,时不数年,何以曰“老”?人未老,而心已老矣。达者东坡,此时此景,其感叹情志一若常人,毫不掩饰心头的寂寞。接下去两句,“击鼓吹箫”已非昔日“帐底吹笙香吐麝”可比,前者雅甚,此时则嚣闹矣。“乍”一作“却”。“农桑社”,也非沙河塘,此不过农村祭土地神之类的“社会”而已。煞拍两句概括言之,灯光在霜露里显得稀疏冷落,没有一点热闹的气氛,周围一片茫茫云雪,笼罩着大地原野。这是一种何寂寞萧索的场景,词人心绪激荡,所以非常率坦地表露了难忘昔日杭州之盛欢,而感叹今日景况之冷落。

苏东坡的词作并不掩饰其真情实感,本篇就流露出他的悲痛伤感之情,与其他豪放之作略有差异,说明词人的风格虽有其豪放酣畅的基本面,却也并不排斥本篇那样颇有感伤的成分。词人创作重在求真,真挚、真切而真率,故其遣词直而不浅,率而不浮,给人以深深的震撼,不愧大手笔之佳篇。本篇押韵依古音,其中“夜”

“麝”“价”“也”“社”均与“下、野”同韵，与今天的普通话读音不同，如用地区方言去阅读，也可谐调上口，不致拗嗓。

采桑子 润州多景楼与孙巨源相遇

苏轼

多情多感仍多病，多景楼中。尊酒相逢，乐事回头一笑空。

停杯且听琵琶语，细撚轻拢。醉脸春融，斜照江天一抹红。

【鉴赏】

苏东坡一生坎坷，然而他毕竟是达人，旷达乐观的人生哲学，又促使他想方设法，不失时机去寻找和把握每一次享受人生欢娱的机会。熙宁七年（1074）十月，他由杭州通判改任为密州（今山东诸城）知州。此次是一次小小的提升，在去山东的路上，他与诗朋酒友、官府同僚不断聚会，饮酒赋诗，倒也相当痛快。途经润州（今江苏镇江）时，与友人孙洙（字巨源）相逢。据宋傅幹注《东坡词》中引《本事集》，此次在润州短暂相遇，兴之所至，又约了王存（字正仲）等人，同登多景楼，席间少不了有官妓鼓琴唱曲助兴。酒阑兴酣。孙洙触景生情，情不自禁对苏轼说：“残霞晚照，非奇才不尽！”有意请苏轼填词寄兴，苏轼乃欣然命笔，作成本篇云。

题名中的多景楼，位于镇江多宝寺内，大江之滨。登楼望远，可见大江东去、烟波浩渺，气象万千。孙巨源广陵（今江苏扬州）人，比苏轼小五岁；十九岁举进士，比苏轼早九年，有《孙贤良集》，不传。开篇连用四个“多”字，是由题名多景楼引发出来的。此楼可以观得多景，由景而生情生感。词人善于触景生情的气质决定了他创作的冲动，激励了挥毫的豪兴，从而也延生了词人多病的缘由。多情多感而多病的词人，登上了大江景色尽收眼底的多景楼，于是巧妙地形成了多、多、多、多的情、感、病、景交融的惊人之句，烘托出特定氛围里的特定人物的特殊心境。读来铿锵，味之意深。有很好的艺术效果。接下来两句，“尊酒相逢，乐事回首一笑空”。紧接前面的四个“多”，词人这样的达者，在临江景色无限的楼上，恰逢老友不期而至，其欢乐之情是不言而喻的。佳朋良友欢聚，有酒有诗有景，更有友谊，大家都沉沉地陶醉了，兴高采烈，乐不可支；理智上却并没有沉醉，不免觉察到当前的人生欢乐，绝不是永驻的，它将转眼而逝。所以，词人付以一笑。这种感情、思绪曾相当长久地支配着词人，他自己对之有十分清醒的领悟。他从润州渡江抵扬州后，曾在给李公择的信中，有相当明确的表达："此行天幸，既得与老兄，又途中与完夫、正仲、巨源相会。所至辄作数剧饮笑乐，人生如此有几？未知他日能继此否？"相当典型地表露了一种思想情绪，词人总是在人生短促与天地永恒、欢乐转瞬即逝与忧愁不断袭来的矛盾对立中努力寻求解脱，争取心态的暂时平衡。可以说，词人的欢笑中掩盖着愁苦，超脱却体现出他的执着和乐观。再说，此时正值词人反对新法，政治遭到挫折打击之际，他的"情""感""病"和"笑"，能和政治遭际完全无关吗？诗言志，其间一定蕴含着词人的身世感慨。

下阕写词人终究不肯让那突然袭来的忧愁完全毁坏了眼前的欢娱氛围。正由于"人生如此有几"，难得一遇，才值得格外地珍惜，要努力享受，把握机遇，勿使错过，纵使此时此刻不过梦幻似的转眼一场空也罢。所以过片"停杯且听琵琶语"，自是情理之中，且停下酒杯，专神致志去聆赏那琵琶所奏的美妙乐曲。乐曲有其丰富的内容和感情色彩，故曰"语"。"细撚轻拢"之"撚、拢"都是演奏之指法。白居易《琵琶行》有"轻拢慢撚抹复挑，初为《霓裳》后《六幺》"句可证。琵琶演奏者似乎也理解词人的心绪，故其指法既细且轻。使乐曲的旋律缓慢而动听，以留住那即将逝去的欢乐时光。果真是演奏者心领神会，与词人的心情暗相吻合，还是词人聆赏的专致而主客共鸣？这只有词人自己知道。而词句呈现给读者的却是如此的融合！煞拍"醉脸春融，斜阳江天一抹红"两句，词人在聆赏之际，忽然看到演奏者的脸上，洋溢着融融春意。"醉脸"，也许是饮酒所致，脸上有红潮；也许是弹奏入神，心潮激荡所致。而在她的身后，夕阳斜照，落日余晖，火红的晚霞烧遍了西边半天。也映红了半江清水。那琴声，那醉脸，那晚霞和江水，还有那真挚的友情，交映在一起。多么和谐，多么迷人。足见词人不但开朗乐观，旷达超脱，善于追求欢乐，寻觅美的享受；而且更善于发现欢乐和发现美！于此，我们不禁想起了词人优美的前后《赤壁赋》，更想起他的杰作《念奴娇·大江东去》和《水调歌头·明月几时有》，它们和本词一样，都浓郁地反映出词人特有的风格色彩，令人百读而不厌。

南歌子

苏轼

雨暗初疑夜，风回便报晴，淡云斜照著山明。细草软沙溪路马蹄轻。
卯酒醒还困，仙村梦不成，蓝桥何处觅云英？只有多情流水伴人行。

【鉴赏】

这首小词作于宋神宗元丰二年(1079),写的是旅途中所见所感,清新优雅,在写景中渗透了作者心情的微妙变化。淡出淡入,流畅自然。

上片重在描写景致。"雨暗初疑夜"一句,写作者早晨虽然已醒来,但因为夜里小雨绵绵,天色阴沉幽暗,在恍惚间以为仍是在夜里。但是,转眼间"风回便报晴",一阵春风吹过,乌云渐渐散去,天色逐步晴朗起来。而天边仍有浩浩的朝云,初升的旭日斜斜照过来,雨后无尘,天地是透明的,山头也在阳光的照耀下显得很明亮,正是"淡云斜照著山明。"这样的清晨清新美好,作者也轻快地打马上路了。而他的脚下是怎样一条路呢?原来"细草软沙溪路马蹄轻"。春光正好,空气新鲜凉爽,纤纤芳草经过夜来小雨的爱抚,分外滋润柔顺,净洁柔顺的溪边沙路,马儿也精神十足,跑起来格外轻快。此句中一个"轻"字,不仅写马,也写了景色的清新怡人和作者心情的轻松旷达,可谓是传神之笔。

下片作者笔锋一转,由景到人。"卯酒醒还困。"由于清晨喝了酒,也由于夜里睡眠不足,此时,在马蹄单调的踏踏声中,不由得"醒还困"。于是,在似梦似醒间,联想起唐时裴航遇云英结为连理升仙而去的传奇故事。"蓝桥"是当年裴航遇云英的处所,"仙村"亦指"蓝桥"。而"梦不成"是说仙界缥缈,此等际遇信难求,不由得心生感慨,生起一丝淡淡轻愁,不免有怅然若失之感。再看看现实世界,"只有多情流水伴人行。"潺潺溪水是那样多情,相伴身边,一路前行,总算也有"知音",这也可说是一种慰藉吧!

这首词清新雅致,颇有情趣。把景和梦联系起来,唯妙唯肖地反映了作者的心理活动,而且峰回路转,一波三折。先是"雨暗",而后"报晴"。在已经"马蹄轻"之时,又生出"蓝桥何处觅云英"的感慨,而后笔锋一转,点出毕竟"有多情流水伴人行。"人在旅途中,不免会易感易伤、易喜易悲,在此词中,这种情感的变化和景物的变化相互照应,相辅相成,一气呵成,不失为一首清雅的小词。

洞仙歌

苏 轼

江南腊尽,早梅花开后。分付新春与垂柳。细腰肢、自有入格风流。仍更是,骨体清英雅秀。

永丰坊那畔,尽日无人,谁见金丝弄晴昼?断肠是飞絮

时，绿叶成阴，无个事，一成消瘦。又莫是东风逐君来，
便吹散眉间，一点春皱。

【鉴赏】

这是一首咏物词，写作年月不详。

上片起首写到"江南腊尽，早梅花开后"。点出节令，是在腊月已尽，早梅开过之时。这时虽说已是新春，但因春寒料峭，不会万紫千红。那么，这新春之色哪里寻呢？"分付新春与垂柳。""分付"即"交付"之意，原来把春色交给垂柳了。在早春二月之时，垂柳萌芽，枝条万千、飘飘柔柔，点点青色代表春光无限，给人愉悦之感，是生命力的象征。这样一个不畏严寒早报春的生命是什么样子呢？下句用拟人手法，用一位少女来比喻柳树的曼妙："细腰肢。自有入格风流"，而"入格"一词，又点明柳树的清高，不同于庸俗脂粉。果然，下一句"仍更是，骨体清英雅秀"，进一步渲染垂柳不仅有"细腰肢"的风流体态，更有脱俗的品格，是外在美和内在美的统一。"清英雅秀"四字，极为逼真地概括了柳树的风格，妩媚中自有一股英气，卓然不群，韵味无穷。

下片由对柳树形态、品格的描写转入对柳树境遇的描写："永丰坊那畔，尽日无人，谁见金丝弄晴昼？"此处化用了诗人白居易的《杨柳词》："一树春风万万枝，嫩于金色软于丝。永丰坊里东南角，尽日无人属阿谁？"由此可想尽管每日里柳丝在长风中舞出各种姿态，但却无人欣赏，无人留意，真可谓寂寞无所托，空把年华虚掷。接下来，进一步描写这种痛苦："断肠是飞絮时，绿叶成阴，无个事，一成消瘦。"意思是暮春后，柳树已枝繁叶茂，然而也柳絮飞扬，华年将逝。而她寂寞依旧，无所事事，必将愈加清减消瘦。而有什么能令她一展愁颜，只有东风的来临，但"又莫是"道出希望的渺茫，真是千般哀愁，万般幽怨，无法解去"眉间一点春皱"。

此词将柳树拟人化，比作一位绝世佳人。她身姿苗条，品格淑清，但却被禁被锢，万千美丽无人能欣赏，怀才不遇，郁郁终生。这里虽是感怀佳人，但作者苏轼亦是身世坎坷，作者作此词时，有无自怜之意？

此词缠绵清雅，带有无尽的幽怨。写柳形神兼备，加之拟人手法的运用，使人柳合一，深有寓意。用词精妙妥帖，浑然天成，是苏轼婉约词中一篇佳作。

昭君怨 金山送柳子玉

苏轼

谁作桓伊三弄，惊破绿窗幽梦？新月与愁烟，满江天。

欲去又还不去，明日落花飞絮。飞絮送行舟，水东流。

【鉴赏】

这是一首送别词，熙宁七年二月，苏轼在金山送别柳子玉，以此词相赠。词的上片写夜愁。起句为“谁作桓伊三弄，惊破绿窗幽梦？”在寂静幽清的晚上，不知谁吹起了笛子，将人从梦中惊醒。“桓伊三弄”在此处指笛声，“绿窗”指绿纱窗。桓伊，字子野，善吹笛，曾为王子猷踞胡床吹了三个曲调，见《世说新语·任诞》。作者用“惊破”一词，突出梦境之佳。而笛声将作者从梦中惊醒，梦中友人、美境突然消失，不禁默然神伤。而在这凄清的夜里，只有一轮孤月，茫茫江面烟雾迷濛，似作者心头的愁绪，驱之不尽，无法排遣，充斥在作者心头、江面、直至整个宇宙。而不知从哪里传来的幽怨的笛音，更加重了作者的离别情绪，真是“愁云满天”，无法入眠。“新月与愁烟，满江天”，来自唐张继《枫桥夜泊》：“月落乌啼霜满天，江枫渔火对愁眠”。

既是无法入睡，作者不禁遥思与朋友分别的情景，“欲去又还不去”，朋友道别，欲去又百般留恋，但终于不得不去。而此时天气正是落花飞絮的春深时节。这飞絮也必如作者的愁绪，茫茫满天。而飞絮也似理解人的心情，追逐着友人的行舟，送了一程又一程，落在人的身上脸上，仿佛牵着朋友的衣袖，不忍他的离去。可恨滔滔江水却只管载舟东流，哪理解人间别离的苦愁。在这里，以飞絮的多情，流水的无情来衬托人的有情，更为生动。在此处，诗意是“落花飞絮送行舟”，但为调所限，只用了“飞絮”二字。

本词上片平稳，下片首句一顿，接着顺流而下。叠用“飞絮”接上“落花飞絮”句，是顶针接麻格，更显生动活泼。

这是送别词，但全词既无强烈抒情，又无送别之语，而是通过对景物的描写来渲染一种别离气氛，真正做到了自与物化、神与物交，可谓情景交融，有很强的艺术感染力。正是“发纤秾于简古，寄至味于淡泊”，在平淡中显真情，有一种淡远深邃的美。

永遇乐 寄孙巨源

苏轼

长忆别时，景疏楼上，明月如水。美酒清歌，留连不住，月随人千里。别来三度，孤光又满。冷落共谁同醉。卷珠帘，凄然顾影，共伊到明无寐。

今朝有客，来从淮上，能道使君深意。凭仗清淮，分明到海，中有相思泪。而今何在，西垣清禁，夜永露华侵被。此时看，回廊晓月，也应暗记。

【鉴赏】

孙巨源是苏轼的旧友。苏词《采桑子》（多情多感仍多病）。标注云："润州多景楼与孙巨源相遇。"这首《永遇乐》（长忆别时），也标"寄孙巨源"，可以看出他们的关系深厚。该词首句是"长忆别时，景疏楼上，月明如水。"据此可知，苏轼在海州景疏楼上也曾会见过孙巨源。

《隆庆海州志》古迹类中："景疏楼在治东北，旧石刻云：'宋叶祖洽慕汉二疏之贤，遂建此楼。上多石刻，旧废。遗基见存。'金党怀英诗云：'景疏楼下无边水，暂濯尘缨可自由。'"二疏，即疏广、疏受，叔侄二人。疏广为博士，汉宣帝时任太子太傅，疏受为少傅。在任五年，皆称病还乡，功成身退。将赐金尽皆分给乡里故旧，世人贤之。

苏轼是宋熙宁七年（1074）由杭州通判徙密州知州。苏轼同孙巨源同在景疏楼上，当是这一年，从杭州到密州，要路过海州，两人遇上了。苏轼在熙宁十年（1077），又从密州徙徐州。这首词当是在徐州写的，词中有"别来三度"。苏轼在徐州饮酒赏月时，想到旧友孙巨源，因作此词寄之。

这是一首月夜怀人之作。首句是从往事写起。"长忆别时，景疏楼上，明月如水。"怀旧，最好要从往事写起，勾起无限美好的回忆，感情就紧紧靠拢了。三年前，我们同登景疏楼。在月光如水的晚上，"美酒清歌"，这一段美好时光，却又是"留连不住，月随人千里。"虽然月光还伴随着我，但友人却又远隔千里之遥。"别来三度，孤光又满，冷落共谁同醉。"分别已有三个春秋了，如今又是十五月正圆，我一个人独自冷落，有谁来同我共醉良宵呢？老朋友不在面前。"卷珠帘，凄然顾影，共伊到明无寐。"卷起珠帘，请进来月光，我一个人顾影凄然，形影相吊，只好让月光来陪我到天明。"共君今夜不须睡"。上片词是两层意思，第一层是回忆旧日的欢娱；第二层是写当前孤独凄然。用月光作为一条情线，将这两种情感，串联在一起。

下片，"今朝有客，来从淮上，能道使君深意。"今天有人，从淮水来，他能知道使君内心的深意。深意是什么呢？"凭仗清淮，分明到海，中有相思泪。"这深意是凭靠着清清的淮水，伴随着月光，一直流到东海，即是现在孙巨源的处所。淮水不单单是水，这其中还混合着无数的相思人的泪水。上片是用月光传递感情，下片则是用淮水传递感情。这首词使用月光和流水，作为全词的脉络，贯穿着通篇。"而今何在，西垣清禁，夜永露华侵被。"上片是从追忆过去写起，下片则以直写当前来结束。现在呢？清秋夜闭居在西厢里，长夜的露水，沾湿了薄被。"此时看，回廊晓月，也应暗记。”回廊上空的一轮晓月，它也会默不作声，记下我们的深情，以月光作为友情的见证，结束了全词。

行　香　子　冬思

苏　轼

携手江村。梅雪飘裙。情何限，处处消魂。故人不见，
旧曲重闻。向望湖楼，孤山寺，涌金门。
寻常行处，题诗千首，绣罗衫，与拂红尘。别来相忆，知
是何人。有湖中月，江边柳，陇头云。

【鉴赏】

苏轼的一生中，两次出任杭州，第一次是在神宗熙宁年间，第二次是在哲宗元祐年间，两次相距十几年。细观《行香子·冬思》这首词，当是在苏轼第二次任杭时写的。在这一段时间里，他在生活上历遭挫折，思想上变化很大。所以“冬思”，思的只是一些风花雪月的东西，没有什么政治内容。

本词开头是写杭州西湖冬天寻梅的景色，“携手江村”。同友人携手同游西湖景区。“梅雪飘裙”。点明寻梅的景致。梅雪争春，是古代文人喜欢咏吟的题材。梅开雪落，会同时出现，又是梅雪景色相似。“香雪海”，对冬季梅林盛开的绝妙形容。远看是白雪一遍，近闻有暗香浮动。古诗云：“梅须逊雪三分白，雪却输梅一段香。”这是对梅雪最公正的评价。“情何限，处处消魂。”踏雪寻梅，“梅雪飘裙”的美景，使游者无限深情，处处欢快。“故人不见，旧曲重闻。”第一次任职杭州时的旧友都不见了。但往时的乐益，有人还在演奏。“皓齿发清歌，春愁入翠蛾。”(《菩萨蛮·歌妓》)。到哪里去寻梅呢？“向望湖楼，孤山寺，涌金门。”点出了三处踏雪寻梅的景点，就结束了上片。

“寻常行处，题诗千首，绣罗衫，与拂红尘。”这西湖是词人平常游览之地，并且题诗填词很多，内容不外是写绣罗衫、拂红尘之类的歌女之作。“别来相忆，知是何人。”今后离开西湖以后，常想到的是它什么呢？“有湖中月，江边柳，陇头云。”想到的是西湖中的三潭印月，江岸边的柳浪闻莺，吴山顶上的朵朵浮云。词人以牢记西湖的各种景观，结束了下片。词的题目是冬思，思的全是西湖的景色，突出风花雪月。

菩萨蛮 回文。夏闺怨

苏　轼

柳庭风静人眠昼，昼眠人静风庭柳。香汗薄衫凉，凉衫薄汗香。

手红冰碗藕，藕碗冰红手。郎笑藕丝长，长丝藕笑郎。

【鉴赏】

这首以《夏闺怨》命题的回文体令词，是苏轼所写四首《四时闺怨》回文词的第二首。回文，这种中国诗歌特有的体制，一般是指可以倒读的诗篇。它利用古代汉语以单音词为主的特点，巧妙地组合成句，顺读、倒读均能成文，并且依然要求平仄协调，粘对合律，偶对精工，韵脚妥溜。六朝以降，不少作者醉心于此，但往往弄成了徒具形式、不顾内容的文字游戏。苏轼这位才华横溢的大手笔，只是偶作回文诗词而已，尽管其中尚无一篇堪与其触景生情、风神卓绝的杰作比美，但能做到不仅顺读、倒读都自然流畅，音律和谐。而且顺读、倒读又各具意境，情韵悠长。例如他的《题金山寺回文体》诗，就可以作为既能顺读、又能倒读、气象壮阔、时空相异的两首好诗来看。至于这首《夏闺怨》，则属于“颠倒韵”格式的逐句回文体。这种奇特的样式，以两句为一组。要求两句颠倒成文，并且押韵。在苏轼笔下不仅如此，竟还做到倒读与顺读的文意有所变化，使得下句既能补充发展了上句，又能具有情韵深长的新境。这在宋代较少的回文词中，实属构思精巧、意蕴悠悠的妙品。

此词的上阕，描写闺人困慵、夏日昼眠的情景，暗寓待郎不至油然而生的寂寞与无聊。词的下阕，描写闺人醒后、与郎相聚的情景，流露真心爱郎、却遭郎笑的淡愁和轻怨。词的内容虽不出奇，表达方式却精警含蓄，让人在这种回环流宕的颠倒韵中感受到缠绵悱恻的意趣和清新隽永的诗味。

开头两句，写闺人昼眠的环境，突出“静”字，暗点“闺”字。上句着眼于“风静”，写纹风不起，柳庭寂寂，闺人难熬，困眠于昼；下句着眼于“人静”，写闺人昼眠，睡熟心静，清风乍起，吹拂庭柳。同是写“静”，角度不同，而静中有动，动中有静，情景如画，构思精巧。至于“柳庭风静”之暗写夏日闷热，情郎不至，乃是烘托“人眠昼”之原因；“昼眠人静”之暗衬闺人心焦、入眠方静，更显“风庭柳”之摇曳。由风静以至风起，由人眠以至人静，景象之转换、时光之流驶，心境之暂宁全在不言中，从而不落痕迹地为下文做好了铺垫。

三、四两句，写闺人昼眠的形态。变在“薄”字，暗点“夏”字。上句从闺人的衣着“薄衫”入笔,写风吹香汗,薄衫生凉;下句从闺人的体征“薄汗”入笔,写风吹凉衫,薄汗沁香。同是写“薄”,着眼各异,而薄衫之凉,反衬夏热,薄汗之香,足显人美。二句皆承“风庭柳”而来,既写香汗渐稀、薄衫渐凉的过程,又写清凉之衫缕缕透出依微汗香的景象。衫之薄,汗之香,用一“凉”字串起,不仅渲染出浓烈的“夏”意,而且突现出闺人的风韵,形神兼备地勾画出一幅绝妙的夏闺香睡图。

过片两句,写闺人醒后的活动。强调“冰”字,暗示“情”字。上句写闺人手儿红润,正拿着盛了冰块和莲藕的玉碗;下句写这盛了冰块和莲藕的玉碗,又冰了她那红润的手儿。两个“冰”字,词性不同,前一“冰”字是名词,后一“冰”字是动词。冰水拌藕,乃解暑上品,捧而献郎,足见殷勤;藕碗冰手,竟使手通红,如此待郎,愈显意切。何以见得这里是在写闺人醒后殷勤待郎的情景?这只要玩味结尾两句所写的内容便知。杜甫有句云:“公子调冰水,佳人雪藕丝。”东坡在此正化用其意。他以蒙后省略的手法,剪去了多少关于情郎来到、闺人惊醒而喜出望外的枝节,只着力推出闺人不怕冰手,奉上冰藕的镜头,就足以调动读者的想象。闺人美好动人的形象、冰清玉洁的心灵,都在这节奏跳脱的特写场景中突现了出来。

最后两句,写闺人与情郎相互嬉笑的情景。重在“藕”字,暗寓“怨”字。上句写情郎调笑闺人送上的“藕丝”太“长”,下句写闺人正以“长丝藕”笑话情郎不懂“长思偶”之真意作为回报。原来古乐府中,常以“藕”谐音双关“偶”,以“丝”谐音双关“思”,藕节同心,藕断丝连,自是情人永爱、情意绵长的象征。情郎竟拿“藕丝长”开玩笑,说明他的情意不如藕丝之长,流露出一种并不领情的轻薄味儿;这就难怪闺人以“长丝藕”自喻情深,而笑情郎之不识情趣了,一股藏之于“笑”的“怨”气正含蕴其中,从而结出了全词“闺怨”的主旨。

虞美人

苏 轼

波声拍枕长淮晓,隙月窥人小。无情汴水自东流,只载
一船离恨向西州。
竹溪花浦曾同醉,酒味多于泪。谁教风鉴在尘埃?酝造
一场烦恼送人来!

【鉴赏】

惠洪《冷斋夜话》云:“东坡与秦少游维扬饮别,作此词。”并谓曾“见其亲笔,醉

墨超放，气压王子敬（献之）”。原来苏轼于元丰七年（1084）自黄州团练副使调任汝州团练副使，七月经金陵，与王安石相会；后往扬州仪真郡，与秦观相会，盘桓逾月，并“得其诗文数十首”寄呈王安石；约在是年十一月底，秦观追送东坡于淮畔饮别，东坡即在别后舟中作此词，表达了他对秦观深挚的友情。

词从别后舟中的景况下笔，景中含情。“长淮”写地点，“晓”写时间，“波声拍枕”写所听，“隙月窥人小”写所见。词人与秦观告别之后，归卧船中，耳中只听淮河波涛声拍击船帮，犹如拍打着睡枕一般，竟然恍惚之间天已拂晓了。词人一夜睡不宁贴，心潮起伏，追忆着秦观自仪真相送至淮的深情厚谊和两人临流饮别的难忘景象，都在一个“晓”字中透露了出来，彼此交谊之深，不言而喻。词人依依离去，友人惆怅独留，此时此地，唯有冷月相伴，境界凄清极了。词人不说他依枕仰望天亮前从东方升起不久的残月是那样小，而说透过船篷隙缝的残月悄悄察看他这个恨别难眠的人是这样小，这就不仅真切传神地写出十一月底“隙月”的特点和距离词人之遥远，而且借物传情，加倍衬出词人形影之孤微和离恨之郁结，从而十分自然地开启了下文。

三、四两句，直抒水向东流、独向西行而离友人越来越远的离愁别恨，情与景合。汴水本自开封经应天府（今河南商丘）、宿州而于泗州入淮；苏轼则由淮上抵泗州，然后溯汴水西行向宿州。“西州”，当是泛指西边的州郡。以水喻愁，前人多有，如李后主写愁名句“恰似一江春水向东流”，就给后来文人极大启发。但是，苏轼才情横溢，构思独到，首先摆脱单纯类比的藩篱，开拓将愁恨物质化的新境，竟然发出“载一船离恨”的奇语，成为后人竞相仿效、愈翻愈奇的名句。不仅如此，他更将“水自东流”之“无情”与船“向西州”之“离恨”形成强烈的对比，加倍写出“水”使自己与友人越离越远的满心惆怅和叹恨。着力“水”之“无情”，愈显人之多情，作者对友人之情深意切，在此正得到了入木三分的表现。

过片两句，承上折转，描写往昔两人一起游乐的情景，乐中寓悲。一个“曾”字，提示在追忆过去。“同醉”于“竹溪花浦”，当是对元丰二年（1079）作者自徐州徙知湖州间与秦观一起畅游无锡、松江、吴兴事的概括描写。他们当年赏花浦，游竹溪，痛饮酣醉，彼此唱和，真可谓人间乐事，无过于此。然而接以“酒味多于泪”，就在乐多于悲的字里行间，隐含此后则悲多于乐的弦外之音了。众所周知，元丰二年七月，苏轼因乌台诗案下狱，以后几年苏轼居黄州贬所，与秦观不复相见，两人再无欢聚游乐的“酒味”，只有彼此思念的愁“泪”。这两句，由饱含离恨乘船独去的现实，引发彼此曾经同醉、尔后悲愁的回忆，正与目前彼此饮别、日后又将离愁满怀的情景暗相对照。这种以乐景反衬悲情的写法，越加深沉地表达了作者内心的别恨。

结尾两句，由昔转今，直道自己赏识秦观、秦观对己情深送别而导致无可解脱的离愁别恨。尽管纯用议论，却又故作反语，使得词意曲折跌宕，令人读来回肠荡气。“风鉴”，指以风貌品评人物。吴处厚《青箱杂记》云：“予尝谓风鉴一事，乃昔贤甄识人物、拔擢贤才之所急。”自熙宁七年(1074)苏轼在扬州得读尚沦“尘埃”、不闻于世之秦观的诗词，大为叹赏；此后多次向王安石推荐秦观；元丰七年，秦观自编诗文集《淮海闲居集》，苏轼更致书王安石大力称美之，王安石亦答以“得秦君诗，手不能舍”等语，使秦观增重于世，翌年登进士第。苏轼对秦观的赏拔推誉不遗余力，秦观对苏轼的知遇深情更镂骨铭心。这一次秦观由仪征一直追送苏轼至淮上，其情深挚至极，使得苏轼竟然不能以通常的语句表达内心的激动和感慨，而出以反诘句式，正话反说：谁叫我在茫茫尘世中品评出你特出的风貌？如今反倒使你远送而来，给我制造了无穷无尽的烦恼！这种不同寻常的表达方式，将其无以名状的深沉友情和经历坎坷的复杂思绪都概括其中，具有一种震撼人心的艺术力量，醒人眼目，发人深思，终至令人感受到他对秦观那种寓“离恨”于“烦恼”之中的不尽爱怜的情谊、愁思和慨叹。

河满子 湖州寄南守冯当世

苏轼

见说岷峨凄怆，旋闻江汉澄清。但觉秋来归梦好，西南自有长城。东府三人最少，西山八国初平。
莫负花溪纵赏，何妨药市微行。试问当垆人在否，空教是处闻名。唱著子渊新曲，应须分外含情。

【鉴赏】

这首词作于熙宁七年(1076)，作者在湖州，即将赴密州任。冯当世，即冯京，江夏人，时为南州(或题益州)太守。南州在四川省西部，为少数民族居住地。赵宋王朝立国之初，外患频仍，两北、东北少数民族时相侵扰，西南地区也不甚安宁。这首词题寄南州太守冯当世，直接对当时的人事安排发表意见，直接言及国事，为《东坡乐府》中仅有的一首言事词。

词作开头，先说大好形势：“岷峨凄怆”，“江汉澄清”。二句语意双关，谓动荡不安之岷、峨一带，已出现太平局面，如江汉澄清一般。见说“旋闻”，显示这一变化。这是作者的家乡，因触动其思乡情绪："但觉秋来归梦好"。归梦好，雀跃欢欣，正是这种情绪的生动体现。这里，不说别的，只说"归梦"，显得更加亲切。为什么作者这么兴奋，总是做好梦，原来是因为你(冯当世)镇守西川，西南有了长城。词作用唐太宗用李勣治并的故事，谓择人守边，贤于筑长城以备虏。既赞颂太守冯当世的才干，也赞颂朝廷之善于任人。接着，作者用唐韦皋于贞元初代张延赏为剑南西川节度使，使西川八国酋长归顺大唐的事迹，赞颂、勉励太守冯当世。此二事，皆与冯当世镇守西川事相合，用得十分贴切。这是上片，专说国家大事。下片转而叙述西蜀的风土人情。先说观赏花溪盛集，游药市。据载，一年一度之花溪盛集，始于正月上元日，终于四月十九日。这是每年春天所举行的卖花、赏花集市。尤其是四月十九日，俗称浣花日，往往"倾城皆出，锦绣夹道"，最盛于他时。(陆游《老学庵笔记》卷八)又载：益州有药市，期以七月，四远皆集；其药物品甚众，凡三月而罢，好事者多市取之。作者提醒太守，谓：你在彼处，切莫错过时机，应当纵情游赏。接着，以文君当垆及子渊教曲的故事，对太守表示美好的祝愿。西蜀之地，不仅有花溪、药市可供游赏，而且西蜀之地，还涌现若干风流人物。汉代文学家司马相如曾因得遇才女卓文君而成为大富翁，并在文学史上留下了一段佳话，蜀人王褒(子渊)任益州刺史时，也曾因为教习歌曲，得到了朝廷的提拔与重用。而今，当垆人已无处寻觅，当垆人的故事还到处流传，人们传诵子渊歌曲，也分外含情。作者以蜀地典故，祝愿太守遇好运，得晋升。上下两片所说，虽各有侧重，但还是互相关联的。因为西南有了长城，所以能纵情游赏，这是大前提；而风土人情之可供观赏，也体现了当时所出现的太平局面。这首词为一般应酬之作，但其内容并不一般。其中，寄寓了作者希望为国家干一番事业的理想与愿望。

苏轼传诗二千四百多首，其中不少作品直接与现实生活相关联，比如"乌台诗案"所株连的许多篇章，而《东坡乐府》中，却很难找到有关这类题材的作品。这首词，说国家大事，在《东坡乐府》中找不到第二例。《东坡乐府》中的《沁园春》("孤馆灯青")《水调歌头》("明月几时有")以及《念奴娇》，抒写政治怀抱，并不与国事直接关联。但是，这首词之直接言事，也与一般诗文之直接言事不同。胡寅说苏轼，"一洗绮罗香泽之态，摆脱绸缪婉转之度"(《酒边词序》)看来也未必。例如这首《河满子》，上片说国家大事，词甚雄壮，下片还是说女人，绮罗香泽，绸缪婉转，仍然把词当作"诗余"。这说明，在苏轼那里，诗还是诗，词还是词，二者尚未"合而为一"。

更漏子 送孙巨源

苏 轼

水涵空，山照市，西汉二疏乡里。新白发，旧黄金，故人恩义深。
海东头，山尽处，自古客槎来去。槎有信，赴秋期，使君行不归。

【鉴赏】

孙巨源，名洙，广陵(今江苏扬州)人，神宗熙宁间知谏院，与王安石政见不合，力求补外，得知海州(今江苏连云港市)。熙宁七年(1074)八月，孙洙离海州任，将赴京任修起居注、知制诰。九月，苏轼罢杭州通判，权知密州。苏、孙二人相见于京口(今江苏镇江)，并同至楚州(今江苏淮安)相别。苏轼作此词送别孙洙，实为客中送客之作。

上片借海州的历史名人"二疏"之事，赞颂孙洙知海州的政绩和影响。"水涵空，山照市"，概写海州水色映天、山光照市的优美景色，点染出海州江山神秀所钟的"地灵"特色。"西汉二疏乡里"，则从自然风光写到人文荟萃，突出"西汉二疏"和曾知海州的孙洙，进层写出海州古今多出名人的"人杰"风貌。"西汉二疏"，谓西汉宣帝时东海(海州)平山村人疏广和其侄疏受。广官至太子太傅，受官至太子少傅，在位五年，同时上疏请归故里。海州自是"二疏乡里"，而孙洙曾知海州，故亦可称其为"二疏乡里"人。作者从孙洙知海州着眼，既描画海州的青山碧水令人神往，又写出海州的前有二疏、后有孙洙令人景仰。如此入笔，由景而人，由古而今，已经不露痕迹地用二疏故事称道了孙洙知海州的旧事，为下文做好铺垫。

"新白发，旧黄金，故人恩义深。"紧承上文，径直用二疏故事赞颂孙洙。孙洙海州一任，新添白发，正如二疏旧日受金散金一样，赢得州人景仰，这正是老友在海州留下深恩厚意的表现。据《汉书·疏广传》载：二疏请归，宣帝赐黄金百金，太子赠五十金，公卿大夫隆重相送；归之日，散金与故人邑子。作者以"新"与"旧"二字，将孙洙与二疏巧妙地联系起来，暗示借写二疏遥远的旧事，实道孙洙眼前的新事。作者在做此词之前不久，另有《次韵孙巨源寄涟水李盛二著作并以见寄五首》。其二有句云："不独二疏为可慕，他时当有景孙楼"。自注："巨源近离东海。郡有景疏楼。"作者明说，海州人会像景仰二疏而建景疏楼一样，日后必定会为景仰孙洙而建景孙楼。这里所写"新""旧"之对照，正与诗中设想的"景疏楼"暗相关合，称道孙洙会和二疏一样将受到海州人的景仰与纪念。

下片借海州的滨海地理位置引发乘槎传说,抒写自己对孙洙离海州赴京城的别情和忧思。“海东头,山尽处”,点明海州处于紧靠大海的陆地最东边、起伏高山到此为止的地理特点,并以“海”与“山”照应上片的“水”与“山”,自然带出“自古客槎来去”的故事。槎(chá 茶),木筏。《博物志》载:“天河与海通,近世有人居海诸者,年年八月有浮槎去来不失期。人有奇志,立飞阁于槎上,多赍粮,乘槎而去”,终至天河。作者借这乘槎浮海至天河的传说,既扣紧海州滨海的地域特点,又象征性地写出孙洙离海州晋京任职有如浮海赴天河的现实人事,从而将这本不相干的三方面绾结到一起,表现出惊人的想象力和构思新奇的技巧。

“槎有信,赴秋期”,紧承上句而来,具体生发客槎来往从不失信、每年秋八月准定来到海上的情景。“信”,诚,这里指依期而至、毫无差误。作者在写乘槎浮海必有定期的同时,又暗含着孙洙准时离开海州、秋期晋京赴任的双关寓意。因此,“使君行不归”这个结句,在表面行文上与前两句语意强烈反跌,而在内在脉络上仍与前两句语意一脉贯通,一方面承接浮海至天河直道孙洙应召晋京事,一方面以归期无定抒写不忍相别的离情。“使君”乃汉代州郡长官之称,宋代称知州,这里尊称孙洙。作者以“不归”二字突出送别之后难以重逢的离愁别绪,同时还寄寓着归期无定、前景难测的不安心情。作者对“故人”的拳拳厚意和仕途忧虑,尽在不言中。

醉落魄 忆别

苏　轼

苍颜华发,故山归计何时决。旧交新贵音书绝。唯有佳人,犹作殷勤别。
离亭欲去歌声咽,潇潇细雨凉吹颊。泪珠不用罗巾裛。弹在罗衣,图得见时说。

【鉴赏】

词题一作“苏州阊门留别”。苏轼于神宗熙宁七年(1074)九月由杭州通判移知密州,十月途经苏州时,在苏州西北的阊门饯别宴上做此词,以赠某歌妓。

上片写仕途坎坷、彷徨无计时得遇知音之难得。下片写佳人送别、词人惜别的情景。上片由己及人,以议为主;下片由人及己,以叙为主。先议后叙,情融其中,突出了彼此心意契合、一往情深的主旨。

此词开篇,即云“苍颜华发,故山归计何时决!”突兀而来,令人感到作者胸中有

一股抑郁不平之气喷发而出。脸色灰白，头发花白，本是衰老的容貌，而作者写作此词时正当三十九岁的盛年，为何如此呢？字里行间已经含蕴着政治失意、人生多忧使其未老先衰的感慨和浩叹。还在熙宁四年(1071)，他因与王安石政见不合，乞外调而通判杭州，途经润州所写《游金山寺》诗中就有“我谢江神岂得已，有田有归如江水”之句。三年多来，心情抑郁，华发增生，思乡愈切，但是救时济世之志未遂，使他一直处在“欲仕不能、欲隐不忍”的矛盾之中。“故山归计何时决”，就是他自感华年空度、志向难酬、有意归隐、决心难下这种复杂心境的写照。“何时”二字，把他反复考虑、归心急切而又辗转反侧、终不能决的烦扰忧思和盘托出。

“旧交新贵音书绝”，紧承上句，曲折道出要决计归山的内蕴。“新贵”，是指那些阿附王安石新法而得提拔重用的“新进勇锐之人”，作者对这班“巧进之士”是深恶痛绝的，当然彼此没有交往；“旧交”，是指过去相处情好的朋友，有的因他遭贬而不再通书，有的则分贬四方而难于通书。究其根源，都出于作者与王安石政见不合而政治失意、仕途坎坷上。谁知就在作者处此孤寂困境之际，“唯有佳人，犹作殷勤别。”大抑之后做此反跌，特别显得这位“佳人”是作者难得的知己了。从下片所写内容以及作者同时写于苏州的有关诗词来看，这位“佳人”当是一位对作者一往情深的侍宴歌妓。作者前用“唯有”，后用“犹作”，着力强调出这位遭遇不幸的歌妓与宦游飘零的自己之间有一种相似的命运、特殊的理解和真切的共鸣。“殷勤别”三字，透露出这位歌妓之情意恳切，披肝沥胆，可作推心置腹的知音，因此在她的真情触动下，“何时决”之“何时”至此又开始动摇不定了。

换头两句，具体描绘佳人“殷勤别”的情景。“离亭”与“别”字紧扣，过渡自然，意脉相通。以“歌声”赠别，则暗点“佳人”实是歌妓的身份。当此“欲去”之际，竟自未歌先“咽”。这一“咽”字，写尽佳人对词人即将离去的无穷悲感和对词人宦海浮沉的凄切共鸣，说明她情深意真，不愧知音。就在佳人歌声凄咽、泣不成声之际，只觉濛濛细雨，阵阵凉风，一起吹打着泪脸。“潇潇”，这里用来形容小雨。“潇潇细雨凉吹颊”，并不仅在于描写将别之际的实景，而是更着力于刻画当时的感受，仿佛在凄咽歌声的触动下，离愁别绪如潇潇细雨，茫无边际，又觉得凉风袭人，吹打面颊。如此以景写情，情景交融，真可谓达到了象外有象的化境。

结尾三句，变换角度，抒写自己对佳人的劝慰，愈显惜别情深。“泪珠”承“咽”而来，“不用罗巾裛”则进层反跌。词人本应劝佳人用罗巾揾泪才是，为何却说“不用”呢？原来有意以此顿挫蓄势，逼出“弹在罗衣，图得见时说”的正文。他希望佳人任凭泪珠点点斑斑地洒满罗衫，打算用它作为以后再见时贵在知心的见证。这样写，不仅表现出词人对佳人惜别深情的理解和体贴，而且显示出两情契合、巴望后会有期的心境，既劝人，又自慰，对未来彼此相聚流露出信心。从全词意脉来看，词人的心情已由悲怆激愤逐渐演变为幽怨诚挚，他从一个歌妓自然流露的真情中发现了炎凉世态中闪现的亮光。他既以“图得见时说”来鼓励佳人，那么“故山归计何时决”呢？看来词人决绝之心已经暂时被佳人相知之情所融化了。

醉落魄 离京口作

苏　轼

轻云微月，二更酒醒船初发。孤城回望苍烟合。记得歌时，不记归时节。

巾偏扇坠藤床滑，觉来幽梦无人说。此生飘荡何时歇？家在西南，常作东南别。

【鉴赏】

北宋词人苏轼，神宗时因反对王安石变法，被调出京城，先出任杭州通判，后知密州、徐州。这时期，词人写了不少不朽之作，但在政治仕途上，却非常落魄失意。那时，作为地方官，词人时常被派遣到东南沿海一带的苏州、镇江、常州等地执行公务。每到一处，当地的达官贵人、乡绅、儒生，常常慕名相邀，或曰为其洗尘，或曰为其送行。盛情难却，在这种应酬筵宴上词人将失意遭谪一股脑儿扔到脑后，尽情地醉酒当歌，往往喝得酩酊大醉。《醉落魄》一词，便是作者任杭州通判时，于神宗熙宁六年(1073年)奉命到京口即镇江执行公务时的送行酒宴后，在离开京口的船上写的。从词中看，大约二更时分，船离开京口有好一会儿了，词人的酒才初醒。时，船外轻云托明月，一片云朦胧，月朦胧，什么都不太分明。回望京口，只见烟霭朦胧，什么也看不清楚。偏偏在这景致模糊不清的时候，作者的记忆也模糊了：他只记得刚才别宴上的歌舞，但怎么告别，怎么回到船上的，却怎么也想不起来了。

“巾偏扇坠藤床滑”—头巾歪了，扇子掉了，藤床也似乎挂不住身子直往下滑，这副醉态滑稽相，既是上阙“酒醒”二字的具体刻画。亦是“不记归时节”的补充。从词人什么时候回来的都“不记”得了，可见归时节他确实是醉了。醉眼中，一切都那样朦朦胧胧，模模糊糊，只有这样，眼前的“巾偏扇坠”才显得格外狼狈和醉态可掬。一个大西南的人，在东南沿海一带做官出公差，远离亲人与家乡，夜阑酒醒，本会倍感孤零，心里的话儿竟然没有亲人可以诉说，这是何等的孤寂和凄惶啊！幽梦的情节，词人没有写，也不必写，因为词人在这里突出的只是“无人说”。至于“无人说”什么并不重要。“此生飘荡何时歇?”才是引发出来的感慨。倦于行旅，倾诉无门，前路茫茫，何时是了！这使结尾“家在西南，常作东南别”，显得余韵悠然，摇曳无穷。

苏轼的词，总觉得非常自然，真是“如行云流水，初无定质，但常行于所当行，常止于所不可不止，文理自然，恣态横生。”(《答谢民师书》)用韵的节奏也是如此。“记得歌时，不记归时节，”“家在西南，常作东南别。”“歌时”“归时”“西南”“东南”重出一个“时”字，一个“南”字，前后呼应，吟诵起来便倍感和谐，有味。

如梦令 有寄

苏　轼

为向东坡传语，人在玉堂深处。别后有谁来?
雪压小桥无路。归去，归去，江上一犁春雨。

【鉴赏】

这是苏轼同时写的两阕《如梦令》的第一首。据傅斡本调下注曰：“寄黄州杨使君二首，公时在翰苑。”当为哲宗元祐三年(1088)左右苏轼在汴京为翰林学士期间所作。当时苏轼由于本着“执中持平”的立身原则，曾对司马光全废王安石新法的措施不满，而遭程颐等竭力排挤，使他再度厌倦京官生涯，向往起前几年离开的黄州东坡来。这首令词，正反映出他在这种特定背景下对于躬耕东坡清静自适生活的怀念，以及对于归耕东坡自得其乐生活的向往。

开头两句，出语明快，表达身在翰苑不忘东坡的深情。这是“传语”东坡的第一层内容。“东坡”，本是苏轼在“乌台诗案”后贬官黄州、由故友马正卿为他请得的一块城东营防废地，他就开垦躬耕于此，并优游其间。所以，他不仅将这块废营地命名“东坡”，而且以之作为自己的别号。“玉堂”，则因唐时翰林院设在宫中，称玉堂，此后就将玉堂作为翰林院的美称。“为向东坡传语”，把地当人，语气亲切，说要请友人为他向东坡传话。作者留恋故地的深情，落笔就以拟人手法充分表现了出来。他要告诉东坡什么呢?“人在玉堂深处”。这就像跟老朋友谈心一样，说明自己正在翰林苑处理公务。言外之意则在告慰东坡，你可不必惦念我。身居玉堂，传语东坡，前后两句明为紧密相承，实为隐约对照，既道出殷切思念东坡之情，又暗含并不留恋玉堂之意。这正曲折反映出作者当时特定的心理状态和感情趋向，并且自然而然地引起了下文。

三四两句，自问自答，悬想别后东坡冷清荒凉的景象。这是“传语”东坡的第二层内容。作者仍以老朋友的口吻在说：分别以来，有谁来眷顾你呢？你那里如今恐怕大雪压住了小桥，元路可通了吧！两句本来都是“人在玉堂深处”揣想东坡情景之词，但先设一问，行文便自然摇曳，婉而不直，而出以询问语气，尤引人注目，使人想见作者对别后东坡的无限关心；尔后再以“雪压小桥无路”表达眼前对东坡孤寂情景的遥想和体贴，既设想东坡积雪封桥，人迹罕至，没有我在。你大约会感到寂寞吧，又暗点我在玉堂“深处”，面对积雪。也很寂寞啊！以情语问，以景语答，情景相映，含蕴深沉，形象而又曲折地表露了作者身在玉堂、对雪神驰于孤寂东坡的寓意，关切东坡、两情相通自在不言中，从而蓄势已足，开启下文。

最后三句，直抒胸臆，表达重返黄州归耕东坡的意愿。这是“传语”东坡的第三层内容。“归去，归去”，不仅是依照词律规定而加以重叠，更在于着力强调，有意反复，在繁音促节之中，愈显归心之切。既然人在玉堂，而心向东坡，则决意归去，便不突兀。只是“归去”的时间为何要如此急促呢？那就在于“江上一犁春雨”。冬去春来，雪尽雨降，作者向往于江上潇潇春雨之后，扶犁耕作在东坡沃土之上，如此则东坡之孤寂可解，作者之思念可消，人生之乐趣可得，仕途之烦恼可除。这些意在言外的内涵，都紧承上文而来，而又集中在“一犁春雨”的形象画面中，令人感受到在这造语奇妙的四个字中有一种葱茏蓬勃的特殊气象，有一种轻快含蓄的喜悦情调。有人将此写农耕的“一犁春雨”。与写渔父的“一蓑烟雨”、写舟子的“一篙春水”等，并称为“皆曲尽形容之妙”(俞成《萤雪丛说》卷上《诗随景物下语》条)。就其形象如画、意味无穷的艺术独创性而言，确乎不为虚誉。

全词以“传语”为骨，拟地为人，如对老友，娓娓而谈，有告慰，有询问，有揣想，有向往，极其亲切自然地表现了作者思念故地的情愫，同时不露痕迹地含蕴着意欲远离政治漩涡、出知外任的心思。语言之清新，风格之韶秀，情意之绵长，即使在苏词电，也堪称是不可多得的佳作。

阳　关　曲　中秋作

苏　轼

暮云收尽溢清寒。银汉无声转玉盘。
此生此夜不长好，明月明年何处看？

【鉴赏】

这首著名的小词，是苏轼于熙宁十年(1077)“中秋作”。这年四月，苏轼赴知徐州任，其弟苏辙由京专程随之到徐州任所，留住百余日，中秋后方离去。他们兄弟俩，七年来第一次共度中秋佳节，清尊对月，一洗离愁。苏辙有《水调歌头》（徐州中秋）记其事，苏轼则写下这首小词。

此词调寄《阳关曲》，实有以王维《送元二使安西》诗为本依谱填词之意，所以它既被看作诗，也被看作词。题为“中秋作”，必写团圆赏月之意，而以《阳关》歌之，当又涉及离别之情。全词正是紧扣这两点构思而成。

开头两句，描写中秋赏月的美好景象。中秋赏月，最怕无月。作者从“暮云”下笔，自然是流露出生怕明月被暮云遮没的担心。然而紧接“收尽”二字，则不仅描写出整个傍晚观察云层变化直至云收雾敛的过程，而且刻画出终于如愿、意外喜悦的心情。文笔经此顿挫，先抑后扬，使得“溢清寒”三字境界全出了。可以想象，云纱一去，月色愈明，月光如水，清凉沁人。尽管字面并无“月”字、“水”字，却给人清辉满天、微寒弥漫的感受，眼前恍惚是一派空明，一片水色。其中“溢”字用得极其精巧，它既将月光如水充溢庭宇的形态表达出来，又将月色清寒沁人肌肤的感觉点染出来，堪谓是写物传神，写感可触，将人置身于不辨月光水色、上下通体澄澈的美妙意境中。作者这样先用反衬、后用借喻写出云尽月明、月光如水的微妙感受之后，才开始正面描写中秋月的高远和圆洁。“银汉无声”，是“转玉盘”的浩渺背景；“转玉盘”，则是整个画面的中心。在作者心中，该有李贺《天上谣》的诗句：“天河夜转漂回星，银浦流云学水声。”既是银河，就当有声，现说“无声”，则不仅是写其实感，而且在极写银河之高远，从而给人以天宇空阔的感觉。有了如此高远背景的衬垫，一轮有如“玉盘”的圆月就被突现出来了。不直说圆月，而喻为“玉盘”，自能给人以冰清玉洁、圆润晶莹的美感。李白《古朗月行》就说过：“小时不识月，呼作白玉盘”。至于“转”字，既传达出月亮运行的特有动感，又与“盘”字相扣，暗示其圆。中秋月圆，是人间亲友团聚的象征。尽管这两句只写中秋月，没写赏月人，但是作者从视觉写到感觉，再由听觉写到视觉，展示出无限赏心悦目的良辰美景，其中分明都有赏月人在。也许正因如此含蓄地借写“中秋月”之景，来写“人月圆”之情，使得词境愈显深远空灵，留给人们想象其赏心乐事具体画面的余地。

结尾两句，抒发良宵短暂、萍踪难测的悠悠别情。“此生此夜不长好”，是从眼前角度生发感慨；“明月明年何处看”，是从日后角度引出离愁。作者“此生”仕途漂泊，与弟别多会少，而“此夜”月圆人聚，共度良宵，该是如何之“好”；可惜兄弟分离在即，好景“不常”，又怎能不令人慨叹。作者珍惜眼前之“好”和苦恨良宵之短，两种心态交织于一句之中。这样既紧承上文，直接点明团圆难得、尽欢今宵之意，又开启下文，引发人事易变、重聚难再之情。今宵同赏“溢清寒”“转玉盘”之“明月”“明年”中秋之月彼此将在“何处看”呢！末句点出“明月”，使慨叹仍然围绕“中秋月”而发，构成首尾呼应的整体；同时，“明月”之“明”与“明年”之“明”字虽同而义实异，不仅假借巧妙地组成句中对，而且与“此生此夜”之二“此”字字面工整地组成双句对。如果再将“何处看”的疑问口气与“不长好”的否定口气对照体味，则更可知结尾两句的语意紧扣、对仗天成了。作者由今年此夜推想到明年中秋，结穴在“何处”二字。明是问子由，实亦问自己。兄弟两人都辗转迁徙，行踪萍寄，谁知明年中秋各在何方呢？这寄慨遥深的人生别情，含蕴着“人有悲欢离合，月有阴晴圆缺，此事古难全”的深邃哲理，使得全词留下高远苍茫、悠然不尽的情韵。

减字木兰花

苏　轼

双龙对起，白甲苍髯烟雨里。疏影微香，下有幽人昼梦长。

湖风清软，双鹊飞来争噪晚。翠飐红轻，时下凌霄百尺英。

【鉴赏】

苏轼的这首小词，约作于哲宗元祐五年（1090）知杭州时。据《词林纪事·东坡词注》载：“钱塘西湖有诗僧清顺居其上，自名藏春坞。门前有二古松，各有凌霄花络其上，顺常昼卧其下。子瞻为郡（指做知州），一日屏骑从过之，松风骚然。顺指落花觅句，子瞻为赋此词”。既是为僧赋词，其中自有禅机在了。

开头起句，概写“二古松”之态势。作者以龙喻松，静物动写，描画两棵古松恍若两条蛟龙相向腾起。直冲云天，活现猛见两棵古松蟠屈夭矫之势有如两条活龙左盘右旋、飞腾凌云的印象。接下一句，细写“凌霄花络其上”之意象。“白甲”形容松皮，有如白色的龙鳞；“苍髯”形容缠绕松枝头的凌霄花的藤丝，有如青青飘拂的龙须：“烟雨里”，则在形容藤缠古松、浓荫翳翳、烟笼雾锁、若隐若现的境界，有如白甲苍髯的两条巨龙正在濛濛细雨中飞腾。作者由松而联想到龙，由龙再联想到雨，并且不落痕迹地将凌霄花比拟为双龙的苍髯，奇思妙想，连珠而出，化静为动，肖貌传神，其用笔之脱俗，想象之奇特，描画之生动，构思之缜密，真堪令人叫绝。

第三句“疏影微香”，紧承“苍髯”而来，由凌霄花之藤转写到凌霄花之花。“疏影”“暗香”，本是宋初诗人林逋咏梅传神的名语，作者这里稍加变化，写凌霄，以显其淡雅清幽之致。词人在龙腾烟雨的幻觉奇想之后，只见凌霄花那金红色花朵正在疏影摇曳，散发出一丝丝一缕缕的淡香。就在这古松龙腾、凌霄香溢的刚柔交融的浓荫下，还看到一个幽居不问世事的和尚，正在悠然酣睡，做着长长的白日梦。

这个和尚当然不是别人，就是“常昼卧其下”的“诗僧清顺”了。无论是二松如“双龙对起”的刚劲动势，还是凌霄之“疏影微香”的柔美静态，都无妨于诗僧的沉沉大睡，其置身物外、悠然自得的神貌和禅境则由此可见了。

上片写古松，写凌霄，却不着花树一字，全部运实入虚，处处设喻，动静相映，刚柔对比，从而在奇瑰幽雅、有色有香的藏春坞整体画面中，突出清顺和尚闲适独处、无牵无挂的“幽人”形象。下片写湖风，写双鹊，实际仍在写古松，写凌霄，只是由虚入实，着力衬托，以闹显静，刚化为柔，从而在纯任自然、超然物外的藏春坞清空化境中，愈加深化了清顺和尚融于自然、无我无物的“幽人”形象。

“湖风清软，双鹊飞来争噪晚。”这下片开头两句，紧承上片末句，进层渲染“幽人昼梦长”的环境气氛。到了傍晚时分，西湖湖面上吹来了风，是那么清新柔和，由于风轻声微，无以声闻，唯可感触其“清”其“软”。一对喜鹊飞来树上，叽叽喳喳地像在争叫着什么，一阵啼鸣之后，藏春坞愈显幽静。湖风之静，双鹊之闹，一从正面烘托，一从反面衬托，极力写出一种对立和谐、气韵生动的静态美。同时，也正因有风之吹，鹊之噪，才顺乎自然地有了“翠飐红轻，时下凌霄百丈英”的微妙景象。“翠飐”（飐 zhǎn，斩，风吹颤动），指青翠的松枝迎风摇曳；“红轻”，指金红的凌霄花儿轻轻颤动。这都是风吹鹊来的结果。于是，那金红的凌霄花朵不时地从拔地百尺的古松苍髯上飘然而下，落地无声，如此反复，直至落英缤纷。风鸟树花，就这样互为因果，对立和谐，自由自在，天机自运，昼梦长的幽人则无思无虑，完全与这闹静相依、和谐清空的大自然融为一体了，从而使得全词形成了百炼钢化为绕指柔的和美境界。暗藏其中的禅意，也就这样得到了妙合无痕的体现。

全词着力写景，突出古松凌霄，兼及湖风飞鸟，在其动静、刚柔的对比描写中，展示了一幅对立和谐、境界和美的藏春坞画图。而作者的用意则在借此造成一种氛围，以烘托幽人独处的恬淡自适，纯任自然，暗寓的禅意正在其中。

减字木兰花 立春

苏　轼

春牛春杖，无限春风来海上。便与春工，染得桃红似肉红。
春幡春胜，一阵春风吹酒醒。不似天涯，卷起杨花似雪花。

【鉴赏】

词题一作《己卯儋耳春词》。己卯，宋哲宗元符二年（1099）；儋耳，今海南省儋县；春词，为立春所作之词。当时，苏轼被贬谪到海南岛儋耳，为当地立春风俗、绚丽春光所感染，情不自禁写下这首对于海南之春的赞歌。

上片描写海南立春习俗和风光。词从当地立春的习俗下笔，显示民风与中原无异。“春牛”即泥牛；“春杖”，指耕夫持犁杖侍立。古时立春日，“立青幡，施土牛耕人于门外，以示兆民（兆民，即百姓）”（《后汉书·礼仪志上》）。《东京梦华录》还记载宋代“立春前一日，开封府进春牛入禁中鞭春”之事。“春牛春杖”，概写海南人民在立春之日持犁杖鞭打土牛的“打春”习俗，这不仅引起作者对于中原迎春习俗的回忆，而且暗含对于海南迎春习俗的认同。“无限春风来海上”，描写海南人民迎来大好春光的蓬勃景象。“无限”与“海上”相扣，极尽形容“春风”之浩荡，充满着生机。“春风”“海上”来，写得非常切合儋耳地处海岛的特点，而境界之壮阔，胸襟之舒朗，语言之明快，足显作者对于海南之春的礼赞。春风既来，所以“便与春工，染得桃红似肉红”就乘势而出了。“与”，赐予；“春工”，春神之力，指生物得春而发育滋长。这里将春天人格化，意思是说春风就赐予春神之力，把桃花染得如同血肉一般的艳红。一个“染”字，写尽了春神化育万物的神奇力量。海南的明媚春色和灿烂景观被表现得如此生机盎然，如诗似画，作者的满心欢快和赞美之情自然洋溢于其中了。

下片进层描写海南立春的习俗和风光，突出抒发热爱海南的衷情。“春幡春胜”与上片首句一样，仍从海南立春的习俗发端。“春幡”，春旗，“幡”通“旗”。旧俗于立春日挂春幡，作为春至的象征。“春胜”，祝春好的吉语。李商隐《骄儿诗》即有“请爷书春胜，春胜宜春日”之句。意思是说：到处挂着象征春至的春旗，到处听到祝贺春好的吉祥话。字里行间，含蕴着作者如同置身中原一样的立春景象中的寓意，欣喜之情不言而喻。“一阵春风吹酒醒”，照应上片第二句“无限春风来海上”，意思却推进了一层。因为尽管同写“春风”，都渲染出春至人间的欢快气氛，但一写其初来的壮阔气象，纯从自然景观的大处落笔，一写其已来的具体画面。而从人间快事的细处着墨。“吹酒醒”，生动写出迎春仪式的宴席上春酒醉人、风吹酒醒的热闹情景，其中“酒醒”者也正包括作者在内。因此，“不似天涯”的感叹便脱口而出，正面抒发作者顿忘贬谪海南、有似身处中原的感受，从而突出了全词的主旨。本来海南岛就有“天涯海角”之称，当时被看作蛮荒僻瘴之地，前人至此，总会兴起流落天涯的悲感。作者却说“不似天涯”，自可看出他虽身处天涯而又不感身处天涯的心境，他对海南立春习俗的认同和赞许，他对异乡风物随遇而安的旷达胸襟，全都含蕴其中了。最后以“卷起杨花似雪花”的景语作结，不仅照应上片的结句，而且进层写出“不似天涯”的理由。海南地暖，立春已见杨花，足显海南春早以致物候之异。异虽异，似则似。那海南早见的杨花纷纷扬扬，不正像中原所有、海南所无的雪花么！作者触景生情，巧为设喻，亲切道出海南“不似天涯”、有似中原的赞叹，使得全词留下悠悠不尽的情韵。

这首对海南之春的热情洋溢的赞歌，以欢快跳跃的笔调，表达了作者热爱海南民风习俗和绚丽景色的真情实感，显露出不以贬谪天涯为意的旷达胸襟。词中大量使用“类字”，先后出现七个“春”字，两个“红”字，两个“花”字，随意而发，错落有致，渲染出海南一派迷人的春色。这与那些有意堆垛的文字游戏是迥异其趣的。

浣溪沙　徐门石潭谢雨道上作五首

苏　轼

照日深红暖见鱼，连溪绿暗晚藏乌。黄童白叟聚睢盱。
麋鹿逢人虽未惯，猿猱闻鼓不须呼。归家说与采桑姑。

【鉴赏】

这是一首写景词，是组词《浣溪沙》五首中的第一首，作于元丰元年(1078)的初夏。时作者在徐州任地方官。这年春天，发生严重旱灾，所谓“东方久旱千里赤，三月行人口生尘”，即是生动的写照。苏轼曾率众到城东二十里的石潭去求雨。据当地民间传说，以虎头置潭上，激起龙虎相斗，便会雷轰云卷，沛然作雨。他在为这次祈雨而作的《起伏龙行》诗：“嗟我岂乐斗两雄，有事径须烦一怒!”说的即是此，并在诗中表示，将为此而感到非常快乐。得雨后，他便与民众同赴石潭谢雨。这首词，作于谢雨道上。

一首小词，寥寥数句，作者采用写实手法，以精练的语言，直写眼中所见，将客观景物写得逼真生动，切合特定情景，于景中见情。全词共六句。除结句外，一景一句。恰如电影的镜头，连续地将客观景物一个个展现于读者面前。首句写晴空丽日，红艳艳的太阳照射碧溪，鱼在欢快地游动。给人一种温暖的感觉，次句写一村连着一村的树木，苍翠连枝，晚来可以藏乌。第三句写人，“聚”字说明了人多，不是一个两个，“黄童”“白叟”，标举代表。以概其余；“睢盱”是喜悦的样子，久旱逢甘霖、太守亲临石潭谢雨，民众当然喜形于色。这里，作者从色彩着笔，将黄童、白叟与红日、绿树照映，意在明其所见，仍然是谢雨道上之景，且写得真切。下片头两句写到麋鹿和猿猱，变换角度，与上片不重复。同为眼前所见，又是出奇之笔，出读者之所料！在作者笔下，动物似乎也通人意，为石潭谢雨所惊动和招引，走进画面，进一步点染着这富有生机的山村美景和欢乐气氛。结句不再写景，转而写内心感受。妙在不是直接道出。目有所见，心有所感，抑制不住要向人诉说。说与谁呢？说与一个能够理解，也愿意知道太守此时此地所见所感的人——采桑姑。一场甘雨，给养蚕的村姑。送来了丰足的桑叶，她对这场喜雨，该是多么欣悦，又该是多么感谢！说什么呢？当然是篇中所写的种种新奇喜人的景象，是作者内心的喜悦之情！但词中未明写出来，读者却可以体味得到。引而未发，含而不露，耐人寻味。在这里，作者描形写态，绘声绘色，形态有动有静，色彩有明有暗。距离有远有近，角度有高有低。恰似一幅明丽的农村风景画，爽朗明快，清新喜人，字里行间，都跳动着生命的活力。跟关西大汉执铁绰板所唱“大江东去”，大异其趣。

这首小词，作者采用融情入景的手法，紧切“谢雨”二字，通篇未着一个“雨”字，而所绘图景，却无一不和雨相关；不言“欢乐”，而处处洋溢着欢乐。暖日溪碧、连村绿树，好像与雨无关，但实际上正是在写雨：不是正在下着的雨，也不是刚刚下过的雨，而是已经渗入大地，滋润着万物，使干渴的世界得以复苏，再现出盎然生意的那场喜雨。以晴写雨，巧妙含蓄，极富情致。下片的麋鹿与猿猱，也似与雨无关，实则“鼓”声一出，启发人们想象太守谢雨时的欢乐热闹情景，连鹿、猿也闻之即出，从侧面烘托出了“谢雨”的气氛。可见，这里的景，不是一般的景，而是谢雨道上所见之景；情，也不是一般之情，而是谢雨太守心中之情。此情此景，又是谢雨太守与黄童、白叟、采桑姑共同欣赏、彼此相通的。正因为如此，这一幅幅表面看来似乎不相关联的画面，却和谐地结合在一起，构成了一个浑然不可分割的艺术珍品——幅明丽清新的风俗画，一首含蓄隽永的抒情诗。

浣溪沙

苏轼

元丰七年十二月二十四日，从泗州刘倩叔游南山

细雨斜风作小寒，淡烟疏柳媚晴滩。入淮清洛渐漫漫。
雪沫乳花浮午盏，蓼茸蒿笋试春盘。人间有味是清欢。

【鉴赏】

此词是神宗元丰七年(1084),苏轼赴汝州(今河南省汝县)任团练使途中,路经泗州(今安徽泗县)时,与泗州刘倩叔同游南山时所作。同游者有泗州守刘士彦、眉山旧友刘仲达。南山,苏轼《泗州南山监仓萧渊东轩二首》其一“偶随樵父采都梁”句自注:“南山名都梁山,出都梁香(香草名)故也。”《苕溪渔隐丛话》:“淮北之地平夷,自京师至汴口,并无山,惟隔淮方有南山,米元章名其山为第一山。”即本词所指南山。

这首游记词,上片写早春景象,下片写他们游山时清茶野餐的风味。

起句:“细雨斜风作小寒”,既是“细雨”,又是“斜风”,同时还有几分寒意。这正是早春的气候。景物又怎样?“淡烟疏柳媚晴滩”。正因为是早春,所以只能是“淡烟”“疏柳”。要是春深,一定是绿柳含烟,烟霭纷纷。这里着一个“媚”字,颇有分量,作者把淡烟疏柳在晴滩上的妩媚神态写活了,似乎淡烟疏柳也懂得献媚“晴滩”似的。所谓“晴滩”,联系起句“细雨”来看,作者上路时,还下着小雨,说明在任山途中,雨止初晴,和煦的阳光洒满大地,一片明媚春光。作者在这里把景写活了。像是电影摄影师手中的“镜头”一样,引导读者向前看,给人以动感。这一句写的是近景。

“入淮清洛渐漫漫。”是远景。随着作者“镜头”的推移,读者远远望去,那流入淮河的洛水,清澈而浩荡地往前奔流,越去越远了。看,既有淡烟疏柳在风和日丽的水岸边妩媚生姿,又有清澈浩渺的洛水奔流远去,这就展现出一幅色彩清丽而境界开阔的生动画面,令人心旷神怡。

下片转入写他游览时的清茶野餐及其欢快的心情。“雪沫乳花浮午盏,蓼茸蒿笋试春盘。”两句是生活中的小事,却写得清新巧妙,刻画入微。雪沫乳花,状煎茶时上浮的白泡。以雪、乳来形容它的颜色白,既是比喻,又是夸张,形象鲜明。“蓼茸蒿笋试春盘”,蓼茸、蒿笋都是鲜嫩的春菜。旧俗立春用鲜菜、水果、饼饵等装盘,馈送亲友,称“春盘”。短短七个字,使人仿佛看到那装在菜盘里的绿色的蓼茸蒿笋,嗅到醉人的芳香。这里,作者巧妙地把摆在他们面前的白绿相间、色泽鲜明的食品再现出来。不仅可口,而且悦目,味色相兼。其高明之处在于把生活形象熔铸成艺术形象,让读者也享受到他品茗尝鲜而来的喜悦之情。末了,在上面写实的基础上,作者宕开一笔:“人间有味是清欢。”人间最有意味的,莫过于能有清幽的欢愉。这一结句点破题旨，给这首词带来了欢乐情调。“人间有味是清欢”，当然不是人生的真谛。人生于世，当为国为民而贡献自己的力量。但在当时苏轼被贬的具体情况下，他发出这样的论调，正是一种不满之言。沈义文说：“结句需要放开，含有余不尽之意。以景结情最好……或以情结景亦好。这样的结尾，既能收住全文，又有理趣，有诗味，给读者留下了深刻的印象。”

总起来看，这首词充满着春天的气息，洋溢着生命的活力。反映了作者对现实生活的热爱，和健旺进取的精神。

浣溪沙

苏轼

惭愧今年二麦丰，千畦细浪舞晴空。化工余力染夭红。
归去山公应倒载，阑街拍手笑儿童。甚时名作锦薰笼？

【鉴赏】

这首《浣溪沙》词是元丰元年(1078)，苏轼在徐州任太守时所作。在这首词中，作者怀着喜悦的心情，对农村丰收的景象作了生动的描绘。

这首词有些版本题作“徐州藏春阁园中”。作者进园登上藏春阁，纵目远眺，一派丰收景象。

“惭愧今年二麦丰，千畦细浪舞晴空。”意思是说，今年很难得，大麦小麦都丰收！四野一片麦浪翻滚，像是在晴空下飞舞似的。上句饱含着作者对眼前丰收景象的喜悦心情，表现出作者对农事的关心。下句描绘出一幅生动的画面，“千畦细浪”，逼真地反映了麦子随风摇荡的状态；“舞晴空”显示出麦子的生势挺拔。一个“舞”字，把晴空下麦浪随风翻腾的景象，活现在读者眼前。这两句是倒装句，是由于作者看到“千畦细浪舞晴空”的景象，才引起他“惭愧今年二麦丰”的喜悦之情的。如果说，“千畦”句写的是远景，那么“化工余力染夭红”句，写的却是近景了,是另一番景象,是说造物者不仅仅使麦子长得丰盛,还有余力把瑞香花染得姹紫嫣红。化工,指天工造物者。夭红,形容花朵颜色鲜艳,指红色、紫色的瑞香花。“染夭红”三个字,颇能拨人心弦,引人遐想。这一句是写园中的景物。作者这样写,既有丰收之喜,又有花事之美,就使词的境界显得更为开阔。同时,这实际上是借花开之美,来衬托丰收之年。

丰收,究竟给予人们怎样的感受呢?“归去山公应倒载,阑街拍手笑儿童。”由于丰收在望,乡人高兴得喝个酩酊大醉,蹒跚归去,满街儿童拍手欢笑。这里借用了晋代山简(字季伦)被儿童嘲笑“日夕倒载归,酩酊无所知”的故事。十分贴切自然。人物饶有神态,活灵活现。通过这一幅别有风味的风俗画,来衬托乡人丰年之乐,加深了词的意义。

末句“甚时名作锦薰笼?”意思是说,那花开似锦,气如熏香的瑞香花,何时得到锦薰笼的美名?这一句回应了上面第三句,流露出作者对瑞香花的爱好及其舒适容与的心情,但光是这样来理解它还不够。因为词的中心思想不是写作者赏花的欢愉之情,而是写他对丰收的喜悦。所以,实际上是通过他对花的极力赞美,烘托出他对丰收的万分喜悦。

苏轼在徐州等地任地方官的时候,总设法减轻人民的负担,注意兴修水利,发展生产,抗灾救灾,改善人民的生活。这首词中所反映的丰收景象,是战胜天灾而赢得的,欢乐来之不易。

这首词在构思上很有特色。作者观察事物的立足点是在园中的藏春阁上。上片前两句写远眺中的丰年景象,末句写藏春阁盛开的瑞香花;下片前二句写出闾里的欢乐,末句再点到瑞香花。词的画面,随着作者视线的转移而跳跃、变换,显得相当自由、活泼,别开生面,能把自己当时的心态细致而生动地展示出来。本来丰年之乐,是许多人都写过的题材,但作者能力避平庸和一般化,构思新颖、奇巧,不同凡俗,十分耐人寻味。

点绛唇

苏轼

红杏飘香,柳含烟翠拖轻缕。水边朱户,尽卷黄昏雨。
烛影摇风,一枕伤春绪。归不去!凤楼何处?芳草迷归路。

【鉴赏】

苏轼此词,缘起难考。玩其词意,或为外放之际触景生情、意有所寄之作。字面写其对于所爱女子的一片无法如愿的深情怀想，暗寓空有眷恋朝廷之情却茫无归路的忧思愁绪。这种借美人芳草以抒己志的写法，屈赋以来，各代有之，而以宋词为盛。东坡偶有所感，借之而发，更可理解，因为东坡也有屈原那样忠而见放的遭遇。

上片描写想象中的所爱女子的情境。开头两句写景，点染春色如画。“红杏”早经宋祁写过，作为“春意闹”的象征，而更写“飘香”，则其清芬四溢，自可沁人肺腑了。翠柳亦如红杏，最富春意，而以“含烟”写柳轻盈葱茏之态，更以“拖轻缕”状其垂丝飘拂之姿，则其笼烟摇曳，自可引人悦目了。两句抓住最具春天特征的风物，作了有色有香、传神入画的描写，渲染出令人神往的美好环境，表达了作者醉心如此春色的感受，从而衬托出对于身居此境的伊人的钟情。经此铺垫，三四两句乘势由景及人，勾画伊人情境。“水边”承上，表明红杏、翠柳全都临水而生，同时启下，暗衬伊人之水灵清秀；“朱户”，直指伊人所居，点明伊人身份乃属贵族豪门的大家闺秀。“尽卷黄昏雨”，进层描写伊人卷帘，所见全是一片黄昏雨而已。“尽”，犹言“总是”；“黄昏雨”，象征美人迟暮的愁情，颇近“帘外雨潺潺，春意阑珊”（李煜《浪淘沙》）的情调。在作者极力骋想的笔下，这位意中人尽管占尽春光，却有一腔迟暮之感融于黄昏雨景之中，其孤寂有待之情自可想见。

下片抒写自己苦苦相思而不能如愿的情境。“烛影摇风”，紧承“尽卷黄昏雨”的想象虚摹而来，实写眼下正是黄昏时分，烛光黯淡，风吹影摇，一片凄清景象。“一枕伤春绪”，正面写出自己总是卧枕、难排相思愁绪的心境。“伤春绪”，即谓相思情。伊人孤寂卷帘愁望黄昏之雨，自己相思成疾卧对风中之烛，一为想象之境，一为现实之状，前后映照，情景关合，彼此却咫尺天涯，情意难能，这就自然撩起人们产生何以如此的悬想。“归不去！”直抒胸臆，出语斩截，道尽“伤春绪”的缘由。“凤楼何处？芳草迷归路。”更进一步生发对于伊人所在的凤楼可望而不可即的迷惘之情。“凤楼”，妇女居处，如江淹诗句“荡子从征久，凤楼箫管闲”所云。“何处”之问，道出想象终非现实、实际难达彼处的孤凄情怀。“归路”之“归”与“归不去”之“归”有意反复，暗示曾见过伊人，只是现在为萋萋芳草所阻隔，迷失了回到伊人之处的道路。作者以问话之句，设喻之词，意象朦胧地表达了虽知“归路”可达“凤楼”，却为“芳草”所“迷”而无法逾越的心理活动。“芳草”之迷路，与杏柳之迷人，首尾呼应，相反相成。其中一个“迷”字，充满迷惘失落的感情色彩，点明了“归不去”的根源，给人以怅恨无穷的感受。

作为一首刻画相思深情的词作来看，此词结构之回环对照，意境之凄清空灵，造语之隐秀隽永，即使放在婉约词派的大家之集里，亦属上乘之作。不过，细玩其意，推敲其语，联系作者屡遭排斥、多次外放的经历来看，此词似有象征比兴之意在。词人神往的“朱户”，本为帝王赏赐诸侯的九种物品之一，“诸侯之有德，天子锡之。……六锡朱户。”（《韩诗外传》八）而“归不去”的“凤楼”，本指宫内楼阁，所谓“风楼十二重,四户八绮窗。”(鲍照《代陈思王京洛篇》)如此看来,词人当有借情词以抒感慨之意:自己虽有怀于占尽春光的“朱户”重臣,无奈他们也正面临一片“黄昏雨”的黯淡局面;自己处境孤凄,一意“伤春”,空有向往“凤楼”宫阙之情,并无越过“芳草”重归“凤楼”之路。试味“归不去”三字的斩截语气中,蕴含着多少怅怨、失望和愤懑,也许更能看出隐于词人内心而不能明说的真情。

蝶恋花

苏轼

记得画屏初会遇。好梦惊回,望断高唐路。燕子双飞来又去,纱窗几度春光暮。

那日绣帘相见处。低眼佯行,笑整香云缕。敛尽春山羞不语,人前深意难轻诉。

【鉴赏】

苏轼此词,描写一个青年士子(即词中的男主人公)对一个青楼少女无比眷恋的深情。本词表露的缠绵悱恻、婉转隐秀的情韵,不下柳、秦之作。显示了苏词多种风格的另一面。

上片回忆初遇之后的隔断和相思。“记得画屏初会遇”,起笔点出这初次在有画饰的屏风旁相见是难以忘怀的,至今还记得清清楚楚。“记得”二字。总起上片,写其印象之深;“画屏”点地点;“初会遇”之“初”,既写彼此遇合乃属第一次,又含一见钟情的余意。如此写来,初遇情景之美好难忘则不言而喻。然而“好梦惊回,望断高唐路”,笔锋陡转,一跌千丈,词意顿起波澜。“好梦”承上,形容两情相好甜美异常,有如美梦;“惊回”启下,形容美梦受惊而醒,落入现实。“高唐”,指高唐观,又称高唐台,是宋玉所写楚怀王和楚襄王都曾于此梦与巫山神女相遇的地方(见宋玉《高唐赋》和《神女赋》),这里用它与“好梦”相互照应,并且暗暗点明这位初会的女子实出青楼的身份。“高唐路”自是比喻彼此相遇情意缠绵之语,可是一旦加上“望断”二字,则情缘突断、美梦成空的悲凄意味就浓注其中,令人想见他从此再也没有和伊人第二次会遇的机会了。至于他们的爱情好梦为何破灭,词中含而不露,我们则可从“高唐路”中看出其中消息,那就是封建礼教、封建家长不允许一个士子去和一个青楼女子结为伉俪啊!既然路断高唐,是否就此撒手了呢?“燕子双飞来又去,纱窗几度春光暮。”看来他对伊人的思念并不因时光的流逝而减弱半分。他看着成对飞翔的燕子春来又秋去,他看着明媚的春光几次从纱窗前走向了迟暮。他的心还在年复一年地企盼着“双飞”,他的情还在年复一年地沉浸于伤春哀绪。词人在这里借景写情,拈出最惹人相思的燕子双飞和纱窗春暮,来烘托男主人公的情丝不断,触物兴怀。他那一片执着的痴情,被表达得像这样具体入微,而又含蓄隽永,真可令人玩味不尽,为之一叹。

下片描写近日再遇时伊人的动人情景。在望断高唐路的几度春秋里,男主人公饱尝着相思无望的痛苦,然而他终于冲破外力的压迫与阻挠,再次与伊人“相见”了。“那日绣帘”,表明再遇的时间和地点。“那日”,即近来的一天,与“记得”所忆的过去遥相照应;“绣帘”,绣花的帘子,代指装饰华美的房间;“处”,时。这下片的过片,与上下的煞拍,似断实续,意脉暗连,隐示“那日”即是“纱窗几度春光暮”的一个暮春日,这就不仅使字面与下面“春山”相扣,而且显示男主人公冲破伤春苦恼付诸行动的勇气。“低眼佯行,笑整香云缕”,则是伊人在男主人公眼中的初见情态。她低眉垂眼,假意要走开,却又微笑着用手整理自己的鬓发。“低”字,“佯”字,细腻写出伊人因长久被抛一边而生的自感屈辱、意欲躲避的动态和心理;“笑”字则不仅生动写出她意识到取悦于人的青楼身份而瞬息变化的表情,而且不禁流露出依旧钟情于他的衷情。“香云缕”,形容伊人的鬓发香气四溢,如云蓬起,她当然自知其美,而对人“整”之,其下意识地要保持最佳容姿的心态就这样被活画出来。接着却是“敛尽春山羞不语”,以进一步描写她过一阵子的情态。她既佯行未行,又笑理云鬓,为什么又由“低眉”而至于整个收敛起像春山一样的眉头不言不语呢?原来全出于一个“羞”字。“人前深意难轻诉”,则发挥“羞”字,入木三分地刻画出她难以轻率地在人前倾诉“深意”的内心活动。她紧锁眉头,沉默不语,使“笑”的表情又起一变,看来这个“羞”字的意蕴决不仅是一般的害羞,其中必有“深意”在了。从男主人公的相思缠绵和她的柔情似水看,他们的爱情中断,既非男方的负情,也非女方的变心,而是出于封建社会的门第观念。出于彼此社会地位的悬殊。她自感身为青楼女子,与他不配,梦断高唐就是明证,内心深处重压着一种羞辱感;而她又对他一往情深,情丝难断,如果“轻诉”,必将使他招致非议,从而又有一种羞怯感;何况她会想到是自己使他招来爱情的悲剧、相思的痛苦,内心的负疚又萌发出一种羞愧感。何谓“羞”?耻辱也。如此复杂深沉的情意,才令她瞬息之间收敛笑容,锁眉不语啊!词人用他无不曲折尽意之笔。写出如此具体入微之情,而戛然搁笔,至于这对男女青年今后的命运、爱情的纠葛,全部留给读者去思索,去想象,实在可称是言有尽而意无穷了。

蝶恋花

苏　轼

蝶懒莺慵春过半。花落狂风，小院残红满。午醉未醒红日晚，黄昏帘幕无人卷。

云鬓鬅松眉黛浅。总是愁媒，欲诉谁消遣。未信此情难系绊，杨花犹有东风管。

【鉴赏】

苏轼这首词，描写一个多愁善感的少女伤春自怜的情境。全词由景入情，由表及里，用语含蓄，意韵隽永，有词绮情婉之妙。

上片写这位少女触景伤春，孤寂醉酒景。“蝶懒莺慵春过半”，起以景语，渲染情境。“春过半”，点明正当暮春时节。“蝶懒莺慵”，形容最为活跃于春光的蝴蝶、黄莺这时都呈现出一片无精打采的神态。为何蝴蝶懒于翩飞花丛、黄莺倦于啭鸣花枝呢？“花落狂风，小院残红满”。原来是一阵来势猛烈的大风将花儿纷纷吹落，使得小巧幽深的庭院到处都是凋零的红花。这一片蝶懒莺慵、花落红满的暮春景象，透过“小院”二字，已经暗示了都出自少女之眼的观看。本来蝶、莺无所谓“懒”或“慵”，只不过由于少女面对春光消逝大半的冷落景象而自感情懒意慵的折射罢了。花之“落”，风之“狂”，红之“残”，院之“满”，也无不染上少女伤春、心境寂寥的感情色彩。所谓“景语皆情语也”，词人正是借景托情，融情于景，自然而然由写景过渡到写人。突现出“午醉未醒红日晚，黄昏帘幕无人卷”的画面。可以想象，女主人公幽闺独处，触景伤情，借酒浇愁，一梦排忧的情景，竟至于午间醉酒。日西未醒，直至黄昏，无人卷帘的境地，其身之懒，其心之慵亦可谓无以复加了。一个“午”字，表明前三句之景全是她中午之前独观暮春“小院”之所见；“醉未醒”，则贯穿由中午到日西以至黄昏的全过程；“无人”，更在她犹“未醒”之外，点明她独处幽闺的孤寂环境。尽管其中没有一个伤春字眼，却令人感到她十分浓烈、无所不在的伤春意绪。

下片写这位少女酒醒意懒、愁绪难排的心态。上片由写景到写人，从整天伤春着眼；下片由外表到内心，从酒醒愁来入笔。“云鬓鬅（péng 朋）松眉黛浅”，紧承上片的煞拍，写她醒酒之后的面容：本来如云的美发一片散乱，眉间青黑的黛墨已显淡浅。她是这般的无心梳头，也无心画眉，对于一个闺阁少女而言，是够情懒意慵了。词人从她无心梳妆之形，传其愁烦不振之神。因此，“总是愁媒，欲诉谁消遣”就顺势而出，由对其外在形貌的勾勒转入对其内心世界的刻画。“总是”，谓一切都是；“愁媒”，谓愁的触媒；“消遣”，谓消解排遣。这就是说，在她眼中，无论是蝶、莺，还是花、风，凡是所见的暮春景物，都令她触目生愁，而又无可向人倾诉来排解其愁。词意发展至此，愁情已达极顶，使人想见其春愁如海，孤寂难排的心境，真个是“一片芳心千万绪，人间没个安排处”（李冠《蝶恋花》）。当此写愁已届穷尽之时，似难再着一字，而词人竟以灵动之笔，更写少女自慰之思：“未信此情难系绊，杨花犹有东风管。”让人觉得大有峰回路转、拓开新境之势，而在稍加体味之后，方感其意愈愁，其境愈悲。因为杨花“似花还似非花，也无人惜从教坠”（苏轼《水龙吟·次韵章质夫〈杨花词〉》），它本身身价不高，算不得真花好花，而且随风飘坠，命运在天。她竟即景拿来作比，自道不相信“此情”一无寄托，即使是“杨花”还有“东风”来照管，难道自己连杨花的命运还不如吗？可以看出，她的自道尽管全以“未信”“犹有”的自宽自解、故作旷达之语出之，却有一股红颜薄命，听命于人、情无所托、寄望好运的悲绪，萦回于字里行间。如此以旷语反衬哀情、以宽解反衬迷惘的写法，貌似转笔，实是将少女伤春心境更深化一层，不仅令人知其伤春情由之所在，而且使得全词留有哀婉凄恻、以不解为解的悠悠情韵。

东坡才大如海，无所不可。即以这首闺情词而论，他并不着力于形貌刻画，而只以诸多柔美的意象来烘托少女伤春的心态，就将一个封建时代身不由己、自叹命薄的少女形象推到了我们的眼前。其含蓄细腻的表现手法，哀而不伤的婉约情调，情景交融的艺术境界，足以显示他即使在温、韦以降的婉约词坛上，也是一位独具特色的大师。

满江红 寄鄂州朱使君寿昌

苏轼

江汉西来，高楼下，葡萄深碧。犹自带：岷峨雪浪，锦江春色。君是南山遗爱守，我是剑外思归客。对此间，风物岂无情，殷勤说。

《江表传》，君休读。狂处士，真堪惜。空洲对鹦鹉，苇花萧瑟。独笑书生争底事，曹公黄祖俱飘忽。愿使君，还赋谪仙诗，追《黄鹤》。

【鉴赏】

这首《满江红》是词人在黄州时所作。题序中的鄂州即今湖北武汉，朱寿昌时为鄂州知州。元丰二年(1079)春,词人由徐州调任湖州。此时御史李定舒、亶何正摘取词人到湖州任谢表中的"知其愚不适时,难以追陪先进;察其老不生事,或能牧养小民"等语,诬为妄自尊大;又曲解苏轼诗意,指为毁谤朝廷,遽将苏轼拘捕入狱;后因查无实据而将他贬到黄州。词人在黄州共五年。实际上是软禁。但却能泰然处之,并筑居室于城郊之东坡,因自号东坡居士,写下了大量诗词和散文,本篇即是这一时期的代表作之一。

上片开首三句,写词人伫立高楼(当是著名的黄鹤楼)凝神远眺,见到长江汉水汇成一片,就在楼下滔滔东去,尤其是那水色深碧似葡萄的汉水,格外令人瞩目。三句十个字,点出了眼前景色的浩瀚壮阔,同时也映衬出词人的胸怀。接下去"犹自带"三句表现了词人的翩翩联想:那目前的滔滔之水,不正是遥远的岷山、峨嵋山上的皑皑白雪溶化而来的吗?而岷山、峨嵋山都是四川名山,"锦江"是岷江的支流,与长江水势相通。所以这三句不但增添了词人对长江的亲切感,也为后文预做铺垫。苏轼不愧是融化前人名句为己用的大家。在上片前六句中一连用了三处,首先是"葡萄深碧"句,乃融化李白"遥看汉水鸭头绿,恰似葡萄新酸醅"(《襄阳歌》)之诗意;其次"岷峨雪浪"乃活用李白"江带峨嵋雪"(《经乱离后天恩流夜郎忆旧游书怀赠江夏韦太守良宰》)之意境;第三"锦江春色"句,乃点化杜甫"锦江春色来天地"句而成。三句都是融化活用,毫无斧凿之痕,而熟知古诗者又知其来源,益可增添读者的欣赏情趣,得到审美共鸣的满足。接着"君是南山遗爱守"五句直抒胸臆,是实写。苏东坡称朱寿昌为"遗爱守",因朱曾为陕州通判,陕州之南有终南山,通判之位同于太守,可称通守。在苏轼看来朱寿昌任内有政绩,遗爱于民,故云。与之相对,词人家乡四川在剑门山之南,俗称剑外。此时,词人浪迹天涯,宦海浮沉,前途莫测,有思归故乡之感,故曰"思归客"。两人都是客宦异乡,政见相契,又都与眼前的长江有一分之缘,故而引来了不尽话题。末三句"对此间,风物岂无情,殷勤说"与前六句映照,足见词人构思之精密。

下片首句之"《江表传》",乃是专记三国时东吴人物事迹的著作,今已不传。"狂处士"指三国著名人物祢衡,此人因"少有才辩,而气尚刚傲,好矫时慢物"(《后汉书·文苑传》),为曹操不容,后为刘表手下江夏太守黄祖所杀。祢衡著作名篇《鹦鹉赋》,他被杀后,葬于江边沙洲之中,后人因纪念他而命名此洲为鹦鹉洲。唐人崔灏《黄鹤楼》诗中"晴川历历汉阳树,芳草萋萋鹦鹉洲"句即指此事此景。词人伫立黄鹤楼头,江中鹦鹉洲尽收眼底,故而发出了劝人休读《江表传》和惋惜祢衡无辜被杀的慨叹。"空洲对鹦鹉,苇花萧瑟",总领下阕的不尽感慨:江流洲景如旧,而祢公安在!"独笑书生争底事,曹公黄祖俱飘忽。"是词人对历史的总结,一介书生,何必与权势在握生死予夺的政客去顶撞论争，岂非徒劳无益。即使是事件的胜者：曹操与黄祖，一世之雄，也都化为云烟而消逝！“屈平词赋悬日月，楚王台榭空山丘。……功名富贵若长在，汉水亦应西北流。”（李白《江上吟》）此时此地，词人又想起了李白，奉劝朱寿昌，我们还是像谪仙李白那样执着于诗文创作，像他那样创作出堪与崔灏《黄鹤楼》诗比拟的佳篇杰构，而永留青史。据辛文房《唐才子传》载，崔灏游武昌赋《黄鹤楼》诗有句云：“昔人已乘黄鹤去，此地空余黄鹤楼。黄鹤一去不复返，白云千载空悠悠。……”及李白来，曰：“眼前有景道不得，崔灏题诗在上头。”后来李白的《登金陵凤凰台》诗，似仿《黄鹤楼》诗，同崔诗一样押平声尤韵，相传乃李白与崔灏争胜之作云。词人于此运用这段文坛美谈，寄寓了曹丕所云“文章乃甩不朽之盛事”，唯有不朽的诗文才永放光芒的豪情壮怀。

南 歌 子 游赏

苏 轼

山与歌眉敛，波同醉眼流。游人都上十三楼。不羡竹西歌吹古扬州。

菰黍连昌歜，琼彝倒玉舟。谁家水调唱歌头。声绕碧山飞去晚云留。

【鉴赏】

这首词是作者在杭州任职时所写的一系列寄情山水、歌咏游赏之乐诗词中的一首。

词的上片起始便抓住了游乐场面不可缺少的人物“歌女”来重彩描绘：“山与歌眉敛，波同醉眼流”。歌女是浓妆的，眉头的黛色凝聚，令人想起远处起伏的青山，秀丽而妖娆；而喝酒之后，在微微醉意中眼波流转，却似西湖的水波，多情而缠绵，真可谓眉目传情，风情万千，由此即可想见当时的欢乐和热闹，真是“酒不醉人人自醉”。下句紧接“游人都上十三楼”，也就是说来西湖游玩的人，没有不到十三楼来的。这十三楼是临近西湖的一个景点，据固淙的《乾道临安志》载：“十三间楼去钱塘门二里许。苏轼治杭日，多治事于此。”而为了突出十三楼的景致之胜，作者又举出了古扬州的竹西亭，以此作比：“不羡竹西歌吹古扬州。”竹西亭是唐时的名胜，得名于杜牧诗：“谁知竹西路，歌吹是扬州。”一向是游人倾慕之所。举出“竹西亭”，是进一步衬托了十三楼的引人入胜，一旦登临十三楼，便“不羡竹西歌吹古扬州”了。

上片词通过通感、移情、对比的手法，单刀直入，写出了十三楼的盛况，细节选取极具代表性。

下片词再次铺陈，“菰黍连昌歜，琼彝倒玉舟”又是另一个场面。想来当时是宾朋满座，推杯换盏，畅饮正欢。“菰黍”和“昌歜”都是食物，在此处泛指。“彝”为贮酒器，“玉舟”指酒杯，意即美酒源源不断地倒入酒杯中，宾客们尽情谈笑，开怀大饮，非常欢乐。而这时，又传来曼妙的曲子，原来不知谁家唱起了“水调”一曲。歌声悠扬，撒满湖山，而此时天色已晚，但游人们仍耽于欢乐，不愿离去。十三楼依旧欢声笑语，杯盏交错。而这清妙的歌声也仿佛绕过碧云飞到天外。天上的晚云却为这欢乐的场景和动人的歌声所吸引，留连忘返，久久不去。末句，用拟人手法来写云，晚云仿佛也有了生命和灵性，沉醉于人间的欢乐。而寄情山水，在游乐中放纵心灵，愉悦自我，追求精神上的满足，正是作者的心声。其时，苏东坡正受到司马光、程颐等人的排挤，出守杭州。政治上日益不得志，寄情山水是他逃避现实、寻求寄托的一种方法，实乃不得已而为之。在他所叙述的这个热闹场面的背后，隐含着多少无奈、苦闷和凄凉，实是一种痛苦。

此词通过十三楼游乐之景，对饮酒、唱歌等的侧面描写，把这个名胜的盛名和引人处淋漓地表现了出来，可谓高明。这是由于作者选取了几个典型场景，加上多种手法的运用，所以用墨不多，却有很强表现力，显示了作者深厚的文字功力。

贺新郎①

苏　轼

乳燕飞华屋。悄无人、槐阴转午②，晚凉新浴。手弄生绡③白团扇，扇手④一时似玉。渐困倚、孤眠清熟⑤。帘外谁来推绣户？枉教人、梦断《瑶台曲》，又却是，风敲竹。

石榴半吐红巾蹙⑥。待浮花浪蕊都尽⑦，伴君幽独。秾艳一枝细看取，芳心千重⑧似束。又恐被、西风惊绿⑨，若待得君来向此，花前对酒不忍触。共粉泪，两簌簌⑩。

【注释】

①此词作于苏轼出守杭州时，约在哲宗元祐四年（1089）至六年间。《古今词

话》:“苏子瞻守钱塘,有官妓秀兰,……子瞻因作《贺新郎》,令歌以送酒。”

②槐阴转午:指槐树影移,时光过午。

③生绡:未经过捶捣、练丝程序的丝织物。制衣需织物柔软,故加以锤炼;制扇需织物挺括,故用生丝。

④扇手:白团扇与素手。

⑤清熟:安稳熟睡。

⑥“石榴”句:化用白居易《题孤山寺山石榴花示诸僧众》:“山榴花似结红巾。”

⑦浮花浪蕊:指浮艳争春的花朵。韩愈《杏花》:“浮花浪蕊镇长有,才开还落瘴雾中。”榴花夏开,两句言榴花繁盛时,百花俱已零落。浮、浪,有轻薄意,言其不能长久。

⑧芳心千重:以女人喻花,形容石榴花瓣的重叠。

⑨西风惊绿:言秋风起后,榴花凋谢,只剩下绿叶。皮日休《石榴歌》:“石榴香老愁寒霜。”

⑩蔌簌:出于元稹诗:“风动落花红簌簌。”

【鉴赏】

此词的写作背景,无有定说,故词的兴寄深义,也殊难确认。但千年之下,众所公认,此词无疑当为佳作。

上阕一开篇几笔勾勒,便刻画出一处幽独静寂的华美屋宇。其间,“晚凉新浴”的佳人在这种幽雅静谧的气氛中若有所思。“手弄”两句,是出浴美人举止神形的一个特写。“团扇”是古代女性悲剧命运的象征,“手弄团扇”的下意识动作,含有佳人被弃的深意幽思。而团扇所衬出的美人冰肌玉骨,具有一种脱俗超尘的韵致。“渐困倚”一句,写美人浴后困倦袭来,沉沉入睡。“孤”“清”两字,点出美人处境和心境的孤寂冷清,也与前面所描写的环境协调一致。“帘外”三句写入梦后情景:睡梦中恍惚有人推窗,惊醒瑶台好梦,若有所待醒来一看,可是哪有人影?只有风敲竹的声音,徒增人怅惘烦恼罢了。

下阕写榴花,而花人相映。首句描写石榴浓艳之状,用“蹙”字形容半吐榴花,兼有美人蹙眉含颦风致。“待浮花”两句,以拟人手法将晚开之石榴写得不同凡俗:无意争春,晚芳独放,在群芳过后的寂寞中“伴君幽独”,不单浓艳,更是气节不凡。“秾艳”两句,进一步点染花之美好形态,也托喻美人内心的愁结幽思。“又恐被”几句,担心芳容难久,很快被风吹得零落衰飒。只怕君来时已无秾艳可以看取,而只能对酒花前,见榴花之残蕊与美人之清泪了。

胡仔云:“东坡此词,冠绝古今,托意高远。”后世对此词众说不一,就在于以花喻美人虽显,但美人是否有喻君臣遇合或者独守节操之意,却在若即若离之间,难以坐实。但这种情形更显出此词意境的深远与读解的多种可能性。

洞仙歌

苏　轼

余七岁时，见眉州[①]老尼，姓朱，忘其名，年九十岁。自言尝随其师入蜀主孟昶[②]宫中。一日大热，蜀主与花蕊夫人[③]夜纳暑摩诃池上，作一词。朱具能记之。今四十年，朱已死久矣，人无知此词者，但记其首两句，暇日寻味，岂洞仙歌令[④]乎？乃为足[⑤]之云。

冰肌[⑥]玉骨，自清凉无汗。水殿[⑦]风来暗香满。绣帘开，一点明月窥人，人未寝，欹[⑧]枕钗横鬓乱。
起来携素手，庭户无声，时见疏星渡河汉。试问夜如何[⑨]？夜已三更，金波[⑩]淡，玉绳低转[⑪]。但屈指西风几时来，又不道流年暗中偷换。

【注释】

①眉州：今四川眉山。词作于神宗元丰五年（1082）。

②孟昶（chǎng）：五代时蜀国后主。与南唐中主李璟、后主李煜同时，好填词，知音律，在位三十一年，国亡降宋。

③花蕊夫人：孟昶妃。陶宗仪《南村辍耕录》："蜀主孟昶纳徐匡璋女，拜贵妃，别号花蕊夫人。意花不足拟其色，似花蕊之翾轻也。"摩诃池：建于隋代，前蜀改称宣华池，水边建殿阁楼亭，称宣华苑。故址在今成都城外昭觉寺。

④洞仙歌令：即洞仙歌。其调首见于苏轼《东坡词》，又名《洞中仙》《羽仙歌》《洞仙歌慢》等。

⑤足：补足。

⑥冰肌：肌肤像冰雪一样莹洁。《庄子·逍遥游》："藐姑射之山，有神人焉，肌

肤若冰雪,绰约若处子。”

⑦水殿:筑在摩诃池边的便殿。

⑧欹(qī):同“倚”,斜靠。

⑨夜如何:《诗经·小雅·庭燎》:“夜如何其,夜未央。”

⑩金波:指月光。《汉书·礼乐志·郊祀歌》:“月穆穆以金波。”

⑪玉绳:星名,位于北斗星斗柄三星的北面。玉绳低转:表夜深。

【鉴赏】

词本兴起于席间佐欢,所以多唱男女情爱、女性风情等内容,一直被人称为艳词。但苏轼此词虽写女人体态,却写得既见旖旎风姿,更显出超逸气韵。

上阕写暑夜花蕊夫人水殿倚枕纳凉之容态。“冰肌玉骨,自清凉无汗”两句,据其序当为蜀主孟昶的佚词残句,以冰、玉形容美人肌骨之冰莹玉润,不但见其天生丽质,更将夏夜之暑气与人世之俗气一笔排开。苏轼借此所留下的空间和奠定的基调,展开想象,完成了一幅绝妙的夏夜消暑图。作者选取了几个细节,勾勒出环境的清丽和美人的慵困。水殿、绣帘、明月,只见夏夜中的清凉,而将“大热”迹象淡化出摩诃池以外,使环境与美人的脱俗协调一致。“暗香”这一朦胧意象,更是兼摄摩诃池荷风之清香与美人冰肌暖玉之体香,写得艳而不俗。“绣帘开”几句,既是从一个特定的角度在朦胧的月光掩映中见出花蕊夫人的美丽风姿,又以明月似乎也在偷窥美人的奇妙想象从侧面衬托出美人的绰约多姿。“欹枕钗横鬓乱”一句,直出现一幅暑热中慵懒娇柔美人纳凉图,使前面的烘托渲染落到了实处。

下阕写想象当中携手赏月的蜀主及花蕊夫人相对夜色而生的流年之慨,纯是凭空想象,却情景交融,妙合无垠。“起来”两句写宁静深夜中的君妃同望流星划过银河,以携手月下的爱侣隐对隔河相望的牛郎织女,宁静幸福感中而又隐隐有一丝好景难常的怅惘。“试问”以下,似夜深时喁喁私语的对话,既勾勒出一幅月波淡淡、星斗暗转的深夜景色,又将这一丝幸福中的怅惘若隐若现地传出。似乎既盼着送爽的西风退暑,又似乎伤感着秋暮的草木摇落之悲。

纳凉只是平常景象,词人却在此传达出更深的人生况味和哲理思考,从而使境界顿时不同。词前小序如幻如仙的记述,更使词作缥缈有仙气。

八声甘州　寄参寥子

苏　轼

有情风万里卷潮来,无情送潮归[①]。问钱塘江上,西兴[②]

浦口，几度斜晖[3]？不用思量今古，俯仰昔人非[4]。谁似东坡老，白首忘机[5]。

记取西湖西畔，正春山[6]好处，空翠烟霏。算诗人相得，如我与君稀。约他年、东还海道，愿谢公雅志莫相违。西州路，不应回首，为我沾衣。

【注释】

①"有情"两句：隐喻本词的时间地点与来由。潮指钱塘潮。杭州东南钱塘江边有一巽 yùn 亭，苏轼与僧友参寥曾在巽亭观潮唱和。

②西兴：在钱塘江南，今杭州市对岸，属萧山区，是古时从萧山到杭州的重要渡口。

③斜晖：落日的光辉。

④"不用"两句：应作一句读，即用不着去思量古今兴废，也用不着去俯仰昔人的是与非。

⑤忘机：即泯灭机心，无意功名利禄。机指机心，即机诈权变的心机。

⑥春山：春天的山色风光。

【鉴赏】

这首词是苏轼于元祐六年（1091）由杭州知州召为翰林学士承旨，将离杭赴汴的寄赠之作，为其豪迈超旷风格的代表作之一。受赠者参寥（子为尊称），是一僧侣，号道潜，於潜（旧县名，今并入浙江临安市）人，善诗词，与东坡极友善，且交往甚密。

全词上下阕都以景语发端，议论继后，但融情入景，并非单纯写景；议论中又伴随着激越深厚的感情一并流出，大气包举，格调高远。写景、说理，其核心全在首句一个"情"字，有情与无情，都是抒写苏轼历经坎坷后了悟人生的深沉感慨。

上阕首两句写钱塘江潮一涨一落，但对"涨"说"有情"，对"落"说"无情"。而此处"无情"并非指自然之风本乃无情之物，而是指已被人格化了的"有情"之风。这有情之风从万里之外将江潮席卷而来，却又无情地送江潮迅速归去。起句即突兀而起，且“有情风”三字开笔不凡。接以“有情卷潮来”“无情送潮去”，并列之中却能体会是以后者为主。这就突出了全词是抒写“离情”的特定场景，而非一般的咏潮之作。潮涨潮落，实含有聚散离合之意。

下三句实为一个领字句，以“问”字领起。在钱塘江上、在西兴渡口，作者与友人多少次在残阳的余晖中观赏那钱江大潮的起落呵！“斜晖”二字，一则承上“潮归”，因落潮一般都在傍晚时分；二则此景在古诗词中往往是与离情结合在一起的特殊意象。这夕阳的余光增添了多少离人的愁苦！

“不用”以下四句为议论，而议论是紧承写景而出。万里长风卷潮来送潮去，似有情实无情，古今兴废莫不如此。这里，苏轼对于古今变迁、人事代谢，一概置之度外，处之泰然。“谁似”两句，是进一步申诉此意。时年苏轼已五十六岁，按“古稀之龄”看来，已垂垂老矣，故云“白首”；人到老年早已泯灭机心，无意功名利禄，达到超尘绝世、淡泊宁静的心境，故云“忘机”。这四句可以看出，苏轼是以此自豪和自夸的。

下阕前三句又写钱塘附近西湖山水的美好。南江北湖，都是记叙苏轼与友僧参寥在杭州的游赏活动。此词作于三月，正值春季，特别叮嘱“记取”这段西湖之春的山色水景，以留作别后的追思。“空翠烟霏”正是对“春山”风光的具体描绘。这样，词意从山水美景直接过渡到“归隐”的主旨了。

“算诗人”两句，先写与参寥的相知之深。参寥诗名甚著，苏轼曾赞他“诗句清绝”，且他与苏轼肝胆相照。苏轼屡次被贬斥，他都不远千里跟踪从游，唱和安慰。这就难怪苏轼算来算去，像自己和参寥这样亲密无间、荣辱不渝的挚友，在世上是不多见的了。如此志趣相投，正是归隐的佳侣。这两句使词意自然移接下文。

结尾几句用了西晋谢安、羊昙的典故。谢安有退隐东山之志，但其志尚未遂就，却遇疾病而亡。其外甥羊昙曾追随于他，“哀其零落归山丘”，在其逝处恸哭而去。这里苏轼以谢安自喻，以羊昙喻参寥。意思是说，我们约定好，他年我从东边海道返回归隐的志向一定要实现，免得老朋友像羊昙那样在西州路上不堪回首地为我痛哭和抱憾。超然物外，寄情山水，确实是苏轼重要的人生理想，也是本词着重加以发挥的“归隐”主题。

全词语言明快，音调铿锵。更妙在无一字豪宕，无一语险怪，却见万里风潮卷地而来，突兀而去，似作者胸中藏有数万甲兵，在钱塘江上布阵。本词词意骨重神寒，却又出以闲逸感喟之情，似神仙般闲逸旷远，不食人间烟火。这种超然物外的心态，真实地交织着苏轼人生矛盾的苦恼和蹈厉的豪情，使全词有蕴含不尽的情趣和思索不尽的哲理。

江城子 密州出猎[1]

苏轼

老夫聊发少年狂[2]，左牵黄[3]，右擎苍[4]，锦帽貂裘，千骑卷平冈。为报倾城随太守[5]，亲射虎，看孙郎[6]。
酒酣胸胆尚开张[7]，鬓微霜[8]，又何妨。持节云中，何日遣冯唐[9]？会[10]挽雕弓如满月，西北望，射天狼[11]。

【注释】

①密州：今河南省新密市，苏轼写此词时在这里任太守。

②老夫：苏轼自指。作者时年仅四十。聊：暂且。狂：指豪情。

③牵黄：牵着黄犬。黄，借指黄狗。

④擎苍：肩臂上架着苍鹰。苍，借指苍鹰。

⑤为：为我、替我。倾城：全城的人。太守：苏轼自指。

⑥孙郎：即孙权。典出《三国志》，孙权未当吴政时即为少年英雄，曾亲自骑马用双戟射死猛虎。

⑦酒酣：酒喝得很畅快。尚：更加。

⑧鬓微霜：鬓角长出了少许白发。

⑨冯唐持节：典出《前汉书》，汉文帝时云中太守魏尚抗击匈奴有功，但因报功不实，获罪削职。后来文帝听了大臣冯唐的话，又派冯唐持节去赦免魏尚，命他仍当云中太守。节，符节，是古代派遣使者或调兵时用作凭证的东西。用竹、木、玉、铜等制成，刻上文字，分成两半，一半存朝廷，一半给外行官员或出征将帅。

⑩会：将要。

⑪天狼：星座名，又名犬星，古人认为它的出现主侵掠之灾。这里用来代指经常在北宋边境侵扰掠夺的辽国和西夏。

【鉴赏】

这是苏轼一首抒豪情、寄壮志的豪放词。场面热烈，气势宏伟，大有“横槊赋诗”的气概。

上阕主要写出猎。出猎，对于像苏轼这样的文人来说，或许是偶然的一时豪兴。所以开篇便说“老夫聊发少年狂”。狂者，豪情也。本词纵情放笔，气概豪迈，一个“狂”字贯穿全篇。看，今日一个文人左手牵黄犬、右臂架苍鹰，好一副出猎的雄姿！随从武士一个个也都花帽皮衣，着打猎装束，平缓的山冈上千骑奔腾，沙尘飞扬，场面十分壮观！“太守”，指苏轼自己。他下令说：快快替我告诉全城的老百姓，统统跟随我出去打猎，看我像当年吴国的孙权那样，亲自弯弓射虎吧！如此声情口吻，足见他何等豪兴！孙权射虎，时值风华正茂之年，四十多岁的苏轼如今也要射虎，可见其英雄豪气，不减当年的孙郎，真是在“发少年狂”。读到这里，我们已经清晰地看到一个意气风发的“狂人”形象：太守出猎而须“报”知老百姓跟随去看，其狂一也；出看而须“倾城”，其狂二也；猎必“射虎”，其狂三也；自比少年英俊的“孙郎”，其狂四也。这四“狂”，把在“出猎”这一特殊场合下苏轼的举止神态表现殆尽。

下阕主要写请战。意境由实而虚，进一步写出了苏轼“少年狂”的胸怀，抒发了由打猎而激发出来的豪情壮志。苏轼为人本来就豪放不羁，再加上“酒酣”，就更加豪情洋溢了。“鬓微霜，又何妨”，鬓边添了几根白头发，又有什么要紧？廉颇七十岁了，只要能吃得下几碗饭，就还可上阵杀敌呢。何况此时的苏轼才四十多岁，因与王安石政见不和，自请外任密州太守，又正值北宋西北边患频繁，西夏大举进攻。苏轼经这次打猎小试身手，进而便想带兵征伐西夏。“持节云中，何日遣冯唐？”就是表达的这层意思。尾句说我将要强硬地把雕弓拉得像满月一样，箭指西北，射退前来侵扰掠夺的强盗豺狼。由此将出猎引出的豪情发挥到了极致。

江城子 乙卯正月二十日夜记梦[①]

苏轼

十年[②]生死两茫茫。不思量，自难忘。千里孤坟[③]，无处话凄凉。纵使相逢应不识，尘满面，鬓如霜。
夜来幽梦忽还乡。小轩窗，正梳妆。相顾无言，唯有泪千行。料得年年肠断处，明月夜，短松冈[④]。

【注释】

①乙卯：宋神宗熙宁八年（1075）。苏轼四十岁，时在密州（今山东诸城）太守任上。

②十年：苏轼妻王弗卒于宋英宗治平二年（1065）五月，至此整整十年。

③千里孤坟：王氏坟在眉州，与苏轼处身的密州相距数千里。

④“料得”三句：写孤坟。唐孟棨《本事诗》载孔氏赠夫张某诗：“欲知肠断处，明月照孤坟。”

【鉴赏】

此词为苏轼悼念亡妻王弗之作。王是苏轼发妻，卒于英宗治平二年(1065)，次年由汴京归葬四川祖茔。苏轼作此词时，距其妻过世正好十年。

上阕写对亡妻的怀念。“十年生死两茫茫”一句，总摄全篇。生死永隔又难以忘怀，这样的岁月已持续十年之久，其情之深，其伤之痛，可以见也。“不思量，自难忘”，简单平实的六个字，道尽相濡以沫的夫妻深情。这种情感，烙印于心，无须多想却难以忘怀，非时间、空间、生死可以阻断。但深情虽在，却无处诉说。“千里孤坟”两句，写尽爱侣生死永隔的凄苦。“纵使”以下，以一让步假想，推出十年人世风霜。过世已十年也不能忘怀的发妻，当与词人相知甚深，熟悉之至，但在词人的想象中，十年之后，即使有可能相逢，竟然不再相识了。因为“尘满面，鬓如霜”，而非当初的年少英才了。此处通过想象对方的不识自己，来自视自己的风雨历程，满怀悲愤辛酸。

下阕写梦见亡妻。“夜来”一句，以幽梦还乡另出新境。一个“忽”字，词意出人意料。“小轩窗，正梳妆”，写梦中所见亡妻之形态，似乎呼之欲出，历历可见，几使人误以为回到了年少情浓的十年前。“相顾无言”又一转，却是十年风霜后梦中相见。夫妻往昔对镜描眉的情景顿时远去，而是千言万语，却无法说出，只能在相对流泪的伤神中心意相通。“料得”三句，梦已醒，人已逝，只有月下怀想：千里之外，短松冈上，年年肠断。想象中凄清幽寂的环境，蕴蓄了无限人世伤心。

苏轼词作，人多注意其豪放词风，然其深婉缠绵处，不乏佳作绝唱。此词深得婉约真蕴，堪称千古悼亡词之魁。

蝶恋花

苏　轼

花褪残红青杏小①。燕子飞时，绿水人家绕。枝上柳绵②吹又少，天涯何处无芳草！
墙里秋千墙外道。墙外行人，墙里佳人笑。笑渐不闻声渐消，多情却被无情恼③。

【注释】

①花褪：指花色衰败。残红：是指红花已所剩无几。

②柳绵：柳絮。

③多情：此指行人。无情：此指佳人。

【鉴赏】

这是一首感叹春光易逝，佳人难见的小词。虽为一己之情怀，却颇具人生之哲理，在伤感之中又有勘破人生的旷达豪情。全篇寓情于景，清婉雅丽，深笃超迈，不缠绵悱恻却感人至深，极能体现东坡写情的特点。

上阕写景，抒伤春之感。词人既善于把握暮春的特有风光，又善于借景抒情，在客观地描摹景色时融入了自己的深沉感受。起句"花褪残红青杏小"通过写景点出时令。"残红"再着一"褪"字，花少且已褪色的暮春之景不禁给人几分伤春之意。杏已结子，但"青"又"小"，说明夏天刚到。"燕子飞时，绿水人家绕"两句通过写景交代地点。此二句承前将视线从枝头移开，转向广阔的空间，心情也随之豁然开朗。空中轻燕斜飞，在村头盘旋飞舞，给画面带来了盎然兴味，增添了动态美。舍外绿水环抱，于幽静之中含富贵气象。一个"绕"字，生动地描绘出具体的形象，让人油然而生优美遐想。"枝上柳绵吹又少，天涯何处无芳草"这最为后人称道的两句，先一抑，后一扬，在跌宕起伏之中，表现出词人深挚的情感和旷达的襟怀。柳絮纷飞表明春已逝，更何况"吹又少"呢？这种写法与"花褪残红"相似却又不露痕迹，故不觉重复，倒有缠绵悱恻之感。"何处无芳草"即到处皆芳草之意。伴随芳草茂的必然是百花残，这对立又统一的自然规律给人的艺术感染却是疏朗中有感伤，深婉动人。

下阕写人，状情不为人解之恼。由于"绿水人家"环以高墙，"墙外行人"只能看到露出的秋千。"行人"听到佳人荡秋千的欢声笑语，却看不到佳人的容貌姿态，令人不禁浮想联翩，在想象中产生无穷意味。这种一藏一露的艺术描写，绝妙地创造出一个瑰丽的诗的境界，情景生动而不流于艳，情感真率而不落于轻，在词史上实属难得。黄蓼园说："'柳绵'自是佳句，而次阕尤为奇情四溢也。"诗词特别是文字无多的小词，最忌词语重复，而此词"墙里""墙外"的往复循环却妙趣横生。词人将男女之间常有的"单相思"作了高度精当的集中，把"墙外行人"与"墙里佳人"的"多情"与"无情"作了绝妙的对比：佳人欢笑，行人多情，结果是佳人洒下笑声一片，杳然而去；行人凝望秋千，烦恼徒生。最终得出了"多情却被无情恼"这一极富人生哲理的感悟。

初读此词，或许会有下阕单相思的喜剧同上阕深沉的伤春情调不甚协调之感。其实，上阕的"春逝难留"与下阕的"佳人难见"都是在感慨"好花不常开，美景不常在"，繁华易逝而已，可谓词意流走，一脉相承。况上阕中"绿水人家"已暗为下阕写"墙里佳人"埋下伏笔。由此可见，词人构思之精心，安排之巧妙。

蝶恋花 述怀

苏轼

云水萦回①溪上路。叠叠青山,环绕溪东注②。月白
沙汀翘宿鹭③,更无一点尘来处。
溪叟相看私自语,底事区区④,苦⑤要为官去?尊酒不
空⑥田百亩,归来分得闲中趣。

【注释】

①萦回:缠绕。

②环绕溪东注:指群山环绕东流的溪水。溪,指荆溪,在江苏省南部。

③月白沙汀翘宿鹭:明月照在水边的沙洲上,夜宿的鹭鸟高出于洲上。翘,高出,突出。

④底事:即何事,为何。区区:专心,辛劳。

⑤苦:坚决地,不懈地。

⑥尊酒不空:指经常饮酒。典出《后汉书·孔融列传》,孔融语曰:"坐上客常满,尊中酒不空,吾无忧矣。"

【鉴赏】

这首词抒写归隐之想。词写于宋神宗元丰八年(1085)六月。此时苏轼已结束了黄州谪居生活,被调往临汝(今河南临汝县)任职。他途经扬州、常州,曾上《乞常州居住表》,有"买田阳羡吾将老"的归隐打算。行至河南商丘,蒙受皇恩准允放归阳羡(宋代常州所辖之县,即今江苏宜兴),于是苏轼又折回常州(今江苏常州市武进区),满以为可以实现归隐的愿望了,可是一个月以后,朝廷又启用他去登州(治所在今山东牟平区)任职。临行前,苏轼写了这首词,既表达对常州和荆溪的依恋不舍之情,也抒发了仕宦与归隐的矛盾心情。词的上阕写荆溪风景。云水萦回,青山叠映;溪水清澈,沙汀明净;鸥栖鹭宿,月白风清,好一派清新脱俗的意境!下阕抒胸中感触。面对如此好山秀水,词人不免萌生出对仕途的厌倦之感,他问自己何苦要去做官,如此劳力伤神究竟为了什么?何不"归去来兮",去过那有酒盈樽、躬耕垅亩的生活,去享受那清静无为、恬淡闲适的情趣?在经历了"乌台诗案"、谪居黄州的仕途风波之后,苏轼萌发归隐之念当然是可以理解的,问题在于此时苏轼并没有对生活和仕途完全厌倦和绝望。事实上苏轼在此后的仕途和人生道路上又

经历了一连串更为沉重的打击,他始终都没有被挫折和痛苦所打倒,也没有真正去过那隐逸的生活,而是顽强地与生活抗争,用旷达、幽默等种种方式来化解和排遣生活中所遭受的打击、磨难和悲苦。这就是苏轼为我们所提供的极其有意义的人生启迪。这首词主要表现了词人在用世与隐世之间的二难选择和矛盾心情。这种复杂幽微的心曲被词人巧妙地安排成“溪叟”(即词人另一自我)的对景感喟,实际上表现的是词人的内心独白,既匠心独运,又真切感人。王文诰《苏文忠公诗编注集成总案》卷二十五说:“词云‘溪上’,即荆溪也。信为起知登州临去所作。自后入掌制命,出典雄藩,以及南迁海外,请老毗陵,未克践‘归来’之语。读公述怀词,为之怃然也。”的确,苏轼一生未能实现“归来”之愿,人生常常身不由己,往往难以心想事成,不免令人叹惋;然而苏轼闪光的人格精神也正体现在他终于不愿“归来”,不甘颓废,既执着又旷达!

水龙吟

苏轼

闾丘大夫孝终公显,尝守黄州,作栖霞楼,为郡中绝胜。元丰五年,余谪居黄。正月十七日,梦扁舟渡江,中流回望,楼中歌乐杂作,舟中人言:“公显方会客也。”觉而异之,乃作此曲,盖《越调鼓笛慢》①。公显时已致仕②,在苏州。

小舟横截春江,卧看翠壁红楼起。云间笑语,使君高会③,佳人半醉。危柱哀弦,艳歌余响,绕云萦水。念故人老大④,风流未减,独回首烟波里。

推枕惘然不见,但空江、月明千里。五湖闻道,扁舟归去,仍携西子⑤。云梦南州,武昌东岸⑥,昔游应记。料多情梦里,端来见我⑦,也参差是⑧。

【注释】

①《越调鼓笛慢》:《水龙吟》俗名《越调》,《鼓笛慢》乃其异名。

②致仕：即退休，把公职退还给政府。

③使君：指闾丘孝终。高会：盛大的宴会。

④故人：老朋友，指闾丘孝终。老大：年纪大了。

⑤"五湖"三句：在五湖地区传说你闾丘公显退休后扁舟归去还带着美女，沉浸在妓妾声色的生活中。用越国大夫范蠡功成身退携带西施扁舟游五湖的传说，比喻闾丘公显退休后尽情享乐。

⑥云梦南州，武昌东岸：指黄州。黄州是在古云梦泽之南的州，位于鄂州的对岸。武昌，指鄂城，与黄州隔江相对。

⑦"料多情"二句：意谓估计是你重感情特地闯进我的梦中来见我。

⑧参差是：即大致是如此的意思。

【鉴赏】

这首词记梦见老朋友的情景。朋友情深，别后怀想，思极而入梦，这本是人类情感生活中的一种很普遍的现象。但是苏轼这首记梦词的创作既有很特殊的背景，他对梦境的描写和解析又别具情趣和内蕴。据词前小序可知，此词是宋神宗元丰五年(1082)苏轼因"乌台诗案"被贬居黄州时所作。此时苏轼内心很痛苦，回忆以前的美好生活和朋友情谊，也就成了他医治内心创伤的一剂良药。他梦见的闾丘公显即是他以前结识的一位老朋友，又是一个曾经出任过黄州知州的地方长官。据清人叶申芗《本事词》卷上记载："闾丘盖子瞻之旧交，居苏州日，子瞻每过之，必为留连数日。且尝言：'过姑苏不游虎丘、不谒闾丘是欠事。'其倾倒可知矣。"闾丘公显是苏州人，苏轼曾在杭州做官，对闾丘公显非常倾慕，常常去拜访他，可见他们结识之早，交情之深。另外，闾丘公显也曾出守黄州，并且修建了栖霞楼，为郡中名胜。苏轼被贬居黄州时，闾丘公显已退休回苏州安度晚年，苏轼除了感到遗憾之外，在登览栖霞楼时自然格外增添了一份对朋友的思念之情，因思而入梦，于是便有了这首词中所描写的那番梦中奇遇神会的情景。词的上阕记梦中情事：词人乘小舟渡春江，遥见翠壁上高耸的栖霞楼；只听得楼中欢声笑语，歌吹喧天，原来是闾丘大夫在宴请嘉宾；词人感叹这位老朋友年岁已大，但风流不减当年，可惜自己未能出席此番盛会，只能在烟波里回首眺望。下阕写梦醒后的感想：推枕醒来，眼前只有空江明月，方知是一场美梦；想起老朋友此时已退居苏州，但听说他仍然过着诗酒妓乐的潇洒生活；词人于是忽生奇想，一定是老朋友怀念以前在黄州的游乐生活，又听说我苏轼谪居此地，故而多情善感，特地闯入我的梦中来会我！不说是自己因思念朋友而入梦，反说是朋友多情来托梦，既妙趣横生，又潇洒浑成。全词无论是记梦境或抒感怀，皆情景交融，如幻如真，既表达了对朋友的深切怀念之情，又刻写出一片丰富微妙的内心世界。

永遇乐

苏轼

彭城夜宿燕子楼，梦盼盼，因作此词[①]

明月如霜，好风如水，清景无限。曲港跳鱼，圆荷泻露，寂寞无人见。紞如三鼓[②]，铿然[③]一叶，黯黯梦云惊断[④]。夜茫茫，重寻无处，觉来小园行遍。

天涯倦客，山中归路，望断故园心眼[⑤]。燕子楼空，佳人何在，空锁楼中燕。古今如梦，何曾梦觉，但有旧欢新怨[⑥]。异时对，黄楼夜景，为余浩叹[⑦]。

【注释】

①神宗元丰元年（1078）苏轼知徐州时作此词。唐白居易《燕子楼诗序》云："徐州故尚书张建封有爱妓曰盼盼，善歌舞，雅多风态。……尚书既殁，归葬东洛，而彭城有张氏旧第，第中有小楼名燕子。盼盼念旧爱而不嫁，居是楼十馀年。"

②紞：击鼓声。如：然也。整句意为三更鼓敲响了。

③铿然：响亮的金石之声。此处形容秋叶坠地之声。

④黯黯：心绪黯然。梦云：用楚王梦神女事。典出宋玉《高唐赋》：楚王梦见神女，神女自言："朝为行云，暮为行雨。"惊断：惊醒。

⑤故园心眼：杜甫诗句"天畔登楼眼，随春入故园"。

⑥"古今"三句：言新旧欢怨都是梦中情感，一切都在梦中。

⑦"异时"三句：言后人夜登黄楼时，也必会如我登燕子楼凭吊盼盼一样而为我长叹。黄楼，苏轼知徐州时所建，在彭城东门上。

【鉴赏】

苏轼此词，作于彭城任上，借梦境抒发人生情怀。作于神宗元丰元年(1087)十月，时任徐州知州。词前小序说“夜宿燕子楼，梦盼盼”，但王文诰《苏文忠公诗编注集成总案》云：“戊午十年，梦登燕子楼，翌日往寻其地作。”今人也认为：“这首词以‘夜宿燕子楼，梦盼盼’为题，可能是托为此言。”不管是托梦还是实梦，作者确是由盼盼的身世触动自己的满腔感慨。

明月如清冷之霜，好风如夜凉之水，上阕开篇两个精彩比喻，勾画出一片清幽美好的空明夜景。“曲港”两句，以细节、动态将夜景衬托得更加幽静清空。这以动衬静的笔法，更见夜之沉寂，人之寂寞。“纨如”三句，以三更鼓声陡然划破夜空的寂静和人的美梦，也使词意顿起变化：前边所描之美景良夜原来是梦中情景。梦醒之后的怅惘，梦中情景的历历可感交织在一起，更是引人情思。“夜茫茫”当是醒来之后所见之夜景，与梦中的“清景无限”形成鲜明的对比。明月、好风、港鱼、荷露，一切都消逝了，一切都隐没了，面前只有茫茫的夜色和茫茫的心绪。“重寻”两句，写梦断楼台后行遍小园，却无处可寻梦中痕迹，更增怅惘之心。

下阕写自身的慨叹，直抒胸臆，彻悟人生，议论纷陈而笔端含情。由客死他乡的盼盼，触动了作者自身的辗转奔波而不得志的身世感慨。“天涯”三句，写羁旅愁思。天涯漂泊，离乡何其远，倦于为客，离乡何其久！望过无数回“山中归路”却又身不由己，难以还乡，而只能“望断故园心眼”。以此心境，对此景象，自然愁思无尽。从忆念盼盼到顾盼自身，又由自身漂泊转为怜惜盼盼，古今失意之人顿时心意相通。“燕子楼空”三句，意为人去楼空，一代佳人尚且委弃芳尘，“天涯倦客”又怎能自知埋骨何处？既述盼盼生前死后的境遇，且凝注了一腔追怀之情。抚今追昔，不禁让人顿生人生如梦的感叹。“古今”以下，既是对自身伤感的讽劝，更是在解悟伤感无益后，对人世悲欢的解脱超越。而又在悲慨之中有达观，超脱之中含惆怅。

盼盼本是名妓，但作者的追怀丝毫不及于艳情；盼盼的主要事迹是守节，作者的追怀也未止于名教，不仅未流于浮靡，也未流于迂腐，而从往事的流逝中，生发出人生的解悟，将挚情与哲理融为一体，体现出深沉的沧桑之感和时空意识。

行香子

苏轼

清夜无尘，月色如银。酒斟时、须满十分。浮名浮利，虚苦[①]劳神。叹隙中驹,石中火,梦中身[②]。

虽抱文章,开口谁亲[③]。且陶陶、乐尽天真[④]。几时归去,作个闲人。对一张琴,一壶酒,一溪云。

【注释】

①虚苦:徒劳,无代价的劳苦。

②隙中驹,石中火,梦中身:比喻生命短促,像快马驰过缝隙,像敲击石块迸出一闪即灭的火花,像在梦境中暂时经历就醒转过来。隙中驹,语出《庄子·知北游》:"人生天地之间,若白驹之过郤(同'隙'),忽然而已。"石中火,语出北齐刘昼《新论·惜时》:"人之短生,犹如石火,炯然已过。"梦中身,《关尹子·四符》云:"知夫此身如梦中身。"唐李群玉《自遣》诗云:"浮生暂寄梦中身。"

③开口谁亲:要说话,有谁是知音呢?意谓难得知音。

④陶陶:无忧无虑、愉快和乐的样子。天真:语出《庄子·渔父》:"礼者,世俗之所为也;真者,所以受于天也,自然不可易也。故圣人法天贵真,不拘于俗。"后因指未受礼俗影响的性情为"天真";也指心地单纯、没有做作和虚伪。

【鉴赏】

苏轼此词难以详考其确定的创作年代,大致作于中晚年。词中抒发了人生短促的忧伤、知音难遇的悲慨,表达了对虚名浮利的厌倦之情、对隐逸生活的向往之心。词的开篇以优美洁净的月色起兴,接着写词人对月把酒,陷入对人生的沉思反省之中。词人集中了古人有关人生的言论和比喻,充分表达了名利虚无、人生如梦的感喟。既然人生短促,名利无凭,知音难遇,事与愿违,词人便只好"且陶陶、乐尽天真",并进而产生弃官归隐之心,希望从官场纷争人生困扰中解脱出来,去过那"对一张琴,一壶酒,一溪云"的"闲人"生活。此词虽然流露出词人后期怀才不遇的苦闷,人生如梦的悲叹,但"且陶陶、乐尽天真"的感情基调仍然不失开朗明快,显示了苏轼豪放旷达的个性风采。其实,苏轼虽然很早就曾萌生归隐之想,但终其一生都没有归隐。说到底,归隐终究是一种消极避世的人生态度,苏轼没有归隐,说明他是一个生活的强者!

减字木兰花

苏　轼

过吴兴，李公择[1]生子，
三日会客，作此词戏之。

维熊佳梦[2]，释氏老君亲抱送[3]。壮气横秋，未满三朝已食牛[4]。
犀钱玉果[5]，利市[6]平分沾四座。多谢无功，此事如何着得侬[7]！

【注释】

①李公择：李常，字公择，建昌（今江西南城）人，时任湖州太守。吴兴在今浙江吴兴县，属湖州管辖。

②维熊佳梦：《诗经·小雅·斯干》："大人占之，维熊佳梦，男子之祥。"此用来指李公择得好梦而生子。

③释氏：释迦氏，简称释氏。老君，指老子，道家创始人，后世道教尊崇其为鼻祖。民间有生子为神佛抱送的说法。

④食牛：语出《尸子》："虎豹子驹，虽未成文，已有食牛之气。"这几句是化用杜甫《徐卿二子歌》"徐卿二子生绝奇，感应吉梦相追随。孔子释氏新抱送，尽是天上麒麟儿。大儿九龄色清澈，秋水为神玉为骨。小儿五岁气食牛，满堂宾客皆回头"的诗意。

⑤犀钱玉果：此指洗儿钱、洗儿果。宋时育子满月的习俗。

⑥利市：欢庆节日的喜钱，此指洗儿钱。

⑦"多谢"二句：此用晋元帝生子故事。苏词别本有序引《笑林》云："晋元帝生子，宴百官、赐束帛，殷羡谢曰：'臣等无功受赏。'帝曰：'此事岂容卿有功乎！'同舍每以为笑。"侬，江苏浙江方言称你为"侬"。

【鉴赏】

苏轼在熙宁七年（1074）九月罢杭州通判，调任密州。赴任前与杨元素、张先、陈令举等同往湖州，恰逢湖州太守李公择生子，三日大宴宾客。作者应友人请求而写了这首贺词。上阕直写友人生子,表示庆贺祝颂。下阕写宴会的欢快气氛,语言诙谐风趣。结尾用晋元帝生子故事,比较确当得体,并富有幽默感,读来令人捧腹大笑。

浣溪沙

苏轼

游蕲水[①]清泉寺,寺临兰溪,溪水西流

山下兰芽[②]短浸溪,松间沙路净无泥,萧萧暮雨子规啼。

谁道人生无再少[③]?门前流水尚能西,休将白发唱黄鸡。

【注释】

①蕲(qí)水:县名,即今湖北浠水县,距黄州不远。

②兰芽:兰草初生的嫩芽。

③人生无再少:人老了,不可能再回复到少年时代。

【鉴赏】

这是苏轼被贬黄州时游附近的蕲水清泉寺作的一首小词。苏轼虽被贬,但其胸襟旷达,善于自适。这首乐观的呼唤青春的人生之歌,表达了他执着生活、乐观爽朗的性格。

前三句为上阕,描写清泉寺附近幽雅的风光和环境。山下小溪潺湲,岸边兰芽初生。松林间的沙路,仿佛经过清泉冲刷,一尘不染,异常洁净。傍晚细雨潇潇,寺外传来了杜鹃鸟的啼声。这一派充满画意的光景,涤去了官场的恶浊,远离了市朝的尘嚣。它优美、洁净、潇洒,充满了诗的情趣、春的生机。它爽人耳目、沁人心脾,诱发了诗人热爱自然、执着人生的情怀。

后三句为下阕,阐发了使人感奋的议论。这种议论取眼前之春景,写人生之哲理。起句以反诘唤起:谁说人生到老了就不能再回到少年时代?后两句以借喻作答:你看门前兰溪之水不是也能向西奔流吗?“人生长恨水长东”,光阴犹如昼夜不停的流水,匆匆向东奔驰,一去不可复返;青春对于人只有一次,正如古人所说:“花有重开日，人无再少时”。这是不可抗拒的自然规律。然而，在某种意义上讲，人未始不可以老当益壮；自强不息的精神往往能焕发出青春的光彩。谁说青春不能回复呢？在特定的条件下，人生是未尝不可以“再少”的。人们惯用“白发”“黄鸡”来比喻世事匆促、光景催年。但苏轼在这里希望人们不要徒发衰老之叹，而要振作精神，不服衰老。这是对生活、对未来的向往和追求，也是对青春活力的召唤。

浣溪沙

苏轼

旋抹红妆看使君[①]，三三五五棘篱[②]门，相排踏破蒨[③]罗裙。
老幼扶携收麦社[④]，乌鸢翔舞赛神村[⑤]，道逢醉叟卧黄昏。

【注释】

①旋：旋即、临时的意思。使君：汉代以来对太守的别称，这里指作者自己。

②棘篱：用荆棘围成的篱笆。

③蒨（qiàn）：茜草，可作红色染料，这里借指红色。

④麦社：麦熟前对社神的祭祀活动。

⑤乌鸢（yuān）：乌鸦和老鹰，这里偏指乌鸦，它们常常偷吃祭神的食品。赛神：即麦社时的祭神娱乐活动。

【鉴赏】

这是苏轼《浣溪沙》组词五首中的一首。组词前面有一个小序：“徐门石潭谢雨，道上作五首。潭在城东二十里，常与泗水增减，清浊相应。”这个小序交代了这一组五首词的创作背景。宋神宗元丰元年（1078）春天，苏轼在徐州任太守，因为春旱无雨，苏太守便率领吏民到徐州城东20里远的徐门石潭去祈祷龙王下雨，果然感动了龙王，普降春雨，使春耕生产得以顺利进行；夏初时节，苏太守又率领吏民到徐门石潭去“谢雨”，即对龙王降雨表示感谢，并向上苍祈祷丰年。这五首《浣溪沙》即描写“谢雨”途中所见田园风光和农民形象。这首词是这五首组词中的第二首。上阕写农村妇女“旋抹红妆”、争看自己这位太守大人的情景，表现了农村妇女的憨态和纯真，也衬托出使君大人的平易近人。下阕写麦收前村里祭神赛社的盛况，写出了农家之欢乐，民情之淳朴。在中国古代，县官、州官等地方官员被称为老百姓的“衣食父母官”，然而真正无愧于这个称号的官吏却并不多，苏轼堪称是其中的一员。苏轼在各地做地方官期间，都有很突出的政绩，能急百姓之所急，能想百姓之所想，在杭州治理西湖、兴修“苏堤”，在徐州率领臣民“祈雨”“谢雨”，便是最典型的例证。尤其难能可贵的是，苏轼能以平易近人、和蔼可亲、甚至是幽默滑稽的态度和方式与老百姓打成一片，这大概正是老百姓喜欢“坡翁”、怀念“坡翁”的原因所在。就词的创作而论，苏轼也是宋代第一个大量描写乡村风物、刻画农民形象、表现老百姓生活情感的词人，大大扩展了宋词的表现范围。

浣溪沙

苏　轼

麻叶层层苘[1]叶光，谁家煮茧一村香？隔篱娇语络丝娘[2]。
垂白杖藜抬醉眼[3]，捋青捣麨软饥肠[4]，问言豆叶几时黄？

【注释】

①苘（qǐng）：即苘麻，俗称青麻，其茎皮纤维作用似麻。

②络丝娘：指正在缫丝的蚕妇。

③垂白：指鬓发将白的老人。杖藜：拄着手杖走路。藜，一种植物名，这里指藜茎做的手杖。

④捋（luō）青：从将熟的麦穗上捋取麦粒。捋，用手握着条状物的一端滑动。麦麨：用麦子制成的如炒面之类的干粮。软饥肠：即充饥的意思。

【鉴赏】

这是苏轼“徐门石潭谢雨，道上作五首”中的第三首。在这首词中，苏轼更以第一人称的手法，真切生动地记述了他行走在郊野途中的所见所闻，为我们描绘出一幅充满泥土气息的乡村风情画：田间的麻叶和苘麻层层叠叠泛着青光，不知谁家正在煮蚕茧满村都能闻到香！隔着篱笆能听到缫丝姑娘的笑语欢唱；须发花白的老翁拄着拐杖醉眼蒙眬抬头望，主妇们正在用捋来的新麦捣面做干粮，太守不禁关切地询问田园的豆荚几时黄！既描写了农作物的长势和田园风光，也反映了蚕妇农夫的耕织生活,另外还透露出词人作为一个地方官对农民生活和农业收成的关切之情。读完全词,我们也仿佛嗅到了那煮新茧的清香,听到了那缫丝姑娘的笑语,尝到了那新麦炒面的甘甜！在这里,苏轼对乡村风物和农民生活的描写和反映是来自他的亲身经历和体验,因此不带任何矫饰虚幻的成分,一切都显得那样自然、质朴和真实。

浣　溪　沙　徐门石潭谢雨道上作[①]

苏　轼

簌簌[②]衣巾落枣花,村南村北响缫[③]车,牛衣[④]古柳卖黄瓜。
酒困路长惟欲睡,日高人渴漫思茶,敲门试问野人家。

【注释】

①徐门石潭:在徐州城东约20里。
②簌簌(sù):纷纷落下的样子。
③缫(sāo):缫丝。
④牛衣:蓑衣。初春深秋时,牛在田间遇雨时,常以蓑衣等遮蔽,以免受凉。

【鉴赏】

苏轼以戴罪之身,由密州改知徐州。在徐州任上,他注意兴修水利,发展生产,为徐州百姓做了许多好事。这年夏天,徐州发生旱情,苏轼率领大家到徐门石潭求雨。后来碰巧下了雨,苏轼又到石潭去感谢,路上他心情十分高兴,一连写了五首词,描述沿途风物人情,这是其中的第四首。一路上,道旁枣花簌簌落下,落在衣服上、头巾中。一定是个丰收年景。村庄里,从南到北,响着缫丝车的嗡嗡声。这说明蚕茧已获得了丰收。"牛衣古柳卖黄瓜",几位老农民,披着蓑衣,在古柳树下卖黄瓜,一片和平宁静。此时想必雨后不久,天尚未全晴,故卖瓜老农还带着雨具。上阕写所见,下阕写自己一行人。心情高兴,喝多了酒,路又远,直打瞌睡。太阳晒得人口渴,于是想到要茶喝。"敲门试问",是说敲开了一家的大门,问问看能不能讨杯水喝。特别值得指出的是,苏轼当时是一州的"知州",即州长,想喝茶并没有通知当地大小官员来伺候,而是以平等的路人身份去与人家商量,这一点是值得肯定的。若是当时的或后世的贪官污吏,早就摆起了臭架子,走到那吃喝到哪,吃饱喝足了还要填满腰包才肯走路,哪里还会到路边向人家讨水喝！

浣溪沙

苏轼

软草平莎[1]过雨新，轻沙走马路无尘。何时收拾耦耕[2]身？
日暖桑麻光似泼，风来蒿艾气如薰[3]。使君元是此中人[4]！

【注释】

①莎(suō)：即莎草，一种多年生草本植物。

②耦耕：两人各持一耜并肩而耕，这里泛指耕种。

③蒿艾：即艾蒿，植物名，属菊科，多年生草本，揉之有香气，其茎、叶含芳香油，可用作调香原料，也可用来杀虫或防治植物病害。薰：一种香草，气味袭人。

④此中人：这里指农村中人、田园中人。

【鉴赏】

这首词是苏轼"徐门石潭谢雨，道上作五首"中的第五首。词人骑着马走在前往徐门石潭的路上，只见经过一番新雨的洗涤之后，原野上的草木变得特别柔软清新，沙石铺成的山路上一点灰尘也没有，仿佛觉得马的脚步也显得格外轻快；雨过天晴，初夏的阳光洒在桑麻地里就像水泼一样光洁明亮，一阵轻风吹过，艾蒿的气味好似薰香一般扑鼻而来。面对如此清新明丽的田园风光，苏轼这位太守大人觉得心情十分愉悦，感觉非常亲切，他恍然而悟：我原本就是这田园中人！然而他现在毕竟官服在身，身不由己，因此他又不禁感慨地问自己：不知道什么时候才能收拾残年余生去做那躬耕陇亩的田园人？如果说前几首词作者主要是以质朴自然的语言描绘田园风物，表现农民的耕织生活及其精神风貌，那么这首词则通过描绘乡野风光，进一步抒发了作者向往农村、希望回乡务农的思想感情。实际上，苏轼于元丰元年(1078)写作这组《浣溪沙》时才43岁，正值年富力强之时，仕途上也比较顺利，还没有受到诬陷和贬谪，那么他此时应该没有归隐田园的想法，至少这种念头还十分淡薄。事实上，尽管苏轼后来一再遭受贬谪和打击，他最终也没有真正去过隐居的生活，而是以旷达和幽默的态度和方式顽强地与命运进行抗争。那么苏轼在这首词中之所以要抒发"何时收拾耦耕身""使君元是此中人"这种思想感情，实际上并非真的要弃官归隐,只不过是想借以表达他对乡村生活的那份热爱之情以及对大自然的那种归依之感。

西江月

苏轼

点点楼头细雨,重重江外平湖。当年戏马[①]会东徐,
今日凄凉南浦。
莫恨黄花未吐,且教红粉[②]相扶。酒阑不必看茱萸[③],
俯仰人间今古。

【注释】

①戏马:徐州有戏马台,传说当年项羽曾在此流连。晋刘裕曾在此大会宾客,饮酒赋诗。

②红粉:指侍女。

③茱萸(zhū yú):植物名,重阳节登高时用以插在头上,祈求强健。唐王维《九月九日忆山东兄弟》有“遥知兄弟登高处,遍插茱萸少一人”的诗句。

【鉴赏】

人生像一局棋,有走运有不走运。走运时要谦虚谨慎,不可忘乎所以;倒运时要忍耐坚持,不要自暴自弃。1077年,苏轼改知徐州,他的弟弟苏辙送他到徐州任上,兄弟相聚数月,相得甚欢。八月,苏辙将赴南京留守签判任,与苏轼依依惜别。这首词可能便作于苏辙走后不久的这年重阳节。重阳节是兄弟登高相聚、饮酒赋诗的节日,现在兄弟分离,苏轼的心情十分悲凉。他是因反对新法而被贬出京的,几年来在杭、密、徐各州调来调去,可以说是人生的一个低潮时期。这首词表现了浓厚的低落情绪。当然,他最终还是能够自拔地,这首词同时也是他自我劝勉的一首作品。站在徐州楼头,点点细雨,一派苍凉。九月九日应该是秋高气爽的好天气,现在竟下起了绵绵秋雨,怎不教人扫兴!当年戏马台上,英雄豪杰们大会宾客,饮酒赋诗,现在却孤独地在送别兄弟的地方暗自神伤。天阴有雨,却没有菊花,没有登高,也没有头插茱萸的盛事。于是只能喝酒,喝醉了让红粉佳人来扶。男人不得意,便喝酒玩女人(现在是打老婆),是最没出息的男人。苏轼当然不至于此,但至少他想到要“且教红粉相扶”,如此破罐子破摔了。好在他还没有沉溺酒色。苏

轼在徐州任上做了许多诸如筑城、修河等好事，在思想认识上，“酒阑红粉”也只是他的一时赌气，他最终还是认识到要“俯仰人间今古”，俯对得起地，仰无愧于天，经得起自今至古的历史风云。苏轼确实做到了这一点。即使在他后来远贬海南荒蛮之地的时候，他也没有绝望，他仍然积极锻炼身体，读书写字，始终保持乐观进取的精神状态，终于安全地度过最艰难困苦的流放生活。

醉翁操

苏轼

琅琊幽谷，山川奇丽，泉鸣空涧若中音会，醉翁喜之，把酒临听，辄欣然忘归。既去十余年，而好奇之士沈遵，闻之往游，以琴写其声曰《醉翁操》。节奏疏宕而音指华畅，知琴者以为绝伦。然有其声而无其辞。翁虽为作歌，而与琴声不合。又依《楚词》作《醉翁引》，好事者亦倚其辞以制曲，虽粗合韵度而琴声为词所绳约，非天成也。后三十余年，翁既捐馆舍，遵亦没久矣。有庐山玉涧道人崔闲，特妙于琴，恨此曲无词，乃谱其声而请东坡居士以补之云。

琅然，清圆，谁弹，响空山。无言，惟翁醉中知其天。月明风露娟娟，人未眠。荷蒉过山前，曰有心也哉此贤。

醉翁啸咏，声和流泉。醉翁去后，空有朝吟夜怨。山有时而童巅，水有时而回川。思翁无岁年，翁今为飞仙。此意在人间，试听徽外三两弦。

【鉴赏】

据苏轼自序可知，这是为琴曲《醉翁操》所谱写的一首词。醉翁，即欧阳修。庆历中，欧阳修谪守滁州。其间有琅琊幽谷，山川奇丽，鸣泉飞瀑，声若环佩。欧阳修曾把酒临听，乐而忘归。这大自然之声，乃天籁也。十余年后，太常博士沈遵，依据这自然之声，以琴写之，谱制为琴曲《醉翁操》。此曲宫声三叠，节奏疏宕，音指华畅，乃琴曲中之绝妙者。苏轼此词就是专门为这一天生绝妙之曲谱写的。

这首词上片写流泉之自然声响及其感人效果。“琅然,清圜,谁弹,响空山”,四句写鸣泉飞瀑之声若环佩,创造出一个美好意境。琅然,乃玉声,此用以状流泉之声响。清圜,指圆月。此三句意谓:在此夜月清圆而又十分幽静的山谷中,是谁弹奏起这一绝妙的乐曲?“无言,惟翁醉中知其天”,这是对上面设问的回答。谓这是天地间自然生成的绝妙乐曲,只有醉翁欧阳修能于醉中得之,亦即理解其天然妙趣。“月明风露娟娟,人未眠”,谓在此月明之夜,人们为此美妙乐曲所陶醉,迟迟未能入眠。“荷蒉过山前,曰有心也哉此贤”,此二句说这一乐曲如何打动了荷蒉者,词作将此流泉之声比作孔子之击磬声,用荷蒉者对击磬声的评价,颂扬流泉之自然声响。

下片写醉翁的啸咏声及琴曲声。“醉翁去后,空有朝吟夜怨”,二句说醉翁离开滁州,流泉失去知音,此自然声响,朝夕吟咏,似带有怨恨情绪。“怨”为平声,作名词解。“山有时而童巅,水有时而回川”,二句说时光流转,山川变换。“思翁无岁年,翁今为飞仙”,二句说,山川变换,人事变换,人们因鸣泉而念及醉翁,而醉翁却已化仙而去。“此意在人间,试听徽外三两弦”,二句说,鸣泉之美妙乐曲,醉翁所追求之绝妙意境,却仍然留在人间,这就是琴曲《醉翁操》。

玉　楼　春　次欧公西湖韵

苏　轼

霜余已失长淮阔。空听潺潺清颍咽。佳人犹唱醉翁词,四十三年如电抹。
草头秋露流珠滑,三五盈盈还二八。与余同是识翁人,唯有西湖波底月。

【鉴赏】

这首词是步欧阳修写颍州西湖的《玉楼春》原韵而成的。欧阳修曾在颍州(今安徽阜阳)做过太守。东坡56岁时由杭州太守调回京师,不久又出任颍州太守。在任期间不免到西湖游憩,念及恩师欧公,写下了这首怀念之词。

上片开首两句,以表现力极强的笔触刻画出江淮一带秋末冬初冷落凄清的氛围。第一句是说霜降以后,水落滩浅,淮河河面变得狭窄了——失去了平时那种开阔浩渺的气势。第二句是说作者只能空听清澈的激流潺潺地鸣响着呜咽的声音。这里一个“空”一个“咽”,用得十分确切传神。其实这种景物描写已经渗透了诗人怀念师长的深情。“佳人犹唱醉翁词”一语乃破题之笔：这里的馆娃歌女还悠悠地唱着欧公歌咏颍州的词章乐曲，此情此景怎能不令人回想起如闪电般飞逝了的43年前的往事：公元1057年东坡22岁时，在礼部应试，欧公担任主考。欧公特别喜爱苏轼的才学，对其评价极高，有“吾当避之”等语，并将他擢拔录取。

下片进一步渲染眼前景物的凄清氛围：“三五盈盈还二八”，造句极为精巧，其意乃在咏叹月圆的姣好；三五十五，二八十六，农历十五、十六正是满月朗照之时，诗人在月圆的此刻，夜游西湖，更不胜“人缺”的恨憾。于是紧接着便说：和我同样谙熟你的人是谁呢？唯有这西湖波底的明月！这两句绝妙好词真含有玩不尽之情，味不尽之意。

李之仪 （1038~1117）字端叔，晚年自号姑溪居士，沧州无棣（今山东无棣县）人。神宗元丰进士。曾从苏轼于定州幕府。历枢密院编修官、通判原州。元符中，监内香药库。徽宗初，提举河东常平。崇宁二年（1103），以文章获罪，出狱后编管太平州（今安徽省当涂县）。晚年即居住于城南姑溪。能文章，尤工尺牍。《四库全书提要》云：“之仪以尺牍擅名，而其词尤工，小令尤清婉峭茜，殆不减秦观。”有《姑溪居士全集》。

谢池春

李之仪

残寒消尽，疏雨过、清明后。花径敛余红[①]，风沼萦新皱。乳燕穿庭户，飞絮[②]沾襟袖。正佳时，仍晚昼，着人[③]滋味，真个[④]浓如酒。

频移带眼[⑤]，空只恁[⑥]、厌厌瘦。不见又相思，见了还依旧，为问频相见，何似长相守。天不老[⑦]，人未偶，且将此恨，分付[⑧]庭前柳。

【注释】

①“花径”句：花园小径上，残花消失殆尽。款，一作敛。馀红，指残花。

②飞絮：飘舞的杨花柳絮。

③着（zhāo）人：惹人，迷人。

④真个：真的。

⑤频移带眼：衣带上的孔洞频频移动，指人渐消瘦，衣带渐宽。《南史》载沈约与徐勉书："老病百日数旬，革带常应移孔。"

⑥恁：听任。

⑦天不老：化用李贺"天若有情天亦老"句意，写老天无情。

⑧分付：托付，交付。

【鉴赏】

这是一首触景伤怀、感物思人之作。

上阕写春日美景。起笔三句点明时间是余寒消尽的清明后。"花径"四句具体写眼前所见的融融春景：花园小径上落花满地，微风吹皱了一池春水，幼小的燕子欢快地在庭户中来回穿梭，飘落的杨柳花絮沾满了游人的衣袖。用了"款""萦""穿""沾"等动词，把春日美景写得具体、生动、形象、可感。春景是如此迷人，让人流连忘返，不觉已到了晚上。"正佳时，仍晚昼"表明了时间的推移，完成了由情到景的过渡。对于春日的万种风情，作者并未大抒赞叹，而是用醇浓的酒让人陶醉比喻其迷人滋味。如此结句，匠心独运，给人留下了丰富的想象空间，同时为下阕即景生情、感物伤怀蓄积了情势。

下阕作者笔锋一转，抒发良人难见、好景人孤的离别相思之情。头两句承上启下，感物伤怀，写了"衣带渐宽终不悔，为伊消得人憔悴"的愁苦情状。"频移"二字形象生动地写出了抒情主人公对离人的浓浓真情和相思之深。接着"不见"四句，一句一转，细腻地刻画了作者的离愁别绪：离别后盼望相见，相见又意味着新的别离，频频相见，也就是频频别离，让人频频感伤不已，哪里比得上长相厮守、永不别离呢？感叹离别相思的恩恩怨怨不知何时能了，愁苦之深可想而知。"天不老，人未偶"化用李贺"天若有情天亦老"句意，悲叹人不知何时才能长相守呢。向苍天发问，情感已浓烈至极。结尾两句，作者笔锋再转，"且将此恨，分付庭前柳"，将离愁托付给门前春柳，无可奈何之中，亦含有抛却眼前恩怨以求暂时解脱之意。但柳能否承担得起呢？则又给读者留下了巨大想象空间，意脉上与上阕相呼应。

此词构思巧妙，手法细腻委婉，使全词韵味别具一格。

卜算子

李之仪

我住长江头[1]，君住长江尾；日日思君不见君，共饮长江水。

此水几时休[2]？此恨何时已？只愿君心似我心，定不负相思意。

【注释】

①长江头：指长江上游，下句“长江尾”指长江下游。

②休：尽，干。

【鉴赏】

这是一首怀人词，是一首情意绵绵的恋歌。直接以第一人称的代言体入词，以长江水为抒情对象，将痴情女子对丈夫的不尽思念，对爱情的执着表现得淋漓尽致而又深婉含蓄，颇有民歌韵味。

上阕写对君的思念，全用赋语。起首两句，围绕长江，“我”与“君”，“长江头”与“长江尾”对举，直接道出了君妇相隔甚远，为妇思君作了铺陈。同时江水从

“头”到“尾”连续不断的千里长流暗寓了情思的连绵悠长。三四两句点明题旨，直抒一种相思之情。思君不见，本已愁苦，而又日日思念，感情愈加炽烈，可见相思之深。共饮一江水却不得见，离恨更深一层，相思意也更进一层。不仅写相思，更写了妇对君的情，如长江水一样水深流长。此阕写情深，写相思意，用隐喻，实是显出深沉，是感情发展的前奏，为下阕感情的深化做了铺垫。

下阕抒情。起笔连用两个问句反衬，显得激荡剧烈。此两句，似脱胎于古乐府《上邪》：“山无陵，江水为竭，冬雷震震，夏雨雪，天地合，乃敢与君绝！”但比《上邪》

用一连串反常现象来反衬，更具有感染力。《上邪》只是表现了对爱情的“坚贞”，此词表现的是感情的长流，含意更深、更多，以悠长江水的永无止境喻离愁别恨的绵远无尽。“几时休”“何时已”，是思妇主观上盼望江水尽、离恨止，但她也知是不可能实现的，所以用疑问句来表现，主客观尖锐的矛盾更增添了离愁别恨的浓重，含不尽之意于言外，形式上又委婉含蓄。结尾两句，写思妇之心固如磐石，坚不可移，心中只有一个愿望，即君心如我心，永不相负，表现思妇对爱情的坚贞不渝和美好希望，感情进一步深化。绵绵不尽的江水成了永恒爱情的象征。

此词构思精巧，明白如话，感情真挚，回环复叠，含婉深永，深得民歌风韵。正如毛晋在《姑溪词跋》中所评：“姑溪词多次韵，小令更长于淡语、景语、情语……至若‘我住长江头’云云，真是古乐府俊语矣。”（见《词林纪事》）

舒亶　（1041～1103）字信道，号懒堂，明州慈溪（今属浙江）人。治平二年（1065）进士，授临海尉。有赵万里辑《舒学士词》一卷。

虞美人 寄公度

舒亶

芙蓉落尽天涵水①，日暮沧波起。背飞②双燕贴云寒，
独向小楼东畔倚阑看。
浮生只合尊前老③，雪满长安④道。故人早晚上高
台⑤，赠我江南春色一枝梅⑥。

【注释】

①芙蓉：荷花。天涵水：水天混涵。唐孟浩然《望洞庭湖赠张丞相》：“八月湖水平，涵虚混太清。”

②背飞：相背而飞。

③浮生：指人生。语出《庄子·刻意》：“其生若浮，其死若休。”只合：只宜。

④长安：代指京城。

⑤故人：指作者的友人公度。上高台：此为隐语，意为希望友人迟早能帮助自己。

⑥“赠我”句：用南朝宋陆凯自江南为远在长安的好友范哗折梅题诗的典故。《荆州记》：“陆凯与范晔相善，自江南寄梅花一枝诣长安与晔，并赠诗曰：‘折花逢

驿使，寄与陇头人。江南无所有，聊寄一枝春。'"

【鉴赏】

此词写景感怀，寄赠友人。副题"寄公度"，多以为是赠寄黄公度。但黄公度生于舒亶卒后六年，故此处"公度"当为舒亶友人名或字，其生平不详。

上阕首先描写了一幅空阔混茫、苍茫萧索的夏秋之交的肃杀景象。此时，高洁清丽的荷花已经凋残殆尽，日暮时分远远望去，蓝天碧水涵映混茫，无边无际。这一辽远而苍茫的景象，为下文抒情定下了基调。"背飞"一句写燕子相背而飞于天水之间，是眼前景象，更是隐喻了作者与友人即"公度"当初被迫分离。舒亶为谏官时，曾因上书告发执政而被撤职。此处言及劳燕分飞，当是指被撤职时离别友人。"贴云寒"言懔畏云中高寒，只挨着云边寒气而分飞东西。"寒"字既是高空感觉，节气变化，更是词人心中感受，心有余悸。"独向小楼"一句，补叙出词人所处位置和高楼眺望的姿态。前面所描写的景象，全是小楼东畔倚楼看的结果。一个"独"字，将词人形单影只更加思念远方朋友之意表达了出来。

下阕感叹岁月，怀念友人。"浮生"两句，写人世沉浮中的无奈态度。认同庄子语意，表达自己所体验到的虚幻感：今后唯有醉于酒杯消忧解愁，老此一生了。言外之意，当初的豪情壮志，仕途雄心不过是梦，都不值得。"雪满"一句，以寒冷孤凄的景象描写自己的寂寞无奈，正是心有所求而不得其路的写照。结句是对故人的祝愿，相信故人迟早能够出人头地，并提携自己。而用南朝陆凯折梅寄赠范晔典故表达出来，显得意象明艳，词意温厚。也有人认为最后两句只写友谊，无关升迁，意为故人如我一样，也会早晨晚上登上高台眺望长安，定然会想着给我寄一枝春色，只是通过设想公度想念自己而抒发对友人的深切怀念。但联系全词及舒亶为人，实则兼而有之。浅层写友情，深层则既是对友人的祝愿，更是不得其路时对友人相助自己的委婉表达。

全词构思精巧，首尾呼应，善于借景传情。

苏辙 （1039～1112）字子由，眉州眉山（今属四川）人。嘉祐二年（1057）与其兄苏轼同登进士科。神宗朝，为制置三司条例司属官。因反对王安石变法，出为河南推官。哲宗时，召为秘书省校书郎。元祐元年为右司谏，历官御史中丞、尚书右丞、门下侍郎。后因事忤哲宗及元丰诸臣，出知汝州、再谪雷州安置，移循州。徽宗立，徙永州，岳州。后复大中大夫，又降居许州，致仕。自号颍滨遗老。卒，谥文定。唐宋八大家之一，与父洵、兄轼齐名，合称三苏。为文以策论见长。工诗，亦能词。著有《栾城集》五十卷、《栾城后集》二十四卷、《栾城三集》十卷、《栾城应诏集》十二卷。

水调歌头　徐州中秋

苏　辙

离别一何久，七度过中秋。去年东武今夕，明月不胜愁。岂意彭城山下，同泛清河古汴，船上载凉州。鼓吹助清赏，鸿雁起汀洲。

坐中客，翠羽帔，紫绮裘。素娥无赖，西去曾不为人留。今夜清尊对客，明夜孤帆水驿，依旧照离忧。但恐同王粲，相对永登楼。

【鉴赏】

这首词作于宋神宗（赵顼）熙宁十年（1077）中秋节，时苏辙与其兄苏轼聚会于彭城（今江苏徐州市）。苏氏兄弟，早岁同登进士科，同为京官，后因与王安石政见不和，苏辙于熙宁三年（1070）自三司条例司属官出为陈州（治所在今河南淮阳）学官，苏轼于熙宁四年（1071）自开封府推官出为杭州通判。苏轼于赴任途中，曾过陈州晤苏辙。此后，两人相别，已七年不得相见。苏氏兄弟，手足之情极为深厚。苏辙幼时从其兄苏轼读书，“未尝一日相舍”。既壮，游宦四方，兄弟俩曾相约早退，以求“闲居之乐”。这首词真实地表达了这种意愿。

词作上片叙写苏辙与其兄轼在彭城欢度中秋夜的情景。

熙宁十年(1077),苏辙与其兄轼"相从彭门百余日,过中秋而去"(苏轼《水调歌头》小序)。这是苏氏兄弟相别之后第一次共度中秋夜。"离别一何久,七度过中秋。"词作一开头,自问自答,谓:兄弟相别离,究竟过了多少日子?屈指一算,已是第七个中秋夜。这七个中秋夜,并非夜夜有月。元丰元年(1078),苏轼作《中秋月寄子由》诗三首,其二曰:"六年逢此月,五年照离别。"自注:"中秋有月,凡六年矣。惟去岁与子由会于此。"可见,月圆、人圆,甚不易得。因此,作者又进一步想起去年的中秋夜:"去年东武今夕,明月不胜愁。"熙宁九年(1076),在东武(密州,治所在今山东诸城),苏轼曾有《水调歌头》中秋词,寄怀子由。中秋明月,在苏氏兄弟之间,勾起了无穷无尽的忧愁。以上追忆过去,谓月圆人不圆。

接着具体描写这次聚会的情景。"岂意彭城山下,同泛清河古汴,船上载凉州。""岂意",表示出乎意料。今年今夕,月圆人圆,这是十分难得的聚会。他们沿着护城河,放舟赏月,对着明月高唱《凉州》乐曲。这条护城河上接古汴河,下连古泗水,属于清河的一部分。《凉州》乐曲,即流行于凉州(治所在今甘肃武威)一带的歌曲,歌词多描写西北方的塞上风光及战争场景。诗人聚会,在古汴河上,歌唱《凉州》,似乎另有寄托。以下"鼓吹助清赏,鸿雁起汀洲。"这是上片的小结。"鼓吹",原指鼓、钲、箫、笳等乐器合奏,这里指一般鼓吹乐。鼓吹乐曲,往往用于边军,以壮军威,正好与《凉州》乐曲相合,以鼓吹乐伴奏,为"清赏"助兴,颇壮观,说明诗人胸中乃充满积极向上的激情,似乎还想为国家、为社稷干一番事业。但是,这种"清赏"场面的气氛太激越,惊动了夜宿沙汀的鸿雁,也在诗人内心勾起一缕缕不安情思。

这是上片,在欢悦景中隐藏着忧愁之情。至此,中秋夜聚会之情事叙写已毕。

下片就眼前之聚会,想到欢悦情景之无法久留,进一步坚定"早退"之意。

"坐中客,翠羽帔,紫绮裘。"下片承接上结,将汀洲鸿雁与座中宾客联系在一起,说明,歌宴上,人们披翠着紫,就其穿戴看,都是有一定身份的人,但他们与夜宿汀洲之鸿雁一样,都不能长相聚。这里,将上片所隐藏的忧愁情思进一步勾引出来。

"素娥无赖,西去曾不为人留。""素娥"为嫦娥别称,即指月亮。座中之客留恋团圆之夜,而月亮却一点儿也没有留恋意。诗人们"鼓吹助清赏",她却悄然西去,丝毫不受感动。“无赖”,带有埋怨情绪,但光阴流逝,却是不能以人的意志为转移的自然规律,这仅是诗人的一片痴心。

然而,诗人终于在鼓吹声中醒悟过来,当即面对现实,设想别后情景。

“今夜清尊对客,明夜孤帆水驿,依旧照离忧。”人生不能长相聚,今夜与宾客歌酒赏月,热闹一番,明夜,却是孤帆一片,投宿于山村水驿,其凄凉景况可想而知。天上之明月,将永远与离人相照。

最后,词作以王粲故事作结:“但恐同王粲,相对永登楼。”谓:如今还是早做归来计,免得像王粲一样,只能登楼作赋,抒写感慨。汉末王粲,因西京(今陕西西安)战乱,依刘表,不为所用,偶登当阳(在今湖北)城楼,作《登楼赋》,发泄离乡日久、功业不就的牢骚情绪。苏氏兄弟为实现其“致君尧舜”的宏图大略,一再进取,又不得尽其才,与王粲的遭遇相接近。作者在此,劝说其兄苏轼,早日归隐,同践旧约。这也就是全词的主意。

总的看,苏辙这首词的基调还是比较低沉的。经历宦海风波,已准备打退堂鼓。所以,上片写聚会,欢悦之中已有不欢悦意,而下片说早退,也甚明确。但此时,其兄苏轼并不想退,不是功成名遂,他是不会轻易退下政治舞台的。苏轼认为,苏辙这首词,“其语过悲”,另作一词予以鼓气。读苏辙这首词,不可忽视苏氏兄弟在认识上的这一差距。

渔家傲 和门人祝寿

苏辙

七十余年真一梦,朝来寿斝儿孙奉。忧患已空无复痛。
心不动,此间自有千钧重。
早岁文章供世用,中年禅味疑天纵。石塔成时无一缝。
谁与共?人间天上随他送。

【鉴赏】

这是一首自寿词。苏辙生于宋仁宗(赵祯)宝元二年(1039),卒于宋徽宗(赵佶)政和二年(1112),终年七十三岁。这首词当作于七十岁时或七十岁以后二、三年间。词题标明:“和门人祝寿”。可见是一首和韵之作,内容与门人祝寿词相关。但这首词追忆平生,自写情志,乃有别于一般应酬作品。

上片说祝寿。“七十余年真一梦。”这是作者一生经历的总概括。谓:人生短暂,七十余年,真像做了一个梦。庆贺生日,“朝来寿斝儿孙奉。”谓:儿孙正捧酒为自己祝寿。寿斝，供祝寿用的酒器。但是，对于祝寿，作者并不太感兴趣。因为，“忧患已空无复痛”。这一辈子，尝够了忧患的滋味，不管还有什么灾难，都不会再给自己增添内心的苦痛，同时，不管还有什么高兴事，也不会让自己太激动。历尽人间沧桑，这时候的作者，对于过去与未来，似乎已经参透，对于一切忧患，似乎已全部忘却，即进入了“空”的境界。所以，“心不动”，决不会受外物所感。而“此间自有千钧重”，说明享有高寿的作者，修炼已成，稳如泰山。“千钧重”，表示坚定不移。

下片自说生平，畅谈自己的生死观。“早岁文章供世用”，说自己青年时代发奋读书、求取功名，乃是为了报效国家、社稷，为世所用。“中年禅味疑天纵”，说明作者参禅修行，改变了人生观、世界观。作者初入仕途，以传统儒教的济世思想对待一切，屡经挫折，由儒转佛，中年以后，对于禅理的体会已是极为深刻，似乎进入随心所欲的境界，作者疑惑不解，不知道这是不是天之所使，要不，作为世俗中的一分子，怎能有这么高的禀赋呢？而今，人已古稀，修炼到了家，石塔也建成，生与死已无所谓了。所以说，“石塔成时无一缝”。石塔，用石头建造的佛塔。佛家用于藏舍利，(指死者火葬后的残余骨灰)和经卷。最后，词作以一问一答作结：“谁与共？人间天上随他送。”按照佛门信徒的说法，人死后，依据其生前之实际表现，或升天堂，或入地狱。究竟当怎么办？对于自己，作者已无所畏惧。他的回答：“人间天上随他送”。这句话，进一步表明了作者对于生与死的看法。

苏辙这首词，名为寿词，实际上，以文为词，明心见性，却变成了一篇遗嘱，在历代词苑中，这是极为少见的。

调啸词

苏　辙

渔父，渔父，水上微风细雨。青蓑黄蒻裳衣，红酒白鱼暮归。暮归，暮归，归暮，长笛一声何处。

又

归雁，归雁，饮啄江南南岸。将飞却下盘桓，塞北春来苦寒。苦寒，苦寒，寒苦，藻荇欲生且住。

【鉴赏】

《调啸词》二首有作苏轼词。今依唐圭璋《全宋词》,将这两首词归之于苏辙。

这两首词,调名《调啸词》,即《古调笑》之别体。作者于题下称:"效韦苏州"。韦苏州,即韦应物,唐诗人。所作"胡马"一词,《韦苏州集》题作《调啸词》,《全唐诗》作《调笑令》,《乐府诗集》作《宫中调笑》。《尊前集》作《调笑》。韦词曰:"胡马,胡马,远放燕支山下。跑沙跑雪独嘶,东望西望路迷。迷路,迷路,边草无穷日暮。"苏辙效其体,格式略有变化。韦词之"迷路,迷路",乃上句"东望西望路迷"尾二字颠倒相叠而成;苏词之"暮归,暮归,归暮"及"苦寒,苦寒,寒苦",前两句为上句"红酒白鱼暮归"及"塞北春来苦寒"尾二字相叠,未颠倒,至后一句才颠倒。

就题材看,苏辙这两首词并未见有何新意。但是,联系其身世及处境,却可以通过这两首词了解作者的思想情绪。这两首词乃有所为而作,不同于一般的游戏文字。

第一首词写江上渔父无忧无虑的生活情景。十分明显,这乃由张志和之《渔父》词意隐括而成。张词曰:"西塞山前白鹭飞,桃花流水鳜鱼肥。青箬笠,绿蓑衣,斜风细雨不须归。"张词在历代士大夫中得到了共鸣。宋时,因其"曲度不传",无法入唱,苏轼、黄庭坚等人曾增其句、广其声,为《浣溪沙》及《鹧鸪天》,用以应歌。苏辙这首词,同属这一情况。在内容、情调上,苏辙这首词以及苏轼、黄庭坚等人所作,与张志和原作相比较,实际上并无多少变化,二者都是被士大夫化了的渔父形象。

这首词依韵分作三个层次。"渔父,渔父,水上微风细雨。"这是总写,谓江上渔父终日在微风细雨当中,"自乐其乐,无风波之患";这也是张志和"渔父"词的本义。这是第一层意思,用仄韵。以下具体描述,将渔父每日之生活情景具体化。"青蓑黄蒻裳衣,红酒白鱼暮归。"二句转平韵,写渔父的装束及钓鱼饮酒的情景。"青蓑黄蒻"与"红酒白鱼"对仗,两相映照,烘托出一种自由自在的高雅情趣。"暮归,暮归,归暮"。前两句将上句尾二字相叠,一气贯下,连接甚紧密,后一句将上句尾二字颠倒,转仄韵,引出最后一句:"长笛一声何处。"最后写渔父归"家"后的另一生活情景,转入另一新境界。这里,悠扬的笛声,乃渔父所吹奏。这是一日辛苦之后的一种自我消遣,自我陶醉。词章描述渔父的生活情景,由物质方面,向上提高一个层次,展现其精神状态,为渔父形象增添了色彩。

如果说苏辙的第一首词写渔父,效韦苏州体,仅是仿效其体式而已,那么第二首词写鸿雁,则不仅效其体,而且袭其意。韦词写胡马,谓其被远放,在燕支山下过着艰苦的征战生活,这首词写鸿雁,谓其在江南南岸求得生存,不愿飞往塞北的不安情绪。韦、苏二词同样借外物以寓身世之感。苏辙词,在体式上,也有三个层次。"归雁,归雁,饮啄江南南岸。"鸿雁为候鸟中的一种,每年春分后飞往北方,秋分后回归南方。这是一般物候。但是，江南气候宜人，对于鸿雁的生存自然也当是合适的。所以，鸿雁归来，在江南南岸求食，亦饮，亦啄，已是心安理得，不必再飞往北方。这里用仄韵（去声），说得十分肯定，斩钉截铁。这是第一层意思。接着说，塞北之春，仍旧苦寒，鸿雁"将飞却下"，就地盘桓。这是第二层意思，转平韵，写其留连往返极其矛盾的心情。"苦寒，苦寒，寒苦，藻荇欲生且住。"平声韵相叠，并转仄韵。最后是矛盾冲突的结果：决定不往塞北，而在江南的水草（藻荇）丛中，权且住下。春天到来，鸿雁不愿飞往北方，有悖物候，但却是符合诗人的愿望的。可见，词中所写鸿雁，已是蒙上了诗人主观色彩的人化了的鸿雁。

苏辙这两首词所写，一为被改造了的渔父，一为被人格化的鸿雁，二者均与作者融合为一，同处于现实生活的各种关系当中，受到了客观事物的种种限制。因此，不管是超然于尘世之外的渔父，还是饮啄于江南塞北的鸿雁，都不是与"我"毫不相干的自然之物。作者写渔父，写鸿雁，实际上正是写自己。在仕途中，苏辙与其兄苏轼一样，都很不得意。苏氏二兄弟与王安石政见不和，被迫离开京都，到地方上做官，还是一再受排斥，一再遭贬官。苏轼由杭州通判，被派往密州、徐州等穷困地方任职，苏辙也北迁陈州（在今河南淮阳）。他们对于宦海风波已是十分畏惧，两人皆"浩然有归志。"所以，苏氏二兄弟十分羡慕江上渔父自由自在的渔钓生涯，只是因为受到官场上的种种约束，"常恨此生非我有"，不得自主，才要像鸿雁那样，南北奋飞。这两首词所写，充分体现了作者的这一内心冲突及其极为痛苦的思想情绪，明心见志，内容极为深刻，当细加品味。

孔平仲　生卒年不详，字毅父，临江新喻（今江西新余）人。英宗治平二年（1065）进士。曾为秘书丞、集贤校理、江东转运判官等。因属"元祐党人"，贬知衡州，累贬惠州安置。徽宗立，召为户部郎中，后出使陕西、帅鄜、延、环、庆等地。绍圣时，被罢职。长于史学，工文词，与其兄文仲、武仲俱有文名，并称"三孔"。有《朝散集》十五卷。

千 秋 岁

孔平仲

春风湖外，红杏花初褪。孤馆静，愁肠碎。泪余痕在枕，
别久香销带。新睡起，小园戏蝶飞成对。

惆怅人谁会，随处聊倾盖。情暂遣，心何在。

锦书消息断，玉漏花阴改。迟日暮，仙山杳杳空云海。

【鉴赏】

这是一首写青年男女异地相思的词。在一首词中从两个角度写男女双方互相思念，在词中还不太多见。上片写女主人公对游子的苦思，诗人首先用寥寥九字描绘出一幅瑰丽的春的图画：骀荡的春风从湖外吹来，红杏的花瓣才刚刚被吹落一片，两片……春光如此明媚旖旎，禁不住引动孤单地住在馆阁中的她的万种情思，以至百结愁肠竟要被这恼人春色揉碎了。这四句诗写的极有层次，由远及近，由宏渐微，犹如蒙太奇镜头似的，从远景（“春风湖外”）到中景（“红杏”“孤馆”）到近景（人儿“愁肠碎”）。接下来第五六句具体地写“愁肠碎”的表征：泪珠已快要流尽了，泪痕在枕上还历历可见；香罗带的香气已完全消失了，因为意中人离别日久早已无心薰香打扮。此二句对仗工稳、含蓄隽永，一“枕”、一“带”、一“香”、一“痕”，两个细节、四个意象，便把“愁肠碎”这一略嫌抽象的形容，外化为具象的特写。更妙的是“新睡起”二句，把女主人公心境做了进一步的揭示：因闷而睡；小睡醒来，望见院中蝶飞双双，更增加了对自家孤独的感喟和对他人的艳羡。“小园戏蝶飞成对”不仅给整首词的意境的构成增添了必要的因子，而且对人物内心世界的微妙活动增添了不可缺少的一笔，可谓一石二鸟，寓意双关。

下片写游子对闺中的思念。在客中的旅次，满腹惆怅，有谁能够会意？尽管随处停车倾盖，逢人周旋，也只是聊以排遣。（倾盖：谓停车交盖，伞盖稍稍倾斜，常用形容朋友相遇、亲切交谈的情况。）情感暂时可以转移到别的事情上面，而心仍然执着地系在相思的树枝。“情暂遣，心何在”两句把男主人公那种欲罢不能的复杂心理写得淋漓尽致。“心何在”不过是一个答案自明的设问！心在何处？当然仍然在伊的身边。“锦书消息断”二句进一步写游子朝朝暮暮的翘盼和期待，贵抵万金的锦书久已中断犹自盼望它的到来，在月色如银的静夜更漏声声，花荫移动；春日迟迟，暮色降临，日也盼，夜也盼，音书渺茫，美人如隔于杳杳仙山，眼前只是一片空茫茫的云海……

或者这只是闺中念游子或游子念闺中的诗。如果说通篇写闺中念游子，那么下片即是闺中想象游子对伊的思念；如果说是游子思闺中，那么上片即是游子想象伊对他的思念。我忆人而写人忆我，这就更深地写出这种思念的殷切与深邃，杜甫“今夜鄜州月，闺中只独看。遥怜小儿女，未能忆长安”即是写我忆人而以人忆我出之的典型杰作。孔平仲这首词运用这种艺术手法也是颇为成功的。

黄裳 （1044~1130）北宋著名文学家和词人，字勉仲，延平（今福建南平）人。神宗元丰五年（1082）进士第一，历官端明殿学士、礼部尚书，卒赠少傅。有《演山先生文集》《演山词》。其词语言明艳，如春水碧玉，令人小醉。

减字木兰花 竞渡

黄裳

红旗高举，飞出深深杨柳渚。鼓击春雷，直破烟波远远回。

欢声震地，惊退万人争战气。金碧楼西，衔得锦标第一归。

【鉴赏】

相传伟大诗人屈原在农历五月初五这一天投汨罗江自杀，人民为了纪念他，每逢端午节，常举行竞渡，象征抢救屈原生命，以表达对爱国诗人的尊敬和怀念。这一活动，后来实际上已成为民间的一种风俗。南朝宗懔的《荆楚岁时记》，已有关于竞渡的记载。宋耐得翁《都城纪胜》一书，专门记载南宋京城杭州的各种情况，其“舟船”条有云：“西湖春中，浙江秋中，皆有龙舟争标，轻捷可观。”可见当时龙舟竞渡夺标，春秋季均有，已不限于端午节。本篇提到“杨柳渚”，写的还是春夏之际的活动。

龙舟竞渡时,船上有人高举红旗,还有人擂鼓,鼓舞划船人的士气,以增加竞渡的热烈气氛,本篇就是描写龙舟竞渡夺标的实况。上片写竞渡。比赛开始,“红旗高举,飞出深深杨柳渚。”一群红旗高举的龙舟,从柳荫深处的小洲边飞驶而出。“飞出”二字用得生动形象,令人仿佛可以看到群舟竞发的实况,这时各条船上的鼓手都奋力击鼓,鼓声犹如春雷轰鸣。龙舟冲破浩渺烟波,向前飞驶,再从远处转回。“直破烟波远远回”句中的“直破”二字写出了船的凌厉前进的气势。下片写夺标。一条龙舟首先到达终点,“欢声震地”,岸上发出了一片震地的欢呼声,健儿们争战夺标的英雄气概,简直使千万人为之惊骇退避。“金碧楼西,衔得锦标第一归”,锦标,是高竿上悬挂的给予竞渡优胜者的赏物。白居易《和春深二十首》之十五:“齐桡争渡处,一匹锦标斜”,是锦缎;《东京梦华录》卷七《驾幸临水殿观争标锡宴》条:“军校执一竿,上挂以锦彩、银碗之类,谓之‘标竿’。……两行舟鸣鼓并进,捷者得标”,则还有其他物品。“衔”是从龙舟的龙形生发出来的字眼,饶有情趣。唐卢肇《及第后江宁观竞渡》诗云:“向道是龙刚(偏也)不信,果然衔得锦标归”,是此句所本。

本篇采取白描手法,注意通过色彩、声音来刻画竞渡夺标的热烈紧张气氛。红色的旗帜,浓绿的杨柳,白茫茫的烟波,金碧楼台,多么丰富多彩的色调!鼓击如春雷,欢声震动地面,又是多么喧闹热烈的声响!除写气氛的热烈紧张外,词中还反映了人们热烈紧张的精神状态。龙舟飞驶,鼓击春雷,这是写参与竞渡者的紧张行动和英雄气概。欢声震地,是写群众的热烈情绪。衔标而归,是写胜利健儿充满喜悦的形象与心情。绚丽的色彩,喧闹的声音,人们紧张的行动,热烈的情绪,所有这些,在读者面前展示出一个动人的场面,真实地再现了当日龙舟竞渡、观者如云的情景。全词风格雄壮,虎虎有生气,生动地表现了人们参加节日盛会的热烈情绪和争取胜利的英雄气概。

龙舟竞渡在我国古代虽很流行,但诗词中反映不多,因此,黄裳这首《减字木兰花》词,就显得弥足珍贵了。

张景修 生卒年不详,字敏叔,常州人。治平四年(1067)进士。元祐末,为饶州浮梁令。大观中,迁祠部郎中。以诗著名,亦能词。有《张祠部集》,《全宋词》存其词二首。

选冠子

张景修

嫩水挼蓝，遥堤映翠，半雨半烟桥畔。鸣禽弄舌，蔓草萦心，偏称谢家池馆。红粉墙头，柳摇金缕，纤柔舞腰低软。被和风，搭在阑干，终日绣帘谁卷？

春易老，细叶舒眉，轻花吐絮，渐觉绿阴垂暖。章台系马，灞水维舟，追念凤城人远。惆怅阳关故国，杯酒飘零，惹人肠断。恨青青客舍，江头风笛，乱云空晚。

【鉴赏】

这首词细腻地描绘了宋代京城的瑰丽春色以及诗人行将和她作别时的惆怅心情。上片以彩绘的笔触描写春光的明媚。第一至第三句写桥畔风光。先写水，一个“嫩”，一个“挼”便托出一个波光荡漾的境界。“嫩”字含义极丰，把春水的清柔、明亮、活泛……都包容在内；“挼”（读作若）原意为揉搓，此处特意运用，极富形象性：“春来江水绿如蓝”，随着波浪的揉搓，这蓝色便显得更蓝。次写堤，由于波浪的蓝光辉映，堤岸也变得十分青翠，在半是烟雾半是雨丝的笼罩中，桥畔的景物沉浸在一层纱幕的朦胧里。第四至第六句突现一座幽静、典雅的庭院。鸣禽在树梢上欢叫；青草在四周萦碧。诗人在广阔春色的背景上选择了这样一个目力的凝聚点，于是下面“红粉墙头、柳摇金缕”数句就找到了具体的依托和载体。这墙头探出来的红艳艳、粉白白的花蕾，伸出来的金缕摇曳般的柳丝，有如这“谢家池馆”中小姐的纤细柔软的腰肢，这个联想十分自然贴切。诗人心灵的眼睛也许就在瞩望着这个偶尔惊鸿一瞥的佳丽呢。上片最后三句更印证了上述解释的合理，你看他痴痴地瞩望着，但见春风把柳丝吹得搭在阑干之上，终日却不见小姐卷起绣帘……上片的高明之处就在于他写出一个青年学子在京城满目春色的氛氲中一种思春盼春的心绪，却又皆以景物描写出之，诗人心眼瞩望的对象隐含在春景的描画之中，微妙的心理、意绪流荡在景色描绘的字里行间。

下片抒写诗人行将离京远去时的惆怅心情。依然是春景的描绘，但却推开了一段时间的距离。你看，春易老，细细的柳叶长宽了，已如美人舒展的蛾眉，杨花柳絮已在漫空飘绵，绿荫下已觉暮春融融暖意……这几句诗构词极为精巧，“细叶舒眉”“绿荫垂暖”以独特的语言表现一种独特的感受，而又赋予其独特的形象性，在宋词的上乘之作中亦不太多见。“章台系马，灞水维舟”，用的是汉唐的典故，并不是实写长安。章台是汉长安的街名，用为妓院等地的代称，周邦彦《瑞龙吟》词“章台路，还见褪粉梅梢，试花桃树。”灞水亦称灞河，渭河支流，源出蓝田县东秦岭北麓，西南流入蓝水，折向西北经长安东郊落拓不羁的浪漫生活和行将远去的漂泊，在踽踽行旅中他追思恋念的依然是“谢家池馆”“红粉墙头”“绣帘”深处那位“纤柔”的人儿，随着离去京城的脚踵，那是愈来愈遥远了。以下数句暗用王维念故国（京城）的惆怅情绪令人断肠，只能以杯酒浇释飘零的愁苦。“青青客舍”之前加上“恨”字较之王维“客舍青青柳色新”原意更具有强烈的感情色彩。“江头风笛”更令人凄恻；“乱云空晚”尤使人迷茫。一位青年学子抛别“故国”的深深叹惋与前路茫茫的无限惆怅，尽在这景物的咏叹中表露无余，真乃“一切景语皆情语”（王国维）的典型范例。诗人用典而不拘泥于典，在原诗的意境上加以扩充、丰富的再创造，使抒情主人公独有的心态得到更完满、更充分的表现，这种灵活的创作方法很值得借鉴。

宋词鉴赏

国学经典文库　图文珍藏版

传世藏书

马　博◎主编

线装书局

宋词鉴赏

黄庭坚 (1045～1105)字鲁直,号山谷道人,涪翁。分宁(今江西修水)人。治平四年(1067)举进士。历著作左郎、秘书丞。绍圣初,以校书郎坐修《神宗实录》失实贬涪州别驾,黔州安置。徽宗立,召知太平州,九日而罢,复除名,编管宜州。三年而徙永州,未闻命而卒。"苏门四学士"之一。诗与苏轼齐名,世称苏黄。江西诗派之宗主,影响极大。词与秦观齐名,号秦七、黄九。词风疏宕,俚俗处甚于柳永。晁无咎谓其小词固高妙,然非当行家语,自是著腔子唱好诗。著有《豫章集》《山谷词》。

念奴娇

黄庭坚

断虹霁雨,净秋空,山染修眉[1]新绿。桂影扶疏[2],谁便道,今夕清辉不足?万里青天,姮娥[3]何处,驾此一轮玉。寒光零乱,为谁偏照醽醁[4]?

年少从我追游,晚凉幽径,绕张园森木。共倒金荷[5],家万里,难得尊[6]前相属。老子[7]平生,江南江北,最爱临风笛。孙郎[8]微笑,坐来声喷霜竹[9]。

【注释】

①修眉:以美女长而弯的眉比作巍峨的远山。

②桂影扶疏:传说月亮上繁茂的桂树,此意为月朗而清晰。

③姮娥:月中的嫦娥。

④醽醁:美酒。

⑤金荷:荷叶形金杯。

⑥尊:酒杯。

⑦老子:老夫,此为作者自称。

⑧孙郎:客人孙彦立,善于吹奏笛曲。

⑨声喷霜竹:指从竹笛中传出的乐曲之声。

【鉴赏】

作者被贬戎州(今四川宜宾),那年八月十七日与一些青年人在张宽夫园饮酒赏月,由客人孙彦立吹笛助兴。该词就是为记此事而作。上片写景。雨洗净了秋空,染绿了远山,天空出现彩虹,景象清新异常。作者对今晚的月色特别感兴趣,接连用三个问句发问:月中桂影依旧很浓,又怎能说今夜的月色不够圆满?万里碧空,嫦娥啊,你从哪里驾着美玉似的月轮而来?月亮啊,你又为谁偏照杯中的美酒而发出皎洁的光辉?作者对月萌发了浓浓的雅兴。下片写宴游。一群青年人跟着我在张园清幽的林中小径上散步。让我们把荷叶形的金杯斟满,离家万里,难得有今宵这样的开怀畅饮。老夫平生漂泊江南江北,最爱听临风吹奏的富有高亢旋律的曲子。最后以孙郎感遇知音,微笑着,坐着吹奏竹笛作结,使人有余响不绝之感。全词写景,景象清远高阔;抒情,豪迈洒脱,表现出作者身处逆境而不颓唐的乐观精神。

少　年　心

黄庭坚

对景惹起愁闷。染相思、病成方寸。是阿谁先有意,阿谁薄幸?斗顿恁、少喜多嗔。
合下休传音问。你有我、我无你分。似合欢桃核,真堪人恨。心儿里、有两个人人。

【鉴赏】

这首词以青春女性口吻,抒写其相思愁苦与失恋决绝之情,谴责了少年薄幸,颇类《诗经·卫风·氓》和汉乐府《有所思》。

上阕写相思成病。"对景惹起愁闷",发端突兀,以触景伤怀、激情喷涌方式倾诉了女主人公感受最为强烈的内心痛苦,引发读者对何景、何愁、何故的关注。所对何景呢?词中无明确交代,却于下阕的"似合欢桃核"做了暗示:她面对的是夏季林木绿荫之景,看到林中核桃树的"合欢桃核",才惹起了满腹愁闷。"愁闷"二字领起了全词怨伤情蕴之基调,然后深入剖诉,逐层皴染。"染相思"句悄吐心曲,一个"染"字透露出相知日久,相思情深,积染愁心,导致"病成方寸"的心灵创痛,写出"为伊消得人憔悴"的难堪情状。这两句因果倒装,以"惹""染""成"三字,由果溯因,既激动又婉曲地突现出一位对景生愁,相思憔悴的女性形象。"是阿谁"三句,掉笔顿折,面责口斥"阿谁"之薄幸,情绪由愁生怨。汉唐之际,多子姓名或称呼

前加一发语词“阿”，如阿娇、阿姨、阿谁之类。“谁”，无指性疑问代词，犹言“何人”。女主人公以疑问语气讲是何人先有情意，又是何人薄幸无情？这“阿谁”实际就是指的负情郎。不明斥对方，而用疑似、婉和的“阿谁”，则巧妙地传达出她的痴情和爱怨交集的矛盾心理。“斗顿”，犹陡顿，陡然、顿时之意，“恁”，犹“恁地”，如此、这样。“斗顿恁”句，指责对方竟如此陡然变得少喜多怒，一语双关，既揭出负心汉冷酷绝情的面目，又具体交代出造成她“病成方寸”的根本原因。

下阕写对负情者的决绝态度。“合下”，犹即时、当下。“合下休传音问”，写负心汉遭到女主人公斥责后，又传递书信，以巧言辩解负心行径，假惺惺以蜜语骗慰女主人公重温旧情；对此，女主人公断然拒绝，讲既已变心，这时再传两情欢好，岂不是太迟了吗？她对负心汉反复无常表现出蔑视与鄙弃。“你有我、我无你分”，以先退让后逼近的语势，先讲即使如今你再说心里还有我，让我如何相信？再讲我明白告诉你，在我心里再也不会有你的分啦！一“有”一“无”，从对比相映中显示出她感情受到欺骗、玩弄后的痛定思痛之激愤和痛后清醒、不再痴迷的决绝。“似合欢桃核”三句，始切入女主人公对景惹愁、“病成方寸”的心灵痛苦之要害。她讲，你就像那“合欢桃核”，真叫人恨啊！她对景引喻，将那负情郎比为“合欢桃核”，两半核壳相合，包裹着两瓣桃仁，正如一颗心里装着两个人人！这“心儿里、有两个人人”的男子，岂不是令她生恨的负心汉吗？细捉摸，她这“恨”约有二端：一是当初相爱，以为他爱心专一，将整颗心都给了他；二是而今变心，才发现他竟“士也罔极，二三其德”，移情别恋，受到他虚情假意的蒙骗。真是“女也不爽，士贰其行”，她是又恨又悔，悔恨难堪！至此，一个敢爱敢恨、爱深恨切的失恋女子的情感得到了鲜明的表现。

总之，此词婉曲深微地剖析了女主人公对男子负情的愁、病、怨、恨交织的复杂情感，反映了男女爱恋关系中普遍存在的悲剧现象。此词最大特点在于多用俚俗口语，质朴生新，颇有民歌俚曲风味。刘熙载《艺概·词曲概》称：“黄山谷用意深至”，以“生字俚语”入词，“若为金元曲家滥觞”，所评甚是。

好事近 太平州小妓杨姝弹琴送酒

黄庭坚

一弄醒心弦，情在两山斜叠。弹到古人愁处，有真珠承睫。
使君来去本无心，休泪界红颊。自恨老来憎酒，负十分金叶。

【鉴赏】

这首词小标题称："太平州小妓杨姝弹琴送酒"。太平州，古称鲍阳，宋代州治在今安徽当涂，辖境当涂、繁昌、芜湖等县地。黄庭坚曾贬任太平知州。《能改斋漫录》卷十七载，黄氏"得请当涂，几一年方到官，七日而罢，又数日乃去。"虽然黄氏在当涂任职时间短暂，来去匆匆，却结识了一位色艺双绝的琴妓杨姝。黄氏曾作七绝为赠："千古人心指下传，杨姝闲处便婵娟。不知心向谁边切，弹作南风欲断弦。"黄杨之间，一个贬谪异地，一个沦落风尘，故其一见知音，颇有"同是天涯沦落人"的慰藉与苍凉。这首词便是黄氏离别当涂之际酬赠杨姝的抒情小词。

此词内蕴集中，专就杨姝的"弹琴送酒"抒情写意。

上阕写杨姝弹琴之高妙动情。"一弄"，指琴曲弹奏一次。如宋元话本《武王伐纣平话》："妾闻百邑考善能弹琴，令教百邑考操琴一弄。"琴曲《梅花三弄》，就是将同一曲调在古琴各个徽位上重复弹奏三次。"一弄醒心弦"，描述杨姝抚弄了一遍"醒心"之弦。"醒心"，即振醒心神，就是说她所弹的是一段意在安慰黄氏离伤之心而振醒、鼓舞其志气的琴曲，传达出类似"海内存知己，天涯若比邻"的真情。她借琴音婉致心曲，善解人意；黄氏聆听琴曲，亦感同身受。这一句发端，点明了黄氏与杨姝知音相倾的关系。"情在两山斜叠"，从温庭筠《菩萨蛮》"小山重叠"化出而情更深至。"两山"，即两道眉山，暗用卓文君"眉色如望远山"(《西京杂记》卷二)的典故，形容杨姝两道秀眉的黛眉如远山斜叠，一片凝注的深情聚于眉梢，微妙地显现出杨姝身心沉浸于琴曲时情深意远的神态。"弹到古人愁处"两句，描述琴曲弹奏深入，触动离愁，杨姝难以自抑惜别伤痛而热泪盈眶。所谓"古人愁处"，实自柳永《雨霖铃》"多情自古伤离别"化出；"古人愁处"，即今人愁处，难怪多情的杨姝珠泪如珍珠般缀挂在睫毛之间，晶莹欲滴啦！这一"弄"一"弹"，一"情"一"愁"，使琴音琴心，情浓愁重，眉目传意，尽在不言之中，充分显示出杨姝心灵真纯、自然的品性和她妙传琴音、善悟琴韵的高超神妙的技艺。

下阕写杨姝洒泪劝酒。"使君"，作者自谓。"使君来去本无心"句，承上阕"真珠承睫"而发宽解之辞，讲我混迹官场，宦海浮沉，此次贬官太平知州甫七日，又迁调玉隆观，对这种来去匆匆的迁谪原本无心挂怀，你又何必为我痛苦流泪呢？“休泪界红颊”，以疼惜的口吻劝慰杨姝，休让泪水将红颊划得道道泪痕，纵横阑干！面对杨姝的洒泪劝酒，黄氏深感歉疚，在此离别之际，本应接受红粉知己的捧盏相劝，借酒兴驱散离愁，潇洒而别，然而，自己“中年畏病不举酒”（《新喻道中寄元明》），而今更“自恨老来憎酒”，犹似杜甫的“潦倒新停浊酒杯”（《登高》），以至“负十分金叶”，真真地辜负、慢待了金叶玉枝般红颜知己的十分诚意，一片挚情！下阕同上阕的侧重直接描绘杨姝不同，借一“休”一“负”，一“劝”一“恨”，从黄氏的歉疚、愧恨的角度，反衬杨姝的真纯、挚诚，婉曲地表达了对杨姝的知己之情，增添了人情味与亲切感。

综观全词，其情蕴实为类似白居易《琵琶行》所写诗人与琵琶女之间天涯沦落，相逢知音的人生遭际之重演与变态，表现了不幸命运使不幸之人昙花一现式的情感沟通、知己相倾的珍贵与慰藉。此词善用白描勾勒，点染细节，巧妙化炼前人诗意，以展现人物情态。文笔明净峭健，词意婉曲深至，颇有山谷词独具风貌。

南歌子

黄庭坚

槐绿低窗暗，榴红照眼明。玉人邀我少留行。无奈一帆烟雨画船轻。
柳叶随歌皱，梨花与泪倾。别时不似见时情。今夜月明江上酒初醒。

【鉴赏】

本词写离别。上片写行客即将乘舟出发，正与伊人依依话别。作者先从写景入手，这时正当初夏，窗前槐树绿叶繁茂，所以室内显得昏暗，而室外榴花竞放，红艳似火，耀人双眼，这与室内气氛恰好形成强烈对比，两人此刻的心情没有明说，却以室内黯淡的气氛来曲折地反映。

离别在即，难舍难分，“玉人邀我少留行”，不仅是伊人在挽留，行客自己也是迟迟不愿离开，“无奈”两字一转，写出事与愿违，出发时间已到，不能迟留。接着绘出江上烟雨凄迷，轻舟挂帆待发，两人无限凄楚的别情就在这诗情画意的描述中宛转流露。

本词系双调，下片格式与上片相同。“柳叶”两句，承上片“无奈”而来，由于舟行在即，不能少留，而两人情意缠绵，难舍难分，真是“悲莫悲兮生别离”。“柳叶”两句，写临行饯别时伊人蹙眉而歌，泪如雨倾。这里运用比喻，以柳叶喻双眉，梨花喻脸庞。“别时”句又一转，由眼前凄凄惨惨的离别场面回想到当初相见时的欢乐情景，但往事不堪回首，只能使临行时的心情更加沉重。

末句宕开，以景作结。略去登舟以后借酒遣怀的描写，只说半夜酒醒，唯见月色皓洁，江水悠悠，无限离恨，尽在不言之中，颇具蕴藉含蓄之致。

李清照《词论》认为“黄（庭坚）即尚故实，而多疵病”。但本词却并未使用典故，倒是在写作手法上显得很有特色。如“槐绿”两句，例用对句，做到了对偶工整、色泽鲜艳；槐叶浓绿，榴花火红，“窗暗”“眼明”用来渲染叶之绿与花之红，“绿”与“红”“暗”与“明”在色彩与光度上形成两组强烈的对比，对人物形象和环境气氛起着烘托渲染的作用。“柳叶”两句，以柳叶和梨花来比喻伊人的双眉和脸庞，以“皱”眉和“倾”泪刻画伊人伤离的形象，通俗而又贴切。

望 江 东

黄庭坚

江水西头隔烟树。望不见、江东路。思量只有梦来去。
更不怕，江阑住。
灯前写了书无数。算没个、人传与。直饶寻得雁分付。
又还是、秋将暮。

【鉴赏】

这是一首抒写痴恋者相思之情的词作。主人公身份不太明确，说男亦可，说女亦可。比较而言，其热切的情思更像男性口吻，所以，我们将词中主人公姑且认定为男性。

上阕抒写有情人江路阻隔，不得亲晤的苦闷与焦虑。“江水西头”二句，写主人公身在江水西头，心上人远在“江东路”，以一“隔”字，揭明了热恋中的痴情人所面临的冷酷现实：一江春水无情地隔绝了有情人的自由交往。更何况还有“烟树”障蔽，向“江东路”远远望去，重重烟雾朦胧的树林遮住了他的视线。“望不见”哟，真是令人望穿秋水情难遣。这段景中见情的描述，乃化炼自古诗十九首的“盈盈一水间，脉脉不得语”诗意，那一道间隔牛郎织女的天河，使他们脉脉含情而不得相聚晤谈；这间隔双方的“一水”，乃是王母金簪所划出的一道天河。准此，这首词的“江水”是实景，亦是虚境，是一种切断、阻隔恋人的某种不可抗拒的现实力量或封建婚姻制度的象征。否则，主人公难道不能乘船渡河，伺机约会吗？全词没有表现主人公任何主动性的追求行动，却始终陷于苦恋煎熬之中，就表明他并非不能也，乃不肯也，或不敢也。所以，“江水”阻隔不仅是直观的物象，而且还是有深刻意蕴的一

种象征。至于借“烟树”点染江畔烟雾朦胧的境象，又似乎是与《诗经·周南·汉广》所写“汉之广矣，不可泳思。江之永矣，不可方思”的“烟水茫茫，浩渺无际，广不可泳，长更无方，唯有徘徊瞻望”（清方玉润《诗经原始》）的情景神理相通。“思量只有梦来去”二句，写江水难渡，遥望徒劳，现实的阻隔与熬煎竟使陷于无望的痴恋者绝处逢生，忽发奇想。这奇想实在是主人公“求之不得，寤寐思服；悠哉悠哉，辗转反侧”（《诗经·周南·关雎》）的结果，只有到梦境中去找她，两情欢悦，才能够再不怕那江水横隔，烟树障月。这梦中来去的奇想，实自南朝乐府《西洲曲》的“海水梦悠悠，君愁我亦愁。南风知我意，吹梦到西洲”化炼而出，既表现了苦恋无门、借梦境消释相思痛楚的解脱愿望，也暗示出主人公与对方是“君愁我亦愁”的两地相思，从主人公的相思煎熬情景，便可想见“江东路”的女子该如何无助和愁苦啦！

下阕写主人公以情书寄意、鸿雁难托的惆怅。“灯前写了书无数”二句，描述主人公情思难遣、夜不成寐的时刻，遂于灯前写情书，寄心曲，将满腹爱恋衷情、孤独苦闷尽兴倾诉；虽是寂夜、孤灯、只影，他却仿佛面对着心上人，感到精神上的温暖和愉悦。而“无数”二字，更点明其时间之久，情书之多，生动地描述了陷身情网的那份痴情与执着，显示出爱情的伟大魅力。然而，令人遗憾的是算来算去竟找不到一个人为他将情书传与对方，于是又触发了他鸿雁传书的奇想。“直饶”假设之辞，纵使、尽管之意。“直饶寻得雁分付”二句，讲纵然能找到鸿雁，吩咐、嘱托它传送情书，但是，令人遗憾的是“又还是、秋将暮”，即现在又已经到了深秋季节，言外之意，此刻鸿雁尽已南飞，无雁可托，还是徒劳。总之，写书无数，寻雁难托，真是将苦恋者的万种风情、无由倾诉的人生憾恨和精神的失落、压抑，表达得真切透骨、曲折尽致。

综观全词，以相思者自诉口吻写来，发自肺腑，情真意切。以隔、梦、写、寻四组细节意象，展现了苦恋者对情人辗转反侧、爱情落空的悲愁和遗憾。文辞简约、凝练，抒情清雅、真朴，笔力奇横、峭健，巧于化炼前人诗意入词。一片深情，往复婉致，颇有深长的韵味。

清　平　乐

黄庭坚

春归何处？寂寞无行路[1]。若有人知春去处，唤取归来同住。

春无踪迹谁知？除非问取黄鹂。百啭无人能解，因风[②]飞过蔷薇。

【注释】

①无行路：没有行踪。

②因风：随着风势。

【鉴赏】

美好的事物总要引起人们的珍爱与留恋，也极容易被用作象征和寄托。“春”就是这样一种美好的事物。古往今来，咏春、惜春、伤春、怀春之作可谓汗牛充栋，表达的就是人类对于美好事物的一种共同的普泛化的情感。黄庭坚这首词也是写惜春、伤春之情，但它深层里表现的却是“春”的象征意义，寄托了词人对青春、生命和理想的探寻和追求。这里的“春”是“寂寞之春”，它给大自然和人类带来了勃勃生机，然后又悄然归去，无人知道它的“行路”，无人知晓它的“去处”。这就是春的生命历程，多么辉煌，又何等“寂寞”！“寂寞之春”实际上是词人“寂寞之心”的投射与物化。这“寂寞之春”的生命世界，就是词人对社会和人生的自我体验。黄庭坚一生屡遭贬谪放逐，备尝世态炎凉，他的生命之旅是“寂寞”的，“无人能解”的！这就是词人发出“春归何处，寂寞无行路”的感伤悲慨之音的心理依据。不仅如此，此词咏春还有另一层象征意蕴：在春天悄然归去之后，抒情主体仍在不懈地询问、追寻，期求“唤取归来同住”，这种问春、寻春、唤春、留春的执着情怀，实际上象喻着词人对美好人生和人生理想的执着追求精神！在寂寞中不沉沦，在失望中求希望，这就是此词给予我们的人生启示。

诉衷情

黄庭坚

一波才动万波随，蓑笠一钩丝。金鳞[①]正深处，千尺也须垂。

吞又吐，信还疑，上钩迟[②]。水寒江静，满目青山，载月明归。

【注释】

①金鳞：指鳞光闪闪的鱼。

②迟:缓慢。

【鉴赏】

作者在此词前有一段小序云:"在戎州登临胜景,未尝不歌渔父家风,以谢江山。门生请问:先生家风如何?为拟金华道人作此章。"这段话至少说明如下两个内容:第一,此词作于戎州。黄庭坚因被人指控《神宗实录》中关于王安石新法的记载有失实之处,被贬为涪州(今重庆市涪陵)别驾,安置黔州(今四川彭水),后移戎州(今重庆市宜宾)。当时词人正身处贬黜的逆境,但词中所表现的情绪却如此洒脱,可见其师承东坡,有豪放豁达之风。第二,山谷以渔父家风自况,即在吟咏渔父的歌中找到了自己的主体意识——词人自身的思想感情的寄托。

这首词的妙处在于:表面上处处描写渔父垂钓的情景,实际上处处表现词人自身的一种心态和心境。渔父垂钓的情态和垂钓时的恬适,恰好是词人心灵生活一个贴切而圆满的象征。

诉衷情

黄庭坚

小桃灼灼柳鬖鬖①,春色满江南。雨晴风暖烟淡,天气正醺酣②。
山泼黛,水挼蓝③,翠相搀。歌楼酒旆④,故故⑤招人,权典⑥青衫。

【注释】

①鬖鬖:本意是形容毛发下垂,这里指柳条下垂。

②醺酣:使人陶醉。

③黛:青黑色的颜料。挼蓝:浸揉蓝草作染料。此处借指湛蓝色。挼,轻轻地揉搓。

④旆:旗。

⑤故故:特意的,有意的。

⑥权典:当掉。

【鉴赏】

这是一首写江南春景的小令。桃花盛开红艳艳,杨柳垂拂飘荡,江南遍地春色。宿雨初晴,惠风和畅,烟霭淡淡,春光如醉。雨后山色浓如泼黛,水色湛蓝,青山绿水相映,景色宜人。更诱人的,还是歌楼上的酒旗飘动,仿佛特意在招惹人,即使是当掉春衫换酒,也是值得的啊!

水调歌头

黄庭坚

瑶草一何碧①!春入武陵溪②。溪上桃花无数,枝上有黄鹂。我欲穿花寻路,直入白云深处,浩气展虹霓③。只恐花深里,红露④湿人衣。

坐玉石,倚⑤玉枕,佛金徽⑥。谪仙⑦何处?无人伴我白螺杯⑧。我为灵芝仙草,不为朱唇丹脸,长啸亦何为?醉舞下山去,明月逐人归。

【注释】

①瑶草:传说中的一种仙草。一何:何其,多么。碧:绿色。

②武陵溪:借指仙境。晋陶渊明的《桃花源记》有:"晋太元中,武陵人捕鱼为业,缘溪行,忘路之远近,忽逢桃花林。"

③浩气展虹霓:胸中的浩然之气有如天边的彩虹。

④红露:花瓣上的晨露。

⑤倚:斜靠着。

⑥金徽:琴徽。

⑦谪仙:传说中被贬谪到人间的神仙,也指李白。在《新唐书·李白传》中有:"白亦至长安,往见贺知章。知章见其文,叹曰:'子,谪仙人也。'"

⑧白螺杯:用白色的螺壳制成的酒杯。

【鉴赏】

这首《水调歌头》是一首深婉含蓄、情韵俱佳的词作。这首词集中反映了黄庭坚世界观上的矛盾:对仙界的无限向往,同时又有某种忧虑,而终未升入仙界;对人世污浊的鄙弃,但又终未离开人世。

词的上片着重描写仙境的美妙和自己对仙境的向往之情。首句"瑶草一何碧!"是作者对仙境的由衷赞叹。"春入武陵溪,溪上桃花无数,枝上有黄鹂"进一步描写仙境的美妙。"我欲穿花寻路,直入白云深处,浩气展虹霓。"表达的是一种出世的愿望。“只恐花深里，红露湿人衣”因怕花深之处红露沾衣而却步，这实际是一遁词，表明作者内心深处对出世与否陷入了深深的苦恼，有一种难言的隐衷。

下片主要表达了自己和世俗社会格格不入的品德格调，流露出对世俗的鄙视和孤芳自赏的清高。过片前三句“坐玉石，倚玉枕，拂金徽”，表明作者高雅的生活格调。“拂金徽”，他希望高山流水遇知音，但曲高和寡，知音难觅。“谪仙何处？无人伴我白螺杯。”只有李白这样视功名如粪土的谪仙人，才有资格伴他开怀畅饮，一叙衷肠。“我为灵芝仙草，不为朱唇丹脸，长啸亦何为！”他以香草自喻，表明自己和屈原一样是高风亮节的人，不是那种蝇营狗苟、追名逐利、随俗媚世的小人。他希望自己能像荷花那样出淤泥而不染，寻找到这个出路后，他便“醉舞下山去，明月逐人归”，作者终于放弃了出世的念头，回到了现实的人间。仙境虽美，终非人所宜待；人世虽恶，但只要自己洁身自好，心灵里便会有一块净土，作者将出世入世的矛盾统一在了这一点上。

鹧鸪天

座中有眉山隐客史应之和前韵，即席答之

黄庭坚

黄菊枝头生晓寒①，人生莫放酒杯干。风前横笛斜吹雨，醉里簪花倒著冠。

身健在，且加餐②，舞裙歌板尽清欢。黄花白发相牵挽③，付与时人冷眼看。

【注释】

①生晓寒：又作“破晓寒”。

②加餐：多吃一些饭菜。《古诗十九首》之《行行重行行》：“弃捐无复道，努力加餐饭。”此处化用其意。

③牵挽：牵拉着。

【鉴赏】

史应之，眉山人，落魄无俭，授馆于人，黄每每与之互赠诗词相戏，这首词便是与史应之互相酬唱的诗词之一。题中所谓“隐客”，是说史应之是个甘居山野、不求功名的人。“黄菊”二句，点明了时节，同时说出了自己的心情。“风前”二句，极写出一副狂士形象，在狂风四起斜吹雨的时候，迎风而立，吹响横笛；在醉态朦胧中，头插黄花，倒戴头冠。下片，紧接前文一气贯注。“身健在”三句，是说只要健康地活着，就要奋力加餐，就要在“舞裙歌板”中尽情欢乐，“清欢”既谓绝无混浊官场钩心斗角、趋炎附

势的烦恼，也绝不以屈身事人、仰承鼻息，换取高官厚禄为乐，而是要一种清白正直的纵情的欢乐。“黄花”二句是说，在“时人”眼中，我们这种“醉里簪花倒著冠”的狂放行为，可能被视为“行为无俭”或“疯子”，但是我还是要让这美丽高洁的黄花与我这斑白的头发互相牵挽，让那些“时人”去侧目而视、冷眼相看吧！

鹧鸪天

黄庭坚

紫菊黄花风露寒，平沙戏马[①]雨新干。且看欲尽花经眼，休说弹冠与挂冠[②]。
甘酒病[③]，废朝餐。何人得似醉中欢。十年一觉扬州梦，为报时人洗眼看[④]。

【注释】

①戏马：指驰射。

②“且看”句：杜甫《曲江》：“且看欲尽花经眼，莫厌伤多酒人唇。”弹冠：指准备出仕，含贬义。挂冠：指辞去官职。

③酒病：由于饮酒过量，沉醉如病了一样。

④“十年”句：借用杜牧的《遣怀》：“十年一觉扬州梦，赢得青楼薄幸名。”之意。

【鉴赏】

作者酬答史应之的词共三首，这是第三首。这首词除了表现作者的悲愤和傲岸，还表现了作者对官场的厌倦，对人生意义的体认及对时人的轻蔑。虽时时以酒浇愁，旷达的襟怀仍然使作者对现实有清醒的认识和可贵的信心。

谒金门 戏赠知命[①]

黄庭坚

山又水，行尽吴头楚尾[②]。兄弟灯前家万里，相看如梦寐。
君似成蹊桃李[③]，入我草堂松桂。莫厌岁寒无气味，余生今已矣。

【注释】

①戏赠知命：一作示弟知命。知命，名叔达，庭坚弟。当时庭坚贬官安置黔州，知命在此陪伴。

②吴头楚尾：现在的江西省北部，因为此地在春秋时期为吴、楚两国的交界处，故有此称。

③成蹊桃李：《史记·李广列传》引古谚语有“桃李不言，下自成蹊”一语，意思是桃树、李树虽然不会说话，但是由于其花、果吸引人，所以在树下自然踩出一条小路来，比喻实至名归。

【鉴赏】

黄庭坚晚年宦途失意，屡遭贬谪，最终死在偏僻的宜州。这首词写于被贬期间。尽管黄庭坚在被贬期间也还旷达，但有时免不了会涌起感伤之情，这首词就是这种情感的流露。黄庭坚是洪州分宁(今江西省修水县)人。他的家乡也就是“吴头楚尾”。写词时，他在黔州(今四川省彭水县)，所以词中提到“家万里”。词题《戏赠知命》，于是对知命的赞扬也就不可缺少；联系到当时的处境，既需要安慰，同时也难免感伤叹喟。

虞　美　人　宜州见梅作①

黄庭坚

天涯也有江南信，梅破知春近②。夜阑风细得香迟，
不道晓来开遍向南枝③。
玉台④弄粉花应妒，飘到眉心住。平生个里⑤愿杯深，
去国十年⑥老尽少年心。

【注释】

①宜州：今广西壮族自治区宜州市。

②信：花信风，也指花期。梅破：梅花的蓓蕾初绽。

③向南枝：向阳的南枝，由于较为温暖，故向阳的梅花先开放。

④玉台：女子的梳妆台。

⑤个里：个中，此中。

⑥去国十年:作者首次遭贬在宋哲宗绍圣元年(公元1094年),到这时正好十年。国:指国都。

【鉴赏】

这是一首构思新颖、格调清奇的春之短歌。上片以发问起调。作者没有描写落花流水春残景象,也没有表现悼红惜绿的伤春情怀,只由问春而至寻春,其徘徊寂寞之情态,希冀驻日回景之衷肠已跃然纸上。下片以反诘句承接,将上气痴语奇想轻轻宕开,而将惜春寻春之情引入更奇妙的境界,黄鹂是春天的使者,她或能知道春天的踪迹,何不住问之?但人情鸟语难通,寻春愿望终成泡影。不仅春之芳踪仍无处寻觅,且黄鹂也乘风振翼,一去无迹,眼下只有春去夏来,蔷薇花开,词人的一腔芳菲之思,亦随鸟飞春尽而不知所终。

醉落魄

黄庭坚

苍颜华发,故山归计何时决①。旧交新贵音书绝,惟有佳人,犹作殷勤别。

离亭欲去歌声咽,潇潇细雨凉生颊②。泪珠不用罗巾裛③,弹在罗衫,图得见时说。

【注释】

①苍颜华发:形容头发花白,面容苍老。故山:指故乡。

②离亭:路旁的驿亭,是行旅的休息之所。潇潇:指风雨之声。

③裛:沾湿。

【鉴赏】

黄庭坚同苏东坡一样,长期被卷入党争的漩涡中。哲宗绍圣元年(1094),章惇等人以修《神宗实录》不实为罪名,将他贬为涪州别驾,安置黔州(今四川彭水)。后移戎州(今四川宜宾)。徽宗时虽一度复职,但旋又被贬至宜州(今广西宜山),后竟死于贬所。晚年遭此变故,内心的悲愤是可想而知的。这首词截取离亭送别这一生活场景,直抒胸臆,悲慨满纸,语挚情真,催人泪下。庭坚其人有似东坡,即使处在恶劣环境中,也依然保持着旷达的胸襟、傲岸的心性,往往谈笑风生,自得其乐,这首词却使我们看到了词人内心世界中更为深沉、更为真实的一面。

南乡子 重阳日，宜州城楼宴集，即席作

黄庭坚

诸将说封侯，短笛长歌独倚楼[1]。万事尽随风雨去，休休，戏马台[2]南金络头。

催酒莫迟留，酒味今秋似去秋。花向老人头上笑，羞羞，白发簪花[3]不解愁。

【注释】

①“短笛”句：唐赵嘏《长安秋望》有“残星几点雁横塞，长笛一声人倚楼”之句，此用其意。

②戏马台：在彭城城南，今江苏省徐州市。相传项羽曾在此戏马。

③簪花：插花。古人有重阳节簪菊之俗。

【鉴赏】

在北宋新旧党争中，词人两次被贬，最后死于宜州贬所，心中的悲慨自然是深沉的。词的上片写万念俱灰之意，下片写及时行乐之意，看起来情调不同，其实俱出于内心深沉的悲慨，读来不免给人酸楚之感。

青玉案 至宜州次韵上酬七兄

黄庭坚

烟中一线来时路，极目送，归鸿去。第四阳关[1]云不度。山胡[2]新啭，子规言语，正在人愁处。

忧能损性休朝暮，忆我当年醉时句[3]。渡水穿云[4]心已许。暮年光景，小轩[5]南浦，同卷西山雨。

【注释】

①第四阳关：当为宜州附近关名。

②山胡：鸟名。

③"醉时"句：黄庭坚的《夜发分宁寄杜涧叟》云："我只自如常日醉，满川风月替人愁。"此处化用其意。

④渡水穿云：指归鸿。

⑤轩：配有小窗的长廊。

【鉴赏】

徽宗崇宁二年(1103)，黄庭坚因写过一篇《承天院塔记》，被人挑剔、捏造出"幸灾谤国"的罪名，被除名羁管宜州。是年冬从鄂州起程，次年春到达宜州贬所，这首诗即作于此时。其时词人已是六十岁的老人，被贬到如此边远险阻的地方，虽竭力以"忧能损性休朝暮"自勉，但仍不免要忧从心中来，不能自抑。歇拍以景结情，更为有力地表现了黯然神伤的心境。

晁端礼　(1046~1113)字次膺，先世澶州清丰(今属河南)人，徙居彭门(今江苏徐州)。神宗熙宁六年(1073)进士。曾任县令。徽宗政和三年(1113)以承事郎为大晟府协律而卒。其词多咏物、颂谀之作，常与晁补之唱和，风格近周邦彦，气魄较周豪放，而不及周工致。在创制新调方面有一定贡献。著有《闲适集》，已佚。今存词集《闲斋琴趣外篇》。

绿头鸭　咏月

晁端礼

晚云收，淡天一片琉璃。烂银盘、来从海底，皓色千里澄辉。莹无尘、素娥澹伫；静可数、丹桂参差。玉露初零，金风未凛，一年无似此佳时。露坐久，疏萤时度，乌鹊正南飞。瑶台冷，栏杆凭暖，欲下迟迟。

念佳人音尘别后，对此应解相思。最关情、漏声正永，暗断肠、花影偷移。料得来宵，清光未减，阴晴天气又争知？共凝恋，如今别后，还是隔年期。人强健，清樽素影，长愿相随。

【鉴赏】

这是一首写中秋月景兼怀人的慢词，全词长一百三十九字，在慢词里也是较长的一体。晁端礼，其词集《闲斋琴趣外篇》署名作晁元礼，而据他的《庆寿光》词序自称端礼，吴曾《能改斋漫录》也称他为晁端礼，则以作端礼为是。他是晁无咎的长辈，是北宋末年一位精于音律的词人。在这首词里，他对于中秋月景和怀人情思作了细致的描写，声调谐婉，词语和雅，确很出色。

在词里，写长调和小令各有不同的要求，各有不同的写法。长调难于小令之处，就在于要操纵自如，气脉贯串，不蔓不枝，徘徊宛转。在双叠词中，起、结、过拍都是要注意的，而在长调里这几处显得特别重要，因为全词的神理、脉络都要通过这几处显示出来。沈义父在《乐府指迷》中说大词"第一要起得好，中间只铺叙，过处要清新，最紧是末句，须是有一好出场方妙"。晁端礼这首词为沈义父的说法提供了一个范例。

词的上阕重在写景，分六层叙写。开头两句"晚云收，淡天一片琉璃"，一笔放开，为下边的铺叙开拓了广阔的领域。晚云收尽，淡淡的天空里出现了一片琉璃般的色彩，这就预示着皎洁无伦的月亮将要升起，下边的一切景和情都从这里生发出来。接着写海底涌出了冰轮，放出了无边无际的光辉，使人们胸襟开朗，不觉得注视着天空里的玉盘转动。"莹无尘、素娥澹伫；静可数、丹桂参差。"嫦娥素装伫立，丹桂参差可见，把神话变成了具体的美丽形象。而这两种形象只有在"莹无尘""静可数"中才得显现出来，和上边所说的"晚云收""千里澄辉"的脉理暗通。到这里，月光和月中景已经写得很丰满。下边再从气候方面来写：中秋是露水初降，已凉天气未寒时，是四季中最宜人的节候，美景良辰，使人流连。"疏萤时度，乌鹊正南飞。"化用了曹操"月明星稀，乌鹊南飞"和韦应物"流萤度高阁"的名句，写出了在久坐之中、月光之下所看到的两种景物，这是一片幽寂之中的动景，两种动景显得深夜更加静谧。"瑶台冷，栏杆凭暖，欲下迟迟。"上边说"露坐久"，这里又说"栏杆凭暖"，这是怎么回事呢？原来是表明，先是坐着的，而且坐得很久；后来是凭栏而立的，立的时间也很长。用了很长的时间在凄冷的楼台上望月，以致把栏杆凭暖，委婉地表现出词人不是单单地留恋月光，而是在对月怀人。词人的怀人情意，在结语"欲下迟迟"里透露出来，直贯下阕。

下阕着重写情，分五层叙写。换头"念佳人音尘别后，对此应解相思"这两句，上承上阕结语"欲下迟迟"，下启下阕对情思的描写。张炎说："最是过片，不要断了曲意，须要承上接下。如姜白石词云'曲曲屏山，夜凉独自甚情绪'，于过片则云'西窗又吹暗雨'，此则曲之意脉不断矣。"（《词源》）这里过片也接得自然妥帖，浑然无迹,深得婉转情致。下边从对方写起。遥想对方在此夜里“最关情”的是“漏声正永”;“暗断肠”的是“花影偷移”。为什么听到漏声相接,看到花影移动,倍觉“关情”而至于“断肠”呢?因为随着漏声相接、花影移动,时间在悄悄地消逝,而两人的相会仍遥遥无期。下边再写对方的此夜情:料想明天夜月,清光也未必会减弱多少,只是明天夜里是阴是晴,谁能预料得到呢?两人之所以共同留恋今宵清景,是因为今年一别之后,只能待明年再见了。自己怀念对方的情思,不从自己方面写出,而偏从对方那里写出,对方的此夜情,也正是自己的此夜情;写对方也是写自己,心心相印,虽悬隔两地而情思若一,越写越深婉,越写越显出两人音尘别后的深情。这种艺术表现手法,即使在柳耆卿词里也不多见。上阕里所说的“露坐久”,“栏杆凭暖”的深刻含意,通过对对方此夜情的两层描写揭示出来。所谓“气脉贯串”,应当从这方面去领会。歇拍三句“人强健,清樽素影,长愿相随。”结得雍容和婉,有不尽之情,而无衰飒之感。也正是沈义父所说的“有一好出场”。东坡的《水调歌头》结句“但愿人长久,千里共婵娟”和这首词的结句,都是从谢庄《月赋》“隔千里兮共明月”句化来。苏词劲健,本词和婉,表现出两种不同的艺术风格。胡仔《苕溪渔隐丛话》说:“中秋词,自东坡《水调歌头》一出,余词尽废,然其后亦岂无佳词?如晁次膺(端礼字)《绿头鸭》一词殊清婉,但樽俎间歌喉,以其篇长惮唱,故湮没无闻焉。”

水龙吟

晁端礼

倦游京洛风尘,夜来病酒无人问。九衢雪少,千门月淡,元宵灯近。香散梅梢,冻消池面,一番春信。记南楼醉里,西城宴阕,都不管、人春困。

屈指流年未几,早人惊、潘郎双鬓。当时体态,如今情绪,多应瘦损。马上墙头,纵教瞥见,也难相认。凭阑干,但有盈盈泪眼,把罗襟揾。

【鉴赏】

晁端礼,徽宗时曾为大晟乐府协律郎,精于词作。从这首《水龙吟》中可以看出,无论在词的结构、声韵、用字设色等方面,他都具有很高的素养,评之曰当行本色,恐不为太过。

此词主旨在于抒发人生不得意的感慨。这种不得意表现在两方面:一是仕途上的蹭蹬，一是爱情上的挫折。晁端礼于神宗熙宁六年考中进士，在北宋词人中，他的发轫比秦观、周邦彦都早；但仕途并不顺利，曾两度为县令，因为触犯上官而被废黜。此词起首二句便把词人可悲的身世揭示出来。“京洛风尘”，语本晋人陆机《为顾彦先赠妇诗》之一：“京洛多风尘，素衣化为缁。”此处盖喻词人在汴京官场上的落拓不遇。“病酒”，谓饮酒过量而身体不适。词人由于政治上不得意，常以酒浇愁。可是酒饮多了，反而沉醉如病。官场失意，酒病缠身，境况可谓惨矣，复着以“无人问”三字，其羁旅飘零之苦，尤为难堪。这些都是开门见山，句句写实，与一般以比兴开头的长调相比，便显出完全不同的特色。按照这个路子发展下去，便应层层铺叙，句句落实，可是这样又有什么词味呢？词人没有这样做。他的目光似乎从住处的窗口向外探视，无边夜色，尽入毫端，一下子化实为虚，词境变得空灵了。词人向下看，九衢（御街）上的残雪斑斑驳驳，向上看，朦胧淡月照进千门万户。词人本来为酒所困，心情异常烦闷，如今在这清净、洁白的世界里，胸襟自然为之一畅。接着夜风送来梅花的清香，池塘表面上的薄冰已经融解。这些与其说写景，毋宁说是抒情，因为这些景物上都抹上了一层感情色彩，仿佛是词人心灵附着在这些景物上——袒露出来，告诉读者他那因酒而病的身躯与心灵在自然景色的陶冶中，渐渐轻松了，开朗了。此刻，他不仅想到一年一度的元宵佳节即将来临，不仅感受到春天的信息已经来到，而且他的思绪也回复到往年醉酒听歌的快乐生涯。句中的“南楼”，指冶游之地；“西城”指汴京西郑门外金明池和琼林苑，都是北宋时游览胜地。这里以对仗的句式强调当年的豪情胜概，特别是“都不管、人春困”一句，出之以口语，使人如闻其声，如见其人。

长调过片最为吃重，一是要求宕开一笔，但不能脱离原来的脉络；一是要求紧承前意，但又不能过于粘着。它就像画家作画，能开能阖，旋断仍连，方为佳致。此词上片歇拍本写昔日豪情，是放开去——即“开”；及至过片又写目前衰颜，是收回来，与起首二句遥相映射——即“合”。“潘郎双鬓”，谓两鬓已生白发，语本潘岳《秋兴赋》：“余春秋三十有二，始见二毛。”如果说上片多从景物描写中展示人物心灵，那么整个下片则是纯粹描写词人的内心感情。“屈指”二字是起点，点明词人是在算计，以下都是写算计中的思维活动。词人不仅惊觉自己早生华发，而且联想到对方——从她当时妖娆的体态联想到如今愁苦的情绪，于是深感她的形容已经消瘦。“多应”二字，表明这是想象和猜测，而一往情深，皆寓其中。以下三句，是这种感情的延伸。“马上墙头”，语本白居易《井底引银瓶》诗：“妾弄青梅凭短墙，君骑白马傍垂杨。墙头马上遥相顾，一见知君即断肠。”词笔至此，正面点出词人昔日曾与一位女子邂逅，无情的岁月凋谢了彼此的容颜，即使相逢恐亦不敢相认，言之不胜伤感。以上几层意思，款款道来，情韵悠然，环环相扣，婉转相生，收纵自如，不离主线。这些都是此词在结构上的妙处。

结尾三句，仍从伊人方面着笔。设想她凭阑凝望，罗襟揾泪。——此情自己岂不也是一样，写对方亦写自己。一般论词，都以为“以景结情最好”。可是此处全用情语作结，却收到余味无穷的艺术效果，堪与苏、辛同调作品媲美。苏轼次韵章质夫杨花词结句云："细看来，不是杨花，点点是离人泪。"辛弃疾登建康赏心亭词结句云："倩何人唤取，红巾翠袖，揾英雄泪。"读了这三首结句，不禁令人感到其间有惊人的相似之处。首先他们都写到泪：苏词是以杨花喻泪，在美学上谓之"移情作用"；辛词写的是壮志难酬的英雄之泪；晁词则是把仕途的失意、人生的感慨化作盈盈泪水，风格较为纤弱。其次，除苏词外，他与辛弃疾都写到揾泪。揾者，拭也。辛词欲唤美人以翠袖拭泪，在豪放中微露妍倩之致；晁词单用罗襟，字面上虽不如辛词浓丽，而感情婉约则过之。在这个比较之下，可以看出，以同一词调、同一句式写相似的感情，也可以变化多端，表现出各自的个性特征。问题在于作者的才性和技巧是否高超，而晁端礼在这方面是很出色的。

写作长调，要讲究变化，讲究辩证法。清人沈祥龙说："句不可过于雕琢，雕琢则失自然；采不可过于涂泽，涂泽则无本色；浓句中间以淡语，疏句后接以密语。不冗不碎，神韵天然：斯尽长调之能事。"（《论词随笔》）此乃经验之谈，颇得个中三昧，以之衡量此词，可谓恰中肯綮。此词看来有雕琢，像上片"九衢"以下六句，对仗工整，情景交炼，非经雕琢不能到。但这些词句也很自然，它虽涂了色泽，却能浓淡相宜，不像花间派那样镂玉雕琼，使人目迷五色。从全篇布局来看，凡用对偶之处，结构都较密，读时须一气呵成；而用领格字处（如"记南楼"中的"记"字）及换头处，都较疏，读时须作一顿挫。总的来看，它密处能疏，疏处能密，如同织锦一般，浑然天成，构成一首绝妙的好词。

李元膺　生卒年不详，东平人。南京（今河南商丘）教官。绍圣间，李孝美作《墨谱法式》，元膺为序。盖与蔡京同时人。词存九首。

茶瓶儿

李元膺

去年相逢深院宇，海棠下、曾歌《金缕》。歌罢花如雨。
翠罗衫上，点点红无数。
今岁重寻携手处，空物是人非春暮。回首青门[①]路。乱
红飞絮，相逐东风去。

【注释】

①青门：古长安城门名。《三辅黄图》："长安城东出南头第一曰霸城门，民见门色青，名曰青城门，或曰青门。"

【鉴赏】

自从唐代诗人崔护写了一首《题都城南庄》的诗，加上孟棨《本事诗》里颇有传奇色彩的记载，“人面桃花”便成了尽人皆知的故事。李元膺的这首词也写了类似的一个经历，但感情更缠绵，形象更生动。

上片写去年此时，在深幽清寂的庭院中，词人遇到了她。正值春深似海，海棠花开，姿影绰约。那位女子在花下，浅吟低唱，其风韵体态，与海棠花融为一体，艳丽非凡。《金缕衣》是女子所唱的柔媚的曲调，杜牧就有“秋持玉斝醉，与唱金缕衣”（《杜秋娘》诗）的句子。她一曲歌罢，如雨一般的花瓣点点落在她碧绿的罗衣上。那色泽，那神情，多么令人难忘！

上片寥寥数语，已勾勒出一个娴静妩媚而善歌的女性形象。作者的描绘是静态的：海棠花下轻歌慢吟的女子，点缀在翠衣上的落红点点，然而给人的印象是动态的，那娉婷婀娜的女子像是在与海棠同舞，那如雨的花瓣在春风中簌簌飞坠，这种静中见动的艺术境界，给读者以无限的美感。

下片写今日此时重寻去年踪迹，同是那庭院深处，海棠花下，飞花片片，然而那位脉脉含情、风姿飘逸的佳人如今安在？“携手处”即是去年相会的地方，却已“物是人非”，美妙的春光只能使词人感到无限怅惘。

下片的后半，词人并不接着写自己如何感伤和失望，却将笔轻轻宕开，去写眼前景物。回看通向都城的大道，红英乱落，飞絮满天，像是要追逐着骀荡的东风远去。这些景物，都大可寻味，那飘零的落红，令人想起李商隐的名句“芳心向春尽，所得是沾衣”（《落花》）；那飞舞的杨花，则令人忆及苏东坡的词“不是杨花点点，是离人泪”（《水龙吟·次韵章质夫杨花词》）。而且，那“乱红飞絮”，也令人联想一去不返的青春岁月，连同那梦一般温馨的回忆，都随着春光远去了。“以写景之心理言情”，才能曲尽情态。（王夫之《夕堂永日绪论内编》）这里词人以写景代替了抒情，而情在景中，词意更加含蓄深蕴。

这词中所表现的一往情深是为了怀念昔日的情人，还是盼望下一次的欢会？是隐喻命定的离别，还是描摹刻骨的相思？这些都会引起人们的揣想，或以为这是首悼亡之作。《冷斋夜话》说：李元膺丧妻，作《茶瓶儿》词，寻亦卒。盖谓词人虚构了一个传奇般的“人面桃花”式的故事，寄寓了对亡妻的悼念与人去楼空的哀怨。同是悼亡，元稹的《遣悲怀》平易朴实，情感真挚，恻恻动人；李商隐的悼亡诗蒙着浓艳迷离的色彩，读后令人怅惘叹息；而李元膺的这首词却写得如此含蓄不露，不加点破，很难知是悼亡。笔记类多小说家言，未必可信也。

洞仙歌

李元膺

一年春物，惟梅柳间意味最深。至莺花烂漫时，则春已衰迟，使人无复新意。予作《洞仙歌》，使探春者歌之，无后时之悔。

雪云散尽，放晓晴池院。杨柳于人便青眼。更风流多处，一点梅心，相映远，约略颦轻笑浅。
一年春好处，不在浓芳，小艳疏香最娇软。到清明时候，百紫千红，花正乱，已失春风一半。早占取韶光共追游，但莫管春寒，醉红自暖。

【鉴赏】

本篇旨趣，小序已表白清楚，意在提醒人们及早探春，无遗后时之悔。然而，若许以“独识春光之微”（沈际飞《草堂诗馀正集》评），却又不然。因为词有所本，唐杨巨源《城东早春》云：“诗家清景在新春，绿柳才黄半未匀。若待上林花似锦，出门俱是看花人。”韩愈《早春呈水部张十八员外》亦云：“最是一年春好处，绝胜烟柳满皇都。”均先得此意。不过，同样意思发而为词，以比兴手法出之，仍饶有新意。

序云：“一年春物，惟梅柳间意味最深。”上片即分写梅与柳，均早春物候。隆冬过尽，梅发柳继，词人巧妙地把这季节的消息具体化在一个有池塘的宅院里。当雪云刚刚散尽，才放晓晴，杨柳便绽了新芽。柳叶初生，形如媚眼，故云：“杨柳于人便青眼”。人们在喜悦时正目而视，眼多青处，故曰“青眼”。二字的运用不惟象形，又赋予柳以多情的人格。与柳色遥遥相映（“相映远”）的，是梅花。“一点梅心”，与前面柳眼的拟人对应，写出梅柳间的关系。盖柳系新生，梅将告退，所以它不像柳色那样一味地喜悦，而约略有些哀愁，“约略颦轻笑浅”。而这一丝化在微笑中的几乎看不见的哀愁,又给梅添了无限风韵,故云“更风流多处”在梅不在柳。如此妩媚的拟人,如此细腻的笔墨,写得“意味最深”。

过片即用韩诗“最是一年春好处”意,挽合上片,又开下意,即“至莺花烂漫时,则春已衰迟,使人无复新意”。“小艳疏(淡)香”上承柳眼梅心而来,“浓芳”二字则下启“百紫千红”。清明时候,繁花似锦,百紫千红,游众如云。“花正乱”的“乱”字,表其热闹过火,反使人感到“无复新意”,它较之“烂漫”一词更为别致,而稍有贬义。因为这种极盛局面,实是一种衰微的征兆,“已失春风一半”呢。在这春意阑珊之际,特别使人感到韶光之宝贵。所以,词人在篇终向“探春者”殷勤致意:“早占取韶光共追游,但莫管春寒,醉红自暖。”这里不仅是劝人探春及早,还有更深一层的意思。盖早春容易让人错过,也有气候上的原因,春寒料峭,自然不如春暖花开的为人喜悦。作者却以为,“春寒”也自有意趣。这时更宜杯酒,一旦饮得上了脸,通身也就暖和了。这种不无幽默的风趣,是前举唐诗所没有的。

朱服 (1048~?)字行中,湖州乌程(今浙江吴兴)人。熙宁六年(1073)进士。累官国子司业、起居舍人,以直龙图阁知润州,徙泉州、婺州等地。哲宗朝,历官中书舍人、礼部侍郎。徽宗时,任集贤殿修撰,后知广州,黜知袁州,再贬蕲州安置,改兴国军卒。《全宋词》存其词一首,格调凄怆。

渔家傲

朱服

小雨纤纤风细细,万家杨柳青烟里。恋树湿花飞不起。
愁无比,和春付与西流水。
九十光阴能有几?金龟解尽留无计。寄语东阳沽酒市。
拚一醉,而今乐事他年泪。

【鉴赏】

这是一首写春景、咏春愁的词作。方勺《泊宅编》云:“朱行中自右史出典数郡,是时年尚少,风采才藻皆秀整。守东阳日,尝作《渔家傲》春词云云。予以门下士,每或从公。公往往乘醉大言:“你曾见我‘而今乐事他年泪否?’盖公自谓好句,故夸之也。”宋神宗熙宁六年(1073)至元丰八年(1085)间,朱服一度任职婺州东阳郡(今浙江金东区)。据此,可知此词即作于这一期间。

上阕写景。“小雨纤纤”三句，描摹东阳城江南春景。“纤纤”，形容小雨绵绵，雨丝纤长、细密的样子。“细细”，形容春风之轻柔和润，吹拂得满天纤纤雨丝随风飘漾的情状。“纤纤”“细细”，两组叠字，细腻入微地描摹出江南春风轻拂细雨的绵绵神韵。“杨柳青烟”句，描写东阳城繁华市井的雨中景象。“杨柳”，是都市城郊、街陌、庭院处处可见的景物，为明艳春光添色。“青烟”者，本为形容嫩柳初萌新绿，远望如青烟碧雾之状，或形容柳丝浓密交织，翠影婆娑，或形容郁郁柳荫，笼罩着暮霭晨雾，皆似青烟朦胧之状；此词所写则异于此，乃是形容杨柳笼罩在纤长、细密的雨丝雾网之中，远望有一种若有若无的空明、迷离之感，如淡淡青烟之状。总之，此句描摹了一幅东阳城繁华市井，千家万户隐蔽于杨柳翠影，雨雾青烟迷蒙的景象。这春雨的景色是美的，但却隐隐透出如雨似烟的青愁。春雨春风，隐喻了愁情之生，正如柳永《蝶恋花》：“伫倚危楼风细细，望极春愁，黯黯生天际。”秦观《浣溪沙》：“自在飞花轻似梦，无边丝雨细如愁。”清纳兰性德《赤枣子》也讲：“风淅淅，雨纤纤，难怪春愁细细添！”上引三例与此词首句景象相同。比照观之，皆借风雨抒写春愁则是确定无疑的。“杨柳”，在中国诗词中更是象征离愁的特定意象。如刘禹锡《杨柳枝词》：“长安陌上无穷树，唯有垂杨管别离。”戎昱《移家别湖上亭》：“好是春风湖上亭，柳条藤蔓系离情。”欧阳修《蝶恋花》：“缭乱春愁如柳絮，依依梦里无寻处。”例证甚多，无须繁举。诗词中多写见杨柳之色，闻折柳之曲，以触动离愁别怨，此词写“杨柳青烟”，也含有满目杨柳翠影、触动满腹离愁之意。想朱服熙宁六年进士及第，在朝廷累官国子司业、起居舍人、龙图阁学士，后徙调润州（今江苏镇江）、泉州（今福建泉州）、婺州（今浙江金东区）等地游宦，情怀自有一种类似迁谪的郁闷和离乡的惆怅，并渗入到此词意象之中。“恋树湿花”，是一组模糊语言、模糊意象的组合，可理解为并列结构，则恋树，湿花者为“小雨”，形容随风飘飞的雨丝因其恋杨柳之树，湿杨柳之花（柳絮），黏滞于杨柳而“飞不起”了，这意象则隐含了愁上加愁的意蕴；也可理解为偏正结构：“恋树之湿花”或“湿花恋树”的倒装结构，则是形容雨湿的杨花因留恋杨柳之树，再也“飞不起”来了，这一意象组合则又具有了花恋故枝、人思故里的意蕴或雨湿花重、愁上加愁的意味。这句词的妙处即在于意象模糊，造成一语多义的丰富性和朦胧性。但不论作何理解，“恋树湿花”的意象均给人一种怀愁惹怨的执着、沉重之感。“愁无比”，总括了前三句写景所隐含的浓而沉的愁意，特别点明作者感到悲愁无比的，是眼前这一幕纤雨、柳烟、湿花组合的春景，将“和春”光的流逝而“付与西流水”。这春之景色的消逝，并不等于春愁的消逝，更增添了春愁的深长。“和春”句显然从李煜《虞美人》：“问君能有几多愁，恰似一江春水向东流”化出，暗示春色“付与西流水”，春色亦化为奔流不尽的春愁！

下阕抒情，引发对人生哲理的思考。“九十”二句，讲人寿百年，而“人生七十古来稀”，能活到九十高寿能有几人？与其忧生惧死度光阴，倒不如像李白：“解金龟换酒为乐”（《对酒忆贺监诗序》）。“金龟”，唐代三品以上官员之佩饰。“计”：计虑。“留无计”，犹无计留，不计虑存留。此句讲解尽金龟，毫不考虑存留，换取美酒，消愁解忧，颇有厌弃仕禄\及时行乐的旷诞气概。“寄语”三句，表示准备一醉解千愁，遂预告“寄语，”即带话转告东阳闹市酒家，要拼却一醉，换取今日的尽兴欢乐，使拘谨、压抑的心灵获得片刻解脱。“而今”句一意化两：而今只图眼前杯酒乐事，何必顾及他年忧伤落泪；他年回忆起“而今乐事”，定会感慨万千，热泪长流！这片刻解脱，精神上获得的是李白式的“举杯消愁愁更愁”的更大痛苦，“他年泪”正与“愁无比”前后相映生发。

综上所述，此词上阕写景，景中蕴情，情隐景中，隐喻象征，内蕴深厚，耐人寻味；下阕抒情，归于“浮生若梦，惟有及时行乐”（唐圭璋《唐宋词简释》），意蕴狭隘，心界浅俗，笔力乏弱，词境未能升华，与上阕颇不称。

刘弇 （1048~1102）字伟明，吉州庐陵（今江西吉安）人，神宗元丰二年（1079）进士，继中博学鸿词科。绍圣中，知峨眉县，改太学博士。元符中，进《南郊大礼赋》称旨，任秘书省正字。徽宗立，改任著作佐郎，实录院检讨官。有《龙云集》《龙云先生乐府》。

清 平 乐

刘 弇

东风依旧，著意隋堤柳。搓得鹅儿黄欲就，天色清明厮句。
去年紫陌朱门，今朝雨魄云魂。断送一生憔悴，知他几个黄昏。

【鉴赏】

这首词描写了春柳景色和春愁伤痛。据宋胡仔《苕溪渔隐丛话后集》卷四十引《复斋漫录》云：“刘伟明既丧爱妾而不能忘，为《清平乐》词。”可知此词为悼伤爱妾亡故、抒发恋情破灭之作。

上阕写春风弄柳情景。“东风依旧”二句，写春风吹拂隋堤杨柳，以“依旧”二字唤醒记忆，今昔双关，循环生发：讲昔日和煦的春风重返大地，而今日之春风一如往昔之和煦，遂从今日春风之和煦追忆起昔日春风拂柳的景象，表达了作者往昔春风骀荡的一种甜蜜而温馨的主观感受，隐隐流露出了今日“东风依旧”而人事已非，对比今昔，触景怀旧的失落和惆怅。“著意”，犹作意、加意，即特别有意，格外存心。

"隋堤",隋炀帝所开运河通济渠之河堤。运河东段自板渚(今河南荥阳北)引黄河东行汴水故道,至北宋都城开封折向东南,流向淮河,南下扬州。此词所写"隋堤",即京都开封东南运河两岸之河堤。"著意隋堤柳"句,以拟人化手法描述了春风顺着隋堤着意吹拂、抚弄堤畔绿柳,这一画面将春风写得如许柔情缱绻,恰似情郎抚爱着恋人的发丝。春风弄柳的意象,就此词来讲有着特定的含义。春风,在中国古代诗词中常做男女欢爱的隐语,如"春风一度"。"柳"之意象,在表达男女欢爱方面,也一向是婀娜姣美女性的象征:如脸称"柳脸",眉称"柳眉",腰称"柳腰",失身女子或风尘女子则称"败柳残花";唐韩翃《章台柳》与柳氏《杨柳枝》,则直接以杨柳隐喻女性。总之,春风着意弄柳的意象组合,象征了刘弇与其爱妾的欢爱情缘。"搓得鹅儿"句,写春风拂漾柳丝,将柳丝搓揉得萌发出像幼鹅绒般嫩黄色的柳芽。"厮句",犹厮勾,相接、相昵之意,形容人或物的双方相互接近、亲昵。"天色清明"句,则形容在天气清和明丽的美好时光,万千柳丝垂拂摇曳,春风催动着柳丝相互交织、勾缠、亲昵的情态。这两句明写景,暗写情,以"搓得""厮句"四字暗喻出刘弇与其爱妾欢爱缠绵情状,联系下阕的"雨魄云魂"一句,更反证了这一分析、判断的无误。

下阕写爱妾亡故,恋情云散,春愁憔悴。"去年""今朝"二句,以今昔对举的方式突出物是人非的巨大变故。"紫陌",特指北宋京都街陌;"朱门",指贵族豪富之门。云、雨,也是男女欢爱的隐语。这两句追忆去年在京都上流豪华环境与其爱妾的爱恋、欢洽,叹惋今朝竟化为"雨魄云魂",昔日的爱妾与恋情忽如骤雨初歇,彩云易散,消逝无形。联系上阕来看,这正是作者目睹东风弄柳之春景而忆起去年春风"紫陌朱门"的风流往事,顿感今朝雨歇云散,"人面桃花",物在人亡的苍凉、悲怆。"断送"二句讲明这一人生悲剧给予作者生活与精神的严重刺激与伤害:从此断送了一生的安宁与欢乐,痛苦的熬煎使自己憔悴、衰老,不知今后将有多少个黄昏时光在寂寞、孤独中度过!"黄昏"词意,颇类李清照《声声慢》所写:"守著窗儿,独自怎生得黑!"情深语苦,意趣惨淡。特别是末句的"他"字,所指有些含混、模糊,可以理解为"他"字是指黄昏,也可理解为是指"紫陌朱门"的那个"他"。如此,"黄昏"词意不仅倾诉了作者的痛苦,而且兼容了作者对著意眷恋的已亡故之爱妾"独留青冢向黄昏"的极度悲怆!

综上所述,此词写景抒情,运用隐喻、象征手法暗示作者的爱恋悲剧,或景中寓情,情缘景生,或今昔生发,回环映衬,文辞简约,意蕴丰厚,但情感过于悲伤、凄苦,故词境略嫌狭窄。

时彦 (? ~1107)字邦彦,开封(今属河南)人。元丰二年(1079)进士第一。历官兵部员外郎、集贤校理、秘阁校理、河东转运使、吏部尚书。《全宋词》存其词一首。

青门饮 寄宠人

时彦

胡马嘶风，汉旗翻雪，彤云又吐，一竿残照。古木连空，乱山无数，行尽暮沙衰草。星斗横幽馆，夜无眠、灯花空老。雾浓香鸭，冰凝泪烛，霜天难晓。

长记小妆才了。一杯未尽，离怀多少。醉里秋波，梦中朝雨，都是醒时烦恼。料有牵情处，忍思量、耳边曾道。甚时跃马归来，认得迎门轻笑。

【鉴赏】

本词是远役怀人之作，在艺术构思方面有其独特之处，即采用对比、回忆等手法，如上片雄浑的北国风光与下片的伤离情景，形成鲜明的对比；下片别时依依难舍的回忆和想象中重逢时欣喜欢悦的对比，写来豪放和柔婉兼而有之；在题材的处理方面亦是境界阔大而又有别出心裁的细腻描写，语言的运用极其生动活泼，流利自然，由此给人以十分新颖独特的感觉。

宋初范仲淹写边陲风光的《渔家傲》，历来受人称道，视为豪放词的前驱，其中如"四面边声连角起，千嶂里，长烟落日孤城闭"，本词上片开始几句，手法亦与之相似，在读者面前展开边地的特有风光。作者将亲身经历的旅途情景，用概括而简练的字句再现出来。"胡马"两句，写风雪交加，在呼啸的北风声中，夹杂着胡马的长嘶，真是"胡马依北风"，使人意识到这里已离边境不远。抬头而望，"汉旗"，也即宋朝的大旗，却正随着纷飞的雪花翻舞，车马就在风雪之中行进。"彤云"两句，写气候变化多端。正行进间，风雪逐渐停息，西天晚霞似火，夕阳即将西沉。"一竿残照"，是形容残日离地平线很近。借着夕阳余晖，只见一片广阔荒寒的景象，老树枯枝纵横，山峦错杂堆叠；行行重行行，暮色沉沉，唯有远处的平沙衰草，尚可辨认。这里写边地气候多变，时而风雪交加，时而晚霞夕照；描写是由远而近，由明亮而朦胧，意味着这天旅程的结束。

"星斗"以下，写投宿以后夜间情景。采用衬托手法，从凝望室外星斗横斜的夜空，到听任室内灯芯延烧聚结似花，还有鸭形熏炉不断散放香雾，烛泪滴凝成冰，都是用来衬托出长夜漫漫，作者沉浸在思念之中，整宵难以入睡的相思之情，由此引出下片内容。

下片以回忆和想象为主，用生活的语言和委婉曲折的笔触勾勒出那位"宠人"的形象。离情别意,本来是词中经常出现的内容,而且以直接描写为多,如"残月出门时,美人和泪辞"(韦庄《菩萨蛮》),"暗垂珠泪,泣送征轮"(韩缜《凤箫吟》)。作者却另辟蹊径,以"宠人"的各种表情和动态来反映或曲折地表达不忍分离的心情。

"长记"三句,写别离前夕,她浅施粉黛、装束淡雅,在饯别宴上想借酒浇愁,却是稍饮即醉。"醉里"三句,写醉后神情,由秋波频盼而终于入梦,然而这却只能增添醒后惜别的烦恼,真可说是"借酒消愁愁更愁"了。这里刻画因伤离而出现的姿态神情,都是运用白描和口语,显得婉转生动,而人物内心活动却就在这看似平淡的几笔中曲曲道出。

结尾四句,是作者继续回想别时难舍难分的情况,其中最牵惹他的情思而难以忘怀的一幕,就是临行之际她上前附耳小语的神态。这里不用一般篇末别后思念的写法,如"春欲暮,思无穷,旧欢如梦中"(温庭筠《更漏子》),"落花犹在,香屏空掩,人面知何处"(晏几道《御街行》),而是曲折地以对方望归的迫切心理和重逢之时的喜悦心情作为结束,这也即是耳语的内容;低声问他何时能跃马归来,是关心和期待,让他想象对方迎接时愉悦的笑容,则是进一层展开一幅重逢之时的欢乐场面。这样,就使这首伤离的怀人之作不以"黯然销魂者,唯别而已矣"的低调结束,而是以充满着期待和喜悦的心情总收全篇。

秦观 (1049~1100)字少游、太虚,号淮海居士,高邮(今属江苏)人。神宗元丰八年(1085)进士,一生屡遭贬谪,病卒于放还途中。文辞为苏轼所赏,是"苏门四学士"之一。工诗词,尤以词负盛名。其词风格婉约,多写男女情爱。有《淮海集》。

望海潮

秦观

梅英①疏淡,冰澌溶泄②,东风暗换年华。金谷③俊游,铜驼巷陌④,新晴细覆平沙。长记误随车⑤正絮翻蝶舞,芳思交加。柳下桃蹊,乱分春色到人家。

西园⑥夜饮鸣笳,有华灯碍月,飞盖妨花。兰苑未空,

行人渐老，重来是事堪嗟。烟暝酒旗斜，但倚楼极目，
时见栖鸦。无奈归心，暗随流水到天涯。

【注释】

①梅英：梅花。

②冰澌溶泄：冰块融化后，水流泻而下。

③金谷：即金谷园，在洛阳西北，晋代石崇所建。后来成为名园佳胜的代称。

④铜驼巷陌：古都洛阳的繁华街道，此处与“金谷”相对，指繁华热闹的街市。

⑤误随车：误跟了别人的车子。韩愈《嘲少年》诗：“只知闲信马，不觉误随车。”

⑥西园：据李格非《洛阳名园记》记载，洛阳有一董氏西园曾闻名一时。这里代指汴京名园。

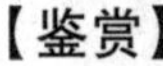

【鉴赏】

有一年早春时节，作者重游洛阳。词人在此前曾经在这里生活过一个时期，旧地重游，人事有了很大的变迁，于是以“惜往日”的心情，写下了这首词。

上片起头三句写初春景物。从“金谷俊游”以下，一直到下片“飞盖妨花”为止，一共11句，都是写的旧游。金谷园是西晋石崇所造的花园，在洛阳西北。铜驼路是西晋宫前一条繁华的街道，以宫前立着铜驼得名。“正絮翻蝶舞”以下四句，写“误随车”时的春景。换头“西园”三句，从美妙的景物写到愉快的饮宴。“碍”字和“妨”字，不但写出月朗花繁，而且还写出了灯多而交映、车众而并驰的盛况。“兰苑”二句，承上启下，暗中转折，从繁盛到孤寂，逼出“重来是事堪嗟”，点明怀旧之意，与上“东风暗换年华”遥相呼应。兰苑即指金谷、西园之类。是事，犹言每事。

这首词的主旨是感旧，由感旧而思归，以今昔对照为其基础表现手段。它用大量的篇幅写旧游之乐以反衬今日之孤寂、衰老，就显得感染力特强。

八六子

秦观

倚危亭，恨如芳草，萋萋刬尽还生。念柳外青骢别后，水边红袂[①]分时，怆然暗惊。无端天与娉婷[②]，夜月一帘幽梦，春风十里[③]柔情。

怎奈向[④]，欢娱渐随流水，素弦声断，翠绡香减。那堪片片飞花弄晚，蒙蒙残雨笼晴。正消凝[⑤]，黄鹂又啼数声。

【注释】

①红袂：即红色的衣袖，代指美人。

②娉婷：女子姿态美好，亭亭玉立的样子。

③春风十里：杜牧《赠别》诗："娉娉袅袅十三余，豆蔻梢头二月初。春风十里扬州路，卷上珠帘总不如。"词中借此含蓄地表达了相聚时的欢喜愉悦之情。

④怎奈向："怎奈过去的"，为宋时方言。

⑤消凝：因销魂感伤而凝神沉思。

【鉴赏】

这是一首怀人之词，怀念他曾经爱过的一个歌女。起为神来之笔，见景物而陡然逗起离恨，以铲尽还生的芳草比喻剪不断的离情，变故为新，用笔空灵含蓄。"念柳外"六句，回忆分别情景及往日欢娱，缠绵婉曲，意味无穷。以下几句再叙离恨，并融情入景，以飞花、残雨、黄鹂等幽美意象，衬托凄迷的感情，形容怀人虽无刻肌入骨之语，却于清淳中见沉着。这首词写离情并不直说，而是融情于景，以景衬情，也就是说，把景物融入感情之中，使景物更鲜明而具有生命力，把感情附托在景物之上，使感情更为含蓄深沉。

满 庭 芳

秦 观

晓色云开，春随人意，骤雨才过还晴。古台芳榭，飞燕蹴红英。舞困榆钱[①]自落，秋千外，绿水桥平。东风里，朱门映柳，低按小秦筝[②]。

多情，行乐处，珠钿翠盖，玉辔红缨，渐酒空金榼花困蓬瀛[③]。豆蔻梢头[④]旧恨，十年梦，屈指堪惊。凭栏久，疏烟淡日，寂寞下芜城[⑤]。

【注释】

①榆钱：即榆荚，俗称榆钱。

②秦筝：古代弦乐器，相传为秦人蒙恬所制。

③蓬瀛：仙山蓬莱和瀛洲，后来泛指仙人所居之地，此处指美人的居所。

④豆蔻梢头：唐代诗人杜牧诗曰："娉娉袅袅十三余，豆蔻梢头二月初。"这里化用诗意，回想自己青春年少之时，同时又暗示节令是春天。

⑤芜城：即扬州城，南朝宋时，扬州曾两次遭兵祸，城邑荒芜破败不堪。

【鉴赏】

此词写扬州春游感怀。"晓色"三句，叙天晴、春暖、气清；"古台"四句，写燕飞、花红、榆舞及秋千、绿水、小桥；"东风"三句，画笔收缩到人家，绿柳朱门，琴曲婉转，美不胜收。笔触自远而近，由天气、景物写到人事，环境幽美如画，春意盎然，铺垫之功，细腻完足。"多情，行乐处"提点一笔，始正面进入艳遇幽欢。"翠盖"指女，"玉辔"指男，"酒空""花困"，两情欢洽甜蜜，臻于极致，不可言传。"豆蔻"三句作一总束，点破乃记忆中旧梦前尘。"堪惊"忽跌入现境，以反衬作收，愈觉人事全非，旧情难忘。全词章法绵密，意旨深远，语辞清丽自然又精练工妙，情调婉约忧伤，写景状物细腻，生动表现出景物中人的思想情怀。

满庭芳

秦观

山抹微云，天粘衰草，画角声断谯门。暂停征棹[①]，聊共引离尊。多少蓬莱旧事，空回首、烟霭纷纷。斜阳外，寒鸦万点，流水绕孤村。
销魂，当此际，香囊暗解[②]，罗带轻分[③]。漫赢得青楼、薄幸名存。此去何时见也？襟袖上、空惹啼痕。伤情处，高城望断，灯火已黄昏。

【注释】

①征棹：远行的船。

②香囊暗解：古时男女赠香囊来作为定情的信物。

③罗带轻分：古时以结带示相爱，“罗带轻分”指别离。

【鉴赏】

这是一首告别自己所恋的歌妓的词作。它将事、情、景三者融为一体，事和景是抒情的基础，即所谓即景生情和即事抒情。画角，古代军乐器，用竹木或铜制成，外施彩绘，故名画角。谯门，即谯楼，又称鼓楼，古代筑于城门上的高楼，用以瞭望敌人，下为门，上为楼。征棹，远行的船。蓬莱旧事，指过去恋爱的往事。

上片以写景为主，景中寓情。下片以抒情为主，情中有景。“事”穿插在上下两片的“景”“情”之中，景从“微云”度山写入，继之以“斜阳”“寒鸦”，收之以“灯火黄昏”，时间逐步推移，景色渐次昏暝。人事则由“停棹”饯饮，到“赠囊”话别，到舟发人远，脉络清晰，层次井然，而贯穿全词的则是“黯然销魂”的无限伤离之情。“斜阳外”三句成为千古流传的名句；苏轼因喜爱此词，称秦观为“山抹微云君”，并指出其柳永词的影响：“不意别后，公却学柳七作词。”（《花庵词选》）

减字木兰花

秦 观

天涯旧恨,独自凄凉人不问。欲见回肠,断尽金炉小篆香①。
黛蛾②长敛,任是春风吹不展。困倚危楼,过尽飞鸿字字愁。

【注释】

①篆香:形如篆文字的盘香。

②黛蛾:黛眉,形容女子细而长的眉。

【鉴赏】

这首词抒写了闺中思妇念远怀人的忧郁愁情。全词托思妇自诉口吻,以“愁”字贯串始终。“天涯”点明所思远隔,“旧恨”说明分离已久,四字写出空间、时间的悬隔。“独自凄凉人不问”表面讲无人过问,无人安慰,实际是说自己没有一个可以倾诉离愁的人。“欲见回肠”两句犹如思妇的自言自语,谁想看我的愁肠环曲吗?“黛蛾”两句乃思妇为自己的蹙眉愁容作一写真,愁眉“长敛”正与胸怀“旧恨”相映。“春风吹”补出思妇恰因伤春而触离愁。“困倚危楼”二句写思妇愁望空虚,一个“困”字传达出思妇独倚高楼日久的困乏、倦怠和失望无聊的情绪。“过尽”二字写思妇眺望大雁归来过尽情景,“飞鸿”意象从来是为离人传递书信的象征,而今只见大雁排列着人字或一字队列飞过,却不见行人归来,连封书信也未见到,自然睹雁阵而“字字愁”啦!全词情调凄哀,意境含蓄,得南唐词风范,而语辞清丽隽永,风格情韵深远,则是秦词本色。

阮 郎 归

秦 观

湘天风雨破寒初,深沉庭院虚。丽谯吹罢小单于①,
迢迢清夜徂②。

乡梦断，旅魂孤，峥嵘岁又除。衡阳犹有雁传书[3]，郴阳[4]和雁无。

【注释】

①丽谯：城门楼。小单于，本是唐代一种大角曲名，这里指画角之声。

②清夜徂：清冷漆黑的长夜已经过去了。

③衡阳句：古有鸿雁传书的典故，后人以为南方暑热，于是有“雁望衡山而止”一说。词中将二者巧妙结合，意思是在衡阳也可以有鸿雁传书。

④郴阳：在今湖南郴县，衡阳以南。

【鉴赏】

这首词系秦观贬谪郴州时岁暮天寒的感慨之作。抒发的是思乡之情。

词的上片，写除夕寒夜闻曲难眠，传达出客地寂寞之感。“丽谯”二句写所闻。“丽谯”，绘有彩纹的城门楼，后指谯楼，即城门上的更鼓楼。《小单于》，是当时的乐曲。“徂”是往、流逝的意思。

词的下片，写内心感触，抒怀乡之情。“峥嵘”句写天寒岁暮，指在严峻坎坷的厄运中，终于又送走了旧岁。歇拍“衡阳”二句写所感。“衡阳”和“郴阳”都在楚地。“和雁无”，连雁也没有。衡阳有回雁峰，相传雁至衡阳而止。

鹧鸪天

秦观

枝上流莺和泪闻，新啼痕间旧啼痕。一春鱼鸟无消息，千里关山劳梦魂。

无一语，对芳尊，安排[1]肠断到黄昏。甫能[2]炙得灯儿了，雨打梨花深闭门。

【注释】

①安排：任凭。

②甫能：刚刚，才。

【鉴赏】

这首词写思妇春闺之怨。她思念远方的亲人，终日以泪洗面，稍稍的外界刺激都会使她触景伤心。流莺的叫声已使她不堪,又听到雨打梨花之声,她再也不忍去听,于是深闭屋门,可是满怀的寂寞伤心是关不住的。词义溢言外,发人深思。

踏莎行

秦　观

雾失楼台,月迷津渡,桃源①望断无寻处。可堪②孤馆闭春寒,杜鹃声里斜阳暮。
驿寄梅花③,鱼传尺素,砌成此恨无重数④。郴江幸自绕郴山⑤,为谁流下潇湘去?

【注释】

①桃源:桃花源,在湖南郴州北,自陶渊明《桃花源记》问世后,视为避世归隐的仙境。

②可堪:怎么能够经受得住。

③“驿寄”二句:书信往来。

④无重数:无数重,形容多而深切。

⑤郴江:发源于郴山。幸自:原本是,原来是。

【鉴赏】

楼台在茫茫大雾中消失,渡口在朦朦月色中隐没。北望桃源乐土,也失去了踪影。此刻,因受党争牵连而流放的秦少游,正被幽闭在郴州的一所旅舍内。漠漠春寒,惹人愁闷。斜阳下,杜鹃声声,“不如归去”的啼,凄厉辛酸,令人倍增伤感。秦观南迁已过三年,北归无望,尽管驿站传来封封家书,但只是徒增离恨而已。“梅花”“尺素”堆积案头,仿佛是堆砌成重重叠叠的乡愁离恨。“独怜京国人南去,不似湘江水北流”,他想起了两句唐诗,那迢迢不尽的郴江,原本绕着郴山,却为何偏偏向北流入潇湘?——而我为何不能呢?

鹊桥仙

秦　观

纤云弄巧，飞星[1]传恨，银汉[2]迢迢暗度。金风玉露[3]一相逢，便胜却人间无数。
柔情似水，佳期如梦，忍顾鹊桥归路[4]。两情若是久长时，又岂在朝朝暮暮。

【注释】

①飞星：天上的流星。

②银汉：银河。

③金风玉露：秋风白露。

④忍顾：怎么能够忍心再回过头来看。鹊桥：传说每年农历七月七日，群鹊在银河之上架长桥，供牛郎织女银河相会。

【鉴赏】

这是一首写七夕的词。飞星，指牵牛星与织女星。鹊桥，相传牛郎织女在七夕(每年阴历七月七日)相会时，有无数喜鹊在空中驾起长桥让织女和牛郎渡过银河相聚。自魏晋以来题咏这个故事的作品不计其数，但这首作品却独具丰采，不落陈套，以自出之机杼歌颂坚贞不渝的爱情。

上片写七夕所见所思。从“银汉迢迢”联系到天长地久，写得活泼灵动，情高意深。下片想象牛郎织女七夕相会，难舍难分。上、下片的最后二句：“金风玉露一相逢，便胜却人间无数”，“两情若是久长时，又岂在朝朝暮暮”，是形容爱情坚贞的警句。全词句句写天上的牛郎织女，又句句在写人间、写诗人的情怀，抒发对忠贞爱情的歌颂，既有神话色彩，又有人间的烟火气息，故而成为千古抒情绝唱。

画 堂 春

秦 观

落红铺径水平池，弄晴小雨霏霏。杏园憔悴[1]杜鹃啼，无奈春归。
柳外画楼独上，凭栏手捻花枝。放花无语对斜晖，此恨谁知。

【注释】

①憔悴：人十分瘦弱，面色不好看。这里指晚春花期将尽时的景象。

【鉴赏】

这是一首伤春之词，表达了词人对春天的一种敏锐的柔情。落花铺满小径，池水与岸持平：小雨霏霏，乍雨乍晴。杏园花稀叶青，杜鹃悲啼：无奈春将归去。独上柳外的画楼，凭栏赏春，孤独惆怅，手上无意识地搓捻着花枝。望着夕阳西下，沉思着，默默地放下手中的花枝。词人对春天归去的感伤，对时光飞逝的怨恨，这种深切的哀感，有谁能理解呢？全词飘悠着一缕深幽的惜春的伤感，显得细腻而委婉。

如 梦 令

秦 观

遥夜沉沉如水，风紧驿亭[1]深闭。梦破鼠窥灯，霜送晓寒侵被。无寐[2]，无寐，门外马嘶人起。

【注释】

①驿亭：古时设于官道旁供传递公文的使者和来往官员安憩换马的馆舍。
②无寐：无睡意，睡不着。

【鉴赏】

这首词写词人被贬赴郴州途中夜宿驿亭时的所见、所闻和所感。夜宿驿亭，长

夜漫漫，沉静如水。北风紧吹，驿亭深闭。此刻，严霜满地，晓寒侵被，我从梦中被冻醒，只见一只老鼠对着青光荧荧的油灯偷窥。我再也睡不着了，烦恼之情溢于言表。正在想睡而不能入睡之时，听到了门外马儿嘶鸣，人声嘈杂，又将催我上路，新的一天的跋涉之苦又将等待着我。词通过环境的描写来表现词人凄苦的心境，极富情致，令读者如临其境。

浣溪沙

秦观

漠漠轻寒上小楼，晓阴无赖似穷秋①。淡烟流水画屏幽。
自在飞花轻似梦，无边丝雨细如愁。宝帘闲挂小银钩。

【注释】

①无赖：无奈，没有办法。穷秋：农历九月。

【鉴赏】

这首词以轻浅的色笔，幽渺的意境，描绘一个女性在春阴的怀抱里产生了细微的寂寞和淡淡的哀愁。

开端，时间、地点和节序都是通过人的感受点示的。“晓阴无赖似穷秋”，“无赖”两字，传神地写出她的烦恼。

上片的屏风和下片的帘钩，女主人公宛然若现。“画屏”，在词中往往伴衬着女主人公的睡梦。“淡烟流水”，便烘托出一座幽闺、闺中人的睡态以及她那渺茫的、流动的梦。“宝帘闲挂小银钩”，女主人公这一行动细节写尽了她那百无聊赖的神情和不知如何排遣是好的满怀愁闷。

词的中心在过片一联：“自在飞花轻似梦，无边丝雨细如愁。”词人调动了比喻手法：把物的特点和人的感受融在一起，将具体事物和抽象情思合成比喻，于是花的飘忽不定，梦的渺茫难寻，人的爽然若失，全统一在一个“轻”字里头了；雨的连绵不断，愁的千丝万缕，人的无名怅惘，全统一在一个“细”字里头了。

这首《浣溪沙》的最大特点是：词的字面和意境与词人所要表达的思绪和感情做到极为和谐完美的统一。

南歌子

秦观

香墨弯弯画，燕脂[①]淡淡匀。揉蓝衫子杏黄裙，独倚玉栏无语点檀唇[②]。
人去空流水，花飞半掩门。乱山何处觅行云[③]？又是一钩新月照黄昏。

【注释】

①燕脂：胭脂，一种化妆用品。

②檀唇：赭红色的嘴唇，形容女子的美貌。

③“乱山”句：冯延巳《鹊踏枝》：“君若无定云，妾若不动山。”这里以“行云”比喻薄情郎，“乱山”比喻女子心烦意乱。

【鉴赏】

这首词刻画了一个失恋女子的形象。上片写女子精心地打扮。用香墨把眉毛画得弯弯的，用胭脂淡淡地匀脸。穿着蓝色的衫子和杏黄色的裙子，独自倚靠在栏杆上不言不语专心地搽口红。她为什么如此精心打扮呢？下片写她等人的心情。情郎走后如流水长逝，她从早春花开等到落花飘飞，还半掩着房门，希望情郎能突然推门进来。情郎就像飘忽不定的浮云，她就像心烦意乱的“不动山”，何处去寻找他的踪影呢？一直等到黄昏，又是一轮新月挂在天边，月不圆人也难团圆，如此情景使她失望。词以人物形象来表现心理,鲜明而生动。

好　事　近　梦中作

秦　观

春路雨添花,花动一山春色。行到小溪深处,有黄鹂千百。

飞云当面化龙蛇,夭矫[①]转空碧。醉卧古藤阴下,了[②]不知南北。

【注释】

①夭矫:屈伸的样子。形容龙蛇盘曲而又伸展的动态。

②了:完全。

【鉴赏】

这首词如词题所示,是写梦境。这是秦观当年寓居处州择山下隐士毛氏故居文英阁所作,词中生动形象地描写了一次梦中之游的经过。词的上片先写他梦魂缥缈,在一条山路上漫游。词的下片一、二句,作者欣赏的视线移向天空,侧重描写白云的动态。这首小词,着笔浓淡相宜,意兴飞扬,雨光花色,春山古藤,皆可入画。但作者在"醉卧古藤阴下,了不知南北"的悠闲淡雅的词句下面,实际隐藏着一颗无比痛苦的心。秦观的好友黄庭坚揭示秦观的痛苦心灵说:"少游醉卧古藤下,谁与愁眉唱一杯?"可谓抓住秦词的要害。

行　香　子

秦　观

树绕村庄,水满陂塘[①]。倚东风,豪兴徜徉[②]。小园几许[③],收尽春光。有桃花红,李花白,菜花黄。

远远围墙,隐隐茅堂。飏青旗[④],流水桥旁。偶然乘兴,步过东冈。正莺儿啼,燕儿舞,蝶儿忙。

【注释】

①陂塘:池塘。

②豪兴:指游兴尚浓。徜徉:安闲自在的行走。

③几许:差不多。表示估计的数量词。

④青旗:青布旗,这里指酒旗。

【鉴赏】

这首词写农村的风光。春景随着词人游春的足迹逐次展开。行近村庄,第一个印象是层层绿树环绕村庄,一泓春水涨满池塘,环境优雅。词人沐浴着春风,游兴勃勃,信步闲游,只见一个小园,仿佛收进了全部春光:桃花红、李花白、菜花黄,满园春色绚丽多彩。再移步,见远处一带围墙,隐现出茅草覆盖的小堂。小桥流水近旁,有一酒家高飘着酒旗。乘兴步过小山冈,又展现出一派春光:莺儿啼、燕儿舞、蝶儿飞。春光满眼,生机盎然。词人抓住春天农村的典型景物,上片的花卉,下片的虫鸟,互相映照,春色盎然,令人心旷神怡。

水龙吟

秦　观

小楼连苑横空,下窥绣毂雕鞍骤。朱帘半卷,单衣初试,清明时候。破暖轻风,弄晴微雨,欲无还有。卖花声过尽,斜阳院落,红成阵,飞鸳甃。

玉珮丁东别后,怅佳期,参差难又。名缰利锁,天还知道,和天也瘦。花下重门,柳边深巷,不堪回首。念多情,但有当时皓月,向人依旧。

【鉴赏】

这是一首赠别词。曾储《高斋诗话》云:"秦少游在蔡州,与营妓娄琬字东玉者甚密,赠之词云'小楼连苑横空',又云'玉珮丁东别后'者是也。"所以明嘉靖张綎鄂州全集本《推海长短句》、毛晋汲古阁刊本《淮海词》皆题作"赠妓娄东玉"。

上片由女方落墨,用想象之笔,写别离之时,斯人独立小楼,看心上人身跨骏马,终于离去,继而写斯人送走恋人之后,无限寂寥、惆怅莫名之心情。首二句,据说曾受东坡讥嘲:"十三个字,只说得一人骑马楼前过。"(曾储《高斋诗话》)传言似

难凭信。因为细加寻绎品味，作者着意措辞，自有其匠心所在。首先"小楼"句由唐代张籍诗句"妾家高楼连苑起"(《节妇吟》)化出，唯有"连苑横空"，楼中人不仅能下窥离人，而且可以远览落红成阵，飘飞鸳甃，从而为上片写景确立了着眼点。其次，绣毂雕鞍之措辞表面上看似错金缕彩，似乎近于繁缛雕琢，实则词人着意突出了英俊痴情马上郎在心上人心目中的地位——心上人走了，一切美好的物象都消失了，眼前的一切令人怅惘迷茫。再加上词人上片用的是想象之笔，斯人之痴情，正衬出词中抒情主人公之情深。尤可玩味者乃在一"骤"字的锤炼。词人写恋人离别，不写绵绵情语，殷殷离态，而是写男方驱马急驰，欲尽快离开。这看似决绝之态，对照下片"花下重门，柳边深巷，不堪回首"，可以悟出词人之深心：离别是痛苦的，词中抒情主人公不愿徘徊逗留而增添二人心中的愁苦。所以把首二句置于全词中品味，实乃情味深长。人言少游词"咀嚼无滓，久而知味"，实乃知言。"朱帘"三句，上承首句写楼上斯人。半卷朱帘，凝望心上人渐行渐远。"清明时候"，既点明分别时节，又笼盖以下七句写景之色调。正由于时已清明，天气乍暖还寒，天已有暖意，风仍送轻寒。其时之雨，乍阴乍晴，雨丝飘飘，似有还无。于是斯人注目远望，只见夕阳斜照下，落英缤纷，飞舞鸳甃，更使其难以为情。上片写景，字字深情，那乍暖还寒、乍阴还晴的天气，正是斯人心情的写照：离别之时，忆及与心上人相聚之欢乐，离别的愁苦，别后的寂寥，心情的变换正如眼前天气的变换。那听卖花声过尽的细节描写，那日暮落红的景物描绘，俱是无言有情。在这里词人未明言愁，而深愁正寓景物描写之中，从而使上片景语具绵绵悠长、品味不尽之情味。

下片由男方着笔，写词中抒情主人公别后情怀。"玉珮丁东别后"之妙，一是嵌心上人名字于其中而毫无痕迹，二在反复吟味，觉有余不尽之意。相别时心上人环珮的丁冬响声是那样清晰地留在行人的记忆中，时时回响在耳边，正暗喻了斯人情貌铭刻在心底。一别之后，佳期难再，他惆怅难言，究寻其原委，尽在于"名缰利锁"四字，为了那"蜗角虚名，蝇头微利"，他曾"奔走道途常数千里，淹留场屋几十年"，虽终得一第，仍屈沉下僚。不仅平生理想志愿难以实现，与心上人也不能常相聚，千怅万恨,凝结胸中,化为了"天还知道,和天也瘦"的无理深情的名句。古往今来,读者多欣赏此"瘦"字之妙,赞以其用此难以理性强解的笔墨浓重地渲染了相思之苦,离别之痛。"花下"三句,照应首二句,忆欢聚之地,别离之所,词中明言"不堪回首",正是暗示别后频频相忆回顾往事,从而更见出抒情主人公难耐之意,难言之苦,对心上人刻骨铭心的爱恋之情。歇拍三句写对月怀人情愫。唐人张泌《寄人》诗云:"多情只有春庭月,犹为离人照落花。"少游化用其意。昔日与心上人相聚之时的明月,依旧当空朗照,他对心上人的情怀依旧挚爱不移,但今昔对此物是人非,独对皓月,形单影只,凄恻之情,令人黯然。

此词上下片由离别双方落笔,错综变化,及相思相恋之情。将身世之感打并入恋情,乃其特色。少游一生痴情,"酒边花下,一往情深,"于是离别之痛,相思之苦,身世坎坷之念,形成了他"古之伤心人"的特点。形成了这凄恻深婉的词风。

满庭芳

秦观

红蓼花繁,黄芦叶乱,夜深玉露初零。霁天空阔,云淡楚江清。独棹孤篷小艇,悠悠过,烟渚沙汀金钩细,丝纶慢卷,牵动一潭星。

时时,横短笛,清风皓月,相与忘形。任人笑生涯,泛梗飘萍。饮罢不妨醉卧,尘劳事,有耳谁听。江风静日高未起,枕上酒微醒。

【鉴赏】

这首词写作的时间,据少游《龙井题名记》并结合《秦观词年表》。约写于"元丰二年中秋后一日",这年七月,东坡因乌台诗案下狱,少游闻讯急渡浙,至吴兴,未几返越。复过杭,中秋后一日,月夜,航船至普宁,遇参寥子,赋《满庭芳》(红蓼花繁)词,写"相与忘形"情致。词中超尘出俗之思想感情。想亦受参寥等影响。周济《宋四家词选》说秦词"将身世之感,打并入艳情",这话是有道理的。这首词贯穿了他的身世之感。流露了他鄙视功名的超脱思想。

词的上片写景。词一开始"红蓼"三句,描写生于水边的蓼花红艳繁多,芦叶枯黄零乱,进入深夜后白露开始降下。作者通过颜色的明暗对比,烘托出江边凄清的深秋景色。接着"霁天"二句,写秋高云淡。楚地之水,空阔透明。境界深远阔大,叫人心旷神怡"独棹"六句,转抒情事,作者先写漂泊楚江小艇孤篷独棹人的形象,情调色彩十分寂寞凄凉，然而独棹孤舟的人，却能消闲自在地驶过烟雾迷茫的沙岸小洲。显示了其独特的生活情趣。接着进一步写他垂钓楚江的形象。他把小船停下来，抛下细细的鱼钩，撒下丝纶的渔网。一会儿又慢慢地从水中拉起，结果并未捞到一条鱼，只是把倒映在水中的星星似乎牵动了起来。这个楚江垂钓的渔翁形象，正是词人自己的写照。这个楚江独棹垂钓的形象，曲折地表现了他在政治上失意后孤独又不屈的精神风貌。当然由于时代的阶级的局限，当高太后去世，政局有变。苏轼被贬，他受牵连，他看不到自己的前途出路，不得不失望地悲吟"飞红万点愁如海"。这种思想反映在这首词里，就是"独棹孤篷小舟"，给人以孤独冷寂之感。

词的下片"时时"二句，仍是抒写情事，写他怡然自得的情怀。借吹笛作歌抒发心声，当悠扬笛声发出之时，便觉得"清风皓月"，"相与忘形"，竟自我陶醉得不知道自己是谁了。"任人"二句更为达观，说他当时常漫游往还于湖州、杭州、会稽一带，行踪漂泊不定，但对这种"泛梗飘萍"生涯，自己满不在乎，可"任人笑"之。"饮罢"三句，进一层写，不但不在意，还要一醉方休，因为对人间扰乱身心的俗事，即使有耳也不会听了。"尘劳事"本佛家语，《金刚经》："有大智慧光明，出离尘劳。"这里是借佛家语对自己不得志的自我安慰。末了"江风"三句，表现他的超尘脱俗思想，当太阳高高升起，忘掉尘世烦恼的词人，依然懒散未起，躺在枕上，而吃酒醉意只是初醒而已。表现出一副无意仕进的名士风度。这种超尘出俗，不愿仕进的思想，在当时是有进步意义的。

满庭芳

秦观

碧水惊秋，黄云凝暮，败叶零乱空阶。洞房人静，斜月徘徊，又是重阳近也！几处处、砧杵声催。西窗下，风摇翠竹，疑是故人来。

伤怀！增怅望，新欢易失，往事难猜。问篱边黄菊，知为谁开？谩道愁须殢酒，酒未醒，愁已先回。凭栏久。金波渐转，白露点苍苔。

【鉴赏】

这首词据《蓼园词选》谓："应是在谪时作"，当在绍圣四年(1099)谪居郴州时作，借恋情写万里归思。

词的开头“碧水”三句，写秋天黄昏景色，放眼望去一片碧水满是寒意，使人不禁感到时令变化之快。仰望天上几片黄云凝聚，逐渐淹没了日光，霎时间大地上暮色苍茫，近视零乱的黄叶已堆满了台阶。在一片萧瑟景象衰飒气氛中，烘托出词人思归的凄苦心境；接着“洞房”二句，用洞房人静衬托词人不静，在月光照耀下，他徘徊不定，陷入心烦意乱的悲苦之中；“又是”三句，正是杜甫“寒衣处处催刀尺，白帝城高急暮砧”（《秋兴》八首之一）的诗意词化。作为屡遭政治迫害的词人来说，特别是“九月授衣”的时候，闻到这种砧杵声，引起故园之思是很自然的；“西窗”三句，是化唐人李益“开门风动竹，疑是故人来”诗句意。借写景中透露他怀念的情思。

词的下片“伤怀”几句，写其遭受贬谪后的伤离情怀。宋哲宗绍圣初年，对所有与司马光、苏轼有点关系的所谓“元祐党人”，一律加以贬斥，作为“苏门四学士”的秦观自不例外，在险恶的政治风浪冲击下，词人的亲朋故友，或存或亡，天各一方。在贬谪中有什么新欢可言。回想往事，徒增怅惘而已。下边“问篱边”两句，喻思念故园心情。菊花秋天盛开，表明时令已到深秋。杜甫《秋兴八首》有“丛菊两开他日泪，扁舟一系故园心。”唐人《惜花》诗也说：“尽日问花花不语，为谁零落为谁开。”秦观这两句诗意，可能从唐人诗句化出。“谩道”三句，写酒敌不过愁。为什么呢？因为“酒未醒，愁已先回”，即《草堂诗余卷》四眉批所说：“酒堪破愁，真愁非酒能破。”词人无限辛酸蕴含其中。这三句比起秦观的名句：“便做春江都是泪，流不尽，许多愁。”（《江城子》）写得更为动人心弦。词末“凭栏久”三句，以景语作结，金波，状月光浮动，亦以指月。这收束三句，写得词情摇曳，极富感染力。

《草堂诗余隽》卷评为“托意高远，措词洒脱；而一种秋思，都为故人。”可谓抓住了此词要害旨意和特点。

江　城　子

秦　观

西城杨柳弄春柔，动离忧，泪难收。犹记多情曾为系归舟。碧野朱桥当年事，人不见，水空流。

韶华不为年少留，恨悠悠，几时休？飞絮落花时候一登楼。便做春江都是泪，流不尽，许多愁。

【鉴赏】

此词写贬谪凄哀之情。词中所言“西城杨柳”当指汴京金明池畔风光。宋孟元老《东京梦华录》卷七谓金明池“池之东岸，隔水近墙，皆垂杨。”；明李濂《汴京遗迹志》卷八谓“金明池在城西郑门外西北。”参之少游《淮海集》卷九《西城宴集》诗序：“西城宴集，元祐七年三月上巳，诏赐馆阁花酒。以中浣日游金明池，琼林苑，又会于国夫人园。会者二十有六人。”可知在少游居官京师五年之中，虽亦数受攻讦，但毕竟是其一生事业的鼎盛时期，尤其是“西城宴集”印象最为深刻，此后屡屡出现于被贬后的诗词中。绍圣元年春，秦观被贬杭州通判，于是年春离京。证明词中一飞絮落花时节一登楼”，“动离忧，泪难收”，皆与其生平事合，所以此词并非一般怀人之作或惜别之词。

回忆往昔盛集，悲伤今日沦落是此词抒情的中心内容。上片以忆昔为主，贬谪情怀间或出之。“西城杨柳弄春柔”乃即景叙写。昔日友朋盛会雅集之所，杨柳依依，风情万种，柔情无限。一“弄”字，有撩拨之意。正是杨柳之万般柔情，使词人想及昔日盛会，友朋满座。“宜秋门外真参寻，哀丝豪竹发妙音。”(《西城宴集》)是何等之欢乐！“西园夜饮鸣笳，有华灯碍月，飞盖妨花”；“柳下桃蹊，乱分春色到人家”(《望海潮》)，又是何等的豪兴！而如今政局骤变，朋友们相继被贬谪，自己也无辜被谪逐。词人将离京师之时，“动离忧，泪难收”，忧思满怀，珠泪滂沱。眼前之景，春色依旧，金明池畔，杨柳岸边，曾系过他与友人荡舟尽兴的小船。“犹记”句写词人对往事的回忆、留恋。然而如今那一切美好的回忆都成了往事。“碧野朱桥当年事，人不见，水空流”。这数句词，由昔到今，一唱三叹。词人将要离京之时，旧地重游，“忆昔西池会，鹓鹭同飞盖。”(《千秋岁》)而今政局反复，朋友星散，繁华销歇，一切都不堪回首。纷繁思绪，感伤情怀，恰如眼前不尽流水。

下片集中叙写词人被贬离京的感伤情怀。“韶华”一句，感慨好景不长，时势反复难测。而“恨悠悠，几时休？”一个问句的着意安排，道出了词人的怨恨之深。同时透露出词人被贬离京之初，对渺茫前途的希望。但词意在此稍以振起，迅即又被贬谪的感伤之情淹没。“飞絮落花时候一登楼”，即景抒写登楼所见。杨花如雪，落红如雨，既是眼前暮春之景的实写，同时又暗喻了政治失意之感，被贬离京的无限感伤。那落花飞絮的漂泊沉沦，正如词人与其朋友的命运。于是无限感伤，凝结为词之结句，“便作春江都是泪，流不尽，许多愁”，以夸张之喻义，突现了词人贬谪伤感之情。

此词乃少游人生转折期，创作上转折时期的作品。其婉曲深沉的特点耐人寻味。它较之于前期的身世之感打并入艳情的词作深沉，又不似后期贬謫之作凄厉悲愤，忧伤绝望。特别是作者似有意安排的全词表面上男女伤别的氛围，及结句“便作”二字的假设语气，均使此词“种种景，种种情，如怨如诉”(《草堂诗馀隽》卷二)“尽情发泄，却终不道破”(《词则》卷二)的特色更为突出，予人极为深刻的印象。

千秋岁

秦观

水边沙外，城郭春寒退。花影乱，莺声碎。飘零疏酒盏，离别宽衣带。人不见，碧云暮合空相对。

忆昔西池会，鹓鹭同飞盖。携手处，今谁在？日边清梦断，镜里朱颜改。春去也，飞红万点愁如海。

【鉴赏】

陈廷焯《白雨斋词话》卷六云："少游词寄慨身世，闲情有情思。"又云："他人之词，词才也。少游，词心也。得之于内，不可以传。"清代周济《宋四家词选》："将身世之感打并入艳情，又是一法。"少游此作就是将身世之感融入艳情小词，感情深挚悲切。这种悲切之情，通过全词浓郁的意境渲染来表达，言有尽而意无穷。词作于诗人坐元祐党祸贬杭州通判，又坐御史刘拯论增损《神宗实录》中途改贬监处州酒税，政治上的打击接连而来之时。"水边沙外，城郭春寒退。花影乱，莺声碎。"此四句是写景，处州城外有大溪，沙滩。此时春寒已退，该是晚春时节了。后两句似出自晚唐杜荀鹤《春宫怨》诗："风暖鸟声碎，日高花影重"，乱花影摇曳，莺声间关，形象生动，摹写精当。用"乱"和"碎"来形容花多。同时也传递出词人心绪的纷乱，荡然无绪。可谓以乐景写哀情，给人以凄迷的感受。"飘零疏酒盏，离别宽衣带。人不见，碧云暮合空相对。"他乡逢春，因景生情，引起词人飘零身世之感。词人受贬远涉，孑然一身，更无酒兴，且种种苦况，使人形影消瘦，衣带渐宽。"宽衣带"，出自《古诗十九首》"相去日以远，衣带日以缓"，哀婉深沉。"人不见"句，从江淹《休上人怨别》诗："日暮碧云合，佳人殊未来"化出，以情人相期不遇的惆怅，喻遭贬远离亲友的哀婉，是别情，也是政治失意的悲哀。

现实的凄凉境遇，自然又勾起他对往日的回忆。下片起句"忆昔西池会，鹓鹭同飞盖。"西池会，《淮海集》卷九："西城宴集，元祐七年三月上巳，诏赐馆阁花酒，以中浣日游金明池，琼林苑，又会于国夫人园。会者二十有六人。"西池会即指这次集会。《能改斋漫录》卷十九："少游词云：'乙昔西池会，鹓鹭同飞盖'亦为在京师与毅甫同在于朝，叙其为金明池之游耳。"可见作者当时在京师供职秘书省，与僚友西池宴集赋诗唱和，是他一生中最得意的时光。他在词中不止一次地提及。鹓鹭，谓朝官之行列，如鹓鸟和鹭鸟排列整齐有序。《隋书·音乐志》："怀黄绾白，鸩鹭成行"，鹓鹭即指朝廷百官。飞盖，似车辆之疾行，出自曹植《公宴诗》："清夜游西园，飞盖相追随。"作者回忆西池宴集，馆阁官员乘车驰骋于大道，使他无限眷恋，那欢乐情景，“携手处，今谁在？”抚今追昔，由于政治风云变幻，同僚好友多被贬谪，天各一方，词人怎能不倍加忆念故人？“日边清梦断，镜里朱颜改。春去也，飞红万点愁如海。”沉重的挫折和打击，他自觉再无伸展抱负的机会了。日边，借指皇帝身边。李白《行路难》诗其一：“闲来垂钓碧溪上，忽复乘舟梦日边。”王琦注引《宋书》：“伊挚将应汤命，梦乘船过日月之旁。”少游反用这一典故，可见他对朝廷不敢抱有幻想了。朱颜改，指青春年华消逝，喻政治理想破灭，飘泊憔悴之叹。如说前面是感伤，到此则凄伤无际了。南唐李煜亡国沦为囚徒，追忆故国云：“雕栏玉砌应犹在，只是朱颜改。问君能有几多愁，恰似一江春水向东流。”（《虞美人》）无限悲痛，蕴意相近。其深切的人生浩叹，异代同心。无怪乎秦观之友人孔毅甫览至“镜里朱颜改”之句惊曰：“少游盛年，何为言语悲怆如此？”尤其是结句“春去也，飞红万点愁如海。”更是感动千古的名句。李煜《浪淘沙》：“流水落花春去也，天上人间。”晏殊《浣溪沙》：“无可奈何花落去，似曾相识燕归来。”古人伤春惜花，感叹岁月流逝，青春易老。少游此结句，即眼前景，寄万般情。他没有回天之力，只能悲叹，良时难追，红颜消失，他体验着如沧海般浩渺的深广愁怨。这是词人和着血泪的悲叹！“落红万点”，意象鲜明，具有一种惊人心魄的凄迷的美，唤起千古读者心中无限惜春之情，惜人之意。已故美学家朱光潜先生说：“美，未必有韵；美而有情，然后韵矣。美易臻，美而浮之以韵，乃难能耳。”（《朱光潜美学论文集》）以此词结句证之，诚然。

此词以“春”贯穿全篇，“今春”和“昔春”，“盛春”到“暮春”，以时间的跨度，将不同的时空和昔盛今衰等感受，个人的命运融合为一，创造出完整的意境。《渔洋诗话》称：“古人诗只取兴会超妙，不似后人章句但作记里鼓也。”所谓“兴会超妙”就是神韵，当“兴会神到之时，雪与芭蕉不妨合绘，地名寥远不相属亦不妨连缀。”（郭绍虞《中国文学批评史》）作者将这些景连缀，衬托出伤春慨世的主题，可谓“情韵兼胜”（《四库提要》）。冯煦《蒿庵论词》：“淮海、小山，真古之伤心人也。其淡语皆有味，浅语皆有致，求之两宋词人，实罕其匹。”秦词如此感人，语言如此有回味，就是因为词中有情致、神韵。

南乡子

秦观

妙手写徽真，水剪双眸点绛唇。疑是昔年窥宋玉，东邻，
只露墙头一半身。
往事已酸辛，谁记当年翠黛颦？尽道有些堪恨处，无情，
任是无情也动人。

【鉴赏】

这是一首题崔徽画像的题画诗。崔徽何许人也。据元稹《崔徽歌并序》:"崔徽,河中府娼也。裴敬中以兴元幕使蒲州,与徽相从累月。敬中使还,崔不得从为恨,因而成疾。有丘夏善写人形,徽托写真寄敬中曰:'崔徽一旦不及画中人,且为郎死。'发狂卒。"

词一开始"妙手"二句,就是说因为高明画师手画的崔徽像,所以她的眼睛才水晶晶的,嘴唇是绛红色的,恰到好处,有似真人。"水剪双眸点绛唇",颇似合取李贺《唐儿歌》:"一双瞳人剪秋水,";江淹《咏美人春游》:"明珠点绛唇"句意点化而来。崔徽诚然很漂亮,秦观在《崔徽》诗里写道:"轻似南山翡翠儿,""裴郎一见心如醉,"而最能显示其神韵风采的还是眼睛和嘴唇;"疑是"三句,是借宋玉《登徒子好色赋》中"天下之佳人,莫若楚国;楚国之丽者,莫若臣里;臣里之美者,莫若东家之子。增之一分则太长,减之一分则太短;著粉则太白,施朱则太赤。眉如翠羽,肌如白雪,嫣然一笑,惑阳城,迷下蔡。然此女登墙窥臣三年,至今未许也。"用这段文字来说崔徽的容色就像宋玉描述的东邻女一样美妙。这是由画像是半身而想及邻女偷窥宋玉,墙头半掩玉体的形象,来补充对崔徽刻画之不足。词的过片"往事"两句,写崔徽画像上的神态是眉黛含颦,因崔徽请丘夏写真时,她正怀着悲伤的心事。说今天看到崔徽的画像,这样美丽动人,谁还再想到她过去酸辛的往事呢?

词的歇拍"尽道"三句,写词人鉴赏画像后的观感。说凡是见到崔徽像的人,都齐声赞美不错,如果说还有一点遗憾,那就是没有画出她的"有情"处。但词人认为这算不了什么缺点,因为崔徽当年是流着泪让人画像的,怎么会有情呢?接着作者化罗隐《牡丹诗》"若教解语能倾国,任是无情也动人"句意,说她像上即是无情吧;但这无情的形象也是动人心弦的。

如 梦 令

秦 观

莺嘴啄花红溜,燕尾点波绿皱。

指冷玉笙寒,吹彻小梅春透。依旧,依旧,人与绿杨俱瘦。

【鉴赏】

这首词诸本题作"春景"。乃因伤春而作怀人之思。

首二句直笔写春。莺歌燕舞,花红水绿,旨在突出自然春光之美好。三、四句却转作悲苦语。化用李璟《山花子》"小楼吹彻玉笙寒"句。春光明媚,本应产生舒

适欢畅之感受，而女主人公何以有这般与外界景物格格不入的忧伤情绪？“依旧，依旧，人与绿杨俱瘦。”是为点题之笔。柳絮杨花，标志着春色渐老，春光即逝。同时也是作为别情相思的艺术载体。飞絮蒙蒙，是那一段剪不断理还乱的思念之情。因为有那刻骨深情的相思，所以忧思纽带、腰肢瘦损。“人与绿杨俱瘦。”以生动的形象表达感情，而“为伊消得人憔悴”的含意自在其中。直让人想象到一幅花落絮飞，佳人对花兴叹、怜花自怜的图画。

词人之心，或欲借春光盛衰之过程展示流转在节序交替中的伤春念远之情。词从愉快之景象叙起，乃欲反衬其心境之愈为悲苦。然而词人为了最大限度地达到反衬的效果，甚而不惜极尽雕琢气力状物写景，终不免落于攻琢之痕。“溜”字本写花红之鲜艳欲滴，“皱”则欲似摹水波漾漪之态，亦不可谓不巧矣！然味之终觉神韵欠焉！究其原委，就在于它显得雕琢、吃力。正如其“天连芳草”句，如换“连”为“粘”，则失于穿凿矣！故《吹剑录》谓“莺嘴”二句：“咏物形似，而少生动。与‘红杏枝头’费如许气力。”可谓一语中的。其实，很多词评家们都恰切地指出了这一点：《草堂诗余》批曰：“琢句奇峭。”《弇州山人词评》评日“险丽。”《古今词话词品》亦云：“的是险丽矣，觉斧痕犹在。”如此雕炼奇峭，有《粹编》本要以为此词乃黄庭坚所作，实在也是事出有因。

“诗缘情”，贵其感发之力量，“词之为体，要眇宜修”，尤重其内在之情味意境。而由于诗、词体裁的限制，其用字造句，又特别讲究锤炼洗净。但是这种锤炼不是刻意地雕章琢句。其尽管用心良苦而出之必须自然，浑成无迹。顺手拈来，所谓“羚羊挂角，无迹可求”是也。秦观此词中，“瘦”字的运用就应该说是较为成功的。

所以《草堂诗余》才又说:“春柳未必瘦,然易此字不得。”是公允之评。以花木之“瘦”比人之瘦,诗词中也不乏此例。如李清照“莫道不销魂,帘卷西风,人比黄花瘦。”(《醉花阴》)“知否,知否,应是绿肥红瘦。”(《如梦令》)程垓“人瘦也,比梅花,瘦几分。”(《摊破江城子》)新鲜奇特,形象生动,各具情深。

“文章千古事,得失寸心知。”其得其失,均当以审慎公允态度待之,不隐其得,不讳其失,对文学艺术的研究都是有益的。

满庭芳

秦　观

晓色云开,春随人意,骤雨才过还晴。古台芳榭,飞燕蹴红英。舞困榆钱自落,秋千外、绿水桥平。东风里,朱门映柳,低按小秦筝。

多情,行乐处,珠钿翠盖,玉辔红缨。渐酒空金榼,花困蓬瀛。豆蔻梢头旧恨,十年梦、屈指堪惊。凭阑久,疏烟淡日,寂寞下芜城。

【鉴赏】

秦观善于以长调抒写柔情。本词记芜城春游感怀,写来细腻自然、悠悠情长、语尽而意不尽。此词的情调是由愉悦转为忧郁,色调从明快渐趋暗淡,词人的心情随着时间和环境的改换而在起着变化,却又写得那样婉转含蓄,不易琢磨,只好用他自己的话来形容了,“自在飞花轻似梦,无边丝雨细如愁。”(《浣溪沙》)

上片写景,起首三句写破晓前一阵急雨,不久雨霁云散,朝霞满天,词人满怀欣悦,在这旖旎的春光里旧地重游,但见尘封楼台,草满庭阶,已非昔年繁华景象;只有燕燕差池,欲飞还住,足尖频频踢下瓣瓣落花。“舞困”句形容风来榆枝摇曳,风停树静。串串榆荚犹如酣舞已久,慵自举袂的少女;“自落”是说风过后榆钱轻轻坠地,悄无声息。这里摄取了两个镜头,即“燕蹴红英”和“榆钱自落”,用以突出四周环境的冷落凄凉。词人乘兴而来,不能再见到“今日良宴会,欢乐难具陈”的场面,不禁怅有所思,若有所失,其心情是与他在《望海潮》词中所说“重来是事堪嗟”相似,只是此处并不明言,而是以客观环境作为衬托。间接地反映出词人内心的怅惘和感叹。

“秋千外”四句,转静为动,那出墙秋千吸引了词人的视线。荡秋千,是闺中女子爱好的游戏,也经常出现在文人笔下,如“绿杨楼外出秋千”,“柳外秋千出画墙”;而苏轼的“墙里秋千墙外道,墙外行人,墙里佳人笑。”(《蝶恋花》)可说是和“秋千外、绿水桥平”同一机杼。小桥涨水,朱门映柳,这是墙外所见。然而使词人悄然凝思的,则是飘然而至的弹筝之声。从秋千出墙到风送筝声,由墙外古台到墙内佳人,引出种种联想,使词人心潮起伏,陷入沉思之中。

下片通过回忆、对照,在深化词意的过程中透露词人心情的变化。“多情”两句,承上接下。“多情”两字一顿,指当年在此行乐之人和事,如今人事已非,而行乐之处宛然在目。“珠钿”两句形容车马装饰的华美,想见那时“冠盖纵横至。车骑四方来”的情景。“渐酒空”两句追忆离别。金盏酒尽,仙境花萎,乐事难久,盛宴易散,真是“而今乐事他年泪”了,蓬瀛,即仙山蓬莱和瀛洲,借指歌伎居处。

“豆蔻”两句,隐括杜牧《赠别》诗意,记的是以往一段恋情,豆蔻梢头,点明伊人歌伎身份:“旧恨”照应行乐处及行乐之人,又引出身世之感。屈指十年。叹息岁月如流。如今人去楼空,不胜沧桑之感,所以说是“堪惊”。从人事的堪嗟到“堪惊”,意味着伊人不知何处,往事不堪回首,词人的心情也愈趋沉重。“凭阑久”三句,以景作结。“疏烟淡日”与起首“晓色云开”成明显对照;一灰暗,一明快,也反映了词人内心由怡悦转向忧伤的感情变化。

桃源忆故人

秦　观

玉楼深锁薄情种,清夜悠悠谁共?羞见枕衾鸳凤,闷则和衣拥。

无端画角严城动,惊破一番新梦。窗外月华霜重,听彻《梅花弄》。

【鉴赏】

这首词的旨意在抒发忆故人之情,词的具体内容,描写一个闺中少妇的寂寞情怀。词一开始“玉楼”二句,写少妇的感受。首句写丈夫外出,她独处深闺之中,与外界隔绝,确有被深锁玉楼之感。“薄情种”,有似传统文学中的所谓薄情郎或薄倖,皆指负心男子而言,这里概指女子的丈夫。次句写她在清冷漫长难熬的不眠深夜,有谁来与她做伴共度长夜呢?接着“羞见”二句,写她此时偏偏看到枕衾上绣着一双双鸳鸯凤凰的图案,这就引起了她人不如禽鸟的感慨。觉得凤凰鸳鸯,尚知成双作对厮守在一起,而人却独处深闺。这不是人反不如鸟乎?“羞见”,犹怕见也,但偏偏看见惹人烦恼。于是在烦闷无法排除的情况之下,只得和衣拥衾而睡了。睡着后她梦见了些什么?词里虽然没有写。但依词推意,她思念外出夫婿的梦,是很甜蜜的。

词的下阕，写少妇梦醒。"发端"二句，就是写她做了个好梦，可惜好梦不长，刚刚进入梦乡，就被城关传来的画角声给惊醒了。"无端"就是没有来由，真岂有此理，表现了她对城头画角的埋怨情绪，斥责画角没有理由惊破她刚入睡的好梦。这种将怨恨之气迁在画角之上，构思上确是新奇。"严城"：严，通岩，《集韵》："岩，说文，岸也，一曰险也。"这里指险峻的城垣，即高城。歇拍"窗外"两句，写室外的景象，此时已进入深夜，月华洒下清光，地上铺满白霜，远处又传来了《梅花弄》的哀怨乐曲，吹得好伤心，主人翁入神地听着，从头至尾一直听完了最后一遍。《梅花弄》，原汉《横吹曲》名，凡三迭，故称《梅花三弄》。这末两句，写得月冷霜寒，境界凄凉，正是词中主人翁长夜不眠寂寞情怀的真实展现。

《草堂诗余隽》卷四眉批："不解衣而睡，梦又不成，声声恼杀人。"评：形容冬夜景色恼人，梦寐不成。其忆故人之情，亦辗转反侧矣。

调 笑 令 莺莺

秦 观

春梦，神仙洞。冉冉拂墙花影动。
西厢待月知谁共？更觉玉人情重。红娘深夜行云送，困亸钗横金凤。

【鉴赏】

词题"莺莺"，指崔莺莺与张生故事。出自唐元稹《会真记》。即贞元中，有张生游于蒲州，喻普救寺。适有故崔相国遗孀偕女莺莺亦止宿该寺之西厢。张生偷窥莺莺容色惊人。未几便遭兵乱，强索莺莺。崔母言能退兵者，许莺莺为妻。兵退，崔母毁约。张生忧思成病。后经好心侍女红娘周旋，莺莺张生终于在月下幽会。后张生赴京，遂不复见。

秦观有《凋笑令》十首，分咏古代十个美女，这里所选是十首中第七首。词前有诗曰："崔家有女名莺莺。未识春光先有情。河桥兵乱依萧寺，红愁绿惨见张生。张生一见春情重，明月拂墙花影动。夜半红娘拥抱来，脉脉惊魂若春梦。"这样诗词结合，就把莺莺张生月下幽会之事表现出来。词一开始"春梦"三句，就是写张生初赴女子约会，欣喜若狂的激动心情，这种喜悦之情，使他感到像人桃园仙洞一样美好，有如春梦般的迷茫。更似花影在微风中慢慢摆动一样。很细微地刻画出张生与莺莺幽会时欣喜而紧张的心态。"拂墙花影动"是《会真记》《明月三五夜》诗中的成句，其词曰："待月西厢下，迎风户半开。拂墙花影动，疑是玉人来。"此句即写莺莺写信约张生相会。这里加上"冉冉"二字，就更加强了"拂墙花影动"的动态感。"西厢"二句,诗从对面写起,写他日夜所思念的玉人,她在西厢等待月升月落,寂寞凄冷,有谁陪伴着她呢?接着一句,作者不写张生对莺莺情深似海,偏说莺莺对他情重如山。这样写就加重了爱之深恋之间的分量。歇拍"红娘"二句,写张生迫切的期待时刻,好心的红娘,"敛衾拥枕而至"了。《莺莺传》载:"俄而红娘捧崔氏而至。至,则娇羞融洽,力不能运肢体,曩时端庄,不复同矣。"又"张生临轩独寝,忽有人,觉之,惊骇而起,则红娘敛衾拥枕而至。"皆指红娘句所言内涵。"行云送"。是借宋玉《高唐赋》中"旦为朝云,暮为行雨"的典故,暗喻莺莺来幽会。末了"困壁"句,写幽会后女子困态。"困嚲",疲惫、萎靡。嚲,下垂貌。"金凤",钗上饰物。

虞美人

秦观

碧桃天上栽和露,不是凡花数。乱山深处水萦回,可惜一枝如画为谁开?

轻寒细雨情何限!不道春难管。为君沉醉又何妨,只怕酒醒时候断人肠。

【鉴赏】

这首词有一段颇具传奇色彩的故事:"秦少游寓京师,有贵官延饮,出宠妓碧桃侑觞,劝酒倦倦。少游领其意,复举觞劝碧桃。贵官云:'碧桃索不善饮。'意不欲少游强之。碧桃曰:'今日为学士拼了一醉!'引巨觞长饮。少游即席赠《虞美人》词曰(略)。合座悉恨。贵官云:'今后永不令此姬出来!'满座大笑。"(《绿窗新话》卷上)

是否真有此"故事",不得而知。但它对理解此词的蕴意、寄托却颇有启发。生于非地的一支碧桃,在乱山深处孤独自开,不被人赏,那正是美人命运的象征。

"碧桃天上栽和露,不是凡花数。"首句化用唐诗人高蟾《下第后上永崇高侍郎》:"天上碧桃和露种,日边红杏倚云栽"语。先声夺人,高雅富丽。那是只有天宫才可能有的一株碧桃啊!且况和露而种,更呈其鲜艳欲滴之娇情妍态。如此光艳照人,自然不是凡花俗卉之胚数。词人从正、反两面对其褒扬至极。"不是"二字颇耐人玩味。诗歌理论家们常常强调中国诗词在不用系词的情况下所取得的成就,并认为这种成就正是得益于系词的缺失。其实,这并不完全正确。系词的出现,从语法角度看,它表示的只是两个词之间的等同,但当其运用于中国古典诗词之中时,它却传达出某些与这种等同相抵触的言外之意,换言之,"是"暗含了"不是"或"也许不是";"不是"又暗含着"已经是"或"然而却是",以其内在的歧义达到一种反讽的陈述。"不是凡花数"越是说得斩钉截铁,越是让人感到隐含有不愿接受的现实。事实正是如此:"乱山深处水萦回。"一"乱"一"深",见其托身非所、处地之荒僻。尽管依然在萦回盘旋的溪水边开得盈盈如画,"可惜一枝如画为谁开?"没人欣赏没人问,美又何然?也许可以保持那份高洁与矜持,然而总是遗恨!从而表现出碧桃不得意的遭遇和寂寞难耐的凄苦心境。杜甫有:"桃花一簇开无主,可爱深红爱浅红?",陆游有"驿外断桥边,寂寞开无主。"意蕴与此略似,而此篇吟咏之深沉过之。杜诗、陆词皆正面点出花之"无主",而秦词只以"为谁开"的探询语气,将"无主"之慨委婉出之,音情更显得低徊摇荡。

上片以花象征美人,然着笔在花。高贵不凡之身无奈托于荒山野岭,盈盈如画只是孤独自开,洁爱自好也难禁凄凄含愁,款款妙笔传其形神兼备。

下片始转写美人。前两句见其惜春之心。微微春寒,细雨霏霏,这如画一枝桃花更显出脉脉含情。然而也许女主人公的忧虑太深重了,春天宜人的风物也很快从她忧伤的目光底下滑过去,终于发出了"不道春难管"的一声伤叹!是啊,无奈春光不由人遣,无法把留。它已经是"寂寞开无主"了,有何人来怜爱它呢?到了明年此时,它是否还是"依旧笑春风"呢?叹之、怜之、伤之。伤春也是自伤。即如此般芳洁光艳,终是青春难驻,年华易往!尾末两句写惜别。"为君沉醉又何妨。"难得知音怜爱,却又要匆匆行别,为报所欢,拼却一醉,应是理所为然,何况更是欲借以排遣愁绪。醉意恍惚中也许能减却几分离别的凄凉吧!可是转念一想:"只怕酒醒时候断人肠。"如今一醉颜红,自然是容易的,然而,酒醒之后呢?心爱的人儿不见了,不是更令人肠断?不,不能沉醉,哪怕只是一起度过这短暂的离别时分也是好的啊!沉醉又不能沉醉的矛盾以"只怕"二字委婉出之。"何妨"是为了他,"只怕"也是因为他,惜别之情深自见。

全词情感发展万转千回,深沉蕴藉。词情亦进亦退,亦退亦进地委婉曲折地前进,每一份情感,都紧紧地跟随着它的否定:"不是凡花数"却是凡花命;乱山深处"一枝如画",依然无人赏识;"轻寒细雨",风物宜人,又恨留春不住;为君不惜一醉颜红,又怕酒醒时候更添愁,只好任凭愁来折磨她了。最后,在"断人肠"的怨叹声中词情戛然而止,收到了凄咽恻断的艺术效果。

词作在艺术表现上运用的是传统的香草美人的比兴手法。花,为美人之象征,在美人身上,我们又不难看出词人自身的影子,亦花亦美人亦词人。词人本是一位"少豪俊,慷慨溢于言辞"(《宋史·秦观传》)的才俊之士,却不为世用,仕途抑塞,历尽坎坷,自然是满腹怀才不遇的不平。然而在那埋没人才的社会里,这不平,向谁去诉说?诉说又有何用?只好"借他人酒杯,浇胸中块垒"。于是当词人为美人的命运深情叹咏的时候,他其实正是在寄寓身世,抒自身怀抱。也正是词人身世之感的打入,使得此词的意义大大超越于这则"本事"。此心所系,寄托遥深,乃是香草美人手法极其成功的运用。全词处处紧扣,丽又不着痕迹,极尽含蓄委婉之致,表现了精湛的艺术技巧。读者可知,骚赋之法,"衣被辞人,非一代也"。

点绛唇 桃源

秦观

醉漾轻舟，信流引到花深处。尘缘相误，无计花间住。
烟水茫茫，千里斜阳暮。山无数，乱红如雨，不记来时
路。

【鉴赏】

绍圣元年(1094)，“新党”章惇上台掌权，大肆打击元祐党人，秦观先贬杭州通判，途中接旨再贬为处州酒税。绍圣三年，又贬郴州。这一连串打击使他陷入受压抑而不能自拔的深沉的悲哀之中。他的名词《踏莎行》(雾失楼台)就是在郴州旅舍所写。这首《点绛唇》(桃源)大约也是贬居郴州时所写。

词题“桃源”，即指桃花源，这是东晋诗人陶渊明在《桃花源记》中所构想的理想图画。在这个桃花源世界里，没有剥削，没有压迫，没有人间尔虞我诈，赋税战乱现象。而是一个环境宁静、风景优美、人民淳朴、和平劳动、生活幸福的世界。这就是后代失意文人所津津乐道的世外桃源世界。秦观贬居郴州后，闻知这个桃花源就在郴州以北，自然眷念于心。在《踏莎行》里，早就写出了“雾失楼台，月迷津渡，桃源望断无寻处”的佳句，以表现他对桃源的向往和望不见的怅惘。这首《点绛唇》词，也是写他在遭受一连串政治打击，经受了人间种种坎坷之后，抒发他厌倦现实黑暗世界，向往世外桃源的思想感情，表现他对现实世界的不满。

词一开始“醉漾”两句，一下子就把人带进一个优美的境界。写他在郴州，借酒浇愁情况，在醉眼朦胧中，他划起了一叶小舟，向“花深处”进发。“花深处”即指的是“桃花源”。且是顺流而行，路上，一片春花烂漫的世界，不知不觉来到了“花深处”。这首二句，颇似陶潜《桃花源记》开篇：“缘溪行，忘路之远近。忽逢桃花林，夹岸数百步，中无杂树，芳草鲜美，落英缤纷。”的境界描写。一种欣喜愉悦之情，蕴藏在平淡的语言之中，颇耐人寻味。“尘缘”二句，是作者醉醒后怨恨之言。“尘缘”，本佛教名词，《圆觉经》所谓“小尘”，即指声、色、香、味、触、法六种。佛家以为以心攀缘六尘，遂为六尘所牵累，故谓之尘缘。佛家认为“六尘”是污染人心，令人产生嗜欲的根源。人要想恢复其真性，就必须脱离“六尘”的干扰，做到六尘不染。秦观在这里是借指人间争名夺利一类的世俗之事，悔恨自己当初不该误入仕途，以致遭今日贬谪之祸，这正是“尘缘相误”的结果。“无计花间住”，进一步说如今身不由己，为官府羁绊。想找一个没有尘缘干扰的和平宁静的桃花源地方，也不可得。词的开始两句，表欣喜之情，这里两句则侧重感慨失望。这种有喜有慨，喜慨交错，词情摇曳生姿，非常感人。

词的下片，“烟水”四句，侧重景物描写。通过各种凄凉景色，来影射词人感伤的心怀。“烟水”两句，勾勒出一幅令人销魂的黄昏图画。“烟水茫茫”分明暗写前途渺茫。“千里斜阳暮”则暗示其处境日下。“山无”二句，象征阻力重重，风起花落，美好事物横遭摧残。“乱红如雨”，似化李贺“桃花乱落如红雨”意而来，原是指残春时节了。以上四种景象合起来，便又形成烟水茫茫，斜阳千里，山峰无数风起花落，日暮穷途的浑然意境，有巨大的艺术感染力。词的末句“不记来时路”。源于《桃花源记》：“遂迷，不复得路。”写他“世外桃源不可得”的遗憾心情。

南歌子

秦　观

玉漏迢迢尽，银潢淡淡横。梦回宿酒未全醒，已被邻鸡催起怕天明。

臂上妆犹在，襟间泪尚盈。水边灯火渐人行，天外一钩残月带三星。

【鉴赏】

这首词写一对恋人春宵苦短怕天明的情景，表现他们生怕分离的情爱思想。

词的上片起首两句，写一对恋人分别之时的感受。“玉漏”，古代计时之器，指报时漏斗里的滴水。“迢迢”，形容漫漫长夜。“尽”，谓漏水一滴一滴地快滴完了，天快亮了。“银潢”，即“银河”。“淡淡横”，谓天亮前银河西斜了，不再那么光亮了。这两句皆是描写天黎明前的景象，透过景象写出恋人对长夜已尽，离别在即的心理感受。接着“梦回”两句，写昨夜由于借酒浇愁喝得多了，人从梦中醒来了，酒尚未全醒，到黎明为邻鸡啼醒时，看见天亮了。又要分别了，于是便有恋人觉夜短“怕天明”之感了。

词的过片“臂上”两句，从衣臂上染有昨夜留下的脂粉，衣襟上落满了昨夜伤别的泪水，从而写出夜里一对恋人伤离的情景。这两句与周邦彦“泪花落枕红绵冷”句意颇有相似之处。即借枕绵泪冷写昨夜伤别。

词的歇拍“水边”两句，写在水边的灯火下，已经有了在赶路的行人影子，天空只剩下了一钩残月和几颗星星，在点缀着黎明的天空。“三星”：《高斋诗话》云：“少游在蔡州……又赠陶心儿词曰：天外一钩残月带三星，谓心字也。”又《词苑丛谈》卷三：“少游赠歌妓陶心南歌子，末句暗藏心字。”又《词品》卷三：又《赠陶心儿》：‘一钩残月带三星’，亦隐“心”字。

临江仙

秦观

千里潇湘挼蓝浦，兰桡昔日曾经。月高风定露华清。微波澄不动，冷浸一天星。
独倚危樯情悄，遥闻妃瑟泠泠。新声含尽古今情。曲终人不见，江上数峰青。

【鉴赏】

这首词约写于宋哲宗绍圣三年作者贬官郴州时，回忆昔日曾经潇湘的感受。

词的起首两句为倒装。"挼蓝"，形容江水的清澈。古代接取蓝草以取青色，故称"接蓝"或"揉蓝"。"桡"，船桨，"兰桡"是对舟的美称。《楚辞·湘君》中有："桂櫂兮兰枻""荪桡兮兰旌"句，即用桂木做的櫂，用兰木做的杳世；或用荪草饰的桡，用兰草饰的旌旗，都是形容湘君所乘船的装饰。这里的"兰桡"代指木兰舟，暗指这一带正是当年骚人屈原的兰舟所经过的地方。这两句是写他从处州贬来郴州时，曾乘船经过清澈如蓝的千里湘江，犹如在步当年骚人屈原的足迹，在千里潇湘水上走着迁谪的苦难历程，接着三句写泊舟湘江夜景。写这时月升中天，风停息下来，因为夜深，看两岸花草上露水开始凝结，在月光照射下晶莹透亮。整个潇湘水面是平静的，没有风也没有浪，满天星斗正浸泡在江水里，星星冷得似乎在发抖，写出了深夜的寒意。这是移情写法，把人的冷意由"一天星"表现出来。

词的下片写情。开始两句，写词人泊舟湘江浦，独自靠在高高的樯杆上静静地倾听远方传来的湘妃清冷的瑟声。"妃"，指湘妃。传说潇湘一带，是舜的两个妃子娥皇、女英哭舜南巡不返，泪洒湘竹，投湘水而死的地方。又传二妃善于鼓瑟，《楚辞·远游》有"使湘灵鼓瑟兮，令海若舞冯夷。"特定的时地，触发了词人的历史联想，从而写出了这潇湘之夜似幻似真的冷瑟声，曲折地透露出寂寞凄冷的心境。接着第三句，进一步描写对瑟声的感受，湘妃的瑟声是清凉哀怨的，抒发了她们对舜帝思念的深情，这是古今有情人共同的心声，不仅是湘妃的，也包含了词人的幽怨。词的歇拍两句，写听完曲子，抬头寻找湘妃。她已悄然不见踪影了，只有江岸无数座青青山峰巍然耸立,更进一步写出词人的怅惘之情和刚毅不屈的性格。钱起《湘灵鼓瑟》诗有:"善鼓云和瑟,常闻帝子灵。……曲终人不见,江上数峰青"。词末两句全用前起成句入词,但用得恰到好处,毫无斧凿之痕。

米芾 (1051~1107)初名黻,字元章,号鹿门居士、襄阳漫士、海岳外史。太原(今属山西)人,徙居襄阳(今属湖北),后定居润州(今江苏镇江)。以母侍宣仁后藩邸恩,补校书郎。太常博士,出知无为军。逾年,召为书画博士,擢礼部员外郎,知淮阳军。世称米南宫。又因举止癫狂。称米颠。能诗文、擅书画,书法与蔡襄、苏轼、黄庭坚合称宋四家。有《宝晋英光集》《宝晋长短句》一卷。词存十七首。

水调歌头 中秋

米 芾

砧声送风急,蟋蟀思高秋。我来对景,不学宋玉解悲愁。收拾凄凉兴况,分付尊中醽醁,倍觉不胜幽。自有多情处,明月挂南楼。

怅襟怀,横玉笛,韵悠悠。清时良夜,借我此地倒金瓯。可爱一天风物,遍倚栏干十二,宇宙若萍浮。醉困不知醒,欹枕卧江流。

【鉴赏】

米芾,字元章,是宋代大书画家。据《挥麈后录》记其为人:滑稽玩世,不能俯仰顺时,晚益豪放,不拘绳检,风神萧散,风流人也。文如其人,他的词写得清新韶秀,飘逸绝尘。他与苏东坡是同时代人,多有交往。东坡《水调歌头》中秋词名噪一时。他继之而作,别出机杼,亦不失为佳篇。

东坡中秋词开门见山发出奇问:"明月几时有,把酒问青天。"米芾反其道而行之,上片一大段故意撇开月亮,先写自己晚来的秋意感受。"砧声送风急,蟋蟀思高秋",古人有秋夜捣衣,远寄征人的习俗,砧上捣衣之声表明气候转寒了。墙边蟋蟀鸣叫,亦是触发人们秋思的。李贺《秋来》诗云:“桐风惊心壮士苦,衰灯络纬啼寒素。”米芾这两句着重写自己的直觉,他是先听到急促的砧声而后感到飒飒秋风之来临,因此,才觉得仿佛是砧声送来了秋风。同样,他是先听到蟋蟀悲鸣,而后才意识到时令已届高秋了。这种写法与一般人的思维逻辑正相反,着重写个人感觉,强调作者为外物所引起的内心的感受,强调秋声所引发的自己心灵上的颤动。

“悲哉秋之为气也,萧瑟兮草木摇落而变衰。”这是宋玉《九辩》中的名句,从此,“见落叶而悲秋”,成为才人志士一种传统心态。可是米芾却说:“我来对景,不学宋玉解悲秋”,颇表现出他的旷逸豪宕的襟怀。他这句拗折刚健之笔使文气为之一振。因为砧声和蟋蟀等秋声,毕竟要给人带来一种凄凉的秋意,而倔强的词人不愿受其困扰。所以,接着他要“收拾凄凉情况,分付尊中醅酥”了。可是把“凄凉情况”交付给杯中美酒消去,并不是那么容易的,酒后反而心里加倍感到不胜其幽僻孤独。从用笔上来说,“不学宋玉解悲愁”,强作精神,是一扬;这里“倍觉不胜幽”,却是一跌,词人通过闻秋声而引起的内心感情上的波澜起伏,把“无计相回避”的“悲愁”充分表现出来了。

就在这个时候,一轮明月出来了。月到中秋分外明,此时,明月以它皎洁的光辉,把宇宙幻化为一个银色的世界,也把他从低沉压抑的情绪中解救出来,于是词笔又一振。他情不自禁地歌唱道:“自有多情处,明月挂南楼。”直到上片结拍,词人才托出一轮中秋月点明题意。“多情”二字是在词人的感情几经折腾之后说出的,就极其真切自然,使人感到明月的确是情多。米芾先是反复渲染中秋节令的秋意,从反面为出月铺垫,以“自有”二字转折,使一轮明月千呼万唤始出来,这种写法与东坡中秋词大异其趣。

下片便是写赏月了。词人分四个层次写自己在月光下“横玉笛”“倒金瓯”“倚栏杆”乃至“醉困不知醒”的情景。“怅襟怀”的“怅”字承接上下片,巧妙过渡,既照应上片“不胜幽”的“凄凉兴况”,又启下片的赏月遣怀。“横玉笛,韵悠悠”,玉笛声固然是富有优美情韵的,不要忘记米芾此时是在大放光明的中秋月下吹笛,那更是何等富有诗情画意的境界!所以词人马上想到要借此清时良夜,像李太白那样“举杯邀明月”,痛痛快快大饮其酒了。“遍倚栏杆十二”,说明他赏月时间之长,从多种角度赏览兴致之高,他为这“可爱一天风物”陶醉了。不由神与物游,引起他对宇宙对人生的遐想。

词的写法很妙,自上片结拍点出“明月挂南楼”之后,字面上再没有出现“月”字,再没有直接去描写月亮,然而却又使人恍如置身在一个月光如水的优美境界中,这个境界空灵、圣洁、宁静、浩瀚,人与宇宙化为一体了。宇宙之大,词人视若浮萍,多么博大的心胸,飘逸的神思,大有羽化登仙、乘风归去之势呢!

由于境界美,兴致高,词人不觉豪饮大醉。“醉困不知醒,欹枕卧江流”两句,使人想起东坡《前赤壁赋》结尾的“肴核既尽,杯盘狼藉,相与枕藉乎舟中,不知东方之既白”。要说的前面都说了,此处以不结结之,最妙,何必再要去写赏月饮酒之后,我心中新的感觉如何,问题解决了没有呢?

米芾这首中秋词通篇都是抒写自己心灵的感受,因此,写得清空而不质实,开头泛写秋声,蟋蟀之声当然随时可闻,而砧声就未必响于中秋夜了。他如此写,只不过是为了表达自己内心的一种秋意感受罢了。接着词人写"我来对景"时感情上的折腾,也是虚写。词人在赏月,也只是着重写"横玉笛"的雅兴,"倒金瓯"的豪情,"倚栏杆"的遐思,也都是个人内心的感受。写景也非实写,"清时良夜""可爱一天风物"都是采用一种很概括的写法,结句"欹枕卧江流"更是意想中的境界,整个词境如空中之色,镜中之像,用笔空灵回荡,而自有清景无限,清趣无穷,表现出米芾特有的风格。《宋史·米芾传》说:"芾为文奇险,不蹈袭前人轨辙。"这首在东坡后出的中秋词,所以获得成功,不也体现着这种创新的精神吗!

蝶恋花 海岱楼玩月作

米芾

千古涟漪清绝地。海岱楼高,下瞰秦淮尾。水浸碧天天似水。广寒宫阙人间世。

霭霭春和生海市。鳌戴三山,顷刻随轮至。宝月圆时多异气。夜光一颗千金贵。

【鉴赏】

这是米芾在宋哲宗绍圣四年(1097)知涟水军(今江苏涟水)后,登涟水名楼海岱楼玩月之作。米芾在涟水军二年,在其现存十七首词中,标明在海岱楼所作者,至少有三首,这是其中之一。这首词的上片,首先从海岱楼所处的地理位置入手。"千古"一句,总写涟水全境形胜之处。涟水为水乡,当时境内有中涟、西涟、东涟诸水,黄河夺淮入海亦经此地,且东濒大海,北临运河,水乡清绝,故以"涟漪"称之。然后特出一笔,写海岱楼高,拔地而起,"下瞰秦淮尾",以夸张之笔,极写此楼之高。"水浸"二句承"下瞰"而来,转写水中浸沉着的碧天。然后又由如水的碧夫联想到"广寒宫阙",接触到"月",从而为下片写月出做好铺垫。但这里写"广寒宫",并非实写,而是由水中碧天联想而来,作者的笔墨仍然是倾注于"人间世",上片用笔,皆在"人间世"三字上凝结,"广寒宫"也是为修饰"人间世"而出现的。词的下片才写"玩月"。但首句却不去写月,而是写"海市"。"海市"即我们常说的"海市蜃楼",晋伏琛《三齐略记》和宋沈括《梦溪笔谈》等文献都曾叙述过"海市"的繁华热闹。但这首词中的"海市",乃是虚写,实际上只是写海,从而再次为月出作铺垫。经过再三铺垫,曲曲折折,千呼万唤之后,才是月亮出海:"鳌戴三山,顷刻随轮至。"鳌戴三山,系我国古代神话。"三山",指海中的仙山方壶(一曰方丈)、瀛洲、蓬莱,山下皆有巨鳌(大龟)"举首而戴(顶)之","三山"因此不再漂浮移动(详见《列子'汤问》)。"轮",指月亮。梁刘孝绰《望月诗》"轮光缺不半,扇影出将圆"、唐杜甫《新月》诗"光细弦欲上,影斜轮未安",其中的"轮"皆指月亮,故月有"月轮"之称。古人以为月亮是从海中出来的,故唐张九龄《望月怀远》诗有"海上生明月"、李白《把酒问月》有"但见宵从海上来"句,卢仝《月蚀》诗说得更清楚:"烂银盘从海底出"。这自然是误解。米芾这两句写月出,倒不像前人那样直截了当,表面看来是写"三山"随月轮而至,似以写"三山"为主。月未出时"三山"暗,月出则"三山"明,好像顷刻之间来到眼底。这实际上还是写月,"三山"只是作为月的被动物出现的,貌似"三山"至,实即月轮出。这是一种借此写彼的笔法。这两句不仅充满了神话色彩,而且写得神采飞动。"顷刻"一词,写月轮出海,凌厉之至,神气倍生。词中真正写"玩月",只是最后两句:"宝月圆时多异气,夜光一颗千金贵。""夜光",指月亮。屈原《天问》:"夜光何德,死则又育?"王逸注:"夜光,月也。"夜光又为珠名,故以"一颗千金贵"称述之,这是巧借同名之珠以赞美圆月之可贵。这两句,前句重在其"异",后句重在其"贵"。因其"异",始见其"贵"。一轮明月,不知产生过多少神话,神奇之至,亦美妙之至,月也因此而提高了身价。古人又把月视为群阴之宗,崇拜备至。这两句包含着作者对于月的种种幻想与评价。这里写的是圆月,尤为古人所重视,其价值也更高。米芾是爱月的,在他现存的十七首词中,写到月的就有六首。

米芾的这首词,气魄很大,充满了一种奔逸绝尘之气。全词几乎无一句不具有这样的特点。如"海岱"两句,作者站在海岱楼头下瞰,是不可能"瞰"到"秦淮尾"的。这是他的博大想象,千里之远,近在咫尺。作者神思飞驰,大有凌空飞天之势。在他的其他作品中,也有类似的想象,多有博大之境。"水浸碧天""广寒宫阙"等句,妙于浸染,景象宁静而浩瀚,使天上人间浑然一体,这又很像他的气象迷离的山水画。"鳌戴"两句则转为沉着飞翥,超逸绝尘,倏忽千里。持平而论,米芾的这首词应该是一首"豪放词"了。而这种词,在北宋当时的词坛上,除了苏轼等少数词人之外,其他并不多见。苏轼、王安石等对米芾都格外垂青,他们都发现了米芾在文学上的真价。此外,米芾的好洁成癖的个性,在这首词中也有明显的表现。这首词的选材造语,无一尘杂,皆给人以玲珑圣洁之感;且又异象迭生,或静或动,无不超妙绝俗,使人如置身于绝无烟火气的广寒宫阙。米芾的其他词作,也往往具有这种圣洁绝俗的精灵之气,这在当时的词坛上,显然也是可贵的。

满庭芳 咏茶

米芾

雅燕飞觞,清谈挥麈,使君高会群贤。密云双凤,初破缕金团。窗外炉烟自动,开瓶试、一品香泉。轻涛起,香生玉乳，雪溅紫瓯圆。

娇鬟，宜美盼，双擎翠袖，稳步红莲。座中客翻愁，酒醒歌阑。点上纱笼画烛，花骢弄、月影当轩。频相顾，馀欢未尽，欲去且留连。

【鉴赏】

此词亦入秦观《淮海居士长短句》中，然《襄阳书画考》载："米元章与周熟仁试赐茶于甘露寺，作《满庭芳》词，墨迹为世所重。"并引录其警句，"推为独绝"。云有墨迹传世，当有所据。虽然书家写他人作品者多有之，但既云"作《满庭芳》词"，则自书所作亦有可能，姑定为米芾之作。

北宋人咏物之词，多无寄托。描情状物，工巧妥帖，即为佳制。米芾此词，上阕咏宴集烹茶，细致优雅；下阕引入情事，兼写捧茶之人，虽无深意，自饶风韵。

起三句，写"高会"的情况。"雅燕"，即雅宴，高雅的宴会。"飞觞"，举杯饮酒。觞，古代盛酒器，呈雀形，称羽觞，故谓举觞为飞觞。挥麈清谈，为魏晋名士风习。当时名士常执麈尾(拂尘)，挥动以助谈兴。如《晋书·王衍传》谓衍"终日清谈，……每捉玉柄麈尾"。"使君"，对州郡长官的尊称。这里当指周熟仁。三句尚未点出"茶"字，而茶意已出。既有风姿高雅的主人，又有群贤毕集的盛会，酒后清谈，怎可以没有名茶解醒助兴呢？"密云"二句入题。"密云"，茶名，又名密云龙、密云团。"双凤"，茶名，即双凤团。《能改斋漫录》卷十五引《画墁录》："丁晋公(谓)为转运使，始制为凤团，后又为龙团。岁贡不过四十饼。天圣中又为小团，其饼迥加于大团。熙宁末，神宗有旨下建州制密云龙，其饼又加于小团。"可知"密云""双凤"皆珍贵的茶饼。"破"，谓擘开茶饼。"缕金团"，欧阳修《归田录》："茶之品，莫贵于龙凤，谓之团茶……宫人往往缕金花于其上，盖其贵重如此。"苏轼《行香子·咏茶》："看分月饼，黄金缕，密云龙"，与此同意。这些名茶皆为贡品，皇帝又每以分赐大臣，即所谓"赐茶"；"窗外"二句，写生炉子煮水。古人煮茶，非常讲究选水。扬子江南濡水，有"天下第一泉"之号，词中的"一品香泉"，也许就是指这最佳的泉水；"轻涛"三句，细写烹茶的情状。宋人很讲究煮茶的方法：把泉水倒进茶瓶，用风炉加热，小沸即可(即术语的"蟹眼")，再把研碎了的茶叶投入，便有白色泡沫浮在茶汤上面，称为"玉乳""雪花乳"，然后轻轻搅拌，便可斟饮。曹邺《茶》诗："香泛乳花轻"、蔡襄《试茶》诗："兔毫紫瓯新，蟹眼清泉煮"，即写此状。上片把煮茶的过程顺序写来，细腻熨帖，亦可想见米芾的茶癖。

过片四句，写侍女捧茶款客的情景：那娇艳的女郎，美目斜盼，双手高擎着茶具，稳步前来。"红莲"，指女子的脚步。《南史·齐东昏侯纪》："凿金为莲花以帖地，令潘妃行其上，曰：'此步步生莲花也。'"；"座中"二句，紧承上文。对着名茶美女，怎能不感到良宵太短呢？反愁歌阑酒醒时，人将归去；"点上"二句，说月已当轩，夜深矣，而马弄月影，已不耐烦，暗示已到该离去之时；"频相顾"三句，偏写座客尚未尽欢，留恋不忍离去。“相顾”，与上文“娇鬟”呼应。下阕撇开对茶事的正面描述，转写人事。娇鬟的动人，坐客的留恋，都表现了高会难逢，主人情重。正由于能同试珍贵的“赐茶”，就更为这次雅宴清谈增添兴致了。

李甲 生卒年不详，字景元，华亭（今上海松江）人。元符中，为武康令。工画，尝得米芾称许。词存《乐府雅词》中。今有周泳先辑《李景元词》一卷，凡九首。

帝台春

李甲

芳草碧色，萋萋遍南陌。暖絮乱红，也知人春愁无力。忆得盈盈拾翠侣，共携赏、凤城寒食。到今来，海角逢春，天涯为客。

愁旋释，还似织；泪暗拭，又偷滴。谩伫立、遍倚危阑，尽黄昏，也只是暮云凝碧。拚则而今已拚了，忘则怎生便忘得。又还问鳞鸿，试重寻消息。

【鉴赏】

这是一首伤春词，写天涯倦客春日依栏怀人之情。词人漂泊遥远异地，突然看到一片春色，不禁忆起过去曾发生过的令人难忘的春梦往事，尽管已时过境迁，但衷情难忘，春梦常伴在自己的生活中。词的上片写海角春愁，下片写依栏盼音。

上片“芳草”二句写泛观南陌。“芳草”即芳春时节原野上的野草。诗人词客常以草喻离情。如李煜《清平乐》：“离恨恰如春草，更行更远还生。”这里是用“芳草碧色”，写春意之浓；写萋萋芳草，绿遍南野，喻春愁之深；接着“暖絮”二句，写絮飞花落，惹人愁思。“暖絮”，写杨花的轻飞，“乱红”，惜落花的飘零。这些都无力自主，均随暮春之风摆弄。这里本属“人知花”，即落花柳絮撩人春愁，而偏说“花知人”，即花絮知人春愁。这就足见词人的“春愁”，无人告慰。这样写不仅摒弃了落花柳絮引人愁的老套，而且写出物我同感的效果；“忆得”二句转入回忆，“盈盈”，美好的样子。多指人的风姿仪态。“拾翠”，指拾取翠鸟的羽毛以为首饰，后以指妇女春日嬉游的景象。“凤城”，旧时京都的别称，谓帝王所居之城，此指汴京开封。“寒食”，寒食节在清明前一二天，相传起于晋文公悼念介之推一事，因介之推抱树就焚致死，故定于此日禁火吃冷食。这两句是词人回忆往日的欢娱，写一位曾一起踏青拾翠的，风姿俏丽的女子，是多么令人羡慕“寒食清明节日，携手共赏凤城春色，又是多么令人神往”；再接着“到今来”三句，写如今这一切像春梦般地烟消云散了，在遥远的异地，长期在外疲劳厌倦的客子，在忆着这恍如昨日的春梦，多么令人伤心。词情一落千丈，一下子由美好的境界，跌落到孤独惆怅的现实生活中来。

词的过片“愁旋释”四句，写“倦客”的情状。愁情刚刚释去，可又像乱麻似的织成一片愁网。眼泪才暗暗拭去，却又偷偷地流下来；“谩伫立”四句，写“倦客”的孤单。“谩”，徒也，空也。即空自倚遍危栏，向意中人所在方向凝望，尽管磨蹭到天已黄昏，但展现眼前的也只是凝贴碧空的暮云朵朵，佳人仍不见到来；“拼则”二句，“拼”，舍弃，今口语“豁着”最是此意。这两句说要拼命舍弃的均拼命舍弃了，但要忘却的却怎么也忘却不了。充分揭示了词人欲罢不能的痛苦的心情；词末“又还”两句，写“倦客”的希望。既不能忘记，便再问鱼雁传书，试着再寻佳人的消息。“鳞鸿”即鱼雁。古有鸿雁寄信、鲤鱼传书之说，常借鱼雁以代书札。

赵令畤 （1051~1134）初字景贶，改字德麟，自号聊复翁。大祖次子燕王德昭玄孙。哲宗元祐六年（1091）签书颍州公事，与知州苏轼友善。后坐元祐党籍，被废十年。绍兴初袭封安定郡王。有赵万里辑《聊复集》词一卷。

蝶恋花

赵令畤

欲减罗衣寒未去，不卷珠帘，人在深深处。红杏枝头花几许？啼痕[1]止恨清明雨。

尽日沉烟香一缕[2]，宿酒醒迟，恼破春情绪。飞燕又将归信误，小屏风上西江路。

【注释】

①啼痕：形容杏花上的雨迹像啼哭的泪痕。

②沉烟：指点燃的沉香。沉香，植物名，木材可作熏香料，又叫沉水香。

【鉴赏】

闺中怀人，这类题材的词很常见，而这首词却是有其特色的。“欲减罗衣”，虽说是春天了，却寒意犹在！“不卷珠帘，人在深深处”，写人，仍然是既不见首，也不见尾。词的前三句虽是一幅“不见庐山真面目”的“深闺春思图”，但人物的愁思苦闷之情，亦可概见。“红杏枝头花几许？啼痕止恨清明雨”，“止恨”，分量很重，映照出人的恨深怨极而又无可奈何的苦闷之情；过片紧接上片，“意脉不断”，进一步刻画女主人的心情，“尽日沉烟香一缕，宿酒醒迟，恼破春情绪”这三句是重彩浓墨，具体而细腻地写出她的愁思。接着感情上再生一层转折。“飞燕又将归信误”，但这里只是轻轻一点，不多作铺排，却将笔锋远扬开去，戛然作结：“小屏风上西江路”，西江路，应是泛指水路，那儿就是通往所怀念之人去的地方，也许今夜梦中就会沿着这条路相会吧！这首闺中怀人的词，语不多，情无限，却又写来不粘不滞，淡雅疏秀，正是它的难能可贵之处。

蝶恋花

赵令畤

卷絮[①]风头寒欲尽，坠粉飘香，日日红成阵[②]。新酒又添残酒困，今春不减前春恨。

蝶去莺飞无处问，隔水高楼，望断双鱼信[③]。恼乱横波秋一寸[④]，斜阳只与黄昏近。

【注释】

①卷絮：指翻飞的柳絮。

②红成阵：形容落花满地。红，落花。

③双鱼信：双鲤鱼传送书信。古乐府《饮马长城窟行》：“客从远方来，遗我双鲤鱼。呼儿烹鲤鱼，中有尺素书。”

④横波：美目眼神流动的样子。一寸：方寸，指心。

【鉴赏】

此词写闺中女子伤春怀人。

上阕一开篇，作者首先描绘了一个柳絮翻飞、落红成阵的暮春景象。此时寒意将去未去，正是乍暖还寒、最难将息的时候。但见春风吹得柳絮漫天飞舞，花儿落英缤纷。“坠粉飘香”一句，将万紫千红都囊括其中，极为凝练地描写了飞花飘坠时姿态、色泽之美和沁人心脾的幽香。“日日红成阵”一句，极言落花之多，而加以“日日”一词，可见飞絮落花，已非止一日，也许已快飘零殆尽。伤春之意，从暮春景象的描绘中透露出来。“新酒”两句，以互文笔法转写伤春人之酒困春恨。意为今春和前春一样，日添新酒以借酒浇愁，只有更增酒困，哪能减去春恨呢？这高度概括出思妇年年伤春，年年愁困，年年借酒浇愁，却只能一次次“酒入愁肠，化作相思泪”的愁闷境地。

下阕写思人不归盼信无踪的烦恼与忧愁。“蝶去”一句，突发奇想，在万般无奈中试图向蝴蝶、黄莺追问消息。蝴蝶、黄莺，在古典文化中多与情爱相关，作者选取此一意象，既是应和暮春时景，又将上阕惜春伤春之情与情爱受阻、青春空耗联系起来。“隔水高楼”一句，从“所谓伊人，在水一方”和“盈盈一水间，脉脉不得语”化出。一个极富形象性的意象，刻画出主人公翘首盼望的姿态以及似乎咫尺却天涯相隔的内心感受。“双鱼信”指书信，古代放书信函用两块木板制成，一底一盖，刻成鱼形。此处，高楼中人望尽天涯路，也不见所期待的书信到来稍慰相思之苦。一个“断”字，将思妇春愁推至极端。“恼乱”一句，细致描写酒困春恨中人的眼波流动之状，及写人目乱神迷的悲愁。而触目所及，既无人，也无信，只有斜阳西下，又一个黄昏来临。

全词景中含情，语言精练，情蕴深婉，颇有韵致。

浣 溪 沙

赵令畤

水满池塘花满枝，乱香深里语黄鹂[①]。东风轻软弄帘帏[②]。

日正长时春梦短，燕交飞处柳烟低。玉窗红子斗棋时[③]。

【注释】

①黄鹂：也称“黄莺”“黄鸟”，鸣声婉转。

②帘帏：指帘幕、帷帐之类。

③红子：指红色的棋子。斗棋：即下棋游戏。

【鉴赏】

这首词借春景、春梦以抒写春情。上阕写春景。池塘春水漫，绿树花满枝，红丛乱香里，婉转啼黄鹂。展示出一派蓬勃旺盛的春天的景象和生机。而"东风轻软弄帘帏"一句，将繁盛的春景与"帘帏"中人联系起来。东风吹动的是帘帏，春意缭乱的却是人心，一个"弄"字，寓含无限情意，而又轻轻逗弄出下阕所抒写的春梦春情；下阕写闺人。"日正长时"春意浓，正是由于春景感发了春思春情，人才会做"春梦"。那么"春梦"做些什么呢？对于一般闺阁女子来讲，"春梦"大多关含着怀春之意、求偶之心、欢爱之情。但是此词却并没有对"春梦"的内蕴做明白叙写，而只是以"短"字略做点染，又用"燕交飞处柳烟低"一句来做巧妙暗示。"燕交飞"一句并非一般的景语，它既是对"春梦"氛围的烘托，也是对"春梦"内容的暗喻，透露出"双燕复双燕，双飞令人羡"的潜意识，映衬出"帘帏"中人的孤寂情怀。正因为"春梦"撩人，春情无奈，故聊借"斗棋"以做消遣。

清　平　乐

赵令畤

春风依旧，著意隋堤柳[1]。搓得鹅儿黄欲就[2]，天气清明时候。

去年紫陌青门[3]，今宵雨魄云魂[4]。断送一生憔悴，只消几个黄昏。

【注释】

①隋堤柳：指隋炀帝时沿通济渠、邗沟河岸所植的柳树。

②"搓得"句：言春风为隋堤柳树染上了鹅黄色。

③紫陌青门：指冶游之所。紫陌，指京师郊外的道路。青门，原指汉长安城东南门，因其为青色，俗呼为青门。此指帝京城门。

④雨魄云魂：比喻羁旅漂泊，行踪不定。

【鉴赏】

胡仔《苕溪渔隐丛话后集》认为此词为刘弇伤悼爱妾之作，但通行本大都将它归入赵令畤名下，认为该词写景伤怀，此从后说。

上阕写清明时风景。“春风依旧”一句，统摄全词，将所有景物笼罩在骀荡宜人的春风之中，也为下阕抒发物是人非之感进行铺垫；“著意隋堤柳”一句，将绕堤而植的青青垂柳描写出来的同时，更将春风拟人化，似乎春风对柳枝是如此的多情，竟似痴恋者尽心着意地爱抚着隋堤柳丝。物的多情正是词人多情的表现，更反衬出人多情反被无情恼的处境，为下文的落魄伤神埋下伏笔；“搓得”一句，细写春风对柳枝的着意。春风轻轻地吹拂着柳枝，将它吹得生出了可爱的鹅黄色的嫩叶。这是一派多么宜人明丽的春光啊！“天气清明时候”，词人面对如此风光，禁不住脱口赞叹。而在这脱口赞叹的背后，又隐含了多少感慨神伤。

下阕写对景伤怀。“去年”两句，以强烈的对比显示出时间流逝、世事变化的沧桑之感。去年冶游在京师郊外，得意在帝京城门，当时热闹繁华、意气风发，似乎犹在目前，而仅仅一年的时间，就已情形大变。今朝只落得羁旅漂泊、行踪不定、黯然伤神；“断送”两句，言漂泊在外之人不堪凄凉黄昏风景，只需几个黄昏就足以让人断送一生，独自憔悴。既描写当时黄昏萧瑟之状，也将无限感慨蕴于其中。情景交融，余味悠长。

全词见春物芳菲而生物是人非之感，语言变化自如，情韵跌宕有致。

贺铸 (1052~1125)字方回，卫州共城(今河南汲县)人，祖籍会稽山阴(今浙江绍兴)，宋孝惠皇后族孙。因长身耸目，面色铁青，人称贺鬼头。为人刚直不阿，仕途坎坷。晚年定居苏州，自号庆湖遗老。他诗、词、文皆善，尤长于作词度曲。其词题材丰富，多刻画闺情离思，也抒发爱国忧时之情。其词风格纷呈，兼有婉约、豪放之长，情思缠绵的作品秾丽哀婉，怀才不遇之作多悲愤激昂，各极其妙，善练字句，多佳篇名句。著有《庆湖遗老集》和《东山词》(一名《东山寓声乐府》)。

将进酒

贺铸

小梅花[1]

城下路，凄风露，今人犁田古人墓[2]。岸头沙，带蒹葭，漫漫昔时流水今人家[3]。黄埃赤日长安道，倦客无浆马无草。开函关，掩函关，千古如何不见一人闲？

六国扰，三秦扫[4]，初谓商山遗四老[5]。驰单车，致缄书[6]，裂荷焚芰接武曳长裾[7]。高流端得酒中趣，深入醉乡安稳处。生忘形，死忘名，谁论二豪初不数刘伶[8]？

【注释】

①小梅花：此词所用曲调本名《小梅花》，贺铸改作《将进酒》。《将进酒》为六朝乐府曲调名称。

②"城下路"三句：化用唐代诗人顾况《悲歌》诗意："城边路，今人犁田古人墓。"

③"岸头沙"三句：化用顾况《悲歌》诗意："岸上沙，昔时江水今人家。"蒹葭(jiān jiā)：没有长穗的芦苇。

④三秦扫：指秦朝灭亡后刘邦又消灭了与他一同灭秦的西楚霸王项羽，建立了汉朝。项羽在灭秦后自立为西楚霸王，三分关中，立秦三将，故有"三秦"之说。

⑤商山遗四老：又称"商山四皓"。西汉初立，他们四人逃到山中，不肯做汉朝的臣子。

⑥"驰单车"二句：史载汉高祖刘邦欲废太子，吕后为保住太子地位，让太子卑辞修书派人去请"商山四皓"，"四皓"应诏而致。

⑦"裂荷"句：用芰荷制衣为隐逸高士的象征，语出屈原《离骚》："制芰荷以为衣兮。"此处说"裂荷焚芰"，指"商山四皓"应诏出山，自毁高洁。接武：接踵。曳长裾：指依附于王侯权贵。

⑧二豪：指贵介公子、缙绅处士。语出刘伶《酒德颂》。刘伶，晋代文人，"竹林七贤"之一，以嗜酒放诞而著称。

【鉴赏】

这首词以咏史来咏怀，但所咏史事并非某一历史事件，而是一种在古代社会中带有普遍性的历史现象；所咏怀抱，也并非与这一历史现象相契合，而是与之相对立，所以与多数的咏史即咏怀的作品的格局、命意都有所不同。

前三句写陆上之变化，墓已成田（用《古诗》"古墓犁为田"之意），有人耕；后三句写水中之变化，水已成陆，有人住。函谷关是进入长安的必由之路。关开关掩，改朝换代，然而长安道上还是充满了人渴马饥的执迷不悟之徒。歇拍用一问句结束，讥讽之意自见。

过片两句，"六国扰"，概括了七雄争霸到秦帝国的统一。"三秦扫"，概括了秦末动乱到汉帝国的统一；"初谓"四句，是指在秦、汉帝国通过长期战争而完成统一事业的过程中，几乎所有人都被卷进去了。商山中还留下了东园公、甪里先生、绮里季、夏黄公这四老。谁知道经过统治者写信派车敦请以后，也就撕下了隐士的服饰,一个跟着一个地穿起官服,在帝王门下行走起来了。"高流"以下,正面结出本意。高流,指阮(籍)、陶(潜)、刘(伶)、王(绩)一辈人,当然也包括自己在内;末三句是说,酒徒既外生死、忘名利,那么公子、处士这二豪最初不赞成刘伶那位先生,又有谁去计较呢?;"谁论"二句:晋刘伶作《酒德颂》,文中有贵介公子和缙绅处士各一人起先反对饮酒,后被痛饮者感化。"二豪"指此。

水调歌头　台城游①

贺　铸

南国本潇洒,六代浸豪奢②。台城游冶,襞笺能赋属
宫娃③。云观④登临清夏,璧月留连长夜,吟醉送年
华。回首飞鸳瓦,却羡井中蛙⑤。
访乌衣⑥,成白社⑦,不容车。旧时王谢、堂前双燕过
谁家?楼外河横斗挂⑧,淮上潮平霜下,樯影落寒沙。
商女蓬窗罅,犹唱《后庭花》!

【注释】

①台城游:此词实际上用的是《水调歌头》的曲调。《台城游》是作者根据所写内容另标的新名。台城,在今南京城内,本是三国吴后苑城,东晋成帝时改建,为东晋南朝台省(中央政府)和宫殿所在地。故址在今南京市鸡鸣山南、干河沿北。

②六代:指六朝,即东吴、东晋、宋、齐、梁、陈六朝,都建都于今南京市。浸:渐渐,更加。

③襞(bì)笺:裁纸。宫娃:宫女。

④云观:即齐云观,陈后主所建高楼,与结绮、临春等楼阁同为陈后主行乐之所。

⑤"回首"二句:写隋兵攻破金陵,陈后主与张贵妃等逃入井中避乱。杜牧《台城曲》诗云:"谁怜容足地,却羡井中蛙。"飞鸳瓦,指宫殿被隋兵摧毁。鸳瓦,即鸳鸯瓦。

⑥乌衣:乌衣巷,在秦淮河南,东吴时为乌衣营驻地,东晋时王、谢二姓贵族聚居于此。

⑦白社:白茅盖的屋舍,指普通百姓人家。

⑧河横斗挂:银河横斜,北斗星挂在天边。

【鉴赏】

金陵是东吴至南朝的六代都城,一向以繁华富丽而著称,六朝的统治阶级一代

接一代地在这里上演着争"豪奢"竞"游冶"的历史闹剧。台城便是这幕兴亡盛衰的历史长剧的见证人。多少年后,当六朝的繁华已随流水逝去之后,贺铸来到了金陵,徜徉于台城故址之中,追怀六朝兴衰之迹,不免兴发起一股深沉的沧桑之感。于是写出了这首《游台城》的怀词。上阕由景入情,追叙六朝旧事,慨叹陈述后主穷奢极欲、荒淫无度,终致国亡家破、身败名裂的可耻下场;下阕写词人寻访遗踪,感叹世移时变,而当年的亡国之音仍在秦淮河上回荡,统治阶级似乎并没有吸取历史的教训,词人不禁感到有些忧虑。此词不仅抒发了词人深沉的历史感慨,而且有托古讽今,针砭时弊之意。

青 玉 案

贺 铸

凌波不过横塘路①,但目送、芳尘去。锦瑟华年②谁与
度?月桥花院,琐窗朱户③,只有春知处。
飞云冉冉蘅皋④暮,彩笔⑤新题断肠句。试问闲愁都
几许⑥?一川⑦烟草,满城风絮,梅子黄时雨⑧。

【注释】

①凌波:曹植《洛神赋》有"凌波微步,罗袜生尘"句,凌波形容女子步态轻盈。下句"芳尘"取"罗袜生尘"意,指美女的踪迹,这里指代美女。横塘:苏州一地名,作者住处附近。

②锦瑟华年:语出李商隐《锦瑟》开头两句"锦瑟无端五十弦,一弦一柱思华年"。这里指美好的时光。

③琐窗朱户:雕花窗户,红色大门。

④蘅皋:指长有香草的水边高地。蘅,香草。皋,水边。

⑤彩笔:五色笔。形容人极有才情。《南史·江淹传》记载江淹晚年梦见郭璞对他说:"吾有笔在卿处多年,可以见还。"江淹掏出一只五色笔给郭璞,从此写诗作文缺乏文采,人称"江郎才尽"。

⑥都几许:共有多少。

⑦一川:遍地。

⑧梅子黄时雨:春夏之交阴雨连绵的时节正是梅子成熟的时候,俗称"梅雨"。

【鉴赏】

这首词写相思,却不是以爱情为主题的作品,问世后被誉为"绝唱"。作者也因

此得了“贺梅子”的雅号。

词的全篇以华丽的辞藻抒写“芳尘去”而不来的“闲愁”。上片写美人去后“月桥花院”“琐窗朱户”都不见其踪影，怅惘之余有年华虚度之感；“只有春知处”，是将希望寄托于姗姗来临的春天身上；下片写春日迟暮，望而不来。希望渐少，闲愁愈深，最终发出“都几许”的疑问；结末三句，历来众口交誉，主要是写景而能融景入情。写的都是横塘路上的景物，又都足以引起“锦瑟年华”的叹喟。“一川烟草”，是二三月间；“满城风絮”，是三四月间；“梅子黄时雨”，是四五月间，总之写闲愁之多，时间之长，立意新奇，引起人们的无限想象。从而，使作者获得很高的声誉。正如刘熙载所说：“其末句好处全在‘若问’句呼起，及与上‘一川’两句并用耳，或以方回有‘贺梅子’之称，专赏此句误矣。”(《艺概》)黄庭坚也十分赞赏此词，说：“解道江南断肠句，只今唯有贺方回。”(《寄方回》)

薄　幸

贺　铸

淡妆多态，更的的频回眄睐[①]。便认得琴心[②]先许，欲绾[③]合欢双带。记画堂风月逢迎，轻颦浅笑娇无奈。向睡鸭炉边，翔鸳屏里，羞把香罗暗解。

自过了烧灯[④]后，都不见踏青挑菜[⑤]。几回凭双燕，丁宁深意，往来却恨重帘碍。约何时再，正春浓酒困，人闲昼永无聊赖。厌厌睡起，犹有花梢日在。

【注释】

①的的：娇艳明媚的样子。眄睐：暗送秋波。

②琴心：卓文君守寡后，司马相如以琴声传情，文君遂与之私奔。

③绾：结。

④烧灯：元宵节放灯游赏。

⑤踏青挑菜：古代的一种春游活动，以二月二日为挑菜节。

【鉴赏】

此词首次用“薄幸”作为词牌，奠定了这首词在历史上的正宗地位。与一般初创词牌不同，这一词牌之义与正文内容恰好相反。全词写了相识、相恋、相思的完整过程和细腻心态，以景传情手法高妙，被《宋四家词选》评为“于言情中布景”；李攀龙在《草堂诗馀隽》中说此词“淡而不厌，哀而不伤”，是为至言。

上阕从一见钟情的相识相恋写到男女幽会。初相识的这位女子，素朴淡雅、落落大方之中，自有一种妩媚；紧接着写了“多态”中的“频回眄睐”这一神态，“便认得琴心先许”，青年男子就明白了她以心相许之意。以简练的文字写人的姿态神韵，意韵却非常丰富；随感情的进展，词人的笔致也由先前的淡雅婉转而渐趋浓丽香暖。画堂、炉状睡鸭、翔鸳屏风、香罗等渲染着一种热烈的氛围，“轻”“浅”“娇无奈”又照应着“淡妆”，补充着“多态”。两相结合，写出热恋中的男女多情中矜持、恩爱中羞怯的举止、心理，逼真至极。

下阕主要写别离后的相思。“烧灯”点出幽会的时间是在元宵节，由此到“踏青”“挑菜”节时间并不长，但“都不见”刻画出男主人公在短暂的时间里几经寻觅、等待的焦急。度日如年的他只得多次托春燕传递关切的问询，却碍庭院深深帘幕重重，无法如愿，所以最终只有叹问“约何时再”？幽怨之情溢于言表。由于心存幽怨，春光纵然正好，也“人闲昼永无聊赖”，只好以长睡来打发时光。可是“恹恹睡起，犹有花梢日在”，春光送而不走，孤苦愁闷更增一层。整首词写相思之情由初生到急切再到怨恨与无奈的辛酸，层层翻进，以景传情，笔致深婉细密。

感皇恩

贺　铸

兰芷满汀洲[①]，游丝[②]横路。罗袜尘生步[③]，迎顾。整鬟颦黛[④]，脉脉两情难语。细风吹柳絮，人南渡。
回首旧游，山无重数。花底深朱户，何处？半黄梅子[⑤]，向晚[⑥]一帘疏雨。断魂分付与，春将去。

【注释】

①兰芷:香草。汀洲:水边和水中的陆地,这里指水边。

②游丝:垂柳。

③罗袜尘生:指美女的踪迹,代指美女。

④鬟:云鬟,年轻女子的一种发式。颦:微皱。黛:古代女子用来画眉的青黑色颜料,这里代指女子的眉毛。整句写人物的情貌。

⑤半黄梅子:春夏之交的梅雨季节。

⑥向晚:黄昏。

【鉴赏】

这首词与作者的《青玉案》(凌波不过横塘路)在题材、意境、用韵等方面都有明显相同,都是以芳菲之辞抒写"离愁",别有一番寄托。

开篇"兰芷满汀洲,游丝横路"两句即写恋人离别的场面,也是美人出场的具体环境。暮春的江边长满茂盛的兰芷芳草,葱绿的柳枝如玉丝般轻扬;"罗袜尘生步,迎顾"借曹植《洛神赋》中的句子"凌波微步,罗袜生尘"写美人迈着莲花细步,体态轻盈地朝着送行者走来;接着仅用"整鬟颦黛"四个字写出美人行色匆匆和眉心微蹙的丰富神情,同时也表明送行者的观察细致入微,这源于他对美人的眷恋深情。眉峰不展已暗示了离别在即,所以下面都是描绘依依不舍的别离情景的内容。两人含情脉脉,相视无语。和风中柳絮轻柔的飘飞,多像美人离去后的芳踪难寻啊!;结语的细风飞絮给人空灵飘逸的印象,暗示了作者的所求无可把握。

下阕写离别后的孤寂愁苦情怀。作者追忆往昔携手共游的故地,一眼望去,只见云山阻隔,相距十分遥远。"花底深朱户,何处?""朱户"指美人所居之处。这时作者由追忆而追寻,往日那万花掩映的闺房我到哪里才能找到呢?"半黄梅子,向晚一帘疏雨。"不知不觉已是黄昏时分,那绵长细密的梅雨和已经半黄的梅子又让我增添了无尽的情愁。作者无法承受这旧愁新愁,于是有了"断魂"的真切感受。这也是极言理想难以实现的苦闷。"断魂分付与"是作者在魂断愁深之时的奇思异想。这愁情即使可以被分担,人生的美好年华也已经一去不复返了。愁绪可否分付与其他是未可知的。如果答案是否定的,作者将面对怎样的人生呢?结语的引人痴想,有意蕴隽永之妙。全词用语"平淡而不流于浅俗"(《苕溪渔隐丛话》),语浅情深,风格清新淡雅。

浣溪沙

贺　铸

不信芳春厌老人，老人几度送余春[①]，惜春行乐莫辞频[②]。

巧笑艳歌皆我意，恼花颠酒拼君瞋[③]，物情惟有醉中真。

【注释】

①余春：残春。

②行乐莫辞频：不要推辞频频行乐。

③拼：任凭。这句指使花烦恼，把酒洒出，任他人嗔怪。

【鉴赏】

在这首小令作品中，作者借惜春抒发自己夙愿难酬的感伤和愤慨。

上阕主要写作者暮年惜春的心情。“不信芳春厌老人”中“不信”二字语气率真，显示出年老词人的任性，也给人起笔突兀之感。美好的春天本来是属于浪漫的少男少女们的，但作者偏偏不信也不遵循这样的人生常理。率性的表白和奇异的倔强自然是耐人寻味的；“厌”字将春天拟人化，生动形象；“老人几度送余春”写作者几年来都是依依不舍地与春相别，所以他相信人有情，春亦有情；“惜春行乐莫辞频”是说只留恋春光是不够的，还要用实际行动来珍惜它，要及时行乐，因为“余春”毕竟不多了。只有这样才能给自己的暮年人生少留一些悔恨。作者以惜春行乐来使人生获得一种满足感，这强烈地衬托出他在现实生活中无所作为的愤慨和无奈。至此，我们也明白了作者“不信”的深层原因。这阕词中如行云流水般的韵律主要由一、二句中的顶针辞格和“春”字的错落排列体现出来。

下阕主要写作者惜春行乐的种种表现。“巧笑艳歌皆我意，恼花颠酒拼君嗔”。听歌观舞，赏花饮酒，自然使我心情舒畅。这些古代知识分子常有的生活现象何以值得一写呢？关键是“恼”“颠”“拼”几个字，写出了词人在一般的行乐中表现出来的忘乎所以的程度，以及任性而为的狂态。赏花过度以致花“恼”，饮酒过醉以致酒“颠”，总之是行乐过度以致人们议论纷纷，但作者根本不理会。这种不顾一切的轻狂，可使作者将现实生活的烦恼失意暂时忘却，并且“物情惟有醉中真”，它也能使作者看到世间真相，体味到人间真情。这一结语同样写出他面对现实的无奈和悲凉，其中的“惟有”和开篇的“不信”，以相当强烈的肯定语气相照应，加强了词作抒情、议论的表现力度。

蝶恋花

贺铸

几许伤春春复暮[①],杨柳清阴,偏碍游丝度。天际小山桃叶步[②],白蘋花满湔[③]裙处。

竟日[④]微吟长短句,帘影灯昏,心寄胡琴语。数点雨声风约住,朦胧淡月云来去。

【注释】

①春复暮:又是暮春时节。

②天际小山:形容古代青年女子所画淡眉的颜色像远在天边的小山。桃叶:王献之的妾名,后来成为美女的代称。

③湔:洗。

④竟日:整天。

【鉴赏】

这首传统题材的伤春词借典型的暮春之景抒写了一位年轻女子愁情难遣的淡淡哀伤。

上阕写人物白天的所见所思。春天一到,人自然有韶华易逝的伤春之感,但毕竟已是暮春时节。几度如此感伤,也无济于事。起句充满伤春而无奈的感叹。"杨柳清阴,偏碍游丝度。"杨柳已是绿叶满树、阴凉匝地了,树枝已不是初春时的柔嫩轻拂,也没有撩拨起人的愁思,但她依旧愁绪满怀,于是到花径散步,到水边徜徉,以遣春愁;"天际小山桃叶步"一句既写出人物的容貌体态美,又写出人物游时所见的暮春景象。她寻着往日行踪来到以前浣洗衣裙的地方,只见遍地蘋花。古人有采摘蘋花寄赠以表思念的习俗。所以这里写蘋花有暗示人物见花思人、重温往昔的心理作用。出游是为了排遣愁绪,但结果却适得其反,可见"伤春"之意的浓重。

下阕紧承上阕伤怀,主要写人物夜间的寄情举止,先叙事后写景,融情于景。她游春之后回到住所,忆昔怀人的思绪使她反复不停地吟咏词章以解思念。不知不觉已是深夜,油灯将尽了,然而心中的愁情却越来越浓烈。于是她又轻抚胡琴,以琴声寄托相思。正在此时,下起零星微雨,一会儿又风吹云散,风停雨住,只见夜空中一弯纤月在流云中穿行;结语对疏雨、微风、纤云、淡月的细腻描绘,烘托出深夜的凄清氛围，同时也写出人物对夜景的细致观察，以此来暗示出她辗转难眠的心绪。景与情相谐，正如周济所说："方回熔景入情故秾丽"(《笺注》)。结语这两句，比作者稍早的李冠词中也有，显然是属贺铸的移用。

天　香

贺　铸

烟络横林，山沉远照①，迤逦②黄昏钟鼓。烛映帘栊，蛩催机杼③，共苦清秋风露。不眠思妇，齐应和④、几声砧杵。惊动天涯倦宦，骎骎⑤岁华行暮。

当年酒狂自负，谓东君⑥、以春相付。流浪征骖⑦北道，客樯南浦⑧，幽恨无人晤语。赖⑨明月、曾知旧游处，好伴云来，还将梦去。

【注释】

①远照：指夕阳。

②迤逦：原指山峦绵延起伏，这里指钟鼓声连续不断地传来。

③蛩催机杼：蛩，蟋蟀。因其声像"促织"，所以有催促机杼的意思。

④应和：呼应。

⑤骎骎：原意指马奔驰，这里指时间飞逝。

⑥东君：司春之神。

⑦骖：古代驾车时在两边的马。

⑧南浦：南面的水边，泛指离别之地。

⑨赖：幸亏，幸而。

【鉴赏】

这是一首抒写人世沧桑之感的词作，诗人仕途失意，流落江湖，追忆往日豪情，倾诉了徒怀壮志却请缨无路的悲愤心情。

词的上片，描写诗人的"天涯倦宦"生活。他的所见、所闻、所思、所感。"烟络横林，山沉远照，逦迤黄昏钟鼓。"诗人从写景入手，首先描绘了秋日傍晚的迷蒙景色；钟声、鼓声、虫鸣声，都使诗人哀伤，然而更使他怵然心惊的，却是"几声砧杵"，……直叩诗人的心，使他猛然惊觉。"骎骎岁华行暮"，骎(qīn)骎马驰速疾貌以喻时光飞速。

下片转入抒情，由感慨年华已暮引出往事的追忆，过渡很自然。“当年酒狂自负，谓东君、以春相付”二句，概括了诗人当年的生活和理想。这两句概括力很强，一北一南，一骖（陆）一樯（水），总结了南北两地的地理环境，同时也照应了浪迹天涯的描写；最后三句“赖明月、曾知旧游处，好伴云来，还将梦去”，诗人又发奇想，既然世上已无知己，“幽恨无人晤语”，于是便把希望寄托在“曾知旧游”的明月身上了。

菩萨蛮

贺 铸

彩舟载得离愁动，无端更借樵风送[①]。波渺夕阳迟[②]，
销魂不自持。
良宵谁与共，赖有窗间梦。可奈[③]梦回时，一番新别
离！

【注释】

①樵风：据《后汉书·郑弘传》李贤注文引南朝宋孔灵符《会稽记》记载：“射的山南有白鹤山，此鹤为仙人取箭。汉太尉郑弘尝采薪，得一遗箭，顷有人觅，弘还之。问何所欲，弘识其神人也，曰：‘常患若耶溪载薪为难，愿旦南风、暮北风。’后果然。故若耶溪风至今犹然，呼为‘郑公风’也。”后世也称“郑公风”为“樵风”，并借指为顺风。

②波渺夕阳迟：化用唐严维《酬刘员外见寄》诗意：“柳塘春水漫，花坞夕阳迟。”

③可奈：即无奈，无可奈何。

【鉴赏】

贺铸出生于一个武将世家，他本人的相貌和性情也非常威武雄壮。据史书记载，贺铸“仪观甚伟，如羽人剑客”；“貌奇丑，色青黑而有英气”，为人“豪爽精悍”；“少时侠气盖一座，驰马走狗，饮酒如长鲸”。贺铸的仕宦也是从武职开始的。然而贺铸却并非纯然一介武夫，他也有着很高的文学修养，故后来由武职改入文官。他的词在北宋后期独树一帜，别具风神。贺词特别擅长写愁，其《青玉案》词结尾云：“若问闲情都几许？一川烟草，满城风絮，梅子黄时雨！”以三种景物意象比喻愁之

多，尤为新奇，在当时广为传诵，人们因此送了他一个“贺梅子”的绰号。这首《菩萨蛮》辞赋“离愁”，也别出心裁，匠心独运。上阕写依依惜别的离愁。彩船开动了，相爱的人就要离去了，送别的人觉得那彩船儿载满了离愁，本以为它会慢慢地行驶，偏不料遇上了顺风，一会儿就驶向了远方，眼前只剩下浩渺波涛，如血夕阳，令人黯然销魂；下阕写幽幽入梦的新愁。自从分别后，“即令有花兼有月，那堪无酒更无人”（李商隐诗），再好的良宵美景，无人与共，也就形同虚设了；幸而“赖有窗间梦”可以聊作慰藉。然而“一晌贪欢”的好梦醒来，却反而又增添了一番新的别离之苦，令人更加难以为情。一般写离别相思，多是写离人抱怨无梦，希望多梦，贺铸此词却抱怨有梦反而不如无梦，堪称翻新出奇。

减字浣溪沙

贺　铸

楼角初销一缕霞，淡黄杨柳暗栖鸦①，玉人和月②摘梅花。

笑捻粉香归洞户③，更垂帘幕护窗纱，东风寒似夜来④些。

【注释】

①暗栖鸦：乌鸦暗栖于嫩黄的杨柳之中。

②和月：趁着皎洁的月色。

③捻：摘取。粉香：代指梅花。

④夜来：昨天。

【鉴赏】

这首小令描绘的是一幅初春夕照图，画面清新而引人遐想。

起句“楼角初销一缕霞，淡黄杨柳暗栖鸦”，描绘了一幅清新美妙的庭院晚景图。杨柳初黄，表明是初春时节；霞光消隐、暮鸦归巢，是傍晚时分的景致；“楼角”暗示作者观察的是一户小院人家。院里栽着杨树、柳树、梅树，有乌鸦栖息却悄无声息，环境幽雅宁静。“淡黄杨柳暗栖鸦”一句颇令人玩味。杨柳才吐叶芽，嫩绿稀疏的枝叶何以使“栖鸦”隐匿其中？晚霞初消之时暮鸦归巢本该是有声响的，作者却有意隐去不写，这一方面是突出庭院的宁静氛围，另一方面也在暗示“栖鸦”自隐树中。时间由黄昏而月出，月亮的清辉使庭院更显幽静，此时“玉人”出场了。她踏着如银的月色采摘梅花。梅的清香衬托出人的品格高洁,月的皎洁更显出人的纯美。

下阕紧接着写玉人摘梅后的举止。“笑捻粉香归洞户”,“粉香”指梅花。因为是月明之夜,所以可以看清玉人的神情“笑”。手执梅花,笑着回到闺房的真正原因是词人留下的悬念。回到房中,她就急忙放下窗帘遮住纱窗;“东风寒似夜来些”,春夜的风比昨天还冷。月下摘梅尚不觉冷,回到室内反而要垂帘护窗,联系到前文的“暗栖鸦”,这结语充满了令人遐想的意味。

全词几乎通篇写景,然而“句句绮丽,字字清新。当时赏之,以为《花间》《兰畹》不及,信然”(杨慎《词品》)。

天门谣　登采石蛾眉亭[①]

贺　铸

牛渚天门险,限[②]南北、七雄豪占[③]。清雾敛,与[④]闲人登览。

待月上潮平波滟滟[⑤],塞管轻吹新阿滥[⑥]。风满槛,历历数、西州更点[⑦]。

【注释】

①登采石蛾眉亭:采石山(在安徽马鞍山)北面临江有矶石,称采石矶或牛渚,其上有蛾眉亭。江中两山对峙状如门户,故称天门。它也形似美人的两道蛾眉,故名蛾眉亭。

②限:阻断。

③七雄豪占:建都于金陵的六朝和南唐雄踞于此。

④与:提供机会。

⑤滟滟:水波浩渺的样子。

⑥阿滥:即阿滥堆,是骊山的一种鸟名。唐玄宗依据其鸣叫声谱成新曲,名《阿滥》。

⑦西州更点:西州,在金陵台城以西,此处代指金陵。更点,报时的更鼓声。

【鉴赏】

这是一首借山水名胜抒写历史兴亡感慨的小令,原名《朝天子》。在众多登临题材中,作者不是泛泛怀古感叹,而是得出江山守成在“德”不在“险”的历史感悟,颇别具一格。

上阕追昔抚今,前后自成对比。开门见山之后仅用十二字,就写尽天门在地理形势上的险要和在历史地位上的重要。"险"和"限"高度概括了天门的地势险要，并因此成为江上的咽喉要道。历朝历代建都金陵以后都将它作为西方门户，凭此天险抵挡北方强敌，所以词里说"七雄豪占"；"雄""豪"二字烘托出往昔天门要塞的苍茫气势和剑拔弩张的时代氛围。尽管据天堑而固守，但诸王朝走向灭亡的历史命运在所难免。"清雾敛"句，写今日天门风貌，已由往昔"七雄豪占"的军事重镇变成"闲人登览"的旅游胜地，使人在沧海桑田的对比之中自然得出应该铭记的历史教训；"与"字别具意味，这一变化或许是上苍有意成人之美，或许是历史故意捉弄人的把戏。气氛由剑拔弩张而消闲轻松，在沉思中反思的结果更是深刻而令人警醒的。

下阕紧承"登览"写眼底风光，手法别出一辙。"待"字暗示以下所写是虚景。等到晚上江上明月共潮生时，只见一片波光潋滟。江面传来边塞悠扬的笛声。一切是那样辽阔空蒙。作者以"所见"夜景暗示天门山岚浮翠的景色之美，人们的游兴之高，在此逗留的时间之长。此处能听到边塞乐曲，暗示出南宋偏安一隅的历史面貌，为借古讽今埋下伏笔。"风满槛，历历数、西州更点。"西州即金陵。天门所在地距金陵一百多里，迎着江风细数石城古都报时的沉钟遐鼓，岂是可能？作者卒章引入六朝故都，当是让人们不要忘记历史的训诫。全词写景可谓虚实相生，手法迂回婉妙，寓意深远。

石 州 慢

贺 铸

薄雨收寒，斜照弄晴，春意空阔。长亭[①]柳色才黄，远客一枝先折。烟横水际，映带几点归鸿，东风销尽龙沙[②]雪。犹记出关[③]来，恰而今时节。

将发。画楼芳酒，红泪[④]清歌，顿成轻别[⑤]。回首经年，杳杳音尘[⑥]都绝。欲知方寸[⑦]，共有几许新愁？芭蕉不展丁香结[⑧]。枉望断天涯，两厌厌风月[⑨]。

【注释】

①长亭：古代驿道上供人休息、送别的地方。十里一亭的叫长亭，五里一亭的叫短亭。

②龙沙：塞外的通称。

③关：此指河北临城。

④红泪：指佳人胭脂沾满了离别的泪水。

⑤轻别：不经意的离别。

⑥音尘：音信。

⑦方寸：指心。

⑧这句是化用李商隐《代赠》里的诗："巴蕉不展丁香结，同向春风各自愁。"巴蕉不展，丁香花蕾丛生，常用来比喻人愁心不解。

⑨厌厌：愁苦的样子。风月：指风景。

【鉴赏】

这是一首伤别词，是宋词中最早以"石州慢"为词牌的作品，又称"石州引""柳色黄"，属商调。商者，伤也，词调与所抒之情正相吻合。以景衬情，比喻言愁。词作感情沉郁，笔势手法变化多端。

上阕着重以北国初春景色来衬托思乡之情。开篇先概括写出冬去春来的依稀氛围。"薄雨""斜照"给人些许暖意，特别是"弄"字给人万物复苏的感觉，但"空阔"一词将北国边地一切春归伊始的气象变得淡然了；"长亭"以下具体描绘客乡春景，紧承"空阔"，写柳色微黄，才显淡淡春色，整装归乡的人已经急不可耐地折下一枝柳条。古有折柳赠别的习俗；"先"暗示出游子思归心切，不等春天完全来到就要离开此地。思归未归，于是写远望所见。只见远处苍茫的暮气笼罩着一片春水，黄昏的天幕下一队大雁披着夕阳的霞辉归来了。这里将人与雁相比，更写出归思难禁；"东风销尽龙沙雪"一句将所有的景物都纳入特殊的地域环境边塞之中，并给前文的景色描绘以特定的证人视角，交代了所见所感之所以如此的原因。

下阕回忆当年的离别情景。"将发"与"犹记"紧密连接，引出当年春光依旧里的饯别场面。雕梁画栋的酒楼里酒香扑鼻，美貌的歌女唱着伤感的歌曲；"轻"字写出作者当年不知人间悲欢离合之苦的年轻幼稚，暗含如今深刻的悔恨。特别是一年又一年之后，音信断绝的孤寂更加深了这种悔意。由"轻别"而思、而悔、而愁。离愁日积月累地加重，作者不禁以设问领起加以强调。"欲知方寸，共有几许新愁？""共"字写出愁苦是两心相知的，并非我一人所有；"新"字是谓愁苦不断之意。再巧借李商隐的诗句以比喻加以形容，用未展芭蕉、丁香花蕾比喻郁结于心的愁思，于形象生动之中写尽相思的愁苦不堪。词到此，一切似乎皆已道尽，但词人又补上末两句。"两"字与"共有"相呼应。天各一方，两心相念，音信杳然，无数愁苦，对景难排，再美的风光在作者眼中也是愁情一片。茫然之境，足以使人为之伤怀。

全词上阕淡远空阔，下阕浓丽热烈。笔势由现今而过去，再由过去而眼前，末了展望将来，"愁情"的意脉流畅连贯。关里关外，一种愁情；天地"方寸"之间，多有照应。结构精巧，善于炼字亦为其特色。

望湘人

贺铸

厌莺声到枕，花气动帘，醉魂愁梦相半。被惜余薰[①]，带惊剩眼[②]。几许伤春春晚。泪竹痕鲜[③]，佩兰香老，湘天浓暖。记小江风月佳时，屡约非烟[④]游伴。

须信鸾弦[⑤]易断，奈云和[⑥]再鼓，曲终人远。认罗袜无踪，旧处弄波清浅。青翰棹舣[⑦]，白蘋洲畔。尽目临皋[⑧]飞观。不解[⑨]寄、一字相思，幸有归来双燕。

【注释】

①余薰：余香。

②带惊剩眼：腰带还有多余的眼孔，形容人憔悴消瘦。

③泪竹：斑竹。尧有二女娥皇、女英嫁给舜为妃。舜死后，她们思念不已，泪水洒落竹上形成点点斑痕。

④非烟：即飞烟，唐武公的宠妾。这里指自己的情人。

⑤鸾弦：相传海上有仙人用凤喙鸾角制成的胶能接续弓弦，使弦的两头相合为一，叫续弦胶。这里指男女之事。

⑥云和：乐器名称，指琴瑟均可。

⑦青翰：刻有青鸟形图案的船。舣：船靠岸。

⑧临皋：亭名。

⑨不解：不懂得。

【鉴赏】

这首词是感春怀人之作，上阕着重写景，下阕着重抒情，各有侧重又情景交融，将怀人之思表达得深婉曲折。

首句突兀而来的“厌”字强调了人物的心烦意乱。醒听鸟语，卧闻花香，本是十分惬意爽心的事,但作者却心生厌恶。花气何以能"动帘"?这分明是人物十分愁烦时的心理感受。所以他整日饮酒,不知魂之所在,梦亦生愁,这也是形容人的极度愁烦。每每此时却偏偏感受到锦衾的暖香,引起作者对往昔的回忆,更添烦乱,以致自己日渐消瘦,腰带又多余了几个孔眼;"几许"句是对前面抒情的概括,并点出"伤春"主题,也流露出时过境迁、物是人非的无奈之感。词句再由情到景,写竹布满"泪痕"、写兰"香老",以形容自己相思之情的深挚、悲伤的浓重,若物有情,亦会被打动。正是"湘天浓暖"之时,怎能不追忆往昔呢?想当初我们有多少相伴共游的欢娱啊?如今却只能是触景伤怀。

下阕忆昔直接抒情,并收情入景。由于思念而不得相见,所以说是"须信鸾弦易断",两人从此音信断绝。弦断能够再续,但佳人远去,已杳无踪迹,这萧萧琴声里的相思幽怨她不曾得知。相会遥遥无期,那悠悠弦鸣里寄寓着几多无奈和伤感;"认罗袜"以下写人物登临所见:"旧处弄波清浅,青翰棹舣,白蘋洲畔"。开满白色蘋花的江洲旁清波缭绕,小舟任意飘荡停靠。风光依旧,往昔游玩幽会的情景历历可见,唯独不见她的芳踪。登临本为望远寄情,不料却愁情更浓,于是心生怨恨:远行的人竟不寄回一字锦书!不过"幸有归来双燕",燕子也许会带来她的一丝消息吧!从篇首的"厌莺"到结尾的"幸燕",词人的情感看似发生了彻底的转变,其实"双燕"至"人独单"形成的强烈对照,更突出了人物内心深沉的悲哀。这首词正如李攀龙所说:"词虽婉丽,意实辗转不尽,诵之隐隐如奏清庙朱弦,一唱三叹"(《草堂诗馀隽》)。

绿头鸭

贺　铸

玉人[①]家,画楼珠箔临津[②]。托微风彩箫流怨,断肠马上曾闻。宴堂开、艳妆丛里,调琴思、认歌颦。麝蜡烟浓,玉莲漏短[③],更衣不待酒初醺[④]。绣屏掩、枕鸳相就,香气渐暾暾[⑤]。回廊影、疏钟[⑥]淡月,几许销魂?

翠钗分、银笺封泪,舞鞋从此生尘。任兰舟、载将离恨,转南浦、背西曛[⑦]。记取明年,蔷薇谢后,佳期应未误行云。凤城[⑧]远、楚梅香嫩,先寄一枝春[⑨]。青门[⑩]外,只凭芳草,寻访郎君。

【注释】

①玉人:容颜如玉的歌女。

②珠箔:珠帘。津:渡口。下面的"南浦"也是此意。

③漏短:时间短暂。漏,计算时间的仪器。

④醺:喝醉。

⑤暾暾:香味浓烈的意思。

⑥疏钟:夜深人静之时。

⑦曛:日落时的余光。

⑧凤城:京城。传说秦穆公的女儿弄玉吹箫引来凤凰落在京城,称丹凤城。后来凤城就成为京城的代称。

⑨此处化用陆凯赠友人范晔的诗:"折花逢驿使,寄与陇头人。江南无所有,聊赠一枝春。"

⑩青门:泛指京城城门。因汉代长安东南门是青色,俗称青门。

【鉴赏】

这首词借年轻歌女与情人的相恋、幽会和离别相思咏赞了爱情的纯真深挚。

上阕记叙了相恋相会的经过。开篇先交代"玉人"所居的环境是繁华的"临津"地段,雕梁画栋的楼阁挂着珠帘。"托微风彩箫流怨,断肠马上曾闻",轻风送来她演奏的寄托悠悠情思的琴声,骑马赶路的人闻之肝肠寸断。这说明两人倾心相恋已久。紧接着描写了相见的场面,为下文直接描绘幽会情景蓄势。酒会上人来人往,他们只能暗送秋波,借琴声倾诉相思。从"麝蜡"开始,浓墨重彩地渲染幽会的情景。因嫌"漏短",所以"更衣不待酒初醺",写出了两人相欢相合的迫不及待;"绣屏""枕鸳""香气"等显示了幽会环境的雅致,结语用反问突出幽会时的风情万种。这里越是将相会渲染得情浓意浓,下阕所抒发的离愁别绪也越是显得真实可信。

下阕起句即言别离后的痛苦和无聊,舞鞋从此闲置,日日泪湿香笺。"任兰舟"两句是回忆离别时万般无奈和无限依恋的情景。眼看着"兰舟"越行越远,渐渐地帆影模糊了,最终消失在落日的余晖里;"背西曛"既写出了当时极目远送的情景,也暗示了送别者驻足岸边的时间之长;"记取"写人已远走,她只有寄希望于来年,暗自嘱咐他别忘了赴约的佳期。但在此之前,她借口"凤城远",要求对方先寄赠一枝梅花以慰相思。其实梅开的初春距蔷薇花谢也为时不远,但她却不愿空自等待,才刚刚分手,又焦急地盼望相聚,其愁情深重可想而知。结语是想象相会时她出城相迎的情景。

全词充满风月脂粉气。其独特之处是写离别之情缠绵但不哀伤,语工词丽情浓。

鹧 鸪 天

贺 铸

重过阊门万事非，同来何事不同归！梧桐半死清霜后，
头白鸳鸯失伴飞。
原上草，露初晞。旧栖新垄两依依。空床卧听南窗雨，
谁复挑灯夜补衣。

【鉴赏】

这是一首情深辞美的悼亡之作。作者夫妇曾经住在苏州，后来妻子死在那里，今重游故地，想起死去的妻子，十分怀念，就写了这首悼亡词。全词写得很沉痛，十分感人，成为文学史上与潘岳《悼亡》、元稹《遣悲怀》、苏轼《江城子·乙卯正月二十日夜记梦》等同题材作品并传不朽的名篇。

词的上片"重过阊门万事非，同来何事不同归"两句，写他这次重回阊门思念伴侣的感慨。"阊门"，苏州城的西门。说他再次来到阊门，一切面目皆非。因为前次妻子尚在，爱情美满，便觉世间万事都是美好，这次妻子已逝，存者伤心，便觉万事和过去截然不同。"何事"，为什么。即与我同来的人，为何不能与我同归呢？接着"梧桐半死清霜后，头白鸳鸯失伴飞"两句，写他孑身独存的苦状。"梧桐半死"，比喻丧失伴侣。枚乘《七发》有"龙门之桐……其根半死半生"。这两句说，我像遭了霜打的梧桐半死半生，白发苍苍，老气横秋；又像白头失伴的鸳鸯，孤独倦飞，不知所止。寂寞之情，溢于言表。

词的过片"原上草，露初晞?"，指死亡。"晞"干掉。古乐府《薤露》有："薤上露，何易晞：露晞明朝更复落，人死一去何时归?"用草上露易于喻人生短促；下片接着："旧栖新垄两依依。空床卧听南窗雨，谁复挑灯夜补衣"二句，写面对着故居新坟，他感慨万千，既流连于旧日同栖的居室，又徘徊于垄上的新坟，躺在空荡荡的床上，听雨打南窗，声声添愁。如今还有谁再为我深夜挑灯，缝补衣裳呢？这词末二句，应是全词的高潮，也是全词中最感人的地方。"旧栖""新垄""空床""听雨"，既善于描出眼前凄凉气氛典型环境，也抒发了寂寞痛苦深情。从末句"挑灯夜补衣"的典型细节往事描写上，可见妻子勤劳贤惠，对丈夫温存体贴。这种既写今日寂寞痛苦，复忆过去温馨，终见夫妻感情深厚，情意令人难忘。回肠荡气，十分感人。

南歌子

贺　铸

疏雨池塘见,微风襟袖知。阴阴夏木啭黄鹂。何处飞来白鹭,立移时。

易醉扶头酒,难逢敌手棋。日长偏与睡相宜。睡起芭蕉叶上,自题诗。

【鉴赏】

贺铸出身于没落贵族家庭,是孝惠后的族孙,且娶宗室之女。但他秉性刚直,不阿权贵,因而一生屈居下僚,郁郁不得志。这种秉性,这种身世际遇,使他像许多古代文人一样,建功立业的胸襟之中,常常流淌着痛苦、孤寂、无奈的波澜。这种心绪时时反映在他的词作中,《南歌子》便是一例。

此词以常见的写景起手"疏雨池塘见,微风襟袖知。""见",知、觉的意思。可与第二句的"知"字互证。疏雨飘洒,微风轻拂,一派清爽宁静。这景致并无多少新奇,但是"见""知"二字颇见功力。作者不仅以抒情主人公的视角观物,而且让大自然中的池塘观物,池塘感到了疏雨的轻柔缠绵,于是池塘也有了生命力。便是主人公观物,这里用笔也曲回婉转、不言人觉、而言袖知,普普通通的景物这样一写也显得生动形象,神采飞扬了。其实贺铸这两句原有所本,语出杜甫《秋思》诗"微雨池塘见,好风襟袖知。"接下去两句化用王维《积雨辋川庄作》的诗句和诗意。王诗云:"漠漠水田飞白鹭,阴阴夏木啭黄鹂。"宽阔的水田里白鹭飞翔,繁茂幽深的树丛中黄鹂啼鸣,大自然的一切都是自由而宁静的。王维描写了优美宁静的田园风光,抒写了自己超脱尘世的恬淡自然的心境。贺铸直用了"阴阴夏木啭黄鹂"一句,又化用了"漠漠水田飞白鹭"一语。不过仔细品味,这白鹭之句,贺词与王诗所透露出来的心绪还是有所不同的。王诗是一种带有佛家气息的宁静;而贺词云"何处飞来白鹭,立移时。"似乎在说,什么地方飞来的白鹭哟,怎么刚待了一会儿就走了。这"何"字、这"移时",轻轻地向我们透露着主人公的一种心境,他似乎在埋怨什么、在追寻什么、在挽留什么……。

字里行间飘溢出的是一种孤寂和无奈。而且这上片结句不仅写景,在结构上也起着举足轻重的作用,使上下片之间暗脉相接。

下片进入对日常生活的描写。"扶头酒",即易醉之酒。唐代姚合《答友人招游》诗云:"赌棋招敌手,沽酒自扶头。"贺铸的"易醉扶头酒,难逢敌手棋。"化用其意写自己饮酒下棋的生活。喝酒易醉;下棋,对手难逢,这字里行间蕴含着的仍然是一种百无聊赖的心绪;于是便有结句"日长偏与睡相宜。睡起芭蕉叶上,自题诗。"夏日长长,无所事事,最适合于睡觉。睡起之后,只管在芭蕉叶上自题诗,自取其乐。这之中透露着的是一种自我嘲解,自我调侃。其实这两句词也有所本。欧阳修《蕲簟》有句云:"自然唯与睡相宜。"方干《送郑台处士归绛岩》有句云:"曾书蕉叶寄新题。"下片内容并不复杂,无非是饮酒、下棋、睡觉、题诗等文人的生活琐事,可是借助于"易解""难逢""偏""相宜""自题诗"等字眼,我们还是清清楚楚地感到了作者的孤寂和壮志未酬的愤懑不平。

贺铸是以善于点化前人诗句而著称的,而此篇句句点化,且又丝丝入扣,浑然天成,实在是难能可贵。

梦江南

贺 铸

九曲池头三月三,柳毵毵。香尘扑马喷金衔,浣春衫。
苦笋鲥鱼乡味美,梦江南,阊门烟水晚风恬,落归帆。

【鉴赏】

这首词下片语及"阊门"和"江南",阊门。都是苏州的西城门,想必是指贺铸曾长期居住过的苏州。可上片开首提到的"九曲池"颇有些费解。苏州并无九曲池。《建康志》云:九曲池"在台城东宫城内,梁昭明太子所凿。"而长安有曲江池,为都中第一胜景,开元、天宝年间上巳日(三月初三)游人云集,盛况空前。五代后蜀花蕊夫人宫词云:"龙池九曲远相通,杨柳丝牵两岸风。"花蕊夫人写的是蜀中。其实读词不必处处指实,贺铸是个善于融汇前人诗句诗意的高手。建康有九曲池、长安有曲江池、蜀中有所谓龙池九曲,贺词中的九曲池当是指京都汴京的游览胜地,是意指,非实指。

"九曲池头三月三,柳毵毵。"毵毵,形容枝叶细长的样子。三月三,古称上巳日,是人们春天水边饮宴游玩的节日。其实一读到这里,就让人想起杜甫《丽人行》里的诗句,"三月三日天气新,长安水边多丽人。"文学作品中常有以少总多的效果,在这里贺铸用"九曲池头三月三"这样的词句,调遣着杜诗所铺叙极写的曲江水边丽人踏青的壮观。借着读者的联想,贺铸轻而易举地将杜诗的意境拽到了读者面前,柳丝摇曳、美女如云。接下去“香尘扑马”两句再写京都上巳日的盛况。香尘,指女子走路踏起的尘土。涴,污染。这里作者写出游人之多,写出游兴之浓。一切都显得芬芳杂乱,也显得热闹非凡。

下片写江南春景。苦笋、鲥鱼乃江南美味,佐酒佳肴。王安石《后元丰行》诗云:“鲥鱼出网蔽洲渚,荻笋肥甘胜牛乳。”欧阳修《离峡州后回寄元珍表臣》诗云:“荻笋鲥鱼方有味,恨无佳客共杯盘。”这美味佳肴足以引起人对江南的怀念。这种怀念又让人想起晋代的张翰。时政混乱,翰为避祸,急欲南归,于是托词见秋风起,思故乡菰菜、莼羹、鲈鱼脍,辞官归吴。贺铸此时是否也如张翰一样急于南归,我们不清楚,但于“梦江南”中透露着的毕竟是思归的情愫。结句将这种情愫表达得更为清晰。春日黄昏、晚风恬静、归舟点点、悠然落下白帆。这是一幅美丽的江南水乡图画,让人想起王勃《滕王阁序》中的“渔舟唱晚”。“落归帆”三字,用语淡淡、造景淡淡、心绪似也淡淡。然而于淡淡之中分明有着一份浓浓的乡思。

这首小词的结构是独特的。上片写京都春景;下片写江南春景。上片语言绚丽;下片语言淡雅。作者对两处春景都有着一份爱意,但对于江南的倾心更是显而易见的。这之中的感情是含蓄、复杂而又微妙的。

捣 练 子

贺 铸

收锦字,下鸳机。净拂床砧夜捣衣。
马上少年今健否,过瓜时见雁南归。

【鉴赏】

贺铸所处的时代。正是北宋王朝烽烟四起,外敌入侵,濒于崩溃的时代。经朝廷征发,守卫北陲苦寒地带的士卒众多,他们时刻面临着战争和死亡的威胁,但封建统治者对他们的生死哀乐漠不关心,于是引起亲人们的牵肠挂肚,反映征戍之苦,遂成为当时很重要的主题。

“收锦字,下鸳机,净拂床砧夜捣衣。”三句,写思妇的活动,经过一整天的忙碌,她把织好准备寄给征人的回文诗收起来,走下织机。到了夜晚她还不得休息,赶忙又把捣衣石和床架擦拭干净,又连夜给征人捣制寒衣了。而思妇日夜辛勤的劳作,又无不是为了征人。这样就把一个勤劳辛苦、贤惠多情的思妇形象塑造出来了。这里的“收锦字”和“夜捣衣”很有典型性。“锦字”用的是《晋书·窦滔妻苏氏传》的典故:“滔,苻坚时为秦州刺史,被徙流沙。苏氏思之,织锦为回文旋图以赠滔。”

这个典故很富有诗意,在“锦字”中织进了她对丈夫的无限情思,表达了她对丈夫的无限思念。因此,“锦字”后来常被用为妻子寄丈夫的书信,成为古典诗词中常引用的典故;至于“鸳机”,它是织机的美称,或称刺绣机。李商隐《即日》诗云:“几家缘锦字,含泪坐鸳机”;再说“捣衣”一事,也是很富有典型性的;“床砧”,砧指捣衣石,床即支撑捣衣石的架子。古代生丝织成的绢,质地较硬,裁制衣服前需捶平捣软,这里是思妇捣制寒衣,寄征人御寒。因此,捣衣不仅只是一种家务劳动,而是最易牵动思妇感情的事,所以,后来也成为古典诗词中表现思妇怀念征人的常用题材;词的歇拍:“马上少年今健否?过瓜时见雁南归”二句,着重写思妇的精神世界和心理活动。写她一边捣衣,一边不安地思忖着:自己的丈夫如今可健康平安吧?为什么服役期限已过,却只见大雁南归,不见丈夫北返呢?“马上少年”。是所思念之人,即征人。“瓜时”,瓜代的时候。指征人服役期满换人来接替。见《左传·庄公八年》:“齐侯使连称、管至父戍蔡丘、瓜时而往,曰:‘及瓜而代’”。意思是当年瓜熟时去戍守蔡丘,到来年瓜熟时派人接替。所以“瓜代”指服役期满换人接替的意思。

捣练子

贺铸

斜月下,北风前。万杵千砧捣欲穿。不为捣衣勤不睡,
破除今夜夜如年。

【鉴赏】

这首《捣练子》词,通过思妇相思难寐,彻夜捣衣的情节,来表现思妇对征人刻骨思念的主题。

“斜月下,北风前。”词的开始两句是写景,侧重对环境的描写,“斜月”点时间,“北风”说气候。这时夜已很深了,月轮已经西斜,清冷的月光笼罩着大地,勾起了思妇对征人的思念。飒飒的北风,带来刺骨的寒意,催促着思妇要及早捣制寒衣。这两句自然凝练,仅六个字,就勾勒出一幅凄凉黯淡的深夜景色画面;接着“万杵千砧捣欲穿”一句,写在这样的背景下,响起了思妇月下捣衣声,此起彼伏的砧杵声,急促沉重,厚厚的石板要被捣穿。这种以声传情的手法,不言情而情自见,从这震撼人心的杵声中,分明体会到思妇对征人刻骨铭心的思念,其凄苦之情是不言而知的。月下捣衣、风送砧声这种境界,不仅思妇伤情,一般人也最易触动感情,因此也成为古典诗中常写的题材。庾信有“捣衣明月下,静夜秋风飘”;张若虚有“玉户帘中卷不去,捣衣砧上拂还来”;李白有“长安一片月,万户捣衣声”;李煜有“断续寒

砧断续风，数声和月到帘栊”，都是描写这种情景，刻画这种境界，表现悲凉之情。贺词虽似前人语中化出，但他落脚于刻画思妇形象，写她在风前月下捣衣，几乎把石板捣穿了，把心都捣碎了。写得比前人更为感人。

词的歇拍“不为捣衣勤不睡，破除今夜夜如年”，更从思妇的内心世界，来写她相思的痛苦。这两句是深入一层的说法，先说是不是因为辛勤劳动、忙于捣衣、而顾不上睡觉呢？回答是明确的，不是由于辛勤的捣衣而彻夜不睡，而是由于思念征人而不能入睡，所以才起来捣衣，以消磨漫漫长夜。因为相比之下，尽管在北风月下独自捣衣，本是够痛苦的了，但觉得那长夜不寐、寂寞无聊的痛苦滋味，就更加难熬难耐了。作者运用这样曲折的笔法，通过衬托对比，就更加突出了思妇难以言状的痛苦和对远方征人情意的深挚。

张炎《词源》中说：“词之难于令曲，如诗之难于绝句。”这首小词，只有五句，却写得凄凄切切、娓娓动人、一波三折，寓意深长。读后会自然而然地对词中思妇不幸命运，给予很深的同情。所以不能不说是贺词中的珍品。

捣练子

贺 铸

砧面莹，杵声齐。捣就征衣泪墨题。寄到玉关应万里，
戍人犹在玉关西。

【鉴赏】

外有征夫，内有怨女。这是封建兵役制度下的社会问题。这首词就是从怨女的角度来写这样的人生悲剧。即写闺中思妇思念远戍征人，表现了作者忧国忧民思想。

词一开始两句“砧面莹，杵声齐”。先从捣衣石和杵声写起。“砧”就是捣衣石，这是思妇为征人捣制寒衣经常用的，由于年深日久，表面已被磨得光滑晶莹；“杵”，捶衣布的木槌；“齐”字，指用木槌均匀地有节奏地逐次捶击布帛。这两句表面上写的是捣衣石和杵声，其实字里行间自有捣衣人在其中；从一个“莹”字上面。

分明可以想见,作为征人妻子的思妇,是如何的辛勤劳动,经常地捣布帛,做征衣,年复一年,以至于那块捣衣石也被磨得精光油滑了;从一个"齐"字上面,可以想见思妇捶衣捣练的技巧,与人合作的协调。在熟练有节奏的杵声中,倾注了她多少血汗劳动啊!传达出她忆念远人的多少深情啊!接着第三句"捣就征衣泪墨题",写她怎样封寄征衣的情况。"捣就",就是"捣成"。这句说思妇把捣成的征衣打好包裹,然后和着泪水研墨,再把亲人的姓名,题写在捣成的征衣的封套上。这样,就把一个和着泪题字,千种愁思、万种感慨的思妇形象塑造出来了,词末两句"寄到玉关应万里,戍人犹在玉关西"。进一步写思妇的心理活动。"玉关"即玉门关。"戍人"即戍边的征人。这两句是说将征衣寄到玉门关,怕该有迢迢万里路吧,然而征人戍守的地方还在玉门关以西更为遥远的地方呢,自己寄出的征衣何时才能收到呢?如果"胡天八月即飞雪"的玉门关外,不能及时收到征衣,那岂不冻坏了征人吗?表现了思妇对远征丈夫的关怀、惦念、体贴入微的心情。欧阳修名句"平芜尽处是春山,行人更在春山外",颇为人称道,此词结尾句式与之很相似,因之,与欧词确有异曲同工之妙。

捣练子

贺铸

边堠远,置邮稀,附与征衣衬铁衣。连夜不妨频梦见,过年惟望得书归。

【鉴赏】

这是《捣练子》的最后一首,内容承前边几首意脉,也是以捣衣为题材,写思妇对征人的怀念。

词的发端两句:"边堠远,置邮稀",写思妇捣制好征衣,准备寄给远方征人。"边堠",边境上瞭望敌情的土堡,属哨所性质,是边境驻扎军队的地方,也就是征人戍守的地方;"置邮",马递为置,步递为邮。古代的邮递工具和设施,即指驿车、驿马、驿站。"稀"是少的意思,古代邮递本来就不方便,驻地既"远",而置邮又"稀",更见寄衣的困难。这两句的大意是说:边关千里迢迢,而官家的驿车马配备甚少。在这两句的背后,分明隐藏着对于封建统治者的谴责。因为边堠再远,也不应是"十书九不到,一到忽经年"(贾岛《寄远》诗)的理由。为什么苏轼写供帝王妃子享用的新鲜荔枝龙眼如何不远万里及时贡进,不是有"十里一置飞尘灰,五里一堠兵火催。……飞车跨山鹘横海,风枝露叶如新采"(《荔枝叹》)之句吗?根本原因还是执政者对戍人及其家属的苦痛,置若罔闻、熟视无睹造成的,主观上有其不可推卸的责任。这一层深的思想意义，就蕴藏在"置邮稀"三字的轻描淡写中，对此微言深意，不可等闲视之；第三句"附与征衣衬铁衣"，承上两句意脉，既然官家驿车配备甚少，难得今天见到驿使，寄言之外，还附与赶制的征衣，有它衬里，征人披上铁甲便不会感觉寒冷了。这朴实无华的语言中，倾注了思妇的无限深情，体现了她对征人无微不至的体贴关怀；词的结尾两句"连夜不妨频梦见，过年惟望得书归"，说征人回乡既不可能，只好指望多多在梦中相见，只盼望明年开春后能接到征人来信。这是写思妇对生活要求低到再不能低的限度，她不敢想真的重逢，只希望梦中相会就满足了。她不敢想人归，只寄希望于明年能收到回信，就是无限安慰。这是因为在它的背后，不知曾有多少个幻想变成泡影、多少次热望化成灰烬，得到的宝贵教训。这样写，显而易见，比直接写盼望征人早日归来，感情要蕴含深沉千万倍，因而耐人寻味、哀怨感人更深。

愁风月

贺　铸

风清月正圆，信是佳时节。不会长年来，处处愁风月。
心将熏麝焦，吟伴寒虫切。欲遽就床眠，解带翻成结。

【鉴赏】

有人说，中国古代抒情诗词中很少有主词，这首也是如此。我们只有根据抒情主人公的口吻、语气、举动及她身边的器物等等来推断性别，身份。这的首词抒情主人公似应是一位怀人的女子。

上片开首两句是说风清月圆，正是良辰美景，令人赏心悦目。接下去两句却意绪陡转，"不会长年来，处处愁风月。"风月好不好，其实不在于风月，而在于人的心情。心情不好，风月将处处衔愁。杜甫《春望》云："感时花溅泪，恨别鸟惊心。"；欧阳修《玉楼春》云："人生自是有情痴，此恨不关风和月。"说得透辟。上片，作者曲笔回旋，让我们看到一个怀人女子那缠绵的、难于排遣的痛苦。

过片紧扣一个"愁"字。"熏麝"指熏炉中的香料。"寒虫"即蟋蟀。"心将"二句是说，自己的心和熏炉中的香料一样燃焦了；自己低低的吟咏跟蟋蟀的鸣叫一般凄楚。这两句中，"焦""切"二字下得准确、形象、老到，使得人与熏麝、人与寒虫融为一体了、人内心的焦灼不安、人内心的凄苦难耐也借二字传导而出了。

"欲遽就床眠，解带翻成结。"以动作结情，构思巧妙，新颖。"遽"匆忙、急之意。想念意中人而不得见，内心焦灼不安，于是想到还是上床睡觉吧，指望以此抛开痛苦烦恼。可是这也不行。想解带脱衣，反而结成了死结。生活中一个普普通通的动作，在此却显示了巨大的艺术魅力，它活脱脱写出一个烦恼人的烦恼心态。“解带翻成结”一句，语浅情深，实乃天籁之声，神来之笔，不知贺铸何由得来！

陈廷焯《白雨斋词话》中曾说：“贺老小词工于结句，往往有通首渲染，至结处一笔叫醒，遂使全篇实处皆虚，最属胜境。”这首《愁风月》也是结句妙绝的一例，令人叹服。

惜余春

贺铸

急雨收春，斜风约水，浮红涨绿鱼文起。年年游子惜余春，春归不解招游子。

留恨城隅，关情纸尾。阑干长对西曛倚。鸳鸯俱是白头时，江南渭北三千里。

【鉴赏】

这是一篇游子伤春怀人之作。

上片写惜春思归。“急雨收春，斜风约水”。写暮春时节，雨急风斜。这第一句写得别致新颖，其中“收”字尤见功力。不言春将尽、不言春归去，而曰“急雨收春”，看一“收”字，至使“急雨”反客为主，造语生动俏皮。急雨收回春天，斜风拂掠水面；而“浮红涨绿鱼文起”接着写暮春时节水面上的景致。红花凋零，飘飘洒洒落满江面；江水上涨，绿波荡漾；鱼儿游弋，激起阵阵波纹。这里的“鱼文”二字最易引起人的遐思。中国自古就有鱼雁传书之说，书信常被称为“鱼书”或“雁书”。这“鱼文”仿佛就是幻化了的书信，勾起游子无尽的相思；“年年”两句直写惜春。游子珍惜春天，舍不得春天离去，见春将尽，落红飘零，意绪万千。正如辛弃疾所云“惜春常怕花开早，何况落红无数！”游子惜春，可春并不理会，春归时也不懂得招呼游子，不知约游子结伴而还。春本无知、春本无晓，如此怨春，似乎无理，然而更显其情真意切。这正是人们常说的无理有情之妙。

上片惜春思归，下片自然而然地转入怀人。“留恨城隅，关情纸尾”写当初与妻子的离别及日后的书信传情。城隅，即城角，当初与妻子离别之处。不忍离别，却又不得不离别，于是便有“留恨城隅”。一个“恨”字笼罩了下片，也为我们理解全词提供了一个契机。不能相见，只能在书信纸尾看到妻子的一片关切之情了。接下去作者描摹了抒情主人公凭栏远眺的镜头。中国古典诗词中常借凭栏远眺写愁绪。李煜有句云：“独自莫凭栏，无限江山，别时容易见时难。”（《浪淘沙》）辛弃疾有句云：“休去依危栏，斜阳正在，烟柳断肠处。”（《摸鱼儿》）“阑干长对西曛倚”写抒情主人公倚着栏杆长久地凝视着西天的落日。熟悉中国古典诗词的人都懂得这是一个痛苦的形象。结尾化用杜甫《春日忆李白》诗句，杜诗云："渭北春天树，江东日暮云。"以遥望对方所见的景致极写了两人之间深厚的情谊。贺词云："鸳鸯俱是白头时，江南渭北三千里。"写夫妻老矣，却关山阻隔，江南渭北天各一方。这结处用语质拙，不雕饰，不张扬；江南渭北已溢出无限情思，而鸳鸯白头更让人感慨万端。

贺铸善于写情，往往情真意切，此篇便是一例。贺铸善于处理结处，此词上片结处的无理而妙，下片结处的质拙含蓄，都给人以极大的艺术享受和启迪。

生 查 子

贺 铸

西津海鹘舟，径度沧江雨。双橹本无情，鸦轧如人语。
挥金陌上郎，化石山头妇。何物系君心？三岁扶床女。

【鉴赏】

在长期男尊女卑的封建社会里，妇女一直作为男子的附庸，因而产生了许多"痴心女子负心汉"的家庭爱情生活悲剧。这首词就是为讽刺"陌上郎"之流的"负心汉"而作的。"陌上郎"，用《秋胡行》的典故。据刘向《烈女传》："鲁秋胡纳妻五日而官于陈。五年乃归。未至家。见路旁有美妇人采桑，悦之，下车谓曰：'力田不如逢丰年，力桑不如见国卿。吾有金，愿以与夫人。'妇曰：'采桑力作，纺绩织纴，以供衣食，奉二亲，吾不愿金。'秋胡归至家，奉金遗母，使人唤妇至。乃向采桑者也。妇污其行，去而东走，自投于河而死。"这里的"陌上郎"指秋胡，比喻对爱情不忠的丈夫。

词的上片，写丈夫别妻出走的场景。开始两句"西津海鹘舟，径度沧江雨"描绘了一幅飞舟渡江的图画。"西津"，指西方之渡口，泛指分别的地点；"海鹘舟"，是指快船，"鹘"是老鹰一类的猛禽，能长距离迅飞，故船上常雕刻鹘的形状，寓意像老鹰一样迅速。这里只写装载丈夫远去的海鹘舟，撇下岸上送别的妻子女儿，径直地渡过沧江，消失在迷蒙的江水之中。至于丈夫的铁石心肠，妻子的绵绵别情，却蕴含在形象的描绘之中。一个“径”字，大有深意，写出了这个丈夫不顾一切，毫无情意，一点也不留恋地径直而去。接着“双橹本无情，鸦轧如人语”两句，采用“移情”手法，以双橹有情衬托人之无情。说双橹本无情之物，但船行时尚鸦轧有声，像是对送行人作语，而舟中有情之人，却一言不发，径直而去。

词的下片转写弃妇凄苦心情。“挥金陌上郎，化石山头妇”两句，写丈夫变成了挥金如土的陌上郎，妻子变成了永立江头望夫不归的“望夫石”。前一句借秋胡戏妻的典故比喻对爱情不忠贞的丈夫；后一句借“望夫石”的典故喻弃妇的忠贞。“化石”的典故，事见刘义庆《幽明录》：“武昌阳新县北山上有望夫石，状若人立。相传昔有贞妇，其夫从役，远赴国难。妇携弱子，饯送此山，立望夫而化为立石，因以为名焉。”词的最后两句“何物系君心，三岁扶床女”是反问这位负心的丈夫，说有什么能垂系你的铁石心肠呢？恐怕只有扶床学步的三岁女儿了。但试想一心追求利禄、喜新厌旧、不知爱情为何物的负心汉丈夫，连夫妇之情都不要，哪里会有父女之义呢？显然这也是徒然的空想。而愈是落空愈是显出弃妇的可怜，作者谴责之意也就愈深。

绿罗裙

贺　铸

东风柳陌长，闭月花房小。应念画眉人，拂镜啼新晓。
伤心南浦波，回首青门道。记得绿罗裙，处处怜芳草。

【鉴赏】

这是一首别后怀念恋人之作。首两句描绘眼前之景。“东风”，点明节令乃微风吹拂的春季；“柳陌”指两旁植满柳树的道路。东风日吹、气候日暖、柳枝日长、枝叶婆娑茂密起来，渐渐地将阡陌隐蔽起来，再加是在月光朦胧的夜间，往日一览无余的道路，在柳枝的掩映下，似乎变得神秘起来、悠长起来，有如一条无穷无尽的绿带，盘绕于田野；“闭月”被轻云遮蔽起来的月亮。一片轻云掩映下，月光暗淡多了，在暗月的辉映下，白日盛开的花儿似隐似现，显得不那么饱满了。“花房”，花瓣的总称，如白居易《画木莲房图寄元郎中》诗：“花房腻似红莲房，艳色鲜如紫牡丹”。

“应念画眉人，拂镜啼新晓”，在这月色朦胧的夜景，满怀羁旅愁情的诗人能平静吗？尤其是当此春风轻拂、柳枝飘摇之时，诗人敏感的心灵一阵颤动，不由得想起了远在京城的恋人：此时此刻的她，一定也正陷入对自己的深深怀念中，分别愈久、悲愁愈增，昔日风采当因别后彻夜未眠的相思而黯然失色，以致清晨拂镜自照时,常会因亲睹自己消瘦的面容而悲声啼哭。“应念”,设想对方之词,必定思念、应当思念之意。“画眉人”指夫婿,相传西汉宣帝时京兆尹张敞与妻恩爱逾常,屡为妻勾眉画黛。后常以“画眉”两字喻男女相得之乐。这两句全从对方设想,写得隐微含蓄,前句写其思,后句写其清晨理妆时的啼,包含无限潜台词和暗场戏,曲曲传达出女主人公幽微隐约的心理。

“伤心南浦波,回首青门道”。“南浦”,别地之代称。《楚辞·河伯》:“送美人兮南浦。”江淹《别赋》:“送君南浦,伤如之何?”青门道,汉长安东南门,本名霸城门,因门呈青色,故称。这里指北宋京城汴京城门。这两句回忆别时情态,兼点恋人所在。前句重写留者,后句重写去者,既写对方也写自己,层层推衍出上片思念之因。按相思相守多日,故当时分别,深感再逢遥遥无期,留者固情意缠绵、黯然伤神,去者亦恋恋不舍、一步一回首。但去者又不得不去,留者又不能不放,当此之际,那种凄哀悱恻的别离神态对作者的刺激真是太强烈了,以致在头脑中留下了一种永不磨灭的印记,至今尚记忆犹新。

“记得绿罗裙,处处怜芳草”。分离已久,可思而不可近、可念而不可即,唯分别时身穿绿罗裙的倩影,最为醒目、最为亲切。羁旅生涯中,每逢随处可见的芳草绿荫,总会产生一种特殊的亲切感,仿佛那荫荫碧草,就是她那身着绿罗裙的可爱身影,飘飘荡荡,幻化而成。春天的芳草,时时都有、处处可见,所以,这种对恋人深刻的眷恋感,似乎时时处处,都能得倾注,获得满足。按这两句,实际源于五代牛希济《生查子》原句,但牛词中的两句,是作为女主人公与男友分别时的叮嘱语出现的,贺铸原封不动拈用牛词原句,主要是抒发与情人长久分别后男主人公的一种心理活动。他采用巧妙的移情手法,借助于绿色这一特殊的色彩,将现实中的人与自然中的景紧密结合起来,使遥远的空间与悠久的时间借助于想象的翅膀相连结,作者对恋人的思念,亦似乎借助于随处可见的芳草绿荫,得到了一种充分的心理满足。然想象归想象、现实归现实,两者毕竟不是一回事。作者相思的苦痛透过这种貌似轻松的洒脱语而愈显强烈,这也正是本词感人至深的艺术魅力之所在。

芳心苦 即《踏莎行》

贺铸

杨柳回塘,鸳鸯别浦,绿萍涨断莲舟路。断无蜂蝶慕幽香,红衣脱尽芳心苦。

返照迎潮,行云带雨,依依似与骚人语:当年不肯嫁春风,无端却被秋风误。

【鉴赏】

这首词是咏荷花的,暗中以荷花自比。诗人咏物,很少止于描写物态,多半有所寄托。因为在生活中,有许多事物可以类比,情感可以相通,人们可以利用联想,由此及彼,发抒文外之意。所以从《诗经》《楚辞》以来,就有比兴的表现方式。词也不在例外。

起两句写荷花所在之地。"回塘",位于迂回曲折之处的池塘;"别浦",不当行路要冲之处的水口。(小水流入大水的地方叫作浦。另外的所在谓之别,如别墅、别业、别馆。)"回塘""别浦"在这里事实上是一个地方。就储水之地而言,则谓之塘;就进水之地而言,则谓之浦。荷花在回塘、别浦,就暗示了她处于不容易被人发现,因而也不容易为人爱慕的环境之中。"杨柳""鸳鸯",用来陪衬荷花。杨柳在岸上,荷花在水中,一绿一红,着色鲜艳。"鸳鸯"是水中飞禽,"荷花"是水中植物,本来常在一处,一向被合用来做装饰图案,或绘入图画。用"鸳鸯"来陪衬"荷花"之美丽,非常自然。

第三句由荷花的美丽转入她不幸的命运。古代诗人常以花开当折,比喻女子年长当嫁,男子学成当仕,故无名氏所歌《金缕衣》云:"劝君莫惜金缕衣,劝君惜取少年时。花开堪折直须折,莫待无花空折枝。"而荷花长在水中,一般都由女子乘坐莲舟前往采摘,如王昌龄《采莲曲》所写:"吴姬越艳楚王妃,争弄莲舟水湿衣。来时浦口花迎入,采罢江头月送归。"但若是水中浮萍太密,莲舟的行驶就困难了。这当然只是一种设想,而这种设想,则是从王维《皇甫岳云溪杂题·萍池》"春池深且广,会待轻舟回。靡靡绿萍合,垂杨扫复开"来,而反用其意。以荷花之不见采由于莲舟之不来,莲舟之不来由于绿萍之断路,来比喻自己之不见用由于被人汲引之难,被人汲引之难由于仕途之有碍。托喻非常委婉。

第四句再做一个比譬。荷花既生长于回塘、别浦,莲舟又被绿萍遮断,不能前来采摘,那么能飞的蜂与蝶该是可以来的吧!然而不幸的是,这些蜂和蝶,又不知幽香之可爱慕,断然不来。这是以荷花的幽香,比自己的品德;以蜂蝶之断然不来,比喻上位者对自己的全不欣赏。

歇拍承上两譬作结。莲舟不来,蜂蝶不慕,则美而且香的荷花,终于只有自开自落而已。"红衣脱尽",是指花瓣飘零;"芳心苦",是指莲心有苦味。在荷花方面说,是设想其盛时虚过,旋即凋败;在自己方面说,则是虽然有德有才,却不为人知重,以致志不得行、才不得展,终于只有老死牖下而已,都是使人感到非常痛苦的。将花比人,处处双关,而毫无牵强之迹。

过片推开一层,于情中布景。"返照"二句,所写仍是回塘、别浦之景色。落日的余晖,返照在荡漾的水波之上,迎接着由浦口流入的潮水;天空的流云,则带着一阵或几点微雨,洒向荷塘。这两句不仅本身写得生动,而且还暗示了荷花在塘、浦之间,自开自落、为时已久、屡经朝暮、饱历阴晴,而始终无人知道、无人采摘,用以比喻在自己的生活经历中,也遭遇过多少世事沧桑、人情冷暖。这样写景,就同时写出了人物的思想感情乃至性格。

“依依”一句，显然是从李白《渌水曲》“荷花娇欲语，愁杀荡舟人”变化而来。但指明“语”的对象为骚人，则比李诗的含义更为丰富、深刻；屈原《离骚》：“制芰荷以为衣兮，集芙蓉以为裳。不吾知其亦已兮，苟余情其信芳。”正因为屈原曾设想采集荷花（芙蓉也是荷花，见王逸《注》）制作衣裳，以象征自己的芳洁，所以词中才也设想荷花于莲舟不来，蜂蝶不慕，自开自落的情况之下，要将满腔心事，告诉骚人。但此事究属想象，故用一“似”字，与李诗用“欲”字同，显得虚而又活，幻而又真；王逸《(离骚经)章句序》中曾指出：“《离骚》之文，依《诗》取兴，引类譬喻。故善鸟、香草，以配忠贞……宓妃、佚女，以譬贤臣。”从这以后，香草、美女、贤士就成为三位一体了。在这首词中，作者以荷花（香草）自比，非常明显，而结尾两句，又因以“嫁”作比，涉及女性，就同样也将这三者连串了起来。

“当年”两句，以文言，是想象中荷花对骚人所倾吐的言语；以意言，则是作者的“夫子自道”。行文至此，花即是人，人即是花，合而为一了。“当年不肯嫁春风”，是反用张先的《一丛花令》“沉恨细思，不如桃杏，犹解嫁东风”，一看即知，而荷花之开，本不在春天，是在夏季，所以也很确切。春天本是百花齐放、万紫千红的时候。诗人既以花之开于春季，比作嫁给春风，则指出荷花之“不肯嫁春风”，就含有她具有一种不愿意和其他的花一样地争妍取怜那样一种高洁的、孤芳自赏的性格的意思在内。这是写荷花的身份，同时也就是在写作者自己的身份。但是，当年不嫁，虽然是由于自己不肯，而红衣尽脱，芳心独苦，岂不是反而没由来地被秋风耽误了吗？这就又反映了作者由于自己性格与社会风习的矛盾冲突，以致始终仕路崎岖，沉沦下僚的感叹。

南唐中主《浣溪沙》云：“菡萏香销翠叶残，西风愁起绿波间。”王国维《人间词话》认为“大有众芳芜秽，美人迟暮之感”。（“惟草木之零落兮，恐美人之迟暮。”“虽萎绝其亦何伤兮，哀众芳之芜秽。”均《离骚》句。）这位著名的文学批评家是敏感地察觉到了这个偏安小国的君主为自己不可知的前途而发出的叹息的。晏几道的《蝶恋花》咏荷花一首，可能是为小莲而作。其上、下片结句“照影弄妆娇欲语，西风岂是繁华主”和“朝落暮开空自许，竟无人解知心苦”，与本词“无端却被秋风误”和“红衣脱尽芳心苦”的用笔用意，大致相近，可以参照。

由于古代诗人习惯于以男女之情比君臣之义、出处之节，以美女之不肯轻易嫁人比贤士之不肯随便出仕，所以也往往以美女之因择夫过严而迟迟不能结婚以致耽误了青春年少的悲哀，比贤士之因择主、择官过严而迟迟不能任职以致耽误了建立功业的机会的痛苦。曹植《美女篇》：“佳人慕高义，求贤良独难。……盛年处房室，中夜起长叹。”杜甫《秦州见敕目薛、毕迁官》：“唤人看腰袅，不嫁惜娉婷。”陈师道《长歌行》：“春风永巷闭娉婷，长使青楼误得名。不惜卷帘通一顾，怕君着眼未分明。”“当年不嫁惜娉婷，抹白施朱作后生。说与旁人须早计，随宜梳洗莫倾城。”这些虽立意措词有所不同，但都是以婚媾之事，比出处之节。本词则通体以荷花为比，更为含蓄。

《宋史·文苑传》载贺铸"喜谈当世事,可否不少假借。虽贵要权倾一时,少不中意,极口诋之无遗辞。人以为近侠。……竟以尚气使酒,不得美官,悒悒不得志。"这些记载,对于我们理解本词很有帮助。

行路难

贺铸

缚虎手,悬河口,车如鸡栖马如狗。白纶巾,扑黄尘,不知我辈,可是蓬蒿人!衰兰送客成阳道,天若有情天亦老。作雷颠,不论钱,谁问旗亭,美酒斗十千。

酌大斗,更为寿,青鬓常青古无有。笑嫣然,舞蹁跹,当垆秦女,十五语如弦。遗音能记秋风曲,事去千年犹恨促。揽流光,系扶桑,争奈愁来,一日却为长。

【鉴赏】

史载:贺铸枉有文才武艺,却不得朝廷重用,只好聊以歌酒打发岁月。但又痛感光阴遽逝,功业未就。这首《行路难》就抒写了作者这种度日如年的苦闷。

全词皆融化前人诗句而成,这是其形式上的最大特色。叶梦得曾说它是"掇拾人所遗弃,少加隐括,皆为新奇"。"新奇"确实当之无愧,但所掇拾者并非遗弃而是精华,且系"括"而不"隐"。集句,原是一种作诗方式,采用前人一家或数家的诗句,拼集而成一诗。由于集句所特有的局限性,集成的作品往往缺少作者自己的主见而容易落入前人窠臼,同时,也难免支离破碎之弊。然而贺铸这首独创的"集句词",却又当别论。宋人赵闻礼说:"其间语义联属,飘飘然有豪纵高举之气。酒酣耳热。浩歌数过,亦一快也。"赞叹贺铸此词不但形式结构完美,而且气象豪迈,配得上"关西大汉"的铁板!

词的上片,从开头至"可是蓬蒿人",以夸张的手法写诗人及其豪侠朋辈"少年壮志当拏云"的英雄气概。然而生不逢时、怀才不遇,于是萌发了"对酒当歌,人生几何"的感叹,索性放浪形骸、恣情饮乐吧!这就极为自然地引出了下片。上片各句皆有所本,分别出自《诗经·郑风·大叔于田》《世说新语·赏誉》《后汉书·陈蕃传》、李白《南京别儿童入京》、李贺《金铜仙人辞汉歌》、曹植《名都篇》等。可贵的是,词人并没有让这些古人牵着鼻子走,恰恰相反,他是信手拈来、随意驱遣前贤名句为我所用,以现成碎锦织就自己的无缝天衣。这是由于他"意在笔先",胸中又融萃了古人精华的缘故。

下片与上片声气相连。作者寄情宴乐，却又悲叹岁月的脚步匆匆；想留住光阴，却又难以打发那漫长的一天又一天。这是何等的苦闷呵！“酌大斗，更为寿。青鬓常青古无有。笑嫣然，舞蹁跹，当垆秦女，十五语如弦。”眼前一派酒酣耳热，轻歌曼舞景象。然而表面放达的背后却隐藏着深深的悲剧，这是由歌女所唱汉武帝的一曲《秋风辞》引发的。《秋风辞》有云：“欢乐极兮哀情多，少壮几时兮奈老何！”所以作者有“遗音能记秋风曲，事去千年犹恨促”之叹。千年只一瞬耳！于是忽发奇想，要“揽流光，系扶桑”，拴住月亮和太阳，使时光停止流转。然而奇想毕竟不是现实，眉间心上，依然是郁郁不得志的愁闷，连一天都觉长得难以消磨。末句“争奈愁来，一日却为长”，由激愤之意转为哀愁之思，仿佛飞流直下落入深潭，愤懑不平由外露而至深藏，由激烈而变缠绵，恰如“梅子黄时雨”。

词的下片也满缀古语，或采古人原句，或用古人句意，涵括了《离骚》《史记》和李益、韩琮诗里的词句，化为完整形象，贴切自然地摹写了自己的处境和心情。

这首《行路难》集前人诗句为词，标新立异、独树一帜。词意激越，节短而韵长、调高而音凄。作者将古语运用入化，借他人酒杯，浇自己块磊，杂糅历代诸家各类典籍不同文体而浑然无迹，充分显示了词人广博的学识和杰出的艺术才能。

子 夜 歌

贺 铸

三更月，中庭恰照梨花雪。梨花雪，不胜凄断，杜鹃啼血。
王孙何许音尘绝，柔桑陌上吞声别。吞声别，陇头流水，替人呜咽。

【鉴赏】

本调又名《忆秦娥》。相传创始于李白。李白之《忆秦娥》，主要抒发一个长安少妇对久别爱人的忆念之情。贺铸此词，与李词所写颇为接近，表达了一个闺中少妇与恋人别后，饱受相思熬煎的极度忧伤痛苦之情。

“三更月，中庭恰照梨花雪”，开头即直写三更之月，对应词题。然三更，午夜也，正是人们熟睡之时，三更之月，何人能见，只有为某种痛苦熬煎而深夜未眠的人才能见到。这两句，虽未及人的活动，但已为读者留下了一个充分的想象天地：皎洁的月光，恰恰映照在那庭院中盛开着的如银似雪的梨花上，辉映出了一片银白的世界，这种银白的世界，对于一个深夜未眠的人看来，给予的刺激真是太强烈了。故下三句，不啻是自然而然脱口而出：

“梨花雪，不胜凄断，杜鹃啼血”。因为午夜总给人一种凄凉的感受，而如白似雪的梨花，又总会唤起人们一种悲哀痛苦的情绪，更何况是在长久不寐的人眼中看到的呢？所以月光辉映下如雪似银的梨花，所给予人的悲凄之感，简直会使主人公悲伤欲绝、痛断愁肠！读者读词至此，心中疑问顿生，到底何事，使主人公如此悲哀？按杜鹃，即子规鸟，相传古蜀望帝死后魂化而成。魂化杜鹃后，哀鸣不断，以至嘴边流血。人状其声为“不如归去”。又杜鹃为花名，俗名映山红，人传其色即由杜鹃血染成，李白《宣城见杜鹃花》诗云：“蜀国曾闻子规鸟，宣城还见杜鹃花”。此词由所见月下梨花产生的悲哀之情，联想到死后魂化杜鹃鸟尚凄声不断的杜鹃鸟，由其啼血悲鸣，染血杜鹃之花，联想到其声“不如归去”，点出了月下人深夜不寐之因：原来是一个闺中少妇，切盼情郎归来。她是那样真挚深情，以至夜不能寐，眼望皎洁月光、如雪梨花而悲伤欲绝。

“王孙何许音尘绝，柔桑陌上吞声别”。如果说上片中女主人公对情人的思念及由此而产生的悲哀痛苦之情，作者是借助于十分委婉隐曲的手法，以写景的方式暗示的话，下片中女主人公的思想心理已采用直接剖析的手法。按王孙，深闺少妇所思念之人也。他音讯断绝，无处寻觅，时间已经很长了。可怜的少妇，只能一夜一夜地在月下徘徊，往日别时情景，幕幕跃入眼帘：分别之时，也是一个春天，柔嫩的桑叶刚刚吐出，枝叶稀疏掩映着的田间小路上，一对难舍难分的情人，强忍着悲痛，吞声而别。“何许”，几许、几多之意，状写闺中少妇对情人那种深刻而长久的思念之情。“吞声”两字，更将一对情人分离之时欲哭不泪，以免引起对方更大悲痛的那种互相体贴顾惜神情描摹得颇为真切动人。

“吞声别，陇头流水，替人呜咽”。田垄边的流水，似乎也为他们别时痛苦所感动，不断地发出哀鸣之声，好像也在为他们抽泣。作者巧妙地运用融情入景之法，使无情之物带上了一种有情的心理活动，对离别之情进一步渲染，结构上与上片结句相呼应，情调上则进一步加深全词的感伤哀怨气氛。

本词前片重在写景，情由景出；后片重在写情，化情入景。结构上景、情、景依次为用，显得颇浑融完整。又句短韵密，韵脚以短促有力的入声字为主，声迫气促，易于表现一种深浓强烈之情，与全词所抒发的极度悲怆之情十分相合。不失为一篇声情摇曳的上乘之作。

鹤冲天

贺 铸

鼕鼕鼓动，花外沉残漏。华月万枝灯，还清昼。广陌衣香度，飞盖影，相先后。个处频回首。锦坊西去，期约武陵溪口。

当时早恨欢难偶。可堪流浪远,分携久。小畹兰英在,轻付与、何人手。不似长亭柳。舞风眠雨,伴我一春销瘦。

【鉴赏】

全词以脉脉深情描述了与一个女子的邂逅和对她的怀念。

上片写当年邂逅的情况。前四句交代相遇的时间、地点。从“鼕鼕鼓动”,“华月万枝灯”,不难看出,这是一个元宵之夜。而“花外沉残漏”更进一步点明了时间:漏残夜深。此时此刻,词人不思归去,也无心观灯,却远离鼓乐,一个人悄悄站在花下听滴漏声声,他究竟期待什么?

“广陌衣香度,飞盖影、相先后”。车上的女子并没有露面,也没有一丝声音,更没有半点顾盼和等待的意思,可见她并不知道有人在等她。可是,仅凭一缕衣香和一闪而过的车盖影子,词人已知来者正是他期待的意中人。于是便默默地在她车前车后跟随着。她,也许是良家淑女,也许是青楼名妓。词人对她倾慕已久,可因种种阻碍,尚未互通心曲。这是那个时代常见的爱情现象。词人在佳节良宵徘徊等待,正是希望能遇到她,一诉衷情。词中没有描绘她的容貌。可是高雅悠长的衣香,使人不难想象那女子娴静端丽的气质和容颜;轻捷飞扬的车盖,使人颇易想见那女子临风玉树般的身姿和举止。这样一个女子,怎能不使词人心旌摇动、苦苦追求,并且多年后仍眷念不已呢?

车上的女子可能也早已芳心相许,所以当她得知有人跟随,便很快猜到是谁。并且“个处频回首”。“锦坊西去”,行人渐少,女子更有大胆深情的表现:“期约武陵溪口”。当然,他们的约会没有实现。因为“武陵溪”乃陶渊明《桃花源记》中虚无缥缈的所在,这暗示由于某些原因,这场恋情没有什么结果。词意也转入下片的怀念与抒情。

“当时早恨欢难偶”,这一句以追忆的口吻写得沉痛而深情。早知恋情无果,仍在街头苦苦等待至夜深;早知婚事难成,仍然珍惜偶然的相遇;早知分离后相思难当,仍然让自己深深地陷入这感情的漩涡。更显出词人痴情依依。“可堪流浪远,分携久”,深沉细腻的情感又哪能承受分离地域之远、时间之久呵!

最后,词人以比喻表达了对那女子深情的关切和留恋。词人以高洁芳香的“兰”比喻心中的恋人,关切地想到:如果她还在的话,又被轻易付与何人手里呢?那人是否像词人这样爱惜珍重她的兰心蕙质呢?“轻付与”三字点明了那女子人身与婚姻的不自主。“小畹兰英”虽高雅芬芳,却难以问津,只给人带来痛苦和思念。倒是那淳朴的长亭柳树,经常出现在他流离的人生途中,伴他“舞风眠雨”、伴他“颠簸困顿。”此时,词人思路开阔,文笔流畅,顺手拈来“长亭柳”,与“小畹兰英”做对比。以物喻人,因兰及柳,以柳衬兰,实则思极而怨,含蓄地表达了对“小畹兰英”

深深的怀念、依恋、哀怨之情。把抽象的思念和哀怨,化成可见的景物,融情于景,因物见情。写情而含蓄贴切至此,足见贺铸之艺术功力不同一般。

阳羡歌

贺铸

山秀芙蓉,溪明罨画。真游洞穴沧波下。临风慨想斩蛟灵,长桥千载犹横跨。

解组投簪,求田问舍。黄鸡白酒渔樵社。元龙非复少时豪,耳根清静功名话。

【鉴赏】

贺铸是词坛上一位怪杰,其生活际遇、其艺术风格、其内心世界都是复杂而多彩的。他有许多词都是写骚情艳思的,但这首《阳羡歌》却透露着隐逸之情,充满了沉郁悲愤之气。

宜兴,古称阳羡。贺铸晚年寓居苏州,杭州,常州一带,常常往来于宜兴等地,此篇想是晚年的作品。

上片写景为主,开首两句写山川秀丽。据地方志所载,阳羡境内有芙蓉山、罨画溪。"罨画",原指彩画,以此名溪,想是此处风景美丽如画。这里不言"芙蓉山高,罨画溪明,"而颠倒为"山秀芙蓉,溪明罨画。"这就使得"芙蓉""罨画"均一语双关。它们既是地名,又是形容词修饰语,写山川如芙蓉如彩画般的美丽可人。"真游"一句写溶洞之美。"真游洞"即仙游洞之意;真,即仙。阳羡有张公洞,相传汉代天师张道陵曾修行于此。洞中鬼斧神工、天造地设、美丽非凡。面对青山、碧水、沧波……,于是有感而发,转而写人。"临风"二句用周处之典。周处,阳羡人,少孤,横行乡里,乡人把他和南山虎、长桥蛟合称三害。有人劝周处杀虎斩蛟,实际上是希望三害只剩下一种。周处上山杀虎,入水斩蛟,回来后知道原来乡人憎恶自己,于是悔然改过。后来在文学作品中常以斩蚊比喻勇敢行为。唐刘禹锡《壮士行》诗有句云:"明日长桥上,倾城看斩蛟。"贺铸"临风"二句既有对周处的赞美,又有自己功业未就的感慨。"慨想"二字传导出的感情是复杂的。

下片抒怀与"慨想"暗脉相通。"组",即丝织的带子,古代用来佩印。"解组",即辞去官职。"投簪",丢下固冠用的簪子,也比喻弃官。"解组"三句是说自己辞官归隐,终日与渔人樵夫为伍,黄鸡白酒,做个买田置屋的田舍翁。结处以陈登自比。据《三国志·魏志·陈登传》记载,东汉人,陈登,字元龙。许汜见陈登,陈登自己睡大床,而让许汜睡下床。后刘备与许汜论天下英雄时,许汜说:"陈元龙湖海之士，豪气不除。”刘备责难许汜没有济世忧民之心，只知求田问舍，为个人打算。并且说，要是我的话，我要自己睡到百尺楼上，让你许汜睡在地上。此处贺铸借陈登说自己已不再有年轻时忧国忧民、建功立业的豪情壮志，耳边也不再有功名利禄之语。这结句实则是反语，是壮志难酬的激愤之语。

这首词虽有山明水秀、虽有求田问舍，骨子里仍是沉郁一格。

罗敷歌

贺铸

自怜楚客悲秋思，难写丝桐。目断书鸿，平淡江山落照中。

谁家水调声声怨，黄叶西风。罨画桥东，十二玉楼空更空。

【鉴赏】

《罗敷歌》，亦名《采桑子》，得名于汉乐府民歌《陌上桑》。贺铸此题，为一五首组词，从其三上片所写“东南自古繁华地，歌吹扬州，十二青楼，最数秦娘第一流”，知此词写于扬州。

这首词的主调是抒发一种浓重的悲秋感，及由此而引致对人事聚散无常的深深悲慨之情。

首句“自怜楚客悲秋思”，直点悲秋情绪，为全词定一基调。按楚客，指宋玉。宋玉，楚人，其《九辩》曾有“悲哉！秋之为气也”的慨叹。“自怜”自我怜悯之意。两字见出了作者远离家国、离群索居的苦闷。正因为远离家国，离群索居，适逢肃杀悲凉之秋，词人郁闷的心境，更增几分惆怅感。“难写丝桐”，承接上句，是说这种因秋所致的悲愁感，是任何美妙的音乐也难以抒发排遣而出。四字言简意赅，渲染得恰到好处，非常委婉曲折地传达出了作者因秋所致的“悲”与“思”。

“目断书鸿，平淡江山落照中”。这两句承前：因秋而悲，离群索居，于是自然勾起对家国的思念。但极目远眺，望眼欲穿，何尝见任何传书的鸿影，唯只有那每日都见平淡无奇的山河掩映在一片落日的斜辉中。“平淡”两字，用得恰到好处，将作者此刻心情，表露得十分真切。试想，笼罩在一片悲秋思乡之情中的作者，又有何观景心思。既无心观景，自然觉得所见之景平淡无奇。况值黄昏时节，那沉沉欲坠的红日，配合上悲凉萧瑟的秋景。词人首先产生的感受就是一股莫名的凄楚之情。好在词人虽无心赏景，而景色自不会因词人的主观感受而有所改变。这句的好处在于作者有意无意之间非常客观形象地呈现给了读者一幅落日残照下的山河胜景图，给人以色调和谐、浓淡相宜之感。

“谁家水调声声怨，黄叶西风”。按水调，曲牌名。杜牧《扬州诗》：“谁家唱水调，明月满扬州”。水调属商调曲，其声哀怨，相传唐玄宗入蜀，听水调歌而深感“山川满目泪沾衣”。本词作于扬州，顺手化用杜牧诗句是很自然的。但妙在化用得天衣无缝、融合无间，它借助于黄叶西风的秋景描写，把原诗句所具的听觉感受与眼前的视觉感受融为一体，渲染出了一种凄清萧疏哀怨悲婉的意境，与词首悲秋的气氛相照应。

“罨画桥东，十二玉楼空更空”。“罨画”色彩斑杂的彩画，这里指装饰鲜丽的建筑物。“玉楼”仙人所居之楼，这里为青楼的美称。十二，状其多也。作者由唐人杜牧留下薄倖名声的扬州地面，联想到杜牧的诗句。更因黄叶西风的感召，涌发出无限悲愁之感，复由自然联想到人世的聚散、男女的欢情，深感任何美妙繁华之景的短暂易逝。昔日欢聚的美好时刻，现在看来，有如虚无缥缈的神仙世界。故往日的欢会，无论当时觉得如何美妙，对照今天的离散来说，真有不堪回首之感。“空更空”三字，寄托着词人无限人世聚散无常的悲慨之情，其怀人而不得的愁情，亦由此得到充分的宣泄。

此词前半重在抒发悲秋之情，后半重在表达人世聚散的感叹。其思想情绪之表达，或直抒而出、或借景生发，用语平淡中显自然，疏雅中见秾丽。其深沉厚重的感情，借助于浑融圆整的意境得到了抒发，颇体现贺词情思缠绵而又精于组织的特色。

下水船

贺　铸

芳草青门路，还拂京尘东去。回想当年离绪，送君南浦，
愁几许。尊酒留连薄暮，帘卷津楼风雨。
凭阑语，草草蘅皋赋，分首惊鸿不驻。灯火虹桥，难寻弄
波微步。漫凝伫，莫怨无情流水，明月扁舟何处。

【鉴赏】

贺铸其人，自小尚武任侠，中年尚气使酒，虽出自宋太祖贺皇后族孙，但遭际坎坷，终身未得美官。其一生曾数次出入汴京，行色匆匆。羁旅愁情之苦况，领略颇多；生离死别之场面，感受颇多。该词所写，就是他所经历的无数次出京中的一次感受。

“芳草青门路，还拂京尘东去”。开头直写本次离京。青门，原指汉代长安东南

门霸城门,因门青色故称青门,这里代指宋汴京城东门。“芳草青门路”,是说东去的路掩映在一片如荫的芳草中。作者欲东去,故对东去之路特别留意;“还拂京尘东去”,一个“还”字,隐含无限深意。表明这不是第一次出京,既寓含着作者对这次离京任外职的不如意,又充满着对京华一事无成的宦海生涯厌倦之情。作者竟将这次京都生活视作一场在喧嚣的城市中毫无意义的闹剧行为,其内心的厌恶自可想见。

“回想当年离绪,送君南浦,愁几许。尊酒流连薄暮,帘卷津楼风雨。”这次离京,行色匆匆,于是自然而然地想到上次的离京。上次离京之时,也是这样满腹愁绪别情。送别的恋人,送了一程又一程,终于到了分手之处。一桌简单的相别宴,两人恋恋不舍地,一直留连到黄昏薄暮之时。当分手的瞬间,卷帘遥望,津边之楼笼罩在一片潇潇的风雨中,好凄凉的景象啊!真所谓“故人一别几时见,春草还从旧处生”,那种离别时的惨然感受真是难以用言辞来表达。南浦,送别之地的代称。

“凭阑语,草草蘅皋赋,分首惊鸿不驻”。如果说上片是由别写“忆”,勾起对往日离别的忆念,下片则由“忆”写“实”,再回到这次离别的描写。上次离别,尚有人送行,这次离京,当年送行者已音迹杳然。草草写一篇《蘅皋赋》,来寄托忆念的情愫吧,只恐怕分手后连她的踪影也难以追寻。按《蘅皋赋》,当指曹植《洛神赋》,因赋中有“尔乃税驾乎蘅皋”等句。惊鸿,形容女性轻盈如雁之身姿。如曹植《洛神赋》:“其形也,翩若惊鸿,婉若游龙,荣曜秋菊,华茂春松”。

“灯火虹桥,难寻弄波微步”。这两句承接上句,远望汴京,灯火辉煌的如虹长桥之下,再也难以找寻到她那迈着轻盈步履的婀娜身姿。“弄波微步”,想象逝去的恋人踩着波涛,细碎行走的样子。作者这里已将离去的恋人想象为与曹植《洛神赋》中洛水女神同一的形象。作者巧妙运用一种虚实结合手法,抒发了自己一种思极生痴,情极境生的心理感受。由恋人惊鸿般轻盈身姿,联想到洛水女神飘忽不定踪影。复由洛水女神凌波远去,联想到永不停逝的虹桥之水亦无情地载着自己的恋人飘然而去,虚幻两境紧密结合,不露痕迹。

“漫凝伫,莫怨无情流水,明月扁舟何处”。这三句承上,写词人思恋人而不得的感受:为什么要枉然地在这里长久凝神伫立呢?人既已远逝,即使幻想中的影子也难以追寻。也不要再怨无情流水载着自己的恋人远去,因为同是这股无情流水,也要载着自己离开京都。到下一个明月之夜时,自己乘坐的一叶扁舟连停留在什么地方尚不知晓呢?因为宦海沉浮,更是难以预料的。

本词主要以再离别勾起对往日的忆念,在浓重的离情别绪渲染中,对往日恋情进行深刻的追思。从写作次序论,词人由离而生情,勾起对往日的回念,由往日的离情,写到对往日恋人的追思。借助于尊酒流连、凭阑无语、幻觉感悟、枉然凝伫等一系列形象化动作,表现了对恋人永难摆脱的缠绵依恋之情。结尾貌似解脱的“莫怨”两字,又将离别的愁情,情场的失意与宦海风波融合在一起,使该词所抒之情更为浑厚,意境更为深沉。

忆仙姿

贺铸

莲叶初生南浦，两岸绿杨飞絮。向晚鲤鱼风，断送彩帆何处？凝伫，凝伫，楼外一江烟雨。

【鉴赏】

贺铸本卫州共城（今河南辉县市）人，曾在和州（今安徽和县）、泗州（今江苏盱眙）、太平州（今安徽当涂）等处任职。这些地方，均近江临淮，晚年又退居苏州，长居水乡，在他的词集中，便有不少写水乡风光与生活的作品，《忆仙姿》即其中一首。

这首词写的是南方水乡春末夏初之景。"莲叶初生南浦，两岸绿杨飞絮。"开首两句，很清楚地点出了环境和季节，莲叶初生，绿杨飞絮，把初夏时节写得生机勃勃，飞动流走。"南浦"，泛指面南的水边。屈原《九歌·河伯》："子交手兮东行，送美人兮南浦。"后来多指为送别的地方；江淹《别赋》："送君南浦，伤如之何？"本词所描绘的乃一条大江的渡口附近，河湖池塘、莲叶初生、微露水面、青翠欲滴、娇嫩喜人；大江两岸，绿柳成排、枝条婀娜、飞絮漫天、这意境是颇为迷人的。

词在点出了季节和渡口附近的环境之后，则进一步交代了具体的时间和场景："向晚鲤鱼风，断送彩帆何处？""向晚"，即傍晚，薄暮将来的时候，江面上吹来春末夏初的暖风，带着湿润的鱼腥味，很容易引起人的情绪和联想；"断送"，这里指的是打发和送行。在渡口附近的江面，出现了一只画船，它已扬起了彩帆，在朦胧的暮色里，摇起了橹，荡起了桨，请问送行者，你要把它"断送"何处呢？

以上季节、时间、环境、场景，均是词人在一定角度亲自看到和感到的："凝伫，楼外一江烟雨。"原来词人正站在江岸的一座高楼之上，在出神，在发愣，这送别场景给词人带来的感触是情意绵绵，还是怅然若失？恐怕他自己也说不清了；再看"楼外"，则是"一江烟雨"。与蒙蒙暮色相合，完全是混沌一片了。此时词人感情的潮水，也只能是一片混沌。

贺铸的好友，苏门四学士之一的张耒为贺铸的《东山词》作序有云："盛丽如游金、张之堂，而妖冶如揽嫱、施之袪，幽洁如屈、宋，悲壮如苏、李。”这评价或许有点过分，但却准确地指出了贺词风格的丰富和多样。他虽有一些近于苏轼词风的豪放词，又有不少“极幽闲思怨之情”（程俱《贺方回诗序》）的婉约词。《忆仙姿》前半明快爽朗，生机盎然，后半朦胧迷离，茫然低沉，正是贺铸思想矛盾复杂的一个体现。

这首词词牌《忆仙姿》，即大家熟知的《如梦令》，还有一个名字《宴桃园》。五代时后唐庄宗李存勖创制。原词为：“曾宴桃园深洞，一曲舞鸾歌凤。长记别伊时，和泪出门相送。如梦，如梦，残月落花烟重。”

怨三三

贺铸

玉津春水如蓝，宫柳毵毵。桥上东风侧帽檐，记佳节，约是重三。

飞楼十二珠帘，恨不贮、当年彩蟾。对梦雨廉纤，愁随芳草，绿遍江南。

【鉴赏】

这是一首抚今追昔，抒发“极幽闲思怨之情”（程俱《贺方回诗序》）的作品。揣摸词意，应是晚年退居吴下时所作。

词的上片，是对过去一段生活的追忆。“玉津”，北宋首都汴京南门外的一座名园。此园乃五代后周显德年间创建。夹道为两园，引河水贯其中，秀园碧波，为汴京一大景观。宋代的汴京，可以说就是一个杨柳的世界；《东京梦华录》云：“东都外城，方圆四十余里。城壕日护龙河，阔十余丈，壕之内外，皆植杨柳，粉墙朱户，禁人往来。”玉津园是御花园，园墙内外，亦植满杨柳，故称“宫柳”；“毵毵”，形容春天柔韧细长的柳树枝叶。孟浩然诗《高阳池送朱二》：“澄波淡淡芙蓉发，绿岸毵毵杨柳垂。”贺铸这两句词，从色彩上写玉津园的风光俊美、春色无限、红墙绿柳、池深溪碧，实在是一处赏心悦目的所在。

“桥上东风侧帽檐”，开头两句写的是环境，这一句却点出了人物。这座桥，自然是玉津园夹道那条名为闵河上的画桥，站在桥上的则是词人自己。春光融融、春风吹拂、柳枝婀娜摇摆，词人的帽檐也被吹得歪歪斜斜，何等潇洒、何等惬意。词人于此何所待呢？

“记佳节，约是重三。”重三即三月初三，古代称这天为“上巳节”。过上巳节，往往男女青年结伴游春，缔约定情。直至今天，在我国某些地区和某些民族中，三月三仍然是青年男女的爱情节日。我们的词人之所以桥头伫立，迎风企盼，原来他是与情人有约，要在这一天共同游园赏春，踏青叙情。这是多么甜蜜和醉人！无怪到了晚年回忆起来，仍然是情意绵绵呢。

词的下片，由追忆往事转变为抒发现实中的感慨，表现了内心的郁闷和痛苦。"飞楼十二珠帘"，这是词人今天所居之地。"飞楼"即凌空的高楼；"十二珠帘"并非实指，而是极言楼高，珠帘重重、深幽闭索、高高在上、离群孤栖、寂寞冷清、使人难以忍受。"恨不贮，当年彩蟾"，这就把伤感的情绪又推进了一步；"彩蟾"指月光，是说在这凌空高楼上，连一点月光也看不到。但词人却不这样直接说出，而以"不贮"当年月光出之，不但构思新颖，而且是把当年的生活、思想与今天的现状做了一个鲜明的对比，形成了巨大的反差。不忘彩蟾入户的喜悦，就更觉出珠帘不伫的酸苦。

"对梦雨廉纤"，在暗昧无月的高楼，到晚来却是一个春雨迷蒙的黑夜，淅淅沥沥的纤纤细雨，好像是滋润了词人忧愁的灵魂，才使他的愁、他的苦吸取了足够的营养，于是才得以飞快地成长，终于使"愁随芳草，绿遍江南"。在古代诗词中，写芳草绿遍江南，多是描绘美丽的春色。像"千里莺啼绿映红"(杜牧《江南春》)，"春风又绿江南岸"(王安石《泊船瓜洲》)等均属此类。贺铸确是改造文章的高手，他却往往以江南春草喻愁喻悲，而且能取得令人叹为观止的艺术效果。即如本词，词人为了说明他的愁深愁重，愁绪无处不在，便把它比成了绿遍江南的芳草。这样写不仅显出了大胆和新鲜，更能充分体现景为情而设，"一切景语皆情语也"(王国维《人间词话》)这一艺术规律。

御街行 别东山

贺铸

松门石路秋风扫，似不许，飞尘到。双携纤手别烟萝，红粉清泉相照。几声歌管，正须陶写，翻作伤心调。
岩阴暝色归云悄，恨易失，千金笑。更逢何物可忘忧，为谢江南芳草。断桥孤驿，冷云黄叶，相见长安道。

【鉴赏】

《御街行》又名《孤雁儿》，以范仲淹词为正格。词题为《别东山》，那么，东山在哪里呢？夏承焘《贺方回年谱》云："考《吴县志》，莫厘峰即东洞庭山，省称东山，方回或有别业在彼耶。"毋庸讳言，夏先生的话完全是推测揣摸之词，他是把这首词定为贺铸晚年退居苏州横塘时的作品了。其实，这首词的写作时间和地点都是不可考的，即如东山，杭州和金陵都有，任何地方东面的山也都可称东山，怎么一定是东洞庭山的省称呢?

我个人以为,能弄清东山到底所指何山、此词写于何时固然很好,虽不能做到此点,只要弄清写的是什么事,抒的是什么情就完全可以对其进行鉴赏。

苏涵先生认为,此词"内容是对亡者的悼念。"亡者为谁?从词意看,应是贺铸妻子赵氏夫人。据贺铸墓志记载,夫人赵氏死后葬宜兴县清泉乡东篠岭之原。词中的东山即是此地。

词的上阕写词人到妻子墓地祭扫悼亡时的见闻和感伤情绪。"松门石路秋风扫,似不许,飞尘到。"开头两句,写墓地的环境:苍松两排、挺立如门、青石铺路、平平展展,秋风吹扫,不染飞尘。洁静、清幽,犹如冷寂的仙境。这既写出了墓地的特点,又点出了死者在词人心目中所占的位置。正是由于这位置的重要和非同一般,词人才把她的安息地描绘得如此幽静和庄严肃穆。显示了词人对死者的崇敬与哀伤。

"双携纤手别烟萝,红粉清泉相照。"这两句写词人在墓地的情绪和心态。面对墓丘,睹物思人,极度悲苦,过份痛伤,使词人的情绪进入了似梦非梦、似幻非幻的状态。他好像又和妻子双手相牵,告别了那烟雾迷蒙、萝蔓丛生的墓地,在清澈的泉水边去映照红润粉嫩的面庞。这里所写的情状,均是生前生活的写照。两人的感情是那样浓郁、真挚、深厚,依依难舍,如胶似漆。正因为生前有如此之深情,悼亡时才会出现如此之幻觉。看似浪漫,实则真实,读来十分感人。

"几声歌管,正须陶写,翻作伤心调。"写乐声惊醒幻梦之后的感情。前边两个分句是倒装的。"双携纤手"两句,写的本是幻觉。幻觉中出现男女团聚愉悦的景况,实在是"正须陶写"的。"陶写"即陶冶性情,排除忧闷。"写"者"泄"也。在幻觉中,词人的痛苦和忧闷正要得到排除和发泄,突然之间,远处传来了笙、箫、笛等"歌管"演奏的声音,这声音使词人如梦方醒,从幻境回到了现实。于是,重又堕入了痛苦和忧闷的深渊之中。

上片全写在东山墓地悼亡时所见所感,心潮起伏变化,达情委婉曲折,蕴涵丰厚,耐人寻味。

下片写东山周围的景物,进一步抒发失去妻子之后无法忘怀的忧苦。

"岩阴暝色归云悄,恨易失,千金笑。"东山的山岩、峰峦慢慢地暝色四合,云雾聚集,夜幕悄悄的就要到来了。很自然的,随着时间的推移,悼亡者就要离开东山,突然之间,一阵痛苦再次袭上心头,他清醒地懂得,这魂牵梦绕,挥之不去的悲痛,皆因失去"千金笑"所致。

外景外物,对悼亡者都有尖锐的刺激,揉搓着他敏感的神经,再不知"更逢何物可忘忧"了。此时抬头四望,映入眼帘的是茫茫无际、肥嫩丰茂、绿遍江南的芳草。芳草赏心悦目,芳草陶情娱人;芳草是春的使者,美的象征。面对多姿多情的芳草,词人只能"为谢"。"谢"为"辞谢"之谢,为什么要拒而不纳呢?因为美好景物非但不能解除或减轻胸中的"恨"和"忧",往往反而加重它的份量,词人怎能不见而谢之呢!这与杜甫《春望》中"感时花溅泪,恨别鸟惊心"极为相似,不过手法更为曲折隐晦罢了。

“断桥孤驿，冷云黄叶，相见长安道。”最后三句，点破题目，落到了“别东山”上。“断桥”“孤驿”“冷云”“黄叶”，都是东山墓地周围的景物，何其寂寞，何其孤冷，何其颓败，何其萧瑟。这固然是对景物的客观描绘，更多的则是词人的主观感受。即将离开坟场，最后这一眼，叫人目不忍睹了。“相见长安道”既是对往昔生活的回忆又是对亡灵进行安慰。“长安道”即北宋首都汴京。贺铸夫人赵氏，乃皇族之女，他们的结合和早年的共同生活，自然是在开封。如今生死阻隔，人鬼异处，好梦难圆。贺铸在离开东山时只能以回忆青年时在汴京那种鱼水相偕、两情和美的幸福生活，来进行自我安慰并安慰妻子的亡灵。薛砺若在《宋词通论》中对这句词作了极高的评价：“并于浓丽中带出一副幽凄的情绪，最为贺词胜境。如‘断桥孤驿，冷云黄叶，相见长安道。’其词境之高旷，音调之响凝，笔锋之遒炼，不独耆卿与少游所无，即东坡亦无此境界。此等词，允称东山集中最上乘之作，较最负盛名的《薄倖》《青玉案》《柳梢黄》还要高一等，只可惜全篇不能相称罢了。”我倒不以为此词为有句无篇之作，它与苏轼悼念亡妻的《江城子》，可并称为悼亡词的双璧。

鸳鸯梦《临江仙》

贺铸

午醉厌厌醒自晚，鸳鸯春梦初惊。闲花深院听啼莺。斜阳如有意，偏傍小窗明。
莫倚雕栏怀往事，吴山楚水纵横。多情人奈物无情。闲愁朝复暮，相应两潮生。

【鉴赏】

这词牌原名《临江仙》，唐教坊曲。贺铸这首词有“鸳鸯春梦初惊”句，故又名《鸳鸯梦》。

这首词，也是贺铸晚年退居苏州后的作品。贺铸为人性格耿直傲岸，“虽贵要权倾一时，少不中意，极口诋之无遗辞。”“尚气使酒，不得美官，悒悒不得志。”（《宋史》本传）退居吴下后的词作，不少都带有落魄的悲哀和不平的激愤。本词写的也是那无法摆脱的闲愁。

上片写酒醒后对梦境的回味。“午醉厌厌醒自晚，鸳鸯春梦初惊。”在一个明媚的春天，中午，词人多喝了几杯酒，酩酊大醉，昏昏沉沉倒头便睡，沉睡中做了一个美好的鸳鸯梦。鸳鸯是爱情和夫妻的象征。鸳鸯梦即在梦境中又重温了青年时期的爱情生活。春梦惊醒之后，仍感到气息微弱，神情倦怠，周身乏力，还陶醉在美好的春梦中。下边三句都是梦境中的景况。“闲花深院听啼莺”，这是一个镜头：庭院

深深、幽静雅致、花木丛丛、烂漫怒放、姹紫嫣红、分外妖娆。一对年轻的爱侣在庭院中游赏，并肩携手，步履轻轻，哦诗吟词，文采风流，繁花茂叶之间，传出了几声黄莺的啼叫，嘹亮悦耳，给静谧安闲的院落增添了勃勃生气。把年轻爱侣置身于如此美好的环境中，达到了人物、景物、情感的和谐一致，相得益彰，令人艳羡。

“斜阳如有意，偏傍小窗明”，这是又一个镜头：红楼暖阁、雕栏画栋，小窗开启，几案明净，一对爱侣凭窗而坐，女的在整顿晚妆，男的凝神观望，不时帮助她梳理一下乌黑的长发，另一只手还握着一卷诗卷不忍释手。时间已近傍晚，西斜的太阳好像有意识地把它金黄色的光辉照射过来，透进小窗，使这对爱侣完全沐浴在夕阳金色的光晕中。这两个镜头，可以说都是贺铸审美情趣的体现。

下片写整个身心被闲愁所绕。无法摆脱、无法排遣的苦恼。“莫倚雕栏怀往事，吴山楚水纵横”，词人一旦从春梦中清醒之后，情感马上有了转变，他理智地告诫自己：不要登上高楼，凭栏远眺，那重重叠叠的吴山，曲曲折折的楚水，纵立横陈。阻挡了视线，遮蔽了眼帘，见不着希望，看不到前景，呈现于面前的只是一派闲愁的迷蒙。悲伤失意的诗人词客，都曾写下告诫自己不要登高望远的名句，因为那会引起登高者更大的痛苦。“多情人奈物无情”是对前两句的补充说明。词人登高，激情满怀，怎奈外物无情，冷若冰霜。这种主客观的不协调，就是造成感情伤痛的根本原因。联系贺铸为人耿直，语言尖刻不能见容于世以至才华难展，壮志不能得伸的愤懑和感慨，对本词抒发的感情就更宜于理解了。

“闲愁朝复暮，相应两潮生”，词的最后两句，把感情推向了高潮。他说“闲愁”一直缠绕着自己，从早到晚，一时一刻都不曾止息。而且像江海的早潮和晚潮一样，激荡澎湃，波奔浪涌。词人把自己的“闲愁”作如此形象的比喻，不唯充满了浪漫气息，更足见其精神痛苦之深。

减字浣溪沙

贺　铸

秋水斜阳演漾金，远山隐隐隔平林。几家村落几声砧。

记得西楼凝醉眼，昔年风物似如今。只无人与共登临。

【鉴赏】

这首词写别后的凄凉兼及怀人。上片写登临所见，下片回忆往昔的欢会以突出物旧人非的凄凉处境。

“秋水斜阳演漾金，远山隐隐隔平林”二句描绘景物：清澈的秋水，映着斜阳，漾起道道金波。一片片平展的树林延伸着，平林那边，隐隐约约地横着远山。这两句抓住秋天傍晚时分最典型的景物来描摹，将那“秋水”“斜阳”“远山”“平林”描绘得出神入化。

“几家村落几声砧”紧承上句而来，仍写登临所见所闻：疏疏的村落，散见在川原上。隐隐之中，但见烟雾缭绕，徐徐升腾。断断续续之中，但听得那单调的砧杵捶衣之声。

上片三句，单看词人所描摹的这幅深秋晚景图，似乎只是纯客观的写生，词人视听之际，究竟有哪些情感活动，并不容易看出。实际上，等读者读完全词，反回头来再仔细体味这上片三句的景物描摹，便觉这三句貌似纯客观的景物描摹，不含词人的主观情感，实则不然。这秋水斜阳；这远山平林；这村落砧声。句句情思化，句句都是词人心中眼中之景，都有一种说不出，道不明的伤心情绪寄寓其中。这与梁元帝：“登楼一望，唯见远树含烟。平原如此，不知道路几千”的赋吟和李白《菩萨蛮》：“平林漠漠烟如织，寒山一带伤心碧。暝色入高楼，有人楼上愁。”具有异曲同工之妙，不过比梁、李之作更委婉、更含蓄、更腾挪跌宕，更富于情趣。

“记得西楼凝醉眼，昔年风物似如今”二句急转，由上片的眼前景物铺陈转而回忆昔年的赏心乐事。记得当年在西楼之上，饮酒赏景，两人酒酣耳热之际，执手相向，醉眼相望，情意绵绵。如今当年的风物依旧，而人去楼空，倍觉凄凉。本来，词的上片所写之景，只有一幅，但当我们读到这两句时，却发现原来似乎只是平铺直叙地再现眼前景物的写法至此却起了变化，虚实相生，出现两幅图景：一幅是今天词人独自面对的眼前之景；一幅则是有美人做伴，词人当初凝着醉眼所观赏的往昔之景。昔日之景是由眼前之景所唤起，呈现在词人的心幕上。两幅图景风物似无变化，但“凝醉眼”三字却分明透露出昔日登览时是何等惬意，遂与今日构成令人怅惋的对照。

“只无人与共登临”这句是全词的词眼。上片所写的那秋天斜阳，那远山平林，那村落砧声，至此便知都是词人“物是人非”“良辰好景虚设”的情感物态化体现。这末句的点醒，令人于言外得之，倍觉其百感苍茫，含蓄深厚。

历来的词论家们很欣赏词的下片，认为：“只用数虚字盘旋唱叹，而情事毕现，神乎技矣。”（陈廷焯《白雨斋词话》卷一）细细品味，所谓“数虚字盘旋唱叹”当指用“记得”“只无”兜起了下片三句，把时间跨度很大的今昔两幅情景，纽结到了一起，词人心神浮游其间。表现出一种恍如隔世之感，内容沉郁无限，而在遣词造句上，收纵变化，却又极其自然。结尾一句，巧妙点醒，画龙点睛类也。陈廷焯赞叹说：

"贺老小词，工于结句，往往有通首渲染，至结处一笔叫醒，遂使全篇实处皆虚，最属胜境。"(《白雨斋词话》)卷八)观此词之结句，可知陈氏之论不谬矣！

清平乐

贺铸

阴晴未定，薄日烘云影。临水朱门花一径，尽日乌啼人静。
厌厌几许春情，可怜老去兰成。看取镊残双鬓，不随芳草重生。

【鉴赏】

这是一首伤春叹老的词。抒发壮志成飞沫，理想化泡影，老大落魄，百事不成的感慨。全词溢满了幽怨之情。

上片写景，暗寓伤春之情。这年的春季，"阴晴未定"，天气变幻无常，很少有一日爽快明朗的天。开头这一句写得很平实，似乎不见佳处，接着来了个"薄日烘云影"，想象奇特，用词大胆。太阳本来是不能论薄厚的，在"日"前加一"薄"字，是形容阴晦天的太阳，色泽苍白，光线柔弱无力。这样天气里的云团，湿漉漉的，好像能揉出水来。虽然那苍白的太阳烘烤着它，却无济于事。这春天，仍是那样阴暗和潮湿。

"临水朱门花一径，尽日乌啼人静"，这两句，由大环境转入到小环境，写抒情主人公的居处。一座朱红大门，院落深深，院中道旁栽满了花木，迎春竞放，芳香袭人。大门前一条清澈的小河，潺潺流淌，无止无息。环境如此优美，只可惜"尽日乌啼人静"，一天从早到晚，听到的只是乌鸦的啼叫，很难见到一个人影，这是何等的冷落；何等凄清，甚至何等荒凉！

一般伤春之作多是写绿肥红瘦，花残絮飞，日月如箭，春光不永：这首词却不写暮春的雕残景象，而是写虽有大好春色，却被阴云淫雨遮蔽。冷落荒凉摧残，从字面看，伤感情绪不重，仔细玩味，伤春之情正寓于景物描写之中。这种幽深的含蓄，是很耐人寻味的。

下片抒情，发出老大无成的感叹。"厌厌几许春情"，"厌厌"，身体微弱，精神不振。为了那一点伤春情，弄得病恹恹的，心力交瘁；"可怜老大兰成。"，"兰成"是南北朝时著名作家庾信的小字。其《哀江南赋》有句云："王子滨洛之岁，兰成射策之年。"庾信原仕南朝梁，奉使西魏，被留不放还。西魏亡后又仕北周，官至骠骑大将军，开府仪同三司。虽居高位，仍然思念南朝。晚年怀乡之情尤烈，作品风格沉郁哀伤,《哀江南赋》最著。杜甫在《咏怀古迹》诗中说他“庾信平生最萧瑟,暮年诗赋动江关。”贺铸引用此典自然是以庾信自况,说明他的晚年心情像庾信一样沉郁伤感。

词的最后两句既写了对现状的不甘屈服,又写了对现状不可更易的无可奈何。“镊”即“镊白”,拔去白发。贾岛《答王建秘书》:“白发无心摄,青山去意多。”人们在渐入老年,白发初生之时,往往既有点惊慌,又不甘心青春壮岁的失去,“镊白”就是在这种心态支持下的一种举动。“不随芳草重生”,浓绿的芳草变黄了,枯干了,到了来年,春风一吹,大地又是一片绿色。白发由黑发变来,即使把两鬓的白发拔光了,它也决不会再生出黑发来。

这首词,从伤春入手,表现出作者自伤身世,理想失落之悲观。黄庭坚给贺铸的赠诗有句云:“解道江南断肠句,只今唯有贺方回。”贺铸退居江南吴下之后,确实写了不少颇能引起人们共鸣的断肠词,本篇仅是其中一首。

思越人

贺铸

紫府东风放夜时,步莲秾李伴人归。五更钟动笙歌散,
十里月明灯火稀。
香苒苒,梦依依。天涯寒尽减春衣。凤凰城阙知何处,
寥落星河一雁飞。

【鉴赏】

《思越人》即《鹧鸪天》。

贺铸在青年以后,长期辗转在偏僻之地任一些微小官职,有志难展,郁闷在心。他经常怀念京城,怀念在那里度过的一段少年侠气、无忧无虑的美好时光。日思夜想、梦绕魂牵。这首词就是写梦中京城元宵节的欢乐情景,以及梦醒后的凄清之境和失落之感,含蓄地表达了一种抚今追昔、怀才不遇的情绪。

上片写梦境。在梦中,词人仿佛又置身于东京热闹繁盛的元宵之夜。“紫府”:紫色象征华贵,皇宫、仙居皆可称紫府,此处指整个东京。“放夜”:解除夜禁。古代都市实行宵禁,闹市绝行人。唐以后,逢正月十五前后几日解除宵禁,让人们尽情观灯游赏。首句用词华丽欢快,使整个梦境处于欢乐美妙的氛围之中。

尽情游览之后,词人仿佛和一个女子相伴而归。这女子步态多姿,好像一步一朵莲花;这女子容貌娇美如秾艳的桃李。他们亲密地行走在一起,周围的环境是:“五更钟动笙歌散,十里月明灯火稀”。虽是曲终人散、天色将晓的时光,但节日的

痕迹仍处处可见。“五更”暗示笙歌彻夜，喧闹时间之长；“十里”点出东京处处繁华，欢度佳节范围之广。从侧面烘托出东京元宵佳节的欢腾热闹，给人留下了想象余地，收到了以少胜多的艺术效果，也符合梦境似断似续、似真似幻的实际情况。

整个上片通过对梦境的描绘，使人对东京元宵之夜产生了良辰美景、舒心惬意的印象，也表达了词人对之追念、珍惜、留恋的感情。

下片写梦醒之后的情和景，与上片形成鲜明对比。一觉醒来，笙歌、灯火、佳人全都子虚乌有。眼前是炉香袅袅，处境孤凄，脑海中梦境历历，回味无穷。现实与梦境，如今与往昔相比，孤凄与欢乐，对照分明。梦中京城，如今天涯；梦中佳节，笙歌灯火，激动人心，如今暮春，只有琐碎平凡的减衣换季；梦中的五更，他与佳人相伴，踏月赏灯而归，眼前的拂晓，只有对往昔的思念，更品味出此刻的孤寂。“凤凰城阙”远在天边，当年的生活亦不再来。“知何处”表达了一种怅惘之情。词人把目光望向窗外，梦中的灯月，心中的京城都看不到。稀疏的晨星中，一只孤雁鸣叫着飞过。这许是眼前景的实写，却更具象征和比喻。远离京城，有志难展的词人不正像那只失群的孤雁吗？读者自然会冲破这一凄清画面的本身，而体味出词人抚今追昔、郁闷失意的心绪。

全词构思完整，一气呵成。上下片的环境、氛围、情绪截然不同。一梦一真，一虚一实，一乐一哀，对照鲜明，又侧重后者，强调词人今日的失意。

做梦乃生活中平常现象，词人却能因之为词，创作出成功的佳构，抒发自己的哀乐，并感染后来的读者，实在令人赞叹。

六州歌头

贺　铸

少年侠气，交结五都雄。肝胆洞，毛发耸。立谈中，死生同。一诺千金重。推翘勇，矜豪纵。轻盖拥，联飞鞚，斗城东。轰饮酒垆，春色浮寒瓮，吸海垂虹。闻呼鹰嗾犬，白羽摘雕弓，狡穴俄空。乐匆匆。

似黄粱梦。辞丹凤，明月共，漾孤篷。官冗从，怀倥偬，落尘笼。簿书丛。鹖弁如云众。供粗用，忽奇功。笳鼓动，渔阳弄，思悲翁。不请长缨，系取天骄种，剑吼西风。恨登山临水，手寄七弦桐，目送归鸿。

【鉴赏】

北宋哲宗元祐三年(1088)秋，贺铸在和州(今安徽和县一带)任管界巡检(负责地方上训治甲兵，巡逻州邑，捕捉盗贼等的武官）。虽然位卑人微，却始终关心国事。眼看宋王朝政治日益混乱，新党变法的许多成果毁于一旦；对外又恢复了岁纳银绢、委屈求和的旧局面，以致西夏骚扰日重。面对这种情况，词人义愤填膺，又无力上达，于是挥笔填词，写下了这首感情充沛、题材重大，在北宋词中不多见的，闪耀着爱国主义思想光辉的豪放名作。

上片回忆青少年时期在京城的任侠生活。“少年侠气，交结五都雄”，是对这段生活的总括。以下分两层来写：“肝胆洞，……矜豪纵”是一层，着重写少年武士们性格的“侠”。他们意气相投，肝胆相照，三言两语，即成生死之交；他们正义在胸，在邪恶面前，敢于裂眦耸发，无所畏惧；他们重义轻财，一诺千金；他们推崇勇敢，以豪侠纵气为尚。这些都从道德品质，做人准则上刻划了一班少年武士的精神面貌。由于选取了典型细节：“立谈中，死生同。一诺千金重”等，写得有声有色，并不空泛；“轻盖拥，……狡穴空”是又一层，侧重描写少年武士们日常行为上的“雄”。他们驾轻车，骑骏马，呼朋唤友，活跃在京城内外。斗城：汉代长安按南斗，北斗形状建造，故名：此指北宋东京。他们随时豪饮于酒肆，且酒量极大，如长虹吸海。“春色”此处指酒。有时，他们又携带弓箭，“呼鹰嗾犬”，到郊外射猎，各种野兽的巢穴顿时搜捕一空。武艺高强，更衬托出他们的雄壮豪健。这两层互相映衬，写品行的“侠”寓含着行为的“雄”，而写行为的“雄”时又体现了性情的“侠”，非自身经历难写得如此真切传神。笔法上极尽铺叙，如数家珍，接着仅用“乐匆匆”三字即轻轻收束上片，贺铸不愧大手笔。

下片开头“似黄粱梦”过渡自然。既承接了上片对过去的回忆，又把思绪从过去拉回到今天的现实中来。过去的生活虽快乐，然过于匆匆，如梦一样短暂。离开京城到现在，十多年过去了，如今已是中年，自己的境况又如何呢？长期担任相当汉代冗从的低微官职，为了生存，孤舟飘泊，只有明月相伴。岁月倥偬，却像落入囚笼的雄鹰。一筹莫展。每天只能做些案头打杂的粗活，其保家卫国的壮志，建立奇功的才能完全被埋没了。而且像这样郁郁不得志的下层武官并非词人一个，“鹖弁如云众”。这就找出了造成这种现象的社会原因，指责了浪费人才，重文轻武的北宋当权者。“笳鼓动，渔阳弄”，点明宋朝正面临边关危机。“思悲翁”，一语双关：既是汉代有关战事的乐曲名，又是词人自称。四十岁不到，他却感到自己老了，一个“思”字，写尽了对自己被迫半生虚度，寸功未立的感慨。当年交结豪杰，志薄云天的少年武士，如今锐气已消磨许多，然而也成熟许多。其内心深处仍蕴藏着报国壮志，连身上的佩剑也在西风中发出怒吼！然而，在一派主和的政治环境中，他“请长缨，系取天骄种”的心愿只能落空。不是“不请”，而是“不能请”，或“请而不用”！于是词人只有满怀悲愤，恨恨地登山临水，将忧思寄于琴弦，把壮志托付给远去的鸿雁。词人的万千感慨都寄托在这有声的琴韵和无声的目光之中了，其哀、其愤，何其幽深！因为这是一个忧国忧民，报国无门的志士的无奈与悲愤，这是那个时代的悲哀！

关于这首词创作的时间，一向认为是贺铸七十四岁所作：钟振振先生则认为是贺铸作于三十七岁，持论有据。笔者采取了钟先生的说法，特此说明。

凌　歒

贺　铸

控沧江，排青嶂，燕台凉。驻彩仗、乐未渠央。岩花蹬蔓，妒千门、珠翠倚新妆。舞闲歌悄，恨风流、不管余香。

繁华梦，惊俄顷，佳丽地，指苍茫。寄一笑、何与兴亡！量船载酒，赖使君、相对两胡床。缓调清管，更为侬、三弄斜阳。

【鉴赏】

这是一首咏史怀古之作。

凌歒，台名。《广舆记》云："凌歒台在太平府黄山之巅，刘宋建离宫于此。"歒，热气也。凌歒，谓台高可以涤除暑气。贺铸约于徽宗崇宁四年(1105)至大观二年(1108)通判太平州，这首词大约作于这段时间之内。

开首三句，写登凌献台所见之景。"控沧江，排青嶂"写山水之势。青山高耸，壁立临江。似控制锁压着江水，而江水奔腾冲突，似剖开青山，一泻千里。这里一个"控"字，一个"排"字，相辅相成，将山水那不可一世的气魄，一并表现出来。燕台在此指凌歒台，由此转入写史。

公元463年，南朝宋孝武帝刘骏南游，曾登凌歒台，并建避暑行宫。接下去几句正是写当时的盛况。唐许浑《凌歒台》诗云："宋相凌歒乐未回，三千歌舞宿层台。"；"驻彩仗、乐未渠央"所说的正与许浑诗略同。渠，通"遽"。未央、未尽、未止。"岩花蹬蔓，妒千门、珠翠依新妆。"；"千门、珠翠依新妆"指随行的嫔妃宫女，她们个个衣着华丽，美艳动人，以至惹动了山花的满腹"妒"意。一个"妒"字，使山花也有了灵性。彩仗遍野、美女如云、轻歌曼舞、登高消夏，真的是"乐未渠央"。作者极写了当年凌歒台游冶的壮观，极写了宋孝武帝的奢侈豪华。可好景不长，接下去便是"舞闲歌悄，恨风流，不管余香。"当年的歌舞喧嚣，已经荡然无存；一代风流，也已一去不复返，只有山花藤蔓依然飘着余香。

下片承上片而抒怀。开首四句是说，繁华如梦，转眼就成为过去；秀丽江山，依然面对一派烟水苍茫。这里的一个"惊"字，一个"指"字，上片结处的一个"恨"字，一并透露着作者面对历史兴衰、世事沧桑时的无限感慨。接下去的"寄一笑，何与兴亡！"正是这种感慨的另一种表达方式。这一句是全词之眼，以反说之语点醒了全篇。这一笑并非轻松的无所谓的笑，这是自解自嘲、自我调侃。表面上好像说不关兴亡,实际上让人感到的正是作者心中那壮志未酬的深沉的痛苦。他没有忘怀世事,没有忘却兴亡,也没有超然物外。

“量船载酒”几句与“一笑”是一脉相承的。千古兴亡已付之一笑,其他就更不值得挂心了。载酒泛舟,与朋友徜徉于山水之间。岂不快哉!在这里词人化用了一个典故。据《晋书·桓伊传》载:“伊性谦素,……善音乐,尽一时之妙,为江左第一。……王徽之赴召京师,泊舟青溪侧。(伊)素不与徽之相识。伊于岸上过,船中客称伊小字曰:‘此恒野王也’。徽之便令人谓伊曰:‘闻君善吹笛,试为我一奏。’伊是时已贵显,素闻徽之名,便下车,踞胡床,为作三调。”桓伊曾与谢玄等在淝水之战中大破苻坚,为东晋政局的稳定,立了大功。很显然,贺铸是以桓伊来称许自己的朋友的。“使君”是汉以后对州郡长官的尊称,这里用来称呼自己的朋友。“胡床”一种可以折叠的轻便坐具,传自西域。其实这结处饮酒泛舟,轻歌慢调只不过是故作旷达之语。宋李之仪《〈跋凌歊引〉后》一文中说:“凌歊台表见江左,异时词人墨客形容藻绘多发于诗句,而乐府之传则未闻焉。一日,会稽贺方回登而赋之,借《金人捧露盘》以寄其声。于是昔之形容藻绘者奄奄如九泉下人矣。……方回又以一时所寓固已超然绝诣,独无桓野王辈相与周旋,遂于卒章以申其不得而已者,则方回之人物兹可量矣。”李之仪对贺铸的用心可谓理解得更深一层。贺词结处虽是旷达快意之语,但它表达的仍是壮志难酬的郁郁寡欢。

陈廷焯曾说:“方回词极沉郁,而笔势却又飞舞,变化无端,……”是这样的。此词之中,不管艳词丽句也好,淡淡调侃也好,贯穿始终的仍是一股沉郁之气。

国门东

贺铸

车马匆匆,会国门东。信人间、自古销魂处,指红尘北道,碧波南浦,黄叶西风。

堠馆娟娟新月,从今夜与谁同?想深闺、独守空床思,但频占镜鹊,悔分钗燕,长望书鸿。

【鉴赏】

这是一首抒写离情别绪的词作。

上片写离别。“车马”二句,写车马匆匆会聚在都城的东门外。国门,即都门。行者匆匆,送者也匆匆。“匆匆”二字不仅让人看到了车马的匆忙。也透露着人们内心的仓促不宁;“信人间、自古销魂处”。用江淹《别赋》“黯然销魂者,唯别而已矣。”之意;接下去三句是“销魂处”的具象化,当然这里是诗家语,“处”既可以指

"地",也可以指"时"。"红尘北道"写陆路北去,"碧波南浦"写水路南行。屈原《九歌·河伯》云:"子交手兮东行,送美人兮南浦。";江淹《别赋》云:"春草碧色,春水渌波,送君南浦,伤如之何?"古典诗词中的"南浦"多指送别的地方。"黄叶西风"是典型的秋景,这是在写"销魂"之"时"。中国文学中历来是悲秋的;宋玉《九辩》云:"悲哉,秋之为气也,萧瑟兮,草木摇落而变衰。"秋风落叶已让人感伤,离别更让人不堪忍受;柳永《雨霖铃》有句云:"多情自古伤离别,更哪堪、冷落清秋节。"凡熟悉中国文化、熟悉中华民族的思维和感情的人,都会感受到黄叶西风身上所负载着的伤别之情。

下片写道里之思。"堠馆"是官家的客栈。"堠馆"一方面点明行者休憩之处,同时向我们透露了一个时间信息,这是离别不久,行程之中;"娟娟"是明媚美好的样子。南朝鲍照《玩月城西门廨中》诗云:"未映东北墀,娟娟似蛾眉。""娟娟新月"用鲍照诗意。"堠馆"二句是说客馆里,抬头望见新月似眉,新月娟娟,可是从今以后与谁共赏这新月呢?其孤独,其思念已溢于言表。但接下去,他不言自己思妇,却言思妇念人。"镜鹊"即鹊镜,指背面铸有鹊形的铜镜。古代有思妇用鹊镜占卜的习俗,看游人是否回归,何时回归。贺词以"频占鹊镜"写思妇急切地盼望游人归来;"钗燕",即燕钗,指雕饰为燕形的钗。古代男女相别之时,女子常常将钗断作两股,一股留给自己,一股赠给男子,分钗作信物,分钗寄相思。"悔分钗燕",是写后悔与有情人分离;"书鸿",指书信。鸿雁传书已是中国古典文学中的熟典。"长望书鸿",是写时时盼望游人书信归来。结处三句极写思妇念人,而行人思念闺阁之情也已充溢其中。

贺铸的词风格多样,艺术手法也纯熟多变。此词上下片结处,无论是内容、构思还是语言,都有独到之处。上片结处三句只是复指一个"销魂处",却写出红、黄、碧三色,南、北、西数方,这样写让人感到层层逼近,普天下"别处"无不"销魂"。下片结处写思妇念人,也用鼎足三句,层层加深;且镜而为鹊、钗而为燕、书而为鸿,于是一切都为之飞动,一切都具有了生命力。

木兰花 梦相亲

贺铸

清琴再鼓求凰弄,紫陌屡盘骄马鞚。远山眉样认心期,
流水车音牵目送。
归来翠被和衣拥,醉解寒生钟鼓动。此欢只许梦相亲,
每向梦中还说梦。

【鉴赏】

这是一首恋情之作。上片写词人对他所钟爱的女子的追求,下片写失恋的痛苦以及自己对爱情的执着。

“清琴再鼓求凰弄,紫陌屡盘骄马鞚。”这是一组对仗句,一句一个镜头,场景互不相同。第一个镜头再现了汉代辞赋家司马相如在卓王孙家的宴会上,一再拨动琴弦,以《凤求凰》之曲向卓文君表达爱慕之情的那戏剧性的一幕。只不过男女主人公都换了。“紫陌”一句,镜头由家中移位到繁华的街上。写自己认准了美人的香车,跟前撵后地转圆圈,欲得姑娘之秋波飞眼,掀帘一顾。唐人李白《陌上赠美人》有诗句云:“白马骄行踏落花,垂鞭直拂五云车。美人一笑搴珠箔,遥指红楼是妾家”;刘禹锡也有诗句写都市春游的热闹景象道:“紫陌红尘拂面来,无人不道看花回”。可见,紫陌寻春之际,发生过多少与此相似的风流韵事!这两句词,如果说上一幕之鼓曲求凰尚不失为慧为黠,那么下一幕的随车盘马却就不免乎“痴”了。因此,“鼓琴”“盘马”两句,虽同是写对爱情的追求,貌似平列,但却绝非简单的语意重复,而是不同层次的情感流露。在那镜头的跳跃中,有时间的跨度、有事态的发展、更有情感的升级。这是不同层次情感的真实记录。

“远山眉样认心期,流水车音牵目送。”这两句“远山”句承首句“清琴再鼓求凰弄”,回溯“鼓琴”之事。“流水车音”句承接“紫陌屡盘骄马鞚”。这里“远山眉”一典,见刘向《西京杂记》:“卓文君姣好,眉色如望远山”。首句既以司马相如自况,这里乃就势牵出卓文君以比拟伊人,密针细缕,有缝合之迹可寻。“心期”即“心意”,词人似乎从那美人的眉眼之中,看透了美人对自己的爱意。正因为有这惊鸿一瞥,才使前两句之间略去了的情节进展有了关捩,既以见当时之“鼓琴”诚为有验,又证明后日之“盘马”良非无因。于是,悬而未决的问题便只剩下一个“盘马”的结局毕竟如何了,这就逼出了与第二句错位对接的“流水车音牵目送”。那车轮轧轧,似轻雷滚动,一声声牵扯着词人的心,好似从词人的心上碾过一般。姑娘的辎耕车渐行渐远了,而词人却仍然驻马而立,凝目远送,望断离路。

“归来翠被和衣拥,醉解寒生钟鼓动”二句,写词人“目送”心中的美人远去之后,心情郁闷,痛苦不堪,他便借酒浇愁,去喝了一场闷酒,酩酊大醉之后,跌跌撞撞地回到家中,衣裳也没有脱便一头栽到床上,拥被睡去。及至酒醒,已是夜深人静,但觉寒气袭人,又听到寂凉的钟鼓催更之声。这“寒生”二字,既是实写,也分明写出词人心绪的凄凉、寂寞。听到那凄凉的钟鼓声,词人又当是何等心绪呢?

“此欢只许梦相亲,每回梦中还说梦”二句,词人笔锋两到,一方面以逆挽之势插入前二句间,追补出自己在“拥被”之后、“醉解”之前做过一场美梦,在梦中相亲相爱,百般温存,万种怜爱。这在笔法上来讲是叙事之词;另一方面,它又以顺承之势紧承前两句之后,抒发其“觉来知是梦,不胜悲”的深沉感慨,自是入骨情语,强作欢笑。本来一对热烈的恋人,不能朝夕相守。只能在虚幻的梦中耳鬓厮磨,这已十分凄楚、哀怜了。而词人却又“梦里不知身是客”,还要向她诉说这种温馨之梦,这就更衬托出处境、心绪的凄惨。像这样的“梦中说梦”之“梦”每每发生，其哀感顽艳之程度何等深重！这两句之中，蕴含了多少重刻骨的相思，铭心的记忆，含泪的微笑与带血的呻吟！一篇之警策，全在于此矣！

点绛唇

贺铸

一幅霜绡，麝煤熏腻纹丝缕。掩妆无语，的是销凝处。
薄暮兰桡，漾下苹花渚。风留住。绿杨归路，燕子西飞去。

【鉴赏】

这是一首写男女相思之情的词作。

上片写女方。“霜绡”，即素绢，这里指白色的手帕；麝煤，指熏炉中的香料。开首两句是说，一幅白手帕，在熏炉上烘烤了一次又一次，即“熏腻纹丝缕”。手帕是女子身边常物，不难看出这里的主人公是一位痴情的女子。两情相悦，离别在即，难舍难分。江淹《别赋》云：“黯然销魂者，唯别而已矣！”正是女子痴情而痛苦的泪水一次又一次地浸湿了手帕。此处的手帕像舞台上一个不起眼的小道具，但它传导出的感情信息量却是巨大的。这女子在哭什么？在想什么？往日的相亲？今日的离别？乃至他日的莫测？我们不知道，或许她都想到了……。接下去两句是“掩妆无语，的是销凝处。”“的是”，犹言“确是”；“销凝”，写感怀伤神。对于这女子的万千愁绪，贺铸用“掩妆无语”一句道来，实在是准确而又神采奕奕。女子而有掩妆，意绪满腹之时而有默默无语。中华民族实在是个懂得含蓄的民族，懂得于空灵之处见万千世界，见万千情丝。画家的山水画卷中放一片空白给人驰骋，诗人的笔下留无语无声给人想象，这一切正如白居易所说“此时无声胜有声”。一个掩妆无语、感怀伤神的女子，是一尊雕像，每个人都可以从中读出些什么。

下片写男子。“桡”，是划船的桨，这里“兰桡”指男子出行乘坐的船只，着一“兰”字，是写船只的美好。“苹花渚”指长满苹花的水中小陆地。“薄暮”三句是说，傍晚时分，男主人公乘舟出行，船行到苹花渚就停下了，是风留住了行舟。这里的“漾”字是耐人品味的，它不是“千里江陵一日还”的速急，它让人感到的是缓缓迟迟，似乎船也有情，船也不忍离去。“苹花”是古典诗词中频频出现的事物，在文学的长河中，它已积淀成一些自己特有的义项。春日出游，采苹花赠有情人，这是古已有之的民间习俗。古典诗词中常借苹花抒写男女思慕之情。南朝柳恽《江南曲》有句云：“汀洲采白苹，日落江南春”。柳诗正是借苹花的传统比兴语义表现情人离别后的脉脉相思的。贺铸此处的“苹花渚”三字貌似平平，实则是很见功力之处。正是苹花勾起了男主人公的万千情思，让他泊舟驻足的也正是这撩人意绪的苹花，而作者荡过一笔偏说“风留住”，写来含蓄蕴藉，曲折有致。结处“绿杨”二句，字面没有什么难解，一个“归”字已与前面意脉相接了。可贺铸是个点化前人诗句的高手，很多平实的句子也不可等闲放过。唐朝顾况《短歌行》有句云：“紫燕西飞欲寄书。”贺铸的“燕子西飞去”正是化用了顾况的诗意。刚刚离别，男主人公就已经想到回归，就已经让燕子为他传书递信，其情意之深、其情意之厚，尽在“燕子西飞去”之中了。

这首词中选取的大都是生活中平淡无奇的素材，手帕，“熏腻”，“无语”，“苹花”，“燕子西飞”……然而在作者笔下却写出了浓浓的情思，语浅情深，耐人咀嚼，真的是“寻常风物口头语，便是诗家绝妙词。”

西　江　月

贺　铸

携手看花深径，扶肩待月斜廊。临分少伫已依依，此段不堪回想。
欲寄书如天远，难销夜似年长。小窗风雨碎人肠，更在孤舟枕上。

【鉴赏】

这首词写相思之苦。上片写对分别前美好欢会情景的回忆。下片写别后的相思之苦。

“携手看花深径，扶肩待月斜廊”两句，首先追忆昔日欢会的美好情景：在那春光明媚、鸟语花香、姹紫嫣红、斗芳争艳的美好时光里，他们在那小园深径里一起携手赏花；在人寂夜静、凉风习习的幽雅斜廊上扶肩待月，卿卿我我，情意绵绵。这二句不仅极为工整，而且极为生动形象地概括描写了男女欢会那样一种典型的环境及情景，给人以温馨旖旎的深刻印象。

“临分少伫已依依，此段不堪回想。”这两句承上紧转，点出上边的良辰、美景、赏心、乐事，只不过是分别后的“回想”。这就使词意极为含蓄、韵味无穷。前边的良辰美景、赏心乐事写得越是热烈，就越反衬出此时的寂寞凄凉与忧伤。这里一个“已”字，突出了惜别之际，稍做延伫，已经若有所失，怅然迷茫的悲哀；下句又以“不堪”二字相呼应，这就愈加深刻地描绘出“今日”回想时痛心疾首，哀婉欲绝。

这四句，两句一层，情调大起大落。词人一开始就将欢会写得缠绵热烈，细腻逼真;然后当头棒喝,由热烈缠绵一下反跌到悲凉凄惨,形成情感洪流的巨大落差,从而给人以强烈的震撼,使词作含义深远,余味无穷。

下片与上片相比,词作的笔法又有所不同,词人如层层剥笋一般,具体说明"回想"何以"不堪。"

"欲寄书如天远,难销夜似年长。"紧承上片结句。"欲寄书"一句,一个"欲"字点明了主观上的愿望。他和情人分别后,羁宦天涯,见面已属痴心妄想,然而就连互通音信、互慰愁肠这一点小小的愿望也由于水阔天空,千里难达而落空了。这正是"欲寄彩笺兼尺素,山长水阔知何处?"了。这是其"不堪"之一。"难销夜"一句中的"难"字,是客观环境对自己所造成的影响;一个人对着一盏孤灯,凄清寂寞,百无聊赖,在漫漫的不眠之夜中细细地品味着离别的况味,自然会生出长夜如年那样难以消磨的无限悲凉感慨。这是"不堪"之二。

"小窗风雨碎人肠,更在孤舟枕上"二句中的"小窗风雨"是耳边所闻。词人听着风雨敲打窗扉的淅淅沥沥之声,不禁肝肠寸断,凄然心碎。一个"碎"字,情景两兼,著一字而境界全出。它既是"雨"碎;又是人肠(心)之碎。这便是三"不堪"了。"更在孤舟枕上"收束全词,以"更在"透进一层,指出以上种种,全发生在"孤舟枕上"。这就将羁旅之愁思、宦途之怅触与离情之痛苦浑然融合为一体,是愁上添愁了,此为"不堪"之四。

这四"不堪"齐于一身,已使人难以承受,何况又纷至沓来,一时齐集!词作用笔句句紧逼,词意层层深入,末尾一句,更点明这一切皆在"孤舟枕上"发生,尤见悲凉哀婉。由此可见词人构思之精到。此词堪称词作中描写爱情的上品了。

小重山

贺铸

花院深疑无路通。碧纱窗影下，玉芙蓉。当时偏恨五更钟。分携处，斜月小帘栊。

楚梦冷沉踪。一双金缕枕，半床空。画桥临水凤城东。楼前柳，憔悴几秋风。

【鉴赏】

这首词写相思之苦。上片写梦中相会，下片写梦回凄凉。

“花院深疑无路通”这一句字面虽浅，但词义却比较幽雅，这关键在于对“疑”字如何理解。从三四句来看，这里的“疑”当是男子之“疑”然细细品味，却又似乎不应是男子现实中的“疑”。因为他对心上人所居的庭院，按理应该对心上人一样熟悉、了解。其次，心上人所居之庭院，即使再“深”，也决不会“无路通”。因此，我们认为，这里的“疑”应是梦幻中的“疑”。晏几道《鹧鸪天》有句“梦魂惯得无拘谨，又踏杨花过谢桥”。相别日久，朝思暮想，以致因情生幻，梦中千里跋涉，来到了曾经和心上人欢会之旧地。夜阑人静，月明星稀，看着那花木繁茂、曲折幽深的花园，不尽产生出“近乡情更怯”的疑虑：这次相会是否能够如愿呢？是不是会有人从中作梗呢？这种种疑虑猜度借“疑无路通”表现出来，既写得迷离惝恍，又十分形象逼真。

“碧纱窗影下，玉芙蓉”。这两句写他拂柳穿花，孑孑前行，刚刚绕过那幽雅的回廊，已经看到心上人伫立在朦胧的碧纱窗影下，似玉琢芙蓉，袅袅婷婷，顾盼生辉，笑颜以待了。这里“芙蓉”代指他心目中的美人，即那伫立在碧纱窗影下的美人。据《西京杂记》卷二载，卓文君姣媚，眉色如望远山，脸际常若芙蓉，以后有“芙蓉如面柳如眉”“强整娇姿临宝镜，小池一朵芙蓉”等诗句，都以“芙蓉”来喻美人。词人在“芙蓉”之前又加“玉”字，之前再限以“碧纱窗影下”，为美人的出场设置了一个特殊的环境和氛围。这真是形神兼备，呼之欲出。

“当时偏恨五更钟”一句，正当两人情意缠绵之时，东方发白，晓钟鸣奏，这怎能不令人产生“偏恨”的感慨呢！这里的“当时”，盖既指今梦，亦指昔时。是梦亦真，是虚亦实，动荡变幻之中，语语沉重，令人神伤。这正是良宵苦短，愁夜恨长！

“分携处，斜月小帘栊”二句写在晓钟的声声催促之下，两人在户外执手依依，洒泪相别，那清冷的月光斜照在帘栊上，更增添了别离的痛苦和感伤。此二句景中含情，情景交融，使上片的欢会在一派凄凉的氛围中结束。它与晏殊《蝶恋花》中：

"明月不谙离恨苦,斜光到晓穿朱门"具有异曲同工之妙!

下片"楚梦冷沉踪。一双金缕枕,半床空。"这三句笔势一转,与上片形成鲜明的对比。蓦然惊觉之后,冷梦沉踪,残月照户,残烛一点,寂寞凄清。眼前精心绣制的金缕双枕,冷冰冰地横卧床头。这愈加反衬出他此时的孤独寂寞。那身边的半床鸳被,更使他睹物伤怀,黯然魂伤。沈祥龙在其《论词随笔》中说:"词换头处谓过变,须辞意断而仍续,合而仍分。前虚则后实,前实则后虚,过变乃虚实转捩处。"这几句即承上启下,由虚入实,将上片一笔喷醒,为全词词眼之所在。

"画桥临水凤城东。楼前柳,憔悴几秋风"。三句又化实为虚。从对面写起。"凤城"即京城。虽然他此时正远在天涯,而其所思恋的女子却在京城的东隅。这里由上句的"双枕""半床"等情景,很自然地联想起对方对自己的刻骨思念。不过词作并没有直接描写对方如何相思,而是以楼前杨柳几度秋风,几度凋零来暗示对方的失望和憔悴,则尤为动情感人。

总观全词,上片写虚,下片写实。词人于虚中处处用实笔,使上片虚而似实;于实中却化虚为实,使下片实中有虚。结拍由己推人,代人念己,语弥淡而情弥深,尤显功力。

琴调相思引 送范殿监赴黄岗

贺 铸

终日怀归翻送客,春风祖席南城陌。便莫惜离觞频卷白。动管色,催行色;动管色,催行色。
何处投鞍风雨夕?临水驿,空山驿;临水驿,空山驿。纵明月相思千里隔。梦咫尺,勤书尺;梦咫尺,勤书尺。

【鉴赏】

这首词是词人为送朋友赴黄岗做官而写的一首赠别词。至于范殿监之生平、名字均不知其详。

"终日怀归翻送客"一句在于叙事。这句点出词人此时正羁宦天涯,他乡做客。而词人在"怀归"之前又冠以"终日"二字,这就表明词人无时无刻不在思念着家乡,盼望着能够早日回到故乡的心情。以这种心态,词人又要为朝夕相伴、志同道合的好友送别,因之词人在这两茫茫伤心之间又连以"翻"字,这就将客中送客、宦愁又添离愁、思乡又加怀友的怅触、感伤、凄楚悲凉的心态描绘得淋漓尽致、入木三分。这句以词的结构层次来说,它笼罩全篇,层深浑成,为下文的感情抒发定下了一个沉郁悲凉的调子。

“春风祖席南城陌”一句，点明别离的时间、地点。春风送暖、风和日丽、山花烂漫，这美好的季节，本来正好与挚友携手春游，郊外踏青，登山临水，赏花赋诗。现在却一反常情，要为朋友在南城陌上的长亭饯别送行，这是怎样的情怀、心态呢？这里“祖”，本是古代出行时祭祀路神的一种仪式，“祖席”这里便指饯行的酒宴。词人在叙事之中，移入了一层浓郁的感伤色彩，使叙事“情”思化，这就使读者不得不为词人的匠心独运而击掌赏叹！

“便莫惜离觞频卷白”一句写饯别的酒宴。这句中的“卷白”，即“卷白波”。宋黄朝英《缃索杂记》卷三云：“盖白者，罚爵之名。饮有不尽者，则以此爵罚之。……所谓卷白波者，盖卷白上之酒波耳，言其饮酒之快也。”本来，离宴之上道不完的离别情，说不尽的知心话，这一切，词人都没有写，而以一句席间的劝酒辞即代替了这一切“珍重”之类的内容，使客主二人，愁颜相向、郁郁寡欢、沉默寡言、以酒浇愁之场景历历如在目前。这里“便”“莫惜”“频”层层相加，字字重拙，语气尤为沉痛悱恻。友情之深笃、离情之愁苦，见于言外。

“动管色，催行色”四句为叠句，以声传情，点明临行分别在即。酒酣耳热之际，席间奏起了凄婉的骊歌，那就是催人泪下的《阳关三叠》吧！那凄凉哀伤的乐曲在席间回荡，也在别离人的心头回荡。它似乎在提醒离人，分别的时候到了，行人该启程上路了。这里，三字短句的回环反复，音节急促，使离人的情感更加悲凉，“动”“催”二字的两次出现，这一切都更加深化了此时此刻离人心头茫然若失、忉怛惆怅的情感。这与柳永的“兰舟催发，执手相看泪眼，竟无语凝噎”具有异曲同工之妙。

下片在上片叙事的基础上宕开一笔，设想别后的情景。

“何处投鞍风雨夕”这是词人为范殿监设身处地的思虑，这一别之后，他在风雨飘摇的傍晚时分，不知宿息在何处？这充分体现了词人与范殿监友情的深厚，也体现了词人对朋友的无限关怀。

“临水驿，空山驿”四句，是对前句设想之辞的回答。这一问一答，描画出一幅山程水驿、风雨凄迷的古道行旅图，把词人对范殿监体贴入微的关切之情具体化、形象化。特别是这些叠句的运用，更是将野水空山、荒驿孤灯的寂寞和凄凉渲染得淋漓尽致。

“纵明月相思千里隔”至结尾数句，笔锋陡转，振起全篇。一别之后，千里相隔。临清夜而不寐，睹明月而相思，这是离别人、相思人之常情。但词人却在“明月相思千里隔”之前又冠一个“纵”字，便立刻使地域上的千里相隔失去了距离和应有的分量。真挚的友情将会超越时空的局限，使他们在梦中近在咫尺地相会。这便是李白所想象的，“我寄愁心与明月，随君直到夜郎西”了。当然，梦中的咫尺欢会毕竟是梦境、是虚幻不真实的。现实情况依然是“千里隔”，在此情况下，只有“勤书尺”了。全词就在这再三的嘱托中结束，余音绕梁，韵味无尽。

这首词最大的特点便是多处使用叠句。这些叠句的使用，一方面加深了词的蕴含及情感氛围，另一方面充分发挥了词的声情美，使词作更加优美动人。沈际飞在其《草堂诗余四集序》中说：“情生文，文生情，何文非情。而以参差不齐之句，写郁勃难状之情，则尤至也”。以此词观之，诚然不谬也。

芳草渡

贺铸

留征辔，送离杯。羞泪下，撚青梅。低声问道几时回。
秦筝雁促，此夜为谁排？
君去也，远蓬莱。千里地，信音乖。相思成病底情怀？
和烦恼，寻个便，送将来。

【鉴赏】

这首词写别情。“留征辔，送离杯”二句，一开首便点明离别。“征”在这里是远行的意思。“辔”指马笼头和缰绳。这里词人紧扣“征辔”将离去那转眼即逝的一刹那，挥洒笔墨：女主人对即将远行的人苦苦挽留，频频劝饮，抓住马缰不放。词人这里只突出了留马、送杯两个典型的动作来描写，简明扼要，语浅意深，将离别之前的彻夜话别、收拾行装、长亭离宴、缠绵眷恋、寡欢无言等等情节一概省去，这不能不使人叹赏词人构思之精妙。

“羞泪下，撚青梅。低声问道几时回。”三句，接连以三个动作，极为委婉细腻地刻划出女主人公悲痛欲绝的心理活动。离别不胜悲痛，因之送行的女主人公不禁凄然泪下如雨。离别时分，本来有多少知心话要说，有多少嘱咐要诉，但面对这离别的场面，她却欲语未语泪先流。正是“执手相看泪眼，竟无语凝噎”。此时，任何语言、任何话语、千万个“珍重”都道不尽殷殷的恋情，只有让那无声的语言——泪如珍珠，去倾诉这一切。一个“泪下”将送别人的复杂微妙的心理活动全部托出，真能起到此时无声胜有声的艺术效果。而词作在“泪下”之前又下一“羞”字，则更加传神写照，将她微妙复杂的心理表现得淋漓尽致。离别是痛苦的、悲伤至极之事，故她禁不住欲语泪先流；但离别又要为他祝福，想方设法减轻他离别时的痛苦，因之又不能强作振作，强颜欢笑；但即使强为笑颜也是极不自然的，内心的悲伤是无以排遣的；况且她可能是位少女或少妇，在人面前。泪流满面，毕竟害羞，但这离别的泪泉却是难以堵住不让其流的。故这里一个“羞”字，极精炼、极传神，可见词人炼词之妙。“撚青悔”一句，“撚”，用手指搓转之意，这是一个下意识的动作，是一个细节的刻画。欲言又羞，不言则心中郁闷不快，所以左右为难，低首撚青梅。但羞涩毕竟只是一个心理上的障阻，而内心离别的痛苦毕竟太沉重了、太剧烈了，是无法压抑下去的，因而便有“低声问道几时回”一句。这里“问”之前加以“低声”来修饰、限制，“问”之后又继以“几时回”，这真是传神写照之笔，描摹其神情、心态、语气、动作，绘声绘色，毫发毕现，曲尽体物传情之妙。这前五句，全写离别，突出了女主人公一“留”、一“送”、一“泪下”、一“撚”、一“问”五个细节，从容写来，有条不紊，细腻熨帖，婀娜风流，这正起到了“状难写之境如在目前，含不尽之意于言外”的作用。

“秦筝雁促，此夜为谁排?”以下，全是女子最后的送别之语。意思是说，分别之后，今夜还有什么心思去弹琴鼓瑟呢？这里，“秦筝”乃弦乐器之一种，传为秦人蒙恬所造。“雁”即雁柱，为筝上支弦之物。古筝的弦柱斜列有如飞雁斜行，故称。柱可以左右移动以调试音节。“促”，迫、近之意。柱移近则弦急。后汉侯瑾有《筝赋》，云:“急弦促柱”。因此，所谓“雁促”，也就是柱促，即弦急。弦急则音高。古人曾云“岂无膏沐，谁适为容”。正因为心上的人离去了，还有什么心思、为谁弹琴弄瑟呢？

“君去也，远蓬莱。千里地，信音乖。”承上片描述，仍是女子对行人的嘱咐之词。离别千里之遥，两地音信之隔绝，这感受是离别双方彼此都有的。这里用一个“君”字，便有设身处地的代行人着想的意味。“蓬莱”传说海上仙人所居之处，这里代指行人所去之遥远地方。千里之遥，自然音信难通，这样就会因深深的思念而内心忧伤，以致相思成疾。

“相思成病底情怀？和烦恼，寻个便，送将来。”这四句紧承上句，设想因相思而成病，成病时是怎样的一种情怀，以及各种烦恼，要求远方的行人(他)，寻个方便将些情感活动寄送给她，却并不要求行人、行物、寄信。这里词人想象十分丰富奇特，这里面包含着几层意思:第一是让他将满腔愁苦、百般烦恼，尽情地向她倾诉出来，以减轻心里的郁闷。第二是让他将那些精神负担送给她，让她来代他承受；第三，这种因相思成病的情怀和烦恼，她和他同样有着一份。而这里让他将他的精神负担也送给她，这就说明她愿意为他而承受双重的精神重负。这种自我牺牲的胸怀，代表了中国劳动妇女的传统美德。这种痴情的要求虽不合常理，然而词人却以此把女子对情人的爱，表现得淋漓尽致，生动形象。

画眉郎 好女儿

贺 铸

雪絮雕章，梅粉华妆。小芸台、榧机罗缃素，古铜蟾砚滴。金雕琴荐，玉燕钗梁。
五马徘徊长路，漫非意，凤求凰。认兰情、自有怜才处，似题桥贵客，栽花潘令，真画眉郎。

【鉴赏】

这首词写一位少女对真正爱情的追求与向往。

“雪絮雕章，梅粉华妆”这二句分别用了两个典故写少女的天生丽质。“雪絮雕章”用的是晋代才女谢道韫咏雪的典故。谢道韫曾以“未若柳絮因风起”来形容漫天大雪的纷飞景象，赢得大文学家谢安的赞赏。词人用这一典故，意在说明这位少女的雕章琢句的才华亦不减当年的谢道韫，用以突出这位少女的文才出众。“梅粉华妆”则用南朝宋寿阳公主的故事。相传寿阳公主此人日卧含章殿下，有梅花一朵飘着其额，拂之不去。后世女子遂纷纷摹仿，争为“梅花妆”。词人用这一典故，意在突出这位少女的天生丽质；说她靓妆入时，大有当年寿阳公主的风姿神采。这两句先将这位少女的才、色两个方面予以突出，说明她是一位才貌双全的绝世佳人。

“小芸台、榧机罗缃素，”五句，承上转折，在上句描写少女才色的基础上，作者没有用过多的笔墨去刻画她的天生丽质，却转而详尽地描绘少女闺房里的陈设。“小芸台、榧机罗缃素”是说少女的香闺，俨然是一小小的藏书阁，榧木几案上罗列着重重书卷。这里“小芸台”的“芸”，疑是“芸”字之误，芸香草气味能驱书蠹虫，所以古代皇家藏书处或称“芸台。”；“缃素”，是浅黄色的细绢，古代多用以抄书。后遂成为典籍的代名词。“古铜蟾砚滴”写闺房里还陈设着古雅精巧的文具，这种铜蟾蜍，一般放在砚台旁，腹中装满着水，能自动吐出水泡，供研墨之用。“金雕琴荐”写闺房里还有名贵的鸣琴，那琴垫上绣着精美的金鹰图饰。琴垫华美如此，那琴之名贵便不言而喻了。“玉燕钗梁”写闺房中自然不免有许多精致的首饰，那雕刻着飞燕形状的玉钗，精美绝伦，有巧夺天工之妙。这里，词人不惜浓墨重彩来描绘渲染少女闺房的精雅陈设，目的是以象征手法，引发读者想象；这不同凡俗的闺房，它的雅致陈设，它的文化氛围。不正体现出其主人的素养、情操与气质么！不正反衬出她内心之美好么！

换头“五马徘徊长路，漫非意，凤求凰。”面对如此天香丽质绝顶才貌双全的少女，自然有不少达官显贵前来求婚。但是，这位少女却对那些达官显贵的求婚者不眉一顾。这里“五马”代达官显宦或富贵子弟。汉乐府民歌《陌上桑》中有:“使君自南来,五马立踟蹰”之句。那么,这位少女她对“五马徘徊长路,漫非意”,如此,她究竟要选择什么样的如意郎君呢?

“认兰情,自有怜才处,似题桥贵客,栽花潘令,真画眉郎”便是回答:原来她爱的是司马相如,潘岳之类的风流才子。这五句中,前三句用的是汉代司马相如的典故。据《华阳国志》记载,司马相如早年离开故乡赴京城时,曾在成都升仙桥上题字云:“不乘高车驷马,不过此桥也。”后来,他的文才果然得到汉武帝的赏识。“栽花潘令”则用的是西晋潘岳的故事。潘岳是西晋时著名的美男子,“少时常挟弹出洛阳道,妇人遇之者,皆连手萦绕,投之以果,遂满载以归。”(《晋书·潘岳传》)潘岳后来作河阳县令时,境内遍植桃李,时称河阳一县花。这两位都是文采风流的著名人物,为古代女子所倾慕。同样,这位少女有寿阳公主之娇美,有谢道韫之才,又有“怜才”之心,在当时社会,自然也是男子心目中理想的女性,是男子竞相追求的对象了。“真画眉郎”一句用张敞为妻画眉的典故。画眉郎即指夫婿。这首词与贺铸其他描写爱情的词作比较,最显著的特点便是从头到尾通篇用典故。用典故多虽有古奥晦涩之弊,但却使词的意蕴丰富多了,人物形象饱满了,大大扩大了词的含量。如起首二句写女子才貌,如用直述,费尽笔墨却难以穷尽。而词人拈出两个典故就轻而易举地解决了,收到了事半功倍的效果。结尾写少女理想中的夫婿,也是用同样手法,由此可见,词人的艺术构思之妙,也从中可见其对辛词的影响。

仲殊 生卒年不详。北宋僧人、词人。字师利。安州(今湖北安陆)人。本姓张,名挥,仲殊为其法号。曾应进士科考试。年轻时游荡不羁,几乎被妻子毒死,弃家为僧,先后寓居苏州承天寺、杭州宝月寺,因时常食蜜以解毒,人称蜜殊;或又用其俗名称他为僧挥。他与苏轼往来甚厚。徽宗崇宁年间自缢而死。

南柯子 忆旧

仲殊

十里青山远,潮平路带沙。数声啼鸟怨年华,又是凄凉时候在天涯。

白露收残月，清风散晓霞。绿杨堤畔问荷花：记得年时沽酒那人家？

【鉴赏】

词人本姓张，名挥，“仲殊”是他出家后的法名，因好食蜜，被东坡称为“蜜殊”，一般又称僧挥。东坡曾说他：“此僧胸中无一毫发事。”可见他是一位性情坦荡不拘礼法的和尚，写的词颇能反映他的个性。

题目是“忆旧”，写词人在夏日旅途中的一段感受，反映他眷恋尘世往事的复杂心境。

开篇两句如电影镜头，映出一个云游四方的僧人，这时正走在江边潮湿带沙的路上，许是向那远在十里外的青山丛林去找寻挂单的寺庙吧！两句写出了一幅山水映带的风景画面，这画面隐衬出画中人在孤身旅中的寂寞感。因为根据他的生活经历推断，他之到处游方，并非完全为了虔心礼佛。而是或者寻道访友，或者想借旅游来纵情山水，消除俗虑。否则他不会骤然发出下面“数声啼鸟怨年华”的慨叹。其实这何尝是啼鸟在怨年华，而是行客自己在途中听到鸟声油然而起年华虚度的怅恨。鸟啼花放，原是快意畅游的大好场景，可对一个弃家流浪的行脚僧人来说，感到的却是“凄凉时候”，前面还加上“又是”二字，说明这种漂泊生涯为时已经不短了。从两句叹息声中，我们可看出这位出家人毕竟还是六根未净，对浮生的坎坷命运仍然未能释然于怀。但他能把旅途中的见闻感受用词笔如实写来，情景并茂，又显出他的浓郁诗情和坦率性格。

下片还是以写景的偶句对起，进一步以“残月”“晓霞”点明这是一个夏天的早晨，白露冷冷，清风拂拂，残月方收，朝霞徐敛，词人继续行走在没有归宿的路上，他一面欣赏着这清爽夏朝的旅途光景，一面也咀嚼自己长期以来萍踪无定的生涯况味。行行重行行，不觉来到一处绿杨堤岸的荷池旁边，池中正开满荷花。呵，荷花！他眼前一亮，独个儿浪迹天涯，缺少的恰是个谈心旅伴，当此孤寂无聊境地，美丽的荷花一时竟成了难得的晤谈对象。“绿杨堤畔问荷花”，这一问多有情趣！“问荷花”，显出了词人清操越俗的品格，暗示只有出淤泥而不染的荷花才配作自己的知己。真的，亭亭玉立的荷花以它天然的风韵唤起了他的美好记忆，使他竟然意识到这里是旧地重游。因此，此堤、此树、此花，无一不是似曾相识。他清楚记得那次来时，为了解除旅行劳倦，曾向这儿一家酒店买过酒喝，乘醉观赏过堤畔的荷花。这一切都因眼下荷花的启发而记忆犹新。于是最后他欣然向荷花发出问话：“记得年时沽酒那人家？”“那人家”是自指，“家”在此用作语尾词，是对“那人”的加强语气。意思是“你还记得年前到此买酒喝的那个人吗？”即景生情，寓情于景，于情景相生中见出僧挥的性格、风趣，和他那认真自得的飘洒词笔。从这句结束的问话里，可知僧挥对往事一直未能忘情，也就是说他对浮世生活依然有着深情的迷恋，说明他还不是“应无所住而生其心”的虔诚佛门弟子，而只能是一个多情而富有才华的诗僧。

诉衷情 宝月山作

仲殊

清波门外拥轻衣，杨花相送飞。西湖又还春晚，水树乱莺啼。
闲院宇，小帘帏。晚初归。钟声已过，篆香才点，月到门时。

【鉴赏】

仲殊是北宋著名诗僧，东坡守杭州，看重其人，尝称“此僧胸中无一毫发事，故与之游”。仲殊此词作于杭州宝月寺。寺在城南吴山西偏宝月山麓，与西湖清波门相近。这是一首暮春即兴之作，掇拾眼前景物，却从容自在，深得诗家三昧。

上片四句写湖畔春景，嫣然独绝。清波门在杭城西南，地濒西湖，为游赏佳处。“清波门外拥轻衣”，受风的衣裾，膨松松地拥簇着自己往前走，衣服也像减去了许多分量似的。一个“拥”字下得多么工炼，它与“轻衣”的搭配又是多么熨帖入微。一种清风动袂、衣带飘然的风致，就这样被活灵活现地描绘出来了。写罢湖上的和风，接着写柳絮——古代杨柳无别，这是暮春的使者。随风飘荡的杨花陪伴着自己走上寺门的归路。“相送飞”三字将一种殷勤护持的情意传达出来了。一切无情并化有情，于此可见出作者的心境，它与融合的景物是多么和谐地统一在一起。“西湖”句由景物描写折到时令，笔意一转，带出下文。“水树乱莺啼”五字重涂浓抹，俨然一幅江南春色图画。丘迟《与陈伯之书》所述“暮春三月，江南草长，杂花生树，群莺乱飞”之佳丽景色，并于此五字中见之。特别是这个“乱”字下得很有力量。试想一下：一个缁衣白足的诗僧，徜徉在湖边山脚的花径上，周围是缤纷的花雨，耳边是如沸的莺声，这是多么惬意地游春图景呵！“乱”也者，言其纷至沓来，不暇应接之状也。自在娇莺恰恰啼，本已令人颠倒情思，何况是群莺乱啼，更何况是在这湖边花径之上，真足以摄召魂魄了。

如果说上片写春色之浓丽，是以表现动态之美见胜的话，那么，转入下片，则以表现深静之意境见工了。上下两片，一动一静，相映成趣，独具匠心，便有珠联璧合之妙。

过片一起三句，点出寺宇阒寂、僧寮清幽的场景，而用一“归”字与前片关合，以实现这一场景的转换。曰“闲”、曰“小”、曰“初”，皆涉笔轻灵，雅称其题，仿佛把人带进了一个红尘不到的世界。结拍三句，进一步烘托寺中的环境，补足前意。作者抓住了三个有时间特征的景物——钟声、篆香和月色，来加以刻画。一结悠然，有竟体空灵之妙。撞钟击鼓，为佛门旦暮必行的功课。卢纶“孤村树色昏残雨，远寺钟声带夕阳”(《出关言别》)，杜牧“夜深月色当禅处，斋后钟声到讲时”(《赠惟真上人》)，都是描写晚钟的名句。仲殊即景写来，亦实亦虚，尤有远韵。接着又拈出“篆香才点”与之作偶，更觉笔有余妍。用“篆”字形容回旋上升的烟缕，真是工致入微了。以晚钟之远韵匹篆香之烟痕。是声与色、大与小之对比，又都取景目前，真如天设地造一般。“月到门时”，本是归时实景，惟用在钟声、篆香之后，便觉充满禅机和妙不可言了。诗是人格的披露，诗中的物象，则是诗人心灵的闪光。从这轮伴随着诗僧回到山门的朗月里，我们不是可以感受到作者襟期的洒落和行止的自在从容吗？黄昇称其“字字清婉，高处不减唐人风致”，洵为知言。这是一杯醇醪，让我们细细呷品它吧！

诉衷情 寒食

仲殊

涌金门外小瀛洲，寒食更风流。红船满湖歌吹，花外有高楼。
晴日暖，淡烟浮，恣嬉游。三千粉黛，十二阑干，一片云头。

【鉴赏】

杭州西湖山明水秀，擅东南之胜，唐人已有“江南忆，最忆是杭州”(白居易《忆江南》)之说。唐末五代经济重心南移，到北宋时这里已成了东南的大都会和游览胜地。在歌咏杭州西湖的诗词佳作中，这首写寒食风光的小令是别饶风姿的妙品。

全词铸辞奇丽清婉而造境空灵，表现出较高的独创性。涌金门为杭州城西门，

"涌金门外"是西湖,词中却代称以"小瀛洲"。"瀛洲"为海上神山之一。有山有水的胜地,用海上神山比之也正相合。而西湖之秀美又不似海山之壮浪,着一"小"字最贴切不过。下句的"风流"一词本常用于写人,用写湖山,则是暗将西湖比西子了。"人间佳节唯寒食"(邵雍《春游》),作为游览胜地更是别有景象,不同常日,故"寒食更风流"。"更风流"进一层,仍是笼统言之,三句以下才具体描写,用语皆疏淡而有味。把游湖大船称作"红船",与"风流""小瀛洲"配色相宜;厉鹗《湖船录》引释道原诗:"水口红船是妾家",则红船或是妓船,故有"歌吹"。"花外有高楼"则用空间错位的笔触画出坐落在湖畔山麓的画楼。这是一个"水光潋滟晴方好"的日子,湖上飘着一层柔曼的轻纱,过片"晴日暖,淡烟浮"就清妙地画出这番景致。于是春花、红船、画楼、湖光、山色具焉,织成一幅美妙的图画,画外还伴奏着箫管歌吹之音乐。没有着意写游人,却深得"恣嬉游"的意趣。于此处下这三字,才觉真力弥满,游春士女之众可想而知。词人却并不铺写这种盛况,而采用了举一反三、画龙点睛的手法写道:"三千粉黛,十二阑干"。以"粉黛"代美人,言外香风满湖,与"风流"二字照应。美人竟然如此之多,则满湖游众之多更不待言了。"阑干"与"高楼"照映,又包括湖上的亭阁,使人窥斑见豹。

结尾三句用了鼎足对形式,省去许多话,精整而凝练。特别是析数法的运用很有趣味,"三千——十二——一片",随数目的递减,景象渐由湖面移向天外,形象由繁多而渐次浑一,意境也逐渐高远。而最后的"一片云头"之句,颇含不尽之意。《维摩经》云:"是身如浮云,须臾变灭。";李白《宫中行乐词》云:"只愁歌舞散,化作彩云飞。"作者为释氏门徒,又擅文词,"浮云"之喻当烂熟于胸中。用于篇末作结,于写足繁华热闹之后,著一冷语,遂使全篇顿添深意。《蓼园词选》对这结尾有一解会:"按宋之南渡,西湖号为销金锅,一时繁华游冶之盛,有心者能不忧之?不谓物外缁流,已于冷眼中觑之。"说此词有所讽谕,固然,但以为指南渡后事,则是误解。僧挥乃北宋人,俗姓张,名挥,安州士人,因事出家,名仲殊。与苏轼有交游,见《东坡志林》。陆游《老学庵笔记》谓其雅工于乐府词,犹有不羁余习,卒于徽宗崇宁年间,距南渡为时尚远。黄蓼园失考。

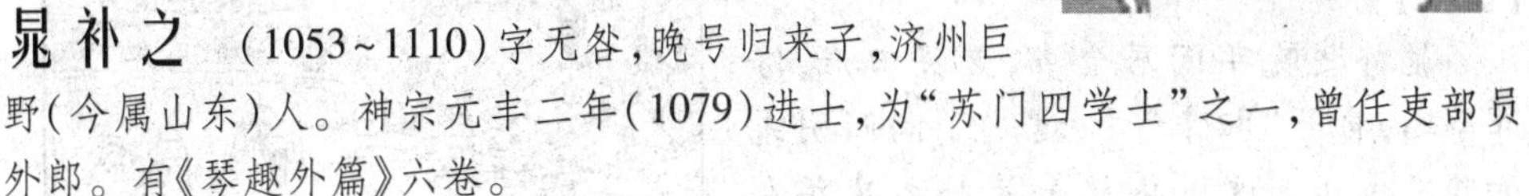

晁补之 (1053~1110)字无咎,晚号归来子,济州巨野(今属山东)人。神宗元丰二年(1079)进士,为"苏门四学士"之一,曾任吏部员外郎。有《琴趣外篇》六卷。

摸鱼儿 东皋寓居[1]

晁补之

买陂塘[2]、旋栽杨柳,依稀淮岸江浦。东皋嘉雨新痕涨,沙嘴鹭来鸥聚。堪爱处,最好是、一川夜月光流渚。无人独舞。任翠幄张天[3],柔茵藉地,酒尽未能去。

青绫被,莫忆金闺[4]故步。儒冠曾把身误。弓刀千骑[5]成何事?荒了邵平瓜圃[6]。君试觑,满青镜、星星鬓影今如许[7]!功名浪语。便似得班超,封侯万里,归计恐迟暮[8]。

【注释】

①东皋:晁补之故乡地名,在缗城(今山东金乡县),晁补之晚年闲居之地。

②买陂(bēi)塘:晁补之晚年在家乡闲居时曾置买田产。陂塘,指山坡和池塘。

③翠幄:指绿树。张天:即遮天。用陆机《招隐》诗语:“轻条像云构,密叶成翠幄。”

④金闺:即金马门的别称,指代朝廷。

⑤弓刀千骑:指做官人的仪仗护卫。

⑥邵平瓜圃:指代隐逸。邵平,又作召平,秦末汉初人,曾种瓜于长安城东,以瓜美闻名。

⑦青镜:即青铜镜。星星:指白发。

⑧“便似得班超”三句:班超向往功名,后立功西域,封为定远侯,但久居边塞,年老思归,被召回京时已年逾70岁。

【鉴赏】

晁补之晚年闲居金乡,置买田产,修葺亭园,自号“归来子”,过起了陶渊明式的隐逸生活。这首词就是晁补之晚年在家乡闲居时所写,表达了词人对田园风物和隐居生活的热爱之情,也抒写了他对仕途功名的厌倦之感。词的上阕描写东皋田园风景。这里仿佛淮水两岸,长江之滨,杨柳依依,新雨涨绿,水满池塘,沙鸥翔集；尤其是一川溪月、波光流照，令人最为神往情迷；这里境幽人稀，词人头顶翠树，脚踏绿茵，自斟自饮，翩然独舞，自得其趣。下阕抒写仕途感喟之情；词人说不要去回忆或羡慕官场生活的显贵荣耀（汉代尚书郎在朝廷值夜班时官府供给青缣白绫被；金马门是汉武帝时学士草拟文稿的地方），仕途功名常常把人引入歧途。光阴如箭，人生短促，即使能像班超那样立功边塞，封侯万里，归来的时候却已是鬓发斑白，不如去学邵平种瓜，陶潜归隐。此词写景清丽，抒情真率，慷慨磊落，痛快淋漓，既承东坡遗风，又启稼轩先路。刘熙载《艺概》评晁补之词云："无咎（晁补之字无咎）词，堂庑颇大。人知辛稼轩《摸鱼儿》（更能消几番风雨）一阕，为后来名家所竞效，其实辛词所本，即无咎《摸鱼儿》之波澜也。"这个评价是符合实际的。

水龙吟　次韵林圣予《惜春》

晁补之

问春何苦匆匆，带风伴雨如驰骤。幽葩细萼，小园低
槛，壅培[①]未就。吹尽繁红[②]，占春长久，不如垂柳。
算春常不老，人愁春老，愁只是、人间有。
春恨十常八九，忍轻辜、芳醪[③]经口。那知自是，桃花
结子，不因春瘦[④]。世上功名，老来风味，春归时候。
纵樽前痛饮，狂歌似旧，情难依旧。

【注释】

①壅培：施肥培土。

②繁红：指百花。

③芳醪：美酒。

④"桃花"二句：唐王建《宫词》曰："树头树底觅残红，一片西飞一片东。自是桃花贪结子，错教人恨五更风。"

【鉴赏】

此词大约作于晚年屡遭贬谪之后，副题为"次韵林圣予《惜春》"，林圣予其人不详，其《惜春》词今已不传。晁作所咏，当为惜春抒怀。

上阕一开篇就带入强烈的感情描写了一幅有别于春和景明的春归景象。随着风雨的急剧来去，春天也行色匆匆转瞬即逝。"问春"一语，是不解；"何苦"一词，更是埋怨责问；"幽葩"三句，意为小园低槛边的清幽花朵还未来得及壅土培苗，以极为婉妙之笔补写春去匆匆。前面大笔挥洒，此处则幽深细致，两相对照，更觉春归匆匆之可叹惋；"吹尽"三句，呼应前面风雨如驰的描写，是词人面对送春归去的

无奈景象安慰自己的议论，却在惜春之余另番新意。惜春是词中常见主题，但通常多为惋惜繁红吹尽，此处却通过比较春天的两种典型形象——柳绿与花红，肯定柳绿占春的久长，暗示繁红易落，不足惋惜，将开篇时的强烈惜春怨春情绪暗中消解。"算春"几句，紧承前面绿柳长在之意，更将自己惜春之情略加自嘲，进一步使词作情绪归于旷达平静。一个"算"字，与前面"问"字遥遥相对，前面感情强烈，冲口而出，此处则情理兼有，心中转思。

下阕紧接人之春愁。"春恨"一句，无奈中溶入超脱之意，以"春恨"的普遍存在而将心中无限怨怅情绪淡化。"忍轻辜"两句，言"春恨"如此难以逃避，哪能因为"春恨"就轻易辜负了美酒芳醪呢？以酒解忧，古已有之，此处表面是说不要辜负美酒，其实仍是借美酒来解除春恨，获得自我的平衡和慰藉。正话反说，文意曲折，更添许多味道；"那知"三句，通过自然界桃花自开自落只为结子，而非春去伤怀凋零消瘦的描写，进一步消解春恨。但越是试图消解春恨，越是见出春恨的无所不在。而这些春恨，都是因为人们自身心有所感，见春神伤；"世上"三句，承前"愁只是、人间有"，将人间之愁精练点出。因为世上功名的老大无成，抱负难伸，因为自己的渐入暮年，时日无多，故见春归而生感慨，实在是自伤身世。时至于此，难以排解，但作者以樽前美酒，世上相知将重重愁恨一笔撇开，堪称顿挫自如而又余味悠长。

忆少年 别历下①

晁补之

无穷官柳，无情画舸②，无根行客。南山尚相送，只高城人隔。
罨画园林溪绀碧③，算重来、尽成陈迹。刘郎鬓如此，况桃花颜色④。

【注释】

①历下：古邑名，即今山东济南历城区。因在历山之下而得名。

②画舸：画船。舸，船。

③罨（yǎn）画：画家称杂彩色之画。此用以形容历下景物的艳丽多姿。绀（gàn）碧：深绿泛红的颜色。

④"刘郎"两句：化用唐代诗人刘禹锡《元和十一年自朗州召至京，戏赠看花诸君子》诗中典故，该诗有句"玄都观里桃千树，尽是刘郎去后栽"。刘郎，本指刘禹锡，此处为作者自指。

【鉴赏】

这首词是作者贬谪应天府(今河南商丘),告别历下时抒怀之作,写于哲宗绍圣二年(1095)初。

上阕写独自离别历下。起首巧妙地以三个"无"字冠顶的排比句式描写离别场面,将作者对世态炎凉的愤懑之情;对自己屡遭贬谪漂泊不定的自伤之意,曲折含蓄而又极有层次地表现了出来。"无穷官柳",是离别时所见大道上一望无边的垂杨柳。此句既写眼前景,也写心中情。古人有折柳相送的习俗,此时作者离别,也当有人折柳相送。但徒见杨柳无边,却无人相送。杨柳越是无边,人情越显得淡薄,越让离人感慨万千。"无情画舸",怨所乘坐的船不顾人之情怀,径自开去。"无根行客",是作者自指。"行客"意为自己在旅途,而以"无根"一词加以强调,将作者在人世间漂泊无依之状凸显了出来。同时暗扣作者乘船行进,脚下所踏,顺水漂流。同时,这三句描写极有层次,似乎让人见离人回首官柳,踏上画舸,渐行渐远后自我感叹的过程;"南山"两句,写人不如山。山本无情物,却尚且能够连绵起伏千里相送,人是有情人,却被高高的城墙隔在城中。城墙再高,也有路可越,但无情之人,却可将它作为借口,避免送别。作者此时遭贬谪离开,即使大道平坦,城中人也会另寻借口避而远之。寥寥十字,曲尽人情。

下阕抒发人世沧桑的感慨。园林溪水,桃花霜鬓,均是作者离别途中心中所算。按句法,"算"字当在下阕开头。放在此处,是为了音律。"罨画"一句,回顾历下美丽风光,笔墨简练,富有概括性。"算重来"以下,设想以后重来之时,如此美景都已成陈迹,让人遥想之下,也顿生物是人非之慨,也寓有作者官场失意之后产生的富贵无常之叹。一个"尽"字,将这些感慨推至极致。最后两句,用一个贴切的典故在此基础上表达了更为丰厚婉转的意思。刘郎是指唐朝诗人刘禹锡。他曾在贬谪归京后做诗云"玄都观里桃千树,尽是刘郎去后栽"。通过玄都观里看桃花一事讽刺一时得意的朝中权贵。因做此诗,诗人再度被贬谪。十四年后,诗人又被召回京师,写下《再游玄都观》,其中有诗句"桃花净尽菜花开""前度刘郎今又来"。作者此处既以几度再起的刘禹锡自喻,也为刘禹锡见事伤怀,更兼自伤自慰。含蓄蕴藉,耐人寻味。

临江仙 信州作

晁补之

谪宦江城无屋买,残僧野寺[①]相依。松间药臼竹间衣。水穷行到处,云起坐看时[②]。
一个幽禽缘底事,苦来醉耳边啼?月斜西院愈声悲。

青山无限好，犹道不如归[3]。

【注释】

①残僧野寺：语出杜甫《山寺》："野寺残僧少，山围细路高"。

②"水穷"二句：袭用王维《终南别业》"行到水穷处，坐看云起时"句。

③"青山"二句：用范仲淹《越上闻子规》成句。

【鉴赏】

这首词乃晁补之贬职为信州酒脱时的作品，写出了词人贬官信州后的恬淡苍凉的心情。

本词上片写词人"谪官江城"后的景况行止。他贫无屋买，只得借宿于荒野的寺庙中，和老残病僧相依相伴。但词人并不以处境的窘困和寒伧为芥蒂，反而倒觉得与自己的心性十分贴合欢洽。"残僧野寺"四字及"松间药臼竹间衣"一句给我们展现出一幅清新、淡雅，水墨山水似的图画。"水穷行到处"是由王维的诗句"行到水穷处，坐看云起时"变化而来。意象组成成份虽然没有改变，但由于将"水穷"和"云起"突出到前景位置，因而其艺术效果也发生了一定的变化。

词的下片仍是描写"野寺"中的所闻所见，但心绪的苍凉、悲苦却借景物的描写较为明显地流露出来。词人巧妙地抓住一个"幽禽"悲啼的意象来抒写自己的心曲，以鸟能人言、人鸟共鸣的巧思妙句，外化了自身微妙复杂的隐秘心绪，可谓深得"托物言情"的三昧，其中"月斜西院愈声悲"创造了一个声、光、影交织的幽深境界。

洞仙歌 泗州中秋作[1]

晁补之

青烟幂[2]处，碧海飞金镜[3]。永夜闲阶卧桂影。露凉时，零乱多少寒螀[4]，神京[5]远，惟有蓝桥[6]路近。
水晶帘不下，云母屏开[7]，冷浸佳人淡脂粉。待都将许多明，付与金尊，投晓共流霞倾尽[8]。更携取胡床上南楼[9]，看玉做人间，素秋千顷。

【注释】

①泗州：地名，在今安徽省泗县。此词作于作者正在泗州上任。

②幂（mì）：遮盖。

③金镜：喻指月亮。杜甫诗“满月飞明镜”。

④寒螀(jiāng)：一种寒虫。

⑤神京：指北宋京都汴梁(今河南开封市)。

⑥蓝桥：在陕西蓝田县东南，因桥架蓝水之上而得名。唐《传奇·裴航》云，书生裴航遇仙姬樊夫人于鄂渚，仙姬赠诗：“一饮琼浆百感生，玄霜捣尽见云英。蓝桥便是神仙窟，何必崎岖上玉京。”裴航经蓝桥驿口渴求浆，遇仙人云英，寻得玉杵臼捣药百日，结为仙侣。此词以蓝桥神仙窟代指嫦娥月宫。

⑦云母屏：以透明似玻璃的云母制成的屏风。

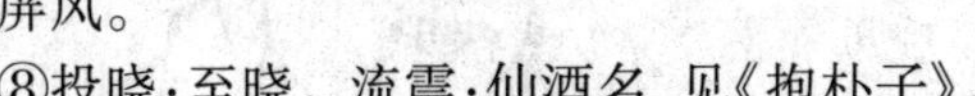

⑧投晓：至晓。流霞：仙酒名，见《抱朴子》。

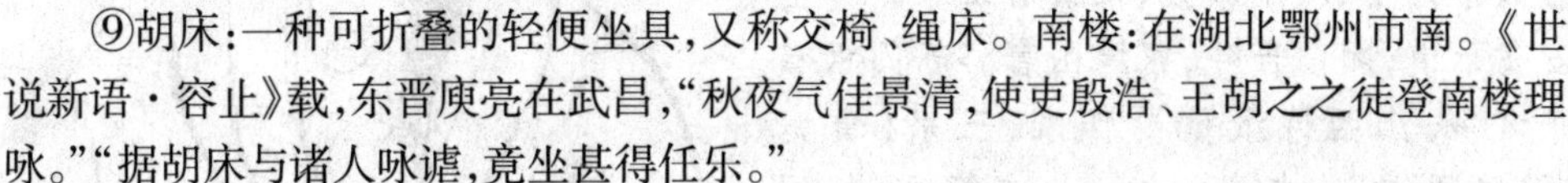

⑨胡床：一种可折叠的轻便坐具，又称交椅、绳床。南楼：在湖北鄂州市南。《世说新语·容止》载，东晋庾亮在武昌，“秋夜气佳景清，使吏殷浩、王胡之之徒登南楼理咏。”“据胡床与诸人咏谑，竟坐甚得任乐。”

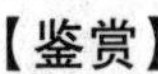

【鉴赏】

虽然有“东坡中秋词一出，余词尽废”一说，但后来者仍然有不少咏中秋的佳作出现。身为苏门四学士的晁补之所写的这首中秋词就是其中之一。

此词作于徽宗大观四年(1110)中秋，系词人绝笔之作。时作者在泗州(今安徽泗县)任知州。

在词的上阕中，作者描绘了一个亦实亦虚，明丽虚远的世界。“青烟”两句，使月亮出现得极富动感而又如梦如幻。在淡淡的袅袅青烟中，明月像一面金光潋滟的镜子飞将出来，出现在澄碧似海的朗朗夜空之中；“永夜”句以下，转写地上，却将天上景象与地上风光浑融交织，似此似彼。“桂影”一词兼写月中丹桂阴影洒于庭院和庭院中桂树阴影洒地的情景，使人产生如在月宫丹桂参差的幻境，让人觉得迷离恍惚，为下文“蓝桥路近”做一铺垫；“露凉时”几句，在迷离深夜中插入寒蝉鸣声，越发将寂寂深夜衬托得寂静异常。而寒蝉的鸣声在夜深人静之时又引起多少感物伤人之情；一句“神京远”，将屡遭贬谪、仕途坎坷的哀叹隐隐道出。但作者并不停留在这些沉浮荣辱，抱负理想所带来的内心隐痛，而是紧承前面所写如梦如幻的境界，转出“惟有蓝桥路近”，使人世哀伤淡出，而转入离尘仙游的奇妙幻觉之中。

下阕转写厅堂中赏月。“水晶”三句，将地上景象描绘得如同仙境。闪闪发光的水晶帘高卷着，雅洁清淡的云母屏风敞开着，冷月清辉与佳人脂粉浑然交映。水晶、云母、冷浸、淡脂粉等等意象，使人不辨人间天上，而又与明月清辉浑然一体；

"待都将"以下,以月下之人的想象愿望将天上美景纳入人间,从而使人间有如天上,地上之人陶然忘尘。将明月银辉、流彩朝霞想象得有如美酒,可以尽倾于酒杯之中,一直痛饮到天明,不是飘飘欲仙之人,想象不出如此情形;"更携取"一句,酒酣兴豪,直欲登楼而承庾亮之遗风,在咏谑欢饮中达到飘然出世、潇洒随意之境界。用典精当,含义丰富。"看玉做人间,素秋千顷",如此结句,紧承登楼而似乎已经身在天上,从月宫俯视人间,月光泻玉,大地千里,一片澄明晶莹,素洁清澈。词人内心也超凡涤尘,达到一片空明。

全词虽然情感淡然,但意象清朗,境界阔大,气格高旷,堪与苏轼中秋词媲美。

陈师道 (1053~1102)字履常,一字无己,号后山居士,彭城(今江苏徐州)人。16岁时从师曾巩。哲宗元祐二年(1087),由苏轼等人推荐,为徐州州学教授。后历官太学博士、颍州教授、秘书省正字。一生安贫乐道,闭门苦吟,家境困窘。苏门六君子之一,江西诗派重要作家、三宗(黄庭坚、陈师道、陈与义)之一。亦能词,其词风格与诗相近,以拗峭惊警见长。但其诗、词存在着内容狭窄、词意艰涩之病。著有《后山先生集》。词有《后山词》。

清平乐

陈师道

秋光烛地,帘幕生秋意。露叶翻风惊鹊坠,暗落青林红子。
微行声断长廊,熏炉衾换生香。灭烛却延明月,揽衣先怯微凉。

【鉴赏】

陈师道是"苏门六君子"之一。黄庭坚曾赞云:"闭门觅句陈无己,对客挥毫秦少游。"他的词纤细平易,如《蝶恋花》:"路转河回寒日暮,连峰不计重回顾。";《南乡子》:“花样腰身宫样立,婷婷,困倚阑干一欠伸。”;《菩萨蛮》:“天上隔年期,人间长别离。”都是较有名气的词句。但是,最足以代表他的词风的,则是这首《清平乐》。

这首词描绘秋天景色。上片写晨景,下片写夜晚。

“秋光烛地,帘幕生秋意。”开宗明义,写秋景,“秋光”“秋意”,一派秋天的气氛。“露叶翻风惊鹊坠,暗落青林红子。”进一步写秋景,含着露水的树叶,由于秋风的吹动,纷纷落下,连树上的鹊雀,也被惊动了。言简意赅,细腻生动,几个字,便勾勒出一个正在落叶的生动画面。“一叶知秋”,作者抓住了这一最有特征性的动态,一下子把秋景写活了。语言、画面、意境,都活灵活现地摆在读者的面前。

“微行声断长廊,熏炉衾换生香。”入夜了,秋天的夜晚是凄凉的:走廊的脚步声没有了,火炉里散发出木柴燃烧后的香气。夜深了,“灭烛却延明月,揽衣先怯微凉。”吹熄了蜡烛,月光却照进屋中,词人感到秋天的凉意,将衣披在身上。

这首词,情意深婉,用语精警,笔力拗峭,颇能代表陈师道的词风。王灼在《碧鸡漫志》中说:“陈无己所作数十首,号曰语业,妙处如其诗。但用意太深,有时僻涩。”这样的优点与缺点,在这首词中均有所体现。

张耒 (1054~1114)字文潜,号柯山,楚州淮阴(今属江苏)人。熙宁六年(1073)进士,授临淮主簿。元祐元年(1086)召试学士院,授秘书省正字,官至起居舍人。哲宗绍圣初,以直龙阁知润州。坐元祐党籍,数遭贬谪,晚居陈州。苏门四学士之一。诗学白居易、张籍,平易舒坦,不尚雕琢,但常失之粗疏草率,其词仅传六首,风格与柳永、秦观相近。著有《柯山集》《宛邱集》。词有赵万里辑本《柯山诗余》。

风　流　子

张　耒

木叶亭皋下,重阳近,又是捣衣秋。奈愁入庾肠,老侵潘鬓,谩簪黄菊,花也应羞。楚天晚,白蘋烟尽处,红蓼水边头。芳草有情,夕阳无语,雁横南浦,人倚西楼。

玉容知安否？香笺共锦字，两处悠悠。空恨碧云离合，青鸟沉浮。向风前懊恼，芳心一点，寸眉两叶，禁甚闲愁。情到不堪言处，分付东流。

【鉴赏】

开头五字点时序明地望，爽然已揽情景于一句之中。此何时何地也？落木萧萧，川原极望，千里惊心。本是"亭皋木叶下"，用南朝梁柳恽诗句，为是音律须协，故曰木叶亭皋下。读词，知其为音乐文学，此例极多，必宜在意。亭皋者何？水旁平地也。语又出司马相如《上林赋》，所谓"亭皋千里，靡不被筑"；"木叶下"则用屈子《九歌》："洞庭波兮木叶下"。老杜云"无边落木萧萧下"，一叶落而天下知秋，惆怅望川原，萧萧者无际乎？全篇神情已摄于此语。不待下云节近重阳，捣衣天气矣。

然则点"重阳"，点"捣衣"，莫非词费语剩乎？非也。"重阳"乃聚会之令节，"捣衣"乃闺中之情事。捣衣二字最重要，最吃紧。秋闺念远，捣衣为谁，所以寄离人于千里之外者也。天涯游子，一闻砧杵，离别之苦，日月之迈，满腹缠绵，一齐触发矣。此情难任，已经几番？须看他一个"又"字，便又将年年此际之情肠，提挈一尽。

庾肠，以北周庾信（《哀江南赋》千古不朽）自喻羁迟异地；潘鬓，用又一赋家潘岳"春秋三十有二，始见二毛"（头发有了黑白两色了）的故事感叹年华之易逝。黄菊乃重阳典俗，"菊花须插满头归"是矣，然而"谩簪"，莫戴莫戴。何也？深恐"年老簪花不自羞，花应羞上老人头"，岁月不居，转头老大，风情才调，渐非当年意绪。

至此,句句找足,无复馀墨矣,——而笔端一转,便又归到此际平芜极目、对景怀人的地望上。白蘋洲、红蓼渚,照映开首“亭皋”,一丝不乱。温飞卿写念远盼归之词云:“梳洗罢,独倚望江楼。过尽千帆皆不是,斜晖脉脉水悠悠。——肠断白蘋洲!”倘知合看,会心不远矣。然而这一切,全由“楚天晚”三字过脉,最是文心词笔细密超尘之处。只此三字,便引出了下文那四句十六字的千古风流、名世不朽的警句。

且道“芳草有情,夕阳无语,雁横南浦,人倚西楼”十六字毕竟有甚佳处?切莫只想“画境”“化境”那些陈言,也切忌只会讲什么“形象性”“性格化”这一派时兴的但无助于任何艺术领悟力的那种俗套。须看他“有情”“无语”是何等深致,“雁横”“人倚”又是何等神态。

芳草何以有情?难道是“拟人性格化”的事吗?讲中国的文学,要懂很多事情。“萋萋芳草忆王孙”,“春草年年绿,王孙归不归?”(本源更早出于《楚辞》)方知芳草与怀人,为伴生情事。再问芳草何以引起念远怀思之情?则可细玩白香山“远芳侵古道,晴翠接荒城”之句,盖芳草绵延,“连天”无际,只有她是“通连”天涯的“可见”之痕迹,最是触动离人积恨的一种物色。明乎此,方晓“有情”二字的真谛。

夕阳何以无语?难道又是“拟人性格化”?也不相干的。词人所云,是指时至暮天(楚天晚),人对斜曛,当此之际,万感中来,而又无由表述,相望无言,默默以对,——乃是两方面的事情。相对夕阳者,即下句独倚西楼之人是也。“无语”者何?即下片“情到不堪言处”是也。

雁则横,人则立,又一动一静,相为衬映。一有情,一无语,实亦互义对文,盖愈无语,愈含情;愈有情,愈默默也。斜阳芳草,一红一绿,又复相为衬映。至于一个雁横南浦,上应楚天晚照,而早又遥引下片“香笺共锦字,两处悠悠”,尤为针线密细。吾华学文之士,不于此等处降心参会,只讲什么形象性格之类,岂不毫厘千里哉。

由“芳草有情”以至“人倚西楼”,十六字画所难到,何其美极!

“两处悠悠”,证明此词从单面起(庾肠潘鬓),而以两面结,怀人者,被怀者,彼此交互写照想像,而非始终一方望远怀人之情景也。“日暮碧云合,佳人殊未来”;“青鸟不传云外信,丁香空结雨中愁”。如是如是。

“向风前”以次,笔致自精整渐归疏纵,慨然萧然,高情远致,于此俱备。“芳心”“寸眉”,补足上文“玉容”之义。一结谓此情无计可能表于言说,只有无限深衷,寄东流而共远。“自是人生长恨水长东”,后主名句,可合看,而又不尽同。细玩自得,岂待一一道破耶!

秋蕊香

张耒

帘幕疏疏风透，一线香飘金兽。朱栏倚遍黄昏后，廊上月华如昼。

别离滋味浓于酒，著人瘦。此情不及墙东柳，春色年年如旧。

【鉴赏】

张耒是苏门四学士之一，在政治上因受苏轼的牵连，累遭贬谪。但在词的风格上却无东坡词的豪放气势，现在流传极少的几首词中，倒和柳永、秦观的词风相近，这首《秋蕊香》就可作为代表。

据说张耒在许州做官时，曾爱上一个名叫刘淑奴的歌伎，他卸任离开许州以后，为思念刘淑奴写过两首歌词，《秋蕊香》便是其中的一首，用代言体手法，写对方相思的浓挚深情。

上片写景，由室内写到帘外，是寓情于景。头两句先写从疏帘缝隙间穿透进来的风，使金兽炉中的一线香烟袅袅飘动。以动衬静，表现出室内居人的孤寂心情。这因风飘动的香烟，难道不正是多情姑娘的心灵游丝在特定环境中冉冉飘浮的象征吗？是什么牵动了她心灵的游丝呢？只看她搴帘外出的行动和感受便知道了。“朱栏倚遍黄昏后，廊上月华如昼”两句，透露出了姑娘内心的隐秘。原来她从寂寞空房的炉烟袅袅记起当时两情缱绻的往事，如今离分两地，教人怎不思量！所以她不禁由室内走出帘外，在朱栏绕护的回廊上，一遍又一遍地倚栏望着，从白天盼到黄昏，从黄昏盼到皓月流辉的深夜。“月华如昼”，说明这是一个月白风清的良夜。往日相聚，两人浓情蜜意，喁喁低语，何等欢爱；可是而今天各一方，形单影只，欲语谁诉？怎不教人深深惆怅！这一切，人物本身并未自我表白，而是借“金兽飘香”，“朱栏倚遍”，“月华如昼”几幅景物画面暗示出来。让人看到这位多情少女的重重心事，是那么历历如绘，纤毫毕现。王国维说：“一切景语皆情语也。”上片写法正是如此。

下片写情，借外景反衬内心的苦闷，是以景衬情。下片的内容构思是由上片“月华如昼”一句引发开来的。因为在皎洁的月光下，她才发现自己独立的孤影显得分外消瘦，从而追索这令人消瘦的原因，原来是“别离滋味浓于酒”。“浓于酒”三字取譬甚妙。一是说酒味浓，能使人醺然迷醉，而“别离滋味”给人的刺激之深又过于酒；还有一层意思，是这种“别离滋味”连酒也消除不了的。既然如此，长期的精神负担，叫人哪得不消瘦！“著人瘦”一个“著”字，用得很俏，把抽象的感情形象化了。它既揭示了现象，又隐含着致瘦的原因。这两句承古诗“相去日以远，衣带日以缓”之意，又确是词的语言。由此逼出煞尾两句。银色的月光照见了她的伶俜瘦影，同时又现出东家墙头的重重烟柳，两者映衬对比，不觉感从中来，发出如怨如慕的叹息：“此情不及墙东柳，春色年年如旧。”墙东的柳树，到春天翠色依然，而自己的情怀则不似旧时了。拿有情的人和无情的柳相比，看似无理，却表现出她的痴情，传达出她的心曲，这要比直接表述深情感人得多。

这首词风调清丽，情致缠绵，在婉约词中也属上乘之作。

周邦彦 （1056~1121）字美成，号清真居士，钱塘（今浙江杭州市）人。神宗元丰初，游京师，献《汴都赋》万余言，召为太学正。出教授庐州（今安徽合肥）、知溧水县令，还为国子主簿。宋徽宗时，仕至徽猷阁待制，提举大晟府，专事谱制乐曲。他精通音律，能自制新腔，在词调的审定方面做了一些精密的工作，有《清真居士集》，已佚，今传有《片玉集》。他的词技巧很高，长调尤见功力。作品多写艳情、羁愁，也有咏物、咏节令之作。格律谨严，追求典丽，流于雕琢，为后来格律派所推崇。旧时词论给予很高评价，称之为“词家之冠”（《四库全书提要》），“美成号清真，二百年来以乐府独步。贵人、学士、市侩、妓女，皆知其词为可爱。”（陈郁《藏一话腴》）等等。可见其对后代词坛的巨大影响。

瑞龙吟

周邦彦

章[①]台路，还见褪粉梅梢，试花桃树。愔愔[②]坊陌人家，定巢燕子，归来旧处。黯凝伫，因念个人[③]痴小，乍窥门户。侵晨浅约宫黄[④]，障风映袖，盈盈笑语。

前度刘郎重到[⑤]，访邻寻里，同时歌舞，惟有旧家秋娘[⑥]，声价如故。吟笺赋笔，犹记燕台句[⑦]。知谁伴，名园露饮[⑧]，东城闲步？事与孤鸿去[⑨]，探春尽是，伤离意绪。官柳低金缕[⑩]，归骑晚、纤纤池塘飞雨。断肠院落，一帘风絮。

【注释】

①章台：汉长安有章台街，在章台下。唐人许尧佐有《章台柳传》，后人因以章台为歌伎聚居之所。

②愔愔：安静貌。

③个人：那人、伊人。

④宫黄：宫人用以涂眉之黄粉。

⑤前度刘郎重到：刘禹锡自朗州召回，重过玄都观，写有"种桃道士归何处，前度刘郎今又来"的诗句。

⑥秋娘：唐金陵歌伎。杜牧有《赠杜秋娘》诗并序。

⑦"燕台"句：李商隐《赠柳枝》诗："长吟远下燕台句，唯有花香染未消"。

⑧露饮：露顶饮酒。

⑨事与孤鸿去：用杜牧诗句"恨如春草多，事与孤鸿去。"

⑩金缕：形容柳条如金线。

【鉴赏】

这首词是作者被贬为地方官，十年之后被召还京时所写。故地重游，人事沧桑。作者用隐喻手法，借写重访章台，"桃花人面"之悲，抒发其怀旧追昔的抑郁的政治情怀。

此词共三叠。上叠写词人初游故地的所见所感。"章台路"点明地点是京城烟花巷陌之处；接着写季节是梅落桃开、燕子复归的春天。"还见"二字说明此地此景亦如当年所见，独不见当年之人在何处？蕴涵着物是人非之感。"愔愔"几句，进一步抒发这种感慨。睹物思人，旧日燕子尚知归巢，人却不知何在，更有人事变迁之叹。

中叠因景及情，因物及人，追忆当年“个人”（那人、情人）音容笑貌：“痴小”是娇小，“乍窥门户”是指从门户偷看，显得十分可爱。接着写她打扮入时，满面春风，笑语盈盈的样子。

以上两叠为忆旧，一写今日之景，一写昔日之人，一实一虚，给人以“桃花依旧笑春风”；“人面不知何处去”的伤感。下叠是伤今，将怀旧之景写得缠绵婉转。“前度刘郎重到”五句，借典写重访“坊陌”。虽然歌舞依旧，但身价远不如旧日秋娘，暗含旧情人不得见的伤感。回忆起当年两人吟笺赋笔、名园共饮、东城闲步的种种美好情景。“知谁伴”乃叹如今却不知谁在陪她？写出无限难堪和今昔强烈对比。“事与孤鸿去”骤然一转，点出“探春尽是，伤离意绪”的怀旧感伤主题。“官柳”下写归途中凄迷春景，照应“章台路”，烘托其探春不遇的断肠情怀。结句以景烘情，含蕴尤其深厚。沈义父云：“结句须要放开，合有余不尽之意，以景烘情最好，如清真之‘断肠院落，一帘风絮’。”

这首词借景抒情。刘禹锡、杜牧都因参加政治改革而遭贬。周邦彦用他们的典故，正是为了抒发自己的不幸和感慨。

风　流　子

周邦彦

新绿小池塘，风帘动，碎影舞斜阳。羡金屋①去来，旧时巢燕；土花②缭绕，前度莓墙③。绣阁里，凤帏深几许？听得理丝簧④。欲说又休，虑乖芳信；未歌先噎，愁近清觞⑤。

遥知新妆了，开朱户，应自待月西厢。最苦梦魂，今宵不到伊行⑥。问甚时说与，佳音密耗，寄将秦镜⑦，偷换韩香⑧？天便教人，霎时厮见何妨！

【注释】

①金屋：指汉武帝少时所言“金屋藏娇”的故事。

②土花：苔藓。

③莓墙：长满了苔藓的墙壁。

④丝簧：弦乐和管乐。

⑤清觞：清洁干净的酒具。觞，古人盛酒所用的器具。

⑥伊行：意中人那里。

⑦秦镜：汉代秦嘉赴京办公事，其妻徐淑曾赠明镜一块，表示永不相忘，常记于心。

⑧韩香：西晋权臣贾充之女贾午与韩寿相好，于是将其父受赐的异香偷来送给韩寿。

【鉴赏】

此篇恋情词，以细腻笔触摹写两情受阻，欲见不能，切盼复会之执着心态。上片首三句写黄昏外境，清新的绿波涨满小池塘，风儿吹得帘子摇动，细碎的帘影舞动，映着斜阳；"羡金屋"四句写伫望所见，旧日的归燕、筑巢在那华丽闺房的屋梁，在前番长过莓苔的高墙，绿色苔藓又伸延缠绕，"旧时""前度"，暗示与伊人曾有欢会，而今却欲见不能，故以"羡"字贯穿，"绣阁"三句，写久立所闻。"欲说""先咽"等，由所闻深帏琴声引起对伊人的揣想。"最苦"二句转写自己梦中魂灵也难到她身旁，"问甚时"以下，盼旧欢重续，意急情切。最后两句冲口而出，痴情无限。全词由景而情，由隐渐显，步步递进，悬至高潮，戛然而止。

兰 陵 王

周邦彦

柳阴直，烟里丝丝弄碧。隋堤[①]上，曾见几番，拂水飘绵送行色。登临望故国，谁识，京华倦客？长亭路，年去岁来，应折柔条过千尺[②]。

闲寻旧踪迹，又酒趁哀弦，灯照离席，梨花榆火催寒食[③]。愁一箭风快，半篙波暖，回头迢递便数驿。望人在天北。

凄恻，恨堆积。渐别浦[④]萦回，津堠[⑤]岑寂，斜阳冉冉春无极。念月榭携手，露桥闻笛，沉思前事，似梦里，泪暗滴。

【注释】

①隋堤：指开封汴河一带的河堤，是隋炀帝时筑的，所以又称隋堤。

②"应折"句：在此送别的人不知折断了多少柳条。

③"梨花"句：榆火，唐代的皇帝在清明节时用榆柳之火赐百官。此句之意为盛开梨花如雪一样的洁白而美丽，榆柳之火将寒食催去，又迎来了清明节。这里点明

了离筵的时间。

④别浦:原指隔绝了牛郎、织女二星的银河。此处借指分别时的水边。

⑤津堠:指码头上可供人休息的守候处。

【鉴赏】

这首词是周邦彦写自己离开京华时的心情。宋张端义《贵耳集》说周邦彦和名妓李师师相好,得罪了宋徽宗,被押出都门。李师师置酒送别时,周邦彦写了这首词。

它一上来就写柳荫、写柳丝、写柳絮、写柳条,先将离愁别绪借着柳树渲染了一番。"隋堤上、曾见几番,拂水飘绵送行色。"隋堤指汴京附近汴河的堤,因为汴河是隋朝开的,所以称隋堤。"行色",行人出发前的景象;"拂水飘绵",这四个字锤炼得十分精工,生动地摹画出柳树依依惜别的情态。"长亭路,年去岁来,应折柔条过千尺。"古时驿路上十里一长亭,五里一短亭;这是供人休息的地方,也是送别的地方。词人设想,在长亭路上,年复一年,送别时折断的柳条恐怕要超过千尺了。深层的含义是感叹人间离别的频繁。

上片借隋堤柳烘托了离别的气氛,中片便抒写自己的别情。"又酒趁哀弦,灯照离席。梨花榆火催寒食",这是船开以后寻思旧事;在寒食节的一个晚上,情人为他送别。"愁一箭风快,半篙波暖,回头迢递便数驿,望人在天北",是作者自己从船上回望岸边的所见所感。用一"愁"字,是因为有人让他留恋着。回头望去,那人已若远在天边,只见一个难辨的身影。"望人在天北"五字,包含着无限的怅惘与凄婉。

中片写乍别之际,下片写渐远以后。这两片的时间是连续的,感情却又有波澜。"凄恻,恨堆积!""恨"在这里是遗憾的意思。"渐"字也表明已经过了一段时间。"津堠"是渡口附近的守望所。"念月榭携手,露桥闻笛。沉思前事,似梦里,泪暗滴";月榭之中,露桥之上,那些夜晚,宛如梦境似的,一一浮现在眼前,不知不觉滴下了泪水。"暗滴"是背着人独自滴泪,自己的心事和感情无法使旁人理解,也不愿让旁人知道,只好暗自悲伤。

纵观全词,萦回曲折,似浅实深,有吐不尽的心事流荡其中。无论景语、情语,都很耐人寻味。

琐窗寒

周邦彦

暗柳啼鸦,单衣伫立,小帘朱户。桐花半亩,静锁一庭愁雨。洒空阶，夜阑未休，故人剪烛西窗语。似楚江暝宿，风灯零乱，少年羁旅。

迟暮，嬉游处，正店舍无烟，禁城百五[1]。旗亭[2]唤酒，付与高阳俦侣[3]。想东园，桃李自春，小唇秀靥今在否？到归时，定有残英，待客携尊俎。

【注释】

①百五：寒食节。冬至后一百零五天即寒食。

②旗亭：酒楼、酒肆。

③高阳俦侣：酒徒。此处指喜好饮酒而风狂放纵的人。

【鉴赏】

这是一首司空见惯的抒发羁旅愁苦情怀的词。周邦彦中年后虽长期在京任职，但仕途并不得意，因而常流露出倦客京华、思归家园的感情。上片写客居的凄清。“暗柳啼鸦”数句描述京都暮春景象；“洒空阶”二句由实入虚，亦真亦幻，耳听空阶前夜雨淋漓，似心愁心泪混成一片，词人神思飞驰，悬想何时与“故人”重逢；下片以“迟暮”钩转，转入抒发思念故园春色的深挚感情。以“迟暮”之年而遇京都寒食，嬉游胜览无地，京城处处禁火无烟，寒食凄冷，愁雨淋漓，更添羁宦孤独之悲感。从故园桃李自春，小唇秀靥安在？设想自己回去后的情况。人已迟暮，春已阑珊，花自零落，纵然回到故里，情怀仍似客中，只能花下酩酊，聊以排解郁结。

六　丑　蔷薇谢后作

周邦彦

正单衣试酒，怅客里，光阴虚掷。愿春暂留，春归如过翼，一去无迹。为问花何在？夜来风雨，葬楚宫倾国[1]。钗钿[2]堕处遗香泽，乱点桃蹊，轻翻柳陌。多情为谁[3]追惜？但蜂媒蝶使，时叩窗槅[4]。

东园岑寂，渐蒙笼暗碧，静绕珍丛底，成叹息。长条故惹行客[5]，似牵衣待话，别情无极。残英小，强簪巾帻[6]，终不似，一朵钗头颤袅[7]，向人欹侧。漂流处、莫趁潮汐。恐断红[8]、尚有相思字[9]，何由见得？

【注释】

①倾国:倾国倾城之色,形容女子的美貌。这里指花儿的美,即蔷薇花。

②钗钿:头上的装饰物。此处借指落花。

③为谁:谁为。

④窗槅:窗棂子。

⑤长条故惹行客:由于蔷薇花有刺,所以人靠近走时就会将衣服挂住。

⑥巾帻:头巾。

⑦颤袅:摇曳着。

⑧断红:落下的花瓣。

⑨尚有相思字:暗指"红叶题诗"之典故。

【鉴赏】

《六丑》是周邦彦创造的一个新调,也是宋词发展到灿烂时期的一个珍贵的产物。

一开头,他就从题目之前下笔。

"愿春暂留,春归如过翼,一去无迹"——这一韵也仍然在题目之前盘旋。

之后才出现落花的形象:"为问花何在?夜来风雨,葬楚宫倾国",一场突然而来的狂风骤雨,把有如倾国倾城的绝色名花,一扫而光了。"楚宫倾国",原是指春秋战国时代楚国的宫女们。周邦彦是借用"楚宫"的美女比喻蔷薇花的。

但上面还只是粗略地下了一笔;略写之后,便进一步加以细写:"钗钿堕处遗香泽,乱点桃蹊,轻翻柳陌。"上面他把落花比作楚宫的美人,如今他又把落花比作唐宫的杨妃。正如白居易在《长恨歌》中说的:"花钿委地无人收,翠翘金雀玉搔头。"杨妃在马嵬坡这一幕,仿佛重现在他眼前。

下面换头先提一句夏初的景色。"岑寂"是因为不仅没有赏花的人,也没有了花。如今有的只是暗沉的碧叶。"蒙笼"是草树茂盛的样子。

"静绕珍丛底,成叹息"——这就转入了自己。

"长条故惹行客,似牵衣待话,别情无极"——又是把自己同蔷薇进一步联系起来。自己既对蔷薇如此有情,蔷薇也就对这位诗人报以同样的情态了。

结拍又再推开一层:"漂流处、莫趁潮汐。恐断红、尚有相思字,何由见得?"他想到有些落花也许会随水漂流,也许会流进大海中去。又想到有些花片也许是哪一位情人在上面题了字,要它带给他心爱的人的。假如花片儿跟着潮水进了大海,不是辜负了情人的一番心事了吗?作者能够把人和花之间的感情写得如此缠绵宛转,耐人寻味,比之借花喻人似乎还更加情意深沉些。

夜飞鹊

周邦彦

河桥送人处,凉夜何其。斜月远,坠余辉,铜盘烛泪已流尽,霏霏凉露沾衣。相将散离会,探风前津鼓[①],树杪参旗[②]。花骢会意,纵扬鞭,亦自行迟。
迢递[③]路回清野,人语渐无闻,空带愁归。何意重经前地,遗钿不见,斜径都迷。兔葵燕麦[④],向斜阳影与人齐。但徘徊班草[⑤],欷歔酹酒,极望天西。

【注释】

①津鼓:渡口的鼓声。古代在渡口设鼓,击鼓表示船将启航。

②树杪参旗:树杪,树梢。参旗,星名。初秋黎明时出现在天空。

③迢递:遥远,千里迢迢。

④兔葵燕麦:兔葵,一种植物。这里指野草丛生,一片凄冷悲凉之气。

⑤班草:把草铺在地上坐下。

【鉴赏】

这首词为忆别怀人词。上片先追忆当日送别场景,渲染氛围;再写别筵散场,匆匆分手,怏怏而归。"津鼓"催发行船,"扬鞭"自跨归骑。"花骢"二句为神来之笔,马犹如此,何况人呢!省却万言千语。下片写送客归来的思念。起首三句,述当日送别归途离思、旷野落寞,而由"空带愁归"顿住;"何意"以下转入当今。如今重经当年送别旧地,时过境迁、触目荒凉,路径难辨。怀想之极,不忍离去,收拍以"徘徊""班草""欷歔""酹酒""极望"等一系列密集动作意象写出离愁凝重、怀旧情深。全词写的是惜别、怀旧之情,情不直接流露,只于写景、写事、托物上见之,写得细腻沉着。

满　庭　芳　夏日溧水无想山作

周邦彦

风老莺雏，雨肥梅子，午阴嘉树清圆。地卑山近，衣润费炉烟[①]。人静乌鸢自乐，小桥外，新绿溅溅[②]。凭阑久，黄芦苦竹，疑泛九江船[③]。

年年，如社燕，飘流瀚海[④]，来寄修椽。且莫思身外，长近尊前。憔悴江南倦客，不堪听，急管繁弦。歌筵畔，先安簟[⑤]枕，容我醉时眠。

【注释】

①衣润费炉烟：梅雨时节，此时衣服常泛潮，要用香炉熏干。

②溅溅：形容水流的声音。

③疑泛九江船：白居易被贬江州司马时，曾在浔阳江头送客听琵琶，作《琵琶行》一诗。此处作者以白居易自比。

④瀚海：指边远之地或沙漠戈壁。

⑤簟：竹席子。

【鉴赏】

哲宗元祐八年到绍圣三年（1093～1096），周邦彦任溧水（今属江苏省）县令。此词即是他在溧水任职期间写的。主要抒写他宦浮州县，飘零不遇，哀乐无端的失意之情。

上阕写景。前三句写夏日景物，极具巧思。化用了唐人诗句，写小黄莺在和暖的春风中长大，梅子因有充足的雨水滋润长得又肥又大，正午阳光直射，树影显得清晰圆正，可见树的葱茏茂密。写出了江南初夏多雨的气候特点和清幽的景色；"地卑山近"二句写了梅雨时节多雨而且潮湿的环境气候，衣服容易生霉，常需熏烤，暗含梅雨气候让人心烦意乱；"人静"二句融情入景，以乌鸢之乐反衬自己的烦愁。《宋四家词选》评此二句："体物入微，夹入上下文中，似褒实贬，神味最远。"最后三句把自己的处境与白居易贬谪江州时境况类比，寄寓了怀才不遇的失意感叹。

下阕感叹飘零苦况。开头四句，以春来秋去的燕子自比，写自己行踪的漂泊不定，也即是宦途的不如意；"年年"二字表示长期如此，令人万分惆怅，万分伤感；"且莫思"至句末，写其愁闷心情之难以排遣。既然是如此的不如意，何不放下功名事业这些身外之事，开怀畅饮，及时行乐呢？但充满丝竹管弦的盛宴，不但不能排遣江南倦客的愁绪，反而倍增伤感。愁思不已，只有一醉方休，借睡眠忘记一切烦恼，把万念俱灰的颓唐之语写得极含蓄，令人击掌称赏。

全词含蓄蕴藉，寄慨遥深。化用了杜甫、刘禹锡、杜牧诸人诗句，隐括入律，浑然天成。许昂霄认为此词，“通首疏快，实开南宋诸公之先声”（《词综偶评》）；陈廷焯在《白雨斋词话》中指出，“乌鸢虽乐，社燕自苦；九江之船，卒未尝泛。此中有多少说不出来，或是依人之苦、或有患失之心，但说得哀怨却不激烈，沉郁顿挫中别饶蕴藉。”

过秦楼

周邦彦

水浴清蟾[①]，叶喧凉吹，巷陌马声初断。闲依露井，笑扑流萤，惹破画罗轻扇。人静夜久凭阑，愁不归眠，立残更箭[②]。叹年华一瞬，人今千里，梦沉书远。
空见说鬓怯琼梳，容销金镜，渐懒趁时匀染[③]。梅风地溽[④]，虹雨苔滋，一架舞红都变[⑤]。谁信无聊为伊，才减江淹，情伤荀倩[⑥]，但明河[⑦]影下，还看稀星数点。

【注释】

①清蟾：指月亮，传说月亮上有蟾蜍。

②更箭：漏箭，古代计时器漏壶的一部分，上面刻有节文，有水的沉浮来计算时间。此处指时间。

③匀染：仔细的打扮。

④地溽：地上潮湿、闷热。

⑤一架舞红都变：满架的蔷薇都凋谢了，只留下一地的残红落叶。

⑥荀倩：指荀奉倩。相传荀奉倩与其妻感情非常好。后来妻子病亡，奉倩也神伤而死。

⑦明河：指天上的银河。

【鉴赏】

此词为静夜愁立，怀人伤情之作。上片写回忆情侣。水浴前六句是对过去美好生活的回忆，但词人却用实写，好像是在写今天，当词人完全沉浸在过去的美好

生活的回忆时,这段生活的感情与形象是明朗的、欢快的;“人静”六句辞意顿转,折笔写词人现境:自己凭栏夜久直到“残更”欲晓的“愁不归眠”,感叹情侣“人今千里”,往昔欢聚已如“梦沉”,充满怅惘失落的感伤;下片写两情眷恋。“空见说”三句借凭空传言悬想爱侣对自己的相思憔悴,以“怯”“懒”二字幻化出她对镜怕见瘦容的胆怯心理和无心梳妆打扮的懒散情态。“梅风”三句插入江南梅雨景物,反笔写词人独处溧水地卑溽湿,苔滋花残的难堪境况,而借“舞红都变”的残花凋落的具象化手法,遥映“年华一瞬”,隐喻情侣的“鬓怯容消”的芳华憔悴。“谁信”数句抒写词人“为伊消得人憔悴”的相思深情:独处无聊,才思涣散,心为情伤,暗示自己对情侣如荀奉倩般生死相恋。“但明河影下,还看稀星数点”,以见明河侵晓星稀,表现出词人凭栏至晓,通宵未睡作结。全词写景摹状,融情传意,不同时空的画面切换、转接无迹,虚实交映,以实写虚,曲折顿挫,具体生动。

花犯

周邦彦

粉墙低,梅花照眼,依然旧风味。露痕轻缀,疑净洗铅华,无限佳丽。去年胜赏曾孤倚,冰盘同燕喜①。更可惜,雪中高树,香篝②熏素被。

今年对花最匆匆,相逢似有恨,依依愁悴。吟望久,青苔上,旋看飞坠。相将③见,脆丸④荐酒,人正在,空江烟浪里。但梦想,一枝潇洒,黄昏斜照水。

【注释】

①燕喜:同宴喜。参加宴会之欢喜愉悦。

②香篝:香笼、熏笼。

③相将:将要。

④脆丸:梅子。

【鉴赏】

这首咏梅词，托物寓意，借梅感叹自己宦迹无常和落寞情怀。

上阕前六句写眼前所见之梅：前三句写低矮的粉墙下盛开的梅花风情依旧；后三句写花瓣上还留着露水的痕迹，洗净铅华，显得淡雅素净，依然美丽。梅犹是旧风情，而人则离合无常。“去年”五句回忆独自雪中赏梅的情景。“孤”“同”字写出自己的孤独，唯有与梅相伴的情景。“香篝熏素被”，更显梅花香洁。

下阕前六句又回到今年，匆匆相逢，只见梅花愁悴不堪，正在纷纷飘落于青苔上。“恨”“依依愁悴”实是作者自己的感受，将自己的感受溶入花中，用了拟人手法。而自己无法留住飘落的梅花，只能眼望着它的落下，表现了作者对花的惜别之情和那种无可奈何的悲哀。“将相见”二句是设想梅子将熟时，作者正泛舟空江烟浪里，一边以梅子荐酒、一边离开这个地方。结尾两句化用林逋《山园小梅》“疏影横斜水清浅，暗香浮动月黄昏”的句意，设想梦是寻梅的情景，想起梅花的倩影，心境更加苍凉。

全词跨越时空界限，将现在、过去和未来巧妙地组合在一起，处处写梅，处处又都有作者的身影，情景相生。此词的写作特点，正如陈洵《海绡说词》所评：“起七字极沉着，已将三年情事，一起摄起。‘旧风味’从去年虚提。‘露痕’三句，复为‘照眼’作周旋。然后‘去年’逆入，‘今年’平出，‘相将’倒提，‘梦想’逆挽，圆美不难，难在浑劲。”；黄蓼园《蓼园词选》亦云：“总是见宦迹无常，情怀落寞耳。忽借梅花以写，意超而思永。言梅犹是旧风情，而人则离合无常；去年与梅花共安冷淡，今年梅花正开而人欲远别，梅似含愁悴之意而飞坠；梅子将圆，而人在空江中，时梦想梅影而已。”

大　酺

周邦彦

对宿[1]烟收，春禽静，下雨时鸣高屋。墙头青玉旆[2]，洗铅霜都尽，嫩梢相触。润逼琴丝[3]，寒侵枕障，虫网吹粘帘竹。邮亭[4]无人处，听檐声不断，困眠初熟。奈愁极顿惊，梦轻难记，自怜幽独。

行人归意速，最先念，流潦妨车毂[5]。怎奈向兰成[6]憔悴，卫玠[7]清羸，等闲时，易伤心目。未怪平阳客[8]，双泪落，笛中哀曲。况萧索，青芜[9]国，红糁[10]铺地，门外荆桃[11]如菽。夜游共谁秉烛？

【注释】

①对宿：昨夜、隔夜。

②旆：古代旗帜末端带有像燕尾一样的垂旒。

③润逼琴丝：由于雨天空气潮湿，所以琴弦受胀。

④邮亭：古代驿馆，可供传递文书的人休息。

⑤车毂：车轮。

⑥兰成：指南北朝的文学家庾信，字兰成。

⑦卫玠：长相极佳的西晋人。但早逝。

⑧平阳客：指东汉马融。他曾听人吹笛而悲哀，后作《长笛赋》流传于世。

⑨青芜：杂草丛生。

⑩红糁：落花，开败而落的花。

⑪荆桃：樱桃。

【鉴赏】

此词为驿馆阻雨，抒写羁宦伤心情怀之作。上片描写暮春晨雨的景象和孤寂无聊、心神不宁的情状。"对宿"三句写清晨急雨飞溅，宿雾散，春鸟静，时鸣高屋的四野春雨淋漓景象，为全词即景抒情铺垫大背景大氛围；"墙头"三句转写驿馆围墙上青竹高耸，风雨冲刷竹枝粉霜褪尽，翠叶婆娑如绿旗招展，描绘了一幅青嫩碧润的春雨翠竹图，显示出江南景物之美；"润逼"三句辞意顿转，以润、寒、粘三字写出居处环境的空气潮湿、寒瑟和虫网粘腻，透出境苦之况味；"邮亭"三句写因春雨阻困，愁眠驿舍，词人听檐前春雨淋漓与浅眠梦轻，时而惊醒，以愁、惊、怜三字点染词人幽独寂寥、情怀凄苦愁闷不安的心态；下片从雨阻行程写到落红铺地，春事消歇，从而寄寓惜春的感慨。"行人"二句写词人急欲归京的心意，"速""念"二字透露出急欲归京，忧虑流潦的复杂心情；"怎奈向"数句隐喻词人对京都汴京的眷怀和体弱不堪劳顿；"况萧索"数句再写风雨中青芜萧索、落红铺地，樱桃红艳，渲染春光消逝之残景；"共谁秉烛"一语双意，一是残花凋零、一是"自怜幽独"，无景可赏、无友可伴。以花落人孤的茫然失落，抒写暮春风雨无情，羁宦幽独谁怜的惆怅和抑郁。

定风波

周邦彦

莫倚能歌敛黛眉，此歌能有几人知？他日相逢花月底，重理[①]，好声须记得来时。
苦恨城头更漏永[②]，无情岂解惜分飞。休诉金尊推玉臂，从醉，明朝有酒遣谁持。

【注释】

①重理：重新将琴弦调整好，准备演奏乐曲。

②漏永：古代人用于计时的方式，即以铜漏壶滴水。此处指深夜。

【鉴赏】

这首词写惜别之情，幽凄之中显出几分豪情来。首起“莫倚”句，极写离别前的幽情，含蓄委婉。收束“从醉”句，直写弄琴纵酒，一醉方休，词疏语放，豪宕不已。

蝶恋花

周邦彦

月皎惊乌栖不定，更漏将残，辘轳牵金井[①]。唤起两眸清炯炯[②]，泪花落枕红绵冷。
执手霜风吹鬓影，去意徊徨[③]，别语愁难听。楼上阑干[④]横斗柄，露寒人远鸡相应。

【注释】

①辘轳牵金井：辘轳，井上辘轳转动的声音。牵金井，从井中汲水。

②两眸清炯炯：双眼闪闪发光，晶莹剔透，清澈明亮。

③徊徨：彷徨。犹疑不定的样子。

④阑干：横斜着的样子。

【鉴赏】

此词又题为“早行”，乃早起送别之作。写一对恋人秋日清晨离别时凄婉缠绵的情景。黄蓼园在《蓼园词选》言其：“首一阕言未行前，闻乌惊漏残、辘轳响而惊醒泪落。次阕言别时情况凄楚，玉人远而唯鸡相应，更觉凄婉矣。”

上阕所写的环境是室内，写将别未别之前的情景。前两句写明月惊动着乌鸦使它睡不安稳，残夜将尽，井边已传来辘轳汲水的声音。“月皎”到“更漏将残”有一个时间推移的过程，皎月惊乌，更漏声，辘轳汲水声都是送行之人所见所闻，暗示了他在离别前夜睡不着。“唤起”二句写离人情意，抓住“清炯炯”“红绵冷”两个细节，“清炯炯”实为不愿离别而彻夜不眠的情态；“红绵冷”表明泪落的时间很长，泪水流了很多。此两句笔触细腻，神态宛然。王世贞《艺苑卮言》中评论，“其形容睡起之妙，真能动人。”上阕从室外写到室内，通过时间推移和细节描写等，揭示人物缠绵悱恻，依依惜别之情。

下阕写别时景观。“执手”三句写别时悲苦难堪。“执手相看泪眼”不忍分别，“霜风”寒冷，“鬓影”憔悴，一句之中包含无限离别愁绪。“去意徊徨”写难舍难分、不愿离去；“别语愁难听”写痛切之甚，连说了什么离别的话都不知道，与柳永《雨霖铃》“执手相看泪眼，竟无语凝噎”，以“无语”写断肠之痛有异曲同工之妙；“楼上”两句直转急收，写别后孤独寂寞的情态。时间已推移到晚上。写离人远去后，送行之人还登楼远眺，一直到晚上北斗星都已升起，露气寒冷逼人也不愿离去，然而人影已不在，唯有鸡声与他相应，凄婉之情可见。

此词虽短，却写出了别前、别时和别后的不同情形。全篇首尾呼应，脉络清晰，层次井然，生动地描绘了一幅清秋早行送别图，将依依不舍的惜别之情表现得淋漓尽致。

解连环

周邦彦

怨怀无托，嗟情人断绝，信音辽邈。纵妙手，能解连环[①]，似风散雨收，雾轻云薄，燕子楼[②]空，暗尘锁，一床弦索[③]。想移根换叶，尽是旧时，手种红药[④]。
汀洲渐生杜若[⑤]，料舟依岸曲，人在天角。漫记得，当日音书，把闲语闲言，待总烧却。水驿春回，望寄我，江南梅萼。拚今生，对花对酒，为伊泪落。

【注释】

①解连环：据《战国策·齐策》讲：有一年秦昭王派人将玉连环送给齐王，于是齐王便将玉连环遍示群臣，以寻求解法，群臣无法，后来齐王用铁椎将玉环击破，并说玉环已经解开。这里比喻情人早已负心，而情郎还是情怀难解。

②燕子楼：在今江苏徐州，代指唐代张建封的爱妾关盼盼。二人情深义重，后张亡故，关盼盼独住在燕子楼，终身不嫁。

③一床弦索：乐器架上挂满了各式各样乐器。

④红药：红色的芍药花。

⑤杜若:一种香草。

【鉴赏】

此词为访情人旧居,抒发怀人痴情之作。上片写访情人旧居。"怨怀"六句写情人之绝情和自己失恋的怨伤,发端突作怨语,横绝无端,总揽全篇,传达出失恋后的极度感伤和无所寄托。伊人一去无信,故生"怨怀";接着连用两喻,谓爱情如飘风阵雨,过眼烟云,但情网困缚却无法开解。以下借用关盼盼故事和低徊于伊人手植芍药,倾泻人去楼空,睹物思人之感。下片写对情人的相思痴恋。"汀洲"三句睹物思人,写当年汀洲情人送别之地长出香草杜若,欲折杜若以赠情人,岂料她舟依曲岸,人已远在天涯,无可寻觅。再想当日海誓山盟、彩笺锦字,全属空言,总当烧却;收拍无限痴情感人肺腑。全章怨中传情,爱中含怨,深婉真切地表达出词人对"情人断绝"的怨爱交集的痴顽心理。

拜星月慢

周邦彦

夜色催更,清尘收露,小曲幽坊月暗。竹槛灯窗,识秋娘庭院。
笑相遇,似觉琼枝玉树相倚,暖日明霞光烂。水盼兰情[1],总平生稀见。画图中,旧识春风面[2],谁知道,自到瑶台[3]畔。眷恋雨润云温,苦惊风吹散。
念荒寒,寄宿无人馆,重门闭,败壁秋虫叹。怎奈向[4],一缕相思,隔溪山不断。

【注释】

①水盼兰情:美人的双眼如同两汪清澈的秋水迷人传情,性情如兰花一样的姿质。

②春风面:容貌极为美丽。

③瑶台:传说中是仙人的住所。此处指美人的住所。

④怎奈向:宋人熟语,意为向来。

【鉴赏】

这首词所咏情事,非重游旧地,而是神驰旧游。作为一位工于描写女性的词人，在这篇作品中，作者为读者绘制了一幅稀有的动人的画像。

为了要使词中女主人的登场获得预期的应有效果，词人在艺术构思上是煞费苦心的。他首先画出背景。这里的竹槛、灯窗，也是以景色的清幽来陪衬人物之淡雅。

先写路途；次写居处；再写会晤。层次分明，步步逼近。下面却忽然用“笑相遇”三字概括提过，对于闻名乍见、倾慕欢乐之情，一概省略。这样，就将以后全力描摹人物之美的地步留了出来。

“似觉”以下四句，是对美人的正面描写，又可分为几层：第一、二句，乍见其光艳；第三句，细赏其神情；第四句，上句说像琼枝和玉树互相交映，是写其明洁耀眼；下句说像暖日和明霞的光辉灿烂，是写其神采照人。“水盼兰情”一句，语出韩琮《春愁》“水盼兰情别来久”，“水盼”，指眼神明媚如流水；“兰情”，指性情幽静像兰花。

换头一句，从抒情来说，是上片的延伸；从叙事来说，却是更进一步追溯到“笑相遇”以前的旧事。杜甫《咏怀古迹》咏王昭君云：“画图省识春风面。”词句即点化杜诗而成，意思是说：在和其人会面之前，就已经知道她的名声，见过她的画像了。从而也看出了，这次的会晤，乃是渴望已久之事，而终于如愿以偿，欢乐可想。

“念荒寒”以下，折入现在。不写人叹，而以虫鸣为叹，似乎虫亦有知，同情自己。如此落墨，意思更深。这三句极力描摹此时此地之哀，正是为了与上片所写此时此地之乐做出强烈的对比。

末句以纵使水远山遥，却仍然隔不断一缕相思之情作结，是今昔对比以后，题中应有之义，而冠以“怎奈向”三字，就暗示了疑怪、埋怨的意思：使这种相思之情，含义更为丰富。

绮寮怨

周邦彦

上马人扶残醉，晓风吹未醒。映水曲，翠瓦朱檐，垂杨里，乍见津亭[①]。当时曾题败壁[②]，蛛丝罩，淡墨苔晕青。念去来[③]，岁月如流，徘徊久，叹息愁思盈。

去去倦寻路程，江陵旧事，何曾再问杨琼[④]。旧曲凄清，敛愁黛，与谁听？尊前故人如在，想念我，最关情。何须渭城[⑤]，歌声未尽处，先泪零。

【注释】

①津亭:渡口供人休息的亭子。

②当时曾题败壁:据说魏野曾和寇准游览陕府一寺院,二人在墙上各题一首诗。后来寇准做了宰相,二人又同游此寺,发现寇诗的已用碧纱覆盖,而魏野的题诗则灰尘满壁。此处作者以魏野自比。

③去来:过去和未来。

④杨琼:唐代的名妓。此处指妓女。

⑤渭城:唐代诗人王维的《渭城曲》:"劝君更尽一杯酒,西出阳关无故人。"此处化用其意,指离别。

【鉴赏】

此词为途经津亭,抒写羁旅怀人之情的作品。上片写自己在残醉中走向渡口的情景。"上马"二句以词人醉归发端,不论人扶,还是风吹,皆酣然不醒,暗示乘马前情怀愁苦,借酒浇愁,以至残醉如此;"映水"二句以"映"字描画出水曲所映之垂杨与翠瓦朱檐的倒影,进而又见与水曲相映的翠瓦朱檐之实景;"当时"二句遂将眼前现景与当年词人在津亭送别歌妓,面对水曲垂杨之景勾连、叠映在一起,颇有时过境迁,人去物非的迁逝感;"念去来"二句则感慨时光流逝的无情,消磨掉旧日的痕迹,令词人"叹息愁思盈",揭明本词的主旨;下片抒写愁情。"去年"句写在仕途进退中去去来来,词人已厌倦羁旅奔波,而使自己难以忘怀的是在江陵与知心歌妓交往听曲的旧事,但自津亭一别,便再没有重访"杨琼";"旧曲"二句勾连今昔,昔日她敛愁眉为我演唱的凄清旧曲,今日谁是知音陪她聆听;"尊前"数句复辟意转进,设想旧日相识的知音歌女倘若健在,她怀念我的羁宦漂泊处境,定然最动情!她最理解我的心情,能唱出触动我心弦的歌声,比离宴送别的《渭城曲》还要凄怆感人,一曲未尽,我的热泪已先洒落!通篇迤逦写来,情如流水汩汩,纯真自然,入人心田。

尉迟杯

周邦彦

隋堤路,渐日晚,密霭生深树。阴阴淡月笼沙,还宿河桥深处。无情画舸,都不管,烟波隔南浦[1]。等行人,醉拥重衾,载将离恨归去。

因思旧客京华,长偎傍,疏林小槛欢聚。冶叶倡条[②]俱相识,仍惯见,珠歌翠舞。如今向,渔村水驿,夜如岁,焚香独自语。有何人,念我无憀,梦魂凝想鸳侣。

【注释】

①浦:水岸江边。

②冶叶倡条:歌伎。

【鉴赏】

这首词写词人在隋堤之畔,淡月之下,客舟之中的一段离愁别恨。上片写泊舟夜宿;下片抒相思离恨。全词由景及情,因今及昔。写法颇似柳永,而更委婉多变。写眼前景致采用白描手法,描绘出一幅河桥泊舟图,像笔墨淋漓的水墨画。

西　河　金陵怀古

周邦彦

佳丽地,南朝盛事谁记?山围故国绕清江[①],髻鬟对起[②]。怒涛寂寞打孤城,风樯遥度天际。

断崖树，犹倒倚，莫愁艇子[3]曾系？空余旧迹郁苍苍，雾沉半垒[4]。夜深月过女墙来，伤心东望淮水[5]。

酒旗戏鼓甚处市？想依稀王谢邻里[6]，燕子不知何世，入寻常。巷陌人家，相对如说兴亡，斜阳里。

【注释】

①山围故国句：唐代刘禹锡《金陵五题·石头城》诗："山围故国周遭在，潮打空城寂寞回。淮水东边旧时月，夜深还过女墙来。"故国，指故都金陵，六朝都曾在此建都。此处作者化用诗意。

②髻鬟对起：两岸的山峰相对而立，如同女子头上的发髻。

③莫愁艇子：莫愁是南北朝时期的美女。乐府诗云："莫愁在何处，住在石城西，艇子折两桨，催送莫愁来。"此处借用其意。今南京市水西门外有一莫愁湖。

④雾沉半垒：形容在雾气之中依稀可见旧时的破营垒。

⑤淮水：指秦淮河。

⑥王谢邻里：王谢，指东晋大族王导和谢安。唐刘禹锡的《金陵五题·乌衣巷》有诗："朱雀桥边野草花，乌衣巷口夕阳斜。旧时王谢堂前燕，飞入寻常百姓家。"这里作者化用其意。

【鉴赏】

此词另一题为"金陵怀古"，怀古即是本篇主旨。

首叠以"佳丽地"为发端，赞叹了故国山河之雄伟壮丽。"佳丽地"三字点明地点，并表明金陵是一个历史上令人艳羡的地方，把它推上很高的地位。"南朝"句进入怀古，写如今还有谁记得金陵昔日的繁华盛世呢？接着四句描写眼前所见景物：苍莽的群山，清清的江水围绕着昔日的都城，夹峙的山峰好似妇女头上的髻鬟，汹涌的怒涛扑打着寂寞的空城。有几艘船正扬帆驶向遥远的天边。句句写景，暗用刘禹锡《石头城》诗意，实已见出了今昔强烈对比，抒发了对历史兴亡的无限苍凉之感。

第二叠承上，进一步描绘了历史遗迹。"断崖"两句写莫愁系艇的古树还横倒在陡峭的山崖上。当年万人争睹，如今断崖倒树，触目荒凉。接着写所有一切都是空余陈迹。孤寂的城垒已长满了葱茏的树木，在雾气笼罩里，只能看见一半。深夜的月光越过女墙洒在滔滔不止的秦淮河上。昔日繁华与今日之荒凉形成鲜明对比，面对滔滔东去的江水，苍凉之情油然而生。"伤心"二字点明了作者心绪。

第三叠转写眼前近景，由此抒发兴亡之感。起笔故作疑问，眼前酒旗飘摇、戏鼓喧闹的地方是哪里呢？接着化用刘禹锡《乌衣巷》诗意，回答或许是与王、谢比邻的乌衣巷吧！接着选取燕子意象，进行了细节描写：燕子不知朝代更迭，但已从王、谢豪门大族堂前迁入邻里的寻常巷陌了，但它们也懂盛衰兴亡，在斜阳里相互呢喃着诉说兴亡之感。本是作者抒发兴亡之叹，借燕子口说来，更增添无限苍凉悲壮之情，沧桑怀古之意。

这首怀古词的特点在于通篇写景，把一切情语完全溶于景语当中。全篇意象浑成，疏密相间，尤善化用前人诗句，如同己出。梁启超在《艺蘅馆词选》中谓“读此词，可见词中三昧”。

瑞鹤仙

周邦彦

悄郊原带郭[①]，行路永，客去车尘漠漠。斜阳映山落，敛余红，犹恋孤城阑角。凌波[②]步弱，过短亭，何用素约[③]。有流莺[④]劝我，重解绣鞍，缓引春酌。

不记归时早暮，上马谁扶，醒眠朱阁。惊飙动幕[⑤]，扶残醉，绕红药[⑥]。叹西园，已是花深无地，东风何事又恶[⑦]？任流光过却，犹喜洞天自乐。

【注释】

①带郭：围绕着城郭。

②凌波：形容女子步履小而轻盈。

③素约：素，尺素，指书信。意为有书信相约。作者在送别友人之后却在短亭里与昔日的情人不期而遇。

④流莺：指女子说话的声音圆柔悦耳。这句意为陪作者一同送友人的歌妓劝作者和情人重温旧情。

⑤惊飙动幕：狂风吹着卧床上的幔幕不停地摆动。

⑥红药：红色的芍药花。

⑦东风句：指东风无情，吹花落地。此处形容光阴易逝。

【鉴赏】

此词为抒写送客归途偶遇歌妓，西园惜花之情的作品。这首词的大致内容为：前一日，有郊原送客之事，黄昏时分回城，所识之歌妓劝以解鞍少憩，于是又成酣醉，醒来已是次日，扶残醉以赏花，又以东风无情，引出流光易逝之感慨。词句之中有难以明言的心事，读来自然也会感到“有余不尽”。

浪淘沙慢

周邦彦

晓阴重,霜凋岸草,雾隐城堞①,南陌脂车②待发,东门帐饮乍阕③。正扶面,垂杨堪揽结,掩红泪④,玉手亲折。念汉浦,离鸿去何许?经时信音绝。

情切,望中地远天阔,向露冷风清,无人处,耿耿⑤寒漏咽。嗟万事难忘,惟是轻别。翠尊未竭,凭断云⑥,留取西楼残月。

罗带光消纹衾叠,连环解,旧香顿歇;怨歌永,琼壶敲尽缺⑦。恨春去,不与人期,弄夜色,空余满地梨花雪。

【注释】

①城堞:城墙的垛口。

②脂车:在车辖上涂油膏,表示将要远行。

③乍阕:刚刚完了。

④红泪:血红色的泪,这里指女子的眼泪。

⑤耿耿:形容烦躁不安,心神不宁的样子。

⑥断云:一片云或孤云。

⑦琼壶敲尽缺:据史料载,东晋的大将军王敦酒后,常吟咏着曹操的“老骥伏枥,志在千里。烈士暮年,壮心不已”的诗,一边吟咏一边用铁敲打着唾壶数着节拍,吟完则壶已破了。

【鉴赏】

这首写离别相思的词,是一篇曲折回环、层次丰富、变化多端、完整而又统一的艺术佳作。

全词共分三片,上片,交代分别的时间和地点。“晓阴”“霜凋”“雾隐”,说明是在一个秋天雾气很浓的早晨,在“城堞”,女子“掩红泪”“玉手亲折”,把情人亲自送走了;中片,写离别时两人依依遥望和内心的伤别情怀。“地”是那样遥“远”,“天”是那般宽“阔”,而情人却奔向那“露冷风清无人处”。“万事难忘”,“唯是”那场“轻别”。此后,只有“断云”“残月”,陪伴自己度过孤独凄清的寒夜;下片,写离别以后的相思与怀念。夜不寐,茶酒无味,“恨春去”“弄夜色”,离情相思意难绝。

整个篇幅,曲折回环,前呼后应,铺叙委婉,层次清晰,转换变化,顿挫有致,巧妙地把这篇多层次的作品融成一体。既照顾到词的整体结构，又注意到局部的灵活自如，充分显示出作者驾驭长调、结构长篇的艺术才能。陈廷焯对这首词评价很高，特别是下片。他说："蓄势在后，骤雨飘风，不可遏抑。歌至曲终，觉万汇哀鸣，天地变色。"

夜游宫

周邦彦

叶下斜阳照水，卷轻浪，沉沉千里。桥上酸风①射眸子，立多时，看黄昏，灯火市。

古屋寒窗底，听几片，井桐飞坠。不恋单衾再三起，有谁知，为萧娘②，书一纸？

【注释】

①酸风：寒冷的风。

②萧娘：唐代人习惯将自己所喜爱的女子称为萧娘。这里指作者所爱之人。

【鉴赏】

此词为得情人书信而怀思情人之作。上片写独立桥上所见江景。"叶下"二句以斜阳、水浪意象组合成一幅秋水千里的动态景象，落叶、斜阳、流水意象，在古代诗词中全是触动悲秋离愁的特定媒介；"沉沉"二字，则加染离恨愁情的沉郁、浓重的色调。最后以"千里"的空间距离，暗示出词人愁长千里之遥，心萦千里之外。"桥上"句则借寒风射酸双眸，暗示出词人已流下了忆君清泪；"灯火市"，正是昔日与情侣团聚欢会的繁华场所，而今人隔千里，面对眼前"灯火市"，更显出自身处境的孤寂与幽冷，情怀的惆怅与失落；下片写夜不安寝。"古屋"三句写破旧而简陋的居处。"听几片"句写夜风凛冽，吹得梧桐叶飞坠，飒飒有声，一片萧瑟、悲凉。寒窗风紧，长夜难挨，即使是单薄的衾被，也该裹紧身子。词人却"不恋单衾再三起"！"再三"则是起而又卧，卧而又起。到底有什么心事呢？最后，"有谁知"三句方始揭明原因："为萧娘书一纸"，遂使前面一连串反常行为豁然开朗。全词到此一点即止，余味甚长。

浣溪沙

周邦彦

楼上晴天碧四垂,楼前芳草接天涯,劝君莫上最高梯。
新笋已成堂下竹,落花都上燕巢泥。忍听林表[1]杜鹃
啼?

【注释】

①林表:林梢。

【鉴赏】

这首词写思乡之情。词人登楼极目,只见晴空万里,碧云四垂。楼前的芳草绿遍,远接天际。这难免使人联想起“王孙游兮不归,春草生兮萋萋”的离情,故劝君不要登上最高梯,以免勾起无法排遣的乡思。上片从大处落墨;下片转从小处着笔。堂下新笋已长成竹子,落花都已化成了燕子筑巢的泥。光阴似箭,华年易逝,此时听到林梢传来杜鹃的“不如归去”的啼鸣却归不得家,当然不忍听了。此词上下片的前两句都选用暮春景物来烘染,第三句借景抒情,所表达的思乡之情强烈而感人。

苏幕遮

周邦彦

燎沉香[1],消溽暑[2]。鸟雀呼晴,侵晓[3]窥檐语。叶上
初阳干宿雨,水面清圆,一一风荷举。
故乡遥,何日去?家住吴门[4],久作长安[5]旅。五月渔
郎相忆否?小楫轻舟,梦入芙蓉浦[6]。

【注释】

①燎:燃烧着。沉香:一种香料。

②溽(rù)暑:潮湿闷热的天气。

③侵晓:破晓,天刚刚亮时。

④吴门:苏州,指作者故乡钱塘(原为三吴之地)。

⑤长安:今西安市,此处借指北宋京城开封。

⑥芙蓉浦:荷花塘。

【鉴赏】

该词写荷花,对其质朴高洁的风韵作了出色的写照。上片写词人客居他乡,夏日清晨,雨后雀噪初晴。“沉香”一种名贵的香料。“溽(rù)暑”盛夏湿热天气。“乌雀呼晴”,一个“呼”字极为传神。“叶上”三句清新而又美丽,一个“举”字尽现出风过处水上荷花一一飘举的绰约神态,王国维称之为“此真能得荷之神理者”。下片追忆江南故乡、故人。吴门,今江苏苏州市。长安,借指北宋汴京。又不知自己何日方能回去,只好在梦中乘小舟重游旧地了,正是直抒胸臆,词语新活,不加雕饰的笔法。

玉楼春

周邦彦

桃溪[①]不作从容住,秋藕绝[②]来无续处。当时相候赤栏桥[③],今日独寻黄叶路。

烟中列岫[④]青无数,雁背夕阳红欲暮。人如风后入江云,情似雨馀粘地絮。

【注释】

①桃溪:相传东汉时的刘晨与阮肇二人在天台山桃溪遇两位仙女,此指所思念的女子的住所。

②绝:断绝。

③赤栏桥:带有红色栏杆的桥。

④列岫:排列的山峰。

【鉴赏】

这首词写的是词人自己和情人分别多年后,又旧地重游而引起的怅惘。精工的词句中蕴含着真挚浓厚的情致,成为一首完美优秀的佳作。

开篇两句“桃溪不作从容住,秋藕绝来无续处。”“桃溪”用典,“秋藕”用喻。词

中用刘、阮故事，暗指自己也有一段天台式的爱情经历。“桃溪”一别，自己和情人的关系，就像折断的秋藕一样，再也无法接续了；“当时相候赤阑桥，今日独寻黄叶路”，这两句词，一句当时、一句今日；一句热烈、一句冷漠，对比十分强烈。“独寻”二字，又包含着无限怅惘；过片两句，“烟中列岫青无数，雁背夕阳红欲暮”，这自然是词人在“独寻”时所见，这阔远中的孤单，绚丽中的黯淡，景与情之间形成的强烈反差，使“独寻”者显得愈加孤寂难堪；末尾两句“人如风后入江云，情似雨余粘地絮”，用两个比喻收转抒情。犹说情人好比随风飘散入江心的云彩，倏然而逝，了无踪影；而自己的情感却像雨后粘在地上的柳絮，欲摆不脱，欲罢不能。

诉衷情

周邦彦

出林杏子落金盘，齿软怕尝酸。可惜半残青紫，犹印小唇丹。
南陌上，落花闲，雨斑斑。不言不语，一段伤春①，都在眉间。

【注释】

①伤春：由春天的景物而引起的伤感情怀。

【鉴赏】

这首词写少女因尝青杏而引发的一种感伤。暮春时刻，一位少女从金色的盘子里拈了一枚青紫的杏儿，只咬了半口，就觉得齿软口酸，蹙起了眉头，杏儿上面还留有口唇胭脂的红印。林间小径上，落花经雨打后，狼藉满地。她心有感触，不言不语，一种伤春的惆怅闪现在眉间。词人将少女尝酸杏的偶然情事与伤春的酸楚之情相勾连，构思精妙。

关 河 令

周邦彦

秋阴时晴渐向暝[①]，变一庭凄冷。伫听寒声[②]，云深无雁影[③]。

更深人去寂静，但照壁孤灯相映。酒已都醒，如何消夜永[④]！

【注释】

①暝：暮，昏暗。

②寒声：秋之气息。

③无雁影：不见鸿雁的踪影，暗喻没有消息。

④消：消磨，挨过。夜永：长夜。

【鉴赏】

这首词，词牌本名《清商怨》，源于古乐府。欧阳修曾以此曲填词，首句为“关河愁思望处满”，周邦彦取“关河”二字，名为《关河令》，隐喻羁旅思家之意。

上阕写日间情景，起笔两句渲染了一种寒冷凄清的氛围，定下了全词孤冷的基调。秋天天气大多是阴沉沉的，即使偶有放晴也已经是黄昏的时候，因此秋日里庭院是凄清寒冷的。秋天给人感觉本来就是萧条的，作者还用了阴、暝、凄、冷等色彩灰暗的词语，更加突出秋天那种晦暗容易引人愁思的环境氛围，实是写作者心情少有开心；三四两句写人的活动，一个“伫”字写出了主人公思家之切，长时间站立在凄冷的庭院中，虽然寒风侵袭，却不愿回屋，为的是等待大雁捎来亲人的消息，怎奈“云深无雁影”？抒发思家不得归的闲愁，落寞孤独的心情表露无遗。

下阕写夜间情景，漫漫长夜最能引起人的孤独感。夜已深，人已散，到处寂静万分，只有一盏孤灯和它照在墙壁上的影子寂寞相伴。灯尚如此，人何以堪？寂寞孤独之情可想而知，只有借酒浇愁，让自己醉眠以忘记内心的愁绪。然而最痛苦的莫过于愁思太深，才半夜就已酒醒了，愁上加愁，我将如何度过这漫漫秋夜啊？用一疑问句作结，羁旅孤栖的愁思更深一层，让人回味不已。

全词以时间推移为线索，上阕明处写景，暗里抒情；下阕写夜间情景，明里抒情。

菩萨蛮 梅雪

周邦彦

银河[①]宛转三千曲，浴凫[②]飞鹭澄波绿。何处是归舟？夕阳江上楼。
天憎梅浪发[③]，故下封枝[④]雪。深院卷帘看，应怜江上寒。

【注释】

①银河：借指江河。
②凫：野鸭。
③浪发：开得滥了。
④封枝：盖满枝头。

【鉴赏】

词写思妇想念远行丈夫的深情厚谊。上片写登临观赏早春景色的感受。澄澈的绿波上野鸭在戏水，白鹭在飞翔，好不自由自在。当年丈夫乘船从这里离去，如今却不见船儿归来。夕阳西沉，唯见孤独的女子还在妆楼痴望；下片写思妇对丈夫的体贴关心，却以痴想来表现。老天大概讨厌梅花开得太滥了吧，所以特意下了一场春雪来封住枝丫惩罚它。雪大了，思妇卷起窗帘久久注视着江面，正在为天寒漂泊在外的丈夫担忧，心中充满怜惜的深情。思妇恨梅花，无理有情，情痴而妙。

更漏子

周邦彦

上东门，门外柳，赠别每烦纤手。一叶落，几番秋，江南独倚楼。
曲阑干，凝伫久，薄暮更堪搔首。无际恨，见闲愁，侵寻[①]天尽头。

【注释】

①侵寻：犹侵淫，渐进。

【鉴赏】

这首词写离别忆旧。诗人独自倚楼，久伫凝望。不禁追忆当年东门外，垂柳依依，折柳惜别。不想一别数载，几番叶落，无限的愁恨涌上心头，飘向天际。全篇以景衬情，通过不同的场景和时空的递更，抒发了诗人孤寂难奈的愁绪。篇幅虽短，却极富感染力。

红林檎近

周邦彦

高柳春才软，冻梅寒更香。暮雪助清峭，玉尘散林塘。那堪飘风递冷，故遣度幕穿窗。似欲料新妆。呵手弄丝簧。

冷落词赋客，萧索水云乡。援毫授简，风流犹忆东梁。望虚檐徐转，回廊未扫，夜长莫惜空酒觞。

又

风雪惊初霁，水乡增暮寒。树杪堕飞羽，檐牙挂琅玕。才喜门堆巷积，可惜迤逦销残。渐看低竹翩翻。清池涨微澜。

步屐晴正好，宴席晚方欢。梅花耐冷，亭亭来入冰盘。对前山横素，愁云变色，放杯同觅高处看。

【鉴赏】

周邦彦（1056~1121），字美成，钱塘人。所著词名《清真集》，又称《片玉集》。宋徽宗时，提举大晟府（当时最高音乐机关），讨论古音，审定古调，亦自作曲。陈郁《藏一话腴》说："美成自号清真，二百年来，以乐府独步，贵人、学士、市儇、妓女、皆知美成词为可爱。"这可见他的词的普遍性。至南宋亡，元曲代兴，词调衰微，而清真词还有人传唱着。

他的词技巧很高,不论长调、小令,而长调尤见工力。南宋诸词家,除辛稼轩一派外,大都是学清真的。这影响直到晚清和民国初年。后世评家或称之为"集大成"(如周济)。或比之诗中老杜(如王国维),虽言过其实,然亦可见周词在词的发展方面关系之大。

周词有缺点,如思想性不高,词藻太多,反映当时现实较少等等;但北宋的词本多为歌唱而作,一般地说,词家都是那样的,亦不能独责清真。

《红林檎近》两首写雪景,由初雪而大雪,而晴雪,而再雪,两首可作一篇读,文笔细腻,写景明活,在清真长调中也是突出的作品。

这两篇虽没有题目,分类本都归入冬景。其实该有题目的,当然不必一定写出来,一咏春雪、一咏雪霁,且紧相衔接,如画家通景一般。殆取李义山《对雪》《残雪》两首相连的成格。痕迹显明的如本词第二首的起句,作:

"风雪惊初霁"。

李诗《残雪》第一句是:

"旭日开晴色"。

起笔接上文完全相同,本词两首的布局固当从玉溪诗出,唯文词不相袭而已。

《红林擒近》第一首:"高柳春才软,冻梅寒更香,暮雪助清峭,玉尘散林塘",点明了春雪、梅雪。唐王初(一作王贞白)春日咏梅花诗曰:

"靓妆才罢粉痕新,递(一作迨)晓风回散玉尘。若遣有情应怅望,已兼残雪又兼春。"玉尘的出典固不止此,却从此取意。不过王诗重在"梅"而"雪"只带说,周词重在"雪"而"梅"只略点。

第二首:"树杪堕飞羽,檐牙挂琅玕"。"飞羽"汲古阁六十家词本作"毛羽"。按陈元龙集注本亦当作"毛羽",作"飞羽"者非陈本之旧。陈注说:

"韩愈雪诗:'定非燖鹄鹭',堕毛羽也!'真是屑琼瑰',琅玕当得此余意。"陈的意思。仿佛说:燖鹄鹭一定会掉了许多羽毛;下雪呢,不比燖鹄鹭,却也掉下羽毛来。周词"琅玕"虽跟韩诗"琼瑰"不同,但都是些珍宝,文字虽别,意思不异,所以说"琅歼当得此余意"。

这样看来,陈本自当作"堕毛羽"。毛羽与琅玕对文;如作飞羽,上一字便不甚对。注文的"堕毛羽也",当标作'堕毛羽'也。"堕毛羽"即陈注所引周词正文,当据以改订。

我从前读清真词,读到两处很有些疑惑。其一即见于本词第二首:"梅花耐冷,亭亭来入冰盘",似乎梅花亭亭地走到冰盘里去。这很奇怪,必有出典;若无出典,他似乎不会这样说。但陈元龙本元注。

又一见于有名的咏梅花的《花犯》:"冰盘同宴喜",一作"冰盘共宴喜"。陈本在这里有注了,引韩愈诗:"冰盘夏荐碧实脆"。这等于说青梅就酒。且看《花犯》这段的全文:

"去年胜赏曾孤倚,冰盘同宴喜;更可惜雪中高树,香篝熏素被。"分明是雪里梅花，如何是青梅煮酒呢。陈注虽扣上了“冰盘”两字，却不合词意。即照他注释，也跟下片的“相将见脆圆荐酒”（我以为才应该引这“冰盘夏荐碧实脆”）重复了，尤为不妥。陈注本条既误，因此也就等于没有注。

但这两条的确应该有注，且似出于同一来源。如陈徐陵春情诗曰：

“风光今旦动，雪色故年残。薄夜迎新年，当垆却晚寒。……竹叶裁衣带，梅花奠酒盘。”（下略）

这“梅花”一句似为清真两词句所出。但什么叫“梅花奠酒盘”，似还须解释。《花犯》的“冰盘同宴喜”姑勿论，《红林檎近》的“来入冰盘”若照字面直翻，当说“梅花”走到冰盘里去——这当然不大像句话，实在也就是把“梅花”放在冰盘里。无论怎样，总之有点古怪。如一面喝酒，一面赏花，倒很普遍，也很雅致，看本词的说法，似乎不是这样。

我以为“梅花奠酒盘”和清真两词句意相同，正是把“梅花”放在盘子里。奠者，安也，安放之谓。我们今日的酒盘（拼盘、冷盘），已没有这样漂亮的点缀了，所以对这用“梅花”就酒，而不是用“梅子”就酒，未免有些疑惑；其实徐陵的诗，文字是明白的，更可用他同时人另一诗“奠”字的用法来比较。张正见轻薄篇：

“石榴传马瑙，兰肴奠象牙。”

石榴，酒名；马瑙，玛瑙杯；兰肴，好的菜蔬；象牙，象牙的盘子。用玛瑙杯来传酒，把珍贵的菜肴放在象牙盘里。“奠”字的用法，在这里毫无疑问；因之，“梅花奠酒盘”的意义也很明确；清真殆亦因古人有这样的成句先例，才把它写在词里的。

如追求更古的出典，或另有渊源。徐陵诗中还有一点值得注意的：古人立春或元旦的食品问题。看他诗上“风光今旦动，雪色故年残，薄夜迎新节”这三句，虽题为春情，实咏元旦，或者立春，或者竟是元旦春，二者兼之。这个梅花酒盘，实际上是春盘。春盘照例用生菜的，六朝唐代一向如此，即到今天，也还有咬春之说，则加入梅花，自不足怪。况且古人又有元旦喝梅花酒之说，见四民月令，春盘里会有梅花，甚至于真想去吃它，都有可能。至于究竟怎样，须考证方明，这里不能多谈了。

烛影摇红

周邦彦

芳脸匀红，黛眉巧画宫妆浅。风流天付与精神，全在娇波眼。早是萦心可惯。向尊前、频频顾眄。几回想见，见了还休，争如不见。

烛影摇红，夜阑饮散春宵短。当时谁会唱阳关，离恨天涯远。争奈云收雨散。凭阑干、东风泪满。海棠开后，燕子来时，黄昏深院。

【鉴赏】

周邦彦写这首词有一个来历，据吴曾《能改斋漫录》卷十七载："王都尉（王诜，字晋卿）有《忆故人》词云：'烛影摇红，向夜阑，乍酒醒，心情懒。尊前谁唱为阳关，离恨天涯远。无奈云沉雨散，凭阑干，东风泪眼。海棠开后，燕子来时，黄昏庭院。'徽宗喜其词意，犹以不丰容宛转为恨，遂令大晟府别撰腔。周美成增损其词，而以首句为名，谓之《烛影摇红》。"就是说周邦彦这首《烛影摇红》是奉旨"增损"修改他人词作而成的。对于改写者来说，这是一项颇有难度的工作。首先是奉旨修改，宋徽宗以原作不够"丰容宛转为恨"，下令修改。要迎合精通音律的皇上心意，做到"丰容宛转"，这的确是一件难事；修改他人作品，尤其是一首较为成功的作品，既要保持原作意旨、风格，又要使之更完美，更上一层楼，这又是一难；对于清真这样已经成名了的作家，修改他人之作，自亦需写出自己的风格特点，此为三难。而难能可贵的是，周邦彦把这三者都做到了，且做得天衣无缝，现在我们且来看看他是如何"增损"的。

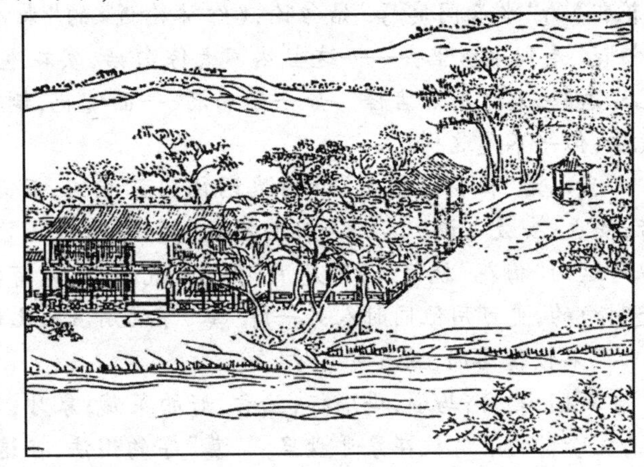

首先周邦彦拓展了词作的容量，上片全为其所增写，并为下片的抒情做了很好的铺垫。原作主要是写离情别恨，周邦彦便在上片把时间往前推移，着力刻绘这位女子的美貌，以及两人的心心相印。这便为下片叙写思念之情做了很好的铺垫。刻画这位女子的美貌，改写者抓住她的"娇波眼"来做文章。其"芳脸""黛眉"虽然也精致，但"风流天付与精神，全在娇波眼"，这便传神地表达了这位女子的风韵。这位女子不仅天生丽质，而且还倾心于他，致使他"几回相见，见了还休"，以致有"争如不见"之叹。这样，上片由"风流天付"写到相见倾心，便为下片的描写相思，做了准备。

周邦彦"增损"的第二步，便是在下片，即原作上做了几处改动。改动的原则是更能使原作的意旨和主题得到表现。原作第二、三、四句为"向夜阑，乍酒醒，心情懒"，周词改为"夜阑饮散春宵短"，不仅较原作精炼。而且还写出了男主人公夜阑饮散之后的孤独，这样就为下一句叙写回忆思绪做了铺垫；第二个改动之处是"当时谁为唱阳关？"原作为"尊前谁为唱阳关？"周词的改作最主要之处是将原作的简单叙述眼前之情形改为回忆往昔，这样不仅在写法上显得婉转，有波折，避免了直说、直叙之弊，更重要的是突出显示了主人公的挥之不去的思念之情。正因为有上片对人物形象刻画的铺垫,方有此铭心的思念,从整首词作看,也显得浑然一体;第三个改动之处在“争奈云收雨散,凭阑干、东风泪满”,原词为“无奈云沉雨散,凭阑干,东风泪眼”,这一层改动的关键句在“无奈”改成“争奈”,粗看两词并无什么很大区别,但细辨起来,“争奈”除了有“无奈”的意思外,还有承受不了的意思,表露了男主人公为相思之情所重压。还有“云收雨散”,“东风泪满”都较原词有少许改动,改动的结果,就是内含更显深广,更加突出了主题。

第三,这首词经过一番“增损”,不仅使原作的意旨更加突出,而且还深深打上周词的风格烙印。如经过改写后,全词在篇章结构上显得严密而有层次,且多变。周邦彦抓住离恨这一主题,在现实与回忆上做文章,于腾挪顿挫开合之中,多层次地表现离情别绪,避免了过多直说、直叙而造成的弊病。周词之讲究用字、用典是相当著名的,该词囿于原作,没有用什么典故,但又因其是改写,在讲究用字上是很突出的,这在上面已经阐述了。

渡江云 小石调

周邦彦

晴岚低楚甸,暖回雁翼,阵势起平沙。骤惊春在眼,借问何时,委曲到山家?涂香晕色,盛粉饰、争作妍华。千万丝、陌头杨柳,渐渐可藏鸦。
堪嗟,清江东注,画舸西流,指长安日下。愁宴阑、风翻旗尾,潮溅乌纱。今宵正对初弦月,傍水驿、深舣蒹葭。沉恨处,时时自剔灯花。

【鉴赏】

这是一首歌咏山水风光兼抒离情的长调。

上片写春回人间的万千气象,一开始便以曲笔点写春的消息,“晴岚低楚甸,暖回雁翼,阵势起平沙”:晴日山中的团团薄雾低低地铺满南方的旷野,和煦温暖的春的气息最早从雁鸿翅下透露,它们结成阵势呼啦啦地从无垠的沙滩上腾空而去,向北飞去。“暖回雁翼”的“回”字含使动意味,大雁是候鸟,春暖北去,秋寒南归,这温暖使鸿雁结队北飞的气息,自然便是春天带来的,不点自明;“骤惊春在眼,借问何时,委曲到山家”三句承前而起,雁群北去,使人骤然惊知春天已经来到眼前,借问春光,何时方能逐渐地进入千峦万嶂的深山;那时节便是“涂香晕色,盛粉饰、争作妍华”的阳春景色:鲜花碧草,铺地连天,舒卷开合,乾坤香满,天公以最大的粉饰力,装点着争艳斗华的春天;下面几句则是从想象中回转,写眼前的初春景色:“千万丝，陌头杨柳，渐渐可藏鸦”，放眼看去，那千丝万缕的田头道旁的杨柳，已绽出鹅黄色的新绿，细叶嫩条渐抽渐长便可藏遮栖鸦。“渐渐可藏鸦”之句并无华丽辞藻，但却极富想象，给人以流动的美感，并非现在而是渐渐便可藏鸦，并非真有藏鸦，而是“可”藏鸦；灵巧精美的句子都具有极大的容量，该句不仅使人读后如睹其景，而且也可使并不讨人喜爱的乌鸦因染上春的颜色，变得似乎也美丽了。

下片是对着面前的景事，抒发淡淡的闲情。起始便是一个嗟叹句“堪嗟”；接下去“清江东注，画舸西流，指长安日下”三句，仿佛是写词人正置身画船，沿着东流注入长江的清江水西去，向着京城——汴京进发。此处“清江”一词既可指清澈的江水，又可特指今日湖北省境内流入长江的一段江水，《水经注》记载该水，“水色清照石上，分沙石”故名之曰“清江”；“长安日下”一词是暗用前人句典，唐·王勃《滕王阁序》中有“望长安于日下，指吴会于云间”之句。唐王朝的都城在长安；古人将权力至高无上的“君王”比作“中天之日”，所以“日下”也指君王所居之处京都。不过此处“指长安日下”句，则是指向北宋王朝的都城——汴京，使用的是代称手法；“愁宴阑、风翻旗尾，潮溅乌纱”句首的“愁”字与前面阕首的“堪嗟”二字相呼应。“愁”的是什么？是雕饰华丽的官船上的酒宴已残，兴尽人散？还是愁那江风阵阵总是无休止地拍打翻卷着船头的旗尾，夕潮也汹涌而起、浪花溅湿了头上的乌纱？点缀大江壮阔景象的江风、江潮怎么会撩起词人心中的愁绪！这“愁”字的答案，到底在哪里！这里是不是隐含着仕途的担忧？可惜对词人此次江上之行的前后因果无处可查。“乌纱”指乌纱帽，以乌纱抽扎帽边制成，始于东晋宫官著乌纱恰（便帽），后经改制，隋代时帝王、贵臣亦多戴之；至唐宋已行于民间，不论贵贱。“今宵正对初弦月，傍水驿、深舣蒹葭”是写：今天夜晚悬在江空上的是一弯弦月，乘坐的船只也慢慢贴近港湾驿站、泊入芦苇深处。仔细品味，这“愁”字的落脚便在“初弦月”上。人们常用“月圆月缺”比喻人间的“离合悲欢”，这如钩的新月残缺得多么厉害，什么时候才能月儿常圆、人聚不散！尾句“沉恨处，时时自剔灯花”写夜阑人静、思念闺中人的柔情更加浓重，沉怨无法排遣，面对着闪烁的银灯，一次次地把灯花剔下。写出了离愁在心不能成寐的情状。

词人写景如绘工笔，丝丝入微，曲折回环、变化工巧。作为北宋徽宗驾前的供奉文人，写景时也不忘繁荣景象的铺陈、不忘粉饰太平；写情也只写浅淡的离情，与邦国大事似无牵涉。该篇遣词用字端庄典雅，谋句成篇变化有致，自有大家词人的风范。

还　京　乐　大石

周邦彦

禁烟近，触处、浮香秀色相料理。正泥花时候，奈何客里，光阴虚费。望箭波无际，迎风漾日黄云委。任去远，中有万点，相思清泪。

到长淮底，过当时楼下，殷勤为说，春来羁旅况味。堪嗟误约乖期，向天涯、自看桃李。想而今，应恨墨盈笺，愁妆照水，怎得青鸾翼，飞归教见憔悴。

【鉴赏】

这是一首客行在外，睹春景而生幽情，思念闺中恋人的长调。全篇含蓄委婉、极尽铺写。

上阕写寒食节近，正是春深时光，客居异乡，触景情伤。“禁烟近，触处、浮香秀色相料理”是写：寒食节就要到来，一片暮春景色，目光所及，手足所触，尽是繁花与绿叶相掩映，浮动的芳香借着清风扑面袭人。“禁烟”指寒食节，在农历清明的前一或二日。据南朝梁·宗懔《荆楚岁时记》载：冬至后一百五日，谓之寒食，禁火三日。故寒食亦称“禁火”或“禁烟”；“正泥花时候，奈何客里，光阴虚费。”第一句中“泥花”的“泥”字，在此有“泥泥”意，作濡湿讲；“泥花”就是花瓣纷纷沾衣随人的样子，也正是春日将暮的时候。怎奈正身在羁旅，客行在外，不能邀友携伴享受春光，听任它在眼前虚度；“望箭波无际，迎风漾日黄云委。”意指：放眼看如射箭飞出一样的平波浩渺无际，微风下日光流动，黄云低垂；“任去远，中有万点，相思清泪”：一任江水滔滔向远处流去，夹带着我的无限柔情和万点相思的清泪。以上布局结构层次分明。几乎都是先写景、事，紧接着便抒慨写情。

下阕写托江流传递消息，忆往日思念闺中情人。开始几句紧与上阕结尾处相衔。“到长淮底，过当时楼下，殷勤为说，春来羁旅况味”，似乎是在叮咛流向远方的茫茫江水：流到淮水下游，经过当年和伊人相遇的绣阁之下，你一定要稍做停留，情意恳切地向她述说我春日在外零丁做客的情味；下面几句是向江水倾诉，还是自怨自艾，包含着深深的忏悔：“堪嗟误约乖期，向天涯、自看桃李。想而今，应恨墨盈笺，愁妆照水”：嗟叹当年没有按时赴约误了相会的佳期，此后便孤身只影奔走天涯，独自打发走桃李灿烂的春天。想现在，楼中伊人已将含情带怨的话语写满绣笺，临水远盼从水中映出的面庞一定是愁态万种，别有一般妩媚风情。句中“桃李”常用来比喻容貌姣美，如曹子建《杂诗》“南国有佳人，容华若桃李”，但在这里可引申为灿烂的春天——美好的青春时期；结尾句“怎得青鸾翼，飞归教见憔悴”别具匠心，借助想象将急切地盼望重相聚会的恋情，做了进一步表露：怎么样才能借助神鸟青鸾的帮助，飞回伊人身边，相对的定是被缠绵情思折磨得不堪憔悴的容颜。“青鸾”，在此处意同“青鸟”，指神话中在王母身边司管传递信息的神鸟。

该词写恋情而无须浓词艳句，写相思不见猥亵昵狎，前后呼应，曲尽其妙。真可谓鬼斧神工，浑然天成。

满江红 仙吕

周邦彦

昼日移阴，揽衣起、香帷睡足。临宝鉴、绿云撩乱，未忺妆束。蝶粉蜂黄都褪了，枕痕一线红生肉。背画栏、脉脉悄无言，寻棋局。

重会面，犹未卜。无限事，萦心曲。想秦筝依旧，尚鸣金屋。芳草连天迷远望，宝香薰被成孤宿。最苦是、蝴蝶满园飞，无人扑。

【鉴赏】

该词抒写女主人公对远游的丈夫(或情人)的深切思念，哀怨婉转、凄苦缠绵。

上片写当时的情事，层次分明："昼日移阴"三句，写天已大亮，窗外的日影仍在不停地移动，女主人公披衣起床，帐中沉睡已经睡足；接下来写起身后的第一件事"临宝鉴"，对着珠宝镶嵌的明镜，只见满头如云的乌黑秀发散乱蓬松，但却毫无心思去梳洗打扮。"未忺妆束"的"忺"字作高兴、适意解；下面忽然插入了"蝶粉蜂黄都褪了，枕痕一线红生肉"两句，似乎有些打乱有条不紊的结构，但却另有作用。前一句借"蝶""蜂""褪"等在此处带有特定性象征意义的词汇，用曲笔写男女之间缠绵欢会已成为过去；后一句是写枕边在她身上留下的痕迹，深深不褪似红线一根生在肉里。这也许是实写，然而更重要的却是以此表示，伊人虽去但刻骨铭心的爱却已入心生根。此外，这两句似也点明离别时刻刚过去不久；接下去写女主人公从户内走到户外，"背画栏、脉脉悄无言，寻棋局。"写她背倚着廊前雕饰彩绘的栏杆，含情不语，用目光去寻找往日二人对弈为乐的棋盘。"脉脉"点出了她的神态，"寻棋局"则是借游移的目光落在棋盘上，写出此时对弈者已去，空留下令人惆怅生情的棋盘，揭示出女主人公心中的空寂，出语含蓄。

下片写追忆往日相聚的欢乐，更衬托别后的孤单凄苦。阕首从不知再次相聚会在何时，不少欢乐的往事将人缠绕搅得人开始心碎，下面铺写了三件生活小事，一步深似一步地刻画女主人公的心理活动，把无形的相思抒写得淋漓尽致，触手可及。它们的顺序是先写"秦筝依旧"；再写"宝香熏被"；最后写"蝴蝶满园飞"。前两件事的写作技巧，一如上阕中"寻棋局"所示，使用的是今昔相衬比，使悲与欢的感情更加鲜明的手法。"想秦筝依旧，尚鸣金屋。芳草连天迷远望，宝香薰被成孤宿。"大意是：这昔日男女主人时时抚弄拨弹的秦筝，如今依然在眼前，那熟悉的悠扬清亮的筝声也似乎还绕梁不绝，但是伊人已去；放眼望、芳草连天铺路不见远行人在何方，这幅用宝香熏过的锦被为什么失去往日的温暖，也只因伊人离去，如今的女主人是独眠孤宿。“秦筝”，是一种形似瑟的弦乐器，相传为秦时大将蒙恬所造，故日“秦筝”。“金屋”，用的是汉武帝“金屋藏阿娇”的典故，此处指女主人所居闺房。“芳草连天迷远望”之句夹在叙述事情之中，只是为了更加强远行人已去，一对情侣天各一方的气氛；最后一件小事的抒写精彩无比，以其处在醒目的结尾位置，便起到为全篇增辉的效果。为什么“蝴蝶满园飞，无人扑”？为什么这种愁情“最苦”？这本是只可意会不可言传的通常小事，词作者把它信手拈来，捕捉入词，便把女主人公被相思折磨得无情无味，连满园翩翩花间、上下翻飞的彩蝶，也引逗不起一点乐趣的情景，生动地描绘出来了。

该篇主要写男女之情，不仅铺叙物态，更能借物移情，使万物皆着我之色、皆抒我之情，曲尽其妙。已分析如前。应该指出的是上阕“蝶粉蜂黄”二句，虽然含蓄，但颇涉昵狎冶荡，格词不高。

西平乐 小石

周邦彦

元丰初，予以布衣西上，过天长道中。后四十余年，辛丑正月，避贼复游故地。感叹岁月，偶成此词。

稚柳苏晴，故溪歇雨，川迥未觉春赊。驼褐寒侵，正怜初日，轻阴抵死须遮。叹事逐孤鸿尽去，身与塘蒲共晚，争知向此，征途迢递，伫立尘沙。追念朱颜翠发，曾到处、故地使人嗟。

道连三楚，天低四野，乔木依前，临路敧斜。重慕想、东陵晦迹，彭泽归来，左右琴书自乐，松菊相依，何况风流鬓未华。多谢故人，亲驰郑驿，时倒融尊，劝此淹留，共过芳时，翻令倦客思家。

【鉴赏】

据词前小序知该篇写于“辛丑正月”，辛丑年，即宋徽宗宣和三年(1121)，词人当时正六十五岁，也是他生命走到尽头的一年。序中所云：“避贼”的“贼”，系指方腊。据史籍记载，宋徽宗宣和二年(1120)秋，方腊率江、浙一带农民起义，反抗北宋王朝的沉重剥削，义军迅速占领杭州(今浙江)、歙州(在今安徽)等六州五十二县，东南震动。

该词写尽四十余年前故地的风光景色及今日又重游时的不胜感慨之情。

上片前半写景后半抒情。"稚柳苏晴"三句写春之初至:柳才甦、雨方停,川流悠悠远去,不觉春天已徐徐到来。"故溪"与"稚柳"相对,"歇雨"与"苏晴"相承,对偶工巧;下面"驼褐寒侵"三句,仍继续对初春景象做渲染:稚柳刚披上一层轻柔的绿纱,那老枝上自然还带着雪袭霜欺的痕迹驼褐色,令人爱怜的初春的太阳,刚刚洒放出一些温暖,便被浅浅的树荫拼死遮挡。以上全是景语,但却处处留情,如:"川迥未觉春赊"的"未觉""正怜初日"中的"怜""轻阴抵死须遮"中的"抵死"等词,哪一处不与词人此时的心情紧紧相连?"叹事逐孤鸿尽去"以下直至上阕尾"追念朱颜翠发,曾到处、故地使人嗟"诸句,皆为情语,但也未离"孤鸿""塘蒲""尘沙"等动、静景物。这段感情抒发从一个"叹"字起始,慨叹四十年来经历的人情世事,皆已随秋去春来的孤鸿疾飞而去,自身也与塘中的蒲苇一齐衰老枯黄,怎能知道将要去的地方前途如何,长久地沉思着站立在平坦的沙岸,追忆四十年前还是朱颜乌发的翩翩少年的时候,曾经游过的地方,这次重来令人思绪万千。"故地使人嗟"的"嗟"字恰与"叹事逐孤鸿尽去"的"叹"字一首字一尾字,前后照应,把这大段的感慨囊括其中。极似词作者的精心安排。

下片抒发倦游思家的心情。先交代词人沉吟伫立之处"道连三楚","三楚",指秦汉时将战国时的楚地分为东楚、南楚、西楚;又据《三楚新录》载:"五代时马殷据长沙,周行逢据武陵,高季兴据江陵事,因三国都在古楚地,故称三楚",此处"三楚"应泛指今之湘鄂一带;而"道连三楚"与下面"亲驰郑驿"相联,则可知词人此时身在由郑地(今河南)通向湘、鄂的交通要地。这里"天低四野、乔木依前",天似穹庐、四野处地天相衔,故言"天低",高大的乔木依然如四十年前,然而如今自己举足要踏上前方征途的时候,却是心境很不平静。"临路敧斜"句中"敧"有不齐、不平之义,与"斜"同在这里似应形容内心的活动。自"重慕想"至后五句便是心境不平静的内容:一种追求和向往又在心底翻腾,羡慕像东陵侯召平与彭泽令陶渊明一样韬影晦迹、鄙视功名归隐林下的生活;以琴、书自娱,闲时依松赏菊,何况自己精力尚沛、两鬓尚无白发。"东陵"一词,指秦东陵侯召平,在秦被灭后,变成平民,种瓜于长安市东,人喜其瓜甜美,因呼之为"东陵瓜";"彭泽",指东晋陶渊明曾为彭泽县令,因看不惯官场中的丑恶与黑暗,决心不为"五斗米折腰"而挂冠归田,并作《归去来辞》一篇。中有"三径就荒,松菊犹存""悦亲戚之情话,乐琴书以消忧"之名句,也便是该词"左右琴书自乐,松菊相依"的出处。这里借用典故,抒发出欲归隐林下的心情。"多谢故人,亲驰郑驿,时倒融尊,劝此淹留,共过芳时"诸句,则是由衷感谢当年的故交好友,他们亲来我下榻处,为我接风,邀我宴饮,执壶把盏,热情留我共同度过百花即将吐艳争芳的春天。长调至此,已经将情、景铺叙抒发得须眉尽现,无比细腻,大有难以收缰勒马之势。然而"翻令倦客思家"一句,忽地跳了出来,便产生了裂帛,断流之效,十分精巧;故人的殷勤挽留反而让我这个疲倦无比的游子盼望着返家。"翻"作反解;尽管前面有"何况风流鬓未华"表示身体尚健,但"倦客思家"也流露出内心的疲惫,大有人生走入尽头的味道。

"昔人论诗词有景语、情语之别。不知一切景语皆情语也"(《人间词话》),如此看来,该篇长调可说无一处不做情语了,只是它流露的感情比较消极、凄凉,入眼的景物也多蒙上浅冷灰淡之色。如"稚柳""驼褐""塘蒲""孤鸿""尘沙""天低"。留给读者思索的是不知这位宋徽宗驾前以粉饰、歌舞升平著名的供奉文人,在这里流露出的归隐,是出自对官场生活的厌恶,还是真正感到身心交瘁?因为这首词写在他绝命谢世的一年,所以也可以认为是后者。

忆 旧 游

周邦彦

记愁横浅黛,泪洗红铅,门掩秋宵。坠叶惊离思,听寒螀夜泣,乱雨潇潇。凤钗半脱云鬟,窗影烛光摇。渐暗竹敲凉,疏萤照晚,两地魂销。

迢迢,问音信,道径底花阴,时认鸣镳。也拟临朱户,叹因郎憔悴,羞见郎招。旧巢更有新燕,杨柳拂河桥。但满目京尘,东风竟日吹露桃。

【鉴赏】

该词描写一个多情的风尘女子对心上人刻骨相思的情景。通过愁容、愁态、动作行为的勾画,把人物因相思不得见的焦急、矛盾到伤感,到怕被遗弃的复杂心情,一一挖掘出来,十分生动细腻。

上片主要写女主人公的愁容、愁苦的心态,与蒙上愁苦之色的环境。头两句先为人物写容:黛石淡扫的蛾眉愁锁、莹莹泪水冲洗着面颊上的红粉;"门掩秋宵"是说秋夜深沉,闺门已经掩上,女主人公要休息了;下面"坠叶惊离思"三句写欲睡不能:连窗外轻轻地坠叶声也使充满离别情思的女主人忽然而惊;寒蝉凄切入耳,也觉得像断肠人的啜泣声;更别说那卷地而起的秋风夹着潇潇乱雨,尤其无情,点点滴滴就如同浇在她心中;"凤钗半脱云鬟",她无心再整晚妆,如云的乌发蓬蓬松松也已插不住金钗;痴呆地不能成眠,眼睁睁注视着"窗影烛光摇",随着摇曳的烛光,人物的内心活动也在升腾;"渐暗竹敲凉,疏萤照晚。"仍在进一步渲染环境凄凉:雨渐停风渐住,只剩残雨敲竹,院内时有流萤在夜空中闪动,秋夜越是清冷,那相思的愁火越是残酷地折磨着人;"两地魂销",人分两地相思不见,对此寂寞黯然失魂。

上片写女主人公对心上人的暮想,一层层摹形状态,细如剥笋。下片写她对心上人的昼思,侧重在心理勾画。从"迢迢"到"时认鸣镳"是一个层次,也是女主人公的一个念头:心上人已离她远去,欲探寻离人的消息只能去道路旁、花荫下,去仔细辨听来往奔走的骑马人中，有没有自己熟悉的骏马的嘶鸣；下面"也拟临朱户"三句，则是又一层意思，是女主人公的另一种思想活动：也曾想过亲自登上高大的朱门去与心上人相会，但可叹因心上人而容貌憔悴的她，却又羞于去见自己的心上人。这是多么矛盾、真实而又复杂的心情，词人把它生动地刻画出来；"旧巢更有新燕"却又揭示一层令女主人痛苦万分的猜想：旧年的燕巢里也会飞进新燕，远去的薄倖人是否又觅新欢？垂柳有意流水无情，不见那千丝万缕的柳丝轻柔地吻着桥下那匆匆流去的水波！结尾句"但满目京尘，东风竟日吹露桃"是景语，但也是凄苦的情语：但见满眼飘自京都的飞尘，被东风卷裹着从早到晚地吹弄着带有露水的薄命桃花。

该词特色在于写景抒情，笔调细腻变化有致；遣字用语极尽含蓄。成功地塑造出一位情有独钟却又偏遇薄倖的风尘女子，日夜都在痴痴地思念心上人的形象。

渔家傲

周邦彦

灰暖香融销永昼，葡萄架上春藤秀。曲角栏干群雀斗。
清明后，风梳万缕亭前柳。
日照钗梁光欲溜，循阶竹粉沾衣袖。拂拂面红如著酒。
沉吟久，昨宵正是来时候。

【鉴赏】

这是一首咏情词。借一个昨宵与情人欢会的女子，次日仍沉湎在喜悦兴奋中的情态，歌颂人间醇如美酒的爱情。风格含蓄中不失明快。

上阕写春景，从闺房内写到庭院里，一派春光明媚，盎然生机。首句"灰暖香融销永昼"写的是春在室内：燃了一夜的熏香还散发着未散的芬芳，段段残灰也还留着火的余温；下面自"葡萄架上青藤秀"至上阕尾，除"清明后"三字是明确交代季节时间外，全是写春到庭院，写得极有层次：葡萄架上的藤萝正抽放新叶新条，秀色诱人；游廊雕栏转弯处，有一群可爱的麻雀在唧唧啾啾地追逐戏逗；阵阵轻风正在精心梳理着亭前飞舞着的万条垂柳。词人在这里以多彩的妙笔，绘出了春临富贵人家的一幅工笔画。

下阕主要写人。着笔轻柔，不留痕迹，而人物的形神自现。先着笔处在美人的发际："日照钗梁光欲溜"，"钗梁"指插在秀发内的金钗露在外面的部位。这句是写，春日的艳阳照着她鬓边的宝钗光华流动。再着笔于美人的动作、衣服："循阶竹粉沾衣袖"，这是说：她拨弄着绕阶生长的绿竹款款而行。全不在乎腻香的竹粉沾满了衣袖。更加绝妙的是下句“拂拂面红如著酒”，“拂拂”，是风吹动相貌；白居易《红线毯》诗有“綵丝茸茸香拂拂，线软花虚不胜物”之句。这一句是写：春风吹拂着她娇美的面庞，红润无比如同酒醉。寥寥三句、轻轻几笔，便将一个光艳照人的多情女子的神态勾画了出来，轻松洒脱，不见雕琢。结尾处“沉吟久，昨宵正是来时候”为读者点透了迷津：原来她那样久久的沉吟不语，正因为昨天夜晚正是情人来赴幽会的时候，充满柔情的回忆是多么美好，万万不能打破。这是直入人物心里的一句，语词平直无奇，却像一方闪闪发光的秤锤，显示出它称量全篇的收束力。

该词抒情体物十分工巧。词语典雅含蓄。此外，词人极精音律，全篇句句尽使入韵，无一破例，读来别有一番情味。当然这些技巧上的精湛，掩盖不了内容的空虚，醉心描写的也就是如词中所表露的男女之间的相思离合之情。

望江南

周邦彦

游妓散，独自绕回堤。芳草怀烟迷水曲，密云衔雨暗城西。九陌未沾泥。

桃李下，春晚未成蹊。墙外见花寻路转，柳阴行马过莺啼。无处不凄凄。

【鉴赏】

这首咏情小调，以暮春为背景，通过自然景色与人物动作的描述，写出了词中主人公心情的郁闷孤凄。

上片写词中人孤独地在大雨欲来的气氛中行走。首句“游妓散，独自绕回堤”

便指出，酒尽曲终宴游之人已经散去，词中人独自绕行在迂回萦曲的堤岸上。“游

妓”,是专门陪同达官贵人、官家子弟游乐宴游的风尘女子。同游人已散,而词中人未去,是他兴犹未尽,还是想做独自排遣?伏下了一个未知的谜;下面写他放眼望去,只见“芳草怀烟迷水曲,密云衔雨暗城西”一派大雨欲来的景象:如茵的芳草渐渐被雾气笼罩,迷失在弯弯曲曲的河道之内;密布的乌云含着山雨,已经把整个城西变得黑暗阴沉。这雾中的绿色原野,浓云带雨的天气,尽管“九陌未沾泥”,道路上还没有泥水,但是山雨欲来之势已成。这种景象对孤独的人来说会感到更加失落与压抑。“九陌”,本指京城内的大街小巷,如汉代长安市有八街九陌。但此处都泛指原野。

下片通过自然景色与典型动作的描写,揭示词中人心绪的迷茫不宁与孤寂。“桃李下,春晚未成蹊”是说:春已暮,桃、李树上早已是繁花谢尽,子实初结还未成果儿,所以树下也还没有被摘果人踩出路来。这句话是翻用前人现成典语,《史记·李将军列传》篇后“太史公日”中有“桃李不言,下自成蹊”的句子,是说桃李不会夸赞标榜自己,然而累累的果实却诱引人们纷纷走到它们身边,便踩出一条一条的路来。因为桃李果实成熟是夏天的事,而这里只是写春末的实景,未必涉及典语中的实意;接下去则抓住人物的一两个动作进而摹写他的痴迷情态,“墙外见花寻路转,柳荫行马过莺啼”是写:他见到别家墙内的花枝伸出墙外,便急急忙忙弯转寻路想入园探花,而后又缓缓放马徐行在绿柳浓荫之下,入迷地倾听黄莺的婉转娇啼。上述动作的描写似乎显得词中人很消闲、很洒脱,似乎纯粹是在入迷地追逐快要老去的春光!其实不然;下面尾句“无处不凄凄”便做了回答。为什么在词中人眼内无一处风物景色不呈现着令人哀楚的凄凉?答案只能是词中人内心悲凄。这便是“游妓散”而不去,仍在“独自绕回堤”的原因。至于他悲凄的内容,虽没有正面点出,但也有侧面泄露,从“墙外见花寻路转,柳荫行马过莺啼”二句,似乎可见端倪:是为了爱情的纠葛缠绵。文学作品中的花、柳、莺啼均与美女、恋情有关,诗词中更甚。

该篇采用“万物皆着我色”的“移情”手法,抒写的全是情中景色,含蓄蕴藉,写炽烈的情爱而未露市井俚俗之气,自然中透着典雅。

虞美人

周邦彦

灯前欲去仍留恋,肠断朱扉远。未须红雨洗香腮,待得蔷薇花谢、便归来。
舞腰歌板闲时按,一任傍人看。金炉应见旧残煤,莫使恩情容易、似寒灰。

【鉴赏】

这是一首抒情小调,通过词中男主人公与自己钟情的、以歌舞卖笑为生计的风尘女子短暂别离时的谆谆嘱语,抒发他对爱情的忠贞不渝。

上片写灯下告别留连不舍的情景,直截了当。首句“灯前欲去仍留恋”可谓明白如话、开门见山,突出两情相依的“恋”字;接下来“肠断朱扉远”是直写主体的感受:与情人分手令人肠断,身后那熟悉的红色门扉越来越远。下面则是对客体的叮咛抚慰、柔情似水“未须红雨洗香腮,待得蔷薇花谢、便归来”:千万不要为了我终日以泪洗面,待到蔷薇凋谢的暮春时分,我就会回到你的身边来。“红雨”,指从美人面庞上流下的沾着胭脂红色的泪水。真是情意缠绵,屈曲婉转,令人心醉。

下片虽然仍是抒写多情的男子对恋人的叮咛,但却与前不同,这里充满着理智的体贴和无可奈何的大度。使人感到在炽烈而深沉的爱恋中,浸透着隐隐的忧伤。进一步深化了人物的性格。“舞腰歌板闲时按,一任傍人看”两句中,“舞腰”,实指舞时姿态,因跳舞多靠腰身的摆动;“歌板”,又叫檀板或拍板,是歌女用以敲打出节奏以伴歌喉的乐器。这两句是叮咛自己的情人:闲暇时你尽可歌舞迎客如旧,任凭公子王孙们来欣赏光顾。人们常说爱情这东西是自私的,任何一个正常的男子都不会让自己爱恋的人再去取悦他人。何况这个男主人公是这样的情有独钟;也正是因为他深爱自己的恋人,才越是体贴入微考虑到她的地位、职业,他主动解除恋人的顾虑,叮咛她不要荒废技艺,须坚信只要两情相依,何惧暂时的别离和外界的诱惑。这里体现了最大的气度、最大的放心。但一切都不是绝对的,尤其是人的感情常常是错综复杂的,就在这最大的放心之中,也幽幽地流露出一丝不放心。全词便在“金炉应见旧残煤,莫使恩情容易、似寒灰”这两个比喻句中结束,把忧伤、担心之情尽数流泻出来:应该看到镶金的炉膛里留下的旧日烧剩的残煤,弃置一旁再也无人拨弄;千万不要使我们之间的恩情像炉中木炭,燃时容易,燃过之后就成了一堆冰凉的轻灰。下片中的叮咛之语、担心之词,句句都切合人物的身份,青楼女伎的职业就是迎宾送客、为人表演歌舞技艺;当然其中颇多见利忘情的薄倖之人。痴情的男主人公尽管十分自信爱情不会变色,但是在这依依难舍之际,也不禁焦虑不安、忧心如焚。

此词深切、细腻、生动、明快。能从生活细节中抓住人物的心态,善于运用比喻,含蓄地反映出主人公内心复杂的感情。

浣 溪 沙

周邦彦

雨过残红湿未飞,疏篱一带透斜晖。游蜂酿蜜窃春归。

金屋无人风竹乱，衣篝尽日水沉微。一春须有忆人时。

【鉴赏】

这首小令写的是少妇暮春怀人。

上片是这位少妇从闺中往外看所见到的景象。暮春时节，一阵微雨过后，几点凋残的花朵因被雨水沾湿在花枝上，所以还没有随风飘落，似乎是留恋这美好的春光，依依不忍离去。淡淡的斜晖，透过一带疏篱把她最后的光辉洒向大地，也洒向残红。光和色的交映，这暮春、残红、黄昏、落照，对于这位忍受着青春消逝与闺房寂寞的少妇，是一种敏感的刺激，不能不勾起她内心难以言状的感触。

但春天毕竟是美好的，充满活力的。勤劳的蜜蜂在百花丛中穿来穿去，带着采集花粉的芳香满意地回到蜂窝。它有了收获，有了成果，它不再期待什么了，这与少妇的正在期待构成心理上的对比，更增添了少妇春闺怀人的空虚感和寂寞感。写景静中有动、动静结合。

过片，少妇的目光由室外转向室内。空间的转移，使她的情绪产生了微妙的变化。“金屋无人风竹乱，衣篝尽日水沉微。”“金屋”，借用汉武帝金屋藏娇故事，这里借指华丽的房屋；“衣篝”，指薰衣的薰笼；“水沉”，即沉水香，一种名贵的香料。黄昏时候，斜晖静静地照着这座华丽的房子，室内空荡荡地，除了这位少妇外，寂静无人，静得可怕。只有风吹竹影，参差摇曳。“乱”摇曳不定的样子。薰笼里的沉水香已燃了一整天，只剩下残烟袅袅，缕缕余香。女主人公无精打采，懒得再去添香。竹影摇曳不定，也搅动着这位少妇的心旌，使她心神不定，意绪撩乱，真是“剪不断、理还乱。”这摇曳不定的竹影，这若有若无的香烟，更烘托出金屋的空荡、寂寞。

经过前面对室内室外环境的渲染、烘托，静态与动态的交互作用。这位终日寂寞地困守金屋的少妇，由眼前的春暮花残、黄昏落照所引起的青春消逝、惆怅空虚的情怀，已不难体会。结句似应仍从闺中少妇着笔，进一步深化主题，但作者却不然，而是到第五句一笔顿住。第六句转向用作者与读者的口气代闺中少妇剖析内心世界：“一春须有忆人时”。春天过去了，花也凋残了，游蜂也开始酿蜜了，沉香也快燃完了，寂寞地困守金屋的少妇也该是怀人的时候了。结句轻轻点明怀人，如画龙点睛，使全篇皆活了，这是作者用笔妙处。

唐代诗人刘方平一首《春怨》诗：“纱窗日落渐黄昏，金屋无人见泪痕，寂寞空庭春欲晚，梨花满地不开门。”主题、情景都与此词相类似，而比较起来，此词抒情笔触更为细腻，艺术手法多种多样，摇曳多姿，更富于艺术感染力。

一落索

周邦彦

眉共春山争秀，可怜长皱，莫将清泪滴花枝，恐花也，如人瘦。

清润玉箫闲久，知音稀有。欲知日日倚栏愁，但问取、亭前柳。

【鉴赏】

这是一首写思妇闺情的小令。古代妇女，特别是一些贵家妇女，既不从事生产劳动，也没有机会参加社会活动，终日闲居闺中，无所事事。人闲着，思维器官却不能闲着，伤春怅别，闺怨闺情，就占据了她的思想领域。唐宋诗词中就有不少作品是写这类题材的，这首词就是其中之一。

词的开始，首先刻画这位思妇的外貌。“眉共春山争秀，可怜长皱。”以青山比喻女子的眉毛，前人诗词中也常有，例如冯延巳《鹊踏枝》：“低语前欢频转面，双眉敛恨春山远。”但这只是客观的描写，美成在这首词中用了“争秀”二字，是说女子的眉在有意和春山比秀，而比的结果是眉比春山更秀。如果不用“争”字，直接说，眉比青山更秀，就趣味索然了。“可怜长皱”，也超脱了纯客观描写而注入了作者主观感情。对这位“深坐颦蛾眉”（李白《怨情》）的美人寄予了深刻的同情。上句写女子的外貌，下句透过外貌去表现她的内心愁怨。写外貌也着墨不多，只写了她的秀眉，让读者从她的眉峰之秀去想象她的容貌之美。这个想象由下文的描写得到证实；“莫将清泪滴花枝，恐花也，如人瘦。”以花比喻女子的容貌。这位颦眉独坐的女子果然貌美如花。以花比喻女子的面容，本是沿用已久的陈旧的修辞手法，但美成用泪滴花枝，形容女子因伤心而流泪，似比单纯用“花容月貌”之类的陈旧词语要新些。但也不是美成首创。白居易在《长恨歌》中写杨贵妃伤心流泪就用过“玉容寂寞泪阑干，梨花一枝春带雨。”；冯延巳在《归自谣》中也写过“愁眉敛，泪珠滴破胭脂脸。”但白居易和冯延巳都是写的客观现象。即杨贵妃泪流满面，好像春天一枝雨中梨花。冯延巳写的这个女子似乎泪珠已经或将要滴破胭脂脸，都只写了客观现象，而周邦彦却翻进一层说：要小心，不要让清泪滴花枝，因为“恐花也，如人瘦。”以花瘦比喻人瘦，前人也用过，如黄庭坚在赠妓陈湘的《蓦山溪》词中写道：“春未透，花枝瘦，正是愁时候。”但黄庭坚也只是客观地写花枝瘦。没有写出词人的心情怎样。而周邦彦化用前人诗词，又不重复前人的意思，而另造新意。在他的笔下，似乎那少妇娇嫩清瘦的脸上，即使是几滴清泪也禁受不住，担心会“滴破胭脂脸。”流露出词人有无限怜惜之心，不单纯是客观写照，还渗透了词人的主观情感，可谓推陈出新，翻出了新意，既像是词中少妇顾影自怜，内心独自，又像是词人对词中少妇的怜爱同情，体贴入微，笔意曲折顿挫，摇曳多姿，有很强的艺术感染力。读者称赞周词为“词家神品”（王又华《古今词论》），不是没有道理的。

过片，“清润玉箫闲久，知音稀有。”用“玉箫闲久”从侧面烘托少妇情绪低落，满腹愁思。虽有玉箫，也无心吹奏。让它闲置已久。因为意中人不在，更吹与谁听呢？昭君出塞，尚可寄幽怨于琵琶，这位思妇连托音乐以寄相思都没有心情了，进一步深化了“可怜”的程度。下文用“欲知”“但问”巧设问答：“你要知道她（我）为什么每天倚着栏杆发愁吗？你只要去问亭前杨柳便可知了。”仍用上片同样笔法，既像是闺中少女自我心曲的剖白，又像是词人对词中女主人公心情的深刻怜惜、关怀和理解。她的愁为什么要问亭前柳就可以知道？这使人很自然地联想到王昌龄的《闺怨》：“闺中少妇不知愁，春日凝妆上翠楼。忽见陌头杨柳色，悔教夫婿觅封侯。”柳与离别有密切关系，古人习惯折柳送别，所以见了杨柳就容易引起离愁。王昌龄诗中的那位“闺中少妇”原“不知愁”，只是在忽见陌头杨柳色时，才触动离愁，引起闺怨，似乎多少带点偶然性，而这首词中的少妇是日日倚栏凝望，日日看见杨柳，杨柳成了离愁的象征物。离愁别恨，日益积淀，越积越深，似乎比王昌龄《闺怨》诗中少妇的离愁更多。最后轻轻点一笔，前面的青山长皱，泪滴花枝，花如人瘦，玉箫闲久，都得到解释，全篇关节脉络一气贯通了。

据清叶申芗《本事词》卷上（天籁轩刊本）云：“周美成精于音律，每制新调，教坊竞相传唱，游汴尝主李师师家，为赋《洛阳春》（按即《一落索》）云：‘眉共青山争秀……亭前柳。’李尝欲委身而未能也。”据此，则此词系为李师师作。聊备一说，以供参考。

这首词篇幅不长，却将许多前人诗词一一化用于词中，推陈出新，自成佳制，别创新意。沈义父《乐府指迷》评周词云：“下字运意，皆有法度，往往自唐诸贤诗句中来，而不用经史中生硬字面，此所以为冠绝也。”这段话，颇值得仔细体会。

隔浦莲近拍 中山县圃姑射亭避暑作

周邦彦

新篁摇动翠葆，曲径通深窈。夏果收新脆，金丸落，惊飞鸟。浓翠迷岸草。蛙声闹，骤雨鸣池沼。

水亭小，浮萍破处，帘花檐影颠倒。纶巾羽扇，困卧北窗清晓。屏里吴山梦自到。惊觉，依然身在江表。

【鉴赏】

此调标题为“中山县圃姑射亭避暑作。”中山距江苏溧水县不远，周邦彦于宋哲宗元祐八年(1093)春至绍圣三年(1096)曾任江苏溧水县令。此词当是作于此时。毛晋汲古阁本《片玉集》前载有宋代强焕序云：“溧水为负山之邑。……有亭曰‘姑射’，有堂曰‘萧闲’，皆取神仙中事，揭而名之，可以想象其襟抱之不凡，而又睹新绿之池，隔浦之莲，依然在目。”郑文焯《清真词校后录要》谓“当属元祐癸酉(1093)官溧邑所作。”此调疑为美成自度。

全词写盛夏避暑生活，上片描摹盛夏景色，勾勒出中山县圃姑射亭的环境，“新篁摇动翠葆。”葆是盖子的意思。翠葆即翠绿色的盖子，夏日微风吹来，新篁摇曳，翠盖亦随之晃动，似觉凉生几席，幽静曲折的小径一直通向看不到的遥远的地方，引人遐想，夏季果实丰收，“新脆”二字最富妙用，读者好像尝到了新鲜脆嫩的果实，似觉果香四溢，齿颊留芳。“金丸落，惊飞鸟”，化用了李白诗句“金丸落飞鸟”(《少年子》)，此处金丸比喻夏果。接着，作者目光转移到池塘：岸边的青草，池中的青蛙。浓翠，形容岸草，比直接写青草富于美感。着一“迷”字，就涂上了词人的主观感情色彩，赋予了青草以迷人的吸引力。写池塘蛙声的喧闹，和夏季常见的骤雨连在一起，令人如见其景，如闻其声。

上片景色的描写并非简单的罗列，而是具有下列一些特点：第一，作者善于观察，选择了一些最能反映夏季生活特点的典型景物，如新篁，只有夏季才有，秋冬的竹子不能叫新篁。骤雨、蛙声、夏果、更是夏季特有的景色；第二，作者运用了最能唤起读者审美情趣的色彩美。夏季草木繁茂，江南大地成了绿色的海洋，所以作者采取以绿色为主色调，如新篁、翠葆、浓翠等。再加上夏果、金丸的色泽调配，使眼前夏景，色彩斑斓，更富于迷人的魅力，令人神往；第三，作者将视觉与听觉交相作用。例如池塘，既有岸草浓翠，又有蛙声喧闹，真是有声有色；第四，作者通过绘画布局手法，使盛夏景色的安排各得其所，形成了一个完整的美的境界。

换头，前三句由写景到抒景，周围环境描写缩小到词人具体住处。一座小小的临水亭院，“浮萍破处，帘花檐影颠倒”，这句话用杜甫诗“灯前细雨檐花落”。《苕溪渔隐丛话》曾批评这句词说：“檐花二字用杜少陵‘灯前细雨檐花落’，全与出处意不合。”其实在杜甫之前，还有人用过“檐花”，丘迟诗“共取落檐花”，何逊诗“檐花落枕前”，李白诗“檐花落酒中”，李暇诗“檐花照月莺对栖”。都用了“檐花”，各人所写自不相同，不能尽合。周邦彦用“檐花”加上“帘影”只是化用前人诗句描写他所居亭院的幽美、娴静，与前所写环境之幽美互相组合，协调一致，更增进了环境的整体美，没有必要和杜甫所写的“檐花”用意相合。所以《野客丛书》不同意《苕溪渔隐丛话》的意见：“详味周用‘檐花’二字，于理无碍，渔隐谓与少陵出处不合，殆胶于所见乎！大抵词人用事圆转，不在深泥出处，其组合之工，出于一时自然之趣。”《野客丛书》的意见是颇有见地的。

“纶巾羽扇，困卧北窗清晓”，由周围环境写到住所，由住所写到住所中的主人。

从远到近,由大到小,范围逐步收缩,最后集中到人,足见其层次结构之谨严。“困卧”表示他此时虽在避暑,但心情并不愉快。他有一首《满庭芳·夏日溧水无想山作》下片云:“年年,如社燕,飘流瀚海,来寄修椽。且莫思身外,长近樽前。憔悴江南倦客,不堪听,急管繁弦。歌筵畔,先安枕簟,容我醉时眠。”这与《隔浦莲近拍》是同在溧水夏天写的。可见他在溧水上心任情苦闷,情绪消沉,有如社燕飘流之感。因此,他也和古代许多士大夫文人一样,在仕途不得意时,总是想归故乡。周邦彦的故乡在钱塘,他因屏上所画吴山而联想到故乡山水,不觉在“困卧”中梦游故乡。只有在梦游中才“梦里不知身是客”,可以获得梦幻中的暂时慰藉。但梦是虚幻的,一觉醒来,依然面对令人厌倦的现实。“依然身在江表。”一笔刹住不再往下说,他那失望、惆怅的心情,读者可以思而得之了。

作者所写的避暑环境幽美、娴静,上片词意乐观、轻松,而下片的词意忽转低沉、沉重,上下两片词意似不统一。陈廷焯《白雨斋词话》云:“美成词有前后若不相蒙者,正是顿挫之妙。……沉郁顿挫中别饶蕴藉。”其实这也是王夫之所说的“以乐景写哀,哀景写乐,一倍增其哀乐”(《姜斋诗话》)的写法,中山县圃姑射亭的环境、住所如此美好有趣,他尚且不留恋而思乡,有江表做客之感,那么他对溧水县令一职的厌倦,也就可知了。

风流子

周邦彦

枫林凋晚叶,关河迥,楚客惨将归。望一川暝霭,雁声哀怨;半规凉月,人影参差。酒醒后,泪花销凤蜡,风幕卷金泥。砧杵韵高,唤回残梦;绮罗香减,牵起余悲。
亭皋分襟地,难拼处,偏是掩面牵衣。何况怨怀长结,重见无期,想寄恨书中,银钩空满;断肠声里,玉箸还垂。多少暗愁蜜意,惟有天知。

【鉴赏】

这是一首写深秋送别的词。从“楚客惨将归”一句看,似是离开荆江时作。

作者以浓墨大笔运用铺叙手法尽情抒写离情别绪,有很强的艺术感染力,起笔即打破了一般送别诗词从长亭饯别到别后相思的模式,而是用倒叙法先从饯别之后的心情、感受写到分襟时的难舍难分情景的追忆。在追忆中层层推进,深化离情,而省略饯别宴会的场面。开始就写楚客将归的环境,在“冷落清秋节”,枫叶凋

残，"草木摇落而变衰"，关河迢递，水远山遥，淹留异地的楚客就要离开客居之地回去了。他满目凄然地怅望"一川暝霭"，暮色苍茫。霜天秋雁，叫声哀怨，使人不忍久听。天边明月也残缺了，只剩半规，已不圆了。人影参差散乱，也许是送别的人在往回走了，这几句全用铺叙手法从色彩、声音、物象等多方面渲染出一种凄迷、暗淡、冷落的氛围，从而更增大了离愁别恨的强度，真是"黯然销魂者惟别而已矣"（江淹《别赋》）。当然，雁的鸣声不是因为人的离别而变得哀怨的，月亮也不是因为人的离别而缺成半规的。这些物象都染上了词中主人公的主观感情色彩，带有一定的暗示作用。正如王国维所说的："以我观物，故物皆着我之色彩。"（《人间词话》）

"酒醒后"以下几句当是写"楚客"在离开送别者以后独居旅舍的所见、所闻、所感。时间、空间都来了个大转换。旅舍孤单、夜不成寐。"蜡烛有心还惜别，替人垂泪到天明。"（杜牧《赠别》）"泪花销凤蜡，风幕卷金泥。"烛泪都快销尽了，印有金泥图案的帘幕，随风舒卷，飘曳不定，在搅动"楚客"的情怀。好不容易才进入梦境，和"她"相逢，正欲互诉离情，偏偏又被响亮的砧杵捣衣声惊醒。"她"的绮罗香泽闻不到了，"她"的形象消失了，只留下梦回之后的"余悲"。"余悲"照应前文，可想到他在饯别之前、送别之后，梦境之中的深切悲苦，同时还能引起下片的追忆与推想，乃上串下连，前后呼应的关键词语。这段由不寐到入梦，由梦境到梦回，层层铺叙，有实有虚，深情婉转，从而更强化了"楚客"旅夜独居的孤寂感。

过片用倒叙法追忆昨宵饯别、分襟时，难分难舍的情景。亭皋指水边平地，即"楚客"与恋人分襟地。分襟与分袂同义，表示离别。在他们分手时，"难拼处，偏是掩面牵衣"，这情景已足使人禁受不了。这是第一层悲愁；如果这次分襟只是暂别，后会有期，那也可于悲愁中聊以自慰。然而这次分别是"怨怀长结，重见无期"，生离等于死别，这悲愁非比一般，这是第二层悲愁，较前推进了一层。下文用"想"字领起，用自己的推想使词境展开到一个新境界。虽然后会无期，如果能时通鱼雁，以寄相思，那也可略慰离怀。但这毫无用处。"想寄恨书中，银钩空满"。银钩，指小字，即使将银钩小字写满信笺，也是空写，终难解相思之苦。这就无可奈何了。这是写自己。下句推想对方"断肠声里，玉箸还垂"。玉箸，指女子的两行眼泪。想到恋人也在断肠声里至今还流着伤心的眼泪呢！这里第三层悲愁。结构层层推进，抒情步步转进，愈转愈深。"楚客"感情也推向了最高点，按周济的说法是"层叠加倍写法"（《四家词选》）。清陈世焜谓"美成词极顿挫之致，穷高妙之趣，前无古人，后无来者"（《云韶集》卷四），层层转进，曲折回环，亦"顿挫之致"也。

结句云:“多少暗愁密意,惟有天知。”“暗愁密意”,无法说清,只有呼天告诉了。况周颐说:“清真又有句云:‘多少暗愁密意,惟有天知’………此等语愈朴愈厚,愈厚愈雅,至真之情由性灵肺腑中流出,不妨说尽而愈无尽。”况周颐所谓“朴”“厚”,正是真情流露之意。

读这首词很容易使人联想到柳永的《雨霖铃》。两词都写清秋送别,都用铺叙手法。但柳词在章法结构上按顺序铺叙,流于平直。周词则用倒叙逆折手法,层次递进,曲折回环,胜于柳词。周词选词精美,造句典雅,如暝霭、凉月、凤蜡、金泥、绮罗、银钩、玉箸等,句法多用对偶,富丽精工,但追求雕琢,易妨碍抒情的直率自然。柳词通俗平易,抒情自然,胜于周词。柳、周各有所长。

齐 天 乐

周邦彦

绿芜凋尽台城路,殊乡又逢秋晚。暮雨生寒,鸣蛩劝织,深阁时闻裁剪。云窗静掩。叹重拂罗裀,顿疏花簟。尚有练囊,露萤清夜照书卷。

荆江留滞最久,故人相望处,离思何限。渭水西风,长安叶乱,空忆诗情宛转,凭高眺远。正玉液新篘,蟹螯初荐。醉倒山翁,但愁斜照敛。

【鉴赏】

关于这首词的写作地点,周济谓“此清真荆南作也,胸中犹有块垒。”(《四家词选》)从首句及内容看,当是作于金陵(江苏南京)。时间在当溧水知县。周邦彦于元祐八年(1093)三十八岁时调知溧水县,绍圣四年(1097)升迁国子主簿。

上片起拍“绿芜凋尽台城路,殊乡又逢秋晚”,在眼前展现一片秋景萧条,客子秋心寥落。台城在金陵,金陵乃六朝旧都,自隋唐以来,文人至此者,每易引起盛衰兴废之感。如唐末诗人韦庄就感到“六朝如梦”(《台城》)。而现在的台城更是草黄叶枯,“草木摇落而变衰。”(宋玉《九辩》)更使人有满目萧然之感。“又”字起递进连接作用。殊乡做客,已经够使人惆怅了,更何况又遇上晚秋时节,“众芳芜秽”,殊乡客子更难以禁受了。词意递进一层。陈廷焯认为“只起二句便觉黯然销魂……沉郁苍凉,太白‘西风残照’后有嗣音矣。”起首造境便为全篇意蕴定下基调。

自“暮雨生寒”至上片歇拍全从殊乡秋晚生发开去,一路铺叙,渲染“殊乡又逢秋晚”的惆怅心情。“暮雨生寒,鸣蛩劝织,深阁时闻裁剪”。蛩,就是促织,因鸣声

"唧唧",好似织机声响,故名。晚秋之夜,本已渐凉,加上秋雨,顿觉寒生了。更何况词人情绪低落,更觉周围寒意更深,深阁妇女已在"寒衣处处催刀尺",(杜甫《秋兴》)开始缝制寒衣,准备过冬了。以上是从客观事物层层渲染,使前面所描摹的秋色显得更浓了。从"云窗静掩"起,就作者主观方面进行勾勒。"静掩",没有什么人来往,烘托出一种幽静的孤寂感。这种主观感受又是词人所处客观环境在心理上的反映。

"叹重拂罗裀,顿疏花簟"。罗裀,就是罗绮垫褥。花簟,就是精美的竹席,词中天气正是"已凉天气未寒时"(韩偓《已凉》),撤去竹席,换上垫褥是必然的,而且年年如此,为什么要"叹"呢?"叹",就是词人惊秋心情的流露,感慨时光流逝,节候变迁,所以撤去"花簟"用"顿疏",换上"罗裀"用"重拂",都透露了词人对光阴迅速的敏感,对自己老大无成的叹息,用词十分精细。"尚有綀囊,露萤清夜照书卷。"虽然时已晚秋,夏天的生活用品用不上了,但綀囊却还留着,露萤照我读书。綀,音疏,稀薄布料。这里用车胤囊萤典故。《晋书·车胤传》:"(胤)家贫,不常得油,夏月则练囊盛数十萤火以读书。"当然,周邦彦不比车胤,不至于"不常得油",这只是说,他虽有他乡做客、宦海浮沉之叹,但他志在诗书,不汲汲于富贵,不想"伺候于公卿之门,奔走于形势之途"(韩愈《送李愿归盘谷序》),修身洁行,志趣高尚,书生本色,不负初衷。此乃借古人之高境界以表示自己的高境界,如王国维所云:"借古人之境界为我之境界者也。然非自有境界,古人亦不为我用。"这上片歇拍两句没有将惊秋发展为悲秋,而是宕开一笔,便词意转向高雅旷达,这是一个关键处。

下片转到对故人和往事的追忆。"荆江留滞最久",周邦彦于哲宗元祐二年(1087)出任庐州(合肥)教授至调任溧水之前约有七八年时间,他曾留滞荆州。据王国维推断,他在荆江"亦当任教授等职"(《清真先生遗事》),年方三十多岁,他这时在金陵,怀念荆江故旧,但却从对方怀念自己着笔。如果只写自己怀念荆江故旧,则荆江故旧是否怀念词人不得而知。而推想荆江故旧怀念自己,则自己对荆江故旧的怀念便可不言而喻了。言简而意明,笔法巧妙。"渭水西风。长安叶乱,空忆诗情婉转。"这是化用贾岛诗"秋风吹渭水,落叶满长安"。(《忆江上吴处士》)长安借指汴京。周邦彦于神宗元丰初以布衣入汴京为太学生。元丰六年(1083)升太学正,直到哲宗元祐二年始离汴京外任庐州教授,他居留汴京时间长达十年之久,正是二三十岁的青年时期。他任太学正,"居五岁不迁,益尽力于辞章"。(《宋史·本传》)据陈郁《藏一话腴外编》所载邦彦佚诗《天赐白》《薛侯马》都是在汴京时期作的。陈郁称赞他的诗"自经史中流出,当时以诗名家如晁(补之)、张(耒)皆自叹以为不及"。可见其诗才之高超,只是为词名所掩而已。此时,他想到汴京也正当西风落叶的晚秋,追忆从前这时候二三好友,风华正茂,以文会友,吟诗唱歌,诗情婉转,其乐何极、至今回首,乃如电光火石,幻梦浮云,徒增感慨。"凭高眺远"一句从词意看本应放在"渭水西风"之前。"渭水西风"三句正是凭高眺远所见到的想象中景象。而就格律看,只能置于此处,作为补笔,收束上文,以舒积愫。可是关山迢递,可望而不可即,情怀郁郁,唯有借酒消愁,举杯一醉。"纵玉液新篘,蟹螯初荐”。玉液,美酒。篘,漉酒的竹器,此处作动词用。“蟹螯”典出《世说新语·任诞》:“毕茂世(卓)云:‘一手持蟹螯,一手持酒杯,拍浮酒池中,便足了一生。’”这是一种不为世用,放荡不羁的行为,作者的意思是说,他也要像毕茂世那样,一手持海螯,一手持酒杯,直到醉倒山翁。山翁指山简,晋代竹林七贤之一的山涛之幼子,曾镇守荆襄,有政绩,好饮酒,每饮必醉,人为之歌曰:“山公时一醉,径造高阳池。日暮倒醉归,酩酊无所知。”(《世说新语·任诞》)周邦彦以山简自喻,也可看出他当时心态。“但愁斜照敛”,忽作转折,似与上文不相连贯,实则一意承转,他正欲饮玉液,持蟹螯,如山翁之醉倒以求解脱愁思,然而不行,当淡淡的落日余晖洒在“绿芜凋尽”的台城道上时,一片衰草斜阳,暮秋古道的苍茫景色,摇撼着他的心弦。上片节候推迁,流光易逝的感慨,再次充塞胸臆:岁月如流,人生有限,寸阴可惜,去日苦多,他不免有“夕阳无限好,只是近黄昏”(李商隐《登乐游原》)的迟暮之感。所以陈廷焯说:“美成《齐天乐》云:‘绿芜凋尽台城路,殊乡又逢秋晚’伤岁暮也,结云:‘醉倒山翁,但愁斜照敛’,几于爱惜寸阴,日暮之悲,更觉余于言外。”(《白雨斋词话》)

那么,我们不免要问:“周邦彦滞留金陵时,年不过四十左右,何以就有迟暮之感?这只要看他于哲宗元符元年(1098)写的《重进汴都赋表》中一段话,便可大略知道:

“臣命薄数奇,旋遭时变,不能俯仰取容,自触罢废,飘零不偶,积年于兹。臣孤愤莫伸,大恩未报,每抱旧稿,涕泗横流……”

北宋新旧党争激烈,对周邦彦的仕宦生活有一定的影响,因为他“不能俯仰取容,自触罢废”,他自元祐二年至绍圣四年,外任庐州教授,滞留荆江,调任溧水,十载飘零,过着“漂流瀚海,来寄修椽……憔悴江南倦客”(周邦彦《满庭芳》)的生活。心情郁郁寡欢,他留金陵时,正是在十载“飘零不偶”的期间之内,所以他在词中惊秋感物,怀念故友,借酒消愁,迟暮之感,都与他的生活遭际有关。因此,全词感情亦极沉郁顿挫,陈廷焯云:“词至美成,乃有大宗……然其妙处亦不外沉郁顿挫。顿挫则有姿态,沉郁则极深厚。既有姿态,又极深厚,词中三昧,亦尽于此矣”。此词笔法迂回曲折,感情沉郁顿挫,是其妙处。

四 园 竹

周邦彦

浮云护月,未放满朱扉。鼠摇暗壁,萤度破窗,偷入书帏。秋意浓,闲伫立,庭柯影里。好风襟袖先知。
夜何其。江南路绕重山,心知漫与前期。奈向灯前堕泪，肠断萧娘，旧日书辞犹在纸。雁信绝，清宵梦又稀。

【鉴赏】

周邦彦妙解音律，善创新声，这首《四园竹》就是他自创调，此调以平韵为主，上、去兼押。这首词是写秋夜怀人的。上片以写景为主，景中有情。起拍就描写秋夜景色："浮云护月，未放满朱扉。"化用杜甫诗"明月生长好，浮云薄渐遮"，(《季秋苏五弟缨江楼夜宴》)以点明秋夜。浮云似有意怜惜明月，不让她的光辉全部洒满朱扉。这一层朦胧黯淡的景色与词中主人公怀人伤感的心情是一致的。"鼠摇暗壁，萤度破窗，偷入书帏"。暗壁、破窗，一派贫居陋巷的潦倒景象。鼠摇、萤度，烘托室内寂静无人，引起词中主人公一种凄清幽独的感觉。"偷入书帏"，系化用唐代诗僧齐已《萤》诗："夜深飞入读书帏。"用一"偷"字，说明萤是在不知不觉中进入书帏的，用以烘托环境之寂寞、萧索。至此，词中主人公才正式露面："秋意浓，闲伫立，庭柯影里"，词中主人公在幽寂的、静得怕人的室内再也呆不下了，只好步到中庭，悄立树荫，忽觉襟袖之间一阵好风吹来，顿觉秋意已浓了。"好风襟袖先知"系套用杜牧《秋思》诗中"好风襟袖知"，另加一"先"字，就不只是写襟袖而且是写人对风的敏锐感觉。空间已由室内转向室外。词中主人公当此深秋，独自悄立闲庭，"尽日伫立无言，赢得凄凉怀抱"。(柳永《满朝欢》)怀人之念，油然而生，由此引入下片。

换头"夜何其"，借用《诗·小雅·庭燎》："夜如何其"。"其"是句尾助词。这是作者设问：夜已经是什么时候了呢？暗示他独自悄立树荫，因怀人而夜不成寐。秋水伊人之感，也如晏几道词"梦入江南烟水路"(《蝶恋花》)一样，他所怀念的人也在山重水复的江南。"江南路绕重山"，下文即围绕这句展开。伊人在江南，想去寻找呢，又担心"行尽江南，不与离人遇"。(晏几道《蝶恋花》)当初曾和她预约重逢日期，现在由于岁月推移，人事变化，恐怕已难于实现了。写到这里，似乎话已写尽，忽然看到恋人的旧时书信宛然在目，又触发旧情，引起新愁。"向灯前堕泪，肠断萧娘。"典出杨巨源《崔娘》诗："风流才子多春思，肠断萧娘一纸书。"唐时以萧娘为女子之泛称，如将萧郎作为男子的泛称一样，并不指固定的人，如元稹诗："揄扬陶令缘求酒，结托萧娘只在诗。"白居易诗："风朝舞飞燕，雨夜泣萧娘。"这首词中的"萧娘"当然是指词中主人公的恋人。旧时"萧娘"书信一行行、一字字，分明写在纸上，读来令人肠断，睹物思人，不觉伤心落泪，这就是"旧日书辞犹在纸"所引起的感情激荡。他想到现在要是能和她再通书信的话，那虽不能见面，也可鱼来雁往，互诉相思，也是一种安慰。无奈，"雁信绝，清宵梦又稀"。虽想重通音问，但她"山长水阔知何处"？(晏殊《蝶恋花》)鱼沉雁杳，已够伤心，但若能常在梦中相逢，岂不也可聊慰相思之苦？在感情上得到某种补偿，这是他最后的幻想。但偏偏连梦也很少做，真是"梦魂纵有也成虚，那堪和梦无"。(晏几道《阮郎归》)他的要求逐步降低，由想见面降到只求通信，由求通信降到只求梦中相会也可以，但他的相思强度却逐步升高，直到连梦里相逢也难办到时，则最后的，最起码的希望也破灭了时,不免柔肠百结,低回欲绝,陷入了刻骨相思、彻底绝望的境地,抒情至此达到高峰,突然歇拍,余意不尽。

这首词由写景到抒情,由室内到室外,时空结合,层层递进,感情愈趋强烈,结构谨严,曲折多致。此外,周邦彦还善于融化前人诗句入词,而又自然贴切。陈振孙云:"美成词多用唐人诗,隐括入律,浑然天成。"(《直斋书录解题》)。张炎也说:"美成词……采唐诗融化如自己者,乃其所长。"又说:"美成负一代词名,所作之词,浑厚和雅,善于融化词句。"(《词源》)可见融化前人诗词入词,乃其所长。

氐州第一

周邦彦

波落寒汀,村渡向晚,遥看数点帆小。乱叶翻鸦,惊风破雁,天角孤云缥缈。官柳萧疏,甚尚挂、微微残照?景物关情,川途换目,顿来催老。

渐解狂朋欢意少,奈犹被、丝牵情绕。座上琴心,机中锦字,觉最萦怀抱。也知人、悬望久,蔷薇谢,归来一笑。欲梦高唐,未成眠、霜空已晓。

【鉴赏】

这首词写秋日旅途怀人,上片以写景为主,结拍处入情,下片则写怀人心绪。

词一开始,作者即将近镜头、远镜头相继使用,从远近上下构成一个立体境界。"波落寒汀,村渡向晚,遥看数点帆小",词人这次是水路旅行,于秋日黄昏来到荒村野渡。从汀渚上可以看到秋天水落留下的痕迹,这是近镜头。"遥看数点帆小",因为是远镜头,所以"帆小"。不用"数片"而用"数点",也是远望所见之景。以上只限于村渡远景近景的勾勒;接着词人仰视天空,则见"乱叶翻鸦,惊风破雁,天角孤云缥缈"。惊风,突然来的疾风,搅得枯叶纷纷飘落,树上栖鸦也随风乱飞,天空鸿雁本来排着整齐的行列,不料,一阵惊风,竟将雁阵冲散了。秋风劲吹,易引起客子旅途萧索感。"翻"字、"破"字下得精确、生动,陈廷焯云:"美成词于浑灏流转中下字用意皆有法度。"(《白雨斋词话》)评论恰当。作者继续远望:"天角孤云缥缈。"这也很易勾起词人羁旅孤身之感。这是从近到远的描写。以上,作者笔下的寒汀、野渡、乱叶、昏鸦已经够使人伤神的了,更何况还有两岸的官柳萧疏、黯淡的残阳斜挂在凋残的柳枝上,依依不忍落下去,与向晚相照应。这一片村渡晚景所构成的意境,荒凉、冷落、黯淡、凄清,更强化了词人羁旅行役之感、潦倒迟暮之愁。于是便用

“景物关情，川途换目”结束写景，总括前文的远景、近景、天上景、地面景，将所有进入词人视野的物象组合、融汇为一个整体境界，有开有合，浑厚自然。陈世焜云：“美成乐府开合动荡，独前千古。”（《词坛丛话》）这评论虽不是专门针对写景来说的，而是就美成词的总体来说的，但用于评他的勾勒景物也是恰当的。周济说：“勾勒之妙，无如清真。他人一勾勒便薄，清真愈勾勒愈浑厚。”（《介存斋论词杂著》）“景物关情，川途换目”二句已点明村渡寒汀的客观景物对词人主观情绪上的影响。也就是常说的“触景生情”——“顿来催老”。落叶西风，孤云断雁，疏柳残阳一齐影响他，恍惚使他变衰老了，这种迟暮之感引起下片怀人的感慨。

下片紧接上片的写景展开抒情。“渐解狂朋欢意少，奈犹被、思牵情绕。”上片歇拍“顿来催老”的迟暮之感，固然是客观景物对他主观情绪的影响而产生的。但是王国维说过：“以我观物，故物皆著我之色彩。”（《人间词话》）由于词人漂泊异乡，仕途困顿，伤别怀人，情怀悒郁。带着主观感情色彩观看客观景物，所以客观景物也著上了他的主观感情色彩，主观客观，互为影响。客观景物对他的影响只是起了融媒作用，更强化了他的主观感情作用而已。“渐解狂朋欢意少”，明写“狂朋”，暗写自己；“欢意少”的是词人自己而不是“狂朋”，“狂朋”，指狂放不羁的朋友，那么，“欢意少”的原因是什么呢？“奈犹被、思牵情绕”。只因为长期来为情丝所缚，无法挣脱，那么，“思牵情绕”的是什么人呢？“座上琴心，机中锦字，觉最萦怀抱”，“座上琴心”，用司马相如琴挑卓文君的典故，即此可知他所怀念的是过去的恋人。“机中锦字”用苏蕙故事，前秦苻坚秦州刺史窦滔被贬谪龙沙，其妻苏蕙能文，乃织锦为回文诗以寄之。这里只是借指恋人寄来的书信。

以上是就自己方面而言。下文从对方着想，宕开一笔，转出新意。“也知人、悬望久，蔷薇谢，归来一笑。”词人设想女方也正在想念自己。“蔷薇谢，归来一笑。”来自杜牧《留赠》：“舞靴应任闲人看，笑脸还须待我开。不用镜前空有泪，蔷薇花谢即归来，”这是对恋人预约归期：你也不用过于思念，我们相见有期，待到明年暮春时节，蔷薇花谢之时，我们就可以一笑相逢了。“一笑”二字用得极好，描绘了彼此重逢的喜悦，轻松愉快，形象生动。艺术性超过了杜牧原诗，这也是美成善于融化前人诗句的一例。至于这个预约能否兑现，恐怕连预约者本人也无把握。但不管怎样，至少可以聊慰对方相思之苦。这种从对方着想的写法，也与柳永的“想佳人妆楼颙望”（《八声甘州》）相类似。

词人因为想到蔷薇花谢，即可重逢，心驰神往，思念之极。“欲梦高唐”，盼遇神女（恋人）。可是正由于思念之极，夜不成寐，难入高唐之梦，辗转反侧，不觉霜空已晓。亦如赵企《感皇恩》词：“未成云雨梦，巫山晓。”此词妙就妙在“未成眠，霜空已晓。”如果写成词人酣然入睡真的在梦中和恋人相会，如何如何恩爱，等等。则俗不可耐，索然寡味了。“欲梦高唐”是主观愿望，“霜空已晓”是客观现实，愿望与现实相矛盾。但是，“欲梦高唐”是由于相思，“未成眠”也是由于相思，相思把这一对矛盾统一起来了。“霜空”点明秋天，一夜未眠，“霜空已晓”，展现在眼前的仍然是令人怅惘的寒汀、村渡、疏柳、残阳、惊风、乱叶、断雁、孤云。首尾照应，开合自如，情意绵绵，回味无穷。

这首词写景抒情，用笔如游丝婉转，极尽曲折回环之妙。写相思或明言、或暗转、或现实、或幻想，从多方面着笔。勾勒铺叙，不堆砌，不断脉，一气流转，极为浑成，陈世焜评此词云："写秋景凄凉，如闻商音羽奏。语极悲婉。一波三折，曲尽其妙，美成词大半皆以纡徐曲折制胜，妙于纡徐曲折中有笔力，有品骨，故能独步千古。"（《云韶集》）

少 年 游

周邦彦

朝云漠漠散轻丝，楼阁淡春姿。柳泣花啼，九街泥重，门外燕飞迟。

而今丽日明金屋，春色在桃枝。不似当时，小楼冲雨，幽恨两人知。

【鉴赏】

北宋初期的词是《花间》与《尊前》的继续。《花间》《尊前》式的小令，至晏几道已臻绝诣。柳永、张先在传统的小令之外，又创造了许多长词慢调。柳永新歌，风靡海内，连名满天下的苏轼也甚是羡慕"柳七郎风味"（《与鲜于子骏书》）。但其美中不足之处，乃未能输景于情，情景交融，使得万象皆活，致使其所造情景均并列单页画幅。究其缘故，皆因情景二者之间无"事"可以联系。这是柳词创作的一大缺陷。周邦彦"集大成"，其关键处就在于，能在抒情写景之际，渗入一个第三因素，即述事。因此，周词创作便补救了柳词之不足。读这首小令，必须首先明确这一点。

这首令词写两个故事，中间只用"而今丽日明金屋"一句话中"而今"二字联系起来，使前后两个故事一亦即两种境界形成鲜明对照，进而重温第一个

故事，产生无穷韵味。

上片所写乍看好像是记眼前之事，实则完全是追忆过去，追忆以前的恋爱故事。“朝云漠漠散轻丝，楼阁淡春姿”。这是当时的活动环境：在一个逼仄的小楼上，漠漠朝云，轻轻细雨，虽然是在春天，但春天的景色并不浓艳，他们就在这样的环境中相会；“柳泣花啼，九街泥重，门外燕飞迟。”三句说云低雨密，雨越下越大，大雨把花柳打得一片憔悴，连燕子都因为拖着一身湿毛，飞得十分吃力。这是门外所见景色。“泣”与“啼”，使客观物景染上主观情感色彩，“迟”，也是一种主观设想。门外所见这般景色，对门内主人公之会晤，起了一定的烘托作用。但此时，故事尚未说完。故事的要点还要等到下片的末三句才说出来，那就是：两人在如此难堪的情况下会晤，又因为某种缘故，不得不分离；“小楼冲雨，幽恨两人知。”“小楼”应接“楼阁”，那是两人会晤的处所，“雨”照应上片的“泣”“啼”“重”“迟”，点明当时，两人就是冲着春雨，踏着满街泥泞相别离的，而且点明，因为怀恨而别，在他们眼中，门外的花柳才如泣如啼，双飞的燕子也才那么艰难地飞行。这是第一个故事。

下片由“而今”二字转说当前，这是第二个故事，说他们现在已正式同居：金屋藏娇。但这个故事只用十个字来记述：“丽日明金屋，春色在桃枝。”这十个字，既正面说现在的故事，谓风和日丽，桃花明艳，他们在这样一个美好的环境中生活在一起；同时，这十个字，又兼做比较之用，由眼前的景象联想以前，并进行一番比较。“不似当时”，这是比较的结果，指出眼前无忧无虑在一起反倒不如当时那种紧张、凄苦、怀恨而别、彼此相思的情景来得意味深长。

弄清楚前后两个故事的关系，了解其曲折的过程，对于词作所创造的意境，也就能有具体感受。这首词用笔很经济，但所造景象却耐人深思。仿佛山水画中的人物：一顶箬笠底下两撇胡子，就算一个渔翁。在艺术的想象力上未受训练的，是看不出所以然的。这是周邦彦艺术创造的成功之处。

少年游

周邦彦

并刀如水，吴盐胜雪，纤手破新橙。锦幄初温。兽烟不断，相对坐调笙。

低声问：向谁行宿？城上已三更。马滑霜浓，不如休去，直是少人行！

【鉴赏】

这首词，不外是追述作者自己在秦楼楚馆中的一段经历；这类事，张端义《贯耳录》载:“道君(按:即宋徽宗)幸李师师家,偶周邦彦先在焉。知道君至,遂匿床下。道君自携新橙一颗,云江南初进来。遂与师师谑语。邦彦悉闻之,隐括成《少年游》云……”这种耳食的记载简直荒谬可笑。皇帝与官僚同狎一妓,事或有之,走开便是,何至于匿伏床下,而事后又填词暴露。还让李师师当面唱给皇帝听。皇帝自携新橙,已是奇闻,携来仅仅一颗,又何其乞儿相?在当时士大夫的生活中,自然是寻常惯见的,所以它也是一种时兴的题材。然而这一类作品大都鄙俚恶俗,意识低下,使人望而生厌。周邦彦这一首之所以受到选家的注意,却是因为他能够曲折深微地写出对象的细微心理状态,连这种女子特有的口吻也刻画得惟妙惟肖,大有呼之欲出之概。谁说中国古典诗词不善摹写人物,请看这首词,不过用了五十一字,便写出一个典型人物的典型性格。

“并刀如水,吴盐胜雪,纤手破新橙”——这是富于暗示力的特写镜头。出现在观众眼前的,仅仅是两件简单的道具(并刀,并州出产的刀子;吴盐,吴地出产的盐。)和女子一双纤手的微细动作,可那女子刻意讨好对方的隐微心理,已经为观众所觉察了。

“锦幄初温,兽烟不断,相对坐调笙”——室内是暖烘烘的帷幕,刻着兽头的香炉轻轻升起沉水的香烟。只有两个人相对坐着,女的正调弄着手里的笙,试试它的音响。男的显然也是精通音乐的,他从女的手中接过笙来,也试吹了几声,评论它的音色的音量,再请女的吹奏一支曲子。

这里也仅仅用了三句话,而室内的气氛,两个人的情态,彼此的关系,男和女的身份,已经让人们看得清清楚楚了。

但最精彩的笔墨还在下片。

下片不过用了几句极简短的语言,却是有层次,有曲折,人物心情的宛曲,心理活动的幽微。在简洁的笔墨中恰到好处地揭示出来。

请看:

“向谁行宿”——“谁行”,哪个人,在这里可以解作哪个地方。这句是表面亲切而实在是小心的打探。乍一听好像并不打算把他留下来似的。

“城上已三更”——这是提醒对方:时间已经不早,走该早走,不走就该决定留下来了。

“马滑霜浓”——显然想要对方留下来,却好像一心一意替对方设想:走是有些不放心,外面天气冷,也许万一着了凉。霜又很浓,马儿会打滑……。我真放心不下。

这样一转一折之后,才直截了当说出早就要说的话来:“不如休去,直是少人行!”你看,街上连人影也没几个,回家去多危险,你就不要走了吧!

真是一语一试探,一句一转折。我们分明听见她在语气上的一松一紧,一擒一纵。也仿佛看见她每说一句话同时都侦伺着对方的神情和反应。作者把这种身份、这种环境中的女子所显现的机灵、狡猾,以及合乎她身份、性格的思想活动,都逼真地摹画出来了。

这种写生的技巧，用在散文方面已经不易着笔，用在诗词方面就更不容易了。单从技巧看，不能不叫人承认周邦彦实在是此中高手。

庆 春 宫

周邦彦

云接平冈，山围寒野，路回渐转孤城。衰柳啼鸦，惊风驱雁，动人一片秋声。倦途休驾，淡烟里，微茫见星。尘埃憔悴，生怕黄昏，离思牵萦。

华堂旧日逢迎，花艳参差，香雾飘零。弦管当头，偏怜娇凤，夜深簧暖笙清。眼波传意，恨密约，匆匆未成。许多烦恼，只为当时，一饷留情。

【鉴赏】

周邦彦在宋代被公认为“负一代词名”（《词源》下）的人，其词在当时就广为流传，陈郁《藏一话腴外编》云：邦彦“二百年来，以乐府独步”。《庆春宫》是其代表作之一。

此首是羁旅伤别词。上片写羁旅离思。词人一开章就以铺叙手法，勾勒了旅途秋景：舒卷秋云远接平冈，一片寒野萧疏，四面群山环绕，峰回路转，只见孤城一座。词中的“寒”“孤”二字，覆盖在三个词句上，使所勾勒的山、冈、云、野、路、城，都笼罩在孤寒寂寥的氛围中，词人的羁旅愁情从景物中托笔而出。这一片孤寂的静景已满含羁愁；下面一个对仗句“衰柳啼鸦，惊风驱雁”，更将这满布秋愁的画面上，点上了鸦啼雁唳、衰柳簌簌、惊风飒飒的有声有色之动景，岂不更加浓了羁愁抑郁之情。在“柳”“鸦”“风”“雁”之前冠以“衰”“啼”“惊”“驱”几个动词，将秋景的情韵也就更加深化了。这些情景交融的诗句，正体现了作者笔法之精妙。正如周济所说：“勾勒之妙，无如清真，他人一勾勒便薄，清真愈勾勒愈厚”（《介存斋论词杂著》）；“动人一片秋声”一句，在前面景物层层铺叙、渲染之后，以直抒胸臆道出，语平易而情深；“倦途休驾”以下六句，则是边叙写羁旅生涯，边描绘途中景色，写景、论事、抒情三者融为一体，有力地塑造了天涯游子的形象。“倦途”“憔悴”二词，既是勾勒了游子的憔容倦态，更揭示了其内心的愁苦；而“离思牵萦”一句，正点出了愁苦之因；“淡烟里，微茫见星”二句，展示了一幅黄昏黯淡、烟霭迷蒙、疏星闪烁的朦胧意境，为画面的秋寒、羁愁更抹上几笔冷色。这正如强焕所说：“抚写物态，曲尽其妙。”（《片玉集序》）

过片紧承"离思"二字,写昔日欢会情景:在华堂上,缨冠逢迎,美女如云,急管繁弦,燕舞莺嘤。然而,他却"偏怜娇凤",在"簧暖笙清"的美境中,温情脉脉眼波传意地注视她,直到夜深,他多想与她密约,然而在众目睽睽之下,密约未成,不得不匆匆作别,这怎不令他遗恨重重。故今日思想起来,还是"许多烦恼,只为当时,一饷留情"。结句以浅白之语直抒胸臆,呼应了上片结句"离思牵萦"。对于词人这种直抒胸臆的言情之语,前人评论颇不一致。张炎认为:"许多烦恼,只为当时,一饷留情"乃是"一为情所役,则失其雅正之音"(《词源》)。沈义父认为其乃"轻而露"(《乐府指迷》)。元人沈伯时则说:其语"愈朴愈厚,愈厚愈雅,至真之情由性灵肺腑中流出,不妨说尽而愈无尽。"(《乐府指迷》)笔者认为,此词结句,质朴直露,抒以真情,何以失其雅正之音。

邦彦妙解音律,又曾参与大晟府工作,在审音协律方面颇有贡献。邵瑞彭《周词订律序》云:"诗律莫细乎杜,词律亦莫细乎周。"《庆春宫》押平韵者,只此一体,宋人俱依此谱填词,可看出此词在协律定调方面的作用。

解 语 花 上元

周邦彦

风销绛蜡,露浥红莲,花市光相射。桂华流瓦,纤云散。耿耿素娥欲下。衣裳淡雅,看楚女、纤腰一把。萧鼓喧,人影参差,满路飘香麝。

因念都城放夜,望千门如昼,嬉笑游冶。钿车罗帕,相逢处、自有暗尘随马。年光是也,唯只见、旧情衰谢。清漏移,飞盖归来,从舞休歌罢。

【鉴赏】

以正月十五上元节为题材的诗词,历来首推初唐苏味道的《上元》诗,其次则以北宋的苏轼《蝶恋花·密州上元》和周邦彦《解语花·上元》、南宋的李清照《永遇乐》和辛弃疾《青玉案》等词为代表作。柳永、欧阳修等虽亦有词,皆不及上述诸作脍炙人口。苏味道诗写承平时代长安元宵夜景,纯是颂诗。苏轼词则以追忆杭州上元的热闹来反衬自己到密州后的心境荒凉。辛词别有怀抱,意不在专咏元宵;李词则抚今追昔,直抒国亡家破之恨。从描写上元节的具体内容看,周邦彦的这首《解语花》诚不失为佳作。正如张炎在《词源》卷下所说:"美成《解语花》赋元夕云,……不独措辞精粹,又且见时序风物之盛,人家晏(宴)乐之同。"所以此词既写出了地方上过元宵节的情景,又回顾了汴京上元节的盛况,然后归结到抒发个人的身世之感，还是比较完整的。不过摆到宋徽宗在位期间这个时代背景下，自然给人以好景不长的联想，而且统治阶级的醉生梦死也使人不无反感，至少也难免感慨系之。特别是周邦彦本人，填词的工力虽深，而作品的思想内容却并不很高明，所以这首《解语花》，近年来已不大为人注意了。

关于此词写作的地点和年代，旧有异说。清人周济《宋四家词选》谓是“在荆南作”，“当与《齐天乐》同时”；近人陈思《清真居士年谱》则以此词为周知明州（今浙江宁波）时作，时在徽宗政和五年（1115）。窃谓两说均无确据，只好两存。周济说似据词中“楚女”句立论，然“看楚女纤腰一把”云者，乃用杜牧诗“楚腰纤细掌中轻”句意，而小杜所指却为扬州歌姬，并非荆楚之女。所谓“楚女纤腰”，不过用“楚灵王好细腰”的旧典（见《韩非子·二柄》《墨子》《国策》亦均记其事）而已。况且据近人罗忼烈考订。周邦彦曾两次居住荆南，其说甚确（见《周清真词时地考略》，载《大公报在港复刊三十周年纪念文集》，下同）。可见即使从周济说，写作年代亦难指实。故“作于荆南”一说只有阙疑。陈《谱》引周密《武林旧事》以证其说，略云：“《武林旧事》：‘（元夕）至五夜，则京尹乘小提轿，诸舞出（小如按：原书无“出”字）队，次第簇拥，前后连亘十余里，锦绣填委，箫鼓振作，耳目不暇给。’词曰：‘萧鼓喧，人影参差’；又曰：‘清漏移，飞盖归来，从舞休歌罢’。足证《旧事》所记，五夜京尹乘小提轿，舞队簇拥，仍沿浙东西之旧俗也。”罗伉烈从之，并引申之云：“按苏轼《蝶恋花·密州上元》词，怀杭州元宵之盛云：‘灯火钱塘三五夜，明月如霜，照见人如画；帐底吹笙香吐麝，更无一点尘随马。’与清真此词景色相似，则《年谱》所谓南宋时仍沿浙东西旧俗是也。”今按：南宋时杭州为行都。故有“京尹”。至于地方上是否也同样如此，殊未可知。而苏轼词中所写，亦只是上元节日习见情景，不足以说明确为宋代浙东西旧俗。故作于明州之说也并没有确凿的证据。但从周词本身来看，有两点是无可置疑的。一、此词不论写于荆州或明州，要为作者在做地方官时怀念汴京节日景物而作；二、此词当是作者后期所写，故有“旧情衰谢”之语。依陈《谱》，则下限在政和五年，作者已六十岁了。

下面谈谈我对此词艺术表现手法的点滴体会。周的这首词确有一定特色，不仅“措辞精粹”，而且设想新奇，构思巧妙。谭献评《词辨》，于周邦彦《齐天乐》起句“绿芜凋尽台城路”评为“以扫为生”，这首词的起句也是如此。“绛蜡”即“红烛”。元宵佳节，到处都是辉煌灯火，所谓“东风夜放花千树”。而作者却偏在第一句用了一个“销”字，意谓通明的蜡炬在风中逐渐被烧残而销蚀。但由于第三句“花市光相射”骤然振起，可见元宵的灯火是愈燃愈旺，随销随点，纵有风露，不害其灿烂闪灼的。特别是第二句以“露浥红莲”夹在两句之间，得虚实相映之妙，就更见出作者得“以扫为生”了。“红莲”指莲花灯，欧阳修《蓦山溪·元夕》：“纤手染香罗，剪红莲满城开遍。”可为佐证。“绛蜡”是真，“红莲”是假，“风销绛蜡”是写实，“露浥红莲”则近于虚拟，由于在灯烛的映射下莲花灯上宛如沾湿了清露。这就不仅写出节日的盛装，而且还摹绘出新春的生意。此正如孟浩然的《春晓》，尽管他说“夜来风雨声，花落知多少”。人们读了却并无“落红满径”的残春之感，相反，倒显得春色无边，仿佛预见到万紫千红即将呈现。那是由于诗人写到雨后初晴，晨曦满树，既然处处鸟啭莺啼，足见春光正艳。这与此词同样是“以扫为生”。当然，周词毕竟含有消极成分在内，第一句也同下片“旧情衰谢”“舞休歌罢”等句暗自呼应。因为元夜灯火纵然热闹通宵，也总有灯残人散之时的。

下面“桂华流瓦”一句，人们多受王国维《人间词话》的影响，认为“境界”虽“极妙”，终不免遗憾。“惜以‘桂华’二字代‘月’耳”。特别是王氏对词中用代字的意见是十分苛刻的。他说：“词忌用替代字。……其所以然者，非意不足，则语不妙也。盖意足则不暇代，语妙则不必代。”这就使人觉得周邦彦此词此句真有美中不足之嫌了。我曾反复推敲，觉得《人间词话》的评语未必中肯，至少是对词用代字的意见未必适用于这首周词。诚如王氏所云，那只消把“桂”字改成“月”字，便一切妥当。然而果真改为“月华流瓦”，较之原句似反觉逊色。个中三昧，当细求之。我认为，这首词的好处，就在于没有落入灯月交辉的俗套。作者一上来写灯火通明，已极工巧之能事；此处转而写月，则除了写出月色的光辉皎洁外，还写出它的姿容绝代，色香兼备。“桂华”一语，当然包括月中有桂树和桂子飘香（如白居易《忆江南》：“山寺月中寻桂子”）两个典故，但更主要的却是为下面“耿耿素娥欲下”一句作铺垫。既然嫦娥翩翩欲下，她当然带着女子特有的香气，而嫦娥身上所散发出来的香气正应如桂花一般，因此这“桂华”二字就不是陈词滥调了。这正如杜甫在《月夜》中所写的“香雾云鬟湿”，着一“香”字，则雾里的月光便如簇拥云鬟的嫦娥出现在眼前，而对月怀人之情也就不言而喻。昔曹植《洛神赋》以“凌波微步，罗袜生尘”的警句刻画出一位水上女神的绰约仙姿。杜甫和周邦彦则把朦胧或皎洁的月光比拟为呼之欲下的月中仙女，皆得异曲同工之妙。周词这写月的三句，“桂华”句宛如未见其容，先闻其香；“纤云散”则如女子搴开帷幕或揭去面纱；然后水到渠成，写出了“耿耿素娥欲下”。如依王说，不用“桂华”而迳说“月明”，则肯定不会有现在这一栩栩如生的场面，读者也不会有飘飘欲仙的感受。我上面所说的美成此词设想新奇，构思巧妙，正是指的这种表现手法。然而作者的笔触并未停留在这里，他又从天上回到人间，写“时序风物”和“人家宴乐”之盛美。但作者把这些全放到背景中去写，突出地写只有在良辰佳节才出来看灯赏月的女子，故紧接着绘出了“衣裳淡雅，看楚女纤腰一把”的窈窕形象。“淡雅”二字，恰与上文“素娥”相映衬。“萧鼓喧，人影参差”是写实，却用来烘托气氛，体现闹中有静；而以“满路飘香麝”作为上片小结，到底是因人间有衣裳淡雅而又馨香满路的“楚女”引起作者对团圞而明朗的皓月产生了“耿耿素娥欲下”的联想和幻觉呢？还是用月里嫦娥来衬托或拟喻人间的姝丽？仙乎、人乎，那尽可由读者自己去补充或设想，作者却不再饶舌了。此之谓耐人寻味。

上片是作者眼前目击之景，下片则由当前所见回忆和联想到自己当年在汴京元宵赏月的情景，用“因念”二字领起。结尾处的今昔之感，实自此油然而生。“都城放夜”是特定的时间地点：“千门如昼”写得极空灵概括，然而气派很足：“嬉笑游冶”转入写人事，即都中士女在上元节日总的活动情况，其中也包括作者在内。这些都是写上元应有之文，也是题中应有之义，可是着重点却在于“钿车罗帕，相逢处，自有暗尘随马”。这大有“晚逐香车入凤城”（张泌《浣溪沙》）的味道。柳永在一首《迎新春》的词里写汴京元宵的景况也说：“渐天如水，素月当午。香径里，绝缨掷果无数。更阑烛影花荫下，少年人往往奇遇。”与周词所写，意趣正复相同。不过柳词朴实坦率，直言无隐；周词委婉含蓄，比较收敛而已。柳词是客观描述，周词则由上片的眼前风物回顾当年，情绪上是由波动而克制，终于流露出年华老去，“旧情衰谢”的无可奈何之感。故两词风调仍复不同。这里对“自有暗尘随马”一句想多说几句。历来注家于此句都引苏味道《上元》诗中五六二句：“暗尘随马去，明月逐人来。”苏轼《密州上元》词则反用其意，说是“更无一点尘随马”。而周词此处的用法似与苏味道诗略异其趣。意思是说女子坐着钿车出游，等到与所期男子在约定地点相遇之后，车尾便有个骑马的男子跟踪了。“暗”不独形容被马蹄带起的“尘”，也含有偷期密约，涉迹潜踪的意思。这是苏味道原诗中所没有的。

底下作者自然而然转入了自嗟身世。“年光”二句是说每年都有这样一次元宵佳节，可是自己饱历沧桑，无复昔日情怀，那种嬉笑游冶的轻狂生活，已一去不复返了。于是以“清漏移”三句作结。一到深夜，作者再也无心观赏灯月交辉的景象，流连追欢逐爱的风情，于是就乘着车子赶快回到官邸（“飞盖归来”有避之唯恐不及的意味），心想，任凭人们去狂欢达旦吧！结尾之妙，在于“从舞休歌罢”一句有两重意思。一是说任凭人们纵情歌舞，尽欢而散，自己可没有这等闲情逸致了；二是说人们纵使高兴到极点，歌舞也有了时，与其灯阑人散，扫兴归来，还不如早点离开热闹场合，留不尽之余地。作者另一首名词《满庭芳·夏日溧水无想山作》的结尾也说：“歌筵畔，先安簟枕，容我醉时眠。”都是写自己无复昔时宴安于声色的情怀，却又都尽极蕴藉含蓄之能事，也可以说是异曲同工吧！到了李清照，由于感情过分悲凉伤感，便直截了当地写出“试灯无意思，踏雪没心情”（《临江仙》）这样万念俱灰的句子，看似衰飒，情感却反而显得奔放，不嫌其尽。有人认为李清照的《词论》中没有提周邦彦，事实上却是承认周邦彦为词道正宗的，我看也未必尽然呢。

芳草渡 别恨

周邦彦

昨夜里，又再宿桃源，醉邀仙侣。听碧窗风快，珠帘半卷疏雨。多少离恨苦，方留连啼诉，凤帐晓，又是匆匆，独自归去。

愁睹，满怀泪粉，瘦马冲泥寻去路。谩回首、烟迷望眼，依稀见朱户。似痴似醉，暗恼损、凭阑情绪。淡暮色，看尽栖鸦乱舞。

【鉴赏】

词题“别恨”，揭示了本篇题旨。全篇以时间为序。开头三句先写昨夜欢聚情事。三句话点明了时间——昨夜；地点——桃源；人物——主人公与其所爱之人；事情——欢聚饮酒。开头是一个欢乐的场面：良夜沉沉，再宿桃源，与佳人聚首，举觞痛饮。“桃源”即桃花源，此处代指隐逸幽静之地；“仙侣”指超出凡庸之人，此处指美人之非凡；“听碧窗风快”二句写景，碧纱窗外，风声簌簌，珠帘半卷，疏雨淅沥。着一“听”字，将人与景联系起来，变换了人物所为所感，开头人物举杯畅饮，情绪欢愉。此时人物听飒风潇雨，感情转为萧疏凄婉。同时，这风声、雨声又为下面叙写离别之事起了过渡与铺垫作用；“多少离恨苦”五句，直叙两人在室内的伤别。欢聚是短暂的，此时就要天各一方，这怎不令离人留连、啼诉，正当难舍难分之际，风帐明，天已晓，不得不匆匆作别，独自归去。难怪他要深深感叹道：“多少离恨苦”。词中的“离恨苦”“留连啼诉”“独自归去”等词语，均以直抒胸臆的手法，平易朴实的语言，直接点题，从而将离愁别恨涂染得更浓了。“凤帐”，绣凤凰图案的华美床帐。上片写伤别，然而先从欢聚写起，此是以“喜”衬“忧”，以“乐”衬“悲”的反衬手法，其效果正如王夫之所云：“以“乐”景写“哀”，以“哀”景写“乐”，一倍增其哀乐。”(《姜斋诗活》卷上)

歇拍后，过片不变，继写别恨。“愁睹”三句，写户外伤别。他将要“独自归去”的玉人送至户外，“满怀泪粉”。“满怀”二字，极写佳人伤心流泪。“泪粉”即“粉泪”，乃女子之泪。“愁睹”写行者愁不忍看的感情，于是只好骑马而去。“瘦马冲泥寻去路”一句，颇精妙，是以马写人，“瘦马”，马儿瘦而精神颓废，“冲泥寻去路”，马儿行在泥泞的路上踉踉跄跄，“寻”路而不是“识”途，其迷茫之态可知。从马的情状，可看出人离开“桃源”，远去他方的伤心、怅惘、迷茫的感情；“谩回首”三句，写主人公离别后的情景，他回首远望，只见烟雾迷蒙，虽朱门尚依稀可几，然而却不见伊人倩影，这岂不令他深深慨叹“谩回首”。“谩”同“漫”，是“空”意。结句，词人转笔写玉人恨别。她愁情似煎，如醉如痴，在暮霭中，凭栏远望，不见良人踪迹，只见归鸦乱舞。这无限的惆怅、伤悲，就满蕴在这暮色苍茫、乌鸦飞舞的画面中。

此篇很能体现清真词善于铺叙，长于勾勒的特点。柳永大开铺叙之风，然有时流于平铺直叙，而清真词的铺叙却曲折回环，开阖动荡。如本首写“别恨”，在章法上，开头先写欢聚，后写别离，以“乐”衬“哀”，倍增其哀。然后以二句景物过渡到写离恨，景中含情。在以主要笔墨写别情时，则是有开有合，富有一种曲折动荡之美。先写室内伤别的场面，再描写户外恨离的情状；然后再从行人远去回首写伤别，最后又从女子登楼远望伤怀写离愁。如此将“别恨”写足，显出清真词顿挫、浑厚的风格。故周济评曰：“勾勒之妙，无如清真，他人一勾勒便薄，清真愈勾勒愈厚。”(《介存斋论词杂著》)

虞美人

周邦彦

廉纤小雨池塘遍，细点看萍面。一双燕子守朱门，比似寻常时候、易黄昏。

宜城酒泛浮香絮，细作更阑语。相将羁思乱如云，又是一窗灯影、两愁人。

【鉴赏】

周邦彦中年曾浮沉州县，飘零不偶。从元祐三年(1088)“出教授庐州”，后知溧水县，这其间曾滞留荆江任教授职。在荆州时，所作词有《渡江云》(“晴岚低楚甸”)、《风流子》(“楚客惨将归”)等，《虞美人》(“廉纤小雨池塘遍”)正是此时之作。本篇写羁旅伤别之情。上片以景物渲染别情。开头两句描绘春雨蒙蒙，洒满池塘，圆圆的浮萍上，滚动着细细的雨珠。“廉纤”，细雨貌。用韩愈《晚雨》“廉纤晚雨不能晴”诗意，暗点了这春雨不仅廉纤蒙蒙，而且到傍晚时刻仍淅沥不停，于是多少缠绵伤别之情就蕴在春雨的意象中。“一双燕子守朱门”二句，与周词的“海棠开后，燕子来时，黄昏深院”(《烛影摇红》)、“纤纤池塘飞雨，断肠院落，一帘风絮”(《瑞龙吟》)境界相近，写在春雨迷蒙中，一双小燕已在绣楼上呢喃作语。此时黄昏深院，飞雨断肠的意境，为下片的伤别做了铺垫与渲染。

下片写伤别之事。“宜城酒泛浮香絮”二句写伤别地点与情状，“宜城”在湖北省中部，这里指滞留荆州，“宜”肴也。《诗经·郑风·女曰鸡鸣》：“与子宜之”。“宜”与“酒”本句相对。写行人与玉人在楼上饮酒饯别；“浮香絮”写他们饮酒时看到池塘上飘着落花杨絮，这一景象有很多比况作用，是虚实结合，情景相融，它既是以“落花有意、流水无情”来比拟闺中人与行人，又是以“柳絮飘扬不定”来比况行人的漂泊天涯。“细作更阑语”写二人将别又不忍别，在夜深人静之时，仍细语悄言，缠绵悱恻。“更阑”，夜深意。

歇拍“相将羁思乱如云”一句，点明题旨，直言羁旅情思。“相将”是行将，将要之意。在将要离别，远行天涯之时，那羁旅情思使人心烦意乱。“乱如云”三字比拟鲜明，将羁思烦乱如翻滚之云无端无序勾画出来。“又是一窗灯影、两愁人”结得颇是精妙，一笔勾出人物剪影：深夜窗下，灯影憧憧，两人愁坐，相对凄然。“一窗灯影、两人愁”虽然在本句内字数不等，但意思是对偶句，使孤灯与愁人相对，“灯”与“人”均是有形无声，其凄婉伤别之意境，真是“此时无声胜有声”了。“又是”二字，更提醒读者，伤别之事降临在他们头上，已非一次，这是多么令人同情、惋惜呀！

本篇突出特点，就是以画面的变幻，细腻的描绘，烘托人物情思，人物情事与画面变幻紧紧相连，使情与景相融相合，如春雨潺潺，珠滚浮萍，着一“看”字，将人与春雨、浮萍连接起来，突现了缠绵伤别之情。再如，黄昏深院，飞雨断肠，燕子归巢的意象，更加浓了羁旅愁情，又如“灯影”“愁人”景与人相对照、相衬托，情与景相融合，突现了惨然伤别的意境。故强焕称其词：“抚写物态，曲尽其妙。”（《片玉集序》）郑文焯云：“美成词切情附物，风力奇高。”（《清真词校后录要》）王国维在《人间词话》中亦云：“美成深远之致，不及欧秦，唯言情体物，穷极工巧。”

长相思慢

周邦彦

夜色澄明，天街如水，风力微冷帘旌。幽期再偶，坐久相看才喜，欲叹还惊。醉眼重醒。映雕阑修竹，共数流萤。细语轻盈，仅银台、挂蜡潜听。

自初识伊来，便惜妖娆艳质，美眄柔情。桃溪换世，鸾驭凌空，有愿须成。游丝荡絮，任轻狂、相逐牵萦。但连环不解，流水长东，难负深盟。

【鉴赏】

这是一首情词。上片写佳人重逢。开头三句景物描写，点明重逢时间。在初秋的夜晚，一轮明月悬于天际，使夜色明亮如昼，天宇碧澈如水，凉风习习，拂着帘儿、旗儿，气候宜人，夜静悄悄，这是一个情人幽会的良夜。“幽期再偶”四句，写情人重逢，这重逢使两人又惊又喜、又叹又悲，真是百感交集，是梦里，是醉中，是醒时？使人狐疑不定；“坐久相看才喜”一句，细腻地描绘了重逢时先疑是梦，是醉，最后才弄清不是梦、不是醉而是醒时的感情过程，这是以平易之语，道出了人们重逢时惊喜之状。这真是“状难状之景，如在目前”。这惊喜悲叹又为下片倒叙的不幸分离埋下伏笔；“映雕阑修竹”四句，是重逢惊喜之后，两人在“夜色澄明”的天宇下偎坐谈情。旁边是雕阑的绣楼，瑟瑟的翠竹，环境优美而静谧。一个“映”字，又点出明月之皎洁，“雕阑”“修竹”“流萤”均在月光下历历在目，同时又富有一种诗情画意的朦胧美。他们细语轻盈地说着绵绵情话，这时天宇下的一切都是静悄悄的，似乎都已入睡，然而，只有室内银灯还在熠熠发亮，它似乎正在偷偷地听情人的细语缠绵。这一段情人幽会，运用景物烘托，写得既甜蜜又雅致，尤其银灯“潜听”，以拟人手法赋予银灯以喜悦、好奇、关注之情，更是神来之笔。这正如王国维所说：

“言情体物，穷极工巧”。（《人间词话》）“银台”“柱蜡”均指灯炬。

下片回忆初识情景。“自初识伊来”三句，言他初识佳人时，她是那么娇媚艳丽，那美目流盼，柔情似水。一个“惜”字写出对佳人的爱怜。初次相遇，看见她仙姿绰约，以为自己到了桃源仙境，又以为驭鸣銮凌空飞上九霄宫，多么希望与她结为终身伴侣；然而“游丝荡絮”三句，笔锋一转，写出了初识后的不幸。他们的命运像“游丝荡絮”，任轻风狂飘追逐牵萦，两个有情人不得不各自西东。行文至此，与上片的重逢时“惊”“喜”“叹”“梦”的复杂感情作了呼应。此处用笔真是伏蛇千里；结语“但连环不解”三句，又回到眼前，写重逢，呼应上片的“细语轻盈”，写他们的海誓山盟。两人的爱情如连环紧扣，永不解散：如春水东流，绵绵不绝。这里以两个形象比喻爱情永存。

陈廷焯言：“词至美成，乃有大宗，前收苏秦之终，后开姜史之始，自有词人以来，不得不推为巨擘。后之为词者，亦难出其范围。然其妙处，亦不外沉郁顿挫。顿挫则有姿态，沉郁则极深厚。既有姿态，又极深厚，词中三昧，亦尽于此矣。”（《白雨斋词话》卷一）本词亦表现了沉郁顿挫之美。沉郁，指感情的深沉含蓄。顿挫，指手法变化多样。全词写情人重逢之深情，从章法上，先叙重逢，后写初识，最后写眼前，中间插入初识之恋。在表达感情上，产生了纡徐曲折之妙。从手法上讲，有以景托情，有以事言情，有直抒感情。写景、叙事、抒情三者密切结合，水乳交融，将情人的深沉含蓄的感情淋漓尽致地表达出来。

关 河 令

周邦彦

秋阴时作渐向暝，变一庭凄冷。伫听寒声，云深无雁影。
更深人去寂静，但照壁、孤灯相映。酒已都醒，如何消夜永。

【鉴赏】

周邦彦是"负一代词名"之人,其为词自然浑成。尤善写羁旅情怀,此词就是这方面的重要作品。

上片写黄昏时的羁愁。开头"秋阴时作渐向暝"一句点明了羁旅在外的季节——秋季,时间——傍晚,天气特点——时晴时阴。肃杀的秋天常是古代文人抒发沦落、伤时、怀人、思乡情感的触媒体。或云"秋风萧瑟天气凉,草木摇落露为霜。……忧来思君不敢忘,不觉泪下沾衣裳。"(曹丕《燕歌行》);或云:"玉露凋伤枫树林,巫山巫峡气萧森。……丛菊两开他日泪,孤舟一系故园心"(杜甫《秋兴八首》);或云:"秋月颜色水,老客志气单"(孟郊《秋怀》),故刘禹锡曰:"自古逢秋悲寂寥"(《秋词》)。词人一生仕途不畅,浮沉州县,飘零不偶,无怪《清真词》中多羁旅、离别之词,多伤秋感时之作。或云:"枫林凋晚叶,关河迥,楚客惨将归"(《风流子·秋景》);或云"绿芜凋尽台城路,殊乡又逢秋晚"(《齐天乐·秋思》)。在他笔下的秋,常是"衰柳""乱叶""啼鸦""孤角"等意象,而本词却以简叙之笔开章道:"秋阴时作渐向暝",这是以白描手法勾出秋天时阴时晴、阴冷、黯淡的特点。这似乎是客观事物的直叙,然而一句"变一庭凄冷",就将词人的感情突现出来。"一庭"即满庭。着一"变"字,将"凄冷"与上句联系起来,揭示了"凄冷"之因。同时将自然与人的感受融在一起,表现了景中情。在这"凄冷"的庭院中,词人"伫听寒声"。这久久的伫立,静听寒声,可见出人之心寒、孤寂。这寒声是秋风飒飒,秋叶瑟瑟,秋雁哀鸣,这寒声加浓了羁旅"凄冷"的况味;歇拍"云深无雁影"一句,提示读者,词人不仅在满庭凄冷的环境中伫立,静听秋声,而且还在寒声中追寻那捎书的鸿雁,然而望尽云霄,只听哀鸿长泣,不见孤鸿形影。这无影的雁声更触发了词人思乡念亲之情。词人善于以雁来表达思乡之亲,如"乱叶翻鸦,惊风破雁,天角孤云缥缈"(《氐州第一·秋景》);"望一川瞑霭,雁声哀怨"(风流子·秋怨)"此恨音驿难通,待凭征雁归时,带将愁去。"(《解蹀躞》)不管是哀雁、征雁、雁声、雁形都起了很好的表情作用,因此"雁"这一意象,实是因情设景也。

下片写深夜的羁愁。过片"更深人去寂静"点明旅居时间的推移。地点已由庭院转入室内,然而人还是那凄冷孤寂之人。傍晚,一人伫立庭院,听寒声阵阵,雁鸣凄厉;夜深,只身独处室内,见孤灯熠熠,形影相吊。在这难耐的羁愁中,他只能以酒消愁,然而"酒已都醒"而愁未醒,又如何消磨这漫漫长夜呢?

本词自然浑成主要表现在语言平易无雕琢,而意象鲜明,人与物、情与境,浑然融为一气。故戈载评曰:"其意淡远,其气浑厚。"(《宋七家词选序》)

虞 美 人

周邦彦

疏篱曲径田家小，云树开清晓。天寒山色有无中，野外一声钟起、送孤篷。

添衣策马寻亭堠，愁抱惟宜酒。菰蒲睡鸭占陂塘，纵被行人惊散、又成双。

【鉴赏】

这是一首叙写送行惜别的词作。词人为心上人送行，首二句所描绘的农家景致是他们临分手之处："疏篱曲径田家小，云树开清晓"。"疏篱""曲径"是典型的农家景致，也是词人于清晨所见近处之景，再往远处看，笼罩在树林上的云雾渐渐地散开，时间到了清晨，分手的时分已在即。"曲径"，唐诗人常建《题破山寺后禅院》诗有"曲径通幽处，禅房花木深。"此外，"云树开清晓"句，似化用秦观《满庭芳》词中"晓色云开"句，但周词的词序颠倒，所以这里的"开"字似更为精炼；"天寒山色有无中，野外一声钟起、送孤篷"，三、四两句承上而来，词人的目光依旧停留在远处，但见晨雾迷漫，带着寒气的山峦在云雾中若隐若现，分别的时刻终于到了，四野一片寂静，只见远处山寺钟声传来，这给凄清的送别场面又增添了一层感伤色彩。"天寒"句，化用王维《汉江临泛》中的诗句："江流天地外，山色有无中。"词作上片以"疏篱""曲径""田家""云树""山色""孤篷""野外"等描绘一幅素淡画面，画面极为清静淡雅，再衬以钟声，使得画面富有动感，在这种环境中送别，心境自然是凄凉而忧郁的。

词作下片转而叙写自己的心情。但词人并不是以直抒胸臆的方式来表达，而是以一个个动作和画面来达到表述之目的。"添衣策马寻亭堠，愁抱惟宜酒"。这是说送走心上人后，感到寒意袭人和愁意缠绕心间，于是便添加衣服，策马扬鞭去找驿站，买些酒来驱寒解愁。"亭堠"，亦作亭堡，原为侦察、瞭望的岗亭。《后汉书·光武纪》载："筑亭堠修烽燧。"这里当是指古代废置之亭堠，已改为置酒供行人休息场所。因前文已交代"天寒"，故此遂有"添衣"，但实质上是写词人之心寒愁浓。词人又写自己急急忙忙地寻找亭堠，说明其离愁之浓重。"愁抱"一句是全词中唯一的直抒其情，"惟宜"二字，强调了一种无可奈何之情，亦可理解为本词的主旨；歇拍二句，词人又忽地转入写景，"菰蒲睡鸭占陂塘，纵被行人惊散、又成双"，词人饮罢解愁之酒，又匆匆上路，马蹄声声，惊散了池塘旁水草中尚在熟睡的鸭子，但很快它们又成双地聚在一起睡着了。宋诗人黄庭坚《睡鸭》诗有："天下真成长会合，两凫相依睡秋江。”这本是乡野常见之景，然实是词人有感而发，借此以衬托自己的孤单，寄托自己的“愁抱”。正如江淹《别赋》中所写：“是以行子肠断，百感凄恻。风萧萧而异响，云漫漫而奇色。舟凝滞于水滨，车逶迟于山侧。”词作下片以“添衣”“策马”“寻亭堠”一系列行动，及鸭睡陂塘之景，侧面写出了词人送别心上人之后无法抒发的“愁抱”，也暗示出词人是位羁旅在外的行人。他似要极力在词作中淡化自己的愁绪，然仍抑制不住地流露出来。

全词炼字度句，精炼含蓄，疏密相间，勾勒微妙，语言深沉，格调超然。

点绛唇

周邦彦

台上披襟，快风一瞬收残雨。柳丝轻举，蛛网黏飞絮。极目平芜，应是春归处。愁凝伫，楚歌声苦，村落黄昏鼓。

【鉴赏】

这首词和《少年游》当系同时。清真从庐州教授转荆州，次年三十五岁。《少年游》词云：“南都石黛扫晴山，衣薄耐朝寒。一夕东风，海棠花谢，楼上卷帘看。而今丽日明如洗，南陌煖雕鞍。旧赏园林，喜无风雨，春鸟报平安”。龙沐勋《清真词叙论》称他“教授庐州，旋复流转荆州，侘傺无聊，稍捐绮思，词境亦渐由软媚而入于凄婉。例如《少年游》(荆州作)……看似清丽，而弦外多凄抑之音。”这里，实际上是清真词风在到荆州之后有了改变，从“绮艳”变为“清丽”。这首词表现得更为突出。词一起即有人物出现，“台上披襟”，当系作者自己。这时是“快风一瞬收残雨”，眼前风光就是如此。风而言“快”，雨而称“残”，一眨眼间换了景象，是快镜头。但是这一刹那间过后，触目是“柳丝轻举”，这是一般春景写法，而“蛛网黏飞絮”，则细

致入微。春天晴空中常有游丝飘浮，柳絮则似飞舞雪花，这两件景物都是捉摸不定的，同样飘荡的，而现在“蛛网黏飞絮”，两个飘荡的东西联系在一起了。非细心人观察不到，非有心人不能知其别有怀抱。周邦彦曾叹息“荆江留滞最久”（《齐天乐》），这当然是借蛛网（也即游丝）、飞絮来隐喻己身之漂泊不定的。上片是起一句写动作，三句写景，景中皆有情；下片首句“极目平芜”，是承上片首句“台上披襟”而来，是纵目遥望，是真景，然后设想着春之归处，则是虚象，一实一虚，兴意无穷。但漂泊之人再也忍受不住了，点出“愁”字，而又呆呆地站着、望着，是“愁凝伫”。词意陡转，而笔力千钧。站着、望着还没有完，又加上听着，从愁到苦，是“楚歌声苦，村落黄昏鼓。”听歌本为作乐，而现在是闻楚声不乐而苦，是反衬写法。犹未完了，再添上一句“村落黄昏鼓”，这句写景物色声，是单纯写景吗？当然不是。村落本是静境，黄昏点明令人愁苦的时光，一“鼓”字，又是音响动人。当然更延续了“楚歌声苦”，鼓声又是有余响的，声是沉重的，郁闷的。这鼓声，震人心弦，给人回味。

这首词，有时明快，有时凝重，而意绪之翻腾，声情之转折，实具有沉郁顿挫之妙，周邦彦的词风当是以在荆州时为转折点的。

绕佛阁

周邦彦

暗尘四敛。楼观迥出，高映孤馆。清漏将短。厌闻夜久、签声动书幔。桂华又满。闲步露草，偏爱幽远。花气清婉。望中迤逦，城阴度河岸。

倦客最萧索，醉倚斜桥穿柳线，还似汴堤、虹梁横水面。看浪飐春灯，舟下如箭，此行重见。叹故友难逢，羁思空乱。两眉愁、向谁舒展。

【鉴赏】

周邦彦精通音律。晚年被宋徽宗任命为国家最高音乐机关——大晟府提举官。他同当时任大晟府协律郎的晁端礼、撰制万俟咏一起，讨论古音，制定古调，增演漫词，创制了许多新曲。《绕佛阁》，就是其中的一种。

这首词，描写的是作者宦途失意、流落他乡所引起的倦客之悲和对故友的怀念。上片写入夜以后，“暗尘四敛。楼观迥出，高映孤馆。”四专的灰尘收敛了，在远处耸立的楼台的灯火映照下，佛寺的影子与词人所寄居的旅舍，轮廓分明地呈现出来;"清漏将短。厌闻夜久、签声动书幔。"夜阑人静,更漏声渐渐短了起来,诵经之声与书签掀动经页之声,令人十分生厌;"桂华又满。闲步露草,偏爱幽远。"桂华,月亮。又是月圆时候,词人步出室外,漫步在沾满露水的草地上,朝偏远幽深的地方走去。"花气清婉。望中迤逦,城阴度河岸。"清婉的花香,在作者周围浮荡,举头望去,城墙投下的阴影,曲折连绵,一直伸展到河岸边上。

下片,"倦客最萧索",对上片加以总结,然后,通过"舟下如箭",引出"故友难逢,羁思空乱"的感叹:我这个疲倦的旅人,是多么冷清孤独!带着几分酒意,靠在挂着柳丝的小桥上。这好像在汴京隋堤,送别友人时,站在横跨水面的虹桥上,目送着灯火在波浪里颠簸,船儿箭一般地向下游驶去。汴京的景物可以重见,可老友却难以相逢了,心绪纷乱,堆积在两眉间的愁恨,如何消解呢?此年,作者已六十一岁,五年过后,即在南京与世长辞了。

就四声、韵脚与句式长短来看,下片变化很大,五、七、九字的句式,占据主导地位,只是在后面穿插使用三个四字句。感情比上片有明显变化,节奏也变得急骤而有较大的起伏。领字,如"厌闻""望中""还似""看""叹"等。在词中起着穿针引线、转换语气的作用,更增添了音节的激越。这样的节奏和句法,都是随着声情变化而来的。而且与词的内容结合得十分紧密,非洞晓音律的音乐家,是不能做到这一步的。夏承焘在《唐宋词字声之演变》中说:"此(指本词上片)十句五十字中,'敛'上去通读。'池'、'动'、'迥'阳上作去,'出'清人作上:四声无一字不台;此开后来方千里、吴梦窗全依四声之例;《乐章集》中,未尝有也。"字声的讲求,与词调的发展,与声调谐美、声情相宜的要求是紧密地联系在一起的。这也是词律发展的必然过程。从温庭筠词开始,不仅讲求平仄,而且兼顾四声的运用;晏殊、柳永开始严辨上、去声,柳永尤谨于人声,而且对四声的运用,更加严谨。到周邦彦,对于四声的运用,已完全成熟并善于变化。正如王国维在《清真先生遗事》中所说:"读先生之词,于文学之外,须更味其音律。今其声虽亡,读其词者,犹觉拗怒之中。自饶和婉,曼声促节,繁会相宜,清浊抑扬,辘轳交往。"这首《绕佛阁》,便是很好的例证。

侯蒙

(1054~1121)字元功,高密(今属山东)人。元丰八年(1085)进士。徽宗时,历官户部尚书同知枢密院、尚书左丞、中书侍郎、资政殿学士。宣和三年(1121)知东平府,未赴即卒,谥文穆。《全宋词》存其词一首。

临江仙

侯　蒙

未遇行藏谁肯信，如今方表名踪。无端良匠画形容。当风轻借力，一举入高空。
才得吹嘘身渐稳，只疑远赴蟾宫。雨余时候夕阳红。几人平地上，看我碧霄中。

【鉴赏】

这是一首讽喻词。有故事说，侯蒙年轻时，久困于考场，三十一岁才中了举人。他长得难看，人们都轻笑他，有爱开玩笑的人，把他的像画在风筝上，引线放入天空，讽刺他妄想上天。侯蒙看了就在上面题了这首词。后来，他竟真的一举考中了进士，历任要职。

这首词，表面上是写风筝，骨子里是讽刺封建社会那些往上爬的势利小人。“当风轻借力，一举入高空”。是这些人行径的生动写照。

上片写那些势利小人对他的讥讽。“未遇行藏谁肯信，如今方表名踪。”一直没有遇上圣明的君主，没作上官，过着隐居的生活，谁肯信服呢？而今才显现了名声和踪迹：被人把自己的容貌，画到风筝上，趁着风势，借着风力，与风筝一起，飞上了高高的天空。一方面，写自己无端被人嘲弄，无可奈何；另一方面，又是对那些苦苦经营，千方百计寻找机会往上爬的小人们的辛辣讽刺。一旦找到了机会，就会如同这风筝一样，“当风轻借力，一举入高空。”一语双关。

下片写风筝飞入天空之后的情形。“才得吹嘘身渐稳”，刚刚得到风吹。风筝渐渐在天空稳当地飘起来了，比喻某些人在社会上受到吹捧，获得了稳固的社会地位；“只疑远赴蟾宫”，还要打算远远地上天；“雨余时候夕阳红”，雨过天晴，傍晚的落日通红。这是形容飞黄腾达的景象；“几人平地上，看我碧霄中”，从平地向上看，能有几个人像我这样上了天呢？进一步描绘了得势小人洋洋得意的神态。名义上是写风筝，实际上是写人，勾勒出一个势利小人得势后自鸣得意的面貌。

这首政治讽喻词，内容深刻；形象鲜明、情趣生动。讽刺词并不多，但艺术上很有特色，通俗、有风趣，寓深刻的哲理于浅显明白的语言之中。

李廌 （1059~1109）字方叔，华州（今陕西华县）人，少以文章谒苏轼，甚得赞赏，为苏门六君子之一。苏轼荐于朝，未果。中年绝意仕进，定居长社（今河南长葛市东）。能诗词，尤善属文。其文喜论古今治乱，苏轼称其笔墨澜翻，有飞沙走石之势。其词时有佳句，清疏淡远。著有《济南集》，已佚。清人有辑本。

虞美人

李 廌

玉阑干外清江浦，渺渺天涯雨。好风如扇雨如帘，时见岸花汀草涨痕添。
青林枕上关山路，卧想乘鸾处。碧芜千里思悠悠，惟有霎时凉梦到南州。

【鉴赏】

李廌，字方叔，北宋词人留存作品很少的一个。这首《虞美人》，写春夏之交的雨景以及由此而勾起的怀人情绪。

上片从近水楼台的玉阑干写起。清江烟雨，是阑干内人物所接触到的眼前景物；渺渺天涯，是一个空远无边的境界，隐藏着下片的抒情内容。“好风如扇”句比喻新颖，近代词人况周颐《蕙风词话》以为“似乎未经人道”。春夏之交，往往有这样的景色；陶渊明诗“春风扇微和”的扇字是动词，作虚用；这里的扇是名词，作实用：同样给人以风片柔和的感觉。“雨如帘”的绘景更妙，它不仅曲状了疏疏细细的雨丝，像后来杨万里《小雨》诗“千峰故隔一帘珠”那样地落想：而且因为人在玉阑干内，从内看外，雨丝就真像挂着的珠帘；“岸花汀草涨痕添”，也正是从隔帘看到：“微雨止还作”（苏轼《端午遍游诸寺得禅字》），是夏雨季节的特征。一番雨到，一番添上新的涨痕，所以说是“时见”。“涨痕添”从“岸花汀草”方面着眼，便显示了一种幽美的词境。这是精细的描绘，跟一般写壮阔的江涨气势采用粗线条勾勒的做法全不相同。

下片由景入情。见到天涯的雨，很自然地会联想到离别的人，一种怀人的孤寂感，不免要涌上心头，于是窈想就进入了枕上关山之路。（“青林”句是化用杜甫

《梦李白》诗:“魂来枫林青,魂返关塞黑。”)乘鸾处,即游仙处,亦即喻冶游处。乘鸾的旧踪何在?只有模糊的梦影可以回忆。碧芜千里的天涯,怎能不引起“王孙游兮不归”的悠悠之思呢!可是温馨的会面,在梦里也不可能经常遇到。“惟有霎时凉梦到南州”,这么一结,进一层透示这仅有的一霎欢娱应该珍视,给人的回味是悠然不尽的。

怀人念远的词,容易写得凄抑,读者往往会感到心情上的不舒畅。这词却能扫除一切流泪断肠的字面,达到况周颐所说歇拍“尤极淡远清疏之致”的神境。

阮阅 生卒年不详,字闳休,舒城(今属安徽)人。元丰八年(1085)进士,榜名美成。自户部郎官责知巢县,宣和中,知郴州。建炎初,知袁州。致仕,寓居宜春。有《松菊集》不传、《诗话总龟》。

眼儿媚

阮阅

楼上黄昏杏花寒,斜月小栏干。一双燕子,两行征燕,画角声残。
绮窗人在东风里,洒泪对春闲。也应似旧,盈盈秋水,淡淡春山。

【鉴赏】

阮阅今存词仅六首。这是一首相思词。开头两句,以形象鲜明的笔触绘出了一幅早春图:春寒料峭,杏花初绽,绣楼栏杆,夕阳斜月。这是景物描写,它暗写了人物活动的时间、地点,为人物勾出了一个典型环境。联系上下文,读者从这环境烘托中可以看到:一位思妇在早春二月杏花初绽之时,迎着料峭的春寒,登上色彩绮丽的绣楼,倚在栏杆旁,看着落日晚霞飞舞、斜月冉冉升起。她静静地观看眼前景,默默地思念远方征人。这幽静、凄寒的典型环境,正暗暗地烘托出一个忧思难奈的人物情态。从“黄昏”到“斜月”初升,以景物变化写时间推移,又巧妙地展示了思妇伫立楼头,远望良人的时间之长,暗写了人物的内心世界。此乃“一石三鸟”,用笔颇精。“一双燕子”是思妇眼前所见之景,燕子双双,比翼齐飞,呢喃作语,这是多么欢乐的景象,它反衬出思妇的形单影只,无限孤寂。这正是“以乐景写哀,以哀景写乐,一倍增其哀乐。”(王夫之《姜斋诗话》卷上)“两行征雁,画角声残”

是思妇仰望所见与所想。仰望晴空,两行征雁远飞,将她的思绪牵到远方。良人此时此刻正在边陲,听戍楼上画角凄厉悲咽,正在思念家乡,思念她吧!这里运用想象,从对方写起,从而有力地表现了思妇的一往情深。

上片写景,以景托情;下片写人,在上面景物的层层铺垫衬托下,人物进入画面。"绮窗人在东风里,洒泪对春闲",写闺中人在华美的窗下迎春风而伫立,思念远方的征人,不觉洒泪胸前。这两句以白描手法勾出了思妇的形态、情思。上片是明写景,暗写人,情如一股澎湃的春水,至此,浩浩荡荡无法遏止,情化为泪,挥洒于东风里。"也应似旧,盈盈秋水,淡淡春山",这三句结得巧妙,运用想象手法,写远方的丈夫正在思念自己:想家乡的妻子是不是仍像旧时那样,眼如秋波,眉若春山,还是那么年轻娇美吧!这一想象,使笔锋陡转,突然落到对方身上,如此,意境开阔,别具情味,更深切感人。正如浦起龙所说:"心已驰神到彼,诗从对面飞来"。这种手法,古代诗人常用之,如"想佳人、妆楼颙望,误几回、天际识归舟"(柳永《八声甘州》),"今夜鄜州月,闺中只独看;遥怜小儿女,未解忆长安"。(杜甫《月夜》)均表现了情深一往,爱意弥坚,有异曲同工之妙。

本篇情思委婉、深挚,辞采自然凝练,构思巧妙。运用白描与想象,上片句句写景,句句暗写人的情思;下片写人,有形有神,有心理刻画。在章法上多变化,有景物烘托人物的正面描写,也有"从对面飞来"的侧面描写,如此多面勾勒,使全词蕴藉而又深刻。

赵企 生卒年不详,字循道,南陵(今属安徽)人。神宗朝举进士。大观年间,宰绩溪。重和间，任台州通判。《全宋词》存其词两首。

感皇恩

赵　企

骑马踏红尘，长安重到，人面依前似花好。旧欢才展，又被新愁分了。未成云雨梦、巫山晓。

千里断肠，关山古道，回首高城似天杳。满怀离恨，付与落花啼鸟。故人何处也？青春老。

【鉴赏】

这是一首以与故人暂聚又别为内容，抒发人生易老、聚少离多的悲苦心情的词作。

上片写与故人久别重逢的相聚之欢，但欢不掩悲。内容铺展，井然有序。“骑

马踏红尘，长安重到，人面依前似花好”之句，是先写又回“长安”，重见故人。“长安”作为京都的代名词，在此可指代北宋都城——汴京（今河南开封）；“红尘”一词，在这里除了指熙熙攘攘的繁华所在外，也可指随风化尘的遍地落花。这样一来，其中也便含有归来晚、春已老的慨叹；蕴义颇丰；“人面依前似花好”之句，当是

从“去年今日此门中,人面桃花相映红。人面不知何处去,桃花依旧笑春风”(见唐·孟棨《本事诗·情感》所引崔护故事)中点化而成。从这句可知这个久别重聚的故人应是词中男主人公所爱恋的女子;“旧欢才展”四句写刚聚又散、欢中带悲、悲欢混杂的情绪。“未成云雨梦、巫山晓”是借典喻情,该典出自宋玉《高唐赋序》,其中写宋玉答楚襄王问时有下面一段话:“昔者先王尝游高唐,怠而昼寝,梦见一妇人曰‘妾,巫山之女也,为高唐之客。闻君游高唐,愿荐枕席’,王因幸之。去而辞曰:‘妾在巫山之阳,高丘之阻,旦为朝云,暮为行雨。朝朝暮暮,阳台之下”’。这里使用巫山云雨的典故,暗喻男女欢会之情,对多情人偏偏不能常会,欢会时短的情景做进一步渲染,意思是说:与久别的恋人还未能很好地再续前缘,就被无情的黎明破坏了。

下片抒写才相逢又分手远去的悲苦心情。“千里断肠”三句是寓情于景,凄凄凉凉:迢迢千里作远别,已令人心痛肠断;翻越穿行于关山古道之间,回头怅望京都高城已不可见,如仙的美人已隔在漠漠云天之外,这更摧人心肝;“满怀离恨,付与落花啼鸟”二句则是直抒胸中的无可奈何之情:把离情别恨交付给落花,交付给啼鸟。这是典型的移情手法,用花自飘落,鸟自啼鸣象征人生聚散无定,一切都由它去吧的消极心绪;“故人何处也?青春老”句中的“故人”,即词中男主人公所恋之人:令人系恋难忘的故人如今在哪里?人生苦短,青春华年在离愁的催化下,已经迅速地逝去了!全词便在充满忧伤地对恋人呼唤与思念中结束。

该词风格悲凉深沉而浑朴,手法多样。尤其在布局谋篇方面更具特色,它层次分明、结构紧凑,一环扣一环,层层铺展,把词中人悲欢离合的每一个感情节奏,都强烈地显示了出来。

谢逸 (?~1113)字无逸,号溪堂,临川(今江西抚州)人。屡举进士不第,布衣终身,然以诗文名于一时。曾作蝴蝶诗三百首,多有佳句,盛传一时,时人因称“谢蝴蝶”。江西诗派重要作家。其词既具花间之浓艳,又有晏殊、欧阳修之婉柔,长于写景,风格轻倩飘逸。有《溪堂集》(不传)、《溪堂词》。

蝶恋花

谢逸

豆蔻梢头春色浅。新试纱衣,拂袖东风软。红日三竿帘幕卷,画楼影里双飞燕。

拢鬓步摇青玉碾。缺样花枝,叶叶蜂儿颤。独倚阑干凝望远，一川烟草平如剪。

【鉴赏】

这首闺怨词写得比较含蓄委婉。发端"豆蔻梢头春色浅"，巧妙地隐括了杜牧《赠别》诗中句："娉娉袅袅十三余，豆蔻梢头二月初。"既明写春色尚浅的初春时节，又暗指正值豆蔻年华的少女。这句是笔意双关，合写初春和少女；下两句则分写。"新试纱衣"，写春天到来，天气和暖，闺中少女起床后换上新做好的薄薄的纱衣；"拂袖东风软"，主要是写春风。软，和缓也。戴叔伦《泛舟》诗云："风软扁舟稳，行依绿水堤。"和缓的春风徐徐拂动着薄薄纱衣的长袖。从服饰的描写中，使人想见少女楚楚动人的身姿；"红日"句开始微微透出春闺中孤寂无聊的气息。已是红日高照的时刻了，少女才春睡醒来，穿好衣服，慵懒地卷起帘幕。不卷则已，一卷起帘幕，一下子映入眼中的是"画楼影里双飞燕"。生机勃勃的春燕在楼阴中比翼双飞，轻盈自在，这情景不由得触动了少女的情怀。春风中燕双飞，而春闺中人独居，人不如燕，情何以堪！五代词人欧阳炯的闺怨词《献衷心》中有句云："恨不如双燕，飞舞帘栊。"上片结句正是此意，虽然不明说"恨"字，而意中怨恨之情格外深沉。闺中人不及空中燕，这一反衬，十分有力！

由于双飞燕的触动，少女不由得怀念起远方的人儿，盼他早日归来的愿望，此时格外强烈，于是梳妆倚阑等待。"拢鬓"三句写少女梳妆之精心和首饰之精美。步摇，古代妇女的一种首饰；《释名·释首饰》云："步摇，上有垂珠，步则摇动也；"青玉碾"，指步摇上的饰物是用青玉细细磨成的。极言首饰之华贵精致。所插花枝的式样新颖别致，是通常的式样中所没有的。缀以巧妙制作的蜜蜂，栩栩如生，在花叶上起伏颤动。梳妆整齐以后，"独倚阑干凝望远"。这里的"独"字与上片的"双"字相呼应；"凝望"全神贯注地长时间地眺望。然而其所盼望的人儿并没有出现，视野远处，只有"一川烟草平如剪"。以景结情，余韵袅袅，十分飘逸。必欲盛妆以后才倚阑眺远，可见她是满怀希望今天能盼到心上人儿归来的，但见到的还是只有那一平如剪的带着烟雾的芳草地。开始时越是满怀希望，而今又是大失所望。可以想象得出少女极度失望的情状；下片意境跟温庭筠《望江南》词所写的颇为近似。温词云："梳洗罢，独倚望江楼。过尽千帆皆不是，斜晖脉脉水悠悠。肠断白蘋洲。"温词结句点明"肠断"，而此词以景收结，含蓄不露，显得格外蕴藉。

这首词不长，十句八韵，一韵一转意，写出了女主人公心灵深处感情的波澜。春天来了，换上新衣；见春燕双飞，而自悲独居，油然怀远。精心打扮，满怀热望，结果极度失望。词意数转，而愈转愈深；曲折多变，而深婉不露。薛砺若《宋词通论》说谢逸的词，远规花间，逼近温韦，浑化无痕，与陈克并为花间派的传人。"他既具花间之浓艳，复得晏欧之婉柔；他的最高作品，即列在当时第一流的作家中亦毫无逊色。"这个评价虽有点过誉，但大体上是切合实际的，这首《蝶恋花》词便是一证。

菩萨蛮

谢逸

暄风迟日春光闹，葡萄水绿摇轻棹。两岸草烟低，青山啼子规。

归来愁未寝，黛浅眉痕沁。花影转廊腰，红添酒面潮。

【鉴赏】

这是一首春闺怨词。女主人公的情绪有一个由不怨到怨的发展过程。

"暄风迟日春光闹，葡萄水绿摇轻棹。"一开始词人用浓墨重彩，描绘出一幅春日冶游图景，虽无一字及人，而人在其中。"暄风"，即春风。（萧纲《纂要》："春日青阳……风日阳风、春风、暄风、柔风、惠风。"）；"迟日"，即春日。（《诗经·豳风·七月》："春日迟迟。"）而"暄""迟"二字，能给读者以春暖日长的感受；"春光闹"显然是"红杏枝头春意闹"（宋祁）的名句的化用，虽是概括的描写，却能引起姹紫嫣红开遍的联想；"葡萄水绿"乃以水喻酒，本李白《襄阳歌》："遥看汉水鸭头绿，恰似葡萄初酸醅。"将春水比作葡萄美酒，则暗示着游春者为大好春光陶醉，不徒形容水色可爱。画桡轻扬、春风吹衣、阳光和煦、其乐如何。

不同境遇的人对韶光的感受也应不同。对于此词的女主人公，春天的良辰美景同时便是触发隐衷的媒介。"两岸草烟低，青山啼子规"二句，就是由乐转悲的一个过渡。虽然看起来只是写景，似乎船儿划到一个开阔去处，水平岸低，时闻杜鹃。然而古典诗词中的语汇与意象有其特殊的内容积淀。那芳草萋萋的景色，就暗示着情亲者的远游未归。（《楚辞·招隐士》："王孙游兮不归，春草生兮萋萋。"）那"不如归去"的鸟语，更坐实和加重了这一重暗示；（范仲淹《子规》："春山无限好，犹道不如归。"）景语能含情事，由此可悟作词之法。

"归来愁未寝，黛浅眉痕沁。"写春游归来，兴尽怨生。只"未寝"二字，便写出女主人公愁极失眠，同时完成了时间由昼入夜的转换，一石二鸟。眉间浅浅的黛色，既意味着残妆未整；又暗示着无人扫眉，已亦懒画。

这个不眠的春夜，是个月夜，于是女主人公独个儿喝起闷酒来了。"花影转廊腰，红添酒面潮。"两句之妙，妙在由"花影"而见"月"，由"醉颜"而示"闷"。空灵蕴藉，句有余裕。"花影"由廊外移入"廊腰"，可见女主人公花下对月独酌已久。而喝闷酒最易醉人，看她已不胜酒力，面泛红潮了。（可"醉貌如霜叶，虽红不是春"呵。）如此复杂的心绪，如此难状之情景，在词人笔下表达得多么轻灵。虽"语不涉己"，已"苦不堪忧"。

从温、韦到西蜀词人(即所谓“花间派”)逐渐形成了词的传统表现手法,即注重“比兴”与“暗示”,化直接的叙写为情景的感性显现,富于文采,句子间跳跃感强,句法也较灵活,风格以婉约见称。南渡以后,古意渐失。此词则较多地保留了传统的手法,这对于闺怨的题材,似乎特别相宜。

江神子

谢逸

杏花村馆酒旗风。水溶溶,飏残红。野渡舟横,杨柳绿阴浓。望断江南山色远,人不见,草连空。
夕阳楼外晚烟笼。粉香融,淡眉峰。记得年时,相见画屏中。只有关山今夜月,千里外,素光同。

【鉴赏】

谢逸的词,以清丽疏隽著称,《江神子》正是具有这种风格的一首作品。

时节在春暮夏初的时候,地点在野外村郊临水的路边。这时,映入眼帘的,首先是轻风中微微飘扬的酒旗。目光下视,才看到杏花村酒馆。起首一句源于杜牧诗句:“借问酒家何处有,牧童遥指杏花村”(《清明》)。因杜牧诗句极有名,故酒店取名“杏花村”者亦所在多有。词的首句可看成个独立的句子,以下的写景抒情,都从此时自身所处之境,生发开去。

接着两个三字短句写眼前景象:“水溶溶,飏残红”。一句写水,一句写风。溶溶,流动貌。碧波粼粼,是令人心清气爽的美景;可是后句便迥然不同了:“飏残红”。“红”本已“残”,何况又“飏”!逢此时刻,古人总是心绪苍凉的。联系全词看,此时见“飏残红”,谢逸兴起的思绪是“今春看又过,何日是归年”(杜甫),怎么会不心忧神伤?

“野渡舟横”用韦应物《滁州西涧》诗“野渡无人舟自横”。原诗虽写景如画,野趣盎然,但诗人的寥落之感,悠然可见。宋初的寇准把韦诗衍为两句:“野水无人渡,孤舟尽日横”,意境仍出一辙。总之,“野渡舟横”四字,暗示“杏花村馆”前的凄清冷落,给予词人的感受,应与“飏残红”同;但接下去一句,情趣又迥异了:“杨柳绿阴浓”。一湾江水,两岸杨柳,绿叶成荫,遮蔽天日,别有一番幽美情趣。“水溶溶”以下四句,在这幅用淡墨扫出的画图中,前两句是近景,后两句是远景;一、四句使人鼓舞,二、三句使人神伤。以景衬情,巧妙地透视出词人感情上泛起的微波。

“望断江南山色远,人不见,草连空”。这时,词中才正面显现出人物来。江南山色,连绵无际,如何能望尽(“望断”)呢?这个“远”字,如王维写终南山峰接连不断:“连山接海隅”(《终南山》);也如杜甫写泰山的绵亘旷远:“齐鲁青未了”(《望岳》)。山远,路遥,所思之人,望而不见,所能望见的,只是“草连空”!这三个字,正如秦观的“天连衰草”。不过谢词的三句是连成一气的。即:所见者是山色烟云,芳草树木,一片大自然景色,所不见者是人!这三句和范仲淹的“山映斜阳天接水,芳草无情,更在斜阳外”(《苏幕遮》)的意境很相近,只不过范词委曲婉转,诗情画意,融成一片;谢则铺叙直陈,把满腔心事和盘托出了。

换头三句是“人不见”之后,在词人脑海中展现出的往日里一幅温馨旖旎的画面:楼外夕阳西下,不久,暮霭渐深,晚烟朦胧。在这充满神奇色彩的环境里,一位“晚妆初了”的美人出现了。词人用借代手法,不正面写人的丰姿神采,花容月貌,只闻到她暖融融的脂粉香,只看到她那淡扫的蛾眉。这三句写环境用实笔,写人则虚中寓实,用侧笔。接着,又回到眼前的现实中来,直述其事,加以补叙:“记得年时,相见画屏中。”粉香眉淡,那是在去年,是相见在画屏中的时候。这五句都是记叙往事。“夕阳”三句如“过电影”般地重现脑际,空灵超脱,而“记得”两句,则完全是板实之笔。既见清空,又复质实,可说也是此词的长处。

最后以感叹作结:“只有关山今夜月,千里外,素光同”。万水千山,芳草连天,“人不见”,是肯定的了。人在陷入难以解脱的苦闷中时,常常会做自我慰藉,强求解脱。这个结尾便是。南朝宋谢庄《月赋》云:“美人迈兮音尘阙,隔千里兮共明月。临风叹兮将焉歇,川路长兮不可越。”此词末韵虽只化用其中一句,实亦包孕全部四句之意。以此收尾,称得上是“如泉流归海,回环通首源流,有尽而不尽之意”(江顺诒《词学集成·法》)的一个较好的结尾。

异地思乡怀人,是词中最常见的主题。但此词一是风格清丽疏隽,写景抒怀,自然天成。二是艺术手法,时有变化,叙述似平直,情意实摇漾,因此凄恻感人,似肺腑中流出。《苕溪渔隐丛话后集》卷三十三引《复斋漫录》称,谢逸曾过黄州关山杏花村馆驿,题此词于驿壁。过者爱赏,纷纷抄录,每索笔于馆卒,卒苦之,以泥涂去。则可见此词见重于当世了。

卜 算 子

谢 逸

烟雨幂横塘,绀色涵清浅。谁把并州快剪刀,剪取吴江半。
隐几岸乌巾,细葛含风软。不见柴桑避俗翁,心共孤云远。

【鉴赏】

谢逸，博学工文辞，但屡试不第，终老布衣，遂以诗文自娱。这位隐逸之士，又被列入江西诗派。江西派论诗，主张“无一字无来处”，提倡“脱胎换骨，点铁成金”。所作诗词，往往袭用前人诗意而略改其词，甚或全用前人成句。这首小词，就充分体现了这一特点。可以说，谢逸是化用杜甫诗句而成就这首词的。首句“烟雨幂横塘”，句法全袭杜甫的“烟雨封巫峡”（《秋日荆南送石首薛明府辞满告别三十韵》）；三、四两句完全化用杜甫的“焉得并州快剪刀，剪取吴松半江水”（《戏题王宰画山水图歌》）。下阕首句“隐几岸乌巾”。可以从杜诗中找到痕迹：杜诗《小寒食舟中作》云：“隐几萧条戴鹖冠”。《北邻》诗云：“白帻岸江皋”。《南邻》诗云：“锦里先生乌角巾”。“乌巾”“白帻”，都是头巾，“岸”，露额也。至于“细葛含风软”，则全用杜诗《端午日赐衣》成句；下阕一、二句，描写的是隐者的服饰和神态。不论是用词，还是意境，都是从杜诗演化来的；下阕三、四句，“避俗翁”，指陶渊明，陶为柴桑人，故云。杜甫就明明说过“陶潜避俗翁”（《遣兴五首》其三）。“孤云”，出自陶诗“万族各有托，孤云独无依；暧暧空中灭，何时见馀晖”（《咏贫士七首》其一）；杜诗亦云：“百鸟各相命，孤云无自心”（《西阁二首》其一）；杜诗《幽人》又云：“孤云亦群游，神物有所归。”“孤云”，隐士之喻也。“幽人”，亦隐士也。陶诗“孤云”喻贫士，贫士亦隐者也。常建《宿王昌龄隐居》诗说得最清楚：“清溪深不测，隐处惟孤云。”“心共孤云远”，“共”字好，“远”字用得更好，物我一体，把隐者高洁的情操和高远的志向生动而形象地表现出来了。谢逸自己的《寄隐士》诗，就是这首词的最好注脚。诗云：“先生骨相不封侯，卜居但得林塘幽。家藏玉唾几千卷，手校韦编三十秋。相知四海孰青眼，高卧一庵今白头。襄阳耆旧节独苦，只有庞公不入州。”“隐士”实谢逸自谓也。

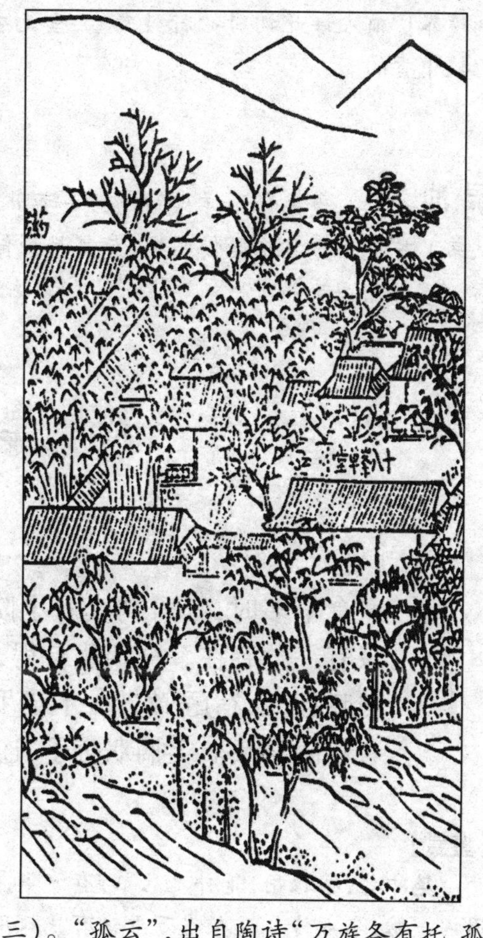

这首词，虽袭用前人诗句，但写得轻倩飘逸，不失为佳作。上阕写景，描画出了隐者所处的环境：烟雨空濛，水色天青，横塘潋滟，吴江潺湲，风景如画，使人心静神

远，几欲忘却浊世尘寰。横塘、吴江，不必实指，词尚寄托，更富诗意；下阕写人，乌巾葛衣，俨若神仙，心逐孤云，何等胸襟，隐几自恬淡，山水寄幽情，此之谓真隐士也，岂凡夫俗子所能比。境是仙境，人是高士，显得多么完美和谐，简直达到了无差别境界！前人评此词曰："标致隽永，全无香泽，可称逸调。"（《词统》卷四）评价是比较中肯的。

晁冲之　生卒年不详，字用叔，一字川道，济州巨野（今山东巨野县）人，晁补之从弟。举进士。其词聪俊明媚，与其兄豪健之作相反。赵万里辑其词十六首为一卷，名《晁用叔词》。

感皇恩

晁冲之

寒食不多时，牡丹初卖。小院重帘燕飞碍。昨宵风雨，
只有一分春在。今朝犹自得，阴晴快。
熟睡起来，宿醒微带。不惜罗襟揾眉黛。日高梳洗，看
着花阴移改。笑摘双杏子，连枝戴。

【鉴赏】

晁冲之，字叔用，晁补之从弟，有才华，科举不第。有《具茨集》十卷。又有晁叔用词一卷，今不传。近人赵万里辑有晁叔用词一卷。

这首词是写暮春时候少妇的生活与心情的。首先点明词中女主人公所处的时节是暮春。所处的环境是有重帘的小院。寒食过后不久，街头巷尾已开始叫卖牡丹，显示出暮春特点。春天最活跃的燕子飞来飞去。只是由于重重帘幕的障碍，才没有飞入小院深处，"朱帘隔燕"（晏殊《踏莎行》）正是这少妇心境悠闲，观察细致所得的景象。这里还没有写出这女子的感受，直到"昨宵风雨，只有一分春在"，才从侧面流露出她的心情；"夜来风雨声，花落知多少？"（孟浩然《春晓》），昨夜的风雨使"小径红稀"（晏殊《踏莎行》）。花是春的象征。风雨无情，将花摧残殆尽，所剩无几。少妇不能不触目惊心，惊呼"只有一分春在。"九分春色都被雨打风吹去，她怎能不为之惋惜呢！"惜春常怕花开早，更何况落红无数。"（辛弃疾《摸鱼儿》）但这位女主人公惜春而不伤春，更不怨春，而是"今朝犹自得，阴晴快。"她的情绪没有因暮春时节风雨春残、群芳纷谢的冷落氛围所感染，而是阴也快，晴也快。上片

末二句是全词情调转向愁苦还是转向乐观的分水岭。

下片写少妇睡起梳妆的举止动态。熟睡起来,昨夜的酒醉还未全解。两颊还微带着昨宵中酒的红晕。昨夜微醉的倦意也还没有完全消除。倦态娇姿,惹人怜爱。正是由于少妇宿酲未解,四肢酥软,娇慵无力,懒于下床打水盥洗,才“不惜罗襟揾眉黛,”顺手扯过罗衣擦去昨夜画眉的残余翠黛。作者描摹少妇的心理、动态,十分细腻、逼真。直到太阳渐渐升高,她的宿醉渐解,倦态渐消,慢慢恢复了平时的活力。这才梳妆打扮,淡扫娥眉,薄施粉黛,“看着花阴移改”,顾盼自怜。这起床梳洗过程,也是温庭筠《菩萨蛮》词中少妇“懒起画娥眉,弄妆梳洗迟”的另一种表现手法,但都是从女子梳妆的过程、动态来刻画她的神态和心境的,“花阴移改”是日高的补写。太阳渐渐升高,花影渐渐缩短,说明这少妇从睡起到起床,到梳洗完毕,到她有闲暇来看“花阴移改”,时间是相当长久的。因为用了“日高”“花阴移改”这样的具体形象来描写,所以时间长久就不觉得抽象了歇拍;“笑摘双杏子,连枝戴。”杏子成双,暗示词中女主人公内心盼望自己也能成双成对的微妙心理活动。“笑摘”说明她心情乐观、开朗。虽然现在暂时独居,但她相信不久她可以和杏子一样成双成对,杏子成了她美好的愿望、未来幸福的象征物,神余言外,趣味隽永。一个“笑”字十分传神地表现她充满信心,充满希望。

这首词中的女主人公是独居闺中的,时间又值暮春,一般写法总是围绕“闺怨”“春女多思”做文章,写女主人公见落花而流泪,看双燕而伤心;叹青春将逝,感独处无欢,愁苦忧思,情怀凄恻。而这首词却能不落窠臼,尽管写的也是暮春独居的女子,作者却塑造了一个乐观、自信、充满希望的女子形象,具有鲜明的、独特的个性,这是这首词的一个重要的特点。

临江仙

晁冲之

忆昔西池池上饮,年年多少欢娱,别来不寄一行书。寻常相见了,犹道不如初。

安稳锦屏今夜梦,月明好渡江湖。相思休问定何如。情知春去后,管得落花无?

【鉴赏】

这是作者和旧游离别后怀念往日汴京生活的词。首句“忆昔西池池上饮”,就点明了地址。西池即金明池,在汴京城西,故称西池,为汴京著名名胜,每逢春秋佳日,游客如云,车马喧阗,极为繁盛。作者回忆当年和朋友们在此饮酒,有多少欢娱

的事值得回忆。晁冲之的从兄晁补之是“苏门四学士”(黄庭坚、秦观、张耒、晁补之)之一。晁冲之本人与苏轼、苏辙及“四学士”不但在文学上互相来往,在政治上也很接近,属于所谓旧党体系。“昔”,指的是宋哲宗元祐年间。这时旧党执政,晁冲之与“二苏”及“四学士”等常在金明池同游、饮酒。他们志趣相投,性情相近,欢聚一起,纵论古今,何等欢乐。种种乐事都浓缩在“多少”二字中了。至今回忆,无限留恋。但好景不长,随着北宋新旧党争的此伏彼起,他们的文期酒会也如云散烟消;“年年”也不是每年如此,只是指元祐元年(1086)至元祐八年(1093)这短短八年而已。元祐元年,哲宗初立,神宗母宣仁皇太后高氏临朝听政,以司马光为首的旧党上台,苏轼等人各有晋升。元祐八年,宣仁太后死,哲宗亲政,新党再度上台,章惇执政,排斥旧党。同年八月,苏轼被贬定州。哲宗绍圣元年,即元祐九年,“二苏”及“四学士”先后相继连续被贬。晁冲之虽只做了个承务郎的小官,也被当作旧党人物,被迫离京隐居河南具茨山(今河南密县东)。从此,当年的诗朋酒友,天各一方,均遭困厄。晁冲之在隐居生活中对旧日的志同道合的朋友不能忘怀,时深眷念。朋友们已不能像往年一样在西池池上饮酒了,如果能凭鱼雁往来,互倾积愫,也可聊慰离怀。然而不能够;“别来不寄一行书。”昔日朋友星离云散之后,竟然雁断鱼沉,连一行书也没有,意似责备朋友之无情,但这里的“不寄”似应理解为“不能寄”,因为这些被贬谪的人连同司马光一起大都被列入“元祐党籍”到了贬所,还要受到地方主管官员的监督。如再有结党嫌疑,还要追加罪责。在新党这种高压政策统治下,所谓旧党人物唯有潜身远祸,以求自保。哪里还敢书信往来,互诉衷肠,给政敌以口实呢?“寻常相见了,犹道不如初”。这两句似是假设语气,“寻常”不是指元祐九年以前,因为前三句已由过去的得意、聚合写到现在的失意、分离。在结构上似乎不致忽然插进两句倒过去又写聚合相见。这两句是说,像现在各人的政治处境来说,即使能寻常相见,但都已饱经风雨,成了惊弓之鸟,不可能像当初在西池那样纵情豪饮,开怀畅谈,无所顾忌了;只能谨小慎微地生活下去,以免再遭迫害。凡是受过政治风波冲击,饱经患难的人对此当有深刻体会。

下片讲现在生活和心情。“安稳锦屏今夜梦,月明好渡江湖。”“安稳”二字颇有深意。经过了险恶的政治风波之后,作者感到只有在家居锦屏中才觉得安稳,没有风险,朋友既无法见面,又音信不通,那么,只有趁今夜月明,梦魂飞渡,跨过江湖,飞越关山,来一次梦游。李白在梦游天姥时,不是曾说"我欲因之梦吴越,一夜飞渡镜湖月"吗?只有梦,不受空间的限制,也不受政治的影响,可以自由飞渡。这说明一个遭受政治打击的善良的知识分子无可奈何的苦闷心情。

"相思休问定何如。情知春去后,管得落花无?"这是设想月夜梦中重逢的话。论理,久别重逢,应畅谈彼此别后景况,为什么反而"休问"?实在是因为彼此遭遇相同,处境相似,"同是天涯沦落人"(白居易《琵琶行》),彼此互问情况,徒增伤感而已。春天已经过去了,落花命运如何,还管得着吗?春天,是借指政治上的春天,也就是旧党执政的元祐元年至元祐八年他们春风得意的这段时间。"落花",比喻他们这些像落花一样遭受政治风雨摧残的故旧。用比喻手法,更觉形象鲜明。用问句作结,提出问题而不正面作答,将答案留给读者去做,意味尤为隽永。

这首词由欢聚写到分离,由分离写到梦思,由梦中相见而不愿相问,归结到春归花落,不问自明。笔法层层转进,愈转愈深,愈深则愈令人感慨不已。内容伤感凄楚而情调开朗乐观。这是本词一大特色。

苏庠 (1065~1146)字养直,澧州(今湖南澧县)人。因眼睛有疾,自称眚翁。后徙居丹阳(今属江苏)之后湖,更号后湖病翁。绍兴初,以徐俯荐,被召,不赴。有《后湖集》,不传;今有辑本《后湖词》。

鹧鸪天

苏庠

枫落河梁野水秋,澹烟衰草接郊丘。醉眠小坞黄茅店,
梦倚高城赤叶楼。
天杳杳,路悠悠。钿筝歌扇等闲休。灞桥杨柳年年恨,
鸳浦芙蓉叶叶愁。

【鉴赏】

这首《鹧鸪天》词,写的是客途别恨。一个苍凉寥廓的秋天,作者来到了一座荒村野店,醉梦中回到了心上人的身边,醒来百感交并,幽恨盈怀。

"枫落河梁野水秋,澹烟衰草接郊丘。"写旅途上所见的秋郊景色。红彤彤的枫叶已经凋落了,剩下了光秃苍老的树干。站在河桥上一望,野水退落,呈现出秋的

寂寥。(宋玉《九辩》:“寂寥兮收潦而水清”;王勃《滕王阁序》:“潦水尽而寒潭清”,都是说秋水退落,显得清寒而寂寥的意思;此处“野水秋”中的“秋”字,也即指此而言。)远处,薄雾迷蒙,恍似淡烟笼罩——这是黄昏时郊原的景观特色。枯黄的野草,连接着郊原、山丘,一直伸向天边……好一幅萧瑟苍凉的图画,一幅旅人眼中所见的图画!就取景和构图的角度而言,作者选取落了叶的枫树、退了水的小河、澹烟、衰草来写,是抓住了秋郊特征性的东西的;再加上河桥和郊丘,巧妙地组合在一起,有近有远,有高有低,画面遂富于立体感和寥廓感。一个“秋”字,既点时令,又点景物特色,一拍两响,具有很大的艺术张力。这两句的写景,在艺术上是成功的。这是作者黄昏时分走在旅途上的所见。

过程递进,时间推移,作者来到了山村中的一座客店。“醉眠小坞黄茅店,梦倚高城赤叶楼。”“坞”是四面高而中央低的山间村落;“黄茅店”是茅草盖的客店:地既荒僻,店亦简陋。在这样的环境中,是最容易引起羁旅愁怀的。大概是为了借酒消愁吧,他喝了酒,而且醉了,于是就上床而眠。不知不觉,他做了一个梦,梦见自己身在城里的一座高楼上。“高城”指大城市,秦观《满庭芳》词有“高城望断,灯火已黄昏”之句,也即此意。“赤叶楼”是周围种了枫、槭类树木的楼,不是名叫“赤叶”的楼;犹如“赤栏桥”不是一座桥名一样。我国中部多这类赤叶树(或春夏叶绿而秋来变赤),小楼掩映其中,红叶绿窗,交相辉映,故“赤叶楼”是常见的住宅布局。这座楼上住的是什么人?为什么值得作者这样的梦魂牵绕?这是问题的关键。根据我国词的传统表达习惯,可判断其与绮情有关。“红楼”“青楼”之为歌妓所居,有五代、北宋的大量词作为证;梦中去寻找楼中的情人,晏几道就有很多类似的描写:“梦魂惯得无拘检,又踏杨花过谢桥”(《鹧鸪天》)是最著名的一例。清人龚定庵的《临江仙》词,写他梦中来到一座红楼,“中有话绸缪,灯火帘钩,是仙是幻是温柔”,情景就更为具体。作者“梦倚高城赤叶楼”的所见,大概也就是类似的情景吧!

这两句,无论意境、对仗、声律,都很富于美感。因愁而醉,因醉而梦,因梦得欢,悲境与欢境变换;从“小坞黄茅店”到“高城赤叶楼”,实境与虚境变换;一悲一欢,一实一虚,形成了强烈的对比。而无论实境还是虚境,都能给读者提供出充分的想象余地:黄茅店的简陋、破败,生活于此境中的人物的愁苦颓丧;赤叶楼的明丽、雅致,生活于此境中的人物的旖旎风光;包含的形象画面,是相当丰富的。就对仗而言,“醉眠”对“梦倚”“小坞”对“高城”“黄茅店”对“赤叶楼”,无论意态、颜色,还是词性、词组,都两两相对,工力悉敌,表现出高超的技巧。故明代的杨慎评此二句曰:“佳句也。”(《词品》)

好梦诚然是温馨的,然而好梦也最难留;一旦醒来之后,其愁肠恨绪的百转千回,自不待言。词的下片,即抒发这一内容。“天杳杳,路悠悠”,这是作者醒来之后,想象明天踏上征途的情况:天是这样的遥远,路是这样的悠长,走啊走啊,离开心爱的人,也就越来越远了。于是他想到“钿筝歌扇等闲休”,在那位佳人身边享受“钿筝歌扇”的生活,已经结束了。“钿筝”指奏乐;“歌扇”指唱曲,显然都是那位歌女的当行技艺。这里包括多少两情缱绻的往事啊,晏几道曾经吟道:“钿筝曾醉西楼,朱弦玉指凉州,曲罢翠帘高卷,几回新月如钩。”(《清平乐》);“舞低杨柳楼心月,歌尽桃花扇底风。”(《鹧鸪天》);秦观也曾经吟道:“东风里,朱门映柳,低按小秦筝。”(《满庭芳》)都是很好的注脚。然而如今都已经轻易地结束了,就像柳永吟唱过的那样:“暗想当初,有多少幽欢佳会,岂知聚散难期,翻成雨恨云愁。”(《曲玉管》)这怎能不叫他幽恨萦怀!

最后两句:“灞桥杨柳年年恨,鸳浦芙蓉叶叶愁。”上句言别恨;下句伤迟暮。汉人送别,在灞桥折柳,故“灞桥杨柳”即代指离别。“年年恨”,是说离别的频繁。大概作者奔走各地,到处惹下相思,故有此话头吧?宋代的士子,很多都有此经历的。“鸳浦芙蓉”句,其源盖出于贺铸。贺铸《踏莎行》云:“杨柳回塘,鸳鸯别浦。绿萍涨断莲舟路。断无蜂蝶慕幽香,红衣脱尽芳心苦。”是说浦中的绿荷于“红衣脱尽”(即繁花凋落)后,再没有“蜂蝶”来依慕(即无人垂顾)了。此词即承此意,写剩下的荷叶在发愁,也就是表示年华老去,自伤迟暮。这两句,就对仗来说,也是十分工整的。

这首词,言短意长,含蓄有味,写景言情,皆臻佳境;而格律工细,语言醇雅。深得小令创作三昧。是宋词中的上乘之作。

菩萨蛮 宜兴作

苏庠

北风振野云平屋,寒溪淅淅流冰谷。落日送归鸿,夕岚千万重。
荒陂垂斗柄,直北乡山近。何必苦言归,石亭春满枝。

【鉴赏】

苏庠,苏坚伯固之子,湖南澧州人,徙居丹阳之后湖,自号“后湖病民”,绍兴中诏征不赴。张元幹其所作赠王道士诗墨迹云:“吾友养直(苏庠字),平生得禅家自在三昧,片言只字,无一点尘埃。宇宙山川,云烟草木,千变万态,尽在笔端,何曾气索?”此词作于客游宜兴时,写冬寒景象,而无愁惨之色,体现了词人随遇而安的情怀,与元幹对他的评价是颇为接近的。

上片写风卷平野、寒凝大地的景象。起笔即推出风吼云涌、寒溪冰谷的镜头。作者从原野写到谷底。“北风振野”,一个“振”字表现了北风呼啸的威力;“云平屋”,一个“平”字摹状出冬云低压的态势。乌云笼罩,朔风怒号,形成一幅肃杀凛冽的图像。山谷之中,寒溪淅淅。以“寒”写溪,以“冰”言谷,字面上已是冷气逼人。因为到了枯水季节,“林寒涧肃”,水势已不大;但涓涓细流,已无潺潺之势,只余淅淅之声。北风呼呼，寒溪淅淅，在巨声中间以细响，在大动之下配以微流，相辅相成，相得益彰。乌云如盖，冰谷似槽，地上已是阴晦，谷底更是幽暗。开头这两句以风、云、溪、谷的景物，从声、色、势、温等方面烘染出凄冷的气氛，然而这里也有宜人的景致。下面“落日送归鸿，夕岚千万重”两句，所写的景物和给人的感觉即与上两句迥然不同。极目远天，落日徐徐而下，鸿雁缓缓飞过；遥看山峦，云气氤氲，岚翠重叠。雁浮于夕岚之上，浴于晚照之中，赶着归程。此景给人以舒徐宁静的感受。上片四句写出两种境界，不必是一时所见，总是作者在山间生活中所摄取的、有会于心的镜头。他“隐丹徒，五召不起”，实是因时政混乱，不愿与奸佞同朝。词中以寒流暗示了政坛的险恶，又从鸿雁寄寓了归心。由此转入下片抒怀。

“荒陂垂斗柄，直北乡山近。”北斗星低垂于荒陂，点明了方位。丹阳在宜兴之北，因而说“乡山近”。家乡既然很近，回去是比较容易的了，加上前面看到“落日送归鸿”，接着写出回乡之思完全是顺理成章的。可是作者却陡转一笔：“何必苦言归，石亭春满枝。”不必苦苦地想回乡，宜兴不久将是满树春光。参照他所作《题张公洞》（洞在宜兴）诗：“铜官之南山复山，扪萝绝壁苔藓斑。只今何处可容足，乞我石房云一间”，明真隐者何必择地，凡远离尘嚣处皆可居。诗中的“何处可容足”，不是指他的无安身之地，仍是有政治上的寓意。政坛既不可涉足，则只有借山而隐；宜兴之山亦是大好，又何以必归丹阳？诗和词的意思在这一点上相合了，诗词的意思又同他的性情、思想相合了。词中所谓“石亭春满枝”句好像是写实景，其实却是虚拟，从“北风”“寒溪”推演而出：一是山中未必尽是冬日苦寒，自有春暖花开之日；二是如心无所苦，则冬日亦视若春时。一结其味隽永。

这首词没有慷慨之音，豪迈之情，只表现了作者不乐仕进，安于闲适的情怀。因此他没有像辛弃疾、陆游那样豪气干云，但也不是甘心沉沦，与当政者同流合污。张元幹另有《苏养直诗帖跋尾》又云：“亡友养直，英妙时（少壮时）已甘心山泽之臞，故词翰似其为人。……晚乃力辞召聘，高卧不起，老于丘园。盖此事素定于胸中，非一时矫激沽誉者。”知此可以读其词，正是“词如其人”。至于艺术上写得曲折斡旋，又脉络贯通，亦有一定的审美价值。

毛滂　（1056～约1124），字泽民宋代词人，有《东堂集》《东堂词》传世。

生查子　富阳道中

毛　滂

春晚出小城，落日行江岸。人不共潮来，香亦临风散。
花谢小妆残，莺困清歌断。行雨梦魂消，飞絮心情乱。

【鉴赏】

《生查子》,原是唐代教坊曲名。这首词的写作背景与《惜分飞》一样,皆是毛滂辞官后,行于富阳途中所作。

词的上片,首句写词人在暮春傍晚时分,独自离开富阳市的山城,行至富春江畔。富阳市位于杭州府西南,富春江的下游。词人眺望江面,雾霭茫茫,斜晖脉脉,在这黯然萧索的氛围中,强烈的怅意和思念占据了词人的心。"人不共潮来,香亦临风散",就是词人所惆怅所思念的事情了。词人深感遗恨的是,钱塘潮水不能将心爱的人带到身边,而那女子为自己祈祝燃香,香烟则随风飘散了。人既不能来,香也闻不到,祈愿是枉然,寄信更不通,这怎不令词人深深痛苦呢?

词的下片,表面是写景,实际是借景物写人。"花谢小妆残,莺困清歌断"两句写所思之人的花容憔悴、因慵无绪,再也无心抚弦歌唱了。这是词人睹物思人,从而产生的设想;而尾句"行雨梦魂消,飞絮心情乱"则是词人此地此时的实感。深夜春雨淅沥,点滴至明,令人无法安睡,更增添词人羁旅的烦闷;"飞絮"一句,写天明登程,路上独行,风中柳絮,飘来飘去,又勾起词人由于仕途失意,怀才不遇,瞻望前途渺茫,漂泊无定的惆怅心绪。思人之痛苦,念己之悲凉,瞻前则渺渺,顾后亦茫茫,这百感交集、愁肠百结的难言之隐,用一个"乱"字作结,则通篇之睛目即现。心乱如麻,难以梳理;心乱如潮,无法平静。在词人的眼里,大自然的春天、花鸟、山水、风雨、柳絮等等毫无美感,只平添迷离惝恍、凄恻悲凉,恼人烦乱。这首词在写作上的高妙就在于,通篇无一句不愁,而无一句有"愁"字。用景物喻人物,做到物我双会,情景交融的艺术表现力。

南歌子 席上和衢守李师文

毛 滂

绿暗藏城市,清香扑酒尊。淡烟疏柳冷黄昏,零落荼蘼
花片损春痕。

润入笙箫腻，春余笑语温。更深不锁醉乡门，先遣歌声留住、欲归云。

【鉴赏】

绍圣时，毛滂任衢州推官，这首词大概就是那时在宴席上酬唱之作。

《南歌子》又名《南柯子》《风蝶令》。是唐教坊曲名。这首《南歌子》采用双调。词的上片，起句对仗工整，“绿暗藏城市，清香扑酒尊”，一个“藏”字，写词人登台四望，重山叠翠，树木丰茂，整个城市被浓重的绿色笼罩住了；一个“扑”字，则写出宴客堂内弥散着诱人的酒香，沁人心脾；而接下二句，写了四周围的景物：暮春黄昏时分，淡淡的炊烟，疏落的柳枝，和荼蘼花架上随风飘落的片片花瓣。咏物亦有所指。“荼不争春。寂寞开最晚”（苏轼《荼醾花菩萨泉》），“一片花飞减却春；风飘万点正愁人”（杜甫《曲江》），表面惜花伤春，实际是一种思想寄托和自惜其身的体现。毛滂用冷色调勾画了一幅自然界春暮哀凉的图画。他虽身居微官，仍时时感到寂寞孤独。在这种情况下，他是渴望人生的知己、友情的温暖和慰藉的。

因而词的下片，毛滂用暖色调描绘了一幅美好的宴乐图。起句又是一个对仗句，“润入笙箫腻，春余笑语温”，用清香的酒润润喉咙，吹起笙箫来，曲声优美，格外动听；虽然天气微冷，但宴席上宾主诗酒唱和，纵情谈笑，如坐春风，暖意融融。这一“润”字照应上片的清香之酒；一“温”字又与“冷”字产生鲜明对比。友情暖人肺腑，更何况美酒下肚？此时，词人放情狂饮，不能自已。尾句“更深不锁醉乡门，先遣歌声留住、欲归云”，真可谓醉人醉语醉举而不知醉了。夜已更深，宴席不撤，索性一醉方休，而且还吟诗讴歌，让歌声留住那想归去的云彩。到此际，词人那种淡淡的哀凉情绪暂时丢到九天云外去了！这兴致勃勃的劝酒词，显得多么淳厚、爽快、热情、真诚呵！

惜分飞　题富阳僧舍作别语，赠妓琼芳

毛　滂

泪湿阑干花著露，愁到眉峰碧聚。此恨平分取，更无言语空相觑。
断雨残云无意绪，寂寞朝朝暮暮。今夜山深处，断魂分付潮回去。

【鉴赏】

此为毛滂代表作。据《西湖游览志》载：元祐中，苏轼知守钱塘时，毛滂为法曹

椽，与歌妓琼芳相爱。三年职满辞官，于富阳途中的僧舍作《惜分飞》词，赠琼芳。一日，苏轼于席间，听歌妓唱此词，大为赞赏，当得知乃幕僚毛滂所作时，即说："郡寮有词人不及知，某之罪也。"于是派人追回，与其留连数日。毛滂因此而得名，此为人津津乐道的故事，并非是事实。苏轼知杭州时，是元祐四年（1089）至元祐六年，而毛滂于元祐三年已出任饶州司法参军，直至元祐七年还在饶州任上。此时不可能为东坡的杭州僚佐。另，根据史料，毛滂早在东坡知杭州前就受知于苏轼弟兄。苏轼于元祐三年曾为毛滂写过"荐状"，称其"文词雅健，有超世之韵"。"保举堪充文章典丽可备著述科"。但此故事正说明此词传诵人口之广。

全词写与琼芳恨别相思之情。上片，追忆两人恨别之状。"泪湿阑干花著露，愁到眉峰碧聚"，是回忆相别时，心上人的哀愁容颜。"泪湿阑干花著露"，用白居易《长恨歌》"玉容寂寞泪阑干，梨花一枝春带露"诗意，写女子离别时泪流潸潸，如春花挂露。"阑干"眼泪纵横散乱貌；"愁到眉峰碧聚"化用张泌《思越人词》："黛眉愁聚春碧"句，写忧愁得双眉紧蹙的神态。这两句化用前人诗句描写女子的愁与泪，显得优美而情致缠绵悱恻；"此恨平分取"一句，将女子的愁与恨，轻轻一笔转到自己身上，从而表现了两人爱之深，离之悲；"更无言语空相觑"一句，回忆两人伤别时情态，离别在即，两人含泪相视，此时纵有千言万语，又从何处说起？"更无言语"比"执手相看泪眼，更无语凝噎"（柳永《雨霖铃》）更进一步表达痛切之情，因其呜咽声音都无，真是"此时无声胜有声"了。一个"空"字，下得好，它带出了多少悲伤、忧恨！无怪后人赞道："一笔描来，不可思议。"（沈际飞《草堂诗余正集》）

下片写别后的羁愁。"断雨残云无意绪"二句，言词人与心上人别后的凄凉寂寞。"云雨"出自宋玉《高唐赋序》，后指男女欢爱。"断雨残云"喻男女分离，人儿两地，相爱不能相聚，怎不令羁旅者呼出"无意绪"呢？那别离的"朝朝暮暮"只有"寂寞"伴随，那思念之情就更加强烈；故结句道："今夜山深处，断魂分付潮回去。"言羁者在富阳山深处的僧舍中，而所恋之人远在钱塘，他们相隔千百里，只有江水相连，在辗转反侧中，听江涛拍岸，突发奇想：人不能相聚，那么将魂儿交付浪潮，随流水回到心上人那里。结语的寄魂江涛，是个奇异的想象，如此将刻骨铭心的相思，淋漓尽致地表达出来。

此词感情自然真切，音韵凄婉，直抒胸臆，与形象比喻，奇异想象相结合，达到了“语尽而意不尽，意尽而情不尽，何酷似秦少游也”（周辉《清波杂志》）的艺术效果。

减字木兰花 留贾耘老

毛　滂

曾教风月，催促花边烟棹发。不管花开，月白风清始肯来。
既来且住，风月闲寻秋好处。收取凄清，暖日栏干助梦吟。

【鉴赏】

这是一首挽留朋友贾耘老的词。贾耘老，即北宋诗人贾收，乌程人。毛滂与贾耘老是诗词唱和的好友，《东堂词》中曾有数词提及。此篇写于词人任武康县令之时，曾有《蓦山溪》叙写其修葺县舍“东堂”之事，又有《清平乐》，记写与贾耘老、盛德常在东堂优游之趣。此词与《清平乐》是姐妹篇，开头“曾教风月，催促花边烟棹发”，紧承《清平乐》结句“烟艇何时重理，更凭风月相催”，热情地约好友早日乘小舟顺流而下，直低武康。“曾教”二字，照应《清平乐》结句，说明有约在前。“风月催促”呼应“风月相催”，其意是请明月清风帮我催促。“烟棹发”呼应“烟艇重理”，“花边”呼应“何时”，就是说请好友于花事闹的春天到武康优游。春天是“东堂”最美的季节，这里有婵娟雪清的梅花、流霞飞舞的桃杏、花王披绣的牡丹、含笑不语的樱花，真是繁花满枝、兰芷遍野，毛滂曾有许多咏花词篇赞赏之。据《武康县志》记载：武康还有余英溪，那里落英缤纷，浮漾水面，烂若锦绣。词人曾作《余英溪泛舟》曰：“弄水余英溪畔，绮罗香、日迟风慢。桃花春浸一篙深，画桥东、柳低烟远。”（调寄《夜行舟》）但是遗憾，贾耘老“不管花开”，没有在春意闹的季节赴约，而是在“月白风清”的秋天才来到东堂。“始肯来”三字有对好友的嗔怪之意，在嗔怪中含着对好友期盼的热情。

下片，表达热切的挽留之意。“既来且住”接“始肯来”三字，以直抒胸臆之法，诚挚地招呼好友，要他多住些时日。在风清月朗的金秋，趁闲暇之时，迎习习凉风，“寻秋好处”。这“好处”二字，概括了东堂“桂影婆娑”“曲堤疏柳”“金波潋滟”的秋景。然而，客居再好，好友却无心久住，所以结句写道：“收取凄清，暖日栏干助梦吟”，这是劝他收束凄苦之情，在温暖的秋日倚栏杆，继续在梦中作诗。这结句不是一般劝慰之语，而是据实况而发。《乌程县志》载：“贾收喜饮酒，家贫。”苏轼亦曾对其云：“若吴兴有好事，能为君月致米三石，酒三斗，终君之世者，当便以赠之。”可见“收取凄清”，乃指其生活困窘，情感凄酸。“梦吟”并非虚语，而是写出贯耘老“梦中尝作诗”(《减字木兰花》小序)的写作特点。

本词突出之处是用语清新自然无藻饰，情从肺腑流出，富有一种清醇蕴藉之美。《四库全书总目提要》评：“滂词情韵特胜”，此言颇是。

江浩然曰“用线贵藏”，(《杜诗杂说》)指诗而言，对词来说亦如此。“线”即线索，本词的线索暗藏通篇，何也？是热情、挚情通贯始终，故感人至深。

上林春令 十一月三十日见雪

毛 滂

蝴蝶初翻帘绣，万玉女、齐回舞袖。落花飞絮蒙蒙，长忆著、灞桥别后。

浓香斗帐自永漏，任满地、月深云厚。夜寒不近流苏，只怜他、后庭梅瘦。

【鉴赏】

这是一首咏物词。刘熙载云：咏物应“不离不弃”(《艺概》)，意即咏物而不滞于物，也就是说好的咏物诗词既要做到曲尽妙处，又要在咏物中言情、寄托。本首咏物词就有“不离不弃”之妙。

上片描绘飞雪的动态美，寄托了词人飘荡羁旅之悲情。“蝴蝶初翻帘绣”三句，描写纷飞的白雪，时而像翻穿绣帘的蝴蝶，时而像万千天女散花舒袖长舞，时而像落花飘洒，时而像飞絮蒙蒙。这里采用博喻的方法，将雪比做“蝴蝶”“玉女”“落花”“飞絮”，用这些事物来比拟，创造了一个优美的意境，给人以鲜明生动的印象，产生了引人入胜的艺术魅力。比喻，可以比声音、比形象、比情态、比心情、比事物，但都要抓住两者之间的可比之处。本词的比喻，主要是比形象、比情态。“蝴蝶穿帘”的形象，是比拟“雪花的轻而美”；“玉女飞舞”的形象；比拟“雪花洁白而飘逸”；“落花”比拟“轻飏而凄清”；“飞絮”比拟“雪花飘洒而色白”。这些比喻都是新奇的想象，富有独创性，自然、精当，达到了“喻巧而理至”的效果。正因这些喻体都含着一个“飘”意，就为歇拍的抒情句“长忆著、灞桥别后”做了铺垫，从而寄寓了羁旅在外，漂泊异乡的愁情，达到了情景交融的境界。又因上片巧妙用典，如“落花”、李白的“秦楼月，年年柳色，灞陵伤别”(《忆秦娥》)而加浓了诗的意境。

“灞桥”暗用了王勃“客心千里倦，春争一朝归。还伤北国里，重见落花飞”(《羁春》)。下片写雪的静态美，寄托词人孤高志趣。姚铉说：“赋水不当仅言水，而言水之前后左右。”(见贺裳《皱水轩词筌》)这是说写咏物诗词，可正面描写，也可侧面描写，或以反衬手法出之。本首下片，词人就用寒“梅来”衬“白雪”，既勾画了雪之洁白，又表现了“梅”之高格，从而寄托了词人的孤芳、高洁的志趣。“浓香斗帐自永漏”一句，写梅花在雪后深夜之时开放，清香从窗外飘入室内的斗帐中。“浓香”代指梅花。“漏永”即“永漏”，意夜深；“任满地、月深云厚”一句，既写夜晚的雪景，如厚厚云絮铺满大地，似皎洁月光洒向原野。天宇大地，上下辉映，好一个银白世界。它静无纤尘，多么玲珑剔透。在这静穆的天地间，有一枝寒梅怒放，散着浓香，衬托着洁白的雪更加光洁隽美了；歇拍“夜寒不近流苏，后庭梅瘦”，又是一个抒情句。赞美雪中梅花不畏寒冷；不同流俗；不趋炎势，只在冰清玉洁中独弄清影。这白雪寒梅的形象又寄托了词人孑然独立的志趣。

本首咏物词，既用博喻修辞法，将雪做多角度的正面描绘，表现了雪之多姿多彩的动态美；又用衬托法，以清高的梅衬洁白的雪，创造了冰清玉洁的意境，表现了一种玲珑的静态美，在动与静、虚与实的结合中，融进词人的思想感情，创造了一种秀雅飘逸的风格。

生查子 春日

毛 滂

日照小窗纱，风动垂帘绣。宝炷暮云迷，曲沼晴漪绉。
烟暖柳惺松，雪尽梅清瘦。恰是可怜时，好似花秾后？

【鉴赏】

如题所示，这首词写“春日”，但不是写“绿肥红瘦”的暮春，亦非繁花似锦春盛之时，而是写早春，写早春景色所引起的喜悦之情，又隐约传达出一种不同流俗略带清高的情感。

首二句“日照小窗纱，风动垂帘绣”，写天气之佳。早春的太阳照着窗纱，清风轻轻吹动绣帘。诗人用字，常一石二鸟。细细品味首句那一个“小”字，担负着双重任务。表面是写窗之小，实则远不止此，它还隐隐暗示出词人对早春的喜爱之情。这种心情，如春日之阳，和煦温暖；如春日之风，轻快流动。天气之佳，心情之好，融成一片。首二句已定下了全词轻快的基调。

第三、四句“宝炷暮云迷，曲沼晴漪绉”。“宝炷”，指薰香；“暮云迷”是说薰香的烟缕如暮云一样使春日春风都带上了一层朦胧的色彩。古人薰香，可在室内，亦可在室外，如后花园等处。这里当指室外薰香；“曲沼”是园中不规则形状的水池。“晴”字照应首句“日照”；“漪绉”则照应第二句的“风动”。这两句写早春园中景色：在薰香缭绕中，春阳煦煦；春风习习；春水涟漪，而这一切都笼罩在香气氤氲的朦胧之中。上片四句，一个古代庭园的早春景象已描摹出来，但这不是一个没有人迹的毫无生气的庭园，人的活动于第三句中透露出来。这富有生气的早春园林景色就是从薰香之人的眼中看出的,这园林也便是薰香之人——词人自己的生活环境。

第五、六句“烟暖柳惺松,雪尽梅清瘦”。两句使读者感到早春的信息扑面而来:柳芽之萌动似人之初醒,雪化之后更显梅之清瘦。诗人是敏感的,观察是细腻的。“惺松”二字,以有情之人拟无情之物(柳树),把柳树从冬天的蛰伏到早春的萌动恰到好处地描摹出来。“清瘦”二字,状梅之清高孤傲,也极贴切自然。

“恰是可怜时,好似花秾后”两句,已到这首词收束的地步了。前面早春景物的描写,都是为最后这两句做铺垫的。“可怜”是“可爱”的意思,与第一句“小”字相呼应。“好”作“岂”解,“好似”即“岂似”,反问之辞。诗人是说,早春才是春天里最令人怜爱之时,哪里像(“好似”——“岂似”)艳桃秾李,繁花盛开以后的时节?“潜台词”是:繁花盛开以后,便已接近春天的尾声了。人言“酒饮微醉,花看半开”才是最佳时刻。酒饮到烂醉,便失去了饮酒的乐趣;姹紫嫣红则是凋萎的前夜。同样,早春是春天的开始,意味着灿烂的前程,而艳桃秾李(“花秾”)则已离“群芳过后”“狼藉残红”(欧阳修句)不远了。

宋词当中,诗人的感想、感叹、感慨常于结尾处隐约道出,却又不明白说破,以收含蓄之效。这首词也是如此。仔细玩味结句的“好似花秾后”,诗人之意是说一般人只知喜爱“姹紫嫣红开遍”(汤显祖《牡丹亭》句)的“花秾”时节,而“烟暖柳惺松,雪尽梅清瘦”的早春,才正是春天最令人怜爱的时候。一种不同流俗、略带清高的感情就从前一句的“恰是”、后一句的“好似”隐隐透露出来。

这首词在艺术上有一个特点,即全词八句,颇像一首古风式的律诗。上片下片,又很像两首小绝句。词的对仗,“不限定平仄相对”(见王力《汉语诗律学》第655页),按照这样的要求,这首词的八句诗,至少有三幅联语,即第一、二句相对、第三、四句相对、第五、六句相对。这三联,对仗颇工整。如果我们要求不太严格,第七、八句,亦可看作一联。这就更像一首由四联组成的古风式的律诗了。唐宋词人用“生查子”调,多是一联相对。如韩偓“侍女动妆奁”、晏几道“坠雨已辞云”、贺铸“西津海鹘舟”、朱淑真“去年元夜时”等词,都用“生查子”调,而词中均只有一联,即只有两句相对。甚或八句之中没有对句(如朱希济《生查子·春山烟欲妆》)也是常见的。像这首词八句四联,颇为罕见。

四联之中,首联写春日春风;颔联主要点出人的活动及其眼中的曲沼涟漪;颈联写春日树木的萌动;尾联集中抒发自己的感情感想。每一联,都是一个情感的小单元。四联集中起来,使整首词充满了早春的生气,抒发一种轻快喜悦之情,揆情度理,当是词人前期作品。苏轼评毛滂词“闲暇自得,清美可口”,从这首词看来,苏轼给了毛滂一个恰当的评语。

临江仙 都城元夕

毛滂

闻道长安灯夜好，雕轮宝马如云。蓬莱清浅对觚棱。玉皇开碧落，银界失黄昏。

谁见江南憔悴客？端忧懒步芳尘。小屏风畔冷香凝。酒浓春入梦，窗破月寻人。

【鉴赏】

毛滂晚年，因言语文字坐罪，罢秀川假守之职。政和五年冬，待罪于河南杞县旅舍，家计落拓，穷愁潦倒。《临江仙·都城元夕》即写于词人羁旅河南之时。

这首词上片写想象中的汴京元夜之景，下片写现实中羁旅穷愁，无法排遣的一种无奈心情。上片虚写，下片实写；一虚一实，虚为宾，实为主。

首句"闻道长安灯夜好"。"长安"点"都城"，即汴京；"灯夜好"点"元夕"。词题即在首句点出。"闻道"二字，点明都城元夕的热闹景象都是神游，并非实境。不过，这"神游"并不是对往昔生活的回忆，也不是对于期待中的未来的憧憬，更不是梦境，而是在同一时刻对另一空间的想象，即处凄冷之境的"江南憔悴客"对汴京元夜热闹景象的想象。既是想象，便可摆脱现实的束缚，按照自己潜在的心愿作几乎是无限的发挥。"雕轮宝马如云"令我们想起了辛弃疾的名句"宝马雕车香满路"。毛滂这一句极言"雕轮宝马"之多（"如云"），辛词则突出了乘"宝马雕车"之人之多（"香"指妇女脂粉），使形象更鲜明生动。不过我们不要忘记辛词恰正是从毛滂这一句点化而来。

下面三句词人把汴京元夜从地上移到了天上，以想象中的仙境喻都城元夕的盛况。"蓬莱清浅对觚棱"。蓬莱乃海中仙山，又长安城中亦有蓬莱宫。"觚棱"是宫阙转角处的方瓦脊，此处即代指宫阙。"蓬莱"句既可指帝京宫阙，也可指蓬莱之仙山琼阁。"诗无达诂"，总之，是描写汴京元宵之夜宛如神仙境界。"玉皇开碧落，银界失黄昏"。"碧落"，犹碧天。"玉皇"句中的"开"字启人想象。既言"开"，则"碧落"原是"闭"着的，只是在上元之夜，玉皇才将原是"闭"着的"碧落""开"了。"碧落"既"开"，则天上的星儿、宿儿便纷纷下落，于是便有"东风夜放花千树，更吹落，星如雨"（辛弃疾句）的景象，便有"玉壶光转，一夜鱼龙舞"（亦辛句）的上元之夜，使"银界失黄昏"了。其实，写天上的玉皇就是写人间的皇帝。古代皇帝也常有在上元之夜偕其大臣、侍从开启宫门之举，以示"与民同乐"。不用说，天街大道便也响起"吾皇万岁"的欢呼声，于是便打扮出一片繁华景象。词人的写法无非是把人间的皇帝搬到了天上，以在想象中染上一层迷离恍惚的色彩，使帝京元夜在词人的表现中更加热闹罢了。

词人的笔是一支彩笔，这支彩笔将天上人间尽情涂抹，把都城元夕的繁华景象描摹尽致。但是，这一片繁华都只是词人想象的产物，首句"闻道"二字提醒了我们这一点。上片越是写得繁华热闹，则越是反衬出下片凄清冷寂的尴尬之状。

下片首句，"江南憔悴客"是作者自指。"谁见"，设问之辞，意即无人见。这里特指自己深深思念的妻子反不知自己待在客舍的窘境。这一句以设问的口气写出了自己的孤寂。"谁见"二字还将读者（也使作者自己）从想象中的繁华景象拉回到凄冷的现实中来；"端忧懒步芳尘"。这是写闺中人对那元夜的繁华早已失去了兴趣，这与辛词"众里寻他千百度"恰是一个鲜明的对比。辛词是说知道自己的意中人会在元夜等他，所以才去"寻"，尽管要"寻他千百度"；毛词的闺中人则无须去"寻"，她知道自己的丈夫远在千里之外，乃"懒"去那元夜繁华之地。她只在闺房中，在"小屏风畔"，独对薰香袅袅，黛香则渐冷而凝。一种无奈之状，宛在目前，简直是一幅画得极高明的《闺中夜思图》。这种描写，当然只是词人的设想，但是设想闺中人在思念自己，也就更深刻地表现了自己在思念闺中人。

"酒浓"句，词人从对闺中人的思念中回到现实中来。上元之夜，本应是"玉壶光转，一夜鱼龙舞"的欢乐之夕，而自己却处在待在羁旅、凄冷孤寂的心境中，去消受那本不应如此凄清的元夜之夕；"何以解忧，惟有杜康"。"春梦"只能于"酒浓"时去做。而酒真的能解忧吗？当然不能，它只是使人于麻醉中暂时忘却而已。当人只能在春梦中去寻找欢乐岁月的时候，现实的无奈就更使人难堪了；结句"窗破月寻人"，写词人孤寂一人，只有元夕之月伴春梦之人。"寻"字，以人拟月。这位"江南憔悴客"，待在羁旅，没有人去"寻"他，只有月从客舍的破窗隙中来"寻"，越显其孤独寂寞，心情已从凄冷变成凄苦了。一个"寻"字，令人回味无穷。

这首词的结构很独特，上片下片没有时间上的先后之分，实为"一刻而二境"——同一时间，两片空间。上片、下片写同一时刻——上元之夜——发生的事情，这是"一刻"。上片虚景，写汴京元夜的繁华景象；下片实景，是"江南憔悴客"现实的凄寂之境。这是"二境"。但是，下片于现实中又设想自己深深思念的妻子对自己的思念之情，实中又有虚。整首词，叙事抒情，一波三折，委曲婉转。《四库全书总目提要》言"滂词情韵特胜"，信不诬也。

烛影摇红　送会宗

毛　滂

老景萧条，送君归去添凄断。赠君明月满前溪，直到西湖畔。

门掩绿苔应遍，为黄花、频开醉眼。橘奴无恙，蝶子相迎,寒窗日短。

【鉴赏】

这首词写老友别后的凄凉寂寞心境,同时写自己对老友的深切思念之情。会宗名沈蔚,吴兴人,是词人的老朋友,也是当时有名的词人。沈蔚与毛滂、贾耘老等为诗友,有诗词唱和。

首二句“老景萧条,送君归去添凄断”。开头即从别后写起。词人晚年官运不佳,家计落拓,无以为生,“老景萧条”并不是作者无病呻吟,而是自己生活的真实写照。“断”是极、尽之意。“凄断”即极度凄凉。老境本已萧条,更兼老友离去,凄凉冷落已至极点。这是“屋漏更遭连夜雨”的写法。一个“添”字,使本已极度的凄寂更进一步,颇具感染力。从“赠君”句起,放下自己这一面不叙,专写老友那一面。“赠君明月满前溪,直到西湖畔”。明明是明月照着友人沿溪乘舟而去,词人却偏要说明月是他送与友人的。这一方面写出了自己与友人情谊的深厚,其中也包含了对友人的祝福;另一方面,又表明了词人羡慕友人一路有美景相伴,直到那景色更美的西子湖畔,从而进一步反衬出自己的凄寂。

下片纯是设想,写友人归家后的情景。“门掩绿苔应遍”。“应”即设想之辞,设想友人多日不归,遂无人迹,绿苔满阶,空落静寂;“为黄花、频开醉眼”。这是写友人回家后对自己的思念。作者设想友人分别以后,因思念自己,只能独自一人,醉对黄花(菊花)而已。人的行为,或为他人、或为自己。但是在这里,作者设想老友的行为(饮酒)既不是为他人,也似乎不是为自己,而是“为”黄花。友人的饮酒,只是为了不辜负黄花的开放。这个“为”字既写出了老友因同自己的分别而深感孤独,又写出了友人对自己的思念。“醉眼频开”四字,形象感极强。如果饮而未醉,眼本是睁着的,那只是饮酒赏菊,何需“频开”。用“频开”二字,形象地写出了饮到醉眼朦胧之际,只能用自己残存的一点意志力去挣扎着“频开醉眼”。这一句,不仅写了醉酒,而且写了醉态。

最后三句,进一步叙写友人回家后的孤寂之情,从背面淋漓尽致地表现了词人与友人深厚的情谊。沈蔚家中小斋名梦蝶(当出“庄生梦蝶”典),斋前植橘树。“橘奴无恙,蝶子相迎”。“橘奴”即斋前橘树。三国时丹阳太守李衡于武陵汜洲上种橘千株,称“千头木奴”,谓种橘如蓄奴,后因称橘为橘奴。“蝶子”即指小斋梦蝶。这两句是说室外(种橘之庭院)无人,“寒窗日短”是说室内(小斋内)无人。词人设想友人回家以后,橘树当无恙,却只有空寂的书斋(小斋“梦蝶”)相迎,暗写无人迎接。友人因同自己分别,只能独对寒窗,打发着一天短似一天的日子。其实,沈蔚回家以后,是不是独自一人,是不是“为黄花、频开醉眼”,这都无关紧要。作者这样设定,只是要表达自己的某种情感。

这首词不同于一般的送别诗(词),其特点有二:一、一般写送别,多写送别时依依不舍之情。如王勃《送杜少府之任蜀州》、李白《送友人》等都是;柳永的《雨霖铃》,上片写送别情景,依依不舍,下片写别后思念之情:这首词则一开头就从别后写起。二、一般写别后思念之情，多写自己一方的情景，写自己对对方的怀念之深。上述柳永《雨霖铃》下半阕即是如此。这首词从第三句始，偏放下自己这一面，只写友人一方。设想友人别后归家沿途的美景、设想友人回家后思念自己的心情，而自己与友人情谊之厚，自然寓内。作者的设想描写愈是细腻真切，就愈表现出自己对友人的关怀之切，思念之深。这种写法在古典送别诗词中是不多见的。杜甫诗《月夜》与这首词的写法依稀相似，不过那是写忆内，这是写怀友，却又不同。

蓦山溪

毛　滂

东堂先晓，帘挂扶桑暖。画舫寄江湖，倚小楼，心随望远。水边竹畔，石瘦藓花寒。香阴遮，潜玉梦，鹤下渔矶晚。

藏花小坞，蝶径深深见。彩笔赋阳春，看藻思、飘飘云半。烟拖山翠，和月冷西窗。玻璃盏，葡萄酒，旋落荼蘼片。

【鉴赏】

此首是词人于元符初任武康（今属浙江）县令时所作。词中描绘了东堂的景致与隐逸之趣。“东堂”本是武康县衙的“尽心堂”，词人改名写“东堂”。此堂是治平（宋英宗年号）年间，越人王震所建。当毛滂到任时，此处屋宇颓败，鼠走户内，蛛网粘尘。衙内花园有屋二十余间，亦倾颓于艾蒿中，鸱啸其上，狐吟其下。毛滂命人磨镰挥斧，夷草修葺，面目一新，欣喜之余，遂写此词以志。

“东堂先晓，帘挂扶桑暖”，是先从正堂写起，东堂位置高而广大，突兀在蓊郁的万树丛中，明亮而且温暖。“扶桑”代指太阳。东堂修葺前后的巨大变化，在明且暖的描写之中，一种欣喜之情托笔而出。从“画舫寄江湖”句一直到终了，均是描写县衙后花园的。原来后花园，亦是艾蒿丛生，鸱鸦飞鸣，狐兔逃窜。他在夷荒草、伐恶木之后，用旧砖木翻建了小亭二座，小庵、小斋、小楼各一，并命名，从而创造了一个有绿山、清泉、修竹、香花的幽美环境。“画舫寄江湖”一句，以“画舫”小斋之名，巧写成乘画船荡漾江湖，以寄托啸傲山水的志趣；“倚小楼、心随望远”，又以楼名“生远”，而创造了一个倚靠小楼，眺望远方，心随双目而远去的心旷神怡的境界；“水边竹畔”五句，进一步描绘东堂后花园美景：北池边，凤竹啸吟，山石嶙峋，藓苔茵茵，花木葱茏，浓荫筛影，这幽美的山水之间，有小亭名“寒香”、有小庵名“潜玉”，还有垒石而成的岩石,名"渔矶";"藓花寒,香阴遮"的景物描写,暗含着小亭"寒香"之名。"鹤下渔矶晚"一句,将垒石的"渔矶"与编竹为"鹤巢"两事联缀一起,描绘出一幅仙鹤翔空,夕阳时栖息于渔矶岩的优美画面,加浓了诗情画意。

下片,继续叙写修葺后的后园美景。"藏花小坞,蝶径深深见",词人将种花之处命名"花坞",将园中小径命名为"蝶径",这名称已是一种美境,何况再加上充满感情色彩的"藏""小""深深见"呢!"彩笔赋阳春"四句,写他在后花园的"阳春亭"内吟诗作赋,及观山赏月之悠然。词前小序云:"独阳春西窗得山最多",可见阳春亭是一个幽美清静的所在。词人在此白天面对烟云缭绕的青翠山峰,文思泉涌,如飘然飞下的半云;夜间赏月于西窗下,虽寒气袭衣,但心旷神怡。最后以"玻璃盏,葡萄酒,旋落荼醾片"作结。写词人在所建的荼醾架下饮酒赏花,悠然自在。而"旋落荼醾片"一句,大有光阴荏苒,青春不再的微微喟叹。

《武康县志》载:毛滂在任时"慈惠爱下,政平治简,暇则游山水,咏歌以自适。"此词所写之情与景,可谓是其当时生活的写照。

本词突出特色是"依名造境",按照园内亭、楼、庵、岩、径之名,创造富有诗意的画境,表达一种优美的情趣。当然这里也有一些真境在,但更主要的是造境。另外命名本身,也是一种艺术,一种情趣的寄托,表现了词人的审美情趣。正因为他爱这亲手创造的"东堂"佳境,又以造境之法写出了一首优美的"庭园诗",寄托了词人对"东堂"的深情。由此就可知,他为什么将自己的诗文集命名为《东堂集》《东堂词》了。

郑少微 生卒年不详,字明举,成都(今属四川)人。元祐三年(1088)进士。以文知名。政和中,曾知德阳。晚号木雁居士。《全宋词》存其词二首。

鹧鸪天

郑少微

谁折南枝傍小丛，佳人丰色与梅同。有花无叶真潇洒，
不向胭脂借淡红。
应未许，嫁春风。天教雪月伴玲珑。池塘疏影伤幽独，
何似横斜酒盏中。

【鉴赏】

郑少微的这首"鹧鸪天"是一首咏梅花的词。属于咏物诗词一类。咏物诗词如果只限于描摹物的本身，则与谜语相似，无多可取。咏物贵有寄寓，有寄寓则有意境，格调自高。这首词咏梅而不止于梅，是通过对梅花形象的描写，对梅花品格的赞颂来赞扬像梅花一样高洁的佳人和高士。

上片写梅花的丰色和韵致。"谁折南枝傍小丛"。一开始就从梅花所处的具体环境着笔。南枝向阳，梅开最盛。"折南枝"当然是折开得最盛的梅花了。这为次句"丰色"二字提供了依据；次句"佳人丰色与梅同"，此句以物拟人，由物及人。丰色，既是梅花的丰色，也是佳人的丰色。只有梅花才能和佳人比美，使人产生艺术联想；第三句仍从梅花本身特点着笔向意境的纵深处掘进、拓展。"有花无叶真潇洒，不向胭脂借淡红。"俗话说："红花虽好，还须绿叶扶持。""万绿丛中一点红。"有绿叶的衬托才能显出红的美丽来。而梅花不同，梅花盛开时，绿叶尚未长出。她不依仗绿叶的扶持，凭她独有的清香丰色，超然独立于百花之上，被称为"花魁"。"潇洒"本是用于写人的，这里用来写花，亦花亦人，花与人在艺术形象上已统一起来了。作者既是赞扬花的品格高尚，也是赞扬像梅花一样的佳人和高士品格高尚。

第三句是从花与叶的衬托关系上来写的；第四句则是从色泽上的衬托关系来写的。一般人赏花多喜爱花的姹紫嫣红，而梅花却"不向胭脂借淡红。"不借艳丽的色彩诱人，只凭她洁白的本色，无瑕的本质取胜。正如同"却嫌脂粉污颜色"（张祜《集灵台》）的绝色佳人一样，万紫千红和她洁白无瑕的本色相比，统统失去了迷人的光彩和诱人的魅力。将审美情境更提高了一层，进一步突出了梅花高洁的品质。读者不难从这一艺术形象中深味出其中所包含的丰富的意蕴。言在颂花，意在颂人。

下片侧重写梅花的骨气和品格。百花都在春风吹拂下开放，唯独梅花这位"丰色"佳人却不肯"嫁春风"。她不想跟百花一样"春风得意"，不向春风献媚邀宠，却偏偏愿意和"雪月伴玲珑"。梅花本为"岁寒三友"之一，腊月严冬，她却于雪中开

放。只有和她同样洁白无瑕的雪和月才配做她的伴侣。在这里虽提出了雪和月，但梅仍是主体，雪和月是陪衬。春风、胭脂，是用相对的事物和颜色来和梅花作反衬；雪和月，是用同类事物和颜色来和梅花作陪衬。在寒夜月光和严冬雪光的交相辉映中，梅花临风挺立，迎寒傲雪，愈显精神。这一艺术形象的塑造，使审美情境进一步向纵深拓展，强化了读者的审美情趣，启示读者自然联想到作者生平不肯随俗同流，不趋炎附势，不慕富贵，一身清白的高洁本质。这正是他仕途不得意的原因。

结尾两句"池塘疏影伤幽独，何似横斜酒盏中"。化用了林逋的咏梅名句"疏影横斜水清浅，暗香浮动月黄昏"而另具新意，更进一步由写梅花之形到写梅花之神，使艺术境界达到本词所描写的最高度。在读者面前展开的是一个令人神往的情境：澄净的池水中倒映着疏疏朗朗的梅花清影；酒盏中几枝梅影横斜，情调自然、宁静、恬淡。这正是佳人、高士所追求的情境。也是作者以梅花自喻的心态的表白："宁静以致远，淡泊以明志。"作者生当北宋末年，朝政昏暗，君主荒淫，外患频仍，正直的士大夫无力匡扶，唯有退而洁身自好，"不汲汲于富贵，不戚戚于贫贱"，自甘淡泊。然而"举世皆浊我独清"的人实在太少，作者不免自伤幽独，唯有饮酒赏梅，自娱自慰而已。于宁静淡泊中流露出一丝无可奈何的抑郁感。

这首词咏梅而不限于从梅花外表加以刻画，而是努力塑造梅花的艺术形象，寄寓着深层的意蕴。通过对梅花艺术形象的审美，启示读者领悟其中丰富的内涵，既是咏梅，也是咏像梅一样高洁的佳人、高士。既可理解为作者的自喻，又不拘限于作者的自喻。梅花成了词人所倾慕的理想人物的化身。

司马槱 生卒年不详，字才仲，陕州（今山西夏县）人。司马光侄孙。元祐六年(1091)为河中府司理参军，应贤良方正能直言极谏科，人第五等，赐同进士出身，授初等职官。存词两首。

黄金缕

司马槱

妾本钱塘江上住。花落花开，不管流年度。燕子衔将春色去，纱窗几阵黄梅雨。

斜插犀梳云半吐，檀板轻敲，唱彻黄金缕。望断行云无觅处，梦回明月生南浦。

【鉴赏】

宋代的五七言诗中，很少写到爱情。而司马槱当时却以艳体诗闻名。可是，从他流传下来的诗来看，说到措词婉约、缠绵悱恻，又远不及他这传奇式的小词了。

据张耒《柯山集》载，司马制举中第，调关中第一幕官，行次里中，一日昼寐，恍惚间见一美妇人，衣裳甚古，入帘执板歌唱此词的上半阕，歌罢而去。司马因续成此曲。而何薳《春渚纪闻》则谓下半阕为秦觏所续，并记有一段神怪故事，说司马后为杭州幕官，其官舍后乃唐（应为南朝齐）名妓苏小小之墓，所梦的美妇人即苏小小。元人杨朝英《阳春白雪》竟据此以全首为苏小小作。其实，无论是司马故弄狡狯，假托本事，还是真有所梦，此词的著作权还是要归于他本人的。

上片是梦中女子所歌，故以女子口吻出之。首句"妾本钱塘江上住"，写女子自道所居，看似平平，实在颇堪玩味。北宋时杭州已是繁华都会，多酒楼妓馆，朝歌暮弦，摇荡心目。句中已暗示这位女子的身份；紧接"花落"二语，已含深怨。岁岁芳春，花开花落，更惋伤那美好的华年如水般流逝。这本是旧诗词中的常语，可是这里加上"不管"二字，所感尤大。等闲开落，何其无情，全不管人们的伤春心事，那就更加深了身世的悲感了。这位家在钱塘江上住的女郎，也许是马司旧日的情侣，作者托诸梦寐，以寄相思相别之情。前三句写一位风尘女子，感年光易逝，世事无常，想必也厌倦了歌妓生涯，而又苦于无法从中摆脱出来吧！"燕子衔将春色去，纱窗几阵黄梅雨。"写残春风物，补足"流年度"之意。燕子衔着沾满落花的香泥筑巢，仿佛也把美好的春光都衔去了。"衔"字语意双关，有很强的表现力。燕子归来，行人未返，又正是恼人的黄梅时节，不时听到几阵敲窗的雨声，楼中人孤独的情怀可想而知了。黄梅雨，是江南暮春的景物，蒙蒙一片，日夜飘洒，恰与在纱窗下凝思的歌女凄苦的内心世界相称。

下片写词人追忆"梦中"情景，实际上是写对远别的情人刻骨的相思。俞陛云《宋词选释》评为"琢句工妍，传情凄婉"，但又认为是"代女子着想"，则似误解作者本意。"斜插"句，描写歌女的发式：半圆形的犀角梳子，斜插在鬓云边，仿佛像明月从乌云中半吐出来。句意与毛熙震《浣溪沙》词"象梳欹鬓月生云"同。女子的装饰，给词人留下很深的印象。她轻轻地敲着檀板按拍，唱一曲幽怨的《黄金缕》。《春渚纪闻》载，梦中女子歌"妾本"五句，司马爱其词，因询曲名，女子答是《黄金缕》。《黄金缕》，即《蝶恋花》调的别名，以冯延巳《蝶恋花》词中有"杨柳风轻，展尽黄金缕"而得名。又，唐代有流行歌曲《金缕衣》，当时名妓杜秋娘曾经唱过它："劝君莫惜金缕衣，劝君须惜少年时。有花堪折直须折，莫待无花空折枝。"花，象征着青春、象征着欢爱。歌曲的主题是劝人及时行乐，不要辜负了大好时光。梦中女子唱《黄金缕》，大概也是这个用意吧！联系起上片"花落"二语，益见其怨恨之深。情人远别，负却华年，花谢春归，怎能不满怀幽怨！

"望断行云无觅处，梦回明月生南浦。"全词至此，作一大顿挫。写词人梦醒后的感怀。"行云"，用神女"旦为朝云，暮为行雨"的典故，暗示女子的歌妓身份，也写她的行踪飘流不定，难以寻觅。"南浦"，语见江淹《别赋》"送君南浦，伤如之何"，因用为离别之典。两句写梦回之后，女子的芳踪已杳，只见到明月在南浦上悄悄升起。这里的"梦回"，也意味着前尘如梦，那一段恋爱生活再也不可复得了。

《云斋广录》载，司马槱后来经过钱塘，因忆梦中之事，写了一首《河传》词，中有句云："芳草梦惊，人忆高唐惆怅。感离愁，甚情况。……人去雁回，千里风云相望。倚江楼，倍凄怆"，也可以作本词的补充说明吧！

谢过　（？~1116）字幼槃，号竹友，临川（今江西抚州）人。谢逸从弟。屡举进士不第，终老布衣，以琴弈诗酒自娱。江西诗派诗人，与谢逸齐名，时称二谢，有《竹友集》《竹友词》。

鹊　桥　仙

谢　过

月胧星淡，南飞乌鹊，暗数秋期天上。锦楼不到野人家，
但门外、清流叠嶂。
一杯相属，佳人何在？不见绕梁清唱。人间平地亦崎
岖，叹银汉、何曾风浪。

【鉴赏】

这首词。是一首咏七夕的词作，但是，全篇却没有谈什么男女伤别、儿女恩爱，而是以天上、人间的对比，描绘了人间的不平，抒写出世路的艰险。这是有感于北宋王朝末期衰败的局势，而发出的感叹。

上片写天上。"月""星""乌鹊""秋期""锦楼"，均为天上景物。锦楼，相传为汉武帝的曝衣楼，在太液池西面，每年七月七日，宫女出来曝晒后宫衣物（见《西京杂记》）。秋期，即七夕。相传农历七月七日夜间，牵牛、织女过鹊桥，相会于银河东侧，是为秋期（见《尔雅翼》）。在列举了这些天上美妙，令人神驰心往的景物之后，突然，笔锋一转，写道："锦楼不到野人家，但门外、清流叠嶂。"挺拔高奇，为戛然独造之境。一个天上，一个地下；一个是宫阙锦楼，一个是"清流""叠嶂"的"野人家"。形成了强烈、鲜明的对比。

下片，写人间。一开始，即发出"一杯相属，佳人何在？不见绕梁清唱"的叹谓。相属，即敬酒、祝酒，祝、属相通。绕梁清唱，形容歌声的美妙。典出《列子·汤问》：韩娥过雍门，唱歌求食。走后，余音绕梁，三日不绝。后来，人们用以形容美妙动人的歌声或歌者。这里指"佳人"。结尾写道："人间平地亦崎岖，叹银河、何曾风浪。"直言不讳，一语道破了作者写词的意图。从而，成为千古名句！

我国古典诗词中，咏七夕的作品不少，唐杜牧的《秋夕》，就是著名的一首。全诗只有四句："红烛秋光冷画屏，轻罗小扇扑流萤。天阶夜色凉如水，坐看牵牛织女星。"写的是宫女的忧思怨绪。诗中却不着一字，而是通过清冷的画面，和诗人"轻描淡写"表现出来，于含蓄的景物描写之中见"精神"。

而这首七夕词，写的天上宫阙和人间村荒野户的形象对比。而且通过对比，发出了震撼人心的慨叹。别是一番立意和独特构思！"人间平地亦崎岖，"这振荡时代的强音，发自一个封建时代的词家之口，实是难能可贵！

谢克家　（？～1134）字任伯，蔡州上蔡（今属河南）人。绍圣四年（1097）第进士。建炎四年（1130）拜参知政事《全宋词》存其词一首。

忆　君　王

谢克家

依依宫柳拂宫墙，楼殿无人春昼长。燕子归来依旧忙。
忆君王，月破黄昏人断肠。

【鉴赏】

这首词是怀念宋徽宗的，最早见于宋石茂良所著的《避戎夜话》。宋徽宗于靖康二年（1127）被金人俘虏，过了九年的耻辱生活，死在五国城（今吉林省境）。据杨慎《词品》卷五云："徽宗此行，谢克家作《忆君王》词"，"忠愤郁勃，使人出涕"。清徐釚在《词苑丛谈·纪事一》中转录了它。谢克家是哲宗绍圣四年（1097）的进士，亲眼看到金人南侵，徽宗被掳，在国家和民族的危机中，写下了这首忠愤填膺的词，其凄凉怨慕之音，缠绵悱恻之感，溢于字里行间，是思想性和艺术性高度统一的作品。

全词富于抒情色彩，不言国破君虏，巢毁卵毁，而言宫柳依依，楼殿寂寂，一种物是人非的今昔之感，跃然纸上。拿它与宋徽宗的《燕山亭》对读，倍觉山河破碎，身世飘零，往事堪哀，真切动人。“春昼长”一语，把客观的景物描写，转向主观的心理感受，是景为情使，情因景生，抒情和写景在这里得到了和谐的统一。富丽堂皇的景物后面，蕴藏着深深的隐痛。这就是宋徽宗的“问院落凄凉，几番春暮”（《燕山亭》）、“帝城春色谁为主，遥指乡关涕泪涟”（《北去遇清明》）那种思想感情隐约而曲折的反映。接着词人把笔锋一转，从“国破山河在，城春草木深”（杜甫《春望》）的描写，转为“登楼遥望秦宫殿，翩翩只见双飞燕”（唐昭宗李晔《菩萨蛮》）的感叹：“燕子归来依旧忙”。燕子是无情之物，它哪里知道楼殿依旧，而主人已换，仍然忙着衔泥，在旧梁上筑起新巢，正是“这双燕何曾，念人言语”（《燕山亭》），俨然有“旧时王谢堂前燕，飞入寻常百姓家”的沧桑之感。然后点明题旨，怀念故君。这首小令，从头到尾都是写对君主的怀念，由柳拂宫墙，而想到宫殿的主人；由宫殿无人，而想到燕归何处；由燕语呢喃，而想到“燕子不知何世”（周邦彦《西河》），蓄意到此，便有精神百倍之势，集中全力于这“月破黄昏人断肠”的结句，自然真味无穷，辞意高绝，一个芳馨悱恻的艺术形象，生动地呈现在读者的面前。因为它是从题前着笔，题外摄神，只用了一个“破”字，便把从清晨忆到黄昏，又从黄昏忆到月上柳梢，都沉浸在如痴如呆的回忆中。昔日的宫柳凝绿，今朝的淡月黄昏；昔日的笙歌彻旦，今朝的楼殿无人，实在是强烈的对比，实在是伤心的回忆。不言相忆之久，而时间之长自见；不言相忆之深，而倦顾之意甚明。“月破黄昏”是写景；“人断魂”是抒情，把写景和抒情统一在一个完整的句子里，而景物在感情的丝缕中织得更加光彩夺目，感情在景物的烘托中更加表现得淋漓尽致。不着一实语，而能以动荡见奇，迷离称隽，辞有尽而意无穷，这正是许多词人所努力追求的艺术境界。

秦湛 生平不详，字处度，号济川，秦观之子。词存一首。

卜　算　子　春情

秦湛

春透水波明，寒峭花枝瘦。极目天涯百尺楼，人在楼中否？
四和袅金凫，双陆思纤手。拟倩东风浣此情，情更浓于酒。

【鉴赏】

秦湛，字处度，秦观之子。南宋胡仔称其词句“藕叶清香胜花气”曰：“写景咏物，可谓造微入妙。”(《苕溪渔隐丛话前集》卷五十九)惜其全篇不存，现在所能看到的只有这首《卜算子》，在写景抒情方面，也很有特色。

起首二句，以工整的一联点季节、写环境。“春透水波明”，以水写春，是说春光已透，水波澄澈如镜。透者，足也。“寒峭花枝瘦”，是说春寒犹在，所见之花有未开者，正是乍暖还寒时候。以“瘦”字形容含苞待放的花枝，真是恰到好处。《雪浪斋日记》云：“山谷小词‘春未透，花枝瘦，正是愁时候’，极为学者所称赏。秦湛尝有小词云‘春透水波明，寒峭花枝瘦’，盖法山谷也。”山谷词这三句曾被认为“峭健亦非秦(观)所能作”(《词林纪事》卷五引陈师道语)。秦湛此处学山谷，是也可称得上“峭健”二字的。春光骀荡，水波澄澈，给人以心胸畅快的感觉；而春寒料峭，花枝傲然挺立，亦给人以瘦骨凌霜的印象。所有这些，都流露出峭健的气韵。小词自花间以至宋初，都偏于柔媚香艳。即使到了秦观，也未脱尽绮靡凄婉的格调。秦湛不学花间，反而从风格峭健的黄山谷那里继承气脉。这说明宋词发展到他那个时代，已经产生较大的变化。此词虽属于婉约一路，然已注入刚健峭拔的因素了。

如果说起首用的是比兴手法，那么“花枝瘦”三字非但是客观地摹写自然景物，而且也是触景生情，兴起词人对所眷恋者的思念。因此到了三、四两句，词人便直接抒写相思之情了。就是说，在这春光明媚的时刻，他看到那瘦小的花枝，不禁忽有所思，这种感情渺渺茫茫，甚至有些捉摸不定。也许这瘦小的花枝幻化为他那恋人的倩影，于是他不自觉地极目天涯，想看到恋人曾经居住过的那座高楼。“天涯”，极言其远；“百尺”，极言其高：四字虽很通俗，却展示了一种虚无缥缈的境界。“人在楼中否”一句，点明所想者是他心目中的那个人。从语气上看，他们相别已很久，别后也未通音信，因此彼此的情况都不了解。只一句自言自语的问话，便表达了他对所恋者无限深厚的情意。

上片歇拍仅仅提到他所思念的那个人，她的形象，她的行动，都来不及描写。过片二句便紧承前意，描写昔日楼中相聚的情景。“四和”，香名，亦称四合香；“金凫”，即金鸭，指鸭子形的铜香炉；“双陆”，古代一种博戏的名称，相传是三国时曹植所制。本置骰子两只，到了唐末，加到六只，谓之叶子戏。其法中国已失传，流传至日本，称飞双陆，现尚存。词人回忆当年楼中，四和香的烟缕从鸭子形的铜香炉中缓缓升起，袅袅不绝。他和那个女子正在作双陆这种博戏，女子玩弄双陆的纤纤玉手，使他历久难忘。往日的甜蜜生活，女子的形象特征，词人只是在感情的抒发中顺带说出，自然而又妥帖，这比作专门交代要高明得多。

此词当中四句具体写怀人，末二句则在怀人的基础上集中笔力抒发愈欲排遣，愈益浓重的愁情，并与起首二句相映射。“东风”者，春风也。首二句云春透波明，云寒峭花瘦，都是春风中景象。由此可见，词人本有满腹怀人之愁情，故欲出来借赏春加以排遣，始见大好春光，胸襟为之一快；继而见花思人，复又陷入更为痛苦的离情之中。“拟倩东风浣此情,情更浓于酒”,化景语为情语,设想奇景,把词人当时矛盾心情极其深刻地揭示出来。浣者,洗也、涤也。衣裳沾有污垢,可以洗涤,心灵染有愁情,也说可浣,此喻绝妙;而借以浣愁者,不是水而是风,此喻亦绝妙;浣而愁未去,反而更浓,其浓又恰浓于醇酒,此喻更加绝妙了。李白《宣城谢朓楼饯别校书叔云》诗云:“抽刀断水水更流,举杯销愁愁更愁。”词意与之相似,但李诗所用的是两个平列的比喻,并以前者烘托后者。这里则是用一个比喻,以后一句加强前一句,使情绪更推进一层;而两句之间,又用两个“情”字构成顶真格,衔接紧密,语气联贯,词人的感情似不可遏止,倾泻而出。因此显得不柔媚、不凄婉,与起首所定下的峭健的基调相一致。这样就把它从传统的花间风格区别出来,在小词发展的长河中,不能不说它是一朵可爱的浪花。

徐俯 (1075~1141)字师川,号东湖居士,洪州分宁(今江西修水)人。黄庭坚之甥。因父死于国事,授通直郎,累官右谏议大夫。绍兴二年(1132),赐进士出身。三年,迁翰林学士,擢端明殿学士,签书枢密院事,官至参知政事。与赵鼎议事不合,求去,提举洞霄宫。工诗词。有《东湖集》,不传。

卜算子

徐俯

天生百种愁,挂在斜阳树。绿叶阴阴自得春,草满莺啼处。
不见凌波步,空忆如簧语。柳外重重叠叠山,遮不断、愁来路。

【鉴赏】

徐俯,字师川,黄庭坚的外甥。有人说他的词“源于山谷”,他很不快乐,回答说:山谷词固然妙天下,君可问诸水滨。然而词的领域极其广大,我独知之濠上。(见《尧山堂外纪》)就是说他作词不因袭他人,哪怕是他的舅舅。而愿独辟蹊径,创造出一种像庄子濠上观鱼的境界,写出心中的体会就是了。读了此词,可知其言为不虚。

词中写的是离愁,但却刚健质朴,毫不柔媚。词一开头,即将胸中万斛愁情,喷薄而出,全不像花间派词人写愁,先扭捏作态一番,才回到本题。夫愁本在胸中,何以一下子挂在斜阳树呢？语似无理，然亦有所本。李白《金乡送韦八之西京》诗云："狂风吹我心，西挂咸阳树。"此语豪而且工，把李白对韦八的思念之情表现得淋漓尽致。徐俯这首词的语言结构、夸张方式与李白诗非常相似，但李白诗中写他的心"西挂咸阳树"，全赖"狂风吹"三字作为动力。而徐俯胸中之愁挂在斜阳树上，则缺少一种吹送的力量。原来李白诗中的境界是动荡的，而徐俯词中的境界则相对静止，所以它没有强烈的动词。细玩词意，而所思之人远在山外，故而词人举目远望，唯见斜阳照处，烟雾迷茫，一带青山，好似披挂着满树愁绪。词人触景生情，以情融景，遂产生这种形似无理、实却情深的语言。一本起句作"胸有千种愁"，语虽通俗真挚，然不如"天生百种愁"雅致。所谓"天生"者，此愁与生俱来，欲排之而不可得矣。

"绿叶"二句承上语意，描写词人所见景物。"绿叶"因"树"而生，"草""莺"应时而发，皆一时之景也，结构至为紧密。由于词之发端，情绪激越，至此则略一顿挫，节奏上趋于舒缓和平稳。就词意而言，即先以愁人之眼观树，觉满树愁情，骤生枨触。尔后冷静观察，则树自为树，人自为人。"自得春"三字，下得极妙。《庄子·秋水篇》云："庄子与惠子游于濠梁之上。庄子曰：'儵鱼出游从容，是鱼之乐也。'惠子曰：'子非鱼，安知鱼之乐？'庄子曰：'子非我，安知我不知鱼之乐？……我知之濠上也。'"这里所写的境界和庄子所写的知鱼之乐何其相似！绿树芳草，欣欣向荣；黄莺当春，自鸣得意，亦犹儵鱼出游从容，与人邈不相涉，唯达其理者体其情。从词情发展来看，这里虽宕开一笔，而思想上确是深化了。有的本子"自"字作"占"字，便觉逊色不少，明眼人一望便知。

上片只说愁，究竟因何而愁，却未说出。到了下片便具体化了："不见凌波步，空忆如簧语。"从这两句看，原来主人翁所怀念的是一位绝色佳人。"凌波步"，形容女子走路时步履轻盈的姿态，语出曹植《洛神赋》"凌波微步，罗袜生尘"。"如簧语"，形容女子的声音美妙动听，有如音乐，语出《诗经·小雅·巧言》"巧言如簧"。但把原来的贬义改为褒义。古典诗词中刻画人物形象，由于笔墨有限，不能作细致的描绘，往往只是拣最传神的地方点染几笔。此词正是如此。这位佳人轻盈的步履、美妙的声音，一直萦回在主人翁的胸膛。因被重重叠叠的山峦所遮断，所以忆而不见，便产生难以排解的愁怨。这两句既与起首二句相映射，也逗引起结尾二句，虽为实写，却为词中关键之笔。否则全篇皆虚，读者将莫知所云了。

结尾二句借喻新奇，常被前人称道。《词林纪事》卷八引沈东江云："徐师川'柳外重重叠叠山，遮不住、愁来路'，欧阳永叔'强将离恨倚江楼，江水不能流恨去'：古人语不相袭，又能各见所长。"；《苕溪渔隐丛话前集》卷五十九云："赵德麟'重门不锁相思梦，随意绕天涯'，徐师川'柳外重重叠叠山，遮不断、愁来路'：二词造语虽不同，其意绝相类。"就是说欧阳修、赵令畤与徐俯三人的词，虽同样写离愁，但各人的表现手法却不相同。欧词说滔滔江水流不去心中的愁恨，表明愁如丝缕一般，硬是缠着人不放。赵词说任凭重门深锁，相思的魂梦仍会飞渡重门，绕遍天涯。他们两位，一是借水流恨，一是以门锁心，认为愁恨与相思系从人物这一主体产生,不能借客体的力量强遣之去(愁恨),也不能阻之不去(相思梦)。徐俯则反其意说,愁自外面向主体袭来,要借客体的力量把它挡住。可谓各尽其妙。又借人喻愁,多采取直截对比,如赵嘏诗云:“夕阳楼上山重叠,未抵春愁一半多。”(引自《鹤林玉露》乙卷一)这是以山之大之高,对比出愁之多之重。徐俯这里却不用山来直截喻愁,而用山来构成重重叠叠的屏障,企图阻挡忧愁的侵袭。然而仍然阻挡不住,则愁之深重,更加可想而知了。愁之来路为何与山有关,因所思之人在斜阳外,山那边也。古人填词讲究救首救尾。此词起首以树比愁,结尾以山遮愁,前后照应,浑然一体。歇拍又加一“遮”字为衬字,读起来利于唇吻,颇有力度,显示了一种特殊的声情之美。

惠洪 (1071~1128)字觉范,后易名德洪,俗姓彭,筠州新昌(今江西宜丰)人。大观中,以医结识丞相张商英。后张商英得罪,惠洪决配朱崖,旋北还。著有《石门文字禅》《冷斋夜话》《天厨禁脔》等,词多艳语,有周泳先辑《石门长短句》,存二十一首。

千秋岁

惠洪

半身屏外,睡觉唇红退。春思乱,芳心碎。空余簪髻玉,
不见流苏带。试与问,今人秀整谁宜对?
湘浦曾同会,手搴轻罗盖。疑是梦,今犹在。十分春易
尽,一点情难改。多少事,却随恨远连云海。

【鉴赏】

此词步秦观《千秋岁·谪虔州日作》原韵,写妇人闺思。

上阕写思妇睡觉的慵懒情态:她上半身探出曲屏之外,唇上的朱红已经褪色。枕上只见簪发的玉钗,却不见了系罗衣的用五色丝线作穗的流苏带子。佩饰物的零乱,人物的怠倦将一种“剪不断,理还乱”的纷纭春思,破碎芳心形象化了。末句忽作诘问之辞,试问今人之秀整谁可与匹?秀整,风流俊逸貌。晋人温峤被认为风仪秀整,人皆爱悦之(见《晋书·温峤传》);《唐书·汝阳王琎传》载,王“眉宇秀整,性谨洁善射”,可见此指思妇春心所系之情人。

下阕忆及湘水之滨的一次幽会。当时自己正擎着一把轻罗作的小伞,所有细

节都历历在心，如今孤居独处，竟怀疑那不过是巫山之梦。春宵苦短、春光易尽，而柔情不改。这里“十分”对“一点”，突出春之浓，情之专；“易尽”对“难改”，强调欢会之短暂，情爱之绵长。反义词从两极合成了“情”的强劲的张力。

末句宕开，“却随恨远连云海”，情含无限，尺幅千里，大有“篇终接浑茫”之势。

宋胡仔《苕溪渔隐丛话》以忘情绝爱是佛之所训，惠洪身为衲子，词多艳语而批评他。宋吴曾《能改斋漫录》则称之为“浪子和尚”。唯宋许彦周云：“上人（指惠洪）善作小词，情思婉约，似秦少游，仲殊、参寥皆不能及。”（《许彦周诗话》）

惠洪俗姓彭，少时为县小吏，知书，又精医理，受知于黄庭坚（1045～1105），大观（1107～1110）中，他才“乞得祠部牒为僧”，半路出家，或尘心未泯。但当时高僧，亦不拒绝用艳诗说法，如孝宗时中竺中仁禅师即引“二八佳人刺绣迟，紫荆花下啭黄鹂。可怜无限伤春意，尽在停针不语时”说禅理。可见当时诗僧对待艺术和宗教生活有着双重的标准。

青玉案

惠 洪

绿槐烟柳长亭路，恨取次、分离去。日永如年愁难度。
高城回首，暮云遮尽，目断知何处？
解鞍旅舍天将暮，暗忆丁宁千万句。一寸柔肠情几许？
薄衾孤枕，梦回人静，侵晓潇潇雨。

【鉴赏】

惠洪是宋代的诗僧，也工词。其词婉丽，多艳语。这首《青玉案》步贺铸有名的《青玉案》（凌波不过横塘路）原韵，抒写伤别怀人之情。

长亭，秦汉时，在驿道边隔十里置一亭，谓之长亭，是行人歇脚和饯别的地方。绿槐烟柳，槐者，怀也；柳者，留也。槐柳荫成，如烟笼雾罩，显示出一片迷茫、怅惘的伤离恨别的氛围。就在这槐柳如烟，长亭连短亭的驿道上，多少人临别洒泪，次第分离！

词由别时情境写到别后心情。俗语说“一日不见，如隔三秋”。所谓“日永（长）如年”，正是强调因别愁绵绵而主观感受到的一日之长。最难堪时，登高回首，目尽苍天，只见层层暮云遮断了望眼。而乡关，更在暮云青山之外！

柳宗元有句云“岭树重遮千里目”（《登柳州城楼寄漳汀封连四州》）韩愈亦发出过“云横秦岭家何在”（《左迁至蓝关示侄孙湘》）的痛切的悲呼。它们都表现了一种乡关远隔，亲人盼离，欲归不能的强烈的阻隔心态。

下阕以时间为线索，接写行人于日暮时分驻马解鞍，投宿旅舍。“寒灯思旧事”（杜牧《旅宿》），词人在孤馆独对青灯，前尘往事，亦纷至沓来，暗中忆及分离时之细语叮咛，几多柔情，几多思念！如今，只有梦魂可超越时空，暂返乡关，和伊人小聚。恍然警觉，只有孤枕寒衾，灯昏人静，天色渐明，而窗外小雨潇潇，亦如人之潸潸清泪，绵长无尽。

清徐釚《词苑丛谈》云：“凡词无非言情。”；又引宗梅岑语：“词以艳丽为工，但艳丽中须近自然本色。”（《丛谈·品藻二》）；惠洪身为僧人，而“其诗词多艳语，为出家人未能忘情绝爱者”（薛砺若《宋词通论》）。

葛胜仲　（1072~1144）字鲁卿，丹阳（今属江苏）人。绍圣四年（1097）进士。元符三年（1100），中宏词科。累迁国子司业，官至文华阁待制。卒谥文康。宣和间曾抵制征索花鸟玩物的弊政，气节甚伟，著名于时。与叶梦得友密，词风亦相近。有《丹阳词》。

点绛唇　县斋愁坐作

葛胜仲

秋晚寒斋，藜床香篆横轻雾。闲愁几许，梦逐芭蕉雨。
云外哀鸿，似替幽人语。归不去，乱山无数，斜日荒城鼓。

【鉴赏】

此篇写词人在县衙愁坐的情思。开章“秋晚寒斋”一句，写出了词人愁坐的时间、地点：寒秋季节，傍晚时分，“斋”指县衙斋室，点明了地点，呼应了词题。抒情主人公坐在简陋的藜木床上愁思闷想，看如篆字的熏香袅袅，似轻雾横飘，“香篆横轻雾”在词中既是写实，更有比兴作用，那萦回的篆香如愁绪徘徊，那横飞的轻雾像悲思几缕；“闲愁几许”以直接抒情之笔，写此时此刻内心独特感受。这愁是什么？是离家背井的乡愁，是久别妻室的相思，是羁臣远谪的忧虑……。词人没有明指，只写了一个“闲”字，令读者想象，去品味；“梦逐芭蕉雨”一句颇为精妙。“芭蕉雨”是一个悲愁意象，“雨打芭蕉，分明叶上心头滴”。“香篆横轻雾”这一视觉形象已将词人引入梦幻之中，“梦逐芭蕉雨”这一听觉形象又使词人在梦幻之中听到雨打芭蕉的淅沥之声，在梦幻中仿佛觉得淅沥的雨不是滴在叶上，而是敲击着自己的心头，这岂不更加浓了几许愁思？这句中的“逐”字下得好，将词人追寻“芭蕉雨”的悲愁意象主动化了，从而强调了“芭蕉雨”是情中景，是为表现愁情而设景；如果改为“听”字，则是强调了“芭蕉雨”的客体存在，其艺术效果是颇不相同的。

下片继续写词人在寒斋内所见所感。“云外哀鸿，似替幽人语”写词人仰望室外，只见天高云淡。孤鸿远去，听见那雁声凄厉，如泣如诉，好像替幽人低语，倾诉衷肠。词人将孤雁与幽人类比，因两者有可比性，孤鸿独飞天涯，幽人羁旅他乡，其孤寂凄凉是相同的。一个“替”字将两者关系联系得更紧密了。然而大雁秋去春来，还有归乡之时，而自己呢？却是羁臣远谪难得返乡，故词人感慨道：“归不去”。这三字有多少悲哀与辛酸，有多少惆怅与愤慨。这种感情曾反复抒发过：“流落天涯，憔悴一衰翁”（《江神子》），“羁怀都在，鬓上眉头。似休文瘦，久通恨，子山愁。”（《行香子》）；“暮暮来时骚客赋”，“天留花月伴羁臣”（《浣溪沙》）。为什么“归不去”，词人未明写，而是以“乱山无数”的形象出之，“山无数”可见归程障碍重重，着一“乱”字，更加重了归程艰险，这“乱山无数”的形象，自然也就蕴含了词人心绪烦乱与忧愁。这是眼前景，更是心中景。结句“斜日荒城鼓”，暗点词题“愁”字，照应开头，写在深秋的斜晖中，词人身处一片荒城之中，听暮鼓声声，那迁客羁臣凄凉孤寂的感受何处诉说？最后两句之妙，在于以景结情，那乱山、斜日、荒城、暮鼓，都染上了词人的主观色彩，加深了题旨的表达。

全篇紧紧围绕“愁”字展开，以富有特征的景物——晚秋寒斋、芭蕉夜雨、云外哀鸿、乱山无数、斜日荒城、暮鼓声声，勾出了一个典型环境，有力地烘托出一位寒斋愁坐的人物形象，令读者可以见其景、闻其声、感其情、悟其心。此真所谓“心之所思，情之所感，寓言假物，譬喻拟象”（钱钟书语）之佳篇也。

江神子 初至休宁冬夜作

葛胜仲

昏昏雪意惨云容，猎霜风，岁将穷。流落天涯，憔悴一衰翁。清夜小窗围兽火，倾酒绿，借颜红。
官梅疏艳小壶中，暗香浓，玉玲珑。对景忽惊，身在大江东。上国故人谁念我，晴嶂远，暮云重。

【鉴赏】

葛胜仲，字鲁卿，丹阳（今属江苏）人。绍圣四年（1097）进士，元符三年（1100）

中宏词科。累迁国子司业,除国子祭酒,两知湖州。与叶梦得友善,时相唱和。有《丹阳集》,今存词82首。

此篇是词人初迁官休宁(今安徽休宁县)时作。词中借景抒情,表达了天涯流落的感慨,怀念故人的情怀。开头三句,以景开篇,为抒情主人公勾出了一个典型环境:一岁将终的严冬夜晚,雪意昏昏,云容惨淡,霜风猎猎,天地之间显得如此寒冷凄清、昏暗寂寥。抒情主人公就生活在这样的氛围中,他是背井离乡,远去京都的迁客,他年迈憔悴,不奈悲秋。"憔悴一衰翁"五字以剪影法勾出了人物枯槁的形骸,颓衰的精神。这形象与开章的景物描写相融无间,物与人、景与情相辅相成,人使景物内涵更丰富、更饱满,景使人物的精神更深邃、更活脱。

"清夜小窗围兽火"三句,继写岁暮冬夜"憔悴一衰翁"的活动、感情。他有着"流落天涯"的凄苦心境,有着"木落沧州"的悲怆感受,他不奈羁旅愁思的折磨,独自在冬夜的小窗下火盆旁,借酒浇愁,酒入愁肠慢慢烧红面颊。这里"酒绿""颜红"的鲜明色彩,为昏雪、惨云、霜风的暗淡背景上添了一层亮色,增加了一些活气,可见词人在愁苦凄凉的境况下,仍在自寻解脱。这可能如《行香子·愁况无聊作》一词中所说的那样"穷通皆梦,今古如流"。"兽火"指有兽头装饰的火盆。

下片继续写衰翁冬夜所见所感。"官梅疏艳小壶中"三句,写衰翁本在小窗下围火饮酒消愁,忽抬眼见室内小壶中有疏梅几枝,玲珑多姿,香艳夺目。这三句颇为精妙。以小巧玲珑、疏密有致、暗香浮动的梅花,悄然涂在雪意昏昏、云容惨淡、霜风猎猎的大背景上,立刻产生了一片灰白一点红的艺术效果。在阴冷凄清意境中增添了一缕生机,这种景物交错叠现,使全词增加了丰富的色彩美。同时,这一笔梅花的插入,更为人物感情发展变化起了铺垫作用,故词下面写道:"对景忽惊,身在大江东。"上片主要抒发沦落之感,这里借梅花使悲情突转为惊喜之情。此处"官梅"有自喻之意,她虽在官衙内小壶中,身有羁绊,但仍玲珑剔透,暗香浮动,傲霜斗雪。自己虽被贬休宁,然而仍然身在江南。最后三句,在感情上又是一个转折。由梅花想到自己"身在大江东",由"大江东"又想到自己远离"上国"(即京师),想到故人。结句写"清嶂远,暮云重",以景结情。在关山阻碍,暮霭重重的意象中,既有对自己被贬官后,友人疏远,人情淡薄的感叹,也有知己虽念旧,但关山重重,路途遥远,难相慰安的怀念。这结句实则是自己对至交的怀念,然却从对方入笔,此更见情之深切。

本词构思巧妙,以景托情、以景结情,情景交融,首尾圆合。景的描写富有变化,从而揭示了情的变化——由昏雪、愁云、霜风转而写暗香冷艳的梅花,又写到"嶂远、云重",使情也随之悲而喜,喜而悲。景的无穷变化,情的跌宕繁复,使全词意象鲜明,感人至深。

王安中 (1075~1134)字履道,阳曲(今属山西)人。少尝师事苏轼,元符三年(1100)进士。政和中,自大名主簿擢中书舍人、翰林学士承旨。金人灭辽,归以燕地，出镇燕山府。召还，为检校太保、大名府尹。靖康初，南贬象州。绍兴初，复左中大夫。其词风格清丽委婉。有《初寮词》。

蝶恋花

王安中

千古铜台今莫问，流水浮云，歌舞西陵近。烟柳有情开不尽，东风约定年年信。
天与麟符行乐分。缓带轻裘，雅宴催云鬓。翠雾萦纡销篆印，筝声恰度秋鸿阵。

【鉴赏】

王安中，少曾师从苏轼，中元符三年进士。金人灭辽，归以燕地，出镇燕山府。靖康初，南贬象州。绍兴初，复左中大夫。有《初寮集》。为文丰润敏拔，词亦清丽可喜。

这首词作于象州邺郡任上。上片怀古：铜雀台亡，西陵歌尽。当年的霸业俱已消沉，唯东风烟柳年年似旧。隐约露出了人世无常的感喟。“千古铜台”，即铜雀台，曹操建于邺都，遗址在今河北省临漳县西南；歌舞西陵：曹操葬于邺郡之西冈，曰西陵。《遗命》曰：“吾婢妾与使人皆勤苦。使著（住）铜雀台，善待之。于台堂上安六尺床，施繐帐……月旦十五日自朝至午，辄向帐中作伎乐。”歌舞即指此。

下片，描绘出一派文恬武嬉的行乐图画。可谓当时官场生活的实录。麟符：州郡长官所持的符信。《隋业》：樊子盖检校河南内史，有治绩。为别造玉麟符以代铜符；“缓带轻裘”：袍带宽松的轻暖裘装，形容仪态闲雅；“翠雾萦纡销篆印，筝声恰度秋鸿阵。”翠袖飘舞把香烟的篆痕也冲散了，雁阵在筝乐声中向南飞去。笔致工练，盛传一时。

王安中的词很受一些人的喜爱。李邴称他“为徽宗时第一人”；有的说他诗、词、文“似坡公暮年之作”；还有人认为：“黄、张、秦、晁既殁，……莫出公右”。他的词以运思细致、琢句刻意著称。

叶梦得 （1077～1148）字少蕴，苏州吴县（今江苏苏州）人。晚年因居奇石林立的卞山（今浙江），所以自号石林居士，绍兴四年（1134）进士。累官中书舍人、翰林学士、吏部尚书、龙图阁直学士。能诗工词，词风早年婉丽缠绵，其作多不传。南渡后多感怀国事，简淡之中有雄阔之气，词风苍劲悲凉，清旷淡远。著有《建康集》《石林词》《石林诗话》《石林燕语》等。

水调歌头

叶梦得

秋色渐将晚，霜信报黄花。小窗低户深映，微路绕攲斜。为问山翁何事？坐看流年轻度，拚却鬓双华。徙倚望沧海，天净水明霞。

念平昔，空飘荡，遍天涯。归来三径重扫，松竹本吾家。却恨悲风时起，冉冉云间新雁，边马怨胡笳。谁似东山老，谈笑静胡沙。

【鉴赏】

这是作者告老，隐居湖州弁山后写的作品。梦得随高宗南渡，陈战守之策，抗击金兵，深得高宗亲重。绍兴初，被起为江东安抚大使，曾两度出任建康知府（府治在今南京市），兼总四路漕计，以给馈饷，军用不乏，诸将得悉力以战，阻截金兵向江南进攻。高宗听信奸相秦桧，向金屈膝求和。抗金名将岳飞、张宪被冤杀，主战派受到迫害，梦得被调福建安抚使，兼知福州府，使他远离长江前线，无所作为，他于1144年被迫上疏告老，隐退山野。眼看强敌压境，边马悲鸣，痛感流年轻度，白发徒增，很想东山再起，歼灭敌军，但却已经力不从心，思欲效法前贤谢安而不可得了。因写此词，抒发自己内心的悲慨和对时局的忧虑。

上片开头四句写：秋色日渐加浓，秋意也逐步加深，金黄的菊花传报了霜降的消息。小窗低户深深掩映在菊花丛中，小路曲曲折折，绕着弯儿。这是描写时令和自己隐居的环境。作者的生活环境看来还是安静的,但他的内心世界却很不平静。这是为下文反衬作铺垫;接着提出问题:隐居山野的老人到底在想什么心事呢?回答是不忍心时光一年年地虚度,不甘心两鬓的头发一天天增白,这就隐晦地写出了英雄报国无门而只好空老山林的苦恼,实即对国事的忧虑,对南宋朝廷的不满;“徙倚”二句写作者为了排遣心事,走出低户小屋,沿着曲折小路,来到太湖边上,恋恋不舍地凝望湖上的碧波,只见得天空澄澈,湖水映照着明丽的彩霞,祖国的天光水色又是多么美好啊!“徙倚”,徘徊,流连不去;“沧海”,指太湖,古人多以海来形容大湖。

作者面对空阔的太湖,不但排遣不了心头的隐痛,反倒引发出新的感慨。下片“念平昔”三句,就是从这新感慨写起的。作者望湖兴叹,想到往昔漂泊奔波,走遍天涯海角,希望做一番利国利民的事业,到头来落得一片空虚!;“归来”二句,从陶渊明《归去来辞》“三径就荒,松竹犹存”脱胎化用,说他从天涯漂泊归来,重扫院内小路,守护自家松竹。这是写归隐的心愿。人世落空,想到出世,然而他真能忘怀世情吗?“却恨悲风时起,冉冉云间新雁,边马怨胡笳。”国家、民族在遭劫难,大环境不安定,隐居者的小环境又怎么能够得到安定呢?隐居者的心情又怎么能够不受影响而焦虑不安呢?作者怨恨悲凉的秋风时不时地吹卷起来,缓缓地飞行在云间的新雁,由北而南给人们带来边境的消息,胡笳的哀怨和边马的悲鸣交织在一起,战争频繁,烽火不息,哪里有世外桃源,哪里有宁静的环境和心境呢?人归隐了,心却归隐不了,于是就想到了东晋的谢安(字安石),他隐居在浙江东山,出山后指挥淝水之战,击溃前秦百万雄师:激战之时,他谈笑自若,不动声色。李白《永王东巡歌》:“但用东山谢安石,为君谈笑静胡沙。”这里化用李白的诗句,说:今天还有谁能像当年的谢安一样,谈笑之间就扑灭了胡人点起的战火,使社会得到安定?他自己深感到愿为谢安而不可得的痛苦,因为朝廷不需要谢安这样的人来指挥战争,抗击异族侵略者!下片词描写作者出世与入世的矛盾心理,写得很突出:“平昔飘荡遍天涯”,入世,可是“空飘荡”的一个“空”字,又转向了出世;“归来三径重扫”,出世,归隐;“却恨悲风时起”,表明没有一个世外桃源能使人静心归隐;“谁似东山老”,又揭示了要想济世救人而不得的压抑心情。济世不能,归隐难安,内心充满了矛盾和痛苦。

水调歌头

叶梦得

九月望日,与客习射西园,余偶病不能射。

霜降碧天静,秋事促西风。寒声隐地初听,中夜入梧桐。
起瞰高城回望,寥落关河千里,一醉与君同。叠鼓闹清晓，飞骑引雕弓。

岁将晚，客争笑，问衰翁：平生豪气安在？走马为谁雄？何似当筵虎士，挥手弦声响处，双雁落遥空。老矣真堪愧，回首望云中。

【鉴赏】

作者叶梦得（1077~1148），祖籍江苏苏州，叶元辅居乌程，至梦得已四世，故为湖州乌程人。1097年中进士。高宗朝，除尚书右丞、江东安抚使、兼知建康府行富留守。移知福州，提举洞霄宫。老居湖州弁（下）山，有《石林集》。

《乐府雅词》此首题作："九月望日，与客习射西园，余偶病不能射，客较胜相先。将领岳德弓强二石五斗，连发三中的，观者尽惊。因作此词示坐客。前一夕大风，是日始寒。"这里转录《全宋词》，以便鉴赏本篇时做参考。

吟读本篇，深深地被作者的爱国热忱所感动。在深秋的寒夜，一位六、七十岁的老人，带病登城巡视，回望中原那一大片被金人夺去的土地，不能收复，南宋小朝廷也岌岌可危，他的心情沉重而且惆怅，那又怎么办呢？一味地借酒浇愁吗？不。他还要"与客习射"，走马练武，于是就出现了"叠鼓闹清晓，飞骑引雕弓"的场面，"将领岳德，弓强二石五斗，连发三中的，观者尽惊。"词作者曾为抗击金兵立下汗马功劳，现在年事已高，还想与客走马比武，以振当年雄风，却又"偶病不能射"，感愧老病，不能报效祖国于疆场，只好回首长望北方的云中郡，那魏尚和李广奋勇抗击匈奴的土地。作者不是一般地悼惜流年，感叹病老，而是热切地关注着国家和民族的命运，只因为报国有心、回天无力而抱愧和感喟。虽有力不从心的悲慨，却仍然豪气逼人，给人以激励和振奋。

上半阕前四句写"霜降""碧天""秋事""西风""梧桐"，表明到了深秋，气候已经开始寒冷起来；"起瞰"三句，写作者年老偶病。在大风之后的寒夜，登上高城，遥望北方大片沦陷了的土地，无奈与客同饮，借酒浇愁，说的是作者在特定背景中的活动；"叠鼓"二句写武士操练、演习骑射的热闹场景：天将破晓，鼓槌小击，声声细密而急促；闹鼓声中，武士飞马上场，拉弓搭箭，射向目标。这是多么令人振奋和跃跃欲试的场面啊！以上写的都是客观的景物和事象，却又处处表现着作者的内在心情和心理。如：写"秋寒"以表现作者的老病忧国；写"起瞰"、夜饮等活动，以表现作者的国愁；写骑射活动场面，以表现作者的爱国豪情和民族自强的精神。景中有情、象中有意，所以才能写得情景历历，意象生动，境界鲜明。

下半阕抒发议论，但那议论都被情感化、形象化了的，而且设客争笑问难，生活气息极浓。所发感慨，同上半阕写出的时令、气候、活动场景紧密相连，所以毫不感觉突兀。"岁将晚"以下七句，说作者已到垂暮之年，有位客人同他说笑话，问他这个病弱的老人：你平生的豪迈气概跑到哪里去了？你往昔奔马骑射为谁争雄，还不是为了国家和民族的利益？而今你哪能比得酒筵上的武士，举手拉弓，弦声响处。

便见有双雁从远空堕落;结尾“老矣”二句,作者回答了自己因年老力衰而不能为国效力,抒发了“真堪愧”的悲凉、痛苦心情,然而他还在“回首望云中”,向往历史上抗击异族侵略者的爱国志士。

关注《题石林词》评说叶词,说他“晚岁落其华而实之,能于简淡时出雄杰”。这篇《水调歌头》系梦得晚年作品,用关注的话来评判。是符合实际的。毛晋《石林词跋》也说作者叶梦得晚年“不作柔语殢人,真词家逸品也。”

八声甘州 寿阳楼八公山作

叶梦得

故都迷岸草,望长淮、依然绕孤城。想乌衣年少,芝兰秀发,戈戟云横。坐看骄兵南渡,沸浪骇奔鲸。转盼东流水,一顾功成。

千载八公山下,尚断崖草木,遥拥峥嵘。漫云涛吞吐,无处问豪英。信劳生、空成今古,笑我来、何事怆遗情。东山老,可堪岁晚,独听桓筝。

【鉴赏】

寿阳,古称寿春,公元前241年楚国国都郢城为秦兵攻陷,曾东逃迁都于此,故词人怀古,称之为故都:东晋改名寿阳,即今安徽寿县。八公山,在寿阳城北,淮河的支脉淝水流经其下。历史上著名的淝水之战,就在这里进行。公元383年,前秦苻坚(氐族)亲领步骑80余万“南征”,企图一举灭亡东晋。谢安命其弟谢石、侄子谢玄率兵与苻坚决战于淝水,击溃前秦号称百万之众的军队。

叶梦得随高宗南渡,是主战派人物之一。绍兴初,起为江东安抚大使,兼知建康府并寿春等六州宣抚使。离朝出任地方长官,对朝廷内的主和派颇为不满,但却无力改变,内心感到压抑。至寿阳登临八公山吊古,一方面仰慕当年谢石、谢玄在前线指挥作战,得到朝廷谢安等人的有力支持;另一面又想到历史上的英雄人物,为国事劳心劳力,也不过“空成今古”,更何况谢安晚年就已经受到国君的冷落,自己又何必为往事而悲怆,以此来排遣心头的烦恼。但烦恼是排遣不掉的,所以结末又有“可堪岁晚,独听桓筝”的凄凉寂寞和不满之情的倾吐。

上片开头写寿阳城,曾经是古代的国都,城边江岸生长杂乱的野草,迷茫一片。望淮河的支脉淝水,依然像当年一样环绕孤城寿阳滚流不息。这是淝水之战的地理位置,而今词人登临于此,纵然风景依旧,却已经人事全非。以下一个“想”字,贯穿七句,“想”的都是淝水之战的情景。“乌衣年少”,指贵族子弟谢石、谢玄等人,他们直接指挥淝水之战，打败异族侵略者；"乌衣"，即乌衣巷，晋代王侯贵族居住的地方。"芝兰秀发"，形容年轻有为的子弟正茁壮成长，英气勃发，这是渲染"乌衣年少"；谢家子弟的才情。《世说新语》记载谢玄的话说："譬如芝兰玉树，欲使其生于阶庭耳。""戈戟云横"，武器象阵云一般纵横陈列，明写晋军军容和声威，暗写"乌衣年少"的心胸和韬略；又活用《世说新语》典，该书记载："见钟士季如观武库，但睹戈戟。"以下说"骄兵南渡，沸浪骇奔鲸"，都是指苻坚的军队沸沸扬扬，不可一世；而"乌衣年少"却从容沉着，只是"坐看"而已，可见其胆略过人。"转盼东流水，一顾功成"，更写出了谢家子弟的军事才能，他们指挥战争，以少胜多，迅捷克敌，一举成功，那是怎样的神采和气概啊！

上片于山城回想当年开展淝水之战的情景，历历如在目前。下片抒情，写自己的感想。

换头三句说，往事近千年，那时败逃的异族侵略军，惊恐万状，以为"八公山上，草木皆兵"；而今同样一个八公山，还有同样的断崖和草木，遥遥地簇拥，显得峥嵘可怖。这是呼应上片开头三句，说山河依旧，为下文抒写"英雄不再，朝中无人"作反衬，且从对历史的描写，引向对现实的感喟。"漫云涛吞吐，无处问豪英。"云涛吞吐，气壮山河，也徒然无补，因为已经没有地方能够找到谢家子弟那样的英雄豪杰来询问抗敌作战的对策了。这分明是说"朝中无人"了，也是词人吊古感怀的"情结"所在；"信劳生"四句说，历史上的英豪，为国事劳心劳力，到头来空成今古之谈。可笑我啊，又何必为往事而思念、悲怆？这是为排遣苦恼而退一步着想，也是为下文进一步抒写词人的孤独感和寂寞感做铺垫。"东山老"，指谢安，因为谢氏曾隐居东山，出山后支持和指挥淝水之战，坚决抗击前秦的进攻；但同时也暗喻作者自己，梦得词多以谢安自况。据《晋书·桓伊传》载，谢安晚年被晋孝武帝疏远。谢安陪孝武帝饮酒，桓伊弹筝助兴，唱《怨歌行》："为君既不易，为臣良独难；忠信事不显，乃有见疑患。"孝武帝闻之甚有愧色。说的是谢安与孝武帝同听桓伊弹筝，可是本词结尾却写作："可堪岁晚，独听桓筝？"受到国君疏远冷落的孤独寂寞心情，远远超出谢安当年的遭遇，可见这里说的"东山老"，既指谢安，又是作者自喻。活用典故，抒己之情。爱国者的热情往往受到执政者的冷落和扼杀。这是历史的悲剧，更是当时的政治悲剧。作者的感慨是很深的。

点绛唇　绍兴乙卯登绝顶小亭

叶梦得

缥缈危亭，笑谈独在千峰上。与谁同赏，万里横烟浪。

老去情怀，犹作天涯想。空惆怅。少年豪放。莫学衰翁样。

【鉴赏】

绝顶亭,在吴兴西北弁山峰顶。宋高宗绍兴五年(1135),作者闲居弁山,59岁登亭述怀,抒写他对时局的感想。作者为南宋主战派人物之一,南渡八年,未能收复中原大片失地。而朝廷却一味向敌求和,与敌妥协,使爱国志士不能为国效力,英雄豪杰也无用武之地。

"缥缈",隐隐约约、若有若无,形容亭在绝顶,既高且小,从远处遥望,若隐若现;这是紧扣题中"绝顶小亭"来写的。"危",高也;危亭即高亭,因为亭基在弁山绝顶,这是吴兴地区的最高峰。"笑谈"句,说作者已经"登"亭,已经以59岁之年登上了绝顶小亭。而且还只是一个人在千峰之上对儿辈或其他随从人员独自谈笑;因为他不是和朋友或同僚一起登亭,而只是他一个人谈笑在千峰之巅,就可见其豪放旷达,纵情山水,年既老而不衰。可是遥望中原。看到北方的万里山河,纵横乱杂地泛溢着云烟雾浪,又还能与谁同赏?"与谁"二句倒装,一则说北方大片失地,山河破碎,不堪赏玩;二则说找不到同心同德。一起去把失地收回,重建共赏的人,因为主战派不断受到排挤和打击,朝中几乎无人的了。作者"笑谈"的豪情一下转向了对国事的忧虑和惆怅。

换头二句"老去情怀,犹作天涯想。"说自己人虽老了,情怀不变,还是以天下为己任,把国事放在心上,总在作着恢复中原那万里山河的计虑和打算。这里以"老去情怀"反衬"天涯想"的爱国心切,矢志不渝;表现出"老骥伏枥,志在千里"的气概。但是整个时局,毕竟不是个人的壮志豪情所能改变的。作者南渡后曾在朝做官,后被迫离朝,在弁山居住;接着出任江东安抚大使兼知建康府,已经是地方官,无法左右朝廷的政策了;现在连地方官都已去任,归居在弁山,年龄也已经59岁,复出不知何年何月,他的"天涯想"又在何时得以实现?自觉回天无力。所以有"空惆怅"之句,一个"空"字把前面的一切想望都钩销掉了,又回到了无可奈何、孤独寂寞的境界,不免要表现出某些颓丧情绪。但他又不甘如此,所以结句又劝勉随从小辈(很可能是少子叶模等儿辈),"少年豪放,莫学衰翁样",说年轻人应该豪放一点,不要学习我这衰老之人的模样。是示人,也是律己。

这是一首小令词,篇幅不长,可是翻波作浪,曲折回旋地抒写了词人十分矛盾复杂的心绪。清人刘熙载在他的《艺概·曲艺概》中说:"一转一深,一深一妙,此骚人之三昧。倚声家得之,便自超出常境。"梦得词似已得此三昧,波澜跌宕,曲尽其妙,且处处转折,无不紧扣题意,即便本篇小令也是如此。

贺 新 郎

叶梦得

睡起流莺语，掩苍苔房栊[①]向晚，乱红无数。吹尽残花无人见，惟有垂杨[②]自舞。渐暖霭[③]、初回轻暑。宝扇重寻明月影，暗尘侵、上有乘鸾女[④]。惊旧恨，遽如许[⑤]。

江南梦断横江渚[⑥]。浪粘天、葡萄涨绿[⑦]，半空烟雨。无限楼前沧波意，谁采蘋花寄取[⑧]？但怅望、兰舟容与[⑨]。万里云帆何时到？送孤鸿、目断千山阻。谁为我，唱金缕[⑩]？

【注释】

①房栊：窗户。

②垂杨：也作“垂阳”。

③暖霭：暑气。

④乘鸾女：仙女。

⑤遽如许：这般强烈。

⑥渚：水中的小块陆地。

⑦葡萄涨绿：化用李白《襄阳歌》中的诗句“遥看江水鸭头绿，恰似葡萄初发醅”，写江潮景色。

⑧采蘋花寄取：柳宗元诗：“春风无限潇湘意，欲采蘋花不自由。”这里有采取蘋花寄赠友人表示思念之意。

⑨容与：徘徊不前的样子。

⑩金缕：指乐曲《金缕衣》。

【鉴赏】

这是作者早年所做的一首婉约词，主要借暮春景色抒发怅恨失意的无限相思、青春虚掷的无限感慨。写景清新明快，词风婉丽，但抒情深婉，情深意长。

上阕主要写静景以表达相恋情深之意。起句以婉转莺语、片片苍苔、点点落红来烘托午睡后傍晚时分的清幽寂静。暗含对春光已尽的惋惜。“吹尽”再写花自飘零柳自舞，让人倍觉幽静中的凄清、孤独；“渐暖霭”点明季节变化带来初夏的暑气，于是寻出尘封已久的团如明月的“宝扇”,其上仙女隐约的姿容引起了作者对过去生活的怀恋;“暗”写出这段感情在作者心中潜藏已久,但不经意的回想引出的“旧恨”依然如此强烈,令人惊异。作者步步深入地写出人物的情深意笃。

下阕紧承深情回想,以想象展示“旧恨”引出的心底波澜。起句即点明往日温情已不复存在。“粘”“涨”极言江上碧浪连天、一片烟雨空蒙浩渺,实则是抒发怅恨难遣之情;“横江渚”这无法跨越的阻碍使作者由己及人,想象对方凭谁采取蘋花以寄相思呢?她也依然心怀旧情,有深情难寄之苦吧!又由人及己,写我也只能怅叹舟船阻隔不通。相思至极,只能目送飞鸿,阻断千山;“目断”刻画出作者凝神远眺万水千山的神情,以此来说明他对佳人的无尽思念;结尾二句,作者深悔少年时虚度光阴,再次点出如今自己的孤苦处境。没有人会为我吟唱《金缕衣》以示劝诫和安慰:“劝君莫惜金缕衣,劝君须惜少年时。有花堪折直须折,莫待无花空折枝。”由想象牵引的抒情笔致几经跳跃变化,终以回到现实与开篇相合,使结构圆融完整。

虞　美　人　雨后同干誉、才卿置酒来禽花下作[1]

叶梦得

落花已作风前舞,又送黄昏雨。晓来庭院半残红[2],
惟有游丝[3],千丈罥[4]晴空。
殷勤花下同携手,更尽杯中酒。美人不用敛蛾眉,我
亦多情,无奈酒[5]阑时。

【注释】

①来禽:沙果,也称花红。古时是林檎的别称。

②半残红:花已飘零过半。

③游丝:飞扬的柳丝。

④罥:在空中柔美细长的样子。

⑤酒阑:酒醉。

【鉴赏】

这首别离词无论写暮春景色还是抒离别愁绪都别具一格,写别离春景不觉凄然,抒离愁别绪不见凄伤,叶词的简淡雄杰之风可见一斑。

上阕写晨起所见的暮春之景。题后的小序提示这是作者在庭院花下与友人饮酒叙别所见。“落花已作风前舞,又送黄昏雨”,暮春时节雨打风吹花飘零的自然景象总要出现在词人笔底,然而作者却有意颠倒自然界中的主客关系,不说风雨吹打

落花，反而说落花在风前飞舞，又送走了一场春雨，这样就减弱了离别的悲凉气氛；"晓来"句写花已凋零的景象，用"残"字略微点出离别之愁；"惟有游丝，千丈袅晴空"中的"惟有"二字又暗示出人物的孤独感。"游丝千丈"是移情于景的夸张手法，形容别离之愁的深长，但同时"袅晴空"所写的柳丝在晴空下飞舞的景象又给人欢欣之感。总之作者以景物描写点染出的离愁别绪，不是凄伤不堪的愁苦悲哀。

下阕记饮酒话别。"殷勤花下同携手，更尽杯中酒"，这是写殷殷话别的场面。"殷勤""携手""更尽"写出话别者情感的深厚真切。表现友人们离别时虽有深情留恋，但也不缺乏豪爽豁达，这是作者别离词的独特之处；"美人不用敛蛾眉，我亦多情，无奈酒阑时"，"敛蛾眉"是写美人因别离而生愁。朋友离别，感伤难免，作者是借劝慰美人的话来安慰朋友。"我亦多情"这一直言之笔，与上阕"游丝千丈"的夸张写景相呼应，突出我的多愁善感，也有离别虽然令人感伤，但又不得不如此的意思。结尾一句，作者写出了自己伤别之中的冷静豁达，显示出不同于一般别离词的地方。

刘一止 (1079～1160)字行简，湖州归安（今浙江吴兴）人。宣和三年(1121)进士。绍兴初，累官中书舍人、给事中。曾因《晓行词》在京盛传，人称"刘晓行"。词风柔婉，有《苕溪集》《苕溪词》。

喜迁莺 晓行

刘一止

晓光催角①，听宿鸟未惊，邻鸡先觉②。迤逦③烟村，马嘶人起，残月尚穿林薄④。泪痕带霜微凝，酒力冲寒犹弱。叹倦客，悄不禁⑤重染，风尘京洛⑥。

追念人别后，心事万重，难觅孤鸿托。翠幌⑦娇深，曲屏香暖，争念泊[⑧]岁寒飘。怨月恨花烦恼，不是不曾经着。者[⑨]情味、望一成[⑩]消减，新来还恶。

【注释】

①角：报晓的画角，用兽角制成。

②觉：醒。

③迤逦：绵延不绝。

④林薄：草木丛生的地方。

⑤悄不禁：怎禁得起。

⑥风尘京洛：陆机《为顾彦先赠妇》里有“京洛多风尘，素衣化为缁。”这里化用来指京城对人的影响。

⑦翠幌：翠幕。

⑧争念：怎念。

⑨者：这。

⑩一成：渐渐。

【鉴赏】

这首以别离之苦为主题的“晓行词”受前人称赞，多是因为“‘宿鸟’以下七句，字字真切，觉晓行情景，宛在目前”（许昂霄《词综偶评》）。

先看上阕描绘的“晓行图”。开篇是以声绘晓色。在晨光微露之时，响起号角声声，栖息的鸟儿未被惊醒，附近的公鸡却已经啼鸣报晓了。“催”“未”暗示出这是人嫌冷、鸟觉早的晨起；“鸟未惊”而“鸡先觉”，是说鸡敏于听觉而鸟敏于视觉。鸟儿栖息林中，天色还早的黯淡光线更不会被它们所察觉到，这样就写出了残夜未尽天光朦胧的特点；接下是以所见写晨起。远处炊烟笼罩的村落里，草木丛生的地带，还有未落的月亮的残辉。马嘶鸣着，远行的人们整装待发。“泪痕”句从绘声绘色的全景描写转为亲人话别的场面特写。脸上的泪水被寒霜所凝固，送行的薄酒无法抵挡清晓的寒凉，却使别离者更感离别的悲凉。离情的浓重由酒力“犹弱”侧面写出，手法别致；结语也成为顺势带出的感叹，厌倦羁旅行役的人们简直承受不了京都风尘的重染，依然要早起而前往，其酸楚和无奈已自在言外。

下阕主要写追思。离别后的万端思绪由“追念”领起，由于它无法让家人知道，所以“翠幌”几句，是抒情主人公在“难觅孤鸿托”之后对家中情景的细致想象。翠幕、曲折的屏风、香炉暖烟等具体陈设及对方思念的情状都一一写出，目的是想借此以排解相思之苦。这手法也与“酒力”句相同，都是从远处落墨抒写离愁。常年在外，见花对月的烦恼经历过无数。本来坚强的“我”借久经离别以自慰，希望相思之情减弱一分，不料它却更加厉害。这是极言相思难抑。回首全篇，始觉“追念”一词不仅领起下阕，而且总领全词。苦苦思念之中也追忆了往昔别离情景，字字真切、句句见情。

李光 (1078~1159)字泰发,上虞(今属浙江)人。徽宗崇宁五年(1106)进士。钦宗受禅,擢右司谏。高宗绍兴元年,擢吏部侍郎,官至参知政事。因与秦桧不合,改提举洞霄宫。再谪至昌化军。桧死,复朝奉大夫。卒谥庄简。有《庄简集》。

水调歌头

李 光

兵气暗吴楚,江汉久凄凉。当年俊杰安在?酌酒酹严光。南顾豺狼吞噬,北望中原板荡,矫首讯穹苍。归去谢宾友,客路饱风霜。

闭柴扉,窥千载,考三皇。兰亭胜处,依旧流水绕修篁。傍有湖光千顷,时泛扁舟一叶,啸傲水云乡。寄语骑鲸客,何事返南荒?

【鉴赏】

这词的小序说:"过桐江,经严濑,慨然有感。予方力丐宫祠,有终焉之志,因和致道《水调歌头》,呈子我、行简。"就这个小序和词的具体内容看,毫无疑义,作者写这词的时候,已经做出世之想,要摆脱这充满矛盾斗争的现实,而超然物外,自适其适。这种思想是应该批判的。可是,作者曾做过谏官,做过吏部侍郎,做过参知政事,一向是奋发有为、刚正不阿的人,为什么要消极请退呢?原因是,秦桧当权,他和秦的意见不合,斗争无效,无法施展自己精忠为国的主张,不得不消极请退。这里是充塞着无限悲愤的。这在词的前片中有明显的表现,这就值得肯定。

词一开首就概括了当时的时代面貌。"吴楚"指地域,"江汉"指河流,是

一样的地带。由于金兵的南犯,这一带都笼罩着战争的气氛,故说“兵气暗”;由于战争的频繁,人民都饱受战争的痛苦,故说“久凄凉”。在这种情势之下,是亟需俊杰来赶走敌人,扫除战祸的,然而当时是投降派当权,有名的战将都被压抑或杀害了,当年的名将怎么都看不见呢?这一提问是包蕴着无限悲愤的心情的。词是作者经过严陵濑的时候写的,就把这提问转到严光身上,“酌酒酹严光”。一方面已含有“有恨无人省”的苦衷;另方面也说明这时候告退是出于万不得已。严光一名遵,字子陵,少时和汉光武刘秀同学,后来刘秀做皇帝,他隐居富春山耕钓,后人把他钓鱼的地方叫“严陵濑”。浅水流沙石上叫“濑”。“酹”,以酒沃地祭神。“南顾”至“风霜”,进一步具体说明当时极其恶劣的社会现实和他饱经风险、无能为力的情状,为后片写告退生活做好前提条件。“南顾豺狼吞噬”的“豺狼”,当指当权派;“吞噬”是说任意杀戮和敲剥。这表示作者对权奸的愤恨。“北望中原板荡”,“板”与“荡”本来是《诗经·大雅》里的两篇诗名,都是描述周厉王时动乱的情况的,后来就合成一个词汇作为乱世的代称。这是指北方沦陷区的情况,表示作者对北方沦陷区人民的关心,自然也包含有收复失地的意愿。可是,有什么办法呢?只有抬起头来,怀着满腔激情,对着苍天,作无可奈何的呼吁而已。把不能解决的问题对天出神,向天申诉,自《诗经》的“悠悠苍天,曷其有所!”(《唐风·鸨羽》);“天实为之,谓之何哉!”(《邶风·北门》);“不吊昊天,乱靡有定!”(《小雅·节南山》)等等以后,几乎成为一种习用的传统。凡是一种激情达到了这样的程度,都是表示痛愤至极,不由自主地心理状态。跟着就可能产生两种不同的态度:一种是斗争到底,矢死不渝;一种是避免斗争,高飞远飏。前者是积极的,值得称赞的;后者是消极的,应该批判的。作者是走后面这条路子,所以要“归去谢宾友”。因为在现实斗争中已经饱受了风霜之苦,“风霜”是象征现实的险恶,不能再斗争下去了。后片紧承上片的结尾描绘“归去”后的悠然自得的生活面貌。“闭柴扉”三句是说在室内读书和著述:浏览历代的载籍和研究历代的事迹,“千载”是很长的时间、“三皇”是最古的人物。用来概括所浏览的和所研究的载籍和事迹;“兰亭”两句是写室外的景物。“兰亭”在浙江绍兴市西南,晋永和(东晋穆帝司马聃年号)九年(353年)三月三日王羲之和朋友们雅集的地方。王羲之作《兰亭集叙》说:“此地有崇山峻岭,茂林修竹;又有清流激湍,映带左右”,是一个风景秀美的地点,这里借用它,所以指出“依旧流水绕修篁”。“修篁”即修竹;“傍有”三句更把境界扩大了,生活美化了,有时在空阔无边的湖水荡漾中,撑一只小艇,旁若无人地在那儿吟啸自得,除了水云相伴外,谁也不过问,这是多么畅快的生活!“啸傲”是吟啸倨傲,言动毫无拘束的神态;“水云乡”,水云聚集的地方,云是从水里看到的,水和云一起提,当然是很清澄的水,即指那千顷的湖;结尾两句劝勉他人也表示自己告退意志的坚定。“骑鲸客”指远离尘俗、遁迹沧海的人,从上面的“水云乡”再扩展说。唐李白曾自称“海上骑鲸客”;杜甫诗:“若逢李白骑鲸鱼,道甫问讯今何如”。“南荒”统指不堪驻足的地带。标题是“和致道《水调歌头》呈子我、行简”,这是劝勉之辞,和他们当时的处境必有关系。

窃杯女子 生平不详。

鹧鸪天

窃杯女子

灯火楼台处处新，笑携郎手御街行。贪看鹤阵笙歌举，
不觉鸳鸯失却群。
天表近，帝恩荣。琼浆饮罢脸生春。归来恐被儿夫怪，
愿赐金杯作明证。

【鉴赏】

这是一首写元宵的叙事词，作者是一位不知姓名的女子。

《大宋宣和遗事》中，记载了这样一个故事：北宋徽宗宣和年间，社会升平，灯节繁华。是夜，家家户户张灯结彩，男男女女都跑到大街小巷观灯游玩。一位年轻媳妇也与丈夫手拉手逛街观灯。不料，二人被人群挤散了。

当时，皇帝与民同乐，赏酒给百姓喝，这个小女子也挤上前去，抢到一杯喝了，并且将酒杯偷偷揣入怀中。不料，她由于高兴，未及防备，被巡逻的卫兵发现了，便把她捉将起来，去见皇帝。到得皇帝面前，她不慌不忙地朗诵了这首词，说明了拿酒杯的缘由，皇帝听她讲得有理，便谅解了她。从这个故事中，可以看出宋词发展有着十分广阔的群众基础。

词分上下两片，上片写灯火灿烂，笙歌曼舞，夫妇二人被拥挤失散的情形。下片写窃取金杯的缘由。语言通俗明白，叙事条理清楚，是别具一格的一首词作。

汪藻 （1079~1154）字彦章，饶州德兴（今属江西）人，自幼聪明异常，入太学。崇宁五年（1106）进士。博览群书，老不释卷；工诗，善写自然景物，为四六文之“集大成者”。词仅存四首，属婉约风格。有《浮溪集》六十卷，已佚。

点绛唇

汪 藻

新月娟娟[①]，夜寒江静山衔斗[②]。起来搔首，梅影横窗瘦。
好个霜天，闲却[③]传杯手。君知否？乱鸦啼后，归兴浓于酒。

【注释】

①娟娟：明亮美好的样子。

②斗：北斗星。

③闲却：空闲了。

【鉴赏】

这是一篇借景抒情的小令。作者借霜天月夜图抒发了厌恶官场、乐于归隐的清峻高洁之志。

上阕集中笔墨描绘了一幅江寒、山静、梅瘦的霜天月夜图。开篇两句写远而静的夜景。“新月娟娟，夜寒江静山衔斗。”一弯新月如玉镰悬空，星月交辉，把夜空装扮得十分美丽。远山静静地矗立着，起伏的山峰仿佛把正在下沉的北斗星衔在口中一样。江水在夜幕下流淌得更加悄无声息了，夜似乎更冷了。“衔”字极为生动准确，将静景写活了。以下内容由室外的星月江山之景写到室内的“起来搔首”之人。深夜无眠的人必是心事重重者。他凭窗而坐所见到的是斜映在窗上的清瘦的梅影。这句“梅影横窗瘦”一是以梅花点明残冬早春时节，二是作者以“梅瘦”自喻愁情满怀、品格高洁，为下文抒发归隐之志做好铺垫。

下阕以“好个霜天”作为上阕写景的收束，又引发下文的抒情。“霜天”好在它正是推杯换盏的时候。“梅影横窗瘦”也可以成为酒宴助兴的美景，但作者却“闲却传杯手”。他远离官场宴会，酒兴全无。其中原委好似一个悬念耐人寻味，紧接着又用“君知否”对之加以强调，最后才告知是“乱鸦啼后，归兴浓于酒。”归隐的兴趣像酒一样浓烈。“乱鸦啼”暗喻得志小人的聒噪。这是全词唯一写声音的句子。这聒噪声在星沉月明之时会显得更加刺耳。但作者对之的反应是“搔首”“闲却”，如梅影傲霜般默默无语。这里“无声”与“有声”相对，取得了无声“胜”有声的表达效果，因为“归兴浓于酒”，表明了作者远离官场倾轧的决心。

整个作品写法含蓄，深有寄托，有感而发。上阕集中写静景，间以“起来搔首”

的动作，为抒情张本。下阕着重抒情，却间以乱鸦啼叫之景，与上阕形成呼应对比，使词作在整一中求变化，并更有艺术表达上的效果。

曹组 生卒年不详，字元宠，颍昌(今河南许昌)人。宣和三年(1121)登进士第。官至阁门宣赞舍人，睿思殿应制。敏于应对，工诗文。著有《箕颍集》。

蓦山溪 梅

曹组

洗妆真态，不作铅华御[①]。竹外一枝斜，想佳人天寒日暮。黄昏院落，无处著清香，风细细，雪垂垂，何况江头路。
月边疏影，梦到消魂处。结子欲黄时，又须作廉纤[②]细雨。孤芳一世，供断[③]有情愁，消瘦损，东阳[④]也，试问花知否？

【注释】

①铅花御：用脂粉化妆。
②廉纤：细微，纤细，连绵不断。
③供断：供尽，无尽地提供。
④东阳：原指南朝梁代曾任东阳太守的沈约，此处指作者自己。

【鉴赏】

这是一首咏梅词。作者运用拟人化的笔法，描摹了梅花的孤芳自傲，在咏物中寄托了作者高洁的自我人格。

上阕写野外之梅的天姿国色和幽独高雅的神韵。词一开头，词人没有因袭古诗词中委婉含蓄，欲说还休的习惯做法，直接咏梅之清纯高洁："洗妆真态，不作铅华御"，仿佛洗去铅粉的美人，天生丽质，无须修饰；"竹外一枝斜，想佳人天寒日暮"二句是化用苏轼诗"竹外一枝斜更好"和杜甫诗"天寒翠袖薄，日暮倚修竹"，描写在天寒日暮时，唯有梅花一枝独秀，在竹丛外横斜一枝，宛如一个美女，孤芳自赏；接下来"黄昏院落"五句紧承上句、意思是无论是黄昏时刻，在无人问津的院落里，还是在寒风吹过，飞雪茫茫的江边路上，孤芳高洁的寒梅，仍独自散发出阵阵清香。这既是对梅之幽独高洁品格的进一步礼赞，也同时暗含了对志士仁人高尚品质的歌颂。

下阕由描写梅花转入以物喻人的抒情。词人由月下疏影的清丽景象联想到日后花落梅黄，阴雨连绵的情景，情思悠长。"月边疏影"二句，意即月光下，梅的疏影，清凄无比，犹如美人正进入那叫人销魂的梦境之中；"结子欲黄时"四句是写，当梅花将要结子时，又是连绵一片的烟雨。尽管她不停地遭受风霜雪雨的摧残，然其玉骨冰魂，依然孤芳一世，清高无比，只令人产生无穷无尽的愁和情；词的结句"消瘦损，东阳也，试问花知否"中，词人自比东阳，借花骋情：我深情地询问梅花，你可知道，我全都是为了你，日日夜夜憔悴消瘦。此句微思远致，清逸脱尘，犹如梅花。

全词用清丽淡雅的笔墨，抒独赏清芳之情，表孤高自傲之志。在赞赏梅花飘逸脱俗的风骨时，又隐隐带有一种不甘寂寞、渴望被人赏识的愿望，是古诗词众多咏梅之作中的一篇佳作。

万俟咏 字雅言，生平籍贯不详，自号词隐。北宋徽宗崇宁间以填词自娱。自编词集，分"应制""风月脂粉"等五类，周邦彦名曰《大声集》，已不传。多颂扬祥瑞和歌咏风月之作，词风淡婉工雅。

三　台

万俟咏

清明应制

见梨花初带夜月，海棠半含朝雨。内苑[①]春、不禁过青门，御沟[②]涨、潜通南浦[③]。东风静，细柳垂金缕。望凤阙[④]、非烟非雾。好时代、朝野多欢，遍九陌[⑤]、太平箫鼓。

乍莺儿百啭断续，燕子飞来飞去。近绿水、台榭映秋千，斗草[⑥]聚、双双游女。饧[⑦]香更、酒冷踏青路，会暗识、夭桃朱户。向晚骤、宝马雕鞍，醉襟惹、乱花飞絮。

正轻寒轻暖昼永[⑧]，半阴半晴云暮。禁火天[⑨]、已是试新妆，岁华到、三分佳处。清明看、汉蜡传蜡炬。散翠烟、飞入槐府[10]。敛兵卫、阊阖[11]门开。住传宣、又还休务[12]。

【注释】

①内苑:皇城里的庭苑。

②御沟:流经皇城的水渠。

③南浦:水边。

④凤阙:京都的城楼。

⑤九陌:都城大道。

⑥斗草:古代民间的一种斗百草游戏。

⑦饧(xíng):麦芽糖。

⑧昼永:白天较长。

⑨禁火天:寒食节。古代的风俗是不准生火,吃冷食。

⑩槐府:门前植有槐树的贵人宅第。

⑪阊阖:皇宫的正门。

⑫休务:停止办理公务。

【鉴赏】

这是一首作于清明节的应制之词,这类“歌德”式作品大多是歌咏太平盛世和圣上恩德。

一叠首先以景物描写点出季节。带月梨花,含露海棠,虽说都是春景,但取自一早一晚不同的时间,暗示春景时时可见。接着借春来水涨等自然现象说明春生“内苑”,春意萌动之后不知不觉地漫延开去,遍及天下各处。这是极力形容皇上恩德深广。“东风”句具体描写春到的景象,杨柳于轻悄悄的春风中吐绿,烟柳、高楼,一切都在春意葱茏之中。在此基础上,结语自然就成为皇恩浩荡的赞语。

二叠由一叠写静景过渡到写动景,并由景及人,描绘了一幅幅人物春季活动的场景。作者首先用莺歌燕舞来渲染春的生机,再写到亭园绿水之上秋千飘荡的影子,步步点染,渐渐引出人物,由景与人组成一幅幅春美人欢的和谐图画:成群的女子嬉笑着斗百草,成双成对的青年男女于春光中结伴踏青,暗许琴心。到了晚上,更是香车宝马不散,彻夜欢娱宴饮。醉意沉沉之中,大家难免狂放失态。至此,词人已从不同的方面表现了天下皆春。

三叠所写场景由宫城外转到宫城内。先用两句交代乍暖还寒的气候和薄阴的天气。到了清明,少女们早已穿起了新装,一年四季的佳景已见三分。“清明看”是写皇宫内所见,化用韩翃诗句:“日暮汉宫传蜡烛,轻烟散入五侯家”,渲染当朝君臣同乐的融洽气氛;结语又写到官府里百官休务,突出官民同欢的太平局面。

这首词从不同的时间、不同的角度、不同的场面全景展示了清明春景,达到以春满天下歌颂皇恩远播的意旨。

田为 生卒年不详，字不伐，善琵琶，通音律。政和末，充大晟府典乐。存词六首。

江神子慢

田为

玉台[1]挂秋月，铅素[2]浅、梅花傅香雪[3]。冰姿洁，金莲[4]衬、小小凌波罗袜[5]。雨初歇，楼外孤鸿声渐远，远山外、行人音信绝。此恨对语犹难，那堪更寄书说。教人红消翠减，觉衣宽金缕[6]，都为轻别。太情切，消魂处、画角黄昏时节。声呜咽，落尽庭花春去也，银蟾[7]迥、无情圆又缺。恨伊不似余香，若[8]鸳鸯结。

【注释】

①玉台：传说为神仙居所，此处指碧空。

②铅素：铅华。女子所用铅粉。

③梅花：指梅花妆。傅：通“附”，附着。

④金莲：专指女子纤足。

⑤凌波罗袜：喻女子步履轻盈。

⑥金缕：饰有金线的罗衣。

⑦银蟾：明月。传说月宫中有蟾蜍，故称。

⑧若：粘附、紧贴之意。

【鉴赏】

本词是一首闺怨词，写一女子春日闺中怀人的情愫。思妇久盼意中人音信不至，心中自然无限幽怨，可是却以“此恨对语犹难，那堪更寄书说”自我安慰。

上阕头六句即勾画出一幅“秋夜美人图”：碧空当中，秋月高挂。小女子淡淡的粉妆，修得容貌雅洁，额上点了梅花妆，香粉白净似雪。这个风姿绰约冰清玉洁的美人，一对金莲秀足，小小罗袜十分衬贴。如此青春年华家境尚可的一个美人，按理会生活得十分幸福；但词写到此，笔锋一转：“雨初歇，楼外孤鸿声渐远，远山外、行人音信绝”。一阵骤雨刚刚停歇，楼外孤鸿的鸣声渐渐远去，在那遥远的山外，远行的游子至今尚无音信。一个闺中怨妇的形象凸现出来；接着“此恨对语犹难”两句更是独特的刻画出思妇的心理活动。月下漫步的她，满腹心事，无法表达，只能发出一声叹息：这愁恨对面诉说也难，更何况还要寄书信向他倾谈，实在是难为情啦。一个“犹”、一个“堪”，淋漓地表达出思妇“欲言又止”的矛盾心情。

词的下阕写因相思而清瘦，遇黄昏尤觉销魂。“教人红消翠减”三句是写这种刻骨的相思教人形容憔悴，像红花枯萎、绿叶凋残，只觉得自己一天比一天消瘦，金缕衣变得松宽起来，这全都是与心上人轻易地离别所至；接着“太情切”七句续写思妇闻声怀感，睹物生情的情景：黄昏时节，太过凄切的画角吹响，实在令人伤神。那角声呜咽，如诉如泣。小女子不时在月下的庭院中徘徊，低下头，红花落尽春光消逝；抬望眼，遥远的明月冷漠无情，刚圆满又变成残缺；末尾两句以思妇的一句痴语表白深情：恨自己不是那荷花的余香，不能惹得那些鸳鸯来结伴成双。此情怨得无理，怨得无奈，却道出了怨妇的痴情神理。

全篇风格婉丽，情致缠绵，把离情相思写得别具韵味。

徐伸　生卒年不详，字干臣，三衢（今浙江衢州）人。政和初，以知音律为太常典乐，出知常州。著有《青山乐府》。

转调二郎神

徐　伸

闷来弹鹊[①]，又搅碎、一帘花影。漫[②]试著春衫，还思纤手，熏彻金猊烬冷[③]。动是愁端如何向，但怪得新来多病。嗟旧日沈腰[④]，如今潘鬓[⑤]，怎堪临镜？
重省，别时泪湿，罗衣犹凝。料为我厌厌，日高慵起，长托春酲[⑥]未醒。雁足[⑦]不来，马蹄难驻，门掩一庭芳景。空伫立，尽日阑干倚遍，昼长人静。

【注释】

①弹鹊：用弹击走喜鹊。

②漫：随意，漫不经心。

③金猊烬冷：金猊炉内香灰已冷。

④沈腰：瘦腰。南朝梁沈约以瘦弱著名。

⑤潘鬓：未老头白。典出潘岳《秋兴赋》序："余春秋三十有二，始见二毛。"

⑥酲：病酒。

⑦雁足：代指信使。

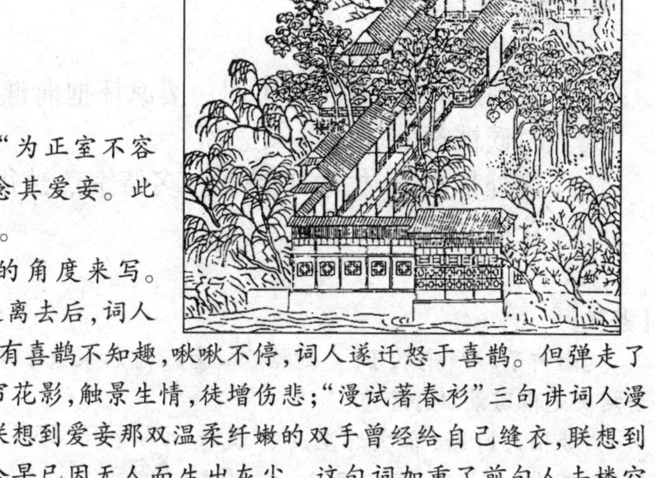

【鉴赏】

据传徐伸有一侍妾，"为正室不容逐去"，于是作此词以怀念其爱妾。此词以感情真挚而闻名天下。

词的上阕先从自己的角度来写。首三句是说自从侍妾被迫离去后，词人日夜相思而忧闷不乐。偏有喜鹊不知趣，啾啾不停，词人遂迁怒于喜鹊。但弹走了喜鹊，却又反而搅碎了一帘花影，触景生情，徒增伤悲；"漫试著春衫"三句讲词人漫不经心地随意试穿春衣，联想到爱妾那双温柔纤嫩的双手曾经给自己缝衣，联想到她曾点燃熏过的香炉，如今早已因无人而生出灰尘。这句词加重了前句人去楼空的凄清与孤独感；"动是愁端如何向，但怪得新来多病"两句意谓词人动不动就引起忧愁，却又不知该如何，不明白自己为何近来多病；末三句"嗟旧日沈腰，如今潘鬓，怎堪临镜？"言"为伊消得人憔悴"之意：叹息本来就很瘦弱的自己，如今又添白发，感到自己变老了，对着镜子不敢看。词人淋漓尽致的表现了笼罩四周的相思之苦，挥之不去，不能自已。

词的下阕再从对方的角度来写。以"重省"两字起头，想象自己的爱妾正在同样地思念着自己。起头两句的意思是：回忆当初分别时，爱妾难割难舍，泪溅罗衣，想必至今还能看到泪的痕迹；"料为我厌厌"三句是讲爱妾想来会日夜思我，终日无精打采，不肯早点起床，整天以酒消磨时日和心中的哀愁，然后托故春饮醉酒不醒；"雁足不来"三句是说她终日期待着能得到"我"的消息，却始终等不来鸿雁的传信，终日期待着能再见到"我"的音容，却始终看不到"我"的身影出现在门前。庭院里一派春日佳景，她却把门户关闭，尽情描写出人空憔悴的凄楚情景；末三句是想象爱妾百无聊赖地倚着庭院中的栏杆，空空地等待，自伤自怜。只觉得白昼太长，庭院内外冷清，寂寞难耐。此句已成词中名句，流传千年而不衰。

全词抒情婉曲，笔法细腻。上下两片互相辉映，扩大了词的感情容量。两片之间以换头"重省"二字作为过渡，境界变化而意脉相连。词人善于捕捉典型的场景和心理感受，这种独具特色的艺术表现手法，感人至深。

田为 生卒年不详。字不伐。善琵琶，通音乐。政和末，充大晟府典乐。宣和元年(1119),罢典乐,为乐令。有赵万里辑本《萍呕集》,存词六首。

南 柯 子 春景

田为

梦怕愁时断,春从醉里回。凄凉怀抱向谁开?些子清明时候被莺催。

柳外都成絮,栏边半是苔。多情帘燕独徘徊,依旧满身花雨又归来。

【鉴赏】

《南柯子》即《南歌子》。题名《春景》,为后来选本妄加,不能体现词作原意。全词实是借写景以抒春愁。

"梦怕愁时断,春从醉里回。"以对句起,点出"愁"字,开门见山,直抒愁怀。"梦"和"醉"二字,则说明这位愁人借以消愁解闷,自我麻醉的方法唯此二者。他害怕梦醒愁也醒(断,指梦破),于是"终日昏昏醉梦间",企图以此逃避愁闷的袭来;然而春天却从沉醉中悄悄地回来了。春天能否给愁人带来欢乐呢?面对阳春烟景,他却发出酸楚的自问:"凄凉怀抱向谁开?"他感到满怀的凄凉况味,一时既诉说不尽,更找不到可以诉说的人。杜甫《奉侍严大夫》诗:"身老时危思会面,一生襟抱向谁开?"虽然所指不同,但可以对之倾诉怀抱的人,一定是了解自己、关心自己的人。凄凉怀抱,无可告语,可见知心人不在身边,因而感到格外孤寂难堪。这一句暗示愁闷难解的原因在于怀人,则梦断酒醒的惆怅也自然可以理解了。这三句已定下全词的抒情基调,于是在词人眼中所见的"春景",无不染上这种"凄凉"的色调。"些子清明时候被莺催?"清明前后,正是春光大好,踏青游春之时,词人却意兴萧索,无心赏玩春光。"些子清明时候",些子,唐宋俗语,少许,一点点的意思。这里形容时间的短暂。在词人的感觉上,清明前后这春光的黄金季节,竟是如此短暂,匆匆即过。少许春光,并不曾给愁人带来丝毫欢乐;相反,在他听来,枝头的百啭黄莺,不是在为春天欢唱,却是唱着催春速去的挽歌。这两句把莺花三月,化作短暂的心理时间,染上凄凉的感情色彩;春天从醉梦里悄悄而来,又在莺声中匆匆而去,外在的春景如梦幻泡影。春去春来,愁情依旧。

如果说上片是词人直抒胸臆的痛苦告语,下片则推出了一组令人黯然销魂的景物镜头。词人隐身在景物之后,让这些无言的镜头说出他的心声。“柳外都成絮,栏边半是苔。”柳絮纷飞,意味着春将归去,很自然地令人想到上片结处“被莺催”的那个“催”字,意脉的过渡毫不着力。栏干边的苔痕,则说明长久无人凭栏眺景了。春天对于愁人来说,似乎是可有可无的。然而有一件东西却深深地触动了词人:“多情帘燕独徘徊,依旧满身花雨又归来。”啊,只有你,多情的燕子,依然记得旧时的主人,带着一身花雨,又来到我的身边!“多情”二字,含着热泪脱口呼出,有如见故人之感。燕子还记得当年帘幕中的欢乐情景,当它再度飞来时,却感到境地凄凉,气氛顿异,不禁迟疑起来。“独徘徊”三字,就传神地写出燕子归来的神态。“依旧”二字,则唤起对于当年燕子来时的回忆,同时也会很自然地触发这样的感慨:当年栖巢的燕子又归来了,当年欢聚的人儿呢?作者虽未曾点破,但整首词的着眼点却正在于此。作者巧妙地把要说的这句话,诱使读者替他说出来。这首词之所以耐人寻味,也正在于此。

南柯子 春思

田为

团玉梅梢重,香罗芰扇低。帘风不动蝶交飞。一样绿阴庭院锁斜晖。
对月怀歌扇,因风念舞衣。何须惆怅惜芳菲,拚却一生憔悴待春归!

【鉴赏】

这首《南柯子》可以看作另一首同调词“梦怕愁时断”的姐妹篇,在内容上有一定的关联。题为《春思》,也是选本所加,在写法上从触景兴感着笔。“团玉梅梢重,香罗芰扇低。”开头两句写暮春景色。“团玉”指初生的青梅,圆如碧玉,故称。一个“重”字,写梅花谢落,梅子初生,枝头沉甸甸地增加了重量感。“芰扇”,喻初生的荷叶。“芰”,原指菱,因诗词中常以“芰荷”连称,故以指荷。“香罗芰扇”,犹轻罗小扇:春末夏初,荷叶初生,田田轻圆,有如罗扇。用一“低”字,状荷叶刚刚出水。这两句分别从枝头和水面两个高低不同的角度,写出暮春的特征性景物。梅树结子、荷叶如扇,似乎亦含有触景伤情的意味:由团团的荷扇,想到当年持扇轻歌的人;从枝头的青梅,则可以触发“绿叶成荫子满枝”的怅惘。如果说这两句还是含而不露的静景，那么下一句“帘风不动蝶交飞”，就是一个静中见动而带有明显隐喻意味的抒情镜头。从蝴蝶双飞而引起的联想轨迹不难追踪：蝴蝶在帘外飞舞，似有依恋之意，可能帘幕中还留着伊人的余香剩馥吧？这情景使人想起吴文英《风入松》词中的名句：“黄蜂频扑秋千索，有当时纤手香凝。”帘风不动，双蝶交飞，这以静托动的镜头，反映出对景者心情的不平静，他的思绪也随着蝶翅而飞扬起来。当年与那人欢聚的时候，不也像一对翩跹于花间的彩蝶吗？生活中充满着多少柔情蜜意啊！然而现在呢？“一样绿荫庭院锁斜晖。”同一绿荫庭院，当年歌舞欢聚时并不觉得春光的消逝；而今却感到满院阴沉，春光荡尽，唯有落日的余晖为这深锁的庭院投下一抹凄清的暗影。院门深锁，却未曾锁住美好的春光和爱情的欢乐，而偏偏锁住凄清的晚照，梦醒的惆怅，以及不尽的追恋。细细咀嚼这个“锁”字，意味甚为深长。

下片正面写思念之情。“对月怀歌扇，因风念舞衣。”明确点出其人身份。“歌扇”“舞衣”，与上片的“芰扇”“蝶交飞”，有一种隐喻性的意象关联。风前月下，触景兴感，怀念之情更觉不能自已。“何须惆怅惜芳菲，拼却一生憔悴待春归！”这两句一推一挽，激发出感情的更大力度，为全词弹出一个怀人的最强音。“何须”句是说不必因为悼惜春光而深自惆怅，作者似乎想从痛苦中解脱出来。然而欲擒故纵，这看似达观自解的话，却正表示着已经做好承受巨大痛苦的心理准备。于是转出“拼却”一句，语气果决，任凭时光流逝，耿耿此情始终不泯，即使一生为之憔悴痛苦，也仍然期待着春天的归来！他明白，这逝去的“春天”已永不复返，期待的结果也只能是不断的失望和层累的痛苦。但是，他愿意。

这情怀是动人的。史称作者“无行”，似乎指他好狎邪之游，生活不太严肃。如果从反对封建正统的眼光来看，这位擅长琵琶的词人，对于歌女舞妓倒怀有真挚的感情，这两首《南柯子》可以作为例证。

陈克 (1081~?)字子高，自号赤城居士。临海(今属浙江)人。一云天台(今属浙江)人。侨居金陵。吕祉帅建康时，辟为参议。绍兴中，为敕令所编修官。曾撰《东南防守便利》上奏朝廷，力主抗金，但不为所用，词作中常寄寓家国之慨。词格艳丽，接近温、韦、晏、周。前人评论其词“格韵绝高”(周济语)、“婉雅闲丽”(陈廷焯语)。有《天台集》，已佚，今存辑词《赤城词》。

菩 萨 蛮

陈 克

赤栏桥尽香街直，笼街[①]细柳娇无力。金碧[②]上青空，花晴帘影红。

黄衫[③]飞白马，日日青楼[④]下。醉眼不逢人，午香吹暗尘。

【注释】

①笼街：笼罩着整个街道，极言柳多枝密。

②金碧：指街旁金碧辉煌的建筑。

③黄衫：隋唐时少年华贵之服。《新唐书·礼乐志》言明皇尝以马百匹施三重塌，舞倾杯数十回。又以乐工少年姿秀者十余人衣黄衫文玉带立左右。后泛指贵族公子的衣饰，由此成为衣着华丽的王孙公子的代称。

④青楼：此指歌楼妓馆。

【鉴赏】

这是一首反映王公贵族奢华生活的词。

上阕描写了花街柳巷繁华绮丽的美景。起句交代了地点是漆了朱红栏杆的小桥尽头那条充满香味的笔直的街道。桥栏染赤，暗示了桥的华美；街曰"香"，不言明是花香、脂粉香或其他，更加耐人寻味，显得含蓄典雅；街道的笔直，暗示了它的繁华。第二句写了环境：街的两旁长满了碧绿的杨柳，在微风中轻轻摇摆，显得娇媚无力。柳可笼街，足见其多：柳既"细"且"娇"，极尽其婀娜多姿、妩媚动人的神韵。小桥、香街、垂柳，描写了一个优美动人的环境。"金碧"句写街边建筑。"金碧"显示了它的华丽壮美，色浓；"青"字形容天空晴朗，用一"上"字将二者联系起来，显示了建筑物的高大雄伟。末句刻画了具体人家："晴"说明了天气很好，艳丽芬芳的花在春光照耀下更加动人，把窗帘也映红了，渲染了环境，烘托了气氛。此句既是对上句的衬托，也是对"香街"的照应，既写了一种气氛，同时又暗示了金碧辉煌的楼中的旖旎温柔。由远到近、由面到点的描写为下阕做了一个过渡。

下阕刻画了贵族公子寻欢作乐前后狂妄骄横的丑态。"黄衫"点明了狎妓者的身份。"飞"字表明马速之快，从侧面反衬出狎妓者情急若渴的情态。"日日青楼下"，点明了他们长期过着腐朽糜烂生活；"醉眼不逢人"写其花天酒地后，醉眼朦胧，骑着白马，旁若无人地横冲直撞。"不逢人"实际上是目中无人，形象地刻画了这些王孙公子的骄横无理。结句含蕴尤其深厚,黄衫白马飞驰过后,身后扬起的尘土中还夹杂着阵阵香气。“午”字点明时间;“香”照应“香街”与“花晴”;“吹”字又暗含有王孙公子骑马急驰扬起暗尘的嚣张。花香本是十分美好的事物,然而这里的“香”除指花香外,还暗指青楼女子的脂粉香与体香,未免有点龌龊,在与暗尘结合在一起,美丑并列,使美者更美,丑者更丑。不言自明地点出了王孙公子招摇骄横、令人厌恶的形象。

本词的一大特点在于成功地运用了“赤”“金”“青”“红”等表色彩的词语。写景摹状,细腻生动,很能体现陈词“格韵绝高”“婉雅闲丽”的特征。

菩　萨　蛮

陈　克

绿芜墙绕青苔院[1],中庭日淡芭蕉卷[2]。蝴蝶上阶飞,
烘帘自在垂[3]。
玉钩双语燕,宝甃[4]杨花转。几处簸钱[5]声,绿窗春睡
轻[6]。

【注释】

①“绿芜”句:借用白居易《陵园妾》诗句,写小院的幽深。绿芜,指碧绿的春草。

②卷:花叶蜷曲未展的样子。

③烘帘:日光烘照的帘幕。自在:自然,无拘无束。

④宝甃(zhòu):井壁,此代指井。

⑤簸钱:唐宋间青年女子喜爱的一种游戏,一个人持铜钱手中掂簸,依次展开,让对方猜钱的正反面,以决胜负。王建《宫词》云:“暂向玉华阶上坐,簸钱赢得两三筹。”

⑥“绿窗”句:化用晏几道《更漏子》“绿窗春睡浓”句。绿窗,代指闺房。

【鉴赏】

此词写春景春情,历来颇受赞赏。

上阕写景。起句借用白居易《陵园妾》成句,写小园的幽深。院是长满“青苔”之院,四周是长满“绿芜”的墙,已给人一种清幽静寂之感;再用一“绕”字将小园同外界隔绝开来,更觉得有“庭院深深深几许”的深幽;接着写庭景。“中庭日淡”,点明时间已近午。“淡”字形象写出春日的光线不似夏天那样耀眼,为后文描写“春

睡”张本。庭中芭蕉叶微卷，此两句暗示了是早春天气。三四两句写了蝴蝶与烘帘两个意象。台阶上面蝴蝶在翩翩起舞，给庭院陡增了无限生机，暗示了台阶上无人；晴日烘照的帘幕自然地闲垂着，暗示了主人在午睡。此两句动静结合，进一步反映了小园的幽静。写帘“自在垂”，“以见其不闻不见之无穷也”（《谭评词辨》），不需著意，幽趣自现。

下阕前两句继续写景。紧承上阕，起句从帘外写到帘内，玉钩上有两只燕子在窃窃私语，写燕子呢喃之声反衬帘中人春睡之熟和庭院之静。接着写井边杨花在随着微风轻轻飘落，“转”字极尽杨花飘落之状。上阕至此皆是写春景，通过声与色的描绘，动静相结合，写足庭院的静幽，蓄势已足。结尾两句，笔锋一转，由写景转入写人。远处少女们簸钱戏耍的声音，不断传入帘内还睡眼朦胧的闺妇。“绿窗春睡轻”由晏几道《更漏子》“绿窗春睡浓”化来，“睡”下着一“轻”字，使全词俱灵，将闺妇似醒非醒、迷离朦胧、闲适自得的意态刻画得具体形象，境界焕然一新。故前人读此二句，称赏不已，谓之“殊觉其香茜”（《词林纪事》卷十引卢申语）。

此词写景动静结合，将幽深寂静的庭院美景描绘得逼真细腻。全词洋溢着一种闲适自得的情趣。

朱敦儒 （1081～1159）字希真，号岩壑，洛阳（今属河南）人。早年隐居不仕。绍兴三年（1133），补右迪功郎。五年（1135），赐同进士出身，为秘书省正字、擢兵部郎中，迁两浙东路提点刑狱。秦桧当国时，除鸿胪少卿。桧死，亦废。晚居嘉禾。有《岩壑老人诗文》一卷，不传。又有词集《樵歌》三卷。词风豪放旷达，语言清畅，多写隐逸生活。南渡后，间有感喟国事之作。

念 奴 娇

朱敦儒

插天翠柳，被何人、推上一轮明月？照我藤床凉似水，
飞入瑶台琼阙。雾冷笙箫，风轻环佩，玉锁无人掣[①]。
闲云收尽，海光天影相接。
谁信有药长生，素娥[②]新炼就，飞霜凝雪。打碎珊瑚，
争似看、仙桂扶疏横绝[③]。洗尽凡心，满身清露，冷浸
萧萧发。明朝尘世，记取休向人说。

【注释】

①掣(chè):拉、挡。

②素娥:指嫦娥,即月亮。

③扶疏:树枝繁茂纷披。

【鉴赏】

这是一首优美瑰丽的游月宫词。月亮是古人所认识的除太阳外最大的天体。它那有规律的圆缺变化,月亮表面明暗不一的花斑,优美动人的月光,给人们带来了无穷无尽的遐想与猜测。从远古时代开始,人们便幻想着飞到月亮上去,遨游一番。朱敦儒是位南宋初的词人。在饱经战乱流离之后,人们渴望一个安定宁静和平的世界。但现实中的世界却是残破不堪,于是作者只能把理想寄托在尘世以外的月宫中。词的开头,写自己在户外的藤床上乘凉,仰看高大的柳枝间,一轮明月冉冉升起,好像是有人在后面推着。月光如水,倾泻在他的四周和他的身上。在恍惚迷离之中,他幻想着或梦见了自己向月宫中的琼台瑶阁飞去。耳边清雾使人感到寒冷,风声好像是在奏乐。天上的风使得环佩等饰物都变轻了,身上佩戴的玉锁本来是保佑长命百岁,使他的亲人能用这锁把他“锁”住的,现在也没有人拉住他了。他在天上自由地飞翔。一路上,云雾渐渐散尽,他看到海中的月光,海中的天宫的倒影,全与整个青天相接,海光天影也倒映在蓝天上,分不清是海是天;上阕讲飞向月宫,下阕接着讲月宫的见闻感觉。自古以来,就流传着嫦娥偷吃长生药而飞入月宫的故事,但没有亲眼见过,谁又能相信呢?现在亲眼见到了嫦娥,正在炼这长生药,那如霜如雪的白色月光,就是她新炼就的药。月宫中的桂树,繁茂纷披,玉树琼枝,像是玉色珊瑚。在这飞霜凝雪、珊瑚仙桂的琼瑶世界里,一切都是玉色透明的,尘世的凡人,到了这里,也会洗尽凡心,脱去尘垢,满身浸着清露,头发湿湿的。这是作者一次游月宫的奇特经历。这一想象与梦境,从心理上来说,是朱敦儒对于现实世界的一种逃避或抗议,从生理上来说,其恍惚、清凉,霜雪、清露等感受或感觉到的东西,其实也正是夏夜乘凉时的情景。他看着银色的月光入睡,梦见了一个琼玉世界:夜深了,露水浸满全身,浸湿了头发,所以才有“满身清露,冷浸萧萧发”的梦境。浸得难受了,醒了过来,他希望后半夜还会梦下去,所以说“明朝尘世”,其实此时他已回到尘世了。他之所以不愿向别人言说,大概是认为世无知音,不足以言说吧!

鹧鸪天 西都作①

朱敦儒

我是清都山水郎②，天教分付与疏狂。曾批给雨支风券③，累上留云借月章④。

诗万首，酒千觞⑤，几曾著眼⑥看侯王？玉楼金阙⑦慵归去，且插梅花醉洛阳。

【注释】

①西都：指洛阳。北宋以汴京为东京，洛阳为西京。

②清都：神话传说中天帝居住的地方。据《列子·周穆王》记载云："清都紫微，钧天广乐，帝之所居。"山水郎：为天帝管理山水的侍从官。

③"曾批"句：意谓曾经批示呼风唤雨的命令。券，契据，凭证。

④"累上"句：意谓多次向天帝上过留云借月的奏章。章，指奏章。

⑤觞：古代的盛酒器皿。

⑥著眼：即着眼，用眼。

⑦玉楼金阙：指宫廷，京都。慵：懒。

【鉴赏】

朱敦儒生活于北宋与南宋交替时期。北宋灭亡以前，他正值年轻时期，却放浪林泉，寄情山水，过着隐居不仕的悠闲放逸生活。《宋史·文苑传》记载朱敦儒的事迹说："志行高洁，虽为布衣而有朝野之望。靖康中，召至京师，将授以学官，敦儒辞曰：'麋鹿之性，自乐闲旷，爵禄非所愿也。'固辞还山。"这首词就是朱敦儒早期隐居西都洛阳时所作。洛阳作为西京，繁华不亚于汴京，本非隐逸之所，然而正如陶渊明《饮酒》诗所云"结庐在人境，而无车马喧；问君何能尔，心远地自偏"。朱敦儒能在洛阳隐居，大概是也达到了"心远地自偏"的处世境界。其时朱敦儒正当年轻，之所以隐逸不仕，无非出于对现实的不满。但从这首词的描写中，我们还看到了他那"天教分付与疏狂"的独特个性。

好 事 近 渔父词

朱敦儒

摇首出红尘[①],醒醉更无时节。活计绿蓑青笠[②],惯披霜冲雪[③]。

晚来风定钓丝闲,上下是新月。千里水天一色,看孤鸿明灭[④]。

【注释】

①红尘:闹市的灰尘,比喻繁华热闹的地方,也指人世间。

②活计绿蓑青笠:即以打鱼为生。活计,指生计,谋生的手段。绿蓑青笠,渔人的装束。

③惯披霜冲雪:意谓习惯于在霜雪的寒天里生活劳作。

④明灭:时隐时现。

【鉴赏】

"靖康之难"不仅摧毁了北宋王朝的政治大厦,也结束了朱敦儒前期疏狂隐逸的闲适生活。北宋灭亡后,朱敦儒也随着大批流民一起南逃,开始了"万里飘零南越"的流亡生活。他自洛阳经淮西、南京、江西辗转逃到两广,曾在粤西泷州一带暂居。后来南宋朝廷曾两次征召他入京。此时朱敦儒在饱受国破家亡的乱离之后也很想为民族兴亡出份力,也就改变了前期的隐逸生活态度,应召到了杭州,开始了仕宦生活。然而南宋偏安王朝却奉行屈辱求和政策,朱敦儒非但不能有所作为,反而遭到弹劾被罢官。于是朱敦儒又重新走向隐居生活。这首《好事近·渔父词》就是他晚年退居浙江嘉兴时所作。原作是一组共6首,这是第一首。这个"摇首出红尘"的"渔父"形象,实际上就是晚年朱敦儒自我形象的生动写照。如果说朱敦儒前期的隐逸主要是出于"疏狂"的个性,那么他晚年的退隐则既出于愤激又出于厌倦;如果说他前期的隐逸还带有几分矫饰的色彩,那么他晚年的退隐已表现得更为平静。

水龙吟

朱敦儒

放船千里凌波去，略为吴山留顾。云屯水府，涛随神女，九江东注。北客翩然，壮心偏感，年华将暮。念伊、嵩旧隐，巢、由故友，南柯梦，遽如许！

回首妖氛未扫，问人间、英雄何处？奇谋报国，可怜无用，尘昏白羽。铁锁横江，锦帆冲浪，孙郎良苦。但愁敲桂棹，悲吟梁父，泪流如雨。

【鉴赏】

朱敦儒的词，从题材和内容看，大抵可分为两类：一类是写他早期的清狂生活和闲适心情的，另一类是写他忧国伤时，抚今思昔的。这首《水龙吟》就是属于他后一类作品的代表之一。

宋钦宗靖康元年（1126），金兵大举南侵，洛阳、汴京一带，均遭兵燹。不久，汴京沦陷。朱敦儒携家南逃，先到淮海地区，后渡江至金陵。又从金陵沿江而上，到达江西。再由江西南下广东，避乱南雄（今广东南雄市）。这首词具体写作年月虽不可考，但从词的内容看，似是他离开淮海，沿江东下金陵时所作。

词一开始就以雄健之笔描绘了一个开阔的水面境界：放船千里，凌波破浪，烟波浩渺。“略为吴山留顾”，从侧面点明他此次离开汴洛一带南来，不是为了“山水寻吴越，风尘厌洛京”（孟浩然《自洛之越》）。对明媚的吴中山水，他只是略为留顾而已。潜台词是说，他此次离乡背井，实在是因强敌入侵，迫不得已；“云屯”三句写长江水势。水府，本为星宿名，主水之官，此处借指水。“九”，泛指多数。“九江”，指长江汇合众流，浩浩荡荡，千里东流。境界何等旷远。然而这旷远的境界并未使作者襟怀开阔，反而“北客”一句转出个人身世之感。国步艰难，一身漂泊，“如今憔悴，天涯何处可销忧”（朱敦儒《水调歌头》），“壮志未酬”，“此生老矣！”（朱敦儒《雨中花》），表现了一位爱国词人的忧愤，不是一般文人的叹老嗟卑，而是与国家兴废、民族存亡息息相关的。这正是作者思想境界的崇高处。

下文由一“念”字领起，将生活镜头拉回到作者早年在洛阳隐居的时代。“伊”“嵩”，指洛阳附近的伊阙、嵩山，这里代指洛阳一带；“巢”“由”，指唐尧时的著名隐士许由、巢父，这里代指作者在洛阳隐居时的朋友。词人早年敦品励行，不求仕进。在北宋末年金兵南侵之前，朝廷曾征召他到京城，拟授以学官，他坚辞不就，自我表白说:“麋鹿之性,自乐闲旷,爵非所愿也。”(《宋史·文苑传》)他满足于诗酒清狂,徜徉山水的隐逸生活:“我是清都山水郎,天教懒漫与疏狂。曾批给雨支风敕,累上留云借月章。诗万首,酒千觞。几曾着眼看侯王?玉楼金阙慵归去,且插梅花醉洛阳。”(朱敦儒《鹧鸪天》)这就很形象地描绘了他疏狂懒漫,傲视王侯,不求爵禄,不受羁绊的性格。现在当他身遭丧乱,落拓南逃的时候,回忆起过去那种令人神往的隐逸生活,犹如南柯一梦。真是“堪笑一场颠倒梦,元来恰似浮云。”(朱敦儒《临江仙》)梦醒得如此快,觉来无处追寻。他对过去隐逸生活的向往,其意义不在隐逸生活本身,而在于他的隐逸生活带有时代特色。封建时代,文人要隐居,必须有相对安定的社会环境。朱敦儒隐居“伊”“嵩”时,北宋社会呈现出来的尽管是一片虚假的太平景象,但毕竟还能保住中原,人民生活基本安定,比朱敦儒写作这首词的时候所过的流离转徙生活要好得多。所以朱敦儒对过去隐居“伊”“嵩”生活的怀念,其实质是希望赶走金兵,恢复中原,回到以前的那个时代去,是爱国家、爱民族的表现。

正是这种国家民族之爱,所以下片一开始作者就站在爱国家、爱民族的高度,当此凌波南下之时,北望中原,痛感妖氛未扫,不禁发出了对英雄的渴求和呼唤,渴望有英雄出来扫净妖氛,恢复中原。上下两片,意脉相连。当时并非没有英雄。宗泽、李纲都力主抗金,收复失地,但都为投降派所阻,或忧愤成疾而死,或连遭排挤贬斥,无一得志。他想到眼前放船千里的地方,也正是三国时,蜀吴联军抗曹的故地。当年诸葛亮何等英雄,奇谋报国,指挥若定,但因后主懦弱,奸臣误国,终于“尘昏白羽”,大业未成。隐喻自己也和其他英雄一样,虽有“壮心”,无奈“奇谋不用”,英雄无用武之地。这种心情,他在《苏幕遮》词中也曾表示过:“有奇才,无用处,壮节飘零,受尽人间苦。”进而由眼前的地域特点和国家形势联想到西晋灭吴的历史事实。当年吴主孙皓倚仗长江天险,以铁锁横江设防,仍然阻挡不住西晋大将王浚的楼船,锦帆冲浪,铁锁销熔,终于“一片降幡出石头”,“孙郎良苦”。历史往往有惊人的相似之处。鉴古观今,作者在词中流露出对像东吴一样偏安江左的南宋小朝廷前途的担忧。下文“但”字一转,结束上文的论史,转入到以抒情作结。词人救亡有志,报国无门,他忧愤得敲打着船桨,作为击节,像诸葛亮那样唱着“梁甫吟”,心潮激荡,“泪流如雨”,无可奈何。一位爱国词人的一腔忠义之情,抒发得淋漓尽致,而词情至此,也达到高潮。

词以放船凌波开始,通过江上风光的描写拓开境界,抚今怀古,将叙事、抒情、议论有机地组合起来,将个人身世之感与对国家民族的深情挚爱融为一体,风格豪放悲壮。

相 见 欢

朱敦儒

金陵城上西楼，倚清秋。万里夕阳垂地大江流。
中原乱，簪缨散，几时收？试倩悲风吹泪过扬州。

【鉴赏】

靖康之难，汴京沦陷，二帝被俘。朱敦儒仓促南逃金陵，总算暂时获得了喘息机会。这首词就是他客居金陵，登上金陵城西门城楼所写的。

古人登楼、登高，每多感慨。王粲登楼，怀念故土；杜甫登楼，感慨"万方多难"；许浑登咸阳城西楼有"一上高城万里愁"之叹；李商隐登安定城楼，有"欲回天地入扁舟"之感。尽管各个时代的诗人遭际不同，所感各异，然而登楼抒感则是一致的。

这首词一开始即写登楼所见。在词人眼前展开的是无边秋色，万里夕阳。秋天是冷落萧条的季节。宋玉在《九辩》中写道："悲哉，秋之为气也，萧瑟兮，草木摇落而变衰。"杜甫在《登高》中也说："万里悲秋常作客。"所以古人说"秋士多悲"。当离乡背井，作客金陵的朱敦儒独自一人登上金陵城楼，纵目远眺，看到这一片萧条零落的秋景，悲秋之感自不免油然而生。又值黄昏日暮之时，万里大地都笼罩在恹恹的夕阳中。"垂地"，说明正值日薄西山，余晖黯淡，大地很快就要被淹没在苍茫的暮色中了。这种景物描写带有很浓厚的主观色彩。王国维说："以我观物，故物皆着我之色彩。"朱敦儒就是带着浓厚的国亡家破的伤感情绪来看眼前景色的。他用象征手法使人很自然地联想到南宋的国事亦如词人眼前的暮景，也将无可挽回地走向没落、衰亡。作者的心情是沉重的。

下片忽由写景转到直言国事，似太突然。其实不然。上片既已用象征手法暗喻国事，则上下两片暗线关连，意脉不露，不是突然转折，而是自然衔接。"簪缨"，是指贵族官僚们的帽饰。"簪"用来连结头发和帽子；"缨"是帽带。此处代指贵族和士大夫。中原沦陷，北宋的世家贵族纷纷逃散。这是又一次的"衣冠南渡"。"几时收？"这是作者提出的一个无法回答的问题。这种"中原乱，簪缨散"的局面何时才能结束呢？表现了作者渴望早日恢复中原，还于旧都的强烈愿望，同时也是对朝廷苟安旦夕，不图恢复的愤慨和抗议。

结句"试倩悲风吹泪过扬州"。"悲风"，当然也是作者的主观感受。"风"，本身无所谓"悲"，而是词人主观心情上悲，感到风也是悲的了。风悲、景悲、人悲，不禁潸然泪下。这不只是悲秋之泪，更重要的是忧国之泪。作者要借悲风吹泪到扬州去，扬州是抗金的前线重镇，国防要地，这表现了词人对前线战事的关切。

全词由登楼入题，从写景到抒情，表现了词人强烈的亡国之痛和深厚的爱国精神，感人至深。

临 江 仙

朱敦儒

直自凤凰城破后，擘钗破镜分飞。天涯海角信音稀。梦回辽海北，魂断玉关西。
月解重圆星解聚，如何不见人归？今春还听杜鹃啼。年年看塞雁，一十四番回。

【鉴赏】

这首词大约是在靖康之难十四年后朱敦儒避乱南方时写的。首句“直自”即“自从”的意思。“凤凰城”又称凤城、丹凤城。杜甫《夜》诗：“步蟾倚杖看牛斗，银汉遥应接凤城。”赵次公《杜诗注》云：“秦穆公女弄玉吹箫，凤降其城，因号丹凤城，其后号京都之城曰凤城。”《三辅黄图载》：“汉长安城中有丹凤阙，后因称长安为凤凰城、凤城。”不管从哪一说，凤凰城是代指京城。这里是指北宋京城汴京。金兵攻陷汴京，残酷的侵略战争给北宋朝野上下都带来了毁灭性的灾难。当时，无论官吏、士绅、庶民都纷纷逃难，不知多少家庭被毁灭，亲人失散，骨肉分离，这就为第二句提供了历史背景。“擘钗破镜分飞”，就是指的夫妻离散。“擘钗”，出自白居易《长恨歌》：“钗留一股合一扇。”“破镜”出自孟棨《本事诗·情感》：“陈太子舍人徐德言之妻，后主叔宝之妹，封乐昌公主，才色冠绝。时陈政方乱，德言知不相保，谓其妻曰：‘以君之才容，国亡，必入权豪之家，斯永绝矣。若情缘未断，犹冀相见，宜有以信之。’乃破一镜，人执其半……”唐明皇与杨贵妃的生离死别，徐德言与乐昌公主的两地分离，都是由于残酷的战争打破了他们的宁静生活，使恩爱夫妻生生离别。这首词中的主人公同样也是由于金兵发动的侵略战争才迫使他们“擘钗破镜”的，都是战争的直接受害者。用典贴切，容易唤起人们的联想。两句均为叙事，但叙事中都带有浓厚的抒情色彩。

当然，“人有悲欢离合”，如果是在正常情况下的夫妻暂别，去有定所，离有归期，这是常事，在人的感情海洋中不会引起狂涛激浪的冲击。但词中主人公的家庭拆散，夫妻分离都是在战火纷飞的时候突然发生的，彼此去向不明，后会无期，天涯海角，各处一方。被强迫分散的夫妻、亲人，多么想得到对方的消息。如果分散之后还能互通鱼雁，那么，虽远在天涯，也还可有点安慰。而“信音稀”，却是鱼沉雁杳，音信不通，不只是稀少而已。这样，就把饱受战争苦难的词中主人公的惨痛心境更推进了一层,更能激起人们的同情。亲人离散,究竟流落何处,自然不免引起种种推测,这就为下二句"梦回辽海北,魂断玉关西"留下伏笔。"辽海北",泛指辽东沿海一带地方,"玉关西"的"玉关"即指玉门关,在甘肃敦煌西北,借指西北边关一带地方。辽海,本是金人的老巢。至于"玉关西"则当时金人势力尚未达到。两句只是互文对举,合指极为遥远的地方。正如张若虚的《春江花月夜》中的"碣石、潇湘"的用法一样。据史籍记载,金兵攻占汴京后,大肆掳掠财物、珍宝、人口北去。如丁特起《靖康纪闻》载:"靖康二年(1127)正月二十七日,金人索郊天仪物……及台省寺监官吏、通事舍人、内官,数各有差,并取家属……""二十九日,开封府追捕内夫人、倡优……又征求戚里权贵女使……""二月初二日,金人索……内官等各家属。""十七日,又追取宫嫔以下一千五百人……"并移文吩咐"解发尽绝,并不得隐落一人。"至于民间妇女丁壮被掳掠北去者,更不计其数,难以尽书。遭遇如乐昌公主者,何止一人?这是何等野蛮的抢劫!何等残酷的蹂躏!词中主人公有理由推测自己的妻子、亲人也有可能被金人掳掠去遥远的北方敌占区。这种推测是合乎情理的。思念及此,不免牵肠挂肚,梦绕魂萦。在现实生活中,亲人不但不能见面,而且音讯隔绝。只有"梦魂惯得无拘检"(晏几道《鹧鸪天》),不受时间和空间的限制,可以飞越万水千山去和亲人相会。这只是词中主人公在苦思苦念,无可奈何中一点虚幻的安慰。然而当"梦回""魂断"之后,摆在词中主人公面前的却仍然是残酷无情的现实。这真是令人难以忍受的精神折磨。

上阕侧重写离别的痛苦,下阕侧重写对重逢的盼望。多年离别,万里相思,自然幻想着有一天能够重逢。因此,一切象征重逢、重合的物象,都会引起词中主人公的感触。月亮虽然常缺,但一个月也有一夜重圆;牛郎星和织女星虽远隔银河,但每年七月七日也有一天团圆。人为什么不能团圆呢?"如何不见人归?"这个"人"是指谁?"归"到何处?我认为"人"是指词中主人公和他离散了的亲人。"归"是归到十四年前"擘钗破镜"的地方。要把这一切幻想变为现实,就只有赶走金兵,收复失地,还于旧都。什么时候是"人归"的时候呢?春天"不如归去,不如归去"的杜鹃声对渴望去团圆的词中主人公是一个敏感刺激,引起他无限感慨。"今春还听杜鹃啼"。年年有杜鹃,年年唤"不如归去",已经听了十四年了,明年春天,后年春天又将如何呢?人生有限,归去无期,字里行间,凝聚了词人多少辛酸的泪水啊!有国,才有家,词从侧面含蓄地流露出作者多么希望北伐中原,驱除金虏,还我河山。作者把对亲人的思念之情与对国家深沉执着的爱完全融合在一起。从另一侧面也表现出作者对南宋小朝廷苟安旦夕,不图恢复的强烈不满。

结句从上文一月一次团圆的月亮,一年一度相会的牛女星,进而联想到一年一度南来的塞雁。塞雁来去,自有定期,人不如雁,能不深悲?塞雁一年一度南来,他已数过十四番了,那么,第十五番呢?第十六番呢?……词意有余不尽,给读者留有想象余地。

作者在这首词中以自己的悲惨经历感受了人间妻离子散的痛苦,以深刻的富有强烈感情的笔触写出了这个时代的悲剧。通过对定期团圆的月亮、牛郎织女,定期催归的杜鹃，定期南来的塞雁的感触，他盼望归去团圆的感情形象化、深刻化了，将对亲人的怀念与对国家的热爱两种感情熔铸在一起了，充分表现了朱敦儒词的爱国精神。

减字木兰花

朱敦儒

刘郎已老，不管桃花依旧笑。要听琵琶，重院莺啼觅谢家。
曲终人醉，多似浔阳江上泪。万里东风，国破山河落照红。

【鉴赏】

古人在接近中年时，如果处境不利，遇上不顺心的事，便自觉老了。谢安有中年哀乐之感，所以袁枚称谢安"能支江左偏安局，难遣中年以后情"。苏轼的《江城子·密州出猎》是在宋神宗熙宁八年(1075)写的，时年三十九岁，就在词中自称"老夫"。因苏轼当时外放山东密州，仕途不利，心情郁闷。朱敦儒生于宋神宗元丰四年(1081)。宋室南渡是在钦宗靖康二年(1127)，朱敦儒年四十六岁。这首词是南渡以后的作品，作于朱敦儒四十六岁以后，故起笔便自叹"刘郎已老，不管桃花依旧笑"。这里暗用两个典故。中唐诗人刘禹锡《元和十年自朗州至京戏赠看花诸君子》诗中有"玄都观里桃千树，尽是刘郎去后栽"诗句；《再游玄都观》诗有"种桃道士归何处？前度刘郎今又来"诗句。刘郎与桃花的关系就是从这里来的。第二句用唐崔护《题都城南庄》诗："去年今日此门中，人面桃花相映红。人面不知何处去，桃花依旧笑春风。"这是桃花与笑的关系。作者截去"春风"二字，与"老"字押韵。刘禹锡两度被贬，仕途坎坷，再游玄都观时，已五十六岁，进入老境。朱敦儒可能感到自己与刘禹锡有某些相似点，且又已入老境，故以"刘郎"自拟。"桃花"用在此处，一方面与"刘郎"有关，另一方面也含有某种象征意义。朱敦儒在靖康之难以前，在洛阳过着才子词人浪漫疏放的生活，从他的一首《鹧鸪天》词中就可以看出："曾为梅花醉不归，佳人挽袖乞新词。轻红遍写鸳鸯带，浓碧争斟翡翠卮。"由于金人鼙鼓动地来，才惊破了他的佳人诗酒梦。国亡家破，南逃以后的朱敦儒一下子觉得自己变得衰老了。"桃花"没有变，"依旧笑"；而词人的心境却变了，变老了。尽管南宋统治者还在"西湖歌舞几时休"，而朱敦儒却对过去"佳人挽袖"，醉写新词的生活已经没有那种闲情逸兴了。所以他"不管桃花依旧笑"：他在《雨中花》词中也曾无限感慨地说："塞雁年年北去，蛮江日日西流。此生老矣，除非春梦，重到东周。”又一次表现了他自感衰老的心情。

在这种凄苦潦倒心绪支配下，百无聊赖，他也想听听琵琶。但他不像宋代的某些高官那样，家蓄歌儿舞女，他只好到歌妓深院里去听了。“重院”，即深院。“谢家”，即谢秋娘家。谢秋娘，唐代名妓，故诗词中常用谢家代指妓家，或指诗人所爱恋的女子家。如唐张泌《寄人》：“别梦依稀到谢家。”温庭筠《更漏子》：“惆怅谢家池阁。”都可说明这种用法。

过片，紧承上片听琵琶而来。“曲终人醉”的曲，指琵琶“曲”。词人听完“谢家”的琵琶曲后，产生了怎样的效果，有怎样的感受，是乐还是愁？这是下片词意发展的关键处。在这关键处，作者笔锋决定性地一转：“多似浔阳江上泪”，这一转，决定词意向愁的方面发展。白居易在浔阳江听到琵琶女弹琵琶，自伤沦落，心情激动，“座中泣下谁最多，江州司马青衫湿”。朱敦儒为什么“多似浔阳江上泪”？下文提出了明确的答案：“万里东风，国破山河落照红。”原来朱敦儒感到眼前东风万里，依然如故，唯有中原沦陷，山河破碎，半壁山河笼罩在一片落日余晖中，尽管还有一线淡淡的红色，但毕竟已是日薄西山，黄昏将近了。词人把破碎的山河置于黯淡的夕照中，用光和色来象征和暗示南宋政权已近夕照黄昏，中原失地，恢复无望。这对于身遭国难，远离故土，流落南方的词人来说，怎能不痛心，怎能不“多似浔阳江上泪”呢？这种国破家亡之痛，在他的另一首词《采桑子·彭浪矶》中也有十分明显的表示：“扁舟去作江南客，旅雁孤云，万里烟尘，回首中原泪满巾。碧山对晚汀洲冷，枫叶芦根，日落波平。愁损辞乡去国人。”由此可见朱敦儒身经国亡家破之难，流离转徙于南方之后，贯穿在他词中的主流始终是一颗对国家民族的拳拳赤子之心，一种感人至深的爱国激情。千百年后读之，仍令人心情激荡不已。

柳　枝

朱敦儒

江南岸，柳枝；江北岸，柳枝；折送行人无尽时。恨分离，
柳枝。
酒一杯，柳枝；泪双垂，柳枝；君到长安百事违。几时归？
柳枝。

【鉴赏】

柳枝，这个词牌用得较少，这里先要作点说明。“柳枝”就是“杨柳枝”，本是隋朝宫词，到唐变为新声。《词谱》：“唐教坊曲名。按白居易诗注：‘杨柳枝，洛下新声。’其诗云：‘听取新翻杨柳枝’是也……”到宋，变而为词，赋柳枝本意。《词谱》：

"按《碧鸡漫志》云:'黄钟商有杨柳枝曲,仍是七言四句诗,与刘、白及五代诸子所制并同,每句下各添三字一句,乃唐时和声,如"竹枝""渔父"今皆有和声也……'今名"添声杨柳枝……"宋词见于《梅苑》及《乐府雅词》者,皆作杨柳枝,一名柳枝。可见此调在其演变过程中,由于添加和声,句型由整齐变参差,如朱敦儒这首四十四字的"柳枝",当是"添声杨柳枝"的别凋。

这首"柳枝"是一首女子送别词,写一个女子送丈夫上京求取功名时的心情。唐人有折柳送别的习惯,所以柳枝与离别总是联系在一起,甚至代表离别。这首词中的柳枝,就是代表离别的,同时又是作为和声加入词中的。和声字可以没有意义,只起和声作用;也可以有意义。这首词中的"柳枝"是声义兼有的。

"江南岸"是女子送别的地方。"江北岸"是丈夫要去的地方。丈夫要渡江北去,江边多杨柳,所以杨柳又与送别的地方景色有密切关系。女子在送别时见到江边杨柳依依,眼前的景色更勾起了她的离愁别恨。前两句是女子在说:我来到江南岸边送你啊,我们要分别了;你要渡江北去了啊,我们要离别了!江南江北,一水盈盈,隔断鸳鸯,南北分飞。眼前的江水就是天上的银河。女子怎能不感到内心痛苦呢!痛苦之极,转而埋怨柳枝,老是千百次地折柳送行,无休无止,什么时候才能不折柳枝呢?清代大诗人王士祯有两句诗写出了同样的心情:"灞桥两岸千条柳,送尽东西渡水人。"(《灞桥寄内》)虽有东西、南北之不同,而怨别心情则是一致的。上片歇拍,这女子干脆直抒胸臆:"恨分离!"恨尽管恨,分离还是要分离。女子的感情逐渐趋向高潮。

下片写女子向丈夫敬酒泣别。留是留不住了。"悲欢离合一杯酒"。女子难过地对丈夫说:"请您喝下这怀酒吧,我们要分离了。我眼泪双垂,难分难舍。"这位女子的感情发展,出于一般人的意料之外,她不是在临别时说几句吉利话,祝丈夫到京城一帆风顺,春风得意,反而希望丈夫到京城百事不利,事与愿违。这岂不是太不合情理了吗?其实不然,她深知如果丈夫到京城吉星高照,官运亨通,那还不知道要停留到什么时候才能回来呢。为了使丈夫能早日回家,夫妻团聚,亲亲热热过日子,她宁愿丈夫到京百事无成,失意而归。当功名富贵与爱情发生矛盾时,她毫不犹豫地选择了后者。她是多么地珍惜爱情,轻视富贵,表现了她真纯高洁的可贵品质,与苏秦的妻子大不一样。在王昌龄的《闺怨》诗中早曾写过:"忽见陌头杨柳色,悔教夫婿觅封侯。"这位闺中少妇是重爱情而轻封侯的。清代著名诗人袁枚有一首诗:"一枝花对足风流,何事人间万户侯?生把黄金买离别,是侬薄幸是侬愁。"(《寄聪娘》)更是切中了女子的心理,写得深刻而又细致。

这首词中"柳枝"重复出现六次,这一方面是作为和声,适应音乐的需要;另一方面,柳枝也意味着离别,六次出现,犹如重章叠句,一唱三叹,回环往复,起到了深化离别之情的作用,渲染了离别的气氛,强化了词的艺术感染力。

朝中措

朱敦儒

登临何处自销忧？直北看扬州。朱雀桥边晚市，石头城下新秋。

昔人何在？悲凉故国，寂寞潮头。个是一场春梦，长江不住东流！

【鉴赏】

朱敦儒在两宋词人中是年寿很长、经验很丰富的一位。他活着的时期，正是宋王朝最大变动的时期，他对于今昔盛衰的情况应该是感受非常真切的。这首词是他在江南居住一个时期后回想南渡初期的情景。南渡初期，高宗曾由扬州移居建康，后迁至临安。词中前片所写，正是从建康望扬州的情事。“朱雀桥”是建康正南朱雀门外的大桥；“石头城”是今日的南京，即当时的建康。在当时，建康还是登临销忧之地。“新秋”是畅好的天气；“晚市”是热闹的场景。下片表现经乱后的情思。江山犹是，人物全非，“故国”空余悲凉情景，再没有人在桥边玩赏了，热闹的地方已成寂寞，只有潮水依然无恙。回首前尘影事，真如一场春梦，所以说“个是一场春梦”。“个”是指前片所写的情事；前事一去不复返，好像做了一场美好的梦不能再续一般。“春”是统指美好的情事，不专指春天。如果指春天，那就和上片的“新秋”不一致了。结句是江河日下意，象征国家的情势越来越恶劣，不断走下坡路，寄寓作者关心祖国的思想感情。

采桑子 彭浪矶

朱敦儒

扁舟去作江南客，旅雁孤云。万里烟尘，回首中原泪满巾。

碧山相映汀洲冷，枫叶芦根。日落波平，愁损辞乡去国人。

【鉴赏】

这是一首寓家国之痛于自然景物之中的山水词。

靖康乱起，惊破清歌，以“山水郎”自居的词人朱敦儒，名士风流的生活也告结束。他跋山涉水，辗转流徙，避乱南国。一路上但见烽烟弥漫，百姓流离失所。残酷的现实，激起了他的爱国热情，写下了许多词篇，描绘出祖国山水风景之美，寄托着无限的国破家亡之痛。周必大《二老堂诗话》说：“靖康离乱，避地自江西走二广。”船沿江北上，在旅途中，他用泪水写下了这首语言明白如画，却寓意极深的小词。

上片抒情。“扁舟去作江南客，旅雁孤云。”词人以旅雁孤云自比，虽在战乱中来到江南做客，但仍无时忘怀那“万里烟尘”的中原，不禁泪洒“满巾”。

下片写景，描写江南山水。眼前波平如镜，孤山犹如美人的发髻，倒映水中，又像美人临镜梳妆。苏轼曾有《李思训画长江绝岛图》诗：“山苍苍，水茫茫，大孤小孤水中央……峨峨两烟鬟，晓镜开新妆。舟中贾客莫漫狂，小姑（孤）前年嫁彭郎（浪）。”面对画家和诗人称赏的如画的佳景，词人触景生情：“愁损辞乡去国人。”作者寄情于山水美景的怀国之心，跃然纸上！

朱敦儒在靖康之难以后，辗转道途，不仅在“月涌大江流”的长江之上，领略了秀丽的江南美景；而且在鹧鸪声声的榕荫下，欣赏过浓郁的岭南风光……眼前的佳景，往往使他联想到铁蹄下的中原河山，苦难中的父老百姓，不禁滴下忧时之泪，发出了与爱国志士相同的感喟。

卜算子

朱敦儒

旅雁[①]向南飞，风雨群相失[②]。饥渴辛勤两翅垂，独下寒汀[③]立。

鸥鹭苦难亲，矰缴[④]忧相逼。云海茫茫无处归，谁听哀鸣急！

【注释】

①旅雁：旅途飞行的大雁。大雁秋天飞向南方，春天飞回北方。

②群相失：离群失伴。

③寒汀:冷僻的水边。

④矰缴(zhēng zhuó):猎鸟的箭。矰,系有丝绳的短箭。缴,系在箭上的丝绳。

【鉴赏】

这首词是“靖康之难”后词人向南漂泊途中所作。1127年,金兵攻下中原后继续南侵,大江南北也燃起战火烟尘。朱敦儒也夹杂在逃难的人群中向南漂泊;这首词抒写的就是国破家亡、流离失所的人生体验。词人没有直接写漂泊浪游者的苦难,而是化身于“南飞”失群的“旅雁”,借雁抒怀。战火纷飞,生命时刻受到威胁;背井离乡,各自奔命,慌乱中导致离群失伴;饥寒交加,风雨兼程,不免辛勤疲惫;漂泊之中只有鸥鹭可以亲近,却又得处处提防着暗箭和罗网;瞻望前路,只见云海茫茫,不知何处是归宿;发出凄切的号呼,却无人听见,无人能助!这只充满孤独感、生命危机感和前途茫然感的“旅雁”,是战难时代所有逃难者的缩影,也是那个时代苦难民族的象征。

慕容岩卿妻 生平不详。其夫慕容岩卿,姑苏(今江苏苏州)士子。存词一首。

浣溪沙

慕容岩卿妻

满目江山忆旧游。汀洲花草弄春柔。长亭舣住木兰舟。
好梦易随流水去,芳心空逐晓云愁。行人莫上望京楼。

【鉴赏】

慕容岩卿妻,生平不详,其夫为姑苏(今苏州)士人。《全宋词》仅存词一首。这是一首感怀伤别词。首句,劈空而来,创造了一个神超意远的意境。“满目江山”四字写出眼前所见江山之苍莽寥廓,无边无际,气象苍凉而恢弘;“忆旧游”的情思就在苍莽的背景中展开。“满目江山”之无边无际反衬出旧游的转瞬即逝,“满目江山”之苍莽寥廓又衬托出游踪的缥缈无迹。这衬托使人进一步领略到江山宇宙之无垠,人生世事之短暂,这怎不令人感慨万端呢?以下两句具体写“旧游”的情景。“汀洲花草弄春柔”七字点出旧游之地——汀洲;旧游之时——明媚的春日,旧游之景——春风袅袅、春草萋萋、春花烂漫、春水涟漪。这柔媚之景暗写了旧游之人的相谐相爱。然而好景不长,他与她要分手了。“长亭舣住木兰舟”,“长亭”古人饯别处,《白孔六帖》卷九“十里一长亭,五里一短亭”。“舣”停船靠岸。“木兰舟”精美的小舟。他们本是同乘小舟荡漾在碧波之中,尽情享受那春天的欢乐,然而欢愉却是暂时的,一叶扁舟停靠在岸边,即将兰舟催发,泪洒长亭。现在回想起来,那“执手相看泪眼,竟无语凝噎”的情景,仿佛就在眼前。

过片两句由追忆转至目前。笔法是一纵一收,颇得开合之妙。且对仗工稳而无举鼎绝膑之态。“好梦易随流水去,芳心空逐晓云愁。”花草弄春,两情脉脉的好梦已随流水而去,只有孤寂的芳心,逐晓云而缱绻。“随流水去”写出昔日好梦不复存在,无限惆怅就蕴在这流水的意象中;“芳心逐晓云”可见心之飘游无定,缱绻多情,着一“空”字,写出晓云虽飘游无定,但仍不离碧天,而“芳心”却无所依托,这怎不令人“愁”呢?这两句情景交融,虚实相济。此联与首句遥相呼应,“易随流水”“空逐晓云”的意象,更加深了“满目江山”寂寥无垠、苍凉悲慨的意境。

结句“行人莫上望京楼”,何谓行人,过客也。可泛指古往今来的游子,当然也可自指。“莫上”反语也,其意乃“欲上”。“望京楼”语出唐令狐楚“因上此楼望京国,便名楼作望京楼”。此结语才点出登临远望,与首句“满目江山”相接,此乃倒叙法。更点出良人所去之地——京城。虽然良人去后,她“好梦随流水,芳心逐晓云”只留下一片惆怅与忧愁。虽然她登楼远望,“过尽千帆皆不是”,但仍要更上望京楼,独倚危栏,颙望归舟。此处行文转折跌宕,将执着的企盼、绵绵的情思就融在结句中,真可谓“含不尽之意,见于言外。”

周紫芝 (1082~1155)字少隐,自号竹坡居士,宣城(今属安徽)人,绍兴中登进士,官至枢密院编修官。一生著述甚丰,以诗著称,讲求自然顺畅。亦能词,自称“少时酷喜小晏词”,其词风清丽婉约,近晏几道。著有《竹坡词》《竹坡诗话》《大仓稊米集》。

鹧 鸪 天

周紫芝

一点残红[①]欲尽时,乍凉秋气满屏帏。梧桐叶上三更雨,叶叶声声是别离[②]。
调宝瑟,拨金猊[③],那时同唱《鹧鸪词》。如今风雨西楼夜,不听清歌也泪垂。

【注释】

①红:灯。

②"梧桐"两句:来自温庭筠的词《更漏子》:"梧桐树,三更雨,不道离情正苦。一叶叶,一声声,空阶滴到明。"用梧桐夜雨来描写相思别离之苦。

③金猊:一种像狻猊的香炉。狻猊,猛兽名。

【鉴赏】

这首《鹧鸪词》集中体现了用词妙语天成、清丽婉曲的风格。上下阕今昔对比,照应反复,时空转换灵活多变,意境凄清疏淡,抒情却回环婉妙。

上阕直接从西楼秋夜的一点残灯写起。"欲尽时"点明这是夜深人静时分;"乍凉秋气满屏帏"的"满"与"欲尽时"的"尽"相对应,更能写出主人公夜静灯残孤枕难眠秋凉入心的真实感受。开篇两句既描绘了居所的客观环境,又渲染了人物的主观心境,两者相融合一。空间由室内推移至室外,"梧桐叶上三更雨,叶叶声声是别离。"这是化用温庭筠的《更漏子》:"梧桐树,三更雨,不道离情正苦。一叶叶,一声声,空阶滴到明。"梧桐夜雨点点滴滴声不断,秋雨声声更增添了心头的凉意,离别的伤痛。至此,词人方点出"别离"相思的主题,也补充交代了秋凉似水的真正原因,为下阕内容的过渡蓄势。

下阕从忆昔起笔,重在抒发别愁离恨。"调宝瑟,拨金猊,那时同唱《鹧鸪词》。"回想当年,两人在宝琴的伴奏下,在拨炉焚香的一片温馨里轻声同唱《鹧鸪词》,心情多么欢畅甜美。《鹧鸪词》是表达爱恋之意的歌曲,鹧鸪双飞双栖,故以之相喻。重温往日旧梦本是为了驱逐秋夜寒凉,慰藉心头孤寂。不料"如今风雨西楼夜",笔锋一转,时空瞬间转换,才回想起往日的欢聚,又被猛然拉回到冷酷的现实,同时又将"那时"的聚首欢娱与"如今"的形单影只加以强烈的对比,使人不得不怅叹往日的欢情已逝,往昔的"清歌"也只能成为心头余音袅袅的回响了。"不听清歌也泪垂",自别后,处在这满耳是雨打残叶的秋声的西楼秋夜,不用听那《鹧鸪词》的歌曲,也多少回黯然神伤,泪如雨下。

踏 莎 行

周紫芝

情似游丝[①],人如飞絮[②],泪珠阁定空相觑[③]。一溪烟柳万丝垂,无因系得兰舟住。

雁过斜阳,草迷烟渚,如今已是愁无数。明朝且做莫思量，如何过得今宵去！

【注释】

①游丝：空中飘浮的细长的丝。

②飞絮：春天的杨花柳絮。

③阁定：长时间地存在。相觑：相互注视。

【鉴赏】

这是一首别情词，上阕写分手时的难以割舍；下阕写分手后的愁情无限。

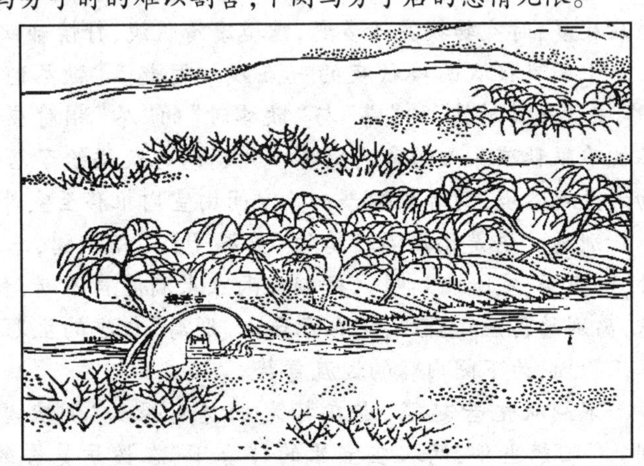

开篇从情入手，直接以两个比喻写别离时的心态："情似游丝，人如飞絮"，并以"飞絮"点出季节；"游丝"既写出情感缠绵的特征，又以其轻细极言两人承受的离情已到极点，人物心中的离愁深重由此可见一斑。"飞絮"形容人漂泊不定的行踪，也暗示人生的聚散无常。如果两句比喻是概括地融情入景，"泪珠阁定"句则是别离情态的特写定格，写景由动到静。泪珠盈满眼眶，两人默默无语，空自相对。"定"有长久停留的意思，说明悲哀深重；"空"写出两情依依不忍离别，但又无可奈何的复杂心情。下句紧扣"空"字又将镜头推远，写"一溪烟柳万丝垂"的空明澄澈之景。古人有折柳赠别的习俗，所以词人想借万条垂拂的柳丝将远去的兰舟拴住。这想象不乏天真，然而即景生情中却包含着无尽的失望和惆怅。

下阕写游子远去之后送行者的凄凉情怀。先写所见："雁过斜阳，草迷烟渚"。"斜阳"点出特定的时间，暗示游子离去之后，送行者驻足岸边的时间很长。昏黄的夕阳里大雁鸣叫着远去，不知究竟去到何方；苍茫的暮色里青草的凄迷使江上洲渚一片黯淡，不知雁落何方。这担忧其实是对游子今夜在何方的牵挂。景色由"烟柳万丝"的开阔朗朗一变而为凄清苍凉，情景交融地衬托出送别者不堪离愁的心境。同时这寓情于景的一笔使后面"如今已是愁无数"的直接抒情来得更自然、真切、深沉。送行者被苍茫的愁思所困，愁情难遣已极，所以明天的事只能暂且不管，今晚漫漫长夜如何挨过已够让人烦心的了。

全词结构精妙。不仅写景有远近动静的不同，而且寓情于景，情与景在上下阕中也各有不同的错综安排，先由情到景，再由景到情。过渡时由景来连接，收尾时侧重抒情，由写愁"无数"的广到写愁"无法"的深，变化多端，妙不可言。

赵信 (1082~1135)北宋著名的昏君(宋徽宗),崇尚奢华,重用奸臣蔡京、童贯等人,横征暴敛,大兴土木,修建华丽宫院。1125年禅位于太子赵桓,号钦宗,他自封为太上皇。因徽宗崇信道教,钦宗尊其为教主道明皇帝。1127年(靖康二年)同钦宗一起为金兵所虏,囚死于五国城(今吉林宁安县附近,一说黑龙江依兰县内),史称"靖康耻"。宋徽宗虽然政治上昏庸无能,但在书画和诗词方面却有过人之处,造诣很深。《全宋词》收其词十二首。《彊村丛书》辑有《徽宗词》一卷。

眼儿媚

赵信

玉京[①]曾忆旧繁华。万里帝王家。琼林[②]玉殿,朝喧弦管,暮列笙琶[③]。
花城[④]人去今萧索,春梦绕胡沙[⑤]。家山[⑥]何处?忍听羌管[⑦],吹彻梅花[⑧]。

【注释】

①玉京:指北宋京城汴京(今河南开封)。

②琼林:宋代御苑名,在汴京城西,徽宗政和二年(112)以前,于此宴新科进士。这里泛指皇宫御苑。

③笙:簧管乐器,管为竹制,长短不一,有13~19根不等。琶:即琵琶。

④花城:宋代汴京园林极多,名花荟萃,故称花城。

⑤胡沙:泛指北方沙漠地带。

⑥家山:指家乡、故国。

⑦羌管:即笛,又名羌笛,传说出于边地羌中。

⑧梅花:指笛曲《梅花落》。

【鉴赏】

这首词也是作为一个亡国之君的徽宗赵佶在被俘北上以后所作。1126年,即宋钦宗靖康元年,金兵攻陷汴京,北宋王朝宣告覆亡,广大的中原人民纷纷向江南逃亡,饱受背井离乡的痛苦,荒淫腐朽的徽宗、钦宗父子也沦为阶下囚,连大批后妃宫女、王公大臣也未能幸免,都被金兵押往塞北,落得悲惨的下场。史称"靖康之难"。赵佶这首词就是以他作为一个亡国之君的亲身经历和感受,反映了那个特定历史时期的一个侧面,是一曲出自封建帝王之笔的乱世悲歌,也是一份出自亡国之君的沉痛自诉。词的上阕先追忆往日的繁华景象和帝王生活,那时候他是"万里帝王家"的座上皇,拥有琼林玉殿,佳丽三千,朝朝笙歌,夜夜管弦,过的是穷奢极欲的享乐生活。下阕则转而描写国破家亡、被掳北上以后的悲凉沉痛心境,往日花团锦簇的京都故国已不可复见,眼前只有苍莽沙漠、萧瑟山关;再也听不到昔日的升平颂歌了,只有羌笛吹奏《梅花落》的凄凉乐曲在空中飘荡。上阕忆昔日之繁华;下阕写今日之凄凉,通过这一今昔对比的手法,也就很真切地表达了宋徽宗的怀旧之情、故国之思与亡国之痛,与南唐后主李煜被宋太祖俘虏囚禁以后所写的那些抒发亡国情怀的词作颇有相似之处。

宴 山 亭

赵 佶

北行见杏花

裁剪冰绡[①],轻叠数重,淡著胭脂匀注[②]。新样靓妆[③],艳溢香融[④],羞杀蕊珠宫[⑤]女。易得凋零,更多少无情风雨。愁苦!问院落凄凉,几番春暮?

凭寄[⑥]离恨重重,者[⑦]双燕,何曾会人言语?天遥地远，万水千山，知他故宫何处？怎不思量？除梦里、有时曾去。无据[⑧]，和[⑨]梦也新来不做。

【注释】

①冰绡：洁白的丝绸。绡，生丝织成的绸子。唐人王勃《七夕赋》有“引鸳杼兮割冰绡”句。

②著：涂抹。匀注：均匀点染。

③靓妆：粉黛妆饰，即艳丽的妆饰。汉代司马相如《上林赋》有“靓妆刻饰”句。

④艳溢香融：光艳四射，香气散发。

⑤蕊珠宫：道家传说中的“天上宫阙”，在上清宫中，为得道仙人住所。

⑥凭寄：这里有烦请传寄之意。凭靠什么。

⑦者：同“这”。

⑧无据：无所依靠。

⑨和：连。

【鉴赏】

此词一题为“北行见杏花”，当为徽宗父子为金人所掳途中，作者触景生情，感时伤怀所作。作品凄婉哀怨，充分传达出抒情主人公作为一国之君不幸沦为囚徒的痛苦。前人多将此词与南唐后主李煜的那些幽恨凄绝的作品相较而论。作品中“天遥地远”和“和梦也新来不做”的句子所抒发的愁绪与后主“梦里不知身是客，一晌贪欢”。“无限江山，别时容易见时难”的感慨一脉相承，堪称绝唱。

上阕即景生情，抒写杏花的盛开和凋零，首句以两个恰切的比喻状写杏花冷艳的色彩质感。“冰绡”“胭脂”与“轻叠”“淡著”搭配，传神描写出杏花的不凡之美；第二句以拟人手法，写出杏花的美艳程度：“艳溢香融，羞杀蕊珠宫女。”杏花的神韵、气质生动凸现。通常喻人美貌，曰“羞花闭门”“沉鱼落雁”。此处以“羞杀蕊珠宫女”状写杏花之美。别致奇绝。作品构思的奇艳之处在接下来的两个句子得以实现；第三句作者情绪突转，从对杏花的赞叹一变而为对杏花命运的哀叹：本身已极易凋零，再加上“无情风雨”的击打与摧残。自然而然地，作者融情于景，达到物我无间的抒情境界：愁苦、凄凉，既为杏花更为词人自己。上阕末句既是对杏花感情的升华，也是下阕抒发去国之痛的铺垫与过渡。

下阕层层深入抒写离愁别恨。词人不幸离开故国，别怨无数，却无法寄托和传达。“燕虽南飞，难懂人心”。身陷囹圄，故国故宫连同过去美好的一切离自己已是越来越遥远——“天遥地远，万水千山”，直如后主词句所写：“流水落花春去也，天上人间”，只剩下梦中思念与怀想，甚至渺茫得“梦也新来不做”，痛得麻木了，这是何等凄绝哀伤！

李纲 (1083~1140)字伯纪、邵武(今属福建)人。徽宗政和二年(1112)进士。历官太常少卿。钦宗时,授兵部侍郎、尚书右丞。靖康元年(1126)金兵南侵汴京时,任京城四壁守御使,团结军民,击退金兵。但不久被投降派所排斥。高宗即位初,一度起用为相,曾力图革新内政,仅七十五天即遭罢免。绍兴二年(1132),复起用为湖南宣抚使兼知潭州,不久,又罢。多次上疏,陈抗金大计,均未被采纳。后抑郁而卒,谥忠定。宋代著名爱国民族英雄,能诗文,写有不少爱国篇章。亦能词,其咏史之作,形象鲜明生动,风格沉雄劲健。著有《梁溪先生文集》《靖康传信录》《梁溪词》。

喜迁莺 晋师胜淝上

李 纲

长江千里,限南北。雪浪云涛无际。天险难逾,人谋克壮,索虏岂能吞噬!阿坚百万南牧,倏忽长驱吾地。破强敌,在谢公处画,从容颐指。

奇伟,淝水上,八千戈甲,结阵当蛇豕。鞭弭周旋,旌旗麾动,坐却北军风靡。夜闻数声鸣鹤,尽道王师将至。延晋祚,庇烝民,周雅何曾专美!

【鉴赏】

北宋被金兵灭亡后,高宗赵构南渡,在临安(今杭州市)建立了南宋新政权。他满足于偏安江左,畏惧金兵强大,不敢收复中原,依旧荒淫享乐。有志之士,无不为之扼腕。不少爱国诗人词人都通过自己的作品,以多种手法表现了渡江北伐,恢复中原,驱除金虏,还都汴京的爱国热情。李纲感于时政,曾写了七首咏史词。这七首词的词牌和标题是《水龙吟·光武战昆阳》《念奴娇·汉武巡朔方》《喜迁莺·晋师胜淝上》《雨霖铃·明皇幸西蜀》《喜迁莺·真宗幸澶渊》《水龙吟·太宗临渭上》《念奴娇·宪宗平淮西》。这首《喜迁莺·晋师胜淝上》就是七首咏史词之一。

东晋孝武帝太元八年(383),北方的前秦苻坚率领百万大军南下,气焰嚣张,妄

图消灭东晋，统一南北。东晋只有八万军队，不到苻坚的十分之一。而淝水一战，晋师大败苻坚，以少胜多，以弱胜强，保住了晋国的安全，这就是历史上著名的淝水之战。这对南宋有重大的历史借鉴意义。

上片首先在读者面前展开了一幅长江形势图：眼前只看到长江雪浪，滚滚滔滔，千里奔腾，一泻而下，阻隔南北。据传三国时魏国的曹丕在观望长江时，曾感叹地说："此天之所以限南北也。"他两次伐吴，都未成功，长江阻隔，是其重要原因。如此天险，北方的金兵是难以逾越的。高宗如果稍有恢复中原之志，就应利用天险，加强设防，固守长江，以遏强虏。当然，天险难逾，并不等于绝对不可逾。三国时东吴孙皓，仅凭天险御敌，终于招致"一片降幡出石头"。所以李纲强调天险难逾，还必须加上"人谋克壮"，天险可凭，而又不可仅凭天险，重在人谋。有天险可凭，又加上人的深谋远略，北方索虏，岂敢吞噬我们的土地？"索虏"是南北朝时南方人对北方敌人的蔑称。这里既是指"前秦"，也是指"金兵"。这段描写兼论述为下文写晋师以少胜多提供了依据。下文很自然地转入到对淝水之战的记述。

苻坚率百万之众"倏忽长驱吾地"。倏忽，言其神速；长驱，言其势猛。这句极言秦兵强大，乃为后面秦兵失败作反衬。欲抑先扬，以突出晋军胜利其意义重大。

当苻坚南侵，大敌当前之时，谢安作为东晋宰相，其主要作用有二：一是决定大政方针：坚决抵抗，决不妥协；二是运筹帷幄，用人得当。他以谢石为征虏将军、征讨大都督，统率全军。以谢玄为前锋都督。还有辅国将军谢琰、西中郎将桓伊、龙骧将军胡彬等，协同作战。谢安深信他们的谋略将才，放手让他们发挥主动作用，自己不插手，不直接干预军事，指挥若定，镇静自如。《通鉴》载："谢安得驿书，知秦军已败。时方与客围棋。摄书置床上，了无喜色，围棋如故。客问之，徐答曰：'小儿辈遂已破贼'。，"可见他胸有成竹，料事如神。故词中称赞："破强敌，在谢公处画，从容颐指。""颐指"，即指挥如意。

晋军以少胜多，以弱胜强，确为历史奇迹，故换头以"奇伟"领起，对这次战争的胜利作了生动的铺叙。谢玄等以"八千戈甲，结阵当蛇豕。""戈甲"代指军队；"蛇豕"封豕长蛇之简称。《左传·定公四年》："吴为封（大）豕长蛇，以荐食上国。"封豕长蛇，比喻强大的贪暴残害者。此借指苻坚。"鞭弭周旋，旌旗麾动"，"弭"弓之末梢，用骨质制成，用以助驾车者解开辔结。谢玄、谢琰、桓伊等指挥数千之众，直渡淝水，击退北军，使北军望风披靡。苻坚等登上寿阳城，望八公山上草木，皆以为晋军。在败逃路上，夜闻风声鹤唳，皆以为晋军追杀过来。弃甲曳兵，亡魂丧胆，惊慌失措，狼狈北逃。词以十分快意的笔调赞扬晋军出奇制胜、力挫强敌，保住了东晋的江山和人民，免遭“索虏”吞噬。其功业之伟大，虽“周雅”所歌颂的周宣王中兴也不得专美于前了。《诗·小雅》中的《六月》《采芑》等诗记述周宣王任周尹吉甫、方叔等率军北伐猃狁，南惩荆蛮，使西周得以中兴。淝水之捷，其功不亚于此。

全词从长江天险写起，指出既凭天险，又重人谋，何惧“索虏”！接着以主要篇幅描述了淝水之战晋胜秦败的过程及其值得借鉴的历史意义：强大的敌人并不可怕，是可以被打败的。只要弱小的一方敢于斗争，人谋克壮。词还突出了东晋宰相谢安“从容颐指”的作用。曾担任高宗宰相的李纲多么希望自己能起类似谢安那样的作用，可惜他没有机会。他写这首词，意在讽谕高宗以古为鉴，须知少可以胜多，弱可以胜强，强敌不足畏，全在“人谋克壮”。应痛下决心，北伐中原，收复失地，作者的用心是很明显的。

六么令　次韵和贺方回金陵怀古，鄱阳席上作

李　纲

长江千里，烟淡水云阔。歌沉玉树，古寺空有疏钟发。六代兴亡如梦，苒苒惊时月。兵戈凌灭，豪华销尽，几见银蟾自圆缺。

潮落潮生波渺，江树森如发。谁念迁客归来，老大伤名节。纵使岁寒途远，此志应难夺。高楼谁设，倚栏凝望，独立渔翁满江雪。

【鉴赏】

要理解李纲这首词中的思想感情，先要对他的政治立场和生活经历有一个大概的了解。李纲的一生是坚决主张抗金的，是著名的抗战派代表人物之一。早在宣和七年，金兵进犯，宋徽宗惊慌失措，急于逃避时，李纲曾刺臂血上书，力主抗战。宋钦宗以李纲为兵部侍郎，后为尚书右丞。靖康元年(1126)，金兵围汴京，李纲以尚书右丞任亲征行营使，“登城督战，杀数千人，乃退”。(《大金国志》)主和派李邦彦等罢李纲以谢金人。南宋高宗即位，一度起用李纲为相，李纲积极备战，敌不敢犯。后因高宗听信投降派谗言，李纲在位仅七十五天，又被罢免贬斥。到绍兴二年(1132)，才被任为湖南宣抚使兼知潭州，徙洪州。晚年虽被起用，乃是外任，已无权过问朝政。

由李纲的一生经历，可见他随着朝廷和战两种势力的激烈冲突，在他的宦海生涯中掀起了狂涛巨浪，他也在这起伏不定的浪涛中浮沉。一腔忠贞愤懑的爱国热情就倾注于词中了。

这首《六幺令》大概是在南渡初期，李纲遭到贬谪后作的。借金陵怀古，抒发自己壮志难酬的愤懑之情和不屈不挠，坚决抗金的决心。

上片写金陵怀古。“长江千里，烟淡水云阔。”千里长江，滚滚东去，纵目四望，江阔云低。杜甫就曾经感叹“不尽长江滚滚来”（《登高》）；苏轼也说“浪淘尽千古风流人物”（《念奴娇》）。李纲对此，自不免兴起怀古之情。“歌沉玉树，古寺空有疏钟发。”南朝陈后主创制的《玉树后庭花》，早已歌声沉寂，再也听不到了。听到的只有那古寺稀疏的钟声，回荡在这千里长江上空。《玉树后庭花》是当时淫靡之音的代表。歌声的沉寂标志着陈朝的灭亡。几杵疏钟，时断时续，渲染了寂寞苍凉的怀古气氛，唤起人们“念天地之悠悠”（陈子昂《登幽州台》）的感觉，从时间与空间上构成特定的情境。想当年，吴、东晋、宋、齐、梁、陈六朝都曾建都建康（金陵，今南京市），国祚都较短暂。六朝有一个共同点：就是其君主都胸无大志，穷奢极侈，不图振作，淫乐无度，终于导致了六朝一个接一个地覆灭，如同梦幻。晚唐诗人李商隐深有感慨地说：“三百年间同晓梦”（《咏史》）；韦庄也曾叹息“六朝如梦鸟空啼”。（《台城》）所以，词中感叹“六代兴亡如梦，苒苒惊时月。”时光流逝，岁月惊心，如今，因年代久远，战争的痕迹已经泯灭了，豪华销尽了，“六朝旧事随流水”（王安石《桂枝香》）；“舞榭歌台，风流总被雨打风吹去。”（辛弃疾《永遇乐》）“几见银蟾自圆缺”。“银蟾”指月亮。作者认为只有天上的明月，阅尽人间的改朝换代，盛衰兴废，不管“歌沉玉树”，“繁华销尽”，她照样年年月月，圆了又缺，缺了又圆。她，是历史的见证。这意思和刘禹锡的“淮水东边旧时月，夜深还过女墙来。”（《石头城》）颇相类似。

上片的怀古不是为怀古而怀古，不是为六朝的覆灭唱挽歌。在怀古的背后，寄托着作者的政治见解和提供的历史教训，希望南宋统治者能以六代兴亡作为历史的镜子，不要重蹈六朝灭亡的覆辙。其忠贞之情，可昭日月。

下片即景抒情，“潮落潮生波渺，江树森如发。”“森”茂密；“发”指毛发。“江树森如发”，指江树茂密如发。“潮落”二句由上片写景怀古过渡到下片的即景抒情。鄱阳临近鄱阳湖，湖水流入长江，联系到上文的“长江千里，烟淡水云阔”，因而联想到“潮落潮生”，自己也心潮起伏，心事浩茫。想到自己屡遭贬斥，身为迁客，有谁怜惜我“老大伤名节”呢？“老大伤名节”的核心仍然是指自己年华老大，屡遭贬谪，抗金之志未酬，未能做到功成名就，深为浩叹。但他表示“纵使岁寒途远，此志应难夺”。“岁寒”，见《论语》：“岁寒，然后知松柏之后凋也。”“此志应难夺”，化用《论语》：“匹夫不可夺志也。”夺，改变的意思。李纲是说，虽然“岁寒”（喻环境险恶、困难），但他要像松柏那样青苍挺拔，不畏冰雪侵凌；虽然“途远”，要赶走金兵，不是短期内可达到目的的，但他不怕投降派的打击迫害，不管环境多么险恶，不管达到目的的道路有多么漫长，他决定坚持到底，矢志不移。

结句“独立渔翁满江雪”。化用柳宗元“孤舟蓑笠翁，独钓寒江雪”（《江雪》）诗句。柳宗元被贬永州，身为迁客，以顶风傲雪的渔翁自喻。李纲感到自己与柳宗元有某些相似点，故亦借用渔翁形象自喻，让读者从一个渔翁傲然独立江头，不怕满江风雪的艺术形象去领会他那种顽强的战斗精神。

这首词与作者于宣和三年(1121)所写的《金陵怀古》诗四首有某些类似处。如:“玉树歌沉月自圆”,“兵戈凌灭故城荒”,“豪华散尽城池古”。他的诗和词在思想感情上是一致的。这首词的语言风格也颇像诗,词情感慨深沉,怀古伤今,低沉而郁发。

念奴娇 宪宗平淮西

李 纲

晚唐姑息,有多少方镇,飞扬跋扈。淮蔡雄藩连四郡,千里公然旅拒。同恶相资,潜伤宰辅,谁敢分明语。媕婀群议,共云旄节应付。

于穆天子英明,不疑不贰处,登庸裴度。往督全师威令使,擒贼功名归愬。半夜衔枚,满城深雪,忽已亡悬瓠。明堂坐治,中兴高映千古。

【鉴赏】

这首词也是李纲写的七首咏史词之一。是写唐宪宗李纯平定淮西藩镇(方镇)割据的史实的。唐代自安史之乱开始,各地节度使势力逐渐强大,拥有自己的政权、兵权、财权,每拥兵自治,割据一方,不听朝廷号令,俨然独立王国。这种尾大不掉的局面日趋严重,严重影响了国家的统一。淮西节度使吴元济就是这种割据一方的方镇之一。

上片开始三句概写方镇之祸。一针见血地指出,晚唐各地方镇之所以飞扬跋扈,其原因就在于朝廷姑息养奸,容忍迁就。唐代节度使本是由朝廷任命的,安史之乱后,各地节度使不听朝廷任命,自行决定父死子继,或由节度使的权臣继立,再由朝廷于事后在形式上加以追认。这种追认也是迫于形势,不得不如此。唐肃宗以后的皇帝大多是这样。

下面具体讲淮西节度使。“淮蔡雄藩连四郡,千里公然旅拒”。“淮蔡”,指淮西节度使的治所蔡州(今河南汝南附近)。“连四郡”,指淮西节度使吴元济割据作乱,与山南东道梁崇义、淄青(今山东)的李纳、魏博(今山东聊城)的田悦、成德(今河北)的李惟岳四镇联合,抗拒朝廷。“旅拒”,即聚众抗拒。当时吴元济联合四镇,地连千里,气焰嚣张。这些作恶的人互相勾结,狼狈为奸,甚至“潜伤宰辅”。例如宪宗元和十年,平卢节度使李师道竟敢派刺客暗杀力主出兵平定方镇割据的宰相武元衡,并刺伤御史中丞裴度。企图用恐怖手段阻止朝廷及大臣们对方镇的讨伐。“谁敢分明语?”是说在这种情况下,谁敢公开主张讨伐藩镇呢?“媕婀群议,共云旄节应付”。媕(安)婀,依违两可,犹豫不决的意思。朝臣们慑于方镇淫威,在朝廷讨论方镇问题时,态度暧昧,犹豫不决,都主张“旄节应付”。自玄宗时起,朝廷任命节度使,要赐给旌旄、符节,作为朝廷承认的标志。朝臣们主张朝廷采取迁就态度,承认各地自任的节度使,授给旄节,承认既成事实,只求息事宁人,敷衍塞责。因此,节度使们更不把朝廷放在眼里。这就是首句所说的“晚唐姑息”。

下片赞扬宪宗讨伐淮西节度使吴元济的功绩。“于穆天子英明,不疑不贰处,登庸裴度。”“于穆”,见《诗·周颂·清庙》:“于穆清庙。”“于”,叹词;“穆”,美好。天子,指唐宪宗。“登庸”,重用。这几句是称赞唐宪宗英明果断,重用裴度为相,决定出兵平定淮西,与“旄节应付”的态度截然相反。裴度“往督全师威令使”,使李愬领军,趁雪夜衔枚疾走,出其不意,攻其无备,直入蔡州城,生擒吴元济。“衔枚”,古代秘密行军令士兵口衔小棒以止声。悬瓠,地名,今河声汝南县,自古为兵家必争之地,这里借指蔡州。从裴度平定淮西来看,方镇也不是强大得不可战胜,只要朝廷肯下决心,态度果断,是不难平定的。据《宋史·李纲传》载,宋钦宗曾手书《裴度传》赐李纲,意思是希望他作南宋的裴度。李纲深为感慨地说:“臣曾不足以望裴度万分之一,然寇攘外患,可以扫除,小人在朝,蠹害难去。”李纲之才,不亚裴度,可惜宋钦宗不是唐宪宗,李纲终无用武之地,只好写下这首《念奴娇》词以自抒怀抱而已。宪宗平定淮西,虽未根本解决唐代的方镇问题,但打击了方镇的气焰,提高了朝廷的威信。所以李纲把这件事看作是天子坐明堂治理天下的表现,而且给予很高的评价,认为是中兴事业,光照千古。明堂是周天子宣扬政教的殿堂,是对唐宪宗的歌颂。李纲是从正面歌颂唐宪宗,从侧面含蓄地批评了宋钦宗,赞扬裴度,也寄托了自己的抱负和理想。借古喻今,用意深厚。

这首词散文化的倾向较重,特别就语言来看,基本是散文句法,叙事、议论较多,而艺术形象性似嫌不够,但在思想内容方面深刻感人。

喜迁莺 真宗幸澶渊

李纲

边城寒早,恣骄虏,远牧甘泉丰草。铁马嘶风,毡裘凌雪,坐使一方云扰。庙堂折冲无策,欲幸坤维江表。叱群议,赖寇公力挽,亲行天讨。

缥缈,銮辂动,霓旌龙旆,遥指澶渊道。日照金戈,云随黄伞,径渡大河清晓。六军万姓呼舞,箭发狄酋难保。虏情慑,誓书来,从此年年修好。

【鉴赏】

这也是李纲七首咏史词之一。写的是宋真宗景德元年(1104)辽国侵略军深入宋境,京师震动。主和派力主迁都避敌。寇准独排众议,力主真宗亲征澶渊。结果打败了辽军,保住了疆土,宋辽议和,史称澶渊之盟。澶渊在今河南濮阳。

澶渊之盟距李纲时期已有一百多年了,已成为历史。但历史往往有某些相似之处。钦宗时金对宋的侵略无异于当年辽对宋的侵略,且又过之。李纲在词中叙述史事,目的是以古喻今,对钦宗进行讽喻:“前事不忘后事之师也。”他希望钦宗能从真宗幸澶渊的史实得到启示,振作起来,抗金卫国,不要一味怯懦逃跑。

首句“边城寒早”。从边境自然气候的早寒,烘托战争威胁之严重。骄横恣肆的金虏,竟敢远来侵占中国甘美的泉水,丰茂的草原,“铁马嘶风,毡裘凌雪,坐使一方云扰”。敌人的铁骑纵横,他们披着毡裘,冒着大雪,使一方国土受到敌人严重的骚扰。在强敌压境的情况下,“庙堂折冲无策,欲幸坤维江表”。“庙堂”,指朝廷。“折冲”,指抗击敌人。“坤维”,地的四角。“江表”,指长江以南地区。景德元年(1004),辽兵大举入侵,“急书一夕凡五至”,真宗惊慌失措,无计抗击辽兵,召群臣商议对策。宰相寇准力主真宗御驾亲征,真宗感到很为难。参知政事江南人王钦若主张驾幸金陵;四川人陈尧叟主张驾幸成都。成都远离汴京,故曰“坤维”,即地角之意。不论南逃或西逃,都是主张放弃中原,包括汴京在内。把辽兵在战场上得不到的土地,拱手送出去。真宗问寇准:到底怎么办?寇准答道:“谁为陛下出此策者,罪可诛也。今陛下大驾亲征,贼自当遁去。奈何……欲幸楚蜀远地?所在人心崩溃,贼势深入,天下可复保耶?”(《宋史·寇准传》)真宗不得已,勉强同意亲征。真宗到澶渊南城,群臣畏敌,又请求圣驾就此驻扎,不再前进。又是寇准力排众议,据理力争。真宗乃渡澶渊河(即“径渡大河清晓”),直达前军。所以李纲满怀热情地写道:“叱群议,赖寇公力挽,亲行天讨”。“亲行天讨”就是天子代表上天亲自讨伐有罪的人。此指抗击辽军。“銮辂动,霓旌龙旆,遥指澶渊道。日照金戈,云随黄伞,径渡大河清晓。”对真宗亲征澶渊,李纲在词中极力夸张、铺叙,热情地、形象地描绘了天子御驾亲征的仪仗之盛,威仪之大,恰与钦宗的畏缩逃跑构成鲜明对比,一扬一抑,从侧面对钦宗作了委婉的批评。

“六军万姓呼舞,箭发狄酋难保。”皇帝亲征,大大鼓舞了宋军的士气,大大振奋了民心,宋辽两军在澶州对峙,当辽国统军挞览出来督战时,被宋军用弩箭射死,挫败辽军。于是,“虏情慑,誓书来,从此年年修好。”宋辽议和,互立誓书,订立“澶渊之盟。”

本来澶渊之战，形势对宋有利。由于真宗畏敌之心未除，而主和派王继忠、毕士安和曹利用等洞悉真宗隐衷，力主和议。和议的结果是战胜国北宋反而向战败国辽国每岁输银十万两，绢二十万匹。不但胜利果实化为乌有，反把辽军从战场上没有得到的财物拱手送辽，自愿居于屈辱地位。这真是历史上的大笑话。本来，当辽使请和时，寇准不许。辽使坚请，寇准要“邀使者称臣，且献幽州地”（《宋史·寇准传》）。真宗唯恐和议不成，主和派又诬蔑寇准“幸兵以自取重”（同上）。寇准不得已，勉强同意和议。这次和议的结果虽不够理想，条件也不能令人完全满意，但皇帝毕竟亲征了。军事上毕竟取得了一次胜利，阻止了辽军攻势向内地推进，保住了京都，保住了中原，没有丧失土地。寇准应该是有功的，但事后却被投降势力排挤，被贬往陕州。

处于南北宋之交的李纲，在他浮沉起伏的宦海生涯中，颇有与寇准相似的遭遇：靖康元年（1126），金兵围汴京，钦宗表面上表示要亲征，保卫京城，实则内怀恐惧。投降派宰相白时中和李邦彦等乘机劝钦宗弃城逃跑。当时任尚书右丞的李纲却振臂一呼，登城督战，击败金兵，保住了京城，立了大功。事后却被罢免，削去兵权，远谪扬州。高宗时虽曾一度为相，积极准备抗金。但仅七十五天，措施尚未及见成效，又被罢相贬斥。他虽有寇准之才，但时势不允许他成就类似寇准的业绩，这时南宋的国势已远不及真宗时期，而高宗的怯懦畏敌，却超过了真宗：李纲所受投降派的排挤打击，却甚于寇准。现实使李纲明白：现在要想如澶渊之盟那样用银绢换取和平已经不可能了。但由于李纲对国家对民族的高度热爱，对侵略成性的骄虏无比痛恨，他在主观感情上不愿意接受这个严酷的现实。所以，他对寇准功绩的赞扬，也是希望能有像寇准这样的忠臣力挽狂澜，也寄托着他的自勉和身世之感。他对真宗的歌颂，也是对高宗的激励，因为曾御驾亲征的真宗，比起一味逃跑的高宗毕竟大不相同，结果也不一样。

苏武令

李纲

塞上风高，渔阳秋早。惆怅翠华音杳，驿使空驰，征鸿归尽，不寄双龙消耗。念白衣、金殿除恩；归黄阁、未成图报。

谁信我、致主丹衷，伤时多故，未作救民方召。调鼎为霖，登坛作将，燕然即须平扫。拥精兵十万，横行沙漠，奉迎天表。

【鉴赏】

南宋高宗初立，迫于军民抗金情绪高涨，起用著名的抗战派李纲为相，似乎要有所作为，但他内心畏敌，只图苟安，并无抗金决心。不久，李纲就被投降派排挤罢相。这首词大概是李纲罢相后写的。

上片写对二帝的怀念和报国无成的忧愁。“塞上风高，渔阳秋早。”因北国秋来，作者对囚居北国的徽宗、钦宗倍加怀念。渔阳本唐时蓟州，此处泛指北地。他所惆怅的是“翠华音杳”。自从二帝北行后，至今“翠华一去寂无踪”。（鹿虔扆《临江仙》）翠华，本是帝主仪仗中以翠鸟羽为饰的旗帜，此处代指皇帝。“驿使空驰，征鸿归尽，不寄双龙消耗”。“双龙”，指徽宗和钦宗。不论“驿使”，还是“征鸿”，都没有带来任何关于二帝的消息。这说明一位忠于君国的忠臣对北宋被金人灭亡这一惨痛的历史事件是刻骨铭心的。“念白衣、金殿除恩；归黄阁、未成图报。”“白衣”，没有官职的平民；“除恩”，指授官；“黄阁”，汉代丞相听事的部门称黄阁，借指宰相。高宗起用李纲为相，李纲向高宗建议：“外御强敌，内销盗贼，修军政，变士风，裕邦财，宽民力，改弊法，省冗官……政事已修，然后可以问罪金人……使朝廷永无北顾之忧。”（《宋史·李纲传》）由于高宗外受金兵强大压力，内受投降派的怂恿，无力振作，决心南逃。李纲被罢官，他想到自己出身平民，深沐皇恩，“未成图报”，实在是无由图报，情有可原，只留下满怀遗憾，一腔悲愤。

下片由上片的“未成图报”过渡，继续抒发自己救国救民，抗敌雪耻的宏伟志愿。首先作者深有感慨地说，谁相信他有一片献给主上的耿耿丹心呢！朝政多变，情况复杂，和战不定，忠奸不辨，使他感伤。空叹自己“未作救民方召”。“方”，指方叔，周宣王时，曾平定荆蛮反叛；“召”，指召虎，即召穆公，召公之后。周宣王时，淮夷不服，召虎奉命讨平之。“方”“召”都为周宣王时中兴功臣。李纲虽想效法“方”“召”建立中兴之业，无奈高宗非中兴之主，不能信任他，他虽欲救国救民，不可得也。虽为自责之辞，亦不免含有对朝廷怨怼之意，只是怨而不怒而已。“调鼎为霖，登坛作将，燕然即须平扫。”“调鼎为霖”出自《尚书·说命》。商王武丁举傅说于版筑之间，任他为相，将他治国的才能和作用比作鼎中调味。《韩诗外传》：“伊尹负鼎俎调五味而为相。”后来因以调鼎比喻宰相治理天下。武丁又说：“若岁大旱，用汝（傅说）作霖雨。”李纲感到古代贤君对宰相如此倚重，对比自己虽曾一度为相，仅月馀即被罢免。他认为个人的进退出处，无足轻重。而一念及天下安危，国家存亡，则愤懑之情，溢于言表。就他的文韬武略而言，如果登坛作将、领兵出征，他可以横扫燕然。“燕然”，即今蒙古人民共和国境内之杭爱山。此处泛指金国境内土地。李纲感到自己虽有出将入相之才，却无用武之地。如果让他继续为相、为将，他将领十万精兵，横行沙漠，“奉迎天表”。李纲不是夸口，他的将才是杰出的。据《大金国志》载：靖康元年，“斡离不围宋京师，宋李纲督将士拒之。又攻陈桥、封邱、卫州门，纲登城督战，杀数千人，乃退”。在被敌人包围的被动情况下，李纲尚能建立如此战功，如果真能让他“拥精兵十万”，则“横行沙漠”并非不可能。

可惜他生不遇明君,又遭奸臣排挤,致使英雄无用武之地,他的壮志只能是梦想而已。“天表”是对帝王仪容的尊称,也可代表帝王。这里是指徽宗和钦宗,在封建社会,皇帝是国家元首,代表国家。皇帝被敌人俘虏,这是国家的奇耻大辱。迎归二帝,虽不可能重新君临天下,但这是报国仇、雪国耻。这也是包括李纲在内的南宋许多爱国志士的奋斗目标。李纲虽屡遭挫折,但愈挫愈奋,从不灰心,始终雄心勃勃,力图“挽狂澜于既倒,扶大厦之将倾”,其爱国激情,百世之后读之,仍令人心激荡不已。

这首词虽也谈到“救民”,但从字面看,贯彻始终的是欲报君恩的思想。似乎只限于忠君。但在封建社会,忠君与爱国有时很难截然分开,君主是国家的象征,君主被俘,实际上标志着国家的灭亡。二帝被俘,就标志着北宋的灭亡。而要“奉迎天表”,就必须“横行沙漠”,打败金兵,收复失地。词中的忠君实际上也具有深刻的爱国主义思想。

左誉　生平不详,字与言,天台人。大观三年(1109)进士,仕至湖州通判,寻弃官为浮屠。词调高韵胜,下笔有神,名重一时。其孙左文本,编次其词若干首,名《筠溪长短句》,今不传。

眼眉儿

左　誉

楼上黄昏杏花寒,斜月小栏杆。一双燕子,两行征雁,画角声残。

绮窗人在东风里,洒泪对春闲。也应似旧,盈盈秋水,淡淡春山。

【鉴赏】

这是一首写思亲念远的别情词,但写作方法却颇具特色。

上片写景,写作者眼前的景色。“楼上黄昏杏花寒,斜月小栏杆。”在楼上,正是黄昏天晚的时刻,看到杏花在寒冷的气候里开放。这是早春的景象。刚升起的月亮,照着小楼的栏杆;“一双燕子,两行征雁,画角声残。”小燕、大雁都是候鸟,‘春秋两季,南北徙迁。它们象征着出门在外的人的信息,引发人们思亲念远的感情。傍晚,报道时辰的号角声,断断续续的残留着,充满着一派凄凉景象。画角:古时候的军号,用牛角做成,上面刻有花纹,所以叫画角。“寒花”“斜月”“征雁”“画角”,勾勒出一幅早春黄昏图。燕子是“一双”、征雁是“两行”、画角“声残”,渲染出一种凄凉,令人思亲念远的氛围,为下片作了充分的铺垫。语言清新、优美、婉丽。

下片,写想象中情人对作者本人的思念的情形,有如电影中化入的镜头。过片“绮窗人在东风里,洒泪对春闲。”把读者由作者所生活的情境,引入作者想象的氛围之中。人在窗前迎着东风眺望,对着春闲流泪。“绮”,本来是一种有花纹的绸子,这里形容窗子上的花格。“春闲”,春天的闲情,这里是指对出行远方的亲人的怀念。这里写的是现在。下面,“也应似旧”,大概还是原来那样吧,把读者引入到当初两人离别时的情形!“盈盈秋水,淡淡春山。”“绮窗人”,泪水盈盈,脉脉含情;她的眼眉,浑金仆玉,似春天的远山。

这是一种折射的写法。一句中兼有人物、情态和背景,而意境深远开阔,感情疏淡悠长。“盈盈秋水,淡淡春山”,因此成了脍炙人口的佳句。

蒋元龙　生平不详,字子云,丹徒(今江苏镇江)人。以特科入官,终县令《全宋词》存其词三首。

好　事　近

蒋元龙

叶暗乳鸦啼,风定老红犹落。蝴蝶不随春去,入熏风池阁。

休歌金缕劝金卮,酒病煞如昨。帘卷日长人静,任杨花飘泊。

【鉴赏】

好事近,又名钓船笛,翠圆枝。

嘉树清圆,绿暗红稀,已是暮春时节。花期已过,不必风吹,残花亦纷纷辞枝而去。且喜蝴蝶多情,未与春归,犹随熏风翩翩穿入池阁。

季节变更,大自然呈现的种种变化,触发了词人的愁情。“金缕”,即《金缕衣》,唐时人杜秋娘所作。其词云:“劝君莫惜金缕衣,劝君惜取少年时。花开堪折直须折,莫待无花空折枝。”这是一首热爱生命,珍惜青春之歌。此处曰“休歌”,正见伤春惜时之情一如病酒,已不能堪,何能再听此曲?

何以忘忧？词人一反"人静帘垂"的传统处理模式，卷帘独看晚春风色，一任杨花柳絮，濛濛飞尽。

词虽是写暮春，但上下阕两次跌宕，不使坠入伤春的窠臼。故俞陛云评为"气静神怡，令人意远"(《唐五代两宋词选释》)。

绍兴太学生 生平不详。

南乡子

绍兴太学生

洪迈被拘留，稽首垂哀告敌仇。一日忍饥犹不耐，堪羞！
苏武争禁十九秋？
厥父既无谋，厥子安能解国忧？万里归来夸舌辩，村牛！
好摆头时便摆头。

【鉴赏】

这首词是绍兴年间(南宋高宗年号)太学生某所写。太学生，指在太学读书的士子。太学，古学校名，即国学。汉武帝元朔五年(公元前124年)始设，立五经博士，相沿至宋。

词用辛辣的笔触讽刺了出使金国丧失气节的官僚洪迈。洪迈，洪皓之子。高宗建炎三年(1129)洪皓曾经出使金国，被羁留十五年。绍兴三十一年(1161)，洪迈以翰林学士出使金国。开始时，洪迈用敌国礼(对等的礼节)见金主。金主于是关锁驿门，断绝饮食，"自旦至暮，水浆不进"(见《宋史·洪迈传》)。还派了一个自称曾随洪迈之父洪皓学习过的人来劝说他，劝他不要固执。洪迈只得以"陪臣"礼改易表章。

词一开头即以赋的手法，指名道姓，指陈洪迈使金被拘留，向敌人跪拜乞哀丧失民族气节的经过。"一日忍饥"，即指金主绝供应，使一日不得食的事。并斥责洪迈为惧一己之留而卑躬失节的行径，与苏武十九年留匈奴，不肯屈节事人的志节对比，实在应该感到愧耻。

下阕联系到洪迈的父亲洪皓，洪皓在《宋史·本传》中号为忠节。高宗称他"虽苏武不能过"。这里指责洪皓"无谋"，大概是认为他在金国束手无策。"厥"，代词。作者由其父使金的无谋联系到其子使金的无法保持民族尊严，解除国家频年受外族侵侮的忧虑。尤其令人气愤的是：失节归来，还要神气活现摇头晃脑地自夸能言善辩，以文过饰非。"村牛"，骂人的俗话，村，恶劣的意思。

宋罗大经《鹤林玉露》也记载了洪迈使金失节事，云洪迈"素有风疾，头常微掉，时人为之语曰：'一日之饥禁不得，苏武当年十九秋。传语天朝洪奉使，好掉头时不掉头'"。可与此词参照。

这首词尖新泼辣，似曲。直写事件，直抒爱憎，其中"堪羞""村牛"，直用当时方言俚句骂人讽世。嬉笑怒骂，痛快淋漓。

吴淑贞　北宋女词人，嫁士人杨子治。有《阳春白雪》五卷，不传。今存词三首。黄升说，淑贞词"佳处不减李易安也"。

霜天晓角

吴淑贞

塞门桂月，蔡琰琴心切。弹到笳声悲处，千万恨、不能雪。
愁绝。泪还北，更与胡儿别。一片关山怀抱，如何对、别人说。

【鉴赏】

吴淑贞、宋宫人。《全宋词》对本词的小注曰："右听水云弹胡笳十八拍因而有作"，"宋旧宫人赠汪水云南还词"，由此可知，词人是从宋亡时被掳，羁留北地，后听汪水云弹蔡琰《胡笳十八拍》颇有感，特在汪水云南还时书赠此词，以表达自己的家国之悲。

"塞门桂月，蔡琰琴心切"二句，写出了东汉末年女诗人蔡琰被匈奴掳至胡地后，在异国怀乡思亲的情况。"塞门桂月"是景物描写，既勾画出蔡琰被迫羁留胡地的特定环境，同时又起了渲染愁情的作用。"塞门"指边塞之门，即胡地。"桂月"指月，相传月中有桂树。"琴心切"此三字蕴含极丰富的内容，这"琴心"既有对匈奴进犯时"马边悬男头，马后载妇女"的悲愤，又有"欲死不能得，欲生无一可"的忧伤，更有怀国思乡的悲切之情；"弹到笳声悲处"二句，不仅写蔡琰的《胡笳十八拍》中表达了被掳生活的悲苦与愤懑；还表达了汪水云弹奏《胡笳十八拍》时，想起自己国亡家破的极大悲愤；同时，更进一步表达了词人被掳的悲愤与报国雪耻之情。此

乃"一石三鸟"之法。"笳声悲",指蔡琰被掳南匈奴后,创作的《胡笳十八拍》,诗中呼天抢地地泣诉了个人与时代的不幸:"为天有眼兮,何不见我独漂流?为神有灵兮,何事处我天南海北头?我不负天兮,天何配我殊匹?我不负神兮,神何殛我越荒州?"它是血泪之歌,引起亡国者的强烈共鸣。

下片"愁绝"三句,继续写蔡琰的不幸遭遇。"泪还北,更与胡儿别"写的是一段史实:兴平(公元194~195)天下丧乱,文姬(蔡琰)为胡骑所获,嫁于南匈奴左贤王,在胡十二年,生二子。(据《后汉书·董祀妻传》)建安年间,曹操赎蔡琰归汉。蔡琰忍痛与二子泪别,其生死之悲,目不忍睹,蔡琰诗曰:"哀叫声催裂,马为立踟蹰,车为不转辙,观者皆歔欷,行路亦呜咽。"(《悲愤诗》)

"一片关山怀抱,如何对、别人说",这是词人听弹《胡笳十八拍》后发出的深深感慨。"一片关山怀抱"表达了词人爱国情感。她时刻思念故国山河,然而身为臣虏,不能返回,只能怀抱关山,铭刻在心,这种爱国之心又能向谁人诉说?这一结句感情强烈难以遏止。

本篇特色是景、事、理、情巧妙结合,"塞门桂月"既是叙当年事,又是景物描写以烘托。"笳声悲"既是叙事,又是抒情。"千万恨、不能雪",既是议论,又是抒情。"一片关山怀抱,如何对、别人说"既是抒情,又是议论。这议论以感情出之,流转自然,强烈感人。由于景、事、理、情四者融为一体,故能绘声绘色、声情并茂地将当今亡国之悲与汉末丧乱之痛巧妙融合,展示了本词的历史深度。

另外,本篇采用了赋体手法。赋乃"敷陈其事而直言之也"。词中用赋的直陈手法写景、叙事、述志、抒情,未用比、兴手法。这种手法是从《诗经》开始的。杜甫的叙事诗多用此体。本篇可谓是抒情意味很浓的叙事诗。

李祁 字萧远,雍丘(今河南杞县)人。登进士,官至尚书郎。宣和间,责监汉阳酒税。词存《乐府雅词》中,凡十四首。

点绛唇

李祁

楼下清歌，水流歌断春风暮。梦云烟树，依约江南路。
碧水黄沙，梦到寻梅处。花无数。问花无语。明月随人去。

【鉴赏】

此词写怀人念远之情。由闻歌而至入梦，由梦中寻觅而转入对月怀人。词体虽小，却能于辗转往复之中，佳境迭现，曲尽其意。

起句从闻歌入手。“清歌”，为全词在感情上定下了幽清的基调，细读全词，便知曲终无违于一个“清”字。“水流歌断春风暮”，“断”，终了，这句是说那流水般的一曲清歌，在春风吹拂的暮霭中结束了。“春风暮”，景语，一字一景，词中以下诸景，皆缘此三字而来；这里也同时点出了这首词的特定节候，这正是一个怀人的季节，怀人的天气，怀人的时刻。“水流”，字面上自然是写“清歌”的缠绵婉转，实际上，这里“水流”即流水，暗寓知音，典出《列子·汤问》。因而，“水流歌断”又寓有知音离别的意思。由此，作者的笔触转入怀人。作者写怀人，非用泛泛之笔，而是借助于一个梦境，把怀人念远的思想情绪写得深刻入微。“梦云烟树，依约江南路”以及下片的“碧水黄沙”云云，皆是梦境，在用笔上又极见层次。“梦云”“依约”两句，是入梦之境。“云”是“梦云”，“树”是“烟树”，“江南路”是“依约”（隐约）朦胧的，极是迷离惝恍的梦境。由“云”而“树”而“路”，由飘忽而实在，梦中寻找知音的足迹甚明。

下片仍是梦境。“碧水黄沙”，紧承上片结句之意，进一步写对知音的寻觅。如果说上片“依约江南路”是在朦胧中辨认知音去路的话，那么，“碧水黄沙”所表现的则是到处寻觅，水中陆上，无所不至，大有“上穷碧落下黄泉”的工夫了，且四字属对工稳，色彩鲜明，为本词的唯一亮色，这正是作者用笔变幻处。“梦到寻梅处”是穷尽、“碧水黄沙”辗转寻找的结果。笔法由面到点，然后由“寻梅处”引出“花无数”，再由花而入，向花打听知音之所在。这几句，用笔如剥茭，一步一层，层层转深，转愈深而情愈切，及至问花无语，寻觅无着，顿挫之下，不禁怅然若失，愁绪茫茫，不知所之，转见明月，也好像已随那人远去，而失去了它那固有的光辉；“明月随人去”一句所展示的空间既大且空，读之令人如置身于一个广漠而暗淡的世界，进而想到作者于此所寄寓的感情必然是悲凉而空虚的。此时的作者，是醒是梦，已在难分难辨之际，这真是以景传情的神来之笔。不过，作者的情调显然是过于低沉了，同样是写对月怀人，却不如苏轼“千里共婵娟”来得旷达。

这首词是颇受后世读者重视的，况蕙风直把这首词看作是浙西词派的“初祖”（《蕙风词话》卷二）。现在看来，把它看作是浙西词派的“初祖”似乎没有这个必要。但这首词句琢字炼，清空醇雅，与后来浙西词派的词学理论和创作实践却有相通之处。全词无热烈语，无浓墨重彩，它所写的“清歌”“水流”“梦云”“烟树”，以及虽写花而无语，虽写月而不皎，写“春风”则缀以“暮”，写春天的“江南路”则限以“依约”，如此等等。虽画面迭出，但都不招摇，都具有一种素淡的朦胧的美。“碧水黄沙”算是全词唯一的色彩鲜明处，但鲜而不浓，清空而不质实，反而给全词增加了空灵感。再者，《点绛唇》这个调子，用韵较密，几乎逐句押韵，且一韵到底，在词体较小的情况下，很容易增加行云流水的韵致。这些艺术上的特点，总括起来，就形成了这首词素雅轻倩的风格。李祁的词，靠《乐府雅词》保存下来了十四首，大都具有这样的艺术风格。他喜写梦，喜写烟雨和月，如“小舟谁在落梅村，正梦绕、清溪烟雨”（《鹊桥仙》）、“佳人何处，江南梦远，……隔江烟雨楼台”（《朝中措》）等，皆清丽可传。应该说，李祁在宣和间，是一位以清丽素雅见长的词人。

何籀 字子初，生卒年不详，信安（今浙江衢州）人。宋代词人，存词一首。

宴清都

何　籀

细草沿阶软。迟日薄，惠风轻霭微暖。春工靳惜，桃英尚小，柳芽犹短。罗帏绣幕高卷，早已是歌慵笑懒。凭画楼，那更天远，山远，水远，人远！

堪怨：傅粉疏狂，窃香俊雅，无计拘管；青丝绊马，红巾寄羽，甚处迷恋！无言泪珠零乱，翠袖尽重重渍遍；故要得别后思量，归时觑见。

【鉴赏】

这首词写一女子思念情人。时节是早春。“迟日”出于《诗经·豳风·七月》“春日迟迟”，指日行迟缓，说明春天白昼稍见延长了，因而也暖和些了。这季节，通过惠风微暖，细草还柔，桃刚缀萼，柳始吐芽等等物候表现出来；“春工”三句，把桃花所以尚小，柳芽所以还短，归于生长植物的春之神还吝惜地不肯施大法力，文字间添了一些姿致。说来也是有趣，对于《诗经》“春日迟迟”这几句，郑玄的《笺》说：

"春，女感阳气而思男。……感时物之变化，皆伤悲，思男有欲嫁之志。"词人在写下"迟日"这两个字时，似乎也隐喻这一微妙含意。我们读词的，看了《郑笺》再来理解词意，正有探骊得珠之乐。不妨再设想，词中正以小桃稚柳，象征不可遏止地滋长着的情苗。有情而远别，便起相思，以下就看他加力描写。

晏殊《蝶恋花》词："独上高楼，望尽天涯路。"此情此意，宋词多有之，但何籀这一首的表现方法又自有其特色。"罗帏""绣幕"，歌与笑，点明了女子的身份——一个歌伎。"罗帏"两句是倒装：因为相思，早已懒于歌笑了，便高卷起罗帏绣幕，凭倚楼窗远望，却怎禁得起望中是天远山远水远人远！"那更"的"更"字是点睛之笔，与柳永《雨霖铃》的"多情自古伤离别，更那堪冷落清秋节"的"更那堪"意同。——本来是望情人的，怎料到所见的竟是一片长天无际，远水遥岑。而所念之人更不知在何处所，活写出个"情何以堪"来。

"四远"安排得甚有层次。"天远"，天是眼中可见的，虽是遥遥无际，但由近在眼前的天看起，也还有迹可循；"山远"和"水远"，纵然眼前，从楼上望去，或可见及某山某水，但远处的山水便已非此山此水，仅能联想及之了；而"远人"，则纯然存在心目之中，不知在天的哪边，在何山之侧，何水之涯。"四远"逐个由实写到虚悬，由可见到逐渐地不可见，最后着眼还在"人远"。天也、山也、水也，若无我所念之人在彼方，则它的远近便与我何干？正因为心中有远人在念，于是，他所在之处之"远"的实际，才认真地感觉出来了。欧阳修说"别后不知君远近"（《木兰花》词），它仍是写的"人远"，但是故作朦胧，如幽咽流泉，有吞声饮泣之象；此首则是大声疾呼，一连下四个"远"字，大书特书，于是思念之殷，便情现辞乎了。

上片写景；下片写情，宋词惯例。这下片的写情又写得特别，一上来不说思，不说念，竟从"怨"字写起。说特别又不特别。《西厢记》第四本第三折有名的《长亭送别》，莺莺与张生还未分手哩，便叮咛道："我只怕你停妻再娶妻，……若见了那异乡花草，再休似此处栖迟！"年少郎君，一经远出，便拘管不住了，"青丝绊马，红巾寄羽，甚处迷恋"，这是闺中妇女所最担忧害怕的。词中对于情人远别，好像真的就有这种事儿发生。但又希望它不至于发生，有朝一日远人游倦归来，能听我诉说相思之苦。词意到这里结束了，但作者之笔偏不肯落于凡庸。看他一个"泪"字便有如许装点：写一时泪下曰"无言"、曰"零乱"，见中心之凄苦；写泪痕渍袖则曰"尽遍"、曰"重重"，意从"冰冻三尺非一日之寒"化来，可见是无日不思，无思不泪。末两句忽然跃出"故要得别后思量，归时觑见"，真是非凡之笔，含蓄着欣喜，伤心，作嗔，使娇，种种复杂感情。说是"故要得"，这个"别后思量"的表证——双袖的啼痕，是有意留给他看的了，而又不是送到眼前指给他看，而是让他走近前来时自己"觑见"，连一句话儿也不给他多说，真把一个楼头思妇写活了。倘在男性，那便须絮絮叨叨，说自己在外头怎样怎样想你，否则不足以平她的怨气。此所以柳永笔下的"愿低帏昵枕，轻轻细说与，江乡夜夜，数寒更思忆"（《浪淘沙慢》），平直浅豁，而亦不失为好文字，为什么？以能体会人情，写出来确是这么一回事之故。

廖世美 生平无考。词存二首。

烛影摇红 题安陆浮云楼

廖世美

霭霭春空,画楼森耸凌云渚。紫薇登览最关情,绝妙夸能赋。惆怅相思迟暮。记当日、朱阑共语。塞鸿难问,岸柳何穷,别愁纷絮。

催促年光,旧来流水知何处?断肠何必更残阳,极目伤平楚。晚霁波声带雨。悄无人、舟横野渡。数峰江上,芳草天涯,参差烟树。

【鉴赏】

这是一首登楼怀远之词。首二句写时地。"霭霭",云气密积貌。陶渊明《停云》诗云:"霭霭停云,蒙蒙时雨。"云层低垂,春雨迷蒙,词人登临安陆(今属湖北)浮云楼。"画楼森耸凌云渚",画栋雕栏,凌耸入云,一写楼美;二写楼高。据杜牧《题安州(即安陆)浮云寺楼寄湖州张郎中》诗,"浮云楼"即"浮云寺楼"。因此,"耸"字前著一"森"字,以突出寺楼的庄严;同时也刻画出云气笼罩时的氛围;次二句写登楼赋诗。"紫薇",指杜牧。唐代称中书省为紫薇省,杜牧官至中书舍人,故又称杜紫薇。"登览最关情",登高临远最能牵动情感,这一句为"惆怅相思"以下抒情张目。唐方干《经周处士故居》云:"愁吟与独行,何事不关情。"施肩吾《寄王少府》云:"人间诗酒最关情。""关情",即牵情之意。"绝妙夸能赋",既称赞杜牧题安州浮云寺楼之诗写得绝妙,又隐约道出自己登高能赋的才情。"惆怅相思迟暮",此句上承"关情",下逗追忆之语,过渡自然。时值日暮,登楼伤情,引起相思:"记当日、朱阑共语";而如今,"塞鸿难问,岸柳何穷,别愁纷絮",括用杜牧诗语,表达一种离别惆怅之情。"塞鸿难问",即人似冥鸿,一去无踪;"岸柳何穷",即空余岸柳,别愁无限。"长安陌上无穷树,唯有垂杨管别离"(刘禹锡《杨柳枝》),杨柳最易牵惹人们的离愁别绪;而人的别愁,又如同无穷数的岸柳之无穷数的柳絮那样多,那样纷起乱攒,"别愁纷絮"之句,直抒胸臆。如此隐括杜句,表示对之十分欣赏,也在上文称其"绝妙夸能赋"的波澜之内。

下片,多层次、多角度地抒写别愁的纷乱与无穷。过片"催促"二句,岁月如流,年光易失,旧时倚栏共语处的楼下水,谁知今日又流到何处了呢?含有无限感慨之意。此日登楼极目远望,只见连天芳草,平野苍然(谢朓《郡内登望》:"寒城一以眺,平楚正苍然"),不知何处是归路,已使人神伤下泪,又何必再增此"残阳"一景乎？杜牧《池州春送前进士蒯希逸》:“芳草复芳草，断肠还断肠。自然堪下泪，何必更残阳”，是此两句所本。翻进一层用笔，倍加凄怆入神。“晚霁”以下具体写极目伤情；“晚霁”二句，向晚破晴，波声似乎还夹杂着雨声。韦应物《滁州西涧》诗云:“春潮带雨晚来急，野渡无人舟自横。”廖于“无人舟横野渡”前更著一“悄”字，索寞、孤寂的心境全出；结三句“数峰江上，芳草天涯，参差烟树”，画面开阔，落笔淡雅，细玩词意，情味极佳。钱起《省试湘灵鼓瑟》云:“曲终人不见，江上数峰青。”；苏轼《蝶恋花》云:“枝上柳绵吹又少，天涯何处无芳草。”；杜牧《题宣州开元寺水阁阁下宛溪夹溪居人》云:“惆怅无因见范蠡，参差烟树五湖东。”廖词袭用并糅合以上三家诗词的语意，别出意境。雨后，江上数峰青青，芳草更在天涯之外，烟树参差凄迷；如此境界，反映了无尽怅惘之情。

此词因题安陆浮云楼，又称道杜牧为此楼赋诗之绝妙，因此运用杜句之处亦特多。杜牧诗云:“去夏疏雨余，同倚朱栏语。当时楼下水，今日到何处？恨如春草多，事与孤鸿去。楚岸柳何穷，别愁纷若絮。”词隐括杜诗，熨帖自然，灭尽痕迹。除杜牧诗外，此词还融合或化用多家诗词，语如己出。王国维在评论周邦彦《齐天乐》借用贾岛“秋风吹渭水，落叶满长安”句时说:“此借古人之境界为我之境界者也。然非自有境界，古人亦不为我用。”(《人间词话》)廖词熔裁前人诗词，又自出境界，有不尽之意，故妙。此词的另一特色是语淡情深，优雅别致。况周颐评“塞鸿”三句，以为“神来之笔，即已佳矣”；而“催促年光”以下六句，“语淡而情深”。他说:“此等词一再吟诵，辄沁人心脾，毕生不能忘。《花庵绝妙词选》中，真能不愧‘绝妙’二字，如世美之作，殊不多觏。”(《蕙风词话》卷二)

李清照　(1084～1155)自号易安居士，济南(今山东济南市)人。她出生于一个文学气氛十分浓厚的士大夫家庭，其父是北宋著名文学家李格非，自幼受到熏陶，培养了她多方面的文学艺术才能。青年时代，词人与丈夫赵明诚过着宁静闲适的书斋生活，其词作多限于离情别绪、闺中生活、写景咏物，风格清丽俊朗。靖康之难后，词人夫妇南下。不久赵明诚染疾病逝，从此，李清照漂泊在杭州、金华一带，在落寞中度过了悲苦孤独的晚年国破家亡，丧夫寡居，强烈的身世感使词人的创作发生了深刻变化，写出了一些反映社会现实的作品，风格沉郁凄凉。李清照是宋代知名的女作家，她兼擅诗、词、文，而词的成就最大，在词史上享有崇高的地位。

凤凰台上忆吹箫

李清照

香冷金猊①，被翻红浪②，起来慵自梳头。任宝奁尘满，日上帘钩。生怕离怀别苦，多少事，欲说还休。新来瘦，非干病酒，不是悲秋。

休休，者回去也，千万遍《阳关》③，也则难留。念武陵人远④，烟锁秦楼⑤。惟有楼前流水，应念我，终日凝眸。凝眸处，从今又添，一段新愁。

【注释】

①金猊(ní)：铜制的香炉，外形如狮子一样。

②红浪：在锦被上所绣的红色花纹。

③《阳关》：即《阳关三叠》，此为送别之名曲。

④武陵人远：陶渊明《桃花源记》载：武陵渔人偶入桃花源，后又由于迷失了路径而无人寻见。借此指爱人远去的方向。

⑤烟锁秦楼：秦楼即凤台，这里指传说中春秋时期的秦穆公之女弄玉与其夫萧史乘凤飞升之前的住所。

【鉴赏】

这首词是作者早期和她丈夫赵明诚分别时写的。全篇从别前设想到别后，充满了“离怀别苦”，而出之以曲折含蓄的口吻，表达了女性特有的深婉细腻的感情。

上片一起两个对句是写她起来以后的情景。说了五件事：炉冷却；被掀开；头不梳；奁未拂；日已高——都是写人之“慵”。

“生怕”两句，进而写自己的内心活动。本来有许许多多的心事，要想说给爱人，但是怕引起彼此离别的痛苦，话到口边，又忍住了。这种自我克制，是包含有许多曲折、许多苦恼在内的。一面用“非干”“不是”来做反衬，另一面仍然不说出真实的原因，就使上面的“欲说还休”一句含意更为丰满。这种吞吐往复，使文势既有波澜，感情也更深挚。

换头用叠字起，以加重语气。“休”，即罢休，如口语“算了”。《阳关三叠》是伤离之曲，取王维《送元二使安西》：“劝君更尽一杯酒，西出阳关无故人”之意谱成。纵使歌唱千万遍《阳关》，也无法挽回行者，那也就只好算了。武陵系指刘、阮入天台事。这里以刘、阮之离天台(武陵)比拟赵明诚之离家。"秦楼"即凤台,是仙人萧史与秦穆公的女儿弄玉飞升以前所住的地方(见《列仙传》),这里用以指词人自己的住所,不但暗示他们的婚姻美满,有如仙侣,而且还暗含相传为李白所做的《忆秦娥》词中"箫声咽,秦娥梦断秦楼月。秦楼月,年年柳色,灞陵伤别"之意。所以"武陵人远,烟锁秦楼"八字,简单说来,就是人去楼空。

终日相伴的人走远了,自己则被隔绝在这座愁烟恨雾的妆楼里,有谁知道我终日在凝视着远方呢?恐怕只有楼前的流水了。

念奴娇

李清照

萧条庭院,又斜风细雨,重门须闭。宠柳娇花寒食近,种种恼人天气。险韵诗成①,扶头酒醒②,别是闲滋味。征鸿过尽,万千心事难寄。
楼上几日春寒,帘垂四面。玉阑干慵倚。被冷香消新梦觉,不许愁人不起。清露晨流,新桐初引,多少游春意。日高烟敛,更看今日晴未。

【注释】

①险韵诗:用生僻字作为韵脚写的诗。

②扶头酒:古时一种易使人喝醉的酒。

【鉴赏】

李清照的创作,以曲折细腻见长,能把一些非常纤细的事物或感情,通过高妙的艺术手法加以再现。有人称赞她的"宠柳娇花""绿肥红瘦",也有人赏识她的"帘卷西风,人比黄花瘦"。这些固然都是警策的句子,标举出来,未尝不可以看出作者的功力,但还不能说是李清照的最大特色。

她的最大特色,乃是开辟了词坛中的"微观世界"。

她能从极微细处写出人物,传出感情,文心之细,是前人所未曾有过的。此外,李清照这首《念奴娇》,运用的是从旁烘托的手法,透过人物的行动和心理变化,既写了一场漫长的春雨,更写出人物的精神状态。险韵,用字数既少,又不容易押韵的几个字当韵脚作诗押韵。"扶头酒",酒性烈,喝下去头沉的酒。

那么,在《念奴娇》词里到底要表达什么样的感情呢?细读之下,我们便可以体味出来：那是晚春时节，连日下着无休无止的雨，天气又潮又闷，就像囚禁似的，人老呆在家里。加上丈夫离家日久，闺中孤寂，平日已是无聊，如今就越发感到那无聊的重压了。词中写了“别是闲滋味”五个字，恰好从正面点出了题旨。

曲曲折折、反反复复，就是整首词所要描写的人物的行动及其幽隐的心理。你看它一层一转，一转一深，把少妇在此景此情中的心理及其变化刻画得多么细腻，多么真切。

永遇乐

李清照

落日熔金，暮云合璧，人在何处？染柳烟浓，吹梅笛怨[1]，春意知几许？元宵佳节，融和天气，次第岂无风雨？来相召，香车宝马，谢他酒朋诗侣。

中州[2]盛日，闺门多暇，记得偏重三五[3]。铺翠冠儿[4]，捻金雪柳[5]。簇带争济楚[6]。如今憔悴，风鬟霜鬓，怕见夜间出去。不如向，帘儿底下，听人笑语。

【注释】

①吹梅笛怨：古时有著名的笛曲《梅花落》，此句为笛吹梅怨之意。

②中州：北宋时的都城汴京。

③三五：古时指阴历十五日，此处指正月十五的元宵节。

④铺翠冠儿：元宵节时特殊的装扮。

⑤捻金雪柳：雪柳是一种用绢或纸制成在元宵节时用的装饰品。此处指较为贵重的饰品。

⑥簇带句：簇带，宋时的方言，有插戴满头之意。济楚，宋时的方言，整齐而美丽。

【鉴赏】

这首词是李清照晚年避难江南时的作品，写她在一次元宵节时的感受。词的上片写元宵佳节寓居异乡的悲凉心情，着重对比客观现实的欢快和她主观心情的凄凉；词的下片着重用作者南渡前在汴京过元宵佳节的欢乐心情，来同当前的凄凉景象做对比。这首词里的“铺翠冠儿，捻金雪柳，簇带争济楚”，描写作者当年同“闺门”女伴，心情愉快，盛装出游的情景。全是写实，并非虚构。可是，好景不长，金兵入侵，自己只落得漂流异地。如今人老了，憔悴了，白发蓬乱，虽又值佳节，又哪还有心思出外游赏呢？“不如向，帘儿底下，听人笑语”，更反衬出词人伤感孤凄的心境。

浣 溪 沙

李清照

髻子伤春慵更梳，晚风庭院落梅初，淡云来往月疏疏。
玉鸭熏炉①闲瑞脑，朱樱斗帐掩流苏②，通犀还解辟寒无③。

【注释】

①玉鸭熏炉：形似鸭子的香炉。

②朱樱句：朱樱斗帐即带有红樱桃花纹的方帐，下有用五彩羽毛或绒毛制成的穗子。

③通犀句：以处借用《开元天宝遗事》卷上：“开元二年冬至，交趾国进犀一珠，色黄似金。使者请以金盘置于殿中，温温然有暖气袭人。上问其故，使者对曰：‘此辟寒犀也……’。”之意。

【鉴赏】

这是一首反映贵族女子伤春情态的小调。运用正面描写、反面衬托的手法，着意刻画出一颗孤寂的心。

上片首句写人，“髻子伤春慵更梳”似是述事，其实却是极重要的一句心态描写：闺中女：闺中女子被满怀春愁折磨得无情无绪，只随意地挽起发髻懒得精心着意去梳理；接下来两句是写景，前句“晚风庭院落梅初”中的“初”字用得极工巧，它使得写景之中又点出了季节时间：习习晚风吹入庭院，正是春寒料峭经冬的寒梅已由盛开到飘零之时。春愁本就撩人，何况又见花落！后句“淡云来往月疏疏”，写淡淡的浮云在空中飘来飘去，天边的月亮也显得朦胧遥远。以“疏疏”状月，除了给月儿加上月色朦胧、月光疏冷之外，仿佛那还是一弯残月，它与“淡云”“晚风”“落梅”前后相衬，构成了幽静中散发着凄清的景象，完全和首句渲染的心境相吻合。上片运用了由人及物、由近及远、情景相因的写法，深刻生动。

下片通过富贵华侈生活的描写，含蓄地反衬伤春女子内心的凄楚。前两句写室内陈设极尽华美“玉鸭熏炉闲瑞脑，朱樱斗帐掩流苏”：镶嵌着美玉的鸭形熏炉中，还闲置着珍贵的龙脑香，懒得去点燃熏香；织有朱红的樱桃花色的、覆盖如斗形的小账低垂，上面装饰着五色纷披的丝穗。这里主要写室内的静物，但也有心情的透露，如“玉鸭熏炉闲瑞脑”中的一个“闲”字，不就闪现出女主人公因愁苦无绪，连心爱的龙脑香味也懒得闻嗅了吗！结尾是一个问句“通犀还解避寒无”，句中的“通犀”指能避寒气的犀角，名“辟寒犀”。该句意思是说：试问这只金灿灿的辟寒犀角，现在还会不会再把温暖宜人的气味释放出来？句中“还解”的一个“还”字点出了这样的内容：往昔之时，这只犀角曾尽心尽意地为男女主人布温驱寒；而今伊人远去，天各一方，犀角有情也应感伤，你到底还知道抑或忘记了为孤独的女主人避寒的使命呢？词人假借向犀牛角的设问，进一步刻画词中人触物伤情多愁善感的性格，也使句意曲折婉转、摇曳生姿。

该篇在写作技巧上的特点，值得加以强调的当推：炼字惟妙，不着雕痕；未画愁容，愁态毕现。

如 梦 令

李清照

昨夜雨疏[1]风骤，浓睡[2]不消残酒。试问卷帘人[3]，却道海棠依旧。知否？知否？应是绿肥红瘦[4]！

【注释】

①疏：粗、大。

②浓睡：酒后酣睡的样子。

③卷帘人：正在卷帘的侍女。

④绿肥红瘦：指肥厚而硕大的绿叶和凋残的红花。

【鉴赏】

这是一首为当时文人所称赏的惜春小令。词人原来希望以沉醉、酣睡来排遣自己伤春的情怀，然而酣睡醒来，酒意还未消尽，天已亮了。昨夜一场狂风暴雨，不知花事如何，试问正在卷帘的侍女，侍女却漫不经心地答道："海棠依旧。"词人听了凭着自己的经验便道："知道吗？知道吗？一定是绿叶肥大，红花稀少！"纯用口语表现了词人惋惜而不满的心情。主仆的对话，鲜明地表现了不同的个性和心情。"绿肥红瘦"用语新鲜，既鲜明、形象地表现出暮春海棠的特点，又流露出作者感伤怜惜的情怀。

渔家傲

李清照

天接云涛连晓雾，星河①欲转千帆舞。仿佛梦魂归帝所②。闻天语，殷勤③问我归何处？
我报路长嗟日暮，学诗谩④有惊人句。九万里风鹏正举⑤。风休住，蓬舟吹取三山去⑥！

【注释】

①星河：银河。

②帝所：传说中天帝的住所。

③殷勤：情意恳切。

④谩：空有。

⑤举：此指高飞。

⑥蓬舟：形容小舟轻如蓬草。三山：传说中的蓬莱、方丈、瀛洲三座仙山。

【鉴赏】

起首两句绘夜空景色，意境壮阔优美。此词吸取《离骚》"上下求索"和李白"梦游天姥"的浪漫主义精神。凭借丰富想象，体现作者的不凡理想和豪迈气概。是《漱玉词》中独具豪放风格之杰作。清黄蓼园评："此似不甚经意之作，却浑成大雅，无一豪钗粉气，自是北宋风格。"

孤 雁 儿

李清照

藤床纸帐朝眠起，说不尽无佳思。沈香断续玉炉寒，伴我情怀如水。笛声三弄，梅心惊破，多少春情意。

小风疏雨萧萧地，又催下千行泪。吹箫人去玉楼空，肠断与谁同倚？一枝折得，人间天上，没个人堪寄。

【鉴赏】

《孤雁儿》原名《御街行》，出自柳永《乐章集》。《古今词话》无名氏《御街行》词有“听孤雁声嘹唳”句，故更名《孤雁儿》。

词前有小序：“世人作梅词，下笔便俗。予试作一篇，乃知前言不妄耳。”虽云梅词，实际上不过借梅抒怀旧之思。

“床”“帐”“香炉”，是一般闺情词的常见意象，此词也从这些物事写起，迤逦写入抒情主人公的内心世界。这里，“床”，非合欢之床，而是用藤竹编成的轻便单人床。“帐”，亦非芙蓉之帐，而是当时在文人高士中流行的一种特制的用坚韧的茧纸作的帐子。宋人林洪在《山家清事》的“梅花纸帐”条目中描写道；于独床四周立柱，挂瓶，插梅数枝；床后设板，可靠以清坐；床角安竹书柜，床前置香鼎；床上有大方目顶，用细白楮（纸的代称）作帐罩之。词咏梅而从纸帐着笔，很可能指的就是“梅花纸帐”。这种床帐，暗示着清雅而淡泊的生活。宋朱敦儒《念奴娇》词云：“照我藤床凉似水。”；《鹧鸪天》词又云：“道人还了鸳鸯债，纸帐梅花醉梦闲。”但是，宿此床帐中的抒情主人公并不甘于淡泊，却深怀“无佳思”的幽怨。

以下写香。炉寒香断，渲染了一种凄冷的心境。“薄雾浓云愁永昼，瑞脑销金兽”（李清照《醉花阴》）展示的那种朦胧而甜蜜的惆怅已经消失，只有似断仍连的袅袅微香，伴随她绵长、凄清的似水情怀。

沉寂中，是谁家玉笛吹起了梅花三弄？它惊破梅心，预示了春的消息，也吹燃了词人深埋的生命之火！

下片从憧憬的世界回到客观现实：充弥天地的只是萧萧的小风疏雨！尽管大自然按照自己的规律，冬尽春来，而生命的春天，却已随"吹箫人去"而永远消逝，这怎不令人珠泪潸潸！"吹箫人"，秦穆公时人萧史，他的箫声能招引凤凰。后来他和他的妻子——穆公女弄玉双双仙去。这个美丽的神话，既暗示了她曾有过的夫唱妇随的幸福生活。又以"人去楼空"，倾诉了昔日欢乐已成梦幻的刻骨哀思。

最后落题，用陆凯"折梅逢驿使，寄与陇头人。江南无所有，聊赠一枝春"典故，作一跌宕：纵使春到江南，梅心先破，但天上人间，仙凡杳隔，又如何传递春的消息！

显然，这首词写于李清照晚年，赵明诚去世之后。全词以"梅"为线索：相思之情，被梅笛挑起，被梅心惊动；又因折梅无人共赏，无人堪寄而陷入无可排释的绵绵长恨之中。

满 庭 芳

李清照

小阁藏春，闲窗锁昼，画堂无限深幽。篆香烧尽，日影下帘钩。手种江梅更好，又何必、临水登楼。无人到，寂寥浑似，何逊在扬州。

从来，知韵胜，难堪雨藉，不耐风揉。更谁家横笛，吹动浓愁。莫恨香消雪减，须信道，扫迹情留。难言处、良宵淡月，疏影尚风流。

【鉴赏】

此词录题为"残梅"，是借咏残梅抒怀之作。

"阁小""窗闲""春藏""昼锁"，这正是典型的词境。词境以深静为佳。清代词评家况周颐就曾经用"人静帘垂，灯昏香直"八个字形容过词境。这是一个狭小而深邃的，自我封闭的空间，它形象地具现了词人那最隐蔽，情感最丰富的内心的一隅。

篆香，一种盘成篆形文字的香。篆香烧尽，作为时间意象，暗示着时间的推移。词人静对手种之梅，孤芳独赏，竟不知日影西斜。寂寥中，人与花已融为一体，对语、交流，恰似何逊在扬州的以梅花为伴。何逊，梁人，有《扬州早梅》诗，人们在写到梅花时，常用何逊典。如杜甫《和裴迪登蜀州东亭送客逢早梅相忆见寄》诗，也有"东阁官梅动诗兴，还如何逊在扬州"的句子。

下片从赏梅写到赞梅、惜梅。唐人崔道融《梅花》诗："香中别有韵，清极不知寒。”;宋范成大《梅谱·后序》说:“梅以韵胜,以格高。”可知“梅以韵胜”是文人传统的看法。“韵”,在这里指梅花抗寒傲雪的贞刚、高洁的内在美反射出来的神韵、风骨。它与世俗格格不入,难禁风雨的摧残。“藉”“揉”二字,既惜花,更惜人。

“横笛”数句,由形而声,用“梅花落”的曲调来渲染由梅花引起的由物及人的联想。于是由“惜”而“愁”,由“愁”而恨,恨人世间美好的事物总是在“朝来寒雨晚来风”的摧伤下匆匆消逝。但字面上词人偏不说恨,而说“莫恨”。用自宽自解的口气,相信纵使梅花香消雪减,落英无迹,但是它的清韵高格,将长留人心。

结末以不言言之。但借溶溶月色下梅花的横斜疏影来展示自己那种难以描述的,既清淡,又深沉的幽怨情怀。

渔 家 傲

李清照

雪里已知春信至,寒梅点缀琼枝腻。香脸半开娇旖旎,
当庭际,玉人浴出新妆洗。
造化可能偏有意,故教明月玲珑地。共赏金尊沈绿蚁,
莫辞醉,此花不与群花比。

【鉴赏】

这也是一首咏梅词。

上片写寒梅初放。何逊《扬州早梅》:“兔园标物序,惊时最是梅。衔霜当露发,映雪凝寒开。”梅花,她开于冬春之交,最能惊醒人们的时间意识,使人们萌生新的希望。所以被认为是报春之花。因为梅花斗雪迎寒而开,诗人咏梅,又总以冰雪作为空间背景。庾信《咏梅花》诗:“常年腊月半,已觉梅花阑。不信今春晚,俱来雪里看。树动悬冰落,枝高出手寒……”这里,“琼枝”就指覆雪悬冰的梅枝。半放的寒梅点缀着它,愈显得光明润泽!

词人接着用“犹抱琵琶半遮面”的美女形容将开未开之梅的轻盈娇美,用玉人浴出形容梅的

玉洁冰清,明艳出群:即物即人,梅已和人融成了一片。

下片转用侧面烘托。梅花偏宜月下观赏,造物有意,故教月色玲珑剔透,使暗香浮动,疏影横斜。值此良宵,且备金樽、绿蚁,花前共一醉。"绿蚁",酒面的浮沫。白居易《问刘十九》:"绿蚁新醅酒,红泥小火炉。"《历代诗话》引《古隽考略》:"绿蚁,酒之美者,泛泛有浮花,其色绿。"

银色的月光,金色的酒樽,淡绿的酒,晶莹的梅织成了一幅画,如梦如幻,空灵优美……

清平乐

李清照

年年雪里,常插梅花醉。挼尽梅花无好意,赢得满衣清泪。
今年海角天涯,萧萧两鬓生华。看取晚来风势,故应难看梅花。

【鉴赏】

上片忆昔。雪里梅开,预示着莺飞草长,鸟语花香的春之降临。它引起词人新的希望和幸福的追求。于是插梅而醉。这个"醉"包含着两层意思:一是因梅花开放而产生了如醉如痴的内心躁动;二是因内心之躁动而醉饮。饮又不能浇愁,故而挼梅。揉搓,是内心不宁静的一种下意识动作。而挼尽梅花也无好情绪,只赢得清泪如许!

下片伤今。又到了梅花开放的季节。而自己飘沦天涯,颠沛流离的生活已使两鬓斑斑。结末作忧患语:昔年虽无意绪,但毕竟"春心'还'共花争发",有插梅、挼梅之举。而今天,尚未踏雪寻梅,就已从晚来风势中预感连赏梅之事也难以实现了。

这首词表现了一个热爱生活又屡经患难的老妇的绝望的心声。

玉楼春

李清照

红酥肯放琼苞碎?探着南枝开遍未?不知酝藉几多香,

但见包藏无限意。

道人憔悴春窗底，闷损阑干愁不倚。要来小酌便来休，未必明朝风不起！

【鉴赏】

此词题作“红梅”。

首句点明梅的色泽；红润如酥、晶莹似玉。“肯放”是“岂肯放”的省说。诘问语气，加强了红梅珍重迟开的神韵。苏轼《红梅》诗也有“怕愁贪睡独开迟，自恐冰容不入时”的句子，或为此诗所本；“南枝”，用李峤梅诗“大庾天寒少，南枝独早芳”典。大庾在江西、广东交界处，为五岭之一。张方注云：“大庾岭上梅，南枝落，北枝开。”此言早梅如“南枝”或已遍开，而红梅犹含苞脉脉，似有所待，令人魄走魂驰，想见其馨香远播，悬知其芳意无穷。

古典诗词以含蓄为美。含苞待放之花，富于“欲语还休”的韵致。可以造成生成性的境界，加强鉴赏者的参与意识，用想象来补充、来创造花开时的美。

下片写对红梅之人。“道人”，学道之人，词人自指。虽言学道，但面对红梅的含情未吐，未必不做“无限”之思。而春窗寂寞，对比之下，更使人难以为怀。故曰“憔悴”、曰“闷损”。词末忽作旷达语。“休”，此当作“罢”字解。意谓要来对花小饮便快来吧！造化弄人，良辰难再，美景无多！自然气候的转换亦如人世的风云突变，未可逆料。此时红梅方兴未艾，未必明朝不狂风折树，冷雨欺花，到那时，花落香消，岂不徒然令人心碎！

李清照词的忧患意识，常常通过风雨摧花表现出来。她早期词《如梦令》，即有“雨疏风骤”致使“绿肥红瘦”的忧思。又如“恨萧萧、无情风雨，夜来揉损琼肌”（《多丽·咏白菊》）；“知韵胜，难堪雨藉，不耐风揉”（《满庭芳·残梅》）。她晚年词的代表作《永遇乐》，在“染柳烟浓，吹梅笛怨”的盎然春意中，想到的也仍是“次第岂无风雨”。国破家亡，仓惶反复，颠沛流离的生活，在她的心上投下了浓重的阴影。这使得她无论对残梅还是未放之梅，总是忧心忡忡，唯恐美好的事物消逝得太快，太快！

如 梦 令

李清照

常记溪亭日暮，沉醉不知归路。兴尽晚回舟，误入藕花深处。争渡，争渡，惊起一滩鸥鹭！

【鉴赏】

这首词在南宋人黄昇的《花庵词选》中题为“酒兴”。

玩词意，似为回忆一次愉快的郊游而作。词人命舟备酒，畅游玩清溪，因沉酣竟不知日之夕矣。沉沉暮霭中，回舟误入曲港横塘，藕花深处。这是一个清香流

溢，色彩缤纷的，幽香而神秘的世界。它给词人带来的是巨大的惊喜和深深的陶醉。

花香、酒气，使词人暂时摆脱了封建社会名门闺秀的重重枷锁，显现出她开朗、活泼、好奇，争强要胜的少女的天性。于是有争渡之举。当轻舟穿行于荷花之中，看着栖息在花汀渔浦的鸥鹭惊飞，她感受到了一种强烈的生命的活力。这种活力就从词短促的节奏和响亮的韵脚中洋溢而出。

这首词杨金本《草堂诗余》误作苏轼词，《词林万选》误作无名氏词，《古今词话》《唐词纪》误作吕洞宾词。从“误作”之多，也可看出此词之放逸已超出了“闺秀词”的范围，所以有人把它列入男性作者的名下。但南宋人黄昇的《花庵词选》、曾慥的《乐府雅词》都把它作李清照词，应当是可信的。

多　丽

李清照

小楼寒，夜长帘幕低垂。恨萧萧、无情风雨，夜来揉损琼肌。也不似、贵妃醉脸，也不似、孙寿愁眉。韩令偷香，

徐娘傅粉，莫将比拟未新奇。细看取，屈平陶令，风韵正相宜。微风起，清芬醖藉，不减酴醿。

渐秋阑、雪清玉瘦，向人无限依依。似愁凝、汉皋解珮，似泪洒、纨扇题诗。朗月清风，浓烟暗雨，天教憔悴度芳姿。纵爱惜，不知从此，留得无多时。人情好，何须更忆，泽畔东篱。

【鉴赏】

多丽，一名"鸭头绿"，一名"陇头泉"139字，是"漱玉词"中最长的一首。曾慥《乐府雅词》题作"咏白菊"。

词先渲染了菊赏的深静寒寂的氛围。一个"恨"字承上启下，表现了孤居独处，良辰难再的抒情主人公对风雨摧花的敏锐的感受。

在李清照的词中，"花"是出现得最多的意象。她笔下的花，不仅有人的情志，如"宠柳娇花"[《念奴娇》(萧条庭院)]，"梅心惊破"[《孤雁儿》(藤床纸帐)]；而且有眉、腮，如"柳眼梅腮"[《蝶恋花》(暖雨晴风)]；有肌骨，如"玉骨冰肌"[《瑞鹧鸪》(风韵雍容)]；因而也有肥瘦，如"绿肥红瘦"[《如梦令》(昨夜雨疏风骤)]。菊花纤细，这里就用"揉损琼肌"来描写菊花的纤纤玉骨。然后进一步用四个历史人物来做类比反衬。贵妃醉脸，是对牡丹的比喻。李正封"咏牡丹"有"国色朝酣酒，天香夜染衣"，唐玄宗认为可比杨妃醉酒(见《松窗杂录》)；孙寿，东汉权臣梁冀之妻，色美而善作妖态。她画的眉，长而曲折，时号"愁眉"(见《后汉书·梁冀传》)。韩令，指晋时人韩寿，韩是贾充的椽吏(佐吏)，长得很俊美。贾充之女看上了他，与他私下往来，并把皇帝赐给她父亲的外臣进贡的异香偷赠韩寿。贾充闻到韩身上的香味，发现了女儿的私情，只好让他们成婚(见《世说新语·惑溺》)；徐娘，南朝梁元帝妃，人谓"徐娘虽老，犹尚多情"(见《南史·后妃传下》)。傅粉，本为三国时魏人何晏典。何晏"平日喜修饰，粉白不去手"，人称"傅粉何郎"(见《世说新语·容止》)。这里一气铺排典故，来说明白菊既不似杨妃之富贵丰腴，更不似孙寿之妖娆作态。其香幽远，不似韩寿之香异味袭人；其色莹白，不似徐娘之白，傅粉争妍。她是屈子所餐，陶潜所采。屈原《离骚》有"朝饮木兰之坠露兮，夕餐秋菊之落英"；陶渊明《饮酒》之五有"采菊东篱下，悠然见南山"。细赏此花，如对直臣高士，香淡风微，清芬醖藉，不减于酴醿。酴醿，即荼蘼花，花黄如酒，开于春末。

下片续写，用一"渐"字表示时间推移，秋阑菊悴。"雪清玉瘦"呼应"揉损琼肌"，紧扣白菊在风雨中挣扎自立从"开"到"谢"的神态。这里不说人对残菊的依恋，反说菊愁凝泪洒，依依惜别。汉皋解珮，《列仙传》载：郑交甫经过汉皋，看见两个少女，珮两珠。交甫向她们求珠，这两个少女就解下珍珠送给他。走不远，二女不见，珍珠也忽然失去。纨扇题诗，用班婕妤典。班婕妤，汉成帝妃，失宠后退居东宫，曾作《怨歌行》，以"秋扇见捐"自喻。这两个典说的都是得而复失，爱而遗弃的失落、捐弃的悲哀。怅惘之情，融入朗月清风，浓烟暗雨之中，又通过这既清朗、又迷离的境界具体化。同时,它又暗示了,菊既不同流俗,就只能在此清幽高洁,又迷蒙暗淡之境中任芳姿憔悴。

词人不胜惜花、自惜之情,倒折出纵使怜爱之极,亦不能留花片时。情不能堪忧,忽宕开作旷达语:只要人情自适其适,应时菊赏,且休忆他屈子忠贞,行吟泽畔。陶潜放逸,采菊东篱!

菩　萨　蛮

李清照

归鸿声断残云碧,背窗雪落炉烟直。烛底凤钗明,钗头人胜轻。

角声催晓漏,曙色回牛斗。春意看花难,西风留旧寒。

【鉴赏】

此词也写早春思乡之情。"声断",声尽的意思。鸿雁北归,已不闻声,极目天穹,唯有残云如碧。词人之心亦已随鸿雁归飞矣!

所思如此,词人并未明言,只写夜来窗外春雪迷濛,炉烟静炷。炉烟直,极言静境。烛光下,凤钗溢彩,钗头人胜轻盈。《荆楚岁时记》载:"人日(旧历正月初七)剪采为人……又造花胜以相遗。"宋时风俗,于立春日戴人胜。隋薛道衡《人日思归》:"人春才七日,离家已二年。人归落雁后,思发在花前。"可见人日戴人胜亦是表达乡思的传统意象。

下片也不直写乡思。只写角声中,天色渐明。"漏",古代计时的器物。晓漏残,曙色开。"牛"、斗,星宿名,是二十八星宿之一。斗转星移,意味着天将破晓,词人一夜不寐可知。

最后两句语淡情浓。因为春寒料峭,恐怕去赏花的心情也没有了!这正是词人在《清平乐(年年雾里)》描写的"看取晚来风势,故应难看梅花"的对生活几乎彻底失望的心情的显现。

浣　溪　沙

李清照

小院闲窗春色深,重帘未卷影沉沉。倚楼无语理瑶琴。

远岫出云催薄暮，细风吹雨弄轻阴，梨花欲谢恐难禁。

【鉴赏】

“小”“闲”“深”，正是空闺写照。而春色深浓，未许泄漏，故重帘不卷，一任暗影沉沉。春情躁动，更不能形之言语，只可托之瑶琴矣！

“深”字是上片之眼。闺深、春深、情深，“倚楼无语”，说三藏七，“此时无声胜有声”，蕴藉未吐之深情，更具有无限的韵味。

下片宕开，由室内而室外。“远岫出云”见陶渊明《归去来辞》：“云无心以出岫，鸟倦飞而知还。”云出云归，时光亦随之荏苒而逝，不觉晚景催逼。夜来更兼细风吹雨，轻阴漠漠，“弄”既指风雨之弄轻阴，还指此时、此境中，词人乍喜还愁的情感波动。结末仍结穴在风雨摧花，欲谢难禁的忧思上。

历代诗评家评此词“雅练”，“淡语中致语”（沈际飞本《草堂诗余》）。写闺中春怨，以不语语之，又借无心之云，细风、疏雨、微阴淡化，雅化，微微逗露。这种婉曲、蕴藉的传情方式，是符合传统诗歌的审美情趣的。

浣溪沙

李清照

莫许杯深琥珀浓，未成沉醉意先融。疏钟已应晚来风。
瑞脑香消魂梦断，辟寒金小髻鬟松，醒时空对烛花红。

【鉴赏】

深闺寂寂，故欲以酒浇愁。而杯深酒腻，未醉即先已意蚀魂消。“琥珀”，松柏树脂的化石。红者叫琥珀、黄而透明的叫蜡珀。此指酒色红如琥珀。第三句《乐府雅词》缺前两字，《四库全书》本《乐府雅词》补“疏钟”两个字，似与上下文义不甚谐调，清照词中，亦未见有“疏钟”一词，可能是臆补。此处也无法确定词人的原意。总之，它应是与晚风同时送入此境与词人之情相契相生的传统意象。

下片写醉中醒后。“瑞脑”，一种名贵的香，传说产于交趾，如蝉蚕形。香消梦断，可理解为时间意象，谓香消之时梦亦惊断；也可理解为比喻关系，温馨旖旎的梦断，正如香之消散。试想，从好梦中恍然惊觉，炉寒香尽，枕冷衾寒，情何以堪！词不写情之难堪，只写醒时神态。“辟寒金”，王嘉《拾遗记》载：三国时昆明国进贡一种鸟，吐金屑如粟。宫人争用这种金屑装饰钗珮。这种鸟畏霜雪，魏帝专为它起了一个温室，名辟寒台。又称此鸟所吐之金为辟寒金。此处“辟寒金小”，实指钗小鬟松，写娇慵之态。醒时空对荧荧红烛，一个“空”字，足怅然若失落之情。

浣溪沙

李清照

淡荡春光寒食天，玉炉沈水袅残烟。梦回山枕隐花钿。
海燕未来人斗草，江梅已过柳生绵。黄昏疏雨湿秋千。

【鉴赏】

这首《浣溪沙》当是词人的前期之作。李清照前期的生活，是以大家闺秀身份出现的，与此相称的，便是在她前期词作中表露出来的文雅、高贵气度。这种气度又是通过词人细腻丰富的感情、优雅含蓄的笔触体现出来的。《浣溪沙》一词，通过暮春风光和闺室景物的描绘，抒写了女词人惜春留春的哀婉心情。

上片侧重描绘室内景致，“淡荡春光寒食天，玉炉沈水袅残烟。”开首即交代时令已值暮春，这正是“闺中风暖，陌上草熏”（江淹《别赋》），暖风醉人时节。接着词人即把笔触移至室内，一股氤氲氛围笼罩闺中，原来是袅袅香烟弥漫其中，从中似还透着静谧、温馨和淡淡的忧愁。“淡荡”，谓春光融和遍满之意。“沈水”，即沉水香。词人另一首《菩萨蛮》词有“沈水卧时烧，香消酒未消”句。“梦回山枕隐花钿”句，词人叙己早晨梦醒，凝妆完毕，却慵懒未除，又斜倚枕上出神，似在品味梦中情景。“山枕”，即檀枕。因其如“凹”形，故称山枕。词人《蝶恋花》词有“山枕斜欹，枕损钗头风”句。词作的上片描绘了一幅优雅、茜丽、静谧的画面：暮春时节，春光融融，闺房中檀香氤氲，一个少妇正欹枕凝神。如果认为画面中的少妇只是属于慵懒、无聊那种类型的女性。整日价沉溺于沉香、花钿、山枕之中，那就错了。李清照有着男性作家无以比拟的细腻而丰富的情感世界，是一个对大自然与外部世界有着极为敏锐的感悟，以及强烈的关注与渴念的女性，词作的下片就为人们展示了这样的情愫。

“海燕未来人斗草，江梅已过柳生绵。”女词人的笔触延伸到室外，但见室外妇女正笑语喧喧，彼此斗草取乐，而海燕此时却经春未归。女词人这里写海燕未归，隐隐含有她细数日子，惜春留春心态，而写斗草游戏，则映衬自己的寂寞。“斗草”，又叫斗百草，南北朝时即有此俗。南朝梁·宗懔《荆楚岁时记》云："五月五日，四民并踏百草，又有斗百草之戏。"原为端午之娱乐习俗，后推广并不拘于此日，尤为妇女儿童喜好。次句言春天将尽，梅子熟透，柳枝长成。"惜春"、留春不住，叹春之情遂油然而生。词人在《小重山》词中有："春到长门春草青，江梅些子破，未开匀。"那是写早春时节，以及自己爱春之情，而此处写江梅熟落，其意恰相反。"柳生绵"，亦为暮春之景致。以上写景，也透露出词人无奈叹喟之情。末句："黄昏疏雨湿秋千"，黄昏时分，独自一人，已自不堪，更兼疏雨，以及空寂、湿漉的秋千架相伴，更让人感到寂寞、愁怨。

这首词抒写情感很是细腻，但不是直言明说，而是通过十分优雅、含蓄的笔触，去描述十分典型的外物形象和意境，从中再渗出细腻而幽深的心态。

蝶恋花

李清照

泪湿罗衣脂粉满，四叠阳关，唱到千千遍。人道山长山又断，萧萧微雨闻孤馆。

惜别伤离方寸乱，忘了临行，酒盏深和浅。好把音书凭过雁，东莱不似蓬莱远。

【鉴赏】

词作当写于宣和三年(1121)秋天，时赵明诚为莱州守，李清照从青州赴莱州途中宿昌乐县驿馆时寄给其家乡姊妹的。它通过词人自青州赴莱州途中的感受，表达她希望姐妹寄书东莱，互相联系的深厚感情。

"泪湿罗衣脂粉满"，词作开首词人即直陈送别的难分难舍场面。词人抓住姊妹送别的两个典型细节来做文章："泪"和"脂粉"，当然，这其中也包括了自己无限的伤感；次写"四叠阳关，唱到千千遍。"热泪纵横，犹无法表达姊妹离别时的千般别恨，万种离情，似唯有发之于声，方能道尽惜别之痛，难分难舍之情。"四叠阳关"，苏轼《论三叠歌法》中的说法可参为注解："旧传《阳关》三叠，然今世歌者，每句再叠而已。若通一首言之，又是四叠。皆非是。若每句三唱，以应三叠之说，则丛然无复节奏。余在密州，文勋长官以事至密，自云得古本《阳关》。每句皆再唱，而第一句不叠，乃知古本三叠盖如此。及在黄州，偶得乐天《对酒》云：'相逢且莫推辞醉，听唱阳关第四声。'注云：'第四声劝君更尽一杯酒'。以此验之，若一句再叠，则此句为第五声；今为第四声，则第一句不叠审矣。"由此观之，"四叠阳关"的说法无误。"千千遍"则以夸张手法，极力渲染离别场面之难舍。值得注意的是，词人写

姊妹的别离场面,竟用如此豪宕的笔触,一来表现了词人的笔力纵横,颇具恣放特色,在其《凤凰台上忆吹箫》一词中有"这回去也,千万遍《阳关》,也即难留",似同出一机杼;二亦展现了词人感情的深挚。"人道山长山又断,萧萧微雨闻孤馆",词人的笔触在结拍处一折,纷乱的思绪又转回现实。临别之际,姊妹们说此行路途遥遥,山长水远,而今自己已行至"山断"之处,不仅离姊妹们更加遥远了,而且又逢上了潇潇夜雨,淅淅沥沥烦人心境,自己又独处孤馆,更是愁上加愁。词作上片从先回想,后抒写现实,从远及近,词脉清晰。

下片,词人的思绪又回到离别时的场景,但笔触则集中抒写自己当时的心境。"惜别伤离方寸乱,忘了临行,酒盏深和浅",直陈自己在临别之际,由于极度伤感,心绪不宁,以致在饯别宴席上喝了多少杯酒,酒杯的深浅也没有印象。词人以这一典型细节,真切而又形象地展现了当时难别的心境,同时也是"方寸乱"的最佳注释;歇拍二句:"好把音书凭过雁,东莱不似蓬莱远。"词人的思绪依然飘荡在那令人难忘的别离场合,但词作的笔力却陡地一振,奏出与前面决然不同的充满亮色的音符。词人告慰姊妹们,东莱并不像蓬莱那么遥远,只要鱼雁频传,音讯常通,姊妹们还是如同厮守在一起。词作至此,已不仅仅表现的是离情别绪,更表现了词人深挚感人的骨肉手足之情。"蓬莱",传说中的仙山。李商隐《无题》诗有:"刘郎已恨蓬山远,更隔蓬山一万重。"

本词不仅有李清照词作特有的抒写心理细腻、敏感的特点,更有笔力健拔、恣放的特色。以此特色来写离别之情,对一个女词人来说,尤显难能可贵。

鹧鸪天

李清照

寒日萧萧上锁窗,梧桐应恨夜来霜。酒阑更喜团茶苦,梦断偏宜瑞脑香。
秋已尽,日犹长,仲宣怀远更凄凉。不如随分尊前醉,莫负东篱菊蕊黄。

【鉴赏】

从整首词的风格和一些词句来看，这首词当作于词人南渡之后。词人和大批的中原人士一起，仓皇南奔之后，颠沛流离，没多久，丈夫赵明诚又急病身亡。这样，词人既失去了故国和故乡，又失去了至亲的亲人，成了一个“孤舟嫠妇”，不幸和痛苦伴随着她。对李清照这样感情丰富细腻的人来说，是无法忍受的。因此，在她后期词作，再也无法一睹前期那样情致，取而代之的便是那深沉的、无限痛楚的心音了。

“寒日萧萧上锁窗，梧桐应恨夜来霜”，词作开首便点明这是深秋时节的一天，带着寒意的阳光透过锁窗，洒落在室内。词人此时尚未出户，透过窗棂，目光落到庭院中的梧桐树上。已失去往昔婆娑身影的梧桐，在瑟瑟秋风中对“夜来霜”，已由畏惧而转恨。词人此时的情感，是浸透在具体的物事刻绘上。以“寒”饰日，可见词人内心已无任何温暖可言。“日”本无声无形，却以“萧萧”形容，更见词人内心之心旌寒冷。此外，梧桐本亦无情物，词人却言其“恨”夜晚之霜。此一“恨”亦词人之恨，因为日已萧萧，夜又何以堪！因自己心寒，故觉得日光亦寒；因自己恨夜长孤寂，故言树亦有恨。首二句的描述，使人想到杜甫的名句：“感时花溅泪，恨别鸟惊心”（《春望》）；“酒阑更喜团茶苦，梦断偏宜瑞脑香”，这两句是说昨夜以酒浇愁，喝得过多，今晨醒来，便思饮浓酽的团茶：醒来梦断，闻到瑞脑的香味，感到很是惬意。这里有两个词颇耐人寻味，一是“酒阑”，为何酒阑，绝不是前期那种的情调：“共赏金尊沉绿蚁，莫辞醉。此花不与群花比”（《渔家傲》），而是“故乡何处是？忘了除非醉”（《菩萨蛮》）。还有一词是“梦断”，词人所作何梦，“酒醒熏破春睡，梦远不成归”（《诉衷情》），词人自己的词句便是其最好的注释。所不同的是，这二句写的是寻常事，看似不经意，却蕴含了无法排遣的乡愁与怀人的愁苦。词作上片的叙写由远及近，把自己深深的愁绪与痛苦，附着于外在物事的描写上，颇耐人咀嚼。

“秋已尽，日犹长，仲宣怀远更凄凉”，秋冬之白日本已较春夏时为短，但词人却觉得“犹长”，这就很让人寻味了。这种主观感受与客观实际之间的反差，表露了词人的寂寞伤时，度日如年愁绪之深。接着词人以王粲登楼思乡的典故，寄托了自己生逢乱世、流徙他乡的思乡之情。王粲，字仲宣，东汉末年人，为“建安七子”之一。时天下大乱，他避居荆州，依附刘表，怀才不遇，尝登当阳城楼，有感而作《登楼赋》，抒发了滞留他乡、怀才不遇之情。有“虽信美而非吾土兮，曾何足以少留”句，其情形与李清照颇为相似，故词人借以表达自己的感情。不过，王粲之所以羁留他乡，是因为个人仕途不得意，不愿回去；而李清照则是为环境所迫，有家归不得，所以说“更凄凉”。“不如随分尊前醉，莫负东篱菊蕊黄”，末二句，词人把笔宕开，说与其作无可奈何的怀乡之想，不如依旧开怀畅饮，一醉方休，不要辜负了这眼前盛开的菊花。这里的“不如随分”，实是词人无可奈何，故作宽慰之辞。这与上片“酒阑”二句，如出一辙，看似写闲情，写雅事，实是以乐写哀。

小重山

李清照

春到长门春草青，江梅些子破，未开匀。碧云笼碾玉成尘，留晓梦，惊破一瓯春。
花影压重门，疏帘铺淡月，好黄昏。二年三度负东君，归来也，著意过今春。

【鉴赏】

这是一首当春怀人、盼望远人归来之作。较之表现同一题材的许多作品所不同的是，它没有写个人独居之苦闷，也没有写良人不归之怨恨，而是热情地呼唤远行在外的丈夫早日归来，一同度过春天的美好时光。小词将热烈真挚的情感抒发得直率深切，表现出易安词追求自然、不假雕饰的一贯风格。

起首三句以白描笔法描绘早春景色，但又不同于一般地写景。"春到长门春草青"，直接袭用五代薛昭蕴《小重山》词之首句，暗寓幽闺独居之意。"长门"，汉代长安离宫名，汉武帝陈皇后失宠，曾幽闭于此。司马相如《长门赋序》："孝武皇帝陈皇后，时得幸，颇妬。别在长门宫，愁闷悲思。"薛词即借此事以写宫怨。易安将自己的居处比作长门，意在表明丈夫离家后的孤独。较之陈皇后，她此时虽然不是被弃，却同是幽居。"春草青"，字面的意思是说春天已经到来，阶前砌下的小草开始返青，隐含的意思则是春草已青而良人未归。《楚辞·招隐士》："王孙游兮不归，春草生兮萋萋。"此暗用其意。"江梅些子破，未开匀。"言野梅只有少许嫩蕊初放，尚未遍开，而此时也正是赏梅的好时节。"些子"，犹言一些。以上三句突出写春色尚早，目的是要引出歇拍呼唤远人归来"著意过今春"之意。如果"一年春事都来几，早过了三之二"(《青玉案》)，也就不会有"著意过今春"的渴望。

次三句写晨起品茶。宋人习惯将茶制成茶饼，有月团、凤团等数种，饮用时皆须先碾后煮。"碧云笼碾玉成尘"，写饮茶前的准备。"碧云"，以茶叶之颜色指代茶饼；亦可理解为茶笼上雕饰的花纹。"笼"，贮茶之具。宋庞元英《文昌杂录》卷四云："(韩魏公)不甚喜茶，无精粗，共置一笼，每尽，即取碾。""碾玉成尘"，言将茶饼碾成碎末，犹如碧玉之屑；"玉"亦谓茶之名贵。明冯时可《茶录》："蔡君谟谓范文正公：《采茶歌》'黄金碾畔绿尘飞，碧玉瓯中翠涛起'，今茶绝品，色甚白，翠绿乃下者，请改为'玉尘飞'、'素涛起'，何如？"所叙之事可资参证。"留晓梦，惊破一瓯春。"写晓梦初醒，所梦之事犹残留在心，而香茗一杯，顿使人神志清爽，梦意尽消。"一瓯春"，犹一瓯春茶之省称。联系全词来看，"晓梦"似与怀人有关。然含而未露，颇耐人寻味。

过后三句仍是写景，不过时间由清晓移到了黄昏。"花影压重门"，言梅花的姿影投射在重门之上，显得很浓重。"花"，指上片所言之江梅。"重门"，一层一层的门。由此句很容易使读者联想起林逋《山园小梅》诗中"疏影横斜水清浅，暗香浮动月黄昏"的名句来。"疏帘铺淡月"，言春月的清辉铺洒在窗帘上，显得很均匀。这两句词以对偶形式出之，匀齐中富于变化。按照习惯，"花影压重门"本应对以"淡月铺疏帘"，但在这里词人似乎有意将"淡月"和"疏帘"位置互换，一方面为了合于平仄；一方面也避免了雕饰之嫌。词本不同于律诗，是不必追求对仗的严谨工稳的。两句词生动地创造出初春月夜静谧幽美的境界，为全词精彩之笔："压""铺"二字下得尤为精警，写出了词人对景物的特殊感受，令人不能不叹服易安遣词造句的深厚功力。

以上由春草返青写到江梅初绽，由花影压门写到淡月铺帘，中间更穿插以春晨早起，茶香驱梦，如此反反复复描写春天之美好，终于逼出了歇拍三句："二年三度负东君，归来也，著意过今春。""东君"，谓春日、春天之神。农历遇闰年，常有重春现象。据《金石录后序》可知，易安婚后，明诚或因负笈远行，或因异地为官，每与易安分别。丈夫常年在外，如今算来，已有两年三个春天没有在家里度过了。因此词人急切地呼唤道：请你立刻回来吧，让我们一同倍加珍惜地度过今春这大好时光！三句词卒章显志，为一篇结穴。这一结尾，感情的激流直泻而下，心底的情话冲口而出，把全词的抒情有力地推向了高潮。

临江仙 并序

李清照

欧阳公作《蝶恋花》，有"深深深几许"之句，予酷爱之。用其语作"庭院深深"数阙，其声即旧《临江仙》也。

庭院深深深几许？云窗雾阁常扃。柳梢梅萼渐分明。春归秣陵树，人客建安城。
感月吟风多少事？如今老去无成。谁怜憔悴更凋零。试灯无意思，踏雪没心情。

【鉴赏】

这首词因各本文字有异，有作于"远安""建康""建安"三种说法。远安，在今湖北省，李清照生平足迹未至此地，可排除。建康，李清照曾从其丈夫赵明诚寓居过，时为建炎元年（1127）秋至建炎三年（1129）五月，赵明诚知江宁府期间。当时夫妻团聚，生活虽不如南渡前在汴京时，然仍有踏雪赋诗之豪情逸兴，与本词所写"如今老去无成。谁怜憔悴更凋零"等词意不甚相符，不似居建康时作。今从《词学丛书》本《乐府雅词》作建安。建安，宋属建州，今福建建瓯。李清照曾途经此地。其时赵明诚已逝世多年，李清照年老无依。在动乱岁月里，颠沛流离，做客异乡，当春归大地之时，触景生情，遂写了这首《临江仙》，抒发感旧伤今的悲凄之情。

词作上片写春归大地，词人闭门幽居，思念亲人，自怜飘零。"庭院深深深几许？云窗雾阁常扃"，首二句写词人闭门幽居。首句与欧阳修《蝶恋花》词一样，连用三个"深"字，前两个"深"字为形容词，形容庭院之深；后一个"深"字为动词，作疑问句，加重语气，强调深。次句是对庭院之深的具体描写：云雾缭绕着楼阁，门窗常常紧闭，虽不深而似深。云雾缭绕是自然状况，是地处闽北高山地区建安所特有的，而门窗"常扃"，则是词人自己关闭的了。这表明词人自我幽闭阁中，不愿步出门外，甚至不愿看见外面景况，所以不仅闭门而且关窗；第三句写的就是词人所不愿见到的景物："柳梢梅萼渐分明。"柳梢吐绿，梅萼泛青，一片早春、大地复苏的风光。李清照是位感情十分丰富细腻的词人，对大自然的细微变化，有着敏感的悟性。"雪里已知春信至"（《渔家傲》）、"春到长门春草青，江梅些子破，未开匀"（《小重山》），在这些早期作品里，表现的是喜春之情。可如今却怕见春光，为什么呢？结二句写的就是回答："春归秣陵树，人客建安城。""秣陵"，即金陵、建康。建康，是词人与丈夫赵明诚共同生活过的地方，也是他们恩爱夫妻死别的地方（赵明诚于建炎三年八月病死建康），至今丈夫还埋葬在那儿。词人想象春天回到建康，春风吹绿了那儿的树，可是她再也不能与丈夫一起观赏那儿的春光了。她只身漂泊，暂时客居建安，千里迢迢，战乱仍频，连亲自去他坟上祭奠也不可能，怎能忍心看到这春光呢？这两句内涵极其丰富，所蕴含的痛楚情怀是相当深沉的。

词作下片，承上片怕触景伤怀，进而追忆往昔，对比目前，感到一切心灰意冷。"感月吟风多少事？如今老去无成"，"感月吟风"，即"吟风弄月"，指以风月等自然景物为题材写诗填词，形容心情悠闲自在。李清照与赵明诚是一对有较高文化修养的恩爱夫妻，他们共迷金石、同醉诗文、烹茗煮酒、展玩赏鉴，沉醉于富有诗意的幸福生活之中。李清照以其女性的独特敏感和文学修养，以春花秋菊为题材，曾写过不少好词。"多少事"，以强调语气，表示很多，记也记不清了。可如今孤身一人，年老飘零，心情不好，什么事也做不成。"无成"，这里并不是一般意思上的事业无成，而是承上词意，指对"风月"不感兴趣，也不敢去接触，什么也写不出来。至此，词人情绪极为激动，不禁呼出："谁怜憔悴更凋零"！词人在《永遇乐》中曾以"风鬟雾鬓"描绘她的"如今憔悴"。"谁怜"二字，表明词人身处异乡，孤身一人，无人可诉。而一个"更"字，道出了词人的心境日渐一日的悲凄。结末，"试灯无意思，踏雪没心情"。这二句并非写实，而是举出她一生中印象最深，与她夫妻生活最有关系，作为"感月吟风"绝佳题材的事件。"试灯"，宋人最重元宵节。每逢元宵，灯市总是热闹非常。往往在节前几天就陆续张灯，称之为试灯。词人在《永遇乐》中曾回忆当年:“中州盛日,闺门多暇,记得偏重三五。铺翠冠儿,撚金雪柳,簇带争济楚。”“踏雪”,宋周辉《清波杂志》卷八载:“顷见易安族人言,明诚在建康日,易安每值天大雪,即顶笠披蓑,循城远览以寻诗,得句必邀其夫赓和,明诚每苦之也。”这两件事,在空间上,从北(汴京)到南(建康);在时间上,从词人青年时期到中年时期。当年,她对这两件事都很感兴趣,可如今,却认为“无意思”“没心情”,与上片的怕见春光遥相呼应,进一步表露了词人对一切都感到心灰意冷。下片以对往昔生活的追怀、眷恋与如今飘零异地、悲凄伤感相对比,写出一位年老憔悴、神情倦怠的女词人形象。

整首词作几乎是以口语入词,明白晓畅,又极准确、深刻地表达了词人彼时的心理状态,对比手法的运用,情感抒发的深沉,都给人留下极深的印象。

醉花阴

李清照

薄雾浓云愁永昼,瑞脑消金兽。佳节又重阳,玉枕纱厨,
半夜凉初透。
东篱把酒黄昏后,有暗香盈袖。莫道不消魂,帘卷西风,
人比黄花瘦。

【鉴赏】

李清照的重阳《醉花阴》词相传有一个故事:“易安以重阳《醉花阴》词函致明诚。明诚叹赏,自愧弗如,务欲胜之,一切谢客,忘食忘寝者三日夜,得五十阕,杂易安作以示友人陆德夫。德夫玩之再三,曰:‘只三句绝佳’。明诚诘之,答曰:‘莫道不消魂,帘卷西风,人比黄花瘦。’正易安作也”(见《元伊世珍·琅嬛记》)。这个故事不一定是真实的,但是它说明这首词最好的是最后三句。

现在先看看它的全首。词的开头,描写一系列美好的景物,美好的环境。“薄雾浓云”是比喻香炉出来的香烟。可是香雾迷蒙反而使人发愁,觉得白天的时间是那样长。这里已经点出她虽然处在舒适的环境中,但是心中仍有愁闷。“佳节又重阳”三句,点出时间是凉爽的秋夜。“纱厨”是室内的精致装置,在镂空的木隔断上糊以碧纱或彩绘。下片开头两句写重阳对酒赏菊。“东篱”用陶渊明“采菊东篱下”诗意。“人比黄花瘦”的“黄花”,指菊花。《礼记》月令:“鞠(菊)有黄花”。“有暗香盈袖”也是指菊花。从开头到此,都是写好环境、好光景:有金兽焚香,有“玉枕纱厨”,并且对酒赏花,这正是他们青年夫妻在重阳佳节共度的好环境。然而现在夫妻离别,因而这佳节美景反而勾引起人的离愁别恨。全首词只是写美好环境中

的愁闷心情，突出这些美好的景物的描写，目的是加强刻画她的离愁。

在末了三句里，“人比黄花瘦”一句是警句。“瘦”字并且是词眼。词眼犹人之眼目。它是全词精神集中表现的地方。

在诗词中，作为警句，一般是不轻易拿出来的。这句“人比黄花瘦”之所以能给人深刻的印象，除了它本身运用比喻，描写出鲜明的人物形象之外，句子安排得妥当，也是其原因之一。她在这个结句的前面，先用一句“莫道不消魂”带动宕语气的句子作引，再加一句写动态的“帘卷西风”，这以后，才拿出“人比黄花瘦”警句来。人物到最后才出现。这警句不是孤立的，三句联成一气，前面两句环绕后面一句，起到绿叶红花的作用。经过作者的精心安排，好象电影中的一个特写镜头，形象性很强。这首词末了一个“瘦”字，归结全首词的情意，上面种种景物描写，都是为了表达这点精神，因而它确实称得上是“词眼”。以炼字来说，李清照另有《如梦令》“绿肥红瘦”之句，为人所传诵。这里她说的“人比黄花瘦”一句。也是前人未曾说过的，有它突出的创造性。

好事近

李清照

风定落花深，帘外拥红堆雪。长记海棠开后，正伤春时节。
酒阑歌罢玉樽空，青缸暗明灭。魂梦不堪幽怨，更一声啼鴂。

【鉴赏】

这是一首抒发伤春情怀的词。

首先值得注意的是，词人抒发伤春之情，并非因先睹物而引致伤感，而是深处闺中，即敏锐地感悟到大自然细微的变化，由此引起情感变化。“风定落花深，帘外拥红堆雪”，词人由风住，即断定。“帘外”定然是落花遍地，红白堆积。表现了词人的敏感与对美好事物的关注之情。唐孟浩然《春晓》诗云：“春眠不觉晓，处处闻啼鸟。夜来风雨声，花落知多少？”；韩偓《懒起》诗云：“昨夜三更雨，临明一阵寒。海棠花在否？倒卧卷帘看。”这两位诗人对风雨后花的状况均无所知，虽有怜花之意，但毕竟不如李清照。当然，李清照对落花给予极大关注，在其潜意识中，多少带有以之自知的成分。首二句虽为状物，但伤感之情已隐然可感。“长记海棠开后，正伤春时节”，次二句，词人的回忆闸门被打开，但对往事的具体内容却避而不谈，只是说此时海棠花落之时，亦是自己伤春时节。“长记”，即常记，说明以往的“伤心时节”之事，常萦绕于心。此外，词人在诸多花卉中，对海棠情有独钟，这或许是海棠有“花中神仙”之美称，以及如霞似雪般的秾丽娇娆，尤其是其高贵优雅之美，与词人个性颇为近似。词人的《如梦令》词：“昨夜风疏雨骤，浓睡不消残酒。试问卷帘人，却道海棠依旧。知否？知否？应是绿肥红瘦。”也表达了对海棠的钟爱，其抒情方式与此词上片也相似。

上片侧重由景生情，为落花而慨叹，而伤春。下片则自然过渡到对闺门独处、孤寂苦闷生活的描绘。“酒阑歌罢玉樽空，青缸暗明灭。”词人在这里并没有直言其如何的孤寂，愁苦，而是通过四个极富象征意味的物体刻画酒阑、歌罢、空的酒杯以及忽明忽暗的油灯，整个画面幽暗、凄清、空冷。试想，一个闺中思妇置身于如此环境中，其心情该是怎样的凄怆孤寂，一切尽在不言之中了。“魂梦不堪幽怨，更一声啼鴂”，白日词人是惜花伤时，夜晚则借酒浇愁愁更愁，想在梦中得到一丝慰藉，然而梦中的情景，依旧使梦魂幽怨哀愁。醒来之时，听到窗外凄厉的“啼鴂”声，更增添了悲怆的情感。因为“恐鹈鴂之先鸣兮，使夫百草为之不芳”（屈原《离骚》），春已逝去，百花也已凋落殆尽。

这首词抒写的是伤春凄苦之情，但词人并没有正面来抒写自己的情感，而是通过室内外景物的刻画，把自己的凄情浓愁寄寓其中，因而全词读来，更感其情深沉、凝重。

行 香 子

李清照

草际鸣蛩，惊落梧桐，正人间、天上愁浓。云阶月地，关锁千重。纵浮槎来，浮槎去，不相逢。

星桥鹊驾，经年才见，想离情、别恨难穷。牵牛织女，莫是离中。甚霎儿晴，霎儿雨，霎儿风。

【鉴赏】

这首词《历代诗余》题作“七夕”，有可能是建炎三年(1129)写于池阳的。是年三月赵明诚罢江宁守；五月，至池阳，又被任命为湖州知州，赵明诚独赴建康应召。这对在离乱中相依为命的夫妻，又一次被迫分离。此时，李清照暂住池阳，举目无亲，情况倍觉凄凉。转眼到了七月七日，她想到天上的牛郎织女，今夜尚能聚首，而人间的恩爱夫妻，此刻犹两地分离。浓重的离情别绪，对时局的忧虑，二者交融一起，形诸笔端，便铸就了这首凄婉动人词作的基调。

“草际鸣蛩，惊落梧桐，正人间、天上愁浓”，词作开首，词人抓住秋天自然现象的两个突出特征落笔。蟋蟀在草丛中幽凄地鸣叫着，梢头的梧桐叶子似被这蛩鸣之声所惊而飘摇落下。此时此际、此情此景，在词人看来，正是人间天上离愁别怨最浓最重的时候。词人开首落笔即蒙上一层凄冷色彩，想象相当扩大，由眼前之景，即联想到人间天上的愁浓时节。此外，着一“惊”字，表明词人自身也为离愁所“惊”。词作题为“七夕”，由此可知“人间”的“愁浓”之中也包含了自己，从而含蓄地点出自己也为离情别愁所煎熬。次二句，“云阶月地，关锁千重”，词人的笔触放得更开，叙说在云阶月地的星空中，牛郎和织女被千重关锁所阻隔，无由相会。“云阶月地”，以云为阶，以月为地，谓天上。唐杜牧《七夕》诗：“云阶月地一相过，未抵经年别恨多。”末三句，“纵浮槎来，浮槎去，不相逢”，“浮槎”，传说中来往于海上和天河之间的木筏。张华《博物志》卷三：“旧说云‘天河与海通，近世有人居海渚者，年年八月有浮槎，去来不失期。”词人在此继续展开其想象之笔，描述牛郎、织女一年只有一度的短暂相会之期，其余时光则有如浩渺星河中的浮槎，游来荡去，终不得相会聚首。上片从人间写到天上，写自身体验的离愁，和对离愁中牛郎、织女的深切同情。

“星桥鹊驾，经年才见，想离情、别恨难穷”，词作下片首三句紧承上片词脉，词人继续展开想象。上片是感叹牛郎、织女离愁之浓重，这里则是忧虑牛郎、织女别恨的难以穷尽。一个“想”字，道出了词人对牛郎、织女遭遇的同情，也表露了一种同病相怜的情怀。“牵牛织女，莫是离中”，这两句由想象回到现实。词人仰望星空，猜想此时乌鹊已将星桥搭起，可牛郎、织女莫不是仍未相聚，关注之情溢于言表。结句“甚霎儿晴，霎儿雨，霎儿风”，再看天气阴晴不定，忽风忽雨，该不是牛郎、织女的相会又受到阻碍了吧！“甚”字加以强调，突出了词人的担心与关切。

这首词，给人印象最深的是词人一笔两到的写法，词作写牛郎织女的离愁别恨，但又何尝不是在抒写自己的情怀。如果没有自己深切的感情体验，又如何能写出如此感人的作品。整首词作幻想与现实的结合、天上人间的遥相呼应，对开拓词作意境，气氛的烘托，都起到重要作用，也展示了词人丰富的想象力和阔大胸襟。此外，本词叠句的运用，口语化的特色，也都增加了词作的感染力。

鹧鸪天

李清照

暗淡轻黄体性柔，情疏迹远只香留。何须浅碧深红色，
自是花中第一流。
梅定妒，菊应羞，画栏开处冠中秋。骚人可煞无情思，何
事当年不见收。

【鉴赏】

这首《鹧鸪天》词是一篇盛赞桂花的作品。在李清照词中，咏花之作很多，但推崇某花为第一流者还仅此一篇。它与《摊破浣溪沙》同为作者与丈夫居住青州时的作品。

作为供观赏的花卉，艳丽的色彩是惹人喜爱的一个重要原因。本篇的上片正是抓住桂花“色”的特点来写的。“暗淡轻黄体性柔”，“暗”“淡”“轻”三字是形容桂花的色是暗黄、淡黄、轻黄。“体性柔”说这种花的花身和性质。

“情疏迹远只香留。”这种树多生于深山中，宋之间诗：“为问山东桂，无人何自芳。”；李白诗：“安知南山桂，绿叶垂芳根。”所以对人来说是迹远而情疏的。可是它的香却不因此而有所减少。

“何须浅碧深红色，自是花中第一流。”作者以为，浅碧、深红在诸颜色中堪称美妙，然而，这些美妙的颜色，对于桂花来说，却是无须添加的。因为它浓郁的香气、温雅的体性已足使她成为第一流的名花，颜色淡一点又有什么要紧呢？

上片围绕“色”与“香”的矛盾展开形象化的议论，生动地表现了作者的美学观点。对于“花”这个具体的审美对象来说，“色”属于外在美的范畴，“味”属于内在美的范畴，作者以为色淡味香的桂花“自是花中第一流”，足见作者对于内在美是很推崇的。

下片的“梅定妒，菊应羞，画栏开处冠中秋”，是紧承上一片的意思写的。梅花，虽然开在早春，开在百花之前，而且姿容秀丽，仪态万千。但是，面对着“暗淡轻黄体性柔”的桂花，她却不能不生嫉妒之意；菊花，虽然开在深秋，独放百花之后，而且清雅秀美，幽香袭人，但面对着“情疏迹远只香留”的桂花，她也不能不掩饰羞愧之容。于是，正值中秋八月开放的桂花便理所当然地成为花中之冠了。

“骚人可煞无情思，何事当年不见收。”“骚人”指的是屈原。屈原的《离骚》上多载草木名称，独独不见桂花。宋代的陈与义在《清平乐·咏桂》中说：“楚人未识孤妍，《离骚》遗恨千年。”意思和本词大体上是一致的，皆以屈原的不收桂花入《离

骚》为憾事,以为这是屈原情思不足的缘故。

就全篇来说,这首词的笔法是很巧妙的。全词自始至终都像是为桂花鸣不平,实际上是在抒发自己的幽怨之情。

词中正面描写桂花的,只有开头两句。仅此两句便把桂花的颜色、光泽、性格、韵味都写尽了,为后面替桂花"鸣冤""正名"做好了铺垫。

作者之所以推崇桂花为第一流的花朵,是因为她十分注重桂花的内在美,十分欣赏桂花的色淡味香,体性温雅。所谓"何须浅碧深红色",言外之意是。只要味香性柔,无须浅碧深红。如果徒有"浅碧深红"便不能列为花中第一流。为了推崇桂花,作者甚至让梅花生妒,使菊花含羞。其实,作者的咏梅、咏菊之作是不少的,这两种花,论颜色,论风韵,确实不在桂花之下,她们的"妒"和"羞"恐怕还是因为她们没有桂花那样浓郁的芳香吧?最后,作者更直接谈及咏桂与情思的关系,她以非凡的艺术家的胆量和勇气指责屈原的当年不收桂花入《离骚》是"情思"不够的缘故。至此,作者既为桂花"正"了"名",又抒发了自己的一怀幽情。实际上,那"暗淡轻黄体性柔,情疏迹远只香留"的桂花,正是作者傲视尘俗,乱世挺拔的正直性格的写照。

添字采桑子 芭蕉

李清照

窗前谁种芭蕉树?阴满中庭,阴满中庭,叶叶心心,舒卷有余情。

伤心枕上三更雨,点滴霖霪,点滴霖霪,愁损北人,不惯起来听。

【鉴赏】

这是李清照南渡之初的作品,借吟咏芭蕉抒发了怀恋故国、故土之幽情。上片描述芭蕉树的"形"与"情"。芭蕉树长在窗前,但却能够"阴满中庭",这就间接地写出了它树干的高大,枝叶的繁茂,树冠的伸展四垂。接着,词人将描写范围缩小到芭蕉树的细部——蕉叶和蕉心。蕉心蜷缩着,蕉叶舒展着,这一卷一舒,像是含情脉脉,相依相恋,情意无限深挚绵长。芭蕉有"余情",自然是由于词人有情;词人将自己的情注入芭蕉的形象之中,创造了情景相生的艺术境界,极其形象地表现了她对中原故国、家乡故土的绵绵不断的思念和怀恋。

下片写夜听雨打芭蕉声。由于"余情"是深远绵长的,所以词人直到夜晚卧床时仍处于苦苦的思念之中,使她越思越悲、越想越愁。辗转反侧,无法成眠。本已是枕上落满伤心泪,更加上三更时分窗外响起了雨声,雨点滴滴嗒嗒地敲打着芭蕉叶,声音是那样地单调,又是那样的凄凉。雨打在蕉叶上,如同滴落在词人的心上。在她那早已被思念煎熬。被痛苦浸透了的心中,又添上了一股酸涩的苦汁,催落了她更多的伤心之泪。三更的冷雨霖霪不止,词人的泪水更是倾泻如注;雨打芭蕉声是那样的凄凉。词人的啜泣声更加悲切。词人将"点滴霖霪",组成叠句,不但从音韵上造成连绵悄长的效果,而且有力地烘托了悲凉凄绝的气氛。结句用"愁损北人,不惯起来听"煞住,看似平淡,实极深刻。从字面上看,"起来听"似乎纯系由于"北人不惯",但这里的"北人",实际上应解作"流离之人""沦落之人",因此,这种"不惯"也就绝不只是水土气候上难以适应的不惯,而是一种飘零沦丧的异乡之感。深怀着这种漂泊沦亡感的词人坐起听雨,从这凄凉的雨声中她听到了些什么呢?她又想到了些什么呢?词的尾句就这样给我们留下了无尽的想象余地,也留下了词人面垂两行思乡泪,坐听雨打芭蕉声的感人形象,收"言已尽而意无穷"之效。

忆秦娥 咏桐

李清照

临高阁,乱山平野烟光薄。烟光薄,栖鸦归后,暮天闻角。

断香残酒情怀恶,西风吹衬梧桐落。梧桐落,又还秋色,又还寂寞。

【鉴赏】

南渡之后,李清照遂遭家破人亡、沦落异乡、文物遗散、恶意中伤等沉重打击;又目睹了山河破碎、人民离乱等惨痛事实。这首《忆秦娥》就是词人凭吊半壁河山,对死去的亲人和昔日幸福温馨生活所发出的祭奠之辞。

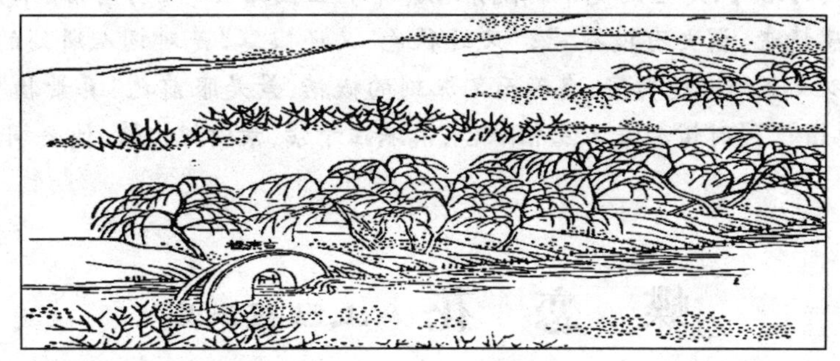

上片写登临高阁的所见所闻。起句"临高阁",点明词人是在高高的楼阁之上。她独伫高阁,凭栏远眺,扑入眼帘的是"乱山平野烟光薄"的景象:起伏相叠的群山,平坦广阔的原野,笼罩着一层薄薄的烟雾,烟雾之中又渗透着落日的最后一缕余晖。叠句“烟光薄”加强了对这种荒凉、萧瑟景色的渲染，造成了使人感到凄凉、压抑的气氛，进而烘托出作者的心境。

“栖鸦归后，暮天闻角。”是作者的所见所闻。乌鸦是被人们厌恶的鸟类。它的叫声总使人感到“凄凄惨惨”，尤其在萧条荒凉的秋日黄昏，那叫声会显得更加阴森、凄苦。鸦声消逝，远处又隐隐传来了军营中的阵阵角声。这凄苦的鸦声，悲壮的角声，加倍地渲染出自然景色的凄旷、悲凉，给人以无限空旷的感受，意境开阔而悲凉。不难看出，这景物的描写中，融注着作者当时流离失所，无限忧伤的身世之感。

下片起句，作者写了在这种景色中自己抑郁孤寂的心情。“断香残酒情怀恶”，全词只有这一句直接写“情怀”，但它却是贯穿和笼罩全篇的感情，一切都与此密切相关。“乱山平野烟光薄”的景色，使词人倍感“情怀恶”，而“情怀恶”更增添了秋日黄昏的萧索冷落。“断香残酒”四字，暗示出词人对以往生活的深切怀恋。在那温馨的往日，词人曾燃香品酩，也曾“沉醉不知归路”。而今却香已断，酒亦残，历历旧事皆杳然，词人的心情是难以言喻的；一个“恶”字，道出了词人的不尽苦衷。

“西风吹衬梧桐落。梧桐落，又还秋色，又还寂寞。”那阵阵秋风，无情地吹落了梧桐枯黄而硕大的叶子，风声、落叶声使词人的心情更加沉重，更加忧伤了。叠句“梧桐落”，进一步强调出落叶在词人精神上、感情上造成的影响。片片落叶像无边的愁一样，打落在她的心上；阵阵风声，像锋利的钢针扎入她受伤后孱弱的心灵。这里既有国破家亡的伤痛，又有背井离乡的哀愁，那数不尽的辛酸，一下子都涌上了心头。作者写到这里，已把感情推向高峰；接着全词骤然从“又还秋色”的有声，转入了“又还寂寞”的寂静之中。这“静”绝非是田园牧歌式的宁静，而是词人内心在流血流泪的孤寂。“又还秋色，又还寂寞”，说明词人对秋色带来的寂寞的一种厌恶和畏惧的心理。自己不甘因秋色而寂寞，无限惋惜逝去的夏日的温暖与热闹，同时也似乎表明她失去亲人，故乡的寂寞心情。长期积郁的孤独之感，亡国亡家之痛，那种种复杂难言的心情，都通过淡淡的八个字，含蓄、深沉地表现了出来。

这首词的结句，是全词境界的概括和升华。王国维在《人间词话》中说：“能写真景物真感情者，谓之有境界。”；“又还秋色，又还寂寞”是对词人所处的环境，所见的景物以及全部心境真实、准确而又深刻的概括，景是眼前之“真景物”，情是心中之“真感情”，同时情和景又互相融合，情融注于景，景衬托出情，使全词意境蕴涵深广。

蝶恋花 上巳召亲族

李清照

永夜恹恹欢意少。空梦长安，认取长安道。为报今年春色好，花光月影宜相照。

随意杯盘虽草草。酒美梅酸，恰称人怀抱。醉里插花花莫笑，可怜春似人将老。

【鉴赏】

这首词建炎三年上巳作于建康（今江苏南京）。据李清照《金石录后序》所述，赵明诚建炎三年己酉春三月罢建康守，具舟上芜湖，入姑孰（当涂），五月至池阳（贵池），又被旨知湖州，遂驻家池阳。六月，独驰马赴建康陛辞，冒大暑感疾，七月于建康病危，八月卒。卒前，李清照急返建康看视，已不可救。葬毕明诚，金兵已迫建康，清照携带图书逃出，终生未再至建康，亦不可能在他处召亲族。故这首词作于建炎三年上巳无疑。上片首韵"永夜恹恹欢意少"，采用一起人情、开门见山的手法。南渡以后，政局动荡，金兵不断攻迫。忧国伤时的激烈情绪，使清照隽永含蓄的风格，一变而为沉郁苍凉。上巳虽是传统的水边修禊节日，词人此时心情不愉，人手即表明此意；次韵"空梦长安，认取长安道"，"长安"代指汴京。长夜辗转反侧，梦见汴京，看到汴京的宫阙城池。然而实不可到，故说"空"，抒写对汴京被占的哀思，和屈原在《哀郢》中惊呼："曾不知夏之为丘兮，孰两东门之可芜""曼余目以流观兮，冀壹返之何时"，同样沉痛；结拍"为报今年春色好，花光月影宜相照"，和刘禹锡的《金陵五题·石头城》诗："淮水东边旧时月，夜深还过女墙来"，一样沉郁苍凉，感慨万端。今年的自然春色和往年一样好，而今年的政局远远不如从前了。"为报"二字，点明这春天的消息是从他人处听来的，并非词人游春所见。实际上是说，今年建康城毫无春意，虽是朝花夜月如故，而有等于无。"宜相照"的"宜"字，作"本来应该"解。"相照"前著一"宜"字，其意似说它们没有相照，更确切一点，是词人对此漫不经心，反映出她的忧闷。建康是当时"还在"，皇帝临时驻跸之地，又是军事重镇，可是高宗却不接纳宗泽、李纲、岳飞的誓师北伐主张，不但不能收复失土，连建康也危在旦夕了。

过片点题："随意杯盘虽草草。酒美梅酸，恰称人怀抱"，透露了女主人公并无心过好这个上巳节日，酸梅酿成的酒，和自己辛酸的怀抱是相称的。这两韵，貌似率直，其实极婉转，极沉痛，所以歇拍着意勾勒："醉里插花花莫笑，可怜春似人将老"，这里把"花"拟人化。两句有几层的意思。清照有一首《菩萨蛮》云："故乡何处是，忘了除非醉"，词意与"醉里插花"同。"花莫笑"，就是不要笑我老，这是一层词意，与末句"可怜春似人将老"紧接，意思是说最需要怜念的是春天也像人一样快要衰老了，"春"暗喻"国家社稷"，"春将老"，国将沦亡。《蝶恋花》是一首六十字的令词，这一首词题是"上巳召亲族"，带含丰富的思想内容，深厚的感伤情绪，写得委婉曲折，层层深入而笔意浑成，具有长调铺叙的气势。

清照是南北宋之交的词人，她寓南渡之恨的词作，对南宋一些词人，如辛稼轩、姜白石等，影响都很大。辛稼轩有一首寓南渡之痛最深切的《摸鱼儿》，结尾"闲愁最苦，休去倚危阑，斜阳正在烟柳断肠处"，和清照这首的"可怜春似人将老"一样，都是将“斜阳”“春暮”暗喻国家社稷现状的。

点 绛 唇

李清照

寂寞深闺，柔肠一寸愁千缕。惜春春去，几点催花雨。
倚遍阑干，只是无情绪。人何处？连天芳草，望断归来路。

【鉴赏】

这是一首闺怨词。上片抒写伤春之情，下片抒写伤别之情。伤春、伤别，融为柔肠寸断的千缕浓愁。刻画出一个爱情执着专一、情感真挚细腻的深闺思妇的形象。

开篇处词人即将一腔愁情尽行倾出。将“一寸”柔肠与“千缕”愁思相提并论，这种不成比例的并列使人产生了一种强烈的压抑感，仿佛看到了驱不散、扯不断的沉重愁情压在那深闺中孤独寂寞的弱女子心头，使她愁肠欲断，再也承受不住的凄绝景象；“惜春”以下两句，虽不复直言其愁，却在“惜春春去”的矛盾中展现女子的心理活动：淅淅沥沥的雨声催逼着落红，也催逼着春天归去的脚步。唯一能给深闺女子一点慰藉的春花也凋落了，那催花的雨滴只能在女子心中留下几响空洞的回音。人的青春不也就是这样悄悄逝去的吗？惜春、惜花，也正是惜青春、惜年华的表现。因此，在“惜春春去”的尖锐矛盾中，不是正酝酿着更为沉郁凄怆的深愁吗？

从上片看，给深闺女子带来无限愁怨的“雨”，它催落了嫣红的春花，催走了春天，也催促着流年和女子的青春；下片中，词人循着这一线索，继续探寻“柔肠一寸愁千缕”的根源，笔力集中在女子凭阑远望而搅起的心理活动上。“倚遍阑干”一句，在“倚”这个动词后面缀以“遍”字，把深闺女子百事俱厌的忧烦苦恼尽行点染了出来，下句中又以“只是”与“倚遍”相呼应，托出了这种万念俱灰的“无情绪”是无论如何排解不掉的。这里不再提花，不再提雨，却突兀地提出“人何处”的问题。突兀，则醒目；醒目，则醒——原来女子凭阑远眺，不只是因百无聊赖而无意识为之，这里还有更重要的、有意识而为之的目的，那就是望眼欲穿地等待着外出的情人归来。望归的行动与内心无法抑制的“人何处”的遥问一笔点破了使女子“柔肠一寸愁千缕”“只是无情绪”的深层的。根本的原因是苦苦地思念远行未归的良人。在这里，词人巧妙地安排了一个有问无答的布局，却转笔追随着女子的视线去描绘那望不到尽头的萋萋芳草，正顺着良人归来时所必经的道路蔓延开去，一直延伸到遥远的天边。最后，视线被截断了，唯见“连天芳草”，不见良人踪影。这凄凉的画面不就是对望眼欲穿的女子的无情回答吗？寂寞，伤春已使她寸肠生出千缕愁思：望夫不归，女子的愁情又将会是何许深，何许重，何许浓呢？这自然就意在言外了。全词由写寂寞之愁、到写伤春之愁、到写伤别之愁、到写盼归之愁，全面地层层深入地表现了女子心中愁情积淀积累的过程。一个"雨"字，把上下两片勾联在一起：远处的萋萋芳草，近处的愁红惨绿，远远近近，都在"催花雨"的搅拢下显得分外冷寂。把愁已经写尽、写透，故明代陆云龙在《词菁》中称道此首词是"泪尽个中"，《云韶集》也盛赞此作"情词并胜，神韵悠然"。

摊破浣溪沙

李清照

揉破黄金万点轻，剪成碧玉叶层层。风度精神如彦辅，
太鲜明。
梅蕊重重何俗甚，丁香千结苦粗生。熏透愁人千里梦，
却无情。

【鉴赏】

这是一首咏花词。咏花而志不在花，只是借花形、花态、花性以挥发开去，抒引出词人胸中的万千感慨。

上片伊始"揉破黄金万点轻，剪成碧玉叶层层"两句，便如抖开了一幅令人心醉神迷的画卷，那黄金揉破后化成的米粒状的万点耀眼金花，那碧玉剪出重重叠叠的千层翠叶，若非清香流溢追魂十里的月中丹桂，更无别花可堪比拟。桂花的花朵娇小无比，自不以妖艳丰满取胜，作者紧紧抓住的是它的金玉之质。笔触显得深刻自然、贴切生动。"轻"与"重"是相对的，作为黄金无疑是重的，但能揉而破之化为飞入翠叶丛中的万点黄花，不论在事实上还是感觉上都是轻柔的。

接下来笔锋倏然跳出，来了句"风度精神如彦辅，太鲜明"，从花到人，由此及彼，这既把金玉其质的桂花点活了，也把彦辅其人的风度精神点活了。彦辅，是西晋末年被后人称为"中朝名士"的乐广的表字；因其官至尚书令，故又史称"乐令"。据史传记载：乐广为人"神姿朗彻""性冲约""寡嗜欲"，被时人誉为"此人之水镜也，见之莹然，若披云雾而睹青天也"。于此可见乐彦辅之倜傥非常。然而词人对历史名人乐广之所以崇敬有加，恐怕是离不开时代的原因：当时正值北宋、南宋交替的乱世，恰像乐广之处于西晋末年一样，乐广能在"世道多虞，朝章紊乱"之际，做到"清已中立，任诚保素"，无疑地这便是身处季世的词人所遵奉地做人标则。若此，则清照将桂比人、将人拟桂，便在情理之中了。"太鲜明"三字是褒扬之词，不论

是花中仙品——桂子。还是"人之水镜"——乐彦辅,都有着十分鲜明的个性。

下片起始也和上片一样,是一副对句"梅蕊重重何俗甚,丁香千结苦粗生"。"寒梅""丁香"均为芳香科植物,为世人所深爱。尤其是傲霜凌雪的梅花更是花中之佼佼者,清照笔下原亦不乏咏梅佳句,如"雪里已知春信至""香脸半开娇旖旎""莫辞醉,此花不与群花比"(《渔家傲》)、"良宵淡月,疏影更风流"(《满庭芳》)等,但在这里为什么黯然失色?为什么竟以"俗""粗"加之呢?此时此地应是缘于有所"感"而产生的一种情。即如欢乐的人看见周围的一切都闪着使人愉悦的光环,而被愁苦笼罩的人即使看到平素喜爱之物,也会撩起如云涌起理而还乱的愁绪。这正是"感时花溅目,恨别鸟惊心"的境界!更何况词人在这里又采用了抑彼而扬此的手法,明贬梅与丁香的"粗""俗",暗誉丹桂之清、雅,以达到更加鲜明主题的目的。

结尾句"熏透愁人千里梦,却无情",终于点出个"愁"字来。这个"愁"字点得好!离人在千里之外,相思而不得相见,只能梦里相寻觅,以图一梦解愁。然而却被郁郁花香熏透惊扰,这花香何其如此严酷绝情!这两句语意自然十分明了,其未点透处却是词人含嗔带斥地指责的对象,到底是梅与丁香?还是桂花?两者虽皆可诠释得通,如以作者的明贬暗誉的手法来看,这里指的该是金花玉叶的桂花。这个结尾,似是词人谓桂子:我是如此执着地倾心于你质地高雅、不媚不俗,而你却竟以沁人的馥香惊扰了我的千里梦,却也太无情了。

该词写作特点上片侧重正面描写桂花质地之美。从形到神、由表及里,表现出贵而不俗、月朗风清的神韵,重在精神气质;下片则运用对比手法,进一步衬托桂花的高雅,重在随感,带有较为浓郁的主观感受。上下合璧,借花抒情,便成了一篇回味无穷的小调。

瑞鹧鸪 双银杏

李清照

风韵雍容未甚都,尊前柑橘可为奴。谁怜流落江湖上,
玉肌冷骨未肯枯。
谁教并蒂连枝摘,醉后明皇倚太真。居士擘开真有意,
要吟风味两家新。

【鉴赏】

这是一首假物咏情词。易安居士假双银杏之被采摘脱离母体,喻靖康之乱后金兵南渡,自己与丈夫赵明诚一起离乡背井、避乱南方的颠沛愁怀。

其上片开始先咏物以寄兴。"风韵雍容未甚都,尊前柑橘可为奴"是说:这银杏

的风姿气韵、整个形体都不很起眼，但是较之樽前黄澄澄的柑橘来说，柑橘却只堪称奴婢。这是一种“先声夺人”的写法，起不同凡响的效果。“都”，在此作硕大、华美解，“未甚都”是指银杏作为果类食品，并不以果肉汁多、形体硕大诱人。银杏，又名白果，其树为高大乔木，名公孙树，又称帝王树：叶呈扇面形，因果实形似小杏而硬皮及核肉均呈淡白色，故呼为银杏。其味甘而清香可食，起滋补药用。据说银杏在宋代初年被列为贡品。“甘桔”为“奴”典出《三国志·吴书·孙休传》，裴松之注引《襄阳记》曰：“丹阳太守李衡……后密遣客十人于武陵龙阳汜洲上作宅，种甘桔千株。临死，敕儿曰：‘汝母恶我治家，故穷如是。然吾州里有千头木奴，不责汝衣食，岁上一匹绢，亦可足用耳！’衡亡二十余日，儿以白母，母曰：‘此当是种甘桔也’。”桔奴，又称“木奴”，唐·李商隐有“青辞木奴桔，紫见地仙芝”（《陆发荆南始至商洛》）的诗句。词人在此用现成典故与银杏相比，称桔“可为奴”，足见作者对银杏的偏爱。

词人之所以深爱银杏，未必因为它是珍稀贡品，而是睹物伤情，有所触发。“谁怜流落江湖上，玉肌冰骨未肯枯”两句便做了极好的解答：这枝双蒂银杏被人采下，永离高大茂密的树干，成为人们的盘中之果，采摘的人自然不会怜它，那么有谁怜它呢？看到它那圆浑、洁白虽离枝而不肯枯萎的形状，激起了词人的无限怜爱与自伤。这两句是吟物而不拘泥于物，与其说是在写银杏，毋宁说是借双银杏在直接写流落异地的自家夫妻。“玉肌冰骨”一词，意在突出一种高尚的人品道德与不同流合污的民族气节：“未肯枯”则是表示坚持自身的理想追求，不为恶劣环境所屈服。这些都是士大夫、文人所崇尚的自尊自强之志。

下片首句“谁教并蒂连枝摘”是实写句，接下来“醉后明皇倚太真”则是一个联想句，一实一虚，有明有暗。这两颗对生银杏，因摘果人的手下留情，所以便保持了并蒂完朴的美好形象，其两相依偎、亲密无间的形态，恰似“玉楼宴罢”醉意缠绵的杨玉环与李隆基。唐明皇与杨玉环这是一对世人共许的“在天愿作比翼鸟，在地愿为连理枝”的情侣，他们的名字也几化为纯真爱情的象征。这两句点出了银杏虽被摘而尚并蒂，正如易安夫妇虽流落异地而两情相依。这当是不幸之中足以欣慰之事。

结尾句“居士擘开真有意，要吟风味两家新”的妙处在于使用谐声字：易安居士亲手将两枚洁白鲜亮的银杏掰开，夫妻二人一人一颗，情真意切。要吟颂它的滋味如何，是否清纯香美，这却深深地蕴藏在两人的心底。“两家新”的“新”字，在这里显然是取其谐音“心”。

该词采用拟人手法，将双银杏比作玉洁冰清、永葆气节的贤士；比作患难与共、不离不分的恋人，贴切深刻；尾句使用谐音手法，不仅略带诙谐而且起脱俗之效。

庆清朝慢

李清照

禁幄低张，彤栏巧护，就中独占残春。容华淡伫，绰约俱见天真。待得群花过后，一番风露晓妆新。妖娆娇态，妒风笑月，长殢东君。

东城边，南陌上，正日烘池馆，竞走香轮。绮筵散日，谁人可继芳尘。更好明光宫殿，几枝先近日边匀。金尊倒，拚了尽烛，不管黄昏。

【鉴赏】

这首长调赏花词，是写在牡丹盛开之时，明光宫苑之处，词人与同游者对花倾觞，自朝至暮直到秉烛，兴致未减：说尽了暮春三月、牡丹娇媚，也点出了赏花人的心境。笔调生动，风格含蓄。

上片开始。采取烘云托月的手法，写花而先不见花，只见"禁幄低张，彤栏巧护"：宫禁中的护花帷幕低低地张蔽遮阳，红色的栏杆巧地缭绕围护。这种渲染起到未见其具体形象，先感受其高贵气质的效果。"就中独占残春"句，则是说那里面被精心保护的是一种独占暮春风光的名花。

接下来词人挥洒画笔，以拟人化的手法充分描绘该花形态。边绘边评。"容华淡伫，绰约俱见天真"二句是先写花色、花态：该花淡雅挺立，姿态柔美，朵朵都呈现出天公造化的精巧绝伦；"待得群花过后，一番风露晓妆新"则是从花跳出，加进客观评说：等到数不清的春花纷纷开过之后，经历了春风吹拂、春雨浴洗、清露浇洒的名花，仿佛晓妆初成的美人，带给人无限清新；"妖娆艳态，妒风笑月，长殢东君"三句，更进一步勾画花态、花情：它以无比妩媚的姿态，戏弄春风、嘲笑春月，尽情地引逗着司管春天的神君。读词至此，直令人拍案叫绝，具有这般媚力的花真够称得上"国色天香"，不是牡丹，更是何花！上述"淡伫""绰约""天真""晓妆""艳态"，再加上一个"妒"字；一个"笑"字；一个"殢"字，哪一句不是以花拟人，把静静开放的牡丹写成了盼倩生辉、倾国倾城的绝代佳人。若非词坛高手易安居士，谁能有此令人心旌神驰的笔力。"东君"一词，在这里义同"青帝"，是神话中五方天神里的东方神君，东方主五行中的木，又称司春之神：唐·黄巢《题菊花》"他年我若为青帝，报与桃花一处开"是众所熟知之句，此外从宋·严蕊"花落花开自有时，总赖东君主"（《卜算子》）、宋·黄庭坚"东君未试雷霆手，洒雪开春春锁透"（《玉楼春》）等句，亦足以兹证。

下片分明是词人身在明光宫苑牡丹花前，与从游人把酒醉赏流连之际，又不禁想象着他处赏花盛况的心态，“东城边，南陌上，正日烘池馆，竞走香轮”：“东城”“南陌”都是日光易照之处，那里的亭台池馆整天都被暖烘烘的太阳熏抚，从早到晚，赏花买花的人们车水马龙川流不息。“竟”，在此做“从头到尾”之义，“是”“竟日”之“省”；“香轮”，指游春踏花的车子，醉人的花香足可染透车轮，是夸张之词。“绮筵散日，谁人可继芳尘”之句，起着承前启后的作用：在这般牡丹盛开如锦如簇的兴会结束之后，又有什么花可以继它之后，散发出诱人的芳香呢？词人在沉醉于盛开的牡丹之时，忽又感伤起没有不凋的花朵，也没有不散的筵席来，是“兴尽悲来”，还是这景象触动了潜藏心底的隐痛？不得而知！但是词人确能把握分寸，紧接着便开始了心理上的自我调节。

“更好明光宫殿，几枝先近日边匀”是说：最迷人的是在这明光宫苑内，有几枝向阳的牡丹正在竞芳吐艳；言外之意，背阴处的牡丹也将次第开放，倒足可再挽留住一段赏花春光。这里所提“明光宫殿”不知是哪朝的宫苑，也不知座落何方，但想必是当时向游人开放的、赏牡丹的好去处。既然春光尚能留驻，又何需自寻烦恼，负此良时。“金尊倒，拚了尽烛，不管黄昏”：对着花儿飞觥举觞，快些把金杯内的美酒喝下，别管它金乌已西坠，黄昏将袭来，筵上还有未燃尽的残蜡！这里蕴含着几多“借酒浇愁”的豪情，读者尽可以细细品尝。

浣溪沙

李清照

绣面芙蓉一笑开，斜飞宝鸭衬香腮。眼波才动被人猜。
一面风情深有韵，半笺娇恨寄幽怀。月移花影约重来。

【鉴赏】

这首言情小调通过对一个女子的情态的几个侧面摹写，不仅生动地勾勒出她美丽动人的外貌，而且也展现出人物大胆天真的性格，以及蕴藏在心底的细腻幽深的感情。

上片三句中前两句“绣面芙蓉一笑开，斜飞宝鸭衬香腮”，是一副似对非对的偶句。“绣面芙蓉”形容这个女子姣美的面庞宛如出水荷花，光艳明丽；“斜飞宝鸭”是说她把用宝石镶嵌的飞鸭状头饰斜插鬓边，对自己作了精心地修饰妆点；正如古人所说的“粉黛所以饰容，而顾盼生于淑质”，这两句表示词中女主角天生俏丽，再加以入时的华饰，就必然产生不同一般的效果。句中的“一笑开”三字之妙，妙在它以动态描写打破了静物写生，起到了能将词中的女子从字面上呼出的奇效；而其中

"开"字在这里用得尤为精巧。诗词之妙,在于炼字炼句,使一词一句的含义达到极大地丰富;即如这个"开"字,无疑是指芙蓉花开,但其深层意思未尝不可以表示词中女主人公心底被禁锢的爱之苞蕾正在展放。接下来的"眼波才动被人猜"这句神来之笔,便为此提出了很好的印证。常言道"眼睛是心灵的窗户",这个女子美目流盼,宛如一弯流动明澈的秋水,其中映照着她内心的喜悦与怕人发现自己秘密的悸栗。越怕人猜,偏会被猜,这便是生活的真实;作者捕捉到这一真实,用朴实无华的文字恰当地表现出来,更添了几分韵味。

下片进一步刻画人物的内心世界,前两句"一面风情深有韵,半笺娇恨寄幽怀"是一副较为工巧的对偶句,摹写出这样的情景:幽居深闺的怀春女子,完全被"爱而不见"的愁苦与期盼的喜悦所左右,这混杂的感情化为风情万点,都从她一颦一笑的面部流露无遗;终于她大胆地展开半张素笺,舞动一只彤管,把满怀思念、娇嗔与幽怨倾泻给自己深深系恋着的人。结句"月移花影约重来"写的是实况?是希冀?还是幻影?无从考定。但这确是一幅绝美的流动着的画面:月光里,花影下,玉人双双,倾诉着生死相依的情话……

这首反映爱情的小令,词语鲜明生动而不失其朴直。只要把它放在被封建礼教重重包裹的那个时代,只要不带任何世俗偏见,便会发现易安笔下的这个秀外慧中的少女多么可爱,她对幸福、自由的追求又是多么真挚、炽烈、大胆;从而也会惊叹这首词多么质朴深刻、生机盎然。

摊破浣溪沙

李清照

病起萧萧两鬓华,卧看残月上窗纱。豆蔻连梢煎熟水,
莫分茶。
枕上诗书闲处好,门前风景雨来佳。终日向人多酝藉,
木犀花。

【鉴赏】

这是一首抒情词。词中所述多为寻常之事、自然之情,淡淡推出,却起扣人心弦之效。

上片以突出写"病"情为主。"病起萧萧两鬓华,卧看残月上窗纱"两句活脱脱地画出了一幅静态图:大病之后方能活动谓之病起,病体初愈显得更加憔悴苍老,头发稀疏、两鬓飞霜;静卧在床对着窗儿,看着那弯缺的弦月发出的淡光渐渐地洒满纱窗。接下两句"豆蔻连梢煎熟水,莫分茶"则是写病后仍需细心调理,所饮用的

是用连枝带梢的豆蔻煎成的熟水,以及放上姜、盐一齐煮成的茶。豆蔻,植物名,为多年生草本;其叶大、披针形,花淡黄色;果实呈扁球形如石榴子,气味芳香,性温昧辛,可入中药,去湿、和脾胃。“分茶”一词在唐宋时具有特殊含义,原来时人饮用之茶通常是放置姜、盐在茶内一齐煎煮而成的;至于“分茶”则专指不放置姜与盐之茶。这里的“莫分茶”显然是病人此时所饮用的不是“分茶”,而是要饮用放置了姜盐的茶。姜性辛辣,可驱寒、和胃,与豆蔻连梢的煎熟水所起的效用是一致的。这里既可知病人的病是长期抑郁、生活颠沛所致,虽能“起”而尚未十分痊愈,仍需调养,也可看到时人生活习性之细节,有浓郁的生活气息。

下片以抒发“闲”情为主。“枕上诗书闲处好,门前风景雨来佳”两句是说:养病期间闲居无事,可以尽情阅读枕边诗书;门前的风物景象固然优美,但当微风夹着细雨飘洒而下,将树木花草都刷洗得极为明净时,眼前的一切岂不是更加清新诱人!诗书与景物对养病的词人来说是不可或缺的东西,这种最大的精神享受用一个“好”字、一个“佳”字便点足了。同时也衬托出词人淡泊名利、追求善美的情操。

结尾句“终日向人多酝藉,木犀花”写的是桂花,但实是自喻。桂花以自己的清纯幽香无私地面向人们,这种只有奉献并无索取,这种以内质动人而不以外形取媚的桂花的品质,恰与清照自身的气质风度相吻合。“酝藉”一词。常用来形容学问渊深、胸怀宽博、待人宽厚的人中表率。如《归唐书·权德舆传》称他“风流酝藉,为缙绅羽仪”。武士爱马、诗人爱花,我们的女词人清照在一首《鹧鸪天》词中对桂花作了“自是花中第一流”“画栏开处冠中秋”的高誉,为什么对桂花给予了这多的厚爱?答案不就在“终日向人多酝藉,木犀花”之中吗!这确是画龙点睛之句,有了它,全首词便活了,连那些抒写病态、闲情的寻常句子,都平添了更进一层的深意。

新荷叶

李清照

薄雾初零,长宵共永昼分停。绕水楼台,高耸万丈蓬瀛。
芝兰为寿,相辉映,簪笏盈庭。花柔玉净,捧觞别有娉婷。
鹤瘦松青,精神与秋月争明。德行文章,素驰日下声名。
东山高蹈,虽卿相不足为荣。安石需起,要苏天下苍生。

【鉴赏】

该词是为友人祝寿而作。寿者未点明是谁,从词义看,可知其人应是当时名儒,而且是直至此时尚隐而不仕者:有的评论人认为是工诗善词的名士朱敦儒。据史传称他“志行高洁，虽为布衣而有朝野之望”，后屡经诏聘，方于绍兴二年出山，赐进士出身在朝廷供职，是与易安居士同时代人。看来这种测猜是很有些道理的，当然要认定下来。还需有佐证。这篇寿词虽然也极尽褒誉，但却流露了忧国忧民之志，蕴含着一股壮气豪情。

上片交代时间地点、场面气氛，词清句丽，风格典雅。“薄露初零，长宵共永昼分停。绕水楼台，高耸万丈蓬瀛”是指：正当薄露刚开始洒落，夜晚与白昼长短完全相同的这个不同一般的时候；处身环水而起、高耸入云的楼阁亭榭之内，宛如来到了传说中的蓬莱、瀛州海上仙岛。“长宵共永昼分停”句中的“分停”，即“停分”，中分之意；一年之中只有春分、秋分这两天是昼夜所占时间相等，古人称这两天为“日夜分”。这里并未指明是春分还是秋分，从“薄露初零”看，似是仲秋之月的“秋分”，固为秋天到来，暑气渐退，昼热夜冷，容易有露水；然而再从下文馈礼中有兰花来看，或许是仲春之月的“春分”。当然如果“芝兰为寿”中的“芝兰”仅作为一种象征高雅来说，只能认为是虚写，而“薄露初零”却是实况描述，所以很可能是秋分时候。

“芝兰为寿，相辉映，簪笏盈庭”写的是友人在做寿，词人及众嘉宾来贺：大家献上了淡雅清香的兰花和益寿延年的灵芝，拜寿的人们簇拥着寿星老人一时间充塞了往日幽静的庭院，其中也不乏尚称风雅的达官贵人，他们的鲜明的服色、佩饰与名士清儒的布衣潇洒相辉映。寿筵开始了，气氛自是十分炽烈。但词作者却避开这些必然现象，笔下一滑，转向了筵席间穿梭般飞去飘来为客人倾酒捧觞的侍女们，“花柔玉净，捧觞别有娉婷”之句，是作者从活动的大场面中捕捉的一个迷人的动作：她们像花一般柔媚，像玉一样晶莹，双手捧觞穿行席间向客人劝酒，翩翩风姿令人开怀一醉，表达了主人待客之真诚。上片寥寥数语，便将良辰、美景、主贤、宾嘉之乐都烘托纸上了。

下片是对寿者的祝愿之词，尾句显示出作者爱国爱民的心愿，写得委婉、曲折、含蓄、脱俗。“鹤瘦松青，精神与秋月争明。德行文章，素驰日下声名”，先以两个比喻句起兴，再引出直面的颂扬：愿您体魄健壮如鹤之清癯矍铄，如松之耐寒长青，愿您精神光照万物与朗朗秋月竞比光明；您的品德学问历来是独领风骚、名噪京城。至此便将一位德高望重、受人景仰的典范人物的形象勾画了出来。下面“东山高蹈，虽卿相不足为荣”仍是溢美之词，仍是使用比喻手法，但却因借用现成典故，使将内容表达更进一步、更深一层。“东山高蹈”，用的是晋代文学家、政治家谢安的故事。谢安，字安石，才学盖世，隐居东山，后应诏出仕，官至司徒。后人因以“东山”喻隐居之士；“高蹈”，在此也指隐居生活。该句是说：谢安隐居东山，却蜚声朝野，光耀无比，虽为王侯卿相，哪一个比得上他！以谢安隐居东山称比筵上的寿诞主人，可谓臻于至极了。尾句十分精彩，继续以谢安相比，赞誉、推崇之中加进了激励，且注入了以生民为重、迅速救民于水火之中的急切心情。真是一句千钧：“安石需起，要苏天下苍生。”安石在东山隐居不肯应诏出仕之时，时人发出了“安石不肯出，将如苍生何”的叹惋，词人就该语加以引发以激励眼前这位名士：您一定要像谢安一样快快挺身出仕,揭露奸臣误国,挽救在战乱中受尽蹂躏折磨的黎民。易安居士发自内心的呼喊,使这首以祝寿为内容的词作在主题思想上得到了升华。

点绛唇

李清照

蹴罢秋千,起来慵整纤纤手。露浓花瘦,薄汗轻衣透。见有人来,袜刬金钗溜,和羞走。倚门回首,却把青梅嗅。

【鉴赏】

靖康之乱前,词人李清照的生活是幸福美满的。她这时期的词,主要是抒写对爱情的强烈追求,对自由的渴望。风格基本上是明快的。《点绛唇》(“蹴罢秋千”)很可能就是这一时期中的早期作品。

这首词的上片用“慵整纤纤手”“露浓花瘦,薄汗轻衣透”,给读者描绘出一个身躯娇小、额间鬓角挂着汗珠、轻衣透出香汗刚下秋千的如花少女天真活泼、憨态可掬的娇美形象。紧接着,词人转过笔锋,使静谧的词境风吹浪起。写少女忽然发现有人来了,她自然而然地、匆匆忙忙地连鞋子也顾不上穿,光着袜子,害羞地朝屋里就跑,头上的金钗也滑落了。这把封建社会深闺少女的另一种心理和行动,也就是在封建礼教束缚下的遵守所谓“礼”的心理和行动,逼真地摹写出来了。但是,她害羞地跑到门边,却没有照常理立刻躲进屋里去,而是“倚门回首,却把青梅嗅”。

李清照这两个短句和李煜《一斛珠》中的“烂嚼红茸,笑向檀郎唾”一样,成功地写出了少女的情态。同时,李清照这两个短句还生动地表露了少女的内心世界。她嗅青梅。不是真的嗅,而是用以表现其若无其事来遮掩她的紧张。这和欧阳炯《贺明朝》中的:“石榴裙带,故将纤纤玉指,偷捻双凤金线。”;晁冲之《传言玉女·上元》中的“娇波溜人,手捻玉梅低说”,都有类似之处。这和今天现实生活中,年轻的姑娘以摆弄辫梢、手绢等,来掩饰她的害羞、紧张也是类似的。至于“回首”,那也和欧阳炯《南乡子》中“水上游人沙上女,回顾;笑指芭蕉林里住”的“回顾”,李殉《南乡子》中“玉纤遥指花深处。争回顾,孔雀双双迎日舞”的“回顾”一样,虽然它们所表现的内容、表达的感情,并不完全相同,但它们都是以简单的回头看的动作,表现比较复杂的内心活动的。李清照这两个短句中的“回首”是少女对来人打搅了她自由玩乐的不愉快,她要看看打搅她的来人是谁,她要看看把他弄得那么狼狈的是谁,是什么样的人。这表现了她的天真、勇敢,表现了她对封建礼教束缚轻视的一面。这种思想感情,就其内容来说,远远超过了这一生活侧面的描写。

在李清照之前，虽然绝大多数词都是写妇女，但是，能够描绘出妇女的形象，并写出妇女的内心世界，而且有一定意义的却不多。李清照这首《点绛唇》语言质朴，形象生动逼真，不但有心理描写，而且有一定的深意，的确是一首写封建社会的少女（词人的自我写照）的好作品。它和李清照的著名词作《一剪梅》（"红藕香残玉簟秋"）、《醉花阴》（"薄雾浓云愁永昼"）、《武陵春》（"风住尘香花已尽"）、《声声慢》（"寻寻觅觅"）等完全可以媲美。

浪淘沙

李清照

帘外五更风，吹梦无踪。画楼重上与谁同？记得玉钗斜拨火，宝篆成空。

回首紫金峰，雨润烟浓。一江春浪醉醒中。留得罗襟前日泪，弹与征鸿。

【鉴赏】

《全宋词》卷二刊此词为李清照存目词。尽管此词的归属尚存异议，但把词的内容与词人的经历对照起来看，定为李清照所作应该说是没有什么疑问的。全词写对往事的追念，抒发了孑然一身、孤苦伶仃的感慨。陈廷焯《白雨斋词话》谓："凄绝不忍卒读，其为德夫（赵明诚）作乎！"这是颇有见地的。

词的上片："帘外五更风，吹梦无踪。"在一片凄凉怀抱中引起对往昔温馨生活的回忆。"五更"，这是一天中最阴暗、最寒冷的时辰，"五更风"也最为凄紧。睡梦中的"我"被风声的搅扰和寒气的侵逼所惊醒，醒来之后愈感枕冷衾寒，无限孤独；"画楼重上与谁同？"是说再也没有往日携手同上高楼的闺中知己了，与《孤雁儿》中"吹箫人去玉楼空，肠断与谁同倚。一枝折得，人间天上，没个人堪寄"所抒发的是同一感情。"记得玉钗斜拨火，宝篆成空。"前一句与词人在《金石录后序》中所追述的她与丈夫赵明诚在归来堂中度过的那段美好温馨的生活是吻合的。"拨火"即"翻香"。蔡伸《满庭芳》"玉鼎翻香，红炉叠胜，绮窗疏雨潇潇。"写的便是闺中这一旖旎风光。但与宝篆一词合起来看，还有一层一直未被人注意的隐义"宝篆"有二义：一指香炉中升起的袅袅炉烟，曲折回环状如古篆之体；一指古代道书、秘籍都是用古篆书写，故称道书、秘籍为宝篆。王勃《乾元殿颂·序》："灵爻密发，八方昭大有之和；宝篆潜开，六合启同人之会。"序文中的"大有""同人"皆为《周易》卦名。前者乃盛世至治之象，后者乃同心共济之象。"宝篆成空"，言当时曾因炉烟而预卜它年共享太平，志同道合以了此生，而今回首往事尽成空愿，如炉烟之飘散，已无踪迹。“玉钗斜拨火”句，并非泛泛之细节回忆。按苏轼《翻香令》词：“金炉犹暖麝煤残，惜香更把宝钗翻。……且图得，氤氲久，为情深、嫌怕断头烟。”据苏词可知，“玉钗斜拨火”正是“嫌怕断头烟”之意。俗谓夫妻不能偕老，曰“烧断头香”。

词的下片：“回首紫金峰，雨润烟浓。一江春浪醉醒中。”这三句词也与建炎三年(1129)赵明诚病逝建康（今南京）以后词人的遭遇相吻合。“紫金峰”即建康之钟山。《广弘明集》卷三十录陈徐孝克（徐陵弟）《仰合令君摄山栖霞寺山房夜坐六韵》诗：“戒坛青云路，灵相紫金峰。”据《舆地志》载：摄山在江苏江宁县东北，亦名栖霞山。摄山乃钟山之支脉，两山相望可见。徐诗中所言“灵相紫金峰”就是指钟山而言（王学初《李清照集校注》失考）。赵明诚于建炎三年病逝建康，易安大病。是年冬因张飞卿玉壶颁金事，乃到越州外廷投献家中铜器。此后因虏势日逼，易安乃随御舟逃难江中，此词当作于这一时期。“回首”与“记得”俱以回忆追述口吻出之，然所忆情事及时间却有喜忧先后之别。“玉钗斜拨火”乃是对归来堂中温馨生活的追忆；“回首紫金峰”则是易安逃离建康（今南京）时追悼亡夫，望中泪眼但见“雨润烟浓”。“一江”句化用李煜《虞美人》“问君能有几多愁，恰似一江春水向东流”词意，言愁如一江春浪，流无尽时，醉中醒中俱在心头。歇拍“留得罗襟前日泪，弹与征鸿”。乃指明诚死后悲痛欲绝，此不尽之泪非罗襟所能尽揾。康与之《忆秦娥》词：“天寒尚怯春衫薄。春衫薄。不堪揾泪，为君弹却。”据此可知，“留得罗襟前日泪”，乃指从前明诚死时悲泣之泪，至今扭而未尽。“弹与征鸿”，既是说往事虽随征鸿而去，杳无踪迹，然思念亡人泪犹在襟，也是说襟上余泪（心中余悲）只能弹与征鸿（诉与征鸿），更无人间亲人可诉。如此作结，将全词抒发的忧愁、悲哀与孤苦无依之情推向高潮，直可令读者不忍卒读，为之怃然掩泣。

减字木兰花

李清照

卖花担上，买得一枝春①欲放。泪染轻匀，犹带彤霞晓露痕。
怕郎②猜道，奴③面不如花面好。云鬓斜簪，徒要④教郎比并看。

【注释】

①一枝春：一枝初放的鲜花。

②郎：指丈夫。

③奴：古代妇女对自己的卑称。

④徒要：仅仅是要。比并看：将两个或多个物体放在一起来比较。

【鉴赏】

这首词妙趣横生地描写了一个青年女子天真美好的心愿。上片写她买花、赞花。词人用拟人的手法，刻画了含苞欲放的春花形象——轻施素粉、腮染红霞、面挂晓露。人们惯用鲜花来比喻少女，词人此处却用少女来比拟鲜花，别开生面，绝妙传神。

下片首句便直吐痴情："徒要教郎比并看"一句，写少女的心理活动，做到了率真与含蓄的和谐统一——口中说要与春花比美，心下又暗暗欲以春花添丽。这样，花衬人，人扶花，少女与春花的形象交相增辉。整个下片四句中，无一句是直接描绘少女的容貌，但通过间接描写，却出神入化地表现了她那羞花闭月的美貌和娇憨纯真的情态。统观全篇，笔法虚实相映，直接写花处即间接写人处，直接写人处即间接写花处；春花即是少女，少女即是春花，两个艺术形象融成了一体。

一剪梅

李清照

红藕香残玉簟秋[①]。轻解罗裳[②]，独上兰舟[③]。云中谁寄锦书[④]来？雁字[⑤]回时，月满西楼。

花自飘零水自流。一种相思，两处闲愁。此情无计可消除，才下眉头，却[⑥]上心头。

【注释】

①红藕：红色的荷花。玉簟：古时竹席的别称。

②罗裳：质地轻柔的丝织衣裙。

③兰舟：小船，这里是对船的美称。

④锦书：书信。

⑤雁字：一群归来的大雁。雁群飞行时排成"一"字或"人"字。

⑥却：反倒。

【鉴赏】

李清照新婚不久，丈夫因事出门在外，她将满腹的思念倾注在这首词中。初秋时分，荷花已经香消花残，竹席已觉冰凉；换了单薄的罗裳，独上兰舟。翘首巴望云中会飘下书信来，可是只见雁群列队而过，圆月把皎洁的月光洒满西楼，倍觉孤寂惆怅。落花随水飘逝,怎能让美好的青春时光白白消逝?丈夫不在身边,彼此共同的思念,却分作两地的烦恼。这种愁情无法排遣,刚从紧蹙的眉头上消除,反倒又袭上心头,最后三句写愁情,历来为人所称道。

南歌子

李清照

天上星河转,人间帘幕垂。凉生枕簟[①]泪痕滋,起解罗衣聊问夜何其[②]。

翠贴[③]莲蓬小,金销[④]藕叶稀。旧时天气旧时衣,只有情怀不似旧家时[⑤]。

【注释】

①簟:竹席,这里是对竹席的美称。

②何其:怎么样。其,语助词。

③翠贴:即贴翠,用翠羽制的帖饰。

④金销:即销金,用金线镶嵌刺绣而成。

⑤旧家时:从前。

【鉴赏】

作者自丈夫病亡,流落江南,所作词都是愁苦之音,此词也属于这一类。天上的星河转动,时间流逝,人间的闺房帘幕垂挂。枕席冰凉,秋夜孤寂凄苦,被泪水沾湿。起来解衣欲睡,心下估量,夜已深了。解衣时看到衣服上翠羽贴成的莲蓬图案和以金钱嵌绣成的莲叶纹,不禁想起悠悠的往事。秋凉的天气如旧,金翠罗衣如旧,穿这罗衣的人也如旧,只是自己的情怀不似当年了。词人沉痛的叹息,令人心酸。

武陵春 春晚

李清照

风住尘香[①]花已尽,日晚倦梳头。物是人非事事休。

欲语泪先流。

闻说双溪②春尚好，也拟泛轻舟。只恐双溪舴艋舟③，载不动，许多愁。

【注释】

①尘香：从尘土里散发出来的落花之香气。

②双溪：水名，今浙江金华市东南。

③舴艋舟：外形和蚱蜢一样的小船。

【鉴赏】

短幅之中贵有曲折。这首词上阕前两句写春去人愁，后两句直写痛楚；下阕逆锋倒接，略做回旋，然后跌出本意。最后两句以舟载愁的想象，十分别致，前人以为可与苏轼的“欲寄相思千点泪，流不到，楚江东”比美。

菩萨蛮

李清照

风柔日薄春犹早①，夹衫乍着心情好。睡起觉微寒，梅花鬓上残。

故乡何处是，忘了除非醉。沉水②卧时烧，香消酒未消。

【注释】

①日薄：指早春的太阳光十分柔弱。春犹早：早春。

②沉水：沉香。

【鉴赏】

这首词写对故乡的深沉怀念。上片回忆故乡早春的景况。春天刚到，虽然阳光还较柔弱，但风已变得柔和。刚脱去笨重的冬装，穿上轻便的夹衫，心情很愉快。毕竟是早春，睡起还感到微寒，梅花插在鬓发上已经残落；下片写思乡之情。此地春光虽好毕竟不是故乡，要忘却对故乡的思恋，除非喝醉酒后进入梦乡。晚上点上沉香入睡，沉香燃尽了，醉还未醒。醉深说明愁重，愁重表明乡思强烈，也就是不忘被金国侵占的失地。词表达了对山河破碎有家难归的深切恨意。

声声慢

李清照

寻寻觅觅，冷冷清清，凄凄惨惨戚戚。乍暖还寒时候，最难将息①。三杯两盏淡酒，怎敌他，晚来风急？雁过也，正伤心，却是旧时相识。
满地黄花堆积，憔悴损，如今有谁堪摘②？守着窗儿，独自怎生③得黑！梧桐更兼细雨，到黄昏，点点滴滴。这次第，怎一个，愁字了得④！

【注释】

①将息：将要休息的时候。
②堪摘：能够采摘。
③怎生：怎么能够。
④了得：包含得了，这里指无法消除。

【鉴赏】

这首词是李清照晚年流落江南为抒发家国身世之愁而作。这首词最大的特点是成功地运用了叠字。开篇三句十四个叠字，表达出三种境界。“寻寻觅觅”，写人的动作、神态；“冷冷清清”，写环境的悲凉；“凄凄惨惨戚戚”，写内心世界的巨大伤痛。同时，这几对叠字还造成音律的回环往复，加强了词作的音乐性。第二个特点是借物抒情。上阕用“淡酒”“晚风”“过雁”，下阕用“黄花”“梧桐”“细雨”，都准确而形象地表达出内心的愁情。最后逼出“怎一个愁字了得”的强烈感情，突然作结，沉痛无限。全词语言朴实、感受细腻，巧用叠字，满纸呜咽，动人心弦。

蝶恋花

李清照

暖雨晴风初破冻，柳眼梅腮[①]，已觉春心动。酒意诗情谁与共？泪融残粉花钿[②]重。
乍试夹衫金缕缝，山枕斜攲[③]，枕损钗头凤[④]。独抱浓愁无好梦，夜阑犹剪灯花[⑤]弄。

【注释】

①柳眼梅腮：如柳叶初生一样细长美丽的双眼，像梅花初放时一样娇嫩红润的脸。

②花钿：古代妇女的头饰。

③攲：斜靠着。

④钗头凤：古代妇女的头饰，钗头作成像凤凰形状的头饰称钗头凤。

⑤灯花：灯芯燃烧时像花一样的形状，故称灯花。

【鉴赏】

本词又题作《离情》，一般认为是李清照早期的作品，大抵写于靖康之乱前赵明诚外去做官，李清照家居之时。夫妻间的暂时离别，本不算什么大事，但在封建社会里，妇女的社会地位完全取决于丈夫的爱恋程度。而男性在外，又往往另寻新欢而不归，遂造成女性心理上的一种极强烈的孤独感和畏惧感。读李清照的这首词，应该考虑这种文化因素，否则我们便不能把握住词中的思想蕴含。本词写女性相思之苦较为直接，且选择初春景致、试穿新衣来表现女性相思的心理。末尾则以剪灯花的细节，含蓄地表达盼望亲人早日归来的心情。使全词浓重的相思之苦的情调得以升华，体现了夫妻恩爱的主题。

怨王孙

李清照

湖上风来波浩渺[①]，秋已暮，红稀香少[②]。水光山色与人亲，说不尽，无穷好。
莲子已成荷叶老。清露洗，蘋花汀草[3]。眠沙鸥鹭不回头，似也恨，人归早。

【注释】

①浩渺：浩瀚缥缈，辽阔无边。

②红稀香少：荷花已经凋谢，少了颜色和香气。红，花的视觉感受。

③蘋花汀草：蘋，一种水草名，也称田字草。蘋花，此处指湖边生长的花草；汀，水边的平地。汀草，此处泛指湖水边的平地上生长的花草。

【鉴赏】

这首词是词人早期郊游抒怀之作。整篇作品的内容，全面咏赞晚秋湖上的美丽风光。暮秋时节，湖面上虽然已是风凉水冷，却无零落萧条之感，反而别具一番情趣：疏红余香，岸草沾露，莲房结实，鸥鹭眠沙，一幅"无穷好"的湖光山色图就这样被突现了出来。

词的开头，"湖上风来波浩渺，秋已暮，红稀香少"几句，首先对季节和景物做了交代；"水光山色与人亲，说不尽，无穷好"，用语直接浅近，与口语无异，却饶有韵味。它成功地抒发了主人公游玩时开朗、乐观的内心世界，把读者也带入了那种怡然自乐的忘我境地。

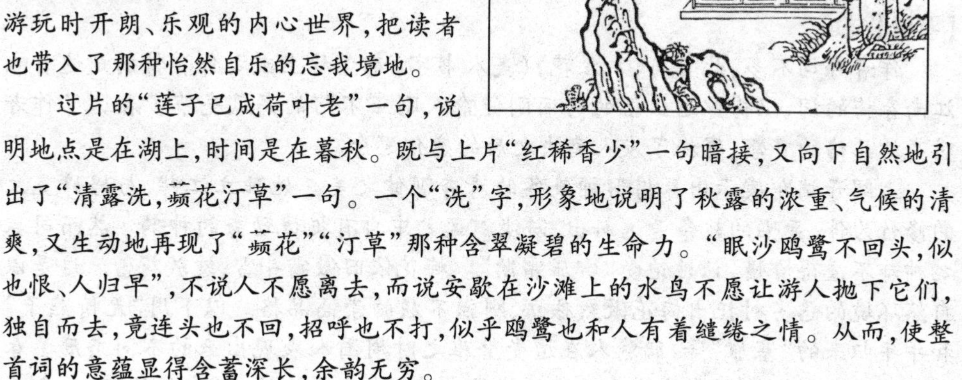

过片的"莲子已成荷叶老"一句，说明地点是在湖上，时间是在暮秋。既与上片"红稀香少"一句暗接，又向下自然地引出了"清露洗，蘋花汀草"一句。一个"洗"字，形象地说明了秋露的浓重、气候的清爽，又生动地再现了"蘋花""汀草"那种含翠凝碧的生命力。"眠沙鸥鹭不回头，似也恨、人归早"，不说人不愿离去，而说安歇在沙滩上的水鸟不愿让游人抛下它们，独自而去，竟连头也不回，招呼也不打，似乎鸥鹭也和人有着缱绻之情。从而，使整首词的意蕴显得含蓄深长，余韵无穷。

李邴 （1085～1146）字汉老，号云龛居士。济州任城（今山东济宁）人。崇宁五年（1106）进士。累官翰林学士。卒于泉州，谥号文敏，其词清幽雅洁，与汪藻、楼钥齐名，号称南渡三词人，有《云龛草堂集》百卷，不传。

汉宫春

李邴

潇洒江梅，向竹梢疏处，横两三枝。东君①也不爱惜，雪压霜欺。无情燕子，怕春寒、轻失花期。却是有、年年塞雁，归来曾见开时。

清浅②小溪如练，问玉堂③何似，茅舍疏篱？伤心故人去后，冷落新诗。微云淡月，对江天、分付他谁④。空自忆，清香未减，风流⑤不在人知。

【注释】

①东君：司春之神，也称东帝、东皇。

②清浅：化用林逋《山园小梅》“疏影横斜水清浅”一句来指偏僻的山野。

③玉堂：豪门贵宅。

④分付他谁：向何人诉说。

⑤风流：高尚的品格。

【鉴赏】

作者存词不多，此首与《木兰花》（美人书字）都堪称上乘之作。特别是这首咏江南春梅的词，以梅飘逸出俗的秀丽刚健喻人刚正不阿的高风亮节。表达了作者对高洁品格的赞颂，寄托了友人离去之后的感伤思念。

上阕开端即展示出春梅形神兼备的清秀刚健之美。她独立江畔，与婷婷直立的修竹为伴，奇崛的枝条旁逸斜出，疏淡飘逸之中自有挺拔劲秀的神韵。然而司春之神却不懂得怜惜，让她饱受“雪压霜欺”。梅花依旧傲霜斗雪，绽放花蕾。这是以自然环境的恶劣衬托出梅花傲然独立、刚强不屈的崇高品格。以下用“无情燕子”和年年归来的“塞雁”等，暗喻人在遭受磨难之时周围人表现出来的不同态度。春燕无情所以不会看到梅花斗雪怒放的情景，“塞雁”忠于友情，恪守信条，所以年年归来探望。“却是有”表明作者对此的认同态度，并以之自喻，为下阕抒写思念之情打好基础。

下阕起句交代梅生长的环境是山野水边之地，实则是暗喻友人被贬远去。“问玉堂”句依然是以梅写人。豪门贵宅中的梅花屈尊逢迎，满身媚气，怎能与小溪边茅舍疏篱旁的梅花相提并论呢？两相对比突出了江梅的刚直不阿、宁折不弯的气度。梅亦人也，正因友人有如此品格，所以作者才会有“伤心故人去后”的思念。“冷落新诗”，是说无心作诗。如今作诗的了无兴味，使作者追忆起昔日赏花吟诗、相互唱和的其乐融融，因此也产生了“分付他谁”“空自忆”的感叹。感叹只身一人独对江天云月，无人倾诉的孤独；感叹梅花清香如故，风韵不改。“风流不在人知”是赞美梅花的操节自守，这也是作者用以自励的人生信条。

上阕着重以自然景物象征人文环境，与下阕的纯写自然景观不同。这样就使梅的象征形象具有了广泛的社会内涵，拓宽了咏梅词的表现领域，丰富了其意蕴。这一独特之处使李邴“《汉宫春》梅词入选最佳”（杨慎《词品》）。

吕本中　（1084~1145）字居仁，世称东莱先生，开封（今属河南）人，祖籍寿州（治今安徽寿县）。绍兴六年（1136），赐进士出身。历官中书舍人、权直学士院，以忤秦桧罢职。诗属江西派。南渡后，亦有悲慨时事之作。有《东莱集》《紫薇诗话》《江西诗社宗派图》《紫薇词》。存词二十七首。

采桑子

吕本中

恨君不似江楼月，南北东西。南北东西，只有相随无别离。

恨君却似江楼月，暂满还亏。暂满还亏，待得团圆是几时？

【鉴赏】

这首词是写别情。上片写他在宦海浮沉，行踪不定，南北东西漂泊，经常在月下怀念君（指他的妻子），只有月亮来陪伴她。表面上说“恨君”，实际上是思君；表面上说只有月亮相随无别离，实际上是说跟君经常在别离。下片借月的暂满还亏，比跟君的暂聚又别，难得团圆。这首词的特色，是文人词而富有民歌风味。民歌是自然流露，不用典故，是白描。这首词也是真情的自然流露，也是白描，很亲切。民歌往往采取重复歌唱的形式，这首词也一样。不仅由于《采桑子》这个词调的特点，像“南北东西”，“暂满还亏”两句是重复的；就是上下两片，也有重复而加以变化的，如“恨君不似江楼月”与“恨君却似江楼月”，只有一字之差，民歌中的复叠也往往是这样的。还有，民歌也往往用比喻，这首词的“江楼月”，正是比喻。这个比喻亲切而贴切。

这个“江楼月”的比喻,在艺术上具有特色。钱钟书讲到“喻之二柄”“喻之多边”。所谓二柄:“同此事物,援为比喻,或以褒、或以贬、或示喜、或示恶,词气迥异,修词之学,亟宜拈示。”像“韦处厚《大义禅师碑铭》:‘佛犹水中月,可见不可取’,超妙而不可即也,犹云‘高山仰止,虽不能至,心向往之’,是为心服之赞词;黄庭坚《沁园春》:‘镜里拈花,水中捉月,觑着无由得近伊’,犹云‘甜糖抹在鼻子上,只教他舐不着’,是为心痒之恨词。”同样用水中之月做比喻,一个寄以敬仰之意,一个表示不满之情,感情不同,称为二柄。“比喻有两柄而复具多边。盖事物一而已,然非止一性一能,遂不限于一功一效。取譬者用心或别,着眼因殊,指同而旨则异;故一事物之象可以孑立应多,守常处变。譬夫月,形圆而体明,圆若(与也)明之在月,犹《墨经》言坚若白之在石,不相外而相盈。镜喻于月,如庾信《咏镜》:‘月生无有桂’,取明之相似,而亦可兼取圆之相似;王禹偁《龙凤茶》:‘圆似三秋皓月轮’,仅取圆之相似,不及于明。‘月眼’、‘月面’均为常言,而眼取月之明,面取月之圆,各傍月性之一边也。”(节引《管锥编·周易正义·归妹》)同用月做比喻,可以比圆,比明亮,这是比喻的多边。

钱先生在这里讲的二柄或多边,指不同的作品说的,同样用月做比喻,在这篇作品里是褒赞,在那篇作品里是不满;在这篇作品里比圆,在那篇作品里比明亮。有没有在一篇作品里用的比喻。既具二柄,复有多边呢?这首词就是。

这首词用“江楼月”作比,在上片里赞美“江楼月”,“南北东西,只有相随无别离”,人虽到处漂泊,而明月随人,永不分离,是赞词。下片里写“江楼月”,“暂满还亏,待得团圆是几时”,月圆时少,缺时多,难得团圆,是恨词。同样用“江楼月”作比,一赞一恨,是在一篇中用同一个比喻而具有二柄。还有,上片的“江楼月”,比“只有相随无别离”;下片的“江楼月”,比“待得团圆是几时”,所比不同。同用一个比喻,在一首词里,所比不同,构成多边。像这样,同一个比喻,在一首词里,既有二柄,复具多边,这是很难找的,因此,这首词里用的比喻,在修辞学上是非常突出的。这样的比喻,又自然流露,不是有意造作,用得又非常贴切,这是更为难能可贵的。

这词的设想跟后汉徐淑《答夫秦嘉书》颇有相似处。徐淑说:“身非形影,何能动而辄俱;体非比目,何能同而不离。”除了用了两个不同的比喻外,“何能动而辄俱”,“何能同而不离”,设想一致,也可以说千载同心了。

南歌子

吕本中

驿路侵斜月,溪桥度晓霜。短篱残菊一枝黄,正是乱山深处过重阳。

旅枕元无梦，寒更每自长。只言江左好风光，不道中原归思转凄凉。

【鉴赏】

这是一首抒写旅途风物与感受的小令。它不但有一个特定的时令背景（重阳佳节），而且有一个特定的历史背景（北宋灭亡后词人南渡，流寓江左）。这两个方面的特殊背景，使这首词具有和一般的羁旅行役之作不同的特点。

上片为旅途即景。开头两句，写早行情景。天还没有亮，词人就动身上路了。驿路上照映着斜月的光辉，溪桥上凝结着一层晓霜。两句中写抒情主体动作的词只一"度"字，但上句写斜月映路，实际上已经暗包人的行踪。两句意境接近温庭筠诗句"鸡声茅店月，人迹板桥霜"，但温诗前面直接点出"客行悲故乡"，吕词则情含景中，只于"驿路""晓霜"中稍透行踪之意。"晓霜"兼点时令，下面提出"残菊"便不突然。

"短篱残菊一枝黄，正是乱山深处过重阳。"在路旁农舍外，矮篱围成的小园中，一枝残菊正寂寞地开着黄花。词人想起今天是应该把酒赏菊的重阳佳节，今年这节日，竟在乱山深处的旅途中度过了。上句是旅途即目所见，下句是由此触发的联想与感慨。佳节思亲怀乡，是人之常情，对于有家难归（吕本中是寿州人）的词人来说，由此引起的家国沦亡之痛便更为深沉了。但词人在这里并未点破，只是用"乱山深处过重阳"一语轻轻带过，把集中抒写感慨的任务留给了下片。两句由残菊联想到重阳，又由重阳联想到眼前的处境和沦亡的故乡，思绪曲折，而出语却自然爽利。

"旅枕元无梦，寒更每自长。"过片两句，由早行所见所感回溯夜间旅宿情景。在旅途中住宿，因为心事重重，老是睡不着觉，所以说"元无梦"；正因为夜不能寐，就倍感秋夜的漫长，所以说"寒更每自长"。着一"每"字，见出这种情形已非一日，而是羁旅中常有的况味。"元""每"二字，着意而不着力，言外凄然。

一般的羁旅行役，特别是佳节独处，固然也会有这种无眠的寂寞和忧伤，但词人之所以如此，却是伤心人别有怀抱。

"只言江左好风光，不道中原归思转凄凉。"江左，即江东，这里泛指南宋统治下的东南半壁河山。江东风光，历来为生长在北方的人所向往。如今身在江东了，却并未感到喜悦。因为中原被占，故乡难归，在寂寞的旅途中，词人对故乡的思念不禁更加强烈，故土沦丧所引起的凄凉情绪也更加深沉了。两句用"只言"虚提，以"不道"与"转"反接，抑扬顿挫之间，正寓有无穷忧时伤乱的感慨。词写到这里，感情的发展达到高潮，主题也就得到了集中的体现，它和一般羁旅行役之作不同的特点也自然显示出来了。

这首词表现词人的中原归思，有一个由隐至显的过程。由于词人结合特定的景物、时令、旅况，层层转进，如剥茧抽丝般地来抒情，最后归结到凄然归思，便显得很自然。词的情感虽比较凄清伤感，但格调却清新流利。这种矛盾的统一，构成了一种特殊的风调美，使人读来虽觉凄伤却无压抑之感。

踏莎行

吕本中

雪似梅花，梅花似雪。似和不似都奇绝。恼人风味阿谁知？请君问取南楼月。

记得去年，探梅时节。老来旧事无人说。为谁醉倒为谁醒？到今犹恨轻离别。

【鉴赏】

吕本中这首借梅怀人词，写得迷离恍惚，含蓄隽永。

吕本中的诗词以构思精巧见长，大多写得词浅意深，别有风味。胡仔说："吕居仁诗清驮可爱。如'树移午影重帘静，门闭春风十日闲'、'往事高低半枕梦，故人南北数行书'。"（《苕溪渔隐丛话前集》卷五十三）而在词中则尤为明显。像《采桑子（恨君不似江楼月）》《减字木兰花（去年今夜）》《菩萨蛮（高楼只在斜阳里）》等，都鲜明地表现了这种艺术风格。

词的上片以"似"与"不似"写梅与雪相映的奇绝之景。梅花与飞雪同时，因而写梅往往说到雪，以雪作背景。唐代齐己《早梅》："前村深雪里，昨夜一枝开。"；宋代陆游《梅花》绝句："闻道梅花坼晓风，雪堆遍满四山中。"正因为梅与雪同时，加之梅花与雪花形似，诗人便将它们联系起来写。唐代张谓《早梅》诗说它们相似难辨："一树寒梅白玉条，迥临村路傍溪桥。不知近水花先发，疑是经冬雪未销。"；宋代王安石则表现其不似，《梅花》诗云："墙角数枝梅，凌寒独自开。遥知不是雪，为有暗香来。"梅花和雪花形相似、色相近，而质相异，神相别，因而词人在写了"雪似梅花，梅花似雪"之后，拔起一笔："似和不似都奇绝"。"似"是言色，"不似"则言香。在朦胧月色之中,雪白梅洁,暗香浮动,确实是种奇妙的境界。

月下奇景,本来是令人赏心悦目的,可是词人认为是“恼人”的。“恼人”即“撩人”,此解诗词中屡见。为什么会撩拨起人的心事?词人没有径直回答,而却颇为含糊地说:“恼人风味阿谁知?请君问取南楼月。”设下了悬念,令人揣想。江淹《恨赋》中名句:“春草碧色,春水渌波。送君南浦,伤如之何?”;李白《渌水曲》:“渌水明秋日,南湖采白蘋。荷花娇欲语,愁杀荡舟人。”送行时看到春草如茵,绿水如染,反而增加了惆怅。姑娘在湖上采蘋,秋目明丽、荷花红艳,不使人欢,反叫人愁,正是心中本有事,见了这乐景则扞格不入,反而触景添愁。

词的下片则点明这些心事的由来:“记得去年,探梅时节。老来旧事无人说。”原来去年梅花开放时节,曾同情人共赏,南楼之月可作见证,而今离别了,风物依旧,人事已非,怎得不触景生情!词到结句时才点明为什么别来频醉频醒,是为了“轻离别”的“恨”。先设下重重雾障,层层云翳,然后驱雾排云,露出了本意,使读者从深深的困惑中明白过来,得到了感情上的满足。

“言情之词,必藉景色映托,乃具深婉流美之致。”(吴衡照《莲子居词话》卷二)吕本中这首《踏莎行》见雪兴怀,睹梅生情,登楼抒感,对月寄慨,把悔恨离别之情委婉道出,有着一种朦胧美。朦胧美不同于明快,但也不是晦涩。如果叫人读了不知所云,百思不解,那就失却了意义。朦胧美如雾中之花,纱后之女,初看不明晰,细辨可见形,这种境界同样给人以美的享受。这首词的题旨全靠最后一句“到今犹恨轻离别”点出。这确如画龙,在云彩翻卷之中,东现一鳞,西露一爪,最后见首点睛,因而既显得体态夭矫,又透出十分神韵。

胡世将 (1085~1142)字承公,晋陵(今江苏武进)人。崇宁五年(1106)进士。高宗时,历监察御史、尚书右司员外郎、中书舍人等职,绍兴八年(1138),任四川安抚制置使,次年,以宝文阁学士宣抚川陕,迁端明殿学士。词存一首。

酹江月 秋夕兴元使院作,用东坡赤壁韵

胡世将

神州沉陆[1],问谁是、一范一韩[2]人物。北望长安应不见,抛却关西半壁。塞马晨嘶,胡笳夕引,赢得头如雪。三秦往事,只数汉家三杰[3]。
试看百二山河,奈君门万里[4],六师不发。阃外何人回首处,铁骑千群都灭。拜将台欹[5],怀贤阁[6]杳,空指冲冠发。阑干拍遍,独对中天明月。

【注释】

①沉陆：即陆沉，丧失领土。

②一范一韩：指范仲淹和韩琦，他们都曾守卫西北边疆，为抵御西夏的侵扰立下了汗马功劳。朱熹《五朝名臣言行录》卷七云："仲淹与韩琦协谋，必欲收复夏横山之地，边上谣曰：'军中有一韩，西贼闻之心胆寒；军中有一范，西贼闻之惊破胆。'"

③汉家三杰：指张良、萧何、韩信三人，他们辅佐刘邦打天下，建立汉朝。

④君门万里：指远在临安（杭州）的南宋朝廷。

⑤拜将台：指刘邦拜韩信为大将的高台，遗址在今汉中南郑县南面。攲（qī）：倾斜。

⑥怀贤阁：宋人为纪念诸葛亮的出师功绩而建造的亭阁，遗址在今陕西凤翔东南。

【鉴赏】

这首词是胡世将任川陕宣抚使时所作。宋高宗绍兴九年（1139），胡世将被任命为川陕宣抚使，担当着统帅西北前线诸军的重任。第二年，金朝分兵四路南下西进，直向陕西逼来。胡世将从容镇定，运筹部署，屡败金兵，士气大振。然而好景不长，不久朝廷便任用奸臣秦桧，专主和议，一时抗战将帅多遭罢斥。胡世将在陕西前线有感于此，慨然写下了这首感时忧愤之作。词人遥望沦陷的故都和被"抛却"的"半壁"江山，环顾关中险要的山川形势，耳听边关"塞马晨嘶，胡笳夕引"，怎奈"君门万里，六师不发"，满怀豪情，一身谋略，却无处挥洒，只能"空指冲冠发""赢得头如雪"！词中涉及了许多历史人物和文物古迹，如"一范一韩""三秦往事""汉家三杰""拜将台""怀贤阁"，通过咏史怀古，以寄托词人的追慕之情、忧愤之意和报国之志。

赵鼎　（1085～1147）字元镇，解州闻喜（今属山西）人。自号得全居士。中兴名臣之一。崇宁五年（1106）进士。官开封士曹。高宗朝擢右司谏，历官至尚书左仆射、同中书门下平章事。为秦桧所忌，出为奉国军节度使，徙知泉州，安置潮州，移吉阳军，不食而卒。著有《忠正德文集》《得全居士词》。存词四十五首。

蝶恋花 河中作

赵鼎

尽日东风吹绿树。向晚轻寒，数点催花雨。年少凄凉天付与，更堪春思萦离绪！

临水高楼携酒处。曾倚哀弦，歌断黄金缕。楼下水流何处去，凭栏目送苍烟暮。

【鉴赏】

赵鼎是解州闻喜人。宋时解州隶于河中府(治蒲州，今山西永济)。这首词自注“河中作”，词中又自称“年少”，当作于崇宁五年(1106)赵鼎中进士前后。此后他就离开家乡在汴京等地任职了。

这是一首故地重游的怀人词，怀念往昔曾于临水高楼一曲赋别的一个女子。上片记时，下片记地，时地依然，而斯人已杳，通篇贯串着伤离念远之情。开头三句点明时令，又以春尽花落、孤独索寞的时空环境暗寓“重来崔护”之感。“催花雨”在宋词中有用于春初催花开的，如晏几道《泛清波摘遍》：“催花雨小，著柳风柔，都似去年时候好。”；易祓《喜迁莺》：“一霎儿晴，一霎儿雨，正是催花时候。”也有用于春末催花落的，如李清照《点绛唇》：“惜春春去，几点催花雨。”赵鼎词意则是后者。“年少凄凉”四字包含无限伤感。“年少”本是青春和欢乐的时节，和“凄凉”连在一起，完全是为“春思”和“离绪”所困，而主因则在于一己之多情。但把“年少凄凉”说成是“天付与”，则又有自我解嘲的味道，意思是情之所钟，无可摆脱，这“年少凄凉”的况味，不能不甘心忍受了。“临水高楼”三句，紧接上片的“离绪”而转向怀人。这三句是追叙旧事，在“临水高楼”这昔游之地回忆当年送别时的情景。“曾倚哀弦”，指以丝竹伴唱。词在唐宋时是合乐歌唱的，有琵琶等弦乐器伴奏。“倚”就是以声合曲。黄金缕本来形容初春鹅黄色的柳条，古时有折杨柳赠别的风俗，“歌断黄金缕”在这里也有作为离别之曲的含意，与上句“哀弦”相应。“楼下水流何处去”一句乃用唐杜牧诗。杜牧《题安州浮云寺楼寄湖州张郎中》诗：“去夏疏雨余，同倚朱栏语。当时楼下水，今日到何处。恨如春草多，事与孤鸿去。楚岸柳何穷，别愁纷若絮。”宋时将杜牧此诗谱作歌曲，一时传唱；晏几道有《玉楼春》词：“吴姬十五语如弦，能唱‘当时楼下水’”，可以为证。赵鼎这首词就从“临水高楼”的眼前实景出发，借杜牧诗意以“水流”方喻“人去”，自然熨帖，不露针线，密合无缝。而且，“相随流水到天涯”，对方漂泊流落的生涯和命运，以及一去不返、此恨绵绵的情意，也都包含在“楼下水流何处去”这个深表关切的存问之中了。结句“凭栏目送苍烟暮”，凭高极目，远望水流人去的天际，寄托遥思，不觉暮烟四合。一片伤离念旧之情,就寓于这流连不去的久久痴望中,有着悠悠不尽的余味。

赵鼎是南宋初的中兴名臣,屹然重望,与宗泽、李纲相鼎足。他因反对秦桧和议而被罢相,流放到吉阳军(今海南岛崖县),有谢上表曰:"自首何归,怅余生之无几;丹心未泯,誓九死以不移。"秦桧读后说:"此老倔强犹昔。"他知道秦桧必欲杀之,遂绝食而死,死前自书旌铭:"身骑箕尾归天上,气作山河壮本朝。"英风壮概,气节凛然。但他早年所做的这首《蝶恋花》,却吐属芳菲,情致缠绵,含思哀婉。况周颐《蕙风词话》卷二说此词"年少凄凉"二句,"闲情绮思,安在为盛德之累耶?"本来这两者并不相妨。唐宋璟为相,耿介有大节,但却写出了风流妩媚的《梅花赋》(原赋已佚,《全唐文》卷二〇七所录宋璟《梅花赋》乃伪作)。皮日休《桃花赋》序说宋璟"贞姿劲质,刚态毅状,疑其铁肠石心,不能吐婉媚辞。"赵鼎另一首《蝶恋花》说:"漫道广平(宋璟封广平郡公)心似铁,词赋风流,不尽愁千结。"无疑是借宋璟以夫子自道。"铁肠石心"何尝不可以有"词赋风流"的一面,尤其是抒写他们的少年风怀?

点绛唇 春愁

赵鼎

香冷金炉,梦回鸳帐余香嫩。更无人问,一枕江南恨。

消瘦休文,顿觉春衫褪。清明近,杏花吹尽,薄暮东风紧。

【鉴赏】

婉约词着力表现的往往是一种深婉的意绪,心灵的潜流,虽深却窄,虽窄却深。高度的物质文明陶冶了细腻的感受,时代的阴影又使得有宋一代文学带上了哀怨的色彩,而词这种文体自身积淀的审美趣味也影响了词作者的命题立意。所以,作为一代中兴名相的赵鼎,这首"春愁"词也写得婉媚低回,"不减花间"(黄昇语),就是可以理解的了。

词的上片写春梦醒来独自愁。"香冷金炉,梦回鸳帐余香嫩。"金炉中,香已冷,绣着鸳鸯的帐帷低垂着,一切都是那么娴雅,那么安静,那么温馨。一个"嫩"字以通感的手法写出了余香之幽微,暗香浮动,若有若无。但这种华美而寂静的环境又似乎处处散发出一种无可排解的孤独和感时伤怀的愁绪,犹如那缕缕余香,捉摸不到,又排遣不去;"更无人问,一枕江南恨。"午梦醒来,愁绪不散,欲说梦境,又无人相慰相问。"恨"以"一枕"修饰,犹如用"一江""一舟"来修饰"愁",化抽象为具象,组接无理而化合巧妙。"枕上片时春梦中,行尽江南数千里"(岑参《春梦》)。梦中的追寻越是迫切,醒来的失望就越发浓重。至于这情、这恨,所指到底是什么,作者没有讲明，也无须讲明，这是一种无所不在的闲愁闲恨，是一种泛化了的苦闷，既有时代的忧郁，也有个人的感情，伤春愁春只是它的表层含义，人生的叹喟，世事的忧虑，才是它的深层含义。

过片以“消瘦休文”自比。“顿觉春衫褪”，以夸张的手法突出“消瘦”的程度。“休文”即梁沈约，这是一个多愁多病的才子，据载，沈约病中日益消瘦，以至“百日数句，革带常应移孔，以手握臂，率计月小半分”。后人常以“沈腰”来比喻消瘦。“春衫褪”即春衫宽，衣服觉宽，人儿憔悴、苦涩之中有着执着。“顿”字以时间之短与衣衫之宽的对比突出消瘦之快，“顿”还有惊奇，感叹，无奈等多种感情。“清明近，杏花吹尽，薄暮东风紧。”这三句以景作结，含不尽之意。清明已近，春色将老，那闹春杏花已吹落殆尽，“一片飞花减却春，风飘万点正愁人。”在这种清寒的境界里，作者无语独立，不觉又是黄昏，只觉得东风阵阵，寒意阵阵。清明时节多风雨，若再有夜来风雨过园林，无多春色还能留几分呢？东风带来春雨，催开百花，东风又吹老园林，送走春色。所以宋人常有“东风恶”之语，“薄暮东风紧”写的是眼前之景，传达的却是担忧明日春色之情。一个“紧”字通俗而生动，表现力很强，既写出了东风紧吹的力度，又写出了作者“一任罗衣贴体寒”，守住春色不放的深情。

这首词自然属于婉约之作，但婉而不弱，约而不晦。如词的结尾，写的是日暮花飞之景，虽无可奈何又依依不舍，词人愁春惜花，守至日暮，依然不去，惋叹之中又有着坚韧，婉约之中不失筋骨。词的语言含蓄有味而通俗易懂，到口即消却耐人寻思。

满江红 丁未九月南渡，泊舟仪真江口作

赵 鼎

惨结秋阴，西风送、霏霏雨湿。凄望眼，征鸿几字，暮投沙碛。试问乡关何处是，水云浩荡迷南北。但一抹寒青有无中，遥山色。
天涯路，江上客。肠欲断，头应白。空搔首兴叹，暮年离拆。须信道消忧除是酒，奈酒行有尽情无极。便挽取长江入尊罍，浇胸臆。

【鉴赏】

赵鼎这首《满江红》注明作于“丁未九月”。丁未是建炎元年（1127），上一年就是靖康元年，金兵攻占汴京。靖康二年四月，金人掳徽、钦二帝北去。五月，赵构即帝位于南京（今河南商丘），改元建炎。九月，以金人进犯，退驻淮甸，并下诏缮修建康城池，准备南渡。赵鼎渡江至建康，就是为赵构下一步定都江南作先行的。因此

他泊舟仪真(今江苏仪征)江口写的这首词,是此后南宋爱国词的先声。建炎元年十一月,赵构至扬州。三年二月,渡江至临安、建康,都是赵鼎此词以后的事。仪真在长江北岸,宋时为真州,是江淮南下至建康与两浙的军事要冲与转运中心。泊舟仪真正是赵鼎渡江的前夕。赵鼎还写了一部《建炎笔录》,三卷,记赵构渡江后立朝经过,起自建炎三年正月,"丁未九月南渡"这一段可惜没有写入。

这首词所写是宋室南渡前夕的形势和心情。词以"惨"字发调,正混合着作者风雨渡江中对时局前途的观感和忧虑。开头三句,不是通常的悲秋情调,它借当前的时令景色表现了北宋沦亡,中原丧乱的时代气氛。"惨结秋阴",这惨淡的秋阴四布于低沉的寒空,也笼罩了作者悲凉的心头。"凄望眼,征鸿几字,暮投沙碛。"既是深秋时分的江头即景,也是借雁自喻,以北雁南飞暗喻自己此时的去国离乡,仓惶南渡。"沙碛"二字,见出满眼荒寒。"试问乡关何处是,水云浩荡迷南北",用唐崔颢《黄鹤楼》诗:"日暮乡关何处是,烟波江上使人愁。"但"迷"字点出心境,目断心迷,南北莫辨,有茫然无适之感。上片末两句化自王维《汉江临泛》诗"山色有无中",和秦观《泗州东城晚望》诗"林梢一抹青如画,应是淮流转处山"。但词中"遥山"之"青"冠以"寒"字,变成了"寒青",这也是望眼凄迷所然吧!回望淮流诸山,告别中原,无限依恋的情意,溢于言外。

此词上片写景,极写行色凄惨;下片抒情,就以"放笔为直干"的写法,抒发国难当头的内心深忧。"天涯路,江上客。肠欲断,头应白。空搔首兴叹,暮年离折。"建炎元年,赵鼎不过四十三岁,正将膺受重任。但去年汴京失守,二帝蒙尘;当前家室分携,南北睽隔,再加上时局艰危,前途未卜,这些不能不使他肠断而头白了。"须信道"两句有衬字,按照词律,这两句是七字句,则"须"字(或"道"字)和"奈"字是衬字。此词下片极言家国之恨无穷,根本不是借酒消愁所能消除得了,除非挽取万里长江的滚滚洪流入酒杯,满怀积郁或许可以借此冲洗一番。结句把郁结心头的国家民族之深忧,同眼前滔滔不绝的长江打成一片,令人感到这种忧愁直如长江一样浩荡无涯,无可止遏。作者的爱国热情和满腔激郁不平之气,也于此尽情表露出来了。

陈廷焯《白雨斋词话》卷六论南渡后词,首先举到赵鼎这首《满江红》,认为"此类皆慷慨激烈,发欲上指,词境虽不高,然足以使懦夫有立志"。

鹧鸪天 建康上元作

赵鼎

客路那知岁序移,忽惊春到小桃枝。天涯海角悲凉地,记得当年全盛时。

花弄影,月流辉,水精宫殿五云飞。分明一觉华胥梦,回首东风泪满衣。

【鉴赏】

赵鼎是宋代中兴名臣，这首词系南渡之后作于建康（今江苏南京）。上元即元宵。词人值此佳节，抚今忆昔，表现了沉痛的爱国感情。

起首二句，以顿入之笔点明身在客地，不觉时序推移之速。词人原籍解州闻喜（今属山西），徽宗崇宁五年进士，擢为开封士曹。靖康事变后，高宗仓皇渡江，驻跸建康，词人填此词时，当系随驾至此。“客路”一句，直点题面，说明在金兵南侵之际，自己转徙异乡，不知不觉又到了一年的春天。出语自然通俗，然于平淡中蕴深情，且为下句做好铺垫。“忽惊春到小桃枝”，以小桃点出上元。小桃，上元前后即开花，见《老学庵笔记》卷四。词句流畅秀丽，于轻灵中寄重慨，是上句的自然归宿。其中“那知”“忽惊”两个短语，紧相呼应，有兔起鹘落之势，把词人此时的特定心情，非常准确地表现了出来。

“天涯海角悲凉地”一语，补足起句“客路”二字。建康距离北宋首都开封，实际上并不甚远，然而对一个战乱中流离在外的人来说，却有如天涯海角。和词人同时的李清照流落到江南之后，也写过这样的词句：“今年海角天涯，萧萧两鬓生华。”（《清平乐》）词人此处一则曰“海角天涯”、二则曰“悲凉地”，连连加重语气，以见客愁之重、羁恨之深，这就具体表现了“忽惊”以后的情绪。当此之际，作为江防要塞的建康，一方面驻有南宋重兵，准备抵抗南下的金人；一方面是北方逃难来的人民，流离失所，凄凄惨惨。面对此情此景，词人自然而然想起北宋时欢度元宵的盛况，于是“记得当年全盛时”一句冲口而出。这句是词中一大转折。按照一般填词规律，词至此句为上阕歇拍，应如战马收缰，告一段落。可是它的词意却直贯过片三句，有蝉联而下之妙。这样的结构好似辛稼轩《贺新郎·别茂嘉十二弟》。辛词上阕歇拍云：“马上琵琶关塞黑，更长门翠辇辞金阙。看燕燕，送归妾。”过片云：“将军百战身名裂。向河梁，回头万里，故人长绝。”词意跨过两片，奔腾而下，歇拍处毫不停顿，一气呵成。因而王国维称之为“章法绝妙”（《人间词话》）。此词也是采用同样章法，两片之间，不可割裂。它在上阕歇拍刚说“记得当年”，换头接着就写“全盛时”情景。但它并未以实笔具体描写元宵之夜“歌舞百戏，鳞鳞相切，乐声嘈杂十余里”；也未写“灯山上彩，金碧相射，锦绣交辉”（俱见《东京梦华录》卷六），而是避实就虚，写花枝如何袅娜，月光如何皎洁，宫殿如何晶莹，云彩如何绚丽。从虚处着笔，就避免了一般化，读后令人有新颖之感，并能唤起美好的联想。

结尾二句又一转折，写词人从对往事的回忆回到悲凉的现实。华胥梦，语出《列子·黄帝》，故事谓黄帝昼寝而梦，游于华胥氏之国。其国无帅长，一切崇尚自然，没有利害冲突。此处喻北宋全盛时景象，随着金人的入攻，霎时灰飞烟灭，恍如一梦。在“华胥梦”上着以“分明一觉”四字，更加重感情色彩。词人如梦方醒，仔细辨认，春光依旧，景物全非，两眶热泪，不禁潸然而下，读之令人怆然。词一般以景结情为好，但以情煞尾，也有佳篇。此词尾句纯用情语，且以“东风”二字与上阕

"春到小桃枝"相呼应,丝丝入扣,却有泉流归海,悠悠不尽的意味。

此词结构极其严密。"分明一觉华胥梦"是词中关键句子,也就是通常所说的"词眼"。词的上下二阕,全赖这个"词眼"的眼光照映。如起首二句中的"那知""忽惊"写从不知不觉到陡然发现,即带有如梦初醒的意思;过片三句则系梦境的显现;结句则系梦醒后的悲哀,在关合"华胥梦"一语。于是通体浑融,构成一首意境深沉的歌曲。从全词来看,感情写得有起有伏,曲折多变。如果说前三句写悲凉,过拍则转写欢乐;如果说过片是写欢乐的高潮,结尾二句则又跌入悲怆的深渊。悲喜相生,跌宕有致,因而能攫住读者的心灵。词中还运用了回忆对比的手法:以今日之悲凉,对比昔日之全盛;以梦中之欢乐,对比现实之悲哀,冲破时间、空间的限制,一任感情之所至,恣意挥写,哀而不伤,刚健深挚,与一般婉约词、豪放词均有不同。因此清人况周颐评曰:"清刚沈至,卓然名家,故君故国之思,流溢行间句里。"(《蕙风词话》卷二)这个评价是非常符合此词的特点,也是非常符合词人作为中兴名臣的身份的。

洞仙歌

赵　鼎

空山雨过,月色浮新酿。把盏无人共心赏。漫悲吟,独自拈断霜须。还就寝,秋入孤衾渐爽。
可怜窗外竹,不怕西风,一夜潇潇弄疏响。奈此九回肠,万斛清愁,人何处、邈如天样。纵陇水秦云阻归音,便不许时闲,梦中寻访?

【鉴赏】

作为一个南渡名臣,赵鼎在朝中与秦桧进行过激烈的较量,由于高宗赵构偏袒秦桧,致使赵鼎被罢谪岭南。但是他的兴复之志从未泯灭,秦桧的一切加害从未使他屈服。当他为使全家不遭秦桧的诛杀,而决定绝食自杀时,还在预制的铭旌(柩前灵幡)上写上两句话:"身骑箕尾归天上,气作山河壮本朝。"其报国之雄心可谓苍天可鉴。这首词就是他在岭南被贬所写的。河山之恋,故土之思,溢于言表;然而孤寂、凄楚和愤慨之情也难以掩抑。

全词写了作者在一个秋夜的全部行动和情思。上片集中写了三个生活细节——独酌、悲吟、孤卧。起三句写月下独酌:新雨初过,山月朗照,新酒飘着香气,杯中浮着月影,那正是敞怀痛饮的时刻,可一拿起酒杯,就想起当此良辰美景竟无人共赏,只是一人独饮,实在败味得很。这自然要引起对自己被贬谪、被软禁的愤慨，于是有月下悲吟一举。"漫悲吟，独自拈断霜须"，是说受此屈辱，无处申诉，只好独自长歌悲吟以减轻胸中的郁闷了。由于这悲吟有深度，有力度，是内心深处的颤抖与呐喊，不自觉地连花白的胡须都拈断了数根；"还就寝"二句写孤衾独卧，意思是说独酌无味，悲吟伤情，还不如回房就寝，可是由于秋凉天气，孤衾独卧，以及余恨未消等多种原因，又久久不能入睡，心绪茫然。以上三个连续性的细节，共同表明作者处境的艰难、愁怀的激烈，以及日子的难以打发。

下片集中写他独卧孤衾中的所闻和所感，向更深的心理层次开掘。"可怜窗外竹"三句，既是景语，更是情语，而且是整片意脉的枢纽。窗外的竹子整夜被西风吹得飒飒作响，撩人愁思，于是有下面"奈此九回肠"的披露：然从"可怜""不怕""弄"等用语看来，又暗暗地赞颂了竹子的抗风斗寒的品质，于是有结处梦寻故土的决心。"九回肠"，出于司马迁的《报任安书》："是以肠一日而九回"，言愁怨极多。此处亦言心中装着万斛苦恨，致使愁肠百结，其中最主要的就是自己梦寐所求的人远在天那边，同时也是诉说自己被远抛闲置在遥远的天这边。前面总冠以一个"奈"字，言面对这些打击与迫害无可奈何，明显地流露出一种苦闷与不平。"人何处"的"人"，联系上下文看，当不只是说家中的亲人、朝中的故旧，主要的还是指九重之上的高宗皇帝。封建时代的臣子，一旦得罪远谪，总是寄希望于皇帝能够回心转意把他诏回。赵鼎尝两任宰相，高宗曾对他言听计从，称为"真宰相"。他为国专以固本为先，根本固而后敌可图，仇可复，对南宋的中兴事业有所建树。虽被远贬而此志不衰，因此翘首企望回朝续展长才。"解铃还是系铃人"，寄希望于皇帝自在情理之中。故词的结处又从悲怆的叹息，一转而为热烈而执着的追求："纵陇水秦云阻归音，便不许时闲，梦中寻访？""陇水"，即陇头之水；"秦云"，即秦岭之云。这都是环绕在故都长安的山川风云，进出长安必须通过这些障碍物，这里用以指秦桧一类的朝中权奸。数句言纵然有奸邪当道阻挡我回到朝廷，总不能不许我闲时到梦中去寻求归路。这里所表现的正如他从潮州移吉阳军(今广东崖县)给高宗的谢表中所表示的："白首何归，怅馀生之无几；丹心未泯，誓九死以不移。"

此词不以剪裁工巧取胜，而以描写深刻细腻见长。它基本上采用了赋的写法，叙述与描写的成分很重。首先是按时间顺序从空山雨过，独饮无绪，悲吟断须，孤衾独卧，一直写到夜阑不寐，闻风吹竹，愁肠难伸，梦寻旧乡，写出了一个凄凉人难度凄凉夜的全过程，真实感人。其次是描写颇有层次，上片全属行动描写，下片先是景物描写，后是心理描写，层层深入，而且每一种描写都做了精细的刻画和渲染。如以月色、杯影反衬无人共赏，以拈断霜须表明悲吟的深度与力度，以"万斛清愁"形容愁恨之多，以"邈如天样"以形容朝廷之远，以"陇水秦云"暗指秦桧一类政敌等等。正因为有这些精细的描绘，才避免了一般用铺叙法写成的作品容易犯的平铺直叙、板重厚拙的毛病，它同样是那样鲜明，轻巧，含吐不露。

向子湮　(1085~1152)字伯恭，临江(今江西清江)人。哲宗元符三年(1100)

以恩补假承奉郎。徽宗宣和中,以直秘阁为京畿转运副使,寻兼发运副使。高宗建炎初,被罢官。后起知潭州,值金兵破江西,移兵湖南,曾亲率军民坚守。绍兴时,历任江东转运使,秘阁修撰,徽猷阁待制等,官至户部侍郎。因反对和议,忤秦桧,罢官。卜居清江,绕屋多植岩桂,命其堂曰芗林,号芗林居士。其词以南渡为界,分江北旧词和江南新词两部分,艺术风格截然不同。前者多写艳情或咏景物,风格近周邦彦。后者多伤时忧国之作,带苏轼词余韵。有《酒边词》。

水龙吟 绍兴甲子上元有怀京师

向子湮

华灯明月光中,绮罗弦管春风路。龙如骏马,车如流水,软红成雾。太一池边,葆真宫里,玉楼珠树。见飞琼伴侣,霓裳缥缈,星回眼、莲承步。

笑入彩云深处,更冥冥、一帘花雨。金钿半落,宝钗斜坠,乘鸾归去。醉失桃源,梦回蓬岛,满身风露。到而今江上,愁山万叠,鬓丝千缕。

【鉴赏】

“绍兴甲子”,指南宋高宗绍兴十四年(1144)。“上元”,即今之元宵节,为旧历正月十五;时俗以元夜张灯为戏,故又称元夜或灯节。“有怀京都”中的“京都”,系指已沦入金人之手的原北宋王朝的京城——汴京。据此可知,该词是词人身处南宋京城临安、恰逢上元佳节,回忆起当年汴京元夜的盛况,不胜怀念故国之情而作。

上阕追忆皇城汴京的上元之夜,华灯如昼,轻歌曼舞、车水马龙的情景,突出写宫内、宫外处处是一片升平。“华灯明月光中,绮罗弦管春风路”二句,采用了虚实结合的写法,“华灯”“明月”“绮罗”“弦管”皆写实:“华灯”,指装饰美丽的灯盏,上元之夜,灯是主景,它不仅有彩绘装点,更主要的是有夺目的光彩。十五日夜正是月最圆、光最亮之时;首句将“华灯”与“明月”共举,给人以虽是夜晚却亮如白昼的感觉。“绮罗”指男女游人的盛装,“弦管”则指代音乐声声不停。“春风路”,则是写虚,汴京地处中原,正月的天气尽管已是早春,但冰雪未融、乍暖还寒,这里以春风满路象征欢乐的游人内心喜气洋洋,犹如春风驱散了严寒。下面“龙如骏马,车如流水,软红成雾”中前二句运用了比喻手法,“龙如骏马”是“骏马如龙”的倒装,它和下句同脱胎自五代后唐李煜《望江南》中“车如流水马如龙,花月正春风”名句,也恰是写对已逝去的美好、欢乐日子的追恋,“软红”在此处指游人踏起的飞尘。这三句是对游人如云、竞来观灯热烈场面的概述,下面则转出两组特写镜头。其一是写灯景之美:“太一池”,本为汉代与唐代的宫中池苑名,在此指代汴京皇宫的内苑;"葆真宫",北宋宫名,据《东京梦华录》所载,可知是上元之夜张灯供赏的宫殿之一。"玉楼珠树"似指凡宫中所开放的张灯之处,楼、阁、殿角、参天古树之上挂满华灯万盏,晶莹闪烁如同被珠镶玉嵌一样明亮。其二是写歌舞之迷人:"飞琼"为女仙之名,《汉武帝内传》有"王母乃命侍女许飞琼鼓震灵之簧"。"霓裳"指唐时著名的舞曲"霓裳羽衣曲";则"见飞琼伴侣,霓裳缥渺"便是写高台上美如天仙的歌女们合着乐器的节奏而婉转歌喉,动人的霓裳羽衣之舞如踏云履雾轻柔缥缈;而"星回眼,莲承步"则是写歌伎舞女星眼回转流盼生情,莲步轻移婀娜多姿之态。以"星"喻眼,突出明亮有神。以"莲"喻步则是用典,《南史·齐本纪下》:"(东昏侯)又凿金为莲华(花)以帖地,令潘妃行其上,曰'此步步生莲华也'。"经过层层渲染,已将元夜观灯之盛况推向了高潮。

下阕虽仍写观灯游人的欢乐和汴京的繁华,但分明已属兴尽之余波:词人也从追忆中霍然而醒,慨叹而今的悲怆。"笑入彩云深处,更冥冥、一帘花雨"仍承上阕继续渲染欢快气氛。前一句写笑声飞入云霄,"彩云深处",指为庆灯节,在皇宫内临时搭起的"彩山",据《梦粱录·元宵》所载:"汴京大内前缚山棚,对宣德楼,悉以结彩,山沓上皆画群仙故事"可知。后两句写燃烧的焰火,令人赏心悦目:团团簇簇的焰火突然窜入冥冥高空,化作五彩缤纷的花雨,像飞瀑、像珠帘般飘洒下来,时起时伏。观灯盛会至此已是高潮之巅。下面"金钿半落,宝钗斜坠,乘鸾归去"是写灯会已散,游兴已尽的仕女们疲惫不堪,连鬓边饰物摇摇欲坠都已无力去整,随着人们纷纷乘车离去,这繁华喧闹的上元之夜也已趋于平静。沉醉在追忆中的词人也骤然猛醒,俱往矣"醉失桃源,梦回蓬岛,满身风露"。这是多么深沉的感慨!"桃源",即陶渊明《桃花源记》中的仙山;"蓬岛",即传说中的海上三神山之一的蓬莱仙岛;"桃源""蓬岛"在此均借指沦陷金人之手的汴京;"醉失"一词,流露出对怯懦的南宋王朝无端拱手让出帝都汴京的不满。词人向子湮是南宋大臣,在政治上是主战派,他曾在潭州(在今湖南长沙一带)亲率部队抵抗过强大的金兵,后因反对和议触怒秦桧而被革职。"梦回蓬岛",可以泛指无数次地梦回夜转重返汴京的欢乐,也可特指此次上元之夜对汴京的深情追忆,然而梦中的片时欢乐醒来只会更加凄凉,"满身风露"则是指颠沛动荡的生活留给自己的只是满身雨、露、风、霜。"到而今江上,愁山万叠,鬓丝千缕"是结尾处,也是对上句"满身风露"的加重与扩展,如今南宋朝廷只知偏安一隅以求苟安,全无雪耻振兴之志,词人感到收复河山,重返帝京无望,忧国之情愈结愈重,如同万重高山压得透不出气来:半生倥偬,只剩得两鬓银丝千缕。这和他另一首《鹧鸪天》中"而今白发三千丈,愁对寒灯数点红"是异曲同工。

该篇运用回忆对比的手法,抒发了作者怀念故国、悲壮而抑郁的苦闷心情。愈是对欢乐过去作生动细腻的描写,愈是使人更加留恋珍惜已经失去的一切,也就更加深刻地写出词人内心的痛楚。用词典雅流丽处令人心驰神往,激烈悲愤处,又能见字血行泪,产生巨大的感人力量。

洞仙歌 中秋

向子湮

碧天如水,一洗秋容净。何处飞来大明镜?谁道斫却桂,应更光辉?无遗照,泻出山河倒影。
人犹苦余热,肺腑生尘,移我超然到三境。问姮娥、缘底事,乃有盈亏?烦玉斧、运风重整。教夜夜、人世十分圆。待拚却长年,醉了还醒。

【鉴赏】

这是一首咏颂中秋明月的词作,借"月有盈亏"的现象,抒发"烦玉斧、运风重整、教夜夜、人世十分圆"的豪情。词语洗练精熟,意境开阔,富有哲理,较之轻浮、侧艳的儿女情,以及粉饰太平的利禄语,自然不知高出多少,堪称词中上品。

上阕开句是个比喻句,"碧天如水"将烟霏云敛、一望千里的碧天比作清澈的绿水固是常见,但"一洗秋容净"之句的出现,不仅使它顿失俗态,且显示出一种阔大无比的气势,点睛之处便在一个"洗"字。下面是一个问句"何处飞来大明镜?"看似平淡无奇但却点出了要写的主体对象——月亮,且出语自然轻松、比喻贴切。紧接着又使用了一个反诘句"谁道斫却桂,应更光辉?"意思是:谁曾说起过这样的话,把月中的桂树砍倒,明镜似的月亮会更加光辉流溢。这是在用典,《世说新语·言语》中记载一段趣话:"徐孺子年九岁,尝月下戏。人语之曰:'若令月中无物,当极明邪?'徐曰:'不然,譬如人眼中有瞳子,无此必不明。'"月中之物,当指桂树,因神话中谓月中有桂树。词人在这里是反其意而用,态度明确地发出了"无遗照,泻出山河倒影"的呼声,意思是说:诚如所言,砍去月中之桂更如光辉的月亮,便会无所遗漏地覆盖大地山河,使它们的倒影完整地映照出来。好一个"无遗照"!好一个"山河倒影"!一心想收复中原、统一国土的爱国词人面对南宋王朝所辖的半壁山河,无计可施,只能寄情皓月,发出兴叹!词人反用典故主张砍去月中之"桂",与期盼能除去朝中的奸佞秦桧是否谐音巧合?!因"桧"本与"桂"同音,唐宋之后由于音变,而且是仅在秦桧这个专有人名中"桧"才发"会"音。如果不是偶然巧合,则又加深一层强烈的政治色采。

下阕承前,词人也深知月中之桂不可斫,月光映照出的也只能是破碎了的山河,所以"人犹苦余热,肺腑生尘"之句表面写的是夏日的酷暑虽退,但馀热还时而袭来,令人烦闷,实际抒发的却是对以秦桧为首的投降派恃权猖獗、炙手可热的愤怒,与朝中爱国之士受尽压抑的不平之气。"移我超然到三境"中的"三境",似指神话中的海上三仙山蓬莱、方丈、瀛州。这种想遁入仙山的想法,只是词人在悲愤之极时寻求解脱的思想流露，但这只是刹那间的闪现，很快又对着明月再次点燃起希望。“问姮娥、缘底事，乃有盈亏?”又是一个问句。“姮娥”即指神话中主管月宫的仙女，本作“恒娥”(因避汉文帝刘恒讳，改称“常娥”，通作“嫦娥”)，这是借向嫦娥发问到底因为什么事，竟然出现让月亮时而圆时而缺的现象，以引出下面要说的正文:“烦玉斧、运风重整。教夜夜、人世十分圆”，一个“烦”字又引出了一则神话故事，据《酉阳杂俎·天咫》记:“旧言中有桂……高五百尺，下有一人，常斫之，树创随合。人姓吴名刚，西河人，学仙有过，谪令伐树。”这几句是说:麻烦吴刚挥动手中呼呼生风的玉斧，把缺月重新修整，叫它夜夜年年光洁饱满，普照大地，无遗漏地映照出统一的山河和繁华的人间!这是词人梦寐以盼的希望的火花又一次迸发。然而，词人深知自己并非生活在幻想里，他曾亲率部队在潭州(今湖南长沙)抵抗过强大的金兵，惨痛的教训告诉他要把希望变成现实，必定要不屈不挠直至付出生命的代价，这便是尾句“待拼却长年，醉了还醒”所显示的内容。如何理解“醉”和“醒”?“醉”应指受挫折、受贬谪后不得不以酒浇愁而醉;“醒”则是除奸、杀敌，收复国土之志不已!

以中秋圆月为内容的词篇，自当首推苏东坡《水调歌头》“明月几时有”之作，其拳拳缱绻之情、豪爽浪漫之气充溢流动，后人无有出其右者。然而向子湮此词，追从东坡之后，就其包容之大涵盖山河而言，差可与苏词比肩，气势磅礴，感人至深!

阮郎归 绍兴乙卯大雪行鄱阳道中

向子湮

江南江北雪漫漫。遥知易水寒。同云深处望三关。断肠山又山。
天可老，海能翻。消除此恨难。频闻遣使问平安。几时鸾辂还。

【鉴赏】

副标题指出本词写于“绍兴乙卯”，即高宗绍兴五年(1135)，这时由于名将岳飞，韩世忠等屡次击败金及伪齐的军队，南宋的军事形势显得十分有利，具备进取中原的力量，但由于高宗等人的畏敌主和，只图苟安而不思进取，作者就是在这种情况下写下此词。

首两句写作者风尘仆仆于鄱阳(今江西鄱阳县)道上，正值大江南北风雪迷漫，想起靖康二年(1127)徽钦二宗被俘北去，至今已近十年。“易水”，源出河北易县附近，是战国时燕国南面的疆界。《战国策·燕策》载有燕太子送荆轲事，“至易水上，既祖，取道……又前而为歌曰："风萧萧兮易水寒，壮士一去兮不复还"。这是"易水寒"的出处，意味着生离死别和誓杀强敌。女词人李清照在高宗建炎二、三年间曾有诗讥讽苟安求和之辈，"南来尚怯吴江冷，北狩应悲易水寒。"这里的"易水寒"与本词一样，都是指中原的沦丧和帝王被俘不回的耻辱。

"同云"两句，从"遥知"生发而来。"同云"亦作"彤云"，指下雪前密布天空的阴云。"三关"，泛指中原关塞。极目北望，只见山外有山，连绵不断，自己所熟悉的花都汴京和中原父老，已经是不可能见到了。思念及此，怎不令人心碎欲绝。

下片承上而来。"天可老"三句是痛心国耻未雪。"天可老"，李贺《金铜仙人辞汉歌》有"天若有情天亦老"之句，汉乐府《上邪》则云："山无陵，江水为竭，冬雷震震，夏雨雪，天地合，乃敢与君绝。"这里化用其意，指出天本不会老，海也不可能翻，但即使天会老，海能翻，要消除北宋覆亡的靖康之耻却是难上加难，几乎比天老、海翻还要困难。

"频闻"两句表达了作者切盼和怀疑的心情。经常听说朝廷派遣使臣去金国向二帝问候，如高宗建炎三年五月，以洪皓为大金通问使。绍兴二年遣潘致尧等为金国军前通问使，附茶、药、金币进二帝(指徽、钦二宗)，绍兴四年遣章谊等为金国通问使；但究竟何时两帝才能返回南宋呢？"鸾"，本为车上的鸾铃；"辂"，是车上的横木，此处以鸾辂代表帝王的车驾。

作者在这结束的两句中针对主和派打着"迎还二圣，恢复中原"的旗号，实际上却在顺应着高宗不可告人的内心活动，即是并不打算部署军事力量，挥师北上，只求屈膝苟安，称帝于江左。这是因为如果南宋出师节节获胜，金国就会送还二帝，而他就得让位于钦宗。高宗既无北上恢复中原之意，二帝也不可能南归，亡国之恨也就难以消除。作者不能明说，只是以"频闻""几时"进行暗示，使读者领会其弦外之音。

秦楼月

向子湮

芳菲歇。故园目断伤心切。伤心切。无边烟水，无穷山色。
可堪更近乾龙节。眼中泪尽空啼血。空啼血。子规声外，晓风残月。

【鉴赏】

本词作于靖康之乱以后，时逢暮春，姹紫嫣红，凋零殆尽，这繁华消歇的景象触动了作者万种愁思。举首远望，再也见不到北方故园。作者虽然是江西清江人，但南渡以前他在宛丘（今河南淮阳县）筑有芗林别墅，他在《西江月》小序中说："政和间，余卜筑宛丘，手植众芗，自号芗林居士。建炎初，解六路漕事，中原俶扰，故庐不得返，卜居清江之五柳坊。"芗林故庐，时刻萦绕在他的脑际，但却已不可能返回，由此联想到与故庐一起陷入敌手的中原大地，就不禁悲从中来，伤心至极。

"无边"两句，不仅仅指北方的山水烟霞使人难忘，同时也包含着对中原风土人物的恋念。汴京，是北宋的都城，全国的中心，在战乱之前，是何等繁盛，《东京梦华录序》对此有所介绍："太平日久，人物繁阜，垂髫之童，但习鼓舞，斑白之老，不识干戈。时节相次，各有观赏；灯宵月夕，雪际花时，乞巧登高，教池游苑。"真可以说是"节物风流，人情和美。"而如今这无限风光已不复可见，故都唯余废墟，中原哀鸿遍野，每念及此，万感交集，只能以"伤心切"三字来表达内心的悲苦。

下片以"可堪"两字加强语气，面对逝去的春光，已是愁思满怀，那堪此时正近钦宗生日，"钦宗四月十三日生为乾龙节。"（《东京梦华录》）本来这是个欢庆的节日，但由于北宋王朝已经覆亡，徽钦二宗成为俘虏，这个节日已成为耻辱的象征。作者虽亦曾率师抗击金军，但亦不能挽回大局，对此国耻未除，敌氛未消的局面，只能像子规鸟那样泪尽继之以血。子规，《禽经》云："江左曰子规，蜀右曰杜宇，瓯越曰怨鸟，一名杜鹃。"杜宇，即传说中周代末年蜀地君主望帝，国亡身死，死后魂化为鸟，于春暮怨啼，以至于口中流血。由于此鸟啼声凄厉，触动旅人归思，故又名"思归鸟"。子规的啼声，触发起多少人的故国之思。周辉《清波别志》云："绍兴初故老闲坐必谈京师风物，且喜歌曹元宠'甚时得归京里去'十小阕，听之感慨有流涕者。""空"字意味着泪尽泣血亦不能雪耻消恨。

末尾以景结，"杜宇声声不忍闻"，痛心之余无以遣怀，那晓风残月，冷落关河，只能增添作者的愁思。

减字木兰花

向子湮

斜红叠翠，何许花神来献瑞。粲粲裳衣，割得天孙锦一机。

真香妙质，不耐世间风与日。着意遮围，莫放春光造次归。

【鉴赏】

这是一首咏唱春日百花争艳的迷人景象的词作。写得艳丽浓郁，光彩照人，真可谓字字珠玑、行行锦绣。但言语深处，隐然有伤感意。

上阕仅用寥寥四句，便写出了一片花团锦簇，灿烂照眼的艳阳春光。“斜红叠翠，何许花神来献瑞”中，前句使用代称手法，以“红”代花，以“翠”代叶，达到含蓄而不直露的效果；一个“斜”字，写出花朵娇柔多姿、毫不呆板之态，一个“叠”字，则强调了叶片争茂繁密的长势。后一句是对眼前花繁叶茂的美景充满惊奇地赞叹，“何许”，即何处；“献瑞”中的“瑞”是祥瑞、吉祥之义。春天到来，百花盛开，千朵万朵的红花在翠绿的枝叶映衬下明艳照眼，这是何处飞来的花神为点缀人间做出的精心奉献！“粲粲裳衣，割得天孙锦一机”二句，仍然着意写花态之美，前句采用了拟人手法，径直以穿衣着裳的“花神”指花；“粲粲”是鲜明的样子。后句中的“天孙”即织女星，《史记·天官书》中有“河鼓大星……其北织女。织女，天女孙也”的记载，在这里则指神话中精于织锦的织女。这两句的意思是说：花神们身上色泽鲜艳、光华夺目的衣裙，都是用从天上手艺最高的织女的织锦机上割下的锦绣制成。这般景象只应天上才有，人间能得几回看到！这是词人对令人陶醉的春光发出的由衷的赞叹。

下阕四句写花的内在质地与对春光的爱惜。“真香妙质，不耐世间风与日”中，以纯“真”写花的香，以美“妙”写花的质，真可谓玉质天香，它们怎能经受得住浊世间的狂风吹与烈日晒的摧残！“着意遮围”之句承上启下，要小心翼翼地为百花遮风挡雨，不使它受伤害，只这样做还不行，要使百花常开不败，关键的是“莫放春光造次归”，一定要拉住春光，千万不要让它轻易随便地归去。这是词人发自心底的呼声，写尽了对盛开的充满生气、携着春光的繁花的缱绻之情。

若沿袭自《诗经》《楚辞》以来的传统来看，词人显然是以香花喻君子，“真香妙质”之句可见；而摧残香花的“风”“日”则隐喻朝中奸佞的权臣。这便给予该词以深刻的社会含义。据该篇后记文字“绍兴壬申春，芗林瑞香盛开，赋此词。是年三月十有六日辛亥，公下世。此词，公之绝笔也”，可知这首词写于南宋高宗绍兴二十二年(1152)“瑞香盛开”的春天。因词人自号“芗林居士”，可见“芗林”系指其所居之处。是年三月十六日词人要执意挽留的“春光”尚未归去，而词人却辞世而长去了，这首留世词作，便成了他向世人向春光告别的绝笔了。

李持正　生卒年不详，字季秉。徽宗政和五年(1115)进士。历知德庆、南剑、潮阳三郡，终朝请大夫。今存词二首。

明月逐人来

李持正

星河明淡，春来深浅。红莲正、满城开遍。禁街行乐，暗尘香拂面。皓月随人近远。

天半鳌山，光动凤楼两观。东风静、珠帘不卷。玉辇将归，云外闻弦管。认得宫花影转。

【鉴赏】

李持正是南北宋之交的人，此词吴曾《能改斋漫录》卷十六录存，云得苏东坡叹赏，则当作于徽宗朝以前。

词写的是汴京上元之夜灯节的情况。北宋时代，“太平日久，人物繁阜”，“时节相次，各有观赏”，元宵就成为隆重的节日之一，尤其是在京师汴梁。孟元老的《东京梦华录》对此有详细的记载，北宋的著名词人柳永、欧阳修、周邦彦等都写过词来加以歌咏。

词采取由远而近的写法，从天空景象和季节入手。“星河明淡”二句，上句写夜空，下句写季节感。上元之夜，明月正圆，故“星河”（银河）显得明而淡。此时春虽已至，但余寒犹厉，时有反复，故春意忽深忽浅。这二句写出了元夕的自然季候特征。

“红莲”句转入写灯。“红莲”即扎

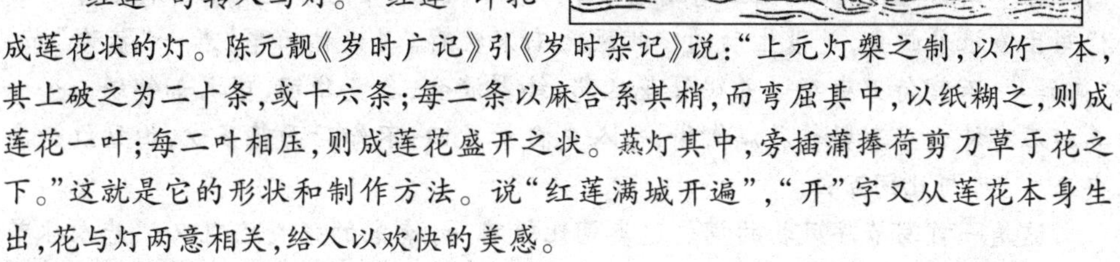

成莲花状的灯。陈元靓《岁时广记》引《岁时杂记》说：“上元灯槊之制，以竹一本，其上破之为二十条，或十六条；每二条以麻合系其梢，而弯屈其中，以纸糊之，则成莲花一叶；每二叶相压，则成莲花盛开之状。爇灯其中，旁插蒲捧荷剪刀草于花之下。”这就是它的形状和制作方法。说“红莲满城开遍”，“开”字又从莲花本身生出，花与灯两意相关，给人以欢快的美感。

“禁街行乐”二句，写京城观灯者之众，场面之热闹。“禁街”指京城街道，元宵夜，老百姓几乎倾城出动，涌到街上去行乐看热闹，弄得到处灰尘滚滚。而仕女们的兰麝细香，却不时扑入鼻中，使人欲醉。“暗尘香拂面”句，兼从苏味道诗与周邦彦词化出。苏味道《正月十五夜》诗云：“暗尘随马去，明月逐人来。”；周邦彦《解语花·上元》词云：“人影参差，满路飘香麝。”作者把苏诗上句与周词意思糅为一句，加大了句子的容量，但词意的酣畅则有所逊色。“皓月随人近远”句，即苏诗的“明月逐人来”。此时作者把视线移向天上，只见一轮皓月，似多情的伴侣，“随人近远”。这种现象，常人亦有所感觉，但经作者灌入主观感情，出以新巧之笔，便见不凡。苏东坡读到这句时曾说：“好个‘皓月随人近远’！”大概就是欣赏它笔意之妙。它与上句“暗尘香拂面”结合起来，写出兼有人间天上之美的元夕之夜的丰富色彩。上片用此一句结束，使词境有所开拓、对比，确是成功的一笔。

下片又转回写灯节的热闹。而笔墨集中于君王的游赏。“天半鳌山”三句，写皇帝坐在御楼上看灯。“鳌山”是元宵灯景的一种，把成千上万的灯彩，堆叠成一座像传说中的巨鳌那样的大山（“天半”形容其高），也叫“山棚”“綵山”。《东京梦华录》载：“大内前自岁前冬至后，开封府绞缚山棚，立木正对宣德楼。”皇帝就在楼上观看。“凤楼两观”即指宣德楼建筑，那是大内（皇宫）的正门楼。《东京梦华录》“大内”一节云：“大内正门宣德楼列五门，门皆金钉朱漆，壁皆砖石间甃，镌镂龙凤飞云之状，莫非雕甍画栋，峻桷层榱；覆以琉璃瓦，曲尺朵楼，朱栏彩槛，下列两阙亭相对，悉用朱红杈子。”因此，“凤楼”就是宣德楼，“两观”就是它的东西两“阙亭”。皇帝坐在楼上观看，鳌山上千万盏熠熠发光的彩灯，璀璨辉煌，使他感到十分悦目赏心，故曰“光动凤楼两观”。皇帝是垂下帘子来观灯的，《东京梦华录》又云：“宣德楼上，皆垂黄缘帘，中一位乃御座。用黄罗设一彩棚，御龙直执黄盖掌扇，列于帘外。”“东风静、朱帘不卷”句，就是说的这种情况。而有了“东风静”三字，则自然与人事相融洽的境界全出。

“玉辇将归”三句，写皇帝回宫。《东京梦华录》又云：“至三鼓，楼上以小红纱灯球缘系而至半空，路人皆知车驾返内矣。”这时候，楼上乐队高奏管弦，乐声鼎沸，仿佛从云外传来。这就是“玉辇将归，云外闻弦管”的意思。“认得宫花影转”，是说臣僚跟着皇帝回去。《东京梦华录》“驾回仪卫”节说：“驾回则御裹小帽，簪花乘马，前后从驾臣僚，百司仪卫，悉赐花。”蔡絛《铁围山丛谈》卷一也说：“国朝宴集，赐臣僚花有三品：……凡大礼后恭谢，上元节游春，或幸金明池、琼林苑，从臣皆扈跸而随车驾，有小宴谓之对御（赐群臣宴），凡对御则用滴粉缕金花，极其珍巧矣。”因此皇帝回宫时，臣僚们帽上簪着宫花，在彩灯映照下，花影也就跟着转动了。这样写臣僚跟着归去，是很生动的。此风至南宋犹存。《武林旧事》卷一“恭谢”节：“御筵毕，百官侍卫吏卒等并赐簪花从驾，缕翠滴金，各竞华丽，望之如锦绣。……姜白石有诗云：‘万数簪花满御街，圣人先自景灵回；不知后面花多少，但见红云冉冉来。’”可与此词互证。

这是一首写节序风物的词。这类词比较难写，南宋的张炎已慨叹：“昔人咏节序，不唯不多，付之歌喉者，类是率俗。”（《词源》）这首词也难说有很高的艺术成就，因为它留有苏味道诗和周邦彦词较多的影响痕迹。但它提供了北宋都城汴京的元宵风俗画面，特别是皇帝观灯的画面，可以与史籍相印证，富于认识价值。继承前人处亦能有所变化，描写也比较生动。还应该指出，用此调填词是作者的首创（见《能改斋漫录》），平仄声韵，都很顺溜妥帖，创调之功，不应埋没。

人 月 圆

李持正

小桃枝上春风早，初试薄罗衣。年年乐事，华灯竞处，人月圆时。

禁街箫鼓，寒轻夜永，纤手重携。更阑人散，千门笑语，声在帘帏。

【鉴赏】

汴京元宵，宋人极为之心醉。元宵，春节之后、一年之中第一个十五的月夜，充满着欢乐、希望与团圆的意味。汴京的元宵，还意味着北宋那个高度繁荣的盛世。无怪乎周邦彦在荆州时所做的《解语花》中深情地写道："因念都城放夜，望千门如昼，嬉笑游冶。"李清照南渡后，晚年在《永遇乐》中更追怀遥深："中州盛日，闺门多暇，记得偏重三五。"不过，这些词都是出以回忆之笔。李持正的这首《人月圆》，则是当时汴京元宵的直接写照。

"小桃枝上春风早"，起笔便以花期确点节令。陆游《老学庵笔记》卷四云小桃上元前后即著花，状如垂丝海棠；韩元吉《六州歌头》也有"东风著意，先上小桃枝"之句。下句就写自己对早春的切身感受。"初试薄罗衣。"脱却冬装，新著春衫，浑身的轻快，满心的喜悦，尽在言外。此刻，词人所喜悦的何止于此，下边纵笔直出本意。"年年乐事，华灯竞处，人月圆时"，寥寥几笔，不但华灯似海、夜明如昼、游人如云、皓月当空，境界全出。而且极高妙地表现了自己喜悦之满怀。词人盛满喜悦的心怀，也只有这盛大的境界可以充分表现。"人月圆时"，完整地描写出人间天上的美满景象，其中也包含着词人自己与所爱之人欢会的一份莫大喜悦。虽然"年年乐事"透露出自己此乐只是一年一度，但将它融入了全人间的欢乐，词境便阔大，意趣也高远。

"禁街箫鼓，寒轻夜永，纤手重携。"上片华灯似海极写元宵视觉感受之盛，此处箫鼓沸腾则突出元宵听觉感受之盛，皆能抓住汴京元宵的特征加以描写。热烈的气氛，融化了正月料峭的春寒。欢闹的人群，沉浸于禁吾不禁的良宵。词人笔调，几乎带有点浪漫色彩了。在这样美好的光景里，自己与所爱念的美人重逢，手携手遨游在欢乐的海洋里。从满街箫鼓写到纤手重携，词人仍然是把自己的欢乐融入人间的欢乐来写的。"更阑人散",夜色将尽,游人渐散,似乎元宵欢乐也到了尽头。然而不然。"千门笑语,声在帘帏",最后再度把元宵之欢乐推向新境。结笔三句用的是"扫处即生"的手法。扫处即生法,一般是用在词的开端,如欧阳修《采桑子》"群芳过后西湖好",即是显例。此词用之于结笔,更见别致。别致的艺术是因表现的需要而生的。这三句一收一纵、一阖一开,格外有力地表现了人们包括词人自己此夕欢乐之极。欢声笑语流溢的千门万户,其中也有词人与情人欢会的那一处。所以,结笔仍然是把自己之欢乐融入了人间之欢乐。

以小融大,即把自己之幸福融入人间之欢乐打成一片的写法,是此词最显著的艺术特色。词人表现自己经年所盼的元宵欢会,虽然着墨无多,可是,在全词所写的人间欢乐之中,显然又写出了自己的一份欢乐。唯其能将自己之幸福与人间之欢乐打成一片,故能意境高迈。从另一方面说,唯其在人间欢乐中又不忘写出自己之幸福,故此词又具有个性。若比较词人另一首同写汴京元宵的《明月逐人来》,全写人间欢乐,几乎不及自己,则此词更见充实,更有特色。宋代吴曾《能改斋漫录》卷十六云:"乐府有《明月逐人来》词,李太师撰谱,李持正制词云:'星河明淡,春来深浅。红莲正、满城开遍。禁街行乐,暗尘香拂面。皓月随人近远。天半鳌山,光动凤楼两观。东风静、珠帘不卷。玉辇将归,云外闻弦管。认得宫花影转。'东坡曰:'好个皓月随人近远!'持正又作《人月圆令》,尤脍炙人口。"此词之更为人们所喜爱、流传,确非偶然。

此词描写汴京元宵,生动地反映了历史上一度存在的北宋盛世。诵读此词,不妨也读上文所引述过的李清照《永遇乐》:"元宵佳节,融和天气,次第岂无风雨","如今憔悴,风鬟霜鬓,怕见夜间出去"。对照之下,可以更加真切地体会到南渡前后盛衰之异,在宋代历史和宋人心态上所产生的深刻影响。这,也应是此词在形象之外所给予我们的一点认识。

宋江 生卒年不详,政和年间领导农民起义,结寨于梁山泊。《水浒传》载:山东郓城人。《全宋词》存其词二首。

西 江 月

宋 江

自幼曾攻经史,长成亦有权谋。恰如猛虎卧荒邱,潜伏爪牙忍受。
不幸刺文双颊,那堪配在江州。他年若得报冤仇,血染浔阳江口。

【鉴赏】

词作者宋江，是北宋末年著名的农民起义军首领。元人施耐庵编、明罗贯中续的《水浒传》，便是附会以他为首的一〇八个兄弟被逼造反、聚义梁山泊（在今山东阳谷、梁山、郓城间）、杀富济贫、诛戮贪官污吏以替天行道的故事而写成。该词写于起义前夕，词人因受官府迫害，被处以刺字两颊的黥刑后，发配江州（今江西、九江市一带）之时。可说是一首典型的反叛当时封建王朝的词作。

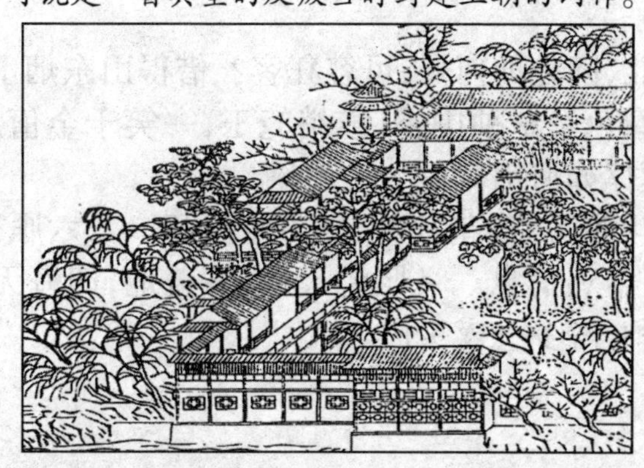

上片自述身世抱负，语句通俗直言不讳。“自幼曾攻经史，长成亦有权谋”是说自己文通经、史，自有经邦济世之才；武晓韬略，知以奇用兵，先计而后战的应变之术。然而北宋徽宗昏暗不明、贤愚不辨，重用蔡京、童贯等奸佞小人，致使豺狼横行、忠贤被黜、黎民受压。“恰如猛虎卧荒丘，潜伏爪牙忍受”两句采用比喻手法，以猛虎卧于深山荒丘比喻自己之不得志，只能暗中收敛起尖牙利爪忍受屈辱等待着时机到来。反映出踌躇满志的词人不向恶势力低头、敢与命运抗争的叛逆性格。应当注意到以“猛虎”自喻，所抒发的非同寻常之志，虎为百兽之王，可以呼啸生风。所以此处已表达了词人有叱咤风云，改朝换代的志向。

下片写遭受迫害的词人，原本具有的反叛意识便有了进一步的升华。“不幸刺文双颊，那堪配在江州”两句，记述词人受到官府的酷刑后，又变成了流放犯，被发配到江州（今江西九江市一带）。“刺文双颊”，指古代的黥刑，又叫墨刑，即以刀刺纹于犯人的面颊、额头后以墨涂之，墨生于肉，则刺文不去，留下做终生的耻辱。这对于一般人尚且不堪忍受，何况是一个文武全才、胸怀大志，以猛虎自比的人！所以“他年若得报冤仇，血染浔阳江口”便是该词的必然结尾，也是词人多年壮志，满腹积恨如山洪般地爆发，鲜明地表现了“官逼民反”“要生存就要反抗斗争”的主题。“浔阳江口”，便在江州，是他流放服役之处；“血染”之义，便是真刀真枪地大干一场，对大大小小的奸臣贼子决不宽恕。这是铮铮铁骨的七尺男儿复仇的怒吼，不愧是后来纵横江湖、驰骋数州、经历十郡，一时之间宋军不敢抗拒的义军领袖应有的气魄。

该词格调高昂激越。写作手法是由低到高、由柔到刚循序渐进地陈述与抒发，虽然语言通俗明白如话，毫无文饰，但难得的是真情实志发自心底，没有丝毫矫揉之气，读其词如见其人。

念 奴 娇

宋 江

天南地北，问乾坤何处，可容狂客？借得山东烟水寨，来买凤城春色。翠袖围香，鲛绡笼玉，一笑千金值。神仙体态，薄倖如何销得。

回想芦叶滩头，蓼花汀畔，皓月空凝碧。六六雁行连八九，只待金鸡消息。义胆包天，忠肝盖地，四海无人识。闲愁万种，醉乡一夜头白。

【鉴赏】

作者宋江，是北宋徽宗宣和元年(1119)勃起于如今的山东、河北一带气势浩大的农民起义军的领袖人物。相传他曾率众在梁山泊(今山东省阳谷、梁山、郓城间)驻兵。起义军流动作战，英勇异常，经历十郡，宋军莫敢撄其锋。宣和三年二月(一作二年十二月)义军进攻海州(在今江苏连云港西南)时，不幸为海州知州足智多谋的张叔夜所设伏兵击破，宋江投降。有些研究这段历史的专门家对宋江被张叔夜招安归顺朝廷之事认为不可信；也有的认为宋江投降后又复反叛；自然都有所依据，无须在这里多说什么。但是，这首词如果确实出自宋江亲笔，而不是他人附会借托的话，毫无疑问，它将是研究起义后期的词人的心态的第一手材料。

因为词作者的不同一般的身份，便决定了这首感怀词的不同一般的内容格调。他领导农民起义军转战南北数省，享受过无数次胜利后力量壮大的喜悦，也饱尝过挫折失败后损兵折将的悲哀。这首词抒发的似乎是在起义后期，经受多年转战劳顿之后的词人内心的略呈苍凉的豪情，以及他的迷茫、动摇与忧伤。

上阕起句“天南地北”揭示了一个十分开阔的意境，自“问乾坤何处，可容狂客”以下大有仰天长啸、壮怀激烈之感。“狂客”，是词人自谓，藐视一切封建宗法礼教、敢犯上作乱的人；指挥千军万马出生入死而不避惧的人，不是“狂客”又是什么？这是向苍天、向乾坤发出的质问，蕴藏着的是如此辽阔的天地，竟然被邪恶势力逼得无处藏身的愤怒，与义无反顾地走上反叛道路以铲除人间不平的英气！“借得山东烟水寨，来买凤城春色”中，“山东烟水寨”是指太行山以东某处云遮雾掩、烟水茫茫的一座山寨。也就是后世小说《水浒传》中据此演化出来的——“山东济州管下一个水乡，地名梁山泊，方圆八百余里，中间是宛子城、蓼儿洼……”；“凤城”是用典，相传春秋时秦穆公之女弄玉吹箫引凤，凤凰便降于京城。后因称京都为凤城，杜甫有“步蟾倚杖看牛斗，银汉遥应接凤城”（《夜》）之句；这两句是说：暂借这一片理想的英豪集聚、栖身用武之地，来与北宋王朝的皇权势力相抗衡。含蓄地抒发了词人的远大抱负，把他重整乾坤、改天换地的壮志写得轻柔而潇洒。“翠袖围香，鲛绡笼玉，一笑千金值”之句，显然是写汴京城里花街柳巷的美女之美。“围香”“笼玉”是以香、玉代指纤纤香臂和娇柔洁白的体肤。“鲛绡”则是指薄如蝉翼的绫绡，传说为水中鲛人所织。这里着意描摹的顾盼生姿的美女既为“凤城春色”作了生动的注脚，也代指北宋帝京的诱人的繁华景象；而下文“神仙体态，薄倖如何销得”则是“来买凤城春色”这一动机的很好解说，意思是：如此繁华、富庶的京城重地、如此重要的统领天下的皇权，却由不理朝政、只知涂画鱼虫花鸟以逸乐的赵佶（即宋徽宗）执掌，恰似把众多美人的命运交给一个薄情寡义者一样，他又有何福？肖受？这是决心夺取宋室天下的隐语。

下阕写对轰轰烈烈的聚众起义之后生活的回忆与思想深处的矛盾痛苦、消极。“回想芦叶滩头，蓼花汀畔，皓月空凝碧”句中，词人以芦叶、蓼花这些水生植物的花与叶，指代他起义造反的根据地——“山东烟水寨”，这里山高皇帝远，他们有足够的势力抵制官府的欺凌压榨，是一方自由自在的土地，头上悬挂的是一轮映照得碧天如洗的皓月。只是这个“空凝碧”的“空”字，透出了一丝凉凉的消极。“六六雁行连八九，只待金鸡消息”两句，皆隐喻之语：“六六”者，三十六也，应是词人实指与自己出生入死、并肩起义的人数，这见于宣和年间的记载，且又有南宋龚开所著《宋江三十六人赞》为证：而“八九”七十二之数，则是虚指，言其部下诸将领众多之义，至于施耐庵《水浒传》中三十六天罡、七十二地煞，共为梁山泊一百零八将的说法，则是小说家的艺术加工与再创造，并非宋江此句的原意。“金鸡”一词在这里可以有两个含义，一是指神话中的神鸡，旧题汉·东方朔《神异经·东方经》中有“扶桑山有玉鸡，玉鸡鸣则金鸡鸣，金鸡鸣则石鸡鸣，石鸡鸣则天下之鸡悉鸣”的记载；另一个意思是指朝廷颁布大赦的诏书，据唐·封演《封氏闻见记》所说：古代朝廷颁赦诏之日，往往设金鸡于竿头，以示吉辰，或云此俗始自北魏；李白《流夜郎赠辛判官》诗中有“我愁远谪夜郎去，何日金鸡放赦回”之句。如此看来“只待金鸡消息”中的“金鸡”如果是第一个意思，就是只等待“雄鸡一声天下白”（李贺《致酒行》），改宋朝为农民起义军自己的政权。这种思想与前面的恢弘气势正相连贯。而如果按第二个意思理解，则是词人在期望着朝廷的招安。这种理解虽与前面所表达的气势相差悬殊。但却与下面句子中所显示的消极情绪似乎有相吻合之处。这两种不同的理解从来就有，历史学界有，如上述；小说家中有，即形成了清初金圣叹腰斩《水浒》为七十回本以及原百回本、百二十回本《水浒传》的不同处。这里不好轻率裁定。

下阕中的后半段，则明显转入消沉，“义胆包天，忠肝盖地”是词人的自矜、自诩，也是起义军的共有本质，然而“四海无人识”所表达的意思则属历史的局限，在封建社会里，农民起义军被诬为“盗匪”“逆贼”，是大小官吏都奉命围剿捉拿的对象,除了身受朝廷、官府迫害者外,又有谁人敢为他们唱颂歌?!全篇在“闲愁万种,醉乡一夜头白”的忧伤中作结,比起前面的自信、雄伟、豪放的气势,这感情的落差不能说不大,但中间有“空凝碧”的“空”“只待金鸡消息”的“只待”、与“四海无人识”的“无人识”等一系列词语的过渡,却也使这篇长调浑然一体,唱出了一个“自幼曾攻经史,长成亦有权谋”,在被逼得走投无路时揭竿而起的义军领袖的叛逆性格,与鲜为人知的矛盾痛苦的心声。

幼卿 生卒年不详,宣和时人。少与表兄同研习,雅有文字之好。表兄欲与之缔姻,父兄以表兄未禄,不允,遂嫁武弁。今存词一首。

浪淘沙

幼卿

目送楚云空,前事无踪。漫(一作漫)留遗恨锁眉峰。
自是荷花开较晚,孤负东风。
客馆叹飘蓬,聚散匆匆。扬鞭那忍骤花骢。望断斜阳人
不见,满袖啼红。

【鉴赏】

清代《词林纪事》在“幼卿”条目下援引了这首词之后,随即引用了《能改斋漫录》的记载:“宣和间,有题陕府驿壁云:幼卿少与表兄同研席,雅有文字之好。未笄,兄欲缔姻。父母以兄未禄,难其请;遂适武弁。明年,兄登甲科,职洮房,而良人统兵陕右,相与邂逅于此。兄鞭马略不相顾,岂前憾未平耶?因作浪淘沙以寄情云。”人们评鉴《词林纪事》“尚多精确,足资参考。”可见幼卿此词乃缘其切身感受而作的艺术升华。

上片抚今思昔,深表叹恨。起句写抒情主人极目远眺,只见高天中白云悠悠远逝,空无所留;而与此同时旋即表达词人对往日之“事”的依依追念,既感到幽思茫茫、杳“无踪”迹,却又不能忘怀而仍在望远追思。通过这望远念旧的生动描叙,就鲜明地凸现了一个感情丰富而性格深沉的可爱的抒情主人公的形象。显然,望远若失,正是为了烘托绵绵念旧时的无限惆怅。所念之“前事”是什么事,没有交代亦无须明言,此正词家的含蓄之致。说“无踪”只是恨其在现实中未能实现因而惘然无踪,但同时并非在心灵中真的“无踪”。否则,那“前事”怎么不随岁月流逝而淡然忘之,却仍引起自己痛楚地追思忆念呢?词人这里以平淡之语蕴不尽之意的曲

折幽深的表现技艺是很值得吟味的。"前事"即是《能改斋漫录》所载——女词人少年时曾与表兄同窗共读,因而暗结情缘,于青梅竹马、耳鬓厮磨中相因相谐地产生了"雅有文字之好"的情结。尔后虽被父母的无情棒打散了这对小"鸳鸯",致使一段美好"前事"如楚云飘忽而空无遗踪,但心头之情根却还深深生长着,并时时撼动着心潮。接下来是抒情主人公发出的劝慰与宽解。意为:表兄啊,咱们不要再因当年的"遗恨"而紧蹙眉峰。("谩",副词,莫、休之意。如朱淑真诗句"王霸谩分心与迹,到成功处一般难"即作此用。)这里词意的潜台词是:父母那囿于世俗的利禄功名观念固然守旧、无情而且可恨,但是,咱们恩爱婚姻之所以不成也是因为"荷花开较晚"啊!对"荷花"云云,曾有两解。一说是女词人用以自喻,意即当年表兄求婚时幼卿年纪尚未及笄,因而父母得以借口推拒表兄的好意;一说是"荷花"当喻科考俸禄一事。我们从其"父母以兄未禄,难其请"的历史记载来看,觉得后说更贴近词意。值得品评的是,词人巧用红衣绿裙如婷婷玉立之少女的"荷花"美态来比喻两人美好爱情的被摧折,触发人们无尽的联想和想象,其蕴含的意韵远比某些实指的意念要宽厚、丰赡得多,诚如陈廷焯《白雨斋词话》所言"词外有词,方是好词"。

下片即事写象,遥寄幽情。词人叙写自己与从前的情人——表兄怅别之后竟于"客馆"邂逅,本该极其高兴,却不料对方旋成飞转的蓬草一般,不及谈叙阔别的深情就匆匆离散,因而令人叹恨不已。这里是新的矛盾。因而词人具体刻画两人的形态:表兄骑在青白色的骏马上,竟忍心地挥鞭急赶,略不回顾就奔驰而去。女词人自己则伫立于路边,"望断斜阳"直至"人不见"而仍痴痴远瞩,终至不顾丈夫呵责、不畏旁人讥诮而热泪滚滚把衣袖都沾湿了……。或说女词人于中"埋怨表兄对自己不理解""谴责表兄对自己的绝情"。我们对本词细细吟味似觉还有更深的内蕴:表兄之所以"扬鞭"骤驰,表明他对当年求婚不遂的憾恨至今仍未消释,其恨之深正是对女词人爱之切的反照;"我"对表兄"忍"心疾走不肯留叙的怨怅,也正是对他爱之切而恨亦深的反衬,在"埋怨"的表象中正饱蕴着热切的爱恋。正唯如此,所以才不顾传统"女训""女诫"等关于"必敬必戒,无违夫子"的规箴,而放情地凝望已渺不可见的恋人,放纵地在光天化日之下为失去跟从前情人的缱绻竟热泪盈眶。这冲决封建礼教的炽热之情闪耀着人性美的光辉,一何难能可贵!清人沈祥龙在《论词随笔》中揭橥:优秀词作的结句大致有:"或拍合,或宕开,或醒目本旨,或转出别意,或就眼前指点,或于题外借形"。本词之结句,既与开篇相拍合,又不凝滞而有所开宕。它刻画了"眼前"之境,却又令人掩卷深思,发人遐想。人们将永远感念着女词人以情胜"理"(封建理性)的楚楚动人的可爱形象。

蒋兴祖女　生卒年不详,宜兴(今属江苏)人,名字不详。其父兴祖,靖康时(1126)为阳武令。金兵入侵,不屈死。其女被掳北去。过雄州(今河北雄县),题《减字木兰花》于驿壁。

减字木兰花 题雄州驿

蒋兴祖女

朝云横度，辘辘车声如水去。白草黄沙，月照孤村三两家。

飞鸿过也，百结愁肠无昼夜。渐近燕山，回首乡关归路难。

【鉴赏】

这是一首被俘离乡的凄婉词篇。

本词作者是阳武县令之女。据《宋史·忠义传》载：钦宗靖康年间，金兵南侵时，蒋兴祖为阳武（今河南原阳）令，在城被围时，坚持抵抗，至死不屈，极为忠烈。他的妻、子均死于此。又据韦居安《梅磵诗话》载："……其女为贼虏去，题字于雄州驿中，叙其本末。"雄州，即今河北省雄县。

上片写作者被虏北去，沿途的所见所闻。开头两句写作者被虏后从阳武出发的情形。"朝云横度"，这句写景，交代了出行的时间是在清晨，天气又阴云横飞密布，十分恶劣。这是对自然天气的描绘，也是对当时政治形势的暗喻。"横度"两字，勾出惨淡的画面，渲染了阴郁的气氛，表达了作者被虏背井离乡的痛苦情怀。"辘辘车声如水去"，引杜牧《阿房宫赋》："雷霆乍惊，宫车过也；辘辘远听，杳不知其所也"的文意，表达了作者乘敌囚车，离乡北去，不知所往的无限伤感的心情。并以"如水去"，的生动比喻，写出此行北去，永不会回返的悲痛心境。"白草黄沙，月照孤村三两家"，是途中所见所闻。前句写白天所见。"白草"引岑参《白雪歌送武判官归京》："北风卷地白草折"的诗意，既点明时值肃杀的秋天，又描绘出敌军烧杀虏抢，所留下的杂草荒芜，一片荒寒；"黄沙"引岑参《走马川行奉送出师西征》："平沙莽莽黄入天"句意，极写敌区北国的荒凉景象。"月照孤村三两家"，则写的是晚间所见，使人更感到凄凉悲哀了。这里，不仅描绘了敌区战乱的荒凉景状，而且暗示了作者被虏北行的悲苦心情。

下片继续写行程中所见所思。作者在被押途中，正处于极度愁苦之际，忽然，抬头望见南飞的北雁，而自己却是在离乡北行，这怎不令人悲痛欲绝！"飞鸿"虽可以给亲人传书，然而此时此刻，父母、兄长均已丧亡，无家可归，无处投书，这深哀剧痛，难以诉说，只好"百结愁肠无昼夜"了，真是日也愁、夜也愁，"恰似一江春水向东流"了！"渐近燕山"，说明越走距敌国京师——中都（今北京市）越近；"回首乡关"四字突出了怀国思乡的强烈感情；"归路难"表达了作者深沉的亡国丧家之恨。对一个爱国女子来说，身为敌虏，失去自由，难以再回故国，再见家园，该是多么痛苦啊！

这首词，写作者国亡家破，被虏北行的深哀剧痛，如泣如诉，是用血泪凝成的词章。全词字字生悲，化典自如，用语精当，情景交融，感人至深！况周颐在《蕙风词话续编》中说，这首词"寥寥数十字，写出步步留恋，步步凄恻"之情，评价颇为精当。

房舜卿 身世不详。《全宋词》收其词二首。

忆 秦 娥

房舜卿

与君别，相思一夜梅花发。梅花发。凄凉南浦，断桥斜月。
盈盈微步凌波袜。东风笑倚天涯阔。天涯阔。一声羌管，暮云愁绝。

【鉴赏】

这是一首抒写离愁的小令。

上片起始"与君别，相思一夜梅花发"便点出了离别与相思的主题；第一句完全是女子向离去的恋人述说的口吻，平铺直说；而第二句便起波澜，避实就虚渲染相思情深：一夜相思之情，犹如满树含苞寒梅突发怒放，不可遏止。这种借花喻情，本是诗词中常见的手法，然而在这里却以其喻体的独特——以梅花怒放比胸中涌动的思念之情，显示出它的别致与新颖；下文"梅花发。凄凉南浦，断桥斜月"是写景，疏枝淡影的梅、凄凉的南浦、断残的飞桥、半轮斜月，这本来就够幽情孤冷了，更加上在望眼欲穿的离人眼中出现，便又笼罩上一层浓重的愁云。这是景与情的自然交融。

下片首句为词中女主人公写照，"盈盈微步凌波袜"是赞美她姿态轻盈，大有曹植建《洛神赋》中"凌波微步，罗袜生尘"的洛神风度。这里是暗用典故。次句"东风笑倚天涯阔"是说：她笑倚东风，痴情地欲借东风之力，把自己的妩媚温柔带给远在天涯的恋人，而通向天涯的路毕竟是如此辽阔，望不到尽头。"天涯阔。一声羌管，暮云愁绝"表达了屈曲婉转的心态：通向天边的道路如此辽阔无际，伊人现在何处？只一声话别的羌管，便足令人哀思缕缕如暮云般涌起。结尾处表现手法，采用了曲笔描述，不直忆别离景象，而代之以善抒幽怨之情的乐器"羌管"；不直抒被相思充塞的胸臆,而代之以浓重的“暮云”。起到了含而不露、蓄而不发,但却更令人回味的效果。

词作者在篇中使用了顶真技巧,如上阕中的“梅花发”、下片里的“天涯阔”均各自与前面句子的结尾处重复衔接,像一粒闪光的钮扣,不仅把前后语意紧紧扣连起来,而且在结构上也表现出一种奇特之美。

洪皓 (1088~1155)字光弼,饶州鄱阳(今江西波阳)人。徽宗政和五年(1115)进士。高宗建炎三年(1129),以徽猷阁待制、假礼部尚书使金。不屈,屡以敌情辗转上达,被扣留十五年始还。除徽猷阁直学士,提举万寿观,兼权直学士院。忤秦桧,屡遭贬。卒谥忠宣。其词多怀念家、国之作。有《鄱阳集》《鄱阳词》。

江梅引 忆江梅

洪 皓

天涯除馆忆江梅。几枝开?使南来,还带余杭春信到燕台[①]?准拟寒英聊慰远,隔山水,应销落,赴愬谁!
空恁遐想笑摘蕊[②],断回肠,思故里[③]。漫弹绿绮,引《三弄》,不觉魂飞。更听胡笳,哀怨泪沾衣[④]。乱插繁花须异日,待孤讽[⑤],怕东风,一夜吹。

【注释】

①余杭:即杭州,南宋临时都城,也名临安。作者自注:“白乐天(唐白居易)有忆杭州梅花诗:‘三年闲闷在余杭,曾为梅花醉几场。’车驾(皇帝代称)时在临安。”表示那里是宋方政治中心。燕台:相传战国时燕昭王筑,置千金其上,延请天下贤士,故址在今河北易县。这里借指作者客居的北地。《荆州记》载,南朝宋陆凯自江南寄梅花一枝给在长安的范晔,并赠诗云:“折花逢驿使,寄与陇头人。江南无别信,聊赠一枝春。”本句用其意。

②此句化用南朝陈江总《梅花落》诗“桃李佳人欲相照,摘蕊牵花来并笑。”恁,这样。

③两句化用唐高適《人日寄杜二拾遗》诗“遥怜故人思故乡”“梅花满枝空断肠”句。

④两句化用杜甫流寓四川时所作《独坐》诗句:“胡笳在楼上,哀怨不堪听。”

⑤孤讽:苏轼《次韵李公择梅花》诗:“忽见早梅花,不饮但孤讽。”

忆旧游、邃馆朱扉，小园香径，尚想桃花人面[3]。书盈锦轴，恨满金徽[4]，难写寸心幽怨。两地离愁，一尊芳酒，凄凉危栏倚遍。尽迟留、凭仗西风，吹干泪眼。

【注释】

①平沙：沙滩。

②“望碧云”两句：化用江淹“日暮碧云合，佳人殊未来”一句写相思之情。

③桃花人面：这里写对所爱慕而不能相见的女子的怀念。崔护曾于清明游长安遇一女子靠桃树站着，颇有情意。第二年清明崔又去不遇，因题诗曰：“去年今日此门中，人面桃花相映红。人面不知何处去，桃花依旧笑春风。”

④徽：系琴弦之绳，是音位的标志。这里指琴。

【鉴赏】

这首词主要抒写羁旅行役之中的游子对闺中之人的思念之情。

上阕写游子登高远望所见。起句写暮秋的凄凉景象，为全词的抒情奠定了基调。大雁栖息于荒无人烟的沙漠，暮气笼罩着秋水，这是黄昏时的景致；“古垒”“鸣笳”暗示出游子客居于战时的边塞之地。“青山隐隐”以下依旧写所见之景。用“远山”“败叶”“乱”鸦等景物继续烘托秋的悲凉气氛和客居异乡的悲凉心境，并用“青山隐隐”暗示归乡之意。“楼上黄昏”一句交代了前面所写的景色都是游子黄昏时登高远望所见，突出了人物悲凉心境的真实感人。“片帆千里归程”是说远在天边的孤帆都已归航了，可我至今未归，这就更增添了年迈不得归的凄楚之感。至此羁旅相思的题旨十分明朗，所以有结语里描写的归思迫切之念，将思念之情更推进一层。远望暮空碧云，不知她在何方。现实中不能与她相聚，怎么连做梦也梦不到她？“梦魂俱远”写尽游子思归不得的深切痛楚。

下阕先写游子在思归心情中的追忆。“忆旧游”句集中描写了往昔夫妇共处的美满温馨。朱门深馆里，他们并行于庭院花径，鲜花辉映着她的脸庞，一切都是那么令人怀想。如今天各一方，定是两地相思，一种情愁。从“书盈锦轴”起写游子设想对方的寄情之举。古代称妻寄夫之书信为锦字。妻子写给丈夫的信即便装满书轴，所有的相思之音即便奏满琴弦，也难以抒发相思不得见的幽恨。“两地”句将双方概括起来写，由忆昔回到现实。双方都愁思难遣，大家会共对“一尊芳酒”以酒解愁，会同把“危栏倚遍”，长时间地在高楼徘徊。以酒浇愁愁更愁，所以会百感交集，泪流满面。“凭仗西风，吹干泪眼”与前句照应，写出游子因相思悲伤已极终不得解脱的情景。

全词结构紧凑，层次明了，寄情景中，抒情步步推进，婉转深沉。

柳梢青

蔡伸

数声鶗鴂[①],可怜又是、春归时节。满院东风,海棠铺绣,梨花飘雪。

丁香露泣残枝,算未比[②]、愁肠寸结。自是休文[③],多情多感,不干[④]风月。

【注释】

①鶗鴂(tí jué):杜鹃。

②未比:比不上。

③自是休文:从此就像沈约一样郁郁不得志。梁朝的沈约字休文,因不得大用郁郁成病,消瘦异常。

④不干:不与……有关。

【鉴赏】

这首小词通过上下阕所写的暮春之景抒发了深沉的“春愁”。

上阕浓墨重彩地描绘了一幅暮春花鸟图。“数声鶗鴂,可怜又是、春归时节”,先写杜鹃啼血声声,叫声嘹亮凄厉,可惜春天又快要结束了。“可怜”二字写出作者对春又归去的感叹,流露出他对春光的无限依恋之情。这是以声绘景绘情。“满院东风,海棠铺绣,梨花飘雪”,是以色绘景。在浩荡的东风吹拂之下,满院片片红艳的海棠花,如同锦绣铺地,千树万树的梨花飘飞,恰似瑞雪迎风舞蹈。同是写花,既有空间层次的变化(地上空中),又有动景静景的区分,这幅花鸟图愈显得有声有色。作者以鲜明艳丽的色彩来描绘残红飞花的衰败之景,其间自然蕴含着凄美的伤春意绪。

下阕于写景中抒情,情景相生。“丁香露泣残枝”写丁香花已经凋败了,残枝上花带清露,晶莹闪亮。“露泣残枝”将丁香花露拟人化,仿佛她为惋惜自己短暂的花期而悲愁满怀。即便如此,“算未比、愁肠寸结”,作者由残花泣露的悲愁联想到自己的身世,这怎么能同自己的人生体验相比呢?词人至此,明确点出了“春愁”的旨意。作者是以幽怨含悲之心聆听杜鹃啼归,观看“海棠铺绣,梨花飘雪”的,所以他也更能从丁香枝头的晨露体味到人生“譬如朝露,去日苦多”而“愁肠百结”。因此上阕作者流露出的对明媚春光的依恋亦是他对人生美好年华的依恋,词中的春愁也就不同于其他春愁了。结语作者用直接说理顺势收拍,以梁朝的沈休文自比,说

明他的多愁善感与风花雪月并无多大关系。耐人寻味的结尾,使读者自会明白作者悲绪满怀的原因。

全词有景有情,情景相生,抒情之后以说理作结却含蓄有味,也丰富了本词“春愁”的情感内涵。

潘汾　生卒年不详,字元质,金华(今属浙江)人。《全宋词》存其词六首。

丑奴儿慢

潘　汾

愁春未醒,还是清和天气。对浓绿阴中庭院,燕语莺啼。数点新荷翠钿,轻泛水平池。一帘风絮,才晴又雨,梅子黄时。

忍记那回,玉人娇困,初试单衣。共携手、红窗描绣,画扇题诗。怎有如今,半床明月两天涯。章台何处?应是为我,蹙损双眉。

【鉴赏】

这是一首抒写思念之情的词。

上片写景,触景生情,情含景中。"愁春未醒,还是清和天气。对浓绿阴中庭院,燕语莺啼。"表面上看是这位男主人心沉溺春愁,实是暗含他仍沉湎于去年的离情别绪之中。这里的关键在"愁春未醒"与"还是"几个字句中。去年今日的清和天气,布满浓荫的庭院,还有婉转的燕语莺啼,景还是去年的景,然而却是物是人非。开首几句已埋下全词的基调;"数点新荷翠钿,轻泛水平池。"词人目光移至庭院之外,数点新荷浮泛于水面之上,有如这位男主人公不定的心境;"一帘风絮,才晴又雨,梅子黄时。"化用贺铸《青玉案》词中名句:"试问闲愁都几许?一川烟草,满城风絮,梅子黄时雨。"贺铸以烟草、风絮、梅雨等三样东西来比喻愁思之多,既是以景烘情,烘托气氛,又表现了愁情。本词的这三句,化用名句不是主要目的,写景寓情,寄托愁思才是目的所在。

词作的下片,由景及情,情绪由暗转明。目睹此情此景,去年今日荡人心魄的时光依然铭刻在心:"忍记那回,玉人娇困,初试单衣。""忍记",表明词人忆之痛心,不忆又不忍的心态;"那回"的具体回忆,表明词人的印象已到刻骨铭心的程度,这不仅仅在"玉人娇困,初试单衣"的外在之美,更在他们之间有一种心灵的契合:"共携手、红窗描绣,画扇题诗。"这是一种更高层次的心灵契合。往事越刻骨难忘,越衬出眼前孤独的难堪:"怎有如今,半床明月两天涯。"孤卧独处,举头望圆月,此情此景何忍!词人恨不得将愁思寄与明月,让它向心上人表达自己的心迹。因明月联想到今夜此时同在一轮皓月之下的心上人:"章台何处?应是为我,蹙损双眉。"这里词人表面上是写心上人也在思念自己,实际上这是一种通过想象来更深沉地、更婉转曲折地表达自己的铭心刻骨思念之情。杜甫《月夜》诗有:"今夜鄜州月,闺中只独看。……香雾云鬟湿,清辉玉臂寒。"词人此处不说自己怀念心上人,却想象她在今夜月下怀念他,这就更深一层地表达了他的怀念之情。

抒写离情别绪,是词作中熟烂的题材,一般很难翻出新意。这首《丑奴儿慢》以其温婉的风格,较细腻的刻画,多层次、多角度对心态的描述,对名句创造性的化用,而具有自己的个性。

李重元 身世不详。《唐宋诸贤绝纱词选》存其词《忆王孙》(春、夏、秋、冬)四首。

忆王孙

李重元

萋萋芳草忆王孙，柳外楼高空断魂，杜宇声声不忍闻。欲黄昏，雨打梨花深闭门。

【鉴赏】

这是一首描写“闺情”的词。它成功地运用了借景抒情的艺术手法，表现了真挚的感情，有声有色的描绘出一个闺中少妇思念丈夫的情景。

首句“萋萋芳草忆王孙”，巧妙地运用了西汉刘安《(招隐士)赋》中的“王孙游兮不归，春草生兮萋萋”两句话，点明闺中女子忆王孙的时间，是芳草萋萋，即绿草茂盛的晚春。在这样的季节，“柳外楼高空断魂”，登上窗前柳枝轻拂的高楼，凭窗远眺，思念远出不归的情人，不是令人魂销肠断吗？更何况，“杜宇声声不忍闻”，杜宇，即杜鹃，又名子规，古蜀国帝王名，死后化为杜鹃，鸣声凄厉，能引起人们思念亲人的情感。唐白居易《琵琶行》：“其间旦暮闻何物，杜鹃啼血猿哀鸣。”在这样的氛围中，少妇思夫和孤寂的心情，也就浮现纸上。

末尾：“欲黄昏，雨打梨花深闭门。”快要黄昏了，凄风苦雨，这位少妇害怕雨点拍打梨花，不忍残花落地，于是，关闭了窗户。渲染出黄昏时分凄恻的气氛。这一动作，微妙而又含蓄地描绘出少妇寂寞愁苦的伤情离绪。

《唐宋诸贤绝妙词选》一书，收录李重元的《忆王孙》(春、夏、秋、冬)词四首，都是以女子口吻道出富于季节色彩的景色和思想活动。这首词是其中的春词。

李玉　身世不详。《全宋词》存其词一首。

贺新郎 春情

李　玉

篆缕消金鼎。醉沉沉、庭阴转午，画堂人静。芳草王孙知何处？惟有杨花糁径。渐玉枕、腾腾春醒。帘外残红春已透，镇无聊、殢酒厌厌病。云鬟乱，未收整。
江南旧事休重省。遍天涯、寻消问息，断鸿难倩。月满西楼凭栏久，依旧归期未定。又只恐、瓶沉金井。嘶骑不来银烛暗，枉教人、立尽梧桐影。谁伴我，对鸾镜。

【鉴赏】

这是一首闺怨词。

词作上片写暮春时分女主人公的厌厌情态，“篆缕消金鼎。醉沉沉、庭阴转午，画堂人静。”开头三句写女主人公醒来时所见之情景：室内香炉里散出的烟缕已消失殆尽，庭院里的树荫显示已是正午时分，可画堂里却悄无人声，十分寂静，自己则仍沉醉未醒。大概昨夜女主人公独居喝酒浇愁，不知不觉喝多了，以致今日睡到日高三丈。“篆缕”，指盘香或香的烟缕；“金鼎”，金属制的香炉；“画堂”，华丽的厅堂。孤居之人最怕寂静，可眼前仍是“画堂人静”，这对女主人公触动极大，于是忍不住呼出：“芳草王孙知何处？”这是她以酒浇愁的原因——思念在外未归的心上人。“芳草王孙”，自淮南小山《招隐士》：“王孙游兮不归，春草生兮萋萋”以来，后人遂以芳草作怀人之典。“王孙”，这里指心上人。女主人公的眼光落在庭院中，只见“惟有杨花糁径”，杨花纷纷扬扬地洒落在小路上。这是一幅晚春的败落景象，也暗喻女主人公的身世遭际，她像飘落的杨花般无主，任风吹扬。糁，米粒。这里喻杨花的飘散。接下三句，“渐玉枕、腾腾春醒。帘外残红春已透，镇无聊、殢酒厌厌病。”如果说在这之前女主人公虽醒，然仍“醉沉沉”、迷迷糊糊的，现在倒是真的醒了。“腾腾”，奋起或迅疾刚健貌。用“腾腾”二字形容“春醒”，并不是说女主人公醒后精神奋起，而是由于看到“杨花糁径”的残景，联想到自己的身世遭际，内心腾燃起强烈的春日感情。此时又见“残红”满地，意识到春日即将逝去，产生了强烈的惜春、惜己之情。加之，为了浇愁，久沉于醉酒中，以致落得病恹恹的。“云鬟乱，未收整”，歇拍二句，以无心梳妆打扮，表现女主人公愁苦无情绪的情态。

词作下片叙写回忆，抒发相思之情。首句即提出：“江南旧事休重省。”“江南”，当指女主人公与心上人曾共同生活过的地方；“旧事”，当指她与心上人在一起时的种种欢乐、甜蜜的事情，包括花前月下，山盟海誓等等。回忆往昔的恋情本应是温馨、甜蜜的，可她却“休重省”。“省”，记。语气非常果断，态度绝决。不再重记往事，可见她内心悲痛万分，原因何在呢？“遍天涯、寻消问息，断鸿难倩”，原来心上人一去无消息，任她寻遍天涯海角，毫无下落，以致连信也无法托人寄去。“断鸿”，失群的孤雁，这里指传信者；“倩”，央请。这里透露出心上人一去无音讯，可能已经变心，将她遗弃了。也许她已有所觉察，所以态度才如此坚决地要“休重省”往事。可尽管如此，女主人公仍然旧情未断，对心上人仍存幻想；“月满西楼凭阑久，依旧归期未定。”她独自登上西楼，长久地凭阑远眺，希望能够看见他骑马归来，结果却依然失望，这时她就安慰自己，可能他尚未定下归期。也就是说，女主人公认为心上人还是要归来的，只是时间早晚而已。其实，她自己也知道这不过是自我安慰，于是又担心，“又只恐、瓶沉金井。嘶骑不来银烛暗，枉教人、立尽梧桐影。”“瓶沈金井”，喻诀别。乐府《估客引》：“有信数寄书，无信心相忆。莫作瓶落井，一去无消息。”白居易《井底引银瓶》诗：“井底引银瓶。银瓶欲上丝绳绝。石上磨玉簪，玉簪欲成中央折。瓶坠簪折知奈何？似妾今朝与君别！”只恐他已情断义绝，不再回来，徒然让她等待，一直站到夕阳落山，天色暗了下来。吕岩《梧桐影》：“落日斜，秋风冷，今夜故人来不来，教人立尽梧桐影。”女主人公对心上人的是否归来，既怀希望又担心落空的复杂、矛盾心态，刻画得真切细腻。结末二句，“谁伴我，对鸾镜。”“鸾镜”，饰有鸾鸟图案的妆镜。南朝宋范泰《鸾鸟诗序》载：“昔罽宾王结置峻卯之山，获一鸾鸟，王甚爱之，欲其鸣而不能致也。乃饰以金樊，飨以珍馐，对之愈戚，三年不鸣。其夫人曰：‘尝闻鸟见其类而后鸣，何不悬镜以映之。’王从其言，鸾睹形感契，慨然悲鸣，哀响中宵，一奋而绝。”这两句既有往昔女主人公与心上人共照鸾镜时的成双成对、卿卿我我，又有今日孤身只影，不忍对镜的幽怨哀戚，也流露了日后能再共照鸾镜的殷切期望。

李玉流传下来的词仅此一首。这首词博得不少人的赞扬，黄升认为：“风流蕴藉，尽此篇矣（《花庵词选》）”。沈际飞则评：“李君止一词，风情耿耿”（《草堂诗余正集》）。陈廷焯评：“此词情韵并茂，意味弥长”（《词则·别调集》卷二）。这些评论均能符合词作实际。

吴淑姬 生卒年不详，南宋女词人，湖州（今属浙江）人，生平不详。今存词一首，断句一。

长相思令

吴淑姬

烟霏霏，雨霏霏，雪向梅花枝上堆，春从何处回？

醉眼开，睡眼开，疏影横斜安在哉？从教塞管催！

【鉴赏】

吴淑姬为湖州秀才女，聪明貌美，被富家子弟强占，反诬告她行为不轨，与人私通。时王十朋为湖州太守，将她治罪，关进监狱。郡守的宾客幕僚们一同去检察院视察，摆出酒席，将吴淑姬唤至席前。只见她端庄秀丽，娴静文雅。于是脱去她身上的枷锁，令她陪饮，并告诉她说：早知道你很会作诗填词，能不能作词一首表白自己，我们将设法向太守转告，替你解脱。不然的话，你的前景不妙。吴淑姬当即请出题填词。当时正值深冬将尽，春天快要来临的季节。幕僚们便叫她以此残冬景色为题。吴淑姬提笔疾书，作《长相思令》一首呈上。幕僚们读后惊叹赞赏不已。第二天，便携此《长相思令》呈太守，表白吴淑姬的冤屈。太守深信不疑，便将吴淑姬释放了。

这首词描绘了深冬残雪中梅花的遭遇，并与自己受污受屈的不幸命运作类比，委婉地表白了渴望申诉，要求自由的心情。

上片连用“霏霏”叠字，强调风雨如晦，气候极其恶劣。一团团的残雪无情地堆积到梅花枝上，简直让人透不过气来。虽然明知冬天不会太久了，残冬一过，春天就要来临。但眼前这种烟雨、雪压霜欺的景象，真叫人怀疑春天还会有吗？不言而喻，这恶劣的自然气候正是暗喻吴淑姬所生活的社会环境，是蒙受种种冤屈的弱女子所感受到的黑暗社会对她的重压。她从心底发出“春从何处回”的呼喊，渴望春天快快降临，渴望洗刷蒙受的不白之冤。

下片憧憬获得自由后的美好情景：那时冰雪消融了，一簇簇、一朵朵的梅花从睡梦中醒来，绽开了绯红的醉眼。月亮出来了，梅枝在月光下疏影横斜，暗香浮动，那是多么令人神往的境界呵！然而，这种境界并不存在，现实仍然是昏暗冷酷，所以“醉眼开，睡眼开，疏影横斜安在哉”是以设问句提出的，这就与上片设问承接起来，并更进一步强烈地表达了渴望自由的心情。最后以“从教塞管催”作结，意思是：既然无情雪堆积在梅枝上，梅花无法展现她的美丽，就任笛曲吹吧！吹得梅花纷纷飘落也毫不怜惜（古有《落梅花》笛曲）。李白诗：“黄鹤楼中吹玉笛，江城五月落梅花”；孙觌《落梅词》：“一声羌管吹呜咽，玉溪半夜梅翻雪”：既然一切诬告不实之词像脏水一样往我身上泼来，我的冰清玉洁被玷污了，形象被歪曲了，就让脏水继续泼吧，直至我窒息、消亡！——很明显，这是出自心底愤愤不平的呼喊。

乐婉 生平不详。今存词一首。

卜算子 答施

乐婉

相思似海深,旧事如天远。泪滴千千万万行,更使人、愁肠断。

要见无因见,拚了终难拚。若是前生未有缘,待重结、来生愿。

【鉴赏】

明陈耀文《花草粹编》卷二,引宋杨湜《古今词话》(原书已佚)云:杭妓乐婉与施酒监善,施尝赠以词云:"相逢情便深,恨不相逢早。识尽千千万万人,终不似、伊家好。别你登长道,转更添烦恼。楼外朱楼独倚栏,满目围芳草。"于是,乐婉答以本词。

这是情侣临别之际互相赠答之词。体味词情,则此一别,似乎不仅是远别,而且可能是诀别。显然不同于寻常别离之作。明梅鼎祚《青泥莲花记》(卷十二)、赵世杰《古今女史》(卷十二)、清周铭《林下词选》(卷五)及徐釚《词苑丛谈》(卷七)等书,也都著录了此词,可见历来受到人们的注意。

赠、答皆用《卜算子》调。上下片两结句(赠词下结除外),较通常句式增加了一个字,化五言为六言句,于第三字顿,遂使这个词调一气流转的声情,增添了顿宕波峭之致。

乐婉此词直抒胸臆,明白如话,正是以我手写我心,也许,干脆就是直接唱出口的。

"相思似海深,旧事如天远。"临别之前,却从别后况味说起,起句便奇。灵心善感的女词人早已充分预感到,一别之后,痛苦的相思将如沧海一样深而无际,美好的往事则将像云天一样杳不可及。唯其善感如此,便不能不紧紧把握住这将别而未别的时刻不放;"泪滴千千万万行,更使人、愁肠断。"流尽了千千万万行的泪,留不住从此远逝的你,反使我、愁肠寸断!上一句势若江河,一泻无馀，下二句一断一续，正如哽咽。诀别的时刻最终还是来临了。女词人既道尽别后的痛苦，临别的伤心，似乎已无可再言。殊不知，下片是奇外出奇，奇之又奇。

“要见无因见，拼了终难拼。”要重见，无法重见。与其仍抱无指望的爱，真不如死了这条心。可是，真要死了这条心又哪能死得了！人生到此，道路已断，直是绝望矣；“若是前生未有缘，待重结、来生愿。”有情人而成不了眷属，莫非果真是前生无缘？果真是前生无缘，则今生休矣。可是，今生虽休，更有来生，待我俩来生来世再结为夫妻吧！绝望之中，发一希愿，生出一线希望。此一线希望，真是希望耶？抑直是绝望耶？诚难分辨。唯此一希愿，竟长留天壤。

全词戋戋短幅，然而，一位至性真情、豪爽果决的女性形象，却活脱跃然纸上。以泪滴千千万万行之人，以绝不可能拚了之情，而直道出拚了之一念，转念更直说出终是难舍，如此种种念头，皆在情理之中。但在别人则未必能言，而她却能直言不讳。此非性格豪爽果决而何？至于思旧事如天远，要重见无因见，待重结、来生愿，若非至性真情之人，又岂能道得出耶？

全词一滚说尽，但其意蕴仍觉有余不尽。以一位风尘中女子，而能留得此一段奇情异彩，历来受到人们的喜爱，其奥秘正在于词中道出了古往今来爱情之真谛：生死而不渝。此是词中之高致。中国古人之贤者，小而对于个人爱情，大而对于民族文化，皆能抱一种忠实之态度，即使当其不幸而处于绝望之境地，生死之难关，也能体现出一种生死不渝之精神。唯其有此一种精神，小而至于个人爱情，才能够心心相印，肝胆相照；大而至于民族文化，才能够绵延不绝，生生不已。两者事有大小之别，实则具一共通之义。乐婉此词虽为言情小令，然其可喻之旨则又大矣。

聂胜琼　生卒年不详，长安（今陕西西安）妓女，后嫁李之问。《全宋词》存其词一首。

鹧　鸪　天　寄李之问

聂胜琼

玉惨花愁出凤城①。莲花楼下柳青青。尊前一唱《阳关》后，别个人人第五程。
寻好梦，梦难成。况谁知我此时情。枕前泪共帘前雨，隔个窗儿滴到明。

【注释】

①凤城：国都。春秋时，秦穆公女弄玉吹箫，凤降其城，因号丹凤城。后称京城

曰凤城，这里指宋国都开封。

【鉴赏】

这是一首伤别词。《青泥莲花记》载："李之问仪曹解长安幕，诣京师改秩。都下聂胜琼，名倡也，质性慧黠，公见而喜之。李将行，胜琼送别，饯饮于莲花楼，唱一词，末句曰：'无计留春住，奈何无计随君去。'李复留经月，为细君督归甚切，遂饮别。不旬日，聂作一词以寄李云云，盖寓调《鹧鸪天》也。之问在中路得之，藏于箧间，抵家为其妻所得。因问之，具以实告。妻喜其语句清健，遂出妆奁资夫取归。琼至，即弃冠栉，损其妆饰，委曲以事主母，终身和悦，无少间焉。"这一段记载，详尽地叙述了聂胜琼创作这首词的全过程。聂胜琼虽然是京师名妓，阅人多矣，但词意何等真诚和专一。词的上阕写离别；下阕记述别后，既写临别之情、也写别后情思，实写与虚写结合、现实与想象融合为一。

起句以送别入题，"玉惨花愁出凤城"，"玉"与"花"喻自己，"惨"与"愁"表现送别的愁苦，显示她凄恻的内心世界。凤城指京都，她送别李之问，情意绵绵，愁思满怀。莲花楼是送别地点，楼下青青的柳色，正与离别宴会上回荡的《阳关》曲相应："渭城朝雨浥轻尘，客舍青青柳色新。劝君更尽一杯酒。西出阳关无故人。"眼前青柳依依之景与耳旁离曲哀哀之声一起颤动着离人的心弦。何况"一唱《阳关》后"，心中的人马上就要启程了。"别个人人"意谓送别那人，"人人"指李之问，"第五程"极言路程之远。在唱完一曲《阳关》之后，就一程又一程地远远离开她了。离别是痛苦的，但别后更苦；词的下阕，叙写别后思念的情意。相见为难，所以寻梦甚切，更令人悲哀的，是难以成梦。"寻好梦，梦难成"句，极写相恋之深，思念之切。词人把客观环境和主观感情相结合，以大自然的夜雨衬托离人的凄苦；"况谁知我此时情"一句，道出了词人在长夜之中那种强烈的孤独感与愁痛的相思之情。接下去，"枕前泪共帘前雨，隔个窗儿滴到明"两句，画面感人而意境凄清深沉，显示了词人独特的个性，也突现了词的独特的美。"帘前雨"与"枕前泪"相衬，以无情的雨声烘染悲愁的泪滴，窗内窗外，共同滴到天明。前此，温庭筠《更漏子》一词的下阕，曾描写过雨声："梧桐树，三更雨，不道离情正苦。一叶叶，一声声，空阶滴到明。"而万俟咏的《长相思·雨》也写到过："一声声，一更更。窗外芭蕉窗里灯，此时无限情。梦难成，恨难平。不道愁人不喜听，空阶滴到明。"跟温庭筠词相类似，都写雨声对内心感情的触动。然相比之下，聂胜琼这首词对夜雨中情景交融的描绘，更显得深细。它把人的主体活动与雨夜的客体环境紧密结合在一起，以"枕前泪"与"帘前雨"这两幅画面相联相叠，而"隔个窗儿"更见新颖，也更深化了离别之苦，因为这里所刻画的"滴到明"，不仅是"帘前雨"，而且也是"枕前泪"。难怪李之问妻读到这首词时，"喜其语句清健"。她欣赏作者的艺术才华，被作品中的真挚感情所感染，因而作了毅然的决定，"出妆奁资夫取归"，让聂胜琼能遂所愿。宋时的歌妓得以从良而为士人妾，已是相当美满的归宿了。能得到这样结果的人也是不多的。聂胜琼这位"名倡"善于选择自己的前途。这首词和它的故事，与乐婉同施酒监唱和的《卜算子》词所反映的情事合看，结局的喜剧和悲剧性质虽然不同，对于理解当时歌妓的命运和她们的心理，具有同样的认识价值。

王以宁 生卒年不详，字周士，湘潭（今属湖南）人。宣和三年（1121），以成忠郎换文资为从事郎。建炎二年（1128），京西制置使，升直显谟阁。寻落职降三官，责监台州酒税。绍兴二年（1132），责永州别驾，潮州安置。五年（1135）特许自便。十年（1140），复右朝奉郎、知金州。有《王周士词》

水调歌头 呈汉阳使君

王以宁

大别我知友，突兀起西州。十年重见，依旧秀色照清眸。常记鲒碕狂客，邀我登楼雪霁，杖策拥羊裘。山吐月千仞，残夜水明楼。

黄粱梦，未觉枕，几经秋。与君邂逅，相逐飞步碧山头。举酒一觞今古，叹息英雄骨冷，清泪不能收。鹦鹉更谁赋，遗恨满芳洲。

【鉴赏】

王以宁是北宋南宋之际的爱国词人。他曾为国奔波，靖康初征天下兵，以宁走鼎州乞师入援，解太原围。建炎中以宣抚司参谋兼襄邓制置使，升直显谟阁。后因事被贬台州、潮州。至绍兴十年（1140）复右朝奉郎，知全州。这首词是为献给知汉阳军事而写，“使君”是对州郡长官的敬称。这位汉阳军的长官，是王以宁志同道合的老友，阔别十年，又相会了，面对大别青山（在汉阳县东北），感慨万端，因此写下这首慷慨的词章。

全篇情绪豪逸激荡，作者再现了大别山纵横辽阔，莽莽苍苍的雄浑境界，体现了一种浓郁的感情色彩。起句“大别我知友”，用拟人手法，赋予大自然以情感意志。大别山成了词人的“知友”；“突兀起西州”句，突然笔势跃动，呈现大别山的挺拔耸立；这里“西州”指方位在西的军州，即汉阳军。在突兀而起的大别山前，激起心灵深处的感情波涛：“十年重见，依旧秀色照清眸。”阔别了十年的山色，入眼依然清秀如故。由十年前曾游之山，连及当年邀陪游山之人：“常记鲒碕狂客，邀我登楼雪霁，杖策拥羊裘。”寥寥几笔，朋友的豪放性格又鲜明地呈现在读者面前。“鲒碕”，又称鲒碕，山名，在今浙江奉化市东南。此“鲒碕狂客”即指“汉阳使君”，点出其籍贯。“狂客”二字，从唐贺知章自号的“四明狂客”而来。四明宋称明州，治所在今浙江宁波，鲒碕山即在其境内，故称“鲒碕狂客”，亦隐然以贺知章为比拟，写出这位汉阳使君的豪逸狂放；“杖策拥羊裘”，通过拄杖披裘的艺术形象，表达十年前朋友相逢时偕同雪后游山的豪兴。衬之以大别山迷人的雪后凌晨景色：“山吐月千仞，残夜水明楼。”千仞群山，露出残月，明月照水，水光又反映入楼台，一派空灵飞动的山光月色。“残夜水明楼”出自杜甫的《月》诗：“四更山吐月，残夜水明楼。”王以宁袭用诗语，再现了与故友同游的美好回忆：雪天月夜的大别山，景色清秀明澈，两位挚友登山。逸兴与山月水色一般充满宇宙。

词的下片，作者以飞动的笔调，把久别相逢的激荡情绪又推向一个新的高峰。十年的漫长岁月，个人的宦海浮沉，好像黄粱一梦。“黄粱梦，未觉枕，几经秋”，过片承上启下，与上阕的“常记鲒碕狂客”一起登楼望月相衔接，这次重游大别山，岁月蹉跎，人事沧桑，并没有使词人颓丧消极，思想感情的发展比十年前更加成熟深沉。这里的“与君邂逅，相逐飞步碧山头”句，与上片“邀我登楼雪霁”遥相呼应，过去是雪后“杖策拥羊裘”登上山头，这次老友之间因偶然的机会相逢，“相逐飞步碧山头”，彼此豪兴不减当年。“碧山头”指大别山巅。巍峨的大别山，又一次迎接这两位老朋友，他们在“碧山头”举杯痛饮，畅谈今古，两人都壮志未遂，悲愤填膺。“举酒一觞今古，叹息英雄骨冷，清泪不能收”，这一韵写重游大别山的种种感慨，叹息过去“英雄骨冷”，现在想来清泪难收。古代如此，当今又如何呢？紧接着从汉阳鹦鹉洲的眼前景联想到祢衡作《鹦鹉赋》的故事，以“鹦鹉更谁赋，遗恨满芳洲”结束全词。东汉祢衡不为曹操所容，后来终被黄祖杀害。他曾在汉阳鹦鹉洲写下《鹦鹉赋》，抒发怀才不遇的愤慨。这里，王以宁感叹有谁做《鹦鹉赋》呢？在这芳草萋萋的鹦鹉洲上，只有满腔遗恨！他借《鹦鹉赋》为喻，道出了胸中的郁积；“飞步碧山头”的激烈情怀，在面对鹦鹉洲的怀古幽思中，又逐渐地趋于低潮，陷入沉思之中了。

词意是“呈汉阳使君”，记叙作者与老朋友汉阳使君的深厚情谊。王以宁对两游大别山的描写，文情飞动：第一次逸兴遄飞，壮志满怀，还没有经受过压抑的痛苦；第二次“飞步碧山头”，是在仕途险阻、人世变迁之后，感情转入苍凉深邃。词篇所展现的，是跃动豪迈的情感体验，是壮阔宏大的突兀山峰，是千仞丛山中的月色和令人深思的“残夜水明楼”，是芳草萋萋的鹦鹉洲的怀古幽怨。词人在动荡强烈的思想情绪中，运用动静相济的艺术手段，将大自然的环境与作者感情的波澜和谐地统一起来，“相逐飞步碧山头”，即是写朋友邂逅相逢的万千感慨，极其激动，在翠碧的山峰上飞步相逐，情绪达到了忘情忘我的地步；本来是静悄悄的大别山的秀色，大别山头的月夜群峰，亦为词家一阵阵飘动的情绪狂澜所掀动。动静互相映衬，相得益彰。词篇音调激越，顿挫有力，笔飞墨动，纵横豪宕，独具异彩。

陈与义 （1090～1138）字去非，号简斋，洛阳（今属河南）人。登政和二年

(1113)上舍甲科,官至参知政事。以诗著名,宋末方回所称江西诗派"一祖三宗",一祖是杜甫,三宗就是黄庭坚、陈师道和陈与义。南渡后,诗风有明显变化,由清新畅朗变为沉郁悲壮。也善于写词,风格与诗接近,豪放之中不乏清逸婉丽。有《简斋集》《无住词》。

临 江 仙

陈与义

高咏《楚词》酬午日[①],天涯节序[②]匆匆。榴花不似舞裙红。无人知此意,歌罢[③]满帘风。

万事一身伤老矣,戎葵[④]凝笑墙东。酒杯深浅去年同。试浇桥下水,今夕到湘中[⑤]。

【注释】

①午日:五月初五的端午节,相传屈原在这一天投江,民间要赛龙舟、吃粽子以示纪念。

②节序:节令。

③歌罢:歌咏完《楚词》。

④戎葵:蜀葵。

⑤湘中:湘江水中,指屈原投江处。

【鉴赏】

这是靖康之乱后,作者避乱襄汉、湖湘一带时,于端午之日借祭奠屈原以抒忠贞同生死之志的爱国词篇。与《临江仙·夜登小阁忆洛中旧游》的清新幽雅不同,此词自有吐语峻拔的超旷豪迈之风。

上阕起句"高咏《楚词》酬午日,天涯节序匆匆",以高亢的起调奠定了全词激越的抒情基调。"高咏《楚词》"写出自己凭吊屈原感时伤事的特定心境。"午日"点出特定的时间;"天涯"暗示身经离乱的现实;这种心境自然带出"节序匆匆"的感叹,也为以下各句紧扣端午节来写景做了铺垫。以“我”观物，万物皆着“我”之色彩。火红如焰的烂漫榴花已不如当年赏花观舞时美人的红色罗裙，这是写词人的颓唐落没情怀。元稹早以诗句“满眼思乡泪，相嗟亦自嗟”，将石榴与思乡相连接。在作者眼中，石榴花色暗淡也是因他心怀乡愁之故。或许是受作者热爱故土之情的感染，石榴不愿如往昔一样艳丽吧！这里情与景交融，两者浑然莫辨。总之，这种种情怀无人能理解。高歌《楚辞》之后，满帘生风。上阕在前后照应中以“满帘风”的意象烘托出作者忧国忧民的悲壮情怀。

下阕抒发更加深沉真挚的感慨。起句“万事一生伤老矣”，就将作者对社会动荡、个人身世、历史更替的感怀概括无遗。经历众多沧桑变故的作者，仍以“戎葵”向阳自喻至老不渝的爱国之心，以“凝笑”表现自己超旷豪迈的气概，极富感染力。正因为如此，作者对屈原才会有虔诚的缅怀之举。“去年”说明此举并非今日才有。酒洒江中，让它今晚就将祭奠带到汨罗江，自己也好以满腔爱国豪情告慰先贤英魂。

全词以祭奠始以祭奠终，开阖自如。两次写到“花”，意绪迥然有别，抒情在跌宕变化中走向深沉感愤。

临江仙　夜登小阁忆洛中旧游

陈与义

忆昔午桥[①]桥上饮，坐中多是豪英。长沟[②]流月去无声。杏花疏影里，吹笛到天明。
二十余年如一梦，此身虽在堪惊。闲登小阁看新晴。古今多少事，渔唱起三更[③]。

【注释】

①午桥：洛阳一桥名。相传唐代裴度有别墅在此。

②长沟：桥下的河道。

③渔唱起三更：三更，午夜。渔翁半夜感叹古今兴衰的歌唱。

【鉴赏】

全词通过忆洛中旧游抒发了作者的家国之痛和身世之悲。

上阕由“忆昔”总领，所忆地点是著名的午桥。作者不直接写“夜登”所见，而是直叙往事，这样便于读者与之亲历往昔盛况。所忆场面和情景由桥上、桥下、桥边的几幅画面共同组成，但坐中豪英才是画面的重心。午桥上有唐朝宰相裴度的绿野堂，其中风亭、水榭、凉台错落有致，掩映成趣，可谓人杰地灵。仅此一点，它已让人难以忘怀，更何况年少才俊的作者曾与同辈几位俊杰于此彻夜豪饮狂欢呢？回想当年的情景，历历在目；桥下是"长沟流月去无声。"皎洁的月亮在水面留下一层银辉，脉脉的流水带着它无声地流向远方，水光月影荡漾起一片清幽明净。正所谓"流月无声巧语也"（沈际飞）；桥边枝叶扶疏，杏花正白。树下月影斑驳，月下花影朦胧，月色与花香融为一片。午桥的清幽雅致尽由"疏影"淡笔出之。"杏花"点出游宴的良辰美景是属春夜。收尾回到画面的重心，只以笛声的悠扬尽写豪俊们欢娱达旦的豪爽，以及他们固有的英姿情态、闲情雅趣。由无声的明月到有声的"吹笛"，出现了忆昔的高潮，此所谓"吹笛天明爽语也"。

下阕不由慨叹今日。往昔的激越豪爽更让人觉得人生是梦。因为作者已经历了山河破碎的战乱，颠沛流离的奔波，九死一生，所以长叹"此身虽在堪惊"！所以梦回故地重游。作者个人的身世之感与时代的家国之痛相合为一。一"闲"字既实写沧桑身世，又暗示他忧天下而请缨无路的幽恨。"古今多少事，渔唱起三更"，这一结语进一步将人生感慨与历史的兴衰更替相连接，使整首忆旧词具有了更加深广悲怆的苍凉意蕴。此所谓"渔唱三更，冷语也"。

张元幹　（1091～约1170）字仲宗，长乐（今属福建）人，自号芦川居士、真隐山人。徽宗宣和七年任陈留县丞。靖康元年，金兵入侵，协助李纲抗金，后因此被罢免。南渡后作为著名的抗战派支持胡铨的上书抗金，触怒秦桧，被下狱革职。晚年漫游江南，客死异乡。早年多清丽柔婉之作，以婉约词名重词坛。南渡后，感怀国事，多以抗金救国为主题。词风豪放激越，非比寻常，对后来的张孝祥、陆游、辛弃疾等人的创作很有影响。有《芦川词》《芦川归来集》。

兰陵王　春恨

张元幹

卷珠箔，朝雨轻阴乍阁[①]。栏杆外、烟柳弄晴，芳草侵阶映红药。东风妒花恶，吹落梢头嫩萼。屏山[②]掩、沉水[3]倦熏，中酒[4]心情怕杯勺。

寻思旧京洛[5]，正年少疏狂，歌笑迷着。障泥油壁[6]催梳掠，曾驰道同载，上林[7]携手，灯夜[8]初过早共约，又争[9]信漂泊。

寂寞、念行乐。甚粉淡衣襟[10]，音断弦索，琼枝璧月[11]春如昨。怅别后华表，那回双鹤[12]。相思除是，向醉里、暂忘却。

【注释】

①乍阁：初停。阁，同“搁”。

②屏山：屏风。

③沉水：指一种香料。

④中酒：喝醉酒。

⑤京洛：指宋都汴京。

⑥障泥油壁：指代车马，障泥，原指马腹上的护泥布垫。油壁，原指马车上的油饰之壁。

⑦上林：秦汉时皇帝的园林上林苑。这里借指汴京园林。

⑧灯夜：古风俗在元宵之夜放灯庆贺，故称灯夜。

⑨争：怎么。

⑩甚粉淡衣襟：真是衣服上的脂粉气变淡了。

⑪琼枝璧月：比喻美好生活。

⑫“怅别后”两句：写世态多变化，抒发好景不常在的感叹，这里用了丁令威学仙化鹤归辽的典故。华表，建在陵墓、宫殿、城墙前面的石柱。

【鉴赏】

这首词题为“春恨”，实则通篇比兴，以伤春伤别寄托忧时伤乱的家国之痛、黍离之悲。全词共分三叠，分别写伤春、忆昔、别恨，意脉贯通而下，情致婉转曲折，尽显跌宕流畅之美，情蕴沉郁婉丽兼长。

一叠主要写景，“朝”点明时间。作者轻启珠帘，在细雨初晴的环境里描绘春景。在一片晴光之下，如烟的柳丝随风起舞。作者心中荡起的是赞春的欣喜之情。风暖草熏，连阶芳草映衬着鲜艳的芍药，那是怎样娇艳明媚的春光啊！“东风”句陡然突转，写出人意料的风急花残景象，情绪也由欣然而哀伤；“屏山”以下空间由外而内地推移，内容由景而人地变化，写作者因酒醉而怕饮酒又不能不如此的复杂心情，暗示出伤春的愁绪。

二叠主要写对往昔游乐生活的回顾。“寻思”紧承愁思而来；“旧”点出词作故国之思的深沉意味；“驰道”“上林”又与“旧京洛”多处照应，说明一路欢歌曼舞、驱逐香车宝马共游园林的欢快往事,发生在已沦陷的宋都汴梁。赏心乐事本身并不重要,重要的是往事回首中怀念故国的真情;"又争信"的突转将热烈欢快的往昔与如今的飘泊离乱加以强烈的对比映衬,突出故国沉沦的巨变给人突如其来的感觉,把词人的故国之思表现得更加深沉凄楚。

三叠抒写对故国的相思之情。突如其来的变故使词人在寂寞中回顾往昔,只觉飘泊是梦。直到衣衫上的香气消散了,才真正感觉到自己与她(中原故土)的分离。美好的生活已随风去,山河春色依旧,怎不让人感到惆怅?"帐别后"句是以典故写出物是人非的沧桑巨变;结语与上叠的"中酒心情"相应和,升华了全篇的相思之情。"暂"字极言故国之思的无限沉痛,深化了全词的主旨。

石 州 慢

张元幹

寒水依痕[①],春意渐回,沙际烟阔[②]。溪梅晴照生香,冷蕊数枝争发。天涯旧恨,试看几许消魂?长亭门外山重叠。不尽眼中青,是愁来时节。
情切,画楼深闭,想见东风,暗消肌雪。孤负枕前云雨[③],尊[④]前花月。心期切处,更有多少凄凉,殷勤留与归时说。到得再相逢,恰经年[⑤]离别。

【注释】

①寒水依痕:溪水落下的痕迹依然与从前一样。这句是化用杜甫《深冬》的诗句:"花叶唯天意,江溪共石根。早霞随类影,寒水各依痕"。

②这两句是化用杜甫的《阆水歌》:"正怜日破浪花出,更复春从抄际归。"

③孤负:辜负。云雨:是化用"曾经沧海难为水,除却巫山不是云"的典故,写夫妻恩爱。

④尊:即"樽",酒杯。

⑤经年:多年。

【鉴赏】

这首词写常见的闺怨题材,却出笔新奇,笔法委婉精妙。以致有人以为通篇比兴,言闺中相思有寄托遥深之意,暗寓作者失意后夙愿难了的苦衷,这可为一说。词风的清新婉丽、空灵绝妙使人们更倾向于将闺中少妇看成作品的抒情主人公。

上阕着重描绘春景,即景生情。开篇"寒水"几句都是化用杜甫的诗句以点明初春季节。溪水涨落的痕迹与冬天没有两样。“渐”暗示春已悄然临近;“沙际烟阔”写由此细致觉察到的春的讯息。平坦的沙地上水气迷蒙,春草快要钻出来了;接着,开阔的远景由特写的“溪梅”代替:它在春光照耀之下香气勃郁,在春寒料峭之中争相吐艳。以下转入抒情;见此情景她是“旧恨”又上心头。在这春光和煦的时节,这“旧恨”又要消耗我多少心血呢?“长亭门外山重叠”与“天涯”遥相呼应,既写天各一方的别离,又有“吴山点点愁”的意蕴。无限离愁使她断然相信春“是愁来时节”。

下阕用“情切”紧承上阕开启下文,集中描写深闺中思妇的种种心理活动。“画楼深闭,想见东风,暗消肌雪”,写思妇深知登高望断天涯路的惆怅,索性足不出户,也可避免春景撩起相思的愁绪。然而随着春风渐暖,她依然因相思而容颜憔悴。大门紧闭,只把春光拒绝,却无法抵御相思之情的侵袭。“孤负”交代了之所以如此的原因是没有夫妻欢情;现在她最大的愿望是“更有多少凄凉,殷勤留与归时说”,这句写出她于孤苦处境中心怀夫妇欢聚的希望,殷殷期盼中是满腹思念和无限凄楚;但结句一转,说再相逢之时,又是重新长久离别的开始,相逢依然短暂,极言别离之苦。全词感情跌宕,含意深沉,作品因这一结语被赋予了更为深广的社会时代内涵。

吕渭老　生卒年不详,一作滨老,字圣求,秀州嘉兴(今属浙江)人。宣和、靖康年间在朝做过小官。其早期词作多抒写个人情趣,语言精练,风格秀婉。后身逢国难,以写忧国词作出名,豪放悲壮,诚挚感人。有《圣求词》。

薄　倖

吕渭老

青楼春晚。昼寂寂、梳匀又懒。乍听得、鸦啼莺弄,惹起新愁无限。记年时、偷掷春心,花间隔雾遥相见。便角枕题诗,宝钗贳酒,共醉青苔深院。
怎忘得、回廊下,携手处、花明月满。如今但暮雨,蜂愁蝶恨,小窗闲对芭蕉展。却谁拘管?尽无言、闲品秦筝,泪满参差雁。腰支渐小,心与杨花共远。

【鉴赏】

这首词的主人公是位女性,暮春时分,她孤身独处,愁绪满怀,回忆起往年与心上人在一起，花前月下，柔情蜜意，不由得悲从中来，泪洒秦筝。词作的题材极为普通，可写得却很有特色。该词最大的特点是打破上下片的界限，全词上片的前四句和下片的后八句写的是目前情况与愁绪，而从上片第五句开至下片前两句为回忆往昔，叙写主人公与心上人从相逢到相爱的过程。

词作上片首句"青楼春晚"，"春晚"，指春已残。春残，美好的春光即将逝尽，这是个令人敏感，触人心弦的季节。地点是青楼，点明女子所居之处；次句"昼寂寂、梳匀又懒"，写她的感觉与情态。白日一般是比较喧闹的，但她却觉得"寂寂"，这是描述她的主观感觉，即从她心底感到冷落和孤寂。于是她心情不好，懒于梳妆打扮；"乍听得，鸦啼莺弄，惹起新愁无限"，偏偏在此时，鸟儿照常在欢快地歌唱，以致引惹起她的无限愁苦之情。接下笔锋陡然跳跃到往昔，也是叙写"新愁"的具体内容；"记年时、偷掷春心，花间隔雾遥相见"，回忆当初二人初次相见，即"一见钟情"。"花间隔雾"，有花有雾，相逢的背景既美妙又朦胧，为即将产生的爱情描绘了一个充满诗情画意的环境。"春心"，怀春的心情。"偷掷春心"，暗暗地将爱心抛向他；接下三句，"便角枕题诗，宝钗碇酒，共醉青苔深院"，写相爱情况。一个"便"字，写出二人一见钟情后，马上坠入爱河，丝毫没有顾虑和犹豫。"角枕题诗，宝钗贯酒"，以两件事概括二人相爱之深。"角枕"，即棨枕，以角饰枕，取其华美。"角枕题诗"，本来常用为哀悼妻子的典故，这里指男方爱的行动。而"金钗贯酒"则指女方爱的行动。这三句表明他们的关系像夫妻般恩爱甜蜜，而又有豪爽和高雅的性格和兴趣。

词作下片开首二句，"怎忘得、回廊下，携手处、花明月满"，总写二人相聚时之美满惬意，回廊携手，花好月圆，简直太美满了，令人怎能忘记呢？写至此，笔锋陡然复跌至现实；"如今但暮雨，蜂愁蝶恨，小窗闲对芭蕉展。"暮雨阻遮了月亮，花儿凋谢了，惹得蜂蝶愁恨，女主人公孤身独坐窗前，而对着已长大的芭蕉叶。芭蕉初长时，叶卷曲。唐张说《戏草树》诗有"戏向芭蕉叶，何愁心不开"句。词中所写时令已是春末夏初之际，芭蕉叶已长大展开。这里以"芭蕉展"反衬女主人公愁苦不得解的心情。加之，"暮雨"滴落在芭蕉叶上，声声触动着她的愁苦之心，不由得喊出，"却谁拘管"尽管自己愁苦如此，可无人能理解；"尽无言，闲品秦筝，泪满参差雁"，女主人公打算弹奏秦筝，以排遣愁苦，可是筝没弹成，眼泪却洒满筝面。"参差雁"，指筝。"参差"，为古代乐器名，"洞箫"，一说为笙。形状象凤翼参差不齐；结尾，"腰支渐小，心与杨花共远"，由于思念与孤寂，女主人公日渐消瘦，她的心情也跟暮春飘扬的杨花一般，飞到极远的地方。也就是说她的心系在远方情人的身上，表现她用情的专一与真挚。这里用"杨花"做比喻，不仅恰切，而且与开首"春晚"相呼应。

这首词写的深婉幽忽，结构严谨，脉络清晰；对女主人公的心态和情态刻画细腻感人。

小 重 山 七夕病中

吕渭老

半夜灯残鼠上檠。上窗风动竹，月微明。梦魂偏记水西亭。琅玕碧，花影弄蜻蜓。

千里暮云平。南楼催上烛，晚来晴。酒阑人散斗西倾。天如水，团扇扑流萤。

【鉴赏】

这首词写的是病中情况，恰值农历七月初七。词作除上片前三句写病中情况，是写实外，余则全写梦中所见。

词作上片道句"半夜灯残鼠上檠，"点明时间—半夜，灯里的油已将燃尽，四周寂静异常，只有病中词人静静地卧在床上。这时饥饿的老鼠误以为室内无人，便大胆地爬上灯架偷吃剩余的油。"鼠上檠"是动态，这种动态正反衬四周的寂静无声。词人就卧病在这个环境中；"上窗风动竹，月微明"是词人在病榻上看到的室外之景。七月的上弦月，将风吹竹动之影映上窗纸。"风动竹"是动态，且有声，然映在窗纸上却是无声的，加之微明的上弦月光，映出的景象是朦胧、模糊的。室内昏暗寂静的环境，室外朦胧模糊的景色，使病卧床上的词人，仿佛恍恍惚惚，于是他进入了梦乡；"梦魂偏记水西亭"，写入梦。"水西亭"，当是具体地名，但不知在何处。"偏记"的"记"，陈廷焯《词则》作"寄"。"记"与"寄"在这里含义相近，而"寄"则更为精当灵动，有晏几道《鹧鸪天》词："梦魂惯得无拘检，又踏杨花过谢桥"意味。词人的梦魂毫无拘检地偏偏回到水西亭去了；结二句，"琅玕碧，花影弄蜻蜓，"青碧色的竹子，挺拔耸立；几只蜻蜓，在花影中追逐嬉戏。这是"梦魂"所见到的水西亭旁之景色，十分幽美明净。这与词人卧病的现实环境形成鲜明对比。"琅玕"，竹。杜甫《郑驸马宅宴洞中》诗有"主家阴洞细烟雾，留客夏簟青琅玕。"

词作下片继续写梦中情景。首句"千里暮云平"，无边的暮云平平地展开，境界开阔。上片结二句写的是接近傍晚时分，而这句的"暮"字，表明时间已到傍晚，应当说扣题"七夕"了；接下叙写七夕之夜的活动"南楼催上烛，晚来晴。""南楼"，用庾亮典，这里指词人与朋友七夕欢会之处。天色已晚，在南楼上的人们已催着点烛，可见他们急于欢饮，兴致很高，而此时楼外的天气很晴朗。七夕之夜的主要活动之一，是观看银河群星灿烂、牛郎织女相会景况，天气晴朗至关重要的。如果是阴天，那就太令人扫兴了，所以词人特别强调"晚来晴。"虽然仅短短三个字，却包含着欣喜，甚至宽慰的感情在内；"酒阑人散斗西倾，"当人们尽兴而散时，夜已很深了。至于与友人如何欢饮，如何观看星空，词人并未一一叙写，而是直接写酒后，欢会的情况留给读者去想象,也显示了在欢乐中时间的易逝。"斗西倾",北斗星西斜,表明夜已很深了;结句,"天如水,团扇扑流萤"写友人散去后之情景。承上"晚来晴",此时天空晴朗得像一泓碧水,澄澈明净,词人余兴未尽,心情特好,拿着一把团扇追扑起飞来飞去的萤火虫来。这里以"天如水"之景、"团扇扑流萤"之动作,突出地表现了词人心情之愉快舒畅。

以七夕为题材的词作甚多,这首词却写得极其别致,有新意。词中所写之梦境,当是词人所亲身经历过的情事,当他孤身卧病时就最易怀念当时的欢乐。词人以梦的形式来写这段回忆,那就显得他对这段往事的特别眷恋,真是"梦魂系之"。词中"梦中偏记水西亭"是关键句,写出词人病中处于昏暗、寂静环境中的恍惚情态。正如陈廷焯所说:"是病中景况,写来逼真"(《词则·别调集》卷二)。词运用对照手法,将两种不同的情景置于同一节日——七夕之夜,取得鲜明的反差。病中之情景是实的,梦中之情景是虚的,实景写得简约;虚景写得具体详细,以虚衬实,就更加突出实景之昏暗、凄清,反映了词人在病中的心情。

好　事　近

吕渭老

飞雪过江来,船在赤栏桥侧。惹报布帆无恙,著两行亲札。
从今日日在南楼,鬓自此时白。一詠一觞谁共,负平生书册。

【鉴赏】

这首词是吕渭老南渡平安抵达后,写给友人的。

词作上片写抵达江南,并报平安。"飞雪过江来,船在赤栏桥侧",开首二句写实,点明渡江时的季节、气候和到达地点。雪花飞扬之时,当正值寒冬季节,而此时冒雪渡江,可见当时情况比较紧急,这反映了靖康之乱后的动荡局面。"赤栏桥",有红色栏干的桥。这里可能指具体地名。据姜夔《淡黄柳》词序云:"客居合肥南城赤栏桥之西。"即在安徽合肥,可参考。三、四句"惹报布帆无恙,著两行亲札",为倒装。即到达后立刻写封简短信札,向友人报告平安,以免他们挂念。"布帆",布制的船帆。"布帆无恙",旅途平安,没出事故。《晋书·顾恺之传》载:"(殷)仲堪在荆州,恺之尝因假还,仲堪特以布帆借之。至破家,遭风大败。恺之与仲堪牋曰:"地名破冢,真破冢而出。行人安稳,布帆无恙"。李白《秋下荆门》诗有"霜落型门江树空,布帆无恙挂秋风"句。"无恙",无忧无疾,这里指旅途平安。"惹报",

有的选本和分析文章作“为报”。“为报”易释。但不知据何版本,故仍据《全宋词》作“惹报”。“惹”,同“偌”,如此,这样。即紧承第二句句意:这样已平安抵达江南,就赶紧写信报平安。“两行”,表示信极短,不及谈及别事。词作上片语虽平实简洁,感情却深沉真诚。

词作下片抒发悲伤懊悔的心情。首句“从今日日在南楼”中“从今”二字,带有决绝、失落的意味,与上片首句遥相呼应。渡江南来,颠沛流离,中原沦落敌手,何日能再回去?“日日在南楼”,用“日日”加以强调,从今以后,天天都要栖息在南方。“南楼”,本系庾亮故事,泛指好友欢聚之处,这里是指词人在南方的住处。“发自此时白”,“发白”,有自然生理的原因,而这里上承“从今”,下又用“自此时”加以强调,内涵就较为复杂了。结末二句,就是对“发白”原因的说明。“一詠一觞谁共”,“一詠一觞”,指赋诗饮酒。晋王羲之《兰亭集序》:“一觞一詠,亦足以畅叙友情。”“谁”,这里指志同道合的朋友。这句是说自己来到江南,与友人天各一方,而目前战乱频繁,障碍重重,何日能重相聚赋诗饮酒,互诉衷肠呢?此为“发白”的原因之一。“负平生书册”,“书册”上加“平生”二字,是说辜负自己读了一辈子书,却无法实现为国建功立业的抱负。古时文人读书,多抱有“上报国家,下安黎民”的理想,而处于北宋沦亡,南宋偏安,主和派掌权,金人虎视眈眈之际,理想终成泡影。这是“发白”的原因之二,实际是主要原因。词作下片语气沉重,悲懑与懊悔之情交织。

全词虽简短,内涵却极丰富,感情强烈深切。

选冠子

吕渭老

雨湿花房,风斜燕子,池阁昼长春晚。檀盘战象,室局铺棋,筹画未分还懒。谁念少年,齿怯梅酸,病疏霞盏。正青钱遮路,绿丝明水,倦寻歌扇。

空记得、小阁题名,红笺青制,灯火夜深裁剪。明眸似水,妙语如弦,不觉晓霜鸡唤。闻道近来,筝谱慵看,金铺长掩。瘦一枝梅影,回首江南路远。

【鉴赏】

这是首相思词,抒情主人公是位男性。

词作上片主要写主人公目前的倦怠心情与懒散情态。“雨湿花房,风斜燕子,池阁昼长春晚”,开首三句写景,点出气候和时令。三句写来有区别,先说第三句,其中有主人公的活动,即晚春时候,他待在池畔楼阁中,无聊地度过这长长的白天。“昼长”是晚春的自然现象,然语气中带有不耐的意味。前二句则是主人公从楼阁上望见的外界景色:花儿被雨打湿,燕子被风吹得斜斜地飞,原来外面天气不好,正刮风下雨。晚春时本已开始凋谢的花儿,现又被雨打,那将凋谢得更迅速;燕子体小轻捷,现在却被风吹得轻捷不起来,只能斜斜歪歪地飞。总之,主人公所见到的景象是令人不愉快的,似乎风雨正在加速春天逝去。此景是主人公主观选择的,同时也给闷在楼阁上的主人公增添了烦闷。这里“雨湿花房,风斜燕子”中的“湿”“斜”二字作动词用,与周邦彦《满庭芳》中“风老莺雏,雨肥梅子”中“老”“肥”用法近似,有异曲同工之妙。接下至上片结束,分三层写主人公的倦怠心情与懒散情态。首先,“檀盘战象,室局铺棋,筹画未分还懒”,写下棋。下棋的目的是为了消磨时光,排遣烦闷,以度过漫长的晚春白昼。摆开檀木棋盘,布好棋局,可是在尚未分胜负之时,自己就懒得再下了;其次,“谁念少年,齿怯梅酸,病疏霞盏”,写饮酒。青梅煮酒,是晚春独特的活动。宋晏殊《诉衷情》词:“青梅煮酒斗时新,天气欲残春。”可是,主人公却怯于品尝带酸味的新鲜青梅,病恹恹地亦疏远了美酒。“霞盏”,即霞杯,酒杯,代指美酒。以上两层均写的是在室内的活动情况。在室内既无法排遣,那就到外面去看看;“正青钱遮路,绿丝明水,倦寻歌扇,”第三层写的是主人公来至室外之所见。此时天已晴了,飘落的榆钱堆满路上,碧绿的柳条轻拂着明净的池水,虽是晚春景色,却也明朗宜人。可是主人公却没有心情去听歌观舞。“歌扇”,歌舞时所用之扇。这里指代歌舞。从以上所描写的三层内容来看,这位主人公无论做什么事,无论在什么地方,无论天气阴雨还是晴朗,他都提不起精神,倦怠、懒散到极点。三层写得极有层次,一层深于一层,中间穿插“谁念少年”问语,既表现主人公苦闷至极、不禁脱口而呼的情态,亦点明他是男性;而且在写法上有变化,避免了平直呆板。

词作下片,前半回忆往昔怀心上人相聚时的欢乐,后半想象对方思念自己的情况。开首三句,“空记得、小阁题名,红笺青制,灯火夜深裁剪,”回忆当初二人在一起时的活动和欢乐。“题名”,《唐书·选举志》:“举人既及第,又有曲江会题名席。”李肇《国史补》:“既捷,列书其姓名于慈恩寺塔,谓之题名会。”这里只是题写姓名之意。“红笺”,一种精美的小幅红纸,多作名片、请柬或题诗词用,这里是指后者。“青制”,当是用墨笔书写之意。当初二人在小楼上,用精美的纸写诗,签上名,并在灯光下共同对诗润饰加工直到深夜。“裁剪”,这里指对诗文的润饰加工。回忆是如此的甜蜜温馨,心上人的形象自然而然地浮现在主人公脑际;“明眸似水,妙语如弦,不觉晓霜鸡唤”三句,描写心上人的形象。只拈出眼睛与声音,并未全面描绘。写她的眼睛似秋水般明净,这样写,不仅以点带面地突出了她的美丽;而且眼睛是心灵的窗户,也表现了她的智慧与聪明。“妙语如弦”,不仅写了她有“妙语联珠”的口才,也写出她说话似唱歌般美妙动听的声音。如此描写,不仅不落俗套,且富特色,予人以极深印象。面对那一双美目,耳听那美妙的话音,主人公沉浸在幸福之中。时间在不知不觉中过去,突然晓鸡一声,才知天已亮了,真是良宵苦短。从以上所写来看,主人公和其心上人有共同的爱好和雅兴,文化修养相近,是美满的一对。然而词人在此六句句首冠以“空”为领字,一切美好的回忆都是徒然的,因为他们终于分离了。接下词人调转笔触,写对方情况;“闻道近来,筝谱慵看,金铺长掩”三句,听说她近来懒于看筝谱,不弹奏乐器,门户久闭,足不出户,不接待客人。“金铺”,门上兽面形铜制环钮,用以衔环,这里代指门。三句通过两个行动,表明心上人亦正为相思所苦。由此看来,二人的分离并非由于感情破裂,而是有其他人为的原因;结二句,“瘦一枝梅影,回首江南路远”,主人公想象心上人如此思念自己,如此自我折磨,她必然消瘦了。“瘦一枝梅影”,以梅为喻,描绘出心上人的倩影,虽瘦却风韵依然,楚楚动人,也写出了心上人的高洁品格。想及心上人目前之情况,恨不得立即回到她身边,可是江南路遥,相隔千里,只有无可奈何。五代后周王仁裕《开元天宝遗事》上“风流薮泽”载:“长安有平康坊,妓女所居之地,京都侠少,萃集于此。兼每年新进士以红笺纸游谒其中,时人谓此坊为风流薮泽。”唐韩翃《送万巨》诗:“红笺色夺风流座,白纻词倾翰墨场。”“本词用“题名”“红笺”及“筝谱”等词,看来词人所思念之女子当是位风尘中人物。他们志趣相投,相爱极深,却不得不分离,也许就是这个原因吧!

这首词写的婉媚深窈,极富情致,尤其对主人公的心理和情态的刻画,深细真切,十分感人。杨真在《词品》里说吕渭老“在宋不甚有名,而词甚工。……佳处不减少游”。

鲁逸仲 生卒年不详，孔夷的隐名，字方平，号滍皋先生、又是滍皋渔父，汝州龙兴(今属河南)人。元祐中隐士，刘攽、韩维之畏友。黄升称其词“词意婉丽，似万俟雅言(咏)。”存词三首。

南 浦

鲁逸仲

风悲画角，听单于、三弄落谯门。投宿骎骎征骑，飞雪满孤村。酒市渐阑灯火，飞敲窗，乱叶舞纷纷。送数声惊雁，乍离烟水，嘹唳度寒云。

好在半胧淡月，到如今、无处不消魂。故国梅花归梦，愁损绿罗裙。为问暗香闲艳，也相思、万点付啼痕。算翠屏应是，两眉余恨倚黄昏。

【鉴赏】

本词写旅夜相思。

上片通过听觉和视觉构成四幅各具特色的画面，即“画角谯门”“飞雪孤村”“冷落酒市”和“寒夜惊雁”。首句“风悲”两字刻画风声。风声带来阵阵角声，那是谯门上有人在吹《小单于》乐曲吧！画角是涂有彩绘的军中乐器，其声凄厉，画角飞声，散入风中，又曾触动过无数旅人的愁思，“风悲”两字极为灵动传神。秦观《满庭芳》中对角声之哀也曾有描写，“画角声断谯门，暂停征棹，聊共引离尊”。一“落”字见得谯门之高，风力之劲，并且还表达出旅人心头的沉重之感。

“投宿”两句写途中飞雪。“骎骎”形容马在奔驰，又上承“投宿”，使旅人急于歇脚的心情跃然纸上；下启“飞雪”，点出急于投宿是因为风雪交加。“飞”形容漫天飞雪飘舞之状，而“满”字又着力画出村子之小而且孤；“酒市”二句是入村以后的景象。灯火阑珊，人迹稀少，可见雪大且深，也衬托夜间旅舍独处之冷清，所闻者唯有乱叶扑窗之声。“舞纷纷”写落叶之多和风力之急。“骎骎”“飞”“满”“舞”都是动字；“骎骎”在句中不仅状客观之物，而且还能传主观之情，由此可见作者对字、词、句的推敲斟酌。《白雨斋词话》极为赞赏这点：“此词遣词琢句，工绝警绝，最令人爱”。

“送数声”三句是客舍夜坐所闻。雪夜风急，忽闻雁声。雁群入夜歇宿在沙渚芦丛之中，遇到外物袭击，由守卫的雁儿报警，便迅速飞向高空。“乍离”句即是写这种情况。“嘹唳”句说的是雁群受惊后穿过密布的冻云飞向高空，鸣声高亢曼长。

雁儿多在高空飞行，白天远望可见，夜间则从鸣声得知。杜牧《早雁》诗有云：“金河秋半虏弦开，云外惊飞四散哀。”云外，言其飞得高也。张文潜《楚城晓望》诗也说：“山川摇落霜华重，风日晴和雁字高。”而卢纶《塞下曲》写的就是雁儿夜惊：“月黑雁飞高，单于夜遁逃，欲将轻骑逐，大雪满弓刀。”单于战败后想趁黑夜逃遁，途中惊动了雁群，雁儿惊飞云外时的鸣声使追逐者得知单于的去向。本词所写的是南归途中的雁儿，在夜间受惊高飞时的鸣声，叩动旅人的心弦，无限乡思，黯然而生，词意至此由写景转入下片的抒情。

下片另开境界，由雪夜闻雁转为淡月乡愁，委婉地铺写相思情意。“好在”句是说风雪稍止，云雾未散，朦胧中透现半痕淡月。“好在”指月色依旧。“无处不消魂”，描绘客居夜思，月色依稀当年，望月生情，不禁黯然魂销。“故国”两句，诉说由于故国之梅以及穿着绿罗裙之人，使他眷恋难忘，因此频频入梦。“故国”，即“故园”，周邦彦《兰陵王》中就有“登临望故国”之句。“愁损”两字，怜想梦中伊人亦为相思所苦，语意曲折。

“为问”两句上承“故国”句，是以设问将梅拟人化，将枝上蓓蕾比拟为泪珠。试问那暗香浮动的花枝，是否也是为了相思而泪痕点点？末两句又上承“愁损”句，设想对方，由己及人。自己在客中归梦梅花，愁绪满怀，想伊人在故园赏梅忆人，泪滴枝头，正如牛峤《菩萨蛮》中所云：“愁匀红粉泪。眉剪春山翠。何处是辽阳，锦屏春画长。”薄暮时分，她斜倚屏风想起远方旅人，他遥忆故园，应亦是余恨绵绵，难以消除吧！

岳飞　（1103～1142）字鹏举，相州汤阴（今属河南）人。南宋抗金名将，官至枢密副使，封武昌郡开国公。因不附和议，被秦桧以“莫须有”的罪名杀害。孝宗时，谥武穆。宁宗时追封鄂王，理宗时改谥忠武。著有《岳武穆遗文》（一作《岳忠武王文集》），诗词散文都慷慨激昂。

小 重 山

岳　飞

昨夜寒蛩[①]不住鸣。惊回千里梦，已三更。起来独自绕阶行。人悄悄，帘外月胧明[②]。

白首为功名。旧山[③]松竹老，阻归程。欲将心事付瑶琴[4]。知音少,弦断有谁听[5]?

【注释】

①蛩(qióng):蟋蟀。

②月胧明:月色朦胧。

③旧山:旧日的家山,指故乡。

④瑶琴:琴的美称。

⑤“知音”二句:用伯牙与钟子期的典故。

【鉴赏】

这首词大概作于南宋与金朝议和之时。绍兴七年(1137),宋高宗赵构置抗金前线频传捷报的大好形势于不顾,再次起用主张投降议和的奸佞秦桧为枢密使,次年又擢拜宰相,从而葬送了南宋爱国将士抗金恢复的胜利果实。秦桧上台后加紧推行议和投降政策,一大批抗战爱国志士遭到贬谪和排斥。作为抗金主将的岳飞,当然要坚决反对秦桧的倒行逆施,他曾公开指责秦桧说:“金人不可信,和好不可恃,相臣谋国不臧,恐贻后世讥。”(《宋史·岳飞传》)同时,他在写给枢密副使王庶的信中也说:“今岁若不举兵,当纳节请闲。”(同上)可见岳飞对议和投降政策的愤慨。但在秦桧当权炙手可热的情势下,他又不能不有所隐忍,故借这首小词来抒写壮志难酬的忧愤抑郁情怀。词从“寒蛩惊梦”写起。“千里梦”即“中原梦”,词人在梦中仍率领大军千里挺进,欲图驱逐金虏,光复中原河山。不料想这场“千里梦”却被“不住鸣”的“寒蛩”惊醒,醒来时夜已三更;词人难以为情,披衣起床,独自绕阶而行;夜深人静,窗外的月光也朦胧不明。想到自己鬓发已经斑白却未能建功立名,家乡的松竹已经苍老却因金兵入侵阻断归程,心中不免抑郁忧愤;要把这段“心事”付诸瑶琴,可叹“知音”稀少,“弦断有谁听”!全词借梦抒情,托物寓志,以“寒蛩鸣”“月胧明”比喻危急昏暗的时局,以“阻归程”“知音少”抒写郁愤不平的心情,尤觉曲折深婉,悲切动人。

满　江　红

岳　飞

怒发冲冠[1],凭栏处、潇潇[2]雨歇。抬望眼,仰天长啸[3],壮怀激烈。三十功名尘与土,八千里路云和月。莫等闲[4]、白了少年头,空悲切。

靖康耻[⑤],犹未雪。臣子恨,何时灭!驾长车,踏破贺兰山缺[⑥]。壮志饥餐胡虏肉,笑谈渴饮匈奴血[⑦]。待从头,收拾旧山河,朝天阙[⑧]。

【注释】

①冠:帽子。

②潇潇:形容雨势急骤。

③长啸:感情激动时张口发出清而长的声音,为古人的一种抒情之举。

④等闲:轻易,随便。

⑤靖康耻:指北宋靖康二年(1127年),金兵攻陷京城汴梁,掠走徽、钦二帝。

⑥贺兰山缺:在今宁夏回族自治区。此处指金兵占领区。缺:山口。

⑦胡虏、匈奴:指金兵。

⑧朝天阙:指朝见皇帝。天阙,天子宫殿前的楼观。

【鉴赏】

这是一首气壮山河、传诵千古的名篇。绍兴六年(公元1136年)岳飞率军节节胜利,大有一举收复中原,直捣金国老巢之势。但此时的宋高宗一心议和,命岳飞立即班师。岳飞痛感坐失良机,在百感交集中写下了这首《满江红》。其词英勇悲壮,高亢激越,唱出了千百年来爱国热血之士精忠报国的英雄气概。

上阕通过凭栏眺望,抒发为国杀敌立功的豪情。首三句讲,我怒发冲冠,独自登高凭栏，阵阵风雨刚刚停歇。眼看成功毁于一旦，岳飞怎能不愤怒至极，怎奈君命难违，心中的悲愤无处发泄；"抬望眼，仰天长啸，壮怀激烈。"我抬头远望天空一片高远壮阔，禁不住仰天长啸，心中的豪情壮志强烈地冲击着自己；"三十功名尘与土，八千里路云和月。"多年来驰骋疆场，纵横各地，艰苦奋战，也曾立下硕硕功勋，可这些功名与尽忠报国的壮志来比，只不过是尘与土，不值一提；"莫等闲、白了少年头，空悲切。"作者以近乎直白的语言道出了趁年轻要努力作为的迫切心情：好男儿，要抓紧时间为国建功立业，不要空空将青春消磨，等年老时徒自悲切。这句话已成为日后无数仁人志士、有志之士鼓励自己的座右铭。

下阕表达雪耻复国，重整乾坤的壮志。"靖康耻，犹未雪。臣子恨，何时灭！"靖康年间的奇耻大辱，至今也不能忘却。作为国家臣子的愤恨，何时才能泯灭！这里，作者重提宋朝的历史悲剧，沉痛中包含由屈辱激起的复仇决心；"驾长车，踏破贺兰山缺。壮志饥餐胡虏肉，笑谈渴饮匈奴血。"这几句是说，我们一定会驾上战车，踏破敌阵，横扫金兵。作者遣词造句生动形象；"饥餐肉、渴饮血"，进一步表达出誓绝匈奴的壮志，同时也表达了对入侵的匈奴无比痛恨和宋军必胜的乐观心情；末句以"待从头，收拾旧山河，朝天阙"作结，待我重新收复旧日山河，再带着捷报向皇上报告胜利的消息，突出表明了岳飞忠君报国的思想，可歌可泣。

全词表现了作者大无畏的英雄气概，洋溢着爱国主义激情，陈廷焯评此词："何等气概！何等志向！千载下读之，凛凛有生气焉"（《白雨斋词话》）。

孙道绚　生卒年不详，号冲虚居士。黄铢之母。有《冲虚居士词》。

滴滴金　梅

孙道绚

月光飞入林前屋。风策策，度庭竹。夜半江城击柝声，
动寒梢栖宿。
等闲老去年华促，只有江梅伴幽独。梦绕夷门旧家山，
恨惊回难续。

【鉴赏】

孙道绚，号冲虚居士，黄铢之母。厉鹗《宋诗纪事》卷五十二云："铢字子厚，号毂城翁，建安人，少师事刘屏山，与朱子为同门友，有《毂城集》。其母孙夫人道绚，号冲虚居士，能文有词。"据此道绚当与李清照同时。作为历史转折点的"靖康之变"，她该是亲身经历的，这首词便反映了她在乱离年代的思想感情。

此词写羁迟南方的苦难生活。道绚是中原人，盛年居孀（见王逢《梧溪集》卷二）。在金兵南下之际，她可能与李清照一样，“飘零遂与流人伍”，流徙江南，只身寄居一室。根据词中所写，她所居住的地方是一座临江的城市，屋前有树林，庭中有绿竹。环境是清幽的，如在平时，这位女词人的心情一定很宁静。可是此刻她却梦绕夷门，中心忉怛。什么原因呢？当然是战争气氛的影响。

这首词在轻细的词风中注入了动荡年代的时代精神，轻细在笔，深沉在情。夜已深了，孤栖一室的词人犹未阖眼。透过窗棂，只见月光飞过林梢，穿入小屋。晏殊《蝶恋花》云：“明月不谙离恨苦，斜光到晓穿朱户。”与此词差相近。晏词的“穿”字，孙词的“飞”字，俱从不眠者眼中反映出月光的动态，境界极美。这是从视觉方面着笔，以下几句则从听觉方面进行描写。“策策”，象声词，韩愈《秋怀》诗：“秋风一披拂，策策鸣不已。”；白居易《冬雪》诗：“策策窗户前，又闻新雪下。”从音感上写出飘零异地之情，南宋词时或有之，如李清照《添字丑奴儿》：“窗前谁种芭蕉树，……点滴霖淫，点滴霖淫，愁损北人不惯起来听。”此处写风吹绿竹声，自有其特色。这风吹绿竹发出来的策策响声，对作为嫁给建安人的孙道绚来说，像是熟悉；而对刚从中原南来的词人来说，又像有些陌生。可见心理描写之工细。竹声未已，继之以柝声，更使词人心情不安。柝，俗称梆子，巡夜打更时所用。也许因为处于战争年代的缘故，巡夜击柝以报平安之声，更加牵动人心。迢迢长夜，月光入户，柝声盈耳，离人当此，情何以堪！但她不具体写心情如何难受，只是用象征手法，通过环境描写反映出来。“动寒梢栖宿”一句，写得极妙。“梢”谓树梢，“栖宿”，以动词代名词，借指鸟类。也许是栖鸦、也许是栖鹊，半夜听到柝声，它们都躁动起来。从这样的描写中，我们似乎看到一个流离失所者惶惧战栗的影子。

如果说上片是以纤细的笔触勾画出词人所处的环境，以客观景物象征词人的心理状态；那么下片便深入到刻画词人的内心世界，抒发出怀念旧京的思想了。“等闲老去年华促”，说明词人已感衰老。据其子黄铢绍兴三年跋其词云：“年三十，先君捐弃，即抱贞节以自终。”（张世南《游宦纪闻》卷八）此词当作于其前，盖建炎年间（1127~1130）。如三十丧夫，则作此词时恐亦四十余岁，按当时习惯，可以称老了。这里词人不是嗟叹老大无为，而是感慨人生短促，词情掩抑深沉。零落江城，老年守寡，唯有幽独的江梅与之做伴，此境极为凄惨。姜夔《疏影》云：“但暗忆江南江北。想佩环月夜归来，化作此花幽独。”是以幽然独处的梅花比喻王昭君的魂魄；此处则以幽然独处的梅花比喻词人自己，可谓异曲而同工，俱达到出神入化的妙境。

结尾二句运用了新乐府诗“卒章显志”的传统手法，点明题旨之所在。不管月光如何照人无寐，也不管竹声柝声如何干人清睡，词人终于入梦了。在梦中，她回到日夜思念的“夷门旧家山”，总算在精神上得到片刻的安慰。按夷门原为战国时大梁东门。《史记·魏公子传赞》云：“吾过大梁之墟，求问其所谓夷门。夷门者，城之东门也。”宋时大梁称汴京。汴京东门为词人之“旧家山”，可见曾在那里住过。此句至关重要，可称全篇之“词眼”。有此一句，则光照前后，通体皆明，否则将不知所云了。词人梦中回到夷门，瞬间又被惊醒，欲想重续旧梦又不可能，于是她陷入深沉的悲哀。词中爱旧居、爱旧国的主题，至此也完成了。

值得指出的是，此词前结写栖鸟惊躁；后结写好梦惊回，一虚一实，前后映衬，对于突出离乱中词人的形象是极为有力的。掩卷思之，当知个中意味。魏庆之《诗人玉屑》卷二十称其"使易安尚在，且有愧容矣"。抑扬之间容或太过，然可证她的词确有较高水平。

国学经典文库　图文珍藏版

宋词鉴赏

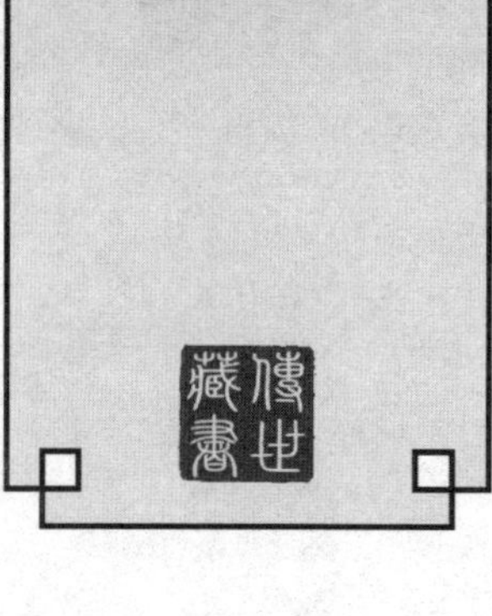

马博◎主编

线装书局

康与之 生卒年不详，字伯可，一字叔闻，号顺庵，又号退轩，滑州(今属河南)人。南渡后居嘉禾(今浙江嘉兴)。高宗建炎初(1127)上“中兴十策”不为用。后依附秦桧，为秦门下十客之一，被擢为台郎。桧死后，编管钦州。绍兴二十八年(1158)移雷州，复送新州牢城。其词多应制之作，不免歪曲现实，粉饰太平。但音律严整，讲求措词。有《顺庵乐府》五卷，不传；今有赵万里辑本。

望江南① 重九遇雨

康与之

重阳日，阴雨四郊垂。戏马台前泥拍肚，龙山会上水平脐。直浸到东篱。

茱萸胖，菊蕊湿滋滋。落帽孟嘉寻箬笠，休官陶令觅蓑衣。都道不如归。

【注释】

①《二老堂诗话》载此词多异文，录如下：“重阳日，四面雨垂垂。戏马台前泥拍肚，龙山路上水平脐。淹浸到东篱。茱萸胖，黄菊湿蘸蘸。落帽孟嘉寻箬笠，漉巾陶令买蓑衣。都道不如归。”

【鉴赏】

这是一首有名的谐谑词。据说是作者在“重九遇雨，奉敕口占”(见清徐釚《词苑丛谈》卷十一)。词中充满了滑稽调侃的情趣，收到了“俗不伤雅，谑不为虐”的艺术效果。

词的上片写雨势的猖獗，下片写登高遇雨的狼狈相，皆以夸张调侃出之。上片的发端，纯用口语，点明时间是重阳，气候是阴雨，朴拙而平淡之极，不仅“老妪能解”，抑且“老妪能道”，忽然扣紧重阳登高的现实，连用两个富有韵致的典故，就收到了“以巧补拙，以灵济朴”的艺术效果。戏马台即项羽的掠马台，在今江苏徐州市南，宋武帝尝于重阳登高其上，置酒赋诗，后遂成为重九登高的胜地，见于《水经注·泗水》。龙山会，指晋征西大将军桓温于重九日游龙山，宾客咸集，互相调弄的韵事，见于《世说新语·识鉴》注。这两个有名的历史掌故，既切合题旨，又符合现实，随手拈来，浑化无痕，不愧为用典的妙手。尤其是用典之后，分别续之以“泥拍肚”和“水平脐”，冶雅俗于一炉，合事意于一体。“文而不文，俗而不俗”，成为一个雅俗互补的有机的统一体。“直浸到东篱”，是承接“阴雨”而来，也是为下片的“菊蕊”和“陶令”作伏线，使之顺理成章地过渡到下片去。“东篱”，是赏菊之地。典出陶潜的“采菊东篱下，悠然见南山”（《饮酒》）。古人每逢重九，就要赏菊饮酒的。在这里，词人夸张调侃，征典用事，始终紧紧地把握题旨，围绕重阳遇雨来写，故能宕而不野，疏而不放。

过片处“须词意断而仍续，合而复分”（沈祥龙《论词随笔》）。这首词过片的“茱萸胖，菊蕊湿滋滋”，是用“胖”和“湿”照应上片的“阴雨”；用“茱萸”和“菊蕊”照应上片的“戏马台”“龙山会”和“东篱”等重阳事物，便是“词意断而仍续”。上片写雨势之大，写人之所见；下片写遇雨之状，写人之所历。都是写重阳遇雨，而各有侧重，便是“合而复分”。在这断续分合之间，充分体现了这首词的“吞吐之妙”。古人重九登高要插茱萸并饮菊花酒，以避灾（见梁吴均《续齐谐记》），王维有诗云“遥知兄弟登高处，遍插茱萸少一人”（《九月九日忆山东兄弟》）。可是而今呢？雨垂水漫，“寻箬笠”“觅蓑衣”还来不及，哪还能插茱萸、赏菊花呀！即使是孟嘉那样的诙谐潇洒，陶潜那样的天真自然，在那样的倾盆大雨下，恐怕也要面对现实，让自己从“落汤鸡”的厄运中解脱出来吧！“落帽孟嘉”与上片的“龙山会上”相呼应。《晋书·孟嘉传》说：孟嘉陪同桓温登龙山，帽子被风吹落，却没有发觉。温使孙盛为文嘲之，嘉援笔立答，文采甚美，四座叹服，后遂成为九日登高的韵事。“休官陶令”与上片的“东篱”相呼应。《宋书·隐逸传》说：陶潜为彭泽令，郡遣督邮至，县吏白应束带见之。潜叹曰：“我不能为五斗米折腰向乡里小人。”即日解印绶去职，赋《归去来》以见志。像这样两个潇洒、高洁的人，词人却用漫画的手法，涂抹出他们的狼狈相，加以调侃和嘲弄，令人捧腹喷饭。最后，词以“都道不如归”作结。曾有人把这句词改了，据周必大《二老堂诗话》记载：“与之自语人云，末句或传‘两个一身泥’，非也。”其所以为非，是因为这样便成浅俗而无余韵，使前两句对古人的雅谑得不到意趣相应的衬补与收结。“不如归”者，本是诗词中雅言，多用于久客思家或久宦思隐的场合。这里却因承上雅人遇雨，体会他们的心意说：与其“寻箬笠”“觅蓑衣”，倒不如赶快回家去，在屋下安稳坐地，便淋不着矣。翻雅言为俗意，以妙语结词情，用笔既摇曳生姿，下语又冷隽可喜，不离全词谑而仍雅的风调，又收余味不尽的效果，所以为高。元人小令中颇多这类隽语。如卢疏斋《朱履曲》赋雪天饮酒听歌之乐，末云：“这其间听鹤唳，再索甚趁鸥盟。不强如孟襄阳干受冷！”结句突出奇兵，借孟浩然踏雪寻梅故事而别有意会，耐人咀嚼，与此词结尾可谓异曲而同工。

菩萨蛮令　金陵怀古

康与之

龙蟠虎踞金陵郡，古来六代豪华盛。缥凤不来游，台空江自流。

下临全楚地，包举中原势。可惜草连天，晴郊狐兔眠。

【鉴赏】

高宗南渡之初，围绕定都问题，小朝廷内有过一段时期的争论。建炎三年(1129)二月，帝在镇江。当时金军正拟渡江南下，帝召从臣问去留，王渊以杭州有重江之险，建言逃往杭州。高宗畏敌如虎，此话正中其下怀。张邵上疏曰："今纵未能遽争中原，宜进都金陵，因江、淮、蜀、汉、闽、广之资，以图恢复。"帝不听，终于还是去了杭州。绍兴六年(1136)七月，张浚又奏曰："东南形胜莫重于建康(即金陵)，实为中兴根本，且使人主居此，北望中原，常怀愤惕，不敢暇逸。而临安(即杭州)僻在一隅，内则易生玩肆，外则不足以号召远近，系中原之心。请临建康，抚三军，以图恢复。"这一回高宗总算还像话，即于次年移跸金陵。但八年又议还杭州。张守谏曰："建康自六朝为帝王都，气象雄伟，且据都会以经理中原，依险阻以捍御强敌。陛下席未及暖，今又巡幸，百司六军有勤动之苦，民力邦用有烦费之忧。愿少安于此，以系中原民心。"然而高宗正一心与金人议和，殊不以北方失地为念，执意返杭。同年，宋金签订了"绍兴和议"，自此南宋竟定都于临安了。(见《宋史纪事本末》卷六十三《南迁定都》)康与之此词，似即作于这一历史时期。名曰"怀古"，实是"伤今"，是针对当时最高统治集团奉行逃跑和妥协政策而发的扼腕之叹。

上阕思接千载，写历史长河中的金陵。金陵群山屏障，大江横陈，是东南形胜之地，自三国吴大帝孙权建都于此，历东晋、宋、齐、梁、陈，先后六朝凡三百数十年为帝王之宅，豪华竞逐，盛极一时。起二句，即概述那一段灿烂辉煌的往事，以先声夺人。"龙蟠虎踞"四字用典，汉末诸葛亮出使东吴，睹金陵(时称秣陵)山阜，有"钟山龙蟠，石头虎踞"之叹，见《太平御览·州郡部·叙京都》引晋张勃《吴录》。如此雄伟之山川，复有如许繁荣之人事，可谓珠联璧合，相得益彰。然而，宇宙无穷，山川长在；盈虚有数，人事不居。三百余年在永恒的历史面前只是弹指一瞬。六朝之后，四海一统，汉民族的政治中心又回归到黄河流域，金陵丧失了她所一度拥有过的显赫地位。"缥凤"二句，情绪陡落千丈，与后蜀欧阳炯《江城子》(晚日金陵岸草平)之所谓"六代繁华，暗逐逝波声"、北宋王安石《桂枝香·金陵怀古》之所谓"六朝旧事随流水"同一感慨。若究其字面，则显系化用李白《登金陵凤凰台》

诗:“凤凰台上凤凰游,凤去台空江自流。”“缥凤”,淡青色的凤鸟。“凤凰台”,故址在今南京花盝冈。南朝宋文帝元嘉十六年(439),有三鸟翔集于此,状如孔雀,五色纹彩,鸣声谐和,众鸟群至,遂筑此台以纪其瑞。见宋乐史《太平寰宇记·江南东道·昇州·江宁县》。由于李白诗为人们所熟知,虽只用其片断,而读者不难联想而及同诗中“吴宫花草埋幽径,晋代衣冠成古丘”等名句,这就好似“全息摄影”,局部反观为整体,十个字带出了一连串意境,当年“豪华”之“盛”,今日萧瑟之衰,种种画面遂一闪过读者眼前。且“龙蟠虎踞”云云以“山”起,“台空江流”云云以“水”结,针缕亦极周到。

题面“金陵怀古”之意,上阕四句已足。然词人之用心原不在“发思古之幽情”,为“怀古”而“怀古”,“怀古”的目的是为了“伤今”,故下阕即转入此旨。“下临”二句,视通万里,复将今日之金陵放在战略地理的大棋枰上来掂量。“全楚地”,语见唐刘长卿《长沙馆中与郭夏对雨》诗“云横全楚地”,泛指长江中游地区。春秋战国时,此系楚国的腹地,故云。“包举”,包抄而攻取。二句谓金陵为长江下游的战略要地,与长江中游诸重镇共同构成包抄中原的态势。按当时军事方略,南宋如欲北伐收复中原失地,可于长江中、下游两路出兵,一路自鄂州(今武汉市一带)出荆襄,直趋河洛;一路自金陵等地出淮南,迂回山东。倘若更置一军自汉中出,攻取关陕,三路进击,则尤佳。词人能够高度评价金陵在北伐事业中所占据的重要战略地位,诚为有识之见。前引张邵、张浚、张守之奏议,与康与之此词,或为政治家之言论,或为文学家之笔墨,都代表着当时的军心、民心。南宋爱国词,好就好在她与民族、人民的愿望息息相通。行文至此,词情再度振起。可是,“事无两样人心别”(辛弃疾《贺新郎·同父见和再用前韵》),以高宗为首的南宋统治集团只知向金人屈膝求和,根本不相信人民的力量。他们龟缩在远离前线的浙东一隅,视长江天险为第二道院墙,听任金陵这座理想的北伐大本营徒自荒芜,无从发挥她所应有的历史作用。面对这一冷酷的现实,词人的激情不禁再一次跌到冰点。“可惜草连天,晴郊狐兔眠!”一声长吁,包含着多么沉重的失望与痛苦啊!作为封建时代的知识分子,词人不可能直言不讳地去批揭那龙喉下的逆鳞,然而他已经形象地告诉了千载以后的读者,南宋统治者的胆识,甚至还在六朝之下!东晋以迄梁陈,文治武功虽不甚景气,毕竟尚有勇气定都金陵,与北方抗衡,未至于躲得那么远呢。

此词最显著的特点是,上下八句,两两相形,共分为四个层次,呈现为“扬——抑——扬——抑”的大起大落,犹如心电图上的脉冲一上一下做大幅度跳动,这种章法与词人怀古伤今时起伏的心潮吻合无间。由起句的“龙蟠虎踞”到收句的“狐卧兔眠”,两组意象遥遥相对,亦是匠心所在。其意盖从北周庾信《哀江南赋》“昔之虎踞龙盘,加以黄旗紫气,莫不随狐兔而窟穴,与风尘而殄瘁”云云化出,而较为简洁。龙虎地而无有龙腾虎跃,却成为狐兔之极乐世界,此情此景,本身既是莫大的讽刺,不必更着一字,读者已随词人作喟然之浩叹矣。

长相思 游西湖

康与之

南高峰，北高峰，一片湖光烟霭中。春来愁杀侬。

郎意浓，妾意浓。油壁车轻郎马骢，相逢九里松。

【鉴赏】

康与之现存三十八首词中，颇有些情韵深长的作品，他尤善于写少妇离情。这首《长相思》，就是比较突出的一首。

此词《花庵词选》题作《游西湖》，但重点不在游乐写景，而在触景怀人。

上片从西湖景物写起。"南高峰，北高峰"二句写山。南北两高峰是西湖诸山中两个最高的风景点。南高峰旧称"高一千六百丈"（今实测为海拔256.9米），风景葱倩，登临眺望，可以把西湖和钱塘江景物尽收眼底。北高峰在南高峰西北，遥遥相对，海拔314米，比南高峰更高。景观与南高峰不相上下。因为两峰有着这样好的景致，故作者特别拈出，以概括西湖诸山之胜。——这样措辞，当然还有词调格式的原因。

"一片湖光烟霭中"句写湖。西湖水面约五平方多公里，虽不像洞庭湖、太湖那样浩渺微茫，但水光潋滟，碧波荡漾，也是颇为开阔的。而且，湖上并非空荡荡的水光一片，白堤和苏堤像绿色的裙带，孤山像一块翡翠玉石，还有那亭台寺阁、桃柳梅荷，点缀得湖光如翠，四季宜人。在春天烟霭迷蒙中，就更显得绰约多姿了。（"烟霭"就是薄薄的云气，春天气候湿润，故空中常似有烟霭笼罩。）

"春来愁杀侬"句，由景入情。点出"春"，也点出"愁"。"春"是所写景物的时令，"愁"是景物触发的思想感情。联系前面三句，意思是说：春天来了，西湖的水光山色，美丽动人，但这却只能引起我的愁思而已。这是一个关键的句子，着此句而以上三句的意思始有着落，着此句而上片的感情意绪始全托出。结拍如此，可谓善于收勒，善于结束上段了。

过片转入回忆，以交代其愁思之故。"郎意浓，妾意浓"者，郎情妾意都一样地深厚浓郁也：在短促的句子中，连用两个"意"字，两个"浓"字，其给人印象的深刻，迥非一般语句所能企及。词中叠句所具有的积极功能，在此得到了高度的发挥。

"油壁车轻"二句，是对前面两句的具体叙述，写他们的初次相见。"油壁车轻郎马骢"这一句中有个典故，《苏小小歌》云："妾乘油壁车，郎骑青骢马；何处结同心？西陵松柏下。"据说，苏小小是南齐钱塘名妓，她常乘着油壁车（四周垂帷幕、用油涂饰车壁的香车）出游，一日，遇到一位骑青骢马（青白色的马）而来的少年阮

都，两人一见倾心，苏小小就吟了这首诗，约他到西泠（即西陵）桥畔松柏郁葱处（即她的家）来找她，结为夫妇。这里借用这个故事，来比词中男女主人公的浓情蜜意，以加深浪漫的色彩。“九里松”是他们初次相逢的地点，那地方是“钱塘八景”之一，为葛岭至灵隐、天竺间的一段路；唐刺史袁仁敬守杭时，植松于左右各三行，凡九里，因此松阴浓密，苍翠夹道，是男女邂逅的好地点。当然，文学作品是允许虚构的艺术，它可以虚构富于诗意的情景来描写；故我们对男女主人公的首次相遇，是否郎骑骢马妾乘车，是否在九里松，都不必过分拘泥。总之，下片词意，是女主人公回忆其与所爱的欢会而已。

这首词，以西湖景物为背景，上片现实，下片回忆，通过回忆中的欢乐以反衬现实中的离愁，思妇情怀，宛然如见。据词谱，《长相思》为双调三十六字，前后段各四句，三平韵，一叠韵，是最短的词牌之一，要写好并不容易。必须意味隽永，给读者提供充分的想象余地，才属佳作。但它的每句押韵和前后各重叠一个三字句的特点，也容易带来声韵悠扬、流走如珠的效果。特别是重叠的三字句，写得好了，给人的印象就特别深刻，白居易的“汴水流，泗水流”首，林和靖的“吴山青，越山青”首，就是如此。这首词在这方面功力也不弱，已详上文。词的风格自然朴素，毫无斧凿痕迹，似民歌的天籁，如西子的淡妆，的是佳作。

满 庭 芳 寒夜

康与之

霜幕风帘，闲斋小户，素蟾初上雕笼。玉杯醽醁，还与可人同。古鼎沉烟篆细，玉笋破、橙橘香浓。梳妆懒，脂轻粉薄，约略淡眉峰。
清新歌几许，低随慢唱，语笑相供。道文书针线，今夜休攻。莫厌兰膏更继，明朝又、纷冗匆匆。酩酊也，冠儿未卸，先把被儿烘。

【鉴赏】

自宋代都市繁荣、歌妓激增之后，词中歌咏士子与妓女绸缪婉转之态的，数量颇多。柳永、秦观、周邦彦等著名词人，都有不少这一类作品。康与之的这一首，也是此类艳情词的俦亚。词中所写，是歌妓冬夜留宴书生的欢昵场面，极软媚艳冶之致。

“霜幕风帘”三句，写节序及丽人所居环境：屋外风寒霜冷，但有帘遮幕隔，室内仍是一派暖意。“素蟾”即皎洁的月亮之意。“雕笼”的“笼”字应作“栊”，“雕笼”就是雕花的窗棂。“素蟾初上雕栊”，月华初上，窥入窗户，多么恬静的时刻，多么富于诗意的夜晚！短短三句，而节序、地点、时间俱出，用笔可谓经济。

节序景物描写结束之后，即转入对室内人物活动的描写。“玉杯醽醁，还与可人同。”写丽人与书生在一块儿喝酒。“醽醁”是美酒的名字；“可人”即称人心意的人，这里是词人对歌妓的昵称；“古鼎沉烟篆细”句，插写室内陈设。古鼎中点燃着用沉香制成的盘香，散发出细细的轻烟。有了这一句，就显得室内陈设的不俗，增加了室内的香暖感。“玉笋破、橙橘香浓”句，写丽人以指擘破香甜的橙橘。“玉笋”喻女子洁白纤细的手；橙橘为醒酒之物；剥橙之举，备见其殷勤款待之意。前此周邦彦《少年游》中也有“纤指破新橙”之句，可合观。“梳妆懒”三句，写其薄施脂粉，淡淡梳妆。这是妇女会见自己的心上人时常有的表现，因为彼此已经熟悉，用不着那么浓妆艳抹来吸引对方，淡扫蛾眉，保持本色，反而会取得更好的效果。从“玉杯醽醁”至此，作品主要写了丽人的劝酒、擘橙及其装扮，一位美丽而多情的女性形象，已浮现于读者的眼前。

下片继续写丽人的活动。“清新歌几许”三句，写其歌唱、笑语。“清新”二字，主要指她演唱的艺术风格；“歌几许”，说明她为心上人唱了又唱，已经唱了很多。一边唱，一边低声款语温存。她说些什么呢？“道文书针线”至“纷冗匆匆”数句，记述了她说话的内容。她说:“你的文书,我的针线,今夜都不要做了。往灯里再添些油,咱们尽情地喝酒、歌唱、谈话吧,到明天,你又要去忙碌了。”(“兰膏”是用泽兰炼成的油脂,用来点灯,有香气。)这是多么大胆、多么纵情的言语!这几句,写歌妓的声口,绘声传情,细腻逼真,正如清人贺裳在《皱水轩词筌》中指出的那样:“宛然慧心女子小窗中喁喁口角。”

“酩酊也”三句,写酒后丽人为书生整理被褥,冠儿还没卸下,她就先去把被儿烘暖了。多么主动,多么温存!这里写得非常含蓄,留下了无穷艳意,供读者去玩味,可谓极尽结句“以迷离称隽”之能事。

这首词艺术上的特点是长于铺叙。打通上下片,一气呵成,都围绕着女主人公的举止言笑做文章,有层次地、多角度地描写了她的手的颜色、口角技艺,以及献酒擘橙、清歌笑语、烘被铺床等动作,使此色艺双绝而放纵多情的歌妓形象,表现得十分鲜明生动。人物描写与环境描写和谐协调,醽醁、篆香、橙橘、兰膏、绣被的出现,增强了绣房的陈设气氛,衬托得人物更富于青楼特点。开头三句的节序景物描写,说明了这是一个寒夜,而室内的光景却如此温馨,两相对比,使人有加倍的感受。整首词所描写的场面,充满了香艳感和旖旎感,但没有流于秽亵。宋人以康与之比柳耆卿(见罗大经《鹤林玉露》),从这首词来看,与《乐章集》中大量描写妓女的词,的确十分相似。

董颖 生卒年不详,字仲达,德兴(今属江西)人。宣和六年(1124)进士。曾为学正,知瑞安县。绍兴初,从汪藻、徐俯游。有《霜杰集》。词存十二首。

薄媚 西子词

董颖

自笑平生,英气凌云,凛然万里宣威。那知此际,熊虎途穷,来伴麋鹿卑栖!既甘臣妾,犹不许,何为计。争若都燔宝器。尽诛吾妻子。径将死战决雄雌。天意恐怜之。偶闻太宰,正擅权,贪赂市恩私。因将宝玩献诚,虽脱霜戈,石室囚系。忧嗟又经时。恨不如巢燕自由归。残月朦胧,寒雨萧萧,有血都成泪。备尝险厄返邦畿。冤愤刻肝脾。

【鉴赏】

《薄媚》是大曲的一种。所谓“大曲”，就是指唐宋时的大型歌舞曲，由同一宫调的若干支曲子组成。宋人王灼《碧鸡漫志》说：“凡大曲，有散序、靸、排遍、攧、正攧、入破、虚催、实催、衮遍、歇拍、杀衮，始成一曲，谓之大遍(按即大曲)。”这是指一般大曲的结构而言。董颖的《薄媚》大曲，是由排遍第八、排遍第九、第十攧、入破第一、第二虚催、第三衮遍、第四催拍、第五衮遍、第六歇拍、第七煞衮等共十曲组成，题为《西子词》，歌咏的是我国春秋晚期吴越战争中越王勾践利用美人西施复仇灭吴的历史故事。《排遍第九》只是其中的一支曲子，写越王勾践由臣事吴王夫差到返国的全过程，表现了勾践在穷途末路之际的痛苦挣扎与悲愤心情。

公元前496年，吴王阖庐(庐或作闾)兴师伐越，越王勾践大败吴师，射伤阖庐。不久，阖庐死去。由是，勾践威震遐迩。前492年，阖庐子夫差伐越，勾践大败，栖于会稽山上，乃使大夫文种向吴求和，“勾践请为臣、妻为妾”，吴王不许。于是，“勾践欲杀妻子，燔宝器，触战以死”，被文种劝止，并接受了文种的建议，以美女宝器，买通了吴国擅权贪赂的太宰嚭，求和成功。于是勾践入事吴王，为夫差“驾车养马”，在吴首尾三年，至前490年获释返国。《排遍第九》反映了上述历史内容。词当作于作者南渡之后。

勾践战败以至复国的过程，无疑是悲壮的。作者准确地把握了这个基本点，所以在词中，叙事抒情无不抑郁悲摧，壮怀激烈，从而构成了这首词的基调。上片首六句，用有力的反跌笔法，将词中主人公平生高可凌云的理想抱负与眼前穷愁卑下的处境构成强烈对比，从而表达其悲愤情怀。起调三句，气势雄阔，有睥睨万里之概。平生英气凌云，且曾万里宣威，何其壮也！但此意却以“自笑”出之，“自笑”实为自叹，如“长歌当哭”之意，造成反跌之势。接着以“那知”一句转折，反跌出与平生志气有云泥之别的悲惨现实，主人公的悲愤感情从中迸发而出。值得注意的是，词中写眼前现实的悲惨，但气概不衰。写主人公“途穷”，而以“熊虎”比拟，虽是“途穷”而不减其威；是“熊虎”，却“来伴麋鹿卑栖”，其拗怒之气亦隐然可见。这样就深化了主人公的形象，并使全词的旋律由起调的高昂转入沉雄悲壮。“既甘臣妾，犹不许，何为计”三句，节奏短促有力，句句紧逼，不容喘息。其前两句已写出了形势的严重，“何为计”一句，提出问题，尖锐有力，如惊雷骤至，必须立即做出反应，迅速抉择国计。在句间结构上，“何为计”一句又具有转出下文的作用。“争若”四句，承上而来，回答问题。这几句，词锋犀利，沉着痛快，声情悲壮，是血泪语，也是决绝语，表现了主人公决心死战的英雄气概。“天意恐怜之”则词婉而意坚，流露了对于决战必胜的期望；词至歇拍，尤觉声情悲怆，“残月朦胧，寒雨萧萧”，是这首词中唯一的写景处。“月”是“残月”，而且“朦胧”；“雨”是“寒雨”，而且“萧萧”。“残月”与“寒雨”非同时之景，而是勾践事吴三年，“备尝险厄返邦畿”过程中诸般景物的择要概括，且景物之中寓有山河破碎、家国风雨飘摇之意。显然，这里的写景,是为了进一步抒情,为“有血都成泪”作烘托。“有血都成泪”“冤愤刻肝脾”,皆是刻肌入骨、深沁肝脾的悲愤语,是本词叙事抒情的最高点,成为全词基调中最沉重最强烈的音符。

这首词写的是历史故事,但与作者所处的南宋的现实却极其相似;词中的主人公勾践是作者刻意塑造出来的人物,中间倾注着词人强烈的思想感情。词人这样淋漓尽致的描述勾践,显然是借古讽今,指陈时事,抒发政见,锋芒直指南宋的最高统治集团。做敌国的“臣妾”,在勾践来说,只是其反攻以至灭吴的一个准备,勾践的屈节事吴,正是为了灭吴;而南宋王朝对金国的纳币称臣,则是为了乞求苟安。在这里,可以体会出作者强烈的爱国感情,而那“有血都成泪”“冤愤刻肝脾”,也正是作者有志难展、报国无路的忠愤。

这首词是大曲的一遍。王国维《宋元戏曲史》第四章《宋之乐曲》说:“此种大曲,遍数既多,自于叙事为便。”并举此董颖《薄媚》为例。这一首将叙事抒情浑然一体(上片抒情兼叙事,下片叙事又抒情,互为作用、相辅而行),而以抒情为主体。抒情又是代作品中人物抒情,则仍是叙事诗作法。所抒发的人物感情如万斛涌泉,随地而出,汩汩滔滔,蔚为大观。《薄媚》全组十首,用韵皆同部平上去声通押,平仄间杂,或厉而举,或清而远,或明快而嘹亮,相配使用,抑扬有致,有效地配合了感情的表达,付之歌喉,一定是谐美动人的。

杨无咎 (1097~1171)字补之,号逃禅老人、清夷长者,清江(今属江西)人。高宗时,因不愿依附奸臣秦桧,累征不起,隐居而终。善画梅,负盛名。亦能词,多写男女之情,文辞华美,描写细腻。有《逃禅词》。

柳梢青

杨无咎

茅舍疏篱。半飘残雪,斜卧低枝。可更相宜,烟笼修竹,
月在寒溪。
宁宁伫立移时。判瘦损,无妨为伊。谁赋才情,画成幽
思,写入新诗。

【鉴赏】

梅花冰肌玉骨,半霜傲雪,经冬凛冰霜之操,早春魁百花之首,以韵胜,以格高,

故为历代人们所喜爱。文人学者更是把植梅、赏梅看作是陶情励操之举。杨无咎这首词，借咏梅以抒发自己的情操，寄托幽思，刻画了一位生性孤傲、不随波逐流的世外高士的形象。

词作上片通过对梅花生长的环境、外在形象的描绘，着力刻画出梅花超凡脱俗的韵致。“茅舍疏篱”，这是梅花生长之处。历来文人雅士总喜欢把他们眼中的梅花置放在清幽、远离尘世的地方，如“墙角数枝梅，凌寒独自开”（王安石《梅花》）；“春来幽谷水潺潺，的皪梅花草棘间”（苏轼《梅花二首》之一）；“驿外断桥边，寂寞开无主”（陆游《卜算子·咏梅》），等等。杨无咎在这里同样也开宗明义，把他所喜爱的梅花置放在这样的一个环境之中，无非是借此表明自己的心迹，超凡脱俗，高洁自爱。“半飘残雪，斜卧低枝”两句，是以比拟手法来正面刻画梅花形象。上句写梅花之洁白晶莹，下句刻绘梅树姿态之飘逸，这句是化用林逋的咏梅名句：“疏影横斜水清浅，暗香浮动月黄昏。”末三句笔锋一转，紧承首句，再度刻画梅花周围的环境，从而使得整个画面显得更富清幽、高雅的意境：白云缭绕、修竹萧萧、皓月高悬、溪流潺潺。这个画面比林逋诗句的内涵更大，境界更清幽，更有特色。这些景致和意象是隐士生活不可或缺的，它们都具有隐士的生活和品格高洁的象征作用。由此我们可以看出，词人虽写梅，然而根本之点却不在于梅，这就为下片的抒情做了很好的铺垫。

下片词人笔锋转向刻写自己，一位在梅树前驻足凝思的词人形象跃然纸上。“宁宁伫立移时”。“宁宁”，神情专注貌；“移时”，谓时间经过之久，与历时、经时意同。这句是刻画词人自己在梅花树前驻足观赏、凝思。“判瘦损，无妨为伊”，意谓为了观赏梅花、从梅花那里汲取精神力量，陶冶性情，以致“瘦损”了自己的身体也“无妨”。这里看出词人对梅花的迷恋倾心程度之深。这句的写法，以退为进，与柳永的名句“衣带渐宽终不悔，为伊消得人憔悴”，有异曲同工之妙；最后三句：“谁赋才情，画成幽思，写入新诗”。词人觉得光整日价伫立在梅花前流连观赏还远远不够，最好还能让梅花的飘逸神韵、高洁品性时刻与己相伴。于是他便祈想：谁能赋予我才情，能够把梅树的倩影与神韵描画下来、用词章把她刻画下来，成为永恒的留念？

生 查 子

杨无咎

秋来愁更深，黛拂双蛾浅。翠袖怯天寒，修竹萧萧晚。
此意有谁知？恨与孤鸿远。小立背西风，又是重门掩。

【鉴赏】

这是一首传统的闺怨题材，写的是深秋时节，闺中少妇思念远方心上人，怨恨交织的情形。

词作开首词人把时间安排在深秋时节，直陈闺中少妇因秋来而“愁更深”。自宋玉悲秋以来，对秋的无奈与叹喟几乎成了诗歌的一个传统题材，而对妇女来说，则有更深一层含义在，那就是如汉代班婕妤在《怨歌行》中所言的：“常恐秋节至，凉飚夺炎热。弃捐箧笥中，恩情中道绝。”这或许便是词作中女主人公为何秋来而“愁更深”的主要原因了。紧接次句词人没有继续写这位女子愁深的程度，转而刻画她的外形：“黛拂双蛾浅”。这句是说女主人公因孤寂，心绪不好，无心刻意修饰自己的面庞，从而把上句所言的“愁”的内涵具体化和明朗化了。“翠袖怯天寒，修竹萧萧晚”二句，是化用杜甫《佳人》中的诗句：“天寒翠袖薄，日暮倚修竹。”翠袖句是写女主人公不仅无心去刻意妆饰打扮自己，甚至对天气变化也不甚觉察，依旧夏装着身，而只有到了“天寒”，身体受不住了，才感觉到。一个“怯”字，表明女主人公的衣单体弱，更有起到暗示她孤寂可怜的特点。上片结句“修竹萧萧晚”，看似词人是要以景作结，写女主人公住处周围的环境，实则借此进一步暗示女主人公愁苦孤独的形象。深秋薄暮，几株修竹在秋风中瑟瑟摇动。单薄、孤寂，这不就是女主人公形象的写照吗？

下片词作增加抒情分量。“此意有谁知，恨与孤鸿远。”由怨转恨，可知女主人公过此孤寂生活非止一日。“孤鸿”在此有较丰富的含义，它不仅象征女主人公如失群的孤鸿，而且也表示她多么希望鸿雁能捎上自己的怨与恨（即词中的“此意”），给远在天涯的心上人。此外，这句也暗示这位女主人公一直是伫立窗口，目送飞鸿远去。“小立背西风，又是重门掩”二句是说，女主人公在萧瑟的秋风中独自伫立，目送孤鸿消失，寂寞无聊的一天又过去了，她怅然回到闺中，掩上门扉，周而复始地让孤寂与凄凉笼罩着自己。这里的“又”字，看似平易，实是蕴含了女主人公的无数辛酸泪。

抒写闺怨是中国古典诗词的传统题材，这首《生查子》在思想内涵上也并没有写出什么新意来，但在艺术上还是有一定的个性的。如情景二者之间的互相烘托、渲染，对女主人公心理的细腻刻画等，都给人留下深刻的印象。

胡铨 (1102~1180)字邦衡，号澹庵，吉州庐陵(今江西吉安)人。高宗建炎二年(1128)进士，授抚州事军判官。绍兴五年(1135)任枢密院编修官。因坚持抗金，上书请斩秦桧等三人，遭秦桧迫害，谪吉阳军。桧死，始得内迁。孝宗时，历官至权兵部侍郎。卒谥忠简。能文工词。词作不多，反对和议的愤世之作都笔墨酣畅，意气慷慨。原著《澹庵集》多散佚；今有《澹庵文集》《澹庵词》。

醉落魄 辛未九月望和答庆符

胡铨

百年强半，高秋犹在天南畔。幽怀已被黄花乱。更恨银蟾，故向愁人满。
招呼诗酒颠狂伴，羽觞到手判无算。浩歌箕踞巾聊岸。酒欲醒时，兴在卢仝碗。

【鉴赏】

辛未，指宋高宗绍兴二十一年(1151)。庆符，指当时的爱国志士张伯麟，庆符为其字。时秦桧等投降派把持朝政，向金国屈膝称臣，签订"和议"，排挤、陷害爱国志士，在临安过起了"直把杭州作汴州"的苟安生活。庆符愤而在斋壁上题云："夫差，而忘勾践之杀而父乎?"元夕，庆符过中贵人白谔门，见张灯盛况，取笔题字，如斋壁所云。秦桧闻之，下庆符于狱，捶楚无全肤，后流放吉阳军(今广东崖县)。胡铨为"中兴名臣"，曾不惜冒生命危险与秦桧做过拼死斗争。早在绍兴八年(1138)，宋金和议即将签订之前，胡铨就曾冒死上奏，极言向金人称臣之不可行，并请斩王伦、秦桧、孙近三个奸臣之头以谢天下，"不然，臣宁有赴东海而死，宁能处小朝廷求活耶?"辞意激切，声振中外，连金人都"募其书千金，三日得之，君臣夺气"(杨万里《胡忠简公文集序》)。他立即遭到投降派的陷害、打击，绍兴十二年(1142)除名新州编管；十八年(1148)移吉阳军。该词即写于吉阳。

词作开首二句："百年强半，高秋犹在天南畔。"词人这一年四十九岁，故曰"百年强半"，被排挤出朝廷，羁留南方达十三年之久，故曰"犹在天南畔"。秋高气爽，临轩赏月，把酒观菊，本当是很惬意、快活时节，但却被抛置在天之涯海之角。更何况，奸贼当道，金瓯残缺，匹夫之责，时常萦绕心怀。一个"犹"字，凝聚了词人多少的感慨与忧愤。“高秋”，谓秋高气爽之时，谢朓《奉和随王殿下》诗有：“高秋夜方静，神居肃且深”句；“幽怀已被黄花乱。更恨银蟾，故向愁人满。”“幽怀”，指郁结于心中的愁闷情怀。毫无疑问，这是指自己无法锄奸复国的激愤烦乱心情。这句本意是因“幽怀”而无心赏观菊花，但字面上却说是因观花而致幽怀乱，似句意不顺，这实是一种婉转曲达的表现手法，后二句亦是如此写法。词人愁绪满怀，偏又逢皓月圆满，便把一腔的怨情向“银蟾”倾泻而去。这与上句的“无理”，更深一个层次地表现了词人的愁绪。如“打起黄莺儿，莫教枝上啼。啼时惊妾梦，不得到辽西”（唐·金昌绪）；辛弃疾的“罗帐灯昏，哽咽梦中语。是他春带愁来，春归何处，却不解、带将愁去”（《祝英台近》）等。这都是一种看似无理，实则含有更深的理。

下片词人转而抒写自己借酒茶解愁的情形。“招呼诗酒颠狂伴，羽觞到手判无算。浩歌箕踞巾聊岸。”这里的“伴”，当指那些不畏权奸，主张抗金，遭到迫害，有志而不得伸的志同道合之友，当然也包括词题中的张伯麟。这几句词人用白描手法极写饮酒之狂态。“何以解忧，唯有杜康”，他仍只好借酒来忘却心中的忧愤与不平。“羽觞”，指酒器，其状如雀鸟，左右形如两翼。他们喝了无数杯的酒，不仅放声高歌，还一扫文雅之态，箕踞而坐，并把头巾推向后脑露出前额。这是他们“颠狂”的具体写照。“箕踞”，形容两足前伸，以手据膝，如箕状，古时为傲慢不敬之容。这种放浪形骸的癫狂之态，实是内心忧愁极深的外在表现；末二句“酒欲醒时，兴在卢仝盌。”酒醒思茶，亦如饮酒一般，以浇胸中之块垒。“卢仝盌”，“盌”，同碗、椀，典出唐代诗人卢仝，卢仝号玉川子，善诗，亦喜饮茶。曾赋诗盛赞茶之妙用：“一碗喉吻润，两碗破孤闷，三碗搜枯肠，唯有文字五千卷。四碗发轻汗，平生不平事，尽向毛孔散。五碗肌骨清，六碗通仙灵，七碗吃不得也，唯觉两腋习习清风生”（《走笔谢孟谏议寄新茶》）。这里用此典，词意是承前一贯而下，亦即卢仝诗中的“破孤闷”、散尽“生平不平事。”

全词抒情由隐而显，层层递进；或曲折传达，或正面抒写，刻画了一个身虽遭贬，却能不屈不挠、豪气不除的爱国诗人形象。

好 事 近

胡 铨

富贵本无心，何事故乡轻别？空使猿惊鹤怨，误薜萝风月。

囊锥刚要出头来，不道甚时节。欲驾巾车归去，有豺狼当辙。

【鉴赏】

这是宋高宗绍兴十八年(1148),胡铨被贬居广东新州时写的一首词。

本词的主题十分鲜明,它表现了胡铨不畏权势,决不和以秦桧为代表的投降派同流合污的高尚气节。

上片抒写自己忧虑国事,不能安心隐居山林的心情。前两句说,自己本来无心追求富贵,为什么要轻易地离开故乡呢?“空使猿惊鹤怨,误薜萝风月。”由于猿猴和白鹤不理解自己的心情,因此才惊怪,埋怨自己离开隐居的故乡山林,白白地耽误了悠闲的美好岁月。

下片借用毛遂自荐的典故,抒发自己以天下为己任,图谋为国效力的决心。“囊锥刚要出头来,不道甚时节。”这两句说,我本来应当毛遂那样自我推荐,显露自己的才能,为国效力,可是又不很了解奸臣控制下国家的局势,所以是不合时宜的。“欲驾巾车归去”,是说作者无可奈何,又想到了“归隐”,表现出作者矛盾的心理。“有豺狼当辙”一句,直斥误国的权奸秦桧等人,表现了作者虽然屡受打击和迫害,但是不畏权势,刚正不阿的斗争精神。

南宋王明清《挥尘录·后录》卷十记载:“邦衡在新兴尝赋词,郡守张棣缴上之,以谓讪谤。秦(桧)愈怒,移送吉阳军编管。”这里说的,就是《好事近》这首词产生的影响,以及因此给作者带来的不幸。

这首词的调子明朗,叙事直率,感情炽热,绝无矫揉造作的痕迹。词中虽然流露了“归隐”的思想,但这不过是作者因为自己无法“脱颖而出”,报国无门的愤慨,他满腔的爱国热情以及对投降派卑劣行径的愠怒,在本词中还是十分明显的。

黄公度　(1109~1156)字师宪,莆田(今属福建)人。绍兴八年(1138)进士第一,签书平海军节度判官。后被秦桧诬陷,罢归。桧死复起,仕至尚书考功员外郎。有《知稼翁集》,词集《知稼翁词》。

青　玉　案

黄公度

邻鸡不管离怀苦,又还是、催人去。回首高城音信阻。
霜桥月馆,水村烟市,总是思君处。
裛残别袖燕支雨,谩留得、愁千缕。欲倩归鸿分付与。

鸿飞不住，倚阑无语，独立长天暮。

【鉴赏】

黄公度词，陈廷焯推崇备至，称之曰：“气和音雅，得味外味，人品既高，词理亦胜。《宋六十一家词选》中载其小令数篇，洵风雅之正声，温、韦之真脉也。”（《白雨斋词话》卷一）

所谓“风雅正声”，主要是指有比兴，有寄托；所谓“温、韦真脉”，主要是指词情婉约，格调闲雅。细玩此词，确实具有这两方面的特色。汲古阁本《知稼翁词》载有公度之子黄沃案语云：“公之初登第也，赵丞相鼎延见款密，别后以书来往。秦益公（桧）闻而憾之。及泉幕任满，始以故事召赴行在，公虽知非当路意，而迫于君命，不敢俟驾，故寓意此词。”说明这首词是在召赴临安、离开泉州幕府时所作。在主战派赵鼎与主和派秦桧的斗争中，词人是站在赵鼎一边的，因此受到秦桧的嫉恨。他本不愿在这夹缝中讨生活，但因“迫于君命，不敢俟驾”，只好硬着头皮到临安这个是非之地去。可是内心仍然充满了矛盾，因此在词的一开头就写道：“邻鸡不管离怀苦，又还是、催人去。”词人此日赴京，一大早雄鸡就不住地啼明，似乎在赶他上路。他感到万分讨厌，心里在诅咒着：“鸡啊，你太不理解我心中的痛苦了！”表面是怨鸡，可鸡是畜生，又有什么值得他怨呢？分明是指鸡骂狗，骨子里是对“君命”或秦桧发出一种委婉的怨恨。也就是说，这是用的比兴之义，即所谓“风雅正声”也。

“回首”以下三句，仍是用比兴手法，通过对城中人的怀念，抒发不忍离开泉州、不愿奔赴临安的矛盾心情。“回首高城音信阻”，语本唐人欧阳詹《初发太原途中寄太原所思》诗句：“高城已不见，况复城中人。”秦观在《满庭芳》（山抹微云）中也写过：“伤情处、高城望断，灯火已黄昏。”由此可见，表面所指者乃泉州城中他所恋的那个人，实际当指泉州那个地方。词人不仅刚离泉州时，一步一回首，留恋城中那个人，而且一路之上，不管经过什么地方，总是在想着她。“霜桥月馆，水村烟市”，以排比的手法写时间的转换和地点的转移，极言思念之深，且极富于形象性。词人处于如此进退维谷之地，其感情尤为痛苦了。北宋舒亶有一首《菩萨蛮》词，云：“画船捶鼓催君去，高楼把酒留君住。去住若为情，江头潮欲平。”也写一方催他出发，一方劝他留下，在强烈的矛盾冲突中刻画内心的痛苦。但此词写得较为细腻舒展，婉约缠绵，颇得温韦之真脉。

过片径承上阕意脉，进一步写别情。“燕支雨”即带有脂粉的泪水，可以证实

"高城"中人乃为女性。"裛残别袖燕支雨",语意高度浓缩,"别袖"谓分别之时;"裛残"指既别之后,仅仅七个字,便把依依不舍的别情及别后思量无时或释的怀抱非常集中地概括出来。后加"谩留得、愁千缕"一句,则于喟叹之中抒发一腔剪不断、理还乱的离愁。由此可见,词人对入京以后的前途,感到何等的担忧!然而从字面上看,这几句又很艳丽,同韦庄《小重山》的"罗衣湿,红袂有啼痕",词境多么相似。若不知词人遭遇,我们尽可以把它当作艳词看;可是并不,其中有深意存焉。"欲倩"二句与上阕"回首高城"相应,高城人隔,音信不通,红泪裛残,愁绪难排,那么怎么办呢?他并不死心,还要取得联系。于是,"欲倩归鸿分付与",托鸿雁以传消息。可是"归鸿"偏偏又像"邻鸡"一样无情,连停也不肯停一下。这完全是痴语,无理语,然却表现了无比的深情。鸿雁无情,此情难寄,词人真正处于无奈之中了。他只好独自倚危阑,失神地凝望,又只见暮霭沉沉,长天万里。这意境多么深远,把词人一腔难言之隐,入骨之痛,都寄寓在不言之中。所谓"气和音雅,得味外味"者,即此也。

清人张惠言在《词选》的序中说,词是"缘情造端,兴于微言,以相感动,极命风谣里巷、男女哀乐,以道贤人君子幽约怨悱不能自言之情,低徊要眇以喻其致。盖诗之比兴,变风之义,骚人之歌,则近之矣"。读了这首《青玉案》,不是正可得出这样的印象吗?

洪适　(1117~1184)字景伯,鄱阳(今江西波阳)人。洪皓之长子。绍兴十二年(1142)举博学宏词科。父皓使金归来,忤秦桧,适受连累。孝宗即位,连续升迁,历端明殿学士、签书枢密院事,参知政事,拜尚书右仆射、同中书门下平章事兼枢密使。罢为观文殿大学士。乞休归居,以著述吟咏自娱。卒谥文惠。有《盘洲集》《盘洲乐章》。

渔家傲引

洪适

子月水寒风又烈。巨鱼漏网成虚设。圉圉从它归丙穴。
谋自拙。空归不管旁人说。
昨夜醉眠西浦月。今宵独钓南溪雪。妻子一船衣百结。
长欢悦。不知人世多离别。

【鉴赏】

《渔家傲引》是宋代歌舞曲之一，是一种专咏体，以多首合咏一事，即王国维所说的"合数曲而成一曲"（《唐宋大曲考》）。洪适的《渔家傲引》，共有词十二首。词前有骈文"致语"，词后有"破子""遣队"。十二首词分咏渔家一年十二个月的生活情景，从"正月东风初解冻"起，到"腊月行舟冰凿罅"止，词体与《渔家傲》无异。

"子月水寒风又烈"这一首，是写在"子月"（即农历十一月）的特定环境下，渔家的生活状况与思想情趣。词的上片，写渔人顶烈风，涉寒水，捕鱼落空。"水寒风又烈"，是"子月"的气候特征。但这里并非泛写气候，而是下文诸多内容的张本，渔人的劳动、生活、思想，皆与这种特定气候相关联。尽管水寒风烈，渔人仍须下水捕鱼，可叹的是"巨鱼漏网"，圉圉而去，渔家生活，便无着落，生活的窘迫，连暂时缓解的希望也成为"虚设"了。"圉圉"一句，写巨鱼的逃跑，形象逼真。"圉圉"，困而未舒貌，语出《孟子·万章上》："昔者有馈生鱼于郑子产，子产使校人（管理池沼的小吏）畜之池。校人烹之，反命曰：'始舍之，圉圉焉；少则洋洋焉，攸然而逝。'""丙穴"，本来是地名，在今陕西略阳县东南，其地有鱼穴。左思《蜀都赋》有"嘉鱼出于丙穴"句。这里是借指巨鱼所生活的深渊，活用典故，如同己出。"从"，"任从"的意思，任从那巨鱼摇头摆尾地回到深渊。一个"从"字，把渔人的那种无可奈何的怅惘之情表现了出来。上片结句进一步写渔人的心理活动："谋自拙"是对"巨鱼漏网"的反省，自认谋拙，自认晦气，至于别人怎样说，那就由他去吧！渔人毕竟是旷达的。在这一片中，作者对渔人所流露的感情，是同情的，甚至是怜悯的。词的下片，变换了笔调，多方面、多角度地描写渔人的生活。"昨夜""今宵"两句，是全词仅有的一组对句，描绘了渔人另一面的闲适生活图景。"醉眠""独钓"是写渔人自己的有代表性的生活内容，以少总多，以少见多；"昨夜""今宵"和"西浦月""南溪雪"，是通过时间与场景的迅速变换来表现渔人生活的旷放无拘。"妻子一船衣百结"则转写渔人全家的经济生活状况。这一句，字字用力，既有其具体性，又有其概括力，"衣百结"三字尤其着力，渔家的窘迫困顿，种种艰辛，都浓缩在这三字之中。这也是当时渔民生活的真实写照，具有一定的社会意义。如此一家，偎依在"子月"的寒水烈风之中，不言而喻，在这种形象画面里，凝聚着作者的同情。结句则再转一笔，写渔人家庭生活中"贫也乐"的精神：虽贫穷而团聚，自有其天伦之乐，而没有、也不知有人世间的那种离别之苦。"不知"一句，脱羁而出，由对渔人一家生活的描写，猛宕一笔，转向对当时社会现实的揭示，且藏辞锋于宛转之中：明明是慨叹"人世多离别"，却又加"不知"二字，其实这里渔人的"不知"，正是作者所"深知"，唯其深知，才能这样由此及彼，顺手捎带，不失时机，予以指斥，慨乎言之。这种结尾，如豹尾回顾，相当有力。

这首词最突出的好处是作者把渔人写成了劳动者，真渔人。前此词中出现的渔人形象，主要是杂有政治色彩的隐士，他们或者是"蓑笠不收船不系"的懒散，或者是“一壶清酒一竿风”（均见《敦煌曲子词》）的安逸，或者是坐在钓船而“梦疑身在三山岛”（周紫芝《渔家傲》）的幻想升仙出世。他们“不是从前为钓者”，而是在政治失意之后才“卷却诗书上钓船”（均见《敦煌曲子词》）别寻出路的，总之是“轻爵禄，慕玄虚，莫道渔人只为鱼”（五代李珣《渔父》）。洪适这首词笔下的渔人却是“为鱼”的，他靠撒网为生，不同于垂钓不设饵，志不在鱼的隐士。他也有“醉眠”的时候，但那酒，是“长把鱼钱寻酒瓮”（见“正月”首），是自己劳动换来的。在这首词中，“西浦月”“南溪雪”两句，点缀意境是很美的，再加上“醉眠”与“独钓”，似乎渔人也有点儿隐士风度了，不，词的下句便是“妻子一船衣百结”，直写其全家经济生活的艰辛，这是最能表现渔人身份的一笔，也正是前此词人笔下的“渔人”形象所独缺的。至于“西浦月”“南溪雪”，那是大自然的美，是造物主赋予全人类的，而渔人在天地间能够享受到的，还不就只有这么一点点儿吗？

韩元吉　（1118~1187）字无咎，号南涧，许昌（今属河南）人，官至吏部尚书，晚年徙居信州（今江西上饶）曾与张元幹、张孝祥、范成大、陆游、辛弃疾等人以词唱和，词风近辛派。著有《南涧诗余》和《焦尾集词》。

好事近　汴京赐宴，闻教坊乐有感

韩元吉

凝碧旧池头，一听管弦凄切。多少梨园[①]声在，总不堪华发[②]。
杏花无处避春愁，也傍野烟发。惟有御沟[③]声断，似知人呜咽。

【注释】

①梨园：指北宋的教坊。

②华发：白发。

③御沟：流经皇宫的河道。

【鉴赏】

宋孝宗乾道九年（1173）三月，宋派遣礼部尚书韩元吉等出使金国，贺万春节，路过金人统治下的汴京。韩元吉等在金世宗的赐宴上，听奏过去北宋的宫廷音乐，极为感触，写了这首《好事近》，抒发故国之思与亡国之痛，感情深沉而复杂。

上阕写在汴京宫苑的宴会上听教坊奏乐的情景。首二句暗用了王维的菩提寺诗之意。凝碧池，唐代洛阳禁苑中池名。据载：安禄山叛唐之后，曾大会凝碧池，逼使梨园弟子为他奏乐，众乐人思念玄宗潸然泪下，其中有一个叫雷海清的，掷弃乐器，向玄宗所去的西蜀方向大哭，被肢解于试马殿上。诗人王维当时正被安禄山拘禁于菩提寺，闻之，作诗云："万户伤心生野烟，百官何日再朝天？秋槐叶落深宫里，凝碧池头奏管弦。"词人韩元吉用此典，写到梨园之声，既是取用王维诗意，也委婉地表达故都被金人侵占的伤痛；此二句的意思是，想起往日宫廷中的池苑，听到过去宫中的音乐，我立刻感到无限的凄凉之情。"旧"字勾连古今，构成唐宋不同历史时空与情境叠映，"凄切"二字则传达出词人闻听京都梨园旧乐所激发的怀旧与伤今的交错冲突的痛楚；后两句"多少梨园声在，总不堪华发"，意思是不知道有多少当年梨园的曲调，还在这里一声声的吹奏，令我这白发老人实在难以回想往事啊！

下阕写满怀凄楚不能直诉，只能借景抒发。前两句"杏花无处避春愁，也傍野烟发"承接上阕，用王维"万户伤心生野烟"诗意。乱世之间，人去野荒，春愁无限，杏花独自依傍着荒野默默开放，只是没有人欣赏和怜惜。作者以一种淡淡的哀愁写杏花无处逃避，借指金人统治下的北国人民。后两句"惟有御沟声断，似知人呜咽。"作者借御沟流水声音，明述极度悲痛的心情：只有宫廷御沟中的水声，似乎知道我内心的哀伤，在那里发出断断续续而又无穷无尽的哀怨。

该词哀悼北宋王朝的覆灭，忠贞之情深切感人。作者以所见所闻烘托愁情，格调凄切，表现方式曲屈婉转，以古讽今，借彼言此，用典极为贴切，内容含量很大，使悲情更哀婉凄切。

六州歌头 桃花

韩元吉

东风著意，先上小桃枝。红粉腻，娇如醉，倚朱扉。记年时，隐映新妆面，临水岸，春将半，云日暖，斜桥转，夹城西。草软莎平，跋马①垂杨渡，玉勒②争嘶。认蛾眉③，凝笑脸，薄拂燕脂，绣户④曾窥。恨依依。

共携手处，香如雾，红随步，怨春迟。消瘦损，凭谁问？只花知，泪空垂。旧日堂前燕，和烟雨，又双飞。人自老，春长好，梦佳期。前度刘郎⑤，几许风流地，花也应悲。但茫茫暮霭，目断武陵溪⑥。往事难追。

【注释】

①跋马：驰马。

②玉勒：玉制的马衔，也泛指马。

③蛾眉：此指美女。

④绣户：指女子的闺房。

⑤前度刘郎：化用刘禹锡诗和刘晨、阮肇入天台山遇仙女事，这里是作者自指。

⑥武陵溪：用陶渊明《桃花源记》故事，也暗指刘晨、阮肇事。

【鉴赏】

本词题作“桃花”，借写桃花而诉说了一段香艳哀婉的爱情故事，将咏花与怀人结合起来。

上阕由桃花写到人面。开头五句写春光中桃花的娇娆之态：东风带来的春意，先在小小的桃枝上显现出来。你看，那盛开的桃花，红粉细腻，娇艳如醉，斜倚着朱红的门扉，多么妩媚动人；接着作者由花及人，用唐代崔护“人面桃花”故事，追思佳人：记得去年时，她新妆衬着芙蓉面，隐隐与桃花相映争艳；“临水岸，春将半，云日暖，斜桥转，夹城西”，继续沉浸在作者与佳人相见相识的往事中：春天过去一半，暖日融融，她沿着水岸行走，顺着斜桥回转，直到夹城的西边。作者自己呢？绿草柔软平展，我驰马奔至垂柳渡口，骏马嘶鸣，好不容易才停下来；于是“认蛾眉，凝笑脸，薄拂燕脂，绣户曾窥”：方与佳人会面相识，她凝神一笑，仿佛面颊涂上胭脂一样微红，这凝笑娇红的美貌，只有闺中女子朝外偷看时才会有的表情。这一大段描写全为了渲染氛围，为佳人审美形象的出现制造了一个典型的环境。词中声色交互，动静相错，虚实结合，桃花似人面，人面也似桃花，二者渐渐地融为一体了。末句“恨依依”作者发出感慨：那时那刻，真是相见恨晚啊！

下阕再由人面写到桃花。词人从回忆中又返回现实：如今，我们当年携手共游之处，桃花依旧芳香如雾，满地落红随着人们的步履旋舞，只可恨春已迟暮；“消瘦损，凭谁问？只花知，泪空垂”是说：惜春人也消魂瘦损，又靠谁来慰问？只有桃花知我心，她那飘零的花瓣就像人一样空将清泪垂落；“旧日堂前燕，和烟雨，又双飞。”那些旧日堂前筑巢的燕儿，随着烟雾迷濛的细雨，又要双双飞向远方；看到眼前的春景，作者忍不住叹道：“人自老，春长好，梦佳期。”人是多么容易衰老，而年年更新的春光却永远美好，但愿在梦中，能回到美好的时光；接着“前度刘郎”三句，作者化用刘禹锡的诗句，以“刘郎”自比：如今我又回到昔日风流之地，这里的旧迹已所剩无几，就是桃花见此，也会悲哀伤感的；末三句又借用陶渊明《桃花源记》中

"武陵溪"的美好仙境的消逝,表达出无奈心情。只见黄昏之时,茫茫一片云霭,好时光无法再现,往事已难以追忆……

本词以桃花始,以桃花终,咏花与写人交织衬映,借物抒情,借物怀人,情致婉曲缠绵,语言妩媚动人。词中,词人的回忆也随着季节不断更换,这种时空流转的写法,乃是中国古典诗词的一大特色。

朱淑真 生卒年不详,号幽栖居士,钱塘(今浙江杭州)人,世居桃村。嫁为市民妻,郁郁而殁。工诗词,词意凄厉悲凉。有《断肠集》《断肠词》。

清平乐 夏日游湖

朱淑真

恼烟撩露[1],留我须臾住。携手藕花[2]湖上路,一霎黄梅细雨。
娇痴[3]不怕人猜,和衣睡倒人怀。最是分携时候,归来懒傍妆台。

【注释】

①恼烟撩露:形容清展的烟柳、未干的露水撩人心意。

②藕花:即荷花。

③娇痴:指天真而稚气的少女。唐诗人元稹《六年春遣怀》诗:"娇痴稚女绕床行。"

【鉴赏】

这是一首描写少女夏日与情人携手游湖的词作。起二句写清晨烟柳低迷,露水未干的湖边景色。次写携手同游荷花盛开的湖上,忽然遇到一阵黄梅细雨,想找个地方暂避风雨。记叙中写景见人,颇具洒脱自在的风姿;下阕写天真少女尽情倾吐衷肠和别后怅然若失的心态。结末写女子懒得靠近梳妆台,没有心思去梳洗打扮的情绪,既表现了少女与情人分别的痛苦,又暗示出女主人公对甜蜜爱情的大胆追求。特别是其中"不怕人猜"一句,突出了少女爱情的热烈。

念奴娇 催雪

朱淑真

冬晴无雪，是天心未肯，化工[①]非拙。不放玉花[②]飞堕地，留在广寒宫阙。云欲同时，霰[③]将集处，红日三竿揭。六花[④]剪就，不知何处施设。

应念陇首寒梅，花开无伴，对景真愁绝。待出和羹金鼎手，为把玉盐[⑤]飘撒。沟壑皆平，乾坤如画，更吐冰轮[⑥]洁。梁园燕客[⑦]，夜明不怕灯灭。

【注释】

①化工：造化之工，指自然力。

②玉花：雪花。

③霰（xiàn）：雪珠。也用来指云层中的冰晶。

④六花：雪花呈六角形或六个分枝。

⑤玉盐：指雪花。

⑥冰轮：月亮。

⑦梁园：泛指客馆。燕客：宴会上的客人。

【鉴赏】

瑞雪兆丰年。中国属季风气候，冬季干燥寒冷，对越冬作物不利。冬季是否下雪，对农业生产乃至社会的安定产有着至关重要的影响。雪可以带来降水，并保护冬小麦等不致冻伤。因此，古时候春节前后降雪，人们照例要庆祝一番，如果久不下雪，人们便会用各种方式来"求雪"，宋代女词人朱淑真的这首"催雪"词，就是有感于一冬未雪，欲下又晴的天气而写的。词的开头，直叙冬晴无雪的现实，然后委婉地批评了老天。所谓"天心未肯，化工非拙"，意思是说，不下雪，并非是您老人家不会下，只是未肯罢了。言下之意是祈求老天开恩。老天不肯下雪，是把雪留在了月亮上了吧？这是一种"艺术化"的方法，使得"冬晴无雪"的现实，变成了一种美丽的想象。催雪词毕竟是一种艺术品，而并非道士的求雨文；"云欲同时，霰将集处"是说，积雨云刚要会同，冰霰就要集合，一场大雪眼看就要来临，却仍然云开霰散，红日高照。那六出雪花早已剪好，现在却不知安放到什么地方去了。雪花是非常美丽的，而且永远呈六角形，这是由水的分子结构特性所决定的，无论雪花是大是小，是什么几何形状，它永远有对称的六个分枝，绝无例外，这也是古往今来人们对雪花有着异乎寻常的热情的一个原因。上阕是围绕"未雪"来写；下阕则是直接的催督。词中说，若是不下雪，梅花虽然开了，却没了衬托陪伴，那才教人感到遗憾。陇首寒梅，出于南朝时陆凯的诗句："折梅逢驿使，寄与陇头人。"意思是说，丈夫在关外陇头戍边守关，折一朵梅花，让驿使捎带给他，表示自己像梅花一样冰清玉洁，坚贞不二。这里是说，即便陇首人得到了江南梅花，若是不下雪，又怎能显示梅花的高洁呢？"待出和羹金鼎手"，是说是否出现一个能主宰天下的能人，以督促甚至代替老天下雪。传说商代易牙是位调羹做菜的能手，商王用以治国，《老子》中则有"治大国若烹小鲜"的说法。金鼎指铜制的鼎，用以煮羹。后世又称宰相才为"和羹金鼎手"。"为把玉盐飘撒"，是指降雪霰。大雪之前，常有小雪珠先落，称为"霰"。古人又以"撒盐"来比喻降雪，当然，这个比喻，如果指飘雪花，就不太贴切。东晋谢安曾经问子侄们："用什么来比喻下雪最好？"一个侄子说："撒盐空中差可拟。"侄女谢道蕴则说："未若柳絮因风起。"谢安对侄女大加赞赏。后人因称谢道蕴是具有"咏絮才"的才女。其实，这两个比喻都可以用，要看是下雪珠还是飘雪花。"沟壑皆平，乾坤如画"，即是形容大雪填平了地面的沟壑，一片银白世界。天晚时，雪停月出，一轮圆月，与白雪世界上下辉映，更显得无比皎洁。游历在外的客人，再也不怕天黑灯灭了。古代有"梁园虽好，不是久恋之家"的说法，梁园燕客指游子旅客。在一片雪白琉璃世界里，客人们自会忘却尘世烦恼。这首词虽然有些重复啰唆，但作为一种"催督劝说"的文字，重复唠叨一点还是必要的。作为一个女词人，能这样关心时令气候，毫无脂粉气儿女态，确实难能可贵。

江城子

朱淑真

斜风细雨作春寒。对尊前，忆前欢。曾把梨花，寂寞泪阑干①。芳草断烟南浦路②，和别泪，看青山。
昨宵结得梦夤缘③。水云间，悄无言。争奈④醒来，愁恨又依然。展转衾裯⑤空懊恼，天易见，见伊难。

【注释】

①"曾把"二句：化用白居易《长恨歌》"玉容寂寞泪阑干，梨花一枝春带雨"诗意。阑干，形容眼泪纵横的样子。

②"芳草"句：化用江淹《别赋》语意："春草碧色，春水绿波，送君南浦，伤如之何？"

③梦翥(yín)缘:指梦见攀附上升,也就是在空中飘飞升行一类的梦。

④争奈:即怎奈。

⑤衾裯(qī chóuWT]:泛指被褥等卧具。

【鉴赏】

朱淑真是宋代与李清照齐名的女词人,只是她的遭遇比之李清照更为不幸。这不仅是指她在生前不像李清照那样以才艺出名,而且是指她在婚姻生活中尤其悲惨。李清照晚年虽然也不幸吞咽过一颗“改嫁”的苦果,但她前半生的爱情婚姻生活毕竟是较为幸福美满的,尽管免不了有离情别绪的缠绕,但她与赵明诚志趣相投、相亲相爱则是有目共睹的事实。朱淑真却惨多了。她早年曾有过一个相爱的心上人,可后来却被迫嫁给一个俗吏,终因志趣不合而离异。离异以后朱淑真便回到娘家,度过了辛酸痛苦的余生。这首词大概就是她后期所写的一首忆旧感怀之作。上阕追忆旧情。斜风细雨,春寒料峭,女词人坐在桌前独饮遣怀,回忆起少女时代的那段欢爱之情。她想起分别之后,她寂寞独处的时候,曾经手拿梨花,涕泪纵横;她又想起南浦送别的情景,芳草碧绿,云烟缭绕,她噙着眼泪追送着离人的身影,直到他消失在青山的尽头。下阕描写梦境。昨夜她梦见自己在空中飘飞攀援,与相爱的人相会于云水之间,彼此脉脉含情,只是相对无言。片时梦醒,烟消云散,只有愁恨依然,她辗转于衾裯之中空自懊恼,不禁生出“天易见,见伊难”的哀怨。全词所写,既有初恋的欢乐,又有送别的痛苦;既有怀旧的感伤,又有相思的痴迷;尤其是下阕借梦境的描写,表现爱情遭受挫折的悲剧结局,最为悲苦动人。

高登 (?~1148)字彦先,号东溪,漳浦(今属福建)人。宣和间为太学生。绍兴二年(1132)进士。授富川主簿,迁古田县令。后以事忤秦桧,编管漳州。有《东溪集》《东溪词》。

好事近 又和纪别

高登

饮兴正阑珊,正是挥毫时节。霜干银钩锦句,看壁间三绝。

西风特地飒秋声,楼外触残叶。匹马翩然归去,向征鞍敲月。

【鉴赏】

高登，南宋词人，字彦先，号东溪，漳浦（今福建漳浦）人。绍兴二年（1132）进士，授富川主簿，迁古田县令。后以事忤秦桧，编管漳州。词人有一好友黄义卿，诗书画俱佳，词人尤喜其绘画，曾为他绘的带霜劲竹画赋词《好事近》一首，临别之际，又用原韵赋《好事近》两首，表达自己对友人的依恋难舍之情。这是其中的一首。抒写离情别绪，是历代诗词常见的一个题材，南朝的江淹在《别赋》里描写了各种各样的离别，称不免都使人“黯然消魂”。但高登这首送别词却是洗却了悲酸之态，音调爽朗，意境新颖，别具一格。刘熙载在《艺概·诗概》中说：“诗要避俗，更要避熟。”高登的这首《好事近》堪称是一首颇具特点与个性的送别词。

“饮兴正阑珊，正是挥毫时节”。词作开首落笔即充满豪气，颇见突兀。临别之际，彼此把酒话别，更何况是酒逢知己。“阑珊”，道出他们的尽兴豪饮，气氛热烈。然而，光饮酒还不能尽兴，还不足以抒发朋友间的情感，席间不禁要提笔挥毫。词人认为临别豪饮之际，正是“挥毫”的绝佳时节。这亦表明词人与朋友在临别之际，绝无“儿女共沾巾”之态。席间挥毫，于豪放之中，又添了一层高雅之气。使人联想到杜甫《饮中八仙歌》中所描写的情形：“张旭三杯草圣传，脱帽露顶王公前，挥毫落纸如云烟。”；次二句“霜干银钩锦句，看壁间三绝”，挥毫的内容是绘画、书法、赋诗。“霜干”，字面上看当指经霜多载的古柏树干，实应为傲霜挺立的古柏，杜甫《古柏行》有“霜皮溜雨四十围，黛色参天二千尺。”作画者不画别的单画凌霜挺立的古柏，不仅表现了他的超俗的艺术品位，也表露了他的豪迈性格。词人赞美之意自在其中。“银钩”，是指书法笔势之遒劲多姿。《晋书·索靖传》：“盖草书之为状也，宛若银钩，漂若惊鸾。”白居易诗有：“写了吟看满卷愁，浅红笺纸小银钩”（《写新诗寄微之偶题卷后》）。词人的朋友不仅绘画出色，书法也令人赞叹，富有个性，这与前句的“饮兴”之豪举互为映衬，表现洒脱豪健之风格。“锦句”，是指朋友作画、写字后，还即席赋诗，写出的诗也是佳辞妙句，锦绣文章。朋友把这绘画、书法、辞章高悬壁上，词人看罢，更是喝彩赞叹，称之为“三绝”。词作的上片，词人着意描绘临别之际饮酒挥毫，吟诗作赋，品评书画，豪放而不粗俗，高雅而不故作姿态。

下片转而描写送朋友上路。“西风特地飒秋声，楼外触残叶”。此时正值深秋时节，西风肃杀，秋叶瑟瑟，饯别的酒楼外，飒飒秋风正吹打着深秋时节为数不多的树上残叶。“飒”，为风声，宋玉《风赋》有：“楚襄王游于兰台之宫，宋玉景差侍，有风飒然而至。”；屈原《山鬼》亦有“风飒飒兮木萧萧”句。在此用以强调秋声之萧瑟。“触”字用得颇见特色，风本无形，把风吹树叶形容为触，使得字面更富音响，更显传神。上片首二句虽极写楼外萧瑟秋景，却正映衬楼内热烈的氛围，楼外的景致并没有给人以肃杀之感，似反更给前文的豪情增添了新的特色。末二句：“匹马翩然归去，向征鞍敲月。”写友人在暮色中，只身匹马翩然而去，词人的朋友酒兴似并未稍减，在马上还兴致勃勃地吟咏诗歌。这末两句一方面用“翩然”“敲月”等词语，写出友人洒脱、豪爽、飘逸的风采和气质，完成了对友人的正面塑造；第二方面也刻画了自己对友人敬重、关注之深情，词人于送别友人之际，于路口般般注目的情态也可感觉到。这二句与唐代诗人岑参的《白雪歌送武判官归京》中末二句："轮台东门送君去，去时雪满天山路。山回路转不见君，雪上空留马行处"，有同工异曲之妙，二者都表现了诗人对友人悠悠不尽之情。

李石 (1108～?)字知几，号方舟，资阳檠石(今属四川)人。绍兴二十一年(1151)进士乙科，任成都户椽。二十七年(1157)擢太学录。二十九年(1159)太学博士。乾道中，入为都官员外郎，出知合州、眉州，除成都转运判官。淳熙二年(1175)放罢。能诗文，工于词。有《方舟集》《方舟词》。

临江仙 佳人

李石

烟柳疏疏人悄悄，画楼风外吹笙。倚阑闻唤小红声，熏香临欲睡，玉漏已三更。

坐待不来来又去，一方明月中庭，粉墙东畔小桥横。起来花影下，扇子扑飞萤。

【鉴赏】

有约而失约，相期而未遇，给热恋中人带来的是无尽的惆怅与忧伤。这首词就是通过一组镜头，描绘了一位多情的闺中女子因盼郎夜归，从期待、幻觉、失望、孤独到寻求解脱的生动形象。

"烟柳疏疏人悄悄，画楼风外吹笙。"夜深人静，轻纱般的雾霭笼罩着庭院里疏疏的杨柳。风从画楼外吹来，是谁还在悠扬地吹笙？这是从女主人的视觉和听觉角度分别描绘庭院内外的两个空间，以画楼外的欢乐来烘托庭院内的静寂、清冷。庭院静而女主人的内心并不平静，她倚着阑干久久地等待，终于听到了那熟悉的声音在呼唤着丫头小红，此时女主人的心情可以想见。是心上人真的来到身边了吗？"隔墙花影动，疑是玉人来。"这里更大的可能是苦苦等待中所产生的幻觉；"熏香临欲睡，玉漏已三更。"虽闻声而郎终未至，于是怅然回到闺房。闺房中熏香炉吐出缕缕青烟，玉漏的水滴声报夜已三更。玉漏的滴响，飘动的熏香，烘托出闺房更寂静，女主人在失望中更感孤独。"临欲睡"而终未睡——她又怎能安然入睡呢！"坐待不来来又去，一方明月中庭，粉墙东畔小桥横"。第一句既表明女主人仍将幻觉视为真实，始终没有认定对方压根儿就没来，但也流露出她对负约的心上人淡淡的怨诉。可以想见，她的性格是文静的，平和的。然而，毕竟希冀被完全失望所代替，她不再因焦灼地等待而心旌摇动。此刻，她木然地从闺房向外去，只见明月洒满中庭，凝重的小桥静静地横架在粉樯东畔。这种近于死寂的景物环境，正是女主人绝望心态的写照。“起来花影下，扇子扑飞萤。”等待已绝望，安睡又不能，她无法承受令她倍感忧郁、孤独的闺房重压，她百无聊赖，终于再次来到庭院，在花影下用扇子扑飞萤，以求稍稍的解脱。这一句出自杜牧的《秋夕》“红烛秋光冷画屏，轻罗小扇扑流萤。”杜牧描绘的是宫女的寂寞与孤独，词人在这里以人物动态作结，更令人回味无穷。

曾觌 （1109~1180）字纯甫，号海野老农，汴京（今河南开封）人。绍兴三十年（1160），为建王（即孝宗）内知客。孝宗即位，除权知阁门事。淳熙初，除开府仪同三司，加少保、醴泉观使。有《海野词》，存一百零四首。

金人捧露盘 庚寅岁春奉使过京师感怀作

曾　觌

记神京、繁华地，旧游踪。正御沟、春水溶溶。平康巷陌，绣鞍金勒跃青骢。解衣沽酒醉弦管，柳绿花红。
到如今、余霜鬓，嗟往事、梦魂中。但寒烟、满目飞蓬。雕栏玉砌，空锁三十六离宫。塞笳惊起暮天雁，寂寞东风。

【鉴赏】

该词标题为“庚寅岁春奉使过京师感怀作”，据史载：作者曾觌，字纯甫，汴（即今之河南开封）人，生于北宋末徽宗大观三年（1109），卒于南宋孝宗淳熙七年（1180）。“庚寅岁春”，应是孝宗乾道六年（1170）的春天，时曾觌已年满花甲，垂垂老矣，犹在朝供职。在孝宗赵昚初登基（1163 年）时，曾任用主战派张浚发动了抗金战争，但很快便遭挫败，又不得不与金重订和约，所谓“奉使过京师”是指，词作者奉命自南宋皇帝行在所——临安（今之杭州）去执行与金人和谈的任务，来到了北宋的旧都汴京——当时亦称东京开封府，而金人则称为南京。曾觌本是汴人，北宋覆灭宋室偏安江南之际，他已年近弱冠，如今又回到了阔别四十余年后的旧地神京，地虽是而人事已非，这万千感慨会如连天波涛、接地乌云滚滚而来不可止遏。

上阕以“记神京，繁华地”为引句，描写的都是沉淀在记忆中的旧时情景往日的欢乐：记得北宋天子所居的京都，当年本是个繁华的地方，处处都留下往日游览流连的踪迹。“正御沟，春水溶溶”是先写皇宫景象，作者仅以皇宫外环绕宫墙流动着的融融春水，便写尽了宫墙之内莺歌燕舞、妃嫔媵嫱的无限风光。运用了以部分代全体、以此处代彼处的写作方法，这是古汉语修辞中的借代；接下来笔锋转向民间，“平康巷陌，绣鞍金勒跃青骢。解衣沽酒醉弦管，柳绿花红”写词人当年在这东京开封府目睹身践的欢乐生活。“平康”是妓女所居之处的代名，因为唐代长安丹凤街有平康坊，是妓女云聚处。词人完全沉浸在对往昔的回忆之中，字里行间蕴含着无尽的惋惜：想当年，神京的街道是那么繁华，骑着绣鞍金辔高头大马的公子王孙、豪商富贾们，穿行平康里巷出入青楼歌院；我也曾解衣沽酒，在歌伎舞女的丝竹管弦声中沉沉大醉，享受着年轻时代的风流欢乐，看到的尽是柳绿花红春光无限好。写神京街道繁荣，突出的是“平康巷陌”，尽管也有歌颂大宋江山天下太平之意，但多少也透露了处于末世的北宋王朝的病根所在：皇帝不理朝政，耽于淫乐；上行下效，达官贵人也必然奢华无度，醉心于寻欢逐乐的生活。

上阕所表现的尽管是欢乐气氛，但因为是对已经逝去不返的欢乐岁月的追忆，所以必然被蒙上一层凄凉的厚纱，加重了现时的悲伤。

下阕从缅怀中跳出，回到了现实中来。“到如今、余霜鬓，嗟往事、梦魂中”之句，就内容而论与上阕紧紧相啣：四十年前是那样风光，而到今天，青春逝、人已老，空留下两鬓苍苍如同飞霜；叹往事，成追忆、如云烟，只能在梦幻中重温再现。接下去便自然过渡到记述眼前所见，“但寒烟，满目飞蓬。雕栏玉砌，空锁三十六离宫”中的“飞蓬”，是指飘荡无定的蓬草，也可喻世事散乱不定；“三十六离宫”，是在用典，班固《西都赋》中有“西郊则有上囿苑禁……。离宫别馆三十六所”之句，“离宫”本意虽指帝王在皇宫之外随时游乐停留的宫室，但在这里，却指的是已经废用的北宋帝王的宫苑。伤心人眼中全是伤心景色，在充满凭吊心境的词人眼里，尽管是春天，也只见：漫空寒烟，遍地乱草，那精心雕琢的白玉栏杆，早已是扑扑灰尘，凤阁龙楼也被重重封锁，空寂无人。词至此处，已尽数铺陈荒凉孤寂的景色，但作者意犹未了，以尾句“塞笳惊起暮天雁，寂寞东风”继续写景，做了进一步地渲染：几声悲凉的胡笳传来，把黄昏里已经歇止的雁群惊起；也把主人公从凭吊的心绪中唤醒，只觉得东风在吹拂，令人感到更加孤寂。该词善于捕捉典型以写全局，如上下阕中借“御沟”“离宫”之词，便传递出对北宋王朝的深切怀恋。此外，全篇几乎都是写景叙事，并无直抒胸臆之句，但细细品味却无处不散发着吊古怀旧的忧伤，产生了含而不露、引而不发的艺术效果。

葛立方 （？~1164）字常之，江阴（今属江苏）人，晚年居吴兴。绍兴八年（1138）进士。历官秘书省正字、校书郎、中书舍人、吏部侍郎，出知袁州、宣州。著有《西畴笔耕》《韵语阳秋》《归愚集》。词学晏殊,有《归愚词》,存三十九首。

卜算子 赏荷以莲叶劝酒作

葛立方

袅袅水芝红,脉脉蒹葭浦。淅淅西风澹澹烟,几点疏疏雨。
草草展杯觞,对此盈盈女。叶叶红衣当酒船,细细流霞举。

【鉴赏】

这是一幅清新、流丽、色彩淡雅的水墨画。词人通过层层点染,步步铺陈,描绘了夏日雨过天霁时水中莲叶荷花的美景。

上片写雨中荷花。"袅袅水芝红",红艳艳的荷花在水中亭亭玉立,摇曳多姿。起笔就突出主要形象——水芝(即荷花)。随即,词人从横的深远处拓展开去,使我们看到了婷婷袅袅的碧叶红花被一望无际、朦朦胧胧、含情脉脉、生长在水边的芦荻的背景烘托着。接着,我们的视野又转向纵的高远处,只见荷花的上空淅淅西风轻轻吹掠,一缕缕雾霭的青烟静悄悄地飘拂游动,稀稀疏疏的雨滴落在碧荷上,滚动着晶莹的水珠。经过一横一纵的点染铺陈,构成了一幅夏日骤雨即将过去时的广阔的空间画面,而荷花的形象生动地突出在主要位置上。

下片写雨后天霁,"草草展杯觞,对此盈盈女。"词人巧妙地从外部空间移向欣赏主体所在的小空间——船舱里:桌上简简单单地摆上了酒杯和菜盘,朋友们正举杯畅饮,席间还有美丽多情的女子相伴助兴哩!朋友们相聚以莲叶劝酒,是久别重逢,还是远行饯别?这无须细说。词人很快又将笔锋转向船舱外,继续描绘大空间景色,"叶叶红衣当酒船,细细流霞举"。这是从船舱内这个特定角度向外望去,只见枝叶叶,层出不穷的莲叶荷花横挡在酒船前面("红衣"指荷花。贺铸有"红衣脱尽芳心苦"句)。此刻,雨过天晴,细细的五彩流霞从莲荷摇曳攒动的地方冉冉升腾,这是多么绚丽的景色呵!以动态作结,正像刘禹锡的诗句"晴空一鹤排云上,便引诗情到碧霄"一样,有"不愁明月尽,自有夜珠来"之妙。

这首词,通篇都在写景,而情处处融于景中。试想,值此良辰美景,好友雅聚,低吟浅酌,畅叙情怀,这是多么惬意的事。词人正是带着欢娱的情感来描绘景物,所以写得如此飞动、空灵。特别是连用十八个叠字,不仅读来如珠玉落盘,且倍感亲切、生动。这与李清照的"冷冷清清、凄凄惨惨戚戚"有异曲同工之妙,不过后者是写悲愁,前者是写欢乐。

侯置 生卒年不详，字彦周，东武（今山东诸城）人。南渡居长沙，绍兴中以直学士知建康。卒于孝宗时，其词风格清婉娴雅。有《孅窟词》。

四犯令

侯 置

月破轻云天淡注，夜悄花无语。莫听《阳关》牵离绪，拚酩酊、花深处。
明日江郊芳草路，春逐行人去。不似酴醿开独步，能着意、留春住。

【鉴赏】

这是一首晚春送别之作。《四犯令》，又名《四和香》，是合四调的犯声而成的新曲。

上片写月夜饮别。开头“月破轻云天淡注，夜悄花无语。”写月色溶溶之夜，月光洒满人间，如脂粉之轻敷淡注。夜阑人静，花儿也悄声不语。作者先烘托出一个宁静得异乎寻常的典型意境；接着，“莫听《阳关》牵离绪，拚酩酊、花深处。”送别的宴会上，演唱着离别之歌《阳关曲》。还是别听这些吧，免得牵愁离绪，来个借酒浇愁，饮个酩酊大醉吧！宋词中写离别时唱《阳关》曲的，有许多处，如李清照《凤凰台上忆吹箫》：“休休，这回去也，千万遍《阳关》，也则难留。”辛弃疾《鹧鸪天·送人》：“唱彻《阳关》泪未干，功名余事且加餐。”这里作者却提出：“莫听《阳关》牵离绪”，以沉醉遣离愁，颓唐处且有深情，足见性情之深厚。

下片，以芳草逐人远去与荼之蘼独步留春，两相对举，深挚地表现了词人惜别与留春的心意。“明日江郊芳草路，春逐行人去。”在郊外的芳草路，词人送别行人。满眼暮春景色，使他不由发出慨叹：连春色也得跟着离人别去。语意深挚，感人肺腑。下面“不似”二字，轻嗔轻怨，莫不关情，自然名隽；“不似酴醿开独步，能着意、留春住。”酴醿，花名，开于暮春，俗作荼蘼，一名独步春。这里语意双关，表面是留春，实际是要留人，舍不得离人别去。

整个词，语言明白，寓意深邃，娴雅清婉，别具风格，是侯置词中有代表性的作品。

赵彦端 (1121~1175)字德庄,号介庵,鄱阳(今江西波阳)人。魏王廷美七世孙。绍兴八年(1138)进士。曾知建宁府,终左司郎官。著有《介庵集》,不传,今有《介庵词》,存一百五十七首。

点绛唇 途中逢管倅

赵彦端

憔悴天涯,故人相遇情如故。别离何遽,忍唱《阳关》句!
我是行人,更送行人去。愁无据。寒蝉鸣处,回首斜阳暮。

【鉴赏】

此词不知作于何时何地;管倅是谁,也不详(倅,称州郡副贰之官,如通判)。从词中所叙的情况可以知道:管倅与作者是老朋友,他们在途中相逢,不久又分手。作者客中送别,格外感到凄怆,便写了这首词。

"憔悴天涯,故人相遇情如故。""憔悴",困苦貌;"天涯",这里指他乡。俗话说:"久旱逢甘雨,他乡遇故知。"特别是当双方都处在困苦的境遇中,久别重逢,深情似旧,其乐可知。作者极言相遇之乐,目的正在于更深地跌出下文所写的别离之苦。这叫作"欲抑故扬",乃一种为文跌宕的妙法。

"别离何遽,忍唱《阳关》句!"乍见又匆匆别离之苦,是人们都能体会到的。唐代诗人李益《喜见外弟又言别》云:"别来沧海事,语罢暮天钟。明日巴陵道,秋山又几重?"司空曙《云阳馆与韩绅宿别》云:"乍见翻疑梦,相悲各问年。……更有明朝恨,离杯惜共传。"都细致地表达出那种因乍见时大喜过望而反使别离时加倍悲苦的心情。赵彦端也不例外。他联想起王维《送元二使安西》中“西出阳关无故人”的著名诗句。后来以此诗谱入乐府，名《阳关曲》，为送别之歌。但作者此时连唱《阳关》的心情也没了，为什么呢？因为他是客中送别，比王维居长安送友人西行时还更多了一层愁苦。因此，这两句很自然地过渡到下片，引出“我是行人，更送行人去”的喟叹了。

“愁无据。寒蝉鸣处，回首斜阳暮。”“无据”，即无端，有无边无际的意思。这无边无际的愁苦，该怎样形容呢？词人不借重于比喻，而是巧妙地将它融入于景物描写之中，用凄切的寒蝉声和暗淡的夕阳光将它轻轻托出。“寒蝉鸣”为声，“斜阳暮”为色：前者作用于听觉，后者作用于视觉。这样通过声色交互而引起读者诸种感觉的移借，便派生出无穷无尽的韵味来。清人吴衡照说得好：“言情之词，必借景色映托，乃具深沉流美之致。”（《莲子居词话》卷二）否则，若一味直溜溜地说“愁呀！愁呀”不休，就难免有粗俗浅露之弊了。

纪昀评赵彦端《介庵词》说：“多婉约纤秾，不愧作者。”（《四库全书总目提要》卷一九八）但此词婉约而不“纤秾”，通篇未用一纤秾词语，仅用的“阳关”一典也为一般读者所熟知；不失为一首风格淡雅而兼委屈的佳构。

王千秋　生卒年不详，字锡老，号审斋，东平（今属山东）人。有《审斋词》，存七十三首。

鹧鸪天　煮茧

王千秋

比屋烧灯作好春，先须歌舞赛蚕神。便将簇上如霜样，
来饷尊前似玉人。
丝馅细，粉肌匀。从它犀箸破花纹。殷勤又作梅羹送，
酒力消除笑语新。

【鉴赏】

这是一首反映农村题材的词。描写一群秀美活泼的少女，正月十五元宵之夜，载歌载舞地祭神和聚餐，欢度灯节的盛况，富有浓郁的生活气息。

词的上片写祭蚕神。首句“比屋烧灯作好春，先须歌舞赛蚕神。”描写正月十五夜，灯火辉煌的景象。一家接一家，家家点燃花灯；养蚕的少女们，载歌载舞，祭祀蚕神。这里写的是我国江南的灯节，因为江南旧俗以正月十五为祈蚕之祭。丰收的蚕茧，白花花一片，如雪似霜，十分可爱；正在歌舞的养蚕姑娘，俊秀妍美。正是：

"便将簇上如霜样,来饷尊前似玉人。"写得明白如话,形象逼真,读者犹如身临其境,耳闻目睹。

下片写聚餐。过片"丝馅细,粉肌匀。"描写聚餐的食品,当指元宵,又称圆子、汤圆。宋代以来,我国相沿有元宵节吃圆子的风俗。《宋诗钞》周必大《平园续稿》有《元宵煮浮圆子》诗。这两句话,六个字,从形状看,像是写元宵,又像是写蚕茧,由祭蚕神,过渡到聚餐;由祈祷蚕茧丰收,到欢度元宵佳节,语意双关。接着,"从它犀箸破花纹。"用犀角制作的筷子,划破花样精致的美食佳肴。结尾"殷勤又作梅羹送,酒力消除笑语新。"梅羹,汤名。桓麟《七说》:"河元之羹,剂以兰梅。"又吃饭,又喝汤,酒足饭饱,笑语吟吟,一片欢乐气氛。

王千秋原为山东人,南渡后寓居金陵(南京),晚年转徙湖湘间。他的词导源《花问》,出入东坡门径,词格秀拔可诵,他的这首《鹧鸪天》,反映民间生活,真切自然,清秀隽美,在宋词中是不可多得的佳作。

李吕 (1122~1198)字滨老,一字东老。邵武军光泽(今属福建)人。四十岁时弃科举归乡里。著有《澹轩集》,词一卷,存十八首。

鹧鸪天 寄情

李 吕

脸上残霞酒半消,晚妆匀罢却无聊。金泥帐小教谁共?
银字笙寒懒更调。
人悄悄,漏迢迢。琐窗虚度可怜宵。一从恨满丁香结,
几度春深豆蔻梢。

【鉴赏】

李吕《澹轩词》明艳妩媚，颇有晏几道的风姿。此词写幽闺春夜的情思，以妍丽之笔出之，尤觉动人。

起二句，写入夜后的情景。酒意初解，闺中人脸上的晕红渐褪；她晚妆匀罢，又感到百无聊赖了。“脸上”句，犹小晏《木兰花》词“脸边霞散酒初醒”意。“霞”，指脸颊两侧因酒力而泛出的红晕。由于“无聊”，才要喝酒，而午醉醒来，更觉无聊。纵使重理残妆，又有何意绪？幽怨怀人之旨，于此轻点一笔。“金泥”二句，补足“无聊”之意。“金泥帐”，用金粉涂饰的床帐；“银字笙”，笙上以银字标明音色的高低，故称。白居易《南园试小乐》诗：“高调管色吹银字，慢拽歌词唱《渭城》。”“金泥”句，写闺人独处无侣之恨。一“小”字，入木三分。帐小而无人与共，自怨自艾，实为下片“琐窗”句作铺垫。“笙寒”，笙为簧管类乐器，簧片须烘暖后发音方能圆正。簧片既冷，又懒得去烤热它，重新吹奏，盖因赏音之人不在也。两句极写女子索居寥落的情态。

过片两句，运笔入虚。全仿小晏《鹧鸪天》词“春悄悄，夜迢迢”句式。黑夜，总是那么漫长，静听着迢迢的漏声，孤独的人儿被闭置在琐窗之内，悄无言语，又辜负了一个美好的春宵！“琐窗”句，用唐诗“徘徊花上月，虚度可怜宵”（见《太平广记》），为全词主旨所在；下片三句，顺笔写来，毫不着力；末二句忽作转折，点出题面“寄情”之意。“一从恨满丁香结，几度春深豆蔻梢”，情酣意满，余韵不尽。“丁香结”，指丁香缄结未开的花蕾。李商隐《代赠二首》之一：“芭蕉不展丁香结，同向春风各自愁。”以丁香之“结”，喻心情郁结不开，满含愁恨。“豆蔻梢”，语本杜牧《赠别二首》之一：“豆蔻梢头二月初。”豆蔻生于岭南，其苗如芦，其叶如姜，花作穗，嫩叶卷之而生，微带红色，叶展而花开。南人摘其含苞待放者，美称为“含胎花”。杜牧诗中用以比喻“娉娉袅袅”的美女。本词中亦以“丁香”“豆蔻”设喻。上句谓女子自与情人别后，终日默默含愁，无法解脱。下句谓一别数年，虚度了多少个春宵，也辜负了美好的年华，比“琐窗”句更深一层，对别后之“恨”做了整体性的描述。“丁香结”与“豆蔻梢”，均唐人诗语，词人信手拈来，合用在一起，浑如己出，十分精妙，留给读者完整、鲜明生动的形象。末句意境尤美，含蕴无尽。

洪迈　（1123~1202）字景卢，号容斋，鄱阳（今江西波阳）人。洪皓季子。绍兴十五年（1145），中博学宏词科。孝宗朝，累迁中书舍人、兼侍读，直学士院，拜翰林学士。进焕章阁学士、知绍兴府。以端明殿学士致仕。有《野处类藁》《容斋随笔》《夷坚志》《万首唐人绝句》行于世。词存六首。

踏莎行

洪迈

院落深沉，池塘寂静。帘钩卷上梨花影。宝筝拈得雁难寻，篆香消尽山空冷。

钗凤斜攲，鬓蝉不整。残红立褪慵看镜。杜鹃啼月一声声，等闲又是三春尽。

【鉴赏】

艺术之妙，在于曲中达意。即使那些被人们推崇为最善于"直抒胸臆"的作品，也总不能全如日常口语那么直接、质朴。这叫"文似看山不喜平"。清人袁枚《与韩绍真书》云："贵直者人也，贵曲者文也。天上有文曲星，无文直星。木之直者无文，木之拳曲盘纡者有文；水之静者无文，水之被风挠激者有文。"黑格尔《美学》也说："艺术的显现却有这样一个优点：艺术的显现通过它本身而指引到它本身以外（朱光潜注：即'意在言外'），指引到它所要表现的某种心灵的东西。"因而，司空图的"不着一字，尽得风流"（《诗品》）便被公认为文学作品最高境界之一种。

洪迈这阕《踏莎行》写思妇怀人，通篇就没有一个字点破本题。作者的本意，完全是通过环境、气氛，以及主人公的动作、情态显现出来的，因此算得上一首善达言外之意的好作品。

开头两句用"院落""池塘"写女主人的生活环境，而这环境的特点是"深沉"与"寂静"，一上来就透露了境中人的孤单与寂寞。第三句由"院落""池塘"写到"帘钩"，这正如电影镜头的推移，且的是让读者亲自巡视一下主人公的生活天地，从而加深空阔、冷清的感受。一般人喜欢用"帘幕低垂"写孤寂，这固然不错，但往往需要上下文的配合，否则，美满的家庭何尝就不能庭院深深、帘幕沉沉呢？也许洪迈也意识到了这一点，而他又不愿意在上下文中点明主人公的哀乐，于是别出心裁，炼出"帘钩卷上梨花影"一句。试想：帘钩卷上也只有"梨花影"前来做伴的生活，是多么的空虚和寂寞？以上三句着力渲染环境。那么人在何处呢？她在弹筝："宝筝拈得雁难寻"。她在出神地望着烧尽的篆香："篆香消尽山空冷"。"雁"字连"筝"字说，是指筝面上承弦的柱，参差斜列如雁行，称"雁柱"。柱可左右移动，以调节音高。吕渭老《薄幸》词："尽无言、闲品秦筝，泪满参差雁。"而这里的女主人公却是"宝筝拈得"而"雁难寻"，连音调也调试不准，有相思而无法于弦上诉说，这就加倍的不堪。眼看着“篆香消尽”而懒得去添，以致帷冷屏寒，其难以入睡也可知矣。“山”是画屏上的山，如牛峤《菩萨蛮》所说的“画屏山几重”。这一句所写的情境，《花间集》中颇多见，如欧阳炯《凤楼春》“罗幌香冷粉屏空”，毛熙震《木兰花》“金带冷，画屏幽，宝帐慵熏兰麝薄”，张泌《河传》“锦屏香冷无睡，被头多少泪”，都可作为理解此句的参考。女主人公这一整夜都是在凄凉中度过，那么未来的一天，又将“守着窗儿独自，怎生得黑”呢？

过片的“钗凤”三句写主人公形貌。在痛苦中熬着日子，“钗凤斜敧”“鬟蝉不整”“慵看镜”，便是相思成疾之状的形象反映。这使我们想起了《诗经·伯兮》中的句子：“自伯之东，首如飞蓬。岂无膏沐，谁适为容。”以及徐幹《室思》里的话：“自君之出矣，明镜暗不治。思君如流水，无有穷已时。”这三句正是要表现其无穷的思念。“杜鹃啼月一声声”，表面上只写环境，只是在进一步创造冷清的气氛，因为“杜鹃啼血猿哀鸣”是自然界最凄厉的声音么！实际上这里还用催归的杜鹃声表现思妇对行人的期待。前面已经说过，上半阕的结句是在暗示一夜将尽；到下半阕的结句则说“等闲又是三春尽”。读者试想：词中所着力描写的一夜，已经令人俯首欲泣，那么一月，一年，数年的光阴将如何熬得下去呢？讲到这里，我们不得不佩服句中那个极平凡的“又”字用得是何等神奇！

艺术的效果是作者与读者共同劳动的结晶。我国旧诗词篇幅短小，所以高明的作家更注意启发读者参与活动。洪迈的《踏莎行》正是如此。我们刚一接触到它，只能感知到一片空寂的环境和一个慵倦的主人；等到鉴赏进一步深入，我们才发现这是一个思妇对丈夫的深切怀念。如果你有兴趣再追下去，那么还可以想到关于爱情、离别等更多的东西。正如梁启超所说：“向来写情感的，多半是以含蓄蕴藉为原则，像那弹琴的弦外之音，像吃橄榄的那点回甘味儿，是我们中国文学家所最乐道的。”洪迈此词就是具有“弦外之音”的好作品。

姚宽　（？~1162）字令威，号西溪，嵊（今属浙江）人。以父荫补官，历官六部监门、权尚书户部员外郎、枢密院编修官。有《西溪丛语》《西溪乐府》，今存词五首。

生查子　情景

姚　宽

郎如陌上尘，妾似堤边絮。相见两悠扬，踪迹无寻处。
酒面扑春风，泪眼零秋雨。过了别离时，还解相思否？

【鉴赏】

这是一首闺词。

全词以女主人的口气道出，不做雕饰，自然流畅，一气呵成。

上片叙述了俩人分离的原因。以比喻起句清新明快，有民歌风。“尘”与“絮”都是无所依托的，随时都会随风而起，故相见自然也在飘飘忽忽、悠悠扬扬之中。而一旦分离踪迹何处可寻呢！

下片写相聚与别离的不同情感，并希望对方不要忘情。“酒面扑春风，泪眼零秋雨。”这两句极为工整的对仗与前后明白如话的白描形成鲜明对比，读来令人击节。且两句的容量很大。前句概括了相聚时的欢乐。相聚时正值百花齐放、春意盎然。习习春风吹拂着沉浸在幸福中的人儿红扑扑的脸上，那是多么令人难忘的日子呵！而分别时却是秋雨霖霖，雨点落在离人的泪眼上，分不清哪是泪，哪是雨。相聚在前为轻，分离在后为重，自然使人感到相聚的欢乐是短暂的，而分离的痛苦却是深沉久远。“过了别离时，还解相思否？”离别给女主人带来无尽的愁怨，而最后却以设问句作结，读来令人回味。这设问句可以理解为：分别时你是那样难舍难分，一旦离去，你还会思念我吗？恐怕早就将我忘得一干二净了。也可以理解为：自从离别后，我对你的思念与日俱增，这种情况，你知道吗？还可以这样理解：离别以后，你还会像我对你一样思念吗？只要你还在思念，哪怕我是如此痛苦，也稍稍感到安慰了。第一种理解语气较重，带有深深的责怨；第二种理解较平和，是由及彼地设想对方；第三种理解语气较轻，仿佛是自我解脱。

《词苑萃编》中说：“词虽以险丽为工，实不及本色语为妙。”此词以“浑成为工”，当属此类。

袁去华 生卒年不详，字宣卿，奉新（今属江西）人。绍兴十五年（1145）进士。曾任善化、石首知县。著有《适斋类稿》《袁宣卿词》。

瑞鹤仙

袁去华

郊原初过雨。见败叶零乱，风定犹舞。斜阳挂深树。映浓愁浅黛，遥山眉妩。来时旧路，尚岩花[①]、娇黄半吐。到而今惟有，溪边流水，见人如故。

无语。邮亭[2]深静，下马还寻，旧曾题处。无聊倦旅，伤离恨，最愁苦。纵收香藏镜[3]，他年重到，人面桃花[4]在否？念沉沉、小阁幽窗，有时梦去。

【注释】

①岩花：岩畔、水岸上生长的花。

②邮亭：古时设在沿途供公差和旅客歇息的馆舍。

③收香：晋代贾充之女贾午爱慕韩寿，窃其父所藏奇香以赠之，后结为夫妇。藏镜：南朝陈亡后，驸马徐德言与妻乐昌公主各藏半镜，后破镜重圆，夫妻相会。

④人面桃花：化用崔护《题都城南庄》"人面不知何处去，桃花依旧笑春风"诗意。

【鉴赏】

本词用赋的笔法，描绘了旅途的苦况，对往昔情事的美好回忆及对意中人的思念。

上阕由眼前所见景物写起。郊野上秋雨初晴，只见几片零乱的落叶，还在风停后的空中来回飘动。"斜阳挂深树"三句，作者的视野展开去，斜阳挂在浓密的树梢

之上，把隐隐约约的一带远山，映照得宛如美人皱着眉头，时而愁怨，时而妩媚。面对如此秋景故地，作者不禁回想往事：曾经走过的旧路，当时尚有黄色的岩花娇嫩欲滴，含苞待放，如今只有溪边的流水，和我这个故人相见。这里，"来时"写来时景象，"到而今"三句，写去时景象。两相对比，更见昔会今离、昔乐今哀之意。整个上阕，作者写雨声、落叶声和风声等各种声响，着力勾画斜阳、深树和远山等景物，再由景入情，从中渲染出一段"浓愁"。

下阕以"无语"二字开头，换头承上，默默无语来到路边的驿馆，此地格外的清冷。我下马开始找寻，从前曾经在此题诗的地方。"无聊倦旅，伤离恨，最愁苦。"作者直抒胸臆，揭出本篇主旨：人在旅途，尽管已十分的疲惫，但也是无可奈何的事，

而每每离别所带来的感伤，则最令人愁苦。“纵收香藏镜，他年重到，人面桃花在否？”这里，“收香藏镜”借晋代贾午爱韩寿赠奇香以传情、南朝陈乐昌公主与驸马徐德言各藏半镜为夫妻信物的典故，隐喻词人对佳人的倾心爱恋。“人画桃花”化用崔护《题都城南庄》诗意。整句的意思是纵然我保存着对她忠贞的爱恋，但时过境迁，重寻旧地佳人，怕也只有“人面不知何处去，桃花依旧笑春风”之遗憾了。词人在这里反用这两则典故，写出再相见之难。末尾“念沉沉、小阁幽窗，有时梦去”做出内心告白：小阁幽窗前，我思绪纷纷，想着佳人，也只能有时在梦里去寻找她。

这首词风格委婉、含蓄，语言流畅。虽然连用典故，却无晦涩难解之嫌。全词如纪游小品，情思深婉，文笔雅丽。

剑器近

袁去华

夜来雨。赖倩得、东风吹住[①]。海棠正妖娆处。且留取。

悄庭户。试细听、莺啼燕语。分明共人愁绪。怕春去。

佳树。翠阴初转午。重帘未卷，乍睡起、寂寞看风絮。偷弹清泪寄烟波，见江头故人，为言憔悴如许[②]。彩笺无数。去却寒暄[③]，到了浑无定据[④]。断肠落日千山暮。

【注释】

①倩得：请得。东风：春风。

②如许：如此、这般。

③寒暄：问寒问暖。

④浑无定据：没有一点确切的消息。

【鉴赏】

这首《剑器近》抒写闺中春愁，伤春怀人，情调格外忧伤。是袁去华创制的新曲。它的体制，“上中两叠，字句声韵皆同，是亦双拽头也”（唐圭璋《唐宋词简释》）。这种三叠词中的特殊形式，在词中并不多见。

首叠写风雨之后的春景，既流露了词中人对美好春色的亲切赞美，也表现了对春光消逝的深深惋惜。夜间的绵绵细雨,好在被春风打住,那盛开的海棠花,此刻显得分外的妖娆美丽,愿这美景长留不去。

二叠由写外景转入院内。一个"悄"字刻画出庭院的沉寂凄清,深婉曲折地传达了伤春的情怀:庭院中悄然无声。你用心细听,那一声声莺啼燕语,分明与人一样,充满着丝丝愁意,生怕春天走得太快。全词中无论是写"且留取"的海棠,还是写"怕春去"的莺燕,都流露出作者惜春愁春的心境。

末叠从写景转入写人。枝条美丽的绿树下,树荫一片,时间刚刚转过正午。"重帘未卷,乍睡起、寂寞看风絮。"二句,写人睡之无绪和念远怀人之凄楚。刚刚睡起,层层帘幕还未卷起,一个人寂寞地看着室外纷飞的柳絮。这里,风絮的飘零聚散,象征着人的离别和缭乱的心境。"偷弹清泪寄烟波",三句作者心绪翻飞,化用孟浩然《宿桐庐江寄广陵旧游》"还将两行泪,遥寄海西头"诗意,展开联想:偷偷抹去伤心的眼泪,将思念的感情附之于那烟波浩荡的江水,流到江头的故人那里,告诉她我已是如此的凄凉消瘦了。"彩笺无数"三句的意思是,远行人寄来的情书虽然多,除去那些问候话,只是归期不定,也未说何时才归来。"浑无定据",意即没有一点确切的消息。词的最末一句,以景结情,客观景物和人的心境相融合,表达出愁肠百结的相思之情:夕阳中,我凝神远望,千山茫茫,令人断肠。

这首词由景入情,环境气氛由轻清而重浊,情致由凄婉幽怨而悲哀直露,一气舒卷,笔触细腻柔和,语淡情深。

安公子

袁去华

弱柳丝千缕,嫩黄匀遍鸦啼处①。寒入罗衣春尚浅,过一番风雨。问燕子来时,绿水桥边路,曾画楼、见个人人②否?料静掩云窗,尘满哀弦危柱。
庾信愁如许,为谁都著眉端聚。独立东风弹泪眼,寄烟波东去。念永昼春闲③,人倦如何度?闲傍枕、百啭黄鹂语。唤觉来厌厌,残照依然花坞④。

【注释】

①鸦啼处:此指柳树丛中。

②人人:犹言人儿,情人的昵称。

③永昼春闲:春日闲寂无聊,觉得天长难以打发。

④花坞:花圃。

【鉴赏】

本词为初春怀人之作。客居他乡而至春日,倦游思归之心自然而生。词人把伤离的意绪抒写得凄婉深厚。

上阕由景到人。开头二句写充满活力和盎然生机的早春景色。细柔的柳条,千丝万缕,一片片鹅黄的颜色;柳树丛中,鸦雀在叽叽喳喳的鸣叫。“寒入罗衣春尚浅”二句由景及人,抒发其思念恋人的悲怀。还是早春,刚刚又过去一阵风雨,轻寒阵阵,侵入衣裳。词中人触景生情,“问燕子来时,绿水桥边路,曾画楼、见个人人否?”询问刚飞回的燕子,在来时路过的绿水桥边,在那画楼中,可曾看到我的心上人?作者以问句、以托燕来写离情,表达思人梦魂之所牵。末二句紧承上句,主人公展开想象:料想她也和我一样,关上云窗,静思默想,任凭琴上落满灰尘,也无心打理。这里“哀”“危”二字,写琴喻人,叫人伤感不已。

下阕由人到景。“庾信愁如许,为谁都著眉端聚。”词人以庾信自比,故作设问,含有对意中人的埋怨情调,情致尤深:我的忧愁像庾信那样多,不知为谁而双眉紧皱,难以展开?“独立东风弹泪眼”二句,写词中人独立在春风中,泪水不住地洒落,思绪随着江水向东流而去。接着“念永昼春闲”二句,词人又设一问,借以反衬内心愁恨之深。想到这昼长春闲的时日,身心疲惫之人怎么熬得过去?“闲傍枕、百啭黄鹂语。”闲靠孤枕,浅睡之中,时而会听到那黄鹂鸟婉转不停的叫声。末二句以美景衬哀情:醒后更觉无聊,只见斜阳还照在花圃上。景致何其美,而伊人不在,岂不令人更加感伤,言虽止而意无尽。下阕直抒胸臆,将内心的情思层层传出,情真意切,刻骨铭心。构思别致,章法新颖。

这首词结构精巧,以写景始,又以写景终,前后照应;写情处层层深入,曲折宛转,跌宕多姿;设想奇妙入情,富有感染力。

陆淞 生卒年不详,字子逸,号云溪,山阴(今浙江绍兴)人。陆游长兄。曾知辰州。

瑞鹤仙

陆淞

脸霞红印枕①,睡觉②来、冠儿还是不整。屏间麝煤③冷,但眉峰压翠④,泪珠弹粉。堂深昼永,燕交飞⑤、风帘露井[6]。恨无人与说，相思近日，带围宽尽。

重省。残灯朱幌[7]，淡月纱窗，那时风景[8]。阳台路迥，云雨梦[9]，便无准。待归来，先指花梢教看，却把心期[10]细问。问因循[11]过了青春，怎生意稳？

【注释】

①脸霞红印枕：脸上一片红晕，还印出了枕席的痕迹。

②睡觉：睡醒。

③麝煤：即麝墨，此指水墨绘画。

④压翠：指双眉紧绉，其形状像挤压出的青翠的远山。指愁容状。

⑤交飞：交翅并飞。

⑥露井：天井。

⑦朱幌：朱红的帷幔。

⑧风景：犹情景。

⑨阳台、云雨梦：用宋玉《高唐赋序》所写神女与楚王欢会之梦，后人借指男欢女爱。

⑩心期：心意、心愿。

⑪因循：怠惰、拖延。

【鉴赏】

这是一首写闺中人思念远方情人的词，以委婉含蓄的手法抒写哀愁的情怀。

上阕写主人公对情人的相思。开头三句写闺中人起后情态。枕痕印在红霞似的俏脸上，一觉醒来，衣冠凌乱，经常“冠儿”“不整”，无心打扮自己，说明了主人公慵懒、孤寂的心情、接着“屏间麝煤冷”三句具体描写人物愁眉垂泪之状，形象真切：画屏间，香墨描绘的图画透着冷意，只见她眉峰紧绉，压着愁颜，泪珠儿带着脂粉不住洒溅。“堂深昼永”三句作者又从环境的描写，表现出她生活的孤寂。堂屋幽深，白昼漫漫。燕儿在交翅双飞，天井里风儿卷着帷帘。这里，燕之交飞，更显人之孤独，更触动了她的心事。“恨无人说与，相思近日，带围宽尽。”只恨没有人跟自己诉说相思哀怨，近日来消瘦不少，围腰的衣带全变宽了。末三句直诉衷肠，道出地愁苦的缘由和眼前的境况，点明题旨。

下阕揭示其对爱情的回忆和期待的心理，刻画出一片痴情的闺中女子形象“重省”四句，追忆两相欢聚的“风景”，一切记忆犹新，历历在目：一再回忆当年，残灯照着的朱红的帷幔，淡淡月儿映着的纱窗，那时我们欢聚的情景，多么旖旎缠绵。这里，“残灯”“淡月”营造出一种静谧、和谐的氛围。而“阳台路迥”三句转入写别后情景。而今欢爱之地相去遥远，要重温那男欢女爱的美梦，更是没有定准之期。

接着“待归来”三句，作者设想情人回来以后的情景。待他归来，先指着花梢教他看，要把内心的期望和他细问详谈。这里，一个“看”字，一个“问”字，把小女子急切的心情淋漓尽致地表现出来。收尾二句以设问作结，哀怨欲绝。这里，“因循”乃拖延之意，“意稳”乃心安之意。整句的意思是：问他因此延误了这青春的年华，你怎能心安？

全词由外貌描绘转入内心隐秘的刻画，笔触极细，比兴之词写得如此细致生动。结构严密，跌宕开合，感染力极强。

向滈 生卒年不详，字丰之，曾任县令。有《乐斋词》，存四十三首。

如梦令

向滈

谁伴明窗独坐，和我影儿两个。灯烬欲眠时，影也把人抛躲。无那，无那，好个恓惶的我。

【鉴赏】

《全宋词》录存向滈作品四十三首。这些词作除个别篇章之外，全都是叙写别情和孤独处境的。由此可见作者长期为离愁所苦的生活与心理，因此我们也就可以知道，这首《如梦令》中的情绪绝非无病呻吟或故作多情者可比。

羁旅当然是愁苦、寂寥的。不过向滈的孤独似乎在离家别亲之外，还有更深刻的社会原因。向滈生当南宋初期，正是民族矛盾、阶级矛盾都十分尖锐的时候。小朝廷妥协退让犹恐不及；广大人民民族自尊心因受到创伤而更为强烈，因而，要求驱逐金人、收复失地的呼声正高。为了给投降路线扫平障碍，统治阶级便大规模地镇压抗战活动。在这种情况下，那时的有识之士一方面眼看国力日衰，痛感空有报国之志而无能为力，另一方面又为个人渺茫的前途所苦，因此多半处在矛盾与伤感之中。向滈在一首《临江仙》中说：“治国无谋归去好，衡门犹可栖迟”，透露的正是爱国心被冷落后的凄凉。据此，我们以为这阕《如梦令》抒写的恓惶情绪中也包含有时代苦闷的色彩。

李白《月下独酌》中有一首也写作者的孤独，全诗是：“花间一壶酒，独酌无相亲。举杯邀明月，对影成三人。月既不解饮，影徒随我身。暂伴月将影，行乐须及春。我歌月徘徊，我舞影零乱。醒时相交欢，醉后各分散。永结无情游，相期邈云汉。”作者、影子、月亮在一起，又歌、又舞、又饮，颇有一点热闹气氛。向滈此词写灯、影、人相伴，大约受了李诗的影响，但两者的情调是很不一样的。李白遇上的是唐帝国最强盛的时候，他的个性又旷达不羁、积极向上，因而他的诗总是进取的，活泼的。向滈则不然，生活在那个令人气闷的时代里，自己又长年同亲人隔绝，所以他不可能像李白那样即使在孤独之中也充满着希望与活力。比如在这首词中就只有“灯”“我”和“影儿”，无月，无酒，自然也无歌，无舞。同样是写孤独，但向滈笔下却处处是绝望的影子。

这首词构思新颖，作者把“影儿”写入作品，用以反衬自己的孤寂，这既避免了纯说愁苦的单调，也使词篇更具形象性，大大增强了艺术效果。词篇用“谁伴”二字开头，一上来就突出了作者在窗前灯下为孤独而久久苦恼的情态，由“谁”字发问，便把读者引向对形象的搜求。果然在问了千万声“谁伴”之后，作者终于发现了只有“影儿”相伴。可是，就是这无言的、难以发现的影儿，也并不能“伴”得持久：“灯烬欲眠时，影也把人抛躲。”找到影儿做伴，为的是给自己寻求安慰，谁料灯灭后连“影儿”也不再存在，加倍衬出了自己的孤单，于是便喊出：“无那，无那，好个恓惶的我”（无那，即无奈）。影儿的被运用，使抽象的愁思更具体，行文也更生动。与晏几道《阮郎归》词中“梦魂纵有也成虚，那堪和梦无”之句，可以先后媲美。

自然，这阕词的新巧构思，还可以从结构的安排上看出来。词作从独坐开始，用唯影相伴表现孤单，这已属诗文中的佳境。接着说“影也把人抛躲”，则将旧境翻新，感情也被深化到了顶点。

向滈词以通俗、自然取胜。这首《如梦令》语言平易，即使今天的读者读来，也很少有难解的词句。从构思方面讲，它虽然有新巧的一面，但同时又不存在做作的痕迹。自个儿静静地坐在窗下，相伴的当然只有影儿。到了“灯烬欲眠时”，当然影儿也就不见了。至于结尾处，实际上是照直说出了问题的原委。新巧与自然本是两种难以调和的风格，向滈把它们统一在一首小词中，这是不容易的。

曹冠 生卒年不详，字宗臣，号双溪居士，东阳（今属浙江）人。秦桧门下十客之一，教其孙秦埙。绍兴二十四年与埙同登甲科。二十五年（1155）自平江府教授擢国子录。除太常博士兼权中书门下检正诸房公事。桧死，放罢。乾道中再应举中第。绍熙初，知郴州。有《燕喜词》，存六十三首。

凤栖梧 兰溪

曹冠

桂棹悠悠分浪稳，烟幕层峦，绿水连天远。赢得锦囊诗句满，兴来豪饮挥金碗。

飞絮撩人花照眼，天阔风微，燕外晴丝卷。翠竹谁家门可款？舣舟闲上斜阳岸。

【鉴赏】

全词通篇写泛舟湖上的所见和感受。

开头一句说，船儿分开波浪，平平稳稳地前进，用“桂”修饰“棹”，说明这是一只装修精美、小巧玲珑的游艇；“悠悠”，说明船儿走得不紧不慢，反衬出船上人悠闲自在的情景。“烟幕层峦，绿水连天远。”这是词人在船上看到的景物，烟雾缭绕中群山起伏连绵，湖上荡漾的绿水一望无际，一直伸向远远的“天边”。风光美好，景色宜人，词人心旷神怡，不免诗兴大作，“赢得锦囊诗句满，兴来豪饮挥金碗。”美好景致的感染，使他灵感顿至，得到了不少优美的诗句。“赢得”，获得、得到；“满”，极言其多。创作的收获，使他得意之极，于是挥动“金碗”，开怀畅饮。“挥”字生动地写出饮酒时踌躇满志，兴高采烈的神态。诗句盛满“锦囊”，不免有些夸张，但这种夸张手法用得恰当，“莫不因夸以成状，沿饰而得奇也。”(《文心雕龙·夸饰》)，所以读起来自然贴切，绝不会感到“言过其实”。

过片之后，继续写景，同时表达词人的感受，曲折回环，极其细密。“飞絮撩人花照眼”，“撩”字和“照”字，把漫天飞舞的柳絮和五彩缤纷的花朵写活了。本来，“撩人”也罢，“照眼”也罢，是人的主观感觉，此句中的“人”，反而变成了被动者，“飞絮”和“花”反而成了“使动者”，似这样构思奇特、新颖的句子，可谓神来之笔。“天阔风微，燕外晴丝卷”两句，进一步写出天晴朗、风和日丽的时令特征，辽阔的天空，细微的云丝，本是静境描写，但有微风吹拂，燕子飞舞，又使静中有动，“外”字分明地勾勒出景物的层次，放眼望去，燕子是在“卷”着“晴丝”的碧蓝的天下飞翔的，因此才说是“燕外”这两句用字恰到好处，颇见功力。另一方面，也说明词人观察细致，因此能用寥寥数字，绘出符合生活真实的画面。

“翠竹谁家门可款？舣舟闲上斜阳岸。”一边观赏风景，一边饮酒赋诗，可知时间过得很快，夕阳西下，该回去了，遥望岸上，于是他想到，那绿竹掩映的人家，谁家可以款待我呢？想必那其中有他的熟人和亲友住居的处所，大概他已经考虑成熟，于是驱舟上岸。尾句与首句相呼应，从内容来说，叙述完了整个游程。由小船“分浪稳”起，到小船在“斜阳”中泊岸止，这样写就人的审美心理看，顺乎常情，且使全词上下贯通为浑然一体，结构更臻完善。

本词有和婉优美的意境，朴素平易的语言，轻捷明快的节奏，读之颇觉轻松，回味又觉恬淡温馨。

管鉴 生卒年不详，字明仲，龙泉（今属浙江）人，随父官，始居临川。官至广东提刑、权知广州经略安抚使。享年六十三。有《养拙堂词》一卷，存六十八首。

醉落魄 正月二十日张园赏海棠作

管鉴

春阴漠漠，海棠花底东风恶。人情不似春情薄，守定花枝，不放花零落。

绿尊细细供春酌，酒醒无奈愁如昨。殷勤待与东风约：莫苦吹花，何似吹愁却。

【鉴赏】

管鉴《养拙堂词》里另有一首《虞美人》，序中说：“与客赏海棠，忆去岁临川所赋，怅然有远宦之叹。”“去岁临川所赋”的，就是这首《醉落魄》。管鉴本为龙泉（今浙江省县名）人，靠父亲的功绩荫授提举江南西路常平茶盐司干办官，任所在抚州，于是移家临川（郡名，治所在今江西抚州市西）。根据这些材料，我们估计这首词中“酒醒无奈愁如昨”的“愁”，除了因落花而产生的伤春情绪以外，还当包括离乡“远宦”之愁。

从词篇描写看，作者的远宦之愁，是由赏海棠未能尽兴引起的，而未能尽兴的原因，则是由于天阴、风恶。海棠花开得早，败得也早。所以刚是“正月二十日”，便有零落的厄运。这不能不勾起词人的惜花之情。《古今词论》引张砥中的话说：“凡词前后两结最为紧要。前结如奔马收缰，须勒得住，尚存后面地步，有住而不住之势。后结如众流归海，要收得尽，回环通首源流，有尽而不尽之意。”这首词写“张园赏海棠”，但开头两句一从大的范围讲“春阴漠漠”，一从眼前的注意中心讲“海棠花底东风恶”，于是在“人情”（要赏花）与“春情”（催花落）之间自然形成了矛盾。如何解决这个矛盾呢？作者别出心裁地吟出：“守定花枝，不放花零落”两句。这个前结，构思新巧，想象奇特，在炼意铸句上已先胜人一筹。何况细玩词意，则赏海棠的初衷，惜花落的情绪，诅咒“春情”的心境，全包含在这两句九个字中，不仅内涵丰富，而且作为“赏海棠作”的一篇小词似乎已全部说尽，这是它“勒得住”的地方。可是，“守定花枝”到底能起什么作用？人“不放”花零落，花就真的不零落吗？在下半片里，作者说他们“绿尊细细供春酌”，乃是塌下心来，要“守”到底了。然而，“酒醒无奈愁如昨”！愁也没有减，风也在继续“苦吹花”。由此观之，那么上半片的“勒得住”实在是没有全住，而是“尚存后面地步”的。“守定”之法告败，看来一段公案该了结了。谁料“一波刚平，一波又起”，作者那里另有高招：“殷勤待与东风约：莫苦吹花，何似吹愁却。”这简直是在异想天开地希望换个东西给风吹！诚如此，那么愁情吹尽，艳丽的海棠常开，人情花意，还有比这更美好的理想境界吗？这个后结，想象之奇，情绪之真，造语之痴，更出于前结之上。作为一首小词，作者连生两段痴想，惜花与写愁的目的都已达到。所以这个后结，算得上是“众流归海”，算得上是“收得尽”。只是，谁也看得出来：“与东风约”是办不到的，“莫苦吹花”和“吹愁却”也是不可能的。因之读毕掩卷，人们想到的仍是作者更深重的苦闷，这又是这个后结“有尽而不尽之意”的证明。

最后，这首词在炼字、选词方面，也很有一些值得注意的地方。比如，第二句说：“海棠花底东风恶。”论理只要“风恶”，就不仅仅是“恶”在“花底”。但作者这么写，由于强调了“花底”，当然也就带过了花上，其结果是加深了花受东风包围的程度；另一方面，用上“花底”，还可以暗示人在花下，因之又有惜花情绪的寄托。再如，“定”与“住”同为去声，依词律可以互换。可是词中偏说“守定花枝”，这是要更加突出死守不放的意思。还有，“绿尊细细供春酌”，其中的“细细”二字可当“守定花枝，不放花零落”的注脚看：因为这里的“细细”不只是一般的品酒，而是要借细斟慢饮，来从容守定将落的海棠。此外，如“莫苦吹花”的“苦”，“何似吹愁却”的“却”，都是极平常的字，但用在作者笔下，却能表达出十分准确而又十分丰富的内容来。

陆游 (1125~1210)南宋著名诗人。字务观，号放翁，越州山阴(今浙江绍兴)人。绍兴二十三年(1153)省试第一，再试礼部，因主张抗金，被秦桧黜落。孝宗隆兴初，赐进士出身。一生主张抗金。曾投身军旅生活。官至宝章阁待制。在仕途上不断受到当权派的排斥打击。词作量不如诗篇大，但和诗同样贯穿了爱国主义精神，著有《剑南诗稿》《渭南文集》《南唐书》《老学庵笔记》《放翁词》。

定　风　波　进贤道上见梅赠王伯寿[①]

陆　游

攲帽[②]垂鞭送客回，小桥流水一枝梅。衰病逢春都不记。谁谓，幽香却解逐人来。

安得身闲频置酒，携手，与君看到十分开。少壮相从今雪鬓，因甚？流年羁恨[③]两相催。

【注释】

①王伯寿：作者友人，简介不详。

②攲帽：帽子歪斜。

③流年羁恨：流年，指岁月流逝。羁恨，指羁旅他乡、闲散无为而产生的愁闷和怨恨。这两方面都可催人头白。

【鉴赏】

这首词是作者在江西做官时所写，由于终日无所作为，内心十分愁闷。他见梅而感，向友人诉说衷肠。羁旅他乡的生活，使他过早地头发花白，疾病交加，忘却了大自然的节令。在送友人返回的路上，帽子歪斜，活生生一位不堪宦海颠簸的老吏形象。

桃源忆故人

陆　游

一弹指顷浮生过[①]，堕甑元知当破[②]。去去醉吟高卧，独唱何须和？

残年还我从来我，万里江湖烟舸。脱尽利名缰锁[③]，世界元来大。

【注释】

①一弹指:形容时间短。顷:顷刻。浮生:人生。

②"堕甑"句:瓦器跌落地上本来就知道会破。比喻事情本来就如此,既然过去了,惋惜也没有用。元:同"原"。

③缰锁:束缚。

【鉴赏】

作者想建功立业的愿望落空后,被迫退居山阴境湖畔。此词即是写作者的一种自我排解。世事浮沉不定,人生短暂,弹指间就完结。原来就知道人生如此,无须惋惜。自去饮酒吟唱高卧,"独唱何须和"?走自己的路吧!已到晚年了,还给我一个年轻时的"我",泛舟"万里江湖"的烟波上,做个"烟波钓徒"。挣脱了名利的束缚,只觉心胸开阔,无忧无虑,到头来发现世界原来就是这样的呀!最后两句是词人饱经人世沧桑之后的人生感悟,给人以深刻的启迪。

渔家傲

陆游

东望山阴[①]何处是?往来一万三千里。写得家书空满纸,流清泪,书回已是明年事。
寄语红桥桥下水,扁舟何日寻兄弟?行遍天涯真老矣。愁无寐,鬓丝几缕茶烟里[②]。

【注释】

①山阴:即今浙江绍兴,陆游的故乡。词中下文出现的“红桥”在山阴县城附近。

②茶烟:化用唐代杜牧“茶烟轻扬落花风”的诗句。“鬓丝”意思是鬓发变白。

【鉴赏】

此词是陆游写给其堂兄仲高的。仲高,名升之,与陆游为同曾祖兄弟,长陆游12岁。此词当作于宋孝宗淳熙二年(1175)前在蜀时。

上片抒写对家乡的思念之情,及与家人难通音讯的悲伤。“山阴”,今浙江绍兴市,陆游的故乡。“东望”,当时陆游在四川,故而谓东望。词以“何处是”提问句式开头,表现了乡愁之强烈;以“书”“满纸”表现作者有许多话要急于向家人倾吐,而“空”字则表明此愿望的落空。写来感情真切、深沉。

下片抒写对兄弟手足之情的思念,慨叹自己飘泊天涯,年事已老,无所成就。“红桥”,陆游《反远游》诗:“行歌西郊红桥路,烂醉东关白塔秋。”自注:“皆山阴近郊地名。”此以家乡景物为引线,用“寄语”,表明希望能像当年,结伴在红桥下划舟嬉游,表现了对兄弟的思念。从词的结末二句透露出,此词不仅表现思念家乡和兄弟之情,更表现作者报国无门的苦闷心情。“茶烟”,烹茶时的水汽。岁月都消磨在茶水烟雾、闲散无聊的生涯中。

好 事 近

陆 游

秋晓上莲峰[①],高蹑倚天青壁。谁与放翁[②]为伴?有天坛[③]轻策[④]。
铿然忽变赤龙飞,雷雨四山黑。谈笑做成丰岁,笑禅龛[⑤]。榔栗[⑥]。

【注释】

①莲峰:指天台华顶山。

②放翁:陆游的号。

③天坛:这里指天台山。以产藤杖著名。

④策:指拐杖。

⑤禅龛:原指供设佛像的小阁子,这里泛指禅房。

⑥榔栗:印度语的译音,即禅杖。

【鉴赏】

这是一首神游天台华顶山,抒写为人民造福信念的词。作者想象自己乘着清爽的秋晨,登上莲花峰顶,踏在倚天峭立的悬崖上。铿的一声,天坛杖化成赤龙腾起,雷声大作,四边山峰黑成一片。可是他一点也没有忘怀人间,他要降及时之雨为人们造福,田禾得到好收成,让人们过丰衣足食的日子。而这种出力为人的事业,在自己看来,是完全可以办得到的,不经意的谈笑之间,人们得到的好处已经不小了。对照一下那些禅房里拖着禅杖,只顾自己不关心别人生活的僧徒,实际隐指一般逃避现实的人,同持一杖,作用大有不同。作者鄙夷一笑,体现了他的积极的人生态度。

卜算子 咏梅

陆　游

驿[①]外断桥边,寂寞开无主。已是黄昏独自愁,更著[②]风和雨。
无意苦争春,一任群芳妒。零落成泥碾[③]作尘,只有香如故。

【注释】

①驿:驿站,古代官道上的交通站。

②更著:再加上。

③碾:压碎。

【鉴赏】

这是一首咏物词,词人抓住梅花的某些特点,写失意英雄志士的兀傲形象,不露痕迹,神韵天然。作者始终不忘抗敌报国,遭受种种打击,“虽九死其犹未悔”,这种思想就构成了本词的主旨。词的上片写梅花的孤独和清冷,又遭风雨的侵袭。下片写梅花无意争春,任凭群芳妒嫉;即使碾成尘埃,依然独自吐着芬芳,散发着幽香,这正是作者高尚人格的生动写照。本词意境新颖,含意深刻,语言平易,风格细腻,在咏梅词作中是首屈一指的。

秋波媚

陆　游

秋到边城[①]角声哀，烽火照高台[②]。悲歌击筑[③]，凭高酹[④]酒，此兴悠哉！
多情谁似南山[⑤]月，特地暮云开。灞桥烟柳，曲江池馆[⑥]，应待人来。

【注释】

①边城：指南郑(今陕西境内)，当时是抗金的前线。

②高台：指高兴亭，在南郑内城西北。

③击筑：弹奏筑。筑，古代弦乐器，像琴，有十三根弦。

④酹：把酒洒在地上，表示祭奠。

⑤南山：指终南山，秦岭主峰。

⑥灞桥烟柳、曲江池馆：长安的风景区，当时在金兵占领区内。

【鉴赏】

陆游一生，怀着抗金救国的壮志。45岁以前，长期被执行投降路线的当权派排挤压抑。孝宗乾道八年(1172年)，陆游48岁。这年春天，他接受四川宣抚使王炎邀请，来到南郑，担任四川宣抚使公署干办公事兼检法官，参加了九个月的从军生活。而这首《秋波媚》词，即是在南郑即日抒感的一篇。

上片从角声烽火写起，烽火指平安火，高台指高兴亭。高歌击筑，凭高洒酒，引起收复关中成功在望的无限高兴，“此兴”的“兴”，兼切亭名。

下片从上片的“凭高”和“此兴悠哉”过渡，全面表达了“高兴”的“兴”。作者把无情的自然物南山之月，赋予人的感情，并加倍地写成谁也不及它的多情。多情就在于它和作者热爱祖国山河之情一脉相通，它为了让作者清楚地看到长安南面的面目，把层层云雾都推开了。然后进一步联想到灞桥烟柳、曲江池台那些美丽的长安风景区，肯定会多情地等待收复关中的宋朝军队的到来。全词充满着乐观气氛和胜利在望的情绪，这在南宋爱国词作中是很少见的。

夜游宫 记梦寄师伯浑

陆游

雪晓清笳[1]乱起，梦游处，不知何地。铁骑无声望似水。想关河，雁门[2]西，青海[3]际。

睡觉[4]寒灯里，漏声[5]断，月斜窗纸。自许[6]封侯在万里。有谁知鬓虽残，心未死。

【注释】

①笳：我国北方民族的一种乐器。

②雁门：雁门关，在今山西代县西北。

③青海：青海湖。

④睡觉：这里是睡醒。

⑤漏声：古代计时用的漏壶滴水声。

⑥自许：自负而又自信。

【鉴赏】

这是一首抒发爱国主义激情的记梦词。

上阕写梦中所见。一开头便渲染出了一幅有声有色的边塞风光画面。积雪、胡笳、铁骑等特定的北方事物，放在秋声乱起和如水奔泻的动态中描出，有力地把读者吸引到词境中来。中间突出一句点明这是梦游所在，并说这迷离惝恍的梦境，不知是在一个什么地方。然后驰骋纵横引出梦中的联想：这样的关河，必然是在雁门雄关和青海高原一带。这里举出的两个地方代表了广阔的西北领土。这样苍莽雄伟的关河如今落在谁的手中了呢？那就不忍明说了。深沉的爱国热情，凝聚在短短的九个字中，给人以非恢复山河不可的激励，从而过渡到下阕。

下阕写梦醒后的感想。一灯如豆，漏声滴断，斜月挂窗，周围一片静寂。冷落的环境，反衬出作者报国雄心所引起的火焰却在熊熊燃烧。自许要封侯于万里之外的疆场，信心是何等的坚定。人虽老而心未死，自己虽然离开了南郑前线回到后方，可是始终不忘要继续参加抗金的斗争。“有谁知”三字，表现了作者对朝廷排斥主战派的行径的愤怒谴责和誓死抗金的决心。

全词一气呵成，梦境和实感有机联系，具有壮阔的境界和教育人们为国立功的思想内涵。

诉衷情

陆　游

当年万里觅封侯[1]，匹马戍梁州[2]。关河[3]梦断何处？
尘暗旧貂裘。
胡[4]未灭，鬓先秋[5]，泪空流。此生谁料，心在天山[6]，
身老沧洲[7]。

【注释】

①万里觅封侯：东汉名将班超，投笔从戎，出使西域立了大功，被封为定远侯。

②梁州：今陕西南郑一带。
③关河：关塞、河防，指边疆。
④胡：这里指南犯的金兵。
⑤鬓先秋：鬓发如秋霜般斑白。
⑥天山：在新疆，这里借指抗金前沿。

⑦沧洲:水边,泛指隐士居住的地方。

【鉴赏】

这首词是陆游爱国词名篇之一,写得沉郁悲愤,豪气纵横。觅封侯,指为抗金事业建树功名。梁州,在今陕西汉中市一带。天山,这里泛指南宋边远地区的抗金前线。沧洲:水边,隐者的居处,这里指作者晚年的退隐之地即绍兴南面的镜湖边。

上片回忆早年从戎的战斗生活,抒发对眼前处境的不满。"梦断"一转形成强烈的感情落差,慷慨化为悲凉。下片进一步抒写理想与现实的矛盾,跌入更深沉的浩叹,悲凉化为沉郁。"胡未灭"三句步步紧逼,声调短促,说尽平生不得志。最后三句总结一生,反省现实,先扬后抑,又形成一大转折,诗人心驰疆场,身却僵卧孤村,这样强烈的反差,怎能不使人沉痛万分?!

长相思

陆　游

桥如虹,水如空,一叶飘然烟雨中。天教称放翁。
侧船篷,使江风,蟹舍[①]参差渔市东。到时闻暮钟。

【注释】

①蟹舍:狭小的渔舍。

【鉴赏】

宋孝宗淳熙二年(1175),范成大帅蜀,陆游为其幕中参议官。二人以文字交,不拘礼法,同僚讥其颓放。陆游索性自号"放翁",此词即抒写"放翁"豪放不羁的生活与情怀。

上片开头描绘出一幅美丽的景色,为"放翁"的出现作铺垫:桥如天上的彩虹,江水澄澈透明。这时,"放翁"乘一叶扁舟从烟雨中飘然而至。富有诗情画意,也显示了"放翁"的自我欣赏。末句中"天教",更是一种自得自豪的口吻。

下片前三句描绘"放翁"的行踪:倾斜船篷,趁着江风,将船驶向渔市东头的蟹舍。用唐代诗人张志和《渔歌》"松江蟹舍主人欢,菰饭莼羹亦共餐"诗意,表明去找友人饮酒共欢。"侧""使"两个动词的运用,显示了"放翁"潇洒自如、不受拘束的情态。末句:到达时,正传来晚钟声。表明一天过去了,而"放翁"就是如此生活。

此词写来如画,风格旷放、超爽。

长 相 思

陆 游

面苍然[①],鬓皤然[②],满腹诗书不直钱。官闲常昼眠。
画凌烟[③],上甘泉[④],自古功名属少年。知心惟杜鹃。

【注释】

①苍然:指脸灰色苍白的样子。

②皤然:白色。

③画凌烟:唐太宗曾把开国功臣二十四人的肖像画于长安的凌烟阁,以表彰功绩。

④甘泉:宫名,在甘泉山上。

【鉴赏】

这首词写作者对晚年不被重用的感慨。上片自述近况。现在已经是老年人了,不再面色红润,只有满头白发,即使有再多的学问也用不着了。整天无所事事,常常白天睡大觉。下片抒发自己的感慨。要想成为国家的功臣,得到朝廷的赏识,就得靠年轻的时候,"自古功名属少年"。现在老朽无用了,内心的悲哀,只有啼叫着"不如归去"的杜鹃知道。

谢 池 春

陆 游

壮岁从戎,曾是气吞残虏。阵云高,狼烟[①]夜举。朱颜青鬓,拥雕戈西戍。笑儒冠[②],自来多误。
功名梦断,却泛扁舟吴楚。漫[③]悲歌,伤怀吊古。烟波无际,望秦关[④]何处?叹流年,又成虚度。

【注释】

①狼烟:边防报警时用火烧狼粪而生起的烟。

②儒冠:书生。

③漫:空,徒,白白的。

④秦关:中原。

【鉴赏】

这首词是陆游晚年闲散度日时追忆当年戎马生活之作。词里融入了作者强烈的身世之感,叹老嗟卑,凄婉悲壮。年轻时,他才华横溢,应进士举名列第一,因触犯秦桧而竟至被除名。孝宗时,才被赐予进士出身。光宗时,又因坚持抗金主张被劾去职,退居山阴达 20 年。宁宗时复出,晚年又再次闲居山阴直到去世。身处山河破碎之时,一生却大多闲散空过,这对于陆游无疑是一种极大的创痛。隐逸潇洒,饮酒写诗,都不是他的本来心愿,心里梦里,他无时无刻不在牵挂着边城塞外,临死之时仍耿耿于"但悲不见九州同",更何况生前的种种哽咽不平呢?从投笔从戎、疆场厮杀,到闲居家乡、虚度年华,这其间的巨大落差是陆游心底沉思暗恨的主要内容。此词上阕极力铺陈昔日从戎生涯的畅快,正为对比今日的几多幽怨,词人寂寞悲歌的凄苦心境,给我们留下了无尽的感发和回味。

蝶 恋 花

陆 游

禹庙兰亭今古路①,一夜清霜,染尽湖边树。鹦鹉杯②深君莫诉,他时相遇知何处?

冉冉③年华留不住,镜里朱颜,毕竟消磨去。一句丁宁④君记取,神仙须是闲人做。

【注释】

①禹庙:为纪念大禹而建的庙宇。兰亭:在今绍兴城西南方,因王羲之所写的《兰亭集序》而举世闻名。

②鹦鹉杯:古时一种酒杯名。

③冉冉:慢慢地。

④丁宁:反复的叮嘱。

【鉴赏】

词人与友人一起游览名胜古迹禹庙和兰亭,秋霜染红树叶,因秋叶而引起感慨。你不要推说鹦鹉酒杯太深,痛痛快快地喝吧,以后我们不知在什么地方再能相会。流逝的岁月是留不住的,镜里的“朱颜”“毕竟消磨”光了,我只有一句话吩咐你,请你好好地记住:“神仙须是闲人做。”不做官了,倒可以自由自在地做“神仙”呢。这实际上是作者退居家乡无法再为国效力的一种自我安慰。

恋绣衾

陆　游

不惜貂裘换钓篷[①],嗟时人,谁识放翁。

归棹借,樵风稳,数声闻,林外暮钟。

幽栖莫笑蜗庐小,有云山,烟水万重。

半世向,丹青[②]看,喜如今,身在画中。

【注释】

①钓篷:指钓鱼的小船。

②丹青:色彩,这里指图画。

【鉴赏】

这首词写出了作者纵情于山水之间的感受。他不惜用很昂贵的貂皮袍子来换钓船,只是感慨他们不理解自己的这种感受,只有一个人借着徐徐的微风划着小船回家去。一路上听着远处传来悠扬的钟声,不要嘲笑我隐居的住所像蜗牛壳一样小,这里有云雾缭绕的万重青山,还有碧波荡漾的绿水。这是我前半生从画里看过的风景,可喜的是如今我已经置身于这青山秀水之中了。

钗头凤

陆游

红酥手，黄縢酒[①]。满城春色宫墙柳。东风恶，欢情薄。一怀愁绪，几年离索[②]。错，错，错！
春如旧，人空瘦。泪痕红浥鲛绡透[③]。桃花落，闲池阁。山盟虽在，锦书难托。莫，莫，莫！

【注释】

①黄縢酒：宋朝一种官家自酿的美酒。
②离索：离群而居。索，这里有分散之意。
③浥：湿润。鲛绡：纱帕。

【鉴赏】

这是作者叙述自己爱情悲剧的词。

陆游的原配夫人唐氏是一个大家闺秀，他们本是一对情意相投的恩爱夫妻。但作为婚姻包办人之一的陆母却对儿媳产生了恶感，逼令陆游休妻再娶。在陆游百般劝谏、哀求而无效的情势下，夫妻离异，唐氏改适赵士程，陆游另娶，彼此音讯也就隔绝无闻了。几年以后的一个春日，陆游在家乡山阴（今绍兴市）城南禹迹寺附近的沈园，与偕夫同游的唐氏邂逅。唐氏遣致酒肴，聊表对陆游的抚慰之情。陆游见人感事，百虑翻腾，乘醉吟赋本词，并信笔题于沈园壁上。词中记述了他与唐氏的这次相遇，表达了他对她的眷恋之情和相思之切，也抒发了他怨恨愁苦而又难以言状的凄楚心情。

词的上阕通过追忆往昔美满的爱情生活，感叹被迫离异的痛苦。共分两层。起首三句为第一层，选择了两个最富代表性和特征性的细节来表达昔日他与唐氏偕游沈园的美好情景。一是唐氏用柔软腻滑的双手折开酒瓮的黄封时的优美动作；二是唐氏用红润细嫩的双手为陆游殷勤把盏斟酒时的优美姿态。斟酒、喝酒的动作，具体而形象地表现出这对恩爱夫妻之间的柔情蜜意以及他们婚后生活的美满幸福。宫墙内碧绿的柳树表现了明确而和谐的春景，这幅“春园夫妻把酒图”勾出一个广阔而深远的背景，点明他们曾在园内共赏春色。

“东风恶”以下几句为第二层，写作者被迫与唐氏离异后的痛苦。由春情春景的无限美好，到此突来一转，宣泄出了作者心中的激奋。“东风恶”一语双关，含蕴丰富，是全词的关键所在，也是造成作者爱情悲剧的症结所在。本来，东风可以使大地复苏，给万物带来生机，但是，如果它狂吹乱扫，也会破坏春容春态。下阕所云“桃花落，闲池阁”，就正是它狂吹乱扫所带来的一种严重后果，故说它“恶”。然而，这主要是一种象喻，象喻造成作者爱情悲剧的“恶”势力。至于陆母是否也在其列，答案应该是非常肯定的。只是囿于“为尊者讳”，不便明言，而又不能不言，才不得不以这种含蓄的象喻方式表达出来。下三句则进一步把作者怨恨“东风”的心理抒发出来，补足了一个“恶”字。美满姻缘被迫拆散，恩爱夫妻被迫分离，使他们在感情上遭受巨大的折磨，几年来分居生活带给他们的只是满怀愁怨。这不正如烂漫的春花被无情的东风所摧残而凋谢飘零吗？最后是接连的三个“错”字奔迸而出，感情极为沉痛。作者既惊叹又疑问，到底是谁的错？错在哪里？是错在自己当初“不敢逆尊者意而终与妇诀”吗？是错在“尊者”对自己的压迫与强逼行为吗？还是错在不合理的婚姻制度呢？作者没有明说，也不便于明说。这枚青橄榄的滋味留给了读者来为他品味。这一层虽直抒胸臆，激奋的感情如江河奔泻，一气贯注；但又不是一泻无余，其中“东风恶”和“错，错，错”，就含有这味外之味。

词的下阕由感慨往事回到现实，进一步抒发夫妻被迫分离的深哀剧痛。也分两层。前三句为第一层，写沈园重逢时唐氏的表现。“春如旧”句承上阕“满城春色”而来，又是此番相逢的同一个背景画面，依然是从前那样的春日，但是眼前的“人”却今非昔比了。以前的唐氏肌肤是那样的红润，焕发着青春的活力；如今经过“东风”的摧残，她憔悴了，消瘦了。“人空瘦”既说明唐氏容颜和外形的变化，更表明“几年离索”给她带来的巨大痛苦。与作者一样，唐氏也被“一怀愁绪”折磨着，也是旧情未断、相思不舍，不然，何至于“瘦”呢？写容颜形貌的变化以表现内心世界的变化，是文学作品中的一种常用手法。但瘦则瘦罢，句间着一“空”字是何用意？原来，“使君自有妇，罗敷自有夫”（《古诗·陌上桑》），从婚姻关系来说，两个早已各不相干了，事已至此，不是“白白地”为相思而折磨自己吗？着此“空”字，就把作者那种怜惜之情、抚慰之意、痛伤之感等等,全部表现了出来。“泪痕”句通过刻画唐氏的表情动作,进一步抒写出此次相逢时她的心情状态。旧园重逢,念及往事,她能不痛哭、能不泪流满面,以致沾湿身上薄薄的绸衣吗?一个“透”字,不仅见唐氏流泪之多,更能见她伤心之甚。上阕第二层写作者自己,用了直抒胸臆的手法;这里写唐氏却变换了手法,只写她容貌体态的变化和她的痛苦情状。由于这一层所写的都是从作者眼里看到的“她”,所以又具有了“一时双情俱至”的艺术效果。足见作者不仅深于感情,而且深于表情(表达感情)。

最后几句是第二层,写作者与唐氏相遇以后的痛苦心情。“桃花落”两句与上阕的“东风恶”两句遥相呼应,又突入景语。虽是景语,但也是一笔管二意的泄笔。不是吗?桃花凋谢,园林冷落,这只是物事的变化,而人事的变化却更甚于斯。像桃花一样美丽姣好的唐氏,不是也被无情的“东风”摧残折磨得憔悴消瘦了吗?作者的心境不也像“闲池阁”一样凄寂冷落吗?一笔而兼二意,却又不着痕迹,巧妙而又自然。“山盟虽在”两句又转入直接抒情:自己与她海誓山盟永不变心的话言犹在耳,现在又如何再次去表达呢?近在咫尺,又如何用书信去寄托呢?一片赤诚却又千回万转;明明有爱,却又不能去爱;明明不能去爱,却又割不断这种爱缕情丝。刹那间,有爱、有恨、有痛、有怨,再加上看到唐氏憔悴的容颜和悲戚的泪眼,作者产生了强烈的怜惜之情、抚慰之意,真是百感交集,有如万箭穿心,一种难以名状的悲哀,再一次冲胸破口而出:“莫,莫,莫!”事已至此,再也无可补救,难以挽回了,这万千感慨还想它做什么,说它做什么?于是快刀斩乱麻:罢了,罢了,罢了!明明言犹未尽,意犹未了,情犹未终,却偏偏这么不了了之。全词也就在这极其沉痛的喟叹声中结束。

全词有一根主线两大特点。即始终围绕沈园这个特定的空间主线来展开笔墨,以前后照应和对比手法两大特点来安排布局。上阕由追昔到抚今,而以“东风恶”作转折,是一个对比;下阕回到现实,以“春如旧”与上阕“满城春色”相照应,以“桃花落”与上阕的“东风恶”相照应,把同一空间不同时间的情事和场景历历如绘地“叠印”出来。上阕中越是把往昔夫妻共同生活时的美好情景写得真切,就越使得他们被迫离异后的凄楚心境深切可感,也就越显出“东风”的可恶和可憎,从而形成强烈的感情对比。上阕写“红酥手”,下阕写“人空瘦”,用鲜明的形象对比展现“几年离索”给唐氏带来的巨大精神折磨和痛苦。

全词节奏急促,声情凄紧,再加上“错”和“莫”先后重复的感叹,使人荡气回肠,大有恸不忍言、哀不能语的情致,达到了内容和形式的完美统一,是一首别开生面、催人泪下的好词。

唐琬 生卒年不详,陆游妻,为陆母所逼离异,改适赵士程。怏怏而卒。存词一首(一说词为后人伪托)。

钗头凤

唐 琬

世情薄，人情恶，雨送黄昏花易落。晓风干，泪痕残。欲笺心事，独语斜阑[1]。难，难，难！

人成各，今非昨，病魂常似秋千索[2]。角声寒，夜阑珊[3]。怕人寻问，咽泪装欢。瞒，瞒，瞒！

【注释】

①阑：同栏。斜阑即斜倚栏干。②秋千索：秋千架上飘荡的绳索。③阑珊：将尽。

【鉴赏】

唐琬是我国历史上常被人们提起的美丽多情的才女之一。她与大诗人陆游喜结良缘，夫妇之间伉俪相得，琴瑟甚和。这实为人间美事。遗憾的是身为婆婆的陆游母亲对这位有才华的儿媳总是看不顺眼，硬是逼着陆游把她休了。陆游对母亲的干预采取了敷衍的态度：把唐琬置于别馆，时时暗暗相会。不久，陆母发现了这个秘密，并采取了断然措施，终于把这对有情人拆散了。唐琬后来改嫁同郡宗人赵士程，但内心思念陆游不已。在一次春游之中，恰巧与陆游相遇于沈园。唐琬征得赵某同意后，派人给陆游送去了酒肴。陆游感念旧情，怅恨不已，写了著名的《钗头凤》词以致意。唐琬则以此词相答。

词的上片交织着十分复杂的感情内容。"世情薄，人情恶"两句，抒写了对于封建礼教支配下的世道人心的愤恨之情。"世情"所以"薄"，"人情"所以"恶"，盖由于受到封建礼教的腐蚀。《礼记·内则》云："子甚宜其妻，父母不悦，出。"陆母就是根据这一条礼法，把一对好端端的恩爱夫妻拆散的。用"恶""薄"两字来抨击封建礼教的害人本质，极为准确有力，作者对于封建礼教的深恶痛绝之情，也借此两字得到了充分的宣泄。"雨送黄昏花易落"，采用象征的手法，暗喻自己备受摧残的悲惨处境。阴雨黄昏时的花，原是陆游词中爱用的意象。其《卜算子·咏梅》云："已是黄昏独自愁，更著风和雨。"陆游曾借以自况。唐琬把这一意象吸入己作，不仅有自悲自悼之意，而且还说明了她与陆游的心心相印，息息相通。"晓风干，泪痕残"，写内心的痛苦，极为深切动人。被黄昏时分的雨水打湿了的花花草草，经晓风一吹，已经干了，而自己流淌了一夜的泪水，至天明时分，犹擦而未干，致使残痕仍在。以雨水喻泪水，在古代诗词中不乏其例，但以晓风吹得干雨水来反衬手帕擦不干泪水，借以表达出内心的永无休止的悲痛，这无疑是唐琬的独创。“欲笺心事，独语斜阑”两句是说，她想把自己内心的别离相思之情用信笺写下来寄给对方，要不要这样做呢？她在倚栏沉思独语。“难、难、难！”均为独语之词。由此可见，她终于没有这样做。这一叠声的“难”字，由千种愁恨，万种委屈合并而成，因此似简实繁，以少总多，既上承开篇两句而来，以见出处此衰薄之世做人之难，做女人之更难；又开启下文，以见做一个被休以后再嫁的女人之尤其难。

过片“人成各，今非昨，病魂常似秋千索”，这三句艺术概括力极强。“人成各”是就空间角度而言的。作者从陆游与自己两方面设想：自己在横遭离异之后固然感到孤独，而深深爱着自己的陆游不也感到形单影只吗？“今非昨”是就时间角度而言的。其间包含着多重不幸。从昨日的美满婚姻到今天的两地相思，从昨日的被迫离异到今天的被迫改嫁，这是多么不幸！但不幸的事儿还在继续：“病魂常似秋千索。”说“病魂”而不说“梦魂”，显然是经过考虑的。梦魂夜驰，积劳成疾，终于成了“病魂”。昨日方有梦魂，至今日已只剩“病魂”。这也是“今非昨”的不幸。更为不幸的是，改嫁以后，竟连悲哀和流泪的自由也丧失殆尽，只能在晚上暗自伤心。“角声寒，夜阑珊，怕人寻问，咽泪装欢”四句，具体写出了这种苦境。“寒”字状角声之凄凉怨慕，“阑珊”状长夜之将尽。此皆需无眠之人方能感受如此之真切。大凡长夜失眠，愈近天明，心情愈感烦躁，而本词中的女主人公不仅无暇烦躁，反而要咽下泪水，强颜欢笑。其心境之苦痛可想而知。结句以三个“瞒”字作结，再次与开头相呼应。既然可恶的封建礼教不允许纯洁高尚的爱情存在，那就把它珍藏在心底吧！因此愈瞒，愈能见出她对陆游的一往情深和矢志不渝的忠诚。

与陆游的原词比较而言，陆游把眼前景、见在事融为一体，又灌之以悔恨交加的心情，着力描绘出一幅凄怆酸楚的感情画面，故颇能以特有的声情见称于后世。唐琬则不同，她的处境比陆游更悲苦。自古“愁思之声要妙”，而“穷苦之言易好也”（韩愈《荆潭唱和诗序》）。她只要把自己所受的愁苦真切地写出来，就是一首好词。因此，本词纯属自怨自泣、独言独语的感情倾诉，主要以缠绵执着的感情和悲惨的身世感动古今。两词所采用的艺术手段虽然不同，但都切合各自的性格、遭遇和身份。可谓各造其极，俱臻至境。合而读之，颇有珠联璧合、相映生辉之妙。

最后附带指出，世传唐琬的这首词，在宋人的记载中只有“世情薄，人情恶”两句，并说当时已“惜不得其全阕”（详陈鹄《耆旧续闻》卷十）。本词最早见于明代卓人月所编《古今词统》卷十及清代沈辰垣奉敕编之《历代诗余》卷一一八引夸娥斋主人说。由于时代略晚，故俞平伯疑为后人依残句补拟。但明人毕竟去宋未远，故本文仍据明人所见，将此词介绍给读者。

传陆游妾

生平不详。

生 查 子

传陆游妾

只知眉上愁，不识愁来路。窗外有芭蕉，阵阵黄昏雨。
晓起理残妆，整顿教愁去。不合画春山，依旧留愁住。

【鉴赏】

宋末陈世崇《随隐漫录》卷五说："陆放翁宿驿中，见题壁云：'玉阶蟋蟀闹清夜，金井梧桐辞故枝。一枕凄凉眠不得，挑灯起作感秋诗。'放翁询之，驿卒女也，遂纳为妾。方半载余，夫人逐之，妾赋《卜算子》云：'只知眉上愁……。'"这一记载是否可信，已不得而知。但所谓"玉阶蟋蟀"之诗，实乃陆游在蜀时所作《感秋》诗的后半首(见《剑南诗稿》卷八)；又此词词牌不是《卜算子》，应为《生查子》(《阳春白雪》卷三正作《生查子》)，这就不免使人怀疑它的真实性。

就词论词，突出地写了一个"愁"字，写了一位闺中女子的哀愁。上片写黄昏，下片写次晨。开头"只知"两句写她揽镜自照，只见双眉紧蹙，眉上生愁，但不知愁从何来。此词用语平易，但抒情并非直露。她诉说有愁，但又不说愁的缘由，欲说还休，耐人寻味。紧接"窗外"两句，字面上宕开一笔，写芭蕉滴雨，似与愁无关，实际上是衬托愁苦之甚。芭蕉滴雨的意象，正如梧桐滴雨、水滴漏声一样，在我国古典诗词中常见不鲜。经过历史的积淀，芭蕉滴雨已带有传统的喻义，成为渲染愁情的一种特定景象。如唐杜牧《八六子》："听夜雨冷滴芭蕉"，五代后蜀人顾敻《杨柳枝》："正忆玉郎游荡去，无寻处。更闻帘外雨潇潇，滴芭蕉"，主角也是女性。而吴文英的《唐多令》说："何处合成愁？离人心上秋，纵芭蕉不雨也飕飕"，则从"芭蕉不雨"写愁，前提当然是"芭蕉滴雨"为愁，手法上转深一层，都可与此词参读。"阵阵黄昏雨"一句，点明时间在傍晚，一也；处此暮色正浓的风雨之时，其愁情更苦，二也；从过片"晓起"句来看，又暗示女主角从晚到晓，彻夜难眠，三也。宋人有句云："枕前泪共阶前雨，隔个窗儿滴到明"，此词中女主角殆亦如此，但未直接说破。

下片写晓起梳妆打扮。残妆，指残乱之妆，色褪香消。"晓起"两句是说经过一夜的愁思，希望从打扮中高兴起来。但"不合"两句，文情陡转，谓在画眉时愁又复现。画眉是古时妇女理妆必有的内容，说"不合画"，即不该画，见出不愿愁而又无法排遣的无可奈何的心情。春山，指眉，因春天之山，其色黛青，故以取喻，即五代蜀牛峤《酒泉子》"眉学春山样"之意。"不合"两句这一结尾，又呼应开头的"眉上愁"，至此，读者才知道上片乃是女主角理晚妆时照镜自怜的情景。古时妇女一日理妆两次，除晓妆外，傍晚还做晚妆，或称晚饰，庾信《七夕赋》"嫌朝妆之半故，怜晚饰之全新"即是。

此词的特点是语浅情深。四个"愁"字，复叠而出，口吻自然真率，颇有乐府民歌的风格。前两个愁字，一是讲此词主旨为抒愁，这是明说，一是讲愁之原因，却不明说；后两个愁字，一是希望愁去，一是愁却不去。从晓妆到晚妆，围绕画眉而写出对愁的不同感受，平易的语言使之流畅亲切，曲折的结构又表示时间的递进，把满腔的莫名愁怨和盘托出。

顺便说明，重复用字应是发挥主题的艺术需要，而不是文字游戏。如五代欧阳炯《清平乐》云："春来阶砌，春雨如丝细。春地满飘红杏蒂，春燕舞随风势。春幡细缕春缯。春闺一点春灯，自是春心缭乱，非干春梦无凭"，每句用"春"（有两句甚至连用两个春字），就显得故意造作，稍有堆砌之嫌了。而苏轼的《减字木兰花·己卯儋耳春词》："春牛春杖，无限春风来海上。便丐春工，染得桃红似肉红。春幡春胜，一阵春风吹酒醒。不似天涯，卷起杨花似雪花"，突现了当时地处荒远的海南岛的一片春光，连用七个"春"字（又一句用两个"红"字，一句用两个"花"字；两句各用"春风"），却使全词节奏轻快，起了加强主题的良好效果。

蜀妓 生平不详。

鹊桥仙

蜀妓

说盟说誓，说情说意，动便春愁满纸。多应念得脱空经，
是那个先生教底？
不茶不饭，不言不语，一味供他憔悴。相思已是不曾闲，
又那得功夫咒你。

【鉴赏】

陆游的一位门客，从蜀地带回一妓，将她安置在外室居住，每隔数日去看望一次。客偶然因患病而少去，引起了蜀妓的疑心，客作词解释，妓和韵填了这首词作答。见周密《齐东野语》卷十一。

蜀妓疑团虽已得释，但怨气犹在，故开端三句写道："说盟说誓，说情说意，动便春愁满纸。"这是针对客词的内容而发的，故意以恼怒的口吻，讽刺其甜言蜜语、虚情假意、满纸谎言。连用四个"说"字，是为了加强语气，再加上"动便"二字，指明

他说这些花言巧语已是惯技，不可轻信。其实她此时心头怒火已熄，对其心爱之人并非真恨真怨，只不过是要用犀词利语来戳戳他，以泄心头因相思疑心而产生的郁闷，而这也是对他深爱和怕真正失去他的一种曲折心理的表现。

对对方情急的盟誓和辩说，这位聪明灵巧、心地善良的女子终以半气半戏之笔加以怪责："多应念得脱空经，是那个先生教底?"脱空，是指说话不老实、弄虚作假。宋代吕本中《东莱紫微师友杂记》说："刘器之(安世)尝论至诚之道，凡事据实而言，才涉诈伪，后来忘了前话，便是脱空。""脱空"当是宋人俗语，她借此讽其殷殷的盟誓之言是念的一本扯谎经，不过是骗人而已。多应，多半是，肯定是如此而又稍做圆转；再补上一句"是那个先生教底?"以俏皮的口吻出之，至此，蜀妓佯嗔带笑之态活现在读者眼前了。

下阕蜀妓回过口气来，申说自己相思之苦："不茶不饭，不言不语，一味供他憔悴。"连用四个"不"字，"不茶，不饭，不言，不语"，以表现其忧郁痛苦的深重，而"一味供他(为他)憔悴"，更见其痴爱之专。这不禁使我们想起了柳永《蝶恋花》中"衣带渐宽终不悔，为伊消得人憔悴"的那个坚贞专一于爱情的形象。尽管她精神上遭到难以忍受的痛苦和折磨，而情意仍诚挚不变："相思已是不曾闲，又那得功夫咒你。"连爱都来不及，哪还有时间去咒你，这表现得何等真切入微！这是舍不得咒，不忍心咒呵！从这挚爱的深情，可知其上阕对客的责怨，是因爱之过甚而产生的。一个生活在社会下层的妓女，被人轻视，求偶极难。"易求无价宝，难得有情郎"，就是多少烟花女子切身痛苦的体验。而一旦得一知心人，又是多么害怕其失去。故蜀妓此时所表现的又气又恼、又爱又痴的情态是极真实而又具有典型意义的。

全词感情发自肺腑，出之自然。语言通俗，几乎全用口语，不假雕饰，不但使人物性格更加鲜明、更加个性化，且使全词生动活泼，富有生活气息。张耒在《贺方回乐府序》中说："文章之于人，有满心而发，肆口而成，不待思虑而工，不待雕琢而丽者，皆天理之自然，性情之至道也。"蜀妓词之至妙，恰是如此。

范成大

(1126～1193)南宋著名诗人。字致能，号石湖居士，平江吴郡(今江苏苏州)人。绍兴二十四年(1154)中进士，官至参知政事。曾出使金国，表现出不畏强暴的凛然气节。晚年隐居故乡石湖。与陆游、杨万里、尤袤齐名，为南宋四大家之一。其诗纤巧婉丽，温润精雅，以反映农村社会生活内容的作品成就最高；其词情长意深，与婉约派一脉相通，后期作品则近于苏轼。其作品在南宋末年即产生了显著的影响，到清初影响更大。有《石湖居士诗集》《石湖词》等传世。

蝶恋花

范成大

春涨一篙[①]添水面。芳草鹅儿，绿满微风岸[②]。画舫夷犹湾百转[③]，横塘[④]塔近依前远。

江国多寒农事晚。村北村南，谷雨[⑤]才耕遍。秀麦连冈桑叶贱，看看尝面收新茧。

【注释】

①春涨一篙：春水涨了一篙深。篙，撑船用的竹篙，这里用以概指水的深度。

②绿满微风岸：从杜甫《旅夜书怀》“细草微风岸”及王安石《泊船瓜洲》“春风又绿江南岸”二句化用而来。

③画舫：装饰华丽的游船。夷犹：迟疑不进，或从容不迫的样子。

④横塘：地名，在今江苏省苏州城西南十余里的地方。

⑤谷雨：我国二十四节气之一，约在阳历4月20日前后。谷雨前后，天气较暖，雨量增多，是春耕播种的最佳时节。

【鉴赏】

范成大在退居石湖期间，写了《四时田园杂兴》诗共60首，明代著名文人王世贞在其《弇州山人四部稿》中称赞范成大这组田园诗“曲尽吴中农圃故事”，也就是说他把苏州的农村生活和田园风物描写得淋漓尽致。这首《蝶恋花》词大概也是范成大退居苏州时所作。范成大写田园乡村生活风情的词并不多，这首词是其中的代表作。词写苏州附近美丽的农村风光，写出了江南农村从初春至初夏整个农事活动的有序进程及其特征，表现了词人对江南水乡生活的细腻体验和热爱之情。词的上阕描写词人春日泛舟出游所见江南美丽的春色：春水涨满河塘，芳草碧绿如茵，鹅儿追逐戏水，春风吹拂着江南两岸；词人行舟水上，画船悠悠飘荡，小河曲曲弯转，苏州城外的横塘高塔，眼看到了，可转过弯后却依然遥远。“芳草”二句写春景，色调和谐，相映成趣；“画舫”二句写泛舟，笔触轻快，情趣盎然。下阕描写江南水乡的农事活动及丰收在望的田园风光,又充满喜悦欢愉之情。“江国多寒农事晚”乃是词人乡居生活的真切体验,非一般文人所能道出。在中国古代,人们一直以“万般皆下品,唯有读书高”“学而优则仕”为人生的价值取向,因此大多数文人都是“四体不勤,五谷不分”,往往连麦苗与韭菜都分不清楚,更不用说熟悉农事活动了。像范成大这样能写出如此真实而又优美的田园词篇,的确难能可贵!

忆秦娥

范成大

楼阴缺①,阑干影卧东厢②月。东厢月,一天风露,杏花如雪。

隔烟催漏金虬咽③,罗帏暗淡灯花结④。灯花结,片时春梦,江南天阔。

【注释】

①缺:指树荫未遮住的楼阁一角。

②厢:厢房。

③烟:夜雾。金虬:铜龙,造型为龙的铜漏,古代滴水计时之器。

④罗帏:罗帐。指闺房。灯花结:灯芯烧结成花,旧俗以为有喜讯。

【鉴赏】

此词写春夜闺思。范成大集中有五首此调词,此篇为第四首,最佳者。

上阕写夜间楼外的景致,通过对园林景色的描绘,透露出思妇的无限惆怅。楼阁在树荫遮蔽下露出一角,一轮明月照东厢,栏杆的阴影斜卧在地面上。起头两句即渲染出环境的幽美静谧。“一天风露,杏花如雪”,经过白天一整天的风拂露润,雪白的杏花在夜晚一朵朵绽放。这里“杏花如雪”与融融月色构成一幅极谐和的春夜图。

下阕转入室内,通过词中人对室内事物的细心感受,写少妇的愁思。隔着香炉的朦胧烟气,听着计时的铜龙呜咽着催促滴落的水声。金虬,即古代计时器——“漏”上所装的铜制龙头。龙头滴水,其声断续如咽,饱含着深夜无法入睡的人黯然神伤的感情。一个“催”字,将无情之物感情化,把人的感情表达得深挚婉曲。“罗帏暗淡灯花结”,纱罗的帏帐渐渐暗淡,灯芯烧结成花,该不会有什么喜兆吧?这里,“灯花结”即灯芯烧结成花,旧俗以为有喜讯。作者通过词中人“无眠观灯”的细节，生动地表达出期盼佳音的内心活动。末二句"片时春梦，江南天阔"，作者化用岑参《春梦》："枕上阕时春梦中，行尽江南数千里"，道出词中人极度相思，梦寻江南的无奈和怅惘：能有什么喜兆呢，恐怕也只有进入短暂美妙的春梦，梦见江南辽阔的晴空罢了。"片时"与"天阔"，形成短促的时间与杳远空间的强烈对比，而梦境中究竟能否见到尚未可知，所见到的只是"江南天阔"而已。梦已虚幻，虚幻中之境界还是渺茫的，双重虚幻更加重了凄婉情味，短短八字，蕴含丰富。

本词文字精美，言简意赅，表情达意深婉曲折，细腻空灵。全词无一语直接抒情，完全用画面表现情致，却又写出时间的流程，暗示出抒情主人公的孤独寂寞。虽是写传统的闺怨，却丝毫没有陈腐的富贵气和脂粉气，也没有愁红惨绿的感情夸张，所有的语言都贴切自然，给人一种清新淡雅的感觉。

霜天晓角 梅

范成大

晚晴风歇，一夜春威折[①]。脉脉[②]花疏天淡，云来去，
数枝雪。
胜绝[③]，愁亦绝，此情谁共说？惟有两行低雁，知人
倚，画楼月。

【注释】

①春威：初春的寒威。俗谓"倒春寒"。折：减退。

②脉脉：深含感情的样子。

③胜绝：美景超绝。

【鉴赏】

该词牌又名"月当窗""踏月""长桥月"。本词别本题作"梅"，是一首咏梅怀人之作。

上阕表现梅花质洁如雪、脉脉含情的神韵。首二句写梅花开放的环境、气候：傍晚时分，天才晴，风才住，又经过一夜，春寒凛冽的威势终于减退了。这里，"晚晴风歇"，暗示梅花白日整天遭到风之摧残，继而又面临着"一夜春风"，即春寒威力的摧折，显示出梅花在残冬早春的特定时节备受摧残的处境。一个"折"字，生动地表现出从原来春寒之厉到现在春晴之和的极快转变。一夜之后，"脉脉花疏天淡，云来去，数枝雪。"天高月淡，闲云去来，一朵朵梅花脉脉有情地开放，仿佛枝头挂着白雪。这里，作者用"数枝雪"来形容花之淡，强调了雪与梅的疑似，包含了丰富的

意蕴。

下阕由赞叹美景急转到愁情，由梅及人，以梅比人。词人用“胜绝”总上，又用“愁亦绝”启下：这景致真是绝美，可引出的愁情也最为深长。空对这如此的美景，寂寞孤单的我，又向谁去倾诉心中的惆怅呢？在愁人的眼里，梅花成了愁的象征，而这满腔的愁怨，却用“此情谁共说”带过，愁到无人可以倾诉的程度，足见愁之深重了。末三句“惟有两行低雁，知人倚，画楼月。”只有那两行低飞的鸿雁，知道此时有人独倚画楼，月夜思人。这里，“惟有”二字，写出了环境的极端孤寂。“低”字也用得极好，仿佛是雁故意低飞，要来与独自倚楼赏花的人做伴。词到最后，作者才有意无意中带出，楼头还有个倚栏未眠的人，可谓构思精巧，别开生面。

此词写赏花之人的孤寂情怀。全词清疏淡远，不假雕饰，富有空灵蕴藉之趣。

眼儿媚　萍乡道中乍晴，卧舆中困甚，小憩柳塘。

范成大

酣酣日脚紫烟浮①，妍暖②破轻裘。困人天色，醉人花气，午梦扶头③。

春慵恰似春塘水，一片縠纹④愁。溶溶泄泄⑤，东风无力，欲皱还休。

【注释】

①酣酣：暖意。日脚：穿过云隙下射的日光。

②妍暖：风和日暖。

③扶头：酒名。这里指沉醉意。

④縠纹：这里指一圈圈的水纹。

⑤溶溶泄泄：荡漾貌。

【鉴赏】

乾道九年（1173）春，作者调知静江府、广西经略安抚使。赴任途中过萍乡，时雨方晴，作者乘轿困乏，小憩于柳塘，即兴写了这首词。这首词通过对春景的描绘，抒写人物的内心感受。全词融情于景，细腻柔和，工巧精美。

上阕写景。开头两句写“道中乍晴”景象。暖融融的阳光，穿过飘浮的紫云落到平地，风和日丽，暖气透过轻软的皮袄，浑身感受到热意。“破轻裘”几字，另有两种说法：一是因阳光暖和，而敞开了轻轻的皮衣，感受暖意；一是脱去冬衣，穿上轻裘。都似有理。“困人天色”三句意思是：雨后初晴，暖气薰薰的天气叫人乏困；浓浓的花香叫人沉醉，正午小憩于此，立刻叫人进入梦乡。“扶头”本指酒名，这里是指沉醉的意思。整个上阕，作者生动、细腻地刻画了对春慵的感受，描绘了柳塘小憩的恬美境界。

下阕抒情。“春慵恰似春塘水，一片縠纹愁”，春日的慵懒恰似池塘里的春水，一片片涟漪乏起春愁。作者把春慵比作水纹，巧妙化用了冯延巳《谒金门》中的名句：“风乍起，吹皱一池春水”，再加上一“愁”字，将困乏的感受描写得非常形象、非常传神。“溶溶泄泄，东风无力，欲皱还休。”碧水缓缓荡漾，春风柔软无力，水面上皱起微波又被另外的微波抹去。这里“欲皱还休”四字，既生动地写出了池塘水波起伏荡漾、涟涟不已的动态，又暗含作者内心淡淡春愁的时隐时现。最后三句，作者以春塘水波的出没不止，描绘出春的慵闲和怅惘，如有所失，如有所待，一种说不清、道不明，只好欲说还休的幽忧尽在其中。可谓构思新巧，情韵悠长。

全词意境空灵美妙，深得花间词之神韵。历代词评家很赞赏这首词，评为“字字温软，着其气息即醉”（沈际飞《草堂诗余别集》）。

南 柯 子

范成大

怅望梅花驿，凝情杜若洲。香云低处有高楼，可惜高楼不近木兰舟。

缄素双鱼远，题红片叶秋。欲凭江水寄离愁，江已东流那肯更西流。

【鉴赏】

这是一首抒发离愁别绪的作品。

上阕从男主人公这边写起，下阕的笔墨则落在女主人公身上，两阕遥相呼应，如叹如诉。

描绘男主人公的惆怅是从描摹情态入手的，“怅望梅花驿”，用陆凯赠范晔诗

“折梅逢驿使，寄与陇头人”之典，说欲得伊人所寄之梅（代指信息）而久盼不至，满怀惆怅；“凝情杜若洲”，取《楚辞·九歌·湘君》“采芳洲兮杜若，将以遗兮下女”之意，欲采杜若（香草，也指信息）以寄伊人，也无从寄去，徒然凝情而望。来鸿不见，去雁也难，终于，他从深思中回到了现实面前：无限的空间距离阻隔了一对情人，难以聚首。四个长短不一的句子，如同一组渐渐推近的镜头，在令人失望的结局上定了格。

如果说男主人公的思绪是悠长而缠绵的，那么，女主人公的感情则显得炽热急切，字里行间，勾勒出一位坐卧不安、百般无奈的思妇形象。“缄素”“题红”两句用的都是书信往来的典故，“远”“秋”二字，却巧妙地点出了她与情人之间断绝信讯的困境。最后，焦虑而痛苦的姑娘把唯一的希望寄托于伴着情人远行的江水，但愿它能带去她的思念，然而，那不肯回头的流水和姑娘的失望、抱怨，终于使这段爱情以悲剧的形式作结。不过留在读者记忆中的，不是悲悲切切的叙事，而是一首优美动人的恋歌。

刘熙载《艺概·词曲概》认为：“词之妙莫妙于以不言言之，非不言也，寄言也。”无论是表述两人不能相见的痛苦，还是诉说那无边的思念，作者都写得含蓄蕴藉，尽量避免直说。如“香云低处有高楼，可惜高楼不近木兰舟”：“高楼”指女子居处，木兰舟代喻男子出游；“高楼”与“木兰舟”的距离点出了他们无法相见的客观现实，“不近”一词用在这里，给人一种语尽意不尽的感觉。全词没有一处用过“思”字，但字字句句充满了思念之情，这表明作者遣词铸句时的艺术功力十分深厚，既恰如其分表达了主旨，又保持了词的特点——清远空灵。

作者十分注意运用虚实结合的写法，使作品避免过于质实。如“梅花驿”“杜若洲”都是虚指，但又与双方远隔，托物寄情有关，写女主人公无人传递书信所选用的“双鱼远”“片叶秋”以及“江已东流”也都属虚拟，但却和她盼望与情人通信息的现实十分吻合，这些虚实的统一，不仅有助于表达男女双方的真切情意，而且开拓了作品的意境，令人回味无穷。作者使事用典也有创新，词中所用大多为常见的典故，但在石湖笔下，别有一番情趣。如“双鱼”“题红”两典的原意都形容书信传情，平安抵达对方手中，而石湖却以“远”“秋”二字添加了悲剧的韵味，颇有新意。

词中虽有用典，但却明白如话，“欲凭江水寄离愁，江已东流那肯更西流”两句，借鉴了白居易“欲寄两行迎尔泪，长江不肯向西流”和李后主的“问君能有几多愁，恰似一江春水向东流”，而如同己出，毫无硬生牵附之感，很恰当地体现了主人公的性格和情绪。

游次公 生卒年不详，字子明，号西池，建安（今福建建瓯）人。范成大帅桂林，以文章见知，参内幕。淳熙十四年（1187）通判汀州。存词五首。

卜算子

游次公

风雨送人来，风雨留人住。草草杯柈话别离，风雨催人去。
泪眼不曾晴，眉黛愁还聚。明日相思莫上楼，楼上多风雨。

【鉴赏】

这是一首描写男女离别的词。上片写一对有情人刚刚重逢又要分离的情景，下片写离别时女方的痛苦和行人对女方的叮咛。朝思暮想的人在风雨中归来，使望眼欲穿的女子欣喜万分。实指望风雨之日，天留人住，哪里想到他竟然又要在这风雨中离去！女主人公还没有来得及为他接风洗尘，却要忙着为他饯行了。这“草草杯柈”（“柈”同“盘”），匆匆小饮，喝的竟是“话别离”的饯行苦酒。刚刚得到的转眼间又要失去，使得女主人公十分伤心。“泪眼不曾晴，眉黛愁还聚。”眉黛，指眉，古代女子以黛画眉。李商隐《代赠》诗云：“总把春山扫眉黛，不知共得几多愁。”眼中泪就像室外雨一样，一直未曾停息；愁聚眉头就像天上的阴云一样，一直未曾散开。这里作者将人的感情外露的样子，同大自然的风雨巧妙地联系在一起，生动形象。见到如此情景，行人欲留不能，欲行不忍，于是驻足深情地叮嘱道：“明日相思莫上楼，楼上多风雨。”这两句意蕴十分丰富。一层意思是：你要多多保重身体，避开楼头风雨。其实要说风雨，行人在旅途中遇到的风雨更多。但不写居者叮嘱行人风雨中要多加珍重，反而写行人叮嘱居者，这正如《红楼梦》中宝玉挨打之后，林黛玉去探伤时，黛玉还没有开口询问伤势，安慰对方，而受伤的宝玉反而心疼地说：“你又做什么来了？太阳才落，那地上还是怪热的，倘或又受了暑，怎么好呢?！……”这两者都是把笔锋直入人物感情深处，用最平白浅显的语言，表达了最深厚的情感。这是一种理解。这两句词还可以这样理解：日后思念我时，不要上楼，因为楼头多风雨，它会使你联想起今日我们风雨中重逢又风雨中离别的情景。在那种见到风雨而引起的希望和失望的煎熬中，你会更加痛苦的。

这首词有四处写到风雨，以风雨起，以风雨结，首尾呼应，结构井然。所写的事，所抒的情，都跟自然界中的风雨紧密连在一起，意境浑然，情感深厚。

谢懋 生卒年不详，字勉仲，号静寄居士，洛阳（今属河南）人。工乐府，有名于当时。卒于孝宗末年。有《静寄居士乐府》二卷，不传；今有赵万里辑本，存词十四首。

霜天晓角 桂花

谢 懋

绿云剪叶，低护黄金屑。占断花中声誉，香与韵、两清洁。

胜绝，君听说。是他来处别。试看仙衣犹带，金庭露、玉阶月。

【鉴赏】

这是一首咏桂花的咏物词。但在词中，作者借物寓怀，陈义甚高。

上片，写桂花的形象与高洁的气质。"绿云剪叶，低护黄金屑。"描绘桂花枝叶的形状，花的色泽，写出了桂花与其他花卉的不同。"占断花中声誉"，它占尽了花中的声名，为什么呢？"香与韵、两清洁"。两句话，六个字，道尽了桂花的佳处。可谓知其要者，一言而终。历来咏桂花的诗词不少，唐宋之间《灵隐寺》诗："桂子月中落，天香云外飘。"又，《早发始兴江口至虚氏村作》诗："桂香多露裛，石响细泉回。"咏桂花之香。刘禹锡《答乐天所寄咏怀目释其枯树之叹》："莫羡三春桃与李，桂花成实向秋容。"赞美桂花果实之美。苏轼诗："江云漠漠桂花湿，梅雨翛翛荔子然。"然，同燃，形容荔枝色红如火。李清照《鹧鸪天·桂花》："何须浅碧深红色，自是花中第一流。"都是称颂桂花的花色之美。然而，谢懋的"香与韵，两清洁"却言简意赅，一语道破了桂花的佳妙之处。

下片抒情。过片处"胜绝，君听说"，承上片趣旨，极度赞美桂花的绝佳。"试看仙衣犹带，金庭露、玉阶月。"相传月中有一棵桂树，诗人常用月光皎洁，桂枝飘香，形容秋夜景致。金庭、玉阶，都是天宫的庭院。这里用"玉阶月"结束全篇。正如过片所说的："胜绝"！

吴坦伯对谢懋的词，推许甚高，称其"戛玉敲金，蕴藉风流"。这首咏桂花词，可以说是反映了他的词作的特色的。

王质 （1127~1189）字景文，号雪山，郓州（今山东东平）人，寓居兴国军。绍兴三十年(1160)进士。孝宗朝,为枢密院编修官,出通判荆南府,奉祠山居。有《雪山集》《雪山词》。

八声甘州 读诸葛武侯传

王　质

过隆中。桑柘倚斜阳,禾黍战悲风。世若无徐庶,更无庞统,沉了英雄。本计东荆西益[1],观变[2]取奇功。转尽青天粟[3],无路能通。

他日杂耕渭上[4],忽一星飞堕[5],万事成空。使一曹三马[6],云雨动蛟龙[7]。看璀璨、出师一表,照乾坤、牛斗气常冲。千年后,锦城相吊,遇草堂翁。

【注释】

①荆:指荆州,汉代时辖境相当于今湖北、湖南两省及河南、贵州、广东、广西的一部分,治所在汉寿(今湖南常德东北)。益:即益州,汉代时辖境相当于今四川、甘肃、陕西、湖北、贵州各一部分,诸葛亮在“隆中对”时,曾向刘备建议东据荆州,西取益州,联合孙权,对抗曹操,争取统一全国。

②观变:观察形势的变化。

③转:转运。粟:即谷子,泛指粮食。

④杂耕渭上:诸葛亮鉴于粮草运输困难,曾分兵屯田于渭水,与当地居民杂处而耕,为久驻之计。

⑤一星飞堕:指诸葛亮病死于五丈原中。相传诸葛亮临死之夜,有一颗大星从天上坠落在渭水南面。

⑥一曹三马:据传曹操曾梦见三马同食一槽。三马,指司马懿、司马师、司马昭父子。

⑦云雨动蛟龙:意谓诸葛亮一死,司马氏乘机而动,终于篡魏自立,建立了晋朝。

【鉴赏】

诸葛亮是三国时代曾经左右时局、叱咤风云的英雄豪杰。他不仅具有高深莫测的文韬武略，更具有鞠躬尽瘁的赤胆忠心。千百年来，诸葛亮的故事不仅在民间广为流传，而且也深为广大文人所景仰。在老百姓的眼睛里，诸葛亮已俨然成为“智慧”的化身；在士大夫文人的心目中，诸葛亮则是“忠诚”的象征。因此历代追怀吟咏诸葛亮的作品极多。王质的这首词就是他读《三国志·诸葛亮传》后有感而作。王质与张孝祥为友，皆为主张抗金恢复的爱国志士。当词人读《诸葛亮传》时，不仅仅是羡慕诸葛亮计定乾坤、三分天下的丰功伟业，更重要的是钦仰诸葛亮坚持北伐、志在统一的崇高理想，歌颂诸葛亮“鞠躬尽瘁，死而后已”的伟大精神。词人深情地缅怀诸葛亮，高度评价诸葛亮的《出师表》，意在借古讽今，寄托抗金恢复的耿耿情志。

杨万里 （1127～1206）字廷秀，号诚斋，吉州吉水（今属江西）人。绍兴二十四年（1154）进士。历太常博士、太子侍读。光宗朝，召为秘书监，又出为江东转运副使，改知赣州。绍熙中，致仕。诗与陆游、范成大、尤袤齐名，而又自成一家，称诚斋体。有《诚斋集》，词附集中。

昭君怨 咏荷上雨

杨万里

午梦扁舟花底，香满西湖烟水。急雨打篷声，梦初惊。
却是池荷跳雨，散了真珠还聚。聚作水银窝，泛清波。

【鉴赏】

荷叶表面构造特殊，水珠到了荷叶上，凝聚力特别大，不易散开，形成一个个珍珠般的透明晶莹的水银珠。如果下雨，那就更好看了：雨珠打在荷叶上，荷叶又有弹性又滑溜，水珠会弹跳起来。无数的雨珠，落在满池数不清的荷叶上，那大大小小弹跳不已的珍珠，那令人心醉的声响，真使人眼花缭乱，应接不暇。这就是“池荷跳雨”的美好景观。如果是乘着小船，划进湖中，穿行在朵朵荷叶中间，再遇上一阵急雨，亲身体会一下这美妙的动感和声响，真正是一种人生的享受。杨万里是位田园诗人，这首荷上雨的小词，就是描述这一诗意境界的成功之作。夏日避暑，多在树下山上亭间，而杨万里别出心裁，划只小船到湖水间荷花下睡午觉来了。西湖满是荷花荷叶的清香，十里烟水迷离，使人眼花心醉。在这地方睡个午觉，真要连气息都清香起来。不知睡了多久，迷糊中或听得一阵急雨，敲打着船篷，惊醒了，抬头起身，原来不仅仅是雨打船篷的声音，那池荷跳雨声更大更响。上下左右四面八方一齐跳着响着。雨珠在荷叶上弹来跳去，最后聚拢在中间的小窝里，晃荡着像一窝水银。又一颗雨珠砸在银窝里，水银珠跳散开来，很快又滴溜溜在中间聚合。水银窝越聚越大，荷叶终于支持不住了，叶面一晃一歪，那窝水银泻出一股清波，溜到湖水里去了。这首词写得如此真切，读了之后，如同真的感受到了“池荷跳雨”的境界，听到了那满池的声响，嗅到了那满池的荷香。词的上阕，叙述了夏日午梦这一特定的背景，为急雨打荷创造了一个特殊的心理感受基础。那酷热蒙昽中的人，不正是对于清凉的雨中世界和雄壮激动的声响有着强烈的潜在需求吗？词的下阕，为了描写出池荷跳雨的动感，用了“跳”“散”“聚”“泛”这四个富于动作性的动词，一下子就把荷上雨珠这一特定事物的本性给抓住了。细读这首词，一定会使人有身不由己地晃荡起来的特殊感受。

好事近　七月十三日夜登万花川谷望月作

杨万里

月未到诚斋，先到万花川谷。不是诚斋无月，隔一林修竹。
如今才是十三夜，月色已如玉。未是秋光奇绝，看十五十六。

【鉴赏】

词前小序点明全词的中心是“望月”，同时点明时间是“七月十三日夜”，地点是“万花川谷”。

“月未到诚斋，先到万花川谷。”“诚斋”，是杨万里书房的名字，“万花川谷”是离“诚斋”不远的一个花圃的名字。开篇两句，明白如话，说皎洁的月光尚未照进他的书房，却照到了“万花山谷”。作者用“未到”和“先到”巧设悬念，引人遐想。读完这两句，人们自然地要问：既然“诚斋”与“万花川谷”相去不远，何以月光照到了“万花川谷”，作者的书房里不见月光呢？紧接着两句“不是诚斋无月，隔一林修竹。”使悬念顿解，也说明了作者为什么要离开诚斋跑到万花川谷去赏月。原来，在他的书房前面有一片茂密的竹林，遮蔽了月光。本句中的“隔”字与“修”字看似平平常常，实则耐人琢磨，有出神入化之妙。试想，竹子如果不是长得郁郁葱葱，修长挺拔，怎么会把月光“隔”断？寥寥十一字，既解开了“月未到诚斋”的疑窦，也说明了书房处于竹林深处，环境幽雅僻静。《宋史》记载，杨万里在任永州零陵县丞时，曾三次去拜访谪居永州的张浚不得见面，后来“……以书谈始相见，浚勉以正心诚意之学，万里服其教终身，乃名读书之室曰‘诚斋’。”这样，就可以想见杨万里名为“诚斋”的书房是费了一番心思，作了精心的设置和安排的。

上片通过对照描写，用“未到”和“先到”点明，此时诚斋仍处在朦胧暗影之中，而“万花川谷”已是月光朗照。下片四句，便描写“万花川谷”的月色。“如今才是十三夜，月色已如玉。”两句中只有“如玉”二字写景，这两字用巧妙的比喻，形象生动地描绘出碧空澄明、冰清玉洁的月夜景色。“才”字与“已”字相呼应，使人想到作者在“十三”的夜里欣赏到这样美妙的月景，有些喜出望外；也使人想到，尽管现在看到的月色像玉一般的晶莹光洁，令人陶醉，但“十三夜”毕竟不能算是欣赏月色的最佳时刻。那么，何时的月色最美呢？任人皆知，阴历的十五、十六日月亮最圆，是观赏月光最好的日子。这样，词的结尾两句，也就很自然地推出一个新的境界：“未是秋光奇绝，看十五十六。”“未是”二字压倒前句描写的美妙如玉，剔透晶莹的境界，推出一个“秋光奇绝”的新天地，指出即将来临的十五十六才是赏月的最佳时刻。尾二句笔墨看似平淡，却表现出一个不同凡响的艺术境界，说明作者对未来、对美有着强烈的憧憬和追求。

杨万里在文学史上被称为南宋“中兴四大诗人”之一，“杨诚斋体”在当时也颇有影响。本词语言平易自然，意境新鲜，生活气息浓郁，说明他的词风一如他的诗风。

（王方俊）

昭　君　怨　赋松上鸥

杨万里

晚饮诚斋。忽有一鸥来泊松上，已而复去，感而赋之。

偶听松梢扑鹿，知是沙鸥来宿。稚子莫喧哗，恐惊他。
俄顷忽然飞去，飞去不知何处？我已乞归休，报沙鸥。

【鉴赏】

本词是杨万里辞官归隐家乡江西吉水时的作品，题目《赋松上鸥》说明，这是一首咏物词。小序交代了鸥来复去的时间、地点和经过，“感而赋之”一句，则说明写作动机。

上片写作者静坐书室，意外地听窗外松树上有沙鸥前来投宿，十分惊喜。“偶听松梢扑鹿”,“偶”字意即偶然地,或者说是意料之外地,“扑鹿”是象声词。首句说,他偶然听到门前松树梢上有飞鸟拍打翅膀的“扑鹿”声,凭着生活经验,他“知是沙鸥来宿”。首二句无丝毫的渲染与夸饰,似乎是简单地平铺直叙,但只要稍稍揣摩,便不难发现,这十二个字既写出了环境的寂静,又写出了树上鸥鸟的活动,从字面看,人未见形,鸥未露体,而在读者的意念中,却分明“看”到作者凝神谛听的神态,“听”到沙鸥抖动翅膀的扑扑鹿鹿的声音,这足以说明,这两句近似口语的话,并非随意信手写来,而是经过认真推敲锤炼而得,因此颇为传神。

“稚子莫喧哗,恐惊他。”沙鸥前来投宿,作者无限欣喜,他小心翼翼地向正在玩耍的孩子们示意,告诫他们不要吵闹,恐怕惊吓了鸥鸟。这两句于字里行间透露出作者对沙鸥这种鸟儿非常喜欢,同时表现了作者对生活的热爱,而且增加了本词的生活气息。“莫”字和“恐”字表达出作者对沙鸥由衷的喜爱。

下片写鸥鸟远飞,词人不免怅然若有失,进而将鸥鸟人格化,与之沟通思想,借以抒发心志。“俄顷忽然飞去,飞去不知何处?”作者正因为沙鸥落在“诚斋”门前松树上高兴,转瞬间沙鸥忽然振翅远飞,作者深感失望,先前的激情顿时冷落下来。“不知何处”说明作者对鸥鸟十分记挂,面对一片空虚的茫茫夜空,他万分焦虑,却又无可奈何。两句中“飞去”二字重复使用,这种手法在现代修辞学上称为“顶真”,因为用得恰切自然,所以读起来丝毫没有重复的感觉。

“我已乞归休,报沙鸥。”结尾两句,作者和盘托出心志,把自己辞官归隐的事告诉沙鸥,表述了他期望求得沙鸥“理解”的心情。据《宋史》记载,杨万里长期被贬,愤而辞官家居,临终前曾有“韩侂胄奸臣,专权无上,动兵残民,谋危社稷。吾头颅如许。报国无路,惟有孤愤!”的话,说明他因为报国无门,又不被人理解,忧愤至死。本词把沙鸥视为“知己”,寄托自己的感情,其意也在于排解内心的苦闷。

朱熹 (1130~1200)字元晦,一字仲晦,号晦庵、紫阳等,徽州婺源(今属江西)人。高宗绍兴十八年(1148)进士。淳熙间,知南康军,提举江西、浙东常平茶盐公事。光宗时，知漳州，宁宗朝，历任焕章阁待制、秘阁修撰等，后以事忤韩侂胄，被诬落职。主张抗金，并强调准备。我国著名大哲学家之一，著名理学家程颐四传弟子。阐发以仁为核心的儒家思想和大学中庸的哲学观点，继承和发展了二程（程璟、程颐）理气关系的学说，建立了一个完整的客观唯心主义的理学体系，世称程朱学派。其理学学说在明、清两代被提到儒学正宗的地位。一生严谨治学，诗文方面有建树，以注解群经功绩最大。亦能词，风格清新活泼，流畅淡远，为理学家中所罕见。著有《四书章句集注》《诗集传》《周易本义》《楚辞集注》《通鉴纲目》等。后人辑有《晦庵先生朱文公文集》和《朱子语类》等多种。有词集《晦庵词》。

水调歌头　隐括杜牧之齐山诗

朱　熹

江水浸云影，鸿雁欲南飞。携壶结客何处？空翠渺烟霏。尘世难逢一笑，况有紫萸黄菊，堪插满头归。风景今朝是，身世昔人非。
酬佳节，须酩酊，莫相违。人生如寄，何事辛苦怨斜晖。无尽今来古往，多少春花秋月，那更有危机。与问牛山客，何必独沾衣。

【鉴赏】

依某种文体原有的内容辞句改写成另一种体裁，叫隐括。朱熹此词，即隐括杜牧《九日齐山登高》一诗。初读一遍，不过觉得它逐句移植原诗，但也清畅淡远而已。反复涵泳体会，才知道意境精神已夺胎换骨。

且看杜牧原诗："江涵秋影雁初飞，与客携壶上翠微。尘世难逢开口笑，菊花须插满头归。但将酩酊酬佳节，不用登临恨落晖。古往今来只如此，牛山何必独沾衣。"重阳节，杜牧偕友登齐山，良辰美景，使这位平生怀抱未展的晚唐诗人感到难得的欢愉。然而当夕阳西下，又触动了人生无常的愁苦。春秋时，齐景公登牛山，北望国都临淄流泪说："若何滂滂去此而死乎！"诗人感慨何必要像齐景公那样独自下泪，因为人生之无常，古往今来尽皆如此，谁能幸免呢！语似旷达，其实抑郁伤感。

现在来看朱熹此词。一江秋水，天光云影徘徊其中。万里长空鸿雁初飞，正值重阳。"携壶结客何处？"一问。"空翠渺烟霏。"一答。答话不著一动词，纯然景语，给人的感觉是携酒登高的人，溶入了那山色空翠、烟霏缥缈一片氤氲之中。意境极空灵。若用原诗"与客携壶上翠微"的"上"字，反嫌质实。平时身居尘世，难逢开口一笑。今日投入大自然怀抱，自是笑逐颜开。更何况满山茱萸紫、菊花黄，好插个满头粲然，尽兴而归呢！“风景今朝是，身世昔人非。”多少登高伤怀的昔人，早已成为过去（“非”）。但美好的大自然却是真实的、恒常的（“是”）。作者这里所积极肯定的，不单是当下（“今朝”）的自然美景，也肯定了景中之人，当下的人生。词中增添此二句，顿时注入一道源泉活水般的新意，词情已显然同诗情泾渭分流。

作者劝勉朋友，酬答佳节美景，尽管酩酊一醉，不要辜负大好辰光。“人生如寄，何事辛苦怨斜晖。”人生有限，更应惜取，何苦对斜阳而怨迟暮呢。此二句虽用原诗，却非故作旷达，实为充分肯定当下人生的价值。“无尽今来古往，多少春花秋月，那更有危机。”此三句，移植原诗“古往今来只如此”，但全反其意，更发舒新意。点铁成金，夺胎换骨，要在于此。无尽今来古往，多少春花秋月，概括绵延无穷的时间与上下无限的空间。往古来今谓之宙，四方上下谓之宇。作者精骛八极，思通千载，但觉无限宇宙之中，永远充满生机，哪有什么危机呢！朱熹是宋代著名儒家哲人。在儒家看来，宇宙、人生，本体为一，即生生不息的生机。这生机流行体现于天地万物人生，“亘古亘今，未尝有一息之间断。”（朱熹《中庸或问》）人生虽然有限，宇宙生机却是无限。人生尽其意义，就是生得其所，体现了宇宙的本体，有限的人生便与无限的宇宙合一。心知此意，则人生充满乐趣。“与问牛山客，何必独沾衣。”言外正洋溢着这种乐观精神。朱词与杜诗的结笔，仍是语同而意别。杜诗以人生无常自古而然聊以自慰，语似旷达而实伤感抑郁。朱词却依于对人生的乐观精神，来否定人生无常的伤感情绪。而这种伤感情绪不知曾折磨过多少古代诗人。回头玩味“风景今朝是，身世昔人非”，意味更显，也更深长。

不妨设想，朱熹重阳结伴登高，兴之所至，于是挥洒笔墨，隐括杜牧诗而成此词。江水，云影，鸿雁，空翠，烟霏，紫萸，黄菊，作者眼中之大自然，无往而非“四时行焉，万物生焉”，“鸢飞戾天，鱼跃于渊”，“万物并育而不相害”，一片生机流行之境界。而重阳佳节，结伴登高，返归自然，开口一笑，酩酊一醉，自己性情之发舒，亦皆充满“乐山”“乐水”，“乐以忘忧”的意趣。作者“胸次之悠然，直与天地万物上下同流，各得其所之妙，隐然见于言外”（朱熹《论语集注》）。朱熹词中，已非杜牧诗中一般人生情感的境界，而是这位儒家天人合一的哲学境界。这境界实无异于“暮春者，春服既成，冠者五六人，童子六七人，浴乎沂，风乎舞雩，咏而归”的境界。朱熹此词赞美自然，赞美人生，表现中国儒家哲学精神，扩大了宋词的境界，不失为对宋词的一个贡献。

此词发舒性情哲思，贵在深入浅出，出以优美高远的意境和清畅豪爽的格调，故深含理趣而不堕理障。《历代诗馀》卷一一七引《读书续录》评云：“气骨豪迈，则俯视苏辛；音节谐和，则仆命秦柳。洗尽千古头巾俗态。”可谓知言。此词属隐括体，贵在以故为新，艺术造诣与杜牧原诗各有千秋。它虽几乎逐句移植原诗，但几处贯注新意，全词就处处意蕴翻新，而具一全幅的新生命。比如读罢全词，再回味上片“况有紫萸黄菊，堪插满头归”，就见得入山归来岂止是紫萸黄菊满头粲然，并且是满载人与自然合一的生趣而归。举此一例，全篇皆可连类而及。夺胎换骨，只在襟怀之高。点铁成金，却在点化之妙。宋词宋诗，都不乏这种以故为新的艺术特色。这，实际上又是善于继承并创新的整个宋代文化精神的一个体现。朱熹此词，启示着这一文化背景。

严蕊　生卒年不详，字幼芳，天台（今属浙江）营妓（军营里的妓女）。周密《癸辛杂识》称她“善琴弈、歌舞、丝竹、书画，色艺冠一时。间作诗词，有新语。颇通古今。”朱熹任地方官时曾以有伤风化的罪名，把她关在牢里，加以鞭打。她不屈服。朱熹改官后，岳霖继任，把她释放。今传词三首。

卜算子

严蕊

不是爱风尘，似被前缘误。花落花开自有时，总赖东君主。
去也终须去，住也如何住！若得山花插满头，莫问奴归处。

【鉴赏】

这首词的作者严蕊，是南宋孝宗淳熙年间台州（今浙江天台）的营妓（地方官妓。因聚居于乐营教习歌舞，故又名“营妓”）。色艺冠一时，作诗词有新语，善逢迎，名闻四方。知州唐仲友（字与正）曾命其赋红白桃花作《如梦令》词，赏以细绢两匹。仲友为同官高文虎所谮。朱熹时任提举两浙东路常平茶盐公事，行至台州，告发仲友者纷至，遂以“催税紧急，户口流移”及种种贪墨克剥不公不法的罪名，前后上六状弹劾唐仲友。这还不够，又指仲友与严蕊有私情。宋时规定，“阃帅、郡守等官，虽得以官妓歌舞佐酒，然不得私侍枕席”（《古今图书集成·艺术典·娼妓部》引《委巷丛谈》）。如若查实，则罪在官妓，官吏也要受处分。为此，严蕊系台州狱月余，备受箠楚，然终无一语招承。又移绍兴（两浙东路治所）狱中，狱吏以好言诱供，严蕊答云：“身为贱妓，纵是与太守有滥，料亦不至死罪，然是非真伪，岂可妄言以污士大夫，虽死不可诬也。”以辞意坚决，又再受杖，几至于死，但身价愈高。不久朱熹改官。岳霖为浙东提点刑狱公事，怜其病瘁，命她作词自陈，她略不构思，即

口占这首《卜算子》。岳霖即日判令出狱，脱籍从良。(见周密《齐东野语》卷二十)严蕊是封建社会的弱女子，又身隶乐籍，所遭不幸，明显是"殃及池鱼"的事，这叫作无可奈何。到了这个地步，她坚决不肯为了自己少受刑辱而去诬陷他人，是很有骨气的。这首词为求长官见悯，脱离苦海，也写得比较含蓄，不做穷苦乞怜之语，具见标格。

上片抒写自己沦落风尘、俯仰随人的苦闷。"不是爱风尘，似被前缘误。"首句突兀而起，特意声明自己并不是生性喜好风尘生活。封建社会中，妓女被视为冶叶倡条，所谓"行云飞絮共轻狂"，就代表了一般人对她们的看法。现在严蕊因事关风化而入狱，自然更被视为生性淫荡的风尘女子了。因此，这句词中有自辨，有自伤，也有不平的怨愤。次句却出语和缓，特用不定之词，说自己之所以沦落风尘，似乎是为前生的因缘(即所谓宿命)所误。作者既不认为自己性爱风尘，又不可能认识使自己沉沦的真正根源，无可奈何，只好归之于冥冥不可知的前缘与命运。"似"字若不经意，实耐寻味。它不自觉地反映出作者对"前缘"似信非信，既不得不承认又有所怀疑的迷惘心理，既自怨自艾，又自伤自怜的复杂感情。

"花落花开自有时，总赖东君主。"两句借自然现象喻自身命运，说花落花开自有一定的时候，这一切都只能依靠司春之神东君来做主，比喻像自己这类歌妓，俯仰随人，不能自主，命运总是操在有权者手中。这是妓女命运的真实写照，其中有深沉的自伤，也隐含着对主管刑狱的长官岳霖的期望——希望他能成为护花的东君。但话说得很委婉含蓄，祈求之意只于"赖"字中隐隐传出。

"去也终须去，住也如何住!"过片承上不能自主命运之意，转写自己在去住问题上的心情。去，指由营妓队伍中放出；住，指仍留乐营为妓。离开风尘苦海，自然是她所渴想的，但却迂回其词，用"终须去"这种委婉的语气来表达。意思是说，以色艺事人的生活终究不能长久，将来总有一天须离此而去。言外之意是，既"终须去"，何不早日离此苦海呢？以严蕊的色艺，解除监禁之后，重新为妓，未始不能得到有权者的赏爱，但她实在不愿再过这种生活了，所以用"终须去"来曲折表达离此风尘苦海的愿望。下句"住也如何住"即从反面补足此意，说仍旧留下来作营妓简直不能设想如何生活下去。两句一去一住，一正一反，一曲一直，将自己不恋风尘、愿离苦海的愿望表达得既婉转又明确。

歇拍单承"去"字,集中表达渴望自由的心情:"若得山花插满头,莫问奴归处。"山花插满头,是到山野农村过自由自在生活的一种形象性表述。两句是说,如果有朝一日,能够将山花插满头鬓,过着一般妇女的生活,那就不必问我的归宿了。言外之意是:一般妇女的生活就是自己向往的目标,就是自己的归宿,别的什么都不再考虑了。两句回应篇首"不是爱风尘",热切地表达了对俭朴而自由的生活的向往,但出语仍留有余地。"若得"云云,就是承上"总赖东君主"而以想望祈求口吻出之。

由于这是一首在长官面前陈述衷曲的词,她在表明自己的意愿时,不能不考虑到特定的场合、对象,采取比较含蓄委婉的方式,以期引起对方的同情。但她并没有因此而低声下气,而是不卑不亢,婉转而明确地表达了自己的心愿。这是一位身处下贱但尊重自己人格的风尘女子婉而有骨的自白。

张孝祥 (1132~1169)字安国,号于湖居士,简州(今属四川)人,卜居历阳乌江(今安徽和县)。绍兴二十四年(1154)进士第一,历任中书舍人、直学士院。其词早期多清丽婉约之作,南渡后转为慷慨悲凉,多抒发爱国思想,词风豪放,风格近苏轼,对后来辛派词人的创作很有影响。作品有《于湖集》,词集为《于湖词》。

六州歌头

张孝祥

长淮[①]望断,关塞莽然[②]平。征尘[③]暗,霜风劲,悄边声。黯销凝[④]。追想当年事[⑤],殆[⑥]天数,非人力;洙泗[⑦]上,弦歌[⑧]地,亦膻腥[⑨]。隔水毡乡[⑩],落日牛羊下,区脱[⑪]纵横。看名王宵猎[⑫],骑火一川明,笳鼓悲鸣,遣人惊。

念腰间箭，匣中剑，空埃蠹[13]，竟何成！时易失，心徒壮，岁将零[14]，渺神京[15]。干羽方怀远[16]，静烽燧，且休兵。冠盖使[17]，纷驰骛[18]，若为情[19]。闻道中原遗老[20]，常南望、翠葆霓旌[21]。使行人到此，忠愤气填膺[22]，有泪如倾。

【注释】

①长淮：淮河。当时为宋金东部分界线。

②莽然：草木丛生貌。

③征尘：路上的尘土。

④销凝：忧思、伤神。

⑤当年事：指靖康间金兵南侵灭北宋事。

⑥殆：大概、也许。

⑦洙泗：古代鲁国的两条河，洙水和泗水，流经曲阜。此处代指中原地区。

⑧弦歌：弹琴唱歌，此指礼乐教化。

⑨膻腥：牛羊的气味。借指金兵。

⑩毡乡：古代北方少数民族大多住毡帐，故称其所居为毡乡。

⑪区脱：胡人用来侦察的土室，这里指金兵的哨所。

⑫名王：古代少数民族对贵族头领的称呼。宵猎：夜间打猎。

⑬空埃蠹：白白积满尘埃，被虫蛀蚀。此指闲置不用。

⑭岁将零：一年将尽。

⑮神京：此指北宋京师汴京（今河南开封）。

⑯干羽：古代一种舞具。传说禹曾舞干羽使苗族部落降服。怀远：以文德怀柔远人。这里暗讽南宋放弃抗金而与金人讲和。

⑰冠盖使：穿官服乘马车的使臣。此指去金求和的使臣。

⑱驰骛：奔走。

⑲若为情：何以为情、难以为情。

⑳中原遗老：中原沦陷区的百姓。

㉑翠葆霓旌：指皇帝的车驾。翠葆，用翠羽装饰的车盖。霓旌，绘有云霓的彩旗。

㉒填膺：塞满胸怀。

【鉴赏】

此词大概作于孝宗隆兴元年(1163)。其时张孝祥任建康留守，对南宋屈辱求和、偷安江隅极为愤慨，在一次宴会上写下了这首慷慨悲壮的名篇。

上阕写前线宋金对峙的严峻态势，着重写沦陷区的凄凉景象，令人气馁。“长淮”首二句，从望远生愁落笔，起势苍莽，笼罩全篇。伫立在淮河岸边极目望远，关塞上荒原空阔，野草丛茂。接着“征尘暗”三句，承上写景，勾勒出一幅荒凉肃杀的秋日画景。征途上弥漫着灰暗的尘土，寒冷的秋风在劲吹，边塞上静寂悄然。接着“黯销凝”四句点出靖康之变：我凝神伫望，心情黯淡，追想当年的中原沦陷，恐怕是天意运数，并非人力可以扭转。这里“殆”“非”二字摇曳生姿。“洙泗上，弦歌地，亦膻腥。”洙水、泗水，流经山东曲阜，指孔子的故乡，这里借指文化发达地区、中原一带。这几句的意思是：中原之地，弦歌交响的礼乐之邦，如今成了金兵的天下。“膻腥”二字写出被金兵践踏圣地之耻。“隔水毡乡，落日牛羊下，区脱纵横。”隔河相望的是敌军的毡帐，在黄昏落日，牛羊往返之下，到处是敌军的前哨据点。“看名王宵猎”四句是说，看金兵的头领夜间出猎，骑兵手持火把照亮了整片平川，胡笳鼓角发出悲壮的声音，令人胆战心寒。这几句，作者从不同侧面，把骄纵猖狂的敌势烘托得淋漓尽致、令人震惊。

下阕抒发报国无门、壮志难酬的满腔悲愤，强烈地谴责了统治者偷安误国的罪行。头四句慷慨陈词，极写箭、剑成废物，叹英雄无用武之地。想我腰间弓箭，匣中宝剑，白白被虫蛀尘染，满怀壮志竟不得施展。一个“空”字，倾注了词人心中无比的愤慨。“时易失，心徒壮，岁将零，渺神京”时光轻易流失，壮心徒自雄健，一年将尽，光复汴京的希望更加渺远。这里，“神京”指北宋都城汴京。接着“干羽方怀远，静烽燧，且休兵”三句，借用典故影射朝廷，笔锋直指朝廷正在进行的和议：朝廷正推行着所谓的“怀柔政策”，暂且使边境的烽烟宁静，敌我休兵。“冠盖使，纷驰骛，若为情。”求和的使臣们纷纷地奔走敌我之间，实在让人羞愧难当。“闻道中原遗老”三句转写沦陷区遗民的痛苦渴望，反衬朝廷弃民之罪。听说中原的老百姓，常常南望朝廷，盼望有一天皇帝会驾御归来。所见所闻，作者情不自禁，“使行人到此，忠愤气填膺，有泪如倾。”使得行人来到此地，一腔忠愤，怒气填膺，热泪止不住倾洒前胸。以情收结，忠义奋发，悲壮淋漓。

全词感愤时事，即席赋词，慷慨悲壮，不仅思想内容深刻，而且艺术成就也很高，系千古名篇。作者多用三言、四言短句，构成激越紧张的繁音促节，声情激壮；其次，词语委婉含蓄，讽刺有力，情景交融，创造出一种悲凉气氛。

水调歌头 闻采石矶战胜

张孝祥

雪洗虏尘静，风约楚云留①。何人为写悲壮，吹角古城楼？湖海平生豪气，关塞如今风景，剪烛看吴钩。剩喜燃犀处②，骇浪与天浮。

忆当年，周与谢③，富春秋④。小乔初嫁，香囊⑤未解，勋业故优游。赤壁矶头落照，肥水⑥桥边衰草，渺渺唤人愁。我欲乘风去，击楫誓中流⑦。

【注释】

①"风约"句：意谓词人当时正羁留于宣城一带。

②剩喜：更喜。燃犀处：指牛渚矶。《晋书·温峤传》云："峤至牛渚矶，水深不可测。世云其下多怪物，峤遂毁犀角而照之。须臾，见水族复火，奇形异状。"

③周与谢：指周瑜与谢玄，三国、东晋时代的名将。

④富春秋：即春秋正富，年富力强。

⑤香囊：指谢玄少年时事。《晋书·谢玄传》云："玄少好佩紫罗香囊，(谢)安患之，而不欲伤其意，因戏赌取，即焚之于地，遂止。"

⑥肥水：为淮河支流，流经安徽寿县一带。东晋时谢安指挥谢玄等曾在此击溃前秦苻坚数十万大军。

⑦击楫誓中流：在江中央敲击船桨发誓。典出《晋书·祖逖传》：祖逖北伐，"渡江，中流击楫而誓曰：'祖逖不能清中原而复济者，有如大江。'"

【鉴赏】

这首词是张孝祥在听到宋军于采石矶大败南侵的金兵这一胜利的喜讯时所写。宋高宗绍兴三十一年(1161)9月，金主完颜亮率兵大举南侵，宋军仓皇溃退。11月，宋朝中书舍人参谋军事虞允文指挥宋军迎击金兵，在采石矶背水一战，把完颜亮率领的金兵打得落花流水，不仅取得了扼制金兵猖狂南侵势头的巨大胜利，而且极大地鼓舞了南宋军民的抗金斗志。当时张孝祥正在安徽宣城一带，当他听到采石之战的胜利捷报后，不禁欢欣鼓舞，于是挥笔写下了这首痛快淋漓的胜利乐章。词中将采石之战与赤壁之战和淝水之战相比，充分肯定了这次战役的重要意义，表达了词人对英雄人物和英雄业绩的无限向往与热烈歌颂之情，同时也抒发了词人"我欲乘风去，击楫誓中流"的抗金报国的豪情壮志。全词格调高昂，气势豪迈，令人振奋鼓舞！

念奴娇 过洞庭

张孝祥

洞庭青草[①]，近中秋、更无一点风色。玉界琼田三万顷，着我扁舟一叶。素月分辉，明河共影，表里俱澄澈。怡然心会，妙处难与君说。

应念岭表经年[②]，孤光[③]自照，肝胆皆冰雪。短发萧骚[④]襟袖冷，稳泛沧浪空阔。尽挹[⑤]西江，细斟北斗[⑥]，万象为宾客。扣舷[⑦]独啸，不知今夕何夕[⑧]。

【注释】

①洞庭青草：湖名。二湖相连，在湖南岳阳市西南，总称为洞庭湖。

②岭表：即岭南，两广之地。经年：年复一年，几年。

③孤光：指月亮。

④萧骚：萧条、稀少貌。

⑤尽挹：舀尽。

⑥北斗：北斗七星，排列形似长勺。

⑦扣舷：拍打船边。

⑧今夕何夕：《诗经》中语。后世用为赞叹良夜的常用语。

【鉴赏】

宋孝宗乾道二年（1166），作者因遭谗言中伤而被罢官，从广西北归，途经湖南洞庭湖时，时近中秋，泛舟洞庭，触景生情，写下此作。

上阕描写广阔清静澄明的湖光水色，表现作者光明磊落，胸无点尘的高尚人格。起笔三句，临近中秋，洞庭、青草二湖，风平浪静，境界开阔洁净，烘托内心世界的恬宁。"玉界琼田三万顷，着我扁舟一叶。"进一层写湖面壮阔之美，以大与小的对比，表现出一种空阔的境界，描绘出一幅意象的画面：三万顷湖面，平静宽广，在月光的映照下，仿佛是一片白玉琼浆的世界。而此刻只有我着一叶扁舟，泛入其中。接着"素月分辉"三句既是自然实景的刻画，又是心灵造境的写照。明月的光辉散在湖面，一片银光，银河的影像倒映在水中，水面与天色，那么幽静，整个空间一片明净澄澈。末二句"怡然心会，妙处难与君说"，那种美妙细微的感受，只有此时的我心领神会，是很难与人用言语表达出来的。

下阕抒发豪爽坦荡的志士胸怀，表现了大无畏的英雄气概。“应念岭表经年，孤光自照，肝胆皆冰雪。”承上转下，联想到自己在岭南做官一年来，月光照我，心底光明磊落，如冰之清、雪之洁。词人借助月光自照，深感仕途失意而心中高洁。“短发萧骚襟袖冷，稳泛沧浪空阔”，此刻的湖中，清冷的风吹拂着自己的襟袖和日渐稀疏的头发，广阔的湖面上，我稳稳泛舟，兴致甚浓。作者写到这儿，突发奇思妙想，道出了气魄宏伟的词句：“尽挹西江，细斟北斗，万象为宾客。”此时此刻，我要以北斗为酒杯，以西来的大江为美酒，邀请天地间的万物做宾客，一同畅饮，笑傲江湖。此句表现出作者淋漓的兴致和对宇宙奥秘、人生哲理的深深领悟，达到一种超凡脱俗的精神境界。末二句“扣舷独啸，不知今夕何夕。”我拍打船舷，昂扬独笑，沉醉在良辰美景之中，早已不知时日了。

全词气概豪纵，笔势雄奇，表现了作者开阔的胸襟和潇洒的气度，其独特的风格，创造了自己的艺术天地和精神境界。

雨中花慢

张孝祥

一叶凌波，十里驭风，烟鬟雾鬓[①]萧萧。认得兰皋琼佩[②]，水馆冰绡[③]。秋霁明霞乍吐，曙凉宿霭初消。恨微颦不语，少进还收，伫立超遥。
神交冉冉[④]，愁思盈盈，断魂[⑤]欲遣谁招。犹自待、青鸾[⑥]传信，乌鹊成桥。怅望胎仙琴叠[⑦]，忍看翡翠兰苕[⑧]。梦回人远，红云一片，天际笙箫。

【注释】

①烟鬟雾鬓：鬓发蓬乱的样子。

②兰皋琼佩：据《列仙传》等书记载，江妃二女游于汉江之滨，遇郑交甫，遂解佩赠之。又据《韩诗外传》记载，郑交甫将南行适楚，游于汉皋台下，遇二女佩两珠，二女解佩赠之。此指定情之物。兰皋，长满兰草的水边。

③水馆冰绡：传说水下鲛人所织轻柔的丝织品。冰绡，用冰蚕丝织的丝织品。

④神交：梦魂相交会。冉冉：柔弱飘忽的样子。

⑤断魂：指失去的爱情。

⑥青鸾：神话中西王母的传信使者。

⑦胎仙琴叠：《上清黄庭内景经》云：“琴心三叠舞胎仙。”琴心，以琴声传达心

意。三叠,乐曲重叠演奏三遍。胎仙,胎灵大神,这里用以指所爱的女子。

⑧翡翠兰苕:化用郭璞《游仙诗》诗意:“翡翠戏兰苕。”翡翠,鸟名。兰苕,均为草名。“翡翠戏兰苕”指一种缥缈不存在的幻境。

【鉴赏】

这是一首记梦词,乍看颇有游仙诗的意味,实际是借梦游抒写悼亡之情。据考证,此词乃乾道三年(1167)秋季张孝祥任潭州(今长沙)地方官时,其15岁的大儿子同之前往探亲,父子相见,悲喜交集,因而追念同之早亡的母亲李氏而作。上阕写梦境。开篇描述一位烟鬟雾鬓的水神,凌波驭风飘然而至,从琼佩冰绡的服饰来辨认,竟是旧日的恋人。接着描写伊人含情相对、若即若离的状态,更增添了梦境的迷离朦胧之感,同时也象征了他和李氏爱情受阻终至分离的婚姻悲剧。下阕写梦中的思想活动,既痛苦忧伤,又执着痴情。末尾写梦醒后的惆怅,犹有疑幻似真之感。全词写得虚中有实,实中有虚,极尽烟水迷离之致。张孝祥的词多感时忧国之作,风格豪壮,追踪苏轼,而此词写情如此缠绵悱恻,造境又极其缥缈神奇,可见其情感之丰富,才华之非凡。

浣溪沙 荆州约马举先登城楼观塞①

张孝祥

霜日明霄②水蘸空,鸣鞘③声里绣旗红。淡烟衰草有无中。
万里中原烽火北,一尊浊酒戍楼东。酒阑挥泪向悲风。

【注释】

①荆州:即今湖北江陵,东晋、南朝时是长江中游的政治军事重镇,也是南宋与金朝对峙时期的军事重镇。马举先:生平事迹不详。观塞:即观察边塞形势,观览边镇风物。

②明霄:晴朗的天空。

③鸣鞘(qiào):刀剑出鞘声。鞘,刀剑的套子。

【鉴赏】

宋孝宗乾道四年(1168)的秋天,张孝祥正担任荆南湖北路安抚使,驻在荆州(今湖北江陵),此词即为其间所作。秋高气爽,晴空如洗,张孝祥约马举先(大概是幕僚或友人)登上荆州城楼,观览边塞形势风物。昔日内地的一座古城,如今却变成了烽火前线。河山破碎,金兵恣肆,英雄欲挽狂澜却无用武之地,词人的心情自然很悲愤沉痛。上阕写景,以霜日明霄、鞘声红旗、淡烟衰草的边镇秋景,烘托词天的内心情怀。下阕抒情。北望中原,故土难归,铁蹄践踏,国耻未雪,中原父老如置冰炭之中,朝廷却不思抗敌恢复,词人满腔的报国壮志只能化入酒中,浇灌愁肠。情思凝结之时,词人"挥泪向悲风"恐怕就不是夸张之辞了。

水调歌头 泛湘江

张孝祥

濯足夜滩急,晞发北风凉。吴山楚泽行遍,只欠到潇湘。买得扁舟归去,此事天公付我,六月下沧浪。蝉蜕尘埃外,蝶梦水云乡。

制荷衣,纫兰佩,把琼芳。湘妃起舞一笑,抚瑟奏清商。唤起九歌忠愤,拂拭三闾文字,还与日争光。莫遣儿辈觉,此乐未渠央。

【鉴赏】

宋孝宗乾道二年(1166),张孝祥被谗落职,从桂林北归。他驾舟泛于湘江之上,心绪翻腾,想起伟大诗人屈原自沉于汨罗江的历史事迹,情不自禁地抒写了这首隐括《楚辞》语意的词作。

词的开头"濯足"二句即运用屈原作品的词语,但又切合舟行途中的情景。"濯足",即洗脚。"晞发",指晒干头发。首句见《楚辞·渔父》:"沧浪之水浊兮,可以濯吾足。"后一句见《楚辞·少司命》:"晞女(汝)发兮阳之阿。""北风凉",见《诗经·邶风》。晋陆云《九愍·纡思》中有"朝弹冠以晞发,夕振裳而濯足。"这种朝晞发而夕濯足的意象,显示出词人高洁的情怀。

"吴山"二句承上抒发词人深藏内心的渴望舟行到潇湘的意愿。"买得"三句进一层揭出此次北归,六月下湘江的美好机遇。"蝉蜕"二句,词人转换艺术视角,运用《史记·屈原贾生列传》:"蝉蜕于浊秽,以浮游尘埃之外,不获世之滋垢,皭然泥而不滓者也。"既对屈原身处浊世而不同流合污的人品赞美,又借以自喻。庄子《齐物论》:"昔者庄周梦为蝴蝶,栩栩然蝴蝶也。"水云乡,古代指隐者所居。这样从两个不同层次透视词人的心灵,既是清高脱俗的,又是旷达自适的。

换头,"制荷衣"三句都是用了屈原的成句。《楚辞·离骚》:"制芰荷以为衣兮,集芙蓉以为裳。"纫兰佩,是把兰草贯联起来的佩带。《楚辞·离骚》:"扈江离与僻芷兮，纫秋兰以为佩”。把琼芳，见《九歌·东皇太一》：“瑶席兮玉瑱，盍将把兮琼芳”。这三句承上转下，而屈原的伟大人格和作品，浮现在词人的脑海里，倾注到笔底下。“湘妃”二句是化用《九歌》中《湘君》《湘夫人》两篇的诗意。湘妃是湘水之神。《水经注·湘水注》：“大舜之陟方也，二妃从征，溺于湘水，神游洞庭之渊，出入潇湘之浦。”屈原的《九歌》是祭神的乐歌，并用原始舞蹈。清商是清商曲，音调短促悲哀。“唤起”三句，以无比敬仰的心情赞颂屈原其人及作品的不朽价值。三闾，即三闾大夫，屈原做过楚国的三闾大夫，后指屈原。《史记·屈原贾生列传》：“（屈原）忠而被谤，能无怨乎？屈平之作《离骚》，盖自怨生也。……推此志也。虽与日月争光可也。”

结末“莫遣”二句用典，而把超越时空的思维意识回归到现实中清幽的自然画景，显示出无穷的乐趣。“儿辈觉”，用《晋书·王羲之传》：“恒恐儿辈觉，损其欢乐之趣”。苏轼《与毛令方尉游西菩提寺》：“人生此乐须天赋，莫遣儿郎取次知”。未渠央，即未遽央。央，尽。《诗经·小雅·庭燎》：“夜如何其，夜未央。”郑玄笺：“夜未央，犹言夜未渠央也。”

这首抒写泛舟湘江的词作，虽然隐括了《楚辞》和《史记》中的一些词语，但是由于词人面临清幽的自然景色，展开丰富的想象，同时又能领悟到屈原作品的真正价值，因此下笔自然灵活，并且透露出作者对屈原忠愤被谤而心地高洁的情操，是那样心心相印的。

水调歌头　金山观月

张孝祥

江山自雄丽，风露与高寒。寄声月姊，借我玉鉴此中看。幽壑鱼龙悲啸，倒影星辰摇动，海气夜漫漫。涌起白银阙，危驻紫金山。
表独立，飞霞珮，切云冠。漱冰濯雪，眇视万里一毫端。回首三山何处？闻道群仙笑我，要我欲俱还。挥手从此去，翳凤更骖鸾。

【鉴赏】

镇江金山寺是闻名的古刹，唐宋以来吟咏者甚多。北宋梅尧臣的《金山寺》诗：“山形无地接，寺界与波分。”绝妙地勾画出宋时金山矗立长江中的雄姿。苏轼在《游金山寺》诗中更以矫健的笔力，描绘江心空旷幽优的晚景。而张孝祥这首词则注入更多超尘的艺术幻觉。词的上片描写秋夜壮丽的长江，星空倒映，随波摇动，呈现出一种奇幻的自然景象。起二句直写秋夜江中金山的雄丽,落笔不同凡响。“寄声”二句,更用拟人化的手法,赋予客观物体以浓烈的主观感情色彩。“玉鉴”,即玉镜。“幽壑”三句承上抒写月光映照下所见江面的奇特景色,天上的星星、月亮,倒影水中,随波浮现出形态各异的图像,透过弥漫江面的无边无际的夜雾,仿佛听到潜藏在深水中鱼龙呼啸哀号的声音。“涌起”二句是从上文“倒影星辰”而来。“白阙”,指月宫。苏轼《开元漱玉亭》诗:“荡荡白银阙,沉沉水精宫。”这里是形容江上涌现的滚滚白浪,在月光下好像一座座仙宫。“紫金山”,此指镇江金山。这种高驻金山的奇景,给人一种似乎写真又是虚幻的艺术感受。

换头着重抒写作者沉浸美景而飘然出尘的思绪。表,特。这是用屈原《九歌·山鬼》:“表独立兮山之上”的词句。珮,同佩,是佩带的玉饰。切云是一种高冠名。屈原《涉江》:“冠切云之崔嵬”。如果说这三句是外在的描述,那么“漱冰”二句则揭示内心的感受。词人浸沉在如同冰雪那样洁白的月光里,他的目力仿佛能透视万里之外的细微景物。“回首”以下五句,宕开笔力,飘然欲仙。“三山”,我国古代传说海上有三座神山,即方丈、蓬莱、瀛洲。前人将三山融入诗词境界中的并不少见,如李清照《渔家傲》:“风休住,蓬舟吹取三山去。”然而像这首词中所具有的幻觉意识并不多。词人超越常态的构想,充满浪漫色彩。似乎神仙在向我微笑,要我与之同往。结末二句展现乘坐凤羽做的华盖,用鸾鸟来驾车的情景,更富有游仙的意趣。

陈彦行在《于湖先生雅词序》中说,读张孝祥词作“泠然洒然,真非烟火食人辞语。予虽不及识荆,然其潇散出尘之姿,自然如神之笔,迈往凌云之气,犹可想见也。”在这首词中所抒写的潇散出尘、飘然欲仙的情思,不仅显示出作者开阔的心胸和奇特的英气,而且生动地反映了他的词作个性和风貌。

西 江 月

张孝祥

问讯湖边春色,重来又是三年。东风吹我过湖船,杨柳丝丝拂面。
世路如今已惯,此心到处悠然。寒光亭下水连天,飞起沙鸥一片。

【鉴赏】

这首词是张孝祥题在江苏溧阳市三塔湖三塔寺寒北亭柱上的。

上片写重访三塔湖，观赏优美的自然景色，怡然自乐。“问讯湖边春色，重来又是三年。”“问讯”，寻访，这里可引申为“欣赏”。“东风”二句写荡舟湖上的感受，“吹”字和“拂”字极有情致写出词人陶醉在湖光山色之中。“东风”似解人意，“杨柳”饱含深情，一切尽如人意。

下片由景及情，触景伤情，流露出对世事尘俗的厌恶，进一步抒写返归大自然的舒适和愉快。

湖光春色，确实美丽，只是作者少年的锐气，在历尽沧桑、饱经风霜之后，已经消磨殆尽。“世路如今已惯，此心到处悠然。”这两句，在经历了世俗的生活道路之后，对一切世事早已看惯，或者说对世事俗务、功名富贵都看得很淡薄了。张孝祥本来是一个具有远大理想和政治才能的人，绝不同于南宋政权中那些庸庸碌碌的官员。从他登上政治舞台起，就坚决站在主战派一边，积极支持收复中原的主张，反对“议和”。由于南宋政权腐败，朝廷昏庸，像张孝祥这样的忠勇爱国志士，很自然地受到排挤和倾轧，所以他两次受到投降派的弹劾，无端地被贬谪。他历经奔波，屡受挫折，深谙世态的炎凉，就难免产生超脱尘世、返归自然的思想。“悠然”的意思蕴藉含蓄，这是一个在人生的道路上几经颠簸的人发出的低沉的慨叹，他对世事已经淡漠，只好到大自然的美景中寻求解脱，去追求舒畅闲适。

“寒光亭下水连天，飞起沙鸥一片。”结尾二句，描写三塔湖寒光亭的景致。碧波万顷一望无际，天水相连辽阔深远，这是静的画面，飞翔的沙鸥又为这画面增添了活力，有动有静，更使“寒光亭下”的风景美不胜收，本词的意境也随之扩大，更具诗情画意。

张孝祥的某些词，以风格豪放著称，如他的《六州歌头》（“长淮望断”）、《水调歌头》（“雪洗虏尘静”），这首小令却以写景真切，景物描写与感情抒发结合巧妙见长，特别是此词信笔写来，不见着力雕饰的痕迹，初读只觉浅易平淡，细读又觉韵味无穷，可谓天然妙成。

西江月　阻风三峰下

张孝祥

满载一船秋色，平铺十里湖光。波神留我看斜阳，放起鳞鳞细浪。
明日风回更好，今宵露宿何妨？水晶宫里奏霓裳，准拟岳阳楼上。

【鉴赏】

张孝祥在宋孝宗乾道三年（1167）知潭州（今湖南长沙市）。后改官离开湖南，乘舟北上，途经洞庭湖畔的黄陵山，遇风受阻，写了这首词。《宋六十名家词》题作《黄陵庙》，个别语句亦稍有出入。

上片写行船遇风受阻，泊舟山下的所见与感受。

“满载一船秋色，平铺十里湖光。”开头两句，写风尚未起时的风光。“一船秋色”由作者的感受着笔，勾勒出时令特征，引人遐想，可以想见，此时周围的山色浓郁苍翠，万物生机勃勃，开花的花朵艳丽，结果的果实累累；“十里湖光”写出湖面宽广坦荡。这两个对偶句用“满载”和“平铺”相对，将湖光和山色一并画出，前句说美丽的秋景尽收眼底；后句说无风时湖水平稳，远远望去，就像“平铺”在那儿。水光山色，交相辉映，船上人心旷神怡，其乐无穷。此二句纯属写景，而作者欣悦之情尽在其中，即所谓景中有情。

“波神”二句说，水神有意留住我观看夕阳西下的美丽景色，放起鱼鳞般的波纹。这是写的天气乍变，微风初起时的湖上景色，也是变天的前兆。有经验的船工势必要抛锚停舟，采取应急措施，因为这霞光辉映，“鳞鳞细浪”过后，将是范仲淹在《岳阳楼记》中描写的“浊浪排空”“樯倾楫摧”的恶劣天气。这两句以幽默的手法写航船遇风受阻被迫停泊的情景，反衬出作者此时的心境十分安闲自在。用“斜阳”点明时间是傍晚，以“细浪”说明天气变化，要起风，皆是妙笔。

下片写停船后作者的心里活动。“明日风回更好”，写他期待风向回转，天气变好，及时登程的心情。“今宵露宿何妨？”“何妨”，犹言“有什么关系呢”，实际上是无可奈何的话，但也表现了他在迫不得已的情况下“露宿”时的旷达胸襟。“水晶宫里奏霓裳”，“水晶宫”，俗谓“龙宫”；“霓裳”，即《霓裳羽衣曲》，一支大型歌舞曲的名字。作者听到阵阵波涛声，奇特的想象油然而生，把水声比喻作龙宫的音乐。龙宫既然奏欢庆之乐，明日准是好天气，航船正常前进，“准拟岳阳楼上”，尾句设想，明天准能在岳阳楼上欣赏洞庭湖的美景胜状。

本词写航船遇风受阻的情景，写景、抒情，乃至对“明日”的设想，着笔轻松，无半点沮丧之处。全词语言浅易而意境幽雅，读来只觉作者对山水无限热爱，却不见船遇逆风受阻的懊恼，这是此词的特色，作者构思独到之处。

南　歌　子　过严关

张孝祥

路尽湘江水，人行瘴雾间。昏昏西北度严关。天外一簪初见，岭南山。

北雁连书断，秋霜点鬓斑。此行休问几时还。唯拟桂林佳处，过春残。

【鉴赏】

这是作者被贬去广西桂林的路上,途经严关时写的一首词。表达了作者在朝廷受到排挤,被贬广西,内心苦闷而又无可奈何的心情。

上片描写行程中所见的景物。“路尽湘江水,人行瘴雾间”。开头两句说,作者沿湘江水路乘船上行,走到了湘江的尽头,弃船登岸,开始在弥漫着瘴气的路上行走。湘江由广西境内发源,既然湘江水路已经走“尽”,说明作者此时已经进入广西境内。“间”字说明“瘴雾”很浓,行人只好在雾气中行走。“昏昏西北度严关”一句,写出作者度过“严关”时的感受和精神状态,大意说,他昏昏沉沉地从西北方向朝西南行进,度过了严关。“天外一簪初见”一句说,过了严关,可能是雾气淡了一些,一座高耸的山峰像一支玉簪一样在眼前出现了。“簪”字形象地写出了山峰的陡峭峻拔。“岭南山”紧承上句点明那“天外”的高峰,原来是“岭南山”。岭南山就是五岭山脉,这里作者见到的是其中一座山峰。

下片写过了严关以后的心情。“北雁连书断,秋霜点鬓斑。”前句说,来到这样偏僻的地方,北方的雁也飞不到这儿来,这样,就连和家中的书信也断绝了。这是借用“鸿雁传书”之意。后句说自己两鬓像被秋霜点过,已经变成斑白,这就把面容憔悴,心情愁苦,形象狼狈的行路人的样子,生动地描绘出来。心中郁郁不乐,这次被贬到离家乡、离京城很远的偏僻地方,什么时候才能回去呢?这是不能不想的,可是又无法预料,只好说“休问几时还”,“休问”在这里有“不要管它了”的意思,是无可奈何的话。

结尾两句,是写作者心里的打算,“唯拟桂林佳处,过春残。”过了严关,离他这次被贬要去的地方桂林已经不远,时间正是春天,所以他打算在桂林这个山水秀丽的地方,度过春天剩下的时光。“春残”是“残春”的倒装,意思是“残留”的春天。

本词描绘路途景物,真切自然,不加雕琢,寥寥数笔,勾勒出五岭山脉以北山水的特色,这是写实,也是作者特意渲染、创造的意境,意在衬托作者抑郁的心情。但是,尽管作者路途的心情不佳,给全词蒙上了一层暗淡的色彩,本词给予读者的感受,并不是消极悲观的,结尾两句的“唯拟”二字,说明作者只是作暂时打算,以后怎么办呢?作者的爱国主张未变,纵使眼前遭受打击,无计可施,这里也并未流露出消极避世的思想,不过面对残酷的现实,先度过残春再说,暗示读者,究竟怎么办,他还是要考虑的。这样结尾,词尽而意未尽,也给读者留下深思和嚼味的余地。

李处全 (1134~1189)字粹伯,徐州丰县(今属江苏)人。高宗绍兴三十年(1160)进士。曾任殿中侍御史及袁州、处州等地方官。有少数词作表现了抗敌爱国的热情和壮志难酬的悲愤。有《晦庵词》。

水调歌头 冒大风渡沙子

李处全

落日暝云合，客子意如何。定知今日，封六巽二弄干戈。四望际天空阔，一叶凌涛掀舞，壮志未消磨。为向吴儿道，听我扣舷歌。

我常欲，利剑戟，斩蛟鼍。胡尘未扫，指挥壮士挽天河。谁料半生忧患，成就如今老态，白发逐年多。对此貌无恐，心亦畏风波。

【鉴赏】

这是一首爱国主义的词篇。词中深刻的表现了作者要一扫胡尘的爱国思想感情。

上片写作者在旅途中冒着大风浪渡河的所见和所感。沙子，即沙水，今称明河。开头“落日暝云台，客子意如何。”落日黄昏，阴霾满天，描绘出作品所需要的氛围。客子，是作者自称。又有什么办法呢？“定知今日，封六巽二弄干戈。”遇到了坏天气，雪神和风神要大动干戈了。封六，古代传说中的雪神；巽二，古代传说中的风神，唐代牛僧孺《玄怪录》载：萧志忠欲出猎，群兽求哀于山神，云：“若祈封六降雪，巽二起风，即不复游猎矣！”（引自《太平广记》卷四百四十一）“四望际天空阔，一叶凌涛掀舞，壮志未消磨。”环顾四周，天际空阔，一叶小舟，在大风恶浪的冲击下，在波涛中随水流荡。尽管这样，作者的雄心壮志仍未消磨：“为向吴儿道，听我扣舷歌。”在狂风恶浪中，一位稳坐“钓鱼台”，“不管风吹浪打，胜似闲庭信步”的壮士的形象，屹立在读者面前。这里，寓意双关，描写的是大自然的现象，也是当时南宋政治形势的写照：朝廷主和派掌权，如黑云压顶，抗战复国的抱负不能实现。但作者仍不甘心，他还在奋力搏斗，努力抗争！

下片抒情，作者抒发了自己的爱国壮志得不到伸展的愤慨和忧忿的心情。过片“我常欲，利剑戟，斩蛟鼍”紧接上片，抒写自己的壮怀，时刻不忘参加抗战。利剑戟，使宝剑和长矛发生作用；斩蛟鼍，把蛟龙、扬子鳄都杀掉，这里用以比喻金统治者。

接着，作者抒发壮怀：“胡尘未扫，指挥壮士挽天河。”壮志未酬，金人侵占的地区尚未收回，还需要我力挽狂澜，报效国家。但是，“谁料半生忧患，成就如今老态，白发逐年多。”然而，“对此貌无恐，心亦畏风波。”所担心的仍然是国家的动乱。“风波”，比喻国势的动荡不安。词作充分反映了作者的一片爱国赤诚。

李处全的词作不多,但也有少数词作表现了抗敌爱国的热情和壮志难酬的悲愤。这首《水调歌头》,是其中有代表性的一篇。

赵长卿 生卒年不详,自号仙源居士,宋宗室,其词模仿张先、柳永,颇得其精髓,能在艳冶中复具清幽之致。有《惜香乐府》。

探 春 令

赵长卿

笙歌间错华筵启。喜新春新岁。菜传纤手,青丝轻细。和气入、东风里。

幡儿胜儿都姑娣。戴得更忔戏。愿新春以后,吉吉利利,百事都如意。

【鉴赏】

这首《探春令》词的作者是赵长卿,他的生平不甚可知。只知道他是宋朝的宗室,住在南丰,大约是他家的封邑。他自号仙源居士,不爱荣华,赋诗作词,隐居自娱。他的词有《惜香乐府》十卷,毛晋刻入《宋六十名家词》中。唐圭璋的《两宋词人时代先后考》把赵长卿排在北宋末期的词人中,生卒年均不可知。但在《惜香乐府》第三卷末尾有一段附录,记张孝祥死后临乩事。考张孝祥卒于南宋乾道五年(1169),那时赵长卿还在世作词,可知他是南宋初期人。

赵长卿的词虽然有十卷三百首之多,虽然毛晋刻入《名家词》,但在宋词中,他只是一位第三流的词人。因为他的词爱用口语俗话,不同于一般文人的"雅词",所以在士大夫的赏鉴中,他的词不很被看重。朱祖谋选《宋词三百首》,赵长卿的词,一首也没有选入。

这首《探春令》词,向来无人讲起。二十年代,我用这首词的最后三句,做了个贺年片,寄给朋友,才引起几位爱好诗词的朋友注意。赵景深还写了一篇文坛轶事,为我做了记录。1985 年,景深逝世,使我想起青年时的往事,为了纪念景深,我把这首词的全文印了一个贺年片,在 1986 年元旦和丙寅年新春,寄给一些文艺朋友,使这首词又在诗词爱好者中间传诵起来。

我赞成在《唐宋词鉴赏辞典》里采用这首词,但我不会写鉴赏。我以为,对于一个文艺作品的鉴赏,各人的体会不同。要用文字来表达自己的体会,有时实在说不清楚。如果读者的文学鉴赏水平比我高，我写的鉴赏，对他便非但毫无帮助，反而见笑于大家。所以，我从来不愿写鉴赏文字。

在文化圈子里的作家和批评家，他们谈文学作品，其实是古今未变。孔老夫子要求“温柔敦厚”，白居易要求有讽喻作用，张惠言、周济要求词有比兴、寄托，当代文论家要求作品有思想性，其实是一个老调。这些要求，在赵长卿这首词里，一点都找不到。

赵长卿并不把文艺创作用为扶持世道人心的教育工具，也不想把他的词用来做思想说教。他只是碰到新年佳节，看着家里老少，摆开桌面，高高兴兴地吃年夜饭。他看到姑娘们的纤手，端来了春菜盘子，盘里的菜，又青、又细，从家庭中的一片和气景象，反映出新年新春的东风里所带来的天地间的融合气候。唐、宋时，每年吃年夜饭，或新年中吃春酒，都要先吃一个春盘，类似现代酒席上的冷盆或大拼盆。盘子里的菜，有萝卜，芹菜、韭菜，或者切细，或者做成春饼（就是春卷）。杜甫有一首《立春》诗云：“春日春盘细生菜，忽忆两京梅发时。盘出高门行白玉，菜传纤手送青丝。”赵长卿这首词的上片，就是化用了杜甫的诗。

幡儿、胜儿，都是新年里的装饰品。幡是一种旗帜，胜是方胜、花胜，都是剪镂彩帛制成各种花鸟，大的插在窗前、屋角，或挂在树上，小的戴在姑娘们头上。现在北方人家过年的剪纸，或如意，或双鱼吉庆，或五谷丰登，大约就是幡、胜的遗风。这首词里所说的幡儿、胜儿，是戴在姑娘们头上的，所以他看了觉得很欢喜。“姑娣”“忔戏”这两个语词都是当时俗语，我们现在不易了解，说不定在江西南丰人口语中，它们还存在。从词意看来，“姑娣”大约是整齐、济楚之意。“忔戏”又见于作者的另一首词《念奴娇》，换头句云：“忔戏，笑里含羞，回眸低盼，此意谁能识。”这也是在酒席上描写一个姑娘的。这里两句的大意是说：“幡儿胜儿都很美好，姑娘们戴着都高高兴兴。”辛稼轩词云：“春已归来，看美人头上，袅袅春幡”，也是这种意境。

词人看了一家人和和气气地团坐着吃春酒、庆新年，在笙歌声中，他起来为大家祝酒，希望过春节以后，一家子都吉吉利利，百事如意。于是，这首词成为极好的新年祝词。

词到了南宋，一方面，在士大夫知识分子中间，地位高到和诗一样。另一方面，在人民大众中，它却成为一种新的应用文体。祝寿有词，贺结婚有词，贺生子也有词。赵长卿这首词，也应当归入这一类型。它是属于通俗文学的。

临　江　仙　暮春

赵长卿

过尽征鸿来尽燕，故园消息茫然。一春憔悴有谁怜？怀家寒食夜，中酒落花天。

见说江头春浪渺，殷勤欲送归船。别来此处最萦牵。短篷南浦雨，疏柳断桥烟。

【鉴赏】

赵长卿是宋朝宗室，有词集《惜香乐府》，按春、夏、秋、冬四景，编为六卷，体例如同《草堂诗馀》，为词家所稀有。这首词被编在“春景”一项内，近人俞陛云称它是“《惜香集》中和雅之音”（《宋词选释》），细审其声情，颇觉所言不虚。

词中写的是乡思。“靖康”事变后，北宋亡于金人，宗室纷纷南迁，定居临安（今浙江杭州）一带。有的人苟安一隅，整天价歌舞升平，醉生梦死。然而也有一些人不忘故国，时时通过他们的诗词抒发怀念家乡的感情，表达收复失地的愿望。这首词很可能是在这样的背景下写成的。上阕写念家，起首二句用的是比兴手法，以征鸿比喻漂泊异乡的旅客，以归燕兴起思家的情感。在南宋词人心目中，鸿雁似乎具有特殊的意义。在它身上不仅具有传统的捎信使者的特征，而且简直就是战乱年头流亡者的形象。朱敦儒《卜算子》（旅雁向南飞）写一失群孤雁，饥渴辛勤，伶仃凄惨，其中体现着作者南渡以后流离失所的苦况。李清照《声声慢》也说：“雁过也，正伤心，却是旧时相识”，则是把鸿雁引为故知。朱敦儒的《临江仙》还说：“年年看塞雁，一十四番回”，则与此词表达了同样的心情。他们之所以把感情寄托在鸿雁身上，是因为自己的遭遇也同鸿雁相似。然而鸿雁秋去春来，犹能回到塞北；而这些南来的词人却年复一年远离故土。因而他们看到北归的鸿雁，总有自叹不如的感觉。此词云“过尽征鸿来尽燕，故园消息茫然”，就带有这样的思想因素，它把词人郁结在胸中的思乡之情，一下子喷吐而出，犹如弹丸脱手，自然流畅，精圆快速，深深地击中读者的心灵。至第二句便作一顿挫，把起句的迅发之势稍稍收束，使之沉入人们的心底。细玩词意，词人之望征鸿，看归燕，本已经历了好长时间。他可能从它们初来时就望起，不知有多少次征鸿经过，梁燕归来，但词中却把这个长长的过程略去，仅是截取生活中最后一个横断面，加以尽情地抒写。这里两个“尽”字用得极好，不仅表现了生活中这一特定的横断面，而且把词人在很长一段时期内望眼欲穿的神态概括在内。可以想象，其中有多少希望与失望，有多少次翘首云天与茫然四顾。……词笔至此，可称绝妙。第三句表达了惆怅自怜的感情，让人想到宋玉《九辩》中的辞句：“廓落兮，羁旅而无友生；惆怅兮，而私自怜。”从章法上讲，它起着承上启下的作用。按照常情，鸿雁秋分后由北飞南，春分后由南回北；燕子则是春社时来到，秋社时飞去。这里说“一春憔悴有谁怜”，则总括上文，说明从春分到春社，词人都处于思乡痛苦的煎熬之中，因而人也变得消瘦了，憔悴了。在这样凄苦的境遇中，竟然一个同情他的人也没有。一种飘零之感，羁旅之愁，几欲渗透纸背。如果我们再进一步推想，其中不无对南宋的投降派发出委婉的讥讽。是他们同金人签订了屈辱的“绍兴和议”，置广大离乡背井的人民于不顾。在这样的形势下，还有谁来怜惜像赵长卿这样的贵族子弟呢？寥寥七字，真是意蕴言中，韵流弦外。

四、五两句，愈觉韵味浓醇，思致渺远。“寒食夜”系承以上三句而来。词人怀念家乡，从春分、春社，直到寒食，几乎经历了整个春天，故云“一春”；而词中所截取的生活横断面，恰恰就在这寒食节的夜晚。古代清明寒食，是给祖宗扫墓的时刻。赵氏先茔都在河南，此刻正沦入金人之手，欲祭扫而不能，更增长了词人思家的情怀。这两句是一实一虚。吴可《藏海诗话》：“却扫体，前一句叙事，后一句说景。”这里也是前一句叙事，后一句说景，因而化质实为空灵，造成深邃悠远的意境。值得提出的是“中酒落花天”一句，乃从杜牧《睦州四韵》诗变化而来。小杜原句是“残春杜陵客，中酒落花前”，词人只换其中一字，以“天”代“前”，便显示了不同的艺术效果。其实“天”和“前”同属一个韵部，不换完全可用。那么他为什么要换呢？一是为了对仗工整，上句末字是表示时间的名词“夜”，此句末字也必须用表示时间的名词“天”；二是“天”字境界更为阔大，且能与起句“过尽征鸿来尽燕”相呼应，从而构成一个艺术整体。把思家意绪，中酒情怀，便表现得迷离惝恍，奕奕动人。

词的下阕一转，由思家转入归家。过片二句词情略一扬起。词人本已沉醉在思家的境界中，几至不能自拔；然而忽然听说江上春潮高涨，似乎感受到有家可归的讯息，情绪为之一振。这与前片起首二句恰好正反相成，遥为激射。前片说“故园消息茫然”，是表示失望，在感情上是一跌；此处则借江头春汛，激起一腔回乡的热望，是一扬。钱塘江上浩渺的春浪，似乎对人有情，主动来献殷勤，要送他回去。江水有情，正暗暗反衬出人之无情。词人曾慨叹“一春憔悴有谁怜”，在人世间无人理解他思乡的痛苦，而无知的江水却能给以深切的同情，两相对照，托讽何其深永！下面“别来”一句，缠绵不尽，撩人无那。春浪来了，船儿靠岸了，词人即将告别临安了，却又舍不得离开。这种感情是特定的时代、特定的条件下产生的，也是极为矛盾、极为复杂的。南宋定都临安，经过较长时间的经营，物质上已相当丰裕，生活上也相对地安定下来。赵长卿作为宗室之一，他的处境自然较好，何况在这里还有许多南下的亲朋好友。因而临别之时他又依依不舍，情不自禁地说了一声“别来此处最萦牵”。词人就是在这种欲去又流连、不去更思归的矛盾状态中来刻画内心的痛苦，从中我们窥见南宋时代上层贵族中一个真实的人，一颗诚挚而又备受折磨的心灵。

词的最后以景语作结，寄情于景，饶有余味。它使我们想起贺铸《横塘路》词中咏愁的名句：“试问闲愁都几许？一川烟草，满城风絮，梅子黄时雨。”然也不尽相同。贺词重在闲愁，赵词重在离情。“短篷南浦雨”，词境似韦庄《菩萨蛮》的“画船听雨眠”，更似蒋捷《虞美人》词的“壮年听雨客舟中，江阔云低断雁叫西风”。南浦乃虚指，暗用江淹《别赋》“送君南浦，伤如之何”；断桥是实指，其地在杭州西湖东北角，与白堤相连。词人此时设想，他已登上归船，正蜷缩在低矮的船篷下，听着哗哗扑扑敲打着船篷的雨声，其心境之凄凉，令人可以想见。他又从船舱中望去，只见断桥一带的杨柳，迷迷漾漾，似乎笼罩着一层烟雾。词人不说他的胸中离情万种，而只是通过景物的渲染，来诉诸读者的视觉或听觉，让你去体会，去吟味。这就叫作含蓄不尽，意在言外，比之用情语，更富有感人的魅力。

阮 郎 归

赵长卿

客中见梅

年年为客遍天涯。梦迟归路赊。无端星月浸窗纱。一枝寒影斜。

肠未断，鬓先华。新来瘦转加。角声吹彻《小梅花》。夜长人忆家。

【鉴赏】

赵长卿这首《阮郎归》，题为客中见梅。词的意蕴是以梅花象征客子，主题在词题中藏而未露。

“年年为客遍天涯。”年年为客，极写漂泊时间之绵延。遍天涯，道尽漂泊空间之辽远。虽是径直道来，却暗示出心灵上所担荷的羁愁之深重。“梦迟归路赊。”还家的好梦，总是姗姗来迟，实则连梦也无。现实冷峻地摆在客子面前：归路迢递，归不得也。显见得，客子这一夜，又是一个无眠之夜。“无端星月浸窗纱。一枝寒影斜。”不期然地，忽而见到那浸透了月光的窗纱上，映现出一枝梅花横斜的姿影。一窗月光融融演漾，柔和似水，星光几点的睎闪烁，上下其间，愈发衬托出梅枝清峻的精神。“无端星月浸窗纱。一枝寒影斜。”一笔便写出梅花“清绝，十分绝，孤标难细说”（赵长卿《霜天晓角·咏梅》）的神理。

妙笔也。

"肠未断，鬓先华。"换头遥挽起笔，不写梅花，转来写人。年年天涯，人何以堪？纵然是肠尚未愁断，也已然是双鬓先华，早生了白发。更哪堪："新来瘦转加。"自知是一天天憔悴下去了。写客子伤心难堪，已至于极。接上来笔锋一掉，又写梅花。读此词，正当看他运思下笔灵活自如处。"角声吹彻《小梅花》。"古人常因笛中之曲有《梅花落》，大角之曲有《大单于》《小单于》《大梅花》《小梅花》（《乐府诗集》卷二十四），而想象梅花有情，笛声角声，使之伤心，甚至凋落。当角声吹彻《小梅花》曲之时，正梅花极其伤心难堪之际。梅花伤心难堪之至极，紧紧衔连客子伤心难堪之至极，此情、此境，究为怜梅耶？抑为自怜耶？不知梅花为客子之幻化欤？客子为梅花之幻化欤？扑朔迷离，恍难分辨。结句一唱点醒："夜长人忆家。"客子依然为客子也。夜长，见得既无梦，又无眠。人忆家，既一往情深，又无可奈何。起处言梦（无梦），结处言忆，亦可玩味。梦里犹可暂忘身是客子，忆则清清楚楚只是痛心。以"家"字结穴，尤意味深长。家，正是全幅词情的终极指向。而在赵长卿词中，家与梅，又原有一份亲切关系。长卿《花心动·客中见梅寄暖香书院》云："一饷看花凝伫。因念我西园，玉英真素"。"断肠没奈人千里"，"那堪又还日暮"。可以发明本词结穴的言外之意。见梅思家，尤为刻挚。结得朴厚、含蓄。

返顾全词的笔路意脉，历天涯为客，无端见梅，自怜、怜梅，萦回曲折，终归于夜长忆家，收曲以直。梅花客子层层相对而出，一笔双挽而意脉不断，可谓别致。词情词境，将客子之伤心难堪与梅花之伤心难堪交织成一片，将梅枝月中寒影之意象与客子天涯憔悴之形象印合为一境，梅花隐然而为客子之象征，又隐然指向所忆之家园，可谓清新。全词主旨虽然是客子之愁苦，但写出了月中梅枝之寒影，其清峻之精神，便是提神的一笔，便含有一种高致。细论起来，赵长卿此词不失为一首含蓄有味的佳作。

更漏子

赵长卿

烛消红，窗送白，冷落一衾寒色。鸦唤起，马跑行，月来衣上明。
酒香唇，妆印臂，忆共人人①睡。魂蝶乱，梦鸾孤，知他睡也无？

【注释】

①人人：那人，人儿。对女子的昵称。旧校云"人人"下应脱一字。

【鉴赏】

此词相当通俗发露。上片描写自己旅店中晨起上路的情景，下片则写旅途夜宿时回忆和怀念伊人的情思，通篇充满了一种凄清缠绵的气氛。

写离人早行，最为有名的莫过于温庭筠的“鸡声茅店月，人迹板桥霜”(《商山早行》)两句，它只把几件具有代表性的事物叠合起来，就给人们勾勒了一幅“早行”的图画。欧阳修曾称赞它写道路辛苦见于言外(《六一诗话》)，手法确是不凡。比较起来，赵长卿此词的功力自然不及。不过，赵词却也另有它的妙处，那就是描写细致，善于使用动词(温诗中则全是名词的组合，无一个动词)。试看“烛消红，窗送白，冷落一衾寒色”三句，其中就很富动态：红烛已经燃尽，窗外透进了晨曦的乳白色，折射到床上的被衾，使它显得凄清、冷落，则此一夜间之孤衾冷卧可知。“冷落一衾寒色”，更如“寒山一带伤心碧”那样，直接以词人的主观情绪“涂抹”在客观物象之上。这是上片的第一层：写“早行”二字中的“早”字，或者也可说是写“早行”之前的“待发”阶段。接下来再写“早行”之中的“行”字(当然它仍紧紧扣住一个“早”字)：“鸦唤起，马跄行，月来衣上明。”首句写“起”，次句写“行”，第三句回扣“早”字。窗外的乌鸦已经聒耳乱啼，早行人自然不能不起。鸦自鸣耳，而词人认作是对他的“唤起”。诗词中写鸟声每多以主观意会，此亦一例。“唤起”后，词人只得披衣上马，由马驮着，开始了他一天的跋涉。“跄”同“驼”，通驮。词人由马驮之而行，写其了无意绪，不得不行之情状亦妙。《西厢记》写张生长亭分别后有句云“马迟人意懒”，可为“马跄行”句注脚。自己的心绪怎样呢？词中没有明说，只用了“月来衣上明”一句婉转表出。前人词中，温庭筠曾以“灯在月胧明”来衬写“绿杨陌上多离别”的痛楚(《菩萨蛮》)，牛希济也以“残月脸边明”来衬写他“别泪临清晓”的愁苦(《生查子》)。赵长卿此词亦同于他们的写法，它把离人上马独行的形象置于月光犹照人衣的背景中来描绘，既见出时光之早，又见出心情之孤独难堪，其中已隐然有事在。此为上片。

旅情词中所谓“事”，通常是男女情事，或为夫妻，或为情侣之别后相思。但是上片写到结束，我们似乎还只见到了男主角，而另一位女性人物却尚未见“出场”。因此下片就通过词人的回忆来补写出她的形象。“酒香唇，妆印臂，忆共人人睡”，这是本片的第一层：追忆离别前的两件事。第一是临寝前的相对饮酒，她的樱唇上喷放出酒的香味；第二是共睡时啮臂誓盟，她的妆痕竟至到现在还残留在自己的臂膀上(此句亦化用元稹《莺莺传》的某些意境)。这两件事，一以见出她的艳美，二以见出她的多情。所以当词人在旅途中自然会把她的音容笑貌、欢会情事长记心头。第二层三句，则衔接上文的“睡”字而来：既然分别前共睡时如此温存，那么这一夜又如何了呢？“魂蝶乱，梦鸾孤，知他睡也无”，这三句实为倒装，意为：自别后不知她入睡了没有？即使她没有失眠，那么夜间做梦也肯定不会做得美满。“魂蝶乱”与“梦鸾孤”实是互文，合而言之的意思是：梦魂犹如蝶飞那样纷乱无绪，又如失伴的鸾鸟（凤凰）那样孤单凄凉。词人在此所做的“设身处地”的猜想，既表现了他那番“怜香惜玉”的情怀，又何尝不可以看作是他此刻“自怜孤独”的叹息，同时又补写出自己这一夜岂不也是这样。

在宋代大量描写男女恋情和别绪的词篇中，赵长卿的这首《更漏子》算不上是什么名作。词中某些场面，甚至还稍涉艳亵。不过，由于它的词风比较通俗直露，语言比较接近口语，加上作者感情的真挚深厚，所以读后仍能感到一种伤感缠绵的气氛，亦不失为抒写别情离愁的一篇可读之作。赵长卿词名《惜香乐府》，此亦足以觇其香艳词风之一斑。

瑞　鹤　仙　归宁都，因成，寄暖香诸院。

赵长卿

无言屈指也。算年年底事，长为旅也。凄惶受尽也。把良辰美景，总成虚也。自嗟叹也。这情怀、如何诉也。谩愁明怕暗，单栖独宿，怎生禁也。

闲也。有时临镜，渐觉形容，日销减也。光阴换也。空辜负、少年也。念仙源深处，暖香小院，赢得群花怨也。是亏他，见了多教骂几句也。

【鉴赏】

赵长卿自号仙源居士，南丰（今属江西）人，宋宗室。据说他“不栖志纷华，独安心风雅，每遇花间莺外，辄觞咏自娱”（毛晋跋《惜香乐府》语）。《惜香乐府》凡十卷，此词见卷七，为独木桥体。

小序里说的宁都（今属江西），为长卿客居之地。暖香诸院，包括“暖红”“暖春”等，皆为妓馆，在南丰，两地相距约一百多公里。据其《蝶恋花》序谓：“宁都半岁归家，欲别去而意终不决”；结句云：“宦情肯把恩情换？”似乎他在宁都当小官，时有弃官归去之意。试读《水调歌头·元日客宁都》一词：“离愁晚如织，托酒与消磨。奈何酒薄愁重，越醉越愁多。……有恨空垂泪，无语但悲歌。”下片说：“速整雕鞍归去，著意浅斟低唱，细看小婆娑。”看来他是尝够了异乡孤寂的滋味，偶得归家就不想离开；但终于再去，去了又后悔。《瑞鹤仙》这首词，正是在这种思想情况下写的。

词的上片，写羁旅之感。一起便勾勒出一个离群索处、暗数年华消逝的多情者形象。“算”字承“屈指”来，独在异乡为异客，年复一年，不知究竟为的什么。尤其难忍耐的是：“凄惶受尽也。”凄凉苦闷，何可尽言？把良辰美景都虚度了，只有独自叹息，又能向谁倾诉呢？这一小段与柳永《雨霖铃》“此去经年，应是良辰好景虚设，便纵有千种风情，更与何人说”所写的内容近似，可以说异曲同工。“愁明怕暗”，含有“日夜不宁”的意思。“单栖独宿”是旅中景况，全词情事的主体和出发点，这种“孤眠滋味”，教人怎么承受得了？

下片写怀念旧好之情。换头以一短句引入。说明公务余暇，时光也很难捱。有时揽镜端详，自觉容颜衰减。感光阴之易迁，能无辜负少年之叹。“念仙源深处”以下数句，进一步追怀往事，写自己当年相聚时曾博得众人的欢心，分别至今，定遭到她们的埋怨。正像杜牧诗说的“十年一觉扬州梦，赢得青楼薄幸名”。词人深感内疚，承认是亏待了。今后再见，甘愿数落薄幸，多骂几句吧！这同于《祝英台近·武陵寄暖红诸院》的“恶情绪。因念锦幄香奁，别来负情愫。冷落深闺，知解怨人否”，而语更径直。这样做结，既轻松，亦恳切，让对方获得更多的安慰。

在当时的社会，所谓酒色之娱，原不足为奇。但对于那些不幸者，有寄予同情和贱视玩弄之别。赵长卿应属于前者。在他的词集里，可以看到“如何即是出樊笼”词句，这是为“笙妓梦云忽有剪发齐眉修道之语”而写的《临江仙》。同调另一首小序又说：尝买一妾文卿，教之写东坡字，唱东坡词。原约三年，文卿不忍舍，其母坚索之去，嫁给一个农夫，其后仍保持唱和往还。但他当日处理这一租赁怪事时，能尊重文卿之母意见，并未倚势勉强。看来赵长卿亦可谓“狭邪之大雅”（黄庭坚序《小山词》语）。

从词的表现艺术看，全词采用娓娓而谈的方式来写，平易中有深婉之致。在词的体式上采用独木桥形式，韵脚全用“也”字。这样对于舒缓语气，增益谐婉，产生一唱三叹的效果，具有一定的作用。

赵长卿的词“多得淡远萧疏之致”（《四库总目提要》语）。他往往用平易通俗的语言来写内心丰富的感情世界。笔触伸入到心灵的每一角落，直接抒发内心的喜怒哀乐。乍看起来似意随言尽，反复咀嚼则别有风味，能于平淡中见深远，于萧疏中见缜密。《瑞鹤仙》一词，可以视为这种风格的代表作之一。

京镗　(1138~1200)字仲远，豫章（今江西南昌）人。绍兴二十七年(1157)进士。两为县令，擢监察御史，累迁右司郎官。出为四川安抚制置使兼知成都府。不久，召为刑部尚书；庆元初，拜左丞相。卒，赠太保，谥文忠。后改谥庄定。有《松坡居士乐府》。

水调歌头

京　镗

伏蒙都运、都大、判院以某新建驷马楼落成有日，宠赐佳词，为郡邑之光，辄勉继严韵，以谢万分。

百堞龟城北，江势远连空。杠梁济涉，浑似溪涧饮长虹。覆以翚飞华宇，载以鱼浮叠石，守护有神龙。好看发源水，滚滚尽流东。
司马氏，凌云气，盖群公。当年题柱，从此奏赋动天容。果驾轺车使蜀，能致诸蛮臣汉，邛筰道仍通。寄语登桥者，努力继前功。

【鉴赏】

宋孝宗绍熙十六、七年间，京镗曾以四川安抚制置使兼知成都府。驷马桥（“楼”字“桥”字之误）落成之日，当地都运（“都转运使”的简称）、都大（“都大主管成都府利州等路茶事兼提举四川等路买马监公事”的简称）、判院（专管接受吏民上书的机构）等地方官员均有词致贺，故京镗作此词奉和。词首二句述桥所在之地理位置，大处落墨，从城和江的依托中凸现其雄姿。龟城为成都的别名（见祝穆《方舆胜览·成都府·郡名》。江指岷江上游支流之一的郫江，经成都北，折向南，与锦江会合。堞，城上的矮墙。仰视龟城百堞矗立，俯瞰江势磅礴连天，烘托出横空出世的驷马桥的不同凡响。再用想象的夸张手法：“杠梁济涉，浑似溪涧饮长虹。”“杠”，桥。《孟子·离娄》下：“岁十一月，徒杠成”。段玉裁《说文解字注》：“凡独木者曰杠，骈木者曰桥。”又曰：“梁之字用木跨水，则今之桥也”。这里“杠梁”连用指支撑桥的立柱（或称桥墩），说它也如人一般涉水而渡；而长虹般的桥身似饮于溪涧（郫江）之中。这两句关键在化静（桥墩、桥身）为动，使板滞的物有了动感，笔意灵活，摇曳多姿。接再细笔勾勒，自桥上观之，如“翚飞华宇”；自桥下观之，如“鱼浮叠石”。《诗·小雅·斯干》：“如翚斯飞”。朱熹《诗集传》：“其檐阿华采而轩翔，如翚之飞而矫其翼也”。后因用“翠飞”形容宫室壮丽。“翚”，羽毛五彩的野鸡。这里是说桥上有华丽的飞檐覆盖，犹如翠鸟鼓翼。据唐欧阳询等撰《艺文类聚》载：相传高离国主与侍婢生子名曰东明，善射，后逃亡，以弓击水，鱼鳖浮而为桥，遂得救为扶余国主。这里是说桥下有层叠的石墩负载，形如鳖鱼浮游。如此华美绝伦的建筑物，不合该“守护有神龙”么！此句暗用典实：隋开皇八年三月，出兵伐陈，“益都楼船，尽令东骛，便有神龙数十，腾跃江流，引伐罪之师。向金陵之路，船住则龙止，船行则龙去，四日之内，三军皆睹”（《隋书》卷二《高帝纪下》）。尾二句呼应开头，以长江滚滚东流作结。《尚书·禹贡》“岷山导江”（岷山，在今四川松潘县北）始，古人即认为长江源于蜀中。晋元帝时，“其辞甚伟，为世所称”的郭璞所作《江赋》亦曰：“惟岷山之导江，初发源于滥觞”。蜀人苏轼更曰：“我家江水初发源”（《游金山寺》）。故此处京镗仍沿旧说。

过片除结语外，全为对司马相如的赞颂。其内容取自正史、类书、史地风俗志，将有关司马相如的记载，浑合交融，缕析成文。从“司马氏”一连五句叙司马“家贫无以自业”，但出蜀后，以才华卓识，见赏于汉武帝。“题柱”事见晋人常璩《华阳国志》谓成都城北旧有清远桥，相如离蜀赴长安曾题辞于此，曰：“不乘赤车驷马，不过汝下也”。后“奏赋动天容”，见《史记》卷一百一十七《司马相如传》：“相如既奏《大人之颂》，天子大说（悦），飘飘有凌云之气”。“轺车使蜀”，亦见本传。先是建元六年（公元前135年），唐蒙征发四川吏卒及百姓万余人，开辟通夜郎僰中（今贵州北部、四川南部）道路，引起川民不满，“乃拜相如为中郎将，……至蜀，蜀太守以下郊迎，县令负弩矢先驱，蜀人以为宠”。衣锦还乡事小，而大展政治宏图事大，故词接云：“能致诸蛮臣汉，邛筰道仍通”。即本传所称：“司马长卿便略定西夷，邛，笮、冄（冉）、駹、斯榆之君皆请为内臣”。词人根据上述史料敷衍成文，对生于成都的司马相如作了尽情地歌颂，最后以“寄语登桥者，努力继前功”劝谕后人，回应题目的“桥”字上来。

这首词上片专在驷马桥上下功夫，由宏观的倚城面江烘托桥的气势不凡，到微观的精雕细琢桥上桥下的巧夺天工，结以江水滚滚东流，景象傲岸，始终以动态胜。下片以司马相如曾行经此桥出蜀求仕，后在政治上建立伟业，将史料引进词中，几乎句句有据，最后以相如事勉励后人作结。词较汉代以后的文人们多纠缠于司马相如与卓文君的爱情故事，或者对他的辞赋有所褒贬，自是别出心裁，棋高一着。当然词中也表现出鄙夷少数民族的倾向，固时代使然也。

王炎　（1138~1218）字晦叔，婺源（今属江西）人。乾道五年（1169）进士，调崇阳主簿。历官潭州教授、临湘知县。累官至军器监，中奉大夫，赐金紫，封婺源县男。所居在武水之阳，双溪合流，因自号双溪。有《双溪集》。

江城子 癸酉春社

王炎

清波渺渺日晖晖，柳依依，草离离。老大逢春，情绪有谁知？帘箔四垂庭院静，人独处，燕双飞。

怯寒未敢试春衣。踏青时，懒追随。野蔌山肴，村醪可从宜。不向花边拚一醉，花不语，笑人痴。

【鉴赏】

春社是我国古代重要的节日之一，时间在立春后的第五个戊日。这时，天气转暖，万物复苏，蛰伏了一冬的人们，无不想走出家门，到自然界里去听听春天的脚步声。农事即将开始，村民们也纷纷集会庆祝，祈求一年的幸福。所以对一个热爱生活的诗人来说，春社具有无比巨大的吸引力。

王炎生于公元1138年，到癸酉年(1213)已经是七十五岁的人了。大好的春光与热烈的庆典挑逗起他踏青的闲情，可是年老力衰又迫使他不得不在家蛰居。这种矛盾反映在词中，便处处表现为无可奈何的惆怅情怀。“清波渺渺日晖晖，柳依依，草离离”。词篇从景物入手，平平叙起，似是闲笔。然而辽远静谧的景物，本身就显得寂寞，何况作者的闲愁都是由春天的到来引起的，那么对春光的描绘就应当是全篇的基石，因而，“闲笔”之中实际上已经包含了无穷的感情。古人云：“笔未到，气已吞”，当是此类技法。“老大逢春，情绪有谁知？”紧接在平淡的景物描写之后，突然从高角度点响情绪，有如异军突起，来势极猛。可是“情绪”究竟如何呢？“帘箔四垂庭院静，人独处，燕双飞”，这三句放下刚刚揭示的情绪不说，仍以环境风物入词，似乎在“顾左右而言他”。作者一方面有意躲开感情的沉重压迫，另一方面继续用寂寥的环境映衬无可奈何的心理：“帘箔四垂”写庭院之“静”；“人独处”两句，出于唐翁宏“落花人独立，微雨燕双飞”诗句，以燕的“双飞”，衬人的“独处”，无限心绪，皆包含在这种种形象之中。这种写法，不仅用对读者的启发代替作者的絮絮陈言，容易收到“言有尽而意无穷”的效果，而且笔法一张一弛，在跌宕变化之中也显示出深厚的艺术功力。下半阕是作者感情的正面抒发。根据内容,可以分作三个层次:“怯寒未敢试春衣”写怯寒;“踏青时,懒追随。野蔌山肴,村酿可从宜”写勉力踏青,但又懒于追随,唯有借助野蔬山肴与村酿,聊遣情绪而已;“不向花边拚一醉,花不语,笑人痴”写醉酒,拚却一醉,这正是以上诸般情绪的结穴。从因果关系上说,“怯寒”即是“老大逢春”情绪的根源,所以也就是下半阕的症结所在:连春衣都不敢试穿的人,自然不敢追随踏青,但人逢春社,又不甘寂寞,所以也就产生了“花边拚一醉”的结果。从情绪的凝重程度看,试春衣的目的为的是去踏青,而踏青的结果却是一醉。——因此,下半阕所写三层虽都是作者所最不堪忍耐的,然而在处理上,一层却比一层深,一层比一层更叫人伤怀。

王炎填词,以“不溺于情欲,不荡于无法”,“惟婉转妩媚为善”(《双溪诗馀自序》)作准则。这阕词抒写“老大逢春”的怅惘情怀,委婉缠绵,颇具妩媚之美。但词中感情,浓而不粘,作者能居高临下从容安排情绪,始终不为情役,这是他“不溺于情欲”的表现。至于“不荡于无法”,则可以从以下两方面看出:第一,章法精密。如前所述,这首词前后两片各自可分三层,每层之间起伏变化,但意脉不乱,虽极曲折之势,却能一气贯下,因而层次极清,组织极密。第二,句法浑成。本篇下字都颇费锤炼,但一入句面则又好像全不经意。比如“老大逢春,情绪有谁知”,其中“谁知”二字既指感慨深沉,又说无人理解,表现力很强,读来又十分平易。再如“人独处,燕双飞”,全不见一点斧凿痕迹,却是词人精心设计的画面。至于开头处连用四个叠字句,渲染春光,暗寓情怀,都十分到家。结尾处一反平平叙写,采取拟人手法,说“花不语,笑人痴”,文势陡然一变,全篇也因之活跃飞动。这些地方,都是作者重视法度的表现。

南柯子

王　炎

山冥云阴重,天寒雨意浓。数枝幽艳湿啼红。莫为惜花惆怅对东风。
蓑笠朝朝出,沟塍处处通。人间辛苦是三农。要得一犁水足望年丰。

【鉴赏】

诗词分工、各守畛域的传统观念,对宋词的创作实践有很深影响。诸如“田家语”“田妇叹”“插秧歌”等宋代诗歌中常见的题材,在宋词中却很少涉及。这首词咏叹了农民的劳动生活，流露了与之声息相通的质朴而健康的感情，因而值得珍视。上片以景语起：山色昏暗，彤云密布，寒雨将至。在总写环境天气之后，收拢词笔，推向近景，数枝凝聚水珠、楚楚堪怜的娇花，映入眼帘。如若顺流而下，则围绕“啼红”写心抒慨，当是笔端应有之义。但接下来两句，却奉劝骚人词客，勿以惜花为念，莫作怅惘愁思，可谓大笔振迅，不主故常。下片又复宕开，将笔触伸向田垄阡陌，“朝朝出”“处处通”对举，勾勒不避风雨、终岁劳作的农民生活。遂引出“人间辛苦是三农”的认识。“三农”，指春耕、夏种、秋收。五谷丰登，是农民们一年的希望。在这重阴欲雨的时刻，盼望的是有充足的雨水，得以开犁耕作。至于惜花伤春，他们既无此余暇，也无此闲情。

每当“做冷欺花”（史达祖《绮罗香》语）时节，“冻云黯淡天气”（柳永《夜半乐》语），士夫文人常会触物兴感，抒发惜花伤春情怀。这些作品，大抵亦物亦人，亦彼亦己，汇成宋词中的一片汪洋。虽有深挚、浮泛之别，也自有其价值在。不过，萦牵于个人的遭际，回旋于一己的天地，则是其大部分篇章的共同特点。这首《南柯子》却不同，即将因风雨吹打而飘零的幽艳啼红，和终年劳碌田间而此刻盼雨耕种的农民，由目睹或联想而同时放到了作者情感的天平上。它不是惜花伤春传统主调上的和弦，而是另辟蹊径的新声。作者的目光未为仄狭的自我所囿，感情天地比较开阔。一扫陈言，立意不俗。

苏轼、辛弃疾等也写过一些农村词，也倾注了热爱农村、关心生产的情感，他们所作，常具有很浓的风俗画色彩。苏轼作于徐州太守任上的一组《浣溪沙》（“照日深红暖见鱼”等五首）是如此，辛弃疾《清平乐·村居》的笔触更为细腻入微。这首词则显示了不同的特色，作者的感情主要不是熔铸在画面中，而是偏重于认知的直接表述，理性成分较重，因而，即使写到农民的生活，如“蓑笠朝朝出，沟塍处处通”，也采取比较概括的方式，不以描绘的笔墨取胜。

宋代有两个王炎，均有词作传世。本篇作者字晦叔，号双溪，婺源（今属江西）人，孝宗乾道五年（1169）进士，有《双溪诗馀》。其“不溺于情欲，不荡于无法”（《双溪诗馀自序》）的主张，在这首风调朴实的《南柯子》中也得到了体现。此词不取艳辞，不贵用事，下字用语亦颇经意，如“幽艳湿啼红”写花在雨意浓荫中的颜色神态就相当生动。不过，总的说来，全篇语多直寻，含蕴稍欠。

杨冠卿 （1138～?）字梦锡，江陵（今属湖北）人。曾举进士，知亍州。以事罢职后，寄居临安。有《客亭类稿》。

卜算子　秋晚集杜句吊贾傅

杨冠卿

苍生喘未苏，贾笔论孤愤。文采风流今尚存，毫发无遗恨。

凄恻近长沙，地僻秋将尽。长使英雄泪满襟，天意高难问。

【鉴赏】

集句，谓集古人之成语以为诗。晋人傅咸尝集《诗经》句以成篇，名《毛诗》，为集句诗之始。王安石晚年居金陵，闲来无事，喜为集句，有多达百韵者。沈括《梦溪笔谈》（卷十四《艺文》一）大为推崇，说“语意对偶，往往亲切过于本诗。”这种特定类型的诗，愈到后来愈趋向于文字游戏，佳作寥寥。套用袁枚“改诗难于作诗”的话，不妨说“集句难于改诗”。李渔将词曲结构比作工程师之建宅，“先筹建厅，何处开户，栋需何木，梁用何材；必俟成局了然，始可挥斤运斧”（《闲情偶记·词曲部》）。现在是“挥斤运斧”去斫人家的“七宝楼台”，偶一不慎，那就真是“碎折下来，不成片段”了。折固不易，拼接犹难。故贺黄公（裳）云：“生平不喜集句诗，以佳则仅一斑斓衣，不佳且百补破衲也。至词则尤难神合”（邹祇谟《远志斋词衷》）。杨冠卿这首词，大气包举，意脉贯通，浑然一体，盖因其与贾谊有“神合”之处也。

杜甫的诗，“千汇万状，茹古涵今”（王彦辅语），向为喜集句者之渊薮。文天祥集杜诗至二百首之多。本词全用杜诗，按顺序八句分别撷取于《行次昭陵》《寄岳州贾司马六丈巴州严八使君两阁老五十韵》《丹青引赠曹将军霸》《敬赠陈谏议十韵》《入乔口》《秦州杂诗二十首》（其十八）、《蜀相》《暮春江陵送马大卿公恩命追赴阙下》。勾连紧密，起承转合，毫无断层，有一气呵成之妙。题曰《吊贾傅》。贾傅即西汉著名的政治家文学家贾谊。他十八岁即以文才著称本郡，两年后被汉文帝召为博士，一年之内被提升为中大夫。他在政治上力求改革，想使汉朝统一富强。那时一些重大政策法令的制订、颁布，都经贾谊之手。文帝为了充分发挥他的才能，曾准备提拔他“任公卿之位”，但遭到元老重臣周勃、灌婴和东阳侯张相如、御史大夫冯敬等人的反对，说他“年少初学，专欲擅权，纷乱诸事”，被贬为长沙王太傅，故后人尊称贾傅。

词开篇“苍生喘未苏，贾笔论孤愤”两句，作者态度鲜明地表现出列贾谊为“苍生喘未苏”而多次上疏痛陈时弊的赞许。在最重要的一篇长文《陈政事疏》（一称《治安策》，见《汉书》卷四十八《贾谊传》）中，他尖锐地驳斥了“天下已安已治”之说，指出："可为痛哭者一，可为流涕者二，可为太息者六"。他认为当时的政治形势是"本末舛逆，首尾衡决，国制抢攘，非甚有纪"，而处于"抱火厝之积薪之下而寝其上"的危急之中。并在著名的《过秦论》中暗示警告汉代统治者不要像秦二世那样"繁刑严诛，吏治深刻，赏罚不当，则赋敛无度"，否则就会蹈秦朝的覆辙。刘长卿说"贾谊上书忧汉室"，这种"正言竑议"的孤愤之言，无疑是可贵的。接二句赞贾谊的"文采风流"。他的散文据说有五十八篇（《汉书·艺文志》），现在能够见到的除保留在《史记》《汉书》中的十二篇奏疏外，还有十卷《新书》。《汉书·艺文志》载有辞赋七篇，流传下来的五篇，以《吊屈原赋》《鹏鸟赋》著称。贾谊论文锋芒四射，切中时弊，文笔雄放恣肆，挥洒自如，文采斐然。词人认为于此也无一丝一毫的遗憾了。

上片从道德文章两方面立言，下片应题目的"吊"字。"凄恻近长沙，地僻秋将尽"。这两句似一语双关，既指贾谊被贬时"近长沙"的凄恻，也含作者此刻的行踪和内心感受。"秋将尽"的秋应"秋晚"，即作词的时令。唐、宋的诗人们多承司马迁的观点惋惜他的遭遇（王安石承班固的看法是例外），杨冠卿词亦持此态度。"长使英雄泪满襟"，为杜甫深切悼念"功盖三分国，名成八阵图"（《八阵图》）；"三顾频烦天下计，两朝开济老臣心"（《蜀相》）的诸葛亮功高盖世的诗句，词人引此把贾谊推崇到极致。而其功业未就含恨而死的原因就在于"天意高难问"。"天意"，上天的旨意。《汉书·礼乐志》"王者从天意以从事，故务德教而省刑罚。"后用以指帝王的旨意。比杜甫稍晚的王建《上裴舍人度》诗亦云："天意皆从彩毫出，宸心尽向紫烟来"。早于杨冠卿的张元幹《贺新郎》曾引杜诗成词句："天意从来高难问"，指皇帝宋高宗。而这里显然是指汉文帝了。

全词八句中只"凄恻近长沙"句与吊贾谊事有关，其上句为"贾生骨已朽"。杨冠卿一生不得意，用集杜句的办法将贾谊的"孤愤"推崇备至，未尝不有惺惺相惜之意吧！

辛弃疾 （1140～1207）字幼安，号稼轩，历城（今山东济南市）人。22岁起义抗金，后归南宋。历任湖北、湖南、江西等地安抚使，在政治、军事上都采取了积极的措施以利国利民。他立志恢复中原，坚决主张抗战，曾多次向朝廷提出自己的抗金复国意见；由于南宋朝廷腐朽怯懦，不仅没有采纳他的意见，反而将他多次免职，使他闲居二十多年，最后诗人大呼"杀贼"数声，怀着壮志未遂的遗恨与世长辞。辛弃疾现存词620多首，是两宋词人中存词最多的一位作家，著有《稼轩词》(一名《稼轩长短句》)。在词史上享有崇高地位。他继承并发展了苏轼开创的豪放词派，进一步扩大了词的境界、丰富了词的题材。词人以英雄自许、视抗金复国为己任的豪情壮志，深切的亡国之痛、悲悯之情，以及不满南宋朝廷、壮志难酬的满腔悲愤，交织在词中；形成了气势磅礴、奋发激越的艺术风格，极雄放豪迈，又极沉郁悲怆。同时，他又能将英雄气节化为儿女情长；既慷慨激昂，又缠绵委婉、秾纤绵密，多姿多彩，情韵悠长。半词想象丰富，善用拟人法，常以动写静，具有浪漫主义色彩。他大量运用口语，并善于熔铸经史诗文，刘熙载称赞说："任古书中理语、瘦语，一经运用，便得风流，天姿是何夐异！"(《艺概·词曲概》)

好事近

辛弃疾

日日过西湖，冷浸一天寒玉。山色虽言如画，想画时难邈①。
前弦后管夹歌钟，才断又重续。相次②藕花开也，几兰舟③飞逐。

【注释】

①邈：同"貌"，描画出来。

②相次：依次，一个接着一个的。

③兰舟：小船

【鉴赏】

此词是写杭州西湖的景致。日日过西湖，湖水整天平静，如浸寒玉。山色虽说如画般美丽，但想画时却又难以描绘。上片写出西湖山水的可爱。下片写游湖的盛况。管弦歌钟处处可闻，"才断又重续"，可见游赏的人络绎不绝。湖中的荷花次第开放，几条游船在湖中飞快地追逐游荡。岸上湖中热闹非凡。

贺新郎 别茂嘉十二弟[①]

辛弃疾

绿树听鹈鴂,更哪堪,鹧鸪声住,杜鹃声切。啼到春归无寻处,苦恨芳菲都歇。算未抵,人间离别。马上琵琶关塞黑[②],更长门,翠辇辞金阙[③]。看燕燕,送归妾[④]。

将军百战身名裂,向河梁,回头万里,故人长绝[⑤]。易水潇潇西风冷,满座衣冠似雪,正壮士,悲歌未彻[⑥]。啼鸟还知如许恨,料不啼清泪长啼血。谁共我,醉明月。

【注释】

①茂嘉十二弟:即辛弃疾的族弟辛茂嘉,此词是与他送别时之作。

②"马上"句:这里指汉代时昭君出塞之事。

③"更长门"句:汉武帝的陈皇后因施邪媚之术,被废居长门宫。后司马相如以《长门赋》来述说此事。

④看燕燕:出自《诗经·邶风·燕燕》中的:"燕燕于飞,差池其羽。之子于归,远送于野。瞻望弗及,泣涕如雨。"一句,说的是春秋时期卫庄公之妾戴妫送归时的情景。

⑤"将军"四句:这里指汉代时的名将李陵身经百战,功勋卓著。后因兵败而被俘投降匈奴。后苏武出使匈奴时见到李陵,别时不胜伤感。

⑥"易水"句:出自《史记·刺客列传》中易水送别之典。

【鉴赏】

这是辛弃疾很著名的一首词。王国维在《人间词话》说:"稼轩《贺新郎·送茂嘉十二弟》章法绝妙,且语语有境界,此能品而几于神者。然非有意为之,故后人不能学也。"

作者一开头用三种鸟的啼叫为下文先作铺垫。鸟儿们只知道痛惜百花凋零,却不知人世间的离别是更加使人痛苦的。"算未抵,人间离别",一句兜转过来,下面便把人间的恨事,逐一罗列。

"马上琵琶关塞黑"——汉代王昭君远嫁匈奴,想象她离乡背井,远赴荒漠,在马上弹琵琶时的心情,该是如何凄凉!

“看燕燕，送归妾”——春秋时代，卫庄公的妾戴妫养了一个儿子，名叫完；卫庄公把完当作自己的儿子。庄公死后，完继立为君，却被臣下州吁杀死。戴妫被迫回娘家去。庄姜亲自给她送行，两人临别痛哭，至今流传下一首《燕燕》诗。这是又一种痛苦的离别。

至此，上片完了，但作者的文意未完，笔势并没有为此停住。

“将军百战身名裂……”——汉将军李陵苦战兵败，投降匈奴；后来留在北方的苏武南还了，李陵为他饯行，在河桥分手的时候，对苏武说：“异域之人，一别长绝。”这是陷身异域的朋友的生死诀别。

“易水萧萧西风冷……”——战国时，荆轲受燕太子丹的委托，入秦行刺秦王。在易水边上，朋友们白衣冠送行，荆轲唱着壮别的歌：“风萧萧兮易水寒，壮士一去兮不复还。”这是另一场“一去不还”的悲壮的离别。

作者一一叙述了五种不同人物、不同情况的离别，认为都是人间最悲惨的。

不料历史上这许多惨别，在一个极短时间内全降临到汉民族的头上了！自从靖康年间女真族人南侵以来，历史上的惨剧重新一幕幕又在重演。

假如啼鸟还真个懂得人间恨事的话，它们将不是啼出眼泪而是啼出鲜血来了！细看这两句，我们就更加知道作者指的是当前的现实，而不是追忆历史。写古，完全是为了说明今天。

贺新郎 赋琵琶

辛弃疾

凤尾龙香拨[①]，自开元，霓裳曲罢，几番风月。最苦浔阳江头客[②]，画舸亭亭待发。记出塞，黄云堆雪。马上离愁三万里，望昭阳[③]，宫殿孤鸿没。弦解语，恨难说。
辽阳驿使音尘绝，琐窗寒，轻拢慢捻，泪珠盈睫。推手含情还却手，一抹梁州[④]哀彻。千古事，云飞烟灭。贺老[⑤]定场无消息，想沉香亭北[⑥]，繁华歇。弹到此，为呜咽。

【注释】

①凤尾龙香拨：据《明皇杂录》所记载，杨贵妃曾用龙香板弹拨琵琶。凤尾即指琵琶。

②浔阳江头客：唐代著名诗人白居易曾被贬九江，送客至浔阳江头，忽闻夜弹

琵琶之声，有感而发作《琵琶行》诗。

③昭阳：汉代未央宫中的昭阳殿，这里代指王昭君出塞之事。

④梁州：一种琵琶曲，亦作《凉州》。

⑤贺老：唐代弹奏琵琶的著名艺人贺怀智。元稹《连昌宫词》："夜半月高弦索鸣，贺老琵琶定场屋。"

⑥"想沉香"句：指唐玄宗与杨贵妃在沉香亭听曲赏花之事。

【鉴赏】

这首词借"赋琵琶"以咏怀。这里所写的琵琶尾部镂刻着双凤，拨动它的是龙香柏制的板儿，"凤尾龙香拨"，暗指北宋初期那歌舞升平的盛世。而"霓裳曲罢"则又表示国运的衰微和动乱的开始。似说唐，实是说宋。接着一转，写自己的心情。他在任江西安抚使时无辜被弹劾去官，此后辗转几调，又长期被废置不用。他借用白居易《琵琶行》的诗意，着重表现他自己遭"贬谪之情"，"天涯沦落"之感。

摸 鱼 儿

淳熙己亥自湖北漕移湖南，

同官王正之置酒小山亭，为赋①

辛弃疾

更能消几番风雨，匆匆春又归去。惜春长怕花开早，
何况落红无数。春且住，见说道，天涯芳草无归路。
怨春不语。算只有殷勤，画檐蛛网，尽日惹飞絮。
长门事，准拟佳期又误②，蛾眉曾有人妒。千金纵买
相如赋③，脉脉此情谁诉？君莫舞。君不见，玉环飞
燕皆尘土④。闲愁最苦，休去倚危栏，斜阳正在，烟柳
断肠处。

【注释】

①"淳熙"句：淳熙己亥年（公元1179年，即宋孝宗淳熙六年），此时辛弃疾40岁，由湖北漕调任湖南，接替他职务的官员王正己（字正之）便在官衙的小山亭内宴

请辛弃疾，有感而作此词。

②"准拟"句：事先约定的好日子临时又改变了。

③相如赋：汉武帝陈皇后失宠被贬长门宫，她知司马相如善于作赋，于是送黄金百斤请其作《长门赋》，希望重新得到皇帝的垂爱。

④玉环飞燕：汉成帝后赵飞燕和唐玄宗妃杨玉环。

【鉴赏】

南宋已近20年，但始终不为偏安的南宋王朝重用，他的抗敌主张也不被采纳。甚至表示出对他不信任，只让他出任一般地方官吏，且调动频繁。淳熙六年(1179)辛弃疾由湖北转运副使(管运钱粮的官吏)调任湖南转运副使，在同僚为他设宴饯别时写了这首《摸鱼儿》。这首词是辛词中有代表性的、为历代人们所传诵的一篇作品。写这首词时，距离他被迫退居有两年。词中抒发了作者投归南宋政权之后，在权奸排挤、压迫下的悲愤、伤感的心情，和对国势危弱的哀愁与忧虑。

词的上片，用暮春风雨、落红飞絮，象征南宋局势的危迫，表达自己壮志未酬和行将半老的悲切。词一开头，就把读者带进一个深沉而感伤的艺术境界中来。春已迟暮再也经受不住"风狂雨横"的晚春残景，象征着作者个人功业不就，流年匆匆消失的难堪处境，同时也是风雨飘摇的南宋政权的形象写照。以反诘语气开头，更能引起读者深思与联想。"惜春"二句，把人们爱恋春光的内心矛盾描写得十分细腻。"春且住"几句，是希望春光留下来。用"天涯芳草"阻住归路的想象，来表达留春的感情，想象真挚动人。这里恐怕含有劝谏南宋君王回心转意、停止投降卖国政策，切莫执迷不悟之意。"怨春不语"几句，怨恨春天不理睬我，仍然匆匆地走掉了。算来算去只有画檐下的蛛网，在那里终日不停地沾惹着漫天飞舞的柳絮，好像在殷勤地挽留住春光。影射南宋残败的政局，只有几处蛛网，沾惹飞絮，表示春意未尽，尚有一息生气，但终究是经不起几番风雨吹打的晚春时节。

作者一步步描写怜春、惜春、留春、怨春，其用意是曲言自己的难言之痛，在运用以景寓情的艺术方法上，是精思独到的。

词的下片，通过典故，隐喻作者被压抑的苦闷，和对朝廷执政者的不满和警告。"长门事"几句，反用《长门赋序》之意，说自己虽入长门，还拟重新得宠，由于遭到妒忌，以致又耽误了佳期。这就是他在朝中的处境。下面提到纵以千金买得一赋，此情终无处可诉，这是和"怨春不语"呼应，同时怨到极处的诉述。"君莫舞"又作顿挫，警告奸小不要猖狂得意，正如玉环、飞燕，即使得宠也不会长久，仍是不平之语。最后是自己无可奈何的忧国之情，以斜阳烟柳、一片惨淡迷离，暗示国家前途的危险，但仍以劝慰之语作结，这也是"脉脉此情谁诉"之意。

辛弃疾写本词时年已40，又适值调任之际，深感岁月抛人而去，报国又苦无路。在词里通过比兴寄托他对国事的忧愤之情，自己遭受压抑排挤的苦闷，从而透露出对执政者的怨恨。梁启超说它"回肠荡气，至于此极，前无古人，后无来者"。

把它列为辛词的压卷之作,是当之无愧的。

永遇乐 京口北固亭怀古[①]

辛弃疾

千古江山,英雄无觅,孙仲谋处。舞榭歌台,风流总被,雨打风吹去。斜阳草树,寻常巷陌,人道寄奴曾住。想当年,金戈铁马,气吞万里如虎。

元嘉草草,封狼居胥,赢得仓皇北顾[②]。四十三年[③],望中犹记,烽火扬州路。可堪回首,佛狸祠下,一片神鸦社鼓。凭谁问,廉颇老矣,尚能饭否[④]?

【注释】

①京口北固亭:在今江苏镇江东北的北固山上。

②“元嘉”句:指南北朝时期,南期宋武帝刘裕(小字寄奴)的儿子刘义隆(宋文帝)志大却才疏,夸口说要像汉代时的霍去病一样勇武驱逐匈奴、封狼居胥山,北伐中原。结果大将军王玄谟于元嘉二十七年(450)北伐时遭到惨败。

③四十三年:绍兴三十二年(公元1162年),辛弃疾率众南归,而作词时是开禧元年(公元1205年),前后时间相隔恰好43年。

④“廉颇”句:战国时的名将廉颇,曾在赵王派来的使者面前吃下一斗米和十斤肉,以示仍可征战。

【鉴赏】

宋宁宗开禧元年(1205),辛弃疾在京口任镇江知府时年六十五岁,登临北固亭,感叹对自己报国无门的失望,凭高望远,抚今追昔,于是写下了这篇传唱千古之作。这首词用典精当,有怀古、忧世、抒志的多重主题。江山千古,欲觅当年英雄而不得,起调不凡。开篇即景抒情,由眼前所见而联想到两位著名历史人物——孙权和刘裕,对他们的英雄业绩表示向往。接下来讽刺今日用事者(韩胄),又像刘义隆一样草率,欲挥师北伐,令人忧虑。老之将至而朝廷不会再用自己,不禁仰天叹息。其中“佛狸祠下一片神鸦社鼓”写北方已非我有的感慨,最为沉痛。

木兰花慢　滁州送范倅[①]

辛弃疾

老来情味减，对别酒，怯流年。况屈指中秋，十分好月，不照人圆。无情水，都不管，共西风，只管送归船。秋晚莼鲈江上[②]，夜深儿女灯前[③]。

征衫，便好去朝天，玉殿正思贤。想夜半承明[④]，留教视草[⑤]，却遣筹边。长安故人问我，道：愁肠泥酒[⑥]只依然。目断秋霄落雁，醉来时响空弦[⑦]。

【注释】

①范倅：即范昂，曾任滁州（治所在今安徽滁县）通判。倅，副职。是知州的副手，故称"倅"。

②"秋晚"句：此处作者借用晋代张季鹰归隐故事。

③"夜深"句：黄庭坚《寄叔父夷仲》诗："刀弓陌上望行色，儿女灯前语夜深。"这里化用其诗，言儿女殷勤色养之事。

④承明：汉代有承明庐。

⑤视草：校审皇帝将要颁布的诏令。

⑥泥酒：病酒。

⑦响空弦：据《战国策·楚策》所记载，更羸引弓虚发，便有鸿雁坠落。这里的"空弦"共有两层含意，一是作者渴望上阵杀敌，二来表示英雄无用武之地。

【鉴赏】

此词作于孝宗乾道九年（1173），词人时年三十三岁，在滁州知州任上。古代文人好以诗酒酬别唱和，其中往往寄寓了作者的人生体验或志趣情操。此词亦然，于送别之中感时伤怀，表达了词人宦海浮沉、难施抱负的感慨，其爱国之心殷切可见。

上阕感叹似水年华：我年纪已老，面对这离别的酒宴，不免担心岁月匆匆，更何况屈指已近中秋，然而月明之夜你我却不能形影相随了！无情的流水全然不顾离别的愁绪，只管与西风一道催促你上路。好在中秋之夜你便可以吃到家乡的莼菜和鲈鱼，与家人灯前夜话了。虽然当时词人年纪尚轻，但报国之心颇切，自古英雄出少年，古往今来有志之士哪个不想趁年轻干一番事业呢。苏轼"西北望，射天狼"（《江城子·密州出猎》），岳飞"驾长车，踏破贺兰山缺"（《满江红》）时，也都不过才三十多岁，却已深叹“鬓微霜”，进而疾呼“莫等闲，白了少年头，空悲切”了。这是由离别引起的感时伤怀。接下来词人打住了自己的情绪，转而从对方的角度着笔，表达了对朋友的良好祝愿：希望他与家人团聚而享受天伦之乐。

下阕通过词人的想象写他希望友人整装待发，如今正值朝廷用人之际，但愿友人回朝复命时能得到朝廷的重用，这样就可以在承明庐当值，修改朝廷的诏书，筹划边关大事，为国效力。这是词人对友人的祝愿，何尝又不是他自己的心愿呢！这也正是词人心中最大的隐痛：自己从北方来到南国，目的是驱除金贼，匡复祖国。然而数年之间，自己奔走于地方官任，与“壮岁旌旗拥万夫”的理想久久无缘，故而此处借祝语表达自己的期待。同时词人对现状深感惆怅，所以他叮嘱友人：当长安城的故人问起我的近况，你只说此人依然借酒浇愁，一如既往；极目远眺秋夜的落雁，醉酒时还常常力挽空弓。词调何其哀怨凄凉，然而又不乏悲壮！一个苦于报国无门的赤子形象跃然纸上。他望见大雁落平沙，由此想到了雁队北归，进而想到家乡沦陷已久，不由得使他热血沸腾，恨不能立即策马扬鞭，杀向疆场！可是，他只能借着醉意拉满空弓，以此来发泄内心的积郁。“醉来时响空弦”“把吴钩看了”（《水龙吟·登建康赏心亭》）、“醉里挑灯看剑，梦回吹角连营”（《破阵子·醉里挑灯看剑》）、“镆耶三尺照人寒，试与挑灯仔细。且挂空斋作琴伴，未须携去斩楼兰”（《送剑与傅岩叟》），词人在这些诗词中反复咏叹渴望前线杀敌、报效祖国的壮志，情感真挚，令人感奋。

这不是一般消闲遣兴的酬唱之作，作者不仅自己以天下为己任，而且还用自己的思想感情来影响他人，热情洋溢地号召朋辈“征衫，便好去朝天，玉殿正思贤”，希望大家同心协力、在战斗中共同砥砺前进，笔力雄健，正气凛然！

卜算子 齿落

辛弃疾

刚者[①]不坚牢，柔底难摧挫[②]。不信张开口角看，舌在牙先堕。
已缺两边厢，又豁[③]中间个。说与儿曹[④]莫笑翁，狗窦从君过[⑤]。

【注释】

①刚者：坚硬的东西，这里指牙齿。

②摧挫：折断。

③豁:残缺。

④儿曹:儿童们。

⑤“狗窦”句:是与儿童开玩笑时的话。你们可以随意从这里通过。此处作者把缺的门牙比做了狗洞。

【鉴赏】

此词以“落齿”为题,写得很风趣。刚硬的不坚固,柔软的却难以折断。不信你张开口看看,舌头在而牙齿先掉落了。已经缺了两厢的大牙,又缺了中间的一个。说给儿童们听,可不要嘲笑我,这个狗洞你们可从这里钻过。作者虽然近于开玩笑,但却表达了一种深深的感慨:刚直者为世俗不容,奸佞奉承者却活得很好!

菩萨蛮 书江西造口壁

辛弃疾

郁孤台[①]下清江水,中间多少行人泪。西北望长安[②],
可怜无数山。
青山遮不住,毕竟东流去。江晚正愁余,山深闻鹧
鸪[③]。

【注释】

①郁孤台:在今江西赣州市东南。

②长安:唐朝都城,此指北宋时的都城汴京。

③鹧鸪:鸟名,叫声如“行不得也哥哥”,这里用鹧鸪之声来表明时势之艰难。

【鉴赏】

这是一首抒情词作。公元1129年金兵南下,一支追赶隆祐太后(宋高宗赵构的伯母)的军队深入到江西万安造口,所到之处烧杀抢掠,景况十分悲惨。造口,即皂口,在今江西万安县西南60里。郁孤台,在今江西赣州市西南。清江,指赣江。鹧鸪,鸟名,传说它叫声凄厉,犹如“行不得也哥哥”。

1176年作者经过造口,登临远眺,抚今思昔,感慨万端,在造口壁上书写下这首词。上下片都是写山写水,写登临所见所感,上片山水分写,下片合写,全词两句一节。前两句写江,因景忆旧;三、四句写山,触景伤今;五、六句山水合写,慨叹收复河山的夙愿不能实现;最后两句写深山鹧鸪,抒发对时局和身世的忧叹。全词句

句描山写水,却融情入景,委婉地表现出诗人对现实的感慨。清放中有无限意蕴,悲愤中给人以雄伟之感。

青 玉 案 元夕

辛弃疾

东风夜放花千树,更吹落,星如雨。宝马雕车香满路。
凤箫声动,玉壶[1]光转,一夜鱼龙[2]舞。
蛾儿雪柳黄金缕[3],笑语盈盈暗香去。众里寻他千百
度,蓦然[4]回首,那人却在,灯火阑珊[5]处。

【注释】

①玉壶:月亮。

②鱼龙:鱼灯、龙灯。

③蛾儿雪柳黄金缕:古时的一种饰品。指用金线刻镂的妇女的头饰蛾儿、雪柳。

④蓦然:忽然。

⑤阑珊:零落、冷落。

【鉴赏】

这首词写与情人约会时的情景。先写元宵灯节的繁华热闹,表现了节日的欢乐气氛。接着写约会。先描写女儿们节日盛装和欢欣可爱,然后在众多人群中到处寻找她。一转身却见她站在灯火稀少的地方。这位佳人,表现出沉稳和矜持,遗世而独立。实际上,她是词人所追求之审美理想的化身,也是词人自己节操的真实写照。

清 平 乐 博山道中即事[1]

辛弃疾

柳边飞鞚[2],露湿征衣[3]重。宿鹭窥沙孤影动,应有鱼

虾入梦。一川明月疏星，浣纱人影娉婷④。笑背行人归去，门前稚子啼声。

【注释】

①博山：在江西永丰县西约二十里，现为风景名胜。

②飞鞚：马飞快地奔驰。鞚，马络头。

③征衣：行人的衣裳。

④娉婷：形容女子姿态轻盈、亭亭玉立。

【鉴赏】

这首词写作者在博山道中所见的景象。驱马从柳树旁边飞快地跑过，露水沾湿了行人的衣裳。经过河滩，只见一只白鹭栖宿在沙滩上，不时地眯着眼睛向水中窥视，身影在轻摇，准是在梦中见到鱼虾了吧？经过溪边，明月疏星映在溪流中，有年轻的妇女在溪边浣纱，月光下映出她美丽的身影。村舍门前忽然传来孩子的哭声，正在溪边浣纱的妇女立刻起身回家，路上遇见陌生的行人，羞怯地低头一笑，随即背转身来匆匆归去。这位山村妇女淳朴善良略带几分羞涩的形象被刻画得栩栩如生。

清平乐 村居

辛弃疾

茅檐低小，溪上青青草。醉里吴音相媚好①，白发谁家翁媪②？

大儿锄豆溪东，中儿正织鸡笼；最喜小儿无赖③，溪头卧剥莲蓬。

【注释】

①吴音：这里指江西一带的口音。媚好：语音绵软而好听。

②翁媪：公公和婆婆。

③无赖：调皮，可爱。

【鉴赏】

在这首词中作者通过对农村景象的描绘，反映出他的主观感情，并非只在纯客观地作素描。

作者这首词是从农村的一个非劳动环境中看到一些非劳动成员的生活剪影，反映出春日农村有生机、有情趣的一面。上片第一、二两句是作者望中所见，镜头稍远。“茅檐低小”，邓《笺》引杜甫《绝句漫兴》：“熟知茅斋绝低小，江上燕子故来频。”此正写南宋当时农村生活条件并不很好。如果不走近这低小的茅檐下，是看不到这户人家的活动，也听不到人们讲话的声音的。第二句点明茅屋距小溪不远，而溪上草已返青，实暗用谢灵运《登池上楼》“池塘生春草”语意，说明春到农村，生机无限，又是农忙季节了。作者略含醉意，迤逦行来，及至走近村舍茅檐，却听到一阵用吴音对话的声音，使自己感到亲切悦耳(即所谓“相媚好”)，这才发现这一家的成年人都已下田劳动，只有一对老夫妇留在家里，娓娓地叙家常。所以用了一个反问句：“这是谁家的老人呢?”然后转入对这一家的其他少年人的描绘。这样讲，主客观层次较为分明，比把“醉”的主语指翁媪似更合情理。

下片写大儿锄豆，中儿编织鸡笼，都是写非正式劳动成员在搞一些副业性质的劳动。这说明农村中绝大多数并非坐以待食、不劳而获的闲人，即使是未成年的孩子也要干点力所能及的活儿，则成年人的辛苦勤奋可想而知。只有老人和尚无劳动力的年龄最小的孩子，才悠然自得其乐。这实际上是从《庄子·马蹄篇》“含哺而熙(嬉)，鼓腹而游”的描写化出，却比《庄子》写得更为生动，更为含蓄，也更形象化。特别是作者用了侧笔反衬手法，反映农村生活中一个恬静闲适的侧面，却给读者留下了大幅度的想象补充余地。这与作者的一首《鹧鸪天》的结尾，所谓“城中桃李愁风雨，春在溪头荠菜花”正是同一机杼，从艺术效果看，也正有异曲同工之妙。

清　平　乐　检校山园书所见

辛弃疾

连云松竹，万事从今足。柱杖东家分社肉①，白酒床头②初熟。

西风梨枣山园，儿童偷把③长竿。莫遣旁人惊去，老夫静处闲看。

【注释】

①分社肉：每年的春社日或秋社日，大家都要屠宰牲口以祭社神，然后再分享祭社神的肉。

②床头：这里指酿酒的糟床。

③把:握,拿。

【鉴赏】

词人被免职回到上饶过隐居生活,这首词写他在自己山园中所见。园中松竹高耸入云,所有的事情今天我都知足了。这里住得不是很好吗?秋社日,我拄着拐杖到东家分社肉,正好白酒刚酿成,可以惬意地一醉了。秋风起,山园的梨儿枣子挂满枝头,一群儿童正手握长竹竿在偷打梨、枣。不要让人去惊跑他们,"老夫静处闲看"。词人觉得这群顽皮的孩子有趣,还要躲在不易发觉的地方看着他们偷打。这表达了一位长者的宽容和仁慈的善心。全词表现出词人知足自乐的感情。

清平乐 忆吴江赏木樨[1]

辛弃疾

少年痛饮,忆向吴江醒。明月团团高树影,十里水沉[2]烟冷。

大都一点宫黄[3],人间直恁[4]芬芳。怕是[5]秋天风露,染教[6]世界都香。

【注释】

①吴江:地名,在今江苏省。木樨:桂花。

②水沉:一种香料,即沉香。

③宫黄:杏黄色。

④直恁:就是这样。

⑤怕是:恐怕是。

⑥教:让,使。

【鉴赏】

这是首咏物抒情词。词的上片写景,下片写木樨(桂花)。

词一开头就从回忆写起,说"痛饮",说"吴江醒",正从借酒浇愁中透露出他当年不得施展抱负的内心悲愤。明月、树影、水沉、烟冷,淡淡几笔勾画出一幅凄凉冷清的秋夜吴江图景,点染了环境气氛,加浓了"痛饮"的内心悲愤。为下片的借物抒情作了艺术上的铺垫。

下片直点木樨。在这里,词人略去外在联系,全从词情的内在联结上着眼,因此过片显得极其突兀。金桂花小,但香气浓郁。说"大都",说"一点",说"人间",

说“直恁”，把花小香浓的金桂特有的风神、品格作了突出描写，构成极深的印象。接着以“怕是”作浪漫的联想，在秋天的风露吹拂滋润之下，金桂虽然只是“一点宫黄”，它将把自己的芳香染遍人间世界。

词中流露的悲愤不是个人的，不是为个人的得失而悲，而是一个抗金志士的悲愤。

全词托物寄慨，借花抒怀，写花正是写入，木樨的风神、品格正是稼轩的人格写照。“染教世界都香”，稼轩在这里正是摆脱了个人的得失而着眼于国家、民族的命运，借咏木樨，形象地表达了他誓欲为国家建功立业。这正是这首咏物抒情词的独特艺术成就所在。

生查子 独游西岩[①]

辛弃疾

青山非不佳，未解留侬[②]住。赤脚踏层冰，为爱清溪故。
朝来山鸟啼，劝上山高处。我意不关渠[③]，自要寻诗去。

【注释】

①西岩：在江西上饶南六十里。
②侬：我，这里是古时女子的自称。
③渠：它。

【鉴赏】

此词记写作者独游西岩时的情景。西岩的山景并不是不优美，只是不懂得如何留我住在这里，其实我倒是挺喜欢的。赤脚踏在冰冷的水中，只是由于太喜欢清溪水的缘故。早晨来到山边，只听见山鸟婉转的啼鸣之声，仿佛是劝我登上山的高处。其实我的兴致跟鸟儿无关，只是自己饶有兴味地去寻找诗的灵感罢了。实际上，这“青山”“清溪”“山鸟”，处处都显得很有诗意。

鹧　鸪　天　东阳道中

辛弃疾

扑面征尘去路遥，香篝渐觉水沉销[①]。山无重数周遭[②]碧，花不知名分外娇。

人历历[③]，马萧萧[④]，旌旗又过小红桥。愁边剩有相思句[⑤]，摇断吟鞭碧玉梢。

【注释】

①香篝：熏笼。水沉：一种香料，即沉香。

②周遭：周围的。

③历历：形容清清楚楚、一目了然。

④萧萧：马嘶叫的声音。

⑤愁边：思索。相思句：构思美好的句子。

【鉴赏】

词写作者从京都临安（杭州）因事赴东阳（浙江金华、东阳一带）途中的所见所感。作者一行人骑马乘车向东阳进发，一路上尘土飞扬，道路遥远，香笼里的沉香渐渐燃烧尽了，还未到达目的地。山峦重重叠叠，四周郁郁苍苍，绿得实在可爱。野花不知其名，却格外娇艳。这一行人历历在目，骏马萧萧嘶鸣，他们打着旌旗走过一座小红桥。作者边骑在马上边思索着美好的诗句，每当想到好的句子，便兴奋得边吟咏，边扬起马鞭催马疾跑。一路上风景优美，情绪欢快。

鹧　鸪　天　鹅湖归，病起作

辛弃疾

枕簟溪堂冷欲秋，断云依水晚来收。红莲相倚浑如醉，白鸟无言定自愁。

书咄咄[①]，且休休[②]。一丘一壑也风流[③]。不知筋力衰多少,但觉新来懒上楼。

【注释】

①咄咄:叹词,表示惊讶之意。

②休休:闲适。

③丘:小山丘。壑:深沟。风流:风光秀丽。

【鉴赏】

此词写作者罢职闲居在江西铅山期间,游罢鹅湖回来,病后登楼观赏江村晚景时而引发的感慨。秋天将到,溪边山居的房内枕席已经能感觉到冰凉了,飘浮在水面上的片片晚霞慢慢消失。池塘里的荷花,互相偎倚,在晚霞中像喝醉了酒的美人儿似的。堤岸上的白鸟却默默无言地静立着,它一定是为自己发愁吧?哎哎,姑且安享闲居的清福吧,隐居在山林中也是很高雅的呢!但是一病之后不知筋力衰减了多少,只是觉得近来懒得上楼。词人以初秋晚凉的美景自我安慰,又觉得年老体衰,担心功业难成,不免心怀忧虑。

鹧鸪天

辛弃疾

壮岁[①]旌旗拥万夫,锦襜突骑[②]渡江初。燕兵夜娖银胡䩮[③],汉箭朝飞金仆姑[④]。

追往事,叹今吾,春风不染白髭须[⑤]。却将万字平戎策[⑥],换得东家种树书[⑦]。

【注释】

①壮岁:年轻的时候。

②锦襜突骑:穿着锦衣,骑着快马。

③燕兵:指北方抗金义军。娖:通“捉”,握,提。银胡䩮:饰银的箭袋。

④金仆姑:古时的箭名。

⑤“春风”句:指人老体衰,无法再恢复青春了。

⑥万字平戎策:上呈朝廷的抗金平定天下的奏疏、策论。

⑦东家种树书:指晚年失意闲居。

【鉴赏】

这是辛弃疾晚年的作品,那时他正在家中闲居。

此词上片忆旧,下片感今。上片追慕青年时代一段得意的经历,激昂发越,声情并茂。下片转把如今废置闲居、髀肉复生的情状委曲传出。前后对照,感慨淋漓,而作者关注民族命运,不因衰老之年而有所减损,这种精神也渗透在字里行间。

辛弃疾22岁时,投入山东忠义军耿京幕下任掌书记。那是宋高宗绍兴三十一年(1161)。这一年金主完颜亮大举南侵,宋金两军战于江淮之间。明年春,辛弃疾奉表归宋,目的是使忠义军与南宋政府取得正式联系。不料他完成任务北还时,在海州就听叛徒张安国已暗杀了耿京,投降金人。辛弃疾立即带了50余骑,连夜奔袭金营,深入敌人营中,擒了张安国,日夜兼程南奔,将张安国押送到行在所,明正国法。这一英勇果敢的行动,震惊了敌人,大大鼓舞了南方士气。

上片追述的就是这一件事。"壮岁"句说他在耿京幕下任职(他自己开头也组织了一支游击队伍,手下有两千人)。"锦襜突骑",也就是锦衣快马,属于侠士的打扮。"渡江南",指擒了张安国渡江南下。"汉箭朝飞金仆姑",自然是指远途奔袭敌人。大抵在这次奔袭之中,弓箭("金仆姑"是古代有名的箭,见《左传》)曾发挥过有力的作用,所以才拿它进行艺术概括。胡䩮是装箭的箭筒。它还另有一种用途:夜间可以探测远处的音响。"革录"是小心翼翼的意思。这里作动词用,可以释为戒备着。"燕兵"自然指金兵。由于辛弃疾远道奔袭,擒了叛徒,给金人以重大打击,金兵不得不加强探听,小心戒备。便是这个意思。这是一段得意的回忆。

下片却是眼前情况,对比强烈。"春风不染白髭须",人已经老了。但问题不在于老,而在于"却将万字平戎策,换得东家种树书"。本来,自己有一套抗战计划,不止一次向朝廷提出过,却没有得到重视。如今连自己都受到朝廷中某些人物的排挤,平戎策换来了种树的书(暗指自己废置家居)。

由于它是紧紧揉和着对民族命运的关怀而写的，因此就与只是个人的叹老嗟卑不同。

西　江　月　夜行黄沙道中[①]

辛弃疾

明月别枝[②]惊鹊，清风半夜鸣蝉。稻花香里说丰年，
听取蛙声[③]一片。
七八个星天外，两三点雨山前。旧时茅店社林[④]边，
路转溪桥忽见[⑤]。

【注释】

①黄沙：黄沙岭，在今江西上饶西四十里。
②别枝：由主干斜生出的树的侧枝。
③听取：听见。
④社林：土地庙周围的树林。
⑤见：同“现”，出现。

【鉴赏】

这首词是宋词中以农村为题材的佳作。黄沙，黄沙岭，在今江西上饶西南。社林，土地庙四周的树林。作者以宁静的笔调描绘了充满着活跃气氛的夏夜。一路写来，有“明月”，有“清风”，有疏“星”，有微“雨”，也有鹊声、蛙鸣、蝉叫，还闻到了稻花的芳香，向行人报道着丰收的年景。走得久了，溪回路转，茅店忽然映现，可以进去歇歇脚，愉悦之情，油然而生，反映出诗人轻松欢快的心情，显示出他对农村生活的爱好。作者对于景色的描绘生动逼真，氛围的渲染与烘托和感情抒发互为融合，恬静自然，给人以美的艺术享受。

鹊　桥　仙　己酉山行书所见

辛弃疾

松冈避暑，茅檐避雨，闲去闲来几度？醉扶怪石看飞

泉，又却是，前回醒处。

东家娶妇，西家归女[①]，灯火门前笑语。酿成千顷稻花香[②]，夜夜费，一天风露。

【注释】

①归女：出嫁的女子回到娘家探望亲人。

②酿成千顷稻花香：酿出千顷稻花的香醇之气。

【鉴赏】

这首词写作者罢官后闲居上饶时游览、栖息等情景。他的新居在城西北不远的带湖之滨，附近是灵山一带的山冈。他常游灵山，在山冈的松林里避暑，在茅檐下避雨，闲着无事，这里来来去去不知多少回了。酒醉恍惚，手扶怪石观飞泉，酒醒一看，发觉这里原来又正是前次酒醒的老地方。闲逸中有无穷的哀痛。但农村的生活，又使词人兴致盎然。东家娶媳妇，西家出嫁的女儿回来探亲，灯火辉煌，门前欢声笑语不断，热闹非凡。村外，风露夜夜酿出千顷的稻花香醇，丰收在望。词人暂时忘却了自己的处境，把整个心情都投入了对农民的怜爱和关心之中。

祝英台令[①] 晚春

辛弃疾

宝钗分[②]，桃叶渡[③]，烟柳暗南浦。怕上层楼，十日九风雨。断肠片片飞红，都无人管，更谁劝、流莺声住。

鬓边觑[④]，试把花卜归期，才簪又重数[⑤]。罗帐灯昏，呜咽梦中语。是他春带愁来，春归何处？却不解、带将愁归去。

【注释】

①祝英台令：调名取自梁山伯与祝英台的故事。

②宝钗分：分开一对钗，以作留念。

③桃叶渡：在今南京秦淮河与青溪的合流之处。

④觑(qù)：窥视，斜视。

⑤才簪又重数：数花瓣卜行人的归期，怕数一次不准确又数一次，在此表达女

子的思念之心切。

【鉴赏】

这首词是写深闺女子暮春时节，怀人念远、寂寞惆怅的相思之情。作者用曲折顿挫的笔法，把执着的思念表达得深刻细腻、生动传神。它的风格，在辛词是别具一格的。沈谦的《填词杂说》曾说："稼轩词以激扬奋厉为工；至'宝钗分，桃叶渡'一曲，昵狎温柔，魂消意尽，词人伎俩，真不可测。"其实，既能慷慨纵横，又能昵狎温柔，既善于豪放，也长于婉约，正是辛弃疾词作风格和题材多样化的大家风度的表现。只不过这首词作，感情表现更为细腻罢了。这是一首具有政治内涵的词作，乃词人假托一个女子叙说伤春和怀念亲人的苦愁，寄寓对祖国长期分裂的悲痛。《蓼园词选》云："此必有所托，而借闺怨以抒其志乎！"

上片起头："宝钗分，桃叶渡，烟柳暗南浦。"写一对情人，在烟雾迷蒙的杨柳岸边，情凄意切，不得不分钗赠别的情景。这向读者暗示：情人离别是痛苦的，那么祖国南北人民长久地分离，人为地隔断来往，不是更为痛苦吗？这是我国古代文学家常见的以香草美人作为感情宣泄寄托的一种艺术手法，辛弃疾也继承了这种艺术手法。

"怕上层楼，十日九风雨。"情人分手后，登楼远眺，怀念离人，已是使人不胜其感情负载了，更何况又总是十日有九日地遇到那风雨晦暝的时节呢？刮风下雨，虽能登楼而不能远望，这是使人痛楚的一个原因；风雨晦暝，大自然的阴冷更加深离人的凄苦情怀，这又是使人痛苦的一个因素。只此一句话，就有多层含义，层层深入，对比映衬，令人不忍卒读！

"断肠片片飞红，都无人管；更谁唤、流莺声住。"落花不要飘零了吧，啼莺也不要叫唤了吧，但都无法摆脱心中那不绝如缕的忧愁，简直叫人断肠了！这是何等深沉曲折的笔触啊！"都无人"和"更谁唤"，加强了那种寂寞凄清、无处寻求知音的氛围。辛弃疾南归后，多年流徙不定，报国之志难酬，天涯万里，何处有知音？不正是这种感情吗？

丑奴儿 书博山道中壁

辛弃疾

少年不识愁滋味，爱上层楼。爱上层楼，为赋新词强说愁[①]。
而今识尽愁滋味，欲说还休。欲说还休，却道天凉好个秋。

【注释】

①强说愁:本来并没有什么愁事却硬要说愁,有无病呻吟之意。

【鉴赏】

这首小令是诗人闲居时的作品,是一首题壁之作。信口而出却真切自然,语淡情深,颇有情韵。上片生动地写少年时代纯真幼稚的感情,本不识愁却装愁,十分真切;下片笔锋一转,本来历尽沧桑,"识尽愁滋味",却难以言传,不便明说,只好扯到天气上去,"却道天凉好个秋"。词的构思新巧。通过少年无愁"强说愁"和谙练世故后满怀愁情却"欲说还休",进行对比,表现了南宋统治集团投降政策对词人的折磨,以及在这种折磨下难以言说的痛苦心情。语言平易浅近,感情沉郁、激愤,显示出辛词意境深沉、内容丰富的艺术特色。

破阵子 为陈同甫赋壮词以寄

辛弃疾

醉里挑灯看剑,梦回[①]吹角连营。八百里分麾下炙[②],
五十弦翻塞外声[③]。
沙场秋点兵。马作的卢[④]飞快,弓如霹雳弦惊。了却
君王天下事[⑤],赢得生前身后名。可怜[⑥]白发生。

【注释】

①梦回:梦醒时分。

②麾下:将帅的部下。炙:烤肉。

③五十弦:瑟,指军乐。翻:弹奏。

④的卢:骏马的名称。

⑤君王天下事:这里指抗金复国的大业。

⑥可怜:可惜。

【鉴赏】

这首词是写给他的朋友陈同甫(陈亮)的。首句叙写了现实生活,"看剑"表现他不忘收复中原的大事。从"梦回"句起到"赢得"句止,通过写梦,从各个角度来想象抗金军队的雄壮军容和自己为国家立下不朽功勋。结句笔锋急转,"可怜白发

生"是梦醒后的叹息,表达了雄志未筹而年纪以老的境况。这首词闪烁着爱国主义的光辉,情调激昂,描绘生动,形象鲜明,用词精炼,艺术造诣很高。

南乡子 登京口北固亭有怀[1]

辛弃疾

何处望神州[2]?满眼风光北固楼[3]。千古兴亡多少事?悠悠,不尽长江滚滚流!
年少万兜鍪[4],坐断[5]东南战未休。天下英雄谁敌手?曹刘。生子当如孙仲谋[6]。

【注释】

①京口:今江苏镇江。北固亭:在镇江城以北的北固山上。
②神州:中原。
③北固楼:即北固亭。
④兜鍪:头盔,代指出征的士兵。
⑤坐断:占据。
⑥孙仲谋:三国时期东吴的孙权。

【鉴赏】

这首小令是作者在镇江登京口的北固亭写的怀古之作。作者以登北固亭起兴,联想到历史上无数兴亡之事,抒发他对中原国土的怀念,并通过对古代人物孙权能够"坐断东南"的热烈赞扬,严厉地谴责了南宋当局苟安妥协的政策,有力地表现了词人抗金复国的爱国精神。小令的上片写登楼远望的感慨,表达了对中原失地的关怀。下片写孙权的英雄气概,他年轻有为,可与曹操、刘备匹敌,反衬眼前文武之辈庸碌无能。句中"兜鍪"是古代士兵的头盔,这里借指士兵。"万兜鍪"是形容统帅精兵猛将之多。"坐断"即坐镇,割据。这两句写孙权年少有为。曹操见孙权的队伍非常严整,曾感慨:"生子当如孙仲谋,刘景升(刘表)之子若豚犬(猪狗)耳!"正是巧妙地隐指南宋朝廷不战而屈,也同猪狗一样。

浣 溪 沙 常山道中即事[①]

辛弃疾

北陇田高踏水[②]频,西溪禾[③]早已尝新,隔墙沽酒煮纤鳞[④]。
忽有微凉何处雨,更无[⑤]留影霎时云。卖瓜声过竹边村。

【注释】

①常山:浙江常山县。

②踏水:以足踩水车来引导使水上坡。

③禾:水稻。

④纤鳞:小鱼。

⑤更无:绝对没有。

【鉴赏】

此词写途经浙西路上所见。北面那块田高水易干,农民们经常车水浇灌;西溪那边的田亩地势低,水源丰富,水稻成熟得早,已经可以提前收割尝新米饭了,隔墙就有一家农民高兴得到小酒店里买酒煮鱼小酌了。夏天忽晴忽雨,突然吹来一阵凉风,定是哪里下雨了。刚才天空还是万里无云,霎时便布满了乌云。黄瓜已熟,卖黄瓜的人吆喝着,穿村走巷,从屋旁的竹林边走过。词中所写恰如一幅江南农村的风俗画。

念 奴 娇 书东流村壁

辛弃疾

野棠花落,又匆匆过了清明时节,刬地东风欺客梦,一枕云屏寒怯。曲岸持觞[①],垂杨系马,此地曾经别。

楼空人去,旧游飞燕能说。
闻道绮陌东头,行人曾见,帘底纤纤月。旧恨春江流不尽,新恨云山千叠。料得明朝,尊前重见,镜里花难折。也应惊问,近来多少华发。

【注释】

①持觞:拿着酒杯。觞:古时的酒杯。

【鉴赏】

这是游子他乡思旧之作。先由清明后花落写起,接着叙游子悲愁。"曲岸""垂杨"两句道离愁,"楼空"两句写别恨。下阕开头"闻道"紧承"燕子能说",揭示"空楼"中佳人目前处境:"帘底纤纤月",月不圆人也不团圆;"料得明朝"又翻出新意:果真能见,但她可望而不可即。吞吐顿挫,道出佳人难再得的幽怨。此首艳情之作写得缠绵婉曲,哀而不伤,用健笔写柔情,堪称杰作。

汉宫春 立春

辛弃疾

春已归来,看美人头上,袅袅春幡。无端风雨,未肯收尽余寒。年时燕子,料今宵梦到西园。浑未办,黄柑荐酒,更传青韭堆盘。
却笑东风,从此便熏梅染柳,更没些闲。闲时又来镜里,转变朱颜。清愁不断,问何人会解连环。生怕见,花开花落,朝来塞雁先还。

【鉴赏】

这首词从立春起兴,想到故都,想到自己平白浪费光阴,对统治集团的歌舞湖山投出强烈的冷嘲,是一篇讽刺作用很强的作品。

开头两句,点出立春。古代风俗,立春那天,民间剪彩做人形或燕子形,戴在头上,这种东西叫作春幡,又叫幡胜。"无端风雨,未肯收尽余寒",不管满城怎样点缀春光,事实还是冷酷的。你们不看,"风雨"(隐隐指的是侵据北方的异族)依然威胁着人间吗?轻轻一句,作者的微意就透露出来了。

“年时燕子,料今宵、梦到西园。”“年时”是当年或前时。“西园”指的大抵是汴京西门外的金明池和琼林苑,自从汴京沦陷,它早已荒凉满目,旧时燕子,大抵只有做梦才能够看到那个地方了。

过去,每逢立春,汴京的人家照例喝黄柑酒,互送春盘,但如今黄柑酒固然无法备办,连春盘也说不上彼此馈送了。

下片,又再伸进一步。“却笑东风从此,便薰梅染柳,更没些闲。闲时又来镜里,转变朱颜。”表面上指春风,说它忙着把梅花、柳树都装扮起来。其实影射的是那批忙着观灯、赏梅、踏青、修禊、歌舞升平的朝中权贵。他们“更没些闲”,不过是“薰梅染柳”,尽情享乐;等到他们闲起来了,也没有别的作为,除掉让镜子里的朱颜逐日衰老之外。而且更为可悲的是,他们不但浪费了自己的年华,也误尽了有志者的青春!

摸鱼儿 观潮上叶丞相

辛弃疾

望飞来、半空鸥鹭,须臾动地鼙鼓。截江组练驱山去,鏖战未收貔虎。朝又暮,悄惯得、吴儿不怕蛟龙怒。风波平步。看红旆惊飞,跳鱼直上,蹙踏浪花舞。

凭谁问,万里长鲸吞吐,人间儿戏千弩。滔天力倦知何事,白马素车东去。堪恨处,人道是、属镂怨愤终千古。功名自误。漫教得陶朱,五湖西子,一舸弄烟雨。

【鉴赏】

淳熙元年(1174)春,叶衡(字梦锡),被任命为右丞相,辛弃疾也因叶衡的推荐,当了仓部郎官。这一年的秋天,他在钱塘江观潮,写了这首词赠给叶衡。

上片着力描绘钱塘江秋潮雄伟壮观的景象,从侧面表达了词人对祖国壮丽山河的热爱。首四句写潮来时惊天动地的气势,先写天空飞鸟,继写江面波涛。鼙鼓,战鼓;组练,军队;貔虎,传说中一种凶猛的野兽,后来多用以比喻凶猛的勇士。开头四句大意说,他正看着半空翱翔的鸥鹭,刹那间便听到如擂动战鼓般轰鸣的波涛声,只见那汹涌的潮水如千军万马,以排山倒海之势滚滚而来,如激战中奔驰的貔虎似的大队勇士势不可挡。这四句写得有声有色,使读者如闻其声,如见其形,颇有身临其境的感觉。

潮水上涨,如此骇人,似乎无人可以驾驭。然而,对江上的渔民来说,却又因为司空见惯,不把它当回事儿。“朝又暮”以下便写这些。“弄潮儿”嬉戏于潮水中的

动人情景。“悄惯得”犹言“习以为常”；吴儿，泛指钱塘江畔的青年渔民；旆，旗帜。蹙，踩踏。《武林旧事·观潮》记载：“吴儿善泅者数百，皆披发文身，手持十幅大彩旗，争先鼓勇，溯迎而上，出没于鲸波万仞中，腾身百变，而旗略不沾湿，以此夸能。”辛弃疾所写的正是这种场面，旁观者惊心动魄，这些勇士们却自由自在，在潮水中踏着浪花欢腾舞蹈，红旗飞扬，人像鱼儿在波涛中跳跃出没，极为精彩壮观。上片写闻名遐迩的钱塘江上潮的情景，曲尽其妙，充分歌颂了大自然的“美”和“力”，同时又讴歌了与大自然搏斗的人，表现了对勇敢的蔑视狂风巨浪的。“人”的赞赏，既赋物以言情。

仅看上片，词的意境已经够开阔了，但稼轩不仅是伟大的词人，而且是伟大的爱国主义者。因此，本词的艺术境界也远不止此，面对“万里长鲸吞吐”般浩大的潮水，词人思绪万千，他想起后梁钱武肃王命令数百名弓弩手用箭射潮头，企图阻止潮水前进，情同玩笑，所以说“人间儿戏千弩”，其结果便是“滔天力倦知何事，白马素车东去。”这两句说，那滔滔的潮水尽力流泻并不懂得什么事，它依旧像白马驾着素车向东方奔去。“白马素车”，典出枚乘《七发》：“其少进也，浩浩皑皑，如素车白马帷盖之张。”是说白浪滔天的样子。“堪恨处”以下叙述传说中白马素车在潮头之上的伍子胥的遭遇。“人道是、属镂怨愤终千古。”吴王不但不采纳伍子胥的意见，而且赐他“属镂”剑自杀，当然是遗恨千古。辛弃疾在这里实际上是以伍子胥自喻，他想到自己光复中原的建议不被朝廷采纳，而且由此引来了恶意的攻击，受到贬谪，无法为国家建功立业，所以下句说“功名自误”。

“漫教得陶朱，五湖西子，一舸弄烟雨。”说的是吴王不听伍子胥的建议亡国以后的事。“漫教得”，空教得，有“白白便宜了”的意思；“五湖”，或指太湖，或指太湖附近的湖泊；陶朱，范蠡；西子，西施。陶朱公范蠡帮助越王勾践灭吴后，便携带西施乘小舟隐遁于“五湖”之中。辛弃疾忆起历史上吴、越之争，联想到眼前国家前途命运不堪设想，所以结尾意境极沉郁，与本词开头的雄大气魄对应来看，就可以看他无时无地不在惦念国事，观潮，看“吴儿”戏水，本来兴高采烈，但触景伤情，他仍然无法摆脱惆怅、郁闷。

本词或写景，或用典，无不生动自然。由观潮想到令人痛心的历史往事，想到自己的处境和国家的命运，词人时时刻刻想着国家，他的爱国思想也就常常在他的作品中很自然地表达出来。

水调歌头 盟鸥

辛弃疾

带湖吾甚爱，千丈翠奁开。先生杖屦无事，一日走千回。凡我同盟鸥鹭，今日既盟之后，来往莫相猜。白鹤在何处，尝试与偕来。

破青萍，排翠藻，立苍苔。窥鱼笑汝痴计，不解举吾杯。废沼荒丘畴昔，明月清风此夜，人世几欢哀。东岸绿阴少，杨柳更须栽。

【鉴赏】

1181 年，宋孝宗淳熙八年的冬末，四十二岁的作者，正是年富力强，应当大有作为的时候，却被南宋政权罢官，回到刚落成不久的信州上饶郡带湖新居，开始了漫长的归田生活。这首词作于罢官归家不久，反映了词人当时的生活，包含了抑郁和悲愤的思想感情。在词中，他表示要与鸥鹭为友，寄情于山水，他想到带湖的今昔，感慨人世间的悲欢和变迁，实际上是在忧虑国事，叹惜自己的远大志向不能实现。

词题称“盟鸥”，与鸥鸟结盟，相约为友。李白诗：“明朝拂衣去(归隐去)，永与白鸥盟。”词人把自己要表现的思想内容，放置在一种浪漫主义的寓言形式里。词人离开官场生活之后，有一种失去依托之感。异乡沦落，知音难得，只有到大自然里寻找同情者了。

带湖新居，是他倾心所爱的，在这儿他找到了一些慰藉。所以，开头便说：“带湖吾甚爱，千丈翠奁开。先生杖屦无事，一日走千回”。水光山色，能怡悦性情。作者十数年来，奔走于世俗的名利场，与尔虞我诈的官宦角逐，他感到厌倦了。大自然的美好环境，使他得到暂时的解脱。他“仗屦无事”，在“千翠奁”的带湖畔“一日走千回”，以消除他胸中的积闷。“凡我”五句，告诉读者，词人在这样的环境离群索居，实在是寂寞的！所以他发出了“来往莫相猜”，“白鹤在何处，尝试与偕来”的呼唤。这是他真实的心声。透过这种曲折反映出来的词人的心声，读者可以测知词人的思想感情处在一种非常苦闷的状态之中。他是不甘寂寞的！

下片“破青萍，排翠藻，立苍苔。”自然界的这些飞禽，无论鸥鸟也罢，白鹤也罢，它们翩翩而来，又扑翅而去，它们能给人一定程度的安慰，毕竟是自然物罢了，是难以成为人的知音或伙伴的。"窥鱼笑汝痴计，不解举吾杯。"它们怎能知道词人在那儿举杯饮酒，是为浇愁呢。它们只知道自己唯一的乐趣：站在湖边的青苔上，等待着鱼儿游来。于是，词人幡然省悟了：对自然物的期待是靠不住的！但是，此时孤独的词人，又能期待准呢？当他的思绪回到人类社会现实时，时世的变迁，又使他无限感慨："废沼荒丘畴昔，明月清风此夜，人世几欢哀。"但是，词人的壮怀并没有因此破灭，他对生活依然寄托着无限的深情："东岸绿阴少，杨柳更须栽。"把眼前这一片庭园整治好了，多栽植些柳条，以便使旧日荒凉的地方，兴旺起来。足见，词人此时的思想情怀是痛苦的，充满矛盾的，但他毕竟对生活还是热爱的。

水调歌头　汤朝美司谏见和，用韵为谢

辛弃疾

白日射金阙，虎豹九关开。见君谏疏频上，谈笑挽天回。千古忠肝义胆，万里蛮烟瘴雨，往事莫惊猜。政恐不免耳，消息日边来。
笑吾庐，门掩草，径封苔。未应两手无用，要把蟹螯杯。说剑论诗余事，醉舞狂歌欲倒，老子颇堪哀。白发宁有种，一一醒时栽。

【鉴赏】

这首词，是辛弃疾写给一位志同道合的朋友汤朝美的。汤朝美，名邦彦，南宋孝宗时曾任左司谏，敢于指责朝政，发表抗战言论，被贬居新州（今广东新兴），后来调到江西信州。他曾和过辛弃疾的词《水调歌头·盟鸥》。辛又用原韵写此词作为答谢。在词中，作者鼓励他要保持不屈不挠的斗争精神，而对比自己目前被迫隐居、志不得伸的处境，感到极大的愤懑。

词的上片，是写汤朝美的为人。作者怀着烈火般的热情，高度评价汤朝美敢作敢为的精神。开篇："白日射金阙，虎豹九关开。"赞扬他堂堂正正地把"谏净之箭"，对着帝王居住的地方射去；哪怕是有虎豹把守的九道门，也敢于冲破而入，终于使皇帝听到了他的政见。"见君谏疏频上，谈笑挽天回。"说汤朝美屡次向皇上进谏，从不计较个人安危，不怕担风险，而以匡时救弊为己任。这一副"忠肝义胆"是能够流传千古的，可惜的是，这样的人物却遭到贬谪，到"万里蛮烟瘴雨"的地方去受苦。末了，用东晋谢安的话："政恐不免耳"，说汤朝美不免要做官，将要被起用。好消息将要从皇帝身边传来。

下片则是谈论词人自己的事情了。"笑吾庐，门掩草，径封苔。"过片用一个

"笑"字,表明作者对自己的处境,只有付之一笑。笑什么呢?门前长满荒草,小道也长满苔藓,真是"门前冷落车马稀",彻底被世人抛弃了。"两手无用",只能把着"蟹螯杯",借酒消愁,打发日子。于是,只有"说剑""论诗""醉舞""狂歌"。他认为这样做,是"颇堪哀"的。人在忧愁中度日,"白发宁有种,一醒时栽"!

这首词充满悲愤之情。作者胸怀坦率披露,言辞毫无顾忌,是词人对黑暗腐败的南宋政权的揭露与抗议!

历来人们把苏、辛并列,称为豪放派的代表。但辛词作风是外向的,抗争性更强烈;苏词作风却是内向的,比较温良恭俭让。例如熙宁九年苏轼被贬官后写的《水调歌头》,写道:"人有悲欢离合,月有阴晴圆缺,此事古难全。"对现实他采取了一种忍让态度,至多也只是发出一些比较微弱的慨叹:"我欲乘风归去,又恐琼楼玉宇,高处不胜寒。"

同辛弃疾的这首《水调歌头》相比,迥然各异。苏轼是一个具有典型的士大夫气质的文人,而辛弃疾却是一位具有文人才气的斗士!

水调歌头　舟次扬州,和杨济翁、周显先韵

辛弃疾

落日塞尘起,胡骑猎清秋。汉家组练十万,列舰耸高楼。谁道投鞭飞渡,忆昔鸣髇血污,风雨佛狸愁。季子正年少,匹马黑貂裘。

今老矣,搔白首,过扬州。倦游欲去江上,手种橘千头。二客东南名胜,万卷诗书事业,尝试与君谋。莫射南山虎,直觅富民侯。

【鉴赏】

本词作于孝宗淳熙五年(1178)。小题目中指出是在扬州舟中和韵之作。杨炎正(字济翁)与他同过镇江时,曾作《水调歌头》(登多景楼),其中有这样几句:"忽醒然,成感慨,望神州。可怜报国无路,空白一分头。"写出有心报国但又不被重用的苦闷。辛弃疾的和词,是船到扬州时写成,两人的心情是一致的。

上片是回忆。先写高宗绍兴三十一年(1161),完颜亮大举南侵;再写南宋军队在采石水陆并进,击退敌人。江上楼船来回游弋,防卫十分严密。然后写残酷贪婪的完颜亮,妄想一举灭宋,"立马吴山第一峰"。遭到阻击后,他在进退维谷的情势下被杀。那时辛弃疾刚到南方,年少气盛,看见这种胜利的场面,认为恢复有望,因而十分兴奋。

下片写目前。自从"隆兴和议"以后,恢复大计遥遥无期。这时辛弃疾南归已十六年,但却仍得不到重用。如今两鬓已白,功业未建。此次重游旧地,想起当年情景,真有不堪回首之感。眼看国事日非,要想退隐吧,心尚有所不甘。结尾几句,通过"尝试与君谋",反映出彼此矛盾复杂的心情。

水调歌头 和信守郑舜举蔗庵韵

辛弃疾

万事到白发,日月几西东。羊肠九折歧路,老我惯经从。竹树前溪风月,鸡酒东家父老,一笑偶相逢。此乐竟谁觉,天外有冥鸿。

昧平生,公与我,定无同。玉堂金马,自有佳处着诗翁。好锁云烟窗户,怕入丹青图画,飞去了无踪。此语更痴绝,真有虎头风。

【鉴赏】

这首《水调歌头》,用直抒胸臆的笔法,畅述与郑舜举交情的笃厚,真挚而动人。

上片写在郑舜举家乡所见。

开头两句:"万事到白发,日月几西东。"这自然是作者感慨流年易逝,人很快老了的叹喟。王安石《愁台诗》:"万事因循今白发,一年容易即黄花。"大约就是这句词的出处。辛弃疾前去拜会郑舜举,郑舜举是位有才干的人,辛弃疾也就必然想到自己的身世与处境:归宋已经二十多年了,感旧伤怀,有负初衷,而获得的却只有岁月的流逝。辛弃疾的词作,时时、事事都感慨到这些,此词即其一斑。

"羊肠九折歧路,老我惯经从。"写作者来到郑舜举的家乡所见。辛弃疾轻装简履,戴着竹笠,拄着手杖,兴致勃勃地来到上饶城隅的富佳山,他一面爬山,一面似乎在念叨:"好个曲曲弯弯的山路啊,我老头子是走惯了的。"同时,也包含一种虚写成分,暗示他在政治上同样在走着一条曲折的道路。有双关意义。

"竹树前溪风月,鸡酒东家父老,一笑偶相逢。此乐竟谁觉,天外有冥鸿。"这里作者写的是眼前实景:富佳山上,修篁峻岭,古木盘郁,孤村流水,风物宜人。父老乡亲,厚道质朴,见到外来客人,相与殷勤款待,有如陶渊明在《桃花源记》里所写的:"见渔人……便要还家,设酒,杀鸡作食。"这种纯朴山民的情谊,谁能领略并理解它呢?只有天外冥冥的飞鸿吧!作者写实景而有含蓄之妙,笔触轻快又有浓郁的感情色彩。

下片,写与郑舜举的友情。

“昧平生,公与我,定无同。”作者尽情赞美他与郑舜举两人的友谊,说这种朋友间的相互信任和深情,在人世间恐怕是难以找到比拼的。笔墨很浓,感情很重。辛弃疾一生交游广泛,结识的朋友很多。有同事,有文友;有萍水相逢的泛泛之交,有志同道合的莫逆友好。其中著名的,有洪迈、陆游、朱熹、陈亮、刘过等。交往的时期,先后不一,大都在词作里留下了名字。郑舜举于1185年调信州作州守时,辛弃疾已罢官居家四个年头,二人素昧平生,却一见如故,竟成知己,是十分难得的。况且郑舜举又是一个有才干而又爱护百姓的官吏。所以用这种写法谈论交情,在辛词中是罕见的,可见二人情感之深。在写法上,先有了上面的竹溪、风月、鸡酒、冥鸿的铺垫,便使这几句概括性的叙述,不显得空泛。

“玉堂金马,自有佳处着诗翁。”这两句词的意境,跨度很大。“玉堂金马”,是指郑舜举守宰的官邸,但他不住在城内官邸,却在城外另觅一处山庄寄住,与山民为邻。所以,下半句才有“自有佳处着诗翁”之说。这里说的“佳处”,绝非指那“玉堂金马”的官邸,要不然就流于俗套了。这里也包含了作者对“玉堂金马”的鄙薄之意。两句话,一正一反,留有余地,耐人寻味。

“好锁云烟窗户,怕入丹青图画,飞去了无踪。”这三句是引用郑舜举原词的话。这里有一个出典:《世说新语·巧艺篇》注引《续晋阳秋》载,顾恺之曾以一橱画寄给桓玄,桓玄珍藏了多年,后来开橱取画,发现封题如旧,但画已幻变飞仙了。郑舜举为当时的俊逸文士,家中亦当珍藏有字画。辛弃疾说要把云烟窗户关锁好,否则屋内的珍藏会神化而去。这里是赞美郑舜举的高雅。

“此语更痴绝,真有虎头风。”顾恺之小字虎头,世传他有“三绝”:画绝、文绝、痴绝。辛弃疾因上文连类而发,赞美郑舜举兼有顾恺之的。“三绝”作风。

水调歌头　壬子被召,陈端仁给事饮饯席上作

辛弃疾

长恨复长恨,裁作短歌行。何人为我楚舞,听我楚狂声?余既滋兰九畹,以树蕙之百亩,秋菊更餐英。门外沧浪水,可以濯吾缨。
一杯酒,问何似,身后名。人间万事,毫发常重泰山轻。悲莫悲生离别,乐莫乐新相识,儿女古今情。富贵非吾事,归与白鸥盟。

【鉴赏】

稼轩多次以屈原自拟,这既有自信、自励且不无自负的一面,恐也具透视时局

与个人前途，预见到难免与屈原相同的意志落空的最终结局这悲怆的一面。尽管如此，只要一遇机会，他总是尽全部聪明才智，投入最大精力毅力，从事振兴和恢复国家的事业。他不能像希腊神话中的海格力士那样，具有转瞬间尽洗三十年未清理的牛栏的神力，只有知其不可而尽全力为之，并同时用词吟唱其生命的悲剧，吟唱精卫填海的孤哀。

陈端仁，闽县人，淳熙中曾任蜀帅。稼轩作此词是壬子年岁杪（绍熙三年，1193年）应召入朝时，已废退家居的陈端仁设酒为辛送行，席间酒酣耳热时，二人当不乏慷慨报国的磨砺，恐亦难免朝廷腐败政海风波的牢骚。稼轩即席赋此，主要借《楚辞》抒怀以答友人。

“滋兰”等句是屈原自传长诗《离骚》中句子，稼轩照原诗冠“余”字使用，气概非凡。然又自称“楚狂”，可见内心矛盾。据晋人作《高士传》，“楚狂”指楚人陆通字接舆者，躬耕不仕，孔子过，“风歌”嘲之曰，“凤兮凤兮，何如德之衰也；来世不可待，往世不可追也。”“楚狂”参透世事的悲凉心情，乃儒家用世之志修齐治平的反面，与孔丘、屈原大异。换头“一杯酒，问何似，身后名。”反用西晋张翰语，“使我有身后名，不如即时一杯酒。”（见《世说》）张因思吴中莼羹鲈脍而弃官归隐，也是一位“楚狂”。稼轩说一杯酒（生前的清福）哪能和身后的名誉相比，翻了张翰的案，因之也推翻了上片自称“楚狂”的消极。用笔夭矫变化难于捉摸。辛胃口很大，要立功、立言，也要立德。紧接着说“毫发常重泰山轻”，大概是接受陈端仁的提醒，此次进京，千万注意与朝廷和大老们的人事关系。但稼轩岂是谨小之人？故而情感的浪涛翻卷：“悲莫悲生别离，乐莫乐新相识。”陈是在闽新知，故云。

笔底波涛全出自胸次不凡，极真诚无一造作语。稼轩此次赴朝是顺利的，回闽即任闽帅，但仅一年就遭劾去职。“富贵非吾事”是极清醒有预见语。“归与白鸥盟”指退隐，是刚才自己否定了的陆通、张翰道路，辛离闽时作《柳梢青》用“白鸥”语气嘲笑自己：“白鸟相迎，相怜相笑，满面尘埃。华发苍颜，去时曾劝，闻早归来。”与这首《水调歌头》的忐忑心情一脉相承。

顾随先生谓“辛有英雄的手段，有诗人的感觉，二者难得兼。……中国诗史上只有曹（指曹操）、辛二人如此。”（《驼庵诗话》）这首《水调歌头》可见英雄、诗人两个灵魂的痛苦搏战。

水调歌头

辛弃疾

寿赵漕介庵

千里渥洼种，名动帝王家。金銮当日奏草，落笔万龙蛇。带得无边春下，等待江山都老，教看鬓方鸦。莫管钱流地，且拟醉黄花。

唤双成，歌弄玉，舞绿华。一觞为饮千岁，江海吸流霞。闻道清都帝所，要挽银河仙浪，西北洗胡沙。回首日边去，云里认飞车。

【鉴赏】

这首词，作于宋孝宗乾道四年(1168)，九月，为赵介庵祝寿的筵席间。但不是一首单纯的祝寿词。在字里行间浸透着作者力图报国、争取抗战胜利的希望。

宋孝宗乾道四年，辛弃疾已南归六个年头，时任建康府(今南京市)通判。他胸怀统一祖国的壮志，却无机会施展才能。他也曾上书皇上，陈述自己的政见，希冀得到重用，也没有结果。李白失遇时，写过《上韩荆州书》说："一登龙门，便声价十倍。"大人物们的举荐十分重要。大诗人杜甫也有过"朝叩富儿门，暮随肥马尘"的辛酸遭遇。当时驻建康的江南东路计度转运副使赵介庵，是当朝皇上的宗室，是接近皇帝的人物，很有势力和名望。辛弃疾想得到他的举荐，好施展自己的才华。赵做生日的时候，作者应邀参加寿筵，即席写下了这首词。

上片赞颂赵介庵，下片陈述自己的报国宏旨。

首句"千里渥洼种，名动帝王家。""渥洼"，水名，在今甘肃省瓜州县，是产千里马的地方。据《汉书·武帝纪》载："元鼎四年六月，得宝鼎后土祠旁，秋，马上渥洼水中，作《宝鼎天马》之歌。"作者以天马喻赵介庵人才非凡，声名惊动了朝廷。礼下于人，必有所求。雄心壮志受到压抑的辛弃疾，欲求得人家举荐的心情，不言自明。

"金銮当日奏草，落笔万龙蛇。"说赵介庵给皇帝掌理过制诰诏书，颇有文采，落笔万言，如走龙蛇。在这里作者隐约表示希望能得到举荐之意，但不直叙，可谓苦心孤诣，措词颇费踌躇。

“带得无边春下”,是说赵介庵能赐福于人民,把春天般的温暖带来人间。“等待江山都老”,指岁月流逝,照应下文:“教看鬓方鸦。”说赵介庵青春长驻,鬓发还像乌鸦羽毛一样乌黑。另方面也隐含着自己要为国家做一番事业,盼望已久,江山都等老了的意思。接着,“莫管钱流地,且拟醉黄花”。作者把赵介庵比作刘晏,唐代刘晏管理财政、赋税、盐铁等,使水陆运输畅通,物价稳定,曾说“如见钱流地上”。这里是说:你像刘晏那样会理财,使江南富庶,如钱流遍地,席间且不管这些,还是痛饮赏菊吧!作者有求于人,婉转陈情,露而又收,真是达到挖空心思的地步了。

下片,开头几句:“唤双成,歌弄玉,舞绿华。一觞为饮千岁,江海吸流霞。”双成、弄玉、绿华,都是古代传说中能歌善舞的仙女。双成,即董双成,为西王母侍女;弄玉,秦穆公之女,据《列仙传》载:“箫史者,秦穆公时人,善吹箫。穆公女弄玉好之,公妻焉。弄玉日就箫史学箫作凤鸣,感凤来止,一旦夫妻随凤飞去。”绿华,即萼绿华,据《真诰·运象篇》:“南山人,青衣,颜色绝整。”流霞:仙酒名。据《论衡·道虚篇》记载:“河东项曼斯好道学仙,委家亡去,三年而返。曰:‘去时有数仙人,将我上天,离月数里而止。居月之旁,其寒凄怆。口饥欲食,辄饮我流霞一杯。每饮一杯,数月不饥。’”这几句接上片,意思是说,欣赏着歌舞,敬赵介庵一杯美酒:望你像倾江倒海一样痛饮,祝你长寿。这些均系作者即席所见,无关宏旨。

重点落笔:“闻道清都帝所,要挽银河仙浪,西北洗胡沙。”这二句从杜甫《洗兵行》:“安得壮士挽天河,净洗甲兵长不用。”脱化而出。意谓要派壮士手挽天河,用滔滔的仙浪去冲刷西北地区的胡沙。弦外之音,皇帝要出兵北伐,驱逐金人,洗净中原大地膻腥的胡沙。国难当头,志士献身,有意报效国家,是作者的真正用心。辛弃疾向这位有权有势接近皇帝的大人物赵介庵,把自己的志愿提出来,希望他能在皇帝面前保举自己。这是作者所神往的壮丽事业,也是这首词的真正的意旨所在!

“回首日边去,云里认飞车。”又是一句美好的颂扬话。“日边”当然是指皇帝的身边,说赵介庵在人们“回首”之间,就能到皇帝的身边,人们会钦羡地望着他乘坐飞车消逝于天地云间。那喻义是不言自明的,你赵介庵他日到皇帝身边述职时,不要忘了替我这远离“日边”的人美言几句,把我报国的雄心壮志好好转达啊!

这首词,真切地表达了乾道初年作者的处境和心情。一个爱国志士,雄心勃勃要报效国家,却不为世所用,内心实在是痛苦的。在寿筵席上,作者对赵介庵寄托了极大的希望,赞扬他才华出众,期望他把无边的春色带给人民。这无边春色,就是抗战胜利,实现祖国统一大业!“西北洗胡沙”的思想,在这首曲子词里是锋芒独见的。这是其他文人墨客逢场作戏写的那些一味颂扬的祝寿词,所不能比拟的。他用神采飞驰的笔触,表现了自己豪迈的心情,情绪是乐观的,笔调是高昂而委婉的,大体上可以代表他早期词的风格。

沁园春 带湖新居将成

辛弃疾

三径初成,鹤怨猿惊,稼轩未来。甚云山自许,平生意气;衣冠人笑,抵死尘埃。意倦须还,身闲贵早,岂为莼羹鲈脍哉。秋江上,看惊弦雁避,骇浪船回。

东冈更葺茅斋。好都把、轩窗临水开。要小舟行钓,先应种柳;疏篱护竹,莫碍观梅。秋菊堪餐,春兰可佩,留待先生手自栽。沉吟久,怕君恩未许,此意徘徊。

【鉴赏】

带湖位于信州(今江西上饶市)城北一里许,是一个狭长形的湖泊。其地"三面附城,前枕澄湖如宝带,其纵千有二百三十尺,其衡(横)八百有三十尺,截然砥平,可庐以居"(洪迈《稼轩记》)。辛弃疾"一旦独得之,既筑室百楹,才占地十四。乃荒左偏以立圃,稻田泱泱,居然衍十弓。意他日释位得归,必躬耕于是,故凭高作屋下临之,是为稼轩"(引同上)。湖光山色,风景绝佳,稼轩作此词时(淳熙八年秋),仍在江西安抚使任上,带湖新居即将落成。

开篇即云思归之意。晋人赵岐《三辅决录·逃名》载:西汉末王莽弄权,兖州刺史"蒋诩归乡里,荆棘塞门,舍中有三径,不出,唯求仲、羊仲从之游。"后因以"三径"指归隐所居田园。陶潜《归去来辞》:"三径就荒,松竹犹存。"南齐陆韩卿《奉答内兄希叔》诗:"杜门清三径,坐槛临曲池。"隐居的别墅初成,而"稼轩未来",故"鹤怨猿惊"。此化用孔稚《北山移文》句意:"蕙帐空兮夜鹤怨,山人去兮晓猿惊。"词人赋予物以人情,既怨且惊(怪),深刻地表达出自己急切归隐的心情。接述高卧云山之志。"甚云山"以下四句,谓平生意气自负,以隐居云山自许,不想这些年来竟奔波于官场,为人所笑。"衣冠",古代士以上戴冠,庶人包巾,衣冠连称,是古代士以上的服装。《史记》卷六十二《管晏列传》:"晏子惧然,摄衣冠谢曰。"后引申指世族、士绅。"抵死",老是,总是意,在辛词中屡见,如《浣溪沙》:"去雁无凭传锦字,春泥抵死污人衣";《满庭芳》:"恨儿曹抵死,谓我心忧"。"尘埃",比喻污浊。《楚辞·渔父》:"安能以皓皓之白,而蒙世俗之尘埃乎?"此处指官场。接三句重申思归之意:"意倦须还,身闲贵早",岂是为家乡的佳肴美味!《世说新语·识鉴篇》:西晋张翰官洛阳,"见秋风起,因思吴中莼菜羹、鲈鱼脍,曰:'人生贵得适意尔,何能羁宦数千里以要名爵'?遂命驾便归。"上面一借"鹤怨猿惊"而表归心急切,二云自己本志在云山,不在仕宦,三云早就"意倦""身闲"绝无留恋了。然最后更道出真意:“秋江上,看惊弦雁避,骇浪船回。”喻遭人排挤,如秋江鸿雁,应避弓弦;惊涛骇浪,应急拨转船头。这年冬十一月,改除两浙西路提点刑狱公事。《宋会要》一百零一册《职官门·黜降官》第八:“淳熙八年十二月二日,右文殿修撰新任两浙西路提点刑狱公事辛弃疾落职罢新任。以弃疾奸贪凶暴,帅湖南日虐害田里,至是言者论列,故有是命。”《宋史》卷四百零一《辛弃疾传》:“台臣王蔺劾其用钱如泥沙,杀人如草芥。”带湖新居始建于春初,冬季落成。在写作此词时,似已有所觉察,故选择了急流勇退之途。

下片层层铺叙带湖新居的园林亭台,水木花草的胜境。据《稼轩记》载:“田边立亭曰植杖,若将真秉耒耨之为者。东冈西阜,北墅南麓,以青径款竹扉,锦路行海棠,集山有楼,婆娑有堂,信步有亭,涤砚有渚”。词则说东冈还须再盖一所茅顶书斋,窗子全部临水而开。为方便在小船上钓鱼,要在湖边先种上柳树;插上篱笆保护竹枝,可不要妨碍观看梅花。秋菊可以用来进餐,秋兰可以用来佩带,这些都留待我来时亲自栽种。屈原《九歌·礼魂》:“春兰兮秋菊,长无绝兮终古!”“留待先生手自栽”,示意如屈原一样志行高洁,不同流合污。最后又说自己的退隐是迫于无奈,壮志未成,在词人是很沉痛的。既“沉吟久”,而又“徘徊”,正见积极用世与退隐林下的矛盾心情。

词一起托物鹤猿,归思如见。继以一去声“甚”字领起四个四言短句,作扇面对(即一、三对仗,二、四对仗),音节急促,气势流贯。下片亦以一去声“要”字领四个四言短句,结构与上片全同。但音节徐缓,情韵悠悠。前者充分表现他愤世之怀,后者则闲适之意,流漾于外。至结处,方以“沉吟久”稍做停顿,转出“此意徘徊”的复杂心理。周济《介存斋论词杂著》指出:“北宋词多就景抒情,……至稼轩、白石一变而为即事叙景。”即事叙景在辛词中确不少见,它不同于以情为中心的就景抒情,而是以叙事为主体,抒情如血脉流贯其中,以写景作为叙事的烘染或铺垫,如本词下片那一大段关于著茅斋、开轩窗、种柳、观梅、餐秋菊、佩春兰等事项的设想安排,都可看出艺术手法与北宋词人之不同处。

南宋文人们的生活和北宋一样,仍是得天独厚(天者,皇帝也)。他们没有像杜甫那样“朝扣富儿门,暮随肥马尘。残杯与冷炙,到处潜悲辛”(《奉赠韦左丞丈二十二韵》);也不会像孟郊那样“借车载家具,家具少于车”(《借车》),弄得一身尴尬。为官的时候,自然有优渥的待遇,暂时辞职或致仕,也仍可悠游林下,坐享天年。在本词和“带湖之什”的许多篇中,都可见到这种富贵奢华景象,可贵的是辛弃疾无论顺境逆境始终未忘“看试手,补天裂”(《贺新郎·同甫见和,再用韵答之》)收复失地完成南北统一的大业。

沁 园 春 灵山齐庵赋，时筑偃湖未成

辛弃疾

叠嶂西驰，万马回旋，众山欲东。正惊湍直下，跳珠倒溅；小桥横截，缺月初弓。老合投闲，天教多事，检校长身十万松。吾庐小，在龙蛇影外，风雨声中。
争先见面重重。看爽气、朝来三数峰。似谢家子弟，衣冠磊落；相如庭户，车骑雍容。我觉其间，雄深雅健，如对文章太史公。新堤路，问偃湖何日，烟水濛濛？

【鉴赏】

在山水词中这是一篇难得的佳作。词约写于宁宗庆元二年(1196)，时稼轩投闲置散居江西上饶带湖之滨。灵山，位于上饶境内。其于《归朝欢》词序云："灵山齐庵菖蒲港，皆长松茂林，独野樱花一株，山上盛开，照映可爱。"所谓"九华五老虚揽胜，不及灵山秀色多。"可知这是个绝佳去处。词作于灵山齐庵，新筑之偃湖尚未落成。

一起写山，如万马奔腾，呼啸而来：层岚叠嶂的群山向西奔驰，突然又掉头而东，有如万马回旋之势。西驰，东奔，寂静的群山，变静为动；拟以"万马回旋"，恍如见其奔腾跳跃，盘旋凌空，气势再进一层。远在宋孝宗淳熙元年(1174)，在"金陵赏心亭为叶丞相赋"的《菩萨蛮》开篇亦云："青山欲共高人语，联翩万马来无数"，但却后来居上，想象更为丰富了。接由远而近，"正"字总领连用四个四字句，前两句写水：飞泉瀑布，急流奔泻，水珠迸溅，极见动态；后二句写小桥：如一弯弓形的新月(或谓小桥如新月，如弯弓)，静境毕现。这里与写山的壮美不同，一变而为一派清新疏朗，爽气逼人，有身临其境之感。在如此山水佳境，出现了作者的身影："老合投闲，天教多事，检校长身十万松。"老了本应当过闲散的生活，偏又老天爷多事，却教我来管理这十万株高大的青松。此与上引"灵山齐庵菖菖莆港，皆长松茂林"合。"检校"：巡查、查核。作者《清平乐》(连云松竹)题曰："检校山园，书所见。"此处引申为管理。看似淡语、浅语，实为愤语、激语。稼轩原任福建安抚使。先是谏官黄艾"言其残酷贪饕，奸赃狼藉，"罢帅任，主管建宁府武夷山冲佑观，后又被御使中丞谢深甫奏劾，降充秘书阁修撰，而后开始了他家居上饶的生活。这期间的词，如《沁园春·再到期思卜筑》"清溪上，被山灵却笑：白发归耕"；《兰陵王·赋一丘一壑》"帐日暮云合，佳人何处，纫兰结佩带杜若"；均或显或隐地表现出这种郁勃幽愤情怀。"吾庐小，在龙蛇影外，风雨声中。"写了远景的山，近景的水，便凝集

到眼前的一点——灵山齐庵。“龙蛇影”,喻松树。白居易《草堂记》:“夹涧有古松,如龙蛇走。”苏轼《戏作种松诗》:“我昔少年日,种松满东冈。……不见十余年,想作龙蛇长。”无论松影洒地的晴天,风雨敲竹的阴天,坐在这座小屋子里,遥望连绵雄伟的青山,急湍奔流的瀑布,和那如悬空中的小桥,投闲置散,检校十万长松,能无感慨?但一切皆在不言中。处于十万长松之中,则庐之小更见奇趣了。

词通常上片写景,下片抒情。本词上片写景由远至近,由大至小,景已写足。不想转入下片不仅仍写景,而且仍写山。“争先见面重重。看爽气、朝来三数峰。”夜雾消散,群山“争先”露出与人“见面”——山不仅有动态,还有了感情。群山带来清新气息,使人精神爽快。《世说新语·简傲篇》称:王子猷为桓玄的参军,“桓谓王曰:‘卿在府久,比当相料理’。初不答,直高视,以手版拄颊云:‘西山朝来,致有爽气’。”辛用其语,不见痕迹。于是一反上片的写山之“形”而写山之“神”,连用三个立意新颖,构思别致的比喻:“似谢家子弟,衣冠磊落;相如庭户,车骑从容。我觉其间,雄深雅健,如对文章太史公”。东晋谢家是门阀世族,谢安一家子弟杰出。《晋书》卷七十九《谢安传赞》曰:“安西英爽,才兼辩博。宣妨镇,流声台阁。太保沈浮,旷若虚舟。”以谢家的超群出众,以形容挺拔轩昂的山峰。又,《史记》卷一百一十七《司马相如列传》“相如之临邛,从车骑,雍容闲雅甚都(美)。”此将山拟人化,谓其态度大方,从容不迫。又,《新唐书》卷一百六十八《柳宗元传》:“宗元少时嗜进,谓功业可就。既坐废,遂不振。然其才实高,名盖一时。韩愈评其文曰:‘雄深雅健,似司马子长,崔、蔡不足多也。”这里又以雄放、深邃、高雅、刚健的文风,形容群山的美姿。谢榛论情景有云:“观则同于外,感则异于内,当自用其力,使内外如一,出入此心而无间也。”(《四溟诗话》卷三)。“观”者,景也。结伴登高,所见皆同;“感”者,情也。发为思致,则人言言殊,而诗人的胸襟、气度在此起着决定性的作用。正是由于稼轩的磊落胸怀,故用典取事,驱遣自然,语既超旷,意又和平,新奇健雅,韵味无穷。最后,以景结情:“新堤路,问偃湖何日,烟水濛濛?”似问非问,姿态、情韵,两臻其妙。杨慎独赏其用典,赞曰:“且说松(按,应为“说山”),而及谢家、相如、太史公,自非脱落故常者,未易闯其堂奥”(《词品》卷四)。范开云:“故其词之为体,如张洞庭之野,无首无尾,不主故常”(《稼轩词序》)。如为“故常”所缚,便不会得见其笔力之峭了。

沁　园　春　将止酒,戒酒杯使勿近

辛弃疾

杯汝来前,老子今朝,点检形骸。甚长年抱渴,咽如焦釜;于今喜睡,气似奔雷。汝说“刘伶,古今达者,醉后何妨死便埋。"浑如此，叹汝于知己，真少恩哉！
更凭歌舞为媒。算合作、人间鸩毒猜。况怨无小大，生于所爱；物无美恶，过则为灾。与汝成言："勿留亟退，吾力犹能肆汝杯。"杯再拜，道"麾之即去，招亦须来。"

【鉴赏】

写饮酒的诗词，琳琅满目，多不可数。写戒酒，在诗坛词苑中，便甚为少见了。其实辛弃疾并非真的要戒酒，他不过借此以抒胸中之块垒也。

词用主客体问答对话的形式，虽仿效汉代东方朔《答客难》和班固《宾戏》，但以酒杯为客，以己为主，居高临下，发了一场妙趣横生的议论，读来是颇耐寻味的。起笔不凡，以命令的口气呼曰："杯汝来前"，继便道出戒酒的原因：从今天起我要保养身体，约束自己，不再饮酒伤身了。"老子"，即老夫，老人自称。《礼记·曲礼上》："大夫七十而致事，…自称曰'老夫'。"但这里与上句"汝"字相应，含有倨傲的意思。"汝"，本文为你。《书·尧典》记尧对舜说让他继帝位："格！汝舜。……汝陟帝位。"亦含有命令、指示的意思。"形骸"，谓人的形体。《淮南子·精神训》："忘其五脏，投其形骸。"接着正言相告：为甚么我长年口渴，喉咙干得似焦炙的锅子一样难受；现在又添了嗜睡，鼻息（鼾声）似雷鸣。"长年抱渴"四句用扇面对（又称隔句对），"咽如焦釜"，"气似奔雷"是夸张语。"抱渴"，患酒渴病，即嗜酒成瘾。《世说新语·任诞篇》："刘伶病酒，渴甚，从妇求饮。"概言之，这四句即因酒致病，酒杯的罪责难逃。"汝说"三句是酒杯的申辩。典用《晋书》卷四十九《刘伶传》："（刘伶）常乘鹿车，携一壶酒，使人荷锸而随之，谓曰：'死便埋我'。"又《世说新语·文学篇》引《名士传》：刘伶"肆意放荡，以宇宙为狭。常乘鹿车，携一壶酒，使人荷锸随之。云：'死便掘地以埋'。"但这里用"汝说"而不用"杯说"，可知是主人复述杯的话，而不是杯在自说，显示出主人的惊讶，未料到对方这样说。故以严重的口吻斥曰："浑如此，叹汝于知己，真少恩哉！""浑如此"，竟然如此。感叹酒杯"少恩"，无情义，比开头那番命令埋怨话，口气发生了变化。

作者"止酒"的主意已定，下面"更"字再加重语气，词意又进一层。对酒进行谴责，分三层说。一称沉酣歌舞，如酒之媒介，害人尤甚，直似鸩毒。《汉书》卷三十八《齐悼惠王传》："太后怒，乃令人酌两卮鸩酒置前，令齐王为寿。"颜师古注引应劭曰："鸩鸟黑身赤目，食蝮蛇野葛，以其羽画（副）酒中，饮之立死。"又，《汉书》卷五十三《景十三王传赞》："是故古人以晏安为鸩毒。"《左传·闵公元年》："宴乐鸩毒，不可怀也。"孔颖达疏："宴安自逸，若鸩毒之药，不可怀恋也。"稼轩用典巧妙，正取义于此。宋孝宗即位后，虽一度振作，主张北伐，但兴隆和议后，一切行事，尽如高宗，文恬武嬉，满足于偏安一隅，"直把杭州作汴州"，岂不是"饮鸩止渴"。其次，接以四句议论，从哲理方面述说饮酒之害："况怨无小大，生于所爱；物无美恶，过则为灾。"意为何况怨恨不论大小，常由爱极而生；事物不论何等好（"美恶"，偏义于美),超过限度就会成灾害。以"理语"入词,而无"理障",以其富有情致,用语清畅,言近指远。再次,毅然决然地宣称:"与汝成言:'勿留亟退,吾力犹能肆汝杯'。"意为今天跟你说定:勿留急去,不然我尚有力把你砸碎!"肆",原义指古时处死刑后陈尸于市。《周礼·秋官·掌戮》:"凡杀人者,踣之者市,肆之三日。"此处语出《论语·宪问》:"吾力犹能肆诸市朝。"这里借其语意对酒而言,示戒酒之决心。最后酒杯深深再拜,只有俯首听命了:"麾之即去,招亦须来。"即去,须来,一切听从安排,完全一副唯唯诺诺相了,诗人以彻底的胜利而告终。《汉书·汲黯传》:"招之不来,麾之不去。"此反用其意。

辛弃疾是位"诸体皆备"的词人,此词可为佐证。它与那些"大声鞺鞳""龙腾虎掷"之作不同;也与那些"秾纤绵密""婉而妩媚"的篇什有异;而是稍带幽默戏谑的偶然兴到之作。它打破上下片的换意定格,第一段从开头"杯汝来前"直到下片"吾力犹能肆汝杯"止,是作者对酒杯谴责和对酒害的议论。第二段即最末三句,是酒杯对作者的应答。作者自由挥洒,涉笔成趣,于纵性放诞中,表现出政治失意的苦闷。刘体仁《七颂堂词释》云:"稼轩'杯汝来前',毛颖传也。'谁共我,醉明月',恨赋也,皆非词家本色。"韩愈的《毛颖传》曰:"秦之灭诸侯,颖与有功,赏不酬劳,以老见疏,秦真少恩哉!"词亦隐含此意。但如果以"本色"求稼轩,自是南辕北辙。词大量采取散文句而加之以议论。首句变本调四字句的二二节奏,而作上一下三。虽大量使用经史散文句法和用意,使传情达意愈见自由挥洒,堪称于宋词中别树一帜之作。

念奴娇 登建康赏心亭,呈史留守致道

辛弃疾

我来吊古,上危楼、赢得闲愁千斛。虎踞龙蟠何处是?只有兴亡满目。柳外斜阳,水边归鸟,陇上吹乔木。片帆西去,一声谁喷霜竹?

却忆安石风流,东山岁晚,泪落哀筝曲。儿辈功名都付与,长日惟消棋局。宝镜难寻,碧云将暮,谁劝杯中绿?江头风怒,朝来波浪翻屋。

【鉴赏】

这是一首吊古伤今的词章。乾道四年或五年(1168 或 1169),作者登上赏心亭,写了这首词,送给史致道。词中感慨很深,虽是吊古,实是伤今。

上片以危楼所见的山川形胜,斜阳归鸟,引出兴亡满目的感慨。

“我来吊古，上危楼、赢得闲愁千斛。”起句作者就以突兀之势，点明牵动他感情起伏的因由。登上高楼，下临秦淮，遥望远处的长江，使他想起了古往今来的历史变迁。他以引而不发的笔触，暂不点明什么原因“赢得闲愁千斛”，使读者揣测、捉摸不定。以“闲”字点“愁”，意欲说明他的愁闷是孤独、空虚的，又以“千斛”言其分量之沉重，给人以重压之感。从而，造成一种悬念，迫使读者跟踪追索，非得读下去不可。

“虎踞龙蟠何处是？”建康，形势险要，早有“龙蟠虎踞”之称。据《金陵图经》记载，三国时诸葛亮曾评论金陵的地理形势说：“钟山龙蟠，石城虎踞，真帝王之都也。”作者却以疑问的语气提出，加重了感情的负荷。回答是：“只有兴亡满目。”昔年在此建都的六朝，都已覆亡，留下的只是一些朝代兴废的痕迹，不胜盛衰之感。句意来自李商隐《咏史》诗：“北湖南埭水漫漫，一片降旗百尺竿；三百年间同晓梦，钟山何处有龙蟠。”

接着，作者描绘眼前景物：“柳外斜阳，水边归鸟，陇上吹乔木。片帆西去，一声谁喷霜竹？”柳荫下的斜阳，大河两岸寻找归宿的飞鸟，树林里的风声，苒苒西去的孤帆，触人愁肠的舟笛声……这些形象，在人们俯仰之间，就要逝去了！这一组飘忽的景物，触动了作者翻滚的思绪，从而，加深了那种吊古伤今的感情。

上片是虚笔，给读者一些形象暗示，下片作者用历史故事，抒发和表达作品的思想情绪。“却忆安石风流，东山岁晚，泪落哀筝曲。”安石，是东晋名将谢安，他统率八万兵力，迎击号称百万大军的苻坚军，取得了淝水之战的辉煌胜利。但是，谢安有过一段不得意的历史，曾被奸佞构陷，皇帝不信任他。有一次东晋孝武帝召宴，谢安在场。一位叫桓伊的人弹筝唱歌，唱的是曹植的《怨诗》，其中唱道：“为君既不易，为臣良独难，忠信事不显，乃有见疑患。”替谢安表忠心。于是，谢安触景伤怀，忍禁不住落下泪来。

“儿辈功名都付与，长日惟消棋局。”淝水之战时，谢安的儿子谢石和侄子谢玄，率兵迎战，当捷报传来时，谢安与客人下棋，他十分从容地说：“小儿辈遂已破贼。”由于被皇帝猜疑，不为世用，只有在棋局中打发日子，忠信见疑，不为世用，如今辛弃疾的境遇，与当年谢安的处境，是有相似之处的。胸怀大志，又是栋梁之材，归宋六年一直得不到重用。所以，与听哀筝而落泪的谢安发生共鸣。

接下来：“宝镜难寻，碧云将暮，谁劝杯中绿？”感情的负载就沉重了。“宝镜”，有人解释为“月亮”。李濬的《松窗杂录》载：“渔人于秦淮得古铜镜，照之尽见脏腑……”在这里，作者所指，应是那面古铜镜。因为辛弃疾从沦陷区归宋，被视为“归正人”。“归正人”受歧视，被怀疑有异心。所以，作者登临赏心亭，面对秦淮河，便想起秦淮渔人那面宝镜来了。他恨不能得到“宝镜”，以明心曲啊！现在呢？宝镜寻不到——无法表明心迹，而年纪却快老了（碧云将暮），更无人来一起饮酒消愁。

结句：“江头风怒，朝来波浪翻屋。”这两句是说：从赏心亭远望，江头风大浪险，有使房屋倾倒之势。这里暗喻国势危急，是点睛之笔。姜夔说：“一篇全在结尾，如截奔马。”这个结尾，突兀而又有余意，耐人寻味。

从这首词作来看，辛弃疾的艺术个性已经形成。他以沉郁悲壮的音响，热烈豪放的气势，走上词坛。抒豪情、叙壮志，关心国家民族的兴亡，像这样的一支曲子词，就是一支救亡曲！

念奴娇 瓢泉酒酣，和东坡韵

辛弃疾

倘来轩冕，问还是、今古人间何物？旧日重城愁万里，风月而今坚壁。药笼功名，酒垆身世，可惜蒙头雪。浩歌一曲，坐中人物之杰。

休叹黄菊凋零，孤标应也、有梅花争发。醉里重揩西望眼，惟有孤鸿明灭。万事从教，浮云来去，枉了冲冠发。故人何在，长庚应伴残月。

【鉴赏】

今存稼轩词集中，和苏东坡《念奴娇》（大江东去）原韵之作共有四首，内容有相似和连贯处，疑为同时作。第二首题下小注云，“再用前韵，和洪莘之通判《丹桂词》。”洪莘之是洪迈长子，四词当作于稼轩赴闽前即绍熙元年或二年秋桂开时（1190 或 1191）。时当稼轩江淮两湖为官解职后，郁郁不得志闲居于带湖（在江西上饶）。这里所选为四首组词的第一首，像是总冒和序曲。

苏轼《念奴娇·赤壁怀古》是四十七岁谪黄州游赤壁时所作，为雄视千古抒发豪迈理想的绝唱名作。稼轩写此组和作时年近半百，处境相类，心情与大苏亦有共鸣之处。大苏作气魄宏伟浩歌壮烈横扫时空，实已难乎为继，正如鲁迅先生说自问非翻得出如来佛手心者大可不必动手。稼轩敢于费力不讨好地来“和东坡韵”，当然不是角胜，大概是写下《念奴娇》这个词牌，大苏那股悲凉之气就袭上心头，不能自已。但他还是没重复走怀古路子，而是另辟蹊径，尽情抒发自我反思，将志意和潜意识中心理障碍化为一系列诗的意象，成为烟云翻卷的长卷，显示出另一种格调的宏伟。

稼轩和唱的第一首（即此所选），上片悲多于壮。辛痛恨含混敷衍，但恰恰碰到上上下下含混敷衍的亡国环境，真是快男儿的悲剧。《庄子·缮性》：“轩冕在身，非性命也；物之倘来，寄者也。”“倘来轩冕”出此，说自己偶然做官，乘轩戴冕乃一时之寄，自己本心并不在于此，但国家民族危急存亡之秋，自己却放废闲居，如今成了人间何物？对自己的疲软无能很不满意。稼轩前此曾任江西、湖南等地安抚使，也即地方军队首脑，他亲手镇压过茶商起义，但他平“寇乱”后所上《论盗贼札子》又很体谅民情，说“民为国本，贪浊之吏迫使为盗。”似乎手上的鲜血使他心情十分沉重和追悔。他常常很矛盾，又很单纯，只想“了却君王天下事，赢得生前身后名”。这目的能达到吗？“问还是，今古人间何物？”可见日夕困扰着他的痛苦。这个貌似猥琐碌碌终日的人物所愁是“旧日重城”——北方沦于敌手的国土，想到其地傲啸风月是不可能的，“而今坚壁”，其地已是铜墙铁壁。风月豪兴哪去了！难道熬药饮酒伴头白，如此窝囊一世不成？歇拍振起，“浩歌一曲，坐中人物之杰。”豪杰之锐气并未沦丧。“之杰”或作“三杰”，对朋友和同志很抱希望，很有信心。

下片循振起而行，亦悲亦壮，以壮为主。黄菊孤标，有梅花争发，梅菊同时可见非实境而属诗词意象。可叹辛帅一世豪杰，诗人孤标，一切竟如瓶中折枝花发，或如词中菊梅齐芳，离土无根，结果无望。此无意识中深沉悲哀显示于作品，成为使人酸辛的豪壮，创造出意境深邃的特殊美感。长天孤鸿飞翔明灭，浮云来去，长庚(金星)伴残月而明，皆如诗人西望沦陷区冲冠一怒之孤忠，无比寥廓苍凉。虽结于希望，但对一世似已有预感。

其他三首和东坡之作，似都在求索生命和生活的意义，二、三首较隐晦。第二首咏“借得春工，惹将秋露，熏做江梅雪”的桂花，她“坐断虚空香色界，不怕西风起灭”，稼轩对之寄予厚望：“玉斧重倩修月。”第三首扑朔迷离，似梅，似月妖，似人间尤物。她来自天上，“收拾瑶池倾国艳，来向朱栏一壁。”去得神秘，“绕梁声在，为伊忘味三月。”似为顽强夭矫生命之象征。第四首题下小注，“三友同饮，借赤壁韵”，写骨交为国平戎破虏较直露，“龙友相逢，洼尊缓举，议论敲冰雪。”

鹧鸪天 代人赋

辛弃疾

晚日寒鸦一片愁，柳塘新绿却温柔。若教眼底无离恨，
不信人间有白头。
肠已断，泪难收，相思重上小红楼。情知已被山遮断，频
倚栏干不自由。

【鉴赏】

这首《鹧鸪天》，题下注明“代人赋”，说明词中抒情主人公并非作者自己。细玩词意，这首词是作者代一位妇女赋的，那位妇女的意中人刚离开她走了，她正处于无限思念、无限悲伤的境地。

“晚日寒鸦”，这是送人归来后的眼中景。“晚日”的余晖染红天际，也染红长

亭古道和目之所及的一切,这是空间。夕阳愈来愈淡,夜幕即将降落,这是时间。而她送走的那位意中人,就在这空间、这时间中愈走愈远了。“寒鸦”当“晚日”之时,自然应该寻找栖息之处,大约在绕树啼叫吧!可是那位行人,他此刻孤孤零零地走向何处,又向谁家投宿呢?正因为这样,那本来没有感情的“晚日”和“寒鸦”,在那位女主人公的眼中,就变成“一片愁”了。这首词,是写别愁离恨的。“愁”与“恨”,乃是全篇的基调。按照一般的构思,接下去仍然要写愁写恨,但作者却并没有这样做,而是跳出窠臼,不再写哀景,而是用清新愉悦的笔触,勾画出一幅乐景:“柳塘新绿却温柔。”把读者引入春意萌动、春情荡漾、温馨柔美的境界。唐人严维诗云:“柳塘春水漫,花塘夕阳迟。”北宋诗人梅尧臣称其“天容时态,融和骀荡”,“如在目前”(《六一诗话》)。辛弃疾的“柳塘新绿却温柔”,也有类似的艺术奥秘。“柳塘”一词,使人想见塘周遍植垂柳;但目前处于什么季节,却无从得知。联系前面的“寒鸦”,便会想到时值严冬,柳叶黄落,塘水冰封乃至完全枯竭,那景象,自然是萧条的。然而诗人却别出心裁,于“柳塘”之后缀以“新绿”,便立刻为我们唤来了春天:塘周柳丝摇金,塘中春波涨绿,已够赏心悦目了;那料到在此基础上,又加上“温柔”一词。相对于严冬而言,初春的水显得“温”,所谓“春江水暖鸭先知”。但说它“温柔”,这就不仅表现了抒情主人公的感觉,而且表现了她的感情。这感情异常微妙,耐人寻味。凭借我们的经验:那一塘春水,既倒映着天光云影和四周的垂柳,又浮游着对对鸳鸯或其他水禽。抒情主人公看到这一切,就自然感到“温柔”,从而也联想到她与意中人欢聚之时是何等的“温柔”了。

“晚日寒鸦”与“柳塘新绿”,是送走行人之后相继入目的两种景象。不难想见,这是乍暖还寒的初春。前者就离别说,故“日”而曰“晚”,“鸦”而曰“寒”,引起的内心感受是“一片愁”。后者就相聚的回忆与展望说,故春景宛然,春意盎然,引起的内心感受是无限“温柔”。

这首词真可谓“工于发端”。开头两句展现的两种景象、两种感受、两种感情所体现的复杂的心理活动,使抒情主人公神态毕现,因而以下文字,即从她的肺腑中流出。“柳塘新绿”,春光明丽,倘能与意中人像鸳鸯那样双双戏水,永不分离,便青春永驻,不会白头。而事实上,意中人却在“晚日”将沉、“寒鸦”归巢之时走向天涯!如果信手拈来,“相思令人老”那句古诗,正可以作为此时心情的写照。然而文学是一种创作,贵在独创。请看诗人是如何创新的:“若教眼底无离恨,不信人间有白头。”心绪何等低回婉转,笔致何等摇曳生姿!“无离恨”是假设,不“白头”是假设变成事实之后希望出现的结果。可如今呢?假设未能成立,“白头”已是必然,于是下片紧承“离恨”“白头”,以“肠已断,泪难收”开头,尽情吐露,略无含蓄。当感情如洪水暴发,冲决一切堤防的时候,是不可能含蓄、因为也用不着含蓄的。

“相思重上小红楼”一句,妙在一个“重”字。女主人公送走意中人之后,一次又一次地爬上小楼遥望。开始是望得见的,后来就只见“晚日寒鸦”,望不见人影了。由于十分相思的缘故,望不见人影,还要望,因而“重上小红楼”。结句“情知已被山遮断，频倚栏干不自由”中的“频”字，正与“重”字呼应。明知行人已走到远山的那一边，凝望已属徒然；然而还是身不由已地“重上红楼”“频倚栏干”，其离恨之深、相思之切，就不言而喻了。欧阳修《踏莎行》下片云：“寸寸柔肠，盈盈粉泪，楼高莫近危栏倚。平芜尽处是春山，行人更在春山外。”写行人愈行愈远，故女主人公不忍继续远望。辛词则写行人已在山外，而女主人却频频倚栏远望，无法控制自己。表现不同个性、不同心态，各极其妙。

辛弃疾向来被称为豪放派词人的代表，而这首词，却写得如此深婉！任何一位伟大作家，其艺术成就总是多方面的，其艺术风格也是多样化的。

鹧鸪天 游鹅湖，醉书酒家壁

辛弃疾

春入平原荠菜花，新耕雨后落群鸦。多情白发春无奈，
晚日青帘酒易赊。
闲意态，细生涯，牛栏西畔有桑麻。青裙缟袂谁家女，去
趁蚕生看外家。

【鉴赏】

清新俊逸即兴之作，可见热爱生活意兴洋洋生气勃勃。《铅山县志》，“鹅湖山在县东北，周回四十余里。”山上有鹅湖。稼轩闲居带湖时常往来鹅湖游赏。

这首题在酒店墙壁上的小令以描写农村风光和一般农民日常生活为主，声韵欢快，运笔轻灵。一本小序作“春日即事题毛村酒垆”。可见所写都是眼前实景。如一首田园抒情诗，使人嗅到雨后田野清新泥土和庄稼的气息。首句写所见，感发生命的春天融入巨细——平原和小小的野荠菜花；雨后新耕的泥土上落下群鸦，好像它们也蒙受了春天的神秘律动。“多情白发春无奈”，词人在这美好的“闲适”中无可奈何的烦恼心情，无意识领域的压抑。“晚日青帘酒易赊”，小酒店的青旗颇富吸引力，酒易得但真的陶醉却并不容易。——话一露头却卡住了，顾左右言他。叶嘉莹女士所谓“欲飞还敛”“闲而不适”。

下片又转入欢快自然的农村生涯。农民精耕细作，见缝插针，牛栏近旁的一点隙地也种上了桑麻。忽然闪过一个人影，是一位青裙白衫的农村妇女经过，趁养蚕前的闲空走娘家吧？语气亲切，对农村生活十分熟悉。宋代农村生活的一段珍贵录像。

鹧鸪天 黄沙道中即事

辛弃疾

句里春风正剪裁，溪山一片画图开，轻鸥自趁虚船去，荒犬还迎野妇回。
松共竹，翠成堆，要擎残雪斗疏梅。毕竟无才思，时把琼瑶蹴下来。

【鉴赏】

黄沙道，又称黄沙岭，在江西上饶的西面，辛弃疾住在带湖的时候，常常经过这里。困居于上饶带湖这个小天地中的几年，他的生活是寂寞的，思想是苦闷的，一些寄情于山水的词作，便是这期间创作的。

上片写景，勾勒出一幅乡土气息浓郁的春日山野景物画面。“句里春风正剪裁”一句，造句奇特新颖，“句”，通“勾”，弯曲之意。“句里春风”，极写春风柔和，随着山形弯转吹拂；“正剪裁”，用拟人手法，说春风如能工巧匠，“剪裁”着大自然的山山水水。春风到处，万象更新，草木向荣，自有妙不可言的景象，“溪山一片画图开”，这“画图”便是春风“剪裁”的结果。后二句写在这美好的大自然中活动着的人和动物，“轻鸥”“荒犬”“野妇”，禽、兽、人的活动给这“一片画图”增添了勃勃生机。这里既有大自然的美，又有山间的生活美，从一个侧面说明了当时正在闲居的辛弃疾，已经开始走出书斋，接触了新鲜活泼的现实生活。

过片之后，先写象征美好品格的“岁寒三友”：松、竹、梅。“松共竹，翠成堆，要擎残雪斗疏梅。”初春时节，春寒料峭，松、竹枝叶上的残雪尚未完全融化，但其枝叶已经苍翠欲滴，煞是引人注目。单凭这一点，它要与那“疏梅”争芳斗妍。这里暗喻当时主战派的首领韩侂胄与主和派的斗争。“毕竟无才思，时把琼瑶蹴下来。”“琼瑶”，美玉。“琼瑶”明指点缀松、竹的晶莹的雪花，暗喻朝廷中的忠臣良将。“蹴下来”，说的是这些人遭受贬谪。公元1194年韩侂胄罢免了右丞相赵汝愚引进朝廷的朱熹的“侍郎”职务，次年赵汝愚的相位也被免去，接着把他逐到永州，辛弃疾也因为与赵汝愚关系密切，做了他们权力之争的牺牲品，接连受到贬谪。韩侂胄力主抗金，这是辛弃疾赞成的，但对他凭个人的好恶排挤一些贤能的人，深为不满，“毕竟无才思”，实际上是辛弃疾对韩侂胄的看法。“蹴”字用得很生动，暗含韩侂胄把许多有才能的贤德之士“踢”开之意。

这首小令既赋物又言情，写自然景物曲尽其妙，同时又含蓄地在其中寓以深意，其艺术价值是很高的。

鹧鸪天 送人

辛弃疾

唱彻《阳关》泪未干，功名余事且加餐。浮天水送无穷树，带雨云埋一半山。

今古恨，几千般；只应离合是悲欢？江头未是风波恶，别有人间行路难。

【鉴赏】

送别词是词里一个大家族。晚唐五代至北宋词，多叙男女离别。从古以来，"黯然销魂者，惟别而已矣"（江淹《别赋》）。缠绵悱恻之情，哀怨凄婉之音，往往笼罩全篇。辛弃疾的送别词，却多立意不俗，又总是超出常境，这首《鹧鸪天》可作代表。

词开篇即述离情。唐代诗人王维有七绝《送元二使安西》："渭城朝雨浥清尘，客舍青青柳色新。劝君更尽一杯酒，西出阳关无故人。"后人乐府，以为送别。李东阳《麓堂诗话》曰："此辞一出，一时传诵不足，至为三叠歌之。后之咏别者，千言万语，殆不能出其意之外"。通称《阳关三叠》，又名《渭城曲》。这里把送别场面凝缩成"唱彻"（唱毕）而"泪未干"，展示出形象的凄苦情状。一接却正话反说："功名余事且加餐"。"功名"，指官爵。张华《答何劭》诗："自予及有识，志不在功名"。视功名为"余事"，或者说"志不在功名"，在封建社会真如凤毛麟角。辛弃疾"有客慨然谈功名，因追念少年时事"的《鹧鸪天》词云："壮岁旌旗拥万夫，锦襜突骑渡江初"。簇拥千军万马，突破重围渡江投奔大宋朝廷，固是爱国壮举，又何尝不是为了功名！"了却君王天下事，赢得生前身后名"（《破阵子》）。在封建社会里，是互相联系的。换言之，只有"达"，才能"兼善天下"。所以视功名为余事而劝加餐，处于"国仇未报壮士老"（陆游诗句）的具体历史情况下，这里旷达的成分不多，更多的是激愤，是反语，是色荏内厉的。前结"浮天"二句，以景映情，烘托点染。先写江中之水：水天相连，好像将两岸的树木送向无穷的远方；后写空中之云：乌云挟带着雨水，把重重的高山掩埋了一半。正是"情以景幽，单情则露；景以情妍，独景则滞"（沈雄《古今词话·词品》卷下引宋征壁语）。而"言情之词，必藉景色映托，乃具深宛流美之致"（吴衡照《莲子居词话》卷二）。这样，把行色的凄凉况味，推上一个高层次。

下片宕开，从久远的历史长河来做论述："今古恨，几千般；只应离合是悲欢？"古往今来使人愤恨的事情，何止千件万般，难道只有离别使人悲哀？聚会才使人欢乐吗？无论“离”，无论“合”毕竟都是个人间的事，它们只是“今古恨”的一种，言外之意是国家的分裂，人民的苦难，较之个人的悲欢离合，是更值得关注的事！用“只应”诘问句更力重千钧。后结仍扣紧送人题意：“江头未是风波恶，别有人间行路难。”江头风高浪急，十分险恶，但哪有人间行路难呢？郭茂倩《乐府诗集》卷七十引《乐府解题》曰：“《行路难》，备言世路艰难及离别悲伤之意，多以‘君不见’为首”。今不存。南朝·宋·鲍照有《拟行路难》十八首（一作十九首），多述个人不为世用，或针砭社会现实。这两句托意深刻，正应辛弃疾的身世遭遇并包容如今带湖闲居种种生活的体验在内。一首五十六个字的《送人》小词，写得这样内蕴丰富，寄情高远，绝少“黯然销魂”情绪，“英雄感怆，有在长情之外”（刘辰翁《辛稼轩词序》），由此词正可悟出。

西　江　月　遣兴

辛弃疾

醉里且贪欢笑，要愁那得工夫。近来始觉古人书，信著全无是处。
昨夜松边醉倒，问松我醉何如？只疑松动要来扶，以手推松曰去！

【鉴赏】

这首词题目是“遣兴”。从词的字面看，好像是抒写悠闲的心情。但骨子里却透露出他那不满现实的思想感情和倔强的生活态度。

这首词上片前两句写饮酒，后两句写读书。酒可消愁，他生动地说是“要愁那得工夫”。书可识理，他说对于古人书“信著全无是处”。这是什么意思呢？“尽信书，不如无书。”这句话出自《孟子》。《孟子》这句话的意思，是说《尚书·武成》一篇的纪事不可尽信。辛词中“近来始觉古人书，信著全无是处”两句，含意极其曲折。他不是菲薄古书，而是对当时现实不满的愤激之词。我们知道，辛弃疾二十三岁自山东沦陷区起义南来，一贯坚持恢复中原的正确主张。南宋统治集团不能任用辛弃疾，迫使他长期在上饶乡间过着退隐的生活。壮志难酬，这是他生平最痛心的一件事。这首词就是在这样的环境、这样的心境中写成的，它寄托了作者对国家大事和个人遭遇的感慨。“近来始觉古人书，信著全无是处”，就是曲折地说明了作者的感慨。古人书中有一些至理名言。比如《尚书》说：“任贤勿贰。”对比南宋统治集团的所作所为，那距离是有多远呵！由于辛弃疾洞察当时社会现实的不合理，所以发为“近来始觉古人书，信著全无是处”的浩叹。这两句话的真正意思是：不要相信古书中的一些话,现在是不可能实行的。

这首词下片更具体写醉酒的神态。"松边醉倒",这不是微醺,而是大醉。他醉眼迷蒙,把松树看成了人,问他:"我醉得怎样?"他恍惚还觉得松树活动起来,要来扶他,他推手拒绝了。这四句不仅写出惟妙惟肖的醉态,也写出了作者倔强的性格。仅仅二十五个字,构成了剧本的片段:这里有对话,有动作,有神情,又有性格的刻画。小令词写出这样丰富的内容,是从来少见的。

"以手推松曰去",这是散文的句法。《孟子》中有"'燕可伐欤?'曰:'可'"的句子;《汉书·二疏传》有疏广"以手推常曰:'去'!"的句子。用散文句法入词,用经史典故入词,这都是辛弃疾豪放词风格的特色之一。从前持不同意见的人,认为以散文句法入词是"生硬",认为用经史典故是"掉书袋"。他们认为:词应该用婉约的笔调、习见的词汇、易懂的语言,而忌粗豪、忌用典故、忌用经史词汇,这是有其理由的。因为词在晚唐、北宋,是为配合歌曲而作的。当时唱歌的多是女性,所以歌词要婉约,配合歌女的声口;唱来要使人人容易听懂,所以忌用典故和经史词汇。但是到辛弃疾生活的南宋时代,词已有了明显的发展,它的内容丰富复杂了,它的风格提高了,词不再专为应歌而作了。尤其是像辛弃疾那样的大作家,他的创造精神更不是一切陈规惯例所能束缚。这由于他的政治抱负、身世遭遇,不同于一般词人。若用陈规惯例和一般词人的风格来衡量这位大作家的作品。那是不从发展的观点看问题。

丑奴儿

辛弃疾

博山道中效李易安体

千峰云起,骤雨一霎儿价。更远树斜阳,风景怎生图画!青旗卖酒,山那畔、别有人家。只消山水光中,无事过者一夏。

午醉醒时,松窗竹户,万千潇洒。野鸟飞来,又是一般闲暇!却怪白鸥,觑着人、欲下未下。旧盟都在,新来莫是,别有说话?

【鉴赏】

辛弃疾退隐江西上饶时,经常来往于博山道中(博山在江西广丰西南三十多里)。这首词写博山道中所见,它好像是一幅山水画。题目是“效李易安体”,所以这首词写得明白如话。虽然在文字上容易读懂,可是我们要仔细体会,因为它里面隐约地寄托了他的身世之感。词的上片写山水景物;下片则全是想象之辞,虽然是虚写,却是这首词最主要的部分。

上片首写起云,次写骤雨,再次写放晴,是写夏天山村的天气变化。“一霎儿价”就是一会儿功夫。“价”是语助词。“风景怎生图画”句,可以理解为赞叹之辞:“这风景是怎样美丽的图画呵!”也可以体会为反诘语气:“这风景怎么能画得出来呵?!”上面六句把山乡风光描绘为一幅清旷的图画。最后两句:“只消山水光中,无事过者一夏。”(“者”就是“这”)是作者写自己的思想愿望,即由此引起下片想象之辞。

下片是作者设想在这里过生活的情景。写“午醉醒时”,看见“松窗竹户”十分潇洒(“万千”是“十分”的意思),又看见飞来的野鸟,更增加了意境的闲暇。末了“却怪白鸥”几句来一个转折,使文情起了变化,说明他所想象的平静悠闲的生活,在理实里是不可能实现的。“旧盟都在”几句是作者对白鸥说的话:“我还记得同你们有过盟约,而你们现在却同我隔膜了。”“别有说话”,是说存在着违背旧盟的念头。古诗有盟鸥之辞,李白诗:“明朝拂衣去,永与白鸥盟”。可能是最早的两句。辛弃疾于退隐带湖新居之初,也有“盟鸥”的《水调歌头》:有“凡我同盟鸥鸟,今日既盟之后,来往莫相猜”之句。相传白鸥是最无机心的禽鸟,而辛弃疾这首词的结尾却说,连曾经跟我有过盟约的、最无机心的白鸥,如今也不相信我了。用反衬的手法,极写自己在官场上受猜忌的遭遇。

辛弃疾一生政治上的处境是很不得意的,他在《论盗贼札子》中说:“臣生平刚拙自信,年来不为众人所容,顾恐言未脱口而祸不旋踵……”他处处受到统治集团的排斥、打击,经常有人弹劾他,所以他唯恐话还没出口,灾祸就接二连三地来了。在服官江西以后,他又曾受谏官的打击。

辛弃疾的另一首《江神子·博山道中》也有“白发苍颜吾老矣,只此地,是生涯”之句,正是他被迫退休江西的时期。从四十三岁起,他在江西上饶一共住了十年。这种政治遭遇使他很希望摆脱官场生活。这首词的前半,就是反映了他的这种愿望。然而他同时也清楚地知道,这种愿望只是一种不可能实现的空想。即使生活在那样宁静的山乡里,也还是不能逃脱别人的猜忌。

这首词采用铺叙的手法,把景物一一展现在读者的面前。词的上片以及下片的前半,极力渲染风景的优美,环境的闲适。作者这样写的目的,是为了衬托最后五句所表达的失意的心情。通过白鸥的背盟,写出自己身世之感和生活道路的坎坷不平,不用一句直笔而收到很高的艺术效果。以淡景写浓愁,这也是辛弃疾词的一种常用的艺术手法。

定风波 暮春漫兴

辛弃疾

少日春怀似酒浓，插花走马醉千钟。老去逢春如病酒，唯有，茶瓯香篆小帘栊。

卷尽残花风未定，休恨，花开元自要春风。试问春归谁得见？飞燕，来时相遇夕阳中。

【鉴赏】

词分上下两片。

上片以"少日"与"老去"作强烈对比。"老去"是现实，"少日"是追忆。少年时代，风华正茂，一旦春天来临，更加纵情狂欢，其乐无穷。对此，只用两句十四字来描写，却写得何等生动，令人陶醉！形容"少日春怀"，用了"似酒浓"，已给人以酒兴即将发作的暗示。继之以"插花""走马"，狂态如见。还要"醉千钟"，那么，连喝千杯之后将如何癫狂，就不难想象了。而这一切，都是"少日"逢春的情景，只有在追忆中才能出现。眼前的现实则是：人已"老去"，一旦逢春，其情怀不是"似酒浓"，而是"如病酒"。同样用了一个"酒"字，而"酒浓"与"病酒"却境况全别。什么叫"病酒"？欧阳修《蝶恋花》词说："谁道闲情抛弃久？每到春来，惆怅还依旧。日日花前常病酒，不辞镜里朱颜瘦。""病酒"，指因喝酒过量而生病，感到很难受。"老去逢春如病酒"，极言心情不佳，毫无兴味，不要说"插花""走马"，连酒也不想喝了。只有待在小房子里，烧一盘香，喝几杯茶，消磨时光。怎么知道是小房子呢？因为这里用了"小帘栊"。"栊"指窗上棂木，而"帘栊"作为一个词，实指窗帘。挂小窗帘的房子，自然大不到那里去。

过片"卷尽残花风未定"，有如奇峰突起，似与上片毫无联系。然而仔细寻味，却恰恰是由上片向下片过渡的桥梁。上片用少日逢春的狂欢反衬老去逢春的孤寂。于"茶瓯香篆小帘栊"之前冠以"唯有"，仿佛除此之外什么都不关心。其实不然。他始终注视那"小帘栊"，观察外边的变化。外边有什么变化呢？春风不断地吹，把花瓣儿吹落、卷走，如今已经"卷尽残花"，风还不肯停！春天不就完了吗？如此看来，诗人自然是恨春风的。可是接下去，又立刻改口说："休恨！"为什么？因为："花开元自要春风。"当初如果没有春风的吹拂，花儿又怎么能够开放呢？在这出人意料的转折中，蕴含着深奥的哲理，也饱和着难以明言的无限感慨。春风催放百花，给这里带来了春天。春风"卷尽残花"，春天就要离开这里，回到别的什么地方去了。"试问春归谁得见？"问得突然，也令人感到难于回答，因而急切地期待下文。看下文,那回答真是"匪夷所思",妙不可言:离此而去的春天,被向这里飞来的燕子碰上了,她是在金色的夕阳中遇见的。那么,她们彼此讲了些什么呢?

古典诗词中的"春归"有两种含义。一种指春来,如陈亮《水龙吟》:"春归翠陌,平莎茸嫩,垂杨金浅。"一种指春去,其例甚多,大抵抒发伤春之感。辛弃疾的名作《摸鱼儿》"更能消几番风雨,匆匆春又归去。惜春长怕花开早,何况落红无数",亦不例外。而这首《定风波》却为读者打开广阔的想象领域和思维空间,诱发人们追踪春天的脚步,进行哲理的思考,可谓另辟蹊径,富有独创精神。

把春天拟人化,说她离开这里,又走向那里,最早似乎见于白居易的《浔阳春·春生》:"春生何处暗周游?海角天涯遍始休。先遣和风报消息,续教啼鸟说来由。展张草色长河畔,点缀花房小树头。若到故园应觅我,为传沦落在江州。"

黄庭坚的《清平乐》,则遵循这种思路自制新词:"春归何处?寂寞无行路。若有人知春去处,唤取归来同住。春无踪迹谁知,除非问取黄鹂。百啭无人能解,因风飞过蔷薇。"

王观的《卜算子·送鲍浩然之浙东》,构思也很新颖:"水是眼波横,山是眉峰聚。欲问行人去那边?眉眼盈盈处。才始送春归,又送君归去。若到江南赶上春,千万和春住。"

辛弃疾《定风波》的下片和上述这些作品可谓异曲同工,其继承与创新的关系,也是显而易见的。

清平乐

辛弃疾

春宵睡重,梦里还相送。枕畔起寻双玉凤,半日才知是梦。

一从卖翠人还,又无音信经年。却把泪来作水,流也流到伊边。

【鉴赏】

这是一首写离别苦闷的爱情词。

辛弃疾一生写了许多"大声镗鞳"的抚时感事的词章,但"稼轩词,中调、小令亦间作妩媚语"(邹祗谟《远志斋词衷》语),其中颇有不失为优秀的篇章,这首《清平乐》,便是其中的一篇。

词写一个闺中少妇,与所爱的人,一别经年,音讯全无,生死未卜。是所爱的人变了心，还是发生了什么意外？上片，“春宵睡重，梦里还相送。”写这个闺中妇人，春夜做了一个梦，梦见当年两人分别相送时的情景。她待要找寻玉钗分一半与所爱的人做纪念时，惊醒过来，“才知是梦”。写得情凄意切，感兴淋漓。

下片，“一从卖翠人还，又无音信经年。”与心爱的人长久离别，而不能见面，且又无音讯。怎么办呢？“却把泪来作水，流也流到伊边。”只好以眼泪作水，自离别以后，流的泪水，汇流成河。这由泪水汇成的河流，也早可以流到心爱人的身边了！描写得多么形象生动，惟妙惟肖，细腻感人。由于作家的笔触深入到描写对象的心灵深处，把握住特定环境下的特定情境，捕捉住足以代表情人之间别离苦闷的特定特征，因而塑造出有个性特征的动人形象，从而产生了感人的艺术效果。

《宋四家词选·序论》说：“稼轩敛雄心，抗高调，变温婉，成悲凉。”概括了辛词的基本风貌。辛词以豪迈雄大见长，这方面的作品是极为丰富的。但是，辛弃疾也同时创作了一批以婉约秀娟而著称的作品。这些作品，如娇艳的春兰，与他的另一大批有如傲霜秋菊的作品，争奇斗妍，显示了作家生活的广阔和才华的超绝。正如这首《清平乐》从不同的侧面展示了词人的心扉，让我们领略了他丰饶多姿的艺术才华。

满江红　饯郑衡州厚卿席上再赋

辛弃疾

莫折荼蘼，且留取、一分春色。还记得：青梅如豆，共伊同摘。少日对花浑醉梦，而今醒眼看风月。恨牡丹、笑我倚东风，头如雪。

榆荚阵，菖蒲叶。时节换，繁华歇。算怎禁风雨，怎禁鹈鴂。老冉冉兮花共柳，是栖栖者蜂和蝶。也不因、春去有闲愁，因离别。

【鉴赏】

辛弃疾先作了一首《水调歌头·送厚卿赴衡州》，这首《满江红》是此后作的，所以题目是《饯郑衡州厚卿席上再赋》。

郑厚卿将赴衡州做官，在饯行的酒席上连作两首词送他，要做到各有特点，互不雷同，是相当困难的。辛弃疾却似乎毫不费力地克服了这些困难，因而两首词都经得起时间考验，流传至今。

先看《水调歌头》：

寒食不小住，千骑拥春衫。衡阳石鼓城下，记我旧停骖。襟以潇湘桂岭，带以

洞庭春草，紫盖屹西南。文字起骚雅，刀剑化耕蚕。

看使君，于此事，定不凡。奋髯抵几堂上，尊俎自高谈。莫信君门万里，但使民歌五袴，归诏凤凰衔。君去我谁饮，明月影成三。

这首词先写衡州形胜；然后期望郑厚卿到达衡州之后振兴文化，发展农桑，富民益国，大展经纶；直至结尾，才稍露惜别之意。雄词健句，络绎笔端，一气舒卷，波澜壮阔，不失辛词豪放风格的本色。

有这么一首好词送行，已经够朋友了。还要"再赋"一首《满江红》，又有什么必要呢？

读这首《满江红》，看得出作者与郑厚卿交情颇深，饯别的场面拖得很久。先作《水调歌头》，从"仁者赠人以言"的角度加以勉励，这自然是必要的；但伤心人别有怀抱，送别之际，仍须一吐，于是又作了这首词。

送别的作品太多，在平庸作家的笔下，很容易落入陈套。辛弃疾的这首《满江红》，却角度新颖，构想奇特。试读全词，除结句而外，压根儿不提饯行，自然也未写离绪，而是调动一切艺术手段，写暮春之景，并因景抒情，吐露惜春、送春、伤春的深沉慨叹。及至与结句拍合，则以前所写的一切皆与离别相关；而寓意深广，又远远超出送别的范围。

开头以劝阻的口气写道："莫折荼蘼！"，好像有谁要折，而且一折就引起严重后果。这真是惊人之笔。"荼蘼"又作"酴醿"，春末夏初开花，故苏轼《酴醿花菩萨泉》诗有"酴醿不争春，寂寞开最晚"之句；而珍惜春天的人，也感叹"开到荼蘼春事了"。辛弃疾一开口劝人"莫折荼蘼"，其目的正是要留住最后"一分春色"。企图以"莫折荼蘼"留住"春色"，这当然是痴心梦想。然而心愈痴而情愈真，也愈有感人至深的艺术魅力，这正是文学艺术区别于自然科学乃至其他社会科学的特点。

开端未明写送人，实则点出送人的季节乃是暮春，因而接着以"还记得"领起，追溯"青梅如豆，共伊同摘"的往事。冯延巳《醉桃源》云："南园春半踏青时，……青梅如豆柳如眉。"可见"青梅如豆"，乃是春半之时的景物。而同摘青梅之后，又见牡丹盛开、榆荚纷落、菖蒲吐叶，时节不断变换，如今已繁花都歇，只剩几朵荼蘼了！即使"莫折"，但风雨阵阵，鹈鴂声声，那"一分春色"，看来也是留不住的。"鹈鴂"以初夏鸣。《离骚》云："恐鹈鴂之先鸣兮，使夫百草为之不芳。"张先《千秋岁》云："数声鹈鴂，又报芳菲歇。"蔡伸《柳梢青》云："数声鹈鴂，可怜又是，春归时节。"姜夔《琵琶仙》云："春渐远汀洲自绿，更添了几声啼鴂。"这里于"时节换，繁华歇"

之后继之以"算怎禁风雨,怎禁鹈鴂",表现了对那仅存的"一分春色"的无限担忧。在章法上,与开端遥相呼应。

上片写看花,以"少日"的"醉梦"对比"而今"的"醒眼"。"而今"以"醒眼"香花,花却"笑我头如雪",这是可"恨"的。下片写物换星移,"花"与"柳"也都"老"了,自然不再"笑我",但"我"不用说更加老了,又该"恨"谁呢?"老冉冉兮花共柳,是栖栖者蜂和蝶"两句,属对精工,命意新警。"花"败"柳"老,"蜂"与"蝶"还忙忙碌碌,不肯安闲,有什么用处呢?春秋末期,孔丘为兴复周室奔走忙碌,有个叫微生亩的很不理解,问他道:"丘何为是栖栖者与?"辛弃疾在这里把描述孔子的词儿用到蜂蝶上,是寓有深意的。

以上所写,全未涉及饯别。结尾却突然调换笔锋,写了这样两句:"也不因、春去有闲愁,因离别。"即戛然而止,给读者留下一系列悬念和疑问。

全词从着意留春写到风吹雨打,留春不住。跟着时节的变换,花残柳老,人亦头白似雪。洋溢于字里行间的似海深愁,分明是"春去"引起的,却偏偏说与"春去"无关,而只是"因离别";又偏偏在"愁"前着一"闲"字,显得无关紧要。这就不能不引人深思。辛弃疾力主抗金,提出过一整套抗金的战略方针和具体措施,但由于投降派把持朝政,他遭到百般打击。淳熙八年(1181)末,自江南西路安抚使任被罢官,闲居带湖(在今江西上饶)达十年之久。这首《满江红》约作于淳熙十六年(1189),此时仍在带湖,虽蒿目时艰,却一筹莫展。他先作《水调歌头》,鼓励郑厚卿有所作为,又深感朝政败坏,权奸误国,金兵侵略日益猖獗,而自己又报国无门,蹉跎白首,收复中原、统一祖国的宏愿如何能够实现!于是在百感丛生之时又写了这首《满江红》,把"春去"与"离别"挽合起来,比兴并用,寄慨遥深,国家的现状与前途,个人的希望与失望,俱见于言外。"闲愁"云云,实际是说此"愁"无人理解,虽"愁"亦是徒然。愤激之情,出以平淡,而内涵愈益深广。他的那首脍炙人口的《摸鱼儿》,以"更能消几番风雨,匆匆春又归去"开头,以"闲愁最苦,休去倚危栏,斜阳正在烟柳断肠处"结尾,正可与此词并读。

满　江　红　江行,简杨济翁、周显先

辛弃疾

过眼溪山,怪都似、旧时相识。还记得、梦中行遍,江南江北。佳处径须携杖去,能消几緉平生屐。笑尘劳、三十九年非,长为客。

吴楚地,东南坼。英雄事,曹刘敌。被西风吹尽,了无尘迹。楼观才成人已去,旌旗未卷头先白。叹人间、哀乐

转相寻，今犹昔。

【鉴赏】

此词作于淳熙五年(1178)，由临安赴湖北途中，以词代简，写给杨济翁和周显先的。杨名炎正，南宋著名词人，著有《西樵语业集》。周生平不详。黄升《中兴以来绝妙词选》录此词题作《感兴》，恐系选者所加，但此词确是触物兴感的抒怀之作。

本年，辛弃疾三十九岁。由江阴签判使始，至这年由江西安抚使召为大理少卿，出为湖北转运副使。其间，流落吴江，通判建康府，迁司农主簿，出知滁州，辟江东安抚司参议官，迁仓部郎官，出为江西提点刑狱……等等。十六年来，宦迹所至许多地方。近年更调动频繁。他于离豫章(江西南昌)作《鹧鸪天》词云："聚散匆匆不偶然，二年历遍楚山川。"长江中下游的名山大川，常成为他的行经之地，故开篇即曰："过眼溪山，怪都似、旧时曾识。还记得、梦中行遍，江南江北。""怪"，惊异，骇疑。而之所以如此，隐含有时光迅速，不觉间已是旧相识了的感叹意味。思绪扩展开去，"江南江北"，地域显然更辽阔了。江南是南宋偏安之地；江北，大片国土已经沦亡了。与此词先后写作的"舟次扬州和杨济翁、周显先韵"的《水调歌头》，作者发出"季子正年少，匹马黑貂裘"昔日英姿风发，而"今老矣，搔白首"事业无成的感叹。词云"梦中行遍"，正隐含有往事如梦，"宦游吾倦矣"(《霜天晓角·旅兴》)、"功名浑是错"(《菩萨蛮》)意。总之面对溪山过眼，既表现出词人对前此十余年的自我反思，而对山水林泉仍有着美好的记忆。无限感慨涌现心头，不由地径直抒怀："佳处径须携杖去，能消几緉平生屐"。意谓人生无多，名山胜地，直往拄杖游历，能再消耗几双登山的木屐！"屐"，木屐，木底有齿的鞋子，六朝人登山多用之。李白《梦游天姥吟留别》诗："脚著谢公屐，身登青云梯"。此处用《世说新语·雅量篇》：陈留人阮孚(遥集)好屐，自吹火蜡屐，曾叹曰："未知一生当著几量屐"(按，量与两、緉通。《说文》："緉，履两枚也")。这里并以自嘲、自谑的激愤语收束上片："笑尘劳，三十九年非，长为客"。"尘劳"，佛教徒谓世俗事物的烦恼。也泛指事务劳累。《无量寿经》上："散诸尘劳，坏诸欲堑"。范成大《丙午新正书怀》诗十首之八："东风马耳尘劳后，半夜鸟声睡熟时。"又，《淮南子·原道训》："蘧伯玉年五十，而有四十九年非"。这里只是套用词语，非以春秋卫国贤相蘧伯玉自比。

过片"吴楚地，东南坼"。用杜甫《登岳阳楼》诗："吴楚东南坼，乾坤日夜浮"。周代的吴国楚国据今长江中下流地方，"英雄事，曹刘敌。"东汉末，魏、蜀(蜀汉)、吴经过以曹操为进攻的一方，和以孙权、刘备为抵抗的一方的赤壁之战，基本决定了三国鼎立的割据局面。此后，曹操称霸北方，孙、刘各向东南西南扩充势力。《三国志·蜀书·先主传》载云："是时曹公从容谓先主曰：'今天下英雄，唯使君与操耳'"。这里虽颂曹、刘，但无贬损孙权意。盖当时能与曹、刘争雄者，唯有独霸吴楚一带的孙权。辛《南乡子》词云："年少万兜鍪，坐断东南战未休。天下英雄谁敌手？曹、刘。生子当如孙仲谋”。与此暗合。又，《永遇乐》词：“千古江山，英雄无觅孙仲谋处”。当年这些煊赫一时的英雄人物，如今“被西风吹尽，了无尘迹”，已成为历史故实了。缅怀前人，实伤今朝，大有“夷甫诸人，神州沉陆，几曾回首”（《水龙吟·甲辰岁寿韩南涧尚书》）意。“楼观才成人已去，旌旗未卷头先白”。前句用苏轼《送郑户曹》诗：“楼成君已去，人事固多乖，”比喻自己调动频繁，宦途失意，难得安宁；“旌旗未卷”，喻战事未休，国仇未报，而自己已是“头先白”了。感慨曷深！然一结犹能振起全篇：“叹人间、哀乐转相寻，今犹昔”。人生哀乐，循环往复，辗转相继，古今同理，似大可不必去斤斤计较吧！由上的条分缕析可知：用世与退世的矛盾心态和深沉的苦闷，纠结成这首江行寄友的感怀诗篇。

满 江 红

辛弃疾

倦客新丰，貂裘敝，征尘满目。弹短铗，青蛇三尺，浩歌谁续？不念英雄江左老，用之可以尊中国。叹诗书、万卷致君人，翻沉陆。

休感慨，浇醽醁；人易老，欢难足。有玉人怜我，为簪黄菊。且置请缨封万户，竟须卖剑酧黄犊。甚当年，寂寞贾长沙，伤时哭。

【鉴赏】

此词作年各家说法颇异，邓广铭《稼轩词编年笺注》将其编入“作年莫考诸什”。胡云翼的《宋词选》则说“大约是辛弃疾闲居上饶担任有名无实的祠官时所作”。并有说为其未任一方大吏时所作。词语言辛辣，笔锋锐利，忧国伤时，激愤之情，力透纸背。

词一起连三个故实：一、马周不得志时，困踬新丰（今长安区东），“逆旅主人不之顾，周命酒一斗八升，悠然独酌，众异之”（《新唐书》卷九十八《马周传》）。二、“苏秦书十上而说不行。黑貂之裘敝，黄金百斤尽，资用乏绝，去秦而归”（《战国策·秦策一》）。三、齐人冯谖为孟尝君门下客，为得重用，三次弹铗（剑把）作歌：“长铗归来乎！食无鱼。……”（《战国策·秦策四》）。他们或流浪潦倒，衣衫破旧，满目征尘；或怀才不遇，慷慨悲歌。写出历史上这些穷困落寞不为当世用的人物后，笔锋转向今天的社会现实：“不念英雄江左老，用之可以尊中国。”“江左”，长江中下游一带，此指南宋偏安的江南地区。“尊”，使动用法。“尊中国”，意谓使中国国强位尊,免受凌辱。此二句看似寻常语,但却道破了南宋政治现实。宋高宗在位三十五年,是个彻头彻尾的投降派,后来的皇帝基本上一脉相承,多少仁人志士请缨无路,报国无门,衔恨以终。至此可知中国之不尊,罪在最高统治者。前结仍抒上意。杜甫诗云:"读书破万卷,下笔如有神。……致君尧舜上,再使风俗淳"(《奉赠韦左丞大二十二韵》)。苏轼词云:"有笔头千字,胸中万卷,致君尧舜,此事何难"(《沁园春·孤馆灯青》)。"沉陆"即陆沉。《庄子·则阳》:"方且与世违,而心不屑与之俱。是陆沉者也。"郭象注:"人中隐者,譬无水而沉也。"《史记》卷一百二十六《滑稽列传》:"东方朔"时坐席中,酒酣,据地歌曰:"陆沉于俗,避世金马门。宫殿中可以避世全身,何必深山之中,蒿庐之下"。读书万卷,志在辅佐君王,报效国家,反退而隐居,埋在底层,于诗书冠一"叹"字,可知感慨之深。上片连用典故,壮怀激烈,悲歌慷慨,淋漓尽致地抒发了"却将万字平戎策,换得东家种树书"的无法实现统一中国的愤世之情。

下片从侧面立意,故作旷达,隐痛深哀,仍充满字里行间。"休感慨",实际是感慨有何用,不如藉美酒以消愁解恨。醽醁,亦作"醁醽""绿酃"。李贺《示弟》诗:"酯醽今夕酒,缃帙去时分。"左思《吴都赋》:"飞轻轩而酌绿酃"。李善注引《湘洲记》:"湘洲临水县有酃湖,取冰为酒,名曰酃酒"。而人生易老,即使欢乐也难以尽兴。接再作超脱:"有玉人怜我,为簪黄菊"。此化用苏轼词:"美人怜我老,玉手簪黄菊"(《千秋岁·徐州重阳作》)。转而又作愤语:"且置请缨封万户,竟须卖剑酧黄犊。"《汉书》卷六十四下《终军传》:"军自请:愿受长缨,必羁南越王而致之阙下"。又,《汉书》卷八十九《龚遂传》:"遂见齐俗奢侈,好末技,不田作,乃躬率以俭约,劝民务农桑……民有带刀剑者,使卖剑买牛,卖刀买犊"。这里表示放下请缨杀敌、立功封侯的念头,归隐田园,以求解脱。最后引贾谊事做结:"甚当年,寂寞贾长沙,伤时哭"。贾谊在汉文帝朝曾贬为长沙王太傅,人称贾长沙。《汉书》卷四十八《贾谊传》:"谊数上疏陈政事,多所欲匡建,其大略曰:'臣窃惟事势,可为痛哭者一,可为流涕者二,可为长太息者六,若其他悖理而伤道者,难遍以疏举'"。贾谊为什么因寂寞而伤时痛哭呢?以反问的形式透露了诗人故作旷达而始终无法摆脱的痛苦。托古喻今,长歌当哭,全词借古人之酒杯,浇我胸中之块垒,这块垒似乎越浇越多了,因为辛弃疾的"悲剧"乃时代使然,终南宋王朝力主恢复的抗战潮流,不过细波微澜而已。

满 江 红 暮春

辛弃疾

家住江南,又过了、清明寒食。花径里、一番风雨,一番狼藉。红粉暗随流水去,园林渐觉清阴密。算年年、落尽刺桐花，寒无力。

庭院静，空相忆；无处说，闲愁极。怕流莺乳燕，得知消息。尺素如今何处也，彩云依旧无踪迹。漫教人、羞去上层楼，平芜碧。

【鉴赏】

词写闺中怀人。“刺桐”为热带乔木，原产于印度和马来西亚。宋代泉州曾环城种植大量刺桐树。元代时马可波罗即称泉州为刺桐城。辛弃疾于绍熙三年(1192)至五年(1194)，曾在福建任提点刑狱、安抚使等官，此词约写于此时。

光阴荏苒，岁月如流，这位年轻的妇女于暮春时节看到：风雨无情，落红狼藉，艳红的花瓣随水流去，渐渐地浓荫匝地了。“又过了、清明寒食”，一个“又”字暗示离别时间之久。寒食在清明节前一日或二日。《周礼·司烜氏》：“中(仲)春以木铎修火禁于国中”。二月禁火为周的旧制。宗懔《荆楚岁时记》：“去冬节一百五日，即有疾风甚雨，谓寒食，禁火三日，造饧大麦粥”。又，相传晋文帝(重耳)为悼念介之推抱木焚死，定于是日禁火寒食。连用两个“一番”，见风雨之多，狼藉之甚，因此而有下二句春光逐渐远去的描写。再用美丽的刺桐花每年都在这“寒无力”的时节落尽而示春残。“年年”，应“又”字，正见年复一年，景色、闲愁，无不一如过去的暮春。总之韶光易逝，青春难驻，那么人何以堪呢？看似纯写景，实际“语有全不及情而情自无限者”(王夫之《古诗选评》卷九)。只是字面上并未说破，而可于风雨送春，狼藉残红，刺桐花尽等一片缭乱的景物中见之。

下片径直抒情。“庭院静”四个三字句直倾衷愫：落寞的庭院里一片寂静，我枉自陷入苦苦的忆念；相思之情向谁倾诉，闲愁万种也无人理会。虽愁云惨雾，哀怨无穷，但顿挫有力，诵之则金声玉振，这正是辛弃疾写情的不同处。于是再进一层：“怕流莺乳燕，得知消息”。既欲诉无人，又怕莺燕窥知心事。这是经过一番心理活动后而产生的畏惧(“怕”)，那么她曾经想过一些什么呢？含蓄蕴藉，令人寻味无穷。如此，只能把刻骨的相思深埋心底了。但人的心绪难以宁静，不由地又生出：“尺素如今何处也，彩云依旧无踪迹。”“尺素”，指书信。古乐府《饮马长城窟行》：“客从远方来，遗我双鲤鱼。呼儿烹鲤鱼，中有尺素书”。张九龄《当涂界寄裴宣州》诗：“委曲风波事，难为尺素传”。“彩云”，指人。晏几道《临江仙》：“当时明月在，曾照彩云归”。这里一如“行云”，喻所思之人行踪不定。故这二句非如一注本所云“天涯海角，行人踪迹不定，欲写书信，不知寄向何处”。而实际是说：我寄之书信不知他是否收到，为何至今仍未闻他的踪迹。正因此“羞去上层楼”，因所见不过芳草连天，大地苍翠，何尝有人的影子！欧阳修《踏莎行》：“平芜尽处是春山，行人更在春山外”，都表示虽望远亦无用，故云“漫教人”也。

陈廷焯论辛词称“稼轩最不工绮语”，举本词为例。又说：“然可作无题，亦不定是绮语也”(《白雨斋词话》卷一)。后人据此大作比兴寄托文章，有云：“那个少女所感叹的江南春尽,就是作者感叹时光飞逝,收复中原的理想没有实现”。或云:“此词的主题是抒发作者的爱国幽愤,……从中可见作者对偷安误国的南宋当权派怨恨之深”。不过就词论词,一点蛛丝马迹的爱国消息都未透出。“最不工绮语”,“绝不作妮子态”(毛晋《稼轩词跋》)云云,是“为尊者讳”——然却帮了倒忙。“千古杜陵佳句在,‘云鬟’、‘玉臂’也堪师”(薛雪《一瓢诗话》)。稼轩亦未能免俗。他于诸词家中,博采众长,“转益多师”,他学习过多种不同的艺术风格,甚至连“花间体”也不鄙视,反而“效”之。他追求多种美的艺术情感,并非“不食人间烟火”的道学先生。故其“清而丽,婉而妩媚”(范开《稼轩词序》)的爱情词,集中并不少见。陈廷焯已失之穿凿,我们又何必去附会呢。

满 江 红

辛弃疾

敲碎离愁,纱窗外,风摇翠竹。人去后,吹箫声断,倚楼人独。满眼不堪三月暮,举头已觉千山绿。但试将、一纸寄来书,从头读。
相思字,空盈幅,相思意,何时足?滴罗襟点点,泪珠盈掬。芳草不迷行客路,垂杨只碍离人目。最苦是、立尽月黄昏,栏杆曲。

【鉴赏】

辛弃疾创作了大量的抚时感事的爱国主义词章,以词风豪迈雄大著称于世,但“稼轩词,中调、小令亦间作妩媚语”。(邹祗谟:《远志斋词衷》)在这些“作妩媚语”的作品中,也不乏优秀篇章,这篇《满江红》就属这类作品。

这是一首写离人痛苦的词。

起始三句,是“纱窗外,风摇翠竹,敲碎离愁”的倒装,把“敲碎离愁”写在首句,不仅是韵脚的需要,也起到开篇点明题旨,扣住读者心弦的作用。“敲”字使人体会到,主人公的心灵受到撞击,“碎”是“敲”的结果。也就是说,主人公本来就因为与情人离别而忧愁的心绪,被风摇动翠竹的声音搅得更加烦乱了。“人去后,吹箫声断,倚楼人独。”写出环境的静寂,也描绘出主人公在情人走后形只影单,独守空房,百无聊赖的情景。“满眼不堪三月暮,举头已觉千山绿。”暮春三月,已是落花时节,“不堪”似是伤春,实际上仍是思人,言思念之极,无法忍受;“已觉千山绿”,是说在忧愁苦闷中登山高楼,不知不觉中发现漫山遍野已经“绿”了。这两句承上启下,烘托气氛。闺中人因思念外出人而无精打采的情景历历在目。“但试将、一纸寄来书，从头读。”思念情人，不能见面，于是反复把他的来信阅读，在人们的日常生活中是经常有的，词人把这种生活现象直接用白话写入词中，读来分外亲切。苏轼有一首《沁园春》，其中有这样几句话：“料到伊行，时时开看，一看一回和泪收。”这是说写信人估计收信人会“时时开看”；辛词则直接写收信人把不知读了多少遍的信，从头读”。两位词人描写的角度不同，但意境相似，或者是两位巨匠的思路共通，不谋而合；或者是稼轩受东坡的影响。

下片继续写相思之苦。“相思字，空盈幅；相思意，何时足？滴罗襟点点，泪珠盈掬。”阅读远方来信，表达相思之情的字“盈幅”，也就是现在口语说，“写满了纸”，但人却不能见面，那分离的痛苦仍旧不得解脱，终至是满把泪水，湿透罗襟。用“足”字说明离恨绵绵无期，用“掬”夸张地形容泪水之多，皆是传神之笔。以上几句极力渲染情人不能见面的痛苦。

“芳草不迷行客路，垂杨只碍离人目。”“芳草”句很容易使人想起苏轼的名句“天涯何处无芳草”(《蝶恋花·花褪残红青杏小》)，此处反其意而用之，是说异地他乡的“芳草”，并不能使“行客”迷途忘返，言外之意说他终究是要归来的；后句说杨柳的枝条阻碍了视线(因此闺中人极目远望也无法看到自己的情人)；这就形象地写出她盼望行人归来，望眼欲穿的情景。“最苦是、立尽黄昏月，栏杆曲。”结尾二句夸张地说因为天天等到月下黄昏，倚着栏杆翘首以望，以致把栏杆也压弯了，这当然让人“最苦”的。结尾与上片“倚楼人独”相呼应，照应题目，写尽离愁。

这篇抒写离情别绪而陷于苦闷的词作，无疑是南宋社会动荡中现实生活的反映。祖国南北分裂，无数家庭离散，备受亲人伤离的痛苦。辛弃疾本人也远离故乡，对这种现象也深刻了解，颇有体验，因此在他笔下才出现了这样抒写儿女之情，表达离人痛苦的词章。无须穿凿附会、望文生义地去寻找什么政治寄托。只就真实生动地反映社会生活来说，也应充分认识到它的文学价值。

浣溪沙 壬子春，赴闽宪，别瓢泉

辛弃疾

细听春山杜宇啼，一声声是送行诗。朝来白鸟背人飞。
对郑子真岩石卧，赴陶元亮菊花期。而今堪诵《北山移》。

【鉴赏】

这首词作于宋光宗绍熙三年(1192)。在信州上饶蛰居了十年之久的作者，于绍熙二年岁暮，忽然接到朝廷的诏命，委任他担任福建提点刑狱。辛弃疾对于这次任命，并不那么热心，直到次年春天，才告别家人，到福建赴任。临行前，写了这首《浣溪沙》，描述了他此时的心境。

上片写景。辛弃疾对他的重新出任，并没有一般失意文人在偶然得意时的那种"春风得意马蹄疾"的快感，相反，他写了这样一个开头："细听春山杜宇啼，一声声是送行诗。"竟然把"道声声不如归"的杜宇啼鸣，比喻为给他唱的"送行诗"。杜宇，即杜鹃。相传蜀王杜宇死后化为子规，其鸟鸣声凄厉，能动旅客怀归之思。这里说"送行"，是嘱他别忘归来之意，表达了作者未出行即思归乡的心境。"朝来白鸟背人飞。"白鸟，即沙鸥。沙鸥这些平时与他结盟为邻的伴友们，在他临行之际，竟也不忍相别，背着他飞走了。作者用杜宇鸣叫，白鸥的飞走，描绘和渲染出一种喜悦不足、凄苦有余的气氛！

下片写情。作者用郑子真、陶元亮，《北山移文》，三个典故，抒述了自己这时的心境。他感到，这次出山，与其说是为国家建功立业，不如说是对这些年来久已习惯了的"隐逸生涯"的背叛。因此，他发出了"对郑子真岩石卧，赴陶元亮菊花期"的感叹。郑子真：《杨子法言·问神篇》："谷口郑子真，不屈其志而耕乎岩石之下，名震于京师。"陶元亮，即陶渊明，据《续昔阳秋》记载："陶潜九日无酒，出篱边怅望久之。见白衣人至，乃王弘送酒使也。即便就酌，醉而后归。"这里作者是说，对于郑子真、陶元亮这两位前代卓蒋名声的"隐者"，自己已无颜再见他们了。《北山移》，指《北山移文》，南齐孔稚圭著。据《文选之臣注》说，南齐周彦伦，临隐钟山，后应诏出为海盐县令，欲过钟山，热爱山水，不乐世务的孔稚圭在借山灵的口吻，写了一篇《北山移文》，拒绝周彦伦，再到钟山来。并对那些贪图官禄的假隐士们，进行了辛辣的嘲讽。移文，是用于同级官吏之间的一种官府文书。而今堪颂《北山移》，如今，辛弃疾忽然觉得这篇著名的文章，好像是写给自己的，是嘲笑他自己似的了。

其实，这都不过是作者的谦托之词罢了，这首《浣溪沙》的实际用意，是对朝廷弃置他长达十年之久的一种愤怒抗议！因为这个差使，并不能充分实现他的报国初衷，所以，与其担任一个不能实现报国宏志的差使，还不如在家饮酒赋诗，自得其乐。他这一时期的许多作品，如《添字浣溪沙·三山戏作》："绕屋人扶行不得，闲窗学得鹧鸪啼，却有杜鹃能劝道：不如归！"《临江仙·和信守大道丈韵，谢其为寿。时仆作闽宪》："海山问我几时归，枣瓜如何啖，直欲觅安期"，也都流露出倦宦思归之意。

水龙吟 过南剑双溪楼

辛弃疾

举头西北浮云，倚天万里须长剑。人言此地，夜深长见，斗牛光焰。我觉山高，潭空水冷，月明星淡。待燃犀下看，凭栏却怕，风雷怒，鱼龙惨。

峡束苍江对起，过危楼，欲飞还敛。元龙老矣！不妨高卧，冰壶凉簟。千古兴亡，百年悲笑，一时登览。问何人又卸，片帆沙岸，系斜阳缆？

【鉴赏】

祖国的壮丽河山，到处呈现着不同的面貌。吴越的柔青软黛，自然是西子的化身；闽粤的万峰刺天，又仿佛像森罗的武库。古来多少诗人词客，分别为它们作了生动的写照。辛弃疾这首《过南剑双溪楼》，就属于后一类的杰作。

宋代的南剑州，即是延平，属福建。这里有剑溪和樵川二水，环带左右。双溪楼正当二水交流的险绝处。要给这样一个奇峭的名胜传神，颇非容易。作者紧紧抓住了它具有特征性的一点，作了全力的刻画，那就是“剑”，也就是“千峰似剑铓”的山。而剑和山，正好融和着作者的人在内。上片一开头，就像将军从天外飞来一样，凌云健笔，把上入青冥的高楼，千丈峥嵘的奇峰，掌握在手，写得寒芒四射，凛凛逼人。而作者生当宋室南渡，以一身支拄东南半壁进而恢复神州的怀抱，又隐然蕴藏于词句里，这是何等的笔力。“人言此地”以下三句，从延平津双剑故事翻腾出剑气上冲斗牛的词境。据《晋书·张华传》：晋尚书张华见斗、牛二星间有紫气，问雷焕；曰：是宝剑之精，上彻于天。后焕为丰城令，掘地，得双剑，其夕，斗牛间气不复见焉。焕遣使送一剑与华，一自佩。华诛，失剑所在，焕卒，其子华持剑行经延平津，剑忽于腰间跃出堕水，化为二龙。作者又把山高、潭空、水冷、月明、星淡等清寒景色，汇集在一起，以"我觉"二字领起，给人以寒意搜毛发的感觉。然后转到要"燃犀下看"（见《晋书·温峤传》），一探究竟。"风雷怒，鱼龙惨"，一个怒字，一个惨字，紧接着上句的怕字，从静止中进入到惊心动魄的境界，字里行间，却跳跃着虎虎的生气。

换片后三句，盘空硬语，实写峡、江、楼。词笔刚劲中带韧性，极烹炼之工。这是以柳宗元游记散文文笔写词的神技。从高峡的"欲飞还敛"，双关到词人从炽烈的民族斗争场合上被迫地退下来的悲凉心情。"不妨高卧，冰壶凉簟"，以淡静之词，勉强抑遏自己飞腾的壮志。这时作者年已在五十二岁以后，任福建提点刑狱之职，是无从施展收复中原的抱负的。以下千古兴亡的感慨，低徊往复，表面看来，情绪似乎低沉，但隐藏在词句背后的，又正是不能忘怀国事的忧愤。它跟江湖山林的词人们所抒写的悠闲自在心情，显然是大异其趣的。

水龙吟

辛弃疾

题雨岩。岩类今所画观音补陀。岩中有泉飞出，如风雨声。

补陀大士虚空，翠岩谁记飞来处？蜂房万点，似穿如碍，
玲珑窗户。石髓千年，已垂未落，嶙峋冰柱。有怒涛声
远，落花香在，人疑是、桃源路。
又说春雷鼻息，是卧龙、弯环如许。不然应是：洞庭传
乐，湘灵来去。我意长松，倒生阴壑，细吟风雨。竟茫茫
未晓，只应白发，是开山祖。

【鉴赏】

这是宋词艺苑中不多见的一首山水游记词。

在中国，对大自然的赞颂，对祖国壮丽山河的描绘，是古典诗词创作的一个传统。成书于公元前六世纪的中国最早的诗歌总集《诗经》，就有对大自然的描绘。《文心雕龙·物色篇》："'灼灼'状桃花之鲜，'依依'尽杨柳之貌，'杲杲'为日出之容，'瀌瀌'拟雨雪之状，'喈喈'逐黄鸟之声，'喓喓'学草虫之韵。"屈原的《天问》，对大自然提出的怀疑和质问，其想象之丰富，语言之优美，为后世所不可企及。魏晋南北朝时期，涌现出一批山水诗人，在他们的笔下，把祖国的山河写得很壮美。

有唐一代，诗运兴隆，产生了像王维、孟浩然等山水诗人，其诗中有画，描画出自然山水之美。可是，词作描写山水的几乎是凤毛麟角。爱国词人辛弃疾，笔下却不乏对大自然的种种描绘，数量虽不太多，但气象万千，别具一番情趣和境界。这首《水龙吟》，便是其中的一篇。

这首词作于宋淳熙十三年(1186)，通篇用一问一答，否定肯定的句法，细致而又有气势地描绘了雨岩洞内的壮丽的自然景色。

“补陀大士虚空，翠岩谁记飞来处?”这座“雨岩”溶洞，从它外形看，很像佛家所说的那位观音大士，可是，她虚怀空阔，人们走进去，则别有洞天。接着，作者用密集的“蜂房”，玲珑的“窗户”，形容在溶岩洞内的所见；那喀斯特生成的石笋，有的垂挂半空“未落”，有的如“嶙峋”的“冰柱”，植入地面。同时，洞内还隐约可以听到“远处”有“涛声”阵阵。待要向前仔细看时，发现幽径逶迤，地下还似有落花的香味，于是，不禁发出疑问：这是否就是当年武陵人发现的桃源路呢？这提问的结句，为下片写词的立意，埋下了伏笔。

下片，作者描写他在洞中听到的“涛声”：那是春雷的滚滚响动吧，还是洞中蜷伏着“弯环如许”的卧龙？要不然，或许是黄帝在洞庭之野奏乐传来的奏鸣曲。或是《楚辞》里描写的那位湘夫人来到这儿翩然起舞？如果都不是的话，我想那就是在岩洞阴壑中生长着的万顷长松，在风雨中吟咏了。

末尾，作者在归结全篇的立意时，仰头细看那嶙峋的冰柱，回答上片提出的问题：那开凿这巨大溶洞的祖先，如今应已是白发苍苍了吧！

词人运用神驰的想象，把游雨岩的所见所闻，刻画得形象生动，栩栩如生，令人久久不能忘怀。短短一百余字，就如同一篇游记散文，内容宏富，含意深婉。

诗是诗人对自然的摹拟。如谢灵运，他的山水诗，是“模山范水”，是“对自然的摹拟”。其代表作如：“白云抱幽石，绿筱媚秋涟。”(《过始宁墅》)“扬帆采石华，挂席拾海月。”(《游赤石进帆海》)“春晚绿野秀，岩高白云屯。”(《人彭蠡湖口》)谢灵运游览的山水很多，观察自然景物仔细，他的山水诗，刘勰称为“繁富”，沈约称为“兴会标举”，反映了山水之美，给人以清新可爱之感，充分显示了作者的艺术匠心。但是，也只是摹拟。而辛弃疾的山水词章如这首《水龙吟》，不仅对自然观察入微，而且更重要的是他富于想象，赋予大自然以人格，同时又兼有磅礴的气势。这是在继承前人艺术经验的基础上创制出来的，其成就则是他以前的古典山水诗人所不能比拟的。

水龙吟 甲辰岁寿韩南涧尚书

辛弃疾

渡江天马南来，几人真是经纶手？长安父老，新亭风景，可怜依旧。夷甫诸人,神州沉陆,几曾回首!算平戎万里,功名本是,真儒事,公知否。
况有文章山斗,对桐阴、满庭清昼。当年堕地,而今试看,风云奔走。绿野风烟,平泉林木,东山歌酒。待他年整顿,乾坤事了,为先生寿。

【鉴赏】

词作于宋孝宗淳熙十一年(1184)。时作者家居上饶带湖。韩南涧,即韩元吉,字无咎,号南涧,南渡后,流寓信州。孝宗初年官至吏部尚书。

词一起两句如高山坠石,劈空而来,力贯全篇。《晋书》卷六《元帝纪》载:西晋亡,晋元帝司马睿偕西阳、汝南、南顿、彭城四王南渡,在建康建立东晋王朝,做了皇帝。时童谣云:"五马浮渡江,一马化为龙。"此借指宋高宗南渡。"经纶",整理丝缕,理出丝绪叫经,编丝成绳叫缕。引申为筹划治理国家。王安石《祭范颍州文》:"盖公之才,犹不尽试。肆其经纶,功孰与计?"南渡以来,朝廷中缺乏整顿乾坤的能手,以致偏安一隅,朝政腐败。此二句为全篇之冒,后面的议论抒情全由此而发。接"长安父老,新亭风景",连用两典:一见《晋书》卷九十八《桓温传》:桓温率军北征,路经长安市东(古称霸上,即咸阳),"居人皆安堵复业,持牛酒迎温于路中者十有八九,耆老感泣曰:'不图今日复见官军'"!此指金人统治下的中原人民。一见《世说新语·言语篇》:东晋初年,"过江诸人,每至美日,辄相邀新亭,藉卉饮宴。周侯中坐而叹曰:'风景不殊,正自有山河之异!'皆相视流泪"。北宋沦亡,中原父老盼望北伐;南渡的士大夫们,感叹山河变异"可怜依旧"。这就是宋室南迁近六十年来的社会现实!宋高宗在位三十五年,这是个彻头彻尾的投降派,"念徽、钦既返,此身何属"(文徵明《满江红》)。任何屈膝叩头的事都做得出来,只求保住自己的小朝廷皇位。宋孝宗初年还有作为,后来又走上老路。继指责朝廷中一些大臣清谈误国:"夷甫诸人,神州沉陆,几曾回首"。夷甫即王衍,西晋大臣,曾任宰相。"衍将死,顾而言曰:……向若不祖尚浮虚,戮力以匡天下,犹可不至今日"(《晋书》卷四十三《王戎传》附王衍)。后桓温自江陵北伐,"过淮泗,践北境,与诸僚属登平乘楼,眺瞩中原,慨然曰:'遂使神州陆沉,百年丘墟,王夷甫诸人不得不任其责"'。(《晋书》卷九十八《桓温传》)。这里借桓温对王夷甫的批评,斥责南宋当权者使中原沦陷,不思恢复。通过上述种种有力的议论,于是指出:"算平戎万里,功名本是,真儒事,公知否。""戎",我国古代少数民族泛称之一。这里指金人。辛弃疾在带湖闲居,提出"平戎万里"这样严肃的政治问题,既是对韩南涧的期望,更表现出他身在江湖,心存魏阙,对国事的关怀。

这是一首寿词,过片不免要说些祝寿的话。先颂韩的才干和光荣家世。"况有文章山斗,对桐阴、满庭清昼。"《新唐书》卷一百七十六《韩愈传赞》:"自愈没,其言大行，学者仰之如泰山北斗云”。黄升《花庵词选》则称韩南涧“政事文章为一代冠冕”，并说他的文才可比美韩愈。韩家为北宋望族。陈振孙《直斋书录解题》记韩元吉《桐阴旧话》十卷，说“记其家旧事，以京师第门有梧木，故云”。此以庭门梧桐垂阴，满院清幽，赞韩元吉家世显赫。因此说他自在人间诞生到而今的年纪，正可风云际会，在政治上大显身手。继用古代三个著名宰相寄情山水的佳话喻韩寓居上饶的志趣。一、唐文宗时，裴度“治第东都集贤里，沼石树丛，岑缭幽胜。午桥作别墅，具燠馆凉台，号绿野堂，激波其下，……不问人间世”（《新唐书》卷一百七十三《裴度传》）。二、唐人康骈《剧谈录》：“李德裕东都平泉庄，去洛城三十里，卉木台榭，若造仙府。远方之人多以异物奉之”。三、《晋书》卷七十九《谢安传》：“安虽放情丘壑，然每游赏，必以妓女从”。其时谢安寓居会稽东山。这里以裴度、李德裕、谢安的闲适潇洒风度来喻韩南涧，虽不无过誉，但文字流利自然，清新雅致。而后结以“他年整顿乾坤事了”相共勉，“卒章见志”，与前结爱国情怀，一脉相承，正是“前后贯串，神来气来，而中有山重水复，柳暗花明之致”（沈祥龙《论词随笔》）。

这是一首“以议论为词”的作品，且数用典故，但不觉其板，不觉其滞，条贯缕畅，大气包举；指点江山，激扬文字，沉着而痛快。这一因作者感情诚挚，曲折回荡，或起或伏，始终“以气节自负，以功业自许”，深厚感人。二因“援古以证今”，又“用人若己”（《文心雕龙·事类》），熨帖自然。三则豪情胜慨，出之字清句隽（如裴度等三典），使全篇动荡多姿，“岂一味叫嚣者所能望其顶踵”（谢章铤《赌棋山庄词话》）！

水龙吟

辛弃疾

楚天千里清秋，水随天去秋无际。遥岑远目、献愁供恨，玉簪螺髻。落日楼头，断声鸿里，江南游子。把吴钩看了，栏杆拍遍，无人会、登临意。
休说鲈鱼堪绘、尽西风、季鹰归未？求田问舍，怕应羞见、刘郎才气。可惜流年，忧愁风雨，树犹如此！倩何人唤取，盈盈翠袖，揾英雄泪。

【鉴赏】

这首词起句突兀，立意辽远。虽然说气势上稍逊东坡名句：“大江东去，浪淘尽，千古风流人物。”但境界的阔大、胸襟的磊落却是一样的。它仿佛令你拔地凌空、极目游骋。仰则天高，俯则水远。天高水远，无边无垠。像这样的壮观景象，一般的凡夫俗子难得有心领略，而鹪鹩偃鼠之辈则消受不起。范开曾在《稼轩词序》中论道："器大者声必闳，志高者意必远。"他的见解是比较本质地点出了辛词的艺术特色。

南宋时代，民族的矛盾冲突贯穿始终，是激烈而紧张的。尽管辛弃疾出生在金朝统治之下的北方，但他自小受到祖父影响，心系南宋，怀有爱国之情，立志推翻异族压迫，实现祖国统一。为此，他很早就投身到抗金斗争中去。年二十一岁时，便聚义民二千余众参加耿京队伍，矛头指向金政权。后来事变，他又能独带五十余骑，于五万敌军之中，孤胆擒缚叛徒张安国。辛弃疾平生自诩有济世报国之才，而他的过人胆识，雄伟的志向又使他不甘平庸一生。因此反映到艺术创作中，他的词写来便豪迈奔放。不过，同是作为豪放派的词人，苏东坡似乎参透了人生、生死成败无计于心，所以他的词达观潇洒、不乏诙谐。而辛弃疾则以气节自负，以功业自诩，执着于人生理想的追求，所以他的词中时时流露出壮志未酬的沉郁、悲愤和愁苦。于是我们看到，当辛弃疾的笔从第一句的水天一色的辽远之处稍微近缩了一下的时候，那如簪似髻的山影便牵动了他久蓄的闲愁。

闲愁万种，万种闲愁都映衬在落日余晖的夕照里，应和着离群孤雁的哀鸣，使得飘无定所的辛弃疾，此刻感到了从未有的凄清和冷寂。自从他南归宋朝，就一腔热血，伺机报效国家，建立功业。然而在政治上，他并没有得到施展才华的机遇。非但没有人来与他共论北伐大计，相反却横遭朝中权贵们的猜忌，始终难酬壮志。顾此，他摘下佩刀，默视良久，拍栏长叹。意谓此刀不正如我，本来它是用来杀敌建功的，而今置闲，何时是了？孤独的他，找不到理解的知音。

在上片，辛弃疾登高望远，触景生情，情随景迁，由远及近，层层推进，将自己的远大抱负和壮志难酬的苦恨委屈地抒发出来。到了下片，作者进一步阐明自己的人生信念是坚定不可动摇的，尽管一时不算得志，但是决不消沉退缩。

他说，不要提什么鲈鱼切得细才味美，你看，秋风已尽，张翰还乡了吗？据《晋书》讲，张翰在任齐王冏大司马东曹掾时，因惧怕成为上层权力斗争的牺牲品，同时又生性自适，便借着秋风起，声言自己思念家乡的菰菜、莼羹、鲈鱼脍而辞归故里。这里，辛弃疾是借张翰来自比的，不过却是反用其意。他表明自己很难忘怀时事、弃官还乡。

辛弃疾一方面反对逃避现实斗争的归隐生活，同时也更鄙视置国家危亡于脑后，只知贪恋爵禄的享乐行为。他十分赞赏刘备对于许汜的讥讽。《三国志》里讲，当许汜向刘备述说陈登对于自己的拜见不但不置一言，还让他睡在床下时，刘备说道：你是有国士之名的，而今天下大乱，帝王失所，陈登希望你能忧国忘家，有救世的主张。可你却向他求田问舍、言无可采。这正是陈登最忌讳的，所以他与你也就没有什么话好说。如果是换上了我，那就不仅仅是让你睡床下，我睡床上，而是要让你睡地下，我睡百尺高楼上了。刘备天下为怀，斥责许汜，辞气激扬，辛弃疾称之为“刘郎才气”，亦以自比。他认为，在他的英雄气概面前，那些求田同舍、谋取私利的朝士权臣们是无地自容的。

然而，心志的表白并不能解脱心灵的寂寞，相反，倒增加了一份的凄苦。辛弃疾此时感到自己好像当年东晋北伐的桓温，看到了十年前琅邪栽种的柳树已经十围，不禁流泪慨叹：“木犹如此，人何以堪？”光阴无情，年复一年，时间就在风雨忧愁，国势飘摇中流逝，而自己的济民救国之志尚难遂愿，好不痛惜。他太希望有人来帮助他解除心头的郁结，然而又有谁能来给予他慰藉：这后片的最后一句与前片的最后一句正紧相呼应。在感情上，它更深一层地抒发出辛弃疾功业未就、有志难酬的苦闷与悲恨。

水 龙 吟

辛弃疾

用“些语”再题瓢泉，歌以饮客，声韵甚谐，客皆为之釂（音叫，干杯）。

听兮清佩琼瑶些。明兮镜秋毫些。君无去些，流昏涨腻，生蓬蒿些。虎豹甘人，渴而饮汝，宁猿猱些。大而流江海，覆舟如芥，君无助，狂涛些。

路险兮山高些。块予独处无聊些。冬槽春盎，归来为我，制松醪些。其外芳芬，团龙片凤，煮云膏些。古人兮既往，嗟予之乐，乐箪瓢些。

【鉴赏】

“些语”是《楚辞》的一种句式或体裁。“些”音suò（所的去声），为楚巫禁咒句末所用特殊语气助词。例如《楚辞·招魂》：“魂兮归来，去君之恒干，何为四方些？”洪兴祖补注，“凡禁咒句尾皆称‘些’，乃楚人旧俗。”《招魂》即“些语”或“些体”，其中阴惨凄厉地召唤亡魂或生魂，南方、北方不可以止些，东方不可以托些，西方之害、流沙千里些，君无上天些，君无下此幽都些，《招魂》虽歌颂了郢都生活的美好，但最后归结于“目极千里兮伤春心，魂兮归来哀江南！”辛词基本上借鉴《招魂》主旋律和结构写成，保留了《楚辞》那种上天入地回肠荡气的寥廓和悲哀。

稼轩有一种深沉的孤独感。原因多方面。他曾说“孤危一身久矣”，他一直处在投降派和凡庸的迫害切齿中，南人对北人（辛是济南人）的排斥，还有思想品位、天才、学养、艺术的“高处不胜寒”。现代心理学研究创造的秘密,认为人的内心世界比有形的能外化为符号的认识复杂丰富得多,有一种不能用形象、词语来表现的“内觉”,“内觉”在孤独状态下转化为可认识性,从而产生哲学、文学、音乐、美术等作品。辛稼轩是善于“做梦”,“内觉”极丰富的一位诗人,孤独是他的大痛苦,但如没有那么多孤独,他也许不会做那么多的“梦”,并将“内觉”转化为那么丰富的佳作。

此词上片意境,即长期盘踞稼轩无意识的沉沉“内觉”的捕捉和外化。首二章可见稼轩自控自理的自我力量甚强,十分清醒警觉。“清佩琼瑶”清脆的叮咚声。明镜能鉴秋毫的莹彻视觉形象,都是其无意识中清醒自我的象征表现。退隐瓢泉本非所愿,但瓢泉以外的环境更为险恶,下三韵描写了长时期压抑的“内觉”。环境如江海狂涛,流昏涨腻,覆舟如草芥;蓬蒿乱生,虎豹渴人血而甘,宁愿隐居与猿猱为伍不问世事。换头总结上片的“内觉”,“路险兮山高些。块予独处无聊些。”以下就描述瓢泉隐居之“乐”:制酒烹茶,箪食瓢饮,不改其“乐”。言词勉强,故发慨叹:“嗟余之乐”。

词到了辛弃疾,形式内容都有了极大的解放和扩展。辛学识极渊博,他将诗词歌赋散文都融化吸收于其词创作中,成了词这种形式前无古人、后亦难乎为继的一位集大成者。这首“些语”《水龙吟》就是极新奇变异的一例,短幅中呈现楚骚幽奇险怪、沉郁博大的风格,使读者迥出意表,一读难忘。

鹧鸪天

辛弃疾

陌上柔桑破嫩芽,东邻蚕种已生些。平冈细草鸣黄犊,斜日寒林点暮鸦。

山远近,路横斜,青旗沽酒有人家。城中桃李愁风雨,春在溪头荠菜花。

【鉴赏】

辛弃疾的词本以沉雄豪放见长,这里选的这首却很清丽,足见伟大的作家是不拘一格的。《鹧鸪天》写的是早春乡村景象。上半片“嫩芽”“蚕种”“细草”“寒林”都是渲染早春,“斜日”句点明是早春的傍晚。可以暗示早春的形象很多,作者选择了桑、蚕、黄犊等,是要写农事正在开始的情形。这四句如果拆开,就是一首七言绝句,只是平铺直叙地在写景。

词的下半片最难写，因为它一方面接着上半片发展，一方面又要转入一层新的意思，另起波澜，还要吻合上半片来做个结束。所以下半片对于全首的成功与失败有很大的关系。从表面看，这首词的下半片好像仍然接着上半片在写景。如果真是这样，那就不免堆砌，不免平板了。这里下半片的写景是不同于上半片的，是有波澜的。首先它是推远一层看，由平冈看到远山，看到横斜的路所通到的酒店。还由乡村推远到城里。“青旗沽酒有人家”一句看来很平常，其实是重要的。全词都在写自然风景，只有这句才写到人的活动，这样就打破了一味写景的单调。这是写景诗的一个诀窍。尽管是在写景，却不能一味渲染景致，必须参进一点人的情调，人的活动，诗才显得有生气。读者不妨我一些写景的五七言绝句来看看，参证一下这里所说的道理。“城中桃李愁风雨，春在溪头荠菜花”两句是全词的画龙点睛，它又像是在写景，又像是在发议论。这两句决定全词的情调。如果单从头三句及“青旗沽酒”句看，这首词的情调好像是很愉快的。它是否愉快呢？要懂得诗词，一定要会知人论世。孤立地看一首诗词，有时就很难把它懂透。这首词就是这样。原来辛弃疾是一位忠义之士，处在南宋偏安杭州，北方金兵掳去了徽、钦二帝，还在节节进逼的情势之下，他想图恢复，而朝中大半是些昏愦无能，苟且偷安者，叫他一筹莫展，心里十分痛恨。就是这种心情成了他的许多词的基本情调。这首词实际上也还是愁苦之音。“斜日寒林点暮鸦”句已透露了一点消息。到了“桃李愁风雨”句便把大好锦绣河山竟然如此残缺不全的感慨完全表现出来了。从前诗人词人每逢有难言之隐，总是假托自然界事物，把他象征地说出来。辛词凡是说到风雨打落春花的地方，大都是暗射南宋被金兵进逼的局面。最著名的是《摸鱼儿》里的“更能消、几番风雨，匆匆春又归去。惜春长怕花开早，何况落红无数。”以及《祝英台近》里的“怕上层楼，十日九风雨。断肠片片飞红，都无人管，更谁劝，啼莺声住。”这里的“城中桃李愁风雨”也还是慨叹南宋受金兵的欺侮。

从此，我们也可以看出诗词中反衬的道理，反衬就是欲擒先纵。从愉快的景象说起，转到悲苦的心境，这样互相衬托，悲苦的就更显得悲苦。前人谈辛词往往用“沉痛”两字，他的沉痛就在这种地方。但是沉痛不等于失望，“春在溪头荠菜花”句可以见出辛弃疾对南宋偏安局面还寄托很大的希望。这希望是由作者在乡村中看到的劳动人民从事农桑的景象所引起的。上句说明“诗可以怨”（诉苦），下句说明“诗可以兴”（鼓舞兴起）。把这两句诗的滋味细嚼出来了，就会体会到诗词里含蓄是什么意思，言有尽而意无穷是什么意思。

鹧鸪天 寻菊花无有，戏作。

辛弃疾

掩鼻人间臭腐场，古来惟有酒偏香。自从来住云烟畔，直到而今歌舞忙。
呼老伴，共秋光。黄花何处避重阳？要知烂熳开时节，
直待西风一夜霜。

【鉴赏】

老居瓢泉之稼轩达观乐天，由闽放废原因是遭忌被谗，蒙受不白之冤，但他毕竟不愧是文学史上少有的生命力和意志都极强的强者，他从未被击倒服输。这表现在一，从不绝望作葬花残叶萎顿抱病咽露困苦之声；二，热爱生活，永葆少年人般新鲜感，永远兴高采烈。一年到头，一天到晚，自己给自己找到无穷无尽的赏心乐事。与此词同期庆元四至六年(1196~1200)吴子似任铅山县尉时所作一组词可为例证。

这年中秋，稼轩卧病博山寺中，作《水调歌头》却是要与李白、苏轼宇宙航行，“我志在寥阔，畴昔梦登天。摩挲素月，人世俛仰已千年。有客骖鸾并凤，云遇青山(李)、赤壁(苏)，相约上高寒。酌酒援北斗，我亦蝨其间。”戚戚于富贵者，不能做此真诚洒脱清狂语。重阳节，稼轩和老伴忙活半天，置酒请吴子似县尉等诗友，黄花还未开，寻而未得，诗兴却颇盎然。同时写的另一首《鹧鸪天》道，“都无丝竹啣杯乐，却看龙蛇落笔忙。”挺乐。这首一上来道，“掩鼻人间臭腐场”，斩钉截铁与腐败官场划清界限，在座有铅山父母官吴子似，大概此公也是位疾恶如仇的高人，所以他能容得如此“过头”语。“自从来住云烟畔，直到而今歌舞忙。”这略带夸张的倔强颇令人神往，也颇使人辛酸。

“黄花”是这首词的词眼。她寻而无有，逃避佳节重阳，神龙现首不现尾。细按“要知烂熳开时节，直待西风一夜霜”和另首“黄花不怯西风冷，只怕诗人两鬓霜”的作意，“黄花”在此词中乃是悬鹄甚高的一种做人标准，是不怕风霜摧残折磨的傲然风骨，而且是打击之锤越是沉重，迸发开放的花朵就越发璀璨夺目。稼轩词的丰收就是如此。

另首中有“酒徒今有几高阳”句，与本首起句“掩鼻人间臭腐场”句遥相呼应，寄慨甚深。“高阳酒徒”是汉郦食其，他自荐于刘邦要纵论天下事，因貌似儒生而为司阍和刘邦轻视。郦瞋目案剑叱曰：“吾高阳酒徒，非儒生也！”表现出磊落伟岸勇往直前藐视阻力的气质。在稼轩面对的“臭腐场”中，唯唯诺诺扰扰于私利者比比皆是，明辨是非有头脑的“高阳酒徒”越来越少了。“寻菊花无有！”萧瑟之气遍被华林，所以稼轩以“只怕诗人两鬓霜”和诗友们共励，要坚持“高阳酒徒”的凛凛高蹈以抵制“臭腐场”中的庸毒之气啊！

八声甘州

辛弃疾

夜读《李广传》，不能寐。因念晁楚老、杨民瞻约同居山间，戏用李广事，赋以寄之。

故将军、饮罢夜归来，长亭解雕鞍。恨灞陵醉尉，匆匆未识，桃李无言。射虎山横一骑，裂石响惊弦。落托封侯事，岁晚田间。

谁向桑麻杜曲，要短衣匹马，移住南山。看风流慷慨，谈笑过残年。汉开边、功名万里，甚当时、健者也曾闲。纱窗外、斜风细雨，一阵轻寒。

【鉴赏】

作者写此词正值他被谗罢居上饶带湖之时。小序中说自己“夜读《李广传》，不能寐。”因此就引用有关李广的典故写了这首词，寄给约他同乡居住的友人。

上片根据《史记·李将军列传》，形象地概括了李广的两件轶事。其一是罢职家居时受辱于灞陵醉尉，其二为某次出猎时射箭“中石没镞”的神力。“故将军”五句，出自《李将军传》：“屏野居蓝田南山中，射猎，尝夜从一骑出，从人田间饮，还至灞陵亭，霸陵尉醉，呵止广，广骑曰：‘故李将军。’尉曰：‘今将军尚不得夜行，何乃故也’。止广宿亭下。”词中一“故”字隐然与“今”字对照，将军夜饮归来，到灞陵亭而被迫下马，“雕鞍”形容马鞍的精致，用以衬托将军身份。将军而被小小亭尉扣留，其原因就在一“故”字，作者用“故”字“解”字反映出退居南山后的名将李广的遭遇。

“恨灞陵”三句，“恨”字所责备的也不仅是亭尉而已。“桃李无言”亦引自《李将军传》：“太史公曰：余睹李将军，悛俊如鄙人，口不能道辞……谚曰：‘桃李不言，下自成蹊。’此言虽小，可以喻大也。”可见这是用民谚来褒美抑愤而死的英雄。亭尉毫无见识，以兼醉中匆匆，凌辱了这位名将，但朝廷又有那一个能识拔这位屡建奇功，一心为国的志士呢？作者所“恨”的，也就是对英才的摧残。

“射虎”两句，其事实早就传诵人口：“广出猎，见草中石，以为虎而射之，中石没镞，视之，石也。因复更射之，终不能复入石矣。”（《李将军列传》）两句突出地塑造了这位膂力惊人的英雄形象，"山横一骑"，描绘出跃马山中，引弓欲射的英姿。"惊弦"，是指使猛虎惊惧的弓弦声，弦声响处，巨石开裂。这"裂石响惊弦"，与"中石没镞"相比较，前者显得更有声色。

"落托"两句，叹息像李广这样有大功于国家的名将，却不得封侯，还一度被罢黜而家居。李广自己曾论及此事，指出"诸部校尉以下，才能不及中人，然以击胡军功取侯者数十人，而广不为后人，然无尺寸之功以得封邑者，何也。"对此他自己也百思不得其解，只能归之于命运，作者对此也是深有感触，从而引出下片词意。

下片"谁向"五句，用杜甫《曲江三章》其三诗意而又不尽相同："自断此生休问天，杜曲幸有桑麻田，故将移住南山边。短衣匹马随李广，看射猛虎终残年。"仇注说："志在归隐，其辞激。"作者摘取杜诗而冠以"谁向"，表示自己不想闲话桑麻，了此余生。"要"字表明愿意追随李广，罢居而不忘骑射，关心国事，李广后来又被起用，为"右北平太守"，"匈奴闻之，号曰'汉之飞将军'。"至于自己呢，则甘愿谈笑自如，度此残年，而决不违背坚决抗战的初衷与朝廷中苟安之辈同流合污。"看"字亦含自明心迹之意。

"汉开边"两句借古述今，汉代重视边防，多少人因边功而取得功名，但却还有像李广这样敌人闻而丧胆的"健者"被等闲视之，不得封侯。回顾自己少年时曾参加农民起义军抗击金兵，还突入金营手缚叛徒张安国，所谓的"壮岁旌旗拥万夫"。(《鹧鸪天》)也即此事的写照，但南归以后，虽一再上疏，力主抗战，却不被采纳，自己亦思发愤图强，"以气节自负，以功业自许"，实际上仍是沉沦下僚，待至稍有作为，又被排斥而长期退隐。南宋小朝廷的国势是与汉武帝时的实力声威不能同日而语的，那么，自己与李广同一遭遇也就不足为奇了。"甚"即"为甚"之意，是以设问加强感慨，也在为自己的身世隐隐叹息。

"纱窗外"三句暗用苏轼诗意，"独掩陈编吊兴废，窗前山雨夜浪浪。"(《和刘道原咏史》)借此点出副题咏史旨意。本词虽是通过史事以借古喻今，但结末三句仍以景作结，有着即景生情而意在言外的余韵，富于艺术感染力量。

沈义父论词，主张"不用经史中生硬字面。"(《乐府指迷》)辛词多用史事、典故，就本词来看，作者在写作时善于概括联系，使之形象突出而又起到吊兴废、感身世的效果。用字又极精当，能配合题意进行锤炼，如"恨"字、"要"字、"看"字等，起着融化史事入词的作用，使词句显得生动活泼，读时毫无生硬的感觉。

锦帐春 席上和杜叔高

辛弃疾

春色难留，酒杯常浅。更旧恨、新愁相间。五更风，千里梦，看飞红几片，这般庭院！

几许风流，几般娇懒。问相见、何如不见？燕飞忙，莺语乱，恨重帘不卷，翠屏平远。

【鉴赏】

这是一首和杜叔高的词。杜叔高名游。金华兰溪人。兄弟五人俱博学工文，人称“金华五高”。叔高尤工诗，陈亮谓其诗作“如干戈森立，有吞虎食牛之气”（《龙川文集》卷十九《复杜仲高书》）。他曾于宋孝宗淳熙十六年（1189）春赴上饶与辛弃疾会晤，辛作《贺新郎》词送行。宋宁宗庆元六年（1200）春，以访辛弃疾于铅山，互相唱和。这首《锦帐春》和《上西平·送杜叔高》《浣溪沙·别杜叔高》《玉蝴蝶·追别杜叔高》《婆罗门引·别杜叔高》等词，都作于此时。

杜叔高的《锦帐春》原词已经失传，无法参照，给理解辛弃疾的和词带来一定困难。和词中的“几许风流，几般娇懒”，显然是写女性。大约“席上”有歌妓侑酒。为杜叔高所恋，情见于词，所以和词即就此发挥。起句命意双关，构思精巧。时当暮春，故说“春色难留”；美人将去，故说“春色难留”。想留住春色而无计挽留，便引起“愁”和“恨”。酒原是可以浇“愁”解“恨”的，杯酒以深（应作“满”解）为佳。晏几道《木兰花》写“春残”，就说“此时金盏直须深，看尽落花能几醉”！可是而今不仅“春色难留”，而且“酒杯常浅”，这又加重了“愁”和“恨”。于是用“更旧恨新愁相间”略作收束，又引出下文。“五更风，千里梦，看飞红几片，这般庭院。”是预想酒阑人散之后绵绵不断的“愁”和“恨”。夜深梦飞千里，却被风声惊醒。五更既过，天已破晓，放眼一看，残花被风吹落，春色已渺不可寻。于是不胜怅惘地说：庭院竟成这般情景！

下片开头，以“几许风流，几般娇懒”正面写美人。作者作词之时，她还在“席上”。可是在词中，已驰骋想象，写到别后的“千里梦”，那“风流”，那“娇懒”，已经空留记忆。而留在记忆之中的形象又无法忘却。这又平添了多少"愁"和"恨"!因而继续写道:"问相见何如不见?"

燕飞、莺语,本来既悦目又悦耳。可对于为相思所苦的人来说,"燕飞忙,莺语乱",只能增加烦恼。这两句,也不是写"席上"的所见所闻,而是承"千里梦",写枕上的烦乱心绪。"恨重帘不卷",是说人在屋内,重帘遮掩,不但不可能去寻觅那人,连望也望不远。望不远,还是要望,于是望见帘内的屏风。"翠屏平远"一句,比较费解,但作为全词的结句,却至关重要。"平远",指"翠屏"上的图画。北宋山水画家郭熙有《秋山平远图》,苏轼题诗云:"离离短幅开平远。"是说画幅虽小,而展现的境界却十分辽阔。辛弃疾笔下的那位抒情主人公,辗转反侧,想念美人,正恨无人替他卷起的重重珠帘遮住视线,而当视线移向翠屏上的江山平远图,便恍惚迷离,以画境为真境,目望神驰,去追寻美人的芳踪。行文至此,一个情痴的神态,便活现于读者眼前。

以望丽屏而写心态,词中并不罕见。例如温庭筠《归国遥》云:"谢娘无限心曲,晓屏山断续。"赵令畤《蝶恋花》云:"飞燕又将归信误,小屏风上两江路。"都可与辛词"翠屏平远"参看。

踏莎行 赋稼轩集经句

辛弃疾

进退存亡,行藏用舍。小人请学樊须稼。衡门之下可栖迟,日之夕矣牛羊下。
去卫灵公,遭桓司马。东西南北之人也。长沮桀溺耦而耕,丘何为是栖栖者。

【鉴赏】

这首词大约作于宋淳熙九年(1182)。辛弃疾给他在带湖的新居取名"稼轩",并以之作为自己的别号,又写这首词说明了他的用意。词中借用儒家经典中的词句,抒发个人备遭打击的怨愤。

晋代人曾有集儒家经典中的句子成诗的,那只不过是一种文字游戏而已。辛弃疾把这一形式运用到词中来。词中的句子全用四书五经中的成句,直抒胸臆,同时又不违反词的格律。整首词,风趣而不滞涩,洗练而不纤巧。充分体现了作者在语言上的高度技巧和大胆创新精神。

开头三句,分别集自《易经》和《论语》:"进退存亡",即《易经·乾·文言》:"知进退存亡而不失其正者,其惟圣人乎。""行藏用舍",典出《论语·述而》,孔子对其弟子颜渊说:"用之则行,舍之则藏。""小人请学樊须稼",也出自《论语》,据《子路》篇记载,孔子的弟子樊迟(名须),请教孔子怎样种庄稼,孔子不满意地说:"小人哉,樊须也。"辛弃疾集这三句话的意思是说:一个人应当知道,该进就进,该退就退,该留就留,该去就去。用我,我就去干;不用我,我就退隐。只有圣人才能做到。我要像樊须那样,学种庄稼,退隐归田。表示决不与朝廷中的乞和派同流合污!

"衡门之下可栖迟,日之夕矣牛羊下。"二句均出自《诗经》。《诗经·陈风·衡门》:"衡门之下,可以栖迟。"《诗经·王风·君子于役》:"日之夕矣,牛羊下来。"作者用这两句现成诗句,进一步描绘自己怡然自得的村居生活:居住在用衡(横)木做门的简陋的房屋里,傍晚看牛羊成群地归来。

下片"去卫灵公,遭桓司马。东西南北之人也。"三句分别来自《论语》《孟子》《礼记》。《论语·卫灵公》说,卫灵公问孔子如何打仗,孔子回答说:"军旅之事,我没学过。"第二天便匆匆离开卫国。《孟子·万章上》说:孔子离开卫国后,"遭宋桓司马"。孔子在宋国的大树下,同弟子们演习周礼,司马桓魋闻讯赶来,砍倒大树,要杀孔子,他慌忙逃走。《礼记·檀弓上》记载,孔子说:"丘也,东西南北之人也。"作者用三个典故,比喻自己的遭遇。

"长沮桀溺耦而耕,丘何为是栖栖者。"二句均典出《论语》。《论语·微子》,"长沮、桀溺耦而耕,孔子过之,使子路问津焉。"长沮、桀溺讽刺子路跟着孔子到处奔走,迷不知返,并嘲笑孔子徒劳无益。《论语·宪问》:微生亩问孔子:"丘何为是栖栖者与? 无乃为佞乎?"(你为什么到处奔走,岂不就是个好谄媚的人吗?)对他进行指责。在这里,作者用自我解嘲的口吻,结束了他的词篇。我用不着像孔子那样,终日惶惶不安地为大事操劳,学长沮、桀溺在这里好好种田吧!

稼轩作词,巧于用典,有明用、有暗用。这首词,共十句,句句用典,而且全部是明用,用得十分熨帖。全篇运笔从容不迫,挥洒自如。是引典入词的一个范例!

踏莎行 庚戌中秋后二夕带湖篆冈小酌

辛弃疾

夜月楼台,秋香院宇。笑吟吟地人来去。是谁秋到便凄凉? 当年宋玉悲如许。
随分杯盘,等闲歌舞。问他有甚堪悲处? 思量却也有悲时,重阳节近多风雨。

【鉴赏】

题目写明,这首词作于庚戌年,即南宋光宗绍熙元年,公元1190年;中秋后二夕，即中秋后二日之夜晚；带湖篆冈，作者辛弃疾在上饶的带湖别墅的一处地名；小酌，小宴。就是说，这个作品是在1190年8月17日之夜带湖别墅篆冈的一次小宴上写成的。当时南宋的国力很弱，随时面临着金兵南进的威胁，特别是在秋高马肥的季节；作者一生力主抗金北伐，并提出有关方略，都没有被采纳；42岁遭谗落职，退居江西，此时已年届半百，忧国之心甚切，但在词中却表现得深沉含蓄，只是借写节序来寄托自己对政局的忧虑，颇有一点“欲说还休”的味道；正因为如此，其情感更见沉郁悲慨，以比兴“风雨”一笔点出题旨，也格外撼人心弦。章法曲转，一波三折，跌宕起伏，摇曳生姿，于短小的篇幅中回环反复，不断蓄势，铺垫反衬。到点睛处给人以石破天惊之感。笔重千钧而气度从容，非词家老手断难做到这样一点。

作品先写带湖秋夜的景色：篆冈的楼台为皎洁的明月所照亮，庭院里散发出秋花秋果的清香，秋天的景色多么美好啊！这就同历来多愁善感地写悲秋词章的文人唱了反调，为下文铺垫蓄势。接着写景中之人，“笑吟吟地人来去”。秋景是美好的，赏景的人来来往往，也都是“笑吟吟地”，纵情饮酒看月。情景历历，如在画中。写到这里，自然要引出问题：“是谁秋到便凄凉？当年宋玉悲如许。”前二层正面写了赏秋和乐秋，作了足够的铺垫，这一层自然要诘难和否定悲秋的人：是什么人一到秋季就感叹时序由盛变衰，联想到个人的不得志，从而凄凉感伤，大写“悲哉秋之为气也”？回答是：当年宋玉悲秋之词就有如许之多，影响又有如许之广（参见宋玉《九辩》）。当然，宋玉只不过是一个典型，历代文人写悲秋文章的还有许许多多，他们大多只从“萧瑟兮草木摇落而变衰”的自然景观和“贫士失职而志不平”的个人身世出发，这就大可不必了。

换头继续反驳宋玉式的悲秋，说是秋天到来之后，照样可以随意饮酒，随意吃菜，随意欣赏歌舞，随意观看天上的秋月，欣享庭院中秋花秋果的清香，问他还有什么值得悲伤的呢？到此铺垫已经很多，蓄势也已十分充足。该是打开真情流泻的闸门，让思想的浪峰纵情奔流的时候了。于是，结末反跌下来：“思量却也有悲时，重阳节近多风雨。”北宋诗人潘大临就曾写过“满城风雨近重阳”的名句，稼轩词暗中化用这个诗句，忧虑重阳节快到时，那多风多雨的天气会给人的生活带来很大的不方便，更不用说看月赏花了。这是双关，也是比兴，“风雨”不仅是自然的，更多的还是暗喻南宋的政治形势，担心金兵于秋高马肥之时前来进攻，他多年之前的词作《水调歌头》就曾写到“落日塞尘起，胡骑猎清秋”。古代北方少数民族统治者常在秋高马肥的时节犯扰中原，1161年秋季金主完颜亮率兵南侵一事，给稼轩留下极深的印象，他写的“胡骑猎清秋”，即指此事而言。现在中秋又过，快近重阳，南宋朝廷风雨如磐，摇摇欲坠，他如何能不忧虑悲愁呢？至此，我们知道词人辛稼轩也是暗中悲秋的；不过，他一不是为节候的萧疏而悲秋，二不是为个人身世的衰落而伤情，这二者都是他所反对的，他的悲秋确更深刻的政治原因，更广泛的社会意义，他是为国家、民族的命运而悲秋，他所抒写的是对当时整个政治军事形势的忧虑。这首词用比兴手法，明写对节序的态度，暗写对政局的关注。

破 阵 子

辛弃疾

为范南伯寿。时南伯为张南轩辟宰泸溪，南伯迟迟未行。因作此词以勉之。

掷地刘郎玉斗，挂帆西子扁舟。千古风流今在此，
万里功名莫放休。君王三百州。
燕雀岂知鸿鹄，貂蝉元出兜鍪。却笑泸溪如斗大，
肯把牛刀试手不？寿君双玉瓯。

【鉴赏】

这首词作于宋淳熙五年(1178)。词中作者借为范如山祝寿的机会，劝说他不要仿效范增和范蠡，鼓励他应该去泸溪，施展自己的才干，锻炼自己的能力，准备为收复祖国失地建功立业。范南伯，名如山，是辛弃疾的内兄。范氏一家都是很有民族气节的人，他父亲范邦彦曾仕金为蔡州新息县令，后率豪杰开城迎宋军，举家归宋。他很钦佩辛弃疾的忠心赤胆而把女儿嫁给了辛。辛跟范如山"皆中州之豪，相得甚"。范如山是个有才干的政治家，刘宰《故公安范大夫行述》说他"治官如家，抚民若子"，极受百姓拥护。他颇有忧世之心，常思恢复北土，但感于政治腐败，当道非人，又很想学陶渊明"躬耕南亩"，隐居不仕。淳熙五年(1178年)六月，南宋主战派名相张浚的儿子张栻(自号南轩)，任荆湖北路安抚使，颇想干一番事业，因范如山从金人占领区来，"知其豪杰，熟其形势"，便请他担任泸溪县令(即所谓"辟宰泸溪")。范如山并不相信朝廷真能有所作为，故"迟迟未行"。辛弃疾当时正任湖北漕运副使，很希望范能出仕荆湖，"因作此词勉之"。词的主题就是劝他以国事为重，"万里功名莫放休"，时时挂念"君王三百州"，努力做出力所能及的贡献。

一开篇作者用了两个典故。一个是，"掷地刘郎玉斗"。鸿门宴上刘邦令张良献玉斗给亚父范增，范增痛感项羽不听劝告放走刘邦，贻下后患，而将玉斗置于地，

拔剑撞而破之。另一个是,"挂帆西子扁舟。"春秋吴越之争时,范蠡献西施于吴王,以瓦解吴王斗志;灭吴后,不受越封,复取西施乘舟游五湖而不返。写法都是似明而暗,一看便知是用典,但真正的用意却没有直接说出来,甚至连范增、范蠡的名字都没有出现。作者用这两个典的意思,主要因范增、范蠡都与范如山同姓,又都是才智出众,有胆有识的谋士,因而即以二范比如山,希望他成为二范那样的人物,能竭诚尽智为自己的君国做出应有的贡献。这个看来隐晦的开端,不但艺术上很有特色(隐含范如山姓氏,却不出一范字),从词的主旨说也是很好的开端,有了这个开端垫底,下面几句正面劝勉的话就显得很有力量,很动感情了。"千古风流"应在我辈身上,不要轻抛建功立业("万里功名")的时机,要时时想到大宋的万里江山("三百州")呵!

下片,针对范如山"迟迟未行"的思想活动,进行劝勉。一方面称赞了范的大才宏志,预言他定能有所成就,一方面劝告他不要嫌泸溪令职位低小难以发挥作用,而应当以之作为搞大事业的起点。为了同时表达这两方面的意思,作者选用了四个典故。一是:"燕雀岂知鸿鹄"。陈涉辍耕垄上,慨叹"燕雀安知鸿鹄之志哉"的故事,借此表明自己理解范的志向,他的不愿就任是想有更大的作为。二是:"貂蝉元出兜鍪"。用的南齐将军周盘龙的故事。周年老不能守边,还朝为散骑常侍(皇帝侍从,能预闻要政),世祖戏问他;"你戴貂蝉(近侍贵臣冠饰)冠比起戴兜鍪(战盔)来如何?"周答:"此貂蝉从兜鍪中出耳。"意思是说我成为近臣是在战场上拼杀得来的,不是靠了恩宠。这里表示自己理解范有更大的才能,想得到更能发挥作用的位置,但要想得到更大的尊荣,要想得到参与朝政的要位,必须在实际工作中多作表现,积累"战功"。三是:南朝宋大将军宗悫的故事。宗晚年为豫州刺史,典签多所违执,宗怒叹"得一州如斗大,竟遭到典签的慢待!"辛借此表示自己体会到范的心情——以大才而屈居小小泸溪,且行动不能自主,难有作为。但也是劝他:宗悫都难免屈居下位,受小人之气,何况你我。典签,本为地方文书小吏,但南朝时,多由帝王亲信担任,以监视地方大员,号为"签师",颇有实权。四是《论语·阳货篇》:孔子至武城,闻弦歌之声,认为割鸡无需用牛刀的故事。作者反其意而用之,鼓励范南伯不妨以牛刀杀鸡,一试身手,把泸溪治理好,以显示自己的才能。

醉太平 春晚

辛弃疾

态浓意远,眉颦笑浅,薄罗衣窄絮风软。鬓云欺翠卷。
南园花树春光暖,红香径里榆钱满。欲上秋千又惊懒,
且归休怕晚。

【鉴赏】

题为《春晚》，实写“闺情”。“春晚”之时，深闺女性自有难以明言的复杂情怀，但作者并非女性，对于那种连本人都难以明言的情怀又怎能理解、怎能写得生动感人呢？

读完全词，就知道作者并未让那位闺中人吐露情怀，而是通过精细的观察，写她的神态、写她的装束、写她的行动，并用富贵人家的花园、香径、秋千和晚春景色层层烘托，其人已宛然在目，其心态变化，也历历可见。灵活地运用传统画法，把“以形写心”和“以景传情”结合起来，乃是这首小词最突出的艺术特色。

“态浓意远”，原是杜甫《丽人行》中的成句，用以表现丽人的姿态凝重、神情高雅，其身份也于此可见。“眉颦笑浅”，写她虽愁也只略皱眉头，虽喜也只略展笑颜，非轻浮放纵之流可比，其教养也于此可见。“薄罗衣窄絮风软”，既写服妆，也写时光。北宋诗人蔡襄《八月九日诗》云：“游人初觉秋气凉，衣不禁风薄罗窄。”而当“絮风”轻“软”之时，正好穿那窄窄的“薄罗衣”。“罗”那么“薄”，“衣”那么“窄”，其轮廓之分明，体态之轻盈，已不言而喻。徐步出闺，迎面吹来的是飘荡着朵朵柳絮的软风，她又有什么感触呢？“鬓云欺翠卷”一句，颇难索解。如果把“翠卷”看作“欺”的宾语，那它便是一个名词，可是实际上并没名叫“翠卷”的东西。那个“翠”字，看来也取自杜甫的《丽人行》。《丽人行》写丽人“头上何所有？翠为匎叶垂鬓唇。”是说用翠玉制成的匎叶垂在鬓边。匎叶，是妇女的一种头饰。“鬓云欺翠卷”就语法说，“鬓云”是主语，“卷”是谓语，“欺翠”则是动宾结构的状语，修饰“卷”。“欺”，在这里是“压”或“淹没”的意思，“翠”，即指翠玉制的匎叶。全句写那位女性鬓发如云，“卷”得蓬松而又低垂，以致淹没了匎叶。

下片头两句似乎单纯写环境、写景物，实则用以烘托人物。第一句是说她走到“南园”，看见“花树春光”，而且感到“暖”。第二句是说她漫步于“南园”的“径里”，看见片片飞红，嗅到阵阵花香，踏着满径榆钱。上片的“絮风”和下片的“春光暖”“榆钱满”，都传送春天即将消逝的信息，既点《春晚》之题，又暗示女主人公由此引起的情感波澜。韶华易逝、红颜易老，但她还是孤零零的，偶然走出深闺，来到“南园”，也无人同游共乐。

结尾两句，层层转折，曲尽女主人公的心理变化。“欲上秋千”，表明一见秋千，又唤回少女的情趣，想荡来荡去，嬉笑作乐。“又惊懒”，表明单身独自，有什么心情打秋千！“惊”字、“懒”字，用得何等神妙！“欲上秋千”而终于不想上，并非由于“懒”，偏不肯说出真实原因而委之于“懒”，又加上一个“惊”字。是说如今连秋千都不想上，竟“懒”到这种地步，自己都感到吃惊。不想打秋千，就归去吧！“且归”一顿，而“休怕晚”又是一层转折。实际情况是想玩又懒得玩，且归又不愿归。深闺那么寂寞，归去有何意味！于是在“且归”的路上，思潮起伏，愈行愈缓。妙在仍不说明真实原因，仿佛她迷恋归途风光，在家庭中也很自由，回家甚“晚”，也不用

"怕"。

这首词把封建社会中一位深闺女性的内心苦闷写得如此真切,不独艺术上很有特色,其思想意义,也是积极的。

贺新郎

辛弃疾

把酒长亭说。看渊明、风流酷似,卧龙诸葛。何处飞来林间鹊,蹙踏松梢残雪。要破帽、多添华发。剩水残山无态度,被疏梅、料理成风月。两三雁,也萧瑟。
佳人重约还轻别。怅清江、天寒不渡,水深冰合。路断车轮生四角,此地行人销骨。问谁使,君来愁绝?铸就而今相思错,料当初、费尽人间铁。长夜笛,莫吹裂。

【鉴赏】

淳熙十五年(1188),辛弃疾被劾罢官后闲居带湖已经整整七个年头了。这年冬天,志同道合声气相应的好友陈亮自浙江东阳远道来访,相聚十日。别后,情犹未了,旋即有此词之作。其词前小序云:"陈同父自东阳来过余,留十日,与之同游鹅湖,且会朱晦庵于紫溪,不至,飘然东归。既别之明日,余意中殊恋恋,复欲追路,至鹭鹚林,则雪深泥滑,不得前矣。独饮方村,怅然久之,颇恨挽留之不遂也。夜半投宿吴氏泉湖四望楼,闻邻笛悲甚,为赋《乳燕飞》(按,即《贺新郎》)以见意。又五日,同父书来索词,心所同然者如此,可发千里一笑。"词首句倏忽而来,戛然而止,长亭如何话别一句未说,即转入对陈亮的赞颂:"看渊明、风流酷似,卧龙诸葛"。陶渊明生活于社会黑暗的东晋王朝,青年时代,他"猛志逸四海,骞翮思远翥"(《杂诗》)。后辞官,"躬耕自资",安贫乐道,以至终老。诸葛亮"攘除奸凶,兴复汉室",立下了丰功伟业。而陈亮则是"为人才气超迈,喜谈兵,议论风生,下笔数千言立就"(《宋史》卷四百三十六《陈亮传》)的文武之才。故破题即以"渊明""诸葛"代指陈亮。接骤转,始述送别时"把酒长亭"的景色。"何处飞来"三句为近景:瑞雪纷纷,鹊踏松枝,雪落破帽,犹如添得白发几许!"何处飞来",有惊怪意,接以形象鲜明的描写,并由此生出感喟来。"剩水残山"四句写望中之远景:山水为雪淹盖,了无生气,只有耐寒的几枝疏梅,两三只征雁点缀在寒凝雪封的天地间,虽然冷落凄凉,却也给人间多少增添几分风光。其实,这里重要不在写实,而隐隐透露出它的象征意义:宋室偏安一隅,山河破碎;以疏梅喻爱国之士勉撑危局,不过毕竟仍使

人感到萧瑟凄凉呵！蒋兆兰云："词宜融情入景，或即景抒情，方有韵味。若舍景言情，正恐粗浅直白，了无蕴藉，索然意尽耳"(《词说》)。正由于诗人没有径直言情，而融情于景物之中，性情既露，景色亦真，与"缀枯树以新花，被偶人以衮服"(田同之《西圃词说》)的毫无生趣之作迥异，此真善于写景者也。

下片写别后难舍之情，即《序》"既别"之后一段文字。"佳人重约还轻别"。友人走矣。"佳人"，比兴之词，含义就所指对象而异，此喻贤者或有才干的人。因为"重约"而得以相见；言"轻别"，更见作者对"别易会难"的深厚友谊。接着意描绘"追路"的艰辛。天寒水深，江面结冰，难以通航。地上雪深泥滑，路已断，令人黯然神伤。"车轮生四角"，喻无法前行。唐人陆龟蒙《古意》："君心莫淡薄，妾意正栖托。愿得双车轮，一夜生四角"。"销骨"，销魂，形容极度的悲伤、愁苦。孟郊《答韩愈、李观别因献张徐州》诗："富别愁在颜，贫别愁销骨。""问谁"句虚拟一问，实是自问，责在自己，更见情深。"铸就而今相思错"。"错"，错刀。据《资治通鉴》卷二百六十五记载：唐哀帝天祐三年(906)，魏州节度使罗绍威为应付军内矛盾，借来朱全忠军队，但为供应朱军，历年积蓄用之一空，军力自此衰弱，因之悔而叹曰："合六州四十三县铁，不能为此错也"。在这里，"错"字语意双关，既指错刀，也指错误。以此愈见别后想念之深。联系前几句，正如俞陛云所云："言车轮生角，自古伤离，孰使君来，铸此相思大错。铸错语而用诸相思，句新而情更挚"(《唐五代两宋词选释》)。从"当初费尽人间铁"，"铸就而今相思错"诸句看，似指南宋偏安以来，一味屈膝求和，才有今日的国势衰微。结句"长夜笛，莫吹裂，"据《太平广记》载：唐代著名笛师李謩曾于宴会上认识一名独孤生的人，很会吹笛。李送过长笛给他吹奏。他说此笛至“入破”(曲名)必裂。后果如此。用此故实,极言笛声之悲,而尤见思友之切。六年后(1194),陈亮去世,辛弃疾《祭陈同父文》曰:“而今而后,欲与同父憩鹅湖之清阴,酌瓢泉而饮,长歌相答,极论世事,可复得耶”?“鹅湖之会”,千百年来成为文坛佳话,流转人间,这可能是两位志同道合的朋友所始料不及的吧!

贺新郎 用前韵赠金华杜叔高

辛弃疾

细把君诗说。怅余音,钧天浩荡,洞庭胶葛。千丈阴崖尘不到,唯有层冰积雪。乍一见,寒生毛发。自昔佳人多薄命,对古来,一片伤心月。金屋冷,夜调瑟。

去天尺五君家别。看乘空,鱼龙惨淡,风云开合。起望衣冠神州路,白日销残战骨。叹夷甫诸人清绝。夜半狂歌悲风起,听铮铮,阵马檐间铁。南共北,正分裂。

【鉴赏】

淳熙十五年(1188),陈亮拜访辛弃疾,两人同游鹅湖,相聚十天。其间,两人互相唱和,各写了三首词,其内容都离不开抗金这件事。本词题目说“用前韵”,指的是他写给陈亮的《贺新郎》(“把酒长亭说”)的韵。杜叔高,名斿(游),与辛弃疾、陈亮都是志同道合的朋友。

上片赞扬杜叔高的诗,同情他在诗中流露的郁郁不得志的心情。“细把君诗说”开门见山,说明以下对“杜诗”展开评论。“怅余音”三句,称赞杜叔高的诗像神奇美妙的音乐,在寥廓的天空和原野回旋。“钧天”,指钧天广乐,古代传说中天上的音乐;“胶葛”,广阔的样子。“千丈阴崖尘不到,唯有层冰积雪。乍一见,寒生毛发。”这几句则是形容“杜诗”的风格严峻、清冷。词人对杜叔高的诗的评价很高,难免有些“过誉”,但他欣赏杜的才华,与他的友情真挚,由他的诗想到他命运乖蹇,怀才不遇,却是很自然的事。“自昔佳人多薄命”以下五句,用汉武帝金屋藏娇,后来阿娇失宠,黜居长门宫的典故,以陈阿娇受冷落,来比喻杜叔高不得志。应该说,杜叔高的文才与声望,即使在当时,也不能和辛稼轩、陈同父相提并论,但他们恢复中原、统一祖国的理想是一致的,因此他们就有共同的语言,这一点,在下片表现得更为明朗。

过片之后,由对杜叔高的鼓励着笔,渐渐转入对国事的感慨,使这首酬答友人的词主题深化,意境扩大,成了感情激越、音调高昂的爱国主义篇章。

“去天尺五君家别”一句，颂扬杜叔高出身名门望族、家世显赫，与他人不同。“去天尺五”，见《三秦记》：“城南韦杜，去天尺五。”指的是唐代长安城南韦氏和杜氏都是世代相传的贵族，两家都离皇帝很近。“看乘空，鱼龙惨淡，风云开合”三句，进一步对杜叔高的鼓励。“乘空”，升上天空；“鱼龙”，古代有鱼化龙，龙飞升的传说；“惨淡”，言辛苦经营，杜甫《送从弟赴河西判官》诗有“惨淡苦士志”的句子；“风云开合”即风云变化。这里说，杜叔高只要经过艰苦努力，政治上一定会有好机遇，是会飞黄腾达的。不妨设想，本词的思路就此发展下去，通篇全是朋友间酬答勉励、抒写友情，也不失为好词。但本词的思想艺术价值远不止此。

辛弃疾对祖国的山河破碎耿耿于怀，在给他志同道合的朋友写赠词时，又很自然地想起了令他痛心疾首的国家大事。“起望衣冠神州路”两句笔锋陡转，他想起了沦陷多年的中原，似乎看到烈烈白日照射着为国捐躯的战士们逐渐销蚀腐朽的白骨。“衣冠”，这里借代文明。“叹夷甫诸人清绝”是对南宋统治集团中那些崇尚清谈、脱离实际的人的讽刺。“夷甫”，西晋宰相王衍，字夷甫，匈奴起兵侵犯西晋时，由于他清谈误国，丧失了很多国土。“清绝”，清高极了。本句用“叹”字领起，是惋叹之意，明写“夷甫”，实指南宋统治集团中那些空谈误国的人。

“夜半狂歌悲风起”，是心境描写，也是感情的抒发。词人感伤国事，无法自抑，乃至半夜里唱起歌来，即所谓“长歌当哭”，“狂”字说明词人愤怒已极，近乎疯狂，“悲”字是说，由于心情懊丧，听着风声也在悲鸣。“听铮铮，阵马檐间铁。”烦恼时，听到屋檐下悬挂的铁马撞击声，更添凄凉。“南共北，正分裂。”结尾两句，直接点明他的心事，他气恼、烦躁、愤怒的原因，就是国土的分裂。结语令人想见词人写作此词时怒发上指的气概。

当代学者夏承焘说辛词《摸鱼儿》（“更能消几番风雨”）“肝肠似火，色貌如花”，借以评价本词，也未尝不可。这说明辛弃疾爱国词共具的一种豪放风格。

贺新郎

辛弃疾

邑中园亭，仆皆为赋此词。一日，独坐亭云，水声山色，竞来相娱，意溪山欲援例者，遂作数语，庶几仿佛渊明思亲友之意云。

甚矣吾衰矣。恨平生、交游零落，只今余几！白发空垂三千丈，一笑人间万事。问何物、能令公喜？我见青山多妩媚，料青山、见我应如是。情与貌，略相似。

一尊搔首东窗里。想渊明、停云诗就，此时风味。江左沉酣求名者，岂识浊醪妙理。回首叫、云飞风起。不恨古人吾不见，恨古人、不见吾狂耳。知我者，二三子。

【鉴赏】

辛弃疾于江西上饶带湖闲居达十年之久后，绍熙三年(1192)春，被起用赴福建提点刑狱任。绍熙五年(1194)秋七月，以谏官黄艾论列被罢帅任。主管建宁府武夷山冲佑观。次年江西铅山期思渡新居落成，"新葺茅詹次第成，青山恰对小窗横"(《浣溪沙·瓢泉偶作》)。这首词就是为瓢泉新居的"停云堂"题写的。

词一起即发出浩然长叹："甚矣吾衰矣。恨平生、交游零落，只今余几！"当年少日，铁马渡江，而"万事云烟忽过，百年蒲柳先衰"(《西江月》)，事业无成，平生交游所剩无几，不免因而生恨。首句源于《论语·述而》："甚矣吾衰也！久矣吾不复梦见周公"。这是孔丘慨叹自己"道不行"的话(梦见周公，欲行其道)。作者虽引用了前一句，但也含有后一句的意思。这里以散文的句式入词，顺手拈来，贴切自然，包含着万千感慨。按词意"恨"字仍贯下二句。李白《秋浦歌十七首》其十五云："白发三千丈，缘愁似箇(个)长"。辛增一"空"字，则青出于蓝。李谓三千丈缘于愁之多；辛则言愁有何用，我一生都白白地消磨过去了！既然大半生岁月蹉跎，一事无成，如今年老体衰。那么对人间万事万物只好付之一笑了。悲愤中含有无限苍凉意。"问何物"句，设问，接借用《世说新语·宠礼篇》："王殉、郗超并有奇才，为大司马所眷拔。珣为主薄，超为记室参军。超为人多髯，珣状短小，于时荆州为之语曰：髯参军，短主薄，能令公喜，能令公怒"。以下自作答曰："我见青山多妩媚，料青山、见我应如是。情与貌，略相似"。这是由上面"慨当以慷"的直倾胸臆转为委曲婉转，希望像李白那样"相看两不厌"，能与青山互通款曲。《新唐书》卷九十七《魂征传》："帝大笑曰：'人言征举动疏慢，我但见其妩媚耳'。"此或有与名臣魏征自比意。而对青山的赞许，何尝不是对自己人格的自励。《沁园春·再到期思卜筑》："青山意气峥嵘，似为我、归来妩媚生"。亦正是此意。

过片从饮酒着笔，说自己对酒思友，想必和当年陶渊明写《停云》诗相仿："一尊搔首东窗里。想渊明、停云诗就，此时风味。"这里化用陶《停云》诗："静寄东轩，春醪独抚。良朋悠悠，搔首延伫"。实则表示仰慕陶渊明的高风亮节，谓其是真知酒之妙理者。而对另一些人则发出指斥："江左沉酣求名者，岂识浊醪妙理。"苏轼《和陶渊明饮酒诗》："道丧士失己，出语辄不情。江左风流人，醉中亦成名。渊明独清真，谈笑得此生！"又，杜甫《晦日寻崔戢李封》诗："浊醪有妙理，庶用慰沾浮"。这里作者以清真的渊明自比，借对晋室南迁后风流人物的批评，斥责南宋自命风流的官僚只知道追求个人私利，不顾国家存亡。于是禁不住想起结束群雄称霸局面统一天下的汉王朝的刘邦："大风起兮云飞扬，威加海内兮归故乡。"这是何等叱咤风云的英雄气概！"不恨"二句，用《南史》卷三十二《张融传》："不恨我不见古人，所恨古人又不见我。"加一"狂"字，正是愤之极的话，笔锋凌厉，气势拏云。况周颐释"狂"有云："狂者，所谓一肚皮不合时宜，发见于外者"也（《蕙风词话》卷二）。辛弃疾的"狂"，寄寓着深沉的政治内容。一结"知我者，二三子"，由急而缓，由驰骤而疏荡，所谓"一张一弛，文武之道也"（《礼记·杂记》）。其在《水调歌头·我亦卜居者》亦云："二三子者爱我，此外故人疏"。再次感叹知音恨少，情怀寂寞。《论语·述而》："二三子以我为隐乎"？本词首尾用《论语》典，都不见痕迹，恍如己出。岳珂《程史》卷三云："稼轩以词名，每燕必命侍妓歌其所作。特好歌《贺新郎》一词，自诵其警句曰：'我见青山多妩媚，料青山见我应如是。'又曰：'不恨古人吾不见，恨古人不见吾狂耳。'每至此，辄拊髀自笑，顾问坐客何如，皆叹誉如出一口"。这确是表现出辛弃疾性格的一首佳作。

满　江　红　游清风峡，和赵晋臣敷文韵

辛弃疾

两峡崭岩，问谁占、清风旧筑？更满眼、云来鸟去，涧红山绿。世上无人供笑傲，门前有客休迎肃。怕凄凉、无物伴君时，多栽竹。

风采妙，凝冰玉；诗句好，余膏馥。叹只今人物，一夔应足。人似秋鸿无定住，事如飞弹须圆熟。笑君侯、陪酒又陪歌，阳春曲。

【鉴赏】

这首词，是辛弃疾在清风峡中写的和韵之作。清风峡，今江西铅山县，峡东有清风洞，是欧阳修录取的状元刘辉早年读书的地方。赵晋臣，名不迂。绍兴二十四年进士，官中奉大夫，直敷文阁学士。约当庆元六年（1200），赵晋臣自江西漕使任罢官归铅山。辛弃疾于绍熙五年（1194）自福建安抚使任罢官，其时，正退隐铅山瓢泉。

在词中，作者对赵晋臣的人格、文采给予了极大的赞美。同时，由于二人遭遇相似，心有灵犀，同是报国无门，志不得伸，也反映了作者那种无奈、抑郁而又清高

的思想感情。

词的上片，是写清风峡的景色及赵晋臣的高尚品格。开篇："两峡崭岩，问谁占、清风旧筑？更满眼、云来鸟去，涧红山绿。"写出清风峡两侧重岩叠嶂。陡峭挺拔，刘辉曾经读书其中的清风洞，如今谁占领呢？云儿飘浮，鸟儿飞翔，山涧中野花红似一片晚霞，高山上绿色葱葱，这美丽的景象扑满视野。但这里人迹罕至，住在这里，岂不孤寂？以下数句，就是回答这个问题。"世上无人供笑傲"，还不如在此领略大自然的风光，即使"门前有客"来访，也大抵是些俗物，还是不要迎接为好。"怕凄凉、无物伴君时，多栽竹"。如果无人伴君而感到凄凉时，就多栽些竹子吧！这几句词，层层递进，赞美了赵晋臣超尘拔俗，不肯同流合污的高洁品格。

词的下片，赞美了赵晋臣的文采及作者对赵的极度推崇。"风采妙、凝冰玉"，颂扬了赵晋臣冰清玉洁的品质，是对上片的总结。"诗句好，余膏馥。叹只今人物，一夔应足。"写得绝好的诗句，可以流传百世，以育后人。在现今社会中，有您这么杰出的一个人物就足够了。这几句把赵晋臣推崇到无以复加的地步。"人似秋鸿无定住，事如飞弹须圆熟"，人就像秋天的鸿雁，今天落在这里，明天飞向那里，没有固定的住处；事，就像飞出的弹丸，转瞬即逝，对待它，应该圆熟些，何必那么固执。当时作者与赵晋臣同是被罢官隐退，他们都胸怀大志，又都是栋梁之材，但却得不到重用，这两句词反映了他们那种无奈、悲哀而又不得不自我安慰的心情。"笑君侯，陪酒又陪歌，阳春曲"。这次出游，很高兴君侯陪酒又陪歌，真是难得的机会啊！以"阳春曲"收尾，紧承"陪歌"，指赵晋臣的原词，同时也含有自谦的意思。

这首词虽是应酬之作，但由于词作者与赵晋臣际遇相似，所以他笔下的赵晋臣，在很大程度上是他自己的化身。结合时代背景和辛弃疾的抱负、经历来读，就会感到词中蕴含的忧愤十分深广。

千年调 蔗庵小阁名曰"卮言"，作此词以嘲之

辛弃疾

卮酒向人时，和气先倾倒。最要然然可可，万事称好。
滑稽坐上，更对鸱夷笑。寒与热，总随人，甘国老。
少年使酒，出口人嫌拗。此个和合道理，近日方晓。学
人言语，未会十分巧。看他们，得人怜，秦吉了。

【鉴赏】

卮，古代圆形酒器，《史记·项羽本纪》："赐之卮酒。"卮言，随人意而变，没有主见的话。《庄子》《天下篇》："以卮言为曼衍。"又《寓言篇》："卮言日出。"唐成玄

英疏:“夫卮满则倾,卮空则仰,空满任物,倾仰随人,无心之言,即卮言也。”陆德明释文引王叔之说:“卮器满即倾,空则仰,随物而变,非执一守故者也;施之于言,而随人从变,已无常主者也。”庄子是不讲是非的,所以说他的著作“卮言日出,和以天倪,”即随物变化,不带主观成见的话日出不穷,合于自然的分际。后人常用卮言,作为对自己著作的谦辞。但词人辛弃疾是爱憎分明的,他不是谦谦君子。1185年,他首次落职在江西上饶闲居时,看到友人的住宅蔗庵有小阁题名为“卮言”,不知是学庄隐世,还是自勉谨慎。不论何义,词人都大不以为然,即借题发挥,讽刺南宋官场和社会上那种不讲是非,毫无廉耻,唯唯诺诺,曲意逢迎的势利小人,写成此篇嬉笑怒骂皆成文章的绝妙好词。

上片开头二句,借取卮酒的形象,揭示势利小人的丑态是,在人前满脸堆笑,一团和气,甚至低头折腰,拜倒身子。不用说,这“卮满则倾”的动态物质形象,是被拟人化了的,所以说它能“向人”献媚,能“和气”迎笑,还能折腰、拜倒。使我们联想到社会上那种没有骨头、没有气节、没有操守的市侩、政客、佞人的丑相。破题先点一个“卮”字,然后由卮而施之于言:“最要然然可可,万事称好。”这里化用《庄子》《寓言篇》中的话来抨击现实社会中某些人的嘴脸。《寓言篇》说:“物固有所然,物固有所可,无物不然,无物不可。”乡愿、佞臣、市侩,似乎从这里找到了理论根据,唯唯诺诺,逢人说好,点头称是,取悦他人,图谋私利,而把国家和民族的兴衰置之不顾,这就是他们最重要的升官发财的秘诀,词人的义愤和鄙夷之情,溢于言表。写了“卮言”,又联想到另外两种酒器,和一种中草药:滑稽,古代的流酒器,类似后代的酒过龙,能“转注吐酒,终日不已”。鸱夷,古代皮制的口袋,用以盛酒,伸缩性大。《汉书·陈遵传》:“鸱夷滑稽,腹如大壶,尽日盛酒,人复借酤。”颜师古注:“鸱夷,韦囊,以盛酒。”甘国老,即甘草,药材,有镇咳,祛痰,解毒等作用,能调和众药,医治多种疾病,又可做烟草、酱油等的香料,所以被称作“国老”。词人引譬连类,取以上两种酒器和一种药材,说是在酒席上,那“转注吐酒,终日不已”的流酒器,对着能够随意伸缩、卷折的皮酒袋,发出了会心的微笑。而寒热随人,八面玲珑,专和稀泥,折中调和的,还有那被人称作“国老”的中药甘草;以物喻人,进一步挖苦了随人俯仰、哗众取宠的伪善者及其庸俗可鄙的内心世界。上片以三种酒器和一种中草药,拟人化地刻画了唯上命是听,唯潮流是顺之徒的伪善者形象及其肮脏的灵魂。

下片写自己对此的切身体验和情感态度,写得曲曲折折,使人信服、认同。换头二句是愤激之词,说自己年少气盛,使酒任性,直言直语,不懂得随机应变,看人说话,使人感到别扭,不舒服。总之,不会迎合人说话,同所谓的“卮言”相径庭,背道而驰;实际上也即表明了自己那种是非分明的原则立场。接着说,“此个和合道理,近日方晓。”他的意思是,阅历和见识多了,对社会风气和世态人情也增加了认识,直到近日才懂得这个随人说话,当和事佬的“道理”。然后用反话讽刺:“学人言语,未会十分巧。”也想鹦鹉学舌,随声附和,说一些“然然可可,万事称好”的话,但是学得并不十分精巧,远不如人家学得到家。结句紧接上文,一气贯穿:“看他们,得人怜,秦吉了!"讽刺挖苦的锋芒直指"他们""秦吉了"。秦吉了,鸟名,鹩哥,也写作了哥,《本草纲目·禽部三》说它"能效人言",李白诗:"安得秦吉了,为人道寸心。"《旧唐书·音乐志二》载:"岭南有鸟","笼养久,则能言,无不通,南人谓之吉了。"故亦称吉了,白居易诗:"始觉琵琶弦莽卤,方知吉了舌参差。"本篇词的结尾一针见血地指出,看他们这些学舌的吉了鸟,"学人言语"学得多么精巧,所以才能得到权贵人物的钟爱,把它们豢养起来,代人言语,供人欣赏。这是何等尖刻的讽刺,又是何等深刻的批判啊!

引譬连类和拟人化的写法,加强了本词的讽刺效果;既写世态,也写自己,两相对照,加大了批判的力度。笔锋幽默诙谐,同时又很辛辣,表现了十分鲜明的情感倾向。

最　高　楼　吾拟乞归,犬子以田产未置止我,赋此骂之。

辛弃疾

吾衰矣,须富贵何时。富贵是危机。暂忘设醴抽身去,
未曾得米弃官归。穆先生、陶县令,是吾师。
待葺个、园儿名"佚老",更作个、亭儿名"亦好",闲饮
酒、醉吟诗。千年田换八百主,一人口插几张匙。便休
休,更说甚,是和非。

【鉴赏】

这词内容醒豁,口语化,是千门万户的辛词风格的又一个侧面。

梁启超《稼轩年谱》系此词于闽作后,并说,"此词题中虽无三山等字样,细推当为闽中作。盖先生之去湖南乃调任,其去江西乃被劾,皆非乞归也。若帅越时又太老,其子不应不解事乃尔。故以附闽词之后。"其实稼轩去闽亦因被劾,此词当作于在闽被劾之前。

敝屣浮云富贵是稼轩一贯思想,不仅此也,他还能进一步看出"富贵是危机"的道理,身体力行戒除权钱贪欲,并以之教训子孙,在封建社会中实属难能可贵。辛在湖南"平乱"后,曾耿耿孤忠地给皇帝上《论盗贼札子》,说为国"杀身不顾",但是"恐言未脱口而祸不旋踵"而至,稼轩对自身"孤危"处境很清楚,在闽遭到"想当闽王"这样刻毒而充满杀机的弹劾陷害,恐怕在其意中又出其意外。(被劾"用钱如泥沙,杀人如草芥,旦夕望端坐闽王殿"。见《宋史·辛弃疾传》)辛疾恶如仇,各方面都是一根出头椽子,不待富贵已危机四伏。

辛弃疾报国壮志历尽劫难并不消磨,他浮云富贵是真,退隐傲啸江湖恐属不得

不尔。六十余岁知镇江府时，仍遣谍至金侦察，并欲沿边募兵，造军衣万领，表现出雄心未泯，宝刀不老，垂暮之年犹思大有作为，自问“廉颇老矣，尚能饭否？”(《永遇乐》)所以此词煞尾“便休休，更说甚，是和非”乃违心的牢骚话，不能据之论辛思想。含混敷衍那是诛心排场，虚与委蛇。

“暂忘设醴抽身去”与下“穆先生”所说为同一典故。《汉书·楚元王传》载，穆生为楚元王中大夫，不善酒，赏为其设醴(薄酒)。王戊即位，忘设醴。穆生退曰，“王之意怠，可以退矣。否则楚人将钳我于市。”遂谢病去。古人精忠报国往往是要以皇帝为偶像和前提的，小序中说“吾拟乞归”，显然是感到了“王之意怠”。为避“钳我于市”的危机，应明智地“抽身去”。用陶渊明不愿为五斗米折腰典，也暗示了与“乡里小儿”矛盾下的孤危处境。

下片描写退隐养老诗酒之乐。“千年田换八百主，一人口插几张匙”似当时民谚，反对贪欲，提倡知足常乐。

词中处处充满警觉，精忠报国就有这么多酸甜苦辣。

生查子 独游雨岩

辛弃疾

溪边照影行，天在清溪底。天上有行云，人在行云里。
高歌谁和余？空谷清音起。非鬼亦非仙，一曲桃花水。

【鉴赏】

稼轩对人、对事、对自然界都深挚真诚，因之常能见人所未见，发人所未发。

孤独时的内觉往往引导人到别人不能到之境，创为奇诗。辛居上饶带湖时，常往来博山(在广丰区西南)，游览博山附近的雨岩。据集中所描写，雨岩有怪崖石浪，有飞泉冰涛，露冷松梢，风高桂子，幽谷兰芳，颇擅林壑之美。稼轩喜独游，独游时他是安全的，这次雨岩溪行，吟咏傲啸，忘乎所以。他那么投入，读《生查子》简直让读者分不出何者为山水，何者为词，何者为词人。道德感和审美感同属人的高级精神活动。辛如此热爱祖国的大自然，虔诚全身心地融入，“溪边照影行，人在清溪底。天上有行云，人在行云里。”人进入溪底天光云影的奇异世界。高歌一曲谁来相和？“空谷清音起”，祖国的大自然深受感动，以清丽悠扬的空谷回声来相和了。这里，我们看到道德感和审美感高度和谐地统一到了一起，是马克思所说“人的彻底的自然主义和自然的彻底的人道主义”的妙境。下二词节引也是辛与自然深度交融的例子，可与本词参赏：“我见青山多妩媚，料青山见我应如是。情与貌，略相似。”(《贺新郎》)“昨夜松边醉倒，问松‘我醉何如？’只疑松动要来扶，以手推松曰

'去!'"(《西江月》)

"非鬼亦非仙,一曲桃花水。"因为《生查子》所写境界过于清寂幽峭,可能有"此人境耶?"之问,这里便引用东坡《夜泛西湖》。湖光非鬼亦非仙,风恬浪静光满川"句意作答。"一曲桃花水",再度融入大自然,清溪也涨满跃起、加入词人高歌、空谷回声的合唱了。

宇宙的总体本真,有一个诉诸理智而不诉诸感官的质朴永恒至大无边的内在和谐美。挖掘描写与自然关系的一些辛词,常可感到稼轩有意无意地接触到了这个本真,因之大大扩展加深了其作品的内蕴,《生查子》即一例。为了保存天籁本真、宇宙无声之和的大美,庄子主张不鼓琴,抛弃费力不讨好的人类的渺小音乐。陶渊明抚弄无弦琴,即循庄子思路,在玩味"此中有真意,欲辨已忘言"的宇宙和谐大美。嵇康则试图以自身的灵魂音乐来参同契:"目送飞鸿,手挥五弦;俯仰自得,游心太玄。"这个"太玄"就是至大无尽的宇宙心灵。稼轩独游雨岩时的一曲高歌、空谷回声和清溪桃花水的和鸣,与庄、陶、嵇一脉相承,是无声之声,是渺小人类伟大灵魂昂首奥秘时的追寻和求索。一些社会性的内容,似乎倒退居二线了。

忆王孙 秋江送别,集古句。

辛弃疾

登山临水送将归。悲莫悲兮生别离。不用登临怨落晖。
昔人非。惟有年年秋雁飞。

【鉴赏】

集古人句是一种再创造。不同或同一古人作品中的句子,碎玉零琼集成一首诗词,不但要结构妥贴风格统一内容有新意,还要音节浏亮琅琅上口回肠荡气。这首《忆王孙》,表现空寞寥廓与天地秋江同在的莫可解脱的永恒悲哀,非仅别离而已。五句皆有出处,从《楚辞》到唐宋,可见所归纳是传统的共同悲哀。所集非随手拈来,因才高不觉锻炼贯串之迹。《楚辞·九辩》,"悲哉秋之为气也,萧瑟兮草木摇落而变衰。憭栗兮若在远行,登山临水兮送将归。"首句隐括《秋声赋》全部内容。《楚辞·九歌·少司命》,"悲莫悲兮生别离,乐莫乐兮新相知。"是第二句包括与悲哀对应的欢乐。"但将酩酊酬佳节,不用登临怨落晖。"(《九日齐山登高诗》,杜牧)第三句强携酸泪一醉酩酊,承二句来。"江山犹是昔人非。"(苏轼《陌上花》)"昔人非"扣送别。末为与初唐四杰接的李峤诗,"不见只今汾水上,惟有年年秋雁飞。"(《汾阴行》)时空无际。

爬梳五处所引用原诗，可见所集非支离破碎的句意，而是远超出符码信号信息以上的丰厚民族文化传统。疑问和悲哀如屈原《天问》般触及宇宙时空本体，无法回答，故首句“登山临水”，第三句却说“不用登临怨落晖”，看似矛盾，其实表现了人在时空问题上的无能为力。句意十分深邃沉重。词中山水景观，甚至秋雁落晖，都是纯中国式的，打上民族人文传统的烙印。所以读来颇耐咀嚼，回味绵长。

感皇恩 读《庄子》，闻朱晦庵即世。

辛弃疾

案上数编书，非《庄》即《老》，会说忘言始知道。万言千句，不自能忘堪笑。今朝梅雨霁，青天好。

一壑一丘，轻衫短帽。白发多时故人少。子云何在？应有《玄经》遗草。江河流日夜，何时了。

【鉴赏】

朱晦庵即大理学家朱熹，朱卒于庆元六年（1200）三月，词中有“梅雨”句，是初闻噩耗时。

《宋史·辛弃疾传》，“弃疾尝同朱熹游武夷山，赋《九曲棹歌》，熹书‘克己复礼，夙兴夜寐’题其二斋室。熹殁，伪学禁方严，门生故旧至无送葬者，弃疾为文往哭之，曰：‘所不朽者，垂万世名。孰谓公死，凛凛犹生。’”可见朱、辛有深厚友谊，相知甚深。朱一生主要精力用于著述讲学，理学、儒学到了他，得到完备发展。陈亮曾辛辣讽刺朱道，“睟面盎背，吾不知其何乐？端居深念，吾不知其何病？置之钓台捺不住，写之云台捉不定。”（《朱晦庵画象赞》）陈主功利实用，全盘否定朱在哲学上的贡献，把朱描写得什么也不是。在抗金问题上，朱持“振三纲，明五常，正朝廷，励风俗”，“是乃中国治夷狄之道”，正如要游说吴越之王，激西江之水来营救涸辙之鲋一样，朱熹主张明明是腐儒之见。与辛弃疾的立竿见影痛快淋漓万难说到一起，但辛对朱态度与陈亮大不相同，特别是朱卒于政争中道学家被打倒之时，辛冒天下之大不韪前往真诚哭祭，其高超识见与古道热肠，八百年后仍令人叹赏敬服。

此词摆脱惊悼与不着边际的几句盖棺论定的俗套，一气神行，写朱也即写自己，把朱熹的风范刻画得凛凛如生，深情厚谊和痛惜之意自然流出，感人甚深。上片所写陈列着几本老庄书的书斋是辛也是朱的，借环境刻画人的精神，一石二鸟，迥异拙笔。“会说忘言始知道”中“忘言”出《庄子·外物》，“言者所以在意，得意而忘言,吾安得忘言之人而与之言哉?”稼轩说朱熹就是会说“忘言”而知大道的思想家。按庄子原意,前说“得鱼忘荃(诱饵),得兔忘蹄(捉兔下的套)”;后说“得意忘言”,大概指抛弃事物的形式和功利世俗的机心。因之辛词才有“不自能忘堪笑”之句,要能自忘方可望对“大道”有所了解,肯定朱熹和自己都属勘破了事物形式和突破了小我恩怨得失之人。到此辛酸会心处,忽一笔宕开,“今朝梅雨霁,青天好。”乐境写哀,反笔。

下片感情激动,“一壑一丘,轻衫短帽”写朱熹晦庵云谷的幽居和衣着简朴的形象。“子云”是西汉末哲学家扬雄的字,《太玄》是其著作,这里将朱比扬。末谓朱熹思想将如江河行地万古不废,评价甚高。稼轩具眼,朱熹在南宋末就配享孔庙,后世位列“十哲”之次。

蝶恋花 戊申,元日立春,席间作。

辛弃疾

谁向椒盘簪綵胜?整整韶华,争上春风鬓。往日不堪重记省,为花长把新春恨。

春未来时先借问,晚恨开迟,早又飘零近。今岁花期消息定,只愁风雨无凭准。

【鉴赏】

纤秾宛转,哀感顽艳,十分女性化,辛词多样化风格的又一表现。几令人不敢相信是壮怀激烈的辛帅的手笔。辛词之所以能如此变化无穷,是由于其才情不凡,也出自极广博的学养。居上饶、铅山时,藏书万卷,又十分勤学,出则搜罗万象,入则驰骋百家,如海洋兼收并纳,乃能成其大。似集中“效易安体”。

这年元旦立春,稼轩在席间赋此咏花之作,椒盘彩胜,人增韶华,春风上鬓,本应是喜气洋洋,花团锦簇,酒暖意浓,可是词却反此。从上片歇拍始,把一个好端端的新春佳节糟蹋得七零八落,非胸中有大不堪处,怎会如此?

椒盘即椒酒,《荆楚岁时记》:“俗有岁首用椒酒。椒花芬香,故采以贡樽。”彩胜是剪彩为胜,宋代士大夫家多于立春日为之。“胜”是汉代就开始流行的一种妇女首饰,用玉石、金属或剪彩制成,有花胜、人形胜、方胜之分。“谁向椒盘簪彩胜”句中“彩胜”,联系整首词意,当是花胜。这天元旦立春重合,故席上进椒花浸泡的酒时还簪上彩制花胜,真是鲜花着锦、烈火烹油,可是饮椒花酒赏花胜的稼轩却无端为花担忧伤心起来。花的过去、现在、将来,心情和处境,如清夜听雨,点点滴滴袭上心头。“一花一世界,一沙一天国。”(英国勃莱克)

“往日不堪重记省”,花的过去一笔带过。“为花常把新春恨”,这是现在。“春未来时先借问,晚恨开迟,早又飘零近”写尽花样的女子盼春、怀春、盼望登上青春生命舞台又畏惧飘零沦落,心情十分复杂曲折。当然,此非写花和女子而已,也概括了包括自己在内的一切有识之士的人生经历。“只愁风雨无凭准”,花的处境和未来吉凶祸福难于逆料,也许难逃风雨飘零天涯沦落。

淳熙十五年(1188)元旦作,被劾离官闲居已五年余。是年奏邸忽腾报辛因病挂冠,此迟到的风雨具见京城大老们的荒唐和对稼轩的忌恨。因赋《沁园春》:“却怕青山,也妨贤路。”是年岁杪,陈亮自东阳来访,留十日,同游鹅湖。这二位骨交同志相互激励,留下一组永远辉耀词坛的唱和,《贺新郎》:“我最怜君中宵舞,道男儿、到死心如铁。看试手,补天裂。”这大概是对“只愁风雨无凭准”犹豫彷徨快刀斩乱麻的回答吧?

蝶恋花 月下醉书雨岩石浪

辛弃疾

九畹芳菲兰佩好,空谷无人,自怨蛾眉巧。宝瑟泠泠千古调,朱丝弦断知音少。
冉冉年华吾自老,水满汀洲,何处寻芳草?唤起湘累歌未了,石龙舞罢松风晓。

【鉴赏】

这首小令是辛弃疾晚年的作品,约写于公元1203年。其时正当他南归后第三次出仕前,赋闲居住在江西铅山的瓢泉。这一带的山山水水,特别是“雨岩”的风景,深深打动了他,因此他的笔下不乏对大自然的种种描绘,数量不算太多,但气象万千,别具一种情趣和境界。

写作本词的时候,辛弃疾已是六十多岁的老人,但仍壮心不已,希冀早年就立下的统一祖国的宏伟理想得以实现。此时他的好友陈亮已经去世,朱熹也在“庆元党禁”事件中丧生,稼轩深感知音难觅,再也遇不到陈、朱那样的好友了,不免感慨万端。小令在描写“雨岩”景物的同时,寄情于山水,抒发了这种思想感情。

“九畹芳菲兰佩好,空谷无人,自怨蛾眉巧。”“畹”,古代土地面积单位,三十亩为一畹。首句化用屈原“余既滋兰之九畹兮”(《离骚》)句意,说明兰花怒放,绚丽多彩,但“空谷无人”,也就只能自艾自怨了。“宝瑟泠泠千古调,朱丝弦断知音少。”“泠泠”,声音清脆。这两句说,“宝瑟”纵使弹使弹奏出清脆悦耳的古典名曲,但也难觅“知音”,实际上是词人自叹陈亮、朱熹过世之后,很难找到知心朋友,因此心情孤寂苦闷。

过片之后，进一步抒发迟暮伤感之情，与上片紧密联系，不可分割。“冉冉年华吾自老”，“冉冉”，慢慢地。作者自叹随着时间的流逝，慢慢老了，“何处寻芳草？”“芳草”与上片的“知音”相呼应，意思相同，这样就使全词的思路贯串一气，意境也更觉深远。“唤起湘累歌未了，石龙舞罢松风晓”，“累”，本指绳索；“石龙”，指石龙风，是一种打头迎风，如飓风之类，宋孝武帝《丁督护歌》云：“愿作石龙风，四面断行旅。”稼轩反其意而用之。感慨自己在现实生活中到处碰壁，特别是他恢复故国的理想不得实现，他的一言一行无不受到阻碍，更使他觉得如同碰上了打头逆风。结尾两句，以含蓄委婉的手法，述说人世道路曲折艰难，词人郁结胸中的愤懑不得发泄，哀婉欲绝。

本词在看似平淡的景物勾勒中寓有深意。全词又多用象征手法，抒写自己难觅志同道合的伙伴、壮志未酬的深沉感情。有意境蕴藉含蓄，意近而旨远的特色。

太常引 建康中秋夜为吕叔潜赋

辛弃疾

一轮秋影转金波，飞镜又重磨。把酒问姮娥：被白发、欺人奈何！
乘风好去，长空万里，直下看山河。斫去桂婆娑，人道是、清光更多。

【鉴赏】

咏月抒怀，早已成为古今中外诗人笔下永恒的主题。词中篇什，缠绵悱恻，伤怀念远，幽情寂寂者多；思与境谐，景与情会，“飘飘有凌云之气”（王闿运《湘绮楼词选》评张孝祥《念奴娇·过洞庭》词语）者少。而像辛弃疾这样情思浩荡，神驰天外，异彩纷呈，爱国壮志隐含其中者，尤不多见，宜乎陈廷焯称其为“词中之龙也”（《白雨斋词话》卷一）。

据词题知作于淳熙元年（1174）中秋夜，时稼轩任江东安抚司参议官，治所建康即今江苏省南京市。吕叔潜字虬，余无可考，似为作者声气相应的朋友。破题写中秋的圆月皎洁，似金波，似飞镜。“转”而“磨”，既见其升起之动势，复见其明光耀眼，一派生气勃勃的景象。“金波”，形容月光浮动，因亦指月光。《汉书》卷二十二《礼乐志》：“月穆穆以金波”。颜师古注：“言月光穆穆，若金之波流也”。苏轼《洞仙歌》词：“金波淡，玉绳低转”。“飞镜”，飞天之明镜，指月亮。甘子布《光赋》：“银河波曀，金飑送清，孤圆上魄，飞镜流明”。李白《把酒问月》诗：“皎如飞镜临丹阙，绿烟灭尽清辉发。”因明月而思及姮娥，遂有一问：“被白发、欺人奈何？”“姮娥”，即嫦娥，传说中的月中仙女。《淮南子·览冥训》：“羿请不死之药于西王母，姮娥窃以奔月”。高诱注说，她后来“得仙，奔入月中为月精”。白发欺人，壮志难酬，正是稼轩此时心情的写照。他南来至今已十二年。初，始终坚持投降路线的宋高宗赵构传位于其侄赵昚（孝宗），一时之间，南宋朝野弥漫着准备抗战的气氛。但经“符离之败”“隆兴和议”，事实证明赵昚也是畏敌如虎的投降派。乾道元年（1165），稼轩上赵昚《美芹十论》；乾道六年（1170），上宰相虞允文《九议》，七年之内，连同另两篇，四次奏议，慷慨激昂，反复陈说恢复之事，但始终冷落一旁，未被采纳。写于同年的《水龙吟·登建康赏心亭》词云：“江南游子，把吴钩看了，栏杆拍遍，无人会，登临意”。所以这“问姮娥”是含有无限凄凉意的。虽用薛化能《春日使府寓怀》“青春背我堂堂去，白发欺人故故生”，却绝不是一己之哀愁。

下片陡转，如高山坠石，不知其来，突变为奋发激扬之音：“乘风好去，长空万里，直下看山河。”豪情胜概，壮志凌云，大有李白“长风破浪会有时，直挂云帆济沧海”（《行路难》三首其三）之势。此是勉友，亦是自勉。一结更发奇思异想，把这股“英雄语”（周济语）、“英雄之气”（陈廷焯语）推向高峰：“斫去桂婆娑，人道是、清光更多”。杜甫对明月怀念家人云：“斫却月中桂，清光应更多”（《一百五十日夜对月》）。如此“可照见家中人也”。后来他漂泊夔府孤城，离家千里，此时对月，想象又不同：“斟酌姮娥寡，天寒奈九秋”（《月》）。由于自己的孤寂，想象姮娥也会孤寂。稼轩襟怀高阔，他斫却婆娑摇曳的桂枝，是为了使洁白、清纯的月光，更多地洒向大地、人间！《酉阳杂俎》称：月桂高五百丈，下有一人常斫之，树创遂合，人姓吴、名刚，西河人，学仙有过，谪令伐树。词源自传说故事，前人诗句，但内蕴丰厚多了。周济《宋四家词选》眉批谓此词“所指甚多，不止秦桧一人而已。”夜宴中秋，对客把酒，词人抒发他的，烈日秋霜，忠肝义胆，只是点到而已。他准确地把握了“诗亦相题而作”（瞿佑《归田诗话》）的道理，由首至尾未离中秋咏月，只是意在月外，出之于飞腾的想象，使“节序”之作更上一层楼。

永遇乐 戏赋辛字，送茂嘉十二弟赴调。

辛弃疾

烈日秋霜，忠肝义胆，千载家谱。得姓何年，细参辛字，一笑君听取：艰辛做就，悲辛滋味，总是辛酸辛苦。更十分、向人辛辣，椒桂捣残堪吐。

世间应有，芳甘浓美，不到吾家门户。比着儿曹，累累却有，金印光垂组。付君此事，从今直上，休忆对床风雨。

但赢得、靴纹绉面，记余戏语。

【鉴赏】

《稼轩词》有两首送茂嘉十二弟，一为《贺新郎》（绿树听啼鴂），一为此篇。茂嘉，稼轩族弟，时调官桂林，生平不详。据刘过《沁园春·送辛幼安弟赴桂林官》："天下稼轩，文章有弟，看来未迟"；"猛士云飞，狂胡未灭，机会之来人共知。"似也是一位文章道德有所成就的人。古人以"烈日秋霜"喻性格刚烈正直。《新唐书》卷一百五十三《段秀实传赞》："虽千五百岁，其英烈言言，如严霜烈日，可畏而仰哉"。起二句总括辛氏"千载家谱"。接转入"戏赋辛字"。说不知道祖先从何年获得这个辛字，因此得细细参详，认真品味，并为茂嘉十二弟道来：我们这个"辛"字，是"艰辛"做成，含着"悲辛"滋味，提到它的时候，总会感到"辛酸"和"辛苦"。"艰辛"以下这三句，乃就"辛"字的内涵和外延说，句句未离辛字，凡四见：艰辛、悲辛、辛酸、辛苦。虽"同字相犯"为诗词之忌，但这里音调谐和，金声玉振，既造成浓重的艺术氛围，又给人以深刻的感受。据辛启泰《辛稼轩年谱》，五世之中，唯祖父辛赞仕宦较显，但也只作过亳州谯县令，知开封府。父亲辛文郁，事无考。《兰陵王》一片藉郑人缓语曰："吾父，攻儒助墨。十年梦，沈痛化余，秋柏之间既为实。"沈痛，是否亡国之痛，颇难断定。父亲早逝，祖父对他影响较大。辛赞后来做过金国的县令，但良心未泯，"每食退，辄引臣辈登高望远，指画山河，思投衅而起，以纾君父所不共戴天之愤。尝令两随计吏抵燕山，谛观形势"（《美芹十论劄子》）。秉承祖训，志切国雠，他自小便受爱国思想的熏陶。但是结果"二圣不归，八陵不祀，中原子民不行王化，大仇不复，大耻不雪，平生志愿百无一酬"（谢枋得《辛稼轩先生墓记》）。应该说这是稼轩一生最大的"悲辛滋味"。"更十分"三字一转，就辛字本义加以发挥。辛者，辣味。《尚书·洪范》："从革作辛"（顺从人意而改变形状的金属产生辣味）。《楚辞·招魂》："大苦醎酸，辛甘行些"。说这是我们辛家人的传统性，而有些人不堪其辛辣，就像吃到

捣碎的胡椒肉桂,却欲呕吐。苏轼《再和曾布〈从驾〉诗》云:“最后数篇君莫厌,捣残椒桂有余辛”。这里稼轩是将“辛辣”视作品格行为的写照,而群小则对“椒桂”畏而远之。

转入下片,再进一层。前三句谓“吾家门”,后三句谓“儿曹”,前后含意异趣。“芳甘浓美”,喻荣华富贵,说世间纵有,也从不到我辛氏家门。而有些人呢?他们善于钻营,高官厚禄,却是挂金佩玉的。“比着”,比不得,此为反语。“儿曹”,儿辈,对子侄辈的称呼。《后汉书》卷三十一《郭汲传》:“伋问‘儿曹何自远来’?”李贤注:“曹,辈也”。“累累”,联贯成串。梅尧臣《范景仁席中赋葡萄》诗:“朱盘何累累!”“组”,用丝织成的阔带子,古代用作佩印或佩玉的绶。《礼记·内则》:“织纴组训”。郑玄注:薄阔为组,似绳者为训。“金印光垂组”,指高官厚禄之家。过片这六句实际表示我们辛家自有节操,决不谄媚权贵,追求荣华,有辱门楣。故转而嘱咐茂嘉:“从今直上,休忆对床夜语”。韦应物《与元常全真二生》诗:“宁知风雨夜,复此对床眠”。苏辙《逍遥堂诗引》称,幼年与兄苏轼共读书。今“恻然感之,乃相约早退为闲居之乐”。后轼为凤翔幕府,留诗为别曰:“夜雨何时听萧瑟”。稼轩既勉茂嘉奋发向上,并表示勿以离别为怀,手足情深。一结应题目“戏”字,说落得面容衰绉如靴纹时,就会记得我今天的临别戏言了。据欧阳修《归田录》卷二:“田元均为人宽厚长者,其在三司深厌于请者,虽不能从,然不欲峻拒之,每温言强笑以遣之。尝谓人曰:‘作三司使数年,强笑多矣,直笑得面似靴皮。’士大夫传以为笑,然皆服其德量也”。用此典仍是正话反说,意谓你细细体会,自会领略其真谛,须不忘“烈日秋霜,忠义肝胆”的我们辛家的“千载家谱”呵。

题曰“戏赋”,行文亦有调侃、幽默笔调,但从多层面、广角度表现出深厚的含意。且如灯下共话家常,亲切生动。通篇以文为词,议论叠见,但未“近伧父面”,而又富有理趣,打破了送别诗词的“定格”。

生查子 题京口郡治尘表亭

辛弃疾

悠悠万世功,矻矻当年苦。鱼自入深渊,人自居平土。
红日又西沉,白浪长东去。不是望金山,我自思量禹。

【鉴赏】

此词作于宋宁宗泰嘉四年春至开禧元年夏(1204~1205)镇江知府任上。京口即今江苏省镇江市,为当时府郡的行政中心。南宋镇江郡治(郡府的官署所在地)在城北俯临长江的北固山,尘表亭当为郡府僚吏公余休憩之所,或取其举目迎风高出尘表之意。

本词迥异作于同时期的《永遇乐·京口北固亭怀古》《南乡子·登京口北固亭有怀》抒苍劲悲凉、豪视一世的感慨,而是凝聚成一点即发思古之壮怀,歌颂大禹治水,过片转而写眼前景象,却又未离题亭本事。开篇二句对起。"悠悠",遥远、无穷尽。崔颢《黄鹤楼》诗:"黄鹤一去不复返,白云千载空悠悠"。"矻矻",劳极貌。《汉书》卷六十四下《王褒传·圣主得贤臣颂》:"故工人之用钝器也,劳筋苦骨,终日矻矻"。两句有力地表明大禹治水的功业流传千古,他当年的辛勤难以言喻。后句亦正如《史记》卷二《夏本纪》云:"禹伤先人父鲧功之不成受诛,乃带身焦思,居外十三年,过家门不敢入"。只不过词的语言更为概括凝练。像大禹这样的人不正是高出尘表的么,巧妙地暗切尘表亭意。接具述禹治水的功业:"鱼自入深渊,人自居平土"。据《孟子·滕文公下》:"禹掘地而注之海,驱蛇龙而放之菹"(泽生草曰菹);"险阻既远,鸟兽之害人者消,然后人得平土而居之"。词用此意,恍如己出,正是"使事如不使","以不露痕迹为高"(顾嗣立《寒厅诗话》)。

上片怀古,下片伤今:"红日又西沉,白浪长东去"。红日、白浪,交相辉映,开阔壮美;西沉、东去,无限苍凉,感慨万端。这是于尘表亭上目之所见,而诗人的内心痛苦隐然其间。后来明人杨慎《临江仙》的名句:"滚滚长江东逝水,浪花淘尽英雄,是非成败转头空。青山依旧在,几度夕阳红",正取法于此。只是情调更凄婉了。煞拍金声玉振,撼动全篇:"不是望金山,我自思量禹"。"金山",在镇江西北的长江中。据《舆地纪胜·镇江府景物》:"旧名浮玉,唐李锜镇润州,表名金山。因裴头陀开山得金,故名"。大禹治水,为民造福,留下了千秋功业,诗人赞之,颂之,思量之。南宋王朝偏安一隅,苟且偷安,置国事于不顾,对沦陷的中原人民是:"遗民泪尽胡尘里,南望王师又一年"(陆游《秋夜晓出篱门迎凉有感》)。南宋投降派的官僚们过着"山外青山楼外楼,西湖歌舞几时休"(林升《题临安邸》的生活,有几人想过力挽狂澜,重整山河!"我自思量禹",一语抵千言,包含着无限丰富的内容。它的艺术力量应不在那些"龙腾虎掷""大声镗鞳""慷慨纵横不可一世之概"等等"英雄语"之下吧!刘熙载云:"苏、辛至情至性人,故其词潇洒卓荦,悉出温柔敦厚"(《艺概》卷四)。"潇洒卓荦"之说,于此词亦可见之,而又正是"其秀在骨,其厚在神"(况周颐《香海棠馆词话》)也。

木兰花慢

辛弃疾

中秋饮酒,将旦。客谓前人诗词有赋待

月、无送月者，因用《天问》体赋。

可怜今夕月，向何处，去悠悠？是别有人间，那边才见，光影东头？是天外，空汗漫，但长风浩浩送中秋？飞镜无根谁系？姮娥不嫁谁留？

谓经海底问无由，恍惚使人愁。怕万里长鲸，纵横触破，玉殿琼楼。虾蟆故堪浴水，问云何玉兔解沉浮？若道都齐无恙，云何渐渐如钩？

【鉴赏】

题前小序说，前人诗词有赋月者而无送月者，本词别开生面，从“送月”这一新的角度，探讨了词人朦胧猜想到的，月亮绕地球旋转这一宇宙观，是一首想象奇特、构思新颖的送月词。

送月，怎么送法呢？本词与一般写悲欢离合的词不同，既不思乡吊人，也不怀古伤今，而是把握黎明前刹那间的月景，仿照屈原《天问》的写法，把有关月亮的神话传说和比喻交织在一起，对月亮提出一系列的疑问。“可怜今夕月”，首句先对月亮赞美，“可怜”，可爱。以下便接连提出疑问，“向何处，去悠悠？是别有人间，那边才见，光影东头？”他先问，可爱的月亮降落到什么遥远的地方去了？继而问，是不是另外还有一个人间，那里的人们刚刚看到月亮从东方升起？词人的大胆想象，与今天月亮绕地球转的道理相近，表现了他的聪颖灵悟，也说明由于他对客观自然观察细致，因此才具有这种可贵的朴素唯物主义思想。

“是天外，空汗漫，但长风浩浩送中秋？飞镜无根谁系？姮娥不嫁谁留？”“天外”古人以目力所及的天体之外为“天外”；“汗漫”，空阔无边；“浩浩”，广大的样子；“姮娥”，嫦娥。在对月亮的出没作了猜想之后，词人又针对有关月亮的自然现象和神话传说提出了一系列的疑问：是不是天外空空荡荡无涯无际，只是一股大风把明月送走了？月亮无根悬在空中，是谁把它系住了？月宫的嫦娥不出嫁是谁把她留住了？这些问题对今天的人来说虽然不算问题，但就辛弃疾生活的时代来说，也只有像他这样想象丰富的人，才能提出这样的问题。前两问，问的是限于当时的科学水平，无法解释的自然现象，后一问，说明词人对有关月中嫦娥的神话故事发生了怀疑，这与李白的《把酒问月》中的“嫦娥孤寂与谁邻”意境相近，两位巨匠的想法可谓不谋而合。

下片紧承上片，继续对有关月亮的所有传说，陈述了自己的想法，大胆地提出了疑问。“谓经海底问无由，恍惚使人愁。”这两句是针对月亮的运行路线说的。他说，有人认为月亮运行经过海底，却又无从查问，这种说法让人迷茫困惑忧虑不解，以下便针对这种说法谈了自己的想法和疑问。“怕万里长鲸，纵横触破，玉殿琼楼。”三句由“怕”字领起，是写词人的担忧，如果月亮真的经过海底，他真担心海中往来奔突的鲸鱼，撞坏了月宫中的华美宫殿、亭台楼阁。“虾蟆故堪浴水，问云何玉兔解沉浮？”“故”，本来；堪，能够；“云何”，为什么？传说中月亮上面还有蟾蜍和玉兔，他禁不住问，在月亮通过海底的时候，本来就会游水的蛤蟆固然无妨，那玉兔不通水性，又怎么办呢？“若道都齐无恙，云何渐渐如钩？”结尾二句，更进一层，对月亮运行经过海底的说法提出问题。“无恙”是对上边疑问的总结，是说如果月宫中的房子不被撞坏，玉兔也和蛤蟆一样，顺利渡过大海，没有发生任何问题，那么圆圆的月亮又为什么渐渐地会变成“钩”样的月牙呢？这与“既能明似镜，何用曲如钩？”（骆宾王：《玩初月》）的发问相比，更为具体深刻。

全词一气呵成，紧凑连贯，读来势同破竹。词的视野广阔，构思新颖，想象丰富，既有浪漫主义色彩，又包含生活逻辑，且有难能可贵的科学断想，彻底打破前人咏月的陈规，道前人所未道，发前人所未发，其意义较那些对月伤怀的作品寄托深远，其境界较那些单纯描写自然景物的咏物词更高一筹。

粉蝶儿 和晋臣赋落花

辛弃疾

昨日春如十三女儿学绣，一枝枝不教花瘦。甚无情，便下得雨僝风僽，向园林铺作地衣红绉。
而今春似轻薄荡子难久。记前时送春归后，把春波都酿作一江春酎，约清愁杨柳岸边相候。

【鉴赏】

“落花”，是古典诗词里一个熟题目，作者多如牛毛，但往往是涂饰许多浓艳的词藻，强作一些无病的呻吟，好的并不太多。辛弃疾这首《粉蝶儿》，不论是意境或语言风格，都能打破陈套旧框，在落花词里，可以算是一阕别开生面的绝妙好词。句逗以不依词谱，作长句读为佳，可以更好地传达出词语的情致。

《粉蝶儿》的艺术构思颇为巧妙，前后片做了对比的描写，而在前半片中，前二句与后二句又做了一个转折。主题是落花，却先写它未落前的秾丽。用十三岁小女儿学绣作明喻，礼赞神妙的春工，绣出像蜀锦一样绚烂的芳菲图案，“一枝枝不教花瘦”，词心真是玲珑剔透极了；突然急转直下，递入落花正面。好花的培养者是春，而摧残它的偏又是无情的春风春雨。（词中的“僝风僽”，原意指恶言骂詈，这里把联绵词拆开来用，形容风雨作恶。）于是，用嗔怨的口气，向春神诘问。就在诘问的话中，烘染了一幅“残红作地衣”的着色画，用笔非常经济。下半片“而今”一句跟上半片“昨日”做对照，把临去的春光比之于轻薄荡子，紧跟着上句的“无情”

一意而来,作者“怨春不语”的心情,也于言外传出。“记前时”三句又突作一转,转到过去送春的旧恨。这里,不仅春水绿波都成有情之物,酿成了醉人的春醪,连不可捕捉的清愁也形象化了,在换了首夏新妆的杨柳岸边等候着。正因为年年落花,年年送春,清愁也就会年年应约而来。就此煞住,不须再着悼红惜香一字,而不尽的余味,已曲包在内。

这是首白话词。用白话写词,看来容易,倒也很难。如果语言过于率直平凡,就缺乏魅人的力量;而自然的语言要配合音律谨严的词调,也是要煞费苦心的。这首《粉蝶儿》寓秾丽于自然,散句(上下片的前两句)与整齐句(上下片的后二句)组成“如笛声宛转”(近代词人夏敬观评语)的音节,所以不是一般的白话诗,而是白话词,通首写自然景物,用拟人化的表现手法,十分新鲜。遣词措语,更能不落庸俗。与清诗人袁枚所写“春风如贵客,一到便繁华”相较,高下立显。词笔于柔韧中见清劲,不是艺术修养达到升华火候,是不能办到的。

山 鬼 谣

辛弃疾

雨岩有石,状甚怪,取《离骚·九歌》,名曰“山鬼”,因赋《摸鱼儿》,改名《山鬼谣》。

问何年、此山来此?西风落日无语。看眉似是羲皇上,直作太虚名汝。溪上,算只有、红尘不到今犹古。一杯谁举?笑我醉呼君,崔嵬未起,山鸟覆杯去。

须记取,昨夜龙湫风雨,门前石浪掀舞。四更山鬼吹灯啸,惊倒世间儿女。依然处,还问我,清游杖履公良苦。神交心许,待万里携君,鞭笞鸾凤,送我远游赋。

【鉴赏】

辛词中不乏描绘祖国大好河山的作品。公元1186年,他写了《水龙吟·题雨岩》,词前小序说:“岩类今所画观音补陀。岩中有泉飞出,如风雨声。”这首词已经把洞内的景色作了淋漓尽致的描绘,但写完后意犹未尽,他看到雨岩洞前有一块怪石，引起了他另一番冥思遐想，接着又写了这首《山鬼谣》。

与前代山水诗人不同的是，辛弃疾的山水词不仅是单纯地摹拟自然，更重要的是他富于想象，赋予大自然以人格，同时又兼有磅礴的气势，本词就是一例。

"问何年、此山来此？"首句以设问开篇。这个问题是任何人也无法回答的，所以下句说"西风落日无语"。"看眉似是羲皇上"两句是对石头形态的假想与命名。"溪上，算只有、红尘不到今犹古。""红尘"，泛指俗世及热闹繁华之地。这两句大意说，在这溪边山野，离开繁华的尘世，古今并没有区别。在这环境荒僻，几乎与尘世隔绝的地方，词人心旷神怡，欣喜无限，于是便开怀畅饮。"一杯谁举"以下描写词人醉态朦胧中的神态与举动。"君"，指巨石。词人带着酒意，笑着去喊那巨石与他同饮，自然不会有什么反应，因此说"崔嵬未起"，最终的结果便是"山鸟覆杯去。"这里写词人面对巨石独酌，醉后与那形似"山鬼"的巨石对话，巨石不应，山间的飞鸟却撞翻了酒杯……形象生动，栩栩传神。

过片之后，用"须记取"领起，叙写风雨中雨岩一带壮观的景象。场面奇特宏伟，令人惊魄。"昨夜龙湫风雨，门前石浪掀舞。""龙湫"，是浙江温州雁荡山有名的大瀑布，岩即在其附近。龙湫一带风雨大作，"石浪掀舞"形象地描绘出山石与洪水掺杂，波涛汹涌澎湃的壮观场面。"四更山鬼吹灯啸"两句，写"山鬼"呼啸，声音凄厉，吹灭了灯火，乃至"惊倒世间儿女"。本来，吹灭灯火的是风，发出呼啸声音的也是风。风与山石相搏击，再加上暴雨肆虐，声如鬼哭狼嚎，词人说，那声音由"山鬼"发出，这样就把静止的巨石写活了，而且赋予人格，为下文作了铺垫。"吹"字和"啸"字与前句的"掀"字相呼应，如画龙点睛，把"山鬼"写得生动活泼。

"依然处，还问我，清游杖履公良苦。"这三句直接用拟人手法，写"山鬼"与词人对话，向他道辛苦。因为上文已赋予"山鬼"生命，这样写读者丝毫也不会感到突兀。

结尾四句，更进一层。作者说，他与"山鬼"已是"神交心许"，并且准备携带它驾着。"鸾凤"，挥鞭登上"万里"旅程，那"山鬼"还要"送我远游赋"。分明是一块巨石，只是它"状甚怪"，在词人的笔，竟成了有血有肉、通情达理、善解人意的丰满形象，稼轩想象力之丰富，艺术再造力之强，由此约略可见。

辛弃疾毕竟是一代巨匠，词家魁首，虽是咏物词，也与众不同，较之那些单纯描写自然景物的作品远胜一筹，更何况全词运笔从容自然，挥洒自如，不失其豪放风格。

菩萨蛮 金陵赏心亭为叶丞相赋

辛弃疾

青山欲共高人语，联翩万马来无数。烟雨却低回，望来终不来。

人言头上发，总向愁中白。拍手笑山鸥，一身都是愁。

【鉴赏】

这首词写于淳熙元年(1174年)的春季，当时，辛弃疾任江东抚司参议官，是江东留守叶衡的部属。叶衡对辛弃疾颇为器重，后来他升任右丞相兼枢密使，立即推荐稼轩为"仓部郎官"。写此词时，叶衡尚未作"丞相"，题目云"为叶丞相赋"，是后来追加的。

开篇即用拟人手法，说"青山"想和"高人"说话，"联翩战马来无数"，是说"青山"心情迫切，像千军万马一样接连不断地向人跑来。山头的云雾飞跑，看去似乎是山在跑，稼轩造句，堪称奇绝。"细雨却低回，望来终不来。"这两句说，山间云雾在徘徊，(人)盼望降雨却始终没有盼来。这里描写山间烟云滚滚，山雨欲来的情景，但雨没有盼到。他不免失望。这里显然是借"青山""烟雨"来表达自己的思想。词人壮志未酬，盼望与志同道合的"高人"共商国是，希望抗战高潮到来……这一切最终并未实现，他不免怅然若有所失。

下片紧承上片，集中写"愁"。

"人言头上发，总向愁中白。"这两句大意说，人们都说头发是因为忧愁而变白的。可以想见，词人因忧愁国事，此时头发可能白了不少，虽然他这一年不过三十五岁。"拍手笑沙鸥，一身都是愁。"结尾两句，诙谐有趣，而寓意颇深。他看到那满山雪白的沙鸥。由白发象征"愁"，想到沙鸥"一身都是愁"，乃至拍手嘲笑，这或者有"以五十步笑百步"之嫌。事实上当抗战低潮之际，有些人对国家民族的前途完全绝望，而辛弃疾对敌斗争的信心始终并未泯灭，这就难怪他嘲笑那"一身都是愁"的沙鸥了。

本词设喻巧妙，想象奇特，写"青山""烟雨"有雄奇的色彩和奔腾的气势。作者深沉的思想、胸中的抱负和愤懑，都在写景中委婉含蓄地表达出来。

程垓　生卒年不详，字正伯，眉州眉山(今属四川)人。其词多写男女恋情，风格近柳永。有《书舟词》。

最高楼

程垓

旧时心事，说着两眉羞。长记得、凭肩游。缃裙罗袜桃花岸，薄衫轻扇杏花楼。几番行，几番醉，几番留。
也谁料、春风吹已断。又谁料、朝云飞亦散。天易老，恨难酬。蜂儿不解知人苦，燕儿不解说人愁。旧情怀，消不尽，几时休。

【鉴赏】

《词苑丛谈》载，程垓"与锦江某妓眷恋甚笃，别时作《酷相思》(月挂霜林寒欲坠)"。这首词则是与"某妓"分别若干年以后写的，以回忆的笔调，写作者自己与她的爱情悲剧及其无可弥缝的感情创伤，表现了作者对爱情的执着。

这首词，造句命意，通俗易懂，但其章法艺术却匠心独运，曲尽其情。上片起句"旧时心事，说着两眉羞"，开门见山，直说心事，直披胸次，为全词之纲，以下文字皆由此生发，深得词家起句之法。"旧时"，为此词定下了"回忆"的笔调，"长记得"以下至上片结句，都是承此笔势，转入回忆，并且皆由"长记得"三字领起。作者所回忆的内容，是给他印象最深刻的、使他长留记忆中的两件事，一是游乐，一是离别，前者是最痛快的，后者是最痛苦的。他以这样的一喜一悲的典型事例，概括了他与她的悲欢离合的全过程。写游乐，他所记取的是最亲密的形式——“凭肩游”，和最美好的形象——“缃裙罗袜桃花岸，薄衫轻扇杏花楼”。因系恋人春游，所以用笔轻盈细腻，极尽温细情态，心神皆见，浓满视听。写其离别，则用了三个短促顿挫、迭次而下的三字句：“几番行，几番醉，几番留。”作者写离别，没有作“执手相看泪眼”之类的率直描述，而是选取了“行”“醉”“留”三个方面的行动，并皆以“几番”加以修饰，从而揭示情侣双方分离时心灵深处的痛苦。“行”是指男方将要离去；“醉”是写男方为了排解分离之苦而遁入醉乡，在片时的麻醉中求得解脱；“留”，一方面是女方的挽留，另方面也是因为男方大醉如泥而不能成“行”。作者在《酷相思》中曾说：“欲住也，留无计。”“醉”可能是无计可生时的一“计”。这些行动，都是“几番”重复，其对爱情的缠绵执着，便可想而知了。作者写离别，仅用了九个字，却能一波三折，且将写事抒情熔为一炉，的是词家正宗笔法。作者在写游乐和离别时，都刻画了鲜明的人物形象。前者“缃裙”云云，通过外表情态的描绘，娇女步春的形象，飘然如活；后者则主要是写男方的凄苦形象，而侧重于灵魂深处的刻画。上片的回忆，尤其是对那愉快、幸福时刻的回忆，对于词的下片所揭示的作者的爱情悲剧及其给予作者的无可弥缝的感情创伤，是十分必要的。回忆愈深，愈美，愈见离别之苦和怨思之深。这正是词家所追求的抑扬顿挫之法。

下片起句以有力的大转折笔法写作者的爱情悲剧。“春风”“朝云”，皆以喻爱情。但是，好景未长，往日的眷恋，那缃裙罗袜、薄衫轻扇的形象，便一如春风之吹断，朝云之飞散，不可再捕捉其踪影了，悲剧，酿成了！作者用“也谁料”“又谁料”反复申说事出意外，深沉的悲痛之情亦隐含其间。“天易老”以下直至煞尾，都是抒发作者在爱情破灭之后难穷难尽的“恨”“苦”“愁”，而行文之间，亦颇见层次。“天易老，恨难酬”，总写愁恨之深。这句承风断云飞的爱情悲剧而来，同时也是下文抒写愁恨的总提，是承上启下的关键句。“蜂儿”“燕儿”两句，是写心底的愁苦无处诉说，亦不为他人所理解，蜂、燕以物喻人，婉转其辞。作者当时的孤独凄苦和怨天尤人的情绪由此可见。这种境遇，自然就更进一步增加了他内心的痛苦，从而激荡出结句“旧情怀，消不尽，几时休”的感慨。这个结句，既与起句“旧时心事”相照应，收到结构上首尾衔接、一气卷舒之效，更重要的是它以重笔作结，迷离怅惘，含情无限，含恨无穷，得白居易《长恨歌》结句“天长地久有时尽，此恨绵绵无绝期”之意，词人对旧情的怀恋与执着，于此得到进一步表现。

从以上分析中，可以看出这首词的章法结构是颇具匠心的。它不仅脉理明晰，而且能一拍一折，层层脱换；虚实轻重（上片回忆是虚写，为衬笔；下片是实写，为重笔），顿挫开合，相映成趣。这种章法艺术是为表现情旨枉曲、凄婉温细的思想内容而设的。而这种章法艺术，也确实较好地表现了这种内容，直使全词写得忽喜忽悲，乍远乍近，语虽淡而情浓，事虽浅而言深，遂使全词成为艺术佳构。

这首词的另一个艺术特点是对句用得较多、较好。一是较多。词中的"缃裙罗袜桃花岸"与"薄衫轻扇杏花楼"为对，"天易老"与"恨难酬"为对，"春风吹已断"与"朝云飞亦散"为对，"蜂儿不解知人苦"与"燕儿不解说人愁"为对。第二是用得较好。最得胜境的是"缃裙"两句。这两句全是名词性的偏正结构的词组成对。"裙"是缃色（缃，浅黄色）的裙，"袜"是罗料（罗，质地轻柔、有椒眼花纹的丝织品）的袜，"衫"是"薄衫"，"扇"是"轻扇"，仅此四个词组，就把一个花枝招展、栩栩如生的美女形象成功地塑造出来。"桃花岸"对"杏花楼"，是其畅游之所。更值得注意的是，两句之中没用一个动词，却把动作鲜明的游乐活动写了出来。这里不得不佩服作者的造词本领。"春风"两句，也颇见功夫。"春风""朝云"作为爱情的化身，与"缃裙""薄衫"两句极为协调。作者把"春风"与"吹已断""朝云"与"飞亦散"这两组美好与残破本不相容的事物现象分别容纳在两句之中，并且相互为对，所描绘的物象和所创造的气氛都是惨戚的，用以喻爱情悲剧，极为贴切。悲剧，就是把美好的东西撕碎给人看。还有，这首词的对句，都是用在需要展开抒写的地方，不管是描摹物象还是创造气氛，都可以起到单行的散体所起不到的作用。这都是这首词的对句用得较好的表现。当然，缺点也有：一是还缺乏开阔手段，即对句所容纳的生活面还嫌窄狭；二是近曲。这两点不足，从"蜂儿""燕儿"一对中可以看得比较清楚。但是，瑕不掩瑜，它并未影响到这首词的艺术整体。

水龙吟

程垓

夜来风雨匆匆，故园定是花无几。愁多怨极，等闲孤负，一年芳意。柳困花慵，杏青梅小，对人容易。算好事长在，好花长见，元只是、人憔悴。

回首池南[1]旧事，恨星星、不堪重记。如今但有，看花老眼，伤时清泪。不怕逢花瘦，只愁怕、老来风味。待繁红乱处，留云借月，也须拚醉。

【注释】

①池南:苏轼《和王安石题西太一》诗:"从此归耕剑外,何人送我池南。"程词恐系泛指。

【鉴赏】

这首词的主要内容,可以拿其中的"看花老眼,伤时清泪"八个字来概括。前者言其"嗟老",后者言其"伤时(忧伤时世)"。由于作者的生平多不可考,所以先有必要根据其《书舟词》中的若干材料对上述两点做些参证。

先说"嗟老"。作者本是四川眉山人。据《全宋词》的排列次序,他的生活年代约在辛弃疾同时(排在辛后)。前人有认为他是苏轼的中表兄弟者实误。从其词看,他曾流寓到江浙一带。特别有两首词是客居临安(今浙江杭州)时所作,如《满庭芳·时在临安晚秋登临》云:"旧信江南好景,一万里、轻觅莼鲈。谁知道、吴侬未识,蜀客已情孤";又如《凤栖梧》(客临安作)云:"断雁西边家万里,料得秋来,笑我归无计",可知他曾长期淹留他乡。而随着年岁渐老,他的"嗟老"之感就越因其离乡背井而增浓,故其《孤雁儿》即云:"如今客里伤怀抱,忍双鬓、随花老?"这后面三句所表达的感情,正和这里要讲的《水龙吟》一词完全合拍,是为其"嗟老"而又"怀乡"的思想情绪。

再说"伤时"。作者既为辛弃疾同时人,恐怕其心理上也曾蒙受过完颜亮南犯(1161年)和张浚北伐失败(1163年前后)这两场战争的影响。所以其词里也感发过一些"伤时"之语。其如《凤栖梧》云:"蜀客望乡归不去,当时不合催南渡。忧国丹心曾独许。纵吐长虹,不奈斜阳暮。"这种忧国的伤感和《水龙吟》中的"伤时"恐怕也有联系。

明乎上面两点,再来读这首《水龙吟》词,思想脉络就比较清楚了。它以"伤春"起兴,抒发了思念家乡和自伤迟暮之感,并隐隐夹寓了他忧时伤乱(这点比较隐晦)的情绪。词以"夜来风雨匆匆"起句,很使人联想到辛弃疾的名句"更能消几番风雨,匆匆春又归去"(《摸鱼儿》),所以接下便言"故园定是花无几",思绪一下子飞到了千里之外的故园去。作者旧曾在眉山老家筑有园圃池阁(其《鹧鸪天》词云:"新画阁,小书舟",《望江南》自注:"家有拟舫名书舟",现今在异乡而值春暮,却怜伤起故园的花朵来,其思乡之情可谓深极。但故园之花如何,自不可睹,而眼前之花飘零却是事实。所以不禁对花而叹息:"愁多怨极,等闲孤负,一年芳意。"杨万里《伤春》诗云:"准拟今春乐事浓,依然枉却一东风。年年不带看花眼,不是愁中即病中。"这里亦同杨诗之意,谓正因自身愁多怨极,所以无心赏花,故而自自辜负了一年的春意;若反过来说,则"柳困花慵,杏青梅小",转眼春天即将过去,它对人似也太觉草草("对人容易")矣。而其实,"好春"本"长在","好花"本"长见",之所以会产生上述人、花两相孤负的情况,归根到底,"元只是、人憔悴!"因而上片自“伤春”写起，至此就点出了“嗟老”（憔悴）的主题。

过片又提故园往事：“回首池南旧事”。池南，或许是指他的“书舟”书屋所在地。他在“书舟”书屋的“旧事”如何，这里没有明说。但他在另外一些词中，曾经约略提到。如：“茸屋为舟，身便是、烟波钓客”（《满江红》），“故园梅花正开时，记得清尊频倒”（《孤雁儿》），可知是颇为闲适和颇堪留恋的。但如今，“恨星星、不堪重记”。发已星星变白，而人又在异乡客地，故而更加不堪重忆往事。以下则直陈其现实的苦恼：“如今但有，看花老眼，伤时清泪。”“老”与“伤时”，均于此几句中挑明。作者所深怀着的家国身世的感触，便借着惜花、伤春的意绪，尽情表出。然而词人并不就此结束词情，这是因为，他还欲求“解脱”，因此他在重复叙述了“不怕逢花瘦，只愁怕、老来风味”的“嗟老”之感后，接着又言：“待繁红乱处，留云借月，也须拚醉。”“留云借月”，用的是朱敦儒《鹧鸪天》成句（“曾批给雨支风券，累奏留云借月章”）。连贯起来讲，意谓：乘着繁花乱开、尚未谢尽之时，让我“留云借月”（尽量地珍惜、延长美好的时光）、拼命地去饮酒寻欢吧！这末几句的意思有些类似于杜甫的“且看欲尽花经眼，莫厌伤多酒入唇”（《曲江》），表达了一种且当及时行乐的颓唐心理。

总之，程垓这首词，用着委婉哀怨的笔调，曲折尽致、反反复复地抒写了自己襞积重重的“嗟老”与“伤时”之情，读后确有“凄婉绵丽”（冯煦《宋六十一家词选例言》评语）之感。以前不少人作的“伤春”词中，大多仅写才子佳人的春恨闺怨，而他的这首词中，却寄寓了有关家国身世（后者为主）的思想情绪，因而显得比较深沉。

渔家傲

程垓

独木小舟烟雨湿。燕儿乱点春江碧。江上青山随意觅。
人寂寂，落花芳草催寒食。
昨夜青楼今日客，吹愁不得东风力。细拾残红书怨泣。
流水急，不知那个传消息。

【鉴赏】

封建时代有不少知识分子，每当他们科场失意、仕途不畅，或婚姻不美满时，常常不惜花费大量的时间与金钱去怜香惜玉，卧柳眠花。这虽然可以得到暂时欢乐与安慰，却又免不了要承受相思离别之苦。这首词所写的就是这种落拓文人的浪漫生活。这种题材是婉约派词作中最常写的,如果不在艺术上求新,很可能成为平庸或浅薄之作。作者似乎很懂得这一点,着实费了一点心思,没有落入俗套。

上片着意描写与情人分别后船行江中的所见所感。首三句写春江春雨景色:自己乘坐的小船在烟雨溟濛中行进,到处都是湿湿润润的;燕子在碧绿的江面上纷纷点水嬉戏;两岸的青山若隐若现,倒也可以随意寻认。这些烟雨朦胧中的景物自然是很美的,但又处处暗示出一种忧郁的气氛。"人寂寂"二句也是写景,却更带着浓厚的感情色彩。人寂寂,既指两岸人影稀少,也指自身形只影单,像离群的孤雁。"落花芳草催寒食"是一种俏皮的拟人说法,意即落花缤纷,芳草萋萋,寒食节要到了。古代的寒食节是一个以亲朋好友相聚赏花、游春为主要内容的欢乐的节日。词人于节前离开情人,想必是出于不得已,难免更添几分惆怅。

下片着意表现难以忍受的相思之苦。"昨夜青楼今日客"二句点明自己何以感到孤寂与忧伤,那是因为昨晚还在青楼(泛指妓女所居)与心爱的人儿欢聚,今日却成了江上的行客,这骤然离别的痛苦叫人怎么忍受得了。想借东风把心中的愁云惨雾吹散吧,只因愁恨如山,东风也吹它不动。在百般无奈中,终于想出了一个排解的新法,那就是后三句所写:将岸边、洲头飞来的落花(即残红),小心拾起,写上自己的愁苦,撇向江中。可是流水太急,不知会漂向何处,意中人怎能看到,这些爱情的使者又向谁传递消息呢?言外之意是愁还是愁,怨还是怨,相思仍如春江水,无止无息。这几句显然是由唐人的红叶题诗的故事熔铸而来,不仅十分自然,其表现力也超过了原故事,实在是一种再创造。

此词在艺术上的独特之处有二:一是玲珑精巧的布局。一般表现男女离别之情的词作,多以泪眼相看、难舍难分的场面描写,叩击着读者的心扉。此词却撇开这些不写,而把描写的场面集中在离人的船上。它通过倒叙,把昨夜的欢聚,叠印在今日的悲离之上,以今日的相思之深,反映出往日的相爱之切,从而形成虚与实、欢与悲的对比。这就使得这首短小的词作,画面集中,表现深刻,小有波澜,而又四照玲珑。二是构想了一个极富表现力的细节。那就是本词结处所写,让残红传递相思之意。当然,它的真正目的,不在于凭落花给心上人传情,而只是表现自己的一片真心与痴情,减轻一点相思的痛苦而已。这一异乎寻常的举动,抵得上千言万语的表白,而且比千言万语来得情貌毕现,神魂四绕。正如陈廷焯在《白雨斋词话》中评这三句所说的"有深婉之致"。

酷相思

程垓

月挂霜林寒欲坠。正门外、催人起。奈离别如今真个是。欲住也、留无计。欲去也、来无计。

马上离魂衣上泪。各自个、供憔悴。问江路梅花开也未？春到也、须频寄。人到也、须频寄。

【鉴赏】

这首词，是程垓词的代表作之一。据《词苑丛谈》记载：程垓与锦江某妓眷恋甚笃，别时作《酷相思》词。

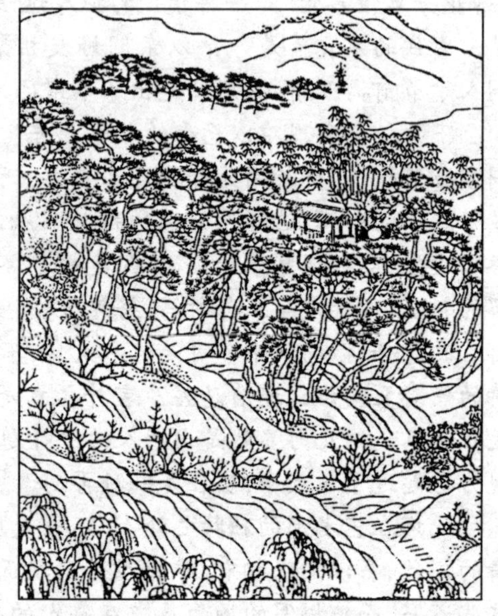

上片写离情之苦，侧重抒写离别时欲留不得、欲去不舍的矛盾痛苦的心情。起调“月挂霜林寒欲坠”，是这首词仅有的一句景语，创造了一种将明未明、寒气袭人的环境气氛。这本来应是梦乡甜蜜的时刻。可是，这里却正是门外催人启程的时候。“奈离别如今真个是”乃“奈如今真个是离别”的倒装语，意思是对这种即将离别的现实真是无可奈何。这种倒装，既符合词律的要求，又显得新颖脱俗，突出强调了对离别的无可奈何。这种无可奈何、无计可施的心情，通过下边两句更得以深刻表现：“欲住也、留无计；欲去也、来无计”两句感情炽热，缠绵悱恻，均直笔抒写，略无掩饰。想不去却找不到留下来的借口；还未去先想着重来，又想不出重来的办法。铁定地要分别了，又很难再见，当此时怎不黯然魂销，两句写尽天下离人情怀。

下片写别后相思之深。这层感情，词人用“离魂”“憔悴”做过一般表达之后，接着用折梅频寄加以深化。“问江路”三句，化用南朝民歌“折梅寄江北”和陆凯寄范晔“折梅逢驿使，寄与陇头人”诗意，而表情达意殆有过之。尤其是歇拍二句，以“春到”“人到”复沓盘桓，又叠用“须频寄”，出神入化，写尽双方感情之深，两地相思之苦。

这首词中，少景语，多叙述，语言朴厚，不事夸张，却能于娓娓叙述之中，表达出绵邈凄恻的感情，自具一种感人的力量。这样的艺术效果，与词人所使用的词调的特殊形式、特殊笔法有关。其一，此词上下片同格，在总体上形成一种回环复沓的格调；上片的结拍与下片的歇拍皆用叠韵，且句法结构相同，于是在上下片中又各自形成了回环复沓的格调。这样，回环之中有回环，复沓之中又复沓，反复歌咏，自有一种回环往复音韵天成的韵致。其二，词中多逗。全词十句六逗，而且全是三字逗，音节短促，极易造成哽哽咽咽如泣如诉的情调。其三，词中还多用“也”字以舒缓语气。全词十句之中,有五句用语气词“也”,再配上多逗的特点,从而形成曼声低语长吁短叹的语气。词中的虚字向称难用,既不可不用,又不可多用,同一首词中,虚字用至二、三处,已是不好,故为词家所忌。而这首词中,仅“也”字就多达五处,其他如“正”“奈”“个”等,也属词中虚字,但读起来却并不觉其多,反觉姿态生动,抑郁婉转,韵圆气足。其关键在于,凡虚处皆有感情实之,故虚中有实,不觉其虚。

凡此种种形式,皆是由“酷相思”这种特定内容所决定的,内容和形式在程垓的这首词中做到了相当完美的统一。所以全词句句本色,而其感情力量却不是专事藻饰、堆垛者所能望其项背的。

《酷相思》这一词调,在宋金元词苑中仅此一见。创调之功乃在程垓。程垓的这首词虽传诵已久,又曾选入《花草粹编》,但毕竟继作者少。可见它是一种“僻调”。之所以“僻”,盖因其形式奥妙,难度实大,不易追慕。

卜算子

程垓

独自上层楼,楼外青山远。望到斜阳欲尽时,不见西飞雁。
独自下层楼,楼下蛩声怨。待到黄昏月上时,依旧柔肠断。

【鉴赏】

人在他乡,至亲怀之;滞留愈久,怀之愈切,翘首瞻望,柔肠寸断。这就是这首小词所展示的内容。词中的主人公,从词中写到的“柔肠”和那不胜翘企的柔情看,应是一位少妇;所盼望的对象,或是她的丈夫,而词人给她的活动天地,也只有楼上楼下而已。从词人用笔看,若漫不经心,信手写来,略无雕绘,但却娓娓动人,不失词家风度。

词的上片,写上楼盼望,时间是白天。独自一人,登上层楼,取登高望远之意。但放眼远眺,唯见青山绵邈天际而已。“远”,是青山遥远,更是主人公放眼所望之远,得“独上高楼,望尽天涯路”句意。自然,所望不在青山,而在于“人”。但是,直望到斜阳欲尽,光线模糊,不能再远望之时,还是不见那人的影子,连点儿消息也没有盼到!雁,用雁足传书之典,事见《汉书·苏武传》。“不见西飞雁”,即没有盼到从远方传来的音讯。“日之夕矣,羊牛下来”,在外之人,当归不归,主人公的情真意深、望眼将穿、焦急徘徊，种种情绪，皆在不言之中。但她并不绝望。于是词的下片写主人公于暝色入高楼之后，又独自走下层楼，在楼下徘徊等候。但庭院寂寂，唯有蛩(蟋蟀)声如泣如怨而已。以蛩声衬寂寞，更以蛩声的凄怨，暗写主人公的情怀。至此，始写出主人公的"怨"。既全日翘首楼头，又继之以夜，始终不见那人归来，"怨"所由生焉。词的最后两句，写黄昏月上，这正是与所爱的人相会的时刻，而主人公却依然形影相吊、徘徊楼下，不见人归，不禁由怨而悲，柔肠寸断矣。着"依旧"二字，可见如此盼人，如此失望，已非一日，由此更见主人公怀念之深，盼望之苦。

全词长于写情，随着时间的推移，由盼望而失望的转换，其情由平缓而激烈，由默默无言而至凄怨，终至"柔肠断"。而情由景出，徘徊缠绵，迟迟不作道破，但作者欲言之事，欲传之情，读者皆可得而知之。作者熟悉生活，善于揣摩翘望者的心理状态：白天盼人，自然是上高楼，越高越得其深，南朝民歌"望郎上青楼"是也。梁元帝《荡妇思秋赋》："登楼一望，唯见远树含烟。平原如此，不知道路几千！"也是白天登楼盼人，与此词同一境界。晚上盼人，则在楼下，徘徊庭除，所谓"玉阶空伫立"是也。若仍在楼上，则失其真。当然，也有一直守在楼上的，姚令威《忆王孙》写"楼上情人听马嘶"便是，那是情人偷情，未敢明目张胆，写的是特定人物的心理状态。李清照《声声慢》"守着窗儿独自，怎生得黑"，自是丈夫已死，无人可盼的写照。所以虽仅写楼上楼下，已深得生活真实，故语不雕琢，反觉字字真切感人。

愁倚阑

程垓

春犹浅，柳初芽，杏初花。杨柳杏花交影处，有人家。
玉窗明暖烘霞。小屏上、水远山斜。昨夜酒多春睡重，
莫惊他。

【鉴赏】

诗中的绝句，词中的小令，都是难作的。字数少，而又要有丰富的诗情画意，所以要字字锤炼，字字着力，小而精工，玲珑剔透，才见大家风度。程垓的这首小词，仅四十二字，正写得富有诗情画意，情趣盎然，颇能显示出"美文"的艺术魅力。

小词而能铺排，是这首词的艺术特点。这首词要表达的意思极为单纯：不要惊醒酒后春睡的"他"。但直接用来表达这个意思的文字，却只有全词的最后一句；绝大部分的文字，是用铺排的手法来描写与"他"有关系的环境、景物，极力渲染出一

幅恬静、安逸、静谧的图画。起句写初春景物，交代节候。“春犹浅”，是说春色尚淡。柳芽儿、杏花儿，皆早春之物，更着一“初”字，正写春色之“浅”。《愁倚阑》又名《春光好》。古人作词，有“依月用律”之说，此调入太蔟宫，是正月所用之律，要求用初春之景。此词景与律极相应。“杨柳”句总前三句之笔，以“交影”进一步写景物之美，缀一“处”字，则转为交代处所，紧接着点出这里“有人家”。从“交影”二字看，这里正是春光聚会处，幽静而又充满生机。

词的下片首两句，转入对室内景物的铺排，与上片室外一派春光相应。窗外杨柳杏花交影，窗内明暖如烘霞，给人以春暖融融，阳光明媚之感。而小屏上“水远山斜”的图画，亦与安谧的春景相应。“小屏”一句，语小而不纤，反能以小见大，得尺幅千里之势，“水远山斜”，正好弥补了整个画面上缺少山水的不足。这正是小屏画图安排的绝妙处。此词一句一景写到这里，一幅色彩、意境、情调极为和谐的风景画就铺排妥当了。作者以清丽婉雅的笔触，在这极有限的字句里，创造了一种令人神往的境界，然后才画龙点睛，正面点出那位酒后春睡的“他”。“莫惊他”三字，下得静悄悄，喜盈盈，与全词的气氛、情调极贴切，语虽平常，却堪称神来之笔。

全词写景由远及近，铺排而下，步步烘托，曲终见意，既层次分明，又用笔省净。细味深参，全词无一处不和谐，无一处不舒适，无一处不宁静。显然，词人在对景物的描绘中，渗透了他对生活的理想与愿望。

就一般常例来看，艺术上的渲染、铺排，往往会导致语言上的雕琢、繁缛。但是这首小词却清新平易，绝无刀斧痕。语言平淡，是程垓词的一个明显特点，读他的《书舟词》，几乎首首明白如话，这种语言风格并非轻易得之。况蕙风论词，曾引了宋人葛立方《韵语阳秋》论诗的一段话：“陶潜、谢朓诗皆平淡有思致。……大抵欲造平淡，当自组丽中来；落其华芬，然后可造平淡之境。如此，则陶、谢不足进矣。梅圣俞赠杜挺之诗有‘作诗无古今，欲造平淡难’之句。李白云：‘清水出芙蓉，天然去雕饰。’平淡而到天然，则甚善矣。”况氏然后说：“此论精微，可通于词。‘欲造平淡，当自组丽中来’，即倚声家言自然从追琢中出也。”（《蕙风词话续编》卷一）程垓这首小小的《愁倚阑》，以平淡的语言精心写景，巧藏情致，具见琢磨之工，终得自然之美，足以为况氏的词论作一佳证。

魏了翁 (1178~1237)字华父，邛州蒲江(今属四川)人。庆元五年(1199)进士。授签书剑南西川节度判官。以亲老乞补外任，出知嘉定府。后辞官，筑室白鹤山下，授徒讲学，称鹤山先生。嘉定末，任起居郎。理宗朝，官直学士院，累擢端明殿学士，同签书枢密院事，督视江淮京淮军马。曾上边防十事。不久，召还。后改任湖南、浙东、福建安抚使。以资政殿学士、通奉大夫致仕。卒谥文靖，追赠秦国公。理学家、文学家。能诗词，善属文，其词语意高旷，风格或清丽，或悲壮。著有《鹤山集》《九经要义》《古今考》《经史杂钞》《师友雅言》等，词有《鹤山长短句》。

醉落魄 人日南山约应提刑懋之

魏了翁

无边春色。人情苦向南山觅。村村箫鼓家家笛。祈麦祈蚕，来趁元正七。
翁前子后孙扶掖。商行贾坐农耕织。须知此意无今昔。会得为人，日日是人日。

【鉴赏】

词题中的“人日”，和词中的“元正七”，都是指农历的正月初七。旧时称正月一日为鸡，二日为狗，三日为猪，四日为羊，五日为牛，六日为马，七日为人等等。到了“人日”，民间旧俗，以七种菜为羹，用彩色的布或金箔剪成人形，贴在屏风上，戴在头上，取“形容改新”和“一岁吉祥”之意，并且饮酒游乐，吹奏乐器，以祈农桑。总之，这是一个快乐吉祥的节日，“人”在这一天显得特别尊贵，故李充《登安仁赋铭》有“正月七日，厥日唯人”之说。这首词，就真实地反映了当时农村“人日”景况，抒发了作者的感受。

农历的正月，时在孟春，初阳发动，故词以“无边春色”起句。但是，就人的常情来说，尽管处处是春色，还是要去寻春，觅春。次句的“苦”字，表现了人们的这种寻觅春色的执着。词中的“南山”，大约是春光尤美之处，也是作者约提刑官应懋之游春的目的地。在写作上，属点题之笔。“村村”三句，直至下片“翁前”两句，都是写农村人日的热闹景象，是作者“觅”春所见，也正是本词写作的一个重点。在用笔上，先大笔挥洒，用“箫鼓”“笛”写节日歌舞之盛，用“村村”“家家”极写范围包容之大，仅此一句，就把农村“人日”的风俗景象以及人们的欢乐情绪有声有色地渲染出来。“祈麦祈蚕”，点出“村村箫鼓家家笛”这种活动的目的。祈求农事丰收，这里虽举“麦”“蚕”为诸多农事的代表，但在“人日”来说，农民马上可以接触到的，或者说一年之中最先盼望的丰收，一般说来，倒也是麦与蚕了。这时，麦在返青，蚕在孵化，对丰收的盼望与担忧，都同时在农民心头慢慢升起，他们怎么能不用这尽情的箫鼓和笛声表达他们的祈求呢?“来趁元正七”,是上片的结句,点明这特定的时间和人们种种活动的特定含义。“趁”,有“赶”的意思,是说人们都来赶这“人日”的热闹。下片“翁前”两句,转入“特写”镜头的描绘。“翁前子后孙扶掖”,这正是“来趁元正七”的老老少少,子子孙孙。魏了翁是南宋著名理学家,在他的笔下,这几辈人的出现,长幼之序,极为分明。“翁”“子”“孙”的排列顺序,在理学家看来,是万不可错乱的。“商行贾坐农耕织”,这一组镜头,由商、贾、农三种行当的人物活动组成,三个动词“行”“坐”“耕织”,用得与这三种人物的身份、工作特点极为贴切。商贾本来都是做生意的,在古代,他们的分界就在于“行”与“坐”,行卖为商,坐卖为贾,“耕织”则是“农”的本业。当然,这里不一定实写“人日”所见,而是作者由“人日”人们的祈求而联想到的各色自食其力的人所从事的争取丰收、幸福的实践活动。但这三个动词,却画出了一片繁忙景象。从“箫鼓”至“耕织”,这五句从不同的角度表现“人日”景象,组成了一幅农村“人日”欢乐图,充满一派升平气象。作者把种种苦闷、烦忧,都排斥在画面之外了。这里简直是一块桃源乐土。这种农村景象,在魏了翁的一百八十余首词中是不多见的,这里可能是写实,在偏安的半壁河山之中毕竟还有这样一片乐土!但其中也不能排斥寓有作者的理想,这正是他所苦苦寻觅的“春色”,上片次句下“苦”与“觅”两个字眼,用意或在于此。词的末三句,是作者就此情此境而引发的感想,是本词的哲理所在,也正是作者的希望。“须知”,是告诫语,作者要告诉人们:“人日”中的“人”的种种活动与期望,古往今来,都是如此,“人”是向上的,都在追求着幸福美好;但是,人们如果都懂得(“会得”即“领会到”“懂得”之意)了做人的道理,都像在“人日”里那样意识到“人”的作用与追求,那么,就“日日是人日”了,而就不会只有在“人日”这一天才去追求祈祷了。显然,作者是在勉励人们追求不息,生生不止。这正是作者哲学思想核心问题之一。魏了翁“人”的观念很强,认为“人与天地一本,必与天地相似”,而人心之外,别无所谓天地神明,故为政主张“内修”“立本”“厚伦”,正人心,化风俗;他所历州县,皆“以化善俗为治”;使“上下同心一德,而后平居有所补益,缓急有所倚仗”(均见《宋史》本传),这便是他在本词中发挥议论的思想基础。

《四库提要》称魏了翁的写作“醇正有法,而纡徐宕折,出乎自然,绝不染江湖游士叫嚣狂诞之风,亦不染讲学诸儒空疏迂腐之病,在南宋中叶,可谓翛然于流俗外矣”。这种特点,在本词中亦有表现。这首词写得古朴自然,平易真切,既不叫嚣狂诞,又不空疏拘腐,这种笔调,与写农村风物极相贴合。再就是以议论入词。这虽是南宋词的常见现象,但却能不流于空泛,而是情由景出,论随情至,一路写来,颇得自然之理。这从另一个侧面反映了魏了翁词作的艺术特色。

朝中措

魏了翁

次韵同官约瞻叔兄(□□)及杨仲博(约)
赏郡圃牡丹并遣酒代劝

玳筵绮席绣芙蓉。客意乐融融。吟罢风头摆翠，
醉余日脚沉红。
简书绊我，赏心无托，笑口难逢。梦草闲眠暮雨，
落花独倚春风。

【鉴赏】

这是魏了翁在一次赏牡丹的筵席上的"次韵"(即"和韵")之作，用以劝酒。上片首句写筵席的丰盛而精美，"玳""绮""绣芙蓉"皆席面装饰，高妙华贵，用以形容筵席的至盛至精。设此筵席，意在赏郡圃中的牡丹(称"郡圃"，当是任知州时事)。对华筵而赏名花，在座诸公——词题交代，在座者有魏了翁及其"同官"、瞻叔兄、杨约字仲博等，自然是其乐融融，故词次句云"客意乐融融"。"吟罢"两句，缘"乐融融"意脉，进一步写宾客筵宴之乐。"摆翠""沉红"，前写牡丹叶在清风中摇摆，翠绿欲滴，后写牡丹花在斜阳映照下甜润腓红。"沉红"，既是写花，又是写"日脚"西沉，落霞夕照，从而表现筵宴时间较长，与"醉余""吟罢"相应。这两句在表达感情方面，也能给人以由明快而至深沉的层次感。"沉红"一句，为下片的抒情奠定了感情基调。这种对花设筵，陶情怡性，本是旧时士大夫的常事，诗词中多有表现，在魏了翁的词中也多有其例，所以这题材无特别突出之处。这首词比较突出、饶有个性之处，在于下片的抒怀。下片一反上片华筵美景其乐融融的情调，以特出之笔，抒写作者自己身沉宦海、欲归不能的厌倦心情。魏了翁先后多次出知州府，曾连续十七年不在朝；知汉州(州治在雒县，今四川广汉)"号为繁剧"，知眉州(今四川眉山)又"号难治"，知泸州(今属四川)则原本"武备不修，城郭不治"；晚年又出知绍兴府、福州，皆兼本路安抚使。公事繁剧，极费心力。故下片开头就说"简书绊我"。"简书"即公牍。"绊我"二字，已表现了作者对"简书"的厌倦和欲脱不能的烦闷。在这种心情的重压下，作者即使在这种对华筵赏名花"客意乐融融"的场合下，仍然是"赏心无托，笑口难逢"。那么，作者追求的是什么呢？词的结句，卒章见志，回答了这个问题："梦草闲眠暮雨，落花独倚春风。"像"梦草"那样闲眠于暮雨里，像落花那样独倚于春风之中。"梦草"，是神话中的一种草，《洞冥记》说这种草似蒲，红

色，昼缩入于地，一名“怀梦”。这里作者取用“梦草”“落花”，物象衰飒，取意消沉，词境苍凉，寓有自己的身世之感。魏了翁的仕途是坎坷的。在他出仕期间，前有韩侂胄擅权，继有史弥远专政，“国家权臣相继，内擅国柄，外变风俗，纲常沦斁，法度堕弛，贪浊在位，举事弊蠹不可涤濯”（见《宋史·魏了翁传》）；而他又是一个敢于揭露时弊，欲以理学治国的人。所以屡受排斥，以致积忧成疾，数次上疏要求引退，可又偏偏得不到批准。这就造成了他的苦闷。他的这种苦闷，在这首词中得到了真实的表现。

魏了翁的词，数量不少（今存一百八十余首），可惜大多数是寿词，歌功捧场，言不由衷，像这样真实地表达自己的思想感情之作，在魏词中虽也有一些，但不是太多，因而它就显得可贵。且这首词的风格也比较清旷。上下片的结句，都是很美的对句，不仅属对工整，而且意境颇佳，色调错杂，写景如画，清疏之中不乏浑厚苍凉之气；作者的思想感情虽寓于景中，却又掬之可出，读之无晦涩之感。魏了翁是颇能借景抒情的，除本词外，他如“望秦云苍憺，蜀山渺漭，楚泽平漪。……独立苍茫外，数遍群飞”（《八声甘州》），“吟须撚断，寒炉拨尽，雁字天边”（《朝中措》）等，都是典型例句。

李从周　生卒年不详，字肩吾，一字子我，号蠙洲，眉州（今四川眉山）人。魏了翁讲学之友。精通六书之学，著有《字通》。有词集《蠙洲词》。

清 平 乐

李从周

美人娇小。镜里容颜好。秀色侵人春帐晓。郎去几时
重到？
叮咛记取儿家：碧云隐映红霞；直下小桥流水，门前一树
桃花。

【鉴赏】

词是伴随歌筵诞生的诗体，所以写青楼妓情的作品也特别多。李从周这首词写的也是妓女别情，但他写得与众不同，写出了“这一个”。词中人的音容宛然如在，令人耳目一新。

这位美丽的女主人公值得注意的是她的“娇小”。“忆昔娇小姿，春心亦自持”

(李白),唯其娇小,虽然情窦初开,却绝不给人以狂荡之感。又因其娇小,故不甚识得愁的滋味。(年纪稍长,则不免有不胜风尘之感。)所以,她一方面是很自爱的,一方面又是惹人爱的。"镜里容颜好"的"镜里"二字之妙,就妙在它写出了一种风流自赏的情态。而"秀色侵人"四字则写出旁观者(她的情郎)为之陶醉,不能自持的情态。这就从人我两个角度,具体烘托出这个蓓蕾初放的小女子的娇美。为以下写儿女临歧的依恋之情做了铺垫。

情郎的痴迷,在第三句已有简略交代。词中着重要写的却是这位娇小美人的痴情。"郎去几时重到?"一句,见得对情人的依依难舍:尚未分手,已问后期。根据常情,那男子的回答未必能告诉准确日期,彼此很可能从此劳燕分飞。但女主人公的态度却是很认真的。下片写其临别叮咛,颇富情味。她要求对方牢记自己的住址,同时把这里描绘得那么美好,那么富于吸引力,"碧云""红霞""流水""桃花",俨然仙境,言外却是一片留客的痴情。真使人欲发"千树桃花万年药,不知何事亿人间"(元稹)之问了。"门前一树桃花",则能使人联想到唐诗人面桃花的著名爱情故事。凡此都加深加厚了词意。还有一层可玩味处:所谓碧云红霞,皆瞬息可变之景;莫说此郎一去不必重到,即便果然再至,怕也会有"春来遍是桃花水,不辨仙源何处寻"(王维)的迷惘呢。由此,读者又感到那女子的天真。

全词就通过几句描述,几句对话,栩栩如生地刻画出一个娇小、痴情、天真可爱的女性形象。词的前三句叙写为一层;第四句与下片均为致词,是第二层。这种结构,也显得活泼,不脱俗套。在这点上,作者显然吸取了民间词的某些优长。

卢祖皋 (1170~1225?)字申之,又字次夔,号蒲江,温州永嘉(今浙江温州)人。宁宗庆元五年(1199)进士。嘉定时,历任秘书省正字、校书郎、著作郎、将作少监等,嘉定十六年(1223)官至权直学士院。其词细致淡雅,文句工巧,近姜夔,不及姜词刚劲;华美婉约,学晏几道,不似晏词沉郁。有《蒲江词》。

木兰花慢

卢祖皋

别西湖两诗僧

嫩寒催客棹,载酒去,载诗归。正红叶漫山,清泉漱石,多少心期。三生溪桥话别,怅薜萝犹惹翠云衣。不似今番醉梦,帝城几度斜晖。

鸿飞,烟水弥弥。回首处,只君知。念吴江鹭忆,孤山鹤怨,依旧东西。高峰梦醒云起,是瘦吟窗底忆君时。何日还寻后约,为余先寄梅枝。

【鉴赏】

这是一首精心结撰的慢词,作者以空灵错综的词笔,写出了自己倦于宦途、向往山林的心境,高情远韵,馥馥袭人。

词的上半阕写主客晤对的清欢。一起三句入手擒题,将诗酒清游的胜概兜出,便有一种笼罩全篇的力量。"嫩寒催客棹",不说自己起了游兴,而说是好天气催动了我的做客之舟。这种被动表示法,突出了风日之美,有一种难以抗拒的吸引力。"嫩寒",已被人格化,"嫩"字绝新,给瑟瑟的轻寒赋予一种令人爱赏的色彩,是通感技法的又一佳例。"红叶"两句,复笔写景,缴足时令。山上是满林红叶,石间有汩汩清泉,绘声绘色,天然图画,怎不令人心旷神怡?"漱石"一句,语带双关。不只是写出了水漱石根的清幽景色,同时也传出了他向往山林的归隐心曲。"漱石枕流"典出《世说新语·排调》:"孙子荆年少时欲隐,语王武子'当枕石漱流',误曰'漱石枕流'。"卢祖皋如此用典,就将一种脱落簪绂,息影山林的心愿隐隐流出了。"多少心期",即多么快慰的意思。"心期",指投合素心的愉悦之情。李商隐"岂到白头长只尔,嵩阳松雪有心期"(《七月二十九日崇让宅宴作》),就是以归隐嵩阳作为内心之夙愿的。两相参照,则词中的命意更为显豁。当读者正随着词人的妙笔漫游于林泉清美、诗酒雍容的意境中时,作者笔势一纵,把我们推到了一个虚幻的神话境界,这就是"三生"二句所反映的内容。天竺寺后有三生石,与冷泉亭、合涧桥相距不远,是有名的景观。然而词中所述,不限于刻画风景,而是一种两面关合的用典。唐袁郊《甘泽谣》载:李源与圆观(一作圆泽)为忘年交。同自荆江上三峡,泊舟山下,见妇女数人锦裆负瓮而汲。圆观曰:其中孕妇,是某托身之所。更后十二年中秋月下,杭州天竺寺外与君相见。是夕圆观亡而孕妇产。后十二年,李源诣余杭赴其所约,至天竺寺寻访,有牧童歌竹枝词,乃圆观也。歌曰:"三生石上旧精魂,赏月吟风不要论。惭愧情人远相访,此身虽异性长存。"作者拈出这个带有佛家轮回色彩的传说,除了切合杭州实景而外,还关合对方的和尚身份,好像这眼前的景物和两位诗僧,都是前生所熟知的,都是具有宿缘的。朱熹《次莆田使君留题》诗:"一壑祗今藏胜概,三生畴昔记曾来",表达的也是类似的心境。卢祖皋在词里阑入这样一个内容,是为了强调他对这种山林清致的向往和依恋。"怅薜萝犹惹翠云衣",一个"惹"字尤能将无情草木化为有情。作者用逆笔插入这样一段,不惟文气跌宕,富有变化,而且还能唤起人们绵绵无尽的离情别绪来。歇拍两句,再将笔势收拢，折到目前，点出今番之帝城醉梦，不如溪山之云水徜徉。“不似”者，“不如”之委婉说法也。从这里我们不是可以看到一颗高尚心灵的追求么，茫茫尘海，龌龊官场无法使这颗心得到安静，于是他转向山林，转向自然，去寻求人性的复归。这也就是许多诗人转向田园的原因吧！

下片设想别后的思念，笔姿活泼，妙喻联翩。过片四句说：鸿鸟已飞向烟水茫茫的远方，只有你们才知道它留下的痕迹。这是以鸿鸟自比。苏轼《和子由渑池怀旧》诗：“人生到处知何似？应似飞鸿踏雪泥。”这里略用诗意比喻自己漂泊无定的行踪。接下去，作者以错综之笔就自己与诗僧两面关锁写来，脉络井井，一笔不懈。“吴江鹭忆”，指作者的去处。其《贺新郎》序云：“彭传师于吴江三高堂之前作钓雪亭，盖擅渔人之窟宅以供诗境也。”有句云：“猛拍阑干呼鸥鹭，道他年、我亦垂纶手。”可为此语作注。“孤山鹤怨”，指二僧挂搭之地。林和靖梅妻鹤子隐于孤山，居处与二僧相近，故移以指僧。这样写来便觉清超，且多了一层思致，勾勒健峭，极见工力。“高峰”句妙于想象。高峰云起，并不稀奇，一经“梦醒”二字点染，便成了化工手段。把朝云出岫比作高峰睡醒，词人是以自己的感情去拥抱山河大地，并赋予它以活泼泼的生命的。“瘦吟”句写对诗僧的忆念，暗用李白《戏赠杜甫》“借问别来太瘦生，总为从前作诗苦”。“瘦”字又形象地表达了相思的苦怀。歇拍二句，自相问答，笔有余妍。什么时候再相聚会呢？那就请你寄来报春的梅花吧！“梅枝”句出《荆州记》：“陆凯与范晔相善，自江南寄梅花一枝，诣长安与晔。并赠诗曰：‘折梅逢驿使，寄与陇头人。江南无所有，聊赠一枝春。’”词里把它用在结尾，越发觉得轻灵骚雅、弄姿无限了。

贺新郎

卢祖皋

彭传师于吴江三高堂之前作钓雪亭，盖擅渔人之窟宅以供诗境也，赵子野约余赋之。

挽住风前柳，问鸱夷当日扁舟，近曾来否？月落潮生无限事，零落茶烟未久。谩留得莼鲈依旧。可是功名从来误，抚荒祠、谁继风流后？今古恨，一搔首。

江涵雁影梅花瘦，四无尘、雪飞云起，夜窗如昼。

万里乾坤清绝处，付与渔翁钓叟。又恰是、题诗时候。猛拍阑干呼鸥鹭，道他年、我亦垂纶手。飞过我，共樽酒。

【鉴赏】

这首词题目是赋三高祠前的钓雪亭。三高祠堂在吴江，建于宋初，祀奉春秋越国范蠡、西晋张翰、唐陆龟蒙三位高士。钓雪亭为作者同时人彭传师所作。《绝妙

好词笺》引《嘉靖吴江县志》："钓雪亭在雪滩，宋嘉泰二年县尉彭法（字传师）建。"作者任吴江主簿时，应友人赵子野的邀请，来游此处，在冬天下雪的当儿，面对清景，赋了这首《贺新郎》词。

词的上半阕着重歌咏"三高"，抒发怀思古哲的幽情。起三句："挽住风前柳，问鸱夷当日扁舟，近曾来否？"示追怀范蠡之情。笔姿潇洒，落响不凡，一下子便把人们带入了怀思往昔的艺术境界。范蠡佐越王勾践灭吴之后，飘然远引，自号鸱夷子皮，以扁舟浮家于太湖之上。作者以"风前挽柳"致问，构思已属奇特；而所问之事，则为当年鸱夷子的扁舟。作者悬想范蠡曾来往于笠泽烟波之间，定然在柳荫下维系过他的扁舟，这当年的扁舟，不知道近时曾经来过没有？所问尤奇。接着以"月落潮生无限事，零落茶烟未久"怀思另一位高士陆龟蒙。陆龟蒙的事迹，比起范蠡来，时代是要近得多了。他自号天随子，隐居在松江上的村墟甫里，平时以笔床茶灶自随，不染尘氛。时隔三百多年，松江和太湖上面，依然月落潮生，烟波浩渺，循环往复，年复一年。这位江湖散人当年的茶烟，似乎还零落未久呢。但天随子如今又在何处？第六句"谩留得莼鲈依旧"用张翰因秋风起思念故乡莼羹鲈脍的故

事，怀想当年弃官归隐的高士张翰。"谩"，徒也，但也。张翰的高情逸思，已成往迹，如今只有莼菜鲈鱼，依然留味人间。以下作者紧扣三高的事迹，再次感慨发问："可是功名从来误，抚荒祠谁继风流后？"为什么范蠡等人置功名于不顾，是否因为这功名事儿从来就是误人的呢？面对这荒凉的祠宇，抚古思今，又会想到，这三高的风流余韵，而今又有谁来继承呢？古人已往，今人又有风流难继之憾，这样的恨事，怎不令人搔首浩叹！

下半阕紧承前文，着重写钓雪亭边夜雪的情景，进而表白自己也有隐居垂钓的心愿。"江涵雁影梅花瘦"从杜牧《九日齐山登高》"江涵秋影雁初飞"化出，这几句写时分已是夜晚了，江面上寒雁贴着冻云在低飞，江水里浸沉着雁儿的清影。亭子边上开放着清瘦的梅花。四野之间，没有一点纤尘，雪花在飘舞着，层云在滚动着，一派江天夜雪的景致，映照得夜窗简直如同白昼一样。这三句先点季节，次写雪飞，再写雪景，笔调秀丽，思澈神清，写景如画。接着以"万里乾坤"三句，引起赞叹之情。江山夜雪，这万里乾坤，霎时成为琼瑶世界。可是，清绝人寰的胜景，又有谁来欣赏呢？看来只能"付与渔翁钓叟"了。他们可以钓雪寒江，披蓑渡口，他们是此刻天地间真正的主人。除此以外，对于诗人来说，也是最好不过的题诗的时候。柳

宗元就曾经写下过"寒江独钓"的诗篇《江雪》哩。作者思量至此，不觉逸兴顿生，写成煞拍几句："猛拍阑干呼鸥鹭，道他年我亦垂纶手。飞过我，共樽酒。""猛拍"两句，是神来之笔，"纶"即钓丝，既与"渔翁钓叟"句相接应，又和上半阕的"抚荒祠"句遥相呼应，运笔极为空灵。表明作者此时内心全为清景所陶醉，也表达了对"三高"的高度崇敬的心情。作者情不自禁地猛拍阑干，招呼江上的鸥鹭说："他年有幸，我也将垂钓于此啊！请飞过我这儿来，共进杯酒吧！"作者这儿所呼唤的鸥鹭，是虚指也是实指：说是虚指，是此刻夜雪之际，江岸边上纵使有被雪光惊醒而飞起的野鸥白鹭，它们未必懂得人的心意。说是实指，古时誓志高隐的人，都惯于和鸥鹭结盟为友，因此志同道合有意隐居于江湖的人士，可以称为鸥盟，作者是和友人赵子野等同来的，称他们为同盟的鸥鹭，也是非常切合的，又何况"鸥鹭共忘机"，原是诗人们所乐于称道的呢！

全词思致深远，语言隽丽，韵律优美，足以表现作者清俊潇洒的风格，在作者的《蒲江词》中，堪称高唱。主题是赋钓雪亭，而钓雪亭建于三高祠前，因此在词的上半阕，纵情歌赞三高的高风亮节，以空灵的笔墨，因情铸景，先拓开境界。而以“抚荒祠谁继风流后”一句，为下半阕即景抒怀歌咏钓雪亭这一主题，留有充分的余地。上半阕所咏，只是“山雨欲来”之前的衬笔。下半阕写钓雪亭上所见的江天夜雪的情景，以及作者和友人在观赏此景之后，对渔翁钓叟的艳羡，对水边鸥鹭的深情召唤，对自己他年有志垂纶的衷心誓愿，才是本词的主体。此亭之作，本为继承前贤的风流余韵，作者和同来的友人，虽自愧不如前贤，但能在夜雪高寒的当儿，登亭清赏，而且还点明“又恰是题诗时候”，正是为上阕“抚荒祠”这一问句，作了恰到好处的回答。而此刻亭边的梅花，江上的雁影，纤尘不着的江天四野，无不为作者及其友人供景助兴，景是绝胜之景，兴是清逸之兴，因而很自然地倾吐出“道他年我亦垂纶手”这一全词的核心语句，可见此词意在笔先、一唱三叹、情景交融、神余言外之妙。

洪咨夔 生卒年不详，字舜俞，於潜（今属浙江临安）人，宋宁宗嘉泰二年（1202）进士，理宗端平三年（1236）卒，有《平斋词》，传见《宋史》卷四百六。

眼儿媚

洪咨夔

平沙芳草渡头村，绿遍去年痕。游丝下上，流莺来往，无限销魂。
绮窗深静人归晚，金鸭水沉温。海棠影下，子规声里，立尽黄昏。

【鉴赏】

洪咨夔早年佐丘寿隽守扬州，对付准备来犯的金人，表现有相当胆略；知龙州（治所在今四川江油），也有政绩。史弥远拥立理宗，逼死改封济王的废太子竑，操纵朝政。他上疏理宗，揭发“济王之死，非陛下本心”。弥远大怒，掷其疏于地。咨夔的抗直敢言，于此可见。弥远死，理宗亲政，他颇受知遇，时进荩言，累官至刑部尚书，拜翰林学士，知制诰，为一朝名臣。

咨夔的词，慷慨疏畅，颇见其人性格。但可惜应酬和答的作品占多数，不能尽窥其能事。他有两首抒情小词：一是这首《眼儿媚》，一是《卜算子》（簸弄柳梢春），写的是“闺情”，较别致。这首《眼儿媚》，入选于宋周密所编的《绝妙好词》中，流传

较广。

词写一个闺中妇女期待归人的感情。她所期待的人,似乎已离别经年;归期已定,但天晚了,人还没有回来。上片起二句:"平沙芳草渡头村,绿遍去年痕。"借写景,透露这个闺人的住地,靠近沙边渡口的村庄;又从芳草重绿,透露她和意中人的离别,也已是"去年"之事了。景写得美,而对事的"点破"却很不着迹,真是草色有"痕"而人事无"痕"。接下去三句:"游丝下上,流莺来往,无限销魂",又突出春天的两种景象,借以写情。这二句与唐韦应物《春中忆元二》诗"游丝正高下,啼鸟还断续",景物有点相近,但内容与风调绝不相同。这里的"流莺"句写的是显眼之景,"游丝"句则写到细处。两句对偶匀称,又从"显""微"的不同角度,代表了、包举了整个春光。春光如此美好,人见之却有"无限销魂"。这"销魂"是被春光陶醉呢?还是别有怀抱呢?词中没有明白说出,颇见手法的含蓄。

下片起二句:"绮窗深静人归晚,金鸭水沉温。"才露出这个闺人的身份。她住在"绮窗"佳屋之中,能用"金鸭"炉烧"水沉"香,生活华贵,显然不是村妇;居近水村,心境安静单纯,也不似青楼妓女。看来颇像作者自己家中的"闺人"。作者故乡於潜，正是江南水乡之地；他和“闺人”离别，替她设想并描写她思念、期待自己的心情，那也是很可能的。同时，又暗暗点出上片的“销魂”的内容：不是陶醉于春光，而是抱着怀人的幽思。词的暗脉逶迤，到了这里，才开始显露，使人了解它的事旨所在。这种显露，仍然力求冲淡痕迹。结尾三句，又借写景，烘托人物形象，浓化人物心情，是事旨明显后的加意渲染，也是回揽词的整体的传神笔墨，写得高妙而又自然。试想配得上在“海棠影下”，影影绰绰，并立而互添其美的，当然是美丽的佳人了；在花下，在“子规声里”而“立尽黄昏”的佳人，又当然是情深可爱的了。写花影、写鸟声，都巧妙地烘托了人物的美好、可爱的内外形象。《眼儿媚》词结尾三句，有不用对偶的，但以用对偶的为常。阮阅的“也应似旧，盈盈秋水，淡淡春山”，是末二句对；曾觌的“十分得意，一场轻梦，淡淡阑干”，是起二句对；朱淑真的“绿杨影里，海棠亭畔，红杏梢头”，是三句都对。咨夔这首词，是起二句对，它不像朱词三句对那样丰满生动，那样接近贺铸《青玉案》词的精彩笔法；但从全词比较，洪词写得比朱词更为含蓄，不因结尾三句不及而失色。

这首词的格调婉约秀丽，在洪词中是比较别致的，它正好表现作者这个被许为“鲠亮忠悫”的名臣的感情世界也有悱恻缠绵的一面，表现刚强之性与深挚之情往往是统一于同一人物身上的。

曹豳　(1170~1249)字西士，号东亩，一作东畎，瑞安(今属浙江)人。嘉泰二年(1202)进士，历官至浙东提点刑狱，召为左司谏，以宝章阁待制致仕。存词二首。

西　河　和王潜斋韵

曹　豳

今日事，何人弄得如此！漫漫白骨蔽川原，恨何日已！
关河万里寂无烟，月明空照芦苇。
漫哀痛，无及矣。无情莫问江水。西风落日惨新亭，几
人堕泪！战和何者是良筹，扶危但看天意。
只今寂寞薮泽里，岂无人、高卧闾里，试问安危谁寄？定
相将有诏催公起。须信前书言犹未？

【鉴赏】

曹豳与同时代的王万、郭磊卿、徐清叟以能在皇帝面前直言敢谏而闻名，当时

被称为"嘉熙四谏"。存词二首。据《宋史》本传等有关史料所载,曹豳与王埜(潜斋)同为浙江人,同在宁宗朝先后中进士第,在政治上两人有着共同的爱国进步主张。因此,曹豳写作这首"和王潜斋韵"的《西河》词就绝非偶然了。

王埜的《西河》,一开篇就托词责问苍天,曹词则直率归结到人,责问:"今日事,何人弄得如此!"何人?所指的对象,词中不言自明。王词引理宗端平元年献陵图一事表达内心的忧国结愁,曹词则化用曹操《蒿里行》诗句"百骨露于野,千里无鸡鸣"入词,对人民横遭屠戮的惨况满怀同情,深感悲愤,对南宋当权者昏庸腐败、丧权辱国的行径含恨不已,语带讥刺。王词叹老抱恨,感慨:"千古恨,吾老矣。"曹词宽慰他不必空白悲伤:"谩哀痛,无及矣!"王词吊淮水、望江水,扼腕揾泪,悲愤难已。曹词用新亭对泣事,感叹并讥刺南宋当权者无意恢复中原,优柔寡断,尸位误国,隐含王导语:"当共戮力王室,克复神州,何至作楚囚对泣邪?"激励友人共同寻求抗战救国的良策,来扶危图存。王埜当时被劾下台,不在其位,词中慨叹纵有雄心,无所寄托。曹豳语重心长地感叹如今有才能的人埋没于草野之间,指望谁来扶危安邦!其实,曹词有着弦外之音:"高卧闾里"隐居不仕的王埜,正是可以负起国家安危之责的人才。因此,两首词的结韵表现出作者的不同情怀:王埜在沉痛中虚幻地呼唤着历史人物张骞,曹豳却冷静地着眼于客观现实,将真诚信赖的目光投向自己的老友:"定相将有诏催公起,须信前书言犹未?"积极唤起绝望中的王埜,坚信不久他将东山再起,承担张骞似的重任,扶危安邦,收复中原。

将曹豳和词与王埜原词两相比照,可以看出,曹、王两人不仅在政治大业上是志同道合的战友,在文学事业上也是切磋琢磨的词友。两人词作在格调上同声相应,在旨意上同气相求,思想与艺术彼此呼应契合。王埜原作在前,填词时不必受韵字次序的限制,曹豳和词在后,填词时须严格依照王壁原韵原字的次序。面对难题,他的和词运转自如,熨帖无间,在词的格律上与王词既环环相扣,又自然流丽,在词的情致上与王词既息息相应,又新意迭出。曹词的整个基调比王词显得高亢,激越,明快,其中充满对战友与词友一片拳拳之忱。当然,这也是对国家、对人民的拳拳之忱。

真德秀 (1178~1235)字景元,更字景希,浦城(今福建浦城)人。庆元五年(1199)进士。绍定中,拜参知政事,进资政殿大学士,提举万寿观。卒谥文忠。学者称西山先生。今存词一首。

蝶恋花

真德秀

两岸月桥花半吐。红透肌香,暗把游人误。尽道武陵溪上路,不知迷入江南去。
先自冰霜真态度。何事枝头,点点胭脂污。莫是东居嫌淡素,问花花又娇无语。

【鉴赏】

这是一首礼赞梅花的词作。词的上片赞颂梅花的迷人之姿。首句入笔捉题,直截了当地写梅花"两岸月桥花半吐。"溪水岸边小桥两端的梅花已经绽蕾半开。紧接着直接写梅花半吐的风韵和游人对梅花的迷恋。那半开的梅花通体红透,香气四溢。"肌香"二字以美人暗喻梅花香气袭人冰肌玉骨的娇姿。正是梅花这绝代风采,才使游人不知不觉中为其所吸引。一个"暗"字、一个"误"字把游人情不自禁地迷恋梅花的神态写足。以下两句"尽道武陵溪上路,不知迷入江南去"用东晋文学家陶渊明《桃花源记》中武陵渔人误入桃源、忘情迷途的典故,反衬江南梅花的迷人风姿。此二句是说人人尽说那"芳草鲜美,落英缤纷"(《桃花源记》)的武陵溪畔桃花林的美丽,却不知这梅花半吐的江南风景的迷人。对比之下,更突出这江南桥畔梅花的美丽,表现了主人公爱梅的情感。

如果说上片从色艳香浓的外部面貌来礼赞梅花的话,那么,下片则是从凌霜傲雪的内在品质来颂扬梅花。

过片"先自冰霜真态度"一句,赞扬梅花凌寒独放的坚强品格。"争先"二字突出梅花不畏严寒霜雪的精神,"态度"即姿态品格。紧接着词人用一设问:"何事枝头,点点胭脂污?莫是东君嫌淡素。"梅花为何在冰霜严寒之中用胭脂般的红艳去点染枝头?莫非是司春之神嫌冬天百花凋零,色彩过于单调之故。东君即司春之神。这一设问实质上旨在突出梅花凌霜傲雪的高风亮节,颂扬它给人们带来春的消息。煞尾句"问花花又娇无语"再度褒扬那娇艳的梅花,毫不炫耀自己,默默地装点人间春色。

古之人咏梅词极多,但大多从其冷艳着眼,抒发词人寂寞的情感。如陆放翁的《卜算子·咏梅》、姜白石的《暗香》《疏影》等等。在他们的笔下,梅花是一个"寂寞开无主""此花幽独"的孤芳自赏的形象。而真德秀却能别出蹊径,一扫大多咏梅词人失意孤寂的怨艾,对梅花绰约迷人的风韵作了热情的描摹,对梅花凌霜傲雪的品格做了全面的褒扬。词的氛围热烈,格调高亢。词人真德秀幼即聪慧异常,四岁诵书,过目成诵。十五丧父,赖寡母力贫教养,又得同郡人相助,方得入学中举。理宗时官历泉州、福州知府,入为翰林学士,拜参知政事。他为人正直,凡游宦所到,皆布惠政,廉声卓著。其学以朱熹为宗,提倡正学,与权奸韩侂胄伪学对抗,使正学得以复明。古有谓诗品即人品,联系其艰苦修身进学、勤政为民、正直不阿的身世和为人,则词人对梅花亮节高风满腔热情的礼赞,以及作品所显现出来的积极亢奋、开朗明快的格调是必然的。

刘镇　生卒年不详,字叔安,南海(今广州)人。嘉泰二年(1202)进士。学者称随如先生。工于词,其词格高气远,情致绵邈。有《随如百咏》,不传,今有赵万里辑本。

柳梢青　七夕

刘　镇

干鹊收声,湿萤度影,庭院秋香。步月移阴,梳云约翠,人在回廊。
醺醺宿酒残妆。待付与、温柔醉乡。却扇藏娇,牵衣索笑,今夜差凉。

【鉴赏】

自鹊桥乞巧的美丽传说诞生以来,以"七夕"为题的词作可谓连篇累牍,其中不乏名家大手之笔。或欧阳修"肠断去年情味"(《鹊桥仙》)令人心酸之辞;或如秦少游"两情若是久长时,又岂在朝朝暮暮"(《鹊桥仙》)故作豁达之语;或如范成大"新欢不抵旧愁多"(《鹊桥仙·七夕》)不无抱怨之言。然而,他们词作的基调无一不在"柔情似水,佳期如梦"的悲剧爱情俗套中徘徊。刘镇这首"七夕"词一反常规,既不去写少女们度针乞巧的虔诚;也不去写双星一年一度鹊桥相逢的悲欢;更不是借"盈盈一水间,脉脉不得语"去抒离别相思的苦衷。而是以"七夕"良辰为发端,来装点一个洞房燕尔、新人戏闹的喜剧故事。

词的开篇"干鹊收声,湿萤度影,庭院秋香"描绘了"七夕"夜景:那为睽隔天河两岸的牛郎织女搭桥的喜鹊已经悄无声息,萤火虫在秋夜中飞来飞去,庭院中秋花香气阵阵飘来。喜鹊性喜燥恶湿,故曰"干鹊"。据《荆梦岁时纪》载云:"天河之东有织女,天帝之子也。年年结杼劳役,织成云锦天衣。天帝哀其独处,许配河西牛郎。嫁后遂废织纴。天帝怒,责令归河东,唯每年七月七日夜渡河一会。"此后每逢七夕,便有喜鹊为他们的相会而于天河搭桥。词中"收声"二字表明桥已搭成,此刻双星正沉浸在久别重逢的甜蜜之中。萤火虫素喜湿,故曰"湿萤"。流萤飞舞,点示时分已在夜晚,秋香四溢,为后文喜庆气氛作一渲染。紧接着以下四句写乞巧新妇。"步月移阴"是说月行而花影移,此句由"月移花影动"翻套而来。表明时光的流逝。"梳云约翠"是"人在回廊"中新妇的艳妆。这位高梳云髻、横插翠簪的新妇正在曲曲折折的长廊之上举目凝望天河双星。

新妇伫立回廊,此刻新郎如何呢?上片在结束对新妇的描述之后,落笔则写新郎的情态举动。

过片"醺醺宿酒残妆"写新郎正带着昨晚喜宴上的醉意,脱去外衣,等待着新妇乞巧归来,共度良宵,进入那令人心醉的温柔之乡。"待付与"三字表现了新郎等待心情的焦急。大约这对新人花烛大喜之日正在七夕,新妇过门经过繁文缛节之后,还得去乞巧,完毕后方始归入洞房。因此惹得新郎不禁情切切,意绵绵。待得新妇刚入洞房,即便为她除去古婚礼中用以遮面的扇子,然后则扯衣调笑,一时闺阁之中有甚画眉者也。却扇,古时婚礼中行礼时,新妇以扇遮面,交拜后去扇,谓之"却扇"。藏娇,用汉武帝"金屋藏娇"故事表示新郎对新妇的真挚之爱。牵衣索笑,把洞房中这对新人相互宽衣解带、嬉戏打闹的和谐气氛渲染到极点。煞尾句"今夜差凉"以景作结,是说这是一个多么美好的凉爽之夜!是的,天上有离别一年终得相聚的双星赴会;人间有相思数载终成眷属的美满姻缘,这个夜晚实在是妙不可言的。

全词格调疏朗隽逸,情韵自然流丽。同时,词人巧撷神话悲剧故事中喜剧式的理想结局为发端,对现实生活中的喜剧作了衬托,使全词显得气氛热烈欢快,情趣无限。手法不可不谓新颖别致。词人刘镇为南宋宁宗时代人,文名远播,世称随如先生,著《随如百咏》,其词甚工,谭正璧《中国文学家大辞典》评其词以"新丽见称"。观这首"七夕"词,谭先生之评实不虚誉。

曾揆 生卒年不详,字舜卿,号懒翁,南丰(今江西南丰县)人。今存词《西江月》等五首。

南柯子

曾揆

桐叶凉生夜,藕花香满时。几多离思有谁知。遥望盈盈一水、抵天涯。

雨洒征衣泪，月颦分镜眉。相逢又是隔年期。不似画桥归燕、解于飞。

【鉴赏】

这是一首以传统的思妇怀远为题材的词作。作者曾揆字舜卿，号懒翁，为南丰(今江西省南丰县)人。唐圭璋先生《全宋词》从《绝妙好词》和《花草粹编》中录存其词五首，内容大抵皆离别相思之类，风格婉约，清丽可诵。这首《南柯子》是其现存词作中代表作品。

全词抒发的是一位夫在边关的闺中思妇离索孤寂的情怀。词首二句“桐叶凉生夜，藕花香满时”在环境的描绘中交代了思妇所处的时令和具体的活动时间。时令是在荷花飘香的夏末秋初。时间是在一个梧桐下叶凉意微生的夜晚。尽管词人笔下描述的是一派良辰美景，然而，对于闺中独处的思妇来说却又是一个难眠之夜。“几多离思有谁知”正道出了她这个夜晚极端孤寂的内心世界。这一句告诉读者，这位思妇不仅离愁别绪无穷无尽，而且无人理解，无处诉说。因而在寂寞无聊之中，只有“遥望盈盈一水、抵天涯”。盈盈一水，用《古诗·迢迢牵牛星》“盈盈一水间，脉脉不得语”成句，暗示征夫与思妇相离如牛郎织女虽只一水之间，然而却睽违两地，如隔天涯，无由相会。

词的上片景语与情语貌合神离，实质乐景悲情对照反衬，效果更佳。

过片“雨洒征衣泪，月颦分镜眉”二句状思妇为丈夫裁制征衣时的情态。时已夏末秋至，凉风渐起。“秋风吹妾妾忧夫”(陈玉兰《寄夫》)。思妇自然会想起这戍边陲的丈夫。“雨洒征衣泪”应是“泪雨洒征衣”。形容思妇在剪裁缝制征衣时“剪声自赏和肠断，线脚那能抵泪多”(叶正甫妻《寄衣》)的凄苦情态。“月颦分镜眉”，同样因格律之故而应是“眉月分镜颦”。闺妇对镜凝望，双眉紧锁。眉月，指女子眉如新月。思妇为何流泪和颦眉？因为“相逢又是隔年期。”夫妇相聚之期尚在数载之后。隔年，自非是明年，而是相隔一年乃至几年。“又”字点明相会之期一再延宕，渺远无限。煞尾二句“不似画桥归燕、解于飞”抱怨人不如燕。于飞，比翼双飞，常用来喻指夫妇和谐亲爱。典出《诗经·大雅·卷阿》。燕子按时返归，于画梁之间，成双成对，比翼飞翔。而人呢？言外之意却不能像燕子那样出则成对，入则成双，长相厮守，永不分离。绾束二句咏物寄怀，揭示主旨。凄怨之情，溢于言表。

王澜　生平不详。

念奴娇　避地溢江，书于新亭

王　澜

凭高远望，见家乡、只在白云深处。镇日思归归未得，孤负殷勤杜宇。故国伤心，新亭泪眼，更洒潇潇雨。长江万里，难将此恨流去。

遥想江口依然，鸟啼花谢，今日谁为主。燕子归来，雕梁何处，底事呢喃语？最苦金沙，十万户尽，作血流漂杵。横空剑气，要当一洗残虏。

【鉴赏】

宋宁宗嘉定十四年(1221)二月，金兵围蕲州。知州李诚之和司理权通判事赵与褰容等坚守。由于援兵迁延不进，致使二十五天后城陷。金兵大肆屠杀，掠夺一空。李诚之自杀，家属皆赴水死。赵与褰只身逃出，写了一本《辛巳泣蕲录》，详述事实经过。这首词见于述古堂抄本《辛巳泣蕲录》。

题目说明作者因避灾祸，而移居溢江，在新亭上写了这首词。作者所避灾祸，即指蕲州失陷事。"溢江"，地名，在今江苏南京市。"新亭"，即劳劳亭，在今南京市南。

上片开头即直抒思乡情绪，凭高远望家乡，只见一片白云茫茫。六朝人已以白云为思念亲友的比喻。《新唐书·狄仁杰传》载："仁杰赴任于并州，登太行，南望白云孤飞，谓左右曰：'吾亲所居，近此云下！'悲泣，伫立久之，候云移乃行。"这里暗用此典，表现了强烈的思亲思乡的悲凄之情。接二句又补说：整天想回家乡，但回不去。语气表面平淡，内则极为悲愤，因为不能回去的原因，是那里被敌人占领了，白白辜负了杜鹃鸟"不如归去"的殷勤叫声。这是无可奈何的自我解嘲。实则在鸟的"不如归去"叫声中，更突出了有家不得归的悲凄感情。下面调转笔触写眼前：我正在新亭上为怀念家乡而悲凄流泪，亭外潇潇雨声，更增加了悲凉气氛。这里暗用新亭对泣的典故，表明不是一般的怀乡之情，而主要是悲叹国土沦丧。结三句大阖，眼前的长江，尽管有万里长，也难以流尽我这家国之恨。语极朴实，情极沉重。比喻形象，可与李煜的"问君能有几多愁，恰似一江春水向东流"媲美。

换头承上，设想蕲州目前的情景，江口依然跟当年一样，鸟啼花谢，可是地已易主，景是人非了。"江口"，是蕲水在蕲州城流入长江的地方。这是由于上片结句写到长江，也是词人所面对的景色，自然而然引起的联想。以下六句，追述敌人侵扰带给蕲州的灾难。前后三句各有所侧重。“燕子”三句，通过燕子找不到旧巢，写城市被破坏的情景。不懂人事变化的燕子，照常飞来，可它们在呢喃低语：怎么往年筑巢的雕梁找不到了？这里用的是拟人化手法，暗示蕲州被金人烧杀掠夺一空，几成废墟。笔触极淡，感情却极为沉痛，且含有对敌人的强烈仇恨。“最苦”三句，则用直接描写的手法，写出当时人民被屠杀的悲惨情景。金沙，据清《蕲州志》载：“金沙湖，在州东十里，又名东湖。”这里指代蕲州。宋代蕲州在这次金兵侵扰前从未遭受过兵火，比较富庶，户口较多。说“十万户尽”“血流漂杵”，当非夸张，而属纪实。这是作者亲眼目睹的惨状，控诉了金兵的残暴。结句表示只要有凌云的壮志，一定会杀尽敌人，报仇雪恨；表现了必胜的信念，和对敌人的蔑视，铿锵有力，振起全词。

词抒发逃难在外，思念家乡的情绪，但不同于一般的怀乡之作，而是如实地反映了一次历史事件，揭露了敌人的暴行。艺术特点在于逻辑层次和感情层次的统一：由思乡而叹归不得，由归不得而忧国，由忧国而叹土地易主，由易主而至生灵涂炭，由生灵涂炭而至一洗残虏。构思缜密新颖。

周文璞　生卒年不详，字晋仙，号方泉，又号野斋、山楹，阳谷（今属山东）人。曾官溧阳县丞。与姜夔、韩淲等交游唱和。有《方泉集》。今存词二首。

一剪梅

周文璞

风韵萧疏玉一团。更著梅花，轻袅云鬟。这回不是恋江南。只是温柔，天上人间。

赋罢闲情共倚栏。江月庭芜，总是销魂。流苏斜掩烛光寒，一样眉尖，两处关山。

【鉴赏】

周文璞，字晋仙，号方泉，又号野斋或山楹，阳谷（在今山东省兖州境内）人。南宋宁宗时曾官溧水（今江苏省溧水区）县丞。著有《方泉集》四卷。其词仅存两首，分别为《绝妙好词》和《张雨贞居词》所收录。除这一首闺思闺怨词外，另一篇属抒写自己普通生活情感的作品。其余大约皆已亡佚，因此我们已无法得窥其词总体内容和风格。仅就这首词看，其语言疏朗自然，格调清艳婉约。

词的上片表明主人公的情结所在。

开篇“风韵萧疏玉一团。更着梅花，轻袅云鬟”三句着意描述女主人公美丽的容姿。直言其风韵萧娴，貌美如玉。再加上高耸的云髻，上插梅花，随风摇曳。可谓人面、梅花两相映衬，使美人显得更加娇妩动人。这里一个“更”字突出美人——闺中思妇着意折梅为饰的举动。主人公为何着意于梅花，谈至下一句方始明白，原来词人在这里暗用“一枝春”典故。据《太平御览》收《荆州记》记述，南朝陆凯自江南折梅并赋诗寄赠远在长安的好友范晔。后常用此代指对家乡和友人的怀念。故而词人在抒写思妇“更著梅花”之后，明明白白地告诉读者，她“这回不是恋江南”，即言思妇这一次着意佩饰梅花并不是对江南故乡的思念。而“只是温柔，天上人间”之故。即只是因为曾经和自己恩爱谐处、度过一段神仙般的甜蜜生活的意中人已分手去了江南，而今自己是多么的孤苦寂寞！“温柔”二字是思妇“更著梅花”的真正原因。这正是她浓郁相思的情结所在。“天上人间”表明过去的温柔和现在的离索有如天壤之别。主人公对曾经有过的美好生活的留连、珍惜、向往，全在后三句怅惘的情感中真挚质朴地流露出来。

下片对主人公解不开的情结加以表述。

过片“赋罢闲情共倚栏”写女主人公赋诗完毕，带着闲愁倚栏凝望。赋诗、倚栏皆为排解闲愁之举，然而“剪不断，理还乱”，她看到的只是“江月庭芜，总是销魂”，那一片令人丧魂落魄的一轮江月照耀着荒凉冷落的庭院之景。“总是”二字概括了思妇凡所触目，无不伤情之意。“江月”二句为全词抹上一层幽冷的色调。接着“流苏斜掩烛光寒”句再一次为思妇空闺独守的环境的凄清色调浓抹一笔。流苏，指闺房中用羽毛或丝线做成的穗状垂饰，这里代指罗帐。这一句是说闺房内烛影摇曳，罗帐虚掩。一个“寒”字把烛花绽满、烛光昏暗的闺房冷落气氛渲染到极点。结尾二句“一样眉尖，两处关山”对主人公忧思郁结、双眉紧锁的情态加以描述。眉尖、关山取古代形容佳人眉如远山之说以刻画思妇的外部面貌。

全词从思妇插梅为饰写起，引出她对当年与她相亲相爱而今分手而去江南的意中人无限留恋之情，以及别后的离索情怀。意脉断续自然，结构婉转流畅，颇能见出词人工致娴熟的填词技巧。

王武子　生卒年不详，字文翁，一字子武。丰城(今属江西)人。开禧元年(1205)进士，曾为江夏尉。今存词二首。

朝中措

王武子

画眉人去掩兰房。金鸭懒薰香。有恨只弹珠泪，无人与说衷肠。

玉颜云鬓，春花秋月，辜负韶光。闲看枕屏风上，不如画底鸳鸯。

【鉴赏】

闺思闺怨本是女子自身生活的题材，若出自女子之手，或可目之为真情实感的披露。若出男子之手，无论如何高明，充其量亦不过属于模拟泛设之辞。然而，许多男性文人手法精妙，观察细致，模仿力强等等。故而他们于这类题材作品亦不乏真切感人的名家大手之笔。摆在我们面前南宋词人王武子的这首《朝中措》无疑也是一篇模拟女子口吻、为女子代抒情怀之作，它虽不能和柳永、秦观、苏轼、辛弃疾等巨匠的上乘作品比肩，但其清绮流丽、明净疏朗的婉约派词风和刻意缠绵、凝练精工的花间派情韵，亦可算是值得一诵的佳作。

词的上片写思妇闺中独守的寂寞。

“画眉人去掩兰房”一句开篇贴船下篙，落笔见旨，交代女主人公丈夫远离后独掩闺房的寂寞情态。画眉，用张敞画眉典故。史载汉京兆尹张敞为妻画眉，或有人传于帝，帝问之，敞答曰：“臣闻闺门之内，夫妇之私，有过于画眉者。”后因常以张敞画眉喻夫妇闺房中和谐恩爱的情趣。这里的画眉人指女主人公的丈夫。兰房，泛指女子闺房。丈夫离去，妻子独掩闺房。一个“掩”字在客观叙述之中已暗含主观情感。接着第二句“金鸭懒薰香”仍是客观铺写。金鸭，指用金属做成的鸭形香炉。女主人公自丈夫别后，连香也懒得去薰烧了。薰香本古代稍有身份人家闺阁中日常之事。这里的“懒”字实质上是女主人公慵倦无聊、心绪不宁的情感外化。紧接着“有恨只弹珠泪，无人与说衷肠”二句进一步描述女主人公悲哀寂寞的情景：一自丈夫别后，满腔愁怨，却无人可与诉说，只有伤心落泪而已。一个“只”字表明女主人公孤独之极。

词的下片抒写闺妇独守空房、青春虚掷的悲哀。

过片“玉颜云鬓，春花秋月，辜负韶光”三句和上片开头一样，直奔题旨。写女主人公面对寂寞孤独的生活，不禁感到辜负自己青春玉颜、大好年华。是的，如词中女主人公的处境一样，古代不知有多少女子，丈夫或戍守边陲；或宦游四海；或贾利市廛；或行役他乡。竟至空房独守，年华虚度，光阴荏苒，遂有白头之怨，皓首之叹。词中女主人公无论属何种情况，然其不幸命运，皆堪同情。最后“闲看枕屏风上，不如画底鸳鸯”二句，写女主人公见到绣枕和屏风上的鸳鸯画面，不禁发出了人不如鸟的叹惋。全词在触景伤情中缩结。

这首词就内容而言，未能跳出传统窠臼，艺术上最大特色是笔法简约板实，情虽怨极，而辞却平和。但这一点又使本词缺乏灵动之气。

魏子敬 生平不详。南宋词人。有《云溪乐府》四卷，不传。今存词一首。

生 查 子

魏子敬

愁盈镜里山，心迭琴中恨。露湿玉阑秋，香伴银屏冷。
云归月正圆，雁到人无信。孤损凤凰钗，立尽梧桐影。

【鉴赏】

魏子敬，生平里籍皆不详。只知其大约活动于南宋高宗绍兴年前后。《文献通考》云其著有《云溪乐府》四卷。惜今已不传。唐圭璋先生《全宋词》从《浩然斋雅谈》中辑得其《生查子》词一首，为其今仅存词作孤篇。

这首词以第三人称表现手法，刻画一位闺中独守、黯然销魂的思妇形象。

首二句“愁盈镜里山，心迭琴中恨”拈出闺阁中两件极富代表性的事物——镜、琴，写思妇对镜梳妆看到的是紧锁的愁眉。山，指眉山，古代以眉如远山形容女子之眉，故云“镜里山”。思妇欲理琴解愁，然而无奈心中层层怨恨又在琴中不自觉地弹奏出来。满腔愁思使得她不敢对镜，又不忍弹琴，于是只得移步闺房之外，凭栏小憩，以期摆脱这“剪不断，理还乱”的愁绪，但是雾重露浓，打湿了白玉栏杆，又使她不胜愁寒。无奈只得再折回房中。但是，“香伴银屏冷”，等待着她的只能与袅袅升起的篆香和清冷幽寂的银屏为伴。一个“冷”字给上片笼罩上一股凄清的氛围。

过片“云归月正圆，雁到人无信”列举自然生活中三种事物有规律活动和人无规律活动相对照，表达意中人对思妇的怀念和闺中寂寞的怨艾。那飘忽天际的彩云已经归去，那缺了又圆的明月正朗照夜空，那按时南归的候鸟大雁已然长唳而返，这一切皆是刺激思妇怀念远人的典型事物。“人无信”正是思妇被触动的怨情。是的，云有归期，月有圆时，雁有返日，唯独行人却踪迹渺然，音信皆无。这离怨之深可想而知。煞尾以“孤损凤凰钗，立尽梧桐影”二句的举动，极写对远人的怀思已达无以复加的程度。损，《易》六十四卦之一，这里泛指占卜。唐诗人于鹄《江南曲》有“众中不敢分明语，暗掷金钗卜远人”句，这里暗用此典写思妇久久伫立于梧桐阴下，独自以凤凰钗占卜，愿远行之人早早归还。“立尽”二字表明伫之久和孤单之极。“孤”字为下片词眼所在。

词的上片重在一个“冷”字，下片重在一个“孤”字，全词在客观的叙写之中描述了闺中思妇凄清孤寂的处境。词人虽着力于思妇外界举止的刻画，但意韵流转，情辞凄切，因而颇能收到哀婉动人的艺术效果。

韩　嘐　生卒年不详，字子耕，号萧闲。有《萧闲词》一卷，不传。近人赵万里有辑本。

高　阳　台

韩　嘐

除夜

频听银签，重燃绛蜡，年华衮衮惊心。饯旧迎新，能消几刻光阴。老来可惯通宵饮？待不眠、还怕寒侵。掩清尊，多谢梅花，伴我微吟。

邻娃已试春妆了，更蜂腰簇翠，燕股横金。勾引东风，也知芳思难禁。朱颜那有年年好，逞艳游、赢取如今。恣登临：残雪楼台，迟日园林。

【鉴赏】

守岁不眠，是旧时“年下”（今曰春节）除夕的风俗，生活中的重要节奏，这一点时光过得好不好，竟成为人生诸般活动中的一桩大事。每逢此夕，种种独特的节序装点，焕然一新，极富于情趣，所以孩童年少之人，最是快活无比。但老大之人，却悲欢相结，常常是万感中来，百端交集，那情怀异常的复杂。本篇所写，正是这后者的心境。

《高阳台》一调，音节整齐谐悦，而开端是四字对句的定式。首句银签，指铜壶滴漏，每过一刻时光，则有签铿然自落（这仿佛后世才有的计时钟的以击响鸣铃以报时）。着一“频”字，便见守岁已久，听那银签自落者已经多次，——夜已深矣。听，去声，如读为“厅”，则全乖音律。盖此调无拗句，不能一句四字皆为平声。

下句重燃绛蜡，加一倍勾勒。那除夜通明，使满堂增添吉庆欢乐之气的红烛，又已烧残，一枝赶紧接着点上。只此一联两句，久坐更深的意味，已经写尽。——这样，乃感到时光的无情，衮衮向前，略不肯为人留驻！饯送旧年，迎来新岁，只是数刻的时间的事，岂不令人慨叹。“衮衮”二字，继以“惊心”，笔力警劲动人，不禁联想到大晏的词句：“可奈年光似水声，迢迢去不停！”皆使人如闻时光之流逝，滔滔有似江声！使人真个惊心而动魄矣。抒怀至此，笔致似停，而实为逼进一层，再加烘染：通宵守岁已觉勉强，睡乎坐乎，饮乎止乎？两费商量，盖强坐则难支，早卧则不甘；连饮则不胜，停杯则寒甚，——都无所可。词人最后的主意是：酒是罢了，睡却不可，决心与梅花做伴，共作吟哦度岁的清苦诗侣。本是词人有意，去伴梅花，偏说梅花多情，来相伴我。必如此，方见语妙，而守岁者孤独寂寞之情，总在言外。

过片笔势一宕，忽然转向邻娃写去。姜白石的上元词，写元宵佳节的情景，有句云：“芙蓉（莲花灯也）影暗三更后，卧听邻娃笑语归”，神理正尔相似。此词笔之似缓而实紧，加一倍衬托自家孤寂之法。邻家少女，当此节日良宵，不但通夜不眠，而且为迎新岁，已然换上了新装，为明日春游做好准备。看她们不但衣裳济楚，而且，翠叠蜂腰（钿翠首饰也），金横燕股（金钗也），一派新鲜华丽气象。写除夕守岁迎新，先写女儿装扮，正如辛稼轩写立春先写“看美人头上，袅袅春旛”，是同一机杼。

写除夜至此，已入胜境，不料词笔跌宕，又复推开一层，想象东风也被少女新妆之美而勾起满怀兴致，故而酿花蕴柳，暗地安排艳阳光景了。三句为奇思妙想，意趣无穷。——于此，词人这才归结一篇主旨：他以自己的经验感慨，现身说法，似乎是同意邻娃，又似乎是喃喃自语，说：青春美景岂能长驻，亟须趁此良辰，“把握现在”，从此“明日”新年起，即去尽情游赏春光，从残雪未消的楼台院落一直游到春日迟迟的园林胜境！

综揽全篇，前片几令人担心只是伤感衰飒之常品，而一入过片，笔墨一换，以邻娃为引，物境心怀，归于重拾青春，一片生机活力，方知寄希望于前程，理情肠于共勉,传为名篇,自非无故。

孙惟信 (1179~1243)字季蕃,号花翁,开封人。布衣终身,闻名于江湖。多见前辈,多闻旧事,很善于交谈。善吹笛、跳舞,精通音乐。喜作诗,后弃诗为词。有《花翁词》,不传。今有赵万里辑本。

烛影摇红

孙惟信

一朵鞓红,宝钗压髻东风溜。年时也是牡丹时,相见花边酒。初试夹纱半袖。与花枝、盈盈斗秀。对花临景,为景牵情,因花感旧。

题叶无凭,曲沟流水空回首。梦云不入小山屏,真个欢难偶。别后知他安否。软红街、清明还又。絮飞春尽,天远书沉,日长人瘦。

【鉴赏】

这是一首写女子怀旧伤别的词。上下两片分写往事的回忆、别后的相思。词中的女主人公与情人初次相见是在牡丹花盛开的季节,而她又正当青春年华,盈盈娟秀,温柔多情。那时刻,花好人秀,景美情深,故上片首起连写六句,工笔细描。"一朵鞓红,宝钗压髻东风溜",写发饰之美。鞓(厅)红,是牡丹花的一种,色如鞓红犀带。她发髻高绾,宝钗对插,再戴上一朵红艳艳的牡丹,在和煦的东风吹拂中,流光溢彩,温馨竟体,显得格外窈窕多姿。发饰如此之美,人的容貌自然可以想见。这种以物见人的手法,含蓄而又生动,一位妩媚娟秀的女子形象已隐约可见。"年时也是牡丹时,相见花边酒",写年华和幽会情景。女主人公如花似玉,貌美而又年轻,正如艳丽的牡丹,国色天香,又恰值牡丹花开时节,与情人花边相会,对酌佳酿,良辰美景,情欢意洽,有说不尽的柔情蜜意。那时候,晴天丽日,暖意融融。作为佳冶窈窕的女主人公,自然衣着入时,故而接着写了"初试夹纱半袖"。从这句可知她没有艳装,而只是身着轻柔细软的短袖夹纱,淡雅朴素,更显得体态轻盈,容姿清秀。通过以上五句,栩栩如生地勾勒出一位亭亭玉立的妙龄女子形象,但词人意犹未足,又添上"与花枝、盈盈斗秀"一句。这一句如妙笔生花,秀出意表。"盈盈"二

字，极言其体态之美、风韵之美。而“斗秀”二字，则不仅描写出一位女子正当芳年的闭月羞花之貌，而且点带出俊俏活泼的情采。花美人更美，花秀人更秀的意蕴全在“斗秀”二字中吐露出来。写到这里，美好的回忆已说尽说透，接下去转回眼前情景的描述。情人远别了，几度东风，几度花节，只留下她“对花临景，为景牵情，因花感旧”。这三个四字句都是寻常言语，不假雕凿，但一路写来，圆转如珠，然而在词情上却是一步一跌，怀旧伤别之情愈转愈深。通观上片，以牡丹花起、结，一次用鞓红，一次用牡丹，而花字则反复出现四次，由于布置得体，非但不嫌重复，反而有非重言不足以凑泊之感。花虽是陪衬映照，但景以花成，姿借花显，情为花牵，又头戴以花、相见以花，妙用如此，足见其构思运笔确有独到之处。

下片顺接上片。“题叶无凭，曲沟流水空回首”，反用红叶题诗典故。相传唐士子卢渥赴京应举，偶临御沟，拾得红叶一片，上有题诗云：“流水何太急，深宫尽日闲。殷勤谢红叶，好去到人间。”后宣宗放出宫女，许从百官司吏。渥得一人，即题诗红叶者。红叶题诗，流水传情，表达了人们对爱情幸福的渴望和追求。可是，词中的女主人公却说“题叶无凭，曲沟流水空回首”，既无由以题红叶，也无缘借流水以传情，只能作无凭由之叹，生空回首之悲。这两句紧承上片歇拍“感旧”二字，而词情益见凄凉。“梦云不入小山屏，真个欢难偶”，将凄凉的词情再打进一层，诉说出女主人公相思的苦楚。她非但得不到红叶题诗的机缘，连在枕边的山水画屏前做一个甜蜜的梦也不成，故而无限伤感地说：“真个欢难偶”。她忍受着离恨别苦的折磨，但没有只想着自己，而是惦念着远别的情人，于是写出“别后知他安否”一句。虽只短短一句，却是牵肠挂肚，情丝千缕，相爱之深，思念之切，一语说透。词的最后四句：“软红街、清明还又。絮飞春尽，天远书沉，日长人瘦”，照应上片最后三句的临景、牵情、感旧。“软红街”，指南宋都城临安繁华街市。苏轼《次韵蒋颖叔钱穆父从驾景灵宫》自注：“前辈戏语，有西湖风月，不如东华软红香土。”繁华的临安，又到了清明时候，柳絮飘飞，春已归去，而远在天外的情人，音讯杳然，朝思暮想，永昼难度，真是“天与多情，不与长相守”，刻骨的相思使她形容憔悴，日见消瘦。写到这里，词虽收结，但辞尽而情未绝，离愁郁结，幽思渺渺，不知何时了结！

这首词，上片多欢意，下片多哀情。“人瘦”缘于“感旧”，多哀情缘于多欢意。相聚时得到的欢娱愈多，离别后留下的相思愈深。古代诗词中写怀旧伤别的作品，车载斗量，不可胜计，而这首词却能不落窠臼，以朴素洗练的语言写出悲欢离合的真实情感。从上片到下片,愈写愈深,读罢全词,但觉哀婉曲折,低徊不尽。词家论花翁(作者之号)之长短句“婉媚多姿,聪俊自然”,于此略可见其本色。

岳珂 (1183~?)字肃之,号亦斋、倦翁,相州汤阴(今属河南)人。岳飞之孙。官至户部侍,淮东总领兼制置使。工诗文,其诗爽郎俊美,自成一格。存词八首,或慷慨壮烈,或简明畅洁。著有《棠湖诗稿》《愧郯录》《桯史》《玉楮集》《玉楮词》《宝真斋书法赞》《金陀粹编》等。

满 江 红

岳 珂

小院深深,悄镇日、阴晴无据。春未足,闺愁难寄,琴心谁与?曲径穿花寻蛱蝶,虚阑傍日教鹦鹉。笑十三杨柳女儿腰,东风舞。

云外月,风前絮。情与恨,长如许。想绮窗今夜,为谁凝伫?洛浦梦回留珮客,秦楼声断吹箫侣。正黄昏时候杏花寒,廉纤雨。

【鉴赏】

岳珂词流传至今者,据《全宋词》所辑,只有八首。但这寥寥八首词却呈现两种截然相反的风格情调:一种悲壮慷慨,豪气干云,俨然是稼轩词的嗣响;一种则情意绵绵,风格柔婉,颇有秦观、周邦彦的遗风。本篇写男女相思怨抑的私情,大概是受周邦彦的影响。周邦彦《清真集》中唯一的一首《满江红》(昼日移阴),就是写恋情的。不过,周词那一首是代言体,其中的主人公就是那个相思女子本身,全篇所渲染描绘的,都是那个女子的无聊情态和思念意中人的心理。岳珂此作虽也以大量篇幅写了一女子,但是全篇的主题却是表现爱恋这个女子的一位男子的相思之情;女子的形象,仅是在这位男子的想象中出现的。这是岳珂在学习前人的词法时善于变化之处。词的上片,全是虚拟之笔,想象女子在春日思念男主人公的情状。虽是虚写,却逼真细致,情景历历,使人如见其人其事。一上来二句,描写那个女子所独自居住的环境。那是一个幽深静谧的小小院落。由于情人的远离,这深闺之中没有了欢声笑语,因而镇日间静悄悄地,气氛空寂得令人难耐。更可恼的是,时当春日，天气冷暖阴晴没个定准，使人觉得很不好受，心绪也愈发烦乱了。天气之阴晴不定，暗喻女子思念情人时心情的不断变化，意思极为含蓄。“春未足，闺愁难寄，琴心谁与？”接下来三句，由景入情，正面点出女子的怨情。琴心，典出《史记·司马相如列传》：“是时卓王孙有女文君新寡，好音，故相如……以琴心挑之。”这里是代女方设想：闺中寂闷，无可交通心事之人，当此春昼，她如何排遣满腹愁怨呢？

以下由写情折入写事。“曲径”“虚阑”二句，是一组工丽而流畅的对仗，意在进一步状写女子此刻之无聊。抒情男主人公设想，他的女相好此时感觉万般无聊，于是找些游戏来打发光阴。她时而在幽曲的花径里穿进穿出地捕捉蝴蝶，时而斜倚栏杆在阳光下教鹦鹉说话。……可是这些做法都没能帮她驱走忧愁。她偶一抬头，院中杨柳枝条飞舞之态又使她思绪万千了。上片末“笑十三杨柳女儿腰，东风舞”二句，从杜甫《绝句漫兴》“隔户杨柳弱嫋嫋，恰似十五女儿腰”化出，意思是说：女子看到婀娜的杨柳在春风之中自在摇动，恰如十三岁小女孩儿无忧无虑地扭腰作舞，她感到这种不知忧愁的张狂轻浮之态十分好笑。讪笑无知的植物，看似无理，却极有情致。一“笑”字将女子因物兴感、情绪更加混乱的心态点化出来了。

词的下片，换了一个写法，将彼此两面进行合写，显得相思之情更加凄婉动人。过片的四个三字句，接写女子黄昏之后的孤苦愁闷。这里用了两个比喻：云外月，喻心期阻隔，情人不得相见；风前絮，喻愁恨之绵绵不断。这四句，比喻生动，句促情切，使人似见女子春夜枯坐空闺、如泣如诉之状。“想绮窗今夜，为谁凝伫”二句，想象今夜女子悄然伫立，相思之情更深更苦。这里出以问句，更显出多情的男主人公对女方的无限关切。这二句，是全篇的转折点，也是抒情的“词眼”所在。一“想”字笼罩前后文，关合男女双方。有此二句，才使人明白前面一大篇描写皆非实景，而是“今夜”所“想”。有此二句，才由虚拟与悬想巧妙地过渡到实写，从而正面宣写出男主人公一往情深的相思心理。“洛浦”与“秦楼”二句，即承“想”字而来，利用典故抒写自己空自怀想情人，却无缘相会的痛苦。前一句之“洛浦”，指洛水之滨，传说中洛水女神宓妃所居之地；这是化用曹植《洛神赋》梦见神女的情节及其中“愿诚素之先达，解玉珮而要之”二句之意。后一句，典出《列仙传》：春秋时萧史善吹箫，作凤鸣，秦穆公以女弄玉妻之，为作凤台以居，一夕萧史吹箫引凤，与弄玉升天仙去。前一个典故是正用，写自己梦见情人，醒后一切成空；后一个典故是反用，叹息成双成对的情侣无端被折散。篇末“正黄昏时候杏花寒，廉纤雨（细雨）”，以景语束住全阕，以示抒情主人公满目所见，无非令人断肠之物而已。无限的哀感顽艳之情，融入迷迷茫茫的春日黄昏景色之中，愈发显得愁绪无边，韵味深长。这个结尾暗用周邦彦《瑞龙吟》结尾“归骑晚，纤纤池塘飞雨，断肠院落，一帘风絮”而略加变化，是写景以抒情、语尽而情不尽的妙笔。全词虚实相间，情景交融，章法穿插变化，风格沉郁顿挫，用语典雅精丽，不失为一篇佳构。

祝英台近　北固亭

岳　珂

淡烟横，层雾敛。胜概分雄占。月下鸣榔，风急怒涛飐。
关河无限清愁，不堪临鉴。正霜鬓、秋风尘染。
漫登览。极目万里沙场，事业频看剑。古往今来，南北
限天堑。倚楼谁弄新声，重城正掩。历历数、西州更点。

【鉴赏】

岳珂这首《祝英台近》感慨忠愤，《词品》说它“与辛幼安‘千古江山’一词相伯仲”。词人夜登北固山，正值层雾渐次敛尽的时候，天边淡烟一抹，论理这该是一番令人神清气爽的景象，可是作者首先想到的，却是这里乃英雄豪杰争雄之地。此时适有渔人鸣榔（用木条敲船，使鱼惊而入网），这是多少文人吟咏过的悠闲、超脱的声音，然而岳珂在听到鸣榔的同时，却更深切地感到了急风掀起的怒涛。吴乔《围炉诗话》说：“夫诗以情为主，景为宾。景物无自生，惟情所化。情哀则景哀，情乐则景乐。”孤忠之士，登临所见并非有异于人，胸怀不同故耳。“关河”以下三句先说国家蒙耻，再说个人困顿，正是万般不得意的境况。这种描写，使“不堪临鉴”的含义变得极为深广。“漫登览”过片，有已经登览和不堪登览的双重含义，正好承上转下。“极目万里沙场”承“关河无限清愁”，说极目所见，已成战场。“事业频看剑”自杜甫诗“勋业频看镜”化出，承“正霜鬓、秋风尘染”，既表示功业未成空老霜鬓，又含有“烈士暮年，壮心不已”的意思。辛弃疾《水龙吟》有“江南游子，把吴钩看了”的话，句意与此仿佛。“古往今来，南北限天堑”两句回到眼前，感叹至今长江仍是阻隔南北的天堑。最后四句说一重重的城门都关闭了，除了远处楼上渺茫的歌声之外，到处是一片死寂，唯有西州更点，历历可闻。这里作者用清幽、寂寞的环境衬托孤独、压抑的感情，情与景做到了高度融合，为词篇安排了一个成功的收场。末句用贺方回《天门谣》：“风满槛，历历数西州更

点。”胡三省注《通鉴》说：“扬州治所在台城西，故谓之西州。”因而用在岳珂登览北固山的词中，尤觉自然。

《祝英台近》只有七十余字，可是岳珂夜登北固山，既要写所见、所闻，又要写自己的所为和感想。而感慨，又包括国家兴亡、个人功业、昔日河山、而今霜鬓等。在这种情况下，再像常见的诗文那样，依据事物的一般逻辑，说清楚了一项内容再说另一项内容，就有很大的困难。于是岳珂另辟蹊径，不管是情景、事件，还是感触，出现在作者笔下时，都只剩下了最关键的一些片断，词中虽没有交代这些片断的前因后果，但读者可以凭自己的体验去补足。比如“月下鸣榔”与“风急怒涛飐”的意思，在通常情况下是不甚连贯的，但这两个镜头一个紧接一个地闪现在读者面前，我们就能够从中体会到作者忧国忧民的情绪来。再比如，按照内容，下半阕可以分成这么四段：“漫登览。极目万里沙场，事业频看剑”“古往今来，南北限天堑”“倚楼谁弄新声，重城正掩”“历历数、西州更点”，这四组词句是相对独立的，每一组都能激发读者的想象。举例来说，从第一组词句中你可以想到报效沙场的愿望，也可以想到英雄无用武之地的愤慨或空老霜鬓的悲哀，甚至还可以通过英雄埋没和天堑废弃，把第一、二两组词句沟通起来。读者想象力的调动，以及各句词之间关联词句的剔除，都保证了有限的篇幅发挥其最大的表达作用。

黄机　生卒年不详，字几仲，一字几叔，东阳（今浙江东阳）人。尝仕宦州郡。游踪多在吴楚之间，与岳珂酬唱尤多。其词学辛弃疾，沉郁苍凉，又不失清幽风雅。有《竹斋诗余》。

霜天晓角　仪真江上夜泊

黄　机

寒江夜宿，长啸江之曲。水底鱼龙惊动，风卷地，浪翻屋。
诗情吟未足，酒兴断还续。草草兴亡休问，功名泪，欲盈掬。

【鉴赏】

《霜天晓角》词调，有仄韵平韵二体，仄韵体用入声韵。二体都是上片下片各三韵。这首是仄韵体。

仪真，即今江苏省仪征市，位于长江北岸，这一带地区是南宋的前方，曾多次受到金兵骚扰。爱国而且素有大志的作者夜泊于此，面对寒江，北望中原，自然感怀百端，借眼前江景抒发了他报国无路、壮志难酬的抑郁和悲愤。

此词开卷起读，便觉境界阔大，气势不凡："寒江夜宿，长啸江之曲。"夜泊长江，江景凄寒，作者独自伫立江边，抚今追昔，思潮翻滚，不禁仰天长啸。"寒江"凄迷阔大之景与"长啸"壮怀激烈之情交织在一起，奠定了此词苍凉雄浑的基调。接着，作者描绘了江上风高浪急、莽莽滔滔的景象："水底鱼龙惊动，风卷地，浪翻屋。"只见狂风卷地，巨浪翻腾，以至惊动了水底鱼龙。一"卷"一"翻"，只觉得气势飞动。这一幅有声有色、令人惊心动魄的图画，不只是眼前实景的客观描绘，其中显然寄托了作者的忧思和不平。

换头"诗情吟未足，酒兴断还续"，紧承上片写景，转入下片抒情。作者的情绪由激昂慷慨渐趋低沉，想借吟诗饮酒强自宽解，然而郁结于心的如此深广的忧愤岂是轻易能够排遣掉的，其结果只能是"吟未足"，"断还续"。是什么无时无刻不在困扰着作者，使他忧心如焚，难以平静呢？那就是国家的"草草兴亡"，是中原的匆匆沦丧。"休问"，即不要问，问不得，两个字内涵十分丰富。从中不仅可以看出国势衰微已到了不堪收拾的地步，而且表明作者因事之可悲，欲说还休，语气极为沉痛。一想到朝廷对外妥协投降，想到主战派备受压制、排斥、打击，想到自己和许多爱国志士虽满怀壮心却请缨无路、报国无门，作者不禁悲从中来，心潮难平。"功名泪，欲盈掬"，既激愤又伤心，词人感叹功业不就，报国无路、泪湿衣裳。读来沉郁苍凉，使人黯然神伤，并与开篇的"长啸"相呼应。在另一首《霜天晓角》中，作者曾说："却笑英雄自苦，兴亡事，类如此。"寓意与此词相同，不过是一从正面说，表示痛惜；一从反面说，故作豁达而已。在表达作者深沉感人的忧国伤时之念上有异曲同工之妙。作者的这种情绪，在当时是十分普遍的。辛弃疾《鹧鸪天》："却将万字平戎策，换得东家种树书"，陆游《诉衷情》："此生难料，心在天山，身老沧洲"，都是这种壮志难酬、无可奈何的心情的写照。

这是一首即景抒怀之作。作者将眼前苍凉雄浑之景与心中悲愤沉郁之情自然地交融在一起，形成全词苍凉沉郁的风格。《四库全书提要》称黄机"才气磊落，……极激楚苍凉之致"，于此词可见一斑。

忆秦娥

黄　机

秋萧索，梧桐落尽西风恶。西风恶，数声新雁，数声残角。

离愁不管人飘泊，年年孤负黄花约。黄花约，几重庭院，几重帘幕。

【鉴赏】

这首词写游子的伤秋怀人之情。首句点明节令，并以“萧索”二字为上片的写景定下了黯淡的基调。接着便展开对“秋萧索”的具体描绘。“梧桐一叶落，天下尽知秋”，秋天，本来就容易引起离人的愁绪，更何况此时此刻已不是黄叶方飘的初秋，而是“梧桐落尽”的深秋呢？“梧桐”之“落”是西风使然，故词人于“西风”下着一“恶”字，深致不满，感情色彩十分强烈。然而“西风”之“恶”还不止于落尽梧桐而已，作者巧借本调叠句之格，在重复强调“西风恶”三字后，又引出西风送来的“数声新雁，数声残角”，幽咽凄厉，声声叩击着游子的心扉。这样，整个上片即以秋风为枢纽，前叙秋色，后引秋声，写出了一派浓重的秋意，为下文写游子的秋思渲染了氛围。

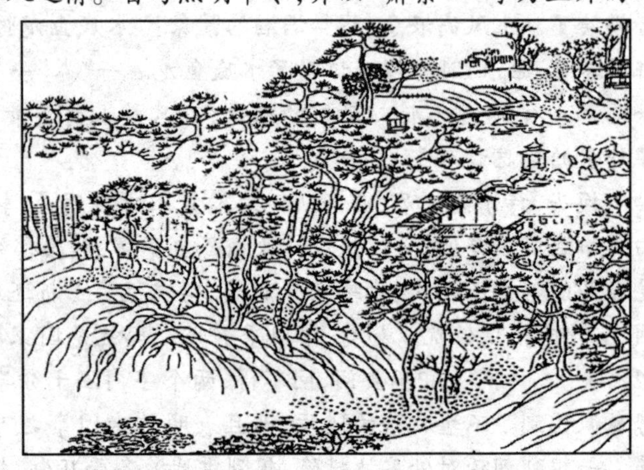

下片由外界景物的描绘转入内心感情的抒发。首句言“离愁不管人飘泊”。离愁，本是游子心中所生，这里却将它拟人化，似乎它可以离开人而独立存在，且有主观意志，会得完全不顾及游子四处漂泊的痛苦处境，久久不去，折磨着人的心灵。“不管”二字，无理而妙，细细品味，其中包含着多少无可奈何之情！接下去说“年年孤负黄花约”。游子的离愁如此深重难遣，个中原来更有着期约难践的歉疚。想当初，临别之际，自己与恋人相约在菊花开放的秋天重逢。可是，花开几度，人别数载，事与愿违，年年负约。每念及此，怎不令人肝肠寸断！紧接着，作者又利用叠句的机会，大幅度地将笔触伸向天边，转就“黄花约”的另一方——自己的恋人那一面去做文章。有味的是，作者没有花费笔墨去写伊人，而只是描写了她的居处：“几重庭院，几重帘幕”。这两句从欧阳修《蝶恋花》“庭院深深深几许，杨柳堆烟，帘幕无重数”化出。词到此处，戛然而止，这就给读者留下了驰骋想象的余地。那深深庭院里、重重帘幕中的人儿是怎样忍受着相思的煎熬和独处的孤寂，年复一年地翘首盼望游子归来，不言而已尽言了。这与柳永《八声甘州》中“想佳人妆楼颙望，误几回天际识归舟”出自同一机杼，但柳词之妙在淋漓尽致，而此词之妙在含蓄空灵，又有着不同的艺术造诣。

总之，本篇以直笔写游子之离愁，以暗墨写闺人之幽怨，两地相思，一种情愫，在萧索秋景的衬托下，更显得深挚动人。

方千里 生卒年不详，三衢（今属浙江）人，曾为舒州签判。有《和清真词》。

菩 萨 蛮

方千里

黄鸡晓唱玲珑曲。人生两鬓无重绿。官柳系行舟，相思独倚楼。
来时花未发，去后纷如雪。春色不堪看，萧萧风雨寒。

【鉴赏】

方千里的《和清真词》一卷合九十三首作品，几乎清一色地为离愁别绪、怀人念远而作。这首《菩萨蛮》可算是他的代表作之一。

词以“相思”二字为题眼，展开笔墨，为情造景，借景抒情，以述伤春怀人的词旨。

“黄鸡晓唱玲珑曲。”词以响亮的节奏开篇。金黄色的公鸡唱出了清脆如玉器撞击的报晓曲。这貌似高亢的起句背后实质暗寓那位高楼独倚的思妇——词中女主人公侧耳倾听、彻夜无眠的事实。黄鸡报晓，正在常人三至五更香甜熟睡之际，此刻恐怕只有满腹心思、百无聊赖、难以成眠的人才能去留意和品味鸡鸣之声。首句格调明扬暗抑。那么她的心思是什么呢？“人生两鬓无重绿。”紧接着第二句交代她因为长期闺房独守而产生的可怕的顾虑。人生一世，光阴有限，一旦两鬓霜白，是绝不会重新变黑而重返青春的。一句深深的忧郁之中包容着韶华虚度的无限孤寂、痛苦之情，也流露了对夫妻团聚、共享天伦的美好生活的渴求。“官柳系行舟”，如果说首二句写的是思妇所闻所思，那么第三句则写他所见之景。官柳，官方栽植的柳树，后常指大道旁的柳树。这里是说路旁河边柳树下正泊系着远行的小船。这船当然不是她所思念的意中人的船。词人旨在借之以写女主人公见到河边行船而自然地逗引起对远行人的怀思。上片尾一句“相思独倚楼”为全词中心所在。女主人公所闻、所思、所见既在独倚楼时发生，而这一切又无不为“相思”推波助澜。

下片则写倚楼相思的内容。

“来时花未发,去后纷如雪。”过片两句回应上片“官柳系行舟”句。来时,实质上指和意中人相聚分手之时。去后,指意中人自离去至眼前这一段时间。此二句言和意中人分离时在花未开放的早春,而一别至今已是,杨花似雪的晚春季节。言外之意告诉我们,她们分手已整整一年。这柳絮纷飞,落红无数的残春之景,实在令人不忍目睹。这种惜春伤春之情正是思妇闺中独守、青春空抛的感伤之情的外化形式。最后词人以“萧萧风雨寒”之景再度点染凄苦悲凉的残春环境:风雨潇潇,袭来阵阵寒意。结束一句以凄风苦雨的氛围笼罩全篇,进一步烘托思妇倚楼相思的孤寂与悲凉之情。词人以情驭物、情境妙合,笔力凄婉,从而形成一种苍凉深秀的幽艳之美。

浣　溪　沙

方千里

杨柳依依窣地垂,曲尘波影渐平池。霏微细雨出鱼儿。
先自别来容易瘦,那堪春去不胜悲。腰肢宽尽缕金衣。

【鉴赏】

方千里与周美成为同代人,并有酬美成词《和清真词》一卷传世。今存九十三首词作,大抵皆留连风月、念远怀旧之作。风格纤弱浓丽,香软虚浮。情调低迴婉曲,温情款款。在“熏香掬艳”的道路上虽不如周美成走得远,但其词亦未能跳出“玉艳珠鲜”“柳欹花亸”的艳科藩篱。摆在我们面前的这首《浣溪沙》即属这类作品。

词的上片全为景语,为下片抒怀铺设环境。

首句“杨柳依依窣地垂”既着景又交代时令。那参差拂地、婀娜多姿的杨柳枝条在春风中轻柔地摇摆。依依,语出《诗·小雅·采薇》“昔我往矣,杨柳依依”句,这里状柳枝轻柔貌。窣(苏),拂地。“曲尘波影渐平池。”曲尘,本指曲上所生之菌色淡黄如尘,这里状初绽芽叶的鹅黄色的春柳。渐,浸也,引申为倒映水中。此句紧承首句，写淡黄色的杨柳倒映在平静澄澈的池塘水面上。一个“渐”字用得鲜活灵动，使静景中又有了动势。令人仿佛如见池塘水面阵阵涟漪，柳影倒映，摇曳多姿。第三句“霏微细雨出鱼儿。”霏微，朦胧貌。写迷蒙的连绵细雨中鱼儿跃出水面。上片由池边杨柳披拂写到池面水波映柳，再写到池中游鱼出水，视点由外而内，依次写来，条理分明。同时，杨柳依依，淫雨霏霏，很自然令人联想到《诗·小雅·采薇》中描述的那久戍归来的士卒所遭遇的凄苦悲凉的处境，为下片思妇伤春怀人安排了适当的氛围。

过片“先自别来容易瘦，那堪春去不胜悲”二句用递进句式，强调思妇因怀念远人而憔悴劳损。本来离别就最易令人容颜憔悴，更何况又逢春归花落这令人不胜悲愁的季节。惜春伤春本是古典诗词中渲染闺妇凄苦情感的传统手法，词人袭用这一手法目的是突出一个“瘦”字，以便使煞尾句“腰肢宽尽缕金衣”顺势而出。“腰肢宽尽”四字翻用柳永“衣带渐宽”成句，言思妇因伤春怀人而日渐消瘦，乃至饰以金缕的舞衣腰围变得十分宽松肥大。“宽尽”二字极言消瘦得十分厉害，比之柳氏“渐宽”要更进一层，表现出思妇为离别之苦所折磨的情状。

全词上片写景，下片传情，基本上做到情景交融。但这首词无论在内容上还是在艺术上皆无个性特征，充其量只是一首极其普通的闺思闺怨类的学舌之作。倒是上片景物描写稍有清新之气，笔墨组织不乏井然之序。

吴泳　生卒年不详，字叔永，号鹤林，潼川(今四川三台)人。嘉定元年(1208)进士。历官秘书丞、秘书少监，仕至起居舍人，兼直学士院，权刑部尚书，终宝章阁学士，知泉州。有《鹤林集》。

上西平　送陈舍人

吴　泳

跨征鞍，横战槊，上襄州。便匹马、蹴踏高秋。芙蓉未折，笛声吹起塞云愁。男儿若欲树功名，须向前头。
风雏寒，龙骨朽，蛟渚暗，鹿门幽。阅人物、渺渺如沤。棋头已动，也须高著局心筹。莫将一片广长舌，博取封侯。

【鉴赏】

这是一首送友人赴任的词。题目中的陈舍人，不详，可能是作者的朋友。舍人，官名。

上片头三句，直写陈舍人赴襄阳上任。值得注意的是，把“跨征鞍，横战槊”放在开头，醒目突出。用以形容陈舍人，不难看出这是一副“横槊立马”的出征形象。尤其两句中各用“征”“战”分别形容“鞍”和“槊”，制造了十分强烈的战斗气氛。这是因为陈舍人所去的襄州，即今湖北襄阳市，宋时为襄阳府，在当时临近宋、金边界。陈舍人赴襄阳任，就带有上前线出征的意味。这也是作者对友人的鼓励和祝愿。因此，接下二句预祝对方在秋高气爽、草长马肥之时驰骋疆场，打击敌人。看来陈舍人动身是在秋天，所以作者才这样祝愿、鼓励他。“蹴踏”，是踩踏的意思。这把陈舍人驰骋疆场的英姿描绘得十分鲜明、突出。“芙蓉”二句，进一步说明陈舍人赴襄州上任，及作者鼓励他的原因，就是敌人骚扰，边塞吃紧。据《宋史纪事本末》载：宋宁宗嘉定十年夏四月，金人分道入寇。五月，侵扰襄阳、枣阳。这里用“芙蓉未折”点明时间。夏日五、六月间，正是荷花盛开的季节，故说“未折”。“笛声”，指军营中号角之类的声音，借指发生战争，如同说“战争打响了”。“塞云”，就是“战云”，指战争的局势。“塞云”是不会愁的，这里用拟人化的手法，表现战局的紧张，敌人骚扰带来的危急。结二句与开头呼应，用直接语气，鼓励陈舍人：国家危难之际，正是男儿杀敌报国、建功立业的好时机。

下片头四个三字短句，叙写襄阳历史上的著名人物。“凤雏”，即庞统，汉末襄阳人，其叔德公称之为“凤雏”，善知人的司马徽称他为“南州士之冠冕”。“龙”，指诸葛亮，曾在襄阳居住，司马徽称之为“卧龙”。“蛟渚”，晋邓遐斩蛟的地方。《晋书·邓遐传》载：襄阳城北沔水中有蛟，常为人害，邓遐拔剑入水截蛟数段。“鹿门”，在今襄阳市东南，唐代诗人孟浩然曾隐居在此。这四句，一方面表明襄阳是大有作为的去处，出现过不少著名人物；一方面表明那已成为历史陈迹。庞统、诸葛亮久已去世，尸骨已朽；蛟渚、鹿门等遗迹也已破败衰颓，不似当年了。对四位历史人物的写法，前两人直写名字，后两人以遗迹指代，笔法错杂多变。“阅人物”二句，轻轻一结。“阅”，是数、计算，带有归结的意思。总之，历史人物已成为过去，像水泡一样地消逝了。“渺渺如沤”，比喻新颖生动。言外之意：现在就要靠你大显身手了。“棋头”二句，遥接上片“芙蓉未折”二句，是说既是战争已开始，那就要有高明的招数，去对付敌人，使之不得乱动。“棋头”，有双重意思，一即“旗头”，旗的顶端，队前掌旗的人，借指军队；一指弈棋，也就是指战事。“高著”，意为高明的招数。“棋高一着，缚手缚脚”，本指棋艺而言，后用以比喻技高一筹，使对方不能施展本领。结句，语重心长，谆谆叮嘱：不要学那些靠巧言利舌爬上高位的人。言外之意，讽刺那些鼓吹和议、苟且偷安者。“广长舌”，巧言利舌，语出《诗·大雅·瞻印》：“妇有长舌，维厉之阶。”

词中抒写的并不是一般的离愁别恨，而是一种男子汉气概的壮别。结合当时宋、金对峙、金人侵扰的严重局势；结合襄阳历史上的著名人物，对友人做了一番勉励。希望他努力向前，杀敌报国，建功立业。当然，这也是诗人自己的抱负和志向。

全词没有离别的伤感，而是洋溢着一种男子汉干一番事业的豪气和壮志；风格遒劲，语言恳切、朴实，尤其下片结构，是有意义的警句。

岳甫　生卒年不详，字大用，相州汤阴(今属河南)人。岳飞之孙。淳熙十三年(1186)，以朝奉郎知台州兼提举本路常平茶盐。十五年除尚书左司郎官。今存词一首。

水调歌头

岳甫

编修楼公易镇武昌，安阳岳甫作歌头一片，奉祖行色。甫再拜。

鲁口天下壮，襟楚带三吴。山川表里营垒，屯列拱神都。鹦鹉洲前处士，黄鹤楼中仙客，拍手试招呼。莫诵昔人句，不食武昌鱼。

望樊冈，过赤壁，想雄图。寂寥霸气，应笑当日阿瞒疏。收拾周黄策略，成就孙刘基业，未信赏音无。我醉君起舞，明日隔江湖。

【鉴赏】

此词作者为岳飞之孙岳甫。据《全宋词》其名下简介推知，岳甫主要活动在孝宗、光宗年间，南宋覆亡前宋金对峙之际。胡尘未已，烽烟时烈。送人移镇武昌，从国难时艰的大局需要着眼，语多劝勉和激励，弹拨的是那个时代的爱国主调。

词中所谓"神都"，即京都临安。封建官员向来看重在京城供职，接近权力中心，享受优渥；而不愿外放，尤其视任所偏远者为畏途。行者身份是编修，参与国史实录的编纂者，也可能在国防机关枢密院掌文字，均清要之职，而武昌则西距杭城千里。现在编修楼某要易地任职，驻镇武昌了，看来他显出了一些不痛快。词上片歇拍处说得颇明白——"莫诵昔人句：不食武昌鱼"，"莫诵"是清楚的劝止、勉慰。三国时吴统治者孙皓一度从建业迁都武昌，上层人士反对迁都，造作歌谣云："宁饮建业水，不食武昌鱼。"现在词人对行人说，不要讲"不食武昌鱼"，而是应该到武昌去。劝止之语放在上片结末处，很有分量，因为前面七句分两层，说的是武昌形势重要、武昌人物美好。这两点说得很充分,出一"莫诵"便自然而有力。

"鲁口天下壮",发语雄断,振领全篇。第二句直接点"壮"之原因,第四句"拱"字,又对"壮"字作了作用上的补充,四句神完气足,笔势浑成。鲁口当即指武昌一带。武昌形势险要,雄踞京华上游,历来为兵家必争之地。金元侵略者南犯,或由下游取扬州、润州,或由武昌犯潭州再西上东下,均证明了武昌居战略之要冲。"襟楚带三吴",襟、带均名词作意动用:以楚地为襟,以三吴为带。意为,譬如人的衣着,楚地是武昌的襟领,三吴(宋时约指常州、苏州、湖州一带)则是它长长的飘带;它昂首荆楚,顾视湖杭,举措拂拭间,牵动全身。自从王勃用"襟三江而带五湖"形容南昌地势后,人们看重了这个"襟"字"带"字的形象比拟作用,一用它,即使接受者生出很多联想,而且飘逸了文势。"山川表里营垒",武昌一带既有历史上争战时遗下的旧垒,又有当时设防的军营,这些营垒外凭长江,内倚山峦,得造化之独钟。"屯列拱神都",承"营垒"而来,是说无数的营垒屯列在武昌上游,它便像铜墙铁障拱卫着下游的京城临安。四句极写楼公移镇所在,形胜险壮,扼据冲要。

"鹦鹉洲前"三句,则是说武昌一带隐士高人众多,人才云集。比如有乘鹤云游的子安那样的仙人,还有洲渚上侣鱼虾而友麋鹿的逸者。楼公如今去为军政长官,只要拍一拍手,就能招呼到很多旷世名流。有人把"拍手试招呼"释成武昌人在招呼楼公,上下文意不顺。

词前小序谓"奉祖行色",奉,敬语;祖,祖送,送行;行色,行者的风采气度、神色气概。即作此歌头,意在敬献小词,聊为送别,为行者增添些豪壮风采。如前说,上片的作用,正是解除行者登程前掩饰不住的些许不快。下片则更用历史人物之业绩来激壮行人,引发其俊杰之思、豪雄之举。

换头处三短语,是为行者设想之辞:当你西行渐远,望鄂城樊口一带峰峦,经赤壁一带峭壁,一定缅怀三国时群雄争战的雄图大略吧!"寂寥"以下四句,词人从两方面,对行者的未来提出了告诫和期望。当年霸气有寂寥的、让人嗟叹的一面,因为曹操一时疏忽,中了周黄之计,大败亏输。"应笑"是提醒,是箴诫,要后来者勿蹈曹操旧辙。这是从反面说。另一面,孙刘集团则汇聚众人谋略,成就了大业。"收拾周黄策略","收拾",继承,集中。这是从正面说,只要善于谋事,善于汲取前人有益经验,就能成就孙刘那样的大业。与武昌相关的典实,最引人的,无疑就是这公元208年的赤壁鏖兵了。尽管词人送楼公之时,国势、时局与汉末迥殊,然而用智用勇破灭一时强敌,此精神则古今相通。故词人说,"未信赏音无",即我不相信今人已不欣赏那转弱为强的赤壁之战中孙刘胜举!"未信",用语含蓄,与上片"莫诵"之直言不同,用墨一变。"收拾"三句,从内在精神里,遥应发端一个"壮"字,是"奉祖行色",以增壮慨的最高音。

结笔二句,在场面和拟想性描述中悠然打住,令人神远。"我醉君起舞",君我对举,醉醒不同,情绪与神姿俱出。为着送别,为着吐露肺腑,我已沉醉如斯,用你重任在身,豪兴方酣,阶前起舞,发扬蹈厉,正显得壮气如虹。"明日隔江湖",孤帆远影，春树暮云，一笔悬拟，情韵悠悠。

严羽　生卒年不详，字丹邱，一字仪卿，号沧浪逋客，邵武（今属福建）人。南宋淳熙间至咸淳初人。终生未仕，著名的诗歌理论家，推崇盛唐的诗作，主“妙悟”，倡“兴趣”说。著有《沧浪诗话》，今存词二首。

满江红　送廖叔仁赴阙

严　羽

日近觚棱，秋渐满、蓬莱双阙。正钱塘江上，潮头如雪。把酒送君天上去，琼裾玉珮鹓鸿列。丈夫儿、富贵等浮云，看名节。

天下事，吾能说？！今老矣，空凝绝。对西风慷慨，唾壶歌缺。不洒世间儿女泪，难堪亲友中年别。问相思、他日镜中看，萧萧发。

【鉴赏】

严羽为宋代著名诗歌理论家，亦有诗词创作，仅存的二首词中，以此词为佳。词题表明这是首送别之词。阙，宫阙，这里指代宫廷，南宋京城在临安（今浙江杭州）。

上片以叙事为主。开篇点明节令，“秋渐满”三字又为全词奠定慷慨悲壮的基调。觚棱，宫阙转角上瓦脊砌筑的方角棱瓣之形；蓬莱，传说中的神山；双阙，宫殿前面高耸对峙的门观。前三句是说秋色渐浓，临安城中那富丽辉煌的宫殿，觚棱高高地仿佛抵近秋日。此处同时又有寓意友人从此将得近天颜之妙笔。次写此时正是八月钱塘江潮之际，具体点明时间与地点，“潮头如雪”又是在向友人暗示朝中党争复杂、官场险恶，稍有不慎即有被“潮头”吞噬之患，由此可知其对友人的一片真诚之心与二人关系之密切。“把酒”两句意谓今日美酒相别，明日你就将与那些身佩琼玉的朝廷大臣们一起排列整齐地朝觐天子，同时也透露出对友人京城供职的羡慕之心。丈夫儿，即男子汉大丈夫，此处因声调关系做了如此改用。“富贵等浮云”，等，等同，此句化用《论语·述而》“不义而富且贵，于我若浮云”，奉劝友人切勿贪慕富贵，更重要的是要注重名誉和节操。其情殷殷，可谓用心良苦。

过片连续四个短句，形成顿挫急促的气势，表达了作者激切而又矛盾的思绪。

说，主张或学说之意；凝绝，凝结、断绝。这几句的意思是：自己虽隐居于湖山之间，却随时关注着国家天下大事，并有自己的见识和主张，但如今将老、仕途无望，一身抱负已是成空，满腔热血无从施展，留下的只有无尽的愁怀。接下两句愈深一层，说自己面对凄厉的秋风，亦如东晋王敦酒后吟诵曹操的著名诗句，虽垂暮之年仍是壮心不已，希望能有机会一展宏图，以尽拳拳报国赤子之心。“不洒世间儿女泪，难堪亲友中年别”二句为倒装，这里点明了作者正当中年，人到中年却逢与好友相别，是多么令人伤感和难堪，但又不能像儿女们那样在分别时挥洒眼泪，“不洒”，是说不能洒，这是多么地使人感到痛苦啊！结尾几句是对友人说：咱们这次分别以后，要想知道彼此的思念之情何如，今后只需看看镜中的满头萧萧白发，就一望而知了。

本词上片虽重在叙事，叙事中又不乏议论；下片则纯然抒情。南宋后期在外族侵略面前军事上节节失利，严羽对此十分忧愤，这在他的许多诗作中亦有反映，本词亦较鲜明地表明他的政治态度。全词写得风格悲壮、气势豪放，描写临安宫殿以钱塘江潮作衬，形象宏伟、境界开阔，同时又蕴含深意，可谓立意高远。“丈夫儿”两句用典贴切，情深义重。“对西风”两句再次借用典故抒发情怀，慷慨悲歌，为词人感情喷发的最高潮，末尾虽表现送别友人的伤感，却依然笔力豪迈，显示出作者的文学创作风格与不凡的艺术功底。

严羽的诗论《沧浪诗话》，强调诗歌的本质在于“吟咏情性”，而作为以抒情为主的词来说在他看来也许更应是如此，他的这首送别词情真意切，将对朋友的忠告、自己的一腔情愫及所思所想，表现得淋漓尽致，而又蕴含丰富，余味无穷，从而在词创作中实践了自己的诗歌理论主张。

严仁　生卒年不详，字次山，号樵溪，邵武（今属福建）人。与严羽、严参齐名，并称“邵武三严”。其词多写男女爱情，明艳工丽。有《清江欸乃集》，不传。

鹧　鸪　天　惜别

严　仁

一曲危弦断客肠。津桥捩柂[①]转牙樯。江心云带蒲帆重，楼上风吹粉泪香。
瑶草碧，柳芽黄。载将离恨过潇湘。请君看取东流水，方识人间别意长。

【注释】

①津桥：渡口桥梁。捩柂(列舵)：转动船舵。柂同“舵”。

【鉴赏】

严仁的这首《鹧鸪天·惜别》，很像郑文宝的《柳枝词》：“亭亭画舸系春潭，直到行人酒半酣。不管烟波与风雨，载将离恨过江南。”而郑诗又脱胎自韦庄的《古离别》：“晴烟漠漠柳毵毵，不那离情酒半酣。更把玉鞭云外指，断肠春色是江南。”细味三篇作品，我们会发现郑诗较韦诗更富于情味；“载将”一语，更是构思巧妙，用字奇警，历来为人们所称道。至于严仁的这首词，与郑诗、韦诗比较，则笔更重而情味更浓，更富于艺术感染力。

上片借眼前景物，寄托惜别之情。

“一曲危弦断客肠。”危弦，与“危柱”“哀弦”同。意即为琴。作者客中作别，故自称“客”。这一句写楼上别筵情景：宴席将散，一曲哀弦，愁肠欲断。万种愁怀，借琴曲传出，令人魄荡魂销。首句给通篇罩上凄婉愁怨的气氛，为全词定下了基调。接着，词笔挪到河桥附近的帆船上：人已进船，船舵和桅杆开始转动，离别就在眼前！“津桥”一语，沉着有力，一“捩”、一“转”，包含几许离愁别恨！这一句由将别而即别，词意推进一层，惜别的气氛更为浓厚。“江心”句由即别转到方别。蒲帆，蒲织的帆，泛指船帆。帆随云动，似为云所“带”，一“带”字，写出方行欲止、临歧依依的心理。帆轻帆重，纯属诗人、词人的主观感觉。“以我观物，故物皆著我之色彩。”(王国维《人间词话》)李白《秋下荆门》：“霜落荆门江树空，布帆无恙挂秋风。此行不为鲈鱼鲙，自爱名山入剡中。”诗人出川东下吴越，心无挂碍，他笔下的帆，乘风而下，轻盈如翼。词人正在离别之际，何况所爱之人正楼头伫立，泪眼凝望！此时此刻，他心情沉郁，故觉船帆亦重。“楼上”一句，从对方着笔，终于拈出一个“泪”字来，把抒情气氛推上了高峰。以上两句互为对偶，各写一方，惜别之情，至为感人。

下片直接抒写离情别意。

头两句仍是写景。瑶草，仙草。泛指芳草。碧草芳美，岸柳才芽，青春作别，倍觉魂销。正是“绿杨芳草几时休，泪眼愁肠先已断”(钱惟演《木兰花》)！两句以美好的春景,反衬惜别之情。“载将”一句,从郑文宝《柳枝词》借来,仅易二字。“载”字将看不见、摸不着的“离恨”写得具体而有分量。结拍二句从李白“请君试问东流水,别意与之谁短长”(《金陵酒肆留别》)化出。改设问为肯定语气,是全词一气写分别至此必然的感情蕴积。以悠悠不尽的东流江水,喻绵绵不断的离别愁情,使主题进一步深化。两句如“一曲危弦”,摇曳江天,令人回味不绝。

综上所述,上片借景抒情,层次分明,步步推进,虽不以“惜别”点破,却蕴蓄着浓厚的惜别之情,是融情于景的典范。下片惜别之情滔滔而出,具体可感,表现出作者相当高的艺术水平。

玉楼春 春思

严　仁

春风只在园西畔,荠菜花繁蝴蝶乱。冰池晴绿照还空,
香径落红吹已断。
意长翻恨游丝短,尽日相思罗带缓。宝奁明月不欺人,
明日归来君试看。

【鉴赏】

南宋福建的邵武三严,是指严仁、严参和《沧浪诗话》的作者严羽。严仁有词三十首,其中一半以上写闺情。“闺情”,本来是唐宋词的主要内容,其表现手法却多种多样,各不相同,有的精心雕镂,造语绮靡,深隐含蓄;有的自然流利,运用白描,遗貌取神;此外也有的能创出新语,自成意境,别具一格。它们所形成的词风也就各不相同。在为数众多的闺情词中,能于含意和手法上都有所创新者还是不多见的。《白雨斋词话》称赏本词“深情委婉,读之不厌百回”,可见自有其独到的艺术成就。

本词采用一般习见的上景下情的写法。但其写景有动景、也有静景,在动与静对比的同时,用暗示衬托出思妇的情怀。小园内春光烂漫,杂花竞放,但思妇的视线却只注意到小园西畔的一片荠菜花,这儿由于春风送暖,遍地荠菜开出繁密的白色小花,引来许多上下纷飞的蝴蝶。“繁”和“乱”是以荠菜花和蝴蝶的形态和活动反映出春事已深。“只在”两字暗示春风仅仅在这儿吹起一片生机,而深闺之中却是“黛蛾长敛,任是春风吹不展”(秦观《减字木兰花》)。荠菜本是可食之野菜,古时以二月二日为“挑菜节”,贺铸词有云:“自过了烧灯后,都不见踏青挑菜。”(《薄幸》)“荠菜花繁”是由于她无心踏青挑菜,以致听任荠菜长得遍地都是;“花繁”,不仅形容荠菜长得茂密,又从另一角度暗示了思妇因怀人而无意游赏的心情。

思妇的目光又从园西的荠菜花移到池塘和花径。“冰池”指水面光洁如冰，莹澈清碧。“照还空”，形容冰池在阳光之下显得透明无比。柳宗元《至小丘西小石潭记》云：“潭中鱼可百许头，皆若空游无所依”，也是用“空”字衬托水之清。“香径”写落花堆满小路，送来阵阵芳馨。“吹已断”，是说枝头花瓣都已被风吹落在地，这也即张先《天仙子》所云：“风不定，人初静，明日落红应满径。”从这一泓碧水、一条花径这静景场面中，衬托出思妇幽闺寂寞、尽日凝望的神态。这种以写景为主而景中有情的写法，过渡到下片抒情，使得上下片的关系显得更为密切。

下片所叙的相思之情，主要是以间接而曲折的手法来反映的。游丝，是飘荡于空中的昆虫之丝，人都觉其长，如李之仪《南乡子》词云：“卧看游丝到地长。”所以，说恨游丝短是用以反衬自己情意之长。由于相思而日益消瘦，亦不直接说出，只用“罗带缓”来暗示。这种写法出自《古乐府歌》：“离家日已远，衣带日趋缓。”《古诗十九首·行行重行行》亦有“相去日已远，衣带日已缓”之句，不过前者是游子口吻，后者是思妇之辞。这里间接地刻画出由于离别日久相思不已而渐趋消瘦的思妇形象。

结尾两句设想新奇，以构思别出心裁而引人入胜，是承上面“罗带缓”而进一步悬拟他日归来相见时的情景。词人并未使用直接诉陈因怀人而憔悴瘦损之语，而是曲折地说：今我揽镜自照，梳妆匣里皎如明月的圆镜不会欺人，待你归来之日可以看到闺人消瘦的容颜。这种间接的写法看来似痴语，其实是至情的流露。柳永《凤栖梧》词有“衣带渐宽终不悔，为伊消得人憔悴”之语，是直说自己为相思而不惜衣带宽、人憔悴，两者意思接近，但本词运用反衬、暗示、间接等手法，使词意婉转层深，独具韵致。由此看来，《白雨斋词话》“深情委婉”的评语，下得还是很恰当的。

醉桃源 春景

严仁

拍堤春水蘸垂杨，水流花片香。弄花噆柳小鸳鸯，一双随一双。
帘半卷，露新妆，春衫是柳黄。倚阑看处背斜阳，风流暗断肠。

【鉴赏】

严仁与严羽、严参并称“邵武三严”，以善作小词著称，这首《醉桃源》（即《阮郎归》）以如画之笔写春天景色和倚阑远眺的佳人，鲜洁雅丽，在文艺思想上可能受到严羽《沧浪诗话》的影响。

词的上片所写的境界，在唐宋词中并未少见，像温庭筠《杨柳枝》中的"一渠春水赤阑桥"；韦庄《菩萨蛮》中的"春水碧于天，画船听雨眠"；欧阳修《采桑子》中的"绿水逶迤，芳草长堤"……总有某种相似之处。然而细细品味，却有所不同，它写得有声有色，有情有味，将画境、诗意、音响感融为一体，在美学上达到一个很高的境界。首句"拍堤春水"，让人感到风吹浪起，湖水轻轻地拍打堤岸的声音；而堤上的杨柳倒挂湖面，轻轻拂水，像是有声，然而却非常细微。再看看水中，瓣瓣落花，随波荡漾，种种色彩，阵阵幽香，都作用于我们的感官。然而词人并未到此为止，他要把这垂杨、流水、落花写足，于是又添上一对对鸳鸯。它们在湖上自由自在游戏，一会儿嬉弄花瓣，一会儿又用小嘴去咬下垂的柳梢。这一"嚁"字看上去有点冷僻，然却用得极工，非常准确地表现了鸳鸯动作的迅速与细巧。添上鸳鸯，整个画面就活了，完整了，并且充满了生意和动态美。《织余琐述》评这首词的上片云："描写芳春景物，极娟妍鲜翠之致，微特如画而已。政恐刺绣妙手，未必能到。"（见况周颐《蕙风词话》卷二引）这段话说得非常恰切。你说它"如画"，但画不能绘其声；你说它像"刺绣"，但刺绣不能传其情，真可谓极妍尽态，美不胜收。

词的下片转入抒情。词人把镜头对着小楼，只见珠帘卷处，一位佳人露出淡雅的新妆，在这新妆中最突出的一点是她那件柳黄色的春衫。"春衫是柳黄"，同上片的"垂杨"是一样的颜色，人的装束与周围的环境取得了和谐一致。下面接着摄下佳人的一幅剪影：她背着斜阳，凭阑凝望。至于她的容颜和表情究竟如何，词人并未从正面予以描画，而仅仅从侧面着笔，写她的风神，写她的情韵；只是最后"风流暗断肠"一句，才用作者的主观评价给她的情绪淡淡地点上一笔哀愁的色调。整个下片的立意，似从唐人王昌龄《闺怨》诗来。王诗云："闺中少妇不知愁，春日凝妆上翠楼。忽见陌头杨柳色，悔教夫婿觅封侯。"严羽强调"博取盛唐名家，酝酿胸中，久之自然悟入"（《沧浪诗话·诗辨》）。严仁此处，似得其妙悟。这词的下片同王诗颇为神似，前面几句同样自然轻快，后面同样一个转折，表现了轻微的哀怨，而熔裁衍化，已如"羚羊挂角，无迹可求"。

这首词的基调轻快灵妙。上片写落花流水，剔除了古典诗词中那种习见的伤感;下片写少妇登楼,也不着重表现伤怀念远。全词笔致轻灵,意境新颖,能给人以精神上的愉悦。另外词的下片还注意艺术上的藏和露的关系,露出的是人物最富特征的春衫和倚阑的身影,隐藏的是人物的思想感情。好比画家笔下的断山云雾,在几座峰峦之间留下空白,让幽深的意境隐藏在白云笼罩之下。这就留下足够的空间,让读者去想象,去回味。严羽所谓"语忌直,意忌浅,脉忌露,味忌短"(《沧浪诗话·诗法》),词人且得之矣。

张辑 生卒年不详,字宗瑞,号东泽,履信之子,鄱阳(今江西波阳)人。受诗法于姜夔,诗词均衣钵白石,或效仿苏辛。词有《东泽绮语债》,存四十四首。

疏帘淡月 秋思

张 辑

梧桐雨细,渐滴作秋声,被风惊碎。润逼衣篝,线袅蕙炉沉水。悠悠岁月天涯醉。一分秋、一分憔悴。紫箫吹断,素笺恨切,夜寒鸿起。

又何苦、凄凉客里。负草堂春绿,竹溪空翠。落叶西风,吹老几番尘世。从前谙尽江湖味。听商歌、归兴千里。露侵宿酒,疏帘淡月,照人无寐。

【鉴赏】

张辑《东泽绮语债》词一卷,其词牌多以篇末之语另立新名,论者谓其"好奇之过"(杨慎《词品》)。这首《疏帘淡月》词,即《桂枝香》,屡为选家所录,当是张词的代表作。张辑尝学诗法于姜夔,其词亦"具姜夔之一体"(朱彝尊《静志居词话》)。此词幽远清疏,自然风雅,似与北宋秦、周诸家更为接近。写秋夜的客愁,真切深挚,唱叹有情,末数语更是低回往复,无怪作者取以名调也。

起始三句,先写秋夕的风雨。细雨飘洒在梧桐叶上,汇聚到叶边,一点一滴,滴向空阶,滴向愁人的心上。——啊,恼人的秋声。这是诗词中不止百十次地描述过的情景。可是,本词中却加了"被风惊碎"四字,语意便觉新警。被惊碎的是细雨?是秋声?也许是风过雨停了?模糊的语义唤起了读者的想象。独宿孤馆的倦客,在这寒夜听雨无眠,恐怕也尝尽凄凉况味吧!"润逼衣篝,线袅蕙炉沉水",紧接描写室内的环境:薰笼上烘着潮润的衣服,细细的烟气从烧着沉水香的炉子中袅袅升起。两句表面是景，实质是情，词人孤寂的形象已在炉烟中隐现出来了。二语工细，恐不让“地卑山近，衣润费炉烟”（周邦彦《满庭芳》）专美于前。用“线”字状烟之细，颇觉新巧。“悠悠”二句，发抒感慨。流转天涯，华年空度，秋节到来，更触起了岁月的深悲。一“醉”字，意味着借酒消愁，而愁又是无法消除的，所以秋深一分，人的憔悴也加添一分了。两句与上文一虚一实，交互写来，尤其“一分秋、一分憔悴”，造语亦觉新颖，用意尤为沉厚。“紫箫”三句，补足文意。紫箫，即紫玉箫。箫声已断，欢事难追，客子更感孤独；只好提起笔来写封家信，心中充满着深切的愁恨。“夜寒鸿起”，四字警炼，在写景中有无限的怨意。我们联想到苏轼笔下的孤鸿：“惊起却回头，有恨无人省。”（《卜算子》）思与境谐，给读者留下很宽阔的寻思余地。

换头总束上文。“又何苦、凄凉客里。负草堂春绿，竹溪空翠”，自怨自艾，悔恨不已。杜甫曾在成都浣花溪畔筑草堂，李白也曾与孔巢父等在泰安徂徕山下的竹溪隐居，号“竹溪六逸”。作者向往这种闲适生活，也用“草堂”“竹溪”借指他故乡旧日游居之地；究竟为了什么，竟辜负了这草堂春绿、竹溪空翠的宜人环境、隐逸情趣，而终日在客途中仆仆风尘？下文随即把笔一转，“落叶西风，吹老几番尘世？”与上片头三句呼应。无情的西风，年年如是到来，仿佛在催人老去！“吹老”句颇为新警峭拔，有两重含义，一是代异时移之悲，一是个人身世之感。西风几度，人世间又发生了多少变迁？在这里，词人也许怀着更深刻的家国的痛思吧！宋末词人邓剡《南楼令》词“懊恨西风催世换，更随我、落天涯”，可为注脚。“从前”二句，意说多年来已尝尽了流落天涯的滋味，如今听到萧瑟悲凉的商歌，便勾起怀归之兴。“商歌”，悲凉低音的歌。又，五音的商，按阴阳五行说属金，配合四时为秋。商音凄厉，与秋天肃杀之气相应。词中的商歌，亦有感秋之意。可是故里迢遥，欲归不得，这怎能不令人“憔悴”“恨切”呢？“千里”二字，中含多少难言的隐痛。“露侵宿酒，疏帘淡月，照人无寐”，这是全词中最经意之笔。宿酒未消，清晨时风露侵衣。淡月透进疏帘，照着一宵无寐的愁人。三句意境甚佳，言有穷而情不尽，颇有烟水迷离之致。

本词在结构上颇具匠心。景与情交互写来，虚实对照，前后呼应，有一波三折之妙。在句与句之间，针线细密，融合无间。上下片首尾衔联，回环往复，全词成为完整的统一体。特别是造语遣字别开生面，如“秋声”，“被风惊碎”，“线袅蕙炉”，“一分秋、一分憔悴”，“落叶西风，吹老几番尘世”，看似平淡，实经熔炼，读来耐人回味，实为不易，在艺术手法上可谓深得周邦彦的三昧了。故王闿运《湘绮楼评词》说是：“轻重得宜，再莽不得。”

月上瓜洲 南徐多景楼作

张　辑

江头又见新秋，几多愁？塞草连天何处是神州？
英雄恨，古今泪，水东流。惟有渔竿明月上瓜洲。

【鉴赏】

南徐，古州名，治所在京口城(今江苏镇江)。东晋侨置徐州于京口，南朝宋永初二年(421)改名南徐州。多景楼为南徐胜迹，在镇江北固山甘露寺内。楼坐山临江，风景佳绝，米芾称之为"天下江山第一楼"。古来的文人墨客，登北固山，临多景楼，每有题咏。张辑此词，感时伤事，短短三十六字，寄寓着词人深沉的爱国精神，悲慨苍凉，可与陆游及杨炎正、辛弃疾的《水调歌头》咏多景楼词同读。

"江头又见新秋，几多愁？"一起二句，已是感慨无限。京口地区，"一水横陈，连冈三面"，可惜的是，妥协苟安的南宋政权，只把这个形势险要之地作为"限南北"的自然屏障，不再图谋北进了。词人登上多景楼，面对北面滚滚流去的长江，心中充满了愁绪。在古人的诗词中，江水经常是和愁连在一起的。"又见新秋"，点出时间。他已不止一次在这里见到新秋了，年复一年，春去秋来，时光流逝，词人报国的壮志未酬，怎能不引起无穷的感喟——"塞草连天，何处是神州？"想不到长江流域已近边塞，北望只见到连天的衰草！山河破碎，何处是故国神州？"神州"，这里指已沦陷在金人手里的中原地区。句意与杨炎正《水调歌头·登多景楼》词"忽醒然，成感慨，望神州"略同。

过片三句，悲愤已极。壮丽的河山，古今来有过多少英雄人物。三国时的孙权和刘备曾在这里联合抗曹，两晋、隋唐时期，这里也发生过许多值得追怀之事。可是，如今只留下英雄们绵绵的遗恨，徒令登临的人们洒一掬吊古伤今的悲泪。一切，一切，都随着江水东流而逝去了，包括朝廷恢复中原的大计和个人施展抱负的雄心，都逝去了——"惟有渔竿明月上瓜洲！"扁舟一叶，持竿垂钓，又见新秋的明月，冉冉从瓜洲升起。词意谓纵使有英雄人物，也是报国无门，只好逍遥于江海之上了。末句表现了词人抑郁孤独和无可奈何的悲慨。瓜洲，在长江北岸，为运河入长江处，本为长江中的沙洲，其状如瓜。有渡口与镇江相通。本词原调名为《乌夜啼》，作者取末句意改为《月上瓜洲》，自然也寓有对国事的忧愤和失望之意。结处余音袅袅，味之无尽。

葛长庚　生卒年不详，又名白玉蟾，字白叟，号蠙庵、海蟾、海琼子，闽清（今属福建）人。入武夷山修道。嘉定中，征赴阙，馆太一宫，封紫清明道真人。有《玉蟾诗余》，词存一百三十五首。

行　香　子　题罗浮

葛长庚

满洞苔钱，买断风烟。笑桃花流落晴川。石楼高处，夜夜啼猿。看二更云，三更月，四更天。

细草如毡，独枕空拳。与山麋、野鹿同眠。残霞未散，淡雾沉绵。是晋时人，唐时洞，汉时仙。

【鉴赏】

这首词，是道家葛长庚以词的形式表现他在罗浮山洞天福地修炼的情况和体验，为典型的道教文学。但它却客观地描述了罗浮山的自然风光及作者回归自然的静谧心境，因之一般读者当作一首优秀的写景词来接受，也未为不可。罗浮山，为广东的名山，地跨博罗、河源、增城三县。传说它是罗山与浮山的合体，其浮山原为海中蓬莱岛的一阜，唐尧时随潮飘来与罗山合二为一。罗浮山纵横广袤五百里，有四百三十二峰、九百八十挂瀑、七十二石室，道教称之曰第七洞天、第三十一泉源福地，山中有冲虚、白鹤、黄龙、九天、酥醪等道观。晋代著名道学家郭璞曾在山中炼丹、著述，住冲虚观，终卒于此。葛长庚此词有原注云："洞府自唐尧时始开，至东晋葛稚川（即葛璞）方来。及伪刘称汉，此时方显，遂兴观。""伪刘称汉"，指五代时在广州建立的南汉刘氏政权；"遂兴观"，才开始建造道观。

起笔"满洞苔钱，买断风烟"："洞"，指道家进行修炼所在的石室，即所谓洞天福地；"苔钱"，苍苔形圆如钱，故名；"买断"，有买到手、买来了的意思，两句意思是：作为道家行气修炼的罗浮山上的洞天福地，人迹罕至，苍苔四布，好像铸成的一枚一枚的铜钱，也许修炼者就用以买来了一阵阵流动的云雾，缭绕于洞口，如此美景，不仅道家受赏，世俗中人又何尝不心向往之呢？接下去一句是“笑桃花流落晴川”；意即笑看那山中桃花，宛若成片彩霞，而缤纷落英又不断随着溪流流向山外，向世人报告，山中还有桃花源似的仙境哩，如果上面是写洞天福地的白昼景象，接下去的二句“石楼高处，夜夜啼猿”，便开始表示其夜间情景了。“石楼”，《嘉庆惠州府志·地理志》说罗浮山“上山十里，有大小石楼。二楼相去五里，其状如楼。有石门，俯视沧海，夜半见日出。”都知道，道家修炼常在夜间进行，这两句便说明了作者于夜深人静快要入功之际，忽听得山上高处石楼里，传来猿猴的阵阵哀叫声，使人感到山中天地特别显得荒古空旷，格外有一番野趣。“看二更云，三更月，四更天”；“看”为领字，领出下面三个三字句来；这三个三字句既是不甚严格的扇对，又在意义传达上为互文。就道家修炼的内省体验而言，也许这三句确实是形象地传达了他们入静止念后内在世界逐渐净明开阔的体验过程，亦即一种内省到的迷离惝恍的潜意识流程。不过，我们也不妨将此三句看作是作者从一个特殊角度来写浮罗山的月下风光。其境界是：某位道家入夜之后，仍陶醉于罗浮山的美景，他临窗远眺，到了二更时候，明月从浮云缝中露出笑脸，三更时候更是云散天青，月光格外皎洁明朗，时间推移到了三更，天上圆月便慢慢淡化起来；至于山中景色，由于月光在不同更次有不同的亮度，可以想象得知，也有浓淡不同的变化，异景纷呈，引人入胜，心宁神怡。以上为上片，重点写了作者作为道家在罗浮山中修炼于日夜之所见及所感。

下片进一步拓展开去，作者叙写自己在罗浮山洞府中修炼，生活虽然清寒，然而精神却潇洒自在。“细草如毡，独枕空拳。”他睡时，以细草为毡，以拳头为枕，与颜回“曲肱而枕之，乐亦在其中矣”的人生态度类似，在这里儒道就一脉相通了。甚至他还可“与山麋、野鹿同眠”，这表明他回归到大自然之后，竟能与野物相亲相狎，进入了道家所追求的无差别的“齐物”境界。“残霞未散，淡雾沉绵”：又一个山中早晨来临，看吧，东方天际的彩霞快要收敛殆尽，山间淡淡的云雾犹如缀在一起的层层絮棉，太阳即将从苍海中冉冉升起。此情此景，多么令人惬意啊！“是晋时人，唐时洞，汉时仙”：这是全词结语，意谓修身养性于此山中的道家们，实际上是有幸地来到了唐尧时的洞天福地，因而也会自我感到不是于汉朝修成的神仙，至少也是晋时的隐士逸人。如此写来，似乎罗浮山的时光竟然从宋代回流过去到了汉晋古代以至洪荒时期，读来真有一种超越感和飘举感。下片，在描述道家修炼生活和体验的同时，又更加广泛地表现了罗浮山的自然风光，给人留下更深的印象。

归结起来，此词极其生动形象地体现了道家“天人合一”、归真返璞的宇宙观、自然观。这对于呼唤今时世人回归自然、爱护自然、拥抱自然及努力保持大自然的生态平衡,无疑将有潜移默化的积极作用。

水调歌头

葛长庚

江上春山远,山下暮云长。相留相送,时见双燕语风樯。满目飞花万点,回首故人千里,把酒沃愁肠。回雁峰前路,烟树正苍苍。
漏声残,灯焰短,马蹄香。浮云飞絮,一身将影向潇湘。多少风前月下,迤逦天涯海角,魂梦亦凄凉。又是春将暮,无语对斜阳。

【鉴赏】

道家不止与教内师友交往,同时也有不少尘俗中的朋友。此词,便是南宋著名道家葛长庚结合表现羁旅行役苦况而抒发挚友间的深厚情谊之什,读来很有人情味,非无人间烟火气可比。

"江上春山远,山下暮云长":突兀而起,引人关注;就其句型看,为写景对偶句,工整而流畅,绘出了一幅由远而近层次分明的春暮山川图;而且如此山川景色,实为送行者和远行人伫立江岸之即目所见,故虽仅止写景而惜别之情已隐隐可见。紧接上一句"相留相送",才把此词抒发离情的旨意点醒,并写出了送行者(即作者的挚友)对于远行人(即作者自己),先是"相留"而不可能才一直"相送"到了江岸,仅此四字已能见出他们朋友间的情谊是何等厚笃!"时见双燕语风樯":写远行人因天色已晚,只好告别登舟,离岸远去,可身坐舱内,犹闻风樯之上双燕呢喃细语,似乎正替代着送行者还在谆谆叮嘱哩!这是化用杜甫《发潭州》"樯燕语留人"句意,特别显得深婉含蓄。下面"满目"三句进一步写作者即远行人独坐舱中之所见、所想、所行:"满目飞花万点",即为他所见到的两岸暮春景色,花飞花落春去也,怎不叫他愁肠万转呢?这正如北宋秦观《千秋岁》所写的"春去也,飞红万点愁如海。""回首故人千里",即为他之所想,回头看看已离开送行者送别的江岸是很远了,大概足有千里以上吧,正是在这样夸张的描述中又一次传达他对挚友的依依惜别之情。"把酒沃愁肠",即为他之所行,他不禁离别愁绪和旅途寂寞,便酌酒自饮,借以消愁,可是效果极差,确乃借酒消愁愁更愁啊!上片最后两句"回雁峰前路,烟树正苍苍";表明他想到空中雁群飞到衡山首峰回雁峰犹能折回,而自己这次远行却还要绕过衡山继续南下，去到那烟树茫茫的极远极远的地方，真乃人不如鸟啊！这就把他所感到的羁思旅愁推上了一个新的高度。

“漏声残，灯焰短，马蹄香”；这是下片换头处的三句，为十分均匀工稳的扇对。其意象暗示，作为远行人的作者早已舍舟登岸，而换乘马匹行进。这天，他虽跋涉劳顿，可晚宿旅舍却难以成眠，耳听更漏之声将尽，眼看油灯火焰正短，天快亮了，又将踏上征途，再去体验一番“踏花归去马蹄香”的特殊况味。如此过片描述，既能承上转下，又有浓化羁思旅愁，从而起到突出主题的作用，真乃一笔多能。接下去两句是“浮云飞絮，一身将影向潇湘”：他骑马远去，似无根“浮云”，似飘零“飞絮”；一路上除“一身将影”之外，更无伴随者，多么凄苦啊！无疑，二句的潜语是：对照之下，朋友们相聚在一起的那些日子，那才欢快至极。紧接着“多少风前月下，迤逦天涯海角，魂梦亦凄凉”三句，还承接上意推想开去，意谓而今而后，我总会在遥远的天涯海角奔波难已，不知将有多少个风前月下那样的美好日子却是孤独地度过，那时也许较之今日跋涉于途中的愁苦还倍加凄凉哩！这样，就把他的旅愁别苦之思推上了顶峰，完成了本词的主题。这三句，就自然语序看，一、二句是作了颠倒的；就表现手法而言，可以说是加一倍写法的成功运用。最后，以“又是春将暮，无语对斜阳”二句作结：如此结语内蕴是丰富而深沉的但又未明白说出，能促人咀味；其意象又与开头所写春日暮色相映照，能给人以呼应灵活及圆转流动的美感。

综合观之，此词写作，既得到苏轼友谊词的灌溉，又受到柳永羁旅行役词的启迪，更为可贵的是将两类词的写法结合起来，使之具有了新的风貌，这不能不说作者创作有蓝出之功。再次，此词上下片结尾都是以景作结的，都有“以迷离称隽”的艺术效果，烟云满目，似幻若梦，颇具朦胧之美。

刘克庄 （1187~1269）字潜夫，号后村居士，福建莆田人。出身世家，以荫入仕，时任靖安县主簿。为建阳县令时，因写《落梅》诗中有“东风谬掌花权柄，却忌孤高不主张”句，被诬为诋毁权贵，遭遇“文字狱”而被免官达十年之久。后以“文名久著，史学尤精”，得宋理宗赏识，于淳祐六年（1246）赐进士出身，任史事，累官至工部尚书。作为南宋后期著名词人，其词内容多写国家兴亡大事，笔力劲健，风格豪放。一生著述颇丰，有《后村先生大全集》传世。其中包括《后村长短句》五卷、《后村别调》及多卷诗文和多篇散文。同时，作为南宋后期一位贤臣，他爱国爱民，为人正直，为当时的学者所敬仰、为后人所传颂。

沁园春 梦孚若[1]

刘克庄

何处相逢？登宝钗楼[2]，访铜雀台[3]。唤厨人斫就，东溟鲸脍；圉人[4]呈罢，西极龙媒[5]。天下英雄，使君与操[6]，余子谁堪共酒杯？车千两[7]，载燕南赵北，剑客奇才。

饮酣画鼓[8]如雷，谁信被晨鸡轻唤回。叹年光过尽，功名未立；书生老去，机会方来。使李将军，遇高皇帝，万户侯何足道哉！披衣起，但凄凉感旧，慷慨生哀。

【注释】

①孚若：方信孺字孚若，是刘克庄的老朋友，此时已故。

②宝钗楼：在咸阳市，是唐宋时的著名酒楼。

③铜雀台：汉末曹操所建，为著名古迹，故址在今河北临漳县。

④圉人：马夫。

⑤西极：西天极地。龙媒：天马。天马的出现是龙将驾临的征兆，故称天马为龙媒。

⑥使君与操：刘备与曹操。曹操曾与刘备煮酒论英雄，说："天下英雄，惟使君与操耳。"这里指方信孺与自己。

⑦两：通"辆"。

⑧画鼓：唐宋时歌舞乐、军乐中的一种常用乐器。

【鉴赏】

日有所思，夜有所梦。刘克庄生当南宋后期，其时宋金相持已达二百余年，中原沦陷也已一百多年了。南宋统治者歌舞享乐还来不及，哪有心思去收复失地！现实中不能实现的东西，只好在梦境中表达。方信孺是刘克庄的老朋友，曾任枢密院参谋官，出使过金国，不受金人的威吓，维护了宋国的尊严，受到宋金人的敬佩。方去世后，刘写了行状，以纪念这位爱国者。这首词也写于方逝世之后。词中以浪漫的梦境与凄凉的现实作为强烈的对比，突出了对于老友的怀念，对于祖国的热爱，和对于统治者的不满。词的上阕，写自己与故人在中原故土相逢，豪兴大发，吃的是东海鲸鱼，骑的是西天龙马，天下英雄，舍你我而其谁！又有车千辆，收揽中原万千英才,只等一声战鼓,便可收复失地,重振国威!下阕写梦醒后的失望与凄凉。日子一天天过去,功名未立,自己却已衰老了。一介书生,头发花白了,也不一定有个建立功业的机会。就是有李广将军那样英武盖世的本领,遇不上一个好皇帝,又有什么用呢?

生查子 元夕戏陈敬叟[①]

刘克庄

繁灯夺霁华[②],戏鼓侵明发[③]。物色旧时同,情味中年别。

浅画镜中眉,深拜楼中月。人散市声收,渐入愁时节。

【注释】

①陈敬叟:陈以庄,字敬叟,为作者友人。

②霁华:月亮的光辉。

③戏鼓:百戏乐舞。侵:将近,直到。明发:天色发亮。

【鉴赏】

这首词是词人于元宵节戏友之作,于喧哗调侃之中,抒写了人到中年的淡淡忧愁。

上阕写元宵佳节通宵达旦的热闹场面,及词人面对此景的心情变化。元宵入夜,千万盏华灯将街市装扮得分外漂亮,元宵之夜的月光在花灯闪烁的光辉映照下也显得黯然失色;震天动地的百戏乐鼓直唱到天明。词人运用声色两种表现手段,将元宵之夜火树银花不夜天的热闹景象详尽地展现在人们的面前。年年元宵如旧,但在这喧嚣背后,人之心情却大不一样:少年时是以欢快之心面对这般乐景,而中年之后却是别样情怀。人通常是会这样的,在欢乐面前,并非每一个人都有好心情。作者的这番感慨,确系自然流露,并无多少深意。

下阕则转入正题。"浅画镜中眉,深拜楼中月",分别化用"张敞画眉"和唐明皇与杨贵妃拜月这两则历史上广为流传的夫妻恩爱的典故,戏说陈敬叟与妻子之间的伉俪情深。这戏说之间,既有作者羡慕之情的表露,也同时深藏了词人自己孤寂一人的无奈悲怆。这样,前面作者在繁华的元宵之夜却别有一番滋味的抒怀就有了一个交代,也为后面喧哗过后,人去楼空的寂寞心情作了一层铺垫。

这首词虽为戏友之作,实是作者自己在元宵之夜另样心情的表述。全词围绕灯市展开,短短词句之间,看似结构松散,而抒写悲凉心境的感情主线却是一脉贯通的，可谓“形散而神聚”。

贺新郎 端午

刘克庄

深院榴花吐，画帘开、练衣[1]纨扇，午风[2]清暑。儿女
纷纷夸结束[3]，新样钗符艾虎[4]。早已有游人观渡。
老大[5]逢场慵作戏，任陌头、年少争旗鼓。溪雨急，浪
花舞。
灵均标致高如许[6]，忆生平既纫兰佩[7]，更怀椒醑[8]。
谁信骚魂千载后，波底垂涎角黍。又说是蛟馋龙怒。
把似[9]而今醒到了，料当年、醉死差[10]无苦。聊一笑，
吊千古。

【注释】

①练(sú)衣：粗葛布制成的衣服。

②午风：端午节的风。

③结束：打扮装束。

④钗符：端午节以丝布制成、戴在头上的一种装饰小符。艾虎：端午节采艾草制成虎的模样，悬于门口以避邪。

⑤老大：年纪已老。

⑥灵均：指战国时的屈原。标致：风度。

⑦纫：佩戴。兰佩：一种香草。

⑧椒醑(xǔ)：香物和美酒，用以享神。

⑨把似：假如，如果。

⑩差：大概，或许。

【鉴赏】

这首词是词人借端午祭奠伟大爱国诗人屈原，以调笑之笔，抒发了有志不能伸，报国无门的内心郁闷。

词的上阕写端午节陌头少年装束竞赛龙舟的热闹场景，与词人老来无趣的心情。端午时节，深深的庭院中石榴花刚刚吐艳，将紧闭已久的画帘撩开，我穿着葛衣摇着绢扇，让风儿将这暑气驱散。在这初夏天气里，词人在这漫不经心中，给我们交代了一个恬淡慵散的环境。在这样的环境中生活的人们，无非是想将自己与

外界隔开，享受一份难得的内心清静。这或是一种境界，或是一种逃避。于词人而言，则是后者。故窗外少男少女头上插着式样新颖的钗符和艾虎，纷纷夸耀着自己的装束；岸上已站满了围观的人群，而作者却是“逢场慵作戏”，“任陌头、年少争旗鼓”。散漫之心似乎在传递着一份让感受不定的与此乐景不相协调的心情。作为一个一心报国的爱国词人，作者与屈原应该有着心灵上的相通，但为什么他不愿意加入这祭奠之中呢？词人在上阕给我们留下了一个隐情待解。

词的下阕中，词人以非常之笔，赞颂了屈原的爱国精神与对时政的讽评。在龙舟翻腾之中，我们又依稀见到屈原高大的形象。想生年之时，屈原常是身佩兰草、怀揣香酩以示高洁；而谁又会相信，在千年之后，他也会在波涛之下同其他蛟龙虾蟹一样，争逐粽子？又说什么怕蛟龙嘴馋而发怒，故改以五色线包裹的粽子投祭。倘若屈原活到了今天，看到他生后的这般景况，定是后悔不若醉死，也免受这般羞愧。此处，作者以调侃的笔调，将对屈原的爱国敬佩用反语表达出来，强烈地谴责了当政统治阶级清浊不辨的昏聩现实。在这里，词人实是借屈原的遭遇，暗示自己的有志不能伸的苦闷。“聊一笑，吊千古”。对历史的凭吊，对现实的无奈，只能化作辛酸的一笑。这笑中有多少泪，有多少恨，只有作者自己知道。

全词从现实出发，以历史为镜，运用反讽之笔，抒写悲愤之心。作者不着一议论之词，而词中理趣已然可识，不失为又一借古讽今之作。

贺新郎 九日

刘克庄

湛湛[1]长空黑，更哪堪、斜风细雨，乱愁如织。老眼平生空四海，赖有高楼百尺[2]。看浩荡、千涯秋色。白发书生神州泪，尽凄凉不向牛山[3]滴。追往事，去无迹。

少年自负凌云笔[4]，到而今、春华[5]落尽，满怀萧瑟。常恨世人新意少，爱说南朝狂客[6]。把破帽年年拈出。若对黄花孤负酒，怕黄花也笑人岑寂。鸿去北，日西匿。

【注释】

①湛湛：深黑貌。

②高楼百尺：喻指忧国忘家的志士居住之所。

③牛山：在山东省临淄县南，为春秋时期齐景公望都零涕之地。

④凌云笔：豪气凌云之笔墨。典出《史记·司马相如列传》："相如既奏《大人》之赋，天子大悦，飘飘有凌云之气。"

⑤春华：此处喻指少年豪气。

⑥南朝狂客：指孟嘉。晋孟嘉为桓温参军，曾于重阳节共登龙山，风吹帽落而不觉。

【鉴赏】

此词上阕写重阳节的天气。"湛湛"极写长空之深之重，"黑"字更为之加上了一层浓郁的色彩。"斜风细雨"着飘零的意境，"织"更言忧愁之多。虽是写景，暗中却隐喻南宋王朝风雨飘摇的时代危机。景由情生，满腹忧愁由此而起。按照常理，接下应抒写如何之愁。但此词由此而下的三句却笔锋一转，"老眼平生空四海"为之发端，"高楼百尺"的豪情与"千涯秋色"的壮景相辉映，表达出了作者对时代的忧虑却又壮心未已；回想历史，"白发书生"为故国山河的沦陷洒下的"神州泪"与历史上齐景公望都城而流下的"牛山滴"何曾相似！至此，壮志未酬、往事逝如斯的深沉历史忧伤，跃然纸上。

下阕主要表现作者面对南宋王朝国势衰微而更加强烈的忧国之情。"少年自负凌云笔"，但岁月催人老，而今英气逼人的少年也如春花般走过季节的轮回，凋零在秋季，只留下瑟瑟的岑寂。心中的愁苦，用"把破帽年年拈出"的俗套怎生宣泄。山河破碎，愁绪万端，即便登山之高，把酒对黄花，又哪有心思畅饮？此情此景，怕没有感情的黄花也会笑人之憔悴。结句"鸿去北，日西匿"回应首句"湛湛长空黑"，预示神州陆沉的国运。鸿雁本应南飞，而今却向北，寓意深刻，表达了作者无时无刻不在想念北方沦陷的土地。他多么希望能像鸿雁那样，飞回去看一眼那片苦难深重的国土。词的艺术感染力至此也达到了最高点。

重阳佳节，登高临远，赏花饮酒，本是乐事。但感时伤恨，愁由此而生，自然贴切。作者恰当地运用典故，使借景抒情更具艺术技艺。

一剪梅 余赴广东，实之夜饯于风亭[①]。

刘克庄

束缊宵行十里强[②]，挑得诗囊[③]，抛了衣囊。天寒路滑马蹄僵，元是王郎[④]，来送刘郎[⑤]。
酒酣耳热说文章，惊倒邻墙，推倒胡床[⑥]。旁观拍手笑疏狂，疏又何妨，狂又何妨！

【注释】

①实之：王迈，字实之，刘克庄的好友。风亭：驿亭名，在今福建莆田市。

②束缊：将乱麻捆起来作为照明的火把。束，捆扎。缊，指乱麻。宵行：走夜路。强：多，余。

③诗囊：装诗稿诗篇的袋子。相传唐代诗人李贺每天出游都身背一个锦囊，骑一头瘦驴，遇有诗兴就写上两句，投入锦囊，晚上回家再将锦囊中写有诗句的纸条倒出来，一一写成完整的诗篇，这就是著名的“锦囊呕诗”的故事。

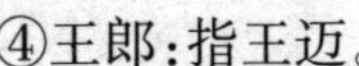

④王郎：指王迈。

⑤刘郎：指刘克庄自己。

⑥胡床：一种可以折叠的轻便坐具，又称“绳床”“交床”等。

【鉴赏】

这首词写书生“疏狂”风致，酣畅淋漓，栩栩如生。宋理宗嘉熙三年（1239）冬天，刘克庄到广东赴任，好友王迈前来为他饯行，词人有感而作此词。上阕叙启程和饯送情景。词人扎起火把，连夜启程，已经走出十多里路程，好友“王郎”闻讯，急忙赶到风亭驿来为宵行赴任的“刘郎”饯行。由于“天寒路滑马蹄僵”，所以词人只好轻装前行，然而衣物行装可以少带，砚墨诗书却不可不带，“挑得诗囊，抛了衣囊”，这两句词极其生动准确地表现出文人书生远行的个性特征。下阕抒话别时的“疏狂”情怀。两位至交好友于风亭之夜举火设宴，饮酒话别，喝到酒酣耳热之际，他们便开始高谈阔论，品诗说文；说到痛快淋漓处，旁若无人，妙趣横生，手舞足蹈，推倒了桌椅，也惊倒了邻居，更引得旁观的人拍手大笑，把他们看成两个“疏狂”的书生；词人对周围的反应置若罔闻，视而不见，依然我行我素，“疏又何妨，狂又何妨”！此时刘克庄已是52岁的半百之人，本不是“疏狂”的年纪了，在这里词人实际上是借“疏狂”的行为方式，来抒发郁结在胸中的愤懑不平之情。

玉　楼　春　戏呈林节推乡兄[①]

刘克庄

年年跃马长安市[②]，客舍似家家似寄。青钱[③]换酒日无何，红烛呼卢[④]宵不寐。

易挑锦妇[⑤]机中字，难得玉人[⑥]心下事。男儿西北有神州，莫滴水西桥畔[⑦]泪。

【注释】

①节推：宋朝佐理州官的节度推官。

②长安市：此指南宋临安都城的市集。

③青钱：古代钱因成色而分青、黄两种，颜色青的称青钱。

④呼卢：赌博。

⑤锦妇：前秦窦滔之妻苏氏。

⑥玉人：泛指妓女。

⑦水西桥畔：妓女聚居之所。

【鉴赏】

这首词通过调侃的语气，表现了一名节度推官放浪形骸的荒唐生活，及词人对此的委婉劝诫。

词的上阕主要军林节度推官放浪形骸的荒唐生活。林推官经常在京城游荡，“年年”为概数，当指频率高；把京都的客店当成日常的家，而家反倒成了寄居的旅馆。京中跃马，客舍为家，其游荡行踪可见；白日无所事事，唯一的喜好就是以钱换酒买醉，沉湎于狂饮之中；而在红烛高烧的夜晚，则热衷于豪赌，以至于通宵达旦，放浪行为可想。词人以洒脱之笔写来，实含规劝之意，批评的矛头不独指向这个林姓的推官，更有鞭挞南朝统治者的深意。

词的下阕则意在规劝。起句化用前秦窦滔读妻寄词中所作的“锦妇”之回文诗而悟其真意的典故，委婉规劝：妻子真情易知，而烟花之中妓女的虚情假意不可沉迷。时势如此，国运衰微，是为男儿，应时时刻刻想到仍在沦陷之中的西北神州大地，而不要学女人状，为水西桥畔卖笑苟营的妓女而伤心流泪。“男儿西北有神州，莫滴水西桥畔泪”两句为词作结，亦是词的点睛之笔，深刻犀利，使人猛醒。杨慎谓之为“其壮语足以立儒，此其类也”。这样的结尾从而使前六句也有了着落，通过对林姓推官的规劝，从而告诉沉浸在颓废生活之中的南宋隅民莫忘祖国的统一大业，题旨于此更为明了。

李亿 生平不详。

菩萨蛮

李亿

画楼酒醒春心悄，残月悠悠芳梦晓。娇汗浸低鬟，屏山云雨阑。

香车河汉路，又是匆匆去。鸾扇护明妆，含情看绿杨。

【鉴赏】

这首《菩萨蛮》词，是表现男女情事的性爱词。性及以之为基础的爱情、情爱等等的描写，既常常为文学创作无法回避，而往往又很难处理得当。然而李亿在这里的技巧运用、分寸把握却十分恰当，没有因过分直露而坠入庸俗、低级，而失之于淫，他写得很雅。

上片词写女主角初次性爱欢会的情境及事后回味。起笔"画楼酒醒春心悄，残月悠悠芳梦晓"，这便是她和其男友初次性爱欢会的特定情境，环境气氛被烘托得极其绮艳雅致。"画楼"点示地点环境，异常精美秀雅；"春心悄""芳梦晓"交代了本词所写对象——女主人公彼时彼地的特殊心态，内心感到幸福、满足和充实；"酒醒""残月"，还使我们想到那是在深深的夜晚。紧接着转入对女主人公和其男友初试云雨之后的幸福回味："娇汗浸低鬟，屏山云雨阑。"这里，作者避开了直接、正面的做爱描述，只是并用侧写、象征二法，以暗示进行透露，就避免了自然主义的污秽笔墨。前一句实际上是侧写二人做爱后女主人公的情态，并用"浸""低"两个动词，情态逼真；次一句又借楚王神女之事象征地表现了女主人公对欢会过程的甜美回味。至此，词人就在我们眼前展现了一幅完整的情爱画面，而着重从女主角的心灵世界中展开，又显得缠绵婉转，含而不露。

转入下片，即写离别。"香车河汉路，又是匆匆去。"凌晨，天色未明，女主角便早早地送别男友，透露出依依惜别之情。"河汉"出自古诗十九首之《迢迢牵牛星》，寓示离别；"香车"，是古代妇女所乘的车。"香车"徘徊在"河汉路"上，女主人公送别男友。"又是""匆匆"，是怨，是恋，是叹，是念，真乃临别依依，百感交集！不过，昨夜的温馨还在，当其情人远去后，她独坐想来，不免有几分娇羞："鸾扇护明妆，含情看绿杨。"上句中，一个"护"字，正暴露了她内心的秘密。梳妆工丽("明妆")，她是在着意保护吗？似乎是，又不完全是。想起昨夜的欢会，几分喜悦，几分羞涩，心灵的婉曲暴露无遗。下一句，写得很宁静，她在真"看"吗？更似在极力掩饰内心的快乐与羞怯。这下一片词，词人写离别，表现爱情的和美及它带给女主人公的称意感，更表现了女主人公初次性爱欢会后回味起来的微妙心理，显得委婉曲折。

纵观全词，色彩明丽，作者选用“春心”“芳梦”“明妆”“绿杨”“香车”等色彩明亮的词语，传达了女主人公因性爱美满、足意快乐的心绪。五代两宋词坛，是中国文学史上爱情意识甦醒的一个时代，李亿跳离了爱情“怨”（怨离、怨别、怨弃）、“艳”（艳丽、浮艳）的俗套，独具喜气，表达了爱情幸福和美的一面。词，是一种“狭深”的文学样式，善于表现人物深细幽微的感情世界。李亿在这首词中便运用了词艺的传情技巧，细腻深致地传达了女主人公的内心隐曲。值得肯定的是，这首词大胆地表现女性在爱情中的满足感、欢乐感，在中国文学史上是少有的，流露了尊重女性的积极因素。从审美效应看，如此的描述还能唤醒人们对美好爱情的追求。

赵以夫 (1189~1256)字用父，号虚斋，长乐（今属福建）人。宋室后裔，彦括之子。嘉定十年(1217)进士。累官同知枢密院事、吏部尚书。与刘克庄同修国史。善慢词，有《虚斋乐府》。

扬 州 慢

赵以夫

琼花，唯扬州后土殿前一本。比聚八仙大率相类，而不同者有三：琼花大而瓣厚，其色淡黄，聚八仙花小而瓣薄，其色微青，不同者一也。琼花叶柔而莹泽，聚八仙叶粗而有芒，不同者二也。琼花蕊与花平，不结子而香，聚八仙蕊低于花，结子而不香，不同者三也。友人折赠数枝，云移根自鄱阳之洪氏。赋而感之，其调曰《扬州慢》。

十里春风，二分明月，蕊仙[①]飞下琼楼。看冰花翦翦[②]，拥碎玉成毬。想长日、云阶伫立，太真[③]肌骨，飞燕④风流。敛群芳、清丽精神，都付扬州。

雨窗数朵，梦惊回、天际香浮。似阆苑⑤花神，怜人冷落，骑鹤来游。为问竹西⑥风景，长空淡、烟水悠悠。又黄昏，羌管孤城，吹起新愁。

【注释】

①蕊仙：指琼花。

②翦翦：寒意逼人。

③太真：杨玉环号太真。

④飞燕：汉代著名皇妃赵飞燕。

⑤阆苑：传说中的仙园。

⑥竹西：竹西亭，扬州著名风景。

【鉴赏】

琼花可能是聚八仙的一个变异品种。据词序中说，天下琼花只有扬州有，而扬州也只有后土殿之前有一棵。其他的"琼花"，只不过是聚八仙而已。两者间的区别，自唐宋以来，众说纷纭。除了这首词小序中所说的三点不同外，又有说聚八仙为八瓣，而琼花为九瓣的，也有认为聚八仙为八朵花丛生，而琼花多为九朵的。这株天下无双的宝贝花，脾气孤傲，据周密《齐东野语》等书记载，北宋时，曾有人从琼花根部分出一个子株，移植汴京禁苑中，这株花春天就枯萎了，没办法只好又把它移回后土庙，它马上又繁荣起来。南宋时又想分株移入杭州皇苑，它也憔悴不开花。后来用琼花的孙株嫁接在聚八仙上，它才活了下来，并繁衍开来。南宋初，金兵南侵，这株琼花几次遭劫，枯荣几次，顽强地活了下来。南宋末，元兵灭南宋，屠扬州，琼花从此枯死不再复活。今天所见的琼花，只是琼花的孙枝与聚八仙的杂交后代而已。其香味、色泽已大逊于原本琼花。历代咏琼花的诗词文赋不计其数，赵以夫这首琼花词，写得比较清丽简要，没有过多地纠缠于那些"荣枯感应"的传说，而着重写了琼花的精神意境。词的开头，写琼花的家乡及来历。"十里春风""二分明月"，都暗指扬州。唐杜牧有"春风十里扬州路，卷上珠帘总不如"的诗句；另一位诗人则有"三分天下明月夜，二分无赖是扬州"的诗句。"蕊仙飞下琼楼"，首先突出了琼花的一个最突出的妙处——它与其他所有的花卉不同，它只有独一株，它不是尘世固有的，而是天上的花仙，从玉楼中飞下来的。历代人都对琼花的来历大惑不解,许多书上都说"不知何木",意思是说,不知这琼花是一种什么树什么花,只因其微黄如玉,故称为琼花。又因其蕊与花平,故称其为"蕊仙"。说她并非是地上土生土长的,而是天上飞下来的,也可以算是一种解释吧!"冰花""碎玉",是写其外观如冰如玉,晶莹可爱。"云阶伫立"句写其位置在后土庙前。"太真肌骨""飞燕风流",则把她比喻为两个中国历史上的著名美人。上阕最后两句,是说把天下所有花卉的清丽都聚拢来,放到扬州才生出了如此奇异的花儿。下阕写琼花梦中回到天宫,惊醒后还在天边留下了余香。琼花好像是怜惜人间不够热闹,因此才来此一游。所谓"骑鹤来游",出自古诗中"骑鹤下扬州"的说法。过去有一种说法,认为富有、成仙、美女相伴是人生三大快事,因此有"腰缠十万贯,骑鹤下扬州"的梦想,骑鹤即指成仙,下扬州,是因为天下美女数扬州最美。这当然是那些阔佬们的贪婪想法,作者在这里用"骑鹤来游",虽然是指成仙而言,但把琼花与骑鹤这种虚妄俗气之事相联系,不能不说是个败笔。好在下文又写了"烟水悠悠"等比较空灵的意象,总算为琼花又找回了一些美好的高洁意境。特别是结句"又黄昏,羌管孤城,吹起新愁",似乎是指琼花几次遭难的事,从而为全词增添了深沉的历史内容。

鹊桥仙 富沙七夕为友人赋

赵以夫

翠绡心事,红楼欢宴,深夜沉沉无暑。竹边荷外再相逢,
又还是、浮云飞去。
锦笺尚湿,珠香未歇,空惹闲愁千缕。寻思不似鹊桥人,
犹自得、一年一度。

【鉴赏】

这是一首为友人写的伤离之作。秀不在句而在神,浓在情而不在墨。

先写初逢情事:"翠绡心事,红楼欢宴,深夜沉沉无暑"——时在初秋,天凉暑退,夜色沉沉。在她的小楼中,在七夕的宴席上,她偷偷地赠给他一条碧色的丝巾,表达她内心的情意。依内容次序,三句宜当逆读,词中这样安排,即使句子顿挫有味,亦能突出"翠绡"一语。翠绡是疏而轻软的碧绿色的丝巾,古代女子多以馈赠情人。秦观《八六子》词"素弦声断,翠绡香减",也写由翠绡而忆及爱恋的女子。翠绡传情,故夜宴亦倍添欢乐,天气也仿佛格外清爽。总之,那天晚上他沉浸在欢乐与幸福之中,一切都完整地、永久地保留在他心上。"欢宴"二字,写场面、气氛,烘托出恋人当时的欢乐与幸福。"欢宴"与"翠绡"句对照,说明:她在"欢宴"的大庭

广众之中偷偷赠物传情，她爱得是那样深，那样急切，简直有点忘乎所以。“深夜”一句，既写出时间、天气，亦暗点“七夕”。

次写“再相逢”：“竹边荷外再相逢”——这是暗通情愫之后的一次幽会，地点在荷塘附近的丛竹旁边——一个美丽而幽僻的处所。前者席上初逢，虽有灵犀一点，也只能借物传情，这回则可以尽情地互诉衷曲了。但是，这句毕竟只写了竹韵荷风的谈情说爱的环境，留下许多空白，让读者去联想和补充。以上写两次欢会，以“再”字相连，层次清楚，联系紧密。“又还是、浮云飞去”——相会匆匆，逝如浮云。“又还”句，透出无可奈何之情，令人顿生惆怅。这两句结束往事的回忆，逗出下片的千缕闲愁、无限情思。

“锦笺”二句，睹物怀人，叹惋无尽。锦笺，精致华美的信纸，是她捎来的信笺。珠，珍珠镶嵌的首饰。当是“再相逢”时的赠物。二句饱含别后相思之情，令人落泪。一“尚”、一“未”，写记忆犹新，前情在目，上承情事，下启愁怀。锦笺墨迹未干，珠饰还散发着她的香气，而往事浮云，旧情难续。万种愁怀，由“空惹”一句道出。为什么说“空惹”？或许是信物尚存，难成眷属，或许是旧情来泯，人已杳然吧！总之，这是封建社会常见的爱情的悲剧。悲剧已成，“锦笺”“珠香”，于事无补；“闲愁千缕”，也是自寻烦恼罢了。

但是，惹出“闲愁千缕”的，不仅是她的所赠，还有七夕这个敏感的夜晚以及跟它有关的神话传说。《荆楚岁时记》：“傅玄《拟天问》云：‘七月七日，牵牛、织女会天河。’”韩鄂《岁华纪丽》卷三引《风俗通》：“织女七夕当渡河，使鹊为桥。”牛郎、织女一年一会，已属不幸，而她们还不能像牛郎、织女那样，该是多大的不幸啊！结拍以牛女反衬，既切合题意，亦深化了主题。

要之，上片写欢情，下片写离恨，中间用“又还”句过渡，铺排得体，结构紧密。上下两片互相映衬，中心十分突出。全词笔淡而情浓，是篇较有特色的作品。

石孝友　生卒年不详，字次仲，南昌（今属江西）人。乾道二年（1166）进士。以词著名。有《金谷遗音》。

眼儿媚

石孝友

愁云淡淡雨潇潇，暮暮复朝朝。别来应是，眉峰翠减，腕玉香销。

小轩独坐相思处，情绪好无聊。一丛萱草，数竿修竹，数叶芭蕉。

【鉴赏】

这是一首写思人念远，孤寂无聊的小词。起两句十二个字，连用四叠字：云淡淡，知是疏云；雨潇潇，应是小雨，如李清照《蝶恋花》词："潇潇微雨闻孤馆"，而非"风雨潇潇"（《诗·郑风·风雨》）的"暴疾"（朱熹《诗集传》）的疾风骤雨。淡云无语，细雨有声，这淅淅沥沥的声音，暮暮朝朝一直传入人的耳畔，怎能不使人生愁，故开篇的一个字即云"愁"。叠字的连用，又加强了烘托气氛，渲染环境，状物抒情的作用，"别来应是"，语气十分肯定。由于是知己，心心相印，我既为你生愁，你对我必然如此。"眉峰"，源于"（卓）文君姣好，眉色如望远山"（《西京杂记》）。后言女子眉之美好。康伯可《满庭芳》"梳妆懒，脂轻粉薄，约略淡眉峰。"又，眉峰犹眉山。韩偓《生查子》词："绣被拥娇寒，眉山正愁绝"。"翠减"，是因为古代女子用黛画眉，黛色青黑。欧阳修《踏莎行》："蓦然旧事心上来，无言敛皱眉山翠"。"腕玉"即玉腕的倒置。秦观《满庭芳》："玉腕不胜金斗"。三四两句总写人的无心打扮，懒于梳理。古云："女为悦己者容"。《诗·卫风·伯兮》："自伯之东，首如飞蓬。岂无膏沐？谁适为容！"《西厢记》里的崔莺莺说得最明白："有甚么心情将花儿、靥儿打扮的娇娇滴滴的媚。"这是男方设想对方"别来应是"如此，由于"心已驰神到彼"，故"诗从对面来"。柳永的"想佳人妆楼颙望，误几回天际识归舟"（《八声甘州》）便是。

下片专从自己方面来叙相思。轩"小"而"独"，即使欲排遣愁也不可能，卧不安席，食不甘味，直逼出一句"情绪好无聊"。这句浅白直率，却是一句大老实话。同是周邦彦的"最苦梦魂，今宵不到伊行"；"天便教人，霎时厮见何妨"（《风流子》）；"拼今生，对花对酒为伊泪落"（《解连环》）；这些写刻骨相思的率直语言，张炎认为"一为情所役，则失其雅正之者"，"所谓成浇风也"（《词源·杂论》）。况周颐持截然相反的态度，他说："此等语愈朴愈厚，愈厚愈雅，至真之情，由性灵肺腑中流出，不妨说尽而愈无尽"（《蕙风词话》卷二）。后说为是。对"情绪好无聊"亦应作如是观，因为它表现了"至真之情"，虽"说尽而愈无尽"。结三句用笔潇洒，语淡味浓。萱草别名很多，通常又称鹿葱、忘忧、宜男、川草花、金针花等等。嵇康写进他的《养生论》："合欢蠲愤，萱草忘忧，愚智所共知也。"《诗经》叫它谖草。《卫风·伯兮》："焉得谖草？言树之背。"《传》："谖草令人忘忧。"李时珍在《本草纲目》除重复上面的话，并引李九华《延寿考》云："嫩苗为蔬，食之动风，令人昏然如醉，因名忘忧。"然唐宋诗人孟郊、梅尧臣等对"忘忧"都提过质疑。"一丛萱草"的本意是说：相思情切，即得萱草，也不能忘忧，暗含有刘敞（原父）诗意："种萱不种兰，自谓可忘忧；绿叶何萋萋，春愁更茫茫"。"几竿修竹"，取意杜甫《佳人》诗："天寒翠袖薄，日暮倚修竹。"诗中的"佳人"有高节的情操，故与"多节本怀端直性，露青犹有岁寒心”（刘禹锡《酬元九侍御赠壁州鞭长句》）的竹并列。这句赞对方的品德。最后以缠绵不尽的相思作结：“数叶芭蕉。”芭蕉在诗词中一向是愁的象征。唐人张说《戏草树》诗：“戏问芭蕉叶，何愁心不开。”李商隐《代赠二首》其一：“芭蕉不展丁香结，同向春风各自愁。”李煜《长相思》词：“帘外芭蕉三两窠，夜长人奈何。”萱草，修竹，芭蕉，或许“小轩独坐”目之所见，但均有蕴意。三句皆缀以数目字，联系开头的四叠字，尤觉意蕴悠远，辞情并茂。顾景芳谓小令应“风情神韵正自悠长，作者须有一唱三叹之致。淡而艳，浅而深，近而远，方是胜场”（田同之《西圃词说》）。求之于此词，信然。

惜奴娇

石孝友

我已多情，更撞著、多情底你。把一心、十分向你。尽他们，劣心肠、偏有你。共你。风了人、只为个你。
宿世冤家，百忙里、方知你。没前程、阿谁似你。坏却才名，到如今、都因你。是你。我也没、星儿恨你。

【鉴赏】

这首词，似写一个妇女对所钟情的男人絮絮叨叨地倾诉衷肠，全篇所述皆是“我已多情”。但若从“忌直贵曲”（施补华）、“若一直流去，如骏马下坡，无控纵之妙”（方东树）说，便应看作两人相对互表情意，似更见情致，遒依此析之。

“我已多情，更撞著、多情底你。把一心、十分向你”。开头男的向对方表白心意。把两个原是陌生的人联系在一起，是由于彼此都“多情”。这是缘分。表示这爱情是有基础的，也是建立在相互爱慕上的。“撞著”，不期而遇，一下碰上，竟成为情人，真是天意，喜出望外。这两字虽浅俗，却有妙趣、妙意。所以“把一心、十分向你”。心只有一个，爱心却有十分。对于男人的爱情表白，这位多情的妇女并未立刻做出回应，一是她深沉含蓄；二是她想先解除他的忧虑，这是深一层的爱的表示。“尽他们”，尽同“侭”，意为任凭，侭管。这三个字意思不完整，似是说尽管他们如何如何。“他们”，旁观者，除两人之外的那些人。潜台词是：任凭他们怎么议论，说三道四，我都不在乎。“劣心肠、偏有你”。“劣”，软弱。曹植《辨道论》：“骨体强劣，各有人焉。”这里说心肠软弱，引申有慈善、善良意。“偏有你。共你。”在我的心灵中，偏独有你的形象位置。“风了人，只为个你”。风通“疯”。乔吉《扬州梦》第一折：“这风子在豫章时，张尚之家曾见来。”陆游《自述》诗其二：“未恨名风汉，惟求拜醉侯。""人",人家,对人称自己。这里有表示娇痴的意味。在别人看来,我似乎走火入魔,痴迷狂呆,但都只是为了你!连用"尽""偏""只"三个表示程度的副词,充分表现出她的爱意。

听了妇人的一片痴情话,男子深受感动,不由地脱口喊出:"宿世冤家"极其亲切亲昵的话。"宿世",封建迷信谓过去的一世,即前生。《法华经·授记品》:"宿世因缘,吾今当说。"王维《偶然作》诗其六:"宿世谬词客,前身应画师。""冤家",旧时对所爱的人的昵称,为爱之极的反语。陈亚《闺情》诗:"拟续断来弦,待这冤家看。"黄庭坚《昼夜乐》词:"其奈冤家无定据,约云朝又还雨暮。"词这里是说他们现在的情爱,早在前世就注定了。况周颐《蕙风词话》卷二引前人所记:"有云:冤家之说有六:情深意浓,彼此牵系,宁有死耳,不怀异心,所谓冤家者一。……"这里"冤家"恰有此意。但是转而他又说:"百忙里,方知是你。"显然又有点作态,潜台词是:我日忙夜忙,连女人们对我的青睐都顾不上,到后来才"撞著"了你。既有讨对方欢心的意思,也有得意自逞的一面。这一来引起女人的不高兴,她反唇相讥:"没前程、阿谁似你。""前程",未来的境况,多指功业而言。出语尖锐泼辣,又毫不留情面。这两句暗和前面"尽他们"相联,看来这位男士确有点外强中干。于是他不无尴尬、急不择言:"坏却才名,到如今、都因你。"至此,这对男女关系的透明度更清晰了:他们的相爱遭到社会的物议,似乎男方受到更大的责难,当女的强言以对时,他内心的积郁一下喷发出来。为缓和局面,女的只以似爱似娇仍含点嗔意地吐出两个字:"是你。"她并不服气,却不愿多说,言外的话是:你没本领,咋能怨我。男的毕竟心虚,马上见好就收:"我也没、星儿恨你。"我一星半点都没有恨你呀!……如果现代人写起小说来,接着大概是亲密地拥抱吧!

从以上对两人对话的缕析看,这是一首构思奇妙独具一格的写男女情爱的词。语言不仅口语化,而且性格化,使读者有如见其人的感受。毛晋跋石孝友《金谷遗音》称其一些篇什"轻倩纤艳,不堕'愿奶奶兰心蕙性'之鄙俚,又不堕'霓裳缥缈、杂佩珊珊'之叠架"。描写男女恋情轻巧倩丽,柔婉细腻,既不俗鄙,有市井的庸俗气,也不叠床架屋,堆砌板滞,而自然清新,鲜活生动。这类词远绍敦煌曲子词民间作品,近承柳永的俚词而无其荡子气,下启元代戏曲的萌发滋生。李调元赞作者为"白描高手",谓本词"开曲儿一门"(《雨村词话》卷二),是为知言。过去对词的评论多囿于传统的定格,视此类词为诽谐戏谑之作,不免有所忽视了。

卜算子

石孝友

见也如何暮。别也如何遽。别也应难见也难,后会难凭据。

去也如何去。住也如何住。住也应难去也难，此际难分付。

【鉴赏】

离情别绪，在词中是一个早不新鲜了的主题。这首小词在写法上颇有自己的特点。“见也如何暮。别也如何遽。”相见呵，为何这般地晚？相别呵，为何这样的急？“如何”，为何；为什么。但又有奈何，怎么办意。《诗·秦风·晨风》：“如何如何？忘我实多”！白居易《上阳白发人》诗：“上阳人，苦最多。少亦苦，老亦苦，少苦老苦两如何”？这里正含有两层意：不理解为什么，又毫无办法。而偏又见“暮”别“遽”，相会的时间如此短促，怎么不倍感伤情?！两句各著一“也”字，别具声韵，似闻人的连声叹息。后来《西厢记·长亭送别》：“恨相见得迟，怨归去得疾”亦正是此意，但恨怨形诸字面，词隐曲显，可见一斑。一起两句分言过去和现在。故第三句再作勾连：“别也应难见也难。”意为见既暮且难，别既遽且难。但两个难字取义不同：前一个“难”字含难过、难受、难耐意；后一“难”字含艰难、不容易意，犹如“蜀道之难难于上青天”句意。别难主要是感情的因素在起作用；见难是由于世事茫茫，人事错迕，主要的因素在社会方面。所以“后会难凭据”，非不愿见，世事的变化，人事的坎坷际遇，又岂是个人所能左右的！两个“难”字包含的内容不同，而感慨之情愈到后来愈重，几至唏嘘呜咽了。

上片“情”在送者，下片“情”在行者。“去也如何去。住也如何住。”临别踌躇，欲行又止。这里“如何”作什么时候解。《诗·小雅·庭燎》：“夜如何其？夜未央。”看来是非走不可了，可是万般依恋，又不知什么时辰走好了。那就索性不走了吧！但“住也如何住”——非不愿住实不能住也。孙光宪《谒金门》词：“留不得！留得也应无益。”这是从送者方面立意。“留不得”是过去的无数事实形成的认识，可是真要当分手时，又希望他“留得”，思索沉吟，意欲挽留，结果得出的是“也无益”，于事何补！这里从行者方面着笔，言外之意是：即使再拖时间也终得要去的。仍和上片结构一样，用“住也应难去也难”勾连，而两“难”字含意也仍不同：住难，由于社会的人事方面的原因，即艰难，不容易，意若“留得也应无益”。去难，主要是感情的因素在起作用，即难过、难受、难耐意。百转千回，感情始终寻找不到出路，最后，情如排山倒海奔涌而来，却又戛然而止：“此际难分付。”当此将别之际，万种柔肠，千般情意，都再也无法排解了！真是“此情深处，红笺为无色”（晏几道《思远人》）。分付（吩咐），安排之意。毛滂《惜分飞·富阳僧舍代作别语》：“今夜山深处，断魂分付潮回去。”

李调元《雨村词话》卷二评此词曰：“词中白描高手无过石孝友。《卜算子》云（词见上）所谓不著一字，尽得风流。”意即词写离情很含蓄。这首词的确很有艺术特色，它表现在：一、构思新颖巧妙。写离情的词，从唐五代以至南宋，高手如林。

此词贵在破除窠臼，自立框架。首先由始至终八句完全抒情，无一景语。抒情不粘滞，那些一向为人描摹的难割难舍的缠绵情状，都置之笔外，而表现别情依依，却不在诸如“执手相看泪眼，竟无语凝噎”（柳永）；“香囊暗解，罗带轻分”（秦观）；“去意徊徨，别语愁难听”（周邦彦）等等之下。其次，用笔直中有纡，它不做烘托渲染，亦无那么多的“现场描写”，但此中人的形态读者可于想象中得之。不着形迹，而深情若许，此真善于言情者也。复次，作者于词中四用“如何”，五用“难”字，八用“也”字。从前二字的多义性，其在不同境界的蕴意，本来一个极平常的字，却有那么大的艺术魅力，真令“吟安一个字，捻断数茎须”（方干《赠喻凫》）者流扼腕矣。全词声情和谐，而又拗怒激楚，很好地表达出那既怨且恨而又无可奈何的情怀。

浪淘沙

石孝友

好恨这风儿，催俺分离！船儿吹得去如飞，因甚眉儿吹不展？叵耐风儿！
不是这船儿，载起相思？船儿若念我孤栖，载取人人蓬底睡，感谢风儿！

【鉴赏】

这首词和上首《卜算子》一样，又是用白描。从词意看，此刻女主人公已船行江上。满帆风急，船行迅速，不由生出“好恨这风儿，催俺分离！”这话从人之常情和事物的常理来说，虽缺乏依据，但从此境、此情、此人的内心世界，设身处地地为她想一想，就会觉得“无理”却有情，深层次表现她的“恨”，故“无理而妙”（贺裳语）。接着她又生奇思异想：“船儿吹得去如飞，因甚眉儿吹不展？”眉因愁而皱，所谓“愁到眉峰碧聚”（毛滂），“柳眼传情，花心覆恨”（曾协）。船重眉轻，吹得船儿去如飞，却吹不展一双愁眉！从置身事外的人看，本是很自然的事，却引起她的疑云和埋怨，又是“无理而妙”，“无理而有情”。她多么想惩罚风儿一下呀，可是“叵耐风儿”！谁也奈何它不得，真是可恨又可恶！“叵耐”亦作“叵奈”。不可奈；可恨。唐无名氏《鹊踏枝》词：“叵耐灵

鹊多谩语,送喜何曾有凭据。”这里愈发奇想,愈多怪思,愈对风儿发出怨怒,愈表现出女主人公那种强烈真挚的相思之情。

上片写了风,下片径从船儿写起。“不是这船儿,载起相思?”李清照说:“只恐双溪舴艋舟,载不动许多愁”(《武陵春》)。此用问句,但问中有肯定:若不是这偌大的一只船儿,自己这一腔相思如何装得下载得起?“愁之为物,惟惚惟恍”(曹植),本无重量可言,她却似乎能感受到。因此她对船儿似有了好感,转而把希望寄托在它身上:“船儿若念我孤栖,载取人人篷底睡。”“人人”,词中对所昵之惯称,此指所思念者。欧阳修《蝶恋花》词:“翠被双盘金缕凤,忆得前春,有个人人共。”晏几道《生查子》词:“归傍碧纱窗,说与人人道。真个别离难,不似相逢好。”希望船儿怜自己孤独寂寞,把想念的人儿载放在篷底下睡,这种美丽的幻想,与欧阳修《渔家傲》颇相仿佛:“愿妾身为红菡萏,年年生在秋江上。更愿郎为花底浪,无隔障,随风逐雨长来往。”结以“多谢风儿”!她的愿望能实现么?还是“船儿吹得去如飞”,把她越载越远呢?她这一声“多谢”却仍表示出她那赤诚的心和对爱情的强烈追求!正是“有有余不尽意”(张炎《词源》)。

拘于过去出现在诗词中的行者多为男人,或说此词由首至尾是男人在“演唱”,女人似无此大胆。不过从两人的关系,如果是风尘知己,也很难说就无坐船的份儿。石孝友的词,无论构思架框,语言、写法,都敢于“创造”。此词从讲话的口吻说,主角更像女人。全首通俗浅白,却又内蕴深沉含蓄,与那些表面风趣、幽默而流入滑稽者流不同。它源于民歌,却无“男子而作闺音”(田同之语)的痕迹。通常写离情那种“伤如之何”的情调,淡然远去,我们好像听到只有悠扬的“风儿”“船儿”声,在晴空万里的江上,飘荡,飘荡……

陈亮 (1143~1194)字同甫,号龙川,浙江永康人。南宋政治家、哲学家、词人。力主抗金,曾几次遭受迫害。他与辛弃疾交往至密,词风亦相近,其词慷慨激昂,风格豪放。著有《龙川文集》《龙川词》。

念奴娇 登多景楼[1]

陈亮

危楼还望，叹此意、今古几人曾会？鬼设神施[2]，浑认作、天限南疆北界。一水[3]横陈，连岗三面，做出争雄势。六朝何事，只成门户私计？
因笑王谢诸人[4]，登高怀远，也学英雄涕[5]。凭却长江，管不到、河洛腥膻无际[6]。正好长驱，不须反顾，寻取中流誓[7]。小儿破贼[8]，势成宁问强对。

【注释】

①多景楼：故址在今江苏省镇江市北固山甘露寺内。

②鬼设神施：形容江山形势险要，如鬼斧神工特意创造而成。

③一水：指长江。

④王谢诸人：泛指东晋南迁后的上层人物。

⑤学英雄涕：据《世说新语·言语》记载，渡江后的东晋士大夫文人，常到金陵新亭宴饮，周顗叹息说："风景不殊，正自有山河之异！"大家一听，都相视流涕。独王导愤然说："当共戮力王室，克服神州，何至作楚囚相对！"

⑥河洛：泛指中原地区。腥膻：牛羊的腥臊气，这里借指入侵的金兵。

⑦中流誓：典出《晋书·祖逖传》：祖逖率兵北伐，过江至中流，击楫而誓曰："祖逖不能清中原而复济者，有如大江！"

⑧小儿破贼：淝水之战，谢安之弟谢石及子侄辈大破前秦苻坚80万大军，得知捷报后，谢安并不喜形于色，只是淡淡说了句："小儿辈遂已破贼。"

【鉴赏】

陈亮作为辛弃疾志同道合的朋友，虽然与辛弃疾同具一副忠肝义胆，却远没有辛弃疾那般"幸运"。辛弃疾虽然是个失意的英雄，可他毕竟在青年时代有过叱咤风云的壮举，在抗金的战火中显露过不凡的身手，从而获得了日后回忆的资本，也赢得了世人的惊叹和仰慕。而陈亮一生却只是在文场上摇旗呐喊，没有机会像辛弃疾那样在战场上拼搏厮杀。他只能拿着笔杆子战斗，驳斥投降派的谬论，激发君臣的志气。这首词是淳熙十五年(1188)陈亮到金陵、京口考察形势时所作，意在说明"江南之不必忧，和议之不必守，虏人之不足畏"，以劝孝宗皇帝决策进攻，早日完成恢复中原的大业。词的上阕主要描写京口的风物形势，意在说明京口地形险要，既可防守，亦可进攻，因此词人感慨六朝君主只图苟且偷安的可耻行径。词的下阕借历史事实进行对比，号召应该像祖逖、谢安那样有北伐征战的壮志，鄙弃像“王谢诸人”那样终日感伤悲泣。全词借古讽今，豪气纵横，充满北伐必胜的坚定信心。

水龙吟 春恨

陈亮

闹红[①]深处层楼，画帘半卷东风软。春归翠陌，平莎茸嫩[②]，垂杨金浅[③]。迟日[④]催花，淡云阁雨[⑤]，轻寒轻暖。恨芳菲[⑥]世界，游人未赏，都付与，莺和燕。

寂寞凭高念远，向南楼、一声归雁。金钗斗草[⑦]，青丝勒马，风流云散。罗绶分香[⑧]，翠绡封泪[⑨]，几多幽怨？正销魂，又是疏烟淡月，子规[⑩]声断。

【注释】

①闹红：一本作“闹花”，形容百花盛开。

②平莎：平原上的莎草，或说平整的草。茸嫩：形容初生之草十分柔嫩。

③金浅：指嫩柳的浅淡金黄颜色。

④迟日：春日昼长，故曰“迟日”。

⑤阁雨：把雨止住。阁，同搁，停止。

⑥芳菲：芳华馥郁。

⑦斗草：古代女子的一种游戏。此处指妇女春游。

⑧罗绶：罗带。分香：指解罗带散发出香气分散。

⑨翠绡：翠绿的丝巾。封泪：指丝巾裹着的泪痕。

⑩子规：杜鹃鸟，鸣啼凄厉。

【鉴赏】

本词别本题作“春恨”，是借春日登楼有感，抒发思念中原失地的怀远之情。

上阕开始，作者以赋的笔法来描绘春光，先是勾勒出一个繁花似锦而又十分幽深的居处。高楼掩映在花开深处，春风轻轻柔柔，画帘半卷半掩。“闹红”百花盛开之意，“深处”二字将层楼与喧嚣的人世隔离开来，词句生动的表达出层楼的隐蔽幽静。接着“春归翠陌”六句，淋漓渲染春光之明媚与气候之宜人：春回大地，小径两旁碧绿伸展，平野上生长出成片的嫩草，杨柳垂满淡淡的浅黄。长长的春日，催放着缤纷的花；淡淡的云彩，刚收住轻飞的雨，天气轻寒轻暖，温和宜人。但至“恨芳菲”末几句，词意来了一个大转折：只恨如此芬芳馥郁、景色迷人的大好春色，却无人欣赏，全都付给了黄莺和飞燕。作者写到这里，仿佛让我们感受到这样一幅画面：闹花深处的一檐红楼，画帘卷处隐现的一个倩影，在明丽的春景中，却是一次次寂寞的凭栏。也有些评论认为，此词写的不是儿女情的“春恨”，而是“国破山河在，城春草木深”那种“春恨”，它寄寓着对祖国南北分裂，国耻未雪，家仇未报的悲愤。

下阕承上阕之意，写楼上之人思念北方的中原故国。“寂寞凭高念远，向南楼、一声归雁。”寂寞时登高凭栏，勾起的只是对远方的忆念，面向南楼，听着有一声声归雁的哀鸣。“南楼”一典，指东晋元老重臣庾亮镇守武昌，秋夜登南楼的故事！暗取其抵御外侮之意。作者写到这里，感今忆昔。“金钗斗草，青丝勒马，风流云散。”春日里，曾与远人抽钗斗草嬉笑，驾着青丝勒马的轻车漫游，但这一切风流的日子都已成过眼云烟。“罗绶分香，翠绡封泪，几多幽怨?”你赠予我熏香的罗带，那翠色的丝巾上还有你的泪痕，那里包含着你多少幽怨。“金钗斗草”“罗绶分香”两句以对比的方式，表现出登楼人离乱前留下的美好记忆和如今的痛苦心情，借男女别情来抒发自己对故国的怀念与怅恨。最后三句从“念远”回到现实之中，“正销魂，又是疏烟淡月，子规声断。”意思是子规的一声声鸣啼，将我从幻梦中惊回，眼前看到的还是那一弯初升的淡月，一抹袅袅的疏烟……“又是”二字，加重了“春恨”的分量，写出作者寂寞销魂的凄苦心境，给读者留下无限的幽想余思。

全词意境凄婉，柔丽中蕴含着一股刚劲之气。在这首词中，作者与抒情主人公时分时合，或虚或实，使作品隐约曲折、耐人寻味，艺术效果不在壮怀激烈的言词之下。刘熙载《艺概》认为本词有政治寄托，非一般春怨闺思。

水调歌头

陈　亮

不见南师久，漫说北群空。当场只手，毕竟还我万夫雄。自笑堂堂汉使，得似洋洋河水，依旧只流东。且复穹庐拜，会向藁街逢。
尧之都，舜之壤，禹之封。于中应有，一个半个耻臣戎。万里腥膻如许，千古英灵安在，磅礴几时通。胡运何须问。赫日自当中。

【鉴赏】

宋孝宗淳熙十二年(1185)十一月，章森奉命出使金国，为金主完颜雍祝寿。作者对此深感耻辱，在友人章森出发之前，慨然以词相赠。

上片为友人壮行。“不见南师久”，暗含对朝廷不思北伐的不满。“漫说北群空”，强调宋朝有人才。“当场”以下，以国家与民族的奇耻大辱激励章森，希望他能不辱使命，做个堂堂正正的汉使。

下片抒发作者胸中的感慨。“尧之都”以下五句，以连珠式的排句喷薄而出，二十字一气贯注，痛切呼唤千古不灭的民族之魂。这几句犹如奇峰拔地而起。犹如利剑猛然出鞘，慷慨激昂，使人投袂而起，充分揭示了全词的主题。结句“胡运何须问，赫日自当中”，痛快淋漓地倾泻了豪情，对未来充满了信心。此词既批判了昏庸的朝廷，又赞许鼓励友人的出使，还鞭挞了敌人的罪恶。

作者在表现这些复杂曲折的心情时挥洒自如，从本是有损民族尊严的行为中，表现出强烈的民族自豪感；从本是可悲可叹的被动局面里，表现出诛灭敌人的必胜信心。词人以议论入词，既痛快淋漓，又形象可感；立意高远，通篇洋溢着乐观主义的情怀和昂扬的感召力量。在陈亮的词作中，此篇堪称压卷之作。

贺新郎

陈 亮

老去凭谁说，看几番、神奇臭腐，夏裘冬葛。父老长安今余几，后死无仇可雪。犹未燥、当时生发。二十五弦多少根，算世间、那有平分月。胡妇弄，汉宫瑟。

树犹如此堪重别，只使君、从来与我，话头多合。行矣置之无足问，谁换妍皮痴骨。但莫使、伯牙弦绝。九转丹砂牢拾取，管精金、只是寻常铁。龙共虎，应声裂。

【鉴赏】

宋孝宗淳熙十五年(1188)冬，作者曾至上饶与友人辛弃疾相叙十日。别后两人互有唱和，本词即其中的一首，题为“寄辛幼安和见怀韵。”

上片慨叹世事。“看几番”三句，与屈原《九章·怀沙》诗中的“变白以为黑兮”是一个意思，控诉了南宋朝廷的是非不分。作者不胜感慨地指出：“父老长安今余几，后死无仇可雪。”身经靖康之难的中原遗老已所剩无几，年轻人已不知复仇雪耻。下片重叙友谊。由于作者与辛弃疾之间的友谊有着共同的基础，因此词人写道：“只使君、从来与我，话头多合。”只要双方不变初衷，即使各自一方也不须挂念。最后，词人以“九转丹砂”与辛弃疾共勉，希望能经得起锻炼，使“寻常铁”炼成“精金”，为国家干一番事业。

贺 新 郎

陈 亮

离乱从头说，爱吾民、金缯不爱，蔓藤累葛。壮气尽消人脆好，冠盖阴山观雪。亏杀我、一星星发。涕出女吴成倒转，问鲁为齐弱何年月。丘也幸，由之瑟。
斩新换出旗麾别，把当时、一椿大义，拆开收合。据地一呼吾往矣，万里摇肢动骨。这话霸、又成痴绝。天地洪炉谁扇鞴，算于中、安得长坚铁。淝水破，关东裂。

【鉴赏】

这首词是淳熙十五年(1188)冬作者与辛弃疾互相唱和中的一首。

上片分析国势衰微之因，批判宋朝统治者屈膝事敌的投降路线。“爱吾民”三句，讽刺朝廷为苟安求和不惜以金帛向敌国纳贡，还无耻地说这是为了“爱民”。

下片为恢复中原而大声疾呼。“据地一呼吾往矣，万里摇肢动骨”两句，慷慨激昂，势不可挡，足以与辛弃疾的名句“气吞万里如虎”相比美。“这话霸”以下，笔锋突转，指出南宋朝廷决不会允许自己施展抱负。作者毫不气馁，欲以天地为炉，熔掉那些妨碍中兴大业的“杂铁”。结句“淝水破，关东裂”，用东晋谢安破敌的典故预言抗金大业必获全胜。全篇慷慨陈词，确如明人毛晋所云“不作一妖语、媚语”(见《龙川词跋》)。

赵师侠 生卒年不详，一名师使，字介之，新淦(今江西新干)人。燕王德昭七世孙。淳熙二年(1175)进士。十五年(1188)，为江华郡丞。能词，其词萧疏淡远，格调高雅。有《坦庵长短句》。

谒金门 耽岗迓陆尉

赵师侠

沙畔路，记得旧时行处。蔼蔼疏烟迷远树，野航横不渡。竹里疏花梅吐，照眼一川鸥鹭。家在清江江上住，水流愁不去。

【鉴赏】

师侠是宗室子弟，长期浮沉于州县下僚，却高标脱俗，志趣雅洁，无心仕途，思慕山林。这首词写于淳熙十三年(1186)初春，词人当时在其从弟吉州(今江西吉安)知州赵师羿幕府，久客思乡，词便是"一掬归心万迭愁"的吐露。这首思归之作写法很妙，浓浓的愁思，却用轻快的笔墨来勾写，歇拍处，方轻轻一折，浮露出一缕淡淡的忧愁。意在象外，韵在情中。

耽岗，在吉州城南，岗下是平阔的赣江。"迓"，迎。一天傍晚，词人去耽岗接一位陆姓县尉。陆尉许是坐船来的，还未到，词人便沿着江边的沙滩小路信步徐行。江上岸边的种种景物，引起了词人的沉吟："沙畔路，记得旧时行处。"起句就跌入回忆。接着"蔼蔼"两句描写勾起回忆的景色：夕阳西下，暮霭四起，远方的小路显得迷蒙不清了；荒野渡口，小船横漂，四周一片寂静。词人暗用韦应物"野渡无人舟自横"的诗意，淡笔白描，轻快地勾勒出江畔晚景。这是一幅宁静的画面。画面中，还飘然步行着一位静默回忆的词人，与景物气氛谐和；然而这位貌似娴静的词人内心深处是不平静的。他在追忆，在遐思，感情在暗暗起伏。环境是宁静的，而词人的内心是活动着的，脚步、视线也是移动的，画面的静与画外的动，构成了矛盾的统一体，造成一种深沉强烈的艺术效果。

过片继续写景。词人去接客，目光随脚步徐徐前移："竹里疏花梅吐，照眼一川鸥鹭。"岸边翠竹丛中，不时冒出几株梅花，昂首怒放，争相报春。竹密花疏，相映成趣；竹绿花红，相得益彰。虽是早春季节，春意实已盎然。竹后的大江之上，洁白的沙鸥白鹭，或翔或游，或散或集，群集江面；江清鸥白，照人眼明。过片这两句，笔法有致。上片宁静的画面，在移动中突然扑入如此生机勃勃的动态：红梅吐艳，鸥鹭游翔，(梅)红(竹)绿(水)清(鸥)白，四色分明，不禁令人视线一亮，心头一振。过片在作法上要求似承又似转，这儿经营得很成功，画面承上片而来，然而视觉、心情暗中都转了。"家在清江江上住。""清江"，江西袁江与赣江合流处。词人的视线由鸥鹭落到滔滔东去的江水上，眼前的赣江与清江相通，"清江江上是吾家"，江水的那头就是亲爱的故乡。词人突然觉得一股强烈的愁意袭来——"水流愁不去"，江水流走了,愁却没有能载走。全词一气贯下,词人一直用闲适而喜悦的目光观赏景物,至此突然挑出一个“愁”字,情绪急转而变。“滚滚闲愁逐水流,流不尽,许多愁。”是什么愁,那么沉重、繁多?从师侠另一首和赵师罙的词中,可以知道原来是归愁,“归兴新来不浅,勾引闲愁撩乱。”词人在思念故乡。歇拍一个转折,挑明了全词的主旨。末句五字三平二仄,后两字又用一入一去,吟读时倍觉顿挫忧伤,曲声戛止而余音不绝。词人的思归之愁与他对仕途的厌倦相一致。因厌倦而思归,因不得归而生愁。

通观全篇,愁为词眼,虽露于后,实藏于前。词人信步沙畔路,眼前似曾熟悉的景色勾起他的回忆。他心中暗叹:这多像“旧时行处”。那么“旧时行处”指哪里呢?至“家在清江江上住”句,才领悟到,原来指他的家乡,眼前景物像他所喜爱的家乡风光,他在触景生情,怀愁思归。也才领悟,前面六句,貌似轻快,其实喜悦的背后潜蓄着浓愁:起句“记得”,便是在愁绪支配下生发的;“迷远树”的“迷”,不仅指视线迷茫,亦暗示心情的迷惘,远路通往故乡,有“故乡不见令人愁”之意;梅竹鸥鹭等旧盟的描写,也大有深意,趣本高远,无奈现实相违。歇拍轻轻一折,挑明“愁”字,愁意轰然涌上,淡淡一缕,越化越浓,将原有的喜悦冲得烟消云散。

杨炎正 (1145~?)字济翁,吉州庐陵(今江西吉安)人。杨万里族弟。宁宗庆元二年(1196)进士,为宁远主簿。嘉定年间任大理司直,后又曾知藤州、琼州。其多数词作风致清爽;有感伤时事之作,沉郁苍凉,风格与辛弃疾较为接近。有词集《西樵语业》。

水调歌头

杨炎正

把酒对斜日,无语问西风。胭脂何事,都做颜色染芙蓉。放眼暮江千顷,中有离愁万斛,无处落征鸿。天在阑干角,人倚醉醒中。

千万里,江南北,浙西东。吾生如寄,尚想三径菊花丛。谁是中州豪杰,借我五湖舟楫,去作钓鱼翁。故国且回首,此意莫匆匆。

【鉴赏】

这是一首秋日感怀词。作者与辛弃疾相从甚密，酬唱很多。人品、气节相类，词品、格调亦相近。淳熙五年(1178)，杨炎正与辛弃疾同舟过镇江、扬州，写下有名的《水调歌头·登多景楼》，抒发请缨无路、虚度年华的苦衷。《登多景楼》词与本词内容相类，词情互为表里，可以参看。

词的上片，写怀才不遇、壮志难酬之愁思，悲壮而沉郁。起首两句，以淡笔轻描愁态：夕阳西斜，词人手持酒杯，临风怀想，突发奇问。斜日，除了实写景物，点明时间外，同时还有虚写年华流逝之意，暗寓岁月蹉跎、青春不驻的感慨。"无语问西风"，谓所问出之于心而不宣之于口。所问者西风，除了点明秋令外，也有与上句的"斜日"同一寓意。这两句是对仗，使人不觉。接下来"胭脂"两句，自然是发问的内容。"芙蓉"是荷花，这里指秋荷。梁昭明太子《芙蓉赋》说它"初荣夏芬，晚花秋曜"。花色红艳，所以词人问西风：为什么(你把)所有的胭脂都做了颜料去染秋荷了(染得它这样红)？正如东风是春花的主宰一样，西风也是秋花的主宰，至少词人在这里是这样认为的。这一问自然是怪特而无理。又何以有此一问？词人来到江边，见秋江上满眼芙蓉，红艳夺目，与其时自家心境大相径庭，所以心里嘀咕，产生了这样奇怪的想头，正如伤春的人，责怪花开鸟啼，可谓推陈出新之笔，以此暗写愁怀，颇为沉郁。"放眼暮江千顷"句，补出上文见芙蓉时已在江边，不疏不漏，"暮"字又回应"斜日"。这千顷大江，"中有离愁万斛，无处落征鸿"，转出写愁正题。以往文人写愁，种种式式：李煜以"一江春水向东流"(《虞美人》)喻之；贺铸以"一川烟草，满城风絮，梅子黄时雨"(《青玉案》)喻之；李清照以"双溪舴艋舟，载不动"(《武陵春》)喻之；皆立意新颖，设想奇特。这里，词人化用庾信"谁知一寸心，乃有万斛愁"(《愁赋》)句，以"万斛"言愁之可量，量而不尽，使抽象无形之愁，化为形象具体之物，比喻妥帖、生动。紧接着"无处"一句，再次极言愁之多，强化愁情：离愁满江，竟连飞鸟立足栖息的地方都没有，何况人呢？愁之无边无际，由此可以想见，真是凄恻悲凉至极。这一句在上面两句的形象比拟基础上对愁情加以浓笔重抹，直至写足写透。以上七句，分作四层写壮志未酬之愁情。从淡笔轻写到暗笔意写，再转为明笔直写，最后又加以浓笔重写，层层递进，层层渲染。在这淡浓、明暗的映衬中，愁情愈发显得强烈、鲜明。当时，词人已三十四岁了，仍然是一介布衣。满腹经济之才，无处施展，怎不使人愁肠寸断。这种"报国欲死无战场"的悲壮沉郁之情，至此淋漓尽致，达到高潮。于是在笔墨酣畅之后，词人又出以淡笔，使语气变得平缓。"天在阑干角，人倚醉醒中"：暮色苍茫，唯有栏杆的一角还可见一线天光；倚着栏杆，愁怀难遣。"醉醒中"，非醉非醒、似醉仍醒的状态，是把酒浇愁(醉)而后放眼观物(醒)情貌的捏合，与东坡《江城子》词"梦中了了醉中醒"句所说的相近。词人饮酒之所以醉，是由于内心积郁，愁绪百结；而仍醒，是因为胸中块垒难平，壮志未酬。两句一边收束上片的离愁别绪，一边又启下片的心理矛盾。结构上显得弛张多变，感情上也顿挫有致，视像上又现出一幅落拓志士的绝妙画图。

下片，词人即调转笔锋，着重刻画报国与归田的心理矛盾。开合张弛，忽纵忽擒。首先是过片三句承接上片意脉，由词人自言其人生道路：客游他乡，栉风沐雨，萍踪浪迹，漂泊不定；接着，由此发出人生如寄的感叹，化用陶渊明《归去来兮辞》"三径就荒，松菊犹存"的诗意，寄寓田园之思。并且紧跟问句，愤然发问：谁是国中豪杰？答语显然：国中豪杰舍我其谁！而英雄又何处可用武？无奈，请助我浪迹江湖的舟楫；我愿效法范蠡大夫，做个钓鱼隐士。把退隐心情表现得委婉有致而又酣畅淋漓，渲染得十分饱满。这几句真实反映了词人遭受了人生的种种挫折，抱负未得施展，理想不能实现，从而憔悴失意，无可奈何的苦衷。《登多景楼》一词有"可怜报国无路，空白一分头""此意仗江月，分付与沙鸥"，袒露的也正是这种思想。这种思想在当时的爱国志士中带有普遍性和典型性。辛弃疾与之唱和的词中就有"倦游欲去江上，手种桔千头"。这些发自内心深处的感慨和悲愤，饱含着多少辛酸苦辣。最后两句，笔调顿挫。在那股去国离家，退隐田园的感情洪流奔腾汹涌之时，骤然放下闸门。从而强烈表现了词人立志报效国家的拳拳之心；倾吐了对故国山河的无限眷恋；惟妙惟肖地再现了词人既欲摆脱一切，又彷徨无地的心态，以及敦厚、忠悃的性情。它与屈原"忽临睨夫旧乡，仆夫悲余马怀兮，蜷局顾而不行"(《离骚》)的爱国精神一脉相通。

杨炎正是一位力主抗金的志士，由于统治者推行投降政策，他的才能、抱负得不到施展。这首词自伤身世，寄慨遥深，细腻真切地表现了他当时那种感时抚事、郁郁不得志的心理活动。虽然悲愁幽怨多于恋土报国，但终究没有消沉不振。全词写得"悲壮而沉郁，忽纵忽擒，摆脱一切"(陈廷焯《词则·放歌集》评此词)。立意炼句也不同凡响。结末二句笔墨奇矫，大有书家所谓无垂不缩、行处能留之妙。豪放、沉郁而有风致，艺术上颇具特色。

蝶 恋 花 别范南伯

杨炎正

离恨做成春夜雨。添得春江，划地东流去。弱柳系船都不住，为君愁绝听鸣艣。

君到南徐芳草渡。想得寻春，依旧当年路。后夜独怜回首处，乱山遮隔无重数。

【鉴赏】

送别朋友，是唐宋诗词中最为常见的题材之一。这方面的名篇佳作，不胜枚举。杨氏的这首送别词，虽非上乘之作，但写得幽畅婉曲，颇有特色。词的发端便直言离恨："离恨做成春夜雨。"与好朋友春夜话别，无尽的离愁别恨化为无尽的春雨；那绵绵春雨就像绵绵友情。"添得"二句进一步写一场春雨，使春江水涨，浩浩荡荡，一派东流去。刬地，此处作"一派"讲。以春江东流，来写离愁滔滔不尽，近于李后主"问君能有几多愁？恰似一江春水向东流"句意。"弱柳"两句写弱柳系不住船，表示尽管殷勤挽留，但朋友还是不得不登船离去。艕同橹；呜艕，指划船的橹摇动时所发出的声音。王安石有《题朱郎中白都庄》诗曰："藜杖听呜艕。"眼看着船儿渐去渐远，耳听那越来越小的橹声，心中既为朋友离去而怅惘，有一种"人去一城空"的失落感；又有对朋友一路风波之劳和前程坎坷难卜的担忧。"为君愁绝"中一个"绝"字，饱含这无限深情。

下片"君到"三句写朋友要去的目的地。南徐，东晋时侨置徐州于京口，后曰南徐；即今江苏镇江市。到了南徐州那芳草如茵的渡口，如果你想寻春，依旧是当年我们曾走过的那条路。这句话下面潜藏的意思是：本是当年你我结伴同行，而今只有你形单影只，一个人独自踏青了。路依旧而人不同，一种物是人非的感慨，深藏在字里行间。结尾"后夜"两句是悬想别后友人思我，回望之时，已是有无数乱山遮隔。这是透过一层的写法，宋词中屡见。下片首称"君"，故"独怜"下亦有一"君"字存在。又因是由词人悬想而出，故"乱山遮隔"之感，亦彼此同之。"词起结最难，而结尤难于起。"（沈祥龙《论词随笔》）这首词结句飘逸、悠然，有不尽之意。这种结法与李白诗《黄鹤楼送孟浩然之广陵》的结句"孤帆远影碧空尽，唯见长江天际流"，以及岑参诗《白雪歌送武判官归京》的结句"山回路转不见君，雪上空留马行处"等一样，都是"'临去秋波那一转'，未有不令人销魂欲绝者也"（李渔《窥词管见》）。

陆氏侍儿有《如梦令·送别》词曰："日暮马嘶人去，船逐清波东注。后夜最高楼，还肯思量人否？无绪，无绪，生怕黄昏疏雨。"这首小令的意境和这首《蝶恋花》的意境，确乎相近，可对读并可互相发明。

张镃 生平不详。

昭君怨 园池夜泛

张镃

月在碧虚中住，人向乱荷中去。花气杂风凉，满船香。
云被歌声摇动，酒被诗情掇送。醉里卧花心，拥红衾。

【鉴赏】

张镃是宋代名将张浚的后代，临安城里的豪富。南宋小朝廷虽蜗居在“一勺西湖水”边，但大官僚家庭依旧是起高楼，宴宾客，修池苑，蓄声妓。据《齐东野语》记载，张镃家中，“园池、声妓、服玩之丽甲天下”，“姬侍无虑百数十人，列行送客，烛光香雾，歌吹杂作，客皆恍然如游仙也”。这首词写的也是欢娱不足，夜泛园池、依红偎翠的生活，就思想内容来说，除了作为当时上层社会生活的诗化记录外，并没有多少积极意义，但这首词和一般的艳体词又有一些区别，作者将“香雾”“歌吹”移带碧池月下，艳丽中透出秀洁，富贵化成了清雅，主人公因过分的享受而迟钝了的感觉也在大自然中变得细腻而敏感了，“夜泛”带上了更多的艺术情调。

我们先看上片。开头一句“月在碧虚中住”，采用了化实为虚，虚实交映的描写手法。“碧虚”一般指碧空，但又可指碧水，如张九龄《送宛句赵少府》：“修竹含清景，华池淡碧虚。”这一句将天空之碧虚融入池水之碧虚中，虚实不分，一个“住”字写出了夜池映月，含虚映碧的清奇空灵的景色。“人向乱荷中去”，由景而人，“乱”字写出了荷叶疏密、浓淡、高低、参差之态，“去”字将画面中的人物推入乱荷深处。“花气杂风凉，满船香。”这两句重点写“夜泛”，作者又将舟行的过程化为风凉花香的感受来写。夜晚泛舟，一片朦胧，视觉为之止，而其他感官则灵敏起来了，些微凉风和幽幽清香都能感受到，作者通过触觉和嗅觉的描写，不仅暗示了舟的移动，也写出了夜池泛舟的愉悦的感受：舟行而凉风习习，花香阵阵，月光如水，乱荷如墨，略加点染，使人恍入其境，神清气爽。

下片开头写“云被歌声摇动”，再取雕镂无形法：一路清歌，舟移水动，水底云天也随之摇动，作者将这种虚幻的倒影照“实”写来，再现了池中波摇云动的景观，又暗用秦青歌遏行云的典故，含蓄地夸示了歌伎声色之美，这一句，写池光与天光合一，空相与色相重叠，融化之妙，如盐在水。在这种清雅的环境中，“酒被诗情掇送”，冷香飞上笔端，酒酿诗情，诗助酒意，“掇送”者，催迫也。于是，下面写醉卧粉阵红围中。词作又一次化实为虚，一语双关，避免了堕入恶趣。“醉里卧花心，拥红衾”，词写的是醉酒舟中，美人相伴，拥红扶翠，但因舟在池中，莲花倒映水底，“醉后不知天在水”，似乎身卧花心，覆盖着纷披红荷。结束能化郑为雅，保持清丽的格调。

据《青箱杂记》卷五载：太平宰相晏殊选诗，凡格调猥俗而脂腻者皆不载；他每吟咏富贵，不言金玉锦绣，而惟说其气象，如所写"楼台侧畔杨花过，帘幕中间燕子飞""梨花院落溶溶月，柳絮池塘淡淡风"等句子，曾自言："穷儿家有这景致也无？"晏殊的诗论对于我们理解这首词有一定的帮助，这首词也是表现园池胜景、富贵生活的，但词作不是堆金砌玉，而是"惟说其气象"。如以写景而论，这首词是声色俱美，其色有碧虚、红衾、白云、翠荷，其声有歌声、水声、风声，其嗅有花香、酒香，但这一切被安置在明月之下，碧虚之上，浓艳就变成了清丽，富贵的景致就淡化成为一种氤氲的气象。

另外，在这一首词中，词人力求将对声色逸乐的追求化入对自然美的发现中，这样，月下泛舟，携姬清游竟充满了一种诗情画意，在某种程度上，纯粹的物质享乐生活就更多地带上了文化生活的因素。当然，这只是一种符合特定时代、特定阶层审美趣味的文化生活，然而，它毕竟比一味描写感官享受的同类内容的作品提供了更多的东西，因此，也就显得更为高明。

菩萨蛮 芭蕉

张 镃

风流不把花为主，多情管定烟和雨。潇洒绿衣长，满身无限凉。

文笺舒卷处，似索题诗句。莫凭小阑干，月明生夜寒。

【鉴赏】

咏物词多有寄托。能够将作者内心的情思同作品外化的意象融合一致，读者若有所悟又难以名状，张镃此词就达到了这种境界。词的上片集中刻画了芭蕉独特的风姿和品性。起句从芭蕉跟别的花卉草木的对比中写出它同中有异的特点。在人们眼光中，"风流""多情""潇洒"是许多花卉草木所共有的，然而词人之所以特别欣赏和赞美芭蕉，却是由于它那与众不同的清逸风姿。芭蕉并不以色彩斑斓、绚丽多姿的花朵来显示它的"风流"，它那下垂的穗状花序毫不起眼；它也不在丽日和风中与群芳争妍，它的"多情"表现得与众不同。到了烟雨空蒙和雨滴拍打的时刻，那些以娇艳的花朵在丽日和风中展露风流和多情的花木都黯然失色了，芭蕉，这才以一身潇洒的绿衣，显示出它那特有的风韵和情致，吸引人们观赏，撩拨人们的情思。一切繁喧炽热跟芭蕉无缘，它浑身上下透出的是无限清凉。这样，我们从芭蕉独具的潇洒、清凉，依稀感受到词人的心灵。词人是赞赏芭蕉的，从芭蕉，观照出了一个风流多情而又潇洒雅洁的文人形象。

下片顺着"绿衣长""满身凉"的拟人化的描写发展,从外形深入到心灵。词人观赏芭蕉,情为之动;芭蕉得遇知音,也动起感情来了。看,那一片片开张伸展的硕大绿叶,就像是在我面前铺开的文笺,要请我在上面题写诗句呢!但我又能写什么呢?这时,明月已升到中天,清辉泻在芭蕉那略被白粉的绿叶上,好像生出了一层薄霜似的,袭来一阵又一阵寒气。唉,别再倚着栏杆痴看了,还是回屋去吧!"莫凭小阑干,月明生夜寒"两句,淡淡地透露出词人在此情此景下若有所思、若有所悟的感触。词人的内心究竟在想些什么呢?是芭蕉的清高与索句的催迫使他感到自愧弗如、无辞以对?是眼前的清冷触使他想到了趋炎附势的尘俗世风?还是"以其境过清"(柳宗元《小石潭记》),"凛乎其不可久留"(苏轼《后赤壁赋》),而只得悄然离去呢?词人没有明白说出,却留下了让读者充分联想、揣测的余地,读来更觉低回不尽,余韵无穷。

在诗词中,芭蕉常常同孤独忧愁特别是离情别绪相联系。李清照曾写过:"窗前谁种芭蕉树?阴满中庭。阴满中庭,叶叶心心舒卷有余情。伤心枕上三更雨,点滴霖霪。点滴霖霪,愁损北人不惯起来听。"(《添字丑奴儿》)把伤心、愁闷一股脑儿倾吐出来,对芭蕉甚至还颇为怨悱。张镃这首词的感情抒发却相当蕴藉含蓄。他的哀愁和悲凉并没有直接倾吐,而是在雨丝烟雾里,在寒夜月色中,朦胧地流露出来。一缕淡淡的哀愁回肠九曲,大有欲吐又吞、含而难露的况味。词人通过对芭蕉独特风姿富有自我心灵观照的描写,使得所咏事物形、神、意兼备,具有丰富的象征意蕴,也增强了那一缕淡淡的哀愁的力度。

满　庭　芳 促织儿

张　镃

月洗高梧,露溥幽草,宝钗楼外秋深。土花沿翠,萤火坠墙腰。静听寒声断续,微韵转、凄咽悲沉。争求侣,殷勤劝织,促破晓机心。

儿时曾记得,呼灯灌穴,敛步随音。任满身花影,犹自追寻。携向华堂戏斗,亭台小、笼巧妆金。今休说,从渠床下,凉夜伴孤吟。

【鉴赏】

据姜夔《齐天乐》咏蟋蟀的小序,张镃这首词是宋宁宗庆元二年(1196)在张达可家与姜夔会饮时,闻屋壁间蟋蟀声,两人同时写来授歌者的。两人词各有特色。

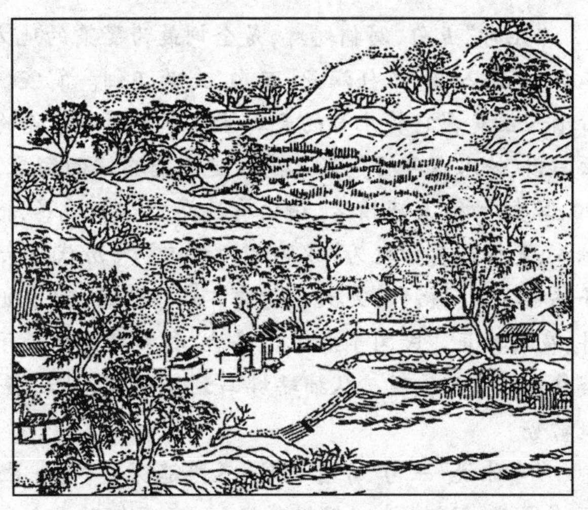

郑文焯校《白石道人歌曲》提道："功父《满庭芳》词咏蟋蟀儿，清隽幽美，实擅词家能事，有观止之叹。白石别构一格，下阕寄托遥深，亦足千古矣。"张镃词无寄托，姜夔词有寄托，各擅胜场，未易轩轾。

上片写听到蟋蟀声的感受。

"月洗"五句，蟋蟀声发出的地方。词人首先刻画庭院秋夜的幽美环境。夜空澄明，挺拔的梧桐沐浴在月光之中。"洗"字传出秋月明净之美。空庭露滋，僻处的小草含润在露水之下。《诗·郑风·野有蔓草》："野有蔓草，零露漙兮。"毛《传》："漙漙然盛多也。""漙"字传出露水凝聚之美。宝钗楼，本是咸阳古迹，邵博曾饯客于楼上，歌李白《忆秦娥》词（《邵氏闻见后录》卷十九），这里借指杭州张达可家的楼台。张镃字功甫、功父，旧字时可，祖籍西秦，张达可当是他的兄弟辈，故信手拈来，寄寓怀念故乡的感情。秋深，点出时令，这是一个多么美好的月皎露漙的秋夜啊！土花，指苔藓。墙下的苔藓顺着墙脚铺去。"沿"字化静态为动态，用字极生动工巧。突然一点萤火，飘坠墙根，把词人注意力引向这里，蟋蟀的声音，便由此传出。许昂霄《词综偶评》云："萤火句陪衬。"所谓陪衬，用视觉里的萤火衬托出听觉里的蟋蟀鸣声，用萤火坠落的无关情节，衬托出蟋蟀鸣声的中心题材。看萤火，听蟋蟀，是词人的生活情趣，而这种生活情趣是从闲适的生活实践中领略到的。《武林旧事》卷十录载了张镃自己记叙的一年十二月燕游次序，题名《张约斋赏心乐事》，自序云："余扫轨林扃，不知衰老，节物迁变，花鸟泉石，领会无余。每适意时，相羊小园，殆觉风景与人为一。"长期过着优游生活的王孙，对此自有甚深的体会。

"静听"五句写蟋蟀的鸣声和听者的感受。"断续""微吟"是蟋蟀鸣声的特点，"转"则有音调低徊突然转变之意。"寒"与"凄咽悲沉"是词人听来的主观感受。杜甫《促织》诗曾以悲丝急管形容蟋蟀鸣声，与此相同。"争求侣"与"殷勤劝织"，是词人对蟋蟀鸣声的体会：蟋蟀鸣，一是为了求侣，二是为了促织。《太平御览》卷九百四十九引陆玑《毛诗疏义》谓蟋蟀："幽州人谓之促织，督促之言也。里语曰：趣织（即促织）鸣，懒妇惊。"破，尽也，煞也，与杨万里《题朝英进斋》诗"用破半生心"的破字用法相同，犹言促尽、促煞。蟋蟀的鸣声推动着织女纺织到晓。这三句似乎是闲笔，却与下片结拍"凉夜伴孤吟"相照应。词人的孤吟和织女的晓机，两两相形，一对生活感到闲淡，一对生活充满热忱，闲笔不闲，别饶韵致。

下片追忆儿时捕蟋蟀、斗蟋蟀的情趣，反衬今日的孤独情怀，抒写今昔之感。

“儿时”五句，写捕蟋蟀，是全词最为警策的地方，为后代词人所激赏。“呼灯”二句，刻画入微。“任满身”二句，尤为工细。贺裳《皱水轩词筌》评论说：“形容处，心细入丝发。”它将儿童的天真活泼以及带着稚气的小心和淘气，纯用白描语言，曲曲写出，给人以耳目一新之感。这一捕蟋蟀的形象，就是王国维《人间词话》所说，“能写真景物、真感情者，谓之有境界。”这一境界，把儿时的乐趣，中年的追思，一起融入，无怪周密称之为“咏物之入神者”（《历代诗余·词话》引）。“携向”二句，写斗蟋蟀。王仁裕《开元天宝遗事》：“每秋时，宫中妃妾皆以小金笼闭蟋蟀，置枕函畔，夜听其声。民间争效之。”亭台，指贮蟋蟀的笼子，即姜夔《齐天乐》小序里说的镂象齿做成的楼观。从捕蟋蟀写到斗蟋蟀，补足当时情事，笔酣墨饱，为下面的感慨蓄势。

“今休说”三句，今昔相较，感慨遥深。《诗·豳风·七月》：“十月蟋蟀入我床下。”杜甫《促织》诗：“促织甚微细，哀音何动人。草根吟不稳，床下夜相亲。”秋凉之夜，听床下蟋蟀的哀音，这种空虚寂寞的凄苦与儿时的欢乐对比，只好不说为佳。宛转含蓄，给人以完整而又多变的美感。张镃于淳熙十四年(1187)自直秘阁、临安通判称疾去职，领祠禄闲居，“畅怀林泉”，“安恬嗜静”（见《武林旧事》卷十所载《约斋桂隐百咏自序》），虽生活优裕，总不免有孤寂之叹，所以末句也非浮泛之语。

咏物词和咏物诗一样，要求把抒发的感情寄寓在所咏的具体的有形之物之中，通过对所咏之物栩栩如生地描绘，把抽象的感情变成可感的形象。这首词既精细准确刻画了蟋蟀、捕蟋蟀、斗蟋蟀的形象，又有词人的主观感喟，是主客观的统一体。

张镃的诗，当时有很大的名声。方回《读张功父南湖集》诗云：“端能活法参诚父，更觉豪才类放翁。”但成功的诗作不多。词亦然。像这样完美的词作，在《南湖诗余》里是不多的。

念　奴　娇　宜雨亭咏千叶海棠

张　镃

绿云影里，把明霞织就，千重文绣。紫腻红娇扶不起，好是未开时候。半怯春寒，半宜晴色，养得胭脂透。小亭人静，嫩莺啼破清昼。
犹记携手芳阴，一枝斜戴，娇艳双波秀。小语轻怜花总见，争得似花长久。醉浅休归，夜深同睡，明日还相守。免教春去，断肠空叹诗瘦。

【鉴赏】

春天，是花的季节，花的世界，姹紫嫣红，群芳争艳。在这百花之中，梅花占于春前，牡丹殿于春后，而海棠花却当春而开。它清而不瘦，艳而不秾，别有一种风姿丽质。论花品，不在梅花、牡丹之下。是以诗人赏爱，吟咏不绝。张镃这首词，作于南湖别墅的宜雨亭上。在宋人海棠词中虽非冠冕之作，却也写得清丽秀逸，婉而有致，饶有情趣。

上片，首起三句"绿云影里，把明霞织就，千重文绣"，总写海棠花叶之美。从宜雨亭上望去，但见海棠枝叶繁茂，如绿云铺地，一片清影。而在这绿云影里，红花盛开，明丽如霞，有如绿线红丝织成的千重文绣。在这三句中，词人连用三个比喻，濡染出红花绿叶交相辉映的秀美景色。"绿云"喻写其枝叶之密，绿荫之浓，点出千叶海棠枝叶茂盛的特征。"明霞"二字，极喻海棠花红艳之色。"文绣"则形容花叶色彩之美。前面加上"千重"二字，又描绘出绿叶红花重重叠叠，色彩斑斓的画面。同时，绿云与明霞，又是明暗的对比，实写与虚想结合，立意构思，着实下了一番功夫。接下去的两句，"紫腻红娇扶不起，好是未开时候"，写海棠花娇嫩之态。因花开有迟早之分，故色泽有深浅之别。深者紫而含光，浅者红而娇艳。后面以"扶不起"三字承接，便生动地描绘出海棠花娇而无力的情态。"好是未开时候"，是由郑谷《海棠》诗的"娇娆全在欲开时"变化而来。诗人赏花，全在情趣二字，张镃和郑谷都爱欲开未开的海棠花，是因为那深红的蓓蕾，在青枝绿叶的映衬中显得格外娇美。它蕴藉含蓄，内孕生机，有一种蓬蓬勃勃的青春活力，最易引发人们美好的情思。宜雨亭上，海棠丛里，面对着那含苞欲放的娇花新蕾，愈看愈美，于是再就"好是未开时候"的"好"字刻意描绘，写出了"半怯春寒，半宣晴色，养得胭脂透"，具体而细腻地形容出海棠花欲开未开时的特殊美感。那点点蓓蕾，一半因春寒而不肯芳心轻吐，一半因映晴色而展露秀容，羞怯娇嫩，直养得蕾尖红透，艳丽动人。当此际，词人完全沉浸在美的追索中，为花的幽姿秀色而陶醉。"小亭人静，嫩莺啼破清昼"两句，笔波一折，转得好也收得好，而且一转即收，恰到好处。一声早莺的啼鸣，打破了清昼的寂静，也唤醒了词人的沉思，极富摇荡灵动之感。上片亭中观花的词情至此辞尽意尽，歇拍自然，从而为下片另辟词境做好了过渡。

下片由写花转而写人。换头以"犹记"逆入，连写五句，记昔日与情人赏花情景。前三句"犹记携手芳阴，一枝斜戴，娇艳双波秀"，回忆芳阴下携手同游，她鬓边斜插着一枝红艳的海棠花，双眸明秀，秋波含情。后两句"小语轻怜花总见，争得似花长久"，写两人在花前小语，轻怜蜜爱，此情当日，花总也得为见证吧！如今花开依旧，而情人不见，深觉情缘之事，"争(怎)得似花长久"！这是词人的感伤，一句又转回现在。词人独自赏花，小亭浅酌，观眼前景，想心头事，流连徘徊，不愿归去。因此吟唱出"醉浅休归，夜深同睡，明日还相守"。在酒意微醺的朦胧醉境中，思人恋花，情意绵绵，暗中叮咛自己休要归去，今夜与花同睡，明日与花相守，日日夜夜与花做伴。苏轼《海棠》诗:“只恐夜深花睡去,高烧银烛照红妆。”“夜深”句,字面用苏诗,而又自立主意。“同睡”,连下句言相伴守而睡。这几句写得缠绵悱恻,婉曲细腻,对花无限眷恋的深情尽皆倾吐出来。末两句,“免教春去,断肠空叹诗瘦”,紧承上三句写出。诉说他所以与花相守,形影不离,乃在于深恐韶光倏逝,花与春同去。这样就在爱花情中又加上惜春之情,感情分量更重,词意也随之打进了一层。意谓若教春去,就要为之断肠,就要作诗遣怀,就要因诗而瘦。“诗瘦”本于李白戏赠杜甫诗:“借问何来太瘦生,总为从前作诗苦。”(见唐孟棨《本事诗·高逸》)这两句机杼自出,翻出新意,技巧亦高,深刻地揭示了一位词人不负韶光的心理活动。读来真挚恳切,直语感人。

章良能 (?~1214)字达之,丽水(今属浙江)人。淳熙五年(1178)进士。历官枢密院编修、起居舍人、宗正少卿等。嘉定元年(1208),试礼部侍郎兼直学士院、御史中丞。二年,同知枢密院事。官至参知政事。有《嘉林集》百卷,不传。《全宋词》存其词一首。

小重山

章良能

柳暗花明春事深。小阑红芍药,已抽簪。雨余风软碎鸣禽。迟迟日,犹带一分阴。

往事莫沉吟。身闲时序好,且登临。旧游无处不堪寻。无寻处,惟有少年心。

【鉴赏】

周密《齐东野语》云:“外大父文庄章公……间作小词,极有思致。”与其他咏春之作相较,本词写得自具一格,既非“须愁春漏短,莫诉金杯满”的及时行乐,亦有异于“坐看落花空叹息,罗袂湿斑红泪满”的深闺伤春,且与一般文士那种“愿花更不谢,春且长住,只恐花飞又春去”的惜春之意也不一致。全词对景遣怀,笔调纡徐起伏、韵味深长而又有所寄托,可以说是“极有思致”了。

首句着眼于“春事深”三字,吴文英词有“燕来晚。飞入西城,似说春事迟暮。”“深”和“迟暮”意思接近;“柳暗花明”是实写春深景色,“柳暗”指出眼前已是“绿暗长亭,归梦趋风絮”的暮春季节,“花明”形容花朵盛放时的光彩和色泽,接下去便是描绘“春事深”的几个特写镜头。

“小阑”两句，画出那小栏杆围着的花圃，红芍药长得枝叶繁茂，花儿已经含苞，好似一支支玉簪，这亦即是晁补之笔下所描写的春末夏初的景象，“春回常恨寻无路，试向我、小园徐步。一栏红药，倚风含露，春自未曾归去。”(《金风钩》)

“雨余”句写风声，鸟鸣声，用杜荀鹤《春宫怨》诗意：“风暖鸟声碎，日高花影重。”正当雨后初晴，风软烟淡，空气温润和暖。“碎鸣禽”即鸟鸣之声细碎，秦观词亦有“花影乱，莺声碎”之句。鸣声随暖风送入耳际，似挽留、似惋惜，真是“留春不住，费尽莺儿语。”这里写出春将逝去而光阴犹足可流连。

“迟迟日”两句，点明季节特征，是白昼渐长，日影阑珊，即所谓“春欲尽，日迟迟。”“一分阴”，言偶有浮云，瞬即消逝。“犹带”两字，使语气显得宛转，对春欲尽不无怅触而情调并不低沉。

换头“往事”两句，作者感慨平生，但不用直抒而故作顿挫。周密记其“一日，大书素屏云，‘陈蕃不事一室而欲扫除天下，吾知其无能为矣，’识者知其不凡。”可见其襟抱脱俗。曹操《短歌行》有云：“青青子衿，悠悠我心，但为君故，沉吟至今。”诗中流露渴慕贤才之意。可见“沉吟”暗寓着对明时和贤才的企求，也即对国事的关怀，这里从眼前光景犹可流连，亦即“时序好”、自己又“身闲”，而拟且莫沉吟，要想登临揽胜，一快胸襟。

“旧游”三句，语意忽又一转，写登临以后触景伤神，心情转向惆怅。刘过《唐多令》结末有云：“欲买桂花同载酒，终不似、少年游。”是说美景当前，载酒泛舟江上，但已无法回复到昔日同舟游乐的心情，李攀龙云其“因黄鹤楼再游而追忆故人不在，遂举目有江上之感，词意何等凄怆。”与之相较，本词末尾虽亦写今昔之感，却不用直叙而用深一层写法，先说旧地风光，历历可寻，但仍怅然若有所失，自己所寻求的究竟是什么呢？“惟有”两字一转指出纵使风景不殊，但年少登临时那种豪情壮怀，却已随流光而消逝，无从寻觅。放眼四望，春光将尽，不禁百感交集，如今国事日非，虽欲有所作为而不可能。词意至此，显得起伏摇曳，感慨无已，不仅是在叹息岁月催人老，而且还含有抱负未伸的隐恨。

刘过 (1154~1206)字改之，号龙洲道人，吉州太和(今江西泰和)人。少有大志，乐道盛衰治世方略。曾力主北伐，未果，遂飘零江湖之间，与爱国词人辛弃疾、陆游等人交往甚密。刘过博学经史百家之书，加之多年的经历,故作词大气,多壮语,词风雄放豪健。有《龙洲词》二卷及《补遗》一卷流世。

沁园春 寄辛承旨[①]。时承旨招,不赴。

刘过

斗酒彘肩,风雨渡江,岂不快哉!被香山居士,约林和靖[②],与东坡老,驾勒吾回。坡谓西湖,正如西子,浓抹淡妆临镜台。二公者,皆掉头不顾,只管衔杯。

白云天竺[③]去来,图画里、峥嵘楼观开。爱东西双涧,纵横水绕;两峰南北[④],高下云堆。逋曰不然,暗香浮动[⑤],争似孤山先探梅。须晴去,访稼轩未晚,且此徘徊。

【注释】

①承旨:官名。辛弃疾曾任枢密院都承旨。据宋岳珂《桯史》卷二记载,宋宁宗嘉泰三年(1203),辛弃疾知绍兴府兼浙东安抚使,派人去临安请刘过前往。刘因事未成行,遂写了这首词交使者带回。

②林和靖:林逋字和靖。

③天竺(zhú):杭州山峰名。

④两峰南北:杭州有南高峰、北高峰。

⑤暗香浮动:林逋有"暗香浮动月黄昏"的咏梅诗句。

【鉴赏】

辛弃疾、刘过都是豪爽英杰,说话作诗快人快语。辛弃疾被任命为一路长官,想请刘过来帮帮忙,刘过当时正在临安,有事不能去,便写了一首词,说明迟些日子再商量的原因。但这原因不好明说,便开玩笑地虚构了一个故事说,他本来觉得乘风冒雨,渡江到绍兴是件很痛快的事,谁知刚出发又被唐代白居易、宋代林逋、苏轼三人给拉了回来。四人在西湖喝酒,苏东坡说,西湖就很美丽,何必冒雨到绍兴去。确实,西湖的美景名胜比比皆是,天竺峰飘浮白云,东西水涧,南北高峰,都是著名的景点。林逋补充说,西湖最美的还是在孤山早梅,不如到那儿探梅去。至于辛稼轩那儿嘛,等天晴了再去也不迟。这首词虽是开玩笑,却很得体。刘过不能即刻应召前去,也许有什么隐衷,下雨及有事固然是不能成行的两个原因,但他通过古人之口,如此赞美临安,也许这才是他不太愿意前去的另一个原因。他用这种拉古人来说笑话的委婉方式来谢绝邀请,使双方都不致难堪,确实是首好词。

沁园春 张路分秋阅

刘 过

万马不嘶,一声寒角,令行柳营。见秋原如掌,枪刀突出,星驰铁骑,阵势纵横。人在油幢①,戎韬总制②,羽扇从容裘带轻。君知否,是山西将种③,曾系诗盟④。龙蛇纸上飞腾,看落笔四筵风雨惊。便尘沙出塞,封侯万里,印金如斗,未惬平生。拂拭腰间,吹毛剑在,不斩楼兰⑤心不平。归来晚,听随军鼓吹,已带边声。

【注释】

①油幢:油布搭制的帐幕。

②戎韬总制:意谓用兵法来部署军队。戎韬,指兵法。

③山西将种:华山以西的地方诞生的大将之才。《汉书·赵充国辛庆忌传赞》云:"秦汉以来,山东出相,山西出将。"

④诗盟:诗人的盟会。

⑤楼兰:汉代时西域国名,在今新疆罗布泊西,地处西域通道上。此借指金兵。

【鉴赏】

这首词描写张路分这个某路军事长官秋季阅兵的威武雄壮场面,刻画了一个能文擅武的儒雅将领形象,并借以抒发了词人抗金恢复的豪情壮志。词的开篇写军队演习,先从听觉形象上渲染演习开始时的豪壮气氛:万马寂静不嘶鸣,突然响起号角声,从将军的营帐传出演习开始的号令。接着从视角形象上来描写阅兵的盛腾场面:秋日的原野一片空旷,枪林刀丛耀眼闪光;铁骑奔驰疾如流星,阵形变换层出不尽。以下则把描写的笔触对准阅兵的主帅张路分:他坐在油幕军帐里,从容指挥这万马千军;手执羽扇轻裘缓带,一派儒将风神;他不仅是武将,而且是诗人;他的草书笔势遒劲如龙蛇飞腾,他的诗思敏捷更是落笔惊人;出塞征战,万里封侯,佩带金印,并非他的全部人生,他志在消灭入侵的敌人,安边定远,换取天下太平。可见这是一个文武双全、胸怀大志的爱国将领。词人刘过也是一个性情豪放、积极主战的爱国词人,曾经伏阙上书陈述恢复方略,因不得重用而放浪荆楚之间。因此他这首词对张路分的刻画既是真实生动的,他的咏赞之情也是发自内心的。词的末尾写阅兵归来的情景,透现出词人深受感染和鼓舞、渴望投身火热的军旅生活的内心情怀。

唐多令

刘过

安远楼小集，侑觞歌板之姬黄其姓者[①]，乞词于龙洲道人，为赋此《唐多令》，同柳阜之、刘去非、石民瞻、周嘉仲、陈孟参、孟容，时八月五日也。

芦叶满汀洲，寒沙带浅流。二十年重过南楼。柳下系船犹未稳，能几日，又中秋。
黄鹤断矶头[②]，故人今在不[③]？旧江山浑[④]似新愁。欲买桂花同载酒，终不似、少年游。

【注释】

①侑（yòu）觞：劝酒之意。侑，古时用奏乐或献玉帛劝人饮食。觞，古时一种盛酒的器皿。歌板之姬：歌女。

②黄鹤断矶：地名，位于武昌西北，上有黄鹤楼。

③不：同“否”。

④浑：全

【鉴赏】

这是一首作于武昌安远楼的应景之制。词人将抚今追昔，满腹感慨的真情倾泻与眼前景物相结合，自然而成。继昌赞之为“小令中工品”（《左庵词话》）。

上阕抒发对时光流逝，物是人非的世道沧桑的强烈感受。二十年前，安远楼落成，恰逢词人少年，满腹为国大计，雄心待放；二十年后，再过此楼，楼前景致依然，江清沙渚，芦叶依然满汀洲，但人之感觉则大不一样了。回想人生中这宝贵的二十年，自己却一直过着“柳下系船犹未稳”的颠沛流离的生活。“能几日，又中秋”句，既包含了对时光飞逝的怅惘，也深含月圆人不圆、山河破碎不可回的凄凉。“重”“犹”“能”“又”等虚字嵌于词句之中，婉转之笔调，更使这等意绪层层叠叠而出，极为苍凉。

下阕以疏俊之笔抒写故友凋零，山河破碎、好梦不再的今昔感慨。位于武昌西北的黄鹤矶，还有那里的黄鹤楼，曾是词人少年时携友瞻望前程，放飞雄心理想抱负之胜地。多少美好时光，都曾留在这里，如今却是人去楼空了。"旧江山浑似新愁"，明写是旧，则暗含有如今满目疮痍的江山在其中，一语双关，此中感情的愁伤，实乃山河之变所致。人去了，楼空了，山河破碎了，心也就死了。即便效仿少年时买花载酒，那强作的欢颜怎么也演绎不出少年时代的情怀。含不尽之悲于此，已是昭昭然。

此词为歌筵酒席即兴之作，故在艺术上表现出的特色就是自然、不饰雕琢。词成之后，便为当时"楚中歌者竞唱之"，深受后人好评，谓之"雅音"（谭献《谭评词辨》）。

西江月

刘 过

堂上谋臣帷幄[①]，边头将士干戈[②]。天时地利与人和，
"燕可伐欤？"曰："可"[③]。
今日楼台鼎鼐[④]，明年带砺山河[⑤]。大家齐唱《大风
歌》[⑥]，不日四方来贺。

【注释】

①帷幄（wé wò）：指商议军事的帐幄。《史记·高祖本纪》云："（张良）运筹帷幄之中，决胜千里之外。"

②边头：边塞。干戈：指武器。

③"燕可"句：意谓若问"金兵是否可以讨伐"，回答是"可以"。《孟子·公孙丑（下）》云："沈同以其私问曰：'燕可伐与？'孟子曰：'可'。"燕：这里指金兵。

④鼎鼐（nài）：本来是指古代用来烹调的两种器具。古人把宰相管理朝政比喻为用鼎鼐和羹调味，后世因以鼎鼐喻相位。

⑤带砺山河：比喻山河久长永存。典出《史记·高祖功臣侯年表序》："封爵之誓曰：'使河如带，泰山若厉，国以永宁，爰及苗裔。'"意思是说黄河不会狭如衣带，泰山也不会小若石砾，因此国家也会长治久安。带砺，也作"带厉"。砺，磨石。

⑥《大风歌》：刘邦建立汉朝后返乡时所唱的歌，歌辞云："大风起兮云飞扬，威加海内兮归故乡，安得猛士兮守四方！"

【鉴赏】

这是一首贺词，既是祝贺当时宰相韩侂胄的生日，也是预祝他主持北伐战争取得胜利。宋宁宗嘉泰四年(1204)，官为宰相的韩侂胄决定举兵北上讨伐金兵，得到朝廷中爱国人士的支持。刘过也感到很振奋，于是值韩侂胄生日之时他写了这首祝寿词送上，没有说那些福如东海、寿比南山之类的俗语谀词，而是赞颂他筹划北伐的举动，预祝他取得北伐的胜利，收复失地，统一祖国。词的上阕分析形势，鼓励北伐说：朝廷有谋臣运筹帷幄，边关有将士待命枕戈，天时成熟地形有利人心顺和；您若要问"可以出兵北伐吗?"回答只有一个字"可"！下阕预祝北伐胜利，收复山河，回奏凯歌，天下安乐！词人满怀信心，热情奔放，洋溢着浪漫主义的豪情！

姜夔 (1155~1221)字尧章，鄱阳(今江西鄱阳县)人，与白石洞天为邻，自号白石道人。姜夔少有文名，而屡试不第，奔走于名公巨卿之门，过着清客生活。但他心性清高，独立不羁。姜夔兼擅书法、音乐、诗、词，是格律派词人的代表作家。姜夔的词，主要是咏物、写景以及爱情词。爱情词在姜词中占有相当大的比例，其词感情真挚，绝不轻薄浮艳。词风既典雅高远又清新峭拔，意境幽深。由于多用暗喻、联想等手法，又具有含蓄之美。张炎评其词云："姜白石如野云孤飞，去留无迹。"(《词源》)《四库全书提要·白石词提要》说姜词"精深华妙，尤善自度新腔，故音节文采，并冠一时"，姜夔对词的贡献，主要表现在形式上，现存自度曲十七首，是研究南宋词乐的唯一完整资料。著有《白石道人诗集》《白石道人歌曲》等。

江 梅 引

姜 夔

丙辰之冬，予留梁溪[①]，
将诣[②]淮南不得，因梦思以述志。

人间离别易多时。见梅枝，忽相思。几度[③]小窗幽梦手同携。今夜梦中无觅处，漫徘徊，寒侵被，尚未知。
湿红恨墨浅封题[④]。宝筝空，无雁飞。俊游[⑤]巷陌，算空有、古木斜晖。旧约扁舟，心事已成非。歌罢淮南[⑥]春草赋，又萋萋。漂零[⑦]客，泪满衣。

【注释】

①梁溪：在今无锡市西郊。

②诣（yì）：到。

③几度：多少次。

④封题：指封缄书信而题写字面。白居易《与元微之书》："封题之时，不觉欲曙。"

⑤俊游：美好的游赏。

⑥淮南：在今安徽淮河以南地区，此指合肥。

⑦漂零：指漂泊流落他乡。

【鉴赏】

词序云"丙辰之冬"，即庆元二年（1196）。本词即是年冬作于无锡。夏承焘《姜白石词编年笺注》的《行实考》谓姜夔早年客游合肥，曾有眷恋歌女的情事。这在他的诗词创作中是屡见不鲜的。如《鹧鸪天》："肥水东流无尽期，当初不合种相思。"这首恋情词就是通过梦境表达自己的相思之情。上阕写久别相思入梦的情景，追忆当年携手相偎的热恋情态，与今日梦中不见而独自徘徊的愁绪形成感情上的强烈反差。下阕写恋人别后，杳无音信，而更觉"十年心事只凄凉"了。"湿红"句是化用晏几道《思远人》"泪弹不尽临窗滴，就砚旋研墨。渐写到别来，此情深处，红笺为无色"的词意，其失望情绪，溢于言表。"歌罢"两句，用《楚辞》淮南小山

《招隐士》"王孙游兮不归，春草生兮萋萋"的诗句，表明时值季冬，春日将至，待到春草萋萋，赋归犹恐了无日期。最后两句，总括全词，好梦已醒，人却不归；禁不住热泪满衣，这既怨恨相会之难，又自伤漂泊身世。正是"笔之所至，神韵俱到"（冯煦《蒿庵词论》）。

点绛唇 丁未冬过吴松作[①]

姜夔

燕雁无心[②]，太湖[③]西畔随云去。数峰清苦。商略[④]黄昏雨。
第四桥[⑤]边，拟共天随[⑥]住。今何许[⑦]？凭栏怀古，残柳参差舞。

【注释】

①丁未：宋孝宗淳熙十四年(1187)。过吴松：这一年作者由湖州前往苏州会见范成大，途经吴松。吴松，又叫笠泽，即今江苏省吴江市，在太湖东。

②燕雁：燕地的大雁，即北方南飞之雁。无心：无心在太湖停留。

③太湖：湖泊名，在今江苏省无锡、苏州、湖州、宜兴之间。

④商略：商议。

⑤第四桥：即吴松城外的甘泉桥，以其泉水居全国第四，故称。

⑥天随：天随子，唐末诗人陆龟蒙的号。他曾长期隐居在吴江上甫里，泛舟闲游，当时人称江湖散人。

⑦今何许：意谓选择今日是否合适？何许，怎么样。

【鉴赏】

这是一首感慨身世、触景伤怀的小词。

上阕开篇"燕雁无心，太湖西畔随云去"，写北国飞来的大雁无心在此停留，顺着太湖西畔随云而去。这正是姜夔前半生浪迹天涯、行踪无定的真实写照，同时也反映了词人旷达任意，不愿为仕宦羁束的情怀。"数峰清苦。商略黄昏雨"。湖畔的群峰清冷萧瑟，好像在商量着是否要下一场秋雨。卓人月《词统》说："'商略'二字诞妙"，意思是说这两个字用得既怪诞又奇妙，这正是姜夔最擅长的拟人化手段。他不仅使青山这等无情物着有情色，更使它们透出一种性灵之美，道出了无限沧桑之感。

下阕直率地表达自己厌倦世俗的狷介性格，"第四桥边，拟共天随住"。姜夔平生最羡慕陆龟蒙那潇洒出尘的生活态度,如今来到了陆龟蒙隐居之处,自然更加心驰神往。“今何许?凭栏怀古,残柳参差舞。”不知今日是否合适?词人倚楼远眺,凭今吊古,却只见柳树的枯枝随风飘舞。“残柳参差舞”,表示了对时世的感伤。陈廷焯《白雨斋词话》说:“通首只写眼前景物,至结处云:‘今何许?凭栏怀古,残柳参差舞。’感时伤事,只用‘今何许’三字提倡,‘凭栏怀古’下,仅以‘残柳’五字咏叹了之。无穷哀感,都在虚处,令读者吊古伤今,不能自止,洵推绝调。”所谓“虚处”,正是姜夔词“清空”的特点,其中意境,任人遐想。

鹧鸪天 元夕有所梦[1]

姜夔

肥水[2]东流无尽期,当初不合种相思[3]。梦中未比丹青见[4],暗里忽惊山鸟啼。

春未绿,鬓先丝[5],人间别久[6]不成悲。谁教岁岁红莲[7]夜,两处沉吟各自知。

【注释】

①元夕:指宋宁宗庆元三年(1197)的元宵灯夕。

②肥水:即淝水。发源于今安徽省合肥县紫蓬山,北流二十里分为二流,东流入巢湖,西流停潴为瓦埠。

③不合:不应该。种相思:与女子相恋而埋下相思的种子。

④“梦中”句:梦里见到心上人,与在画上见到心上人感觉全然不同。

⑤丝:指鬓发苍白。

⑥人间别久:作者初识合肥歌伎至今已经二十多年,故云别久。

⑦红莲:指灯。周邦彦《解语花》(元宵)词:“露挹红莲,灯市花相射。”

【鉴赏】

此词作于宋宁宗庆元三年(1197),词人时年四十二岁。姜夔风流洒脱,一生接触不少烟花女子,但唯有对词中所写的这位合肥歌伎情有独钟,以至数十年间难以忘怀,并为她写下了大量词作,以慰相思之苦。

词的开篇“肥水东流无尽期,当初不合种相思”,点明“肥水”就是与她相见相恋的地方,相思也是在此地种下的。虽言“不合”,却并非真的悔恨当初的相恋,而是苦于不能长相守。流水无尽,犹言此恨无尽期;正如李后主“问君能有几多愁,恰似一江春水向东流”的感慨,起句就已十分沉重。接下来“梦中未比丹青见,暗里忽惊山鸟啼”,写梦境,好不容易梦见心上人,却又被山中啼鸟很快惊醒了。而且梦中的她也看不真切,这恍惚迷离的感觉还不如去端详她的画像。词人为美梦不能持久、不能成真而深感遗憾,只好退而求其次,以凝视她的画像聊以自慰,寄托对她深深的怀念。日所思夜所梦,可见词人对这位女子用情颇深,岂止在这元宵之夜,就是在平常岁月中,他也定然时时把这位女子想起,时时对她的画像凝眸含情。

下阕出语平淡,却情深意切。“春未绿,鬓先丝,人间别久不成悲”。年复一年,鬓发已白,茫茫人海长相别,是否会因为久别而相忘于江湖、不再感到悲伤了呢?一般而论,这种艳遇大多是逢场作戏,不会长久,总会曲终人散;然而词人与这位女子却一反常规,虽然阔别多年,仍然两情缱绻、心心相印。此种交往本已不同寻常,更何况此爱笃诚、此爱弥久,就更令人感动、更让人感慨了!词人于平淡之语中低诉绵绵深情!“谁教岁岁红莲夜,两处沉吟各自知”。此句兼写两面,词人深信不疑,那位多情的女子,也一定会在每年的元宵之夜、甚至在每一天都默默思念着远在天边的他。正所谓身处异地而情发一心!一个在天边举目长叹,一个在窗前低眉沉吟。既有人在天涯的羁旅之愁,又有苦苦相思的断肠之痛,此情此景,何等凄美动人!

全词用语清淡而一往情深,不绝如缕,数十年如一日的相思,是一种怎样强烈而执着的感情!“天若有情天亦老”,何况是痴情儿女!足见词人乃至情至性之人。末尾两句更是“以峭劲之笔,写缱绻之深情,一种无可奈何之苦,令读者难以为情”(唐圭璋《唐宋词简释》)。“感动”不足以表达读者心灵震撼的强度,“难以为情”十分贴切。

踏莎行

姜 夔

自沔东[①]来,丁未元日,
至金陵江上[②],感梦而作。

燕燕[③]轻盈,莺莺[④]娇软,分明又向华胥[⑤]见。夜长
争得薄情知?春初早被相思染。
别后书辞,别时针线。离魂暗逐郎行远。淮南皓
月冷千山[⑥],冥冥归去无人管。

【注释】

①沔东：沔水之东，指武昌。作者曾在此地居处，并由此地东行。

②丁未：宋孝宗淳熙十四年，公元1187年。元日：正月初一。金陵：旧郡名，南宋时名建康府，治所在今江苏省南京市。

③燕燕：作者所恋的歌伎。苏轼《张子野八十五岁尚闻买妾述古今作诗》："诗人老去莺莺在，公子归来燕燕忙。"

④莺莺：亦作者所恋的妓女。

⑤华胥：指梦。《列子·黄帝》篇载，黄帝曾梦游于华胥之国。

⑥冷千山：意谓月光使千山万嶂披上一层寒意。

【鉴赏】

姜白石是南宋著名词人，他的词格调"清空峭拔"，犹如"野云孤飞，来去无迹"（张炎《词源》）。其生平亦如孤飞的野云，漂泊不定。他曾在安徽合肥居住过，"我家曾住赤栏桥"（《送范仲讷往合肥》）。在这儿他有过一段恋爱史，他有好几首词便是为此而作。他写恋情，不同于一些艳词之以软媚纤丽取胜，而是以蕴藉深挚见长，在爱情词中别创一格。这首词，用记梦方式诉述内心深情，无论在艺术构思或者描写手段方面都有独到之处，十分引人注目。

白石20多岁时在合肥结识了一位女子，"正岑寂，明朝又寒食。强携酒，小桥宅"（《淡黄柳》）。由于他行踪不定，往往聚会以后又赋别离："韦郎去也，怎忘得，玉箫分付，第一是早早归来，怕红萼无人为主。"（《长亭怨慢》）这里的小桥、玉箫，都是指他那位合肥的伊人。正因为别多会少，两地相思的离恨也就经常在他笔下出现。

小题指出本词写作时间是孝宗淳熙十四年正月初一，地点是在金陵附近的江上舟中。词虽短小，但却写得迂回曲折，含蓄而多不尽之意。上片写梦境，但不先说破，却着力刻画伊人形象（莺莺、燕燕本为女子名，这儿即指伊人），且轻盈、娇软形容她的体态、举止和谈吐，直使人有如见其人、如闻其声之感。接着点出上面两句乃是写梦中人，作者是在梦中（华胥国）和她相会。"夜长"两句补叙梦中情，两人互诉情怀的口吻宛然在目：她在埋怨薄情郎怎能想象她长夜怀念之苦，他则有感于相思情意比春天来得还快。这是交织着欢乐与痛苦的场面。

下片是梦醒以后。先写睹物思人，随即借用寓于浪漫情调的倩女离魂故事，设想伊人亦如倩女一般，其离魂亦不远千里来与自己梦中相会、黯然归去的凄凉况味，借此展开新的境界。这种写法，做到了白石自己所说的"句中有余味，篇中有余意，善之善也"（《诗说》）。

王国维对白石词多贬语："如雾里看花，终隔一层。"（《人间词话》）但对本词结尾两句却特别推重："白石之词，余所最善者，亦仅二语：'淮南皓月冷千山，冥冥归去无人管。'"(同上)月光皓洁,千山冷寂,在大自然静谧的气氛中,更突出了离魂踽踽独行,伶仃无依的姿影,而词人魂牵梦萦的怜念之情也随而徐徐流露。《人间词话》又指出:诗人"必有重视外物之意,故能与花鸟共忧乐。"花鸟本来不知人的忧乐,所谓"感时花溅泪,恨别鸟惊心"(杜甫《春望》),乃是借花鸟以说明特定环境之下人的主观心情。白石此二语之受到激赏,恐怕也在于其客观的"外物"(冷月千山)与自己主观的内心活动相互映照衬托,从而暗示出词人蕴藏于心底的无限深情。

杏花天影

姜 夔

丙午之冬,发沔口①。丁未②正月二日,道金陵,北望淮楚,风日清淑,小舟挂席③,容与④波上。

绿丝低拂鸳鸯浦,想桃叶⑤,当时唤渡。又将愁眼与春风,待去,倚兰桡⑥更少驻。
金陵路,莺吟燕舞。算潮水知人最苦。满汀芳草不成归,日暮,更移舟向甚处?

【注释】

①发沔口:从沔口出发东行。沔口,汉水入长江之处,在今湖北省武汉市。

②丁未:孝宗淳熙十四年,公元1187年。

③挂席:指船上挂起帆篷。

④容与:缓慢而前的样子。

⑤桃叶:晋王献之的爱妾名。王献之曾于秦淮河口处作诗送桃叶。此处代指作者所恋的女子。

⑥兰桡:木兰制成的桨,此处代指船只。

【鉴赏】

这是一首怀人词,所怀女子仍是合肥歌伎,写于孝宗淳熙十四年(1187),词人从武昌东行途经金陵的途中,时年三十二岁。

上阕写词人抵达金陵时的感受。“绿丝低拂鸳鸯浦，想桃叶，当时唤渡。又将愁眼与春风，待去，倚兰桡更少驻。”船儿停泊在柳丝拂水的渡口，看鸳鸯戏水，顿觉寂寞，不由自主地回想起当年离开合肥时心上人送他行远的情景。虽然眼前春光无限，但词人却满眼惆怅，待要远行，却又倚着船舱恋恋不舍。词人感物伤怀，表达了对心上人无比的思念之情。景色越美，越是勾起对从前恋情的怀念，却又无可如何，百般无奈。

下阕继续借景抒情。“金陵路，莺吟燕舞。算潮水知人最苦。满汀芳草不成归，日暮，更移舟向甚处？”写词人置身金陵这个繁华故都，到处莺歌燕舞，美女如云，但他心中所想的，却只有远在淮东的女郎。算起来，也只有潮水才懂得他心中的苦楚。江渚上芳草萋萋，而他却没有踏上归途，日暮黄昏使人愁，不知船儿又将驶向何方？末句极写暮色苍凉，词人内心烦苦，呆坐船头，竟不觉船儿已驶向江心；把作者的相思之情写得十分凄苦。

此词用语简练，却准确地刻画出人物复杂的矛盾心理。“待去，倚兰桡更少驻”，把作者既想尽快回到情人身边与之欢聚的急切心情，与相见无期的绝望以致忍不住在人群中寻寻觅觅，求得些许安慰的矛盾心情勾勒出来。但是，这种“少驻”的念头却引起他对心上人更强烈的思念，因为没有人能给他安慰，他无法忘记心中所爱，所以说“算潮水知人最苦”，词人也因此倍感痛苦与茫然。

霓裳中序第一

姜　夔

丙午岁，留长沙，登祝融[①]，因得其祠神之曲曰：《黄帝盐》《苏合香》。又于乐工故书中得商调《霓裳曲》十八阕，皆虚谱无辞。按沈氏乐律《霓裳》道调[②]，此乃商调。乐天诗云：“散序六阕[③]，此特两阕，未知孰是？然音节闲雅，不类今曲；余不暇尽作，作“中序”一阕传于世。余方羁游，感此古音，不自知其辞之怨抑也。

亭皋[④]正望极，乱落江莲归未得。多病却无气力，况纨扇渐疏，罗衣初索[⑤]。流光过隙，叹杏梁、双燕如客[⑥]。人何在？一帘淡月，仿佛照颜色[⑦]。

幽寂，乱蛩吟壁，动庾信清愁似织[⑧]。沉思年少浪迹，笛里关山，柳下坊陌[⑨]。坠红无信息，漫暗水、涓涓溜碧[⑩]。飘零久、而今何意，醉卧酒垆侧。

【注释】

①祝融：祝融峰，南岳衡山的最高峰。

②沈氏乐律：指沈括《梦溪笔谈》卷五的《乐律》篇。沈括说："《霓裳曲》凡十二叠，前六叠无拍，至第七叠方谓之叠拍，自此始有拍而舞。"第七叠即中序之始，为舞曲的第一遍。道调：古乐曲的声调之一。《霓裳羽衣曲》为黄钟商调，而非道调，即林钟宫调。

③"乐天诗云"句：白居易《霓裳羽衣舞歌》自注："散序六遍无拍，故不舞。中序始有拍，亦名拍序。"散序六遍，即中序前的六叠预备曲。

④亭皋：水边高地上的亭台。皋，水边高地。

⑤纨扇渐疏：入秋后纨扇渐渐不用。原喻宠爱断绝，此处指天气渐凉。索：萧索。此处指将夏天穿的单衣收拾起来不再穿。

⑥流光过隙：喻岁月如流水般飞逝。《庄子·知北游》："人生天地间，若白驹过隙，忽然而已矣。"杏梁：文杏木的屋梁。司马相如《长门赋》："饰文杏以为梁。"

⑦仿佛照颜色：化用杜甫《梦李白》诗"落日满屋梁，犹疑照颜色"之句。

⑧乱蛩吟壁：许多蟋蟀墙角啼鸣。庾信清愁：北朝庾信的哀愁。庾信被羁留北国后，因思念家乡，曾作《愁赋》，中有"谁知一寸心，乃有万斛愁"之句。

⑨笛里关山：指浪迹天涯，往往在《关山月》的笛声中度过。《乐府解题》："关山月，伤离别也。"柳下坊陌：垂阴遮蔽下的青楼妓馆。坊陌，人家，特指妓女之家。

⑩坠红：喻以前相恋的歌伎。溜碧：流淌的绿水。醉卧酒垆侧：刘义庆《世说新语·任诞》："阮公（籍）邻家妇有美色，当垆沽酒。……阮醉，便卧其侧。夫始殊疑之，待察，终无他意。"此处是作者自比阮籍的放诞。

【鉴赏】

此词写羁旅之愁和相思之苦。

上阕写词人触景生情，勾起了相思。"亭皋正望极，乱落江莲归未得。"这两句写词人独立亭台，举目四望，只见池中红莲花已经凋谢零落。这凄凉破败的景象怎不让人思归怀旧！怎不让人渴望重聚首！但又偏偏"归未得"，此痛何极！一个

“极”字，把词人对所恋女子的思念之情写到深处，“乱落”二字既是写景，也是表达词人内心的狂乱愁苦之情。“多病却无气力，况纨扇渐疏，罗衣初索。流光过隙，叹杏梁、双燕如客。”这几句，是感叹词人近来染病在身，体弱无力，现在天气转凉，单衣、纨扇都收起来了。这时光真如白驹过隙啊！可叹那梁上燕子也像客居的旅人，准备南飞了。词人尽情抒发他羁旅异乡的落寞心情。天涯孤旅已经让人伤心。但是更令他伤心的是不论他身在何处，对情人的思念无时无刻不在咬噬着他的心！“人何在？一帘淡月，仿佛照颜色。”词人暗自呼唤心中的人儿，却不知她在何方？朦胧的月光射入帘内，他仿佛看见月光下她那美丽的容颜。这种思念的万般滋味简直如影随形，伴随着他一生的旅程。

下阕回忆与她相识相恋的情景。“幽寂，乱蛩吟壁，动庾信、清愁似织。”这几句写在乱蛩凄切的秋夜，他像庾信一样愁绪万千，绵绵如织。“沉思年少浪迹，笛里关山，柳下坊陌。坠红无信息，漫暗水、涓涓溜碧。”词人回想少年时浪迹天涯，伴着哀怨的笛音翻越关山，在柳荫下的青楼与她相会。而今时光流逝，她像飘落的红叶音讯杳无，只有那涓涓绿水仍自流淌。词人难以忘记在自己羁旅他乡时，与她共同度过的美好时光，对她给予自己的慰藉和关爱萦系于怀，所以不论走到何处，也无法将她淡忘。然而岁月无情，数年过去，当年的红颜知己不知流落何方，这就更使他肝肠欲断。“坠红”二字照应上阕“乱落”一句，极言其心痛、想念之情。“飘零久、而今何意，醉卧酒垆侧。”词人在外漂泊已久，意兴阑珊，却一直无法开解这样浓烈的情结，所以只有像阮籍一样放诞不羁，消时遣兴，醉卧酒垆旁。

全词情思凝结，凄凉缠绵，如泣如诉，哀哀欲绝。姜夔对于这位女子的感情实非寻常，从前后诸词中可以看出：若非真情所系，一个人是不能如此持久地爱恋对方的，以至于数十年中不论走到哪里，他都会想起她、惦念她，为她牵肠挂肚，为她朝思暮想，为她神不守舍、夜不能眠。词人对爱情的忠贞，使他一生饱尝了离别的痛苦与折磨。

庆宫春

姜夔

绍熙辛亥除夕，予别石湖归吴兴，雪后夜过垂虹，尝赋诗云：“笠泽茫茫雁影微，玉峰重叠护云衣[①]。长桥寂寞春寒夜，只有诗人一舸归。”后五年冬，复与俞商卿、张平甫、铦朴翁自封禺同载，诣梁溪[②]。道经吴松，山寒天迥，云浪四合。中夕相呼步垂虹，星斗下垂，错杂渔火，朔吹凛凛，卮酒[3]不能支。朴翁以衾自缠，犹相与行吟，因赋此阕，盖过旬，涂稿乃定。朴翁咎余无益，然意所耽，不能自已也[4]。平甫、商卿、朴翁皆工于诗，所出奇诡，予亦强追逐之。此行既归，各得五十馀解[5]。

双桨莼波[6]，一蓑松雨[7]，暮愁渐满空阔。呼我盟鸥，翩翩欲下，背人还过木末[8]。那回归去，荡云雪、孤舟夜发。伤心重见，依约眉山，黛痕低压[9]。采香径里春寒，老子婆娑，自歌谁答[10]？垂虹西望，飘然引去，此兴平生难遏。酒醒波远，正凝想、明珰素袜[11]。如今安在？惟有阑干，伴人一霎。

【注释】

①绍熙：宋光宗年号。绍熙辛亥，绍熙二年，公元1191年。石湖：南宋诗人范成大，号石湖居士。石湖是范成大的别墅所在，在今江苏省苏州市。吴兴：旧郡名，南宋为湖州，治所在今浙江省湖州市。垂虹：垂虹桥，又叫利往桥、长桥，在今江苏省吴江东，北宋庆历间建。以其桥拱甚长，状如垂虹，故名。笠泽：太湖的名称。

②俞商卿：俞灏，杭州人，光宗绍熙四年（1193）进士。张平甫：张鉴，南宋张浚之后，张镃的异母弟。铦 xiān 朴翁：葛天民的别号。天民字无怀，绍兴人，初为僧，后还俗，所交皆一时名士。封禺：封禺山，在今浙江省武康县。梁：河流名，源出慧山，流入太湖，相传东汉梁鸿曾隐居于此。以其流经无锡县西门，故古人又称无锡为梁溪。

③卮酒：一杯酒。此泛指酒。

④咎余无益：责备我大可不必如此认真。无益，没什么用。耽：沉迷，喜好。不能自已：自己无法控制约束。

⑤解：乐曲的章节。《古今乐录》："中国以一章为一解。"此指诗词的一个段落，亦代指一首诗词。

⑥莼波：长满莼菜的湖面。莼，又叫凫葵，一种生于水面的植物，嫩时可食。

⑦松雨：细密如松针的雨丝。

⑧盟鸥：即鸥鸟。古人以居于云水之乡，常与鸥鸟相伴，似与鸥鸟有约，故称。北齐刘昼《刘子·黄帝》："海上之人有好鸥鸟者，每旦之海上，从鸥鸟游。鸥鸟至者，百住而不止。其父曰：'吾闻鸥鸟皆从汝游，汝取来，吾玩之。'明日之海上，鸥鸟

舞而不下也。"木末:树梢。

⑨眉山:即远山。古人以远山望如美人之眉,故称。黛痕低压:谓远山在暮云笼罩下,低低地伏在地面。

⑩采香径:小溪名,在今江苏苏州西南。据范成大《吴郡志》载,吴王种香于香山,使诸美人泛舟于此溪以采香,故名。老子:作者自称之词。婆娑:翩翩起舞的样子。

⑪明珰素袜:明珠和白袜。此处代指自己相恋的女子。

【鉴赏】

这首词作于宁宗庆元二年(1196)冬。此时作者与几位女子同乘一舟,由石湖返回湖州,路过垂虹桥时,想起了五年前的往事,触景生情,故而命笔。

上阕写冬末春初之景及词人的恋旧之情。"双桨莼波,一蓑松雨,暮愁渐满空阔。呼我盟鸥,翩翩欲下,背人还过木末"。双桨在布满莼菜的湖面上划动,松风细雨洒落在蓑衣上,暮霭沉沉江天寒,词人呼唤鸥鸟,它却不肯与人相依,反而掠过树梢,飞向远处。寂寥的景致衬托出词人感伤的心境。"那回归去,荡云雪、孤舟夜发。伤心重见,依约眉山,黛痕低压"。此时舟至垂虹桥东,词人忆起五年前与小红同过此桥的往事。五年前,作者曾依范成大在石湖居住,临别时,范成大将歌女小红赠给了他。二人冒着浓云密雪,乘一叶孤舟同归湖州,途中词人曾写过一首《过垂虹》诗:"自作新词韵最娇,小红低唱我吹箫。曲终过尽松棱路,回首烟波十四桥。"其惬意志满的神态翩然纸上。而今旧地重游,眉山依旧,浓雾低垂,如美人的愁眉,而伊人却不知在何方,这怎能不让他黯然神伤呢?

下阕因美人之思而联想到吴王采香径,"采香径里春寒,老子婆娑,自歌谁答"。小舟仿佛驶入寒气袭人的采香径了,词人禁不住起舞高歌,可是有谁与他唱答呢?香径中的美人今已不复存在,他所恋的女子也音信杳然。词人在故地重歌,却没有美人的应和之声了。物是人非的酸楚心情随歌声飘荡在茫茫暮色中,凄清哀婉,袅袅不绝,却得不到回应!"垂虹西望,飘然引去,此兴平生难遏"。举目西望,垂虹桥依然伫立,小船飘然而逝,可纠结在词人心中的这份情怀却终生难了。词人虽如行云野鹤,超然物外,但是他的心已经飞不起来了。"酒醒波远,正凝想、明珰素袜。如今安在?惟有阑干,伴人一霎"。酒醒之后,船已驶出很远了,词人仍然凝神默想着那个耳垂明珠、足穿素袜,令他心醉神迷的美丽少女,不知她如今寄居何处?如烟往事飘过眼前却沉入心底,而眼前只有这船上的栏杆陪他在绝望之中追忆刹那间的美梦了!

此词感物伤情,哀怨缠绵,余音袅袅,词人的怀旧之情如涟漪乍起,撩人心海。

齐天乐

姜 夔

丙辰岁，与张功甫会饮张达可之堂[①]。闻屋壁间蟋蟀有声，功甫约予同赋，以授歌者。功甫先成，辞甚美。予徘徊茉莉花间，仰见秋月，顿起幽思，寻[②]亦得此。蟋蟀，中都[③]呼为促织，善斗。好事者或以二三十万钱致一枚，镂象齿为楼观[④]以贮之。

庾郎[⑤]先自吟愁赋，凄凄更闻私语。露湿铜铺，苔侵石井，都是曾听伊处[⑥]。哀音似诉。正思妇无眠，起寻机杼[⑦]。曲曲屏山[⑧]，夜凉独自甚情绪？西窗又吹暗雨，为谁频断续，相和砧杵[⑨]？候馆迎秋，离宫吊月，别有伤心无数[⑩]。豳诗漫与。笑篱落呼灯，世间儿女。写入琴丝，一声声更苦[⑪]。

【注释】

①丙辰岁：宋宁宗庆元二年(1196)。张功甫：张镃字功甫，有《南湖集》。庆元元年任司农寺主簿。张达可：不详。

②寻：不大功夫。

③中都：都城。此处指北宋京城临安(今浙江杭州市)。

④镂象齿为楼观：指用象牙雕刻成楼台状的蟋蟀笼。

⑤庾郎：北朝文学家庾信，他为梁出使北周后被留在北方，曾作《愁赋》，极言离乡之苦。

⑥铜铺：铜铺首，古代大门上衔住门环的铜质底座。曾听伊处：曾经听蟋蟀呼叫的地方。

⑦思妇无眠：思念远方征人的妇女本难入睡，听到蟋蟀啼鸣，便会起来织布为征人做寒衣。机杼：织布机。陆玑《毛诗疏义》："蟋蟀，幽州人谓之促织，督促之言

也。”

⑧屏山：屏风。以其上往往画有山水，故又称屏山。

⑨砧杵（zhē chǔ）：古时妇女用来捣衣的石板和棒槌。

⑩候馆：客馆。离宫：皇帝出行时居住的宫馆。吊月：对月伤情。

⑪豳诗：指《诗经·豳风·七月》。该诗描写蟋蟀“七月在野，八月在宇，九月在户，十月蟋蟀入我床下”。漫与：漫不经心的描述。世间儿女：乡间的孩童。入琴丝：即谱成琴曲。此句下作者自注云：“宣政间，有士大夫制《蟋蟀吟》。”宣政，指宋徽宗政和（1111～1118）、宣和（1119～1125）年间，此时正是北宋灭亡的前夕。

【鉴赏】

这是一首咏物词，作于宋宁宗庆元二年（1196），词人时年四十一岁。此词意境悲苦，通过咏蟋蟀表达了词人抑郁不得志的身世凄凉之感，以及对北宋王朝沦亡的深切悲痛之情。

上阕铺写人们对蟋蟀鸣声的感受。“庾郎先自吟愁赋，凄凄更闻私语”。词人有感于庾信国破家亡、羁旅异乡的遭遇，表示庾信的《愁赋》已使人凄凄惶惶，而今连蟋蟀也像他一样倾诉着如许悲愁，叫人更哪堪凄凄私语！一个“更”字，抒发了无限悲愁。“露湿铜铺，苔侵石井，都是曾听伊处”。写露水沾湿的门户旁、苔藓丛生的石井边，都是曾听蟋蟀鸣叫之处。“哀音似诉。正思妇无眠，起寻机杼。曲曲屏山，夜凉独自甚情绪”？思妇因为思念远方亲人本已“无眠”，猛听得蟋蟀如泣如诉的鸣声，意识到为征人缝制寒衣的秋季到了，于是起寻机杼，赶制寒衣。看着屏风上的曲水远山，遥想那漂泊在外的亲人，独自在这凄凉的秋夜，聆听着寒蛩凄切，是“甚情绪”啊！词人并不道明，余韵无穷。

下阕紧承上阕，继续写思妇听蛩鸣的感慨。“西窗又吹暗雨，为谁频断续，相和砧杵？”秋风吹动夜雨，敲打着窗户，这蟋蟀的鸣声，为什么不断地应和着捣衣的声响？词人把风声、雨声、砧杵声与蛩鸣声融成一片，相互应和，宛如一篇秋声赋，扣人心弦，诱人愁思，使人倍觉悲凉凄苦。秋虫懵懂，哪知人事，质问之意在于宣泄愁绪。“候馆迎秋，离宫吊月，别有伤心无数”，不论帝王还是平民，不论思妇还是行人，听到蟋蟀的啼鸣，都会“别有伤心无数”，使人心情格外惆怅。一个“吊”字，写出了鸣声的悲咽，透露了人物内心的凄凉。“豳诗漫与”，指前代诗人，听到蟋蟀的鸣声，写出了《诗经·豳风·七月》那样的诗篇。“笑篱落呼灯，世间儿女”，写天真无邪、不知愁苦的儿童提着灯到篱笆墙角夜捉蟋蟀的情景。“篱落呼灯”四字，声情并现，形神并具。词人故著一“笑”字，是慨叹儿时的欢乐已成为过去，流露出饱经沧桑的落寞心态。以喜写悲，更见其悲；以乐写苦，更觉其苦。陈廷焯云：“白石《齐天乐》一阕，全篇皆写怨情，独后半云：‘笑篱落呼灯，世间儿女’。以无知儿女之乐，反衬出有心人之苦，最为入妙。用笔亦别有神味，难以言传”（《白雨斋词话》）。末句“写入琴丝，一声声更苦”，写士大夫把蟋蟀的鸣声谱成琴曲《蟋蟀吟》，弹奏起来，一声声更加悲凉愁苦。本来只是悲秋，现在蛩鸣入乐，随时都能让人闻而生悲。此处由实入虚，笔墨空灵。而篇末自注点明"宣政间"，则大有深意，宣、政年间乃是北宋王朝覆灭的前夕，这时的琴曲，岂是一个"苦"字所能表达，故云"更苦"，耐人咀嚼。

此词善用拟人、烘托手法，写蟋蟀的叫声，比吟赋声、私语声、诉说声，声声悲咽；又连用机杼声、风雨声、捣衣声等声响，以及露、苔、秋、月等景色来烘托，意境凄切委婉，内容丰赡而不雷同。写听者，则有思妇、行人、帝王，以及诗人、乐人，人人伤心；更用世间小儿女的乐，来反衬有心人的悲，造成了浓烈的凄怆悲凉的艺术氛围，感染力很强。词人不正面写蟋蟀的叫声，而以人的感受来写蛩鸣；反之又以蛩鸣来写人的心境；二者融为一体，互相映衬。许昂霄称赏云："将蟋蟀与听蟋蟀者层层夹写，如环无端，真化工之笔也"(《词综偶评》)！

此词上下阕曲断意连，上阕写"夜"，"露"，"凉"，下阕便陪以"暗"，"雨"；上阕写"思妇"，"机杼"，下阕便回应"砧杵"声声；上阕"独自"已惆怅，下阕"又"添新愁。处处皆有照应，浑然一体。

一萼红

姜夔

丙午人日，余客长沙别驾之观政堂①。堂下曲沼，沼西负古垣，有卢橘幽篁②，一径深曲。穿径而南，官梅数十株，如椒如菽③，或红破白露，枝影扶疏。著屐苍苔细石间，野兴横生，亟命驾登定王台，乱湘流入麓山④；湘云低昂，湘波容与。兴尽悲来，醉吟成调。

古城阴，有官梅几许，红萼未宜簪。池面冰胶，墙阴雪老，云意还又沉沉⑤。翠藤共、闲穿径竹，渐笑语，惊起卧沙禽。野老林泉，故王台榭，呼唤登临。
南去北来何事，荡湘云楚水，目极伤心。朱户粘鸡，金盘簇燕，空叹时序侵寻⑥。记曾共、西楼雅集，想垂柳、还袅万丝金。待得归鞍到时，只怕春深。

【注释】

①人日：农历正月初七。长沙别驾：指潭州通判萧德藻，他是姜夔妻子的叔叔。别驾，别驾是汉魏时期州刺史的副职。宋代通判在形式上类似于汉魏时的别驾，故以古官称之。

②卢橘：即金橘。此桔嫩时色黑，故称。幽篁：幽暗的竹林。

③官梅：官府所植的梅树。如椒如菽：指梅花含苞未放时，其苞如花椒和豆子般大小。

④著屐(jī)：穿鞋。此处指步行。定王台：古台阁名，西汉长沙定王刘发所建，故址在今长沙市东。麓山：即岳麓山，在今长沙市西。

⑤云意还又沉沉：指浓云密布，天气阴沉。

⑥朱户粘鸡：梁宗懔《荆楚岁时记》："人日贴画鸡于户，悬笔索其上，插符于旁，百鬼畏之。"金盘簇燕：指春盘中放着燕子形的糕点。周密《武林旧事》："春前一日后苑办春盘，翠缕红丝，金鸡玉燕，备极工巧。"侵寻：渐渐逝去。

【鉴赏】

此词以梅花入题，写词人与友人踏春的情致。

上阕写看到梅花含苞待放，引得词人浏览登临。"古城阴，有官梅几许，红萼未宜簪。"这几句是说古城山阴处有梅花含苞欲放，还不能摘戴。"池面冰胶，墙阴雪老，云意还又沉沉。"池面冰冻未解，墙角积雪未化，天空雾霭沉沉。以上皆言早春的凄凉景象。"翠藤共、闲穿径竹，渐笑语，惊起卧沙禽。野老林泉，故王台榭，呼唤登临。"这几句写词人与朋友穿过翠藤竹径，游兴渐浓，欢声笑语竟惹得沙禽惊飞。他们穿过山林泉石，登上故王修建的亭台楼阁。一片欢声笑语，与前面的阴沉天气形成强烈对比。

词到下阕，情绪陡转，作者望着湘云湘水，不由得兴尽愁来。"南去北来何事，荡湘云楚水，目极伤心。"忽然间词人想到自己浪迹大江南北，再看湘江中白云拂水，顿起漂浮之感，禁不住悲从中来。"朱户粘鸡，金盘簇燕，空叹时序侵寻。"词人看到百姓们在门户上贴着画鸡，春盘里盛满玉燕，又产生时光如梭之叹。他哀叹自己苦苦奔波却一事无成，更可悲的。是他甚至不明白这样辛苦究竟为哪般？但是目睹老百姓欢欢喜喜庆贺新春的热烈场面，却勾起他对这种平常人的宁静生活的热切向往："记曾共、西楼雅集，想垂柳、还袅万丝金。待得归鞍到时，只怕春深。"还记得在西楼雅聚的快乐时光，想来那路边垂柳也已吐露新芽如丝，迎风摇摆、袅娜多姿，流露出词人的思归之心。但是路途遥远，即使是策马加鞭，等他回到家中恐怕也已是暮春时节了。

此词从初春入景，以暮春收笔，处处写景，处处言情。既有赏春的喜悦又有春光易逝、岁月虚度的惋惜和茫然；既有天涯羁旅的厌倦又有对美好生活的向往。感情细腻委婉，流露出封建时代知识分子郁郁不得志的苦闷心情。

念奴娇

姜　夔

予客武陵，湖北宪治在焉[①]。古城野水，乔木参天。余与二三友，日荡舟其间，薄[②]荷花而饮。意象幽闲，不类人境。秋水且涸，荷叶出地寻丈[③]。因列坐其下，上不见日，清风徐来，绿云自动。间于疏处，窥见游人画船，亦一乐也。朅来吴兴，数得相羊荷花中[④]；又夜泛西湖，光景奇绝，故以此句写之。

闹红[⑤]一舸，记来时、尝与鸳鸯为侣。三十六陂[⑥]人未到，水佩风裳无数。翠叶吹凉，玉容消酒，更洒菰蒲雨[⑦]。嫣然摇动，冷香飞上诗句[⑧]。

日暮，青盖亭亭，情人不见，争忍凌波去[⑨]？只恐舞衣[⑩]寒易落，愁入西风南浦。高柳垂阴，老鱼吹浪，留我花间住。田田[⑪]多少，几回沙际归路。

【注释】

①武陵：旧郡名，宋代为鼎州，治所在今湖南省常德市。湖北宪治：指荆湖北路提点刑狱公事的官署。

②薄：挨近，靠近。

③寻丈：一丈左右。寻，古代长度单位，八尺为一寻。

④朅（qiè）来：唐宋人俗语，相当于今言“来到”。相羊：即“徜徉”，徘徊留连。

⑤闹红：指盛开的成片荷花。

⑥三十六陂：言池塘甚多。三十六，虚数词，言其多。王安石《题太乙宫壁》诗：

"三十六陂春水,白头想见江南。"水佩风裳:以水为佩饰,以风为衣裳。李贺《苏小小墓》诗:"风为裳,水为佩。"

⑦玉容消酒:喻荷花的粉红色如美人脸上酒晕才退。菰蒲:菰菜和菖蒲,两种水生植物名。菰菜,夏季开花,秋季结实,其实称菰米,可煮食。

⑧嫣然:笑得甜美的样子。冷香飞上诗句:指荷花的清香被写在诗中加以赞美。

⑨青盖:荷花硕大的绿叶。亭亭:直立的样子。争忍:怎么忍心。凌波去:指荡舟而去。

⑩舞衣:喻荷花的绿叶如舞女之翠衣。

⑪田田:指荷叶相连成片的样子。古乐府《江南曲》:"江南可采莲,莲叶何田田。"

【鉴赏】

这是一首咏物词,作者以丹青手法,把荷花、荷叶的动静之态、色香之美描摹得十分传神,意境十分优美。突出了姜夔清俊、空灵的词风。

上阕着重描写荷花的神韵。这里的荷塘多得数不胜数,许多地方人迹未至,致使荷花随兴开放,鸳鸯悠然自得地行游其间,好一派闲适宁静的风光。荷花以水为佩饰,以风为衣裳;荷叶间流动着阵阵清风,粉红的荷花则如美人脸上的酒晕。菰蒲间的细雨点点滴滴打在荷叶上,荷花随风吹拂,轻轻摇摆,嫣然多姿。它的幽香令人陶醉,致使词人产生不可遏止的创作冲动。词人把所咏之物置于一个洁净美丽的环境中,如入仙境,使它们透出一股灵气,透出一股飘逸脱俗之气。在这幅画面中,色彩以红绿相衬:碧水、翠叶配玉容消酒;声音以风雨相谐:吹拂之柔风和菰蒲之细雨;更有荷花的冷香四处弥漫;再看鸳鸯信步闲游,此等境界,哪是在人间?俗话说不羡鸳鸯只羡仙,然而此处鸳鸯胜似仙。词人怎不陶醉忘情,词兴大发。

下阕词人触景生情,由眼前景转到对未来的遐想。不觉已是日暮黄昏,那亭亭玉立的荷叶就像是没见到情人的仙子一样不忍心随波而去。这是以荷叶之态写人不忍离去之心。词人的思绪已飞到将来的某一天了,想那时西风劲吹,花叶并凋,将是多么令人惋惜呀!这是居夏而悲秋,流露了词人对这般美景的眷恋爱惜之情。所以,在词人看来,高高的柳树、腾浪的鱼儿,都似乎在挽留他的脚步。这是以柳树、鱼儿之意写词人自己不忍离去之情。

这首词对荷花的美态、词人的情态表现得淋漓尽致、层层展开,引人入胜;既表现出作者对美好事物的热爱,也流露出对美好事物不能持久的无比珍爱惋惜之情。词人对荷花如此钟情,正暗示出他崇尚自然、追求完美的理想主义风格。

琵琶仙

姜夔

《吴都赋》云："户藏烟浦，家具画船[1]。"惟吴兴为然。春游之盛，西湖未能过也。己酉岁[2]，余与萧时父载酒南郭[3]，感遇成歌。

双桨来时，有人似、旧曲桃根桃叶[4]。歌扇轻约飞花，蛾眉正奇绝。春渐远，汀洲自绿，更添了、几声啼鴂[5]。十里扬州，三生杜牧，前事休说[6]。
又还是宫烛分烟[7]，奈愁里、匆匆换时节。都把一襟芳思，与空阶榆荚[8]。千万缕、藏鸦细柳，为玉尊、起舞回雪[9]。想见西出阳关[10]，故人初别。

【注释】

①《吴都赋》三句：郑文焯《绝妙好词校录》云："白石《琵琶仙》题引《吴都赋》云'户藏烟浦，家具画船'二语，见《唐文粹》所录李庾《西都赋》，非《吴都赋》。白石误。"顾广圻《思适斋集》云："《文粹》引李赋原文作'户闭烟浦，家藏画舟'。"

②己酉：宋孝宗淳熙十六年，公元1189年。

③萧时父：萧德藻的侄子，作者的妻弟。南郭：城南。

④旧曲：旧日坊曲，即青楼之中。桃根桃叶：桃叶是晋代王献之的爱妾。献之曾在渡口作歌送她，桃叶作《团扇歌》以答。桃叶的妹妹名叫桃根。此处指自己所恋的姐妹二人。

⑤啼鴂：即鹈鴂，其鸣声凄切。

⑥十里扬州：杜牧《赠别》诗："春风十里扬州路，卷上珠帘总不如。"三生杜牧：黄庭坚《广陵早春》诗："春风十里珠帘卷，仿佛三生杜牧之。"三生，佛教中指前生、今生和来生。

⑦宫烛分烟：指寒食节后皇宫向王侯家分送火烛。

⑧榆荚：即榆钱，榆树扁圆形的花。

⑨起舞回雪：指柳絮如雪花一样回旋飘飞。

⑩西出阳关：王维《送元二使安西》诗："渭城朝雨浥轻尘，客舍青青柳色新。劝君更尽一杯酒，西出阳关无故人。"阳关，古关名，在今甘肃省敦煌市西南。

【鉴赏】

此词作于宋孝宗淳熙十六年（1189），词人荡舟春游，有感而发。时年三十四岁。

上阕写词人偶遇佳人，便勾起无限情思。"双桨来时，有人似、旧曲桃根桃叶"。水面上有画船荡桨而来，船上的女子酷似词人旧日恋人。"歌扇轻约飞花，蛾眉正奇绝。春渐远，汀洲自绿，更添了、几声啼鴂"。她们举起团扇去接飞花，弯弯的蛾眉美妙绝伦。春光渐渐逝去，沙洲一片葱绿，不时传来几声鹈鴂的清音。词人从船上佳人的风韵中寻找昔日恋人的身影，回想自己当年的歌舞风流。"十里扬州，三生杜牧，前事休说"。那繁华的扬州老街，风流倜傥的才子杜牧，都已成前世烟云了。暗示自己就像杜牧一样曾经风光快活，而今青春渐逝，不复旧时光景。词人融情于景，感叹韶华易逝。

下阕"又还是宫烛分烟，奈愁里、匆匆换时节"。又到了寒食节，词人愁绪满怀，不觉时光匆匆而过。正如"沉舟侧畔千帆过，病树前头万木春"。"奈愁里、匆匆换时节"，表现出作者既怕时间太快，又满腹幽思的矛盾心情。"都把一襟芳思，与空阶榆荚。千万缕、藏鸦细柳，为玉尊、起舞回雪。想见西出阳关，故人初别。"只好把满腔思念，交付给落在砌阶上的榆钱。千丝万缕的柳枝已经浓郁得可以藏鸦了，飘飞似雪的柳絮好像是在助酒兴。想当初与她们分别，也是在这寒食清明季节。词人睹物思人，感慨万分！

此词善于融情于景，词人在景物上着笔很多，他笔下的景物皆有情有灵性，但是在此词中词人却以景之无情写入之有情，以景之零落衬情之寂寞。比如："汀洲自绿"，"几声啼鴂"，"空阶榆荚"，"藏鸦细柳"，这些物象似乎对人世无所留恋，来去匆匆，都是愁煞人的景致，却反射出词人的多情和孤独。许昂霄《词综偶评》说："'都把一襟芳思'至末，句句说景，句句说情，真能融情景于一家者也。曲折顿宕，又不待言。"

八　归　湘中送胡德华[1]

姜　夔

芳莲坠粉，疏桐吹绿，庭院暗雨乍歇。无端抱影[2]销魂处，还见篠墙萤暗，藓阶蛩切[3]。送客重寻西去路，问水面琵琶谁拨[4]？最可惜、一片江山，总付与啼鴂。

长恨相逢未款[⑤]，而今何事，又对西风离别？渚寒烟淡，棹移人远，飘渺行舟如叶。想文君望久，倚竹愁生步罗袜[⑥]。归来后，翠尊双饮，下了珠帘[⑦]，玲珑闲看月。

【注释】

①湘中：湖南一带地区。作者于孝宗淳熙初曾客居于此。胡德华：不详。

②抱影：守着自己的身影。

③篠（tiāo）墙：竹篱笆。篠，嫩竹。藓阶：长满苔藓的石阶。蛩（qióng）：蟋蟀。

④琵琶谁拨：用白居易在浔阳江头闻琵琶的典故。《琵琶行》："忽闻水上琵琶声，主人忘归客不发。"

⑤未款：未能尽叙友情。

⑥文君：汉代司马相如的妻子卓文君。此处代指胡德华之妻。倚竹愁生步罗袜：化用杜甫《佳人》诗"天寒翠袖薄，日暮倚修竹"和李白《玉阶怨》诗"玉阶生白露，夜夜侵罗袜"二句，表现胡妻盼归之情。

⑦"下了珠帘"二句：化用李白《玉阶怨》诗"却下水晶帘，玲珑望秋月"之句。

【鉴赏】

这是一首送别词。上阕写离别前的忧伤，仍采用以景寓情的手法。"芳莲坠粉，疏桐吹绿，庭院暗雨乍歇。无端抱影销魂处，还见篠墙萤暗，藓阶蛩切"。一场春雨，打得莲花纷飞，梧桐飘零，词人正自伤心处，却见竹篱下萤火闪烁，砌阶上蟋蟀悲啼。满眼所见，尽是萧条冷落之象。用以渲染离别的愁绪。"送客重寻西去路，问水面琵琶谁拨？最可惜、一片江山，总付与啼鴂"。词人送客西归，不知江上谁为我们弹奏琵琶？可惜这么美好的江山，只有鹈鴂悲鸣。词人用白居易《琵琶行》的故事，表示自己与友人依依难舍之情，而"一片江山，总付与啼鴂"，把水阔天空、四顾茫然的凄清一语写尽，表达了此时词人内心的沉重。

下阕先写别离场面，"长恨相逢未款，而今何事，又对西风离别？渚寒烟淡，棹移人远，飘渺行舟如叶"。相逢总恨短，而今又要匆匆离别了。洲渚上寒烟笼罩，船儿渐行渐远，宛如江面上漂浮的树叶。可以想象词人久久目送远行的船影，已经目光朦胧了。随即笔锋陡转，词人从惜别之情走出来，把笔端移到了胡德华的妻子身上，从对面着笔。“想文君望久，倚竹愁生步罗袜。归来后，翠尊双饮，下了珠帘，玲珑闲看月”。词人设想友人此归，已是其家人妻子久已盼望的事了。此刻她正倚竹而望，连露水打湿罗袜也不知觉。回家后，你们一定会举杯共饮，放下珠帘，一同欣赏玲珑皎洁的明月。想人家亲人团聚，乃是人生乐事，怎能尽顾一己之哀愁！所以词人放下离愁别绪，转而为友人道出深深的祝福。

此词情感真挚，虽然凄婉但并不哀伤，上下两阕从不同角度分别写了自己与胡妻对胡德华归乡的不同感觉，既是对比，又相互映衬，表明人生之事难以万全，犹如桃李芬芳，各有千秋，当欣然面对。

扬州慢

姜夔

淳熙丙申至日，予过维扬[①]。夜雪初霁，荠麦弥望。入其城则四顾萧条，寒水自碧。暮色渐起，戍角悲吟[②]。予怀怆然，感慨今昔，因自度此曲。千岩老人以为有《黍离》之悲也[③]。

淮左名都，竹西佳处，解鞍少驻初程[④]。过春风十里[⑤]，尽荠麦青青。自胡马窥江去后，废池乔木，犹厌言兵[⑥]。渐黄昏，清角吹寒，都在空城[⑦]。
杜郎俊赏，算而今、重到须惊[⑧]。纵豆蔻词工，青楼梦好，难赋深情[⑨]。二十四桥仍在，波心荡、冷月无声。念桥边红药，年年知为谁生[⑩]？

【注释】

①淳熙丙申：淳熙三年（1176）。淳熙是宋孝宗年号。至日：冬至日。维扬：《尚书·禹贡》“淮海维扬州”句。后以“维扬”代扬州。

②霁：雨雪停而转晴。荠麦：荠菜和麦苗。荠菜，一种隔年生草本的菜，有甜味。弥望：满眼。戍角：军营中的号角。戍，戍守。吟：鸣。

③予怀：我的心情。怆（chuàng）然：悲伤。自度此曲：自创词调为自度曲。

《扬州慢》是姜夔的自制曲牌名。千岩老人:南宋诗人萧德藻,字东夫,号千岩老人。姜夔曾跟他学诗。萧后以侄女妻姜夔。《黍离》之悲:像《诗经·王风·黍离》那样感伤国事艰危。《黍离》,《诗经》篇名。《毛诗序》说:周平王东迁后,东周大夫途经故都,见宗庙宫室遍种黍稷(小米、高粱),伤悼周室衰微,彷徨不忍离去,因作此诗。后人以“黍离”一词表示对国事艰危的感叹。姜夔淳熙十三年始从萧德藻游,可见在做此词之后十年,才加上此词小序末句的评价。

④淮左:宋置淮南东路和淮南西路。方位以东为左,所以东路简称淮左。扬州属淮南东路。名都:著名都会。竹西:扬州城东禅智寺旁有竹西亭,曾是著名风景区。唐杜牧《题扬州禅智寺》诗:“谁知竹西路,歌吹是扬州。”竹西,竹林西处,代指扬州。解鞍:下马。少驻:小驻,短暂的停留。初程:旅途的第一阶段,远行开始的路途。

⑤春风十里:指扬州昔日繁华的街道。杜牧《赠别》诗:“娉娉袅袅十三余,豆蔻梢头二月初。春风十里扬州路,卷上珠帘总不如。”

⑥胡马窥江:指金兵进犯长江流域。金兵屡次南侵,词中所指当为宋高宗绍兴三十一年(1161)事。胡马,指金兵。胡为古代对北方少数民族的通称。窥,偷伺。江,长江。废池乔木:废旧的池苑和残存的乔木。犹厌言兵:还是厌恨谈起战争。

⑦“渐黄昏”二句:渐近黄昏时候,凄清的号角声在洗劫后的扬州城上空飘荡,更给人增加了凄凉之感。

⑧杜郎:指唐代诗人杜牧。他曾写过很多赞美扬州的诗。俊赏:高明的鉴赏力。俊,有高明、卓越出群的意思。

⑨豆蔻词:指杜牧的《赠别》诗。见本篇注⑤。豆蔻,植物名。工,工巧。青楼梦:杜牧《遣怀》诗:“落魄江南载酒行,楚腰纤细掌中轻。十年一觉扬州梦,赢得青楼薄幸名。”青楼,妓院。好:指“青楼梦”诗句之好,非指梦好。

⑩二十四桥:据北宋沈括《补笔谈》卷三记载,唐时扬州确有二十四座桥,至北宋仅存八桥。词云“二十四桥仍在”,盖词人泛指,并非确数。红药:红芍药花。“年年”句:意思是说红芍药年年开放,却无人观赏。

【鉴赏】

此词写于淳熙三年(1176),年方二十一岁的词人路经扬州时有感而作。

上阕写词人路经扬州时的所见所闻。词一开篇就用“淮左名都,竹西佳处”这样整齐的对偶句,追溯扬州昔日的盛况,用昔日的繁华反衬今日的凄凉,对比鲜明,情绪起伏。“解鞍少驻初程”说明路过此地,稍事停留便要起程离去。“过春风十里,尽荠麦青青”,昔日“春风十里”的扬州路,而今到处是荠麦丛生了。一个“尽”字,把昔日繁华一笔扫尽,笔力刚健,足见其荒凉的程度。“自胡马窥江去后,废池乔木,犹厌言兵”。金人南侵,把扬州这个数百年的繁华胜地付之一炬。昔日“名都”,只剩下了“废池乔木”,荒凉残破不堪目睹了。连草木尚且不忍回首往事,厌谈兵事，如此惨痛，人民就更不堪其悲了。“渐黄昏，清角吹寒，都在空城”，黄昏本已让人伤感；又“清角吹寒”，这就更让人伤悲。“寒”“空”二字，既是写景，又是言情。“清角吹寒”是用声响写空寂，有“蝉噪林逾静，鸟鸣山更幽”（梁·王籍《入若耶溪》）的艺术效果。

下阕写词人在扬州的心情和感慨。词人不直言自己的感受，而说“杜郎俊赏”，“重到须惊”，以杜牧之欣赏力和表现力，料他今日重来，也会对扬州的破败景象感到震惊。“豆蔻词工，青楼梦好，难赋深情”。杜牧才华横溢，写过为人传诵的描写扬州的词句，即使是他这样的妙笔也难以表达此刻的忧伤心境。两次跌宕，极言扬州的今昔变化对词人的触动之深。起落跳宕的形式，与感情的起伏不平和谐一致。“二十四桥仍在”，“念桥边红药”，词人选取了二十四桥、芍药这两种代表扬州昔日繁华特点的事物来写。“二十四桥仍在”，只是昔日那旖旎迷人的风光不见了，只剩下清冷的月光在水波中无声地荡漾。这甲天下的芍药花又开了，可是却再没有人来“交口称说”，再没有人来插戴了。“念桥边红药，年年知为谁生？”这也是“庭苑不知人去尽，春来还发旧时花”（岑参《山房春事》）了。借眼前景物渲染物是人非的感伤情绪。“仍”“念”二字，包含着词人对往昔的留恋向往、对现实的悲伤惋惜之情。用冷月无声、芍药自开的无情，反衬出人的多情。表达了词人感时伤世的忧郁情怀。“波心荡”既是写水波荡漾，又是写词人心情的动荡不安，处处情景交融。

此词巧妙地化用杜牧词句，借其意境，起到了以昔衬今、今昔对照的作用，且铸新辞，可以看出词人炼字炼句的功夫很深。先著《词洁》云：“‘二十四桥仍在，波心荡、冷月无声’，是‘荡’字着力。所谓一字得力，通首光彩，非炼字不能，然炼亦未易到也。”陈廷焯说：“‘自胡马窥江去后……都在空城’，数语写兵燹（xiǎn）后情景逼真。‘犹厌言兵’四字，包括无限伤乱语，他人累千百言，亦无此韵味”（《白雨斋词话》卷二）。

长亭怨慢

姜 夔

余颇喜自制曲，初率意为长短句[①]，然后协以律[②]，故前后阕多不同。桓大司马云[③]：“昔年种柳，依依汉南；今看摇落，凄怆江潭；树犹如此，人何以堪！”此语余深爱之。

渐吹尽、枝头香絮，是处人家，绿深门户[④]。远浦萦回[⑤]，暮帆零乱，向何许？阅人多矣，谁得似长亭树？树若有情时，不会得[⑥]青青如此。

日暮，望高城不见[⑦]，只见乱山无数。韦郎去也，怎忘得玉环吩咐[⑧]："第一是早早归来，怕红萼[⑨]无人为主！"算空有并刀[⑩]，难剪离愁千缕。

【注释】

①率意：随意，不经心。长短句：词的别称。

②然后协以律：指把词写好后再为之谱上乐谱。

③桓大司马：桓温故事，《世说新语》云："桓温见昔时种柳，皆已十围，慨然曰：'木犹如此，人何以堪！'。"

④绿深门户：庭院深深，长满绿树的人家。指所恋妓女居住的庭院。

⑤远浦：远处的江岸。萦回：曲曲折折。

⑥不会得：怎会不懂得。

⑦望高城不见：妓女所住的城已经望不见了。唐时欧阳詹《赠太原妓》诗："高城已不见，况复城中人！"

⑧韦郎：唐代韦皋。他年轻时曾依江夏太守姜某，与姜太守家的小伎玉箫相恋。离江夏时，与玉箫约定：少则五年，多则七载，必来此接玉箫。韦皋走后八年无音讯，玉箫以为韦皋绝情，遂绝食而死。详见范摅所著《云溪友议》。玉环：此处代指合肥歌伎。分付：即"吩咐"。

⑨红萼：喻少女。

⑩并刀：古时山西所产的剪刀。杜甫《戏题王宰画山水图歌》诗："焉得并州快剪刀，剪取吴淞半江水。"

【鉴赏】

这是一首离别词，是作者与合肥歌伎离别后所作。

上阕交代了分别的节令是暮春，"渐吹尽、枝头香絮，是处人家，绿深门户"。此时春风已经渐渐吹尽柳絮，门前的树荫已经十分浓郁了。"远浦萦回，暮帆零乱，向何许？"江岸曲曲折折，暮色苍茫，点点白帆不知要驶向何方？"萦回"二字，一则实写渡口的曲折，再则暗示词人愁肠百转，如"远浦"之"萦回"，挥之不去。表露了词人与恋人相别的无尽感伤，正所谓多情自古伤离别。在这个令人断肠的地方，词人充满了哀怨，却不知怨谁，转而把笔触指向柳树，"阅人多矣，谁得似长亭树？树若有情时，不会得青青如此。"谁人有长亭柳树目睹过的离别多？这柳树如若有情，也不会长得如此葱绿了。作者把柳树描写得无情无义，因为它终日目睹离人相别，却始终无动于衷。这看似无理的指责,恰恰反衬出词人内心的苦痛愁怨无人理解、无处宣泄的情急。

下阕写词人乘船远去时的满腹悲怀。“日暮,望高城不见,只见乱山无数。”暮色降临,船儿起航,举目再望高高的城楼已无所见,只见满目青山,再不能看到心上人的倩影了!此时此刻词人内心的惆怅不言自明。“韦郎去也,怎忘得玉环分付:‘第一是早早归来,怕红萼无人为主!’算空有并刀,难剪离愁千缕。”唐代韦皋年轻时曾依江夏太守姜某,与姜太守家的小伎玉箫相恋。离江夏时,与玉箫约定:少则五年,多则七载,必来此接玉箫。韦皋走后八年无音讯,玉箫以为韦皋绝情,遂绝食而死。姜夔用此典故,一方面表白他虽然像韦皋那样走了,但绝不会像他那样无情;另一方面也曲折地暗示出词人对前景的悲观。所以词人不无忧伤地自语道:虽然我离你远去,但是我怎能忘记你要我早日归来、怕红花无人做主的叮嘱?就算是我有并州的快剪,也难以剪断这如缕离愁啊!这正如李煜所言:“剪不断,理还乱,是离愁,别是一般滋味在心头”(《相见欢·秋闺》)。全词在无比感慨低回的愁绪中结束了,然而读者却接续了词人的思绪,余波荡漾,对那位娇憨痴情的女子平添无限牵挂。

此词感物伤别,感情真挚,哀怨凄切。怨亭柳无情慨叹离别的无奈,借韦皋故事暗诉依依衷肠,述恋人叮嘱以示情深义重。层层写来,婉转缠绵,一往情深。口语的运用既突现了人物生动可爱的形象,又使全词富有生气,更加凄美。

淡黄柳

姜　夔

客居合肥南城赤阑桥[①]之西,巷陌凄凉,与江左[②]异;惟柳色夹道,依依可怜。因度此曲,以纾[③]客怀。

空城[④]晓角,吹入垂杨陌。马上单衣寒恻恻[⑤]。看尽鹅黄嫩绿[⑥],都是江南旧相识。
正岑寂[⑦],明朝又寒食。强携酒、小桥宅[⑧],怕梨花落尽成秋色。燕燕飞来,问春何在?惟有池塘自碧。

【注释】

①赤阑桥:在合肥城南。作者在光宗绍熙二年(1191)时客居于庐州。他的《送范仲讷往合肥》诗中曾说:“我家曾住赤阑桥。”

②江左:江南,指今江苏省南部、浙江一带地区。庐州是南宋淮南西路治所,与扬州同属边城,故此地人烟稀疏,与江南大不相同。

③纾(shū):排解,消除。

④空城:此处指庐州,即今安徽省合肥市。

⑤恻恻:寒意袭人的样子。

⑥鹅黄嫩绿:指柳树的新芽嫩黄而微呈绿色。

⑦岑寂:寂静,寂寞。

⑧小桥宅:指合肥歌伎姐妹所居之处。三国时桥玄有女二人,皆绝色,大桥嫁给孙权,小桥嫁给周瑜。后“桥”字被省写为“乔”。

【鉴赏】

这首词是作者自制曲。通篇写景,借以抒发客居他乡的惆怅以及伤时感世的愁怀。

上阕写客居异乡的感受。“空城晓角,吹入垂杨陌。马上单衣寒恻恻。看尽鹅黄嫩绿,都是江南旧相识。”报晓的角声穿越空旷的城市,吹入垂杨掩映的街道,骑马早行的人感到寒气袭人。而眼前所见柳树的嫩绿新芽,一如江南景致。词人通过凄厉的角声、微微的寒意写出了边城合肥的萧条冷落,空城本已寂寥,加上晓角回荡,更显得空阔,令人栖惶。“空”是景语,亦情语。再将满眼的绿柳与江南相比,一语带出作者的思乡之情,流露出客居异乡的落寞惆怅。

下阕写词人在寒食节的心态。“正岑寂,明朝又寒食。强携酒、小桥宅,怕梨花落尽成秋色。”当孤独寂寞时,恰逢寒食节又到了。词人强打精神携带酒肴,来到心上人的住所,他害怕梨花落尽之后又是秋季了。按理说,一年一度的寒食节应该是人们最高兴的日子,可以尽情地踏青游赏,享受明媚的春光。然而作者却了无情绪,心事重重,连心爱的女子也不过是“强”作应付,一反卿卿我我的柔情和莺莺燕燕的娇痴。可见词人的情绪多么低沉忧郁。一个“怕”字,将思绪移到“梨花落尽”

的秋天里，现在还是春天，尚且如此冷落萧条，到那时，还不知怎样凄凉肃杀。词人似乎已经预见其景而惜春伤春。“燕燕飞来，问春何在？惟有池塘自碧。”燕子结伴而飞，问它春光何在？只有池塘泛着碧波。用“池塘自碧”来表现边城春日，何其荒凉。并非春光吝啬，而是词人心境落寞，词人的忧愁像春风一样浸润到字里行间，弥漫不散。这与《扬州慢》中的“波心荡、冷月无声”可谓异曲同工，都是以景衬情，情景交融。

此词意境清冷隽永而空灵，感情婉曲细腻而哀伤，用语清新质朴而含蓄，把无限情思化作零落春色，不着痕迹地表现出来了，余味无穷。

暗　香

姜　夔

辛亥之冬，余载雪诣石湖①。止既月，授简索句，且征新声②，作此两曲。石湖把玩不已，使二伎隶习之，音节谐婉，乃名之曰《暗香》《疏影》③。

旧时月色，算几番照我，梅边吹笛？唤起玉人④，不管清寒与攀摘。何逊⑤而今渐老，都忘却春风词笔。但怪得，竹外疏花，香冷入瑶席⑥。
江国⑦，正寂寂。叹寄与路遥，夜雪初积。翠尊易泣，红萼无言耿相忆⑧。长记曾携手处，千树压，西湖寒碧⑨。又片片吹尽也，几时见得？

【注释】

①辛亥：宋光宗绍熙二年（1191）。载雪：冒雪乘船。石湖：南宋诗人范成大。石湖位于苏州西南，与太湖相通，范晚年退居于此，自号石湖居士。

②止既月：住了一个多月。既，尽。授简：给我纸。简，古代用以书写的竹片木片，后用以代纸。索句：要我写诗词。征新声：要新创的词调。征，求取。

③把玩：拿在手里反复欣赏玩味。二伎：乐工和歌伎。隶习：学习。隶，同“肄”，习。暗香、疏影：语出林逋《山园小梅》诗：“疏影横斜水清浅，暗香浮动月黄昏。”

④玉人:容貌美丽的人,此指词人爱恋的合肥歌伎。

⑤何逊:字仲言,南朝梁诗人,曾作扬州法曹。这里是词人以何逊自比。

⑥竹外疏花:竹林外几枝稀疏的梅花。香冷:指梅花的清幽香气。瑶席:宴席的美称。

⑦江国:江南水乡。

⑧叹寄与路遥:感叹所思人远,难表深情。寄与,指寄赠梅花以表相思。翠尊:翠绿色的酒杯。易泣:伤怀流泪的意思。红萼:红梅花。耿:忠诚不忘的意思。

⑨长记:永记。"千树"句:宋代杭州西湖的孤山,有梅成林。千树,指梅林。

【鉴赏】

姜夔通晓音律,《暗香》《疏影》二词音节谐婉,历来被称为姜词的代表作。这两首词都写于宋光宗绍熙二年(1191),词人时年三十六岁。

此词的上阕,回忆过去的美好情境,感叹年华渐老,才情两疏。"旧时月色,算几番照我,梅边吹笛?唤起玉人,不管清寒与攀摘。"想从前,词人曾多次在月下倚梅吹笛,并唤起美人一道,冒着寒意去攀摘梅枝。词人一开始就把读者带入一个月色朦胧、梅影横斜、笛韵悠扬、玉人相伴的意境。良辰、美景、赏心、乐事,如此境界当是美轮美奂,难怪词人"几番"往复,念念不忘。

"何逊而今渐老,都忘却春风词笔"两句,从回忆中折回到现实,词人以何逊自比,感叹人老情疏,再也写不出咏梅寄情的词作了。"春风词笔"不仅指文采,也兼指内容。词人此时不过三十六岁,便说出"渐老""忘却"的话来,失去恋人后的心境同"旧时"情兴形成鲜明的对照。"但怪得,竹外疏花,香冷入瑶席",描写眼前的梅花,以竹衬梅,用竹的高节来陪衬梅的高洁。以疏枝写梅林,是"竹外一枝斜更好"(苏轼《和秦太虚梅花》)的境界。以酒香写梅香,别有韵味。这是姜夔善于营造的清空意境,文笔十分灵巧。"冷"字,既呼应下阕的"夜雪",又写出了梅花的清幽气质,更衬托出词人此时的心境。面对如此美景,除了倍添相思和惆怅之外,再不能激起他的雅兴、写出春风词章了,所以说"但怪得"。

下阕抒发词人一往情深,又情深难寄的感慨。"江国,正寂寂。叹寄与路遥,夜雪初积。翠尊易泣,红萼无言耿相忆。"江南水乡一片沉寂,想折枝梅花赠相思,可惜路途遥遥,更何况夜雪纷飞,道路阻滞。酒杯也懂思念苦,暗暗伤心把泪垂,红梅更通儿女情,默默相伴忆从前。词人不说自己,却把感情移之于物,写花与杯思念之情如此,那么,它们的主人当是怎样一种思念啊!"耿"字写出了笃诚厚重的深情。"长记曾携手处,千树压,西湖寒碧",又回忆与"玉人"携手赏梅的生活。"千树"与"疏花"相对,同是写梅,各有风韵。"长记"一词表示词人对往昔岁月刻骨铭心的思念,词中越是渲染回忆中的欢愉就越反衬出今日的凄凉孤独,一笔而二写。

"又片片吹尽也,几时见得?"由梅花盛开写到梅花凋谢。梅花一片一片地凋残零落,这是刻意之笔,仿佛这飘落的花瓣片片落在词人心上,片片都揪心,心痛花开易谢、春光易老。往日梅花的繁盛景象，不知何时再见；言外之意是那如花的人儿，又“几时见得”呢？一切景语皆情语也。全词在无限凄婉、缠绵的思念中结束，言有尽而意无穷。

此词咏梅怀人，将梅花与“玉人”融为一体，以梅花冰清玉洁的姿质衬托“玉人”的美好，同时也流露出词人自己清幽雅淡的襟怀。通篇运用对比手法，由“疏花”到“千树”；由盛开到片片吹尽，由双双摘梅、携手赏梅到而今渐老、路遥莫寄；千回百转，荡气回肠，抒发出悠悠不尽的情思；流露出郁郁寡欢的孤寂情怀，有着深深的身世之感。词中还注意了色彩的配合，用翠尊、红萼、碧水等鲜艳色泽调和梅花、玉人、积雪等素淡颜色，使画面颜色谐调，悦目，可见其匠心。

张炎说：“诗之赋梅，惟和靖（林逋）一联（指‘疏影横斜水清浅，暗香浮动月黄昏’）而已；世非无诗，不能与之齐驱耳。词之赋梅，惟姜白石《暗香》《疏影》二曲，前无古人，后无来者，自立新意，真为绝唱”（《词源》）。

疏　影

姜　夔

苔枝缀玉，有翠禽小小，枝上同宿[①]。客里相逢，篱角
黄昏，无言自倚修竹[②]。昭君不惯胡沙远，但暗忆、江
南江北。想佩环、月夜归来，化作此花幽独[③]。
犹记深宫旧事，那人正睡里，飞近蛾绿[④]。莫似春风，
不管盈盈，早与安排金屋[⑤]。还教一片随波去，又却
怨、玉龙哀曲[⑥]。等恁时[⑦]、重觅幽香，已入小窗横幅。

【注释】

①苔枝：长有苔藓的梅枝。缀玉：指梅花像玉一样缀在梅枝。“有翠禽”二句：据《龙城录》云，隋人赵师雄在广东罗浮，天寒日暮，在松林中遇一美人，同至酒店饮，有绿衣童歌舞助兴。师雄醉寐，拂晓醒来，发觉自己是在大梅树下，起视梅树，“上有翠羽刺嘈相顾”，原来美人是梅花神，绿衣童乃翠鸟所化。翠禽，翠绿色的鸟。

②客里相逢：出门在外作客时与梅相遇。“无言”句：语出杜甫《佳人》诗：“绝代有佳人，幽居在空谷，……天寒翠袖薄，日暮倚修竹。”修竹，高长的竹子。

③昭君：王嫱字昭君，西汉南郡秭归（今湖北兴山县昭君村）人，元帝时宫女。匈奴呼韩邪单于来汉求和亲，昭君远嫁匈奴。胡沙：北方大沙漠。“想佩环”二句：语出杜甫《咏怀古迹》五首之三咏昭君诗：“画图省（xǐng）识春风面，环佩空归月夜

魂。”环佩，衣上所系的玉饰，此代指昭君。

④“犹记”三句：用南朝宋武帝刘裕女寿阳公主事。“寿阳公主人日（阴历正月初七）卧于含章殿檐下，梅花落公主额上，成五出花，拂之不去，……宫女奇其异，竟效之，今梅花妆是也。”（《太平御览》卷三十“时序部”引《杂五行书》）那人，指寿阳公主。蛾绿，指女子美丽的眉毛。

⑤盈盈：仪态美好的样子。本用以形容美女，此代指梅花。苏轼《再和杨公济梅花》诗：“盈盈解佩临烟浦，脉脉当垆傍酒家。”金屋：汉武帝幼时，姑母指着自己的女儿阿娇问他：“好否？”他答：“若得阿娇作妇，当以金屋贮之”（《汉武故事》）。这句是把梅花比作美人，应当护持珍爱。

⑥玉龙哀曲：玉龙，笛子名。哀曲，指笛曲《梅花落》。李白《与史郎中钦听黄鹤楼上吹笛》：“黄鹤楼中吹玉笛，江城五月落梅花。”

⑦恁（nèn）时：那时，指梅花落时。

【鉴赏】

《疏影》是《暗香》的姊妹篇。虽同是咏梅，但各有千秋。

词的上阕刻画梅花的形态气质。“苔枝缀玉，有翠禽小小，枝上同宿”。词人一开始就把一枝婀娜多姿的梅花图描摹在读者眼前：碧绿的梅枝，洁白如玉的梅花，翠色的小鸟，衬托上蓝色的天空，色彩协调，动静相生，画面感很强。“客里相逢，篱角黄昏，无言自倚修竹”。这里用拟人化的手法，把梅树描写成高洁独处的美人。她见弃于“篱角”，说明她不被重视、备受冷落；日暮黄昏，更添无限凄凉；禽鸟还能双宿双栖，她却是“无言自倚修竹”，宛然一个姿容绝代而又无限悲凄哀怨的失意佳人形象。形神兼备，含情欲活。词人与梅花“客里相逢”，自有“同是天涯沦落人”的感慨了。

“昭君不惯胡沙远，但暗忆、江南江北。想佩环、月夜归来，化作此花幽独”。以昭君写梅魂，深入揭示她的精神气质；昭君远嫁异乡，但念故国，“暗忆”与“无言自倚修竹”相结合，透露了难言之隐。她虽然客死异乡，但魂魄在明月之夜来归故国，“佩环”二字，叮咚有声，非常形象。“化作此花幽独”，想象奇特，把昭君与梅牵合到一起，点明梅是昭君的魂魄所化，写昭君即是写梅，别有深意。

词的下阕写梅的身世遭遇。“犹记深宫旧事，那人正睡里，飞近蛾绿”。这是由南朝刘宋寿阳公主梅花妆的故事所引起的联想。公主熟睡之时，梅瓣悄悄落在她美丽的眉毛近边，产生了“梅花妆”的佳话。“莫似春风，不管盈盈”，不要像无情的春风摧残娇媚的梅花，要像呵护美人一样呵护她，“早与安排金屋”。写词人的惜花之心、护花之意。

“还教一片随波去，又却怨、玉龙哀曲”，写梅花的飘零凋落。词人徒有惜花之心，而无护花之力，于是连《梅花落》的曲子也怨恨起来了。“等恁时、重觅幽香，已入小窗横幅”，到那时，梅花凋零净尽，再度寻觅，“已入横幅”，芳姿留影，只能在追忆中无限哀伤了。

如果说《暗香》主要是抒发个人的身世感慨的话，那么《疏影》则更多的是慨叹家国之恨了。词人以昭君为梅魂进行精心刻画，强调她的“不惯胡沙”“忆江南江北”“佩环夜归”等精神境界，通过梅的这种精神，表现词人对父母之邦的热爱。同时又通过零落的命运，表现了一种生不逢时、不被重视的凄凉哀怨。

《疏影》里用典很多，化用了许多前人的诗句，但是用得贴切自然，毫无堆砌牵强之感。张炎说：“词用事最难，要体认著题，融化不涩。如白石《疏影》——皆用事不为事所使”（《词源》）。

《暗香》与《疏影》既能独立成篇，又可联袂入境，离则独秀，合则双璧，可见词人惨淡经营，匠心独运。这两首词颇受人们称赞。许昂霄云：“二词如绛云在霄，舒卷自如；又如琪树玲珑，金芝布护”（《调综偶评》）。周济云：“惟《暗香》《疏影》二词，寄意题外，包蕴无穷，可与稼轩伯仲”（《介存斋论词杂著》）。

翠楼吟

姜夔

淳熙丙午冬，武昌安远楼成，与刘去非诸友落之，度曲见志[①]。余去武昌十年，故人有泊舟鹦鹉洲者，闻小姬歌此词。问之，颇能道其事。还吴，为余言之[②]。兴怀昔游，且伤今之离索也[③]。

月冷龙沙[④]，尘清虎落，今年汉酺初赐[⑤]。新翻胡部曲，听毡幕元戎歌吹[⑥]。层楼高峙，看槛曲萦红，檐牙飞翠。人姝丽[⑦]，粉香吹下，夜寒风细。
此地宜有词仙，拥素云黄鹤，与君游戏。玉梯凝望久，叹芳草萋萋千里[⑧]。天涯情味，仗酒祓清愁[⑨]，花销英气。西山外，晚来还卷，一帘秋霁[⑩]。

【注释】

①淳熙丙午：宋孝宗淳熙十三年，公元1186年。武昌：宋县名，为鄂州州治所在地，在今湖北武汉市武昌。安远楼：即武昌南楼，在今武汉市西南黄鹤山上。落

之:指参加安远楼的落成典礼。

②去武昌十年:指自淳熙十三年离开武昌后至作词时约十年。鹦鹉洲:洲渚名,在今武汉市西南长江中。东汉末处士祢衡曾于此作《鹦鹉赋》,故名。还吴:回到吴兴。吴,指今浙东湖州。

③离索:离群索居的孤独生活。

④龙沙:泛指边关荒凉之地。《后汉书·班超传》:"坦步葱岭,咫尺龙沙。"李贤注:"葱岭雪山,白龙堆沙漠也。"

⑤尘清虎落:指边境地区安静无事。虎落,边城的护城篱笆。汉酺(pǔ):汉代皇帝遇有喜庆之事,诏赐臣民聚饮,称酺。《汉书·文帝纪》:"酺五日。"颜师古注:"王德布于天下而饮食为酺。"此处代指高宗八十寿时赐臣民酒钱。《宋史·孝宗纪》:"是年正月庚辰,高宗八十寿,犒赐内外诸军共一百六十万缗。"

⑥胡部曲:唐代流行的西凉少数民族乐曲。毡幕:毡帐,军队所用的营帐。元戎:主将。

⑦人姝丽:指歌伎舞女十分漂亮。

⑧素云黄鹤:唐代崔颢《黄鹤楼》诗"黄鹤一去不复返,白云千载空悠悠"之句。芳草萋萋:化用《黄鹤楼》诗"芳草萋萋鹦鹉洲"之句。

⑨酒祓清愁:谓借着酒兴来消除愁闷。祓:消除。

⑩"西山外"三句:化用王勃《滕王阁》诗"画栋朝飞南浦云,珠帘暮卷西山雨"之句。

【鉴赏】

这首词是作者为武昌安远楼落成而写的献词。

上阕写边境祥和,以及安远楼落成的盛典。"月冷龙沙,尘清虎落,今年汉酺初赐"。这几句是写边城月光清冷,宋金两国安然相处,恰逢朝廷赐酺聚饮天下,举国欢庆。"新翻胡部曲,听毡幕元戎歌吹"。宴会上演奏着新改编的胡曲,营帐里传出将帅们的歌声。"层楼高峙,看槛曲萦红,檐牙飞翠。人姝丽,粉香吹下,夜寒风细。"写安远楼高高耸立,红栏曲折,飞檐叠翠。歌女们如花似玉,夜晚的寒风吹来一阵阵脂粉的香气。词人开篇就营造出一片和平安详、华美壮丽、歌舞升平的热闹景象。然而联系词人的身世际遇和下阕感慨,再揣摩作者内心,却并非有欣逢盛世之感,而是别有一番滋味在心头。陈廷焯说:"此词应有所刺"(《白雨斋词话》)。

下阕化用古诗抒发"天涯情味"。"此地宜有词仙,拥素云黄鹤,与君游戏。玉梯凝望久,叹芳草萋萋千里。"是写此时此地应有诗中仙子骑着黄鹤、驾着白云前来献词,与诸君游戏。词人登上层楼,举目眺望,未见仙子,只见萋萋芳草绵延千里。词人在这里化用崔颢《黄鹤楼》中的诗句,表达人去楼空、满目凄清的苍凉感。"天涯情味,仗酒祓清愁,花销英气。西山外,晚来还卷,一帘秋霁。"是说词人心中涌起一股飘零天涯的辛酸滋味,姑且借酒浇愁,以赏花来消解豪情。到晚来,卷起珠帘,看遥远西山，仍是一片秋雨后的晴空。至此回顾上阕，就看出原来词人并非真的兴高采烈，也并非真的赞美安远楼的盛典，而是要极力说明这虚假繁华的背后，隐藏着多少家园兴衰的辛酸与沉重。“黄鹤一去不复返，白云千载空悠悠”，自己流落天涯，何时才能够返回故乡，真正享受到朝廷安远所带来的宁静生活呢？无限忧愁与无奈，都藏在饮酒赏花之中了。

鹧　鸪　天　己酉之秋，苕溪记所见。

姜　夔

京洛风流绝代人，因何风絮落溪津？笼鞋浅出鸦头袜，知是凌波缥缈身。

红乍笑，绿长嚬，与谁同度可怜春？鸳鸯独宿何曾惯，化作西楼一缕云。

【鉴赏】

白石为人淡远超脱，不汲汲于富贵，也不戚戚于得失，其诗词集中几无酒色征逐之作。白石亦非不食人间烟火的枯木寒岩，他喜欢诗词音乐书法，因多人敬重周济，有时生活不错，每饭必有食客，图史翰墨汗牛充栋。当然最终是一介寒士。白石对待异性，保持一种虔诚的尊敬，词中怀念女子，多是柏拉图式的精神恋爱，甚或是偶然邂逅时只有白石心里才知晓的一缕渺茫好感。白石从不汲汲于占有，这在男权中心的封建社会中实属少见。

白石式的独特爱情，是近（遇合）——远（离散）——近（心中的近）的三部曲，净化人的心灵。

这首词作于1189年三十四岁时。秋天的吴兴苕溪渡口，风絮般飘落一位风尘女子——京洛风流绝代人。闪电一般，也在渡口的白石心头一震，觉得此女甚美。对方似有所觉察，白石视线垂落，看到她笼鞋头露出的鸦头袜——前端丫状如今日本式袜子。好感移情，这袜子给白石留下深刻印象，七八年后作《庆宫春》还曾提及。可怜可贵的痴情。白石《鹧鸪天》多怀念一位合肥女子，与合肥女似曾有些交往，与苕溪渡口这位京洛女子，不曾交一语，“所见”而已。

整首词把这位京洛女子写得超凡脱俗，溪津风絮简直成了曹子建笔下的洛水女神，鸦头袜凌波缥缈。下片更多词人想象成份，女子乍笑长嚬（嚬同颦，皱眉），可见流落江南境遇不佳，“谁为同度可怜春”，谁是伊的保护人？孤零零的伊，该不会“化作西楼一缕云”而飘逝？雪泥鸿爪的邂逅相遇，白石竟感发出那么多的生命的真诚，薄幸者恐无法理解。一腔赤诚只自知，只有词创作时才会倾吐这藏在潜意识里的酸辛情愫。

这词中可能含有一点非分之想,但也属闲云野鹤式的一点尊重、理解和珍爱。与市井轻薄气不可同日而语。

读白石词可知词——乃至一切文学作品源于好人的真诚。

闲云野鹤式的"爱情",是白石整个人生态度的一个侧面,由之可略窥其人生观。

满 江 红

姜 夔

仙姥来时,正一望、千顷翠澜。旌旗共、乱云俱下,依约前山。命驾群龙金作轭,相从诸娣玉为冠。向夜深、风定悄无人,闻佩环。

神奇处,君试看。奠淮右,阻江南。遣六丁雷电,别守东关。却笑英雄无好手,一篙春水走曹瞒。又怎知、人在小红楼,帘影间。

【鉴赏】

《满江红》,宋以来作者多以柳永格为准,大都用仄韵。像岳飞"怒发冲冠"一片,更是脍炙人口的名篇。可是这首《满江红》却改作平韵,声情遂发生较大的变化。词乃作于宋光宗绍熙二年(1191)春初,前有小序,详细地叙述了改作的原委:

《满江红》旧调用仄韵,多不协律。如末句云"无心扑"三字,歌者将"心"字融入去声,方谐音律。予欲以平韵为之,久不能成。因泛巢湖,闻远岸箫鼓声。问之舟师,云:"居人为此湖神姥寿也。"予因祝曰:"得一席风径至居巢。当以平韵《满江红》为迎送神曲。"言讫,风与笔俱驶,顷刻而成。末句云"闻佩环",则协律矣。书以绿笺,沉于白浪。辛亥正月晦也。是岁六月,复过祠下,因刻之柱间。有客来自居巢云:"土人祠姥,辄能歌引词。"按曹操至濡须口,孙权遗操书曰:"春水方生。公宜速去。"操曰"孙权不欺孤",乃撤军还。濡须口与东关相近,江湖水之所出入。予意春水方生,必有司之者,故归其功于姥云。

小序中所举"无心扑"一例,见于周邦彦《满江红》"昼日移阴"一片,原作"最苦是蝴蝶满园飞,无心扑。"歌者将"心"字融入去声,用的是"融字法"即如沈括《梦溪笔谈》卷五所云:"古之善歌者有语,谓当使'声中无字,字中有声'。……如宫声字而曲合用商声,则能转宫为商歌之。此'字中有声,也。"夏承焘以为"宋词'融字',

正谓此耳”(见《姜白石词编年笺校》卷三)。为了免去融字的麻烦,以求协律,所以词人改仄为平。其实改仄为平,非仅白石一例。贺铸曾改《忆秦娥》为平韵,叶梦得、张元幹、陈允平亦改《念奴娇》为平韵。……可见这是宋词中重要一格。仄韵《满江红》多押入声字。即使音谱失传,至今读起来犹觉声情激越豪壮;然而此词改为平韵,顿感从容和缓,婉约清疏,宜其被巢湖一带的善男信女用作迎送神曲而刻之楹柱了。

词中塑造了一位巢湖仙姥的形象,使人感到可敬可亲。她没有男性神仙常有的那种凛凛威严,而是带有雍容华贵的姿态,潇洒出尘的风范。她也没有一般神仙那样具有呼风唤雨的本领,却能镇守一方,保境安民。这是词人理想中的英雄人物,但也遵守了中国的神话传统。因为在传统神话中常常记载着我国的名山大川由女神来主宰。从昆仑山的西王母到巫山瑶姬,从江妃到洛神,这些形形色色的山川女神,大抵是母系社会的遗留。巢湖仙姥当是山川女神群像中的一位。

词的上片是词人从巢湖上的自然风光幻想出仙姥来时的神奇境界。它分三层写:先是湖面风来,绿波千顷,前山乱云滚滚,从云中似乎隐约出现无数旌旗,这就把仙姥出行的气势作了尽情的渲染。特别是“旌旗共、乱云俱下”一句更为精彩:一面是乱云翻滚,一面是旌旗乱舞,景象何其壮丽!从句法来讲,颇似王勃《滕王阁序》中的“落霞与孤鹜齐飞”,而各极其妙。这是一层。接着写仙姥前有群龙驾车,后有诸娣簇拥,甚至连群龙的金轭、诸娣的玉冠也发出熠熠的光彩。至于仙姥本身的形象,词人虽未着一字,然而从华贵的侍御的烘托中,已令人想见她的仪态和风范。这些当然是出于词人的想象,但也有一定的现实根据。原词在“相从诸娣玉为冠”句下有自注云:“庙中列坐如夫人者十三人。”这十三位仙姥庙中的塑像,便是词人据以创作的素材。此为第二层。最后是写夜深风定,湖面波平如镜,偶尔画外传来清脆的叮当声,仿佛是仙姥乘风归去时的环珮余音。在《疏影》一词中,词人曾写王昭君云:“想珮环、月夜归来……”把读者带入悠远的意境。此云湖上悄然无人,惟闻珮环,境亦杳渺,启人遐想。此为第三层。通过这三层描写,巢湖仙姥的形象几乎呼之欲出了。

下片进一步从威力与功勋方面描写仙姥的神奇。过片处先以两个短语提挈,引起读者的充分注意。然后以实笔叙写仙姥指挥若定的事迹:她不仅奠定了淮右,保障了江南,还派遣雷公、电母、六丁玉女(案《云笈七籤》云:“六丁者,谓阴神玉女也。”)。去镇守濡须口及其附近的东关。这就把仙姥的神奇夸张到极度,俨然就是一位坐镇边关的统帅。紧接着词人又联想起历史上曹操与孙权在濡须口对垒的故事,发出了深沉的感慨:“却笑英雄无好手,一篙春水走曹瞒!”为什么现实中的英雄人物竟没有一个好手,结果却只能凭仗一篙春水把北来的曹瞒逼走?这曹瞒当然不是历史上的曹操,英雄好手也不会是指历史上的孙权。词人一方面是出于想象,把历史故事牵合到仙姥的身上,以歌颂其神奇,如同小序结尾所云:“予意春水方生,必有司之者,故归其功于姥云。”另一方面也是借历史人物表现他对现实的愤慨，因为当时距宋金的隆兴和议将近三十年。偏安江左的南宋王朝也正是依靠江淮的水域来阻止金兵的南下的。历史掺和着现实，便使全词呈现出浪漫主义的色彩。

结句最为耐人吟味。生活中的英雄人物没有一个顶用的，真正能够以“一篙春水”迫使敌人不敢南犯的却是“小红楼、帘影间”的仙姥。封建社会的卫道士总是把妇女看得一钱不值，甚至提出“女子无才便是德”的荒谬口号。而具有民主思想的诗人则往往有意夸大妇女的才能，抬高妇女的地位，借以贬低那些峨冠博带、戎衣长剑、实际是酒囊饭袋的男人。姜夔此词之所以被之管弦，刻之庙柱，说明他的思想倾向是符合当时人民愿望的。

“小红楼、帘影间”的幽静气氛，跟上片“旌旗共、乱云俱下”的壮阔场景，以及下片的“奠淮右，阻江南”的雄奇气象，构成了不同境界。然正因为一个“小红楼、帘影间”的人物，却能指挥若定，驱走强敌，这就更显出她的神奇。这种突然变换笔调的方法，特别能够加深读者的印象，强化作品的主题。姜夔曾在《诗说》中总结自己的创作经验说：“篇终出人意表，或反终篇之意，皆妙。”此词结句，正是反终篇之意而又能出人意表的一个显例，因此能给人以无穷的回味。

探春慢

姜　夔

予自孩幼随先人宦于古沔，女须因嫁焉。中去复来几二十年，岂惟姊弟之爱，沔之父老儿女子亦莫不予爱也。丙午冬，千岩老人约予过苕霅，岁晚乘涛载雪而下，顾念依依。殆不能去。作此曲别郑次皋、辛克清、姚刚中诸君。

衰草愁烟，乱鸦送日，风沙回旋平野。拂雪金鞭，欺寒茸帽，还记章台走马。谁念漂零久，漫赢得幽怀难写。故人清沔相逢，小窗闲共情话。

长恨离多会少，重访问竹西，珠泪盈把。雁碛波平，渔汀人散，老去不堪游冶。无奈苕溪月，又照我扁舟东下。甚日归来？梅花零乱春夜。

【鉴赏】

白石幼年随父游宦汉阳(古沔),父逝依姊。后往来湘鄂间。此词作于淳熙十三年(1186)冬应老诗人萧德藻(千岩老人)约赴吴兴离汉阳时,白石方三十二岁,而有“老去不堪游冶”之句,盖合肥情遇的伤怀已是前此十年间事。

白石深于情,此次一别古沔估计不再返回,故顾念依依不能去。荒寒冬景与离情俱来逼人,“拂雪金鞭,欺寒茸帽”倒装句,即“雪拂金鞭,寒欺茸帽”,尽管现实严酷但仍不失少年意气,追忆杨柳青青章台走马,故句法倒装变被动为主动,表示对黑暗现实之抗衡。上片接着回忆自己飘零的生活,“漂零久,漫赢得幽怀难写”句是白石一世生活写照和总结。白石与一些著名文人和官僚交往(如萧德藻、陆游、辛弃疾、范成大、杨万里、朱熹、张镃、张鑑),并非为打秋风拉关系向上爬,而是诗文会友意气相投,张镃要为白石捐官,赠他庄田,他未接受。白石飘零清贫至死,可见其高节。上片结于正题:与汉阳亲友——父老儿女子的代表者的话别。

郑次皋,《汉阳县志》八隐逸传,“隐居郎官湖上,不求闻达,善言名理。”白石诗,“‘英英’白龙孙,眉目古人气。”辛克清,《汉阳县志》人文学传,白石诗,“诗人辛国士,句法似阿驹。别墅沧浪曲,绿阴禽鸟呼。”姚刚中,白石诗描写道,“平生子姚子,貌古心甚儒。”可见白石在沔交游都是一些气骨高古之士。

下片主要前瞻,应千岩老人约前去湖州,非去游冶,言下是颇有些抱负的。恨离多会少,挥泪相别。全词深情挚意,倾吐衷曲,甚为感人。

解　连　环

姜　夔

玉鞭重倚,却沉吟未上,又萦离思。为大乔、能拨春风,
小乔妙移筝,雁啼秋水。柳怯云松,更何必、十分梳洗。

道郎携羽扇，那日隔帘，半面曾记。
西窗夜凉雨霁，叹幽欢未足，何事轻弃？问后约、空指蔷薇，算如此溪山，甚时重至。水驿灯昏，又见在、曲屏近底。念唯有、夜来皓月，照伊自睡。

【鉴赏】

合肥旧事白石铭记一世。合肥多柳。与女子别在梅花时节，故白石诗词写梅柳每与此别的感伤回忆有关。白石未与合肥女子结为夫妇，遗憾终生。萧德藻把侄女嫁白石，他在去结婚时所怀念却仍是合肥女子。此女因何有这么大的魔力？仅从白石的气质与深情似难完满解释，有些神秘。

此词编年在绍熙二年（1191），时白石三十七岁，是年春夏曾两度赴合肥，然此时女子似已人去楼空，以后白石遂无合肥踪迹。因之此词算告别合肥词。

“玉鞭重倚”，“鞭”或作“鞍”，是“骑马倚斜桥”（韦庄）句意。韦骑马倚桥，姜倚马于桥，都有所望，韦见“满楼红袖招”，姜见人去楼空。旧地重游，当年景象能不揪心而来？“大乔小乔”或说指意中人姊妹行。张奕枢刻本“乔”作“桥”，与隐括韦词语意并下文“雁啼秋水”关合，说附近环境都受女子音乐感染。白石初识合肥女子时，其人似在桥边楼上弹唱，江淮水乡，附近桥梁也许不止一座。桥意通连，暗示遇合。若说意中人为二人，似有些不近情理，于白石尤不合。大概从歇拍“羽扇”周郎联想而来。白石是位音乐家，也许有“顾曲周郎”意，但“鹤氅如烟羽扇风”，（《自题画像》）白石喜此仙家相。合肥女子妙解音乐，通翰墨有文采（“旧情唯有绛都词”——《鹧鸪天》），长得当然很美（“阅人多矣，谁得似、长亭树”——《长亭怨慢》），才、艺、色都是“知音”的条件，但怕还不是“妙体本心次骨”（陈亮）的条件。“柳怯云松”以下两韵，追忆初遇情事。有声有色，形象逼人，可见深情。

姜词高潮。往往在歇拍、换头处，此词歇拍引用女子以身相许定情时语言，说隔帘初次见面时就产生不平常的好感。初读平平，痴情语其实正是高潮部分。上片追忆遇合。

下片用一系列冷色调形象，调动幻觉、想象来描写惨别。“西窗夜凉雨霁，叹幽欢未足，何事轻弃？”这是人去楼空时孤馆深夜不寐的怅惘。“问后约、空指蔷薇”，回忆最后一次会面时情景，女方似已知道无缘再见——将适富人？远迁？或其它种种不利于布衣白石的变故？但她很克制，不愿说出真相刺激白石。白石问何时再见，她已伤心得不能回答，“空指蔷薇”，一个清空的无意识动作。与女子诀别在梅花时节，蔷薇尚未甦生，“空指蔷薇”，“指空蔷薇——枯枝”也，预告恋情将萎如此花。“算如此溪山，甚时重至。”眼前蔷薇复甦繁盛，指空蔷薇之人却已杳不可寻。“算如此溪山”五字奇，路远耶？女子去北方沦陷区耶？总之再见之难与“如此溪山”密切关连。“水驿灯昏，又见在、曲屏近底。”水驿不寐，辗转反侧，神思恍惚，出现幻象：曲屏近处又见在、伊人倩影。一个“又”字，可见精神恍惚已是常事。白石瘦弱，气貌若不胜衣，刻骨相思使其身心几乎分崩离析。“念唯有、夜来皓月，照伊自睡。”伊人似忧郁独居状况。出于估计也出于想象，整个回忆明明为一人。

全词处处形象思维，感情真挚细腻，净化非常，风格哀感顽艳。灵感十分活跃。

汪莘 (1155～?)字叔耕，休宁(今属安徽)人。早年隐居黄山，精研《易经》。嘉定中，曾三次诣阙上封事，均未果。后筑室于柳溪，自号方壶居士，布衣而终。其词风格清丽。有《方壶存稿》，词两卷。

沁园春 忆黄山

汪莘

三十六峰，三十六溪，长锁清秋。对孤峰绝顶，云烟竞秀，悬崖峭壁，瀑布争流。洞里桃花，仙家芝草，雪后春正取次游。曾亲见，是龙潭白昼，海涌潮头。

当年黄帝浮丘，有玉枕玉床还在不？向天都月夜，遥闻凤管，翠微霜晓，仰盼龙楼。砂穴长红，丹炉已冷，安得灵方闻早修？谁知此，问源头白鹿，水畔青牛。

【鉴赏】

汪莘这首《沁园春》的题目是“忆黄山”，可见他写这首词时，已不在黄山。而早年他曾于黄山屏居，黄山的雄奇壮丽给他留下深刻的印象，因此即使是回忆，也能非常清晰地把黄山主要的美景都形象鲜明地描绘下来，又能把有关黄山的主要神话传说融合其间。这就不仅在读者面前展现出一幅幅明丽的画面，而且在这美丽的画面上蒙上了一层神秘迷茫的面纱，从而更令人神往，更富于艺术魅力。加上这首词文字清丽，风格秀逸，可说是汪莘代表作之一。而在宋词中写黄山者极少，写得好的更寥若晨星。汪莘这首《沁园春》在宋代黄山词中，亦可谓难得之作。

词的上片写黄山的壮丽，重在实写；下片写黄山的神奇，重在虚写。全篇虚实相生，构思巧妙，运笔灵活，联想丰富，形象鲜明，清丽秀逸，韵味隽永。

先看看上片是怎样描绘黄山壮丽景色的吧！开篇三句“三十六峰，三十六溪，长锁清秋”，以白描手法写出黄山的总体画面，意境开阔。“长锁”一词，有力地表现出黄山景色幽雅，四季如秋，清凉长驻的怡人之美。接着以一个“对”字领起两组隔句对，“孤峰绝顶，云烟竞秀”写山的雄奇；“悬崖峭壁，瀑布争流”，写水的壮观。

这是"三十六峰,三十六溪"的具体描写,在读者面前铺开一幅黄山壮伟图。"孤""绝""悬""峭"这四个形容词,绘出山的高峻陡险,"竞""争"两个动词,强化了画面的动感,写出了"云烟""瀑布"的气势。这些精确用词使这幅黄山大背景图不是平面的静态画,而是立体的动态图了。"洞里桃花,仙家芝草"是这大背景中的一个特写镜头。第一句隐含着美丽的神话故事:传说古代仙人浮丘公曾在炼丹峰的炼丹洞里炼过仙丹。那里有两桃,毛白而色异,又有石花形似桃花。第二句则暗点黄帝的故事:相传轩辕峰下的采芝源,曾是轩辕黄帝采芝的地方。这两句既写出黄山异景,也点出它那不寻常的经历。正因为有这些独特的奇景与神秘的色彩,才会吸诱词人"雪后春正取次游"。这是作者深山探胜中攫取的第一个特写镜头。下面再推出第二个特写镜头,就"是龙潭白昼,海涌潮头"。这里特别提出是"亲曾见",以强化真实感。如果说上一个镜头是幽深的话,那这一个镜头就是阔大;上一个镜头以静怡人,这一个镜头则以动感人。这"龙潭",指白龙桥下的白龙潭。那里,白云溪受容众壑之水,泻入深潭。每逢大雨滂沱或春雪消融之时,潭中之水就会如雷霆震击,汹涌腾跃,好似海潮翻滚,令人惊心动魄。作者以"海涌潮头"这简练的四个字,生动形象地写出这巨大的声势,激荡跳跃,神采飞扬。

上片就是这样由总到分,由大背景到特写镜头,有静有动,动静结合,层次分明地描绘了黄山的雄奇壮丽。这些都是以写实为主,——黄山的眼前景色。过片开头则由实入虚,作者插上联想的翅膀,以"当年"一词引入"黄帝浮丘"的故事,远接上片"洞里桃花,仙家芝草"两句。上片是隐含的,这里则是明露的了。而用"当年"这个词则使人感到若回溯历史,真有其事,而不是在讲神话,好像历史上真有过黄帝与浮丘公在此炼丹成仙的事似的。传说远古之时浮丘公在黄山炼得仙丹八粒,黄帝服了七粒,就与浮丘公一起飞升成仙了。如今在炼丹峰上,那些炼丹用的鼎炉、灶穴、药杵、药臼等仍依稀可见,峰下的炼丹源、洗药溪仍有潺潺流水。对这些灵山仙迹,大概历来的骚客游人吟咏者多矣,词人不再重复,而别开生面地去问"玉枕玉床还在不(否)",这不仅显得新颖脱俗,而且显得更亲切有实感。因为既把神话作真事来写，那仙人原来也是凡夫，炼丹之余也应要睡眠休息，故也该有玉枕玉床才对。但词人又故意不以肯定句出，却以疑问语入，就显得更委婉有情趣。而这二人到底升仙去了，所以接着词人就来个神游天国。以“向”字领起，又两组隔句对“天都月夜，遥闻凤管，翠微霜晓，仰盼龙楼”。天都峰是黄山主峰之一，虽稍低于莲花峰和光明顶，但风姿峻伟，气势磅礴，相传是天国神都，是天帝会见众仙的地方。故词人在静谧的月夜遥望天都峰之时，就似乎听见箫笙管笛，仙乐飘飘。“翠微”，即翠微峰，为黄山三十六大峰之一。山上古木参天，修竹遍地，郁郁葱葱，故曰“翠微”。相传那里有巨蜃，能吁气作楼台城郭之状，谓之“蜃楼”或“龙楼”，故当翠微霜天拂晓，晨光曦微之际，词人仰首翘望，盼能见到浮现于高空的“龙楼”。其实这是多出现于海上的“海市蜃楼”，这种自然奇观，在黄山是很难见到的，故词人翘首仰盼，一冀奇迹出现。——这一笔是词人美丽的畅想，也是给现实的美景披上一层神秘的面纱，使之更迷人而已。接着，又回到眼前的现实来，“砂穴长红，丹炉已冷，安得灵方闻早修。”本来，神话到底是神话，哪里能找到答案？这一问与上文的“玉枕玉床还在不”呼应，妙趣横生。真耶？幻耶？谁来答复！词人也说“谁知此”，凡人是答不了的，只有去“问源头白鹿，水畔青牛”。这结尾真妙极了，颇有言已尽而意无穷之妙。当然，这白鹿、青牛都是非同凡响之辈。原来，相传浮丘公曾在黄山石人峰下驾鹤驯鹿，留下了驾鹤洞、白鹿源的遗迹。词人要问的大概正是当年浮丘公驯化过的白鹿吧！它当然会知道仙人的灵秘。至于青牛，相传翠微峰下翠微寺左的溪边有一牛，形质迥异，遍体青色，一个樵夫想牵它回家，忽然，青牛入水，渺无踪影。从此，这溪就叫青牛溪，至今仍在。这青牛也会知道仙人修炼的事吧！词人没明点出，正是留有余地，让读者去纵情畅想，慢慢咀嚼。

想象丰富，意境开阔，虚实相生，气势雄伟，又秀逸清丽，这首词正是以这些特色抓住千万读者心灵。

刘仙伦 生平不详。

念奴娇 感怀呈洪守

刘仙伦

吴山青处，恨长安路断，黄尘如雾。荆楚西来行堑远，北过淮堧严扈。九塞貔貅，三关虎豹，空作陪京固。天高难叫，若为得诉忠语。

追念江左英雄，中兴事业，枉被奸臣误。不见翠花移跸处，枉负吾皇神武。击楫凭谁，问筹无计，何日宽忧顾。

倚笻长叹,满怀清泪如雨。

【鉴赏】

这是一首爱国词章。词作主要是痛感中原沦丧、报国无门,并慨叹权奸误国,北伐又无祖逖般的击楫英雄。因此,忧思难平,青泪如雨。充分表现出作者时刻不忘复国的爱国思想。

上片写形势,开头"吴山青处,恨长安路断,黄尘如雾。"从江南的山峰(吴山)北望,烽烟(黄尘)弥漫,往汴京去的道路已经不通。"荆楚西来行堑远,北过淮堧严扃。"淮堧,即淮河上的宋金边界,戒备森严。"九塞貔貅,三关虎豹,空作陪京固。"边界上的要塞、关口,都有勇猛善战的战士在守卫着;况且,我们不仅只是为了防边,而且还要进攻中原,收复失去的国土。九塞,出自《吕氏春秋·有始》:"何谓九塞?大汾、冥阨、荆阮、方城、殽阪、井陉、令疵、句注、居庸。"貔貅,猛兽名,亦借指勇士。三关:原为宋、金边界上的三个关隘,亦泛指宋、金边防的关口。陪京,即陪都,指建康(南京)。作者在这里一连用了九塞、三关、貔貅、虎豹、陪京等词汇,气势森严,读了令人感奋,使人鼓舞。但是,"天高难叫,若为得诉忠语。"皇帝(天)高绝难通,怎样才能向他诉说精忠报国的决心呢?上片在悬念中结束,让读者自己去体味。

下片抒情,抒发作者立志报国的豪情壮志。换头三句:"追念江左英雄,中兴事业,枉被奸臣误。"紧接前片,怀念中兴名将岳飞,被人杀害,韩世忠投闲置散,北伐大计被秦桧等奸臣所阻挠。接着,"不见翠华移跸处,枉负吾皇神武。"不见徽、钦二宗移跸的所在(汴京),使你皇帝空有神武的威名,不图恢复中原、就不能称之为有为之君。但是,"击楫凭谁,问筹无计,何日宽忧顾。"谁能如当年击楫中流的祖逖那样,担当起北伐重任,挥师中原呢?拿不出恢复中原、收复国土的计划和措施。哪一天能兴师北上,收复失地,可以不再为国事担忧了?想到这里,"倚笻长叹,满怀清泪如雨。"拄着笻杖长长地叹息,忧思难平,泪如雨洒。一位爱国的人的赤子之心,剖白在读者的面前!

作者在另一首《念奴娇》中,也提到"勿谓时平无事也,便以言兵为讳。眼底山河,楼头鼓角,都是英雄泪。"充分显示作者时刻不忘复国大业的爱国思想。

韩淲 (1159~1224)字仲止,号涧泉,许昌(今属河南)人。韩元吉之子。曾任贵池主簿,不久便隐居上饶。诗与赵蕃(号章泉)齐名,人称"二泉"。亦工于词。有《涧泉集》《涧泉诗余》。

贺新郎

韩 淲

坐上有举昔人《贺新郎》一词，极壮，酒半用其韵。

万事佯休去。漫栖迟、灵山起雾，玉溪流渚。击楫凄凉
千古意，怅快衣冠南渡。泪暗洒、神州沉处。多少胸中
经济略，气□□、郁郁愁金鼓。空自笑，听鸡舞。
天关九虎寻无路。叹都把、生民膏血，尚交胡虏。吴蜀
江山元自好，形势何能尽语。但目尽、东南风土。赤壁
楼船应似旧，问子瑜、公瑾今安否？割舍了，对君举。

【鉴赏】

读着韩淲的“明月到花影，把酒对香红”（《水调歌头》），很自然想到“云破月来花弄影”（张先）、“山抹微云”（秦观）、“露花倒影”（柳永）等名句，他的《涧泉集》多是这样的风格。而读这首《贺新郎》，却不禁使人想起“何处望神州，满眼风光北固楼”的辛弃疾，想起“心在天山，身老沧州”的陆游。这首词在《涧泉集》中的确风格迥异，有如奇峰突出。这又有什么奇怪呢？贺梅子也写出“剑吼西风”的《六州歌头》哩。何况韩淲写这首《贺新郎》是在宴席上，酒酣时，听了张元幹那首《贺新郎·送李伯纪丞相》“极壮”之词，激起了心底的波澜，忧愤之情就自然地泉涌而出。肺腑之言，心底之声，真情也！是以那么荡气回肠。

这首词，与辛稼轩、陆放翁、张元幹、张孝祥、岳飞等的爱国词可谓同属一类。从表现手法来说，更似辛稼轩的《永遇乐·京口北固亭怀古》，其特点是全篇用典寄意，以古喻今，抒发了北国陆沉，而惜无收复故土之士的慨叹。全词意境开阔，格调苍凉。

上片写神州陆沉，叹无祖逖、刘琨般之志士，下片写生民膏血，哀无子瑜、公瑾样之英豪。

开头以“万事佯休去”领起全篇。“万事”，囊括了多少纷繁复沓的世事啊，似乎都逝去了，实际上并没有“休去”。看吧，“灵山起雾，玉溪流渚”这样“神州沉处”，再想想那“衣冠南渡”的可耻的历史，真是刻骨铭心的事！这里的“灵山”“玉溪”乃指代北国锦绣山河；以“起雾”“流渚”来形象地反映被敌人铁蹄践踏下河山破碎之惨象，与“神州沉处”紧紧照应。面对金瓯残缺，中流击楫的祖逖哪里去了

呢？只见“衣冠南渡”，不见帜纛北征，怎不叫人“凄凉”“怅快”！像岳飞、陆游、辛弃疾等都先后被杀害或被排挤了，词人自己本也胸中多少有点“经济略”，但也是无路请缨，壮志难酬；本也想学祖逖、刘琨闻鸡起舞，为国图强，可是也只能“郁郁愁金鼓”。在这种情况下，就只有“泪暗洒”“空自笑”了。这两个三字句呼应得极好，特别是一个“暗”字、一个“空”字，传神地写出了词人的神态，深刻地抒发了内心的愤懑。为何泪要“暗”洒？因无人理解自己，朝廷不信用自己，正如辛弃疾的“江南游子，把吴钩看了，阑干拍遍。无人会，登临意”一样的苦衷。为何“空自笑”？笑自己枉自多情，徒抱壮志想为国分忧而不可得也。正如苏东坡的“故国神游，多情应笑我，早生华发。”故此泪也，固为苦泪；而此笑也，亦属于苦笑。

过片首句“天关九虎寻无路”，是用《招魂》中的话：“君无上天些，虎豹九关，啄害下人些。”词中用这句话来暗喻当时宋室昏庸，奸臣当道，像虎豹一般阻挡着爱国臣民不得接近君主，不得推行北伐中原，收复国土的抗战主张。词人沉痛地指斥这些权奸“叹都把、生民膏血，尚交胡虏。”一个“叹”字，运笔深沉，喷吐悲愤，表达了对人民遭难无比同情、对奸臣误国无比痛恨的深情。接着用吴蜀联合抗曹保卫了大好江山的典故，引出了当年名将子瑜、公瑾来，抒发了渴望英才出来为大宋挽回残局的爱国情怀。“吴蜀江山元自好，形势何能尽语。但目尽、东南风土。”这是以吴蜀的大好河山来影射北国原来的锦绣江山，而当年的诸葛瑾(子瑜)和周瑜(公瑾)等在赤壁之战中大破南犯的曹军，保住了吴蜀的大好山河，今天有没有这样的名将出来保卫宋室江山呢？“赤壁楼船应似旧，问子瑜、公瑾今安否”，这里不以直述语出，而以疑问语出，也是匠心独运，不仅使词意委婉有致，而且抒情也更含蓄而沉痛。因为明明知道朝廷上都是投降派当权，主战派受压，多少有志之士不得抬头，无路请缨，而词人不明文直点，却来个“问”，这就比直述更来得有力，也更艺术。而且只有问，没有答；也无须答，因为答案是明摆着的，这是残酷的现实，词人也无能为力。所以满腔悲愤、满怀希望也只好“割舍了”，还是借酒浇愁，喝杯苦酒来了却这“佯休去”的“万事”吧！词人心底的波涛其实已汹涌澎湃。以“对君举”来结尾，与上片的“空自笑”“愁金鼓”“泪暗洒”遥相呼应，紧相扣连，情感发展的脉络极为分明。

这首词上下片意念相近，表现手法也相似，但角度不同，而上下照应得很好，感情的发展曲折跌宕，首尾照应，浑然一体。

鹧鸪天 兰溪舟中

韩淲

雨湿西风水面烟。一巾华发上溪船。帆迎山色来还去，橹破滩痕散复圆。

寻浊酒，试吟篇。避人鸥鹭更翩翩。五更犹作钱塘梦，

睡觉方知过眼前。

【鉴赏】

韩淲词多写闲情逸致，《鹧鸪天·兰溪舟中》正是以清幽淡静之笔，写出了闲情逸致之趣。可谓是韩淲的本色之作。

兰溪在浙江中部，这首词是作者沿兰溪赴钱塘在舟中写的。上片着重写舟行之景，下片着重抒泛舟之情。

首句“雨湿西风水面烟”明显地是写背景。一个“湿”字，把雨和风都写活了，给人以清新之感；“烟”之上贯以“水面”，更呈迷蒙之美。在这么一幅清淡幽雅的画面上，慢慢化入一个突出的人物形象：“一巾华发上溪船”。这句不仅写出词人的装束与年纪，更重要的是以轻巧的笔调传达出词人“一枕暑风外，事事且随缘”的洒脱风貌。这开篇两句是以第三者的角度来做客观的叙写。接着下两句则换一个角度，——词人在舟中向外望所见的景色：“帆迎山色来还去，橹破滩痕散复圆”，这是历来传诵的名句。不仅因为它对仗工整，而且因为它形象生动。不直写舟在行进，而是通过人在舟中所见的景色变化来显示舟在轻快疾驶。这正是匠心独运之处。“帆迎山色来还去”中一个“迎”字，颇有拟人之态，一个“还”字，写出舟行之速。袁枚在《渡江大风》中写：“金焦知客到，出郭远相迎”，敦煌曲子词《浣溪沙》中写：“满眼风波多闪烁，看山恰似走来迎。仔细看山山不动，是船行。”颇有异曲同工之妙。“橹破滩痕散复圆”中一“破”字，写出舟行疾速，遏浪向前之气势。一“复”字，写出了动静交替的景物幻变。仰见山色，俯视波痕，俯仰之间，拾来佳句，看似容易，实则来自词人对事物的细致观察，也来自锤词炼句、驾驭语言的功夫。这两句就成了光照全篇的中心。

过片两个三字句“寻浊酒，试吟篇”，运笔灵巧，一“寻”一“试”，表达出词人那悠然自得的潇洒风度，也通过这行动的描写来抒发了词人寄情山水的心怀。如果联系起他的《贺新郎》一词来想想，就不难理解，词人实在也为金瓯破碎而满怀忧愤，只是壮志难酬，无奈诗酒自娱而已。在此，词人不愿再多吐露心曲，而却插入一句“避人鸥鹭更翩翩。”这似乎是景语，写这些地方平时人迹罕到，鸥鹭为家，此刻船行惊鸟，才飞舞翩翩，可见荒野寂静得有点可怕，实际上曲折地表现了作者心底的寂寞。他在《贺新郎》里“空自笑，听鸡舞”，“割舍了，对君举”等语，不正是他心底由愤懑而寂寞的反映吗？然而，韩淲还是韩淲，同是写到梦，他不像辛弃疾的“醉里挑灯看剑，梦回吹角连营”，也不像陆游的“夜阑卧听风吹雨，铁马冰河入梦来”，而他，在末尾却以“五更犹作钱塘梦，睡觉方知过眼前”，轻轻一笔，把心底的波澜淡化了。浊酒浇愁也好，吟篇抒愤也罢，反正钱塘梦醒，旅程也就结束了，还是“随缘”吧，一切都又那么清幽淡静！这正是韩淲词的个性。

崔与之 （1158～1239）字正之，号菊坡。广州（今属广东）人。绍熙四年（1193）进士。累官秘书监、权工部侍郎，出知成都府兼本路安抚使。又为广东路经略安抚使，兼知广州，拜参知政事、右丞相，皆力辞。有诗文集。词存二首。

水调歌头 题剑阁①

崔与之

万里云间戍，立马剑门关。乱山极目无际，直北是长安。人苦百年涂炭，鬼哭三边锋镝，天道久应还。手写留屯奏，炯炯寸心丹。

对青灯，搔白首，漏声残。老来勋业未就，妨却一身闲。蒲涧②清泉白石，梅岭③绿阴青子，怪我旧盟寒。烽火平安夜，归梦绕家山。

【注释】

①题剑阁：一作“帅蜀作”。②蒲涧：在广州白云山上，涧中有九节菖蒲草生长，其水清甜。崔与之曾隐居于此。“蒲涧濂泉”为宋代羊城八景之一。③梅岭：即大庾岭，在江西、广东交界处。古时岭上多梅，故称梅岭。

【鉴赏】

南宋名臣崔与之，宁宗嘉定十二年至十五年间（1219～1222）出任成都知府兼成都府路安抚使时，曾登临剑阁，写下这首词。这时淮河、秦岭以北的大片土地，早已沦于金人之手。词人立马剑门，北望中原，不胜浩叹。这首词上阕写作者决心抗敌守边、报效国家的一片丹心，下阕抒发老来功业未就的感慨。全词豪放劲健，充满家国之思，风格属辛弃疾一派。

“万里云间戍，立马剑门关。”起句居高临下，气势雄伟，形成全词的豪迈基调。“万里”，写地域之远；“云间”，写地势之高；“戍”，正点出崔与之的安抚使身份。剑门关为川陕间重要关隘，是兵家必争之地。词人于此“一夫当关，万夫莫开”的军事要地立马，极目骋怀，自多感慨。以下笔触一宕，由豪迈转为苍凉。“乱山”二句，语本杜甫“云白山青万余里，愁看直北是长安”（《小寒食舟中作》）。长安是汉唐旧都，古代诗词中常用以指代京城，此即指北宋京城汴京（今河南开封）。长安在剑阁北面,亦早入金手,故"直北是长安"句,既是实指,又是借指,语带双关。句中虽无"愁看"二字,而愁绪自在其中。乱山无际,故都何在?"直北"五字,似是淡淡道来,实则包含着无穷的悲愤,无穷的血泪。接下去,词人便承此发挥,描写金兵入犯给人民带来的巨大苦难。

"人苦百年涂炭,鬼哭三边锋镝",二句概括了宋朝自南渡以来中原人民的悲惨遭遇。中原人民陷于水深火热之中,边境地方更因战乱频仍,死者不计其数。"鬼哭"句,正是写边境一带"新鬼烦冤旧鬼哭,天阴雨湿声啾啾"(杜甫《兵车行》)的悲惨情况。这两句把战乱之苦描写得淋漓尽致,使读者感同身受,激起对敌人的义愤。接着作者笔锋一转,明确表示:天道好还,否极泰来,胡运是不会长久的,苦难的日子应该结束了!"天道久应还"五字铿锵有力,充满必胜信心,流露出作者对收复失地的强烈愿望;与陆游"逆虏运尽行当平","如见万里烟尘清"(《题醉中所作草书卷后》),怀有同样迫切的期望。

紧接着,作者由对北方人民的思念和关注,进而联想到自己的职责,表示要亲写奏章,留在四川屯守御金,使他辖管下的一方百姓,不受金人的侵害。"手写"二句豪气干云,壮怀激烈,字字作金石声,具见作者忧国忧民的一片赤诚。真是热血沸腾,丹心炯炯!

下阕以"对青灯,搔白首,漏声残"三个短句作过片,写出作者赋词时的环境气氛:青灯荧荧,夜漏将尽。三句中,重点放在"搔白首"三字上;由此而引出"老来勋业未就,妨却一身闲"的慨叹。这里的"勋业",并非指一般的功名,而是指收复失地的大业。这与陆游"华发苍颜羞自照","逆胡未灭心未平"(《三月十七日夜醉中作》)的意思一样。由于"老来勋业未就",因此作者原来打算功成身退,归老林泉的愿望便落空了。北宋名臣范仲淹戍边时,曾有感于自己未能像后汉的窦宪一样,北逐匈奴,登燕然山,勒石记功而还,而慨叹"浊酒一杯家万里,燕然未勒归无计"(《渔家傲》)。崔与之亦有此感慨。虽然他对家乡十分思念,但抗金守土的责任感,又使他不得不继续留在异乡。他感到有负故乡的山水,仿佛广州白云山上蒲涧的流泉,粤北梅岭上青青的梅子,都在责备他忘了归隐田园的旧约了。句中的"旧盟寒",指的是负约之意。"怪我旧盟寒"五字,是对"妨却一身闲"句的照应。"怪""妨"二字甚佳,能把作者"老来勋业未就",思家而不得归的矛盾复杂心境,委婉地表达出来。这两句貌似闲适,内里却是跳动着作者的报国丹心的。

末二句"烽火平安夜,归梦绕家山",对上述意思再加深一层,意思是说:请不要责备我负约吧,在"逆胡未灭"、烽烟未息之时,我又怎能归去?其实我无时无刻不在想念故乡,每当战事暂宁的"烽火平安夜",我的梦魂就回到故乡去了!这两句思家情深,报国意切,十字融为一体。以此收束全词,使人回味不尽。

崔与之是广州人,向被称为"粤词之祖"。他开创了以"雅健"为宗的岭南词风,对后世岭南词人影响颇大。南宋后期的李昴英、赵必𤩪、陈纪等人,便是这种"雅健"词风的直接继承者。此词苍凉沉郁,寄慨遥深,感情和风格都与陆游、辛弃疾、陈亮、刘过、刘克庄的词作相近。由于崔与之僻处岭南,存词甚少,故鲜为人知。梁令娴《艺蘅馆词选》中收有此词,麦孺博赞云:"此词豪迈,何减稼轩!"给予很高的评价。

吴琚 生卒年不详,字居父,号云壑,汴(今河南开封)人。宋高宗吴皇后之侄。特授添差临安府通判,历尚书郎、知明州。嘉泰二年(1202)迁少保。有《云壑集》。存词六首。

酹江月 观潮应制

吴琚

玉虹遥挂,望青山隐隐,一眉如抹。忽觉天风吹海立,好似春霆初发。白马凌空,琼鳌驾水,日夜朝天阙。飞龙舞凤,郁葱环拱吴越。

此景天下应无,东南形胜,伟观真奇绝。好是吴儿飞彩帜,蹴起一江秋雪。黄屋天临,水犀云拥,看击中流楫。晚来波静,海门飞上明月。

【鉴赏】

这是一首应制词。如同试帖诗"赋得体"那样,"应制体"也颇有些不好的名声,因为它皆为应皇帝之命而作,内容多半是歌功颂德,蹈袭陈言。古来应制诗词盈千累万,能流传下来并为人们所传诵的实是寥寥无几。吴琚这首"观潮应制"可以算是个特例。

据周密《武林旧事》卷七载:淳熙十年(1183)八月十八日,宋孝宗与太上皇(高宗)往浙江亭观潮。太上喜见颜色,曰:"钱塘形胜,东南所无。"孝宗起奏曰:"钱塘江潮,亦天下所无有也。"太上宣谕侍宴官,令各赋《酹江月》一曲,至晚进呈。太上以吴琚为第一。吴氏此作,在结构和内容上虽仍有应制体的习套,但不至于庸腐。上片描写钱塘涌潮到来时的伟观,真是奇肆壮丽;下片描述弄潮和观潮的情景,亦有声有色,其中还隐喻恢复中原之志,不愧作手。

一起三句,先写环境气氛。涌潮到来之前,江面开阔平静,远望对岸隐隐的青山,如同一抹眉黛。"玉虹",即白虹,天上的白气。"青山",当指临安府对岸西兴、萧山一带的丘陵。三句写宁静的气氛,以作烘托。"忽觉"二句,写海潮初起的声势。“天风吹海立”，语本苏轼《有美堂暴雨》诗：“天外黑风吹海立”。“春霆”，春雷。古人常以雷霆之声比喻潮声。枚乘《七发》描写广陵潮来的情景：“横奔似雷行，……声如雷鼓。”吴词好在“初发”二字，写潮声自远而近，如春雷隐隐。“白马凌空，琼鳌驾水”，两句形容潮头波涛汹涌之状。枚乘《七发》：“其少进也，浩浩溰溰，如素车白马帷盖之张。”“琼鳌”，玉鳌。鳌是传说中海上的大龟。《列子·汤问》载，天帝使巨鳌举首承戴海上神山，后世因用“鳌戴”“鳌忭”为感恩戴德、欢欣踊跃之词。本词谓潮水如白马琼鳌，“日夜朝天阙”，当有歌颂天恩圣德之意。虽然如此，亦写出钱塘江潮雄阔的气象，不失为佳句。周密《武林旧事》有一段观潮的描写：“方其远出海门，仅如银线，既而渐近，则玉城雪岭，际天而来，大声如雷霆，震撼激射，吞天沃日，势极雄豪。”可作此词注解。“飞龙舞凤，郁葱环拱吴越。”上片收句，笔势一转，不再描写江潮，用意更深一层，可见章法之妙。“飞龙”，“舞凤”，喻钱塘山势。杭州形胜，左江右湖，四山环拱，素有东南第一州之誉。天龙山、凤凰山盘踞东南，凤凰山在五代吴越时为国治，南宋时是皇帝的大内禁苑所在，皇城北起凤山门，西迄万松岭，郁郁葱葱，气象万千。“飞龙”二语，承上启下，引出后段感想，笔法气势，连成一贯。

“此景”三句，大笔概括。“此景”，既是江潮之景，也是整个钱塘形胜。把太上皇和孝宗的对话用入词中，有如己出。“应制”如此，可算是得体了。“好是吴儿飞彩帜，蹴起一江秋雪”，由单纯写景转入描写人物活动。《武林旧事》卷三“观潮”载：“吴儿善泅者数百，皆披发文身，手持十幅大彩旗，争先鼓勇，泝迎而上，出没于鲸波万仞中，腾身百变，而旗尾略不沾湿，以此夸能。”唐宋时钱塘观潮，每有善泅少年，以彩旗系于竹竿上，执之舞于潮头，称为“弄潮”，以博取观潮者的赏赐。“蹴起”句，形象生动。与辛弃疾《摸鱼儿·观潮上叶丞相》词“蹴踏浪花舞”意同而用语更胜。以“秋雪”喻浪花，亦新警。“黄屋天临，水犀云拥”，写皇帝出行观潮的盛况。“黄屋”，帝王车盖，以黄缯为盖里，故名。“水犀”，指水军。《国语》载吴王夫差有“衣水犀之甲”的水军，故称。《武林旧事》对这次观潮也有详细的描述：“进早膳讫，御辇担儿及内人车马，并出候潮门。……先是澉浦金山都统司水军五千人抵江下，……管军官于江面分布五阵，乘骑弄旗，标枪舞刀，如履平地，点放五色烟炮满江。”宋孝宗在即位之初，任用主战派将领张浚，发动抗金战争，隆兴元年(1163)败于符离，即与金重订和约。尽管如此，比起一意乞和的高宗来，孝宗还是不忘恢复、希望有所作为的。“看击中流楫”，暗用祖逖之典。《晋书·祖逖传》载，祖逖率部渡江，中流击楫而誓曰：“祖逖不能清中原而复济者，有如大江！”本词用此，也表示恢复中原的志节。末二语以景语作结，甚有余味。怒潮过后，海晏无波，飞上一轮明月。意境宏阔静美，与上文描写恰成对照。首尾呼应，写景中寓有歌颂升平之意，亦可见作者的匠心。

杜斿 生卒年不详，字伯高，号桥斋，金华（今属浙江）人。曾登吕祖谦之门。淳熙、开禧间，两以制科荐。有《桥斋集》，不传。词存三首。

酹江月 石头城

杜斿

江山如此，是天开万古，东南王气。一自髯孙横短策，坐使英雄鹊起。玉树声销，金莲影散，多少伤心事！千年辽鹤，并疑城郭非是。

当日万驷云屯，潮生潮落处，石头孤峙。人笑褚渊今齿冷，只有袁公不死。斜日荒烟，神州何在？欲堕新亭泪。元龙老矣，世间何限余子。

【鉴赏】

石头城旧址在今南京市清凉山上，为建康四城之一。由于三国吴、东晋、宋、齐、梁、陈、南唐均在建康建都，所以当生活在南宋的杜斿登临其地的时候，就难免有一番关于兴废的感慨。

这阕词最显著的特点是用典多，作者的今昔之叹几乎全是通过这些典故传达出来的，因而我们的阅读也必须从弄懂典故入手。“王气”，古人有“望气”之术，据说，金陵之地有“天子气”。开头三句点明石头城历来就是王气所钟，这给数说王朝兴衰打下了基础，也同南宋皇室不图统一大业形成鲜明对照。古人论词，极重起句。《乐府指迷》说：“大抵起句便见所咏之意，不可泛入闲事。”《蕙风词话》也说：“起处不宜泛写景，宜实不宜虚，便当笼罩全阕，它题便挪移不得。”本篇起句直入主题，可见作者缚虎全力。“髯孙横短策”，指孙权割据江东。权紫髯，故称“髯孙”。“策”，马鞭。词中说“一自”，说“坐使英雄鹊起”（鹊起，在此是乘势奋飞的意思），引出了众多英雄，也突出了孙权的地位。“玉树”，即《玉树后庭花》，是陈后主叔宝创作的曲子，其词绮艳，其音甚哀，为历来公认的亡国之音。“金莲”，据说齐东昏侯命工匠用金子凿成莲花贴在地上，供潘妃在上面行走，曰“步步生莲花”。建康乃千古旧都，自然就成了各种人物粉墨表演的大舞台。作者把这些人物分成创业者与亡国者两类，实质上是给南宋统治者摆出了两条截然不同的道路。“千年”二句收住英雄、昏王两面，感叹世事变幻之急剧。《搜神后记》记载：辽东人丁令威求仙成功，化一白鹤飞来道：“有鸟有鸟丁令威，去家千年今来归。城郭如故人民非，何不学仙冢累累。”作者把原典中的“城郭如故”化为“城郭非是”，在强调沧桑变化上自然更深了一层。张砥中说:“凡词前后两结最为紧要。前结如奔马收缰,须勒得住,尚存后面地步,有住而不住之势。”(《古今词论》引)“千年”两句以世事幻化收束怀古,以眼前城郭引出抚今,是一个极好的前结。

过片三句以虚拟中的往日此地将士辐凑、万马奔腾的盛况与今日寂寞潮打石头城的冷落对比。“潮生潮落处,石头孤峙”既正面呼照“江山如此”,又反面辉映“神州何在”,可见承接转折之精巧周密。“人笑”两句的本事是:褚渊、袁粲同为南朝宋的顾命大臣,后萧道成篡立南齐,褚失节,袁死节于石头城。《南齐书·乐颐传》有“人笑褚公,至今齿冷”的话;《南史·褚彦回传》(渊字彦回)记当时百姓语曰:“可怜石头城,宁为袁粲死,不作彦回生。”这里,作者把故实、史传、民谣糅合用之,表达了他的鲜明爱憎。“新亭泪”,据《晋书·王导传》记载:“过江人士,每至暇日,相要(邀)出新亭饮宴。周颉中坐而叹曰:‘风景不殊,举目有江河之异。’皆相视流涕。惟(王)导愀然变色曰:‘当共戮力王室,克复神州,何至作楚囚对泣耶!”’作者在句中下一“欲”字,意思是说明知应当戮力王室,只是目前的现实不能让人这样乐观,于是不得已才“欲”下新亭之泪的。典故活用之后,既更切合南宋实际,又表达了作者深沉的感情。综观后半阕,如果说“人笑”两句还主要是对褚、袁二人的褒贬,那么“斜日”三句则蕴蓄着更深的时事之叹,到了最后两句,便直接指出英雄已老,恢复无人的现实。——词篇通过层递的手法,一步步深化了它的主题。元龙,三国时人陈登的字。他少有扶世济民之志,曹操以为广陵太守。闻许都人士对他有所批评,遂托郡功曹陈矫去许都时代为打听人们批评他什么。陈矫回报说:“闻远近之论,颇谓明府骄而自矜。”陈登说:“夫闺门雍穆,有德有行,吾敬陈元方兄弟;渊清玉洁,有礼有法,吾敬华子鱼;清修疾恶,有识有义,吾敬赵元达;博闻强记,奇逸卓荦,吾敬孔文举;雄姿杰出,有王霸之略,吾敬刘玄德:所敬如此,何骄之有!余子琐琐,亦焉足录哉?”(见《三国志·魏书·陈矫传》)陈元龙所敬诸人,在道德、文章、操守、志略等方面,各有足以称道的地方;而他不屑挂齿的所谓“余子”,正是在这些方面无所表现,无怪元龙对之骄慢。作者自比陈元龙,而放眼当世,值得尊敬之人甚少,像这些“余子”者却多至无限,至堪愤疾。指的是古,引古所以喻今;说的是人,实质上还是在说世道。词至此结束,辞尽而意不尽。填词结尾,例用景语或情语,本篇结以议论,虽为别格,但对倾吐作者胸中愤懑,却极为恰当。

典故是历代相传已经定了型的事件或语句,所含内容较为丰富,用得好,便能够收到“以少总多,情貌无遗”(《文心雕龙·物色》)的效果。概括起来,本篇所用的典故有以下三个特点:一是熟典多,因而读来不觉艰涩;二是多与石头城有关,因而更加贴切自然;三是正反两种典故交错使用,因而作者的爱憎极为分明。

杜旟生活在外患日盛的南宋,怀有报国之志,所以填词效法辛弃疾。但稼轩之词,“其秀在骨,其厚在神。初学看之,但得其粗率而已”,因此言者普遍认为“性情少,勿学稼轩”(《蕙风词话》)。杜旟本人“奔风逸足,而鸣以和鸾”(陈亮语),且“杜子五兄弟,词林俱上头”(叶适语),所以独能接受辛词的积极影响。这首词大量使用典故，驰骋议论，袭用散文语言，形成慷慨纵横而又含蕴深厚的风格，在南宋词坛小家中，算得上一首难得的佳作。

赵昂 生平不详。孝宗时御前应对。存词一首。

婆罗门引

赵　昂

暮霞照水，水边无数木芙蓉。晓来露湿轻红。十里锦丝步障，日转影重重。向楚天空迥，人立西风。

夕阳道中。叹秋色、与愁浓。寂寞三千粉黛，临鉴妆慵。施朱太赤，空惆怅、教妾若为容。花易老、烟水无穷。

【鉴赏】

陈藏一《话腴》："赵昂总管始肄业临安府学，困踬无聊赖，遂脱儒冠从禁弁，升御前应对。一日，侍阜陵跸之德寿宫。高庙宴席间问今应制之臣，张抡之后为谁。阜陵以昂对。高庙俯睐久之，知其尝为诸生，命赋拒霜词。昂奏所用腔，令缀《婆罗门引》。又奏所用意，诏自述其梗概。即赋就进呈云：……"进呈的就是以上这首词。"阜陵"即宋孝宗赵昚，昚陵名"永阜陵"，所以南宋人以"阜陵"称孝宗；高庙即宋高宗赵构，构庙号"高宗"，后人因以"高庙"称之。赵构退位后居住在"德寿宫"，因而宋人或以"德寿"代称宋高宗。赵昂的这首词，是应宋高宗之命而作的，是一首"应制词"；以咏"拒霜"（即"木芙蓉"，或称"地芙蓉""木莲"等）为内容，因而它又是一首咏物词。《话腴》又载：高宗看了这首词，很高兴，不但赏赐给赵昂不少银绢，还叫孝宗给升了官。

按照过去的传统，"应制"的作品，往往是歌功颂德、拍马奉承的。这首词却不然。那么，宋高宗为什么还很喜欢它呢？

这首词的咏物技巧比较高。它处处紧扣住拒霜的特点，多方面着笔，务求尽善尽美。从拒霜的生长习性上看，它多丛生在水边潮湿之地，所以词的起句便说："暮霞照水，水边无数木芙蓉。"用"木芙蓉"应"拒霜"，点题；用"水边"交代其生长习性；用"无数"交代其丛生的特点；用"暮霞照水"作背景烘托，而且这个背景天光水色，色彩斑斓，美不胜收。拒霜在秋冬间开花，所以词中先用"楚天空迥，人立西风"透露出一派秋意，然后在下片中紧接着用"秋色"再次点明秋的季节。着墨更多的是写拒霜花。词的上片，写了三段时间中的拒霜花形象："暮霞"两句，是暗写晚霞映衬下的拒霜花。"暮霞"在这里既是写霞，其中也包括着花，只是花的形象没有明写，而是让读者从"暮霞"的色彩中去联想。当然，"暮霞"也可以理解为就是写花，"暮霞"只是个比喻，而以"木芙蓉"揭示这个比喻的实体。这里取前者。"晓来"一句是写早晨带露的拒霜花，用"轻红"略点花的实质形象。拒霜花有粉红、白、黄等颜色品种，作者这里只取粉红一种。粉红而经"露湿"，更加娇嫩，故曰"轻红"。"十里"两句，是用浓墨重彩正面写日转中天时拒霜花的形象。"十里"极写其多，承"无数"而来；"锦丝步障"，写艳阳之下，繁花灿似锦绣、簇如屏幕("步障"即屏幕)。这使我们想起了王恺与石崇争斗豪华的场面：王恺"作紫丝布步障碧绫四十里"，石崇则"作锦步障五十里以敌之"(《世说新语·汰侈》)。这里则是拒霜花组成的"步障"，而且随着太阳的转移，花影也随之变化，作者用花影的"重重"，再次写花之多。看来，作者善于选择描绘的角度。这三层写花，笔墨由简入繁，由侧面烘托而至正面描绘，然后再加以侧面烘托。但用笔都比较质实，而且越来越实。作者为了挽救这个危险的趋势(质实为词家一忌)，把笔锋一转，写出了"向楚天空迥，人立西风"两句，亦花亦人，笔调一变而为沉着潇洒而又不乏空灵之气，遂使全词风致大变，从而逼近了上乘作品的行列。词的下片，继续写拒霜花，但笔法与上片的正面下笔完全不同。下片乍看好像写美人，实际上是通过写美人而达到进一步写花的目的，把花写得尽善尽美。过片承"西风"句立意，写秋色浓于愁，貌似借秋兴叹，实际上是引出再次写花。白居易诗云："莫怕秋无伴愁物，水莲花尽木莲开。"(《木芙蓉花下招客饮》)所以写秋愁正是为了引出这个"伴愁物"来。这个"愁"字来得贴切巧妙，也很重要，其意一直贯串到"教妾若为容"。"寂寞"以下四句，皆写"粉黛"(即美人)之愁。"寂寞""妆慵"以至"惆怅"，皆是其"愁"的情态表现；"施朱太赤""教妾若为容"，则是"愁"的原因所在。美人总是要与花争艳的。这里，美女们看了拒霜花，自己感到不好打扮了，不施"朱"(红色)固然不可，而施朱则"太赤"，不管怎样，总是打扮不出拒霜花的那种粉红来。"教妾若为容"，是屡经打扮而总不能与花比美的愁叹，所以只有"妆慵"与"惆怅"了。这几句虽从杜荀鹤《春宫怨》诗化出，甚至还借用了宋玉《登徒子好色赋》"施朱则太赤"的成句，但写得却自有新意。古典诗词中总喜欢以花写美人，如"梨花一枝春带雨"(白居易《长恨歌》)、"此度见花枝，白头誓不归"(韦庄《菩萨蛮》)、"一枝娇卧醉芙蓉"(阎选《虞美人》)等等；美女在花面前，总想比并一番，而且总有一种稳操左券的骄傲，如无名氏《菩萨蛮》:"含笑问檀郎,花强妾貌强?"黄简《玉楼春》:"妆成挼镜问春风,比似庭花谁解语?"这里则以美人写花,并比之下,美人却甘拜下风,临镜不知所措。拒霜花之美,由此可以想见了。这是个很成功的比拟。词的结句"花易老、烟水无穷",陡转一笔,一反愁怨可掬的娇态,别开新意,花光尽而烟水来,以烟水之无穷弥补花的易老,把人引入一个高渺阔大的境界。这种结句,大有云水迭生、柳暗花明、余味无尽的优点,正是深得词家三昧之处。宋高宗也是长于词的人。这首词既然有如许好处,他看了能不高兴吗?

从咏物词的发展史上看,这首词也是值得称道的。南宋都有咏物词,但却有不同。就总的倾向说,北宋少而南宋多,宋末尤多;北宋咏物词往往有浓重而明显的抒情成分,南宋则渐趋冷静以至隐晦,这当然与其时代气质有关系,也与咏物词自身的发展过程有关系。这首词的作者赵昂,处在南宋初期,这首词也处于咏物词由北而南的过渡时期中,就咏物与抒情的比重上看,其咏物成分显然增多,而北宋的借物抒情的特色则显然减少。应该说,它预示了南宋咏物词的发展趋向。这一点,在我们鉴赏这首词的时候,也是应当注意的。

俞国宝 生卒年不详,临川(今江西抚州)人。淳熙太学生。有《醒庵遗珠集》,不传。存词十三首。

风入松

俞国宝

一春长费买花钱,日日醉湖边。玉骢惯识西湖路,骄嘶过、沽酒楼前。红杏香中箫鼓,绿杨影里秋千。
暖风十里丽人天,花压鬓云偏。画船载取春归去,余情付、湖水湖烟。明日重扶残醉,来寻陌上花钿。

【鉴赏】

据周密《武林旧事》卷三,这首词是太学生俞国宝题写在西湖一家酒肆屏风上的。已做太上皇的宋高宗偶见此词,"称赏久之",认为"甚好",还将其中"明日再携残酒"句改为"明日重扶残醉",俞国宝也因而得到即日解褐授官的优待。1164年(隆兴二年),宋金签订"隆兴和议",此后的三十年内双方再无大的战事发生。暂时的和平麻痹了人们的意志,也为上流社会提供了醉生梦死的可能性。这首词写于淳熙年间(1174~1189),正是这种社会现实和心理状态的反映。所以,我们在欣赏这幅“西湖游乐图”的同时,还应该指出它在思想倾向上所存在的严重不足。

词篇由描写词人的自我形象开头。这里虽然没有直接描摹西湖的美景,可是“一春”“长费”“日日”“醉”等词语却传达了作者对西湖的不尽留连;“玉骢”两句写马,然而马的“惯识”是由于人的常来,马的“骄嘶”是由于人的惬意,所以三、四句是借马写人,再因人写湖,最后达到了人与境、情与景的高度融合。总之,开头四句是用作者浓烈的情绪感染读者,使人对西湖产生“未睹心先醉”式的向往,因此下文描写的游湖盛况,也就预先被蒙上了一层美的面纱。再说,词人、玉骢、酒楼都是西湖游乐图的组成部分,因之这四句所表现的词人情致有以小见大的作用,并使词篇“起处自然馨逸”(明沈际飞《草堂诗余正集》评)。

“红杏”以下四句是游乐图的主体。这里仅仅二十余字,可是所含的信息量是极丰富的:有繁盛的红杏,浓密的绿柳,如云的丽人;有抑扬的箫鼓,晃荡的秋千,漂亮的簪花;有氤氲的香气,和暖的春风。——作者抓住了西湖游春的热点,浓墨渲染,为读者提供了再造想象的最佳契机,词人旺盛的游兴,也借此得到了充分的表现。

“画船”两句为暮归图,是游乐的尾声。在这里,作者把“春”写成有形有质、可取可载的物事,不仅使词句形象生动,也写出了西湖春天的特色:春在游舟中。“余情付湖水湖烟”,在热闹浓烈之后补充幽悄淡远,在载春归去的满足之后补充余情,表现的是西湖的另一面目和作者游兴中高雅的一面。人去湖空,论理词篇也该收尾了。不料作者别出心裁,反以明日之事相期,收得别致而又耐人寻味,也更加突出了今日之忘情欢乐。陈廷焯说:“结二句余波绮丽,可谓‘回头一笑百媚生’。”(《白雨斋词话》)“重扶残醉”是说前一日醉得很深,隔日余醉尚不解。不过到底是酒醉呢,还是景醉呢,还是情醉呢,还是三者兼而有之,读者可以自己判断。这一句的原文作“明日再携残酒”,是一个尚未解褐的太学生清寒潇洒、忘情山水的性格的反映,未必不工,只是没有高宗那种皇帝派头就是了。

这首词受前人喜爱,还有一个原因是词风香艳绮丽,情致浓而近雅。在我国文学史上,词,很长一个阶段是作为歌馆酒筵间的佐料而存在的。因此旧日的词人们,对于香丽流美型的词风就有着特殊的偏爱。

这首词的结构也颇别致,归纳言之,大约有三个特点:一、完整。从概说醉心西湖叙起,次写玉骢近湖,继写全天游况,再写画船归去,终以来日预期,可谓严密得滴水不漏。二、分片。根据填词的通常规矩,前后两片总应有个分工。《古今词论》引毛稚黄的话说:“前半泛写,后半专叙,盖宋词人多此法。”但是这首词上下两片的意思是连贯的,过片的地方不仅没有大的转折,反而同前半阕的后两句结合得更紧。三、照应。比如:“日日醉湖边”之与“明日重扶残醉”,“玉骢”之与“画船”,“西湖路”之与“陌上”,“花压鬓云偏”之与“花钿”等等。这种结构形式的选用,使得词中所描绘的西湖游乐图更加浑然一体了。

程珌 (1164～1242)字怀古，号洺水遗民，休宁（今属安徽）人。绍熙四年(1193)进士。历官翰林学士、知制诰、知福州兼福建安抚使。有《洺水集》《洺水词》。存词四十三首。

水调歌头 登甘露寺多景楼望淮有感

程 珌

天地本无际，南北竟谁分。楼前多景，中原一恨杳难论。却似长江万里，忽有孤山两点，点破水晶盆。为借鞭霆力，驱去附昆仑。

望淮阴，兵冶处，俨然存。看来天意，止欠士雅与刘琨。三拊当时顽石，唤醒隆中一老，细与酌芳尊。孟夏正须雨，一洗北尘昏。

【鉴赏】

这是一首激动人心的爱国词章。

上片写景。点出“中原一恨”是“南北竟谁分”；对于那“点破水晶盆”的“孤山”，则主张以驱策雷霆的威力，将它赶走。显示了作者决心收复失地的勃勃雄心。起头“天地本无际，南北竟谁分？”天地之间（指中国）本来没有界线，是谁竟然将它分成两部分？以提问开头，引起读者的注意。“楼前多景，中原一恨杳难论。”作者登上镇江甘露寺多景楼，四面眺望，对大好中原沦丧敌手，感到有难以言述的慨恨。沿江西望：“却似长江万里，忽有孤山两点，点破水晶盆。”真个是白璧有瑕。这里借指金瓯有缺，江山失却半壁。“为借鞭霆力，驱去附昆仑。”表示要用鞭策雷霆的力量，把那小山驱赶到昆仑（大山）下面去。这里暗指收复失地。上片用这句话作结，充分显示出作者对敌人铁骑蹂躏、占领中原，表示极度愤恨和收复失土的决心。

下片，抒怀。作者对北伐表示极大的信心，并提出恢复国土有待于祖逖、刘琨般的爱国志士，和足智多谋如诸葛亮般的人物。换头“望淮阴，兵冶处，俨然存。”接上片，仍在写景。兵冶处，指冶城（今江苏六合区东），汉代吴王濞在此冶炼钱币兵器；淮阴在其北面。

接着，作者抒发他对于收复失地、抗战北伐的具体主张。一是：“看来天意，止欠士雅与刘琨。”收复中原是人心所向（天意），只是缺少像晋代祖逖（字士雅）、刘琨那样的爱国之士。二是:“三挝当时顽石,唤醒隆中一老,细与酌芳尊。”要再三挝去那堆成八阵图的石子(指备战),与诸葛亮般的战略家酌酒细论。隆中一老,指诸葛亮,他早年隐居隆中(今湖北襄阳西)。顽石,指诸葛亮曾垒石列战阵于江边,即所谓“八阵图”。见《东坡志林》及刘禹锡《嘉话录》。杜甫有《八阵图》诗:“功盖三分国,名成八阵图。江流石不转,遗恨失吞吴。”

最后,作者以“孟夏正须雨,一洗北尘昏”结束词篇。说明如夏日大旱需甘霖一样,处于水深火热之中的北国人民,亟待宋军挥师北上,把他们从金国的统治下解救出来。充分显示出作者对北伐的重视,并且充满了必胜的信心!

程珌是辛弃疾的好友,曾有《六州歌头》一首,题为“送辛弃疾”,说明两人的友谊,他的词风也与辛词相近,这首词也可足资证明。

郑域 (1155~?)字中卿,号松窗,三山(今福建福州)人。淳熙十一年(1184)进士。曾倅池阳,庆元二年(1196)随张贵谟使金。著有《燕谷剽闻》,不传。词有今辑本《松窗词》,存十一首。

昭君怨 梅花

郑域

道是花来春未,道是雪来香异。竹外一枝斜,野人家。
冷落竹篱茅舍,富贵玉堂琼榭。两地不同栽,一般开。

【鉴赏】

郑域,字中卿。明代杨慎《词品》云:“中卿小词,清醒可喜,如《昭君怨》云云,兴比甚佳。”这首咏梅小词,运用比兴手法,表现清醒可喜的情趣,颇有发人深思的地方。

自从《诗经·摽有梅》以来,我国诗歌中就经常出现咏梅之作,但有两种不同的倾向:一种是精粹雅逸,托意高远,如林逋的《梅花》诗,姜夔的咏梅词《暗香》《疏影》;一种是巧喻谲譬,思致刻露,如晁补之的《盐角儿》,以及郑域这首《昭君怨》。这后一种实际上受到宋诗议论化的影响,在诗歌的韵味上似逊前者一筹。

杨慎说此词“兴比甚佳”,主要是指善用比喻。但它所用的不是明喻,而是隐喻,如同《文心雕龙·谐隐》所说:“遁词以隐意,谲譬以指事。”在宋人咏物词中,这是一种常用的手法。像林逋的咏草词《点绛唇》、史达祖的咏春雨词《绮罗香》和咏燕词《双双燕》,他们尽管写得细腻传神,但从头到尾,都未提到“草”字,“雨”字和

“燕”字。这类词读起来颇似猜谜语，但谜底藏得很深，而所描写的景物却富有暗示性或形象性，既具体可感，又含蓄有味。此词起首二句也是采用同样的手法，它不正面点破“梅”字，而是从开花的时间和花的色香等方面加以比较：说它是花么，春天还未到；说它是雪呢，却又香得出奇。前者暗示它在腊月里开花，后者表明它颜色洁白，不言蜡梅而蜡梅自在。从语言结构来看，则是每句之内，自问自答，音节上自然舒展而略带顿挫，如“道是花来——春未；道是雪来——香异”，涵泳之中，别饶佳趣。

以“雪”“香”二字咏梅，始于南朝苏子卿的《梅花落》：“只言花是雪，不悟有香来。”后人咏梅，不离此二字。王安石《梅花》诗云：“墙角数枝梅，凌寒独自开。遥知不是雪，为有暗香来。”似与苏诗辩论。陆游《梅花绝句》云：“闻道梅花坼晓风，雪堆遍满四山中。”丢了香字，只谈雪字。晁补之词《盐角儿》则抓住香雪二字，尽量发挥：“开时似雪，谢时似雪，花中奇绝。香非在蕊，香非在萼，骨中香彻。”至卢梅坡《雪梅》诗则认为各有所长：“梅须逊雪三分白，雪却输梅一段香。”此词好似也参加这一辩论，但它又在香雪二字之前附加了一个条件，即开花时间，似乎是作者的独创。

上片三、四两句，写出山野中梅花的姿态，较富有诗意。“竹外一枝斜”，语本苏轼《和秦太虚梅花》诗：“竹外一枝斜更好。”宋人范正敏《遯斋闲览》评东坡此句云：“语虽平易，然颇得梅之幽独闲静之趣。”曹组《蓦山溪·梅》词中也写过：“竹外一枝斜，想佳人、天寒日暮。”但却把思路引到杜诗“天寒翠袖薄，日暮倚修竹”上来，离开了梅花。此词没有遇竹而忘梅，用典而不为典所囿，自然浑成，构成了一个完整的意境。它以疏竹为衬托，以梅花为主体，在猗猗绿竹的掩映之中，一树寒梅，疏影横斜，娴静幽独，胜境超然。而且以竹节的挺拔烘托梅花的品格，更能突出梅花凌霜傲雪的形象。句末加上“野人家”一个短语，非但在音节上倩灵活脱，和谐雅逸，而且使整个画面有了支点，流露出不食人间烟火的生活气息。词也就这样自然而然地过渡到下片。

下片具体描写野人家的环境。原来山野之中这户人家居处十分简朴，数间茅舍，围以疏篱。这境界与前面所写的一树寒梅掩以疏竹，正好相互映发：前者偏于虚，后者趋向实。它构成了一种优美的恬静的境界，引人入胜，容易令人产生“雪满山中高士卧，月明林下美人来”的联想。而“冷落竹篱茅舍”之后，接着写“富贵玉堂琼榭”，意在说明栽于竹篱茅舍之梅，与栽于玉堂琼榭之梅，地虽不同，开则无异。

词人由山中之梅想到玉堂之梅，思路又拓开一层，然亦有所本。李邴《汉宫春》咏梅词云："问玉堂何似，茅舍疏篱？伤心故人去后，冷落新诗。"相比起来，李词以情韵胜，此词则以哲理胜。它以对比的方式，写出了梅花纯洁而又傲岸的品质，体现了"贫贱不能移，富贵不能淫"的高尚情操。同一般的咏梅诗词相比，思想性又高出一层。

宋人张炎说："诗难于咏物，词为尤难。体认稍真，则拘而不畅；模写差远，则晦而不明。""一段意思，全在结句。"(《词源》)此词贵在神似与形似之间，它只抓住蜡梅的特点，稍加点染，重在传神写意，与张炎所提出的要求，大致相近。风格质朴无华，落笔似不经意，小中见大，弦外有音，堪称佳作。

戴复古 (1167～1237后)字式之，号石屏，台州黄岩(今属浙江)人。以诗鸣江湖间，为江湖诗人之重要作家。有《石屏诗集》《石屏词》，存词四十六首。

水调歌头 题李季允侍郎鄂州吞云楼

戴复古

轮奂半天上，胜概压南楼。筹边独坐，岂欲登览快双眸。浪说胸吞云梦，直把气吞残虏，西北望神州。百载一机会，人事恨悠悠。

骑黄鹤，赋鹦鹉，谩风流。岳王祠畔，杨柳烟锁古今愁。整顿乾坤手段，指授英雄方略，雅志若为酬。杯酒不在手，双鬓恐惊秋。

【鉴赏】

这首《水调歌头》有小序曰："题李季允侍郎鄂州吞云楼"，李季允是什么人呢？

原来是一个有抱负的爱国者,名埴,曾任礼部侍郎,沿制置副使并知鄂州(今湖北武昌)。吞云楼是当时鄂州一名楼。戴复古自称"狂游四海,一向忘家",但却没有忘国,而且有"一片忧国丹心"。在那山河破碎的南宋后期,他还热切地希望"整顿乾坤",统一中原。这首《水调歌头》正是他与知心朋友倾吐心曲之作。希望——失望——愁恨,构成这首词激昂沉郁,豪放悲壮的风格。

上片写坐失良机之恨。开篇两句写吞云楼的雄伟之势。"轮奂半天上,胜概压南楼",轮奂,高大貌。《礼记·檀弓下》:"美哉轮焉,美哉奂焉!"词中用以写这楼高耸入云,如立半天之上,或许"吞云"之名亦由此而来。其雄壮之势压倒武昌黄鹤山上的"南楼"。以"南楼"作衬,更显得"吞云楼"之雄伟壮观。这个开头气势大,意境阔。按常理顺写下去,就该是登临览胜了。可接下去却是笔锋一转,"筹边独坐,岂欲登览快双眸",像作者和李侍郎这样的爱国志士,登上此楼,还念念不忘筹划边防,北伐抗金等大计,并无多少心思去揽胜。"岂欲"一词,甚富情韵,蕴含着满腔心事。再来一句"浪说胸吞云梦",再强化这种感情。这里借用司马相如的《子虚赋》中乌有先生对楚使子虚夸耀齐地广阔的话:"吞若云梦者八九,于其胸中,曾不蒂芥。"连这么旷阔壮观的美景都且慢去说,无心欣赏,为什么呢?因为有"残虏"在,神州大地,半壁河山还在敌人铁蹄下。"直把气吞残虏,西北望神州",这两句有力地抒写了爱国志士北伐抗金、统一中原、光复国土的美好理想。"直把""气吞"用语苍劲,一个"望"字,饱蘸激情。前边"岂欲""浪说"两句写面对美景而不动容,正是有力地托出"直把"一句写心存大志胸怀国运的崇高情怀。一抑一扬,回肠荡气。情绪由沉郁而激昂。但至此文思又没有再高扬下去,而是笔锋又一转:"百载一机会,人事恨悠悠。"南渡百年以来,多少北伐中原,统一中国的大好良机,都被投降派葬送了。投降派得势,抗战派受压,爱国者被害,"靖康耻,犹未雪,臣子恨,何时灭","遗民泪尽胡尘里,南望王师又一年"!残酷的现实,使多少爱国志士"气吞残虏"的希望一次一次破灭了!于是,从希望到失望,哪能不"恨悠悠"呢!这一结句是上片的感情凝聚处,是在大开大阖、抑扬跌宕中最后的落脚点。

下片写雅志难酬之愁。这是紧承上片末句"人事恨悠悠"来抒发的。如果说,上片是从眼前景物落笔,那下片就是从历史遗迹写起。"骑黄鹤,赋鹦鹉,谩风流。岳王祠畔,杨柳烟锁古今愁",这几句写了三件古人古事。唐人崔颢登上黄鹤楼,大笔挥下"昔人已乘黄鹤去,此地空余黄鹤楼"的千古不朽的名篇,然而他追求仙景的理想当然难免幻灭,所以最后还是"烟波江上使人愁"。此一愁也。汉文学家祢衡在《鹦鹉赋》中写当时有志之士希望能同自由的鹦鹉那样"嬉游高峻,栖时幽深",尽情享受大自然的赐予,然而汉末社会如囚禁鹦鹉的牢笼,他们的美好理想又怎能实现?只能坠入痛苦的深渊。此二愁也。一代抗金名将岳飞惨死于"风波亭",英雄的"从头收拾旧山河,朝天阙"的宏愿永远不能实现。"莫须有"三字构成千古奇冤,留下的只是"杨柳烟锁古今愁"!此三愁也。这三层都是写古人之愁。"古今愁"三字乃全词点睛之笔,它概括了古今有志之士理想破灭、壮志难酬的新愁旧恨,是上承下启的枢纽，既与“人事恨悠悠”呼应，又与“雅志若为酬”相连。由古及今，过渡到写今天之愁。李侍郎虽有“整顿乾坤手段，指授英雄方略”，但也逃不脱“雅志”难酬的厄运。而作者把挽救残局的希望寄托于李侍郎的美好理想当然也就终于破灭。此今人之愁也。这么多的愁和恨，那即使登上吞云楼，面对壮丽美景，也怎么有心情去欣赏呢？只有借酒浇愁罢了。“杯酒不在手，双鬓恐惊秋。”这是作者与知心好友倾吐肺腑之言。没这杯酒，恐怕志士们的头发早白了！这与陆放翁的“胡未灭，鬓先秋，泪空流”的情感是一致的。下片这一结句与上片结句“人事恨悠悠”相照应，同是写爱国志士理想破灭的“古今愁”；所不同者，“人事恨悠悠”是“愁”的内涵，是感情的抽象化，“双鬓恐惊秋”是“愁”的外貌，是感情的形象化。

登楼揽胜，反而触景伤情，抒写了这么凝重的“古今愁”；而此非个人之闲愁浅恨，乃国家民族之深愁大恨也。全词意境开阔雄浑，风格悲壮苍凉，的确颇有“稼轩风”。

洞仙歌

戴复古

卖花担上，菊蕊金初破。说着重阳怎虚过。看画城簇簇，酒肆歌楼，奈没个巧处，安排着我。
家乡煞远哩，抵死思量，枉把眉头万千锁。一笑且开怀，小阁团栾，旋簇着、几般蔬果。把三杯两盏记时光，问有甚曲儿，好唱一个。

【鉴赏】

戴复古仕途不济，一生清苦，四处浪游，其间，免不了产生一种落拓江湖，天涯漂泊的乡愁客怨。这首《洞仙歌》正是反映他这种心境情绪的代表作。

上片描绘重阳好景，自叹飘零。“卖花担上，菊蕊金初破”，以鲜明的色彩点出金秋季节。而这黄金菊蕊不是“破”在篱边园里，却是在“卖花担上”，可见是写街市繁华热闹的景色。接着点出这正是“重阳”佳节。这样的良辰好景，怎能“虚过”？可是，“看画城簇簇，酒肆歌楼，奈没个巧处，安排着我”！到处花团锦簇，画阁雕阑，酒绿灯红，轻歌曼舞，这么偌大一个城市，却找不着一个自己安身之所。一个“奈”字，活画出作者异地飘零无可奈何的心境，饱蘸辛酸。真是“良辰美景奈何天，赏心乐事谁家院！”开头这样先写重阳美景，且点出“怎虚过”，按常理是不应“虚过”的。这可说是扬笔。接着以一个“奈”字，笔锋一转，逆理而行，自叹无处安身，不用说，这就“自是良辰好景虚设”，只好“虚过”了。这可说是抑笔。这样先扬后抑，以乐景写哀，倍增其哀，以美景反衬乡愁，倍增其愁。词中不露“乡愁”二字，可深沉的乡愁自见。

下片写以酒乐之欢，强解乡愁。过片以白描手法直点乡思。“家乡煞远哩，抵死思量，枉把眉头万千锁。”“煞远”“抵死”，以口语入词，特别亲切。下句以“枉把”承接，照应上片那“奈”字。“眉头万千锁”也解不了深沉的乡思客愁，那怎么办？接着笔锋又转，“一笑且开怀”，似乎转入欢快，实则是在无可奈何之中企图借酒浇愁吧！这“笑”与“开怀”都是饱含苦涩味的。什么“小阁团栾，旋簇着、几般(盘)蔬果”，又有什么味道呢？“把三杯两盏记时光”，只有酒入愁肠愁更愁吧！再来“问有甚曲儿，好唱一个”，这又能解得开吗？实际上，这样的“酒肆歌楼”也不是“安排着我”的“巧处”。这下片头三句点出乡愁，明是抑笔，以下几句写寻欢作乐，似是扬笔，其实是反衬，是更深乡愁的反映。

这首词写的似乎都是个人生活，个人愁绪，不涉及国家民族，其实他的个人遭遇，正打上了时代的烙印，折射出社会的阴影。从另一个角度抒发了作者对当时朝政的不满，对民族命运的哀叹。这也不是只属于他个人的，而是属于那个时代中有志不能伸的一类知识分子的心情，所以是有社会性的。

从艺术手法来看，其中以乐景反衬哀愁的反衬法，以口语入词的白描手法，以及对都市佳节酒肆歌楼的生动勾勒等，都是很出色的。

望江南

戴复古

石屏老，家住海东云。本是寻常田舍子，如何呼唤作诗人？无益费精神。

千首富，不救一生贫。贾岛形模元自瘦，杜陵言语不妨村。谁解学西昆？

【鉴赏】

作者在这首《望江南》序中说：“仆既为宋壶山说其自说未尽处，壶山必有答语，仆自嘲三解。”原来他曾收到宋自谦(字谦父，号壶山)寄的三十阕《壶山好》，因感“犹有说未尽处”，而“为续四曲”。过后，戴复古又写了三首《望江南》，为自己解嘲，这首《望江南》是其中的第一首。

这是一首非常少见的、以词论诗的作品。词中肯定了贾岛、杜甫的诗歌，批判

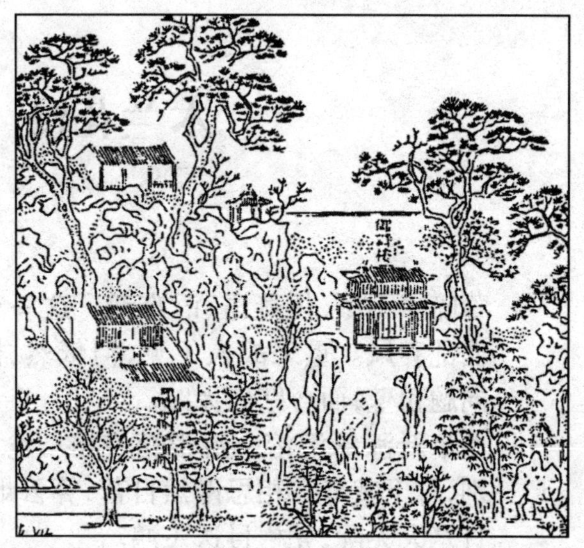

了西昆体的诗风，又流露了对自己诗词的自负感。词的语言朴实，但词意却曲折婉转，“诗犹文也，忌直贵曲”（施补华《岘佣说诗》），词也如此。这首词乍一看，非常浅显，其含意却很深刻。表面上是自我解嘲，实际上表达了自己的深刻见地。这种婉转的风格，主要是通过反说对比手法表现出来的。

上片，“田舍子”与“诗人”对比。词的起首“石屏老，家住海东云”，以朴素的语言，点明自己的住处和出身，对自己隐居故里、生活贫寒感到安然自得。但是竟被称为诗人，而作诗是“可怜无补费精神”的事。这是自我解嘲，一则表现了自己的一种懊恼心境，二则流露了对自己做诗人的自负。运用对比反说，似直而实曲。

其次，“富”“贫”对比。“千首富，不救一生贫”，是上片的注脚，是下文的起始，承上启下，顺理顺情。既“贫”且“富”，是自己处境的自白，又是贾岛、杜甫的写照。表达了对贾岛、杜甫的深切同情，对自身境况的感叹，“不救”透露了一种愤慨之情。“富”又包含着对自己诗词的自负感。“富”“贫”并用，互相映照，似浅显，含意却深远。

再次，贾岛、杜甫的“瘦”“村”与“西昆”并提，形成对比。贾岛一生过着凄苦寂寞的生活，他的诗以善于铸炼字句取胜，以苦吟著称，苏轼有“郊寒岛瘦”之说；杜甫也一生贫穷困顿，漂泊转徙，诗以沉郁顿挫的风格受人赞赏，被称为“诗圣”，而西昆体诗人杨亿却贬他是“村夫子”（见刘攽《贡父诗话》）。作者巧妙地抓住了一“瘦”一“村”，组织成句，其间包含着极丰富的内容，一是以“形模”“言语”指称诗作，对贾岛、杜甫加以肯定；二是以“形模”“瘦”“言语”“村”暗示两位诗人的贫穷，浸透着同情之心；三是“瘦”“村”也是一种反说，贾岛却以“瘦”著名，杜甫却以“村”取胜。“谁解学西昆”，为什么不去学呢？原来西昆体诗歌，内容空虚，形式上追求对仗与华美，不过摭拾典故、堆积词藻而已。似乎是不“瘦”不“村”，其实是华而不实。虽然作者没有明说，而是巧妙地运用了这个反问句，构成了对比，对西昆体的否定，就包含了对贾岛、杜甫的肯定。造语平直，但又婉转曲折，内容丰富。

总之，这首词以自我解嘲的笔触抒写自己的情怀、见解，词中暗含着对自己诗作的自负，又对贾岛、杜甫诗和西昆体表明了态度。因运用对比反说的写法，使词情趣横生，旨意深刻而耐人寻味。

木兰花慢

戴复古

莺啼啼不尽，任燕语、语难通。这一点闲愁，十年不断，恼乱春风。重来故人不见，但依然、杨柳小楼东。记得同题粉壁，而今壁破无踪。
兰皋新涨绿溶溶。流恨落花红。念著破春衫，当时送别，灯下裁缝。相思谩然自苦，算云烟、过眼总成空。落日楚天无际，凭栏目送飞鸿。

【鉴赏】

戴复古《木兰花慢》，与其妻所作《祝英台近》之背景，应为同一婚姻悲剧。元陶宗仪《南村辍耕录》卷四载："戴石屏先生复古未遇时，流寓江右武宁，有富家翁爱其才，以女妻之。居二三年，忽欲作归计，妻问其故，告以曾娶。妻白之父，父怒，妻宛曲解释。尽以奁具赠夫，仍饯以词云（略）。夫既别，遂赴水死。可谓贤烈也矣！"《四库全书总目提要》卷一九九指出："《木兰花慢》怀旧词，前阕有'重来故人不见'云云，与江右女子词'君若重来，不相忘处'，语意若相酬答，疑即为其妻而作，然不可考矣。"按细参两词，《木兰花慢》"但依然、杨柳小楼东"之句，又与《祝英台近》"道旁杨柳依依，千丝万缕"相切合。且戴词有"十年"之语，亦与其妻诀别词事相吻合。则《木兰花慢》此词，实为复古与妻子诀别十年之后，重来旧地之作。所谓"怀旧"，实为悼亡。

"莺啼啼不尽，任燕语、语难通。"起笔凄美而哀惑。又是一年春天，处处莺啼燕语。词人之伤心怀抱，便是让莺莺燕燕来诉说，也诉说不尽，何况鸟语难通？伤心怀抱之无可告语，意在言外。"这一点闲愁，十年不断，恼乱春风。"十年不断之隐痛，却道为一点闲愁，这是故用轻描淡写之笔，见出无可奈何之意。恼乱即撩乱，宋人口语。十年以来，每逢春天，这种心情就格外为春风所撩乱。词情遂指向十年前的那个春天。当时妻子作诀别之词，有"后回君若重来"之句，故下边写出"重来故人不见，但依然、杨柳小楼东"。十年后的今天，词人终于重来旧地，小楼东畔，杨柳依依，仿佛当日"道旁杨柳依依，千丝万缕"的情景，可是物是人非，故人杳不可见矣。"记得同题粉壁，而今壁破无踪。"犹记得，当日夫妻双双粉壁题诗，到如今，只剩下这破壁颓垣，题的诗已无影无踪。"壁破"二字触目惊心。从物是人非写至人、物两非，尤见出人天永诀之沉痛。复古之师陆游，亦有恨事略同，陆游晚年重游沈园，有“玉骨久成泉下土，墨痕犹锁壁间尘”之句，可与此词歇拍参读。

“兰皋新涨绿溶溶，流恨落花红。”兰皋语出《离骚》“步余马兮兰皋”，指生长芳草的水湾。眼前春水新涨，绿波溶溶，流不尽的落花残红，也流不尽词人胸中涌起的旧恨新愁。换头融情入景，情景交炼，尤为蕴藉。“念著破春衫，当时送别，灯下裁缝。”戴复古与武宁妻子是重婚，这事情中间可能有些曲折，从《辍耕录》所载“父怒，妻宛曲解释”约略看得出来。从临别前夕，妻子在灯下连夜为丈夫缝制春衣这一细节，也看得出她对丈夫的原谅，她仍然爱着丈夫。那灯光下，她一针一线，一针一泪，她把自己莫大的委屈，无边的痛苦，缠绵的爱情，都凝聚在自己手中线，缝进了丈夫身上衣。如今，这春衣已穿破了。春衣穿破犹存，旧事记忆犹新，也看得出词人对妻子的感激与内疚。但是，重婚毕竟是不能容忍的。而戴复古妻子的爱情，又是可一不可再的。她所选择的路，竟是一死。“相思谩然自苦，算云烟、过眼总成空。”谩通漫，漫然即徒然。妻子一死，人天永隔。纵然相思已十年，妻子也不可知，徒然自苦而已。自苦，实为内疚。想起那两三年的幸福生活，好似过眼烟云，终是一场空。除了天长地久之恨，词人心中也只能剩下寂寞空虚。“落日楚天无际，凭栏目送飞鸿。”词人凭栏极目，落日之苍茫，楚天之无际，何异心情之苍凉落寞。长空中飞鸿远逝，又何异愁苦之弥漫无极。结句语意略近《古诗十九首·西北有高楼》：“愿为双鸿鹄，奋翅起高飞。”原诗并云：“上有弦歌声，音响一何悲，谁能为此曲，无乃杞梁妻。”杞梁妻，古之烈妇也。若结句有取于此，悼亡之意深矣。

无论古今，重婚之事，即使个中确有曲折，究竟也难以为世所容。就此词而论，则其用绵丽之笔，写哀婉之思，可以称为佳作。况周颐《蕙风词话》续编卷一评石屏词曰：“绵丽是其本色。”诚为的论。

戴复古妻 生卒年不详，武宁人，姓名不详。有绝命词一首。

祝英台近

戴复古妻

惜多才，怜薄命，无计可留汝。揉碎花笺，忍写断肠句。
道旁杨柳依依，千丝万缕，抵不住、一分愁绪。
如何诉。便教缘尽今生，此身已轻许。捉月盟言，不是
梦中语。后回君若重来，不相忘处，把杯酒、浇奴坟土。

【鉴赏】

此词是戴复古妻诀别丈夫之际所作。以词情与本事相印证,则此词实为其生命与爱情之绝笔,显然比戴词更为感动人心。

“惜多才,怜薄命,无计可留汝。”起笔三句,道尽全部悲剧。这里的“多才”不仅有富于才华(的人)的字面意义,它也是宋元俗语,男女用以称所爱的对方。如郑仅《调笑转踏》:“多才一去芳音绝,更对珠帘新月”,为女称男;王实甫《西厢记》四本一折张生唱词:“寄语多才:恁的般恶抢白,并不曾记心怀,……”,此“多才”指莺莺,为男称女。这里是戴复古妻用以称其夫。父亲爱复古之才,才以女儿嫁之。但更重要的是,婚后女儿自己深深爱着丈夫。谁料到丈夫竟然已结过婚!事到如今,自己仍然爱你,只能自伤命薄,尽管千方百计要挽留你,却无法挽留下你。悲剧性的结局无可挽回,已甚明白。“揉碎花笺,忍写断肠句。”在这诀别之际,展开花笺,又揉碎花笺,怎能忍心写下痛断肝肠的诀别辞句?花笺绵薄,揉而成团,紧握似欲碎之。揉碎二字,极能实现女词人此时痛苦的心情。所揉碎者,非花笺,乃心也。“道旁杨柳依依,千丝万缕,抵不住、一分愁绪。”此四句写至眼前分手之情景。道旁杨柳依依,仿佛惜别之情,依依不舍。此句用《诗经·采薇》“昔我往矣,杨柳依依”成句,而天然如自己出。“千丝万缕,抵不住、一分愁绪”,愁绪却比柳丝多上千万倍呵!此三句一气流贯,比兴高妙,委婉而深沉地表现了缱绻柔情与无限悲伤,确是词中不可多得的佳句。

“如何诉。便教缘尽今生,此身已轻许。”时至今日,从何说起?又有何可说?今生今世,夫妻缘分,就让它从此结束吧!是自己当初轻率地许配给你呵。末句哀而不怨,甚可玩味。女词人对丈夫仍然是爱的。如果有怨,恐怕主要也不是怨丈夫之不诚,不是怨父亲之做主,而是自怨命薄,如起笔之所言。这正是性情柔厚的女词人当时应有之心态。实际上,事到如今,怨又有何用?换头此三句各本原缺,《全宋词》据《古今词选》补足,注云:“此十四字各本皆脱,惟《古今词选》卷四有,未必可信。”案《四库全书总目提要》卷一九九“石屏词”条云:“此本卷后载陶宗仪所记一则,见《辍耕录》。其江右女子一词,不著调名,以各调证之,当为《祝英台近》。但前阕三十七字俱完,后阕则逸去起处三句十四字,当系流传残缺。宗仪既未经辨及,后之作《图谱》者,因词中第四语有‘揉碎花笺’四字,遂别造一调名,殊为杜撰。”话说回来,此三句纵非原文,但也切合词情。“捉月盟言,不是梦中语。”回忆当初月下盟誓,不是梦中事,也不是说梦话。言外之意是,你我结婚一场,毕竟是事实呵。盟言之一事,当在结婚之初。盟言之内容,必为生死不渝。时至今日,女词人自己已决志以死殉情。紧接着,结曰:“后回君若重来,不相忘处,把杯酒、浇奴坟土。”今日一别,便是永诀。留给你的,唯有一语:你若重来此地,如未忘情,请把一杯酒浇在我的坟土上。意谓无忘我,则我九泉之下,也就可以瞑目了。结笔所提出的唯一要求,凝聚着女词人固执不舍的爱,高于生命的爱。情之所钟,可以震撼人心。

戴复古妻无疑具有高尚的德性：善良、宽容、坚贞。她对于爱情生死不渝的态度，显然不仅是由于从一而终的道德观念，更重要的是基于自己真挚的爱情本身。在她的心灵中，爱情之可一不可再，不仅是于理不可，更主要的是于情不愿。这，正是爱情的悲剧性之所在。原其爱情之根，乃是始于对丈夫才华的爱。这一文化因素，也加深了爱情的悲剧性。此词感情极真，其艺术亦极美。上片比兴自然高妙，下片语言明白如话，全篇意极凝重而辞气婉厚，回环诵读，令人不忍释卷，不愧为词中之一杰作。

黄简 生卒年不详，一名居简，字元易，号东浦，建安（今福建建瓯）人。隐居吴郡光福山。嘉熙中卒。存词三首。

柳梢青

黄简

病酒心情。唤愁无限，可奈流莺。又是一年，花惊寒食，柳认清明。

天涯翠巘层层。是多少、长亭短亭。倦倚东风，只凭好梦，飞到银屏。

【鉴赏】

这首词所写的时间，是寒食、清明前后，这种节候的景物特征是有花，有柳，有流莺，有东风，放眼天涯，“翠巘层层”：在古代，生活在这种特定环境中的人，一般说来，往往会有一种伤春迟暮之感。这首词中的主人公就是这样。他喝了闷酒，醉得有些近乎病态（“病酒”即醉酒，俗谓“醉酒如病”）；黄莺鸟的叫声，本来是和谐圆润的，所以博得了“流莺”的雅号，杜甫也有“自在娇莺恰恰啼”的诗句。可是对这首词中的主人公来说，却只能“唤愁无限”，听得心烦，却又无法封住那流莺的嘴巴，真是无可奈何（“可奈”即“怎奈”“无可奈”）！主人公的愁从何而来？是“病酒”，还是“流莺”？如是“病酒”，那么，他何以要“病酒”呢？如是“流莺”，那么，为什么老杜听起来竟那么悦耳？看来都不是。伤春？倒有些相似。你看，“又是一年，花惊寒食，柳认清明”，光阴如流，逝者如斯，转眼“又是一年”！一年一度的“花惊寒食，柳认清明”，主人公究竟有了几番相似的阅历？难说，从“又”字上看，这绝不是开头。春光如许，年复一年，时不我待，触景生情，感到时序惊心，慨叹流年暗换，从而“愁”上心头，“春愁过却病”，美其名曰“伤春”，有何不可？“伤春”一词，不知被古人用过多少次，其实，春本无可伤，可伤者往往是与春本来并无关系的其他内容。总结一下古人的生活经验，春天的本身虽无可“伤”，但它却往往是人们感慨伤怀的诱发物。王昌龄《闺怨》诗说：“闺中少妇不知愁，春日凝妆上翠楼。忽见陌头杨柳色，悔教夫婿觅封侯！”凝妆的少妇，本来没什么“愁”和悔恨的，否则她就不“凝妆”了。但她一旦登上了层楼，看到了那一派迎风飘舞的柳丝，于是愁从中来，——她想到了远在他乡“觅封侯”的“夫婿”。最好的春光，应该与最亲近的人共赏，一旦“共赏”不可得，便触景生情，对景怀人，这就是所谓“伤春”了。看来，春天是一个怀人的季节，古人从这里选取题材，抒发感情，不知写下了多少诗词！黄简的这首词，也是这样。当他望尽天涯的层层翠巘，心中暗数着那数不清的“长亭短亭”，怀人之情油然而生，以至希望能在梦中与亲人团聚。“天涯翠巘层层。是多少、长亭短亭”，是这首词中最关键的句子，也是我们理解和鉴赏这首词的锁钥，况蕙风评说：“此等语非深于词不能道，所谓词心也。”(《蕙风词话》)“天涯”一句，是触景生情的诱发点。上片的流莺、花柳，皆眼前身边之景，对于词境皆止于描述而无甚开拓意义，“天涯”一句却既融入了上片诸景，又高瞻远瞩，意象博大，更重要的是它开拓出了“长亭短亭”一境，遂使全词柳暗花明，转出了一片新天地，这是一个极好的过片。“长亭短亭”句接踵“天涯”句而来，是词中主人公望尽天涯的直接所得，是揭示全词思想实质的关键处。“长亭”“短亭”皆系行人休止之所。在庾信《哀江南赋序》中，是说路程之长和行程之艰苦；在李白词《菩萨蛮》中，是说路程之长和归心之急，后来它就成了天涯羁旅、游子思归的象征。显然，这一句揭示了全词的抒情实质：乡关之思，思归。读到这里，我们才豁然省悟到，上片所写的“病酒心情”以及流莺唤愁等等，都是主人公内心的乡关之思的外部流露，并不能用含糊的“伤春”来概括；“花惊寒食，柳认清明”，与“翠巘”一样，既是这种乡关之思的诱发物，同时也是这种乡关之思的寄附品，而并非一般的感叹时光流逝。结拍的“倦倚东风”三句，都是在思归而未能归的情况下的思想活动。实际上的“归”既不可能，只得寄希望于梦，在梦中“飞到”故乡的“银屏”，与亲人团聚，这自然是“好梦”了。这三句把思归的心情作了更深一层的抒发。至此，全词所曲曲折折表达的思想感情，就可以“涣然冰释，怡然理顺”了。作者黄简本是建安(今属福建)人，长期隐居于吴郡光福山，乡关之思，自不可免，至于能把这种感情抒写得如此婉曲缠绵，确实是“非深于词不能道”的。

黄简的词流传至今的，只有三首，皆以精于修辞见称，如《眼儿媚》：“打窗风雨，逼帘烟月，种种关心。”《玉楼春》：“妆成挼镜问春风，比似庭花谁解语？”皆不啻神工鬼斧之妙。这首词中，则有“花惊寒食，柳认清明”。这两句的妙处，首先是如况蕙风所说：“属对绝工。”这两句都是同样的“主谓宾”句式结构，相互为对，分明而严整。富有感情色彩和动作表现力的“惊”字“认”字，把一春郁闷，见花柳而惊知寒食清明已至的情态活脱脱地表现了出来。这两个极见精神的动词，不经几番炉火，是无论如何得不到的，确实是这首词的“词眼”。乍见而“惊”，由“惊”而“认”，细细辨认之后，于是乎确认寒食清明已到，从而想到祖茔在焉的故乡，乡关之思油然而生，“泪眼问花花不语”的情态就出现了。作者选定寒食清明这种时节，也是不无考虑的。如上听说，这是一个祭扫祖茔的时节，最容易勾起异乡人的乡关之思；同时，这也是一个“断魂”的时刻，往往是零雨其濛，雨痕，泪痕，冷冷清清。这种大家约定的、公认的气氛，对全词所要表达的那种比较低沉的乡关之思，自然起到一种烘托、浸染的作用，这不能不说是作者的匠意所在。当然，这首词的艺术精华，并不止于这两句（其整体结构上的匠心独妙之处，已略如上述），但这两句乃“词眼”所在，确实为此词生色不少，因此也就获得了后人的格外垂青。

史达祖　生卒年月不详，字邦卿，号梅溪，汴（今河南开封市）人。曾做过南宋宰相韩侂胄的堂吏，韩侂胄失败后，他也遭到了迫害，死于贫困之中。早年屡试不中，流落江南。遂潜心攻词，是南宋中期著名词人。他的词擅长咏物，刻画工巧，形神兼备，多显轻盈、柔媚之美，间有慷慨沉郁之气，在当时极负盛名。前人对他的词评价很高，称他的词“奇秀清逸，为词中俊品”。著有《梅溪词》一卷流传于世。

绮罗香　咏春雨

史达祖

做冷[1]欺花，将烟困柳，千里偷催春暮。尽日冥迷[2]，愁里欲飞还住。惊粉重、蝶宿西园[3]，喜泥润、燕归南浦[4]。最妨他、佳约风流，钿车不到杜陵路[5]。
沉沉江上望极，还被春潮晚急，难寻官渡[6]。隐约遥

峰，和泪谢娘眉妩[7]。临断岸、新绿生时，是落红、带
愁流处。记当日、门掩梨花，剪灯深夜语。

【注释】

①做冷：制造寒冷。

②冥迷：阴暗迷茫。

③西园：泛指园林。

④南浦：泛指水滨。

⑤钿车：古代妇女乘坐的华丽车辆。杜陵：汉宣帝陵墓，位于今西安市东南，是唐代郊游胜地之一。这里泛指游乐处。

⑥官渡：官方设置的渡口。

⑦谢娘：唐代名妓谢秋娘，这里泛指歌伎。眉妩：双眉娇媚可爱。落红：落花。

【鉴赏】

史达祖词长于咏物，这首《咏春雨》向来被推为咏物的上乘，是梅溪词代表作之一。此词妙在虽是咏春雨，却通篇不着一“雨”字，而字里行间又无处不透出细雨濛濛的气息。作者以极为细腻的笔触，将物与人在春雨中的感受形象地曲折地传递出来，思乡、思亲之情溢于言表。

上阕以拟人化的手法，将春雨写活。本来是暖和晴朗的天气，但一场春雨却像是有意在酝酿寒意以欺凌百花；细雨丝丝，又像是在纺烟织雾困扰杨柳，故有词中“做冷欺花，将烟困柳”之说。仅此八字，就将春雨写活。紧接着以一句“千里偷催春暮”，摄住春雨之魂。着一“偷”字，将大好时光在这无边无际的连绵春雨中消失的自然景象形象地传达了出来。“尽日”二句，动态地传达出了春雨又密又小，迷离欲飞的情态，形象性很强。下面，作者以旁观者的目光，细心刻写了大自然中种种物象在春雨中令人心生怜念的动人情态：美丽的蝴蝶因为怕被雨淋湿了粉翅，只得困宿“西园”；南来的春燕却趁这春雨湿润了泥土，在忙碌地衔泥筑巢；而这连绵的春雨对“风流”才子佳人来说，却最是恼人。雨中泥泞不堪的小路，妨碍了他们乘坐“钿车”到“杜陵”郊外游玩，“佳约”不得不取消。词人取身边之景，以工丽之笔，写雨中之态，文字优美，细腻生动。

下阕由近及远，起句仍然紧扣春雨，继续赋写春景、春情。“春潮晚急”，渡船却难以找到了，可叹。从中引出春雨中归家无望、倍加思亲的情怀，为以下行文作铺垫。由于思念亲人，故而雨中“隐约遥峰”，在词人眼中也成了思念之人娇媚的眉峰。“新绿生”“落红流”，景中已暗含世间从来是“落花有意而流水无情”的哀怨；而这种自然界的新陈代谢却也蕴含着时光推移，世间一切美好的东西都难以永存的深刻哲理。词人由景及人，融思乡、思亲之情与人生思考于一体，使词的意境得到了升华。并由此而带出下文，以西窗听雨怀人作结。

全词景中传情，摹写入神，句句清新隽永。同时，作者也并不是单纯描画景物，在写春雨中加入了对社会、对人生的思考，从而使词收到了“诗一样的哲理”的艺术效果。

双双燕 咏燕

史达祖

过春社[①]了，度帘幕中间，去年尘冷。差池[②]欲住，试入旧巢相并。还相雕梁藻井[③]，又软语[④]商量不定。飘然快拂花梢，翠尾分开红影[⑤]。
芳径，芹泥雨润[⑥]，爱贴地争飞，竞夸轻俊。红楼归晚，看足柳昏花暝。应自栖香正稳，便忘了、天涯芳信。愁损翠黛双蛾[⑦]，日日画栏独凭。

【注释】

①春社：古时春分前后祭祀土地的日子，相传此时燕子会来。

②差池：典出《诗经·邶风》：“燕燕于飞，差池其羽”。是说燕子飞翔时张舒尾翼貌。

③相：细看。藻井：古建筑上装饰有各种彩纹的井栏状天花板。

④软语：燕子呢喃的声音。

⑤红影：花影。

⑥芳径：花草丛中的小道。芹泥：长有水芹草处的泥土，燕子多以此筑巢。

⑦愁损：愁坏。双蛾：双眉。这里代称女子。

【鉴赏】

这首词以生动细腻、形象传神的笔触，描写出了春社过后，燕子双飞寻觅旧居、穿花越柳、高低争飞的景象，是史达祖咏物词作之一，备受前人称赏。清代王士祯誉之为：“咏物至此，人巧极天工错矣。”词人借古人传说飞燕传书的故事，语涉人事，以双燕嬉飞之乐景反衬闺中女子的孤独与寂寞，亦是一曲借物抒怀的闺阁之叹。

词之上阕一开头就交代了时间和地点。春社节已经过去了，燕子飞回的路上，料想去年筑的旧巢，大约已经尘封冷落了。作者以拟人的手法叙写燕子归飞途中的心理活动。燕子真的飞回来了，它们摆动着双翼和尾羽，在檐下似飞还住地徘徊一阵子后，在旧巢上双双停了下来，亲密地靠在一起。“欲住”二字，生动地传达出燕子试寻旧地、却又生怯的动人情态，确是妙笔。“还相雕梁藻井，又软语商量不定”，人性化地写出了双燕呢喃商量和观察的温情状。商量的结果如何呢？“飘然快拂花梢，翠尾分开红影。”双燕嬉戏飞翔的快乐的情状已然在说：“我们在这里定居了。”

词之下阕写燕子衔泥补巢而忘传芳信，思妇独自凭栏的哀哀之情。起句紧承上阕。在草绿花红的小路上，春雨湿润后的松软泥土恰为燕子补巢的上好材料。“爱贴地争飞，竞夸轻俊”之句，既写出了燕子补巢之繁忙，也写出了燕子竞飞夸俊的快慰。燕子初归，到处都是春天的美景，怎不令她们心醉。归来之时，早已是“柳昏花暝”，华灯初上了。美景乐赏完毕，也累了，香香甜甜地睡去，全忘了天涯游子托捎的书信。这下可苦了思妇。“日日画栏独凭”、蛾眉“愁损”。“独凭”与前面“相并”相对照，既总括全篇，反衬出燕子相亲相爱、形影不离的幸福，又表现出思妇无所依傍、形单影只的孤苦。

全词构思精巧，结构严密，用白描的手法，捕捉传神细节，描写细腻，语言凝练生动。

东风第一枝　春雪

史达祖

巧沁兰心①，偷粘草甲②，东风欲障新暖。漫疑碧瓦难留，信知③暮寒较浅。行天入镜④，做弄⑤出、轻松纤软。料故园、不卷重帘，误了⑥乍来双燕。

青未了、柳回白眼，红欲断、杏开素面。旧游忆着山阴，后盟遂妨上苑⑦。寒炉重暖，便放慢春衫针线。恐凤靴挑菜归来，万一灞桥⑧相见。

【注释】

①沁：渗透。兰心：兰花花蕊。

②草甲：新草外面的一层枯皮。

③信知：料知。

④行天入镜：典出韩愈《春雪》诗“入镜鸾窥沼，行天马度桥”句。此处用来形容春雪洁白松软。

⑤做弄：故意做出。

⑥乍：刚刚。

⑦上苑：皇家园林。

⑧灞桥:唐代建于灞水支流上的一座桥,故址在今陕西省西安市。

【鉴赏】

这是一首咏春雪之作。史达祖词以细腻见长,这首《东风第一枝·春雪》词,如同《绮罗香·春雨》一样,通篇不著一"雪"字,而词已是雪景盎然。后人称赞史达祖这两首词是"咏物两璧"。

词的上阕写春风渐暖之时,浅雪铺盖下的别样景致。春雪巧妙地浸入兰花的花心,又暗暗地包裹住新草外面的一层枯皮,这情状,像是要阻碍春天的迅速来到。作者将春雪装扮世界的自然造化拟人化,用"巧沁""偷粘"二词,取其对一种天工之美的赞叹。料想春暮之时,寒气已减,春雪也不能像冬日的雪花一样,长久地停留在屋顶碧瓦之上。但那袅袅春雪"行天入镜",无处不在,铺盖世界成一派雪白松软。此处作者化用典故,将春雪中池水比作镜子一样明清;马行桥上,有如行走在云端一样的雪中。末了,镶嵌上一句"料故园、不卷重帘,误了乍来双燕",景致就不再是单调的雪,而是带上了某种情思于其中,使人更觉词有深意。

词的下阕继续赋写雪景。柳树叶刚开始变青,红杏初开,却又都被春雪装扮成一派洁白。"白眼""素面"均是指雪中随物的情状。雪中有如此美丽景致,也就有了历史上许多动人的故事。这雪花,不禁使人想起了晋朝王徽之夜访戴逵,司马相如踏雪误赴梁王兔宴的佳事;在这漫漫雪夜中,闺中佳人也应该放下了手中的针线活儿,又重新燃起了暖炉,或围炉夜话,或守坐长夜;而也是这雪,让人担心为筹办菜宴而挑菜归来的女子在灞桥再遇上漫漫风雪。词在下阕从"旧游"句开始,到末一句,或活用典,或化用典,看似写人、写情思,而实际上笔墨还是未离开对春雪的描写。更为可观的是,在雪中著人,著情思,景色的表现也就更为流畅了。

全词刻写细致,巧用典故,景中有情,意境幽远。

三姝媚

史达祖

烟光摇缥瓦[①],望晴檐多风,柳花如洒。锦瑟横床,想泪痕尘影[②],凤弦常下。倦出犀帷[③],频梦见、王孙[④]骄马。讳道相思,偷理绡裙,自惊腰衩。

惆怅南楼遥夜[⑤],记翠箔张灯,枕肩歌罢。又入铜驼[⑥],遍旧家门巷,首询声价[⑦]。可惜东风,将恨与闲花俱谢。记取崔徽[⑧]模样,归来暗写。

【注释】

①缥瓦:淡青色的琉璃屋瓦。

②尘影:逝去的往事。

③犀帷:帷幕。旧时以犀形手镇住帷幕,故称。

④王孙:贵族子弟。

⑤遥夜:深夜。

⑥铜驼:洛阳街名。这里指南宋都城临安(今杭州)。

⑦声价:原指人物的声名,这里指歌伎的名气。

⑧崔徽:名歌伎,此指女子的肖像。

【鉴赏】

这是一首悼忆亡伎的艳词,感情沉痛而传达细腻。全篇虽无呼天抢地、执手相诀的悲语,却语极沉厚,悲凉无限。词人汲取了周邦彦词创作之长,文字色泽姝丽,寄意婉媚柔长,于艳词中不失为佳作。

词的上阕在开端明写深巷人家户外春景,实述自己重新回到杭州,马上就访寻这位女郎的下落。"缥瓦""晴檐"均是指昔日女郎居住之所。接下去转入妆楼内景。"锦瑟横床"乃心爱之人的遗物,这些昔日曾经给过他欢乐的乐器,正好拨动了词人心中的一串串往事:料想与她分手之后,她一个人,独守着这寂寞的深闺,欢乐不再,不禁潸然泪下,故"泪痕尘影";高山无对,无心再弹锦瑟,故"凤弦常下"。唯一能做想做的事,就是在梦中沉想心爱的人又如从前一般踏马归来。而那也只不过是梦罢了,这满腹的心事又能向谁诉说呢?被这无边的思念缭绕,不知不觉中,已是"为伊消得人憔悴"了。作者通过丰富的想象,用空灵的笔墨,将一片痴情写得丝丝入扣。

词的下阕则是词人自己的追忆。遥想那时候,夜色正浓,在翠色的帷箔帐中,明烛高烧,她枕着他的肩膀曼声细唱;而如今,却只剩下惆怅无限。这美好的回忆深深地刺激着他,因而,他一回到杭州,第一件事就是寻找心仪的女子的下落。然最终得到的却是她已带着对他的深深哀怨,像一朵无主的闲花,永远凋零了。这也许是他仅有的无法从心底抹去的一段伤心史。一个风尘女子,如此钟情于自己,忠贞于爱情,而结果却如此下场,怎不令他心碎!默默中,他发誓,他要像唐代裴敬中留下歌伎崔徽的画像一样,在自己的心中永远为心爱之人留一幅画像。这样,词便在无限低徊中走向结束。

整首词组织细密绵长,画面交错跌宕。写景叙事相结合,情感于景、事中,一层层铺展开来,读来令人回想无穷。

秋　霁

史达祖

江水苍苍,望倦柳愁荷,共感秋色。废阁先凉,古帘空暮,雁程[①]最嫌风力。故园信息,爱渠[②]入眼南山碧。念上国,谁是,脍鲈[③]江汉未归客?

还又岁晚,瘦骨临风,夜闻秋声,吹动岑寂。露蛩悲、清灯冷屋,翻书愁上鬓毛白。年少俊游浑断得,但可怜处,无奈苒苒魂惊,采香南浦,剪梅烟驿[④]。

【注释】

①雁程:大雁飞行的行程。

②渠:第三人称代词"它",这里指故园。

③脍鲈:据典载,晋代人张翰在洛阳为官,见秋风起而思念家乡的胪鱼脍等美味,遂辞官归乡。后世便以鲈脍作为思乡的典故。

④烟驿:烟雾迷蒙的驿馆。此处指作者贬居之所。

【鉴赏】

这首词是作者因受株连而被贬,于流放地江汉蛮荒居所所作。全词情感悲苦,沉郁低回,读后令人不禁悲从中来。

词的上阕写眼前萧瑟秋景,借以抒发故园不能回的满腹惆怅。深秋雨后,江水苍茫。雨打后的柳叶在秋风中开始变黄;荷叶凋零,也似染上了愁怨。到处是一派瑟瑟衰败之象。作者本就是满腹心事,如此哀景,自然悲从中来。这样的心情,再来观物,身边之景也都带上了一层悲色:废旧的楼阁比别处先感受到凉意,破败的帘幕更显得暮色浓重,南归的大雁最怕的就是逆风的阻碍。"废阁""古帘"之语,是极言居所之衰微。在此等环境下,一个人自然而然就会怀想起最熟悉,最温暖的地方。在词人心中,那块土地当然就是故园的满眼翠色了。繁华的上国之都不能回,有谁像"我"一样被贬居江汉这样的未开化的地方呢?词人通过近在目前的萧条之景,对比家乡的繁华之地,从而在内心深处涌动起一片片深切的眷念之情。这对于像词人这样被谪居外地的人来说,是再自然不过的了。

词的下阕写在肃杀秋景中孤寂无聊,打发光阴的种种情状。时光飞逝,转眼又是一年过去了。骨瘦如柴的"我"独立寒秋,静听这秋风划过这寂静的夜晚。秋声本无声,而在词人寂寞的心中却也有了响动;秋风着一凉意,吹动的恐怕就不仅仅是夜的岑寂了,更应有词人心中的那份凄凉。窗外蟋蟀鸣声悲咽,屋内相伴孤灯。翻动旧书,鬓上花发就在这不知不觉的岁月流年中生长了出来。此情已可悲,更令人心寒的,是旧时的交游如今却全无音信。一颗孤独的灵魂,只能在"采香南浦""剪梅烟驿"中度过。至此,词人将自己寂寞、无聊、悲苦的心情全然诉诸于此,更将对前程未卜的忐忑心境和盘托出,哀哀之声可闻。

喜迁莺

史达祖

月波疑滴,望玉壶天[①]近,了无[②]尘隔。翠眼圈花[③],冰丝织练,黄道宝光相直[④]。自怜诗酒瘦,难应接许多春色。最无赖,是随香趁烛,曾伴狂客。
踪迹,漫记忆,老了杜郎[⑤],忍听东风笛。柳院灯疏,梅厅雪在,谁与细倾春碧[⑥]?旧情拘未定,犹自学当年游历。怕万一,误玉人夜寒窗际帘隙。

【注释】

①玉壶天:古时道家称天为壶天,意思是天地之间不过一壶大小。此处指月光照耀下明亮的天空。

②了无:完全没有。

③翠眼圈花:指各式花灯。

④黄道:太阳绕地运行的轨道。宝光:此处指月亮。

⑤杜郎:晚唐诗人杜牧,此处指词人自己。

⑥春碧:原指春日酿成的新酒,此处指美酒。

【鉴赏】

这首词通过描写月夜灯市的景致,抒写了人随岁月老,青春情怀难再的孤独情绪。

词的上阕写月夜灯市的美景及赏景乐事后的心理感受。前三句主写月夜之景。月光如水,宛如玉珠欲滴。天空一片明亮,洁净无尘。天与地之间在这明净的月光下离得是那么的近,浩渺长空仿佛就在眼前一般。词人用清虚之笔,给即将粉墨登场的灯市营造了一个亮丽的空间。接下之句,即写繁华的灯市。"翠眼圈花"是写花灯品种之多,式样之繁复,色彩之艳丽。各种花灯五颜六色,令人眼花缭乱;千万盏花灯照耀在街市上,如同太阳月亮光交织在一起一样耀眼。有此等胜景,照常理,当应赏之而后快。词人下一句"自怜诗酒瘦,难应接许多春色",是说有这样的美景,却早已没了赏景的心致,一语道出了不尽的岁月催人老的沧桑感。"春色"在此处即指如此众多的美景。更无奈的是,却又推却不了友人之邀,只得"随香趁烛",伴"狂客"相游。乐景与悲情相对照,更衬托出词人自己心中的无奈情怀。

词的下阕写词人面对灯市良夜之景,回忆少年游兴时光,反衬今天的落寞孤寂。当年的游历足迹还依稀记得,但岁月流光,好日子不再,风中传来的笛声已是那么幽怨。历史上唐代诗人杜牧经常光顾青楼,与歌伎厮混。作者用此典故作比,既是对昔日奢华生活的追忆,但"老了杜郎"句中一个"老"字,又强烈地反衬出此时的悲凄:旧时柳树围绕的院落中灯光依稀,开着梅花的厅前积雪依在,但人却不知何处去了,无人"细倾春碧",只落得个顾影自怜,孤独的情怀可以想见。词末以旧情未拘,想趁此重拾旧日情怀作结,表面上看来是词人少年心性未改,但以此勉强之笔写来,实更含不尽的无奈,更使词的情感显得凄凉备至。

夜合花

史达祖

柳锁莺魂,花翻蝶梦,自知愁染潘郎[①]。轻衫未揽,犹将泪点偷藏。念前事,怯流光[②],早春窥、酥雨[③]池塘。向消凝里,梅开半面,情满徐妆[④]。

风丝一寸柔肠,曾在歌边惹恨,烛底萦香。芳机瑞锦,如何未织鸳鸯。人扶醉,月依墙,是当初、谁敢疏狂!把闲言语,花房夜久,各自思量。

【注释】

①潘郎:西晋人潘岳。此人少年时英俊,但人到中年就已头发花白,故后世以他为中年白发的典故。

②流光:指岁月如流水般逝去。

③酥雨:濛濛细雨。典出韩愈《早春》诗:“天街小雨润如酥。”

④徐妆:据《南史·梁元帝徐妃传》载:徐妃因为元帝瞎了一只眼睛,因而,每知道元帝要来的时候,就只化半面脸的妆,元帝见了则会大怒而去;而私下里,徐妃却与元帝之臣季江私通,季江叹曰:“徐娘半老,犹尚多情。”后世以半老徐娘风流多情,典出于此。

【鉴赏】

这是一首痴情男子怀念心爱女子、满腹心思无从诉说的愁怨情词。

词的上阕着意写春天的景致,其间暗含着词人内心情感的流露。开篇两句写黄莺长时间停留在柳树的枝头,像是被柳枝摄去了魂魄;蝴蝶长久地翔飞在花丛中,此景就如庄周梦中所见。词人用黄莺、蝴蝶、柳树、花丛这些最能代表春天气息的东西,渲染出了一幅如梦如幻的春景图。春光好,却又很容易惹出愁绪来,“自知愁染潘郎”即是。“魂”“梦”“愁”,这些虚缈的东西究竟源出于何?此处还不得而知。这种直抒胸臆的手法为下文怀人作情感的铺垫。愁苦之下,泪点随之抛洒;想前尘往事,真害怕见这时光流走;早春时节的小雨又淅淅沥沥,洒满池塘;怅望中,梅花已是含苞欲放,满面春风。词人通过一系列含情之景的堆砌,似乎是在暗示读者,他要表达一种什么样的情思,但却又并不说明,从而在词的上阕为我们留下无限的遐想。

下阕则揭开上阕词的谜底,向心中倾慕的女子细诉了自己的一片真情和绵绵愁思。柳丝一片片在微风中轻扬,就像你那盈盈柔肠。此处词将“柳丝”与“柔肠”相并,这样物与人之间的关联也就建立起来了。读者也才在此处真正明白词人写景原来是为了怀人。因而,接下来的词句也就不难理解了:曾经在你的轻歌中却无限惆怅,为你在烛下满身萦香。这样的词句表明了词人为相爱的人的倾狂;然精美的织机和漂亮的织棉,却没有织出象征和谐的鸳鸯。故词人只能向酒边找醉,宣泄内心的愁苦。但痴心未改,故有词末“把闲言语,花房夜久,各自思量”这样的话语。“闲言语”在这里指的是词人的一片真情表白。

此词由景入情,娓娓道来,情感饱满;以男女情感生活中男儿痴情为题,别样生动,充满生活气息。

玉蝴蝶

史达祖

晚雨未摧宫树①，可怜闲叶，犹抱凉蝉。短景②归秋，吟思又接愁边。漏初长、梦魂难禁，人渐老、风月俱寒。想幽欢土花庭甃③，虫网阑干。

无端啼蛄搅夜，恨随团扇④，苦近秋莲⑤。一笛当楼，谢娘⑥悬泪立风前。故园晚、强留诗酒，新雁远、不致寒暄⑦。隔苍烟、楚香罗袖，谁伴婵娟⑧？

【注释】

①宫树：原指宫廷中的树木，此处泛指树木。

②短景：景（yǐng），日光，节令由夏入秋，白昼变短，故称。

③土花：苔藓。甃（zhòu）：砖砌的边沿。

④团扇：代指古代女子失宠。

⑤秋莲：秋天成熟的莲子，莲心味苦，此处喻指女子内心的痛苦。

⑥谢娘：名歌伎，此处代指所恋女子。

⑦寒暄：问候。

⑧婵娟：原指月亮，现一般用来代指美女。

【鉴赏】

这是一首秋日怀人之作。作者通过对比今昔时光，从而萌生出岁华易逝，人生易老的感叹。

词的上阕写肃杀秋景，以致引起怀人之念。一场晚雨之后，树上仅留下少量的叶子还可怜地垂挂着，几只秋蝉蜷缩其中。词人以风雨入手，且是晚来秋雨，起处已是凄凉；"闲叶"与"凉蝉"继之，一派萧条秋景已被粗线条勾勒出来。有雨已然愁，昼短夜长，那就更是醒多睡少了。这时候，人自然是最容易想那些让自己愉悦的或不高兴的事。于词人自己而言，此时想得最多的，恐怕就是那青春年少时的恋爱往事了。但随着年岁的增加，越是想这些，却也越怕想这些。特别是那些过去留有与人相悦的欢乐地方，而今想来可能已是苔藓满地、"虫网阑干"了，怎不令人揽衫泪下。故下文有"人渐老，风月俱寒"之语。外界环境的变化，人的心情也由此而起伏，敏感的心灵于此而引出一段伤情。

词的下阕通过设想所怀女子此时此刻的心情，表达了对相恋之人的一片思念。“无端”而下几句，意思是说：蝼蛄夜鸣不止，此时的她，一定是手挥团扇，难以成眠；她一定在想自己身受冷落，心中定是苦不堪言；哀怨的笛声，催得当楼而立的伊人泪水涟涟。“团扇”一词在古代是弃妇的象征；“苦近秋莲”运用相关联想，实指人内心之苦。这几句词，既有词人发自内心的思念，也有由此而生的深深内疚感。这些遗憾，因两地阻隔而倍加无奈，只能以诗酒聊以忘忧，空白哀叹；芳信不能传，有谁伴她夜话窗前？思念之情由此演化而成一段悲情。词人以景入笔，善于置景煽情，一步一步写来，故有长歌当哭之效。

八　归

史达祖

秋江带雨，寒沙萦[①]水，人瞰[②]画阁愁独。烟蓑散响[③]惊诗思，还被乱鸥飞去，秀句[④]难续。冷眼尽归图画上，认隔岸，微茫云屋。想半属、渔市樵村，欲暮竞燃竹。

须信风流未老，凭持尊酒，慰此凄凉心目。一鞭南陌，几篙官渡，赖有歌眉[⑤]舒绿。只匆匆眺远，早觉闲愁挂乔木。应难奈故人天际，望彻淮山，相思无雁足[⑥]。

【注释】

①萦：回旋。

②瞰：俯视。

③烟蓑散响：此处指渔者断断续续的歌声。

④秀句：佳句。

⑤歌眉：歌女。

⑥雁足：传递书信的使者。

【鉴赏】

这是一首对景抒怀、兼及怀人之作。

词的上阕写日暮天晚，江上一派雨雾微茫的斜阳残照景象，及词人在这等景致下断断续续的愁思。秋日的江天，飘洒着蒙蒙江雨；江水一浪一浪地冲洗着沙滩。人在高阁，看这天水相连成一幅画，孤独自成愁。江上渔歌互答，沙鸥翔鸣，沉吟诗

绪之中，刚刚酝酿而成的佳句却又被惊走。放眼望去，江岸渔村，已是炊烟袅袅。词人运用视、听等手段，将日暮江边的秋景一一道来，使人分明能感受到：在那雾霭迷茫秋日暮景中，既有一份难得的清净与闲情，而于这放漫无边的思绪中，却也浸润著丝丝忧伤。“秋江”“寒沙”，是冷色调的图景，再加上词人的“冷眼”相看，在这一幅水墨山水画中，我们怎么也找不到一点点秋阳下江天的温情。

词的下阕抒写了词人歌中含悲的心景和一片怀人之情。自信风流未老，把酒临风，安慰一下孤寂的心。实际上，“风流未老”仅是词人妄语“须信”一词读来即可让人知其虚，后续之语“慰此凄凉心目”则明白无误地道出了作者的心声。因而，接下的扬鞭“南陌”（街市），篙点江水、歌舞风流也就只是强作欢颜了。一阵看似繁华的欢情，就如残阳斜照，不知不觉中，闲愁早已堆满心头，此乃一愁也；故人天际，江海阻隔，音信全无，亦是一愁。在这里，作者巧妙运用雨后斜阳赋闲说愁，喻二情于一物，一举而两得之，可谓善用语也。同时，写景言情中，忽而喜，忽而悲，忧乐相间，情景之间升腾着跳跃的动感，词的韵律感就显得特别强烈。这恐怕也就是为什么在千百首绮丽华贵的宋词中，这首词也能被人们记住的一个理由吧！

高观国　生卒年不详，字宾王，山阴（今浙江绍兴）人。与史达祖同时，常相唱和。张炎将他和姜夔、吴文英、史达祖并称。《古今词话》称其词“工而入逸，婉而多风”。有《竹屋痴语》传世。

菩萨蛮

高观国

何须急管吹云暝，高寒滟滟开金饼[①]。今夕不登楼，
一年空过秋。
桂花香雾冷，梧叶西风影。客醉倚河桥，清光愁玉箫。

【注释】

①滟滟：水光晃动的状态，此处形容月亮从云层出来时的景象。金饼：形容圆圆的月亮。

【鉴赏】

这首词写得是中秋赏月时的感受。上片写待月心情。中秋之夜，人们早早吹奏起管弦之乐，等待着圆月升空。在青溟浩荡的天空中，圆月破云而出，明亮耀眼。这样好的月色，今晚如果不登楼观赏，那这一年的秋天可就白过了。下片写赏月。桂花在月光下散发着阵阵的幽香，不禁使人想起月宫里的桂树、嫦娥、吴刚等美丽传说。月色中梧桐树叶被西风吹动的影子，触动了客居者的乡愁。客居异乡的游子，此时正醉倚河桥栏杆，看天上、水中的圆月，听清悠的玉箫之音，心头不免浮起思亲怀乡的愁绪。

菩萨蛮 苏堤芙蓉[①]

高观国

红云半压秋波碧，艳妆泣露娇啼色。佳梦入仙城[②]，
风流石曼卿。
宫袍呼醉醒，休卷西风锦。明日粉香残，六朝[③]烟水
寒。

【注释】

①苏堤：西湖有外湖、里湖之分，而中间的界堤是苏轼任杭州知府时所筑，称苏

堤。

②“佳梦”句:传说宋代诗豪石延年(字曼卿)死后为鬼仙,其朋友在梦中见有三十多位美女列队欢迎他。

③六朝:三国到隋朝之间的东吴、东晋和南朝的宋、齐、梁、陈等都以建康(南京)为都城,史称“六朝”,历时三百多年。

【鉴赏】

秋天的西湖,荷花盛开,犹如半天的红云铺压在碧波上。带露的荷花,娇艳欲滴,仿佛艳妆含泪的仙女。这些芙蓉仙子梦幻般地在迎接风流诗豪石曼卿。他从酒醉中醒来,秋风可别吹卷仙子们锦袍似的绿叶子。明天一旦花落香残,就只有江南的浮烟寒水,实在令人悲伤凄凉。词人以丰富的想象、离奇的传说和拟人的手法写荷花。花开花残,六朝兴衰,都寓含着作者对国家前途的忧虑。

少　年　游 草

高观国

春风吹碧,春云映绿,晓梦入芳裀[①]。软衬飞花,远随流水,一望隔香尘。

萋萋多少江南恨,翻忆翠罗裙。冷落闲门,凄迷古道,烟雨正愁人。

【注释】

①芳裀:春草茸茸如垫褥。

【鉴赏】

草被春风吹碧,被春云映绿,柔软的芳草映衬着飞花,茸茸草地随着流水伸向远方。这原本是一片明丽的春景,而可惜是场春梦,原来词人梦魂,在拂晓时曾沿着春水,穿越绿茵,去寻他的爱人。梦醒得太快,醒后不免惆怅。

杏花天

高观国

霁烟消处寒犹嫩。乍门巷，愔愔昼永[1]。池塘芳草魂初醒，秀句[2]吟春未稳。
仙源[3]阻，春风瘦损[4]。又燕子，来无芳信。小桃也自知人恨，满面羞红难问。

【注释】

①愔愔：默默的。昼永：白天的时间慢慢长了。

②秀句：指优美的诗句。

③仙源：传说中仙人的居所，常人不能到达之处。

④瘦损：瘦削。

【鉴赏】

这首词描写初春的景象。春烟消散的地方，还有微寒。门巷中忽觉日子默默地长起来了。池塘岸边的芳草带着露珠刚钻出地面。赞美春天的诗句正在反复推敲尚未确定。所思的人在“仙源”。被那里的神仙般的生活羁绊住，因此春风中思念远人便越发瘦损。都说燕子能传书，燕子却没能带来半点信息。桃花也懂得思妇的离愁别恨，只是羞答答地红着脸难以启问。词借思妇的口吻描写初春的物象，给人以美好的联想。

更漏子

高观国

玉箫闲[1]，清韵咽。人倚画栏愁绝。云恼月，月羞云。半溪梅影昏。

恨春风，萧散②后。夜夜数残更漏③。情悄悄④，思依依。天寒一雁飞。

【注释】

①闲：悠闲自在的样子。此处形容吹箫者的神态自若。

②萧散：疏远离散。

③残更：后半夜，指天将亮时。漏：古代的一种滴水计时器。

④悄悄：愁容满面的样子。

【鉴赏】

玉箫的清韵低沉悲咽，有一个人十分愁苦地倚在栏杆上。夜空，云朵似乎恼恨圆月，飘过来要遮住它；月亮又仿佛害羞似的在云层间时现时隐。溪边的梅影忽暗忽明地映在碧水里。使人恼恨的春风过后，我夜夜失眠，彻夜数着这更漏的水滴响声，思念的愁情悠悠不断。晓寒中又见一只失群的孤雁悲鸣着远去。全词以箫声、云月、梅影、更漏、孤雁和愁人构成一种凄清幽远的意境，使情、景、意三者和谐地统一在这幅空阔渺远的画面中，表达出一种思念远方故人的愁绪。

郑觉斋 生平待考。《全芳备祖》和《阳春白雪》录其词共三首。

扬州慢

郑觉斋

弄玉轻盈，飞琼淡泞，袜尘步下迷楼。试新妆才了，炷沉水香毬。记晓剪、春冰驰送，金瓶露湿，缇骑星流。甚天西月色，被风吹梦南州？

尊前相见，似羞人、踪迹萍浮。问弄雪飘枝，无双亭上，何日重游？我欲缠腰骑鹤，烟霄远、旧事悠悠。但凭阑无语、烟花三月春愁。

【鉴赏】

这首词以美人拟花，遗貌取神，人花融一，情兴丰沛，寄慨颇深。

上片是一枝被剪送南州的琼花，如梦如幻的自述，章法错综，构想曲折。叙事进行的眼前时间是夜晚，“甚天中月色，被风吹梦南州”：月在中天的时候，我这枝琼花像梦幻一般，被不知不觉地由扬州吹送到南州（京城临安）来了。据南宋末周密《齐东野语》卷十七载：“扬州后土祠琼花，天下无二本”；元蒋子正《山房随笔》载：“扬州琼花，天下只一本，士大夫爱之，作亭花侧，榜曰无双”。赵以夫咏琼花之《扬州慢》小序同样说：“琼花唯扬州后土殿前一本”，并与聚八仙花相比较，列数琼花叶柔而莹泽；花大而瓣厚，其色淡黄；蕊与花平，不结子而香的三大特点。周密咏琼花的《瑶花慢》词前小序，则道出了扬州地方官，当琼花开放之日，剪而驰送皇家、贵邸的事实：“后土之花，天下无二本。方其初开，帅臣以金瓶飞骑，进之天上，间亦分至贵邸。余客辇下，有以一枝……”这些记述，对我们理解全词很有帮助。“甚天中月色”者，即被人折送南方的琼花，觉察迁移后的惊异之辞。“甚”，怎么，含着不解的怪异，与下文“梦”字对应。“天中月色”，应前文“晓”字；金瓶储娇，飞骑渡江，至贵邸，被围观雅赏，从晓到夜，正有一个时间过程。当然，“天中”四字，亦可视琼花颜状如天中月色，如此，“甚”作“是”字解；句即琼花如月色之冰洁明净。二句则言，是天上一团月色，被风像梦一般吹落南州。我们在这里，主要作时间解“天中月色”，它是叙事进行的眼前时间，前文则是一段追叙。

“记晓剪”，“记”字下得极有情味，赋折技琼花以人格。而且，作为领字，领以下 14 字，并遥遥唤出一个“梦”字，便使一番追想变得若梦若幻，而琼花则亦人亦仙。琼花在由北而南、腾云御风般迁移里，隐约记得那来路、那历程：还是拂晓时候，如春冰般莹泽清丽的花朵连同枝条被剪下，装在金贵的花瓶里，带着夜露的湿润（或者说为瓶中露液滋养），被扬州帅臣手下的公人飞骑驰送京都。“缇骑星流”，着橘红色服装，骑着快马的差役，护送娇花，像流星一样急驰。周密以词客骚人，曾得金瓶飞骑传送的一枝琼花，赵以夫以皇室贵胄、吏部大员，得“友人折赠数枝”，而后邀人雅赏，其轰动京华之盛况可以想见。总之，“记晓剪”十五字，是琼花南传辇下的如梦如幻的回想，而非隋炀帝赏琼花那过往镜头的拟写，这是很清楚的。有人解此词，将这精彩的几行作历史镜头误读了，实在是一种粗疏。

我们读顺了“记晓剪”以下五句，那么开头五句便容易领会，那不过是琼花对于她被剪下的刹那之间的那个感觉的扩大和凝定。她自觉，那拂晓剪截下来的琼花，竟像一个新妆才了的女子，一个袭着一身香气、合着弄玉与飞琼与宓妃的种种娇美的女子，步下了迷楼——离开了扬州后土祠。弄玉、飞琼，诗词常典。“淡泞”一词罕用，本形容水色明净，此移作描写佳人容颜水洁冰清。瑶山琼阁之间，餐霞食美，自有那脱离华贵的雅净恬宁。美人比花与花比美人已较胜，今直接以人的动态来写足花的风神，人花融一，真幻莫分，艺术效果更高。在造句上，“弄玉轻盈，飞琼淡泞”二句，人名与形容语构成的主谓短语两相悉对，甚见琢句之工。人或离开造句的明显特点，解“飞琼”为琼花，实相去千里。弄玉飞琼典实明用，“袜尘”则宓妃典实暗用，三句间笔墨稍变。曹植《洛神赋》云：“体迅飞凫，飘忽若神。凌波微步，罗袜生尘”，后八个字，说洛神踏在波涛上，迈着细碎的步履，水雾濛濛生于她丝罗袜下，有若腾起一片烟尘。迷楼，本隋炀帝令人建于扬州的宫室，他夸耀：“使真仙人游其中，亦当自迷”（《说郛·迷楼记》），词中既有描状作用，又指代扬州。起笔三句出三女子，融弄玉之轻盈、飞琼之明洁、宓妃之翩然，化合出一个体现了琼花形貌、神韵特色的绝妙佳人。娇花截下繁枝，词人优雅飘逸地说，一个绝色女子轻移莲步，慢下迷楼！琼花又是有香味的，于是词人补出一笔“炷沉水香毬”，拟想她试罢新妆，点燃了上品的沉水香，于是袭一身香气步下楼来。整个上片，就这样由琼花自作追述，用“记”“甚”“梦”“步下”数词，断续地、约略地叙写，概括了琼花方开、被截、金瓶驰送、流落南州的过程，而琼花品性、风姿、神韵，从中得到了充分展现。亦花亦仙亦人，恍若难分，读之生不胜怜惜之情。

下片紧扣“被风吹梦南州”，而展开了一个异地重逢的场面，写“我”与琼花重见的感慨。“尊前相见，似羞人、踪迹萍浮”，二句多解而意念丰富。一方面，“我”应是在扬州见过原本琼花的，一方面，琼花有志节不移的品性，故“羞”与“踪迹萍浮”均人、花两指。相传后土祠原本琼花，分植它处则枯萎憔悴而死，甚至入侵军队至，花亦不荣。她的“深固难徙”，有如爱国者之节操不改。如今一个是被“掠”南来，一个是萍梗他乡、贵邸筵前凑趣。回忆各自根柢和往昔遭逢，面对流落依人、迁播由人的现状，因而生出羞愧之情。“问”之主语，仍为琼花。言下之意，一枝零落，不堪咏赏；无双亭上，原株怒放，那才是盛事，君“何日重游?”

“我欲”二句是对“何日重游”的回答，但并不径直答来。梁殷芸《小说》云：诸客言志，或愿为扬州长官，或愿多财，或愿飞升，“其一人曰：腰缠十万贯，骑鹤下扬州。欲兼三者。”这里“缠腰骑鹤”的意思，是欲游扬州旧地。然而一语未竟，欲吐还吞，紧接转折为欲去不能：“烟霄远，旧事悠悠”，只有怅望云汉，空怀那一去不返的往事前尘了！从赵以夫生卒看，主要活动于宋理宗在位年间；郑觉斋与之同时，那么，他们所感受的时代氛围，是南宋风雨飘摇、大厦将倾。扬州屡经金兵、蒙古兵侵扰，往昔春风十里、玉人明月的繁华已不复存在，当时谁还拥有万金，并有兴致去扬州挥洒？因而“我欲”之一念刚闪，便赶忙收转回去，以烟云悠远，茫然带过。在这繁华难再、旧梦难温的怅然里，正含着山河破碎、家国不幸的无限感慨。它与赵以夫同调咏琼花词，“为问竹西风景”之下，答以“长空淡、烟水悠悠”的空漠伤怀，一样机杼，均表达了对当时扬州衰微、国势不堪的哀叹。

读下文“无语”，知“我欲”二句为内心思考，文情多变。“但凭栏无语，烟花三月春愁”，烟花三月，本是赶赴扬州，领略那芳华万态、歌吹鼎沸的时日，可是如今人只凭栏默立，沉潜在一派春愁之中。全篇遂在景象的笼统描绘与人的表情姿态中束住，进一步强化了“我欲”二句的情绪意念。咏琼花而能隐含那个时代的影子，表达了对扬州空芜、人生浪迹的悲感，使此篇情味有脱离了单纯咏物的富厚，文情转折生波之处，尤耐咀含。

张榘 生卒年不详，字方叔，号芸窗，润州（今江苏镇江）人。淳祐间，任句容令。宝祐中，为江东制置使参议、机宜文字。有《芸窗词稿》一卷。词存五十首。

青玉案 被檄出郊题陈氏山居

张榘

西风乱叶溪桥树，秋在黄花羞涩处。满袖尘埃推不去。
马蹄浓露，鸡声淡月，寂历荒村路。
身名都被儒冠误，十载重来漫如许。且尽清樽公莫舞。
六朝旧事，一江流水，万感天涯暮。

【鉴赏】

呈现在我们眼前的是一幅荒村行旅图：在一个深秋的清晨，冷冷的淡月还挂在天边，板桥上凝结着一层雪白的浓霜（“露结为霜”。此处须仄声字，故用“露”），萧飒的西风将枯叶吹得漫天乱飞，它堆积在山路边，飘落在小溪里，而唯有金黄色的菊花犹在桥边路旁羞答答地开放着，远处传来几声鸡啼，有人匹马单骑，正走过板桥，绕过小溪，沿着山路，向着僻静荒凉的山村行去。此行客就是作者张榘。

张榘是南宋词人。他在宋理宗淳祐年间当过句容县的县令，宝祐中又曾任江东制置使参议，掌管机宜文字。前后两次做官，前者是七品芝麻官，没有多少职权；后者是个闲职。看来，词人对自己的仕途际遇甚为不满。标题中“被檄出郊”四字，已透露了此中消息。“檄”即官府文书。此番他的出郊是出于上司的差遣，心里虽有不愿，但亦无可奈何，不得不去。“满袖尘埃推不去”，尘埃不说拂而说推，用语新奇，然亦通体自然。此句是极写其风尘仆仆之状。

“秋在黄花羞涩处”，“羞涩”两字下得极妙。古代的诗人词人描写黄花的很多，有的把它比作傲霜的勇士，有的把它比作受欺的弱女，有的把它比作愁苦的象征，有的把它当作悠闲的陪衬，唯独张榘，用“羞涩”两字来形容，既写出此黄花经过一夜浓霜摧打，尚未抬起头来，似乎有些羞答答、苦涩涩的神态，同时又恰好表现出词人此时此地产生的羞愤苦涩的心情。清张宗橚《词林记事》引毛子晋语云：“至如‘秋在黄花羞涩处’……等语，直可与秦七黄九相雄长。”张榘的“秋在黄花羞涩处”，其高度的艺术性正在于语意新颖，词人笔下的黄花，其神情与主人公的心理相一致。毛子晋的评语是中肯精当的。

“满袖尘埃”句是全词的张本。由此而有“羞涩”，而有匹马晓行，而有无限感慨。“马蹄”三句，意境虽由温庭筠《商山早行》诗“鸡声茅店月，人迹板桥霜”化出，一辞一景，而几个各不相干的景物组合起来，又构成一幅带有强烈感情色彩的图画。这三句在节奏安排上更有巧妙之处：马蹄——浓露——鸡声——淡月——寂历——荒村——路。两字一顿，十三个字构成均衡的、没有起伏的七个音节，恰好符合词人独自骑马，“的得，的得”行进在荒凉山路上的单调呆板的节奏和心绪。

如果说，上片主要是写景，那么，下片主要是言情。上片写词人一路所见，下片则是词人到达陈氏山居之后触发的感慨。时隔十载，旧地逡巡，风物如故，岁月蹉跎，怎能不引起“身名都被儒冠误”的强烈感慨！杜甫《奉赠韦左丞丈二十二韵》诗云：“纨袴不饿死，儒冠多误身。”词人借杜甫的诗意来表明自己的遭遇心情，并进一步说“身”与“名”都被儒冠所误。可见愤慨之深！

“且尽清樽”与上片“推不去”相呼应，乃无可奈何，以酒解忧，聊以自慰而已。“公莫舞”之“公”，乃指官场得势者，其含义与辛弃疾的“君莫舞，君不见玉环飞燕皆尘土”相同。只不过词人不用玉环、飞燕事，而用“六朝旧事”来比喻。江南东路治所在建康(今江苏南京)，正是六朝旧都。六朝共同的特点是统治者奢侈腐化、醉生梦死，因此国运不长，相继覆亡。南宋的情况与六朝相似，词人似乎已预感到了它将重蹈六朝覆辙的历史命运，因而在这里寄托了深沉的家国之痛。所以“万感天涯暮”，不仅指从清晨到日暮的时间的流逝，而且包括了全词丰富的含义：对官场得势者好景不长的警告，对国家命运的忧虑，对自己被“儒冠误”的愤慨，以及对自己“归计恐迟暮”的哀叹。这里，词人用“六”一“万”几个数字，反复盘旋，层层深入，似直而纡，似达而郁，把这种万感交集的复杂思想感情生动地表露出来了。

这首词的用韵也有特色，“树、处、去、路、误、许、舞、暮”用上去声字押韵，有一种“促而未舒，往而不返”的声情，再加上《青玉案》词调的句法结构和谐少，拗怒多，使这首词悲愤慷慨的情绪，有更强烈的感染力。

宋自道　生卒年不详，字吉甫，号兰室，金华(今浙江金华)人，后徙居新建。宋甡之子，兄弟六人皆世其父学。今存词一首。

点　绛　唇

宋自道

山雨初晴，余寒犹在东风软。满庭苔藓，青子无人见。
好客不来，门外芳菲遍。难消遣。流莺声啭，坐看芭蕉展。

【鉴赏】

《点绛唇》词牌常抒惆怅、叹惋之情;是词亦借景遣怀。“情为主,景是客”“说景即是说情。”(清·李渔《窥词管见》)

上片写景,乃述人们对春暖微寒之感受。“山雨初晴”,绵绵山雨刚刚停歇,天空才放晴。尚觉“余寒犹在东风软”,东风因略存“余寒”,吹拂得柔弱无力。其中“软”字形象贴切,同于李商隐《无题》诗所言“东风无力,”并与“山雨初晴”“余寒犹在”相辅相成,这样也就点明了季节。紧接两句“满庭苔藓,青子无人见”,将笔触移至词人山居之所,其地苔藓已遍生于庭前,说明早是人迹罕至,唯词人独居于此。而“青子”即未熟未黄的梅子,本合抛青梅为戏之意,犹言与斯人曾有无猜情爱;然而却“无人见”,不胜怅惘,并与前面“满庭苔藓”相呼应,便暗示自己如今孑然一身之状。从全句看,无疑是对恋人昔日相处的美好怀念,以及对眼前独自孤寂度日的哀叹。

下片则将情景交互融汇,承接上片,更进一步倾吐胸中愁闷。下片首句“好客不来”,这是对上片“青子无人见”之呼应。次句“门外芳菲遍”,又着力渲染出居处山花遍野、芳香四溢的美景,但是如此好景却落得个“好客不来”,无人相与分享,心中自然难免郁愁倍增,自然也就更“难消遣”。全词歇拍二句“流莺声啭,坐看芭蕉展”,既是惆怅的无奈心情的展现,又是独居生活的真实写照。“流莺声啭”是与“芳菲遍”共存的美妙春色,中国古代诗家词客常用莺声增加春之动感,并借此与人物心境相对照。宋朱淑真《眼儿媚》中即有“午窗睡起莺声巧,何处唤春愁?”之句,言本来是悦耳的婉转莺鸣声对感伤之人来说乃是唤起春愁之由,“流莺声啭”句亦秉承此意,与之异曲同工。而“坐看芭蕉展”中之“芭蕉”也是诗词之惯用形容情人一方之物,多与“丁香”对。如唐李商隐《代赠》的“芭蕉不展丁香结,同向春风各自愁”,便写相思之情,亦兼所怀者而言。此处因无奈生出的“坐看芭蕉展”,眼中芭蕉虽展,而心中愁结却未得展,隐含着无限的感伤和寂寥。

此词委婉含蓄,情寓景中,情景相融,不失为深具意境之作。

宋自逊　生卒年不详,本名壶弢,字怡乐,自号万菊居士,又号壶山居士,金华(今属浙江)人,居南昌(今属江西)。托名宋自逊,字谦父。宋亡,耻仕元。所著乐府《渔樵笛谱》,不传;今有赵万里辑本。

蓦山溪 自述

宋自逊

壶山居士，未老心先懒。爱学道人家，办竹几、蒲团茗碗。青山可买，小结屋三间。开一径，俯清溪，修竹栽教满。

客来便请，随分家常饭。若肯小留连，更薄酒、三杯两盏。吟诗度曲，风月任招呼。身外事，不关心，自有天公管。

【鉴赏】

这是一首写隐逸生活的述志词。

词的上片，主要描述其居处，从中流露心境情怀。起笔自报家门，直陈心迹，态度散漫，老气横秋。“未老心先懒”，心懒，一种看透世情，失却斗争与进击之心的消极精神。颓莫大于心懒。然这种状态不会是天生如此，而或是人生灾厄、磨难使然。《全宋词》收录宋自逊词七首，其中《昼锦堂·上李真州》，颇豪雄壮烈，有句道“恨不明朝出塞，猎猎旌旗”，“挑灯看，龙吼传家旧剑，曾斩吴曦”，是干预与参与意识强烈的词篇。吴曦，叛徒，开禧年间引金兵入四川、约金兵攻襄阳、求封蜀王者，后被忠义之士杨巨源等刺杀。李真州，李道传，吴曦叛宋时，他严拒胁降，弃官而去，后知真州等处，劾逐贪吏，颇多政绩。词以斩除叛将赞人，鼓荡着从军报国的激壮之心。宋自逊生卒、生平不详。李真州则1170~1217在世。另有一篇《沁园春》词，乃宋自逊当戴石屏(1167~?)近七十岁(1236左右)时的赠戴之作。那么可推知宋自逊生活在南宋覆亡前那段激烈动荡时期。大概是政治上的软弱，使他在家国败落的惨痛前心灰意懒。现存词，除“上李真州”之外，似乎都洗尽凡心，超尘出世了。“何敢笑人干禄，自知无分弹冠。只将贫贱博清闲，为取书遮老眼”(《西江月》)；“名利等成狂梦寐，文章亦是闲言语”(《满江红·秋感》)；送戴石屏《沁园春》索性说：“身外声名，世间梦幻，万事一醒无是非”；到这篇自述词，则完全自乐闲旷、以麋鹿之情自赏。从他仅有的几篇词，从上举词句字里行间，可以窥见，弹冠、干禄、名利、文章，他都伸过手，然而在激烈斗争中，他落马了，于是便后退、便跌进一无所为。这种出世的故作的潇洒，并不能掩饰这类文人在人生之旅中、在强手与横逆面前，软弱退畏的无能。“壶山居士”，居士，自命清高、自谓有才情而隐居不仕者自称。壶山，道家称他们生活为壶中日月；传说中道士常悬一壶，中可变化为天地日月，如世间。道家者流，“清虚以自守，卑弱以自持”，与世无争，生活简慢。

词人从自号、自诉心志到下文铺陈居处条件与处世态度，均浸染了道家的简淡无为。

“爱学道人家”以下，统承“心懒”而来，极言日常需求的简便。先言用物，“办”字领起，只办读写用竹几、煮茗用茶碗、憩坐用蒲团。蒲团，用蒲草编扎而成的圆形坐垫，修持者坐以修身养性。次言隐居的生活环境，买青山一角，结草屋三间，小径通幽，清溪如带，绿竹绕宅。这里没有侯门深宅的楼台广厦、高车驷马、酒绿灯红，没有烦闹的送往迎来，没有无聊的笙歌宴集，没有不测而至的风云变幻。这里的主人可以焚香煮茗，倚竹闲吟，登山长啸，或垂钓清溪。假如人世间没有民族与家国利益需要去奋斗，这种生活方式也许无可厚非。然而这正是南宋倾覆前二、三十年间，战云四合，血雨飘风，词人躲进青山，不免过于冷漠，过于忘情。

下片言处世的随和与闲吟的自在。“客来便请”，一个“便”字，既无热情，亦不冷面拒人于千里。抽身世外而并不与世隔阻，清高中含着通达。“若肯”二句，仍旧是待人以不即不离。正如他《西江月》所说，“世上风波任险，门前路径须宽”，他老实道来，始终没有斩断与尘世关联的尾巴；而不像另一些隐者，过分疏狂，夸张其绝俗而有悖于人情。“吟诗”二句，既应开篇“懒”字，又呼出下文“不关心”云云，是说随意写点文词，吟风弄月，而决不关涉邦国民生。结末三句，是“风月任招呼”的进一步渲染。但说多了，似乎反出破绽，“不关心”反而像是并未忘怀。天公，天地造化；或另有人事所指。那么末句则是一种对于“管”者有所愤愤地讥诮。他的《西江月》说，“心无妄想梦魂安，万事鹤长凫短”，鹤颈长则自长，凫胫短则自短，造化安排，一切命定，管者自管，我欲何为？联系他也曾那样地想参与与投入，那么这消极里或都含着对于“管”者、统治者的无能的愤愤之音。当然字里行间的这种声响极其微弱。

全词措辞平白，疏于锻炼；顺序而写，无意谋篇。唯用意老实，接物通达，于世情世事并未完全忘怀，故不妨一读。

黄载 生卒年不详，字伯厚，号玉泉，南丰（今江西南丰）人。仕至广东兵马钤辖。以诗闻名，有诗集《蜡社歌余》，不传。今存词五首。

隔浦莲 荷花

黄 载

瑶妃香透袜冷，伫立青铜镜。玉骨清无汗。亭亭碧波千顷。云水摇扇影。炎天永。一国清凉境。

晚妆靓。微酣不语，风流幽恨谁省？沙鸥少事，看到睡鸳双醒。兰棹歌遥隔浦应。催暝。藕丝萦断归艇。

【鉴赏】

读了这首词，便仿佛看到“碧波千顷”的平湖水面盛开着袅袅婷婷的荷花，如瑶妃刚出浴池，含情脉脉，风姿绰约，幽幽之香浸肤，冰凉之气透骨，令人心旷神怡。好一个“炎天”下的“清凉境”。

上片，词人满怀着温柔，描写了夏天白昼的荷花。“瑶妃香透袜冷，伫立青铜镜”，作者一开头便以瑶妃的清香秀美喻荷花之冰洁高雅，仿佛它正伫立于铜镜前左右顾盼，婀娜多姿。接着，词人描写了荷花的茎叶以及叶下之水：“玉骨清无汗，亭亭碧波千顷。”荷茎如清凉无汗的“玉骨”，令人一见，便顿生凉意。至于荷叶则绿意盎然，亭亭伫立于层层碧波之上，绵延一浦；“云水摇扇影”，湖水洁净清新，微微荡漾着，荷叶的倒影如扇子随水波轻轻摇动。此情此景，在炽热如火，昼长日永的盛夏里，不就构成了“一国清凉境”吗？下片，词人略带忧愁，叙述了傍晚的荷花。夕阳西下，夜幕渐临，荷花仍“晚妆靓”，楚楚动人。可它“微酣不语，风流幽恨谁省？”即使有万方仪态、千种风情，却无人知，无人问。而相对照的却是“沙鸥少事，看到睡鸳双醒。”汀洲上的沙鸥早已栖息，悠闲得没有什么事儿，便偷偷看那睡鸳双双醒来又相互依恋的情景。它们似乎都非常满足。至于人们呢？已是“兰棹歌遥隔浦应”。他们划着船儿逐渐离去，只有相互应和的歌声还不断飘来。人说“销魂最是黄昏”，而荷花啊却无处诉情愫，这怎么不让它更添幽恨呢？“催暝”，一切的一切都似乎在催促夜晚早来；“藕丝萦断归艇”游人远去，而荷花心中的藕丝还在缭绕，仍牵系着归去渐远的船儿。

这首词实为借物言情，词人在赞美荷花冰清玉洁，香透四周的同时，把自己不为人知，不为人解而生的愁闷寓于其中。白天，一浦荷花自是“一国清凉境”，固然为人青睐；到了傍晚，荷花仍是千娇百媚，别有一番风姿，但此时已是人去浦空、舟远歌遥，谁还顾怜呢？如此道来，词人内心深处先还为人赏识，后却因故受到排斥而顿生的晚景苍凉之感，不就从中透露出来了吗？

王平子

生卒年不详，南宋吴郡（今江苏苏州）人。今存词一首。

谒金门 春恨

王平子

书一纸，小砑吴笺香细。读到别来心下事，蹙残眉上翠。怕落傍人眼底，握向酥胸儿里。针线不忺收拾起，和衣和闷睡。

【鉴赏】

这是南宋王平子留下的唯一的一首词。

词写一女子收到旅外情郎寄回的信时的心情和动作，表达了对远方情人的深深思恋。

词开始写一闺闱女子握着情郎的信，想急于看又有某种担忧而又不敢看的矛盾心情，以至于弄皱了信纸。现又“小砑吴笺”，细心地碾平这精美的信笺。（我“砑”音yà，碾磨，此处为铺平。）这信笺是情郎从家乡带走的（王平子是江苏苏州人），现又用它写信寄回，睹物思人，倍感亲切。此处一个“砑”字，描出此闺人接信后既高兴又担忧的矛盾心境：高兴的是情郎终于有了消息；担忧的是情郎是不是仍如从前一样爱恋她。此动作，能使她的心情得以暂时的平静，又传达出对远方情郎的切切思念。这种动作和情思，令人想起现代著名诗人刘大白的《邮吻》：

我不是不能用指头儿撕
我不是不能用剪刀儿剖
只是缓缓地
轻轻地
很仔细地挑开了紫色的信唇。

待到她心情平静之后，才慢慢地读着情郎信中所道的“别来心下事”，这可是一位多情的郎君，他一定有“说盟说誓，说情说意，动便春愁满纸”的至情倾诉，也许还有“离恨却如春草，更行更远还生”的慨叹。这满纸的春愁引起了她深深的回忆，触动了她脆弱的情弦，以至“蹙残眉上翠”。相思的愁苦啊，使她紧皱蛾眉，残损了眉上粉黛。

下片笔锋转写她另一特征性动作。她生怕这愁苦情状以及情郎的来信落入“傍人眼底”，引出笑谈，赶紧把信“握向酥胸儿里”，把它紧紧地贴在胸口；同时也好让它听听她急促的心跳吧！这信纸是情郎的手拿过的，就让它抚慰相思的苦心。她在收信之前还在为他缝衣，用缝衣来寄托相思之情。也许时时都暗中在问“何日归家洗客袍”？（见蒋捷《舟过吴江》）可现在“针线不忺收拾”了，（忺，称意、高兴）

她已经再也没有心思缝衣织袜，再也没有心思收拾好针线，就让它们散乱在一旁吧！这时，她只好“起”，离开缝衣之地，也许她更急于想在梦中依偎着那位多情郎君，向他倾诉离情别绪。她这样想着，走到床边“和衣和闷睡”了。她连衣服都不脱就和着相思的愁苦睡下了。词在此处收笔，给读者留下很大的想象空间，那位闺人在梦中或喜或忧的情景就由读者任意去想象好了。

全词画出了处于念远思绪中的美人，有情思，有动作。写情思时，丝丝入扣，间有动作；写动作时，精细入微，紧贴情思。

俞文豹　生卒年不详，字文蔚，括苍(今浙江丽水)人。宦游江湖40年，晚居杭州。有《吹剑录》。今存词一首。

喜迁莺

俞文豹

小梅幽绝。向冰谷深深，阴云幂幂。饱阅年华，惯谙冷淡，只恁清癯风骨。任他万红千紫，勾引狂蜂游蝶。惟只共、竹和松，同傲岁寒霜雪。

喜得。化工力。移根上苑，向阳和培植。题品还经，孤山处士，许共高人攀折。一枝垂垂欲放，只等春风披拂。待叶底、结青青，恰是和羹时节。

【鉴赏】

这首《喜迁莺》是作者仅存的一首词。为咏物写志词，如果给它拟出标题，可以用“咏梅”二字。咏梅是我国古代文人诗词中的传统题材，多数不是为梅而咏，往往寄托作者性格、感情，赋予人格化。这首词也没有超出这个窠臼。

“小梅幽绝”，古人写梅，好用幽静、洁身自好、甘居寂寞等，来状写梅的性格“疏影横斜水清浅，暗香浮动月黄昏。”(山园小梅)这是林和靖眼中的梅。“驿外断桥边，寂寞开无主。”(《卜算子·咏梅》)这是陆游眼中的梅。近人毛泽东《卜算子·咏梅》，也称梅是“俏也不争春，只把春来报。”“向冰谷深深，阴云幂幂。”梅花甘愿生长在深深冰谷，阴云覆盖的地方。“饱阅年华，惯谙冷淡，只恁清癯风骨。”这三句词人赋予梅花以人的性格。虽然风骨清癯，处境冷淡，但是它能看透了人世间繁华竞逐的无聊。梅花终于站出来表明自己的心愿。"任他万红千紫,勾引狂蜂游蝶。"那些烂漫的山花,搔首弄姿,引出蝶乱蜂狂。它并不眼红,甘愿"惟只共、竹和松,同傲岁寒霜雪。"坚持着松竹梅岁寒三友的操守。作者表明了梅的性格之后,就结束了词的上片。

"喜得。化工力",梅花有幸,喜得自然造化之工,将它"移根上苑,向阳和培植。"梅花进入文人学士的高贵雅境,在西湖的孤山上,有林和靖处士,"梅妻鹤子"来赏识。"题品还经,孤山处士,许共高人攀折。"梅花并不因此昂首孤傲,也还是"一枝垂垂欲放,只等春风披拂。"不愿意在环境变了,改变其高洁的性格。"待叶底、结青青,恰是和羹时节。"只希望在春风吹拂之中,绿叶底下,结出青青的梅子,供世人作为调味品也就满足了。这是多么质朴无私的奉献精神。毛泽东《卜算子·咏梅》,词前小序说:"读陆游咏梅词,反其意而用之。""待到山花烂漫时,她在丛中笑。"假如毛要读到俞文豹的《喜迁莺》(小梅幽绝),也只能是顺其意而和之了。

吴渊 (1190~1257)字道夫,号退庵,宁国(今属安徽)人。嘉定七年(1214)进士。历江西安抚使,迁兵部尚书,进端明殿学士,江东安抚使,拜资政殿大学士,封金陵公,徙知福州,福建安抚使,予祠。起拜参知政事。有《退庵集》《退庵词》,今存词六首。

念奴娇

吴渊

我来牛渚,聊登眺、客里襟怀如豁。谁著危亭当此处,占断古今愁绝。江势鲸奔,山形虎踞,天险非人设。向来舟舰,曾扫百万胡羯。

追念照水然犀,男儿当似此,英雄豪杰。岁月匆匆留不住,鬓已星星堪镊。云暗江天,烟昏淮地,是断魂时节。栏干捶碎,酒狂忠愤俱发。

【鉴赏】

这是一首登临怀古之词。作者吴渊,在南宋时曾任兵部尚书、参知政事等军政要职,就本词词意来看,他是一位抗金御侮的主战者。"我来牛渚,聊登眺、客里襟怀如豁。”牛渚，即牛渚山，又名采石矶，在安徽当涂县西北长江岸边，历来都是渡江的军事要地。作者站在牛渚山上北眺，隔着滚滚浩渺的长江，面前呈现出广袤无垠的江淮大地，胸怀为之豁然开朗。“谁著危亭当此处，占断古今愁绝。”在牛渚山西北的危崖上，有亭一座，名曰“燃犀亭”。这是由一段神话引起的。《晋书·温峤传》：“峤至牛渚，水深不可测，世云其下多怪物。峤遂毁犀角而照之，须臾水族覆火，奇形怪状，或乘车马赤衣者。”诗人登临此亭，往日水族的魔怪，如今人间的奸邪，尽皆成胸中无限的愁肠。“江势鲸奔，山形虎踞，天险非人设。”长江天险，虎踞鲸奔，自古称为天堑。“向来舟舰，曾扫百万胡羯”。几十年前，曾在此击败了几十万金兵。历史是这样的：

“绍兴和议”以后，宋王朝以为和平可靠了，而金完颜亮杀死金熙宗，自立为帝，一心想“立马吴山第一峰”。绍兴三十一年(1161)金主完颜亮发动六十万大军侵宋，兵分四路，水陆并进。南宋负责淮西统制王权，丢弃庐、和二州，金兵就直抵长江北岸。宋高宗又想浮海避敌。当时中书舍人虞允文，以参谋军事的身份，到前线去劳军。到采石后，见宋军士气低落，溃散无主。虞允文当即鼓动士气，重整兵力，在江边一仗大败金兵。金主完颜亮在转移扬州时，为部下所杀。国家的一场危亡得救了。吴渊对此，赞叹长江的天险可恃。上片以怀古作结。以“我来牛渚”开始，由今写到古。

下片则相反，“追念照水然犀，男儿当似此，英雄豪杰”，则是由古写到今。温峤能燃犀灭水怪，虞允文能挽危破狂虏，温、虞都是历史上的英雄豪杰，国家危难，方显出男儿的英雄本色。时到如今，“岁月匆匆留不住，鬓已星星堪镊。”岁月如流水，双鬓已白发可数。“云暗江天，烟昏淮地，是断魂时节。”词人年老之日，也就是南宋王朝末日来临之时。身为国家栋梁大臣，看到烟昏大地，能不悲痛断魂吗！“栏干捶碎，酒狂忠愤俱发。”捶碎燃犀亭上的栏杆，是因为酒狂，还是因为忠愤，二者是不可分的，忠愤激发出酒狂，酒狂勾引起忠愤，二者同时迸发出来。以义愤填膺的气氛结束了全词。

赵汝迕　生卒年不详，字叔午，一作叔鲁，号寒泉，乐清(今属浙江)人。太宗八世孙。嘉定七年(1214)进士。佥判雷州，谪官而卒。今存词一首。

清平乐

赵汝迕

初莺细雨。杨柳低愁缕。烟浦花桥如梦里，犹记倚楼别语。
小屏依旧围香。恨抛薄醉残妆。判却寸心双泪，为他花月凄凉。

【鉴赏】

《全宋词》里，只收赵汝迕的《清平乐》一首词。知人论事，要理解这首词，就要了解赵汝迕的坎坷经历。他是赵宋王朝的远代皇族，嘉定七年(1214)，登进士第。“签判雷州，谪官而卒。”古代雷州，是蛮夷烟峦瘴疫之地，北方人到那里是不易生活下去，所以他就早早死去。

这是抒发怀人愁怨之情的小词。古人写抒情怀人的诗词，多在春秋两个季节。一个是春季，多写怀远之情。“忽见陌头杨柳色，悔教夫婿觅封侯。”(王昌龄《闺怨》)一个是秋季，多写离别之情。“多情自古伤离别，更哪堪，冷落清秋节。”(柳永《雨霖铃》)这首是写春愁怀人的词。

“初莺细雨”，“初莺”，可以理解为习飞的幼莺，也可以理解为开春季节，初啼的黄莺，总之是为了界定时间是在春天。“细雨”，是江南的黄梅雨。“杨柳低愁缕”，杨柳刚萌发出的嫩芽，生满在低垂的枝条上。词人把它比作是一缕缕剪不断的愁思。细雨柳丝，弥漫六合，犹似“泪湿春风鬓脚垂。”(王安石《明妃曲》)王昭君出塞的气氛。“烟浦花桥如梦里”。面对着浓若烟雾的水汽，笼罩着江浦水滨，花桥如染，似人间犹似梦境。“犹记倚楼别语”。还记得当年楼台惜别时的绵绵细语。上片写到这里，描绘出春愁如烟海的气氛。

下片则是词中的主人公出场，好似是一位闺中少妇。“小屏依旧围香”，“小屏”是门前的屏壁，还是室内的屏风，都可以讲得通。“香”是院中的花香，或是室内的芳香，也都能讲通。就是往日的香甜生活犹记。但是离恨使她“恨抛薄醉残妆”。也就是薄醉不成，残妆不想理。“判却寸心双泪，为他花月凄凉”，分离的人寸心难断，双目垂泪。为了他，就是在“花月正春风”之中，也会是倍感凄凉的。

该词有什么政治内涵，是看不出来。要结合其人生蹉跎，人们也可以更深入一层去理解。

雷应春 生卒年不详，字春伯，郴州(今湖南郴县)人。嘉定十年(1217)进士。历岳阳教授、监行在都进奏院，擢监察御史，知临江军。今存词一首。

好事近

雷应春

梅片作团飞，雨外柳丝金湿。客子短篷无据，倚长风挂席。

回头流水小桥东，烟扫画楼出。楼上有人凝伫，似旧家曾识。

【鉴赏】

这首词是写一个长期客游在外的游子，在梅片纷飞，细雨绵绵的日子里，乘船归来。穿过小桥流水，雨过天晴，画楼远现，抬头远望，楼上伫立着一位佳人，曾似旧家相识的她。

“梅片作团飞，雨外柳丝金湿。”梅花片片，随风飞舞，嫩黄的柳条，沾满细雨，随风摇摆。“客子短篷无据，倚长风挂席。”游子乘坐一只小篷船，没有在河边停泊，依仗着长风，扬帆航行。上片是写，在梅雨天气，一位游子，扬帆归来，归心似箭的心情，全写出来了。

下片，“回头流水小桥东，烟扫画楼出。”船在东风中向西航行，转眼间穿越小桥流水，烟消雨霁，回望画楼高耸。“楼上有人凝伫，似旧家曾识。”远望有位佳人，伫立高楼上，还像是似曾相识。楼上的佳人，也会同样在想“似曾相识燕归来”这首词，在结尾时收结得好。在文学史上，有好多诗词，由于结尾收得简洁，成为名篇名句。如王昌龄《芙蓉楼送辛渐》："洛阳亲友如相问，一片冰心在玉壶。"高适《别董大》："莫愁前路无知己，天下谁人不识君。"杜甫《江南逢李龟年》："正是江南好风景，落花时节又逢君。"这些诗的结尾，都是符合本文前面提出的三条。本词的结尾，也能显示出这种妙用。

刘清夫　生卒年不详，字静甫，建阳（今属福建）人。与刘子寰齐名。今存词五首。

念奴娇　武夷咏梅

刘清夫

乱山深处，见寒梅一朵，皎然如雪。的皪妍姿羞半吐，斜映小窗幽绝。玉染香腮，酥凝冷艳容态天然别。故人虽远，对花谁肯轻折。

疑是姑射神仙，幔亭宴罢，迤逦停瑶节。爱此溪山供秀润，饱玩洞天风月。万石丛中，百花头上，谁与争高洁。粗桃俗李，不须连夜催发。

【鉴赏】

这也是一首咏梅词，不是泛写咏梅，而是把梅花所在地限定在武夷山范围之内，题为"武夷咏梅"。武夷山，在福建崇安县城西南十公里，为福建第一名山，名胜古迹很多。产"武夷岩茶"、方竹及灵芝。武夷山脉，地处暖温带和中温带交界处，气候变异特色显著。广东大庾岭又称梅岭，这里也是地处暖温带和中温带交会处，气候温差变异大，春天梅树开花，南枝先北枝后，形成梅岭上梅花的一大奇观。

"乱山深处，见寒梅一朵，皎然如雪。"武夷山，从大范围讲，是绵亘数百里的大山脉，说它是"乱山深处"，当然是适合的。"寒梅一朵"，它是孤独的。"皎然如雪"，是白梅。在一年之中，南中国对雪是不常见的。幽深孤独芳洁的白梅，是有足够的诱人力。"的皪妍姿羞半吐，斜映小窗幽绝。"鲜艳明亮的美姿，含羞半吐的花朵，映上幽雅的小窗，是够雅致的。不由得诗人使用美人来比拟梅花了。"玉染香腮，酥凝冷艳，容态天然别。"像白羊脂玉一样的香腮，像凝结的酥奶一样的肌肤，这样白如玉，润如酥的天然丰姿，真是别有一种艳绝。"故人虽远，对花谁肯轻折。"一支寒梅，虽然独处深山，能有哪一个能忍心随意去折取呢！上片是写武夷山的梅花，幽深、孤独、艳美，如同一位佳丽，人人都想去爱护它，谁还能任意去摧残折取它。

下片，进一步将梅花比作仙女。“疑是姑射神仙，幔亭宴罢，迤逦停瑶节。”《庄子·逍遥游》：“藐姑射之山，有神人居焉，肌肤若冰霜，淖约若处子。”作者写到这里，简直怀疑武夷山的梅花，是藐姑射山上的女神仙，冰肌雪肤，美若处子。《武夷山记》：“武夷君，地官也，相传每于八月十五日大会村人于武夷山，上置幔亭，化虹桥通下山。”武夷山上有幔亭峰。在使用帐幔围作的亭子里欢宴，宴罢在迤逦的山路上站下来，欣赏山景。“爱此溪山供秀润，饱玩洞天风月。”武夷山是山秀水润，可以饱览此处洞天风月。“万石丛中，百花头上，谁与争高洁。”在此千岩万壑中，百花待开的前头，哪一种花又能站出来同梅花比高洁呢？至于“粗桃俗李，不须连夜催发。”粗俗的桃花、李花，不必去争相开放，梅花的纯洁高雅，你们是没法比拟的。世人有一句常说的话：“梅占百花魁。”桃花、李花们，折服了吧！

刘子寰　生卒年不详，字圻父，号篁嵲翁。建阳(今属福建)人。嘉定十年(1217)进士。曾游朱熹之门。有《篁嵲词》。

沁园春　西岩三洞

刘子寰

云壑泉泓，小者如杯，大者如罂。更石筵平莹，宽容数客，淙流回激，环绕飞觥。三洞交流，两崖悬瀑，捣雪飞霜落翠屏。经行处，有丹荑碧草，古木苍藤。

徘徊却倚山楹。笑山水娱人若有情。见傍回侧转，峰峦叠叠，欲穷还有，岩谷层层。仰视云间，茅茨鸡犬，疑是仙家来避秦。青林表，望烟霞缥缈，隐隐鸾笙。

【鉴赏】

这首《沁园春》咏唱山川名胜，包含着对国势衰微、朝政混乱的不满，对隐逸深山的企慕。

游赏西岩三洞，表现它特有风光，首先着眼于泉。开头三句，言泉的位置之高和散落之多。壑，山谷。云壑，云霭深处的山谷。泓，本指深水，此处借称小水洼。起四字言在山峰高处的深谷中，发现许多小水洼，那是泉眼、泉水流出的小洞穴。

词人“拄杖凌高绝”(《贺新郎·登玉田峰》),由山下一路走来,另有什么发现且按下不写,突兀而云“云壑泉泓”,突出泉、放大泉,给读者造成鲜明印象。小者、大者二句,以散文句式入词,连用二譬,描述了泉眼的细小不一。罂,小口大腹的酒器,以其为譬,并不着眼于形状,而只比较其大小:有的像酒杯,有的像比杯大的酒器。两个比方,都往小处夸张,极言泉流初出,仅可滥觞的微小。“更”下四句,言若干泉眼的水汇成山泉之后,水势渐大起来。筵,坐席。平莹,平整光洁。一块平洁如玉的石板,有如石质的坐席,大小可容纳数人;淙淙流泉环绕它而过,不时激起水花,有如白酒自杯中泼溅而出,银光飞闪。觥,酒杯,承前文“杯”“罂”而来,在“酒器”这同一思考声向上取譬,显示词人诗酒纵横的闲逸情怀。

由泉眼的零散座落,到泉源初汇时,淙流回激、银光闪烁的动态纷呈,清泉出山已略具气势。待百泉奔汇山涧,众涧又汇聚为三涧,三涧之水再交流而成悬空之飞瀑,在两崖间跌落而下,那就为成壮观了:“捣雪飞霜落翠屏”。翠屏,山崖长满松柏等绿色植物,犹如绝大的青绿挂屏。而飞瀑凌空而下,遇巉岩怪木阻碍,溅迸四飞,又恰如有人持物捣砸霜雪而琼玉高扬。始三句,继四句,再三句,分别写山高泉出处、泉流初汇处、三涧交流飞瀑跌落处的不同景状。“屏”“经”之间语意上有大的顿歇,而后转入歇拍。

歇拍三句,“经行处”一个“行”字,提醒读者,游赏者行踪更移的叙述全省略了。即“罂”“更”之间,“觥”“三”之间,都有一个游赏者循泉水踪迹而下,入眼风光各异的交代被省去。下面九个字则是补充一笔,除了泉流飞瀑,一路上还有看不尽的绿草红花,苍藤古树,它们为泉流飞瀑这中心景象布置了一个无限延展的大背景。荑,茅草。“丹荑碧草”,当是低处、翠屏触地处所有;“古木苍藤”,当是高处、云壑泉泓刚出处所生。歇拍三句,其实透露了上片思路层次:经行处有丹荑碧草、古木苍藤,还有泉泓飞瀑;词略写草木于后,而突出地、放大地描摹泉流飞瀑于前,从而力现西岩三涧泉流激越的奇壮特色。

上片着重于景观描摹,下片则着力于人物表现。有动作神态,有思忖低回,有痴迷的幻想。换头处“徘徊”与“倚”,出人物情态。楹,厅堂前柱子。山楹,大致指山中建筑物之前。词中人沿山跋涉往返观赏,至这里倚柱逗留,徘徊瞻顾,忆想来路,展望前踪,痴迷而不忍遽去。“笑山水娱人若有情”,笑,赏心的喜悦。山水像富于情感一样让人快乐,使人陶醉。“情”字逗出“见”字所领四句,是在对已见山景的回味中补写山峦万状。四句作扇面对,写出峰岭层层叠叠,横逸斜出,疑无又有的复杂多变,好像含情地和游人逗趣、逗乐一般。

“仰视云间,茅茨鸡犬”八字,叙述描写相杂,其下忽出“疑是仙家来避秦”七字,冷冷插入一个怀疑性、分析性句子,忽然将读者思路牵出山泉景色之外,而回到国难时艰的酷烈现实之中。靖康之难后,南宋王朝,偏安一隅,俯首于敌国;输银输绢,嫁祸于人民;征歌选舞,沉迷自溺。金兵肆虐在前,蒙元猖獗于后,朝廷奔亡海上,人民惶惧难安,怎不使词人生出“寻得桃源好避秦”的想法呢?“疑是仙家来避秦"则宕开一笔，藏己意于推想之间，既表达了深一层意念，又可以不负笔墨责任。茅茨，茅屋。鸡犬，鸡犬之声。避秦，"避秦时乱"，语出《桃花源记》。词至此，触及深一层题旨，文情跃动。词人拄杖凌高，一路寻泉访瀑，拊木扣峰，似乎竟是在卜隐居之所。

结拍三句，进一步展开想象，紧承"避秦"，表现了对遁迹世外、结庐"桃源"的无限向往：青翠的林木梢头，烟霞缭绕，烟霭里隐隐传来有若笙箫协奏的鸾凤和鸣之声。词以景结，景中含情，悠然意远。

词之下片，"徘徊"二句是过渡，沟通上下；"见傍回"四句从泉瀑中涉出，换笔补写峰岩；"仰视"三句，冷然思越云水而注目人间，文思有所深转；"青林"三句，于烟霞幻异，笙簧缈缈间，托出山林隐遁的企慕之情，将全词悠悠结住。较之上片，笔墨多变，手法多样，内容容量与艺术力度更大。

好　事　近

刘子寰

秋色到东篱，一种露红先占。应念金英冷淡，摘胭脂浓染。

依稀十月小桃花，霜蕊破霞脸，何事渊明风致，却十分妖艳?!

【鉴赏】

这是首极少见的咏红菊之作，红色的菊花在词中成为词人倾诉心曲、寄托情感的对象。菊，花色以黄、白、紫、粉为主，红菊实为鲜见，故其十分珍贵，而以词的形式吟咏红菊者，更是寥若晨星。

首句"秋色到东篱"，化用东晋田园诗人陶渊明"采菊东篱下，悠然见南山"诗句，"秋色"点明节令，"东篱"则让人一望而知吟咏对象，且又有暗示词人隐居田园之意。紧接着突兀而起，"一种"句不禁使人疑窦顿起。句中之"露红"所指显然是菊之色彩，显示出此花的非同一般，然而为什么说"先占"呢？要得到圆满的回答，尚需读完后面的句子。"应念金英冷淡，摘胭脂浓染"，金英，此处作"精英"解，作者将鲜花喻为大自然的精华英秀；冷淡，冷落、萧条之意；全句的意思是说：秋风肃杀，花木零落，空旷的山野间失去了春夏季节里的万物葱茏生意盎然的局面，而在此时此刻，却有这红色的菊花于群菊中率先开放，占尽秋色，用它那胭脂般绚丽色彩给这冷寂萧条的季节带来些许光彩，并统率群菊尽其薄力与将临的严冬做最后

的抗争。至此,“先占”之疑已作冰释。词人流露出赞誉之情是明显的,“念”字赋予红菊以思维色彩,“摘”字则完全是拟人手法,从而把作者对于红菊傲霜、卓然不群品格的推重与钦佩之情表露得淋漓尽致。

下阕首句,继续展示红菊的特异风采:它从九月绽开花蕾,直至农历十月之际仍以飘然之姿红花不败,词人在初冬之际还能够欣赏到它的绰约芳姿;红菊艳如三月桃花,却又不像桃花那样红花满树冠若云霞,故词中有“小桃花”之说。“霜蕊破霞脸”,霜,借喻白色,白色的花蕊;霞脸,红色的花瓣好似仕女红红的俏脸。两个巧妙的比喻作为对其细部的描写,直将其形、神、色描绘得惟妙惟肖,犹如工笔细描一般。“何事渊明风致,却十分妖艳”,渊明,即陶渊明;风致、风范、韵致;妖艳,“妖”,艳丽、美好,而“妖艳”一词则“艳丽而于庄重”的意思。此句的理解为全词之关键所在。词人追慕陶渊明归隐山村、远离尘嚣的傲岸品德与高洁志趣,他也企望能够像陶一样田园归隐、固守本性、赋诗作文、美名千古。他赞美红菊,把红菊的风致与陶相提并论便是最好的说明,但“何事”二字却与此义又有所矛盾。何事,“为什么从事”之意,即是说红菊你为什么像陶渊明那样的风范呢?再加上后面“却十分妖艳”句,就透露出了其真正含义:他之所以田园归隐乃是形势所迫实出无奈,故仍向往着某一天能够出仕朝廷为国效力。红色,本身代表着热烈、奔放,与田园归隐显然是极不协调的。本词上阕中的“金英冷淡”亦有寓意朝廷人才寥落,慨叹自己怀才不遇的伏笔。可以说,作者正是在这种“出世”与“入世”的复杂矛盾心境下托物言志,抒发情怀而写下此作的。

自陶渊明之后,凡咏菊者无不奉其为咏菊之鼻祖,本词中“东篱”“小桃花”(陶有《桃花源记》)、“渊明风致”等一系列词汇、意象,也说明了这一点。随着这些意象的展开,红菊的诸多不凡特征与作者的复杂矛盾思想渐次表露而至清晰,却又分寸适度,露而不直,给人以思索想象的回旋余地。在创作手法上,本词故设悬念,欲扬先抑;词汇色彩鲜艳,运用典故娴熟自如,全词给人以一种积极向上的进取的印象,是一首格调高雅,耐人咀嚼寻味的咏菊精品。

王埜 生卒年不详,字子文,号潜斋,金华(今浙江金华)人。嘉定十三年(1220)进士。历官礼部尚书,江西转运副使,知隆兴府、移镇江府,沿江制置使、江东安抚使。宝祐二年(1254),拜端明殿学士,签书枢密院事,封吴郡侯。工诗,善书法。今存词三首。

西　河　天下事

王　埜

天下事,问天怎忍如此!陵图谁把献君王,结愁未已。
少豪气概总成尘,空余白骨黄苇。
千古恨,吾老矣。东游曾吊淮水。绣春台上一回登,一回揾泪。醉归抚剑倚西风,江涛犹壮人意。
只今袖手野色里,望长淮、犹二千里。纵有英心谁寄!
近新来、又报胡尘起。绝域张骞归来未?

【鉴赏】

这首词从词中“千古恨,吾老矣”看,当是词人的晚年之作。表现一个爱国老人忧国忧民的情怀。

“天下事,问天怎忍如此!”起句醒目突出,词人对苍天发问:怎忍心把天下事弄到“如此”地步!这里所说的“天下事”,即当时的国事。当时的国事到了什么地步呢?山河破碎,生灵涂炭,朝廷昏聩,志士抱负难展,国家处在风雨飘摇之中。词人看到这种惨痛的现实,不由得不提出这样的诘问,这是词人长期郁积于胸的忧愤的倾诉,也是词人炽热爱国情感的流露。“陵图谁把献君王,结愁未已。”关于献陵图事,据《续资治通鉴》第一六八卷载:理宗端平元年(1234),“诏遣太常寺主簿朱扬祖,閤门祗候林拓诣洛阳省谒八陵”,“甲戌,朱扬祖,林拓以八陵图上进。帝问诸陵相去几何及陵前涧水新复,扬祖悉以对。帝忍涕太息久之。”献陵图意在提醒人们不忘故国,早日恢复中原。可是现在又有谁能像朱扬祖、林拓那样,提醒君王不忘故土,抗敌复国呢?这样的人物不见了。想到这里,词人郁积于胸的忧愁,杳无尽头,“结愁不已”。“少豪气概总成尘,空余白骨黄苇。”由于南宋统治者置国家安危、民族生存于不顾,志士一腔报国的豪情壮志只好化作了尘土,最终老死荒丘。

换头处以“千古恨,吾老矣”承上启下。“千古恨”是紧承上文而来,是全词的点睛之笔,它概括了词人理想破灭的旧恨新愁。由于豪气化为尘,白骨委黄苇,这就给志士留下了永难弥平的终身之恨了。这里有身世之感,有家国之痛。加以现今已年老力衰,便更是感慨万千了。以下是一系列对往事的追忆。词人曾东游淮水,凭吊英雄;也曾登临江宁府(今南京)城内的绣春台,但每登每揾泪。“醉归抚剑倚西风,江涛犹壮人意。”词人登台独酌,借酒浇愁,面对凛冽的西风,倾听着如吼的惊涛的拍击声，频频抚着身边携带的宝剑。这一细节描写，再一次告诉人们，我虽年老，还愿发愤图强，为国效力！

然而尽管词人雄心未已，豪情满怀，眼前的现实却是“只今袖手野色里，望长淮、犹二千里。”词人不仅年老了，而且失势丢权了。据史载：“理宗宝祐三年(1255)签书枢密院事王埜罢。”(《续资治通鉴》一七四卷)他成了一个无法抗敌，只能袖手旁观的在野之人。这样一个被迫身居局外的人，纵有雄心壮志，又能托付给谁呢？真是报国无路，壮志难伸。“近新来、又报胡尘起。”指宋理宗端平元年蒙古灭金后，背弃前盟，大举攻宋。“绝域张骞归来未?”张骞，西汉人。武帝建元三年(前139)以郎应募出使月支，相约共同夹攻匈奴。途经匈奴时，被拘留十多年，后逃回，又以校尉从大将军卫青击匈奴，因骞知沙漠中水草所在，使军队不致困乏，有功封博望侯。在这国难深重的时刻，词人多么希望能有像当年通西域的张骞那样的人，联合一切力量，击败敌人，扭转危局啊！然而这种愿望能实现吗？最后留下了一个沉重的问号！真是言有尽而意无穷，耐人品味。

这首词抒发了一位爱国老人壮志未酬的情怀。全词以“恨”为轴心。词中充满了建功立业之情，苍凉沉郁之气，起句如奇峰突起，令人惊觉；结句动荡迷离，耐人寻味。可以看出词人布局谋篇的匠心。

哀长吉　生卒年不详，字叔巽，又字寿之，晚号委顺翁，崇安(今属福建)人。嘉定十三年(1220)进士。历邵武簿，靖江书记，归隐武夷。有《鸡肋集》，今存词六首。

水调歌头　贺人新娶，集曲名

哀长吉

紫陌风光好，绣阁绮罗香。相将人月圆夜，早庆贺新郎。先自少年心意，为惜嫦人娇态，久俟愿成双。此夕于飞乐，共学燕归梁。

索酒子，迎仙客，醉红妆。诉衷情处，些儿好语意难忘，但愿千秋岁里，结取万年欢会，恩爱应天长。行喜长春宅，兰玉满庭芳。

【鉴赏】

这首词，将一些词牌子，按照字面的意思串联起来，再加上一些补充词语或连接词语，表现出一个中心内容，“贺人新娶”。能做到毫不勉强，语言流畅，内容贴切，趣味盎然，确实是工力之作，难能可贵。

“紫陌风光好，绣阁绮罗香。”一路上美好风光，绣楼上香气浓郁。“相将人月圆夜，早庆贺新郎。”在人月共圆的良宵，新郎新娘，相搀相扶，举行庆贺新婚的礼仪。“先自少年心意，为惜殢人娇态，久俟愿成双。”新婚自然是年轻人的心愿，表现出缠绵悱恻的娇态，早已是渴望今天的成双。“此夕于飞乐，共学燕归梁。”在这里既是用了两个词牌子，又是用了两个典故。《诗经·邶风》里“燕燕于飞”。古诗中有“梁上有双燕”。这两句将典故、词牌、现场三者结合得这样巧妙，真是作者才赋天成，学力深厚的充分表现。上片词将风光、良宵，新人的喜庆气氛，写得很充分。

下片词，“索酒子，迎仙客，醉红妆。”联用三个词牌子，将美酒、佳宾、新人，一齐都表现出来。“诉衷情处，些儿好语意难忘”，只用两个词牌，再加上些补充词语，把新婚者的绵绵情意，又都表现出来了。“但愿千秋岁里，结取万年欢会，恩爱应天长。”这三个词牌，写出对新婚者的祝愿。“行喜长春宅，兰玉满庭芳。”“长春宅”“满庭芳”把新婚的环境写出来，简直是运用纯熟，堪称绝妙。读者不能不叹服词人运用词曲的学力深厚。现代电影流行，有的相声演员，将电影片名联成相声段子，也能逗得听众发笑，但是这充其量也只能算是文字游戏。

黄孝迈　生卒年不详，字德文，号雪舟。有词集《雪舟长短句》一卷，刘克庄暮年曾为作序，极赏其赋梨花、水仙及暮春等作，以为“叔原（晏几道）、方回（贺铸）不能加其绵密”。《雪舟长短句》已佚，《全宋词》辑得四首。

湘春夜月

黄孝迈

近清明，翠禽枝上消魂。可惜一片清歌，都付与黄昏。欲共柳花低诉，怕柳花轻薄，不解伤春。念楚乡旅宿，柔情别绪，谁与温存。

空樽夜泣，青山不语，残月当门。翠玉楼前，惟是有、一波湘水，摇荡湘云。天长梦短，问甚时、重见桃根。这次第，算人间没个并刀、剪断心上愁痕。

【鉴赏】

这是词人黄孝迈的自度曲，词牌即词题，与诗意完全吻合。

这首长调抒写词人羁旅途中的感怀，相当细腻而充分。上阕写黄昏时分的心情：时近清明，绿柳枝头鸣禽啼啭，令人心绪迷乱，黯然伤神；鸟儿叫得多好听呵，仿佛一片美妙的清歌。可惜它都付与了天色渐渐黑了下来的黄昏。这"可惜一片清歌，都付与黄昏"二句，属全词中的警句，词人不单单是写自然景象，而是以"翠禽"自况，慨叹自己的一片"清歌"只能付与这黄昏般的时代和阴影笼罩的社会。黄昏吞噬了鸟儿的清歌，社会湮没了词人的吟唱，自己的心声还能被谁注意、理解呢？想和柳絮低低地倾诉，又怕轻薄的柳絮不能理解自己深沉的伤痛；在这楚地异乡的旅栈孤栖独宿，满腔的柔情，满怀的别绪只有自家承受，有谁能给予一丝的温存慰藉？这里"柳花"又是一个比喻，一个象征，她也许是某一个轻薄的女子，无法理解词人襟怀，她的"温存"怎能抚慰词人的"柔情别绪"，反而使它更加强烈、执着……

下阕进一步抒写词人夜间独宿旅舍的情景和感怀：酒饮完了，一盏空樽放在面前；帘外青山朦胧阒寂，一钩残月当空，正对着门庭闪着幽幽的光辉。词人将"空樽""青山""残月"等意象都加以人格化：空樽因无酒而啜泣，青山因入梦而无语，残月因窥人而当门。这种拟人的手法其实都是词人孤寂心绪的外化，即作者主观情愫的对象化。

"翠玉楼前，惟是有、一波湘水，摇荡湘云"三句是词人目力与心绪的继续伸延：上句不是写到"残月当门"吗？从当着一钩残月的门口望出去，只见翠玉楼前的一泓清波在晴明的夜色中微微荡漾，波光摇着云影，使这幽静的夜更显得寂寥迷茫。词人连用两个"湘"字是为与上阕的"楚乡"相照应，更加突出自身"独在异乡为异客"的孤寂。在难堪的孤寂中，心儿自然要飞向故园、飞向亲人，怎奈天长梦短魂飞苦，从霎时的假寐中醒来，周围愈加充满失落的空虚……

最后词人直抒胸臆，发出了"问甚时、重见桃根"的呼唤。"桃根"一语系从晋人王献之《情人桃叶歌》中的"桃叶复桃叶，桃叶连桃根"而来。世传"桃根"为桃叶之妹，后多用以指情人。辛弃疾《念奴娇·西真姊妹》云："拾翠洲边携手处，疑是桃根桃叶。"史达祖《瑞鹤仙·馆娃春睡起》中又有句："谩相思桃叶桃根，旧家姊妹。”词人黄孝迈的思念不是他的情人，这愁情这思绪如密密的丝缕缠绕在他的心上无法摆脱。人间有并刀可以剪断三江水，可这愁绪即使用并刀也是剪不断、理还乱的呵！古时并州出产的剪刀以锋利著称，杜甫有诗云：“焉得并州快剪刀，剪断吴淞斗江水。”姜夔有词云：“算空有并刀，难剪离愁千缕”。黄孝迈末句之典即由此脱胎而来。

周晋 生卒年不详，字明叔，号啸斋，济南（今属山东）人。周密之父。绍定四年(1231)宰富阳。今存词三首。

柳梢青 杨花

周晋

似雾中花，似风前雪，似雨余云。本自无情，点萍成绿，却又多情。
西湖南陌东城，甚管定、年年送春。薄倖东风，薄情游子，薄命佳人。

【鉴赏】

杨花即柳絮，古往今来咏唱杨花柳絮的诗词可谓多矣。东晋谢道蕴“未若柳絮迎风起”系咏絮最早的佳句，有宋一代也有晏殊“梨花院落溶溶月，柳絮池塘淡淡风”和苏东坡“枝上柳绵吹又少，天涯何处无芳草”等涉及柳絮的美辞。

周晋的这首杨花词直以柳絮为描写对象，新清可爱，流畅蕴藉。词章一开始就连用三个比喻状写柳絮的形态：“似雾中花”，形容其朦胧缥缈；“似风前雪”，形容其飘逸漫卷；“似雨余云”，形容其轻柔淡远，如果说“似风前雪”还有一点袭用前人语意之嫌的话，那么另外两个比喻则完全是词人独特的想象和创造性的描写。以“雾中花”形容化物的当然很多，但以此比譬杨花的都甚为罕见。至于以“雨余云”比喻杨花的确系这位首创，而且十分贴切优美。

连用三个比喻状写杨花的形态之后，词人又用“无情”与“有情”来描写它的神态：杨花无根无系，随风飘荡，看来它实在是一种无情之物，它不眷恋谁，更不执著于谁；但是它又像是很有情有义的呀，它落在浮萍上，使水面呈现一片片、一丛丛新鲜可爱的绿，在遇到它的钟情者时，它也会迸发生命的力！（按：杨花乃柳树子所带的白色绒毛，因而也叫柳绵。在科学不发达的古代以为杨花落入水中可以使水面长出浮萍。这自然是一种误解，但不失为一种美好的想象。）

下阕又从别一角度描写柳絮杨花的命运:西湖,南陌,东城……随处都可看到杨花的踪迹。造物主似乎派给它一项专职任务:年年去管给春天送行,它是送春的使者,送走了春天它也就消失得无踪无迹。它好像被春风所遗弃,又好像它遗弃了春天——它既像薄情游子,又像薄命佳人。

看来词人这首词是借咏杨花,表现一种对人生的感叹:人,生活,既无情又有情,既薄倖人也被人薄倖,它飘忽迷离,为别人制造悲剧,自己也是悲剧命运。

当然这不是一首直接有所指的咏物诗。它写的是杨花,但又不仅仅是杨花,它可以使我们联想起人生和生活中的人,其高妙之处就在这似与非似之间,它在对自然物的咏叹中包含着深层的蕴意。这蕴意也是多义的,读者可以见仁见智,各有理解。

周弼 生卒年不详,字伯弜,汶阳(今山东汶上)人。文璞之子。嘉定间进士。曾为江夏令。有《汶阳端平诗雋》《三体唐诗》。今存词二首。

浣溪沙

周　弼

朴朴精神的的香,荼蘼一朵晓来妆。雏莺叶底学宫商。
著意劝人须尽醉,扶头中酒又何妨!绿窗花影日偏长。

【鉴赏】

这是作者的一首借景感怀之词,抒发作者政治抱负不得实现的感慨和愤激。

上片着力写景,以做下阕咏怀的反衬。"朴朴精神的的香。"开首一句即不同一般,一般的写景诗词都是先写人们的视觉景象。然而这一句是从味觉写起,突出一个"香"字,并从香中见出精神。一个人漫步在百花争妍斗丽的花园中,香气扑鼻而来,沁人肺腑,怎能不被这浓郁的香气所陶醉呢?尽管作者在句中并没有提到"花",但那令人销魂的香气已能使人联想到百花吐蕊的胜景,真乃"笔未到而意先吞。"再看满园花朵,经过一晚上露水的滋润就像早上起来梳妆打扮过一样。作者用荼蘼花代百花,用"一朵"而不用"无数朵",都是以特景写全景,描绘出所处环境的阒寂。在这里,荼蘼花已开,正值春去夏来之际,词人惜春伤怀,流露出淡淡的哀愁。这时,雏莺的叫声响了,这些出世不久的小莺悠闲地站在花枝上学着唱歌。"宫商"在这里代指乐调,即黄莺的鸣叫。百花开得如火如荼,雏莺引吭歌唱,给这

幅静寂的风景画注入了生命的活力，把人们引入了一个鸟语花香的世界。本阕上两句写静景，第三句转为写动景，可谓寓静于动、动静相宜。

下片前两句抒怀，最后一句转而写景，而景中含情。在那令人神往的美境中，作者的心情是怎样的呢？当时的社会黑暗而腐朽，有才之士得不到赏识，作者的政治抱负不能实现。于是，作者发牢骚道："著意劝人须尽醉，扶头中酒又何妨！"作者以一个过来者的身份奉劝大家，在如此令人陶醉的景致中尽情地放歌纵酒吧，即使喝醉了也没有什么妨碍。什么功名、什么抱负、什么理想、什么事业，可一概置之脑后。作者虽然没有用华丽的辞藻，但其感情表达得淋漓尽致，颇见淡语写浓情之妙。最后"绿窗花影日偏长"一句，作者又转而写景，又以景托情。意思是说时间已不早了，太阳照射在花上的影子都变长了。这说明作者确实被这胜景所吸引，时间如此之晚，他却浑然不觉，实质上是忘世之情的表现。

全词以景——情——景为结构，开端以景起，中间抒重情，最后以景结。作者的用意并不是描绘景色何等绚丽，而是景中含情，情中带景，景与情浑然一体，达到了完美的融合，这也是本词一个最大的艺术特点。此词另外一个特点是层次清楚、脉络分明，作者直抒胸臆，于典丽精工之中见跌宕回旋之势，得兴寄遥深之旨。

赵崇嶓 （1198～?）字汉宗，自号白云山人，南丰（今江西南丰）人。商王元份八世孙。嘉定十六年（1223）进士。授石城令，改淳安令。官至大宗正丞。工文字学，善书法，笔法遒劲。有《白云稿》。

清平乐 怀人

赵崇嶓

莺歌蝶舞，池馆春多处。满架花云留不住，散作一川香雨。

相思夜夜情悰，青衫泪满啼红。料想故园桃李，也应怨月愁风。

【鉴赏】

赵崇嶓是南宋嘉定十六年(1223)进士，曾当过石城令，官至大宗正丞。这首词大约是他青年时代功名未就时的作品。

当时词人客居他乡。那正是春光明媚的销魂时分，绿杨烟外莺啼婉转；百花丛中蝶舞蜂飞，池边的客馆前洋溢着浓浓的春意。"池馆春多处"中的这个"多"字，看似平常，实则用得非常贴切，恰到好处，较之"浓""满""密""繁"等字眼，实在准确得多，而且有着一种内涵丰富、独特的新意。

接下来，词人用"满架花云留不住，散作一川香雨"二句，描写暮春落花成阵的景象也显得十分新颖、工巧。词人把满架茂密的繁花比作一片美丽的彩云，把落到水面的片片花瓣比作"一川香雨"，这就不仅使这被历代多少文人写尽写滥了的关于落花的描写获得了形象上、语言上的新意，而且在"花云"与"香雨"这两个比喻物间找到了内在的联系：有"云"才会落"雨"，有"花"才会有"香"，因此这前后两句虽然造语工巧，但读来顺畅自然，不露斧凿之痕，不给人刻意求新之感。

在上阕写了词人客居所见的情景之后，下阕便顺势抒写自己客中的情怀。"相思夜夜情悰"，"悰"，特指欢悰，即欢情，谢朓《游东田》诗云："戚戚苦无悰，携手共行乐"，这里词人是抒写自己对所怀之人"夜夜相思"，只有在梦中才能重温昔日相聚相伴时的欢情。梦中的欢情是虚幻、短暂的，梦醒之后带来的是更加失落的悲哀，因而便泪湿青衫，襟满"啼红"了。"啼红"乃"啼血"之别称。古谓杜鹃鸟啼至出血乃止。词人把自己比作啼声悲老的杜鹃，这斑斑泪痕不正像是杜鹃啼鸣的血痕吗？而且杜鹃又是相思鸟："杜鹃声声，只唤不如归去。"它又是思归的象征，词人把自己暗比作杜鹃，也正蕴含了这两层意思在内。

最后两句乃是词人展开想象的羽翼，设想所怀之人在家乡、在故国对自己的思念。古典诗词中常有写己怀人却言对方怀己的篇什，如杜甫《月夜》本系怀念妻子，却言妻子怀念自己："今夜鄜州月，闺中只独看。香雾云鬟湿，清辉玉臂寒……"这样就把怀念之情写得更深更切。这里也是用的这一手法："料想故园桃李，也应怨月愁风"，不同的是词人不直写所怀之人怀己，而是运用借喻，以桃李隐譬所怀之人，人愁人怨以至连院中的桃李也都愁怨起来了，这便把人衬托得更加愁苦、幽怨。为何愁为何怨？不是愁风也不是怨月，而是愁己离家，怨己不归，己怀人却言人怀己，这就把词人自己思家怀人之情写得更深、更切、更难于忍受了。

方岳

(1199~1262)字巨山，号秋崖，新安祁门(今属安徽)人。理宗绍定五年

(1232)进士,曾为文学掌教,后任袁州太守,官至吏部侍郎。因忤权要史嵩之、丁大全、贾似道诸人,终生仕途失意。工于诗,多描写农村生活与田园风光,质朴自然。其词多抒发爱国忧时之情,风格清健。著有《秋崖集》四十卷,词集有《秋崖词》。

水调歌头

方岳

秋雨一何碧,山色倚晴空。江南江北愁思,分付酒螺红。芦叶蓬舟千重,菰菜莼羹一梦,无语寄归鸿。醉眼渺河洛,遗恨夕阳中。

苹洲外,山欲暝,敛眉峰。人间俯仰陈迹,叹息两仙翁。不见当时杨柳,只是从前烟雨,磨灭几英雄。天地一孤啸,匹马又西风。

【鉴赏】

方岳,安徽祁门人。生于南宋宁宗庆元五年(1199),绍定五年(1232)登进士第,做过吏部侍郎和饶、抚、袁三州知州等官。从这首词中看,他是有收复中原之志的。全词表现了一种壮志未酬的苦闷心情。

本词一开始,就展现了一幅江南的秋景:"秋雨一何碧,山色倚晴空。"寥寥两句,就把江南秋日雨天和晴天的特色呈现于读者眼前。以"碧"形容秋雨,这是词人的独创,一则写出江南的秋日依然一片青绿,连下的雨都映成碧绿的颜色,二则写出秋雨过后,山色、田野都变得更绿,仿佛为碧绿的雨丝染过似的,这就自然引出"山色倚晴空"这样的晴昼景色。南国的秋并不如北国那样凄凉萧索,但词人的愁情却弥漫在"江南江北",这就表明他的愁不是由自然景色引起的一般性的悲秋,而是另有原因。"江南江北"四字正是这愁的原因,怅望江南,偏安一隅;放眼江北,沦于敌手。江山社稷正处于内忧外患之中,哪能不令人愁?"分付酒螺红"即借酒浇愁之意,"螺红"乃是一种酒的名字。"芦叶蓬舟千重"表明词人正在行旅途中,蓬舟一叶穿过重重芦叶漂泊于江湖之上,菰菜莼羹的美味仅存于昔日的记忆之中。抬头仰望南归的大雁,因事业无成,壮志未酬,无语可寄;醉眼朦胧中北望黄河、洛水,缥缈难见,大好河山不能恢复的遗恨只能沉浸在眼前的夕阳之中,"夕阳"这既是诗人眼前的景象,又是南宋小王朝的象征。"遗恨夕阳中"是一句多么沉痛、深刻的警句呵!

下阕依然是眼前景物与内心情绪的交织。诗人在江上漂泊,回眸苹洲之外,暮色四面袭来，几乎溶尽了山影，山似眉峰皱，山峰与诗人的眉头一样都在愁苦中紧蹙。“人间俯仰陈迹”用的是王羲之《兰亭集序》的典故，言光阴倏忽，人生短暂，“俯仰之间已为陈迹”，慨叹自身盛年易逝，事业无成，转眼之间年华老大，壮志即尽付东流。“不见当时杨柳”以下三句亦是时光荏苒，世事推移，人寿难久之意。英雄豪杰尚且随着时光的流逝而磨灭，何况我辈？最后词人发出“天地一孤啸”的长叹：茫茫天地之间，只有我一人如此长啸浩叹，而叹有何用，啸又何益？明天还是得迎着西风匹马踏上人生的征途，跋涉长驱！这又表现了诗人一种明知不可为而为之的勇气，一种虽九死而未悔的韧性和顽强毅力！

楼槃　生卒年不详，字考甫，号曲涧。宝庆初，官庆元府学教谕。今存词二首。

霜天晓角　梅

楼　槃

月淡风轻，黄昏未是清。吟到十分清处，也不啻、二三更。
晓钟天未明，晓霜人未行。只有城头残角，说得尽、我平生。

【鉴赏】

这首词描绘了词人彻夜苦吟的感受和心情。

世界之大，人各有志。有的人以功名利禄为乐，有的人以醇酒妇人为乐，而有的人则以读书笔耕为乐。我们面前的这位词人就是以吟诗填词为乐。吟诗作词自然是一种绞脑滴肝的苦差事，因为它是创作，是不能重复别人也不能重复自己的创造性的劳动，但正因为如此，它才其苦无穷，其乐也无穷。当诗人看到他经过产妇临盆似的痛苦而生出的宁馨儿——作品时，他的欣慰和愉悦是其他任何快乐都无法相比的。

我们的这位词人，面对一株寒梅，产生了咏赞它的感兴，他从“月淡风轻”的“黄昏”开始构思，推敲，写出了初稿，但他还觉得未达到“清澈”的意境；于是他又继续斟酌、修改、增删，润色，一直吟到深夜二三更即快到子夜之时方觉得差强人意；要真达到“十分清处”，那还不只在二三更就能罢休，还得再继续苦吟。创作的极境是无限的，只有具有那种“语不惊人死不休”的认真顽强精神的作者，才能达到意足神定的至境！这里“也不啻”三字加得极好，它模糊了何时才能“吟到十分清处”的界限,不确定地指明至少得到“二三更”才能使这首咏梅诗的意境达到或接近“清”的水平。没有亲身有过丰富的创作体验和遍尝创作甘苦的人是绝不会写出这样有分量的句子来的。

下阕侧重表现词人彻夜创作苦吟的心情:诗人苦吟到四更五更,其时晚钟已阵阵敲响,然而天色尚未发亮;早晨的霜花已敷上四野,布满小路、小桥,而早行者尚未踏上他们的脚印。只有城头的号角在悲凉地吹,那在寂静中震颤的乐声似乎能诉说词人心底的哀伤,倾吐他平生的积郁……

常言道:不平则鸣。诗人苦吟,定然是为倾泻心中的块垒,做一种痛苦的释放和积郁的宣泄。诗人彻夜苦吟,尽管已达到“十分清处”,有创作的欢乐可以补偿,但释放、宣泄之后,新的痛苦和积郁又爬上他的心头,塞满他的灵魂,这时只有城头的画角声能与他的心弦共振,这声音正好像诉说他悲怆的平生。

诗人的心,总是痛苦寂寞的!

赵孟坚 (1199~1296)字子固,号彝斋,海盐(今浙江海盐)人。太祖十一世孙,以父荫入仕。宝祐三年(1227)进士。历官集英殿修撰,知严州,迁翰林学士承旨。善笔札,工诗文。有《彝斋文编》。

朝中措 客中感春

赵孟坚

抬头看尽百花春,春事只三分。不似莺莺燕燕,相将红杏芳园。
名缰易绊,征尘难浣,极目销魂。明日清明到也,柳条插向谁门?

【鉴赏】

这是一首在漂泊行旅中有感于春天的词。春天,本来是一年中最美好的季节:风和日丽,光明温暖,杨柳吐绿,百花盛开。由于大自然的绚丽,人们的心情也应朝气蓬勃,开朗愉快。但是对背井离乡、抛别亲人的行旅者来说,由于心情的悒郁,春光也为之减色黯然。“担头看尽百花春,春事只三分”,说的就是春天行旅者的情怀:词人一路上看尽了盛开的各种各样的花,但十分的春光在自己的眼中和心里却只有二、三分,大部分的春光都被愁闷和烦忧所消解了,这种感受我们每个人几乎都体味过,但用这样朴素、浅近的语言将其准确地表达出来的,却似不多见。更突

出的是“抬头”二字，这不仅点出了抒情主人公身在旅途，而且体现出了行旅者的身份、境遇，他不是骑马游春的贵公子，更不是驱车、乘轿观光的显达者，而是一个肩挑一卷寒伧行李的穷书生，或者有一位小小的书僮替他挑着，那说明他也不过是家中略有薄产的秀才郎前往远离山中的京城求取功名。

下两句“不似莺莺燕燕，相将红杏芳园”，更进一步点明词人的境遇和行旅跋涉的艰辛。作者不从正面直说他的苦衷，而是借助一个意象群，从反面比喻自己在人生的路上的奔波：我不像那在明媚的春光中轻松欢快地飞翔的莺儿和燕子呀，它们相依相伴、互相追逐着在“红杏枝头春意闹”的芳园里无忧无虑地飞来飞去，饱享春天的幸福，而我却是一步步、一天天在漫长的旅途中餐风饮露、昼行夜宿呵……

有了这样含蓄的描写和充分的铺垫，下阕的抒发感怀就有了一个顺理成章的基础：“名缰易绊，征尘难浣”，这声感叹饱含着多少辛酸和苦涩！作者明知名缰利锁的噬人毁性，却又摆不脱它的羁绊和诱惑，他不假清高，自诩超脱，而是坦率承认自己无法不陷于功名利禄的缧绁之中。一个“易”字道尽了人人都难于逃脱功利的圈套和蛊惑，而“征尘难浣”又形象地、象征地写出人生行路难的无奈和必然。在这样的心境中，极目远望前路，自然更黯然销魂；忽记起明日又是清明，思乡念故之情便更加痛切。这痛切之情如何表现？词人用“清明插柳”的风俗构成一个意境：故乡明日插柳唯我不在，异乡明日插柳我该插向谁家。这与王维“遍插茱萸少一人”内蕴相似，却又迥然不同：王维是由异地想故乡——“遥知兄弟登高处”，而本词是由故乡想异地——“柳条插向谁门？”二者各擅胜场，异曲同工。

陆叡　(？～1266)字景思，号云西，会稽(今浙江绍兴)人。绍定五年(1232)进士。淳祐中沿江制置使参议。宝祐五年(1257)，自礼部员外郎除秘书少监，又除起居舍人。后历官集英殿修撰、江南东路计度转运副使兼淮西总领。今存词三首。

瑞鹤仙 梅

陆叡

湿云粘雁影，望征路愁迷，离绪难整。千金买光景。但疏钟催晓，乱鸦啼暝。花惊暗省，许多情、相逢梦境。便行云、都不归来，也合寄将音信。

孤迥。盟鸾心在，跨鹤程高，后期无准。情丝待剪，翻惹得，旧时恨。怕天教何处，参差双燕，还染残朱剩粉。对菱花、与说相思，看谁瘦损。

【鉴赏】

陆叡系绍定五年(1232)进士，曾做过沿江制置使参议、礼部员外郎、秘书少监、集英殿修撰、江南东路计度转运副使兼淮西总领等高官。此首看来是他青年时代的作品。

此词营造的是一派凄迷、悲凉的意境，融注于意境中的是词人一种烦乱、忧伤、悒郁的心情。他大约是刚刚离开家乡，奔波在千里迢迢的旅途。望长天灰云漫漫，一行大雁正如自家一样唳声哀哀地飞向远方的空茫。“湿云粘雁影”中的“湿”“粘”二字用得十分绝妙。云湿，意味着将要落雨，它能将雁影“粘”住，表明雁飞得无力而缓慢，其实这都是词人眺望云空雁阵时的一种主观的感觉，这种感觉是独特的、准确的，因而当他用一个千锤百炼后的“粘”字将这种感觉贴切地表现出来时读者就觉得非常新颖、触目，立刻就和自身曾经有过的体验发生共鸣，不禁击节叫绝。

仰望云天之后，词人便放眼前瞻，前面长路漫漫，征尘迷漾，“愁远”之情自然又涌上心来。家乡是一步比一步离得远了，亲人的面影，昔日的温馨纷乱如丝地在自己的心头缠绕着，剪不断，理还乱，又怎能整出个头绪来呢?

以下词人继续抒写旅途的辛劳和感怀。“疏钟催晓，乱鸦啼暝”二句写出他晓行夜宿的情状，清晨晓钟催他出发，黄昏乱鸦迎他寄宿。一个“催”字点出千金难买的光阴之倏忽不停；一个“啼”字点出在昼逝夜来的匆促行旅中心情之哀伤如乱鸦的悲鸣。其实“疏钟”也无所谓“催晓”，“乱鸦”也无所谓“啼暝”，这“催”与“啼”不过是诗人的一种感觉，一种内心情绪的外化，是诗人主观情绪对客观外界景物的渗透。“花惊暗省”以下数句是诗人在行旅的寂寞中对昔日欢情追忆与眷恋，诗人与新欢的相逢只能在梦中恍惚的瞬间；而音书的久杳则更增添了心中的幽怨与怅恨……

下阕进一步抒写词人客居异乡的情怀。“孤迥”二字是一个总的概括，“迥”

者，深远也。孤寂因离家愈远而愈深，真乃“离恨恰如芳草，更行更远还生”者也。“盟鸾心在”数句表明词人盟誓之心不变，但毕竟不能如仙人似的跨鹤出世，在茫茫红尘之中前程尚难逆料，情丝还是趁早斩断为好；然而正待剪时，反而惹得旧情更浓，怀恨更炽。这样就把词人对恋情欲罢不能的矛盾心情表现得淋漓尽致。“怕天教何处”三句是一个诗意的象征和哲理性的感喟，从字面上说，诗人是吟叹无论在什么地方，只要有双飞的燕子，就难免衔落花染蕊粉；实际上是指人，都难于逃脱男女之爱，而一旦为爱所持，便难于摆脱相思之苦，这是古往今来人类注定的宿命。因此接下来词人便在想象中遥对他的所思者说：“咱们都对着菱花镜瞧瞧吧，看谁在相思中瘦得最厉害？在外漂泊的我一点都不比你少瘦呵！”看来词人陆叡实在是位情种，他的痴心并不比他闺中的所爱差呀！

许棐 （？～1249）字忱父，自号梅屋，海盐（今属浙江）人。理宗嘉熙中，隐居秦溪。多与江湖派诗人交游，诗风亦接近，多咏歌闲适、摹写山林。词共十八首，都是小令。有《梅屋诗稿》《献丑集》，词有《梅屋诗余》。

喜迁莺

许棐

鸠雨细，燕风斜。春悄谢娘家。一重帘外即天涯，何必暮云遮。
钏金寒，钗玉冷，荡醉欲成还醒。一春梳洗不簪花，孤负几韶华。

【鉴赏】

在古代文学作品中有不少是描写文人与妓女相恋相爱的，这在唐宋传奇故事中已屡见不鲜；汉唐以来的诗歌中也不止凤毛麟角。这首词从女性的角度描写一位妓女的爱情心迹的，因为是由隐居青溪的大文人许棐先生所写，这就少不了与文人的瓜葛。

这里我们首先要端正个观念：妓女是会有爱情的，而且能爱得深沉，爱得真挚。这是因为她们也是人，因而就具有共同的人性；特别是那些初入青楼的青年女子更具有纯真的天性和固有的良知。

许棐笔下的这位青楼小姐那天正在阁楼上悄悄地、静静地躺着，窗外下着霏霏的春雨，斑鸠在雨中驱赶着他的配偶（宋人陆佃《埤雅·释鸟》："鹁鸠灰色无绣项，阴则屏逐其匹，晴则呼之。语曰：'天将雨，鸠逐妇'者是也。"），燕子则在微风细雨中斜斜地翩飞，玩弄着它轻盈矫健的翅膀（杜甫有"细雨鱼儿出，微风燕子斜"的名句）。她静静地悄悄地躺着，眼睛却怔怔地望着帘子外面的天空和天空中落着的霏霏细雨，她是在思念一个人啊，她的思绪已飞得很远很远，她心灵的眼睛随着思绪的飞翔在寻找那个人，却没有找到，于是她心里默默地慨叹道（也许是词人替她慨叹吧）：这一重帘子已把我和他隔成万里天涯，天空的暮云呵，你何必再把他的影子遮挡？"一重帘外即天涯，何必暮云遮"这真是两句绝妙好词，它比咫尺天涯更形象，更有规定性，而且具有意境，从中我们不仅能想见被思之人在天涯、云外漂泊的身影，而且能感觉到所思之人思绪翅膀的飞翔和心灵之眼的寻找求索。

与"鸠雨细，燕风斜"相呼应，下阕开始便拈出"钏金寒，钗玉冷"，二者不仅对仗工巧，而且音韵相和、节奏调谐。春夜清寒，落雨之夜更为凄凉，"钏寒钗冷"，既写出了环境氛围的清冷，也写出了人物心情的凄楚。适才"三杯两盏冷酒，怎敌它晚来风急"？薄醉而醒更觉寒恻。末二句"一春梳洗不簪花，孤负几韶华"是美人在薄醉醒来后于耿耿不寐中对远去的他的默默的倾诉，亦即抒情主人公内心衷曲的流露：整整一春天天梳洗而不簪花，一则表明她心情寂寞没有情绪打扮，二则表明她心无旁骛，一心念他，此情此心何等专注执着，即使辜负多少韶华青春也在所不惜。

最后我将回答读者在开始时就会提出的问题："你怎么知道这首词是写妓女的？"因为其中有"春悄谢娘家"等字。谢娘者何？《世说新语·识鉴》："谢公在东山香妓，简文曰：'安不必出，既与人同乐，亦不得不与人同忧'。"刘孝标注："宋明帝《文章志》曰：（谢）安纵心事外，疏略常节，每香女妓，携持游肆也。"后世称妓女为"谢娘""谢娥"本此。

后 庭 花

许棐

一春不识西湖面，翠羞红倦。雨窗和泪摇湘管，意长笺短。
知心惟有雕梁燕，自来相伴。东风不管琵琶怨，落花吹遍。

【鉴赏】

这首词也是写一位独守空闺的少妇思远怀人的情愫。词人仍以少妇的口吻，女性的角度展露抒情主人公的心曲，而实质上是词人设身处地的一种体察性的描绘，亦即词人情感在描写对象上的投射和渗透。

上片先从春游说起。我们的女主人公因为良人离家远行，无心绪去风光旖旎的西湖春游。"一春不识"，涵盖了整个一个春天都未出游；而"不识西湖面"则把西子湖人格化了。"翠羞红倦"乃"羞翠倦红"之意。这位少妇本来是花容月貌可以与绿叶红花匹敌的，但因心绪不佳，面色无华，因而羞见绿叶，倦赏红花。这是从一个层面、一个角度表现了女主人公郁郁心情。

接下来，词人又从另一个角度、另一个层面表现她的情绪："雨窗和泪摇湘管，意长笺短"。在下着霏霏细雨的窗前，这位少妇在给良人写信，她含泪摇着笔管将自己的情思倾吐在纸上，然而意长笺短，言不尽意，心中的万语千言只能略表一二。这里的"湘管"是指笔管乃由湘妃竹所制。相传大舜南巡不归，其二妃娥皇、女英（帝尧之二女）日夜哭泣，泪洒于竹，竹尽成斑。因而"湘管"也包含悲苦、垂泪之意。"雨窗和泪"已够悲矣（天泪与人泪合一），再加之湘妃之泪，三泪交融，少妇心境之悲表现尽矣！这是第二个层面。

下片前两句乃第三层面：少妇之心唯有雕梁之上的燕子理解。这表现了女主人公是寂寞的，空房只有燕子相伴；同时也说明女主人公是贞洁的，她从不招蜂惹蝶，每天和她在一起的只有梁上燕；再者表明孤高的、内向的，她不与凡人为伍，只与紫燕为友，向它倾诉心曲。

最后两句展示了女主人公内心世界的第四个层面：她通晓音律，善弹琵琶，她把自己的哀怨诉诸其弦：她怨时光的流逝，红颜的短暂，希望春光较长地留在人间；然而东风无情，它不管琵琶的哀怨，仍吹走了春光，把落花吹得满地都是。这落花岂不是自己青春的象征吗？她哀叹自己的美丽年华就这样在离愁别恨中匆匆凋零，等闲消逝……

"西湖"——"湘管"——"梁燕"——"落花"，词人就是通过这四个意象段，多方位、多层面地展示了抒情主人公的内心世界，描画出一条具有个性特征和特定情境的人物情感律动线。

德祐太学生 生平不详。

祝英台近

德祐太学生

倚危栏，斜日暮，蓦蓦甚情绪？稚柳娇黄，全未禁风雨。
春江万里云涛，扁舟飞渡，那更听，塞鸿无数。
叹离阻！有恨流落天涯，谁念泣孤旅？满目风尘，冉冉
如飞雾。是何人惹愁来？那人问处？怎知道愁来不去！

【鉴赏】

这首佚名太学生的《祝英台近》，是在抒发江山飘摇之慨、身世流落之叹。

德祐是南宋恭帝赵㬎的年号，恭帝在甲戌年(1274)七月继位，次年(1275)改咸淳为德祐，到丙子年五月端宗赵昰立，改元景炎，德祐年号使用的实际时间是一年多。由此可知这首词是写于乙亥年春。

当时南宋王朝已到了风雨飘摇日暮途穷的境地。元朝忽必烈的大军已经先后攻破了南宋抗元最重要的军事重地樊城和襄阳，回回炮所向披靡，元朝大将伯颜正乘胜率军东下，分道攻宋。

词的上片可以分为三层。第一层“倚危栏，斜日暮，蓦蓦甚情绪”。点明词人所处的具体环境和心绪。他无依无助地靠在高高的栏杆边，凝视着劳累无力的夕阳一点点无可奈何地西沉，神情恍惚，思绪异常纷乱。一个“甚”字既是有疑而问，自己也说不清自己的情绪是什么样的；又是愤激的反问，这是一种怎样糟糕的情绪呢？这是总写，为下面的分述张目。

第二层，是对南宋国势的无奈。“稚柳娇黄，全未禁风雨”。是实写，更是影射。稚嫩的弱柳，发黄的花草，根本无法抵御强劲风雨的袭击。从当时的国政来看，作为一国之君的恭帝赵㬎，只不过是个乳臭未干，一无所知的五岁幼童，而临朝执政的是被尊为太皇太后的谢道清，已是一个老态龙钟已近八旬的妇人。江山万里交给这样的“稚柳娇黄”，岂能抵挡住元兵的猛烈进攻？

第三层是对侵略战争的万分忧虑和对人民的同情。“春江万里云涛，扁舟飞渡，那更听，塞鸿无数。”“春”进一步点明时间，“江”指长江。万里云涛，扁舟飞渡，指元军攻势极大，行动神速。早在六十年代，由于不堪忍受贾似道的打击，泸州守将刘整降元后，忽必烈采纳刘整献计，就定下了先取襄阳，再由汉水入长江，沿江东下，直取临安的灭宋策略。今天果然万里军帆，如云如涛，冲向临安。而战乱之中，流民四散逃亡。其中大部分南逃，希望寻求庇护。词人目睹流民遍野，真是惨不忍

睹。上片三层,从南宋统治者、元军、难民三个方面,表现了词人在江山易帜之际深切的忧国忧民的思想感情。

词的下片结合自己的身世,反映了战争给人民造成的灾难,表现了对卖国投降派的深恶痛绝。

"叹离阻!有恨流落天涯,谁念泣孤旅?"由于战乱,词人宁静的太学生生活也被打破,不得不混在难民的队伍中东撞西奔,离别了校园,离别了家园,流落到天涯海角。"阻"是阻隔,消息不通,战争的进程不知底细,家人亲朋也杳无音讯,独自一人,在孤馆中暗自落泪。"谁念"是反问,表现了词人对侵略战争的强烈义愤,更表现了对南宋国势微弱挡不住元军铁骑的慨叹之情。这是第一层。

第二层是对战争气氛的进一步渲染。征尘纷纷,满目皆是,就像云雾一样四处飘散。这是一个承上启下的句子,承上接写到处战云弥漫,自己的流浪生活何时才能结束呢?启下追寻失败的原因,是谁招惹了这场无尽的灾难呢?

第三层,"是何人惹愁来?那人问处?怎知道愁来不去!""何人",据《重刊湖海新闻夷坚续志·后集》注是"贾出",意思是贾似道出发前方,督师失败,招来了这场灾难。其实这种理解是比较偏狭的。宋元大战的失败,并非由贾似道一次兵败所酿成,而是同贾似道长期专权和专权后实行的投降路线分不开的。同时也与南宋历代君王软弱无能,宠信议和派不无关系,那些叛将奸臣也有不可推卸的责任。贾似道借宋理宗贾贵妃之力,以右丞相领兵救鄂州时,就背着朝廷,以割地称臣,岁贡银绢二十万的条件换取元军北撤,使忽必烈北向安然地去夺皇位,自己却诈称得胜,但鄂州及其他地区的备战却非常懈怠。后来,又私扣元使郝经,给元蒙以口实,对内则推行"打算法""公田法",打击地方军事统帅于危难之际,收购贱价土地于存亡之时,致使军心分化,阶级矛盾加深,不少将帅投降蒙军。鄂州守将吕文德被收买,允许元军在樊城外设榷场通商,实际是建立据点,泸州守将刘整则叛宋降元,向忽必烈进献攻宋方略。所以,对"何人"的理解应该宽一些。哪里知道,请神容易送神难,元蒙的妖氛到了不可排遣的地步。

生活与文学,直露与含蓄,判断与隐讳之间的相对与相趋,迫使作者在表现特定社会生活和思想感情的时候,运用了象征手法。斜日与国势,稚柳与幼帝,娇黄与太皇太后、风雨与侵略、云涛与敌情、塞鸿与流民、风尘与战云、惹愁与招致兵祸之间,都存在明显的对应象征关系。这就使词的抒情方式在明朗中有了曲折,在暗示中有了提醒,从而提高了政治抒情作品的艺术品位。

赵希蓬 生卒年不详,一作希逢。宋宗室。理宗淳祐间,以从事郎为汀州司理。与华岳合撰《华赵二先生南征录》,已佚。存词十八首。

满 江 红

赵希蓬

劲节刚姿，谁与比、岁寒松柏？几度欲、排云呈腹，叩头流血。杜老爱君□谩苦，贾生流涕衣空湿。为国家、子细计安危，渊然识。

英雄士，非全阙。东南富，尤难匹。却甘心修好，无心逐北！螳怒空横林影臂，鹰扬不展秋空翼。但只将南北限藩篱，长江隔！

【鉴赏】

这首词是和华岳韵的，见《全宋词补辑》，原据《诗渊》辑录。华岳是宋宁宗时的武学生，有志恢复中原，曾作了一首《满江红》：

庙社如今，谁复问、夏松殷柏？最苦是、二江涂脑，两淮流血。壮士气虹箕斗贯，征夫汗马兜鍪湿。问孙吴、黄石几编书，何曾识！

青玉锁，黄金阙。车万乘，骓□匹。看长驱万里，直冲燕北。禹地悉归龙虎掌，尧天更展鲲鹏翼。指凌烟去路复何忧，关山隔。

末韵依词意当读作"指凌烟去路，复何忧关山隔"，表示恢复必成，功业必立，无可阻挡之意。当时韩侂胄当政，欲建立盖世之功以巩固其权位，在力量未足、准备不周的情况下，急于出兵伐金。华岳却以为不可。开禧元年(1205)四月，他上书宁宗，谏阻仓促用兵。此书载于《宋史·忠义·华岳传》，大意是说此时百姓未安，士气未振，且韩侂胄非宜于主此事之人，所信任皆贪懦无用之辈，"虽带甲百万，馈饷千里，而师出无功，不战自败。"书奏上，侂胄大怒，逮捕华岳，发往建宁(今福建建瓯)编管，囚于狱中。开禧二年五月开始的北伐战争很快就失败了，金兵反扑至长江边，大肆掳杀，并以战迫和，向南宋提出割两淮，增岁币及犒军金帛，割韩侂胄首级(周密《齐东野语》卷三《诛韩本末》)。在金人胁迫下，宋廷派出使者议和，接受金人的要求，函送韩侂胄首级以赎淮南地。这场"开禧北伐"的悲剧于此告终，充分证实了华岳预见的正确。

华岳的词大约是作于北伐的前夕，词中没有反映战时战后一系列情事。赵希蓬和词当是写于北伐失败以后、韩侂胄被杀之前。词的上片高度赞扬了华岳的忧国赤诚与谋国识见。"岁寒，然后知松柏之后凋也。"(《论语·子罕》)华岳因直言极谏而遭祸，战争失败证明了他是正确的。华岳在上书的结尾写道："事之未然，难以取信。臣愿以身属之廷尉(掌刑狱之官),待其军行用师,劳还奏凯,则枭臣之首,风递四方,以为天下欺君罔上者之戒;倘或干戈相寻,败亡相继,强敌外攻,奸臣内畔,与臣所言尽相符契,然后令臣归老田里,永为不齿之民。"谋国以忠,不计较死生得失,词言"劲节刚姿"谓此。"几度欲、排云呈腹,叩头流血",说华岳不止一次想向皇帝披肝沥胆,贡献意见(排云谓直上云天,即上朝)。但是却横遭迫害,一腔忠诚无人理解。作者将华岳比作忧国忧民的杜甫、贾谊,尤其比作贾谊是颇为切合的。年轻的贾谊在上给皇帝的奏疏中痛切地说:"臣窃惟今之事势,可为痛哭者一,可为流涕者二,可为长太息者六。"(《治安策》)条分缕析,慷慨激昂。"杜老爱君",终生流落;"贾生流涕",反被放逐;为国家仔细计安危、识见渊深的华岳竟身陷缧绁。这是爱国者的悲剧。"□(似可补'心'字)谩苦""衣空湿",作者深深为之痛惜。

下片由华岳的遭际联想时局,感到十分愤慨。"英雄士,非全阙。东南富,尤难匹。却甘心修好,无心逐北。"像华岳这样识见渊深的人南宋还有不少,东南财富更是甲于天下,而朝廷却弃之不顾,觍颜媚金。南宋朝廷有一个论调:"吴楚之脆弱不足以争衡于中原"(辛弃疾《美芹十论·自治第四》引)。"英雄士"诸语就是对这种论调的正面驳斥,这正好利用了《满江红》词过片的短句排偶,声情显得异常激烈。"螳怒"出于《庄子·人间世》:"汝不知夫螳螂乎?怒其臂以当车辙,不知其不胜任也。""鹰扬"谓如鹰之奋扬,本于《诗·大雅·大明》,辛弃疾曾用之激励韩侂胄北伐:"维师尚父鹰扬,熊罴百万堂堂。"(《清平乐》)而韩侂胄之辈简直将战争当作儿戏,一触即溃,再无可贾的余勇了。就在这种情况下,南北议和,金人竟至要胁割两淮之地,以长江为界。自古以来南北对峙的政权都没有把长江作为分界线的,南宋有识之士也都知道守江必须守淮,淮河不守,江防难保,国家就岌岌可危了。"但只将……"这表示出乎意料、出乎常识的语气里,包含了作者多么深的忧虑、多么深的愤慨啊!赵希蓬此词于赞扬华岳爱国志节的同时,也反映了当时和战的局势,现实性很强,值得一读。

国学经典文库

图文珍藏版

宋词鉴赏

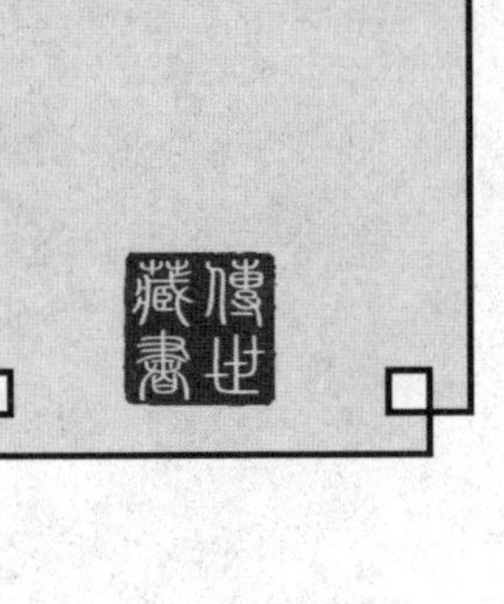

马博◎主编

线装书局

宋词鉴赏

李好古 南宋词人，高安人，字仲敏，生平不详。自署乡贡免解进士。词多呼吁北伐，言情激切，有《碎锦词》，存词十四首。《阳春白雪》录其词一首，此词《贵耳集》题卫元卿作。《花草粹编》又作李好义。

江 城 子

李好古

平沙浅草接天长。路茫茫，几兴亡。昨夜波声，洗岸骨如霜。千古英雄成底事，徒感慨，漫悲凉。
少年有意伏中行，馘名王，扫沙场。击楫中流，曾记泪沾裳。欲上治安双阙远，空怅望，过维扬。

【鉴赏】

维扬，即扬州。宋室南渡后金人多次攻入扬州，破坏之惨重，令人目不忍睹。所以，南宋词人过其地时多有感怀之作。但这些词作往往只在作深深地叹息，因而作品缺乏鼓舞力量。和这类词不同，李好古过维扬时写的这首《江城子》，不着力渲染敌人去后的残破，而把重心放在自己保卫家国的责任上，所以光是立意，就先高出众人一筹。此外，词人把自己不能“馘名王，扫沙场”（馘，杀敌后割取左耳以计功）的原因，归结为“欲上治安双阙远”（治安，贾谊曾作《治安策》评议时政。双阙，指代朝廷），等于说兴亡的关键、维扬屡遭破坏的根子，都在于统治者不纳忠言。这种尖锐态度和批判精神，在同代词人中也是少见的。

写法上这首词注意了两个结合。首先是写景与抒情结合。词中写景的地方只有四句：“平沙浅草接天长，路茫茫”“昨夜波声，洗岸骨如霜。”出现在这里的，仅仅是沙、草、天、路。通过这些单调的景物，作品为我们展现了维扬劫后的荒凉。再说，作者又逐次为它们加上“平”“浅”“长”“茫茫”等修饰语，从而共同组成一幅辽远、凄迷的图画，正好象征作者惆怅的心情。至于“昨夜波声”虽写波涛，但我们不可忘了，字句的背后有一个彻夜不眠、听波声而动情的人在。把这一句同“洗岸骨如霜”放在一起，夏承焘说：“两句写夜间听到波声拍岸，使人激奋而气节凛然。”(《唐宋词选注》)则景中之情就更显著了。

此外，还有一个伤今与怀旧的结合。这首词目睹维扬破败，痛悼国家不幸，这是“今”；可是词篇中又有“几兴亡”一句，接下去还有“千古英雄成底事”，这是“旧”。有了历史旧事的陪衬，眼前的感慨变得越发深沉；相反，由于当前维扬的变故，千年的兴亡也变得越发真切。不仅如此，下半阕开头五句写自己少年时的志向。词人年轻时就有降服中行说(汉文帝时宦者，后投匈奴，成为汉朝的大患)和“馘名王，扫沙场”的雄心壮志，甚至学着祖逖的样子，在中流击楫，立下报国誓言。《晋书·祖逖传》记载，祖逖北伐，于中流击楫而誓曰：“祖逖不能清中原而复济者，有如大江。”总之，有千古、少年时、目前三个时间层次的结合，词篇抒情的背景就特别开阔，作者因国事而生的忧虑也就特别深广。

这首词直接写到维扬的是前面五句和最末两句。前五句写见闻，结尾处点维扬，七句词自然构成一个整体，中间的感慨部分则正好处在包孕之中。这种谋篇法能使结构紧凑，抒情集中，当是作者精心安排之作。

冯去非 (1192~1272后)字可迁，号深居，南康都昌(今属江西)人，淳祐元年(1241)进士。曾任淮南东路转运使司干办公事，召为宗学谕，以忤丁大全罢归庐山。存词三首。

喜迁莺

冯去非

凉生遥渚。正绿芰擎霜，黄花招雨。雁外渔村，蛩边蟹舍，绛叶满秋来路。世事不离双鬓，远梦偏欺孤旅。送望眼，但凭舷微笑，书空无语。

慵觑。清镜里，十载征尘，长把朱颜污。借箸青油，挥毫紫塞，旧事不堪重举。间阔故山猿鹤，冷落同盟鸥鹭。倦游也，便檣云舵月，浩歌归去。

【鉴赏】

这首词可能写在南宋理宗宝祐四年(1256)十一月。当时作者因受专横恣肆的丁大全的排挤而被罢官，于是，一叶扁舟，准备归返故里南康军(今江西星子)。在归途中，作者触景生情，百感交集，写下了这首《喜迁莺》，回顾了他往日的宦海生涯，表达了他坚决离弃官场、隐居以终的思想情绪。

上片起句“凉生遥渚”至“绛叶满秋来路”六句，是写眼前景。“遥渚”“绿芰”“渔村”“蟹舍”，皆是舟行所见景；“凉”“霜”“黄花”“绛叶”，皆是具有季候特征的感受与景物。十一月，如果在北国，恐怕已冬景萧萧，但在江南，却是黄花绛叶，宛若深秋。说“来路”，正是说“归路”。作者于宝祐四年的上半年被召为宗学谕(宗室子弟学校的教官)，而以十一月罢官返里，“来路”尚记忆犹新，应诏而来时，一路青翠，至此则红叶满路了。“来路”一句，读来平平，不动声色，实际上感慨系之，官海浮沉，仕途坎坷，种种感慨，暗寓其中。“世事不离双鬓”，正是作者这种种感慨的正面表述。双鬓是世事的反映。世事艰难，催人衰老，使双鬓朝如青丝暮成雪！作者的归途也不是一帆风顺的。据《宋史》本传记载，冯去非“舟泊金焦山，有僧上谒。去非不虞其为大全之人也，周旋甚款。僧乘间致大全意，愿勿遽归，少候收召，诚得尺书以往，成命即下”。显然，丁大全用了先打后拉的手段，逼迫冯去非就范。“远梦偏欺孤旅”，实指可能就是这件事。去非对丁大全的伎俩，既表示愤怒，又觉得好笑，所以词中接下去写道：“但凭舷微笑，书空无语。”“微笑”，既是对丁大全之流嗤之以鼻，也是作者在诀别官场之后心境坦然的表露。“书空无语”，是用东晋殷浩的典故。《世说新语·黜免》载，殷浩被废，终日书空作“咄咄怪事”四字。“书空”，用手指在虚空中写字。这个典故用得很贴切，作者位虽不及殷浩，但怀抱相似，遭遇(被废)相同。作者对这种不公平的遭遇，无话可说，只有(“但”)书空无语而已。显然，幽愤之情，溢于言表。

下片换头由映入“清镜”里满面征尘的自我形象，转入对仕途往事的回忆。“慵觑”，懒得看，实际上是不忍看。“十载”句，据《宋史》本传，去非从淳祐元年(1241)中进士之后，踏上仕途，其间有一段时间弃官离职；宝祐四年(1256)，被召为宗学谕，不久罢官，前后算来，他的仕途“征尘”生活，也不过十年左右。“长把朱颜污”，沉痛之中，杂有愤恨，对当时官场的批判，深刻犀利。《世说新语·轻诋》云：“庾公(亮，字元规)权重，足倾王公(导)。庾在石头，王在冶城坐，大风扬尘，王以扇拂尘曰：'元规尘污人！'""尘污"一词，主要用它政治上的寓意，矛头直指权奸丁大全之流。"借箸""挥毫"两句，是具体回忆自己仕途生活中可以纪念的内容。"借箸"即出谋划策，出于《史记·留侯世家》。"青油"即青油幕，以青绸为之，此指军中帐幕。唐韩愈、李正封从征蔡州时驻于郾城，夜会联句，有"从军古云乐，谈笑青油幕"句。"紫塞"本指长城，晋崔豹《古今注》说，秦筑长城，土色皆紫，故称紫塞。在冯去非生活的南宋后期，无"挥毫"于长城的可能。这里的"紫塞"，是泛指北方边塞，冯去非"尝干办淮东转运司，治仪征"（《宋史》本传），仪征地处南宋的北边境，比作"紫塞"，亦无不可。从"借箸""挥毫"两句看，冯去非智谋超常，辞翰华赡，所以能在公卿间出谋运策，在边塞之上倚马挥毫。可是啊，眼前已被罢官，"借箸"云云，已成陈迹，作者用"旧事不堪重举"一笔结束过去，同样寓有不堪回首的沉痛。"间阔"以下，转写隐逸志趣。"间阔""冷落"云云，承"十载征尘"而来，对久违的"故山猿鹤""同盟鸥鹭"有抱歉之意，同时又开启结句的"倦游"一层，关联开合，脉络井然。结句则形象而明快地写出了归隐的行动。"樯云舵月，浩歌归去"，潇洒而决绝，其意境、形象似可与陶渊明《归去来辞》中的名句"舟摇摇以轻飏，风飘飘而吹衣"媲美。

这首词不仅思想内容较好，在艺术技巧上也比较成功。《蕙风词话》卷二曾全首引录，并说"此词多矜炼之句，尤合疏密相间之法，可为初学楷模"。矜炼之句确实不少，如"擎霜""招雨"，一"擎"一"招"，把"绿芰""黄花"傲霜斗雨的精神状态写活了；"樯云舵月"句的"樯""舵"，皆名词用作"意动词"，即以云为樯，以月为舵，形象丰富，造语空灵而秀美，给人以高逸骚雅、飘飘欲仙之感，与写归隐的内容极相贴合。词中对句较多，有逐句对，如"绿芰擎霜，黄花招雨"，"雁外渔村，蛩边蟹舍"，"借箸青油，挥毫紫塞"等；而"樯云舵月"则是句中对。工稳的对句，不仅矜炼优美，而且易于铺排，展示的生活内容、形象画面都比较大，以较少的文字表现较多的内容，这就是常说的"密"。但就全词来说，我们读起来却不觉其"密"，更没有因对句较多而造成的板滞感。原因就在于作者恰当地穿插使用了散体句。对句密丽，散体清疏，对句与散体参差成文，这就是况蕙风所说的"尤合疏密相间之法"。仅这一点，我们就可以说，冯去非的填词工力，非等闲手笔可比；这首词指示了某些作词门径，被誉为"初学楷模"，也是当之无愧的。

吴潜　（1195~1262）字毅夫，号履斋，溧水（今属江苏）人，居德清（今属浙江）。嘉定十年（1217）进士第一。累官参知政事、枢密使、左丞相。曾受萧泰来和贾似道谗毁，二次罢相，卒于循州贬所。其词激昂凄劲，感愤时事。有《履斋诗馀》，存二百五十六首。

满　江　红　送李御带珙[①]

吴　潜

红玉阶前，问何事、翩然引去？湖海上、一汀鸥鹭，半帆烟雨。报国无门空自怨，济时有策从谁吐？过垂虹、亭下系扁舟，鲈堪煮。

拚一醉，留君住。歌一曲，送君路。遍江南江北，欲归何处？世事悠悠浑未了，年光冉冉今如许！试举头、一笑问青天，天无语。

【注释】

①杨慎《词品》作李琪，误。《花庵词选》及诸本皆作李珙，未有作李琪者。李琪，嘉定间人，官国子司业，学者，未可加"御带"这种武官职衔。成忠郎，武臣官阶，以后得御带加官，则是可能的。作李珙为是。

【鉴赏】

此词是送别李珙之作。"御带"，也称"带御器械"，为武臣的荣誉性加官。李珙，难确考，《宋史·杨巨源传》中有"成忠郎李珙投匭，献所作《巨源传》为之讼冤"（巨源，蜀人，平吴曦后，为四川宣抚安丙倾轧，被杀），此李珙或系其人。细味词中"过垂虹"诸语，此词当是嘉熙元年（1237）八月吴潜任平江（今江苏苏州）知府、李珙辞官途经此地时作。

"红玉阶前，问何事、翩然引去？""红玉阶"义同丹墀，指宫殿。送友人，开头即问何以辞官，见出这不是一般的聚散迎送，牵动肚肠的也不是一般的离情别绪。"问何事"，语气也显得比较重。可是，下面却没有回答。"湖海上、一汀鸥鹭，半帆烟雨"，写其"翩然"之状：出朝后漫游湖海，与鸥鹭为友，出没于烟波雨浪，显得多么自在、轻快。"海客无心随白鸥"，似乎友人对这种境遇还很满足。作者这里有意运用摇曳之笔，引而不发，使人感到飘逸的表象下隐藏着别种意绪。"报国无门空自怨，济时有策从谁吐？"这里是回答了，经过上面一番盘旋，显得有很重的感情分量。李珙似乎主动的"引去"原来是如此不得已，貌似旷达其实是如此悲哀。他有报国之志、济时之策,朝廷并不理解甚至不加理睬,“阊阖九门不可通”,“白日不照吾精诚”(李白《梁甫吟》),他只得出走了。“过垂虹、亭下系扁舟,鲈堪煮。”垂虹亭位于距苏州不远的吴江长桥头,这里是南宋连贯东西水路必经之地,李珙离临安往西自然经过这里。这里还有一处著名的古迹:晋代吴江人张翰在洛阳做官,见秋风起,想起家乡的鲈鱼脍,便辞官返乡。后人在这里建有鲈乡亭。“垂虹亭”地名融合典故用在这里很合适:友人经过此地正是鲈肥堪脍时节,可尽地主之谊;友人亦是辞官归去,正与张翰同怀,可谓异代知音,不妨小住。“鲈堪煮”,“堪”字耐人寻味,除了传达出主人殷勤款留之意外,还替友人说出了心里的多少不得已!

下片接续上片的煮鲈,写道:“拚一醉,留君住。歌一曲,送君路。”可以说,写到这里才着送别之题,上片全是题前之意。由于题前之意写得很充分,别意就显得分外珍重、深厚了。“留君住”须“拚一醉”,这种“认真”的态度表现出了多么执着、灼热的感情,“歌一曲”中有着多少依恋、怜惜。“遍江南江北,欲归何处?”友人此去,怅然若失,仿佛在追步友人足迹似的。顺承上句,这种意思是明显的。可能还有别的意思。李珙大概是四川人,四川人来下江做官,道里遥远,一旦罢官就有流离之感。吴潜友人吴泳也是四川人,在写给吴潜的信中就说:“西州(指四川)士大夫以官为家,罢则无所于归。”如果是这样,那么“遍江南江北,欲归何处”?就又表现了对友人处境的无比同情、关切,这与下面的情绪表现又是紧相联贯的。“世事悠悠浑未了,年光冉冉今如许!”前句出《晋书·傅咸传》:“天下大器未可稍了,而相观每事欲了。……官事未易了也。”此反其意而用之,谓天下大事(如内忧外患)那么多,全未解决。后句出《离骚》:“老冉冉其将至兮,恐年岁之不我与。”这两句是说如今国难当头,正是用人之秋,有多少事需要人做,而像李珙这样的志士却被放逐出朝,任其漂泊,消磨壮志,虚掷年华,这使人感到多么痛惜,又感到多么的不可理解。“试举头、一笑问青天,天无语。”不理解,因而发为天问。“一笑”,是被悖谬所激怒的癫狂的笑。读到这里,我们可以想见作者昂首青天、一声狂笑,他在向青天发问:人世间的举措何以如此荒唐,是非何以如此颠倒?“天无语”。他得不到回答,沉入了深深的悲愤之中。

这首送别词写得抑扬顿挫、悲郁慷慨,表现了作者对友人志行的深切理解、对其遭遇的深厚同情,同时也对朝廷的昏聩表示了强烈愤慨。这些情绪的表达是波浪式的推进,词中的几个问句显示了情绪推进的节奏,煞拍达到了高潮。这是一个爱国志士献给另一个爱国志士的骊歌,所以显得这样的真切深至。杨慎《词品》卷五有关于此词评语,谓“‘报国无门空自怨,济时有策从谁吐’,亦自道也”。这体会是符合作品实际的,尤其是下片主客情绪可以说是浑然一体了。“世事悠悠浑未了,年光冉冉今如许!”自况意味非常明显,可以见出他忧国忧民的急切以及对功业的渴望。结拍的愤慨既为友人、亦为自己,所谓借他人之酒以浇自己的块垒也。

满 江 红 豫章滕王阁

吴 潜

万里西风,吹我上、滕王高阁。正槛外、楚山云涨,楚江涛作。何处征帆木末去,有时野鸟沙边落。近帘钩、暮雨掩空来,今犹昨。

秋渐紧,添离索。天正远,伤飘泊。叹十年心事,休休莫莫。岁月无多人易老,乾坤虽大愁难着。向黄昏、断送客魂消,城头角。

【鉴赏】

淳祐七年(1247)春夏,吴潜居朝任同签书枢密院事兼权参知政事等要职,七月遭受台臣攻击被罢免,改任福建安抚使。时其兄吴渊供职于南昌。此词当为吴潜前往福州道经南昌时作。

豫章为南昌旧名。滕王阁唐初建于南昌城西,飞阁层台,下瞰赣江,其临观之美,为江南第一(见韩愈《新修滕王阁记》)。更有王勃《滕王阁序》,益发使其辉光焕发。词客骚人"临帝子之长洲,得仙人之旧馆",多有吟咏,吴潜此作亦发兴于此。

"万里西风,吹我上、滕王高阁。"起笔着题,发唱豪快,写出了登临高阁时的兴致。这里还暗用了王勃的故事。传说他往南昌途中,水神曾助以神风,使他一夕行四百余里,民谚谓"时来风送滕王阁"。用了这个故事更显现了作者的兴致,还自然地将目前的登临与王勃当年联结了起来。"正槛外、楚山云涨,楚江涛作。""槛外"写出了居高临下凭栏感觉。楚山,指西山。楚江,指赣江。"云涨""涛作",景象多么壮观,可以想见词人心潮的激荡。"何处征帆木末去,有时野鸟沙边落。"视野向远方伸展,远去的征帆像行驶在树梢上,野鸟在沙渚边时飞时落。"何处",表示他极目时神情的关注,"有时",写出了伫望中的盎然兴趣。"近帘钩、暮雨掩空来,今犹昨。""暮雨"说明其伫望之久。正当游目骋怀、沉入遐思时,雨雾蔽空,扑帘而来,真是"珠帘暮卷西山雨",与王勃当年所见情景如此相像,也不禁临风嗟叹了。

以上是滕王阁览景。景物写得重点突出、层次分明,又处处映照着《滕王阁序》,沟通了今古,丰富了意象。这段文字写得洋洋洒洒,但情感似乎不无怅惘。

“帆去木末”见出他对前程的瞻望,“暮雨掩空”似乎也带来了历史、人生的悲凉意绪。这不仅有“天高地迥,觉宇宙之无穷;兴尽悲来,识盈虚之有数”的人之共感,更有作者本人的身世之悲。“今犹昨”,扫处即生,带住写景,呈现下片的抒怀。

“秋渐紧,添离索。天正远,伤飘泊。”“秋渐紧”就是秋意见深。这秋意包括上片所写西风、暮雨,如果说刚刚还给人以逸兴,现在则给人以相反的刺激,叫人更觉凄怆孤单了。“天正远”,道途茫茫,任所还远着呢。“正”字不堪。这都是眼前所感。下面由近及远,回首往事。“叹十年心事,休休莫莫。”“休休莫莫”,语本于唐司空图《题休休亭》诗:“休、休、休,莫、莫、莫!”意谓算了、算了,显得不堪回首。这十年如果从嘉熙元年(1237)算起(正十年),他几经迁转,多次落职,最近的六年基本上是罢退乡居,去年底刚复职,只半年又被谪迁。这十年如果是大约言之,那么十一年前他曾任职南昌(江西转运副使兼知隆兴府),这次算是旧地重游了。我想这一句感叹可能包括这两方面内容,真是“万里悲秋常作客,百年多病独登台”,他想起这十年情形,怎能不感慨万千呢。“岁月无多人易老,乾坤虽大愁难着。”这年他五十三岁,已入老境,流年似水,能有作为的岁月不多了。他焦虑,既由于自己有志难伸,也由于社稷颠危、国难深重。去年复职之后他连上奏章,剀切陈词,历数内忧外患种种情况,认为当务之急是整顿朝政,进君子退小人(《奏论君子小人进退》)。而言刚出,祸即来,他被挤出朝,朝政可知矣。“乾坤虽大愁难着”。“着”,安放。乾坤之大却安放不住、也安放不下他的“愁”!这见出:一、愁之易发,在在处处无非惹愁添恨;二、愁之深广,颇似杜甫的“忧端齐终南,预洞不可掇”(《自京赴奉先县咏怀五百字》)。以固态体积状愁,既给人以形之大、又给人以质之重的感觉,措辞新鲜。上面都是写对景难排的愁情,由眼前,到“十年”,再到对人生、国事的俯仰兴嗟,层层深入,痛切勃郁,把作者心中的郁愤不平表现得很强烈。“向黄昏、断送客魂消,城头角。”临近黄昏,城头的号角又吹起来了,声声入耳,又勾引起迁客无尽的羁旅愁思。这正与上片“暮雨”照应,角声混合着秋风、雨意,显得多么悲凉。这是一个倒装句。把“城头角”放在最后,又使人觉得他的无尽愁思似乎像那声声号角一样,在广阔的秋空中久久回荡,久久回荡。这又变成一个以景结情的好句。“乾坤虽大愁难着”痛愤无比,煞拍哀思绵绵,刚柔相济,益显其沉痛悲郁。

“滕王高阁临江渚”。自王勃大作问世以来,于此览景之作多矣,吴潜此作未与时消没而留存至今、仍堪讽咏,除了其写景的精要、生动、清畅外,就在它真实地抒写了一个失意政治家的人生悲感和抚事感时的忧愤。在总的价值上它较王勃之作自是不及,但仅就抒情写怀一端而言,吴作似乎更沉郁动人。

满江红 金陵乌衣园

吴潜

柳带榆钱，又还过、清明寒食。天一笑、满园罗绮，满城箫笛。花树得晴红欲染，远山过雨青如滴。问江南池馆有谁来？江南客。

乌衣巷，今犹昔。乌衣事，今难觅。但年年燕子，晚烟斜日。抖擞一春尘土债，悲凉万古英雄迹。且芳尊随分趁芳时，休虚掷。

【鉴赏】

这首词作于理宗端平元年(1234)，时作者于建康(今南京)任淮西财赋总领。乌衣园，在乌衣巷之东，为晋代王谢等贵族故宅遗址，宋代此地成为游乐场所。此词即写游园情景。由十六年后吴潜之兄吴渊的和词"笑当年、君作主人翁，同为客"，知这次为弟兄同游。

"柳带榆钱"，谓柳条飘拂，榆荚片片。这已是春末景况，故下句云"又还过，清明寒食"，深有光阴荏苒之感。下面就写游园所见。"天一笑"，指天晴，化用杜甫《能画》："每蒙天一笑，复似物皆春。""罗绮"，此代指游女。这几句写游乐盛况：连天公也显得特别高兴(言天晴而用"一笑"拟人笔法，显有此意)。游女如云，笙歌满耳，一片欢乐。此时的景物呢，也特别艳丽，在雨后初晴之时，那红花之红、青山之青，是十分炫目耀眼的。红与青又相互映衬，就更分明了。这色彩捕捉得好。上面作者把游人、景物、所见所闻的一切都写得那么美好，他的心情应当是愉快的，可是却非如此。"问江南池馆有谁来？江南客。"他是此地的官员来游此地的池馆即乌衣园，却感到是作客("江南客"自指并兼指其兄)，感到与此地游人、景物很不融洽，可见其心情的悒郁。这里是反衬写法，正如他在另一首《满江红》所写的："春能好，客怀偏恶。"他为什么有这样的心情呢？大概是由于仕宦的不如意。前一年年底他曾一度以淮西总领兼沿江制置使并知建康府，那是两件很重要、也很能见才干的职务，可是为时甚短就停兼了。管理钱粮的总领比起威行一方的军政长官未免有些冷落，再加上其兄吴渊的投闲置散，自然会产生郁郁不得志的感觉。

上片结拍以问句提明"江南客"今日来游乌衣园，下片顺理成章地转入怀古。

"乌衣巷,今犹昔。乌衣事,今难觅。"两排句以"乌衣"并提,一"犹昔",一"难觅",给人沉重的沧桑之感。"乌衣事"是指王、谢当年的嘉言、嘉行,这是历史往事,自然"难觅"。"难觅"深一层的含义应是:今天像王谢那样的社稷大臣难以找到了,甚至自己报效国家的机会也难遇到了。"但年年燕子,晚烟斜日。"只是春来秋去的燕子年年来此凭吊一番,"晚烟斜日",景象何其萧条。燕子当年经历过乌衣园的繁盛,如今又看到它的冷落,作者的今昔之感借燕子以具象呈现。这里化用了刘禹锡《乌衣巷》诗句,但用意有别。刘诗意在奚落、讽刺,这里是景仰、怀念。下面作者由历史沉思回复自身:"抖擞一春尘土债,悲凉万古英雄迹。""尘土债"指自己和其兄的官务、宦情。这两句意思说,本想解脱一下官务宦情,谁知来到此地却惹起如许悲凉。正如前面所述,他的悲凉既为王谢,也是为他们自己。这里"尘土债"与"英雄迹"对照,显示了自己及其兄多少沉沦下僚、尘驱物役的苦闷和愤慨;这里"英雄"的字眼又把他们的心迹挑明:他们的悲愤并非仅仅为的是官位升沉、仕途得失,更重要的是想干一番英雄的事业而不得,这是"有志不获骋"的英雄失路之悲。到此,作者游园所触发的深层意识才终于显现出来。煞拍:"且芳尊随分趁芳时,休虚掷。"随分,照例应景之意。说是趁着这天气晴和的清明时节开怀畅饮,莫要辜负这大好时光。本来这赏春宴游在他看来就是"虚掷"的表现——虚度了光阴,蹉跎了志业,可他却说这样才不虚掷,这是愤懑的反语。此结甚为沉郁。

此词通过游园感触写心中的郁闷。上片写景,美丽的景物引起了客居之感,情景的不协调,正见出心中那片阴影之浓深。这种写法给人很深的印象。下片怀古,借古人之杯酒浇心中的磊块,自为通常写法;好在作者化用前人诗句,别有会心,别有寄托。词中作者郁闷之情是首尾一贯的,但非一目了然。起句即见端倪,"江南客"贴近境遇,"难觅"切入内心,至"尘土""英雄",悲郁的底蕴才显露出来。即景即事,由隐到显,耐人寻味。

水调歌头 焦山

吴　潜

铁瓮古形势,相对立金焦。长江万里东注,晓吹卷惊涛。天际孤云来去,水际孤帆上下,天共水相邀。远岫忽明晦,好景画难描。

混隋陈,分宋魏,战孙曹。回头千载陈迹,痴绝倚亭皋。惟有汀边鸥鹭,不管人间兴废,一抹度青霄。安得身飞去，举手谢尘嚣。

【鉴赏】

嘉熙二、三年间(1238～1239)吴潜任镇江知府，此词作于是时。镇江风景壮丽，山川之胜，被誉为“天下第一”(多景楼匾题“天下第一江山”，见《嘉定镇江志》)。此地处吴头楚尾、南北要冲，古来即兵家争雄之所，也是文人墨客会聚之区。这里的古迹和流传的佳话很多，形成了特殊的历史文化氛围，感发着人们的情志，并形之于无数的篇咏。吴潜于此词作就有十数首，这是其中之一。题为《焦山》，是从焦山览景兴怀。

“铁瓮古形势，相对立金焦。”“铁瓮”，指镇江古城，是三国孙权所建，十分坚固，当时号称铁瓮城。“金焦”，金山、焦山，俱屹立大江中(金山现已淤连南岸)，西东相对，十分雄伟。宋孝宗游金山寺曾题诗道：“奉然天立镇中流，雄跨东南二百州。”“铁瓮”“金焦”，是镇江古来形势最突出之处，写得概括、有力。下面写江。“长江万里东注，晓吹卷惊涛。”“晓吹”，即晨风。江流东注，风卷涛惊，写得声势壮烈。“注”“卷”二字力度很大。写江又加强了砥柱中流的金焦形象。下面放开写江天远景。“天际孤云来去，水际孤帆上下，天共水相邀。”天连水，水连天，这境界多么广阔，“孤云”“孤帆”更衬出了江天的浩渺，而“来去”“上下”又见出了词人在游目骋怀、频频俯仰，可以想见其神思的飞越。“远岫忽明晦”，又是一境。“忽”写出了朝光明灭给人刹那间的刺激，又引起了多少兴奋，真是“好景画难描”啊！

上片写景从形势写起，江，天，远山，由近而远，层次分明，兴会超妙。览景时，人们的时空意识往往可以贯通。如果说上片是“视通万里”，那么下片就是“思接千载”了。

“混隋陈，分宋魏，战孙曹。”此由近到远历数镇江的攻守征战。隋灭陈，这里是重要的战场。隋大将贺若弼最先在这里突破陈的江防，攻拔京口，继克金陵。南朝宋曾凭借长江天堑在这里抗击北魏军队，“缘江六七百里，舳舻相接”，从而保全了半壁河山。孙权曾以京口(吴时称京城，东晋南朝称京口城)为首都建康(今南京)之门户，对抗曹魏。镇江，古代的政治家、军事家在这里演出了多少威武雄壮的历史活剧！镇江，她在南北对峙的历朝历代战略地位何等重要，而今她又是抗击蒙古的江淮重镇，而自己就任职在这块“古来征战地”！“回头千载陈迹，痴绝倚亭皋。”亭，平。皋，水边地。亭皋即水边的平地。这里即指江岸。作者从历史的遐想中清醒过来，倚立江岸上，不禁感慨万千了。“痴绝”，有两义：一为想得出神了；一为糊涂透顶，陆游《舟中戏书》：“英雄到底是痴绝，富贵但能妨醉眠。”作者对往古无限神往，“天下英雄谁敌手”，能在这里一展宏愿，多好！可是，面对现实，官小权轻，难有用武之地，何必想入非非呢！正如他同时写的另一首《水调歌头》所言："郗兵强，韩舰整，说徐州。但怜吾衰久矣，此事恐悠悠。欲破诸公磊块，且倩一杯浇酹，休要问更筹！"这就是他"倚亭皋"时的心情。下面是他的自我解脱。"惟有汀边鸥鹭，不管人间兴废，一抹度青霄。"鸥鹭无忧无虑、自由自在地飞翔，越飞越远，越飞越高，把作者的心也带到了"青霄"之上。"安得身飞去，举手谢尘嚣。"这是他的想象、他的愿望：我如何也能像鸥鹭一样飞上天空、离开这嚣嚣扰扰的尘世呢！话虽如此说，其实他是非常留恋人世、神往于英雄的事业的。

这首词由写景、怀古、抒情三者组成，层层生发，一气舒卷，显得十分自然浑成。作者用明净、圆熟的语言，创造了一个高远、清新的意境，表现了豪迈、开朗的胸襟。读起来爽口惬心，发人意兴。这首词的风格很像苏轼的某些作品。可以说吴潜是晚宋一个重要的苏派词人。

南柯子

吴　潜

池水凝新碧，栏花驻老红。有人独立画桥东，手把一枝杨柳系春风。
鹊绊游丝坠，蜂拈落蕊空。秋千庭院小帘栊，多少闲情闲绪雨声中。

【鉴赏】

此词写一女子的惜春之情。起二句写暮春景色："池水凝新碧，栏花驻老红。"新雨之后，池水凝碧，花栏内，残红委顿在枝头。春天已失去了往日的活力。这二句写得比较用力，不仅写出阑珊的春意，也传出了人情的不堪和沉抑。下面带出了惜春人，笔致轻灵："有人独立画桥东，手把一枝杨柳系春风。"场景从庭院转移到"画桥东"，似乎这女子禁受不了那小天地的沉闷，走到这"大天地"里来捕捉春光。用杨柳来"系春风"，有意思。杨柳与春天关系最为密切。在春风中，似乎是它第一个睁开娇眼；在春天离开时，它又以绵绵不尽的飞絮相送；特别是它那"依依袅袅"的枝条，"勾引春风无限情"（白居易《杨柳枝》）。选择杨柳来留春，可以想见这女子有多少柔情。"手把一枝杨柳系春风"，这行动是天真可爱的，令人解颐的；这形

象又是十分美丽的,春风中"十五女儿腰"的柔柳和"独立画桥东"的女子相互映衬,令人陶醉。起二句透出的沉重春恨,现在已化解了许多。现在我们所玩味的春愁已注入了不少甜蜜的味道。我们在词中常见用杨柳"系行人""系兰舟",这里看到"系春风",顿觉耳目一新。虽然类似的佳句还有朱淑真的"楼外垂杨千万缕,欲系青春,少住春还去"(《蝶恋花》),王沂孙的"便快折湖边,千条翠柳,为我系春住"(《摸鱼儿》),但是都不及这句形象鲜明。

上片,女主人公的惜春表现在痴情的留春举动上。但春天毕竟是留不住的。"鹊绊游丝坠,蜂拈落蕊空。"鹊绊游丝是无意的,蜂拈落蕊是有意的。春天不管人和物的有意与无意,它走了,留下一片空无走了。"秋千庭院小帘栊,多少闲愁闲绪雨声中。"场景又一次转换,由"大天地"回到庭院,天气也由晴和转入风雨。女主人公此时又退回庭院,退回到她的小窗下,去品尝雨中春空的滋味了。雨中秋千是个特写,富于含蕴,那"秋千"里包含着春光下的几多欢乐、几多红情绿意!许多惜春词都写到这情景:"隔墙送过秋千影"(张先)、"乱红飞过秋千去"(欧阳修)、"黄昏疏雨湿秋千"(李清照),正可互相发明。"秋千"正点示了下面"闲情闲结"主要方面,或者说给读者的联想指示了一个方向,到底还有哪些"闲情闲绪",读者自可再发挥。"多少闲情闲绪雨声中",那淅淅沥沥、不绝如缕的雨声也象征了她飘忽不定、玩味不尽的轻愁。词以听雨结,饶有余味。

鹊桥仙

吴潜

扁舟昨泊，危亭孤啸，目断闲云千里。前山急雨过溪来，尽洗却、人间暑气。
暮鸦木末，落凫天际，都是一团秋意。痴儿騃女贺新凉，也不道、西风又起。

【鉴赏】

吴潜此词当作于赴任途中或新任之初，以抒写官海浮沉的落寞心情。

起笔三句叙事：扁舟昨天刚停泊，今天就来到高亭散心，极目远望千里闲云。"孤啸"，似用郭璞《游仙诗》："啸傲遗世罗，纵情在独往。"这较局促在篷窗下或案牍前来得舒坦，可以放松一下精神了。"闲云"也显出一些轻松之感。但是，他毕竟是来散心的，内心本有郁结，"孤"字见出他的孤独感，"目断闲云千里"也隐约透出念远、怀乡之意。作者的心情并不那么闲适，而较为复杂，有如夏末秋初的黄昏那和着凉意的热燥，使人并不好受。"前山急雨过溪来，尽洗却、人间暑气"。天知人意，降下一阵好雨！刚刚那热燥一洗而空，仿佛人世间的一切尘垢连同自己那些莫名的烦闷也一洗而空。苏轼《有美堂暴雨》"浙东飞雨过江来"之句，显现了诗人极其豪快的心情，此词的"前山急雨过溪来"又加之"尽洗却"，这样的心情表现得更为明显。此时他的愁闷似乎散去了，他得到了很大的满足。

过片写雨后情景。“暮鸦木末,落凫天际,都是一团秋意。”上二句所写,容易使人想起“斜阳外,寒鸦万点”(秦观《满庭芳》)、“落霞与孤鹜齐飞,秋水共长天一色”(王勃《滕王阁序》)等名句。极目秋景一片高远,可是,暮色寒鸦却不无一种惆怅的意味,底下作者遂以“一团”来形容这秋意。用“一团”来指称事物往往带有点厌烦的意味,可见转瞬之间,作者心绪又乱了,又不快乐。所以下面说:“痴儿骇女贺新凉,也不道、西风又起。”新秋的凉爽是可喜的,可是在不知不觉间,西风起了,节序便又推移了。这句是脱化于苏轼《洞仙歌》:“但屈指西风几时来,又不道流年暗中偷换。”这又正好作吴潜此时情绪底蕴的注语:他是在感叹似水的流年。以“痴儿骇女”作反衬,益发显得悲凉。

唐柳宗元贬谪永州,写了一首诗叫《南涧中题》,苏轼谓此诗忧中有乐,乐中有忧。终归还是忧。诗云:“秋气集南涧,独游亭午时。回风一萧瑟,林影久参差。”又云:“孤生易为感,失路少所宜。索寞竟何事?徘徊只自知。”《鹊桥仙》中所表现的作者情绪虽然没有那么沉重,但心理的节奏是相似的:忧中求乐,乐中有忧,乐尽忧来,心情虽一时得以开解,但终归抵挡不了忧端的袭扰。这是一个欲有作为的士大夫在那不景气的政治形势下、在那不安定的调迁频繁的仕途中所特有的心态。吴潜在不少词中写到这情况,感叹着“岁月尽抛尘土里”(《糖多令》)、“万事悠悠付寒暑”(《青玉案》)、“江湖自古多流落”(《满江红》)。读了那些词,回头再读这篇作品,对其较为朦胧的意绪更能有个较切实的把握。

海棠春 己未清明对海棠有赋

吴潜

海棠亭午沾疏雨,便一饷、胭脂尽吐。老去惜花心,相对花无语。
羽书万里飞来处,报扫荡、狐嗥兔舞。濯锦古江头,飞景还如许!

【鉴赏】

已未为宋理宗开庆元年(1259),时作者以沿海制置大使在庆元府(今宁波)任职。这年作者已是六十五岁了,之前曾几度官居台辅,又几度落职,经历了宦海许多风波,意气未免有些消沉了。但他在庆元任内仍恪尽职守,忧念国计民生,正如《开庆四明续志序》所言:“公慨念海道东达青齐,御侮弭盗之方周防曲至。……若夫切切畎亩，盼盼雨晴，一游一咏可以观焉。”庆元期间他写有诗词作品三百余首，佳作亦有多篇，读此词可见其心迹之一斑。

“对海棠有赋”，入头便咏海棠。“海棠亭午沾疏雨，便一饷、胭脂尽吐。”清明时节，天气和暖，节物风光变化十分迅速。中午下了阵“疏雨”，顷刻间海棠就大放光艳了，正如范成大《四时田园杂兴》诗所写：“土膏欲动雨频催，万草千花一饷开。”“一饷”“尽”，状花开之快，也传出了观赏者的快感，叫人多么惊喜。而这海棠沾雨之后更显得鲜活冶艳，就叫人更加喜爱了。词人老大风情减。面对如此国色，似乎有点不知所措了。“老去惜花心，相对花无语。”红颜皓首，两相对待，在这“无语”中我们不难体会作者自怜衰惫之意。

过片忽生奇想，由眼前的海棠而联想四川的战况。为了弄清这联想的来由，我们须引述苏轼在黄州写的一首诗，题为《寓居定惠院之东，杂花满山，有海棠一株，土人不知贵也》。诗述突然发现海棠，“忽逢绝艳照衰朽，叹息无言揩病目。陋邦何处得此花，无乃好事移西蜀？”据说四川的土壤和气候最适宜种植海棠，故有“香海棠国”之称。东坡见此，便想起了家乡，履斋见此，也想到了四川。其来由如此。“羽书万里飞来处，报扫荡、狐嗥兔舞。”“狐嗥兔舞”指蒙古入犯。吴潜作此词的前三年，蒙古就开始入扰四川，前一年蒙古可汗蒙哥亲率十万军队自六盘山扑向川蜀，连败宋军，但到达合州（今合川），遇到守将王坚的顽强抵抗，本年正月，蒙古派往招降的使臣也被王坚处死，这就使得蒙哥的军事行动受到很大的挫折，蒙哥曾一度考虑退兵。这大约就是捷书所报告的内容。词人写来如此笔飞墨舞，可以想见他心情的振奋。“濯锦古江头，飞景还如许！”“飞景”，宝剑。“如许”，如此。宝剑还如此有锋芒，以庆贺胜利，也可通，但我总觉得别扭。意者“飞”系“风”之误，“风景还如许”，照应了前面的咏海棠，切题。又，过片处即有一“飞”字，此处还是以不犯重为好。这样这两句的意思就是：锦江头（以代蜀）的海棠，还是那般艳丽！这里又用了“濯锦”的美好字面，海棠花就显得更美了，真是锦上添花。“江头”前又着一“古”字，似乎表示：我华夏古来繁华之地，岂容狐兔闯来！

这首词的构思似乎受到苏轼海棠诗的启发，但联想的指归不同。东坡以“衰朽”之年在“陋邦”得遇“绝艳”，为之感慨不已，下面又写道：“天涯流落俱可念，为饮一樽歌此曲。”原来他是以海棠为喻，抒发他的天涯迁谪之恨。履斋在衰暮之年观赏海棠，联想“海棠国”的战局，表现了烈士暮年休国的忠诚。比较起来，履斋的联想更是可贵了。

淮上女　淮水边良家女子，宋朝人。姓名不详，生卒年不详。嘉定间（金兴定末),金人南侵,被掳去。题词一首于逆旅间。事见《续夷坚志》卷四。

减字木兰花

淮上女

淮山隐隐,千里云峰千里恨。淮水悠悠,万顷烟波万顷愁。

山长水远,遮断行人东望眼。恨旧愁新,有泪无言对晚春。

【鉴赏】

南宋宁宗嘉定末,金遣四都尉南犯,掳大批淮上良家女北归。有女题此词于泗州(治所在临淮,今江苏泗洪东南,盱眙对岸,原城池已没入洪泽湖)客舍间(见《续夷坚志》卷四)。

词的上片,写她被掳北去,离别故乡山河时的沉痛心情。淮山,泛指淮河一带的山峰。淮水,源出河南桐柏山,东流经安徽,入江苏洪泽湖。远望淮山高耸,绵延千里;淮水浩渺,烟霭迷茫。“云峰”“烟波”,既写山高水阔,又写出春天雨多云多的景象,再加上作者心伤情苦,泪眼蒙眬,故山河呈现出一片迷茫的景象。“隐隐”“悠悠”,十分确切地表现了此情此景。

“云峰”前冠以“千里”,“烟波”前冠以“万顷”,极写祖国河山壮丽,暗含作者对它笃厚的深情。但如今却满目疮痍,河山破碎,大批人民被掳北去,不能安居故土,这万千愁恨怎不一齐进发!作者用“千里恨”“万顷愁”就极好地表现了她国破家亡的深仇大恨。同时,她移情于物,使山河也充满了愁恨,因为它们是这场患难的最好见证。千里,是长度单位的量词,从纵的角度形容愁恨;万顷,是面积单位的量词,从横的方面予以夸张,都是用来表现愁恨的深重。作者此时沉痛的心情似只有用天地间最有分量的东西才能表达。这与以往的某些表现手法有所不同:李煜:"问君能有几多愁,恰似一江春水向东流。"(《虞美人》)欧阳修:"离愁渐远渐无穷,迢迢不断如春水。"(《踏莎行》)胡楚:"若将此恨同芳草,犹恐青青有尽时。"(《寄人》)他们着重表现的是愁恨之无穷。它也不同于李清照"只恐双溪舴艋舟,载不动、许多愁"(《武陵春》)那样精细小巧的比喻。应该说这些写愁之作都各自有其艺术的独创性。但这个淮上良家女的这两句却在读者心理上造成一种泰山压顶、窒息心胸之感。

上片对仗精工,取眼前景,喻胸中情,随意贴切,不假雕饰。一、三两句摹山范水较为平常,二、四两句倾注作者沸腾的感情,使山河为之变色,极具感人力量。

下片开头两句既是对上片的总结,又是作者眷恋山河的进一步具体描写:"山长水远,遮断行人东望眼。"她离开家乡越来越远,眷恋的感情也越来越重。她一步一回头地看着自己的家乡,直至山水完全遮断了她的视线。因为再往前走,过了淮水,即到了金人统治的北方(当时宋、金以淮河为界),天涯沦落,何时能见到祖国统一,回到故乡的怀抱?这一切使她感到茫然。这一去,也许是永无归目,这怎不令她回首东望,直至"遮断"为止呢?"东望眼"三字,真实地写出了被掳者朝西北方向行进而不断回望故乡的情景;又极形象深刻地表现了她不忍离去的痛苦。

面对着这一切,她无可奈何,只有陷入更深的悲痛之中。"恨旧愁新,有泪无言对晚春。"这恨,是指对金人南犯之恨,对南宋统治者屈辱求和、无耻南逃之恨;这愁,是为乡土遭受蹂躏而愁,为被掳后的屈辱生活和颠沛流离而愁。旧恨加新愁,叫一个弱女子如何经受得了!"恨旧愁新"四字,一般用作"新愁旧恨",语意显得平淡。而将"恨""愁"二字前置,不但使句尾协韵,加强了音韵美,且构成了两个节奏紧促、意思完整的短句,使人感到语新气逼。末句刻画了一个哀怨至极而又沉默无语的形象。"有泪无言",是她的一腔悲愤无处、也无人可以倾诉,她只有和着泪水忍声吞下这时代给予她的深重灾难,这实际上也是对南宋投降派君臣的一种谴责。"晚春"既点出被掳的时间,也含有春光将逝无可奈何的情思。这片着重通过人物细节的描写:"东望眼""有泪无言"来表现被掳女子的深沉悲愤,颇富形象性、感染力。

全词明白如话,不用故典,看似清淡如水,实则饶有至味。

陈东甫 生卒年不详,抚州(今属江西)人。与谭宣子、乐雷发交友赠答。见《阳春白雪》卷六谭宣子《摸鱼儿》题序及乐雷发《雪矶丛稿》。存词三首。

长相思

陈东甫

花深深，柳阴阴，度柳穿花觅信音，君心负妾心。

怨鸣琴，恨孤衾，钿誓钗盟何处寻？当初谁料今。

【鉴赏】

这是首弃妇的怨词。

“花深深，柳阴阴。”起笔两韵，用联绵辞深深、阴阴，极写春花杨柳之繁盛。初读上来，可能会以为真是描绘大自然之春光。其实不然。“度柳穿花觅信音。”原来，花柳皆为喻象，喻指狭斜游之世界。此句，写女主人公向冶游界寻觅其情人之一番经历（不必坐实解为她亲自度花穿柳去寻）。《莺莺传》里“长安行乐之地，触绪牵情”之语，正可为此词中女子道出心声。觅字下得惬当，与花深深柳阴阴相呼应，则浮花浪柳之妖冶繁盛可知，与度柳穿花相映照，则纵然寻他千百度终不可得亦可知。女子终于明白：“君心负妾心。”情人已背信弃义。从这悲愤之声口，可以想见女子肝肠之寸断。

“怨鸣琴，恨孤衾。”过片两韵，写尽女子被弃后凄凉幽怨之况味。无穷永昼，唯有寄孤愤于鸣琴。漫漫长夜，终是辗转反侧于孤衾。琴、衾，皆当日情好欢乐之见证，竟变为一场悲剧之象征，触物伤心，如此日月，人何以堪？词句极短，而酸楚无限。“钿誓钗盟何处寻。”寻字，与上片之觅字，皆极有分量，道尽女子的失落感与不甘心，皆见性情语。追怀当日山盟海誓，信誓旦旦，只相信“但教心似金钿坚”，如今全已幻灭。幻灭失落犹自追寻，寻寻觅觅惝恍迷离，遂托出女子深层心态之全部痴情。"当初谁料今。"上句是旧情之回澜,结句则是返转回来,从痴迷而悔悟。试比较《诗经·氓》最后的决绝态度:"不思其反。反是不思,亦已焉哉!"(不要回想从前的事了!不要再想从前的事了,拉倒算了吧!)便觉此词结尾仍含婉有余。弃妇心澜汹涌,千回百折,终难平息,是在意内言外。

弃妇是一种社会现象。词人抱同情之了解,设身处地为作此词,实属难能可贵。此词纯为女子声口,明白如话,如诉如泣,故能感染人。篇幅短小,言辞简练,却淋漓尽致地展示出爱情悲剧女子痴情,故富于含蕴。若比较最早的弃妇诗《氓》,则《氓》之风格刚决,此词之风格婉厚,故不失词之体性。而诗词之分野,也由此可见。

李曾伯 (1198~1265)南宋词人字长孺,号可斋,覃怀(今河南沁阳)人,寓居嘉兴(今属浙江),曾官濠州通判、淮东、淮西制置使。素知兵,宝祐二年(1254),川局崩坏,授四川宣抚使,特赐同进士出身。为贾似道所嫉,革职。词学稼轩,多长调,不做绮艳语。著有《可斋杂稿》《可斋词》。存词二百零二首。

沁园春

李曾伯

饯税巽甫

唐人以处士辟幕府如石、温[①]辈甚多。税君巽甫以命士来淮幕三年矣,略不能挽之以寸。巽甫虽安之,如某歉何!临别,赋《沁园春》以饯。

水北洛南,未尝无人,不同者时。赖交情兰臭,绸缪相好;宦情云薄,得失何知?夜观论兵,春原吊古,慷慨事功千载期。萧如也,料行囊如水,只有新诗。

归兮，归去来兮，我亦办征帆非晚归。正姑苏台畔，米廉酒好；吴淞江上，莼嫩鱼肥。我住孤村，相连一水，载月不妨时过之。长亭路，又何须回首，折柳依依。

【注释】

①石温：指石洪、温造，本洛阳两个处士，韩愈称之为“水北山人”“水南山人”（见《寄卢仝》）。元和五年乌重胤任河阳节度使，不数月将他们先后征辟入幕，一时传为佳话。

【鉴赏】

李曾伯于淳祐初任淮东制置使兼知扬州，此词当作于是时，小序所谓“淮幕”当指淮东制置使司幕府。词乃为友人幕僚税巽甫饯行而作。作者在小序中写道：唐代士子由幕府征召而授官的很多，如元和年间的石洪、温造即是。而税君以一个在籍的士人身份，来我这里三年了，我却一点也不能使他得到提拔。（“不能挽之以寸”，语当本于黄庭坚《赠秦少仪》诗“挽士不能寸，推去辄数尺”。）他虽然处之泰然，可我多么歉疚！临别，写这首词为他送行。送行词一般总要表现惜别、友情，这首词自是如此。但读过小序，我们感到此词的惜别更有深一层的含义：惜别也是惜才。作者为才士的不遇深表遗憾，对不重视人才的世态深感愤慨。内里含有深深的自责与不平。

词的起笔便是不平之鸣。“水北洛南，未尝无人，不同者时。”“水北洛南”原是石洪、温造的住处（水、洛皆指洛水，韩愈《送温处士赴河阳军序》：“洛之北涯曰石生，其南涯曰温生。”），这里是说：今天未尝没有石、温那样的人才，只是时代不同了。遇于时，则人才辈出，不遇于时，则命士如巽甫终是尘土消磨。“赖交情兰臭，绸缪相好；宦情云薄，得失何知？”这里是说：凭交情，我和巽甫是再好不过了；但我们都是拙于吏道，把做官看得很淡薄，就中的得失怎么看得清呢？照说，凭我们的交情和我的阃帅地位，巽甫是不难求得一进的，结果竟这样！其原因除了上面提明的时代昏暗外，就是我的迂拙了。以上的不平之鸣中含有深自责备的意思，正是小序所说：“如某歉何”！这是就作者方面说。“宦情云薄，得失何知”，如果从巽甫角度看，又是对友人的赞扬了，他不是汲汲于仕进之徒，正是小序“安之”之意。这里意思兼及双方，起到了上下层次的递转作用。下面就着重写巽甫的高尚志行了。“夜观论兵，春原吊古，慷慨事功千载期。”巽甫常常和自己夜间在楼台上谈论军事，在春原上凭吊古迹，激昂慷慨，以千秋功业相期许。这里的“论兵”“吊古”，既有历史的缅怀，又有现实的感慨。扬州本是古战场，特别是在南北分治时代，更是兵家必守、必争之地。在南宋，这里是江淮要塞，淮东制置使司当时就是担负南宋东线抗御蒙古重任的。"论兵""吊古"，有多么丰富的内容，又会激起多少豪情胜慨。这是概括三年间生活。分手之际是："萧如也，料行囊如水，只有新诗。"意思是三年来一无所得，归去是两袖清风。这里还暗中点明巽甫的安贫乐道，虽遭时不偶，仍不辍吟咏。这又和眼下以词饯行联系起来。以上两层写巽甫才高志远、关切国事、品行峻洁。如此人物，令人赞佩、起敬；如此遭遇，叫人怜惜、同情。作者这样写来，其愤时、自责亦在其中。

上片可说是回顾寄慨，下片就是送行了。换头连用两"归"字，表明巽甫态度之坚决，也表明作者对其行动的赞许，"用之则行，舍之则藏"嘛。不仅如此，"我亦办征帆非晚归"，我也要归去。送人把自己的心也送走了，正像韩愈《送李愿归盘谷序》所写那样，送李愿归盘谷把自己的心也送到那里去了，真有意思。"正姑苏台畔，米廉酒好；吴松江上，莼嫩鱼肥。"吴中一带向为士大夫退居的理想所在，苏轼曾向往那里"月致米三石、酒三斗"（《答贾耘老》）的生活，鲈脍莼羹更是古来为人盛称的风味（用张翰故事即为退隐之意）。巽甫家吴中，作者居嘉兴（据《宋史·李曾伯传》。据其《可斋类稿》，当常居宜兴），皆在这一带。以上所写为共同向往。"我住孤村，相连一水，载月不妨时过之。"这里说两家住处是一水相连，退归之后还可以经常见面。"长亭路，又何须回首，折柳依依。""长亭路"即分别的地方，在这里折柳相赠以表留恋是古来习俗，也是人情之常，而作者却说：我们分手时不必这样了。（按这几句化用苏轼《八声甘州》："西州路，不应回首，为我沾衣。"）为什么呢？归去的地方那么好，不必恋恋不舍。这是一。二、"我亦办征帆非晚归"，离别是短暂的，很快就会重逢。

下片写送行，似乎漫不经意，主客双方似乎都挺轻松。究其实，恐非如此。小序虽说巽甫安之，但"慷慨事功千载期"就如此无成而归，巽甫的心情自是不安，作者的不安在小序及上片已表露甚明。下片如此写，是委婉的安慰、开解。他把退居吴中生活写得那般惬意，并以将归人口吻送归人，都是为了减轻友人的心理负荷，这正见出友情的温厚。同时，下片的惜别与上片的愤时也是一脉相承的。下片把巽甫归去的态度写得很坚决，也写出自己退归的决心，还写出二人对乡居生活的向往，这正是表露了他们对当局不重视人才的不满，对官场的厌恶。总的来说，全词是围绕惜别也是惜才的中心意思来写的。

这首词的语言比较质朴，有的地方行以古文句法（比如上下片起笔几句），显得有些散缓，但读来还很觉有味，这大概是全篇那类似谈话的语调造成的。这首词的使典、化用处也不少，好在出自有意无意间，这并没有造成阅读障碍，倒给作品增添了许多意蕴，给读者带来了会心而得之的愉快。

沁园春 丙午登多景楼和吴履斋韵

李曾伯

天下奇观，江浮两山，地雄一州。对晴烟抹翠，怒涛翻雪；离离塞草，拍拍风舟。春去春来，潮生潮落，几度斜阳人倚楼。堪怜处，怅英雄白发，空敝貂裘。

淮头，虏尚虔刘，谁为把中原一战收？问只今人物，岂无安石；且容老子，还访浮丘。鸥鹭眠沙，渔樵唱晚，不管人间半点愁。危栏外，渺沧波无极，去去归休。

【鉴赏】

多景楼，镇江名胜，在北固山甘露寺内，建于北宋。其地三面临江，"东瞰海门，西望浮玉，江流萦带，海潮腾迅，而维扬（扬州）城堞浮图陈于几席之外，断山零落出没于烟云杳霭之间"（南宋乾道年间镇江知府陈天麟《多景楼记》）。如此形胜，再加上镇江丰富的历史文化内容，因此，北宋以来此处的题咏很多，在曾伯作此词的七年前，当时的镇江知府吴潜（号履斋）写有《沁园春·多景楼》，其词云：

第一江山，无边境界，压四百州。正天低云冻，山寒木落；萧条楚塞，寂寞吴舟。白鸟孤飞，暮鸦群注，烟霭微茫锁戍楼。凭栏久，问匈奴未灭，底事菟裘？　回头，祖敬何刘，曾解把功名谈笑收。算当时多少，英雄气概；到今惟有，废垅荒丘。梦里光阴，眼前风景，一片今愁共古愁。人间事，尽悠悠且且，莫莫休休。

履斋为晚宋著名的政治家，此词俯仰今古，感慨国事己身，很是沉痛，自然引起时人的共鸣，除曾伯外，当时程公许亦有合作。丙午，淳祐六年（1246），时曾伯任淮东制置使兼淮西制置使。

曾伯词亦从形胜写起。多景楼原有吴琚"天下第一江山"的题匾，履斋即由此写其雄壮，而此词则写其神奇。"江浮两山"，两山指焦山、金山（又名浮玉山，时在江中），二山东西相望，就像浮在江面上一样。"浮"，当是由江面看山的幻觉；两山如此相对，简直是"鬼设神施"。下面写空中、江中、江岸。"晴烟抹翠，怒涛翻雪"，色彩鲜明悦目，又给人一种变幻不居之感。"离离塞草，拍拍风舟"，春草多么繁茂（塞草此即指岸草，因此地为要塞），江船顶风前进（拍拍，浪击船头），给人一种生机,一种力量,同时也会引起岁月如流的感触。对照起来,履斋词这里写景的几句着眼在"萧条""寂寞",以引起个人身世的感慨;曾伯这几句写景意在展示"江山如画""逝者如斯",从而逗起今昔同怀的意绪。"春去春来,潮生潮落,几度斜阳人倚楼。"这意思作者说出来了。古往今来多少人像我这般眺望江天,古人今人若流水,共看江天皆如此啊!"几度斜阳人倚楼"写落寞之情,言许多英雄豪杰正是在这般"倚楼"中壮志消磨。陆游、陈亮也曾在楼头题词,陈亮在词中大呼:"正好长驱,不须反顾,寻取中流誓。"(《念奴娇》)那样的英风豪气结果不是落了空吗?眼前履斋题词在上头:"凭栏久,问匈奴未灭,底事菟裘?"当时也不失为豪言,而今安在?已被罢职退居多年了!这些都是曾伯此时自然会联想到的,特别是吴履斋因有唱和关系,他的遭遇更在作者"怜""怅"之中。"英雄白发,空敝貂裘",用战国时苏秦游说诸侯,怀才不遇,黄金尽、貂裘敝的典故,就中饱含着作者的自怜、自伤。据《宋史》本传,本年春作者颇遭物议,"言者相继"。身为两淮阃帅而无法进取,坐看年华老大(时四十九岁),怎能不感到悲哀!一个"空"字表现了多么沉痛的心情。

镇江这地方,晋宋间有多少英雄驰逐!履斋词是由对这些英雄的缅怀换头的,写得一往情深;曾伯词换头处是由对现实的感慨而反思,显得比较冷峻。"淮头,虏尚虔刘"。"淮头",淮水上游,此指淮西一带。"虔刘",劫掠,侵扰。据《理宗本纪》,这年春蒙古兵攻寿州一带,"将士阵亡者众"。"谁为把中原一战收?"当今英雄何在?谁能像晋宋间英雄那样一扫胡虏?晋宋间几次北伐都是从镇江出发的,如祖逖、刘裕,而以谢安最为著名。谢安在指挥淝水之战获得大捷后,又命令谢玄率部北进(谢玄的部队是驻扎在这一带的"北府兵"),收复了黄河南北大片土地。

唐安史之乱间李白从永王璘起兵去讨伐安禄山,也是准备从这里北进,李白有诗

道:“三川北虏乱如麻,四海南奔似永嘉。但用东山谢安石,为君谈笑静胡沙。”(《永王东巡歌》)曾伯此时可能联想到李白此诗,“淮头”形势与“三川”仿佛,李白当时自比谢安(字安石),今天还有谁能这样呢?所以下面就是“问”了:“问只今人物,岂无安石;且容老子,还访浮丘。”“岂无安石”,可能有,也可能没有;还可能是有安石之才但做不了安石。这句问得很冷。在这种情况下,还是让我去访求浮丘道人去吧,反正我是做不成安石。这表示自己要引退。《宋史》本传记载他在本年正月就“乞早易阃寄,放归田里”,可知此时他对功业已经失望了。下面又写到“眼前风景”:“鸥鹭眠沙,渔樵唱晚,不管人间半点愁。”自己这般愁苦,但风景还那般好,风景越好越会激起自己的愁绪。这是一种反衬写法,履斋词正面写“一片今愁共古愁”,不若这种写法深切。煞拍:“危栏外,渺沧波无极,去去归休。”“归休”就是引退,前加“去去”,表示主意已定,无须反顾;虽则如此,从“渺沧波无极”的感触里,可以体会到他万千愁绪、万千的不得已。就在写这首词后的个把月,他真的被

罢免了。

镇江在南宋既是江防重镇，又是北进的基地，南宋多景楼题咏多是忧时愤世之作。正如陈天麟在前引《多景楼记》诸语后写道："至天清日明，一目万里，神州赤县未归舆地，使人慨然有怀古意。"曾伯此词亦然。不过，此词虽然表现了他对英雄事业的向往，对国事的关切，对时局的不安，但情绪到底还是萎靡了些，履斋词亦是不免。这是时代使然。朱熹曾说过："绍兴渡江之初，亦自有人才，那时士人所做文字极粗，更无委曲柔弱之态，……只看如今……是多少衰气！"（《朱子语类》卷一〇九）这几句话是批评当时的文风，也可移用于词风。南渡以来爱国词人所激扬起来的大声镗鞳、慷慨纵横的豪放词风，开禧后日趋衰惫，至淳祐后更是强弩之末了。试将曾伯此词与陈亮《念奴娇》对读，这感受就再深不过了。文风与世推移，确是不刊之论。

一般说唱和之作在意思上、技法上自有因承联系之处。曾伯此词与原唱既有联系又有新创，本文将履斋词表出以做对照，窥其作意作法的异同，亦鉴赏之一道也。

青玉案

李曾伯

癸未道间

栖鸦啼破烟林暝，把旅梦、俄惊醒。猛拍征鞍登小岭。
峰回路转，月明人静，幻出清凉境。
马蹄踏碎琼瑶影，任露压巾纱未恢整。贪看前山云隐
隐。翠微深处，有人家否，试击柴扃问。

【鉴赏】

这是一首夜行词。唐宋写夜行情景的诗不少，而词却很少，为人所知的仅东坡《西江月》（照野弥弥浅浪）、稼轩《西江月》（明月别枝惊鹊）等数首而已。苏辛二首风调清新，自是佳品；此首亦复情趣堪味，值得一读。

写夜行，先从傍晚写起。白天行路昏昏沉沉的，在马背上睡着了。"栖鸦啼破

烟林暝，把旅梦、俄惊醒。”归鸦叫个不停，划破了暮霭笼罩下树林的寂静，旅梦一下子惊醒了。看到天黑了，词人一下子紧张起来，于是“猛拍征鞍登小岭”。“猛拍”当是天晚急于赶路，也可能是大脑清醒后一个兴奋动作。“小岭”，可能是个地名，也可能是指称一座不高的山，从这种称说里见出一种登攀的劲头，一种超越的力量。“小岭”不小，“峰回路转，月明人静，幻出清凉境。”“峰回路转”，用欧阳修《醉翁亭记》成句。山峰重叠，山路迂回，这时月亮升起来了，山野寂无人声，跟傍晚的幽暗、喧闹形成鲜明对照，使人感到仿佛进入另一个天地。苏轼一首写中秋《念奴娇》有这样的句子：“凭高眺远，见长空万里，云无留迹。桂魄飞来，光射处、冷浸一天秋碧。玉宇琼楼，乘鸾来去，人在清凉国。”在山岭上“凭高眺远”也会产生这样的幻觉，所以说“幻出清凉境”，“清凉境”即东坡词的“清凉国”的意思，他开始了这样美妙的夜行。

下片继续写夜行的情趣。“马蹄踏碎琼瑶影”。“琼瑶”，指月色。此句化用东坡那首写夜行的《西江月》：“可惜一溪风月，莫教踏破琼瑶。”马行走在点点碎碎的月光上，妙不可言。“任露压巾纱未恢整。”“未恢”，不想的意思。夜深了，风露下了，露水打湿了头巾也不愿去整理一下。凉冰冰的露水浸润了头巾，浸润着面颊，多么叫人惬意。按定格《青玉案》此句应为七字，这里是八字，添了一个衬字“任”。多了这个“任”字，他那种舒适感、满足感就更突出了。佳境还有的是，“贪看前山云隐隐”。月下轻云缭绕的前山更是一个诱人的所在，他的心又被吸引去了。“白云深处有人家”（杜牧句）、“云间烟火是人家”（刘禹锡句），他大概想到那里有人家了。“翠微深处，有人家否，试击柴扃问。”“柴扃”，柴门。在林木茂密的地方，他发现了人家，“试击柴扃问”。“试击”，想敲敲，想问问，但并不十分有意，说真的，有没有人家都不会影响他今夜行路的兴致。以发现人家结尾，与稼轩夜行黄沙道中的《西江月》相似，稼轩词是：“旧时茅店社林边，路转溪桥忽见。”但二者所蕴含的情致不同。稼轩是表现他遇雨忽逢“旧时茅店”的惊喜和亲切感，他的夜行到此也结束了；此处漫不经心“试击柴扃”，只是妙不可言的夜行的一个小插曲，情趣显得颇为深长。前景还长着呢。

写夜行，先反垫一下日行，显出夜行的可意。夜行道间峰回路转，佳境迭现，佳趣横生，真有“山重水复疑无路，柳暗花明又一村”的意境。文字灵活轻快，和作者的喜悦心情是相应的。顺便提一下，此词题为《癸未道间》，癸未即宋宁宗嘉定十六年，时作者二十六岁。这是他的一首少作，洋溢着青春的气息，不类其晚年作品的意兴阑珊。

萧泰来　宋代词人，字则阳，号小山。临江（军治在今江西清江县临江镇）人。宋理宗绍定二年（1229）进士。有《小山集》。《霜天晓角·梅》大约是他自况之作。

霜天晓角

萧泰来

梅

千霜万雪。受尽寒磨折。赖是生来瘦硬，浑不怕、角吹彻。

清绝。影也别。知心惟有月。原没春风情性，如何共、海棠说。

【鉴赏】

梅花是一种品格高尚，极有个性的奇花，与松、竹并称"岁寒三友"，所以骚人墨客竞相题诗赞颂，自六朝以至赵宋，咏梅篇什不可胜数，而脍炙人口者则不多见。萧氏这篇《梅》词，能脱去"匠气"，写出自己的个性，实属难能可贵。

首句即入韵。"千霜万雪"四字就烘衬出梅花生活的典型环境。"千""万"二字极写霜雪降次之多，范围之广，分量之重，来势之猛，既有时间感、空间感，又有形象感、数量感。"受尽寒磨折"一句以"寒"字承上，点出所咏对象：梅。说梅受尽了

"千霜万雪"的"磨折"，可见词人所咏，绝非普通的梅花，而是人格化了的梅花，咏物即是写人，梅与人相契相生。"赖是"三句，另赋新笔，极写梅花不为恶势力所屈的高尚品格。"赖是"即好在，幸是，得亏是。得亏是这副天生的铮铮铁骨，经得住霜欺雪压的百般"磨折"，即便是那"大角曲"中的《梅花落》曲子吹到最后一遍(彻)，它也全无惧色，坚挺如故，因为它"欲传春信息，不怕雪埋藏"(陈亮《梅花》诗)呵！"浑不怕"即"全不怕"，写得铿然价响，力透纸背，以锋棱语传出梅花之自恃、自信、自矜的神态，而"瘦硬"之词，则是从梅花的形象着笔。因为寒梅吐艳时，绿叶未萌，疏枝斜放，故用"瘦"字摄其形；严霜铺地，大雪漫天，而梅独傲然挺立，生气蓬勃，故以"硬"字表其质，二字可与林和靖咏梅诗中的"疏影横斜"相伯仲。"疏影"乃虚写，美其风致；"瘦硬"则实绘，赞其品格，二者各有千秋，而传神妙趣实同。

过片以"清绝"二字独立成韵，从总体上把握梅花的特性，意蕴无穷，耐人咀嚼。"清绝"之"清"有清白、清丽、清俏、清奇、清狂、清高种种含义，但都不外是与"浊"相背之意。"清"而至于"绝"，可见其超脱凡俗的个性。"影也别"，翻进一层，说梅花不仅具有"瘦硬""清绝"与"众芳摇落独鲜妍"的品质，就连影儿也与众不同，意味着不同流俗，超逸出尘，知音难得，自然勾出"知心惟有月"一句。得一知己足矣，

有月相伴即可！黄昏月下，万籁俱寂，唯一轮朦胧素月与冲寒独放的梅花相互依傍，素月赠梅以疏影，寒梅报月以暗香，词人虽以淡语出之，但其含蕴之深，画面之美，境界之高，煞是耐人寻味。最后两句写梅花孤芳自赏、不同流俗的个性。花之荣枯，各依其时，人之穷达，各适其性。本来不是春荣的梅花，一腔幽素怎能向海棠诉说呢？又何必让好事者拿去和以姿色取宠的海棠攀亲结缘呢！这里借前人"欲令梅聘海棠"（见《云仙杂记》引《金城记》）的传说反其意而用之，不仅表现了梅花不屑与凡卉争胜的傲气，词人借梅自喻的心事也就不语自明了。

《庶斋老学丛谈》说："此作与王瓦全梅词命意措辞略相似。"王瓦全即王澡，其《霜天晓角·梅》云：

疏明瘦直，不受东皇识。留与伴春应肯，千红底、怎著得？　　夜色。何处笛？晓寒无耐力。飞入寿阳宫里，一点点、有人惜。

此词上片写梅花"疏明瘦直"，不受"东皇"（即花神）赏识，不与百花争胜的好形象，品格确与萧词"略相似"，惟下片则转写落梅之何处笛，"晓寒无耐力"，虽不讨东皇欢喜，然自有同病相怜之人惜其飞坠。这与萧词的"浑不怕角吹彻"及羞与海棠为伍的命意又自有别，两者相较，王词不免要逊一筹了。

总之，这首咏梅词是词人有感而发借物寄兴之作。上下片分写梅的傲骨与傲气。傲骨能顶住霜雪侵陵，傲气羞与凡卉争胜。

古人总结写诗方法有赋比兴三种，但有时因题材和命意的需要可以在写法上结合使用，如这首咏梅词就是赋而兼比的。因为在写法上它是以梅喻人。梅的瘦硬清高，实象征人的骨气贞刚，品质高洁，梅格与人格融成一片，二者契合若神，由此显出无穷意蕴，耐人玩味。观其出语之侃切健劲（如“受尽”“浑不怕”“唯有”“原没”“如何共”等），既不同于动荡流畅之语，也与温婉轻柔之词迥异，故其情致既非飘逸，也非婉转，而是深沉凝重，于是便形成这首词沉着明快的显著特点。而霜雪堆积，月华流照，疏影横斜的词境，又显出超凡脱俗、清丽优美的气韵和格调。因而本词在沉着明快中，又略带几分清新俊逸，但这只如多历忧患的硬汉子眉宇间偶尔透露的天然秀气，它与风流儒雅的贵公子浑身的潇洒英俊之气是绝不相类的。

李昴英　（1201~1257）字俊明，号文溪，番禺（今属广东）人。宝庆二年（1226）进士。历秘书郎、著作郎等，官至吏部侍郎。归隐文溪。有《文溪集》。存词三十首。

摸　鱼　儿

李昴英

送王子文知太平州

怪朝来、片红初瘦，半分春事风雨。丹山碧水含离恨，有脚阳春难驻。芳草渡。似叫住东君，满树黄鹂语。无端杜宇。报采石矶头，惊涛屋大，寒色要春护。
阳关唱，画鹢徘徊东渚。相逢知又何处。摩挲老剑雄心在，对酒细评今古。君此去。几万里东南，只手擎天柱。长生寿母。更稳坐安舆，三槐堂上，好看彩衣舞。

【鉴赏】

这是作者得名之作，据说因这首词而获得《花庵词选》编者黄昇“词家射雕手”

的美誉。(见毛晋《文溪词跋》,但今本《花庵词选》无此条。)

王子文,名埜,字子文,号潜斋,金华人,是南宋后期主战派官员。在理宗淳祐年间,曾先后知隆兴、镇江等府,又任沿江制置使、江东安抚使等职,负责江防要务。他曾上疏反对和议,认为"今日之事宜先定规模,并力攻守",所以非常注意水军的建设,在任职期间,大力修造船舰,守险备具,又增设"游兵"巡江,并提倡屯田,使得"江上晏然",取得了积极成效。难得的是,他还是个文武兼通的"儒将",他是著名学者真德秀的弟子,尊崇朱熹之学,又擅长诗词,工书法。《花庵词选》收录了他晚年写的《西河》一词,从中可见他忧国忧民的胸襟气度。而本词的作者李昴英也是个不畏强御、直言敢谏的骨鲠之士,曾奏劾权臣贾似道,被理宗称为"南人无党",所以词中每多以国事为念,有惺惺相惜之意。

王埜即将赴任的太平州在长江南岸,州治当涂(今属安徽省),居南北交通冲要,是古来兵家必争之地,当时又临近前线,所以地位相当重要。王埜之出知太平州,正是被委以国防、江防的重任。

一起首,"怪朝来、片红初瘦,……"以"怪"字领起,表达自己讶异之情,一下子便把读者的注意力吸引住了。是什么令他感到意外呢?噢,是春天的繁花开始飘落了。花儿萎悴用"瘦"字去形容,使人仿佛看到一个娟好俏丽的人儿忽然颦眉蹙额,清减了几分。李清照《如梦令》的名句"知否,知否?应是绿肥红瘦",应该对他有所启发吧!接着,作者以"半分春事风雨"倒点原因,解开前面自设的疑团。"夜来风雨声,花落知多少"!原来昨晚一场摧花的风雨把春色大大损毁了。"半分",说明摧损程度之甚。这就是词家的所谓"逆笔",使重点突出,而句法亦较多变化。三、四句正式点明"离恨",转入送别的主题。"有脚阳春"(一本作"有脚艳阳")是对能行"惠政"的官员的传统称颂语,意思是说他所到之处,如阳春之煦物,能令百姓昭苏。但现在"阳春难驻",王埜大人要调走了,于是连山水似乎也充满离愁别恨。读到这里,我们顿悟前面写春残景象不光是为了烘染离别的气氛,而且是对"阳春难驻"作形象的说明。"芳草渡。似叫住东君,满树黄鹂语。"写渡头景色。

在芳草萋萋的渡口，树上的黄莺正间关啼啭，仿佛恳请即将离去的春天再多留一会儿。黄鹂即黄莺，鸣声婉转悦耳，这里“芳草”两句也是融情于景，借啼鸟之惜春，比喻自己（或许再加上若干下属与“子民”）对王埜的依依惜别。

不过，王氏的调动，到底是国家的需要、时局的要求，所以尽管感情上难以割舍，也只能分手了。在词中，这一重转折是由“无端杜宇”四字开始的。无端，即没来由，无缘无故；这里含有无可奈何之意。杜宇的叫声近似“不如归去”，所以又名“催归”。这里说“报采石矶头，惊涛屋大，寒色要春护”的是杜鹃鸟，其目的是与上句的“黄鹂”前后照应，扣紧暮春景色，让景、情、事打成一片，使整个上半阕的意境更显浑成。采石矶，在当涂牛渚山北部，突入长江中，奇险雄伟，晋代温峤“燃犀烛怪”便发生在那里。“惊涛屋大”是说长江风急浪高，杜诗有“垂浪欲翻屋”句。后三句意思是说，当涂江面一带，风狂浪恶，满目寒凉，正需要春阳的照临呵护。比喻那里位置的重要和形势的艰危险恶，须由豪杰之士去担当局面。我们知道，自理宗端平元年(1234)金国灭亡后，次年蒙古兵即大举南下，攻四川、湖北、安徽等地，淳祐十二年(1252)又掠成都，一时烽烟四起。词中的“惊涛”“寒色”，正是对当时艰危局势的形象写照；而“春”字，亦与上文“东君”“阳春”一脉相承。

上阕借景传情，抒写惜别之意，而情绪一波三折，几经起伏跌宕：从开头至“阳春难驻”，是一开；“叫住东君”是一合；至“寒色要春护”又是一开。把恋恋不舍而又不得不舍的心绪刻画得细腻传神。

换头处以送别情景过渡，然后再转入临别赠言。“阳关唱，画鹢徘徊东渚。”人们唱起了骊歌，远行的船只即将启航了。临行之际，人们自然都希望后会有期，但何时何地才能见面呢？世事茫茫，实在难以预料，不过，既然已经以身许国，个人的事亦无需多虑了。“相逢知又何处”一句，正表达了这种复杂的心情。于是，在饯别的酒筵上，两人同抒壮怀，细评今古。“摩挲老剑”，如同诗词中常见的“抚剑”“看剑”一样，是一种渴望施展抱负的举动；“剑”而说“老”，则表明他们已久蓄此志，饱历风波。经过千磨百折而雄心犹在，不是异常可贵吗？由此推知他们对今古的评论，一定也不离国家兴废、英雄成败的话题，自然亦涉及此行赴任的前景。“君此去。几万里东南，只手擎天柱。”这是作者对友人的殷殷嘱托，希望他肩起拱卫东南的重任，做撑持大局的擎天一柱。正是英雄重英雄！由此亦可见两人相知之深，相期之切。

全词写到这里，都是遒炼紧凑，一气呵成，情郁而辞畅，有很强的艺术感染力。可惜下面收束处出语涉腐，显得后劲不继，令全篇有所减色。

“长生寿母。更稳坐安舆，三槐堂上，好看彩衣舞。”这是顺带为王埜之母祝寿，并表王之孝亲。安舆，也叫“安车”，是妇女、老人乘坐的小车。三槐堂，出《宋史·

王旦传》,是有关王姓的典故。史载,宋兵部侍郎王祐,手植三槐于庭,说"吾之后世必有为三公者,此其所以志也"。后来次子旦果然成了宰相,天下谓之三槐王氏,子孙因建三槐堂作纪念,苏轼为作《三槐堂铭》。王埜父亲王介也是大官,埜初以父荫补官,现在又渐得重用,故以此典为祝。彩衣舞,用老莱子七十娱亲的故事。以上这些都是熟调,正如李调元《雨村词话》不满地指出的,"乃献寿俗套谀词"。用在这里,可算败笔。

综观全词,除结尾可议之外,大体写得不错,而尤以上半阕为佳:跳荡转折,情景相生,感喟甚深,境界亦大。下阕上半则富雄直之气,大有"莫愁前路无知己,天下谁人不识君"之概。作为一首送别词,它没有落入单纯抒写"黯然销魂"的个人情绪的窠臼,也没有乱头粗服地故做状语,哗众取宠,而是密切结合当前景色与情事,大处着眼,细心落笔,把私人离合之感与整个社稷安危联系起来,融"小我"入"大我",使作品(就前面大半而言)保持旺盛气势和较高的格调,应当说是颇为不易的。这正是作者胸襟抱负与艺术手腕不凡之处。

水调歌头

李昴英

题斗南楼和刘朔斋韵

万顷黄湾口,千仞白云头。一亭收拾,便觉炎海豁清秋。潮候朝昏来去,山色雨晴浓淡,天末送双眸。绝域远烟外,高浪舞连艘。

风景别,胜滕阁,压黄楼。胡床老子,醉挥珠玉落南州。稳驾大鹏八极,叱起仙羊五石,飞佩过丹丘。一笑人间世,机动早惊鸥。

【鉴赏】

登高临远,游目骋怀,这是古人作品中常常见到的内容。李昴英此词,视野开阔,想象奇特,有着鲜明的地方色彩,堪称佳作。作者想到烟波万顷之外的异域,也想到如同仙人一样坐驰万里,真是奇思壮采,尽生笔底。

这首词是李昴英登斗南楼，步友人刘朔斋《水调歌头》原韵之作，是一篇描绘广州形胜的佳制。刘朔斋名震孙，字长卿，蜀人。曾任礼部侍郎、中书舍人。斗南楼旧在广州府治后城上，建于宋徽宗建中靖国年间。于此观山览海，极饶胜概。

起笔二句，极有气势。站在斗南楼上，万顷海涛，千仞云山，尽收眼底，使人神思飞越，胸襟大畅。“黄湾”，即韩愈《南海神庙碑》所云“扶胥之口，黄木之湾”的黄木湾，在今广州东郊黄埔，是珠江口呈漏斗状的深水湾。唐宋时期，这一带已成为广州的外港，中外商船来往贸易均在此处停泊。“白云”，指广州城北的白云山。“万顷”“千仞”虽是诗词中常见之语，这里置之篇首，气势便觉不凡。

“一亭收拾”，即一楼览尽。览尽什么？览尽“万顷黄湾”，“千仞白云”。据《广东通志》载：于此可以“东瞰扶胥浴日之景，西望灵洲吞纳之雄，南瞻珠海，北倚越台。森列万象，四望豁然”。“一亭”句与首二句扣得极紧。由于一亭览尽胜景，词人心神俱爽，顿觉暑热化为清凉。“豁”字用得极妙，有猛然变化、豁然开朗之意。

“潮候”二句，分承“万顷”“千仞”句发挥。一写潮水的早晚涨落，一写山色的雨晴变化，正是岭海特有的景色。“天末送双眸”句，着一“送”字，便把天际的景色，轻轻移来眼底。一种披襟快意之情，溢于词外。

词人眺望着早晚来去的海潮，想得很远很远：在万顷烟波之外的遥远地方，是有别的国度存在的，看，那在波浪中起伏的无数船只，就是来往于异国他邦的。“绝域”二句，触景遐思，写出了中外通商贸易的繁忙景象，为宋词中所仅见。

上阕主要是写眼前雄奇壮阔的景色，下阕则挥斥八极，浮想联翩。“风景别”三句，写出词人对故乡充满自豪感。他认为，这里境界阔大，可以览海观山，远胜于南昌的滕王阁和徐州的黄楼。滕王阁与黄楼是古时的两座名楼，分别因得诗人王勃与苏辙、秦观写序作赋而名声大噪。作者在题斗南楼时，以“滕阁”“黄楼”相比，隐然有不让前贤之意。

“胡床”二句由斗南楼而想及南楼。晋朝庾亮曾于秋夜登武昌南楼，坐胡床与诸人谈咏，高兴地说：“老子于此处兴复不浅。”“胡床”，是一种可折叠的躺椅。“胡床老子”，指庾亮，这里借指刘朔斋。“珠玉”，比喻优美的诗文，这里指刘朔斋的原作。“胡床”二句称誉刘朔斋醉中挥笔，在南国留下美好的词章，对题目作了照应。

词人写到这里，感情奔放，大有飘飘欲仙之概。他放怀地吟道：“稳驾大鹏八极，叱起仙羊五石，飞佩过丹丘。”他要驾起大鹏，遨游八极，叱起已化为石头的五只仙羊，飞到仙境去。“八极”，指八方之极远处。“佩”，指仙人的玉佩，系上它便可在天上飞行。“丹丘”，指仙境。《楚辞·远游》之“仍羽人于丹丘兮，留不死之旧乡”，即以“丹丘”指仙乡。“叱起仙羊五石”一句，用了两个典故。据《太平寰宇记》载：传说周夷王时有五个仙人，骑着口衔六支谷穗的五只羊降临楚庭（广州古名），把谷穗赠给州人,祝州人永无饥荒。仙人言罢隐去,羊化为石。故广州又名羊城。《神仙传》又载:有皇初平者牧羊,随道士入金华山石室中学道。其兄寻来,只见白石,不见有羊。初平对石头喝了一声:“羊起!”周围的石头都起而变羊。这两个典故,一为羊化石,一为石化羊,合用在一起,更觉指挥万象,变化随心了!

“一笑人间世,机动早惊鸥”,末二句由天上回转人间。“机动”句反用“鸥鹭忘机”之典。《列子·黄帝》载:古时海上有好鸥鸟者,每从鸥鸟游,鸥鸟至者以百数。其父说:“吾闻鸥鸟皆从汝游,汝取来吾玩之。”次日至海上,鸥鸟舞而不下。“机”即机心,指欲念。人无欲念,则鸥鸟可近。陆游《登拟岘台》之“更喜机心无复在,沙边鸥鹭亦相亲”,便是此意。设若欲念一生,鸥鸟便惊飞远避了。二句表明了作者的生活态度,颇有警世之意。

李昂英,广东番禺人,人称“词家射雕手”。以此词观之,诚非虚誉。

吴文英 (约1200~1260)字君特,号梦窗,晚年又号觉翁,四明(今浙江宁波市)人。本姓翁,出继吴氏,遂改姓。尝佐苏州仓幕,以清客身份出入权贵之门。此后长期居住在苏州、杭州,一生未做官,以布衣终身,晚年困顿而死。善知音律,能自作曲,其词远承温庭筠,近师周邦彦,重格律形式,时人以为“深得清真之妙”。所作多抒写个人身世之感,或赠答酬唱,生活面不广。喜雕琢字句,堆砌共故,在艺术技巧方面有独特之处。清人对他的评价甚高,将其与辛弃疾、周邦彦、王沂孙并列为两宋词坛四大家之一。著有《甲乙丙丁稿》四卷,存词三百余首。

霜叶飞 重九

吴文英

断烟离绪关心事,斜阳红隐霜树。半壶秋水荐黄花,
香噀西风雨。纵玉勒,轻飞迅羽,凄凉谁吊荒台古[1]。
记醉踏南屏[2],彩扇咽寒蝉,倦梦不知蛮素[3]。
聊对旧节传杯,尘笺蠹管,断阕经岁慵赋。小蟾斜影
转东篱,夜冷残蛩语。早白发,缘愁万缕,惊飙从卷乌
纱去,谩细将,茱萸[4]看,但约明年,翠微高处。

【注释】

①荒台古:彭城(即今之江苏徐州)戏马台,相传为西楚霸王项羽的阅兵之处。这里代指古迹。

②南屏:山名,上有雷峰塔。西湖十景之一的“南屏晚钟”即在此。

③蛮素:樊素与小蛮,她们是白居易家的歌妓,借指作者的亡妾。

④茱萸:植物名。古时人们于重阳节时佩之以躲灾避祸。

【鉴赏】

这是一首借景抒怀之作。写重阳节感时伤今的无限愁绪。开头“断烟离绪”,指离别之苦,“醉踏南屏”是往事在眼前浮现,佳人未曾入梦与己相会,更增哀伤无限。下阕第一句“旧节传杯”,再忆当年曾与佳人共欢,使人白发频生。而今只剩下自己,但仍希望:明年重九的登高与佳人重逢。全词以游踪为主线,穿插有关重阳的典故,昭示本人的一段艳情,颇有一种凄迷之美。

宴清都 连理海棠

吴文英

绣幄鸳鸯柱，红情密，腻云低护秦树①。芳根兼倚，花
梢钿合，锦屏人妒。东风睡足交枝，正梦枕瑶钗燕
股②。障滟蜡，满照欢丛，嫠蟾③冷落羞度。
人闲万感幽单，华清惯浴，春盎风露。连鬟并暖，同心
共结，向承恩处。凭谁为歌长恨④？暗殿锁，秋灯夜
语⑤。叙旧期，不负春盟，红朝翠暮。

【注释】

①秦树：汉宫苑中的树，即指连理海棠，此处暗喻唐玄宗与杨贵妃之间的爱情故事。

②燕股：钗的两股形如燕尾。

③嫠(lí)蟾：嫠，寡妇；蟾，月中的蟾蜍，在此借指嫦娥。此处借《嫦娥》中"嫦娥应悔偷灵药，碧海青天夜夜心。"一句之意。

④长恨：指白居易所作的《长恨歌》。

⑤"暗殿"句：此借用《长恨歌》中"夕殿萤飞思悄然，孤灯挑尽未成眠。迟迟钟鼓初长夜，耿耿星河欲曙天。鸳鸯瓦冷霜华重，翡翠衾寒谁与共?"之意。

【鉴赏】

这是一首咏物词，咏连理海棠。词的上阕极力铺写海棠的美色，"秦树"即是秦中有双株海棠，叶子似笼花，根茎似柱，可见此海棠之茂密。"芳根兼倚，花梢钿合"，同时枝柯相交，钗有两股如燕尾，好一派双株海棠浓密之势，所以，"锦屏人妒"，"嫠蟾冷落羞度"，让人又妒又羞也就在所难免了。

连理海棠的茂密让人在"满照欢丛"中尽享花的姿色。连理海棠与世无争，竞相开放与"人间方感幽单"成鲜明对比之势。现实生活中，不同阶层的人与人之间能有这样的融洽相处吗？陈洵曰："'人间万感幽单'一句，将全篇精神振起。"下阕开始便牵入李隆基、杨玉环情事，与上阕首句"鸳鸯柱"相对应，由双株海棠的"芳根兼倚"到李、杨二人的"连鬟并暖""同心共结"，看似应证，实属对比。连理海棠

的美色供人欣赏和品味，而李、杨虽情如山，却是建立在无心安邦、无心治国的基础之上，是一首畸形的恋爱欢歌。这也暗示出了封建统治阶级的高高在上，完全不顾百姓的生活起居，霸占天下姿色不与民同乐的悲惨境界。

全词上阕极力描摹所咏之物连理海棠，其实这之中深含寄托和寓意，词人较好地运用了词创作中的离合艺术。在咏物词中，贵在把物和意完美地融合在一起，然后由物及人或事，托物言志。词人明写连理海棠，似乎无丝毫的主观表露，指涉不确，但我们也非常容易从词意中理出一个头绪。不管是写连理海棠还是由此牵出的李、杨情事，言外之意并不限于笔墨之内。词人创作此词目的远不只简单列举和阐述，其意更远，借咏物来表达自己对李、杨畸形爱恋的谴责情怀，可谓意蕴深厚。

浣　溪　沙

吴文英

波面铜花[①]冷不收，玉人垂钓理纤钩[②]，月明池阁夜来秋。

江燕话归成晓别，水花红减似春休，西风梧井叶先愁。

【注释】

①铜花：即铜镜，古时以铜为镜，在其上面刻有花纹，也称铜花。

②纤钩：水中的月影。

【鉴赏】

这是一首闺怨词。上阕写玉人伫立池边，怅望一弯纤月，妙在不写抬头望月，而写凝望水中之弯月。无限情思，俱从倒影中映出。下阕抒情，却不从眼前景入笔，而是从与江燕晓别写起，再叹红减春休，最后归到西风吹拂梧桐深林的深夜，回应上阕“月明池阁夜来秋。”写景清丽，回环往复。颇有清空之气。诚如周济所言：“梦窗每于空际转身，非具大神力不能。”

点绛唇 试灯夜初晴[1]

吴文英

卷尽愁云,素娥临夜新梳洗,暗尘不起,酥润凌波地。
辇路[2]重来,仿佛灯前事。情如水。小楼熏被,春梦笙歌里。

【注释】

①试灯:唐宋时期有赏灯之俗,试灯即在正式赏灯之前的预赏。在周密的《武林旧事》第二卷所载"禁中自去岁九月赏菊灯之后迤逦试灯,谓之'预赏'。一入新正,灯火日盛……"。

②辇路:古时帝王车驾行经之路。也指通往京都的路。

【鉴赏】

这是一首抒发睹物思人的恋情词。上阕写云散天开,雨后月白风清,大地如酥,月光如水。此为元宵节前试灯夜的外在景物。下阕忆旧。当年元宵,词人在此曾发生一段恋情,柔情似水,难以忘怀;然而这种难以忘怀的刻骨铭心的爱毕竟无情逝去。末尾两句,主人公在小楼中听着歌睡去,但当年小楼之事却在梦中永现。

祝英台近 春日客龟溪游废园[1]

吴文英

采幽香,巡古苑,竹冷翠微路。斗草[2]溪根,沙印小莲步[3]。自怜两鬓清霜,一年寒食,又身在,云山深处。
昼闲度。因甚天也悭春,轻阴便成雨。绿暗长亭,归梦趁飞絮。有情花影阑干。莺声门径,解留我,霎时凝伫。

【注释】

①龟溪:水名,今浙江德清县境内。

②斗草:指古时妇女常玩的一种斗草游戏。

③莲步:女子的脚步,古时女子的足称莲。

【鉴赏】

龟溪,在浙江德清县。吴文英青年时期曾游德清县,这篇《祝英台近》,是他晚年重游德清县的作品。

词的上片写游园。开头三句,点题,写废园风景。"幽""古""冷"三字,确切地写出了废园的特征。斗草,指妇女的斗草游戏。溪根,指溪边。莲步,指女子的脚步。"沙印小莲步",指溪边沙地上留下的女子纤小的脚印。这里的小莲步,是指游园所见的春游女子的足迹。"自怜"三句可分三层:"两鬓清霜"是第一层,清霜借喻白色,这句写自己年老。"一年寒食"是第二层,寒食日是清明节的前一日或前二日,此句照应词题所说的"春日"。又一年的春日到了,体现了时光过得太快之感。"又身在、云山深处"是第三层,"云山"与"翠微"呼应,"身在"表明是独游。这句照应了词题中的"客"字,描写了客居龟溪的孤独处境。

词的下片写归梦。"昼闲度"三句,写游园时所见春天阴云成雨的景象。"昼"字,扣住了词题中的"日"字。悭,吝啬。"天也悭春",写天也吝啬,舍不得多放晴朗的春光。这三句,景中含情,表现了词人平生未能春风得意而只好闲度光阴的伤感情绪。"绿暗"二句,写由观赏园中春景引起归思。"绿暗"一词,准确地表现了阴雨中春天园亭颜色和光线的特征。长亭,是古人送别之地;寒食清明,是古人祭扫祖墓的时节,这种时间空间,最容易引起客居外地之人的回家念头,因而下句写归梦极其自然。"归梦趁风絮",趁,兼有乘便与追逐之意,这个动词将归梦写活了,写出了归梦的倏忽与轻飘的特点。风絮,即风中柳絮,又紧扣了春日园林的景象特点。"有情"三句,将废园写得情趣盎然。词人用花影来修饰栏杆,用鸟声来修饰门前小路,不仅将废园美化,而且将它人格化了。结尾三句,收合词题中的"游",写得情景交融。吴文英的别的词，结尾常换另一景境。此词则不然，开头与结尾都是描绘废园景物，意境浑然一体。

澡兰香 淮安重午

吴文英

盘丝[①]系腕，巧篆[②]垂簪，玉隐绀纱睡觉。银瓶露井[③]，
彩箑[④]云窗，往事少年依约。为当时曾写榴裙[⑤]，伤心
红绡褪萼。黍梦[⑥]光阴，渐老汀洲烟箬[⑦]。
莫唱江南古调，怨抑难招，楚江沉魄。熏风燕乳[⑧]，暗
雨梅黄，午镜澡兰帘幕[⑨]。念秦楼[⑩]，也拟人归，应剪
菖蒲自酌[⑪]，但怅望一缕新蟾，随人天角。

【注释】

①盘丝：端午节时流传于民间的一种习俗，以五色丝线系于手腕，以避开祸患。

②巧篆：古时人们在端午节时书写符篆妆饰发簪，以躲避灾祸。

③银瓶：酒器，此处借指酒宴。露井，无盖之井。

④箑（shà）：扇子。

⑤写榴裙：据《宋书·羊欣传》所记载："羊欣著白练裙昼卧，王献之诣之，书其裙数幅而去。"

⑥黍梦：黄粱梦。

⑦箬（ruó）：鲜嫩的香蒲。

⑧熏风：南风。燕乳，指雏燕，小燕子。

⑨午镜句：午镜即端午节所铸之"百炼镜"，旧俗以避邪。

⑩秦楼：指女子居住阁楼。

⑪应剪句：民俗端午节剪菖蒲浸酒以祛病。

【鉴赏】

这是首咏端阳节的节序词，有民俗学价值。开头三句描写一位在青罗旅中的女子，臂上系有五色丝。此情已令词人想起少年时代的一段恋情。只因当年曾在恋人石榴裙上题诗，现在却早已花残红退，令人无限悲伤。下阕开头三句，缅怀屈

原，包含着词人对于时势的愤懑之情。“熏风”三句，写“溧兰”具体场景。“念秦楼”写每逢佳节倍思亲之情。全词组织得条理分明，情与事、情与物、情与节令风俗处处融会胶着，诉尽佳节怀人的衷肠。

风入松

吴文英

听风听雨过清明，愁草瘗花铭[1]。楼前绿暗分携路，一丝柳，一寸柔情。料峭春寒中酒[2]，交加晓梦啼莺。

西园日日扫林亭，依旧赏新晴。黄蜂频扑秋千索，有当时纤手香凝。惆怅双鸳不到，幽阶一夜苔生。

【注释】

①瘗(yì)花铭：瘗花即葬花。

②中酒：醉酒。

【鉴赏】

这是一首伤春怀人之词。陈洵在《海绡说词》中说：此词乃“思去妾”之作。

上阕着重抒发伤春怀远之情。“听风听雨过清明，愁草瘗花铭”，“听”和“过”字显得别有品位，尤其是“听”字的两次使用，与“风”“雨”结合，很有节奏感。“草”字则极写词人内心的矛盾，想静下来“听”，却又难以抵挡心烦意乱的愁绪的侵袭，还满腹愁绪地拟写了葬花的哀铭。“楼前绿暗分携路”二句，由伤春转到伤别，看到昔日的“分携路”，不免触景伤情。看到物，自然也就想到人，那楼前绿荫浓暗的地方就是当年送别与伊人分手的地方，而如今已是人去楼空，那一丝丝柳丝就好像是一寸寸亲情。古人爱用柳树代表离别的感伤，走到“分携路”处，摘下了柳枝，作为赠别的礼物送给伊人，那寄寓着离别的惆怅和对彼此情感的忠贞。此二句情景交融，深刻表达出词人对昔日恋人的无限思念之情。“料峭”二句更是表明了词人内心的无穷惆怅，想借酒消愁，哪知愁更愁，莺啼声惊醒醉梦中的我，那份孤独和寂寞更是难以承受。

下阕承着上阕，写词人对昔日恋人的思念之情。“西园”二句中的“日日”二字，表明无时无刻不在等待那人的归来，而“依旧”二字又显得很无奈，再等也是一场空,这是词人对昔日恋人的一种无力的呼唤。在震撼肺腑之后,我们听到的只是嘶哑的声音,这种失落往往容易使人感到孤独无助,甚至产生幻觉。“黄蜂”二句,即是幻觉的体现。词人独居西园,孤独失落,竟认为那黄蜂飞扑秋千,是因为当年恋人打秋千时,手上的香泽留在了绳子上,惹得黄蜂不肯离去。末二句急转回到现实中,“双鸳不到”表明此时还是空等着,致使“幽阶一夜苔生”。“一夜”二字深感时光易逝,而恋人离去仿若在昨天。

全词情景交融,用语含蓄,意蕴情深,令人寻味。陈廷焯称其“词中高境也”(《白雨斋词话》)。

莺啼序 春晚感怀

吴文英

残寒正欺病酒,掩沉香[①]绣户。燕来晚,飞入西城,似说春事迟暮。画船载,清明过却,晴烟冉冉吴宫[②]树。念羁情,游荡随风,化为轻絮。

十载西湖,傍柳系马,趁娇尘软雾。溯红渐招入仙溪,锦儿[③]偷寄幽素。倚银屏,春宽梦窄,断红湿,歌纨金缕[④]。暝堤空,轻把斜阳,总还鸥鹭。

幽兰旋老,杜若还生,水乡尚寄旅。别后访,六桥[⑤]无信,事往花委,瘗玉埋香,几番风雨。长波妒盼,遥山羞黛,渔灯分影春江宿。记当时,短楫桃根渡[⑥]。青楼仿佛,临分败壁题诗,泪墨惨淡尘土。

危亭望极,草色天涯,叹鬓侵半苎[⑦]。暗点检,离痕欢唾,尚染鲛绡[⑧]。亸凤[⑨]迷归,破鸾[⑩]慵舞。殷勤待写,书中长恨,蓝霞辽海沉过雁。漫相思,弹入哀筝柱。伤心千里江南,怨曲重招,断魂在否?

【注释】

①沉香:沉香木。

②吴宫:这里泛指南宋时期的宫苑。五代时吴王在此建都,故称吴宫。

③锦儿：钱塘江妓女杨爱爱的侍婢，在此泛指侍婢。

④"歌纨"句：歌唱跳舞时所用的绢扇。金缕指用金线绣成的舞裙，借杜秋娘之《金缕衣》之典。

⑤六桥：是西湖外湖的映波、锁澜、望山、压堤、东浦、跨虹六桥，宋代苏东坡所建。这里代指西湖。

⑥桃根渡：原为桃叶渡，在今南京市的秦淮河与青溪合流之处。晋王献之的侍妾名桃叶，此处借王献之《桃叶词》云："桃叶复桃叶，渡江不用楫，但渡无所苦，我自迎接汝。"之意。

⑦苎(zhù)：白色的苎麻，指白发。

⑧鲛绡：薄绸柔软的手帕。

⑨亸(duǒ)：形容下垂的样子。亸凤指失意的凤凰。

⑩破鸾：破镜、孤鸾。

【鉴赏】

此词调名创自吴文英，共分四片二百四十个字，在词调中最长。四片的结构是西湖暮春之景——昔日恋情——重游西湖忆旧情——凄凄哀思，思路清晰，结构严密完整，语言牧罚感情真挚。

惜黄花慢

吴文英

次吴江，小泊。夜饮僧窗惜别。邦人赵簿携小妓侑尊[①]，连歌数阕，皆清真词。酒尽已四鼓，赋此词饯尹梅津[②]。

送客吴皋，正试霜夜冷，枫落长桥。望天不尽，背城渐杳，离亭黯黯，恨永迢迢。翠香零落红衣[③]老，暮愁锁，残柳眉梢。念瘦腰，沈郎旧日，曾系兰桡[④]。

仙人凤咽琼箫，怅断魂送远，《九辩》难招[⑤]。醉鬟[⑥]留盼，小窗剪烛，歌云载恨，飞上银霄。素秋不解随船去，败红趁一叶寒涛。梦翠翘[⑦]，怨鸿料过南谯[⑧]。

【注释】

①侑尊：侑指劝人饮食，尊指酒器。这里是劝酒之意。

②尹梅津：名焕，字惟晓，山阴人，曾为《梦窗词》作序。

③红衣：荷花。

④兰桡：用香木制成的船桨。泛指船。

⑤仙人句：用萧史、弄玉吹箫引凤之典故，比喻歌女唱腔清越美妙。《九辩》相传为屈原的弟子宋玉所作之赋。

⑥醉鬟：歌女。鬟指古时女子的发髻，这里指女子。

⑦翠翘：一种首饰，这里代指女子。

⑧南谯：南楼。

【鉴赏】

这首词在小序中便表明写作理由，"赋此词饯尹梅津"。

"送客吴皋"二句，点明作词时间和地点。送客到了吴江，此时正是寒霜凝结的夜晚，冷气袭人，凋了的枫叶洒落在长桥边。"背城渐杳"中的"杳"与下句"黯"相对，城郭渺远，送别的长亭在暮色中显得暗淡无光，这一切的悲凉景色，促成词人一个"恨"字，恨场景的败落，恨夜晚的寒冷，恨朋友离去时的那份离愁。这些恨恰似细长的流水慢慢悠悠地流向远方。"翠香零落红衣老"句，翠碧的荷花香气已不在，荷叶也零落不堪，荷花尽显衰残。"残柳眉梢"与之同时出现，只是在暮色里的残柳紧锁住了离愁。想必旧日，"瘦腰"沈郎也"系兰桡"。上阕主要交代在"吴皋"的送别，其中在景物中尽现凄清愁苦的送别场面，透过自然景物及情景的融合，反映送别时的依依不舍。

过渡下阕,“夜饮僧窗”,“凤咽琼箫”更是增添了几丝离别的伤感,“箫”,本届一种乐器,其音质低韵,厚滑,多借助其音表现惆怅和离别之情。“怅断魂送远”,即使唱响《九辩》也难招还。此处借“箫”,表难遣郁闷之境。“小伎侑尊”已微含醉意,在离宴上,她“歌云载恨”,“飞上银霄”。“素秋”二句,下笔神奇,居然想到“素秋”为何不随着船而远去呢。秋境的悲凉不正好映对词人此时面对离别的悲凉心境吗?可惜“败红趁一叶寒涛”,只有残花红叶可怜地追随着那只船。这二句深表词人面对离别只能是惆怅和无奈的心境,笔法柔婉,轻灵细作。末句更是以梦作结,或许只有梦中才会有回归和团聚的喜庆吧!

高阳台

吴文英

宫粉[①]雕痕,仙云堕影,无人野水荒湾。古石埋香[②],金沙锁骨连环[③]。南楼不恨吹横笛[④],恨晓风千里关山。半飘零,庭上黄昏,月冷阑干。

寿阳空理愁鸾[⑤],问谁调玉髓,暗补香瘢[⑥]?细雨归鸿,孤山[⑦]无限春寒。离魂难倩招清些,梦缟衣解佩溪边[⑧]。最愁人,啼鸟晴明,叶底清圆。

【注释】

①宫粉:宫中的粉黛,此处指梅花。

②古石埋香:美人亡故。借用鲍照的《芜城赋》:“东都妙姬,南国丽人……莫不埋魂幽石,委骨穷尘。”梅花凋落之意。

③“金沙”句:据李复言《续玄怪录·延州妇人》载,相传延州有个妇人亡故,已经安葬。后来从西域来了一个胡僧说她是锁骨菩萨。于是人们打开墓穴,看到她全身的骨节如同锁子一样紧紧相扣。作者借此指代梅花的高贵圣洁。

④“南楼”句:借唐代诗人李白的《与李郎中饮听黄鹤楼上吹笛》“黄鹤楼中吹玉笛,江城五月落梅花”一句之意。

⑤“寿阳”句:借用南朝宋时的寿阳公主扮梅花妆的故事。意思是寿阳公主睡于殿檐之下,忽有梅花落于额上,美丽之极。后来宫女们竞相效仿,此即梅花妆。

⑥“问谁”句：借用段成式《酉阳杂俎》之典，相传有个叫孙和的人，非常宠爱其夫人邓氏。一日醉酒误伤了夫人的面颊，并流了许多血，于是忙请医生前来诊治，医生说：“得白獭髓、杂玉与琥珀屑当灭痕。”孙和便急忙配药，因琥珀放得过多，未能全部消除伤痕，于是邓夫人左颊留下了斑点，却更加的美丽动人。此处意为现在梅花已经凋落殆尽，没有谁能为寿阳公主补瘢增色了。

⑦孤山：位于杭州西湖之滨。北宋时期林逋曾隐居于此，遍种梅花，养饲仙鹤，后有“梅妻鹤子”之称。

⑧“缟衣”句：缟衣即白衣。此句借用刘向的《江妃二女》：“江妃二女者，不知何许人也，出游于江汉之湄，逢郑交甫。见而悦之，不知其神人也，谓其仆曰：‘我欲下请其佩。’……遂手解佩交甫。”之意。

【鉴赏】

这首词咏落梅。上阕前三句写野外水边，一株梅花开败。“古石”“金沙”两句写梅虽落但精神永存。接下用听《梅花落》笛曲引出别愁。下阕开头接前仍写花落但形象永存。“归鸿”映带别愁，又用王昭君离魂难招表示对落梅的最后哀悼。最后一句写叶底梅子泛青，最令人愁。这首词将落梅进行多侧面的表现，剔控出“落梅”之灵魂。

三姝媚　过都城旧居有感

吴文英

湖山经醉惯，渍春衫，啼痕酒痕无限。又客长安，叹断
襟零袂，涴①尘谁浣。紫曲②门荒，沿败井，风摇青蔓。
对语东邻，犹是曾巢，谢堂双燕③。
春梦人间须断，但怪得当年，梦缘能④短。绣屋秦筝，
傍海棠偏爱，夜深开宴。舞歇歌沉，花未减，红颜先
变。伫久河桥欲去，斜阳泪满。

【注释】

①涴(wò):污染。

②紫曲:旧居。

③对语三句:化用刘禹锡诗《乌衣巷》句:“旧时王谢堂前燕,飞入寻常百姓家。”对比昔日的繁盛景象和今天的衰败之气。

④能:如此,这样,能够。

【鉴赏】

这首词是作者重过“都城旧居”的悼亡之作。上阕描写今日故地重游之所见。“啼痕酒痕无限”道出一篇主题。下阕追忆以前欢乐幸福的生活。“春梦人间须断”承上阕,备感凄凉,感悟到人生如梦。绣屋下五句,写具体“梦缘”情事。“红颜先变”暗示佳人早亡,最后境界肃穆:离别故居之际,独立于桥上,悼念爱妻和逝去的岁月……词情凄迷哀婉,也有人认为此作也寄寓着对故里的思念。

八声甘州 灵岩陪庾幕诸公游[1]

吴文英

渺空烟四远,是何年,青天坠长星?幻苍崖云树,名娃金屋[2],残霸[3]宫城。箭径[4]酸风射眼,腻水[5]染花腥。时靸双鸳响[6],廊叶秋声。

宫里吴王沉醉,倩五湖倦客[7],独钓醒醒。问苍波无语,华发奈山青。水涵空[8],阑干高处,送乱鸦,斜日落鱼汀。连呼酒,上琴台去[9],秋与云平。

【注释】

①灵岩:山名,在今苏州以西,当年吴王夫差为西施而造馆娃宫遗迹而负盛名,庾幕即僚属。

②"名娃"句:吴王夫差为西施建馆娃宫之事,此处借古喻今。

③残霸:吴国曾强盛一时,称霸一方,后来却为越王勾践所灭,故称残霸。

④箭径:即采香径。这里借范成大《吴郡志》卷八《古迹》:"采香径在香山之傍,小溪也。吴王种香于香山,使美人泛舟于溪以采香。今自灵岩望之,一水直如矢,故俗又名箭径"之意。

⑤腻水:此处借杜牧的《阿房宫赋》中:"渭流涨腻,弃脂水也。"一句和《古今词话》中的:"吴宫香水溪,俗云西施浴处,人呼为脂粉塘。吴王宫人濯妆于此。"句之意。

⑥时靸(sǎ):靸,用草编的一种鞋。双鸳指鸳鸯履,美人所穿的鞋。

⑦"倩五湖"句:借范蠡辅佐越王而灭吴,功成后退隐于五湖之意。

⑧水涵空:水天相接。

⑨琴台:吴王夫差的遗迹。

【鉴赏】

吴文英词作中最值得重视的是登临怀古之作。这类作品大多具有充实的思想内容和现实意义。本词约作于宋理宗绍定中(1228~1233),词人入苏州仓幕时。本词是咏怀古迹,慨叹历史兴亡。灵岩山在苏州西面,上有春秋吴国的遗迹,因而极负盛名。

词的上阕先以描述灵岩山的环境起笔。开篇即以长句提问:"渺空烟四远,是何年、青天坠长星?""渺空烟",看似目接,实乃神遇,"是何年"立意高远。"幻"字领出下文,接着推出一段历史"名娃金屋","名娃"是指西施,"金屋"原指汉武帝少时要给阿娇的华贵房屋,这里指吴王为西施建的馆娃宫。上阕从现实到历史的转换,表现出对江山未改,而人事多变的意旨。词人对国事的忧心,也由此可见。

下阕"宫里吴王沉醉,倩五湖倦客,独钓醒醒","倩"有众人皆醉之意,"五湖倦客"即指范蠡。词人讲历史,暗在斥责吴王夫差因沉溺歌舞,而终于亡国,赞许范蠡对现实的清醒认识,能功成身退,隐于五湖。"问苍天无语,华发奈山青。""苍天"承应上句的"五湖","山青"应上句的"宫里",悲叹青山依旧,韶华远逝。"水涵空、阑干高处,送乱鸦,斜日落渔汀",词人吊古将身世之感融注于景物描写之中,昔日之繁盛,俱化为乌有,所见只有山青水碧,乱鸦飞舞,表达了深切的兴亡沧桑之感。

结句“秋与云平”四字更是用语新颖独到，意义深远，不同凡响。下阕借吴国的历史讽喻南宋王朝的偏安享乐，暗示出南宋濒临灭亡的危局。

本词是吴文英的怀古名篇，奇情壮采，却又婉转低回。词作清楚地反映了词人对待现实的态度，关切时事的爱国倾向。艺术上采用对比、想象等表现手法，将远古历史呈现在读者面前，给人以梦般感受。同时词人又巧妙地将现实与历史，个人感慨糅合在一起，不仅拓展了词境，也深化了词的思想内容。

踏莎行

吴文英

润玉笼绡，檀樱[①]倚扇。绣圈[②]犹带脂香浅。榴心空叠舞裙红，艾枝[③]应压愁鬟乱。

午梦千山，窗阴一箭，香瘢新褪红丝腕。隔江人在雨声中，晚风菰[④]叶生秋怨。

【注释】

①檀樱：指女子浅红色的樱桃小口。

②绣圈：妆饰用的各色花环。

③艾枝：旧时民间流传的习俗，端午节以艾枝作饰戴于头上。

④菰(gū)：水生植物。

【鉴赏】

这首词咏闺情，描写少妇端午时的特殊装束与离愁。上阕五句为五个肖像特写画面。下阕转与别怨，“隔江人在雨声中”情境真切，思念更真切。最后一句景中寓情。此词状人极为成功，人物举手投足如在眼前。陈洵云：“读上阕，几疑真见其人矣。”

瑞鹤仙

吴文英

晴丝牵绪乱，对沧江斜日，花飞人远。垂杨暗吴苑[①]，正旗亭[②]烟冷，河桥风暖。兰情蕙盼[③]，惹相思，春根酒畔。又争知，吟骨萦消，渐把旧衫重剪。

凄断。流红千浪，缺月孤楼，总难留燕。歌尘凝扇，待凭信，拌分钿[④]。试挑灯欲写，还依不忍，笺幅偷和泪卷。寄残云，剩雨蓬莱[⑤]，也应梦见。

【注释】

①吴苑：春秋时期吴王阖闾所建的宫苑。

②旗亭：飘着旗的亭子，这里指酒楼。

③兰情蕙盼：形容美人优雅而娟秀的情态。

④拌(pàn)分钿：拚，甘愿。分钿指分钗、离别。

⑤蓬莱：传说中海上的仙山，这里借喻伊人所居之处。

【鉴赏】

这是一首与恋情有关的怀人之词。词人在“苏州曾纳一妾，后遣遣去”（夏承焘《吴梦窗系年》）。此词要表达的怀人对象正是这位苏州去妾。

“晴丝牵绪乱”，首句摆出词人的心理状态，思绪的缭乱正是由“晴丝”牵引而出，此处“晴丝”通“情丝”。往日情感上的千丝万缕，作为现在来讲都显得是那样珍贵，因为毕竟昔日难以再现。“对沧江斜日”，已是“花飞人远”，只有“垂杨暗吴苑”，由此可推断出，词人并非所处“吴苑”，而是身在异地。“正旗亭烟冷，河桥风暖”，酒楼上飘摇着酒旗，它也正随着清冷的烟雾忽浓忽淡。“兰情蕙盼”，酒旗的飘摇传送着“盼望”的迫不及待要伊人出现的那份信息。“惹相思”中的“惹”字，一语道破天机，点出了前面以景作起的原因和结果——惹人相思啊！词人较好地做到了与景与人交融的结果，在景中寄托着对人的相思。

这种相思是残酷磨人的，以至使“吟骨萦销”，“渐把旧衫重剪”，这是多么地“凄断”，使人魂断凄伤。

“流红千浪”句，正是对上面“花飞人远”的映衬，同时也显出“凄断”的哀伤。燕子终究要飞走的，那是它习性所致。堆道伊人也是这样吗？只见“歌尘凝扇”。这似乎已难分你我，而此时眼前看到的竟与心境中那样相似，或许那就是心境的外在表现形式。

“待凭信”几句，写得凄感伤痛。“待凭信”，“挑灯欲写”，却又“依不忍”，甚至“笺幅偷和泪卷”。这种痛苦只有词人本人那时深有体会。

末句“寄残云剩雨蓬莱，也应梦见”，寄托高远。梦境中期待着相见相会得到安慰，虚实结合，密中有疏，同时也写出无奈之情。

夜游宫

吴文英

人去西楼雁杳，叙别梦，扬州一觉。云淡星疏楚山晓，
听啼乌，立河桥，话未了。
雨外蛩声早，细织就霜丝①多少？说与萧娘②未知道，
向长安，对秋灯，几人老③？

【注释】

①霜丝：白发。

②萧娘：女子的泛称。

③几人老：即“人几老”，是倒装句，对年老体衰的感叹。

【鉴赏】

这首词是作者在临安思念爱妾之作。上阕开头一句“人去”即指爱妾早亡。回忆在一起时的往事，犹如一梦。下阕“雨外蛩声”是眼前景，“细织”“霜丝”写白发渐多。但一切对方无从知道，我却独对秋灯老去，这才令人无限感伤！此作采用时空跳接，现实与梦境交织等手法，营造出一个凄清而又令人痴迷的境界。

贺新郎 陪履斋先生沧浪看梅[①]

吴文英

乔木生云气，访中兴，英雄陈迹，暗追前事。战舰东风悭借便[②]，梦断神州故里。旋小筑，吴宫闲地。华表月明归夜鹤[③]，叹当时，花竹今如此。枝上露，溅清泪。

遨头[④]小簇行春队，步苍苔，寻幽别墅，问梅开未？重唱梅边新度曲，催发寒梢冻蕊。此心与东君[⑤]同意。后不如今今非昔，两无言，相对沧浪水。怀此恨，寄残醉。

【注释】

①履斋：吴潜，字毅夫，号履斋，淳中曾为相，封为庆国公。

②“战舰”句：高宗建炎四年（公元1134年），韩世忠率军驾船在镇江大败金兵，但最后还是不能够挽救国家灭亡的悲惨命运。

③“华表”句：典出《搜神后记》中丁令威学道成仙、化鹤归来站在华表柱人之事，本词化用其意。

④遨头：太守。《成都记》所载，宋时成都正月至四月浣花时节，太守出游，士女纵观，所以称太守为“遨头”。

⑤东君：指传说中的司春之神，此处指吴潜。

【鉴赏】

这首词写作者陪吴潜沧浪亭观梅，抒发了词人缅怀英雄、感时忧国的情怀。上阕前一半追忆韩世忠大败金兀术的英雄壮举。后一半写词人与吴潜来游韩世忠所置的沧浪亭别墅，恍如隔世。下阕写沧浪别墅观梅。“梅边新度曲”、“催发寒梢冻蕊”写得情趣与境界活灵活现，为下句“此心与、东君同意”做了铺垫，突出了词人梅花一样高洁的情操。接着抒发今不如昔的愤慨，对南宋小朝廷进行婉讽。

唐多令

吴文英

何处合成愁？离人心上秋[①]。纵芭蕉，不雨也飕飕。
都道晚凉天气好，有明月，怕登楼。
年事[②]梦中休，花空烟水流。燕辞归，客尚淹留[③]垂柳
不萦[④]裙带住，漫长是，系行舟。

【注释】

①离人：分别很久的人。心上秋：心头苍凉，此篇合成了一个“愁”字。

②年事：青春岁月。

③淹留：停留。

④萦：牵拉住。

【鉴赏】

本词就眼前景，抒心中情，是羁旅怀归之作。

首二句一问一答，“何处合成愁？离人心上秋。”此乃《子夜》变体，风格与民间小调相近。用这种问答的方式，词人点出了伤离别的题意。其中“离人心上秋”采用了拆字法构造意象，“心”和“秋”二字合起来即是“愁”字，借以巧妙地表达词人内心的忧愁。同时由于离人的愁思因秋景而触发，语含双关，实在是构思巧妙。“纵芭蕉、不雨也飕飕”，这句承接上句，化虚为实。词人将自己的主观情思移至物上，似乎连芭蕉也染上了他的感情色彩，给人以萧瑟凄凉之感。“都道晚凉天气好；有明月，怕登楼”，这是上阕的后三句。尽管今晚“天气好”，“有明月”，然而月圆人不圆，因而害怕登楼眺望，害怕徒增烦恼和惆怅。这是全篇之眼。通过对客观事物的不同感受，词人的思乡离愁也就充分地表达了出来。

下阕逐层对“离人心上秋”进行具体解说。“年事梦中休，花空烟水流”，词人在此感叹自己青春年华的逝去，往事如梦，花儿零落一空，美好的时光也像迷茫的烟水似的，一去不复返了。词人心中的惆怅流露了出来，继而“燕辞归、客尚淹留”，化用曹丕《燕歌行》：“群燕辞归鹄南翔，念君客游思断肠。慊慊思归恋故乡，君何淹留寄他方。”燕归客留，上承“离人”，下应“行舟”，意脉贯通，表明了词人淹滞难归

的羁旅之愁。“垂柳不萦裙带住，漫长是，系行舟”，埋怨如丝垂柳没有挽留住离人，却偏偏系住我的行舟。伊人已去而自己仍留，必有不得已的理由，却不明说，只怨怪燕之归、客之留都由于柳丝把该系住的没系住，却把不该系住的系住了，委婉含蓄地表达出词人的怀念之情。

全词上阕写离愁，下阕写秋别。寄情于景，虚实交错，使全词显得缠绵悱恻。语言精巧细腻，含思宛转，情感朴质。

望江南

吴文英

三月暮，花落更情浓。人去秋千闲挂月，马停杨柳倦嘶风。堤畔画船空。
恹恹[①]醉，尽日小帘栊[②]。宿燕夜归银烛外，流莺声在绿阴中。无处觅残红。

【注释】

①恹恹：精神不振，生病的样子。

②帘栊：泛指窗门。

【鉴赏】

这是一首艳情词。上阕写往日的欢情。暮春三月，一般是花落水流红，闲愁万种的时节，而这里却情意浓密。人为何而去，马为何而停，船又因何而空？一切尽在不言中。下阕写如今的别恨。他或她独自守着窗儿，整天昏昏欲睡的样子，流莺啼啭，更加伤春。最后以“无处觅残红”结尾，对应上文的“花落”，景情迥异，聚散匆匆，倾注了主人公的绵密深情。

潘牥 （1204～1246）字庭坚，号紫岩，初名公筠，福州富沙（今属福建）人。端平二年（1235）进士。历太学正，通判潭州。著有《紫岩集》。今有辑本《紫岩词》，存五首。

南乡子

潘牥

题南剑州妓馆

生怕倚阑干，阁下溪声阁外山。惟有旧时山共水，依然，
暮雨朝云去不还。
应是蹑飞鸾。月下时时整佩环。月又渐低霜又下，更阑，折得梅花独自看。

【鉴赏】

端平二年（1235）登进士第名列第三的潘牥，做过太学正、潭州通判等官，不幸于四十三岁的盛年溘然长逝。这位福建才子擅长诗词，也贪恋风月，这首词无疑是一个很好的佐证。

词人当年定然较长时间地游弋于这家南剑州妓馆。今朝旧地重来，物是人非，自然不免触目伤怀，于是情不自禁地提笔在那粉墙上题写了这样的诗篇。

“生怕倚阑干”，劈头一句开门见山就把词人来到此间的心情披露纸面。为何

"怕倚阑干"？当然是因为当年在这楼阁上、栏杆旁经历过许许多多难以忘怀的赏心乐事。而今，楼阁还在，栏杆还在，可那些明眸皓齿、莺声燕姿却梦一般风流云散了，时间的流水、岁月的风尘不知将她们飘向哪里？在此情此景下，词人怎能不"生怕倚阑干"呢？

"阁下溪声阁外山"是词人此刻倚凭时的所见，溪声与山色勾勒出一个诗的境界，词人在凝视这山色、倾听这溪水时，脑中萦绕的是对昔日繁华的憧憬和回忆。"惟有旧时山共水，依然"是在梦一般的记忆苏醒时，对眼前景物的感叹，这"山共水"的不变更反衬出人事变迁的可悲，因此"朝云暮雨去不还"就成为往事的一个指向明确的象征，它不仅包括情爱和粉黛的倩影，而且包括青春、燃烧的激情和心灵的火焰……

下片是对远逝的倩影的遐想和带有梦幻色彩的猜度：当年仙子般神采飘逸的她定然是乘鸾远去了，此刻在这明月如霜的静夜，她可是在团圞的圆月下对镜夜妆，整饰她腰间的玉佩、耳边的金环。她可曾想起当年在这楼阁上与她共度良宵的他吗？而今朝凭栏瞩望那永远逝去了的倩影的他，已待得月落西沉，早霜又下，还迟迟不肯离去。在夜阑更深之际，他折来一枝梅花。独自睇赏。这梅花莫不是她留下的影子吗？那样冷艳，那样莹洁，那样让他心醉向往……

洪瑹 宋朝词人，字叔玙，号空同词客。有《空同词》，存十六首。

菩萨蛮

洪　瑹

宿水口

断虹远饮横江水，万山紫翠斜阳里。系马短亭西，丹枫明酒旗。

浮生常客路，事逐孤鸿去。又是月黄昏，寒灯人闭门。

【鉴赏】

洪瑹，宋末人，自号空同词客，有词一卷。清况周颐云："《空同词》如秋卉娟妍，春蘅鲜翠。"（《蕙风词话》卷二）这首词写客中所见，抒发了羁旅幽思，也具有这样的风格。水口，集镇名，今名水口铺，在安徽来安县南三十里来安水东岸，有大路西通滁县，东连江苏六合，南距长江不远，可见地当水陆交通要道，为征人旅客常经之地。词人途中投宿，即景抒情，写下了这首小词。

起首二句写远景。雨后新晴，一道断虹斜插东南方的长江，在夕阳落照之中，千山万岭，一片紫翠。三四两句转写投宿，兼及近景。短亭者，古时修于官道旁，以供行人休息，大凡五里一短亭，十里一长亭。"系马短亭西"，说明客舍就在此近旁；"丹枫明酒旗"，说明客舍兼营酒店，古代往往如此。短短四句，恍如一幅画卷，它给人最深的印象是色彩绚丽，诗意盎然。词人好像手握一枝调色笔，精心点染，于是画面上红黄橙绿青蓝紫的彩虹出现了，紫中带翠的山岭出现了，青旗（酒旗色青，亦称青旆）、红枫也出现了。近人徐珂《历代词选辑评》引况周颐曰："'明'字从追琢中来。"真是一语破的。其实岂但"明"字而已，"断虹远饮横江水"中的"饮"字，虽本于宋之问诗"虹饮江皋霁"，也带有"追琢"的痕迹。但不是一提"追琢"，这词便不好。况周颐还说："词太做，嫌琢；太不做，嫌率。欲求恰如分际，此中消息，正复难言。"（《蕙风词话》卷一）可见他不是一概反对追琢，而是反对"太做"，即追琢过分。若"恰如分际"，这种追琢还是必要的。有此"明"字，青旗、红枫，判然可见，色彩明丽。这番工夫，填词家不可不学。

下阕抒写客中孤独之感。换头二句，谓词人奔走仕途，一事无成。"浮生"语出《庄子·刻意》"其生若浮，其死若休"。李白《春夜宴从弟桃李园序》云："夫天地者万物之逆旅。光阴者百代之过客也，而浮生若梦，为欢几何？"词人这里用"浮生"，表示了对仕途的厌倦。"事逐孤鸿去"，语本杜牧《题安州浮云寺楼》诗之"事与孤鸿去"，盖言往事不可追寻，已逝之日月亦不能再返，感慨至深，故亦真挚感人。结尾二句饶有韵味。从时间上看，上阕写夕阳时候，山犹染紫；此云"月黄昏"，则已暮色苍茫了。其上着以"又是"二字，说明词人在外不知度过了多少个日日夜夜，受尽了千愁万苦。时云暮矣，词人只有点上寒灯，闭门而已。唐人马戴《灞上秋居》诗有句云"寒灯独夜人"，词境似之，然易以"人闭门"三字，则变成有我之境，与李重元《忆王孙·春景》的结句"欲黄昏，雨打梨花深闭门"，有异曲同工之妙。明人杨慎评李词云："空闭门，望不到也，无聊之极思。"（见《忭花庵本草堂诗馀》卷一）黄了翁亦评曰:"末句比兴深远,言有尽而意无穷。"(《蓼园词选》)这些话可以同样拿来评价这首词的结句。

这首词上阕着重写景,下阕着重抒情,符合一般小令的结构规律。但前后对比,有明显的映照作用:开始时词人远望断虹饮水、斜日含山,心情比较舒畅;结尾时闭门深坐,一灯荧然,自然产生抑塞无聊之感。因此在整个词中,词人的感情是有发展变化的,非平铺直叙的作品所能比拟。

章谦亨 生平不详,字牧叔,吴兴(今浙江湖州)人。《全宋词》辑其词九首。

浪 淘 沙

章谦亨

云藏鹅湖山

台上凭栏干,犹怯春寒。被谁偷了最高山?将谓六丁移取去,不在人间。
却是晓云闲,特地遮拦。与天一样白漫漫。喜得东风收卷尽,依旧追还。

【鉴赏】

章谦亨于绍定(1228~1233)初年任铅山(今属江西)令,鹅湖山即在县境。这阕词大约写于其时。

读这阕词,给人最强烈的印象是它的构思。"云藏鹅湖山"本来是极平常的自然现象,但出现在作者笔下,劈头就是"被谁偷了最高山?将谓六丁移取去,不在人间"。山可偷,已是相当新奇,何况又具体怀疑到六丁(道教神名,火神)身上去,这就更加生动。一个普普通通的题材,经这么一构思,便觉妙趣横生了。上半阕说山已不在人间,这是故作的幻想,新巧一些也许并不足怪。可是下半阕说破山被云遮的真相以后,仍然具有无穷的趣味,这是因为作者同样采取了"直意曲一层说"的方法。本来是云遮山,词中却说"晓云闲","特地遮拦";本来是风吹云散,山岳现形,词中却说"喜得东风收卷尽,依旧追还"。在这里,晓云和东风同六丁神一样具有生命，而且要是不去“追还”，山也照样要被偷去。艺术之不同于说教，原因之一就在于它是有趣味性的精神产品；人们之所以能从艺术品那里得到享受，得到娱乐，一定程度上也还是由于它有趣味。本篇的作者章谦亨“尝为浙东宪，风采为一时所称，然蕴藉滑稽，不同流俗”（《绝妙好词笺续钞》）。这种特殊的性格，帮助作者从人们司空见惯的题材中发现情趣，并用幽默生动的语言表现出来，因而使词篇具有强烈的艺术魅力。

当然，风趣不是艺术的目的。艺术美应当是对生活美质的表现。拿这首词来说，它的魅力的根本所在，仍然是对“云藏鹅湖山”这一美景的描绘。只是作者的手法是十分巧妙的，全篇没有正面描写鹅湖山之秀美，但经过仔细品味，你不仅能够看到山美，而且还能看到云美。首先，作者在“犹怯春寒”的时候，冒着清晨的凉气去“台上凭栏干”，自然是由于此时的鹅湖山最美。这里作者没有直说山美，但他的兴趣与追求本身就是一种暗示，它引导着读者对鹅湖山产生无限的向往。其次，六丁、晓云、东风都是优美的，而设想出的偷、移取、收卷、追还等情节也如神话一样动人。再说，人冒着春寒去看山，不料山被六丁移取，被晓云特地遮拦，最后才有东风追还——人、神、云、风形成你争我夺的热闹场面，当然是因为鹅湖山太美的缘故。最后，字面的表现虽然不多，但也不是一点也没有。比如“与天一样白漫漫”描写无边的云海，就给人以美的享受。再如“春”日的时令，“晓”间的风光，也都使“云藏鹅湖山”显得更美。

辛稼轩闲居期思村时曾有《玉楼春》词戏赋云山云：“何人半夜推山去？四面浮云猜是汝。常时相对两三峰，走遍溪头无觅处。西风瞥起云横度，忽见东南天一柱。老僧拍手笑相夸，且喜青山依旧住。”章谦亨在铅山曾访稼轩期思故居。此词构思当受稼轩影响，踵事增华，也有他自己新的东西，对照读之，当各知其妙处。

李彭老　字商隐，号筼房。德清（今属浙江）人。淳祐中曾为沿江制置司属官，与弟莱老同为宋遗民词社中重要作家，合有《龟溪二隐词》，存词二十二首。

祝英台近

李彭老

杏花初，梅花过，时节又春半。帘影飞梭，轻阴小庭院。

旧时月底秋千，吟香醉玉，曾细听、歌珠一串。
忍重见。描金小字题情，生绡合欢扇。老了刘郎，天远
玉箫伴。几番莺外斜阳，阑干倚遍，恨杨柳，遮愁不断。

【鉴赏】

这是一首缠绵悱恻的忆情词。时值仲春，杏花初开，梅花已谢，隔帘燕影如穿梭般来去翩飞，轻云遮着阳光给小小的庭院投下淡淡的阴影；到傍晚，明月又在花园里洒下一片银色的清辉……

词人一定是离开这个地方多年，如今旧地重游，往日的情景，心中的记忆便如潮水般涌来。那明月下的秋千架上，曾荡过一个衣袂飘摇的倩影，他为她沉吟，为她陶醉，远远地他还听到她银铃般的歌声，仿佛是圆润的明珠一串……

词人在上阕中运用了眼前景色与忆中情景叠合的手法，描写出一种耽于怀旧的心境。季节没有变，环境没有变，只是使这一切都光辉起来的秋千架上的她消失了，这时同景同更衬托出物是人非的怅惘的悲哀。这里需要特别指出的是作者对他怀念的对象只做了一点朦胧的点染："月底秋千"，"吟香醉玉"，"歌珠一串"，通过这些意象，读者可以想象出一个风姿绰约的女性的美，给接受主体留下了广阔的再创造的余地和空白。

下阕词人笔锋一转,又回到眼前的现实中来:他看到了她那"题情"的"描金小字",又重睹了她那当时手执的"生绡合欢扇"。人去楼空,人离物在,这勾起昔日记忆的种种,词人哪忍再睹重见。这里记忆与现实融成了一体,较之上阕现实与记忆的重合、叠加更有一种令人心荡神驰的艺术魅力。

"老了刘郎",这是词人于揪心的怀旧中迸发的感叹!"刘郎"用的是南朝宋刘义庆《幽明录》中刘晨与阮肇入天台山遇仙女喜结良缘的典故。后因称情人为"刘郎"。这里是词人自况,他慨叹自己这多年来在天长地远的外地飘泊,只以玉箫为伴,待如今归来,意中人已杳如黄鹤,只留下一点雪泥鸿爪的踪迹使人低回梦绕、惆怅无限……

"几番莺外斜阳"等四句是词人寻梦破灭后心情的展露:他凭栏久久地瞩望着柳莺外西斜的夕阳,愁绪如暮霭似的在心灵的原野上四处弥漫。他恨眼前的杨柳,因为杨柳遮不断这广漠的愁绪。其实词人不应怨恨杨柳,因为那愁绪就在自己的心里,任何物都无法遮挡,任何人都无法阻拦……

浣溪沙

李彭老

玉雪庭心夜色空,移花小槛斗春红。轻衫短帽醉歌重。
彩扇旧题烟雨外,玉箫新谱燕莺中。阑干到处是春风。

【鉴赏】

这首词描写作者春夜赏花行乐的情景,和惬意自得的心情。

古代文人大都有一种欣赏大自然的闲情逸致,尤其是对于一年四季中最美好的春天,就更加留连眷恋。唐代大诗人李白有一篇著名的《春夜宴桃李园序》,写的就是白昼赏春不足,夜晚还要秉烛携酒憩游。李彭老深得先辈诗人的真传,他也是在一个月色如水的春夜,携酒前来庭院中赏花饮宴。他先是在院心一丛开得如雪的玉兰花前酌饮,空明的夜色衬着如雪的白花是极美极雅的,但看久了,也觉得单调;于是他便移步离开院心,来到一处争红斗艳、色彩明妍的花丛中,再斟再饮,甚觉赏心悦目。这时作者的形象出现了:他穿着轻衫,戴着短帽,由于酒至半酣,心灵也解脱了平日的束缚和羁绊,便尽情地、随心所欲地放歌起来。这是一种难得的放松和解脱呵,他的激情可以在歌声中倾泻,他的块垒可以在啸吟中散释。这一刻可以说是词人的良辰美景。

下阕是词人在夜间赏花时一种惬意心情的表述：词人手中的那柄彩扇上的绘画和题辞是昔日所作。“烟雨外”三字表明词人一向盘桓于山水烟雨之中，画和诗乃挥洒于雨停烟散之时。这表明词人不但诗画皆精，而且有一种不为世俗红尘的功名利禄所羁绊的超然物外的品格。“玉箫新语燕莺中”，说明词人今朝所吹的玉箫，乃是最近谱写的新曲。“燕莺中”三字表明新谱乃是今春之作。词人真是多才多艺，他不仅擅长绘画、书法，还通晓音律，能自制新曲。

“阑干到处是春风”是一句充满乐观自信情绪的对生活的赞歌，一反文人伤春吊月的积习，词人歌颂春天的美好，生活的可爱，这在古典诗词中是比较少见的。

四字令

李彭老

兰汤晚凉，鸾钗半妆，红巾腻雪初香，擘莲房赌双。
罗纨素珰，冰壶露床，月移花影西厢，数流萤过墙。

【鉴赏】

曾在淳祐年间做过沿江制置属官的李彭老，实际上是一个很风流的人物，你看他这首《四字令》，描写一位出浴后的美人是多么绘形绘色，令人神驰心荡。

一池兰汤，清濯芬芳。美人浴罢曳着半遮半掩的浴裳来到窗前闲乘晚凉。她乌云般的秀发上斜插着凤鸾金钗；半妆半裸着，鲜亮的红巾遮着腻乳。雪白的肌肤散发着新浴的芳香。她一边乘凉，一边掰着莲蓬戏耍，那是和丫鬟玩“赌双”的游戏哩，谁掰的是双数的莲房，谁就赢了对方：这该是她一个隐秘的期盼吧？她拥有如此丰满的青春，怎能不盼望成对成双？

在上阕描写了美人出浴的艳丽与她娇憨、活泼的个性之后，下阕则从另一个角度描写她的素雅与贞静。这表面看来似乎是矛盾、相悖的，其实正是矛盾的统一，因为人本身就是一个矛盾的统一体，素雅与艳丽并存，活泼与贞静同在，才更显出这位美人的可爱，而且也使性格的刻画显有了层次和深度，因而也就显得其个性更加突出、更加真实。

夜深了，玩倦了，这位美人要睡了：她披上一件飘洒的绢衣，耳边挂上两颗素洁的玉珰。“纨”，是一种精致洁白的细绢，其质薄而软，可更显出女性婀娜的风姿和窈窕的体态，班婕妤《怨歌行》有句云："新裂齐纨素，皎洁如霜雪"，可见其质地的精美和色泽的洁白；"珰"，是古时女子的耳饰，古乐府《孔雀东南飞》中，有"耳著明月珰"之句，看来我们的这位女主人公耳边佩戴的大约也是这种素雅而又名贵的玉饰。她夜妆完毕，就在露天的床榻上歇宿，因为那是一个夏夜，"冰肌玉骨"的她"自清凉无汗"，在微微的晚风中她更感到舒适、凉爽。"冰壶"乃"一片冰心在玉壶"的缩写。说明这位期望成双的女主人公又能贞静自持，她的内心生活是丰富的，精神境界是高雅的，仅凭这些就能抵住性欲的骚动和困扰……

美人安详地入睡了。此时，月移花影动，淡蓝的花影渐渐爬上了西厢的墙脚，数点流萤明明灭灭，幽幽地悄悄地飞过了女墙，夜多静呵，美人睡得多甜多香。她一定有个好梦吧，你看她腮边的那个笑靥旋得多深、多圆、多长……

此词的绝佳处在于写得含蓄、精粹而又明朗、具体，它意象集中、意蕴浓缩、意境幽深，可以引起读者丰富的想象，调动接受者各种人生体验加以补充、再创造，读者从字面背后所领会到的比其字面上的还多，这，便是优秀艺术作品的最主要的表征。

浪淘沙

李彭老

宝押绣帘斜，莺燕谁家。银筝初试合琵琶。柳色春罗裁袖小，双戴桃花。
芳草满天涯。流水韶华。晚风杨柳绿交加。闲倚阑干无藉在，数尽归鸦。

【鉴赏】

温庭筠有一首《菩萨蛮》，全文如下："小山重叠金明灭，鬓云欲度香腮雪。懒起画蛾眉，弄妆梳洗迟。照花前后镜，花面交相映。新帖绣罗襦，双双金鹧鸪。"由于全篇只在"双双""懒""迟"等处透露了闺怨的消息，因之被论者推为深婉词作的代表。李莱老此词的上半阕显然受了温词的影响，也只有"双戴桃花"一语微露情思。不过，到了下半阕，词中又说"流水韶华"，又说"闲倚阑干无藉在"，又说"数尽归鸦"，因而整个看来，这首词的微婉深曲虽不及温词，但在主题的表达上，由于作者既重视含蓄蕴藉，又不故作险涩之笔，所以它在具有言外之致的同时，倒也避免了晦涩的嫌疑。

与内容表达中的含蓄深邃相一致,这阕词在人物形象的创造上,也尽量不用正面涂抹。词中人物的特点,主要表现在两个方面:一是多情,一是善良美丽。集中反映主人公多情的句子,除了"双戴桃花"和"数尽归鸦"之外,还可以挑出"银筝初试合琵琶""流水韶华""闲倚阑干无藉在"等几句。不过,要从这些词句中看出主人公的丰富感情来,那是要下一番品味的功夫的。比如,说"银筝初试合琵琶"与感情有关,就是因为在这种情况下弄筝鼓琴,实际上是用乐曲寄托她不尽的思念。至于女主人公的心灵与容貌,词篇表现得更为深曲。只有在对下列各句的揣摸中,才有可能接近作者的用心。"柳色春罗裁袖小,双戴桃花"写打扮,服饰与梳妆这样入时,自然是同人的娇美分不开的。"银筝初试合琵琶"一句透露了对艺术的精通,要是没有秀美聪慧的心灵,这一点是办不到的。此外,主人公看见天涯芳草,便有感于"流水韶华",面对晚风杨柳,又有"闲倚阑干无藉在"(即无聊赖)的凄楚,都说明她是一个通灵俊秀的美女子。

在情调的安排上,这首词前半阕近于浓艳,后半阕则较为淡远,这都是为主题的表达所决定的。在上半阕中,词用"宝押"(押,镇帘之物)"绣帘"写豪华的居处,用"莺燕谁家"写优美的环境,用"银筝初试合琵琶"写高雅的精神生活,用"柳色春罗裁袖小,双戴桃花"写精心的妆梳。这些地方越是把主人公的生活描写得花团锦簇,便越突出了她的唯一缺憾——爱人久旅不归。因此,她戴花必"双",裁春衫一定要适时,都是她盼归心理的反映。而求侣觅双的莺燕一定叫她空添惆怅,那么"银筝""琵琶"上的曲子,当然在诉说她的心思。到了下半阕,作者有意改变了字面的颜色。在这里,"芳草天涯"是凄迷的,"晚风杨柳绿交加"是晦暗的,"归鸦"是寂寞的,而"流水韶华"的感叹,"闲倚阑干"的情态,"数尽归鸦"的行为,又都是十分悲苦的。如果说,上半阕的艳丽是对主人公情绪的反衬的话,那么下半阕的暗淡,就正是主人公心理的象征了。

李演　字广翁，号秋堂，生卒年不详。工词，尝与李彭老唱和，著有《盟鸥集》。存词七首。

贺新郎

李　演

多景楼落成

笛叫东风起。弄尊前、杨花小扇，燕毛初紫。万点淮峰孤角外，惊下斜阳似绮。又婉娩、一番春意。歌舞相缪愁自猛，卷长波、一洗空人世。闲热我，醉时耳。
绿芜冷叶瓜州市。最怜予、洞箫声尽，阑干独倚。落落东南墙一角，谁护山河万里！问人在、玉关归未？老矣青山灯火客，抚佳期、漫洒新亭泪。歌哽咽，事如水！

【鉴赏】

多景楼在今江苏镇江北固山甘露寺内，北临长江，为登览胜地，素有"天下第一江山楼"之称。周密《浩然斋雅谈》载，宋理宗淳祐年间，镇江知府重修多景楼，设宴庆祝落成，一时席上皆湖海名流。酒余，主人命妓持红笺遍征诸客吟咏，李演《贺新郎》词先成，众人惊赏，为之搁笔。宋末国势衰落，此时金国已亡，蒙古崛兴，对南宋的压迫，较前更甚。镇江居形胜之地，守臣不事战备，而修葺名楼，纵情声色，粉饰太平，有识之士，当为之扼腕唏嘘。李演此词，微婉深讽，悲慨淋漓，在宋代众多的咏多景楼词中，可与陈亮《念奴娇》、程珌《水调歌头》等名作媲美。

上片点题，咏多景楼成。"笛叫东风起"，起句高华浏亮，提挈全篇。笛声唤起东风，吹满江天，人的思想仿佛也被带到遥远遥远的地方。二、三句略点眼前宴席上的情景。在尊前飘舞着蒙蒙的杨花，初换上紫毛的乳燕差池来去。"万点"三句，笔势忽转，写倚楼北望所见。由"杨花""紫燕"等微小事物一转为"万点淮峰""孤角""斜阳"等雄阔之景，对比强烈，表现了词人感情的激荡变化。南宋原与金国以淮河为界，镇江西北二百余里外的泗州，已非宋土，此时亦归于蒙古。长江以北至淮河南岸，是南宋的淮南东路，都是平原地区，无险可守。所谓"淮峰"，也只不过是些低矮的小土丘罢了。词中"万点"的"点"字，颇有深意。"孤角"。指日落时军中的号角。角声"惊"下斜阳，着此"惊"字，可窥见作者的心情。"又婉娩、一番春意"，接得极妙。既与"杨花""紫燕"呼应，又含有讽意。在斜阳号角声中，娱乐升平的"春意"显得多么不协调——"歌舞相缪愁自猛，卷长波、一洗空人世"两句笔力豪宕，意味深长。主客名流，征歌逐舞，无时休歇。"相缪"，即相缭、缠绵之意。当歌对酒，更添了词人的愁绪。"愁自猛"，一"猛"字生辣。俯看那长江中卷起的浩浩流波，它真要把这污浊的人世一洗干净！"卷长波"，实际也是词人的愿望，与杜甫的"安得壮士挽天河，净洗甲兵常不用"、陆游的"要挽天河洗洛嵩"用意相似。可是，一洗人世是无法实现的，那只好"闲热我，醉时耳"，酒酣耳热，发抒一下胸中的悲愤而已。

换头一句，"热耳"转为"冷眼"，"绿芜冷叶瓜州市"，写景冷隽。瓜州，又称瓜埠洲、瓜洲。本为长江中沙洲，状如瓜字。在大运河入江处，与镇江相对。瓜洲是沿江重镇，可是却看不到什么军事设施，眼前只见一片"绿芜冷叶"，已不复有"楼船夜雪瓜洲渡"（陆游《书愤》）的情景了。"最怜予"二句倒叙。上文所写，即词人倚阑所见。本来多景楼重修落成，遍招宾客，歌舞相缪，非常热闹，词人却"阑干独倚"，如有深忧，也许在座的衮衮诸公，都无法理解他登临时的怫郁的心情吧！

"落落"以下一段，一气呵成，层层推进，悲慨呜咽，真有裂竹之音。镇江是当时抗御蒙古的前线，东南的一角边墙，如今却防务废弛，又怎能护得山河万里呢！北方广大的领土，仍在蒙古之手，朝廷大臣早已不思恢复，光恃着长江天堑，苟且偷安，恐怕将来连这东南的半壁山河也难以保全了。"落落"二句，感慨深沉。着一"谁"字，故意设问，未能远谋的肉食者难逃其责。正如陈廷焯《词则》评论说："此何时也，而修名胜、侈声妓以为乐乎？想太守对之，应有惭色。"醉生梦死的达官贵人们真会为此而感到羞惭吗？词人接着再问一句："问人在、玉关归未？"远在西北的玉门关，是汉唐时的边塞重镇，"玉关"人未归，感叹关塞戍卒，头白守边。每念及此，便不由得涕泗纵横了。"老矣青山灯火客，抚佳期、漫洒新亭泪"，两句悲愤苍凉，真有回肠荡气之力。青山是不老的，只有那闲居青山之中、无所作为的人才会感到自己衰老了。"老矣"句，表达了报国无路的痛苦心声。"佳期"，指恢复中原之期，也是"玉关"人归的时候。如今佳期迢递，唯有空洒一掬新亭之泪。南宋词人登临之作，每用"新亭对泣"的典故。宋乾道年间知润州军州事陈天麟重建多景楼，作《多景楼记》云："至天清日明，一目万里，神州赤县，未归舆地，使人慨然有恢复意。"也不忘恢复。可是，到李演登楼作词时，南宋已衰弱至极，不要说北伐中原，甚至连偏安局面也难保了。词人的泪，已是到家国即将沦丧时无可奈何的悲泪了。

"歌哽咽,事如水!"一切的情事,都随着楼下的长江水滚滚东流,留下的只有无穷的遗憾和痛悔!长歌当哭,这首词也就是李演此时心境的最好说明吧!

此词对景抒怀,兴尽悲来,念及国事,声调沉郁,由笛声而孤角声、而洞箫声、而呜咽声,每况愈下,声声压抑,真实地传唱出特定时代的萧瑟之声。

黄昇 生卒年不详,字叔旸,号玉林,建安(今福建建瓯)人。早弃科举,吟咏自适。著有《散花庵词》,编有《绝妙词选》二十卷,分上、下两部,上部为《唐宋诸贤绝妙词选》,十卷;下部为《中兴以来绝妙词选》,十卷;后人统称《花庵词选》,昇自著词亦附于后。存词三十九首。

南柯子

黄 昇

丁酉清明

天上传新火,人间试袷衣。定巢新燕觅香泥。不为绣帘朱户说相思。

侧帽吹飞絮,凭栏送落晖。粉痕销淡锦书稀。怕见山南山北子规啼。

【鉴赏】

黄昇此词题"丁酉清明",是一首伤春怀人的词作。丁酉,是宋理宗嘉熙元年(1237)。

"天上传新火,人间试袷衣。"上句点清明。古代四季用不同的木材钻木敢火,易季时所取之火便叫新火。"唐制,清明日赐百官新火。"(《九家集注杜诗》《清明二首》赵注)上句用天上一语,即出此故实。按黄昇"早弃科举,雅意读书"(《花庵词选》胡德方序),则此句并非自指在朝,实借喻正当清明日而已。不过,有此一语,词面便觉渊雅。上句天上,下句人间,造境意趣不凡,实与此词所写之怀人高情相表里。三月清明之日,人间初著袷衣,正是"暮春者,春服既成"(《论语·先进》)。

清明日这一平常而新鲜的生活感受,触动了词人别有一番之伤心怀抱。时序移易,漂泊久矣,离恨久矣,意在言外。“定巢新燕觅香泥。”新燕归来,栖定旧巢,飞衔香泥,经营家室,真是一片欢忙。曰薪,曰香,层层点染出春天之美好。此句所描写之景象,暗反衬人之离别,居者之空守闺阁,行人之有家不得归,皆不言而喻。“不为绣帘朱户说相思。”歇拍是紧承上句出来,由此而明此三句皆设想之辞,虚摹居者之情境。燕子合家呢喃言欢,闺阁中人则默默相思而已。替闺中人设想相思之苦,却出以燕子不为闺中人说相思,辞意极美。

下片从对方之虚摹收回自己之现境。“侧帽吹飞絮,凭栏送落晖。”侧帽,语出《周书·独孤信传》:“尝因猎,日暮,驰马入城,其帽微侧。诘旦,而吏民有戴帽者,咸慕信而侧帽焉。”宋词常用此典,如陈师道《南乡子》:“侧帽独行斜照里。”过片二句是自己伤春怀人之写照。风吹飞絮,侧帽独行。登临凭栏,独送落晖。这况味之凄凉,又何异于独守闺阁?写飞絮,则感春将暮矣。写落晖,则悲日之夕矣。有家归不得之悲,直透出词面。凭栏送落晖之意,亦唐宋诗词中习见,如杜牧《九日齐山登高》:“不用登临恨落晖。”柳永《蝶恋花》:“草色烟光残照里,无言谁会凭栏意。”用侧帽、落晖等字面,不但生动,而且渊雅。“粉痕销淡锦书稀”,言闺中人昔日寄来之书信,上有粉泪之痕,今已消淡,则得而藏之已久;更言书信亦稀,并此且不能再得。其久别信断之事,长念不已之情,曲曲传出。“怕见山南山北子规啼。”结笔承锦书稀写出,仍落墨于现境,全篇便觉收得稳重。子规啼叫之声,古人以为似曰“不如归去”,声调凄切,在行人听来,尤怅触难以为怀。曰山南山北,则暮春无处不闻子规,纵然怕听见,也不得不听见。无可顿脱的离恨,至曲终仍绵绵无已。

此词虽小,却好。天上人间,山南山北,造境不可谓不高远,用以表现怀人之高情深致,十分相惬。实写与虚摹,现境与想象,笔法不可谓不丰富,富于层深变化之致,遂愈增浑厚绵邈之意。天上新火,人间袂衣,侧帽、落晖、锦书等等字面,则增添了此词的文采。黄昇是有眼力的词选家、词评家,著名的《花庵词选》即出其手,自作词也斐然可观。

清平乐

黄昇

宫怨

珠帘寂寂,愁背银釭泣。记得少年初选入,三十六宫第一。

当年掌上承恩，而今冷落长门。又是羊车过也，月明花落黄昏。

【鉴赏】

这首词题为“宫怨”(《绝妙好词》《词综》均题为“宫词”)，是一首反映宫廷女子失宠后寂寞生活的宫怨词。首句中“珠帘”，指用珍珠缀饰的帘子。《西京杂记》云：“昭阳殿织珠为帘，风至则鸣，如珩珮之声。”“珠帘寂寂”，是说本来“风至则鸣”的珠帘，而今寂寂地低垂着，静悄悄，没有一点声音。这表明长时间没有人进来，室内居者也没有出去走动，甚至连一丝风也没有。可见何等冷清、沉寂、落寞。第二句“愁背银缸泣”中银缸，即银灯。银灯点亮，表明难熬的一个白天终于又过去了，而更难熬的又一个夜晚又无情地降临了。如此日复一日，深居冷宫，满腹愁绪无法排遣，只好背着银灯啜泣。“背”字颇耐人寻味。人在高兴时往往对着灯儿言笑，而愁与想象苦时则往往背对灯儿叹息垂泪，仿佛怕内心难以言传的痛苦，被灯儿窥破而更加令人不堪似的。一面无声地流泪，一面回忆失去了的往昔的宠幸：“记得少年初选入，三十六宫第一。”初选入宫时年轻貌美，楚楚动人，“回眸一笑百媚生，六宫粉黛无颜色。”艳压群芳，独承恩宠。

上片由今日写到昔日，下片则又从昔日回到今日。首句“当年掌上承恩”上承上片结句，下转“而今冷落长门”。当年承恩帝王，被珍爱如掌上明珠。而这美好的一切已成为一去不复返的过去，如今色衰爱弛，帝王另宠新欢，将自己冷落长门。长门宫乃汉代陈皇后失宠于汉武帝后所居之宫，后人多以“长门”来代指失宠宫女的居处。“又是羊车过也。”羊车指帝王所乘之车，典出《晋书·胡贵嫔传》：“(晋武帝)常乘羊车，恣其所之。”此指帝王御幸其他宫女，经过其居所。与冷落“长门”，恰成鲜明对照。冠以“又是”，则此种难堪，其来已久矣。句意饱含辛酸。最后以景结情：“月明花落黄昏。”天已黄昏，花已零落，月儿依旧那么明亮；无奈、凄凉之情，悠然不绝。这种结尾，正如宋人沈义父在《乐府指迷》中所称道的那样：“结句须要放开，含有余不尽之意，以景结情最好。”

这首词语言明快畅达而又有余蕴。结构上颇有特色。起笔叙眼下寂寞愁苦，中间回忆往昔承恩时幸福情景，结尾又是一片黯淡、凄苦，并以他人之喜衬自己之悲，写出了感情上的波澜曲折，不失为一首宫怨词佳作。

鹧　鸪　天

黄　昇

暮春

沉水香销梦半醒，斜阳恰照竹间亭。戏临小草书团扇，
自拣残花插净瓶。
莺宛转，燕丁宁。晴波不动晚山青。玉人只怨春归去，
不道槐云绿满庭。

【鉴赏】

花落燕归时节的青春伤感，自来是婉约词司空见惯的传统题材，而这首《鹧鸪天》，却还能给读者以比较新鲜的印象。它的可读性，主要在于作品对人物心灵深曲入微的揭示，笔触的流丽清新倒还在其次。

词的上片，写这位女主人公春昼梦醒的无聊之状。“沉水香销”（沉水，即沉香，又名水沉，一种香料。辛弃疾《鹧鸪天》：“香篝渐觉水沉销”），炉香将要燃完，缭乱的烟丝越来越稀淡了，这句点明迟迟春日，白昼方长，午梦初醒，天犹未暮。女主人公情思恍惚之际，正是斜阳映照庭院之时。大概是“梦短易添清昼倦”的关系吧，梦半醒，更添倦意；香渐消，永昼难消。她于是团扇临书，瓶花供养，来打发这漫长的春日。“戏临小草书团扇，自拣残花插净瓶”，这两句描摹的闺中人的生活片断，是具有特征性的。临，临摹字帖；戏，戏学草书。这和南宋人诗句的“矮纸斜行闲作草，晴窗细乳戏分茶”（陆游《临

安春雨初霁》)不很相同,这是另一样闲情偶寄,反映了女主人公特有的身份与情韵。娟秀的银钩小草,书写在精致的生绡白团扇上,是聊以自遣之举;而自拣残花,插入净瓶,就更属满腹春愁的寄托了。特意拣取的是快要凋谢的花朵,掩藏的是红颜将老、芳华易逝的内心哀叹;对这残花,她不烦女伴,亲自采来,加意怜惜的一段深情,完全凝结在十分郑重、无比轻柔的动作上。以上是叙事。女主人公的寂寞情怀、惜花心事,婉曲深微地传给了读者。旧梦难寻,更在斜阳外。

下片接承意脉,进一层写景抒情。从时令上看,是再次点染春日黄昏、清和景物。"晴波""晚山",扣紧"斜阳恰照"。"莺宛转,燕丁宁,晴波不动晚山青。"暮春三月,莺飞草长,装点湖山,而这莺歌宛转、燕语呢喃,到底在呼唤着什么、寻求着什么呢?默然无语相对的但有晴波不动、晚山空翠。可惜一片清歌,都付与黄昏!女主人公留春无计、怨春不语,伤春心事无人会,惜花情绪只天知。她的心灵的窗扉悄悄地打开,又轻轻地闭上。只怨春归,却不道流年暗中偷换,槐阴覆地,又临初夏了。

这首词受有晏殊的影响。晏殊《踏莎行》所表现的"春思",也属绿遍红稀的暮春时的惆怅,环境亦为"炉香静逐游丝转"的内院;"一场愁梦酒醒时,斜阳却照深深院"的结句,更为黄昇词中梦醒后"斜阳恰照竹间亭"脱胎所自。若加对读,艺术上,黄昇的作品流丽似《珠玉词》,而浑成不及;思想境界上,晏殊之作所传达的无非是淡淡的富贵闲愁,而黄昇《鹧鸪天》则深沉得多,它反映出那个时代里,青春被禁锢的女性的追求和失落、寂寞和同情,更富于社会意义。

南乡子

黄　昇

冬夜

万籁寂无声,衾铁棱棱近五更。香断灯昏吟未稳,凄清。
只有霜华伴月明。
应是夜寒凝,恼得梅花睡不成。我念梅花花念我,关情。
起看清冰满玉瓶。

【鉴赏】

此词《草堂诗余隽》卷二误以为秦观所作,对其评价极高;然检《散花庵词》,实为黄昇作。黄昇是一位著名的词选家，有《花庵词选》二十卷行世，其所评论，每多卓见。他的诗，人称如“晴空冰柱”，今读此词，也有此感觉。

上片写夜寒苦吟之状。词人生当南宋中期，早弃科举，遁迹林泉，吟咏自适，填词看来也是他精神生活中一个重要组成部分。从这首词看，即使夜阑更残，他还在苦吟不已。起二句云：“万籁寂无声，衾铁稜稜近五更。”夜，是静极了，一点声音也没有。这种境界，唯有深夜无寐的人，才能体会得真切。“衾铁稜稜”，盖从杜甫《茅屋为秋风所破歌》中“布衾多年冷似铁”来，又魏了翁诗：“衾铁稜稜梦不成。”益以“稜稜”二字，则使人感到布衾硬得如有棱角，难以贴体。如果我们读过鲍照《芜城赋》中“稜稜霜气，蔌蔌风威”的句子，那就更觉砭人肌骨了。至“香断灯昏吟未稳，凄清”二句，词人则把注意力从被窝移向室内：炉中沉香已经燃尽，一灯如豆，昏暗异常，够凄清的了。至“只有霜华伴月明”，又转向室外，描写了素月高悬、霜华遍地的景象。五句三个层次，娓娓写来，自然而又真切。“吟未稳”者，吟诗尚未觅得韵律妥帖、词意工稳之句也，三字点出词人此时之所为，可称上片之“词眼”。由于“吟未稳”，故觉夜静衾寒，香断灯昏；复由于“吟未稳”，故觉霜华伴月，碧空无际。而“凄清”二字，则是通篇氛围所在，不但笼罩上片，而且笼罩下片，随处可以感到。由此可见，词的结构是井然有序、浑然一体的。

下片词人从自己的“吟未稳”，想到梅花的“睡不成”。寒凝大地，长夜无眠，词人竟不说自己感到烦恼，倒为梅花设身处地着想，说它该是烦恼得睡不成了。出语奇警，设想绝妙。接下去二句说："我念梅花花念我，关情。"不仅他在想着梅花，梅花也怜念起他来了。他们竟成为一对知心好友！林逋以梅为妻，以鹤为子，词人则以梅花为知己，俱为清高出世之境，大雅不俗。明人沈际飞称这是"幻思幻调"（见《草堂诗余》评）。这种构思，确实是奇幻的；这种格调和意境，确实是空幻的。它非常形象地勾勒了一个山中隐士清高飘逸的风采。它的妙处特别表现在将梅花拟人化。明人李攀龙评曰："托梅写出相思处，念兹在兹。"又云："叙冬夜之景，在胸中流出。以梅花为故人，便见不孤。"（《草堂诗余隽》卷二引）正是指此而言。

结句"起看清冰满玉瓶"，跟以上两句不可分割，实是蝉联而来，词中句断乃为韵律所限。由于词人关切寒夜中梅花，因此不顾自己寒冷，披衣而出，结果一看，玉瓶中的水已结成了冰。至于梅花呢，他不说了，留给读者去想象。这就非常蕴藉，饶有余味。如果说尽了，说梅花冻得不成样子，或说梅花凌霜傲雪，屹立风中，那就一览无余，毫无诗意了。可见词人手法之高明。

从整个词来说，晶莹润洁，犹玉树临风；托意高远，似不食人间烟火。说它的风格如"晴空冰柱"，不是很相宜吗？

陈郁 （1184～1275）南宋词坛辛派词人，字仲文，号藏一，临川（今属江西）人。理宗时，充缉熙殿应制，又充东宫讲堂掌书。著有《藏一话腴》。词存四首。

念奴娇

陈郁

没巴没鼻，霎时间、做出漫天漫地。不论高低并上下，平白都教一例。鼓动滕六，招邀巽二，一任张威势。识他不破，只今道是祥瑞。

却恨鹅鸭池边，三更半夜，误了吴元济。东郭先生都不管，关上门儿稳睡。一夜东风，三竿暖日，万事随流水。东皇笑道，山河原是我底。

【鉴赏】

这是一首咏雪词。明是咏雪，实际暗喻奸相贾似道。

上片，描写贾似道的为人。

开头："没巴没鼻，霎时间、做出漫天漫地。"大雪漫天，纷纷扬扬，比喻贾似道权势熏天，擅作威福。他"不论高低并上下，平白都教一例。"翻手为云，覆手为雨；他又"鼓动"雪神（滕六），又"招邀"风神（巽二），"一任张威势"，善于虚张声势。从而，使人"识他不破"，误把败类当作"祥瑞"。短短几句话，把一个骑在人民头上作威作福，欺天霸势，又伪装人民的"救星"的形象，活生生地呈现在读者面前。

下片，抒情。以下雪贻误军机和东郭先生不屑迎合，暗示贾似道的专权误国，为正直的人和爱国者所不耻。

"却恨鹅鸭池边，三更半夜，误了吴元济。"吴元济，唐宪宗时蔡州节度使。据《通鉴》载：唐宪宗命大将李愬攻蔡州（今河南汝南），夜半大雪，李愬命士兵惊动城边鹅鸭池中的鹅鸭，引起一片叫声，用以掩盖行军的声音，从而攻下蔡州，活捉了吴元济。作者用这个故事，比喻贾似道贻误军机大事。"东郭先生都不管，关上门儿稳睡。"东郭先生，传说他不畏冰雪，秉性正直。《初学记》卷二载："东郭先生……贫寒，衣履不完，行雪中，履有上无下，足尽践地。"这两句是说，东郭先生，不屑与之迎合，只顾自己"关上门儿稳睡"。

末尾，"一夜东风，三竿暖日，万事随流水。东皇笑道，山河原是我底。"东皇，即太阳神。它象征着广大人民，人民像太阳一样，使冰雪融化，贾似道等朝廷的官宦显贵，不得人心，终归要失败！

张绍文 生卒年不详，字庶成，南徐（今江苏镇江）人。张榘之子。存词四首。

酹江月

张绍文

淮城感兴

举杯呼月，问神京何在，淮山隐隐。抚剑频看勋业事，惟有孤忠挺挺。宫阙腥膻，衣冠沦没，天地凭谁整？一枰棋坏，救时著数宜紧。

虽是幕府文书，玉关烽火，暂送平安信。满地干戈犹未戢，毕竟中原谁定？便欲凌空，飘然直上，拂拭山河影。倚风长啸，夜深霜露凄冷。

【鉴赏】

《酹江月》，即《念奴娇》，由苏轼《念奴娇·赤壁怀古》中“一尊还酹江月”句而来。题目中的“淮城”，泛指淮水两岸的城市。这里疑指寿州（今安徽寿县）。汉代淮南王刘长、刘安父子曾在寿州建都。宋代，寿州属淮南西路。

淮水是当时宋、金对峙的前线。诗人来到濒临淮水的城市，面对长期沦陷的中原，不禁感慨系之。词的上片开头三句，与辛弃疾《南乡子》“何处望神州，满眼风光北固楼”手法相似，以问答形式，表现对中原的怀念和收复失地的强烈愿望。辛词是自问自答，本词则为问月。而“举杯呼月”，是借用李白《月下独酌》中“举杯邀明月，对影成三人”诗意，狂态可掬，表现了诗人的孤独和苦闷。无人可问，只好问月。“淮山隐隐”是诗人眼前见到的月下景色。在朦胧的月光下，不要说“神州”，连附近的淮山也只能隐隐约约地看到。这种带有象喻手法的回答，是十分令人失望的，更加激起了诗人对中原的怀念。“淮山”，指八公山，在寿州附近。相传淮南王刘安与八公同登此山，埋金于地，白日升天成仙。“抚剑”二句，化用杜甫“勋业频看剑，行藏独倚楼”诗意，表现诗人的报国宏愿和壮志难酬的失意心情。这二句在感情上的起伏很大。前句用“抚剑频看”的细节，表现要收复失地、干一番大事业

的决心和行动，意气昂扬。这是承上面因见不到“神京”而来。一个“频”字，把诗人的急切心情生动地表现了出来。后句用“惟有”二字，突出了自己忠心耿耿，而得不到支持的失意之情。想到此，诗人不由愤慨地说：皇帝的宫殿被敌人的腥臊气玷污着，京城的衣冠文物也荡然无存，谁去收复失地，重整山河呢？收复中原的迫切心情，溢于言表。结句以弈棋作比，大声疾呼；一盘棋已经走坏了，必须赶快想出换回败局的招数来。在个人抱负不能实现的失意情况下，诗人并不泄气，而是更加积极地关心国家命运。这二句比喻极为生动贴切，是对当政者的当头棒喝。

下片开头，笔调突然转为冷静，是平心静气地讲道理：目前虽然前方暂时平静无事。“幕府文书”，指前方军事长官所发的公文。“玉关烽火”，指边地的战争。“玉关”，即玉门关，在甘肃。这里指代边界。这是退一步的说法，是为了更进一步紧逼。于是，紧接着提出：可是各地战争仍未结束，最终究竟谁去平定中原呢？这里是中原究竟属于谁的意思，也就是“鹿死谁手”。是被敌人永远占领呢？还是我们收复回来。诗人不为眼前暂时平静无事的表面现象所迷惑，清醒地看到时局已坏，危机四伏。这也是提醒那些苟且偷安者，希望他们不要存幻想。一想到国家命运危急，诗人忍耐不住，“便欲凌空，飘然直上，拂拭山河影”。一个“便”字，突出表现了诗人急不可待的神情。与辛弃疾《太常引》“乘风好去，长空万里，直下看山河。斫去桂婆娑,人道是清光更多”相比,手法相同,而用意各有所侧重。两者都是运用隐喻手法,也都带有浪漫主义色彩,富于幻想。辛弃疾词侧重于要扫清朝廷的黑暗势力——主和派;本词则侧重于要赶走敌人,重整山河。浪漫主义的幻想展现了诗人的理想和抱负,然而毕竟是虚幻的,现实却是冷酷的。面对现实,抱负落空,诗人只有“倚风长啸”,以表达孤愤难平的孤独与狂放。可是,得到的回答却是:“夜深霜露凄冷。”表面是写诗人对周围自然环境的体肤感觉,实际是对现实社会的内心感受。这更加突出了诗人“孤忠挺挺”、愤慨难平的感慨。

陈人杰 (1218~1243)一名经国,号龟峰,长乐(今属福建)人。少时以应考,寓居临安(今浙江杭州)。曾浪游两淮江湖,后又回临安,终年约二十五、六岁。胸怀大志,但一生仕途坎坷,报国无路。其词多忧国伤时之作,笔力豪放,格调悲凉,风格与辛弃疾近,具有比较深刻的社会意义。有《龟峰词》。

沁园春

陈人杰

丁酉岁感事

谁使神州,百年陆沉,青毡未还。怅晨星残月,北州豪杰;西风斜日,东帝江山。刘表坐谈,深源轻进,机会失之弹指间。伤心事,是年年冰合,在在风寒。

说和说战都难。算未必、江沱堪宴安。叹封侯心在,鳣鲸失水;平戎策就,虎豹当关。渠自无谋,事犹可做,更剔残灯抽剑看。麒麟阁,岂中兴人物,不画儒冠。

【鉴赏】

这是一首抒写爱国情怀的爱国词章。

1234年,蒙古与宋联合灭金。开始,蒙古先约宋攻金,金亡后,蒙古却趁宋收复西京洛阳时，进行袭击，宋军败还，自此揭开了蒙古军侵宋的战幕。两淮、荆襄一带，经常受到蒙古军的侵袭。丁酉岁，即南宋理宗嘉熙元年(1237)，蒙古兵自光州、信阳进至合肥。战争使人民流离失所，朝廷惊惶失措。面对这一危急形势，作者不禁感慨万端，写下了这首激奋人心的词篇。

词上片，写局势的危急。

起首三句，说北宋覆亡已百年有余，中原故土始终没有收复。“百年陆沉”，借用西晋王衍等人，清谈误国，使中原沦亡的事。《晋书·桓温传》：“温自江陵北伐……与诸寮属登平乘楼眺瞩中原，慨然曰：‘遂使神州陆沉，百年丘墟，王夷甫诸人不得不任其责。’”青毡未还，典出《晋书·王献之传》：“夜卧斋中，而有偷人入其室，盗物都尽。献之徐曰：‘偷儿，青毡吾家旧物，可特置之。’”这里用以比喻中原故土。

于是，作者发出了感叹：“怅星辰残月，北州豪杰；西风斜日，东帝江山。”东帝，在楚地，《楚辞·九歌·东皇太一》注：“太一，星名，天之尊神，祠在楚东，以配东帝，故云东皇。”这里指南宋王朝。在这里，作者感叹中原豪杰寥若晨星，南宋江山岌岌可危！“刘表坐谈，深源轻进，机会失之弹指间。”刘表，汉献帝时的荆州刺史。《三国志·魏书》载王粲对刘表的评价：“刘表雍容荆楚，坐观时变，自以为西北可规。士之避乱荆州者，皆海内之俊杰也；表不知所任，故国危而无辅。”深源，东晋穆帝时的中军将军、扬州刺史，连年北伐，后因先锋姚襄叛变而丧失败绩，因此被废为庶人。作者用这两个历史人物的经历，告诉人们，空谈坐观时变或轻易出师北伐，都会使中原恢复的机会，失之于弹指之间。“年年冰合，在在风寒。”借用辛弃疾《贺新郎》“怅清江，天寒不渡，水深冰合”句，以气候的寒冷，比喻局势的艰危！

下片，抒发作者自己建功立业、立志报国的豪情。

“说和说战都难。算未必、江沱堪宴安。”是说“和”“战”都不可轻易处之，置身江南(“江沱”)未必能长久地宴安游乐。至于作者自己，“叹封侯心在，鳣鲸失水；平戎策就，虎豹当关。”如大鱼(鳣鲸)失水，空有立功封侯的决心；奸佞(“虎豹”)当道，即使有“平戎”之策，有恢复中原故土之大计，也无法上达皇帝知道。尽管如此，作者并未完全失望，他提出：“渠自无谋，事犹可做，更剔残灯抽剑看。麒麟阁，岂中兴人物，不画儒冠。”麒麟阁，为汉初萧何所造，“以藏秘书，处贤才也。”(见《三辅黄图》)汉宣帝为中兴之主，图功臣霍光、张安世等十一人于阁上。这里，作者表示，自己虽说是个文人(儒冠)，但亦有提剑杀敌，建功立业，做一名留名麒麟阁上的中兴人物的抱负。他以麒麟阁中的功臣自期，这是他爱国热情的表露，是值得充分予以肯定的。

词作者陈人杰曾流落两淮江湖，后又回到杭州，是南宋的辛派词人。他的词慷慨悲凉，抒发了忧国伤时的沉痛心情，其激越处颇近辛弃疾。

李钰 (1219~1307)字元晖，号鹤田，江西吉水人。年十二，通书经，召试馆职，授秘书省正字，批差充干办御前翰林司主管御览书籍，除閤门宣赞舍人。初领应奉，赐紫袍红靴、小金带一，朝士奇之。《绝妙好词》收词二首，此其一。有《杂著四集》《钱塘百咏》行于世。

击梧桐

李 钰

别西湖社友

枫叶浓于染。秋正老，江上征衫寒浅。又是秦鸿过，霁烟外，写出离愁几点。年来岁去，朝生暮落，人似点潮展转。怕听阳关曲，奈短笛唤起，天涯情远。

双屐行春，扁舟啸晚。忆昔鸥湖莺苑。鹤帐梅花屋，霜月后，记把山扉牢掩。惆怅明朝何处，故人相望，但碧云半敛。定苏堤，重来时候，芳草如翦。

【鉴赏】

词题《别西湖社友》，这个西湖诗社，是当时士大夫组织的一个等次较高的诗社。《都城纪胜》云："文社有西湖诗社，非其社集之比，乃行都士夫及寓居诗人，旧多出名士。"李钰以典雅的语言，洗炼笔法，抒发了他的点点闲愁。

上片，前三句，点明离别的时间。枫叶正红，秋末给人带来了寒意。接着"又是秦鸿过，霁烟外，写出离愁几点。""秦鸿过"泛指北雁南飞。南飞的大雁，在云烟中翱翔，那点点的雁影，正刻画出了征人的点点离愁。"离愁几点"语意双关，既说大雁飞得高远，也像离人的点点愁怨。"年来岁去，朝生暮落，人似点潮展转。"这是写他离别时的感慨，"点潮"，浙江潮。这是说，这些年来，人生如同潮涨潮落的潮水，是多么地沉浮不定呵！李钰少年得志，朝士曾有诗称赞美他："上直朝朝紫禁深，归来无事只清吟。不须更借头衔看，便是当年李翰林。"可是他虽红极一时，有人比之如李白之初见唐玄宗，但是也并没有爬上高位，也是宦海浮沉，他自己也如同"点潮展转"而已。这一句倒是有一种亲切的真情的。"怕听阳关曲，奈短笛唤起，天涯情远。"短笛奏出了离别的歌声，在无可奈何的情况下，不能不使人产生远别的情怀。这三句又回到了惜别的主题。这一转折，如同曲水微澜，增加了全词的韵趣。

下片，主要写对往事的回忆。"双屐行春，扁舟啸晚。忆昔鸥湖莺苑，鹤帐梅花屋，霜月后，记把山扉牢掩。""屐"，木屐。草屐、锦屐都泛称屐。这里指旅游穿的鞋。春天徒步郊游，晚上啾啸水上。回忆我们过去在湖上观鸥，苑中赏莺，那是多么风雅的往事。我的家中以轻柔的鹤羽为帐，梅花绕屋，秋凉了，牢记把柴门紧闭。这些都是"西湖"诗社中那些文人雅士们的回忆，生活是那么幽雅、轻闲。从一个侧面，反映了当时士大夫的生活。接着又回到惜别。"惆怅明朝何处，故人相望，但碧云半敛。"这是用想象表达故友情深：明天我不知道该到什么地方了，老朋友们向遥远的地方瞭望，可是又被碧云遮断了视线。用这种形象的描述，比起直述相思，自然要感人多了。李钰真不愧为词坛老手。"定苏提，重来时候，芳草如翦。"这个结尾也是独特的，他不是写临别时的苏堤，而是写当他远游归来回到苏堤时，芳草如同剪过一样的茂盛。以此安慰朋友，也是自慰，显出了词人曲折、波澜的高超技艺。词最忌直语。直言其事，就使人感到乏味了。全词从思想上来说是很平常的，从艺术上来说，上下两片，都有波澜起伏，而且是那么自然，典雅，能触动离别者的情怀。

潘希白　生卒年不详，字怀古，号渔庄，永嘉人。理宗宝祐中进士。干办临安府节制司公事。恭宗德祐中，起史馆检校，不赴。周密《绝妙好词》，收有此词。《全宋词》存词一首。

大 有

潘希白

九日

戏马台前，采花篱下，问岁华，还是重九。恰归来，南山翠色依旧。帘栊昨夜听风雨，都不似、登临时候。一片宋玉情怀，十分卫郎清瘦。

红萸佩，空对酒。砧杵动微寒，暗欺罗袖。秋已无多，早是败荷衰柳。强整帽檐攲侧，曾经向，天涯搔首。几回忆，故国莼鲈，霜前雁后。

【鉴赏】

上片，首句“戏马台”，有三处：一，在河南临漳县西，又称阅马台。后赵石虎所筑。石虎于台上放鸣镝，为军骑出入之节。二，在江苏铜山县南，晋义熙中，刘裕大会宾僚，赋诗于此。三，扬州亦有戏马台。从词的内容看，应指赋诗所在铜山戏马台。开头四句是说，在戏马台前赋诗，东篱采菊，问起时间，又是九月九日重阳节了。这四句点明了“九日”题意。“恰归来，南山翠色依旧。”潘希白，永嘉人。这两句是说，正巧这时我回到永嘉，江山依旧，而人的感情已大不一样了，引起了下面四句的深沉的感慨。窗外昨夜的风雨，已不像是登高的时候了。潘希白处在南宋灭亡的前夕，国势岌岌可危，哪里有心情去登高游览。“一片宋玉情怀，十分卫郎清瘦。”宋玉，屈原的学生，曾人仕楚顷襄王。他期望对国家有所作为，受到黑暗势力的排挤而失职穷困，在他的作品《九辩》中，表示叹老嗟卑的伤感与哀愁。“卫郎”，古有卫玠、卫协、卫恒诸人，协与恒为书法家，且年老，不合“卫郎”身份。卫玠似颇合词意。玠，卫恒之子，风神秀异，官太子洗马，后移家建业，观者如堵，终身无喜愠之色，年二十七而卒。这两句是说，他内心里充满了宋玉般伤时感事的情怀和卫玠般的愁瘦。这两句反映了宋代末世知识分子的苦恼情绪。

下片，主要抒发词人在重阳这一天内心的痛苦。“红萸佩，空对酒。”重九是插茱萸、饮酒赋诗的时节。“空对酒”用一个“空”字，表现了他深沉的痛苦，意思是说，在这个国家遭到异族的侵略，濒于灭亡的前夕，我还有什么话可说呢？德祐中（1275~1276），起用他任史馆检校，他不肯赴任，三年后，宋朝灭亡。这个“空”是包括了他无限的忧愁与苦闷。“砧杆动微寒，暗欺罗袖”，这是写秋景，说秋风已吹人了他襟袖。“秋已无多，早是败荷衰柳。”这个“秋”不是单纯地指秋天，也暗寓了赵宋王朝灭亡在即的意思。“强整帽檐攲侧，曾经向，天涯搔首。”勉强整顿了一下歪斜了的帽子，因为我曾经搔首问天。“天涯搔首”在无言中又吐露了他无穷的苦恨。“几回忆、故国莼鲈，霜前雁后。”江南秋天的鲈鱼是很美的，这些也只成为对往事的回忆了。在淳祐年间（1241~1252），京城临安附近，经济彻底崩溃，物价猛涨，“殍馑相望，中外凛凛”，高斯得作诗说：“人生衣食为大命，今已剿绝无余遗”。老百姓连饭都没有吃，“莼鲈”美味，自然只是回忆中的事了。词的末尾，是这个时代背景的写照。

文及翁　生卒年不详，字时学，一作时举，号本心，绵州（今四川绵阳）人，移居吴兴（今浙江湖州）。宝祐元年（1153）进士。景定间，言公田事，有名朝野。官至签书枢密院事。宋亡，累征不起。有集，不传。存词一首。

贺新郎

文及翁

游西湖有感

一勺西湖水。渡江来，百年歌舞，百年酣醉。回首洛阳花石尽，烟渺黍离之地。更不复、新亭堕泪。簇乐红妆摇画舫，问中流、击楫何人是？千古恨，几时洗？
余生自负澄清志。更有谁、磻溪未遇，傅岩未起。国事如今谁倚仗，衣带一江而已！便都道、江神堪恃。借问孤山林处士，但掉头、笑指梅花蕊。天下事，可知矣！

【鉴赏】

这首《贺新郎》，以文为词，讥嘲时政，抒发了作者对国事的殷忧。词的风格酣畅恣肆，显示了议论风生、壮怀激烈的豪放特色。在表现手法上，为了振聋发聩，多用正论警俗的写法。

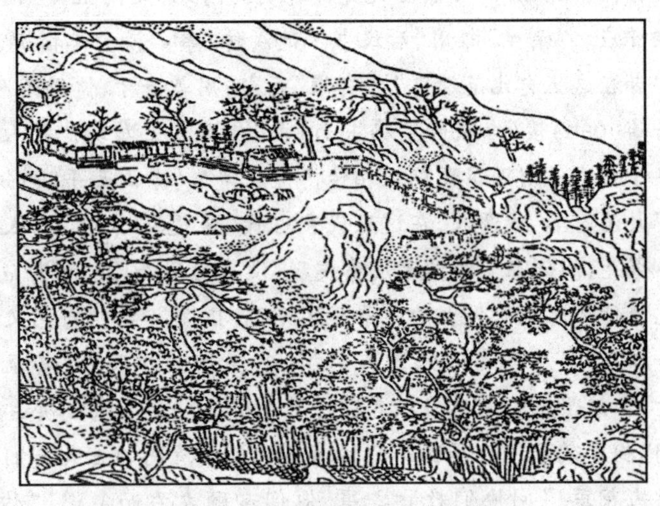

上片劈头三句，即作当头棒喝，揭露了宋室南渡后统治阶级在西子湖上歌舞升平、醉生梦死的生活。据《古杭杂记》载，文及翁是蜀人，及第后于同年在西湖游集，别人问他："西蜀有此景否?"这就引起他无穷感触，赋此词作答。西湖面积并不小，作者为什么说只是"一勺"呢？或以为这是作者登高俯瞰时的一种视觉，其实不然。西湖代指临安，临安又隐喻东南半壁。南宋统治者耽乐于狭小的河山范围之内，全然将恢复中原、统一全国的大业置之度外，作者有愤于此，故云"一勺"，亦犹昔人讽刺蜗角触蛮，井底之蛙，眼界狭窄，心志低下，明眼人不难看出选择这两个字中所寓托的讥讽愤激之意；接以"渡江来"两句，作者的用心更觉显豁。"回首"两句，由眼前所见遥想早已沦亡的中原故土。"洛阳"，借指北宋故都汴京，亦借以泛指中原。当年宋徽宗曾派人到南方大肆搜刮民间花石，在汴京造艮(gèn)岳，这是北宋灭亡的原因之一。北宋已矣，花石尽矣，如今只剩下了渺渺荒烟，离离禾黍。历史的教训是如此惨痛，然而如今"山外青山楼外楼，西湖歌舞几时休？暖风熏得游人醉，直把杭州作汴州"(林升《题临安邸》)，连在新亭哀叹河山变色而一洒忧国忧时之泪的人也找不到了。刘义庆《世说新语·言语》记载说："过江诸人(指晋室南迁后的统治阶级上层人物)，每至美日，辄相邀新亭(三国吴时所建，在今南京市南)，藉卉(坐在草地上)饮宴。周侯(周觊)中坐而叹曰：'风景不殊，举目有河山之异。'皆相视流泪。惟王丞相(王导)愀然变色曰：'当共戮力王室，克复神州，何至作楚囚相对!'"这里就是用的这个事典。"更不复、新亭堕泪"，语极沉郁。东晋士人南渡后，周凯等人尚因西晋灭亡，山河破碎而流泪，现在就是这样的人也没有，他们只知一味"簇乐红妆摇画舫"，携带着艳妆的歌妓，荡漾着华丽的游船，纵情声色于水光山色之中，还有谁人能像晋代的祖逖一样，击楫中流，誓图恢复呢？“千古恨，几时洗？”故意用诘问语气出之，其实则是断言当权者如此耽于佚乐，堪称千古恨事的靖康国耻便永无洗雪之日了。悲愤之情，跃然纸上，几于目眦尽裂。

换头三句转写自己和其他人才不被重用的愤懑之情，既与上片歌舞酣醉，不管兴亡，毫无心肝的官僚士大夫作鲜明的对比，又同上片“问中流、击楫何人是”一句相呼应。“余生”句用《后汉书·范滂传》事：“滂登车揽辔，慨然有澄清天下之志。”作者在这里自比范滂。“更有谁”两句，用姜子牙、傅说两人的事典。相传姜子牙隐居磻(pán)溪(今陕西宝鸡东南)垂钓，周文王发现他是人才，便用为辅佐之臣，后终于佐武王消灭了商朝。相传傅说在傅岩(今山西平陆)筑墙，殷高宗用为大臣，天下大治。姜、傅两人，在这里代表当代“未遇”“未起”的人才。三句意为当今人才多得是，问题在于统治者没有发现、没有起用而已。国势危殆，人才不用，统治阶层凭借什么来抵御强大的元蒙军队呢？“国事”两句，自问又复自答：只是倚仗“衣带一江”罢了。朝廷不依靠人材，徒然凭借长江天险，甚至还可笑地说是“江神堪恃”！这里再一次对当权者进行了无情的冷嘲热讽。朝廷重臣颟顸昏聩，像北宋初期“梅妻鹤子”、隐居孤山的林逋那样自命清高的士大夫们又如何呢？“但掉头、笑指梅花蕊！”问他们救亡之事，他们却顾左右而笑道：“你看，梅花已经含苞待放了！”作者对这些人深表不满之意，与有澄清天下之志，有姜、傅之才具的爱国志士又是一个对比。通过上述一系列的揭露、对比，最后逼出“天下事，可知矣”六字收束全篇，在极端悲愤之中，又发出了无可奈何的浩叹，读之令人扼腕，使人发指。

作者在词中表达了对国事的深刻的危机感，揭示了南宋小朝廷岌岌可危的现状，批判、讽刺了酣歌醉舞的南宋执政者和逃避现实的士大夫。这些揭露和鞭笞，是通过近乎议论散文的笔法，一系列的设问、发问，以及纵、横两个方面的反复对比，一层递进一层、一环扣住一环地表现出来的。明末张岱《西湖梦寻》康熙刻本王雨谦批语说：“宋室君臣不以精神注燕汴，而注之一湖。”南宋小朝廷的最终覆亡，其主要原因盖在于此。而词人处在宋亡之前，即已逆料到这一历史悲剧的不可避免，可见他在政治上还是很有预见的。

薛梦桂　生卒年不详，字叔载，号梯飚，永嘉(今浙江温州)人。宝祐元年(1253)进士。尝知福清县，通判平江。今存词四首。

三姝媚

薛梦桂

蔷薇花谢去。更无情、连夜送春风雨。燕子呢喃,似念人憔悴,往来朱户。涨绿烟深,早零落、点池萍絮。暗忆年华,罗帐分钗,又惊春暮。

芳草凄迷征路。待去也,还将画轮留住。纵使重来,怕粉容销腻,却羞郎觑。细数盟言犹在,怅青楼何处。绾尽垂杨,争似相思寸缕。

【鉴赏】

这是一首惜别的恋情词。上片写暮春风景。词的开头,用"蔷薇花谢",点明春末。为了突出离人的忧郁心情,他说:连夜的春风春雨,是多么无情呵!就是那呢喃的燕子,在豪门朱户之间飞来飞去,也似乎在怀念情人的憔悴。接着说,春池水涨,烟雨茫茫,把池塘里的点点浮萍,早已打散了。这里也暗寓着人生的离别。下面直接点明暮春惜别。时光易逝,在这恼人的暮春,正是我们分别的时候。"罗帐分钗",金钗两股各分一股,作为定情之物。在闺房中分钗惜别,点明主题。

下片,写离别时的情景。芳草遮住了凄迷的征程。"凄迷征路",是说在离人的眼中,前路是那样凄凉迷惘。"待去也,还将画轮留住。"临走了,是那么难舍难分,还想把我的车轮留住。接着他又叙述了女方内心深处的感情,她说:"纵使重来,怕粉容销腻,却羞郎觑。"对女方刻画细致,说即使你能够再来,那时恐怕我已香消容减,我很害怕你见了我那个难堪的模样。"细数盟言犹在,怅青楼何处。"这是写男方的思想活动,我们的海誓山盟,还是永远存在的,可是你呵!你在何方?"青楼",指女子所居的地方,末二句用垂杨系不住车轮,那折断的柳条,很像我们一寸一寸的相思的情怀。

整首词,没有用典,写得如此柔情婉转。上片写景,对蔷薇花、春风、春雨、燕子、浮萍,都赋予了生命,用我们常说的话来说,叫作寓情于景。下片写别离,生动地写出了女方的羞怯和男方的深深怀念之情。词中点明了女方是青楼中的妓女。我们现在读这首词,不能用今天的眼光,去看待古代的某些妓女。每个妓女都有她的辛酸史，许多人也都有从良的愿望，可又无法脱离苦海，柳永一生就为这些有深情的妓女而歌唱，死后又是妓女们集资把他安葬的。所以不能把这首词当作黄色作品来读，作者不是西门庆，他对这个女人是含有深切的真情的。

锺过　生卒年不详，字改之，号梅心，庐陵（今江西吉安）人。中宝祐三年（1255）解试。今存词一首。

步蟾宫

锺过

东风又送酴醾信，早吹得、愁成潘鬓。花开犹似十年前，
人不似、十年前俊。
水边珠翠香成阵。也消得、燕窥莺认。归来沈醉月朦
胧，觉花气、满襟犹润。

【鉴赏】

这是一首描写春游的词。“东风又送酴醾信，早吹得、愁成潘鬓。”“酴醾”，《辇下岁时记》：“长安每岁清明赐宰臣以下酴醾酒”，夏初开白色花。“潘鬓”，潘岳《秋思赋》云：“斑鬓发以承弁兮”，“弁”帽子，即是说，帽子戴在斑白的头鬓上。后人以“潘鬓”作为鬓发斑白的代称。这两句是说，东风又给酴醾花报信了，苦恼的是我的头发已经斑白了。“花开犹似十年前，人不似、十年前俊。”这两句是全词警句。看来很平淡，可是意味深长。花同十年前一样，可是人已不如十年前俊美了。这是接承上句“愁成潘鬓”中“愁”的原因所在。词的开头很重要，词家所说的“发端要工”，像花园的大门，一推开便能发现佳境的一角，但又不能一览无余。这首词以“造境”发端，先造出一个切合主题的环境，然后依景生情，带出词的主体部分。这是由酴醾花带出了他的愁，年华消逝，他已不是十年前的旧人了。

下片“水边珠翠香成阵”，张炎认为“过片不可断了曲意，须要承上接下，信”恰相承接。“也消得、燕窥莺认”。写他享受了莺飞燕舞的自然风光。“燕窥莺认”是这首词的“词眼”。“归来沈醉月朦胧，觉花气，满襟犹润。”说他春游归来时，人已

半醉，而月色朦胧，襟袖间仍然是一缕缕余香，令人陶醉。这个下片，不仅紧接上片，而且能出新意。特别是结尾："觉花气，满襟犹润。"他做到了"意尽而词不尽"，余味无穷。从词的章法上来说，这是一首妙词；但从词的内容上来说，显得有些单薄。

何梦桂　(1229~1303)字岩叟，淳安(今浙江金华)人。咸淳元年(1265)省试第一，廷试一甲三名。授台州军事判官。咸淳十年(1274)，任监察御史。至元中，屡征不起，筑室小酉源，自号潜斋。有《潜斋集》。

意 难 忘

何梦桂

避暑林塘。数元戎小队，一簇红妆。旌旗云影动，帘幕水沈香。金缕彻，玉肌凉，慢拍舞轻飏。更一般，轻弦细管，孤竹空桑。

风姨昨夜痴狂。向华峰吹落，云锦天裳。波神藏不得，散作满池芳。移彩鹢，柳阴傍。拼一醉淋浪。向晚来，歌阑饮散，月在纱窗。

【鉴赏】

这是一首描写贵族的避暑生活的词。他当过宫廷侍臣，他是有这方面的生活的。词的上片，一开头就点明主题。"避暑林塘"，开门见山，点出主旨。笔锋一转，就描写了这支不平常的避暑队伍。一支红妆小队，旌旗遮天，云随影动。帘幕之外的水面，也带来了浓郁的香味。"金缕彻，玉肌凉，慢拍舞轻飏。""金缕"，"金缕衣"，曲调名，宋人借此有"金缕曲"词牌。这里泛指词曲。这三句说，金缕曲唱得高入云霄，美人的肌肤都感到凉意了，轻歌曼舞，飘飘欲仙。"更一般，轻弦细管，孤竹空桑。""桑"。《诗经》有桑中篇，属于爱情诗。"桑林"，是殷代天子之乐。这里似乎泛指乐名。这三句是说：再加上轻弦细管，管乐奏起了爱情之曲。

下片，写水上之游。"风姨昨夜痴狂。向华峰吹落，云锦天裳。波神藏不得，散作满池芳。"下片的首句叫过片，词人以拟人的手法，称风为姨。他发挥了想象的翅膀说，华山顶上美丽的云彩，被风吹落了，水里的波神又不敢隐瞒，使满池都变得芬芳。这种神奇的想象，为全词增添异彩。"移彩鹢，柳阴傍，拼一醉淋浪。"把船儿移动到柳阴之下，于是尽情地喝酒吧！"移彩鹢"照应了首句"避暑林塘。"上下片必须衔接贯穿，是不能割断词意的。下片中的"波神""彩鹢"，显示了在水上消暑之乐。词的结尾也很美："向晚来，歌阑饮散，月在纱窗。"整天避暑生活该结束了，晚来歌尽酒残，月亮已照到纱窗之上。这里没有明说要回去了，在字里行间却点明了这层意思。全词虽没有深刻的思想内涵，但也反映了贵族生活的一个画面。

张枢　字斗南，号云窗，又号寄闲，先世成纪（今甘肃天水）人。居临安。张炎之父。以善词名世。存词九首。

瑞鹤仙

张枢

卷帘人睡起。放燕子归来，商量春事。风光又能几？减芳菲、都在卖花声里。吟边眼底，被嫩绿、移红换紫。甚等闲、半委东风，半委小溪流水。

还是，苔痕湔雨，竹影留云，待晴犹未。兰舟静舣，西湖上、多少歌吹。粉蝶儿、守定落花不去，湿重寻香两翅。怎知人、一点新愁，寸心万里。

【鉴赏】

张枢出身于一个世代簪缨之家。五世祖张俊是南宋"中兴四将"之一，封循王。祖父张镃亦身居高位，喜好声律，著有《玉照堂词》。由于家学渊源，张枢精于音律，交游的都是著名词人。他生当宋末，国势危殆，但家道未衰，园林极盛，歌姬成群，因而所作亦恰如其集名"寄闲"。这首《瑞鹤仙》堪称代表。

这是一首写春愁的作品。

起头三句，从燕归带出"春"字。但作者无意铺写春色，却问之以"风光又能

儿”。不涉风雨、花信,而以“减芳菲”的卖花声抹去种种娇妍,流露了心中的惆怅,这样从听觉落笔,造成了虚实相参的意境,使春愁渐出。春,来也迟迟,去也匆匆,吟春、看春都尚未尽兴,万紫千红的花儿被嫩绿的叶子取代了,转眼间众芳凋零,半被东风吹散,半落溪中与水相逐。

下片进一步渲染和表现春愁。春雨绵绵不断,“苔痕湔雨,竹影留云”,写雨情极见幽隽,因此又逼出“待晴犹未”一句来。因雨,画船静泊岸边,西湖上没有多少丝竹和歌声。因雨,花间蝶儿粉湿翅重,却仍然守定落花,恋余香而不去。以复叠之笔,清冷之景,写足连绵春雨,以寓春归,而引动春愁。诸景物已带现愁情,最后“怎知人、一点新愁,寸心万里”,明点“愁”字,却从粉蝶儿守定落花、欲留春住转出。“怎知”字,表明人之痴比物之痴更深,愁更重。以此结情,其情无尽。

张枢这首《瑞鹤仙》除春愁之外还写了什么呢?“刻意伤春复伤别”是词的传统题材,此词在伤春的基调上又有“怎知人、一点新愁,寸心万里”之叹,正是“复伤别”的况味。自温庭筠以来,唐宋词颇有男子拟作闺音的,此词虽未像苏轼《水龙吟·次韵章质夫杨花词》那样,明言“梦随风万里,寻郎去处”,但又何尝不是“春恨正关情”(温庭筠《菩萨蛮》)呢?张枢的词友周密曾被人称为“少年诗流丽钟情”(《弁阳诗序略》),张枢此词又岂非“流丽钟情”之作?此时元兵即将挥师南下,赵宋政权行将倾覆,但士大夫仍醉心于湖山清赏,登临酬唱,结社分韵,吟风弄月,甚至拟写闺情,无病呻吟,时之所尚真令人慨叹!

伤春伤别是个永恒的主题,倘不能在艺术上自出机杼,当然就不能使这一主题有历久弥新的生命力。张枢久承家学,广交文士,为词既耽于推敲字句,又精研声律,故此作亦不乏艺术性。

王昌龄《诗格》曾说:“寻味前言,吟讽古制,感而生思。”好语言、好形象多已为前人所用,“寻味前言,吟讽古制”不失为一途。江西诗派倡导“夺胎换骨”,词人却颇多隐括和融化前人之作。这首《瑞鹤仙》亦可见熔铸陶冶之功。如上片“燕子归来,商量春事”,概括了史达祖《双双燕》中数句:“差池欲往,试入旧巢相并。还相雕梁藻井,又软语商量不定”。虽工巧妍丽不及,然精神犹在。又如上结,分明是从苏轼《水龙吟·次韵章质夫杨花词》的“春色三分,二分尘土,一分流水”来,但能就落花踪迹言,非仅贴切,且翻新了意境。下片的“粉蝶儿、守定落花不去”,则可见取意于辛弃疾《摸鱼儿》“算只有殷勤,画檐蛛网,尽日惹飞絮”的构思。

南宋风雅派词人最长于体物赋情,张枢虽非名家,但从此词看,亦非等闲之辈。姜夔、吴文英的作品有深婉要眇之长,然烹炼过度,藻饰尤甚,反伤真趣,以至入于晦涩。此词明快、婉丽,得姜、吴之长而弃其短。“吟边眼底”,虽重修饰,却不显雕琢。“移红换紫”较之“绿肥红瘦”(李清照《如梦令》),在雅致之外,一为动态,一为“定格”;比起“芳莲坠粉,疏桐吹绿”(姜夔《八归》),则更为直切可感。“苔痕湔雨,竹影留云”则不似“宫粉雕痕,仙云堕影”(吴文英《高阳台》)那样费解。虽未臻“字字刻画,字字天然”(彭孙遹《金粟词话》)之境,然琢炼而不失自然,自非小巧之笔。至其赋情之处,也是景以情合,情以景生,有深婉流美之致。

张枢非仅善于琢炼字句,尤其长于音律。其子张炎曾说:“先人晓畅音律,……曾赋《瑞鹤仙》一词云云。此词按之歌谱,声字皆协,惟‘扑’字稍不协,遂改为‘守’字乃协。始知雅词协音,虽一字亦不放过。”(《词源》卷下《音谱》)这是指“粉蝶儿”一句的审音修改工夫。“守”字较之初稿“扑”字,确是声、态尤佳。

家铉翁 (1213~1297)号则堂,眉州(今属四川)人。以荫补官,赐进士出身。历端明殿学士、签书枢密院事。宋亡,不仕,改馆河间。至元三十一年(1294)放还。存词三首。

念 奴 娇

家铉翁

送陈正言

南来数骑,问征尘、正是江头风恶。耿耿孤忠磨不尽,唯有老天知得。短棹浮淮，轻毡渡汉，回首觚棱泣。缄书欲上，惊传天外清跸。

路人指示荒台，昔汉家使者，曾留行迹。我节君袍雪样明，俯仰都无愧色。送子先归，慈颜未老，三径有馀乐。逢人问我，为说肝肠如昨。

【鉴赏】

宋恭宗德祐二年(1276)正月，南宋国都临安被元军攻破，南宋朝廷被迫投降，并派出祈请使、奉表献玺纳土官、掌管礼物官、掌仪官等三百余人以及扛抬礼物将兵三千余人，赴元祈请有关事宜。家铉翁以参知政事的身份，充祈请使，二月初九日，在元兵监督下启程北上，闰三月初十，至大都(今北京)；四月十二日，转赴上都(故址在今内蒙古正蓝旗东)。从此羁留北方。直到至元三十一年(1294)，才以八十二岁的高龄放归。

这首词是家铉翁羁留北方送陈正言(南宋官员，盖亦赴北者)南归时所作。起二句写作者对南方形势的关心，故遇南来者，即询问消息。但询得的结果，却是"江头风恶"，即形势不好。家铉翁北赴之后，南宋流亡小朝廷还在坚持斗争，南方人民的反元斗争，仍此起彼伏，后来都被元军镇压下去。这里，作者关心的，可能就是这种斗争形势。"耿耿"两句，是写作者(也可能包括陈正言在内)的孤忠与气节。"磨不尽"三字，自然是指耿耿孤忠坚如磐石，但也包含了他在北方所受的各种磨难。磨难愈重，其志愈坚，作者的精神品质由此可见。但以其身在北地，远离故国，其孤忠不为人知，故云"唯有老天知得"。"短棹"五句，则转入对丙子(1276)之难的回忆。这最惨痛的一幕，使作者刻骨镂心，终生难忘。"短棹浮淮，轻毡渡汉"，是写元军南下。王粲、曹丕都有《浮淮赋》，都是写战争的。元军渡淮，揭开了亡宋战争的序幕；而元军(元人戴毡笠，故这里以"轻毡"称之)渡汉水，则直接导致了临安的陷落。元军在襄樊战役之后。立即潜兵入汉水，水陆并进，与渡淮元军相策应，势如破竹，遂于德祐二年正月，兵至临安城下。"回首觚棱泣"是写作者在北赴途中望京城宫阙而痛哭。"觚棱"，即觚棱，本指殿堂屋角上的瓦脊形状，杜牧《杜秋娘》诗有"觚棱拂斗极，回首尚迟迟"句，这里代指宫阙。家铉翁作为祈请使之一，登舟北赴时，宋帝后尚未出降。但他刚至大都，还没来得及向南宋朝廷报告祈请情况，三宫被掳北迁的惨剧就发生了。词中"缄书欲上，惊传天外清跸"，即指这一历史事件。"清跸"，指皇帝出行时，清道戒严，这里指宋三宫北迁。事变大而迅速，故加"惊"字。大都、临安相距三千余里，故云"天外"。以上这五句，写事变接踵而至，连用"短棹""轻毡""回首""欲上""惊传"等语词，语急气促，有倏忽千里之势，作者在回忆这段历史事件时心头的压抑、悲怆之情，亦如在目前。下片转写羁留北方所受的磨难，及其磨而不磷的忠节。“路人”五句，写作者引苏武自喻。“昔汉家使者”，指苏武，由“路人指示荒台”句看，苏武“曾留行迹”的“荒台”，正在作者眼前。所以，“曾留行迹”，既是写苏武的经历，同时也是写作者自己的行踪，作者与苏武的遭遇正是一样的。这是一个很好的“兼笔”。“我节”两句，是将自己与苏武并提。苏武持节漠北，坚贞不屈，而作者也同样是“我节君袍雪样明”。家铉翁的北赴上都，是奉了南宋王朝的使命的，也是持“节”而行。他始终没有倒节投降。“君袍”，这里是指南宋的服装，他至上都之后，不变服色，而且得到了元朝皇帝的批准(《钱塘遗事》卷九《丙子北狩》记有元皇帝“不要改变服色，只依宋朝甚好”的话，这是宋使“日记官”的当场记录)。家铉翁身处绝域，不倒节，不易服，贞如冰雪，故云“雪样明”；其心迹行事，对得起天，对得起地，对得起国家和人民，正是“仰不愧于天，俯不怍于人”(《孟子·尽心上》)，所以说“俯仰都无愧色”。他另有一首《和归去来辞》，序中说“余羁留北方十有一年矣，……咽毡雪以自励，视箪瓢而何忧”，可与本词参读。结处“送子”五句，是送别陈正言的话，意思有两层，一是趁您堂上“慈颜未老”，正可归去承欢，并享三径馀乐。“三径”，即指隐居故园，是用蒋诩故事。西汉末，王莽专权，兖州刺史蒋诩辞官归里，院中辟有三径，只与求仲、羊仲往来(见晋赵岐《三辅决录·逃名》)。二是表示自己不易其节。这层意思是通过如何回答故人询问的形式来表现的，寓忠肝义胆于婉曲的言辞之中，读之更觉悲壮动人。从家铉翁的《则堂集》看，大约凡友朋回南，他送别时总要表达这番心情。如他送朱信叔赴长安省幕时，也这样说：“我家正住岷峨下，定有乡人故老诹(询问)衰踪。为言仗节瀛海上，齿发衰谢气如虹！”故国不存，而乡人故老仍在，自己的这种节概，就算是对故老乡亲的一种安慰吧！

此词上片虽从眼前落笔，但主要还是写对那段惊心动魄的历史的回忆，多用赋笔。下片则重在抒写自己的心迹节概。在绝域之中送别具有同样遭遇的友人回到也同样为自己所朝思暮想的地方，最容易动感情。而作者却把这种场合当成了淬励忠节的炉火，一腔烈火，自励，励人，其忠节气概，直可感天地而泣鬼神。这种词，自非一般送别词所可比拟。至今读之，犹觉内蕴一种坚如磐石的沉稳和不可征服的倔强力量，不禁为之掩泣，为之奋勉。

罗椅 (1204~1276)字子远，号涧谷。庐陵(今江西吉安)人。家富，壮年捐金结客，后以荐登贾似道门。宝祐四年(1256)进士。以秉义郎为江陵教官，改漳州教官，复知赣州信丰县，迁榷货务提辖。恭帝德祐初，以事论罢。词存四首。

柳梢青

罗椅

萼绿华身，小桃花扇，安石榴裙。子野闻歌，周郎顾曲，曾恼夫君。

悠悠羁旅愁人，似零落、青天断云。何处销魂？初三夜月，第四桥春。

【鉴赏】

这是一首与情人别后追怀旧事的词作。是那么旖旎入情，含思无限，像一条清澈的溪流，带着几瓣落花，缓缓地流向远方，它勾起你莫名的怅惘。

词的上片，纯用倒叙手法，描述了当时相见的情景。“萼绿华”，仙女名。道书记载，萼绿华年约二十，穿着青色的衣裳，容色非常美丽。在晋穆帝升平三年夜降羊权家，从此经常往来，后赠羊权仙药引其成仙。唐宋诗词中的仙女，往往也是舞娘歌妓的代称。又，萼绿华也是一种名贵的梅花，萼片枝梗皆作纯绿色。“小桃花”，桃花的一种，状如垂丝海棠。“安石榴”，石榴的别名，夏初开花，花色艳红。起三句描画这位歌女：她有着天仙般美丽的容仪，手持绘上小桃花的歌扇，穿着一条鲜艳的红裙。三句并列写来，连用了三个花名，女子的丰神气质已暗透出来了。“子野”，晋桓伊的字。《世说新语·任诞》载：桓子野每闻清歌，辄唤“奈何”。谢公(安)闻之，曰：“子野可谓一往有深情。”“周郎”，指周瑜。《三国志·吴书·周瑜传》载，瑜精于音乐，即使酒后，曲有阙误，瑜必知之，知之必顾。故时人谣曰：“曲有误，周郎顾。”词中以桓伊和周瑜自况，写出对歌女的倾赏和深情。“曾恼夫君”一句小结。“恼”，有引逗、撩拨义。“夫君”，“夫”音扶，语出《楚辞·九歌》，对男子的敬称。词中自指。三句谓女子的清歌撩动了自己的情怀。

过片二句，一笔兜转，写别后的景况。悠长的道路啊悠长的思念，旧事如烟，怎不令人愁肠百结？“似零落、青天断云”，七字有无穷的凄怆。“断云”，在词中有两重含义：一是喻自己飘零的身世，如同青天上的孤云那样无所依归；一是暗用“行云”典故，谓别后两处分睽，无从欢会。由此而逼出末三句：“何处销魂？初三夜月，第四桥春。”陆辅之《词旨》列之为“警句”，实在置于五代北宋小令名作之中，亦毫不逊色。词人向自己发问：是什么使自己黯然销魂呢？——是那初三夜的一弯新月，是那第四桥边的美好春光！“初三夜月”化自白居易《暮江吟》中“可怜九月初三夜，露似真珠月似弓”和《秋思》诗中“弓势月初三”的句意。“初三”以下二语，光是用“情景交融”一类的陈词滥调去赞美它，那也几乎可以算是亵渎，语中所包含的意象，所表现的境界，实在是难以言诠的。初三夜的黄昏，西边天空中那一痕微月，它唤起了词人几许幽思！是那样的迷惘，那样的惆怅，如情似梦，何止是忆起她如月般的蛾眉！“第四桥”，在吴江（今属江苏）城外，即甘泉桥，因泉品居第四而得名。苏轼、姜夔、刘仙伦等均有词言及。“春”，也有两重意思：一是泛指春景、春意；一是指酒，唐宋人常以“春”名酒，如《武林旧事》就载有“留都春”“十洲春”“锦波春”等酒名。词人在一个美好的春夜，喝醉了酒，重过第四桥边，平眺那天边的眉月。此情此景，何能为怀！还是让读者去细细涵咏吧！

张绍文　生卒年不详，字庶成，南徐（今江苏镇江）人。张榘之子。存词四首。

酹江月

张绍文

淮城感兴

举杯呼月，问神京何在？淮山隐隐。抚剑频看勋业事，
惟有孤忠挺挺。宫阙腥膻，衣冠沦没，天地凭谁整？一
枰棋坏，救时著数宜紧。
虽是幕府文书，玉关烽火，暂送平安信。满地干戈犹未
戢，毕竟中原谁定？便欲凌空，飘然直上，拂拭山河影。
倚风长啸，夜深霜露凄冷。

【鉴赏】

公元1234年蒙古灭金后，矛头转向南宋。两淮是当时的前线。作者在淮水边的城市，目睹南宋朝廷文恬武嬉，在积弱中坐销岁月，遥想久未收复的中原，不禁感

慨系之,写下了这首《酹江月·淮城感兴》。

《酹江月》即《念奴娇》,音节高亢激切,适宜抒写豪壮和惆怅的感情。围绕重整河山的政治抱负,开篇三个问句,起语不凡。作者举杯高声问明月:“神京何在?”问月的举动本身已充分表现了满腔受压抑之情无人倾诉,神京指北宋故都汴京,自徽、钦俘死异域,多年来和战纷纭,至今仍是故土久违。淮山,指今淮南市西部的八公山。在高问“神京何在”这种高昂激越的句子之后接上“淮山隐隐”,凄迷之情,一寓于凄迷之景。“抚剑频看勋业事,惟有孤忠挺挺”。用“频看”与“惟有”突出问题的严重性及作者的急迫心情。词的第一小段就表现出了语气和词意的跌宕起伏。自汴京失守后中原故土衣冠文物荡然无存,面对占领者肆意横行,作者悲愤填膺,发出正气凛然的一声高问:“天地凭谁整?”此句一出,词的意境升高,作者的这个“谁”,是包括自己在内的千千万万爱国志士。作者清醒地认识到时局已坏,危机四伏,行将一发而不可收。所以,他大声疾呼:“一枰棋坏,救时著数宜紧。”将岌岌可危的时局比做形势不妙的棋局。人们知道,棋局不好,必须出“手筋”,出“胜负手”,丝毫不容缓懈。这一比喻极为鲜明生动,正是对当时苟且偷安的执政者的当头棒喝。

词的上片用“问神京何在?”“天地凭谁整?”将政治形势与任务摆出,并以救棋局为例生动地说明应采取紧急措施。下片则针对现状中存在的问题,发出第三问:“毕竟中原谁定?”同时,表明自己的态度与苦闷。“幕府文书”,指前方军事长官所发出的公文;“玉关烽火”,代指前线军中的讯息。(古代边塞设烽火台,如边境无事,每日初夜亦放烟传信,称“平安火”。)现在虽都“暂送平安信”,前方暂告平静无事,但干戈未止,战事未休,蒙古人正在窥伺江南,这种安宁只是一种假象,是火山爆发前的安宁。然而,当朝权贵不理睬收复失地的主张,不启用抗战人才,反而压制民气,因此,作者在“满地干戈犹未戢”之后发出“毕竟中原谁定”之问,其声颇带悲恺气氛,流露出一个爱国者为国家生死存亡的忧愁,同时,也暗含自己义不容辞的责任感。表面上,“毕竟中原谁定”一句与上片的“天地凭谁整”文义略同,但这不是简单的重复,而是在“天地凭谁整”基础上的词意递进,加深思想感情。“便欲凌空，飘然直上，拂拭山河影”。山河影，传说月中阴影原是地上山河之影。这里作者借拂拭月亮表现澄清中原和重整河山的强烈愿望。最末两句，则另换意境，亦照应首句。尽管作者幻想“飘然直上”，去扫除阴霾，但无法摆脱污浊可憎的现实的羁束。由于理想与现实的矛盾不可调和，不禁使人郁悒侘傺，迸发的感情受到压抑，于是“倚风长啸”，倾吐悲愤怨气。“夜深霜露凄冷”则透露出严酷的时代氛围。结尾仍是扣人心弦的。

从艺术特点上来看，这首词像是一篇用词的形式来写的政治论文。语言方面，以设问句提出问题，以生动的比喻阐明问题，不施脂粉，但言简意赅，如壮士弹剑，散逸豪迈倜傥之气。前人写词，大多数是先求有精彩的开头，承接比较和缓，换片时再求突起，通常这样能使词显得有波澜，有起伏，避免平铺直叙。这首词作者却另辟蹊径，他不是采用大起大伏的笔势，而是将悬河泻水般的感情用一扬一抑、小起小伏、回旋往复的曲调表达出来。以词调本身中因轻重、长短、高低相间而产生的节奏，配以词意上的扬抑交替，加强了艺术感染力。

吴大有　生卒年不详，宝祐间太学生，退处林泉，宋亡不仕。《绝妙好词》中收入此词。其传世之词作，亦仅此一首。

点绛唇

吴大有

送李琴泉

江上旗亭，送君还是逢君处。酒阑呼渡，云压沙鸥暮。
漠漠萧萧，香冻梨花雨。添愁绪。断肠柔橹，相逐寒潮去。

【鉴赏】

这是一首送别词，写得“极冷隽淡雅”。发端先写离别的地点在“江上旗亭”。旗亭，即酒楼；在江边小酒楼里为朋友饯行。“多情自古伤离别”，更何况“送君还是逢君处”。过去欢乐地相逢在这个地方，而眼下分手又是在这同一个地方；以逢君的乐反衬送君的哀。抚今追昔，触景生情，更令人不堪其情。“酒阑”二句写因为情深故频频劝酒；之所以“劝君更进一杯酒”，是因为“此地一为别，孤蓬万里征”，不知何日再重逢。尽管深情流连，依依不舍，但酒阑日暮，不得不分手，只好呼唤渡船载友而去。苍茫的暮霭中，只有沙鸥在低暗的云层下飞翔，离别而去的朋友，真好似眼前这“天地一沙鸥”，行踪不定，萍迹天涯。而送行者此时的心情，又好像周围四合的暮云一样黯淡。这里“酒阑”与“旗亭”照应；“呼渡”“沙鸥”与“江上”照应。

下片“漠漠萧萧，香冻梨花雨”，承接上片结句的句意。漠漠，密布弥漫的样子；萧萧，风雨声。香冻，香凝也；叶颙《乙巳正月十二日雪中感怀诗》有句云：“雪稍香冻莺声涩，月树光寒蝶影清。”“香冻”和“梨花雨”，可见时值春天。潇潇暮雨洒江天，天解人意，似为离人洒泪；云霭弥漫，春寒料峭，此时此地，此景此情，怎能不使人“添愁绪”呢！“添”，给本来已贮满愁绪的心头，又增添了许多愁绪。结句十分蕴藉：“断肠柔橹，相逐寒潮去。”柔橹，指船桨，也指船桨划动的击水声。宋人道潜《秋江》诗云：“数声柔橹苍茫外，何处江村人夜归。”诗中言人归，而词中言人去。随着那令人闻之肠断的船桨声，朋友所乘之船与寒潮相逐渐去渐远，船橹击水声则渐远渐弱，而伫立江岸的词人的心情，却久久不能平静。独立苍茫，暮雨潇潇，柔橹远去，心随船往……这是一幅多么使人动情的“暮雨江干送行图”。

清人宋征璧曰：“情景者，文章之辅车也。故情以景幽，单情则露；景以情妍，独景则滞。……然善述情者，多寓诸景。梨花、榆火、金井、玉钩，一经染翰，使人百思，哀乐移神，不在歌恸也。”（清沈雄《古今词话·词品》卷下引）吴大有这首送别词，虽然十分短小，但写得情景交融，含蓄蕴藉。词中暮云、沙鸥、柔橹、寒潮、梨花雨等景语，皆情语也。尤其是“阑”字、“压”字、“暮”字、“寒”字等，明显地带有黯淡凄冷的主观感情色彩，与词人伤离惜别的凄凉之情，十分和谐地交融在一起，使全词句意深婉，意境融彻。

陈人杰　（1218～1243）一名经国，号龟峰，长乐（今属福建）人。少时以应考，寓居临安（今浙江杭州）。曾浪游两淮江湖，后又回临安，终年约二十五、六岁。胸怀大志，但一生仕途坎坷，报国无路。其词多忧国伤时之作，笔力豪放，格调悲凉，风格与辛弃疾近，具有比较深刻的社会意义。有《龟峰词》。

沁园春

陈人杰

问杜鹃

为问杜鹃，抵死[①]催归，汝胡[②]不归？似辽东白鹤，尚寻华表；海中玄鸟[③]，犹记乌衣[④]。吴蜀非遥，羽毛自好，合[⑤]趁东风飞向西。何为者[⑥]，却身羁荒树，血洒芳枝[⑦]？兴亡常事休悲。算人世荣华都几时？看锦江[⑧]好在，卧龙已矣[⑨]；玉山[⑩]无恙，跃马何之[⑪]？不解自宽[⑫]，徒然相劝，我辈行藏[⑬]君岂知？闽山[⑭]路，待封侯事了[⑮]，归去非迟。

【注释】

①抵死：急急、竭力、拼命。

②胡：何，为何。

③玄鸟：即燕。《礼记·月令》："仲春之月，……玄鸟至。"

④乌衣：乌衣巷，故址在今南京。东晋王、谢诸名族居此。北宋刘斧《青琐高议别集》卷四有《王榭（风涛飘入乌衣国）》一篇，盖传奇小说，谓唐金陵人王榭航海偶至乌衣国，国人皆燕子之化身。南宋吴曾《能改斋漫录》卷四记其为"刘斧《摭遗集》所载《乌衣传》"。《摭遗集》今佚。按此故事系自刘禹锡《乌衣巷》诗生发而出。

⑤合：应该。

⑥何为者：为何。

⑦芳枝：花枝。似指杜鹃花，红色，若为杜鹃啼血所染然。

⑧锦江：在四川成都南。

⑨卧龙已矣：谓诸葛亮已死。卧龙，《三国志》本传载徐庶向刘备推荐道："诸葛孔明，卧龙也。"

⑩玉山：玉垒山，在四川灌县西。

⑪跃马何之:跃马,指公孙述。晋左思《蜀都赋》:"公孙跃马而称帝。"唐杜甫《上白帝城》诗:"公孙初恃险,跃马意何长。"按王莽篡汉时,公孙述为蜀郡太守,自恃地险,遂称帝。后被东汉军攻破,身死国亡。何之:到哪儿去了呢?以上从杜甫《阁夜》诗"卧龙跃马皆黄土"句化出。

⑫不解自宽:不晓得自我宽慰。

⑬行藏:《论语·述而》:"用之则行,舍之则藏。"意谓如为统治者所用,即出仕;如为统治者所舍弃,即归隐。此犹言"出处"。

⑭闽山:陈人杰为福建长乐人,此代称其家乡。

⑮封侯事了:泛指功成名就。

【鉴赏】

杜鹃一名子规,亦名"催归"。在这鸟儿的身上,凝固着一段幽怨凄迷的神话传说。相传战国时,蜀王杜宇自号望帝,后被迫禅位给大臣鳖灵,退隐山中,欲复位不得,死后魂魄化为此鸟,每到暮春季节便悲鸣不已,声声如道"不如归去",直啼至血出乃止。古代那些离乡背井、羁宦四方的文士,谙尽了官场失意的滋味,一旦听到杜鹃哀婉的呼唤,往往油然而生倦宦思归之感,发为诗词,遂有"身惭啼鸟不如归"(苏辙诗句)、"多谢子规啼劝我、不如归"(贺铸词句)、"杜鹃终劝不如归"(范成大诗句)之类的话头,可谓韵语中的老生常谈了。然而,陈人杰乃是一位涉世未深的青年士子,正在积极求仕,朝气勃勃。想干一番治国平天下的大事业,杜鹃鸟冲着他嚷嚷催归,岂非"蚊子叮泥菩萨——找错了对象"?说来也好笑,诗词中鸟儿自讨没趣之例颇不一见。唐人金昌绪《春怨》诗云:"打起黄莺儿,莫教枝上啼。啼时惊妾梦,不得到辽西。"敦煌曲子辞《鹊踏枝》亦曰:"叵耐灵鹊多谩语,送喜何曾有凭据?几度飞来活捉取,锁上金笼休共语。"并此篇鼎足而三。比较起来,词人对杜鹃总算还客气,既未以长竿相扑,也不曾"非法拘禁",仅仅严辞呵斥而已——"君子动口不动手",秀才作风,到底文雅许多。

题曰"问杜鹃",这"问"是"责问""质问"。词以"当头炮"开局:杜鹃,你苦苦催促人归,自己为何不回四川?"以子之矛攻子之盾",眼见得那鸟儿好似《水浒传》里的九纹龙史进,被八十万禁军教头王进一棍搠倒了也。然而小说中的好汉可以认输,词里的杜鹃却未必服帖,盖人鸟本自有别,先生既不肯归,只当鄙鸟白说,奈何以"不归"罪我?我鸟类宁有"归"与"不归"之说耶?殊不知词人聪敏,早见及此,不待鸟儿犟嘴,已自先发制人:像那去家千年的白鹤,尚且知道重返辽东寻访城门之华表;远徙万里的海燕,犹能记得金陵乌衣巷中的旧居——同属卵生羽化的禽鸟,鹤、燕不言"归"而归,你杜鹃言"归"而不归,羞也不羞?在旁观者看来,这一脚踏上去，杜鹃再无法翻身了。但词人搏兔用全力，仍然穷追不舍：君之所以“不归”，宁为“路漫漫其修远”乎？——非也。自江南至四川，里途并不算长。那么，是否因为“身无彩凤双飞翼”呢？——不。你的翅膀完好无缺。也许“八月秋高风怒号”，阻遏了你的飞行？——否。现在时值春暮，东风劲吹，正好顺势向西翱翔。如是乎从主体行为能力和客观行动条件等不同角度一一审视并否决了鸟儿可以用来敷衍塞责的种种遁词，这就逼出了对于杜鹃的又一次质问：“何为者，却身羁荒树，血洒芳枝？”乍看起来，它似乎是对篇首“汝胡不归”一问的同义反复。但细细寻味，便知不然。关键就在“血洒芳枝”四字。此从唐人李山甫《闻子规》诗“断肠思故国，啼血溅芳枝”云云化出，妙在只用下句，却逗引读者联想而及上句，从中得到暗示：原来杜鹃之“不归”，既非心不愿归，亦非力不能归，实是情不忍归啊！王位已失，泼水难收，复国无望，归去何益？天涯思蜀，辄一断肠，故国重归，情何以堪？此即词家所谓“扫处即生”之法。上文揪住杜鹃言“归”不归、能“归”不归的言行矛盾，一路痛责下来，被斥者固已无处置喙，斥之者似亦吐尽詈辞，文章本有难乎为继之势；不料至歇拍处却于“杜鹃汝胡不归”的质问中隐隐牵入“杜鹃之‘不归’盖伤心人别有怀抱”的新内容，居然又引出下阕一大段训诫之辞：杜鹃，我告诉你，历史的兴亡是常有之事，用不着悲伤。盘算来，人世间的荣华富贵能够维持多久呢？就拿你的老家四川来说吧，锦江、玉垒山依然故我，可是一度称雄于此的风云人物如诸葛亮、公孙述之流如今安在哉？可笑尔杜鹃“不知虑此，而反教人为”（韩愈《进学解》）！我辈的出处大节，尔区区小鸟哪里会明白？行文至此，遂乘势就个人进退行藏这一严肃的政治问题，表面上向杜鹃而实际上向天下人剖明自己的心迹：不是我不肯归隐，只因现在还未到时候，等我建功立业之后再回福建老家，未为晚也！卒章显志，一篇命意之所在，于是昭然揭出。

这首词，构思奇特，颇类似于辛弃疾的《沁园春·将止酒戒酒杯使勿近》，很可能是受了辛词的启发。辛词于厉声呵斥酒杯之后，安排了“杯再拜，道‘麾之即去，招亦须来”’这样一个戏剧性的情节，有科有白，极为传神；而本篇则是词人的“独角戏”，从头到尾皆为教训杜鹃之辞，完全剥夺了鸟儿的发言权，形式略嫌呆板，艺术造诣显然不及稼轩。但辛词系游戏之笔，陈人杰此篇却诙谐其表而严肃其里，反映了“国家兴亡，匹夫有责”的重大主题，表现出词人积极进取的精神，俨然有晋左思《咏史》八首其一所谓“铅刀贵一割，梦想骋良图。……功成不受爵，长揖归田庐”、唐李白《登金陵冶城西北谢安墩》诗所谓“功成拂衣去，归入武陵源”之类的政治抱负，自是南宋后期词坛上一篇格调较高的佳作。

在某些具体的艺术表现手法上，此词也不乏值得称道之处。例如用典，旧题晋陶潜《搜神后记》载汉代辽东丁令威入灵虚山学道，千年后化鹤归来，栖于城门华表柱,见城郭犹在而人民已非之事;唐刘禹锡《乌衣巷》诗所谓"旧时王谢堂前燕,飞入寻常百姓家"——这都是词中用得滥熟了的,但他人多取其慨叹人世沧桑的本义,词人却独采个中鹤、燕能归故里那一端,以与杜鹃之"不归"造成鲜明的对比,熟事生用,推陈出新,翻出了无穷的妙趣。又如对仗,宋沈义父《乐府指迷》曾批评周邦彦词"多要两人名对使,亦不可学他。如《宴清都》云'庾信愁多,江淹恨极',《西平乐》云'东陵晦迹,彭泽归来',《大酺》云'兰成憔悴,卫玠清羸',《过秦楼》云'才减江淹,情伤荀倩'之类是也"。似这般对法,如贴门神,味同嚼蜡,诚不足取。本篇不用"诸葛""公孙",而化用杜诗,以"卧龙"对"跃马",既工稳又精警生动,即达到了沈氏所谓"使人姓名须委曲得不用出最好"的极致。当然,陈人杰词的艺术成就从总体上来说尚去清真一尘,但若仅就这一点而言,应该承认他比周邦彦来得高明。

沁园春

陈人杰

诗不穷人,人道得诗,胜如得官。有山川草木,纵横纸上;虫鱼鸟兽,飞动毫端。水到渠成,风来帆速,廿四中书考不难。惟诗也,是乾坤清气,造物须悭。
金张许史浑闲,未必有功名久后看。算南朝将相,到今几姓;西湖名胜,只说孤山。象笏堆床,蝉冠满座,无此新诗传世间。杜陵老,向年时也自,井冻衣寒。

【鉴赏】

我国古典诗歌描写"忧愁"的作品特别多,诗仿佛是诗人穷途末路的标志。钟嵘在《诗品序》中自"至于楚臣去境,汉妾辞宫"以下,列举了六种人们的不幸遭遇,这些遭遇给当事者带来的痛苦,都要借助"陈诗""以展其义""长歌""以骋其情"。这样才能使"穷贱易安,幽居靡闷"。钟氏的论断把文学创作与作者的不幸紧密地联系在一起,于是使得一些庸俗的士人视文学著作为不祥之物,认为它会导致灾难,即所谓"不有人咎,必有天殃"。因此北宋欧阳修在《梅圣俞诗集序》中说:"凡士之蕴其所有而不得施于世者，多喜自放于山巅水涯，外见虫鱼草木风云鸟兽之状类，往往探其奇怪；内有忧思感愤之郁积，其兴于怨刺，以道羁臣寡妇之所叹，而写人情之难言，盖愈穷则愈工。然则非诗之能穷人，殆穷者而后工也。"驳斥了诗能使人"穷"的论点，也解释了诗人为什么在"穷"时多能写出优秀作品。这里所指的"穷"是穷通之穷，即政治上没有出路。作者从这段话中受到启发，并结合自己的感受写下了这首词。

"诗不穷人，人道得诗，胜如得官。"作者指出诗并不使人"穷"——显达的反面，有人说得到优美的诗句胜于得到好官呢！这里是化用唐郑谷《静吟》"相门相客应相笑，得句胜于得好官"句，作者对郑谷语是充分肯定的。词的开篇就以简单而明确的语言，把作诗和做官对立起来，并且强调了诗和诗人的价值，这是我国古代优秀作家在各种艰难条件下能够坚持不懈地进行创作的一个重要的精神支柱。"有山川草木，纵横纸上；虫鱼鸟兽，飞动毫端。"此四句化用上述欧阳修之语，言诗人胸中蕴藏着广大世界，笔端能驱使山川草木、虫鱼鸟兽，万事万物无不可入诗篇。这里的"纵横"和"飞动"两个词语非常传神，把郁郁苍苍的山川草木和生意盎然的虫鱼鸟兽表现得十分充分，勾勒出气象万千的艺术形象世界。"水到渠成，风来帆速，廿四中书考不难。""考"，吏部每年对官员考察，任满一周年为一考。中书即中书令，唐代中书省最高长官，为宰相。唐中叶时郭子仪一身系国家安危者三十余年，累官至太尉、中书令，封汾阳王，号"尚父"，权倾天下，其中为中书令之时间最长，得二十四考。这些不仅为世俗的目光所羡慕，即在正统史家看来也是难能可贵，可是作者用"水到渠成，风来帆速"两个浅显而形象的比喻，言其为客观形势促使而成，即通常所谓"时势造英雄"，并不难至，也没有什么可珍异之处。对于传统上所公认的忠臣良将，作者尚如此看待，那么那些因人成事的宵小奸佞则更不在他的眼下了。作者如此用笔，目的还在于衬托诗人之难得，并进一步把为官和作诗来进行比较。做到大官都不难，什么才难呢？作者答道："惟诗也，是乾坤清气，造物须悭。""清气"指俊爽超迈之气，曹丕在《典论·论文》中指出："文以气为主，气之清浊有体，不可力强而致。"他认为文章随作者气质不同，分清浊二体。这里作者把秉沉浊之气者摒出诗人行列，认为诗是天地间清气的集中表现，因此，造物者是吝于给予的。言外之意是诗才难得，只有摆脱了世间的庸俗气息才能得到天地间清气，写出清明澄澈的诗篇。作者把写诗与天地赐予联系起来，这就将世间富贵比垮了，把诗人举到了高峰。

过片又从世间权贵不足贵说起。"金张许史浑闲，未必有功名久后看。"金日磾、张汤之后，世为贵显，与外戚许氏、史氏相埒，是西汉宣帝时的四大家族，他们或是高官，或是贵戚，都曾煊赫一时，为人们所忻羡，而在作者看来简直平常得很，这些当时的大人物，被他用“浑闲”二字一笔抹倒。的确，在当时炙手可热的人物未必有什么对社会、对人类有益的“功名”，他们随着时光一起流逝是完全合理的。“算南朝将相，到今几姓；西湖名胜，只说孤山。”这一韵把历史上的权贵和历史上的诗人做了对比。“南朝”指宋齐梁陈，这些朝代都建都于建康（今江苏南京），偏安江左，故称南朝。当时将相多为腐朽的高门士族，王、谢、庾、顾几大姓之间轮流执政掌权。他们当时活跃在政治舞台上颐指气使不可一世，可是到今天有哪几个豪门贵胄为人们所记忆呢？这里（包括上韵的“金张许史”）说的虽是古代的权贵，实际上指南宋王朝的权贵奸佞如史弥远、贾似道者流，他们或是已死，或正在气焰熏天，世人为之侧目，作者认为这些早晚要被人们所唾弃。与此相反，那位宋初隐居于西湖孤山、妻梅子鹤的诗人林逋，虽然他也没有什么“功名”，但就因为他不慕富贵，写下一些清丽的诗篇，因之便为人们永远记忆，他的居住之地也成为西湖名胜，为湖山生色。此韵和辛弃疾赞美陶潜诗的话类似：“千载后，百篇存，更无一字不清真。若教王谢诸郎在，未抵柴桑陌上尘”，都是通过赞美为人类创造精神财富的诗人，以贬低功名富贵，抒发词人蔑视权贵的激情。到此作者意犹未尽。“象笏堆床，蝉冠满座，无此新诗传世间”。“笏”为古代官员上朝所执之手板，有事书此以备忘。“象笏”为五品以上高官所执，唐玄宗时崔承庆一家，皆至大官，每岁时家宴，其子婿毕至，“组佩辉映，以一榻置笏，重叠其上”。后多用以形容官僚子弟为高官者众多，清代有传奇名《满床笏》。“蝉冠”，汉代皇帝侍从官员之冠以貂尾蝉文为饰，后作为显贵之代称。此二句言贵族之家尽可安排自己的子弟占有高位，盘踞要津，可以传给他们财富权势，但不可能给他们以才华（也许正相反，正如汉代疏广所说给子弟以财富，则使得子弟“贤而多财则损其志，愚而多财则益其过”）。他们不会有新鲜美好的诗句流传在人间，他们没有给人类增加精神财富。写到这里，作者充满了作为诗人的自豪感，这也是作为精神财富创造者的自豪，因之，他举出了最能引起诗人骄傲的杜甫，“杜陵老，向年时也自，井冻衣寒”。这位诗国的明星，精神财富创造者队伍中的巨人，他为人们留下无比丰厚的财富，他终生关注着国家的命运和人民的苦难，他把自己的一切都献给了诗，可是他在世间所得极少，一子一女冻饿而死，自己最后也死于贫病交加。作者所举出的诗句是杜甫被安史叛军困于长安之时，至德元载(756)之冬所作，他无衣无食，写下了这篇著名的《空囊》。其中有句：“不爨井晨冻，无衣床夜寒。”（诗人故意把辛酸说得很幽默，仿佛不是因为无钱无粮而不举火烧饭，而是因为天寒井冻之故。）与杜甫同时的有多少横行一时的“五陵年少”、公侯卿相，乃至风流天子，不都为人们所忘记了吗？可是这位当时只“留得一钱看”的诗人却以他对人类的贡献，在宋代就受到普遍的尊敬（宋有人将杜甫比喻为集大成的孔子），许多诗人以他为榜样，作者用这位诗国的权威压倒了人间（封建社会)以富贵势力为支撑的权威,使全词达到高潮,就此戛然而止。这三句不仅和词的起韵相照应,也表明作者最尊崇的诗人是热爱祖国、热爱人民的诗人。

这首《沁园春》看来是表达自己对诗歌的见解,论述诗人的地位,实际上是抒发自己在穷困潦倒之中坚持创作的激情,并且以贬低权贵作为陪衬以表明作者的坚定,全词充满了为诗歌创作的献身精神,表现出不为穷困压倒的豪情。词的基调是乐观的、昂扬的,其气势磅礴,笔意跳动。作者把诗人和权贵反复对比,而且一层深于一层,权贵越来越降级,"二十四考中书"的郭子仪真正是国家的功臣,平安史之乱,拒吐蕃入侵,勋劳卓著,而"金张许史"则半是功臣,半是外戚,功臣也只是忠诚于汉室,和安邦定乱关系不大,这比郭子仪就差了许多。"南朝将相"则祸国者多,定乱者寡,而且多是腐朽的士族,到"象笏""蝉冠",虽非确指,而是指托庇父祖之荫的纨绔子弟,这些更是等而下之不足数了,而用作对比的诗人,则从一般诗人(包括作者自己)到隐逸诗人林逋,再到杜甫则逐步升级,这种安排对突出主题起了很大作用。与表现内容相适,作者用词也掌握好了分寸,对郭子仪这样的功臣,只言达到也"不难",只要客观条件具备。对"金张"等人则用"浑闲",有轻视之意。对"南朝将相"则用了一个"算"字,有"何足算也"之意(算,数也。《论语》"斗筲之人,何足算也")。对贵族子弟则一笔否定。由此看来,此词用字用词虽然朴素、通俗,但却富于表现力。

沁园春

陈人杰

予弱冠之年。随牒江东漕闱,尝与友人暇日命酒层楼。不惟钟阜、石城之胜班班在目,而平淮如席,亦横陈樽俎间。既而北历淮山,自齐安溯江泛湖,薄游巴陵,又得登岳阳楼,以尽荆州之伟观。孙、刘虎视遗迹依然;山川草木,差强人意。洎回京师,日诣丰乐楼以观西湖。因诵友人"东南妩媚,雌了男儿"之句,叹息者久之。酒酣,大书东壁,以写胸中之勃郁。时嘉熙庚子秋季下浣也。

记上层楼,与岳阳楼,酾酒赋诗。望长山远水,荆州形胜；夕阳枯木，六代兴衰。扶起仲谋，唤回玄德，笑杀景升豚犬儿。归来也，对西湖叹息，是梦耶非？

诸君傅粉涂脂，问南北战争都不知。恨孤山霜重，梅凋老叶；平堤雨急，柳泣残丝。玉垒腾烟，珠淮飞浪，万里腥风送鼓鼙。原夫辈，算事今如此，安用毛锥！

【鉴赏】

此词的写作时间、地点和主旨，在词前小序中都已言明。它题于南宋京师临安(今浙江杭州)丰乐楼东壁，时为理宗嘉熙四年(1240)九月下旬。当时蒙古兴起，南宋政权风雨飘摇，词的主旨在"写胸中之勃郁"，有似古代的咏怀诗。序中详述他自二十岁到江东漕(即江南东路转运司，治所在建康府，今江苏南京)参加"牒试"(一种特别为官员子弟而设的考试，由转运司主办)时起至作此词时止，先后游览江、淮及荆湖(今湖北、湖南)一带山川名胜和古迹的经过。序写得相当有气魄，感情酣畅淋漓，文字简括明快。

此词上片叙游历，下片抒感慨。但叙事挟情以行，抒情借景而发。

一开头："记上层楼，与岳阳楼，酾酒赋诗"。层楼，指在建康所登之楼；酾酒，斟酒。此总叙词人游历江、淮和荆湖期间的豪情逸举。接下去便分两处表述。一是"望长山远水，荆州形胜"，即序中所说"自齐安(今湖北黄冈)溯江泛湖(洞庭湖)，薄游巴陵(今湖南岳阳)以尽荆州之伟观"。一是见"夕阳枯木，六代兴衰"，即"命酒层楼"时睹钟阜、石城及平淮间的六朝(三国吴、东晋和宋、齐、梁、陈)故迹而触发的兴亡之感。当然，词人的这种兴亡之感自始至终不曾释然于怀；哪怕是当他回到京师，也因为读友人"东南妩媚，雌了男儿"的词句而叹息不已。前一处望"荆州形胜"，展现了辽阔的空间；后一处见"六代兴衰"，回溯了悠久的历史。时空交互，启读者以无穷、无垠之感；因此意趣盎然。

"扶起仲谋，唤回玄德，笑杀景升豚犬儿。"景升是刘表的字，豚犬儿指他的儿子刘琮。这是由于目睹六朝故物而忆及三国英雄孙权(仲谋)、刘备(玄德)等人；也即序中所说见"孙、刘虎视遗迹依然"而引起的一种"尚友古人"之想。《三国志·吴志·吴主传》裴松之注引《吴历》说：曹操见孙权"舟船、器仗、军伍整肃，喟然叹曰：'生子当如孙仲谋，刘景升儿子若豚犬耳！'"显然，词人选用这个典故是含有深意的。曹操称赞反抗他的孙权而鄙视向他投降的刘琮，比之于宋和蒙古当时的局势，词人不是有意讥刺南宋朝廷软弱无能吗？这两句似乎受到辛弃疾《南乡子》"天下英雄谁敌手？曹、刘。生子当如孙仲谋"的启发。

"归来也，对西湖叹息，是梦耶非？"前段由物及人，由今思古；这段又由人及物

（西湖），由“尚友古人”到返回现实，并为过片抒发感慨做好准备。承上接下，真正做到了如张炎所说：“最是过片不要断了曲意”（《词源·制曲》）。

面对着烽火遍地、哀鸿遍野的危亡局势，南宋统治者仍然纸醉金迷。西湖内外，依然是一片歌舞升平的景象。“簇乐红妆摇画舫，问中流击楫何人是?”（文及翁《贺新郎》）。陈人杰戳破眼前“是梦耶”还是“非梦耶”的疑团，忍不住拍案而起，跟文及翁一样愤怒地斥责当朝者了。

下片：“诸君傅粉涂脂，问南北战争都不知。”南宋君臣文恬武嬉、醉生梦死、百事不问的颟顸无知的形象，不就跃然纸上了吗?

紧接着，词人并不横发议论，而是借景抒情，把无限愤慨和无穷忧虑都浓缩于景物的画面中：“恨孤山霜重，梅凋老叶；平堤雨急，柳泣残丝。玉垒腾烟，珠淮飞浪，万里腥风送鼓鼙。”在这里，孤山上的浓霜，苏堤、白堤一带的急雨，凋零的梅叶，低泣的柳丝，都成了词人情感外射的产物，寄托了他对时世的深广忧愤，象征着那风雨飘摇、满目衰残的危险国运。玉垒山，在四川灌县西；淮水，因产贡珠而称珠淮。当时这些地区都遭到蒙古军的进攻，腾起了硝烟，掀起了战波。万里前线，一派腥风；鼓鼙之声，不绝于耳。词人作为一介书生，请缨无路，报国无门，其内心的激愤可以想见。

“原夫辈，算事今如此，安用毛锥?”原夫辈，泛指舞文弄墨的知识分子；毛锥，即毛笔。词人把自己归入“原夫辈”，显然含有某种自嘲意味；因为时局已乱到这等地步，恰如《五代史·史弘肇传》所说：“安朝廷，定祸乱，直须长枪大剑，至如毛锥子，焉足用哉?”唐代诗人李贺《南园十三首》（其五）写道：“男儿何不带吴钩，收取关山五十州？请君暂上凌烟阁，若个书生万户侯?”也同样抒发了一种切望为祖国而战的豪情。与陈人杰同属福建长乐人的陈容，在他的《龟峰词跋》中把陈人杰比做李贺，这一点是很有眼力的；在欲为祖国效命沙场方面，陈人杰和李贺确有着惊人的相似处。在中国文学史上，有许多像李贺和陈人杰这样的人。他们长才未展而赍志以殁，是很值得后人同情的。

这首词很少华丽的辞藻和刻意的雕绘，而环境气氛和作者的激情都能鲜明地显现出来，造语遒劲而又挥洒自如，比之宋末刘克庄、刘辰翁等辛派词人似毫不逊色。

沁 园 春

陈人杰

丁酉岁感事

谁使神州，百年陆沉，青毡未还？怅晨星残月，北州豪杰；西风斜日，东帝江山。刘表坐谈，深源轻进，机会失之弹指间。伤心事，是年年冰合，在在风寒。
说和说战都难，算未必江沱堪宴安。叹封侯心在，鳣鲸失水；平戎策就，虎豹当关。渠自无谋，事犹可做，更剔残灯抽剑看。麒麟阁，岂中兴人物，不画儒冠？

【鉴赏】

作此词的前三年，蒙古灭金后，宋即仓促进兵中原，蒙古遂借口宋破坏盟约，连年发兵南下：遣阔端等入蜀，忒木觯等攻襄汉，口温不花等犯江淮。宋军战多败绩，襄、汉、淮、蜀告急。宋理宗赵昀惊恐之余，命草诏罪己。但大片南宋土地，仍纷纷失守。后幸有江陵、真州及安丰诸守将士卒奋力死战，暂挫蒙古军，淮右以安。这就是词题中“丁酉岁”（理宗嘉熙元年，1237）那几年的事。但其时南宋朝廷已腐败不堪，当权者终无良策挽回危局。作者面对这种形势，深感痛心和愤慨。他写词猛烈地抨击了当道的误国，同时也抒发了内心渴望能为国请缨、杀敌立功的热情。

词的开头说：“谁使神州，百年陆沉，青毡未还？”意谓中原大片国土，沦于敌方，久久不得恢复，这究竟是谁的责任？理正辞严，大义凛然。这里用《晋书》中两个典故合在一起，极为妥当。“陆沉”，是无水而沉沦的意思，比喻土地之被占领。西晋时，王衍任宰相，正值匈奴南侵，他清谈误国，丧失了很多土地。桓温愤慨地说：“遂使神州陆沉，百年丘墟，王夷甫（王衍的字）诸人不得不任其责！”（《桓温传》）这话用来斥责南宋当权者正合适。又王献之夜睡斋中，有小偷进到他房里，偷了他所有的东西。献之慢吞吞地说：“偷儿，青毡我家旧物，可特置之。”小偷都吓跑了（《王献之传》）。这里以“青毡”喻中原故土，将敌方比作盗贼，说国土遭掠夺后，没有归还。反用典故，十分灵活。

接着，词由愤慨转为惆怅，对国事局势发表评议。他说，如今北方有志之士已寥若晨星，所存无几；南宋的半壁江山也如落日西风，难以久长。朝廷里有些人因循保守，懦怯无能，光会坐着空谈；有些人则又好说大话，妄取虚名，行事轻率冒进。这样，转眼间就白白丧失了克敌的良机。"东帝"，喻岌岌可危的南宋。战国时，齐湣王称东帝，自恃国力，不审时势，后被燕将乐毅攻破临淄，他在出奔中被杀。"刘表"，喻空谈的保守势力。三国时，曹操攻柳城，刘备劝荆州牧刘表乘机袭击许昌，刘表不听，坐失良机，后来悔之莫及。曹的谋士郭嘉说："（刘）表坐谈客耳！"（《三国志·魏志·郭嘉传》）"深源"，是东晋殷浩的字（本作渊源，唐人因避高祖讳，改"渊"为"深"），他虽都督五州军事，但只会高谈阔论，徒负虚名。曾发兵攻前秦，想收复中原，结果所遣先锋倒戈，他便弃军仓皇逃命（《晋书·殷浩传》）。这里用比草率用兵的冒进者，也是很恰当的。总之，"刘表"三句，言"坐谈"与"轻进"皆足贻误事机。《沁园春》是一个有淋漓酣畅特点的词调，在句式上，它要求有"领字"和特殊对仗。所谓"领字"，即以一字起头而统领数句。如这里用"怅"字领起（下阕中的"叹"字也是），直贯七句。这种一气流注的句法，用于议论，便有滔滔不绝之势，用于抒情，也足增悠悠难尽之致。对仗的特殊，在于这七句之中，除最后一句是散句外，余六句都要求对仗，而前四句（领字不算），在多数情况下，又要求用隔句的对仗（亦称扇对），即第一句"晨星残月"与第三句"西风斜日"对；第二句"北州豪杰"与第四句"东帝江山"对；然后五六句"刘表坐谈，深源轻进"自成对。下阕亦如此。用在这里，论说南与北的形势、战与和的失算，又恰好形成对照，有助于表达两难的困境。再用散句"机会失之弹指间"一结，遗憾怅恨之情弥深。

"伤心事，是年年冰合，在在风寒。"上阕末了，词情再转而为哀伤。"在在"，即处处。"冰合""风寒"，比喻南宋遭北方强敌的不断威胁和进攻，长期屈辱苟安，因循寡断，处于严酷的现实之中。这是恢复故地的机会丧失的必然结果。词中论说时事形势，多不实说某人某事，必用比喻借代。这倒不是因为实说有所顾忌，而是艺术表现上的需要，要尽量避免用语直露，力求含蓄有味。前面说北地英杰寥寥，南国江山可危，都从衰飒景物取喻。至于借"青毡""东帝""刘表""深源"等典故史事讽今，用意也在于此。此外，造语次序亦有讲究。比如词人不顺着说"怅北州豪杰，（如）晨星残月；东帝江山，（如）斜日西风"，必倒装为。怅晨星残月，北州豪杰；西风斜日，东帝江山"，始语雅句健，曲折多姿。它与杜牧《阿房宫赋》中"明星荧荧，开妆镜也；绿云扰扰，梳晓鬟也"，语序相同。"年年冰合，在在风寒"的设喻，与晨星、残月、西风、斜日均属同一门类事物，前后协调一致，用心十分细密；而在前面冠以"伤心事"三字，便不致产生歧义，不会使人误以为这是说自然界的冷空气南下。

下阕自抒抱负，但仍与上阕紧密关联。先以“说和说战都难，算未必江沱堪宴安”两句过片。出现和不能安、战不能胜的情势，固然由当时客观条件所决定，但当道者在和与战问题上，并无切实可行的主张，只是各执己见，争吵不休，不想真正有所作为，这也使有识之士无可施其技，不知如何才能说动他们，使之清醒起来。这样耽于安乐的局面是难以持久的。“江沱”，指代江南。“沱”，是长江的支流。语出《诗·召南·江有汜》。“宴安”，是享乐安逸的意思。这两句起着承上启下的作用，下面就说到自己有志难酬。

“叹封侯心在，鳣鲸失水；平戎策就，虎豹当关。渠自无谋，事犹可做，更剔残灯抽剑看。”这是叹息自己空有建功雄心，而身处困境，无用武之地；想上书陈述恢复大计，无奈坏人当道，又谁能采纳自己的意见。词人接着说，这是他们自己无能，没有办法挽救危局，其实，形势并未到绝望地步，国事尚有可为，当勉力图治才是。所以自己深夜里挑灯看剑，仍希望能为国杀敌立功。“封侯”，诗词中的常用语，本汉代班超投笔从戎时说过的豪言；它已成了从军立功的代词，并非真为谋求爵禄。陆游就说过：“当年万里觅封侯，匹马戍梁州。”（《诉衷情》）鳣、鲸，都是大鱼，倘若离了江湖大海，它就会遭蝼蚁所欺。贾谊《吊屈原赋》说：“彼寻常之汙渎（臭水沟）兮，岂能容吞舟之鱼？横江湖之鳣鲸兮，固将制于蝼蚁。”词正用此意。“平戎策”，即打败敌人的建议。《新唐书·王忠嗣传》：“因上平戎十八策。”“虎豹当关”，语出《楚辞·招魂》：“虎豹九关，啄害下人些。”“渠自无谋”，暗用打胜长勺之战的曹刿说过的话：“肉食者鄙，未能远谋。”（《左传·庄公十年》）这几句都用两两对照、一扬一抑的写法，文势起伏不定：“封侯心在”是扬，“鳣鲸失水”便抑；“平戎策就”扬，“虎豹当关”抑；“渠自无谋”抑，“事犹可做”扬。恰好能表达出作者内心感情波澜的激荡，而“更剔残灯抽剑看”一句，尤为精彩。全词在议论中抒情，虽有众多比喻，使语言不流于质直浅露，但毕竟还不能构成主体形象。有了这一句，一位深夜不寐，在灯下凝视着利剑、跃跃欲试的年轻爱国志士的英姿，才突然显现在我们眼前了。此句措词也精警，不减于稼轩的“醉里挑灯看剑”。“更剔残灯”四字，耐人寻味。被重新“剔”亮的，虽说是“残灯”，实在也不妨看作是心灵中本来暗淡了的火光。

词结尾说：“麒麟阁，岂中兴人物，不画儒冠？”汉宣帝号称中兴之主，曾命画霍光等十一位功臣的肖像于未央宫内麒麟阁上，以表扬其功绩。所以作者说，难道只有武将们才能为国家中兴立功，读书人（儒冠）的肖像就不能画在麒麟阁上吗？这与放翁诗说“切勿轻书生，上马能击贼”（《太息》），属同样的感慨。杜诗曰：“儒冠多误身”。对此种不合理现象，作者极不甘心，也极不服气，于是发而为大声诘问。词的情绪由伏而起，最后再变而为奋发高扬，不信此生已矣，事不可为。作者写词时才二十岁,年轻人的锐气处处表露出来。一个布衣儒冠,却自比江海鳣鲸,还以万里封侯、图像麟阁自许,而极端鄙视朝廷中朱衣紫服的肉食者,所以在自述怀抱时,始终不离抨击当局的无能。全词上下阕内容前后呼应,有机地组成了一个整体。虽说作中兴功臣的豪语,在当时已无现实的可能性,它只不过是一种被爱国热情激发起来的幻想和愿望,但词的可贵也正在于有这种积极向上的精神。

沁园春

陈人杰

次韵林南金赋愁

抚剑悲歌,纵有杜康,可能解忧?为修名不立,此身易老;古心自许,与世多尤。平子诗中,庾生赋里,满目江山无限愁。关情处,是闻鸡半夜,击楫中流。

淡烟衰草连秋,听呜鸩声声相应酬。叹霸才重耳,泥涂在楚;雄心玄德,岁月依刘。梦落莼边,神游菊外,已分他年专一丘。长安道,且身如王粲,时复登楼。

【鉴赏】

自杜甫在诗中大量描写"忧愁"以来,韩愈又继之而言:"文穷而后工",诉说忧愁似乎已经成为诗人的专业。诗人写诗必然说愁,因此辛稼轩曾以调侃的笔墨写道:"少年不知愁滋味,爱上层楼,爱上层楼,为赋新词强说愁。"词人说的不只是自己,其意更在于揭破许多诗人所谓"工愁善感"的真相。忧愁、悲愤能够使人崇高起来,但首先要是真实的,其次是忧愁、悲愤要具有深刻的社会内容。陈氏写此词时也可以说是"少年",又是与"林南金赋愁"的唱和之作,它是否是真情实感,是否具有鲜明的时代色彩和深广的社会内容呢?且往下看。

"抚剑悲歌,纵有杜康,可能解忧?"词一开篇就使我们联想到战国时齐国孟尝君门客冯谖对待遇低不满因而弹铗(剑)作歌的故事。陈人杰也是个江湖游士,他出入豪贵之门,想也受够"朝扣富儿门,暮随肥马尘"的种种难堪,但这首词并没有就此申说,而是笔锋一转,反用曹操《短歌行》"何以解忧,惟有杜康(酒)"语意,言即有美酒，也不能销愁，反而是"举杯销愁愁更愁"，用此以表现自己的内心苦闷无法排遣，但这个否定句词人以疑问句出之，使词句摇曳多姿。"为修名不立，此身易老；古心自许，与世多尤。"修名，美名。尤，怨咎。这不是因某件具体事物引起的忧愁和悲哀，而是词人的整个人生态度与世俗发生了冲突。人们纷纷追求金钱财富、权势地位之时，而词人却追求建立美好的名誉，而且这种追求是在不合时宜的"古心"支配下产生的，它"顽固"而强烈，这必然要和实际可能相冲突。这种冲突是悲剧性的，词人感到自己可能如屈原一样"老冉冉其将至兮，恐修名之不立"（《离骚》）。另外以纯朴之心对待当时纷纭复杂的时世，不免会引起物议非难，而自己的追求又不可能改变，内外交攻必然会给词人带来无穷的痛苦，这种痛苦带有根本性质，一切烦恼皆由此产生，因为词人看不开，所以忧愁就不能避免。此韵表面上是写愁，同时也是揭露社会黑暗、人情之凉薄，木秀于林。风必摧之"。正直、有理想的人是不能为社会、人群所容纳。"平子诗中，庾生赋里，满目江山无限愁。""平子"为东汉文学家张衡之字，张因当时政治衰败，郁郁不得志，为寄托其对国事的关怀和忧虑写下了著名的《四愁诗》；"庾生"指南朝梁庾信，他为梁使臣出使西魏，梁亡，被羁留长安；北周代魏，爱惜他的文才，不放他回去。在北朝期间他无时无刻不怀念故国、故乡，写下了《愁赋》，描写自己不可摆脱的忧愁（此赋已佚，仅存残句）。词人用此二典以表明自己的"忧愁"是和国家多难、政治黑暗相联系的，因此，自然而然引出"满目江山无限愁"。国家多难，半壁江山尚在异族之手，此残山剩水好像也为无限愁云所笼罩，其前途亦是岌岌可危，因此词人才十分激动地写出："关情处，是闻鸡半夜，击楫中流。"词中用了晋刘琨、祖逖之典，这两位爱国者在他们还没有成为著名将领时，中夜闻鸡起舞，以安定中原、匡扶晋室互相勉励。后祖逖率部曲百余家渡江，中流击楫而誓曰："祖逖不能清中原而复济者，有如大江！"这是最能激起志士奋发有为之心的故事，词人借以表现自己的爱国激情，并表明他所追求的"修名"不仅是个人修养的纯美和品德的崇高，而主要是要通过报效国家、拯民水火而标名青史。上片在词人情感极其高昂时结束了，宛如一支乐曲在急管繁弦中戛然而止，其余音尚萦于耳。

"淡烟衰草连秋，听呜鸠声声相应酬。"这是一幅秋光惨淡的画面，衰草连天，烟雾迷濛，伯劳鸟声声不断，仿佛是相互唱和。"何处合成愁，离人心上秋。"在这无边的秋色中怎么能不激起游子离人的愁怨呢？词人想起自己"弱冠"以来的生涯（"弱冠"为二十岁，陈人杰只活了二十四五岁，写此词时约为二十三四岁），他依人作幕，已经走了不少地方。"叹霸才重耳，泥涂在楚；雄心玄德，岁月依刘。""重耳"指春秋时五霸之一的晋文公，他在未为晋君之前飘零十九年，先后流亡在齐、楚、秦等国，所谓"艰难险阻备尝之矣"。这里用"泥涂"以概括其奔走道涂的艰辛；玄德指刘备,三国时蜀汉的开国之君,他虽素怀大志,但在未成帝业时曾依靠刘表(荆州刺史)。这里用重耳、刘备之典,不仅用以形容其颠沛流离、寄人篱下之苦辛,而且用以表现自己报国之心和建立功业之志,照应上片所写的"满目江山无限愁",并申说国家多难更激起自己对建功立业的向往与憧憬。但对于游子说来,家乡田园之思,也难以遏制,"梦落莼边,神游菊外,已分他年专一丘。"莼菜可以作羹,味道鲜美。西晋时吴人张翰在洛阳做官,秋风起而思念家乡的莼菜羹、鲈鱼脍,因之命驾而归,后遂用此典表现对家的怀念和对仕宦的厌倦。"菊外"是用陶潜《归去来辞》"三径就荒,松菊犹存"语意,此韵前两句写词人乡思之强烈,家乡风物,梦萦魂绕,田园庐舍,神思常游,用莼、菊二典,把乡思表达得十分具体而高洁,令人联想到江南水乡的旖旎秋色,和与竹篱茅舍相映衬的绿野青山。"已分"言在意料之中,"专一丘"指简朴的田园生活,语出《汉书·自叙传》"若夫严夫子者……渔钓于一壑,则万物不奸其志;栖迟一丘,则天下不易其乐"。王安石也有"我亦暮年专一壑"的诗句。将来归隐在意料之中,而眼下家乡只能形诸梦寐,用思想上的矛盾以表现词人痛楚之深。"长安道,且身如王粲,时复登楼。"此韵又转到当时的现实。"长安"指临安(杭州)。"王粲"为东汉末年文士,由于中原战乱,他避乱荆州,依靠刘表,历十多年,但也没有受到刘的信任与重用,因之他格外思念家乡,希望中原早日安定,并向往为此而立功,他把这些心情写入《登楼赋》,其中有句云:"惟日月之逾迈兮,俟河清其未极。冀王道之一平兮,假高衢而骋力。惧匏瓜之徒悬兮,畏井渫之莫食。"当词人登上楼时眺望"满目江山",万感中来。因国家分裂而产生的悲痛,对偏安一隅而腐朽不堪的南宋小朝廷前途的忧虑,以及寄人篱下,理想不能实现的苦闷等等复杂心情都借"王粲登楼"一典充分表达出来,这不仅与开篇之"抚剑悲歌"相照应,而且总结了全篇,表现了咏愁之意。

此篇咏愁之词虽抒发的是个人愁思,但都围绕着国家的忧患,并把不能为国家建功立业看成是苦闷根源之所在,因此他的强烈而深广的忧愁就具有了深厚的基础,这首词之所以感人原因也在这里。

这首词几乎句句用典,似乎晦涩了些,这是因为词人思想感情矛盾复杂,在这短短的一百多字的词要得到充分的表现,必须通过用典方能做到。如词人思乡,感时念乱,对朝政的不满,对建立功业的向往,以及因不能实现理想而产生的苦闷等等很难一一说清楚,但词中用张衡、庾信、刘琨、祖逖、陶潜、王粲等人之典,就把这种忧愁描述得具体,表现得充分,这是用直抒方法很难做到的。词中用典虽多,但却十分流畅,作者能以充沛的情感调动这些典故,把用典和叙述、描写结合在一起,所以不给读者以破碎、生硬之感。

陈允平 生卒年不详,字君衡,号西麓,四明(今浙江宁波)人。少从杨简学,试上舍不遇,乃放情山水。有诗集《西麓诗稿》,存诗86首;有词集《日湖渔唱》和《西麓继周集》,各存词86首和123首,还有5首有调名而无词。

齐天乐

陈允平

泽国楼偶赋

湖光只在阑干外,凭虚远迷三楚。旧柳犹青,平芜自碧,几度朝昏烟雨。天涯倦旅。爱小却游鞭,共挥谈麈。顿觉尘清,宦情高下等风絮。

芝山苍翠缥缈,黯然仙梦杳,吟思飞去。故国楼台,斜阳巷陌,回首白云何处?无心访古。对双塔栖鸦,半汀归鹭。立尽荷香,月明人笑语。

【鉴赏】

这首词是作者晚年游历吴地登泽国楼时所作。从词中"湖光""芝山""双塔"等考之,地似是今江苏溧水。溧水西南有石臼湖,芝山在县东南,县内有古双塔。泽国楼当是县中胜景。

起句点楼之位置特点,直揭"泽国"二字。接句写登楼远眺,三楚迷漫不辨。"三楚"之说不一,此似以江陵、吴、彭城说较合。全句暗用《诗经·鄘风·定之方中》"升彼虚矣,以望楚矣"语(虚同墟),以发怀古之幽情。"旧柳"三句将视线收紧。"柳"之言旧,写故地重游,也寓故国风景依然之意;"平芜自碧",言野草繁生,荒凉一片,不堪寓目;"几度朝昏烟雨",则借眼前景,暗喻动荡的政治形势。"天涯"三句点出己之不幸身世。因天涯旅倦而遇胜楼,逢知己,得以遣怀消愁,故用"爱"领起。"顿觉"两句言己已豁然摒弃了世俗杂尘,把宦情等同于眼前随风高下飘游的柳絮。宋亡后允平曾以人才征至北都,不受官放还,此谓"宦情"疑指此事。歇拍以景状情,至觉警动。

过片从远处落笔，由"芝山苍翠缥缈"引出超脱尘世之梦而终至于黯然破灭。"故国"三句进而抒发亡国之痛，慨叹此身无托，将国亡之感与身世浮沉紧密糅合，读来凄婉欲绝。"故国楼台"，从眼前景物推开去，不必定指一处；丧乱之后，沧桑之感，何处无之。承以"斜阳巷陌"，化用刘禹锡《金陵五题》"乌衣巷口夕阳斜"和辛弃疾《永遇乐》"斜阳草树，寻常巷陌"句意，概述故国山河变异。"白云"则出《庄子·天地》："千岁厌世，去而上仙；乘彼白云，至于帝乡。"帝即天帝。以"白云"代指仙乡，挽合过片之"仙梦"，而以疑问出之，尤其动人。且《庄子》"乘云"云云是华封人说尧之语，"白云何处"，隐然亦有怀念故君之意在其中。故国故君如此，触处皆恨，故接云"无心访古"。鸦栖双塔，鹭归半汀，则又反衬自己羁旅天涯之愁。结韵照应起笔，引出荡舟戏莲的热闹场面，"立尽"，暗示伫立良久，笔势稍振便戛然煞住，给人以"有情却被无情恼"的韵外之味。

此词可谓是西麓集中的高作，代表其词的一般风格。从内容看，反映的是晚年的漂泊生涯，抒写的是低徊幽咽的身世之感和残山剩水的亡国之痛，情真意切，在其集中尤为少见。全词最大特色在于遣词清明疏快，用典贴切易晓。不过，"故国楼台"数句显得沉郁，而过片又略逞超逸。陈廷焯《白雨斋词话》卷二云："西麓词……沉郁不及碧山，而时有清超处；超逸不及梦窗，而婉雅犹过之。"用"婉雅"来论其风格是最恰当不过了。看他那低徊幽咽的情调，还不时堕入"仙梦""白云"的老庄之道，没有激荡的言辞和高昂的意绪，因而也相应地用"远迷""青""碧""苍翠缥缈""斜阳"等晦暗朦胧的色彩来言情。他甚至还用了"共挥谈麈"。魏晋人清谈最喜执麈尾，后世遂以谈麈沿为名流雅器。这些岂非"婉雅"作风的表现？再就结构而言，上片多描景，下片多抒情，缺少奇思巧变，是跟"婉雅"相谐和的"平正"。因它有一定的爱国内容，所以张炎评论西麓词为"本制平正，亦有佳者"(《词源》卷下)。但由于词人一味地追求这种风格，因而状景无开阔之象，言情无沉挚之思，造境无健举之笔，布局无奇变之法，显得气格柔弱，拘谨守旧，其瑕疵是相当明显的。但他在宋末婉约诸大家中毕竟自呈面目，独具一格。

清平乐

陈允平

风城春浅，寒压花梢颤。有约不来梁上燕，十二绣帘空卷。

去年共倚秋千，今年独上阑干。误了海棠时候，不成直待花残。

【鉴赏】

这是一首描写闺妇之思的小词。“凤城”即南宋京城临安。盖此词作于词人蛰居钱塘之时。“春浅”言初春，点明时节。“寒压花梢颤”，因时为初春，故残寒肆虐，花梢打颤，“压”字给人以寒气如磐的沉重之感，这不仅渲染了当时的环境气氛，而且也暗示着人物怨恨的特有心境。这是融情入景，以景衬情。“有约”一句言燕子不见踪迹，乃因春浅寒重之故。此写燕，实用以寄托思妇的重重心事。说“有约”，是嘱燕传递天涯芳信，但燕竟至于违约不来，故接用“十二绣帘空卷”一句，将闺妇思夫的烦恼无端迁怒到燕子身上。“十二绣帘”，夸张用语，泛指帘幕。燕巢梁上，垂帘妨碍燕子活动，故须卷起。“空卷”一词，寓有思妇盼燕归来的急切和对梁燕不来的惆怅与空虚，思妇在峭寒中翘首痴盼的情态，毕现于纸上。

下片之结构，全由上片结句而来，正面抒写思妇的相思幽怨之情。见秋千而触动旧欢，用“去年”轻轻一勾，引出往昔情事，荡起一层幸福的涟漪。“今年独上阑干”一句，忽又跌入眼前“独上阑干”的寂寞凄苦之情。去年今日，一欢一恨，对比鲜明。结句转入幽怨。意由唐诗“有花堪折直须折，莫待无花空折枝”而来。埋怨所爱的人不能及时惜花，似此误了花期，难道要“直待花残”不成！相思之重，故埋怨之深。

全词所写不过是缠绵悱恻的闺怨之情，但艺术上自有其鲜明的风格和特色。就结构而论，由物及人，由景及情，也没有奇变，而是“本制平正”（张炎《词源》），虽然不能反映大起大落的感情变化，却正好适宜于表现幽怨之思，含蓄之情。就人物而论，无一句涉及女性的体态服饰，写其轻嗔薄怒之态，人却隐而不露，这是典型的雅正作风。再就语言而论，也是清而不丽，含蓄婉转。铭心刻骨的相思一诉诸文字，却成了"误了海棠时候，不成直待花残"。这里，没有大胆露骨的急切表示，也没有强烈指责的语气，有的只是"十二绣帘空卷"的惆怅痴盼，和平婉曲但含思凄婉，而思妇的情态及思绪的微澜，却又描画得那么生动传神。在宋末，西麓词是以雅正为尚的，周济说他"疲软凡庸，无有是处"，是"馆阁词"，"乡愿之乱德也"，以此词观之，未免太过。南海伍崇曜跋《日湖渔唱》，曾标举此词下片云："清转华妙，宜玉田生秀冠江东，亦相推挹矣。"这"清转华妙"四字，道出了本词的艺术特色。

唐 多 令

陈允平

秋暮有感

休去采芙蓉。秋江烟水空。带斜阳、一片征鸿。欲顿闲愁无顿处，都著在两眉峰。

心事寄题红。画桥流水东。断肠人、无奈秋浓。回首层楼归去懒，早新月、挂梧桐。

【鉴赏】

此词写女子怀远之思。节令是深秋，时间是傍晚入夜（即从"斜阳"到"新月"），地点从户外至室内（即从"秋江""画桥"至"层楼"），多角度、多层次叙写伊人所见所感。秋感怀人虽然是个古老的主题，但由于此词写得疏朗流宕，情致绵邈，读之仍然很有魅力。

发端以祈使句式领起，就有警醒读者之意。芙蓉，是荷花的别名。她素为人们喜爱，是古人常常吟咏的物象，并往往赋予多种的象征意义。采莲，原是民间妇女特有的劳动情趣，乐府民歌和文人乐府中多有佳作，如"涉江采芙蓉，兰泽多芳草。采之欲遗谁，所思在远道"（《古诗十九首》之六）。此词开篇即规劝人们别去采撷，就有一种难言苦衷和殊怨之情。次句切题之"秋"，言秋江之萧条空阔，一无所有，有的只是一片迷茫的烟水。它补充说明"休去"的原因。两句即如唐赵彦昭"水面芙蓉秋已衰"（《秋朝木芙蓉》）之意。三、四句写夕阳、鸿雁。这是望中所见。"斜阳"点明时间，切"暮"，递进说明"休去"之原因；"征鸿"为远飞的大雁，切"秋"，此乃触发“有感”之基因。梁江淹诗:“远心何所类,云边有征鸿。”陈江总诗:“心逐南去逝,形随北雁来。”候鸟大雁随着夏去秋来,将从北方飞往南方。思妇也希望远人随着秋雁而南归。故有仰见征鸿,触发怀人之情。然而“征鸿过尽,万千心事难寄”(李清照《念奴娇》)。五、六句接写“闲愁”。这是无端之愁,莫名之愁,故言“闲愁”。“愁著两眉峰”与唐武元衡“万恨在蛾眉”(《春日偶作》)意同。“欲顿”两句,贴切形象,饶有情致,使无迹可寻的心理状态的“愁”有了安置,有了着落。愁锁双眉,形迹可见。从遣词、句式和意象看,陈词此阕似受辛弃疾《摸鱼儿》“闲愁最苦,休去倚危栏,斜阳正在烟柳断肠处”的启迪。但辛氏愁苦忧虑的是国家命运、民族前途,而陈氏所写的却是思妇怀远,个人忧愁,思想境界自有深浅高下之别。

换头由叙闲愁转入抒心事。“题红”两句,用孟棨《本事诗》红叶题诗故事。此词意为题诗寄情有意,流水东去无情,犹见“心事”之重。由是引出“断肠人”。“秋浓”即深秋,仍照应“秋暮”题意。自从宋玉在《九辩》中写了句“悲哉秋之为气也,萧瑟兮草木摇落而变衰”,于是后世骚人墨客就大做悲秋、叹秋、感秋的文章,秋天秋景简直成了“悲”的代名词。断肠人心事重重,何况又处在夕阳西下、烟水空濛的“秋浓”环境中,故更催人肝肠寸断了。“回首”句,从户外进入室内,一个“懒”字,就把“断肠人”的情态和精神面貌惟妙惟肖地刻画出来。“早新月、挂梧桐”,这是在“层楼”中所望,写得空灵透剔,意象鲜明。一轮初出之月遥挂在疏疏落落、衰败凋谢的梧桐树梢上,更增添了心烦意乱的思绪。煞尾以景结情,戛然而止,有余不尽之意见于言外。

这首词在揭示主题思想时采取事事关联,环环相扣,层层深化的写法,讲究内在逻辑。上片写“闲愁”,是触景生情所致:因“征鸿”而引发怀远。下片写“心事”。心事是闲愁的具体说明,它又因秋浓而催人断肠,断肠是由心事所致,而心事却又是题红引起,题红则是心事吐露的特殊方式。如此回环往复,步步深入。而产生忧愁的总枢纽正是秋浓。此乃因物牵情,物情交感,物景生情,神味宛然。事事处处切题,是此词另一特色。如芙蓉、秋江、征鸿、秋浓、梧桐;斜阳、新月以及闲愁、心事、题红、断肠人、归去懒,都紧扣“秋暮有感”这个题意和时令,用词遣字实乃费一番惨淡经营之功。再从风格看,此词与婉约词派细腻绵密有别,它既没有对思想活动、情绪变化作过细的刻画,又没有对描景状物作浓重的渲染,其独特处是疏朗中见真情,流快中藏缱绻。诚如清人陈廷焯《词则·别调集》卷二所称赞的“疏快中情致绵邈”。

谢枋得 (1226~1289)字君直,号叠山,信州弋阳(今属江西)人。宝祐四年

(1256)进士。德祐初,以江东提刑知信州。元兵东下,信州不守,变姓名入建宁唐石山,不久,卖卜建阳市。宋亡,居闽。福建参政魏天祐强之北行,至大都,不食死。有《叠山集》。存词一首。

沁园春

谢枋得

寒食郓州道中

十五年来,逢寒食节,皆在天涯。叹雨濡露润,还思宰柏;风柔日媚,羞见飞花。麦饭纸钱,只鸡斗酒,几误林间噪喜鸦。天笑道:此不由乎我,也不由他。
鼎中炼熟丹砂。把紫府清都作一家。想前人鹤驭,常游绛阙;浮生蝉蜕,岂恋黄沙?帝命守坟,王令修墓,男子正当如是耶。又何必,待过家上冢,昼锦荣华!

【鉴赏】

宋亡之后,谢枋得隐居闽中,元朝廷累征不起。至元二十六年(1289),福建参知政事魏天祐,为取媚于朝廷,强执谢枋得北上。寒食节,过郓州(今山东郓城);四月,枋得至燕京,绝食而卒,年六十四。这首词题为《寒食郓州道中》,即枋得过郓州时所作。

词的上片,由寒食节起调,表达对祖茔冢柏的怀念之情。起三句,是说十五年来,每逢寒食,"皆在天涯",而不能祭扫祖茔,即不能尽孝。这三句,是作者的回忆。枋得于宋德祐元年(1275)出任江西招谕使,知信州(今江西上饶)。不久,信州为元军攻陷,枋得变姓名入建宁唐石山中,后又隐居闽中,一直未回故乡江西弋阳。至此,已十五年。这里字面是说寒食节,实际上也暗含了对国破家亡的回忆。用"皆在天涯"写沦落飘泊,无家可依,四字包含了无数血泪。"雨濡"四句,承起句写十五年飘泊之中每逢寒食的思想感情,分两层意思:前二句是说在"雨濡露润"的天气里,思念着"宰柏"。"宰柏",坟墓上的柏树,或称"宰树""宰木"。寒食节是祭扫祖茔之时,又往往是零雨其濛,故云"雨濡露润",这种情况最容易引起异乡飘泊者的“率柏”之思。后两句说在“风柔日媚”的天气里，却又“羞见飞花”。“飞花”（语本于韩翃《寒食》诗“春城无处不飞花”）是热闹的景象，而无家可依之人，则不忍见，也“羞见”——国破家亡，自己无力挽救，而只能埋名深山，岂不羞对“飞花”！这两层意思总起来是说在任何情况之下，都是思国念家，痛苦不堪的。这四句用一个“叹”字领起，把两层意思总摄起来，笼在“叹”字之下，感情的表达是哀婉而深沉的。“麦饭”三句，仍从寒食祭扫着笔。“麦饭”“纸钱”“只鸡”“斗酒”，皆是祭品，祭扫完毕，那些等候在树巅的乌鸦喜鹊便飞来各取所需。这里，作者则说自己不能用“麦饭”等物祭扫祖茔，林间的喜鹊乌鸦也空等了！“几”，屡次，与“十五年”相应。这三句写得仍然很沉痛。对祖茔的怀念，同时也是对故国的怀念，更是对自我不幸遭遇的慨叹。“天笑道”三句，为上述情况寻找原因。“我”是指“天”；“他”则是指蒙元贵族。字面上看，好像是旷达，实际上是悲愤语，且是故作反语，“不由乎我（天）”，正是“由我（天）”，“不由他”正是“由他”，作者既怨天又尤人。这里之所以用反语，倒不一定在于当时作者身在蒙元贵族统治之下，枋得是个性格刚烈，“如惊鹤摩霄，不可笼縶”（《宋史》本传）的人，是无所畏惧的。反语是一种重要的修辞格，用于嘲弄讽刺，可使对方哭笑不得。

上片虽沉痛悲愤，但其基调却不免低沉。下片则一变而为至大至刚，充满了视死如归的精神。“鼎中”二句，“鼎”，这里指丹炉，道家在丹炉内炼丹，丹成可以飞升；“紫府”，道家称仙人所居之地，语出《抱朴子·祛惑》；“清都”出于《列子·周穆王》，指天帝所居的宫阙。这两句是说自己对于此身的去处早有深思熟虑，成竹在胸，如同鼎中丹砂炼熟，随时可以升天，以紫府清都为家了。枋得这次北上，早已抱定了必死的决心，故有如此言语。“前人”四句，就此意做进一步发挥。四句用一“想”字领起，滔滔而下，表明是作者的心理活动，意思是说神仙或得道之士每骑鹤上天，游于绛阙（“绛阙”亦指神仙宫阙。苏轼《水龙吟》：“古来云海茫茫，道山绛阙知何处？”），其乐无穷；而浮世之身，当如“蝉蜕蛇解，游于太清”（《淮南子·精神训》），岂能留恋于尘埃浊世（“黄沙”）。其不欲恋身求生，屈节苟活，已经说得明明白白。以下就“寒食”本题，再表白自己的志节。“帝命守坟，王令修墓，男子正当如是耶。”似就元至元十五年元僧杨琏真伽发掘宋六陵盗取珍宝后，宋义士唐珏、林景熙等收诸帝后遗骨瘗埋、并移宋故宫冬青树植于冢上之事抒发。“耶”字不做问意解。清王引之《经传释词》卷四引其父王念孙说：“邪（同耶），犹‘也’也。”举例有《庄子·天运》：“甚矣夫！人之难说也，道之难明邪。”谓“邪亦‘也’耳”。词句“男子正当如是”，是肯定语气，故以“耶”即“也”足成七字句，并以叶韵，赞美唐珏他们的爱国正义行动，表示自己做为好男儿正当效法他们的精神，忠于宋室。另一方面，“又何必，待过家上冢，昼锦荣华”，则就此次被迫北上强令降元做官而言。

"昼锦",项羽有"富贵不归故乡,如衣绣(《汉书》作"衣锦")夜行,谁知之者(《史记·项羽本纪》)的话,后用指富贵还乡。"过家上冢",即还旧居,祭祖坟,也是足以夸耀邻里的事。作者概以"又何必"一语抹煞之。"待"是将来可以实现之意,即今已断言其无此可能,何必多此一举,言辞杀辣,不留余地。"上冢"一语,也是就寒食祭扫事生出,与"守坟""修墓",同回应上片所说情事,紧扣题意,用笔不懈。

这首词先从寒食祭扫入笔,抒写作者对故乡宰柏的思念之情,然后再一反乡土之思,抒写其为国效死的凌云壮志,真切地表达了作者的思想感情。全词慷慨悲歌,既催人泪下,又壮人胸怀。其用笔精彩之处,在于心理刻画。可以说全词都是在写作者的心理活动,层层转折,都是由"想"而出,一想再想,而思想境界亦步步升华,末三句是其思想的高峰,发聋振聩,声裂竹帛;且又多以诘问句出之,一诘再诘,逼人深思,不容回避,鼓舞力、感染力亦随之而出。像具有这样的思想高度而又不乏艺术魅力的词,在遗民词中是不多见的。

赵闻礼 生卒年不详,字立之,号钓月,临濮(今山东鄄城)人。曾官胥口监征。词风倾向于清丽舒徐、缠绵委婉一途。今有赵万里辑有《钓月词》一卷,存十四首。

贺新郎

赵闻礼

萤

池馆收新雨。耿幽丛、流光几点,半侵疏户。入夜凉风
吹不灭,冷焰微茫暗度。碎影落、仙盘秋露。漏断长门
空照泪,袖纱寒、映竹无心顾。孤枕掩,残灯炷。
练囊不照诗人苦。夜沉沉、拍手相亲,骙儿痴女。栏外
扑来罗扇小,谁在风廊笑语。竞戏踏、金钗双股。故苑
荒凉悲旧赏,怅寒芜衰草隋宫路。同燐火,遍秋圃。

【鉴赏】

这首咏萤词为作者游扬州隋故苑所作。上片可分为两个层次，各有五句。第一个层次先以“池馆收新雨”点明地点和天气。然后以“耿幽丛、流光几点，半侵疏户。入夜凉风吹不灭，冷焰微茫暗度”四句写池馆萤火。其中的“耿”字，乃明亮、照亮之意。“疏户”，指有漏隙的门。“入夜”一句，由李嘉祐《萤》诗的“夜风吹不灭”蜕化而来。“微茫”二字则是隐约模糊之貌。“炷”，即灯芯。夏末秋初之夜，一场新雨过后，池边馆舍的氛围是清冷而寂静的。此刻，因雨而隐伏着的萤火虫开始活动起来，荧光闪闪，照亮了池边幽深的草丛，继而飞上夜空，流光点点，渐近疏户却又向远处飞去。但见它那风吹不灭的清冷光焰，熠熠荧荧，在夜色深处渐渐地变得模糊了。随着萤火的远逝，词人在追寻也在遐思，物境是凄清幽寂的，心境则是幽索凄婉的，暗中蕴藏着一股感情的寒流。所以接下去第二个层次的五句，连用两事，写了：“碎影落、仙盘秋露。漏断长门空照泪，袖纱寒、映竹无心顾。孤枕掩，残灯炷。”其中的“仙盘”，指仙人承露盘。汉武帝曾作承露盘，铸金铜仙人手擎以受甘露。“漏”，乃指漏刻，亦称漏壶，为古代计时之器。“漏断”，则谓夜漏已尽天色将明。“长门”，指长门宫，汉武帝的陈皇后失宠后别居于此时，过着孤寂忧苦的生活。历史上的仙盘秋露、长门孤泪同写萤火原不相关，但前者加上“碎影落”，后者加上“空照泪”，便点化成与萤火相关的事情。所以当词人翘首夜空，看“冷焰微茫暗度”的时候，他仿佛看到那秋夜的流萤，点点碎影映入了仙盘秋露，又好像见到它飞绕在长门宫中，空照着陈皇后的泪珠。在清冷的长门宫里，陈皇后衣衫单薄，心境凄苦，即使有流萤映竹，清光熠耀的清幽景色，也无心顾及观赏（这一句又化用杜甫《佳人》诗意），只能在漫漫长夜中以孤枕遮掩残灯光炷，独自凝愁。在这五句中，词人由眼前的流萤回溯往古，使实写与虚想结合，不但丰富了咏萤的内容，而且增强了词作的情味。

词的下片也有两个层次。第一个层次为前六句:“练囊不照诗人苦。夜沉沉、拍手相亲,呆儿痴女。栏外扑来罗扇小,谁在风廊笑语。竟戏踏、金钗双股”,叙说词人深夜作诗及呆儿痴女嬉戏的情景。第一句暗用车胤囊萤读书故事。“练囊”,是以素色熟丝织成的萤囊。《晋书·车胤传》说车胤好学不倦而家贫无油,便以练囊盛数十枚萤火,夜以继日地刻苦攻读。后遂以“练囊”为囊萤夜读的典故。第三句的“骙儿痴女”,指天真幼稚或迷于情爱的少男少女。第四句的“罗扇”,是以丝绢制成的小扇,化用杜牧“轻罗小扇扑流萤”的诗意。第五句的“风廊”,即通风长廊。第六句是以“戏踏金钗”暗中引比荆楚一带端午节戏踏百草的游戏。从词的思路上看,这里说的“练囊不照”跟前面说的“长门空照”,暗中绾合,都是物性与人情难通的意思。夜已很深了,微弱的萤火只能给词人带来一点亮光,却不能映照出他苦吟的心境。当他在沉沉的黑夜中冥思苦想的时候忽然出现了拍手相亲的骙儿痴女,搅断了词人的思绪。他们不像词人那样愁苦,而是无忧无虑地在栏杆外拿着轻巧的罗扇追赶流萤,一次次地向池馆窗前扑来。在风廊里又不知是哪几个嬉闹不休,传来阵阵欢声笑语。这群骙儿痴女调皮起来,竟然别出心裁,把双股金钗扔到地上,模仿踏百草的游戏,竞相戏踏。这一幕幕的闹剧,可爱可笑而又着实有点令人气恼。可是词人似乎并不嗔怪,只是像素描一样,淡淡写来。大概是骙儿痴女的天真灵性唤醒了他久已沉睡了的童心,故以轻松的笔调描述出一幅欢快和乐、充满生活气息的图景。以章法而论,小儿女的嬉闹只是一段穿插,词人所要着力表现的是咏萤怀古,所以经过一番推挽,掉转词笔续写出第二个层次的四句:“故苑荒凉悲旧赏,怅寒芜衰草隋宫路。同燐火,遍秋圃。”其中的“故苑”,本指洛阳的萤苑。大业十二年,隋炀帝于景华宫征求萤火,得数斛,夜出游山放之,光遍岩谷。后附会为炀帝幸江都(扬州)时事。杜牧《扬州》诗云:“秋风放萤苑,春草斗鸡台。”自此皆以放萤为扬州事典。“隋宫”,指炀帝在江都西北所建的隋苑。后因以隋宫指称扬州之地,罗隐写扬州就有“树远连天水接空,几年行乐旧隋宫”之句。这里即以萤苑为扬州事并与隋宫合而为一。“怅”,乃领格字,领起末结两句。以上四句,词人将怀古揉入景物描写,融情于景,写得极为凄婉。当年的隋苑,放萤数斛,成千上万,光遍岩谷,极尽观赏之乐。如今,那令人赏心悦目的场面早已随着历史的烟云一起消散了。词人说“悲旧赏”,是今昔对比所产生的情绪,也是本词感情的基调。在悲叹之中,他感慨万千,怅惘之情不能自已。因以“怅”字领起,中间再以“同”字勾紧,最后又以“遍”字奋力重拍,写下了“怅寒芜衰草隋宫路。同燐火,遍秋圃”。繁华隋宫,如今荒径衰草,燐火冷焰,寒峭凄凉,败落不堪。这三句是全词的重点句,笔力峻刻,有力地揭示出咏萤怀古的主题,有如豹尾环首,足以包举全篇。在描绘这些景物时,词人的感情是很复杂的。既有对隋宫故苑衰败的怅恨,也有对隋炀帝不恤民力而终于身亡国灭的感叹。寓意深远而含蓄，颇有发人深省之处。这首词，以咏萤为题，忆往事写实景，更以呆儿痴女穿插其中，古今往复，纵横交错，似散非散，始终围绕着萤火。所以主题突出而涵容极广，思路活泼而富有顿宕跃动之感，这与一般以艳情打入咏物的写法相比，确有独到功夫。而且用典处也经过一番琢磨，自然得体，婉而有致，运用自如，表现艺术可谓已臻佳境。是以论者以为“古今咏萤之作当以此篇为最工婉矣。其幽索柔细之笔，何殊碧山咏蝉、赋红叶诸作！”（薛砺若《宋词通论》）

曹　邃　生卒年不详，字择可，号松山，贾似道客，尝为御前应制。赵万里《校辑宋金元人词》辑有《松山词》一卷。

玲珑四犯

曹　邃

被召赋荼蘼[1]

一架[2]幽芳，自过了梅花[3]，独占清绝。露叶檀心[4]，香满万条晴雪。肌素净洗铅华，似弄玉、乍离瑶阙。看翠蛟白凤飞舞，不管暮烟啼鸩[5]。

酒中风格天然别。记唐宫、赐樽芳冽。玉蕤[6]唤得馀春住，犹醉迷飞蝶。天气乍雨乍晴，长是伴、牡丹时节。夜散琼楼宴，金铺[7]深掩，一庭香月。

【注释】

①被召：受皇帝之召。荼蘼：俗名“佛见笑”，蔷薇科落叶灌木。春末夏初开花，花白色，重瓣，不结实。产于我国。属观赏类花木。

②一架：荼蘼枝条细长，故须搭架，供其蔓延牵攀。

③梅花：古人有二十四番花信之说。盖以小寒至谷雨凡八节气一百二十日，每五日为一候，计二十四候，各应一种花信。梅花最早，楝花最迟，荼蘼、牡丹分别排

在倒数第二、第三。参见宋程大昌《演繁露·花信风》、王逵《蠡海集·气候》。

④檀心:宋张邦基《墨庄漫录》:"酴醾花或作荼蘼,一名木香,有二品。一品花大而棘(疑应作'疎'),长条而紫心者,为酴醾;一品花小而繁,小枝而檀心者,为木香。"

⑤啼鴂:亦作"鶗鴂""鷤鴂"。按《离骚》:"恐鹈鴂之先鸣兮,使夫百草为之不芳。"唐释皎然《顾渚行寄裴方舟》诗:"鶗鴂鸣时芳草死。"本句言荼蘼如翠蛟白凤飞舞,不管暮烟啼鴂,是强调她生命力之旺盛。

⑥玉蕤:蕤,本谓花木披垂貌,此处只作"花"字用。本文引苏轼诗"芳蕤"云云,用法相同。

⑦金铺:古代华丽建筑物门上用以容纳叩环的金属底座,因作为"门"的藻饰性代名词。

【鉴赏】

好一架幽洁芬芳的荼蘼花呵,打从梅花开后,就数她最清雅脱俗了。那缀满了白花的枝枝蔓蔓,看上去就像千万条冰雪,在阳光下闪光;挂着露珠的叶片,檀红色的花蕊,散发出浓郁的馨香。也许,她就是仙女弄玉的化身吧?你看,她刚刚告别天宫的琼楼玉宇,来到了人间,她的肌肤是那样的白皙,不施脂粉,更显得丽质天成。日之夕矣,暮色苍茫,鶗鴂在哀鸣,可是她却像没听见似的,素花绿叶依然在晚风中摇曳,宛如翠蛟白凤,翩翩飞舞……

荼蘼花固然是花中的珍品,就连和她同名的酴醾酒也是别具高格的佳酿。它清凉、芳香,难怪唐代的帝王要用它来赏赐宰相大臣了。酴醾酒可以醉人,荼蘼花又何尝不令人陶醉?她勾引得蝴蝶儿如醉如痴,留住了最后的一片春光。在谷雨时节晴雨不定的日子里,只有她成天陪伴着花魁牡丹,与之分享人们的爱怜。夜深了,玉楼上的盛筵已尽欢而散,宫门紧闭,锁住了满庭月色,也锁住了满庭花香……

短短百许字的篇幅,词人却栩栩如生地向人们描绘了晨露朝晖中的荼蘼、晚风暮霭中的荼蘼、夜色月光中的荼蘼,脉络极为分明,笔墨极为周至,真不愧是一篇优美的《荼蘼赋》!

"烘托"和"比喻"两种艺术手法的密集使用,是这首词在写作上的一个显著特点。"一架"三句,以梅花为烘托也。"天气"二句,以牡丹为烘托也。梅花傲雪凌霜,香飘天外,自是花中之高士;牡丹复瓣浓薰,艳绝人寰,俨然花中之王侯。将荼蘼与她们相提并论,这就占足了身份,占尽了风光。"酒中"二句,以酴醾为烘托也。苏东坡有诗咏荼蘼云:"分无素手簪罗髻,且折芳蕤浸玉醅。"黄山谷亦有诗咏荼蘼云:"名字因壶酒,风流付枕帏。"到底是此酒因加此花酿制而成,故得名酴醾呢?抑或是此花因色香酷似此酒,故得名荼蘼?这且留待考据家们去分辨,我们只看唐无名氏《辇下岁时记》中“赐宰臣以下酴醾酒”、《新唐书》中宪宗皇帝为嘉奖宰相李绛直言极谏而“遣使者赐酴醾酒”之类的记载，便知此酒的名贵。用它来作陪衬，花的声价也不抬而自高。“夜散”三句，以明月为烘托也。汗漫太虚，月华如水，天地间至清至澄之物，莫过如此了；而荼蘼之香乃能溶溶然与月波共漾于一庭之中，则其花气之纯净，又何以复加焉？……如果说“烘托”成功地起到了侧面渲染的效用，那么正面刻画的任务却主要是由“比喻”来担当的。“香满”六字，以雪为喻也。用雪比拟素花，本属习见，但冠一“晴”字，便觉花光耀眼，神采迥然不与俗同。“肌素”十三字，以美人为喻也。这原也是熟套，且“弄玉”亦为经常出没于作家笔下的神话人物，惟用在这里却很别致：盖旧题汉刘向撰《列仙传》只说她是春秋时秦穆公的爱女，好吹箫，嫁善箫者萧史为妻，夫妇双双仙去而已，至于她是否有闭月羞花之貌、沉鱼落雁之容，初无一言道及，故咏花词中的旦角，一般轮不到她来扮演。可是词人竟独具只眼，一瞥相中了她芳名里的那个“玉”字，由此生发出许多奇想，想象她必居住在“瑶阙”，必是肤如凝脂、铅华不御，于是乎凿空构造出一幕玉人降仙的场景来，将皎洁的荼蘼花写得活灵活现，可谓抽秘骋妍，不落言筌。“看翠蛟”七字，以龙凤为喻也。孤立地看这一句，或不免嫌它思致平弱。但辞曰飞蛟舞凤，笔势实亦如之，远观“晴雪”，是以动掣静；近挽佳人，是以刚济柔；下映“啼鴂”，是以乐祛悲：与前后文对勘，却也有种种的妙趣。……当然，词中运用入妙的艺术手法并不仅仅局限于上举两端。如下阕“玉蕤唤得馀春住”之为“拟人”，就比直说荼蘼春末开花、花在春在云云来得有味。此等好处显而易见，就毋庸辞费了。

综上所述，此词之于咏花，真可以说达到了穷妍极态的艺术境地。然而世间事物之得失长短往往亦如形动影随，她的致命伤恰恰也表现在这一点上。她太粘着于物象了，正如专尚形似、法度的宋代院画，纵然工到极处，毕竟缺少寄托，缺少情感，因而也就缺少激动人心的力量。据作者自序，这是一首专供帝王后妃们对酒赏花时付诸歌伶当筵演唱、聊佐清欢的应制之词，与宋院画同属为宫廷服务的贵族艺术，当然只能迎合封建统治者的形式主义的审美情趣，而不可能表达（至少是不可能充分表达）作者自己的喜怒哀乐了。不过话又得说回来，即使是这样一类专为封建帝王而创作的文学艺术品。只要其中还蕴藏着某些客观的美的成分，就具有一定的观赏价值，仍可以提供给今天的人民大众来享受。读一读曹遵这首咏花词，权当是在故宫博物院里欣赏一轴宋代院画派的工笔重彩花卉图吧！

赵汝茪 生卒年不详，字参晦，号霞山，又号退斋。商王元份后裔。有今辑本《退斋词》，存九首，多为小令，内容香艳，然亦有较为含蓄蕴藉者，如《汉宫春》。

汉宫春

赵汝芜

着破荷衣，笑西风吹我，又落西湖。湖间旧时饮者，今与谁俱？山山映带，似携来、画卷重舒。三十里、芙蓉步障，依然红翠相扶。

一目清无留处，任屋浮天上，身集空虚。残烧夕阳过雁，点点疏疏。故人老大，好襟怀、消减全无。慢赢得、秋声两耳，冷泉亭①下骑驴。

【注释】

①冷泉亭：在杭州灵隐寺飞来峰下，亭在冷泉之上。白居易有《冷泉亭记》，见《白氏长庆集》卷二十六。

【鉴赏】

这是一首感时伤世、感慨伤怀之作。作者的感时伤世，其触发点是重游杭州西湖。西湖本是歌舞地，词人重游，何以感伤？词中告诉我们：词人是在经过了一段较长时间的隐居生活之后，在一个秋风萧瑟的秋天，重到西湖的。"荷衣"，出于屈原《离骚》"制芰荷以为衣兮，集芙蓉以为裳"，后世用以指隐者的服装。"着破"，可见穿着时间之长"笑"是苦笑，可以当哭。荷衣在身，意在避世绝尘，可是，"西风吹我，又落西湖"。一个"落"字，可见旧地重游，有违初衷，实非所愿，故只有以苦笑付之。既落西湖，感受如何？其一是，"湖间旧时饮者，今与谁俱？"杜诗有"访旧半为鬼，惊呼热中肠"句，这里则是"旧时饮者，今与谁俱"，故友凋零，茫无所向，显然作者的感情，当不止于"惊呼"了。其二则是湖光山色，一如既往。"山山映带"至上片结句，从画卷似的青山，屏幕（"步障"）似的芙蓉等方面，以渲染之笔，大幅度地描绘西湖美景，句如贯珠，势如泼墨。作者写西湖之美，意在反激心中的悲，使人在惊羡大好河山的同时，兴起物是人非的兴亡之感，于是悲从中来，不禁扼腕。上片中的"又""旧时""重""依然"等，都在表明作者是重游西湖，只有从"重游"的角度出发，感时伤世的今昔之叹才能得以有力表达。

词的下片，作者进一步抒写自己在此情此景中的切身感受，悲悼王朝故家的沦落和自己的不幸遭遇。换头以“一目清无留处”一句，总括上片写景。意思是说佳景无限，历历在目。一个“清”字，既写出了观景的真切，同时也表现了作者虽感时伤世，而神志却是镇定、冷静的。(《荀子·解蔽》曰：“凡观物有疑，中心不定，则外物不清。”)“任屋浮天上，身集空虚”，则是情景兼该之笔。作者身在西湖，犹如置身于空虚之境，“集”，引申为“停留”；由于作者身在湖中，故百物如浮，顿觉屋庐亦浮于天际，得杜甫观洞庭湖诗“乾坤日夜浮”句意。“屋浮”两句，全是从感觉方面写景，而句前用一领字“任”，作者委身运化、任其所之的思想情绪，就全表现出来了；

而“屋浮”句也与杜甫“乾坤日夜浮”句一样，隐约透露出作者对于当时动荡不安的王朝命运的忧虑。《易林》有云：“水暴横行，浮屋坏墙。”可见“屋浮”所显示的，是一种动荡的形象，与作者所生活的南宋后期的局势极为相似。“残烧夕阳过雁”句，很可能就是作者这种忧虑的形象写照。当时南宋败亡之象日益显著，犹如半规夕阳，仅留残照而已。“残烧夕阳”化用白居易《秋思》诗句“夕照红于烧”，这景象，美当然是美的，但同样也是一种衰飒之象。黄昏夕照之下，再点缀以“点点疏疏”的“过雁”，这不仅是衰飒，简直是苍凉凄楚了。在这种特定时代里的人，又当如何呢？词中说：“故人老大，好襟怀、消减全无”，这是概说。然后由概括而具体，进一步诉说：“慢赢得、秋风两耳，冷泉亭下骑驴。”“故人”，也应包括词人自己。这几句，堪称“史笔”。南渡之初，朝野士夫，多有恢复之志，这自然是一种“好襟怀”。但南宋最高统治集团，却唯求偏安一隅，徒使英雄老大，寂寞冷落，壮志全灰，以致半壁江山，不可收拾。这几句也同样是对南宋最高统治集团的批判。结尾“慢赢得”两句，实在来得神妙。它形象鲜明，把一个失意落魄的荷衣隐者的形象写活了。“着破荷衣”侧重于静态，而这结尾两句则是动态的描绘，而且连这人物的听觉、感觉都写到了；在结构上，与上片的“西风”“西湖”，以至“旧时饮者，今与谁俱”的孤独感，都无不协调相应；更重要的是，这两句看似轻松，实际上悲凉得很，怨中含怒，无限萧屑，皆寓于这样一个貌似潇洒的形象之中。这种感情的脉络,是从“故人”三句延伸发展而来,而其关键则在于“慢赢得”这个三字逗——它把“故人”三句坦率的抒情贯注于“秋声”两句的形象之中。“赢”,是反语,须反其意理解之,才能得其真解。作者本是宋太宗的后裔,商王元份的七世孙。帝胄王孙,世代显赫,至此却只有“秋声两耳,冷泉亭下骑驴”而已。沦落如此,却说是“慢赢得”,这与其说是达观,不如说是拗怒了。况蕙风对“故人”以下几句,非常欣赏,说它“以清丽之笔作淡语,便似冰壶濯魄,玉骨横秋,绮纨粉黛,回眸无色”(《蕙风词话》卷二)。看来这几句的社会效果,确实是不能低估的。

江开 生卒年不详,字开之,号月湖,安徽省庐江县人。道光十五年(1835)举人,官陕西咸阳知县,诗、书、画皆精,存词四首。

菩 萨 蛮

江 开

商妇怨

春时江上廉纤雨,张帆打鼓开船去。秋晚恰归来,看看船又开。

嫁郎如未嫁,长是凄凉夜。情少利心多,郎如年少何!

【鉴赏】

商妇问题,是利欲与人情之间矛盾冲突的一个尖锐的问题。诗词作者人人都很重感情,同时又都鄙薄利欲,因而在他们笔下就有许多描写这类题材的作品。最有代表性的,是李益的《江南曲》:“嫁得瞿塘贾,朝朝误妾期。早知潮有信,嫁与弄潮儿。”诗中用“嫁与弄潮儿”的痴想表达商妇的痛苦,感情至为深切。江开此词虽不及李诗的含蓄隽永,但由于篇幅较长,因而对感情的剖析却更加细致。

章法安排上,这首词前半阕偏重叙事,后半阕偏重抒情,层次井然,条理清晰。上半阕叙述商人的两次外出:“春时江上廉纤雨,张帆打鼓开船去。”“秋晚恰归来,看看船又开。”中间虽有“秋晚恰归来”一句,但说“恰归来”,说“船又开”,可见其间的间隔是极短暂的。因此,上半阕其实就是“朝朝误妾期”的具体描述。下半阕抒情,吐露的是商妇情绪的三个方面:“嫁郎如未嫁,长是凄凉夜”倾诉守空房的孤独;“情少利心多”指责商人情薄;“郎如年少何”慨叹青春虚度。不过,读这首词,我们不仅要看到它条理极清楚,还应当看到它照应极严密。比如,上半阕说“春时”出去,“秋晚”归来,那么一年中的大部分时间商妇是独守空房的,何况眼下“看看船又开”,这一出去,不知何时再能回来?这些描写,实际上就是“嫁郎如未嫁,长是凄凉夜”的最具体、最生动的反映。上半阕中关于春去秋归的叙述,实际上是商人全年行踪的概括,而结尾处“郎如年少何”所抒发的青春难久的感叹,就正是一年年韶华虚度的必然结果。《七颂堂词绎》说:“古人多于过变乃言情,然其意已全于上段。若另作头绪,不成章矣。”这首《菩萨蛮》上、下两阕分工明确,但下片之情全本上片,上片之事又处处含情。其布局之精巧,可谓如出天工。

这首词的用字也很有表现力,如:首句写别离的时令气候:“春时江上廉纤雨”,春天是人们最动感情的时候,适于此时离别,已经倍觉伤神;不料又遇上“廉纤雨”(廉纤,是细微、纤微的意思),淅淅沥沥,自然更添凄凉。第三句用“秋晚”二字渲染衰飒的环境气氛,同时又正好成为主人公内心世界的写照。另外,这一句说“秋晚恰归来”,下一句接写“看看船又开”,“恰”字同“又”字的配合,对主题的表达也极有力量。再说,“看看”二字传达女主人公在商人又将离去时的心理,使读者看到她前番离情未酬,此番分手在即时怯别的情绪,也极富形象性和表现力。又如,上半阕连用两次“开船”,构成商人不断离去的气氛,下半阕中“嫁郎如未嫁”“情少利心多”两句各自形成对比,在揭示人物内心世界方面,也都起到了十分重要的作用。

李好古　南宋词人,生卒年不详,安仲敏,高安人。自署乡贡免解进士。词多呼吁北伐,言情激切。有《碎锦词》。存词十四首。

谒金门

李好古

花过雨,又是一番红素。燕子归来愁不语,旧巢无觅处。

谁在玉关劳苦?谁在玉楼歌舞?若使胡尘吹得去,东风侯万户。

【鉴赏】

“一春略无十日晴,处处浮云将雨行”(汪藻《春日》)。正因为如此,所以春和雨,以及象征春天的花和雨,在诗词中也就常常被联系在一起。不过由于时间的不同,气候的变化,有的风雨是送春归,有的风雨则是催春来。比如“三月休听夜雨,如今不是催花”,而是“一番雨过,一番春减”,这就属于前者了。而李好古的这首词说:“花过雨,又是一番红素”。大概是属于后者了。韩愈《感春》:“晨游百花林,朱朱兼白白。”早春的季节,百花经过阵阵细雨的滋润,竞相开放,又是一番朱朱白白春意浓的景象。“燕子归来愁不语”一句,承上启下,春来燕归,春色依旧,而归来的燕子却闷闷不语,这倒是为什么呢?于跌宕顿挫之中自然逗出下文——“旧巢无觅处”。为什么“旧巢无觅处”呢?没有直说,似露还藏,发人深思。这首词有的本子调名下有题——《怀故居》,因而有人分析说,燕子旧巢,比喻自己故居,春仍归来,人无归处,表现了一种无处可归的感情。其中或许还寓有家国之感,就像文天祥所说的:“山河风景元无异,城郭人民半已非。满地芦花和我老,旧家燕子傍谁飞”(《金陵驿》)。所以把它理解为那个特定社会现象的典型概括,似乎更为合适。上片结句,就字面看补足了上文,完成了对“燕子”的刻画;就其喻义而言,已经引向社会现实,这就为下片预做做准备了。

国家山河破碎,百姓流离失所,在如此艰难危殆的时局里,“谁在玉关劳苦?谁在玉楼歌舞?”问得深刻尖锐,咄咄逼人,虽不作答,何人不知!“玉关(玉门关,这里泛指边塞)劳苦”者,无疑是那些守边的士卒。请看:“行营面面设刁斗,帐门深深万人守。……谁知营中血战人,无钱合得金疮药”(刘克庄《军中乐》)。而身居玉楼以歌舞取乐者,则是那班不思抗敌、不恤士卒的将领,所谓“将军贵重不据鞍,夜夜发兵防隘口。……更阑酒醒山月落,彩缣百段支女乐”(同上)。除此之外,当然还有一大批“渡江来,百年歌舞,百年酣醉”于西湖之畔的、南宋朝廷里的达官贵人。一苦一乐,何等鲜明,谁能不从这触目惊心的对比中,感受到撼人心魄的艺术力量!下文该怎么接呢?词人没有顺着这个调子再把弦儿绷紧,也没有用一般质实寡味的文字,敷衍成篇,使得结尾变得力度不足,而是别开生面,承以假设推想之辞,从容作结:“若使胡尘吹得去,东风侯万户。”想“东风”吹去“胡尘”,已是一奇;再进一层,还要封“东风”为万户侯,更是奇之又奇,令人耳目一新。然而妙就妙在于不经意之中,用这种俏皮幽默的文字,翻空出奇,涉笔成趣。不过读者切不可轻轻放过,因为它寓庄于谐,其中隐含了一个重大的严肃的社会政治问题,那就是朝中无人抗金,而百姓则渴望统一。正是天真之处露真情,风趣之中藏冷峻,究不知当日那些荒淫腐败、忘却中原而又窃得高官厚禄的“玉楼歌舞”者，读之愧死否！

春日，多有“东风”，“旧巢无觅”，才有切望“东风”吹去“胡尘”之想，首尾相关，文心细密。此外，词中熔明快、含蓄、严肃、幽默种种手法于一炉，浑然成篇，自成一格，则更是它的独特之处。

刘辰翁 （1232～1297）字会孟，号须溪，庐陵（今江西吉安市）人。理宗景定三年（1262）廷试对策，因忤贾似道，置于丙第。以亲老，自请为濂溪书院山长。入史馆，又除太学博士，皆辞官。宋亡不仕，隐居而终。其词兼学苏、辛，早期词作以俊逸见长。晚年多感伤时事之作，辞情凄苦，格调悲郁。亦能诗，曾点评杜甫、王维、李贺、陆游诸家之作。著有《须溪集》《须溪四景诗》。后人辑有《须溪词》。

忆秦娥

刘辰翁

中斋上元客散感旧[①]，赋《忆秦娥》见属[②]，一读凄然。随韵寄情，不觉悲甚。

烧灯[③]节，朝京道上风和雪。风和雪，江山如旧，朝京人绝。

百年短短兴亡别，与君犹对当时月。当时月，照人烛泪，照人梅发④。

【注释】

①中斋：作者的一个兄弟行。上元：正月十五为上元节，又称元宵节。

②见属：赠送。

③烧灯：燃灯。正月十五夜各处挂出花灯。

④梅发：花白的头发。

【鉴赏】

南宋灭亡后，刘辰翁等人沦为亡国奴。痛定思痛，他们写下了大量悼念前朝的诗词。每当佳节，面对国亡家破的惨痛现实，他们更为悲痛。这年又逢上元节，一班遗民聚会，客人散后，倍觉凄清。一位兄弟写了首《忆秦娥》，刘辰翁读了，悲痛不已，便和了一首。词中说，过去每逢元宵，成千上万的朝京士女，便拥进城里观灯闹元宵。如今皇上太后都被掳到北方去了，京城已不复存在，进京朝拜的路上，行人断绝，所有的只是满天风雪。这里根据词牌的要求，重复了"风和雪"，更增添了这年上元节的凄清。而"江山如旧，朝京人绝"的强烈对比，也有力地突出了亡国前后的迥然不同。百年兴亡，相对于一个国家来说，真是太短暂了。刚才还是盛极一时，文恬武嬉，载歌载舞，极尽奢靡，转眼便成凄凉瓦砾焦土。唯有当年的明月，仍然永恒地照着人间，照着流泪的蜡烛，照着大家已经花白的头发。这首词虽然很短，但极为凄凉深沉。作品通过重复、对比等艺术手法，紧紧抓住"风和雪""当时月"等具有历史沧桑感的典型意象，写得一往情深，凄凄欲绝。

山　花　子

刘辰翁

此处情怀欲问天，相期相就复何年。行过章江三十里，泪依然。

早宿半程芳草路，犹寒欲雨暮春天。小小桃花三两处，得人怜。

【鉴赏】

古人说：悲莫悲兮生别离。人世间最使人悲伤感怀的，莫过于生死离别了。作者为了生计，忍痛与爱人执手洒泪相别。走了很远，来到这陌生的去处，不由泪眼模糊，仰天问道：究竟是为什么，为什么要相离别，为什么要到这儿来？此一去不知何时再能相见，只能从此两地相期相望了。过了送别的章江渡口，已下来30里路，泪还在流，心还在痛。爱人千叮咛万嘱咐一路小心，行了半日路程，便早早投宿，千万不能贪图赶路，天晚赶不上住店，被剪径的剪了性命，让还在苦苦相望的人等个空。这半日路程，满眼看去，尽星芳香花草。古人说："记得绿罗裙，处处怜芳草。"心中装着爱人的绿罗裙，看到一路的芳草，也好像爱人在处处陪伴。正在思念亲人，或然一阵轻风略过，带来几丝寒意，天要下雨了，还是早点住宿吧！这时候，主人公总算清醒了一些，心情也略略轻松了一些。这晚春三月，外出旅游还是不错的，这路旁人家的桃花，灼灼开放，多么使人喜欢！既然已经分别了，又何苦伤心不已呢？有这样的天气景致，还是高兴一些吧，要不，远方的爱人知道了，会更伤心的。这首词描述了离别上路的情景，读来使人倍感亲切。作者用"泪依然"就写出了主人公一路伤心不已的情态；用"得人怜"就写出了主人公是怎样从这种情态中有所解脱的。上下两片相映衬，写出了感情上的微妙波动起伏，这比一味写伤感或一味写高兴要耐人寻味得多。

兰 陵 王

刘辰翁

丙子送春

送春去，春去人间无路。秋千外、芳草连天，谁遣风沙暗南浦。依依甚意绪？漫忆海门飞絮[①]。乱鸦过、斗转城荒[②]，不见来时试灯[③]处。

春去，谁最苦？但箭雁沉边[④]，梁燕无主[⑤]，杜鹃声里长门暮。想玉树凋土，泪盘如露。咸阳送客屡回顾[6]，斜日未能度。

春去，尚来否？正江令恨别[7]，庾信愁赋[8]，苏堤尽日风和雨。叹神游故国，花记前度[9]。人生流落，顾孺子[10]，共夜语。

【注释】

①海门飞絮：喻逃亡到南海的南宋宗室。

②斗转城荒：星移斗转，城市变得荒芜不堪。暗指时局骤变，繁华的都城转眼间变成一片废墟。

③试灯：唐宋时期，元宵灯节前几天试挂花灯的活动。

④箭雁沉边：中箭的大雁跌落在边塞、暗喻南宋君臣被掳往北国。

⑤梁燕无主：梁间的燕子失去了主人。暗喻南宋遗民失去了祖国。

⑥咸阳送客：李贺《金铜仙人辞汉歌》："衰兰送客咸阳道，天若有情天亦老。"此句暗喻南宋遗民目送帝后北去，帝后及群臣屡屡回顾故国臣民。

⑦江令恨别：南朝梁江淹，曾担任建安吴兴令，故称江令。他写有《恨赋》《别赋》。

⑧庾信愁赋：北周庾信初为南朝梁大臣，出使北朝，因国亡而羁留在北方，曾写过《愁赋》，表达自己思念故国之情。

⑨花记前度：化用刘禹锡《再游玄都观》诗"种桃道士归何处，前度刘郎今又来"之句。

⑩孺子：指儿子刘将孙。

【鉴赏】

这首词题为丙子送春，实当宋恭帝赵显德祐二年(1276)的春天。这时元兵迫临安，宋帝奉表请降。三月，元以宋帝、太后等北行。

词题为送春，实写亡国之痛。以春喻国，不露痕迹，哀婉无穷。词分三片，片片以送春发端，大声疾呼，喝人猛醒。皆系以重笔出之。

首片突兀而起，以下则回环曲折。"春去人间无路"，紧接"秋千外"三句，呈现了一片迷离景色，伤心别离。"依依"句，陡顿一提。"漫忆"四句，则一泻下来，叹息昔日繁华，而今安在！这是写春之初去。

二片，加深描绘春去，以"谁最苦"发问，但不直接回答，而以雁燕、杜鹃等鸟的遭遇铺写开来。一"想"字贯下，用金铜仙人辞汉典故，以汉喻宋，显示亡国之痛。

“斜日未能度”，似急煞车，又像敲重槌，景中寓情，情极凝重。

三片，三设问，问春“尚来否”，似痴似绝。春可再来，国亡无矣。写了历史上人物之最伤离别、感叹身世的江淹、庾信，又描绘了当时苏堤的整日风雨。一史实，一景色，纵横交错，哀怨之至。“叹神游”二句，系回忆往事，愈觉伤心。“顾孺子，共夜语”，这一与孺子夜话，其情虽苦，其辞也哀，其希望当未断绝，是有期于来者的。

宝鼎现

刘辰翁

春月

红妆春骑，踏月影、竿旗穿市[①]。望不尽楼台歌舞，习习香尘莲步底[②]。箫声断，约彩鸾[③]归去，未怕金吾[④]呵醉。甚辇路喧阗且止，听得念奴歌起[⑤]。

父老犹记宣和事，抱铜仙、清泪如水。还转盼沙河多丽[⑥]。滉漾明光连邸第，帘影动、散红光成绮。月浸葡萄十里[⑦]，看往来神仙才子，肯把菱花扑碎。

肠断竹马儿童，空见说、三千乐指。等多时春不归来，到春时欲睡。又说向灯前拥髻[⑧]，暗滴鲛珠[⑨]坠。便当日亲见《霓裳》[⑩]，天上人间梦里。

【注释】

①竿旗：一竿一竿的旗帜。穿市：在街道上穿行。

②习习：尘土飞扬的样子。莲步底：美人走过之处。

③彩鸾：吴彩鸾，仙女名。此处指出游的美人。

④金吾：执金吾，古代在京城执行治安任务的军人。

⑤“甚辇路”二句：为什么路上的喧闹静止下来了呢？原来是听到了女子美妙的歌声。念奴，唐天宝时名歌女。

⑥沙河：钱塘南五里的沙河塘，宋时居民甚盛，碧瓦红檐，歌管不绝。多丽：十分美丽。

⑦月浸葡萄十里:月光泻在十里西湖上,现出葡萄般的深绿色。

⑧灯前拥髻:在灯前托起发髻,愁苦的样子。

⑨鲛珠:指眼泪。珠:指眼泪。

⑩亲见《霓裳》:意谓当时亲眼见到过京城歌舞升平的景象。《霓裳》,乐曲名,即唐玄宗,时的《霓裳羽衣曲》。

【鉴赏】

这首词作于宋亡之后,是刘辰翁晚年的作品。作者此时已是风烛残年,他用沉重的语言、富有历史沧桑感的笔触,抒写了复国无望的悲凉。

词分三叠。首叠极写月夜春城的繁华景象,有声有色。起句即写"红妆春骑"月下过市,人影簇簇。而"望不尽楼台歌舞,习习香尘莲步底",更写了歌舞轻盈的妙姿,是色的飘动。"箫声断"二句,写歌声暂歇,相邀结伴,深夜醉归的情景。"甚辇路"二句陡转,这里闹音刚止,那儿歌声又起,是声的起落。词人在这里所描写的繁盛景况是太平盛世时候而不是眼下,是通过想象勾勒出来的。由于作者对往日的繁华充满眷恋之情,故写得十分真切,宛如就在眼前。

中叠承接上叠的歌唱舞姿而来,以父兄回忆往事发端,接着再铺写具体事物。"抱铜仙、清泪如水",写北宋末年国土沦丧,作为国家象征的金铜仙人垂泪而北,用金铜仙人辞汉落泪典故抒写国破之痛。紧接以"还转盼沙河多丽。滉漾明光连邸第,帘影动、散红光成绮",说噩梦过后,南宋虽然只剩下半壁江山,但首都杭城经过数年经营恢复,又成为一座繁华的大都市。"月浸葡萄十里"以下,写十里西湖,每到灯夕,也是游人如织,笙歌鼎沸。

末叠回到当今,"肠断竹马儿童,空见说、三千乐指",说的是江山易主了,儿童们却不知亡国之恨,过去的繁华美好只能残存在人们的记忆传说中。"等多时春不归来,到春时欲睡",虚实兼指,令人沉思。"又说向灯前拥髻,暗滴鲛珠坠",灯前人落泪,是因为过去的美好难再。"便当日亲见"以下,意谓故国的繁华如在天上,自己却是在实实在在的人间,若想追寻昔日繁盛,除非是在梦境之中。"梦里"两字显得尤其沉痛,表达出作者内心极度的哀伤。

这首词在艺术风格上呈现出多样性,首叠由于是回忆太平盛世,所以词语浓丽,镂金错彩;中叠写南宋偏安,虽然显出淡淡的哀愁,但总体上仍是清丽多姿;末叠则用语黯然,如泣如诉。三叠读完,读者的脑海里自然会映现三幅截然不同的画面。这三幅画面展现了宋王朝由盛到衰的全景,也正是这三幅画面,给作者留下了永远的遗憾。

永 遇 乐

刘辰翁

余自乙亥上元[①]，诵李易安[②]《永遇乐》，为之涕下。今三年矣，每闻此词，辄不自堪，遂依其声，又托之易安自喻。虽辞情不及，而悲苦过之。

璧月初晴，黛云远淡，春事谁主？禁苑娇寒[③]，湖堤倦暖[④]，前度遽如许[⑤]。香尘暗陌，华灯明昼，长是懒携手去。谁知道，断烟禁夜[⑥]，满城似愁风雨。

宣和旧日，临安[⑦]南渡，芳景犹自如故。缃帙流离，风鬟三五，能赋词最苦[⑧]。江南无路，鄜州[⑨]今夜，此苦又谁知否？空相对、残釭[⑩]无寐，满村社鼓。

【注释】

①乙亥：宋德祐元年，公元1275年。上元：农历正月十五。

②李易安：即李清照，北南宋之交女词人，号易安居士。

③娇寒：轻寒。

④倦暖：令人发困的暖意。

⑤前度遽如许：此前何曾这么仓促地来到人间。

⑥断烟禁夜：禁止烟火，不准挂灯；禁止夜行，晚间戒严。

⑦临安：今杭州。

⑧缃帙：浅黄色的书套。此处代指图书。风鬟，：头发蓬乱；三五：指旧历正月十五夜（元宵节）。

⑨鄜（fū）州：在今陕西省富县。杜甫诗："今夜鄜州月，闺中只独看。"杜甫当时被安史叛军俘获，而妻子还在鄜州。此句是作者自比于杜甫。

⑩残釭：残灯。

【鉴赏】

这首词，作于公元1278年。这时南宋已亡国二年了。易安南奔，犹存半壁。辰翁作词，国无寸土。说“虽辞情不及”，是谦辞，“而悲苦过之”，是实情。

此词一起三句，以对句写景。“春事谁主?”问得突兀，实以伤心人别有怀抱，何堪对此。接着再写临安宫苑，湖堤天气，寒暖适宜，但却何匆匆乃尔，实悲叹春之易逝，国已沦亡。二接复以对句写香陌华灯之热闹美丽，结又“长是懒携手去”。心情可知，痛何如之！本片最后“谁知”二句，在断烟禁夜气氛中，“满城似愁风雨”。这里是以景物作比喻。临安已沦陷，元朝统治者在彼发布命令，宰割人民，哪能不使人悲愤。

下片首段三句，展开了对往事的回忆。“宣和旧日”，实指北宋。“临安南渡”，杭州变作汴州。“芳景犹自如故”，一总南北宋之繁华景象，又寓有不堪回首之叹。“缃帙”下三句，记述易安南奔时书籍丧失，三五月明时感怀，写下很多“凄凄惨惨戚戚”的词，真是凄苦之至。“江南”下三句，再申述乱离流落之苦，用杜甫在安史之乱中寄家鄜州的故事。“空相对，残釭无寐，满村社鼓。”极写一己之悲与他人之乐，和李清照的词是遥相承应，更有无可奈何之叹，哀婉无穷。

摸　鱼　儿

刘辰翁

酒边留同年徐云屋[1]

怎知他、春归何处？相逢且尽尊酒。少年袅袅天涯恨[2]，长结西湖烟柳。休回首，但细雨断桥[3]，憔悴人归后。东风似旧,问前度桃花,刘郎能记,花复认郎否[4]?

君且住,草草留君剪韭[5],前宵正恁时候。深杯欲共歌声滑,翻湿春衫半袖。空眉皱,看白发尊前,已似人人有。临分把手,叹一笑论文,清狂顾曲[6],此会几时又?

【注释】

①同年:同榜的进士。

②少年袅袅天涯恨:意谓自己在风华正茂的少年时代即离开家乡来到杭州求学,如今漂泊天涯,时有远游之恨。袅袅,姿态美好貌。

③断桥:指杭州西湖白堤上的断桥。

④"问前度桃花"三句:化用刘禹锡诗"种桃道士归何处?前度刘郎今又来"之句。

⑤剪韭:剪下新韭款待宾客。

⑥顾曲:听歌。

【鉴赏】

这是一首送别词,抒写对朋友的无限眷恋和对年华易逝的感慨。当年同榜题名,春风得意,有多少壮志豪情。而今相逢,又如何呢?却已两鬓斑斑,尤其是饱经忧患,国破家亡。故人相逢,忽又言别,情何以堪。

上阕起首劈空而来,"怎知他、春归何处?"以问发端,"春归何处"是全篇主旨所在,并由此生发开来。"相逢且尽尊酒",写朋友相逢后的惊喜,纵情畅饮,莫管其他,回答不了"春归何处",只得借酒浇愁。其中的"春"字是实指,还是虚指?耐人寻味,但象征美好事物当无异义。从刘辰翁的许多词作中,我们看他的"春"字,大多是和国家兴衰联系在一起的。这样,故国兴亡,故人相逢,该有多少情意要抒发。"少年袅袅天涯恨,长结西湖烟柳。"写自己数年以来,因为求取功名而羁旅天涯,时时都心系故都和朋友。"休回首"三句进一层,于迷离景色中写出人的憔悴归来。"东风似旧"四句,用刘禹锡诗句"前度刘郎今又来"意,追忆往事,但却以"花复认郎否"发问而结束上阕,意境更深一层,为自己这个"前度刘郎"感慨系之。

下阕起句写对友人的苦苦挽留:"君且住,草草留君剪韭,前宵正恁时候。"韭虽菲薄,情却深厚。接着回忆前番聚首时的情景:"深杯欲共歌声滑,翻湿春衫半袖。"

那时候两人正雄姿英发，狂歌豪饮"空眉皱"三句，由转眼间两人都已白了头发而生叹息。"临分把手"后，一"叹"字直贯而下，回顾往昔论文、听歌之兴，感慨今日一别到下次相逢更不知要等到何年何月。以问句结尾，使人不知如何解答。

这首词在风格上和刘辰翁的其他词有所不同，它以疏快取胜，直抒情怀，大开大合，一气呵成，确如况周颐在《蕙风词话》中所说："须溪词风格遒上，似稼轩"。写作时，作者有意把前次相聚的回忆与眼前的挽留错杂于篇中，从而增强了作品的艺术效果。

张林 南宋末年词人，生卒履历不详。字去非，号樗岩。《绝妙好词》卷六录其词二首。

柳梢青

张　林

灯花

白玉枝头，忽看蓓蕾，金粟珠垂。半颗安榴，一枝秾杏，五色蔷薇。
何须羯鼓声催。银釭里、春工四时。却笑灯蛾，学他蝴蝶，照影频飞。

【鉴赏】

这首《柳梢青》是一篇咏物短章。油灯点燃时间一长，灯芯草就会结花，这是日常生活现象。古代诗词中描绘灯花奇巧形状的作品屡见不鲜，张林的这首词可谓新颖纤巧，饶有意味。

上片刻画灯花，连用五个比喻，穷形尽相地摹写不断变化的灯花所呈现的种种状态。"白玉枝头，忽看蓓蕾，金粟珠垂。"白玉枝，指白色的灯芯草。前两句说，在不经意间，灯芯忽然结花，它最初就像花蕾含苞待放那样。"金粟"，本是桂花的别名，这里形容灯花。韩愈《咏灯花同侯十一》云："黄（指额黄之饰）里排金粟，钗头缀玉虫。"这个比喻在灯花描写上用的是最普遍的，一般人也就写到此为止，本词只是以它来描摹灯花初结成时的形状。下面三句，一句一个比喻，形容灯花的三种景象。"半颗安榴，一枝秾杏，五色蔷薇"。安榴，即石榴。汉武帝时张骞出使西域，从安国带回种子培植而成，故名安石榴。灯花越结越老，形状不断变化，它先是碎小如桂花，继而变成像绣球的石榴，再变成秾丽鲜艳的杏花，最后变得就像色彩驳杂的蔷薇花。"半颗""一枝""五色"，这三个数量词，从小到大，依次递增，既写出了灯花的变化过程，又准确生动地刻画出了它的各种状态。

如果说，上片尚是用实笔摹绘物色，描写灯花由初绽到盛开的过程的话，那么，下片则是以虚笔来称美灯花巧夺天工。"何须羯鼓声催。银釭里、春工四时"。羯鼓，用唐南卓《羯鼓录》记载的唐玄宗敲击羯鼓，催开含苞欲放的柳杏的典故。唐玄宗自夸人工巧夺造化。本词则与之相反相成。银灯(釭，音缸，即灯。)里点燃的灯芯草会结花，它并不需要人工的催唤，好像其中自有造化的四时功能。作者从另一方面称赞银灯花具有造化之功。"却笑灯蛾，学他蝴蝶，照影频飞"。灯蛾扑火，蝴蝶戏花，两者本来了不相涉，但灯花却兼具两者的特点。作者将它们牵合起来，同时又侧重于花的方面，因此，运笔就从蝴蝶的角度落想。灯花既然是花，就应是蝴蝶嬉戏之物。可笑的是，灯蛾竟然学起蝴蝶来，不断地在灯花周围来去翻飞。作者以这种俏皮的玩笑口吻，揶揄灯蛾，灵巧传神地赞美了灯花的逼似群芳。

这首词善于运用博喻手法，写得新鲜纤巧，生动有趣。虽无深情远意，但在咏物词讲究比兴寄托，一般表现为笔致幽深、郁抑善感的南宋词坛上，可算是别具一格的清新之作。

孙居敬　生平不详，号畸庵，宋朝文人，有词《好事近》等。大约活动于南宋理宗(1225~1227)前后一段时间。《畸庵词》七首见《永乐大典》。

好事近

孙居敬

渔村即事

买断一川云，团结樵歌渔笛。莫向此中轻说，污天然寒碧。

短篷穿菊更移帐，香满不须摘。搔首断霞夕影，散银原千尺。

【鉴赏】

词题为“渔村即事”，倒不如说是“渔村即景”，词人作为一个渔村晚景的观赏者，目之所及，首先是这样一幅画面：“买断一川云，团结樵歌渔笛。”主人公面对的是一座依山傍水的渔家村落，此时此刻，抬头仰视可见川谷上下，云雾缥缈，侧耳俯听，可闻樵夫长歌、渔舟短笛、聚集交响。一个“买”字，用得奇兀。买山川之云，实从“买山”典故活用而来，刘义庆《世说新语·排调》中写道：“支道林（遁）因人就深公买印山，深公答曰：未闻许由买山而隐。”后因以买山指归隐。词人此用一“买”字，既有“领略”之意，又暗含心慕隐逸之志。面对这一派宁静恬适的渔村晚景，观景人实已神愉目悦，心满意足。因而紧接二句胸臆直出：“莫向此中轻说，污天然寒碧。”是的，如此佳境，置身于中，无须再说三道四了，否则将有污这一块寒玉似的清幽苍郁的大好自然风光。

词上片借川谷云雾、樵歌渔笛的客观之景渲染了渔村风光一派安谧宁静的氛围，个中已透溢出词人飘逸闲适的山林志趣。

接着，词人进一步擒题落笔，为我们描述了又一幅景观：“短篷穿菊更移帐，香满不须摘。”一叶渔舟，荡桨从两岸正盛开怒放的丛菊中划过，舟中人无需摘取菊花，而菊花芳香已迎面袭来。过片二句突出菊花一物，旨在暗应上片首句“买云”之趣。菊花，花之隐逸者也。宋人周敦颐早有描述，东晋大诗人陶渊明更是嗜菊如命，以菊之风格，寓己之品格。这里词人于渔村所见诸多景物之中，独撷此物，其用心显在不言之中了。煞尾二句以“搔首”二字领起。搔首者，有所思貌也。词人最终视线落点停留在那远处“断霞夕影，散银原千尺”的晚霞夕照如银光洒落的广阔水面之上。词人为何面对这“余霞散成绮，澄江静如练”的渔村晚景注目沉思？词中未予明言，然而，从买山观云、樵歌渔笛、短篷、菊花等客观景物所宣泄的氛围观之，这搔首沉思当是为眼前静谧安适的渔村晚景陶醉而致。

彭元逊 字巽吾，庐陵（今江西吉安市）人，生卒、仕履未详，理宗景定二年（1261）乡试举人，与刘辰翁屡有唱和。存词20首《宋词三百首》多有收录。

疏影

彭元逊

寻梅不见

江空不渡，恨蘼芜杜若[1]，零落无数。远道荒寒，婉娩流年，望望美人迟暮[2]。风烟雨雪阴晴晚，更何须春风千树。尽孤城、落木萧萧，日夜江声流去。

日晏山深闻笛，恐他年流落，与子同赋。事阔心违，交淡媒劳，蔓草沾衣多露[3]。汀洲窈窕余醒寐，遗佩环、浮沉澧浦[4]。有白鸥、淡月微波，寄语逍遥容与[5]。

【注释】

①蘼芜杜若：两种香草名。蘼芜，其叶可做香料。杜若，又叫山姜、杜蘅，叶针形，味辛香。

②婉娩：天气温和。此指青春年华悄悄逝去。美人迟暮：《楚辞·离骚》："惟草木之零落兮，恐美人之迟暮。"

③日晏：天色已晚。与子同赋：指与梅花同命运。媒劳：有别人的引见也是徒劳。《楚辞·九歌·湘君》："心不同兮媒劳，恩不甚兮轻绝。"

④汀洲：水中的小洲。余醒寐：带酒而睡。澧浦：澧水之滨。《楚辞·九歌·湘君》："捐余袂兮江中，遗余褋兮澧浦。"

⑤逍遥容与：逍遥自在的样子。《楚辞·九歌·湘君》："时不可兮再得，聊逍遥兮容与。"

【鉴赏】

这首词借“寻梅未得”，抒发作者感时伤世之情。

上阕以花写人。“江空不渡，恨蘼芜杜若，零落无数。”此句写春光难留，别说梅花，就是江边的蘼芜杜若，也已经凋残了。开篇用花草零落来表示梅花难觅，景色凄凉。“远道荒寒，婉娩流年，望望美人迟暮。”此句由路远天寒，似水流年，感叹人的青春也如花般荣枯，美人总有迟暮之时。“风烟雨雪阴晴晚，更何须春风千树。尽孤城、落木萧萧，日夜江声流去。”这几句写词人历经千辛万苦，经历多少风霜雨雪、阴晴晨昏，却不能见到梅花，何需要春风吹开花千树呢！孤城内落木萧萧，江水日夜奔流。上阕既写环境凄清，又写心情沮丧。词人流露出极度失望的情绪，恐怕不是寻花这么简单，分明是以花写人。

下阕以《梅花落》的笛曲造情，加重了对人生苦短的感慨。“日晏山深闻笛，恐他年流落，与子同赋。事阔心违，交淡媒劳，蔓草沾衣多露。”深山传出《梅花落》的笛音，词人害怕它也像梅花一样化作泥土。世事无常，心意难遂，若是没有缘分，渴求也是徒劳，空惹得蔓草上的露水沾湿衣襟。这几句充满哀怨，表现了词人对人世无常、理想难以实现的感伤。“汀洲窈窕余醒寐，遗佩环、浮沉澧浦。有白鸥、淡月微波，寄语逍遥容与。”或许梅花此时正在沙洲上开放，就像是刚睡醒的美人，将佩环遗留在澧水之浦。眼前白鸥闲游，月光淡淡，江波微微，词人对梅花寄予了殷切祝愿，希望它能够自由自在，“逍遥容与”。

此词意境迷离，词人时而以梅花自喻，时而又把梅花比做自己追求的对象，情绪起伏跌宕，曲折婉转。全词造语清淡，意境朦胧，表达了词人对理想的追求和对现实的烦闷。

六　丑

彭元逊

杨　花

似东风老大，那复有当时风气。有情不收，江山身是寄，浩荡何世①？但忆临官道②，暂来不住，便出门千里。痴心指望回风坠③，扇底相逢，钗头微缀。他家万条千缕，解遮亭障驿，不隔江水。

瓜洲曾舣，等行人岁岁，日下长秋[4]，城乌夜起。帐庐好在春睡，共飞归湖上，草青无地。愔愔雨、春心如腻，欲待化、丰乐楼前帐饮，青门都废[5]。何人念、流落无几，点点抟作、雪绵松润，为君浥[6]泪。

【注释】

①江山身是寄：在偌大江山中，自己永远是寄居之客。此处以杨花喻自身。浩荡何世：浩荡东风，这又是什么时代呢？

②官道：官府修的大路。

③痴心指望回风坠：意谓杨花飘飞万里，痴心盼望旋风能送它归来。

④瓜洲：古渡口名，在今江苏省扬州市南，大运河入长江处。舣：停船靠岸。此处指杨花被漂在岸边。长秋：汉代官名。此处代指宫殿楼台。

⑤愔（yīn）愔：安闲和悦的样子。此处喻春雨静静地洒下。丰乐楼：即丰乐亭，故址在今安徽省滁州市西南琅琊山幽谷泉上，北宋欧阳修建。青门：古长安城门名。秦代邵平为东陵侯，秦亡，邵平为布衣，种瓜于东门外。此处代指南宋都城杭州的城门。

⑥浥（yì）：濡湿。

【鉴赏】

这是一首咏物词。词人移情杨花，赋予它人性，借花之飘零写自己流离失所的悲哀。

上阕写自己飘零四海，无处寄身的亡国之叹，且不知这样的飘零将要延续到什么时候。“似东风老大，那复有当时风气。”起笔写东风无力，失去当时活力，哀情流露。“有情不收，江山身是寄，浩荡何世？”这几句写杨花虽然柔情万种，却只能依傍在官道旁，不知要飘零到何时？词人眼中皆悲色，反映出心境的悲凉。“但忆临官道，暂来不住，便出门千里。痴心指望回风坠，扇底相逢，钗头微缀。”写官道旁的杨花随风飞出城门，飘向远方。它还痴痴等着春风重来，将它吹回到佳人的扇底，或是在她们的钗头做点缀。词人借杨花之口回忆起当年“临官道”的无忧生活。然而这种都城之内的逸乐并没有持续多久，国家就灭亡了，它也像无根的蓬团，被吹出城门，吹向千里之外的陌生之地。它希望能重回都城，重温那轻歌曼舞的快乐时光，然而这只能是一种梦想。“他家万条千缕，解遮亭障驿，不隔江水。”这几句写杨柳万千枝条能够遮蔽亭台驿站，却不能隔断滔滔江水。表达了词人的思归之情正似这滔滔江水，不可遏止。

下阕写词人浪迹萍踪、前途灰暗的感叹。“瓜洲曾舣，等行人岁岁，日下长秋，城乌夜起。帐庐好在春睡，共飞归湖上，草青无地。”写杨花曾飘落在瓜州古渡，年复一年盼望行人重归，从早盼到晚，从晚盼到乌鸦被更声惊飞。它也曾自在春眠，然而当它们结伴飞回西湖，却没有它的栖息之地了。词人乃是借杨花之口说明自己曾在扬州客居，盼望着春风将它带回京城。“愔愔雨、春心如腻，欲待化、丰乐楼前帐饮，青门都废。何人念、流落无几，点点抟作、雪绵松润，为君浥泪。”怎奈细细的春雨把它淋得满身湿透，如同沾了油腻一般。它还一心盼望着成为席中美味，化作青门瓜果呢。可是有谁能想到它们流离凋零，只剩得星星点点，滚成洁白的棉球，沾濡着离人的眼泪。末句写得十分悲哀，词人将亡国之痛、羁旅之愁，以及对未来的迷茫，对前途的绝望，借杨花的遭遇娓娓道出，哀怨缠绵，十分感伤。

周密 （1232~1308）字公谨，号草窗、四水潜夫等，济南（今属山东）人，流寓吴兴（今浙江湖州市）。理宗淳祐时任义乌令，景定初任浙西师司幕官，不久去职。度宗咸淳时，监杭州丰储仓。宋亡不仕，寓居杭州。其早期词作多表现自己的优雅生活，音律讲究，文字精美。晚年身逢国难，多抒发思国怀乡之情，风格亦转向忧伤凄楚，真挚感人。与吴文英（梦窗）齐名，并称“二窗”。且能诗，能书画。著有《草窗词》《草窗韵语》《武林旧事》等，编有《绝妙好词》。

瑶 花 慢

周 密

后土之花[①]，天下无二本。方其初开，帅臣以金瓶飞骑进之天上[②]，间亦分致贵邸。余客辇下[③]，有以一枝（下缺。按：他本题改作《琼花》）。

朱钿宝玦[4]，天上飞琼[5]，比人间春别。江南江北，曾未见、漫拟梨云梅雪。淮山[6]春晚，问谁识、芳心高洁？消几番、花落花开，老了玉关豪杰[7]。

金壶翦送琼枝，看一骑红尘，香度瑶阙[8]。韶华正好，应自喜、初识长安蜂蝶。杜郎[9]老矣，想旧事、花须能说。记少年、一梦扬州，二十四桥明月。

【注释】

①后土之花：指扬州后土祠的琼花，唐人所植。其冠硕大，移于他处则不生，为扬州一大胜景。

②帅臣：淮南东路安抚制置使，因掌一路兵权，故称帅臣。天上：指朝廷。

③客辇下：客居于京师。辇下，天子辇毂之下，代指京城。

④朱钿(diàn)宝玦：红色的钿饰和精美的玉玦。玦，圆形而有缺口的美玉。此处用喻琼花的名贵与艳丽。

⑤飞琼：许飞琼，女仙名，相传为西王母的侍女。此处把琼花比做仙女。

⑥淮山：淮南山川。此处代指扬州。

⑦玉关豪杰：守卫边关的将士。玉关，玉门关，代指边塞之地。

⑧瑶阙：瑶台玉阙，代指皇宫。

⑨杜郎：指唐代诗人杜牧，他曾担任淮南节度使李德裕的幕僚。

【鉴赏】

这是一首咏物词，作者借赞美琼花来表达自己对故国旧君的思念之情。

上阕起首即切入本题，用“天上飞琼”把琼花比拟为天界仙子。“朱钿宝玦”写琼花的华贵，透显人的娇美。“比人间春别”谓仙女也伴随人间春色的衰退而悄然离去，从叹惋花事消歇入笔，隐指人事的惨变，由此现出惜花伤春之意。接着笔锋一转，折入下一层。“江南江北，曾未见、漫拟梨云梅雪。”这是虚写。“梨云梅雪”固然十分美丽，可惜非其本色，琼花比这更美好。琼花的神姿仙态尚且如此鲜为人见，其高风亮节更是无人知晓了：“问谁识、芳心高洁？”赏其节操，更是悲其不为人知；是伤花，同时也是自伤。“问”字带出词人的神情，流露出几许悲凉。“淮山春晚”在人心头上又增添了一重黯淡的影子。“花落花开”以下，言盛衰无常，加重了玉关人伤春的愁怀。

换头另起，追想琼花繁盛时候的景象。“金壶”三句绾合题下小序。“度”字写出了琼花香气弥漫、渐飘渐远的情景,十分传神。"韶华"三句点出琼花盛时光景。"初识长安蜂蝶"写蜂蝶的欢闹,同时衬托出琼花的倾城之美。接下来,一声叹息,又转到自身。"想旧事、花须能说",视琼花为故国盛世的见证人,寄寓着深深的哀感。最后以景结情:"记少年、一梦扬州,二十四桥明月。"扬州美景恍然一梦,转瞬逝去,唯有那桥头明月尚时时记起,不能忘却。旧时明月,意境恬淡而深远,寄托着词人的无限情思。

全词"一意盘旋,毫无渣滓"(《宋四家词选》),章法严整,语极工畅,是周密咏物词中的妙品。

玉京秋

周密

长安独客,又见西风,素月丹枫,凄然其为秋也,因调夹钟羽一解[①]。

烟水阔,高林弄残照,晚蜩[②]凄切。碧砧度韵[③],银床[④]飘叶。衣湿桐阴露冷,采凉花,时赋秋雪[⑤]。叹轻别,一襟幽事,砌蛩[⑥]能说。
客思吟商[⑦]还怯,怨歌长、琼壶暗缺[⑧]。翠扇恩疏,红衣香褪,翻成消歇。玉骨西风,恨最恨、闲却新凉时节。楚箫咽,谁寄西楼淡月。

【注释】

①夹钟羽:词的乐调。一解:一段,一曲。

②蜩(tiáo):蝉。

③碧砧度韵:青碧色的捣衣石上发出有节奏的捶击声。

④银床:石井的阑干。

⑤凉花:秋凉之后开的花,此处指芦花。秋雪:亦指芦花。

⑥砌蛩:藏在石阶边的蟋蟀。

⑦吟商:吟咏秋天。古五行中秋属商,秋声为商声。

⑧琼壶暗缺:《世说新语》载,晋王敦每酒后吟咏曹操"老骥伏枥"之诗,以铁如意击唾壶,时间既久,壶边被击出许多缺口。

【鉴赏】

《玉京秋》为周密自度曲,词咏调名本意。玉京,长安,并指首都临安。词人独客杭州,西风又至,心绪黯然,遂琢此词,以写其悒郁之怀。

上片以景起意。"烟水阔"三字,起得高健。将一派水天空阔、苍茫无际的寥廓景象,尽收笔底。接下"高林""晚蜩"二句,一写目见,一写耳闻。"弄"字是拟人的笔法,将落日的余晖依偎着树梢缓缓西沉之情态,表现得十分生动。好像是在哀伤白昼的隐没和依恋这逝水的年华似的。"碧砧度韵,银床飘叶",意工句稳,是声色兼胜之笔。砧,指捣衣之石。因其漂没绿水之中,故冠以"碧"字美称之。"度韵",指有节奏的捣衣声响,荡漾水际,富有韵律的美感。"银床",白石砌成的井栏。"银"谓石之白,与碧砧相对。"衣湿桐阴露冷,采凉花,时赋秋雪",俨然一幅秋宵觅句图画。衣湿、露冷,言伫立之久。秋色,芦花也,即所采之凉花。湿、冷、凉诸字,皆写人之感受,复笔描摹,愈见心绪之凄苦。以上种种描写,只在烘托环境。"叹轻别"以下三句,才点出心事。却又轻叩即止,不作更多剖露。"砌蛩",指蟋蟀,鸣于秋间,其音凄切,能动客子之乡思。

过片"客思吟商还怯",紧承"砌蛩",是将词人的乡思与秋虫的清吟打并一起的手法。"怯"字很有力度。"怨歌长、琼壶暗缺",二句进一步抒写恨情。"怨歌",相思之歌也。唾壶击缺,本王敦事。敦咏"老骥伏枥"以铁如意击节而唾壶尽缺。草窗融化而出之,换一"暗"字,便有翻新之妙。"翠扇""红衣"宕开一层,转写外景。"恩疏""香褪",写败残的莲花。入耳之秋虫,尽成怨曲;入目之秋花,并作愁容。"翻成消歇"者,兼此二者而言,是并上述唧唧之秋虫与枯荷败叶也都荡涤一尽。"玉骨",用指体瘦。而"闲却"云云,则是功名未立之叹。而托辞微婉,寄兴遥深,此其所以为高。结拍二句"楚箫咽,谁寄西楼淡月",是以远处的箫声,来唤醒词人的沉思,来衬托游子的孤寂。

曲游春

周 密

禁烟湖上薄游①,施中山②赋词甚佳,

余因次其韵。盖平时游舫，至午后则尽入里湖[3]，抵暮始出，断桥小驻而归，非习于游者[4]不知也。故中山极击节余“闲却半湖春色”之句，谓能道人之所未云。

禁苑[5]东风外，飏暖丝晴絮，春思如织。燕约莺期，恼芳情偏在，翠深红隙。漠漠香尘隔，沸十里、乱弦丛笛。看画船尽入西泠[6]，闲却半湖春色。
柳陌，新烟凝碧，映帘底宫眉[7]，堤上游勒[8]。轻暝笼寒，怕梨云梦冷，杏香愁幂[9]。歌管酬寒食，奈蝶怨良宵岑寂。正满湖碎月摇花，怎生去得？

【注释】

①禁烟：禁止烟火之时，指寒食节。薄游：随意游览。

②施中山：施岳，字中山，吴人。

③里湖：杭州西湖以白堤为界，分为外湖和内湖，里湖即内湖。

④习于游者：熟悉西湖游览路径的人。

⑤禁苑：皇宫园林。南宋都杭，西湖一带因称禁苑。

⑥西泠：桥名，在西湖白堤上。

⑦帘底宫眉：画帘下的美女。

⑧游勒：乘马的游人。

⑨幂：覆盖，笼罩。

【鉴赏】

这是一首记游之作，写寒食游西湖的情景，应该是宋亡之前的作品。

上阕就湖上风光写起：“禁苑东风外，飏暖丝晴絮，春思如织。”“飏”字承接“东风”而来。“暖丝晴絮”带出春风习习、明媚和暖的气氛，撩人春思。进一层，由“春思”而兴游湖之念。“燕约莺期，恼芳情偏在，翠深红隙”，写花繁锦簇的盛景，别有意趣。“约”“期”“恼”都是用的拟人手法，显得活泼而娇媚。不说春深，却说“翠深红隙”，又艳美，又工巧。“漠漠”句写花香之浓，游人之众，全用侧笔。“沸十里、乱弦丛笛”，状湖上笙歌之盛，把此起彼伏、沸沸扬扬的歌管弦奏渲染得淋漓尽致。后两句复写湖上游舫，酷肖当日之状。“闲却”二字极富美感，湖面忽由喧闹变为宁静，在静谧中悄然漾起怡人的春色，这是多么富于诗意的境界！

下阕以“柳陌”绾结上阕的“暖丝”“晴絮”，继续写游湖的盛况。一个“映”字带出绿色长堤上游人的倩影英姿及其喜洋洋的神态。从篇首至此，写的是中午前后湖上情景。以下由薄暮而入夜。“轻暝笼寒，怕梨云梦冷，杏香愁幂。”词人对“梨云”“杏香”的关切衬托出了花儿的娇嫩可爱。“轻暝”句也暗示了晚寒人归、湖上清寂之意。以“轻”“笼”写薄暮的袭人，妙造毫颠。一“怕”字，写出词人对花事的护惜深情。接下来，在下文的悄寂氛围中插入“歌管酬寒食”一句，大约有两点用意：一是揭示游春的节令；二是以歌管的繁盛反衬夜晚的清静。下面一句又借“蝶怨”的清冷孤寂写良宵的岑寂。最后，以湖月空濛的奇幻境界作结，遂有“怎生去得”之语，含依依不舍之情。

全词意境清丽，设语工炼，是记游词中的名篇。

齐天乐

周密

蝉

槐薰[①]忽送清商怨，依稀正闻还歇。故苑愁深，危弦调苦，前梦蜕痕枯叶。伤情念别。是几度斜阳，几回残月。转眼西风，一襟幽恨向谁说。

轻鬟[②]犹记动影，翠蛾应妒我，双鬓如雪。枝冷频移，叶疏犹抱，孤负好秋时节。凄凄切切。渐迤逦[③]黄昏，砌蛩[④]相接。露洗馀悲，暮烟声更咽。

【注释】

①槐薰：槐树的浓郁香气。

②轻鬟：指少年时代。同时指蝉翼。

③迤逦（yǐ lǐ）：曲折连绵。这里指未间断。

④砌蛩（qióng）：台阶下的蟋蟀。

【鉴赏】

蝉即知了,整日一阵阵狂叫。有些品种甚至在傍晚乃至夜间也鸣叫。蝉的幼虫长期生活在地下,待成熟时破壳而出,在树干树枝上留下蜕壳,化为成虫。雄虫有箱状的蜂鸣器,振动时发出“知了”“知了”的声响,以吸引雌虫。蝉的成虫大约只可活一个星期,它那短暂的生命,热烈的叫声,引起了人们的深切注意和同情。它爬在树枝高处,风餐露宿,古人把它与饮露辟谷的仙人相联系,认为它是高洁的象征。唐代诗人骆宾王《咏蝉》诗就说:“无人信高洁,谁为表予心?”周密的这首咏蝉词,记述了蝉自夏至秋的悲凉遭遇,哭出了它的幽恨,无疑是把咏蝉作为抒发家破国亡之痛的一个途径的。“槐薰”指中国槐所散发的浓郁熏人的香气。这就为高洁的蝉提供了一个高雅的环境背景。在这一香气中,忽然传来清商怨歌。清商乐为六朝旧乐之一,比商调高半音,故称清商。说蝉声是清商怨,含有对故国礼乐怀念的意义。蝉声是一阵阵的,所以说“正闻还歇”。“故苑愁深”,点出蝉所唱是故国之悲;“危弦”是指高音弦,这种弦音的风格一般比较清苦。“前梦蜕痕枯叶”,把蝉的蜕化比为梦醒,同时,经历了国破家亡的人,不也是一次痛苦的蜕化吗?“伤情念别”,已经超越了男女恋情及离别之情,已变成对于过去的自我的告别。在这痛苦的告别中,蝉度过许多傍晚,许多月夜,转眼夏去秋来,西风送凉,在这生命的最后岁月里,它满襟的幽深遗憾,能够向谁诉说呢?这也是周密在异族统治下的痛苦,他实际上是在向这世界告别。下阕继续承接“西风”所带来的气候变迁,描述了蝉在秋气渐深时的遭遇。“轻鬟”句是倒装。这是回忆,回忆少年时那薄薄如冰如雪的双翼,如今双翼老黑,但它仍记得夏日的辉煌。现在,秋日一天天深了,枝头树叶飘落,渐渐冷了,便频繁地向繁叶的地方移动。等树叶全疏了,仍抱着残叶,衷心不改。秋日本是好时光,蝉不能适应,只好辜负这秋光了。天虽然冷了,但它仍然凄凄切切地声嘶力竭地鸣叫着。从早到晚,断断续续,直到与晚间蟋蟀的悲鸣相联接。夜露浓了,似是要洗去它的悲伤,暮烟中,它的声音呜咽,更为嘶哑了。除了几种体型较小的花蝉,一般的蝉越是在干燥的夏阳中越叫得响,当天冷、阴雨、夜露时,蝉的叫声便低哑起来。作者对蝉的习性描述得很准确,并且利用这一习性的描写,更加深了“幽恨悲鸣”的主题。

花 犯

周 密

水仙花

楚江湄[①],湘娥[②]乍见,无言洒清泪,淡然春意。空独倚东风,芳思谁寄?凌波路冷秋无际。香云随步起,谩记得、汉宫仙掌[③],亭亭明月底。

冰丝[④]写怨更多情,骚人恨,枉赋芳兰幽芷[⑤]。春思远,谁叹赏国香[⑥]风味。相将共、岁寒伴侣,小窗净、沉烟熏翠袂。幽梦觉,涓涓清露,一枝灯影里。

【注释】

①湄:岸边。

②湘娥:湘妃。此处指水仙花。

③汉宫仙掌:汉武帝时在神明台所建的仙人承露盘。此处亦喻水仙花如承露的仙人掌。

④冰丝:指琴弦。

⑤"骚人恨"二句:意谓屈原满怀幽恨,在其辞赋中反复地寄意于兰花芷草。枉赋,白白地抒写。

⑥国香:兰为国香,此谓水仙为国香。

【鉴赏】

这首词是周密咏物词中的名篇,通过对水仙品格的描绘,揭示出自己的高洁情操。

"楚江湄,湘娥乍见,无言洒清泪",起笔便是伫立江畔、默默垂泪、似含无限幽怨的妙龄女子形象。把水仙拟作湘妃来写,贴切水仙的习性物态。由"湘娥"引出"淡然春意",点出时令,映出女子凄楚动人的身影。这春意虽淡,也足以牵动人的缕缕哀思了。前面几句写形神,接下来"空独倚东风,芳思谁寄?"二句写心情。"芳思"是恨之所由,"独倚东风"是无人怜爱,表现出了此花的曲高和寡。加一

"空"字,则失意、惆怅、无望种种情绪一并带出来了。往下又进一层,由春而入于秋。"凌波"句追写来时所由之路,用无边萧瑟秋景的冷寂气氛烘衬出女子心境的凄黯。"香云随步起",写水仙的香袅,巧具仪态。"漫记得、汉宫仙掌,亭亭明月底",是有所眷念,有所怅惘的。"漫"与前面的"空"字照应,都是徒然、枉然的意思。

上阕写花,下阕写人惜花,进一步写情思。"冰丝写怨更多情,骚人恨,枉赋芳兰幽芷。""怨"字道出一篇主旨。词人也知道水仙本非楚产,其用意在于推赏此花,于是便以群芳作陪衬了。"春思远,谁叹赏国香风味。"纵然是这般妙品,竟也不为世人见赏怜惜,然而春思空怀,骚恨枉赋,自不待言。接下来笔锋转到自身。"相将共、岁寒伴侣",谓花与人相亲相伴,虽说知音相得,倒更显出相依者的孤苦。"岁寒"二字切合水仙冬生的特点。"小窗净、沉烟熏翠袂"二句写惜花者所居,这实际是下句"幽梦觉"的地方,显得十分淡雅。篇末写人与花相对相赏,"涓涓清露,一枝灯影里",意境清幽,语气极淡,确是妙结。

正如周济《宋四家词选》所说:"草窗长于赋物,然惟此词及'琼花'二阕,一意盘旋,毫无渣滓。"此篇之最妙处,还在工于寄托这一方面。以淡语写深情,令人回味不尽。

高阳台

周　密

送陈君衡被召[①]

照野旌旗,朝天车马[②],平沙万里天低。宝带金章[③],尊前茸帽风欹[④]。秦关汴水经行地[⑤],想登临、都付新诗。纵英游[⑥],叠鼓清笳[⑦],骏马名姬。
酒酣。应对燕山雪,正冰河月冻,晓陇[⑧]云飞。投老残年,江南谁念方回[⑨]?东风渐绿西湖岸,雁已还、人未南归。最关情,折尽梅花,难寄相思。

【注释】

①陈君衡:陈允平,字君衡,号西麓,四明人,著有《日湖渔唱》。被召:受到元朝

统治者的征召。

②朝天车马:征召陈君衡朝见天子的车马。

③宝带:古代系官印的丝带。金章:金印。

④茸帽:皮帽。风欺:被风吹歪。

⑤秦关:函谷关,在今河南省灵宝市。汴水:流经北宋都城开封的一条河流。此处秦关、汴水泛指中原故地。

⑥英游:潇洒地登临游览。

⑦叠鼓:一遍又一遍的鼓声。清笳:声调清亮的胡笳。

⑧晓陇:拂晓时分的山峦。

⑨方回:北宋词人贺铸字。黄庭坚诗:"解道江南肠断句,世间惟有贺方回。"此处是作者自比方回。

【鉴赏】

观题面可知,这是一首送别之作。陈君衡,名允平。宋室倾覆以后,陈允平应元王朝征召,至大都(今北京)做官。周密则隐居不仕。临别之际,词人感慨特深,只是未曾道破罢了。"照野旌旗,朝天车马,平沙万里天低",写陈允平奉召北上途中场面,旌旗摇摇,车马隆隆,行色甚壮。以下则承接"平沙万里",想象对方在北地的享乐生活,是虚笔。"秦关汴水"泛指中原一带。"叠鼓清笳,骏马名姬"是"纵英游"(纵情欢游)的写照。过片后笔下陡然一转,指向自身。"投老残年,江南谁念方回",方回,贺铸字,公谨以方回自比。"东风渐绿西湖柳,雁已还,人未南归",由"江南"到"西湖",进一层。结拍三句叠进一层,"折尽梅花,难寄相思",看似情谊无限,相思苦极,实含难言之意,责怪、失望、感伤等等,尽在不言之中了。

朱嗣发 (1234~1304)字士荣,号雪崖,乌程(今浙江湖州)人。宋亡前,居家奉亲。宋亡后,举充提学学官,不受。隐士。《阳春白雪》卷八录其词一首。

摸鱼儿

朱嗣发

对西风、鬓摇烟碧,参差前事流水。紫丝罗带鸳鸯结,的的镜盟钗誓。浑不记、漫手织回文，几度欲心碎。安花著蒂，奈雨覆云翻，情宽分窄，石上玉簪脆。

朱楼外，愁压空云欲坠。月痕犹照无寐。阴晴也只随天意，枉了玉消香碎。君且醉，君不见、长门青草春风泪。一时左计，悔不早荆钗，暮天修竹，头白倚寒翠。

【鉴赏】

这是一首弃妇词，描述了一个女人的不幸遭遇，同时也寄托了他入元不仕守身如玉的节操。

上片，“对西风、鬓摇烟碧，参差前事流水。”对着西风，蓬乱的头发像烟云一团，她回想起了如逝去的流水般的往事。“紫丝罗带鸳鸯结，的的镜盟钗誓。”你曾为我系上打有鸳鸯结的紫色丝带。“的的”，明明确确。你明确地对镜、对钗发誓，我们永不分离。下面笔头一传，谴责了男人的负心。“浑不记、漫手织回文，几度欲心碎。”回文，前秦的苏蕙为思念丈夫窦滔，用织锦绣成颠倒能诵的诗歌，寄到远方，后世以回文、锦字代表女子给丈夫的诗文。这三句是说，你把过去我们定情、宣誓的往事通通忘光了，我徒然多次寄诗写信，使我伤心得心都碎了。“安花著蒂，奈雨覆云翻，情宽分窄，石上玉簪脆。”把落花重新安在花蒂上也是徒然的。“雨覆云翻”用杜甫《贫交行》诗“翻手作云覆手雨，纷纷轻薄何须数。”“玉簪脆”，语出白居易《井底引银瓶》诗：“石上磨玉簪，玉簪欲成中央折。”又说“瓶沉簪折知奈何，似妾今朝与君别。”这三句是说，我想重修旧好，可你是个翻云覆雨的轻薄人儿，我的情意虽宽，而我们的缘分已窄，终于像玉簪一样地脆折了。

下片，承接上片的开头，这个女人站在楼头，面对西风，回思往事。“朱楼外，愁压空云欲坠。月痕欲照无寐。”远望朱楼之外，我的忧愁，把天空中的云压得快要坠下来了。“愁压空云”这是一种奇想，诉透了这个弃妇的浓愁。“月痕”句，是说到了晚上，月光又使她久久不能入睡，是说她自朝至暮，她都被浓愁所困扰。接着是自我宽慰：“阴晴也只随天意，枉了玉消香碎。”“阴晴”，偏正语，偏于阴，是指爱情的不幸。这种不幸也许就是天意吧！这是一个弱女子的自慰，也是一种自我哀叹。既然如此，那么玉消香碎，憔悴以死，也不是白白地牺牲了吗？这样的自叹自慰，是哀痛到了极点的表现，粗心的人是难以领会到的。“君且醉，君不见、长门青草春风泪。”这是弃妇的自白：还是一醉解千愁吧！当年受宠的陈皇后，到后来还是长门独处，面对青草而独自流泪呢？“长门青草”，见五代薛昭蕴《小金山》“春到长门春草青”，化用旧句而出以新意。“春风泪”与旧句相比，感情更深更厚了。词的末尾，用悔恨交加结束全词：“一时左计，悔不早荆钗，暮天修竹，头白倚寒翠。”“左计”，计算的失误。“荆钗”,荆钗布裙,指妇人简朴的服饰。“暮天修竹”,杜甫《佳人》诗云:“天寒翠袖薄,日暮倚修竹。”是说宁肯过着清贫的生活,而保持坚贞的品质。这是说,只怪得我一时糊涂,落得如此下场,倒不如做一个坚贞的妇女,终身过着清贫的生活为好。这里不仅是写这个弃妇,也是诗人的自喻。作为宋朝的遗民,应该保持高风亮节。遗民出而为学官,在当时人们还是认为情有可原的,当朝官就算是贰臣了。朱嗣发虽被举荐,但他还是辞掉了,所以他还是一个很有操守的人,他以弃妇自喻,寄托了他的亡国之恸。这也就是朱嗣发其他的词散失了,而独有这首词流传了下来的原因。

文天祥 (1236~1283)字履善,一字宋瑞,号文山,吉州庐陵(今江西吉安)人。宝祐四年(1256)进士第一。度宗朝,累迁直学士院,知赣州。德祐初,除右丞相,兼枢密使,奉使元营,被拘留,后脱逃,由海道南下。益王立,拜右丞相,以都督出江西,兵败被执,囚于燕京四年,不屈而死。能诗文,诗词多抒写其宁死不屈的决心。著有《文山集》《文山乐府》。存词八首。

酹江月

文天祥

和

乾坤能大,算蛟龙、元不是池中物。风雨牢愁无着处,那更寒虫四壁。横槊题诗,登楼作赋,万事空中雪。江流如此,方来还有英杰。
堪笑一叶漂零,重来淮水,正凉风新发。镜里朱颜都变尽,只有丹心难灭。去去龙沙,江山回首,一线青如发。故人应念,杜鹃枝上残月。

【鉴赏】

这是一首异乎寻常的和词。作者是我国历史上杰出的民族英雄文天祥。宋祥兴元年(1278)十二月,文天祥在五坡岭(今广东海丰县北)为叛徒出卖而被俘。次年四月,被押送燕京。与文天祥同时被押北行的是他的同乡好友邓光荐。二人"共患难者数月",一路上时相唱和。抵金陵(今江苏南京)后,邓光荐因病留寓天庆观就医。临别之时,邓光荐作《念奴娇·驿中言别》(水天空阔)词送文天祥,对国族的不幸,表示极大的愤慨,对文天祥的爱国壮举,表示热忱的赞慕。文天祥写了这首词酬答邓光荐。两词同用苏东坡赤壁怀古词韵。这不是一般的唱和之作,而是赤心报国的强者之歌。既有巨大的政治鼓动性,又有很强的艺术感染力。

词一起笔,就显得声势不凡:作者身陷囚笼,而壮志不折,雄心犹在,深信在如此辽阔的祖国,英勇的人们决不会永久沉默,一旦风云际会,必将光复河山。"乾坤能大","能",同恁,如许、这样之意。"算蛟龙、元不是池中物",语本于《三国志·吴书·周瑜传》:"恐蛟龙得云雨,终非池中物也。"除写自己而外,还暗寓对友人的期待,希望他早脱牢笼,再干一番事业。"风雨"二句,既实笔直写眼前景象,烘托囚徒的凄苦生活,又虚笔抒发沉痛情怀,民族浩劫,生灵涂炭,所到之处皆已江山易手,长夜难寐,寒虫四鸣,愁肠百结。"横槊题诗"三句,进一步以历史典故写自己定乱扶衰、整顿乾坤的不凡抱负。苏轼《前赤壁赋》中说曹操破荆州、下江陵时"酾酒临江,横槊赋诗,固一世之雄也"。汉末王粲避难荆州时,曾作《登楼赋》寄托乡关之思和乱离之感。文天祥连以这两个典故自况,颇有寓意。前一典是壮辞,表现了曹操英勇豪迈的气概;后一典是悲语,吐露了王粲雄图难展的苦闷。作者联而用之,加以"万事空中雪"一句,表示事业、壮心都已归失败,充分抒发了自己为挽救国族屡起屡踣历尽艰辛的无限感慨。"江流如此",承上启下,喻指抗敌复国事业像江河流水奔腾不息,必定后继有人。"方来还有英杰",与首韵相呼应,也是对邓光荐原作中"铜雀春情,金人秋泪,此恨凭谁雪?堂堂剑气,斗牛空认奇杰"诸句的有力回答。

从叙写的层次看,这首词的上片侧重于对经历的回顾,肯定与敌人的斗争;下片则主要写对未来的展望,表明坚持不屈的心迹。宋德祐二年(1276)在国家危急关头,文天祥毅然出使元营,痛斥敌帅伯颜,被拘至镇江,伺机脱逃,"日与北骑相出没于长淮间",以惊人的毅力历经"层见错出"的艰难险阻,始得南归。这次被俘北行,又抵金陵一带,故有"重来淮水"云云(淮水指秦淮河)。"镜里朱颜都变尽,只有丹心难灭。"这是全词的中心。与作者《过零丁洋》诗中"人生自古谁无死,留取丹心照汗青",是同样光照千古的名句。文天祥到燕京后,元朝廷威逼利诱,百般劝降，“虽示以骨肉而不顾，许以官职而不从，南冠而囚，坐未尝面北。留梦炎说之，被其唾骂。瀛国公往说之，一见北面拜号，乞回圣驾”。平章阿合马来，也碰了一鼻子灰，默然而去（邓光荐《文丞相传》）。敌方也为之“相顾动色，称为丈夫”。只有这种坚定不移的报国赤诚，才能写出这样肝胆照人的词句来！词的最后几句再次向故国故友表白，即使以身殉国，他的魂魄也会变成杜鹃飞回南方，为南宋的灭亡作泣血的哀啼。作者同时期写的《金陵驿》诗中，也有相同的表示：“从今别却江南日，化作啼鹃带血归。”

文天祥这首词虽是和作，但比邓词大有提高。通篇直抒胸臆，不假雕饰，慷慨激昂，苍凉悲壮，给人以深刻的印象，是词史上富有生命力的艺术品。南宋末年，由于蒙古贵族军事集团南犯和镇压，词坛萧索沉寂，不是低沉隐晦的哀叹，就是消极绝望的悲歌。而文天祥的词却如黑夜中的惊雷闪电，不仅表现了他“镜里朱颜都变尽，只有丹心难灭”的英雄气概，而且抒发了在当时极为可贵的乐观主义的豪情：“江流如此，方来还有英杰。”用词来抒发这样的气概和豪情，正是遥接了辛派爱国壮词的遗风，闪烁着宋词的最后的光辉。

满 江 红

文天祥

和王夫人《满江红》韵，以庶几后山《妾薄命》之意。

燕子楼中，又捱过、几番秋色。相思处、青年如梦，乘鸾仙阙。肌玉暗消衣带缓，泪珠斜透花钿侧。最无端蕉影上窗纱，青灯歇。
曲池合，高台灭。人间事，何堪说！向南阳阡上，满襟清血。世态便如翻覆雨，妾身元是分明月。笑乐昌一段好风流，菱花缺。

【鉴赏】

我国古代诗词，有所谓用美人香草寄托君国大事的传统。文天祥这首《满江红》词，就是借美人以隐喻自己对南宋的忠贞情操的。

题目自称是"以庶几后山《妾薄命》之意"。后山是北宋人陈师道,曾巩的学生,曾写《妾薄命》诗,自比喻一生崇拜曾巩。文天祥借以说明忠于宋朝不事元朝的初心。作品的主题,就在题目中清楚交代。王夫人名清惠,是宋朝宫廷里的昭仪,宋亡时,她随着恭帝等于丙子(1276)三月被俘北行,经过汴京夷山县的时候,题《满江红》一词于驿壁,抒写亡国的惨痛,最后二句是"问嫦娥、于我肯从容,同圆缺"。天祥被囚在金陵,读到这词,认为这话有欠商量,因此写这和词,还有《代王夫人再用韵》一首。邓剡、汪元量二人都有和韵,而天祥这词,却是独出冠时。

全首用唐代张愔的爱姬关盼盼自比。燕子楼两句,用燕字两意的音异形同,暗指自己被囚于燕京已历经岁月。接着回忆年轻时中状元出仕宋王朝的前尘梦影,正如美人乘鸾上仙阙一样。被囚以后,生活突变,肌玉暗消,泪珠洗面,为了国家,忍受这青灯独对的苦味。这和《正气歌》序中所正面描写的,同一心境,不同的彼是实写,这是比喻而已。高台曲池二句,是用桓谭《新论》所载雍门周说孟尝君的话:"千秋万岁后,高台既已倾,曲池又已平。"高台曲池的变灭,分明是王朝覆亡的缩影,而自己对祖国不渝的忠贞,又何异于美人向旧主的墓阡上倾泻千行的血泪。汉代原涉自署墓道为"南阳阡"。陈师道《妾薄命》诗有"相送南阳阡""有泪当彻泉"等句。这词是自拟于《妾薄命》的,所以便融化《妾薄命》的诗语入词。"世态便如翻覆雨,妾身元是分明月",是全首的命脉所系。尽管在沧桑更变以后,不少人弹冠新朝,而天祥的精忠不二,却正如中天的皓月一样,绝不含糊。乐昌是陈朝的公主,陈将亡时,驸马徐德言预料夫妻难免离散,因击破铜镜各执一半,为他日重见时的凭证。陈亡,乐昌公主为杨素所有,但后来仍得与徐德言团圆。事见唐人韦述《两京新记》、孟棨《本事诗》。天祥对那般像乐昌公主一样逞风流的新贵们,只能投以轻蔑的目光,笑它菱花破镜,一缺不能再圆,"一失足成千古恨,再回头是百年身"了。语气虽然和缓,而天祥岸然的劲节,真有不可侵犯的尊严。昂扬的爱国精神,通过动人的美人形象而体现,它的感人力量,就不是单纯的说教所能及了。

天祥词的艺术风格,基本上属于豪放派,而这词却是婉约派的当行之作。可见一个杰出的作家,其风格往往是多样化的。

满江红

文天祥

代王夫人作

试问琵琶，胡沙外、怎生风色。最苦是、姚黄一朵，移根仙阙。王母欢阑琼宴罢，仙人泪满金盘侧。听行宫、半夜雨淋铃，声声歇。

彩云散，香尘灭。铜驼恨，那堪说。想男儿慷慨。嚼穿龈血。回首昭阳离落日，伤心铜雀迎秋月。算妾身、不愿似天家，金瓯缺。

【鉴赏】

《词林纪事》评文天祥的词："气冲斗牛，无一毫委靡之色。"这首《代王夫人作》的《满江红》，即是一例。

王夫人名清惠，南宋度宗昭仪（宫中女官）。宋亡，被俘往燕京。北去途中写了一首《满江红》（太液芙蓉）词，题于驿馆，在当时知识分子中影响甚大，传诵南北。其末句云："问嫦娥、于我肯从容，同圆缺。"文天祥被押至金陵后，也读到王清惠的词，"惜末句欠商量"（欠考虑，有问题），有所不满。因此，他重写了两首词，一首题为《和王夫人〈满江红〉韵，以庶几后山〈妾薄命〉之意》，一首便是本篇《代王夫人作》。

代作，本有拟作、仿作之意，但这里主要是翻作的意思，即文天祥以自己的思想翻填新词，纠正王清惠的原作在内容上的不妥之处。原作用典较多，为了适合这一表现特点，文天祥的代作也多引典抒情，但不隐晦难解，而是言简意丰。汉武帝时，曾饰细君为公主，嫁给西域乌孙王，令琵琶马上作乐，以慰其道路之思。后移用作王昭君远嫁匈奴之事。杜甫《咏怀古迹》诗有云："千载琵琶作胡语，分明怨恨曲中论。"文天祥这首词的开头借"琵琶"故事总指后妃宫女被掳北去。"姚黄"，牡丹中名贵品种，喻王清惠。"移根仙阙"，离开宋宫，被驱北行，较之公主远嫁，处境惨，悲愁深，所以说"最苦"。"王母"句，以西王母瑶池美宴的古代传说，喻指宫中欢意消歇。"仙人"句，以铜仙坠泪的故事，感叹国族沦亡的惨痛。"听行宫"两句，亦是用典抒怀。唐玄宗避乱入蜀，在马嵬坡被迫缢死杨玉环，入蜀后，在行宫内听到雨声和风吹檐铃声相应，触及时势，即采其声为《雨霖铃》曲，以寄其恨。这里借此典表述被迫北去途中的悲苦心境。与王词比较，文词的上片并未过多追叙昔日宫中的繁华景象，而是紧扣"最苦"二字，反复陈述亡国之痛，抒写集中，笔调沉重。

下片"彩云散，香尘灭。铜驼恨，那堪说"。唐人诗云："大都好物不坚牢，彩云易散琉璃脆"（白居易《简简吟》），又云："繁华事散逐香尘"（杜牧《金谷园》）。词以"彩云散，香尘灭"喻美好生活的毁灭；"铜驼恨"用晋索靖"铜驼荆棘"之语借指南宋之覆亡，其悲痛为口所不忍言。其间在抵御元军、挽救宋室危亡之局的战场上，多少将士血战到底，这里用张巡拒守睢阳，抗安禄山，"每战眦裂，嚼齿皆碎"事来表述。这是文天祥所亲历亲知的，以补充王夫人的"妾在深宫那得知"的事实，而用一"想"字领起，作为代王夫人语气，意境就更充实。"回首昭阳离落日，伤心铜雀迎秋月"，"昭阳""铜雀"，古都城台殿名，借指南宋宫殿，而今只有落日、秋月临照其间，弥深故国之思。"回首""伤心"，也是拟王夫人口气，文天祥自己的悲感也寓其中。结尾"算妾身、不愿似天家，金瓯缺"，是文天祥之所以代作的关键的一句。王清惠原作希望不致受到胁迫侮辱，能幸免苟活，安度余年。文天祥一翻其意。"金瓯"喻国土，不愿似天家者，意思是不愿和赵宋皇家一样，国土残破，遭受侮辱。要洁身自爱，坚守节操，宁为玉碎，不作瓦全。这既是对王清惠等后妃宫女的忠言劝告，又是对宋皇忍辱苟活的含蓄指责，也是矢志不渝的自勉之词。

文天祥作词甚少，但他的词和他后期的诗文一样，每一篇都有一定的政治内容，都是有为而发。他的词，在艺术上值得我们重视的首先是塑造了个性鲜明的自我形象。他的词，可以说是他生活、情思、人格的艺术结晶。他词中的艺术形象，使人凛然于忍辱偷生的可耻，了然于为保全气节而献身的光荣。他的词不是像一般文人之作那样专以文字技巧博取读者的欣赏，而是用喷涌的热情和悲愤的血泪激励读者的行动。刘熙载在《艺概》中说:"文文山词,有'风雨如晦,鸡鸣不已'之意,不知者以为变声,其实乃正之变也,故词当合其人之境地以观之。"堪称公允之论。

沁园春

文天祥

题潮阳张许二公庙

为子死孝,为臣死忠,死又何妨。自光岳气分,士无全节;君臣义缺,谁负刚肠。骂贼张巡,爱君许远,留取声名万古香。后来者,无二公之操,百炼之钢。

人生翕欻云亡。好烈烈轰轰做一场。使当时卖国,甘心降虏,受人唾骂,安得流芳。古庙幽沉,仪容俨雅,枯木寒鸦几夕阳。邮亭下,有奸雄过此,仔细思量。

【鉴赏】

读宋词,心中当有中国文化之意念,不仅应具真正词学之眼光。文天祥此首《沁园春》,正是词中凝聚中国文化精神之杰作,其艺术亦别具异量之特美。"此等作品,不可以寻常词观之也"。(刘永济《唐五代两宋词简析》)

词题潮阳(今属广东)张许二公庙。唐安史之乱,张巡、许远合力死守睢阳(今河南商丘市),屏障江淮,唐得江淮财用以济中兴。张许双庙本在睢阳,远在南天万里之潮阳何又有之?此亦有一段佳话。唐韩愈曾撰《张中丞传后叙》,表彰张许功烈。元和十四年(819),愈以谏迎佛骨,贬潮州刺史,问民疾苦,开设乡校,潮州遂为文化之邦。后来,潮人思韩,乃建书院、庙祀,皆以韩名。又以韩愈为张许之知己,并为张许建立祠庙。张许双庙初建于北宋熙宁年间(1068~1077),位于潮阳市东郊之东山山麓。(《永乐大典》卷五三四五潮州府、《隆庆潮阳县志》。)南宋景炎三年即帝昺祥兴元年(1278)十一月至十二月十五日,文天祥以少保右丞相兼枢密使驻兵潮阳。时谒双庙,乃题此词。《隆庆潮阳县志》著录元潮州路总管王用文《刻文丞相谒张许庙词跋》云:"丞相文山公题此词盖在景炎时也。三宫北还,二帝南走,时无可为矣。赤手起兵、随战随溃,道经潮阳,因谒张许二公之庙。而此词实愤奸雄之误国，欲效二公之死以全节也。噫！唐有天下三百年，安史之乱，其成就卓为江淮之保障者，二公而已矣。宋有天下三百年，革命之际，始终一节，为十五庙祖宗出色者，文山公一人焉。词有曰：'人生翕欻云亡。好烈烈轰轰做一场。'是知公之时，固异乎张、许二公之时，而公之心即张许之心矣。予守潮日，首遣人诣潮阳致祭，仍广石本，以传诸远。"墟墓生哀宗庙钦，斯人千古不磨心。天祥与张许，虽不同代，心同此心。当其谒庙时，实不仅钦仰先烈而已。

"为子死孝，为臣死忠，死又何妨"。起笔两对句，轩昂突起，如崇山峻岭，矗立天半。做儿子的死节于孝，做臣子的死节于忠。此二句实包举出儒家思想之大本大原。《易·序卦》云："有天地然后有万物，有万物然后有男女，有男女然后有夫妇，有夫妇然后有父子，有父子然后有君臣。"在儒家看来，孝之意义在不忘生命之本源，是为道德之根本。忠是孝的延伸，亦是孝之极致。起笔二句，为臣死忠乃重点。陈垣《通鉴胡注表微·臣节篇》云："《公羊庄四年传》言：'国、君一体也。'故其时忠于君即忠于国，所谓忠于国者，国存与存，国亡与亡。"但儒家并不讲愚忠愚孝，如《孟子·梁惠王上》言："闻诛一夫纣矣，未闻弑君也。"当德祐二年(1276)正月二十日天祥出使元营被扣留，二十一日谢太后派宰相贾余庆等赴元营奉降表时，天祥即抗节不屈，其《指南录·使北》有诗道："初修降表我无名，不是随班拜舞人。谁遣附庸祈请使？要教索虏识忠臣。"可见天祥之为臣死忠，并非忠于一家一姓，而是忠于民族祖国。人能死孝死忠，大本已立，故下句云："死又何妨。"真个视死如归。上二句如崇山峻极于天，此一句却一变而为从容裕如，辞气和婉，足见天祥平生学养之渊雅醇厚。起笔是一段震古烁今之绝大议论，下边遂转入赞仰张许。"自光岳气分，士无全节；君臣义缺，谁负刚肠"，四句扇对，笔力精锐。光者三光：日月星。岳者五岳。天祥《正气歌》云："天地有正气，杂然赋流形。在地为河岳，在天为日星"，可参。此言自从安史乱起，天崩地裂，不见尽忠报国之烈士，而多无耻降敌之禽兽，士风扫地，大义何在？词情沉痛已极。下边，以堂堂之气，朗朗之音，赞叹张许，词情复又振奋。"骂贼张巡，爱君许远，留取声名万古香"。毕竟有我张许二公，血战睢阳，至死不降。此亦《正气歌》"时穷节乃见，一一垂丹青"之意也。史载张巡每战辄大呼骂贼，眦裂血面，嚼齿皆碎，城破被俘，当面痛骂叛军，叛军以刀抉其口。许远则宽厚长者，貌如其心。两人先后皆从容就义。天祥此二句实写出张许性格不同而同一节义，刻画简练有力。"留取声名万古香"，更写出其精神之不死。不曰留得而曰留取，语意高迈积极，突出张许取义成仁之精神。香字下得亦好，见得天祥对二公无限钦仰之情。天祥对张许之赞叹，并不着眼其屏障江淮之具体史实，而是着重其千秋不朽之爱国精神，此亦见出卓识。"后来者，无二公之操，百炼之钢"。下后来者三字，遂将词情从唐代一笔带至今日，用笔极为灵活自如。当宋亡之际，叛国投降者多，上自"臣妾佥名谢太清"之谢后，下至贾余庆之流，何可胜数！故天祥感慨深沉如此。"二公之操，百炼之钢"，对仗歇拍，笔力精健。天祥之自负有二公之操，百炼之钢，亦凛然见于言表矣。

"人生翕欻云亡。好烈烈轰轰做一场"。换头紧承歇拍，意脉不断，更以绝大议论，托出儒家人生哲学，正与起笔相辉映。翕歘，状短促之辞，云是语助辞。人生忽尔，转眼云亡，更应当轰轰烈烈做一场为国为民之事业！以我有限之生命，为此无限之事业，虽死犹荣矣。儒家重生命而不重死，尤重精神生命之自强不息，生生无已。《易·乾传》云："天行健，君子以自强不息。"天祥对此体认极深。其《御试策一道》云："言不息之理者，莫如《大易》，莫如《中庸》。《大易》之道，乃归之自强不息，《中庸》之道，乃归之不息则久。"《题戴行可进学篇》云："君子所以进者无他，法天行而已矣。"换头二句，正是发抒自强不息之精神。"使当时卖国，甘心降虏，受人唾骂，安得流芳"。假使当时张许二公贪生怕死，卖国降虏，将受人唾骂，遗臭万年矣，又怎得流芳百世？此易见之理也。《孟子·告子上》云："生，亦我所欲也，义，亦我所欲也。二者不可得兼，舍生而取义。"张许二公正是如此。"古庙幽沉，仪容俨雅，枯木寒鸦几夕阳"。词笔至此，写出眼前双庙情境。庙貌幽邃深沉，二公塑像仪容庄严典雅，栩栩如生。又当夕阳西下，寒鸦啼于枯木。枯木寒鸦夕阳之意象，意味着无限流逝之时间。马致远《天净沙》，即以之写出人生易老之哀感。然而天祥却以之写出精神生命之不朽。枯木之枯，夕阳之夕，自然物象之易衰易变，反衬出古庙之依然不改，仪容之栩栩如生，可见人心自有公道，先烈虽死犹荣也。天祥一反前人嗟老伤暮之习，即此一笔，亦可见其襟怀之不同凡响。此词以议论抒情结体，加入此一节极富含蕴之写景，词情便觉神致超逸，真神来之笔也。"邮亭下，有奸雄过此，仔细思量"。双庙前，邮亭下，倘有奸雄经过，面对先烈，亦当反躬自省矣。天祥以为是非之心，人皆有之，唯人欲横流，斯蒙蔽天良，则为禽兽。倘其良知一线未泯，抑或有可感可悟之机。结笔足见天祥对祖国历史文化感召力自信之深，但亦可见其对当时滔滔者天下皆是的卖国贼痛债之巨。一结无比深沉有力。

天祥此词与其《正气歌》同为不朽之杰作，可与日月争光。当其被执至大都，从容就义之际，尝留下《绝笔自赞》云："孔曰成仁，孟曰取义。唯其义尽，所以仁至。读圣贤书，所学何事？而今而后，庶几无愧。"由此词则可见到天祥平生读古人书、尚友古人，常与自家之行己为人融为一体，其一生实为中国文化精神之实践。若非其平素学养自强不息真积力久，又安能见危授命视死如归取义成仁？此词所凝聚之爱国精神，实有其感动教益生生无已之生命力。全词以议论抒情结体，即以文为词。中国文学之审美传统原不限于具象之美，亦欣赏抒情形式抽象之美。反复涵咏体会此词，便觉其抒情形式本身亦具一种含从容娴雅于刚健之中之特美。从起笔至歇拍，对句层出，排奡而下，笔笔精锐，而死又何妨、留取声名万古香及后来者诸句，则具见从容不迫之姿。换头揭橥人生大义，是何意态雄且杰！使当时四句及结笔三句，反复申言之，则又见出语重心长、雅量高致。古庙三句，插进描写，融景入情，便又见出优美之致。正如《人间词话》所论："文文山词，风骨甚高，亦有境界，远在圣与、叔夏、公谨诸公之上。"

邓剡　(1232~1303)字光荐，号中斋，庐陵(今江西吉安)人。景定三年(1262)进士。祥兴时，历官礼部侍郎。压山兵败，为张弘范所获，后放还。有《中斋集》、今辑本《中斋词》。录存词十三首。

酹　江　月

邓　剡

驿中言别

水天空阔，恨东风不惜世间英物。蜀鸟吴花残照里，忍见荒城颓壁。铜雀春情，金人秋泪，此恨凭谁雪？堂堂剑气，斗牛空认奇杰。
那信江海余生，南行万里，属扁舟齐发。正为鸥盟留醉眼，细看涛生云灭。睨柱吞嬴，回旗走懿，千古冲冠发。伴人无寐，秦淮应是孤月。

【鉴赏】

这首词的产生本身就是一首悲壮的诗。公元1278年，文天祥兵败被俘；第二年南宋最后的厓山行朝覆灭，作者邓剡跳海未死也被俘。文天祥与邓剡是同乡和朋友，被俘后同被囚禁在一起，又一同被押往元朝京都。走到金陵，邓剡由于生病留下就医，文天祥将继续北上。在分别之际，邓剡就将心中的亡国之痛和对文天祥的仰慕、希望与惜别之情，写入这首赠别词中，一慰朋友之心，二壮万里之行。文天祥也以同调、同韵作答词，二人慷慨悲歌，气贯长虹，互勉互励，难舍难分。这样的悲壮的历史镜头，不就是一首用血泪写成的诗吗？

此词上片主要写亡国之痛。首二句“水天空阔，恨东风不惜世间英物”，就金陵的山川形势发出感叹。“世间英物”，是指文天祥。面对长江，不禁令人想到：同是一道水天空阔的长江天险，当年周瑜能在这里将曹操打得一败涂地，而现在，像文天祥这样的英雄，为什么就不能凭它拒敌于国门之外呢？原因就在于能否得到“东风”的帮助，也就是天意的怜惜。“东风”如此不公平，怎能不叫人怨恨呢？这两句，凌空而来，磅礴的气势之中，交织着无限悲痛。以下五句即具体陈述亡国之痛。“蜀鸟吴花残照里，忍见荒城颓壁”，写金陵城中目不忍睹，耳不忍闻的惨象。“蜀鸟”，指产于四川的杜鹃鸟，相传为蜀亡国之君杜宇的灵魂所化。在残阳夕照中听到这种鸟的叫声，特别感到凄切。“吴花”，即曾生长在吴国宫中的花，也有过亡国的经历，现在在残阳中开放，好像也蒙上了一层惨淡的色彩。这些已经够凄惨了，哪里还忍心看到毁于战火的断壁残垣呢？“铜雀春情，金人秋泪，此恨凭谁雪”？又借历史故事抒写江山易主之悲。杜牧曾写有“东风不与周郎便，铜雀春深锁二乔”的诗句，这本是一个大胆的历史的假设，现在居然成了现实，三年前元军不是早把谢、全二太后掳去了吗？“金人秋泪”指的是魏明帝时，曾派人到长安把汉朝建章宫前的铜人搬至洛阳，传说铜人在被拆卸时流下了眼泪。现在宋朝也亡了，被元人搬运走的国宝也不知有多少，此恨谁能为我们洗雪呢？“堂堂剑气，斗牛空认奇杰”，意思是说宝剑是力量的象征，奇杰是胆略的化身，有此二者应该是所向无敌的。可如今，却空有精气上冲斗牛的宝剑和文天祥这样的奇杰了！这两句对文天祥的失败，寄寓着莫大的悲愤和惋惜。

下片主要写对文天祥的倾慕、期望和惜别之情。首先是颂扬文天祥与元人做斗争的胆略与勇气：“那信江海余生，南行万里，属扁舟齐发。”这说的是数年前文天祥被元军扣留，乘机逃脱，绕道海上，历尽千辛万苦回到南方一事。意思是说当年谁能相信你能从虎口中逃脱，托身扁舟江海，经过九死一生又重整旗鼓呢？有如此之肝胆，在今后与元人的较量中再建奇功也未可知。“正为鸥盟留醉眼，细看涛生云灭”。意即我正是为了能看到你这位抗元盟友再有作为，使局势来一番变化，我才想苟活下去。（留醉眼，即醉生、苟活的意思，因作者前次跳海自杀未死，此次生病又求医，故有此说。）“睨柱吞嬴，回旗走懿，千古冲冠发”，引用历史典故转写对文天祥的期望。意思是：赵国丞相蔺相如身立秦庭，持璧睨柱，气吞秦王的那种气魄；蜀国丞相诸葛亮死了以后还能把司马懿吓退的那种威严，你文天祥同样具备。这自然是赞许，也是期望。事实上文天祥后来所表现出的宁死不屈的凛然正气，没有辜负朋友的期望。最后再转到惜别上来：“伴人无寐，秦淮应是孤月。”意思是说，作为志同道合的朋友,能与你同生死共患难应该是一种幸福,可是我由于生病再不能跟你一道北上了,今后我的每一个不眠之夜,只有秦淮河上的孤月与我做伴了。一句普普通通的话,包含着多少朋友之情,家国之悲。

陈子龙曾称赞这首词是:“气冲斗牛,无一毫委靡之色。”这是就风格上说的。除此之外,在艺术上还有三个较为明显的特点。

情景互融是其一。写于金陵的词,自然要有金陵风物。但此词写金陵风物,并不当作背景来描绘,而是作为感情的附着物编入感情的网络中。如将“水天空阔”的长江景色,纳入“恨东风不惜世间英物”的感叹中,可算是融景入情。蜀鸟、吴花、荒城颓壁等,是作为不忍见的惨象出现的,无疑又是融情入景。而秦淮孤月则在中夜无寐时点出,那又是融景入情。如此情景互融,浑然一体,便于受词情的控制,表现其慷慨之气,悲壮之色。

以古喻今是其二。此词写的是一个重要的历史时刻和一个失败的民族英雄。只有联系民族的历史的经验与教训,才能体现这个历史时刻的严峻和这个英雄人物的崇高,所以此词运用历史典故较多,有光荣的,有耻辱的,有成功的,有失败的。这不是作者故意掉书袋,而是形象塑造的需要。

因难见巧是其三。此词又名《大江东去》,也就是《念奴娇》,都是从苏轼《念奴娇》(赤壁怀古)中的名句得名。值得注意的是此词还用苏词原韵。将一二百年后发生的重大的历史变故和可歌可泣的英雄事迹,纳入苏词原韵中,无疑是一种自我束缚,可是作者因难见巧,仍写得气冲斗牛,感人涕下。这种“带着脚镣的跳舞”,更显示其技巧的高超。

浪淘沙

邓　剡

疏雨洗天清。枕簟凉生。井桐一叶做秋声。谁念客身轻似叶,千里飘零?

梦断古台城。月淡潮平。便须携酒访新亭。不见当时王谢宅,烟草青青。

【鉴赏】

这首词和《唐多令》(雨过水明霞)词,都是邓剡被俘北上、途经建康(今江苏南京）时所作。因此，两词所抒的感慨、所绘的景象、所造的意境都很近似。

如果说，《唐多令》词以感情沉郁和风格清奇取胜；那么，此词则以它的情见乎词和语言明快见称。在现存的邓剡词中，它不失为仅次于《唐多令》的佳作。

"疏雨洗天清。枕簟凉生。井桐一叶做秋声"。词一开篇，就给人一种暑退寒来之感。联系邓剡当时的处境，很容易使人想起盛极而衰的人生哲理。古话说得好："一叶落而知天下秋"；如今宋室覆亡，在邓剡看来，自是天下皆秋。纵有"疏雨洗天清"，天清世不清，也无可奈何。室内枕席生凉，是实写秋天到来气候的变化；室外井桐落叶，既是报秋，又勾起词人身世之感，生出下文。

"谁念客身轻似叶，千里飘零"？跟《唐多令》词里写的"堪恨西风吹世换，更吹我，落天涯"是同样意境。飘零似叶，既说明个人命运的不由自主，也联系邦国沦亡之悲。"千里"是概括在广东被俘到建康的旅程。"客身"一语，与李后主亡国后所作《浪淘沙》的"梦里不知身是客"，同一凄绝。

词人就这样带着无穷的哀感，渐渐坠入了梦乡。

下片写次日清晨："梦断古台城。月淡潮平。"东晋台城在今南京玄武湖畔。邓剡一梦醒来，发觉古台城上的月色已逐见暗淡，江潮涨得水与岸平。词人的心境变得更加凄怆，翻腾的情感之波像是要溢过堤防。这种借景含情以发展情节的手法，在中国古典诗词中很常见。

"便须携酒访新亭"。这是邓剡梦醒后无路可走而唯一愿往的去处了。《世说新语·言语篇》记晋南渡士大夫"每至美日，辄相邀新亭（在今南京市南），藉卉饮宴。周侯（凯）中坐而叹曰：'风景不殊，正自有山河之异！'皆相视流泪。唯王丞相（导）愀然变色曰：'当共戮力王室，克复神州，何至作楚囚相对！…如今邓剡跟文天祥丞相一同作了楚囚，他们所效忠的宋王室已彻底覆亡。新事会上，当时还有王导"戮力王室，克服神州"之宏论，今则其人已矣；不惟其人不在，即其宅亦不可见，惟见烟草青青。"不见当时王谢宅，烟草青青"，它跟李白《登金陵凤凰台》诗"吴宫花草埋幽径，晋代衣冠成古丘"一联的意象相似。但李白慨叹历史之已成陈迹，而邓剡却多了一层亡国的实感。作为结句，它能融情入景，且寄慨良深，从而引读者于审美活动中直接领悟人生哲理。这种写法，是值得借鉴的。

唐多令

邓剡

雨过水明霞，潮回岸带沙。叶声寒，飞透窗纱。堪恨西风吹世换，更吹我，落天涯。

寂寞古豪华，乌衣日又斜。说兴亡，燕入谁家？惟有南来无数雁，和明月，宿芦花。

【鉴赏】

在现存邓剡的十几首词中，真正称得上为佳构的才两三首；而这首词，无论就思想内容或语言形式方面说，都堪称为其中第一。

此词是宋亡后邓剡被俘、过建康（今江苏南京）时所写。他借景抒情，吊古伤今；既倾吐了深心里的亡国之痛，又诉说了乱离中人民之苦。

“雨过水明霞，潮回岸带沙。叶声寒，飞透窗纱”。黄昏雨过，彩霞映照得水面格外明亮；潮退后，江岸边留下了几许沙痕。落叶声声，飞快地透过窗纱，使词人感到寒冷，意识到时令已由夏入秋了。词人就这样用轻迅的笔触，勾勒出一幅凄凉的黄昏秋江图。词人于兵败被掳之后，面对着此情此景，哪能不倍加伤感呢？似这般“寓情于景”的手法，既增添了作品的含蓄蕴藉，又拓展了读者的审美空间。诚可谓一举两得。

“堪恨西风吹世换，更吹我，落天涯”。在这里，“西风”既作为一种自然物的实写，又作为一种社会物的象征。象征什么呢？刘永济《唐五代两宋词简析》说：“似指贾似道辈促成宋之亡也。”我看不像。对宋亡来说，贾似道的专权误国只是一个内因，非如西风以外力侵袭可比。在当时，促成宋亡和使时世变换的外部势力只能是蒙古统治集团。邓剡于宋亡后不肯仕元，他把蒙古统治集团比做强横的西风，那是很自然的。时移世换，庇身无所，词人把自己比做被西风吹落天涯的枯叶，也很恰切。北朝的乐府民歌《紫骝马歌辞》云：“高高山上树，风吹叶落去。一去数千里，何当还故处？”这首民歌反映了当时人民在战乱中被迫流亡的情景。它用风吹落叶比喻流落飘荡的情状，形象鲜明，悲愤深沉。邓剡应是从这首民歌中受到启迪。“天涯”一词，极言其远，以托出词人欲归不能的哀怨。它为下片寂寞的心境作了垫笔。

"寂寞古豪华,乌衣日又斜。说兴亡,燕入谁家?"南京,自古以来被称为豪华之地,南宋王朝一直倚它为屏藩重镇;如今萧条了,难免使词人生寂寞、衰歇之感。他想起唐代诗豪刘禹锡咏"乌衣巷口夕阳斜"的诗句,更深为南宋王朝的覆亡慨叹。刘永济说:"燕入谁家,似指投降之辈。刘诗本言'旧时王谢堂前燕,飞入寻常百姓家';此云'燕入谁家',则非入百姓家而是飞入新朝也。虽不曾明言而意亦显然。"(《唐五代两宋词简析》)我以为刘永济说得颇有道理。果如是,则此词带有几分嘲讽意味,不只是一味悲慨而已。

渐次,词人又把眼光移向空阔的水、天之间。他仰观俯察,终于发现:"惟有南来无数雁,和明月,宿芦花。"寥寥几笔,便绘就另一幅凄清的寒汀芦雁图。刘永济认为南来雁指"南下避兵者",我以为可信。词人置群雁于虽凄清而洁白的明月、芦花中,正表明他对乱离中的人民怀着无限同情。他们嗷嗷待哺;满汀遍野,不计其数。词人似乎在问:新朝的统治者们,你们真能关心他们吗?

上片,我们已指出它是"寓情于景";下片,我们不妨说它是"以喻见意"。词人通过燕、雁等比喻物,清晰地呈现出他已被浓缩了的主体感受。

全词感情沉郁,风格清奇,能给欣赏者以精神的陶冶和审美的怡悦。

杨佥判　宋朝诗人,名字不详。度宗时人。存词一首。即《一剪梅》。

一剪梅

杨佥判

襄樊四载弄干戈,不见渔歌,不见樵歌。试问如今事若何,金也消磨,谷也消磨。

柘枝不用舞婆娑。丑也能多,恶也能多。朱门日日买朱娥,军事如何,民事如何。

【鉴赏】

这是一首斥责宰相贾似道卖国求和的爱国词。

从南宋度宗咸淳四年(1268)到咸淳九年(1273),元军大举南侵。襄阳地处水陆要冲，是元军进攻的重点。襄阳、樊城一带军民奋勇抵抗，并屡次请援，窃居相位的贾似道却置之不理，致使名城沦陷敌手。据《宋史·奸臣传》载："时襄阳围已急，似道日坐葛岭，起楼阁亭榭，取宫人娼尼有美色者为妾，日淫乐其中。"这首词，就是借襄樊战争，对贾似道卖国求和、输绢纳币、割让土地、卑膝求和的罪恶，进行了尖锐的抨击。

上片，写贾似道卖国求和。

起句"襄樊四载弄干戈。"襄樊一带的战争已经进行了四年之久。战争造成了什么样的后果呢？"不见渔歌，不见樵歌"，人民的和平生活，都被破坏了！下面三句："试问如今事若何，金也消磨，谷也消磨。"采用倒装的形式，"金""谷"，指贾似道与忽必烈订了密约，宋向元纳"岁币"银绢等财物。消耗了那么多的金银财宝。但是，如今国事究竟演变到什么程度了呢？还不是城破地失，致使名城沦入敌手吗？

下片，揭露贾似道荒淫奢侈，纵情行乐的丑恶行为。

过片，"柘枝不用舞婆娑。丑也能多，恶也能多。"柘枝，古代舞蹈名；能多，这么多。贾似道，每日唱歌跳舞，丑这么多，恶这么多。"朱门日日买朱娥"。朱门，权贵之家，这里指贾似道；朱娥，年轻貌美的女子。这四句，生动形象地揭露了贾似道荒淫无耻，买进美女，纵情行乐的种种丑恶行径。末尾两句："军事如何，民事如何。"指襄樊被围，贾似道不发援兵；而当地的民兵，却勇敢地投入了抗敌卫国、保卫襄阳城的战斗。同贾似道的不思国事，纵情淫乐的行为，进行了强烈的对比。从而，激发起读者村卖国奸相的无比憎恨！杨佥判，度宗时人，不知其名，从其词作看，当为辛派词人。

汪元量 (1241~1317)字大有，号水云，钱塘(今浙江杭州)人。以善琴事谢后、王昭仪。宋亡，随三宫留燕，后南归为道士。有《水云集》《湖山类稿》《水云词》。存词五十八首。

水龙吟

汪元量

淮河舟中夜闻宫人琴声

鼓鼙惊破霓裳，海棠亭北多风雨。歌阑酒罢，玉啼金泣，此行良苦。驼背模糊，马头匼匝，朝朝暮暮。自都门宴别，龙艘锦缆，空载得、春归去。
目断东南半壁，怅长淮、已非吾土。受降城下，草如霜白，凄凉酸楚。粉阵红围，夜深人静，谁宾谁主。对渔灯一点，羁愁一搦，谱琴中语。

【鉴赏】

这是写德祐二年元军攻入临安，宋帝、后妃、宫女、侍臣、乐官等三千余人，三月间被押解北上，汪元量作为宫廷琴师，亦在被押之列。夜经淮水，舟中宫女弹奏了凄怨的琴声，汪元量有感而作。全词以亲身的经历，感受了亡国之痛，抒发了故国之情。词首先写宋室灭亡的巨变："鼓鼙惊破霓裳，海棠亭北多风雨。歌阑酒罢，玉啼金泣，此行良苦。"元军的战鼓，惊破了宋室的酣歌醉舞，巨变的风雨降临到了深宫内院。"鼓鼙"句用白居易《长恨歌》语。"海棠亭"即唐沉香亭。据《太真外传》："玄宗诏太真，时妃子外醉未醒。妃子醉颜肆妆，鬓乱钗横，不能再拜。上皇笑曰：岂是妃子醉，真海棠睡未足耳。"这含有对宋室君臣醉生梦死的讽刺，以致沦为阶下之囚。"歌阑酒罢，玉啼金泣，此行良苦。"歌筵酒会的生活，从此散场了，后妃们只有掩面痛哭，被俘北上的生活，自然是非常痛苦的。这是生活的写实。南宋山河变色，只有汪元量是北押途中的见证人，他的作品，给后世留下了历史的真实："驼背模糊，马头匼匝，朝朝暮暮。"这是对北押途中的推想。元人居风沙地带，多骑骆驼或骑马。风沙起处，骑在骆驼或马上也是模糊一片，这是化用杜甫《送蔡希曾还陇后》诗："马头金匼匝，驼背锦模糊。"这是对到达北地后艰苦生活的推想。"自都门宴别，龙艘锦缆，空载得，春归去。"这是对临安城陷后的回顾。这是说，自从宴别国都，坐上了亡国之君隋炀帝所乘的那样的船儿，白白地使春天过去了。这里的

"龙艘锦缆"暗寓隋炀帝的亡国。"春归去",1276年3月由临安首途北上,这里不仅指自然季节,也暗寓了宋室的灭亡。"空载得"的"空"字,寓有无限悲痛之情。

下片写北行途中的感受。"目断东南半壁,怅长淮,已非吾土。"望尽这东南半壁的美好河山,这著名的淮河,都已不属于我们所有了。"非吾土",出自王粲《登楼赋》:"虽信美而非吾土"。用典非常贴切。"怅长淮"的"怅"字,体现了对祖国山河的眷恋与伤感。"受降城下,草如霜白,凄凉酸楚。"1276年正月,元军伯颜率军攻至临安东北皋亭山,宋谢太后传国玺请降,二月元军入临安。"受降城"三句,即指此事。他化用了李益《夜上受降城闻笛》诗中:"受降城外月如霜"句,非指汉、唐的古受降城。李益是因闻笛有感,他是因闻琴有感而赋此词:全词已写了一片有余,还没正面写到"闻琴",到此才有所暗寓。"粉阵红围,夜深人静,谁宾谁主?"这里写在船上的囚徒生活,"粉阵"句,写后妃、宫女们相挤地关在一个船舱里。"谁宾谁主",写囚徒们中,分不出谁是昔日的主子谁是昔日的奴才。宋亡后北行舟中的囚徒生活,只有在汪元量的词中,才给历史补上了空白。"对渔灯一点,羁愁一搦,谱琴中语。""一搦",即一把。这是说,面对点点渔火,宫女满腹愁肠,谱写了这一章沉痛的哀歌。词到最末,才正面点题,使得这凄凉亡国之音,使人读来意味深长。

莺 啼 序

汪元量

重过金陵

金陵故都最好,有朱楼迢递。嗟倦客,又此凭高,槛外已少佳致。更落尽梨花,飞尽杨花,春也成憔悴。问青山,三国英雄,六朝奇伟?

麦甸葵丘,荒台败垒,鹿豕衔枯荠。正潮打孤城,寂寞斜阳影里。听楼头、哀笳怨角,未把酒、愁心先醉。渐夜深,月满秦淮,烟笼寒水。

凄凄惨惨,冷冷清清,灯火渡头市。慨商女不知兴废,隔江犹唱庭花,余音亹亹。伤心千古,泪痕如洗。乌衣巷口青芜路,认依稀,王谢旧邻里。临春结绮,可怜红粉成灰，萧索白杨风起。

因思畴昔，铁索千寻，漫沉江底。挥羽扇，障西尘，便好角巾私第。清谈到底成何事？回首新亭，风景今如此。楚囚对泣何时已。叹人间、今古真儿戏！东风岁岁还来，吹入钟山，几重苍翠。

【鉴赏】

这是词中最长的词牌，分四片，236字。由于篇幅长，宜于铺叙，有词中大赋之称。汪元量是南宋遗民词人，杭州人，进士出身，以善琴而供奉内廷。宋亡后被俘北掳，后来做了道士，放归江南。这首词是他南归后重游金陵时之作。他亲身经历了宋代的兴亡，来到了金陵这个六朝古都，自然兴发了他的兴亡之恨。他以亲切的感情，通过对六朝往事的描写，寄托了他的兴亡之感。宋李钰《湖山美稿跋》说他的诗，“纪其亡国之感，去国之苦，间关愁叹之状，尽见于诗。微而显，隐而章，哀而不怨，欷歔而悲。”并称赞说：“水云之诗，亦宋亡之诗史也。”其实他的词，与他的诗风一致，同样可以以诗史目之。

全词四叠，首片点题，然后写作者此时此刻的心情和金陵的历史。“金陵故都最好，有朱楼迢递。”金陵这六朝古都是最美好的地方。“朱楼迢递”，用谢朓《隋王鼓吹曲·入朝曲》：“江南佳丽地，金陵帝王州。逶迤带绿水，迢递起朱楼。”是说这里宫殿巍峨，鳞次栉比。“嗟倦客，又此凭高，槛外已少佳致。”这是写作者对人生已抱着厌倦的心情。他这次重游金陵，登高远眺，但他已没有心情去欣赏槛外的美景。“倦客”二字，含义颇深，包括了他的国破家亡、被掳北上、出家学道、放归还山等等亲身的不平凡的经历，已使他对人生感到厌倦、消极了。这两个字，用在作者身上是多么妥帖。可见他用语之精。“更落尽梨花，飞尽杨花，春也成憔悴。”这是用对环境的描写，烘托出他苦闷的心情。更何况梨花已经落尽了，杨花也已飘尽了，春天也是一幅憔悴的景象。这三句不是单纯地描写残春景象，寓有故国已经灭亡的惨痛情感。“问青山，三国英雄，六朝奇伟？”他面对金陵故地，向青山提出了一个问题，三国时代的英雄，六朝的奇人伟士，他们现在怎么样了？这是说，他们也都成了历史的陈迹了。这里既慨叹历史，也是对现实的感慨。

第二片，写金陵兵燹后的荒凉景象。“麦甸葵丘，荒台败垒，鹿豕衔枯荠。”麦田成了荒地，葵花地成了废丘，满目凄凉，任麋鹿野猪在这里践踏。这里也喻有对元兵讽刺之意。“正潮打孤城，寂寞斜阳影里。”“潮打孤城”，用刘禹锡诗“山围故国周遭在，潮打孤城寂寞回。”这是说，晚潮拍打着石头城，斜阳照着我寂寞的身影。“听楼头，哀笳怨角，未把酒、愁心先醉。”远处的戍楼上传来了胡笳和号角的哀怨声,还没有喝酒,我那忧愁的心情,早已先醉了。“哀笳怨角”,指元兵在戍楼上晚边吹起了胡笳号角声。由于江山易代,戍楼已不再是暮鼓晨钟,更换了胡人的乐器了。因而使得沉痛异常,未酒先醉,诉说了他的愁深恨重的心情。“渐夜深,月满秦淮,烟笼寒水。”夜深了,月光洒满秦淮,水雾笼罩着寒冷的江水。这是化用杜牧诗“烟笼寒水月笼沙”句入词,在这个冷寂夜深的晚上,面对着烟雾茫茫的江水,更显出了诗人孤独、伤感的心情。他化用杜牧诗,却赋予了原诗更深的含义。

第三片,写元人统治下金陵人们的现状。“凄凄惨惨,冷冷清清,灯火渡头市。”先写这个六朝以来繁华无比的秦淮河畔,现在是一片凄凉冷淡。用今昔对比的手法,更显出凄惨的情景。“凄凄”二句,化用李清照词句,有画龙点睛之妙。“慨商女不知兴废,隔江犹唱庭花,余音亹亹”。这里又写了金陵的另外的一面,还有那些不知节义的人,他们不知宋室已亡,仍然沉溺在歌楼妓馆里,饮酒高歌,歌声还是余音袅袅,过着醉生梦死的生活。“伤心千古,泪痕如洗。乌衣巷口青芜路,认依稀,王谢旧邻里。”我是多么伤痛呵!伤心到使人泪流满面。乌衣巷,这个东晋王、谢世家故第,现在是一片青草荒芜,从王、谢的邻居里,还依稀认得出他们的故址。这里既慨叹古人,也悲悼宋世贵族的灭落。“临春结绮,可怜红粉成灰,萧索白杨风起。”“临春”句,指临春阁和结绮阁,是陈后主和张丽华居住过的地方。刘禹锡在《台城》一诗中说:“台城六代竞豪华,结绮临春事最奢。万户千门成野草,只缘一曲后庭花。”这里是说,面对着这历史的痕迹,临春、结绮这些豪奢的台阁,佳人的遗骨成灰,现在看到的是白杨树在晚风中瑟瑟的响声。金陵的现状,给他的是眼泪与悲凉。

最末一片,写金陵的历史,抒发了他悼古伤今的情怀。“因思畴昔,铁索千寻,漫沉江底。”“铁索”二句,指东吴曾以铁索横江,被晋将王浚烧断,虽有长江天险,终于亡国。这是说,回思往昔,东吴用铁索千丈沉江,也白白浪费了铁索。“挥羽扇,障西尘,便好角巾私第。”“挥羽扇”,据《世说新语》,王导与外戚庾亮共掌大权,其势相抵,一日大风扬尘,王导以扇拂之,并且说:“元规(庾亮字)尘污人。”这是喻南宋士大夫不能同心合力,共御外侮。“便好角巾私第”,语出《世说新语》:庾亮要带兵到王导的治所来,别人建议他,要严加戒备,王导说:“我与元规虽俱王臣,本怀布衣之好,若其欲来,吾角巾径还乌衣,何所稍严。”“角巾”,便服。“乌衣”,乌衣巷是王导私第。意思是说,我可辞官归家。这里喻南宋士大夫不能以大事为重。“清谈到底成何事?回首新亭,风景今如此。楚囚对泣何时已。”“回首新亭”,也用的是《世说新语》的故事“过江诸人,每至美日,辄相邀新亭,藉卉饮宴。周侯中坐而叹曰:‘风景不殊,正自有山河之异。’皆相视流泪。唯王丞相愀然变色曰:‘当共戮力王室,克复神州,何至作楚囚相对!”’这是比喻宋室士大夫在危难的时刻束手无策，唯互相对泣而已。这里连用《世说新语》的几个典故，不是空谈往事，而是有针对性的。所以他感慨地说："叹人间、今古真儿戏。"人间兴亡，古今一样如同儿戏。这是对从东吴到东晋、到南宋兴衰灭亡的总结。他以道家的眼光，看破了古今的一切，也是对历史的谴责。"东风岁岁还来，吹入钟山，几重苍翠。"东风是每年都会吹来，它会吹入钟山，把钟山披上绿装。这是说，自然界四时的变化是永恒的，这里有一句潜台词：那么人世变化又怎么样呢？他没有说出来，让人们自己去联想。所以这个结尾是很有力量的，是对这首长调的一个很好的结束。

王清惠 南宋末年的宫庭妇民（昭仪）、词人。宋亡徙北，后做女道士，号冲华。存词一首。皆融个人遭遇与国破家亡、去国怀乡于一炉，为亡国遗民长歌当哭之作，格调低回悲壮。

满 江 红

王清惠

题驿壁

太液芙蓉，浑不似、旧时颜色。曾记得、春风雨露，玉楼金阙。名播兰馨妃后里，晕潮莲脸君王侧。忽一声、鼙鼓揭天来，繁华歇。

龙虎散，风云灭。千古恨，凭谁说。对山河百二，泪盈襟血。客馆夜惊尘土梦，宫车晓碾关山月。问嫦娥、于我肯从容，同圆缺。

【鉴赏】

这是写一个在宫廷中受宠的嫔妃，宋亡后的惨痛遭遇。词的上片，说她曾是君王的宠妃，突然间遭到了国破家亡的惨景。"太液芙蓉，浑不似、旧时颜色。"太液池的荷花，已不是从前的颜色了。这里暗寓国破家亡，玉容憔悴。"曾记得、春风雨露，玉楼金阙。"记得很清楚，我受过春风雨露的栽培，生活在富丽堂皇的宫殿之中，过着繁华的生活。这里的"春风雨露"，暗喻君王的宠爱。"名播兰馨妃后里，晕潮莲脸君王侧。”在后妃队伍中，像兰花一样的芬芳，莲花一样的脸儿，泛着红润的光彩，陪侍在君王的身边。这里回味她得宠时的生活。“忽一声、鼙鼓揭天来，繁华歇。”忽然之间元兵的鼙鼓铺天盖地而来，宫廷的繁华生活一去不复返了。“鼙鼓”，用白居易《长恨歌》“渔阳鼙鼓动地来”语，指元军攻破临安，皇帝后妃都成为俘虏。“繁华歇”三字，有千钧之力，使红粉佳人成为俘虏，这生活上的巨变，是使人无法承受的。这三个字作了恰当的表现。

下片，直抒亡国之恨。“龙虎散，风云灭。”“龙虎散”，喻南宋朝廷君臣的土崩瓦解，“风云灭”，指政治形势烟消云灭。“千古恨，凭谁说。”她只有仰天长叹：这亡国的千古之恨，让我向谁诉说呢？写出了一个弱女子在生活巨变中的内心惨痛。“对山河百二，泪盈襟血。”“山河百二”，见《史记·高祖本纪》：“持戟百万，秦得百二焉。”是说秦兵据守关中，二万人可抵挡百万之兵。暗喻宋室南迁后，恃长江天险，偏安江隅，不图抗敌，致有亡国之祸。这两句慷慨悲歌，议论确切，表现了一个弱女子的才华。“客馆夜惊尘土梦，宫车晓碾关山月。”这是说被俘北上，在驿馆里还做着白天尘土飞扬的噩梦，车轮碾着月影前行。这两句描述了被押途中担惊受怕的心情和长途旅行的辛苦。“客馆夜惊”“宫车晓碾”，不仅是对仗工整，也写出了这一群被押送的后妃们的心情。在这前途茫茫的旅程中，对这个年轻女子的未来，她提出了一个愿望：“问嫦娥、于我肯从容，同圆缺。”月中的嫦娥呵！你能允许我追随你，同你过月圆月缺的清凉生活吗？她历尽了繁华，希望远离尘世去过那清静无为的生活。后来，她果然当了女道士，以了结她的一生。结局似乎是低沉了一些，但是符合这个弱女子的坚贞的志行。文天祥曾为她重做了一首《满江红》，结尾是“算妾身、不愿似天家，金瓯缺。”这是一个英雄的怀抱，这只能出之于文天祥之口，对于王清惠来说，她所选择的道路是她唯一可行的道路。这也是这首词为世人所传诵的道理。

袁正真　宋旧宫人，本为南宋宫女，1276年，元军破临安，谢太后乞降。不久帝后三宫三千多人迁北上无都。当时身为琴师的词人汪元真三次上节，求为道士而回江南。在其辞别元都将要南行之际，南宋旧宫人为之贱行，并赋诗相送。《长相思》这道具词即作于此时。存词一首。

长相思

袁正真

南高峰，北高峰，南北高峰云淡浓。湖山图画中。
采芙蓉，赏芙蓉，小小红船西复东。相思无路通。

【鉴赏】

这首词出自《宋旧宫人诗词》。《长相思》本是唐教坊曲名，后为词牌，是词牌双叠中最短的，全词三十六字；前后片的开头二句多用叠韵。因而这位聪明的作者

就巧妙地利用现存的两座山峰的名字领起，通俗、简洁，而又自然地将词引入特定的环境之中。这对峙的双峰，其景色又是如何呢？所以一开篇也就将读者引入词中。南高峰、北高峰，是西湖十景之一。“南北高峰旧往还，芒鞋踏遍两山间”。古往今来多少游人墨客为之登临观赏、吟诗作画，唐代白居易说：“东涧水流西涧水，南山云起北山云”（《寄韬光禅师》）；宋代刘过说：“爱东西双涧，纵横水绕；两峰南北，高下云堆”（《沁园春》）；明代莫瑶说：“南北双蜂云气绕，玉削芙蓉，迥出青天表”（《蝶恋花·两峰插云》）。从历代诗人的描绘中不难发现，是烟笼雾绕，云掩双峰，更增添了它的美，它的诗情画意，无怪乎到了清代有人就径直把它称之为“双峰插云”了。这首词中的“南北高峰云淡浓”，也正是要言不繁地抓住其美的特征，而

且词简意丰，其表现力绝不在他人之下，试想那云的飘浮聚散，色的轻重厚薄，景的幻化多姿，不都蕴含在“淡浓”二字之中吗！况且又是双峰皆然，那真是目不暇接，难以尽言，所以接着补上一句——“湖山图画中”。这，一面总括山水如画，极言其美，收束上片；一面又以“山”连及“湖”，再以“湖”字暗逗下片，承转之妙，绝不费力。“万顷西湖水贴天，芙蓉杨柳乱秋烟”（钟禧《和友人招游西湖》）。由湖水而芙蓉，由湖水、芙蓉，便自然地推出了姑娘们“采芙蓉，赏芙蓉”的镜头，于是人们就可以听到“登画舸，泛清波，采莲时唱采莲歌”（李殉《南乡子》）；还可以看到“逢郎欲语低头笑，碧玉搔头落水中”等等极富有戏剧性的情景。这样我们便可以回过头去体味一下，《长相思》一词写至“采芙蓉，赏芙蓉”，那场景、气氛、意境便顿时大变了，在我们眼前展现的就不只是山的美，水的美，更有花的美，人的美，歌的美，情的美，青春的美，生活的美。当然，好的作品总还要通过具体的形象，显现其独特的主题和美的个性。要把握这一点，我们还得往下读——“小小红船西复东”。读来平平，细嚼有味。表面上看，它是对“采”与“赏”的描述，而当人们再一读到“相思无路通”，便幡然醒悟，原来“西”也好，“东”也好，似“采”非采也，似“赏”非赏也，意在寻其所思，觅其所爱。“相思”是苦，东寻西觅，“无路”可“通”，思而不得，更是苦之又苦的“长相思”了！再把这种暗相思无处说的情境，放在湖山画图的美景之中，放在姑娘们“采芙蓉，赏芙蓉”的乐事之中，那就令人倍感伤怀，幽恨难堪了！“相思无路通”，显然是受了“波淡淡，水溶溶，奴隔荷花路不通”（陈金凤《乐游曲》），以及《小长干曲》中的“月暗送湖风，相寻路不通”等诗句的影响而写成的。

就以上所述，可以看出这首词的题材、风调，乃至语言，都很像一首描写男女相思的情词。不过，这只是作者借用的一种形式，其深意，其妙处是另有所在的，而要进行这深一层的发掘，自然还须了解一下袁正真的身世，和她写作此词的背景。宋恭帝德祐二年（1276），元军攻入临安，南宋灭亡，随之元军便将南宋帝后大臣遣往大都（今北京），袁正真等南宋宫女，还有琴师、诗人汪元量也都随行北去。后来，元世祖忽必烈因汪元量三次上书，而赐准其为道士并返回江南。至元二十五年（1288），汪元量辞别大都，宋旧宫人曾为之饯行、赠诗，袁正真的这首词也是为汪元量南归而作的，因此，有的本子词题就为——《水云（元量之号）归吴寄声长相思》，并且在这个题下，还收有宋旧宫人章丽真的一首（见孔凡礼辑校《增订湖山类稿·附录》）。了解了这些，便不难透过其形式把握它的真正的含意了。

“塞北江南千万里，别君容易见君难，何处是长安?”（陶明淑《望江南》）对于这些本来就是身困幽燕、心思南国的宋旧宫人来说，汪元量的南归，除了撩起彼此的离愁别恨之外，当然更多的是激起了心中郁积已久的故土之恋，怀旧之情，也一定会情不自禁地联想到自己——“何日是归年”？答案在哪儿？希望在哪儿？“相思无路通”，言简意深，概括了这些问题，也回答了这些问题。“相思”二字就道出了作者（也是那些身不由己的宋旧宫人），对湖山如画的旧都临安、对采莲赏莲的南国风光的无限眷恋和神往。然而十多年来左思右想、“东寻西觅”，哪有归路！“无路通”三个字，便唱出了她们绝望的心声。前以诗情画意状“相思”之“对象”，后以无望之词写“相思”之结果，相反相成，声情悲切。而这深层的内涵，对于也曾是“日夜思家归不得”的汪元量来说，不仅完全可以理解，而且定会唤起深深的同情和强烈的共鸣，可以想见，此词一出，彼此黯然掩泣之情景，那就像宋旧宫人周容淑所说的：“……断肠人听断肠声，肠断泪如倾”（《望江南》）。

“词起结最难，而结尤难于起”（沈祥龙《论词随笔》）。于“难”处见功夫，正是这首小词的不凡之处。它不仅起得自然，结得更为高明，你看它写景写事，缓缓道来，辗转作势，直至终点，方以双关妙语，亮出心曲。于是读者才明白词的本义，词的主旨，词人的故土之思，家国之恨，绝望之苦，全都凝聚在尾句，真是从容不迫，举重若轻，情至文生，豁然开朗，其才情笔力，于此可见。此外，句句押韵，平韵到底，节短韵长；层层重叠，音调回环，语气联属；善用比喻，巧于言情，跌宕委婉，低回不尽，颇有一点乐府民歌的神采风貌。当然，换一个角度，换一种提法，也可以说乐府民歌对于宋词（特别是小令）的创作，是有着不可忽视的影响。

金德淑　生卒年不详，宋旧宫人。她和王昭仪、汪元量都是宋亡后入元的三宫中人。公元1288年汪元量因为道士而得南归。诸旧宫中人为其饯行，赋词相送。《望江南》这道词即作于此。存词一首。

望　江　南

金德淑

春睡起，积雪满燕山。万里长城横缟带，六街灯火已阑珊。人立玉楼间。

【鉴赏】

黄宗羲说：“文章之盛，莫盛于亡宋之日。”（《谢皋羽年谱游录注序》）此言极有见地。祥兴二年（1279）宋亡。但宋虽亡，宋代文化仍不减其光辉。宋亡时期涌现众多文学杰作,金德淑的这首《望江南》,即其中之一。此词堪称亡宋之挽词。

明初杨仪《金姬传别记》载:"(李)嘉谟孙,失其名,以乡役部发岁运至元都(今北京),尝夜对月独歌曰:'万里倦行役,秋来瘦几分。因看河北月,忽忆海东云。'夜静闻邻妇有倚楼而泣者。明日访其家,则宋旧宫人金德淑也,因过叩之。德淑曰:'客非昨暮悲歌人乎?'李答曰:'昨所歌诗,实非己作。有同舟人自杭来,每吟此句,故能记之耳。'德淑泫然泣曰:'此亡宋昭仪王清惠所作寄汪水云诗。我亦宋宫人也。昭仪旧同供奉,极相亲爱,今各流落异乡,彼且为泉下人矣。夜闻君歌其诗,令人不胜凄感。当时吾辈数人,皆有赠水云。'因自举其所调《望江南》词(略)。歌毕,又相对泣下。"水云即汪元量,给事宋廷,宋亡,随宋三宫入元大都,是著名爱国诗人、词人。元至元二十五年(1288),水云南归,宋旧宫人金德淑等送行,赠以此词。这时,宋亡已十年。

"春睡起,积雪满燕山"。上句点明时间正值春天(宋亡后第十年),下句描写空间范围燕山(元大都所在地)。曰睡起,更写出女主人公(被俘至此之宋旧宫人)。尤可体味者,时虽春天,白雪仍积满燕山山脉,是万山缟素矣。缟素,是传统丧服。万山缟素之意象,实已暗逗全词哀悼宋亡之含蕴。再回味春睡起,则亦不无一份往事如梦及痛定思痛之意味。起笔造境,沉痛至深。"万里长城横缟带"。主人公展眼燕山山脉,但见那积雪皑皑之万里长城,蜿蜒起伏于崇山峻岭之巅,竟宛如祖国山河所披戴上之一条缟带。万里长城,为历由文化凝聚之一伟大象征。缟带,为传统孝仪之一重要丧服。直出缟带一辞,命意至深亦至显。国破山河在。大地山河为神州陆沉,乃既服素衣,更系缟带,这一意象是何等肃穆庄严,其意蕴又是何等沉痛隆重!在女主人公之心魂中,自己亦已与大地山河一道为祖国之亡而服素戴孝矣。全词基调定于此句,而此一杰句亦为全词神光聚照之篇眼。人们常称道吴伟业"恸哭六军俱缟素"之句,以梅村诗句视此"万里长城横缟带"词句,相去何啻霄壤。"六街灯火已阑珊"。六街,指大都城。灯火阑珊,是灯火将尽未尽。稀疏冷落的几点灯火,越发反突出夜色沉沉,暗淡凄寂。自春睡起至灯火阑珊,时间延及整日,词之意境遂觉无限遥深。而暗淡的现境,更写照了词人暗淡的心态,也意味着同样暗淡的现实。上句极写缟素皎洁,此句极写昏暗沉寂,一明一暗,对照有致,遂写尽词人心灵里的哀思与重负。"人立玉楼间"。结笔直接描写主人公之自我形象,总绾全部上文。玉人(女主人公可无愧此一美称)独立玉楼之上,自睡起以至于夜阑,独立久矣。此一全幅词境,乃祖国母亲之一孝女,为亡母默默致哀以至久久之境界。她所奉献于母亲的,乃是一颗难灭的丹心,又岂止是大地山河之素服缟带而已。全词曲已终,而悲伤无已。无怪乎后来金德淑对人诵其此词,犹感至相对泣下。晚清词论家端木埰标举重拙大之词旨,这正是一完美之典范。词中有此,可无愧于诗。

这首词的价值是不朽的。其独特的艺术造诣有二。第一是境界重、拙、大。此词之意境,为哀悼亡国,此之谓重。其写造境界,用笔朴素无华,此之谓拙。其境界包举积雪燕山、万里长城,悲壮无比,此之谓大。第二是具有高度象征性。此亦是词之艺术绝诣。词为悼南宋祖国而作,调寄《望江南》,此意甚明。全词极厚婉,无一字直言其意,而尽托其意于高度象征性之意象。雪满燕山,皑皑白矣。万里长城,缟带素矣。百尺高楼状之以玉,亦皎皎洁白。缟素洁白,既为传统之孝服标志,故雪山、缟带、玉楼,无不为哀悼国亡之最好象征。诸象征融摄于主人公之心目中,遂整合为一悼故国之全幅庄严境界。此一词篇,亦遂成功为亡宋之一不朽挽词。词虽用笔墨写成,实无异用血泪。虽未写痛哭,实比痛哭更为沉痛。宋虽已亡,而词人可谓宋代文化所托命人之一。词人是一女性,竟能以极大之笔力,高明之艺术,写就此词。但在她自己,却又是举重若轻,不过为沉郁久积的爱国情思之一自然发舒而已。

詹玉 生平不详。宁可大,号天游,三郢(今湖北)人。至元间历除翰林应奉、集贤学士,为桑哥党羽。著有《天游词》一卷。主要作品有《齐天乐》等。

齐天乐

詹 玉

送童瓮天兵后归杭

相逢唤醒京华梦,吴尘暗斑吟发。倚担评花,认旗沽酒,历历行歌奇迹。吹香弄碧。有坡柳风情,逋梅月色。画鼓红船,满湖春水断桥客。

当时何限俊侣,甚花天月地,人被云隔。却载苍烟,更招白鹭,一醉修江又别。今回记得。再折柳穿鱼,赏梅催雪。如此湖山,忍教人更说!

【鉴赏】

这首词题目中的“兵后”,即元将伯颜攻占临安之后。此时,词人的朋友童瓮天

(事迹不详)即将返杭。杭州,在当时是一个最令人敏感的城市,这不仅是因为她风景秀美,都市繁华,地属东南形胜之最,更为重要的是,她曾是一个国家的象征。杭州的易主表明一个王朝已为另一个王朝所替代,这一历史变故曾引起多少人的悲愤与痛苦!词人在送别朋友之际,心头也不禁涌起无限的感慨。

词一开头,作者即提起这次“相逢”。战后相逢该有多少话可说,多少事可忆,而词人仅以“唤醒京华梦”概括。京华梦,即指已经像梦幻般逝去的京城生活。京华梦醒,而吴地的风尘也使自己的头发变得斑白了。吟发,即词人的头发。这两句,已透露了词人的沧桑之慨。以下缘“京华梦”之意,作具体抒写。“倚担”三句,写了三件令人难以忘怀的惬意情事:一是“倚担评花”。宋代的风俗是无人不戴花,而挑担卖花者亦众。当时倚靠花担,品评着各色鲜花,也许还选上一朵最可心的戴在头上,这是何等的风流浪漫!二是“认旗沽酒”。游兴既高,自当有美酒助兴,于是在林立的酒馆中挑上一爿颇有名气的酒家,畅饮一番,这是何等的风流洒脱!三是“行歌奇迹”。一边游赏,一边吟诗,留下了不平凡的足迹,这又是何等的风流闲雅!“历历”二字应管领这三句,即这一切称心快意的游乐情事都历历如昨。从“吹香弄碧”直至上片歇拍转写西湖景色。“吹香”句先总写,作者不直接写花草树木,只诉诸视觉与嗅觉,写其色彩与香味,便已画出一幅花团成阵,绿树成行的绚丽春景图,着一“吹”字,着一“弄”字,把和煦的春风也带入了人们的感觉之中,在人们面前展现出一派生机勃勃的景象。以下两句分写,分别将与杭州有关的苏轼与林逋的故事运用其中。苏轼曾两度出任杭州地方长官,写出了古今传诵的吟咏西湖的名作,并曾于西湖筑堤以兴水利,人称之为“苏堤”。周密《武林旧事》记载,苏堤“夹道杂植花柳,中为六桥九亭”。“坡柳”句谓苏堤杨柳依依,风光旖旎,承上“弄碧”。林逋曾结庐于西湖孤山,酷嗜梅花,并写出了脍炙人口的咏梅名篇。“逋梅”句即化用其《山园小梅》“疏影横斜水清浅,暗香浮动月黄昏”诗意,承上“吹香”。词人在“吹香弄碧”的景物中特地拈出坡柳、逋梅,使如画的西湖风光更富于浓郁的诗意,似乎这柳、这梅、这月色,都融进了诗人的精神与风度。以上三句重在写岸上,“画鼓”三句则重在写水面。周密《武林旧事》曾对西湖春游盛况做了如下的描写:“都人士女,两堤骈集,几于无置足地。水面画楫,栉比如鱼鳞,亦无行舟之路,歌欢箫鼓之声,振动远近”,“既而小泊断桥,千舫骈聚,歌管喧奏,粉黛罗列,最为繁盛”。词中的“画鼓红船,满湖春水断桥客”,正是对这种盛况的艺术概括。这里写的“京华梦”是一个充满赏心乐事的梦,一个歌舞升平的繁华的梦。重温旧“梦”,既寄托了词人对故国的深情缅怀,也表露了和朋友之间的亲密情谊。

换头陡然一转,写朋友们由聚而散,天各一方。“当时”句点明上片所写均系从前情事,并点明从前的游赏是和许多(“何限”,即无限意)才智杰出的朋友在一道。

此后虽然江南之地，依旧花天月地，景物宜人，但时局剧变，友人一个个风流云散。“花天月地，人被云隔”两句以一“甚”字领起，中含无限怅怨之情。“却载”三句转写眼前。自己在国破家亡之际，只得过一种以江湖为家，以苍烟为伴，以鸥鹭为友的隐居生活。以“却”表明生活境遇的转折，“更”，则是推进一层。此时此刻，欣逢故人，于是一道举杯畅饮，追怀往事，互诉衷肠，然而转眼之间又要在长江边上分手了，怎不令人倍增伤感！以“又别”点题，并慨叹这次相聚何其短暂。“今回”三句，设想别后之情。虽是兵后，西湖的“坡柳风情，逋梅月色”应是依然如故，朋友此去，不会忘记再去“折柳穿鱼，赏梅催雪”的吧！这里的写景、叙事回应上片，用一“再”字补叙从前“折柳穿鱼”等情事。其中暗含今昔对照之意，虽然情事相同，却有山河之异。词的歇拍正是从这种对照中引出的深沉感慨：大好湖山，已属他人之天下，怎忍再说什么呢！兴亡之感，家园之恨，尽在不言中。

从题目来看，这是一首送别词，但它的内涵却十分丰富，绝非一般离情所能范围得了的。词人的高明之处，正在于把依依惜别之情和故国之思、兴亡之叹熔铸于一炉，使之浑然一体。词人的故国之思表达得比较婉曲。他对故国的怀念主要是通过游乐来表现的。词中极力铺写的胜游既是纪实，又是故国存在的一种象征。景色绚烂，市场繁荣，场景热闹，游客如云，这是深深铭刻在词人心中的美好的故国形象。明代的杨慎不求甚解，曾妄加批评，说“观其词全无黍离之感，桑梓之悲，而止以游乐言之”（《词品》卷五），实乃皮相之见。近人况周颐则能探求其深微之义，他联系作者所处时势，看出词中“含有无限悲凉”，“吹香弄碧，无非伤心惨目”（《蕙风词话》卷三），可谓知言。词人对历史巨变引起的兴亡之感则主要是通过对比的方法加以体现的。词中写了和朋友的两次相聚与相别，时间不同，地点不同，景况各别，心境亦欢愁各异，一切都感染着不同时世的不同色彩；词在歇拍处更是曲终奏雅，将万千感慨凝聚笔端，将无穷悲恨推向顶点。词人对朋友的情谊则通过时间的系列来表达，对往事的回忆，对“人被云隔”的叹息，对眼前离别的怅恨，对别后朋友前途的关心，都充溢着词人的一片真挚之情。

此外，还值得一提的是其结构的回环往复，虚实并用。从时间说，才写相逢，即入回忆，复写眼前，又转别后；从情事说，所写回忆与别后，前为实事，后为拟想。回环之中并无重复杂沓之感，而是互相照应，互相补充，从而造成一唱三叹的艺术效果。

王沂孙　（约1240~约1290）字圣与，号碧山、中仙等，会稽（今浙江绍兴市）人。宋亡后入元，曾任庆元路学正。其词多咏物之作，间寓身世之感，讲究章法层次，词致深婉，盛传于世。著有《碧山乐府》。

眉妩

王沂孙

新月

渐新痕[①]悬柳，淡彩[②]穿花，依约破初暝。便有团圆意，深深拜[③]，相逢谁在香径？画眉未稳，料素娥、犹带离恨。最堪爱、一曲银钩[④]小，宝帘[⑤]挂秋冷。

千古盈亏休问，叹慢磨玉斧[⑥]，难补金镜[⑦]。太液池[⑧]犹在，凄凉处、何人重赋清景？故山夜永，试待他、窥户端正[⑨]。看云外山河，还老桂花影。

【注释】

①新痕：初露的新月。

②淡彩：犹言素彩，形容月色洁白秀美。

③深深拜：古代女子有拜月的习俗。唐李端《新月诗》："开帘见新月，即便下阶拜。细语人不闻，北风吹裙带。"

④银钩：喻新月。

⑤宝帘：宝镜。指天穹。

⑥玉斧：相传汉吴刚曾以斧伐月中桂，见《酉阳杂俎》。

⑦金镜：即圆月，暗喻国土完整。

⑧太液池：汉唐长安宫中的池名。此处代指宋代的宫苑池沼。

⑨端正：形容月亮正圆。

【鉴赏】

这是一首咏物词。通过对“新月”的咏叹，抒发了深挚的爱国情思。新痕，一弯新月。素娥，嫦娥。宝帘，指夜幕。玉斧，相传汉代吴刚学仙时有过失，罚他砍月中桂树，树随砍随合。（见《酉阳杂俎》卷一）金镜，指月亮。太液池，本为汉唐宫内池名，这里泛指宋宫苑池沼。云外山河，《酉阳杂俎》说：“佛氏谓月中所有，乃大地山河影。”“还老尽、桂花影”，意思是说：月亮圆的时候可以看到战国山河的全影（完整无缺）和桂花的影子。

此词上片刻画新月的形象。从新月初升时“悬柳”“穿花”之光，到人间拜月求团圆的习俗；从嫦娥愁眉离恨，到银色帘钩，描绘工细，在笔调中透示着缕缕哀思，并以“秋冷”贯穿下片。过片从大处着笔。“磨玉斧”“补金镜”，都是重整山河、恢复故国之意。“太液”两句暗用卢多逊《咏月》诗，使人有不胜今昔之叹。“故山夜永”又折回本题，并以“故山”与“太液池”相对照。至于“窥户端正”，是指月已团圆，且从月中山河之影引起作者对河山的期望。全词引典设喻，语意双关，是咏月词寄托较深的篇章。陈廷焯《白雨斋词话》评这首词说，换头处将上片词意“一笔撇去，有龙跳虎卧之奇，结句更高简”。

齐天乐

王沂孙

蝉

一襟余恨宫魂断[①]，年年翠阴庭树。乍咽凉柯[②]，还移暗叶，重把离愁深诉。西窗过雨，怪瑶佩流空，玉筝调柱[③]。镜暗妆残，为谁娇鬓[④]尚如许？
铜仙铅泪似洗，叹移盘去远，难贮零露。病翼惊秋，枯形阅世，消得斜阳几度？余音更苦，甚独抱清商[⑤]，顿成凄楚。谩想薰风[⑥]，柳丝千万缕。

【注释】

①宫魂断：马缟《中华古今注》载，齐王后怨王而死，尸变为蝉。宫魂，齐后之

魂。

②凉柯:清凉的树枝。

③"瑶佩流空"二句:均指蝉鸣声。前句说蝉鸣如玉佩击打之声,后句说蝉鸣如调好筝柱的筝声。

④娇鬓:轻薄透明的蝉翼。

⑤清商:即清商曲,古乐府之一种。

⑥薰风:夏日的暖风。

【鉴赏】

这是一首咏物词,借咏蝉之名,抒写家国之恨与个人身世的伤感。

上阕描写了蝉的鸣声及形状,并在其中暗寓了国破家亡的惨痛。"一襟余恨宫魂断",起句便借用齐后化蝉典故,用"余恨""魂断",带出哀悼的意思。"年年翠阴庭树",进一步点出是蝉。"年年"二字,说明"余恨"的深长。"乍咽凉柯,还移暗叶",写蝉声在树枝上忽起忽落,蝉影在密叶中乍隐乍现,十分传神。"重把离愁深诉",用拟人的手法,把蝉声想象为是人在诉说离别愁情。这样一来,就使人联想到南宋灭亡的事实,蝉声仿佛是人在唱着伤离痛别的亡国哀歌。"西窗"三句,是说一场秋雨过后,蝉声更为动听。它既像玉佩在天空中迸响,又像银筝在名手中弹奏,"怪"字,表示对动人蝉声的惊异,因为刚才还是"乍咽""还移",声音很低沉,现在却忽然清亮高亢起来。"镜暗妆残"两句,借蝉的形状发问:如今已到了"镜暗妆残"的时代,为什么还梳着那么好看的鬓发呢?

下阕转从蝉的餐风饮露落笔。用"铜仙铅泪似洗",暗指宋室沦亡,朝廷宝物被劫北运。"叹移盘去远,难贮零露":既然承露盘如今都不在了,你又到哪儿去饮露呢?表达了遗民惨淡的心情。"病翼惊秋,枯形阅世,消得斜阳几度?"这三句既写蝉,又写人。"病翼"指蝉翼,因为接近秋天,蝉已快死亡,所以说"病""惊",说"枯形"。"消得"句是说,它还能有多少日子?作者借蝉比喻自己,认为自己经历了这场亡国的惨变,加上既老且病,已经没有多少日子好活了,语调很是凄凉。"余音更苦"三句,说蝉还未停止鸣叫,不过已成"余音",使人听了更觉凄楚。这三句照应上文的"乍咽凉柯""瑶佩""玉筝"等,前面的蝉声还抑扬可听,到此时已成为残余的哀音了,感情更为凄惨。结尾"谩想薰风,柳丝千万缕。"意思说,到了这个时候,徒然追忆南风吹拂着万千柳丝的那些好日子,好日子永远不再了,显得十分沉痛。

全篇通过对蝉的描述,流露出对家国沦亡的伤痛。而且意绪凄凉,格调深婉,没有吁天的呼喊,读后却让人悲痛难收。《白雨斋词话》说它"字字凄断,却浑雅不激烈",正说明此词内涵的深沉。

高阳台

王沂孙

和周草窗[1]寄越中诸友韵

残雪庭阴，轻寒帘影，霏霏玉管春葭[2]。小帖金泥[3]，不知春在谁家？相思一夜窗前梦[4]，奈个人[5]、水隔天遮。但凄然，满树幽香，满地横斜[6]。

江南自是离愁苦，况游骢[7]古道，归雁平沙。怎得银笺，殷勤与说年华。如今处处生芳草，纵凭高、不见天涯。

更消他，几度春风，几度飞花。

【注释】

①周草窗：周密，字公谨，号草窗。

②霏霏玉管春葭：指测试节候的葭灰从律管中飞出，表示春天的到来。古人以十二律与二十四节气相对应，将律管中塞进葭灰，置于密室，每至一节候，相应律管中的灰便飞了出来。

③小帖金泥：指贴出了泥金纸书写的帖子。旧时立春之际，人们有写宜春帖子的习俗。唐进士及第，以泥金书帖附家中，报登科之喜。

④相思一夜窗前梦：化用唐代卢仝诗"相思一夜梅花发，忽到窗前疑是君"之句，表示对友人的思念。

⑤个人：那人，指作者的朋友。

⑥满地横斜：月光照射下梅花枝影错落的样子。

⑦游骢：游子所骑的马。

【鉴赏】

这是一首答和周密的词作。从原词的意境出发，表达了对友人羁旅无归的同情和深切的思念。

上阕开头三句写春天的到来：虽然残雪犹存，寒气未消，但春天已迈着轻盈的脚步悄然降临了。词人一开始就着意于春景的描绘,是有良苦用心的。春天固然是万物复苏的季节,但对于客居在外的失意者来说,却更能牵动人的愁绪。接下的“小帖金泥,不知春在谁家”便自然由春景转入人事。词人想到,新春到来,不知有多少人为仕途的通达而志满意得。暗写自己的寂寞。寂寞的词人迫切需要精神上的安慰,于是想起了远方的友人,后四句展开对友人的思念:“相思一夜窗前梦,奈个人、水隔天遮”言相思之苦,“但凄然,满树幽香,满地横斜”说思念后的凄凉。由于友人同样是漂泊在外、仕途偃蹇,思念的结果到头来只能是惹起更多的烦恼。虽然梅散幽香、疏影婆娑,但词人此时已丝毫感受不到梅花的清幽,充满词人心怀的只有落寞与凄凉。

下阕开头三句,是代友人说愁。友人客居在外,寂寞的心中自有难言的隐忧,何况又值游骢逍遥、雁落平沙的春日呢?想到这里,词人原本烦恼的思绪中又增添了一层浓重的忧伤。接下的“怎得银笺,殷勤与说年华”由友人折回到自身,此时此刻,词人很想把自己的忧愁与思念诉诸银笺,告诉远方的友人,但忧愁却是那样的沉重,一时不知该从何说起。“怎得”表达出了离愁的深切和难以诉说之态。更令人不堪的是词人的忧愁中又多了一层迟暮感,从年华的消逝中所感到的衰落。最后几句承接开头,继续写对友人的思念。词人翘首天涯,希望友人归来,但重山阻隔、梦魂飘渺,只有碧绿的芳草铺向遥远的天际。词人的忧愁恰如萋萋春草连绵不绝,至此词人的忧郁达到了饱和状态,从而产生了绝望之感:“更消他,几度春风,几度飞花。”尽管冬去春来,花开花落,但友人仍是远隔天涯,相会无期。无限的感伤尽入画面,给读者留下了丰富的回味余地。

词中有一半的笔墨在写景,但不管是眼前的春景还是回忆过去的“古道”“平沙”,都显得空旷清灵,宛如一幅幅水墨丹青,透出哀怨和情思。

长亭怨

王沂孙

重过中庵故园

泛孤艇、东皋过遍。尚记当日,绿阴门掩。屐齿莓苔,酒痕罗袖事何限。欲寻前迹,空惆怅、成秋苑。自约赏花人,别后总、风流云散。

水远。怎知流水外，却是乱山尤远。天涯梦短，想忘了、绮疏雕槛。望不尽，冉冉斜阳，抚乔木、年华将晚。但数点红英，犹记西园凄婉。

【鉴赏】

这首词是抒情之作。词人重返友人故园，流露了对往事无限依恋和因时光荏苒产生的迟暮之感。

“泛孤艇，东皋过遍。”“东皋”一语本出自陶渊明的《归去来辞》：“登东皋以舒啸。”在陶渊明的眼中，东皋本是他的性灵所寄，是精神上获得解脱的象征，这里，诗人反其意而用之，从中不难想象出人去楼空的居处的寂寞和形单影只、孤舟徘徊的诗人的忧伤。

“尚记当日，绿阴门掩。屐齿莓阶，酒痕罗袖事何限？”此时，词人在时间上由现实走向了往昔，在笔调上也由上面的泛写转入具体的刻画：绿阴婆娑，重门深掩，斑驳的青苔上屐齿的印痕清晰可辨。寥寥数字，一个清幽雅致的居地便生动地显示出来。

“欲寻前迹，空惆帐、成秋苑。自约赏花人，别后总、风流云散。”又回到现实。原先清幽雅致的景象蓦然间被衰草繁烟所代替。“风流云散”一语尤其精警动人，它既是以上内容的归结，也是下文怀人的逻辑起点。

“水远。怎知流水外，却是乱山尤远。天涯梦短。想忘了、绮疏雕槛。”显然，诗人的落笔受到了范仲淹和欧阳修的影响。范仲淹《苏幕遮》有句云：“山映斜阳天接水，芳草无情，更在斜阳外。”欧阳修《踏莎行》亦云：“平芜尽处是春山，行人更在春山外。”范、欧的动人之处都在于通过想象，转换空间，随着空间的递变，诗人的情感也变深、变浓。本词的魅力也在于此。

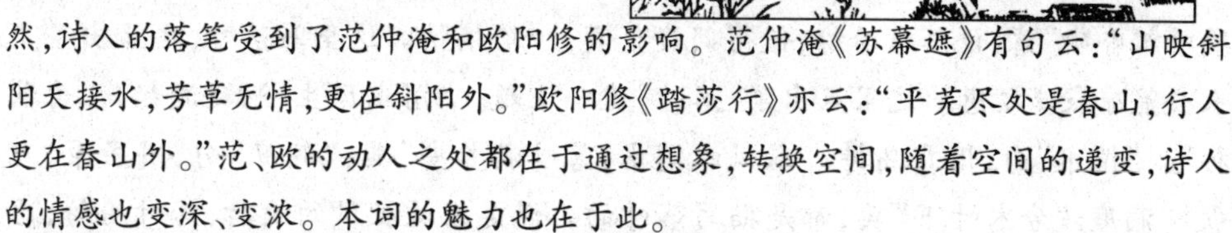

“望不尽，冉冉斜阳，抚乔木、年华将晚”，如果说以上的描写与抒情都是为怀人

服务的，那么现在词人则有些自怜的意味了。“冉冉斜阳”不但标志着时间上的迟暮，而且也象征着人事上的迟暮。“抚乔木、年华将晚”，也同样是以树喻人。这里除了迟暮之感，还似乎包含着独特的身世之感，因为词人是由宋入元的文人，失节的痛苦经常鞭挞着他的心灵。其中流露着词人无以名状的痛悔之情。

“但数点红英，犹识西园凄婉。”这种主观情绪在意象上的回归，增强了作品的画面感，显得意深而笔长。

水　龙　吟

王沂孙

落叶

晚霜初着青林，望中故国凄凉早。萧萧渐积，纷纷犹堕，门荒径悄。渭水风生，洞庭波起，几番秋杪。想重崖半没，千峰尽出，山中路、无人到。

前度题红杳杳。逆宫沟、暗流空绕。啼螀未歇，飞鸿欲过，此时怀抱。乱影翻窗，碎声敲砌，愁人多少。望吾庐甚处，只应今夜，满庭谁扫。

【鉴赏】

这是一首咏物词，寄托了他的故国之悲的沉恸情感。上片写景，在写景中抒情。“晚霜初着青林，望中故国凄凉早。”早晨的寒霜落在林中的树叶上，远望故国，你的凄凉之景来得太早了。“凄凉早”不是单纯的描写自然，暗寓了宋亡的悲痛。这就是通常所说的寓情于景。“萧萧渐积，纷纷犹堕，门荒径悄。”“萧萧”，用杜甫诗“无边落木萧萧下”句，说落叶越积越厚。“纷纷”句，用范仲淹《御街行》中“纷纷堕叶飘香砌”意，说落叶纷纷，使得门庭荒漠，小路悄悄。这里写落叶，也显出了主人公荒凉寂寞之感。这里点出了“落叶”这一主题。“渭水风生，洞庭波起，几番秋杪”。“渭水”句，用贾岛诗：“秋风吹渭水，落叶满长安”典，“洞庭”句，用屈原《九歌》“洞庭波兮木叶下”典，都是描写落叶的。说是经过秋风的吹打，落叶纷纷，已经是秋末的时节了。用典自然，切合词意，可以看出王沂孙是位词坛老手。“想重崖半没，千峰尽出，山中路、无人到。”他又展开了想象的翅膀：重叠的山崖大概被落叶遮没了一半，群山显得光秃秃了。萧条的山路，再也没人行走了。俞陛云谓“‘山路无人’句，叹劫后之萧条。”（见《唐五代两宋词选释》）也可能寓有此意。

下片抒情，哀怨故宫冷落，如泣如诉。“前度题红杳杳，逆宫沟、暗流空绕。”这几句用红叶题诗的典故，暗寓亡国之恨。《云溪友议》云：唐宣宗时，卢渥于应试时，偶临御沟，拾一红叶，上题一绝：“流水何太急，深宫尽日闲。殷勤谢红叶，好去到人间。”后卢渥得一宫女，正是题诗人。这里说，宫女题诗的故事，已不可能再有了，因为宋室已亡，故宇已非从前的宫苑了。下面接着写了他自己的深切的哀痛。“啼螀未歇，飞鸿欲过，此时怀抱。”寒蝉在不停地哀鸣，天边的大雁也在凄厉地惨叫，这就是我当时的心情。“乱影翻窗，碎声敲砌，愁人多少。”乱影在窗前翻动，落叶声敲打着阶前，这一片秋色。勾动了我多少愁思。见落叶而伤秋，这是词人的情怀。因落叶而动乡思，同样也是诗人的敏感，因而引发了下面巧妙的结语：“望吾庐甚处，只应今夜，满庭谁扫”，我想象着今晚我家满庭的落叶，有谁去打扫？“满庭谁扫”是有复杂的感情的，包含了作者的惆怅、哀怨与孤独。但他没有直接作答，让读者去寻思吧！

八　六　子

王沂孙

扫芳林，几番风雨，匆匆老尽春禽。渐薄润侵衣不断，嫩凉随扇初生。晚窗自吟。

沉沉。幽径芳寻。晻霭苔香帘净，箫疏竹影庭深。漫淡却蛾眉，晨妆慵扫，宝钗虫散，绣屏鸾破。当时暗水和云泛酒，空山留月听琴。料如今，门前数重翠阴。

【鉴赏】

这个词牌，最早见之于《尊前集》，全词八韵，以六字句为主。后秦观作双调，八十八字，平韵，因词中有“黄鹂又啼数声”句，又名《感黄鹂》。这是一首怀人之作。以纤浓、典雅的语言，道出了他的脉脉情怀。《八六子》最怕生硬，故作者以雅逸出之，似乎毫不经意，而情景并生。

“扫芳林，几番风雨，匆匆老尽春禽。”“扫芳林”，有的本子作“洗芳林”。这三句写暮春景象。芳林经过几番风雨的清扫,枝头的鸟儿也都长老了。"匆匆"说时光流逝之快,有惜春之意。起句很突然,显得沉郁顿挫。"渐薄润侵衣不断,嫩凉随扇初生,晚窗自吟。"这是写暮春初夏之际,已有些微热了,用"薄润侵衣",就显得典雅。写扇动扇子感到轻微的凉爽,用"嫩凉随扇",显出了作者语言的功力很深。"晚窗自吟",傍晚倚窗自吟,显出了诗人的雅逸。上片写景,下片抒情。他抒情很巧妙,不是写他如何怀念对方,而是用想象的方式,描写对方的动态。"沉沉。幽径芳寻。"描写这个女人,迈着沉重的步伐,在小径中寻找什么。"晻霭苔香帘净,箫疏竹影庭深。"在暮霭中青苔发出清香,珠帘是那么洁净,你住在竹影横斜的深深庭院之中。这几句写女人的漫步小径,和她所居的环境的清幽。字里行间,显露了她的凄凉与寂寞。这种写法,在词的章法上叫作造境。先造出一个适合主题的环境,然后因景生情,依景叙事,写出词的主体部分。"漫淡却蛾眉,晨妆慵扫,宝钗虫散,绣屏鸾破。"这几句写这位女人,因相思之苦而感到百无聊赖。蛾眉也不扫了,晨妆也懒得整修了。"宝钗"句,古代妇女以玉虫饰钗,韩愈诗云:"钗头缀玉虫。""绣屏"句,范成大诗云:"别后相思惟故物,壁煤侵损扇中鸾。"这是说,因为相思之苦,钗上的玉虫随它散失,绣屏上的鸾凤,也任他破损。可见她哀伤憔悴到了顶点。这里诗人没有直接写人,而是写她懒于修饰,显得她的爱恋更是刻骨铭心。"当时暗水和云泛酒,空山留月听琴。"这是对往事的甜蜜的回忆。写在一个月色朦胧的夜晚,在流水与云影中对饮,在月光下听琴。这是多么动人的情景。这段回忆,正是全词的重点。结尾说:"料如今,门前数重翠阴。"料想到你现在门前的翠阴,一定是一重更一重的深厚了。俞陛云说:"结处余韵不尽,句亦浑成。"(《唐五代两宋词选释》)这个结句,引发人想象,他们后会无期了。这样的章法,叫"词尽意不尽",所以余味无穷。

天　香

王沂孙

龙涎香

孤峤蟠烟,层涛蜕月,骊宫夜采铅水。讯远槎风,梦深薇露,化作断魂心字。红瓷候火,还乍识、冰环玉指。一缕萦帘翠影，依稀海天云气。

几回殢娇半醉，剪春灯、夜寒花碎。更好故溪飞雪，小窗深闭。荀令如今顿老，总忘却、樽前旧风味。谩惜余熏，空篝素被。

【鉴赏】

这首词开头推出一个由从龙涎香的传说唤起的想象，造成"孤峤蟠烟，层涛蜕月"这一海山仙岛的奇幻境界。龙涎香，是一种来自南海的名贵的香。葵絛《铁围山丛谈》："政和中，太上（指宋徽宗）于库中得龙涎香二，分赐大臣近侍，其规制甚大而质古，外视不大佳。每以一豆大热之，辄作异花气，芬郁满座。终日累不歇。于是太上奇之，命籍被赐者随数多寡，复收以归中禁，因号龙涎，以为贵也。"龙涎，实际上是香鲸的分泌物。《岭南杂记》："龙枕石而睡，涎沫浮水，积而能坚，鲛人采之，以为至宝。"这里用"蟠"、用"蜕"，都暗喻龙。"骊宫夜采铅水"，铅水即喻龙涎。这三句以神话故事交代龙涎香的来历。"讯远"六句言龙涎香的制作。"讯远"三句说龙涎香经海道远运而来中国，用蔷薇露拌和最后将它制成篆体"心"字形状。"红瓷候火"是说龙涎香放于红色的瓷（合子）中备用。"冰环玉指"，指点香的女子。"乍识"二字，更富情致。接着作者又追叙了开始被焙时的情景："一缕萦帘翠影"，再状香痕荡漾，"一缕"说烟气中还带有产地海山仙岛的云烟之状。在章法上又与起句遥相呼应，造成了离中有合，变化有致的气势。

词上片体物，下片志感。"几回殢娇半醉。剪春灯、夜寒花碎。更好故溪飞雪，小窗深闭。"写焚着香与玉人知己相对的两个场合，前者玉人半醉，剪灯夜话。后者是故园飞雪，闭门拥被，今日回思，萦绕心头，令人向往不已。“荀令如今顿老，总忘却、樽前旧风味。”则自叹年华老去，无复往日风情。词中一今一昔，缠绵宛转，低回往复。“殢娇”的女子于寒夜里剪着灯花，感到香气的温馨和多情，“故溪飞雪，小窗深闭”。焚香的情景更是一室如春，因而觉得“更好”（据《香谱》说焚龙涎香须在“密室无风处”）。这两个场合的描写，都将香与人打成一片，既艳冶，又清雅。

王沂孙的这首《天香》，置于《碧山乐府》卷首，又置于《乐府补题》卷首，为《乐府补题中》咏龙涎香的第一首。《乐府补题》一卷，收周密、王沂孙等十四人词，皆咏龙涎香、白莲、莼、蝉、蟹五物之词，据夏承焘先生《乐府补题》考，《乐府补题》中的咏物词，疑为元时发绍兴六陵而作。公元1278年，元僧杨琏真伽为江南总摄掌释教时，在会稽发掘宋理宗、孟妃等六个帝后陵墓。夏承焘先生认为，《乐府补题》所咏的龙涎香、纯、蟹，皆咏宋帝，白莲、蝉则托谕后妃。宋亡于1279年，迟六陵被发一年；而以龙比喻皇帝向来是中国的传统，所以“骊宫夜采铅水”句被认为是暗指理宗口中珠宝水银被沥取，就成了一种可能。

花　犯

王沂孙

苔梅

古婵娟，苍鬟素靥，盈盈瞰流水。断魂十里。叹绀缕飘零，难系离思。故山岁晚谁堪寄？琅玕聊自倚。谩记我、绿蓑冲雪，孤舟寒浪里。

三花两蕊破蒙茸，依依似有恨，明珠轻委。云卧稳，蓝衣正、护春憔悴。罗浮梦、半蟾挂晓，幺凤冷、山中人乍起。又唤取、玉奴归去，余香空翠被。

【鉴赏】

这是一首咏物词，以“苔梅”为题。“苔梅”即古梅。王沂孙的家乡会稽，古梅特盛。范成大《梅谱》说：“古梅会稽最多，四明、宜兴亦间有之。”又说“项里（在会稽）出古梅，老干奇怪，苔藓封枝，疏花点缀，天矫如画。殊令人爱玩不忍舍。”词中

“谩记我，绿蓑冲雪，孤舟寒浪里”，这是词人追忆他告别家乡的梅花，从此孤舟飘泊的往事。

苔梅以树干上遍布苔藓而得名，状貌甚古，此词首句入题，以“古婵娟”即美人为喻，显出苔梅的风华高古。同时，以“苍鬟”状苔，“素靥”状梅，两者结合在一起，“古婵娟”的容貌呼之欲出。“苍”“素”为色，皆雅淡高洁。也切合古梅苍劲而又娟好的特点。“盈盈瞰流水”一句，是说苔梅生长水边，临水照影，顾盼生姿。同时，也以此与下文“绿蓑”“孤舟”的临影场景相呼应。接着从断魂离思写飘零流落的别后心情。“故山岁晚”化用杜甫“天寒翠袖薄，日暮倚修竹”的诗意，用以衬托苔梅的高洁品性，还暗寓着乱世流离的感叹。“绿蓑冲雪，孤舟寒浪里”，写自己告别“故山”后在“雪”“浪”里“孤舟”飘荡的情景，而从“冲雪”“寒浪”的环境中，又暗示了一股寒气逼人的悲凉的时代气氛。

下片“三花两蕊”写老树疏花的状态，点缀于草木萦茸之间，不免有自伤沉沦的“明珠轻委”之恨。“云卧”与上片的“故山”呼应，“蓝衣”未知何谓，或即喻苔藓。“罗浮梦”至“乍起”，即借助神话传说中的梦境写对故乡苔梅的怀念，表现他梦寐萦怀的情思。陈廷焯说“三花两蕊”到“山中人乍起”句“笔意幽索，得屈宋遗意”（《白雨斋词话》卷二）。最后是说梅魂归去，梦醒后仅留下翠被余香，一腔无穷的惆怅哀怨，溢于言表。

王沂孙的咏物词，尤其是宋亡后借咏物以言志之作，都有其寄托，不同于仅为体物，徒作工巧的一般词社中的命题唱和之作。《白雨斋词话》卷二说：“（张惠言）《词选》云‘碧山咏物诸篇，并有君国之忧。’自是确论。读碧山词者，不得不兼时势而言之。亦是定理。或谓不宜附会穿凿，此特老生常谈，知其一不知其二。古人诗词，有不容穿凿者，有必须考镜者，明眼人自能辨之。”这首咏古梅词，不仅工巧地写出了梅态、梅影、梅神、梅恨，而且还隐含了故国故乡之思，为我们留下了想象研究的余地。

庆宫春

王沂孙

水仙花

明玉擎金，纤罗飘带，为君起舞回雪。柔影参差，幽芳零乱，翠围腰瘦一捻。岁华相误，记前度、湘皋怨别。哀弦重听，都是凄凉，未须弹彻。

国香到此谁怜，烟冷沙昏，顿成愁绝。花恼难禁，酒消欲尽，门外冰澌初结。试招仙魄。怕今夜、瑶簪冻折。携盘独出，空想咸阳，故宫落月。

【鉴赏】

水仙花乃花中之一奇。它借水开花，清雅娴静，犹如柔弱无骨，风袂欲举的“凌波仙子”。北宋时黄庭坚称之为“国香”，屡为之歌咏。黄庭坚的《次韵中玉水仙花二首》（其二）说：“可惜国香天不管，随缘流落小民家。”颇寄沦落之感，宋人皆谓其别有寓意。黄庭坚又说水仙花“山礬（瑒花）是弟梅是兄”，称其与品性坚贞的花中君子梅花为伯仲，王沂孙这首《庆宫春》，作于南宋沦亡之后，词题为咏水仙花，实亦有所寄托。

词的开头写水仙花的丰姿神态，“明玉擎金”，言花之洁净晶莹；“纤罗飘带”，言叶之颀长飘逸，“翠围腰瘦一捻”，则言其花叶向空四布而齐根处又腰围如束，琢语工丽，笔致秀媚。这些本是静态描写，然状花用“擎”字，状叶用“飘”字，静中有动，且有立体感。“为君起舞回雪”一句，则插入动态的描写，微风拂煦，花叶低昂，飘然如洛神之舞，华贵之中，仍不失文雅幽静的气质。“岁华相误”以下，由花及人，化实为虚，叠用湘水之神和《水仙操》等杳渺空灵的神话故事，表达了作者对伊人的深沉思念。吴文英有一首咏水仙花的《花犯·郭希道送水仙索赋》词说：“湘娥化作此幽芳，凌波路，古岸云沙遗恨。”此词“湘皋怨别”，正与之类似。但王沂孙这首词更增添了伤今悼旧的气氛。

下片“国香到此谁怜”，极言水仙花于今的不幸遭遇。“烟冷沙昏”四字，颇堪留意。荒烟寒沙，这对水仙花来说，生非其地，长非其时，令人不禁有“万里尘沙”之想，痛惜它在这种“烟冷沙昏”的环境中寂寞冷落。所谓“谁怜”者，无人怜也。为此不能不倍感“愁绝”。“花恼”用杜甫、黄庭坚诗语，指被花惹起的烦恼或恼恨。但黄庭坚《王充道送水仙花五十枝欣然会心为之作咏》末句云：“坐对真成被花恼，出门一笑大江横。”以坐对花恼到转向门外浩浩东注的大江，在会心的一笑之中，得到精神上的充分解脱。王沂孙却未能为花“颠狂”，又未能一笑解脱，反而更加婉转缠绵，低徊欲绝，这又是因为王沂孙的“花恼”，实不同于杜甫的爱花若狂，也难以追比黄庭坚的恢弘胸襟，他是在水仙花中寄托着时代的隐痛。“试招仙魄”一句。呼唤水仙花有“魂兮归来”，但说“试招”，已感无望。“怕今夜、瑶簪冻折”，进一步设想“烟冷沙昏”中之“国香”身世，有不胜哀悼之感。

全词用比兴托意，借花喻人，使花与人，事与情交感相生，互为一体。但所怀何人，似难确指，词末“携盘独出”诸语，似乎是悼惜钱塘沦亡后被掳北去的故宫旧人。钱塘有水仙王庙。语中用汉宫仙人承露盘被移去这一典实，也正是暗喻故宋灭亡。

法曲献仙音

王沂孙

聚景亭梅次草窗韵

层绿峨峨，纤琼皎皎，倒压波痕清浅。过眼年华，动人幽意，相逢几番春换。记唤酒寻芳处，盈盈褪妆晚。

已销黯。况凄凉、近来离思，应忘却、明月夜深归辇。荏苒一枝春，恨东风、人似天远。纵有残花，洒征衣、铅泪都满。但殷勤折取，自遣一襟幽怨。

【鉴赏】

据吴则虞《词人王沂孙事迹考略》，王沂孙于至元二十二年（1285）来到杭州。次年，与徐天佑、戴表元、周密宴集于杨氏池堂（详见《剡源集·杨氏池堂宴集诗序》）。这首词就在这次在杭逗留期间所作。

周密（字草窗）原词题作“吊雪香亭梅”。雪香亭在聚景园内，本是南宋御园。周密词中有“市朝轻换”，“对斜阳，衰草泪满”等语，显然作于宋亡之后，其末句云：“又西泛残冷，低送数声春怨。”亦借《梅花落》曲以喻宋社之覆。所以吊梅，实吊故宋。王沂孙这首和词，用意正同。

这首词从回顾往昔写起。上片记聚景园昔日梅林之盛，“层绿峨峨，纤琼皎皎”，层层叠叠，横斜间出，一一倒映在清澈的西湖水面上。林逋《山园小梅》诗“疏影横斜水清浅”，以梅枝横斜的水边照影描写梅树特有的清秀风姿，“倒压波痕清浅”句，即从林诗化出。“倒压”二字，又从姜夔《暗香》：“长记曾携手处，千树压西湖寒碧”而来，显得十分凝练。按周密原词起首云：“松雪飘寒，岭云吹冻，红破数枝春浅”，全写眼前之梅，见出亡国后的萧条景象，一片寒气逼人。王沂孙这首和词，却改从昔日聚景园的梅花之盛着笔，乃是为了表达作者对故国的深切眷恋，正是陈廷焯说碧山词"味最厚""力量最重"(《白雨斋词话》)之处。"过眼年华"以下,谓旧地重游,勾起昔日风流俊赏的韵事,难以忘怀。这是王沂孙与周密共同的经历。他们都是西湖词社中的社友,唤酒寻芳,吟诗填曲,度过了南宋末年所谓"小元祐"的"承平"时代一段最好的时光。现在历经沧桑,他们却从当年的风流年少,变为深怀禾黍之悲的遗民故老了。

下片就聚景园梅的今昔对比,追怀亡宋故国。按宋孝宗建聚景园,以供已退位的高宗闲暇游幸。直至理宗时,历朝皆于此赏梅。"明月夜深归辇",不啻是"先朝盛事",记下了当日高宗诸人在聚景园步月问梅、流连忘返、深夜归辇的帝王家的风雅闲情。上面说"应忘却",实际上是说"不应忘却"。"已销黯。况凄凉,近来离思",使这些词人感到销黯和凄凉的,皆在于"深未忘却"这些先朝韵事。"荏苒一枝春"以下,说梅下兴怀人之念,但已有人天之隔的味道,已经永远不可能遥致而寄达了。因此不禁泪下淋浪,洒满了重来行客的征衣。

这首词从聚景园感叹国家兴亡,并以梅事的今昔贯穿全篇。开头写昔日梅林之盛,篇末则以"一枝"和"残花"作结,首尾对照,不胜兴废之感。"但殷勤折取,自遣一襟幽怨",即表明咏梅以寄怀,实际上是写亡国之痛。对于旧国故家,词人们不是"应忘却",而是永志不忘。

周密的原词是首名作,但主要就眼前景物作凭吊语。王沂孙这首和词也不逊于周密,词人从先朝旧游写起,备记当时风物和往昔交游,最后落到眼前的一片凄凉,读后更加强了沧桑之感。将作于同时的这两首词做些比较,可以看出周密、王沂孙二人各有优长的不同笔致。

黄公绍　生卒年不详,字直翁,号在轩,昭武(今属福建)人。度宗咸淳元年(1265)进士,入元不仕,隐居樵溪。约至元二十九年(1292)以前撰成《古今韵会》,以《说文》为本,并参考宋元以前的字书、韵书,为字书训诂集大成的著作。《古今韵会》原书已不传,时人熊忠以其征引浩繁,另编《古今韵会举要》。其词言浅意深,自然含蕴。有《在轩集》《疆村丛书》;词有《在轩词》。

青玉案

黄公绍

年年社日停针线,怎忍见、双飞燕?今日江城春已半,一身犹在,乱山深处,寂寞溪桥畔。

春衫著破谁针线,点点行行泪痕满。落日解鞍芳草岸,

花无人戴,酒无人劝,醉也无人管。

【鉴赏】

本词在《阳春白雪》《翰墨大全》《花草粹编》等书中皆列入无名氏之作。唯《历代诗余》《词林万选》题作黄公绍,唐圭璋先生认为此乃失考所致。这首词是思归怀人之作。它之所以由无名氏经过辗转而堂皇地列在著名词人的名下,说明它曾流传很广,并且有着较高的审美价值。

"年年社日停针线,怎忍见、双飞燕?"社日是古时祭祀土神的日子,分春社与秋社,《统天万年历》云:"立春后五戊为春社,立秋后五戊为秋社",这里指春社。每逢社日,妇女有停针线的习惯,《墨庄漫录》云:"唐宋妇人社日不用针线,谓之忌作。"张籍诗亦云:"今朝社日停针线",此即诗人所本。诗人一开始就着意于远方的爱妻:在这社日来临,百无聊赖之际,她一定会因思念异乡的丈夫而愁绪万端。由于诗人用春燕的成双反衬夫妻的分离,所以,不用细致的描写,一个忧伤憔悴的思妇的形象便如在目前。"年年"二字下得尤其沉痛,它暗示读者,这对不幸的情侣已经历了长期的别离,今日的忧伤只不过是往昔的延续罢了!

"今日江城春已半,一身犹在,乱山深处,寂寞溪桥畔。"此三句写诗人自身的寂寞,因和意中人凄凉的处境遥相呼应,更显得沉着动人。春日已过大半,自己却仍在乱山深处、溪桥之畔淹留,固守离愁之苦。"乱"字包含了诗人全部的况味,它既意味着身世的孤独,又象征着离愁的紊乱和深重。这样,词中的"乱山"就不仅仅是一个客观存在,同时也是惹起诗人愁思的情感化的产物,它的沉重与凄凉,使我们自然联想到词人精神上的压抑。

"春衫著破谁针线,点点行行泪痕满。"这两句的意思是:春衣已破,谁为补缀?想到此,不由得泪洒春衫。此处看似俚俗,实为诗人的卓越之处。因为词人表达相思之苦,一般不外乎两种情形,或以物喻愁,或直抒胸臆,诗人抛弃了陈旧的套式,从夫妻这一特殊的关系着眼,选择了日常生活中最普通的"针线"情节作为表达情感的契机,这样就具体而不抽象,真切而不矫饰,正如贺裳所评:"语淡而情浓,事浅而言深。"

"落日解鞍芳草岸,花无人戴,酒无人劝,醉也无人管。"这四句是全词的关键所在,也是写得最精彩的片段。它的高妙之处在于把思念之情落实到具体事物上,因此显得充沛之至,缠绵之至。从形式上看,它很像晁补之的《忆少年》起句:"无穷官柳,无情画舸,无根行客,"排句连蝉直下,给人以气势非凡之感。从意境上看,它

更接近李商隐的诗句"纵使有花兼有月,可堪无酒又无人"的韵味:当红日西沉,诗人解鞍归来,虽有鲜花,却无人佩戴,以酒浇愁,又无人把盏,醉后更无人照管。这是多么凄楚的情景!于此,诗人的情感恣肆了,笔调放纵了,但读来并不会使人产生轻薄之感,此中奥秘,正如陈廷焯所说:"不是风流放荡,只是一腔血泪耳。"

梁栋 (1242~1305)字隆吉,湘州(今属湖北)人,迁镇江(今属江苏)。咸淳四年(1268)进士。迁宝应簿,调钱塘仁和尉,入师幕。宋亡,归武林,后卜居建康,时往来茅山中。今存词三首。

念 奴 娇

梁 栋

春梦

一场春梦,待从头说与,傍人听着。罨画溪山红锦幛,舞燕歌莺台阁。碧海倾春,黄金买夜,犹道看承薄。雕香剪玉,今生今世盟约。

须信欢乐过情,闲嗔冷妒,一阵东风恶。韵白娇红消瘦尽,江北江南零落。骨朽心存,恩深缘浅,忍把罗衣着。蓬莱何处?云涛天际冥漠。

【鉴赏】

这首词是梁栋晚年的作品。栋,字隆吉,宋度宗成淳四年(1268)进士,曾做过宝应簿、钱塘、仁和尉等小官,那已是临安快要沦陷的时候了(1276年元兵入临安)。后来归隐于茅山。词中绝大部分是写腐朽的统治集团的生活面貌,具体生动,淋漓尽致,并且予以无情的嘲讽,也流露出自己的愤慨,具有深刻的社会意义,也反映了当时的真实情况。

词题标明"春梦",即从春梦领起。把一切生活享受看成春梦,已经含有鄙薄不盾之意，也为结尾归隐蓬莱的心愿打下思想基础。“罨画溪山红锦幛”至“今生今世盟约”，尽量描绘征歌选舞、沉迷酒色的荒淫生活。“罨画”，多样色彩的画叫“罨画”，这里是形容溪山的美丽。“幛”，屏幛。“春”字应活看，春情、春心、春事等具有淫荡意味的都包括在里面。“碧海倾春”是说倾了像碧海这么多的酒来纵情淫荡。“看承”即看待意。“犹道看承薄”，承上开下，是加深一层的写法。像上面那么挥霍生活，接受者还认为看待太薄，那就不能不“雕香剪玉”，誓海盟山，把所有的生命力都沉迷下去了。像这样的写法，真可以说是尽情揭露，笔酣墨饱。过片语似惋惜，而其实是冷讽热嘲。“须信”至“东风恶”是纵乐中彼此矛盾的过程，是波澜。“韵白”两句是纵乐后的下场，是结局。“骨朽心存”三句，必有所指，可能是指贾似道的妾张淑芳。《西湖志》引《宋元遗事》载，贾似道妾张淑芳知似道必败，“营别业以遁迹焉。木棉庵之役，自度为尼，鲜有知者”。寻绎词中所描绘的具体情状，和当时权相贾似道的荒淫生活正相符合，则这里所谓“骨朽心存，恩深缘浅，忍把罗衣着”的恰好是似道下场后自度为尼的张淑芳。结尾两句，承“忍把罗衣着”来，有远离尘俗意，指淑芳也以自寓。不管指淑芳也好，自寓也好，归结到这种逃避现实斗争的消极思想，是应该批判的。可是，对腐朽集团的丑恶嘴脸的揭露并加以嘲讽，则真正表达了当时广大人民的思想感情，还是十分可贵的。

仇远 （1247~1326）字仁近，一字仁父，号山村民，钱塘（今浙江杭州）人。咸淳间，以诗名。元大德九年（1305），尝为溧阳教授，官满代归，优游湖山以终。著有《兴观集》《金渊集》及《无弦琴谱》。存词一百十九首。

齐天乐

仇远

蝉

夕阳门巷荒城曲，清音早鸣秋树。薄剪绡[①]衣，凉生鬓影，独饮天边风露。朝朝暮暮。奈一度凄吟，一番凄楚。尚有残声，蓦然飞过别枝去。

齐宫往事谩省，行人犹与说，当时齐女[②]。雨歇空山，月笼古柳,仿佛旧曾听处。离情正苦。甚懒拂冰笺,倦拈琴谱。满地霜红,浅莎寻蜕羽。

【注释】

①绡:一种用生丝织成的薄绸。②齐女:蝉的别称。马缟《中华古今注》:"昔齐后忿而死,尸变为蝉,登庭树嘒唳而鸣。王悔恨,故世名蝉为齐女焉。"

【鉴赏】

这首咏蝉词与王沂孙的同调同题作品风格相近,疑为影射元僧杨琏真伽挖掘南宋帝后陵寝的暴行,借咏蝉寄托了凄凉的家国之思,身世之痛。

词从渲染环境气氛入手。夕阳返照,门巷萧条,更兼城荒地僻,景况分外悲凉。接着把笔触转向吟咏的主体秋蝉。就在此时此地,一缕凄清幽怨的蝉鸣声,透过稀疏斑驳的枝叶从树上传出,给人带来无限秋意。"清音早鸣秋树","早鸣"二字表示哀鸣已久,仿佛有倾诉不尽的愁苦。在对秋蝉的基本特征(鸣声凄切)作了正面的描述之后,改用拟人手法摹绘其身姿。清秋时节,风寒露冷,可是她仍然穿着极薄的"绡衣",独立枝头,忍受着寒冷和空寂的煎熬。"凉生鬓影"是通体皆寒的形象示现。显然,时令的转换和环境的变迁给她带来莫大痛苦。这句和王沂孙词中的"镜暗妆残,为谁娇鬓尚如许",都把秋蝉喻作薄命美人,借以抒发自己身世没落的悲哀,情辞凄婉。"独饮天边风露"是孤寂窘迫境况的写照。已然"凉生鬓影",形为之枯,还要去饮冷风,啜寒露,如何忍受得了?但处境如此,为之奈何!这里把清空高远的天和孤独穷窘的蝉奇妙地结合在一起,彼此映照,构成一种特殊的情境,蕴含着蝉蜕尘表的意趣。后者是词人希冀摆脱痛苦欲念的自然流露。一个人叠遭磨难,痛苦到了极点,势必产生彻底摆脱的欲望。以上写蝉在特定时空中愁苦哀怨的表现,画面鲜明,情意浓郁,只是还缺乏一定的广度和深度。为了弥补这方面的不足,词人尽量扩大描述的时空范围。"朝朝暮暮"是时间的延伸,"蓦然飞过别枝去"则是空间的拓展。总之,不论何时何地,秋蝉都哀伤万分,不停地倾诉着。怎奈悲鸣不能减轻痛苦的负荷,反而不断地加重它。新愁旧恨,像层层叠叠的云山,一齐压向心头,把她折磨得孱弱不堪,但只要"尚有残声",她就不会噤而不发。看来威势逼人的风刀霜剑,并未能使她慑服。这段文字缓急相间,动静相谐,显得起落有致。其间音韵也安排得很巧妙,像"奈一度凄吟,一番凄楚",有间隔地叠用"一"字和"凄"字,声音有变化,而又部分重沓,宜于表达缠绵悱恻、悠悠不尽的情思。

下片开头回顾"齐宫往事",引出兴亡之感来。传说古时齐后饮恨而死,尸化为蝉，栖息于庭树之上，不断发出哀怨的鸣声，因此，后人便把蝉称作“齐女”。这古老的故事至今仍不时地在人们的脑子里闪现，大家走在路上，常以它为话题，絮絮叨叨，谈个不休。可叹的是如今连齐女的化身——蝉也已悄然离去，在雨后如洗的空山之中，在烟月笼罩的古柳之上，再也见不到她的踪影。回想当日伫立在这里谛听她那清脆的鸣声，简直就像梦幻一般。这段描写与上片结尾“蓦然飞过别枝去”相呼应，当影射宋代陵寝被盗事件，透露出伤时念旧的情怀，词中提到的“离情”指的正是这种情怀。“齐女”消失了，宋陵毁坏了，故国已不堪回首，这些，怎不叫人痛彻肺肝！从今而后，再也无心去“拂冰笺”“拈琴谱”了，因为那薄如蝉翼的冰笺（洁白的书写用纸）会使人联想起蝉的身姿体态，而那琴谱琴声，则只能逗人联想起凄婉哀伤的蝉鸣。“满地霜红”二句写眼前景况。时值深秋，霜风凄紧，树上因受冻而变色的叶子纷纷飘落，地面呈现出一片惨红。倩影杳然，而又思念不已。词人于是悄悄来到莎草之中寻觅秋蝉亡去前脱下的外壳，以寄托自己深长的情思。

这首词托物言情，寓意深远。其间有故国之思，身世之痛，还有对元统治者某些作为（如纵容暴徒盗发宋墓）的不满。这种种复杂的思想感情，与作品所描绘的秋蝉本来是风马牛不相及的。作者通过联想，融入齐女化蝉的古老传说，巧妙地把蝉和人联系起来，写蝉实际就是写人。蝉是明写，人是暗写。从表面看，通篇写蝉，细细体味，则觉无处没有人在。这“人”就是作者自己。作者把他那难于诉说的处境和心境一股脑儿凝聚在蝉的身上，因而出现在作品中的蝉就兼有物性和人性。如果说物性是表，那么人性就是里；物性是形，人性就是神。这表和里、形和神的关系反映在作品里，大体可用四个字来概括，那就是若即若离。一方面作为创作主体的人的情意贯串始终，笼盖所有物象，使之别开生面，闪现出富有个性的动人光彩；另一方面，作为表现对象的蝉和其他景物，又都个个保持了自己的自然属性，构成独立自足的清淳境界。这样，由种种物象组成的画面，除了自身的美，别有逗人深思遐想的东西在，那就是人们惯常所说的“言外之意”“画外之境”。此词上片全然写蝉，也似写人，“是蝉是人同抱身世之感”（俞陛云语。引自《唐五代两宋词选释》）。二者呈叠合状态。但下片又把人放在主体位置，抒发了对已经不复存在的蝉的怀念，于是人和蝉又从叠合的状态分离开来。总之，是蝉是人，使你捉摸不定，唯其如此，才更显得意味深远。

醴陵士人

姓名及生平不详，《花草粹编》卷七录词一首。

一剪梅

醴陵士人

宰相巍巍坐庙堂，说着经量，便要经量。那个臣僚上一章，头说经量，尾说经量。
轻狂太守在吾邦，闻说经量，星夜经量。山东河北久抛荒，好去经量，胡不经量？

【鉴赏】

这首词原题为《咸淳甲子又复经量湖南》(《花草粹编》卷七)，甲子，即宋理宗景定五年(1264)。此年十月，理宗死，度宗继位，诏改明年为咸淳元年。题称"咸淳甲子"，当误。这一年的九月，宰相"贾似道请行经界推排法于诸路，由是江南之地，尺寸皆有税，而民力益竭"(《续资治通鉴》)。经界推排法就是丈量田地，重定税额的措施。当时，南宋统治集团已日益腐败，对金人一味屈辱求和，被占了一百多年的大片北方土地不思收复；对内则加紧残酷的剥削压榨，使人民处于水深火热之中。醴陵士人这首《一剪梅》真实地反映了这一段历史情况。

全词分为两个层次。第一层，包括上片六句及下片前三句，写宰相、臣僚、太守的一意"经量"，下片后三句写作者的质问。这首词的艺术特点是，围绕"经量"，以重叠错综的修辞手法，刻画了宰相、臣僚、太守三种形象，有着浓烈的讽刺意味，饱含着无限的愤怒之情。

重叠是形式局部相同，内容并不重复。错综是形式局部不同，内容有所变化。这首词就是采用这种修辞手法的。重叠错综既利于刻画人物形象，又利于抒发愤慨的感情。全词十二句，六十字，用"经量"两字处有八句，十六字。这种反复运用同一词语，便是重叠。余者，词语变换，错落有致。词中刻画的三种人物形象：宰相、臣僚、太守，是从他们对"经量"的态度，揭示其性格特征的：宰相，即贾似道，首先以"巍巍"，突出其高高在上，不可一世；其次以"说着""便要"，既突出其独断专横的面目，又包含着对他的讽刺。朝廷里的臣僚对"经量"的态度是怎样呢？他们看宰相的眼色行事，一听贾似道要推行经界法，便争上奏章，为之附和捧场，从头到尾都说赞成"经量"的话，活画出一班无耻官僚的奴才相。"那个臣僚"，即不知是哪个臣僚，略其名而指其实，以一个概括全体，轻点一笔，有不屑之意。再下说到地方官员。“太守在吾邦”，即指湖南醴陵县所隶属的潭州(长沙)知州。他对贾似道布置下来的“经量”措施是那样地迫不及待，才“闻说”，便“星夜”执行，恰似“柳絮随风舞”，故说他“轻狂”。各句的词语有重复，又有变化，重叠错综，虽无具体的、细致的描写，但只寥寥数语，便把三种形象的言语、行动、神态的不同特点充分地表现出来。

更值得注意的是词的末尾这层意思。“山东河北久抛荒，好去经量，胡不经量”，似一记重锤打到当政的宰相贾似道直至南宋皇帝的中枢神经上。河北、山东等广大地区，长期陷落。那里人民流离，田地荒芜，至可痛心，你们毫不理会，却风风火火地在南方丈量田地。北方的大片荒地好去收复回来经量经量呀，为什么不去呢？末两句反诘，说的“经量”是虚借一意，先得有恢复那里的主权为前提。这实际上就是指斥统治集团屈辱求和，毫无收复失土打算，嘲讽的味道很浓，鞭挞的力量又是很重的，它写出了广大人民的心声。

褚生 生卒年不详，南宋宋恭帝，德祐时太学生。有词二首。

百字令

褚生

德祐乙亥

半堤花雨，对芳辰、消遣无奈情绪。春色尚堪描画在，万紫千红尘土。鹃促归期，莺收佞舌，燕作留人语。绕栏红药，韶华留此孤主。
真个恨杀东风，几番过了，不似今番苦。乐事赏心磨灭尽，忽见飞书传羽。湖水湖烟，峰南峰北，总是堪伤处。新塘杨柳，小腰犹自歌舞。

【鉴赏】

宋无名氏撰《湖海新闻》载有南宋德祐太学生词两首，一为《祝英台近》，另一首就是这篇《百字令》。《百字令》为《念奴娇》之异称，因其全篇字数刚好一百字，故名。朱彝尊编《词综》作《百字令》，徐釚《词苑丛谈》则作《念奴娇》。

调名下有注云“德祐乙亥”。乙亥为南宋恭帝德祐元年(1275)。恭帝即位时年仅五岁，朝政大权全操于奸相贾似道之手。这一年，元兵长驱南下，直指临安，南宋政权危如累卵，群臣惶惶不可终日。但贾似道却匿情不报，粉饰升平，依杭州湖山之胜，造“半闲堂”，蓄妓纳妾，整日游湖取乐。时人题诗讽刺道：“山上楼台湖上船，平章(“平章军国重事”之简称，位在宰相之上。指贾似道)醉后懒朝天。羽书莫报樊城急(1273年元兵攻破樊城)，新得蛾眉正少年(指贾宠妾张淑芳)。”上层统治集团腐败透顶，自然不堪一击，翌年，元兵终于攻入临安，南宋便告覆灭。这首《百字令》作于宋亡前夕，情调哀怨凄咽，怅恨不已，不啻是一支唱给南宋小朝廷的挽歌。

从词面所描绘的意境看，这是一首暮春游湖、即景抒怀之作。上阕写杭州西湖景色。起句“半堤花雨”，扣住西湖，写词人绕堤游览，但见堤上春花凋残、落红委地；次句“对芳辰”，点明了时令为暮春三月。这样的西湖景观，写得既概括，又形象。上阕的关键句是“消遣无奈情绪”。“无奈”者，空虚寥落、无可奈何之谓，词人心中本有愁绪，欲借游湖赏景以排遣，谁知所对芳辰，竟是春意阑珊，反而加重了内心的愁绪。下面数句铺写触目所见，则无不浸透了这种对景难排的惜春、伤春之情，而自然景物也自然染上了词人的主观心境色彩：“春色尚堪描画在，万紫千红尘土。”春色虽尚堪描画，但如锦如簇的春花已“零落成泥碾作尘”，好景不长，大势已去。至于春鸟的鸣叫，又令人黯然伤神：“鹃促归期，莺收佞舌，燕作留人语。”杜鹃哀啼“不如归去”，仿佛在送别残春；黄莺收起了巧啭悦人的歌喉，使春光更显寂寥；唯有紫燕的呢喃之声，似尚在作留人之语。歇拍两句，推出一景：“绕栏红药，韶华留此孤主。”红红的芍药花在栏杆边盛开，似乎仍在有意装点着春色，这大概即前面“春色尚堪描画在”之意；但那灼人眼目的红色，点缀在“万紫千红”已“尘土”的背景之上，未免寂寞，一点红，难为春，甚至有点惨然！“韶华留此孤主”一句，可谓情景双绘，它既是西湖景色的聚焦点，又是情感流露的突破口。面对着这一丛大自然留存的芍药花，也即春天的最后点缀，词人不禁从胸中发出“无可奈何花落去”的叹息，我们从中可以感受到的，是一种凄凉幽怨的万不得已之情。明眼人一看即知，惜春、伤春，只是词人的浅层情感，更深层的，乃是国危家亡的政治感慨，一个“孤”字，为上阕之眼，已经隐隐透露出其中消息了。

换头三句：“真个恨杀东风，几番过了，不似今番苦。”似结似起，既总揽上阕的伤春之意，又自然转入下阕的忧国之情。“真个”是恨极之语。东风过了，春意阑珊，年年如此，然唯有今年分外令人憎恨；显然，词人恨之所在，并不是自然界的节序更替、年光流逝，而是人事的沧桑变化。“乐事赏心磨灭尽，忽见飞书传羽”。两句直陈其事，前句说南宋君臣的宴安享乐如过眼云烟，顷刻磨灭，后句说军情紧急，北兵将至，使词意顿时醒豁。词人面对湖山胜景，念及危亡之祸，近在旦夕，大好河山，难免易主，于是触景伤情：“湖水湖烟，峰南峰北，总是堪伤处。”真乃字字凄咽，语语沉痛！至此，则上阕的“无奈情绪”云云，其政治内涵，更一目了然了。末结以景写情，由直而曲，倍见含蓄之致：“新塘杨柳，小腰犹自歌舞。”仍回到春景，“犹自”两字，用笔拙重，景中见情，意同“隔江犹唱后庭花”，词人的潜台词是：杨柳袅娜，如在东风中得意地舒腰曼舞，它何曾懂得世人忧国伤时的苦痛呢！无限感慨，全在词人有意摄取的事物景象中曲曲传达了出来。

古人作诗词，常借景物以抒情怀，这首《百字令》所描绘的暮春之景，可以看成是作者以艺术形象来象征南宋小朝廷大势已去，旨在抒发其残山剩水之叹，家国危亡之哀。全篇比中有赋，尽管“乐事赏心磨灭尽，忽见飞书传羽”两句直陈其事，词境还是比较完整的。《湖海新闻》的作者诠解此词说：“三、四（指“春色”两句）谓众宫女行（指依附贾似道的宫女离散）；五（指“鹃促归期”句）谓朝士去（指贾似道排斥异己，吴潜等主战派均遭罢黜）；六（指“莺收佞舌”句）谓台官默（指贾似道控制了御史台，众议缄默）；七（指“燕作留人语”句）指太学生上书（当时太学生上书要求贾似道出兵抗元）；八、九（指“绕栏”两句）谓只陈宜中在（贾似道兵败，给事中陈宜中继贾任相，主持朝政）。‘东风’谓贾似道。‘飞书传羽’，北军至也。‘新塘杨柳’，谓贾妾（指贾似道宠妾张淑芳）。”如此字笺句解，详加比附、坐实，不免失之穿凿，近于猜谜，恐未得作者本意。清陈廷焯《白雨斋词话》卷六第二十六则却以此为据，批评“宋德祐太学生《百字令》《祝英台近》两篇，字字譬喻，然不得谓之比也。以词太浅露，未合风人之旨”，这实在是厚诬作者了。

徐君宝妻 君宝，宋末岳州（今湖南岳阳）人。其妻被元兵掠至杭，不肯从，自投池水而死。但以其留下的一首绝命词《满庭芳》而闻名于世。

满庭芳

徐君宝妻

汉上繁华，江南人物，尚余宣政风流。绿窗朱户，十里烂银钩。一旦刀兵齐举，旌旗拥、百万貔貅。长驱入，歌楼舞榭，风卷落花愁。

清平三百载，典章文物，扫地俱休。幸此身未北，犹客南州。破鉴徐郎何在？空惆怅，相见无由。从今后，梦魂千里，夜夜岳阳楼。

【鉴赏】

据陶宗仪《辍耕录》载：在南宋亡国时，徐君宝妻被元军虏至杭州，"其主数欲犯之，而终以计脱。"后被迫投池自尽，临死前题《满庭芳》一词于壁上，寄托自己的悲痛和愤恨，所以，这是一首绝笔词，作者以自己的亲身遭遇反映了南宋亡国前后的悲惨历史，表达了一位普通女子对故国、亲人的无限怀念之情，表现了词人宁死不屈的高贵品格。

全词上下两片，可分四段，每段五句。

第一段："汉上繁华……十里烂银钩。"

作者从回忆着笔，写南宋亡国前的繁华景象。"汉上繁华"，"汉上"泛指江汉一带，这里是作者的故乡。江汉平原地处吴蜀之间，地理位置重要，经济繁荣，商业发达。由此开篇不但概括地交代了南宋亡国前的一般社会情况，更表现了词人对故乡的热爱之情。"江南人物，尚余宣政风流。"这是说那些苟安于江南一隅的南宋士大夫，他们依然沉湎于酒色，保持着北宋覆灭前的奢侈腐化的所谓流风余韵。"宣政"是指宋徽宗宣和、政和时期。《武林旧事》曾载南宋统治集团"大率效宣和盛际，愈加精妙。"他们恣意享乐，歌舞升平。"绿窗朱户，十里烂银钩。"是写城市的繁华富庶。十里长街，"绿窗""朱户"衬着银光闪闪的帘钩，这是何等的富丽景象！这既表现了作者对南宋统治者追求虚假繁荣，误国害民行径的不满，同时在一定程度上也流露出她对故乡、对往昔的留恋之情。

第二段："一旦刀兵齐举……风卷落花愁。"

叙述敌军入侵,国家沦亡。由于南宋统治者苟安江南,一味歌舞宴乐,致使兵力不强,边防空虚。度宗咸淳十年(1274),元军大举南侵,数年间就灭亡了南宋政权。“一旦刀兵齐举,旌旗拥,百万貔貅。”就是这一段历史的真实写照。“貔貅”是一种猛兽名字,《礼记·曲礼上》:“前有挚兽,则载貔貅。”作者把蒙古兵比作“貔貅”,充分表现了她对敌兵的痛恨之情。凶猛残暴的蒙古兵势如破竹,长驱直入,富饶美丽的江南大地惨遭践踏,南宋王朝的“歌楼舞榭”顷刻间夷为平地,犹如风卷落花一般。“长驱入,歌楼舞榭,风卷落花愁。”一个“愁”字,写出了词人对国破家亡的深沉哀痛。

上片从回忆开篇,写出了南宋统治者苟安佚乐,元军大举南侵,国破家亡的历史真实,表现了词人的亡国之痛。

第三段:“清平三百载……犹客南州。”

写国破家亡的巨大灾难。“清平三百载,典章文物,扫地俱休。”叙述野蛮的侵略战争所造成的破坏。宋朝三百多年的历史文化,典章制度,瞬间化为灰烬。“幸此身未北,犹客南州。”写自己的不幸遭遇,饱含着词人的满腹辛酸。作者曾被元军虏至杭州,受尽屈辱,于是,她还庆幸自己虽然身陷敌手,却未被北虏,还能客居杭州,不离开江南土地。从“幸”“犹”二字可以想见,当时有更多的同胞遭遇比她更惨,他们被屠杀,或被掳掠到北国,比起他们来作者算是“幸运”的了。这“幸”“犹”二字怎不令人心碎!

第四段:“破鉴徐郎何在……夜夜岳阳楼。”

抒写对丈夫的怀念,表明自尽决心。“破鉴徐郎何在?空惆怅,相见无由。”用陈驸马徐德言破镜重圆的典故,写自己与丈夫徐君宝相见无由,破镜难圆,只能空自悲伤惆怅。用典贴切,表情深婉。“从今后,梦魂千里,夜夜岳阳楼。”暗示自己决心投池自尽,愿死后能魂归故里,在岳阳楼上与丈夫相见。结尾回照开篇,表现作者对故乡、亲人的无限怀念。

下片由国家民族的劫难写到自己的不幸遭遇,在广阔的历史背景下展现出人民遭受的苦难。

全词笔调凄婉,用典贴切,感情深沉悲凉,深刻、细腻地表现出一位承受国破家亡的女性内心的哀痛之情。

王易简 生卒年不详,字理得,号可竹,山阴(今浙江绍兴)人。宋末登进士第,除瑞安主簿,不赴。入元,隐居城南,易简笃于议论,多所著亭,有《山中观史吟》,存词七首。

齐天乐

王易简

客长安赋

宫烟晓散春如雾，参差护晴窗户。柳色初分，饧香未冷，正是清明百五。临流笑语。映十二栏干，翠颦红妒。短帽轻鞍，倦游曾遍断桥路。

东风为谁媚妩？岁华频感慨，双鬓何许！前度刘郎，三生杜牧，赢得征衫尘土。心期暗数。总寂寞当年，酒筹花谱。付与春愁，小楼今夜雨。

【鉴赏】

这是词人晚年之作，时间可能是在宋亡之后。长安，借指南宋都城临安。作者把有关人世沧桑的重大感触，以蕴藉之笔，闲淡说来，不露痕迹地抒写亡国的隐痛。是这首词的主要特色。

王易简于南宋末年登进士第，西湖一带，是他春风得意时常游之处。上阕写清明寒食的热闹景象，通过“倦游曾遍”句提点，说明这是对往事的追忆。

早晨，宫中的烟气轻轻飘散，宛如春天的薄雾一般，参差披拂，笼罩着晴光照耀的门窗。“春如雾”，读为“如春雾”。把词序颠倒一下，能起化实为虚、增加朦胧之美的作用。这两句写的是清明寒食的情景。唐人韩翃《寒食》诗：“日暮汉宫传蜡烛，轻烟散入五侯家”，为“宫烟散”字面所本；至于具体景象，则在南宋吴自牧的《梦粱录》中有详细描述：“寒食第三日即清明节，每岁禁中命小内侍于阁门用榆木钻火，先进者赐金碗、绢三匹。宣赐臣僚巨烛，正所谓‘钻燧改火’者，即此时也。”原来这是当日宫廷的一种节日仪式，是实有之景，只不过作者把它加以诗化而已。

“柳色初分，饧香未冷”，仍是清明景象。“清明交三月，节前两日谓之寒食，京师人……家家以柳条插于门上，名曰‘明眼’。”(《梦粱录》卷二)这便是“柳色初分”的含义。分，指分布于各处。饧，即饴糖，是寒食应节食品。“初分”“未冷”，下字讲究分寸。下句即承此而来，用“正是”明确点出时令。“百五”指寒食节，“去冬节一百五日，即有疾风甚雨，谓之寒食，禁火三日”（《荆楚岁时记》），故称。

“临流笑语。映十二栏干，翠颦红妒”。景中有人。一群衣饰明艳的游春女子正倚着栏杆，临流照影，谈笑风生，她们美丽的姿色，令周围的繁花翠柳都要感到嫉妒。“十二栏干”，典出南朝乐府《西洲曲》：“栏干十二曲，垂手明如玉。”“红”“翠”，诗词中每以之代繁花绿叶，或花光柳色，如“红衰翠减”“绿肥红瘦”“惨绿愁红”之类。“颦、妒”两字是词眼，作者刻意锻炼，作景人合一的描写，便从侧面有力地烘托出倚栏笑语的女郎们美艳动人之处。“宠柳娇花寒食近”（李清照《念奴娇》）。连清明前后最烂漫、最娇柔的花柳尚要生嫉忌之心，那些姑娘的姿致便可想而知了。又据《遂昌杂录》载：“钱塘湖上，旧多行乐处。……西出断桥，夹苏公堤，皆植花柳，时时有小亭馆可憩。”原来词中的“栏干”“红翠”都不是蹈空之笔，而是一一皆有着落。

“短帽轻鞍，倦游曾遍断桥路”，两句拍合自身。游而至于“倦”，其次数之多可见。“西湖杭人无时而不游，……密约幽期，无不在焉，日糜金钱，靡有纪极，故杭谚有‘销金锅儿’之号。”（周密《武林旧事》卷三）作者年轻时便是那“销金锅儿”的常客。联系上面“翠颦红妒”数语判断，他的西湖之游大概不单是观赏风景，而应是包括“风月冶游”在内的。

从上阕结句对前事的追忆，很自然便转入下阕抒写重来的感慨。“媚妩”，娇美之意。词人在问东风：你今天又为谁酿就这满湖春色呢？言下之意是，这一切都已经与己无关了。岁月无情，年华老去，这是他的第一重感慨；接着，再以“前度”三句重笔勾勒，把境界拓深一层，而抒发出更内在、更深沉的另一重感慨：我就像当年的刘禹锡、杜牧那样，旧地重游，美好的东西已消失不见，只是衣服上添了些南来北往的尘土而已，真有恍如隔世之感！“前度刘郎”，见刘禹锡的《再游玄都观》诗。“三生杜牧”，语本于黄庭坚诗：“春风十里珠帘卷，仿佛三生杜牧之。”（杜牧《赠别》：“春风十里扬州路，卷上珠帘总不如。”）作者把自己比作是杜牧的后身。联系上片分析去理解，这大概是指的自己在美好的春日里重到西湖所产生物是人非、难以为怀的感慨。由此引出下文数句：“心期暗数。总寂寞当年，酒筹花谱。”酒筹，是喝酒时用以计数的筹子。花谱，原指记载四时花卉的书籍，如唐贾耽有《百花谱》，宋欧阳修有《牡丹谱》，范成大有《梅谱》《菊谱》等。这里“酒筹花谱”指代宴游玩乐之事。“无可奈何花落去”，自己美好的心愿都已落空，再不可能像以前那样的宴饮畅游、尽情欢乐了。这时，夜幕降临，又下起了淅沥细雨，一股愁闷的阴影不觉悄悄袭上心头。“付与春愁，小楼今夜雨”，是说往日欢游，化为今夜酿愁的春雨。这样绕个弯儿（或曰“翻进一层”）去说，使词意显得委婉蕴藉，更耐咀嚼。

这首词上半写景，下半抒怀，中间以“短帽”两句追述前游过渡；而结末的“夜雨”又与开头的“晚烟”“护晴”遥相呼应，互为对比，从而更熨帖、更细腻地烘托出人物的心境。从表面上看，作品内容只是对当年风月冶游的眷念、追昔而已，但结合作者身世考察，则并不如此简单。王易简是宋末进士，后来隐居不仕，他身历亡国的巨变，怆痛于怀，但又不敢或不愿明白说出，便采取传统的比兴手法，寄托自己的愁思；当时一些遗民作家的作品，亦有类似的例子。

唐珏 （1247～?）字玉潜，号菊山，越州（今浙江绍兴）人。少孤，力学。家贫，聚徒众授经以养母。至元间，与林景熙同为采药之行，潜瘗南宋帝后诸陵遗骨。词存《乐府补题》中，凡四首。

水龙吟

唐珏

浮翠山房拟赋白莲

淡妆人更婵娟，晚奁净洗铅华腻。泠泠月色，萧萧风度，娇红敛避。太液池空，霓裳舞倦，不堪重记。叹冰魂犹在，翠舆难驻，玉簪为谁轻坠。

别有凌空一叶，泛清寒、素波千里。珠房泪湿，明珰恨远，旧游梦里。羽扇生秋，琼楼不夜，尚遗仙意。奈香云易散，绡衣半脱，露凉如水。

【鉴赏】

这是晚宋词中咏白莲的佳作，可与张炎的《水龙吟·白莲》媲美。《群芳谱》说，荷花有数色，唯红白二色为多。白莲即指白色的荷花。此词全篇，不着“白莲”一字，但又处处围绕“白莲”用笔，务求肖形肖神，尽态极致，栩栩如生。颇能体现宋末咏物词的特色。作者首先是把自莲作为一个淡妆少女描绘的。起首的“淡妆”“晚奁”句，都是从外部形象上写白莲本色，紧扣一个“白”字，以人喻花，风姿绰约。

以白莲为淡妆娇女，已见杨万里“恰如汉殿三千女。半是浓妆半淡妆”的诗句，他是以红莲为浓妆，以白莲为淡妆的。“泠泠月色，萧萧风度，娇红敛避”三句，是就首二句的描绘而进一步加以渲染、烘托。“泠泠”“萧萧”，不仅继续描绘了白莲的“淡妆”，同时也兼写了白莲的精神状态。然后再以“娇红”做比较，——向以红色娇媚，故称“娇红”，但在这里，与净洗铅华腻粉的白莲相比，却要“敛避”，白莲之美，则不言而喻。从起句至“敛避”，皆为白莲赋彩制形，仅五句，已形神俱得，而以“娇红”一句兼作绾结，形成一个层次。“太液”三句，另开一层，略借典故，追述白莲受宠的史迹。“太液池”，这里是指唐代大明宫内的太液池，内植白莲。《天宝遗事》有关于太液池千叶白莲开，唐明皇与那善跳“霓裳羽衣舞”的杨贵妃共赏的记载；白居易《长恨歌》也有“太液芙蓉未央柳”的诗句。这是盛传一时的佳话，可惜已成历史陈迹，作者以“不堪重记”一笔总结过去，同时也为这一层次做个绾结。“叹冰魂”三句，又是一个层次，反承“不堪”句意而来，转写眼前白莲的遭遇。“翠舆”犹“翠盖”，指荷叶；“玉簪”亦花名，开花约与白莲同时，花大如拳，色洁白如玉，蕊长似玉簪，故名，见《本草纲目》，这里借指白莲花蕊。翠舆难驻，玉簪轻坠，意谓时序更换，好景未长，叶败茎折，白莲凋零，狼藉池塘，时序惊心，众芳芜秽。但“冰魂犹在”，精神未泯，亦希望之所在也。“冰魂”，喻白莲品质高洁，僧栖白吊刘得仁诗有“冰魂雪魄”云云，见《唐摭言》。下片承上片结句而来，以翠舆难驻、玉簪轻坠的萧索景象为背景，写白莲凋落之后的景况。首先以特出之笔，写“凌空一叶”立于千里清寒素波之上。次以“珠房”三句，写莲房垂露，如泣如恨，而在梦里怀恋着它那过去的纷华。“珠”即莲子，《拾遗记》《花史》等皆说莲“其实如珠”，李白亦有“扳荷弄其珠”的诗句，“珠房”即莲蓬；“明珰”本为妇女的玉制耳饰，梁简文帝萧纲《采莲赋》写采莲女，有“于是素腕举，红袖长，回巧笑，堕明珰”诸语，这里盖取“明珰”以代采莲女。写“泪湿”“恨远”，意在渲染纷华失去之后的悲凉。再以“羽扇”三句，转写秋天月夜之下，残荷虽残，而“仙意”尚留，此就上片“冰魂”之意而进一步渲染发挥之，以“羽扇”句写秋，以“琼楼”句写月——“琼楼”一般系指瑰丽堂皇的建筑物，但又常用来指仙界楼台或月中宫殿，这里取后者，代指月。最后，结三句，总括白莲凋残，虽然冰魂犹在，仙意尚留，无奈香消衣脱，冷露凌逼。结句悲凉至极，大有流水落花无可收拾之意。

这首词，从咏物的角度上看，是写得形神兼备的，但它却不是一首单纯的咏物词。这首词写在宋亡之后，最初收于《乐府补题》。清张惠言尝疑唐珏此词是为元僧杨琏真伽（嘉木扬喇勒智）发绍兴宋陵而作。经后人考证，《乐府补题》中的全部词作都是暗指发陵事（考见夏承焘《唐宋词人年谱》附录《乐府补题考》）。元灭宋后，其江南浮屠总统杨琏真伽率徒众尽发绍兴宋帝后陵墓，攫取珠宝，弃骨草莽间，人莫敢收。唐珏与林景熙(熙一作曦)等倾家资,冒危险,收葬兰亭,移宋常朝殿冬青树一株植其上,作为标志。南宋遗民王沂孙、周密、张炎、唐珏等,为此曾以龙涎香、白莲、蝉、蟹、莼等为题,赋词唱和,以寄悲悼之情。这些词,汇为《乐府补题》。当时元朝新立,文网苛密,故词中指事抒情,皆不敢明言,唯有托物寄意而已。从这首词所蕴含的悲凉感情看,其寄慨亡国、抒发麦秀黍离之悲,还是显而易见的。如"太液池空"三句,借唐喻宋,一"空"一"倦",暗示了宋朝的灭亡;"不堪重记"一句,痛心疾首之情,溢于言表。"翠舆",借绿荷暗指"翠辇"(特指皇帝的车驾);"难驻",暗寓宋帝后的流离;而"玉簪"句则盖指发陵事。发陵之后,帝后尸骨被弃草野间,皇后的长发亦杂其间,"玉簪"云云,盖为此而发。发陵事在宋景炎三年即祥兴元年,亦即元至元十五年(1278)十二月,临安的宋朝廷虽已降元三年,但南宋的末代幼主还在大臣们的拥戴之下,在南海匪山设行朝,泛海作战。词中"别有凌空一叶,泛清寒、素波千里"以及"尚遗仙意"云云,或即属意于此。但大势已去,已尽人皆知,故有"奈香云易散,绡衣半脱"诸语。"泪湿""恨远",更明明是作者哀悼故国的泪与恨。当然,这种测度,难免牵强附会之讥。但这道词为发陵而作,并寓有作者的亡国之痛,当是无疑义的。

这首词在字数上,按传统的说法,已属于"长调"。长调的构局,贵在开合多变,擒纵自如。此词在这方面颇见其长。上片前六句,以散骈结合的笔法,铺排展衍,描绘白莲形象;"太液"三句,忽然纵笔荡开,另辟天地;"冰魂"三句,转笔收揽,别出新意,而于下片换头再次转笔,做进一步推阐;"珠房"三句为合,总摄前意,而感情始深;以"羽扇"三句作延宕,舒缓词气;末三句为结,收一唱三叹、遗音袅袅之效,而感情亦由此得以缠绵尽致。这样用笔,使全词显得曲折往复,乍近乍远,卷舒之间,一无沾滞,显示了长调"构局贵变"的特点。谭复堂认为这首词的笔法值得学习,所以他说"学者取月,于此梯云"(《复堂词话》)。至于遣词造句,亦如谭氏所云,"字字铁丽,字字玲珑"(同上)。这个特点,显而易见,毋庸多言。更值得注意的是,这首词寄慨亡国,而这种感情的表达,词中却无一激奋语,反倒写得幽极静极,即使是"泪湿"与"恨远",亦皆发于无声,如大悲嚎啕之后的无声之泣。今传唐珏词共四首,皆在《乐府补题》之中,无不具有这样的特点。正如他在《齐天乐·赋蝉》中所写:"乱咽频惊,馀悲渐杳,……又抱叶凄凄,暮寒山静。付与孤蛩,苦吟清夜永。"细检《乐府补题》中的其他词作,也大率如此。这大概就是"亡国之音哀以思"了。

吕同老　生卒年不详，字和甫，号紫云，济南(今属山东)人。入元不仕。能词，尝与唐珏、唐亡孙、陈恕可等唱和于天柱小房，作赋蟹调，寄桂枝香。今存词四首。

水龙吟

吕同老

冰肌不污天真，晓来玉立瑶池里。亭亭翠盖，盈盈素靥，时妆净洗。太液翻波，霓裳舞罢，断魂流水。甚依然旧日，浓香淡粉，花不似，人憔悴。
欲唤凌波仙子。泛扁舟，浩波千里。只愁回首，冰奁半掩，明珰乱坠。月影凄迷，露华零落，小阑谁倚？共芳盟犹有，双栖雪鹭，夜寒惊起。

【鉴赏】

这是一首咏物词，吟咏的对象是白莲。

词的上片可分为四层来理解。第一层，“冰肌不污天真，晓来玉立瑶池里。”着眼于白莲的风韵，点明赏莲的具体环境和时间。“冰肌”首先点破“白”字，“天真”是生来具有的自然天性，这是指白莲的纯洁无瑕。“晓”是具体时间，“玉立”，亭亭的样子，形容极其标致轻盈苗条。“瑶池”，是古代传说中昆仑山的池名，西王母的居所，这里形容白莲花生长的池塘广大浩渺。全句的意思是冰雪一样的肌体表现着白莲纯真无瑕的天性，在清爽明丽的清晨，亭亭玉立在广淼的池塘里。

第二层，“亭亭翠盖，盈盈素靥，时妆净洗。”这是对白莲的个体描写。“亭亭”是耸立的样子，曹丕《杂诗》：“西北有浮云，亭亭如车盖。”“盈盈”，仪态佼美的样子，《古诗十九首》：“盈盈楼上女，皎皎当窗牖。”是说白莲高耸挺立的绿色叶子，如同标致的伞盖，白净美丽的面庞，显露在洁净时髦的服饰中。由前一层的总体形象，推出了近景，对其单株进行静态描写。

第三层，“太液翻波，霓裳舞罢，断魂流水。”“太”是极大的样子，太液指莲塘的水；“霓裳舞”是唐代的宫廷音乐。相传是唐玄宗李隆基吸取了杨敬述所献《婆罗门曲》所制，宋代著名词人姜白石在其残曲上注有工尺谱，此舞的音乐、舞蹈、服饰都极力描写仙境和仙女的形象。这里是以此比喻莲叶在风中的舞姿和气韵。“断魂”在这里作销魂解，情意极其深长的样子。韦庄《春怨》：“自有春愁正断魂，不堪芳草思王孙。”林逋《山园小梅》中更有“霜禽欲下先偷眼，粉蝶欲知合断魂”的名句。这一层是写白莲的动态，莲塘之中微波荡漾，荷叶兴致勃勃地舞了一曲霓裳羽衣曲，脉脉的流水摇曳护卫着白莲花，一往情深。同前面的静态描写形成鲜明的互补关系。

第四层，感情上来了一个突转，“甚依然旧日，浓香淡粉，花不似，人憔悴。”莲花同往年一样，依然香气馥郁，面色娇柔，焕发着青春的热烈，但观荷的人却远非当年，已经憔悴不堪了。显然有怨花之意。这个结句写得极妙，无理而有情。花开花谢，本不能从人心愿，但词人却想让它同人一样盛衰，纯属无理，但仔细推敲，希望青春常在，感叹人生易老的美好感情却打动着每一个人，词人可谓有情之人，极无理处也正是极有情处。

词的下片主要写词人对白莲的依恋之情。“欲唤凌波仙子，泛扁舟，浩波千里。”这是紧承上片歇拍的意思，憔悴无法抵抗，何不驾舟远游？然而又恐回首之时，“冰奁半掩，明珰乱坠。”“奁”是古时妇女存放化妆品首饰的器具，有圆形、多边形等形状，这里借白莲的花形。“珰”是古时妇女的耳饰，形状各异，这里比喻白莲的花瓣。也就是说，唯恐远游归来时白莲花谢瓣落，一片狼藉。写法上袭用了苏轼《水调歌头·明月几时有》中“我欲乘风归去，又恐琼楼玉宇，高处不胜寒”的技巧，进一步表现了对白莲的依恋之情。

“月影凄迷，露华零落，小阑谁倚？”这里继续深化词人的依恋之情。不但舍不得长期远游离开白莲，而且白天陪伴不足，还害怕夜晚月冷露寒，白莲无人做伴，寂寞难耐，词人仍旧痴情地依偎在小栅栏边，陪伴腻友，显然已把白莲拟人化了。“小阑谁倚”，看起来有询问的意思，其实正是肯定的回答，还是那位面目憔悴的痴情人。对白莲的描写角度，也由上片的“晓”转到了“夜”，拓开了一个新的视角。意境的取向也由明丽而暗淡，由风姿绰约而凄迷冷落，笼上了一层冷色调。

结句“共芳盟犹有，双栖雪鹭，夜寒惊起”，意在强调，陪伴白莲的除了词人再无他人：雪鹭就是白鹭，形体高大瘦削，颈足细长，善涉水觅食。这种形象同憔悴而高洁的词人形象是一种映衬关系。雪鹭虽双栖，却惊起飞走，因此留下来的唯独词人而已，而惊起的原因是夜寒，这同白天的情况反差极大而突然。从词的感情转换和孤寂意境来看，作者似有寄托，洁身自好，追求人格完善，不同流合污是可以想见的。

写法上动静结合，明暗相错，多角度的细致刻画同首笔写意做到了较好的一致。特别是结句，意境深幽冷寂，以动写静，给读者以思索的广阔空间，可以体会到词人有言难明的内心苦衷。

蒋捷 生卒年不详。字胜欲，号竹山，阳羡(今江苏宜兴县)人。度宗咸淳十年(1274)进士，未授官而宋亡。入元不仕，隐居太湖竹山。其词内容较为广泛，多追昔伤今之作。构思新颖，色彩明快，音节嘹亮，风格与姜夔相近。著有《竹山词》。

贺新郎

蒋 捷

梦冷黄金屋①，叹秦筝、斜鸿阵里②，素弦尘扑。化作娇莺飞归去，犹认纱窗旧绿。正过雨、荆桃如菽③。此恨难平君知否，似琼台涌起弹棋局④。消瘦影，嫌明烛。

鸳楼碎泻东西玉⑤。问芳踪、何时再展，翠钗难卜。待把宫眉横云样⑥，描上生绡画幅。怕不是新来妆束。彩扇红牙今都在⑦，恨无人解听开元曲⑧。空掩袖，倚寒竹。

【注释】

①黄金屋：原指汉武帝幼时所说“若得阿娇，当以金屋贮之”的金屋，此处代指南宋宫中美人。

②斜鸿：筝柱斜列如雁行。

③荆桃：樱桃。菽：豆类。

④弹棋局：弹棋，古博戏。此言情感变幻如棋局。

⑤鸳楼：男女欢会之楼。东西玉：酒器名。

⑥横云：古代女子画眉的一种方式，又叫拂云眉、扫烟眉，即将眉画得平直无曲线。

⑦红牙：红色的牙板。牙板又叫拍板，古代歌舞时击打节拍的乐器。

⑧开元曲:盛唐歌曲。开元,唐玄宗年号。

【鉴赏】

这是一首构思奇特的词,作者用比兴的手法,把大宋王朝浓缩为一位宫中美女,用这位美女的人生遭际来寄托自己深沉的亡国之痛。

上阕起句"梦冷黄金屋",即点明美人时下的不得志,暗示她已经被掳北去,却由于对故都的深深思念,在梦中又回到了她曾经歌舞弹唱的宫殿,不过眼前已不再是当日情景,宫殿已由华丽而变得冷清。且"叹秦筝、斜鸿阵里,素弦尘扑",秦筝上已经蒙满尘土。"化作娇莺飞归去",补述回故宫的方式。"犹认纱窗旧绿",照应前面的"叹秦筝、斜鸿阵里,素弦尘扑",只有纱窗依然是旧时暗绿,通过对比,揭示出人事的惨变。"正过雨、荆桃如菽"写景:樱桃已长得大如豆粒,沐浴着蒙蒙春雨。不过,物是人非了,再好的景致她也无心欣赏,面对国破家亡的惨状,她胸中的愤怨永远难平,如同变幻不定的棋局。消瘦的身影,最不愿当着那明亮的灯烛,怕由此又会惹起自己的愁思。

下阕"鸳楼碎泻东西玉。问芳踪、何时再展,翠钗难卜"通过今昔的对比,书写自己对美人即故国的极度思念。因为极度思念,而又无缘再见,所以有"待把宫眉横云样,描上生绡画幅"的举动。但纵然是把她画成图画,"怕不是新来妆束",也很难再是旧时模样,因为时代变了,她已不再属于宋朝。"彩扇红牙今都在,恨无人解听开元曲。"睹物思人而生情,由美人用过的舞扇红牙而联想到故国之音,说有些人连开元旧朝的旧曲也听不懂了,寄愁深远。最后二句,用杜甫诗"天寒翠袖薄,日暮倚修竹"的意境,在凄惨的情景中勾画出一位形神兼美的女性形象,同时也是写作者自己虽然寂寞但淡泊不屈的心境,表达对故国永不泯灭的怀念。

一 剪 梅

蒋 捷

舟过吴江

一片春愁待酒浇。江上舟摇,楼上帘招①。秋娘渡与泰娘桥②。风又飘飘,雨又萧萧。

何日归家洗客袍?银字笙调③,心字香烧④。流光容易把人抛，红了樱桃，绿了芭蕉。

【注释】

①帘招：酒帘飘摇。

②秋娘渡与泰娘桥：秋娘渡、泰娘桥，都是吴江地名。这里是双关，既写了地方风物，又写此地人物。秋娘，卖笑女子的通称。

③银字笙：装饰有银字的笙，银字用以标明音色或音高。

④心字香：做成篆文“心”字形状的香。

【鉴赏】

这首词写作者乘船漂泊途中倦游思归的心情。吴江，今江苏县名，在苏州之南、太湖之东。秋娘渡、泰娘桥都是吴江地名。

上片写客愁。船过吴江时，人在船上，远望岸边酒楼。“春愁待酒浇”，是想借酒浇愁而不可得，只有“风又飘飘，雨又萧萧”，增添愁思。下片写离情。想到闺中人在家调笙烧香，如今流光易逝，一年又过，不知何时才能归家团聚。最后两句：“红了樱桃，绿了芭蕉。”借颜色的转换，描绘时光的流逝，十分生动。它表现的是客愁，但同时展现了一种清妍潇洒之美，恰如毛晋所赞誉的：“语语纤巧，字字妍情。”（《竹山词跋》）

虞美人

蒋捷

听雨

少年听雨歌楼上，红烛昏罗帐。壮年听雨客舟中，江阔云低，断雁[1]叫西风。

而今听雨僧庐[2]下，鬓已星星[3]也。悲欢离合总无情[4]，一任阶前，点滴到天明[5]。

【注释】

①断雁：离群的孤雁。

②僧庐:僧房。

③鬓已星星:鬓发已经花白。

④“悲欢”句:化用苏轼《水调歌头》词意:“人有悲欢离合,月有阴晴圆缺,此事古难全。”

⑤“一任”两句:化用温庭筠《更漏子》词意:“梧桐树,三更雨,不道离情正苦。一叶叶,一声声,空阶滴到明。”

【鉴赏】

人生如同一支抑扬顿挫、旋律复杂的乐曲,悲欢离合、荣辱得失的起伏变化都谱写在这支漫长的人生乐章中。但是,如果要用一支短小的乐曲来表现丰富复杂的人生经历,恐怕是一件很困难的事情。可是敏捷多才的蒋捷,却匠心独运地选择了一个特定的角度,用这首长短句的小词高度概括地表现了他自少年经中年到晚年的人生遭遇及其情感体验的起伏变化。词人主要通过不同时空环境下的“听雨”,来表现少年生活的浪漫温馨,中年时代的漂泊辛酸,晚年时期无家可归的悲苦凄凉。词人个体人生体验的变化也一定程度地折射出时代社会的动荡变化。他少年时代在“歌楼”上的浪漫欢乐,是在亡国前夕的相对安定时期;中年时代在“客舟”漂泊,是处在战火纷飞的亡国乱世;晚年寄寓“僧庐”,则是在亡国以后。不同环境和典型细节的描绘,形象地凸现了作者人生境遇的变化和时代社会的变迁。

瑞鹤仙

蒋 捷

乡城见月

绀烟[1]迷雁迹，渐碎鼓零钟，街喧初息。风檠[2]背寒壁，放冰蟾[3]，飞到蛛丝帘隙。琼瑰[4]暗泣，念乡关、霜华似织。漫将身化鹤归来[5]，忘却旧游端的[6]。

欢极蓬壶蕖浸[7]，花院梨溶，醉连春夕。柯云罢弈[8]，樱桃在[9]，梦难觅。劝清光，乍可幽窗相照，休照红楼夜笛。怕人间换谱伊凉[10]，素娥未识。

【注释】

①绀(gàn)烟:深红色的暮云。

②风檠(qíng):指被风吹得忽明忽暗的灯。檠,灯架,此处代指灯烛。

③冰蟾:月光。

④琼瑰:美玉宝珠。此处代指泪珠。

⑤化鹤归来:用辽人丁令威化鹤归辽的故事。

⑥端的:确实情况。

⑦蓬壶:传说中海中神山名,此处指杭州西湖。蕖:芙蕖,荷花。

⑧柯云罢弈:《述异记》载,晋王质入山砍柴,遇见二童对弈,一童拿一物如枣核给王质吃,王质吃后不饥。局终,童子说:"汝柯烂矣。"王质归家后,已过百年。

⑨樱桃在:《酉阳杂俎》载,有人梦邻女遗二樱桃,食之,既觉,核坠枕侧。

⑩伊凉:《伊州》《凉州》,曲名。

【鉴赏】

这是一首写亡国之痛的词,作于作者隐居太湖竹山时。

上阕起句"绀烟迷雁迹,渐碎鼓零钟,街喧初息",一开始就着眼于乡城的暮景:浓黑的烟云,零落的钟鼓,从而折射出作者内心的凄凉。接着"风檠背寒壁,放冰蟾,飞到蛛丝帘隙",所绘景象同样惨淡:灯烛在寒冷的墙壁间忽明忽灭,窗外的月光透过蛛网帘隙射进屋中。这无疑会加重作者的愁思,作者不由得“琼瑰暗泣”,辛酸泪下了。“念乡关、霜华似织”,乡关依旧,月色如霜,暗寓社会动乱留下的遗迹,进一步抒写自己的恨事。接着两句用辽东化鹤回归故土的故事,却说“忘却旧游端的”,这是因为物是人非、改朝换代了。作者离开故都、隐居山野的悲哀和对故国的思念之情于此表达得淋漓尽致。

下阕开篇是对旧日杭州生活的回忆:“欢极蓬壶蕖浸,花院梨溶,醉连春夕”,有居住地环境的美好,也有贵家公子的豪奢生活。让我们回头来看:既然“旧游”历历在目,那么上阕的末句又为何说“忘却旧游端的”呢?因为作者所说的旧游,是宋都的旧游,而绝不是在元人统治下的游赏。正是由于这样的原因,作者极度留恋宋亡前的繁华,“柯云罢弈,樱桃在,梦难觅”,他真希望这场繁华不要像烂柯之梦,转瞬即逝。接下来又提起月光,奉劝月光“乍可幽窗相伴,休照红楼夜笛”。最后点明“休照红楼夜笛”的原因:“怕人间换谱伊凉,素娥未识”,因为红楼上吹奏的是蒙古人的乐曲,月中嫦娥也会为此感到惊诧,慨叹人间的惨变。

此词以言情胜,先是淡愁;见到月光后暗自感泣,已变成浓愁;通过今昔生活的比较,最后生发出不可抑制的亡国之愁。《词洁》说此词“劝清光,乍可幽窗相伴,休照红楼夜笛”二句“可长留天地间”,也是意在说明此词的后半部分将情思推向极点,感人泣下。

女冠子

蒋 捷

元 夕

蕙[①]花香也,雪晴池馆如画。春风飞到,宝钗楼[②]上,一片笙箫,琉璃[③]光射。而今灯漫挂,不是暗尘明月[④],那时元夜。况年来、心懒意怯,羞与蛾儿[⑤]争耍。江城[⑥]人悄初更打,问繁华谁解,再向天公借?剔残红灺[⑦],但梦里隐隐,钿车罗帕[⑧]。吴笺银粉砑[⑨],待把旧家风景,写成闲话。笑绿鬟[⑩]邻女,倚窗犹唱,夕阳西下。

【注释】

①蕙:似兰的一种香草,暮春时开花。

②宝钗楼:洛阳酒楼名。此处代指杭州的歌楼。

③琉璃:南宋时盛行的一种琉璃灯。《武林旧事》:"又有幽坊静巷多设五色琉璃泡灯,更自雅洁。"

④暗尘明月:明月高悬于天,地上车马喧阗,形容十分热闹欢乐。

⑤蛾儿:妇人所戴彩花。此处泛指女子。

⑥江城:指杭州。

⑦灺(xiè):蜡烛烧残的余灰。

⑧罗帕:香罗帕,古代妇女常用之物,常做妇女的代称。

⑨砑(yà):发光。

⑩绿鬓:少女的黑发。此处代指少女。

【鉴赏】

写元宵节的,多数着力于元宵节的繁盛升平景象,就是蒋捷的另一首《花心动》,也一样是灯红酒绿,一片欢乐。此词则不然,写宋亡后元夕的感触,充满了抚今追昔的哀怨情绪。在我国古代的民俗中,数元宵灯节最为欢快热闹,而亡国后的灯节,却再也无法找到太平盛世的喧阗。以灯夕的寂寥表达故国之思,是最容易引起读者共鸣的。

首句"蕙花香也"是起兴。元宵节不是蕙开花的时候,作者在这里用上了,并不是缺乏花卉常识,而是用以表明他自己的人生态度,宋亡后,他遁迹不仕,就是"蕙花香也"的具体表现。"雪晴池馆如画",是说雪后晴天,祖国的山山水水依然像图画一样美丽。结合下文,就有江山依旧、人事全非的意味了。"春风飞到,宝钗楼上,一片笙箫,琉璃光射",是对从前元宵节盛况的回忆,到处是悠扬的音乐,到处是灯火辉煌。"而今灯漫挂",从回忆回到现实,看到眼前的元宵节,灯挂得七零八落,十分冷落,大生今非昔比之慨。"不是暗尘明月,那时元夜",是对目前元宵节冷落原因的注释，说并不是因为尘障明月，而是因为不是从前的元宵节了。“况年来、心懒意怯，羞与蛾儿争耍”，别说时代不同，就是人们的精神状态也不同，近来大家的心情不好，再与女子一起去争着玩耍，实在是怕丢人。“羞与蛾儿”大有文章，在节日里与女子一起玩耍，原本不用害羞，更谈不上耻辱，这里显然是隐射蒙古占领军或投敌的汉奸，人们觉得跟那批人一起闹元宵是莫大的耻辱。

下阕“江城人悄初更打”，写如今元宵节的衰景。初更，在往年正是最热闹的时刻，现在却静悄悄的没一个人影，场面是如此的冷清。“问繁华谁解，再向天公借”，意味在人间再也没有过去那样的繁盛了，含有不尽的感慨。“剔残红灺”，把蜡烛芯的灰烬剔得快完了，说明夜已经很深，这意味着作者为元宵节的凄凉愁得失眠了。“但梦里隐隐，钿车罗帕”，作者日有所思，夜有所梦，在梦中又见到仕女如云的游赏场景，这其中自然包容了对故国的情结。“吴笺”三句，说作者准备把从前元宵的繁盛记录下来，作为日后闲聊的资料。结尾“笑绿鬟邻女，倚窗犹唱，夕阳西下”，含意既广且深。元宵节是晚上的事，而邻家少女却在晚间大唱太阳下山的歌曲，不切时间，当然可笑。同时也是说，一些天真无知的人，在这非常时期去挂灯闹元宵，实在不是时候，饱含亡国悲痛。

这首词一扫元宵节词的绮靡繁华气，哀婉动人，充满了悲凉的情调，把往事不堪回首的苦痛哄染得淋漓尽致。

贺新郎

蒋　捷

吴江

浪涌孤亭起，是当年，蓬莱顶上，海风飘坠。帝遣江神长守护，八柱蛟龙缠尾，逗吐出寒烟寒雨。昨夜鲸翻坤轴动，卷雕翚，掷向虚空里，但留得，绛虹住。

五湖有客扁舟舣。怕群仙，重游到此，翠旌难驻。手拍栏杆呼白鹭，为我殷勤寄语；奈鹭也惊飞沙渚。星月一天云万壑，览茫茫宇宙知何处？鼓双楫，浩歌去。

【鉴赏】

当此江山易色、龙廷更主之时，消亡王朝所属的知识分子，总是分流到不同的社会和人格追求道路。或强项殉国，或据险相抗，或隐居不仕，或改事新朝。被称为“宋末四大词人”之一的蒋捷，到底做了怎样的思想准备呢？这首《贺新郎》已透露出明确的选择意向。

在元军的铁蹄践踏到临安城下的时候，蒋捷流寓到江苏吴江。吴江在江苏的南部，和浙江交界的地方，西滨太湖，隔湖与其家乡宜兴相望，北依南方重镇苏州，南经嘉兴可直达临安。兵荒马乱之际，放舟吴淞江，纵览历史遗迹，词人心潮翻滚，美丽的传说首先涌上笔端。

“浪涌孤亭起，是当年，蓬莱顶上，海风飘坠。”“孤亭”又称垂虹亭，在吴淞江的长桥上，为北宋时所建。“蓬莱”是传说中海中的三座神山之一。传说都具有浓烈的唯心色彩，却不乏良好的心愿。把孤亭说成是天帝的创造，神仙的搬迁，无非是为它的美丽和神圣增光添彩，引发人们对它的笃爱之情。这是上片的第一层意思。天帝既然把自己的杰作布置在这个地方，就要永葆它的青春和安全。江神守护，八龙盘柱，吞云吐雨，好不威风气派。然而，突然昨夜一阵狂风巨澜，地球的轴心歪倒了，狂风把孤亭上五彩的亭檐恶狠狠地送上万里长空，只留下一座横跨的垂虹。这垂虹是指垂虹桥，垂虹亭原来就建在垂虹桥上。这种突如其来的袭击，天崩地坼的变故，使檐飞柱倾，垂虹亭荡然无存，显然不是当时实有的自然现象，而是作者有所寄寓。寄寓何种思想感情，从下片的描写就可以一目了然。

五湖就是太湖，太湖中有客舟靠岸。这客人中显然包括词人自己。他们看到垂虹亭发生的翻天覆地的变化，“怕群仙，重游到此，翠旌难驻。”垂虹亭本来原是神山的故物，而蓬莱又是群仙游居的地方，所以说是“重游”。然而群仙有兴，故亭不存，群仙若真的到此，宏大的队伍将在何处驻足呢？而且，词人对此事显然十万火急，忧心如焚。他焦急的手拍栏杆，想派善飞的白鹭前去送信，制止群仙前来，然而白鹭也因昨夜的重大变故远遁沙渚。作者在这里呼仙遣鹭，驰骋想象，打破了仙界、人间和动物界的界线，使这首词的浪漫色彩越加昭彰。仔细推敲其中的类比相似关系，其中有所实指亦未可知。垂虹桥及亭本是北宋所建赵家故物，现在遭到突变袭击，檐飞亭摧，而亭的原来所有者又想重游故地，而此地又万不可来，词人为此焦急万分。结合当时形势，太湖吴江已为元军扫荡控制，而南京要员甚至包括皇帝欲到此避难的事情并非没有可能。

这里不是群仙的驻足之处，眼见星月满天，宇宙茫茫，什么地方是安全的避难所呢？“鼓双楫，浩歌去。”暂且摇动双橹，高吟浩歌，四海流浪吧！作为难民，颠沛流离是其唯一的选择,作为一种人格追求和生活道路,归隐的思想无疑在这时已经瓜熟蒂落了。

贺新郎

蒋 捷

乡士以狂得罪,赋此饯行

甚矣君狂矣!想胸中些儿磊块,酒浇不去。据我看来何所似,一似韩家五鬼,又一似杨家风子。怪鸟啾啾鸣未了,被天公、捉在樊笼里。这一错,铁难铸。

濯溪雨涨荆溪水,送君归、斩蛟桥外,水光清处。世上恨无楼百尺,装着许多俊气。做弄得栖栖如此。临别赠言朋友事,有殷勤六字君听取:节饮食,慎言语。

【鉴赏】

词人蒋捷生活在宋元易代的动乱时期,生卒年据胡适考证,当在1235-1300年间,而此词的写作时间,则可从题下小序中看出端倪。小序说:"乡士以狂得罪,赋此饯行。"在这里,词人称词中主人公为"乡士",即同乡书生的意思,从这个称呼上,可知词人此时已经出仕。查蒋捷中进士的时间,当在宋度宗咸淳十年(1274),而元兵于1276年即攻陷临安,故词人在朝任职的时间,充其量只有两年。此词或作于这两年中。

蒋捷为词,初学稼轩,宋亡入元后隐居山林,又转学姜夔。此词为词人早年的作品,章法、句法和做法,都一本稼轩。全词的开头"甚矣君狂矣",即从稼轩《贺新郎》首句"甚矣吾衰矣"化出,直指"乡士"的错误,发唱惊挺,一似稼轩。接下来"想胸中"七句,分析"乡士"狂妄的原因,也全用稼轩借典写事的笔法,词人先用晋阮籍借酒浇洒胸中块垒的典故,喻指"乡士"有愤懑不平之事;进而用韩愈《送穷文》中所说的"五鬼"——智穷、学穷、文穷、命穷、交穷,来比拟"乡士"的不平;再用五代杨凝式善题粉壁被人视为疯子的典故,比况"乡士"好发怪论,最后得罪朝廷的遭遇。这三个典故的运用,非常形象生动地刻画出"乡士"富有才气而与时俗乖违的性格特点，表达了词人的同情与惋惜。上片的最后两句“这一错，铁难铸”，则是借典抒情，借唐代罗绍威“合六州四十三县铁，不能为此错”的话，以及宋苏轼“不知几州铁，铸此一大错”的诗句，明确指出“乡士”犯了个大错误，呼应开头的“狂”字，指责中有规劝，批评中有同情。总之，词的上片指出了“乡士”的错误，分析了他犯错误的原因，流露了词人对他的同情、怜惜和规劝。

词的下片写词人对“乡士”的希望、同情和劝勉，写法上仍然用稼轩笔法。“濯溪”三句用周处斩蛟悔过的典故，希望“乡士”能以周处为榜样，改过自新，重新扬起生活的风帆，投入到新的生活中去。“濯溪”和“荆溪”是词人家乡江苏宜兴的两条小河，周处是宜兴的故人，词人用家乡的景，家乡的人去感染和说服“乡士”，显得尤为亲切、得体，富有说服力。接下来“世上”三句，化用汉末刘备“欲卧百尺楼上”以讽刺许汜的典故，对“乡士”的境遇表示了同情和怜悯，并对他的才华给予了充分的肯定。词的最后四句写词人的临别赠言，内容上逆挽“狂”字，对症下药，富有针对性；情感上谆谆告诫，情真意切，一片乡情，溢于言表。

此词在艺术上学习辛词，虽尚未臻化境，且时露模拟之迹，但抒情的真挚，用典的贴切，笔力的劲健，却也已颇具功力。尤为难得的是，此词的题材内容，在散文中早已有人写过，如韩愈的《师说》，《送董邵南游河北序》，但在词中尚未有之，词人不顾流俗，大胆地将此种题材写入词中，其开拓之功，自然不能埋没。

燕归梁

蒋捷

风莲

我梦唐宫春昼迟，正舞到、曳裾时。翠云队仗绛霞衣，慢腾腾，手双垂。

忽然急鼓催将起，似彩凤、乱惊飞。梦回不见万琼妃，见荷花，被风吹。

【鉴赏】

试设想这样一个境界：当残暑季节的清晓，一阵阵的凉风，在水面清圆的万柄荷伞上送来,摆弄得十里银塘红翠飞舞。这晓风,透露给人们一个消息,莲花世界已面临秋意凋零的前夕了。这是空灵的画境,是迷惘的词境。怎样以妙笔去传神,化工给词人出下了这一个不易着手的难题。

词人通过他灵犀一点的慧思,在笔底开出了异彩绚烂的花朵,幻出了一个美绝人天的梦境。出现在梦里的莲花,完全人格化了。她是唐代大画家周昉腕下的唐宫美人,她是在作霓裳羽衣之舞。沐浴在昭阳春昼的旖旎幻境中的她,绛裙曳烟,珠极飘雾,玉光四射,奇丽袅娜的身影,回旋在人们心上,是多么难以恝置的美艳的传奇!不,它的背后,已带来了燃眉的邦国大祸。果然,撼动掀天雨点般的急鼓,惊破了舞曲,惊散了凤侣,一晌贪欢的梦境霎时幻灭。“梦回不见万琼妃”,词人声泪俱下地唱出了宋朝沦亡的哀歌。“见荷花,被风吹”,这么临去秋波的一转,点明本题,让上面的梦境完全化为烟云。你说她是琼妃也好,是荷花也好,幻想与现实,和谐地交织成为完美的艺术图案。

这词的艺术构思,迥出于寻常蹊径之外。莲花不易传神,风莲更不易传神,咏风莲而有寄托,更难,有寄托而不见寄托痕迹,难之尤难。作者巧妙地通过了梦,通过了拟人化的形象,通过了结层画龙点睛的手法,好像绝不费劲地达到了如上的要求。这是莲,但不是泛泛的莲,而是风中的莲。如果说翠仗绛衣是一幅着色画,那么彩凤惊飞的神态,更是画所不能到。我们读这首词,须得理解作者是宋末的遗民,是南宋亡国历史悲剧的见证人,透过这奇幻浓郁的浪漫主义风貌,去探索它的现实性,它将会使你更加感到怅惘不甘,当时南宋沦亡的挽歌,还会在你的灵魂深处荡漾着。

这是一首有寄托的咏物词,但寄托不同于影射,更不是要使读者去猜谜,它本身就是一种艺术美。这首词,即使撇开它的寄托意义不谈,仍然是一首咏风莲的绝唱,给人以美的享受。清代常州派词论家周济在《宋四家词选目录序论》中说:“夫词,非寄托不入,专寄托不出。一物一事,引而伸之,触类多通,驱心若游丝之缳飞英,含毫如郢斤之斫蝇翼。以无厚入有间,既习已,意感偶生,假类毕达,阅载千百,謦欬弗违,斯入矣。赋情独深,逐境必寤,酝酿日久,冥发妄中;虽铺叙平淡,摹绘浅近,而万感横集,五中无主;读其篇者,临渊窥鱼,意为鲂鲤,中宵惊电,罔识东西,赤子随母笑啼,乡人缘剧喜怒,抑可谓能出矣。”这首《燕归梁》好就好在人而能出。

梅花引

蒋捷

荆溪阻雪

白鸥问我泊孤舟，是身留，是心留？心若留时，何事锁眉头？风拍小帘灯晕舞，对闲影，冷清清，忆旧游。
旧游旧游今在否？花外楼，柳下舟。梦也梦也，梦不到、寒水空流。漠漠黄云，湿透木绵裘。都道无人愁似我，今夜雪，有梅花，似我愁。

【鉴赏】

宋末词人蒋捷的这首《梅花引》，表现了他乘船阻雪于荆溪(在今江苏南部)时的惆怅情怀。词中以悠扬的节奏、活泼的笔调，在冷清的画面上，织进了热烈的回忆和洒脱的情趣；在淡淡的哀愁中，展示了一个清妍潇洒的艺术境界。吟诵起来，给人的感受，如同欣赏一支优美的随想曲，它即兴抒情，旋律自由又富于幻想。

词的起笔就很不落俗。既没有描绘雪景，又没有直叙受阻，而是幻想出一只拟人化的白鸥来设问。白鸥栖息水滨，形象飘逸，出现在荆溪泊舟的背景中，显得十分和谐。这里借助白鸥，构思已属新颖，而它的问法，尤为巧妙。它将孤舟主人的停泊究竟是被迫的还是自愿的这个问题，极其简明地用"是身留，是心留"来概括。第一步先做一个选择式的询问，第二步紧接着又用"心若留时，何事锁眉头"来反问。似乎它已经看出苗头，但仍避免做出判断。这种表现方法，较之作者在《喜迁莺·金村阻风》中，"风涛如此，被闲鸥诮我，君行良苦"的写法，虽然同样都借助了白鸥，却显得更俏皮而又有迂回之趣。这样，一起笔就用空灵的笔墨，虚笔侧写，揭示了孤舟受阻这一题旨，还为通篇的结构——时而写"身留"，时而写心未留——提供了线索。

"风拍小帘灯晕舞，对闲影，冷清清，忆旧游。"这几句，承上文，写身留，描绘了孤舟中的冷清。在笔法上，从前面的虚笔侧写，转为实笔正写。作者发挥了炼字的功夫，通过"拍"字、"舞"字，写出了寒风吹袭下，舱帘掀打和灯焰闪烁的动态，突出了一个"冷"字;又用"对"字、"闲"字,刻画了他对着缄默的身影孤寂地发愣地静态,突出了一个"孤"字。在这一动一静之中,渲染了冷清寂寞的气氛。又用"冷清清"一句,予以点破,兼指环境和心境。人们在孤寂的时候,往往会自然地怀念起旧日的朋友。正是这种孤舟夜泊的境遇,促使主人公追念起昔日同友人的欢聚,因而逗引出"忆旧游"的思绪。

高明的过片,不仅能承上启下,还需要打开一个新的境界。这首词中的过片,就符合这个要求。它以"旧游旧游今在否"这句内心独白,遥承起笔中对主人公并非"心留"的提示,同上片的"忆旧游"相衔接,具体表现了他的心理活动。随着怀念旧友的思绪,作者把笔墨挥洒开去,以"花外楼,柳下舟"两句,揭出了同眼前的冷清相对照的另一番境界。句中在"花""柳"这两个娇艳字眼儿的点染下,再现了与故友同游的美好回忆:在春意盎然的花红柳绿之中,他们乘舟荡漾、楼台逗留。这个"柳下舟"的"舟"字,同起笔中的"泊孤舟"相呼应,表明主人公的这一回忆,是由于"泊孤舟"的冷清所引起的。写到这里,作者突然调转笔锋,写出了"梦也梦也,梦不到、寒水空流"三句,来一个一百八十度的转折,把刚刚荡开去的境界忽地又收拢回来。原来是,美好的回忆,引来他寻梦的渴望,而一再地努力入梦却没有成功。句中"梦也梦也"的重叠,就表现了他寻梦的努力。好梦难寻,终于重新坠入冷清的现实——只见荆溪寒水空自流。这一跌一荡的笔下波澜,反映了主人公翻腾的思绪,也通过鲜明的对比,进一步揭示了他被迫滞留中的惆怅心情。

"漠漠黄云,湿透木绵裘"两句,再次回到了对"身留"的描写。从"湿透"两个字,我们可以悟出,主人公寻梦不成,已经踱到甲板上,伫立很久。他不顾漫天的飞雪,凝视着"漠漠"密布的阴云,听任身上的木绵袄被雪水浸透。他何以这样出神呢？

“都道无人愁似我，今夜雪，有梅花，似我愁。”结尾表明，他陷入了深沉的愁思。直到终篇，才画龙点睛地道破了“愁”和“雪”。明明是作者——主人公在愁思，他却凭空拈出一个“都道”来，假托别人来说。表面上是先抑后扬，也就是先借他人把自己放到了最愁的，“无人愁似我”的境地，再后转来，拉出幻想中的愁雪的梅花来做伴，似乎是自己的境地还不是唯一最可悲的。实际上是愁话淡说，聊以自慰。句中把“愁似我”的句子成分加以颠倒，再重复使用，用意也在加强上述“抑扬”的效果。最后一句“有梅花，似我愁”尤其是表现了作者的丰富的想象力和洒脱的胸襟的神来之笔。梅花这一高洁的形象，还使我们联想到作者在宋亡之后，以有为之年隐居不仕的经历，进而从他那故作放达的语调中，感觉到他萦绕于怀的，似乎有比阻雪更深的愁苦，阻雪也许不过是一剂触媒吧？

古人评论蒋捷的词，曾说它：“语语纤巧，字字妍倩”（毛晋语），又说它“洗炼缜密，语多创获”（刘熙载语）。从这首《梅花引》看来，他们确实是道出了它的清妍之美。

张炎 （1248～约1320）字叔夏，号玉田，又号乐笑翁，凤翔（今陕西凤翔县）人，南渡后寓居临安。南宋初大将张浚后裔。宋亡后曾北游元都谋官，后失意南归，落魄而终。其早年生活优裕，日以文酒自娱，词作多欢愉明畅，宋亡后，家道中落，多追怀往昔之作，格调悲凉凄婉。其词意度超远，语言清丽，善以清空之笔状沦落之悲。曾从事词论研究，对词的音律、技巧、风格，皆有论述。著有《山中白云词》《词源》。

南浦

张　炎

春　水

波暖绿粼粼[1]，燕飞来，好是苏堤[2]才晓。鱼没浪痕圆，流红[3]去，翻笑东风难扫。荒桥断浦，柳阴撑出扁舟小。回首池塘[4]青欲遍，绝似梦中芳草[5]。

和云流出空山，甚年年净洗，花香不了？新绿[6]乍生时，孤村路，犹忆那回曾到。余情渺渺[7]，茂林觞咏[8]如今悄。前度刘郎[9]归去后，溪上碧桃多少。

【注释】

①粼粼(lín)：形容水波碧绿清澈，泛着光亮。

②苏堤：西湖著名景色之一为“苏堤春晓”。

③流红：把红花流走。

④池塘：池子的堤岸。塘，堤。

⑤梦中芳草：南朝钟嵘《诗品》引《谢氏家录》说，谢灵运梦见弟弟谢惠连，从而写出了“池塘生春草”的名句。

⑥绿(lù)：清澈的水。这里指暮春新流出的溪水。

⑦渺渺：绵绵不断。

⑧茂林觞(shāng)咏：晋王羲之《兰亭集序》记述了暮春三月三日上巳节在溪边会集，饮酒赋诗的故事。茂林，茂密的树林，指集会的地点。觞，饮酒；咏，咏诗。

⑨前度刘郎：唐刘禹锡《再游玄都观绝句》有“种桃道士归何处，前度刘郎今又来”的诗句。

【鉴赏】

张炎曾以这首词，被称为“张春水”。春日雨水渐多，从山中小溪流出，最为清澈可爱。词的上阕，先写春水所归之处——西湖及池沼。开头一句“波暖绿粼粼”，写出了春水的三个特点：波，指春水初涨，春风乍起，湖上生波，区别于冬日冰封水涸；暖，是说春水发自地表，受春阳照晒，开始变暖；绿，指春水清澈，区别于夏秋大水时的浑浊。当然，春天的气候、环境，也容易使人对春水有波光粼粼、温暖、清绿的感受。下句“燕飞来”点明时令，“苏堤才晓”点明地点、时间。再一句“鱼没浪痕圆”，一下子使春水更活泼起来，充满了无限生机。鱼一跳而没入水中，激起浪花留下了圆圆波痕，这一幅图景多么令人心醉！“流红去”以下，借几个典型的春日情景，暗中指出了春光的流逝，给人一种时间上的深沉感。“流红”指春深花落，随水流去；“柳阴”指春天柳树已经成荫；“青欲遍”也是指春深青草长满了池堤。在这样的春日里，撑着小船，在湖上漫游，那荒废的石桥、断断续续的湖岸线，湖外连珠似的大小池堤，一切都在春日的阳光下，显得那么明媚而又苍茫。下阕写春水的源流。春水源远，在飘着白云的高山上。它伴和着云彩，流出了空山。这清净的水，年年洗着这山坡，却洗不去山花的香气。春日一到，清澈的溪水便从林间坡上石缝中渗出，弯弯地绕过山脚下的孤村，它仍然能回忆起往年也曾到过这地方，虽然隔了一冬未见，但对它的情感却并未中断。它流过竹林树林，盘曲着流向远方。从前人们在三月初三上巳节举行修禊仪式，在溪水上飘流酒杯，咏诵诗赋，如今这些已不再时兴了。只有那溪边的桃树，更多更繁茂了。

高 阳 台

张 炎

西湖春感

接叶巢莺①，平波卷絮②，断桥③斜日归船。能几番游？
看花又是明年。东风且伴蔷薇住，到蔷薇、春已堪
怜④。更凄然，万绿西泠⑤，一抹荒烟。
当年燕子⑥知何处？但苔深韦曲⑦，草暗斜川⑧。见说
新愁，如今也到鸥边⑨。无心再续笙歌梦⑩，掩重门、
浅醉闲眠。莫开帘，怕见飞花，怕听啼鹃。

【注释】

①接叶巢莺：杜甫诗有“接叶暗巢莺”句。接叶，树叶茂密，片片相交。

②平波卷絮：微波卷着飘落在水面的柳絮。

③断桥：桥名，杭州西湖十景有“断桥残雪”。在孤山旁，内湖与外湖之间。

④春已堪怜：谓到蔷薇花开时，春天已接近尾声了。

⑤西泠：西湖桥名，在孤山之下。

⑥当年燕子：用刘禹锡《乌衣巷》“旧时王榭堂前燕，飞入寻常百姓家”之意，感慨家国兴亡。

⑦韦曲：古地名，唐代大族韦氏所居之地，故址在今陕西省西安市西南。此处代指南宋大族聚居之所。

⑧斜川：古地名，在今江西星子、都昌二县之间的湖泊中。晋代陶渊明辞官归隐，常到此地游赏，有《游斜川诗》。此处代指风景优美之处。

⑨如今也到鸥边：如今也跟鸥鸟的白头差不多了。

⑩再续笙歌梦：再恢复夜夜笙歌的贵公子生活。

【鉴赏】

它画面苍凉凄婉，色彩暗淡，音节低沉，有一种无可奈何的怅惘与日暮时那种无望的哀愁。毫无疑问，这是南宋灭亡以后的作品。它感慨深沉，意境浑厚，盘旋往复，一唱三叹，是张炎词中分量很重的作品之一。

开篇三句破题。点时地，描绘西湖暮春的画面。“感”字寄托在形象之中。既暗示春深，又暗示南宋覆亡。“能几番游？看花又明年”二句，其中有许多感叹，但却以问句、以淡语出之。“东风且伴蔷薇住，到蔷薇、春已堪怜。”这两句寓情于景，有承上启下的作用。一顺一逆，一进一退，把现实与理想之间的矛盾以及内心复杂的情感曲折地表现出来。“更凄然，万绿西泠，一抹荒烟”三句，承上再补两笔，涂抹出西湖的凄凉景象。

下片来自上片“斜日归船”一句。刘禹锡《乌衣巷》诗云：“朱雀桥边野草花，乌衣巷口夕阳斜。旧时王谢堂前燕，飞入寻常百姓家。”所以，“燕子”一句上呼下应，曲意不断，而且还把词的思想提高到时代巨变这一思想高度上来。以下“苔深”“草暗”，又是这一思想和境界的补充和深化。“见说新愁”二句，既写出湖面的特点，又以拟人手法，烘托亡国哀愁。“无心再续笙歌梦”至终篇，通过动作，直抒亡国的哀思。

词的气氛很浓。作者善于选择某些容易引起哀感的形象组成苍凉凄婉的画面，这首词里出现的“断桥斜日”“春已堪怜”“一抹荒烟”“苔深”“草暗”“掩重门”“莫开帘”，这一切都加深了这首词凄凉哀婉的情调，幽咽之声，力透纸背。

渡江云

张 炎

久客山阴[①]，王菊存问予近作，书以寄之。

山空天入海，倚楼望极，风急暮潮初。一帘鸠外雨[②]，几处闲田，隔水动春锄。新烟禁柳[③]，想如今、绿到西湖。犹记得、当年深隐，门掩两三株。

愁余，荒洲古溆[④]，断梗疏萍[⑤]，更漂流何处？空自觉围羞带减[⑥]，影怯灯孤。常疑即见桃花面[⑦]，甚近来翻笑[⑧]无书。书纵远，如何梦也无？

【注释】

①山阴：旧郡名，南宋为绍兴府，治所在今浙江省绍兴市。

②鸠外雨：斑鸠呼叫声中的雨。

③新烟禁柳：寒食节过后的宫柳。禁柳，指南宋都城杭州旧苑中的柳树。

④溆(xù)：水边之地。这里指港汊。

⑤断梗疏萍：折断的树枝和漂浮的萍草。比喻漂泊不定的生活。

⑥围羞带减：腰围渐瘦，衣带渐宽。形容身体瘦损。

⑦桃花面：艳美如桃花的面容，即美人面。此处指意中人。

⑧翻笑：反而。

【鉴赏】

这是一首伤离念远的怀旧词。作者自辛卯(1291)南归，至己亥(1299)回杭州之前，多居山阴(绍兴)，所以自称“山阴久客”。又云“一再逢春”，说明此词当为南归二年以后所作，时年作者已47岁。此时，家亡国破，一身孤旅，作为故国王孙，作品自多漂泊之感，怀旧之伤。

上片写景。起两句为倒装句，“山空天入海”，乃“倚楼望极”所见。“风急暮潮初”，亦承“倚楼”而来。风急潮生，以景写情，用风、潮状翻腾之思绪，实为生花妙笔。接着写近景，“一帘鸠外雨，几处闲田，隔水动春锄。”勾勒出一幅春天的江南水乡画图。"新烟"两句,念及西湖风光之好;"犹记得"两句,则念及旧居之适。"新烟禁柳",清明改火,故曰新烟;禁柳,即禁宫之柳,杭州为南宋京都,故称西湖之柳为禁柳。

下片抒情,纯以咏叹出之。过片"愁余"二字,承上启下,概括全篇;亦收亦纵,曲意不断。"荒洲古溆,断梗疏萍,更漂流何处?"感叹自己漂泊无定。溆,即水浦,小的巷汊。舒岳祥说他:"不入古杭,扁舟浙水东西,为漫浪游。散囊中千金袋,吴江楚岸,枫丹苇白,一奚童负囊自随。"这里的三句词,正是这种漂流无定的生活的写照。"空自觉"三句,叹自己日愈销减。"围羞带减",写腰围消瘦,"影怯灯孤",写自己的孤寂,而冠以"空自觉",则见更无人关情及之,进一步叹喟自己的漂泊之苦!"常疑"以下三句,叹别久无书信相来。"桃花面",谓人面艳美如桃花,指词人意中女子。崔护《题都城南庄》诗:"去年今日此门中,人面桃花相映红。"这三句,句句转换,层层推进,以清空之笔,状沦落之悲。末尾:"书纵远,如何梦也无?"说没有书相往来连梦也无,层层深宛。

纵观张炎这首词笔墨翻腾,意亦纡宛绘景之致,抒情沉挚,是词林艺苑的一首佳作。

八声甘州

张　炎

辛卯[①]岁,沈尧道[②]同余北归,各处杭、越[③]。逾岁,尧道来问寂寞,语笑数日,又复别去。赋此曲,并寄赵学舟。

记玉关[④]踏雪事清游,寒气脆貂裘。傍枯林古道,长河[5]饮马，此意悠悠。短梦依然江表，老泪洒西州[6]。一字无题处，落叶都愁。

载取白云归去，问谁留楚佩，弄影中洲？折芦花赠远，零落一身秋。向寻常野桥流水，待招来，不是旧沙鸥[7]。空怀感，有斜阳处，却怕登楼。

【注释】

①辛卯：元世祖至元二十八年，公元1291年。

②沈尧道：沈钦，字尧道，与赵学舟（赵与仁，字元父，号学舟）同为作者文友。

③杭、越：杭州和绍兴府。南归后，沈钦居于杭州，作者居于绍兴。

④玉关：玉门关。此处代指北方边关。

⑤长河：黄河。

⑥西州：化用羊昙哭谢安典，以东晋都城西州代指南宋故都临安。

⑦旧沙鸥：喻旧时朋友。

【鉴赏】

这是一首追念北游寄怀故人的壮词，抒写今日离别之情和家国沦亡之痛。

上阕起首一个“记”字，说明是记忆中的事。追忆中的北游是怎样一种情景呢？那时候，天气严寒，雪飘冰封，身上穿的貂裘皮衣似乎都快冻裂了。写严寒境况，但“清游”两字透出“踏雪”的快意。接着两句由天气转到具体景物：沿着枯林古道，骑马缓缓地走在古老的黄河边上。“此意悠悠”，是“清游”的具体化，表示出悠然自适的情绪。五句词情紧凑，词意勃发。“短梦依然江表，老泪洒西州。”说此次北行匆匆，如一场短梦，醒来后却依然身在江南。作者感慨平生，不禁有“西州”之痛，说自己像羊昙当年望西州城门恸哭而去一样，洒泪离开杭州，悲叹自己的怀才不遇。“一字无题处，落叶都愁。”是说心情如此凄苦，一个字都写不出来，连眼前的纷纷落叶，也都似乎在发愁。“落叶都愁”，形象地说明作者眼中的所见无一不充满了亡国的哀愁。

下阕“载取白云归去”，用陶弘景“山中何所有？岭上多白云。只可自怡悦，不堪持赠君”诗意，说沈尧道来访后，又将回到他的隐居之地。“问谁留楚佩，弄影中洲？”用屈原《九歌·湘君》“捐余袂兮江中，遗余褋兮澧浦”和“君不行兮夷犹，蹇谁留兮中洲”的诗意，借湘夫人对湘君的怀念，表示对沈钦的惜别之情，同时暗喻故国沦丧后自己彷徨失意的心情。“折芦花赠远，零落一身秋。”折芦花赠给远方的朋友，是希望朋友知道自己像秋天的芦苇一样凋零寂寞。“向寻常野桥流水，待招来，不是旧沙鸥。"向着平淡无味的野桥流水走回去，友朋零落，就连身畔的沙鸥，也不是旧日所熟识的那些了。既然旧日的沙鸥都已不在，那么，物换星移，人事沧桑也就大不同了。最后三句，是感情的直接倾吐："空怀感，有斜阳处，却怕登楼。"意思是说，不要再去空想这些了吧！今天，江山依旧，物事全非，如果登楼望远，就会怀念故国，想起朋友们来的。朋友聚散的伤悲，家国兴衰的感触，于此表现得淋漓尽致。"怕登楼"三字，看似平淡，却语意深长，把故国之痛、遗黎之悲一笔写尽。

解连环

张 炎

孤 雁

楚江空晚，怅离群万里，恍然[①]惊散。自顾影、却下寒塘，正沙净草枯，水平天远。写不成书[②]，只寄得相思一点[③]。料因循[④]误了，残毡拥雪[⑤]，故人心眼[⑥]。
谁怜旅愁荏苒[⑦]？漫长门夜悄[⑧]，锦筝弹怨。想伴侣、犹宿芦花，也曾念春前，去程应转。暮雨相呼，怕蓦地、玉关重见。未羞他、双燕归来，画帘半卷。

【注释】

①恍然：怅然，失意的样子。

②写不成书：意谓雁行可排成"一"或"人"字，而孤雁则无法成字。

③寄得相思一点：古人有鸿雁传书之说。此句意即托孤雁寄一点相思之意。

④因循：耽搁，拖延。

⑤残毡拥雪：汉武帝时苏武被匈奴放于海上牧羊，冬天里卧寒毡，冒大雪，备尝艰辛。此处代指边关的戍人。

⑥心眼：心和眼的期盼。

⑦荏苒：谓旅愁如日月之渐增。

⑧长门夜悄：司马相如《长门赋·序》说：汉武帝陈皇后颇妒，被武帝幽于长门宫。陈皇后以千金托相如写了《长门赋》以感动武帝，后复得幸。

【鉴赏】

这是一首咏物词，但它不滞于物，借孤雁的形象，曲折而又淋漓尽致地表达了作者的身世家国之感。

词的上片的“楚江空晚”“离群万里”“自顾影”“沙净草枯”“水平天远”极力描绘了一个空阔、黯淡的境界，来衬托雁的孤单。紧接着用“写不成书，只寄得相思一点”，将失群的孤雁排不成雁阵和苏武雁足传书的故事，巧妙地融化为一，进一步点出雁的孤单。作者用重笔以绵绵不断的旅愁，以汉武帝弃置陈皇后的寂寞凄凉的长门冷宫，以抚筝歌的凄清声调，来渲染孤雁的羁旅哀怨之情。在极端哀怨中，它想到失去的伴侣，它的栖止，它的心情，又幻想到有朝一日忽然重逢的惊喜和坚贞的操守。写得细致、曲折而又自然。最后用“未羞他、双燕归来。画帘半卷”作结，以双燕反结孤雁，既有波折之妙，又留下思索的广阔的余地，作者的国破家亡、羁旅漂泊之感蕴含其中。这首词是咏雁也是咏人，是一篇亦雁亦人、浑化无迹的艺术佳作。这首词在当时传颂极广，人称作者为“张孤雁”。

月 下 笛

张 炎

孤游万竹山[①]中，闲门落叶，愁思黯然，因动黍离[②]之感。时寓甬东[③]积翠山舍。

万里孤云，清游渐远，故人何处？寒窗梦里，犹记经行旧时路。连昌约略无多柳[④]，第一是难听夜雨。漫惊回凄悄，相看烛影，拥衾无语。
张绪[⑤]归何暮？半零落依依，断桥鸥鹭[⑥]。天涯倦旅，此时心事良苦。只愁重洒西州泪[⑦]，问杜曲[⑧]人家在否？恐翠袖正天寒，犹倚梅花那树[⑨]。

【注释】

①万竹山：山名，在今浙江省天台县西南四十五里。据《嘉定赤城志》载，此山

绝顶名新罗，岭上万竹竞秀，平旷幽窈，自成一村。

②黍离：《诗经·王风》中的篇名，内容是写周平王东迁后，一位士大夫重经西周故都，见旧时宫室已成平地，长满黍稷，心中凄然，故吟此诗以寄托亡国之痛。

③甬东：今浙江省定海县。

④连昌：唐代宫名，高宗所置，在河南宜阳县西，多植柳，元稹有《连昌宫词》。

⑤张绪：南齐吴郡人，字思曼，官至国子祭酒。风姿清雅，齐武帝置蜀柳于灵和殿前，常言道："此柳风流可爱，似张绪当年。"

⑥断桥鸥鹭：借指当年在杭州时结交的故友。

⑦西州泪：见前《八声甘州》(记玉关)注⑥。

⑧杜曲：唐时地名，在京师长安城南，为豪门大族聚居之区。此处代指南宋都城杭州的大族居住区。

⑨"恐翠袖正天寒"二句：化用杜甫《佳人》诗"天寒翠袖薄，日暮倚修竹"之句，而以梅花代修竹。

【鉴赏】

这是一首抒情词作。写作此词时，南宋灭亡已二十多年。作者当时流寓于甬东，他的心里依旧无法淡忘故乡杭州，便在此词中通过对杭州的怀念表现出一种深沉的故国之思。

上阕写梦中及梦醒后的感触。开篇至"难听夜雨"写梦中所见，把"万里""清游"的行程做了一个概括性的交代。把自己比拟为漂浮万里的一片"孤云"，极言落魄状。人在落魄时，最渴望的是亲情和友情。然而越是这样，越难得到亲友的关爱："故人何处？"故人都不在身边，作者当时心情的不平静是不难想见的。"连昌"等句是梦境，字面上是唐宫，实际指宋朝的故宫。"无多柳"，写的是秋深叶落的季节特点，同时又象征南宋的衰败与覆亡。"难听夜雨"，写的是秋雨淅沥之声。"无多柳"，再加上秋雨淅沥，岂不更加凄惨，所以说"第一是难听夜雨。""漫惊回"以下三句写梦醒后的情景。"烛影"写客舍的孤单，"拥衾"写秋寒难耐。

下阕写"心事良苦"。"良苦"以前是对故都的向往，以下则是对"故人"的怀念，与开篇三句相呼应。杭州是南宋的都城，同时也是生他养他的故乡。词人不仅想念西湖的"断桥"，而且还挂怀断桥边的"鸥鹭"。故乡的山水美好，但美好的风景总是跟人的生活密切联系在一起的，所以他更不能忘怀那给他美好印象的"杜曲人家"，他更热爱"翠袖正天寒，犹倚梅花那树"的理想中的"佳人"。这首词正是通过这种由浅入深，由表及里的手法，层次分明地展示出作者对故国的热爱，对坚持民族气节不肯投降为官的故人的热爱。

这首词在构思上比较特别，它主要是通过夜雨来烘托秋夜的凄凉，并由此散发开来，把自己漫游的经历与“黍离”之感串接成为一首凄怆缠绵的抒情诗。

疏　影

张　炎

咏荷叶

碧圆自洁，向浅洲远浦①，亭亭清绝。犹有遗簪②，不展秋心，能卷几多炎热？鸳鸯密语同倾盖③，且莫与、浣纱人说。恐怨歌忽断花风，碎却翠云千叠。

回首当年汉舞④，怕飞去漫皱，留仙裙摺⑤。恋恋青衫，犹染枯香，还叹鬓丝飘雪。盘心清露⑥如铅水，又一夜西风吹折。喜净看、匹练飞光⑦，倒泻半湖明月。

【注释】

①浅洲远浦：清浅而一望无边的池塘。

②遗簪：喻尚有荷叶未能张开，卷起如簪形。

③倾盖：古人路上相逢，停下车子，把车盖（车上大伞）倾向对方，以示友善。此处指荷叶相互交叉，如人倾盖。

④汉舞：汉成帝皇后赵飞燕身轻如燕，舞姿甚美。此处即指赵飞燕之舞。

⑤留仙裙摺：《赵后外传》载，赵飞燕唱归风送远之曲，成帝酒酣，风也刮起。飞燕扬袖说：“仙乎仙乎，去故而就新。”成帝令左右持其裙。风止后，裙已被攥皱。飞燕说：“帝恩我，使我仙去不得。”后来宫嫔故意把裙弄皱，称为“留仙裙”。

⑥盘心清露：荷叶中间晃动的水珠。

⑦匹练飞光：月光泻向池面，犹如万匹白色的丝练。

【鉴赏】

这是一首咏物词，通过对荷叶高洁情操的赞美，表达了作者对洁身自好品格的追求。

上阕起句“碧圆自洁”即点明荷叶的“自洁”，并以此笼罩全篇。“向浅洲远浦，亭亭清绝。"是远景,写荷叶的整体态势及亭亭玉立、清雅超绝的神韵风姿。随之是近景及由此引起的词人的遐思:"犹有遗簪,不展秋心,能卷几多炎热?"间或有几枚还没有舒展,像是美人头上的翠簪,到底能够卷住多少炎热呢?"遗簪"写出了未展开的荷叶颜色的美好,遐思则反映出词人对荷叶的关切。在写密集的荷叶时,用"鸳鸯密语同倾盖"来形容,既准确又具有较强的审美情趣。其间插入"浣纱人",并由此想到浣纱女无穷的哀怨,而西风无情,"恐怨歌忽断花风,碎却翠云千叠",它不但可以将浣纱女的歌声吹断,同时也可以将万顷荷叶顷刻摧折。一个"恐"字,把词人的爱憎情感表露无遗。

下阕"回首当年汉舞,怕飞去漫皱,留仙裙摺。"通过用典,巧妙地把荷叶同赵飞燕的留仙裙联系起来了。"恋恋青衫",进一步由留仙裙联想到自己的青衫;"犹染枯香",说明青衫与舞裙的共同之处,即都关荷叶,分别拥有荷叶的香气和形状;"还叹鬓丝飘雪",感叹自己的年华易老。由上一句的"枯",荷叶的残败,联想到自己的"鬓丝飘雪",词人的愁绪一下子萌生了,"盘心清露如铅水,又一夜西风吹折",他不由自主地想到原本盛着晶莹露珠的荷叶也会在一夜之间被西风吹断。但是即便如此,"喜净看、匹练飞光,倒泻半湖明月",池塘中还有皎洁的月光,这世界永远会有美丽和光明。

这首词虽然时时露出一个落魄文人的清愁,但总体风格比较清新。结句表现出一种积极乐观的人生态度,这对于一位前朝遗民来说,已是难能可贵的了。

清平乐

张炎

候蛩①凄断,人语西风岸。月落沙平江似练②,望尽芦花无雁。
暗教愁损兰成③,可怜夜夜关情。只有一枝梧叶,不知多少秋声。

【注释】

①候蛩:蟋蟀。

②练:白绸缎。

③兰成:南北朝时庾信小字兰成。写有《哀江南赋》等愁苦之作。这里指主人公。

【鉴赏】

这是一首怀人的小词。词的基调沉郁，感慨苍凉，写景用“凄断”“西风”“望尽芦花无雁”，以凄切之景，表达凄切之情。末二句“只一支梧叶，不知多少秋声”，象征性地、入骨地刻画了词人的形象；意境空灵，寂寥淡远，意新色雅，意在言外。因此，深得人们的喜爱。类似之作当时不下十余篇，陆行直按词意作《碧梧苍石图》，陈廷焯赞其“精警无匹”(《白雨斋词话》)。

刘氏 生平不详，南宋末雁峰人，存词《沁园春》一首。

沁园春

刘氏

我生不辰，逢此百罹，况乎乱离。奈恶因缘到，不夫不主，被擒捉去，为妾为妻。父母公姑，弟兄姊妹，流落不知东与西。心中事，把家书写下，分付伊谁。

越人北向燕支，回首望、雁峰天一涯。奈翠鬟云软，笠儿怎带？柳腰春细，马性难骑。缺月疏桐，淡烟衰草，对此如何不泪垂。君知否？我生于何处，死亦魂归。

【鉴赏】

本篇作者刘氏是南宋末雁峰人，被敌兵掳去，行至途中，书《沁园春》一词于长兴(浙江省北部)酒席之上。词中泣诉了国破家亡之悲。

开头“我生不辰”三句，以直抒胸臆的手法，直陈了自己的不幸遭遇。说我生的不是时候，逢到了各种灾难、忧患，更何况于乱离之世。“我生不辰”引《诗经·大雅·桑柔》“我生不辰，逢天惮(厚)怒”的原句，“逢此百罹”引《诗经·王风·兔爰》“我生之后，逢此百罹”的原句，由此可见词人诗学源远。“百罹”，多种忧患。“奈恶因缘到”以下七句，是具体叙述自己的不幸：亡国丧夫，被敌擒掠，迫为人妾；父母、公婆、兄弟、姊妹均流落他乡，不知所往。这平实无华的词语，如泣如诉为读者画出了一幅流亡图。"奈"为一字领,统领以下七句。"心中事"三句,直抒当时情怀,盼望写一封家书寄给亲人,然而亲人已"流落不知东与西",这家信纵然写成,又能付给谁呢?这朴实之语,勾画了"羹饭一时熟,不知贻阿谁"(《十五从军征》)的凄凉境界。"伊"语助词,如"惟"也,见《诗经·小雅·正月》"伊谁云憎"。

下阕主要写日后的遭遇与思乡爱国之情。"越人北向燕支"三句,说自己被掠北方,而且想象将要发往遥远的燕支山下,那时回首南望,家乡的燕峰就在"天一涯"了。"越人"词人自指,"越"是浙江的代称。"燕支"即甘肃的燕支山,又称马支山。此处泛指胡地。"奈翠鬟云软"四句,以"奈"字统领,仍是想象日后生活。奈何自己是个梳云鬟、风摆柳似的宋朝弱女子,怎么能向剽悍的胡人那样骑飞马、戴笠帽过放牧生活呢?"翠鬟云软"指女子美发。"柳腰春细"即春柳细腰,形容女子腰细如柳,弱不禁风。这四句是扇面对,即两句对两句。富有一种音律整齐的美感。"缺月疏桐"三句,是借凄凉荒芜之景来抒伤痛之情。"缺月疏桐"用苏轼《卜算子》:"缺月挂疏桐,漏断人初静"的词意,极力渲染凄清寂静的境界。"淡烟衰草"描绘眼前一片荒芜景象,从而托出亡国丧家之悲。结句"君知否?我生于何处,死亦魂归"采用一问一答的方法,表达了自己魂归故乡的耿耿忠心。"君"是泛指。

本词特色之一,是引《诗经》、苏词成句活脱自如,并与朴实无华的口语糅于一体,形成了亦俗亦雅的独特风格。特色之二,是将记叙、描写、议论、抒情四种表达方式熔为一炉。"缺月疏桐,淡烟衰草"的景物描写起了以景托情的作用;"父母公姑,弟兄姊妹,流落不知东与西"的叙述,勾出了一幅"流亡图";"我生不辰,逢此百罹,况乎乱离"的议论,深刻地揭示了时代的灾难;"对此如何不泪垂?我生何处,死亦魂归"的直抒胸臆,表达了强烈的家国之悲,感人肺腑。

陈德武 南宋末年词人,三山(今福建福州)人。生卒年不详。有《白雪遗音》,词存六十五首。

水 龙 吟

陈德武

西湖怀古

东南第一名州,西湖自古多佳丽。临堤台榭,画船楼阁,游人歌吹。十里荷花，三秋桂子，四山晴翠。使百年南渡，一时豪杰，都忘却、平生志。

可惜天旋时异，藉何人、雪当年耻？登临形胜，感伤今古，发挥英气。力士推山，天吴移水，作农桑地。借钱塘潮汐，为君洗尽，岳将军泪！

【鉴赏】

南宋灭亡以后，词坛上弥漫着一片低沉凄怨的感伤音调。其间有福建三山（今福州）人陈德武，与刘辰翁、文天祥等爱国词人相应和，写出了《水龙吟》（西湖怀古）这样豪壮发越的作品。这在他的词集《白雪遗音》中，堪称压卷之作。

词的上阕为怀古。这里的“古”，主要是指南宋一百多年妥协、屈辱的历史。起句“东南第一名州，西湖自古多佳丽”，大处落笔扣题，突兀笼罩，很有气势，是从宋仁宗为梅挚出守杭州送行诗句“地有湖山美，东南第一州”脱胎。“临堤台榭”以下六句，承开头“多佳丽”三字而来，一气直贯，展开对西湖景致的铺叙。先写人游之乐：堤岸边，画船上，台榭流丹，楼阁耸翠，相互掩映，其间游人熙攘，歌吹飞扬，呈现出一派繁华的景象。继又写湖山之美：“十里荷花，三秋桂子”，移用了柳词中的本色俊语，再增以大笔濡染的“四山晴翠”一句，勾勒出西湖景物的特征。这里一段铺叙，只是衬笔，为下面感慨而发。自然界的山水之美，固然可供人赏游，怡人性情，但也会使人沉溺其中，消磨意志，甚至酿成严重的后果。作者正是怀着复杂的感情在这里吟唱的。至上阕的结末数句，词人感叹道：“使百年南渡，一时豪杰，都忘却、平生志。”自宋室南渡（1127）至临安被占（1276），凡一百五十年，这里的“百年”是约数。陈德武身历南宋覆亡，这几句无疑是对南宋百余年耻辱历史的沉痛总结，也是对南宋统治集团沉湎享乐、不思恢复，以至酿成亡国之祸的无情鞭挞！

下阕由怀古转入伤今。换头两句:“可惜天旋时异,藉何人、雪当年耻?”“天旋时异”犹言天翻地覆,一语概括了南宋被元所灭的沧桑巨变。“可惜”二字,暗应上文;“藉何人”,既是叹息无人,更是亟盼有人出来扭转乾坤。以诘问语气出之,显得沉痛之极。“登临形胜,感伤今古”八个字,是全篇的眼目,将上阕的怀古与下阕的伤今连成一片。作者登临之时,内心感情不禁汹涌奔集,似将倾泻而出,故有“发挥英气”一句。这一句,词情慷慨,笔力道壮,但又将“感伤今古”之意陡然煞住,从而为下面拓展新的词境留下了余地。面对西湖胜景,词人忽发奇想:“力士推山,天吴移水,作农桑地。”力士、天吴,都是古代传说中的神人。《蜀王本纪》:“天为蜀生五丁力士,能徙山。”《山海经·海外东经》:“朝阳之谷,神曰天吴,是为水伯。”作者内心的热烈追求,在这里变成了超现实的神力,他希望有力士、天吴出来移山填水,把被人称为“销金锅”的西湖改造成为利国利民的农桑之地,这是何等非凡的气魄,多么超奇的想象!遥应上面“藉何人、雪当年耻”的诘问,词人再作一设想:“借钱塘潮汐,为君洗尽,岳将军泪!”岳飞精忠报国,志在恢复,却落得父子被害的悲惨结局,此仇此恨,真是神人共愤。郁积难消的愤懑,在这里又化成为大自然的力量,作者想借用钱塘江潮水来洗雪亡国之耻,以慰忠臣在天之灵。国家虽亡,人心不死。这一沉郁悲壮的有力结尾,集中表达了爱国志士和广大人民群众的强烈愿望。

这首词,由怀古写到伤今,由现实写到幻想,神完气旺,笔力千钧,慷慨而不哀怨,悲壮而不凄凉,尤其是下阕,设想出人意表,发前人所未发,充满浪漫主义的奇情壮采,确是宋末元初词坛上的一篇力作。

王炎午 (1252~1324)初名应梅,字鼎翁,别号梅边。庐陵安福(今属江西)人。咸淳间,补太学生,元兵攻陷临安,文天祥被扣元营,炎午作生祭文勉励他坚持民族气节。著有《吾汶稿》。元《草堂诗馀》录其词一首。

沁园春

王炎午

又是年时,杏红欲脸,柳绿初芽。奈寻春步远,马嘶湖曲;卖花声过,人唱窗纱。暖日晴烟,轻衣罗扇,看遍王孙七宝车。谁知道，十年魂梦，风雨天涯！
休休何必伤嗟。谩赢得、青青两鬓华！且不知门外，桃花何代；不知江左，燕子谁家。世事无情，天公有意，岁岁东风岁岁花。拚一笑，且醒来杯酒，醇后杯茶。

【鉴赏】

王炎午的词，仅存这一首，初见于《元草堂诗馀》卷下。王炎午是文天祥的同乡（庐陵人），淳祐间补太学生，临安陷落后，他去拜谒文天祥，尽出家资，以助军饷，并在文天祥幕府参与军事；文天祥被俘之后，他作了“生祭文”，激励文天祥死节，自己也成了南宋的遗民。了解了作者的这番情况，对理解这首词很有好处。

这首词作于宋亡之后，全词借伤春感怀，表达故国之痛。词的上片从春景入笔，以较多的文字写春光骀荡，金勒宝马，游人如醉，而于结处转折，点明所写诸般春景皆系往日陈迹；下片则转写感慨，抒发目前情怀。两片虽然境况迥异，时间跨度较大，但却用“谁知道”三句为桥梁，将两片紧紧连成一体。全词结构，骨架意脉，大率如此。

词的上片，由三层内容组成。起三句为一层，总写春色明媚。作者选取杏与柳作为描绘春光的代表。杏、柳都含有春的诗意，宋祁名句“红杏枝头春意闹”（《玉楼春》），元稹名句“春生柳眼中”，都是最好的说明；尤其是柳，最占春光之先，有唐成彦雄《柳枝词》“东君爱惜与先春”为证。作者用杏的“欲脸”、柳的“初芽”，传达了早春的气息。“脸”“芽”在这里都作动词，是说杏花欲露脸，柳眼欲抽芽，正是新春景象。而这番景象，与往年一样，“年时”即往年，这里是指南宋灭亡之前。作者在写春光之前，先着一句“又是年时”，是寓有感慨之意的。照通常的思维顺序来说，这一句应当放在杏柳之后，可是作者却故意提在句首，正是为了要加重表现这种感慨。“寻春步远”直至“看遍王孙七宝车”，共七句，是第二层。写人们的游春、赏春活动。如果说前一层重在写“自然”的话，那么，这一层就是侧重写“人事”了。这七句中有一条时间发展的暗线。“寻春步远”，时为早春，故“春”要“寻”，步（走路）要“远”；水滨对于春的信息有特殊的敏感，故白居易《曲江早春》说“可怜春浅游人少，好傍池边下马行”，这里则是“马嘶湖曲”，明写马嘶，暗写游人。——这都是喜游早春的人，在寻找那种“绿柳才黄半未匀”的境界。至“暖日晴烟，轻衣罗扇”，则是暮春，已是“出门俱是看花人”的境界，作者也可以“看遍王孙七宝车”了。所以，这一层包括了整个春天的游乐活动。这一层内容很丰富：远郊的寻春，湖曲的马嘶，穿街过巷的卖花声，碧纱窗里的唱歌人，暖暖的阳光，缥缈的清烟，轻衣，罗扇以及王孙游春的七宝车，一句一景，目不暇接，可又全被词人“看遍”。显然，词人也在赏春。这七句，用一个"奈"字领起，把一片一片的场景连缀成一幅完整的春光图，熔成一个艺术整体。"奈"，奈何，古汉语中的常用句式是"奈……何"（译为"对（把）……怎么样"），这里的意思是说对如此这般的春光，我该怎样去领受呢？显然，词人面对一派升乎欢乐景象，深深地陶醉了。结处笔锋急转："谁知道，十年魂梦，风雨天涯！"从情景极妙处猛然跌入眼前凄风苦雨般的现实中。"十年魂梦"一句，在上述诸多美景与眼前现实之间划了一道历史鸿沟，把那诸多美景隔在十年之前，化成了一场空梦，被一场历史的风雨卷到了海角天涯！"谁知道"云云，是痛心疾首之语，在结构技巧上，它与首句的"年时"相照应，使上片表现出明显的回忆性，同时也为向下片的过渡设下津梁。过片紧承"谁知道"三句，抒发词人十年来郁结于内心的悲伤感慨。但词人却正话反说："休休何必伤嗟！"（"休休"，犹"罢了，罢了"）词人好像在做自我宽慰，但他马上紧接着说："谩赢得、青青两鬓华！"从一个"赢"字上，我们看到了词人不可平复的悲愤。他为了挽救南宋危亡，倾家荡产，亲履戎行，出生入死，到头来南宋仍归于灭亡。盘盘皆输，步步艰难，他主观上想赢得的，全都落了空，而且再无扳回来的希望！他所"赢得"的，只有"青青两鬓华"，原来的黑发换成了花白！这些痛心疾首的事实，作者却以一个"赢"字出之，并用一个"谩"（通"漫"，"徒然"的意思，秦观词《满庭芳》："漫赢得、青楼薄倖名存。"）加以修饰，这正是一种以退为进、翻进一层的笔法，要比正面直说深刻得多，痛心得多。"且不知"四句，"且"，再递进一层，也是这四句的领字。"桃花"句，暗用陶渊明《桃花源记》意，有遁迹避世，与新朝不共戴天之意；"燕子"句，化用刘禹锡《乌衣巷》"旧时王谢堂前燕，飞入寻常百姓家"句意，寓有凭吊亡宋（从"江左"句可知）之情。"世事"三句，以"世事无情"收束以上沧桑巨变之意，以"天公有意，岁岁东风岁岁花"呼应起句，笔墨仍转回到春天上来。"拚一笑"三句，则紧承"岁岁"句意脉，顺水推舟，交代作者自己在眼下春光之中极度悲苦的生活情态。我们切不要忘记作者写这首词的时候，正是"杏红""柳绿"的春天，而作者的生活内容却只有酒杯与茶杯了，终日在"醒复醉，醉复醒"中受熬煎，"一笑"须"拚"，痛苦可知。这与上片回忆中的春光行乐图形成了一个极为强烈的对比，从这个对比中，表现了作者的思想立场，他对故国的魂萦梦绕之情和不知燕子谁家的亡国之痛，就不言而喻了。

南宋遗民词，由于政治上的原因，多趋向托物言志，思想感情比较隐晦。王炎午的这首词，在表达思想感情方面，总的看来，用笔比较坦率，在南宋遗民词中，属于明快沉稳的类型。在写作技巧上，如上所述也有不少佳处，而过片特精，竟使两片连接处无隙可寻。词至南宋，特别是宋末，技巧高妙，后人所谓词至南宋而极其工，大约主要是指写作技巧而言。技巧之中，又特重过片，所以张炎在《词源》中说："最是过片不要断了曲意，须要承上接下。"王炎午是个作词不多的人，过片能做如此锤炼,也是难能可贵的了。

周氏 生卒年不详。宋代女词人,号得趣居士,其夫丁宥,钱塘人,与江湖词人吴文英等交游。周氏为其妾。

瑞鹤仙

周 氏

和丁基仲

画楼帘卷翠。正柳约东风,摇荡春霁。缃桃雨才洗,似妆临宝镜,脂凝铅水。云偏髻子,坠钗梁、羞看燕垒。最堪怜,锦绣香中,早有片红飘砌。

闲记。琴弹古调,曲按清商,旧年时事,屏山画里。江南信,梦中寄。感春浓怀抱,午酲初解,浅酌依然又醉。傍阑干、犹怯余寒,倦和袖倚。

【鉴赏】

这是一首和词,表达了思夫的愁情。

上片写景。开头“画楼卷帘翠”一句,点出词中人物所处的典型环境。全词所描绘的春景,均在画楼卷帘时所见。一个“卷”字,写出女子在画楼内的动作,也暗示了她的盼春、惜春之情。“翠”字是卷帘后所见春景的第一印象。“正柳约东风,摇荡春霁”是人在画楼内所见的春风骀荡,杨柳依依的景色。这里运用拟人手法,将“柳”与“东风”都赋予生命,似乎杨柳邀请徐徐东风,吹出了一个春的世界。“摇荡春霁”是东风把春天摇荡得云消雾散,天和日丽。“霁”本指雨晴,后引申为风雨晴,云雾散。“缃桃雨才洗”三句,写春雨淋春花。那绵绵春雨洗涤着绿树红花,好像美女在宝镜前巧梳妆匀黛粉。“缃桃雨”写雨散在红花绿叶上,分外鲜艳明丽。“缃”本为桑,引申为嫩叶的黄绿色。“云偏髻子”三句,写画楼中女子仰看双燕入

巢的情态与内心活动。她仰看双燕入巢,云髻偏了,头钗坠了,可见仰视梁燕时间久长而入神。"羞看燕垒"描写女子内心情感:燕子尚且双栖双飞,而自己却独宿画楼,这怎不令人"羞"杀!"梁"是物居中而拱者,这里指发钗别棍。"最堪怜"三句,说在姹紫嫣红的春天,台阶上早有落红片片。这既是写春雨后红花飘落的景色,更是自喻。词人是丁宥小妾,另居别室,当然有红粉自怜之叹。

下片"闲记"二字,引出回忆。当年他们一起"琴弹古调,曲按清商"过着欢乐的生活,而现在早已不复存在。"旧年时事"四句,词人感慨说:过去美好的回忆,都成了屏风中的画,可望而不可即;思念夫婿的锦书,也只能"梦中寄"了,这平淡的话语带出多少寂寥忧郁。眼前虽是一片浓郁的春色,然词中人也只能感叹不已了。"午醒初解"二句,写画楼女子只好以酒消愁,然而酒醉刚解,再浅浅一酌依然又醉了。"依然又醉"几字,突出了内心忧闷。"酲"(读 chéng)酒醒后所感觉的困惫如病的状态。结句与词中人依傍栏杆,祛寒倦懒的百无聊赖之状,从而深刻地揭示了人物内心苦闷怅惘之情。

《瑞鹤仙》有 16 体,双调,有 100 字、101 字、103 字之别,前后段句数不等,押韵句不一。本首用 102 字,前段 11 句,7 仄韵,后段 11 句,6 仄韵体。全词以铺叙手法揭示主旨。上阕主要写景,下阕写人事。上阕以春风骀荡,杨柳依依,春雨如醪,燕燕于飞的盛景,层层铺垫,为词中人物的孤寂、惆怅起了很好的反衬作用。而"片红飘砌"的景象,又与词中人物作了类比、映衬。下阕主要写人事,既有往事的回忆,又有眼前饮酒消愁,醉倚栏杆的情状描写,这些铺叙突出了人物,加深了主旨。

章文虎妻 宋代词人,生卒年已无从考。

临江仙

章文虎妻

千里长安名利客,轻离轻散寻常。难禁三月好风光,满阶芳草绿，一片杏花香。

记得年时临上马，看人眼泪汪汪。如今不忍更思量。恨无千日酒，空断九回肠。

【鉴赏】

这是一首思妇词。开头从思妇的心中对游子的责难写起，"千里长安名利客"七字交代了游子的去向——长安，缘由——为名利而远行。"千里"一词强调了游子出行之远，也蕴含了思妇的忧怨深情。"轻离轻散寻常"一句，写出思妇对游子"重名利轻别离"的责难。此语率直质朴，从肺腑流出。如按此意写去，下面的情与景，该是愁情苦景，但本篇行文却突然转笔，道"难禁三月好风光，满阶芳草绿，一片杏花香"。"满阶芳草绿"二句是对"三月好风光"的形象描绘。词人以清新平易之笔勾出一幅春景图：春草如茵，满阶新绿，一片粉白，杏花飘香。这里粉绿交辉，一派生机。它给人们带来了春天的欢乐，即或是良人远游的思妇，也情不自禁地要享受这大好春光。"难禁"点明情不自禁也。

然而，明媚的春光，双栖鸟，比翼蝶，必然引起思妇的相思之情。故下阕又一个转笔："记得年时临上马，看人眼泪汪汪"，描绘了当年游子远行的情景。"记得"表明是思妇的回忆，"年时"即当年，那时。"临上马"指游子即将上马远行。"看人眼泪汪汪"写思妇难舍难分之状。"泪汪汪"语言平实而形象鲜明。"人"指游子。"如今不忍更思量"一句，使行文又一转，翻到眼前，讲既不愿回忆当年分离之状，又不愿想今后孤栖之情。"更"再也。其实，联系开章的对"名利客"的责难，过片处对分别时泪眼汪汪的描述，均说明"不忍思量"偏要"思量"，感情的闸门是无法关闭的。故结句道："恨无千日酒，空断九回肠。"想以酒浇九曲愁肠，然而又恨无酒浇肠，"无千日酒"可见愁日之多，这怎不令词人悲叹"空断九回肠"！

清袁枚说："凡作人贵直，而作诗文贵曲。"（《随园诗话》卷四）本词行文山重水复，起伏转折，云霓明灭，曲折尽意。时而述游子，时而写思妇；时而眼前景，时而当年事；时而景物描绘，时而内心勾画；时而恨，时而喜，时而悲，时而愁，如此产生了千回万转的艺术效果。这正如宋姜夔所说："波澜开阖，如在江湖中，一波未平，一波已作。如兵家之陈，方以为正，又复是奇；方以为奇，忽复是正；出入变化，不可纪极，而法度不可乱。"（《白石道人诗说》）

"临江仙"又名"谢新恩""雁后归""庭院深深""画屏春"，计十一体，有五十四字、五十八字、六十字、六十二字、双调，各有四句、五句、六句之分，均为平声韵。本词用六十字体，双调，前后段各五句，三平韵。

张熙妻 宋代词人，生卒年已无从可考。

菩 萨 蛮

张熙妻

西湖曲

横湖十顷玻璃碧，画桥百步通南北。沙暖睡鸳鸯，春风花草香。

闲来撑小艇，划破楼台影，四面望青山，浑如蓬莱间。

【鉴赏】

此篇以丽笔描绘了春日西湖美景。首句，“横湖十顷玻璃碧”，写水。“十顷”写水域之宽，“十顷玻璃”化用欧阳修《采桑子》“十顷波平”“无风水面琉璃滑”词意，突现了水波不兴平如镜的景观。一个“碧”字，描绘了水的清澈碧透。此句写水，同时也暗示了这是个风平浪静的好日子。“画桥百步通南北”，写桥。“画桥百步”揭示了桥小而色彩斑斓，“通南北”交代了走向。“沙暖睡鸳鸯”写在风和日丽中，鸳鸯的悠然自得。取欧阳修“鸥鹭闲眠”(《采桑子》)的意境，此句写禽，却暗示了人的悠闲恬然的心境。“春风花草香”，写花草，此处用白描手法，描绘西湖岸边美景。

上片词人以生花之笔勾画出了：十顷碧波，明如玻璃，小小画桥，横贯南北，细暖沙面，闲眠鸳鸯，春风吹拂，阵阵花香。这真是一幅清新优美的画面。词人在此写了五种事物：碧水、画桥、鸳鸯、春风、花草，有有生命物，有无生命物，但都是静静的，柔和的，表现了一个清幽静谧的境界。在这画面上没有人，但在这碧水、画桥、鸳鸯、春风、花草的描绘中，处处蕴含着人的闲适、欢愉之情，此乃景中情也。

下片人物进入画面，“闲来撑小艇”，一个“闲”字，写出撑小艇者乃是悠闲自在之人。她荡漾在十顷碧波之上，多么惬意！“划破楼台影”一句，既写出岸上的楼台景观，又写出小船荡漾在岸边将楼台倒影划破的情景，同时描绘了湖水清澈澄明，与上片的“玻璃碧”相呼应。这种一石三鸟的手法，显出词人的功力。“四面望青山，浑如蓬莱间”，这是词人荡漾在碧波间的所见所感。上句写所见，下句写所感，“蓬莱”指蓬莱仙岛，是古代传说中的三仙岛之一。从古以来，关于蓬莱的许多仙话，故而词人用“蓬莱”二字抒发了飘逸出尘的思想感情。

《菩萨蛮》又句“菩萨鬘”“重叠金”“子夜歌”“花间意”“花溪碧”“晚云烘”等。计六体，有四十四字、四十八字、五十四字者，双调，有押平仄声韵者，有押平声韵者。本篇四十四字，双调，前后段各四句，两仄韵，两平韵。它句句押韵，声调和谐宛转，富有音乐感。语言风格清新流畅，色彩明丽而不妩媚，字精句炼而少斧凿痕迹。王国维说：“境非独谓景物也。喜怒哀乐，亦人心中之一境界。故能写真景物、真感情者，谓之有境界；否则谓之无境界。”(《人间词话》)本词字里行间充溢着诗情画意，景与情巧妙结合，创造了一个优美超逸的境界，读之令人心旷神怡。

刘将孙 (1257~?)字尚友，庐陵(今江西吉安)人。须溪先生刘辰翁之子，又称小须。宋末举进士。做过延平教官，入元后主讲临汀书院。有《养吾斋集》。存词二十一首。

沁园春

刘将孙

流水断桥，坏壁春风，一曲韦娘。记宰相开元，弄权疮痏，全家骆谷，追骑仓皇。彩凤随鸦，琼奴失意，可似人间白面郎。知他是：燕南牧马，塞北驱羊。

啼痕自诉衷肠，尚把笔低徊愧下堂。叹国手无棋，危涂何策；书窗如梦，世路方长。青冢琵琶，穹庐笳拍，未比渠侬泪万行。二十载，竟何时委玉，何地埋香。

【鉴赏】

这是一首丧乱词。

词作于公元1296年。词前原有一序，云：“大桥名清江桥，在樟镇十里许。有无闻翁赋《沁园春》《满庭芳》二阕。书避乱所见女子。末有，‘埋冤姐姐’、‘衔恨婆婆'语,极俚。后有螺川杨氏和二首。又自序生杨嫁罗,丙子暮春,自涪翁亭下舟行,追骑迫,间逃入山,卒不免于驱掠。行三日,经此桥,睹无闻二词,以为特未见其苦,乃和于壁。复云:'观者毋谓弄笔墨非好人家儿女,此词虽俚,谅当近情,而首及权奸误国。'又云:'便归去,懒东涂西抹,学少年婆。'又云:'错应谁铸',皆追记往日之事,甚可哀也。因念南北之交,若此何限,心常痛之。适触于目,因其调为赋一词,悉叙其意,辞不足而情有余悲矣。"清江桥,在江西清江县樟树镇,为交通要冲。丙子,即公元1276年。这年春天,元兵攻陷临安(今杭州),江南大被劫掠。

从序中可以看出,诗人在这首词中,以深厚的同情,追述了二十年前发生在此地的一幕悲剧:一群弱女子,被元兵掳掠蹂躏的惨状。词中,作者对擅权误国的权臣痛予谴责;对受难者的命运,给予了极大的同情。

上片描绘当年一群女子被元军掳掠、蹂躏的情形。

一开头就写出了元兵入侵时,清江桥畔的惨状——"流水断桥,坏壁春风"。"一曲韦娘"即杜韦娘,唐歌女名,后为唐教坊曲名。唐刘禹锡有赠李绅歌妓诗"春风一曲杜韦娘",这里借指当年那些落难女子。"记宰相开元,弄权疮痏,全家骆谷,追骑仓皇。"这里用了两个历史典故:一是"宰相开元",李林甫为开元时宰相,专权误国。这里用以借指南宋末宰相贾似道。一是"全家骆谷"。骆谷,在陕西省周至县南,直通汉中。安史之乱时,唐明皇逃往四川,走到骆谷时,感伤国乱,流涕吹笛,写出了《谪仙怨》之曲。(见《唐五代词》之《广谪仙怨序》)这几句是说:在贾似道专权误国的年代,人民生活十分困苦,满目疮痍;元兵打过来之后,全家逃到这流水断桥旁边;元军骑兵从后面追来,无路可走,被元军掳掠了!元兵所至之处,奸淫烧杀,无所不为,多少妇女被任意糟蹋。作者把这些弱女子被元兵蹂躏的惨状,记叙于纸上。

下片抒发作者对这一历史惨状的感慨。

"啼痕自诉衷肠,尚把笔低徊愧下堂。"那些被蹂躏的妇女,有苦无法向人诉说,只好"啼痕自诉",乞求丈夫把休书收回,别提休妻("下堂")之事。这凄惨的情景是谁造成的呢?接着作者发出感慨:"叹国手无棋,危涂何策;书窗如梦,世路方长。"国手,经国之手,即宰相。贾似道治国无策,又专制权势,以致误国害民,使人民遭此不幸!下面,又用了王昭君、蔡文姬两个历史典故,进行对比:"青冢琵琶,穹庐笳拍,未比渠依泪万行。"王昭君远嫁匈奴,常以琵琶抒忧思。杜甫《咏怀古迹》之三:"千载琵琶作胡语,分明怨恨曲中论。"青冢,昭君之墓。所以,用青冢琵琶,指昭君。穹庐笳拍,即胡笳十八拍。蔡文姬被掳入匈奴,作此曲以抒愁怨。穹庐笳拍,代指蔡文姬。在作者看来,那些被损害的妇女,比王昭君、蔡文姬的下场更凄惨!

末尾:"二十载、竟何时委玉,何地埋香。"二十年过去了,这些无辜女子尸骨都哪里去了呢?词人对这些落难女子的同情令人揪心,令人感佩!

"国家不幸诗家幸,诗到沧桑句便工。"(赵翼《瓯北诗话》)在我国历史上宋金、金蒙、元宋战乱之际,国家、人民遭受了巨大的灾难,作家写出了许许多多流传千古的"丧乱"诗、"丧乱"词,但似这样一个作家以铺叙的词笔,描写人民的命运,如此深刻、真实,在词坛上还是十分罕见的。本文作者,系刘辰翁之子,学博而文畅,名重艺林,词作叙事婉曲,善言情欵,颇具父风。

徐一初 生平不详。他的词作流传下来的仅此一首,却受到历代词论家的注意。元吴师道《吴礼部诗话》引录全词,认为这是丙子(1276)后"感慨之作"。明陈霆《渚山堂词话》谓此词"有感于天翻地覆之事,盖《谷音》之同悲者也"。

摸鱼儿

徐一初

对茱萸,一年一度,龙山今在何处?参军莫道无勋业,消得从容尊俎。君看取,便破帽飘零,也博名千古。当年幕府。知多少时流,等闲收拾,有个客如许!

追往事,满目山河晋土。征鸿又过边羽。登临莫上高层望,怕见故宫禾黍。觞绿醑,浇万斛牢愁,泪阁新亭雨。黄花无语。毕竟是西风,朝来披拂,犹忆旧时主。

【鉴赏】

起两句,用的是重阳习用的典实。"茱萸",一名越椒,一种芳香植物。相传重九登高时佩戴茱萸囊,可以避灾长寿。"龙山",在今湖北江陵县西北。《世说新语·识鉴》梁刘孝标注引《孟嘉别传》云:晋孟嘉为征西大将军桓温参军。九月九日温游龙山,宾僚咸集。有风吹孟嘉帽落,而孟不觉。后即传为文士风流的佳话。两句意谓:一年一度的重阳佳节到来了,强对茱萸,无以为欢,更谈不上仿效古人的龙山高会。"今在何处"四字,感慨弥深。国破家亡,早已是登临无地了。"参军"以

下一段,追怀往哲,发抒幽愤。参军,指孟嘉。他在桓温部下,虽然没有建立什么丰功伟业,但也能在宴席之间,从容酬对,表现了自己的才华和气度。《孟嘉别传》载,风吹嘉帽堕落,桓温戒左右勿言,以观其举止。嘉初不觉,良久,温命取帽还之,令孙盛作文嘲之,嘉即时作答,四坐嗟叹。嘉嗜酒听歌,喜酣畅,饮多而不乱。像孟嘉这样韵"魏晋风流"的典型,最为古来失意的文人所激赏。故事只云孟嘉落帽,词中却说"破帽飘零",这已有词人自况的意味了。陈霆猜测徐一初是"德祐(宋恭帝年号)时忠贤,位不满其才者",当据此而发。"幕府",指桓温的府署。当年在桓温的兵帐之中,多少应时得势的人物,如今已寂寂无闻,想不到有像孟嘉这样的一个幕客,还能博得名垂千古,这也许就是词人的夙愿吧!上半阕纯用孟嘉故事,而作者的形象已隐现其中。

过片后,直接抒写所见所感,既沉厚,又深折,痛语悲情,全从肺腑中流出。"追往事",一语归结上文。"满目"句,真有唐李峤《汾阴行》"山川满目泪沾衣"之概。"晋土",晋代的疆土。桓温、孟嘉皆晋人,故云。词人所追怀的往事,实是前朝之事;眼中的晋土,实是南宋的山河。吊古伤今,表现了遗民的孤愤。"征鸿又过边羽",中插一句景语,笔势便活。秋天,鸿雁从北方边塞飞来,它带来了什么信息?德祐二年(1276)正月,谢太后奉表降元,三月,元军入临安,宋恭帝被掳北去,降封瀛国公。词人也许由征鸿而联想起远在大都的幼主吧!"登临"二句,为全词主旨。怕上层楼,更怕见到生满禾黍的故宫。《诗·王风》有《黍离》篇。《诗序》云:"《黍离》,闵宗周也。周大夫行役至于宗周,过故宗庙宫室,尽为禾黍。闵周室之颠覆,彷徨不忍去而作是诗。"陈霆谓一初此词与《谷音》同悲,《谷音》为元杜本所编宋遗民诗集。宋亡之后,遗民诗人们或以身殉,或遁迹山林,所作多感伤亡国的忧愤之语。细味此词,确实是《谷音》诸诗的同调。"觞绿醑"三句,写出"举杯销愁愁更愁"之意。"绿醑",美酒。重阳饮菊花酒,以却病延年,而词人借酒浇愁,更是悲从中来,泪如雨下。"新亭",地名。故址在今南京市南。《世说新语·言语》载,西晋灭亡后,中原人士过江南来,暇日在新亭饮宴。周凯在坐中叹息说:"风景不殊,正自有山河之异!"众人皆相视流涕。后因以"新亭对泣"为怆怀故国之典。"阁",同"搁"。搁泪,眼眶中蓄满了泪水。三句悲慨已极。"黄花无语",笔势又一转折。重阳赏菊,也是古来文人雅士的习尚。可是,此时却与黄花相对无言,唯有含泪盈盈而已。"毕竟"三句,接写黄花。清晨的黄菊在西风的吹拂下,俯仰纷披,如有情意——“犹忆旧时主”！末五字真有裂石之声。前人咏废圃荒野之花，多用“无主”一语，如杜甫《江畔独步寻花》诗：“桃花一簇开无主。”而本词更用拟人手法，谓花能忆旧时之主，中含无限痛思，无怪近人刘承幹要说“阅之惘惘”（《吴兴丛书跋语》）了。

郑文妻 生卒年不详，秀州人，太学生，南宋郑文之妻孙氏，存词一首。

忆秦娥

郑文妻

花深深，一钩罗袜行花阴。行花阴。闲将柳带，细结同心。

日边消息空沉沉。画眉楼上愁登临。愁登临。海棠开后，望到如今。

【鉴赏】

这是一个痴情的妻子寄给游学未归的丈夫的词作。作者为南宋太学生郑文之妻孙氏。相传这首小令一出，“一时传播，歌楼伎馆皆歌之”（《古杭杂记》）。它何以能如此博得广大群众的爱赏呢？情感的热烈深挚，传情的回互婉转，表白的朴实无华，正是它具有动人魅力的奥秘所在。

词一开始即以“花深深”三字写出百花盛开的浓丽景色，紧接着写自己独自徘徊于花荫之下。“一钩罗袜”，指小巧的双足，由此可以想见抒情女主人公是一位体态轻盈的妙龄女子。“花阴”二字，一方面补足上句花的繁茂，另一方面也点出这是一个晴和的日子。春和景明，本该夫妻团聚欢乐，携手共游，但如今却良辰美景虚设。不言惆怅，而惆怅自见。第三句“行花阴”重复第二句末三字，是格律的要求，但在这首词中却不是单纯的重复，而含有徘徊复徘徊之意，以引出下面的行动。“闲将柳带”二句写女主人公看到长长的柳条，乃随手攀折几枝，精心地编成了一个同心结，以表达对于心心相印的爱情的向往。这两句的“闲”字，“细”字，和苏轼《江城子·乙卯正月二十日夜记梦》“不思量，自难忘”二句中的“不”字和“自”字，实有异曲同工之妙。“闲”为随便，而“细”却是仔细、经意。女主人公精细地做着并非特意去做的事，恰恰是蕴蓄心底的深情的自然流露。

如果说上阕是以行动来暗示独处的怅惘和对坚贞爱情的向往的话，那么下阕便是以直抒胸臆来表达她痛苦的期待和热切的召唤。下阕着力写一个“望”字。“日边”句是说心爱的人老是让人白等，毫无音信，写的是自己无数次等待的结果。“日边”，指皇帝所在地，此指郑文就读的太学所在地临安。因为“日边消息空沉沉”，故有下句“画眉楼上愁登临”。天天“妆楼颙望，误几回、天际识归舟”，既想登楼眺望，又害怕再度失望，一个“愁”字，正表达了这种矛盾复杂的心理。“海棠”两句，说明自己是从海棠开放的仲春时节一直望到夏日将临。写盼望时间之长，既表现了思念的深切，又流露出失望的怨怼。但期待的痛苦中却又饱含着热情的呼唤。“望到如今”一句，回应上阕。从时间言，“如今”，即上阕所写之花浓柳暗的暮春时节；从表情言，上阕所写都是女主人公“愁登临”时的活动。前后呼应，浑然一体。

《忆秦娥》有平韵、仄韵两体，作者选用的是平韵体。从词的格律言，一般是很少用三连平的，但平韵《忆秦娥》却多处运用三连平，在音韵上造成一种悠远、绵长的情调。这种音律的特点使这首词增添了缠绵悱恻的韵致。

九 张 机

无名氏

一

一张机，采桑陌上试春衣。风晴日暖慵无力，桃花枝上，啼莺言语，不肯放人归。

二

两张机，行人立马意迟迟。深心未忍轻分付，回头一笑，花间归去，只恐被花知。

三

三张机，吴蚕已老燕雏飞。东风宴罢长洲苑，轻绡催趁，馆娃宫女，要换舞时衣。

四

四张机，咿哑声里暗颦眉。回梭织朵垂莲子，盘花易绾，愁心难整，脉脉乱如丝。

五

五张机，横纹织就沈郎诗。中心一句无人会，不言愁恨，不言憔悴，只恁寄相思。

六

六张机，行行都是要花儿。花间更有双蝴蝶，停梭一晌，闲窗影里，独自看多时。

七

七张机，鸳鸯织就又迟疑。只恐被人轻裁剪，分飞两处，一场离恨，何计再相随？

八

八张机，回文知是阿谁诗？织成一片凄凉意，行行读遍，厌厌无语，不忍更寻思。

九

九张机，双花双叶又双枝。薄情自古多离别，从头到底，将心萦系，穿过一条丝。

【鉴赏】

《九张机》，是一组具有浓郁的民歌色彩的抒情小词。曾慥在《乐府雅词》中把它列入"转踏"类。"转踏"又作"传踏"，是诗词相间组合起来的叙事歌曲。这是从形式上对它做出的分类。陈廷焯在《白雨斋词话》中说它是"逐臣弃妇之词"，"《子夜》怨歌之匹"，是绝妙的乐府，千年的绝调，这是从内容上对它做出的评价。以男女悲欢之情，喻君臣离合之感，是我国诗歌传统的手法，作者未必定有此意，而读者未尝不可以作如是想，见仁见智，固不必执一而论，凿空以求。但我认为这一组小词，塑造了一个来自民间的对爱情无比忠贞的织锦少女形象，她对旖旎明媚的春光无比热爱，对美满幸福的生活执着追求，从采桑到织锦，从惜别到怀远，形成一幅色彩缤纷、形象鲜明的生活画卷，给人以极大的审美享受，显然是这个少女春愁春恨、离情别绪的抒写。

"一张机"通过采桑少女美的感受和心的陶醉，来抒发自己热爱自然、热爱生活的美好情意。首句的"一张机"，是民歌中惯用的比兴手法，次句的"采桑陌上试春衣"，点明了劳动的对象、地点和时令，"风晴日暖慵无力"，表现了一个少女陶醉在大自然中的娇态，"桃花枝上"三句，写她被黄莺儿的美妙歌声迷住了，舍不得回去。妙在不说自己流连忘返，乐不思归；而说莺言留挽，不让人归，把无情的黄莺，化作有心的女伴，生动地表现了女主人公对美好生活的无限热爱。这幽静的原野，妩媚的春光，嫩绿的桑叶，嫣红的桃花，配合着那黄莺的百啭歌声，一幅江南农村的秀丽图画，展现在我们的面前，真是"触景生情，缘情布景"的妙手。

"两张机"，通过行人踟蹰、女子回头一笑的离别情景，表现了她对即将远离的恋人的无限深情。"行人立马意迟迟"，是从女主人公的眼里看到行人的迟疑不决，欲行又止，真实地描绘出那种依依不舍的矛盾心情。"深心未忍轻分付"，是写女主人公的内心活动，刻画出正在初恋的少女隐藏着自己深情蜜意的娇羞心理和矜持态度。"回头一笑"三句，既是她向对方表示"深心"的一种特有的默契，又是她掩盖内心秘密的艺术反映，这一富有情趣的细节描写，使人很容易联想起皇甫松的"无端隔水抛莲子，遥被人知半日羞"（《采莲子》），不过这是"回头一笑"，那是"隔水抛莲"；这是"只恐被花知"的猜疑，那是"遥被人知"的现实而已。

"三张机"，借古代吴王宫女要更换舞衣，写出初夏蚕老时，少女开始紧张的织锦劳动。《白雨斋词话》认为它“刺在言外”,是不无见地的。“吴蚕已老燕雏飞”,点明吴蚕三眠已过,正在吐丝作茧;乳燕双翮初健,正在离巢试飞,用两种动物的不同生态来描绘江南蚕乡的暮春季节,为下文织锦、相思做好铺垫。“长洲苑”,是吴王夫差游猎的园囿,“馆娃宫”,是吴王夫差建造给西施住的,都在今苏州市的西南。“轻绡”,是柔软的丝织品,是“舞衣”的原料。这两句既揭示了这位女主人公在“催趁”下从事劳动的紧张心理;也揭露了最高封建统治者轻歌曼舞的淫靡生活。是“怨而不怒”的典型体现,陈廷焯说它“高处不减《风》《骚》”(《白雨斋词话》),正是指的这些地方。

“四张机”,运用乐府民歌中谐音双关的艺术手法,表现女主人公饱含深情的思恋之苦。“咿哑”,是象声词,是织机的声音;“颦眉”,是皱起眉头。此句写女子一边纺织一边忧思。她并未因相思之苦而停下机杼,却把相思之意织入了丝锦。所以有下句“回梭织朵垂莲子”。言织锦的梭子在机上来回飞动,很快织下了一朵下垂的莲子。这里的“垂莲子”,是谐音双关,即“垂怜于子”,也就是“爱你”的意思,是吴音歌中习见的艺术手法,以“莲”为“怜”,这里的“垂莲子”,正是前文“暗颦眉”的原因。“盘花易绾,愁心难整,脉脉乱如丝”,是说要曲折回环地织成美丽的花朵是容易的,而要清理心头的离情别绪则是困难的,这是“泪眼描将易,愁肠画出难”的诗意点化。后一句是说思念远人的心绪像乱丝一样纠缠在一起,这是“剪不断,理还乱,是离愁,别是一般滋味在心头”的胚胎。“盘花”与“愁心”对举,“易绾”与“难整”反衬,对比鲜明,铢两悉称,是十分工整的一联偶句。通过这样的细节描写和形象刻画,这位少女深情脉脉的内心活动,便得到了完美的体现。

“五张机”通过织诗锦上、寄托相思的描写,表达了女主人公对她心上人的无限深情。“横纹织就沈郎诗,中心一句无人会”。“沈郎”,就是南朝著名的诗人沈约,他在寄范安仁诗中有“梦中不识路,何以慰相思”之句。这两句是说,她默默地把相思的诗句织在横的花纹里,却又担心诗中的命意不被情人所理解。那么,她织在锦上的诗意到底是什么呢?“不言愁恨,不言憔悴,只恁寄相思”。“恁”,是“这么”的意思。在这里,她重复着两个“不言”,表明她不愿向对方倾诉别后的内心愁苦,也不愿透露形容的憔悴,而只是在诗句中寄托着自己的寸寸柔肠,缕缕情丝。“不言”之言,大大地超过了“言”的艺术容量。所谓“无限相思意,尽在不言中”,语言是有限的,而情思是无穷的,这就是人们追求“言外之意,味外之旨”的艺术境界的原因。

“六张机”,通过锦上的蝴蝶双飞,窗前的停梭独看,表现了女主人公丰富的内心世界和复杂的相思情愫。“耍花儿”,意为可爱、有趣的花儿,这是当时流行的方言。《九张机》的另一组诗也有“中心有朵耍花儿”之句,不过那个“耍花儿”是“娇红嫩绿”的花朵,而这里则是花间双飞的蝴蝶。锦上添花是美,行行都是可爱的花就更美，以争妍斗艳的繁花为背景，配上翻飞花间的双蝴蝶，那就美得不同凡响了。这象征着青春幸福的双飞蝴蝶，对于初恋中的少女来说自然是特别敏感的，所以她情不自禁地“停梭一晌，闲窗影里，独自看多时”。第一句是她望着自己织出的双蝶出神，既为自己精心织成的艺术品感到十分满意，也引起一番伤感。第二句是以环境的幽静暗衬她内心的翻腾。第三句以“独”和“双”对举成文，前后照应，让双飞花间之蝶，反衬独坐机畔的人，一种难以言喻的相思之情，在字里行间流露了出来。

“七张机”，通过鸳鸯戏水的图案遭到“轻裁剪”而担心，突出青春幸福生活的被毁灭而疑虑，表现女主人公对前途和命运的无穷隐忧。织成了鸳鸯戏水的图案，应该是高兴的，为什么反而“迟疑”起来呢？原来是她“只恐被人轻裁剪”，从而引起一场难以排遣的离恨。这是以锦上的鸳鸯，象征人间的情侣；以鸳鸯的遭到“轻裁剪”，象征情侣的无端“轻别离”；以鸳鸯的“分飞两处，无计相随”，象征自己的独处深闺，欢聚无时。联想是丰富而自然的，比喻是生动而形象的，因而能给人以无限的审美享受。

“八张机”，通过读遍回文所产生的苦闷心情，表达了女主人公的无穷幽怨。“回文知是阿谁诗，织成一片凄凉意”。这里用了前秦女诗人苏蕙的故事，《晋书·窦滔妻苏氏传》：“滔，苻坚时为秦州刺史，被徙流沙，苏氏思之，织锦为回文旋图以赠滔，宛转循环以读之，词甚凄婉。”明明知道回文诗是苏蕙寄给她丈夫的，为什么偏偏要发出“阿谁诗”的疑问呢？就是因为她的思恋之情，她的凄凉之意，跟苏氏的回文诗熔铸在一起了。苏氏的回文诗表达了她的思想感情，她的思想感情寄托在苏氏的回文诗中，合二而一，浑然一体，是难以分辨的。“行行读遍”，说明读的仔细。“厌厌无语”，“厌厌”，同“恹恹”，烦恼、愁苦的样子。说明读了以后的沉重心情。“不忍更寻思”，“寻思”是仔细思量的意思。说明在严酷的现实面前，往事不堪回首的伤感，从而使语言的感情色彩得到了加强，环境的凄凉气氛得到了渲染，大大地提高了艺术的感染力。

“九张机”通过并蒂花、连理枝的比喻，表现了女主人公对美好生活的执着追求，对薄情男子的深切指责。“双花双叶又双枝”，是锦上织成的并蒂花和连理枝。三用“双”字，加强了“独”字的反衬作用，既表达了她对“双花双枝”的向往，又流露了她独处深闺的苦闷，内涵是十分丰富的。“薄情自古多离别”是“多情自古伤离别”（柳永《雨霖铃》）的反语，“薄情郎”，“多离别”，是“自古”皆然，是一种普遍的社会现象；然而“多情女”呢？却要“从头到底，将心萦系，穿过一条丝”，就是要用一根饱含着甜情蜜意的丝线，把红花、绿叶、柔枝都紧紧地串联在一起。这“心”与其说是花心，毋宁说是情侣之心。这“一条丝”，也就是指结同心的相思。语意双关，意味深长，突出了少女真的感情，善的性格，美的愿望，给人留下了不可磨灭的印象。

这组词运用了丰富多彩的艺术手法，刻画了一个多愁善感的少妇形象，既可以独立成篇，又是一个有机的整体，既可以看作青年男女的闲愁，又可以看作老成忧国的哀叹，发射出多方面的信息，具有丰富的艺术含蕴。陈廷焯认为“词至此，已臻绝顶，虽美成（周邦彦）白石（姜夔）亦不能为”（《白雨斋词话》）。虽不免有些偏爱，但也不是没有根据和见解的。

鱼游春水

无名氏

秦楼东风里，燕子还来寻旧垒。馀寒犹峭，红日薄侵罗绮。嫩草方抽碧玉茵，媚柳轻窣黄金蕊。莺啭上林，鱼游春水。

几曲阑干遍倚，又是一番新桃李。佳人应怪归迟，梅妆泪洗。凤箫声绝沉孤雁，望断清波无双鲤。云山万重，寸心千里。

【鉴赏】

据《能改斋漫录》记载：“政和中，一中贵人使越州回，得词于古碑阴，无名无谱，不知何人作也。录以进御，命大晟府撰腔，因词中语，赐名《鱼游春水》。”这段话说明了这首《鱼游春水》词的来历和谱曲、命名经过。政和是宋徽宗的年号，越州就是今天的浙江绍兴；看来，这首词是宋徽宗以前南方的作品。至于确切的创作年代，那就难说了。不过这无关紧要，因为它的内容，并没有涉及必须弄清的历史背景，我们大可以从作品的本身，去探寻它的审美价值。

这是一首闺怨词，写的是一位少妇春日怀念远人的情态、心理，景物描写和人物刻画都显出相当的功力；而且互相映衬，构成了完整的意境。

上片全是写景。“秦楼东风里”四句，写春归燕回、馀寒犹峭之状。一开头就点出“秦楼”，使描写的环境带有确定性，这对读者理解词意大有好处。秦楼，汉乐府《陌上桑》：“日出东南隅，照我秦氏楼。”李白《忆秦娥》有“秦娥梦断秦楼月”句，皆指闺楼。由此可知，词中所写，景是“秦楼”中景，人是“秦楼”中人；于是，人物思想感情的社会性,就有了明白的着落。“东风”轻拂,“燕子”归来,这都是春回大地的显著特征。但是,我们不要轻轻放过了“燕子还来寻旧垒”这句话,要注意它和其他地方的联系,它是为人的不归作反衬的,我们读到后面自会明白。词人手笔,总是这样地一箭双雕。这四句写的是室内的春景,是“秦楼”人所见所感的春景,并暗示出女主人公慵懒困倦、日高未起之态,带有淡淡的惆怅情调。

“嫩草方抽碧玉茵”四句,从户内写到户外,描画出一派明媚的春光。作者摄取了四种景物:地面的嫩草,地上的垂柳,空中的黄莺,水中的游鱼,水陆空三维空间,交织成立体的画面,传达出绚丽的色彩。这里使用了两个借喻:以“碧玉茵”(像碧玉一样青绿的毯子)喻嫩草,以“黄金蕊”喻新出的柳条,都借联想而增加了景观的魅力。四句的动词也用得很好:嫩草是“抽”出的,“媚柳”(柔媚的柳条)是“窜”(从穴中突然冒出来)出的,黄莺在鸣“啭”,鱼儿在“游”动,可谓各尽其妙,各得其所。“上林”“春水”,为鸣莺、游鱼布置了适宜的活动环境,相得益彰。

下片转入写人。“几曲阑干”四句,写佳人倚遍“秦楼”栏杆,看到桃李又换了一番新花新叶,——这意味着一年又过去了,而意中人还没有回来,这触起了她的愁思,不觉潸然泪下。“梅妆”用的是寿阳公主的典故。《太平御览·时序部》引《杂五行书》说:“宋武帝女寿阳公主人日卧于含章殿檐下,梅花落公主额上,成五出花,拂之不去,皇后留之,看得几时,经三日,洗之乃落。宫女奇其异,竟效之,今梅花妆是也。”这里泛指妇女面部化妆。“梅妆泪洗”即涂了脂粉的脸上流下了眼泪之意。这几句着重描写佳人的外部动作,而以“应怪归迟”点明动作的原因,其悲怨愁苦之态如见。

“凤箫声绝”四句,写对方离去后音信杳然,使佳人思念不已。古代传说:萧史善吹箫,秦穆公将女儿弄玉嫁给他,数年后二人升天而去(见《列仙传》)。这里借用这一故事,以“凤箫声绝”指男子的离去。“孤雁”“双鲤”都用了典。前者出《汉书·苏武传》,汉使诈称汉昭帝在上林苑射雁,雁足上有苏武捎来的帛书。后者出古乐府《饮马长城窟行》:“客从远方来,遗我双鲤鱼;呼童烹鲤鱼,中有尺素书。”因此,这两个词都是寄书的代称。而“沉孤雁”“无双鲤”,就是指对方没有来信。但是,即使男方相隔云山万重,佳人的心还是神驰千里之外,萦绕在他的身边的。这几句着重描写佳人的内心活动,浓情厚谊,溢于言表。以后刘过《贺新郎》(老去相如倦)结云:“云万叠,寸心远”,殆出于此。

从艺术上来说,这首词采取以春景的明媚来反衬离人的愁思的手法。“嫩草方抽”,“媚柳轻窜”,“莺啭上林,鱼游春水”,这不是当日佳人与所欢行乐时所见的美景吗?如今这一美景又已重现,但是所欢却已不在身边;去年的燕子还懂得回来寻找旧垒,而心上人却一去不归;这怎能不令她栏杆倚遍,泪洗梅妆呢!这样写,效果是动人的。词的语言明白、朴素(有些地方略显粗糙),表达方式显豁;虽有用典,但却是常见的:具有民间词的特点。它的作者,估计是文化程度不太高的读书人。

阮郎归

无名氏

春风吹雨绕残枝,落花无可飞。小池寒绿欲生漪,雨晴还日西。

帘半卷,燕双归。讳愁无奈眉。翻身整顿着残棋,沉吟应劫[①]迟。

【注释】

①劫:弈棋时棋局上紧迫的一着。《水经·淮水注》:"局上有劫亦甚急。"

【鉴赏】

此词见宋曾健《乐府雅词拾遗》,撰人不详。

落花,春愁,是唐宋词中常写的题材。因为花象征着青春年华,也象征着美好事物,一旦遭受风吹雨打,容易引起人们的怜悯和哀愁,对旧时代的女性来说,尤为如此。如温庭筠《菩萨蛮》词:"雨后却斜阳,杏花零落香。……时节欲黄昏,无聊独掩门",朱淑真《谒金门》词:"十二阑干倚遍,愁来天不管。……满院落花帘不卷、断肠芳草远",都写女性因见落花而引起的惆怅,与此词大致相似。然此词亦有自己特点,辞旨清婉凄楚,读之回肠荡气,有一股感人的艺术力量。

"春风"二句起调低沉,一开始就给人以掩抑低徊之感。"春风吹雨绕残枝","绕"字尤为新警,不仅写出了雨之连绵不断,无休无止;而且也写出了这雨对残枝之纠缠不已。春风吹雨,已自凄凉;而花枝已凋残矣,风雨仍依旧吹打不舍,景象更为惨淡。"落花无可飞",写残红满地,沾泥不起,比雨绕残枝,又进一层。表面上写景,实际上渗透着悲伤情绪。两句为全篇奠定了哀婉的基调。

三、四两句写雨霁天晴,按理色调应该转为明朗,情绪应该转为欢快;可是不然,词的感情旋律仍旧脱离不了低调。盖风雨虽停,而红日却已西沉,因此凄凉的氛围非但没有解除,反而又被抹上一层暮色。"小池寒绿欲生漪"一句,极为凝练,集中地反映了这种情绪。它以"小"字写池塘的面积,"寒"字写池塘的温度,"绿"

字(一本作"渌",清澈也)写池塘的颜色,"漪"字写池塘的动态,形象鲜明,含意深邃,一腔悲哀之情,似乎倾注池中。目睹小池涟漪,抒情主人公的心房在颤抖。其艺术技巧之高,令人惊叹。

词的下半阕,由写景转入抒情,仍从景物引起。"帘半卷,燕双归",开帘待燕,亦闺中常事,而引起下句如许之愁,无他,"双燕"的"双"字作怪耳。其中燕归,又与前面的花落相互映衬,"落花归燕,俱是触景伤情之语"(明李攀龙语,见《草堂诗余隽》卷二引)。所谓"抚景伤情",实亦带有见物怀人之意。花落已引起红颜易老的悲哀;燕归来,则又勾起不见所欢的惆怅。燕双人独,怎能不令人触景生愁,于是迸出"讳愁无奈眉"一个警句。所谓"讳愁",并不是说明她想控制自己的感情,掩抑内心的愁绪,而是言"愁"的一种巧妙的写法。"讳愁无奈眉",就是对双眉奈何不得,双眉紧锁,竟也不能自主地露出愁容,语似无理,却比直接说"愁上眉尖",艺术性高得多了。宋词中通过双眉的变化写内心感情的名句很多,如范仲淹《御街行》:"都来此事,眉间心上,无计相回避。"李清照《一剪梅》:"此情无计可消除,才下眉头,却上心头。"此句字数比他们少,然五字之中,四层转折:一是有愁,二是讳愁,三是眉间露愁,四是徒嗟无奈,愈转愈深,似见肺腑。卓人月说:"'讳愁'五字,不知费多少安顿!"(《古今词统》卷六)确为有识之见。

结尾二句,紧承"讳愁"句来。因为愁闷无法排遣,所以她转过身来,整顿局上残棋,又从而着之,借以移情。可是着棋以后,又因心事重重,落子迟缓,难以应敌。"整顿着残棋",语意双关,并与前面的"残枝"相呼应,使愁闷气氛纵贯全篇。"沉吟"二字,则绘出着棋时的神情,妙有含蓄。这个结尾通过词中人物自身的动作,生动而又准确地反映了纷乱的愁绪。因此杨慎评曰:"'翻身'二句,愁人之致,极宛极真。此等情景,匪夷所思。"(杨慎批《草堂诗馀》)

浣 溪 沙

无名氏

瓜陂铺题壁

剪碎香罗浥泪痕，鹧鸪声断不堪闻，马嘶人去近黄昏。

整整斜斜杨柳陌，疏疏密密杏花村，一番风月更消魂。

【鉴赏】

这首词是一位未留名姓的作者用篦刀刻在蔡州（今河南汝南）瓜陂铺的青泥壁上的。大约是词中流露的真情实感引起了许多过往墨客骚人的共鸣吧，宋人吴曾据友人所述收录在他的《能改斋漫录》之中，使它流传了下来。

词的上片是追忆与爱人别离时的情景。香罗帕，一般是男女定情时馈赠的信物，现在将它剪碎来揩拭离人的眼泪，真是悲痛之极。从“剪碎香罗”这种决绝的举动看来，这番别离不是暂时的分手，而是带有诀别的性质，所以非用如此强烈的动作不足以表达这样强烈的感情。接下来两句用景物描写进一步烘托和渲染别离的悲痛。就在这剪碎香罗，泪眼相看，痛苦诀别之际，那“行不得也哥哥”的鹧鸪哀鸣，和着催人远行的声声马嘶，又在黄昏的沉沉暮霭中断续相和，更使得这一对多情的离人肝肠寸断。

下片写与爱人别离后的愁思。跟上片不同，他没有从正面着笔，而只是写旅途中的一路风光。妙处就在从这一路风光中不难体味这位可怜的朋友的愁思。他一路行来，走过种着或成行或斜出的杨柳树的道路，穿过傍着或疏或密杏花林的村庄（黄庭坚“夜听疏疏还密密，晓看整整复斜斜”之句是咏雪的，这首词中分用以形容杨柳与杏花，也恰到好处），这些景色不可谓不清美宜人，可是在离开了心上人的男主人公的眼中，它们只能更加勾起他对已经诀别的爱人梦幻般的思恋。待到结束一天的旅途劳顿，投宿到乡间一所小旅店歇息下来，虽有清风明月，却丢失了花前月下的愉悦生活，真是感触万千，便迫不及待地拿起篦刀（看来他已无暇再去寻找笔墨了），在青泥壁上刻下了内心的这一番感受。词人在下片短短的三句里，不仅通过以景写情的手法烘托、抒发别后的相思，而且还采用“以乐景写哀”的反衬手法,使词作产生了“一倍增其哀乐”(王夫之《姜斋诗话》中语)的艺术效果。

这首小令篇幅虽短,但上下两片的写法却随感情的变化有很大的不同。上片“剪碎香罗”“鹧鸪声断”“马嘶”“黄昏”等词的连缀,将动作、表情、声音、色彩都调动起来,有机地组合在一起,繁弦促拍的节奏,层层叠加的形象,将别离的痛苦压抑得人喘不过气来的情绪表现得淋漓尽致。跟别时痛苦的强烈不同,别后行旅的愁思,则是绵延不断的,其特点是深沉。所以下片的景物与环境描写,着笔于漫长曲折的道途,而经过一路愁思的积淀,到别有“一番风月”的晚间,达到了黯然销魂的顶点。节奏跟这种情调相适应,“整整斜斜杨柳陌,疏疏密密杏花村”,显得特别的舒缓、懒散,可以让你去慢慢回忆,细细联想,去感受那种“离愁渐远渐无穷,迢迢不断如春水”(欧阳修《踏莎行》)的况味。在写离情别绪一类题材的小令中,表现手法这样富于变化,是比较少见的。

雨中花

无名氏

我有五重深深愿。第一愿、且图久远。二愿恰如雕梁双燕。岁岁后、长相见。
三愿薄情相顾恋。第四愿、永不分散。五愿奴哥收因结果,做个大宅院。

【鉴赏】

此词题为“改冯相三愿词”。南唐冯延巳曾为宰相,故称冯相。他有一首《长命女》词是为士大夫家之家伎所写的祝酒辞。其词云:“春日宴,绿酒一杯歌一遍,再拜陈三愿。一愿郎君千岁,二愿妾身长健,三愿如同梁上燕,岁岁长相见。”这首《雨中花》采用了冯词的结构和陈述方式,而内容和意义全然不同了。宋人吴曾引述了两词后评论说:“味冯公之词,典雅丰容,虽置在古乐府,可以无愧。一道俗子窜易,不惟句意重复,而鄙恶甚矣。”(《能改斋漫录》卷十七)其实三愿词与冯延巳其他作品比较起来是很平庸的,五愿词则比冯之原词高明。吴曾对五愿词的鄙薄,仅仅反映了一般文人雅士对俗词的憎恶态度。北宋以来市民的游艺场所瓦市在都市里逐渐出现,相应地出现了专业的民间艺人和通俗文艺作者。这首《雨中花》可能就是这些作者为民间歌妓们写的,供她们在瓦市或酒楼茶肆演唱,表达她们脱离风尘的愿望。作者将她们从良的愿望分为五重来表达。“重”即“层”之意。“五重”即分为五个层次来说明其愿望的具体要求。

词以“我”作第一人称的表述方式，表达风尘女子的愿望。这“深深愿”表明是她们深思熟虑、长期以来所热烈追求的。风尘女子许多都是不愿过那种朝秦暮楚、供人玩赏的生涯，她们盼望着有一个正常而稳定的家庭生活，所以“且图久远”是她们首先得考虑的基本之点。冯词的“如同梁上燕，岁岁长相见”为最后的愿望，此词借用其意，仅作为第二层愿望。岁岁双双和谐相处，有“燕燕于飞”之意，希望建立协调的家庭关系。第三愿则是对男子提出的要求。“薄情”取其相反之义，即指所信赖的多情男子，希望得到他的顾惜、爱怜。实际生活中风尘女子从良后居于妾媵地位，大都得不到真正的同情和怜爱，总是遭到人们的贱视。所以这层愿望或担心是很有必要一再申明的。“第四愿、永不分散”，这也有应予强调的意义。曾有许多女子从良之后，又被遗弃甚至惨死的。宋人笔记中就有关于这类不幸故事的记述。“永不分散”即意味着永远不被遗弃。以上四愿——“图久远”“长相见”“相顾恋”“永不分散”，初看时它们意义相似，“句意重复”，但它们却是从不同的角度提出的要求，其间有联系而又有区别。作者熟悉风尘女子的生活和思想，了解她们的愿望，所以能真实地反映出她们关于从良问题这种周到细致的考虑，以期不会受人欺骗而至选择失误。第五愿是最深的一层，是全部愿望的关键所在，即希望做个普通家庭的女主人，而不是姬妾之类。“奴哥”，对年轻女性的昵称，这里是自称，“哥”字是语尾字，无义。“收因结果”，或作“收园结果”，宋元俗词，意即为收场、结果。“宅院”也是宋元俗词，义同宅眷。如柳永《集贤宾》写一歌妓不满足于与所恋男子“偷期暗会”，要求“和鸣偕老”，说：“待作真个宅院，方信有初终。”这表明风尘女子希望真正从良，结为正常婚配对偶，成为自由的普通人家的女主人。“大宅院”就是指妻而非妾了，这个差别很要紧，故特言之。将五愿合并而观，则她们是要求建立一个正常的、长久的、美满幸福、自由和谐的家庭生活。这是每个妇女最合理的最朴素的人生要求。

歌妓们唱着五愿词，希望尊前席上有人能理解她们的善良愿望，使她们能寻觅到可以依托的男子以拯救她们脱离风尘。通俗歌词的作者仅仅表达了歌妓们的主观愿望。正因为她们失去了这许多平常却又宝贵的东西,才苦苦地歌唱和追求。词的另一方面则深刻地反映了她们不幸和痛苦的精神生活。虽然宋代也确有风尘女子从良而得以实现“五重深深愿”的,但这样幸运的例子真是太稀少了。当我们认真读懂这首词,并认识了其现实意义之后,是绝不会感到“鄙恶甚矣”的。

眉峰碧

无名氏

蹙破眉峰碧。纤手还重执。镇日相看未足时,忍便使鸳鸯隻!
薄暮投村驿。风雨愁通夕。窗外芭蕉窗里人,分明叶上心头滴。

【鉴赏】

这首民间词在北宋甚为流行。相传词人柳永少年时代得到此词,书写在墙壁上,反复琢磨,后来终于悟出了作词的方法(见《词林纪事》卷十八引《古今词话》)。北宋后期徽宗皇帝也认为“此词甚佳”。还很想知道它的作者(见王明清《玉照新志》卷二)。这都足见其影响之深远了。

由于宋代都市经济的发展,商品流通领域扩大,商贩往来各地,流民和客户增多。许多人为了营生都抛家别子,奔走风尘,因而在通俗文学中羁旅行役已成为重要主题之一。此词便是市井之辈抒写羁旅行役之苦的,但并未直接描述旅途的劳顿,而是表达痛苦的离情别绪。在某种意义上,这种离别之苦比起劳碌奔波是更难于忍受的。当初与家人离别时的难忘情景,至今犹令抒情主人公感到伤魂动魄。“蹙破眉峰碧,纤手还重执”是与家人不忍分离的情形。从“镇日相看未足时”一句体味,很可能他们结合不久便初次离别,所以特别缠绵悱恻。蹙破眉峰,是妇女离别时的愁苦情状,从男子眼中看出;纤手重执,即重执纤手的倒文,从男子一方表达,而得上句映衬,双方依依难舍之情,宛然在目。其中当有千言万语,无可诉说,只以两个表情动作交代出来,简洁之至,亦深刻之至。柳永《雨霖铃》词的“执手相看泪眼,竟无语凝咽”,盖于此脱胎。以下“镇日相看未足时,忍便使鸳鸯隻”,是男子在分别即时所感,也是别后心中所蓄。这两句词令人想起白居易《长恨歌》所叙述的“缓歌慢舞凝丝竹，尽日君王看不足，渔阳鼙鼓动地来，惊破霓裳羽衣曲”和柳永《西施》所评说的“正恁朝欢暮宴，情未足，早江上兵来”，虽事有小大之殊，人有平民君主之别，其情之难堪，却无二致。所同的是欢情未足而变故突生。而又有不同的，是此词中的“相看”二字：写所“未足”者仅此，不借外物增饰助情，一心只在眼前这个“人”；其次是不专从男方一己之“未足”落笔，而是两个人互相的看个不够，写新婚夫妇浓情蜜意如画，这是平等的爱情，平民的爱情，比君王的那一份有本质的不同，以朴素无华的语言表出也是恰如其分。——正是此“时”，“鸳鸯”分手了。南朝陈代的徐陵在《鸳鸯赋》中曾说过：“天下真成长会合，无胜比翼两鸳鸯。”而现在鸳鸯不双而“使隻”。“使”字下得好，谁为为之？孰令致之！也是南北朝作家的庾信有诗云：“青田树上一黄鹤，相思树下两鸳鸯。无事交（教）渠更相失，不及从来莫作双”（《代人伤往》），真是慨乎言之，在男主人公心中，也当有这样的叹恨了。

离别的情形是抒情主人公在旅宿之时的追忆，词的下片才抒写现实的感受。因为这次离别是他为了生计之类的逼迫忍心而去，故思念时便增加了后悔的情绪，思念之情尤为苦涩。“薄暮投村驿，风雨愁通夕”，一方面道出旅途之劳苦，另一方面写出了荒寒凄凉的环境。旅人为赶路程，直至傍晚才投宿在荒村的驿店里。一副寒伧行色表明他是社会下层的民众。在这荒村的驿店里，风雨之声令人难以入寐，离愁困恼他一整个夜晚。“愁”是全词基调，紧密联系上下两片词意。风雨之夕，愁人难寐，感觉的联想便很易与离愁相附着而被强化。“窗外芭蕉窗里人”本不相联系，但在特定的环境氛围中，由于联想的作用，主体的感受便以为雨滴落在芭蕉叶上就好似点点滴滴的痛苦落在心中。此种苦涩之情，令人伤痛不已。结尾两句既形象，又很有情感的分量。在上片结句词情达到高峰之后，又出现了一次高峰，词意充实，词情不衰，结构美妙而完整。文人词中也常将雨声与愁苦之情相联系，如温庭筠的“梧桐树，三更雨，不道离情正苦。一叶叶，一声声，空阶滴到明”（《更漏子》）；李清照的“梧桐更兼细雨，到黄昏点点滴滴。这次第，怎一个愁字了得”（《声声慢》）。但民间词的“分明叶上心头滴”，所表达的情感却更为强烈：雨水滴在叶上，也滴在心头；更进一步体味，雨水分明不是滴在叶上，而是滴在心头。“分明”的幻觉是情感过于强烈所造成，在句中起着非常有力的表现作用。这结句即与唐宋文人作品比较，也可称之为名句。

这首小词抓住一点羁旅离情表达得充分完满。它以自我抒情方式倾泻真挚强烈的内心情感，按照情感发展的顺序一气写下，善于层层发掘，直至人物内心世界的深层。作者能切实把握富于特征性的细节，整个艺术表现手法朴素而简洁。这些成功的艺术经验可能也是柳永曾经悟到的。

青玉案

无名氏

钉鞋踏破祥符路。似白鹭、纷纷去。试盝幞头谁与度。
八厢儿事[1],两员直殿,怀挟无藏处。
时辰报尽天将暮,把笔胡填备员句。试问闲愁知几许?
两条脂烛,半盂馊饭,一阵黄昏雨。

【注释】

①八厢儿事:南宋吴自牧《梦粱录》卷二《诸州府得解士人赴省闱》条记:“其士人在贡院中,自有巡廊军卒赍砚水、点心、泡饭、茶、酒、菜、肉之属货卖。亦有八厢太保巡廊事。”南宋制度多承袭北宋,故《梦粱录》所记也可供参考。

【鉴赏】

北宋后期贺铸的《青玉案》(凌波不过横塘路)词,写梅雨时节的闲愁情绪,字面优美,流传甚广。这首词当是社会下层文人的作品,它用贺词原韵描述举子应试时狼狈可笑的情形,题为“咏举子赴省”。看来作者对于举场生活很有体验,可能是曾屡试不中者,因而对应试举子极尽嘲讽之能事。

宋代科举考试制度规定,各地乡试合格的举子于开科前的冬天齐集京都礼部,初春在礼部进行严格的考试,考试合格者列名放榜于尚书省。这次称为省试。省试之后还得由皇帝亲自殿试。此词写举子参加省试的情形。词的上片写考试前的准备阶段。祥符县为北宋都城开封府治所在地,祥符路借指京城之内。宋制三年开科,头年地方秋试后,各地举子陆续集中于京都。“钉鞋踏破祥符路”,写省试开始时,举子们纷纷前去,恰好雨后道路泥滑,他们穿上有铁钉的雨鞋,身着白衣,攘攘涌向考场。“踏破”和“白鹭”都有讥笑的意味,表现慌忙和滑稽的状态。“盝”,音禄,小匣,“试盝”即文具盒之类的用具。“幞头”为宋人通用头巾,以桐木衬里,加上条巾垂脚,形式多样。举子们携着试盝,戴着不合适的幞头,形象就更加有点可笑了。宋代的考试制度非常严密,“凡就试唯词赋者许持《切韵》《玉篇》(工具书),其挟书为奸,及口相受授者,发觉即黜之”(《宋史》卷一五五《选举志》)。所以举子进入考试之时须经搜查,看看有无挟带。“八厢儿事”即许多兵士,“直殿”

指朝廷侍卫武官。进入考场之时，既有许多兵士搜查，又有两员朝廷武官监督，弄得“怀挟无藏处”，根本无法作弊了。可怜这些举子本来才学粗疏，考场管理之严，就更使他们无计可施了。然而科举考试又是士人唯一的入仕之路，许多士人仍然怀着侥幸心情进入了考场。

词的下片写举子在考场中的困窘愁苦之态。“凡命士应举，谓之锁厅试”。举子进入考场之后立即锁厅考试，自朝至暮，一连数日。作者省略了许多考试的细节。“时辰报尽天将暮”，时间一点点过去，困坐场屋的举子一筹莫展，文思滞钝，天色已暮，只得敷衍了事，“把笔胡填备员句”。据北宋王辟之《渑水燕谈录·贡举》云：“本朝引校多士，率用白昼，不复继烛。”天黑前必须交卷。他大约一整天都无从下笔，临到交卷前便只好胡乱写上几句充数。这两句写出举子考试时无可奈何的心情和困窘情状。贺铸词中的“试问闲愁都几许？一川烟草，满城风絮，梅子黄时雨”，为全词最精彩的部分，表现了词人的闲情逸致，很有诗意，赢得贺梅子之称。作者套改贺词以表现考场中的“闲愁”。其实哪里是闲愁。而是困苦难受之情：“两条脂烛，半盂馊饭，一阵黄昏雨。”宋代考场中，到日暮一般再点两条蜡烛以待士子。考试既不如意，头昏眼花，饥肠辘辘，面对暗淡将尽的烛光和难咽的馊饭，苦不堪言。若是小园闲庭或高楼水榭，徙倚徘徊之时，“一阵黄昏雨”倒能增添一点诗情雅趣。可是举子们此时还有什么诗情雅趣，黄昏之雨只能使心情更加烦乱、更感凄苦了。在备述举子奔忙、进入考场、考试情况等狼狈困苦的意象之后，结句忽然来一笔自然现象的描写，好似以景结情，补足了举子们黄昏的难堪环境氛围。这样做结，颇有清空之效，留下想象余地，且很有风趣。

这首词嘲讽那些久困场屋、才学浅陋而又热衷科举的士人，用漫画的夸张手法描绘出举子赴省试的狼狈可笑形象。这些举子好像后来吴敬梓在《儒林外史》写的范进中举的情形一样，虽可笑而又可怜。他们屡试不第，是科举考试制度下的牺牲者。多次的失败麻木了他们的思想，扭曲了形象和性格，他们是值得同情的人物。从这首小词里，可以看到呻吟在封建制度重压之下不幸士人的可笑而可怜的形象。宋代文人词缺乏讽刺幽默的传统，而且题材范围也比较狭窄。这首民间作品使我们耳目一新，见到一种特殊的题材和特殊的表现方法，可惜这类作品保存下来的真是太少了。

水调歌头

无名氏

建炎庚戌题吴江

平生太湖上，短棹几经过。如今重到，何事愁与水云多？拟把匣中长剑，换取扁舟一叶，归去老渔蓑。银艾非吾事，丘壑已蹉跎。
鲙新鲈、斟美酒，起悲歌。太平生长，岂谓今日识兵戈！欲泻三江雪浪，净洗胡尘千里，不用挽天河。回首望霄汉，双泪堕清波。

【鉴赏】

此词据宋人龚明之《中吴纪闻》卷六记载，是建炎四年庚戌（1130）有人题于吴江（即吴淞江）上的。另据曾敏行《独醒杂志》，高宗绍兴年间（1131~1162）无名氏题此词于吴江长桥。后来传入宫中，高宗查访甚急，秦桧甚至请高宗降黄榜招请，但都没有找到作者。当时的人们认为作者可能是个隐士，而秦桧请降黄榜则是别有用心的。这首词慷慨悲凉，唱出了宋室南渡初期志士仁人的心声，因而受到重视。它之所以引起统治者的关注和恐慌，乃是由于词中明显地斥责了他们的卖国政策。据近人考证，它可能出自张元幹的手笔。

此词系题于吴江桥上，因而全篇紧紧围绕江水立意。"平生太湖上，短棹几经过"，这里的"几"含有说不清多少次的意思，它与"平生""短棹"配合，把往日太湖之游写得那么轻松愉快，为下文抒写愁绪做了铺垫。"如今重到，何事愁与水云多"，陡然转到当前，然而是"何事"使他愁和水、云一样多呢？作者并不马上解释，接下去的词句却是感情的连续抒发。这种方法，一方面留下悬念，启发读者想象，另一方面先把感情突现出来，也易于对读者产生感染力。"拟把匣中长剑，换取扁舟一叶，归去老渔蓑"，以剑换舟，暗示报国无门，只好终老江湖。但是这三句用"拟"字领起，分明说只是打算。为什么不能付诸实际？作者也不立即回答，算是第二个悬念。"银艾非吾事，丘壑已蹉跎"，银是银印，艾是拴印的绶带，因为用艾草染成绿色，所以叫艾。丘壑指隐士们住的地方。这两句申足前三句句意：先说自己无意做官，后说归隐不能。为什么不能？又设下了一个悬念。上片把出处进退的各个方面都已说尽，似乎全篇可以就此收束；然而作者并没有说明他何以有进退之想，以及最终是进是退，这又预示着必有新意要说。用这种似收似起的句子结束上片，是填词家所追求的胜境。

下片用三个三字句起头："鲙新鲈、斟美酒，起悲歌"，音节疾促，势如奔马，作者的感情从中喷涌而出。鲙，通脍，把鱼肉切细，是一种烹鱼方法。鲈，鱼名，是吴淞江特产。"鲙新鲈"字面上直承"渔蓑""丘壑"，不过上边已说"归去老渔蓑"未成，"丘壑"之隐也已蹉跎，因而它同上片又好像无关。——这种似承似转的过片法，也是大手笔的绝技。从内容着眼，"新鲈""美酒"都是至美之物，但后面接上的是"起悲歌"，此所谓以美衬悲、愈转愈深者也。"太平生长，岂谓今日识兵戈"，这里开始回答"何事愁与水云多"，也呼应"平生太湖上，短棹几经过"。"岂谓"，从字面上讲是"难道说"，这里含有没有想到，出于意外的意思。全句意谓自己生长太平盛世，万万没有想到今天饱尝了兵戈之苦。"欲泻三江雪浪，净洗胡尘千里，不用挽天河"，三江指流入太湖的吴淞江、娄江、东江；"挽天河"，出自杜甫《洗兵马》的最后两句："安得壮士挽天河，净洗甲兵长不用。"杜甫这首诗，是在东、西两京收复后，官军继续进击安、史叛军时写的，诗中设想天下大定之后，便如周武王既克殷，可以"偃干戈，振兵释旅，示天下不复用"(《史记·周本纪》)。这首词用这句气势磅礴的"挽天河洗甲兵"，移于"净洗胡尘"，这是一个改造；接着又说"不用挽天河"，只须"泻三江雪浪"去"净洗胡尘千里"，这又是一个改造，以"三江雪浪"这一"本地风光"代替"天河"，构想新奇。南宋爱国诗词运用"挽天河"这个出典，颇多只用其字面，要"洗"的已不是"甲兵"，而是蒙了"胡尘"的山河，这首之外，如张元幹词"欲挽天河，一洗中原膏血"(《石州慢·己酉秋吴兴舟中作》)、陆游诗"要挽天河洗洛嵩"(《八月二十二日嘉州大阅》)都是。不过，这三句用"欲"字领起，也分明说只是有此打算。正因为有了这一打算，上片中所说的以剑换舟的打算才未实现，丘壑之隐也才蹉跎。那么这一打算能否实现呢？"回首望霄汉，双泪堕清波"，霄汉的本义是天空，这里暗指朝廷。作者满怀报国志向，可是面对朝廷只能使浓愁变成伤心的双泪，因为统治者并不允许人民通过战斗收复失地，作者的一切设想，也都因朝廷的妥协投降而变成了泡影。

这阕词慷慨悲壮，每个字的后面都激烈跳荡着一颗被压抑的爱国心。词中不断掀起的波折，反映了在国事不宁的情况下个人身心无处寄托的彷徨和苦闷。千百年后，读之也仍然使人感叹无已。

眼儿媚

无名氏

萧萧江上荻花秋，做弄许多愁。半竿落日，两行新雁，一叶扁舟。

惜分长怕君先去，直待醉时休。今宵眼底，明朝心上，后日眉头。

【鉴赏】

这是一首写离情别绪的词。

上片以江边送别所见的景物烘托别离时的愁绪。饯行的酒席大约是设在江畔，只见江上芦苇都已开满了白花，在萧瑟的秋风中摇曳，那无可奈何地随风晃动

的姿态，萧萧瑟瑟的凄切的声响，好像是有意作弄出许多忧愁的模样，给已经愁肠百结的离人平添了许多愁思。抬眼望去，所见景物无不触目伤情。那西沉的太阳，恹恹地在落下去，只剩半根竹竿那么高了；那从天际飞来的两行新雁，愈飞愈远，飞往南方的老家去了；眼前停靠着的这一条船，你就要载着我的朋友（也许是郎君、心上人）别我而去了。

下片进一步分写别前、别时特别是别后的心理活动。我们之间的别离一直是我担心的事情，我常常怕你离我先去。眼下，别离无情地来临了，在这即将分手的

时刻，只有拼一醉才能暂时解除心中的烦忧。今天晚上，我的眼前还是一个活泼泼的你；到了明天，你的模样就只能活在我的心里；到了后天啊，想你、念你而又看不见你、喊不应你，我只能紧蹙双眉，忍受无休止的离愁的煎熬了，这怎能不叫人心酸肠断呢！

这首词没有采用夸张的手法，基本上用白描，只四十八个字，便将别离的愁绪倾诉得相当充分，很有感染力。透过悲切凄清的愁绪，可以感受到送别人与远行者之间深挚的感情。围绕一个“愁”字，词人用两种不同的方法写了别时、别前、别后三个不同时间的情绪。如果说，上片写别时之愁，是从空间落墨、用景物描写，那么下片写别前与别后之愁，则从时间着笔、用心理刻画。别前的“愁”是通过无限连续的“怕”（怕分别）来表现的，而这种心理体验，要靠“醉”这种剧烈的刺激来摆脱。至于别后之愁，则全用神态与心理相结合的写法。愁绪的表现从“眼底”而至“心上”而至“眉头”，随着时间的推移，愈来愈强烈。如果说上片的景物描写采取了“近—远—近”的方法，那么这里的心理刻画是用了“外—内—外”的方法，手法变化而不落窠臼，足见作者的艺术匠心。

这首《眼儿媚》，数量词和时间词的运用很有特色。“半竿落日，两行新雁，一叶扁舟”，数量准确，对仗工整（词律并不要求这三句对仗，下片末三句亦然），这使我们自然地联想起苏轼的名句：“春色三分，二分尘土，一分流水。”（《水龙吟》）还有“今宵眼底，明朝心上，后日眉头”三句，显然是化用了范仲淹的“都来此事，眉间心上，无计相回避”（《御街行》）和李清照的“才下眉头，却上心头”（《一剪梅》）的词意。但用“今、明、后”写时间的推移，配以“宵、朝、日”三字，则又有了夜晚、早晨、白天的变化，显示了作者化用前人成句而颇有创新的精神。

按：此词作者《阳春白雪》卷三作贺铸；《古今别肠词选》卷二作明人钟惺；《全宋词》据《于湖先生长短句》作张孝祥，文字有出入。今据《词综》卷二十四作无名氏作品，文字亦从之。

青玉案

无名氏

年年社日停针线，怎忍见，双飞燕，今日江城春已半。一身犹在，乱山深处，寂寞溪桥畔。

春衫著破谁针线，点点行行泪痕满，落日解鞍芳草岸。

花无人戴，酒无人劝，醉也无人管。

【鉴赏】

这首无名氏的作品，写的是游子春日感怀。全篇即景抒情，纯用白描，却能达到“语淡而情浓，事浅而言深”的境地。

春社，正当每年春分前后，燕子也在此时从南方飞回，再过半个月就是清明节。晏殊《破阵子》上片：“燕子来时新社，梨花落后清明。池上碧苔三四点，叶底黄鹂一两声，日长飞絮轻。”描绘的就是此际风光。春社又本来是古代祭社神(土地神)的节日，到处迎神赛会，十分热闹，妇女于此日都不做针线活计，结伴出外闲游，称之为“忌作”。唐代张籍有诗云：“今朝社日停针线，起向朱樱树下行。”(《吴楚歌词》)年年社日，大家都是兴高采烈，那么，游子的心情又是如何呢？“怎忍见、双飞燕”。燕子双双，于春社时候飞回旧巢；游人成双作对，言笑晏晏；这些都是使他触景伤神的场面。自己身处异乡，形单影只，又将何以为遣呢！“林间戏蝶帘间燕，各自双双。忍更思量，绿树青苔半夕阳。”(冯延巳《采桑子》)恐怕只能如冯词所写那样独游而又独悲了。

“今日”句，点出目前正当江城春半，百花争妍，“春满院。叠损罗衣金线。睡觉水晶帘未卷。帘前双语燕。”(薛昭蕴《谒金门》)想象之中深闺伊人的惆怅之情，大约也仿佛如此吧！“一身”几句，写出自己长期飘泊的苦况。“乱山深处，寂寞溪桥畔”，这是游子眼中的春景，实际上也是他黯淡心情的反映。“已”字与“犹”字呼应，是说不仅已往数年，而且今年仍然流寓他乡，以后如何，那就只好不做思量了。

过片“春衫”两句，可与传为苏轼作之《青玉案》歇拍对看：“作个归期天已许。春衫犹是，小蛮针线，曾湿西湖雨。”它写小蛮所缝的春衫曾被西湖之雨沾湿，本词的春衫亦是伊人所缝，不仅沾满泪痕而且破旧不堪；两者都是借此道出穿着春衫之人的相思之情。“谁针线”从首句“停针线”引出，两用“针线”，意不重复，前者指社日无人做针线，后者是说自己衣破无人缝绽。“著破”言与伊人离别时间之长，破衣之上满布斑斑泪痕，则游子内心悲苦之情也就可以想见。

结尾几句先写四周景致，旅途小驻，解鞍伫立溪桥岸边，但见夕阳西下，芳草萋萋，这时他的心情正如柳永《采莲令》中所说：“万般方寸，但饮恨脉脉同谁语。”接下去连用三个“无人”，用来突出他内心的苦闷！繁花似锦，无人同赏，只好借酒浇愁，独酌而又无人相劝，待到醉了，更是无人照看。三句叠用三个“无人”，使语意分三层宛转道来，也即是采用重复句式令内容逐渐递进，做到字面重复而句意却在步步深入，将游子的内心活动有层次地呈现在人们眼前。《词洁》认为这末三句“与晁补之《忆少年》起句‘无穷官柳，无情画舸，无根行客’，同一警绝；唐以后特地有词，正以有如许妙语，诗家收拾不尽耳”。这里指出诗和词在形式方面各具特点，词人往往能巧妙地运用词所独具的格式，使词的内容得到充分表达，从而也较为完美地展示了词的艺术特色。

踏 莎 行

无名氏

殢酒情怀，恨春时节。柳丝巷陌黄昏月。把君团扇卜君来，近墙扑得双蝴蝶。

笑不成言，喜还生怯。颠狂绝似前春雪。夜寒无处著相思，梨花一树人如削。

【鉴赏】

南宋末年赵闻礼编选的《阳春白雪》，顾名思义是收的文人雅词，但也混入了少数流行于民间的无名氏作品。此词即其中之一。词写市井女子赴密约时的期待心情。它当时在市民群众游乐等处由女艺人演唱，其艺术效果一定是很好的。

在赴密约之时，抒情女主人公的心情是抑郁而苦闷的。词起笔以“殢酒情怀，恨春时节”表现出她的情绪非常不好。这应是因他们爱情出现了波折或变故而引起的。“殢酒”是苦闷无聊之时以酒解愁，为酒所病；“恨春”是春日将尽产生的感伤。“情怀”和“时节”都令人不愉快。“柳丝巷陌黄昏月”，是他们密约的地点和时间。市井青年男女都习惯于“月上柳梢头，人约黄昏后”。宋代都市里的坊曲街衢，俗称巷陌或坊陌。这些街头巷尾柳枝掩映之处，当黄昏人稀正是约会的好地方。从约会的地点，大致可以推测女主人公属于市井之辈，如果富家小姐或宦门千金绝不会到此等巷陌之地赴约的。这样良宵好景的幽期密约，本应以欢欣的心情期待着甜蜜的幸福，然而这位市井女子却是心绪不宁，对于约会能否成功似乎尚无把握。于是在焦急无聊之时，想着试测一下今晚的运气。我国古代妇女习用金钗或绣鞋当卜钱来占卜吉凶休咎，有时蟢子、灯花、乌鹊等物也会带来某种预兆。这些方法很简便，她们也很相信。“把君团扇卜君来”，即用情人赠给的团扇来占卜。古代妇女携着团扇可作障面之用。它既为情人信物，用来占卜可能最灵验。民间的占卜方法千奇百怪，多种多样，从词中所述，可见她是用团扇来扑一物，以扑着预示约会的成功。非常意外，她竟在近墙花丛之处扑着一双同宿的蝴蝶，惊喜不已。词情到此来了一个极大的转折，抒情主人公的心境由苦闷焦虑忽然变得开朗喜悦起来。下片顺承上片结句，表述新产生的惊喜之情。

市井女子性格直率，热情奔放，无所顾忌，喜怒哀乐都难以控制和掩饰。所以当其喜出望外之时便颇为失态："笑不成言，喜还生怯。颠狂绝似前春雪。""双蝴蝶"的吉兆使她喜悦，也感到有趣而可笑，甚至难以控制喜悦的笑声。这预兆又使她在惊喜之余感到羞涩和畏怯，而畏怯之中更有对幸福的向往。于是她高兴得不知手之舞之，足之蹈之也，自己也觉得有似前春悠扬飘飞的雪花那样轻狂的状态了。这几句为我们勾画出一位天真活泼、热情坦率的女子形象，显示出其个性的真实面目，也表现了市井女子的性格特征。但占卜的吉兆并不能代替生活的客观现实，仅仅反映了主体的愿望，虚无难凭。随着相约时期的流逝，逐渐证实预兆的虚妄，因而词的结尾出现了意外的结局，而又是现实生活中真实的情形：情人无端失约了。这个结局好似让抒情主人公从喜悦的高峰突然跌落到绝望的深渊，对她无疑是又一次精神打击，也许意味着幸福梦想的彻底破灭。作者妙于从侧面着笔，用形象来表示。春夏之交的"夜寒"，说明夜已深了；她一腔相思之情有似游丝一样无物可以依附，说明那人负心失约了。梨树于春尽夏初开花，这里照应词开头提到的"恨春时节"。现在她已不再"颠狂"了，依在梨花下痴痴地不忍离去，似乎一时瘦削了许多，难以承受这惨重的打击。结句含蓄巧妙，深深地刻画出心灵受伤的女子的情态。民间的作者都生活在冷酷的社会现实中，他们的作品反映了生活的真实。这不幸的结局虽属抒情女主人公的意外，未如所愿，但却符合生活的真实。这首小词只写了一位市井女子恋爱过程中的一个细节，贵能充分展开，以一波三折的方式反映了她对爱情幸福的大胆追求和痛苦失望，真实地传达出封建社会下层妇女的不幸。全词脉络颇为隐伏而仍有线索可寻，词情的发展变化突然而又具有合理性质。这些都足以表现民间词所达到的较高的艺术水平。

一剪梅

无名氏

漠漠春阴酒半酣。风透春衫，雨透春衫。人家蚕事欲眠三。桑满筐篮，柘满筐篮。

先自离怀百不堪。樯燕呢喃，梁燕呢喃。篝灯强把锦书看。人在江南，心在江南。

【鉴赏】

这首词写作者对江南的怀念。上片写景，作者用清丽洗练的语言生动描绘出一幅清新明丽的江南春天的图画：暮春时节，春阴漠漠，春风春雨吹透了、打湿了轻柔的春衫。此时春蚕已快三眠，养蚕的人家怀着即将收获的喜悦心情采摘得桑、柘叶满篮，把蚕喂得饱饱的。这是江南暮春时节所特有的景象，显得生机盎然。它充分表明了作者善于捕捉自然美的本领，因为明媚的艳阳天固然动人，而斜风细雨中的江南春色却更富有诗情画意。上片句句写景，而景中含情，透过清丽活跳的景色及“酒半酣”的情态描写和两个“透”字、两个“满”字的点染，不难看出迷人的江南春色使作者产生了赏心悦目和恣情快意之感。

作者在将春色渲染了一番之后，下片换转笔锋，折入游子的怀乡之情。“先自离怀百不堪”一句，真切地表达了离乡怀乡的深沉愁苦，还点明了原来上片所着力描写的并不是眼前所见之景，而只是记忆中印象最深的江南风景画，反衬出离人深切的思念。回忆增添了离愁，已经使人不堪；而眼前飞停在船樯上呢喃不休的燕子又勾引起对家中屋梁栖燕的怀思。仅以“樯燕”“梁燕”两个形象就表现了旅人思家情感的跃进，笔墨省净，含蕴丰富，饶有词味。这两句上承“离怀”，下启“锦书”。既不能“如同梁上燕，岁岁长相见”（冯延巳《长命女》“三愿”），则唯有灯下细看那不知读了多少遍的家书，聊以慰情。信是江南的亲人写来的，作者的心也随之飞回了江南。“篝灯”，用竹笼罩着灯光，即点起灯笼；两字诗词中习见，意为灯下，不必拘泥。“锦书”用前秦苏蕙织锦为回文旋图诗寄丈夫的典，这里说明信是妻子寄来的。“强”字入妙：盖此家书，看一回即引起一回别意愁情，心所不欲，但思家时又忍不住要翻出来看，故曰勉强看之，矛盾心情如见。歇拍两句“人在江南，心在江南”，一则抒发了作者对亲人和故乡的深切眷恋之情，同时呼应了上片的景物描写，使之带上了更加浓烈的感情色彩。

此词上片写景，下片抒情，这本是词中常见的章法，但此词有它的独到之处。一则所写之景是虚景，上下两片是虚实结合；二则上片的乐景与下片的离情形成了明显的对比，增强了这首词的艺术感染力。

此词大量使用了复叠句式，但不是简单的词语重复，而是起到了加重语气，突现事物特征，增强表现力的作用，同时收到了一唱三叹、回环往复的艺术效果。全词采用白描手法，以它真挚的怀乡之情和浓郁的民歌风味动人心弦，引起了读者的美感和共鸣。它的风格和宋末词人蒋捷的《一剪梅·舟过吴江》很相近，当亦出于晚宋人之手。

采桑子

无名氏

年年才到花时候，风雨成旬。不肯开晴，误却寻花陌上人。

今朝报道天晴也，花已成尘。寄语花神，何似当初莫做春。

【鉴赏】

惜春、寻芳是古诗词中常见的主题之一。一般都是感叹绿肥红瘦，表达无计留春住的情绪。这些诗词的作者毕竟欣赏过春的美，从这一点上说，他们是幸运的。这首《采桑子》不同，它的作者如痴似狂地等待春花，最终却连花的影子都没看到，并且是“年年”没有看成。从这一点上讲，这首词能在汗牛充栋的惜春诗词中独辟蹊径，所以很值得我们品味。

“年年才到花时候，风雨成旬”，作者本来要写今年寻花被误，可是一开始用的是一个含量更大的句子，这样写不仅能罩得住全篇，而且使题旨得到更广泛的扩充。“不肯开晴”，语意和“风雨成旬”略同。不过这不是多余的重复，因为如果只是“风雨成旬”，那么那些痴情的惜花者也许会想：总该有一刻的天晴吧，只要乘这个机会看上一眼春花，也就不枉度得此春！不信，你看那“误却寻花陌上人”的人（其实大概就是作者自己）或者就是这么想的。不然他明知“风雨成旬”，为什么还要寻花陌上呢？而正是因为有了“不肯开晴”，“误却”二字才更见分量。

但是，词篇也不是顺着一个方向发展下去的。过片的“今朝报道天晴也”就忽如绝路逢生，读者也为之一喜。然而紧接着又一个大转折：“花已成尘”！上片说“误却”，总还是误了今日仍有明日的希望。现在，一个“尘”字已经把花事说到了头，因此对寻花人来说，剩下的便只有懊丧与绝望。读到这里，我们回过头来再看“今朝报道天晴也”，就知道那是专为下句而设计的一个波澜。沈雄《古今词话》说：“词贵离合。如行乐词，微着愁思，方不痴肥；怨别词，忽尔展拓，不为本调所缚，方不为一意所苦，始有生动。”这句词也用展拓之法，除了使词篇生动之外，还使下句之苦更苦，地位尤其重要。“花已成尘”，应当是无话可说了，但作者又忽出绝招，用给花神寄语作结。——这阕词上片四句，乃是一意贯下；下片四句，却采用层层转折，也颇不俗。“寄语花神，何似当初莫做春”是作者的怨怼语，也是痴想。说他痴想，因为这位无名氏并不是不知道寄语的无用，他也何尝希望“当初莫做春”，但这里却不惜牺牲一切而言之。这种痴，正说明了他的情深；而这种至情，又是至文的必要条件。其所以如此，概寄托着作者对社会人生的感喟，词中埋怨花开不得其时，未尝没有作者生不逢时，怀才不遇的感慨吧？

这阕词语言平易，毫无雕琢痕迹。比如“风雨成旬”“不肯开晴”“天晴也，花已成尘”等句，几乎就是平常口头言语。但是，“自然不从追逐中来，便率易无味。”（彭孙遹《金粟词话》）这首词的作者把呕心沥血的成果用若不经意的字面表达出来，创造出了美的自然语言。比如“风雨成旬”，别本作“经旬”，强调整整一旬皆有风雨，同寻花人的感情有了更多的联系。再如“不肯开晴”的“不肯”，似乎天气是有意如此，自然突出了天气与主人公的矛盾。再说，这种写法和末二句相呼应，使得天气、花神如同有知，也令词笔更加多姿。再如“今朝报道天晴也”，好像是随意加上了一个虚词“也”，然而有了它句子立刻活泼轻盈，仿佛可以看到主人公的欣喜神态。又句中用上“报道”，那当然是自己还未出门，下忽接“花已成尘”一句，中间省略掉词人趁晴陌上寻花、眼见一旬风雨后花落尽成泥的情事，使叙述语翻成感叹语，笔墨省净，又加强了表现的效果，可见其句外锻炼的功夫。

浣溪沙

无名氏

水涨鱼天拍柳桥。云鸠拖雨过江皋。一番春信入东郊。

闲碾凤团消短梦,静看燕子垒新巢。又移日影上花梢。

【鉴赏】

这是首笔触细致而风格明秀的春日之作。作者或题周邦彦。词中透过细致的体物写景,隐约流露出一种细致的情绪波动。

词篇幅一开,便春意盎然。“水涨鱼天拍柳桥。”水涨,点春汛。以下五字渲染之。春水涨潮,浮起了鱼天,不仅水与岸齐,拍打着柳桥而已。鱼天一辞,好像信手拈来,其实妙不可言。鱼游于水,如翔于天,可见当涨潮托起春水之后,那春水仍是空明莹澈。柳宗元《至小丘西小石潭记》云:“潭中鱼可百许头,皆若空游无所依。日光下澈,影布石上,佁然不动。俶尔远逝,往来翕忽,似与游者相乐。”正是描写此种鱼天之境界。柳桥二字也不容忽过,它带出的是“江上柳如烟”的景象。“云鸠拖雨过江皋。”云鸠形容墨云行雨,其色如鸠。这又是一个妙手偶得的好辞。云鸠这一意象,比起云师一类辞语,显然更其形象,更有意趣。再用“拖”字状墨云之行雨,也就更加相称、贴切。江皋即江岸。上句写春水空明,此句写春江烟雨,一阴一晴。阴晴不定,正是春天的特征之一。此二句写春色,既观察细致,又句句如画。俞陛云《宋词选释》评云:“此词足当‘明秀’二字。起二句颇含画意,有晚唐诗境佳处。”是个准确的判断。无论水涨鱼天,还是云鸠拖雨,都是春天的信息,所以下句一笔挽合道:“一番春信入东郊。”春从东来,东郊先得春信。这又是词人下笔极细致有味之处。苏轼《惠崇春江晚景二首》之一云:“春江水暖鸭先知。”词人行笔至此,似乎也有春信之来我先知的言外之意。

过片二句,词境从江郊转为室内。“闲碾凤团消短梦,静看燕子垒新巢。”上句写自己沏茶。凤团是宋时一种名茶,制为圆饼形,上印凤形图纹。沏茶时,须先将茶块碾碎,故曰碾凤团。春日人常瞌睡,短梦也是常有的。饮茶之意,在破睡提神。句首虽下一“闲”字,语似不经意,实则方才一晌短梦,竟大有难以遣除了却之愁,故须饮茶以消其一份梦后的惆然。下句写燕子垒巢。燕子不辞辛苦飞来飞去,一次又一次衔泥而来,眼看着就渐渐营造成了新巢。燕子极忙,词人则静。句首下一“静”字,暗示的实是词人并不平静的心绪。大好时光白白流逝而不能有所作为的悲哀,隐约见于此二句之言外。结句转为室外。“又移日影上花梢。”时光流转,不知觉间,日影又已移上花梢。句首下一“又”字,则日日空对春光之意亦隐然可见。挽合下片三句首字所下之“闲”字、“静”字、“又”字,词人心头不忍时光白白流逝的愁怨不难体味。这种淡淡的哀怨,实是一种普遍的人生情绪。而词中表现得极精微、含蓄。周邦彦《浣溪沙》云:“楼上晴天碧四垂。楼前芳草接天涯。劝君莫上最高梯。新笋已成堂下竹,落花都上燕巢泥。忍听林表杜鹃啼。”正好取来与本词相互印证发明。两词皆写对春天大自然万物生生不已的体察,触动着大好时光白白流逝的哀愁。进一步说,则暗示了有志不获骋的痛苦。不同的是,“楼上晴天”一首的情绪焦灼,近于美人迟暮、众芳芜秽的意思。本词则表现得更为含蓄,更其细微,几乎是“羚羊挂角,无迹可求”(宋严羽《沧浪诗话·诗辨》)。

体物的精微与抒情的精微,是本词最突出的艺术特征。词中观象体物,精细入微。而正是在这些精微的写景中,隐约透露出词人的一份淡淡哀愁。水涨鱼天,云鸠拖雨,燕子垒巢,日影又上花梢,春光每日每时地流逝着,万物生生不息地运动着,而词人自己呢,相对照之下,则唯有短梦、闲坐、静看而已。宝贵年光白白流逝而自己不能有所作为的人生哀愁,自然就见于言外。清代周济《宋四家词选目录序论》云:“耆卿熔情入景,故淡远。”可以移评此词。抒情在本词中,完全经过了艺术化、优雅化的处理。宋词抒情艺术的优雅细致,是宋人心灵优雅细致的体现。读此词以及其他许多宋词,都可以感到这一点。

如梦令

无名氏

莺嘴啄花红溜,燕尾点波绿皱。指冷玉笙寒,吹彻《小梅》春透。依旧,依旧,人与绿杨俱瘦。

【鉴赏】

此词汲古阁本《淮海词》、王国维藏顾从敬本《草堂诗馀》以为秦观作,题作“春景”。陈耀文《花草粹编》则以为黄庭坚词,疑非是。兹依至正本《草堂诗馀》作无名氏词。

开头二句,刻意雕琢,造语尖新。莺嘴啄花,已经很美,缀以“红溜”,似见花瓣落下,更觉幽隽。燕子从池上掠过,如剪的双尾点破水面,泛起小小涟漪。二句描写物态,可谓细致入微,犹如一幅工笔花鸟图,纤毫毕现;而且对仗工整,韵律谐婉。其中“溜”“皱”二字用得极巧,都突出了一个轻字。溜,是无声地、迅速地滑下,几乎不触及周围的一枝一叶,其轻可想。皱,是水面漾起微细的波纹,当来源于南唐冯延巳《谒金门》词的“风乍起,吹皱一池春水”;然而给人的感觉似乎比冯词更为无力,更为纤细。其中人工痕迹也似乎更重。因此明代卓人月评曰:“琢句奇峭。”(《古今词统》卷三)清代沈雄《古今词话》引明王世贞曰:“秦少游‘莺嘴啄花红溜’,……的是险丽矣,觉斧痕犹在。”可见词人在咏物方面过多地追求形似,一味雕镂,因而没有达到神似的妙境。

前两句写客观景物,到“指冷”二句,始正面写人。那是一位女子,她正在吹笙,曲子是《小梅花》。彻,是古代音乐术语,从头至尾演奏完一支(套)曲子,叫作“彻”。这里的“小梅花”,有双关意义,兼指植物,如同李白《与史郎中钦听黄鹤楼上吹笛》诗:“黄鹤楼中吹玉笛,江城五月落梅花。”词中“春透”二字,极为精炼含蓄,它可以让人感到人间充满春意,也可以觉得此时她春兴正浓,这两句似从李璟“细雨梦回鸡塞远,小楼吹彻玉笙寒”词句化出,但境界不同。从指冷笙寒到小梅开透,有一个感情变化的过程,即从情绪低落到情绪高涨,但词人写来流丽婉转,似乎不费力气,同前二句相比,要自然得多,因而也隽永得多。词笔至此,似乎山穷水尽,再无法发展;但到了“依旧,依旧”以下,情绪猛一跌宕,复又别开生面,出现了另一种境界。明代李攀龙说:“闻笛怀人,似梦中得句来。”(引自明吴从先《草堂诗馀隽》卷一)可见这个转折非常巧妙,完全出乎意料之外,恰又在于绳墨之中。小令篇幅本极短小,写得如此曲折尽致,虽不及李清照“昨夜雨疏风骤”一阕,但也可称得上是《如梦令》调中的佳品。

“人与绿杨俱瘦”,乃写人物因伤春而瘦。本非落花时节,而盛开的鲜花却因莺啄而坠落;池中绿波,亦并非微风吹拂,而系燕尾点成涟漪:说明人当盛年,也系因外在感染而引起心灵上的波动。如此,又怎能不瘦呢?一个“瘦”字,也包含着许多的忧思与哀感。李清照《醉花阴》云“帘卷西风,人比黄花瘦”,程垓《摊破江城子》云“人瘦也,比梅花、瘦几分”,本篇则曰“人与绿杨俱瘦”:虽取喻各不相同,但都善用“瘦”字写出人物伤情之甚,都是传神之笔。

金明池

无名氏

琼苑金池,青门紫陌,似雪杨花满路。云日淡、天低昼永,过三点两点细雨。好花枝、半出墙头,似怅望、芳草王孙何处。更水绕人家,桥当门巷,燕燕莺莺飞舞。

怎得东君长为主,把绿鬓朱颜,一时留住?佳人唱、《金衣》莫惜,才子倒、玉山休诉。况春来、倍觉伤心,念故国情多,新年愁苦。纵宝马嘶风,红尘拂面,也则寻芳归去。

【鉴赏】

此词见《草堂诗馀》，撰人不详。

金明池，是北宋汴京著名的苑囿。据孟元老《东京梦华录》卷七记载，其地在城西顺天门外街北，东西两岸，皆垂杨蘸水，烟草铺堤。琼林苑与金明池相对，两旁有石榴园、樱桃园，古松怪柏，风景佳丽。这首词的特点是采用赋体，充分利用长调篇幅大、容量多的优势，尽量铺叙，尽情抒写，结合风景的描绘寄寓身世之慨，笔触细腻，委婉动人。整个上阕好像展开一幅画卷，从汴京的顺天门一直铺向金明池，上有轻云淡日，穹窿一般的天宇；中有似雪杨花，随风飘卷，间杂着三点两点细雨，洒向京城的大道，洒向大道上的游人。轻尘被细雨浥过，空气分外显得清新。

而一枝枝鲜花伸出墙头，绿茵似的芳草铺满长堤，风景格外优美。到了近郊，又只见水绕人家，桥当门巷。对对黄莺、双双紫燕，在花丛间飞来飞去。词人在描绘这些景物时并不是纯客观地摹写，而是用多种手法加以衬托点染。第一是赋予自然景物以人的感情，即拟人化。宋人沈义父《乐府指迷》说："作词与作诗不同，纵是花卉之类，亦须略用情意，或要入闺房之意。""如只直咏花卉，而不着些艳语，又不似词家体例。"此词所写的"好花枝、半出墙头，似怅望芳草王孙何处"便带有"闺房之意"。花枝出墙，竟似美人一般，怀着惆怅之情，望着远去的王孙公子，是花枝惹人，还是人惹花枝，几乎难以分辨。此真艳语也，因此明人沈际飞评此句曰："花神现身时分。"(《草堂诗馀正集》卷六)第二是以动衬静。琼苑金池，青门紫陌，是具体的地点；云、日、雨，是自然现象；杨花、花枝、芳草、水、桥、人家、门巷，也都是客观存在的静景。然而词人却说"似雪杨花满路""过三点两点细雨""好花枝、半出墙头"，于是，这些静止的景物都动起来了。至上阕结句"燕燕莺莺飞舞"，则更以禽鸟烘托花草，整个画面充满了生气。第三是注意色彩的点染。如青、紫、似雪的杨花，已正面写出三种颜色。至于“好花枝”，当为红色，芳草与水，当为绿色，这是暗写。加上下半阕的“绿鬓朱颜”“红尘拂面”，遂呈现出一派五彩缤纷的画面。明人李攀龙说：“点缀春光，如雨花错落”（引自吴从先《草堂诗馀》卷一），确是道出了它的特色。

下半阕转入抒情。过片以问句形式，紧扣上半阕所写之春景，转折之中，意脉不断。“怎得东君长为主，把绿鬓朱颜，一时留住？”一方面是表示对大好春光的一片留恋之情，一方面是抒发人生无常、青春难久的感慨。至此，整个词情便由欢乐转入纵酒听歌，由纵酒听歌再转入悲伤愁苦，结句则宕开一笔，逗出“归欤”之叹。起伏跌宕，宛转曲折，把词人一腔难言之隐表达得相当深刻。

春日郊游，本为赏心乐事。然而词人逞足游兴之后，一股淡淡的哀愁却不禁袭上心头，流于笔底。词人抒写哀愁时有三点值得注意：一是在上半阕已设下伏笔。“似怅望、芳草王孙何处”，语出《楚辞·招隐士》：“王孙游兮不归，芳草生兮萋萋。”意本感怆，词人融之入词，且着以“怅望”二字，一股悲凉之气已隐现于花草之间。至结尾“也则寻芳归去”，便遥相呼应，构成一个艺术整体。二是以乐景衬哀情。清人王夫之说：“以乐景写哀，以哀景写乐，一倍增其哀乐。”（《姜斋诗话》）此词上半阕着重写乐景，下半阕着重写哀情，“佳人唱《金衣》莫惜，才子倒、玉山休诉”，写美人唱情歌，才子饮美酒，乐则乐矣，然其中已有及时行乐的颓废思想，沈际飞所谓“人生有几韶光美，倒尽金尊拚醉眠”（《草堂诗馀正集》卷六），此以表面之乐衬内心之悲，所以下面“况春来”三句把“伤心”“愁苦”倾泻出来。三是活用故实，灭尽痕迹。所谓故实，就是历史故事或古人诗句。如“佳人唱、《金衣》莫惜”，是指唐人杜秋娘《金缕衣》：“劝君莫惜金缕衣，劝君须惜少年时。花开堪折直须折，莫待无花空折枝。”“才子倒、玉山休诉”，语出《世说新语·容止》：嵇康酒醉，“若玉山之将崩”；李白《襄阳歌》：“清风明月不用一钱买，玉山自倒非人推”。词人用这些故实来抒发感情表达思想，容易引起读者的联想，比用一般的语辞更有深度。

南宋词人姜夔说：“一篇全在尾句，如截奔马。”（《白石道人诗说》）此词结尾三句不是通常的以景语作结或情语作结，而是以动态作结。前面说“况春来、倍觉伤心，念故国情多，新年愁苦”，感情已十分消沉；至“宝马嘶风，红尘拂面”，系回映前半阕游赏，本该感情一扬；然着一“纵”字，则变为决绝语，意为即使游赏金明池再怎么快乐，我也得回归故乡，感情极为沉痛。这三句话的本身就像勒住狂奔的骏马一样，非常有力；然而词意并未到此为止，词人究竟为什么宁愿撇下这美好的风光归去，始终未点明。正如前人所指出的一样：“至结句尤峻切，语意含蓄得妙。”（《蓼园词选》）“此词最明快，得结语神味便远。”（周济《宋四家词选》）仔细吟味，确有此感。

眼儿媚

无名氏

杨柳丝丝弄轻柔，烟缕织成愁。海棠未雨，梨花先雪，一半春休。

而今往事难重省，归梦绕秦楼。相思只在：丁香枝上，豆蔻梢头。

【鉴赏】

此词最早见于元至正本《草堂诗馀前集》上，未标作者；其前一阕为王雱的《倦寻芳慢》。明陈锺秀刊《精选名贤词话草堂诗馀》误涉前者作王元泽(雱)词，以后选本多承其误，不可从。

从词的整体所反映的形象看，它的内容，当是触眼前之景，怀旧日之情，表现了伤离的痛苦和不尽的深思。

上片第一句"杨柳丝丝弄轻柔"，柳条细而长，亦称柳丝，给人以"轻柔"之感，可见季节是在仲春。"弄"，是写垂柳嫩条在春风吹拂时的动态。这已是一种易于撩拨人们情绪的景色了。但光是这一句，还看不出这情绪究竟是喜乐还是悲愁来。接下一句"烟缕织成愁"，情绪的趋向就明白了。"烟缕"，是春柳的特点。"织"字应"缕"字及上句的"丝丝"两字。这样，"柳"就不但"可织"，而且还能"密织"了。一般写景抒情之作，"悲落叶于劲秋，喜柔条于芳春"(陆机《文赋》)，这最容易下笔，但写仲春之愁，究该如何写法？—难道仲春也会使人生愁吗？可是，作者却运用了他的特技：海棠未遭雨打，还在枝头盛放；梨花又似争先，如雪般的开了，这不是很典型的良辰美景吗？可要知道，只有九十日的春天，却当此时已有一半过去了！好就好在"一半春休"这一句；如果没有这一句，上面所说的"烟缕织成愁"，就会变成无病呻吟。

若只有眼前景色的凭空触发，而没有内在的愁的根源，则即使是再大再多的外因，也是起不了作用。正因为有内在的郁结，所以只要外界稍稍有一丝挑逗，就会引通内部而激起共鸣的。于是，在下片中，就把这个郁结交代出来了："而今往事难重省，归梦绕秦楼。"原来有一段值得留恋、值得追怀的往事；但是，年光不能倒流，历史无法重演，旧地又不能再到，则只有凭借回归的魂梦，围绕于女子所居的值得怀念的地方了。秦楼，这里用古乐府《陌上桑》“日出东南隅，照我秦氏楼。秦氏有好女，自名为罗敷”的出典，以称所爱的女子的居处。这两句，写出了爱情和别离所带来的痛苦，但又念念不能忘怀，因此接下去写道：“相思只在：丁香枝上，豆蔻梢头。”丁香花蕾其形如结，诗人常用来比喻郁结的情肠。李商隐《代赠》诗云：“芭蕉不展丁香结，同向春风各自愁。”李璟《摊破浣溪沙》：“青鸟不传云外信，丁香空结雨中愁。”至于豆蔻，范成大《桂海虞衡志》说，此花“每蕊心有两瓣相并，词人托兴如比目、连理”。知道了这两种花在传统中的象征意义以后，这三句词的含义也就不难理解了：词人的相思之情，只有借丁香和豆蔻才能充分表达啊！这不是分明在感叹自己心底的深情正像丁香一般郁而未吐，但又是多么希望能和自己心爱的人像豆蔻一般共成连理吗？当然，丁香和豆蔻的意义也是双关的：丁香可喻爱人的纯洁芬芳，豆蔻可喻爱人的娇美年轻。整个下片的意思是说，尽管一切的梦幻都已失落，然而自己内心缠绵不断的情意依然专注在那个可人身上，真是“春蚕到死丝方尽”啊！

这阕词还有一个特点，就是所描写到的花木，举凡柳丝、海棠、梨花、丁香、豆蔻等等，全都是仲春所有的。用作象征来表现的，也同样是眼前之景，而且恰如其分地表现了出来，丝毫没有在别一个月份上去打主意，这也是一种微妙的集中，真可谓“能近取譬”。有人认为这阕词可能有寄托。我们不排除有美人香草传统的影响，但在没有找到充分根据前，最好还是不要附会为是。

鹧鸪天

无名氏

枝上流莺和泪闻，新啼痕间旧啼痕。一春鱼鸟[①]无消息，
千里关山劳梦魂。
无一语，对芳尊。安排肠断到黄昏。甫能炙得灯儿了，
雨打梨花深闭门。

【鉴赏】

此词王鹏运四印斋本《淮玉词补遗》案语以为秦少游所作，其源盖出于元人编、明人刻的《草堂诗馀》。其实此书载此词时，前面一首是秦少游的《画堂春》（东风吹柳日初长）。以后他本《草堂诗馀》便以上一首的作者，带兼下一首不著撰人的

作品，王鹏运大概是沿袭这一错误。兹依《全宋词》作无名氏词。

词的上片写思妇凌晨在梦中被莺声唤醒，远忆征人，泪流不止。“梦”是此片的关节。后二句写致梦之因，前两句写梦醒之果。致梦之因，词中写了两点：一是丈夫征戍在外，远隔千里，故而引起思妇魂牵梦萦，此就地点而言；一是整整一个春季，丈夫未寄一封家书，究竟平安与否，不得而知，故而引起思妇的忧虑与忆念，此就时间而言。从词意推知，思妇的梦魂，本已缥缈千里，与丈夫客中相聚，现实中无法实现的愿望，在梦境中得到了满足。这是何等的快慰，然而树上黄莺一大早就恼人地歌唱起来，把她从甜蜜的梦乡中唤醒。她又回到双双分离的现实中，伊人不见，鱼鸟音沉。于是，她失望了，痛哭了。“新啼痕间旧啼痕”一句，把相思时间之长、感情之深，非常精确地概括出来。旧痕未干，新泪又流，日复一日，以泪洗面，入骨相思，何时方了？因此前人就此一句评曰：“一字一血！”（明吴从先《草堂诗馀隽》卷一引李攀龙语）诚为知言。

过片三句，写女子在白天的思念。她一大早被莺声唤醒，哭干眼泪，默然无语，千愁万怨似乎随着两行泪水咽入胸中。但是胸中的郁懑总得要排遣，于是就借酒浇愁。可是如李白所说：“花间一壶酒，独酌无相亲。”（《月下独酌》）一怀愁怨，触绪纷来，只得“无一语，对芳尊”，准备就这样痛苦地熬到黄昏。李清照《声声慢》云：“守着窗儿独自，怎生得黑？”词意相似。唯李词音涩，声情凄苦；此词音滑，似满心而发，肆口而成，然无限深愁却蕴于浅语滑调之中，读之令人凄然欲绝。

结尾二句，融情入景，表达了绵绵无尽的相思。“甫能”二字，宋时方言，犹今语刚才。辛弃疾《杏花天》词云：“甫能得见茶瓯面，却早安排肠断。”这里是说，刚刚把灯油熬干了，又听着一叶叶、一声声雨打梨花的凄楚之音，就这样睁着眼睛挨到天明。词人不是直说彻夜无眠，而是通过景物的变化，婉曲地表达长时间的忆念，用笔极为工巧。明人王世贞把此词认作秦少游词，并做了极有见地的评论，他说：“秦少游‘安排肠断到黄昏，甫能炙得灯儿了，雨打梨花深闭门’，则十二时无间矣。此非深于闺恨者不能也。”（《弇州山人词评》）古人以地支计时，十二时即今之二十四小时。黄庭坚有同调作品云“一日风波十二时”，系明确指整天可证。十二时中，相思不断，可见感情之深挚。如果对妇女的心理揣度不透，是写不出这样惟妙惟肖的词句的。

宋人填词，常常化用唐诗。其法一为袭用成句，隐括入律；一为遗貌取神，化用其意。这两种手法，本篇都用到了。如此词的上片，盖从唐人金昌绪《春怨》诗来。唐诗云：“打起黄莺儿，莫教枝上啼，啼时惊妾梦，不得到辽西。”与此颇为类似。然唐诗用笔轻灵，其怨较含蓄；此词用笔刻挚，其怨较深沉。此词结句，则是径用唐人成句入词，浑成自然，天衣无缝。清沈祥龙对此评价极高，他说：“词虽浓丽而乏趣味者,以其但作情景两分语,不知作景中有情、情中有景语耳。'雨打梨花深闭门'、'落红万点愁如海',皆情景双绘,故称好句而趣味无穷。"(《论词随笔》)梨花洁白,是美好纯粹的象征,但此刻却在凄风苦雨中损却芳华。在这如画的描绘中,似可隐约听到思妇的叹息、悲吟与控诉。所谓"情景双绘"者,即此也。

这首词还有一个好处,就是因声传情,声情并茂。词人一开头就抓住鸟鸣莺啭的动人旋律,巧妙地融入词调,通篇宛转流畅,环环相扣,起伏跌宕,一片宫商。清人陈廷焯称其"不经人力,自然合拍"(《词则·别调集》评),可谓知音。细细玩索,不是正可以体会到其中的韵味吗?

满 江 红

无名氏

斗帐高眠,寒窗静、潇潇雨意。南楼近,更移三鼓,漏传一水。点点不离杨柳外,声声只在芭蕉里。也不管、滴破故乡心,愁人耳。

无似有,游丝细;聚复散,真珠碎。天应分付与,别离滋味。破我一床蝴蝶梦,输他双枕鸳鸯睡。向此际、别有好思量,人千里。

【鉴赏】

这是一首咏雨词,曾先后被选入《类编草堂诗馀》《花草粹编》等词选,并一再被弄错主名。这说明它历来受到人们的喜爱。词把雨滴声贯穿全篇。作者敏锐地捕捉住这一听觉形象,并且别出心裁地联想出相似的人生感受。

上片写雨滴声造境。一顶小账,形如覆斗,词人安卧其中。夜,静悄悄地,本该睡一夜好觉。不料一阵萧疏带凉的雨意,进了窗户,醒了词人。住处地近城南,此刻听得城楼上更鼓敲了三响,已是三更天了。室内夜漏滴答、滴答,有节奏地连成一支水滴之声。窗外雨点潇潇阵阵,从杨柳叶尖上滴响,在芭蕉叶片上溅响,奏出一场雨滴的交响乐。树有远近,叶有高低,故其声亦有远近高下。往远处普遍地听,是淅淅沥沥,连成一片;往近处仔细地听,则滴滴答答,点点分明。"不离""只在"是强调深夜雨声唯有植物叶上滴响之音,最为打动人心。这两句,紧紧衔接上面“漏传一水”，就把雨滴声与漏滴声连接起来，在睡意曚昽的词人听来，似乎就感到四面八方有无数的漏滴作响。失眠的人，情何以堪？无情的雨滴，一个劲儿地滴，也不管要滴穿这一双愁人的耳，要滴破这一颗思乡的心。滴，是全篇之眼。滴，仿佛是雨滴的有声特写镜头，凸现出了雨滴的形象，让人感受到了雨滴的声响。

下片抒写雨滴引起的更多联想与感伤。雨丝真细，若有若无，飘飞在空中，如缕缕游丝。雨丝有时也加大而形成雨点，洒在植物叶上汇聚起来，又如颗颗珍珠。叶子承受不了而珠落，滴答一响，碎了。雨珠的聚而复散，与人生的悲欢离合，是多么相似呵！真该是天意吧，让我从雨滴来咀嚼离别的滋味。再说那雨丝吧，若有若无，又与梦思的飘忽断续多么相似。可不是吗？刚才一晌好梦，就让雨声给打破了。“蝴蝶梦”用《庄子·齐物论》：“昔者庄周梦为胡蝶，栩栩然胡蝶也”，意指美好的梦。梦一醒，不由人不羡慕那些雨夜双栖的伉俪。梦，做不成了。可是，在这潇潇夜雨中好好想念一番，不也是很美的吗？让我的精神飞过无边的雨丝，与千里之外的人相会吧！无可奈何语，也是痴情语。这样结笔，仍与全篇妙合无迹。

巧妙地沟通各种联想，是这首词的特色。通过雨滴声，联想到雨滴柳叶、雨打芭蕉的情景。进一步联想到雨点聚成水珠又滴落溅碎的细节。这些，表现的都是从听觉形象化出视觉形象的通感。更为出色的是奇特的相似联想，他把自然现象与生活现象联想起来。漏声、雨声是相似联想；从雨丝的若有若无联想到梦思的飘忽断续，从水珠的聚散想到人生的离合，是更为巧妙的相似联想。试取温庭筠的《更漏子》一词下阕比较，在温词中雨滴只是撩起“不道离情正苦”；而在这首词中，雨珠更象征人生，就别具清新韵味。

千秋岁令

无名氏

想风流态，种种般般媚。恨别离时太容易。香笺欲写相思意，相思泪滴香笺字。画堂深，银烛暗，重门闭。

似当日欢娱何日遂。愿早早相逢重设誓。美景良辰莫轻拌，鸳鸯帐里鸳鸯被，鸳鸯枕上鸳鸯睡。似恁地，长恁地，千秋岁。

【鉴赏】

这首俗词是以男性第一人称的叙述方式，表达市井青年对爱情的大胆追求和对幸福生活的向往。在艺术表现上很具民间作品真率质朴的特点。

上片表现抒情主人公对女子的相思之情。他难忘当初欢会时她所留下的印象。词以表示心理活动的"想"字突然起笔，直接进入抒情。关于女性形象，作者没有具体描绘，只突出了她给人体态风流的印象，真是"从头看到脚，风流往下跑；从脚看到头，风流往上流"。在他的主观感受中，其体态"种种般般"，无一不取悦于人，无一不具有女性的魅力，特别的"媚"。从其印象中间接地表现了市井女性妖娆的外貌与多情的内在心性相结合的特点。接着，作者又用一个表示心理活动的"恨"字转入对别后相思的叙述。正因为珍惜当初的欢会，更感而今相思之苦，所以后悔"别离时太容易"，惋惜相聚时间的短暂。"香笺欲写相思意，相思泪滴香笺字"两句，反反复复，道尽相思之痛苦，眷恋之深情。他本想在信纸上备写相思之意，而却泪湿信纸，字迹模糊，思绪烦乱，不能写下去了。上片结句补叙了痛苦相思的原因："画堂深，银烛暗，重门闭。"大约她还是较富人家的女子，自分别之后，其画堂深远，门院重重，鱼雁难传，相见无因，所以即使写下满纸相思也于事无补。这几乎陷于绝望了。下片过变"似当日欢娱何日遂"，承上启下，一方面补足上片结句相见无因之意，感念后会难期；另一方面又由感念后会难期，决心大胆追求，充满对未来幸福的遐想。于是作者继之再以表示心理活动的"愿"字使词意转折，改变愁苦的情调。"恨别离时太容易"还有一层意义，即当时忘记了以相互的誓约来保证今后的欢会。因而，他唯一的愿望就是"早早相逢重设誓"，一定要海誓山盟，郑重其事。他们的相逢虽有某些困难，但据以往的经验来看又是有可能的。由于他心性太急，相念情切，希望相逢的日期愈早愈好。他甚至连誓辞的内容都拟好了。这誓辞表现他们对未来爱情生活的憧憬。它可分为三层意思。第一，"美景良辰莫轻拌"，要珍惜美好的青春时光，决不要虚掷年光，轻易分离。"拌"，舍弃之意。第二，要像鸳鸯一样结为亲密配偶。"鸳鸯帐里鸳鸯被，鸳鸯枕上鸳鸯睡"，这两句四次重复"鸳鸯"两字，造成特深的印象。"鸳鸯"的意象在我们民俗中是象征情侣或夫妇的，所以民间常在卧室用品上绘织其图像。帐、被、枕都绣着鸳鸯，他希望他们就像鸳鸯那样在浓厚的合欢氛围中享受甜蜜幸福。这两句和上片表示相思的句子都采用重复连锁的修辞手段，最有民间文艺的特色。第三，还希望甜蜜的爱情生活就像鸳鸯那样，而且长久那样。末尾的"千秋岁"以应词调名。"千秋万岁"为我国古代的祝辞，此处意为幸福的生活长久永远，绵绵无尽。

北宋以来，新兴市民阶层随着我国封建社会后期都市经济的发展而出现，市民的反封建意识首先通过新的伦理观念表现出来,而尤其明显地反映在男女爱情观念的变化。这首词赞美了市井青年男女蔑视礼法,克服困难,争取爱情婚姻自由的愿望和要求。应该相信,这样美好而合理的愿望是可能实现的。

这首词写得俚俗,表现的情感率直,其内容也属桑间濮上之类,文辞不雅驯,然而却曾是北宋朝廷掌管音乐的机构大晟府所演唱的歌词之一。宋徽宗政和七年(1117)二月,邻邦朝鲜的使臣请求宋王朝赐给雅乐及大晟府乐谱歌辞,得到了徽宗皇帝的允许。大晟府习用的歌辞在我国早已不传,有幸在朝鲜《高丽史·乐志》中保存了宋词一卷,这就是当年宋王朝所赠的大晟府歌辞,其中就有这首俚俗的《千秋岁令》。它为我们留下了值得探究的历史文化线索。

长相思

无名氏

去年秋,今年秋。湖上人家乐复忧,西湖依旧流。
吴循州,贾循州。十五年间一转头,人生放下休。

【鉴赏】

南宋理宗景定元年(1260),右相贾似道授意沈炎弹劾左相吴潜。结果吴被贬安置循州(今广东惠阳),贾似道乘机独揽大权,并命循州知州刘宗申将吴潜毒死。不料事有偶然,恭帝德祐元年(1275)贾似道因与元军作战失利逃跑,也被贬循州,途中为郑虎臣锤死于漳州木棉庵。十五年前后的事既有如此戏剧性的巧合,又含辛辣的嘲弄。这首词的作者抓住了吴、贾二人同贬循州之间的特殊关系,形象地指出弄权者机关算尽,最终却可悲地走上他为别人设计的死亡之路。词篇语带含蓄,但讽刺却是极其尖锐的。

这首词最显著的特色是成功地使用了回环复沓的表现手法,读来有如谆谆告语,富于萦回缭绕的艺术效果。加之题材本身又具有重复循环的性质,所以能够在形式与内容高度谐和统一的基础上,有效地实现作者的创作意图。

词篇开头的"去年秋,今年秋"两句句法相同,好像是一句话的反复陈说,有强调时间观念的作用。然而从"去年"变到"今年",实际等于说年年如此,这不但与下句"乐复忧"配合,说明忧、乐转化得频繁、急速,而且为后片将要揭示的十五年前后的事打下埋伏。"湖上人家乐复忧,西湖依旧流"两句说"复",说"依旧",虽然并

未用复沓手法，但往复环绕的情味不减。贾似道在西湖葛岭筑有“半闲堂”，这首词是题在堂壁上的，因此作者便就近借西湖以寓意。“乐复忧”指乐忧相继，言其祸福无常。“湖上人家”不是泛指，而是特指贾似道：当年弹劾计成，异己排除，朝政在握，其乐何极！而今官职被削，谪窜南荒，前途黯然，当然只能同忧愁结伴。“西湖依旧流”，用湖水衬托人家：湖水千年常流，而贾似道从误国害人中得来的个人之乐却如此短暂，这是可以启人深思的。这个句子貌似写景，其实在披露主题的过程中有着重要的地位。

过片的“吴循州，贾循州”仍用同一句式，不过作用却与“去年秋，今年秋”两句不同，这两句是在相似中突出差异。——吴潜刚直持重，有抗战复国的决心，最后落得个“循州安置”；贾似道弄权误国，残害忠良，最后也落得个“循州安置”，因而两个“循州”正好反映了南宋政局中的一对主要矛盾，词句中自然也寄托了作者的爱憎。“十五年间一转头”进一步从时间方面立意：本来以先后同贬循州的情事关合吴、贾，揭示的矛盾已经十分集中，现在作者再把十五年岁月比喻成一转头的瞬间，这对矛盾因之就更突出、更显豁了。“人生放下休”，一方面专指贾似道，等于说：“那些残害无辜的生涯还是丢开吧！”因而其中含有惩戒奸佞的意思，录载这首词的《东南纪闻》就认为此词“劝儆尤多”。另一方面，因为事情本身包含有祸福无常、忧乐相随的哲理，经作者再一发挥，“人生放下休”就又有人世间的事还是丢开些的好，免生烦恼的意思。这却为词篇增添了消极因素，而且离开了鞭挞贾似道的主题，这又是应该注意的。

这首词在艺术上的另一成功之处是把含蓄与明快熔于一炉。比如，前片说“乐复忧”，到底谁乐谁忧？乐和忧的原因是什么？作者都不加申说。后片直提吴、贾，但也只说到“循州”“十五年”，这是含蓄处。可是，如果我们了解一点南宋历史，那么“循州”和“十五年”所指就是明确的，因而“乐”和“忧”的内涵也是清楚的，这说明本词又有明快的一面。含蓄跟明快原本是较难协调的两种风格，作者将它们有机地统一起来，所以是可贵的。

御 街 行

无名氏

霜风渐紧寒侵被。听孤雁、声嘹唳。一声声送一声悲，云淡碧天如水。披衣告语："雁儿略住，听我些儿事。塔儿南畔城儿里，第三个、桥儿外，濒河西岸小红楼，门外梧桐雕砌。请教且与，低声飞过，那里有、人人无寐。"

【鉴赏】

这是一首怀人词，表现客居他乡的游子对亲人的思念。词中写道：在霜风凄紧、寒气袭人、碧天如水的秋夜里，空中传来孤雁响亮凄厉的叫声，那一声接一声悲切的哀鸣，牵动了游子的情怀，他连忙披衣而起，告诉那南飞的雁，请它飞过城里桥外河边的小红楼时放低声音，那里面住着自己的亲人，此刻也一定在为想念自己而难以入寐，不要让她听到雁叫声撩起她的愁绪。

词作所表现的内容，在古典诗词中屡见不鲜，但它的手法却颇为新颖别致。作者以独具匠心的构思和独特的表情方式打破了传统的写法，使之别出新意。

此词通篇托雁以言情。上片先借秋夜景物渲染怀人的伤感气氛，继用孤雁的哀鸣烘托游子的孤独凄苦，同时引出对雁的告白。下片写游子的告语，全用口语，生动传神，虽无一字直接刻画人物，却十分真切地表达了他内心对亲人的怀念。整片只用一个长句作具体细致的描写，富有小说、弹词的意味，在词中颇少见，而近似"唱尖歌倩意"的民间小调。

这首词在表达方式上最突出的特点是全篇没有使用一个"相思"之类的字眼，只通过对具体事物的娓娓叙述，便表现了十分深切的情意，产生了极大的艺术魅力。这主要是由于作者相当准确地把握了人物的内心世界，而且对所写的事物有着亲切的感受，所以他无须再雕琢字句，堆砌辞藻，只用明白浅显、质朴无华的文字，通过招呼雁儿这一似拙而实巧的方式，便创造出优美动人的意境，收到了比直抒情思更好的艺术效果。

此词的另一特点是口语化，尤其是下片，纯用口语，新鲜活泼，妙趣横生，有显著的民歌特色。看得出这位没有留下姓名的作者，从民歌中不仅吸取了健康优美的情调，而且吸收了生动活泼的语言，所以使得全词既有浓郁的抒情意味，又有浓厚的生活气息，给人以美的享受。

檐前铁

无名氏

悄无人，宿雨厌厌，空庭乍歇。听檐前铁马戛叮当，敲破梦魂残结。丁年事，天涯恨，又早在心头咽。
谁怜我、绮帘前，镇日鞋儿双跌。今番也、石人应下千行血。拟展青天，写作断肠文，难尽说。

【鉴赏】

这首流行于北宋社会的无名氏词，非常强烈地表现了一位妇女的悲愤。她为了争取爱情幸福付出了重大代价，结果陷入了痛苦不幸的深渊，无人怜念，造成终身难言的悔恨。这首词是她感天动地的呼声。

词一开始描绘了一个凄凉孤寂的抒情环境，将抒情女主人公置于凄风苦雨、阒寂无人之夜，形象地表现其在现实中的不幸情况。“厌厌”本是形容人的气息微弱，这里用来状写夜雨绵绵似断若续，也似人的气息厌厌，是从愁恨人的心中感觉出来，暗中关合。“空庭”应“无人”，“乍歇”应“雨”。姜夔《八归》词“庭院暗雨乍歇”，用语相同。姜词是为友人送行而作，先着此一景语，可以引逗映衬“黯然销魂”之情；此词则为自己鸣哀抒恨，衬以一个孤独愁惨的环境。铁马即以薄铁制成小片，串挂檐间，风起则琤琮有声。虽然宿雨乍歇，但风却吹得凄厉，这是由“铁马戛叮当”而知。铁马叮当之声，惊醒残梦。作者不用“惊醒”而用“敲破”，更为生动，似乎还包含人生梦境破灭之意。庭院空寂、宿雨乍歇、铁马叮当，它们所构成的寒夜凄苦之境都是在残梦惊破之后才清楚地感觉到的。这种情况下，不幸的女子是难以入寐的，唤起了她对往事的痛苦回忆。以上所写的是特定的抒情环境，以下便展开对其不幸命运和痛苦之情的抒写了。

作者不可能在一首小词里正面地叙述其不幸的具体经过，而是采用侧笔去表达其痛苦的情绪。这样的歌词更会使听众或读者产生丰富的联想，引起情感共鸣的作用。因而词在涉及她的不幸经过时只透露了“丁年事，天涯恨”。“丁年”即一个人的成年的时候。“天涯恨”即温庭筠《梦江南》词的“千万恨，恨极在天涯”，又即古诗“相去万余里,各在天一涯”之意,表示远离之恨。显然,她是在青春美好之时,便被情人负心地抛弃了,因而无比悔恨。那“事”为她种下不幸之因,使她丧失了人生许多宝贵的东西。寒夜梦醒之后,阵阵悔恨又在心中生起。“心头咽”三字很有表现力,形象地以喻难言之苦,唯有自己在心里暗暗哭泣。

词的下片紧接着表达难言的痛苦情绪。而今她无人怜念,这种悲惨境况在词开始所描述的抒情环境已间接反映了:凄凉孤寂,绝无一点家庭的温暖。“鞋儿双跌”即跌脚叹恨之状。“谁怜我、绮帘前,镇日鞋儿双跌”,即是诉说自己极度的悲痛悔恨,且竟无人可怜她在帘前整日地捶胸跌脚。这种情形已非一次,每当记起丁年之事,就会爆发出最大的悲痛。“今番”即当夜雨歇风厉、空庭梦破、回忆往事之时。这时的悲痛远非捶胸跌脚所能表达得了的。悲痛之大,“石人应下千行血。拟展青天,写作断肠文,难尽说”。作者连用了石人、血泪、青天、断肠这四个意象。“石人”即石头人,无知,无情,它也为我的恨事而感动泣下;流下的不是泪,而是血,而且至“千行”之多。乐府诗《华山畿》只说到“将懊恼,石阙昼夜题(啼),碑(悲)泪常不燥”,已经是出奇的想象。这里的语言强烈得多,说明感情的强烈,又反映出悲恨的强烈。《华山畿》紧接着一首又云:“别后常相思,顿书千丈阙,题碑无罢时。”这里是“拟展青天,写作断肠文,难尽说”。以青天作纸,以石人的千行泪血为墨,也写不尽断肠之事。并不是说这首词足袭用《华山畿》的意境。本来人情所同,思路有走向一处去的,何况民间文学作品口耳相传,自有一种潜流散于四方,播于千载,因此构思接近或相同自在情理之中。这些夸张的比喻并不给人以失真之感,相反是更深刻地表达了其情感,而密集的悲伤意象使这种情感更强烈感人。词结尾的那不幸妇女的呼声,使词情达到高峰,感人肺腑,撕裂人心。我们可以确信,这位妇女的悲痛绝不止一般的被遗弃,其中一定隐藏着巨大的冤情或罪恶。

我国文学中自来有一种至情的作品,表现强烈、真实、诚挚的情感。这篇充满血与泪的文字应是至情的作品。真情感人之下,一切文字的表现技巧和华美的词藻都显得黯然失色了。它震撼着人们的心灵,使人无暇顾及其艺术之工拙。

吴城小龙女 生卒年不详。《诗人玉屑》卷二十一自《冷斋夜话》录其词一首。

清平乐令

吴城小龙女

帘卷曲阑独倚，山展暮天无际。泪眼不曾晴，家在吴头楚尾。

数点雪花乱委，扑鹿沙鸥惊起。诗句欲成时，没入苍烟丛里。

【鉴赏】

这首词题在荆州江亭柱上，故又名《江亭怨》。《冷斋夜话》《异闻录》都说它是吴城小龙女所作，从而增添了不少的神秘色彩。细味词意，似是一个寄迹他乡的少女感物思乡之作。它之所以能够引起人们的审美愉悦，在于它的内容既是具体的，又是抽象的；既是有限的，又是无限的。说它是具体的有限的，是它在画面上具体地描绘了曲栏内高卷着的珠帘，暮天边展现着的远山，雪花惊起的沙鸥，沙鸥出没的苍烟。尽管画面是丰富多彩的，但毕竟是有限的。说它是抽象的无限的，是它所写的景是情的外化，而写的情是景的内涵。情景交融，契合无间，把人们的思想引向无际的暮天，引向弥漫的苍烟。使具体与抽象、有限与无限，得到完美的统一，从而产生丰富的审美意义。

词的上片，写羁旅异乡的少女思乡望远的情景。她怀着难以言说的哀怨，寂寞而孤独地斜倚在曲栏杆畔，对着笼罩在苍茫暮色下的远山，泪眼未干，凝视着遥远的故乡。这“吴头楚尾”，就是江西的代称。宋洪刍《职方乘》云：“豫章之地，为吴头楚尾。”豫章就是江西，因为它位于吴地的上游，楚地的下游，所以叫作“吴头楚尾”。通过上述景物的描写，创造了一种哀怨悲凉、凄楚动人的意境。而构成这种意境的因素，一是自然景物。那无边无际的苍茫暮色，那被暮色笼罩着的“吴头楚尾”，都染上了抒情主人公满腔哀怨的感情色彩。二是凭栏远眺的少女。她那流不尽的眼泪，她那难以言说的哀怨，强烈地震撼着人们的心弦。使人与物、景与情，浑然一体，水乳交融，不知何者为景，何者为情。她那日夜思念的故乡，不就在暮色苍茫下的“吴头楚尾”吗？其所以可望而不可即，有家而不能归，是“红颜佳人多薄命”呢？还是“回首乡关行路难”？这人生的底蕴，这忧伤的历程，给人以丰富的启示和联想。使这有限的画面，在人们的脑海里展现出无限的耐人寻味的意境来，从而获得巨大的审美享受。

词的下片，写那个沉思凝望的少女，看到惊起的沙鸥任意飞翔，而自己却羁旅异乡、有家难归的伤感。“雪花”一作“落花”。“扑鹿”，象声词，拍打着翅膀的声音。这两句仍是写少女望中所见之景。表面上似乎没有写少女的内心活动，实际上却把沙鸥的不受羁绊，跟自己的受人羁绊做了对比，并从中找到了某种相反而又相似之处，通过联想和移情的作用，表现了她的无限伤感。最后两句，写少女想捕捉这个引人深思的景象入诗，转瞬间那惊起的沙鸥却拍打着翅膀飞入苍烟丛中去了。这是一幅多么生动的图画，在它的画面之外，又隐藏着多少发人深省的东西。我们知道，美的愉悦不仅在于美的直接反映，而更多地在于反映过程中引起人们联想的美的再创造。这首词妙就妙在语少意多，露少藏多，给人留下了联想的广阔天地，任凭读者展开想象的翅膀去补充它、丰富它。《诗人玉屑》中收有这么一条诗话：“用意十分，下语三分，可几《风》《骚》；下语六分，可追李、杜；下语十分，晚唐之作也。”词人本来有着十分的思想感情，但她却只说出了三分、六分，留下了七分、四分给读者去想象、去补充，从而收到了在有限的形象中，表达了无限的思想感情的艺术效果。

萧观音 （1040~1075），辽道宗耶律洪基的皇后，工书能诗，善弹筝、琵琶，能自制歌词，甚得辽道宗的宠爱。后因道宗荒于游猎，萧后讽诗切谏，而被疏失宠，遂作《回心院》词十首，抒发幽怨怅惘心情。太康初年遭耶律乙辛等人诬陷，含冤自尽。

回心院

萧观音

扫深殿，闭久金铺暗。游丝络网尘作堆，积岁青苔厚阶面。扫深殿，待君宴。

拂象床，凭梦借高唐。敲坏半边知妾卧，恰当天处少辉光。拂象床，待君王。

换香枕，一半无云锦。为是秋来展转[①]多，更有双双泪痕渗。换香枕，待君寝。

铺翠被，羞杀鸳鸯对。犹忆当时叫合欢，而今独覆相思块。铺翠被，待君睡。

装绣帐，金钩未敢上。解却四角夜光珠，不教照见愁模样。装绣帐，待君贶。

叠锦茵，重重空自陈。只愿身当白玉体，不愿伊当薄命人。叠锦茵，待君临。

展瑶席，花笑三韩碧。笑妾新铺玉一床，从来妇欢不终夕。展瑶席，待君息。

剔银灯，须知一样明。偏是君来生彩晕，对妾故作青荧荧。剔银灯，待君行。

爇熏炉，能将孤闷苏。若道妾身多秽贱，自沾御香香彻肤。爇熏炉，待君娱。

张鸣筝，恰恰语娇莺。一从弹作房中曲，常和窗前风雨声。张鸣筝，待君听。

【注释】

①展转：津逮秘书本《焚椒录》作"转展"。

【鉴赏】

萧观音的《回心院》词，共十首，见于辽王鼎《焚椒录》。这十首词，从宴寝欢娱诸方面，联章铺叙，反复咏叹，组成了一个不可分割的艺术整体，突出地表现了作者希望重获宠幸的迫切心情，同时也表现了宫闱失宠的寂寞与苦闷。

这十首词，几乎是同一格调，都是在起句从日常生活细节着手，用同样的动宾结构句式，提出女主人公的一种行动，这行动的受事者，如深殿，象床，香枕，翠被，锦茵等等，又都是最能撩起女主人公爱情之思的事物，然后再以这种事物为感情的触发点，转为触景生情之笔，而以第五句复叠起句，紧接着以第六句点明首句所提出的行动的目的：扫深殿以待君宴，拂象床以待君王，换香枕以待君寝，张鸣筝以待君听等等，落脚点皆在于"君"（指辽道宗），把一个被疏远了的幽闭深宫的女主人公缠绵悱恻的爱情之思，表现得淋漓尽致。这是我们应当注意的第一点。

第二，这十首词又具有描绘细腻、抒情凄婉的特点。仅以第一首来说，其描绘的中心只是一个"殿"。作者首先用"深""暗"形容其总体形象，然后再用游丝、尘埃、青苔加以烘托，而且游丝是"络网"的，尘埃是"作堆"的，青苔是"积岁"且厚厚铺满了"阶面"的。通过这样多层次的细致描绘，把一座殿堂写成了荒凉幽暗的世

界，这正是“闭久”的象征。皇后所居，荒幽如此，不言而喻，这皇后是被弃的。显然，这一首中的景象描绘，意在为女主人公的形象烘托背景气氛，以显示其遭遇的不幸和心境的凄凉，同时也为以后的九首词奠定了基调。其他几首，每首一物，皆从这种特定遭遇出发，展开描绘，用词命意，时见佳境。如写“象床”“香枕”，皆着笔于“半边”或“一半”，而写“翠被”，则特别点出被面上的“鸳鸯对”，——成对的鸳鸯，本来是美满爱情的象征，但作者却以一个极富心理情态的“羞杀”加以否定，这样就把曾经做过“鸳鸯对”而今只能独卧半边床的弃妇的形象勾勒了一个轮廓。这十首词所写的“物”，除第一首的“深殿”外，其他九首都是琐细而精巧的，床是“象床”（用象牙修饰的床），枕是“香枕”，被是“翠被”，帐是“绣帐”，茵（垫褥）是“锦茵”，席是“瑶席”，灯是“银灯”，以至熏香的炉，鸣奏的筝，虽仅一字修饰，却可见其精，物象罗列，极见其美。这自然是与“皇后”的身份相称的。但是，尽精尽美之物，所引发出来的情，却是至悲至凄的。“象床”上，只是一个独卧半边的“妾”，而另一“半边”，本来是留给“君王”（即句中的“天”）的，可是，“敲”而至“坏”，却不见他的“辉光”。“敲坏”一词，极见情态，无限的孤独，急切的期待，都在“敲坏”一词中。而“香枕”，也是空留一半，作者又用“秋来展转多”以写这半枕孤寒之苦，苦不可耐，因而有“双双泪痕渗”的痛泣。“渗”，字似俗而意极深，非双泪长流，不见其“渗”，换句话说，“渗”字中包含了女主人公长夜不眠、孤枕而泣的无限眼泪。这种“愁模样”自然是不忍自视，也不堪见人的，故“装绣帐”一首乃有“解却四角夜光珠，不教照见愁模样”之说。“剔银灯”一首，拟情拟景，尤为委曲缠绵。就银灯的本身来说，女主人公明知它无偏无私，是一样明亮的，但在她的主观感觉上，却是君来则明，独对则暗："偏是君来生彩晕"，因"君"来临，不仅格外明亮，而且还能生出"彩晕（彩色的光圈）"来；反之，独对"妾"时，则好像故意荧荧如青豆一点。这里把人的感情赋予灯，明写其灯，暗写其情。银灯的"彩晕"，实际上是女主人公燃烧于内心的爱情之光；而荧荧一点，也正表现了女主人公对爱情的难熬的期待。这十首词的抒情，在细腻凄婉的共性下，又有其多变的一面：不仅有"敲坏半边"的急切，"双双泪痕渗"的悲苦，"独覆相思块"的冷寂，同时又有"笑妾新铺玉一床"这样含泪的自嘲，"常和窗前风雨声"的凄凉，而"只愿身当白玉体，不愿伊当薄命人""若道妾身多秽贱，自沾御香香彻肤"，则又如泣如诉，温柔敦厚，情致缠绵，怨而不怒，女主人公的一颗纯正的爱心，跃跃然如在目前。凡此，我们都可以看出作者在描写与抒情上的高妙手段。

辽国的文学是落后的，词作更为寥寥，唯有萧后的《回心院》独占春色，这是萧观音一生在学习汉文化进行诗词创作上的艺术结晶。据王鼎《焚椒录》记载，萧后的《回心院》，在当时是"被之管弦"，可以演奏的。当时的演奏家赵惟一独善其曲，而另一善筝及琵琶的宫婢单登，与赵惟一争能，后来竟与权奸耶律乙辛串通一气，对萧后进行诬陷，终于致萧后于死地。从这里，我们也可以看到这十首词在当时的影响。至于《回心院》是诗或是词，前人颇有争论。况周颐《蕙风词话》卷三断言："其词既属长短句，十阕一律，以气格言，尤必不可谓诗；音节入古，香艳入骨，自是《花间》之遗。……姜尧章言：'凡自度腔，率以意为长短句，而后协之以律。'懿德（辽道宗即位，立萧观音为懿德皇后）是词，固已被之管弦，名之曰《回心院》，后人自可按腔填词。"况氏并举徐釚《词苑丛谈》、徐本立《词律拾遗》均收入此作为证。这个意见很值得重视。

吴激　（1090～1142）字彦高，号东山，建州（今福建建瓯）人。宋宰相吴栻之子，书画家米芾之婿。靖康末，使金被留，累官翰林待制。金皇统初，出知深州。词风清婉。有《东山集》《东山乐府》。存词十首。

人　月　圆

吴激

南朝千古伤心事，犹唱后庭花。旧时王谢，堂前燕子，飞向谁家？

恍然一梦，仙肌胜雪，宫髻堆鸦。江州司马，青衫泪湿，同是天涯。

【鉴赏】

在北宋覆亡前后，有一批著名才子如宇文虚中、吴激等，以宋臣而留仕于金，风雪穷边，故国万里，内心是很矛盾和痛苦的。

据刘祁《归潜志》记载，有一次宇文虚中与吴激在张侍御家会宴，发现一佐酒歌姬原是宋朝宗室女子，曾嫁与宋徽宗生母陈皇后娘家的人，如今却流落北方沦为歌妓了。宴会诸公感慨唏嘘，皆作乐章一阕。宇文首赋《念奴娇》，次及吴激，作上面这首《人月圆》。宇文《念奴娇》是这样写的：

疏眉秀目，看来依旧是，宣和妆束。飞步盈盈姿媚巧，举世知非凡俗。宋室宗姬，秦王幼女，曾嫁钦慈族。干戈浩荡，事随天地翻复。　一笑邂逅相逢，劝人满饮，旋旋吹横竹。流落天涯俱是客，何必平生相熟。旧日黄华，如今憔悴，付与杯中醁。兴亡休问，为伊且尽船玉。

宇文这首词据事直书，把这位女子的装束、丰采、出身遭遇，都写得很具体。又写宴会上邂逅相逢，见她吹笛劝酒，周旋于宾客之间，不胜今昔之慨。通篇用的全是纪实之笔。再来看吴激这首《人月圆》则完全另是一副笔墨，几乎通篇都是化用唐人诗句，空灵蕴藉，唱叹有情。杜牧《泊秦淮》诗云："商女不知亡国恨，隔江犹唱后庭花。"《人月圆》头两句即用小杜诗意，以南朝指北宋，谓北宋之灭亡已成千古伤心事了，今遇故宋皇家女子犹唱旧时歌曲，令人感慨系之。接着"旧时王谢"三句，化用刘禹锡《乌衣巷》诗："旧时王谢堂前燕，飞入寻常百姓家。"刘禹锡用今昔燕子的变化，暗示南朝王谢世家的衰败。吴激则借用"飞入寻常百姓家"的"王谢燕"的形象，比喻这位皇家女子的沦落，感叹北宋王朝的倾覆。皇宫倒塌了，覆巢之下，燕子又能"飞向谁家？"这一问，含有多少辛酸的眼泪，词人不忍直说她如今沦落到何等地步，然而上面"犹唱后庭花"一句已经暗暗透露她的"商女"身份了。

吴激这首词通篇都是借用唐人诗句写事抒情，笔姿盘旋空灵。当然也必须有一两句实写，才不致使人扑朔迷离。因此，过片几句推出前面暗示的"商女"形象："仙肌胜雪，宫髻堆鸦。"她肌肤是那样的晶莹洁白，她的发髻乌黑光溜，犹是旧时宫中式样。这两句描写，不只是单纯写这位歌姬之美，而是从她的容颜梳妆，勾起了词人对北宋故国旧事的回忆与怀念。所以词人抚今追昔，有"恍然一梦"之感！

昔日皇家女子，今朝市井歌妓，这个对比太强烈了，不禁触发了词人故国之深悲，身世之同感。吴激想自己如今羁身北国，"十年风雪老穷边"（刘迎(《题吴激诗集后》),自己和这位歌女不"同是天涯沦落人"吗?这自然使他想起当年白居易浔阳江头遇琵琶女的情景,想起白居易的悲叹:"同是天涯沦落人,相逢何必曾相识。……座中泣下谁最多,江州司马青衫湿。"(《琵琶行》)吴激在《人月圆》结尾三句便融合白诗意境,把自己和眼前这位歌姬,比为白居易之与琵琶女了。

将吴激《人月圆》与宇文虚中《念奴娇》比较,高下立见。宇文词说自己与这位"举世知非凡俗"的歌女,"流落天涯俱是客","兴亡休问,为伊且尽船玉(即酒杯)",直说其事,直抒其情,自是索然寡味。而吴激则巧妙地将"犹唱后庭花""王谢堂前燕""同是天涯沦落人"诸诗句的意境,剪裁缀辑,融化一体,准确地暗示出所要写的事,并使之恰如其分地表现作者自己的思想感情。看去虽用古人句,而能以故为新,思致含蓄甚远,不露圭角,浑然天成。相传当时身为文坛盟主的宇文虚中,本视吴激为后进。自《人月圆》一出,刮目相看,自愧不如,从此对他推崇备至。

北宋中叶以后,填词渐趋工巧,隐括唐人诗句填词,蔚为风气。贺铸、周邦彦、吴文英都擅长此道。吴激这首词运用古人诗句,浑然天成,如自其口出,能以人巧与天工相吻合,也是一首成功的隐括体。

春从天上来

吴激

会宁府遇老姬,善鼓瑟。自言梨园旧籍,因感而赋此

海角飘零。叹汉苑秦宫,坠露飞萤。梦里天上,金屋银屏。歌吹竞举青冥。问当时遗谱,有绝艺、鼓瑟湘灵。促哀弹,似林莺呖呖,山溜泠泠。
梨园太平乐府,醉几度春风,鬓变星星。舞破中原,尘飞沧海,飞雪万里龙庭。写胡笳幽怨,人憔悴、不似丹青。酒微醒。对一窗凉月,灯火青荧。

【鉴赏】

由词的小序可知,这首词的创作契机,是因为在会宁府遇见流离在北的南宋歌女,作者重闻承平遗曲,勾起了故国旧君之思和干戈漂流之恨。这种写作背景决定

了词的主旨和全篇的情调。

词的上片，写听老姬鼓瑟的情形。起句“海角飘零”，突兀而沉痛，是写老姬，也是写作者自己，有所谓“同是天涯沦落人”之意。这四字是全词情绪生发之根。以下四句，既暗示了徽、钦二帝蒙尘的背景，又表现了故国当年的情思意绪。“歌吹”句以下，乃正面描述老姬鼓瑟的情景。

换头宕开笔墨。词人的想象凭借着宛转的琴声，神游故国，在一瞬间回顾了国家和个人的遭际。老姬弹奏的是“当时遗谱”，承平之曲，眼下却是二帝被掳，山河破碎，词人自己和歌姬皆流落敌国，鬓变星星，故无论奏者、听者，都不免黯然神伤。陈廷焯《词则》于此数句旁加密圈，批曰：“故君之思恻然动人。”其实词人更多的是慨叹国耻国难。“舞破中原”句，从杜牧《过华清宫》绝句“霓裳一曲千峰上，舞破中原始下来”化出。白居易《长恨歌》亦云：“缓歌曼舞凝丝竹，尽日君王看不足。渔阳鼙鼓动地来，惊破霓裳羽衣曲”。从作者的点化造句来看，对风流皇帝宋徽宗不无谴责。“写胡笳幽怨”三句，是说老姬流落北国，无情岁月和胡地冰霜已使她憔悴，不再是画中美人般的容貌了。结尾画面淡出，回到词人居室，面对青灯凉月，耳边似还缭绕着老姬的琴声，而家国之痛，不能自已。

这首词的章法，浑成而富于变化。过去与眼前，实景与虚景，交错而出，融为一体。除“海角飘零”一句陈述身世外，其余全是画面的叠印。“汉苑秦宫，坠露飞萤”是悬想；“金屋银屏”是梦境；“歌吹竞举”等句本是眼前实景，但与“梨园太平乐府”相映，实中亦有虚。“舞破中原”一句，惊心动魄，仿佛战尘弥漫、干戈撞击，叠印在轻歌曼舞的画面上。作者用老姬的形象与琴声作为串联画面的线索，幻变开合，浑化无迹。结尾处，对过去的浮想联翩，飘飘漾漾，合了拢来，化入眼前老姬的憔悴面容。结句一线轻飘，又从会宁府歌吹喧闹的场面化出，回到词人凉月轻灯的住所，于是老姬鼓瑟的情景也成陈迹，恍然一场春梦了。

在这多层次的画面组合中，词人着力突出的是往昔与现实的对比。梦里是天上人间，金屋银屏（这种对故国的记忆已经被词人的感情美化了），现实是国破家亡，二帝被掳，汉苑秦宫，一片萧索。青春年少的歌女，如今成了憔悴的老姬；往日的承平之音，如今已是玉树歌残的后庭遗曲。这种强烈的对比，传达了词人内心的情感波澜，造成了震撼人心的艺术感染力。

蔡松年 （1107~1159）字伯坚，号萧闲老人，真定（今河北正定）人。仕金官至尚书右丞相，封卫国公。文辞清雅，与吴激齐名，称吴蔡体。著有《萧闲公集》，《明秀集》。存词八十四首。

念奴娇

蔡松年

还都后，诸公见追和赤壁词，用韵者凡六人，亦复重赋

离骚痛饮，笑人生佳处，能消何物。夷甫当年成底事，空想岩岩玉壁。五亩苍烟，一丘寒碧，岁晚忧风雪。西州扶病，至今悲感前杰。

我梦卜筑萧闲，觉来岩桂，十里幽香发。嵬隗胸中冰与炭，一酌春风都灭。胜日神交，悠然得意，遗恨无毫发。古今同致，永和徒记年月。

【鉴赏】

这首词的上片，间接表达了词人对现实的不满和对官场的厌倦，为下片抒发隐居避世的生活志趣作铺垫。开头三句，说人生最得意事，无如饮酒读《离骚》。"痛"字，"笑"字，相排而出，奠定了激越狂放的基本情调。夷甫是东晋名士王衍的字。顾恺之《夷甫画赞》称"夷甫天形瓌特，识者以为岩岩清峙，壁立千仞"。王衍清雅有才气，而随时俯仰，唯谈老庄为事。后为石勒所杀。死前顾而言曰："呜呼，吾曹虽不如古人，向若不祖尚浮虚，戮力以匡天下，犹可不至今日。""西州扶病"，用谢安故事。谢安为东晋名臣，文才武略兼备，尝有天下之志。淝水大捷后命将挥师北进，一度收复河南失地。然终因位高招忌，被迫出镇广陵，不问朝政。西州在今江苏江宁县西，为晋扬州刺史治所。太元十年，谢安扶病舆入西州门，不久病逝。词中称引这两个历史人物，表现了作者矛盾的心理情绪。他对王衍的回避现实祖尚浮虚有所不满，对谢安的赍志以殁深表同情和怨愤。但是谢安所以不能施展才识，乃时势所限，朝廷中的倾轧排挤，使他不得不急流勇退。作者徘徊在出世与入世、积极与消极的边缘，他选择的正是他所不满的人生道路。饮酒读《离骚》，是消化内心块垒的手段，而隐居避世，则是作者引领以望的平安归宿。"五亩苍烟，一丘寒碧"，盖指词人所经营的镇阳别业。"五亩""一丘"，皆借指退隐之所。白居易《池上篇》诗序略云于洛阳履道里西北隅营宅为退老之地，诗云："十亩之宅，五亩

之园,有水一池,有竹千竿。勿谓土狭,勿谓地偏;足以容膝,足以息肩。……”故苏轼《司马君实独乐园》诗:“中有五亩园,花竹秀而野”;又《六年正月二十日……》诗:“五亩渐成终老计”,都用此典。松年《水调歌头·送陈咏之归镇阳》,有“共约经营五亩,卧看西山烟雨”之句,同此。“一丘”用《汉书·叙传》:“渔钓于一壑,则万物不奸其志;栖迟于一丘,则天下不易其乐。”“苍烟”“寒碧”,总写别业园林山水草木之秀润。“岁晚忧风雪”是有感于现实的忧患意识。这既是现实的折映,又有历史的借鉴。这种对家山的怀想,置于两个历史人物的中间,仿佛是压抑不住的潜意识,也正反映了他徘徊歧路的精神状态。

下片正面抒写归隐之志和超脱之乐。换头借梦生发,一苇飞渡,由京都到镇阳别墅,也等于由现实到理想。镇阳别墅有萧闲堂,作者因自号萧闲老人。桂花飘香,酒浇垒块,知己相聚,清谈赋诗,人生如此,可谓毫发无遗恨。(杜甫《敬赠郑谏议十韵》:“毫发无遗恨。”)这是作者所勾画的暮年行乐图。韩愈《听颖师弹琴》诗“无以冰炭置我肠”,廖莹中注引郭象《庄子注》:“喜惧战于胸中,固已结冰炭于五藏矣。”这两句词说胸中杂有相矛盾的喜惧之情,不平之气,遇酒(“春风”谓酒。黄庭坚《次韵杨君全送酒》:“杯面春风绕鼻香。”)都归于消灭,无喜亦无忧。结句回到诸公相聚唱和的背景上来。胜日神交,古今同致,王羲之《兰亭集序》又何必记“永和九年,岁在癸丑”呢!

这首词上下两片,情绪相逆相生。上片悲慨今古,郁怒清深;下片矫首遐观,入于旷达自适之境。其实胸中垒块并未浇灭,不过用理智的醉意暂时驱遣,强令忘却,故旷达中时露悲凉。

词的前、中、后三处,提及三个东晋名士,虽非咏史,却得园林借景之妙。明人计成《园冶》谓,“园林妙于因借”,诗词用典之妙,与此相通。蔡松年虽然官运通达,毕竟是南人北来者,于现实是非不得不有所规避。“至今悲感前杰”一句,不仅是对谢安的赍志以殁表示痛惜,亦有吊古伤今古今同愁的悲慨。词中并不直接褒贬现实,而“隔篱呼取”,寓主意于客位,提示而不露圭角。

张宗橚《词林纪事》引范文白语曰:“此公乐府中最得意者。”蔡松年词品,有两大源头,一是他在词中反复道及的“东晋奇韵”,二是东坡乐府的清旷词风。这首词用韵追和苏轼,用典取诸东晋,联系整个《明秀集》来看,不是偶然的。这首词的音调清雄顿挫,有敲金戛玉之声。“五亩苍烟,一丘寒碧”,“觉来岩桂,十里幽香发”,净洗铅粉,别作高寒境。况周颐《蕙风词话》谓“全词清劲能树骨”,这首词不仅可以视为蔡松年的代表作,置诸《中州乐府》,也是很有代表性的。

相见欢

蔡松年

九日种菊西岩，云根石缝，金葩玉蕊遍之。夜置酒前轩，花间列蜜炬，风泉悲鸣，炉香蓊于岩穴。故人陈公辅坐石横琴，萧然有尘外趣，要余作数语，使清音者度之

云闲晚溜琅琅。泛炉香。一段斜川松菊瘦而芳。
　　人如鹄，琴如玉，月如霜。一曲清商人物两相忘。

【鉴赏】

这首小令仅有三十六字，却创造出一个耐人流连品味的境界。这个境界的主要审美特征，只是一个字：清。泉水清澈，月光清冽，其清在色，清与浊相对。水流琅琅，琴质如玉，其清在声，清与杂相对。青松挺立，黄菊离披，其清在骨，清瘦与肥腻相对。炉香袅袅，菊香沁人，其清在气，清淡与甜俗相对。总之，词中意象，无一不清。外在的情景与无机心、无名利之想的人的心灵，内外相映，遂觉冰心玉壶，表里澄澈。

清境之中，词人又用点示性笔墨，借千古隐逸之祖陶渊明为诗境点缀。"一段斜川松菊"，似用典非用典，稍稍提缀，韵致得来不觉。陶渊明曾"与二三邻曲，同游斜川"，并有诗纪其事。这里提及斜川，一是以眼前挚友相聚，风物情趣不减当年斜川之游；但更重要的是斜川是与陶渊明的名字联系在一起的，提及斜川，就能唤起对陶渊明清旷高古的精神风貌的感知。陶渊明多次咏叹过松与菊。《和郭主簿》其二云："芳菊开林耀，青松冠岩列。怀此贞秀姿，卓为霜下杰。"这种高洁的风致与"采菊东篱下，悠然见南山"的萧闲心境，是作者心折和读者熟悉的，稍加点示，便如轩窗洞开，清风洒然，不期而至。

和多数词作不同，这首词里几乎没有什么抒情的字眼，纯乎写景。作者没有表

示对扰扰红尘、名缰利锁的厌倦,也没有表述自己的耿介独立、隐居避世之志,只是淡墨白描,绘出一幅清景,却使人自觉其中乃陶渊明、林和靖一辈人物。闲云松菊,非象征也非寄托,而其中自有意趣。

鹧鸪天

蔡松年

赏荷

秀樾横塘十里香,水花晚色静年芳。胭脂雪瘦熏沉水,翡翠盘高走夜光。

山黛远,月波长,暮云秋影蘸潇湘。醉魂应逐凌波梦,分付西风此夜凉。

【鉴赏】

历代咏荷诗词颇多,小荷、艳荷、残荷、枯荷,都为人咏叹过。这首词所写的是初秋时节、黄昏月下的荷塘景色。

作者用笔极有层次。首二句写荷塘的总体风貌,作为全词意境的框架。清疏的树影,环绕着十里荷塘。“水花”即荷花。《艺文类聚》卷八十二《芙蕖》引《古今注》:“一名水花。”入晚的荷花,境静而香幽,别具一种风致。次句从杜甫《曲江对雨》诗化出。杜诗原句为:“城上春云覆苑墙,江亭晚色静年芳。”“年芳”犹言一年中最好的光景。此句中暗寓留连光景之意,为下片抒情张本。下面二句,视点由远而近,一句写荷花,一句写荷叶。“胭脂雪”,谓杂红白之色。苏轼《寒食雨》云:“卧闻海棠花,泥污燕脂雪。”词语或本此,既是对荷花红中有白、白里透红色彩的巧言摹状,又因为胭脂乃女子涂面的化妆品,前代诗词又有以荷叶比罗裙,以荷花比人面的习惯,所以又使人依稀想见女子皎洁秀美的容颜。“沉水”,沉香的别称,闺房熏用。谓荷香如熏香,亦从美人生发。翡翠盘是指荷叶。夜光,珠名,这里借指荷叶上滚动的水珠。

下片换头,不写水而写山,不写荷而写月,远处着墨,情韵四合。山黛空濛,月波流转,暮云秋影,倒蘸波间,融成一个清幽朦胧的境界。古人常以黛色的远山比女子眉峰,以一泓清波比女子眼光,此则似喻非喻,构想似从黄庭坚《西江月》“远山横黛蘸秋波”化出,读之恍觉山眉水目,顾盼含情。“潇湘”和“横塘”一样,不是专指地名,而是用来代指水塘,而“潇湘”二字,却会凭空给人一种温润含蓄的语感。末二句是词人有感于斯景生发的逸想,表现了他对美好年光的眷恋之情。曹植《洛神赋》云:“灼若芙蓉出绿波”,又“凌波微步,罗袜生尘”,后世因称荷花为凌波仙子。“分付”,犹言打发、消遣。末二句意谓:荷花香艳,凉夜清风,正当及时品赏;不然年芳逝去,将难追悔。这与历代赏花诗词一样,归结于流连光景的情意。

这首词的风格,正如月下荷塘,清虚骚雅,暗香袭人。题为“赏荷”,却不在荷之本身精雕细刻,而是借天光云影、山容水态,渲染烘托,淡远取神,造成一种幽静温馨的抒情氛围。即使正面写荷的两句,也是以比为赋,借物传神,使美女与娇花叠映,物象与人情一体。在遣词用字上,作者精拣淘洗,用秀、静、瘦、远,力避秾艳肥腻。王若虚《滹南诗话》谓:“萧闲乐善堂赏荷词,‘胭脂肤(异文)瘦熏沉水,翡翠盘高走夜光’,世多称之。此句诚佳,然莲体实肥,不宜言瘦。予友彭子升尝易‘腻’字,此似差胜。”王若虚此论实为隔靴搔痒,彭子升改字亦化玉为石。诗词皆有别趣,正不必拘泥于物理。如“肥、腻”字面,蔡松年是断不会用的。

完颜亮 (1122~1161)即金废帝,字元功,本名迪古乃。中国金代第四位皇帝,杰出的改革家、政治家、文学家和杀人狂,是一位毁誉参半的人物。在位十二年,在位期间为人残暴,杀人无数但严肃吏治,能够听取臣下的某些有益建议。

鹊桥仙

完颜亮

待月

停杯不举,停歌不发,等候银蟾出海。不知何处片云来,
做许大、通天障碍。
虬髯撚断,星眸睁裂,唯恨剑锋不快。一挥截断紫云腰,
仔细看、嫦娥体态。

【鉴赏】

这首词最早见于宋岳珂《桯史》卷八《逆亮辞怪》。完颜亮中秋待月不至，乃赋此词，极写其力排障碍以观嫦娥的心情，抒发了横厉恣肆不可一世的气概。

词的上片写待月不至，为云所遮蔽。起句"停杯"三句，写待月："停杯不举，停歌不发"，直写一个"待"字，静默之中隐含热烈，盼望之殷切，等待之焦灼，皆含蕴在字里行间；"等候银蟾出海"，是一句解释性的话，点明杯不举、歌不发的原因，引出"月"字。"银蟾"，即月亮。我国古代神话说月中有蟾蜍，又因月有银辉，后因以"银蟾"喻月。唐李中有"银蟾飞出海东头"的诗句。停酒停歌而专等"银蟾出海"，显然，作者对银蟾的期待已远胜于对美酒和歌舞的嗜欲。作者继以"不知何处片云来"两句作转折。谓片云遮月，遂成"通天障碍"，于是波澜陡生，大煞风景，热切的期待化为冰冷的失望。这期待与失望的激荡，乃产生了这首词的横厉恣肆剑拔弩张的下片。下片写欲截云看月，同时也生动传神地刻画了作者的自我形象"虬髯撚断，星眸睁裂"，写作者因片云遮月而引起的愤怒与焦躁，亦极写待月心情的急切，寥寥八字，其粗豪毕见。"唯恨剑锋不快"，则由外貌形象转入心理活动，使"虬髯撚断，星眸睁裂"的思想内涵由恨片云之遮月，更进一层转恨剑锋之不快，而由恨剑锋之不快，更见其恨片云之遮月。同时，这句也有转出下文的作用，"一挥"两句即从此句转出。因此，这一句实为下片起结之间的津梁。结句"一挥截断紫云腰，仔细看、嫦娥体态"，是作者的设想之辞，亦极写其待月、看月心情之急切。"紫云"，原指祥瑞之云，古时以为王者之象。这里字面意思是指月光穿射云层所形成的彩云景象。"嫦娥"，我国古代神话中的月中女神，神话中有"嫦娥奔月"的故事，古代文学作品又把她作为美人的典型。这首词的结句无疑是杀机毕露的。它语意双关，字面上是说截云看月，骨子里却有作者对南宋的觊觎。据岳珂《桯史》，完颜亮"迁汴之岁，已弑其母矣。又二日而中秋，待月不至，赋《鹊桥仙》"。考完颜亮"迁汴之岁"，在其正隆六年(1161)六月；"弑其母"则在同年八月。如此,则此词之写作,当在这年的中秋。当时完颜亮正在准备大规模地进攻南宋。中秋之后,九月份,即起兵二十七万(号称百万)分四路攻宋,完颜亮亲自率领三十二总管兵南下,十一月下旬,金兵已集结于扬州瓜洲渡口。这首词写在这种临战的背景之下,正是作者运筹帷幄、心潮起伏之时,故于词中即景抒情,卒章见志,寄意叵测。但其杀机已不可掩饰,似乎可以一战而灭宋,有"三秋桂子十里荷花"的江南即在把握之中,正可"仔细看、嫦娥体态"了。

这首词的显著特色,在于铲尽浮词,直抒本色。就语言来说,它语语本色、自然,不着色相,不落言诠,毫无词中惯见的那种文绉绉、酸溜溜的陈腐气,更无充斥词坛的那种绮罗香泽的脂粉气。就格调来说,它豪横骏爽,剑拔弩张,桀骜之气溢于辞表,它与旖旎作态、扑朔迷离的所谓传统格调是绝缘的。这一点,在词的下片表现得尤为突出。所以,《艺苑雌黄》说它"俚而实豪",《词苑丛谈》说它"出语崛强,真是咄咄逼人"。完颜亮的词,现存四首,大都有这种横空出世的气概。这首词的直抒本色,还表现在它自然地、真实地写出了作者自己的真面目,真性情。清沈祥龙《论词随笔》说:"古诗云:'识曲听其真。'真者,性情也。性情不可强,观稼轩词知为豪杰,观白石词知为才人。其真处有自然流出者。词品之高低,当于此辨之。"完颜亮的这首词,也同样是真性情的流露,观其词则知其为强横而进取的霸星。他"为人僄急,多猜忌,残忍任数"(《金史·海陵纪》),"颇知书,好为诗词,语出辄崛强憖憖,有不为人下之意"(《桯史》)。他在为藩王时,就久怀谋位之心,曾有题扇诗曰:"大柄若在手,清风满天下"(刘祁《归潜志》),又有述怀诗曰:"等待一朝头角就,撼摇霹雳震山河"(《桯史》),终以利剑弑熙宗完颜亶而自立。得志之后,又蓄谋侵宋。《鹤林玉露》说:柳永《望海潮》咏钱塘之词流播,"金主亮闻之,欣然有慕于三秋桂子、十里荷花,遂起投鞭渡江之志。"他曾使画工图临安(杭州)城邑及吴山、西湖之胜,而于吴山绝顶"貌己之状,策马而立",并题诗其上,有"提兵百万西湖上,立马吴山第一峰"句。这首《鹊桥仙》,均与同格调、同气魄,自然而真实地流露了作者的强横而进取的真形象、真性情。"停杯""停歌"云云,已给人以箭在弦上引而待发之感,隐含一股威慑之力;"虬髯""撚"而至"断","星眸""睁"而至"裂",其沉雄剽悍的形象性格已和盘托出;"唯恨剑锋不快",益见其横狠;"一挥"两句,更如骄马弄环,千里之志,一望而知。文学作品,贵真实,贵自然。这在词中却是比较难以做到的,而完颜亮的这首《鹊桥仙》,却能兼而有之,这正是它的艺术生命力之所在。

蔡珪 （？~1174）字正甫，真定（今河北正定）人，金朝文学家。松年之子。天德三年（1151）进士。官至礼部郎中，封真定县男。学识渊博，精于考古。著有《续欧阳文忠公集古录》《金石遗文》《古器类编》《补南北史志书》《水经补亡》等。词存一首，附《萧闲公集》后。

江 城 子

蔡珪

王温季[1]自北都归，过余三河，坐中赋此

鹊声迎客到庭除。问谁欤？故人车。千里归来，尘色半征裾。珍重主人留客意，奴白饭，马青刍。
东城入眼杏千株。雪模糊，俯平湖。与子花间，随分倒金壶。归报东垣诗社友，曾念我，醉狂无？

【注释】

①王温季：一作王季温。

【鉴赏】

这是首客中送客的佳作。

词作起笔不平，"鹊声迎客到庭除"一句便有无限魅力。客来不写客，却从吉祥使者喜鹊着笔，由它那清脆欢乐的声音引出来客，真是未见客人先闻鹊声！这鹊声由远及近仿佛代主迎客，殷勤十分；它打破静谧，渲染出一片欢乐气氛，又迫使读者去循声寻人，同时为客人出场布置好了环境。来者是谁？"问谁欤？故人车"，既是自问自答，又是承前意，接客出场。句间交接如行云流水，自然圆润。但此二句，仍然是只见其车，未见其人。"千里"二句已是由车至人，可以清楚地看见来客面貌，但作者却摄取富有形象特征的"尘色半征裾"，故友他乡重逢时的万语千言都被浓缩压进这一鲜明形象之中，也正是在这既惊且愣的凝视中，衬托出主人乍喜又疑、相对如梦寐的特殊心理状态。经过"鹊声""车""征裾"这一由远及近的过程，客人才缓缓登场。至此，作者不滞留于相见之事，随即避实就虚，宕开一笔，去写"留客

意”，他也不直写如何劝客小憩，而用侧笔写殷勤待其侍从：赏奴白饭，喂马青刍。这里作者妙用杜甫《入奏行》“为君酤酒满眼酤，与奴白饭马青刍”入词，顺手拈来，自然贴切，并由此衬托了主人待客之热情，留客之意诚。侍从若此，客人如何？

“东城入眼杏千株”，下阕以铺写景物发端，巧妙承上启下：延友游乐，极尽东道之谊，是上阕“留客意”的继续，真所谓语断而意不断；赏花东城，是介绍时间、地点，为下阕游乐张本，为分别作铺垫，真所谓意到而语无痕！“雪模糊”二句继续写景，以雪花比杏花，简单六字，便勾勒出一幅仲春图画：杏树匝匝，白花纷纷，透过那树间花隙看去，只见一泓春水，满湖涟漪。在这绮丽春光中，主客开怀畅饮，一觞一觞……。这既是主客相会之乐事，又是文人相处之雅致，从而将相留之意正面揭出，也将相得之乐推向高潮。卒章三句，作者笔锋再转，文势随之一折，由留处之乐，转入别去之念。东垣（今河北正定），是客人此去的目的地，也是作者的故乡，亲朋很多，故曰“归报”。是归报客中送客的惆怅？思乡怀人的念情？抑或为官他乡的孤寂？如此种种愁肠，怎能“归报”呢？作者用进层写法故设疑问，又作一振，“曾念我，醉狂无”？不说我念故人，却说不知故人曾念我否？并顺笔照应序中“过”字。笔墨摇曳多姿，情致显得通脱潇洒，然而被抑制于作者心中的愁思也就愈浓愈烈了。

全词首尾圆合，词意迭变，笔锋多姿，是金代词坛上的佳作。难怪元好问说“国初文学，断自正甫（蔡珪），为正传之宗”了。

刘著 字鹏南，皖城（今安徽潜山）人。北宋宣、政间进士。入金历任州县。年六十余，始入翰林，充修撰，终于忻州刺史。词存一首。

鹧 鸪 天

刘著

雪照山城玉指寒，一声羌管怨楼间。江南几度梅花发，
人在天涯鬓已斑。
星点点，月团团。倒流河汉入杯盘。翰林风月三千首，
寄与吴姬忍泪看。

【鉴赏】

这首词从"寄与吴姬"的字面看，当是作者客居北地时的怀人之作。上片状别离滋味，下片抒思念情怀。写得情真意挚，清丽绵密而又自然健朗，笔墨别具一格。

"雪照山城玉指寒，一声羌管怨楼间。"起拍，追怀往日那次难忘的离别场面。山城雪照，一个严寒的冬日。山城指南方某地，作者与所爱者分携之处。悲莫悲兮生别离，离筵别管充满了悲凉的气氛。玉指寒，既点冬令，又兼示离人心上的凄清寒意。羌管，即笛，吹梅笛怨，也许是她在小楼上奏起的一曲《梅花落》吧！南楼不恨吹横笛，恨晓风千里关山。羌管悠悠，离愁满目。这两句自"细雨梦回鸡塞远，小楼吹彻玉笙寒"化出，而景情切合，缠绵哀感，深得脱胎换骨之妙。这一别，黯然销魂，情难自禁；从此后，相思两地，再见何年。下面的"江南几度梅花发"，接得如行云流水，自然无迹。由笛怨声声到梅花几度，暗示着江南的梅花开了又落，落了又开，情天恨海，逝者如斯。无情的岁月早经染白了主人公的青青双鬓。追忆别时，恍如昨日。整个上片，读来已觉回肠荡气。

下片，由当年写到此夕，感情进一步深化。天涯霜月又今宵。茫茫百感，袭上心头，除了诗和酒，世上还有什么能寄托自己的思恋，消遣自己的愁怀！换头先说饮酒。一片深愁待酒浇。苍茫无际的天野，有星光做伴，月色相陪，还是开怀痛饮，不管一切吧！这几句大有"尽挹西江，细斟北斗，万象为宾客"的气势，"倒流河汉"，等于说吸尽银河；更巧妙的是暗中融化了李长吉"酒酣喝月使倒行"(《秦王饮酒》)的意境，痛饮淋漓，忘乎所以，恨不得令银河倒流，让辰光倒转，把自己的一腔郁闷，驱除个干净。兴会不可谓不酣畅了。然而，酒入愁肠，化作的毕竟是相思泪啊！紧接着，一气呵成的，就是放笔疾书，不可遏止地倾诉，无所顾忌地抒怀，要将那无穷的往事、别后的相思，要将那尘满面、鬓如霜的感慨，要将那但愿人长久、千里共婵娟的祝愿，一齐泻向笔端。可这些，又岂是有限的篇章、区区的言语所能表达，他只好借助于欧公《赠王安石》的成句，动用一下"翰林风月三千首"了。而竟夕呜咽、愁情满纸的诗篇，寄与伊人，将又会带给她多少新的悲哀呢？"忍泪看"，正是没法忍泪，惟有断肠。作者仿佛已感到了她的心弦颤动，看到了她的泪眼模糊。设身处地，体贴入微，心息之相通，一至于此。

魂逐飞蓬，心灵感荡，"非陈诗何以展其义，非长歌何以骋其情"！而在一首短章小令之中，用词代简，以歌当哭，包含了如许丰富的感情容量，传达了如许深微的心理活动，长短句的语言艺术功能也可算得发挥尽致了。

陈廷焯《词则》评这首《鹧鸪天》为"风流酸楚"，似嫌泛泛；况周颐《蕙风词话》论金词云："金源人词伉爽清疏，自成格调"，则较能说出金代的词风特色。刘著虽是汉人，而由宋仕金，久居北国，笔墨间塞北风沙之气已渐融入了江南金粉之思，仅从这首小词看,也是悱恻缠绵、感激豪宕,兼而有之。在当时确乎能自成格调,对后来也遥开满族词人纳兰性德的先声(纳兰词的“万帐穹庐人醉,星影摇摇欲坠”等作,近于此种风调)。可惜的是,沧海遗珠,我们只能从《中州乐府》中读到刘著唯一的这篇词作。

赵可 生卒年不详,金代文学家,字献之,号玉峰散人,高平(今属山西)人。贞元二年(1154)进士。仕至翰林直学士。博学多才,诗词俱工。著有《玉峰散人集》。存词十一首。词入《中州乐府》。

雨中花慢

赵　可

代州南楼

云朔南陲,全赵幕府,河山襟带名藩。有朱楼缥缈,千雉[①]回旋。云度飞狐[②]绝险,天围紫塞[③]高寒。吊兴亡遗迹,咫尺西陵,烟树苍然。

时移事改,极目伤心,不堪独倚危栏。唯是年年飞雁,霜雪知还。楼上四时长好,人生一世谁闲。故人有酒,一尊高兴,不减东山。

【注释】

①雉:古时计算城墙面积的单位,长三丈高一丈为一雉,引申为城墙。②飞狐:飞狐关,一名蜚狐,位于今河北涞源县北。山道奇险,历来为兵家必争之地,战国时属赵。作者身在代州南楼。目不及飞狐,故以“云度”写之,亦想象之笔也。③紫塞:即长城。泛指北方边塞。晋崔豹《古今注》:“秦筑长城,土色皆紫,汉塞亦然,故称紫塞焉。”古长城横过雁门。

【鉴赏】

这是阕怀古词,盖为词人赵可入仕金朝后所作。宋室南渡,金人以武力占领了北方，词人是山西人，作为一个汉族文人，入仕异族，内心深处既有仕金后的重重矛盾，又有山河沦丧的故国之恸，因而词作体现的不是南宋爱国词人辛弃疾、张孝祥那样的大江奔流，汪洋恣肆，一泻无余，而是将无处可发泄的故国之思、民族之情，借着凭吊历史陈迹，婉曲发之于词，这就使此词呈现出特有的悲郁苍凉，哀怨缠绵，含蓄蕴藉。

上阕起三句"云朔南陲，全赵幕府，河山襟带名藩"，分述代州的地理位置、历史沿革、河山形胜。云，云中郡；朔，朔方郡，皆汉代北边郡名。而词题中的"代州"，即宋之雁门郡，金曰代州，治雁门（今山西代县），在云朔的南边，战国时属赵。"全赵幕府"即指明代州曾是赵国的管辖范围。作者身临赵之旧藩，王朝兴替，遗迹在目，自然激起胸中蓄积的层层波澜，这就为下文"吊兴亡遗迹"设下了伏笔。"名藩"，重申代州乃历史圣地。词人放眼江山，对代州这一历史重地作了全景鸟瞰：重峦叠嶂，滹沱河穿境而过，如襟如带，一派雄险境界。此三句起笔擒题，大处落墨，将作为沧桑变化标志的代州横兀眼前。然后，沿此意脉，用"朱楼"以下四句，推出了一幅幅雄奇画面，而以"有"字冠领，使这些画面犹如电影中的一个个特景，扑面而来：历尽风吹雨打，先朝遗迹朱楼依旧是那么的高远，在云雾中时隐时现；绵绵的古代城墙逶迤延续；飞狐关的绝险处，断云正依依飘过；天似穹庐，笼盖着高大凄寒的古长城。这几句，笔墨纵横雄浑，意境苍茫雄奇，表现了词人对历史名藩的凭吊和追怀，所以紧接着写了"吊兴亡遗迹"三句。这三句，既是景物的描绘，也是心情的抒发。西陵，盖指西陉山，亦曰陉岭，即雁门山，在代县西北，古称天下九塞之一，为北方之险，汉高祖伐匈奴，北宋杨业破辽兵，皆由此进兵。词人登代州南楼，西陉放眼可望，犹近在咫尺。设此一笔，流露了词人的故国山河之思，更加丰富了"吊兴亡遗迹"的内涵。"烟树苍然"是上阕最后一笔写景，虽为描绘"西陵"而设，却也为上阕诸景蒙上了一层迷惘神奇的色彩。

下阕转入抒情。过片三句是目击自然界的沧桑而引起的对于人事兴衰的感触和哀痛。"时移""极目"，皆承上阕而来；"伤心"由"吊兴亡遗迹"所致。时过境迁，昔日那些煊赫一时的帝王以及他们的业绩，都已成为过去，如今虽然江山依旧，却早已是山河易主，令人黯然伤神，因而不忍独自倚栏。"不堪独倚危栏"系由李后主"独自莫凭栏"句点化而来。由上阕已知词人在登临览胜，这里偏说"不堪"凭栏远眺。追怀故国，念世事沧桑，以致满腹悲哀，且这悲哀又无处可诉，无人会意，此情此境，最为难耐，故曰"不堪"。"唯是"二句，明是写雁，实为抒情。时值深秋，霜雪高寒，北雁南飞，年年如此，而词人却远离地处晋南的故乡高平，栖迟北地代州，欲归不能，竟连大雁也不如！这两句，将词人痴痴地、徒劳地怅望北雁南飞的凄怆哀痛表现得格外清晰，也是点题之笔。"楼上"二句，是词人在叹雁知还，百般无奈之下，滑出的软弱无力之笔。春秋代序，光阴荏苒，这代州南楼虽有四时景色，但人生劬劳，终无闲期，毕竟可哀。这是词人疲惫不堪的嗟伤。结尾三句，是词人在万般无奈之下的自我安慰。“一尊”，即一杯酒。“东山”，用谢安隐居东山故事。这三句，从字面上看，既有饮酒之乐。又有退隐之闲，其实，这里的“一尊高兴”，并不是像杜甫“青云动高兴”(《出征》)那样，真的动了高远的兴致，而只能是借酒浇愁，苦中作乐，且这“酒”，也只不过是“故人”的酒。所以“不减东山”也只能是一种虚拟，聊以自慰而已。明明是内心的悲痛，却出之以达观旷逸，诵读之下，遂觉欢乐之句，尽是悲痛之泪。

这首词最突出的艺术特点，在于写景。因其登临纵目，北国江山，俱收眼底，故笔下多博大之景。“云朔”“全赵”“河山”，皆有大气包举之势。“朱楼”四句，一句一景，且景景都有极妙的修辞。“楼”用“朱”“缥缈”修饰，遂觉壮丽高大，烟云掩映，如出重霄；“雉”(城墙)用“千”形容，以见其城之广，再饰以“回旋”，遂觉气势飞动；写飞狐关用“云度”烘托，以见“绝险”之势；写“紫塞”，前加“天围”，后缀“高寒”，遂觉高大苍莽，不可仰视。且楼阁、关塞。本皆静物，而词人却用修辞的工夫，赋予动态特征，使之神采飞动，构成一种雄浑奇壮的艺术境界，字里行间，充满了一种不可控驭的贞刚之气，读来给人以鲜明而强烈的“力度”感。

浣溪沙

赵　可

抬转炉熏自换香。锦衾收拾却遮藏。二年尘暗小鸳鸯。
落木萧萧风似雨。疏櫺皎皎月如霜。此时此夜最凄凉。

【鉴赏】

这是一首反映爱情生活的小令。词中的主人公是谁？作者并没有明言，但细细体会词意，可知主人公是位女性。从她亲自换香，收拾锦衾，以及词中表现出的女性那特有的寂寞感和细腻的心理特征，都说明了这一点。而且，这位女主人公和被怀念的人不像是正式的夫妻关系。古典诗词中，妻子怀念离家远出的丈夫，从来是大大方方、明明白白的，不必像词中女主人公那样闪闪烁烁、遮遮掩掩。看来，这位女主人公很可能是一位特殊身份的人物(如青楼歌妓之类)，两年前，她曾与一位文人有过一段爱情生活，这在封建社会中也是常见的现象。小令由于篇幅限制，只能选取一件事、一个环境来表现，把感情高度浓缩在里面。这首词在艺术上的成功之处，就在于作者精细的观察和精巧的构思，抓住了女主人公特定的环境、特别的举动、特殊的心理。

这是秋季的一个夜晚，与两年前的某天相近，或许就是同一个日子，富于纪念意义。女主人公搬来转炉，亲自换上好香，把锦被整理得干净熨帖、香气馥郁，奇怪的是并不用作铺盖，而是把它小心地遮盖掩藏起来。那锦被上绣的一对鸳鸯，毕竟因过了两年的时间，积了灰尘，变得暗淡了。这里，词人通过女主人公在特定环境里的特定举动，把她特殊的心理透现出来。转炉为一种可以转动的薰香炉，由于里面有稳定设备，无论怎么滚动，香都不会洒出，从考古出土的实物来看，熏被用的转炉很小，根本用不着词中的那个小心翼翼的"抬"字。而且女主人公在整理锦被时事事亲自动手，精心细致得有些过分，这些都说明锦被是她极为心爱和珍视的物品，她对此怀有特殊的感情。这床锦被很可能是她与恋人当年欢好的信物和见证，而那对"小鸳鸯"，也极可能是他们爱情的寄托和象征。可以进一步推想，当女主人公"遮藏"锦被时，一定凝眸注视这对灰暗的"小鸳鸯"很久，追昔抚今，而珠泪暗弹——无情的灰尘既蒙在"小鸳鸯"上，更厚厚地蒙在她的心上。这个"二年尘暗"是双关语，是一种暗示，暗示他们的爱情很难有复萌的希望。由此，女主人公特殊的暗淡心理便影响了她对周围景物的感受。王国维说："一切景语皆情语也"(《人间词话》)，词的下阕正是通过景的描写进一步深化主人公的心理表现。客观地看，这本是一个令人心爽神怡的秋夜，皎月当空，天高气清，金风飒飒，叶落有声，正是步庭赏月、极富诗意的时刻，而在女主人公的感觉中，却变成了凄风苦雨的夜晚。"落木萧萧"，语出杜甫的"无边落木萧萧下"(《登高》)，杜甫的诗句悲壮，词中的意境却是凄凉。"月如霜"，似从李白的"床前明月光，疑是地上霜"(《静夜思》)化来，李白是思乡，这里却是怀人。总之，风吹叶落，主人公感觉是风雨交加；月透窗槅，主人公感觉冰冷如霜。对比两年前的此时此夜——那两相恩爱、情意绵绵的夜晚，这一切使人倍感孤独、寂寞、惆怅："此时此夜最凄凉"！这种融情入景的手法，美学上叫"移情"作用，即把人物的主观感情移入客观景物之中，让客观事物也带上强烈的主观情感。赵可的这首《浣溪沙》便是移情作用使用得十分精当的一例。另外，如前所说的象征和暗示手法也很有特色，使这首小令诗味隽永、言浅而意深。

王寂 (1128~1194)金代文学家，字元老，蓟州玉田(今属河北)人。天德三年(1151)进士，官至中都路转使。工诗文，诗境清刻之美，古文博大疏畅。著有《拙轩集》。存词三十五首。

采桑子

王寂

十年尘土湖州梦，依旧相逢。眼约心同，空有灵犀一点通。
寻春自恨来何暮，春事成空。懊恼东风，绿尽疏阴落尽红。

【鉴赏】

唐人高彦休《阙史》卷上记载，唐文宗大和末年，诗人杜牧客游湖州，见一十余岁女子，有奇姿国色，因与其母相约，谓当求守此郡，届时迎娶此女，待十年不来，乃听其另嫁，遂笔于纸，盟而后别。后十四年，始得授湖州刺史，则所约之女嫁已三载，有子二人矣。牧惆怅而赠以诗曰："自是寻春去较迟，不须惆怅怨芳时。狂风落尽深红色，绿树成阴子满枝。"

王寂这首词是隐括杜牧诗意而成。他另有《大江东去》词咏美人，亦云"少陵词客多情，当年曾烂赏，湖州风月。自恨寻春来已暮，子满芳枝空结"，同用此事。王寂是金之河北人，完颜亮天德三年进士，不可能在南宋的湖州做官，故"十年尘土湖州梦"并非实写己事。但一再引用杜牧诗事，似乎作者曾经有过与杜牧湖州遭遇相似的情事，故借他人酒杯，浇自己块垒。文学史上有许多作家用另一种文体，隐括前人诗文，但并不是单纯的文字游戏，其中有自身的情感寄托，也有其创造和特色。

首先，就词论词，作者写男女情事，不是像前代词人那样，咏离别，寄相思，而是选择了一种比较特殊的情境，写由重逢带来的感伤。久别重逢，理应使人惊喜欢欣，可是这首词所写的却是一种令人痛苦难堪的重逢。经历了长期的相思之苦以后，满怀着美好的憧憬而来，却因相逢而撕碎了霓虹般的梦影。旧情虽在，人事已非，咫尺相对，只能眉目含情而已。这种情境本身，就具有强烈的艺术冲击力。

其次，此词与杜牧原诗相比，杜牧用的是绝句形式，句式整齐，音节嘹亮，而用来表现这种深沉凝重的意绪，则略显轻飘。词作者用长短句形式，参差错落的音节，加以在体制上"词婉于诗"（张炎《词源·赋情》），故写来更觉哀感顽艳，凄恻动人。杜牧诗妙于比兴，宛转传情，但是只提供了一个大的情境，一个抒情框架，而这首词中的“恨约心同”四字，则为人物点睛，神情毕现了。

作者的艺术匠心，更具体地表现在遣词用字上。词的首句会使人想起杜牧的“十年一觉扬州梦”，“湖州梦”似即仿照此“扬州梦”语式，成为指称类似杜牧湖州情事的辞语，但作者把“一觉”换成“尘土”，境界更加含浑朦胧。“梦”本来就够虚幻的了，何况“尘土梦”。“尘土”可以理解为对梦的修饰，烟尘笼罩的梦境；也可以理解为与梦并列的比喻，回首十年人生路，但见满襟尘土而已。上片末句从李商隐诗句变化而来。李诗曰：“身无彩凤双飞翼，心有灵犀一点通”，是说身隔两地，不能骤然相见，但心里是相通的；此则近在咫尺，却是相爱不能相亲，甚且不能相认，一个“空”字，多少惆怅，多少怨恨！前曰“依旧”，继言“空有”，对比转折，准确而强烈地传达了那种沉重的失落感，那种对时乖命蹇、阴差阳错的诅咒和无可奈何的情绪，好像一下子从情感的波峰跌到浪谷，从美好的梦幻跌落到无情的现实中来。这些细腻而准确的情感表述，最能见出作者的工力与匠心。

邓千江　生卒年不详，金代诗人，初不知名，临洮（今属甘肃）人。固《望海潮》遂一举成名，奠定其在全词坛中的地位。存词一首。

望海潮

邓千江

云雷天堑，金汤地险，名藩自古皋兰。营屯绣错，山形米聚，喉襟百二秦关。鏖战血犹殷。见阵云冷落，时有雕盘。静塞楼头晓月，依旧玉弓弯。

看看，定远西还。有元戎阃命，上将斋坛。区脱昼空，兜零夕举，甘泉又报平安。吹笛虎牙闲。且宴陪珠履，歌按云鬟。招取英灵毅魄，长绕贺兰山。

【鉴赏】

这是一首在金词坛上为邓千江带来卓著声名的词作。词题下原有注“献张六太尉”，刘祁《归潜志》记载：“金国初，有张六太尉，镇西边，有一士人邓千江者，献一乐章《望海潮》云云，太尉赠以白金百星，其人犹不惬意而去。”可见作者本人对

此作的评价。全词以歌颂守边将帅的英雄业绩和乐观精神为主旨，充溢着豪迈气概，以雄浑壮阔的风格赢得后世激赏。以至明人杨慎在《词品》中说："金人乐府，称邓千江《望海潮》为第一。"

词从兰州古城的险固处落笔，开端就显示出边塞的雄伟和守边军旅的声威。"云雷天堑，金汤地险"，既有水气如云、水声如雷的黄河天堑，又加之金城汤池的古城，以雄健的笔力先概写险要稳固的边防。紧接着"营屯绣错，山形米聚"，又取凌空俯看之势，具体描写边塞的守御如何坚固。以锦绣之花纹形状喻交错连接的一座座营帐，四周绵延起伏的山脉看上去正好似军中研究作战方案的米聚假山。"绣错"语本于《战国策·秦策》"秦、韩之地，形相错如绣"，"米聚"语本于《东观汉记》马援劝光武伐隗嚣，"聚米为山川地势，上曰，虏在吾目中矣"。两个生动的比喻既写出边塞疆场的特有风光，更以形象的描写增强了前句的力度。"喉襟百二秦关"一句有总括以上描写的作用。《史记·高祖本纪》"秦形胜之国，带山河之险，悬隔千里，持戟百万，秦得百二焉"，是说秦地险固，以二万人足当诸侯百万之兵。词人借用"百二秦关"贯通六句，用极为坚定的语气表现出雄关如铁的自豪感情。以下写激战后的疆场，词人有意避开对激烈战争的正面描写，巧辟蹊径，把重点放在激战后战场特殊气氛的点染上。词中没有两军对峙杀气腾腾的场面，但"鏖战血犹殷"一句却从战后的角度，巧妙地表现了一场惊心动魄的恶战。可以设想，看到漫山遍野的尸体，甚至阵亡者的鲜血还呈殷红之色，殊死搏斗的场面不已经历历在目了吗？紧接着词人抓住两样典型的景物具体描写战后的场景。一是盘旋取食的雕，一是静挂楼头的月，用一"见"字领起。先写猛雕，在战地烟云惨淡的天空中盘旋，贪馋地注视着遍野尸骨，正是大战方歇，尚未打扫战场情景，呼应"血犹殷"。再写弯月，虽然鏖战已经结束，边塞已寂静如无人，而楼头晓月犹作弯弓状，暗示战争的气氛依然还在。"晓月"句从李贺《南园》诗"晓月当帘挂玉弓"化出，高适《塞下曲》也有"月魄悬琱弓"之句。这后五句写大动荡后的静景，静中仍见动意，符合边关战守的态势。

下片赞颂守边将帅的功绩。以“看看”二字过接，上下二片似有一股豪气贯通，连而不断。“定远西还”，以汉代定远侯班超喻张太尉守边的卓著战功。“元戎阃命，上将斋坛”更力赞张太尉作为军事统帅超群绝伦的将才。这里暗用了两个典故：其一是冯唐在汉文帝前替云中守魏尚辩解时说，古代帝王委将军以重任，将行，“跪而推毂，曰：‘阃以内者，寡人制之；阃以外者，将军制之。’”（《史记·冯唐列传》）其二是萧何荐韩信于刘邦，须拜为大将时说：“王必欲拜之，择良日，斋戒，设坛场，具礼，乃可耳。”（《史记·淮阴侯列传》）两个故事，历来传为佳话，用在这里既说明择将之重要，强调边帅之重责，又以魏尚和韩信盛赞张太尉的军事才干。“区脱昼空”三句是以上两句的自然伸发。“区脱”又作“瓯脱”，匈奴语，边界哨所，此指西夏营垒。“兜零”是放置柴薪以备举燃烽火的笼子，代指烽火。《史记·匈奴传》载，汉文帝时，匈奴侦骑曾深入到长安附近的甘泉。这三句是说边境上白天已不见敌兵，晚上也举起平安烽火，向内地传报无事，用热情洋溢的词句具体称述张太尉守边拒敌的战绩。全词最后写军中祝捷欢宴的喜庆场面。用杜牧“戍楼吹笛虎牙闲”诗句形容此时大将的悠闲逸乐。“虎牙”是东汉时将军的名号。此刻吹起了悠扬的笛声，歌女们应声歌唱，觥筹交错，贵宾如云。寥寥数句，写出了边营特有的狂欢场面，它是用鲜血和生命换来的，因而欢快中又有悲壮苍凉在，很容易使人想到为之付出鲜血与生命的英灵。于是，词人以“招取英灵毅魄，长绕贺兰山”作结，祭奠英灵，赞颂以身殉国者的不朽业绩，寄托深沉的哀思，并流露出千古英名定将与贺兰山长存的乐观精神。

这首词最大的特点是充溢全篇的豪气。上片写景物，着力描写兰州古城的险固，而又不停留在自然险阻的描绘上，更以饱蘸情感的笔触，力赞军营的雄伟气象和军旅的凛凛声威。字句间，充溢着一种坚如磐石、稳如泰山的自豪感。写战场，虽于激战不着一字，然抓住战事结束后战场的特殊氛围，着力表现一个“壮”字。下片赞颂守边将帅功绩，接连以班超、魏尚、韩信三个历史名将衬托军事统帅的英雄才干和卓著武功。写得激情荡漾、气势磅礴。把祝捷欢宴与祭奠英灵结合起来写，更流露出积极乐观的情怀与必胜的信念。通观全篇，凛然豪情，一气贯通，繁缛雄壮，铮铮有力。元人陶宗仪说：“邓千江《望海潮》，可与苏子瞻《百字令》、辛幼安《摸鱼儿》相颉颃”，确实说中了这首词雄浑豪放的特色。此外，铸语铿锵有力，也配合了全词的雄豪风格。词中四字句的运用尤有特色，“云雷天堑，金汤地险”，“营屯绣错，山形米聚”，“元戎阃命，上将斋坛”，“区脱昼空，兜零夕举”，形成四组工整的对偶句，内容上从不同的侧面或者从同一个方面加重了语气，增强表达效果。这些四字句干净利落，如金石相击，铮铮有声，显得格外有力，使全词呈现出豪放、悲壮的美来。

刘迎 （？~1180）金代诗人、词人，字无党，号无净居士，东莱（今山东莱州）人。大定十四年（1174）进士，除豳王府记室，改太子司经。大定二十年固病去世。著有《山林长语》。词存四首。

乌夜啼

刘迎

离恨远萦杨柳，梦魂长绕梨花。青衫记得章台[①]月，归路玉鞭斜。

翠镜啼痕印袖，红墙醉墨笼纱[②]。相逢不尽平生事，春思入琵琶。

【注释】

①章台：本为战国时秦国宫名。汉代在此台下有章台街，张敞曾走马过此街。唐人许尧佐有《章台柳传》，后人便以章台为歌妓聚居之处。

②醉墨笼纱：此用"碧纱笼"故事。唐代王播少孤贫，寄居扬州惠昭寺木兰院，为诸僧所不礼。后播贵，重游旧地，见昔日在寺壁上所题诗句已被僧用碧纱盖其上。见《唐摭言》卷七。

【鉴赏】

这首词从内容来看，并不新奇：上片描写作者对于一位歌妓的怀念和对于往昔冶游生活的回忆，下片描写那位歌妓在他走后的不忘旧情以及两人重聚时的百感交集，表达了这对恋人之间的绵绵深情。然而在读它时，却并不觉得有陈旧烂熟之感，反觉得"很美"，这是什么原因呢？细心的读者便会发现：第一，它得力于意象之美和色彩之丽；第二，它得力于句式的整齐和语势的流贯。

先说前一点。"离恨远萦杨柳，梦魂长绕梨花"，这本是写作者对于那位歌妓的怀念。然而它却并不直接点明"歌妓"的字面，而是别致地改用"杨柳""梨花"这两个形象优美、比喻巧妙的意象来取代，这就给读者带来了丰富的美感。柳者，"留"也。古人常用折柳来赠别。而且"人言柳叶似愁眉，更有愁肠似柳丝"（白居易《杨柳枝》)、“苏小门前柳万条,毵毵金线拂平桥”(温庭筠《杨柳枝》),那依依袅袅的柳枝形象,一以使人牵惹起缭乱不禁的离愁别绪,二以使人联想到那歌妓娉娉婷婷的细腰,所以放在“离恨远萦”之后以代指歌妓,就收到了一箭双雕之功。“梨花”句亦同:白居易曾以“梨花一枝春带雨”(《长恨歌》)来形容杨玉环流泪的美容,李重元又以“欲黄昏,雨打梨花深闭门”之句来描写“萋萋芳草忆王孙”(《忆王孙》)的缠绵情思。所以把“梨花”放在“梦魂长绕”之后,也显得十分哀艳。加上“萦”与“绕”(前面还冠以“远”与“长”的形容)这两个动词用的得当,就使我们仿佛感到词人的一勾离魂始终长绕在那位如花如柳的倩娘身边而不肯须臾别去!再说下两句“青衫记得章台月,归路玉鞭斜”,这是追忆他当初“走马章台”的冶游生活。他在这里,用了一个“青衫”(唐时九品小官之服饰)与“玉鞭”相对举,再把这二者置之于红楼(章台街自然多的是红楼翠馆)夜月的环境之下,既显示了自己的风流倜傥,又赋予了这种冶游生活以“诗”的美感。色泽的美丽,意境之清雅,不能不使人为之赞叹。更如下片首两句“翠镜啼痕印袖,红墙醉墨笼纱”,本是写他旧地重游的闻见:那位歌妓在他走后念念不忘旧情,终日啼泣,竟至在对镜梳妆时把啼痕抹到了衣袖之上;还小心翼翼地用碧纱把词人分别时醉题在墙上的诗句(墨迹)盖好。但由于用了“翠镜”“红墙”这样色彩鲜妍的字面,再用了“啼痕印袖”“醉墨笼纱”这些既香艳旖旎、又带书卷气的字句,就使它显得格外凄婉醇厚。所以,比较起某些俗靡的艳词来,这首词可谓是写得“好色而不淫”,深得“艳而不靡”之妙。而这,又是与它善于选择优美文雅的意象和择用色彩艳丽的字句分不开的。换句话说,此词中所表达的思想内容,虽仍不过是一般的男女恋情,然而由于作者精心地择取了一些美丽精致的词藻,加以“裹织”(此亦即《花间集序》所谓“织绡泉底”“裁花剪叶”的功夫),这便使它焕发出特异的艳美色泽来。

次说第二点。此词一共八句而每两句构成一层。“离恨远萦杨柳,梦魂长绕梨花”与“翠镜啼痕印袖,红墙醉墨笼纱”四句,用的是对仗句法,很觉整齐工致。而“青衫记得章台月,归路玉鞭斜”与“相逢不尽平生事,春思入琵琶”四句,则用的是字数不等的长短参互句式,读后深觉有流走贯注之妙。比如“青衫”两句中用了“记得”这样一个动词,就把往事用回忆的手法倒叙出来,而仍显得文气连贯。“相逢不尽平生事,春思入琵琶”两句则写两人重聚,百感交集,悲喜难言,于是那女子便把满腔情思统统注入她所弹奏的琵琶声去,让那“弦弦掩抑声声思”的琵琶语去“说尽心中无限事”。这在词情内容上既有所发展(写别后重逢时的畅谈衷曲),即在语势上也显得有“由整而散”的变化感。所以总观全词,四句对仗句在读者心中形成了“整齐”的印象,另外四句参差不齐的句子则又留给人以“流贯”的印象。两者叠合,便产生了舒徐抑扬、顿挫流转的美感。特别是末尾以琵琶声作结,更使人如有碎若明珠走玉盘的奇妙音响回旋耳畔,生出不尽之联想于言外。

最后应该提到的是，作者刘迎，是一位金国的作者。照理来讲，金国词风颇多“深裘大马”的伉爽之气。然而此词却绝似宋朝的婉约词作，这或许正如贺裳《皱水轩词筌》所说的那样，是“才人之见殆无分于南北（按：金在宋之北）也”。

党怀英 （1134～1211）字世杰，号竹溪，祖籍冯翊（今陕西大荔），后徙泰安（今属山东）。少与辛弃疾同师亳州刘瞻，称辛党。大定十年（1170）进士。官至翰林学士承旨。能诗文，兼工书法。修《辽史》。著有《竹溪集》。词存五首。

青玉案

党怀英

红莎绿蒻春风饼，趁梅驿，来云岭。紫桂岩空琼窦冷。
佳人却恨，等闲分破，缥缈双鸾影。
一瓯月露心魂醒，更送清歌助清兴。痛饮休辞今夕永。
与君洗尽，满襟烦暑，别作高寒境。

【鉴赏】

咏物之作，最忌呆滞死板，而贵遗形取神。这首咏茶词，以其制作、转运、品尝为线索展开，却又依其形状、效用，结合赏月，借以联想，新巧构思，旁生他意。

上阕首三句追写茶饼的包装转运。“红莎绿蒻春风饼”，先咏其如月之形及其封裹之精：红莎包茶，色彩炫目，绿蒻（即香蒲）相裹，以见其香；红绿相间，兼有暗香诱人，其精美可知。精美之物，来之不易，它是通过驿站辗转相运、翻山越岭而来。“趁梅驿，来云岭”，便概括出转运之艰难。称驿为梅驿，因刘宋陆凯有“折梅逢驿使”诗句之故。另方面，以“梅”“云”形容驿、岭，能给读者以某种直接的感观而将艰难的过程变成两幅画面，使之升华为富于诗意的形象表现。“紫桂”句由追写转入赏月品茗的现实之境：皓月当空，银辉纷纷，寒光淡淡。作者借用琼窦岩穴和传说中群仙居食的紫桂林（见《拾遗记》）来描绘这一幅清幽的环境，从而为下三句展开的想象奠定基础。由于茶饼贵重稀有，北宋时皇家偶或以赏赐大臣，也只是“中书、枢密院各赐一饼，四人分之”（欧阳修《归田录》卷二）。作者由团团的茶饼通过相似性联想，写到明镜，又将分擘的茶饼与乐昌破镜故事联系起来，言煮茗佳人怨恨随便“分破”那象征着亲人团聚的明镜般的茶饼。由手中茶，到典故中的镜，以及分离的故事，作者层层联想，巧用典故，并把意象重叠在“分破”这一基点上，而将它们融为一体，笔墨奇幻。

下阕侧重写品尝和清兴。“一瓯”句直写品茗，进而说饮茶增神益志，令人心魂清醒的效果，品尝之意自在其中。词作句句写茶，句句有月。作者即景取喻，以“月露”代茶，既形容了茶味清醇可口，又紧扣团团茶饼之形。有满月清茗，恰逢“清兴”盎然，更有美人“清歌”相助，此是何等的赏心乐事！自然逗出下面劝人之辞：痛痛快快，开怀畅饮吧，哪管他花枝露重、夜深月高呢！“清兴”在此表现得淋漓尽致。不止于此，作者笔头一探，揭出“与君”三句，忽如柳暗花明，另是一种神情，一种境界。“烦暑”，明指自然节候，与“心魂醒”一脉相通，而暗含词人对政治、社会、人世的百般感慨；饮此一瓯，可益气爽神，消溽解烦，亦可令人超尘脱俗，臻于“高寒”之境。“高寒境”暗用苏轼“只恐琼楼玉宇，高处不胜寒”词意，是饮茶所至的精神境界，也是花下赏月的即景之语，品茶与赏月在此又被完美地统一起来。这三句仿佛信手写来，毫无装腔作势之态，而词意清挺劲健，故况周颐评曰：“以松秀之笔，达清劲之气，倚声家精诣也。”(《蕙风词话》卷三)

全词虽为咏茶，然以双关笔法将赏月品茶交融来写，奇想迭出：上阕将茶饼与镜之圆缺贴合，写出美人离情，下阕则将饮茶特效与月之高寒联系，引出文士境界，想象特出，笔力不凡，堪称咏物词中的上乘之作。

鹧鸪天

党怀英

云步凌波小凤钩，年年星汉踏清秋。只缘巧极稀相见，
底用人间乞巧楼。
天外事，两悠悠。不应也作可怜愁。开帘放入窥窗月，
且尽新凉睡美休。

【鉴赏】

本词借咏织女、牛郎七夕相会的神话故事，抒发了词人旷达、高朗的情怀。

词的首句先描写织女的轻盈体态，借用“凌波微步，罗袜生尘”(曹植《洛神赋》)的典故，精心描绘出一幅美人出行图，且领出下句“踏”字。词人虽然并未正

面描写织女的绝世美貌，但是，仍似乎让人能看到女子丰神绝世、含情脉脉、飘飘若仙的身影。所谓“神龙云中露一鳞一爪”，这里正体现此等技法。继而，词人示意：女子的出行，与一般的仕女游春不同。她是赴一年一度的“七夕”之会，与心上人在银河聚首的。牛郎、织女相会时的缠绵之情，词人却略而不写，只用“踏清秋”三字轻轻带过，既点明了相会的时令，也渲染出周围环境的沉静，用笔甚简。牛郎、织女七夕相会的优美神话传说，历来为人们所乐道。南朝殷芸《小说》(《月令广义·七月令》引)谓：“天河之东有织女，天帝之子也。年年机杼劳役，织成云锦天衣，容貌不暇整。帝怜其独处，许嫁河西牵牛郎，嫁后遂废织纴。天帝怒，责令归河东，但使一年一度相会。”而且汉代已经有了“乌鹊填河成桥而渡织女”(陈元靓《岁时广记》卷二六引《淮南子》)，使其夫妇相会的说法。七月七日，在古代被视作吉祥如意的日子，妇女于夜间向织女星乞巧，故称七夕为乞巧日，七月为巧月。周处《风土记》云：“七月七日，其夜洒扫于庭，露施几筵，设酒脯时果，散香粉于筵上，以祈河鼓、织女。言此二星当会，……见者便拜而乞富乞寿，无子乞子。”贵家则结彩楼于庭，谓之乞巧楼。而词人党怀英则以“只缘巧极稀相见，底用人间乞巧楼”予以否定，认为织女与牛郎的“稀相见”，原因在于她的“巧极”，即由于巧织云锦而得嫁牛郎又嫁后废织所致，那么，人间的妇女们，还向她乞“巧”干什么？“底用”一词，使词意一转，由描绘天上的高远世界，转而将笔触伸向身边的现实，作者见解新颖，一改前人之观念。“天外事，两悠悠，不应也作可怜愁”，换头三句转出新意，是抒写词人对牛女情事的感想，也是他个人情怀的流露。“悠悠”一词多义，须贯串前后文选择最恰当的义项解释，这里当作遥远义。“两悠悠”，连上片末句的“人间”与下片首句的“天外”，是说两者相互之间悠悠远隔，天孙之巧，人间不必乞取，人们也不必为天外牛女双星的“稀相见”一事而做出可怜的愁态。这个把天上、人间关系撇清的意念，从“底用”一句已露端倪，至此更作明白的表述。天上双星尽管长期寂寞相思，却与我有什么相干，我且开帘玩月，尽享新凉睡美之乐吧！末二句直吐心声，表现了旷达脱俗的情怀。“开帘放入窥窗月”句，由苏轼《洞仙歌》“绣帘开，一点明月窥人”句化用而来，又妙在增出“放入”二字,化被动为主动,顿然透出人物精神境界,添出许多情致。况周颐《蕙风词话》评价末二句:“潇洒疏俊极矣。尤妙在上句‘窥窗’二字。窥窗之月,先已有情。用此二字,便曲折而意多。意之曲折,由字里生出,不同矫揉钩致,不堕尖纤之失。”所言甚是。

这首词在画面的设置上,很注意剪裁。古人常常以螓首蛾眉、齿如编贝等形容女子之美,而这里仅以“云步”“凤钩”写织女的步履轻盈、纤足弱小,正是从侧面烘托其美,恰可见词人着笔别具只眼。以景语抒情,也是本词的一个特色。词人是怀着某种情感和意向去观察、体验和摄取周围景物的,以景寓情,融情入景,使词人的主观激情贯注到目力所及的客观景物之中,收到很好的艺术效果。“开帘放入窥窗月”二句,正是这一特征的体现。

月上海棠

党怀英

傲霜枝袅团珠蕾。冷香霏、烟雨晚秋意。萧散绕东篱,
尚仿佛、见山清气。西风外,梦到斜川栗里[①]。
断霞鱼尾明秋水。带三两飞鸿点烟际。疏林飒秋声,似
知人、倦游无味。家何处?落日西山紫翠。

【注释】

①斜川栗里:斜川是陶潜曾游之地,在今江西星子、昌都二县间;栗里是陶潜经行之地,在今江西九江县西南。当其故里柴桑与庐山之半途。《宋书》本传载:“潜尝往庐山,(王)弘令潜故人庞通之赍酒具于半道要之。”

【鉴赏】

党怀英是金代中期的文坛领袖,诗文书法俱享盛名,词作亦颇臻妙境。此词是他的一篇名作。词的写作时地虽无记载,但据其中“梦到斜川栗里”和“倦游无味”等语,很可能作于金世宗(完颜雍)大定十五年(1175)前后任汝阴(今安徽阜阳)县令时。因为金朝虽重视县令的地位和作用,获此职者颇有前程,但军国赋役苛繁,有司督责严急,像作者这样有点清高思想的文人,在任期间必然有劳神于簿书尘务之感,也难免兴“折腰向乡里小儿”(萧统《陶渊明传》语)之叹。此时远慕陶令风

流，思欲辞官归隐，自是情理中事。而在此以前则尚处卑微，似不当以陶潜自况；在此以后则渐居清显，又不至以陶潜自况了。

现在再看词的内容。上片以景语起："傲霜枝袅团珠蕾。冷香霏、烟雨晚秋意"，十五个字画出一幅清新淡雅的菊丛烟雨图。"傲霜枝"指菊，本于苏轼《赠刘景文》诗"菊残犹有傲霜枝"。青枝绿叶间缀着一颗颗带雨珠的花蕾，秋风吹来，花枝轻轻摇摆，把幽冷的芳香散发到轻烟微雨中，使晚秋风光更富有诗意了。二句虽写景，然景外有人，景即是从人的眼中看出，"晚秋意"三字便是表述他对此一景物观感的概括。至"萧散绕东篱，尚仿佛、见山清气"二句，正在赏菊的作者于是乎出现。陶潜《饮酒二十首》之五"采菊东篱下，悠然见南山。山气日夕佳，飞鸟相与还"，与《归鸟》诗"日夕气清，悠然其怀"，并是词语所本。这里当是情境俱合，故有意承用陶诗语言情味以写之，"仿佛"二字，即自表有似陶潜当日"悠然"自得的心怀。而写山气清佳，也借陶诗暗中点出此时正当"日夕"，为下文说"落日"预作伏笔。开篇至此，由赏菊而及于爱菊之陶潜，流露了对这位高人的追慕之意。"西风外，梦到斜川栗里"，继续抒写慕陶之情，但意蕴更加深入一层，在此黄花畔，西风里，梦想也能如陶潜在"归休"之后，"与二三邻曲，同游斜川"。栗里是连类而及。"西风外"之"外"字有多义。今人王锳《诗词曲语辞例释》"外"字条云："外，方位词，在诗词中运用极为灵活，可以表示内中、边畔、上、下等方位。"所举"内中"义诸例中，尤以《百花亭》杂剧第一折之"杨柳映，杏花遮，东风外，酒旗斜"，与此词"西风外"最近，可以参证。

过片又回到写景："断霞鱼尾明秋水。带三两飞鸿点烟际"，乃由烟雨转写晚晴，用苏轼《游金山寺》诗"断霞半空鱼尾赤"语意，影写秋江晚景。片片晚霞被残阳染成鱼尾一样绯红的亮色，把一江秋水照得分外澄明，天边霏微的烟霭中隐隐移动着三两点飞鸿的影子。造境高远，写象清丽，微露苍茫之感，掩映思归情绪。"疏林飒秋声，似知人、倦游无味"，则暗用《世说新语·识鉴》所记西晋张翰故实。张翰为齐王东曹掾，在洛阳见秋风起，因思吴中菰菜、莼羹、鲈鱼脍，曰："人生贵得适意尔，何能羁宦数千里以要名爵！"遂命驾便归。作者另有《黄弥守画吴江新霁图》诗云"借问张季鹰，西风几时还"，也借秋风起以寓思归之兴，此则明用。历来诗词用此事者甚多。此词中写作疏林发出飒飒秋声以示秋风吹起，且此"秋声"又似知人倦宦思归，则是作者的变化增益，语婉曲而味深永，显示了词体的长处。"倦游"同于辛弃疾《霜天晓角》所说的"宦游吾倦矣"。"无味"取"鸡肋"之喻。四字平浅而蕴积实深，从胸臆间流出。结尾承倦游思归意，而苦于薄宦羁身，实未能归，遂有"家何处"一问，似转得突兀而实自然；兼以"落日西山紫翠"句，深得唐崔颢《黄鹤楼》诗"日暮乡关何处是，烟波江上使人愁"的神理。

这首词在艺术表现上是很成功的。情景浑融，意象丰美。起笔、过片、结束皆景语,中间用情语连接,由景入情,因情出景,情景交映,词中有画。正如况周颐《蕙风词话》卷三评此词后段所云:“融情景中,旨淡而远,迂倪(元代水墨山水画家倪云林)画笔,庶几似之。”同卷又论党氏词风,屡以“疏秀”“松秀”“潇洒疏俊”等称之,可谓允当。

王庭筠 (1156~1202)字子端,号黄华山主、黄华老人,熊岳(今辽宁盖平)人。大定十六年(1176)进士。官至翰林修撰。精书画,学米芾,亦能诗词。著有《黄华集》。存词十二首。

谒金门

王庭筠

双喜鹊,几报归期浑错。尽做旧愁都忘却,新愁何处着?
瘦雪一痕墙角,青子已妆残萼。不道枝头无可落,东风犹作恶。

【鉴赏】

词写闺怨。选取的虽为传统题材,但由于作者将思妇独处的深深相思和重重愁恨表现得极其凄婉蕴藉,因而令人思索玩味,百读不厌。

起笔二句以喜鹊错报归期衬托闺中人盼望丈夫归来的急迫而又失望的心情。灵鹊报喜是我国古老的民俗,“时人之家,闻鹊声皆以喜兆,故谓灵鹊报喜”(《开元天宝遗事》)。然而这毕竟只是一种美好愿望的寄托,在现实生活中又有多大的可靠性呢?作者就有意选择了这样一幕生活场景:当闻听灵鹊阵阵悦耳的叫声,久守空房,孤寂难挨的少妇是何等的惊喜,这无疑是丈夫归来的吉兆,待她喜盈盈开门迎接,——哪里有夫君的身影!唯见枝头双鹊喈喈喁喁。一瞬间,满怀的喜悦陡转悲愁。一、二句正是以鹊儿几度“错报”来表现少妇闻鹊而喜,继而失望复悲的心理过程的。一个“几”字,凝聚着闺中人急切盼望亲人归来的痴情。“双”字反衬闺中人的形孤影单,“双喜鹊”更触动闺中人的深深相思,甚至挑起她的妒意,自己的命运竟连禽鸟也不如啊!词的开篇即将闺中人的相思和愁苦表现得含蓄细婉,凄凄楚楚,令人同情。与敦煌曲子词《蝶恋花》“叵耐灵鹊多漫语,送喜何曾有凭据”二句相比，手法相同，思路相近，而多用一“双”字反射，意蕴又较丰富些。但初期作品有朴拙之美，后起者见增饰之能，艺术上又未易论其高下了。“尽做”两句，意为即使能把心中的旧愁忘却（实未能忘却。这是退一步说），而眼前撩起的新愁又已多得无处容纳得下。“着”为多义词，这里作安、置、容解。北宋李清臣失调名词“苦恨春醪如水薄，闲愁无处着”，吴淑姬《小重山》词“心儿小，难着许多愁”，并可证（见张相《诗词曲语辞汇释》）。写愁之多，这两句词又添了一种新的境界。用婉曲的设问，一退一进，把旧愁新愁表现得缠绵尽致，与辛稼轩《念奴娇》的“旧恨春江流不断，新恨云山千叠”可谓南北并秀。

过片转入景物描写。古代女子因封建礼教的重重束缚，终日生活在狭小的天地里，锁在深闺中，一切都是那么单调、沉闷，唯有对季节的转换却是异常敏感。因而，古典诗词中，就有从季节的变化来表现女子相思之情及流水年华之叹的。“瘦雪一痕墙角，青子已妆残萼”即词中女主人对自然景物的观察：墙角的梅花已被风吹落，凋谢了；梅树的枝头，几点青而小的梅子装点着花的残萼。这是典型的暮春景色。雪，指白色的梅花，刘义庆《游鼍湖诗》有“梅花覆树白”句。“雪”字之前冠以“瘦”字，传神地写出了凋零衰败的梅花状貌，更染上了思妇的主观感情色彩，这何尝不是思妇自己愁颜憔悴的形象写照！清人况周颐颇欣赏“瘦雪”之说，赞其“字新”（《蕙风词话》）。“一痕”，状寥落孤独，暗蕴空漠无依之痛“墙角”，既见环境的冷落，更衬女主人公的孤单。触景伤情，不能不产生青春易逝，红颜将老的深婉叹息“不道”两句，写景抒情，承上作结。眼前虽然已是繁花凋谢，凄惨不堪入目，但是东风无情，仍然继续肆虐。从笔法上讲，“瘦雪”二句借落花虚笔侧写风恶，“不道”二句则转实笔正写东风无情。“东风”不尽，惜花自怜，无处不生悲，无处不生愁，其思夫盼归之情必然更萦绕心际，内心的痛楚也不言而喻了。

这首词运思深婉。上阕重在女子的心理刻画，可以理解为闺中人的自述，她在向远方的爱人遥诉着种种相思之苦，情深婉转，如泣如诉。下阕重在景物描绘，状花喻人，处处相关而无牵强之感，犹如一幅暮春闺怨图。词人在艺术构思上是苦心孤诣的。况周颐在《蕙风词话》中评金词说：“金源人词，伉爽清疏，自成格调。唯黄华（王庭筠号）小令间涉幽峭之笔，绵邈之音。”《谒金门》正是体现词人这种艺术风格的代表作之一。

凤栖梧

王庭筠

衰柳疏疏苔满地。十二阑干，故国三千里。南去北来人老矣。短亭依旧残阳里。

紫蟹黄柑真解事。似倩西风、劝我归欤未。王粲登临寥落际。雁飞不断天连水。

【鉴赏】

全词主要抒发作者深沉的故乡之思，隐约透露出侘傺失志的情绪。词作一开始便流露出悲秋思乡的愁绪。“遵四时以叹逝，瞻万物而思纷”，面对萧疏残柳、满地青苔，淹留他乡的词人怎不思念故乡？不过他没有泛泛而说，而是选取家中最有代表性的庭院回廊以寄意。乐府古题《西洲曲》有“阑干十二曲，垂手明如玉”之句，作者引用它也许还隐含思念闺中人的意思。“故国三千里”固然是极言家乡之遥，同时其中也寓有较浓重的哀愁情绪。此句语出唐代张祜《宫词》：“故国三千里，深宫二十年。一声《何满子》，双泪落君前。”原作是抒发宫女离家别亲，禁锢深宫的痛苦，语意悲切。王庭筠借来抒发自己的乡思，可见其情之深切。此时联想自己一生宦游，南北颠沛，盛年不再，华发满颠，更产生了“鸟倦飞而知还”的情绪。“南去”一句，用杜牧诗“南去北来人自老”，谓南北羁宦，寓不尽感慨，“矣”字尤其增加了感叹的分量，一种年光过尽、无可挽回的心情包含其中。“短亭”一语显示出归意。古代路边，五里一短亭，十里一长亭，供行人休憩，又为饯送亲友之所；而“依旧”一语，不仅是说“亭”，也暗示出人尚在

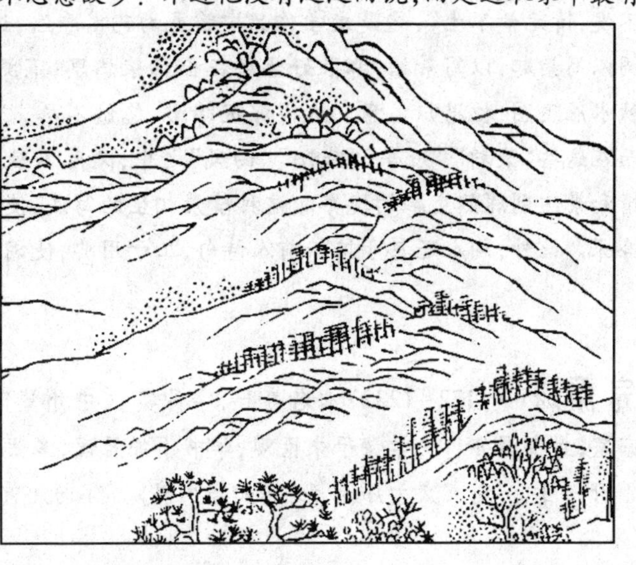

羁旅之中。下片依然是围绕"归思"展开，不过表达的思想情感更深沉。他移情于物，不说自己思归，而说蟹柑解事（而且用一"真"字来强调），好像请西风劝我归来，这是更深一层的写法。方岳诗云："白鱼如玉紫蟹肥，秋风欲老芦花飞"，黄庭坚诗云："坐思黄柑洞庭霜"，均写秋令节物。同时这里活用晋代张翰见秋风起，思故乡的莼羹鲈脍而辞官归里的典故，增加了思乡之情的内涵。显然，词人思归不仅仅是出于对故乡的眷恋，而是别有深衷的，"王粲"一句便透露出此中消息。"寥落"二字实有双关之意，既切王粲，也关自己。汉末王粲羁留荆州不为刘表所重，因此他登楼所抒发的除思乡之情外，更多的是怀才不遇，侘傺失意的情感。联系王庭筠的经历看，因金章宗颇不喜爱其文章，不久以罪罢职，卜居彰德（今河南安阳）。后起为翰林修撰。承安元年（1196），又因赵秉文上书事牵连，"削一官，杖六十，解职"，后贬郑州防御判官，可知他仕途并不畅通，因而亟欲归去。词中说王粲，不过是借他人酒杯，浇自己心中块垒。结句更含有思归不得，人不如雁的感叹，和宋代陆游的"自恨不如云际雁，来时犹得过中原"，意旨虽别，机杼却同。从上可见，这首词自始至终围绕着"故国"二字抒写，而表达的情思则愈来愈深厚。

从艺术手法看，这首词的特点是寓情于景，以景衬情，情景相生。本来"景无情不发，情无景不生"，这是文学作品中常见的艺术手法，这首词表现得较为突出。上阕以写景起，以写景结，都很好地烘托出羁旅愁思；下阕结语更是一幅寥廓悠远的秋水雁飞图，把思归之意表达得深沉绵渺，悠悠不尽。可以说全词写景见于始终，而在这些"衰柳""短亭""残阳""西风"之中，又无不融入了词人的主观情感，确使情和景达到浑然交融的境界。这种情景相生的写法，使这首词颇具诗情画意，耐人吟味。此外，词人还善于熔铸前人诗句，工于用典，使词意更加蕴藉含蓄。

完颜瑇　（1172~1232）本名寿孙，字仲实（《中州集》作子瑜），号樗轩老人。金宗室，封密国公。少学诗于朱臣观，学书于任君谟，多藏法书名画。自刻诗三百篇、乐府一百首，赵秉文为序。集名《如庵小稿》。存词九首。

朝　中　措

完颜瑇

襄阳[①]古道灞陵桥，诗兴与秋高。千古风流人物，一时多少雄豪。

霜清玉塞，云飞陇首，风落江皋。梦到凤凰台上，山围故国周遭。

【注释】

①襄阳：疑咸阳之音讹。

【鉴赏】

完颜璹是个“酷爱东坡老”(《自题写真》)的颇具才华的词人。为词劲健凝重，委婉多致。本词则追昔伤今，寄寓了他对国家前途的深切忧思。

词的首句，以灞陵古道起兴，俨然有大气包举之势。李白《忆秦娥》词称：“年年柳色，灞陵伤别”，“咸阳古道音尘绝。音尘绝，西风残照，汉家陵阙”。本句虽是由此化用而来，但所表达的感情色彩却迥然有别。灞陵桥，即霸桥。《三辅黄图》载：“霸桥在长安东，跨水作桥。汉人送客至此桥，折柳赠别。”作者采此地名入词，当然无意于写离愁别绪。而是因为，在历史上，这一带曾发生过无数次争城夺池的斗争，涌现出许多叱咤风云的英雄人物。建都于咸阳的秦始皇，“挥剑决浮云”，“大略驾雄才”，完成了统一大业，被许为盖世英杰。“按剑清八极，归酣歌《大风》”的汉高祖刘邦，曾朱旗遥指，回定三秦，战败刚猛勇烈的楚霸王项羽，削平军阀势力，建立了汉王朝，定都长安。另外，如汉初功臣萧何、张良、韩信，汉武帝时抵御匈奴、屡立奇功的名将卫青、霍去病，射虎南山的飞将军李广，文武兼具、才气横溢的唐太宗李世民，唐朝开国功臣李靖、李勣、魏徵，……他们在这里，都留下了许多可歌可泣的事迹。词人缅怀英雄业绩，联想到金朝国势日衰，无人能只手撑天，扭转时局，自然兴起无限感慨，不禁诗兴大发，寄意挥毫。“千古风流人物，一时多少雄豪”，虽沿用苏轼《念奴娇·赤壁怀古》词句，但却如由肺腑中流出，有一泻千里之势，极为豪迈雄放，抒发了他深切追念前代英豪的真挚情感。同时，也流露出他对金朝前途的忧虑。他的极高的赋诗兴致，是起之有因的。

继而，词人又以“玉塞”“陇首”“江皋”诸名目入词。这三句是写秋景，缘“秋高”意而来，但也可能寓有词人的“秋怀”。玉塞，即玉门关，又称玉关。“云飞陇首”两句，出南朝梁柳恽《捣衣诗》“亭皋木叶下，陇首秋云飞”。词人虽贵为王孙，却为朝廷防忌，如入缧绁，动辄不得自专(见刘祁《归潜志》)，且生活困窘，“客至，贫不能具酒肴”(《金史》本传)。这三幅不同地域的画面上，正融进了他抑郁、冷凄、酸楚、愤懑等各种复杂的情感，是他积郁已久的难言之隐的曲折表露。末尾几句，则化用李白《登金陵凤凰台》以及刘禹锡《石头城》“山围故国周遭在，潮打空城寂寞回"诗句,寓有强烈的伤时之感,表明了词人对故都燕京的深沉追念。此类情感,在其诗作中亦屡见:如"悠然望西北,暮色起悲凉"(《城西》);"纵使风光都似旧,北人见了也思家"(《梁园》)均是。以目下的冷落、悲凉,"凤去台空",与往日的雄豪辈出、事业兴旺相对照,更反衬出词人的焦灼、悲苦心理,具有很强的艺术感染力。

一般的感今追昔之作,往往胶结于一时一地一物,而本作不然。笔势跳荡,纵横多变,忽东忽西,忽南忽北,借助于地域景物的转换,来透露其蕴含于内心的感情潮水的跌宕起伏,"凡身世之感,君国之忧,隐然蕴于其内,斯寄托遥深,非沾沾焉咏一物矣"(沈祥龙《论词随笔》)。词人尽管忧念国事,但由于政治环境的险恶,一腔心事不能径直道出,只能婉曲地透露其幽怀,故多感怆伤痛之语。其用典使事亦以意贯串,浑化无痕,意深而笔曲,耐人寻味。

春草碧

完颜璹

几番风雨西城陌,不见海棠红、梨花白。底事胜赏匆匆,
正自天付酒肠窄。更笑老东君,人间客。
赖有玉管新翻,罗襟醉墨。望中倚栏人,如曾识。旧梦
回首何堪,故苑春光又陈迹。落尽后庭花,春草碧。

【鉴赏】

游赏之作,在古代作品中屡见。但是,每个作家笔下所描绘的画面,都带有其各自的主观感情的色彩。本词则以感叹春色已逝入笔,借以抒发词人深切追念"故苑春光"之沉挚情感。

春,是美的象征。人们歌颂她,赞美她,留恋她,以秾词丽语,描绘出一幅幅绚丽多姿的画面。而本词不然。词人无意于写"万紫千红总是春"的生机勃勃的景象,也没有"傍花随柳过前川"的寻春雅兴,即使"吹面不寒杨柳风",也不能使其精神振作。突现于词人笔下的却是,"几番风雨"过后,百花凋谢,春色已逝的冷落景象,流露出词人对春光流逝的怅惋,也有对美好岁月的追怀,熔铸了词人各种复杂的思绪。词首句写"几番风雨",提出摧残春光的原因;"不见"两句,写寻春,词人将岁岁占春风、不借胭脂色的海棠与晶莹如雪的梨花特别提出,融进了词人留恋春

色的一往情深，下语凝重而沉郁。正因为词人极力捕捉足以赏心悦目的春天景物，所以，当呈现于眼下的是暮春景色时，无尽的惆怅便自然而然涌上心头。“不见”一句，便是反映的这种心理。“底事胜赏匆匆”的问句，“酒肠窄”的自怨之词，均缘此而发。继而，又嘲笑司春之神犹如匆匆来去的人间过客，瞬息即逝。真有点怨天尤人了。明明是不可名状的忧虑和烦恼填满胸臆，词人却以“笑”字传达，“强颜作愉快语。怕肠断，肠亦断矣。”（谭献《复堂词话》）

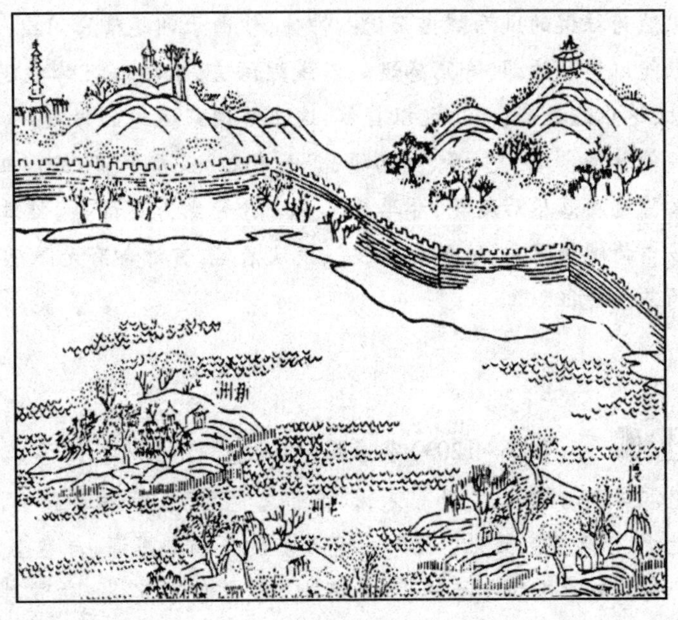

词的下片，笔锋继续剖示其心理情态。谓涤滤心志，荡除烦忧，有新翻笛曲，醉墨挥洒，以及那望中的似曾相识的“倚栏人”。从“赖有”一词看，词人似乎寻找到了驱逐胸中愁云的力量。然而，他那不时而望的游移目光，恰透露出其一腔心事。在春色已去的落寞之时，他要寻觅知音，对面长话，以慰愁怀。可是，“倚栏人”只是似曾相识，刚刚点燃起的希望之火，又一次熄灭了。词的末数句，则为点睛之笔。金的后期，不堪蒙古的压迫，迁都汴梁，故都燕京往昔的繁华，已为荒冷萧条所替代；后宫的缠绵乐曲，也早已为杂草乱木所淹没，宫苑中无限春光只存留在记忆中，这则是词人伤春的真正含意。“旧梦回首何堪”以下几句，一气贯下，凄婉哀绝。亡国之君李煜《虞美人》词：“小楼昨夜又东风，故国不堪回首月明中”，是抒发国土沦丧的隐痛，而这里则是为国势不振而慨伤。词人曾在诗中写道：“悠然望西北，暮色起悲凉”（《城西》），“谁知剥落亭中石，曾听宣和玉树花”（《书龙德宫八景亭》），正是反映的这种思想情调。在国家危难之时，词人追念往昔的昌盛，感叹繁华一去不归，则是很自然的。

词人尽管在政治上不得意，但他对于国家的兴衰却甚为关切。元好问称其“文笔亦委曲能道所欲言”（《中州集》），本词便能体现这一特色。其写景抒情，用笔落欲不落，看去亦“只如无意，而沉著在和平中见”（周济《介存斋论词杂著》）。他的伤春，不仅是感叹似海繁花的飘坠，而且是寄寓了对往日昌明盛世的深切追念。他纵然为社稷的风雨飘摇而忧心忡忡，但由于朝廷猜忌同宗，此种心情，他不敢彰露，只能以伤春为题，寄寓感慨。以浅近语言，出之以沉挚之思，彻骨之痛。状难状之景，达难达之情，而出之以自然，这正是词家运笔的妙处。清人况周颐《蕙风词话》评价其词："姜、史、辛、刘两派，兼而有之。《春草碧》云：'旧梦回首何堪，故苑春光又陈迹。落尽后庭花，春草碧'，……并皆幽秀可诵。《临江仙》云：'薰风楼阁夕阳多。倚阑凝思久，渔笛起烟波'，淡淡着笔，言外却有无限感怆。"则道着了完颜氏词的艺术特征。

王磵 （1126~1203）字逸宾，号遗安。汴梁人。博学能文，不就科举。孟宗献、赵沨等，皆师尊之。明昌末，以德行才能为荐，特赐同进士，授亳州鹿邑主簿，时已七十，以老疾乞致仕。泰和三年卒。为人循循醇谨，与名士如张公药、师拓、郦权等交游。赵秉文为作墓碣，称其诗冲淡简洁似韦苏州。秉文尝集党怀英、赵沨、路铎、刘昂、师拓、周昂、王磵七人诗，刻木以传，名《明昌辞人雅制》。

浣　溪　沙

王　磵

梦中作

林樾人家急暮砧。夕阳人影入江深。倚阑疏快北风襟。
雨自北山明处黑，云随白鸟去边阴。几多秋思乱乡心。

【鉴赏】

思乡念远是诗词的传统题材。古人因种种原因而远离乡土，羁旅生活的不如意事，常常勾起游子浓重的乡愁，加上诗人词家才情际遇各不相同，传统的思乡诗词便不仅数量极多，而且往往显示出殊光异彩来。金词人王磵的这首《浣溪沙》，就是一首别具特色的思乡词。

词人托言于梦，把寻常景物展现于羁旅之人目下，使自然界物换星移、风流云走的景象无不染上一层淡淡哀愁的色彩，从而委曲地表达逆旅中的孤寂苦闷和急切思归心情。词中没有过多的铺陈和渲染，几乎全用白描手法，着眼于眼前的景物，这些景物又都是生活中习见的，看上去，好似神游梦国，信手拈来，因而也就最容易引起读者的共鸣。请看：在一片浓郁的树阴下，依稀几幢田家村舍，炊烟在暮霭中袅袅升起。绕着村落缓缓流过的江畔，是谁又抡起了木槌？那阵阵急切的捣衣声，是闺中少妇思念远游丈夫的脉脉愁绪，还是白发老妪盼望离乡游子的拳拳深情？夕阳把最后一道金辉洒向江面，粼粼波光中，归帆去棹渐渐远了，只留下隐约晃动的三五人影……这便是开首两句勾勒的图景。这里不仅有树林、有村舍、有流水、有落日，更有替远游亲人殷勤捣衣的村妇和披着斜日悠然暮归的渔人。淡淡两笔，词人已勾描出一幅撩动乡愁的水墨画。"倚阑疏快北风襟"一句，转写沉湎于眼前景色的词人自身。这里，词人并不直接抒写自己的感受，只是客观地描绘一个斜靠着栏杆，任凭北风掀动衣襟而入神伫望的人。然而，默默无语的主人公一经融入这特殊的画图之中，就使人深深地感到，此刻悄然凝神的词人，心头正牵动着一缕绵绵的乡愁。那声声入耳的暮砧，不正是家乡亲人的殷切思念？他们一定也在为远行之人准备冬衣了吧，而异乡游子只能在梦中遥想而已……下片写山雨骤来，云流鸟归，借助于倏忽变幻的梦境，进一步状写撩动乡愁的景物，表达独处他乡的孤寂思归心境。远山中忽而过来一阵秋雨，夕阳渐收起余晖，遥望中明亮的天际染成一片暗黑，乱云随着归鸟的羽翼似乎也在寻找自己的"巢"。雨来了，夜来了，人们归家了，鸟儿也在纷纷入巢，一切又将在大自然的怀抱中安享团聚的温暖与欢乐，只有楼头游子，风雨中空念着家园……全词至此，虽无一字言乡情愁绪，然眼前景象的层层铺写，却似乎处处寓含着倦游不归的词人思乡怀土的耿耿情怀。于是，以"几多秋思乱乡心"一句作结，便显得极为自然、贴切。一方面，它可看作是全篇景物描写的总结和意境的深化，犹如一根主线，一下子把前面所有的景物紧紧地收束到它的周围，全词的主旨因之而顿然明晰若揭。另一方面，由眼前景拨动的心中情，又反过来增添了眼前景感人的力度，使充溢全篇的浓郁乡愁，染上一层无可言传的怅惘韵味。

这首词记的是梦中所见，景物的描写，既有亲切可感的一面，又有变幻迷离的一面。词人寄寓于其中的深挚细腻的思乡情怀，因托言于梦境而显得更为亲切动人。乍看，似乎全篇写景；细味，却句句关情。清李渔在《窥词管见》中说："说景即是说情，非借物遣怀，即将人喻物。有全篇不露秋毫情意，而实句句是情，字字关情者"，正是指的此类词。从内容上说，这首词看似"不关情意"的景语，或许还寄寓着失意文人倦于宦游的孤寂感吧？从写作上说，这首词淡雅而有韵味，通篇自然流畅，明白如画，只是抓住几个寻常小景，从容描写。这些看似寻常的小景中，却自然流出了郁结不解的情怀，显示出亲切动人的美学魅力。

赵秉文 （1159~1232）字周臣，号闲闲居士。磁州滏阳（今河北磁县）人。大定二十五年（1185）进士。累官礼部尚书兼侍读，同修国曼，知集贤院。著书甚多，词风高古简淡。著有《滏水集》，词有今辑本《滏水词》，存十首。

水调歌头

赵秉文

四明有狂客，呼我谪仙人。俗缘千劫不尽，回首落红尘。我欲骑鲸归去，只恐神仙官府，嫌我醉时真。笑拍群仙手，几度梦中身。
倚长松，聊拂石，坐看云。忽然黑霓落手，醉舞紫毫春。寄语沧浪流水，曾识闲闲居士，好为濯冠巾。却返天台去，华发散麒麟。

【鉴赏】

这是一首很有特点的游仙词。作者赵秉文在金代颇有名气，他的一些朋友见他处世高洁，仙骨傲然，曾多次以神仙或前代才人相许。他便写了这首词，表明自己所向往和追求的并不是作上界神仙，而对下界"谪仙"或地仙倒很感兴趣。词题下原有序文，兹录如下："昔拟栩仙人王云鹤赠予诗云：'寄与闲闲傲浪仙，枉随诗酒堕凡缘。黄尘遮断来时路，不到蓬山五百年。'其后玉龟山人云：'子前身赤城子也。'予因以诗寄之云：'玉龟山下古仙真，许我天台一化身。拟折玉莲骑白鹤，他年沧海看扬尘。'吾友赵礼部庭玉说，丹阳子谓予再世苏子美也。赤城子则吾岂敢，若子美则庶几焉，尚愧辞翰微不及耳。因作此以寄意焉。"

这首词以奇幻的神仙境界表现自己超脱尘俗、洁身自好的精神追求，浪漫色彩十分浓厚。开端四句首先借用李白被时人称为"谪仙人"之典，既暗与朋友对自己的称誉相合，又为全篇造出一种高古的格调。"四明狂客"即唐贺知章，四明人，自号四明狂客。据说李白初入长安，贺知章见其文，十分惊叹，称之为"谪仙人"。这个故事传为文坛佳话，后人每谈及此，便能自然联想到李白一身傲骨，蔑视权贵的精神气质。词人以此发端，借"四明狂客"来指自己的朋友，以"谪仙人"自比。"俗缘千劫不尽，回首落红尘"，承上意申说仙人之谪堕凡间，是"俗缘来尽"，带有自嘲意味。接下来“我欲骑鲸归去”三句，似泉流回环，曲折地写出欲脱俗仙去而有所踌躇的复杂心理。传说李白死后骑鲸归去，李白也曾自称“海上骑鲸客”。词人再借用李白“谪仙”事，说自己虽有欲追随先贤而去的思想，脱谪重归仙班，又“只恐神仙官府，嫌我醉时真”。唐顾况集《五源诀》云：“番阳仙人王遥琴子高言：下界功满方超上界，上界多官府，不如地仙快活。”“神仙官府”即本此。词意谓神仙亦受拘管，并不自在，不如谪去仙籍，反得逍遥。为什么？“嫌我醉时真”就是一项。据《金史·赵秉文传》载，秉文任翰林知制诰时，上书论宰相胥持国可罢，宗室完颜守贞可大用，被认为“上书狂妄”，因此罢废甚久。“嫌我醉时真”一句，实是有感而发。以上从“谪仙”二字一路说下来。“笑拍群仙手，几度梦中身”，也是以“谪仙”身份，对还列仙籍的人们说：（像你们这样）我已经是“几度梦中身”了。《庄子·齐物论》说：“觉而后知其梦也。且有大觉而后知此其大梦也。”觉后方知过去的生活是梦，且对未觉者指出其仍属“梦中身”，可谓悟道有得之言。

下片承上意再进一步发挥。既然是“上界多官府，不如地仙快活”，于是对地仙生活驰骋想像。“倚长松，聊拂石，坐看云”，以轻快流宕的节奏展开清净明丽的仙境图。倚松拂石而坐看云，三个带动作的短语其实只写一件事，综合优美的环境、闲适的意态、遐想的心情于一体，确是“快活似神仙”了。“忽然黑霓落手，醉舞紫毫春”，词情由恬静转向飞动。词人抓住天上的黑霓作墨，饱蘸紫毫之笔，乘醉大书，表现了仙家狂诞不羁的一面。“寄语”以下，词人袒露胸怀，抒写自己真正的向往与追求。《孟子·离娄上》载：“有孺子歌曰：‘沧浪之水清兮，可以濯我缨；沧浪之水浊兮，可以濯我足。’”这里化用古谣之意，把自己厌世避俗、高洁超脱的理想寄予古老的沧浪流水，希望以沧浪流水来洗净尘俗污秽，远离人间烟火。“却返天台去”两句，以飞离人间、又不受上界“神仙官府”羁勒，而返回天台作地仙的决心作结，自然收束全词。“华发散麒麟”，借用韩愈《杂诗》“指摘相告语，虽还今谁亲？翩然下大荒，被发骑麒麟”之意，将离俗出世的意念显明而形象化了，让人从空灵飘忽之中感受到一个阅尽世态、倦于尘嚣的词人追求清净境界的心弦震荡之声。韩愈《奉酬卢给事……》诗结语所写“上界真人足官府，岂如散仙鞭笞鸾凤终日相追陪”的思想，似乎对全词的立意有所影响。

全词充溢着浓厚的浪漫气息，不论时间空间，都显得久远阔大。古往今来，天上地下，浑然一体，气势雄伟壮阔。词人充分发挥想像，尽情表现自我的狂放精神，如“嫌我醉时真”“笑拍群仙手”“醉舞紫毫春”“华发散麒麟”等都写得极为生动，富于个性。

青杏儿

赵秉文

风雨替花愁。风雨罢,花也应休。劝君莫惜花前醉,今年花谢,明年花谢,白了人头。
乘兴两三瓯。拣溪山好处追游。但教有酒身无事,有花也好,无花也好,选甚春秋。

【鉴赏】

古代游春词的内容不外乎"刻意伤春复伤别"的情思,春归和人老连类而及,诗与酒结下了不解之缘。在众多的怅春买醉、行乐及时的咏叹调当中,赵秉文这首《青杏儿》另有一种清新脱俗的韵味。

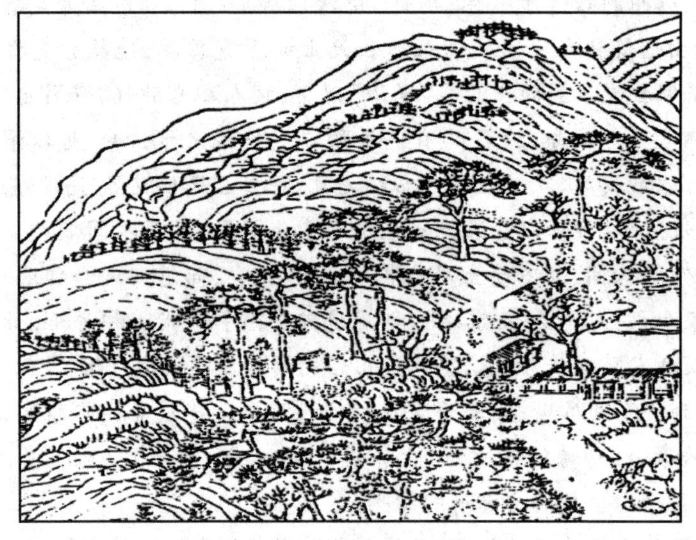

开头就讲"替花愁",用倒装句表现惜余春之情。抒情主人公是那么关切着花的命运,设身处地,替花担心着雨横风狂的袭击。这个"替"字,是感同身受的。更能消几番风雨?他的脑海中已经具体浮现出那一幅绿肥红瘦的凄惨画面。待得夜来风雨声停住,遍地残红,花期也该成为过去了。怕红萼、无人为主,早开早落,这是惜花的一层;而多情善感的赏花人呢,也就在这花飞花谢、春去春来的不歇流程中,等闲地白了少年头。这又是自慨的一层。"今年花谢,明年花谢",年年岁岁,人面桃花，流光难驻，莫负阳春。“劝君莫惜花前醉”的原因就在这里。前人“寻芳不觉醉流霞”“花开堪折直须折”的解释也就在这里。

按照一般骚人墨客的心态推衍下去，词的下片可能会更浓重地渲染惆怅无限的迟暮感、衰飒意吧，“拚一醉，而今乐事他年泪”，痛饮狂歌销永昼，只将沉醉遣悲凉。然而《青杏儿》的作者却不想用更多的怅惘悲伤的情绪感染我们，他的一曲新词，曲包馀味，传达出的是独特的生活兴味。“乘兴两三瓯”，笔调由深沉的苦恼转向了明彻的旷达。“两三瓯”，勾联上片，而只需这三杯两盏淡酒，已尽够“花前醉”了；“乘兴”，更是“莫惜”的自然深化。“莫惜”，只从消极面着眼，是说除了酒兵，愁城无计可破；而“乘兴”，则进一步提示积极方面，点出兴会，生活的主人应当创造生活的境界，美景良辰要靠自己去发现，赏心乐事要由自己去追寻。“拣溪山好处追游”。江上清风、山间明月，“耳得之而为声，目遇之而成色”，造物者的无尽藏是取之无禁、用之不竭的。花柳无私，溪山有待，随人拣取，尽管追游。大自然的怀抱在对她的赤子一视同仁地敞开着。“无花无酒过清明，兴味萧然似野僧”，大可不必。只要胸襟爽朗，手脚轻健，有美酒可饮，无俗事缠心，那就自得欢愉，莫寻烦恼。“有花也好，无花也好，选甚春秋”！苏东坡“菊花开时乃重阳，凉天佳月即中秋”(《江月五首引》)，触处生春的人生哲学，在《青杏儿》里得到了更加豁达通脱的体现。春天永远在这里。风光谁是主？好日属诗人！

至于这首词语言艺术上的本色天然，流利疏快，实在可以说已经“绝类离伦”，进入白描圣手的一流行列。《蕙风词话》评曰：“闲闲(作者自号“闲闲居士”)此作，无复笔墨痕迹可寻。”元遗山也曾以“绝去翰墨畦径”论赵秉文词。纯凭天籁，一片神行，到了明白如话的地步，若再多费笔墨寻绎痕迹，确乎是多余的了。

大江东去

赵秉文

用东坡先生韵

秋光一片，问苍苍桂影，其中何物？一叶扁舟波万顷，四顾粘天无壁。叩枻长歌，嫦娥欲下，万里挥冰雪。京尘千丈①，可能容此人杰？

回首赤壁矶边，骑鲸人去，几度山花发。澹澹长空今古梦②，只有归鸿明灭。我欲从公，乘风归去，散此麒麟发。三山安在，玉箫吹断明月！

【注释】

①千丈：一作“十丈”。②今古梦：一作“千古梦”。③杜牧《登乐游原》：“长空澹澹孤鸟没，万古销沉向此中。看取汉家何似业，五陵无树起秋风！”

【鉴赏】

《大江东去》即《念奴娇》，因苏轼赤壁词《念奴娇·赤壁怀古》有“大江东去”句，故名。“用东坡先生韵”，就是采用苏轼赤壁词的原韵。苏轼的词对金朝词人有很深的影响。赵秉文极慕东坡，他的词作现存共九调十首（据唐圭璋编《全金元词》），追和东坡词原韵者，除《大江东去》外，还有《缺月挂疏桐》（即《卜算子》，东坡《卜算子》有“缺月挂疏桐”句，故名）。

东坡谪居黄州（今湖北黄冈），曾夜游黄州城外的赤壁（即赤鼻矶），写下了千古名作赤壁词和《赤壁赋》。赵秉文的这首和韵之作，隐括了东坡这词与赋的语意，对当年屈谪黄州的苏轼表示了深切的怀念与同情；同时也表现了自己的消极出世思想。

词的上片，以问月起句。以“桂影”代月，以“秋光”衬“桂影”，且以“苍苍”形容之，于是，一片高洁苍凉之气，横空而降。诗词中以“问月”起笔，颇多先例。如李白诗《把酒问月》起句“青天有月来几时？我今停杯一问之”，苏轼词《水调歌头》起句“明月几时有？把酒问青天”，皆系百代名句。但秉文问月，却特有新意。他问“苍苍桂影，其中何物”，而答案已巧寓其中：“桂影”之中，桂影而已。“桂影”既代月，又实指月中的桂影。所以，他的问月，不是在于探求，而是在于借问月，点明作词的时间：秋季的月明之夜，这也正是东坡游黄州赤壁的时间。然后，词笔由月及人，想到当年“纵一苇（扁舟）之所如，凌万顷之茫然”（苏轼《前赤壁赋》）的夜游赤壁的苏东坡。这就自然产生了“扁舟”以至“叩枻长歌”等句。这几句用笔虽无新奇，只是隐括《赤壁赋》语意，但这寥寥文字，却收尽东坡夜游赤壁的景象与情态，正是颇见笔力之处。“京尘”二句，转入感慨，对苏轼的屈谪黄州以至于他的坎坷终生的不幸遭遇，深表同情；对于当时的官场（“京尘”）深表愤慨。这两句在作词技法上的妙处，不仅在于使用笔由对客观景象的描述转入主观感情的抒发，从而为上片缩结；而且有启下之功，为写好过片做好了铺垫。过片承上片“人杰”不得见容，写到“骑鲸人去”，思想内容上既与上片意脉不断，而又能宕开一层新意，转入自抒怀抱。“骑鲸人”本指李白，这里是借指苏轼，与上片“人杰”相应，透露了对苏轼的景仰。秉文《题东坡四达斋铭》曾说“东坡先生人中麟凤也”，在其《东坡赤壁图》诗中又称苏轼为“百世士”，此皆“人杰”之意；他在《题东坡书孔北海赞》中，盛赞东坡“雄节迈伦，高气盖世”，此即“人杰”的注脚。“几度山花发”则明写东坡去世之后时间的流逝，暗含东坡去世之后的寂寞（东坡卒后七十年始谥“文忠”，时秉文已十多岁了），而其影响却时有表现，如山花之开放。这两句中，也渗透着秉文吊古伤今之情。于是化用杜牧《登乐游原》诗句[3]，申说此意：“澹澹长空今古梦，只有归鸿明灭”，以“今古梦”两句表露自己的悲感。苏轼亦屡言“古今如梦”（《永遇乐》）、“不用思量今古，俯仰昔人非”（《八声甘州》）、“君看今古悠悠，浮宦人间世”（《哨遍》），他的这种消极的人生态度以高明的艺术笔墨表现出来，使赵秉文在思想上产生共鸣。秉文晚年，时值金朝将亡之际，他深为国忧，但又无力挽救其危亡。思想上的入世与出世，矛盾激烈，而终于转向升仙求道。他想随苏轼仙去。“从公”三句，由“骑鲸人去”“今古梦”几句激出，语意决绝。但决绝之中，又深含悲慨。这层意思在他的古诗《东坡赤壁图》中说得很清楚：他要与苏轼“相期游八表，一洗区中愁”。秉文此时的思想与东坡在黄州时期极为相似，这也可能是他作这首和词的原因之一。但是，毕竟仙山难寻，只有徘徊月下，把满腔心事寄托于玉箫而已。

这首词始以秋光桂影，结以玉箫明月，虽其间辗转变化，而终能浑然一体。虽词中多有“仙语”（元好问《题闲闲书赤壁赋后》），但从全词遣词造句、写景抒情以及所创造的艺术氛围上看，却是“词气放逸”（同上）的，清代徐釚也说它“壮伟不羁，视‘大江东去’信在伯仲间”（《词苑丛谈》）。秉文善书法，曾将此词大字写在《赤壁赋》后，据说写得“雄壮震动，有渴骥怒猊之势”（同上）。由此也可以想见这首词的气势和作者的心情。

东坡作词，喜隐括前人作品。后人习之，遂成词中一格。秉文的这首词，显然是属于这一“格”的作品。它隐括前人（尤其是苏轼）之作，几乎做到了无一字无来历。如上所说，词的上片，主要由《赤壁赋》化来；其他句意，又多取苏轼词《念奴娇·中秋》。但隐括、化用，多能自然妥帖，如同己出。这也是这首词的一个特点。

许古　（1157～1230）金代文学家，字道真，河间（今属河北）人。明昌五年（1194）进士。宣宗朝监察御史，后以左司谏致仕。正大七年卒，年七十四。存词二首。

行香子

许古

秋入鸣皋，爽气飘萧。挂衣冠、初脱尘劳。窗间岩岫，看尽昏朝。夜山低，晴山近，晓山高。

细数闲来，几处村醪。醉模糊、信手挥毫。等闲陶写，问甚风骚。乐因循，能潦倒，也消摇。

【鉴赏】

这是一首表现挂冠归居闲散自适生活情趣的好词，历来为词论家所推崇。许古是金代中后期著名的谏官，明昌五年(1194)举进士，曾任左拾遗、监察御史、右司谏等职，多所补陈。后辞官归居，隐于伊阳(伊水之北)。这首词是他从官场返归山林时所作。

古人说："诗本性情。若系真诗，则一读其诗，而其人性情，入眼便见。"(明·江盈科《雪涛诗评》)这首词正是如此，它首先展现在我们眼前的是一位潇洒闲适、任真自然、不拘形迹的词人自我形象。你看，秋天来到了古老的鸣皋山(在河南嵩县东北，传说古有鹤鸣于此)。这位刚从繁冗的官场生活中解组而投入大自然怀抱的词人，其心情是愉悦的。"初脱尘劳"已流露出对官场的厌倦和离开之后如释重负的感受；而凭窗倚栏，细观峰峦，由朝至暮，看尽明暗变化，不仅表达了他对大自然的喜爱，同时也可使我们想见其凝神专注之态和闲适自得的雅致。"看尽昏朝"，就宛如李白"相看两不厌，只有敬亭山"的境界，这里不仅是写山，更是衬人。正因为他观察得入微，故能有"夜山低，晴山近，晓山高"的感觉。这三句是前面"看"的注脚。夜黑山影模糊，故有低感；晴天山色明朗，所以觉得如在目前；清晨霞映云绕，因此给人高感。清代况周颐认为这三句"尤传山之神，非入山甚深，知山之真者，未易道得"。其实还可补充一点，这三句不仅写出了山，也写出了观山的人。词人那种悠然心会、神与物游的情趣，不也是在"看"中隐约可见吗？下片词人的自我形象表现得更直接、更突出。他得闲即出，遇村辄饮。"醉模糊"逼真地描绘出酩酊醉态，而且这三字是下阕的关目，以下便由此生发。因为醉，忘怀了一切羁绊，更显出任真自适的个性。"信手挥毫"三句，表现了他毫无拘束，纵横骋才的创作特征，他挥毫只是为了抒发性灵，哪管什么风骚之旨。最后三句既是其优游生活的简要概括,也是他思想志趣、情感性格的集中反映。“乐因循”,说明他纯任自然;“能潦倒”,表现他自甘淡泊,“也消摇(同逍遥)”,传达出他对闲适自在生活自得其乐的态度。“乐”“能”“也”充分地展示了他的情操。据《金史·许古传》载:“古性嗜酒,老而未衰,每乘舟出村落间,留饮或十数日不归。……平生好为诗及书。”可见此词确是他个性的真实写照。至于他为什么会表现出这样一种超然物外的思想情绪,这实在和他身处日益衰落的金末季世及其仕途多舛有关。

其次就艺术特色看,信手挥洒,凝练自然,是这首词较突出的特点。无论写景抒情,均是“信手挥毫”,表现得流利畅达、无拘无碍。全词从入山、观山和诗酒生活逐层写来,都如清泉自然涌出,似不经意而出,一切都十分明朗真率。然而这信手挥毫又绝非不加提炼、失于浅俗。相反,作者在用语上颇注意凝练。如“爽气飘萧”四字,就概括出秋日山中的总印象和观感;“夜山低”三句则更是异常准确精练地描绘出不同时刻、不同条件下的山的特色;而下阕的“乐”“能”“也”三字也用得恰切精妙。看来作者在看似不经意中颇多锤炼。这种雕饰而归于自然的艺术境界,说明许古确有很高的艺术修养。

读这首词,使人感到许古很像陶潜一流的人物;此词也如同一篇《归去来辞》。那种辞官归居的喜悦,陶醉于自然的佳趣,优游闲适的生活,诗酒遣兴的雅致,及其一片天籁、清新自然的文风,与陶均有相似之处。

完颜璟 (1168~1208)即金章宗。大定二十九年(1189)即位,在位二十年。章宗统治前期,金朝国力强盛,后期由盛转衰。词存二首。

蝶 恋 花

完颜璟

聚骨扇

几股湘江龙骨瘦。巧样翻腾,叠作湘波皱。金缕小钿花草斗。翠条更结同心扣。

金殿珠帘闲永昼。一握清风,暂喜怀中透。忽听传宣须急奏。轻轻褪入香罗袖。

【鉴赏】

这是一首小巧玲珑的咏物词，所咏之物是“聚骨扇”，即折叠扇，或称聚头扇，宋时由高丽传入我国。据金刘祁《归潜志》说，这是金章宗完颜璟的一首题扇词。它以工细之笔，描绘了聚骨扇的形象，同时也流露了作者逍遥闲适的心情。

词的上片，写聚骨扇的形象。起句写制造聚骨扇所用的材料。“湘江龙骨”，是指湘妃竹。造扇之竹，随地可取，而作者却独写湘竹，且以“龙骨”形容之，正是为了着意显示扇的华贵；从一个“瘦”字里，我们又看到了这扇的小巧玲珑。“巧样”两句，写扇子式样新颖，张开叠拢时有如水波起伏之美。前有“湘江”，后有“湘波”，意脉一贯，前后照应。“金缕”句是写扇骨修饰之美，用金线在竹骨面上嵌出争奇斗妍的花草，“斗”字用得传神，把花草写活了，扇的精美度亦由此倍增。“翠条”句则转写扇的聚头形象，以“翠条”应首句的“湘江龙骨”，以“同心扣”写“翠条”的聚头纽结。“同心扣”犹“同心结”，在文学形象上往往用以比喻爱情。这里的“同心扣”虽不一定表示爱情，但这个词用得新颖婉媚，不仅写扇之形——翠条聚头，其形如“扣”，同心同轴；而且能传扇之神——精巧玲珑，聚头会面，心眼相连，脉脉含情。上片着意咏物，毕写扇的形态，下片则由扇及人，因物抒情，写作者展扇把玩，欣然自乐。“金殿珠帘”一句，意在展现作者身份，帝王的雍容华贵，消闲自适，皆显露于字里行间。“一握清风”两句，“握”为量词，说扇起来风量甚小，只“一握”之微；“透”字应“清风”，正入怀中，凉而且“透”，自然喜不自胜。这两句，写扇写人，物我交融。结处“忽听”两句，笔锋急转，宕开一层，由咏物而至赋事。忽听传宣谓有“急奏”之事，把扇清玩，自不可得，只得暂时把它“褪入香罗袖”。“轻轻”二字，真情真景，毕肖神态，作者对扇的珍爱之情，亦暗寓其中。最后两句可能是实写其事，这在帝王来说，是常有的。金章宗完颜璟是位有作为的帝王，自然不会以清玩误事。

这首小词，无疑是一件玲珑剔透的艺术珍品。作者写扇，摆脱了以往借扇兴叹即所谓“常恐秋扇捐”之类的模式，巧样翻腾。别铸新词，咏物抒怀，给人面目一新之感。作者写扇之形，巧设比喻，连用“湘江龙骨”“湘波”“同心扣”等作比，又以“金缕小钿花草斗”等光彩艳丽的词藻修饰之，直将这把小扇写得高雅而又妩媚；且“湘江”“湘波”“同心扣”等，又各自以其特定的含意，唤起读者的艺术联想，那湘妃的故事，那同心扣中的爱情之思，皆不期而至，再配上那精美的扇子装饰，都给读者展开更加广阔的艺术天地。写扇而不止于扇，词体小而蕴涵富，这是作者的高招。全词用辞着意，皆精美华贵，从而形成了它的总体风格，但读之却又只觉得精巧秀雅，美不胜收，而绝无浓妆艳抹、雕金镂玉之感。

完颜璟的词，今仅存两首，都是咏物词，除这首《蝶恋花·聚骨扇》外，尚有《生查子·软金杯》一首，均见《归潜志》。从这两首词技巧熟练程度上看，完颜璟无疑是咏物词的大手笔，而其词作也绝不止两首。文献散佚，北国尤甚，令人浩叹！

辛愿 生卒年不详，金代诗人，字敬之，自号女几野人，晚号溪南诗老，福昌（今河南宜阳）人。隐居女几山下，躬耕自给。金末流离颠沛，与元好问友善。诗作甚多。词存一首。

临江仙①

辛　愿

河山亭留别钦叔、裕之

谁识虎头峰下客，少年有意功名。清朝无路到公卿。萧萧茅屋下，白发老书生。

邂逅对床逢二妙，挥毫落纸堪惊。他年联袂上蓬瀛。春风莲烛影，莫问此时情。

【注释】

①作此词时，元好问三十三岁，已于前一年中进士，但未就选；李献能三十一岁，已于贞祐三年（1215）登第。

【鉴赏】

此词作于金宣宗元光元年(1222)。钦叔,即李献能;裕之,即元好问,二人皆辛愿忘年挚友。词人在河南孟津(今为孟州市)的河山亭道别二友,抚今追昔,感慨倍增,怀一腔之幽怆,写下了这首留别词。

词的发端既不伤情,更不叙别,而是凌空飞来一笔,直泄胸中的隐痛。“虎头峰”位于河南巩义市,“虎头峰下客”乃词人自称。“谁识”,这突兀的反问,感人肺腑。原来当词人青春年少,风华正茂时,就有仕途功名的愿望。据史载,辛愿才高学博,精于《春秋》三传而熟谙杜诗韩文。以他这样的才识是不难金榜题名的。那么,为什么会有“白发老书生”的一生境遇呢?《金史·隐逸传》称他“雅负高气,不能从俗俯仰”,原来是与当路者格格不入。“清朝无路到公卿”,说出了他不得仕进的真谛。既是“清朝”,何故“无路”?显然,“清朝”二字是极含讽意的,与柳永《鹤冲天》词在赴试被黜后说“明代暂遗贤”的“明代”意味相同。正因为朝政的腐败,官场的黑暗,词人才不得不舍弃了少年时代的功名之念。此句既满怀愤慨地揭露了时弊,也体现了词人不阿附世俗的刚正品性。这种现实与理想的尖锐矛盾引起词人强烈的精神苦闷,使他痛苦不堪。所以,当他临别二位志同道合的朋友时,这种感情犹如岩浆喷发,势不可挡。“谁识”生动地显示出词人郁结之深、忧愤之烈的感情状态。一个忧愤满怀,孤高出尘的词人形象跃然纸上。

“萧茅屋下,白发老书生。”状景绘人,反映了词人暮年的潦倒凄凉。“白发老书生”意谓到老功名未就。河山亭临别前,元好问、李献能二人曾设宴为辛愿饯行,辛愿当时无限叹喟:“平生饱食有数,每见吾二弟必得美食。明日道路中,又当与老饥相抗去矣。会有一日,辛老夫子僵卧柳泉、韩城之间,以天地为棺椁,日月为含襚,狐狸亦可,蝼蚁亦可耳。”(元好问《中州集》)这番令人恻然的话,道出了词人生计的极端贫困。“茅屋”本足以显示生计之贫,而其前又特加“萧萧”一词,就将环境的凄寒描绘得更加逼真、具体。“白发”则让人想见一个枯槁憔悴的老人形象。

下阕头二句“邂逅对床逢二妙,挥毫落纸堪惊”,笔锋陡转,照应题意。古时常将才华匹配的两人称为“二妙”,《晋书·卫瓘传》就有这样的记载:“瓘学问深博,明习文艺,与尚书郎敦煌索靖,俱善草书,时人号为一台二妙。”词中的“二妙”自然是指李献能、元好问二人。“对床”一词,表现了作者与李、元的亲密友谊,“邂逅”则表现了挚友意外相逢的惊喜。“挥毫落纸”出自杜甫《饮中八仙歌》中的“挥毫落纸如云烟”句,本指题诗作画挥洒自如,这里是赞美李献能、元好问惊人的诗文才华。“他年”三句,转入对二人的鼓励与期望。“联袂”即携手;“蓬瀛”,本指神话传说中的仙山蓬莱、瀛洲,这里借指翰林院。“莲烛”,御前所用的蜡烛,取典于《新唐书·令狐绹传》:“(绹)为翰林院承旨,夜对禁中,烛尽,帝以乘舆莲花烛送还院。”

结句意为:你们将来一起进入翰林院,受到朝廷的重视,请不必多惦念今日的欢聚吧！辛愿是位很旷达的诗人,虽潦倒一生,但对以“道”得之的功名,还是推崇的,况且李、元已名重当时,故勉励他们努力前程,而不必以朋友聚散为念。不过,元好问一直惦念着辛愿,后来他曾在梦中重游河山亭,作《江城子》词,中有“白发故人今健否？西北望,一潸然”,怀念的故人就是辛愿。

这首词的布局有独到之处。词题为“留别”,但上阕却既不写相逢,也不提离别,而是大抒感慨。“谁识”三句,劈头发问,一吐胸中郁结已久的强烈精神苦闷,笔势如高山坠石,由眼前而直溯少年时代,而于“萧萧”二句,又把笔墨拢回眼前贫困潦倒的现实中来。于是,少年意气与暮年萧瑟,交织成词的上阕,充盈着一股哀怨、拗怒之气。至下片换头二句,仍不从正面写离别,反而从邂逅相逢着笔,然后转写期望,为“二妙”憧憬将来。这样,全词终不言离别,但却通过写相逢与祝愿,已暗寓离别之意。欲言此而故说彼,融此于彼,明言彼而暗及此,这正是一种出奇制胜的笔法。再者,这首词所表现的感情,复杂多变,成为此词的又一特点。“谁识”二句,郁怒之中隐含一缕少年豪气;“清朝”句则转为哀怨压抑;“萧萧”二句,再转为凄楚苍凉,悲不自胜;“邂逅”二句,以挚友重逢,故陡见惊喜,英风豪气飒然而至;“联袂”“春风”,则于轻松愉快之中透出灵秀之气;末句转为深沉、凄婉,得刘禹锡“沉舟侧畔千帆过,病树前头万木春”句意。可以看出,这首词虽然只是写一次饯别,题材单纯,但意蕴丰富,构思多变,是一首较好的作品。

王渥 (1186~1232)字仲泽,太原(今属山西)人。兴定二年(1218)进士。居军中,连任三府经历官。正大七年(1230)使宋,有“中州豪士”之称。归为太学助教,充枢密院经历官。天兴元年(1232),从军抗元战死。工诗赋,善言谈。存词一首。

水龙吟

王渥

短衣匹马清秋,惯曾射虎南山下。西风白水,石鲸鳞甲,山川图画。千古神州,一时胜事,宾僚儒雅。快长堤万弩,平冈千骑,波涛卷,鱼龙夜。

落日孤城鼓角,笑归来、长围初罢。风云惨淡,貔貅得意,旌旗闲暇。万里天河,更须一洗,中原兵马。看鞬橐呜咽,咸阳道左,拜西还驾。

【鉴赏】

这是一首气势磅礴的猎词。作者王渥是金著名文士,曾出使宋朝,应对敏捷,有"中州豪士"之称。可惜其词流传下来的仅此一首。词题下原注云:"从商帅国器猎,同裕之赋。"商帅国器,是金镇守商州的完颜斜烈(字国器)。商州,治所在今陕西商县。"同裕之赋"者,此时元好问亦参与同猎,有《水龙吟·从商帅国器猎于南阳同仲泽鼎玉赋此》一词,"仲泽"即王渥之字。词人描述了跟随商帅的一次大规模射猎,并借此赞颂金朝强大的武装力量,抒写自己的豪情和理想。

全词从出猎到归途,完整地表现了射猎的全过程,着意描写了盛大壮阔的围猎场面和威武雄壮的军容。开端两句入手擒题,先以李广射虎之典赞颂商帅是射猎老手。接下来连续六个四字句,极写围猎的盛大壮观场面。"西风白水,石鲸鳞甲"是环境衬托。据说昆明池中有石刻鲸鱼,每至雷雨,鱼常鸣吼,鬐尾皆动(见《西京杂记》)。这幅肃杀的秋景,既点出出猎时节(古人秋天出猎),同时也给出猎增添了雄奇的气氛。"千古神州",显出久远的时间力度;"一时胜事",体现当日壮举的盛大规模。"千古"与"一时"对举,力赞此举乃千古盛事,加上从猎者都是中州文雅之士,这样大规模的官方出猎,自当激发从猎者的豪壮情怀。以上几句,猎队尚未出发,仅环境、人物、气氛的描写已见出赫赫威风、虎虎生气。接下来具体描绘千军万马势如卷席的猎队奔腾驰骋的雄伟气势。以"快"字统领,在迅疾的速度中包孕了强悍的力量。"长堤万弩"用吴越王钱镠射潮之典,显示射猎的壮阔气象。据说钱镠曾筑捍海塘,怒潮湍急,乃命水犀军架强弩五百以射潮(见《北梦琐言》)。"平冈千骑"化用苏轼《江城子·密州出猎》"千骑卷平冈"句,也是显示壮阔的气象。再以汹涌的波涛比喻席卷茫茫秋原的庞大猎阵,写得笔力雄健,气象恢宏。读此,似有千军万马奔腾眼底。下片写归途,着力描写队伍的威武和从容。"落日孤城鼓角",渲染出苍凉激壮的环境气氛。夕阳的金辉映衬着荒原孤城,鼓角声声回荡在黄昏的郊野上。词人描绘的背景,显示着古朴苍劲的美,和满载而归的猎队交织成一幅壮丽的图画。以下"风云惨淡"三句以重墨点染归猎队伍,造语舒缓自然、从容不迫。"貔貅得意"侧重写队伍的英英豪气,"旌旗闲暇"则表现出经过紧张激烈的围猎后轻松舒适的神情。寥寥数字,把从猎者此刻的心理感受刻画得细致入微。这种豪迈的自我欣赏,正是词人对中原武装力量充满自信的赞美。因此,词人自然发出了"万里天河,更须一洗,中原兵马"的豪言壮语。据说武王伐纣时,天降大雨,武王认为"天洗兵也"(见刘向《说苑》。这里,借武王之典,一吐由射猎激发的宏大理想。古时官方射猎带有练兵的性质，词人王渥又久居军中，幻想凭借强大的武力建功立业，所以他的勃勃雄心正是抑制不住的感情流露。结尾三句赞颂商帅。是说商帅异日必能建不世之功，得胜荣归，入朝之日，必能受到盛大欢迎。咸阳，秦京，这里代指金都。

纵观全词，上片如疾风狂澜，迅猛奔腾；下片如安然退潮，闲暇自得。而全篇以豪迈奔放的激情一气贯通，体现了雄阔壮美的风格。和苏轼脍炙人口的《江城子·密州出猎》比较，两首都写大规模出猎，且同属抒写豪气一类的词，然所表现的情感基调却有所不同。苏词以狂放不羁的气质抒发自己老来愈坚的建功热望和爱国激情，但由于词人的身世际遇，在狂放的豪气中隐隐透露出苍凉的情怀。而王渥此词却体现了一个春风得意的词人正欲大展宏图的豪迈激情。故苏词下片以抒情为主，笔力集中于表现自我狂态；而此词几乎全篇描写射猎场面和阵容，笔端始终没有离开整个猎队。全词虽不及苏词以淋漓酣畅的笔墨，尽情抒写胸中抱负；但由气势博大的射猎自然激发的"一洗中原兵马"的理想，也使全词雄壮豪迈的基调有了坚实的基础和更高的境界，读来给人以激情荡漾的美的享受。

张中孚　生卒年不详，金代军事家，字信甫，先世自安定徙居张义堡（属镇戎军，治所在今宁夏固原）。其父仕宋至太师，封庆国公。中孚以父荫补承节郎，在宋累官知镇戎军兼安抚使。金太宗天会九年（1131）降金。由于他一生历事宋、金和伪齐刘豫，所以史书对他大加讥评，说他和其弟中彦"虽有小惠足称，然以宋大臣之子，父战没于金，若金若齐，义皆不共戴天之仇。金以地与齐则甘心臣齐，以地归宋则忍耻臣宋，金取其地则又比肩臣金，若趋市然，唯利所在"（见《金史》本传）。然而，对于自己的生活经历，张中孚未必就那么心甘情愿和心安理得。从这首词中，可以或多或少地看出他在回忆往事时的辛酸之情。

蓦山溪

张中孚

山河百二①，自古关中好。壮岁喜功名，拥征鞍、雕裘绣帽。时移事改，萍梗落江湖，听楚语，厌蛮歌，往事知多少？

苍颜白发,故里欣重到。老马省曾行②,也频嘶、冷烟残照。终南山色,不改旧时青③;长安道,一回来,须信一回老。

【注释】

①山河百二:《史记·高祖本纪》:"秦,形胜之国,带河山之险,悬隔千里,持戟百万,秦得百二焉。"此用以形容山川形势的险固。②老马省曾行:《韩非子·说林上》:"管仲、隰朋从于桓公而伐孤竹,春往冬反,迷惑失道。管仲曰:'老马之智可用也。'乃放老马而随之,遂得道。"后概括为成语"老马识途"。③"终南"二句:刘禹锡(初至长安时自外郡再授郎官)诗:"左迁凡二纪,重见帝城春。老大归朝客,平安出岭人。每行经旧处,却想似前身。不改南山色,其余事事新。"

【鉴赏】

词的上半阕是作者对自己人生旅程的追述。他少壮之时,喜好功名,貂裘绣帽,跃马横戈,诚然是一位意气风发、奋力进取的伟丈夫。但是随着"时移事改",作者昔日的激情逐渐消失殆尽。他仿佛成了浮萍断梗,随水漂浮,身不由己。"听楚语,厌蛮歌",形象地说明流转的地方之多之久。在这上半阕的后面几句中,从沦落江湖的"萍梗"这一形象上,从"往事知多少"(本李后主《虞美人》词句)这一言简意赅的深沉喟叹中,可以体会到作者对自己后半生的遗憾和悔恨。

词的下半阕主要是抒发自己重返故里时的心情和感受。伤时叹老,本是文人词客的常见心理。但这篇作品中流露的迟暮之感却又颇不同于他人。暮年回乡,心里应该是欣喜的,故里的一草一木,都是那么熟悉,那么亲切。然而作者是于此地出生成长,于此地仕宋守土,又是于此地举军降金的。经过后半生的折腾,此番回乡,景物依稀似旧,而自己人已老大,情怀亦不似旧时了。故接着写老马虽识途,但见到眼前"冷烟残照"的景况,也为之不安而嘶鸣。这里借马而说自己,转入归家时心境的不堪。末韵五句连用两典。"终南山色,不改旧时青",括用刘禹锡诗意以寄感慨。刘诗的"不改南山色"是陪笔,"其余事事新"才是主意,慨叹贬离长安二十三年之后重来,朝中又换了一批新贵。此词借说山色依旧而自己却日趋老大,不只生理上的、更是心理上的"老"。"长安道"以下数句,照用白居易《长安道》诗"君不见:外州客,长安道;一回来,一回老"原句,加以"须信"二字插入,表示承认前人所说的话深得吾心。句中充满了对人事世情变化的复杂感情,借他人的言语,说自己的心情,可谓不写之写,又尽而无尽。

张中孚这首词在艺术技巧上有它的独特之处。首先,它在构思上采取了山回溪转、曲尽其意的手法。词一开头,作者先说自己“壮岁喜功名”时的行为,接着将笔锋一转,叙述自己如萍梗之落江湖后的经历,然后用“往事知多少”这一感叹来结束对往事的回忆,以便进入暮年回乡之时的描写。如果说作者在上半阕中还只是在时事上跌宕起伏,那么在下半阕中,他则要做思想感情上的腾挪摇曳了。下半阕作者先说自己重返故里,为之欢欣。按一般的想法,全词完全可以在一片欢快气氛中结束。然而,出乎意料,在最后几句里,作者又将笔锋突然一转,用“长安道,一回来,须信一回老”的伤感调子作结。正由于这种构思上的曲折多变,全词就给人一种峰峦层出之感。作者不同的经历和不同的感受之所以能在一首中等长度的词中基本得到体现,也正是凭借了这种山回溪转的构思。其次,况周颐在其《蕙风词话》卷三中说:这首词“以清道之笔,写慨慷之怀。冷烟残照,老马频嘶,何其情之一往而深也。昔人评诗,有云刚健含婀娜,余于此词亦云”。我们说,不仅刚健之中含婀娜,而且这种手法的运用,又恰到好处地与作者本人的经历和心境结合了起来。比如当追述少年经历,作者的笔触是刚健的,而一旦叙写老年的感受,给人的感觉则又略带阴柔。正因为此词是以清遒之笔,写慷慨之怀,于刚健之中,亦含婀娜,所以,在大抵尊崇苏轼豪放风格的金代词作中,它读起来别有一番韵致。

李俊民 (1176~1260)字用章,号鹤鸣老人,家泽州(今山西晋城)。承安五年(1200)进士第一,应奉翰林文字,弃官教授乡里,后隐居嵩山,卒谥庄靖先生。能诗文,其诗感伤时世动乱,颇多幽愤之音,著有《庄靖集》。存词七十九首。

感皇恩

李俊民

出京门有感

忍泪出门来,杨花如雪。惆怅天涯又离别。碧云西畔,
举目乱山重叠。据鞍归去也,情凄切!
一日三秋,寸肠千结。敢向青天问明月。算应无恨,安
用暂圆还缺?愿人长似,月圆时节。

【鉴赏】

这是作者离开京都告别亲友时所写的一首小词，词题中的“京门”，盖指燕京（今北京）。金曾建都于此。上片抒写伤别之情，用笔质朴，感情袒露。起句“忍泪出门来”，开口见喉咙，抒情写事，一笔抖出，惜别、伤别，种种感触，皆从“忍泪”二字中隐约可见。“杨花如雪”，既是交代离京的暮春时间，又是渲染离别时的气氛，用杨花的纷乱如雪，来象征离京时心绪的烦乱。第三句是在前两句实写与渲染的基础上，进一步明确交代“忍泪”云云的原委，突出“又离别”，而以“天涯”做渲染，张其声势，从而掀起感情波涛，以“惆怅”表明作者在这离别之际的感情，同时又与起句的“忍泪”相应。“碧云”两句，是别时举目所见，也是他要去的方向，“乱山”云云，是实写，同时也寓有“行路难”的意思，作者另有“举目关山行路难”的诗句。“据鞍”二句，写别后凄然登程，总结上片。下片是预写别后的思念和为摆脱这种思念而作的美好祝愿。过片两句，由上片的离别转写离愁与相思。“一日三秋”，出于《诗·王风·采葛》“一日不见，如三秋兮”，“寸肠千结”，则更转进一层，两句均以夸张之笔，极写离愁之重，思念之苦，从而也可以看出作者与在京亲友们情谊之深。因此，作者鼓起勇气，向青天而问明月：算来天上月应无恨事，何以暂圆而复缺？“圆”而曰“暂”，说明月圆时少而缺时多，与人事上的情况正复相同。作者借月比兴，渴望月圆，亦即渴望人“圆”，故结云“愿人长似，月圆时节”。在离别之际，不仅感受到离别之苦，而且迫切希望月长圆，人亦长聚。这样正反用笔，离别时的伤感情绪就表现得淋漓尽致了。

这首词，化用前人诗词，自然妥帖，如同己出。“杨花如雪”，这里自然是写暮春景物。以柳絮拟雪，东晋谢道韫已开其端。至苏轼《少年游》词，既说“飞雪似杨花”，又说“杨花似雪”，循环互比，又有发展。作者此处，并用《诗·小雅·采薇》“昔我往矣，杨柳依依”诗意和苏轼“杨花似雪”字面，同样地以带感情的景物，表述人事离别时令，亦足动人。下片“敢向”以下五句，粗看似全用苏轼《水调歌头》中秋词的下片句意，细看乃知却别有新意。苏轼问月：“不应有恨，何事长向别时圆？”而李俊民则问月：“算应无恨，安用暂圆还缺？”前者责其于人之已别时而“圆”，后者则怨其于人之暂聚时而“缺”，正是反用苏意；苏词以“人有悲欢离合，月有阴晴圆缺，此事古难全”作宽慰、解脱，李俊民则绝无这层意思，而是直截了当地提出个人愿望：“愿人长似，月圆时节”，意思又比苏轼词执着。作者的这层“新意”，正是在行将天涯离别、亲友分袂之际所自然产生的，与苏轼的兄弟长期分别不得不强作宽慰者有所不同。所以这里虽借笔较多，却貌似近而神不同，并没有什么蹈袭之弊。李俊民熟于宋词、唐诗，故在作词的时候，往往将柳永、苏轼、贺铸、李清照等人的词句以至于唐人诗句摄入笔端，为其表情达意服务。凡所借笔，大都用得自然妥帖,至于其上乘,如用在本词的两例,则又达到了水乳交融,如同己出的程度。从这里,我们也可以看到李俊民驾驭词艺的能力是比较强的。

元好问 (1190~1257)字裕之,号遗山,太原秀容(今山西忻县)人。兴定五年(1221)进士。官至尚书省左司员外郎。博通经传,工诗文,在金、元之际颇负重望。金亡不仕,以故国文献自任。能诗词,诗多记述时事,慷慨悲凉,有"诗史"之称。词近苏、辛,风格沉郁。著有《遗山集》,编有《中州集》《中州乐府》,金人诗词多赖以传。自存词三百八十一首。

水调歌头

元好问

与李长源游龙门

滩声荡高壁,秋气静云林。回头洛阳城阙,尘土一何深。
前日神光牛背,今日春风马耳,因见古人心。一笑青山
底,未受二毛侵。
问龙门,何所似,似山阴。平生梦想佳处,留眼更登临。
我有一卮芳酒,唤取山花山鸟,伴我醉时吟。何必丝与
竹,山水有清音。

【鉴赏】

在《遗山乐府》中,写游览踪迹者不少。由于词人所采取的笔法不同,词中所呈现的色彩也各异。或着力于写景,给人以美的感受;或景与情交替出现,又互为包容,增加了景物表现的内涵。本词则借景叙情,以烟霞泉石的真淳古淡,反衬出尘世的污浊纷攘,寄托了词人蓄之已久的"尘泥免相涴,梦寐见清颍"(《出京》诗)的思想情趣。

词人善于以雄杰之笔,写阔大气象。首先摄入其笔底的,是"滩声"之壮,"云林"之静。龙门,又称伊阙,在今河南洛阳市南二十五里处,以有龙门山(西山)和

香山(东山)隔伊河夹峙如门,故称。伊水至龙门陡遇挟制,激流回旋,浪花飞溅,景色壮丽可观。在龙门山奉先寺前,伊水又打了个急转弯,流过八节滩。滩中原有九峭石峙立,险如剑棱,经唐代大诗人白居易倡议,筹款经营开凿,始通舟楫(见《开龙门八节石滩》诗并序),然以河底不平,故水势峻急,水声郁怒,震荡山壁。词人在《龙门杂诗》中说:"滩声激悲壮,山意出高寒。"白居易亦曾有诗写道:"六月滩声如猛雨。"(《香山避暑二绝》)"自从造得滩声后,玉管朱弦可要听?"(《滩声》)词人先以滩声之笔,点出了洛阳龙门的特有景色,确乎起到了先声夺人的艺术效果。"荡"字为传神之笔,写出了水急声喧的非凡景象。"静云林"也写出了秋日风和、云止林静的特有画面。词人写景,用笔甚简,以短短二句,包容龙门山水之胜,一动一静,有声有色,相映成趣,其间融进了词人对祖国河山的由衷热爱。下面笔锋陡转,以"回头"一语领起,将远在北面的古都洛阳的"尘土一何深"重重提出,恰与此地明洁的云林景色形成鲜明的对照。对照的不单是自然景色,还有关于仕与隐,争竞与安恬,以及对其间苦与乐的观感、评价,都隐寓于中,表达了词人厌弃利名追逐、世俗扰攘的情操。继而,词人又紧扣人事,连用两个典故,来比况其挚友李长源的情怀高朗,卓尔不群。"神光牛背",典出《世说新语·雅量》,说晋人王衍为族人所辱,以肴盒掷其面,不以为意,"盥洗毕,牵王丞相(王导)臂,与共载去。在车中照镜语丞相曰:'汝看我眼光,乃出牛背上。"注云:"盖自谓风神英俊,不至与人校(计较)。""春风马耳",见李白《答王十二寒夜独酌有怀》:"世人闻此皆掉头,有如东风射马耳。"比喻对外界议论漠然无所动心。李长源,名汾,太原平晋人,为元好问"平生三知己"之一,"喜读史书,览古今成败治乱,慨然有功名心",然"为人尚气,跌宕不羁。颇偏躁,触之辄怒,以是多为人所恶。"(刘祁《归潜志》卷二)李长源亦自言"只因有口谈时事,几被无心触祸机"(《西归》)。词人借古人之事对挚友激励,劝勉,宽慰,语意委婉,而真情可见。"一笑青山底,未受二毛侵",二句似承似转,由不计较世俗人议论得失,说到徜徉山水、怡然自得的心理情态。弃轩冕,卧松云,以自然界的灵秀之气,荡涤怫郁之怀,无所忧虑,白发自不易生。这里既写出自己的志趣与认识，又用以进劝友人。上片由景物推向人事，又从人事兜回景物，终于二者融会于青山一笑之间，转折开合，严紧自然，确是大家手段。下面，自然地转入龙门登览的情状抒写。

龙门胜景，美不胜收。自北魏迄晚唐，先后建有古阳洞、宾阳洞、奉先寺、万佛洞、香山寺等。在短小的词篇里，若具体称述，难免顾此失彼。故而，词人于下片中以一问句发端，运用“山阴道上，应接不暇”的典故，总说龙门景色的丰富多彩，既补充了词人笔下的画面，回应了上片首二句，又使词意含蓄蕴藉，耐人回味。如此风光，梦中亦所向往。“留眼”句本于杜甫诗“船经一柱观，留眼共登临”（《渝州候严六侍御不到先下峡》），本意谓沿途被佳景留住眼光，遂登临游览。词人此次与李长源是专程游龙门，用“留眼”字亦表出此处景物极吸引人，大可留连赏览。正由于有上文对龙门景色的渲染作铺垫，所以，下文的抒情自然流出。词人声称要在此酣饮长歌，唤取山花山鸟相伴，欣赏天籁之音，在飞瀑流泉、鸟鸣花放的优美环境中陶冶性情，并感染对方，使其同自己一样远离尘俗，洁身自好。这里一方面表现出词人对和平、安定、宁静生活的向往以及对污浊的黑暗现实的否定，同时，也是儒家达则兼济天下、穷则独善其身的传统思想在其身上的体现。“唤取”二句，化用杜甫“一重一掩（指山）吾肺腑，山鸟山花吾友于（兄弟也）”（《岳麓山道林二寺行》）诗意。末二句写龙门山上泉声冷泠，清美动听，直用左思《招隐》诗“非必丝与竹，山水有清音”成句，承接自然，正是清人邹祗谟所谓“诗语入词，词语入曲，善用之即是出处，袭而愈工”（《远志斋词衷》）之一例。

本篇词句清丽自然，命意又古朴浑雅。除首二句稍加润饰外，通篇几乎不见经营之迹。深挚真切之情感，以平易晓畅的语言出之，而表达感情却委婉多致，词人对现实世界的观感，以及规劝友人的用意，均蕴含其中。元好问在《遗山自题乐府引》中说：“乐府以来，东坡为第一，以后便到辛稼轩。”对苏辛词作推崇备至，不仅对他们的豪放词风有所继承，表现方法也有所吸收。此词语言的散文化写法，显然亦受辛词影响。

水调歌头

元好问

赋三门律

黄河九天上，人鬼瞰重关。长风怒卷高浪，飞洒日光寒。

峻似吕梁千仞，壮似钱塘八月，直下洗尘寰。万象入横溃，依旧一峰闲。

仰危巢，双鹄过，杳难攀。人间此险何用，万古秘神奸。不用燃犀下照，未必佽飞强射，有力障狂澜。唤取骑鲸客，挝鼓过银山。

【鉴赏】

在这首词中，词人以如椽巨笔，写天地奇观。起句高唱而入，有"黄河落天走东海"之气势。接着，词人泼洒浓墨，信手绘出一幅幅壮人情怀的景物：黄河激浪，三门险关，中流砥柱。这幅幅壮景，交替出现，层次井然。画面的设置也由远及近，由大到小，有远景的摄取，也有特写镜头的推现，突出了画面的主体，烘托出景物的立体感、空间感和环境气氛。

黄河是中华民族的象征，它在历代文人墨客的笔下，呈现出千姿百态。李白的"黄河之水天上来，奔流到海不复回"诗句，更成为千古传诵的绝唱。这类题材，虽然古来文人多所拈及，但是，词人却在古人写黄河诗作的基础上翻出新意，确乎不易。词人先以"长风怒卷高浪，飞洒日光寒"，粗线条地勾勒出黄河怒涛翻卷、浪花飞溅的逼人气势，继而，又以"峻似吕梁千仞，壮似钱塘八月"几句，具体地、形象地描绘出黄河浪峰高卷、奔腾汹涌的雄姿。《庄子·达生》："孔子观于吕梁，悬水三十仞，流沫四十里。"吕梁所在地诸说不一，总之是河水落差甚大处，势如瀑布者。词中用千仞吕梁和八月钱塘江潮，写黄河水浪之高险、壮阔，可谓形神俱备，创造出前人多未涉足的佳境。

三门津是黄河中十分险要的地段，河面分人门、鬼门、神门，水流湍急，仅入门可以通船。砥柱即黄河急流中的砥柱山，在黄河咆哮奔涌、天地万物都被冲决的奇险画面中，只有它"依旧一峰闲"，这就烘托了词人借以抒情的景物主体，活画出砥柱山傲视风浪、昂然挺立的伟姿，也映衬出词人神采飞扬、勇于征服困难的阔大胸襟和非凡抱负。

"仰危巢"三句，反用苏轼《后赤壁赋》"攀栖鹘之危巢"句意，是上片景物描写的承接。鸟儿在山的高处做窝，悠悠飞动的双鹄从山旁穿过。高峻的砥柱山，望之而令人生畏，更何谈登攀？"人间此险何用"之问，下句做了回答，是"万古秘神奸"。"神奸"一词出于《左传·宣公三年》。传说夏禹将百物的形象铸于鼎上，"使民知神、奸"，就是辨识神物和恶物的模样。秘，闭也。说这奇险的砥柱之下，是远古以来用以禁闭神异怪物的地方。李公佐《古岳渎经》还记有夏禹锁禁淮涡水神无支祁于龟山脚下的传说。因此词人设想三门津水下会潜藏着很多有本领的怪物。

接着说不用像东晋温峤在牛渚矶那样"燃犀下照"，窥探怪异，若惹怒了它们，掀起狂波巨澜，纵然是善射的饮飞的强弓劲弩也未必抵挡得住。（春秋时楚国勇士佽飞曾仗剑入江刺杀两蛟，西汉时的射士因以此勇力之人命名。）这里并参用苏轼《八月十五日看潮》诗"安得夫差水犀手，三千强弩射潮低"句意。以上多方面、多手法地把黄河三门津的险恶形势写足，然后结以极占身份的两句："唤取骑鲸客，挝鼓过银山。"三门津纵是如此惊险，他要唤取像李白（骑鲸客）那样的志同道合的高士，击鼓穿过浪峰，压平千顷怒涛。表现了词人不可抑勒的昂扬奋发、积极向上的进取精神。

本词谋篇布局，上下回应，环环相扣，转折跌宕，曲尽情致。前数句极力写黄河之险：河水自上游而来，犹如从天上泻下。一个"瞰"字，不仅赋予黄河以人格化，而且也回应了首句的"黄河九天上"。"直下洗尘寰"，不仅是"峻似吕梁千仞，壮似钱塘八月"的进一步描述，也与首句意义相牵，用词非常准确，字字俱含深意。词人以浓墨铺写黄河之"怒"，更反衬、烘托了砥柱之闲，一动一静，相映生趣，展示了词人立志有所作为的不凡怀抱。写景抒情，浑然一体，不露筋骨，可谓"舒写胸臆，发挥景物，境皆独得，意自天成"（叶燮《原诗》卷三"外篇"上）。以奇横之笔势，写雄阔之壮景，抒博大之情怀，况周颐称本词"崎岖排奡"（《蕙风词话》卷三），可谓得其神理。

摸鱼儿

元好问

问世间、情是何物，直教生死相许？天南地北双飞客，老翅几回寒暑。欢乐趣，离别苦，就中更有痴儿女。君应有语，渺万里层云，千山暮雪，只影向谁去？
横汾路，寂寞当年箫鼓，荒烟依旧平楚。招魂[1]楚些何嗟及，山鬼[2]暗啼风雨。天也妒，未信与，莺儿燕子俱黄土。千秋万古，为留待骚人，狂歌痛饮，来访雁邱处。

【注释】

①招魂：《楚辞·招魂》序："宋玉哀屈原忠而斥弃，愁懑山泽，魂魄放佚，厥命将落，故作《招魂》欲以复其精神。"②山鬼：《楚辞·九歌》篇名，有"东风飘兮神灵

雨”之句。

【鉴赏】

这是一首咏物词。作者驰骋着丰富的想象，运用拟人等艺术手法，紧紧围绕“情”字，对大雁殉情的故事展开了深入细致的描绘，塑造了一个忠于爱情的大雁的艺术形象，谱写了一曲凄恻动人的恋情悲歌，寄托了作者对殉情者的哀思。

情因景而生，词为情而作。作者在词前小序中说：“太和五年乙丑岁，赴试并州，道逢捕雁者云：‘今旦获一雁，杀之矣。其脱网者悲鸣不能去，竟自投于地而死。’予因买得之，葬之汾水之上，累石为识，号曰雁邱。时同行者多为赋诗，予亦有《雁丘词》。”这就是说，雁殉情而死的事，强烈地拨动了作者心灵的琴弦，使其挥笔写下了这首充满激情的词。

这首词的主旨是赞美雁情坚贞专一。词的开头三句，陡然发问，奇思妙想，破空而来。作者本要咏雁，却从“世间”落笔，以人拟雁，赋予雁情以超越自然的意义，想象极为新奇。“情是何物”，这似乎是一个尽人皆知的问题，事实上许多人只是从形骸上看待男女之爱，并不懂得什么是“至情”，作者劈头提出这个问题，显然是要唤起世人对“至情”的关注，为下文写雁的殉情预做张本；同时也是为了点出“情”字，并用它贯穿全词。古人认为，情至极处，“生者可以死，死者可以生”。“生死相许”，是互爱着的双方可以生死与共。情是何物而至于以生死相许！这是因大雁殉情一事引起的普遍的感叹，同时也是对“至情”的力量的讴歌。在“生死相许”之前加上“直教”二字，便补足了“情”这个“物”的魔力之大。这样开篇，中心突出，气健神旺，犹如盘马弯弓，为下文写雁之殉情蓄足了笔势。

接着，作者便凭借着丰富的联想和想象，对雁的生活、雁的心理活动和鸿雁殉情的原因，层层深入地展开描写。“天南地北”二句写雁的生活。大雁秋天南下越冬而春天北归，双宿双飞，这本来是一种自然现象，而作者却称它们为“双飞客”，赋予他们的生活以人格化理想化的色彩“天南地北”，从空间落笔，“几回寒暑”，从时间着墨，用高度的艺术概括，写出了大雁的相依为命，一往情深。其实，雁的殉情绝不是简单的“深情”二字所能概括得了的，故作者接下去又用抒情的笔调描绘雁的痴情，指出它们在长期的共同生活中，既有团聚的欢乐，也有离别的酸辛，但没有任何力量能把它们分开。“痴儿女”三字，使用拟人的手法，表现了这对“双飞客”的心心相印与感情的深挚专一。然后写孤雁的心理活动。君，指殉情的大雁。当“网罗惊破双栖梦”之后，作者认为孤雁心中必然会产生生与死、殉情与偷生的矛盾。而且它肯定是想自己虽然获得了一线生机，但情侣业已亡逝，自己形孤影单，前途渺茫，即便能苟活下去，还有什么意义呢？于是痛下决心，追旧侣于九泉之下，“自投于地而死”了。“万里”“千山”，写征途之遥远，“层云”“暮雪”，渲染征途之艰险，用烘托的手法，揭示了大雁心灵的轨迹，交代了它殉情的原因，动人心弦。在这里，作者调动了形象描写、心理刻画和抒情议论多种艺术手段，塑造了大雁的形象，再现了一个完整的内心世界，一条奔涌的思想和感情的流程，用具体事实坐实了"情"字。

过片以后，作者又借助对自然景物的描绘，衬托出大雁殉情之后的凄苦。在作者笔下，在孤雁长眠的地方，当年汉武帝渡汾河祀汾阴的时候，箫鼓喧天，棹歌四起，是何等热闹；而今平林漠漠，荒烟如织，箫鼓声绝，一派萧条冷落的景色。古与今，人与雁，形成了鲜明对比，更加使人感到鸿雁殉情后的凄苦与孤寂。但是，雁死不能复生，招魂无济于事，山鬼也枉自悲啼，死者已矣，而人也就无可奈何了。说景即是说情。在这里，作者把写景同抒情融为一体，用凄凉的景物衬托孤雁的悲苦生活，增强了作品的悲剧气氛，表达了作者对殉情大雁的强烈而真挚的哀悼与惋惜。

词的最后，写作者对殉情大雁的礼赞。作者认为，孤雁之死，其感情价值之高，上天也应生妒；虽不能说"重于泰山"，但也不会与莺儿、燕子之死一样同归黄土而了事。它的美名将永世长存，万古长青。"千秋万古"，从正面歌颂；"莺燕黄土"，从反面衬托。相反相成，从不同方面共同阐明了大雁殉情的不朽的社会价值。

心有灵犀一点通。雁之殉情事实上就是无数青年男女为追求幸福美满的爱情、婚姻和家庭生活而不惜献出青春甚至生命的投影，而作者对雁之殉情的赞美，就是他对无数青年男女坚贞专一爱情的歌颂，也是对他们爱情遭受梗阻、破坏的叹息。

总之，这首词围绕开头两句发问，一层一层地写出了一段动人的情事，用事实回答了什么是"至情"。全词情节虽然并不复杂，而行文却腾挪多变，有大雁生前的欢乐，也有死后的凄苦，前后照应，上下勾连，寓缠绵之情于豪宕之中，寄人生哲理于淡语之外，清丽淳朴，温婉蕴藉，具有很高的艺术价值。

摸 鱼 儿

元好问

泰和中，大名民家小儿女，有以私情不如意赴水者，官为踪迹之，无见也。其后踏藕者得二尸水中，衣服仍可验，其事乃白。是岁此陂荷花开，无不并蒂者。沁水梁国用，时为录事判官，为李用章内翰言如此。此曲以乐府《双蕖怨》命篇。“咀五色之灵芝，香生九窍；咽三危①之瑞露，春动七情”，韩偓《香奁集》中自序语。

问莲根，有丝多少，莲心知为谁苦？双花脉脉娇相向，只是旧家儿女。天已许。甚不教、白头生死鸳鸯浦？夕阳无语。算谢客烟中，湘妃江上，未是断肠处。
香奁梦，好在灵芝瑞露。人间俯仰今古。海枯石烂情缘在，幽恨不埋黄土。相思树②，流年度，无端又被西风误。兰舟少住。怕载酒重来，红衣半落，狼藉卧风雨。

【注释】

①三危：一作“三清”。四部丛刊本《香奁集》序作“三危”。三危，神话中的仙山，见《山海经·西山》。②相思树：《搜神记》卷十一：宋康王舍人韩凭娶妻何氏，美。康王夺之。凭自杀，妻投台而死。里人埋之，二冢相对。一夕之间便有大梓木生于二冢之端，旬日而大盈抱，屈体相就，根交于下，枝错于上。有鸳鸯雌雄各一，恒栖树上，交颈悲鸣，音声感人。宋人哀之，遂号其木曰“相思树”。

【鉴赏】

这首《双蕖词》是《雁丘词》的姊妹篇，都是驰名千古的佳作。《雁丘词》是写雁的殉情，悲雁即是悲人；而这首《双蕖词》却是直笔写人，写民间青年男女殉情的悲剧。作者在词序中以同情的笔调详细交代了这个悲剧产生的时间、地点、人物以及故事的始末，哀艳动人。这首词，则是就这个悲剧故事抒发作者自己的感受，向为争取爱情自由而牺牲的青年男女表同情，从而表现了作者某些进步的思想观点。

词的上片，写并蒂莲的形象，并揭示这形象的底蕴，表达作者同情与痛惜的心情。词以“问”字起句，一个“问”字，领起“莲根”“莲心”两句。“丝”谐“思”，男女双双殉情，沉于荷花塘，化身为并蒂莲，莲根（藕）之“丝”，自然就是他们的爱情之思；而“莲心”，亦即人心，他们生不得结为伉俪，被迫而死，其冤其苦，可想而知。一“丝”一“苦”，是两句的核心，而且贯串全词。劈头以领字发问，表现了词人不可按捺的激动情绪，笔势一如连弩。在词中，起句用领字，多是用以写回忆题材或铺叙眼前景物，抒发感慨，而以领字发问，却不太常见。这种起句，多是在词人对所咏的对象，深有感触，情绪激动，要议论，要质问，酝酿再三，至不可按捺时，冲口而出，其发问的内容，往往是作者思考的核心问题，这一出口，便如水决长堤，一发而不可收。作者的《雁丘词》也是这种起句法。“双花脉脉娇相向”以拟人的笔法写花，更是以拟物的笔法写人，仅此一笔，就写出了“双花”亦即这对“痴儿女”相互依恋的形象与情态。然后用。“只是”一句，明确点出了这“双花”原来就是那“大名(今属河北)民家小儿女”。元好问词中用“旧家”一词不少，都是“从前的”“原来的”的意思。以上几句，字里行间都流露着作者对这民家儿女的同情。“天已许”两句，作者的感情进一步激烈，指出这对痴情儿女，在人间不能结合，而死后却能化作并蒂莲，他们生死不渝的爱情已得到“天”的同情与首肯。那么，这样的一对青年，为什么不让他们白头偕老?！这一问，笔锋猛转，作者的思想升华到一个新的高度，闪出了向整个封建礼教抗争的火花。从而表现了他的进步的妇女观、婚姻观。“鸳鸯浦”非实指，而是虚构的一个充满爱情和欢乐的场所，词人是希望这对青年能“白头生死”于这样的环境里。作者写的是爱情，用“鸳鸯”字样，也自然有一种映衬的作用。作者的质问，未能得到什么回答，唯见“夕阳无语”而已。“夕阳”句，有着浓厚的感情渲染，看来，“夕阳”也在沉思，也在悲痛，而作者的感情也随之转入深沉，以至于“断肠”了。“谢客”三句，就是在表达这种“断肠”的感情。“谢客”即南朝宋谢灵运，灵运小学“客儿”，时人因称“谢客”。他曾作过《伤己赋》，所写皆伤感之境，伤感之情，其中有“播芬烟而不熏，张明镜而不照，歌白华而绝曲，奏蒲生之促调”诸语，“谢客烟中”，或指此。“湘妃”，指传说中的娥皇、女英，舜的二妃，舜南巡，死于苍梧之野，二妃寻而不得，遂死于湘水。凡此，本来都是至伤至悲之境，但词人却说，这些都“未是断肠处”，显然，“断肠处”就是这民家儿女殉情的荷花塘了，这里曾沉下殉情者的肉体，而眼下正开着他们魂魄化成的并蒂莲花。这三句引古喻今，而又抑古扬今，意在着力表现作者痛心疾首的悲伤情绪。

下片过片引唐韩偓《香奁集》自序语，用神话般的灵芝、瑞露映衬这对青年爱情的圣洁。这样的爱情，却似梦般很快消失了。“俯仰之间，已为陈迹”，这是大可叹惜的。但是，“海枯石烂情缘在”，他们的爱情是不灭的，他们的“幽恨”，也是“黄土”所掩埋不掉的。两句盛赞其爱情的坚贞永固。元好问是金元间的赫赫大儒，能对这民家儿女的“私情”，唱这样的赞歌，做出这样的评价，实在是难能可贵！这里再次表现了他进步的爱情观、婚姻观。“相思树”三句，仍属借古喻今，以古代的韩凭夫妇比拟眼前的民家儿女，把韩凭夫妇的冤魂化成的“相思树”，比拟眼前的并蒂莲。“相思树”是古代爱情悲剧的象征，而随着时光的流逝，到现在“又被西风误”者，则是指这对青年，他们被“误”，以至于死，罪在那充满杀气的“西风”。“西风”

显然是当时封建势力、封建礼教的代名词。“无端”二字用得极好，它既确切地表现了作者的正义立场，同时用以归罪“西风”，鞭挞“西风”，胜似千乘之师。“兰舟”以下四句，抒写作者对并蒂莲凭吊与珍惜的感情。这几句的笔势，似在收束全词，但却收而不束，反给全词再泛一层涟漪。要“兰舟少住”，意在凭吊。由于前面对并蒂莲着墨甚多，故结处乃兴凭吊之意。作者料到，若不及时尽情凭吊，那么，以后再来的时候，恐怕就要“红衣半落”，甚至于“狼藉卧风雨”了。“红衣”指荷花。一个“怕”字，极见词人感情，他对这青年男女用生命结成的并蒂莲十分珍惜，因而生怕其凋零。同情之心，珍爱之意，情真意切，掬之可出。一对青年，死而化莲，已属不幸，若再被风雨欺凌，狼藉池塘，岂非更悲！这自然是词人根据当时社会形势所做出的预料：美好事物将再次被恶势力摧毁！显然，这一预料给全词更增添了悲剧气氛，作者写爱情悲剧的使命，也就此完成了。

通过以上的分析解剖，我们可以看到，这首词的突出特点是以情见胜，富有一种纯情之美。全词句句有情，在以凄婉愤懑为主要特征的基调下，又能时作变化，或同情，或痛惜，或珍爱，或抗争，以至于愤然高呼，种种感情错杂其间，从而形成了一种起伏多变的感情潮。作者为了把他的感情表达得淋漓尽致，在写作上，他运用了议论、抒情、写景、叙事等多种笔法，交互错杂，熔于一炉，且借典用事，皆有助于感情的表达。值得注意的是，在现存元好问三百七十多首词中，爱情词所占比例很小很小。但一经涉笔，便臻绝唱，而且所写多是悲剧，除这里的《双蕖词》《雁丘词》外，还有《江梅引》（墙头红杏粉光匀）、《小重山》（酒冷灯青夜不眠）等。在他的这些词中，大多充满着悲壮贞刚之气，与其他一些惯写柔靡爱情的词人绝不同调。元好问之所以这样，盖与其所处的特定时代有关，这些词很可能都暗寓着一种殉国之思或故国乔木之痛，并非泛泛敷衍故事。

关于这首词的写作年代，词序中有“沁水梁国用，时为录事判官，为李用章内翰言如此”云云。梁国用，未详；李用章即李俊民。看来作者能写这首词，其故事素材当取于李俊民，盖由李氏转述而来。而元好问之认识李俊民，盖在贞祐丙子（1216）之后不久。据李俊民《庄靖先生遗集·一字百题》诗序，俊民于贞祐乙亥（1215）秋七月南迁，侨居于河南福昌县“厅事之东斋”。次年丙子，遗山避兵南渡，寓于福昌县之三乡镇（见《遗山集·故物谱》）。两人相识，盖在此时。俊民为之转述双蕖故事，遗山因有是作，上距“泰和”（1201～1208）中，已十余年了。其时，金国危在旦夕，以此，益知词中寄意遥深，非徒用事炼句敷衍故事而已。

水龙吟

元好问

素丸何处飞来，照人只是承平旧。兵尘万里，家书三月，无言搔首。几许光阴，几回欢聚，长教分手。料婆娑桂树，多应笑我，憔悴似，金城柳。

不爱竹西歌吹，爱空山、玉壶清昼。寻常梦里，膏车盘谷，拏舟枋口。不负人生，古来惟有，中秋重九。愿年年此夕，团栾儿女，醉山中酒。

【鉴赏】

这首词写作的具体时间难以确考。但词中提到的“盘谷”“枋口”二地，皆在河南济源市，于登封为近，因此可大致断定，此词写作时间约在金兴定三年(1219)至正大二年(1225)之间，某一年的中秋之夜。这时已是金朝的末期，因受蒙古的军事压迫，迁都汴梁，仅保有河南、陕西之地。元好问在汴京任国史院编修，眷属则在河南登封。

词的上片是对过去离乱生活的回顾与感慨。元好问自金宣宗贞祐元年(1213)以来，因避兵几经转徙，颠沛流离，哥哥元好古死于兵乱之中。移家登封后稍微安定下来，但在汴京为官，仍是单身生活。北边烽火未熄，自己孤身一人，是这首词的抒情背景。开头一句，“素丸何处飞来”，突兀发端，笔势飘逸，却原来又到中秋了。这轮明月，和承平时候一样圆，一样亮，而今国家破碎，故乡沦陷，孤独的词人，只有“无言搔首”而已。“几许光阴，几回欢聚，长教分手”，是对过去多年离乱生活的回忆和概括，读来沉挚悲凉。上片结句仍回到对月情境，以月亮作镜子，照出自己憔悴的容颜。这是多年离乱的结果，也是前面回忆的一个收束。

词的过片，以否定句式，逆接上片，强调了自己不爱繁华、独喜幽静的情操。繁华之地每伴随着荣利追逐，而清幽之处则远离尘嚣，这是词人写这几句的真意所在。“玉壶”。以其清冷明润之质象征朗月，“清昼”则表月明如昼。空山明月之夜，是词人所向往的境界，每每梦寐以求之。盘谷为唐李愿隐居之地。韩愈《送李愿归盘谷序》末云：“膏吾车兮秣吾马，从子于盘兮，终吾生以徜徉。”词人括成“膏车盘谷”一句，也有追随之意。集中另有同调词一篇，题为“同德秀游盘谷”，编次此词之后，当是后来实地往游时作。其中有云："野麋山鹿，平生心在，长林丰草。……把人间万事，从头放下，只山中老。"抒写同样情怀，可以参看。"枋口"，据《新唐书·地理志》，孟州济源县有枋口堰。太和五年，河阳节度使温造于此疏浚古秦渠，以灌溉济源等四县田。水边拏舟，亦闲暇适情的事。不过山水之情，只存梦想，词人接着感叹，在现实生活中，只有中秋、重九亲人的团圆，才能给人一点生之欢乐。因此，他只愿能返回家中，年年中秋，享受一点天伦之乐。《景德传灯录》卷八载襄州庞居士偈曰："有男不婚，有女不嫁，大家团栾头，共说无生话。"作者概括为"团栾儿女"句，含意是非常蕴藉的。

词中化用前人成句和典故处，除以上已举出的之外，"家书三月"，是杜甫诗句"烽火连三月，家书抵万金"的节缩，利用读者的心理积淀，以更简括的字句，传达了同样的感受。"金城柳"出自《世说新语·言语》："桓公（温）北征，经金城，见前为琅邪时种柳，皆已十围，慨然曰：'木犹如此，人何以堪。'攀枝执条，泫然流泪。"还有一个"竹西"，在扬州城北。竹西本身不算有名，自杜牧《题禅智寺》诗"谁知竹西路，歌吹是扬州"以后，遂为文人所称道，姜夔的《扬州慢》至称为"竹西佳处"。作者用很少的字句调动起读者的记忆，增强了词作的感情厚度。

沁园春

元好问

除夕

再见新正，去岁逐贫，今年逐穷。算公田二顷，谁如元亮；吴牛十角，未比龟蒙。面目堪憎，语言无味，五鬼行来此病同。齑盐里，似扬雄寂寞，韩愈龙钟。
何人炮凤烹龙，且莫笑先生饭甑空。便看来朝镜，都无勋业；拈将诗笔，犹有神通。花柳横陈，江山呈露，尽入经营惨淡中。闲身在，看薄批明月，细切清风。

【鉴赏】

元好问于金亡后摆脱政治，过起遗民生活，立志著述。除搜集资料准备编写金史外，还汇辑金人诗词编成《中州集》十卷附乐府词一卷。其自作诗，反映现实生活，沉挚悲凉，与杜甫诗风一脉相承；所为词，《金史》本传称"揄扬新声以写恩怨者又数百篇"。这首《沁园春》，借除夕之夜的冷落，抒发其政治失意后专心致意于文学创作的情怀。用精神生活的富赡来抵消物质生活的贫寒和政治生活的困窘。写"贫"和"穷"，全用故事，写自己的文学生涯则化用前人诗句以抒胸臆，两阕之间，珠联璧合，构思精巧。

"再见新正，去岁逐贫，今年逐穷。"开门见山，平中见巧。一个"再"字，不仅带出了下文的"去岁"和"今年"，也带出了"逐贫"和"逐穷"。扬雄有《逐贫赋》，韩愈有《送穷文》，此概括其意。在古代，"贫"指经济拮据，"穷"乃政治失意。此处互文见义，兼而有之：去岁逐贫逐穷，今年依旧逐贫逐穷，见其失意时间之长，贫寒岁月之久。两"逐"字连用，又造成行文上的紧凑感。这个开头，为下文的展开总揽一笔。

"算公田二顷，谁如元亮；吴牛十角，未比龟蒙。"元亮，即陶潜，晋代著名诗人。其所作《五柳先生传》自言"环堵萧然，不蔽风日，短褐穿结，箪瓢屡空"，可见其贫。但他为彭泽令时，还有公田二顷，其中一顷五十亩种秫，以便酿酒；又五十亩种杭，作为口粮（见《晋书》本传）。晚唐著名诗人陆龟蒙，他也是一位因"囷仓无斗升蓄积"而常忍饥挨饿，不得不"躬负畚锸"参加劳动的贫士。但陆龟蒙在《甫里先生传》中，自谓"有牛不减四十蹄"，则知这里的"吴牛十角"为助耕种的水牛。《世说新语·言语》刘孝标注："今之水牛，唯生江淮间，故谓之吴牛。"元好问在"公田二顷"之后加"谁如"二字，在"吴牛十角"之后加"未比"二字，说明自己的贫有甚于陶渊明和陆龟蒙，用寻常字眼来深化词的含义。

"面目堪憎，语言无味，五鬼行来此病同。"韩愈《送穷文》说智穷、学穷、文穷、命穷和交穷为"五鬼"，"凡此五鬼，为吾五患，饥我寒我"，"使吾面目可憎，语言无味"。元好问借韩愈的语言，形象地刻画了贫寒失志者的窘态，借他人之陈言，抒自己胸中的积愤。

"齑盐里，似扬雄寂寞，韩愈龙钟。"扬雄是西汉末年人。哀帝时，丁、傅、董贤等擅权，依附他们的人多起家发迹，而扬雄正埋头写他的《太玄经》，淡泊自守。有人嘲笑他，因作《解嘲》以明志，其中有"爰清爰静，游神之廷；惟寂惟寞，守德之宅"等语。韩愈于贞元末年贬窜南荒，五六年间投闲置散，自称"跋前踬后，动辄得咎"，"冬暖而儿号寒，年丰而妻啼饥"，头童（光秃）齿豁，也是一副龙钟失意之态。齑乃细切的咸菜。韩愈的《送穷文》中有"太学四年，朝齑暮盐"的话，是说终日以咸菜下饭，生活清苦，元好问说他也过着这样的生活。这几句的好处，全在一个"似"字。"似"字与上文的"谁如""未比"相映带，把经济上的贫穷和政治上的失意联在一起，承接着开头的"逐贫""逐穷"。上面说己之贫，境况不如犹有薄产的两位古人；

此处言己之穷，遭际又正似失意狼狈的两位古人，两者相反相成，构成了行文的紧密性和内容上的深刻性。

上片引古事以抒怀，下片则述现实以寄慨。“何人炮凤烹龙”，宕开一笔，从他人落墨，似乎是节外生枝，其实，正是用新春佳节富贵人家炮凤烹龙，堆盘满案，来衬出“先生饭甑空”的凄凉况味，“炮凤烹龙”语出于李贺《将进酒》“烹龙炮凤玉脂泣”；“甑空”暗用东汉范丹贫居绝粮，“甑中生尘”的典故，表明先生的贫寒。但是“莫笑”！先生的物质生活和社会地位虽贫且穷，精神生活却是极为丰富的。“便看来朝镜，都无勋业；拈将诗笔，犹有神通。”“便”字领起两组四句：第一组化用杜甫《江上》诗“勋业频看镜”句，是陪笔；第二组用苏轼出御史台狱后诗句“试拈诗笔已如神”，是主意。下文进一步铺写他“诗笔如神”的种种：“花柳横陈，江山呈露，尽入经营惨淡中。”“花柳”两句暗用杜甫《后游》诗“江山如有待，花柳更无私”，说他的诗篇内容，尽多美景；“尽入”一句用杜甫《丹青引》“意匠惨淡经营中”，说他的创作态度，极用苦心。这几句就贫富之间，“有”“无”之事，随宜抑扬，极占身份。最后再就富贵家“炮凤烹龙”之事，再申抗衡之意：“闲身在，看薄批明月，细切清风。”苏轼早就说过：“江山风月，本无常主，闲者便是主人。”（《东坡志林·临皋闲题》）况且它本就“不用一钱买”的，贫而闲，正可占尽风流。取眼前“风月”批而抹之（薄切为批，细切为抹），作成肴馔。富家娱客，炮凤烹龙；贫家娱客，抹月批风，未必不敌，且尤胜之。苏轼又说过：“清风初号地籁，明月自写天容。贫家何以娱客，但知抹月批风。”（《和何长官六言》）元词正是用此。

元好问这首词，叹“贫”夸“富”，牢骚满纸；用典用事，隽语盈篇。《沁园春》格局本宜于铺陈，调性也适于谐谑。以此调写此心，可谓“得其所哉”。

青　玉　案

元好问

落红吹满沙头路。似总为、春将去。花落花开春几度。
多情惟有，画梁双燕，知道春归处。
镜中冉冉韶华暮。欲写幽怀恨无句。九十花期能几许。
一卮芳酒，一襟清泪，寂寞西窗雨。

【鉴赏】

本词用贺铸《青玉案》（凌波不过横塘路）词原韵，借描绘暮春景色，抒发了词人孤独、冷漠的情怀。首先将最能体现晚春景物特征的“落红”摄入笔底，这就为全词定下了基调，隐喻着词人低沉幽怨的情感。故而，下句很自然地过渡到抒情。以花拟人，似乎满路的狼藉落花，也和词人心境一样。“未肯放春归”，正表明词人对美好生活的向往，使情与景得到巧妙融合。

春去夏来，循环往复，花开花落，年复一年，这是自然的法则，非人力所能回转。燕子是候鸟，秋去春来，执着地追逐着春光，翻飞于花丛柳林，对春色寄爱最深。这里以燕拟人，寄意深婉。凄秀之词，味亦隽永，寄寓了词人高远的奇想。

古人每每以春色的凋谢，比喻人容颜衰老。下片中，词人笔锋陡转，由目下的“落红”，联想到自身的“韶华暮”，感叹年华易逝，暮年将至，花期无多，这正是其“恨无句”传写的“幽怀”。再者，词人毕竟是个壮怀磊落的志士，金亡前，曾“愁里狂歌浊酒，梦中锦带吴钩”（《木兰花慢》），欲作名臣贤相，以拯救日衰的国势。然而，朝廷昏暗，仕路风波，他又为岁月蹉跎、壮志未酬而怅惋。金朝的一旦覆亡，这大大出乎他所预料：“只知灞上真儿戏，谁谓神州遂陆沉”（《癸巳四月二十九日出京》）。本想有待而为，乘时而动，不料大势已去，难图恢复，又有“棋中败局从谁复，镜里衰容只自羞”（《送仲希兼简大方》）的叹喟之语。时光飞逝，而功业无成，这或许也是词人难抒之“幽怀”。还有，遗山四十二岁时，发妻张氏身亡，这给他心灵带来惨重创伤。他曾在《三奠子》词中慨叹：“怅韶华流转，无计留连”，“闲衾香易冷，孤枕梦难圆。西窗雨，南楼月，夜如年”，表达了对亡妻的深沉追念之情。细揣词意，本处的“一襟清泪，寂寞西窗雨”，似乎正含有伤逝之意。他眼见落花纷坠，红消香断，很可能联想到人生无常，思及过早地抛他而去的亡妻，故而情怀忧伤，倍感寂寞，才道此断肠语。他的“幽怀”，或许还深蕴着此类的内容。这里，词人极力描摹自身的孤独忧凄之状，写得哀感顽艳，感人至深。且用语警拔而含意深邃，正可见其用笔之妙。

这首词，以婉转曲折之笔调，写语意难传之“幽怀”。全篇以描写晚春落花起调，导入感情的抒发，以人拟花，又借花写人。继而，又写春燕对春色的执着追求，以寄托个人的怀抱。然后才写及本人对自身境况不佳的感叹。转而又写花，感伤好花不常开，再转及自身的描写。词意层层转折，愈转愈深。词人所采取的笔法与他所表达的思想内容，正密相契合，互为表里。将怜花、惜春、伤怀、悼亡、相思、追念等各种复杂的情感交错来写，悱恻缠绵，淋漓曲折。使外界的自然景物的转换，与词人内部感情潮水的跳荡互为包容，准确地传达出词人蕴含心底的思绪和忧伤。与一般的伤春悲秋之作相比，就其内容的含量而论，也高出许多。尽管本词有寄托，但它含而不露，幻化无迹。“有难状之情，令人低徊欲绝”（《蕙风词话》卷三）。

临江仙

元好问

自洛阳往孟津道中作

今古北邙山下路，黄尘老尽英雄。人生长恨水长东。幽怀谁共语，远目送归鸿。
盖世功名将底用，从前错怨天公。浩歌一曲酒千钟。男儿行处是，未要论穷通。

【鉴赏】

由词题可知，这首词作于由洛阳赴孟津的途中。元好问自金宣宗兴定二年(1218)移家河南登封，此后一段时间行迹多在河南。其赴孟津事，据所编《中州集》卷十辛愿小传有云："元光初，予与李钦叔在孟津。"又《送钦叔内翰》诗："六月渡盟津，十月行汜水。"可能就是这一次。元光只二年，其元年为公元1222年，元好问三十三岁，前一年登进士第。他"少日有志于世，雅以气节自许"，一直抱着收复失地重返家园的希望。可是他也清楚地看到了当国者无恢复之谋，遇事因循苟且，"或有言改革者，辄以生事(好生事端)抑之"，同自己匡时济世的抱负不相合。因此，现实与理想，希望与失望的矛盾，交织在他胸中，构成情绪的两极。这就是这首词的写作背景和内在动机。

这是一首述怀之作。作者触景兴感，吊古伤今，上片言情，下片说理。既表现了他以英雄自许、渴望建功立业的豪迈情怀，又反映了他面对现实，无可奈何，聊作旷达的苦闷。

北邙山在河南洛阳城北，过山即是孟津。洛阳背邙面洛，为九朝古都。"北邙山下"即指洛京。"黄尘"连"北邙山下路"，其意同于贺铸《小梅花》词的"黄埃赤日长安道"。"白纶巾，扑黄尘"，历代有多少英雄豪杰，奔走于京城九陌黄尘之间，为功名自少壮而老死。这里的"老尽"，含有感慨英雄不遇、空老京华之意。"人生长恨"，是对以上感慨的更深一层的概括。此怀无人共诉，更增加了感情的幽抑。下片词情一转，对上片的"长恨"忽作自我宽解之语。"盖世"二句，意亦颇曲折。

作者原以为英雄不得志，乃因"天公愦愦无皂白"（庾翼与兄庾冰书中语，见《宋书·天文志》），及知虽得盖世功名，亦无所用，始觉是从前错怨天公也。作者有《饮酒》诗颇能道出其中旨趣。诗是在他几年后授职国史院编修、第二年即辞官回登封隐居时写的：

利端始萌芽，忽复成祸根。名虚买实祸，将相安足论？驱驴上邯郸，逐兔出东门。离官寸亦乐，里社有拙言。

意为如邯郸道上的卢生，梦中虽极富贵，终遭谗害下狱；秦丞相李斯被杀前对儿子说："吾欲与若复牵黄犬俱出上蔡东门逐狡兔，岂可得乎！"末引晋人俚语言离开官场一寸即是乐事，显然是针对当时官场的黑暗混浊而发。这种思想认识，在这首《临江仙》词中即已透露，所以词的结尾说但须高歌饮酒，休论穷通了。

元好问的词，多数是言志之作，其风格逼近苏辛，更参以老杜诗品。这些词在结构上呈现出一种大致相近的模式：上片或触景生情，或即事兴感，多是慷慨激烈，但到了下片，这种陡涨的心潮逐渐下落，如骏马衔环，不得已而就范。实际可以说，上片是英雄本色，下片是模拟的颓唐；上片是一时忘情地理想迸发，下片是以理节情，酒浇块垒，使倾侧的心灵获得暂时的平衡。对于熟悉时代背景和作者为人的读者来说，不会误解他的愤激之词，反觉旷达之处，愈增悲凉。这首词粗看上去和前代文人一样，也是颓废自放，但读来却有"壮士拂剑，浩然弥哀"之感。这和苏轼的《念奴娇·赤壁怀古》的情形相似，字面意思似乎消沉，但情思意趣却是清峭健爽，催人感奋的。

元好问的词，喜欢化用前人成句。如"人生长恨水长东"，出自李煜《相见欢》（林花谢了春红）。但李煜是亡国之音哀以思，元好问是志士之慨悲而壮，隐然有"老冉冉其将至兮，恐修名之不立"的意绪。又上片结句"幽怀谁共语，远目送归鸿"，是嵇康《赠秀才入军》中的"目送归鸿，手挥五弦"和"郢人逝矣，谁与尽言"（嵇又本于《庄子·徐无鬼》）的熔铸。但这也不是简单的挪借镶嵌。嵇康是叹其兄嵇喜远去他方，无人可共谈玄论道，而元好问则是前不见古人，后不见来者，有苍茫六合，英雄独立的悲慨。元好问的同时人李治说他作词长于"用俗为雅，变故作新"(《遗山先生集序》)，这首词可以说是一个例证。

临江仙

元好问

李辅之在齐州，予客济源，辅之有和

荷叶荷花何处好？大明湖上新秋。红妆翠盖木兰舟。
江山如画里，人物更风流。
千里故人千里月，三年孤负欢游。一尊白酒寄离愁。殷
勤桥下水，几日到东州！

【鉴赏】

李辅之，名天翼，固安(今属河北)人，贞祐二年(1214)进士。蒙古下汴梁，为济南漕司从事。据《金史·地理志》，金济南府即宋齐州(今山东济南)，而济源县则在金河东南路孟州，今属河南。据遗山《济南行记》，乙未(1235)秋七月，"以故人李君辅之之故"而至济南，与李辅之两次畅游大明湖，"漾舟荷花中十余里"。当时，"秋荷方盛，红绿如绣，令人渺然有吴儿州渚之想"。次年丙申三、四月间，遗山游泰安，道出济南，又与辅之欢聚。这首词的上片，便是回忆畅游大明湖的情景。当时正是"新秋"，湖上荷花初展娇容，绿叶田田，一如翠盖。词以"荷叶荷花"起调，正是抓住了当时大明湖上"新秋"的景物特征，与《济南行记》正合。第三句以"红妆"应"荷花"，以"翠盖"应"荷叶"，再点大明湖新秋景色，可知前次欢游印象之深；"木兰舟"则写到游人，其间当有元、李二人之舟。"木兰舟"点缀于"红妆""翠盖"之间，使整个湖面变得更加妖娆多姿。而词人写景的美好，也正是为了写人的风流，因而上片结句说："江山如画里，人物更风流。"风流人物，指自己与李辅之等文人雅士。这两句，"江山"与"人物"并写，总结上片。从"如画里""更风流"两个词组上，我们可以看到作者对此游的得意。

词的下片，一反上片欢聚融洽的气氛，转写与李辅之的分别和作者所寄予的深

沉的怀念。“千里故人千里月”和“孤负欢游”，显然是写分离。“千里”，极言相距之远。“三年”则明确点出与李辅之分别时间之长。从丙申济南相会顺推至第三个年头，即为戊戌(1238)。戊戌盖为本词的写作时间。这时元遗山正准备携家由济源回太原，与济南相隔更远，故词中用“千里”形容之，而辅之的和词中，也有“无穷烟水里，何处认并州”句，显然辅之写和词时，遗山已远在“并州”(太原)了。遗山对辅之的思念之情，离别之愁，无以表达，乃浮想联翩，竟想借“一尊白酒”来“寄离愁”，但桥下的流水，尽管殷勤，怎奈路程遥远，何时才能将这“离愁”“寄”到“东州”呢？东州，指济南，济南位于当时的山东东路，故以“东州”代指。作者通过这样一种假想的“尊酒寄离愁”的行动，把对辅之的思念之情深刻而形象地表现了出来。借流水寄言、寄泪以表达思念之情，不乏先例。李白《秋浦歌》之一说：“寄言向江水，汝意忆侬否？遥传一掬泪，为我达扬州。”苏轼《江城子·别徐州》说：“欲寄相思千点泪，流不到，楚江东。”遗山则是借流水以寄送寄托着“离愁”的“一尊白酒”，虽笔法略似前人，但婉转绸缪，实有过之。

这首词以情取胜。它所表达的感情是纯真的。这里既有团聚的欢快，也有天各一方的离愁。欢快与离愁，皆出于纯真。在表现形式上，全词用笔自然纯朴。从整体结构上看，上片回忆与友人的欢聚，其景其情，均秉笔直书，无一假借；下片写分别之后的思念，娓娓而谈，不动声色，却深情厚谊，溢于言表。两片所写，既不同时，又不同地，时隔三年，人距千里，却以真挚的友情，一线贯通，遂使两片之间，浑然无迹。从遣词造句上看，全词字句，略无藻饰，更无矫揉造作楚楚作态之处。这种形式上的自然纯朴，与词中所包含的纯真感情，表里一致，相辅相成，做到了内容与形式的统一。

小 重 山

元好问

酒冷灯青夜不眠。寸肠千万缕，两相牵。鸳鸯秋雨半池莲。分飞苦，红泪晓风前。

天远雁翩翩。雁来人北去，远如天。安排心事待明年。无情月，看待几时圆！

【鉴赏】

这是一首摇曳多姿的恋情词。上片六句描述了一对恋人由不忍分离到终于分

离的全过程。前三句是写恋人在分离前夕的相互依恋,是上片的第一个层次。起

调写他们的不眠之夜,而以“酒冷”“灯青”烘托其内心的悲凉和长夜的难耐。“冷”的酒,“青”的灯,“不眠”的夜,这便是他们通宵达旦的生活内容。这里的“酒”,显然是饯别酒。有酒而“冷”,看来停杯不饮,搁置已久。而青灯犹在,可见主人公确实是“夜不眠”了。由“酒冷”亦可见夜之深。这一句中,显然有“人”,其心情已见,但面目未露。紧接着,作者以“寸肠”两句推出一对情肠牵惹、愁苦悲伤的恋人。词的指事抒情,趋于明朗,读者始知“酒冷”云云,正是他们在离别前夕内心极度痛苦的物象反映。由此益知起句用笔在渲染气氛、烘托感情方面,极见词人匠心独运之妙,恋人的全部情绪,都已总摄在起句之中,这首词的摇曳多姿之妙,起首便露端倪。上片后三句是写这对恋人的分别,时间已是次日清晨。这一层,作者用笔,仍然是从罗列物象开始:用“鸳鸯”“秋雨”“半池莲”三种足以使人触景生情的物象,

进一步为恋人的离别写照。这三种物象并非各自孤立存在,而是相互交涉,借二、三句而构成完整的象征性的画面。首先是鸳鸯、秋雨、半池莲都同是在池塘中。秋雨入池,池莲带雨,若含红泪,为鸳鸯分飞而苦。“分飞苦”属鸳鸯,“苦”字连“红泪”又属莲。“红泪”之“红”从莲来,“泪”又从雨得。“红泪晓风前”,是风雨中池莲姿态,滴雨摇风,可怜又可爱,以象征送别的女主人公。“晓风”又点出分别时间。由物象衬意象,而且是一衬再衬,主客相形,虚实相宣,正面神采由此倍增。这种用笔,正是兼用了前人所称道的“主客相形法”和“背面傅粉法”。从这里,读者再次领略了这首词“摇曳多姿”的妙处。

下片承上片结句“分飞苦,红泪晓风前”的意脉,写女主人公目送恋人远去,并默默地预卜团圆之期。晓风之中,恋人北去,天高地远;而北雁南来,显然是深秋了。在这里,作者用“雁来人北去”这样一对形象意念上有悖于自然之理的矛盾,再次渲染离别时的悲凉气氛,同时表明恋人的去不当时:此时此刻,连雁都知道归来,而人却偏偏去了,而且是“北去”,何况又是“远如天”!下片的前三句,只是写了“雁来人北去”的事实,但这三句在排列上,由雁而人,由雁的渐近到人的渐远,层层具体,逐句加深,极见层次。最后三句,别出新意,由眼前的分离而转写盼望团圆之期。这是本词“摇曳多姿”的最后一现。在封建社会里,往往是由于徭役、谋生等等原因,离乡背井,而又往往是生离如同死别。自然,这种离别是悲哀的。但本词却又不止于悲哀,而是及时地深入一层,转入期待。女主人公“安排心事待明年”,只是“待”而已,能否在明年团圆,还很难说。期待无定,转而为幽恨,故结句云:“无情月,看待几时圆!”月圆即人圆,故女主人公见缺月而责以“无情”,其盼望月圆亦即盼望与恋人团聚的迫切心情,自然就跃然于字里行间了。

元好问的词,具有丰富的社会内容。尤其是较多地反映了当时社会的动乱和他在遭遇国变之后的“神州陆沉之痛,铜驼荆棘之感”,风格直追稼轩。他写爱情的词不算多,但偶一涉笔,便成佳构。这首词,在取材、主题方面,虽然没有突破男女离别相思之类传统题材的樊篱,但在结构艺术上,如上所述,宾主虚实,渲染映衬,摇曳多姿,一往情深,确如张炎所说,“遗山词深于用事,精于炼句,风流蕴藉处,不减周秦”(《词源》卷下),表现了一位大词人题材、风格的多样性。

鹧鸪天

元好问

候馆灯昏雨送凉,小楼人静月侵床。多情却被无情恼,今夜还如昨夜长。

金屋暖，玉炉香。春风都属富家郎。西园何限相思树，

辛苦梅花候海棠。

【鉴赏】

这是元好问以“鹧鸪天”词调所写“宫体八首”的第一首。元好问于词，似有集大成之意。《遗山乐府》中有效花间体、东坡体、朱希真体、俳体、离合体、独木桥体等多种。这八首宫体词，并不像过去的宫体诗那样，偎玉倚香，剪红刻翠，不过偏重于写男女相思之情而已。这本是词的擅长，元好问所以标上“宫体”二字，大概与老杜《风雨见舟前落花》一诗标题曰“戏为新句”的用意相近，乃不敢偭背大雅或矜重自许之意，且与其他抒写身世情怀之作，聊示区分。

这首词主要是写别情。“候馆”是行人寄住的旅舍，昏灯凉雨是此时与他做伴的凄清景物。“小楼”是居人所在的闺楼，明月照床衬托出她静夜无侣的孤栖境况。两者对举，构成一种典型的伤别怀人的抒情背景，由此决定了全词的情调氛围。“多情却被无情恼”“今夜还如昨夜长”，分别借用苏轼《蝶恋花》和贺铸《采桑子》词原句，巧成对仗。在这里，多情的是人，无情的是前边两句所描写的环境中的自然之物。欧阳修《玉楼春》词曰：“人生自是有情痴，此恨不关风与月”，然而伤情之时，怪凉雨侵肤，明月撩人，此等痴语，无理而有情。柳永《雨霖铃》：“多情自古伤离别，更那堪冷落清秋节”，姜夔《齐天乐》：“候馆迎秋，离宫吊月，别有伤心无数”，这种萧索的时令和孤独的环境，最容易唤起人的离愁别绪。“今夜还如昨夜长”一句，看似说得无谓，却告诉读者两层意思：一是受着相思的煎熬，耿耿难眠，故觉夜长；二是夜夜相思，不止一天了。

下片不再怨天，却转而尤人。“金屋暖，玉炉香”，与候馆、小楼清境相对，不仅标明是富家器物，而且又有金屋藏娇典故潜在的暗示，使人想到富家男女终日厮守，这和词中主人公的孤独况味形成强烈的对比。结尾二句寓情于景，谓将像梅花那样熬过寒冬，迎来海棠开放的春天。然而海棠开时，梅花也就凋零了。在自我宽慰中，希望与悲感交织，一线亮色中仍不免忧郁的灰青。

这首词在写法上有几点令人称赏。在构思上，打破了柳永等人写羁旅愁思常用的今、昔、今的三段式，目光专注于眼前情景，把回忆的画面处理到幕后。这样就避开了往日相偎相依耳鬓厮磨的一般化描写，少了点曲折，却更显得单纯恳挚。其次，词的结尾以景结情，语淡情深。景又不似实景，乃近于诗的比兴，置于结尾，淡宕涵浑。其三，这首词摛词造语，素朴清新，力避绮靡甜腻字面。若“金屋暖，玉炉香，春风都属富家郎”数句，直是乐府民歌之俊语。凡此诸方面，构成了质朴清纯的

风格，依稀晚唐小词风味。

鹧鸪天

元好问

只近浮名①不近情。且看不饮更何成。三杯渐觉纷华远②，一斗都浇块磊平。

醒复醉，醉还醒。灵均憔悴可怜生。《离骚》读杀浑无味，好个诗家阮步兵！

【注释】

①浮名：元词中斥"浮名"者凡十数见，如"抛却浮名恰到闲"（《鹧鸪天》）、"得来无用是虚名"（《浣溪沙》）、"身外虚名一羽轻"（《鹧鸪天》）、"身外虚名将底用，古来已错今尤错"（《满江红》）等，而绝无羡慕浮名者。

②远：他本作"近"，张石洲阳泉山庄刻何义门校本《遗山新乐府》作"远"，姑从之。

【鉴赏】

这是一首借酒浇愁感慨激愤的小词，盖作于金源灭亡前后。当时，元好问作为金源孤臣孽子，鼎镬余生，栖迟零落，满腹悲愤，无以自吐，不得不借酒浇愁，在醉乡中求得片刻排解。这首词就是在这种背景和心境下产生的。

词的上片四句，表述了两层意思。前两句以议论起笔，为一层，是说只近浮名而不饮酒，也未必有其成就。"浮名"即虚名，多指功名荣禄。陶潜《饮酒》诗云："道丧向千载，人人惜其情。有酒不肯饮，但顾世间名。"古人有以酒败德（名）之说，故屡有酒禁、酒诫。但饮酒者却反是而立论，以酒为贤愚之同好，人之常情（即此词所说的"情"）；他们一方面排斥"浮名"，另方面更极力颂扬酒德、酒功。故刘伶"以酒为名"（详《晋书·刘伶传》），李白甚至说"古来圣贤皆寂寞，唯有饮者留其名"（《将进酒》）。而对于不饮酒者，则以不饮而无成相讥，如孔融说"屈原不馎糟醊醨，取困于楚"（《与曹操论酒禁书》），北宋朱翼中《北山酒经》亦说屈原"高自标持，分别黑白，且不足以全身远害，犹以为唯我独醒"，因而有人以沉湎于酒来"反骚人之独醒"（皇甫湜《醉赋》）。元好问以此二句总结了前人饮与不饮的争论，表明了自己的态度，亦隐含对于屈原的批评，从而为下文打好了思想基础。元好问在金亡前后，忧国忧民，悲愤填膺，既无力挽狂澜于既倒，乃尽弃“浮名”，沉湎于醉乡。其《饮酒》诗说：“去古日已远，百伪无一真。独馀醉乡地，中有羲皇淳。圣教难为功，乃见酒力神。”《后饮酒》诗又说：“酒中有胜地，名流所同归。人若不解饮，俗病从何医？”因而称酒为“天生至神物”。此词上片第二层意思，便是对酒的功效的赞颂：“三杯渐觉纷华远，一斗都浇块磊平。”“纷华”，指世俗红尘。词人说，三杯之后，便觉远离尘世。然后再用“一斗”句递进一层，加强表现酒的作用和自己对酒的需要。“块磊”，指郁结于胸中的悲愤、愁闷。《世说新语》说：“阮籍胸中磊块，故须以酒浇之。”“斗”是古代一种特大的酒杯，或称“羹斗”。词人说，用这种特大的酒杯盛酒，全部“浇”入胸中，才能使胸中的郁愤平复，也就是说，在大醉之后，才能暂时忘忧，而求得解脱。这两句，兼用陶潜《连雨独饮》诗“试酌百情远，重酌忽忘天”、《饮酒》诗“泛此忘忧物，远我遗世情”和贯至《对酒曲》“一酌千忧散，三杯万事空”等句意。过片醉醒两句，紧承“块磊”句意而做渲染，酒味更烈，悲愤更重。苏轼（一说王仲父）有“醉醒醒醉”一曲（调名《醉落魄》），认为醉醉“犹胜醒醒，惹得闲憔悴”，白居易劝酒诗更有“心中醉时胜醒时”句，此皆元词所本。词人就是要在这种“醒复醉，醉还醒”即不断浇着酒的情况下，像阮籍那样连日连月地大醉如泥，才能在那个世上生存。“灵均”以下三句，将屈阮对比，就醉与醒、饮与不饮立意，悯屈原之憔悴而赞阮籍之沉醉，从而将满腹悲愤，更转深一层。“灵均”即屈原；“憔悴”“可怜”（“可怜生”即可怜，“生”是语助词），暗扣上片“且看”句意。《楚辞·渔父》说，“屈原既放，游于江潭，行吟泽畔，颜色憔悴，形容枯槁”。但屈原却不去饮酒，仍是“众人皆醉我独醒”。以其独醒，悲愤太深，以致憔悴可怜，如朱翼中《北山酒经》所说，“饥饿其身，焦劳其思，……泽客现可怜之色”。这里词人对屈原显然也是同情的，但对其虽独醒而无成，反而落得憔悴可怜，则略有薄责之意。因而对其《离骚》，尽管“读杀”，也总觉得全然（浑）无味了。“浑无味”，并非真的指斥《离骚》无味，而是因其太清醒，太悲愤，在词人极其悲痛的情况下，这样的作品读来只能引起更大的悲愤；而词人的目的，不是借《离骚》以寄悲愤，而是要从悲愤中解脱出来，这个目的，是“读杀”《离骚》也不能达到的。“何以解忧？唯有杜康！”所以只有像阮步兵（阮籍）那样去饮酒了。以“好个诗家”独赞阮籍，显然，词人在屈阮对比亦即醒醉对比之中，决然选中了后者，词人也走了阮籍的道路。

在元好问的词中，写酒者约在大半以上，写出了许多关于酒的名句，如“慷慨一尊酒，胸次若为平”（《水调歌头》），“人间更有伤心处，奈得刘伶醉后何？”（《鹧鸪天》），“举手谢浮世，我是饮中仙”（《水调歌头》）等等。但写得最好的，还是这首《鹧鸪天》。词人把深重的大悲巨痛，寄托于酒，欲借助于酒的神力，“御魑魅于烟岚，转炎荒为净土”（《北山酒经》李保序语）；他要像阮籍那样，酣放自肆，托于曲蘖以逃世网。全词短短九句，全就名与酒、醒与醉立意，纵笔抒写，颇见层次。顾浮名而不饮酒为一层，远纷华而浇块磊为一层，悯灵均而赞阮籍为一层，且层层对比，而又层层转进，词人的悲愤亦随之愈转愈深。至诵读再三，乃知词人之痛，俱在酒中，而酒即词人之痛，非写酒无以见其痛，因知全词措意构思，皆根于一个"酒"字。

鹧 鸪 天

元好问

薄命妾辞

颜色如花画不成。命如叶薄可怜生。浮萍自合无根蒂，
杨柳谁教管送迎。
云聚散，月亏盈。海枯石烂古今情。鸳鸯只影江南岸，
肠断枯荷夜雨声。

【鉴赏】

"薄命妾"即"妾薄命"，乐府杂曲歌辞名，见《乐府诗集》卷六十二。曲名本于《汉书·外戚传》孝成许皇后疏"妾薄命，端遇竟宁前"(竟宁，汉元帝年号)。李白等曾用这个乐府旧题写过乐府诗，苏轼写过《薄命佳人》诗，有"自古佳人多命薄，闭门春尽杨花落"句，皆咏叹封建社会妇女的不幸。元遗山取乐府旧题之意，谱入《鹧鸪天》词，也表现了同样的主题。词中首先用"如花"写女性的"颜色"美，而以"画不成"加以强调和补充描绘"美"的程度。元遗山大概对"画不成"很欣赏，在他的诗词中曾多次重复使用，如"一片伤心画不成""一段伤心画不成"等。赵翼《瓯北诗话》曾摘录遗山重复句多种，从而认为遗山"复句最多"。作者在略一交代"颜色"之后，即以逆笔用比喻的手法，一连三句描述这女性的"薄命"。三句三个层次。"命如叶薄可怜生"，总写薄命，用"如叶"形容其薄，扣题。因其命薄，所以可怜，"生"，语助词。三、四两句，分别从两个方面写其"薄命"，第三句，再取"浮萍"作比，写身如飘萍。"无根蒂"，即生活无定，且毫无社会地位，"自合"，是说命运注定，语似平常，而作者对这种命运愤懑之情，却暗含其中。第四句又取"杨柳"作比，写其送往迎来的身世。杨柳是离别的象征，古人折柳赠别，故刘禹锡《杨柳枝》有

云:“长安陌上无穷树,唯有杨柳管别离”。杨柳还有“迎来”的一面,故李商隐《杨柳枝》云:“为报行人休尽折,半留相送半迎归。”这一句,意在显示这女性的身世,从以杨柳喻其送往迎来的特质看,她可能是个妓女,这与上句的“无根蒂”正合。诗词中妓女以杨柳作比,颇著先例。《敦煌曲子词·望江南》有“我是曲江临池柳,这人折了那人攀,恩爱一时间”语,显然是写妓女。而过片两句所说的聚散如云、亏盈如月的情况,正是这“恩爱一时间”的形象说法。词人把这位女性推到如此地步,正是为了极写其“薄命”。“谁教”一词,用得很好,它既表现了这女性对自己“薄命”身世的哀怨,同时也表现了她的觉醒,这自然也是作者的觉醒。刘禹锡说“唯有杨柳管别离”,而这里则以“谁教”提出质问,其锋芒似乎已指向当时的社会。其思想感情较上句的“自合”显然浓烈而明朗得多了。下片后三句转入抒情。言这女性命虽薄,而情却深。“海枯石烂”,极言其情深而执着。但是,由于命运不好,不得与心目中的情人团聚,如同鸳鸯不能成对,孤身只影,凄然于“江南岸”。这里也是再次写她的“薄命”。遗山另有《西楼曲》云:“海枯石烂两鸳鸯,只合双飞便双死”,在元遗山看来,是鸳鸯情侣,就应该(“只合”)双飞双栖,以至于双死,他笔下的《雁丘词》《双蕖词》《金娘词》等,就是这种思想的具体体现。在这首词中,则是“鸳鸯只影江南岸”,是极痛苦悲惨的,故结句乃有“肠断枯荷夜雨声”之说。这一句是就前句意思加以渲染烘托。夜雨淅沥,敲打着枯荷,形成了一种极为凄凉的境界,身在其境的“鸳鸯只影”,怎么能不“肠断”呢?这一句,绘形绘声,再次为薄命人的悲惨遭遇传神写照。

这首词,几乎句句运用比喻,把“薄命”这样一个很抽象的概念,写得有形有色,化抽象的意识为具体的形象,这是本词用笔的高招。另外,这首词似有其寄托意义,寓有作者的自我身世之感。从“鸳鸯只影江南岸”看,此词似作于词人南渡之后,时值金朝垂危,国运和词人命运皆如飘萍。正如他在南渡后写的一首《临江仙》中所说:“自笑此身无定在,风蓬易转孤根。”同调词又云:“自笑此身无定在,北州又复南州。”金亡之后,词人命运更惨,国破家亡,无所附丽,俯仰由人,以浮萍杨柳,以至于“薄命妾”自喻,于情于理,皆无不可。而“颜色如花”“命如叶薄”则是作者怀才不遇的愤慨之词。作者思国念家,情缘不断,正是词中所说的“海枯石烂古今情”。汤显祖评《花间集》说:“杨枝、柳枝、杨柳枝,总以物托兴。前人无甚分析,但极咏物之致,而能抒作者怀,能下读者泪,斯其至矣。”所论极是。再者,香草美人,也正是我国古代诗词中常用的比兴手法。从这种观点出发,我们对元遗山的这首词,似应当透过其表面形象,深入认识其寄托意义。

人 月 圆

元好问

玄都观里桃千树,花落水空流。凭君莫问,清泾浊渭,去马来牛。

谢公扶病,羊昙挥涕,一醉都休。古今几度,生存华屋,零落山丘。

【鉴赏】

元好问以哀乐中年,遭遇国难,既不肯随风偃仰,又无力回天,一腔怨愤,往往寄托于词。这种强烈灼人的情感,又往往通过放浪曲蘖、潦倒狂笑的形象表现出来。清醒而作醉语,悲凉而作快语,更增其悲慨。郁郁块垒,凛凛英气,不是酒能浇化、醉能忘却的。

词的起句,系借用刘禹锡《戏赠看花诸君子》诗的原句。玄都观,在长安朱雀街西第一街。元好问十九岁时曾去长安应试,但这首词情调苍老,不可能出于少年元好问之手。在这里,玄都观不必落实于长安,元好问只是借用这一句,表达其旧地重游感慨沧桑之意。"清泾浊渭"两句,字面出杜诗《秋雨叹》"去马来牛不复辨,浊泾清渭何当分"。然杜诗亦有所本。"清泾浊渭"语本《诗经·谷风》:"泾以渭浊,湜湜其沚。"孔颖达疏:"言泾水以有渭水清,故见泾水浊。""去马来牛",杜诗用《庄子·秋水》:"秋水时至,百川灌河,泾流之大,两涘渚崖之间,不辨牛马。"杜诗这两句用典,只取其江河水涨本义,以说明"阑风长雨秋纷纷"的结果。元好问加上"凭君莫问"一句,意旨顿别,化实为虚,变成了"管不得许多黑白是非"那样的牢骚语,自是有感于世事不堪闻问而发。不必究其指何种事,含蓄些更有深味。

整个下片,隐括了一段历史故事。谢安是东晋名臣,不甘局促江左。淝水大捷后命将率军北进,一度收复河南失地。因位高招忌,被迫出镇广陵。太元十年,谢安扶病乘肩舆入西州门,不久去世。羊昙感念旧情,行不由西州路。尝大醉不觉至州门,左右告之,昙悲感不已,以马鞭扣扉,诵曹植诗曰:"生存华屋处,零落归山丘。"因恸哭而去。这一历史故实,宋、金词人多用。苏轼《八声甘州》有"西州路,不应回首,为我沾衣",蔡松年《念奴娇》曰:"西州扶病,至今悲感前杰。"在元好问这首词中,既对怀抱王佐之才而赍志以殁的谢安寄予深切的同情,又间接表现了他对国土沦亡、志不得伸的怨愤。

这首词的主要特色,用清人刘熙载的话说,就是"疏快之中,自饶深婉"。字面意思若潦倒颓伤,而神州陆沉之痛,荆棘铜驼之悲,有见于言外者。"花落水空流"一句,一个"空"字,无限悲凉。使人想到李煜"流水落花春去也,天上人间"。"凭君莫问","一醉都休"等句,以退为进,愈扫愈生,传达了作者沉重的失落感和无可言说的悲哀。

清平乐

元好问

太山上作

江山残照,落落舒清眺。涧壑风来号万窍,尽入长松悲啸。

井蛙瀚海云涛,醯鸡日远天高。醉眼千峰顶上,世间多少秋毫!

【鉴赏】

蒙古灭金之后,元好问感慨故国沦亡,不愿为官。公元1236年,他暂居冠氏(今山东冠县)。这年三月,一位友人将赴泰安,约元同行。在时达三十天的旅行中,他游览了东岳泰山并写下了《东游略记》《游泰山》诗和这首《清平乐》词。在词中,元好问表示了他对自然伟景的赞叹和对世事得失的闲淡心情。

词一开篇,便展现了一派苍莽景象。夕阳的余晖照遍了眼前的山峦河流,词人在泰山上极目远望,四周景物历历在目。落落,清晰的样子。此句全从杜甫《次空灵岸》诗中的"落落展清眺"一句来,概括了所见到的总印象,给人以开阔而清丽的视觉感受。接下来不再写"舒清眺"的具体景物,而是另起一笔,从视觉范围转入对听觉形象的描写,以风声来表现泰山的壮伟气势。万窍,是指众多的山洞树穴。《庄子·齐物论》:"夫大块噫气,其名为风。是唯无作,作则万窍怒号。"词句便是由此脱胎而出。峡谷间的山风吹来,大小洞穴中都发出声响。下句进一步加强风声效果,风入松林,林间响起阵阵悲壮的呼啸声。这又暗用《齐物论》中"山林之畏佳"(畏佳,风吹物动貌)之意。两句一从山谷中写风,一从松林间写风。风不可见,借物而知,一"号"一"啸",极为雄壮,富于表现力。"悲"字又具有词人的主观色彩,同时开启后片的抒情。

《孟子·尽心上》说,孔子"登泰山而小天下"。泰山以其高耸特立,视野开阔,历来为登临的人们所赞叹。词人登泰山而纵览,自比于井蛙见到了大海上如云的波涛,醯鸡见到了遥远处的太阳、高高的天,大开了眼界。"井蛙"出于《庄子·秋水》:"井蛙不可以语于海者,拘于虚也。"井底之蛙,由于受所处狭小环境的局限,不知道有个大海,因此也不可能去谈论大海。词中以井蛙与瀚海、云涛并列,不用动词连接,凭登高揽胜的感受,自然地就发展了原出典的意思。"醯鸡"也用《庄子》的典,见《田子方》篇。孔子求见老聃问道后,出来告诉颜回说:"丘之于道也,其犹醯鸡欤!微(没有)夫子(指老聃)之发吾覆也,吾不知天地之大全也。"醯鸡是醋瓮中的蠛蠓,一种小虫,瓮子有盖盖着,不见天日;一旦揭去盖子(发覆),它就见到了天了。词人登上泰山,也有这种感受。下句"醉眼千峰顶上",就写出了如同井蛙临海、醯鸡见天所到达的那种境界,正是他《游泰山》诗中所说的:"孤云拂层崖,青壁落落云间开。眼前有句道不得,但觉胸次高崔嵬。"当此身之所处,眼之所见,心之所感,凑泊笔端,于是便有"世间多少秋毫"的顿悟之句。这一句是反用《庄子·齐物论》"天下莫大于秋豪之末,而大山为小"的命意。庄子主张万物齐一,不是从形式上看待世间万物的大小,而是从各适其性、各守其分这个根本点上来看待事物的大小差别。秋天野兽新生的毫毛本小,而自安其为小;泰山本大,而自得其为大,这就在适性守分上有了一致性,因而大非大,小非小,甚至小即是大,大即是小了。元好问登上泰山千峰顶上,俯身下视,"积苏与累块,分明见九垓"。(《游泰山》诗。意为九州土地上的宫殿台榭宛如层叠的土块、堆积的柴草。语出于《列子·周穆王》"王俯而视之,其宫榭若累块积苏焉"。)这两句与此词同时所作的诗可以为"世间多少秋毫"句作注脚。但是词人无意于同庄子辩论泰山、秋毫的大小问题,他登泰山而说秋毫,不过是借用《庄子》的字面;他的所谓"世间",也不限于指说“醉眼”中所见的房屋树木之类实在之物。其本意只是要说，世上的种种情事也不过如秋毫一般渺小，包括功名得失、人事悲欢等等。词人此刻正当故国沦亡之后，避难异乡之时，心情是悲伤的、惨淡的。他不能如杜甫那样吟出“会当凌绝顶，一览众山小”(《望岳》)的显示自信心和积极进取精神的诗句，所吐露的倒是有些接近李白“旷然小宇宙，弃世何悠哉”(《游太山六首》之一)的心声，所以他《游泰山》诗结尾说：“徂徕山头唤李白，吾欲从此观蓬莱。”(李白《游太山》诗有“登高望蓬瀛，想象金银台”之句。)“世间多少秋毫”一句的含意，实是以旷放掩其苦闷，与上片末句的“长松悲啸”的意境是相通的。

全词短短八句，四处化用《庄子》中的语句，却不向老庄思想中讨生活，自有他自己的精神面貌。中间也并非枯燥地说理，而是以形象语言抒发情怀，显得自然而精炼。风格清旷沉郁，与稼轩词可谓在伯仲之间。

清　平　乐

元好问

离肠宛转，瘦觉妆痕浅。飞去飞来双语燕，消息知郎近远。

楼前小雨珊珊，海棠帘幕轻寒。杜宇一声春去，树头无数青山。

【鉴赏】

凡大作家都不止一副笔墨。元好问生长云朔，其天禀本多豪健英杰之气，发而为词，清雄沉郁，风格逼近苏、辛。但他也有一些写儿女柔情的小词，风姿绰约，楚楚可人。这首词就是一个例子。

这是一首相思之词，文字清通，内容亦无须多加分析，这里着重谈谈作者的艺术手法。

首先是观察点的选择运用。词的开头二句，交代抒情主人公的身份，点明相思题旨。我们可以看到孤独寂寞的女主人公，慵倦无聊，形容憔悴。以下的描写，全以女主人公为观察点，用电影术语说就是“主观镜头”。这个女子看着飞去飞来软语呢喃的燕子，心中不禁发出痴想：“它们会知道郎君的行踪吗?”下片由室内转向室外，隔着帘幕，看到珊珊的小雨，细细的雨丝，织成一片迷惘的愁绪。海棠花在雨中寂寞地开着，水珠晶莹如泪光。远处传来杜鹃的啼叫，循声望去，不见郎踪，只有平林外的一抹青山，笼罩在茫茫烟雨之中。这种主观的观察点，如同一根潜隐的情丝，把一个个意象连成一体，读者次第读来，会不自觉地移就主人公，更直接也更深切地感受到那孤独冷清的心理氛围。

其次，是即景传情。这首词除开头一句外，几乎全是写景。然而由于主观镜头的运用，以"我"观物，故景物皆着女主人公之情绪色彩。暮春微雨，孤独庭院，是婉约词的典型意境。一个年轻的女子，独处闺房，其心情是可想而知的。那成双的燕子飞去飞来，更衬托出她的孤独和凄凉。杜宇就是杜鹃，这是历来词人倾注情感最多的一种生灵，因为关于它有那美丽伤感的传说，因为它那悲切的啼叫，也因为它总是出现在花事凋零的暮春时节。作者利用这些积淀着特定情感的审美意象，使相思之情，见于言外。

这首词的特色，还在于文心的细腻，这和所要表现的细腻的情思是相应的。女主人公因相思而消瘦，容光顿减，铅华盖不住黯然之色，故曰"瘦觉妆痕浅"。听燕子呢喃而想问讯郎君行踪，正足以见出女子的痴情。结尾一句，"树头无数青山"，显然是楼上远眺之景。作者空间意识的准确把握，使读者如临其境，增强了真切感。

点　绛　唇

元好问

长安中作

沙际春归，绿窗犹唱留春住。问春何处，花落莺无语。
渺渺吟怀，漠漠烟中树。西楼暮，一帘疏雨，梦里寻春去。

【鉴赏】

《遗山集·古意》诗云："二十学业成，随计入咸秦。"又《遗山乐府》有《蝶恋花》词，题为"戊辰岁长安作"。元好问十九岁时，随叔父官陇城(今甘肃天水)，因参加秋试，在长安住过八九个月；二十一岁时扶叔父丧由陇城还乡里，其后未再到秦中。此词大约作于金章宗泰和八年戊辰(1208),是年元好问十九岁。诗中曰“二十”,盖举其成数。

这首词所表现的是传统的伤春主题。但不是浓重的感伤,而是淡淡的怅惘。词人是年轻的,情调也是健康而执着的。

词中没有着意渲染残春景色,而是旁处落笔,侧笔取妍。起句“沙际春归”,语似直露,而画面见于文字之外。“沙际”犹言水边。为什么说春从水边归去呢?春来先遣杨柳青,是春在柳梢头;而暮春时节,春色似乎和柳絮一道随着流水漂走了。故吟咏“沙际春归”四字,乃觉无字处有意,空白处皆是画。次句“绿窗犹唱留春住”,诗思奇妙。不说自己思春、恋春,却说旁人春归而不知,犹自痴情挽留。词牌有《留春令》,绿窗中人或是歌妓之流。或许不必定有此人此唱,不过是作者设置的一种境界,借说绿窗少女的歌声以表达自己惜春的情怀。这是词体幽微宛转处,作者掌握和运用得很成功。

“问春何处,花落莺无语”二句,熔铸前人词中意象,而翻进一层。欧阳修《蝶恋花》:“泪眼问花花不语,乱红飞过秋千去。”王安国《清平乐》:“留春不住,费尽莺儿语。”黄庭坚《清平乐》:“春无踪迹谁知,除非问取黄鹂。百啭无人能解,因风飞过蔷薇。”上述诸作,或问花,或问鸟,不论是落花还是莺啼,总还有点春天的影子。在这首词中,不仅是问而无答,乃更无可问讯。“花落莺无语”,春光老尽,连点声息都没有了。

词人对春天的深情眷恋,在词中表现为一种徒劳的追寻。起句既说“春归”,已是无可置疑,然而还要“问春”。问而无答,则继之以远眺、寻觅。“漠漠烟中树”,意象似从谢朓“远树暧阡阡,生烟纷漠漠”、李白“平林漠漠烟如织”化来,是高楼远眺之景,又仿佛“渺渺吟怀”的物化形态。极目远望,不见春之踪影,只有在日暮归楼后,隔帘疏雨声中,求得好梦,梦中去寻觅了。结句“梦里寻春去”,语淡情深。现实之春确已逝去,而词人不做绝望颓唐之想,还要到梦境中去追寻。这种对美好事物的执着追求,也正反映了词人年轻健康的心理情绪。

摸 鱼 儿

元好问

楼桑村汉昭烈庙

问楼桑、故居无处,青林留在祠宇。荒坛社散乌声□①,

寂寞汉家箫鼓。春已暮。君不见、锦城花重惊风雨。刘郎良苦。尽玉垒青云,锦江秀色,办作一丘土!

西山好,满意龙盘虎踞。登临感怆千古。当时诸葛成何事,伯仲果谁伊吕?还自语。缘底事、十年来往燕南路?征鞍且驻。就老瓦盆边,田翁共饮,携手醉乡去。

【注释】

①"乌声"下空格,《遗山先生新乐府》原作"喧"字。按律此字应仄,作"乌声喧"则连三平声,更不宜。今依《全金元词》据张调甫南塘本《遗山乐府》作口。

【鉴赏】

楼桑村是蜀汉昭烈帝刘备的故乡,在今河北涿州市。据《三国志·蜀志·先主传》:先主(刘备)舍东南角篱上有桑树,高五丈余,遥望童童如车盖,先主少时,常与族中诸儿戏于树下,后因称楼桑里。刘先主死后,乡人曾建庙以作纪念。据《吉金贞石志》王庭筠《涿州重修汉昭烈帝庙碑》,庙在涿州市西南十里。遗山于癸卯(1243)九月客燕京(今北京)。这年冬天,由燕京回太原,道出范阳(即涿州市)。这首词,可能作于此时。如是,则金亡已十年,遗山五十四岁。由于这种特定的历史背景,所以作者在词中,抚今追昔,吊古伤今,感慨伤怀,铜驼荆棘之感,充盈于字里行间。后人曾将本词刻于昭烈庙壁,盛传一时。

词的上片从向楼桑村询问刘备故居起调,引出刘备的"祠宇"。紧接着以"荒坛"两句直笔描述眼前祠宇的苍凉与寂寞,转入咏叹。"乌声",是"社散"之后的自然之景。人们于社日(从"春已暮"看,似是春社)祭神散场之后,乌鸦飞来,争食残留的祭品,景象与辛弃疾《永遇乐》"佛狸祠下,一片神鸦社鼓"略同。着"乌声□"(意当是鸦声喧闹)一景,并非写祠宇中的热闹,相反,正是为了渲染其苍凉,上应"荒坛",下照"寂寞"。人迹尽,箫鼓绝,这片天地就成了乌鸦的乐园。这里是写祠宇的荒凉,同时也未尝不是金亡之后那个特定时代的缩影。"春已暮",特写节候。开启"锦城花重惊风雨"一层。锦城,即锦官城,成都的别称,刘备称帝建都于此。"花重",因"风雨"而来,花因带雨而加重。杜甫诗《春夜喜雨》有"晓看红湿处,花重锦官城"句,但这里却不像杜诗写得那样柔和,而用了一个"惊"字,是惊"风雨",也是惊"春暮"。暮春风雨,锦城花重,不仅时序惊心,亦暗指时代政治的"风雨"可惊。刘备和他的蜀汉政权,就没有经受住那时代风雨的袭击。"刘郎良苦",刘郎指刘备。"玉垒""锦江"云云,取杜诗《登楼》"锦江春色来天地,玉垒浮云变古今"句意。玉垒、锦江,一山一水,皆在四川境内。"尽"(jǐn),"听任"的意思,这几句说刘备历尽辛苦，据有西川，终于还是不保，听任那戴着青云的玉垒山和秀丽的锦江水，为他"办作一丘土"，埋葬了。言词之中，明显地流露着作者的同情、惋惜、悲悼的思想感情，极尽抚今追昔吊古兴叹之意。遗山另有《蜀昭烈庙诗》，中有"荒祠重过为凄然""锦官羽葆今何处？半夜楼桑叫杜鹃"等句，意与情均较显豁，可作理解此词的借鉴。词的下片，先以"西山好"两句转写眼前现实。这里的"西山"，盖指北京西郊的西山，此山起伏绵亘，连接太行，为太行山支脉。遗山癸卯在燕，曾登临，作品中也几次提到这里的"西山"，如《鹧鸪天》"八月芦沟风露清，……只有西山满意青"，《出都诗》(之二)"留在西山尽泪垂"，其文《临锦堂记》"可以坐得西山之起伏"等，皆是。这里的"西山"云云，带有回忆的意味，且词人虽身在楼桑，但出都未远，西山如在目前。在遗山看来，西山是很好的(可以"满意"的)"龙盘虎踞"之地，可是金朝已遭焦土之变，物是人非，故有"登临感怆千古"之慨。"诸葛"两句，即是词人"感怆千古"的内容：由自己的国变而想到蜀汉的灭亡，悲愤感怆，不禁对诸葛亮的功绩与评价，也产生了疑问。杜甫对诸葛亮早有"伯仲之间见伊吕，指挥若定失萧曹"(《咏怀古迹五首》之五)的评价，至于诸葛没能完成国家的统一，杜甫归结为"运移汉祚"。遗山则不以为然，他以"成何事"责问诸葛，而以"伯仲果谁伊吕"动摇杜甫的结论，"果"字不仅表示了强烈的质问，而且也具有明显的否定语气。这是遗山由自己的国变而引起的激愤之词。悯蜀即悯金，责诸葛即责金朝诸权臣。"还自语"两句则转为自诘。"十年"，似指癸巳(1233)至癸卯(1243)间。如上文所说，遗山于癸卯秋至燕京，冬天离京回太原，上推十年，即为癸巳国破。这其间，遗山仅此一至燕京，复睹故国，感到痛心疾首，所以要以"缘底事"自诘自责。悲痛无以排解，只得就田翁痛饮，遁入醉乡以求片刻解脱而已。这里貌似旷达，实际上正是悲痛已极的表现。末三句取杜甫《少年行》"莫笑田家老瓦盆，……共醉终同卧竹根"句意。

宋元间的张炎说元遗山的词"深于用事，精于炼句"(《词源》)。这首词很符合张炎的这一论断。这首词用事引典较多，仅以杜诗来说，就直接引用了《春夜喜雨》《登楼》《咏怀古迹五首》(之五)等。本来，像刘备、诸葛亮这些历史人物和与之有关的历史事件，正史皆有记载，但词人并不去直接取之于史，而是取之于诗，这样，它既借用了诗中所反映的史实，又兼采了这些诗的艺术精华，再熔进自己的思想感情和时代意识，进行再一次艺术加工，从而铸为新词，这是一种积极的引用法。词人在引用杜诗时，重新铸造的痕迹相当明显，如杜诗"花重锦官城"，花受春夜喜雨的滋润，"重"中充满欣喜，而元词中加一"惊"字，而且突出了"风雨"，把原诗中的欣喜一扫而光，融进了元代那个特定的时代气质和词人特定的思想感情，一字之变，境界全异。至于引用《咏怀古迹五首》(之五)，则是变肯定为否定，从而否定了杜甫的结论。从这些地方，也都可以看出遗山的"精于炼句"。

玉 楼 春

元好问

惊沙猎猎风成阵，白雁一声霜有信。琵琶肠断塞门秋，
却望紫台知远近。
深宫桃李无人问，旧爱玉颜今自恨。明妃留在两眉愁，
万古春山颦不尽。

【鉴赏】

借咏史以抒怀，本是诗人家数，昭君出塞，又是传统的诗歌题材，如杜甫的《咏怀古迹》(群山万壑赴荆门)，王安石的《明妃曲》等，都是脍炙人口的名作，但元好问不畏前贤，推陈出新，突破了体裁和题材本身的局限，拓宽和加深了同类作品的内涵。

朔风惊沙，白雁掠霜，词人面对荒凉萧瑟的北地风光，俯仰千古，引入昭君出塞的历史画面。"白雁"在这里，不仅点明了时令，而且渲染了情境，杜甫诗云："故国霜前白雁来。"白雁一声，报道了霜天的降临，物候真是准时呵！昭君就是在这揪心的悲秋时节去国出塞的。"琵琶肠断"二句，是悬想昭君出塞的情景。石崇《王明君辞序》："昔公主嫁乌孙，令琵琶马上作乐，以慰其道路之思，其送明君亦必尔也。"石崇本是因类揣测之辞，后代传说，谓昭君戎装骑马，手抱琵琶，一路弹奏着思归的曲调，则更把昭君的形象诗意化了。"紫台"，即紫宫，指长安宫廷。杜甫《咏怀古迹)云："一去紫台连朔漠，独留青冢向黄昏。"

词人思想的深刻性，主要表现在下片。过片二句说昭君当初寂寞宫中，无人过问，直到决定嫁给呼韩邪单于，临行之时，"昭君丰容靓饰，光明汉宫，顾影徘徊，竦动左右，帝见大惊，意欲留之，而难于失信，遂与匈奴"(《后汉书·南匈奴列传》)。"旧爱"句言昭君一向顾惜自己的美艳容颜，"入宫数岁，不得见御，积悲怨，乃请掖庭令求行"(引同上)，因此而致远嫁匈奴，故翻自恨其有此"玉颜"也。元好问不像前代诗人或后世戏剧家那样，停留在同情或怨愤的情调，而是透过一层，把目光转向那些没有出塞、因而也不为后代诗人注意的千百宫女。言"深宫桃李"，自不只谓昭君一人，不妨理解为：广大的闭锁深宫的女子，虽然艳如桃李，却只能空自凋谢。年复一年，花开花落，她们只能伴随着迟迟钟鼓、耿耿星河，终此一生。她们并不比

王昭君更幸福，而是同样可悲。正如《明妃曲》云："君不见咫尺长门闭阿娇，人生失意无南北。"结尾两句，词人笔锋又转。从黛青的远山，想到昭君含愁蹙恨的双眉；因为有了前两句的铺垫，昭君就成为当时及后代所有宫女的代表，"万古春山颦不尽"，揭示了昭君悲愤之深，也揭示了这种悲剧的历史延续性。作者所指斥的不是一个汉元帝，他所同情的也不是一个王昭君，他凭着诗人的直觉意识到，宫女的悲剧乃是封建专制王朝的一种社会病，后人复哀后人，此恨绵绵，有如万古春山。

这首词写作的具体时间不可确考，联系当时整个时代背景来看，可以说它也反映了元好问内心的愁苦。岁月流逝，风物依旧，离井怀乡之情亦复相似。白雁惊心，青山含愁，不仅基于对昭君的同情，也是词人心态的外化。故吊古与伤今，怜人与自伤，实不可分。

词作的艺术成就，是得力于作者对历史的宏观把握和深刻透视，以及不囿于前人窠臼的艺术勇气。从表现来看，作者深广的忧愤和沉重的悲凉，并不靠夸张的叫嚣和慨叹，而是借玉颜桃李、青山眉黛这些词的传统意象表现出来的。浏亮宛转的音节，却能造成沉郁顿挫的氛围；绮丽温润的字面，却能传达出震撼人心的力量，可谓寓刚健于婀娜，变温婉成悲凉。和那些以字面色调、音节韵味等感性因素取胜的词相比，它的艺术感染力是诉诸理性、更为内在的。

木兰花慢

元好问

游三台

拥岩岧双阙，龙虎气，郁峥嵘。想暮雨珠帘，秋香桂树，指顾台城。台城，为谁西望，但哀弦凄断似平生。只道江山如画，争教天地无情。

风云奔走十年兵，惨淡入经营。问对酒当歌，曹侯墓上，何用虚名。青青，故都乔木，怅西陵遗恨几时平？安得参军健笔，为君重赋芜城。

【鉴赏】

词人写有《木兰花慢·游三台二首》，此为其一。三台，《初学记》卷八引陆翙《邺中记》："魏武于邺城西北立三台，中台名铜雀台，南名金兽（虎）台，北名冰井台。"曹操为魏王时都于邺，三台连属而立，巍然奇观。然而，北周大象二年（580），相州总管尉迟迥讨伐自居大丞相总知中外兵马事的杨坚，兵败，坚焚毁邺城。千年名都，化为废墟。

词人在《朝散大夫同知东平府事胡公神道碑》一文中谓："岁丙午，某过彰德。"彰德府治所在安阳（今河南安阳），临漳是其属县。邺城故址在今河北临漳县西南邺镇东，距安阳较近。本词盖写于此时。金都汴梁失陷后，词人于哀宗天兴二年（1233）四月被蒙古军押解出京，羁管聊城。以后又辗转生活于冠氏一带。以金朝遗民而凭吊魏都，必然触目兴感。他的怀古寄慨。与一般文人的"望天帝之旧墟，慨长思而怀古"（张衡《东京赋》），自然不能同日而语。他要将爱国的热忱、亡国的遗恨，一寄之于词。

一般的怀古词，往往是词人先将目睹之景物摄入笔底，然后再追昔念旧，抒发感慨。王安石的《桂枝香》、苏轼的《念奴娇·赤壁怀古》、周邦彦的《西河·金陵怀古》、姜夔的《扬州慢》等，莫不如是。元好问毕竟是个不愿"俯仰随人"的词家，他避开前人之蹊径，先逆笔蓄势，浓墨饱蘸，涂抹出邺城往日之壮景。笔力劲健，横空而出，首句就突兀不凡，极力渲染了邺城的王都气象。前人谓“破题欲似狂风卷浪，势欲滔天”(《金针诗格》)，这一句正收到石破天惊的艺术效果。继而，又以“想”字领起以下几句，既补叙了上文画面的现实根据，即来自主观的推想，又以细小景物的工笔描绘，弥缝了壮观画面的疏旷，使画面更为秀丽壮美。其间，也融进了词人对往日盛世的追慕，以及对曹操创立基业的雄才大略的敬仰。“台城”一词的迭出，既加强了表述语气，又使词意腾挪顿宕，由推想中的主观意象，自然地过渡到眼下的耳目所及。“为谁西望”的问句再次蓄势，如大坝截江，激流回旋。词人对这一问句不做正面回答，以“哀弦凄断”委婉地透露出个中消息。追念古昔，恰恰是为了寄慨当前。魏武帝曹操酷爱音乐，《三国志》注称他“登高必赋，及造新诗，被之管弦，皆成乐章”，“好音乐，倡优在侧，常日以达夕”。当年，这里必定是管弦齐鸣，不绝于耳。而今，尽管弦音犹在，但它分明弹奏的是哀怨凄婉的亡国之音。蓄势于前，力见于后。因有前面的铺垫渲染，故而逼出上片的末尾二问句。“只道”一词使词意再次转折，进而否定了壮丽景象的客观存在，也为下片的荡开笔势、抒发吊古之幽思又设伏笔。“争教天地无情”，则吐露出词人的一腔心事，他既为随着岁月的迁延江山易色而叹惋，又为金王朝的一朝覆亡而怅恨。在《癸巳四月二十九日出京》一诗中，他写道：“只知灞上真儿戏，谁谓神州遂陆沉。……兴亡谁识天公意，留着青城阅古今。”这即是怅恨“天地无情”的真正内含。

魏武帝曹操曾被誉作“非常之人，超世之杰”(《三国志·魏志·武帝纪》)，为统一大业戎马倥偬，历尽艰辛。他自建安九年(204)击败袁尚等军阀，夺得邺城，至建安十八年受封魏公，建魏社稷宗庙，整整经历了十年。词人将曹操一生业绩，浓缩在“风云奔走”寥寥数字中，极具概括力，暗示出“经营”如画江山非易，很自然地过渡到对曹操墓地的正面描写。以西陵杂草丛生的荒冷场面，与开首所描写的邺城的繁盛气象进行强烈对比，以抒发难平之“遗恨”，下语深沉凝重，有力透纸背之工。吊古往往意在伤今，与其说是曹操“遗恨几时平”，倒不如说词人自身。随着笔势的转折腾挪，词意亦渐趋显豁。鲍照写《芜城赋》，以名城广陵的古今盛衰的对比而借古讽今，词人何尝不是如此？本词即是又一《芜城赋》。此时，虽金亡已有五年，但他的爱国之心并未泯灭。他要将对故国的追念和痛悼的深情，融注入笔端，“泪水和墨写《离骚》”。这正是词作中时隐时现的作者秉笔之旨。

本词在艺术上的一个重要特色，就是以健笔壮语写悲怀，寄深于浅，寄曲于直。元遗山中年遭遇国变，“颤颔南冠二十余稔。神州陆沉之痛，铜驼荆棘之伤，往往寄托于词”(况周颐《蕙风词话》卷三)。然而，他毕竟是一个生活于蒙古统治下的金朝遗民，感情不便直接表露，这便促成了词风的形成。词虽题作《游三台》，但它不是浏览风物的记录，而是刻下了词人难以按捺的对于国土沦丧的悲鸣。词人落笔不胶着于眼前的客观事物，而是以描摹追忆中的邺城繁盛画面发端，于雄阔高朗的意境中，寄托了无限的感慨。忆昔愈切，伤今愈痛。词人将王勃咏滕王阁的诗句“画栋朝飞南浦云，珠帘暮卷西山雨”、李贺《金铜仙人辞汉歌》的“画栏桂树悬秋香”隐括入词，固然增加了画面的美感，同时，也不能排斥它对人们忆起“阁中帝子今何在，槛外长江空自流”和“三十六宫土花碧”，有一定的启示作用。这正是词人用笔的妙处。词人唯恐人们误解了他的良苦用心，将追忆中的画面误认作现实的存在，一再以“想”“只道”“芜城”诸词加以提示，亦足见其构思之绵密。

词的上片侧重于写景，情缘景而生，末句又归结于情。下片则以叙事入笔，转而抒情，又继之以写景。情、景交替出现，互相融合，词意则上下勾连，层层递进。刘熙载《艺概》谓：“一转一深，一深一妙，此骚人三昧。倚声家得之，便自超出常境。”本首词意便一层深一层，犹如剥茧抽丝，缕缕不绝，将词人难言之深隐、对故国之怀恋，借助于画面的对比而表述出来，妙在言与不言之中。或称金人词“疏快之中，自饶深婉”，本词亦体现了这一风格。

段克己 （1196~1254）金末元初著名诗人，字复之，号遁庵，别号菊庄。绛州稷山（今山西稷山）人。自幼有才，与弟段成己皆以文章擅名，被时人目为“二妙”。金朝末年，政治衰败，社会动乱。他怀着对金王朝的愚忠，既悲悼它的崩溃，又深感自己生不逢时，无力回天。于是寄情于岁晚菊花，希望能够在严峻的政治环境中，孤标特立，保持晚节。元宪宗四年卒，年五十九。工于词曲，有《遁斋乐府》。

满 江 红

段克己

雨后荒园，群卉尽、律残无射。疏篱下，此花能保，英英鲜质。盈把足娱陶令意，夕餐谁似三闾洁？到而今、狼藉委苍苔，无人惜。

堂上客，须空白。都无语，怀畴昔。恨因循过了，重阳佳节。飒飒凉风吹汝急，汝身孤特应难立。谩临风、三嗅绕芳丛，歌还泣。

【鉴赏】

在这首词的序言中，词人凄婉地写道：“遯庵主人植菊阶下，秋雨既盛，草莱芜

没，殆不可见。江空岁晚，霜余草腐，而吾菊始发数花，生意凄然，似诉余以不遇，感

而赋之。因李生湛然归，寄菊轩弟。”可见这首词并非单为菊花而发，而是以花喻人，寄意遥深，聊以自勉并劝慰其弟的。

发端三句，首先展开了一幅秋天雨后的荒园图。“律残无射(yè)”，点明时令为秋九月。《礼记·月令》说：“季秋之月，律中无射。”秋天是肃杀的季节，历代文人墨客咏秋之作往往凄凉悲怆，多有身世之慨。试看这幅图画：秋风萧瑟，秋雨无情，百花为之凋零，荒园杂草丛生。读此句，似有冷风钻袖，凉意入心。全词以此开端，既深曲委婉地透露了词人悲凉凄苦的情怀，又使人自然联想到风雨飘摇的政治形势不正像凛冽的秋风，一阵紧一阵地向词人心头袭来吗？这几句，不仅交代了花的生活环境，也为全词定下了凄清的基调。接下来，寥寥数字，轻轻一转，写初开菊花的鲜嫩可爱。“英英鲜质”，既写出了它艳丽的色彩，娇嫩的质地，又活现了它生机盎然、蓬勃向上的神态，形象十分生动。风雨摧残了百花，可疏篱下，无人顾惜的菊花却偏偏开在此时，而且开得如此娇艳。这和“雨后荒园”的环境气氛形成鲜明的对照。“此花能保”四字，除了流露出花不逢时尚能自保的欣慰外，更隐含着岁月无情、寒风何急的担忧。细细品味，又使人强烈地感到，这“欣慰”和“担忧”与其在花，毋宁在人。作者正是借花写人，表达出在险恶的政治环境中洁身自保的追求和形势逼人的忧虑。接下来“盈把”二句，由菊花而想到陶渊明和屈原，这本是十分自然的。陶渊明一生爱菊，“尝九月九日出宅边菊丛中坐，久之，满手把菊”（萧统《陶渊明传》）。屈原在《楚辞》中也多次赞菊，“夕餐”即据其“夕餐秋菊之落英”句而来。但这里词人却绝不仅仅是因花怀人，而是借古代高洁之士来表达自己的精神

追求。陶渊明、屈原生活的时代去词人已远，可是，他们与词人所处的政治环境却有许多相似的地方。动乱的社会，严酷的形势对孤傲正直的知识分子无疑是极为沉重的压力。他们却并没有屈服于压力，而以各自不同的方式反抗险恶的现实，为后世留下了千古英名。这里，段克己显然是以他们高尚的节操来激励自己，追求一种与他们一样的理想和精神境界。上片最后三句忽又一收，由怀古自勉回到凄冷的现实之中。"到而今、狼藉委苍苔，无人惜"，花开花落本是平常的自然现象，多情的文人却常常由此引起许多联想，借以表达种种不可名状的自伤之情。此处便是如此，看似借花，实则自惜，出语虽极简淡平易，于平易中却又自然流露出生不逢时的无限哀婉。综观上片，处处写菊花，但却无处不寄寓着词人的身世之感。

下片全从杜甫《秋雨叹》三首的第一首化出，由花写到人。"堂上客，须空白"，即杜诗"堂上书生空白头"句意。在这里，词人首先哀叹岁月匆匆，少年书生已成白发衰翁。往事如烟，功名未就，自然容易引起对已逝时光的追怀。以下几句便以无限怅惘的心情追怀畴昔。"都无语"是把花和人放到一起来写，二者互相比拟、映衬，浑然一体，顿觉花似乎有了人的情感，而人也正和花一样，被迅逝的时光潮流抛置于无人顾惜的荒滩。往下"恨因循过了，重阳佳节"两句，用一个"恨"字领起，写尽了对已逝黄金年华的怀念和对虚掷时光的无限遗憾和惋惜。重阳是菊花的全盛日子，这里词人当是指自己风华正茂的青年时代。段克己青年时代充满豪气，曾经幻想以自己的才智效力于朝廷，但是腐败的金朝统治，此时已经分崩离析，蒙古大军压境，金朝的覆灭只在旦夕之间。抚今追昔，词人自然情不能自已。此刻，他默默怀旧，思绪万千，却无言道出个中悲凉。这难以言传的苦衷，通过极朴实的语言含蓄蕴藉地表现出来，显得更加凄凉悲怆，委婉动人。"飒飒凉风吹汝急，汝身孤特应难立"即杜诗"凉风萧萧吹汝急，恐汝后时难独立"句意，杜诗中的"汝"，是指决明，这首词中则指菊花，"飒飒凉风吹汝急"包含有世事变迁的慨叹、时不我待的哀婉，怜花惜人的深情，与杜诗有所不同。词人好像在对菊花说话，仔细品味，又像在对自己说话；结合序言和"汝身"句看，更像在劝慰弟弟段成己生逢乱世定要自重自保。史书载，金亡后，段克己兄弟二人都不仕元。据此可知，他们兄弟正是以孤傲特立、洁身自保来相互勉励的。全词至此，情绪最为激昂，情感内涵也最为复杂、丰富。况周颐在《蕙风词话》中评论这两句说："情深一往，不辨是花是人，读之令人增孔怀之感"，正是指出全词至此，菊花的高洁品性与词人的精神追求，菊花的零落憔悴与词人的身世之慨已完全融为一体。"谩临风、三嗅绕芳丛，歌还泣"，即杜诗"临风三嗅馨香泣"句意。词中的这三句写得缠绵幽深。词人徘徊于花丛之中，顾花怀人，一种无可奈何的忧伤之情在流连徘徊的动作中表露无遗。"歌还泣"更是悲不堪言，正是情动于中必发之于外，长歌当哭，更觉余情不尽。

这首词语言简淡朴实，节奏舒缓流畅，通篇以常语言深情，缓缓道来，意绪淡远含蓄而不显露奔放。化用杜诗亦如同己出,体现了清微婉约的风格。在用韵方面,与传统的《满江红》一样,押入声韵。入声字短促激越,词人的感情也因之在轻缓的节奏中,时有起伏跌宕。此外,以花写人,借物言情也表现得极有特色。上片字字写花,而又处处不离人;下片既写花也写人,写花实则写人,写人又好似写花。通观全篇,花与人浑然一体,叫人无法辨认,也无须辨认,确实写得含蓄蕴藉,一往情深。

江城子

段成己

阶前流水玉鸣渠。爱吾庐,惬幽居。屋上青山,山鸟喜相呼。少日功名空自许,今老矣,欲何如。
闲来活计未全疏。月边渔,雨边锄。花底风来,吹乱读残书。谁唤九原摩诘起,凭画作、倦游图。

【鉴赏】

这首词的主旨是写隐居之乐。段成己金末曾中进士,官至宜阳主簿。不久金亡,与兄克己隐居龙门山。词的上片写居室周围的环境,下片写自己的日常生活。“闲”字是一篇之眼。景闲,人闲,心闲。阶前溪水溅玉,屋后山鸟相呼,万物无心任性,陶陶然,熙熙然,是之谓景闲。词人月下垂钓,雨中锄瓜,看山听鸟,栽花读书,是之谓人闲。既不须奔竞仕途,劳形案牍,也不须防人倾轧,终日焦虑,是之谓心闲。有此三闲,何乐不为?故词中曰“爱吾庐,惬幽居”,这里的“爱”“惬”,不仅表现了作者欢悦的情绪,而且表明了作者的志趣;不仅是爱自己的居室环境,更是对自己行为的充分肯定,顾盼自喜。然而,从“少日功名空自许,今老矣,欲何如”这几句看,其中又隐藏着辛酸味,有一种“万不得已”的心情。他在一首《木兰花》中,对此表露得更为明白,说道:“莼鲈江上秋风早,四海狂澜惊既倒。明知不是入时人,闭户十年成却扫。”由于时移世变,又不甘奉事新朝,他只能闭户隐居,以“闲”自乐了。功名事自是免谈,何况“老矣”!这种心情,在他的作品中多次表达,如《行香子·书舍偶成》说:“眼底浮荣,身外虚名,尽输他、时辈峥嵘。得偷闲处,且适闲情。”他乐隐爱闲的背景,大体上就是这样。而写“闲情”,这一篇又是比较集中的。

假如全篇只写一个“闲”字,亦未免浮浅。作者不说这是一篇“闲居赋”,却称之为“倦游图”。“倦”与“闲”相对而又相伴。“倦”是对世事而言,“闲”是指归隐之乐。词中主要笔墨是写“闲”,但上、下两片结尾透露“倦”意。“倦”是思“闲”的促进剂。有了“倦”字相映照,这个“闲”字就有了丰富深刻的思想内涵。其中包含着对干戈扰攘的逃避,对功名利禄的否定,也包含着安贫乐道、淡泊自守的人格理想。这是作者对半生经验痛苦反思的结果,也和中国文化传统的积淀有关。结句谓欲起摩诘于九原,将自己的生活画作“倦游图”,当然想到过王维是个山水画大名家,但更主要的是因为王维也曾隐居于蓝田辋川,与作者为同调,句中含有“微斯人,吾谁与归”的意思。作者另有《醒心亭》诗,略云:“窗前流水玉泠泠,窗下高人酒半醒。……说似功名场上客,倦游时节一来听。”可与此词互参。拟议中的“图”何以以“倦游”为名,由此诗而更觉清楚了。

词中所写情景,看上去非常单纯,实际处处隐含着对比。少日志在功名,今日乐在归隐;人世之纷乱,与自然之和谐,等等。不仅今与昨是对立的,眼前的和谐之中也潜伏着内心的冲突。以陶渊明之旷达,中夜不眠时尚不免作“日月掷人去,有志不获骋”(《杂诗十二首》之二)的慨叹;词人在自得自赏之余,想起少年时的志向,因世变而中止,止水般的心里也不免荡起感伤的微澜。不然的话,对目前生活既爱且喜,还提那少日之事做什么?只是这个生活的大弯儿无法转回去,作者乃注目于眼下的自适,以维持内心的平衡。但是这种种对立,依然表现了作者复杂的心态,构成了作品内在的张力,比那种情感单纯的一边倒的作品,更具有思想的深度。

附录一

词的读写常识

一、认识词与诗的不同

词是一种抒情诗体，是配合音乐可以歌唱的乐府诗。它的严格的格律和在形式上的种种特点，都是由音乐的要求而规定的。词和诗在形式上的不同，主要有以下几点：

(1)每首词都有一个调名。如《菩萨蛮》《水调歌头》《沁园春》等，称为词调。词调表明这首词写作时所依据的曲调乐谱，并不就是题目。各个词调都是“调有定句，句有定字，字有定声”，并且各不相同。

(2)一首词大都分为数片，以分两片的为最多。一片即是音乐已经唱完了一遍。每首词分成数片，就是由几段音乐合成完整的一曲。

(3)押韵的位置各个词调都有它一定的格式。诗基本上是偶句押韵的，词的韵位则是依据曲度，即音乐上停顿决定的。每个词调的音乐节奏不同，韵位也就不同。

(4)句式长短不一。诗也有长短句，但以五、七言为基本句式，近体诗还不允许有长短句。词则大量地使用长短句，这是为了更能切合乐调的曲度。

(5)字声配合严密。词有字声组织变化很多，有些词调还需分辨四声和阴阳。作词要审音用字，以文字的声调来配合乐谱的声调，以求协律和好听。

二、辨别和选择适合所写内容的词调

词是按照乐谱填作的，所以，作词先要选择词调。《词源》卷下附杨守斋（缵）《作词五要》，说作词之要有五：“第一要择腔。腔不韵则勿作，如《塞翁吟》之衰飒，《帝台春》之不顺，《隔浦莲》之寄煞，《斗百花》之无味是也。”每个腔调都表现一定的声情。作词择调，主要就是选择声情与自己所要表达的情感相切合的腔调，使声词相从，取得声情与文情一致。这样的词才可做到声文并茂。——这是填词择调必须首先注意的。否则望文生义，就会出现形式与内容乖离的毛病，甚至南辕北辙,闹出笑话。例如,《贺新郎》,是表达慷慨激昂的思想感情的。与"燕尔新婚"风马牛不相及。如果一见"新郎"二字,就当作庆贺新婚的词调,加以滥用也就错了。又如《寿楼春》,也不能因为其中有一个"寿"字,就认为是用以祝寿的词调,实际上恰恰相反,它的腔调是悲哀的。南宋词人史达祖,曾用以填制哀悼之词。

如何做到文情与声情一致呢?

词是合乐文学,而宋词的歌法久已失传,所有词调都无法按原谱歌唱,这就要求我们学会辨别词调的声情。可以根据当时的记载和现存的作品,最好是根据当时知音识曲的词人的作品和这个词调最初的作品,加以分析、体认词调所表达的情绪究竟是悲是喜,是宛转缠绵还是激昂慷慨;可以从作品句度的长短,语调的疾徐、轻重,叶韵的疏密和匀称与否等等,多方面推求它们的声情与词式之间的复杂关系。例如《六州歌头》,以调名知道大抵来自唐代的西北边地(六州是伊州、凉州、石州、甘州、渭州、氐州)当是高亢雄健的,适于表达慷慨悲壮的声情。宋人关于此调的记载如程大昌《演繁露》卷十六说:"《六州歌头》本鼓吹曲也。近世好事者传其声为吊古词,如'秦亡草昧,刘项起吞并'(刘仲方词《咏项羽庙》,见《唐宋诸贤绝妙词选》卷五)者是也,音调悲壮。"贺铸的《六州歌头》也是较早的作品,全首39句,其中22句为三言,最长也不过五言。34句押韵,又以东、董、冻平上去三声同叶。字句短,韵位密,字声洪亮。作者就是以这种繁音促节,亢爽激昂之声写自己豪纵奔放的壮怀侠气,文情与声情完全一致。我们从歌词内容、句度、语调、叶韵等方面,完全可以肯定它是个"音调悲壮"的曲调。后来张孝祥、刘过、汪元量诸人填作此调,或吊古代兴亡之迹,或抒自己忠愤填膺之情,音调都是慷慨悲凉的。与《六州歌头》相近的,还有《满江红》《念奴娇》等调,都适宜于写豪放的感情。所以每一个词调都表达一定的情绪。宋人作词不少是按照自己所要表达的思想感情来择调的,我们现在读他们的词,也应体会他们所用的词调的声情和他们作品的文情之间的关系。

辨别词调声情的方法,约有下列几种:

(1)根据前人记载分析:唐宋人书中凡言及词调声情,大致都可信。如宋毛开《樵隐笔录》说:"绍兴初,都下盛行周清真咏柳《兰陵王慢》,西楼南瓦皆歌之,谓之渭城三叠。以周词凡三换头,至末段,声尤激越,惟教坊老笛师能倚之以节歌者。"这也可见《兰陵王慢》末段的声情。可惜这类记载,在唐宋人故籍中比较少见。

(2)根据唐宋词作品辨别:这可依《历代诗余》(清康熙时沈辰垣等所编的一部词的总集,将唐宋以来的词依调分编)诸书,于一调之下许多词中,分析总括它的内容情感,若有十之七八相同的,即大约可以断定此调是某类声情。如《满江红》《贺新郎》就可用这种方法断为豪放激越一类。虽有例外,大致相差不远。

(3)根据调中字句声韵体味:有些词情不易分析,或者有些作品感情错综复杂,可按照字句的声音，进行揣度：大体上，用韵的位置疏密均匀的，声情必然较为和平宽舒；用韵过疏过密的，声情不是迟缓，便是急促；多用三、五、七言句法相间的，声情较舒畅；多用六字、六字句排偶的，声情则较稳重；字声平仄相间均匀的，情感必安详；多作拗句的，情感必郁劲。

(4)根据作家流派和所处时代分辨：如豪放派词人，作词多飘逸豪放；婉约派则清婉绚丽。以豪放派代表，著称于词坛的辛弃疾，现存的词作中，就有《水调歌头》35首、《满江红》32首、《贺新郎》22首、《念奴娇》19首，这些适宜表达慷慨悲壮、豪放雄浑激情的词，即占到他全部词作的52%以上。时代的变迁和环境的变化，对词人的词风亦有较大的影响。如，被称之为“婉约宗主”的李清照的词，南渡前后，便是两种截然不同的情调；前期多写闺情相思，反映对大自然的热爱和对爱情的追求，明快妍丽；后期则更多的描写国破家亡的离乱生活，感慨悲凉的情感等。

三、认清词的押韵方式

词也是有格律的，它的押韵方式比诗复杂，而且变化很多。大约可分下列11类。

(1)一首一韵的：和近体诗的押韵方式相同，一韵到底，这在词中居大多数。如《渔家傲》：

塞下秋来风景异，衡阳雁去无留意。四面边声连角起。千嶂里，长烟落日孤城闭。　浊酒一杯家万里，燕然未勒归无计，羌管悠悠霜满地，人不寐，将军白发征夫泪。（范仲淹）

(2)一首多韵的：如《菩萨蛮》：

平林漠漠烟如织，寒山一带伤心碧。暝色入高楼，有人楼上愁。　玉阶空伫立，宿鸟归飞急。何处是归程？长亭更短亭。（李　白）

用两仄韵两平韵，这在词中也是比较常见的。一首词用韵最多的要算《离别难》：

宝马晓鞴雕鞍，罗帏乍别情难。那堪春景媚，送君千万里。半妆珠翠落，露华寒。红蜡烛，青丝曲，偏能勾引泪阑干。　良夜促，香尘绿，魂欲迷，檀眉半敛愁低。未别，心先咽，欲语情难说。出芳草，路东西。摇袖立，春风急，樱花杨柳雨凄凄。（薛昭蕴）

"鞍""难""寒""干"为一韵;"媚""里"为一韵;"烛""曲"为一韵;"促""绿"为一韵;"迷""低""西""凄"为一韵;"别""咽""说"为一韵;"立""急"为一韵,共七部韵,交互错杂,最为复杂少见。

(3)以一韵为主,间押他韵的:如《相见欢》:

无言独上西楼,月如钩。寂寞梧桐深院锁清秋。剪不断,理还乱,是离愁。别是一般滋味在心头。(李　煜)

此词即以平韵"楼""钩""秋""愁""头"五韵为主,间入仄韵"断""乱"二韵为宾。又如《定风波》:

莫听穿林打叶声,何妨吟啸且徐行,竹杖芒鞋轻胜马,谁怕?一蓑烟雨任平生。　料峭春风吹酒醒,微冷,山头斜照却相迎。回道向来萧瑟处,归去,也无风雨也无晴。(苏　轼)

此词即以平韵"声""行""生""迎""晴"五韵为主,间入"马""怕"二仄韵,"醒""冷"二仄韵,"处""去"二仄韵为宾。

(4)同一韵部平韵仄韵通押的:同部平仄韵,如"东"协"董""送","支"协"纸""寘","麻"协"马""祃"等都是。称作"同部三声叶"在词中最常见的,有《西江月》《哨遍》《换巢鸾凤》等调。如《西江月》:

照野弥弥浅浪,横空隐隐层霄,障泥未解玉骢骄,我欲醉眠芳草。可惜一溪风月,莫教踏碎琼瑶。解鞍欹枕绿杨桥,杜宇一声春晓。

(苏　轼)

"霄""骄""瑶""桥"四平韵,与"草""晓"二仄韵,都同在第八部。

这类平仄通协的词调,以平韵与上、去韵通协者为多,平韵与入韵通协者甚少。

(5)数部韵交协的:如《钗头凤》:

红酥手,黄滕酒,满城春色宫墙柳。东风恶,欢情薄。一怀愁绪,几年离索?错!错!错!　春如旧,人空瘦,泪痕红浥鲛绡透。桃花落,闲池阁。山盟虽在,锦书难托。莫!莫!莫!(陆　游)

此词即以上片的“手”“酒”“柳”与下片的“旧”“瘦”“透”相协，又以上片的“恶”“薄”“索”“错”与下片的“落”“阁”“托”“莫”相协。

(6)叠韵：如《长相思》：

汴水流，泗水流，流到瓜洲古渡头，吴山点点愁。思悠悠，恨悠悠，恨到归时方始休，月明人倚楼。　（白居易）

叠二“流”字、二“悠”字。

(7)句中韵：宋词在句中押韵的例子很多。如柳永《木兰花慢》上下片的第六七句：“云衢见新雁过，奈佳人自别阻音书”，“归途纵凝望处，但斜阳暮霭满平芜”；又如《惜分飞》的上下片结句，毛滂作“更无言语空相觑”，“断魂分付潮回去”；汪元量作“泪珠成缕眉峰聚”，“断肠解赋江南句”等等都是。

句中押韵有两三字一韵的，如苏轼《醉翁操》：“琅然清圆谁弹，响空山无言。”吴文英《三姝媚》过变：“春梦人间须断，但怪得当年，梦缘能短”；又《高阳台》：“孤山无限春寒”。

(8)四声通协：上举各例平仄通协，只是举上、去协平的，此外还有入协上、去之例。王国维《人间词话》说：“稼轩《贺新郎》词：‘柳暗凌波路，送春归、猛风暴雨，一番新绿。’又《定风波》词：‘从此酒酣明月夜，耳热。’‘绿’、‘热’二字皆作上、去用，与韩玉《贺新郎·咏水仙》以‘玉’、‘曲’协‘注’、‘女’，《卜算子》以‘夜’、‘谢’协‘节’、‘月’，已开北曲四声通押之祖。”词中四声通押，敦煌曲中已有。《云谣集》中有《渔歌子》（“洞房深”）一首，全首都是上、去韵，只有第三句“寞”字入声；又《喜秋天》（“芳林玉露催”）一首，全部是入声韵，只有末句“土”字上声。这二首可说是词中四声通押最早之例。但词中四声通押最多见的，是金、元人的词。

(9)平仄韵互改的：

(甲)平韵与入韵　平、入两韵，本可相通，所以又可以互改。如李清照《词论》说：“近世所谓《声声慢》《雨中花》，既押平声，又押入声。《玉楼春》平声，又押上、去声，又押入声。”这些是平韵改入韵的。此外又有入韵改平韵的，如《满江红》本押入韵，姜夔始改押平韵。他的《满江红》词序说：“《满江红》旧调用仄韵，多不协律。如末句云‘无心扑’三字（周邦彦《满江红》：‘最苦是蝴蝶满园飞，无心扑’），歌者将‘心’字融入去声，方谐音律。予以平韵为之，末句云‘闻佩环’，则协律矣。”

(乙)平韵与上、去韵　改平韵为上、去韵的，如五代毛熙震有平韵《何满子》，北宋毛滂则改为上、去韵。又如辛弃疾《醉太平》，赵彦端《沙塞子》，杨无咎《人月圆》，晁补之《少年游》，宋祁、杜安世《浪淘沙》，曹勋《金盏倒垂莲》，陈允平《昼锦堂》等，都是把原调的平韵改用上、去韵。

改上、去韵为平韵的，如陈允平《永遇乐》自注："旧上声韵，今移入平声。"又《绛都春》自注："旧上声韵，今改平音。"此外如吴文英有平韵《如梦令》，平韵《惜黄花慢》；陈允平有平韵《祝英台近》；晁补之有平韵《尉迟杯》；赵彦端有平韵《五彩结同心》，这些词调本来都是押上、去韵的。

（丙）入韵改上、去韵　改入韵为上、去韵的，在宋词中甚少。如《霜天晓角》，本协入声，辛弃疾、葛长庚、赵师侠三人却填作上、去。姜夔《疏影》本协入声，鼓元逊改名《解佩环》，则改协上、去。不过这些都是前人偶误，不是通例。

（10）平仄韵不得通融的：有些词调决不可通融。

甲、限用平韵的词调有：《十六字令》《南歌子》《渔歌子》《忆江南》《捣练子》《浪淘沙》《江南春》《忆王孙》《江城子》《长相思》《醉太平》《玉胡蝶》《浣溪沙》《巫山一段云》《采桑子》《阮郎归》《朝中措》《眼儿媚》《人月圆》《柳梢青》《太常引》《少年游》《临江仙》《鹧鸪天》《小重山》《一剪梅》《唐多令》《破阵子》《行香子》《风入松》《八六子》《满庭芳》《喝火令》《金人捧露盘》《水调歌头》《凤凰台上忆吹萧》《汉宫春》《八声甘州》《扬州慢》《高阳台》《锦堂春慢》《寿春楼》《忆旧游》《夜飞鹊》《望海潮》《沁园春》《多丽》《六州歌头》等。

乙、限用仄韵的词调有：《如梦令》《归自谣》《天仙子》《生查子》《醉花间》《点绛唇》《霜天晓角》《伤春怨》《卜算子》《谒金门》《好事近》《忆少年》《忆秦娥》《烛影摇红》《醉花阴》《望江东》《木兰花》《鹊桥仙》《夜游宫》《踏莎行》《钗头凤》《蝶恋花》《渔家傲》《苏幕遮》《淡黄柳》《锦缠道》《酷相思》《解佩令》《青玉案》《千秋岁》《离亭燕》《粉蝶儿》《御街行》《祝英台近》《蓦山溪》《洞仙歌》《惜红衣》《法曲献仙音》《满江红》《天香》《声声慢》《黄莺儿》《剑器近》《醉蓬莱》《暗香》《长亭怨慢》《双双燕》《宴山亭》《念奴娇》《绕佛阁》《绛都春》《桂枝香》《翠楼吟》《霓裳中序第一》《水龙吟》《石州慢》《瑞鹤仙》《宴清都》《齐天乐》《雨霖铃》《眉妩》《永遇乐》《二郎神》《拜星月慢》《西河》《西吴曲》《望远行》《疏影》《摸鱼儿》《贺新郎》《兰陵王》《六丑》《夜半乐》《宝鼎现》《莺啼序》等。

丙、有些词调可以押平韵，又可以押仄韵，但若押仄韵则必须是入声，不可用上、去声。如《霜天晓角》《庆春宫》《忆秦娥》《庆佳节》《江城子》《柳梢青》《望梅花》《声声慢》《看花回》《两同心》《南歌子》等。

（11）协韵变例　如辛弃疾有《水龙吟》"用些语再题瓢泉"一首，每句韵脚用一"些"字，而在其上一字押韵。这是学《楚辞·招魂》体。蒋捷亦有《水龙吟》"效稼轩体招落梅之魂"一首，协法与辛词同。又如黄庭坚有《阮郎归》"效福唐独木桥体作茶词"一首，"福唐独木桥体"不知何谓，此词共八韵，其中四韵都用"山"字，金元好问也有《阮郎归》独木桥体一首，协法与黄词同。黄庭坚又有《瑞鹤仙》一首隐括欧阳修的《醉翁亭记》，通首韵脚都用"也"字，这是独木桥体的一种变格，此后方岳、赵长卿都有全押“也”字的一首《瑞鹤仙》；石孝友有全押“你”字的一首《念奴娇》；蒋捷有全押“声”字的一首《声声慢》；辛弃疾有全押“难”字的一首《柳梢青》；刘克庄有全押“省”字的六首《转调二郎神》。但这类词通首同以字为韵，实际上等于无韵。

四、汉语四声在词中的运用

因为词是配乐的，词调舒促抑扬，不断变化，如果与四声的长短升降配合得当，就能增强文字表情达意的效果；若不严格区别，字调的变化也就适应不了曲调的变化，有时甚至会妨碍意思的表达。

唐五代时，对词的声调，要求不严。词基本上跟诗一样。宋以后，渐渐注意到三类仄声字的区别。但是，由于过分强调字、调的分辨，有时也会妨碍对思想感情的表达。因此，对于通行词调，只要求分别平仄，只在某些关键之处，才讲究一下仄声中的上去入三声之分别。四声分辨比较严格而又为多数词人所共守的地方和解决的方法主要有四：词的煞尾处，一字逗词律规定的拗句和借字。

(1)煞尾：万树《词律·发凡》说：“若上去互易，则调不振起，便成损腔。尾句尤为吃紧。如《永遇乐》之‘尚能饭否’，《瑞鹤仙》之‘又成瘦损’，‘尚’、‘又’必仄，‘能’、‘成’必平，‘饭’、‘瘦’必去，‘否’、‘损’必上，如此然后发调。末二字若用平上或平去或去去、上上、上去，皆为不合。”拿《永遇乐》来说，辛弃疾有五首存词，尾句分别是：

这回稳步——去平上去　片云斗暗——去平上去　记余戏语——去平去上
尚能饭否——去平去上　更邀素月——去平去入

前二字均作“去平”。辛弃疾是豪放派代表，于格律上本不特别严格，尚且如此遵守，可见此说确很重要。按乐曲的一般规律，结尾处往往是全曲的高潮所在，因而词的主旨也往往放在尾句，无论引长而歌或戛然而止，都要兼顾音调和词句，务必使之谐调清晰，因此四声的区别就特别被注重了。

(2)一字逗：包括上一下四句式中的领句字，是词的特殊句法，起着承上启下的作用。因此，用哪一声字，要求较严。一经前代名家用定，后世词人便往往奉为圭臬，照填不二。一字逗多用去声字，如：

周邦彦《六丑》“正单衣试酒”，“但蜂媒蝶使”，“渐朦胧暗碧”，“似牵衣待话”，其中“正、但、渐、似”都是去声字。

周邦彦《兰陵王》"又酒趁哀弦","愁一箭风快","渐别浦萦回","念月榭携手",其中一字逗仅"愁"字不是去声。对比其他词人同调作品,如辛弃疾《兰陵王》"恨之极"(一字逗依次为"被、嗟、甚、便"),刘辰翁《兰陵王》(丙子送春)(一字逗依次为"但、想、正、叹"),便知第二个一字逗不用去声反是正格。

(3)拗句:拗句往往成为定格,成为一种不是近体诗律句的"律句"。这样"律化的拗句"在宋格律派词人的手中,更是不但讲究平仄,而且往往还要求分辨四声。例如:《瑞鹤仙》第三韵为"平平仄平仄"式拗句,其第三字多数均作去声。《齐天乐》下片第一句正格为"平平平仄仄仄"式拗句,句中第四字亦常用去声。

(4)借字:还有一种值得注意的情况,按词调要求,某字应作某声,但作者在某声字中,找不到恰当的字,便用了另一声调的字而注明读作"某声",这很能说明词对四声要求的严格。例如:

庚郎先(去声)自吟愁赋。姜夔《齐天乐》(《阳春白雪》本)

水驿灯昏,又见在曲屏近(平声)底。姜夔《解连环》(《花庵词选》本)比较常见的是入声作平声和浊上声作去声两种(也有入声作上声,去声、上声作平声的)。这倒是一个简便的方法,否则,口语中已经分辨不清的东西硬要分辨,得字字去查韵书,何等麻烦!何等束缚思想!

五、词的对仗特点

对仗是古典诗词的重要艺术手段之一。近体诗的对仗,要求相当严格。例如律诗颔(三、四句)、颈(五、六句)两联必须对仗——联中两句各字的平仄要相反(这只是大略的说法),词性和意义要大致相同,并且要尽量避免重复字。而词的对仗就不像近体诗那么严格,什么地方用对仗也不那么固定。这是因为词调有上千种,各调的句式不同,就某一个词调说,用不用对仗可以有所限定,而就整个词体说,根本不可能有什么一致的要求。

词的对仗,有些像散文的对偶,有以下几个特点:

(1)同字相对。如:"春到一分,花瘦一分。"(吴文英《一剪梅》)

才下眉头,却上心头。

前者两个"一分"相对,后者两个"头"字相对,

(2)不拘平仄。如:"我住长江头,君住长江尾。"(李之仪《卜算子》)

"住长江"重出,平仄也全按词谱,不要求相对。(仄仄平平平,平仄平平仄。)

(3)同韵相对。如:堂阜远,江桥晚。(上片)旗影转,鼙声断。(下片)韵脚

"远""晚""转""断",都是仄声,属于同韵。

这些对仗的特点,在律诗中,都是不许可的。

由于词的对仗没有严格的规定,因此就产生这样一种现象:凡不要求用对仗的句子,如果用了对仗,或是在一般要求用对仗的地方而某词却不用对仗时,这里往往就是作者刻意琢磨,别具匠心之处,特别值得细心品味。

究竟如何对仗,我们在读词、填词时可以注意下述几点:

第一,凡相连的两句字数相同时,词人经常运用对仗手法,特别是在两片开头的地方,如晏殊《踏莎行》上下片首二句:

"细草愁烟,幽花怯露……带缓罗衣,香残蕙炷……"

辛弃疾《西江月》上下片首二句:

"明月别枝惊鹊,清风半夜鸣蝉……七八个星天外,两三点雨山前……"

第二,用与不用对仗,看内容和表达的需要。如苏轼《木兰花令》六首,第三、四两句三首用对仗,三首不用对仗。像"园中桃李使君家,城上亭台游客醉"用了对仗,对照而言使醉眼看花的情态更加真切;"夜凉枕簟已知秋,更听寒蛩促机杼"下句把人在寒秋中的感受更逼近了一层,不用对仗,更觉深沉。

第三,有些句子,上句除了开头有个一字逗或两三字顿以外,其余的部分与下一句字数相同,往往也用对仗。这种对仗,有时不限于两句,可以连对三、四句,形成排比句法,气势颇盛。

〔渐〕霜风凄紧,关河冷落,残照当楼。(柳永《八声甘州》)
〔那堪〕片片飞花弄晚,蒙蒙残雨笼晴。(秦观《八六子》)
〔更那堪〕鹧鸪声住,杜鹃声切。(辛弃疾《贺新郎》)

附录二

宋词名句集萃

一 画

一川夜月光流渚。(晁补之《摸鱼儿》)

一丝柳、一寸柔情。(吴文英《风入松》)

一川淡月疏星,浣纱人影娉婷。笑背行人归去,门前稚子啼声。(辛弃疾《清平乐》)

一片古今愁,但废绿、平烟空远。(周密《法曲献仙音》)

一日不思量,也攒眉千度。(柳永《昼夜乐》)

一从卖翠人还,又无音信经年。却把泪来作水,流也流到伊边。(辛弃疾《清平乐》)

一叶兰舟,便恁急桨凌波去。贪行色、岂知离绪。(柳永《采莲令》)

一旦归为臣虏,沈腰潘鬓消磨,最是仓皇辞庙日,教坊犹奏别离歌。垂泪对宫娥。(李煜《破阵子》)

一字无题外,落叶都愁。(张炎《甘州》)

一场寂寞凭谁诉?算前言、总轻负。早知恁地难拚,悔不当时留住。(柳永《昼夜乐》)

一场愁梦酒醒时,斜阳却照深深院。(晏殊《踏莎行》)

一曲阳关,断肠声尽,独自凭兰桡。(柳永《少年行》)

一曲新词酒一杯,去年天气旧亭台,夕阳西下几时回?(晏殊《浣溪沙》)

一向年光有限身,等闲离别易消魂。酒筵歌席莫辞频。(晏殊《浣溪沙》)

一枕新凉宜客梦,飞入藕花深处。(黄升《酹江月》)

一帘风絮,才晴又雨,梅子黄时。(潘汾《丑奴儿慢》)

一轮明月林梢挂。(张抡《踏莎行》)

一轮秋影转金波,飞镜又重磨。(辛弃疾《太常引》)

一夜相思,水边清浅横枝瘦。(陈亮《点绛唇》)

一栏红药,倚风含露,春自未曾归去。(晁补之《金凤钩》)

一重帘外即天涯,何必暮云遮。(许棐《喜迁莺》)

一春犹有数行书,秋来书更疏。(晏几道《阮郎归》)

一春梳洗不簪花，孤负几韶华。（许棐《喜迁莺》）

一枰棋坏，救时著数宜紧。（张绍文《酹江月》）

一种相思，两处闲愁。此情无计可消除，才下眉头，却上心头。（李清照《一剪梅》）

一稔年光春有味，江北江南，更有谁相比。（晏几道《蝶恋花》）

一箭风快，半篙波暖。（苏轼《定风波》）

一霎好风生翠幕，几回疏雨滴圆荷。酒醒人散得愁多。（晏殊《浣溪沙》）

二　画

十分春易尽，一点情难改。（惠洪《千秋岁》）

十年一梦凄凉，似西湖燕去，吴馆巢荒。（吴文英《夜合花》）

十年生死两茫茫，不思量，自难忘。千里孤坟，无处话凄凉。（苏轼《江城子》）

二十四桥仍在，波心荡、冷月无声。（姜夔《扬州慢》）

二十余年如一梦，此身虽在堪惊。（陈与义《临江仙》）

七八个星天外，两三点雨山前。旧时茅店社林边，路转溪桥忽见。（辛弃疾《西江月》）

儿女别时和泪拜，牵衣曾问归时节。（杨炎正《满江红》）

人不共潮来，香亦临风散。（毛滂《生查子》）

人生如逆旅，我亦是行人。（苏轼《临江仙》）

人间如梦，一樽还酹江月。（苏轼《念奴娇》）

人生愁恨何能免，销魂独我情何限。（李煜《虞美人》）

人如风后入江云，情似雨余粘地絮。（周邦彦《解连环》）

人成各，今非昨，病魂常恨秋千索。（陆游《钗头凤》）

人似秋鸿无定住，事如飞弹须圆熟。（辛弃疾《满江红》）

人有悲欢离合，月有阴晴圆缺，此事古难全。（苏轼《水调歌头》）

人间有味是清欢。（苏轼《浣溪沙》）

人间辛苦是三农。要得一犁水足、望年丰。（王炎《南柯子》）

人怜花似旧，花不知人瘦。独自倚栏杆，夜深花正寒。（朱淑真《菩萨蛮》）

人悄悄，月依依，翠帘垂。（李清照《诉衷情》）

人散后，一钩新月天如水。（谢逸《千秋岁》）

人静乌鸢自乐，小桥外，新绿溅溅。（周邦彦《满庭芳》）

又西泠残笛，低送数声春怨。（周密《法曲献仙音》）

又谁料而今，好梦分吴越？不堪重说。（程垓《摸鱼儿》）

几人平地上，看我碧霄中。（侯蒙《临江仙》）

几许渔人飞短艇，尽载灯火归村落。（柳永《满江红》）

了却君王天下事，赢得生前身后名。可怜白发生！（辛弃疾《破阵子》）

九万里风鹏正举。风休住，篷舟吹取三山去。（李清照《渔家傲》）

九街泥重，门外燕飞迟。（周邦彦《少年游》）

三　画

万水千山迷远近，想乡关何处？（柳永《安公子》）

万里云帆何时到，送孤鸿，目断千山阻。（叶梦得《贺新郎》）

万事到白发，日月几西东。（辛弃疾《水调歌头》）

万顷波光，岳阳楼上，一快披襟。（戴复古《柳梢青》）

万点淮峰孤角外，惊下斜阳似绮。（李演《贺新郎》）

万般方寸，但饮恨，脉脉同谁语？（柳永《采莲令》）

万叠城头哀怨角，吹落霜花满袖。（蒋捷《贺新郎》）

大江东去，浪淘尽、千古风流人物。（苏轼《念奴娇》）

大都一点宫黄，人间直恁芬芳，怕是秋天风露，染教世界都香。（辛弃疾《清平乐》）

才始送春归，又送君归去，若到江南赶上春，千万和春住。（王观《卜算子》）

丈夫志，当景盛，耻疏闲。（苏舜钦《水调歌头》）

三十六峰，三十六溪，长锁清秋。（汪辛《沁园春》）

三十功名尘与土，八千里路云和月。（岳飞《满江红》）

三分春色二分愁，更一分风雨。（叶清臣《贺圣朝》）

三更月，中庭恰照梨花雪；梨花雪，不胜凄断，杜鹃啼血。（贺铸《子夜歌》）

三径不成陶令隐，一区未有扬雄宅。（杨炎正《满江红》）

三径就荒秋自好，一钱不值贫相遇。（史达祖《满江红》）

三杯两盏淡酒，怎敌他，晚来风急！（李清照《声声慢》）

三涧交流，两崖悬瀑，捣雪飞霜落翠屏。（刘子寰《沁园春》）

山下兰芽短浸溪，松间沙路净无泥。萧萧暮雨子规啼。（苏轼《浣溪沙》）

山月随人，翠萍分破秋山影。（史达祖《点绛唇》）

山头明月来，本在天高处。夜夜入青溪，听读《离骚》去。（辛弃疾《生查子》）

山抹微云，天连衰草，画角声断谯门。（秦观《满庭芳》）

山映斜阳天接水，芳草无情，更在斜阳外。（范仲淹《苏幕遮》）

千万缕、藏鸦细柳，为玉尊、起舞回雪。（姜夔《琵琶仙》）

千古风流今在此，万里功名莫放休。（辛弃疾《破阵子》）

千古江山，英雄无觅、孙仲谋处。（辛弃疾《永遇乐》）

千古兴亡多少事，悠悠。不尽长江滚滚流。（辛弃疾《南行》）

千古兴亡，百年悲笑，一时登览。（辛弃疾《水龙吟》）

千古忠肝义胆，万里蛮烟瘴雨，往事莫惊猜。（辛弃疾《水调歌头》）

千古盈亏休问。叹慢磨玉斧，难补金镜。（王沂孙《眉妩》）

千里江山寒色远，芦花深处泊孤舟。笛在月明楼。（李煜《望江南》）

千里孤坟，无处话凄凉。（苏轼《江城子》）

千里情亲长晤对，妙体本心次骨。（陈亮《贺新郎》）

千里澄江似练，翠峰如簇。（王安石《桂枝香》）

千金纵买相如赋，脉脉此情谁诉。（辛弃疾《丑奴儿》）

千娇面，盈盈伫立，无言有泪，断肠争忍回顾？（柳永《采莲令》）

千峰云起，骤雨一霎儿价，更远树斜阳，风景怎生图画！（辛弃疾《丑奴儿》）

门外秋千，墙头红粉，深院谁家？（仲殊《柳梢青》）

马上离魂衣上泪。各自个，供憔悴。（程垓《酷相思》）

马上琵琶关塞黑，更长门，翠辇辞金阙。看《燕燕》，送归妾。（辛弃疾《贺新郎》）

小儿破贼，势成宁问强对！（陈亮《念奴娇》）

小径红稀，芳郊绿遍，高台树色阴阴见。（晏殊《踏莎行》）

小雨廉纤风细细，万家杨柳青烟里。（朱服《渔家傲》）

小院闲窗春色深，重帘未卷影沉沉，倚楼无语理瑶琴。（李清照《浣溪沙》）

小阁重帘有燕过，晚年红片落庭莎，曲栏杆影人凉波。（晏殊《浣溪沙》）

小窗如昼，情共香俱透。（陈亮《点绛唇》）

小楫轻舟，梦入芙蓉浦。（周邦彦《苏幕遮》）

飞鸿过也，百结愁肠无昼夜，渐近燕山，回首乡关归路难。（蒋兴祖女《减字木兰花》）

凡我同盟鸥鹭，今日既盟之后，来往莫相猜。（辛弃疾《水调歌头》）

四　画

天下英雄谁敌手？曹刘。生子当如孙仲谋。（辛弃疾《南乡子》）

天下适安耕且老，看买犁卖剑平家铁。壮士泪，肺肝裂。（陈亮《贺新郎》）

天上星河转，人间帘幕垂。（李清照《南歌子》）

天不老、情难绝；心似双丝网，中有千千结！（张先《千秋岁》）

天地一孤啸，匹马又西风。（方岳《水调歌头》）

天地本无际，南北竞谁分。（程珌《水调歌头》）

天如水，团扇扑流萤。（吕渭老《小重山》）

天，休使圆蟾照客眠，人何在？桂影自婵娟。（蔡伸《苍梧谣》）

天便教人，霎时厮见何妨。（周邦彦《风流子》）

天接云涛连晓雾，星河欲转千帆舞。（李清照《渔家傲》）

天涯地角有穷时，只有相思无尽处。（晏殊《玉楼春》）

天涯何处无芳草！（苏轼《蝶恋花》）

天涯梦短，想忘了、绮疏雕槛。（王沂孙《长亭怨》）

天涯阔，一声羌管，暮云愁绝。（房舜卿《忆秦娥》）

天阔云闲，无处觅箫声。（卢祖皋《江城子》）

天意从来高难问，况人情老易悲难诉。（张元幹《贺新郎》）

无风水面琉璃滑，不觉船移。微动涟漪，惊起沙禽掠岸飞。（欧阳修《采桑子》）

无可奈何花落去，似曾相识燕归来。（晏殊《浣溪沙》）

无那。恨薄情一去，音书无个。早知恁么，悔当初，不把雕鞍锁。（李煜《相见欢》）

无穷无尽是离愁，天涯地角寻思遍。（晏殊《踏莎行》）

无言独上西楼，月如钩。寂寞梧桐，深院锁清秋。（李煜《相见欢》）

无奈归心，暗随流水到天涯。（秦观《望海潮》）

无奈夜长人不寐，数声和月到帘栊。（李煜《捣练子》）

无奈轻寒著摸人。（朱淑真《减字木兰花》）

无波真古井，有节是秋筠。（苏轼《临江仙》）

无语销魂，对斜阳、衰草泪满。（周密《法曲献仙音》）

无情不似多情苦，一寸还成千万缕。（晏殊《玉楼春》）

无情水、都不管，共西风、只管送归船。（辛弃疾《木兰花慢》）

无寐，无寐，门外马嘶人起。（秦观《如梦令》）

无意苦争春，一任群芳妒。（陆游《卜算子》）

不为捣衣勤不睡，破除今夜夜如年。（贺铸《捣练子》）

不似当时，小楼冲雨，幽恨两人知。（周邦彦《少年游》）

不应有恨，何事长向别时圆？（苏轼《水调歌头》）

不忍登高临远，望故乡渺邈，归思难收。（柳永《八声甘州》）

不知天上宫阙，今夕是何年。（苏轼《水调歌头》）

不知酝藉几多香，但见包藏无限意。（李清照《玉楼春》）

不是渭城西去客，休唱阳关。（张舜民《卖花声》）

不须携酒登临，问有酒何人共斟？（戴复古《柳梢青》）

不请长缨，系取天骄种，剑吼西风。（贺铸《六州歌头》）

不管花开，月白风清始肯来。（毛滂《减字木兰花》）

车如流水马如龙，花月正春风。（李煜《望江南》）

开函关，掩函关，千古如何，不见一人闲？（贺铸《将进酒》）

五更钟动笙歌散，十里月明灯火稀。（贺铸《思越人》）

太平时期野多欢，民康阜随分良聚。（柳永《迎新春》）

中庭月色正清明，无数杨花过无影。（张先《木兰花》）

云山万重，寸心千里。（无名氏《鱼游春水》）

云中谁寄锦书来？雁字回时，月满西楼。（李清照《一剪梅》）

云际客帆高挂，烟外酒旗低亚。（张昇《离亭燕》）

云树绕堤沙，怒涛卷霜雪，天堑无涯。（柳永《望海潮》）

云破月来花弄影。（张先《天仙子》）

元知造物心肠别，老却英雄似等闲。（陆游《鹧鸪天》）

比屋烧灯作好春，先须歌舞赛蚕神。便将簇上无霜样，来饷尊前似玉人。（王千秋《鹧鸪天》）

少日对花浑醉梦，而今醒眼看风月。恨牡丹、笑我倚东风，头如雪。（辛弃疾《满江红》）

少日春怀似酒浓，插花走马醉千钟。（辛弃疾《定风波》）

少年不识愁滋味，爱上层楼。爱上层楼，为赋新词强说愁。（辛弃疾《丑奴儿》）

日上花梢，莺穿柳事，犹压香衾卧。（柳永《定风波》）

日暖桑麻光似泼，风来蒿艾气如薰。（苏轼《浣溪沙》）

月上柳梢头，人约黄昏后。（欧阳修《生查子》）

月洗高梧，露溥幽草，宝钗楼外秋深。（张镃《满庭芳》）

月挂霜林寒欲坠。正门外、催人起。（程垓《酷相思》）

月皎惊乌栖不定。（周邦彦《蝶恋花》）

月影凄迷，露华零落，小栏谁倚？（吕同老《水龙吟》）

风老莺雏，雨肥梅子，午阴嘉树清圆。（周邦彦《满庭芳》）

风定落花深，帘外拥红堆雪。长记海棠开后，正伤春时节。（李清照《好事近》）

风前横笛斜吹雨，醉里簪花倒著冠。（黄庭坚《鹧鸪天》）

风露巧欺客，分冷人衣裘。（杨炎正《水调歌头》）

风箫声动，玉壶光转，一夜鱼龙舞。（辛弃疾《青玉案》）

凤凰城阙如何处，寥落星河一雁飞。（贺铸《思越人》）

长于春梦几多时？散似秋云无觅处。（晏殊《木兰花》）

长记曾携手处，千树压、西湖寒碧。（姜夔《暗香》）

长安古道马迟迟，高柳乱蝉嘶。夕阳岛外，秋风原上，目断四天垂。（柳永《少年游》）

长安故人问我，道愁肠殢酒只依然，目断秋霄落雁，醉来时响空弦。（辛弃疾《木兰花慢》）

长条故惹行客，似牵衣待话，别情无极。（周邦彦《六丑》）

长恨此身非我有，何时忘却营营！（苏轼《临江仙》）

今日江城春已半，一身犹在，乱山深处，寂寞溪桥畔。（黄公绍《青玉案》）

今年元夜时，月与灯依旧，不见去年人，泪湿春衫袖。（欧阳修《生查子》）

今年花胜去年红，可惜明年花更好，知与谁同？（欧阳修《浪淘沙》）

今年海角天涯，萧萧两鬓生华。（李清照《清平乐》）

今夜山深处，断魂分付，潮回去。（毛滂《惜分飞》）

今宵剩把银釭照，犹恐相逢是梦中。（柳永《雨霖铃》）

片片飞花弄晚，蒙蒙残雨笼晴。（秦观《八六子》）

牛衣古柳卖黄瓜。（苏轼《浣溪沙》）

丹枫万叶碧云边，黄花千点幽岩下。（张抡《踏莎行》）

从别后，忆相逢，几回魂梦与君同。（晏几道《鹧鸪天》）

六朝旧事随流水，但寒烟衰草凝绿。（王安石《桂枝香》）

心似双丝网，中有千千结！（张先《千秋岁》）

心事孤山春梦在，到思量、犹断诗魂。（吴文英《极相思》）

双桨莼波，一蓑松雨，暮愁渐满空阔。（姜夔《庆宫春》）

水穷行到处，云起坐看时。（晁补之《临江仙》）

水远。怎知流水外，却是乱山尤远。（王沂孙《长亭怨》）

水村渔市，一缕孤烟细。（王禹偁《点绛唇》）

水是眼波横，山是眉峰聚，欲问行人去那边，眉眼盈盈处。（王观《卜算子》）

水调数声持酒听，午醉醒来愁未醒。（张先《天仙子》）

水清月冷，香消影瘦，人立黄昏。（吴文英《极相思》）

水涵空，阑干高处，送乱鸦斜日落渔汀。连呼酒，上琴台去，秋与云平。（吴文英《八声甘州》）

为问暗香闲艳，也相思、万点付啼痕。（鲁逸仲《南浦》）

为报今年春色好，花光月影宜相照。（李清照《蝶恋花》）

为君持酒劝斜阳，且向花间留晚照。（宋祁《玉楼春》）

五　画

东风不管琵琶怨，落花红遍。（许棐《后庭花》）

东风似旧，问前度桃花，刘郎能记，花复认郎否？（刘辰翁《摸鱼儿》）

东风里，朱门映柳，低按小秦筝。（秦观《满庭芳》）

东风吹我过湖船，杨柳丝丝拂面。（张孝祥《西江月》）

东风夜放花千树，更吹落，星如雨。（辛弃疾《青玉案》）

东风荡飏轻云缕，时送萧萧雨。（陈亮《虞美人》）

东风恶，欢情薄，一怀愁绪，几年离索。错，错，错！（陆游《钗头凤》）

东风渐绿西湖柳，雁已还、人未南归。（周密《高阳台》）

东岸绿阴少，杨柳更须栽。（辛弃疾《水调歌头》）

东南形胜，三吴都会，钱塘自古繁华。（柳永《望海潮》）

东城渐觉风光好，縠皱波纹迎客棹。（宋祁《望海潮》）

东厢月，一天风露，杏花如雪。（范成大《忆秦娥》）

东篱把酒黄昏后，有暗香盈袖。（李清照《醉花阴》）

平山栏槛倚晴空，山色有无中。（欧阳修《朝中措》）

平冈细草鸣黄犊，斜日寒林点暮鸦。（辛弃疾《鹧鸪天》）

平生塞北江南，归来发发苍颜，布被秋宵梦觉，眼前万里江山。（辛弃疾《清平乐》）

平芜尽处是春山，行人更在春山外。（欧阳修《踏莎行》）

可怜千点吴霜，寒销不尽，又相对，落梅如雨。（吴文英《祝英台近》）

可怜千夕月，向何处，去悠悠？（辛弃疾《木兰花慢》）

可怜报国无路，空白一分头。（杨炎正《水调歌头》）

可惜一枝如画、为谁开。（秦观《虞美人》）

可惜一溪明月，莫教踏破琼瑶。（苏轼《西江月》）

可惜东风，将恨与闲花俱谢。（史达祖《三姝媚》）

可惜流年，忧愁风雨，树犹如此。（辛弃疾《水龙吟》）

可堪孤馆闭春寒，杜鹃声里斜阳暮。（秦观《踏莎行》）

正黄昏时候杏花寒，廉纤雨。（岳柯《满江红》）

正销魂，又是疏烟淡月，子规声断。（陈亮《水龙吟》）

去年元夜时，花市灯如昼。（欧阳修《生查子》）

去年春恨却来时，落花人独立，微雨燕双飞。（晏几道《临江仙》）

去住若为情，江平潮欲平。（舒亶《菩萨蛮》）

玉骨西风，恨最恨、闲却新凉时节。（周密《玉京秋》）

玉鉴琼田三万顷，着我扁舟一叶。（张孝祥《念奴娇》）

玉骢惯识西湖路，骄嘶过、沽酒楼前。（俞国宝《风入松》）

世世悠悠浑未了，年光冉冉今如许。（吴潜《满江红》）

石崇富贵篯铿寿，更潘岳容仪子建才。（胡浩然《送入我门来》），

叶上初阳乾宿雨，水面清圆，一一风荷举。（周邦彦《苏幕遮》）

目尽青天怀今古，肯儿曹恩怨相尔汝。（张元干《贺新郎》）

四十年来家国，三千里地山河。凤阁龙楼连霄汉，玉树琼花作烟萝。几曾识干戈。（李煜《破阵子》）

四面边声连角起。千嶂里，长烟落日孤城闭。（范仲淹《渔家傲》）

叹年来踪迹，何事苦淹留？（柳永《八声甘州》）

叹故友难逢，羁思空乱。两眉愁，向谁展？（周邦彦《绕佛阁》）

北向争衡幽愤在，南来遗恨狂酋失。算凄凉，部曲几人存？三之一。（陈亮《满江红》）

只有关山今夜月，千里外，素光同。（谢逸《江城子》）

只恐双溪舴艋舟，载不动，许多愁。（李清照《武陵春》）

只恐花深里，红露湿人衣。

只愿君心似我心，定不负、相思意。（李之仪《卜算子》）

旧时天气旧时衣，只有情怀不似、旧家时。（李清照《南歌子》）

旧恨春江流不断，新恨云山千叠。（辛弃疾《念奴娇》）

旧游无处不堪寻。无寻处，惟有少年心。（章良能《小重山》）

归帆初涨苇边风，客梦不禁篷背雨。（苏庠《木兰花》）

归雁，归雁，饮啄江南南岸。（苏辙《调啸词》）

生怕见、花开花落，朝来塞雁先还。（辛弃疾《汉宫春》）

白发书生神州泪，尽凄凉、不向牛山滴。（刘克庄《贺新郎》）

白发宁有种，一一醒时栽。（辛弃疾《水调歌头》）

白沙烟树有无中，雁落沧州何处所？（苏庠《木兰花》）

白鸥问我泊孤舟，是身留，是心留？必若留时，何事锁眉头？（蒋捷《梅花引》）

白草黄沙，月照孤村三两家。（蒋兴祖女《减字木兰花》）

白璧青钱，欲买春无价。归来也，风吹平野，一点香随马。（朱翌《点绛唇》）

白露收残月，清风散晓霞。（仲殊《南柯子》）

乍咽凉柯，还移暗叶，重把离愁深诉。（王沂孙《齐天乐》）

乍暖还寒时候，最难将息。（李清照《声声慢》）

记当日、门掩梨花,剪灯深夜语。(史达祖《绮罗香》)

记前时、送春归后。把春波都酿作、一江春酎。(辛弃疾《粉蝶儿》)

记得绿罗裙,处处怜芳草。(贺铸《绿罗裙》)

半壕春水一城花,烟雨暗千家。(周邦彦《苏幕遮》)

写入吴丝自奏,问谁识,曲中情,花前友。(姜夔《角招》)

写不成书,只寄得相思一点。(张炎《解连环》)

对孤峰绝顶,云烟竞秀,悬崖峭壁,瀑布争流。(汪莘《沁园春》)

对菱花、与说相思,看谁瘦损?(陆睿《瑞鹤仙》)

对景忽惊,身在大江东。(葛胜仲《江神子》)

对潇潇暮雨洒天江,一番洗清秋。(柳永《八声甘州》)

六　画

老夫聊发少年狂,左牵黄,右擎苍。锦帽貂裘,千骑卷平冈。(苏轼《江城子》)

老冉冉兮花共柳,是栖栖者蜂和蝶。(辛弃疾《满江红》)

老去逢春如病酒,唯有,茶瓯香篆小帘栊。(辛弃疾《定风波》)

老矣青山灯火客,抚佳期、漫洒新亭泪。(李演《贺新郎》)

老来情未减,对别酒、怯流年。(辛弃疾《木兰花慢》)

西风特此飒秋声,楼外触残叶。匹马翩然归去,向征鞍敲月。(高登《好事近》)。

西北望长安,可怜无数山。(辛弃疾《菩萨蛮》)

西窗又吹暗雨,为谁频断续,相和砧杵?(姜夔《齐天乐》)

而今识尽愁滋味,欲说还休。欲说还休,却道天凉好个秋。(辛弃疾《丑奴儿》)

而今春似,轻薄荡子难久。(辛弃疾《粉蝶儿》)

有东风垂柳,学得腰小。(吴文英《珍珠帘》)

会挽雕弓如满月,西北望,射天狼。(苏轼《江城子》)

名缰利锁,天还知道,和天也瘦。(秦观《水龙吟》)

朱阑倚遍黄昏后,廊上月华如昼。(张耒《秋蕊香》)

争渡,争渡,惊起一滩鸥鹭。(李清照《如梦令》)

众里寻他千百度,蓦然回首,那人却在灯火阑珊处。(辛弃疾《青玉案》)

自在飞花轻似梦,无边丝雨如愁。(秦观《浣溪沙》)

自有多情处,明月挂南楼。(米芾《水调歌头》)

自放鹤人归,月香水影,诗冷孤山。(周密《木兰花慢》)

自是人生长恨水东流。（李煜《相见欢》）

自胡马窥江去后，废池乔木，犹厌言兵。（姜夔《扬州慢》）

自春来，惨绿愁红，芳心是事可可。日上花梢，莺穿柳带，犹压香衾卧。（柳永《定风波》）

行云却在行舟下，空水澄鲜。俯仰留连，疑是湖中别有天。（欧阳修《采桑子》）

竹树前溪风月，鸡酒东家父老，一笑偶相逢。（辛弃疾《水调歌头》）

年年陌上生秋草，日日楼中到夕阳。（晏几道《鹧鸪天》）

年年跃马长安市，客舍似家家似寄。（刘克庄《玉楼春》）

年年雪里，常插梅花醉，挼尽梅花无好意，赢得满衣清泪。（李清照《清平乐》）

年事梦中休，花空烟水流。（吴文英《唐多令》）

壮岁旌旗拥万夫，锦襜突骑渡江初。（辛弃疾《鹧鸪天》）

壮志饥餐胡虏肉，笑谈渴饮匈奴血。（岳飞《满江红》）

江晚正愁予，山深闻鹧鸪。（辛弃疾《菩萨蛮》）

江阔云低、断雁叫西风。（蒋捷《虞美人》）

江枫渐老，汀蕙半凋，满目败红衰翠。（柳永《卜算子慢》）

江面不如杯面阔，卷起五湖烟浪入清尊。（王质《定风波》）

池上碧苔三四点，叶底黄鹂一两声，日长飞絮轻。（晏殊《破阵子》）

汗血盐车无人顾，千里空收骏骨。（辛弃疾《贺新郎》）

衣上酒痕诗里字，点点行行，总是凄凉意。（晏几道《蝶恋花》）

衣带渐宽终不悔，为伊消得人憔悴。（柳永《凤栖梧》）

灯前写了书无数，算没个、人传与。（黄庭坚《望江东》）

并刀如水，吴盐胜雪，纤手破新橙。（周邦彦《少年游》）

问君能有几多愁，恰似一江春水向东流。（李煜《虞美人》）

红乍笑，绿长颦，与谁同度可怜春。（姜夔《鹧鸪天》）

红杏香中歌舞，绿杨影里秋千。（俞国宝《风入松》）

红烛自怜无好计，夜寒空替人垂泪。（晏几道《蝶恋花》）

红酥手，黄縢酒，满城春色宫墙柳。（陆游《钗头凤》）

有花无叶真潇洒，不向胭脂借淡红。（郑少微《鹧鸪天》）

有情风万里卷潮来，无情送潮归。（苏轼《八声甘州》）

列华灯千门万户，遍千陌罗绮，香风微度。（柳永《迎新春》）

至今清夜月，依前过绕墙。（苏轼《华清引》）

共芳盟，犹有双栖雪鹭，夜寒惊起。（吕同老《水龙吟》）

执手相看泪眼，竟无语凝噎。（柳永《雨霖铃》）

尧之都，舜之壤，禹之封，于中应有，一个半个耻臣戎！（陈亮《水调歌头》）

过沙溪急，霜溪冷，月溪明。（苏轼《行香子》）

过春风十里，尽荠麦青青。（姜夔《扬州慢》）

当年不肯嫁春风，无端却被秋风误。（贺铸《芳心苦》）

当时相候赤阑桥，今日独寻黄叶路。（周邦彦《玉楼春》）

当时暗水和云泛酒，空山留月听琴。料如今，门前数重翠阴。（王沂孙《八方子》）

当路游丝萦醉客，隔花啼鸟唤行人。（欧阳修《浣溪沙》）

此水几时休，此恨何时已。只愿君心似我心，定不负相思意。（李之仪《卜算子》）

此去经年，应是良辰美景虚设。便纵有千种风情，更与何人说。（柳永《雨霖铃》）

此情无计可消除，才下眉头，却上心头。（李清照《一剪梅》）

此情不及墙东柳，春色年年依旧。（张耒《秋蕊香》）

回首天涯归梦，几魂飞西浦，泪洒东州。（周密《一萼红》）

回首向来萧瑟处，归去，也无风雨也无晴。（苏轼《定风波》）

回首望霄汉，双泪堕清波。（无名氏《御街行》）

团扇风轻，一径杨花不避人。（朱藻《采桑子》）

曲径穿花寻蛱蝶，虚栏傍日教鹦鹉。（岳柯《满江红》）

早知恁么，悔当初，不把雕鞍锁。（柳永《定风波》）

多少六朝兴废事，尽入渔樵闲话。（张昇《离亭燕》）

多少新亭挥泪客，谁梦中原块土？（刘克庄《贺新郎》）

多少蓬莱旧事，空回首，烟霭纷纷。（秦观《满庭芳》）

多情自古伤离别，更那堪，冷落清秋节！（柳永《雨霖铃》）

多情应笑我，早生华发。（苏轼《望江南》）

多情却被无情恼。（苏轼《蝶恋花》）

多情帘燕独徘徊，依旧满身花雨，又归来。（田为《南柯子》）

多情谁似南山月？特地暮云开。灞桥烟柳，曲江池馆，应往人来。（陆游《秋波眉》）

伤春似旧，荡一点、春心如酒。（姜夔《角招》）

伤情处，高城望新，灯火已黄昏。（秦观《满庭芳》）

休对故人思故国，且将新火试新茶。（苏轼《望江南》）

休去倚危栏，斜阳正在，烟柳断肠处。（辛弃疾《摸鱼儿》）

休更上、百尺旧家楼，尘侵帙。（陈亮《满江红》）

似花还似非花，也无人惜从教坠。（苏轼《水龙吟》）

红酥肯放琼苞碎，探著南枝开遍未？（李清照《玉楼春》）

纤云弄巧，飞星传恨，银汉迢迢暗渡。（秦观《鹊桥仙》）

好风如扇雨如帘，时见岸花汀草、涨痕添。（李廌《虞美人》）

好风碎竹声如雪，昭华三弄临风咽。（范成大《醉落魄》）

如今憔悴，风鬟霜鬓，怕见夜间出去，不如向，帘儿底下，听人笑语。（李清照《永遇乐》）

寻寻觅觅，冷冷清清，凄凄惨惨戚戚。（李清照《声声慢》）

寻常相见了，犹道不如初。（晁补之《临江仙》）

羽扇纶巾，谈笑间，强虏灰飞烟灭。（岳飞《满江红》）

那堪更被明月，隔墙送过秋千影。（张先《青门引》）

尽挹西江，细斟北斗，万象为宾客。（张孝祥《念奴娇》）

七　画

花下重门，柳边深巷，不堪回首。（秦观《水龙吟》）

花自飘零水自流，一种相思，两处闲愁。（李清照《一剪梅》）

花朝月夕，最苦冷落银屏。想媚容，耿耿无眠，屈指已算回程。（柳永《引驾行》）

花褪残红青杏小。燕子飞时，绿水人家绕。（苏轼《蝶恋花》）

花影吹笙，满地淡黄月。（范成大《醉落魄》）

芳草有情，夕阳无语，雁黄南浦，人倚西楼。（张耒《风流子》）

把酒祝东风，且共从容。（欧阳修《浪淘沙》）

把酒送春春不语，黄昏却下潇潇雨。（朱淑贞《蝶恋花》）

折芦花赠远，零落一身秋。（张炎《甘州》）

报国无门空自怨，济时有策从谁吐！（吴潜《满江红》）

杜宇一声春晓。（苏轼《西江月》）

杜宇声声，黄昏庭院，那更半帘风雨。（何梦桂《喜迁莺》）

两岸野蔷薇，翠笼薰绣衣。（赵令畤《菩萨蛮》）

两情若是久长时，又岂在朝朝暮暮？（秦观《鹊桥仙》）

更回首、重城不见，寒江天外，隐隐两三烟树。（柳永《秋夜月》）

更草草离筵，匆匆去路，愁满旌旗。（辛弃疾《木兰花慢》）

更恨银蟾，故向愁人满。（胡铨《醉落魄》）

更消他，几度东风，几度飞花。（王沂孙《高阳台》）

更能销、几番风雨，匆匆春又归去。（辛弃疾《摸鱼儿》）

更落尽梨花，飞尽杨花，春也成憔悴。（汪元量《莺啼序》）

更阑烛影花阴下，少年人往往奇遇。（柳永《迎新春》）

弄潮儿向涛头立，手把红旗旗不湿。（潘阆《酒泉子》）

还相雕梁藻井，又软语、商量不定。（史达祖《双双燕》）

连夜不妨频梦见，过年惟望得书归。（贺铸《捣练子》）

划地东风欺客梦，一枕云屏寒怯。（辛弃疾《念奴娇》）

吞声别，陇头流水，替人呜咽。（贺铸《子夜歌》）

杏花疏影里，吹笛到天明。（陈与义《临江仙》）

赤壁矶头落照，淝水桥边衰草，渺渺唤人愁。（张孝祥《水调歌头》）

却似长江万里，忽有孤山两点，点破水晶盆。（程珌《水调歌头》）

男儿西北有神州，莫滴水西桥畔泪。（刘克庄《玉楼春》）

男儿何用伤离别。况古来、几番际会，风从云合。（陈亮《贺新郎》）

别后书辞，别时针线，离魂暗逐郎行远。（姜夔《踏莎行》）

别时容易见时难。（李煜《浪淘沙》）

别语缠绵不成句。（黄大临《青玉案》）

别离滋味浓于酒，著人瘦。此情不及东墙柳，春色年年依旧。（张耒《秋蕊香》）

听杜宇声声，劝人不如归去。（柳永《安公子》）

听著鸣蛩，一声声是怨。（王月山《齐天乐》）时光只解催人老，不信多情。长恨离亭。泪滴春山酒易醒。（晏殊《采桑子》）

何处合成愁？离人心上秋。纵芭蕉、不雨也飕飕。（吴文英《唐多令》）

何处望神州？满眼风光北固楼。千方兴亡多少事，悠悠。不尽长江滚滚流。（辛弃疾《南乡子》）

何物最关情，黄鹂三两声。（王安石《菩萨蛮》）

何须浅碧深红色，自是花中第一流。（李清照《鹧鸪天》）

但记得当初，重门深锁，犹有夜深月。（程垓《摸鱼儿》）

但苔深韦曲，草暗斜川。（张炎《高阳台》）

但殷勤折取，自遣一襟幽怨。（王沂孙《法曲献仙音》）

但愿人长久，千里共婵娟。（苏轼《水调歌头》）

但箭雁沉边、梁燕无主，杜鹃声里长门暮。（刘辰翁《兰陵王》）

但黯黯魂消，寸肠凭谁表？恁驱驱，何时是了？（柳永《轮台子》）

作个归期天已许，春衫犹是，小蛮针线，曾湿西湖雨。（苏轼《青玉案》）

我住长江头，君住长江尾。日日思君不见君，共饮长江水。（李之仪《卜算

子》)

我欲乘风归去,又恐琼楼玉宇,高处不胜寒。起舞弄清影,何似在人间。(苏轼《水调歌头》)

我最怜君中宵舞,道男儿到死心如铁,看试手,补天裂。(辛弃疾《贺新郎》)

乱石穿空,惊涛拍岸,卷起千堆雪。(苏轼《念奴娇》)

乱点桃蹊,轻翻柳陌。多情为谁追昔。(周邦彦《六丑》)

乱鸦过,斗转城荒,不见来时试灯处。(刘辰翁《兰陵王》)

乱鸦啼后,归兴浓于酒。(苏过《点绛唇》)

返照迎潮,行云带雨,依依似与骚人语。(贺铸《芳心苦》)

近来始觉古人书,信著全无是处。(辛弃疾《西江月》)

肠已断,泪难收,相思重上小红楼。(辛弃疾《鹧鸪天》)

针线闲拈伴伊坐,和我,免使年少光阴虚过。(柳永《定风波》)

角声寒,夜阑珊,怕人寻问,咽泪装欢,瞒!瞒!瞒!(陆游《钗头凤》)

闲依露井,笑扑流萤,惹破画罗轻扇。(周邦彦《过秦楼》)

闲愁几许,梦逐芭蕉雨。(葛胜仲《点绛唇》)

闲愁最苦,休去倚危楼,斜阳正在、烟柳断肠处。(辛弃疾《摸鱼儿》)

闲愁朝复暮,相应两潮生。(贺铸《鸳鸯梦》)

应自栖香正稳,便忘了天涯芳信。(史达祖《双双燕》)

应念岭表经年,孤光自照,肝胆皆冰雪。(张孝祥《念奴娇》)

况年来、心懒意怯,羞与蛾儿争耍。(蒋捷《女冠子》)

况屈指中秋,十分好月,不照人圆。(辛弃疾《木兰花慢》)

冷落竹篱茅舍,富贵玉堂琼榭。两地不同栽,一般开。(程珌《水调歌头》)

怅望关河空吊影,正人间鼻息鸣鼍鼓。谁伴我,醉中舞?(张元干《贺新郎》)

沙上并禽池上暝,云破月来花弄影。(张先《天仙子》)

沉水卧时烧,香消酒未消。(李清照《菩萨蛮》)

沉恨细思,不如桃杏,犹解嫁东风。(张先《一丛花令》)

羌管悠悠霜满地,人不寐,将军白发征夫泪。(范仲淹《渔家傲》)

良宵淡月,疏影尚风流。(李清照《满庭芳》)

君知否?雨僝云僽,格调还依旧。(陈亮《点绛唇》)

君泪盈,妾泪盈,罗带同心结未成。江头潮已平。(林逋《长相思》)

君思我、回首处,正江涵秋影雁初飞。(辛弃疾《木兰花慢》)

君莫舞!君不见、玉环飞燕皆尘土。(辛弃疾《摸鱼儿》)

纵使相逢应不识,尘满面,鬓如霜。(苏轼《江城子》)

纵豆蔻词工,青楼梦好,难赋深情。(姜夔《扬州慢》)

纱窗外、斜风细雨,一阵轻寒。(辛弃疾《八声甘州》)

迟迟日,犹带一分阴。(章良能《小重山》)

八　画

青山无限好,犹道不如归。(晁补之《临江仙》)

青山遮不住,毕竟东流去。(辛弃疾《菩萨蛮》)

青春都一晌,忍把浮名,换了浅斟低唱。(柳永《鹤冲天》)

雨后寒轻,风前香软,春在梨花。(仲殊《柳梢青》)

雨恨云愁,江南依旧称佳丽。水村渔市,一缕孤烟细。(王禹偁《点绛唇》)

雨横风斜三月暮,门掩黄昏,无计留春住。(欧阳修《蝶恋花》)

枝北枝南,疑有疑无,几度背灯难折。(张炎《疏影》)

枝冷频移,叶疏犹抱,肯负好秋时节?(周密《齐天乐》)

枕前泪共阶前雨,隔个窗儿滴到明。(聂胜琼《鹧鸪天》)

林莺巢燕总无声,但月夜、常啼杜宇。(陆游《鹊桥仙》)

茅檐低小,溪上青青草。醉里吴音相媚好,白发谁家翁媪?(辛弃疾《清平乐》)

茅檐低小,蓬窗灯暗,春晚连江风雨。(陆游《鹊桥仙》)

若对黄花孤负酒,怕黄花、也笑人岑寂。(刘克庄《贺新郎》)

若有知音见采,不辞遍唱《阳春》。(晏殊《山亭柳》)

若得山花插满头,莫问奴归处。(严蕊《卜算子》)

若教眼底无离恨,不信人间有白头。(辛弃疾《鹧鸪天》)

拼则而今已拼了,忘则怎生便忘得?(李甲《帝台春》)

拣尽寒枝不肯栖,寂寞沙洲冷。(苏轼《卜算子》)

态浓意远,眉颦笑浅,薄罗衣窄絮风软。鬓云欺翠卷。(辛弃疾《醉太平》)

画堂人静雨濛濛,屏山半掩余香袅。(寇准《踏莎行》)

画船载得春归去,余情付、湖水湖烟。(俞国宝《风入松》)

奈离别、如今真个是:欲住也、留无计;欲去也、来无计。(程垓《酷相思》)

奈愁入庾肠,老侵潘鬓,谩簪黄菊,花也应羞。(张耒《风流子》)

杳杳神京,盈盈仙子,别来锦字终难偶。(柳永《曲玉管》)

软草平莎过雨新,轻沙走马路无尘。(苏轼《浣溪沙》)

昔年多病厌芳尊,今日芳尊惟恐浅。(钱惟演《木兰花》)

到归来,稚子已成阴,空头白。(杨炎正《满江红》)

林花谢了春红,太匆匆,无奈朝来寒雨晚来风。(李煜《相见欢》)

郁孤台下清江水，中间多少行人泪。（辛弃疾《菩萨蛮》）

卖花担上，买得一枝春欲放。（李清照《减字木兰花》）

拍堤春水蘸垂杨，水流花片香。（严仁《醉桃源》）

罗帐灯昏，哽咽梦中语。（辛弃疾《祝英台近》）

罗裙香露玉钗风，靓妆眉沁绿，羞脸粉生红。（晏几道《临江仙》）

明月几时有，把酒问青天。（苏轼《水调歌头》）

明月不谙离恨苦，斜光到晓穿朱户。（晏殊《蝶恋花》）

明月团圆高树影，十里水沉烟冷。（辛弃疾《清平乐》）

明月别枝惊鹊，清风半夜鸣蝉。（辛弃疾《西江月》）

明月楼高休独倚，酒入愁肠，化作相思泪。（范仲淹《苏幕遮》）

明日江郊芳草路，春逐行人去。不似酴醿开独步，能着意、留春住。（侯置《四犯令》）

明日重扶残醉，来寻陌上花钿。（俞国宝《风入松》）

易水萧萧西风冷，满座衣冠似雪，正壮士、悲歌未彻。（辛弃疾《贺新郎》）

虎踞龙蟠何处是？只有兴亡满目。（辛弃疾《菩萨蛮》）

凭栏怀古，残柳参差舞。（姜夔《点绛唇》）

凭谁问，廉颇老矣，尚能饭否。（辛弃疾《永遇乐》）

凭船闲弄水，中有相思意。（赵令畤《菩萨蛮》）

和云流出空山，甚年年净洗，花香不了？（张炎《南浦》）

和衣拥被不成眠，一枕万回千转。（柳永《御街行》）

知他诉愁到晓，碎哝哝、多少蛩声，诉未了，把一半、分与雁声。（蒋捷《声声慢》）

知否？知否？应是绿肥红瘦。（李清照《如梦令》）

念双燕、难凭远信；指暮天，空识归航。（柳永《玉蝴蝶》）

念去去千里烟波，暮霭沉沉楚天阔。（柳永《雨霖铃》）

念故人，千里自此共明月。（寇准《阳关引》）

念腰间箭，匣中剑，空埃蠹，竟何成！时易失，心徒壮，岁将零。（张孝祥《六州歌头》）

金风玉露一相逢，便胜却人间无数。（秦观《鹊桥仙》）

金风细细，叶叶梧桐坠。绿酒初尝人易醉，一枕小窗浓睡。（晏殊《清平乐》）

金谷年年，乱生春色谁为主？余花落处，满地和烟雨。（林逋《点绛唇》）

金銮当日奏草，落笔万龙蛇。（辛弃疾《满江红》）

金碧楼西，衔得锦标第一归。（黄裳《减字木兰花》）

钓船归尽，桥外诗心迥。（史达祖《点绛唇》）

兔葵燕麦，向残阳，影与人齐。（周邦彦《夜飞鹊》）
鱼没浪痕圆，流红去、翻笑东风难扫。（张炎《南浦》）
垂下帘栊，双燕归来细雨中。（欧阳修《采桑子》）
垂柳不萦裙带住，漫长是，系行舟。（吴文英《唐多令》）
肥水东流无尽期，当初不合种相思。（姜夔《鹧鸪天》）
物是人非事事休，欲语泪先流。（李清照《武陵春》）
季子正年少，匹马黑貂裘。（辛弃疾《水调歌头》）
往事已成空，还如一梦中。（李煜《子夜歌》）
夜月一帘幽梦，春风十里柔情。（秦观《八六子》）
夜来小雨新霁，双燕舞风斜。（万俟永《诉衷情》）
夜来能有几多寒？已瘦了、梨花一半。（黄升《鹊桥仙》）
夜来疏雨鸣金井，一叶舞空红浅。（王月山《齐天乐》）
夜深月过女墙来，伤心东望淮水。（周邦彦《西河》）
夜阑风静欲归时，惟有一江明月碧琉璃。（苏轼《虞美人》）
夜阑无寐，听尽空阶雨。（黄大临《青玉案》）
废沼荒丘畴昔，明月清风此夜，人世几欢哀。（辛弃疾《水调歌头》）
废阁先凉，古帘空暮。（史达祖《秋霁》）
试问闲愁都几许？一川烟草，满城风絮，梅子黄时雨。（贺铸《横塘路》）
试问卷帘人，却道海棠依旧。（李清照《如梦令》）
试问春归谁得见？飞燕，来时相遇夕阳中。（辛弃疾《定风波》）
诗万首，酒千觞。几曾着眼看侯王！（朱敦儒《鹧鸪天》）
怕上层楼，十日九风雨。（辛弃疾《祝英台近》）
怕郎猜道，奴面不如花面好。（李清照《减字木兰花》）
怕凄凉、无物伴君时，多栽竹。（辛弃疾《满江红》）
怕梨花落尽成秋色。（姜夔《淡黄柳》）
泪眼东风，回首四桥烟草。（周密《玉露迟》）
泪眼问花花不语，乱红飞过秋千去。（欧阳修《蝶恋花》）
泪湿栏干花著露，愁到眉峰碧聚。（毛滂《惜分飞》）
波神留我看斜阳，放起鳞鳞细浪。（张孝祥《西江月》）
空床卧听南窗雨，谁复挑灯夜补衣。（贺铸《鹧鸪天》）
空怀感，有斜阳处，却怕登楼。（张炎《甘州》）
空相对、残釭无寐，满村社鼓。（刘辰翁《永遇乐》）
空城晓角，吹入垂杨陌。（姜夔《淡黄柳》）
帘外雨潺潺，春意阑珊。罗衾不耐五更寒。梦里不知身是客，一晌贪欢。（李

煜《浪淘沙》)

帘外谁来推绣户？枉教人、梦断瑶台曲，又却是、风敲竹。（苏轼《贺新郎》）

帘卷西风，人比黄花瘦。（李清照《醉花阴》）

宝马雕车香满路。（辛弃疾《青玉案》）

宠柳娇花寒食近，种种恼人天气。（李清照《念奴娇》）

变尽人间，君山一点，自古如今。（戴复古《柳梢青》）

京洛风流绝代人，因何风絮落溪津。（姜夔《鹧鸪天》）

卷尽残花风未定，休恨，花开元自要春风。（辛弃疾《定风波》）

底事昆仑倾砥柱，九地黄流乱注？聚万落千村狐兔。（张元千《贺新郎》）

细看来，不是杨花点点，是离人泪。（苏轼《水龙吟》）

细看诸处好。人人道。柳腰身。昨日乱山昏，来时衣上云。（柳永《安公子》）

细数十年事，十处过中秋。今年新梦，忽到黄鹤旧山头。（范成大《水调歌头》）

驿外断桥边，寂寞开无主。已是黄昏独自愁，更著风和雨。（陆游《卜算子》）

参差烟树灞陵桥，风物尽前朝。（柳永《少年游》）

孟夏正须雨，一洗北尘昏。（戴复古《柳梢青》）

九　画

春已归去，看美人头上，袅袅春幡。（辛弃疾《汉宫春》）

春山秋水浑无迹，不露墙头，些子真消息。（汪藻《醉落魄》）

春风不解禁杨花，濛濛乱扑行人面。（晏殊《踏莎行》）

春无踪迹谁知？除非问取黄鹂；百啭无人能解，因风飞过蔷薇。（黄庭坚《清平乐》）

春去也，飞红万点愁如海。（秦观《千秋岁》）

春去，谁最苦？但箭雁沉边，梁燕无主，杜鹃声里长门暮。（刘辰翁《兰陵王》）

春归何处？寂寞无行路。若有人知春去处，唤取归来同住。（黄庭坚《清平乐》）

春未绿，鬓先丝，人间别久不成悲。（姜夔《鹧鸪天》）

春且住，见说道、天涯芳草迷归路。（辛弃疾《摸鱼儿》）

春如旧，人空瘦，泪痕红浥鲛绡透。（陆游《钗头凤》）

春回常恨寻无路，试向我、小园徐步。（晁补之《金凤钩》）

春色将阑，莺声渐老。红英落尽青梅小。（寇准《踏莎行》）

草色山光残照里，无人会得凭栏意。（柳永《凤栖梧》）

春色难留，酒杯常浅。更旧恨、新愁相间。（辛弃疾《锦帐春》）

春花秋月何时了？往事知多少。小楼昨夜又东风，故国不堪回首明月中。（李煜《虞美人》）

春到也、须频寄。人到也、须频寄。（程垓《酷相思》）

春波碧草，晓寒深处，相对浴红衣。（无名氏《九张机》）

春恨悄，天涯暮云残照。（周密《玉露迟》）

春宵睡重，梦里还相送。枕畔起寻双玉凤，半日才知是梦。（辛弃疾《清平乐》）

春婉娩，客飘零，残花浅酒片时清。（范成大《鹧鸪天》）

春意看花难，西风留旧寒。（李清照《菩萨蛮》）

相寻梦里路，飞雨落花中。（晏几道《临江仙》）

相思本是无凭语，莫向花笺费泪行。（晏几道《鹧鸪天》）

相思难表，梦魂无据。惟有归来是。（欧阳修《清玉案》）

柳下桃蹊，乱分春色到人家。（秦观《望海潮》）

柳絮欲停风不住，杜鹃声里山无数。（无名氏《凤栖梧》）

树若有情时，不会得、青青如此。（姜夔《长亭怨慢》）

砍去桂婆娑，人道是、清光更多。（辛弃疾《太常引》）

残灯孤枕梦，轻浪五更风。（徐昌图《临江仙》）

残杏枝头花几许？啼红正恨清明雨。（晏几道《蝶恋花》）

城上风光莺语乱，城下烟波春拍岸。（钱惟演《木兰花》）

城中桃李愁风雨，春在溪头荠菜花。（辛弃疾《鹧鸪天》）

故国山川，故园心眼，还似王粲登楼。（周密《一萼红》）

甚无情，便下得，雨僝风僽，向园林、铺作地衣红绉。（辛弃疾《粉蝶儿》）

南园花树春光暖，红香径里榆钱满。（辛弃疾《醉太平》）

胡未灭，鬓先秋。泪空流，此生谁料，心在天山，身老沧州。（陆游《诉衷情》）

带得无边春下，等待江山都老，教看鬓方鸦。（辛弃疾《水调歌头》）

咸阳送客屡回顾，斜日未能度。（刘辰翁《兰陵王》）

要挽银河仙浪，西北洗湖沙。（辛弃疾《水调歌头》）

荏苒一枝春，恨东风、人似天远。（王沂孙《法曲献仙音》）

荒桥断浦，柳阴撑出扁舟小。（张炎《南浦》）

昨日春如，十三女儿学绣，一枝枝、不教花瘦。（辛弃疾《丑奴儿》）

昨夜西风凋碧树，独上高楼，望尽天涯路。（晏殊《蝶恋花》）

昨夜松边醉倒，问松“我醉何如？”只疑松动要来扶，以手推松曰：“去！”（辛弃疾《西江月》）

昨夜雨疏风骤,浓睡不消残酒。(李清照《如梦令》)

昨宵风雨,只有一分春在。今朝犹自得,阴晴快。(晁补之《感皇恩》)

思往事,惜流芳,易成伤。拟歌先敛,欲笑还颦,最断人肠。(欧阳修《诉衷情》)

是几度斜阳,几回残月!转眼西风,一襟幽恨向谁说。(周密《齐天乐》)

是天外空汗漫,但长风、浩浩送中秋?(辛弃疾《木兰花慢》)

是处红衰翠减,苒苒物华休。惟有长江水,无语东流。(柳永《八声甘州》)

是他春带愁来,春归何处,却不解、带将愁去。(辛弃疾《祝英台近》)

是别有人间,那边才见,光影东头?(辛弃疾《木兰花慢》)

是醉魂醒处,画桥第二,奁月初三。(周密《木兰花慢》)

临水朱门花一径,尽日鸟啼人静。(贺铸《清平乐》)

秋千外、芒草连天,谁遣风沙暗南浦。(刘辰翁《兰陵王》)

秋已尽,日犹长,仲宣怀远更凄凉。(李清照《鹧鸪天》)

秋雨一何碧,山色倚晴空。(方岳《水调歌头》)

独立小桥风满袖,平林新月人归后。(欧阳修《蝶恋花》)

独自上层楼,楼外青山远。(程垓《卜算子》)

独自下层楼,楼下蛩声怨。(程垓《卜算子》)

独自莫凭栏,无限江山,别时容易见时难。流水落花春去也,天上人间。(李煜《浪淘沙》)

独抱浓愁无好梦,夜阑犹剪灯花弄。(李清照《蝶恋花》)

狡兔依然在,良犬先烹。(刘过《六州歌头》)

重门深锁,犹有夜深月。(程垓《摸鱼儿》)

重过阊门万事非,同来何事不同归?(贺铸《鹧鸪天》)

重湖叠巘清嘉,有三秋桂子,十里荷花。(柳永《望海潮》)

看画船、尽入西泠,闲却半湖春色。(周密《曲游春》)

看夜深、竹外横斜,应妒过云明灭。(张炎《疏影》)

怎奈向、一楼相思,隔溪山不断。(周邦彦《拜星月慢》)

待到黄昏月上时,依旧柔肠断。(程垓《卜算子》)

便尘沙出塞,封侯万里,印金如斗,未惬平生。(刘过《沁园春》)

便挽取长江入尊罍,浇胸臆。(赵鼎《满江红》)

洞里桃花,仙家芝草,雪后春正取次游。(汪莘《沁园春》)

恨旧愁新。有泪无言对晚春。(淮上女《减字木兰花》)

恨如芳草,萋萋刬尽还生。(秦观《八六子》)

恨君不似江楼月,南北东西。南北东西,只有相随无别离。(吕本中《采桑

子》)

恨君却似江楼月,暂满还亏。暂满还亏,待到团圆是几时。(吕本中《采桑子》)

恨芳菲世界,游人未赏,都付与,莺和燕。(陈亮《水龙吟》)

恨牡丹笑我倚东风,头如雪。(辛弃疾《满江红》)

恨被榆钱,买断两眉长斗。(王雱《倦寻芳慢》)

恨燕莺、不识闲情,却隔乱红飞去。(高观国《玲珑四犯》)

恼乱层波横一寸,斜阳只与黄昏近。(晏几道《蝶恋花》)

送春滋味,念远情怀,分付杨花。(万俟咏《诉衷情》)

说剑论诗余事,醉舞狂歌。(辛弃疾《水调歌头》)

哀音似诉。正思妇无眠,起寻机杼。(姜夔《齐天乐》)

庭院深深深几许?杨柳堆烟,帘幕无重数。(欧阳修《蝶恋花》)

浊酒一杯家万里,燕然未勒归无计。(范仲淹《渔家傲》)

闻道绮陌东头,行人曾见,帘底纤纤月。(辛弃疾《念奴娇》)

洒空阶,夜阑未休,故人剪烛西窗语。(周邦彦《琐窗寒》)

举头西北浮云,倚天万里须长剑。(辛弃疾《水龙吟》)

既来且住,风月闲寻秋好处。(毛滂《减字木兰花》)

眉尖早识愁滋味,娇羞未解论心事。(黄公度《菩萨蛮》)

绕床饥鼠,蝙蝠翻灯舞。屋上松风吹急雨,破纸窗间自语。(辛弃疾《清平乐》)

柔情似水,佳期如梦,忍顾鹊桥归路。(秦观《鹊桥仙》)

怒发冲冠,凭栏处,潇潇雨歇。(岳飞《满江红》)

怒涛寂寞打孤城,风樯遥度天际。(周邦彦《西河》)

十　画

莫开帘,怕见飞花,怕听啼鹃。(张炎《高阳台》)

莫听《阳关》牵离绪,拼酩酊,花深处。(侯置《四犯令》)

缺月挂疏桐,漏断人初静。(贺铸《下水船》)

高柳垂阴,老鱼吹浪,留我花间住。田田多少,几回沙际归路?(姜夔《念奴娇》)

病翼惊秋,枯形阅世,消得斜阳几度?(王沂孙《齐天乐》)

烟中列岫青无数,雁背夕阳红欲暮。(周邦彦《玉楼春》)

烟水阔。高林弄残照,晚蜩凄切。(周密《玉京秋》)

烟柳有情开不尽，东风约定年年信。（王安中《蝶恋花》）
烟柳画桥，风帘翠幕，参差十万人家。（柳永《望海潮》）
烟络横林，山沉远照，逦迤黄昏钟鼓。（贺铸《天香》）
烟敛寒林簇，画屏展。天际遥山小，黛眉浅。（柳永《安公子》）
烟笼修竹，月在寒溪。（杨无咎《柳梢青》）
烟暖柳惺忪，雪尽梅清瘦。（毛滂《生查子》）
烟暝酒旗斜。但倚楼极目，时见栖鸦。（秦观《望海潮》）
烟影摇红，夜阑饮散春宵短。（周邦彦《烛影摇红》）
谁见幽人独往来？缥缈孤鸿影。（苏轼《卜算子》）
谁怜流落江湖上，玉骨冰肌未肯枯。（李清照《瑞鹧鸪》）
谁知道、断烟禁夜，满城似愁风雨。（刘辰翁《永遇乐》）
谁家煮茧一村香？隔篱娇语络丝娘。（苏轼《浣溪沙》）
谁教岁岁红莲夜，两处呻吟各自知。（姜夔《鹧鸪天》）
谁道人生无再少？门前流水尚能西！休将白发唱黄鸡。（苏轼《浣溪沙》）
衰杨古柳，几经攀折，憔悴楚宫腰。（柳永《少年游》）
衰草愁烟，乱鸦送日，风沙回旋平野。（姜夔《探春慢》）
流水泠泠，断桥横路梅枝亚。雪飞天下，浑似江南画。（朱翌《点绛唇》）
流水落花春去也，天上人间。（李煜《浪淘沙》）
海棠糁径铺香绣，依旧成春瘦。（陈亮《虞美人》）
消几番，花落花开，老了玉关豪杰。（周密《琼花》）
酒困路长惟欲睡，日高人渴漫思茶，敲门试问野人家。（苏轼《浣溪沙》）
酒浓春入梦，窗破月寻人。（毛滂《临江仙》）
凌波不过横塘路，但目送，芳尘去。（贺铸《横塘路》）
凌波翠陌，连棹横塘。（吴文英《夜合花》）
离恨做成春夜雨。添得春江，划地东流去。（杨炎正《蝶恋花》）
倩何人，唤取红巾翠袖，揾英雄泪。（辛弃疾《水龙吟》）
料得年年断肠处，明月夜，短松冈。（苏轼《江城子》）
莫怨无情流水，明月扁舟何处？（贺铸《下水船》）
莫射南山虎，直觅富民侯。（辛弃疾《水调歌头》）
莫道不消魂，帘卷西风，人比黄花瘦。（李清照《醉花阴》）
莫等闲，白了少年头，空悲切。（岳飞《满江红》）
莫管钱流地，且拟醉黄花。（辛弃疾《水调歌头》）
却将万字平戎策，换得东家种树书。（辛弃疾《鹧鸪天》）
都道无人愁似我，今夜雪，有梅花、似我愁。（蒋捷《梅花引》）

都道晚凉天气好，有明月，怕登楼。（吴文英《唐多令》）

载酒买花年少事，浑不似、旧心情。（卢祖皋《江城子》）

载酒倦游甚处，已换却、花间啼鸟。（周密《玉漏迟》）

破暖轻风，弄晴微雨，欲无还有。（秦观《水龙吟》）

烈日秋霜，忠肝义胆，千载家谱。（辛弃疾《沁园春》）

素月分辉，明河共影，表里俱澄澈。（张孝祥《念奴娇》）

恐翠袖、正天寒，犹倚梅花那树。（张炎《月下笛》）

郴江幸自绕郴山，为谁流下潇湘去？（秦观《鹊桥仙》）

桃花落，闲池阁。山盟虽在，锦书难托。莫！莫！莫！（陆游《钗头凤》）

桂花流瓦，纤云散，耿耿素娥欲下。（周邦彦《解语花》）

晓风干，泪痕残，欲笺心事，独语斜栏。难！难！难！（陆游《钗头凤》）

晓色天开，春随人意。（秦观《满庭芳》）

笑我只知存饱暖，感君原不论阶级。（陈亮《满江红》）

笑绿鬟邻女，倚窗犹唱，夕阳西下。（蒋捷《女冠子》）

胭脂泪，相留醉，几时重？自是人生长恨水长东！（李煜《相见欢》）

铁马晓嘶营壁冷，楼船夜渡风涛急。（刘克庄《满江红》）

铁马蒙毡，银花洒泪，春入愁城。（刘辰翁《柳梢青》）

倚栏无语，独立长天幕。（黄公度《青玉案》）

倚栏看处背斜阳，风流暗断肠。（严仁《醉桃源》）

倚遍阑干，只是无情绪。人何处？连天芳草，望断归来路。（李清照《点绛唇》）

倚楼无语欲销魂，长空黯淡连芳草。（寇准《踏莎行》）

借钱塘潮汐，为君洗尽，岳将军泪。（陈德武《水龙吟》）

倦蝶慵飞，故扑簪花破帽。（吴文英《扫花游》）

爱贴地争飞，竞夸轻俊。（吴达祖《双双燕》）

鸳鸯独宿何曾惯，化作西楼一缕云。（姜夔《鹧鸪天》）

乘风好去，长空万里，直下看山河。（辛弃疾《太常引》）

殷勤昨夜三更雨，又得浮生一日凉。（苏轼《鹧鸪天》）

十 一 画

梧桐半死清霜后，头白鸳鸯失伴飞。（贺铸《鹧鸪天》）

梧桐更兼细雨，到黄昏、点点滴滴。这次第，怎一个愁字了得。（李清照《声声慢》）

梧桐昨夜西风急，淡月胧明。好梦频惊。何处高楼雁一声。（晏殊《采桑子》）

梅花满院初发，吹香弄蕊无人见，惟有暮云千叠。情未彻。（程垓《摸鱼儿》）

梅英疏淡，冰澌溶泄，东风暗换年华。（秦观《望海潮》）

梅蕊重重何俗甚，丁香千结苦麁生，熏透愁人千里梦，却无情。（李清照《摊破浣溪沙》）

黄叶西风。罨画桥东，十二玉楼空更空。（贺铸《罗敷歌》）

黄花白发相牵挽，付与时人冷眼看。（黄庭坚《鹧鸪天》）

黄昏庭院柳啼鸦，记得那人，和月折梨花。（陈亮《虞美人》）

黄蜂频扑秋千索，有当时纤手香凝。（吴文英《风入松》）

黄鹤断矶头，故人曾到否？旧江山、浑是新愁。（刘过《唐多令》）

梦入东风，雪尽江清。（周密《夷则商国相慢》

梦里不知身是客，一晌贪欢。（李煜《浪淘沙》）

梦怕愁时断，春从醉里回。（田为《南柯子》）

梦破鼠窥灯，霜送晓寒侵被。无寐，无寐，门外马嘶人起。（秦观《如梦令》）

梦魂千里，夜夜岳阳楼。（徐君宝妻《满庭芳》）

梦魂纵有也成虚，那堪和梦无！（晏几道《阮郎归》）

掩凄凉、黄昏庭院，角声何处呜咽。（程垓《摸鱼儿》）

常记溪亭日暮，沉醉不知归路。兴尽晚回舟，误入藕花深处。（李清照《如梦令》）

野渡舟横，杨柳绿阴浓。望断江南山色远，人不见，草连空。（谢逸《江城子》）

野棠花落，又匆匆、过了清明时节。（辛弃疾《念奴娇》）

斜阳外，寒鸦万点，流水绕孤村。（秦观《满庭芳》）

斜阳如有意，偏傍小窗明。（贺铸《鸳鸯梦》）

斜阳映山落，敛余红、犹恋孤城阑角。（周邦彦《瑞鹤仙》）

斜阳独倚西楼，遥山恰对帘钩，人面不知何处，绿波依旧东流。（晏殊《清平乐》）

欲上秋千又惊懒，且归休怕晚。（辛弃疾《醉太平》）

欲问行人去那边？眉眼盈盈处。（王观《卜算子》）

欲共柳花低诉，怕柳花轻薄，不解伤春。（黄孝迈《湘春夜月》）

欲泻三江雪浪，净洗湖尘千里，不用挽天河。（无名氏《水调歌头》）

欲将心事付瑶琴，知音少，弦断有谁听。（岳飞《小重山》）

欲减罗衣寒未去，不卷珠帘，人在深深处。（赵令畤《蝶恋花》）

欲黄昏，雨打梨花深闭门。（李重元《忆王孙》）

笛里番腔，街头戏鼓，不是歌声。（刘辰翁《柳梢青》）

笳鼓动，渔阳弄；思悲翁，不请长缨，系取天骄种。剑吼西风。（贺铸《六州歌头》）

笼鞋浅出鸦头袜，知是凌波缥缈身。（姜夔《鹧鸪天》）

徙倚望沧海，天净水明霞。（叶梦得《水调歌头》）

徘徊却倚山楹。笑山水娱人若有情。（刘子寰《沁园春》）

秾艳一枝细看取，芳心千重似束。（苏轼《贺新郎》）

做冷欺花，将烟困柳，千里偷催春暮。（史达祖《绮罗香》）

银烛泪深未晓，酒钟悭、贮愁多少。（吴文英《天香》）

断肠片片飞红，都无人管；更谁唤、流莺声住。（辛弃疾《祝英台近》）

断香残酒情怀恶，西风吹衬梧桐落。梧桐落、又还秋色，又还寂寞。（李清照《忆秦娥》）

断送一生憔悴，知他几个黄昏。（周邦彦《瑞玲珑》）

断虹霁雨，挣秋空、山染修眉新绿。（刘弇《清平乐》）

断桥孤驿，冷云黄叶，相见长安道。（贺铸《御街行》）

望不尽，冉冉斜阳，抚乔木、年华将晚。（王沂孙《长亭怨》）

望江天，飞云暗淡夕阳闲。（柳永《戚氏》）

望到斜阳欲尽时，不见西飞雁。（程垓《卜算子》）

望断云行无去处，梦回明月生春浦。（司马槱《黄金缕》）

密约沉沉，离情杳杳。菱花尘满慵将照。依楼无语欲消魂，长空黯淡连芳草。（寇准《踏莎行》）

密意无人寄，幽恨凭谁洗？（谢逸《千秋岁》）

寂寞凭高念远，向南楼、一声归雁。（陈亮《水龙吟》）

寂寞深闺，柔肠一寸愁千缕。惜春春去，几点催花雨。（李清照《点绛唇》）

寄到玉关应万里，戍人犹在玉关西。（贺铸《捣练子》）

渐写到别来，此情深处，红笺为无色。（晏几道《思远人》）

渐霜风凄紧，关河冷落，残照当楼。（柳永《八声甘州》）

淮山春晚，问谁识、芳心高洁？（周密《瑶花》）

淮山隐隐。千里云峰千里恨。（淮上女《减字木兰花》）

淮水悠悠。万顷烟波万顷愁。（淮上女《减字木兰花》）

淮南皓月冷千山，冥冥归去无人管。（姜夔《踏莎行》）

深杯欲共歌声滑，翻湿春衫半袖。（刘辰翁《摸鱼儿》）

深院静，小庭空，断续寒砧断续风。（李煜《捣练子》）

清入梦魂，千里人长久。（陈亮《点绛唇》）

清晨帘幕卷轻霜，呵手拭梅妆。都缘自有离恨，故画作远山长。（欧阳修《诉衷

情》)

淡云孤雁远,寒日暮天红。(徐昌图《临江仙》)

情怀渐觉成衰晚,鸾镜朱颜惊暗换。(钱惟演《木兰花》)

情知已被山遮断,频倚栏干不自由。(辛弃疾《鹧鸪天》)

情到不堪言处,分付东流。(张耒《风流子》)

情随湘水远,梦绕吴山翠。(谢逸《千秋岁》)

惜春长怕花开早,何况落红无数。(辛弃疾《摸鱼儿》)

惊粉重、蝶宿西园,喜泥润、燕归南浦。(史达祖《绮罗香》)

惟有旧时山共水,依然,暮雨朝云去不还。(潘牥《南乡子》)

剪不断,理还乱,是离愁,别是一番滋味在心头。(李煜《相见欢》)

绿杨芳草几时休,泪眼愁肠先已断。(钱惟演《木兰花》)

绿杨烟外晓寒轻,红杏枝头春意闹。(宋祁《玉楼春》)

绿杨堤下路,早晚溪边去。三见柳绵飞,离人犹未归。(魏夫人《菩萨蛮》)

随意杯盘虽草草,酒美梅酸,恰称人怀抱。(李清照《蝶恋花》)

十 二 画

落日胡尘未断,西风塞马空肥。(辛弃疾《木兰花慢》)

落日寒鸦一片愁。柳塘新绿却温柔。(辛弃疾《鹧鸪天》)

落日楚天无际,凭阑目送飞鸿。(戴复古《木兰花慢》)

落日楼头,断鸿声里,江南游子。把吴钩看了,栏杆拍遍,无人会、登临意。(辛弃疾《水龙吟》)

落日塞尘起,胡骑猎清秋。汉家组练十万,列舰耸高楼。(辛弃疾《水调歌头》)

落日解鞍芳草岸,花无人戴,酒无人劝,醉也无人管。(黄公绍《青玉案》)

落尽梨花春又了。满地残阳,翠色和烟老。(梅尧臣《苏幕遮》)

落花人独立,微雨燕双飞。(晏几道《临江仙》)

落絮无声春堕泪,行云有影月含羞。东风临夜冷于秋。(吴文英《浣溪沙》)

雁过也,正伤心,却是旧时相识。(李清照《声声慢》)

雁碛波平,渔汀人散,老去不堪游冶。(姜夔《探春慢》)

辇下风光,山中岁月,海上心情。(刘辰翁《柳梢青》)

揉破金黄万点轻,剪成碧叶玉层层。(李清照《摊破浣溪沙》)

琵琶弦上说相思。当时明月在,曾照彩云归。(王安石《浪淘沙令》)

最关情,折尽梅花,难寄相思。(周密《高阳台》)

最怜他、秦鬟妆镜，好江山、何事此时游。（周密《一萼红》）

啼鸟还知如许恨，料不啼清泪长啼血。谁共我，醉明月？（辛弃疾《贺新郎》）

赋情顿雪双鬓，飞梦逐尘沙。（吴文英《忆旧游》）

悲欢离合总无情，一任阶前、点滴到天明。（蒋捷《虞美人》）

寒光亭下水连天，飞起沙鸥一片。（张孝祥《西江月》）

寒光零乱，为谁偏照醽醁。（黄庭坚《念奴娇》）

寒鸦日暮鸣还聚，时有阴云笼殿宇。（潘牥《忆余杭》）

寒蝉凄切，对长亭晚，骤雨初歇。（柳永《雨霖铃》）

道人憔悴窗底，闷损栏干愁不倚。要来小酌便来休，未必明朝风不起。（李清照《玉楼春》）

道是花来春未，道是雪来香异。竹外一枝斜，野人家。（郑域《昭君怨》）

游宦区区成底事，平生况有云泉约。（柳永《满江红》）

游宦成羁旅，短樯吟倚闲凝伫。（柳永《安公子》）

湖海上、一汀鸥鹭，半帆烟雨。（吴潜《满江红》）

曾教风月，催促花边烟棹发。不管花开，月白风清始肯来。（毛滂《减字木兰花》）

尊前拟把归期说，未语春容先惨咽。人生自是有情痴，此恨不关风与月。（欧阳修《玉楼春》）

隔江人在雨声中，晚风菰叶生秋怨。（吴文英《踏莎行》）

隔烟催漏金虬咽，罗帏暗淡灯花结。（范成大《忆秦娥》）

登临形胜，感伤今古，发挥英气。（陈德武《水龙吟》）

十 三 画

楼头画角风吹醒，入夜重门静。那堪更被明月，隔墙送过秋千影。（张先《青江引》）

楼外垂杨千万缕，欲系青春，少住春还去。（朱淑真《蝶恋花》）

楼影沉沉，中有伤春一片心。（岳柯《祝英台近》）

想当年、金戈铁马，气吞万里如虎。（辛弃疾《永遇乐》）

雾失楼台，月迷津渡，桃源望断无寻处。（秦观《踏莎行》）

零落成泥碾作尘，只有香如故。（陆游《卜算子》）

楚天千里清秋，水随天去秋无际。（辛弃疾《水龙吟》）

滞雨尤云，有万般千种，相怜相惜。（柳永《浪淘沙慢》）

蛾儿雪柳黄金缕，笑语盈盈暗香去。（辛弃疾《青玉案》）

嗔人归不早，故把金杯恼。醉看舞时腰，还如旧日娇。（黄公度《菩萨蛮》）

煦色韶光明媚，轻霭低笼芳树。池塘浅蘸烟芜，帘幕闲垂风絮。（柳永《斗百花》）

暖日明风初破冻，柳眼梅腮，已觉春心动。（李清照《蝶恋花》）

暗淡轻黄体性柔，情疏迹远只香留，何须浅碧深红色，自是花中第一流。（李清照《鹧鸪天》）

腰下光芒三尺剑，时解挑灯夜语。（刘过《贺新郎》）

遥认断桥幽径，隐隐渔村，向晚孤烟起。（柳永《诉衷情》）

遥夜沉沉如水，风紧驿亭深闭。（秦观《如梦令》）

愁无比，和春付与西流水。（朱服《渔家傲》）

愁无际，暮云过了，秋光老尽，故人千里，竟日空凝睇。（柳永《诉衷情》）

愁共落花多，人逐征鸿去。（黄公度《卜算子》）

愁到边城角声哀，烽火照高台。（陆游《秋波媚》）

愁损翠黛双蛾，日日画栏独凭。（史达祖《双双燕》）

微雨过，小荷翻。榴花开欲然。（苏轼《阮郎归》）

催成清泪，惊残孤梦，又拣深枝飞去。（陆游《鹊桥仙》）

新月娟娟，夜寒江静山衔斗。（苏过《点绛唇》）

新绿小池塘。风帘动，碎影舞斜阳。（周邦彦《风流子》）

满目山河空念远，落花风雨更伤春，不如怜取眼前人。（晏殊《浣溪沙》）

满院落花帘不卷，断肠芳草远。（韩元吉《霜天晓角》）

满载一船秋色，平铺十里湖光。（张孝祥《西江月》）

溪山掩映斜阳里，楼台影动鸳鸯起。隔岸两三家，出墙红杏花。（魏夫人《菩萨蛮》）

溶溶泄泄。东风无力，欲皱还休。（范成大《眼儿媚》）

漠漠轻寒上小楼，晓阴无赖似穷秋。（秦观《浣溪沙》）

数声啼鸣怨年华。又是凄凉时候，在天涯。（仲殊《南柯子》）

塞下秋来风景异，衡阳雁去无留意。（范仲淹《渔家傲》）

塞草烟光阔，渭水波声咽。春朝雨霁轻尘歇。（寇准《阳关引》）

谩赢得青楼，薄幸名存。（秦观《满庭芳》）

十 四 画

碧云天，黄花地。秋色连波，波上寒烟翠。（范仲淹《苏幕遮》）

碧桃天上栽和露，不是凡花数。（秦观《虞美人》）

酴醿架上蜂儿闹,杨柳行间燕子轻。(范成大《鹧鸪天》)

愿春暂留,春归如过翼,一去无迹。(周邦彦《六丑》)

算人间没个并刀,剪断心上愁痕。(黄孝迈《湘春夜月》)

算空有并刀,难剪离愁千缕。(姜夔《长亭怨慢》)

算等闲、酬一笑,便千多慵觑,常只恐、容易蕣华偷换,光阴虚度。(柳永《迷仙引》)

舞低杨柳楼心月,歌尽桃花扇影风。(晏几道《鹧鸪天》)

旗帜倚风飞电影,戈铤射月明霜锷。(黄机《满江红》)

翠叶吹凉,玉容消酒,更洒菰蒲雨。(姜夔《念奴娇》)

翠叶藏莺,朱帘隔燕,炉香静逐游丝转。(晏殊《踏莎行》)

翠尊易泣,红萼无言耿相忆。(姜夔《暗香》)

嫣然摇动,冷香飞上诗句?(姜夔《念奴娇》)

嫩绿重重看得成,曲栏幽槛小红英。(范成大《鹧鸪天》)

鹜落霜洲,雁横烟渚。分明画出秋色。(柳永《倾杯》)

十五画以上

醉里且贪欢笑,要愁那得工夫。(辛弃疾《西江月》)

醉里吴音相媚好,白发谁家翁媪?(辛弃疾《清平乐》)

醉里挑灯看剑,梦回吹角连营。八百里分麾下炙,五十弦翻塞外声,沙场秋点兵。(辛弃疾《破阵子》)

醉里偶摇桂树,人间唤作凉风。(刘克庄《忆秦娥》)

醉倒投床君且睡,却怕,挑灯看剑忽伤神。(王质《定风波》)

醉莫插花花莫笑,可怜春似人将老。(李清照《蝶恋花》)

醉眼渺河洛,遗恨夕阳中。(方岳《水调歌头》)

醉探枵囊毛锥在,问邻翁、要写牛经否。(蒋捷《贺新郎》)

醉舞下山去,月明逐人归。(黄庭坚《水调歌头》)

横玉声中吹满地,好枝长恨无人寄。(晏几道《蝶恋花》)

横竹吹商,疏砧点月,好梦又随云远。(王月山《齐天乐》)

飘然快拂花梢,翠尾分开红影。(史达祖《双双燕》)

飘零疏酒盏,离别宽衣带。(秦观《千秋岁》)

稻花香里说丰年,听取蛙声一片。(辛弃疾《西江月》)

澄明远水生光,重叠暮山耸翠。(柳永《诉衷情》)

燕子又将春色去,纱窗一阵黄昏雨。(司马槱《黄金缕》)

燕子不知何世，向寻常巷陌人家，相对如说兴亡，斜阳里。（周邦彦《西河》）

燕子归来愁不语，旧巢无觅处。（李好古《谒金门》）

燕子来时新社，梨花落后清明。（晏殊《破阵子》）

燕子楼空，佳人何处？空锁楼中燕。（苏轼《永遇乐》）

燕子楼空，暗尘锁、一床弦索。（周邦彦《解连环》）

燕飞忙，莺语乱，恨重帘不卷，翠屏平远。（辛弃疾《锦帐春》）

燕约莺期，恼芳情偏在，翠深红隙。（周密《曲游春》）

燕燕飞来，问春何在，唯有池塘自碧。（姜夔《淡黄柳》）

薄衾不奈五更寒，杜鹃叫落西楼月。（朱淑真《阿那曲》）

赠君明月满前溪，直到西湖畔。（毛滂《烛影摇红》）

雕栏玉砌应犹在，只是朱颜改。（李煜《虞美人》）

雕栏玉砌，空锁三十六离宫。（曾觌《金人捧露盘》）

镜里朱颜都变尽，只有丹心难灭。（文天祥《酹江月》）

凝伫，凝伫，楼外一江烟雨。（贺铸《忆仙姿》）

凝泪眼，杳杳神京路，断鸿声远长天暮。（柳永《夜半乐》）

凝眸处，从今又添，一段新愁。（李清照《凤凰台上忆吹箫》）

霜饱花腴，烛消人瘦。（吴文英《霜花腴》）

霜桥月馆，水村烟市，总是思君处。（黄公度《青玉案》）

朦胧暗想花如面，欲梦还惊断。（柳永《御街行》）

攀艳蕊，掬霞到手红碎。（吴文英《西河》）

黯乡魂，追旅思，夜夜除非，好梦留人睡。（范仲淹《苏幕遮》）

黯相望。断鸿声里，立尽斜阳。（柳永《玉蝴蝶》）

黯黯青山红日暮，浩浩大江东注。余霞散绮，白烟波路。（晁补之《迷神引》）